아겔다마

열명길

평심

잠의 열매를 매단 나무는 뿌리로 꿈을 꾼다

小說法

일러두기

『박상륭 전집』의 맞춤법은 국립국어원의 '한글 맞춤법'을 원칙으로 삼았으며, 띄어쓰기도 그 허용의 규정을 따랐다. 다만, 토속어나 구어체의 표현 및 의성어·의태어 등은 작가의 집필 의도를 살려 그대로 두었다. 또한, 작가가 일부러 쓴 것으로 판단한 낱말과 문장도 앞서 출간된 책대로 두었다. 예컨대, '~하지 안 했다.' '~을 내어다보다.' 등이 그것이다.

박상륭 작가의 유가족, '박상륭상 운영회의'와 의논하여 작품들의 몇몇 곳을 고쳤다. 그것은 앞서 출간된 책들에서 아직 고쳐지지 않았거나 나중에 발견된 오류를 바로잡은 것이다. 그러므로, 이 『박상륭 전집』이 작가의 전 작품의 정본이다.

아겔다마

아겔다마

1

(힌놈의 골짜기의 동남 예루살렘과, 골짜기 맞은편 후미지고 나그네의 발걸음이 여간해선 머물지 않는 한곳에, 오래되고 볼품없는 움막집이 한 채 있었는데, 그 움막집의 사립문 한쪽 기둥에 '가롯 유다'라는 문패가 걸려 있었다. 그 문패도, 그 움막의 운명과 마찬가지로, 영고와 성쇠, 봄바람 가을비에, 시달리고 또 썩고 곰팡이가 피어 있어, 관심을 가지고 자세히 들여다보아야 겨우 알아볼 수 있을 정도였다. 그런데 그것은 그리스 문자로 씌어져 있었다)

그날 밤엔—서력 기원 삼십 년 니산달 열닷새 금요일—가롯 유다는 전에 없이 지치고 쇠약해져서 비틀비틀 쓰러질 듯이 하고 돌아왔다. 길은 그날 오후에 억수로 쏟아진 소나기로 진구렁창이었다. 그러나 유다는 그런 건 개의치도 않은 듯이 그의 바짓가랑이는 흙투성이였다. 그는 쫓긴 토끼마냥 불안스러워했고, 서두르는 것 같았다. 게다가 이전의 상냥스러움은 찾아볼 수도 없이, 퉁명스럽고 변태적인 침울한 사람으로 변해져 있었다. 광포와, 신음과, 이빨 부딪치는 소리는 앓는 수고양이를 연상시켰다.

그에게는 다만 예순다섯이나 되는 노파가 한 사람 있었을 뿐이었는데, 그녀가 촛불을 켜 들고 유다 방으로 들어갔을 때도 유다는 진정되지 않은 듯이 맨바닥에 엎드려 기묘한 신음을 쥐어짜대고 있었다. 책상 위엔 언제나처럼 선지자 스가랴의 두루마리가 반쯤만 펼쳐진 채 먼지를 덮어쓰고 있었고, 그 펼쳐진 갈피 위엔 펜이 녹슨 펜대가 여전히 놓여져 있었다. 유다가 들어오고 하나 달라진 것은, 한 번도 다음 장은 넘겨보지도 않은 것 같은 그 갈피 위에 함부로 던져놓은 듯한 한 꾸러미가 독사처럼 도사리고 있는 그것이었다.

노파는 조심해서, 책상 위에다 촛불을 세워놓곤, 유다의 흙 묻은 바지를 벗겨주려 했으나, 짜증스러히 발길질을 해서 실패했다. 하는 수 없어 흙투성이 위에다 이불을 덮어주었다. 그래도 이빨을 덜덜 떠는 건 그치질 않았고, 신음도 더욱 심해졌다.

노파는 촛불 빛을 통해, 한동안이나 유다를 지켜보고 서 있다가, 슬며시 문을 열고 나와 버렸다. 무언지 자기로서는 이해할 수도, 그렇다고 같이 걱정해줄 수도 없는 것 같은 어떤 느낌을 받았기 때문이었다. 그녀는, 습기 섞인 어둠 저쪽 하늘에서 몇 별이 고향의 이야기를 속삭여주고 있다는 외에 그날 낮에 어떤 물결이 어떻게 격류 지어 갔는지에 대해선 조금도 모르고 있었다. 그러나 무언지 어제저녁의 이맘때쯤의 느낌과 오늘은 약간 달라진 듯하다는 생각을 갖고 있기는 했다. 뭐 그것은 제 육 시쯤으로부터 갑자기 하늘이 흐려지고, 제 구 시쯤엔 천둥과 지진이 일어났다는 그런 변괴 때문이기도 했지만, 그것보다도 마음 밑바닥으로부터 이전에는 가져보지 못했던 어떤 것들이 모락모락 피어오르는 것 같은 느낌을 가졌기 때문이었다. 그것은 그녀가 젊은 날에 지녔던 소박하고도 서러웠던 꿈같은 것이기도 했고 또 어떻게는 이보다도 더 나이 많은 날에 느끼게 되리라고 짐작되는 그러한 것이었다. 그런 것은 나이 서른을 넘으면서부터는 모르고 살아왔다. 막연하고 멍하게, 그리고 소박하게만 살았다. 행복도 몰랐고 불행도 몰랐다. 세월은 그녀에게 젖이 샘솟는 유방을 주었고, 또 그것을 빼앗았다.

그녀의 고향은 사마리아였는데, 그녀의 남편은 본 지방(예루살렘) 사람으로, 힌놈의 골짜기 동남 예루살렘과 골짜기 맞은편의 한 구릉을 등진 곳에서 질그릇 굽는 것에 종사하던 사람이었다. 그 사람은 나이가 육십이 넘었으면서도 충직한 열심당(Zealot)이었으며, 또한 자기의 일에 싫증을 내지 않고 열심스럽고 조용하게 해치우던 늙은이였었다. 열심당의 당원으로서 그를 아는 사람치고 그를 좋아하지 않은 사람은 없었지만 특히 유다는 누구보다 그를 따랐다. 그도 유다를 특별히 다정히 생각한 듯했었다. 서로가 그렇게 생각한 데는 같은 노선 같은 운명에 처해 있다는 그런 이유뿐만은 아니었다. 당수(黨首) 바라바를 통해서 처음 알게 되었을 때부터 두 사람은 동지 이상의 친애의 정을 느꼈던 것이다. 사실 유다 쪽에선 아버지나 어머니의 얼굴도 기억할 수도 없는 채 가룟 땅으로부터 각 곳을 쓸쓸한 심정으로 전전하던 차에 갈릴리 포구에서 자기 또래의 한 푸른 눈의 사내를 만나 그로부터 위로를 얻고 또 그를 추종하였으나, 그 사람은 유다의 지상적인 갈증을 흡족히 해갈시켜주지 못하였으므로 유다의 가슴 밑바닥엔 언제나 외로움이 깊게 자리 잡고 있었는데, —바라바를 알게 된 것은 이 당시였다—그것도 이 늙은 부부들에 의해 잊을 수 있는 것을 감사하였고, 또 노인 부부들 쪽에서도 옛날에 아들이 하나 있었으나, 떠돌이들이 스쳐 지나간 뒤 종적이 묘연해 시름겹고 적적함이 더욱 뼈저리던 참이라, 자연히 서로들 가까워질 수밖에 없었던 것이다.

그런데 바라바들이 이 집을 드나들기 시작한 것도 오 년째나 되고 있었다. 삼 년 전에는 그렇게 충직하던 토기장이 영감도 로마 병사의 화살에 죽임을 당하긴 했지만, 그 후에도 여전히 바라바들은 필요할 때면 이곳을 이용하곤 했었다. 그리고 이들에 의해서 불행한 토기장이 미망인의 생활은 최저나마 보장되었다. 주로 유다의 노력이 컸다. 유다의 생활도 물론 그녀를 기반으로 하고 있었다. 유다는 적어도 그녀 한 사람에게만이라고 하더라고 상냥스럽고 인정이 많고 믿음직스러운 사람이었다. 그렇던 유다가 오늘 밤엔 사람이 여간 달라져 보이는 것이 아니었다. 그것도 반달가량이나 밖에서 지내다가 돌아온 날에 그렇다는 것은 그녀로서는 이해할 수가 없었다. 이전엔 언제나 몇 푼의 돈 꾸러미를 마루에다 던지곤 자기 이마에 가벼운 입맞춤을 했던 것이 아닌가. 그녀는 그렇게 훌륭하던 젊은이가 변해져 돌아온 것을 슬프게 생각했다.

그때 유다의 방으로부터 그녀를 부르는 소리가 들려왔다. 그때까지도 그녀는 어중간한 모습을 하곤 습기 속에서 점점 더 적막해가는 밤을 지켜보고 서 있었다. 계속해서 다시 한번 노파를 부르는 날카로운 음성이 들려왔다. 그 소리는 흐느낌에 섞여 목구멍이 찢어지면서 나오는 소리 같았다. 그리고 그것은 흡사 저 이탈리아식 주테가의 무한의 깊이로부터 울려와 닿는 것처럼 가라앉고 가련한 목소리였다. 그러나 그 억양에는 짙은 증오가 내포되어, 붉은 목소리로 느껴졌다.

“여, 여요요, 할멈.” 이전의 호칭(呼稱)과는 달랐다. 그전엔 어머니라고 불렀었다.

그녀는 잠깐 복잡한 생각에 잠겼던 것으로부터 깨어나서, 언제나처럼 머뭇거리면서, 그러면서도 아들 방에라도 들어가는 어머니같이 문을 열고 들어갔다. 문이 찌그덕 소리를 냈다.

“제발 좀 소리를 내지 않고 열 수는 없소? 고막이 찢어질 듯해. 제기랄.” 유다는 아까의 태도를 고침이 없이 신경질을 부렸다. 그러나 유다 자신도 문을 여닫을 때는 언제나 그런 소리가 난다는 것을 모르는 것은 아니었다.

“아무도 안 왔었소?” 유다는 희미한 목소리로 그러나 퉁명스러이 물었다.

“참, 어떤 이가 왔다 갔지유. 저쪽 창턱에 추녀 그늘이 닿을 때쯤이었어유.” 저쪽 창턱이란 동편 쪽 벽의 중간쯤에 구멍처럼 뚫어놓은 곳을 가리켜서 하는 말이었다. 아마도 오전 열 시쯤 되었을 때를 염두에 두고 하는 말 같았다.

“거 왜, 눈이 갈색인 사람 말이유. 꼭 씨름판에나 찾아다니는 것 같은……” 그제야 유다는 싸안았던 팔을 풀고 무서운 눈으로 노파를 쳐다보면서,

“그래? 그럴 줄 알았어. 바라바였어. 바라바, 예수 바라바.” 유다는 몇 번이고 반복했다. 그 이름을 음미하듯 했다. 그러나 어떤 의미가 있어 되뇌이는 것 같지는 않았고, 군것질하는 따위로 들렸다. 유다의 주먹엔 자기의 머리칼이 한 움큼이나 쥐어져 있었다. 유다의 가슴속에 의미가 표출된 희생들이었다.

유다는 다시 또 발광하기 시작했다. 머리칼은 무언의 공모로서 그의 발광에 헌신적인 동조를 했고, 목구멍은 개구쟁이 녀석이 긁는 하프 소리로 유다를 고무했다.

사마리아 여인은 유다의 충혈된 사팔뜨기 눈이 자기를 무섭게 노려보면서 말하던 얼굴을 상기하곤 몸서리쳤다. 그래도 그냥 서서 유다의 다음 말을 기다렸다.

유다의 눈은, 오른쪽은 갈색으로 똑바로 보는데, 왼쪽이 사시(斜視)였다. 그런데 유다의 왼쪽 눈은 보통의 사팔뜨기와는 달라서 참으로 이상했다. 오른쪽이 갈색인 데 비해 왼쪽은 하늘색 바탕이라는 인상을 받는다. 그리고 그것은 위를 향해 시선을 보내는 눈이었다. 좀 문학적인 소질이 있다는 마태가 그 눈을 '기도하는 사튀로스'라고 표현한 뒤부터는 짓궂은 사람들은 유다를 부를 때면 흔히 마태의 '그럴듯한 표현'을 애써 사용했다.

얼마 동안인가가 그 방의 희미한 촛불 그늘 밑으로 흘러가고 난 뒤, 유다의 목구멍에선 흐느낌이 가래 끓지도 않았고, 더 발광하지도 않았다. 유다는 그렇다고 해서 잠이 든 것도 아니고, 생각을 그만둔 것도 아니었다. 엉뚱하게도 그는, 구레네 사람 시몬이 얼떨결에 고역을 당하게 된 것이라든가, 또는 처참한 표정으로 몸매에는 관심도 없이 십자가를 뒤쫓아가던 막달라 마리아의 치맛자락을, 한 로마 병정이 창끝으로 들쳐 보면서 게걸거리던 것 같은 작은 사건들을 눈을 감고 그렸다.

"너의 샛서방하곤 며칠 밤이나 잤누? 나하곤 어때? 히히힛."

유다는 그 모든 광경을 가까운 언덕에서 보았는데, 로마 병정이 말한 '샛서방'이란, 기진해서 걸어가는 예수를 가리켰던 것이다. 사실을 말하면, 그때 유다는 예수를 얼마나 경멸했는지 모른다. 자기의 십자가도 감당치 못하는 사내가 '무거운 짐 진 자는 다 내게로 오라'는 것은 우스운 말이었기 때문이다.

그리고 또 한편으론 막달라 마리아의 아랫도리가 얼마나 욕심이 났는지 모른다. 팽팽하고 물큰해 보이는 두 가랑이가 창끝에 의해 들쳐나 보였을 때, 유다는 참을 수 없어 숨을 헐떡이었던 것이다. 그전에도 욕심이 없었던 것은 아니었지만 항상 체모가 단정하였으므로 얼굴의 아름다움밖에는 별달리 생각지 않았었다. 그 얼굴의 아름다움도, 예수와 가까이하고부턴 범할 수 없는 고요함을 지니고 있어서 오히려 식을 정도라고 단념하고 있던 터였다. 그런데 그 병사의 야유는, 먼 곳의 여인을, 피부가 좋고, 매캐한 체취가 있고, 따스하고 물큰한, 자기 마을 샘가의 아낙으로 느끼게 해준 것이다. 사실 그녀로 말하면, 왕년엔 이름난 무희로, 총독의 시의(侍醫) 요셉의 사랑을 받았는가 하면 총독의 조카인 친위대 대장 가이우스 풀라커스의 짝사랑의 여인이었다.

노파는 그제서야 깡마른 손을 뻗쳐 문을 밀고 나오려 했다. 그녀는 유다가 잠든 줄로 알았던 것이다. 그런데 그때 유다는 무슨 생각에선지 광포한 짐승보다도 더 날쌔게 뛰쳐 일어나 노파를 쓰러뜨렸다. 참으로 민첩하고 사나운 동작이었다.

유다의 신음은 아까와는 달리 발정된 짐승 우는 소리로 변했다. 눈은 찌푸려져 동공은 거의 보이지도 않았고, 헤벌린 입술 사이론 이빨 갈아대는 소리가 으드득 으드득하고 새어 나왔다.

노파가 정신을 차릴 수도 없는 빠른 사이에 노파의 치마가 찢겼다. 다음엔 속옷 찢기는 소리가 그 방의 벽에 살점처럼 튀겼다. 노파는 있는 힘을 다해 발을 구르고 꼬집고 고함을 질러 반항해보았지만, 끝내는 오른편 팔을 분질려 기절하고 말았다.

유다는 이번엔 자기의 바짓자락을 찢었다. 가랑이에 붙었던 흙이 부스스 떨어졌다.

그리하여 그는 짐승의 한계에서도 더 아래쪽 길을 처벅처벅 걸어댔다. 그 거리에서는 누구나 몽유병자가 되는 것이다. 촛불은 켜둔 그대로 타고 있었다.

노파가 깨어났을 땐 날이 희끄무레 밝아올 무렵이었다. 유다는 책상 위에 엎드려 무엇을 열심히 쓰고 있었는데 두 개째의 초도 반이나 더 닳았다. 노파는 팔이 쑤시는 통증으로 깨어나선 자기가 어떻게 하여 이렇게 되었던 것인가를 한참이나 생각했다.

유다가, 노파가 깨어났다는 것을 알고 게다가 그녀가 흐느끼고 있다는 것을 안 것은 자기가 썼던 모두를 다시 불태워버리고 난 뒤에 그리고도 조금 더 지나서였다.

노파는 흐느낌 이상으론 더 달리 표현할 수 없는 것을 흐느낌으로나 풀어보려는 듯이 집요하게 흐느낌에 매달리고만 있었다.

"할멈, 제발 어서 집을 나가시오. 죽여놓기 전에, 죽여버리기 전에 말야." 유다는 밤사이에 귀신같이 변해진 핼쑥하고 기력 없는 얼굴로 희미한 미소까지 띠면서 '죽이기 전에'만을 반복했다. 노파는 너무도 어처구니가 없고, 또 견딜 수 없는 분노와 치욕으로 목이 막혀 아무 말도 할 수가 없는 것 같았다. 그저 흐느끼면서 이를 가는 것이 고작이었다.

“날이 밝기 전에, 자 어서 나가주시오. 제발 나 혼자 두어주시오. 우라질, 빨리 나가지 못해?” 하고 괴롭게 외쳐댔다.

“자, 받아라. 은 삼십 세겔이다. 몸값이다, 몸값이야.” 유다는 스가랴의 팸플릿 위에 있던 꾸러미를 노파의 가슴팍에다 거칠게 던졌다. 그리고 유다가 다 탄 초 동강이의 불을 끄려 할 때, 그 사마리아의 여인은 유다가 보는 앞에서 자기의 혀를 콱 깨물었다. 촛불도 꺼졌다. 새벽빛이 방 안에 넘쳤다.

그리고 잠시 후, 초 동강이의 심지가 굳어질 때쯤엔 그 노파도 운명했다. 눈은 뜬 채였다. 그 뜬 눈 속에도 새벽의 어슴푸레함은 사양 없이 파고들었다.

2

유다는 사흘을 두 번씩이나 보내기까지도 자리에서 한 번도 일어나질 않았다. 그동안은 먹지도 마시지도 않았던 것이다. 몸부림도 그렇게 심하게는 하지 않았던 모양이었다. 하기야 처음 자리에 들었을 땐 노파를 등진 쪽으로 누웠었는데, 나중엔 죽은 노파 쪽을 향해 누워 있었던 걸로 보아서 몸을 두 번쯤 뒤채였으리란 건 추측할 수 있었다. 그 외에 그 방 안의 풍경은 조금도 변하지 않았던 것이다.

그러니까 유다가 눈을 뜬 것은, 예수가 십자가형(刑)을 당한 날로부터 엿새가 지난 두 번째 안식일 새벽, 닭이 세 홰를 울고 목을 움츠릴 때쯤이었다. 유다는 누군가 자기를 깨우는 사람이 있다는 느낌을 가지고 잠으로부터 서서히 깨어나던 참이었다. 그러나 그 깊은 수면 속을 헤엄치고 건너온 피로로 해서 어떤 것을 인식하기에는 얼마쯤의 시간을 필요로 했다. 점차, 흐릿하게라고는 하여도 의식이 돌아오자, 그는 누군가가 자기의 이마를 짚고 있다는 것을 알았다. 눈을 감고라도 그 손은 희고 가냘프며 그리고 부드럽다는 것을 알 수 있었다. 그러나 왠지 얼음장처럼 차고, 바닥에 가시라도 찔렸던 흔적이라도 있는 손처럼 느껴졌다. 그 느낌은 오관에 의한 것이기보다 그의 깊숙한 곳에 잠자고 있던 혼의 촉수로써 닿아진 것이었다.

유다는 그 순간 무의식적으로 외쳤다.

"랍비여, 당신의 손이니다."

그러나 말이 혀끝에서 방울져 떨어지지는 못했고, 그저 탄 입술만 두어 번 움직였을 뿐이었다.

큰 나무 꼭대기의 마른 잎이 떨어져 땅에 와 닿을 만큼은 어느 쪽에서도 말이 없었다. 그 시간은 천년의 적막이 한 마른 잎에 축적되었다가 날라져 내리는 것이라고 생각되었다. 그런 무던히도 긴 시간을 유다의 이마 위의 손은 한결같이 부드러웠다.

"랍비여, 당신은 아버지 같으니이다."

결국은 유다가 참을 수 없어 진실되게 그러면서도 분노를 섞어 이렇게 외쳤다.

"………"

그러나 대답은 들리지 않았다.

"도대체 당신은 무엇 때문에 나에게 오셨습니까?"

유다는 깊은 사념에 잠기면서 꺼질 듯이 뇌까렸다.

"………"

"무엇을 나에게서 더 원하십니까?"

"………"

"나는 당신의 아버지가 내 몫으로 지워준 십자가를 훌륭히 졌습니다. 그리고 당신도 약간의 비겁만을 제외하면 훌륭했습니다. 그것으로 당신과 나와의 일은 끝난 것입니다. 무엇 때문에 이제 또 나를 괴롭히려 하시오?"

이 말이 끝나자 자기 이마를 어루만지던 손이 잠깐 동안 바르르 떠는 것을 유다는 느꼈다. 그래서 유다는 눈을 번쩍 뜨고 자기 앞을 똑똑히 쳐다보았다. 유다의 눈은 승리에 넘쳐 있었다.

눈앞에는 하늘보다도 넓게 보이는 두 개의 파란 눈이 유다를 지켜보고 있었다. 웃음도 없고, 다정스럽지도 않고, 그렇다고 미워하는 눈도 아닌, —의미가 바래버리고 빛이 없는 눈이었다. 그 눈 속에서는 아무리 훌륭한 포도주 담그는 사람이라고 해도 한 방울의 즙도 짜낼 수 없는 듯했다. 그 눈 속엔 무(無)가 있었고, 휴지(休止)가 있었고, 그리고 그것은 불멸 그 자체이기도 했다. 그러나 유다는 그런 눈을 원하진 않았다. 증오든, 사랑이든, 그 어느 쪽의 의미를 담은 눈을 원했다. 유다로서는 그 눈을 견딜 수가 없었다. 유다는 다시 한번 패배했다.

유다는 있는 힘을 다해 발악적으로 일어나려고 했다. 유다의 손은 가냘프게 떨리고, 얼굴은 진땀으로 번뜩이고 있었다. 그리고 유다의 몸은 똥과 오줌으로 뭉개져 있었다. 유다는 그러나 몸을 꼼짝도 할 수가 없었다. 다만 쌕쌕거리는 목구멍으로 몇 마디의 말을 각혈할 수 있을 정도였다.

"대체 무엇 때문에 다시 나를 찾느냐 말이오, 대체 무엇 때문에?"

"………"

"당신은 저주받아 마땅합니다. 쌍십자가(雙十字架)라도 당신에겐 오히려 부족했을 정도였소. 그래요, 부족했고 말고요. 로마 율법이란 건 엉뚱한 판결을 좋아한단 말야. 당신 같은 이는 십자가 대신 지하 감옥이 더 적당했을 것인데. 당신의 그 푸른 눈이 멀고 고름이 나고, 그 희디흰 손에 문둥병이 돋고, 그리고 당신의 그 냉정이 광란으로 변하고, 그리하여 골고다 언덕에 던져 버려졌더라면, 당신이 참으로 메시아인지 아닌지가 판명되었을 것이오. 메시아라고 했더라도 지상적인 것에 굴복하였을 것인데……"

"………"

"아마도 당신은 배고픈 거지 계집애처럼 '엘리 엘리'나 찾다가 말았을 거요. 대체 무엇 때문에 나에게 왔습니까?"

그러나 대답은 없었다. 유다는 더욱 지쳐서 거의 죽어가고 있었다. 땀도, 오줌도, 똥도 더는 분비되지 않았다. 커다랗게 뜬 사팔뜨기 눈만이 분노와 번민으로 이글거리며 많은 의미를 담고 위를 쳐다보며 숨 가쁜 발음을 했다.

"도대체 무엇 때문에?"

그때에야 저 아스라한 높이로부터,

"서른 세겔의 은(銀)을 받아 가기 위해서니라"

하는 말소리가 들려왔다.

“그, 그것이라면, 저……”

유다는 더듬거렸다. 그러다간 갑자기 빠른 말씨로,

“저 사마리아 노파의 속치마 값으로 지불되어 버렸소.”

“그러나 나는 그것을 받아야만 하느니라.”

다시 저 아스라이 높은 곳으로부터 건조하기만 한 음성이 들려왔다.

“제기랄, 이제 와서 당신은 노예가 아니었다는 것을 증명할 셈인가? 아니면 나를 유대인의 왕으로 삼을 생각인가?”

유다가 ‘노예’라고 말한 것은 출애굽기 이십일 장 삼십이 절을 염두에 두고 하는 말이었는데, 은 삼십은 노예의 대가였던 것이다. 그리고 ‘유대인의 왕’이라고 한 의미는 왕의 백성에 대한 절대권을 강조하자는 의미도 되지만, 그보다 예수 당신이 노예가 아닌 이상 어떻게 유다 자기가 사고팔 수 있겠냐는 것이었다.

유다는 빙그레 웃기까지 했다. 물론 비웃음이었다.

“나는 한 노예를 판 돈으로 한 나그네 여인의 수의 값을 장만했어. 그것은 나그네의 것이다.”

‘나그네’란 유대인, 또는 개종자로서 예루살렘에 와 있는 자를 말하며, 이방인을 포함시켜 말한 것은 아니었다.

“그래도 나는 받아가야만 하느니라.”

“랍비여, 더 이상 나를 괴롭히지 마십시오. 내가 당신에게 행한 일이 무엇입니까? 당신이 나를 번뇌케 합니다. 당신은 병자를 돌보는 의원이 아닙니까. 제발 혼자 있도록 해주십쇼. 혼자 있도록 두어달란 말이오.”

“나는 서른 세겔의 은을 받아야만 하느니라.”

“제기랄, 이제 와서 당신은 유대인의 왕이라는 걸 증명할 셈인가? 이 지상의 왕이라고? 그리하여 이 몸뚱이 하나 누일 곳마저 빼앗을 셈이오? 은 삼십은 저 노파의 수의 값으로 지불되었다는 말이오. 물론 이 집까지도 내 것이 된 거요. 당신은 이것까지도 뺏지 못해 안달이 났구려. 나에게 당신이 어떻게 했지요? 어떻게 했느냐 말요.”

그러나 그들의 입술은 다시 닫혀지고 말았다. 그들은 퀭한 눈을 머언 하늘 쪽에로 돌렸다. 그래 보아도 하나님의 횡포가 연민(憐憫)으로 바뀌어질 아무 징조도 보이지 않았다.

그들에겐 한결같이 어떤 표정이 없다. 그래도 그들은 사는 날까지는 살아볼 모양이었다. 논밭을 둘러볼 생각 같은 건 가지지도 않고, 나무 그늘에 누워 멍청히 하늘이나 보면서—누에처럼 하늘이나 뜯어 먹으면서—

그런 맹폭한 팔월 어떤 날 오후였다.

대화도 끊긴 무덤 속 같은 마을을 향해서, 한 나그네가 걸어오고 있었다. 허우적, 허우적 익사자(溺死者)의 최후의 발악 같은 몸짓으로 더위 속을 걸어오고 있었다.

그는 몹시 지쳐 곧 죽을 듯했으나 어딘가를 향한 한 생각으로 걸어오고 있는 것 같이도 보였다.

사람들이 그를 발견했을 땐, 그의 그와 같은 보조로 그늘 밑까지 오려면 여름날 새벽잠 한숨씩은 더 즐길 만한 거리에서 그는 허우적이고 있었는데, 벌써 석 달간이나 나그네 하나 찾아들지 않은 마을이었으나, 그래도 사람들의 표정엔 별 변화가 있지도 않았다.

"우리들 송장이나 묻어주러 오는개 벼."

"그라기라도 한담사 다행이라고. 송장이나 떠맡기러 오는지 뉘 알 꺼여. 원, 젠장헐 눔의 하늘이 미친 거여, 달친 거여."

그리고 그들의 입술은 다시 다물어졌고, 다시 그들의 흐린 눈은 하늘 쪽에로 옮겨졌고, 하늘은 진이 빠진 담배 연기 색깔로 엷은 구름장 하나 없고, 태양은 시뻘겋게 달구어지고, 부풀어 올라 수레바퀴만큼이나 커 보였고, 새도 날아다니지 않았고, 하루살이 떼가 윙윙거리며 날았을 뿐인데, 그것들은 흡사 까마귀 떼들처럼 실의(失意)한 육신에서 살점을 뜯으려는 것 같았다. 새라도 날아다녔더면, 새의 날갯짓에서 비롯된 실낱같은 흐름이라도 있었을 것인데. 그러면 그 기류를 통해 더위가 자락 접는 해조음(海潮音)이라도 들을 수 있었을 게다. 그러나 녹은 납물 같은 더위가 출렁임도 없이 천지를 가득 채우고 있을 뿐이므로, 그 바닥엔 산 자들이 이완(弛緩)되어 실의 속에 침전되어 있었다. 그런 오후의 더위 속을, 나그네는 열사(熱砂) 위의 지렁이처럼 꿈틀거리며 걸어오고 있었다. 그의 동작은 무기력했으며, 능률이 없었으나, 하여튼 쓰러지려는 몸뚱이를 지탱하며 걷기에 진땀을 빼는 것 같았다.

그 나그네가 그늘 밑까지 왔을 땐 그를 발견했던 때로부터 시작해서, 아낙들은 젖먹이 아기의 잠든 입술에서 젖꼭지를 빼고, 노인들은 두 대째의 장죽을 털고 세 대째의 담배를 담으려고 담배에 침을 뱉어 비비는 무렵이었다.

그런데, 나그네를 가까이 보고서 눈살을 찌푸리고 침을 뱉지 않는 사람은 하나도 없었다.

"저건 사람이 아니라 고름 주머니 아니라고?"

"이 재수 없는 시절에 웬 문뎅이 놈이단가? 쳇, 투에, 퉷."

나그네는 그늘 밑에 오자 갑자기 긴장이 풀린 듯이 풀썩 고꾸라졌다. 그리곤 아무 말도 못 하고, 눈을 희번덕이며 숨도 못 쉴 정도로 기침을 해댔다. 쿨룩, 쿨룩…… 쿨룩…… 그러자 거무스름한 핏덩이가 펑펑 쏟아져 나오는 것이다. 쏟아진 핏덩이는 흙에 떨어지자 흙과 같이 반죽이 되어 밀떡처럼 되었다. 사람들은 계속 가래침을 뱉어대며, 눈살을 찌푸릴 뿐, 그를 보살피려고 누구도 몸을 움직이지 않았다. 그저 역병과 같은 나그네가 빨리 진정되어 걸어가 주었으면 하는 눈치를 보였다.

얼마쯤 시간이 지나자, 나그네는 약간 진정된 모양으로 핏기 없는 입술을 혀를 내서 한번 축인 뒤, "여 여러분네, 쿨룩, 쿨룩, 무, 물이나 한 모금 주시우. 쿨룩, 쿨룩, 쿨룩."

"예이 여보쇼, 이 가므름에 워디 물이 있겄오?"

"나, 나 같은 사람은 쿨룩 쿨룩, 병들어 쓰, 쓸모없기는 하지마는……" 나그네는 마른 삼대 같은 팔에 힘을 모아 몸을 일으키려 했다. 그는 발끝에서 머리끝까지 흙먼지에 뒤덮여 있었는데, 땀방울이 머리에서 이마를 통해 얼굴과 목과, 드러난 앞가슴의 먼지 사이로 실뱀 같은 여러 작은 강줄기를 이루고 있었다.

"댁은 워디까장 가는 거여? 성한 몸도 아니구마는." 태주[明圖] 할미가 나그네에게 묻는 말이다.

"나요? 쿨룩쿨룩, 다, 다비소(茶毘所)라는 쿨룩, 쿨룩, 마을로 가는 길입넨다."

"그 마을은 풍년이라도 들었단가?"

"그러믄요, 거기 가면, 쿨룩쿨룩 쿨룩쿨룩 병도 여윌 수 있답넨다." 나그네는 다시 한참 동안이나 피를 토하고 기침을 하더니, "이 길로 사람들이 쿨룩쿨룩, 많이 지나갔지유?" 했다.

"그랴? 못 봤는디." 춘섭이다.

"그럼 난 길을 잘못 든 겐가? 쿨룩쿨룩 쿠울룩." 나그네는 혼잣말처럼 하곤, "제발 물이나 한 모금 줍시우 잉? 물이나 한 모금 주시와유" 했다.

"그런디 그 마을은 워디쯤 있단가?" 마을의 한 노인이 입에서 장죽을 빼며 묻는 말이다. 담배통에서 진 끓는 소리가 찌그르 하고 나고 담배 연기가 동그란 고리를 만들며 풀썩 올랐다. 노인은 담배통을 오른쪽 엄지손가락으로 지그시 눌렀다.

"예? 예에, 저 남쪽에 있단 말만 들었습넨다." 나그네는 기침은 더하지 않았으나, 목구멍에서 가래 끓는 소리가 그르륵 그르륵 났다.

"멀단가?"

"그건 모르겠어유. 하여튼 거기 가면 꺼지지 않는 향불이 타고 있고, 언제나 잔치판이랍네다. 그런데 그 향불이 약이라는구만요." 나그네는 띄엄띄엄, 듣기에 조급을 느끼게 하는 어조로 말하면서, 눈을 내리깔고 혓바닥으로 마른 입술을 축였다.

"아가, 가서 물 한 사발 떠와, 잉."

태주 할미가, 넉 달 된 딸을 보듬고 젖 먹이고 있는 춘섭이 아낙에게 하는 말이다. 그러자 춘섭이가 뿌적뿌적 일어나며,

"내가 갔다 올킨개, 저그매는 쉬고 있어 잉" 하고 걸어갔다. 그런데 "저그매는 쉬고 있어 잉" 하는 말은 춘섭이 아낙밖에는 들은 사람이 없었다.

"그래 그 행불이 워떤 건디?" 다른 노인 하나가 가래침을 뱉으며 호기심에 차서 묻는 말이다. 침은 누런 이빨 색깔이었다.

"그거유, 글쎄 그 연기가 병을 낫게 한다누먼요. 그 연기에 몸을 한번 쐬면 금방 튼튼해지고 힘이 난대유. 그래 몸도 튼튼히 할 겸, 잔치에도 참석해서 얻

어먹기라도 실컷 할까 봐서유."

"흐음."

"풍문에 듣자면 많은 사람들이 거기 찾아 길 떠났답니다요. 헌데 난 길을 잘못 들었는지 모르겠어유. 하여튼 남쪽이라 합넨다." 그는 물 생각을 하곤 목을 한번 쓸었다.

"벵을 여윌 수 있는 마을이라, 다비소…… 그라믄 월마나 멀단가?"

"모르겠어유, 하여튼 노란 연기가 오르는 마을이랍넨다."

그러나 마을 사람들 중에 그를 따라 길 떠난 사람은 하나도 없었다.

"우리 땅을 워찌 버리고 갈 꺼여?"

"그랴, 그랴, 죽어도 내 땅에 보타져 죽어야제. 내 땅의 갈라진 흙 새에다 쎄를 박고 죽어야제."

"이 몸뚱이라도 썩어지면 내 땅 한 평이라도 걸어질 게여."

그렇게 중얼거리면서도 사람들은 하나같이 남쪽 산모퉁이로 비틀비틀 걸어가는 나그네의 등 뒤에 희미한 시선을 던지며 눈물을 글썽이었다.

"워짜먼 저쪽에 그런 동네가 있을란지도 모르는디……"

"그런개 말여, 벵도 낫는다 하고, 잔치도 있다고 안 하드라고?"

"비도 오죽 알맞게 오겄는개 비."

"참 그랴, 태주 할매, 뭔 방벱이 없겠는그라우?"

"으응? 흐흐흥, 글씨 그것 때미 내가 나왔는디, 송아치 한 마리 잡아 위령제(慰靈祭)를 올리먼 비가 오실 것도 같더구마는……"

"그 위령제란 게 뭐간디요? 송아치야 왜 없는그라우. 죽네 사네 하는 판에, 송아치 두었다 뭣 허겠오이?" 봉길이다.

"흐흐흥, 그랴아."

"위령제란 건, 죽은 사람 혼백(魂魄)이나 좋은 고제 가라고 지사[祭祀] 지내는 것을 말하는 거여." 이 대답은 진서권(眞書卷)이나 읽었다는 성(成) 노인이 했다. 그러자 젊은이들은 의아한 표정으로 서로 서로를 쳐다보며,

"아 누가 죽었간디 위령 지사를 지낸단 거여?"

"그런개 말여, 내 참" 했다. 그러자,

"흐흐흥, 싫으면 구만두먼 될 거 아녀?" 하고 태주 할미의 성난 목소리가 쩡 하고 울렸다. "버파(바보) 같은 것들, 요번 위령제도 회력은 없을 모양이여. 싫은 짓은 구만두어야 한당개."

"아, 아니라우 태주 할매. 송아치는 워찌 되던 얘기나 좀 해줘기라우." 봉길이다.

"으흐흐흐흥, 그랴, ……어젯밤에 태주[明圖]가 나한티 와서 울먼서 말하기를 천제(天帝)님 막내둥이가 죽었단 거여. 그래서 천제님이 앓아누웠단 거 아녀?"

"천제님이 뭔디요?" 순일이다.

"아, 하눌님 말여." 봉길이다. 봉길이는 어깨를 한번 으쓱하며 순일이를 건너다보았다.

"아, 그런개 하눌님 막내아들 좋은 고제 가라고 그러는구먼." 춘섭이다.

"으흐흥, 그랴, 바로 그거여." 태주 할미는 몸을 일으키며, 계속해서,

"나는 인제 가바야겄어. 위령제를 지낼라먼 니얼[來日]이 좋은 날이란 것만 알라고, 모도" 하고, 목구멍에 보리수염이라도 붙어 있는 깔끄러운 목소리로 말한 뒤, 지팡이를 짚고 언덕길을 올라갔다.

"워짤 꺼여, 히어보는 디까장은 히어보아야제. 송아치는 봉길이 자네네밖에 더 있는가. 이따가 자네 집 지어서 제금[分家] 날 때, 부역(負役) 말고도 동네 사람이 한 사날씩 더 일해서 갚거나 함세. 자네나 내가 설두하덜 안 하먼 누가 할 사람이 있는개 비."

춘섭이의 이 말에, 봉길이는 입맛을 한번 다신 외에 아무 말이 없었다.

사람들은 다시 입을 닫고, 빛없는 눈을 하늘로 돌렸다. 하늘은 언제나와 마찬가지로, 황회색(黃灰色)으로 구름 한 점 덮일 기미도 없었다.

그래도 산그늘만은 마을을 품어주기 위해 찾아오는 모양이었다. 잔칫집 갔던 어머니처럼 돌아오는 모양이었다. 먼저 산 중턱에 있는 태주 할미네 오막살이를 들러서, 마을에 덮어 내렸다.

그 위령제를 올리고도 이레나 지났는데도, 비는 그만두고, 구름기도 없었다. 사람들은 다시 실의 속에로 떨어졌다. 그러나 그들은 아무도 원망하지 않았다. 그들은 이따금씩 태주 할미네 오막살이로 흐릿한 시선을 던지며 쓴 입맛을 다셨다.

여든한 해나 묵어온 태주 할미는 위령제가 끝나고 아직까지 한 번도 얼굴을 보이지 않았다. 적어도 이틀에 한 번씩은 지팡이에 의지해서 그녀의 산성(山城)으로부터 마을에 내려와 얼굴을 보이곤 했었는데, 그러나 할미는 벌써 이레 동안이나 두문불출하고 뭔지 깊은 생각에 잠겨 있었다.

이 이레 동안은, 이따금씩 할미의 손주딸이 마을에 내려와 보리 방아를 찧어가는 외에는, 산 중턱의 할미네는 돌보아주는 사람 없는 묵은 무덤이 된 거나 같았다.

그런데 그 고요하고 침묵적이던 할미가, 위령제가 끝난 그날 밤부터 닷새 동안은 식음을 전폐하고 무엇을 골똘히 생각하더니 이 이틀 동안은 신경질적으로 되고, 괴팍해졌다. 밤에도 잠에 들지 못하고 뭘 혼자 중얼거리면서 빼쩍 마른 좁은 어깨를 떠는가 하면 흐득흐득 울어댔다.

밤이면 더했다. 일렁이는 호롱불 빛의 그림자를 보고 놀라는가 하면, 울부짖었다.

할미네 좁은 방에는 오래전부터 낮이나 밤이나 없이 호롱불이 가물거리며 타고 있었는데, "흐흑, 흐흑, 으흐흐흐흑, 불이 곧 꺼져버릴랑가 비. 곧 꺼져버릴랑개 벼" 하고 의미 모를 이야길 씨부렁거렸다. "저 불이 꺼지먼 나는 가야 한당개, 가야 한당개. 가야 혀" 하고 또 흐득였다. 파 뿌리가 된 머리칼을, 갈고리 같은 손톱 긴 손가락으로 쥐어뜯으면서, 충혈된 눈을 들어 무슨 끈이라도 찾고 싶은 듯이 네 벽을 두리번거렸다.

"대왕님, 내가 안 죽고는 안 되겠습여? 송아치 한 마리로도 안 되 겠습더? 살려주시겨요, 살려주시와요." 온 낮을 그렇게 괴로워하고도, 그날 밤에는 더했다.

"할매, 무슨 말씀이여 응? 무슨 말씀이여, 얘기 좀 해보란개."

"흐흑, 흐흐으흑, 할미가 죽을 때가 됐는개 벼. 염라대왕님이 날 오라시는 거여. 날 오라시는 거여.” 그리고 또 할미는 까마귀처럼 울부짖었다.

“대왕님, 안 되겼는그라우? 그렇게 안 하고는 안 되겼는그라우?”

“할매, 무슨 말씀이여? 인제 구만 자아 잉? 구만 자아. 할매 죽으먼 난 싫어, 싫어!” 열여덟 된 손주딸은 할미의 무릎을 붙들고 칭얼거리는 소리로 이렇게 졸랐다. 그러자 태주 할미는 갑자기 조용해진 것이다. 어떤 결단을 내린 모양이었다. 움푹 들어간 찌부러진 눈을 가늘게 뜨고, 자기의 손녀를 이윽히 내려다보았다. 그러나 태주 할미의 손은 부들부들 떨리고 있었고 눈은 더욱 무섭게 타고 있었다.

“삼악도(三惡道)를 멘할 수 없는 일인디……” 태주 할미는 이렇게 중얼거렸으나, 금방,

“오냐, 오냐, 죽지 않을 껀개, 걱정 말아 잉?” 했다.

“아이고, 우리 할매 좋아라. 오래오래 살아 잉?”

“아암, 그렇고 말고, 널 시집도 보내고…… 그라고 죽어야제.”

“엥 할매도.”

“올 가실엔 시집보낼라고 했었는디……”

“………”

“봉길이란 청년 좋제? 잉, 흐흐흣.”

“엥 할매도…… 할매, 저—”

“엉? 무신 말여 엉?”

“저—, 아무것도 아녀. 아무것도 아니란개. 할매, 얼렁 자 잉?”

“오냐, 오냐.” 그렇게 대답은 했어도, 할미는 잠을 이루지 못하는 양으로, 밤 깊도록 쭈그리고 앉아 뭘 쑤물거렸다.

밤은, 태주 할미네 오막살이에만은 더욱 어둡고 숨 막히게 깊었다. 머언 낙엽 지는 소리 같은, 가느다란, 태주 할미의 한숨이 호롱불을 간들거리게 하며 유랑(流浪)해 가는 밤은—

냇가엔 밤에도 젊은이들이 모여, 말없이 하늘을 응시했다. 그들은 잠도 들 수 없는 듯이, 어름어름 걸어와선 별말 없이 모래밭에 번듯이 누워, 하늘의 고적 속에다 눈길을 보냈다. 더위가 두텁게 덮인 하늘에서 별들도 빛을 잃어

보였다.

이전 여름에랑은, 넘치며 흘러가는 개울물 속에서 땀을 씻어내곤 했었다. 땀에 젖은 몸뚱이를 푹 잠그고 있으면, 그 물살에 별이 깨어져 흘러가면서 부딪치는 돌돌또르륵 소리가 즐겁게 들려왔었다.

그들은 자기들도 모르는 사이 그때의 일을 생각하곤 했다.

“엣페, 물맛이 왜 이렇단댜? 경건짭짤하니 데럽구만.”

“어째 그랴? 누가 똥이라도 누었는가?”

“곰팽이 친 조개껍데기 씻긴 물이 흘러온개 그렇제.”

“우후후후훗.”

“젠장헐, 난 원제나 옌네 삭신 맛을 좀 볼 겐지.”

“한번 흔들어봐.”

“그나따나 춘섭이 자넨 벌써 알 까놓았을 거여. 마누라가 품고 있는지 알 수 있단가.”

“에끼, 이 못된 사람아. 봉길이 자넨 태주 할미네 나뭇짐이나 단단히 져다 주기나 히어.”

그들은 모두, 즐겁던 때의 모습들을, 밤의 고적 안에서 부각하는 것이었다, 한숨 지며—

“나도 예편네나 있었더면……” 상문이다. 상문이는 몸을 비틀며 “끙” 했다.

“뭐하게?” 춘섭이다.

“시절이 나뿌먼 나뿔수록 옌네 궁둥이 생각배끼 안 난단개.” 다시 상문이다.

“그건 그랴, 거 뫼하단 말여. 그런 맛도 못 보고 죽으먼 살았달 게 있는가.” 순일이다.

“몽다리 귀신 되는 건 워짜고.” 남식이다. “배는 고파도 그 생각은 난당개.”

“천제님인지 하늘임인지도 다 소양[所用] 없어. 그저 암수 놈이 있는 건 둘이나 바라보먼서 사는 게 젤이라.” 순일이가 뭘 체념한 듯, 경험 많은 노인처럼 이렇게 말하자 모두 다시 침묵했다. 밤이 밀려가는 소리가 들리고, 부엉이 우는 소리가 들렸다.

호르륵, 호르륵, 호르륵,

부엉, 부엉, 부엉,

"암만해도 우린 더 못 겐디겄는디, 워짤 꺼여. 우리도 다비소라는 마을로 가보는 것이 워떠?" 춘섭이가 침묵을 깨뜨리면서, "우리도 새로운 땅을 찾아야 할 때라 이 말이여. 하기사 할아부지들이 대대로 살아왔던 땅이기는 하지마는, 인제 우리 손으로 새로운 땅을 찾아야겄잖타고" 했다. 그리곤 한참 동안 말이 없더니, "이 땅은 우리한테는 인제 소양도 없게 되었잖은개 비" 하고 말끝을 맺었다.

"그렇기는 그랴. 그래도 곧 비가 올지 뉘 알겄는가?" 봉길이다. 그러자 기다렸다는 듯이 춘섭이가, "그란개 거그서 영 살아버리잔 말은 아녀. 한번 귀경이나 해보자는 거제. 내년 농사지을 때까장만 말여. 나는 한 이레 묵을 양석배끼 안 남았단개. 우리는 움직여야겄어. 죽어도 우리가 죽어야제, 기다렸다 죽을 수는 없잖타고?" 하고 열을 냈다.

"다 옳여. 그대로 버텨보는 디까지는 버텨봐야잖은개 비. 참말로 나 같은 사람은 그렇단개. 일흔이 넘은 노모를 뫼시고 워찌 한단가." 봉길이다.

"헤에, 그도 옳여, 태주 할미 손주딸내미 때문에도 그렇제." 순일이다. 순일인 소견은 좀 좁았지만, 명랑한 친구였는데 순일이가 했던 말속에는 두어 달 전에 마을에 떠돌았던 소문이 은연중에 내포되어 있었다. 그 소문인즉, 태주 할미 손주딸이 봉길이의 애를 뱄다는 것이었다.

"아, 글씨 냇가에서 붙었단 거여."

"통도 큰 연놈들이라."

그러나 그것도 계속된 가뭄에 시달리다 보니, 잊혀졌던 먼 전설처럼 되었던 것이다.

"예이 이 쥑일 놈…… 아 사실이 안 그런개 비." 봉길이는 슬쩍 말을 돌렸다.

새벽닭이 울 무렵에야 그들은 자리에서 일어나곤 했다.

호르륵, 호르륵, 호르륵,

부엉, 부엉, 부엉,

더위는 나날이 더했다. 그 걸주도 막다른 골목에서 최후의 발악을 하는 모양이었다. 태양열과 지열이 맞닿아, 이젠 더위가 안개처럼 눈에 보일 듯했다.

그날도, 해가 뜨기 시작하면서부터 더위는 맹위를 떨치기 시작했다. 구월이 되면서부터 더위는 더욱 조급하게 날뛰며 목을 졸랐다.

더위는 뻘겋게 탄 수풀 속이나, 무더운 지열 속, 또는 불덩이 같은 바위 위에 쭈그리고 있다가, 태양이 솟자마자 뛰쳐 일어나 연등(燃燈)놀이를 하는 모양이었다. 그래도 오전은 오후에 비하면 아직 서주(序奏)에 불과했다. 오전 동안은 마을에 하나뿐인 샘을 더 깊이 판다든가, 보리 방아를 찧는다든가, 장작을 빠개는 일들을 할 수가 있었다. 그러나 오후가 되면, 사람들은 버릇처럼 숲을 찾았다. 콧구멍 속 같은 집 안에서 더위를 견뎌낸다는 것은 한증하는 거나 같았기 때문이기도 했으나, 전례 없던 무서운 천형(天刑)을 따로따로 견딘다는 것이 어째 더 견딜 수 없는 것 같았기 때문에, 그들은 무언의 공약으로써, 오후의 한때만은 공통된 운명을 응시하기로 한 것이다. 어느덧 그렇게 습관처럼 되어버렸다. 이 두 달 동안은 하루도 빼놓음 없이 그 숲속의 그 소나무 가지들에는, 빛 잃은 백여 개의 눈동자가 노란 하늘을 배경으로 솔방울처럼 매달려 있었다.

그날 오후도, 그러니까 실물보다 세 배나 더 길었던 그림자가 난쟁이로 되고, 그 난쟁이 그림자가 서서히 동북편으로 방향을 바꾸면서 거의 실물과 같은 길이로 불어나는 무렵, 또 한 사람의 나그네가 그네들 마을로 통한 길을 걸어오고 있었다. 이 시간은 그 전날의 나그네가 허우적이며 왔던 시간과 거의 같은 시간이었다. 그리고 전날의 나그네를 처음 발견했던 거의 같은 지점에서 그날의 나그네도 발견되었다. 거기는 산허리를 돌아나는 곳이기 때문에, 마을에선 그보다 더 먼 길을 볼 수는 없었지만—

사람들은 고개를 갸우뚱거리며 이해할 수 없다는 듯한 눈짓들을 했다.

"전날의 그 고름 주머니가 쳇바퀴 도는 모양이제? 길을 헛들었는가?"

"그렇지도 않은 것 같구만. 저 사람은 꼽사 같잖타고?"

"원 젠장헐, 웬 뿌서진 똥장군 같은 것들이 그리 많단가. 대체 살아서 뭣할 거여. 뒈져버리기나 하제."

"저 사람도 다비소라는 동네로 가는지 몰라."

"하기사 그런지도 모르제."

"그런 마을이 참말로만 있다면야 우리 자석들은 그런 데 가서 살아야 할 건디. 후유우."

나그네는 멀리서 보아도 뼈만 남은, 지팡이에 의지해서밖에 걸을 수 없는, 그런 늙은이였다.

그가 가까이 걸어왔을 때, 노인들은 한숨을 쉬었고, 젊은이들은 전날과 같이 가래침을 뱉으며 외면했다. 그는 뼈마디를 쭈글쭈글한 엷은 가죽 부대에 싸가지고 끌고 다니는—움직이는 무덤이었다.

나그네는 저만쯤에서부터 한 손을 흔들어대며 가래 끓는 목소리로 무슨 말을 열심히 했으나, 한마디도 알아들 수 없는 말이었다. 그렇게 하며, 그늘 밑까지 오자, 그도 쓰러져버렸다.

"물, 물, 무울."

그러자 수군거리기 좋아하는 아낙들은,

"이 가므름에 워디 물이 그리 많다고, 물 동냥이 그렇게 많대여, 참말로" 했다.

"헌디 저 늙은네의 몸뚱이엔 웬놈의 곰팽이가 저렇게 많이 피었단가?"

"관솔불 끄시름에 석삼년은 더 끄실린 것 같잖타고?" 그래도 노인의 눈 속엔 은은한 어떤 가느다란 불길이 타고 있어 보였다. 그것은 어쩌면, 명도(冥途)의 유황불 빛이 그 눈에 반영된 탓이었을 게다. 노인의 눈 색깔은 바래져서, 오래 묵혀두었던 보섭 빛깔에 가까웠지마는—

"헌디 댁은 늙은 풍신이 워디를 가오?" 담배를 잘 피우는 성 노인이 물었다. 그러나 나그네는 한참이나 대답이 없다가, "나, 나요? 무, 물이나 좀 주시오" 했다. 그리고 일어나 앉았다.

"댁도 다비소라는 디로 가는 거요?"

"예?…… 예, 사람들이 이 길로 마, 많이 지나갔지요?"

"아니오, 하나배끼 안 지내갔소."

"그, 그럴 리 없습니다. 이 늙은이는 걸음이 느, 느려서 그만, 이렇게 됐지만" 하고 숨을 몰아쉬면서 말했는데, 바람이 새는 말소리라 알아듣기가 여간 힘들지 않았다.

"거그는 풍년이라도 들었답뎌?"

"그렇다는 말이 있습니다만" 하곤 좀 쉬어서 빠른 말씨로, "그나 그뿐인가요. 그 마을에선 늙음을 여윈다 합데다. 물이나 좀 주시오, 엥."

"………" 그 늙은 나그네도 물을 한 모금 얻어 마신 뒤, 길 떠나 버렸다. 그날도 그를 따르는 사람은 없었다.

그 늙은이도 폭양을 받으며, 헤엄치듯 걸어서 모퉁이를 돌아가 버렸는데, 그가 걸어간 길바닥엔 그의 등 위에 붙었다 떨어져 뒹구는 마을 사람들의 눈들이 깔렸다.

"어짜먼 저쪽에 그런 마을이 있을란지도 모르는디."

"병도, 늙음도, 가난도 여일 수 있다는 것 아니여?"

"우리에게도 새로운 땅이 필요하구마는—새로운 땅을 찾아야겄는디."

나그네가 걸어가 버리고, 그날 오후도 산그늘에 덮일 무렵인데, 웬일로 태주 할미가 지팡이를 짚고, 흰머리를 흔들며 마을엘 왔다.

할미는 이레 사이에 갑자기 더 늙어진 모양으로, 허리는 굽어질 대로 굽어져 이마가 거의 땅에 닿을 지경이었고, 꺼멓던 피부가 더 검어져, 머리만 빼놓곤 그늘에 덮여 있는 것 같았다.

"할미, 오랜만이구만이라우."

그러나 할미는 인사도 받으려 하지도 않고, 앉으려 하지도 않았다. 그리고 그전처럼 눈을 두리번거리지도 않았다. 할미는 가느스름한 눈을 먼 하늘로 향한 채, 어떤 표정도 없이, 우물우물하는 이 빠진 말소리로 "한 해짜리 갓난애기를 하나 바치라는 전갈이 있어서 내가 왔구마는……" 하고는 돌아갈 모양이었다. 그러자 그때,

"할미, 그거 무슨 말이오? 위령 지산지, 기우젠지, 쥐뿔따군지, 그게 다 뭐여? 할미 몸이나 바치시제?" 하고 춘섭이가 뛰어 일어났다. 춘섭이는 주먹을 쥐곤 금방이라도 할미의 굽은 등을 갈길 기세다.

"으응? 흐흐흐흐흐. 그렇다먼 구만두게. 누구를 위해 이 늙은 할미가 비딱 길을 왔겠는가?" 태주 할미의 이 말에 춘섭이는 기운이 빠져버린 듯이 주먹을 풀었다. 따지고 보면 할미의 말이 옳을는지도 몰랐기 때문이다.

"으응흐흐흐. 천제님은 꼥코(기어코) 송아치 갖고는 안 되시는 모양이여. 진작부터 아이를 바치라 하고 태주가 전갈 왔었지마는 이 할미가 그것만은 못 하겄다고 월마나 우겼다고. 이레 동안이나 싸웠지만 안 된단 거여." 할미의 이 말에 고개를 끄덕이는 사람들도 있었다. 그런 걸 눈치채고 할미는 더 깔끄러운 목소리로, "으흐흐흐흥, 그런 중만 알고, 생각대로 하면 되는 거여. 천제님도 기신[氣力]이 좀 생겨야 비를 내릴 거 아니라고?"

"그렇지만 할미, 그건 안 되어. 안 된단개, 안 되어—우리는 가야 히어. 가야 한당개. 천제님인지, 태주 할민지도 없는 땅으로 가야겄어." 춘섭이는 핼쑥한 얼굴로 되는 대로 지껄이고 있었다.

그러나 태주 할미는 아무 대꾸도 없이 다시 한번 깔끄러운 목소리로 길게 한번 웃곤 가버렸다. 사람들은 한숨 쉬며 우두커니 있었으나, 사람들의 메말랐던 마음속으로 단비라도 떨어진 듯이—뭔가가 그네들 가슴속에서 야기되고 있는 것을 느꼈다. 그들은 "그래서라도 비만 온다면" 하고 바라는 것 같았다.

그로부터 또 닷새가 지났다.

그리고 또 밤이 되어, 냇가엔 젊은이들이 모였다.

그동안도 비는 오지 않았다. 그러나 날씨는 퍽 시원해진 모양으로 모든 것이 바작바작 말라 죽어버린 황무한 마을로 산들바람이 이따금씩 불어왔다. 날씨는 시원해질 듯했으나, 도처에 황폐가 있었다.

샘물도 형편없이 줄어들어, 이제는 내일 걱정이 아니라, 오늘을 살아야 할 걱정으로 해서, 모두가 거의 미쳐 있었다.

그들은, 잃었던 긴장을 이완해서 되찾고, 실의에서 광기를 흡수해 들였다. 그들의 눈은 한 사람도 빼놓지 않고 뻘겋게 충혈되어 있었으며, 헤벌렸던 입술들은 악물어져 모두가 어떤 결단의 시간을 재촉하는 듯이 하고 있었다.

아사자(餓死者)만도 세 명이나 있었는데, 술집을 하던 과부와 그의 어린 두 자녀였다. 그러나 그건 사실로 아사였는지, 아니면 집단 자살이었는지는 아무도 몰랐다. 그 집은 완전히 불더미 속에 파묻히고 말았었으니까. 사람들은 그냥 편리한 대로 "배가 고파 죽었구만"이라고 표현했다.

게다가 마을엔 앓는 자가 속출했다.

"인제는 할 수 없제. 할 수 없어. 춘셉이 자네가 동네를 위해서 좋은 일 좀 해야겄어. 아무리 둘러 찾아봐야……" 하고 봉길이는 말을 중단했다가, 결심했다는 듯이 "자네 딸배끼 없단 말여. 한 살배기는 말여" 했다.

"자네 몫으로 우리가 논 한 마지기를 맨글어줄 껀개." 상문이다. 그런데 춘섭이는 아무 말도 못 하고 있었다. 봉길이와 상문이를 노려보았으나, 그들은 오히려 당연한 말을 했다는 듯이 비식이 웃으려고 하는 것 같이 보였다.

"나는 못 하겄어. 나는 못 히어. 나를 죽여라, 나를. 이제 겨우 넉 달짜리 핏덩이를 잡아묵지 못해 환장한 놈들아. 나를 잡아묵어라. 나를 줵여. 천젠지 하눌님인지 모두 뒈져버려라. 음덕(陰德) 없이도 나는 살아. 내가 음덕 입은 것이 뭐여, 뭐여? 하눌님이란 건 해 입히기만 좋아한단 말여. 넉 달짜리 핏덩이가 무신 죄가 있어? 무신 죄가 있다는 거여? 무신 죄여, 엥? 이 줵일 놈들아." 그러나 춘섭이의 목구멍에선 피가 한 방울 넘어왔을 뿐, 말이라곤 한마디도 토해내지 못했다. 춘섭이는 악몽이라도 꾸는 듯이 입술을 옴지락거리며, 멍청하게 앉아 있다간, 갑자기 뛰쳐 일어나 어둠 속을 어딘지로 마구 달려갔다. 자기 머리칼을 쥐어뜯고, 옷을 찢고, 가슴을 치고, 살을 물어뜯고, 그리고 방울 큰 눈물을 흘리면서 마구 달려갔다.

남은 젊은이들은 눈을 껌벅이며, 그저 가만히 있었다. 봉길이도 더 입을 열려 하진 않았다. 그들은 그렇게 오랫동안 아무 말도 없이 누워 있기만 했다.

어디선지 흘러온 가느다란 바람이 머엉하게 누워 있는 젊은이들의 가슴을 어루만져주며 스쳐 갔다.

호르륵, 호르륵, 호르륵,
부엉, 부엉, 부엉,

"엉? 여보게, 저거 웬 도깨비불이단가?" 누웠던 순길이가 갑자기 일어나며 이렇게 부르짖었다. “워디여? 워디 엉?”

“아, 저쪽이랑개” 하면서, 태주 할미네 집이 있는 산 중턱을 가리켰다.

“저건 태주 할미네 집이 타고 있는 거 아니단가?” 느릿느릿한 말씨로 상문이가 말했다.

“그랴, 엉? 그랴?” 관심도 없다는 듯이 누웠던 봉길이가 놀라 일어났다.

“참말로, 참말로……” 봉길이는 벌써 저만쯤에 뛰어가고 있었다.

불이 타고 있었는데도, 태주 할미는 그것도 모르고, 잠든 손주딸을 내려다보며, “쯧쯧, 버리 방애 찧니라고 월매나 고상을 했으면 요로케 벌쎄 잠이 든단가. 쯧쯧, 아가, 헌데, 이힝, 이 할매가 더 살고 싶어서, 그래서 애기를 하나 바치라 한 거여. 할매는 멩[命]이 다 됐단개. 헌디 고 춘셉이 딸년은 살아봤자, 열다섯 된 해에는 죽을 운수거던, 열다섯 해 동안은 이 할매가 더 살 수 있을 건개, 흐흐흐으응. 송아지 갖고는 멩이 잇어질 수가 없다는 거여. 흐흐으으, 춘셉이 딸년의 멩을 이 할매가 뺏아 잇는 거란 말여. 고것들이 니얼쯤 소식이 있을 건디” 하고 혼자 이야기하고 있었다.

“헌디 할매는 삼악도(三惡道)를 멘할 수는 없을 기여” 하고 한숨을 한 번 쉰 뒤, 코를 킁킁하면서, “싼내(타는 냄새)가 워디서 나는 거여. 킁킁” 했으나, 할미도 피곤했던지 오그리고 누우면서 스르르 눈을 감았다.

봉길이가 할미네 오두막까지 뛰어왔을 땐 오두막은 막 쓰러지던 참이었다. 눈 녹고는 습기에 젖어보지 못했던, 개 다리 기둥에 이엉 이은 지붕이라 삽시간에 쓰러지고 말았던 것이다.

그걸 보고 봉길이는 멍해져 서버리고 말았다. 무슨 비명 같은 소리가 두 번인가 들렸다고 생각했으면서도, 몸이 말을 듣지 않았다. 왜인지 움직일 수가 없었다. 눈앞에서 쓰러져 눕던 불더미도 머언 마을의 풍경같이, 멀리 그리고 자기와는 아무 관계도 없는 듯이 보였다.

불이 일그러지고, 냄새 나는 노란 연기만이 모락모락 피어오르고 있을 때까지도, 그러니까 날이 희끄무레 새고 있을 때까지도 봉길이는 그렇게 서 있었다. 밤은 악몽과 같이 지나갔다. 그리고 밤은 집이 서 있던 자리에 몇 개의 돌덩이와, 잿더미와 노란 연기만 남겨놓고, 그리곤 아무것도 남기지 않고 모두 가져가 버렸다. 봉길이는 밤이 모든 걸 가져가 버리고, 잿더미만 남겨놓았다고 그렇게 생각했다.

그런데 날이 더 밝아지자, 봉길이의 흐린 안막에 뭔가가 커다랗게, 그런가 하면 아주 작게 비추어 드는 것이 있는 것을 인식했다. 그것은 웃고 있었다. 이빨을 드러내고 히히 웃고 있었다. 머리칼은 검불같이 헝클어져 있고, 눈은 얼굴 전체보다도 더 크게 퀭했다. 웃옷은 한쪽 어깨만 걸쳤을 뿐, 모두 찢기었는데, 드러난 살은 불에 덴 듯이 군데군데 꺼뭇꺼뭇한 반점이 있었다. 벗은 발은 피철갑(鐵甲)이었다.

"여, 봉길이, 봉길이, 왜 거그 서 있는 거여, 엉? 왜 거그서 그렇게 서 있는 거여? 멍충하게 잉? 웃고 있네그랴. 웃고 있어. 봉길이 자네는 히히 웃고 있당개." 그러나 그는 아무 대답도 몸짓도 없었다.

날이 완전히 밝아졌을 때, 그리고 잿더미 건너편 맞바로 서 있는 물체를 봉길이가 깨닫게 되어졌을 때, 봉길이 또한 이빨을 드러내고 웃었다. 천치같이 히히 하고 웃었다.

"봉길이 자네, 씨암탉은 뛰쳐나올지 알았었는디……" 누구도 들을 수 없는 목소리가 잿더미 건너편에서 이렇게 중얼거렸다. 그러더니 그는 미친놈처럼 팔을 휘두르며 마을 쪽으로 뛰어 내려갔다. 뛰어 내려가면서, "나는 씨암탉이라도 남을 건개. 씨암탉이라도 남을 건개. 씨암탉이라도 남는단 말여. 남아" 했다. "씨암탉은 남아"라고—

그날 정오에, 기우제와 위령제를 올렸던, 태주 할미네 집이 있었던 산꼭대기에서, 다시 한번 연기가 올랐다. 노란 연기가 올랐다.

태주 할미도 없이 기묘한 기우제는 진행되었던 것이다.

삼십여 명의 마을 사람들은—오십여 명의 마을 사람들 중에서, 병든 늙은이들과 기진한 아낙들과 아이들이 빠져 있었다—남녀 할 것 없이 꿇어앉아 하늘을 우러러보며, 흐느적흐느적 피어오르는 노란 연기 속에다 비를 갈망하는 마음을 실어 보냈다. 참으로 경건하고 칭중한 기우제였다. 그들의 눈들은 더할 수 없이 고요하고 깊었다. 그들은 두툼하고 푸르스름한 입술을 무겁게 움직여, "천제님, 보살피시와요, 보살피시와요" 하고, 속삭이는 듯이 중얼거렸다.

그러나 그렇게 기도하지 않는 여섯 개의 눈이 있었다. 그 눈들은 노란 연기 기둥 양편에서 탁탁 소리 내며 일럭 일럭 하는 불을 지켜보고 있었다.

춘섭이, 자네는 그래도 씨암탉이라도 남았은개……" 누구도 들을 수 없는 목소리가 노란 연기 기둥 건너편에서 이렇게 중얼거렸다. 그러더니 그는 미친 놈처럼 팔을 휘두르며 아랫녘으로 뛰어 내려갔다.

기우제는 또 그렇게 해서 끝났다. 산마루엔 어린 사지(四肢)를 비끄러맸던 네 개의 말뚝이 타다 남은 채 서 있었다. 폭풍우 속에서도 가뭄을 이야기하며 언제까지나 서 있을 게다.

꽹과리도, 장고도, 막걸리도 없이 치러졌던.

사람들이 총총걸음으로 내려가고 난 뒤에도, 춘섭이와 그의 안댁은 움직일 줄 모르고 서 있던 자리에 못 박혀 서 있었다. 그들은 그렇게 서서 넉 달짜리의 어린 영혼을 위한 두 망주석(望柱石)이라도 되려는지, 눈 하나 깜빡이지 않고 서서 있기만 했다.

그러나 산들바람에 불려온 노을이, 그들의 귀여웠던 넉 달짜리의 시회(屍灰) 위로 덮여올 무렵엔, 그들은 움직이는 것 같지도 않게 움직이기 시작했다. 그들은 불탄 자리에 엎드러져 타다 남은 작은 뼈를 줍기 시작했다. 노래하며 줍기 시작했다.

황혼은 언제까지고, 마을의 운명이 다하는 날까진, 딸의 뼈를 긁어모으며 노래하는 한 어미의 노래를 간직해둘 게다. 나물 캐는 산골 처녀들이 흔히 불렀던 수심가의 구성진 가락을, 그리고 무덤을 파는 두 사내의 핼쑥한 얼굴을 상기해낼 게다. 윗녘의 무덤과 아랫녘 무덤을 꼭같이 감싸주면서—

최후의 희망을 걸고, 천제와 담판을 지으려 했던, 그 기우제가 끝나고도 십오 일이나 흘렀어도 비는 오지 않았다. 깊이 뿌리를 박은 나무들도 꼭대기서부터 말라 들었다. 벼도, 콩도, 깨도, 옥수수도, 심었던 때의 크기에서 두 치도 더 자라지 못하고 말라 죽어버렸다는 건 오래된 이야기다.

마을에 병자와, 아사자와, 미친 자가 불어났다. 그래도 여태껏 살아왔다는 것은, 생명이 얼마나 모진가 하는 것을 잘 증명하고도 남았다.

내일에 대한 공포보다도, 현실적인 기아와 갈증은, 그들에게서 내일에 대한 공포도 설계도 빼앗아버리고, 외면되었던 현실이 각박하게 그들의 목을 짓눌러, 그들은 현실 속에서 습기를 빨기 위해 미친 듯 서둘러대기 시작했다.

물 한 모금 마시기 위해서도, 그들은 밤이나 낮이나 샘터를 떠나지 않았다. 그리고도 나중엔 쇠스랑이나, 괭이나, 모난 돌로 서로를 찍었다. 찍히고 찍었다. 찍고 찍혔다. 찍힌 자들은 피를 토하면서도 샘 안으로 쓰러졌다. 설사 물을 받았다 해도 마셔본 사람은 없었다. 하나만이 그 가뭄에도 물이 고였던 그 샘가엔, 탄 입술을 갖고 벌벌 기어와 쓰러진 노인들과 아낙들과 아이들이 헛소리를 하고 있었다.

"물. 무울. 무, 물."

"무. 무울. 무울."

"무울."

"다, 다, 다비소로……."

"무, 물이 많은 땅."

그러나, 생명이 아직 다하지 않은 자들은, 최후의 흐릿한 눈으로 보았다—산허리를 돌아오는 동구 쪽으로부터, 검게 쏟아져 내리는 폭양 속을 걸어서 피리를 불며 걸어오는 한 나그네를. 그리고 그들은 들었다. 상처를 핥아주는 듯이, 요람(搖籃)을 흔들어주는 듯이, 그렇게 달콤하게 굴러오는 가냘프고도 구슬픈 피리 소리를. 물 흘러 내려오는 소리를 듣는 것처럼 그리고 흘러 내려오는 물에 흠뻑 입술과 목구멍과 창자를 적신 것처럼—다른 아무 고통도 없이 그 선율에 귀멀었다. 그러나 그 곡조는 그들이 이전에 한 번도 들어보지 못한 것이었다. 그러면서도 그들은 태어날 때부터 들으며 살아왔던 것 같은, 아주 친숙함을 갖고 그 선율에 도취되어 있었다.

그들은 그 선율 속에서, 그들이 꿈꾸었던 새로운 땅의 체온(體溫)과 체취(體臭)를 느낄 수 있었다. 그래서 그들은 발음되지 않은 말로…… 당신도 다비소로 가는 길이면, 제발 우리도 데불고 가주우…… 했다. 그리고 그들은 그가 고개 끄덕이는 것을 보았다. 그래서 그들은 빙그레 웃었다. 웃는 입술로 산그늘이 무겁게 덮여 내렸다.

피리의 주인공은 마포건(麻布巾)에 짚신을 신고 있었다.

[참고] 『우리말 팔만대장경』, 「아함경법문」, 10장 13절의 23, 법통사 간행.

江南見聞錄

화설(話說)……

애비 없는 후레새끼[私生兒] 하나 키워내느라고—어머니는 후레새끼를 낳고 삼 년 후엔 출가해버렸다—젊고 난 뒤, 평생을 다 바친 할아버지가, 죽기 전에 귀가 아프도록 내게 들려준 얘기가 있다. 그이는 젊었을 시절에 삼 년간, 어떤 선교사를 따라다니며 열세(閱世)를 했다 하는데, 그 삼 년 동안은 그이의 발이 머물지 않는 곳이 거의 없었다 싶을 정도로 두루 편력해댔다 한다. 이야기엔 과장이 포함된 건 사실이다. 그리곤 책 속에 파묻혀서 살았는데, 손주인 나를 얻게 된 노년에는 지금도 잘은 이해할 수 없는 역사서니 철학서니 지리서니 종교서, 또는 정치학 책 나부랭이를 자장가 겸 읽어주기도 하고, 때로는 벽이나 쳐다보고 몇 시간씩이나 보내기도 하고, 어떤 때는 언제나 꼭같은 노래를 부르기도 했는데, 아마도 그것이 그이의 소견법(消遣法)의 전부였던 것이다. 그이의 생활은 그이가 써낸 몇 저술에 의해 보장되었던 터였다. 그러나 가난했다.

그이는 확실히 껍질을 가진 거머리로 살다 거머리로 죽었다. 그이는 죽을 때 눈도 감지 못했는데, 세상에서, 또는 자기의 삶에서, 아니면 자기의 껍질에서 피를 다 빨지 못한 그것 때문이었을 게다. 그래도 숨지기 전에 이놈의 손을 잡고 빙긋이 웃어주었기에 다행이었지, 눈을 부릅뜬 채 웃지도 않고 숨졌던들 지금은 내가 뭣이 됐을 것인가는 불문가지다. 그이는 자기가 못다 빨아들인 그 인색한 집념을 내게 넘겨준다는 식으로 웃었다. 그래서 나는 상속자(相續者)가 되었지만, 그이가 눈을 흡뜬 채 죽었기 때문에 나의 상속은 온전한 것은 못된 듯했다고 치더라도 그의 유언 속엔 내게 충분할 유산이 있었다. 나는 그이로부터 한 시민권을 물려받았는데, 내가 가서 정주할 땅은 역사 이후의 가장 희망에 찬 연대의 가장 자유롭고 비옥한 땅이었다.

그이가 귀가 아프도록 들려준 얘기[遺言]는, "그래, 이 세상 어디엔가는 그쪽으로 통한 길이 있을 게다. 암믄, 있구말구. 신작로는 새로 태어난 매머드가 휩쓸었다 해도 오솔길 하나는 남아 있을 게다"로 시작된 것이었다. 언제나 반복되는 서설이다.

"그럼, 있구말구. 오솔길은 있구말구. 그 길은 전설에로 통한 길은 아니다. 그 길은 희망과 평화에 대한 결속과 번영으로 넘침을 약속했던 그런 연대(年代)로 통한다. 사람이 모두 강남행의 제비였던 시절에 말이다. 네가 어렸을 적에도 자주 읽어 들려주었지만, 그 시대는 세속화된 신에게 압제 받던 우리 프로메테우스들이 코카서스 바위 위에서 해방되던 시대였단 말야. 생각해보아라, 신은 독수리였다는 것을. 독수리는 인간에게서 인간임을 씹어 삼켜왔었어. 인간에게서 인간임은 그것은 육신에 있어선 심장이나 간과 마찬가지야 알겠어? 태초에도 황금시대가 있었지. 그러나 거긴 전설로 통해진 곳이야. 내가 말하는 황금시대란 바로 이웃했던 시대란 말야." 그이는 얼굴을 찌푸리며 또 조금 생각에 잠긴다. 식모 할멈의 식사 재촉이 있을 때까지 그러고 있을 때도 있었다. 삼십 년이나 지나서 안 것이지만, 그이는 그런 동안이면 황금시대로 통한 오솔길을 걷고 있던 중이었다.

식사하는 동안은 그이의 습관은 이야길 하지 않았다. 생각도 하지 않은 것 같았다. 그이는 음식에 대해선 아마추어의 경지를 넘는 감식가였기 때문이다. 그이 역시, 삼 년 동안의 편력 중에서, 어떤 여인과의 야합으로 딸을 하나 얻었는데, 그 딸이 바로 나의 어머니다. 어머니는 열일곱 되었을 때, 어떤 곡마단의 무대 장치를 맡아보는 녀석하고 배가 맞아 돌아다녔는데, 그 배 부딪치는 곳에서 발하는 섬광적인 빛이 나로 뭉쳤다. 그러니까 나는 유서 깊고 전통 있는 후레새끼이다. 할아버지의 음식에 대한 감식안이 싹튼 것은 여기에 이유가 있었다고 생각된다. 그이는 한 번, 내게는 눈에 보이지 않는—생식의 여신이나, 암퇘지의 자궁을 지닌 여인으로 생각하는 바의 어떤 여인과 배를 맞대본 뒤는, 그 여인이 환가(라고 하면 가장 적합한 표현이 되는데, 그도 그럴 것이, 그 여인은 배가 배에서 떨어지자 할아버지의 빰을 느닷없이 갈기더니 그 당장으로 사라져버렸다 한다. 그러더니 일 년 하고 육 개월이나 지나 할아버지가 정착하고 있었던 옛집으로 찾아와선 이번엔 영양실조의 계집애 하나를 예의 그 빰을 치던 제스처로 맡기고 훌훌히 가버렸다 하는데, 아마도 녹수청산에 흰 구름 따라, 아니면 벌 받는 노루가 쫓기는 샘골에 가서 두레박 타고, 「귀거래사」 한 구절 신명 나게 뽑은 뒤, 속한 내 할아버지께 흰 손수건 흔들었을 거라는 생각이다)해버렸으므로, 할아버지의 배고픈 정력이 음식으로나 채워볼까 하고 음식에 달라붙었다. 음식이 지닌 신맛, 단맛, 짠맛, 쓴맛, 구린 맛 등 모든 것이 다 그이의 아내뻘이었다. 사실 이렇게 된 것을 나나 식모 할멈(할아버지의 사촌 누이)이나 고마워해야 할 일임엔 틀림없었다. 그렇지 않았던들 유산을 나누어 가질 자식들이 불었거나, 고집과 신경질이 불었을 게다.

"그래서 말이다," 식사를 끝내면 할아버지의 입은 다시 열린다. "난 그 오솔길을 찾으러 삼 년간 다녔지. 대체 그곳이 어땠느냐구? 그건 말야, '내세에 있어서가 아니라, 여기 세상에서 허약한 인간의 성질의 테두리 안에서, 그 안에서의 도덕적인 진보와 정신력의 진보의 실현'이 가능했던 연대의 땅이었단 말야. 인간 본위의 시대였어. 인간이 신에 우선(優先)했었단 말야. 그해는 세속화되었던 신의 식민으로부터 독립을 갈취하던 해였어. 독립 선언문은 대략 다음과 같다." 그리고 그이는 신파조의 음성으로 웅얼댔다. 노래 비슷한 것이었다.

"'공업은 황금색의 날개를 펼치고, 천만 족(足)의 거대한 발걸음으로 온 세상을 돌아다니며 나라들을 기름지게 한다.' 세속화되었던, 우리를 압제하던 신은 청동 탑 속에 유폐되었다. 우리 이제, 그가 헐어버린 바벨탑을 다시 쌓기 시작했느니, 천만 족의 언어와, 천만 족의 풍습과 천만 족의 사상이 하나로 결속될 날이 가까웠도다. '최후의 심판의 종은 울렸다. 악은 그치고 폭력은 사라진다.' '자유는 무덤에서 소생하고, 악마의 행적은 영원의 암흑 속에 묻히고 말았다. 천만 족의 만백성은 우애 속에 서로 손을 잡고 우레와 같은 환호성을 울리며 자유를 환영한다.' '이제 피로했던 세계는 사바드의 기나긴 날에도 자유롭게 숨 쉬리.'" 할아버지는 노래를, 이른바 독립 선언문을 그치면 향수에 잠겼다. 이럴 때면 내게도 푸른 불꽃과 같은 향수가 나를 휘감고 나를 태워 나는 형체도 내음도 없는 그을음이 되어 그 정토(淨土)의 대지로 내리는 것이다. 할아버지는 확실히 울창한 가장 큰, 가장 아름다운 고향을 갖고 있었다. 그이는 거기로 돌아가 보고 싶어 했지만, "이젠 늙어서 나는 틀렸어. 너나 돌아가 보렴. 그 오솔길을 찾아보렴" 했다. "참말인가요? 그 고향을 저에게 주시는 겁니까?" 난 열심을 내서 말했다.

"암믄, 너에게 주고말고. 그 아름다운 땅을. 얘야, 글쎄 그와 같은 땅일지라도 한땐 암흑시대가 있었어. 모든 건 신의 이름으로써 비롯되었다. 면죄부(免罪符)라고 하는 것까지 팔았단 말야. 인간은 그 신의 이름 아래에서 무기력해졌었다. 그러나 이 현세에 있어선 이 세계는 인간의 땅이다. 너나 나의 공화국이야. '우리를 압제하던 신은 청동 탑 안에 유폐되었다'라는 그 구절은 의미가 심각해. 세속화되었던, 그리고 제국주의적이었던, 그리고 악과 폭력의 맹주였던 그 악마적인 행적을 남긴 거짓된 신이 유폐된 거야. 알겠니? 이 시대야말로 황금색의 날개를 가진 참모습의 신에 의해서 나라들은 기름지고, 사람들은 희망에 불탔던 것이다. 그런 건 모두 신세계에 대한 끊임없는 동경과 염원에 의해서, 그리고 그런 염원의 승화된 개혁에 의해서 핀 것이었지. 안개는 걷히고 진실된 태양이 뻔쩍였던 것이다." 할아버지의 눈은 빛났다. 나에게 준, 할아버지의 유산은 이 이상 훌륭할 수는 없었다. 나는 여기까지만 이야길 들으면 되었다. 나는 벌써 그 공화국의 시민이었을 뿐, 이미 나그네는 아니었다.

"그 땅은 그러나 서자가 혼혈아나 사생아처럼 되어지고 말았다." 할아버지는 내가 그 고향길에 있는 동안 한숨을 쉬고 이렇게 말했다. 그 당시는, 그 이야기의 의미야 어찌 되었든, 그 이야기처럼 맘에 맞는 이야긴 없었다. 서자나, 혼혈아나, 사생아의 고향—그들은 모두 자유에서의 산 아들이었기 때문에, 응당 그들은 그와 같은 땅에 정주할 만하다. 나로 말하면 아주 전통 있는 가문의 아들이다. 그 땅의 시민권은 나와 같은 가문의 아들만이 얻을 수 있다.

우리들, 사슬 너머에서의, 자유의, 개방된 자궁이, 사슬에의 반항과, 사슬에서의 자유와, 사슬에서의 초월을, 생명으로 빚어 내놓은—황금시대를 살도록 특혜받은 인간들. —삼십 년이나 지나 뒤늦게사 할아버지 이야기의 향방을 알게 되었다 해도 난 이삼십 년 동안의 나의 믿음에 실망하지는 않는다.

“그 수유의 지상의 천국은 사라졌다. 아주 눈 깜짝할 사이에 신화적으로 몰락되어져 버렸다. 새로운 용납될 수 없는, 신이 탄생되면서 그렇게 되었다. 이것은 인간만의 평화스러운 공화국을 부르짖던 자들이, 그리고 ‘황금색의 날개를 가진 참 신’을 예찬하던 자들이 조작해냈다. 이것은 평화와 행복스런 미래를 유액으로 빨고 자라나선, 나중엔 유모를 잡아먹고 암흑의 산파(産婆)가 되었다. 그는 ‘천만 족의 거대한 발걸음으로 온 세상을 돌아다니며’ 진통하는 산모들께서 암흑을 받아냈다. 불안과 공포와 절망이 대량 생산되었다. 이미 그것의 아버지들도 항복해버렸다. 아버지들의 정액 속엔 매독균이 있었거나, 그 정액을 받은 자궁에 뱀이 들끓고 있었던지도 몰랐다. 그 이전의 암흑시대보다 그 이후의 암흑시대는 더욱 검고 비참하게 되었다. 세계는 매독에 걸려 고름을 쏟으며 발작하려고 한다. 바벨탑을 쌓아 올리자고 노래했던 그들의 노래는 공허한 메아리가 되었거나, 발작을 위한 신음으로 변해버렸다. 오늘날 인류는 계급 투쟁과 선동적인 정치, 배타적이고 군국적인 민족주의와 사회주의에 의해 초래된 폐허 안에서 매독균에 즐거워하며 살고 있다. 그래, 다시 암흑시대가 왔다. 우리로 하여금 희망과 행복을 느끼게 했던 저 황금시대는 묻히고 말았다. 헌데 말이다. 이 폐허 안에서 살고 있다고 하더라도 우리는 다시 황금시대를 낳게 할 수도 있어. 신세계에 대한 꿈을 갖는다는 그것만으로서도 어느덧 세계는 바뀌어질 수도 있어. 그러나 오늘날엔 바벨탑에 대한 꿈이 사라진 시대다. 그와 비슷한 형태의 것이 이스트-리버 해협에 기초가 닦여져 있다더라만, 범게르만주의니 범슬라브주의니 뭐니 하는 철근과 대리석으로 되어지는 건물이라면, 생각해보면, 그것들은 향수가 없겠는지. ……그러나 반드시, 어디엔가는 그 황금시대로 통한 오솔길은 있을 게다. 난 그것을 믿는다. 그것은 신기루나 기적은 아니었어. 확실한 것이었어. 난 눈을 감으면 그 길을 볼 수도 있으며 발밑에 느낄 수도 있다. 그곳의 지붕은 모두 오월 그늘에 부드럽게 애무를 받고 은근히 빛난다. 사람들은 지루한 시간엔 일하며 경쾌한 시간엔 행복을 나눈다. 공장에선 부족한 필수품을 생산하느라 기계는 노래하고, 절망된 자는 없다. 인구는 적당하며 물질은 풍부하다. 순경은 어디에 불편한 점이 있는가 하는 것을 찾기에 혈안이 되어 있을 정도다. 가령 시청 광장을 걷던 사람이 광장을 다 건너기 전에 설사를 해버릴 지경이 되었다면 그런 사람을 위해 광장에 금방 변소를 세운다는 식이다. 순경은 그러한 일을 한 달에 한 건이라도 발견한다면, 그는 유능한 순경으로서 화제가 된다. 거기서는 인간만이 가치가 있기 때문이다. 신도 인간을 위해서 존재해 있고, 변소도 인간을 위해서 세워져 있다. 처음에서 끝까지 인간 본위이다. 다시 말할 수 없이 평화스럽고 희망에 넘치고 교만한 땅이었다. 침팬지까지라도 인간 닮았다 해서 존경받을 정도였다. 각인은 모두 위대한 개선장군처럼 다른 사람으로부터 존경받고 존경한다. 그러므로 반목이나 전쟁이나 불안은 있을 수도 없었다. 그랬던 시절도 있었다. 그러나 혹자는 믿지 않을는지도 모른다. 외관상으론 그래도 그 내면엔 많은 사회적인 문제가 있노라고. 그리고 그것은 멸망으로 발전할 것이라고. 헌데 말이다, 그건 절망된 세계를 살아본 사람들의 역사관이야. 사람은 행복해지면 감사와 축복을 그들의 영혼의 비곗덩이로 만든단 말야. 불안과 절망 대신에 행복과 희망을 심어 넣어보렴. 리트머스 시험지의 반응처럼 순식간에 모범이 될 인간이 태어난다. ……난 그 길을 지금도 보고 있다. 라일락꽃이 줄지어 선 잔디밭을 통해서 둥근 지붕들의 빛나는 건물들이 어슴푸레 보이고 있다. 오오, 황금의 땅이여! 땅 위의 천국이여!" 할아버지는, 그리곤 쓰러졌는데, 닷새 후에는 죽었다. 닷새 동안은 할아버지의 눈은 초점이 없었다. 깊은 그늘에 덮인 듯했는데, 사물은 그 동자(瞳子) 안에선 형체를 잃고, 무한히 긴 오솔길만이 그 눈 속을 가로질러 황금시대로 통했다.

"어디엔가는 그 강남의 오솔길이 있을 게다. 난 그것을 보기는 수없이 보았고, 또 지금도 보고 있다만, 너무 늙어 발을 떼어놓을 수가 없구나." 할아버지는 가쁜 숨을 쉬면서 웃는 듯한 입 모양을 했다. 임종하려는 것이다.

"가난스런 내가 줄 곳이 있다면 그곳뿐이다. 나는 그저 바라보는 이것만으로도 행복하다. 내 눈만은 감기지 말아다오!" 할아버진 그리곤 숨져버렸다.

마지막으로, "내 눈만은 감기지 말아다오!" 하고 이야기하면서—

"내 눈만은 감기지 말아다오!"

그러나 난 할아버지의 눈을 감겨버리고 말았다. 어찌나 세게 눌렀던지 죽은 입술이 꽥 소리를 지를 정도였다.

각설(却說)……

난 할아버지가 숨진 그날로 행장을 꾸렸다. 나는 나의 유산을 찾으려는 것이었다.

일주일 후에는, 나는 시골길을 걷고 있었다. 큰길은 건물로 들어차 버렸지만, 오솔길만은 남아 있을 것이라는 믿음이 있었기 때문이다. 할아버지와 마찬가지로 나도 그러한 길을 꿈에서 수없이 보았던 터였다. 그 길은 온전히 나만의 것이었다. 누가 넘겨보는 사람이 있을 리도 없었다. 그것은 나만의 비밀이었다. 나는 아직 오늘까지 한 여인을 빼놓곤 아무에게도 말하지 않았다. 나의 삼십 년간에 걸친 탐색에 따랐던 슬픔과 고뇌를 정사(情事)와 이별을, 병듦과 주림과 때때로 맛보았던 행복을, 이런 모두를 말하지 않았다. 내게는 이 탐색과, 탐색에서 체험된 몇 경험들은 처녀성이나 순결성 또는 정조처럼 생각켰다.

그런데 그 나이가 되기도 전에 나는 너무 늙어버렸다. 볼은 구레나룻이 덮고 있으며, 까맣던 눈도 잿빛으로 변했다. 이 조로(早老)의 슬픔이 영영 나를 무덤에로 이끌기 전에, 나도 하기야 할멈이 필요하다. 할멈 하나 얻어 등이나 좀 긁어달랠까? 내가 생명을 이 육신 안에 담고 있는 동안은 나를 담을 곳은 여기밖에는 없으니까 이제는 나도 정좌해볼까?

탐색에 오른 첫 세 해 동안은 나는 살던 도시를 떠나 강의 남쪽 시골길을 헤매 다녔다. 내가 꿈에서 보았던 그 오솔길은 도시의 거대한 건물이 끝나는 곳에서부터 시작되었었다. 그 오솔길은 누구도 딛고 간 발자국이 없어 돌들은 이끼에 덮여 까만 모습으로 웅숭그리고 있었고, 낙엽은 쌓이고 쌓여서 푹신한 쿠션으로 되어 있었다. 그 사이로 길 같은 것이 어쨌든 시선의 한계가 끝나는 곳까지 뻗어 있었고 그 저쪽에 금빛 지붕들이 어머니처럼 보였다. 내겐 할아버지의 것과 같은 라일락꽃 오솔길은 아니었다. 나는 어쨌든 나의 마을을 찾아야 했다. 나의 마을은 버리고 떠나왔던 선조의 후예인 나를 기다리고 있었으니까. 그곳은 강남이라 했는데. 나는 이 서자와 혼혈아와 사생아의 고장을 수없이 꿈꾸었던 것이다. 나는 어서 찾아가야만 했었다. 특혜의 자유에서 선택된 우리들, 후손이 살고 있는 땅을. 그러나 나는 억만 번이나 희망을 가졌고, 억만 번이나 실망했다. 강편의, 오솔길이 시작되는 길을 나는 끝없이 걸었고, 또 헤아릴 수 없는 많은 마을을 보았다. 마을마다 상냥스런 아가씨들이 있어 어느 때는 어느 아가씨와 세 마을쯤 같이 걸은 적도 있었고, 뽕나무 밑에서 오디를 따는 척하며 그 아가씨를 눈물 흘리게 해준 적도 있었다. 면서기와 같이 길을 걷기도 했으며, 모심는 논에 가 줄을 잡아주기도 했다. 겨울은 아무튼 나는 움직일 수가 없었으므로 훈장 노릇을 해야 했다. 경험에서 짐이 불어난 것이지만, 내 행장 속엔 심심한 노인들께 들려줄 이야기책 몇 권, 그들의 아들 손주께 배워줄 천자책(千字冊) 하나, 이런 것들이 불었다. 어느 마을에선 결혼해서 주저앉아버리라고 권유를 하기도 하고, 또 나로서도 정다운 아가씨 탓에 그래 보고도 싶었으나, 그런 마음이 들 때론 다시 그 오솔길의 꿈을 꾸었다. 난 오솔길을 꿈에서 보기만 하면 견딜 수 없이 우울해져서 뿌리치고 일어나야만 했다. 어느 때는 계속 며칠이고 꿈을 꾸었다. 앓고 있을 때면 꿈은 더욱 많아졌다. 나는 초라하고 조급해져서 앓는 몸으로라도 몇 번이고 뿌리치고 일어나기도 했고, 또 앓는 몸으로도 몇 번이고 추방당하기도 했다. 잠자리는 물레방앗간이 언제나 제일 그럴듯했다. 대개는 한둘의 벗을 찾을 수도 있고, 벗이 없더라도 내 경험의 몇 푼을 털어 내놓고 셈해볼 수도 있었으니까. 그러나 달 밝은 밤이면 난 거의 미쳐서 잠을 들 수가 없었다. 내 눈에 오솔길이 보이며 어머니 같은 내 마을이 보이기 때문이다. 나는 뛰쳐 일어나 달리다시피 걷다 보면 때로는 호수에 이르기도 하고, 때로는 면 소재지에 이르기도 했다. 때로는 강의 상류에까지도 이르렀다. 호수에 이른다든가 면 소재지에 이른다든가 거기에는 하등의 차이도 없었다. 실망을 느끼고 아무렇게나 몸을 부려 잠이 들면 아침은 더워 있거나 비가 내리고 있었다. 그래도 나는 정처가 없었다. 난 슬픈 마음으로 여위며 빨리 정착하고 살고 싶었다. 그렇게 세 해 동안을 나는 강촌을 헤맸다. 그러나 그 길은 발견하지 못했다. 나는 흐느낌을 짓물고 강촌을 떠나기로 했다.

네 해째부터 네 해 동안, 나는 바닷가를 헤맸다. 바닷가에서 바닷가로, 나는 내 오솔길의 꿈이 이끄는 대로 따랐다. 불기둥도 구름 기둥도 없는 고독한 여로였다.

하기야 그동안에 내게로, 아들이 하나, 딸이 둘, 사산아(死産兒)가 하나, 그리고 고자 남편을 가진 어느 부잣집 외동 며느리에게 심어준 것까지 합쳐 다섯이나 되는 아이가 있었다. 그 고자 아내의 배 속의 것은 아들인지 딸인지는 몰라도 배가 불러 올라 숨을 헐떡일 때까지는 서로 좋아지냈었으므로 틀림없이 씨를 갖긴 했을 게다. 그 여자는 참으로 그럴듯한, 딛고 간 발자국이 없던 채로의 왕성한 여자였었다. 그런 여자였으므로 내가 떠나온 후론 가끔 샛서방을 맞았을 것이다. 바닷가엔 칠팔월 호박처럼 무르녹는 과부가 많기도 많았다.

그런데 문제는 사산아의 경우였다. 이것이 나의 방랑을 멈추게 한 획기적인 계기였다. 그 외의 네 아이는, 한 아이는 부잣집 외아들 몫으로 선물해버린 셈 치더라도, 세 아이는 어떻게 되었는지 나도 알 수가 없다. 한 아이는 처녀의 배 속에서 총각으로 나왔고, 한 아이는 과부의 배 속에서 홀어미로 나왔고, 그리고 한 아이는, 처녀는 아니었지만 처녀로 행세하던 식모의 배 속에서 반처녀로 태어났는데, 나는 항상 오솔길 따라 야간 행각을 잘했던 터였으므로 불행히도 내 아들딸의 안부는 캄캄할 수밖에 없다.

그런데 몇 달이고 오솔길이 보이지 않은, 청명한 날씨가 계속되었다 해도 내겐 그렇게밖에 생각되지 않는 우계(雨季)가 있었다. 나는 아마 처음으로 사랑을 느꼈던 모양이었다. 내가 우계를 견뎌야만 했던, 그 괴로운 철[季]을 준 아가씨는 선주(船主)의 외동딸로서 나보다는 다섯이나 아래인 깜찍한 소녀였는데, 나는 그만 그녀에게 압도되고 말았던 것이다.

때는 5월, 다정해지고 싶은, 누구나를 자기의 오솔길로 데리고 가는 계절이었다. 나는 부둣가에 서서 바다 끝을 바라보고 있었다. 나는 바다로 눈을 향했지만, 내 시선이 닿은 것은 내 마을의 오솔길이었을 뿐이었다. 이 세상을 편력하면 할수록 그곳에 대한 나의 동경과 회향은 더욱 절실하고 집요한 것이었다. 난 현실에로 눈을 돌리면 가련하고 비참한 상여(喪輿)집 같은 거지 나부랭이로, 잘하면 식모나 가난한 과부의 며칠 밤 서방 노릇을 하면서 밥술이나 얻어먹을 수 있었으나, 형편이 아니었다. 그렇대도 나의 고향, 나의 땅은 기름지며, 아름답고 포근하고 평화스러운 곳이다. 나에게 그와 같은 고향이 없었던들, 귀향의 오솔길이 보이지 않았던들, 나는 지금 내 자신의 백골 위에 오줌을 갈기며 휘파람 불고 있거나, 내 자신의 백골을 빻아 환약(丸藥)을 지어 먹고 땀내고 누워 있을 게다.

바다 저 먼 곳에, 이미 파도 같은 건 보이지 않고, 나의 어머니인 내 마을 공화국의 지붕들이 보였었다. 난 취해 서 있었다. 지붕의 꼭대기엔 공화국기가 펄럭이고 있었는데, 자꾸만 내게로 가까워 오고 있었다. 난 그것을 바라보며 황홀되어 미소 짓고 있었을 게다. 그리고 어떻게 하면 나를 근사하게 보이게 할까 하고 생각하고 있었을 게다. 젠장헐, 그 순간 갑자기 나를 현실로 데리고 오는 것이 있었다. 나는 어찌나 슬펐던지 하마터면 눈물을 쏟을 뻔했다. 난 언제든 좀 실컷 울어야겠다는 생각을 해왔던 참이었으니까.

“아빠, 저거 우리 배가 틀림없죠?” 나를 나의 귀향길로부터 이 냉엄한 현실로 데리고 온 것은—그건 몹시 정답고 달콤한 목소리였지만—체면 없이 열띤 금속성 부르짖음 그것이었다. 나는 얼른 그쪽을 향했다. 때는 기우는 정오, 아침의 명석은 호박잎처럼 지쳐 숙어 들고, 누구나 사춘(思春)의 어머니가 되는 시각. 내가 그쪽에서 본 것은, 내가 그전에 할아버지의 서재에서 읽었던 어떤 책 속의 미치광이—그 이름은 에이허브라고 기억되는데—같은 한 늙은이가, 펄펄 뛰는 도미 같은 이십 세 안팎의 아가씨에게 기대서서, 온화한 미소를 짓고 있는 행복스런 광경이었다. 내가 특별히 에이허브에게 그를 비한 것은, 그도 바다에서 늙어온 듯한 피부 빛깔과 지금은 이미 꺼져버린, 의지의 잿더미로 변해버렸지만, 그래도 그 잿더미에서 무엇인가를 찾아볼 수 있다는 그것과, 한쪽 다리가 의족인 듯싶게 거북상스러워하는 몸짓 때문이었다. 그는 시종 온화한 빛을 띠고 좀 망연한 시선으로 마스트가 조금씩 커지는 바다 끝을 바라보기만 했다. 그 아가씬 거의 발을 동동 구를 지경이었다.

“우리 배가 틀림없어요. 부두까지 나왔단 건 참 잘했어요. 여기서 일주일만 있다 돌아갈래요, 아빠 응.” 딸은 그렇게 졸랐다. 난 한눈에 그녀의 순진무구에 부러움을 느꼈고 나와는 상관없는 그녀의 교만에 화를 냈다. 그러나 그러한 것들은 나를 자신도 모르는 새 그들에게로 이끄는 것이었다. 나는 나를 살펴볼 겨를도 없이 그들 가까이로 걸어갔던 걸 게다. 그리고 아마 나는, "안녕하세요? 이런 날씨엔 기쁜 소식만 들리는 법이랍니다" 하고 말했을 게다. 그러자 그 늙은이는 빙긋이 웃는 낯으로 잠깐 내게 시선을 주더니, "고마우이" 하며 안주머니에 손을 넣는 것이었다. 그 아가씬 한순간 내게 시선을 주었을 뿐이지만, 난 줄곧 그 아가씨만 바라보았는데, 그녀를 감싸고 있는 분위기의 향그러움과 그녀의 눈망울 안으로 비쳐드는 사물의 정다움, 모든 것은 그녀에게 접촉되고 느껴지고 비쳐들기 위하여 분홍빛의 명주로 성장하고 다가드는 것 같은 느낌을 주는 그것에 나는 압도되어 숨 쉬는 것을 멈출 정도였다. 나 같은 음치까지도 그녀 앞에서는 천재적인 베짱이가 되어버릴 것 같은 이런 모두를 한꺼번에, 실로 눈 한번 깜짝할 사이에 느껴버렸다. 내가 그렇게 얼이 빠져 있는 동안, 내 귓바퀴를 나직한 음성이 한번 스쳐 지나갔다. 다시 한번 같은 음성의 묵직한 위압이 내게 현실을 재촉했을 때에야 나는 정신을 차렸다. 나는 참 예민한 사내였던 것이다.

"자, 이거 갖고 가서 저녁이나 들어."

그 늙은이가 내민 것은 한 장으로서는 가장 단위가 높은 수해구(海狗)의 음모(陰毛)였다.

"고맙습니다만, 난 거지가 아닙니다. 이래 봬도 황금시대에 사는 시민권을 지닌 사람입니다. 이 핏속에. 어쩌면 난 그곳의 이장(里長)이 될는지도 모릅니다. 난 그곳으로 돌아갈 오솔길을 찾고 있어요." 그 늙은이는 이상한 녀석 다 보겠다는 듯이 거절하는 나를 빤히 쳐다보더니—그때 그 아가씨의 눈이 이십 초쯤 내게 머물러 있었다. 난 처음으로 가슴 뛺을 느꼈다—"거참, 가엾은 친굴세. 받아둬, 기쁨은 나누어 가져야 마(魔)가 붙지 않는단 말야" 하고 자기의 자선심에 아첨하려 했다.

"다시 한번 말씀드림을 용서하십쇼만, 난 거지가 아닙니다. 난 내 마을에 선 상류 인사입니다. 난 그런데 그 길을 잃었어요. 난 찾기에 칠 년을 보냈지만." 그 노인은 얘기가 끝나기도 전에 화를 내며 감정을 주체할 바 모르고 있는데,

"아빠, 그 돈 나 줄래요? 나 저녁 사 먹을래" 하고 딸이 응석을 피웠기 때문에 늙은이의 분노는 평정으로 돌아왔다.

"바다를 두고, 내 어머니 같은 마을을 두고 맹세해도 이 세상에 서는 제일 아름다운 숙녀님." 나의 목소리는 어느덧 비장해 있었다. "친절하신 아버님의 호의를 거절한 것을 용서하십쇼." 그녀는 금방이라도 깔깔거리고 싶은 걸 참고 있는 듯한 눈 모양으로 나를 내려다보았다. "이 몸은 너무나 행복하고 풍족한 사람입니다." 나의 이 말이 끝나자 그 아가씨가 놀랐다는 듯이 나를 훑어보았다. 나를 내 자신이 침해해가면서까지 나를 스스로 비천하게 표현해본다면, 침팬지를 어르는 유한부인들의 그런 것이라고나 해둬도 좋다. 아무튼 좋다. 우리가 듣는 어떤 진기한 이야기론 무슨 비행기 회사의 사장의 영양이 아프리카 상공을 날다 추락되어 고릴라의 정부 노릇을 하면서도 암고릴라에게 질투를 낸다는 이야긴 간혹 들리니까. 내가 침팬지가 되었든, 고릴라가 되었든, 뭣이 되었든 좋았다. 난 그 아가씨를 내가 그때까지도 경험해보지 못했던 순수무구의 덩이인 그 아가씨를, 품을 수만 있다면.

"난 나만의 울창한 마음을 가졌으니까요. 할아버지가 내게 물려준 것입니다. 할아버진 원정(園丁)이었었죠. 거긴 할아버지의 표현으론 계절은 언제나 5월이며, 그 짙은 5월 그늘에 애무를 받는 것은 무엇이나 은근하며 너그럽다 합니다. 거기로 통한 길은 라일락꽃이 줄지어 서 있어 개선장군을 맞는 숙녀들의 손처럼 흔들리고 있다 합니다. 거긴 나의 땅입니다. 무엇이나 신랑인 나를 위해 마련되어진 나의 신방(新房)입니다. 난 누구보다도 풍부합니다. 난 지금 돌아가는 길에 있으니까요. 허지만 불쌍하게도 아직 귀 떨어진 이정표도 보질 못한 채 칠 년째의 5월을 맞았답니다. 후유우." 나의 이야긴 흐트러져 있었을 것이지만 난 나의 이야기가 계속되는 동안 그녀의 눈이 어떤 선망과 동경으로 한 마리의 까투리가 됨을 알았다. '양주부처(兩主夫妻) 내외자웅(內外雌雄), 가시버시 큰물에 들어가 조개 되었으니'—난 여자의 눈의 바다에서 의미를 캐어내는 데는 일가를 이룬 진주잡이였다. 그러는 사이 선체가 아주 크게 드러나 보였기 때문에 그녀의 흥미는 바뀌어지고 말았으나, 나는 행복스러운 듯하기도 하고 비애스러운 듯도 싶은 어릿한 기분으로 그저 줄곧 그녀의 곁에 서 있기만 했다.

배는 도착되고, 떠들썩한 잡패 놈들의 쌍소리와 웃는 소리 속에서 해가 지고 바다는 노을에 물들고 있었다. 그때는 나는 어느 사이엔지 손님 떠나버린 잔칫집, 열기 가신 화톳불 앞에 혼자 쭈그리고 남아 있었다. 오솔길 같은 건, 빛나는 지붕들의 손짓 같은 건, 내 눈엔 보이지도 않았다. 오솔길에 대한 내 집념과 회향의 환등 같은 건 폭풍이 불어 꺼버리고, 폭풍이 불고 간 내 하늘에서 한 별이 빨갛게 타오르고 있었을 뿐이었다.

사흘 동안을 나는, 그곳으로부터 조금 먼 곳으론 발을 옮기지 않고, 그곳만을 지켰다. 나는 내가 가진 것 중에서 제일 깨끗한 옷으로 갈아입고 그랬다. 그러나 내 모습은 내가 보아도 형편없이 초췌하고 가련했다. 나는 병이 들어 있었으므로. 한 번만 더 그녀의 그림자를 볼 수만 있다면 죽어도 좋을 것이라고 생각했다.

나흘도 저물려는 해거름에, 나는 그때 죽어도 좋았다. 그녀가 천천히 부두를 걸어 모래펄로 가고 있는 참이었다. 한데 나는 나의 소망이 이루어져 그녀를 보았으므로 죽어야만 했는데 왜 죽지 못하고 그녀를 뒤따랐을까. 오오, 이 부조리의 침팬지여, 너의 생각은 방귀 냄새밖엔 안 나는구나. 너의 방귀에 난 코도 찡그리지 않으리라. 나는 열두 번도 더 세수를 해놓았던 참이었다.

내가 가까이 갔을 때도 그녀는 나를 깨닫지 못하고 있었다. 그녀는 분홍 실크의 원피스를 입고 건강한 모습으로 구애받지 않는 백조처럼 내 앞을 걸어가고 있었다. 난 그녀의 발자국마다에 입맞춤을 퍼부으며 울고 싶었다. 난 언제부터도 울고 싶음을 내 피낭(皮囊) 안에 목화씨처럼 감추어두고 있었다. 그러나 난 침착하려고 애쓰며 그녀의 교만 앞에 나를 벗어던지기로 결심했다.

“헤헤, 저 제일 아름다운 숙녀님, 절 알아보시겠습니까?” 나는 열적게 뒤에서 소리쳤다. 그러면서 넘어질 듯이 뛰어 나란히 섰다. 그녀는 싫지는 않은 듯이—아니 적어도 멸시하는 눈이 아닌 눈으로 힐끔 한번 나를 쳐다보더니,

“그럼요, 알아보구말구요. 아버지가 칭찬을 하시던 분인걸요” 하며 킥킥거리는 것이다. 하마터면 난 눈물 속에 빠질 뻔했다. 울고픔이 피낭 안에서 누선(淚腺)을 간질거리며 종용했다.

"뭐, 뭐요? 나, 나를요? 아 하늘같이 너그러우신 분!" 나는 성호를 두 번이나 그었다.

"네, 그러나 즐거워는 마세요. 아버지 말씀이, '그놈은 미친놈이 아니면 반편이야' 그랬거든요." 그리고 그녀는 눈물이 나올 때까지 자지러졌다.

"제기랄 놈의 영감쟁이, 혀를 쏙 빼내 버릴라? 제기랄." 나는 숨이 막힐 정도로 화가 났다. 나를 살게 했던 모든 것들이 그와 같은 취급을 받았다는 건, 나는 결국 자기도취의 아포(芽胞) 안에서 오차(誤差)를 살아왔다는 것밖에는 다른 아무것도 아니었으니까. 그러나 난, 그전에도 그랬고, 또 그때도 그랬고, 지금도 그렇지만, 나의 삶은 헛되었다고는 생각지 않았다. 헛된 건 내 쪽이 아니다. 심장엔 비계가 없으면서 아랫배에는 비계가 많은 심장에 선행해서 창자를 위주하는 놈들. 저주받을 배금주의, 배금주의, 오호 배금주의, 배금주의의 물결이 내 오솔길을 휩쓰누나. 나는 번뇌로워 팔을 휘젓고 가슴을 치다가 쓰러져버렸다. 내 안에선 울고픔이 폭발하는 굉음이 들렸다. 난 모래에 얼굴을 처박고 울음의 주머니가 말라붙기를 기다렸다. 그 아가씨 따위야 있는지 없는지 내가 알게 뭐냐?

"세속화되었던, 우리를 압제하던, 청동 탑 속에 유폐되었던 그 신이 다른 모습을 하고 뛰쳐나왔구나. 썩어 문드러져 구린내 나는 몸뚱이에 황금의 도금을 하고 호색한들의 불알을 사들이는구나. 제기랄, 제기랄 불알 없는 몸뚱이로 너희들은 뭘 사정해 내겠다는 것이냐. 너희들의 몸뚱이에선 유출이 막힌 정액이 썩는 냄새가 난다." 나는 정말 몇 년간이나 못 울었던 울음을 울었는데, 깔깔거리는 웃음소리를 등 뒤에 듣고서는 나의 울음의 이유를 생각해보았다. 그런데, 제기랄, 이유가 없었다. 이미 그렇고 그렇게 해서 짓뭉개어진, 가득 찼으면서도 하나도 없는 공허의 수용소가 되어버린 땅이 되었기 때문에 나는 나의 고향의 귀로를 찾았던 것이 아닌가. 새삼스럽게 그 기정사실 때문에 울어야 할 필요는 없었다. 제기랄, 이유가 없었다.

"헤헤, 헤헷, 헤헤헷, 헤헤, 헤헷." 갑자기 난 내가 우스워 고개를 처박은 채 웃어젖히기 시작했다. 등 뒤에선 더욱 자지러진 웃음소리가 들린다. 한참 웃고 나니 아주 즐거운 기분이 든다. 난 기분이 좋아져서 무릎을 꿇고 고개를 쳐들었다. 얼굴에 묻었던 모래가 부스스 떨어지며 옷에 묻은 모래까지 떨군다.

“미안하게 되었어요. 저의 아버지의 이야기를 해드려서 눈물을 흘리게 했군요. 당신은 참 가여워요.” 난 얼른 등 뒤로 고개를 돌렸다. 깔깔거리며 곧 죽어가던 소리를 분명히 들었었는데, 그녀의 눈엔 이슬이 맺혀 있었다. 난 다시 뭔가 뭉클해져 부르짖었다.

“아니, 천만에요. ‘맹세코’ 나는 눈물을 흘리지 않았어요.” 난 ‘맹세코’만을 반복했다. “맹세코 당신 아버님의 욕도 하지 않았어요. 맹세코!”

“호호호호호, 남자분들은 어쩜 거짓말 잘하는 개구쟁이만 같을까?”

“네? 그, 그, 뭐, 뭐요? 어린아입죠! 개구쟁이예요. 더욱이 난 더해요.” 그러고 나서 나는 턱을 만져보았다. 쳇, 어느 사이 난 개구쟁이의 세월을 넘겨버렸는가. 수염이나 좀 깎을 텐데. 그러나 나의 경험이 나에게 일러준 바에 의하면, 나의 연애는 오 분의 둘쯤 성공했다는 답이 나왔다. 나를 싫어할 이유가 있어야지. 난 장담하지만, 못생긴 곳이라곤 꼭 한군데밖엔 없었다. 배꼽이 두 치짜리라는 그것이다. 배꼽이 두 치가 된 데에는 이유가 없는 건 아니었다. 개구리란 놈이 배꼽이 없는 것이 우스워 어찌나 웃었던지 그날 밤에 나는 배꼽으로 오줌을 누었다. 배꼽인지 무엇인지 잘 구별이 안 될 정도로 자라나 있었던 것이다. 그러곤, 어디까지나 내가 만든 기준이지만, 난 참으로 그럴듯이 잘생긴 사내였다. 게다가 그날 나는 최대한으로 멋을 부렸기 때문에 나를 싫어해야 할 이유가 없었다. 멋을 부렸대야 낡은 코듀로이 바지에 누렇게 변색된 와이셔츠가 고작이었는데, 아껴서 여자 만날 때만 입었었으므로 해진 곳은 없었다. 그러나 슬프게도 난 감수성 많은 아가씨의 동정 안에 있었던지도 몰랐다. 그녀의 눈은 인자한 누이의 그것처럼 변해 있었기 때문이다.

“눈자위나 닦으세요. 모래로 범벅이 되어 있어요.” 그녀는 다정을 좀 섞어서 그러면서도 놀리는 조로 내게 말했다.

“네? 아, 그래요?” 난 손수건이 없었기 때문에 손바닥으로 쓱쓱 문질러버렸다. 난 좀 으쓱하고 싶은 기분이었다.

“그러고 나니까 눈자위께만 구리 가루로 도금을 한 것 같아요. 자, 이걸로 닦으세요.” 그녀는 하얀 손수건을 하나 내게 내밀었다. 난 좀 황송되었으나 얼굴로 가져왔다. 물큰한 처녀 냄새가 코에 좋았다. 품위 있는 여인의 냄새였다.

"그럼 안녕히 가세요." 그녀는 뜻밖에 이별을 고했다. 그러곤 싹 돌아서더니 다시 초연스런 걸음으로 걸어가기 시작했다. 아니, 난 놓칠 수는 없었다. 기회는 다시 오진 않을 게다. 난 멍하게 서 있다간 부랴부랴 따라붙었다.

"저 숙녀님, 헤헤, 저 숙녀님, 당신의 잠시의 하인으로서 당신을 뫼시게 하는 은총을 베푸소서. 모래 속엔 악마도 많고 바닷속엔 상어도 많아서요. 그것들이 숙녀님을 골탕 먹일 거예요."

그녀는 대답이 없었으나 나에게 악의는 갖고 있지 않은 듯했다. 난 참으로 그럴듯한 미남이었으니까.

"근데, 그 댁의 공화국인지 고향인지, 그곳으로 통한 오솔길이란 건 뭐예요?" 침묵만 하고 걷던 그녀가 불쑥 물었다. "난 그런 곳이 어떤 곳인지는 모르지만, 그날의 짧은 이야기만으로서도 어디엔가는 그런 곳이 있을 것 같기도 하다고 생각했어요." 그녀의 눈은 어느덧 내 할아버지의 눈과 같이 되어 있었다.

해가 각혈을 하며 바다를 붉게 물들이더니 기진되어 바닷속에 익사되려고 하고 있었다. 산들바람이 그곳으로부터 불어왔는데, 자연의 위대함 앞에서는 부자나 거지나, 학대하는 것이나 받는 것이나의 옷을 벗겨 본래의 것으로 되돌아오게 하는 뭣이 있었다.

"그건 나의 끝날까지의 숙제이며 비밀입니다만, 숙녀님께라면 다 말해드릴 수 있어요." 나는 한숨을 한 번 쉬었다. 그러고 가장 아름다운 아가씨를 아내로 맞아 그 오솔길을 걸어가는 꿈을 잠깐 꾸었다. 난 꿈이 깨어지기 전에 그 오솔길에 대한 이야길 시작해야 했다.

"내게도 누구에게와 마찬가지로 할아버지가 한 분 계셨습니다. 그러나 그 분은 어떤 할아버지와도 다른 분이었습니다. 그분은 젊었을 시절 단 삼 년간만 햇빛 아래서 몸을 구었을 뿐, 나머지 세월은 자기가 쌓은 상아탑 속의 박명 가운데 누워서, 자신을 유리관 속에 담아 진열해 놓고 바라보며 살았습니다. 헌데 그분은 나에게 들려주시는 것이었습니다. 이 세상엔 어느 때 꼭 한 번 황금시대가 있었다는 것입니다. 역사 이후의 이야깁니다. 그 황금시대라고 하는 것은 인간주의의 싹이 텄던 때라고 하는데, 그때까지는 어떤 형태의 신이든 신에 의해 인간은 지배되어왔었던 것이었습니다. 인간이라는 것 그것의 가치는 신 안에서만 가치가 있었을 뿐, 정작 인간에게 있어선 녹(綠)이나 같았습니다. 그런데 그것은 녹이 아니고 본질이라는 것을 모든 사람들이 다 인식하게 된 것이었습니다. 이것은……"

"아, 그러니까 그 황금시대로 통한 길이겠군요?"

"그렇지요. 바로 그 길입니다. 그 길은 라일락꽃이 핀 들판을 가로질러서 그 끝에 있다고 하였습니다만, 내게는 라일락꽃 핀 들판이 아니라 거대한 수목이 줄지어 서고, 그 밑으로 낙엽이 몇 세기 동안이나 깔려 덮여 있는 그런 길이라는 생각입니다. 하기야 난 그런 길을 수없이 걸었습니다만, ……어디엔가는 반드시……"

"거긴 사슴의 동산이 있겠지요?" 그녀는 그녀 나름으로 꿈을 꾸는지, 불쑥불쑥 뇌까리는 것이었다.

"선녀들이 꽃 따는 들판이랑." 노래 같았다.

"황금의 지붕들이 저녁 햇빛에 뻔쩍이기도 하지요. 그곳을 할아버지께서는 나에게 주셨습니다."

"아 댁은 참 부자예요! 댁은 부자군요. 그저께 아버지께서 댁에게 했던 동정은 제가 대신 사과하겠어요." 그녀는 감동적이었다. 나는 비로소 한번 나의 신념에 대한 보람을 느꼈다.

"저도 그런 꿈을 꾸었거든요." 그녀는 계속했다. "갑갑한 도시 안에서 살다 보면 신경이 피로해져요. 그래서 전 신경병 탓이려니 했었지만요, 혼자 밤에 잠자리에 들 때라든가, 해 질 녘 창가에 앉아 있으면 어떤 아름다운 땅이 생각해요. 그러나 어떻게도 설명하진 못하겠어요. 책에서 읽어본 그런 마을이지요. 사자도 표범도 곰도 모두 온순하고, 토끼나 들쥐까지도 불안을 느끼지 않는 그런 곳이라는 정도였어요."

"아, 그것은" 나는 목이 메어 그녀의 손을 잡으며 부르짖었다.

"인간주의의 최고로 발전한 것의 전형입니다. 그것은,"

"아무튼 전 그런 건 잘 모르지만요, 거긴 온갖 꽃이 사철 피어 있고, 바나나는 바나나 나무에, 감은 감나무에 언제나 매달려 있어서 필요할 때면 손만 벌리면 되는 곳……"

"거기엔 최선의 질서가 질서하고 있는 곳입니다. 한 깃발 아래 바벨탑을 쌓기 시작하면……"

"그러나 그렇게 되면 시간을 어떻게 메꿀 것인가 하는 것이 걱정스러웠어요. 그보다도 뱀이나 없었으면 좋겠다고 생각했었지요. 그래 기도도 드렸지요."

"물론이지요. 뱀은 있을 수 없습니다. 뱀이란 놈은 땅의 인간주의의 퇴락한 승화입니다. 그러나 꽃과 과일과 수목들이 아름답고, 질서가 이기고 있는 곳에는 그런 것은 있을 수 없어요. 왜냐하면 꽃이나 과일, 아무튼 그런 것들은 땅의 인간주의의 가장 고결한 승화이니까요. 그리고 남은 시간은…… 남은 시간은 뭘 하시겠느냐구요?" 우리는 어느덧 모래 위에 앉고 있었다. "그런 시간은, 그런 땐 말예요, 저……"

"그래서 사랑하는 사람을 생각했어요. 그이와 종일 손을 잡고 가만히 있는 것입니다." 어둑해지고 있었다.

"오오, 그것은," 나는 다시 부르짖으며, 그녀의 손을 힘껏 쥐었다. 어떤 공감과 공명과 은근한 이야기가 손을 통해 교류되는 느낌이 들었다.

"우리처럼, 헌데 숙녀님의 애인은 어떤 분이 될 수 있을까요."

"그건 저도 잘 모르겠지만요," 그녀는 좀 수줍어하며, "아무튼 뻔칠한 남자는 싫어요. 저—, 좀 바보 같기도 하고, 부족한 것 같기도 하고, 하루 종일 읽어도 그 의미를 잘 알 수 없는 사람" 하고 말끝을 흐렸다. 난 나의 능숙한 솜씨로 그녀의 등을, 어깨를, 머리칼을, 허리를 어루만지고 있었다. 그녀는 나의 어루만짐을 깨닫고 있지는 않은 것 같았다. 그저 좀 어떤 황홀에 도취되어 있었다고 생각되었다.

"지나치게 빈틈이 없는 사람은 기계나 조작된 인간 같아서 싫었어요. 이런 것은 어쩌면 신경병적인 것인지도 몰라요." 난 그녀의 부드러운 손을 내 입술로 덮고 있었다. 그녀의 목소린 울음 같은 걸로 떨려 있는 듯했다. 사위가 깜깜해지고, 물 자락 소리만이 흐느끼듯 들려왔다. 나직한 대기 위에서 몇 별이 젖어 빤짝이고 있었다.

"처음 보았을 때, 난 댁은 기괴한 사람이라고 생각했어요. 아버지 말씀대로 미쳤거나 반편이거나…… 헌데 댁에겐 뭔지 모르지만, 존엄스러운 인간성의 냄새를 느낄 수 있을 것이라고 생각해보았어요. 댁은 아무리 보아도 천하지 않는 귀공자적인 냄새를 풍길 것 같았거든요. 꿈에 잠긴 그런 눈으로—수노루의 눈 같을 것이라고 생각했다니까요—저를 멍하게 바라보았을 때, 전 뭔가 댁의 눈 속의 공동(空洞)으로 빨려 들어가는 전율을 느꼈거든요. 아버지의 호주머니에는 많은 돈이 있고 또 저는 지금 값비싼 옷을 걸치고 있지만, 이런 것은 더러움을 덮으려는 것 이상은 아니라고 생각했어요. 정신이 고결한 사람은 겉은 더러워도 부끄럽진 않을 거예요. 전 그래서 고독했지요. 그래서 때로는 산록(山麓)의 팔십 세나 된 하루방의 아내가 되는 자신을 그려보기도 하고, 때로는 다리 밑 거지 아이를 남편 삼는 꿈도 꾸었고, 또 어떤 때는 어느 목장으로 찾아가 어떤 목동이든 만나면 무릎을 꿇고도 싶었어요. 그리고 그가 원한다면 그의 발이라도 씻겨주고 싶었어요." 그녀는 자신도 모르는 새 내 가슴에 등을 기대고 미끈한 다리를 뻗고 있었다.

"어쩌면 전, 생판 모르는 분에게, 이런 것을 다 말했을까. 어쩌면" 그녀는 울고픈 듯이 중얼거렸다. 난 대답 대신에 그녀의 목을 내 턱수염으로 애무했다. 더없이 향긋한 여자의 냄새가 나를 떨게 했고, 여자에 대한 향수가 나를 울먹이게 했다.

"그러나 왜 그런지 도시의 남자는 싫었어요. 저에게도 수없는 청년들의 청혼이 있었지만 말예요, 그들의 공통점은 진저리 나고 바쁘고 냄새나는 무대 위에서 자기의 역할을 흩트림 없이 해야 하는 피에로 이상은 아니게 보인다는 그 점이거든요. 관객은, 수심(水深)으로 날씨를 본다는 산록의 하루방이나, 풀피리 불며 배를 긁는 목동이나, 배고파 문전을 끼웃거리는 거지들인지도 모르잖아요? 하지만 그들에게도 그들 나름의 현실이 있고 그 무대 위에서 구차한 역을 해치워야 하는 피에로들인지도 모른다는 생각이 들어 용기를 낼 수 없었지요. 아, 그런데 당……" 그녀는 자기감정에 복받쳐 어깨를 들먹이며 내게 머리를 묻었다.

밤새도록, 바닷물은, 만 리도 더, 자락 접어, 밀려 갔을 게다. 흰 푸른 새벽

녘에, 창백해진 그녀는 흐느끼며 부두 쪽으로 달려서, 거리로 사라져 버렸다.

"이젠 만나지 않겠어요!" 이것이 그녀가 남긴 말이었다. 그러나 만나지 않겠다고 그녀는 말했지만, 나의 경험으로써 비추어본다면 그날 밤에도 그녀가 나올 것이라고 나는 믿었었기 때문에, 나는 하루를 빈들빈들 공원의 벤치에서 보내면서 저녁 되기를 기다렸다. 그런데, 저녁이 되어 그 부둣가로 나가서 사이렌이 울 때까지 기다렸으나 그녀는 나타나지 않았다. 그 이튿날도 마찬가지였다. 그 이튿날은 난 골목골목을, 여관이라 쓴 간판 밑을 허댔지만 발견하지 못했다. 경험은 나를 배반했다.

그 이후 오 개월 동안이나 난 그녀를 보지 못했다. 날씨는 비교적 청명한 날씨가 많이도 계속되었으나, 내게는 우계였었다. 난 그 바닷가를 떠나지도 못하고 어떻게 살았던지 오 개월을 살았다. 어떻게 살았던지 오솔길 한 번 보지 못한 긴 오 개월이라는 우계가 지났다. 난 골목과 부두를 헤매며 살았을 게다. 밥도 굶으며, 병도 앓으며, 천대도 받으며, 그래도 난 살았다. 사는 일이 어려운 게 아니라 죽어버릴 수 없는 것이 어려웠다.

팔월이 되면서는 그 많던 해수욕객도 점점 줄어지더니, 구월에는 거의 뜨음해졌다. 나의 기대는 어긋났다. 난 그녀가 한 번쯤 해수욕이라도 올 줄 알았기에 줄기차게 기대하며 견뎠던 것이다. 구월 말이 되면서는 욕장의 텐트도, 상점도, 인정도 명멸하는 별들처럼 문을 닫고 걷어치웠다. 화려하게 인정이 피고 휴식의 생활이 충일되어 넘치던 곳에 정적만이 남았다. 바닷물은 뱀 혓바닥처럼 탐욕 부리며 풍성진 육체들을 애무하던 혀끝으로 빈 깡통과 휴지와 흔적을 삼켜갔다. 며칠 지나서는 사람들의 무르녹는 잔치가 있었던 자리는 흔적도 추억도 없어졌다. 남은 것은, 밟혀서 묻혔던 조개껍질들이 파도에 의해 다시 잔해를 드러낸 그것과, 찢어진 돛폭의 언제나 있던 작은 어선 몇 척, 그리고 빈, 텅 빈 나만이 남았다. 그래도 나는 떠돌았다. 비와 바람과 세월과 바닷물이 그녀의 살이 닿고, 옷이 닿고, 머리칼이 닿고, 숨길이 닿고, 흐느낌이 닿았던 자리는 쓸어버렸을망정 내 마음속의 자취는 쓸어버리지 못했으므로 그것들은 거기에 없었어도 거기에 있었다. 난 별이 빤짝이는 밤이면 그 자리에서 잠들고, 달이 밝은 밤이면 그 자리를 떠돌고 비가 내리는 밤이면 웅숭그리고 그 자리에 앉아 울었다. 난 떠날 수가 없었다. 거기가 나의 고향이었던지도 몰랐다. 그녀를 알던 밤에 난 고향에 돌아와 있었던지도 몰랐다.

시월도 중순이 되어, 어디에선지도 모르는 낙엽이 물살에 밀려와 모래밭에 깔리는 무렵, 그날은 온종일 비가 오더니 모래알을 적셨다. 난 그녀와 뒹굴었던 자리에 웅숭그리고 앉아 떨고 있었다. 난 며칠 전부터 감기와 신열과 오한에 괴롭힘을 받아왔었다. 난 어쩜 나의 무덤을, 범도 죽을 땐 제 굴에 몸을 부리고 싶어 하듯, 나의 무덤을 찾았던지도 몰랐다. 그녀를 만났을 때 입었던 옷은 모두 찢기고 젖어, 병은 내 가난스런 육신을 한발 한발 죽음 속으로 밀고 갔다. 난 죽음의 가까워진 발자국을 달콤하게 들었던 것이다. 저벅저벅, 그것은 가까이 오고 있었다. 그것은 가까이 오더니 찬비에 젖어 웅숭그려 울고 있는 내 드러난 등짝에 따스한 입맞춤을 하는 것이었다. 난 기쁘게 웃으며, 나의 죽음을 맞았던 것이다. 신고와 간난과의 결별이여—한데 웬일인가, 부풋한 가슴이 내 젖은 머리를 감싸고, ……내 등 뒤에선 흐느낌 소리가 났다. 그녀였다. 내 임종을 지키러, 그녀였다. 그때 난 죽었으면 좋았는데. 하지만 그날 밤은 그녀와 참으로 오랜만에 여관방에서 보냈다. 닷새를 보냈다. 나의 병은 씻은 듯이 나아졌다. 다시 힘이 났다. 그동안 그녀는 내게서 한시도 떠나지 않았다. 그녀는 나의 아기를 갖고 있었다. 그러나 나는 그녀를 만나지 않았던 것만 못했을지도 몰랐다. 내 건강이 좋아지자 그녀는 말하는 것이었다.

"난 당신을 사랑하지 않았어요. 어쩌면 그날 밤, 당신에게서 여자를 배웠을 그때만 당신을 사랑했었던지도 몰라요. 아니, 사랑한 건 나의 꿈 그것이었지요. 그러나 새벽에, 난 당신을 저주했어요. 그리고 오늘날까지 당신을 저주하며 살아왔어요. 내가 다시 이곳으로 온 것은 당신이 아직도 여기에 있을 것이라는 그런 기대를 갖고 온 건 아네요. 당신은 한 천한 계집년과 밤을 지낸 그날 아침으로 떠나실 줄 알았었지요. 다만, 나의 시체가 묻힐 곳은, 어쨌든 저주스러운 당신일망정, 그 남자와 관계했던 그 자리뿐이라는 생각이 들었거든요. 당신과 관계를 가졌던 그날 아침에, 난 갑자기 현실로 되돌아왔던 거예요. 역시 가치 있는 건 충실한 피에로뿐일 것 같았어요. 그래 그 충실한 피에로의 역할을 난 자살에서 찾기로 했어요."

"아니 반드시 자살을 해야만 충실해지는 것은 아니오."

"물론 그렇지요. 그러나 덩어리진 꿈을 잉태하고 또 태어나게 하고, 기르는 데에는 아무래도…… 무엇보담도 나의 생각이 중요하지요!"

"아, 그렇다면 내가 당신을 죽여주지. 그 마지막의 행복을 나에게 남겨주시오. 당신을 내 손으로 죽여 영원히 내 몫으로 갖게 하는 그 행복을—"

난 그날 밤으로 그녀의 목을 눌렀다. 난 그녀의 생명을 아끼며 세 시간 동안에 걸쳐 죽였다. 세 시간 동안에 그녀의 모든 것은 내 것으로 되었다. 그녀는 세 시간이나 괴로워하면서 자기의 모든 것을 내게 주었다. 배 속의 아이까지도 내놓았다. 아이는 죽어 있는 한 핏덩이였다.

난 죽은 그녀를 밤새도록 껴안고 흐느꼈다. 눈은 감고 있었다. 난 행복했었다. 어쨌든 아이와 어미를 합장할 수는 없었다. 그 아이는 그 어미의 생명을 저주했던 씨였으니까.

난 희부연한 새벽에 그녀를 묻고, 아이는 나도 저주를 퍼부어대며, 뒷다리라고 생각되는 곳을 붙들고 빙빙 돌리다가 바다 가운데로 던져 넣어버렸다. 그 핏덩이는 한 이십 미터 저쪽으로 날아가더니 풍덩 가라앉았다. 잠시 후에 떠오르겠지만, 떠오르기 전에 나는 부두를 향해 달렸다.

그리고 감옥에서 이십삼 년의 세월이 흘러서, 많기도 많은 정변(政變) 덕분으로, 깎인 머리에 노동모를 하나 쓰고 이제 나는 나의 옛집으로 돌아왔다. 그동안은 할아버지의 식모 할미의 조카뻘 되는 역시 홑할미 하나가 그녀의 스무 살 된 손주와 함께 살고 있었다. 할아버지의 식모는 죽고 없었다. 집은 엉망이었지만 그런대로 물방앗간이나 모래 위나 거적 속, 또는 감옥보다는 나았다. 할아버지의 책들은 거의 썩어 있을 정도였으나 나의 남은 생명을 묻어도 좋다고는 생각된다. 역시 할아버지의 유산은 내게 충분한 것이었다. 할아버지가 눈감을 수 없던 미련의 땅, 할아버지의 공화국, 할아버지의 고향은 여기였던 걸 게다. 그러나 할아버지는 끝내 눈을 감을 수 없었지만, 난 편히 눈감을 수 있을 것 같다.

이미 몰락된 시대나 번영을 찾는다는 일은 불가능한 일일지는 모르지만, 그러나 나의 믿음은 할아버지의 그것과 마찬가지로 아직도 한가지다. 이 세상엔 그곳으로 통한 오솔길은 분명히 하나쯤 있다. 그리고 그 길은 전설에로 통한 길은 아니다. 난 그 길을 지나 여기에 왔으므로. 그 길은, 내가 꿈꾸었던 대로 몇 세기나 쌓인 낙엽에 뒤덮인 길도 아니며, 울창하게 미래로 뻗은 수목들 사이의 길도 아니었다. 그 길은 라일락꽃 줄 선 곳으로 통한 길임에 틀림없었다. 그런데도 할아버지가 눈감을 수 없었던 이유는, 그는 상아탑의 작은 창문으로만 길을 내어다보았던 탓이었을 게다. 난 그 창을 막길 잘했었다.

이젠 할멈이나 하나 얻어 등이나 좀 긁어달랠까? 나는 눈 감고 나를 부릴 수 있는 고향에 돌아왔으므로.

할아버지, 당신만 원한다면 당신 스스로 눈감으실 수 있도록 지금이라도 무덤에 내려가 당신의 눈꺼풀을 열어드리지요.

담쟁이네 집

담쟁이네 영감은 십 년 전에 마누라를 잃고 자식도 없이 홀로 늙어왔다. 몇 군데에서 청혼도 있었고, 같은 또래 영감들의 끈덕진 권(勸)도 있었지만 담쟁이네 영감은 그저 묵묵히 담배 연기나 뿜어내는 것으로 대답을 해왔을 뿐, 이렇다 할 동요도 보이질 않았다. 사랑방에도 잘 나가지 않고, 바로 옆집의 탐스럽고 부유한 장미네 과수댁의 끈질긴 추파에도 눈 한번 깜박이지 않았다. 그렇게 늙어오고 보니, 쓸쓸하지 않으면 못 사는 늙은이거나 고자임에 틀림없으리라는 평이 돌았다. 그러나 영감은 고자가 아니었으며 쓸쓸한 것이 그렇게 좋지도 않았다. 영감은 마누라를 잃었을 때의 슬픔을 여의지 못하고 있었는데다가 장미네 과수댁이다 또는 향나무댁에 소박맞고 돌아온 큰딸이다 누구다 하는 여자들과 자기는 어울릴 수가 없다는 것만 생각했다. 영감은 겨울에는 참선 승이나 같았다. 봄엔 넉잠 잔 누에였고, 여름엔 개미였고, 가을엔 눈먼 암다람쥐였다.

해마다 한 번씩 왔다간 가는 떠돌이 극단 패가 이웃 마을에 왔다는 소식이 떠돌게 되자 마을에선 잔치 전날이라도 된다는 듯 그 얘기로 법석을 피웠는데도 담쟁이네 영감만은 별 표정도 떠올리지 않고 북풍이 헐어가고, 눈보라가 드나들고, 쌓인 눈이 썩힌 담이니 지붕이니 창문 같은 것을 손질하기에 여념이 없었다. 물론 옆집 과수댁이 몇 번이나 와선 같이 구경을 가자고 졸랐었지만 영감은 고개만 저었다. 좀 참고 기다리면 올 터이고 게다가 자긴 겨울의 감기로 해서 형편없이 여위어 고개를 넘지 못하겠다는 이유였다.

한 장(場)을 건너뛴 다음 장날엔 떠돌이 극단 패의 천막이 이 마을 동구에 쳐졌다. 서커스도 하고 연극도 하고, 노래도 부르고, 춤도 추고, 만담도 하고, 깡깡이도 키고, 고약도 팔고, 연애도 하고 돈도 번다는 이 패는, 어느 해나 똑같은 그런 얼굴의 그런 얼룩덜룩한 옷의 그런 남자, 그런 여자, 그런 꼬마들이었다. 달라진 것이 있다면 천막이니, 울긋불긋한 옷이니 마차의 포장이니 배우들의 얼굴이니, 당나귀 등가죽이니, 뭐 그런저런 것들에 헝겊이니 주름살이니 하는 것들이 조금씩 더 는다는 것뿐이다. 그렇다고 해서 그런 것이 그들의 인기를 깎는 것은 아니었다. 오히려 더 친근스럽고 더 신뢰케 했다.

그들은 모두 마을 집에서 숙식을 제공받았는데, 어느 해부터인지, 이 반가운 손님들에게 숙식은 무료로 제공되게 되었던 것이다.

담쟁이 영감네 집엔 단장 내외가 들게 되었는데 마을에서 제일 부자이고 집도 좋은 장미네 과수댁으로 가지 않고, 하필 영감네 집으로 든 이유인즉, 단장 나리가 색골이라 어느 마을엘 가든지 주인집 마누라나 딸이나 심지어는 할머니하고까지 잠을 자고 쫓겨나다시피 떠나오곤 했으므로, 여자라곤 없는 홀아비 집을 굳이 들겠다고 단장의 마누라가 우겨댄 탓이었다. 그런 배려에서 들었는데도 그날 해가 지기도 전에 벌써 장미네와 단장 사이엔 눈짓이 오고 갔다. 담쟁이네 영감은 우둔한 체해 보였지만, 벌써 그들의 눈짓을 알고 홀로 한숨지었다. 왠지 마음이 자꾸 언짢아져 영감은 더 부지런히 나분댔다. 갑자기 작년보다 무엇이든 더 망가져 있는 것같이만 생각됐다.

단장 마누라는 혼자 남아 있게 되는 한낮에론, 할 일이 없어 양지 끝에 쭈그리고 앉아 영감이 하는 일이나 바라보며 생각도 하고, 노래도 하고, 울기도 했다. 동구 밖 천막 속에선 박수 소리가 나고, 대사가 흐르고, 늴리리 가락이 흥겨웠지만, 그녀에겐 그것이 벌써 지겨운 것으로 변해 있었던 것이다. "아이 영감님두! 겨울이 되면 또 헐어질 텐데 뭐 가만두고 참는 게 낫겠어요. 그리구 구경이나 가셔요. 결국 언젠가는 마찬가지로 될 거예요."

단장 마누라는 진심으로 영감을 동정하여 말했다.

"허기야 저희들은 고약장수들이지만 말예요." 단장 마누라는 첨언해놓곤 무엇인지 갈피를 잡을 수 없다는 듯이 고개를 쩔레쩔레 저었다.

"글쎄, 고약은 좀 사러 가야겠다면서도……" 하고 웃어 보였다. 그는 사실, 고약을 사러 가야겠다는 것을 때때로 생각하고 있었다.

"우리 고약이 잘 듣던가요?"

단장 마누라는 시들어진 웃음을 날리며 물었다.

"글쎄…… 잘 듣는다지, 아마. 헌데……"

담쟁이네 영감은 잠깐 망치질을 멈추고 엄지손가락으로 담배통을 눌렀다. 한데 영감에게는 고약이 듣지 않고 있었다. 마누라가 죽기 전엔 그렇지 않았댔는데, 그만 마누라가 죽고 난 뒤엔, 아픈 가슴팍에 고약을 좀 발라보아야 효험이 없었다. 그래서 그는 무엇이든 부지런히 해댔다. 구멍 난 가슴을 메꾸듯 뚝딱뚝딱 맞춰댔다.

석 달 동안 흥행을 하다 떠돌이 패는 뜨고 말았다. 마을은 갑자기 더 쓸쓸해져 버린 느낌이 들었다. 그들이 남긴 낡은 노래 몇 구절과, 만담 몇 토막과, 연극 대사 몇 마디가 남긴 했지만, 그리고 그것이 일 년 내내 마음을 적셔줄 것들이긴 했지만 이 마을엔 버림받은 사람들이나 남아 사는 듯하다는 그런 슬픔으로 그들은 자기네 생활에로 눈을 돌렸다. 떠돌이 패들이 떠난 저녁녘부터 담쟁이 영감네 집에선, 망치질 소리가 더욱더 요란스레 났는데, 사실 못을 박지 않아도 괜찮을 그런 데에까지도 서너 개도 넘는 못을 박아대고 있었다. 영감이라고 다를 리 없었다. 누구보다도 슬퍼한 사람은 역시 장미네 과수댁이었다. 그녀는 거의 실성거리며 살았댔는데, 이상한 소문까지 파다했다. 애를 뱄다는 것이다. 그러나 그녀가 퍼뜨렸다는 소문으론 그녀의 꿈에 신선이 나타났다고도 하고, 흰 수용이 구름 속으로 업고 들어갔다고도 했다.

그러는 동안에, 다시 또 하늘이 높아지고 구름이 끼더니 진눈깨비가 내렸다. 그러더니 소문도 들리지 않게 되고 아는 얼굴 만나기도 힘이 들었다. 병든 낙엽이나 골목골목으로 바람 따라 구르다가 구석진 담 밑에서 썩어가고 있었다.

아주 늙어 해수를 앓고 있는 매화네 할멈의 쿨럭이는 기침 소리가 생명 냄새를 풍기기 시작했다.

소설(小雪)도 지나고 대설(大雪) 무렵이 되었을 땐 눈바람 소리와 울타리 흔들리는 소리가 이 마을을 불어가 버릴 듯도 했고, 송두리째 찌그러뜨릴 듯도 했다. 온종일을, 온밤을 짓누르고 우지끈거리게 하고, 삐꺼덕거리게 했다.

그런 혼돈스런 횡포 속에서도, 그래도 담쟁이네 영감은 조용히 자신을 간추리며 거둬들였다. 장미네 과수댁의 주름살을 생각하며,

"그렇게나 애써서 수리하고 보살펴야 했던 것은 바로 지금을 위해서지."

담쟁이 영감은 단장 마누라의 조언에 대해서 이제야 대답을 하고 있는 것이다.

"허물어지게 하기 위해서였어. 이 즐거움을 따내기 위해서였단 말야. 이렇게 되어서 난 다시 고치고 손볼 수 있게 되었어. 아무것도 부서지지도 않고 손댈 것이 없는 그런 데서 살아야 한다면 그땐 참 울고 싶을 거야."

담쟁이 영감은 조용히 뇌까리며 눈을 감았다.

"그래서 난 젊어지고, 또 늙어지고, 또 젊어지고, 또 늙어지고 또 젊어지고. 난 할애비와 손주의 같은 한 어미 같다는 믿음이 드는군. 불생불멸(不生不滅) 부증불감(不增不感), 불생불멸 부증불감, 불생불……"

쿠마場
—「却說이 日記」基一

독장수 영감은, 낮지만 전이 넓은, 골동품 같은 독 속에 구겨 앉아서, 겨울날 엷은 양광 몇 편을 대머리에 받으며, 신경질적으로 눈을 굴리고 있다. 삐쩍 마르고 때가 더덕더덕 낀, 열다섯 살은 되어 보이는 소년 하나가 영감의 그 침상가의 역시 비슷한 침상 속에 영감과 같은 자세로 앉아 이따끔씩 영감을 지켜보는 외엔, 손님이라곤 얼씬도 하지 않는다. 철도 철이지만, 도대체 전(廛)을 벌여놓을 장소가 아닌 곳에다, 벌여놓고 있으니 그럴 수밖에도 없겠지만, 영감이 침상으로 사용하는 그 못생긴 골동품으로부터 모든 독이 다 영감의 성품을 반영하고나 있는 듯이 보여졌는데 한결같이 초조해하고, 지루해하고 치질이라도 내민 듯이 찡그리고 있고, 그런데도 얼이 빠져 반씩은 죽어 있었다. 난 생각하기를, 아이놈이 온종일 영감의 혼을 빨아댔을 것이 틀림없다고 하며, 벙거지를 벗어 쥐었다.

"안녕합쇼, 영감님? 금년 겨울은 지낼 만한뎁쇼." 그리고 나는 소년을 내려다보았다. 놈에게도 눈을 찡긋해줬다. 그러나 놈은 호기심과 불쾌감을 섞은 굉장히 작은 눈으로 날 훑어보기만 했다. '요 녀석, 이거 아주 독거미처럼 생겼구나.' 나는 속으로 말해줬다.

"엥?" 영감은 의뭉스럽게도 한참 후에야 이 빠진 발음으로 물으며 치떠보았다. "뭐라구?"

"예, 저어, 예, 영감님 신색이 전보다 좋아 뵈는걸입쇼." 나는 항용하는 투로 다시 말해줬다. "헌데 장사가 잘되어 보이는군입쇼."

"에헹. 흐흐흐으, 헌데 거긴 어디서 왔나?" 영감은 뻘겋게 살이 흘러내리는 눈으로 내 아래위를 훑어보았다.

"나요? 나 같은 놈이야 뭐 이 모양 이 꼴로 아무 데서나 오는 놈입죠. 헤헤, 장(場)이나 뜯어 먹는 걸뱅이야 뭐 고향이 있습네까? 안쪽에서 와선 언제나 바깥쪽으로 가는, 그러면서도 그 문턱에만 서 있는 놈입죠." 나는 시제(時制)를 말했던 것이다.

"허음, 허니깐두루 장타령꾼이군 그래, 엉? 장타령꾼이라. 앉아, 허고 거볕이나 좀 비켜라."

"아, 이, 참, 고맙습네다. 난 오늘 초행입죠만, 헤헤, 난 성미가 어떻게 된 탓인지 갔던 장엔 두 번 다시 가보질 않았습죠. 그렇게 돌아다니다 보니깐은요," 난 소년의 독 옆 돌팍 위에 쭈그리고 앉았다. "장이 가시내들이나 되는 것 같더군입쇼. 등(燈)을 들고 신랑 오기를 기다리는 년들 말입죠." 나는 머리가 허전해 다시 벙거지를 썼다.

"흐흐흐." 영감은 까닭 없이 낄낄거리며 때 낀 긴 손톱으로 머리를 긁어 비듬을 돋게 했다. 손톱 밑엔 이똥과 눈곱과 밥과 땀과 비듬과 흙과, 이를 짓눌러 죽인 피와 똥 찌꺼기들이 끼어 있을 것이었다.

"난 농담으로 하는 말이 아닙네다요. 꽤 오랫동안 경험해보고 하는 말인걸입쇼." 난 핀잔을 주고, 그리고 화제를 바꾸었다.

"영감님은 연세가 많아 보이는군입쇼?"

"내 나이? 나이라." 영감은 생각해보더니, "벌써 '남의 나이'를 한 살이나 더 먹고 있구나" 했다. "헌데 그렇게 돌아다니다 보니 어떻드냐, 세상이 바뀌고 있지 아마, 엥? 요즘 녀석들은 사느니 죽느니 하는 건 통 생각지 않는 것 같단 말이라. 그래, 통소를 잘 분다구? 거 한 가락 뽑아봐라야. 그 듣기 좋더라, 좋아."

영감은 여러 날 얘기를 못 해본 듯싶었다. 통소 같은 건 별로 듣고 싶어 하는 눈치가 아니었다.

“여기도 아주 달라지고 있더라. 귀신이 쓸고 다니는 판국이라. 떠돌이 장사꾼이란 건 보따리 속에다 귀신을 넣어 갖고 다니더구나, 엥?”

“귀, 귀신을 말입네까? 헤, 헤헤.”

“글쎄 그렇대두. 그런 거 못 봤나? 색깔은 아주 붉은 것 같애. 그게 사람들 눈 속으로 들어가선 신기(神氣) 같은 것을 마구잽이로 처먹더구나. 그러면 눈이 붉어지고 갑자기 늙어버려. 머릿속에 잡동사니가 가득 차서 머리가 아픈 모양이더라. 그리곤 괜스레 이웃이나 저를 무서워한다니깐.”

“참, 말씀을 듣고 보니까, 그런 사내라면 귀신이 붙었을 것 같은 사내가 하나 떠오르는군입쇼. 오전에 장터에서 보았는데 말입죠, 얼굴에 흉터가 많고, 손가락은 모두 합쳐 일곱 개밖에 안 된 사낸데, 굉장히 사납더군입쇼. 난, 어떤 가난한 여자가 나무다리 위에서, 거 왜 개장국집 앞 내 위로 통나무 세 개를 가지런히 묶어 걸쳐놓은 거 있잖습네까, 그 위에서 애를 낳고 기절해버린 걸 보았는데 말입죠, 핏덩이야 뭐 다리 아래로 꿀방울처럼 떨어져 돌에 부딪혀 묵사발이 되어버리더군입쇼. 바로, 그.”

“아니, 가, 갓난애가 말이지? 갓난애가 꿀방울처럼, 가, 갓난애가.”

“그렇다니깐입쇼. 그 구경에 취해 있다가 글쎄, 그 사내에게 호되게 얻어맞고 쫓겨 나온 겁죠. 맞고 돌아서서 나도, 그 사내가 미친개에게 물린 경험이 한 번이라도 있을 거라고 생각은 했었습죠. 헌데 그 사내가 뭘 하길래 모두 그렇게 쩔쩔매는지 모르겠더군입쇼.”

“아, 그인.” 소년이 뜻밖에 뛰들었다. “장 감독(場 監督)이에요. 아주 이상한 사람이죠. 가만히 있다가도 느닷없이 사람을 치고받곤 해요. 참 우스워요.” 소년은 교만함을 나타내려 애를 썼다.

“장가를 들기 전엔 색시 같은 애였었지.” 영감이 소년의 얘길 보충하고 나섰다. “장가를 들더니 변해졌다니깐.” 지붕과 연기와 김에 가려 그 내품(內稟)은 보이지 않는 장터로 영감은 시선을 보냈다. “불쌍하게도 고자라, 개 고자. 개란 놈이.”

“헤, 헤헤헤, 어쩐지. 그러니 물리긴 물렸군입쇼?”

“글쎄 개란 놈이 그 애의 똥 묻은 자지를 짤라 먹었다니깐.”

"후후우후후, 그럼 그 사내의 부인도 고자겠군입쇼? 후후우."

"아니지, 그 애의 마누라는 썩 훌륭하지. 첫째가는 처녀였댔다. 둘이는 태어나기 전부터 정혼이 되어 있었더니라. 내가 보는 앞에서 혼약이."

"저, 저런, 쯔츠츳." 난 혀를 차긴 했지만, 사실로는 '썩 훌륭하'다는 여인의 숙명적인 고독과 번뇌를 생각하고, 그 속에서 어떤 종류의 변태적인 간음을 행한 것에 불과했다.

"안됐지, 안됐어!" 영감은 괴로운 듯 뇌까리곤 눈을 지그시 감았다. "난 그 일만은 어떤 쪽이 옳은지를 여태도 모르겠어, 모르겠다구, 알 수가 없어." 혼잣말이었다.

내 생각에 영감은 아마, 계율—그 거인과 맞서 있는 것 같았다.

"영감님 댁은 어디쯤에나 있습죠?"

난 영감의 기분을 좀 돌려줄 생각으로 이렇게 물었다.

"집?" 영감은 눈을 흐릿하게 뜨고, 날 이상하다는 듯이 바라보았다. "이게 바로 내 집인데 집 말인가?" 영감은 자기의 몸을 담아주고 있는 골동품을 톡톡 쳤다. 그래서 다시 살펴보고 나는 영감이 큰 구데기 같다고 생각했다.

"그럼 할머닌 어디 계시죠?"

"할멈? 흐흐흐, 이게 바로 내 할멈이기도 해, 흐흐흐." 영감은 기분을 돌렸다.

"헤헤, 몰랐댔습니다요. 허지만 다른 편안한 집도 가지실 수가 있으실 텐뎁쇼."

"할아버진 그런 더러운 집에서 사실 분이 아네요!" 느닷없이 소년이 톡 쏘았다.

"엉? 아, 헤헤에, 그렇던가?" 난 어처구니가 없어 실소하고 말았다.

"할아버진 이 부락의 살아 있는 신기(神氣)란 말이에요." 녀석은 누구에게선가 수천 번 듣고 어느덧 외워버린 듯하게 부연했다.

"그, 그러시던가? 허, 헌데 신기란 뭔가, 이 총각?"

"건 나도 잘 몰라요." 소년은, 몰라도 자기는 당연하다는 투로 분명하게 대답했다.

"그, 그도 그, 그럴 상해." 난 녀석의 머리라도 쓰다듬어줘야겠다고 생각하며 손을 올리려 하자, 웬일로 녀석은 분노에 이글거리는 눈으로 나를 쏘아보면서 가래침을 모아 뱉을 태세였다. 그래서 난 내버려 뒀다.

"야 봐라 장타령꾼, 거 통소나 한번 불어라 잉? 불어봐," 영감이 소년과 나를 즐거운 듯 번갈아 보더니 권했다.

"그야 어렵지 않습죠……만, 주로 난 구걸을 할 때만 불어서요……"

"흐흥, 그래? 그럼 그 값으로 저 독이나 하나 가져라 엥? 자네가 묻히기야 꼭 알맞지. 알맞구말구!"

"예에? 묻히단입쇼 영감님? 후후훗."

"왜 우습나? 하지만 웃을 일이 아니다. 아니구말구지! 자네에겐 그게 뭘로 보이나?" 영감은 뭣이 몹시 거슬렸다는 듯 어찌나 머리를 거세게 흔들었던지 비끼고 있는 볕이 대머리에 붙질 못하고 비틀거렸다. 소년 놈은 다시 누런 가래침을 모아 끝에 뭉쳤는데, 여차하면 내 얼굴에다 뱉어버릴 모양이었다. 대체 뭣이 이 괴팍한 두 친구를 한꺼번에 화나게 했는지 알 수가 없었다. 그래서 난 한술 더 떴다. 악취미적이지만, 어쨌든 재미가 났다.

"분명히 오줌독인데 그것도 턱이 떨어지고 배가 들어간 아주 못생긴 것이군입쇼. 정말 서툴게 구워냈습니다요. 후후후우욱." 난 웃다가 급기야 봉변을 당했다. 놈이 내 얼굴에다 가래침을 뱉어 던진 것이다. 견딜 수 없이 화가 치밀어 난 녀석의 어깨를 움켜잡았다. 그리고 두려워할 줄 모르는 이 서투른 놈의 대가리를 바로 녀석이 묻힌 항아리 전에다 찧어 주었다. "요 녀석 한 번만 더 그랬다간 항아리 속에다 진짜 묻어버릴 테다, 짜아식!"

"흐흐흐흐흣." 영감은 뭐가 좋은지 웃어만 대더니, 소년이 다시 침을 모으는 걸 보곤 손을 살랑살랑 저었다.

"얘, 얘, 얘야, 가, 가봐라, 너의 어미가 기다리겠다. 어서 가봐!"

그러자 소년은 갑자기 양순해져서 비틀거리며 항아리 속에서 나와 영감의 항아리에 이마를 대 보이곤 병신처럼 걸어갔다. 항아리가 그렇게 만들어놓은 것이라고 생각하며 나는, 항아리들을 둘러보고 빙긋 웃었다.

"츠쯧, 옥수수떡이나 해 파는 홀어미 아들인데, 밥만 먹으면 내 곁엘 오군

하지. 대단한 놈이지만…… 제 놈도 이 할애비처럼 되겠다는 모양이더라."

"그래요? 허지만 전 조금도 알 수가 없는걸입쇼."

"난 관 장수라네, 장의사야, 알겠나?"

"예에? 후후후…… 그, 그렇던 걸 몰랐는걸입쇼, 모 몰랐어요, 허, 헌데 하필이면, 후후후, 항, 항아리로 관을 하십네까요, 예?"

"아, 그거? 그건 신기가 새지 말라는 거지. 자네두 그 항아리 속에서 살잖나? 허지만 그건 새며, 나중엔 썩더라." 영감은 별스럽지 않다는 투였다.

"내가 항아리 속에서요?"

"그럼, 그렇지. 그건 곧 썩을 게야."

난 무의식적으로 내 전신을 훑어봤다. 그리고서 영감의 얘기를 이해했다.

"허, 허지만, 이렇게 썩는 항아리 속에서 살라는 건 아마도 썩고 난 뒤에 신기만은 좋은 곳에 가 살라는 뜻이겠습죠." 난 전신에 스멀대는 젊음을 유쾌하게 음미했다.

"그것도 자네가 아무렇게나 지껄인 소리구나 엥." 영감은 장광설을 늘어놓을 양으로 입술에 침을 발랐다.

"신기란 건 덩이가 아니다, 알겠나? 그건 물에서, 불에서 흙에서, 바람에서 조금씩 뽑혀져 온, 꿀 같기도 하고 푸른 아지랑이 같기도 하고, 도대체 형상이 없는 형상이니라. 헌데 항아리는 그것들이 되돌아가지 못하게 하고 한곳에 괴이게 해선 나중에 뽑아내게 하는 것이니라. 한꺼번에 말이다."

"뽑아내단입쇼? 헤헤, 그 그보다도 저어, 그거보다도 말씀입죠." 난 영감의 얘기가 길어질 게 겁이 나서 우물쭈물했다.

"소년의 말로는 영감님이 이 부락의 신기라는데 말입죠, 어찌 하필 관 속에서 사십니까요?"

"그거? 그것도 말이다, 생각해보거라, 살아 있는 신기가 사는 항아리란 뭐겠느냐, 엥? 살아 있는 신기란 게 자네 눈에 보이는 이 한심한 늙은이에 지나지 못하다마는, 하지만 목숨들이 갖고 있는 개미만 한 신기에 비하면 이 늙은인 수미산 정도는 되느니. 흐흐흐, 해도 그건 몰라도 된다. 목숨 하나가 두 개씩이나 된 항아리 속에서 살고 있다는 걸 깨닫게 되면 갑갑해서 미칠 테니깐

두루."

"헤헤, 나두 그런 것쯤은 알고 있습죠. 허지만 영감님처럼 복잡하게 생각할 필욘 느끼질 못했을 뿐입죠. 뭐 그렇다 뿐입죠." 난 왠지 좀 감기 기운 비슷한 걸 느끼고 있었다. 그건 순전히 머릿속에서 시작된 것이다. "헌데 영감님은 어떻게 살아 있는 신기가 되셨습니까요? 그래서 그런지 어쩐지 모르겠지만 영 돌아가시지 않을 것 같군입쇼." 난 감기기로 해서 좀 거짓말을 하고 있는 느낌이었다.

"그, 그렇다네. 후유." 영감은 한숨을 쉬었다. "난 허지만 '죽고 싶어!'"

"헤헤, 허기야 죽을 수 없다는 건 지루합죠. 그럼은입쇼. 헌데 나 좀 누워도 괜찮겠습네까?"

영감은 빛없는 눈으로 고개를 끄덕여 보이며, 통소 부는 값으로 주겠다던 항아리를 가리켰다. 도대체 달갑지 않았지만, 난 영감의 호의를 받아들여 영감이나 소년 놈 모양으로 구겨 앉았다. 생각보다 그렇게 불편하지도 않았고, 바람기를 막아주는 데다 훈기마저 있어서 한잠 졸 만도 했다. 그렇지만 내가 시체로 되어 묻혀 있는 것만 같아서, 내 자신의 시즙 냄새가 나는 것도 같았고, 신기가 흘러 빠지는 것도 같아서 좀 좀이 쑤셨지만, 생각은 많이 불러일으켰다.

"몸이 아주 녹는 것 같은 기분인데요." 난 솔직하게 투덜대며 허리춤에서 통소를 뽑아 입술에 댔다.

"그래, 바로 그게 대단한 거라. 목숨이란 건 결국 관 속에 들게 마련인데 말이다, 산 사람이 관 속에서 하루의 꼭 반을 지낸다면, 그러면 하루의 목숨 중에서 꼭 반은 관 속에다 넣어두는 게 되는 거니라. 그러면 육십 년 살 사람이 삼십 년을 더 살게 되어 구십 년을 살게 된다. 온종일을 관 속에서 보내면, 두 배를 더 살게 되는데, 산 신기가 되기 위해선 어렸을 때부터 이 속에서 수십 년을 열심히 죽지 않으면 안 되느니라."

난 소년이 그렇게나 교만하며 강폭했던 까닭을 알 듯했다. 그 망할 놈의 영웅은 사치를 즐기고 있었던 것이 분명했다.

"자네만큼 된 나이엔 아무리 열심히 죽어보아야 신기가 흩어져 있기에 모으기가 힘들어. 헌데 어린애의 신기란 아직 눈도 뜨고 있지 않아서 사실로는 훨씬 큰 게 감추어져 있거든. 그것을 새지 않는 이 관이 맑고 깨끗하게[精] 뽑아낸다. 나중엔 이 할애비처럼 되어지지. 난 늙었지만, 사실로는 아직도 어린 애야. 아이란 근원이거든. 게다가 난 여러 사람의 신기를 먹구 있어. 그렇든 저렇든 나도 이 항아리 속에다 흙과 생명을 채우고 싶어졌다. 나도 나의 할아버지들처럼, 어디론가 떠날 때가 되어온 모양인가. 어디론가, 장타령꾼처럼, 정말 어디론가……”

영감의 얘길 내가 속 깊이 알 수는 없다더라도, 어쨌든 영감이 내게 고백을 하고 있다는 것만은 알 수 있었다. 난 감기기 같은 것에 떨며 통소를 입술에 대고 바람을 넣기 전에, 그 점을 물었다. “왜 내게다 그런 말씀을 하시죠?”

“자네에게선 죽음 속으로 용감히 걸어가는 목숨 냄새가 나고 있기 때문이라. 삶 속으로 비틀거리며 걸어가는 죽음 냄새완 다르다, 달라.”

나는 통소에다 바람을 넣기 시작했다. 어떤 가락을 불어내야겠다는 생각은 없었다. 난 감기기로 불어내기 시작했을 뿐이다. 그리고 그것이 몇 구절 흘러났을 때 나는, 그것이 비 흩뿌린 어느 무주공산에서 산령(山靈)들을 울렸던 그 가락이라는 걸 알았다. 그 의식을 최후로 나는 영감도, 장도, 나도, 항아리도, 신기도, 죽음도 잊어갔다. 그때는 내가 통소를 부는 것이 아니라 통소가 내게 소리를 강요했다. 통소는 나와 나를 휩싼 모든 것을 자기의 가느다란 관(管) 속에다 빨아들여 넣곤 나와 나를 휩싼 모든 것을 아프게 짓짜고 비틀며 굴렸다. 그리고 불려 나면 사라져버리는 소리 속에서 그것들은 산화되어버리는 것이다. 난 그 속에서 온갖 체험과 모든 삶을 다 살아버린다. 유년에서 노년까지를, 그러다 음악이 죽고 통소와 내가 별개의 것으로 회귀되었을 때는, 나는 다시 유년에서 노년까지를 구축해야 되었다. 나는 어떤 이끌어주는 것에 의해 계속되는 그런 삶을 사는 것이 아니라, 순간순간 스러져버리는—그리고 그 전이(轉移)로서 사는 것이다. 음악은 하나의 예(例)일 뿐이다. 음악에서뿐만이 아니다. 여자와의 교미도 그렇고, 갈증도 그렇고, 할 일 없어 지루한 시간도 그렇고, 신열이니 오한도 그렇다. 아침에서 저녁까지로 끝나버리는 어떤 촌락의 장날과 마찬가지로 말하자면 그것도 그런 것이다. 나타나는 꼴이 다를 뿐이다. 그리고 나는 거기서 저기로 떠도는 장돌뱅이다. 그렇게 살기 서른세 살이 된 이 각설이는, 그래서 지금은 여러 수천 개의 장날을 살고 지닌 한 집단이 되었으며, 앞으로도 여러 수천 개가 더 쌓일 것이고, 그것을 지니고 있으며 계속 더 지니게 될 나는 그렇게 해서 그것들 위에 떠돌고 '있는' 그런 어떤 놈이 되었다.

무주공산 비 흩뿌리는 밤 타령이 어디론지 사라져버렸을 때, 나는 칠십 년이나 그보다 많은 세월의 회분(灰粉)이 쌓인 속에 누워 있었다. 나는 도대체 어디에 있었던지를 몰랐다. 하늘은 그저도 싸늘하게 푸르고, 볕은 황혼과 섞여 미적지근히 붉었다. 바람이 먼지를 쥐어다 뿌렸다. 난 그제서야 기억이 나서 관 장수 영감을 찾았다. 나는 그리고, 도대체 웃고 싶진 않았는데 웃고 말았다. 영감은 서럽게도 훌쩍이며, 손가락으로 눈물을 따내고 있었다. 난 좀 어이가 없어져 주위를 휙 둘러보았다. 그리고 난 좀 부끄러웠다. 놀던 애들을 저녁상 앞으로 데려가려는 그 애들의 어머니와 형과 누나들이 긴 그림자를 내게 밀어뜨리며 늘어서 있다가 내 눈짓에 몸매를 수습하곤, 영감의 관 앞으로 가서 그 전에다 이마를 댄 뒤 떠나갔다. 한데 산발에 맨발을 한 굉장히 인상적인 젊은 여자 하나와 아까의 그 고양이 같던 소년만은 떠나질 않았다. 그 여인은 정말 탐이 나게 아름다웠다. 산녀(山女)답게 어글어글한 그 여자의 전체가, 지나치게 팽배해 있지만 지나치게 주린 듯한 그런 이끌음으로 보여졌다. 그런데 어디선가 난 그녀를 본 것 같다는 느낌을 받았다.

영감은 아직도 훌쩍이며, 그때껏도 통소의 여운에든, 자기 감상(感傷)의 올가미에든 옭여 미끄러운 대머리로서도 빠져나오질 못하고 있었는데, 산녀가 떨리고 낮지만 분명한 음성으로 이렇게 고했을 때에야 어물어물 자기로 돌아왔다.

"할아버지, 저의 집 장례를 좀 치러주세요. 그이가 돌아가셨어요." 여자는 거의 감정이 없어 보였다.

"………" 영감은 무슨 소리가 들리긴 했는데 내용은 모르겠다는 표정으로 여자를 올려다보았다.

"그이가 돌아가 버렸어요." 여자는 아까와 조금도 다르지 않게 반복했다.

"그, 그래?" 영감은 어물쩡하니 말을 찾질 못하더니, "야아 거 안됐다, 안

됐어. 헌데 그렇게나 건장했던 사내가 갑자기 웬일로?" 하고 즐거워서 비명이 나온다는 투로, 들뜬 음성을 썼다.

"스스로 섬돌에다 머리를 짓찧어댔어요. 제가 보는 앞에서……" 여자는 고개를 떨구었다.

영감이 갈퀴 같은 더러운 손을 내밀어 여자의 머리칼을 쓰다듬었다.

"그인 오늘은 술 한잔도 안 하셨어요. 그리곤 일찍 들어오셨어요." 여자는 또록또록 시말을 얘기하기 시작했다. 나는 이 본 듯한 여자가 누구의 아내였던가가 궁금했다.

"장터에 있는 나무다리 위에서 갓난애가 죽었대요."

나는 순간 좀 착잡했다. 이 여자를 어디서 보았었던 것 같다고 했던 것은 해산한 걸부(乞婦)의 바로 그 얼굴을 이 여자가 갖고 있기 때문이었다. 만삭이 된 거지 여자는 고통에 찌들어진 얼굴로 목교를 건너다가 쓰러져 목교를 안고 몸을 비틀어댔는데, 비트는 짓이 끝났을 때 핏덩이 하나가 다리 아래로 굴러 떨어졌었다. 그때는 그 여자는 움직이지 않았었는데, 죽은 듯하게 화평스러운 그 여자의 싸늘한 얼굴에서 난 이해할 수 없는 향수를 느꼈던 것이다. 박제된 여자, 미래의 씨앗을 빼긴 공허한 껍질의 시간, 하지만 그 자신의 무거운 짐으로부터 태어난 여자, 생성으로부터 생성의 젖으로 돌아온 바탕, 그녀의 그런 얼굴에는 어떻게 거칠은 시간의 어떤 의지라도 파종할 만한 빈터가 있었다. 나는 그 순간 그 여자를 사랑하고 있었는데 다시 소요가 시작되었을 때, 장 감독이라는 사내의 미친 울부짖음과 주먹질에 쫓겨오고 말았다. 한데 그 여자와 같은 여자가 바로 여기에 나타났다.

"그래서? 갓 난, 갓난애가 죽었는데."

"그래요, 낳자마자 다리 아래로 굴러떨어져 돌덩이에 부딪혔대요. 꼭 무슨 꽃이 으깨어지는 것 같더래요."

"꽃이 으깨어져 꽃이…… 그건 나두 알구 있네. 헌데 그 애 때문에 그 애(장 감독)가 죽을 이유는 모르겠다야." 영감은 석연치 않다는 듯이 말은 했지만 그리고 잘은 모르겠지만, 뭔가 짚이는 게 있는지 기신을 하려고 애쓰기 시작했다. 듣고 보니 이 여자는 바로 장 감독 그의 아내였기에 나는 거의 벌벌 떨게 되었다. 나도 왠지는 모른다. 감기기가 종내 오한을 가져온 것일 거라고 되는 대로 해석할밖에, 정말이지 모른다.

소년은, 애기가 오고 가는 동안에, 늘 그렇게 해온 버릇인지 이리저리 다니며 항아리를 살펴보고 있다. 장 감독의 신기를 짜낼 틀을 고르는 걸 게다. 한데 녀석은 맨 나중으로 내가 들어 있는 독 옆에 와선 눈독을 들였다. 난 헐쭉하니 웃고, 관 속에서 나와버렸다. 무릎이 시큰거렸지만, 죽음에서 몰약을 짜낸 덕으로 난 조금도 늙지 않았다. 난 역행을 반나절 했던 거다.

내가 빠져나오자 소년은 그 큰 항아리를 힘 안 들이고 들어 둘러메고 영감의 눈짓을 기다렸다. 그러자 영감이 고개를 끄덕인다. 소년은 앞서 출발한다—제기랄 아주 손발이 잘 맞아 들고 있었다.

“저도 잘은 모르겠어요. 더욱이 말로는 할 수가 없을 것 같아요.” 여자는 한참 생각해보고서야 입을 열었다. “허지만 저도 당연하다곤 생각했어요. 그래서 그이의 죽음을 도와주었어요.”

“흐, 흐흐.” 영감은 짖는 것처럼 세 번 소릴 냈다.

“그인 늘 자기의 어렸을 때를 한스럽게 생각했거든요. 그때에 그만 그런 일이 있었기 때문인가 봐요.” ‘그때의 그런 일’이란 똥개에 대한 얘긴 것 같았다. “그래서 그이는 늘 다시 그때로 되돌아가서 잃은 것을 찾아와야 된다고 으르렁거렸어요. 그러는 동안에 그이는 아주 이상하게 되었어요. 맘은 한 해 두 해 자꾸 어린 시절로 되돌아갔는데, 몸은 한 해 두 해 늙어만 왔거든요. 문득문득 그이는 자기가 늙고 있다는 것을 깨닫는가 봐요.”

“문득문득이라…… 늙고 있다는 것을……”

“그럴 때론 막 싸움을 걸고 술을 마시고, 생채기를 내곤 했어요. 집에 와선 며칠이고 울곤 했죠. 맘속에 있는 아기를 태어나게 하고 자기는 썩어졌으면 좋겠다고.”

“아아, 맘, 맘속에 있는 애기는, 애, 애기는 태, 어나게 하고……”

“정말 그랬으면 좋겠다고 하면서도 ‘마음뿐’이라는 거였어요.”

“마, 마음뿐이라고?”

“그런데 그 애가 죽었다니깐요. 제가 알고 있고, 말씀드릴 수 있는 건 그것뿐이에요. 전 하여튼 턱을 괴고 앉아서 그이를 보냈어요. 우리는 모두 틀렸나요?" 여자는 여기까지 말해놓곤 대답도 듣지 않고 빙그르 돌아 터벅터벅 내려갔다.

"아닙죠, 틀리지 않았습죠. 정말, 너무너무 당연했습니다요."

난, 알 수도 없으면서 속으로 부르짖었다.

영감은 왠지 몸을 부들부들 떨고 있더니 경련하듯 손을 저어 나를 불렀다. 그리곤 부축해달라고 했다. 나는 손을 내밀어 영감을 사파로 끌어냈다. 이큰 구더기는 앉은뱅이가 다 되어 있었다. 그것이 그의 완성을 의미하는 건지 어떤 건지는 모르지만, 이 부락의 모든 사람의 신기가 앉은뱅이에 불과하다는 것을 보고 만 나는 왠지 입안이 떨떨해지고 있었다. 하기야 어쩌면 완성은 앉은뱅이까지인지도 모른다. 앉은뱅이는 그 형체에 있어 궁궁(弓弓)의 표상인 것 같으니까.

영감은 자벌레처럼 꿈틀꿈틀 갔다. 손을 발처럼 짚고 버티면서 몸을 앞에다 운반해놓고 또 그렇게 했다. 나는 내가 해야 할 행동을 결정하지 못하고 우두커니 서 있었더니, 그렇게 몇 걸음 가다 말고 영감이 날 불렀다. 같이 갈 수 없겠느냐는 것이다. 거의 강요하는 태도였다. 나는 탐하고 응했다. 과부가 된 그 여자를 난 사랑하고 있었는 데다, 또한 영감을 난 존경하고 있었으며, 아직 못 본 장례식이 호기심을 일으키고 있었던 것이다.

영감과 나는 나란히 걸었다. 보조를 맞추려고 애쓸 것도 없었다. 영감은 숙달되어 있었고, 나는 빨리 걸을 생각이 없었으니까. 우린 얘기라곤 나누질 않았다. 구더기 같은 추한 늙은이와, 늙은이에 비하면 신과 같은 아름다운 젊은이는 어느 한 점에서 조화를 이루고 있는 것 같았다.

흙냄새 나는 건조한 골목은 검푸른 어둠에 묻히고 있었다. 난 무슨 이유로 그 사내의 자살이 정당한 것이라고 믿었을까—그것을 생각해보려 했다. 뭐라고 꼭 끄집어낼 것이 집히지 않았다. 이내 나는 다른 풍경들에 생각을 날려가고 있었다. 처마 낮은 추탕집에서 던져져 나오는 번들번들한 여자의 남성적인 음성의 꼬리에, 지물과 대통을 파는 허리 굽은 영감의 튼 손에, 작부의 코에 크림 갑을 내밀고 있는 방물장수 할멈의 흙탕 묻은 치마 깃에, 소 장수 패들이 그래도 그중 걸쭉히 배를 채우고 있는 듯했다. 그들은 모두 떠돌아온 사람들뿐이다. 토착민들은 벌써 그들의 토착(土着) 속으로 기어들어 가버리고 보이지 않았다.

우리는, 걸부가 해산을 한 목교가 보이는 곳에서 방향을 바꿔 전망이 좋아 보이는 산록에 매달린 집을 향해 걸었다. 그 집이 그 자살꾼의 집인 모양으로, 말라 버스럭이는 옥수수 줄기 사이로 마당에 피운 화톳불 빛이 부서져 나왔다. 성큼 걸음으로 오십 걸음만 걸으면 될 만큼에 이르렀다. 그때까지도 우리 사이엔 말 한마디 없었다. 영감은 뭔지 깊은 생각에 잠겨 왔던 것이다. 그런데 영감이 날 세웠다. 그리고 뜻밖의 말을 했다. 옥수수 줄기 사이에서였다.

"나도 아마 죽을 것 같네." 영감의 음성은 높은 데도 들떠 있지는 않았다. "그 사내는 죽을 만했군, 죽을 만했어." 영감은 내 손을 움켜잡아 나를 앉혔다.

"난 젊은 애들이 사느니 죽느니 하는 문제는 생각지도 않는다고 불평을 해왔었지. 헌데 그 문젠 장의사인 내가 몰랐었던 것 같은데."

"난 좀 잘 모르겠는뎁쇼."

"신기란 것은 모두 내가 쥐고 있는 줄로만 생각을 했댔는데 말이다, 그게 아니거든, 아니야. 난 말이다, 항아리에 시체를 처넣고 소금 뿌리듯 흙을 뿌린 뒤, 보리 씨앗 몇 낟을 던져주곤 했지. 그래서 그 씨앗이 시체가 흘린 신기를 먹고 자라면, 그걸로 떡과 술을 빚어 가져오라 했어. 난 그런 걸 먹고 마셨는데 말이다." 영감은 구역을 하다 계속했다. "그래서 난 이 부락 사람들의 제사를 받고, 섬김을 받고 살아왔는데…… 생각해보니 나도 내 항아리만큼이나 고물이었댔어." 영감은 고해라도 하는 듯 경건하고 엄숙했다. "그렇다면 말이다. 그렇다면 난 만신묘(萬神墓) 같은 나는 말이다, 나는 내 알맹이를 어디다 뒀지? 어디다 뒀냐 말이다." 영감은 분해서 못 살겠는지 눈을 부릅떴다. 그러다 이내 숙연해졌다. "헌데 죽었다." 영감은 슬프게 입술을 짓물었다. 그리고 눈을 내리감았다. "아프기 시작한 건 자네의 통소 소리를 들을 때부터였어. 원인 모르게 그냥 아프더라." 영감은 얼굴을 갈퀴 같은 손 속에다 묻었다. "난 오랫동안 소리[音樂]라는 걸 들어보질 못했더니."

"웬걸입쇼? 옥수수 줄기도 소리를 하는 걸입쇼." 난 웃었다.

"그래, 그래. 나도 듣고 있었다. 통소 소리가 갑자기 이 세상에서 모든 소리들을 깨우쳐줬어. 그건 불길같이 자꾸 타오른다." 영감은 미친 듯이 귀를 틀어막고 한참 엎드려 있더니 조용히 고개를 쳐들었는데 눈물이 흘러내리고 있었다.

"통소 소리가 자꾸 익고 있었을 때, 난 나도 모르게 소년 시절을 생각했었지. 그때 일은 옥수수 대궁을 씹는 것 같더라. 항아리 속에 앉아 있는 의젓한 나를 향해 온 동네 사람이 칭찬을 퍼부었거든. 아무도 참으려골 안 했지, 알겠나? 그때의 내 우쭐함이 어쨌겠어. 헌데 말이다. 그렇게 뽐냈던 것이 그만 그 항아리보다 더 큰 항아리를 만들어주었어. 나는 빠져나올 수가 없었지. 그러는 사이 나는 나도 모르게 부락의 신기 덩이가 되고 말았다. 나는 몰랐지만 그 사람들이 내게 나를 믿게 해주었다구. 오늘까지도 그랬다. 오늘 이전엔 그렇지만 나는 나를 믿고 있었다." 여기까지 말하고 영감은 잠깐 쉰 뒤 계속했다. 오랫동안 자신도 모르게 쌓여왔던 것들이 풀려 나오는 모양이었다. 난 열심히 듣고 이해하려 애는 썼지만, 영감의 얘기가 언제나 끝나려는지 그게 궁금했다.

"정말이지 나는 나에 대해서 아무런 옷도 만들어내지 않았다. 장승처럼, 저희들이 깎아 세워놓고 저희들이 절을 했단 말이거든. 나는 무덤과 목숨 사이에 있는 중매쟁이며, 저희들이 알기론 나는 죽지 않는다고 했기에, 나는 중매쟁이며, 죽지 않는다고 믿어버린 것이다. 통소 소린 헌데 그 잠을 깨워준 거야. 난 아팠거든. 그게 잠이란 건 장 감독의 부음을 듣고서 장례를 치르기 위해 걸어오면서 생각해보고야 알았지만. 그 사람(장 감독)은 확실히 불길처럼 목숨을 태워 올렸다. 신기란 걸 본 사람은 없지만, 난 이제 그것이 기름이라곤 알게 됐다." 영감은 얘기를 계속하며 다시 땅을 재듯이 움직여나갔다. 나도 따랐다. "헌데 죽었어. 꿀방울처럼 떨어져선 꽃처럼 으깨어졌다. 그리고 나는 빈 껍질의 늙은이야. 하지만 그 애가 오늘 죽은 건 아니지. 난 언젠지 죽어 있다가 오늘 태어난 거지. 만산(晩産)도 대단한 만산이지."

"헤헤, 나, 난 잘 모르겠지만요, 허구 보니껜두루, 헤헤, 영감님은 관이 되었군입쇼, 예? 헤헤."

"………" 영감은 대답하지 않았다.

그러는 사이 여자네 집에 닿았다. 소년은 마당의 한가운데를 파기에 여념이 없었다. 조금만 더 파면 항아리가 묻힐 만큼이나 되었다. 여자는 화톳불 옆에 돌로 깎은 좌상처럼 앉아만 있었다.

영감은, 토방에 홑청을 덮고 누워 있는 시체 곁으로 가고, 나는 여자의 앞에 무릎을 꿇고 여자를 우러러보았다. 유난히 서글거리는 여자의 눈이 내게 머문다. 여자의 눈은 그러나 아무 얘기도 하지 않았다. 나는 대체 왜 무릎을 꿇었을까—나는 얼른 돌아앉아 소년의 동작을 보았다. 소년은 자기 자신에 취해 있는 듯이 일했다. 머잖아 여행길에 올라버릴 영감의 대리로서의 자신을 충분히 의식하고 있는 것 같았다. 소년을 축복해주고 싶은 심정이 뭉클 일었다. 그러다 곧 나 자신으로 돌아왔다. 나는 오늘 장에 몇 푼이나 벌었을까? 나는 바랑을 만져보고 비어 있는 걸 알았다. 그 밑에 먼지 같은 뭣이 조금 있었는데, 살펴보니 그것은 소년의 가래침 한 덩이와 영감의 고백 몇 낱이 굳어 있다.

항아리는 초밤중에나 되어서야 묻혔다. 그리고 소년이 구워 내놓은 옥수수 두 통씩을 뜯는 시간까지 두었다가, 시체는 홑청에 싸인 채 구겨 넣어졌다. 여자는 처음대로 앉아만 있었다. 소년은 눈빛을 빛내며 영감을 도우며 살펴봐뒀지만, 나는 여자의 눈을 볼 수 있다는 그 흐뭇함만을 빼놓는다면 아주 지루하고 역겨웠다.

영감은 관습대로 소금 뿌리듯 흙을 뿌려 넣고, 누룩을 넣듯 씨앗을 넣었다. 그리고 나서 영감은, 소년을 먼저 보내고 여자 곁으로 와 앉았다.

“얘야, 저기 뿌린 씨앗이 열매를 맺거든 따뒀다가, 술과 떡을 빚어 내년의 오늘 내게로 가져오너라, 잉? 그때 그 떡과 술로 너의 혼례를 축복해주마” 하고 은근히 말해주고 나를 향했다.

“내년의 오늘 와주게. 허지만 오늘은 나와 같이 가줘야겠어.”

그리곤 먼저 출발했다.

난 얼른 알아듣진 못했지만, 처음으로 여자의 눈이 무슨 얘기를 하고 있다는 것을 읽었다. 그래서 나는 그 의미를 읽으려고 여자의 눈을 들여다보았다. 활활 타오르는 모닥불이 여자의 눈 속에서도 타고 있었다. 그것은 모닥불의 반영만은 아닌 듯이 내겐 자꾸 믿어졌다. 슬픔을 이겨내고 있는 이 여자의 이 비어 있는 응집(凝集)은 내게 다시 고향에 대한 갈망을 불러일으켰다.

"내년의 오늘 돌아올 수 있었으면 좋겠군요. 그땐 복숭아도 살구도, 아기 진달래도 피었을 텐데요."

그리고 나는 여자로부터 얼른 떠나 영감의 뒤를 쫓아갔다.

영감은 아까의 그 옥수수 대궁 사이에서 날 기다리고 있다가 친근스럽게 내 손을 잡았다.

"내 죽음을 지켜보아 주겠나?"

"........."

난 대답하지 않았지만, 영감은 기뻐했다. 강냉이 대궁 사이의 바람 소리가, 너무도 차가운 별이 우리를 쓸쓸하게 하고, 또 서로의 맥관을 이어줬다.

영감과 나는 고개를 숙이고 말없이 다시 항아리로 돌아왔다. 그리고 우리는 가을 하늘 같은 그런 어둠 속에 말없이 서 있었다.

"구태여 스스로 죽으려 안 해도 생명을 맛본 이 늙은인 곧 죽겠지만, ... 그렇지만 난 한 번도 살아보질 못했기에...... 그래서 한번 치열하게 살아보려는 걸세."

영감은 이틀을 드러내는 듯 웃어 보이곤 항아리에 이마를 댔다.

"지금 생각해보니 자네게 통소 값을 치르지 못했군. 아마 내년의 오늘 장감독의 처가 치를 거네. 거기서 받게. 한 번 더 통소를 불어줄 수 없겠나?"

나는 그러나 고개를 저었다.

"통소는 내 산모였다네."

영감은 포기하고 항아리 전에다 이마를 찧기 시작했다. 신음을 해대면서도 그 짓을 치열하게 감행했는데, 아마도 축적되었던 기름이 한꺼번에 터져 한꺼번에 타고 있는 듯했다. 항아리 전이 몇 번인지 조각되어 떨어져 나가고, 영감의 얼굴은 걸레쪽이 되어갔다. 오래지 않아 영감은 피에 낭자히 젖어 힘을 풀고 항아리 전에 턱을 걸고 늘어져 버렸다.

나는 대체 어떤 느낌으로 영감을 봐주었는지는 모른다. 나도 그 산녀와 마찬가지로 턱을 괴고 그저 눈을 똑바로 뜨고 바라보아주었을 뿐이다. 그러다 영감이 맥을 풀었을 때 일어나서, 그를 들어 깨어진 그의 관 속에다 넣어주었다. 그는 그 자신만의 신기가 타버린 재 무게밖엔 안 되었다.

씨앗은 없어 못 뿌렸지만, 나도 그의 관 속에다 흙은 뿌려주었다. 그리고 나는 천천히 목교까지 와서, 오전 중에 죽은 갓난애의 주검과 그 애의 어미를 찾았다. 그리고 나는, 그들이 조용히 터오는 동 속에 은근하게 꿈틀거리는 처마 낮은 창에 와 거리와 그 안쪽들에 있음을 보았다.

나는 다음 장을 향해 길을 재촉하기 시작했다. 그러면서 나는 생각하고 무거워진 바랑의 끈을 묶었다.

갓 나서 꽃처럼 으깨어진 그 애는, 이 장(場)—그 항아리 속에 던져졌던 한 씨앗이었던 모양이었다.

山東場
—「却說이 日記」基二

감정 없이, 그냥 보기만 하더라도 웃음을 터뜨리게 할, 그런 일단의 남자들이, 감람나무가 몇 그루 있는 언덕바지에서, 제법들 심각한 얼굴로 내려왔다. 나는 새벽이슬로 어깨가 무거워 있었는데, 막 장구(場口)로 들어서려다 그들을 만났다. 난 언제나 하는 버릇으로 벙거지에다 손을 얹고, "안녕들 합쇼? 날씨가 좀 궂을 것 같군입쇼" 하고 떠드는 목소리로 인사를 걸었다.

"너는 나를 따라라. 내가 너의 냄새 나는 바랑에 향기로운 지혜를 채워줄 것인즉슨."

아닌 밤중에 홍두깨 격으로 어떤 사내가 소리쳤다. 어쨌든 그 음성은 폭이 넓고 박력이 있었으며, 따르지 않을 수 없으리라는 확신에 넘쳐 있었는데, 그럴 만한 저력을 쌓아온 자인 모양이었다.

"헤, 헤헤헤, 헤, 무, 물론 그, 그렇게 해얍죠." 난 누구를 향해서가 아니라 건성으로 대답을 띄워놓곤, 나 같은 장타령꾼의 '발싸개'보다도 더한 녀석들을 살피는 데 혼을 빼면서도 따랐다.

맨 앞장서 걷는 놈은, 대갈통 무게에 짓눌려 자라질 못하고 어기적거리는 난쟁이였고, 그놈의 어깨를 정다운 척 끼고 있는 놈은, 한 군데도 올바르게 보이는 데가 없는 꼽추였는데, 둘이는 좋은 한 쌍으로 보였다. 표정도 그랬다. 난쟁이는 우둔해 뵈는 얼굴에 수심을 물고 있고, 꼽추는 고양이 같은 상에 찐득거리는 웃음을 발라놓고 있다.

그다음으로 한 쌍은 핏기 한점 없는 장님과 외다리가 서로 허리와 어깨를 끼고 부족을 보충하고 있었고, 그 뒤엔 그의 소싯적 흉년에나 빼먹어버린 듯한 외눈박이가 그 눈을 그나마도 반쯤은 감고 외팔이와 나란히 서고, 좀 뒤떨어져 걷는 한 쌍은, 하나는 지나치게 여위었는데 육손이고, 하나는 비교적 정상적으로 보이긴 했지만 무슨 갑작스런 사고나 놀람으로 해서 말을 잊어버린 벙어리인 것이 금방 알려졌다. 그는 들을 줄은 알고 있었던 것이다.

그다음이 내게 명령했을 듯한 장닭 같은 사내였는데, 그는 늘씬하게 큰 키에다 계집 같은 피부와 참으로 시원한 얼굴을 가졌고(그는 너무 흠 없이 뽑혀져 나온 듯했다), 그 사내의 오른쪽엔 왼쪽 귀밑에 쇠불알만 한 혹을 매단 사내, 왼쪽에 코가 썩어 문드러진 사내가 보위하고 있었다. 혹부리의 혹엔 명주실 같은 섬세한 혈관이 뒤덮고 있었는데, 그것은 혹시 혈관이 짧아져 꼽추라도 될 때를 염려하여 여벌로 한 꾸러미쯤 준비해 갖고 있는 것 같았고, 코 없는 사내는 창병(瘡病), 그 전장에서 돌아온 용사인 것 같았다.

마지막으로 보인 사내는 정말 더더욱 가엾게 보이는 사내였다. 그 사내는 마누라 오줌에 영계처럼 튀겨졌거나, 불붙은 성루를 용감하게 최후까지 지켰던 병사의 귀신이거나, 화장독에서 반쯤 타다가 걸어 나온 놈임에 틀림없었다. 전신이 화상으로 덮여 있었다. 나까지 합치면 모두 열세 명이었고, 나이는 (짐작해볼 수 없는 꼽추와 난쟁이와 화상 걸린 친구만 빼면) 모두 삼십 이삼 세에서 오륙 세 사이였다.

우리는 소요학파의 일단처럼 길을 메꾸고 장통으로 들어섰다. 난, 맨 뒤 꽁무니에 따랐다. 그리고 '저 희멀건 작자가 이놈들에게서 한 가지씩 뺏어다 제 자루를 채운 모양인데' 하고 생각했다.

"선생," 육손이가 희멀건 사내를 선생이라고 부르며 촐랑촐랑 선생 곁으로 다가왔다. "방금 지나온 저 순댓국집 말인데, 그 냄새가 아주 계집 냄새 같았어. 창자가 비틀리구," 그는 뻿마른 손으로 배를 훑었다. "거길 좀 들러보면 어떻겠지? 아직 우린 해장도 못 했잖냐 말야, 선생."

"히히, 그거, 그거 좋아, 좋지." 장님이 얼른 알아듣고 눈을 희번덕이며 침을 흘렸다. 꼽추는, 얘기가 떨어지기가 무섭게 뒤뚱거리는 난쟁이의 머리통을 밀어 순댓국집으로 달려가며 혀를 낼름거리고 있었다.

"탐욕으로 해서 말라비틀어진 이 육손이 놈아, 너는 너의 손가락 하나를 잘라냄이 좋을 게다. 한 치 앞도 못 보고 덤벙대는 이 눈먼 녀석아, 너는 개 눈이라도 박는 게 좋을 게다."

말은 그렇게 하면서도, 선생도 순댓국집을 향해 발을 옮겼다.

"흐흐흐, 그건 선생이 틀렸어." 혹부리가 신명이 나서 나섰다. "탐욕과 실명(失明)—그것이 없이는 무엇이든 살아갈 맛이 없다는 걸 몰라? 그런 간단한 이치 속도 모르느냐 말야. 내일 죽을 일을 생각하면 어떤 젠장맞을 놈이 움직이나 엉?"

"이 혹부리 놈아," 선생이 느닷없이 혹부리의 혹에다 가래침을 뱉었다. "너는 잡동사니로 된 그 사상의 주머니를 떼어내 버리는 것이 역시 좋을 게다. 너는, 그 혹이 네 몸보다 더 크게 되는 날 그 혹의 중턱에 매달려 현기증을 느끼거나 깔려 죽고 말 게다."

선생의 준열한 나무람에 정신이 흩어져버렸는지 혹부리는, 고개만 썰레썰레 젓고 입을 열지도 닫지도 못했다.

꼽추는 벌써 안으로 들어가 매달리듯이 식탁에 앉아 다리를 흔들어대고 있었는데, 순댓국집의 호인형 남자와 부은 여편네의 쥐어박는 소리에도 아랑곳없이, 우 몰려와 문밖에 서 있는 친구들에게 한 눈을 질끈 감아 보인다. 난쟁이는 얼른 보이지 않았는데, 슬픈 눈으로 문턱에 걸터앉아 아주 낮게 있었기 때문이었다.

선생은 차마 들어가진 않고, 그 대신 창턱 밑에 놓인 순댓국 솥에서 올라오는 김에 수십 번 코를 적시고 입맛을 다시더니, 이번엔 희고 부드러워 보이는 손을 펴서 김을 한 움큼 움켜쥐었다. 차차로 그 거동이 병적으로 변해지고 있었다. 무슨 지혜든가, 모략이든가, 비유든가, 무슨 그런 거 한 낱이 집힌 모양이었다. "들을 귀가 없는 자라도 듣고 지혜를 배워라." 선언하듯 해놓곤 다시 몇 번이고 김을 움켜쥐었다.

"너희들도 쥐어봐라. 움켜쥐는 놈이 있다면 그는 선생 중의 선생이 될 게다."

선생의 말은 반응이 빨랐다. 혹부리가 먼저 달려들고, 나중엔 모두 달라붙느라 화상쟁이는 솥뚜껑에 한 번 더 손바닥을 데었다. "아구구구우!" 화상쟁이는 비명을 지르면서도 행여 누가 볼세라 손을 얼른 감추었다.

"야 이 병신 새끼야!" 꼽추가 괜스레 화를 내며 화상쟁이의 뺨을 갈기고 나섰다. "뒈져라, 이 병신아!"

"수모와 비굴로 해서 변해진 짐승에게 더 이상 상처를 입히지 말라."

선생이 조용히 타일렀다.

"정말 말세야."

이제껏 말이 없던 난쟁이가 보충을 하곤 괴로운 듯 머릴 감쌌다.

주인 남자는 어처구니가 없는 듯 멍하니 서 있기만 하고—그는 속으로 '저 병신들을 섣불리 건드렸다간 와서 짜란히 누우면 곤란해' 하고 생각하고 있을지도 몰랐다—지랄을 떠는 건 주인 여편네였는데, 그녀는 소금을 얼굴들에다 획획 내갈기며, 이놈 저놈 쿵쿵 쳤다.

"육갑들 짚고 있네, 썩을 것들!"

"안 쥐어지는데, 선생." 육손이가 육손으로 김 한 터럭 잡지 못하고 불평이었다. "안 쥐어져!"

"바로 그것이 지혜인 줄을 너희들이 이제야 알겠구나. 지혜란 향기지 물건이 아니다. 지혜를 내는 자도 역시 그렇지. 듣고 깨달아라. 이 솥 속엔 온갖 잡동사니가 다 들어 있는 줄은 너희도 아는 바다. 비유로 말하자면, 이 속에서 끓여지고 있는 건 저 꼽추 같은 놈이다. 구린내 나는 똥창자,"

"아, 구린내!" 코 문드러진 녀석이 되받았다. 그리고 외다리의 궁둥일 철썩 갈겼다. "인마, 새벽에 너 옷에다 똥을 갈겼지? 에익 더러운 놈."

"히히히, 안되었지만 뭐 하는 수 있었어야지." 꼽추가 점잖게 끼어들었다. "춥긴 하고, 나무는 없고, 그래서 목발로 모닥불을 피우고 말았었지. 여 외다리놈, 정말 미안허이. 해도 너도 그 불에 불알을 늘였잖나."

"뭐라구? 뭐, 뭐라구?" 외다리는 뛰지도 못하고 앞가슴을 둥둥 쳤다. "너도 다리 하나쯤 없어 봐야 알 거다. 어떤 놈은 다리가 필요 없어서 떼어놓고 다니는 줄 알아? 아이구우 맙수사! 디딜 자리만 줘봐라, 저절로 순이 돋을 게다."

"이 똥개 같은 족속들아, 지혜는 외면을 하고 뭣들 하는 거냐?" 선생이 쩌렁 울리는 소리로 나무라고, 가까이 있는 벙어리의 대갈통을 쥐어박자 모두 움찔움찔 소심하게 되사린다.

"난 배만 고프네. 먹어도 먹어도 배만 고파." 육손이가 슬프게 뇌까린다.

"선생의 얘긴 음식이 못돼. 여편네라도 있으면 팔아먹을걸."

"너희도 알겠지만, 이 솥 속엔, 똥독에서 자란 돼지의 똥창자, 썩어 문드러진 쓰레기, 쥐와 같은 먹피에다, 채독벌레, 코끝에라도 한 방울 묻게 되면 사흘까지라도 기분을 상하게 하는 된장 찌꺼기,"

"후후후," 코 없는 사내가 킬킬거렸다. 육손이는 기진 된 듯 선생의 어깨에 얼굴을 묻고, 여섯째 손가락으로 선생의 귓속을 후벼 판다. 벙어리는 여태도 무표정이고, 외눈박이는 외팔이의 알맹이 없는 소매를 측은한 듯이 바라보고 있다.

"그리고 국 끓이는 저 사내와 저 여편네의 코딱지와, 하루에도 열두 번씩 보는 쇠피[所避]의 지릿함 그리고 부스러 떨어진 똥 가루,"

"허허허," 순댓국 주인이 어이없이 너털거렸다. 여편네도 맥이 빠져 피식 웃고, 손바닥에 묻어 남았던 소금을 선생의 어깨에다 털었다.

"그뿐이 아니다. 저 사내의 입술에서 꺼질 줄 모르고 타고 있는 이똥 묻은 담뱃재," 선생은 계속했다.

"아, 그런 건 없지, 없어! 내가 얼마나 주의를 한다구?" 순댓국집 주인이 완강히 부인하고 나섰다. "한번 실수가 있은 후론 없다구. 글쎄 말야, 하루는, 한 오륙십 그릇의 국을 고스란히 망쳤지 뭔가? 물고 있던 골연[卷煙]이 침에 절어가지고시나는 가운데서 동강이 났다니깐, 재수 없게도. 헌데 국솥에 떨어져 삶겼지. 냄새도 맛도 다 버린 거지 뭐. 그럴 때 자네들이나 왔더면 좀 좋아? 그때 일이라면 이가 갈린다구."

"그나 그뿐이랴? 더러운 촌놈들이 재채기를 해가며 먹다 남은 찌꺼기를 다시 부어 넣는다." 주인이 손을 홰홰 젓는 것도 무시하고 선생은 신명껏 섬겼다. "그 찌꺼기 속엔 촌놈의 침방울, 콧물, 썩어져 부스러진 충치, 위 냄새, 폐병 균, 부스럼 딱지, 비듬, 조끼 윗주머니에다 용알처럼 간수했던 부적에서 떨어진 꼬마 잡귀, 그리고 그런 악령들을 삶아내는 물을 생각해봐라." 선생은, 구역질을 참는다는 시늉으로 목젖을 움찔움찔했다. 그러나 청중은, 나와 순댓국 주인과(그는 자기에 관한 일이므로 열심히 들어둬야겠다는 태도였다) 벙어리뿐, 아무도 들으려곤 안 했다. 난쟁이는 턱받침으로 슬퍼만 있고, 꼽추는 오줌을 누고, 외다리는 가로수에 기대어 있고, 장님은 땅바닥에 주저앉았고, 외팔이는 장갑 장수와 농담을 하고, 화상쟁이는 국 끓이는 잉걸불에 손을 쬐고, 외눈박이는 지나는 여자의 궁둥일 훑고, 육손이는 선생의 허릴 감고 늘어졌고, 혹부리는 제 혹을 만지작이며 어디서 혈관 끊기는 소리라도 들리는가 귀 기울이고 있어 보였다. 코 없는 사내만 열심으로 국 냄새를 맡아댄다.

"저 물은 갈보들이 운집해 사는 천변(川邊)의 반수상 가옥 밑을 흘러온 것이다. 그 물속엔 떨어진 씨앗들이 싹을 터보지도 못하고 흘러내린 수만의 사람 새끼가 들끓고 있고, 갈보 년들의 월경대가 즙을 냈고, 고름 묻은 거웃이 읽혀졌고, 살인강도가 피 묻은 손을 씻었고, 유산아와 사산아의 심장이 썩은 물이다. 온갖 병균과 죄와 잡귀와 불구(不具)들이 이 솥 속에선 끓는다. 이것은 하나의 장(場) 속 같은 것이지. 산서(山西)에서, 산남(山南)에서, 멀리로는 호동(湖東)이니 호북(湖北)에서, 그보다도 더 멀리서 온 온갖 잡놈들이 온갖 잡동사니를 갖고 와 팔고 사고 아우성치는 장 속이란 말이다. 똥간 속이지, 저 꼽추 같은, ―허지만 저놈은(꼽추) 내 음이며 또한 뿌리인 셈이긴 하지. 저놈과 나는 같지만, 저놈은 뱀이면 나는 하느님이라는 식이다. ―그런데도, 그런데도, 흠, 음음, 흐으음." 선생은 다시 김을 탐하며 손바닥에 쥐었다. "이 희한한 냄새를 맡아보라, 이 멋들어진 냄새를. 이것이 바로 질서라는 것이다. 이것이 바로 관념 형태라는 것이며, 그것은 이런 더러운 잡동사니의 혼돈이 만들어내는 것이다. 깨끗하기만 하고 맑은 것에서는 무엇이 태어나겠느냐? 정말 티 없는 물을 아무리 끓여보더라도 거기선 이처럼 훌륭한 향기는 우러나지 않는다. 그러나 이 물속에 장구벌레 한 마리든 암캐의 불알이든 뭐든 넣고 끓여봐라, 그땐 어쨌든 맹물 냄새보다는 멋진 향기가 날 게다. 흐음, 음, 음, 으흠, 이 냄새의 구수함, 그윽함, 고상함, 이 거룩함, 이 탈속―이것이 바로 나니라. 나는 너희들과 같은 병신 나부랭이들이 끓여져서 승화된 향기니라. 나는 너희들의 질서며 너희들의 사상이다. 물론 네놈들이 먼저 있고 내가 있으나, 그러나 너희들 이전에 내가 없이는 너희들만으로서는 나를 이뤄놓지는 못할 것이다. 너희는 재료이지 운동이 아니기 때문이다. 비유로 말하면, 나는 저 사내와 같이 솥 밑에다 불을 때는 자라는 말이다. 불을 때지 않고도 이 국이 끓겠느냐? 그러면 불을 때는 나는 누구인가? 좀 어렵게 말하면, 먼젓 솥에서 남몰래 형성되어온 어떤 뜻이며 운동이니라. 먼젓 솥의 향기는 난쟁이가 되어, 지금은 '말세'나 찾지만, 지금은 골동품 이상의 가치는 없다. 어쨌든 왜소하게 된 구덕(舊德)이 아직도 살아 있음은 한심한 노릇이다. 하지만 이 모든 말은 너희들에겐 어려울 것이다. 그래도 어쩌면 너만은," 선생은 엉뚱하게 내 가슴을 찌르는 듯이 가리켰다. "장돌뱅이니 내 얘기의 조금은 알 수 있을 게다. 너는 장돌뱅이지, 틀림없이? 흐으, 음, 음, 흠, 아 이 훌륭한 향기, 이 완전한 질서, 이 부족 없이 적셔주는 사상, 흙탕이 피워낸 이 연꽃, 음, 흠, 흠, 혼돈들이 아무 뜻도 운동의 질서도 없이 질서를 저절로 만드는구나. 이눔아, 넌 혼돈에도 의지가 있다고 생각하나?" 선생은 다시 엉뚱하게 내게다 꽥 소릴 쳤다. 난 어리둥절해져 모르겠다고 고개를 저었다. 그러자 선생은 비웃듯 입술을 비틀곤(그건 결코 웃음은 아니었다) 마저 이었다. 효과적으로 얘길 하기 위한 방법으로서 그래 보았을 뿐인 것 같았다. "혼돈에도 의지가 있다면 그것은 질서지 혼돈이 아니다. 한 가닥씩 떼어놓으면 시끄럽고 빽빽거리는 의미 없는 소리도 모아놓고 멀리서 들으면 가락이 생긴다. 들릴 듯 말 듯한 아주 멀리서 들으면. 신(神)이 없이 못 사는 녀석들은 그것을 신이라고 한다. 하여튼 그렇게 해서 나타난 이 거룩한 나를 도대체 이 더러운 병신들은 예배할 줄을 모른단 말야." 선생은 불평으로 얘길 맺곤 미친 듯이 순댓국 냄새를 움켜 먹었다. 자기에게 올리는 기도나 제사의 향냄새나 된다는 듯이—

"선생," 좀 비꼬고 싶어서 내가 나섰다. "그러나 이 솥 속에 담배꽁초라도 하나 떨어진다면 맛과 냄새가 바뀐다는 건 잊지 않으셨습죠? 그러고 보면 맛이니 냄새니 하는 건 뭐 별 게 아닌 상한뎁쇼. 그건 말하자면 우발적인 사건이라고 해야 될 건데 말입죠, 그렇다면 냄새라는 것도 기막히게 사소한 우발에 의해 그 모양이 수시로 달라지는 그런 것이 아니냐 이 말입죠. 헤헤헤."

"아, 너의 바랑에 지혜가 차기 시작하는구나. 착하고 참한 아들이다."

"헤? 헤헤헤, 헤."

나는 웃을 수밖에 없었다.

"비로소 그렇게도 얻고 싶어 했던 아들을 얻었다. 너는 나의 독생자라. 허지만 내가 너의 눈을 보니 너는 이미 정착에는 넌더리를 내고 있는 데다, 그 속에 독기마저 품고 있다. 너의 눈은 웃지만 된내기가 내린다. 너의 눈동자는 피에 부족해 있어. 너는 피 맛을 보러 허대고 있는지도 모르겠다." 선생은 독설을 뱉다가 어조를 바꾸었다. 그리고 깊이깊이 생각하며 아주 느리게, 그리고 띄엄띄엄, 거의 아무것도 보지 않으며 '지혜'를 짜냈다.

"너의 의문에 대한 대답은 이렇다. 나, 나는 아까, '먼젓 솥에서 남몰래 형성되어온 어떤 뜻과 운동'이란 말을 했다. 남몰래 말이다, 남몰래. 혼돈들의 밑바닥에, 질서의 내심방(內心房)에, 그것은 자기를 저장해왔다. 그, 그때까진 그것은, 혼돈도, 질서도, 음도, 양도 아닌, 그, 그러니까 그 사이[中]의…… 그 사이의 끝[極]이다, 끝이야. 그런데 그, 끝은 이내 어떤 모양으로든 퇴화(退化)한다, 그래, 퇴화한다." 선생은 흥분하기 시작했다. 그리곤 막힘없이 쏟았다. "그래서 새로운 다른 향기가 나타난다. 그 퇴화하는 방법이 항상 일정치 않으므로 그래서, 맛과 냄새가 달라지는 것이다. 그렇더라도 맛이니 향기니 하는 것의 그 모양이 다를 뿐, 끝에 이르러서는 다를 것이 없다. 똑같을 뿐이다. 내가 지금 말하는 끝이란, 이미 형성돼 있었던 '뜻과 운동'과 새로 형성될 그것을 말하는 것이다. 더욱 쉽게 말하자면, 구린내와 짠 내와 지린내가 혼합된 그 속에서 형성된 '뜻과 운동'은, 분 냄새와 살냄새와 젖 냄새가 범벅이 된 그 속에서 형성된 '뜻과 운동'과 결코 다르지 않다는 그 말이다. 그러므로 구린내든 젖내든 그것은 끝도 역시 똑같은 것이 된다. 우발적인 사건이 던져졌다고 하면, 너는 새로운 퇴화를 생각하지 않으면 안 된다. 그래서 새로운 솥이 시작된다. 이제는 알겠느냐? 그럼 나는 왜 질서 편에다 많은 비중을 두느냐 하면, '뜻과 운동'은 잠복적인 데 비해 질서는 현현이기 때문이다." 선생은 취한 듯했다. 순댓국 내음이 선생에게 지혜도 되고 아편도 될 수 있다는 것 때문에 난 웃음이 났다.

"음, 음, 으흐으음, 거품들이 뒤엉켜 만든 이 진주, 으, 흐음, 음,"

혹부리가 혹을 흔든다.

"선생, 그렇게 좋으시우?" 순댓국집 사내가 보다 딱한지 한마디 거들었다.

"좋다마다, 아, 좋다마다, 미치게 만드는 이 그윽한 향기, ……저 천해 먹고 막돼먹은 자식들이 꼽추가 되는 건 어렵잖지만, 도대체 어떻게 이렇게 고귀한 나, 나를,"

"아따, 선생 들어오슈! 특제루다 내 공짜루 한 그릇 대접하지. 인심 썼다. 들어와, 허지만 매장 이렇게 오면 그땐 알아둬요, 구정물을 덮어씌울 테니깐. 어차피 재수는 벌집이 났으니껜두루……" 주인은 선생의 탐함에 기분이 으쓱해진 모양이었다.

"그야, 응당 그렇게 하는 게 당연하지." 선생이 시큰둥하니 대답을 하곤 문지방을 넘으려 하자, 육손이가 선생의 귀를 잡아당기며, "나 먼저 먹어야지 뭐" 하고 매달린다.

"우리와 나눠 먹지 않으면 선생을 죽도록 때리자." 꼽추가 주먹에 침을 바르고 으르렁거렸다.

"이 똥개만도 못한 병신들아," 선생이 버럭 고함을 쳤다. "내가 너희들에게 화평을 얻어 주려 온 자인 줄로 아느냐? 나는 네놈들을 미끼로 하여 내 자신을 높이는 자인 줄을 모르느냐? 네놈들을 앞세워 내 바랑을 채우자는 자인 줄을 몰라? 부족하고 더러운 병신들!" 선생은 다시 설교조로 돌아왔다. "네놈들은 네놈들의 부족을 온전한 내게서 보충받는 줄 알지만, 천만에, 네놈들이 잃어버린 온전한 것들이 바로 거룩한 이 나를 만든 것이다. 이 막돼먹고 천하고 구더기만도 못한 갈보 새끼들." 선생은, 붙들고 늘어지는 어린애 같은 병신들 머리 위로 주먹을 날렸다. "그래서 내게는 병신과 죄인과 창녀가 더욱 필요하단 말야."

내가 듣기에, 선생의 얘기는 앞서 했던 말의 반복에 불과했다. 향기로운 냄새를 만드는 것은 솥 속에 끓고 있는 잡동사니지, 냄새가 잡동사니를 만드는 것이 아니라는—

"헤헤헤, 야이 씨펄 놈의 선생, 나중에 매 맞기 싫으면 까불지 마." 외팔이가 맹꽁이 소릴 냈다.

"이 우라질 눔의 새끼들, 야아, 거 다 들어오라, 다 들어와! 젠장, 재수는 이미 썩어 문드러졌으니. 빈대 피로 목욕할 놈들 같으니." 주인이 다투는 녀석들에게 고함을 치곤, 구정물 바가지를 들고 문을 막아서 있는 여편네를 끌어들였다. 문이 트이자 봇물이 터진 듯이 녀석들은 몰려 들어가 탁자를 차지해버렸다. 손님이 오기엔 아직 이른 시간이다.

"아이구 폭폭해, 아이구, 아이구," 여편네는 제 분을 이기지 못해 가슴을 둥둥 치고 곧 까무러칠 듯했다. 그러다 귀밑에 뭘 느꼈음인지 이내 얌전해져버렸다. 남자가 순대 써는 칼을 여편네의 귀밑에다 대고 있었다. 그래서 살펴보니 여편네의 목둘레엔 칼자국 같은 흉터가 서너 개 있었다.

"자, 빨리빨리 처넣구 썩 꺼져버려!" 주인이, 한 되씩은 들어 보일 듯한 널찍한 뚝배기에다 순댓국에 보리밥 몇 덩일 섞어 네 그릇을 내놓았다. 그리고 선생은 비교적 '특제루다' 한옆에다. 한 그릇 놓아주었다.

육손이가 맨 먼저 달려들어 자기 앞에다 네 그릇 다 끌어다 놓고 먹기 시작했고, 화상쟁이는 멈칫멈칫 눈치를 보다가 늦게야 숟갈을 들었다. 난 도대체 머리와 숟갈을 부딪쳐가면서까지 아귀다툼은 하고 싶질 않아 가만히 있기만 했더니, 딱했던지 주인이 따로 반 그릇 정도를 내 몫으로 놓아주었다. "보매 장타령꾼 같은데, 초면이군. 들어, 들라구. 그리구 저따위 병신 나부랭이들관 헤어져야 몇 푼이라도 벌 게야. 이놈들은 진드기 같은 놈들이라니깐."

그릇들은 순식간에 비워졌다. 육손이는 욕심을 부리다 세 숟갈도 채 못 먹고 화가 나서, "이 새끼!" 하고 화상쟁이를 몹시 쳤다. 그리곤 탁자에 고개를 박곤 흘린 것들을 핥았다. 장님은 한 숟갈도 못 먹었는지 훌쩍훌쩍 울고 있었다. 선생이 먹다가 삼 분의 일쯤 그에게 주었다.

"헤엥, 거 쬐끔만 더 응?" 꼽추가 장님의 그릇에다 숟갈을 넣다가 선생에게 얻어맞곤 주인에게 보챘다.

"뭐야, 이 꼽추 새끼?" 주인이 화를 냈다. 그러자 기다렸다는 듯이 여편네가 구정물을 퍼 가지고 쫓아와 꼽추의 얼굴에다 끼얹으며 주먹으로 혹을 쿵쿵 쳤다.

“아야, 아야야야, 아, 야야야,” 꼽추는 죽는시늉을 하며 탁자 아래로 굴러 떨어져선 꿈틀꿈틀 기기 시작했다.

“이 새끼들, 한 번만 더 왔다간 순댓국을 만들어버릴 테다.” 주인도 엄포를 놓았는데, 그러면서도 여편네가 때려놓은 꼽추가 걱정스러운 눈치였다.

“자, 가도록 하자, 이 어린것들아.”

눈치를 보고 있다가 선생이 먼저 일어섰다. 그리고 주인을 향해선, “나를 따라라. 그러면 내가 그대에게 지혜를 끓이는 지혜를 가르쳐줄 터인즉슨,” 하곤, 밖에 나와선 먼지를 툴툴 털어버렸다. 그리곤 다시는 뒤도 돌아보지도 않고 휘적휘적 걸어갔다. 꼽추를 빼놓은 우리도 그렇게 하고 선생을 따랐다. 꼽추는, 우리들이 쇠전에서 호되게 얻어맞고 미곡상 앞을 지나고 있을 때에야, 꾹 누르면 토해낼 것 같은 배를 북북 긁으며 나타났다.

“넌 아주 뒈지도록 처먹었구나?” 육손이가 부러운 듯 물었다. 꼽추는 교만하게 고개를 끄덕였다. “한 그릇 더 내놓더군.” 그리고 “허이, 선생, 정말 미안한데. 헌데 말야,” 하고 선생의 뒤꽁무니를 잡고 따르며 의젓하게 섬겼다. “아까 그 여편네에게 이 등을 쿵쿵 맞는데 말이지, 아따 거 숨도 못 쉬게 아프긴 하더라만, 글쎄 이 못된 게 버쩍 스잖아?” 꼽추는 하복부를 움켜잡았다. “참 젠장맞을!”

“말세야, 말세! 소금 덩이가 돼봐야 그때 알 게야.” 난쟁이가 혼잣말했다.

“건 나도 왜 그랬는진 모르지만, 저눔의 벙어리가 계집년한테만 맞으면 헤헤거리고 말도 하게 되는 이유를 알았다구.”

벙어리가 관심 없는 흐릿한 눈으로 꼽추의 나불거리는 입술을 보았다.

“어때 선생, 이젠 배도 불러졌고, 또 장에 쓰자고 몇 푼씩 벌어놓은 것도 있고 하니 이제 그 거리로 가자구. 몸이 아주 용틀임을 한다구.” 꼽추는 동배들에게 눈짓을 껌벅껌벅 보냈다.

내겐 꼽추의 얘기가 잘 이해되진 않았지만, 얼마 걷지 않아 우리는, 분위기가 매우 이상한 골목으로 들어서고 있었다. 우선 골목에 감도는 냄새부터가 밀큰한 게 더러우면서도 자극적이었다. 창녀들의 골목인 것이 금방 드러났다.

화대 때문에 혁대를 붙들고 늘어진 년과, 땀을 뻘뻘 흘리면서도 창백한 놈팽이 간의 씨름이 보이기 시작한 것이다. 해장을 좋아하다 봉변을 당하는 놈팽이들일 것이다.

"허 거참, 매장마다 한 번씩 보지만," 사십 대의 뚱뚱한 여자 하나가 창문으로 내어다보면서 혼잣말처럼 했다. "병신들 포주 하나만은 꽤 잘생겼어."

선생은 옳다구나 싶은지 걸음을 멈추고, 좀 번들거리는 눈초리로 여편네를 핥듯이 보며, "여자야, 그대도 날 따라라. 내가 그대로 하여금 똥갈보의 포주로부터 지혜의 포주로 만들겠은즉슨" 하고 내게와 같이 분부했다.

"흐흐흐, 또 미친 병이 솟아났구나 잉? 또 계집 생각이 났지? 오늘 새로 온 게 있으니 맛보기 좀 하갔니? 음(淫)지랄쯤은 씻은 듯이 낫게 해줄걸. 흐흐흣." 여자는 체구만큼이나 걸직하게 떠벌이며, '새로 온' 얼굴을 창턱으로 끌어올려 턱 위까지만 보여줬다. 한데 기가 막히게도, 백치 인상이 도는 언청이 여자였다. 하지만 이마와 눈은 맑고 시원했으며, 코도 품위 있게 솟아 있었다. 단지, 무엇이든 알 수 없다는 어눌한 표정과, 윗이빨 두 개가 짜란히 밖을 내어다보고 있다는 것이 흠이었을 뿐, '음지랄'을 풀기 위해서라면 그녀도 몸뚱이는 갖고 있을 것이 분명했다. 그런데도 선생은 맘이 내키지 않은 듯이 신경질적으로 어깨를 털어 보이곤, 갑자기 높아진 음성으로 꽥꽥거렸다.

"늙은 똥갈보야, 네가 어찌 그리 미련하냐? 이 녀석은 저를 좀 먹는 사상의 주머니를 이렇게 매달고 있는데—혹부리의 혹을 주물럭였다. 다른 녀석들은 뿔뿔이 헤어지고 그만 남아 있었기에 그를 끌어들인 듯했다—너는 자식을 키워야 할 유방에 나날의 음사에서 경화되어온 불감증을 열서 말도 더 처넣고 있구나. 여자가 남자를 받고도 자식을 가질 수 없는 이 메마른 이단자들아, 모두 돌소금이나 되어라." 선생은 이 창 저 창 구멍을 휘둘러보며 손을 홰홰 뿌렸다. 순댓국집 여편네가 하던 짓을 어느덧 배워두고 있었다. 여기저기서 깔깔대며 더럽게 야유하는 소리가 가래침처럼 떨어진다. "쑥 같은 계집들이 머잖아 이 읍의 모든 샘물을 쓰게 할 것이다." 그리고 선생은 비질비질 떠났다.

나는 아무리 해도 언청이에게서 돌이켜 설 수가 없었다. 나는 나 혼자 생각과 속단으로 해서, 나를 그녀에게 묶어놓고 있었던지도 모른다.

나는 이끌리듯 그녀의 창 아래로 갔다. 그리고 그녀를 올려다보았는데, 차차로 그녀의 눈의 국화 속 같은 저 속으로 빨려 들어갔다. 초점이 없는 탓에 그녀의 눈은 그냥 비어 있었지만, 그렇지만 그렇기 때문에 그녀의 눈은 열려 있었다. 나는 그녀의 얼굴을 보고 있었으면서도, 나는 그녀의 얼굴은 잊고 있었다. 나는 그녀의 눈에 접하자마자 형체 이상의 어떤 것에 대번에 맞닥뜨린 것이다. 백치, 그래, 백치 여자에게서—

"허이, 거 품바꾼, 살펴보니 썩 미남인걸. 어때, 쉬어 갈 돈이나 있나?" 내가 넋을 놓고 있을 때, 포주 나리가 내게로 흥정을 옮겼다. 나는 얼굴도 돌리지 않고 피식 웃어 대답해주었다.

"헝, 그럴 테지! 보는 건 공짜니 맘대루 봐라." 그리고 포주는 기분이 상했다는 듯이, "이 병신 기집애야, 어이구우," 하고 언청이의 뒤통수에 주먹총을 주곤 밖으로 나와, 저만쯤서 떠드는 병신 패들 쪽으로 신발을 질질 끌며 갔다. 꼽추든, 외다리든, 아니면 고자든, 아무 놈이라도 끌어다 한낮의 흉년을 메꿀 생각인 듯했다. 궂은 날씨는 곧 진눈깨비라도 흩트릴 성한데, 그런 탓으로 감정이 외곬으로만 모아들게 하고 있었다. 나는 어이없게도 언청이를 사랑하고 있다고 생각했다. 아무 생각도 없으면서 생각에 묻힌 듯한 이 여자의 침잠한 분위기, 경련하듯 이따끔씩 핼끔 웃는 웃음, 두려워할 줄도 교만할 줄도 모르는—바로 아기의 얼굴이며 동시에 어머니의 얼굴인 이 무균(無菌)의 명징(明澄), 아무것도 이해할 수 없지만, 그러나 다 포용할 수 있으며, 무엇이든 다 주겠지만 그래도 마름을 모를 것이라는 이 비옥함, 그런 것들 그런 것 이상의 것들이 나를 그녀에게서 헤어나오지 못하게 하고 있던 것이다. 이건 물론 지나친 속단일는지도 모르지만, 그녀는 어머니를 떠났을 때, 두 개의 세계를 오락가락했을 것이다. 어머니가 곁에 있었을 땐 어머니의 사고에 의해서 자기도 어머니만큼의 연령으로 살았겠지만, 어머니가 곁을 떠났을 때 그녀는, 자기가 갓 나온 애였음을(무의식적으로) 발견했을 것이다. 그로부터 그녀는 성숙한 여자로서 유년을 다시 살아오며 경험을 쌓았어야 되었을 것이며, 성인 여자로서 노년을 맞을 준비를 하기에 바빴을 것이다. 그러는 동안에 그녀에게서는 어쩌면 성숙한 여자로서의 현실은 사라지고 그 대신 유년과 노년이 묘하게 혼합되어, 내가 그녀에게서 읽을 수 있었던 그런 모든 것이 나타났을 것이다. 나는 차차로 확신하게 되었는데, 백치며 언청이인 이 여자는 자애스러운 어머니며 동시에 갓 난 딸이었다. 나는 그녀를 몇 분만이라도 사지 않으면 안 될 것 같았다. 사고 팔리는 건 물론 그녀는 모르며, 또한 그녀와는 관계없는 일일지도 모르지만, 그녀를 산다면 난 동시에 세 가지 것을 가지게 될 것 같았다. 생각도 감정도 이성도 없는 고깃덩이를. 가공 안 된 순수와 천연 그대로의 꿀방울을, 그리고 그런 모두를 초월한 어머니를, 고깃덩이에선 나는 너무도 오래 뭉쳐 있던 '음지랄'을 풀 것이고, 꿀방울에선 때때로 나의 성년(成年)에 지치고 있는 내 혀끝에 소년을 맛볼 것이고, 어머니에게선 내 고독한 방랑을 위로받을 수 있을 것이다.

나는 얼른, 오늘 어울리게 된 병신들을 찾았다. 꼽추의 말대로 하자면, 적어도 '짧은 시간' 값은 다 준비해 갖고 있을 것이기 때문이다. 이것을 빌릴 수밖에 딴 방도는 없을 것 같았다.

나로부터 별로 떨어져 있지 않은 곳의 창 밑에서 곰보와 흥정을 벌이고 있는 외다리가 눈에 띄었다. 그리고 그놈 밑에, 언제나 슬프기만 해쌌는 난쟁이가 서 있는 것이 한참 후에야 발견되었는데, 외다리가 그놈의 머리통 위에다 잘려진 다리를 올려놓고 있었다. 난 놈들에게 다가갔다. 맘속으론 궁리를 했다. 한 가지 것에 매달려 호소하는 방법 외에 다른 수는 없는 듯했다. 난 오랫동안의 열세(閱世)에서 대부분의 불구자들이 지니고 있는 공통적인 허(虛)를 알고 있었다.

난, 살금살금 다가가선 난쟁이의 머리통을 몰래 한 대 따끔하게 갈겨놓은 데서부터 시작을 했다. 그러자 난쟁이는 죽을 듯이 비명을 지르고 비틀비틀하며, 예의 '말세'를 거듭 찾고 곰보 갈보에게 눈을 흘겼다. 그년이 들고 있던 성냥갑이나 던질 줄 알았던 모양이다. 난쟁이가 비틀거리자 외다리는, 중심을 잃고 기우뚱하다간 한 다리로 껑충거렸다. 내가 호소한 건 바로 그 결함에 대해서였다. 난 재빠르게 그 사내의 허리를 끼고, "나 정도라면 든든합죠" 하고 정답게 말해주었다. 이어서, "웬만한 값이면 모셔드리라구" 하고 훈수를 들었다.

"글쎄, 도대체 에누리가 없다는 거 아니게?" 외다리가 응수해 왔다. "곰보가 곰보 구멍 하나 빌리는 데 지랄한다니껜."

"그, 그러게요, 후후. 내가 늘 댁과 같이 지낸다면 언제라도 지팡이가 돼드릴 수 있을 텐데, 그만. 그보다도 역시 자기 다리로 걷는다는 게 최고죠."

"허, 그러기를 바랄 수야……"

"웬걸입쇼?"

"그럼 다리가 새로 돋아나기라도 한단 말요?" 외다리는 갈보에게서 눈을 돌려 나를 바라보았다.

"돋아나는 건 아닙죠. 허지만," 난 흥미 없다는 표정을 만들며 중단했다.

"허, 헌데?" 외다리가 내 팔을 움켜잡았다. "어떻단 말요?"

"어떻달 건 없지만," 난 느리게, 하품을 섞어가며 말했다. "난, 댁과 같은 분이 되려 더욱더 건장한 다리를 얻는 걸 몇 번 보았습죠. 뭐, 몰라서 그렇지 방법은 쉬운 모양입디다요." 난 외면을 하고 그로부터 떠날 듯하게 몸짓을 해 보였다. "댁도 많이 돌아다녀 봤겠지만, 난 온갖 곳을 다 다녔으니까요."

"여, 여보쇼," 외다리가 나를 놓치지 않으려 내 허릴 껴안았다. "대체 그런 방법도 있단 말요, 그래?"

"있으니까 다리를 얻었을 거 아니겠소. 다리뿐만이 아닙죠. 꼽추니, 외눈이니, 장님이니, 혹이니, 육손이니, 난쟁이니, 뭐니 왼갖 불구를 다 고칩디다. 문둥병도 고쳐요. 그런 소문 못 들었소?"

"아, 가만있자, 허구 보니껜두루, 어디서 들어본 것도 같고, 이거 통 아슴푸레해서…… 여, 여보, 그러지 말고, 그 방, 방법 좀 가르쳐주쇼, 잉? 당신이라면 알 듯도 싶소. 잉?"

"알기야 알죠만, 알아요, 알지만," 나는 외다리를 좀 사납게 뿌리쳐서, 그에게 자기의 결함을 더욱더 절감시켰다. "그럼 재미들 보시구 안녕히들 지냅시우." 난 벙거지에다 손을 얹고, 미련도 없다는 듯이 돌아서 느릿느릿 걸었다.

"어, 어, 거, 거, 장타령꾼 나리," 아니나 다를까, 외다리의 황급한 부름이 들렸다. 난 못 들은 척했다. 다시 또 들리며, 이번엔 난쟁이가 쫓아와 내 손을 붙들었다. "가지 마, 가면 말세야."

"가지 말고, 그 방법 하나만 가르쳐주라구요 잉? 그럼 안 잊을께." 외다리가 한 발걸음으로 뛰어와서 내 옷자락을 움켜잡았다.

"정말이라, 정말."

"아니, 그런 건 함부로 누설할 수도 없지만, 그보다도 난 이제부턴 돈을 좀 얻으러 가야겠습니다요. 그래야 노자가 됩죠." 난, 이제는 돈 얘기를 해도 된다고 생각하며, 다시 떨치고 걸음을 재촉할 듯이 해 보였다. 그랬더니 외다리 가슴이 달았다. "얼마면 되는데 엉? 얼마? 말을 해봐, 내가 가진 돈의 삼 분의 일이라면 줄 수 있으니깐, 엉?"

"아니 여보슈, 아무리 이렇게 털뱅이라도 얻은 돈에서 내가 피를 짜낼 성싶소그래?" 난 화를 내보였다. 그랬더니 외다리가 금방 울상이 되어 하나뿐인 다리를 꿇었다. 그러자 난쟁이도 따라 꿇으며, "난 모르지만 말세야" 했다.

"장타령 선생, 살려주쇼 잉? 살려달라구! 그럼 우리 모두가 가진 것에서 반씩을 거둬줄 테니껜, 잉?"

"………" 난 한동안이나 이 가련한 녀석들을 내려다보았다. 일이 잘되어 간다 싶었다. 난 여자를 사고, 병신들은 온전함을 얻는다. "그러면, 생각해, 보도록, 합죠. 저기 저 언청이 여자네 집에 있겠으니, 해 질 녘쯤 선생 없이 당신네들만 오시오. 선생은 온전한 몸이니까 말입죠." 그리고 나는 두말없이 언청이네 문간으로 들어섰다. 돈이 되든 안 되든, 그건 대문간을 빠져나올 때 생각할 일이다.

언청이는 내가 들어가자마자, 반복된 경험에서 알게 되었을 하나의 지식으로, 아무 표정도 없이 치마를 까 올리고, 정액과 땀에 찌든 이불 위에 벌렁 누웠다. 말도 없고, 눈짓도 없다. 문둥이가 손가락을 넣어도 젖으로 알고 빨아만 대는 그런 아기였다. 천장에 뭣이 보이고 있는지 천장을 보며 언청이 입술을 움찔움찔하다간 손가락을 세기 시작했다. 두 개보다는 많은 것 같고 세 개보다는 모자라다는 눈치였다.

나는 열심히 그녀를 보다가, 나도 어느덧 그녀처럼 되었다가, 잠이 들고 말았다. 깨었을 땐 박모였다. 언청이도 자고 있었다. 깨끗한 웃음이 죽음처럼 덮여 있었다. 그렇지만 내 눈이 솜처럼 피어 있는 그녀의 하복부에 머물렀을 때, 난 '지랄'기를 느끼게 되었다. 그래서 난 탐욕을 부리기 시작했다.

"히히히,"

어디선지 웃음소리가 들렸을 때, 나는 번히 뜬 언청이의 눈에 눈물이 맺힌 걸 볼 수 있었다. 그러고 그녀의 부드럽고 따뜻한 손이 내 등에 놓여 있는 걸 알았다.

"너도 아이를 가질 수 있을까?" 난 나도 잘 모를 소릴 그녀의 귀에다 속삭이고 있었다. "그것이 내 아이였으면 좋겠다. 너까지도 애비를 모르는 그 아이가," 난 그녀를 사랑하고 있었다.

"히히, 재미 봤어?" 어디서 또 소리가 들려왔다. "끝냈으면 나와." 분명 그건 꼽추 놈의 소리였다. 창턱에서 들려왔다. 난 형언할 수 없는 분노로 당장에 녀석을 죽여버리고 싶었지만 참고, 그 대신 창문 구멍으로 손을 내밀었다. 내 손바닥에 몇 푼의 돈이 쥐어 왔다. 난 그것을 송두리째 언청이의 주먹에다 쥐여주곤 밖으로 나왔다. 진눈깨비가 엷게 깔려 있었고, 또 내리고 있었다.

선생과, 화상쟁이와, 장님만 빼놓곤 모두 창 밑에 있었다. 꼽추는 벙어리의 목에 얹혀서 방 안을 들여다보았던 모양으로 막 기어 내려오고 있었다.

난 두말도 없이 앞장서 걸었다. 딴따라패들처럼 날 따랐는데, 행여나 놓칠세라 꼽추는 내 허리춤을 단단히 잡고 거의 끌리며, 외다리는 내 어깨 위로 해서 내 목을 끼고 메뚜기 걸음으로 따랐다.

"이제 그 방법을 내놔!" 육손이가 위협조로 소리쳤다. "그렇잖으면 널 죽이기로 했거든."

"………" 난 대답 없이 아침에 이 패들이 내려왔던 감람나무 있는 언덕을 향해 걸었다. 어스름이 짙게 깔리고, 알아들을 수도 없는 소리들이 웅츠러들기 시작했다.

우리는 얼마 걷지 않아 장구에 이르렀다. 장구를 벗어나서부터는, 나는 통소를 입술에다 댔다. 언청이 여자에 대한 내 그리움은 몹시 미묘했으며 착잡했다. 나는 통소라도 불지 않고는 달랠 길이 없었다.

통소 소리는 내 고막을 울리며 차차로 피어났다. 다음으로는 심정에 울리고, 그리곤 귀도 심정도 소릴 듣지 못했다. 이 나는, 한 번도 불어본 적이 없는

가락이 되어 진눈깨비처럼 흩어져버렸다.

누군가 훌쩍이는 소리를 낸 것을 듣게 된 건 굉장히 오랜 후였다. 꼽추만 빼놓곤 모두 눈물을 따내고 있었다. 벙어리까지도 단편적으로 말을 뱉으며 훌쩍였는데, 나는 그의 말의 뜻은 알 수가 없었다.

나는 이제 이들로부터는 떠나야겠다고 생각했다. 벌써 이 장은 저물었으며, 나는 또 밤길을 얼마쯤 걸어야 할 나그네다. 그래서 숙연해 있는 이 박제된 인간들에게 얘기해주었다.

"당신들은 선생에게로 가서 잃은 걸 찾거나, 선생이 버린 걸 되돌려주면 될 거요. 당신은 건강한 다리를, 당신은 키를, 꼽추 당신은 자살과 함께 그의 정신을, 당신은 그의 한 눈을, 당신은 그의 한 팔을, 당신은 그의 언어를, 당신은 그의 코를. 그리고 당신은 그의 사상의 찌꺼기를 그에게 돌리고, 당신은 당신에게 전가된 그의 탐욕을 돌리시오. 선생 그가 말한 바와 같이, 그가 당신들의 부족을 보충하는 것이 아니라, 당신들이 성한 곳을 뜯어서 그 불구자를 온전하게 만든 거요. 그는 원래 꼽추였음이 틀림없소. 그러니 그에게서 당신들의 것을 찢어오면 될 거고, 떼어서 주면 될 거요. 그것이 방법이오. 그뿐이오. 그러니 당신들은 선생께로 가면 되고, 나는 이제 떠나면 되오."

"………"

아무도 말하는 자가 없더니, 이 가엾은 사내들은 어깨를 가늘게 떨곤 언덕으로 향했다. 그렇게도 오랫동안 잠들었던 심정을 내가 일깨워주었다고는 나는 생각지 않는다. 그렇지만 그들은 그들의 밤을 인식하기에 적당한 시간 안에 와 있었다.

나는 다시 장구로 돌아오다가, 아무래도 그들의 뒷일이 궁금해서 어름어름 뒤따라 감람 언덕을 올랐다.

거기 화톳불이 흐르는 굴이 있었는데, 굴 문으로 보기론, 선생은 모닥불을 피워놓고 네모진 돌팍에 앉아 고요히 묵상하고 있었고, 제자들은 쭈뼛쭈뼛해 있다간, 선생께로 나아가 발에 입맞춤을 했다.

"그 장돌뱅인 어디를 갔느냐?"

"방금 전에 헤어졌지." 난쟁이의 대답이었다.

"난 그 사람을 기다리고 있었더니," 선생이 한숨을 쉬었다.

"선생, 우리는 자네에게서가 아니라 그 사람에게서 지혜를 배웠네."

꼽추가 이렇게 말하며 선생께 달려들자, 모두 꿀통에 달려들 듯 선생께 달라붙었다. 외다리는 다리에, 외눈은 눈에, 벙어리는 혀에. 그리곤 미쳐서 자기가 잃은 부분들을 뜯어내기 시작했다. 선생의 마지막 얘긴, "그 장돌뱅이가 내 피에 혼을 적시겠구나"였다.

혹부리와, 육손이와, 화상에 덮인 놈과, 장님은 어쩔 줄을 모르고 멍해만 있었다.

나는 다시 통소에 바람을 넣으며 언덕을 내렸다. 나는, 이 솥에서 '남몰래 형성되었을 뜻과 운동'을 찾아야겠다는 생각으로 가득 차서, 나중엔 어디를 걷는지도 잊었다. 그것이 어떻게 '퇴화'하는가를 보아야겠기 때문이다.

그 생각에 곁들여서 나는, 필시 나를 사랑하고 있을 언청이 여자의 눈을 그리워하고 있었다. 한 번만 더 그녀의 눈이 보고 싶어졌다. 그 장, 그 찐득거리고 질척거리고, 냄새나는 푸줏간에 걸린 연육(蓮肉)의 눈에서 혈즙을 내려고—나는 어느덧 그녀의 창 아래에 와서 있었다. 그것을 의식한 순간 나는 창을 열고 싶어 견디지 못했다. 창은 쉽게, 소리 없이 열렸다. 창이 열렸다는 것 때문에 난 들어가고 싶었다. 그래서 들어갔다.

언청이는 한쪽 구석에 처박혀 앉아선, 손가락에 침을 발라 벽에 칠하며 침이 스며드는 얼룩을 바라보고 있었다. 창으로 들어온 사람을 알아봤을 때 그녀는, 오전처럼 치마를 까 올리고 누웠다. 그러나 내게 '지랄'기는 생기지 않았다. 나는 다짜고짜로 그녀의 머리를 팔에 안고, 촛불을 끌어다 눈을 들여다보았다. 내 혼신의 기(氣)를 모아 열심으로 들여다보았다. 그랬더니 국화(菊花) 속 같은 저 안에서, 그녀의 숨은 눈인지 영혼인지 불인지 뭔지가 일렁일렁하고 있었다.

"아, 이것은, 그래 이것은, '어떤 뜻'이며 '운동'이로구나. 그래, 너도 애는 가질 수 있었어, 애를."

난, 사실, 이것저것 몹시 착잡해 있었는데, 그것이 한꺼번에 정리됨을 느꼈다. 그것으로 충분했다. 나는 만족된 맘으로 다시 창턱을 넘으려 했다. 이젠 바랑 끈을 묶고 다음 장을 향해 걸어도 좋다는 믿음이 든 것이다.

창턱을 넘다가 나는, 깜박 잊고 있었던 것이 생각켜, 다시 돌이키고 주저앉아 아까처럼 그녀의 머리를 껴안았다. 난, 퇴화(退化)를 보지 않았으며, 퇴화의 아들인 질서를 보지 못한 것이다.

나는 새로운 각오로 그녀의 눈 속에다 두레박을 드리웠다.

반 식경이 흐르고 한 식경이 흘렀다. 그래도 '뜻'은 좀체로 '운동'화(化)되지 않았다. 그건 그것대로 하나의 질서며 정지였다. 두레박은 무거워질 것 같지 않았다. 난 좀 멍청해지고 있었는데, 잠깐 동안 감람나무가 있는 언덕이 떠올랐다. 어쩌면 녀석들은, 질서며 관념 형태라던 그 사내의 사지를 발기곤 선생을 새로 맞으려 언덕을 내리든가, 자기들이 헐어버린 우상의 쓰레기 더미 위에서 피로 얼룩진 손을 내려다보고 있을지도 모른다.

"참, 그렇다. '질서'에게와 마찬가지로 '퇴화'에게도 싹은 틔워줘야 된다."

나는 언청이의 목을 조르기 시작했다.

"후훗, 허지만 싹을 틔워주는 나는 누구인가?"

차차로, 소로(小路)로 구불구불하게 열렸던 (언청이의) 눈의 내부가 대로(大路)로 열리더니, 나중엔 그저 불모하고 광막한, 그 속에 아무 신비도 없는 빔[虛]이 드러나 버리고 말았다. 그 속으로 촛불 빛이 들어가선 반사되어 나오지 못하고 겁(劫)을 두고 헤맸다. 어떤 '뜻'도 '운동'도 보지 못했다. 나는 맥이 풀려 언청이의 머릴 놓고, 한동안 촛불을 보다가 촛불도 꺼버리고 창을 통해 밖으로 나왔다.

그래도 어쨌든 장은 어김없이 설 것이며, 순댓국 솥에선 다시 냄새를 뿜어 올릴 것이다. 그 솥의 순댓국 내음은 시래기 냄새가 더 많을지 순대 냄새가 더 많을지 나는 그것은 알 수가 없다. 나는 (누구인가 하면) 왔던 장은 두 번 다시 오지 않으며, 끊임없이 흘러갈 뿐 멈출 줄을 모르고, (바랑엔) 항상 새롭게 얻지만 언제나 개혁 이전의 화폐만을 갖고 있는 장돌뱅이지 예언자가 아니기 때문이다. 내일은 어떻게 생각이 바뀔는지는 모르지만, 나는, 오늘은 그저 소박하게 이렇게밖엔 생각지 않는다, 내일 장은 오늘 장의 고분(古墳) 위에 돋아난 할미꽃 한 포기에 불과한 것이 아니겠느냐는—

經外典 세 篇

1. 기원 제3시(紀元 第三時)

베데스다라는 못엔, 연꽃도 피어 있지 않은데, 때때로 천사가 내려 못물을 흔들어놓는다. 그러나 천사가 내리는 걸 본 사람은 하나도 없었다. 못은 늘 언제나 너무도 조용히 천사의 강림을 기다리며 참고 있어서, 도대체 흔들림도 없고, 못가에 사는 육신이 가난한 자들의 행각(行閣) 다섯 채를 오직 자기의 전 재산으로 간직하고 있을 뿐, 못엔 흰 새 한 마리 날아들지 않고, 그 속에 고기도 놀고 있지 않아, 사실로 너무 쓸쓸했다. 그래도 그 주변에 사는 가난한 육신의 사람들은 거기로부터 떠나려골 하지 않고 삼 년도 살며, 십 년도 살고 심지어 삼십팔 년까지도 살며, 원망이라곤 한 번도 내품해본 적도 없다. 그들은 한 번도 본 적 없는 천사를 사랑하며, 바라보다가 결국 베데스다 그 못이 되어버린 그 눈으로 못물만을 바라며 살았다. 그래도 천사는 내렸다. 그들은 믿었으며, 어찌 되었든 보았다고 추억했다. 사실 그들은 못가의 행각 속에서가 아니라, 천천히 머리칼로부터 못 속으로 들어가 버린 못 속의 행각 속에서 살고 있었다. 이, 육신이 가난스런 자들이 그리하여 그 못 속에 있는 온전한 육신의 자기의 실체와 해후하곤 했던 것이다. 실명(失明)을 통해 못 속에서 자기를 수시로 수시로 만나는 소경과, 실어(失語)를 통해 보다 더 밀접한 대화로 자기를 만나는 벙어리와, 그리고 절뚝발이와, 혈기 마른[痲痹] 자와, 팔 없는 자와,

고자와, 당뇨병자와, 문둥병자와, 매독을 앓는 자와, 신들린 자와, 위장병자와, 간질병자와, 몸의 일부분이 자꾸 썩어드는 자, 치통을 앓는 자와, 편두통을 앓는 자, 천식병자와, 요도염에, 또 췌장염에, 간암에, 결핵성 관절염에, 담석증에, 횟배에, 신경과민에, 자궁암에, 음낭염에, 병도 없는 내종에, 게걸병에, 도라홈에, 중이염에, 만성 맹장염에, 앓고 있는 자, 먹혀가는 자들, 그런 자들이 못 속에선 참으로 온전한 몸으로 살고 있었다. 베데스다는 그들의 가난에서 가난만을 모아 자기의 가슴에 묻어두었다가, 천사가 내리는 지극히 고요한 시각에, 그 가난과 천사의 옷과를 바꾸어버린다. 그래서 물은 동하고, 가난한 육신들 중에 몇 사람씩은 못 속에만 있던 자기의 온전한 육신을 못 밖으로 데리고 나와 고향으로 돌아간다. 이, 육신이 가난한 자들은, 자기의 온전한 육신을 낚아내려는 이 낚시꾼들은, 밤이고 낮이고 없이 그래서 못물을 바랐다. 그러며 생각하는 것이다. "내가 혹시 너무 곤하여 잠들어버린 사이 천사가 내리기라도 한다면, 나는 그 잠 때문에 받을 구제를 놓치게 될 것이다. 그 두통꾼은 깨어 있기 때문에 어려서부터 앓던 두통을 씻어버리고 나가지 안 했나 말야. 그건 순전히 그가 깨어 있었다는 그 때문이야. 그래 그러니, 나도 눈을 똑바로 뜨고, 뜨고 있다간 천사가 내려 물을 동하게 하자마자 먼저 뛰어들어야지, 암믄, 맨 먼저. 그러면 히히, 이 짧은 다리가 무처럼 쑥쑥 길어지겠지, 암믄." 그리고 그렇게 중얼거리며 벌써 그는 코를 골기 시작하곤 했다. 그러다 놀라 깨어선, 천사가 벌써 한 차례 목욕을 끝내고 다시 돌아가 버렸다고 한탄하며, 그러면서 천사의 강림설을 더욱더욱 믿어버리는 것이다. 천사는 이렇게 그들의 게으름을 통해 이 베데스다와 그 주위를 떠돌며, 다스렸다.

이쁜 질서를 펴 그들을 싸안았다.

그런데 풍문이 떠돌고 있었다. 베들레헴에, 아니 나사렛에, 아니 예루살렘의 동쪽에, 아니 저쪽 사마리아에, 아니, 이웃 친구였는데 그만 아깝게도 죽어버린 나자로네 집에, 가나의 혼인 잔치에, 갈릴리 바닷가에, 아니, 요단강 건너 유대지경에, 아리마대에, 여리고에, 베다니에, 가버나움에, 막달라에, 시돈에, 두로에, 베니게에, 디베랴에, 애논에, 수가에, 세겜에, 엠마오에, 가사에, 욥파에, 가이샤라에, 아니 바로 저 양문(羊門) 저쪽 거리에, '그이가 왔다'고

했다. '그이가 왔다', —그런 풍문이었다. '그이가' 누군지도 모를 '그이가 왔다' '그이가 왔다'는—이 풍문은, 베데스다 주변에 살며 보지도 못한 천사와 얘기를 주고받던, 육신이 가난스런 이 주민들에게는, 지극한 슬픔을 안겨주었다. 그들은 기뻐할 수가 없었다. 기쁘기는커녕, 이제까지 맛보지 못했던 느닷없는 슬픔이 몸의 온갖 곳에서, 외부의 온갖 곳에서, 온갖 곳에서 엄습해와, 기왕에 부족했던 부분의 그 상처보다도 더 아프고 더 쓰리게 했다. 그래서 서성이며 못 주위를 떠돌면서 울었다. 울면서, 한 번도 내품해본 적 없는 원망을 토로했다.

"천사님은 어찌하여 베데스다 이 괴로운 곳만을 버리고 모든 곳에 내리셨습니까? 어찌하여 학수고대하던 우리를 저버리고, 어찌하여 우리를 외면하고, 어찌하여 우리에게 고통만 더 보태십니까? 당신은 어찌하여 가난과 고통은 외면하고, 행복한 사람들의 식탁에만 복을 더해주십니까? 우리는 옷을 찢고 가슴을 드러내어 애통합니다. 오시오, 이쪽으로 오시오……"

한여름의 석양 녘을 우는 개구리들처럼 그들은 정말 옷을 찢어 가슴을 드러내며, 애통해싸서 울부짖었다. 못도 그 깊이 모를 내부에서 오열하고 있는 듯도 해 보였는데 그것은, 꼭 한 사람의 너무도 조용한, 그리고 너무도 고독해 뵈는 두 눈을 조용히 수면에 떠올려 놓고 흔들림도 없이 하늘을 향해 있었기 때문이다. 흰 새도 날지 않고, 바람도 지나지 안 했다. 그렇다고 하더라도 천래의 자비를 잃고 있어 보이지는 절대로 안 했다. 그러면서 그녀는 두 개의 고독한 눈을 젖꼭지모양 자기의 가슴에 품고 아꼈는데, 그 눈의 주인은 혈기가 말라[痲痹] 삼십팔 년간을 움직이지도 못하고 누워 있었으면서, 별로 말도 없었고, 별로 졸지도 않았던 그 사내였다. 그는 멀리 사마리아에서부터 병상째 옮겨져 왔었는데, 그는 자기를 송두리째, 그것도 삼십팔 년을 바쳐 못에 내릴 천사를 사랑하며 갈망했고, 그리워하면서도, 세속적인 욕정은 느끼지를 안 했었다. 그는 그 못에 달이 뜨면 밤새도록 달을 낚았고, 그 못에 구름이 부표하면 구름을 걷어 옮겨 먹었고, 하늘만 어려 있고 다른 것은 아무것도 보이지 않을 때면, 물속의 하늘 속을 새처럼 헤엄쳐서, 하늘의 속으로 속으로 날라 종내는 못의 맨 밑바닥으로 침식되는 것이었다. 거기서 그는 나직이 드리워 머리

감는 초라한 행각 속에다 자기의 영혼을 누이고, 수정(水精)처럼, 겸허히 행복해했다. 햇볕이 뜨겁지도 않았고, 이엉 이은 행각 지붕 위로 박 덩굴이 몇 번이나 뻗어 올라 몇 번이나 꽃을 피우고, 몇 번이나 졌는지 그것도 몰라 했다. 물론 누에모양 그는 그 꽃을 갉아먹기도 했고, 그 열매로 만든 바가지로 물속 저 깊은 곳의 시간(時間)을 길어 먹기도 했고, 그리고 다시 자라는 그 싹을 사랑하기도 했었다. 했지만, 그것은 베데스다의 계절이었지 그의 육신의 계절이 아니었기에, 순서가 있고, 머리와 꼬리가 있는 것도 아니었다. 그건, 일순에도 여러 수백 번의 윤회를 하는가 하면, 십 년이나 그보다 더 긴 세월 동안에도 한 번도 지나치지 않을 수도 있는 것이었다. 그가 그렇게 되기까지에는 처음 몇 년 동안에, 오백 년이나 육백 년을 여러 수십 개도 더 지나가며, 그, 한, 오백 년이나 육백 년이 지날 때마다 스스로 태워져 버리고, 그리하여 그 잿더미 속에서 다시 태어나곤 했었어야만 되었을 것이다. 그리고 그는 못처럼 조용한 자신을 확보할 수가 있었는데, 그럼에도 못이 천사의 목욕을 애타게 기다리듯이 그도 자기 속에서의 베데스다의 목욕이 그리웠다. 아마도 천사가 내려 물이 동할 때 그의 혈기 말라 움직일 수 없는 전신에서도 물이 동하게 될 것이다. 아마 틀림없이 그렇게 될 것이다.

풍문 때문에 의기소침 된 이웃들이, 그렇게도 조용하고 묵상적이던 그런 우아함을 깨뜨리고 어지럽게 비틀거리며, 서성이며, 쑤물대며, 애통할 때도 그는, 못물과 같이, 무자비하게 보일 정도로 조용하기만 했다. 그 눈으론 흰 새도 날아들지 않았으며, 바람도 지나지 않았다. 처음 핀 박꽃 한 송이가 그 눈 속에 그냥 박혀 있었다.

그리고 육신이 결핍된 자들은 풍문을 좇아 끝내 떠나고 말았다. 양문(羊門)을 통과해서, 육신보다도 더 결핍되게 되어버린 그런 영혼을 그 결핍된 육신 속에 툴툴 싸 쥐고 그리고, 거리로 나갔다. 풍문이란 것의 정체를 좇아서, 좇아서 나갔다.

그들이 떠나버리고 난 뒤의 베데스다는 숨 막힐 지경으로 쓸쓸하고 적막했다. 그렇게도 붐비던 다섯 채의 행랑이 모두 비고, 혈기 마른 자 하나가, 오래전에 썩어 삭아 내린 서까래 한 토막처럼 남아 있었을 뿐이니, 베데스다도 심장을 도려 패인 빈 껍질 같이만 보였다. 천사는 그러니 더더욱 내릴 것 같지가 않았다.

그런데 그 공허한 껍질 속을 석양이 먼지처럼 쌓이고, 이내 어스름이 또한 그 붉음을 갉기 시작할 무렵인데, 한 풍문이 거기를 찾아왔다. 그 풍문은, 박꽃 같은 얼굴에 박꽃 같은 옷을 입고, 하늘만 담긴 베데스다 같은 눈에, '강낭콩꽃' 같은 입술을 갖고 있었다. 그리고 소리도 없이 걸으며, 팔은 구름처럼 피워 들고, 음성은 깔리는 연기 같은 그런 것을 썼다. 그래서 이내 심정이 매워드는지도 알 수 없는 그런, 깔리는 연기 같은 음성을—

"당신은 병을 낫고자 하지 않는 모양인가요?"

이 말이 혈기 마른 자에게 닿았을 때, 혈기 마른 자는 우선 가볍게 경련을 일으킨 뒤, 심정이 왠지 출렁댐을 느꼈다. 그건 어쩌면 순전히, 모두 떠난 뒤에도 남아 있어야 했던 자의 그 외로움이 위로받은, 그 탓인지도 모르긴 했지만—

"아, 천사가 못에 내리셨다!" 그는 이렇게 부르짖고 싶은 것을, "그야 물론, 물론 낫고자 합죠. 그러나 물이 동할 때 나를 못에 넣어줄 사람이 없어 이러고 있습죠" 하고 겸비히 대답했다.

그러자, "물이 동했고, 내가 당신을 거기에 넣었는즉, 일어나 당신 자리를 들고 고향으로 가십시오" 하고 그가 매우 '권위 있는' 듯하게 말하더니 표연히 걸어가 버렸다. 때에 마침 베데스다가 음탕스러이 몸을 비틀며 동하고 있음을 이 병자는 보았다. 그래, 베데스다가 몸부림을, 그것도 아픈 몸부림을 시작했다. 이 가난한 육신의 사내의 눈 속 저 깊이서 베데스다가 출렁댄 것이다. 그는 바로 그때 뛰어들고 싶음을 미칠 듯이 느꼈고, 또 뛰어들지 않으면 아마도 이런 기회는 다시 한번 오지 않을 것이라는 그런 초조로움 때문에 또한 미칠 듯했다. 지금 뛰어들지 않으면 안 되는 것이다. 그는 그 조급한 생각에 몸을 벌떡 일으켰다. 삼십팔 년 동안이나 몸을 일으켜 세워 보질 못했다는 것을 그는 정말 까마득히 잊고 있었다. 시위에 매여 있던 화살처럼, 그리고 일상적인 일들의 평범한 반복처럼, 그는 그래서 박차고 일어나 버린 것이다. "베데스다가 동하고 있잖은가, 그려, 베데스다가, 헤헤, 동하고 있잖은가, 베데스다가……" 그는 각혈처럼 토해내며 그리하여, 자기 스스로 자기를 움직여 베데스다의 가슴으로 뛰어들어버렸다. 바로 잇달아서, 삼십팔 년간이나 동경해왔던 바로 그 물의 차가움이 그의 전신을 휘감아 돌며 소용돌이로 애무해 젖혔다.

"으, 으, 으흐흐으으."

그는 괴로워서 짐승처럼 신음했다.

혈기가 말라, 움직일 수 없었던 그가, 삼십팔 년의 긴 잠에서 그렇게 하여 자기를 일으켜 세운 것이다. 그래서 그는 엉엉 울며, 허허거리고 웃으며, 베데스다를 으스러뜨릴 듯이 자꾸자꾸 가슴에다 품었다.

풍문을 따라갔던 자들은, 끝내 풍문의 정체는 잡지를 못하고 헤맸던 피곤으로, 어깨를 늘어뜨리고 하는 수 없이 돌아와선, 이 혈기 말랐던 자의 기대치 않았던 광태를 놀라서 지켜보고 있었다. 그들은, 어디를 가나 다 끝난 잔치밖에는 만날 수 없다는 것을 알고, 언젠가는 그 잔치가 바로 자기들께서 벌여지기를 기대하며 돌아왔었는데, 여기서도 그들은 다 끝난 잔치의 다 일그러진 모닥불가에 자기들이 모여서 있음을 발견하고, 자기들의 순례와 운명을 끌끌 혀 찼다. 끝난 잔치의 모닥불이 밀어뜨린 그들의 그림자는 참 가난하고도 을씨년스러웠다.

그런데 그날은 안식일이었다.

"안식일에 저 사내는 죄를 짓고 있군." 이렇게 말하는 한 유대인에 의해서 그날이 안식일이었음을 그들은 깨달았다.

"아 그래, 정말이야, 헌데 이 안식일을 저 사내가 잡스럽게 만드는군 응."

다른 유대인이 맞장구를 치고 나섰다.

혈기 말랐던 자가, 지쳐서 못가로 나왔을 때, 유대인들은 지독하게 화를 냈다. 그러면서 이렇게 따졌다.

"안식일을 당신은 더럽힌 걸 아오?"

그러나 혈기 말랐던 자는, 그 물음엔 아랑곳도 없이 콧노래를 하더니, 삼십팔 년이나 지고 누워 있었던 침상을 메고, 풍문을 좇아서가 아니라, 자기의 고향을 찾아서 떠나길 시작했다.

"안식일인데 자리를 들고 당신은 어디를 가려는 거요?"

수종다리의 다른 유대인이 다시 따졌다.

“허지만 나를 낫게 하신 그가 자리를 들고 걸어가라 하셨으니, 나는 다만 그분의 명령에만 따를 뿐입니다.”

혈기 말랐던 자는 고분스럽게 대답하곤, 휘파람을 불며 양문을 통과해나갔다.

한 떼의 양들 사이에 섞여서, 새로 태어난 이 양도 통과해나갔다.

“당신을 낫게 한 그가 누구요?”

유대 사람은 아닌 듯한, 양쪽 팔이 다 없는 사내 하나가 뛰어오며 묻고 있었다.

“예? 아, 아마 처, 천사였을 거요?”

그는 경쾌하게 대답해주며 걷기를 계속했다.

“그럼 그는 어디로 갔소?”

그는 목마른 듯 바짝 보채며 다시 물었다.

“그, 그가 간 곳, 간 곳 말요? 하하, 건 나도 알 수가 없는걸요, 정말 알 수가 없어요. 글쎄 말이시다, 어디서 내리신 것인지 알 수가 없었으니, 어디로 가셨는지 그것도 알 수 없죠.”

“그, 그렇겠군요만, ……”

팔 없는 사내는 낭패한 얼굴로 땅만 보며 그렇게 한참 더 그를 따라오더니, 단념했는지, 아니면 새로운 각오를 한 건지 뒤돌아서며 속삭이듯 말했다.

“축복받으신 양반, 안녕히 갑쇼. 난 다시 베데스다에로 가 기다려보겠습니다요.”

“아, 그러시게요? 참 좋으신 생각이군요. 자, 그럼 축복받길 빌겠습니다.”

둘이는 그리고 헤어졌다.

그런데 거리는 그가 생각했던 것보다 훨씬 조용했다. 도대체 아무 일도 없었던 것처럼 켜진 등 밑을 사람들이 한가로이 왕래하고 있을 뿐, 아무리 둘레둘레 찾았어도 무슨 일이 일어났던 것 같진 않았다.

“커어 정 알 수가 없군!” 그는 혼자 중얼거리다 생각은 미뤄두고 부지런히 걷기 시작했다. “우선 누구라도 친구를 만들어서 밤이 새도록 이야길 해야겠어. 암튼, 이건 속이 근지러워 견딜 수가 없거든, 없어."

그래서, 그가 고향에 돌아가서, 아내 얻고 자식 보고 살다 가만히 생각해 보니, 아무래도 아내와 아들에게도 베데스다를 한번은 구경시켜 줘야 되겠다는 생각이 들고, 한번 생각이 들자 그것은, 걷잡을 수 없는 집념이 되고 말았다. 그래서 바쁜 일은 대충대충 좀 치러놓고, 아직 걷지도 잘 못 하는 두 살짜리 아들을 들쳐업은 뒤, 아내와 함께 여로에 올랐다.

그러나 그가 베데스다에 도착되었을 때 그는, 자기의 눈을 의심해야 되었고, 잇달아서 자기가 아내와 아들에게 매우 면목 없이 되었다는 것을 알게 되었다.

행각은 쓰러져 있었고, 못은 말라 비참하게도 바닥이 갈라 터져 있어, 그 균열로 귀뚜라미와 땅강아지가 기어 올라오고 있었다. 그래서 그는 걷잡을 수 없이 허탈되어, 자기도 모르는 소리를 시부렁시부렁거리며 빙글빙글 못가를 돌다간, 나중엔 못 바닥으로 뛰어 들어가 미친 듯이 바닥을 파댔다. 그는 소처럼 울고, 그랬다.

"당신은 무엇을 하고 있는 거요?"

그때 누가 묻는 것이었다. 그 음성은 언젠가, 아득한 언젠가, 한번 들어본 그 음성이었다. 그래서 그는 귀를 의심하다간, 심정이 타는 것 같아서 소리 나는 쪽을 얼른 올려다보았다. 그리고 "아," 하고 한번 경악했을 뿐으로, 멍청히 있다가, "나는 예전에 여기 있었던 못을 찾고 있습니다" 하고 대답하곤, "헤헤, 그러고 보니 참 오랜만에 또 뵙게 되었군입쇼. 반갑시다. 참 반갑시다."

그런데 그는 이번에도 또 어디론지 구름모양 훨훨 걸어가면서 들릴 듯 말 듯하게 이렇게 말했다.

"여보, 어떤 남자 하나가 한 닷새 전에 골고다에서 죽었는데 말 요, 십자가에서 못 박혀서 죽었는데 말요."

"허 거 처음 듣는 말씀인뎁쇼. 그래설랑은 어, 어떻게 됐습죠?"

"글쎄 느닷없이 그날 천둥이 울고, 번개가 치고, 삽시간에 하늘이 닫히더니 땅이 갈라 터지군 했단 말요."

"호호, 거, 우리 고향엔 그런 일이란 전혀, 전혀 어, 없었는데……"

"그때 아마 저 못의 물이 모두 없어져 버린 거요. 갈라진 땅 틈으로 말요. 그래서 아마도 이 지상에서의 베데스다는 영 사라져버린 모양이외다."

"허으!"

혈기 말랐었던 사내는 사태가 너무 어처구니없이 되어버렸다는 듯이 한 번 부르짖곤 입을 다물지를 못했다.

둘이는, 아기를 업고 사마리아서부터 온 아낙이 보이지 않는 데까지 와 있었다.

"허지만 말요, 뭐 그렇게 걱정할 일은 아니오. 오히려 잘된 일이지, 잘된 일이라구요, 이 땅 위선 그것이 사라져버렸다곤 하더라도, 그러나 그것이 어쩌면 하늘나라로 옮겨갔을는지도 누가 압니까? 사실로 그걸 보았다는 사내도 있더군요. 그러니 확실히 그렇달 수도 안 있겠습니까. 그러니 이제는, 육신이든 영혼이든 결핍된 자들은 하늘의 베데스다로 와, 그 행각 속에 머물며 천사가 내릴 것을 기다려야 할 것 같습니다. 그러면 그들의 참회를 통해 천사가 내리죠."

"아하, 그, 그러구 보니깐 그게 그렇게 되었군입쇼, 헤헤헤, 그럼 됐어요, 됐죠 뭐, 안 그렇겠어요? 아참, 이거, 이 정신 좀 보게 헤헤, 그럼 됐군입쇼. 저 이제 돌아가야 되겠시다. 그러면 그랬겠습죠."

그래서 둘이는 헤어졌다. 그때의 그의 기분은 썩 좋았다. 그래 아내 곁에 닿기도 전부터 손을 흔들며 떠들어댔다.

"여보, 우리가 아무래도 길을 잘못 든 거야. 여보, 어서 우리 또 떠납시다. 글쎄 이 못이 하늘나라로 옮겨 갔다잖겠어? 그러니 거기로 가잔 말야. 거기로…… 헤헤, 가만있자 그런데, 아차, 도대체 내 정신 좀 봤나, 거기로 가는 길이 어딘지를 물어뒀어야 됐는 거를,"

떠들며 오다 그는, 퍽석 주저앉아버리고 말았다. 한낮의 태양이 온화하게 내리쪼이고 있어, 세상은 참 밝고, 살 만해 보이며, 즐거웠다.

[참고] 「요한복음」 5장 1절. 베데스다: '자비의 못'이라는 뜻의 못[池].

2. 기원 제6시(紀元 第六時)

"흐흐, 으흐흣,"

영감은 흙덩일 던지곤 기분이 좋아라 웃었다.

밖엔 나뭇가지를 찢어대는 북풍이 사나웠다.

소는 흙에 맞은 부분의 근육을 실룩실룩 떨었지만, 영감을 향해 눈은 흘기지 않았다.

영감은 다시 벽을 뜯어 흙덩일 준비하곤, 이번엔 어디를 맞힐까 궁리를 하며 눈을 가늘게 떴다. 영감의 솜씨는 일단 일가를 이룬 셈이었다. 벌써 열닷새째나 소를 과녁 삼아온 터였다. 벽은 이 수난에 자꾸만 구멍이 넓어져 왔다. 그러나 벽도 영감을 흘겨보지는 않았다. 벽이나 소나, 그저 묵묵히 영감을 용납하고 사랑해주었다. 그럴 수밖에 없었다.

"심심했는데 말이다, 흐흐, 갑갑하고."

영감은 소의 두 눈 사이를 맞히리라 생각하고, 흙 든 손을 어깨 뒤로 넘겼다.

"자식 삼아, 할멈 삼아, 널 송아지 때부터 이 손으로 길러왔댔는데 말이지,"

영감은, 흥분을 이로 지그시 물고 만끽하며, 흙을 쏘았다. 흙은 약간 빗나가 소의 왼쪽 뿔에 가서 맞아 부스러졌다. 소는 너그럽게 고개를 좀 흔들어 보이곤, 기억도 할 수 없이 많은 날을 굶다시피 살아온 밥주머니 속에서 말씀 같은, 그래서 실속 없는 뭘 쬐금 토해내선 새김질을 다시 했다. 자기 똥에 짓뭉개진 북더기까지도 거의 다 씹어 먹어버려, 이젠 지린내 나고 똥에 덮여 질척이는, 그래도 그가 그렇게도 사랑해왔던 흙바닥만 남았다. 고삐는, 그의 자유를 규정짓는 그만큼은 길게 늘여져 있었기에 그래도 살아오긴 오늘까지 살아왔다. 그러나 소에게도 기력은 거의 없어져 가고 있었다. 그저 피곤하고, 지루하며, 생각나는 것이라곤 싱싱한 꼴 한 구유뿐이었다. 영감에 대해 화가 나지 않은 것도 아니었지만, 그냥 참아버렸다. 참을 수 없었다고 별수 없긴 했지만, 고삐는 너무 매정스럽게 튼튼하며 고삐가 묶인 말뚝은 고삐보다도 더 튼튼했다. 그것이 그가 한동안 자유라고 생각했었던 그 전부였다. 화풀이라곤, 참으로 참을 수 없을 때, 헛뒷발길질 한두 번 해보는 외에, 미친놈의 영감쟁이에게 어떻게 해주기에는 영감이 너무 멀리 있었다. 영감의 편에선 얼마든지 소에게 가까이 올 수도 있고 멀리 갈 수도 있지만, 소의 편에선 자기의 영토를 벗어날 수 없는 거기에, 소에게는 한계가 있고 영감에겐 거룩함이 있었다. 한데 소가 영감에게 느끼는 거룩함이란, 어떻게도 영감에게 접근할 수 없는 거리감, 그것 이상의 것은 아니었다. 영감 놈이야 어쩌든 소는 자기 문제만을 생각하기로 했다. 눈앞이 자꾸 캄캄해지고 있고, 의식도 깜박깜박 꺼져 가려 하지만 미리 자살이라도 할 생각은 들지를 안 해 하질 않았다. 배가 고프고, 목이 마르고, 영감의 학대가 괴롭더라도 사는 날까지 살아갈 작정인 것이다. 소는, 영감의 학대 때문에 더욱더 자기를 치열하게 느끼면서, 그렇기 때문에 결코 자기를 포기할 수가 없다고 우겼다. 그건, 멀리로는 죽음의 준비가 되었을는지도 모르지만 가깝게 현실적인 문제로는 영감으로부터의 해방을 성취하는 것이 되었는지도 몰랐다. 자기를, 선언이었다. 물론 소가 그것을 확실하게 의식하고 있는 것은 아니었지만, 영감의 배신에서 소는, 영감과 자기라는 그 둘의 야합에서 생겨난 그 제삼의 자기로부터, 영감의 이식(移植)을 추방하고, 자기의 이민(移民)들을 불러 모으고 있었다. 그것은 각성으로서보다는, 아메바적인, 그리고 백혈구적인 일종의 본능으로서였다. 하지만 그래서 고독과 슬픔이 시작된 것이다.

영감은, 소의 양미간을 겨냥했던 것이 뿔에 맞아 부스러뜨려진 걸 보곤 기분이 언짢아져 욕설을 뱉고 혀를 차며, "저놈의 눈이 도전했던 탓이었어, 저 눈이. 인내밖에는 예지도 반항도 없던 저놈의 눈이 느닷없이 도전했던 탓이었어. 이 죽일 놈, 감히, 이 죽일 놈" 하면서, 이번엔 흙덩이를 주먹만 하게 뜯어 들었다. 그리곤 충혈되고 물크러진 눈을 가늘게 하여 정신을 집중시켰다. 다음으론, 초조한 것 같으면서도 자기를 송두리째 바쳐 잃게 하는 쾌감, 바로 그것의 덩어리가 되어 신음 같은 기합을 지르며 영감은, 흙덩일 휙 쏘았다. 자기의 온갖 것을 던진 것이다. 권태롭지 않기 위해서, 그래 고독하지 않기 위해서, 자기를 즐기기 위해서……

흙덩인 이번엔, 빗나가지 않고, 기대보다도 더욱더 정통을 맞혔다. 그리고 소복하게 담겨졌다가 젖처럼 흘러내렸다.

영감은 킬킬거렸는데, 그의 평생 처음 맛보는 희열을 감당 못 해 곧 죽어가고 있었다. 몸을 무섭게 틀며, 방바닥을 기었는데, 나중엔 숨을 빨아 넣질 못해 목이라도 졸린 듯이 버둥질을 해냈다. 자기가 던진 흙에 자기가 맞기라도 한 것 같았다.

소도, 표현에 있어, 영감과 다를 바 없었다.

소는 그 큰 흙덩이에 왼쪽 눈을 맞고 안질이 터져서, 되도 넘을 피를 젖처럼, 죽처럼 쏟았다. 뚜레가 꿰인 코에서도 소의 충성심과 우직과 인내심만큼이나 진한 선혈이 눈물처럼, 꿀방울처럼 흘렀다. 돌처럼이나 굳었던 흙덩이가 선혈이 되어, 눈물이 되어, 젖이 되어, 꿀방울이 되어 흘러내렸다.

자식은 상원갑년 전쟁에 죽고, 그래서 할멈도 죽고, 손주는 없었고, 그래 혼자 살아온 이 여러 해에 이 늙은이는 집착과 편애의 누룩으로 두꺼비처럼 부풀어 올라 있었는데, 그래서, 자기의 소유라면 그것이 뭣이든, 할멈 사랑할 정성으로 아꼈었다. 장 속에 든 닭에게라도 튼튼하고 보기에 좋은 가죽끈을 매어 횃대에 묶어두었으며, 고양이에게도 그렇게 했었다. 고양이에게선 그러나 실연의 쓴잔을 마셔야 했다. 년은 영감의 사랑에 넌더리를 내고 교활을 부려 줄을 끊어버린 뒤, 어디론가 사라져버렸다. 어느 타국에 가서, 돈 많고 음탕하며, 젊고도 젊은 다른 영감의 스물셋째 첩으로 들었다는 풍문이 들리기도 했고, 골목으로 나가, 봇짐장수들의 불알이나 만져주고 살다가 종내는 매독으로 죽었다는 소식이 오기도 했는데, 영감의 '질투'와 '진노'했음은 형언할 수가 없었다. 이 바람난 계집년이 돌아오긴 이미 틀려버렸으니 이젠, 품속에 있는 년들이라도 단단히 붙들어두지 않으면 안 되었다. 그는 이 실연으로 해서 너무도 많은 것을 잃어버렸던 것이다. 은근히 짐승들의 윗언저리에 있어, 그들을 내려다보며 자비를 베풀었던, 약간은 사치스러웠던 행복이 깨어져 버렸으며, 그 대신 그것들로부터의 추방이, 그리고 동화될 수 없는 고독감이 시작되었으며, 그렇다고 그것들 없이도 혼자 살 수 있을 것 같은 용기도 생기지 않았는데, 세상은 갑자기 쓸쓸해지고, 어설프고 존재들 사이의 통로가 느닷없이 막혀버린 것이다. 그래서 영감은 몇 날 몇 밤이고를 꼴딱 새우며 남은 년들이 도망치지 못하도록 고삐를 다시 꼬았다. 그러나 그렇게 해서 마음이 조금 편해졌을 땐, 닭은 물론이고, 염소까지도 고삐의 무게에 가엾게 죽어버리고, 소도 여위기 시작했다. 슬펐지만 영감은 고삐로 서도 매둘 수 없는 것이 있어 그것이 굴레 사이로 흘러 빠져나가며 자기를 버린다는 것을 인정하지 않을 수 없었다. 그걸 알았음에도 영감은 절대로 고삐를 풀어주려고는 안 했는데, 그도 하긴 그럴 것이 몇 번의 실연 때문에 영감은, 자기의 매력에 대해 조금도 자신을 가질 수가 없었던 것이다. 그러므로 그런 수단으로 해서라도 한사코 붙들고 늘어질 수밖엔 없었는데, 어쨌든 그렇게 해서라도 그는, 자기가 살아 있으며, 외롭고 있으며, 권태에 몸이 휘고 있다는 것을 확인받을 수는 있었다. 해도 소는, 워낙 힘이 좋은 가문의 태생인지라 고삐쯤 그렇게 힘겨워하진 않았으나, 철근으로 된 코뚜레가 언제나 좀 거슬렸다. 고삐가 오줌에라도 젖어버리면 그것의 무게로 숨이 컥컥 막히곤 했으므로 그 점을 각별히 주의하다 보면 코뚜레가 백 근의 무게로 압도해 오곤 했다. 그래서 자기도 모르게 고개가 숙여지곤 했지만, 그래도 울진 안 했었다.

영감은, 웃음에 먹혀 허탈 상태가 왔을 때까지 웃고는, 멍청해져 소를 건너다보았다. 이젠, 외양간과 영감의 방을 막았던 벽이 소라도 들어올 정도로 뜯겼는데, 방금 전의 웃음으로 해서 영감의 마음도 벽처럼 뚫려졌다. 영감은 몹시 피로해져 외양간에 상반신을 걸쳐 떨구고 늘어져 버렸다. 그리곤 하품하듯 중얼댔다.

"너도 어느 땐가는, 어느 땐가는 너도 날 버리고 어디로 갈 건가, 죽어버릴 건가, 그땐 고삐가 아무리 튼튼하다 하더라도 널 붙들어둘 수가 없겠지? 헹 없을 게여, 그렇다고 미리 네놈의 고삐를 풀어줄 생각은 추호도 없다네. 없구말구지! 그래, 날더러 자살을 하라겠느냐?"

영감은 생각을 하다, 눈물을 좀 흘리고 싶어 소리를 내보았으나, 마른번개처럼 눈물은 따르지 않았다.

이튿날, 영감은 또 시작을 했다. 소는 잠 한숨 못 이루고 밤새도록 앓았다. 소는 버릇이 되어버린 묵상으로, 영감이 왜 자기에게 전쟁을 걸고 있나를 곰곰이 따져보았지만, 도무지 알 수가 없었다. 원망스럽기만 했다. 소는 그래서 영감에서 속삭였다.

"사랑 많으신 주인님, 소생이 뭘 잘못했는지 모르겠으나 소생의 죄를 용서하시고, 다만 주인님께 영광과 기쁨을 돌릴 수 있게 해주소서."

그러나 영감은 소의 우는 소리 때문에 잠을 못 자겠다고 몹시 탓했을 뿐, 도대체 소의 간구를 받아들이려 하질 않았다. 그래도 소는 끈질기게 매달렸으며, 하나밖에 남지 않은 눈에 추파를 담아 끈기 있게 주인을 우러러보았다.

"일용할 양식을 주옵시고, 시험치 마옵시오. 다만 악에서 구원하소서."

"흐흐, 딴은 괴롭겠지, 괴롭겠지. 앓는 소리가 싫진 않구나, 허지만 널 놓아 보낼 순 없어, 없구말구지. 아, 이눔의 겨울이란 철은," 영감은 용을 쓰며 흙덩일 떼려 했다. "권태가 월경을 하는 바로 그 이레[七日]란 말야, 지랄 맞게도. 헌데 난 그 겨울에 있고, 내가 하혈을 못 참겠다야. 헌데 안됐다만, 참아줘야겠는데 말이지, 이 흙덩일 네게 던지며 살아 있는 것의 반응을 본다는 건, 흐흐흐, 북풍도 꽃샘바람 냄새로 변하더라야, 헌데 너의 남은 눈 하나가 날 노려보는 거지?"

영감은 이죽이면서, 소의 남은 눈을, 그 애잔한 수녀를 겨냥하고 흙덩일 힘껏 던졌다. 적중해버렸다. 소는 용처럼 날뛰기 시작했다. 소는 미쳐버렸다. 고삐의 중간쯤에서 터지는 뚜뚝 소리가 나며 몇 올의 가죽이 터져 났다. 고삐를 묶은 말뚝도 흔들흔들했다. 끝내 코가 찢어지고 고삐가 소를 풀어줬다. 그러나 소는 무기력하게 넘어져 버렸다. 완전히 죽어버린 것 같진 않았지만 고삐와 소는 벌써 아무 관계도 갖고 있질 않았다.

영감은 웃지 않았다. 영감은 눈을 가늘게 뜨고만 있었는데, 침을 줄줄이 흘려냈다. 소가 넘어져 버렸을 땐 영감도 속 빈 부대처럼 스르르 넘어져 버렸다.

눈 한 잎 없이 청청한 겨울날의 된바람이 쉼 없이 추녀와 벗은 나뭇가지를 흔들었다. 유령 같은 햇볕이 홱 쏟겼다, 무덤 같은 구름 그늘이 홱 스쳤다,

화상(火傷)을 주지 않는 불길이 확 살아 올랐다. 달이 부피 없는 찬 바다를 홱 뱉어냈다, 그리고 다시 무덤 같은 구름 그늘이 홱 덮었다.

그런 상태로 이틀이 흘렀다.

소는, 이미 볼 수 없이 된 눈에 대해선 잊어버리려 애썼다. 처음부터도 볼 수 없었던 것이라 치려도 했다. 주인에 대해서도 이젠 그렇게 생각하려 했다. 속삭임은 하지 않았다. 무섭게 변해버린 늙은 벌레가 보이지 않게 되었다는 게 되려 다행스럽기도 했다. 어쩌면 눈이 보이지 않게 된 것이 아니라 영감이 느닷없이 사라져버린 것인지도 몰랐다. 하여튼 영감의 실재를 아무렇게나 생각해도 좋았다. 있다고 해도 되고, 없다고 해도 되고, 있는지 없는지 모르겠다고 해도 되게 되었다. 그건 소의 마음의 문제 이상은 아니게 된 것이다.

소는 아픔을 참으며 전에 없이 속 깊은 생각을 했다. 어디로 갈 생각은 내지 않았다. 그럴 기력도 없기도 했으려니와, 설사 풀과 물이 풍성한 고장을 헤맨다더라도 '이미' 쓸쓸히 닫겨 버린 이 세계에서는 자기가 안주할 곳은 없을 것이라는 것을 소는 알고 있었다. 그것은 소로 하여금, 광휘가 사라져버린 그의 세계의 가장 추운 자기의 장소를 사랑하게 만들었다. 거기서 소는 자기의 생애를 추적하여 잊었던 많은 것을 기억해내고, 정리하고, 종합했다. 그러는 중에 의식은 석양에 멱 감는 하루살이처럼 되어갔다. 소는 그래서 그 나머지를 정말 소중히 아꼈다.

"가엾지 영감도 허긴."

소는 자기가 연민스러워졌으므로 해서, 있는지 없는지도 모를, 자기 이웃에 대해서까지도 연민을 느꼈다. 소의 자기 연민의 이 확산은, 예속시켰던 자의 치열한 월경처럼, 예속당했던 자의 월경인 것 같기도 했다. 그리고 월경이 끝나면 당연히 오는 배란기에, 소가 뭘 잉태할진 모르나, 어쨌든 그녀의 자식의 자유의 영토가 훨씬 넓어질 것이 틀림없을 것은 그녀의 자식은, 예속당했던 자로서의 겨울을 참고 나온, 어미의 자궁에서 태어난 자일 것이기 때문이다.

"가여워! 매인 건 내가 아니라 영감님 편이었을지도 몰라, 글쎄 몰라."

소는 중얼거리다, 자기 세계의 적막에 귀를 기울였다. 그리고 안도를 느꼈다. 지나간 날에도 아니고, 다가올 날에도 아닌 오직 이 현재의 이 적막 속에, 자기가 모두 돌아와 있어, 오붓했기 때문이다. 아무것도 자기를 나누어 가지려곤 하지 않고, 임종에 가까운 어머니의 침상가로 모이는 아들들처럼, 시간이 진지한 표정으로 응축해 들고 있었다.

"짧은 소녀 시절이 지나 이 코에 뚜레가 꿰어졌을 때 난 너무너무 서러워 매일을 울고 살았었지."

소는 유언이라도 하듯, 추억들을 중얼여 냈다.

"뭣보다도 자유가 그리웠었어. 그것도 한두 달 지내보니 참을 만했었지만, 지금 생각해보면 영감이 겨울을 살기 시작한 건 그때부터야. 글쎄 그때부터야. 난 그저 영감님의 의사대로만 살면 되었지, 글쎄 그랬어. 헌데 대체 영감은 어쩌자고 다른 것의 생명이니 운명이니, 여러 무거운 짐을, 자기 것도 고된 그것에다 더 얹고 끙끙댔지? 글쎄 왜 그랬댔지?"

소는 알 수가 없어 이맛살을 찌푸리다간, 다시 자기의 문제에로 생각을 옮겼다.

"영감님께선 처음엔 그것이 좋았던 모양이야. 헌데 요즘 갑자기 겨울을 인식했음이 분명해. 그러길래 자기가 괜스레 떠맡았던 그 짐을 그 주인에게 돌려주려 하고 있는 게야. 글쎄 그러는 게야. 절대로, 심심하다고 해서 그러실 영감은 아니지, 아니고말구. 느닷없이 심심해질 이유란 없거든. 허지만 느닷없이 피곤을 느끼는 수는 있지. 가령 긴장이 풀린다든가 하면. 글쎄 그래서 이제 영감은 쉬고 싶은 거지. 쯔즛, 이제야 난, 의탁시켜 여기까지 탁송해온 내 것 모두를 찾게 되었군."

소는 그의 독특한 방법으로, 윗니 틀을 드러내며 위를 향해 진지하게 한번 웃었다.

"영감이 이렇게 해주질 않았더면, 참말이지 이렇게 해주질 안 했더라면, 난 어쩔 뻔했어, 글쎄 어쩔 뻔했어. 이 빈 껍질이나 썩어질 뿐이었겠지. 이젠 영감과는 이별이지만, 내 것을 영감이 되돌렸으니, 이제 내 것을 내가 갖고 어디든 갈 수 있게 된 거지, 훨훨 갈 수 있게 된 거지, 영감과는 아무 연척도 없게 되었으니, 되었으니—"

소는 깊이 한번 숨을 몰아쉬었다.

"훨훨, 호랑나비처럼 가다가 가다가, 어디든 맥관(脈管)이 열려 있으면 스며들어야지, 암믄. 나무의 맥관이든, 바위의 맥관이든, 새의 맥관이든, 그렇지만 어떠면 바위 속의 속이 어떨까? 복된 환생(幻生)을 얻기엔 아직 내게 찌꺼기가 좀 남았을지도 모르니, 모르니 더 인내하고 더 침묵해야겠지러. 해도 역시 나는 다시 한번 소이기를 원할 뿐이지만."

소는 그리고, 영감에게 마지막으로 속삭였다.

"이 계집은 이제 어디든 가도 되지만, 영감님은 어디로 가시겠습니까? 영감님이 이 미천한 계집 같은 하찮은 생명 속으로 들어와 섞인다는 것도 있을 수 없는 노릇이오니, 타오르시다가, 오르시다가, 꽃처럼 흩어나시옵소서. 하오면 하찮은 우리 모두 영감님이 흐트러진 그 꽃잎을 주워 우리들의 털 속에, 깃 속에, 또는 잎 속에, 눈에는 뜨이지 않겠지만 색깔 다른 한 이파리로나 달고 있겠습니다. 절대로 혼백 속에 뫼시고 싶지 않음은, 이 미천한 생명이, 미천한 생명의 맛을 앓아본, 미천한 추억을 어찌할 수 없어서입니다."

소는 그리고 머릴 떨구었다.

소가 죽자 영감도 소에게서 죽어버렸다.

살아 있는 영감은, 단지 황폐한 영감 자신의 영감에만 불과했다. 그래서 영감은 이를 빠드득빠드득 갈아댔다. 그러다간 미쳐서 낫을 꼬나들고 망나니처럼 외양간으로 뛰어내렸다. 그리고 소를 묶었던 고삐를 찍으며 부르짖었다.

"이눔의 고삐, 아무것도 매 두지 못하는 이눔의 굴레,"

고삐는 금방 몇 동강이가 났다. 났지만 아무런 변화도 없었다.

"뭐든 매둘 수 있었거든 지금 도망시켜봐."

영감은 씩씩거리며 이번엔 뚫린 벽을 찍어댔다. 그건 이미 열려 있었으므로 낫은 허공을 날았다. 대신 권태가 밀려왔다. 영감은 더 발광해볼 기력도 없는 듯이 어깨를 늘어뜨리곤 죽은 소를 내려다보았다. 자기의 시체가 거기 처참히 쓰러져 있었다. 그래서 영감은 얼른 눈을 감았다. 뜨곤, 다시 낫질을 해댔는데, 이번엔 소의 척추를 상대로 그랬다.

"이 망할 년, 너만 죽은 게 아니구나. 너와 함께 살았던 영감도 죽였구나, 죽였어. 속에서 살던 영감의 혼백을 내놔라, 내놓아!"

그러다 낫이 동강이 나버렸을 땐 무릎을 꿇고 주저앉아 소의 등에다 가슴을 비볐다. 그리곤 갈증이 난 듯 소의 등에서 흐르는 선혈을 빨기 시작했다.

"그러고 보니 썰렁한 겨울, 한낮의 이눔의 집이 비기도 텅 비었구나. 권태가 하혈을 하는 이 이레가 왜 이다지도 길기만 긴가, 지랄 맞게도. 헌데 난 처음부터의 그 겨울에 아직껏 있고, 하혈은 더 심해졌으니, —"

밖엔, 눈 한 잎 없이 청청한 겨울날의 된바람이 쉼도 없이 추녀와 벗은 나뭇가지들을 흔들고 있었다. 유령 같은 햇볕이 홱 쏟기고 있었다, 무덤 같은 구름 그늘이 홱 스치고 있었다, 화상을 주지 않는 불길이 홱 살아 오르고 있었다. 달이 부피 없는 찬 바다를 홱 뱉어내고 있었다. 그리고 다시 유령 같은 햇볕이, 무덤 같은 구름 그늘이—

그런 상태는 계속되었다.

3. 기원 제9시(紀元 第九時)

안쪽에서 바깥쪽으로 나가려고, 그러면서도 언제나 그쪽에서 서성거려온 잿빛 얼굴의 여윈 녀석, 그 멀쑥하니 길기만 길고 살은 없는 그 녀석이 나일 것이라고 나는 생각한다.

바깥쪽에서 안쪽으로 들어오려고, 그러면서도 언제나 그쪽에서 서성거려온 젖빛 얼굴의 통통한 녀석, 그 두루뭉수리의 살덩이를 늘 등에다 메고만 있는 그 녀석이 나일 것이라고 나는 또한 생각한다.

바깥 녀석은 안의 녀석을 손짓해 부르며, 안의 녀석은 바깥 녀석에게 또 그렇게 한다. 그래서 만나선, 안의 녀석은 바깥 녀석에게 자살을 종용하고, 바깥 녀석은 안의 녀석에게 또 그렇게 한다. 그렇게 해서 우리는 서로에게 똑같은 것을 요구하며 종용하고, 똑같은 말을 주고받게 된다. 그런데도 우리는 도대체 가까워질 수가 없었는데 그것은, 똑같은 것을 요구하고 종용하고 말하고 있다는 그것이 바로, 참으로 어처구니없는 멀리에다 우리를 떼어놓는 그 이유였던 것이다.

"내가 네게 바라는 것은 야 새꺄, 너의 죽음이다."

"나 역시 네게 바라는 것은 야 새꺄, 너의 죽음이다."

그래서 결국 우리는 동의어를 쓰는데도 정반대의 입장에서의 동의어를 써왔던 것이다. 그런데 그것을 우리는 근래에 와서 알게 되었다.

"야, 너하고 나하곤 이거 너무 멀구나." 안의 녀석이 탄식조로 말했을 때, 그것이 우리 사이에서 이해된 시초였다.

"참 그러구 보니 이거 너무 멀구나."

바깥 녀석도, 한참 생각해보고 난 뒤에 맞장구를 쳤다. 그리고 둘이 사이에선 '멀다'는 얘기만이 며칠 동안이나 계속되었다.

"야 이거 너무 멀구나, 멀다 그지?"

"……이게 물오르는 철이면 좋은데."

며칠 지난 어느 날 느닷없이, 빼쩍 마른 녀석이 빼쩍 마른 목소리로 소릴 쳤다.

"………"

살을, 지독하게 무거워하며 숨을 씩씩거리던 꼽추는 얼른 이해가 되질 않아, 한참 생각해보고도 대답을 찾질 못했다. 그 대신, 등이 가려워 대답은 미뤄둬야겠다는 식으로, 괜스레 등을 벽에다 이겨댔다.

"정말 물이 오르는 철이면 좋은데."

그는 초조히 반복했다.

"건 걱정할 것 없어. 물오르는 철이래야 저 고개 하나 너머에 있잖나 말야. 헤헤, 그런 걸 염려할 네 나이는 아니라구, 야 새꺄,"

살을 지고 괴로워 끙끙대는 녀석이, 겨우 할 얘기를 찾고, 호기를 부렸다.

"아, 그러구 보니 그렇군그래. 후훗, 우린 말야 접목(接木)이 필요하다. 접목이 있어야겠어."

살이 없어 뼈 때문에 앓는 녀석이 좋아라 씨분댔다. 참 좋아라 떠들었다.

"헤에, 거 뭐, 거 저, 접목이랬겠다?"

꼽추 녀석은, 생각은 '접목'이라는 단어 쪽에다 보내면서, 딴은 비꼬듯이 되물었다. 그러다간, "아 그야 그럼, 이를 말이냐? 헤헤, 두말할 말이냐? 그럼 그렇구말구지!" 하고 우선 맞장구를 쳤다. 그리고 물오르는 철이 왔을 때까지 생각해보고서야 비꼬던 어투를 바꿨다.

물오르는 철은 그리하여, 긴 잠에서 깨어 하품하며 하산했다.

저녁에 우리는 할 일이 있으므로, 온종일을 지루해했다.

바깥쪽의 사내는 아침부터 서성이며 앓는 소릴 냈고, 안쪽의 사내는 밖의 사내를 비웃는 듯이 입을 비틀고 내려다만 보고 있었다.

"야 나는 이거 살이 푸들려 견딜 수가 없는데."

밖의 사내가 숨 가빠하며 꿍얼댔다.

"허지만 난 지독하게 우울하단 말야."

저녁은 그리하여 긴 낮의 끄트머리에서 교태 부리며 찾아왔다. 자, 우리는 이제 나가기로 하자.

잿빛 얼굴의 안의 사내는 괭이를 들고, 젖빛 얼굴의 바깥 사내는 삽을 들었다. 그리고 우리는 히죽이며 휘파람을 불었다. 그래도 우리는 잇닿지 못한 그런, 왠지 쓸쓸한 각자의 길을 걸었다.

우리는 어머니를 밖에서 만나기로 한 것이다.

사람들은 무심한 얼굴로 우리 곁을 지나간다. 우리도 무심한 얼굴을 만들어 그들 곁을 지나갔다. 그리고 오래잖아 어머니와 약속한 동구 밖 버드나무 아래까지 왔다. 어머니는 우리를 먼저 내보냈으므로 좀 기다려야 올 것이므로 우리는 버드나무의 드러내진 뿌리 위에 엉덩이를 붙이고 나란히 앉았다. 그러고 보니 우리도 꽤 정다운 듯했다. 그래서 우리는 곁눈으로 이쪽과 저쪽에서 눈을 껌벅했다. 우리는 계획을 한 번 더 확인한 것이다. 우리는 서로 사이의 거리를 좁히고 서로를 사랑할 수 있도록 하려 하는 중이다. 혀끝에 침이 방울진다.

"아, 저기 어머니가 오고 있다."

마른 녀석이 속삭였다. 비곗덩이를 무거워하는 녀석은 고개를 빼 올렸다.

"젠장, 굉장히 차렸는데. 뭐 곡마단 구경이라도 시켜줄 줄 아는 모양이군, 후훗. 어쨌든 우리는 지금 제비를 뽑아두자." 꼽추 녀석이 의견을 냈다. "법이란 허약한 자만을 보호하기 위한 것은 아니야. 그것은 때때로 강자의 덕에 아첨하도록 쓰여지고도 있거든."

"아 그따위 돼먹지 못한 소릴 떠벌린 건 없어. 자, 이렇게 하자, 네가 보지 않는 곳에서 내가 땅에다 두 개의 선을 긋는다. 그리고 선의 상류를 내가 발로 딛고 있는다. 그럼 너는 아무 쪽이라도 선택해라. 긴 선 쪽이 먼저다, 알겠지?"

"거 썩 좋은 생각인데. 때때로 너도 머리가 좋군. 그럼 이봐, 나는 눈을 감고 있을 테니, 어머니가 가까이 오기 전에 빨리 그어라, 빨리."

그러고 있을 때 어머니는, 아주 기쁘고, 또 우리가 대견해 못 견디겠다는 듯이 좀 야단을 부리며 다가오고 있었다. 아직도 젊고, 팽팽하고, 싱싱해 보였는데, 그것 때문에 우린 좀 띵했다. 전혀 기대치도 않았던 여인이 나타난 것이다. 대체 그녀는 어디다가 자기의 이런 모습을 감춰두고 있다가 오늘 느닷없이 꺼내 입고 온 것일까? 물론 장롱 속에도 없었다. 아버지 무덤 속에서 잠깐 빌려온 것인지도 하긴 모르지만, 어쩌면 찬장 속에다 아무렇게나 뒹굴려 놓았던 것일지도 모른다. 히히, 아무튼 우린 좋아서 웃었다.

"자 짚어라, 어느 쪽이냐?"

"바로 이 줄이다."

"가만있자, 아, 그렇다면 제기랄, 됐다 됐어, 아무튼 됐어, 네 것이 길다."

잿빛 사내는 더욱더 잿빛이 된 얼굴로 투덜대며 가래침을 뱉어냈다. 그러는 사이 어머니는 벌써 우리 곁까지 왔다.

"원 자식들두! 늘 집에만 박혀 있던 어미를 끌어내선 어쩌자는 거냐?"

어머니는 기뻐서 어쩔 줄 모르면서 우리들의 등을 두들기기도 하고, 꼽추 녀석의 도대체 채워놓지를 않은 바지 단추를 채워주기도 했다.

"어머니가 이렇게 이쁜 줄은 정말 몰랐는데, 몰랐어."

녀석은 호락호락한 계집들에게 하는 투의 언사를 쓰며, 바지를 한사코 추켜올렸다.

"호호호, 아 이런 자식두……"

"어머니, 우리가 한번 어머닐 뫼시려구 오래전부터 계획을 세워왔었는데…… 왔었는데 말입죠, 아 글쎄 나무에 물이 오르질 않잖어?"

잿빛 얼굴이 어머니의 겨드랑에다 손을 넣으며 은근히 속삭였다.

"건 정말이야. 그래도 내가 이렇게 말해줬었지. '건 걱정할 것 없어. 물오르는 철이래야 저 고개 하나 너머에 있잖나 말야. 헤헤, 그런 걸 염려할 네 나이는 아니라구, 야 새꺄' 했더니," 하면서 꼽추 녀석도 어머니의 남은 쪽 겨드랑이에다 팔을 밀어 넣었다. 녀석이 그렇게 하자, 길다란 덩굴에 못생긴 호박이 하나 매달린 것 같이 보였다.

"허, 헌데 얘들아, 어미가 좀 알아들을 말을 해야지, 어미는 한마디도 알아듣질 못하겠어. 그래 어딜 가는 거지? 어디 네가 살짝 귀띔 좀 해줄까?"

어머니는, 어쨌든 신이 나서, 꼽추에게 아첨을 떨었다.

"어머니, 가면서 얘기해요 네?"

볼품없이 큰 녀석이 꼽추의 대답을 앞질러 말하며 걸음을 빨리했다. 그래서 꼽추는 숨을 헐떡이며 짚신처럼 끌려가지 않으면 안 되게 되었다.

우리는 그렇게 하여 동구를 벗어났다.

"어머니, 곡마단 구경이나 뭐 그런 건 아닙니다."

산소 용접의 파철 더미 같은 녀석이 부지런히 떠들었다. 살을 번뇌하는 녀석은 걷는 데 숨이 가빠 도대체 얘기에 참여할 수가 없었다.

"그래도 우린 어머니를 사랑하고 있어요."

"정말이에요."

"그, 그럼, 정, 정말이구말구."

"호호호, 암, 건 그래야지!"

"헌데 그게 이상타 이 말이에요. 저 새끼와 난 이를테면 말이죠, 이를테면 뭐랄까, 뭐 이렇죠, 저 새끼가 옻나무라면 난 오동나무고, 저 새끼가 돌배나무라면 난 천도(天桃)나무죠."

"야, 야새, 새꺄."

"그러니 짜식이 죽어주면 좋은데 이거 뭐 돌배를 천도 나뭇가지에다 매달려고 한다니깐요. 참 젠장, 그런데도."

"너, 너야말로, 야, 야 새꺄, 너야말로 그런단, 그런단 말야."

"헤헤헤, 그런데도 묘하게 우린 어머니를 사랑하는 점에 있어선 꼭같거든요. 건 같애요, 같다구요.”

“그렇지, 그, 그러고 보니, 그건 가, 같았다, 같았어.”

“그러니 어미지. 허, 헌데, 아 얘들아 지금 내가 어딜 가는 거지? 온 이건.”

“예 뭐, 숲으로 가는 거죠.”

파철 더미 같은 녀석이 너무도 태연하게 대답했기에 어머니도 더 이상 물을 말을 찾지 못해 했는데, 우린 참나무 숲 언덕을 오르는 중이었다.

“숲으로 가는 중예요. 어머니 행복하세요? 헤헤, 뭐 아무래도 괜찮아요. 저 녀석과 내가 연구를 했어요. 아주 열심히 연구를 했는데, 아 숨이 가쁘시죠? 조금만 더 걸으시면, 이젠 다 온 셈이에요. 참 어머닌 예쁜데, 우린 결혼하기로 했어요, 저 녀석과 내가.”

“겨, 결혼을? 너희 사, 사내들끼리?”

“그, 그럼요, 후훗. 그걸 우린 열심히 연구했었다니깐요. 생, 생각해보세요, 두 개의 극단적인 양(陽)이 한 극에서 일치된다고 해보세요, 훗,”

그러는 사이 우리는, 숲속 깊은 데에 있는 널따란 바위에 닿았다. 어머니는 의심을 싹 씻은 대신, 좀 머저리처럼 웃느라고 정신을 못 차렸다.

가쁜 숨이 좀 돌려졌을 때 우리는 아주 은근히 어머니를 포옹했다. 어머니는 싫지 않은 듯 조용히 참았는데, 우리는 그 탓에 아주 흥분되고 말았다. 그래서 우리는 어머니를 무지막지하게 쓰러뜨리곤, 어머니의 저고리와 치마와 속곳을 찢으면서 벗겨냈다. 그러고 나니, 살이 솜처럼 피어난 곳에서, 십몇 년 동안이나 간직해왔던 암내가 코를 쑤셔댄다. 우리는 그녀의 자식이므로 그녀를 사랑하여 이렇게 하는 것이다.

잿빛 얼굴이 어머니의 입술을 틀어막고 욱센 힘으로 어머니의 버둥질을 억눌렀다. 그리고, “어머니, 우리는 접목이 필요합니다. 저 녀석과 나와의 접목이 필요합니다. 그래서 결혼하는 겁니다” 하고, 어머니의 귓속에다 고함쳐 넣었다. 그러자 어머니는 젖통이를 할퀴어 피가 쏟아지게 했다. 아마도, “이 젖통이로 너희를 키워낸 어미가 아니냐? 이 짐승 같은 놈들아,”라고 절규했던 것이었을 게다.

“그래서 어머니밖엔 누구도 우리의 접목을 가능시켜 줄 자가 없어요. 우리는 다시 태어나야겠거덩이오. 우리를 다시 태어나게 하실 분이 어머니 말고 누가 또 있겠세요 네? 그게 어미 아녜요?"

그러자 일순에 어머니는, 고개를 뒤로 젖히며 근육을 풀고, 수용의 원(圓)을 만드는 것이었다. 우리는 좋아서 킬킬댔다.

"봐라 짜식아, 거절치 않을 거라고 내가 말했잖아?"

꼽추가 떠들었다.

"야 새꺄, 지랄 말고 빨리 끝내!"

뼛더미가 짜증을 냈다.

"허지만 나 아직 단추도 못 끌렀어. 씨팔, 아까 어머니가 이따위로 채워놨단 말야."

젖빛 얼굴은 땀을 흘리며, 단추를 풀려 하나 손이 떨려 잘 되질 않자, 화를 내며 앞자락을 쥐어뜯었다. 그리곤 무릎을 꿇고 엎드리더니 "아 성모여" 하곤 대단히 경건한 입맞춤을 성모의 하복부에 시작했다.

"아 성모여, 오실 아기의 어머니여," 그러면서 그의 입맞춤은 어머니의 배꼽으로 올라왔고, 마지막으로 어머니의 젖꼭지를 물어뜯었다. 시간은 오래 걸리지 않았다. 대략 산기증청(山氣蒸靑)을 눈보라가 흔들어놓는 그런 만큼의 시간이 그냥 짧게 태워져 버린 것이다. 그리고 일어났는데, 그는 여간만 울고 싶은 것이 아닌 것을 웃는 듯, 대단히 냄새나게 웃곤 뒤돌아 앉아, 구부정하니 해가지고 앞자락을 여몄다.

이번엔 파철 더미의 차례다. 그는 눈보라를 산기증청으로 태웠다. 그러나 그는 웃으려 하지 않았는데도 웃음이, 이제는 이뤘다, 하는 식의 웃음이, 조용히 그의 입술을 베어 물고 있었다.

그렇게 해서 어쨌든 우리는, 우리의 결혼과 접목을 성취했다. 남은 일만 끝내고 우리는 하산하여 가을을 기다리면 되게 되었다. 그래서 우린 곧바로 남은 일에 착수했다.

우리는, 특별히 흙이 보슬보슬하고 비옥해 뵈는 곳을 골라 파내기 시작했다. 몇백 년 동안이나 낙엽만 썩고 해일(海溢)이란 한 번도 당해본 적 없는 흙이라, 파기도 쉬웠으려니와, 천고의 흙냄새는 소금기가 없어 좋았다.

구덩이는 금방, 너무도 충분할 만큼 패여졌다. 그래서 우리는, 어머니가 걸치고 있던 찢긴 옷가지들을 말끔히 벗겨낸 뒤, 정말로 잘도 물오른 뿌리를 안아다 구덩이에 뉘었다. 그때 한번 이 뿌리가 꿈틀하는 것 같았다. 그 반응은 우리에게 굉장히 확실한 장래를 약속해주는 것이 되었다. 어느 때 혹시 의심이 생겨, 그때 어머니가 죽어나 있었다면 어쩔까 하는, 그런 걱정은 하지 않아도 좋게 된 것이다.

"어머니, 우리 둘의 상극(相克)의 배자(胚子)가 당신이라는 배유(胚乳)를 빨고, 성모여, 우리가 어떻게 출아(出芽)되는가를 보아야겠습니다. 성모여, 숙주(宿主)여, 그걸 봐야겠습니다."

명복을 빌 듯 중얼거리며 우리는, 파냈던 흙을 다시 밀어 넣어 덮고, 그 위에다간 넓은 바위를 한 잎 얹어두었다. 사흘 후에 우리가 다시 와 보았을 때 바위가 굴러져 있으면, 그때 우리는 가을을 따면 될 것이다.

달도 없고 별도 없는 밤이면 우리는, 물오른 뿌리 위에 흙과 바위를 덮기 전에 물론, 그 물오른 자궁에다 사흘을 참았던 설사 똥을 갈겨 넣는 건 잊지 않았다.

그것은 뿌리를 시비(施肥)였다. 글쎄 도대체, 달도 없고 별도 없는 물만 오르는 밤이었다. 그 속에서 우리들의 가을은 조용히 싹트고 있을 것이었다. 싹트고 있을 것이었다, 우리들의 가을은—

山南場
—「却說이 日記」基三

"더러운 자가 어찌 이 성역(聖域)을 침입하려 하느냐?"

회오리바람은 황진을 몰아다 한 삼태기씩이나 퍼붓고 고름 냄새와 같기도 하고 진물 냄새와 같기도 한 냄새는 하늘에서 땅에서 오방에서 흩어져 오고 잎 없는 나뭇가지는 사납게 짖으며 흔들리고 칠 년 전에나 한번 이슬이 왔었을 것 같은 땅바닥엔 가을에 찢어낸 문풍지가 여태도 구르고 흰 벽들엔 세월이 싼 오줌 자국이 어지럽고 누가 줄을 잡아당기지도 않는데 종루에선 쉼 없이 요령 소리가 구슬프게 흐르고 햇볕은 내려오다 식어버려 춥기만 추운 점심때 가까운 한낮에 노가주 나무 맨 밑가지에서 까마귀가 우짖어쌌는데 흰 벽의 오줌 자국 밑에 손은 굽어들었고 전신으로 진물을 흘려내며 부었고 코는 속의 점막이 수축되어 삼각형으로 된 구멍 두 개를 정면으로 열고 눈썹도 없는 그런 몰골의 문둥이 노파 하나가 천사 같은 한 소녀의 부축을 받고 삼 년을 썩다 보니 문득 억울한 생각이 폭폭 치밀어 관을 박차고 나와 보이는 사내의 보위를 받아 앉아 고함을 친다.

"이곳의 흙이 네 발바닥에 한 톨이라도 더 묻기 전에 너는 너의 고향으로 돌아가도록 해라."

노파의 음성은 노파답지 않게 쩌렁쩌렁 울렸다. 그래도 나는 개의치 않고 "병신도 갖가지라더니 쳇, 미친 지랄도 갖가지로군" 하고 가래침을 모아 뱉어

던지곤 히쭉 한번 웃었다. 그리곤 난 외면을 하고 노파의 앞을 그냥 지나치려 했다. 도대체 재수 없게 되었다는 생각이 치밀어, 산불에라도 튀겨진 듯한 이 백여우 같은 노파를 칵 짓밟아버리고 싶은 걸 간신히 참았다.

"귀까지도 멀어버린 이 천형병자(天刑病者)야!"

노파는 노여움에 쉬어진 소리로 다시 꽥 소릴 치더니, 이번엔 거꾸로 쥔 지팡이를 불쑥 내밀어 내 길을 막는 것이었다. 난 참 난처하게 되어, 웃을 수도 없는 기분을 지그시 참고, 온건하게 이렇게 말을 받아주었다.

"헤헤, 하, 할머님 이거 참 미안스럽습니다요. 헌데 할머님은 이따위 놈에게도 고향이 있을 상하게 보입니까요? 헤헤, 아 이놈두 참 괴롭다굽쇼. 고향이 없다는 건 슬프다굽쇼."

그리고 나는, 노파 몫으로서 아마도 틀림없이 준비되어 있었을, 노파 몫의 미덕이라는 미덕을 송두리째 앗아버린 듯한, 그래서 미덕이 너무 헐렁해 뵈도록, 불공평한 아름다움의 덩이인 소녀에게, 눈을 한번 찡긋해 주곤, 노파와 마찬가지로 썩은 걸레를 뼈 위에 걸치고 있는, 참 되게도 문드러진 사내를 향해선 혀를 쏙 내밀어 보여주었다. 그랬더니 소녀는, 느닷없는 기습에 혼백이 비산 백천(百千)되었는지 멍청히 날 올려보고 있다간 밥통 같이 웃었고, 사내 녀석은 입을 헤 벌린 채 열심히 생각해보더니 고개를 쩔레쩔레 흔들었다.

"이놈 보기에, 헤헤, 천사 같은 저 아가씨에 대해 말씀인뎁쇼, 적어도 삼백 촌도 넘는 외손녀쯤으로 뵈는데 말씀입죠, 정말 저 아가씨의 눈은 그게 아닌뎁쇼. 눈이란 건 말씀입죠, 이 항아리에 뚫린 단둘의 창이기 때문에 말인뎁쇼, 그 안을 들여다본 이놈의 속이 왠지 따끔따끔 결리기 시작하고 있으닙쇼, 글쎄 그 속의 저 어디 내실에서 암내 낸 암고양이하고" 가로막고 있는 노파의 지팡이를 넘어서려면서 나는 부지런히 떠들어주었다. "멋모르는 새끼 사슴이 용케도 만나 생지랄을 떨고 있다니깐입쇼. 헤헤, 내 어머니의 눈이 그랬었습죠. 그래서 이놈이 아는뎁쇼, 이놈의 어머니는 글쎄, 늘 뭔가를 저질러 보고 싶어 안달이 났었다니껜입쇼. 글쎄 말입죠, 설익은 사과 한 알과 정조를 바꿨다던지, 자궁 속에다 뱀 알을 넣어선 깨어보았다던지…… 뭐 많습죠, 많습죠. 헌데 저 아가씬 어머니가 못 되었군입쇼. 그렇습죠? 자 그럼 평안히 햇볕이나 즐기시와요. 소인 놈은 슬슬 장 구경이나 하렵니다요. 허고 저 아가씨님, 어머니가 되셔얍죠, 아무렴요, 되셔얍죠, 되셔얍죠, 헤헤. 허고 저 나찰님, 그 누덕진 살점은 벗으셔요, 아무럼요. 뼈만 걷는 게 더욱 아름다울 걸입쇼. 벗으셔요, 벗으셔얍죠, 벗으셔얍죠."

씨불이길 계속하며 난, 오른발을 한껏 쳐들어 지팡이를 넘었다. 비켜서 가도 될 것이지만, 그것이 '막고 있다는 단지 그 이유 때문에' 난 언제나 타 넘고 싶었다. 노파의 어투로 보아서, 그녀가 이 고을의 수문장이나 뭐 그런 정도는 된 듯했지만, 그렇다고 그 권위에 도전하자는 의도는 전혀 없었다.

"하옵고 할머님은 진짜 고향으로 돌아가시어요, 아무렴요, 두더지가 실을 나르고 지렁이가 베틀 노래를 부르는, 헤헤헤, 조국으로, 그 고향으로 가셔얍죠, 가셔얍죠. 너무 오래 댁을 비웠겠군입쇼, 그럼 안됩죠." 그리고 나는 왼발까지 마저 옮기려 했다. "안 된다 뿌, 뿍." 그러다 난 급기야 봉변을 당했다. 지팡이의 구부러진 손잡이가 내 왼쪽 발목을 물고 늘어진 모양이었다. 한순간에 내 이마는 흙 속에 처박히고 입은 모래를 물고 피를 흘렸다. 이가 갈렸다. 가슴이 타오르고, 참아두었던 혐오감이 살의다운 것으로 변해 전신으로 퍼졌다. 그러나 나는 애써 히쭉 한 번 웃어주곤, 심호흡을 세 번 했다. 그리고 하늘을 보았다. 새 한 마리 날지 않고, 구름 한 송이 피어 있지 않은, 차가운 쓸쓸한 하늘은, 정오 부근에서 접시만큼 구멍이 뚫려, 하늘 저쪽의 희디흰 권태가 엿보였다. 참 지겹게 을씨년스런 정오였다. 매운 회오리바람이 다시 한번 황진 기둥을 내게 부렸을 때까지 하늘만 보다가 나는, 비로소 몸을 추스르고 앉았다. 노파는 지극히 냉엄한 눈으로 나를 지키고 있었다.

"너도 속이 아픈 자냐?" 노파의 음성은 그러나 한껏 부드러워졌다. "그래서 찾아든 자냐?"

"………"

난 대답하지 않았다. 그 대신 노파로부터 떠날 차비로 흘러내린 바랑의 멜빵을 바로 잡았다.

"그러나 내 보기에 너는 아픈 속 때문에 오히려 살찐 자라, 치유를 원하고 있어 뵈질 않는다. 너의 속은 게걸병이 만연하고 있은 탓에 먹어도 먹어도 배만 고프고, 그래서 나중엔 조금 남았던 야들야들한 속까지 다 갉아먹어 치워 버릴 게다. 그래 한 번 더 충고해두거니와 너는 왔던 길로 바삐 바삐 돌아가거라. 그렇지 않으면 이 할미의 율법이 너를 심판하게 될까 두렵다."

노파는 길게 말을 맺곤, 스산한 자기의 고장을 한번 휘둘러 보았다. 눈이 빨간 검은 개가 한 마리 골목에서 나오더니, 미친 것처럼 두 바퀴 맴을 돌곤, 우리들 앞을 지나, 긴 돌담이 있는 곳으로 달려갔다. 사람은 하나도 보이지 않았는데, 개가 뛰쳐나온 그 골목으로 해서 웅성이는 소리가 흘러나오고 있었다. 아마도 거기가 장의 정오인 것 같았다. 나는 침을 꿀꺽 삼켰다.

"헤헤, 이놈의 배가 늘 고픈 건 사실입죠. 해두, 해두 말입죠, 속이 아픈 건 아닙죠, 아니와요. 헌데 아무래도 모를 것은입쇼, 이 같은 하찮은 걸뱅이가 뭣이 그렇게 거슬려 기어코 쫓아내려는 겁죠? 세수를 못 해본 지는 열 사나흘 됩죠만, 그렇다고 뭐 그렇게 구린내를 풍기지도 않습죠, 않습죠."

말로는 깨끗한 척했어도 혹시 몰라, 소매 끝으로는 이똥을 쓱 문질러냈다.

"……네게는 남아 있는 속이란 정말 없구나, 가엾게도, 가엾게도 썩어 문드러져 버렸어." 노파는 한숨을 쉬었다. 이어서 노파는 명상 조로 이렇게 말했다. "속의 반은 썩고, 반은 성한 사람들이 성한 그 반의 아픔 때문에…… 그런 사람들이 여기를 오는데……" 그러다 노파는 발작을 일으켰음인지 목청이 터져라 하고 고함을 쳤다. "이 더러운 병균아, 돌아가거라! 그렇잖으면 내 입술 끝에서 너의 선조까지도 욕보임을 당하게 되리라."

"허이 내, 고, 고정하시와요. 아 글쎄 이놈이 어디가 어떻다구시리." 나는 되도록 침착하려 애쓰며, 내 전신을 한번 살펴도 보고 흔들어도 보았다. 여전히 피둥피둥한 피부며, 좋은 근육이며, 실한 허리였다. "그러십죠 예? 정 모를 말씀인뎁쇼. 선조까지 욕보인다는 말씀은 혹 노, 농담으로 하시는 말씀은 아니신지 모르겠군입쇼. 헤헤헤, 헤에이참, 정말 공연스리 놀리셔, 이놈을 놀리신다구."

소녀가 가지런한 이빨을 애써 감추며 한번 소리 없이 웃었는데, 그 웃음이 내게 느닷없는 성욕을 불러일으켰다. 그건 묘하게 현기증을 일으키게 하며, 기분을 전환시켰다. "아가씨, 아가씬 정말 어머니가 되셔얍죠, 아무렴 돼얍죠." 나는 반복해주었다. 여자를 사랑하는 성실한 남자가 할 수 있는 소리란 그것밖엔 없는 것 같았다.

"………" 노파는 거둬들인 지팡이 끝으로 땅을 쿡쿡 찍고 있었다. 노파의 호신꾼 사내는 넋을 좀 잃은 듯 침을 한 가닥 턱으로 흘리고 있었는데, 내겐 차라리 그가 맘에 들었다.

"얘야, 이 할미가 오늘은," 노파가 소녀를 보고 속삭이는 소리였다. "왠지 머리가 아프고 현기증이 나는구나." 그러더니 고개를 쩔레쩔레 흔든다. 그러자 소녀는, 말은 없이 노파 곁으로 얼른 다가가, 노파의 발치에 무릎을 꿇고 앉으며, 희고 통통하고 가지런한 손을 내밀어, 노파의 이마를 짚는다. 소녀의 눈엔 눈물이 고여 있었다. 나는, 보기에 언짢고 화가 났지만, 참았다.

"……그래, 더러운 병균이야, 병균이지, 전염병이야, 병이야, 병." 노파는 갑자기 체머리가 된 듯, 참지 못하고 머리를 흔들어대면서, 앓듯이 중얼거렸다. 그러더니 소녀의 손을 홱 뿌리치고 발광하듯 일어섰다.

"넌 더러운 병균이고 말고!" 지팡이 끝으로 내 가슴을 협박하며, 노파가 소리쳤다. 그건 내 귀에는, 자기를 재삼 확인하기 위해서 내지른 소리로밖에는 들리지 않았다.

"이, 이놈은 도, 도무지 모르겠군입쇼."

나는 자꾸 노파가 불쌍해 보여 부드럽게 말했다.

"허긴, 허긴." 노파는 흐느낌이라도 참듯, '허긴'을 반복하더니, 새 한 마리 날지 않는 동지 가까운 겨울, 푸른 하늘 끝을 찾았다. 그러다 잠시 후엔 계속했는데, 그땐 냉랭하고 침착했다. "알 수 없겠지. 그걸 알게 되었다면 오늘 너의 발걸음이 순례자로서였겠지만, 그러나 알 수가 없을 테지. 그러면 일러주마, 겉의 아름다움을 교만하는 네게, 그것이 얼마나 흉측한 비단 자루인가를 일러주마……"

말을 하다 말고 노파는, 다시 하늘의 끝을 찾았다. 나도 하늘의 끝을 찾아보았으나, 하늘은 아기 얼굴의 죽음처럼 끝이 끝나 있어 없었다.

"……그래, 정말 그래, 너의 겉의 아름다움 속엔 살무사가 꿈틀대고 있다. 살무사가, 그것을 파먹고 있어."

"헤헤이요, 무, 무슨 그런 말씀을—사, 사실대로 말씀드리면, 이, 이눔은 이날 이때껏 속탈이라곤 꼭 한 번밖에는 앓아본 적이 없는데, 그것도 아주 비공식적인 탈이었었습죠. 글쎄, 길 가운데에 은 덩이가 하나 떨어져 있기에, 에라 모르겠다, 누가 볼세라 꿀꺽 삼켜뒀었습죠, 했더닙쇼, 참 젠장 맞다 볼일 다 볼, 그눔의 것이 구절양장을 휘도느라 이눔의 창자가 뒤틀리기 시작하는데, 거 정 못 견디겠더군입쇼. 뭐 데굴데굴 일엽편주로 굴렀습죠. 하지만입쇼, 구르면서도 아주 냉정히 생각을 하곤, 이렇게 결론을 턱 내렸습죠. '햐, 이눔의 창자야, 자네도 재물이라면 사족을 못 쓰고 미쳐 날뛰는구나 야'라굽죠. 허지만 그 뒤론 속병 한번 없이 진짜 깨끗했는걸입쇼. 살무사가 파먹다닙쇼 원?"

"흐흐흐."

내 얘기의 어느 대목에선가 노파가 웃었는데, 웃음이 아무래도 어울리지 않는 것이, 꽤 오랫동안이나 고장 난 벽시계모양 지내온 것 같았다. 그러나저러나 어쨌든, 난 우쭐해져 더 씨불이려 입술에 침칠을 하는데, 웃은 것 때문에 화가 곱절이 더 나버린 듯한 소리가, 나로 하여금 못 씨불이게 했다.

"어쨌든 썩 꺼져라. 네게서 나는 속 썩는 냄새 때문에 이곳의 바람이 토하고 있다. 난 이제 마지막 명령을 네게 내리겠는데, 너의 어미까지 내 입으로 저주하기 전에 썩!"

"자, 자, 잠, 잠깐만 참아줍시오. 차, 참아줍시오." 난 황급했기에 손까지 휘둘렀다. 노파뿐이라면 두려울 것 하나도 없지만, 노파를 보위하는 썩은 자식의 번들거리는 눈깔이 무서웠다. "이것만은 알아얍죠, 알아얍죠, 알아야 덜 억울합죠."

"그게 뭔지 냉큼 얘길 하고 냉큼 떠나라."

"예, 예, 다, 다른 게 아니고 말씀입죠, 겉이 곱다 하여 반드시 속이 더러워야 할 그 이유를 모, 모르겠다, 이 말씀입죠. 헤, 헤, 소인 놈은 방금 전에도 말씀드렸습죠만 속까지도 정말 깨끗하다니깐입쇼. 그리고, 저어, 그리고…… 어찌 할머님은, 할머님 말씀대로, 그렇게 더러운 아가씨를 곁에 두고 계십죠? 진짜 바람이 토하겠사와요."

"………" 노파는 대답 없이 한참이나 땅바닥에다 지팡이 끝으로 뭘 그리더니 드디어 입술을 열었다. “너는 대속의 무서운 이치를 모르고 있구나.”

“대, 대속이라닙쇼? 부끄럽습죠만, 소인 놈은 그저 암내와 땀내밖엔 아는 게 없어서…… 없어서 그만”

“그래, 것두 당연하지.” 내가 의아스러울 정도로 노파는 우울하고 침잠된 음성을 썼다. 그래서 나도 좀 우울하고 침잠된 기분이 들었다. “……하늘에 계시는 지극히 거룩하신 분은, 결코 대가가 없이는 죄를 사해주시질 않는 분이지.”

“헤헤 거참, 더욱 아, 알쏭달쏭해서 도, 도저히 모르겠는뎁쇼.”

“땅꾼의 비단 자루 같은 이 젊은아 너는 아무리 해도 문둥이는 될 수가 없겠구나.”

“헥, 거 원 벼, 별말씀을.”

“그러나 누구든 천국에 들고자 하는 사람이라면 문둥이가 되지 않으면 안 될 것이다. 뱀을 담은 비단 자루가 천국에 들기는 약대가 바늘구멍으로 나가기보다 더 어렵지.”

“헤, 헤헤, 헤헤, 헤헤헤.”

“그러므로, 비유로 말하면, 그 자루를 뒤집지 않으면 안 된다.”

“그, 그러면, 헤헤헤, 바로 할머님처럼 되겠군입쇼, 예?”

“그래, 대속이란 바로 그런 거다. 우린 겉을 바침으로 속의 맑음을 얻었고, 너희는 겉을 고집함으로 속이 제물로 된 것이다. 그러나 그것이 뱀 주머니 뒤집듯, 그렇게 쉬운 건 아니다. 결코 쉽지 않지.”

노파는 자기도 의식하지 못한 듯했지만, 교만스런 어조를 썼다. “그리고 이 애를 내 곁에 두고 있는 건,” 노파는 소녀의 얼굴을 별 의미 없이 들여다보았다. “몰라도 좋다. 이방인이 알 바는 아니다. 알 바 아니지.”

“아, 그야 그렇습죠. 아무렴은입쇼. 헤헤헤, 헌데 지금 대속의 무서운 이치를 얘기하던 중입죠? 만약 말입죠, 속이 가렵지 않은 사람이야 되짚는다 해도 벼룩 한 마리 뛰어나올 리 없습죠. 안 그래요?”

“그런 이는,” 노파는 갑자기 경건한 음성을 뽑아냈다. “꼭 한 분밖에 오시지 않았다. 비유로 말했으니 외람되게 비유로 하는 말이지만, 그분은 뒤집으면 다만 홀로 지극히 거룩한 분이요, 또 한 번 뒤집으면 한 톨의 먼지도 묻지 않은 지극히 정결한 유월절 양이었다. 죄진 만백성을 구원키 위해 그 대속물로 오신 것이다. 구원이란 그렇게도 어려운 것이지."

"헤헤헤, 허지만 농담이겠습죠? 농담입죠. 글쎄, 이 소인 놈만 하더라도,"

"너는 속이 썩은 탓에 복음도 일단은 썩혀서 듣는구나." 노파가 버럭 성을 냈다. "네 창자에는 썩은 고기 냄새라야만 신선해지겠다. 어쨌든 이 가엾은 형제야, 죽음에 이른 그 내종(內腫)에서 바삐 너를 끄집어내라."

"그, 글쎄 말입죠, 소인 놈의 창자가 뒤집어보아야 벼룩 한 마리 없다는 그 얘길 하려든 참이었다굽쇼. 헤헤, 속에 뱀은 그만두고 벼룩이라도 한 마리 들어 있다 해보시와요, 가려워 견뎌내겠습니까요? 안 그래요? 안 그래요?"

"그렇다면 너는 지독하게 썩는 음부를 통해 나왔겠구나. 네가 육신을 말하고 있으니, 나도 거기에 대해서 하는 말이다만,"

"헤, 헤헤헤, 헤, 농담이겠습죠. 만약 농담이 아니라면, 똥갈보 병든 여우마다 공작이나 장미를 낳아야 하고, 거머리나 고슴도치는 연꽃 속에서 태어난다는 말씀이 되어서, 할머님의 겉의 별로 아름답지 못함도 할머님의 어머님 탓이 되니깐 말입죠, 대속의 이치란 건 무서울 게 못 됩죠. 건 뭐 밤은 밝음을 낳고, 낮은 어둠을 낳는다는 식입죠. 뭐 허지만 할머님은 육신을 말씀했던 건 아닐 텝죠, 물론 아닐 텝죠. 아니다 뿐이겠습니까요."

노파의 입술이 잠깐 파르르 떨더니 음침 맞은 웃음을 흘렸다.

"역시 너는," 노파가 생각에 잠겨 느리게 받았다. "생각의 근원이 육신인지라, 육신에 대해서는 잘도 말한다. 우주 속에 있는 자가 우주를 잘 모르듯이, 그렇게나 큰 죄 속에 있으므로 넌 죄에 대해선 백치보다 더 어리석다. 죄는 철저히 육신의 것이 아니니라. 그런데도 죄의 집이 육신인 것은 대속의 희생이 되도록 한 것이니, 육신이란 축복인 것이다. 너를 태어나게 한 썩는 음부에 대해서 내가 말한 것은, 너의 육신의 근원에 대해 한 말인데, 썩는 음부를 너와 별개의 것으로 나누면 안 되느니라. 나는 너의 어미에 대해서 말했던 것이 아니다. 네 말대로 너의 육신에 벼룩 한 마리도 없다면, 그렇게 맑혀주는 썩는 음부란 네 육신 속에 있는 충혈(充血)된 죄라는 말인데……"

노파는 말을 하다 말고 입을 다물고, 불안한 사람모양 두리번두리번하다간 지팡이 끝으로 땅을 긁었다. 난 노파의 얘길 좀 더 기다려 보다가, 그의 고백을 내 입으로 대신해주었다.

"역시 할머님은, 생각의 근원이 육신이 아니신지라, 육신에 대해서는 잘 말씀하시질 못하는군입쇼."

그리고 나도, 불안한 사람모양 두리번거리다 뒤꿈치로 땅을 팠다.

"........."

노파는 날 쳐다보지도 않았다.

침묵이 시작되었다.

회오리바람이 이번엔 노가주 나무 밑동에서 부스스 일어나 까마귀의 날개를 비틀며 외떨어진 작은 돌집을 향해 달려가더니, 그 벽에다 머리를 짓바수어 자살해버린다. 동떨어진 집이라곤, 눈에 띈 대로만 말이지만, 그것 하나뿐이었는데, 돌벽을 덮은 이끼라든가 담쟁이 줄기의 굵기 같은 걸로 보아 그건 참으로 고색이 창연한 골동품이었다. 노파가 사는 집인 것 같았다.

침묵이 너무 오래 계속되었다. 소녀와 나는 서로 바라보고 있었지만, 역시 고색이 창연한 노파가 우리 둘 사이에 끼어 있어서 두 감정의 작열이 승화되질 못했다. 나찰 같은 녀석은 눈도 굴리려 하지 않고, 얘기에 끼어들려고 하지도 않았으므로 존재하는 것으로서 서 있는 것 같지 않았다. 나는 그를 언제든 잔뜩 곯려주려고 생각했다. 그건 틀림없이 한번 되게 키득거릴 만한 것이 될 것이다.

노파 쪽에서 먼저 침묵을 깰 것 같이는 보이지 않았다. 침묵이라든가, 뭐 그런 것에 노파는 참으로 잘 훈련돼 있음이 드러났다. 주검은 도척이까지도 성자풍을 풍겨준다고 하는데, 이 노파는 죽지 않았는데도 주검 냄새를 풍겼다. 나는 차차로 발광이 나고 있었다. 참을성 없는 내 생각이지만, 이 늙어빠진 주검이, 이 지겨운 침묵을 부려서, 나를 어떤 방법으로든가 꽁꽁 묶어 무력하게 만든 뒤, 울 밖에다 갖다 던져버릴 작정인 것 같았다. 나는 심호흡을 세 번 했다. 바람이 토하는지 속이 메스꺼웠지만, 기분인지 피인지가 새롭게 돌려는 듯했다. 나는 말을 열심히 연구해 보았다.

"아마 틀림없이," 나는 의기양양해서 입을 열었다. "할머님은 저 아가씰 죽일 텝죠, 그렇습죠? 헤헤헤." 딴에 나는, 아주 굉장한 것을 추출해낸 것이다.

"………"

노파는, 힐끔 나를 한번 보고 다시 그전 상태로 돌아갔는데, 흔히 놓치기 쉬울 만큼 가늘게, 진저리를 한번 친 것을 난 보았다. 느낌으로만 친 건지도 모르긴 하다. 하지만 난 확신을 갖게 되었다.

"할머님은 자살 같은 건 할 것 같지 않기에 하는 말입죠. 헤헤, 이래 봬도 소인 놈도, 딴엔 지금 대속의 이치 속을 말하고 있는 겁니다요."

"………"

노파가 무섭게 날 노려보았다. 나는 힐쭉하니 한번 웃어 보이곤, 계속했다.

"이런 놈도 통찰력은 있다니깐입쇼. 헤헤, 아직 할머님은 겉이 온전히 더러워지질 못했잖습니까요. 심장에선 계속 피를 맑히고 백혈구를 내보내고, 허파는 찌꺼기를 뱉어내며 신선한 것을 마셔댄단 말씀이에요. 심장이든, 신장이든, 허파든, 창자든, 뇌든, 허긴 그게 모두 안에 들어 있긴 하지만, 할머님 식으로 생각해보면 그것 역시 껍질에 불과합죠. 속껍질이라고 해야 할깝쇼…… 헌데 그 속껍질에까진 아직 더러움이 칠해져 있지가 않은 게 분명합니다요. 생각해보니깐입쇼, 문둥병이, 헤헤, 용서합시우, 문둥병이 속껍질까지 파먹기 시작했다면 도대체 살 수가 있겠습니까요. 허니까 육신이 아닌 것의 온전한 맑음은 얻었다고 볼 수가 없습죠. 육신이 아닌 것의 온전한 맑음을 얻으려면 말입죠, 헤헤헤, 결국 육신의 죽음뿐이라는 얘기가 되는데 말입죠, 헹, 누군 죽지 않는 사람도 있납쇼? 없습죠, 없어요. 허지만 물론 치열한 구도자(求道者)의 죽음과 속물의 죽음은 좀 다르긴 하겠습죠만, 것두 뭐 산다는 게 구도라고 할 수도 전혀 없진 않을 테니깐입쇼. 아무튼 말입죠, 그때 대속물이 하나 있어 송아지 잡듯 한 마리 턱 잡아놓는다 치면 산목숨으로 온전한 맑음을 성취하겠습죠. 아 안 그래요?"

"………"

노파는 입술을 실룩거리며, 구름 없는 하늘의 공허한 한점을 슬픈 듯 바라보고만 있다. 난 소녀를 보았는데, 그녀는 손가락 끝으로 땅을 팠지만 몹시

질려 있어 보였고, 나찰 같은 녀석은 지루해하고 있어 보였다. 나도 내 얘기에 질리고 있었다. 소득 없는 토론일랑 그만두고, 이젠 장통으로나 가봐야겠다는 생각이 들었다. 나는 뿌지직 일어섰다. 이마에 열이 오르고 뼈마디들이 삐걱거렸다.

발을 떼어놓기 전에 한마디만 더 부연해야겠다고 생각하며 나는, 흙먼지를 툴툴 털었다.

"그러나 그 경우 누가 구원받는 건지는 냉정히 한번 생각해보아야겠군입쇼. 반드시 할머님 쪽이라고 할 순 없을 테니깐입쇼. 안 그래요? 그리고 또 이런 것도 있습죠. 대속물을 누가 소명(召命)해주느냐입죠. 그 역할은 아마도 누구라도 할 순 있겠습죠. 그럼입쇼. 문제는 소명을 당하는 자의 그 각성에 있는 겁죠. 허니깐은 소인 놈이 해드리겠습니다요." 난 심정이 간질거림을 느꼈다. "정말 어떤 엉터리라도 할 순 있다굽쇼. 문제는 정말이지 그 소명을 받아들이는 자의 심정이 얼마나 무르익어 있었나 하는 거기에 있습죠."

나는 그리고 분위기가 조성되기를 기다리느라 꽤는 신파조로 말을 참았다. 그리고 드디어 엄숙하고 장엄하게 손가락 하나를 꼿꼿이 편 팔을 쳐들어 나찰 같은 사내 녀석의 가슴팍을 가리키고, 내가 내지를 수 있는 만큼 큰 목소리로 소리쳤다.

"보라, 흠 없는 어린양이로다!"

내 목소리의 여음이 내 귀에 들려왔는데, 그건 참 우렁차고 훌륭한 음성이었다. 소리를 지르고도 나는, 녀석의 가슴팍을 가리킨 손가락을 오므리지 않았는데, 녀석은 어릿두군해져 찔끔했고, 노파는 어이없는 하품을 했지만, 나의 손가락의 방향이야 어쨌든, 나는 소녀를 사랑하고 있었다. 나는 그 순간만은 참으로 명석했다고 언제든 말할 수 있다. 난 참으로 명석했었다.

나는 천천히 팔을 거두어 멜빵에 걸고 몸을 돌렸다. 그리고 발을 떼어놓았다. 그리고 한 발자국 반을 더 못 가서, 덜미를 잡히듯, 노파의 부르짖음 때문에 멈춰야 했다. 노파는 우는지 음성이 처절했다. 그리곤 더 말이 없었다. 나찰 같은 녀석만 이해할 수 없는 몽롱한 눈으로 날 흘겨보면서 내 옆을 지나 내가 가려던 쪽으로 달려갔다. 나는 뒤를 돌아다보진 않았다. 노파가 어떤 눈으로 나를 보고 있을진 모르지만 어쩌면, 애절한 눈이라면 한 번 더 비공식적으로 토해야 될지도 모르기 때문에—그것이 난 두려웠다. 난 그래서 한참 서 있었다. 그랬더니, 도대체고드름이녹아내리는소리하나도들리지않는이건조한겨울의삶쾡이같은정오가불길하게울며내해골을통과하고내고막을찢어헤치고나는어지럽고비틀거려졌고사물이멀어져보이고내가자꾸만오그라져번데기처럼되어졌고오백라한도넘는문둥이떼가골목골목에서쏟아져나와대숲처럼날휩쌌고그들은웃지않았고내겐그들이종소리같은정오의웃음소리같은울음을웃는듯이보이고들렸고그건아마찢어져나비처럼흩어져간내수천의고막들이집떠난먼어디에서우는소리였을것이고나는웃어보려고했고그런데도나는터진밀가루부대처럼꿇어주저앉고있었고그리고는나는나의관객이되어나를구경하기시작했고그를돌려쳐라돌로그를쳐라그런아스라한소리를들으며나는벌벌기며노농담들맙시우헤헤헤마맙시우하고땅이손이라도내밀어준듯땅을움켜잡고허우적이었고느닷없이헤에느닷없이내게그리맙시우예맙시우그러나나는도대체맥을못추고개구리처럼사지가벌려짐을당하더니두발과두손에핏방울로얼룩진무거운사슬이걸리워졌고그리고는해방기념일이나무슨국경일일때광장으로펴들고가는깃발모양펼쳐진채떠올려운반되었고사지가저리며불편한듯땀방울을흘리며이사내는몹시찡그리고버르적거리더니못참고끝내쥐어짜낸음성으로부르짖었다.

"나, 나를 조, 좀 스게 합시우, 스게."

그리고서야 고통과 공포는 현실적으로 시작되었다.

"세워서 걷게 해라."

어디서 참으로 사람다운 것으로 느껴지는 낮은 음성이 들려왔다. 그것은 된내기로 시들은 낙엽의 풀죽은 스적임이라고 해도 좋을 정도로 낮고, 슬펐다. 난 금방 세워졌고, 눈물기를 느꼈지만, 대신 히쭉 웃음을 날리고 소리가 났다고 생각되는 쪽으로 고개를 비틀어 보았다. 노파였다. 맏상제처럼 노파는 고개를 숙이고 자기 그림자를 밟으며 걷고 있었다. 그 우편엔 예의 그 나찰 같은 사내가, 좌편엔 역시 예의 그 천사 같은 소녀가 보위하고, 그녀의 뒤엔 헤아리기엔 시간이 걸릴 만큼 많은 문둥이들이 따르고 있었다. 나는 그런 걸 보곤,

왠지 그것도 모르고 끌려가면서도 좀 영웅적인 기분이 듦을 느꼈다. 픽픽 웃음이 나왔다. 이 성역이 송두리째 당의정(糖衣錠)이 되어 내 목구멍을 넘는 것 같아 지랄기가 스멀댔다. 쇠사슬은 나를 학대하며 괴로움을 퍼부었는데 그것은, 나로 하여금, 내가 무슨, 이 세상을 기름지게 해왔던, 그런 기름이라는 기름이 몽땅 뭉친 자로서, 나로 인해 박제된 메마른 자들의 촛불이 되어 태워지고 있다고 생각하게 했다.

한번 토하고, 그리고는 오열하는 종루 밑을 우리는 지나고 있었다.

나는, 줄지어 선 문둥이 노소들의 가운데로 해서 마을의 중심지라고 생각되는 곳을 통해 어디론지 끌려가고 있었는데, 그건 참 잘된 일이었다. 거기가 장터였으며, 생활이 있었기 때문에, 내가 혹시 문둥이가 아니라는 그 이유만으로 어떻게 된다고 하더라도, 하여튼 그때까진 충분히 즐겨둘 수가 있게 되었다.

집들은 어느 것이나 일정하게, 큰 주사위 모양으로 단층짜리들이었다. 그건 여름엔 찌는 듯이 더우며, 겨울엔 에는 듯이 춥고, 사철 바람만 많고 비는 없는, 그런 해만 길고 지루하기만 한 지방에서 흔히 짓는 양식인 것으로—내 경험은 알고 있다—이 고장도 역시 음치(音癡)들만이 살고 있음이 틀림없어 보였다. 확실히, 이 고장에 유숙하고 있는 자연은 자갈에 닳아진 맨발을 아파하며 파열된 성대로 울부짖기만 했다. 노가주 나무에 선 까마귀만 우짖고, 종루는 머릴 풀고 울며, 모래바람은 미쳐, 이 가난한 유숙자의 머리통을 먼지 속에다 처 던진다. 그의 눈알을, 그의 혀를, 문둥병이 거머리처럼 파먹어 들어갔다.

창문이란 건 거의 없고, 어느 집이나 비슷하게, 남쪽으로 작은 출입문이 하나씩 나 있었다. 그건 그 속의 귀신들이 나들이하기 위해 뚫어놓은 것에 지나지 못해 보였다. 거래는 그런 문전 문전에서 행해졌던 모양이었으나, 종소리를 듣고 일체의 거래가 중지된 모양으로, 주인 없는 물건들만 돌멩이들에 눌려 있었다. 물건들은 어디서나 흔히 볼 수 있는 싸구려들이 대부분이었다. 그건 참 웃을 수도 없게 만드는 광경이었다. 속세의 병균이 어떻게 하여 이 성역 중심부의 흙을 덮어쓰고 있는가. 노파라면 이렇게 말할지도 모를 일이다. "속을 갖지 않은 겉은 얼마든지 아름다워도 좋다"라고. "헤헤 그거야 그렇습죠. 그건 시체니깐입쇼. 그러나 속을 가진 자가 일단 그걸 이용했다 하면 속이 생깁죠. 그리곤 지독한 창병으로 변해버립죠"라고 나는 대답할 것이다. 어쨌든 내 추측에, 물건들은, 이 지방을 상대로 하는 중간 상인들이 있어, 그들에 의해 공급되고 있는 것 같았다. 방법이야 얼마든지 있을 게다. 단지 속세의 중간 상인들로 하여금 성역의 흙만 상처 입히지 않게 하면 되고, 이 성자들의 성의(聖衣)에 속진만 묻지 않게 하면 될 그런 중간 지점만 정해놓는다면, 흥정의 방법은 저절로 생겨날 것이다. 서로가 서로들을 '더럽게' 본다는 공통점이 있으므로, 그 흥정은 그래서 지극히 위생적으로, 또한 정연하게 행해질 것이다.

그 거리가 다 끝나지 않은 도중에서, 나는 왼편 골목으로 꺾여 끌려갔다. 거긴 장은 아니고 그냥 살림집 사이의 예사 골목이었는데, 개 한 마리도 지나지 않았다. 얼마 걷지 않아 그 골목의 끝에 닿았는데, 세 길도 더 높아 보이는 돌담이 우리를 막았던 것이다. 그래서 비로소 안 건데, 참 돌도 많았다. 그것들 모두 추측건대, 바람 많고, 돌 많고, 여우 많던 땅에 버려졌던 그들의 선조들이 그렇게 모아 쌓았을 것이었다.

돌담의 한곳에 구멍이 뚫려 있었다. 나를 인도하는 자를 따라 나는 거기를 통과했다. 그리곤 다시 놀랐다.

돌담 안에는 더욱더 기가 찰 문둥이들이 줄 서 있었다. 그들은 가슴팍에 작은 항아리들을 하나씩 안고 있었는데, 매우 부지런하게도 그들은, 그 속에서 묽은 고약 같은 것을 찍어내어 상처에다 발라대고 있었다. 난 생각하길, "왜 이들은 겉을 낫게 하여서 속을 썩이려는가?" 했는데, 주의 깊게 관찰해보곤, 난 어이가 없어 다시 픽픽 웃고 말았다. 그들은, 노파 식으로 말이지만, 죄가 아직 몸의 내부에서 다 빠져나오질 않고 끈적끈적 붙어 있어, 반은 깨끗하고 반은 더러운 문둥이들이었다. 그런데 내 보기에 그들의 삼 분의 일은 화상을 입고 있어 보였다. 어쨌든 그들은 온전한 맑음을 성취하려 상처에다 뻘을 바르며 생채기를 더욱더 키우고 있었다. 그 점에 있어서 그들은 참으로 근면한 농부들 같았다. 틀림없이 '아버지'의 상(賞)이 크리라.

집이라곤 한 채도 없었고, 거기서 항아리를 채우는 듯한, 썩는 웅덩이가 군데군데 있을 뿐이었다.

"여, 여보시유." 난 아무래도 입이 심심해 누구라 지목해서가 아니고 그냥 말을 던졌다. "농민의 팔자란 건 어디나 그저 요 모양 요 꼴이군입쇼. 가을에 수확을 해봐야 영혼은 가라지 쭉정이나 되고 말 터인데…… 헤헤, 아무튼 거 뭐 묘한 족속들이 사는 데군입쇼."

"넌 중간 집을 지나고 있느니라."

노파가 설명을 해주었다.

"예? 여, 여기가 말입죠? 헤헤, 허니껜 두룹죠, 이놈이 지금 윗집으로 가는 그 도중에 있다 이겁죠? 어쩐지 근질근질하더라니, 그렇담 빨리 가얍죠."

난 말하며, 조급해 죽겠다는 시늉으로 몇 걸음 달리다가 하마터면 코를 깰 뻔했다. 나는 태워질 촛동강이지 대접받는 귀빈이 아닌 탓으로서였다.

"넌 거길 지나왔다."

노파의 이번 대답은 귀찮아한 듯했다.

"뭐, 뭐라굽쇼? 헹, 헤헹." 난 기가 차서 말을 못 이었다. 그렇다면 난 이미 심판을 받아버렸음이 분명하다. 내 상식으로 하는 말이지만, 심판은 윗집의 장미꽃 정원의 오월 그늘 아래, 포도주와 벌거벗은 천사의 가무 속에서 행해지리라는 것이었다. 그래야 비로소 거기서 낙방된 자가 멀리 쓸쓸히 가 살아야 될 때, 아무 즐거움도 없는 자기의 세계가 지옥으로 절감되어 하루에 팔만사천 번도 더 가슴을 치며, 팔만사천 번도 더 태워지고 토막 나게 될 것이다.

"허, 허니껜두룹죠, 이놈이 지금 낙방 되어가는 그 도중에 있군입쇼잉?"

"………"

거기에 대해 대답하는 자는 하나도 없었다. 그것이, 이제껏 내가 의식지 못했던—노파를 제외한 누구의 말소리도 들어보질 못했다는—것을 일깨워 주었다. 그래서 나는, 이 고장이, 하나하나의 전체가 모여 '순댓국 솥' 같은 그런 한 덩어리를 만들고 있는 곳이 아니라, 지극히 깨끗한 한 거인 속에, 작은, 그냥 부분에 지나지 않는, 부분들이 끼어 있음을 알게 되었다라고 하는 것은, 같은 종류의 것이든, 다른 종류의 것이든, 또는 원숙한 것이든 유치한 것이든, 딴에는 자기들대로의 종교를 가져, 서로가 서로 간에 이단자가 되고, 십자군이 되고, 순교자가 되는—전체와 전체가 부딪칠 때의 소음이 들리지 않았기 때문이다. 여기의 개인들은 지나치게 순화되어 자기네 향리(鄕里)의 까치집 하나 기억하지 못하고 있음이 뻔했다라고 하는 것은, 내가 나대로의 많은 기억을 갖고 있으며, 개미보다도 더 작은 살집 속에다 온갖 종교를 다 처넣고 있다고 해서 발도 못 붙이게 한다거나, 발을 이미 들여놓았으므로 어떻게든 그 발자국을 지워버리려고 하는 바로 그 이유 때문이다. 하긴 내가 이 외눈박이 녀석의 발가락을 너무 간지럽혔을지도 모르긴 하다.

"난 갑자기 느꼈는데, 바로 여기가 제일 좋을 것 같군입쇼." 난 떼를 쓰고 걸음을 딱 멈추었다. 그리곤 노파에게 한눈을 찡긋해 주었다. 정말로는 멈추려는 건 아니었다. 개미의 몸집이 차지하는 그 영토보다도 작은 내 공화국을 한 번 더 선언해줌으로 해서, 이 거인이 어떻게 재채기를 하나 그것이 궁금했을 뿐이었다. 그리고 거기는 '중간 집'이었다.

"이제 후회하느냐?" 그리곤 내가 대답할 겨를도 주지 않고 노파는 계속했다. "너야말로 이 할미의 대속물로 충분하구나."

"헤헤, 헤, 헤헤."

난 모질게 끌려가면서도 웃었다. 어쩐지 노파의 얘기가 내게서, 저항 같은 것을 둔화시키는 듯했다. 어째선지 내가 정리되어버린 듯도 했고, 소명되어 있었던 듯도 했고, 기분 나쁘기는 하지만 보람이 느껴지는 듯도 했다. 난 내가 처량해져 입을 다물고, 소녀를 찾았다. 그녀에 대한 내 짝사랑이 그렇게 생각하도록 한 거겠지만, 그녀는 자기가 사랑하는 사람의 곤경 때문에, 반은 실신되어 사색을 띠고, 머리를 간추릴 줄도 몰랐다. "네가 이 각설이의 아픔을 앓아주고 있으니 난 앓지도 못하겠구나." 혼잣말하고, 이번엔 노파의 호위(護衛)꾼을 보았다. 그는 줄곧 나만을 지켜보고 있었는 듯했는데, 내 시선을 접하자 금방 머리를 떨구었다. 그런데 이 재밋속 없는 사내만은 조금도 내 기분을 섞어볼 일도 없었을 텐데, 왠지 그는 몸이 흐늘어진 것만큼이나 마음도 흐늘어져 버린 듯이 보여졌다. 콧물이 흘러도 닦지도 않고, 눈물에 잘 반죽되어 미끄러운 묽음이 된 눈곱이 콧잔등을 넘고 있어도 막무가내며, 발가락 새에 자갈이 끼었어도 모르고 있었다. 허기야 내가 그의 심경을 엿볼 수 있는 거란 겨우 그런 것이었다. 해만 그저 아스라한 데서 여태도 무표정이었다.

천여 평 정도를 담으로 둘러싼 성역의 내장(內臟)을 강행군하고 나니 황량히 빈 들이 나타났다.

그 벌판 가운데에 고목이 한 그루 있었는데, 거기에 까마귀들이 새까맣게 앉아 우짖고 있었다. 그리고는 단조로운 고적이 창백했다. 여름의 소나기라든가, 봄의 들척지근히 구역 나는 미풍이라든가, 계절이라든가 하는, 그런 것들이 여기서는 이단으로 몰려, 그 살과 영을 까마귀와 여우가 지옥으로 데려다줘 버린 것만 같았다. 그러나 어쨌든, 죽은 잡초 사이로 난 이 좁은 황톳길은 내 맘에 적이 만족스러웠다. 내 송장을 내가 상두꾼이 되어 내가 메고 가는 그런 길일지도 모르지만, 장에서 장으로 떠돌며, 헌 데를 메꾸고, 구멍 난 데를 때우고, 찢어진 데를 기웠던 그런 육신이 어찌 되었든 오늘, 그런 영혼들의 거듭남의 강보만이라도 될 수 있다는 이것에 나는, 해긴 낮이건, 달길 먼 밤이건, 한번은 실컷 울 수 있을 것 같았다. 난 정말이지 울고 싶었는데도 울지를 못했었다. 나는, 타령이라도 좀 신명을 섞어 부르고 싶어졌지만, 어느덧 고목에 닿았기에, 신명은 금방 사라지고, 공포가 현실적인 것으로 압도해왔다.

고목 아래엔 피 묻은, 모난, 독사 같은 돌들이 생령을 빨고, 피 묻은 주둥이를 누에처럼 휘두르며, 또한 새 생령의 혈즙을 즐기고자 미쳐 있었다. 그리고 까마귀는 해를 가리고 떼 지어 날며 돌이 즐길 잔치에 찌꺼기를 벌써부터 다투어댔다. 아마도 까마귀가 파먹어버려 죽음도 없는 그 주검을 밤엔, 여우가 달을 이고 와선 해골 속에 혀를 넣고, 빈 눈구멍에다 달빛이나 처넣어줄 것이다. 들쥐가 한 마리 돌 틈에서 살금살금 기어 나오더니, 몇 번 고개를 어릿어릿하다간, 마른 풀섶 속으로 사라진다. 버슬버슬 흩어지는 바람이 쥐가 사라진 풀섶을 흩트리자 마른 뼈들이 그 속에서 덜거덕거린다. 한낮이 황폐한 언덕으로 울며 도망치자, 까마귀의 날개에 먹힌 죽은 빛이 고목을 덮고, 어디선가 죽음이 산묘 울음소리를 냈다. 하긴 너무 가물어 보였다. 성자(聖者)들은 영혼을 인색해하는 탓에 그들이 사는 땅에 비가 오질 않는다. 그들이 사는 땅엔 사철 건조한 바람만 불고, 가을엔 이삭도 없으며, 겨울에 들어간 안방에서 그들은 여름에도 나오려 하질 않고, 그냥 사철 바람이 먼지만 흩뿌린다. 하긴 참 너무도 가물었는데, 어디 구름이라도 한 조각 흘러오느냐, 까마귀며, 들쥐며, 산고양이며, 주린 돌이며, 황폐한 대지며, 어디서 돌 맞아 피가 방울지는 소리라도 들리느냐, 이 정액 말라 삐꺼덕이는 고장, 영혼은 거머리가 되어 육신을 파먹고, 육신은 없는, 육신은 없는 고장의 어디서……

나는, 고목에 등을 붙인 채 무지막지하게 묶여졌다. 나는 좀 침착해야겠다고 이를 갈아 마셨다. 까마귀가 검은 부리를 열어 피 같은 목젖을 내보이며 미친 듯이 우짖고, 선회하며 부딪쳐 오려다 말곤 한다. 나는 '시간의 이쪽에' 있어서 그렇지 죽은 거나 마찬가지라는 생각이 들었다. 적이 비참하고 외로웠지만, 뭐라고 할 말도 없었다. 내가 대체 뭐랄 것인가. 뭐랄 것인가.

"나그네야, 그렇게도 충고를 했는데도 너의 완악으로 해서 이 벌을 면치 못하게 된 너의 명복을 빈다." 노파가, 가라앉은, 거의 들리지도 않는 얘기를 시작했다. 나는 귀를 기울였다. 그리고 일점일획도 놓칠 수 없다고 생각했다. "네가 이렇게 하는 것은 이 할미의 뜻으로서가 아니고, 이 할미의 선조들의 뜻과 그 존엄성으로서이다. 너는 마각으로써 성역을 짓밟았으며, 또한 순수를 오염(汚染)케 한 죄를 범했으므로 이곳의 율법이 너를 처벌하는 바이다."

"………" 난 뭐라고 해야겠는데 입이 떨어지지 않아 끙끙대다가, "헤헤헤, 뭐 농담이겠습죠" 하고 뱉어냈다. 그리고서야 나는 맥혈이 터진 기분을 맛보았다. 그래 몇 마디 더 중언부언했다. "아 그럼은입쇼. 소인 놈은 온갖 장을 다 쏘다니며, 그곳의 음식에 배도 불러보고 토해도 봤지만, 그래도 여전히 장돌뱅이 그대로 남았으며, 저 곁이 고운 처녀는," 그녀는 노파의 무릎 밑에 풀죽처럼 엎질러져 있었다. "이 성역에서 얼마를 살았는지 모르는데도 조금도 성녀풍이 보이질 않고, 굶은 갈보 냄새를 풍기기만 하니, 헤헤헤."

"……그러므로, 하고 싶은 얘기가 있거든 두 마디 한도 내에서 해라." 노파는 내 얘길 듣질 않았다.

"………" 나는 다시 혀가 굳어짐을 당해야 했다. 이 비정적인 문둥이 할미와 나는, 가까이 있긴 했으면서도 양극에 있었다. 닿을 수가 없었다. 그렇다면 난 피해야겠다는 생각이 들었다. 내가 무슨 이 고장 사람들의 죄 많은 육신을 위해 스스로 대속물이 되려는 생각이 조금이라도 있었다면 소영웅 심리의 탓이고, 정작 나로서는 내 발가락뼈라도 하나 던져줄 만큼 부자가 아니다. 나는 눈을 두리번거렸다. 그리고 내가 아까 소명해뒀던 녀석이 있다는 것을 기억해냈다. 그는 노파로부터 멀찍이 떨어진 풀섶에 가 앉아 뭘 골똘히 생각하고 있었다.

나는 말했다. "저분이 허락해주신다면, 저분의 발바닥에 한 번만 입맞춤하게 해주십시오."

"뭐라구?" 노파가 부르짖었다. 다른 문둥이들의 눈이 휘둥그레졌다. 소녀는 입술을 씰룩이며, 내게는 원망하는 눈으로밖엔 보이지 않는 시선을 보냈다.

"이것이 소인 놈의 마지막 소원입니다." 나는 한껏 진지하게 덧붙였다.

그래서 내가 선택한 자가 내 앞에 서게 됐다. 나는 그의 눈을 약 반 식경가량 들여다보았다. 그의 눈이 젖고 있었다. 그때 나는 누구도 듣지 않게 그에게만 말했다.

"나로 하여금 당신께 입맞춤하게 해주십쇼."

"다, 당신은." 그가 태초의 말을 시작했다. 낮고 그윽한 음성이었다. "왜 나를 괴롭히시오?"

"나는 고독해서 그럽니다."

"그럼 왜 나를 택했소?"

"나는 당신 속에서 친근한 내 형제를 느꼈기 때문입니다."

"………"

"그리고 나는 당신의 돌에 맞고 싶습니다."

"나는 처음부터 괴롭소."

그는 그리고 두말도 없이 돌아서서 비칠비칠 물러섰다. 나는 하늘을 한번 보고 고개를 떨구어 대지를 보았다. 대지는 피 묻은 돌로 해서 화평히 찢겨 있었다. 나는 눈을 들어 성자들을 바라보았다. 죄를 심판하는 그들의 표정은 엄숙했다. 그렇게도 많은 성자들이 죄를 죽이기 위해 그렇게도 진지하게 대결하고 있는데도 까마귀는 우짖고, 피 묻은 돌 위에 씻길 비는 오지 않는다.

"네가 먼저 돌을 쳐라!"

노파가 내 친근한 형제를 가리키며 소리쳤다.

"………" 대답이 없다.

"네가 먼저 그를 쳐라!"

"………" 대답이 없다.

"네가 그를 쳐라!"

"………" 대답이 없다. 그 대신 그는 노파의 발 앞에 무릎을 꿇고 엎드린다.

"………" 노파는 얼굴을 찌푸리고 무섭게 그를 노려본다. 무서운 침묵이 흘렀다. 바람이 황진 기둥을 몰아다 붙인다.

"……저는" 드디어 그가 입을 열었다. "저 나그네의 겉이 부럽습니다."

"………" 노파는 입술을 씰룩였다.

"그리고 저 나그네의 가슴속 비밀은 더욱더 부럽습니다."

"………" 노파는 전신을 떨었다.

"저 나그네의 모든 것이 다 제게는 아름답게만 보이며 빛나 보입니다. 누구든 저 나그네보다 더 깨끗하고 아름다운 자가 아니면, 저 나그네에게 돌을 던지지 못할 것입니다. 겉이든, 속이든" 그리고 그는 일어나선 뭔가 갑자기 흘러 빠져버린 듯, 멍한 눈으로 들 저쪽, 황진 기둥이 피는 데를 바라보았다. 북망산 그늘이 거기서 느릿느릿 걸어와선 죽음 같은 침묵을 뿌렸다.

"너는 대속의 이치를" 참으로 오랜 후에, 발병 난 나그네 걸음으로라도 잿마루 하나는 올랐음 직한 그런 후에, 노파의 음성이 울려 났다. 그러나 그것이 무섭게 고요한 오후를 깨뜨려버릴 수는 없었다. 차라리 그것은 시체까지도 견디질 못하고 히히거리고 뛰쳐나가 버린, 그래서 망산(邙山) 그늘만 가득 담긴 그런 관곽을 폐쇄시키는, 은정(隱釘) 박히는 소리였다.

"그 이치를 두려워하지 않느냐?"

"………" 대답은 없이 그는, 흐릿한 눈으로 노파를 건너다보더니, 무겁게 고개를 끄덕였다.

그러자 웬일인지, 나를 고목에다 비끄러매었던 사슬이 풀리기 시작했다. 난 열병 같은 오후에 입술이 타들고 탈수(脫水)가 되어 있었기에 잘 이해할 수가 없었다. 그런데 이번엔 별안간, 천사 같은 소녀가 달려와 안기더니 눈물을 쏟으며, 그 작은 주먹으로 내 가슴을 쳤다. 나는, 얼른 감정이 돋질 않아, 말하자면 정보(情報)에 대한 운동과 제어가 적절히 통제를 받지 못해, 멍청히 바라보기만 했다. 그런 경험도 또 오랜만인데, 그것은 내게 갓 서른 살임을 인식케 했다. 운동과 제어 사이의, 아주 짧은 순간에 불과한 것이라곤 하더라도, 엇물린 그 치차(齒車) 사이의 살균(殺菌)된 공백을 포착할 수만 있다면, 간음이든 전쟁이든, 다른 이와 부딪침으로 해서 야기되는 어떤 종류의 도깨비든, 그것을 거뜬히 수행할 수 있으며, 또한 자기만의 우직한 종복으로 만들어 부릴 수 있을 것이다. 모든 종류의 신들과, 그 신들의 샤먼이 살고, 명두를 불러내며, 영교(靈交) 때문에 육신이 삭고, 신장(神將)을 부리며, 마늘 썩는 냄새 속에서 불기둥이 피어오르는 것도 그 비일상적인 방 속에서일지도 모른다. 그러고 보면 장(場)들은 바로 그 비일상적인 방의 풍경이며, 일상적인 것들이 모여 쿨룩이는 그 요양소(療養所)일지도 모른다. 나는 장들에선 언제나 뒤틀려지고 난 뒤 언제나 무위를 느꼈던 것이다. 그래, 거기에 살균된 무(無)가 끼이는 것이다. 그래서 나는 계란을 열 개씩이나 먹은 뱀처럼, 울룩불룩 꾸불텅꾸불텅, 메마른 황도(黃道)를 번뇌하는 것이다. 그리고 이 경험은 나로 하여금, 비일상적인 그 방들을 엿보는 눈을 바뀌게 할지도 모르는 그런 것이다.

"나그네님." 누가 날 애절히 불렀다. 그래서 나는 비로소 다시 나의 상황으로 돌아오게 되었다. 보니, 내게 돌을 던질 수 없었던 그 사내가, 내가 묶여 있었던 그 고목 아래에 초연히 서 있었다. "나는 당신의 돌에 먼저 맞고 싶습니다."

나는 웃었다.

"당신이라면 돌을 들 수 있습니다. 당신의 돌로 나를 거듭나게 해주시오."

나는 웃었다.

"당신이 가지고 있어 보이는 그 수천의 죄 중의 어느 하나라도, 내가 가지고 있었다고 생각되는 선의 전부와도 바꿀 수 없어 보이는 바로 그 죄로, 제발 내게 세례를 베푸시오."

나는 웃지 않았다.

그는 눈을 감고 고개를 숙였다.

소녀는 그제야 정신을 차린 듯 황황히 도망쳐 풀섶에 가 숨어버렸는데, 화사(花蛇)였었다.

"네가 먼저 돌로 쳐라!"

노파가 이번엔 나를 가리키며 소리쳤다.

"………" 나는 대답할 수가 없었다.

"네가 먼저 그를 쳐라!"

"………" 나는 대답할 수가 없었다.

"네가 그를 쳐라!"

"………" 나는 대답할 수가 없었다. 그러나 나는, 무릎을 꿇어 노파의 발가락 앞에 있는 돌을 주워들었다. 그리고 돌 맞을 자를 바라다보았다. 그는 왠지 초인적으로 몹시 아름다워 보였는데, 그것은 아마도 살인적인 조용함의 오후가 돌무더기가 되어 나를 쳐버린, 그리하여 삶도 죽음도 흘러 빠져 버려버린 그 비존재의 나른함 탓으로였을 것이다. 그는 참 아름다워 보였다. 그의 전신은, 공포라든지, 부정하고 있으면서도 벗어나지 못하는 질서 속에서의 지극히 소시민적인 고뇌라든지, 그럼에도 이미 그를 구속할 수 없이 된 질서를 내려다보는, 그것 역시 지극한 소시민적인 것으로밖엔 안 보였는데, 그런 초탈의 표정이라든지, 눈물이라든지, 이빨 부딪침이라든지 아무튼, 도대체 부분적으론 누구에게도 어울리지 않을 것들만을 갖고 앓고 있었는데도, 그는 아름다웠다. 나는 그것들에 끌려 그의 앞으로 걸어갔다. 그리고 서너 치의 간격을 두고 그의 앞에 섰다. 그의 눈 속으로 고목의 그늘과, 가지 사이로 찢겨져 내린 오후의 햇빛이 쑤시고 들었다. 그리곤 열려 있었기에 나는 들어갔다. 먼지만 쌓여 있고, 쥐 발자국도 오래전의 것이 그대로 있었다. 도대체 세월이 끼어들지를 못하고 있었던 것이다. 그리고 비로소 황진 기둥이 메마른 노가주 나무를 뒤흔들고 종루를 덮기 시작했다. 나는 돌 든 손을 높이 쳐들었다가 그의 이마를 내리 쪼았다. 그러고 나니 참 지루했다. 그는 다시 멈춰져 버린 것이다. 나는 그로부터 떠나 소녀를 찾아 부둥켜안고는 되게 토했다. 그러다 나는 다시 끌려가고 있었다. 묻지는 않았는데, 당연한 것 같긴 했다. 고목 뒤쪽으로 난 길을 통해야 했기에 보니, 그의 피는 붉었고, 그 붉음을 수백 개의 돌이 덮고 있었고 바람이 한 삼태기씩이나 흙먼지를 덮어씌우면 까마귀가 발자국을 만들고, 그리고 그것들 모두를 건조한 겨울날 오후의 구역이 양광(陽光)처럼 덮고 있었는데 그의 왼쪽 눈은 열려 있었고, 오른쪽 눈은 파열되어 있었다. 굽은 그의 손은 하늘 쪽으로 펴져 거기서 얻었던 비밀을 반납하고 있었는데, 터진 입술 밖으로 흘러나온, 으깨어진 혀는 흙을 맛보고 있었다. 나는, 영혼으로부터 넌더리를 내고 몸뚱어리를 빼내온 이 방탕된 '둘째 아들' 놈이, 도대체 어쩌나 보려고, 그의 명복을 빌어주었다. 그리곤 쿡쿡 웃어젖혔다. 내 가래침을 곱게 싼 명복의 당의정(糖衣錠)에 그의 위가 경련을 일으켰음이 틀림없었다. 나는 그 고목으로부터는 두 마장도 더 멀리 옮겨져 있었다.

계절만 계절이라면 아마도, 상여(喪輿)처럼 핀 찔레의 흰 꽃이, 그 계절의 적막한 푸른 들을 쉬어 쉬어 흘러가며, 온 철의 낮과 밤을 만가(挽歌)로 채웠을 그런, 한 무더기의 찔레나무가 덤불져 있는 곳에서 나는, 세워졌다. 그 가운데 샘이 있었는데, 샘은 구름 없는 하늘을 마시고 푸르러 있었다. 샘의 동쪽으로, 한 뒤 마장 저쪽에 보이는, 그을음 덮인 망주석만 없었다면, 나 늘상 떠도는 각설이일지라도 바랑을 벗어놓고 턱 괴고 앉아, 사십 주 사십 야는 지내며, 어떻게 하여 대지는, 누천년을 살아오면서도 앙금을 남기지 않고, 어떻게 하여 늘 시원(始原)으로 환원되는가를, 알아내려고 하였을 것이다. 그러나 나 각설이는 누구인가. 나는 대지로부터는 언제나 멀리 떠나서 대지 위를 망령처럼 지나며, 그 위에서 꽃 피었다 늙은 것의 즙을 내 먹고, 열매에게는 내 정액을 입히며, 늘 떠나는 사내지만, 내 바랑엔 앙금이 쌓이며, 도대체 되돌아 거슬러 올라가질 못하고, 언제나 근심스러운 다음 장을 지나가야 되는 사내—그렇지만, 나의 이 방랑도 아마, 내 늙고 눈 어두워 더 걸을 수 없을 때, 그때 설령 내가 만 리 타국장 어느 처마 밑에 쭈그리고 앉아 죽어간다더라도, 처음 떠나왔던 그 장에 내가 다시 돌아왔다고 믿게 된다면, 그땐 멈춰질 것이다. 그땐 빈 바랑이 짝없이 무거워져 내동댕이칠 것이고, 그래서 나도 또한, 앙금을 갖지 않은 대지가 되어버릴 것이다. 그래서 그때 어쩌면, 슬프지만, 대지는 무(無)며, 색(色)이 아님을 내가 알게 될지도 모를 것인데, 왜냐하면 아직은 나는, 존재와 색을 사랑하며, 그것들에 탐닉되어 있으므로 갓 서른 살이란 무섭게 흔들린다. 참 무섭게 흔들린다. 샘 속의 내가, 누덕진 내가 흔들린다. 그리고 차차로 옷이 벗겨지기 시작한다.

그리고 샘 속의, 벌거벗은 내가 천만 개로 깨어지면서 찬물이 고문하며 끼얹어지기 시작했다. 나는 비명을 참을 수가 없었다. 그럼에도 내 음경은 자꾸 뻗치며, 귀두(龜頭) 끝에선 정액이 솟아올랐다. 명주 같은 손바닥을 가진 바로 그 천사 같던 소녀가, 그러나 환부를 치료하는 간호원의 그것과 별달라 보이지는 않는, 그런 보살핌으로, 내 전신을 문질러대고 있는 것이다. 그건 대충 목욕과 같은 형식이었는데, 아마도 그녀는 때려잡을 제물을 목욕시키는 여제관이었던 모양이었다. 그녀의 솜씨는 익숙했고, 숨을 약간 쌕쌕거렸으나 별로 당황하고 있는 것 같지 않은 걸로 보아, 그녀의 손으로 많은 '짐승'이 씻겨졌던 것 같았다. 그럼에도 그녀의 고운 손이, 씻김에 있어 내 국부를 주저함은 아무래도, 나를 사랑하고 있음에 틀림없었다. 혹시 사랑까지는 몰라도 아무튼, 나를 '짐승'으로 생각할 수 없었음은 분명했을 것이다.

"헤, 헤에, 헤에, 헤, 헤에."

나도 모르는 사이 나는, 어느덧 그녀를 쓰러뜨려 입술을 깨물며, 치마를 걷어 올리기에 광분되어 있었다. "무, 물론, 어머니가, 어머니가 돼얍죠, 헤, 헤에, 돼, 돼얍죠!"

그런데 젠장, 골통 속으로 번개가 한번 일곱 바퀴 반을 돌더니, 나를 벌렁 까져 눕게 만들어버렸다. 그리고는 참, 하늘이 사과 맛처럼 권태로웠다. 틀림없이 혼수(昏睡)가 나를 한번 되게 씹어, 삼키려다 토해낸 것이다.

그을음 덮인 망주석에서부터 새로운 시작은 태어났다. 나는 참 처량하게 묶여 있었고, 정강이 아래까지 장작이 쌓아 올려져 있었다. 그리고 귀 기울여 보니 눈웃음까지 만든 노파가 내게 뭐라 뭐라 속삭여댔다.

……네게 영광스러운 날이라는 둥 너는 그 대속으로 하여 참회가 되었다는 둥 이제는 너는 어디를 떠돌아다니더라도 이 고장 사람이라는 둥 그러나 속죄는 되었으나 세례는 받지 아니하였으므로 아직은 거듭나지 못하고 자궁 속에 있는 유충(幼蟲)에 불과하다는 둥 세례는 대개 물로 베푸는 것처럼 생각하고 있으나 그것은 대속의 이치 속을 모르는 세속화된 의식(儀式)일 뿐이므로 불로써 육신을 태워 반죽음으로 영혼을 소생시켜야 된다는 둥 그것은 무슨 말이냐 하면 속이 온전을 성취하기 위해선 겉밖에 다른 것은 바칠 것이 없다

는 말이라는 둥 불의 세례는 너를 괴롭히겠지만 그것은 죄가 씻기는 아픔이며 잉태되었던 영혼이 태어나는 그 진통이라는 둥 그리고 할렐루야 내 주님이라는 둥……

나는 갑자기 내 귓속이 몹시 건조해졌다는 것이 근심스러워졌다. 한마디도 내 귓속에서 젖어 들지를 못하고 그냥, 귓속을 떼굴떼굴 구르다 멈춰져 버리곤 했기에, 난 축축한 게 그리웠다.

"아가야, 이번엔 네가 먼저 불을 대라." 부드럽지만 엄한 분부가 또 한 번 뇌우처럼 귓바퀴를 스쳐 갔다.

"………" 대답은 없었다.

"네가 불을 대라!" 이번엔 부드러움은 없는 분부가 울려 났다.

"………" 대답은 없었다.

"불을 대라!" 몹시 엄하고, 찢긴 쇳소리가 쩌렁 울려 났다. 그건 자기의 어떤 권위가 도전받고 있다고 느껴졌을 그런 때에만 짖어낼 수 있는 그런 소리였다.

"………" 대답은 없었다. 그 대신 이번엔 소녀가 노파의 발끝에 이마를 조아리고 쓰러지며 몹시 울먹였다.

"………" 노파도 울고 싶은 듯, 어깨를 좀 들먹이더니, 눈을 무겁게 내리감고, 지팡이에 온몸의 중량을 주어 자기를 지탱했다—고 하는 것은 지팡이가 휘어지고 있었기 때문이다.

"…… 소녀를 용서하시옵소서, 소녀는 모, 모, 못하겠나이다. 소, 소녀는 사, 사랑하고 이, 있나이다."

"………"

"………"

"그러면, 그러면 네가, 그러면 네가 대신, 그러면 네가 대신 태워, 워지겠느냐?"

노파는 흐느낌을 참고 있음이 분명했다.

소녀는 두말없이 몸을 일으켜 세우더니 내게로 뛰어왔다. 그리곤 내 목에 매달리며, 눈물에 범벅된 얼굴로, 내 이마를, 눈을, 입술을, 목을, 어깨를, 가슴을 문지르며, 입술로 깨물고, 그리고 나중엔 몸을 밀착시키고 죽은 듯이 가만히 있었다. 정말 죽은 듯이 가만히 매달려 내 눈을 빤히 들여다보았다. 눈물 때문에, 그득히 고인 석양 호수 같은 눈에 실낱같은 웃음이 흐느적이고 있었다. 곧 밤이 드리우면 웃음도 사라질 것이다. 그 눈의 적요 속에서 성기는 왜 그렇게도 무력한가, 나는 진정으로 사랑하고 있었다.

나는 소녀의 눈을 견딜 수가 없어서 소녀의 머리칼 냄새를 맡으며, 그 머리칼 사이로 노파를 찾았다.

노파는 그때도 눈을 뜨지 않고 있었는데, 눈물은 없이 어깨만 몹시 들먹이고 있다간, "불을 다오" 하고 소리치며 우리 쪽을 노려보았다. 곧 검불 마름을 태우는 불이 노파의 손으로 옮겨졌고, 노파는 우리 쪽으로 무섭게도 느리게 다가왔다. 느리다는 것이, 임박한 죽음보다도 더 무서운 것은 아무도 모를 것이다. 소녀의 눈은 깜박임도 없이 나만을 응시하고 있었다. 우리는 아마도 죽게까지 되진 않을 것이다. 그러나 이런 처지에 있는 우리들의 사랑이 우리를 죽일지도 모른다.

소녀의 눈에 공포는 없었지만 그 대신 나에게 무슨 얘기를 강요하고 있었다 나는 그래서 고개를 끄덕여주었다 그러자 소녀의 입술에서 고백이 통곡처럼 흘렀다 노파는 손만 뻗치면 불을 붙일 거리까지 다가왔다 나는 고개를 끄덕였다 소녀는 내 입술을 물고 뜯으면서 내 혀를 뽑아간다 우리는 사랑한다 노파는 불을 쳐든다 나는 소녀의 눈을 혀로 쓸어 감긴다 소녀는 내 목젖을 물어뜯는다 해는 오후의 중간에서 더는 구르지 않는다 소녀는 사랑한다고 피를 쏟는다 죽은 바람이 너덜너덜 두루마기를 삭혀낸다 소녀는 어머니가 되고 싶다고 한다 연기가 코를 찌를 것이다 우리는 다음 순간 어차피 잊을 것이다 노파는 불을 쳐들었다가 반쯤 내렸다 우리는 사랑하지 못할 것이다 나는 소녀의 귓바퀴를 혀로 쓴다 노파는 우리의 허리께까지 불을 내렸다 우리는 이내 아픔 때문에 이별하게 될 게다 우리는 사랑한다 나는 애비가 되고 싶다 소녀는 어미가 되기를 갈망한다.

"흐읏, 으흐흐, 흐흐흣,
흐흐흣, 으흐흐, 흐읏."

젠장, '고려자기'가, 깨어졌는가, '천년 불상(佛像)'이, 죽어버렸는가 '신라의 달밤'이, 녹아내렸는가, 흐으, 노파의 손에서 불은 유성처럼 날아가, 버리고, 거기서 마른, 풀을 타고, 노파는 자기의 머리끄덩이를, 뽑아 채며 울부짖고, 문둥이 떼는 망주석들처럼, 서서 뭔지, 죽어진 것을 조상하고, 들은 조금씩, 더 타고, 저쪽 고목, 아래선 까마귀가, 미쳐 우짖고, 해만 끈덜 끈덜, 놈팽이처럼, 지나가며, 휘파람을, 분다. 참, 빌어먹을, 놈의, 오후도, 다, 있다.

"당신이 누굽니까?"

노파가 머리끄덩이를 잡아채고 흙을 끼얹다 말고, 핏발 선 눈으로 나를 올려다보며 묻는다. 그런데 왠지, 어느덧 권위의 빛이 사라져버린, 그저 농가(農家)의 밥만 축내는 쓸모없는 할미의 눈이 되어 있었기에, 난 웃음이 났다.

"나, 나 말씀입니까요?" 난 뭐라고 얼른 들려줄 말이 생각나지 않아 멈칫거리다 "아마도 세례를 베푸는 자겠습죠" 하고 대답해 주었다. 그리고 되씹어보니 너무도 정직한 대답을 해버렸다는 생각이 들어 후회가 될 지경이었다.

"세, 세례를 베푸는 자라구?" 노파는 경악을 금치 못하며 입술을 떨었다. 조금 전의 이해할 수 없던 발광은 깡그리 사라져버렸는 듯했는데, 노파를 위대하게 보이게 했던 잡귀 잡신이 빠져나가느라 그랬는지, 잡귀 잡신이 내리느라 그랬는지 어쨌는지는 모르지만, 어쨌든 노파의 손에서 벗어나 간 불이 들을 미친 듯이 태우자 노파는, 한숨 자고 깨인 얼굴이 되었다.

"거 뭐, 그렇습죠. 여름 지낸 나뭇잎은 찬 땅에 굴리고, 겨울 지낸 나뭇가지엔 더움을 불어넣는다는 그런 식의, 헤헤, 아실지 모르겠는뎁쇼." 나는 몇 마디 더 하려다 미루어두고 소녀의 행방을 찾았다. 그러고 보니 나는 잠깐 동안 소녀를 잃고, 잊고 있었다. 보니 소녀는 잠을 쓰고[失神] 내 발치의 장작더미 위에 쓰러져 있었다. 마음이 좀 아팠지만 별수 없었다. 노파가 묶인 나를 풀어주지 않는 이상은 멀잖아, 삼복에 개 그슬려지듯 그슬려지고 말아버릴 형편이 아닌가. 싫더라도 자연이 베푸는 세례는 감내하지 않을 수 없게 되었다.

들불이 좀더 가까이까지 오르륵여 왔을 때에야 노파는, 들불을 의식한 듯, 한참 동안을 멍청하게 태워지는 들을 보더니, 빠르적이고 일어나선 내게로 걸어왔다.

"댁은 댁의 고향으로 돌아가시오. 그리고 이 소녀를 버리지 말아주시오. 이 고장이 분만한 단 하나의 딸이니다." 노파는 나를 묶은 사슬을 풀기 시작하며 읊조렸다. "댁은 된내기나 흑사병이 사는 곳에서 온 자 같습니다." 내 몸은 금방 자유로워졌다. 그러고 나니 추위가 엄습해와, 나를 씻겼던 여 제관이 가지고 왔던 내 의복과 신발과 벙거지를, 부지런히 입고 신고 썼다. "내게는 저 불쌍한 어린 백성들이 있으므로 이 이상 더 나를 고백시키지 마시오. 그리고 제발 어서 떠나주시오." 노파는 그리고 또 하나의 망주석처럼 눈을 감고 서서 움직이지도 않았다.

나는 노파가 오래 살지는 못할 것이라는 걸 느꼈다. 노파가 사실 살아 있는 건지도 의문이기도 했다. 나는 피를 좋아하지만, 그러나 송장의 피를 즐겨하지 않는다. 이젠 바랑을 여며도 좋을 때일 것이다. 그래서 나는 바랑의 아가리를 여미고, 이 고장이 분만한 단 하나의 딸을 안아 들었다. 들불은 서너 걸음 저쪽까지 와 있었다. 나는 몇 걸음 걸어 들불로부터 좀 더 멀리 피했다. 그리고 다시 소녀를 내려놓고 아까 하려다 삼켜뒀던 얘기의 마지막 구절을 들려주었다.

"아실지 모르겠지만 말씀입죠, 헤헤, 이놈은, 헤헤, 이천 년 동안이나 말뚝에 묶여 있던 푸, 푸, 푸로메테 메테우스의 요, 요한입죠, 헤헤, 세례자 요한 말씀입죠. 안됐지만 할머님, 그 장작을 입으셔요, 입으셔요, 그게 수의가 되겠습죠. 헤헤, 얼른 몸을 파묻으셔요. 이젠 속까지 오르륵 태우잖으면 정말 온전한 죽음도 성취가 힘들걸입쇼. 대속의 이치라는 게 헤헤, 아 안 그래요?"

그리고 나는 통소 한 가락 아낄 수 없어, 들불 연기 속에다 한 자락 태워줬다.

한데 이상하게도, 참 이상하게도, 선율에 훈련받은 독사모양으로 노파가, 이상하게도 온몸으로 끈들 끈들 춤을 추면서 맹렬한 들불 쪽으로 딸려가고 있었다.

나는 통소를 멈추고 허리춤에다 꽂은 뒤 다시 소녀를 안아 들고, 출발했다.

"나를 따르라,

나를 따르라,"

아리랑 곡조 비슷한, 노래는 분명 아닌 노래 같은 소리가 들려왔다.

“주가 다녀가셨다.

죽음이나 성취하자. 나를 따르라.”

바람이 한차례 몹시 불었다.

까마귀 떼처럼 연기가, 하늘의 권태 속을 휘몰고 가자, 고목 아래 누운 순교자의 한 개의 죽음을 뜯던 묵시록의 네 기사가, 고픈 창자를 끄집어내 들고 들로 달려갔다.

샘터에서 나는, 소녀를 내려놓고, 창백한 얼굴을 내려다보다가, 그 얼굴에 찬물을 한 움큼 끼얹었더니, 긴 한숨을 불어내곤 깨어났다. 깨어나선 정신을 차릴 사이도 없이 기침을 해댔는데, 어느덧 불은 거기까지도 달려와 매운 연기를 피워대며 해를 붉게 보이게 했다. 우리는, 이것저것 다른 생각할 겨를이 없어 손을 잡고, 왔던 길을 죽자 하고 달렸다. 바람이 불고 있었기 때문에, 우리가 지나온 곳은 순식간에 불바다가 되곤 했는데, 그쪽에서 뛰어오는 사람은 보이지 않고, 유독 노란 연기만 버섯처럼 피어나고 있는 것이 보였다.

종루에서 흐르는 요령 소리 같은 종소리만 빈 고을을 가득 채우고 있는, 거리는 슬펐지만 우리는 느끼지 않으려고, 애썼다. 노가주 나뭇가지에 까마귀는 보이지 않았다. 숨이 턱에 닿아서 우리는, 노파가 앉아 있었던 그 흰 벽 밑에 주저앉았다. 그렇게도 스산하던 회오리바람도 아마 들로 달려가 그들의 죽음을 성취시켜 거둬들이는지 없고, 연기 내음과 불티를 날라다 주는 저녁 바람만 스적스적 흘러왔다. 해가 기울고 있었다. 이제는 떠나야겠다고 나는 생각하며, 외토라진 돌집을 가리키고 물었다.

“저게 그 할머니의 집이던가?”

소녀는 고개만 끄덕였다. 나는 소녀의 손을 잡아 일으켜 세워 거기로 향했다.

방엔 아무것도 없었다. 신주(神主)도 없었고, 등잔 하나도 없었다.

나는 소녀를 안아 뉘었다. 그리고 소녀의 사타구니를 더듬어 찾았다. 찔레 덤불을 태우던 들불처럼 거웃도 참 무성했는데, 나는 아버지가 되고 싶었고, 소녀는 어머니가 되고 싶어 했다.

그녀는 축축했고, 씨앗은 여물었으니, 싹에 대해선 걱정하지 않아도 될 것이다.

나는 내 신부의 처녀(處女)를 남김없이 다 빨고, 그리고 감발을 매었다. 내 신부는 울었지만, 난 울지 않았다. 그래서 우리는 노파가 앉아 있었던, 세월의 오줌 자국으로 얼룩진 그 흰 벽 아래, 파장의 어귀에서 헤어졌다.

명년 봄에, 오늘 묻은 내 동정(童貞)이 되살아날 때는 나는 또, 동정으로, 이 장(場)의 뭇계절을 통과해 갈 게다. 하긴 난, 아버지가 되고 싶은 그놈의 동정 때문에, 늘 멈추질 못한다. 멈추질 못한다.

千夜一話

"삼 년 후에나 나는 투표권을 얻게 되어 있는데."

시위에서 벗어나 버렸던 포탄이, 생지랄을 부리다 죽어버린 그 구덩이 속에, 고개를 처박고 어린 병사는, 생각했다. 전생에 가슴을 난도질당하는 밤이, 싸늘하게 식어가며 가을에, 피를 흘렸는데 그것이, 어린 병사의 치켜든 엉덩이를 적시게 했다. 그는, 쫓겼던 병아리모양 엉덩이를 번쩍 치켜들곤 고개만을 한사코 흙 속에다 쑤셔 넣고 있었다.

"그래서 내, 소리쳐주었지, 나는 아직 투표권도 없어요, 투표권도 없다구요. 그랬었지만 아무도 눈썹 한 터럭 까딱하지 않았어." 나는 하학길에 덜미를 붙잡혀 트럭에 실려졌던 것이다. "정말이지 나는 솔직하게 말하고 있어요, 믿어주세요. 나는 재차 재차 소릴 질렀지, 나는 그만쯤은 옳다고 믿었댔었으니깐 말야, 겁날 것 없었지, 그러나 젠장 누구도 내 얘길 믿지도 안 믿지도 않았단 말야, 그런 낯짝들이었다구, 그런 낯짝이란 얼마나 분통 터지게 하는 것이냐, 얼마나 미지근한 것이냐, 그래 난 너무너무 외로워 눈물을 흘리고 말았었다…… 그땐 우스웠어."

그리고 어린 병사는, 자기도 모른 새 킥킥 웃었다. 그러면서도, 머리만이라도 조금 더 길게 감추려는 듯, 그 머리로 한사코 흙탕 속을 비집었다. 그러면, 살인적인 모든 쇳조각들이나, 공포, 또는 전장에만 있는 어떤 광적인 질서 같은 것들이, 그를 외면해줄지도 모른다고 그렇게, 그는 생각하는 것 같았다.

그리고 그것이 그에게만은, 지극히 당연한 것이지 않으면 안 될 것이, 그가 한 번 그의 주위에 미지끈한 여러 낯짝들을 향해 명확하게 밝혔던 것처럼, 자기로서는 이 비극에 적극적으로 되기에는 아직도 삼 년의 세월을 더 요구당하고 있다는 그 때문으로서이다.

"후후 그땐 우스웠어…… 그렇지만 난 당연했다구, 그러니 눈치 볼 것 없었다구. '우리 아버지와 나는 전혀 딴판이란 걸 좀 믿어달라구요 아버지와 나는 적어도 삼 년의 차이가 있단 말예요 아시겠어요?' 그랬더니 이번엔 내 곁에 있던 미지끈한 모든 낯짝들이 와아 하고 웃어댔어. 그러면서 가래침 뱉듯이 한마디씩 씨불였지,

'젠장맞을, 저눔의 덩치 좀 보라구, 거아니 미련스럽게 생겼어?'

'허지만 그 아직, 뼈가 자릴 덜 잡아 뵈누먼.'

'그란개 조 낫살 때가 먹심 참 좋을 때구만이라우.'

'헛따 그 촌사람, 머시 그리 아는 것도 많노? 거 좀 기를 패액 꺾고 얌전시리 쭈구시고 앉았시라 카이.'

'아 그라먼 사둔은 내 말이 틀렸단 말여?'

'머시 틀리고 앙이 틀리고가 있노? 촌사람은 그저 입 딱 봉해뿌고 뒈진 놈 붕알맹키 있어야 된다 카이.'

이 대목에선 근데 모두 가려운 듯이 웃어댔다. 허지만 난 그들이 뭣 때문에 웃는지 도저히 알 수가 없었댔지.

'헤엣따 사둔은 백지 그래쌌네. 내가 말이사 바른말 안 했는개 벼? 들어봐겨요. 모도(모두) 글씨 조 낫살 때사, 독을 묵으면 독이 안 삭는 그라우, 엿을 묵으면 엿이 안 삭는 그라우.'

이 대목에서 그 사람들 또 웃었어 난 또 알 수가 없었는데 후 후 훗……"

어린 병사는, 먼 훗날에야 그를 따라, 웃기 시작했다. 그러면서 '촌사람' 얘기에 고개를 끄덕였다.

"그랬지, 그랬어, 돌이거나 엿이거나 눈 녹듯이 삭아버렸어, 어이 헌데 나는 참 배가 고프구나, 그러고 보니……"

바람이 이는지 잎 떨어진 가지들이 울고, 흩뿌리는 빗줄기에 쌓인 낙엽들

이 또한 그렇게 쌓였던 울음을 울었다.

“아, 헌데 어떻게 이렇게도 갑자기 조용해지고 어쩌면 이렇게도 푸근히 맘 놓아도 좋도록 아늑해졌는가, 아마 언제부턴지 비가 내렸던 모양이지, 그래 비가 지금 내리고 있어.”

어린 병사는 목으로 차게 타고 내리던 것이 입술에 묻자, 혀를 적셔보고 그렇게 중얼거렸는데, 어쩐지 그것이 몹시 비릿기하니 피 냄새 같은 것을 풍기고 있어서, 병사는 그 비릿기함을 생각했다.

“이건 어쩐지…… 다시 그 얼굴을 떠올린다. 그래 어머니의 죽음이 그랬댔어, 새벽에 어머니는…… 돌아가셨는데 밖엔 비가 왔었고…… 추석 다음 날 새벽 아 세 그루의 포푸라 나무가, 서낭당에 있었는데…… 왼손은 내 등을 쓸어주셨구나 그러나 나도 아버지도 모르게 숨을 거두셨는데…… 포푸라 나무 아래를 뛰어 달빛하고 구름 그늘하고 찬비하고…… 의사는 없었다…… 어쩐지 모든 것이 비릿기했다. 난 울지도 못했었고 세 그루의 포푸라 둥치 밑에 앉아서 나는 돌아가지도 못했었다. 의사가 있었더라도 어차피 어머닌 돌아오시진 않았을지도 모르지 모든 게 비렸다. 그리고 그런 건 목구멍에 맺혀 도대체 넘어가지도 넘어오지도 않았는데……”

어린 병사는 그 비릿기했음의 느닷없는 해후에 몸을 한번 부르르 떨고, 생각을 바꾸려 했다.

“나는 어쩌면 죽지는 않을지도 몰라.” 그리곤, 처음엔 미지끈했었는데 갑자기 웃어젖혔던, 그 사람들을 다시 떠올렸다. “흣흣 비록 그들 중의 누구와 함께 한 방 맞았다 하더라도 나만은 삼 년 후에나 죽는 게 당연해, 당연하고말구.”

이 생각은, 병사에게 신명 나게 했다. 그래서 휘파람이라도 한번 불어 제치려다 그만두고, 자기가 죽어서는 안 되는 모든 정당성을, 생각해낼 수 있는 데까지 생각해냈다.

“게다가 나는 잘못했던 일이라곤 통 생각나지 않거든, 제법은 착했단 말야.”

그는, 이렇게 자기를 주장하면서, 조금은 의기양양한 기쁨을 느꼈다. 그러면서도 한편으론, 스스로 스스로를 착하다고 생각한 데 대한, 약간의 수치

심도 어쩌지 못했으며 그렇다고, 쑤셔 박던 머리를 빼어내서 하늘을 향해 교만스레 쳐들지도 못했다. 어쨌든 생각은 계속했다.

"내가 뭘 잘못했는데? 아무리 생각해봐도 죽어야 할 만큼 잘못을 범한 일이란 없는데 말야, 없구말구지, 허긴 난 좀 늘 잠이 많은 게 탈이었어, 그래서 아버지를 통한 솔로몬 왕의 야단을 맞은 적은 꽤 많았지만 그것이 죽을 만한 죄라곤 난 생각할 수 없어, 글쎄 없어, '이 게으른 잠충아, 넌 잠들기 전에 이 말씀을 이마에다 써 붙이고 자거라. 솔로몬 왕의 잠언이니라. 〈좀 더 자자, 좀 더 졸자, 손을 모으고 좀 더 눕자 하면 네 빈궁이 강도 같이 오며, 네 곤핍이 군사 같이 이르리라. 네가 어느 때에 잠이 깨어 일어나겠느냐?〉……' 흣흣 그분은 모두 말하기를 '하나님이 직접 손을 내밀어 일으켜 세웠음에 틀림없다'는 그런 장로님이셨으니 그러실 수밖에 없으셨지, 뭐 그러니 난 그분의 곤란한 입장을 이해할 수 있지 있다구, '허, 허지만 아버지, 조, 조금만 더 자게 내버려 두세요, 아이 좀 내버려 두세요' 난 투정을 부렸지, 그러면 또 '이 게으른 아야, 〈네가 어느 때에 잠이 깨어 일어나겠느냐? 좀 더 자자, 좀 더 졸자, 손을 모으고〉……'

'글쎄 아버지, 저도 알고는 있다구요. 허지만 만약 제가 지금 기어코 일어나야 된다면 잠이 강도처럼, 군사처럼……' 그리고 내가 돌아누워 이불을 머리끝까지 끌어올려 버리면 후훗 장로님도 별수 없으셨겠다. '원 녀석두! 발이나 좀 덮어라, 웬 놈의 발이 이리 쇠도둑님 발만이나 하냐.' 말씀하시며 내가 이불을 끌어 올렸기에 나간 발을 다시 이불을 끌어 내려 덮어 감싸주시곤 혼자서 새벽 기도회에 나가셨지, 사립문을 밀고 나가시면서도 한 번 더 '얘야 시간에 늦지 않게 얼른 뒤따라 나온다 잉?' 하시곤 기침 둬 번 날리셨어, 그러고 나면 발소리가 멀어졌는데 그렇지만 아버지의 음성엔 도대체 내가 뒤따라 나올 것이라는 실감은 조금도 섞여 있지 않았어, 헌데 이상하게도 아버지가 사립문을 나가시자마자 잠은 늘 싹 가셔버렸지, 그리고 아버지를 따르는 바람이 말라 버석거리는 옥수수 대궁을 뒤흔들곤 빈 논으로 달려 나가는 소리가 갑자기 크게 들렸어, 그리곤 이상스럽게도 어머니의 얼굴이 한순간 얼핏 끼다간 아버지의 뒷모습이 보였지, 아버진 포플러의 세 나무 밑을 걸어가시며 찬송가를 읊조리셨다. 아버지는 정말 행복해 뵈신 그런 환한 얼굴이셨다. 반 주름의 그늘도 끼어 있지 않았어, 허지만 나를 웃게 만드신다. 석 달 내내 별렀다. 하루 새벽 기도에 내가 참석하게 되었을 때 아버지는 예의 그 솔로몬의 잠언을 설교하시며 의기양양하게 아들의 얼굴과 회중의 얼굴을 번갈아 보셨던 것이다. 후훗, 날 웃게 만드셨다구, 이튿날 새벽은 난 또 '쇠도둑님 발' 같은 발을 걱정 당해야 되었으니까 말야…… 오 그러나 동이 텄구나, 그러면 다시 빈궁 같은 강도 같은 잠이 퍼부었기에 천지 모르고 자다 보면 아버지가 다시 날 깨우셨구나 '오늘은 날씨가 여간 찬 게 아니더라.' 그러시며 아마도 교회에서 돌아오신 바로 그 길로 손수 지으신 밥상을 두고 날 내려다보며 앉아 계셨지 '아으 벌써 이렇게나 됐어요?' 난 속으로 너무 죄송스러웠기에 우물쭈물할 수밖에 없었지. '아 글쎄 꼭 쥐 새끼만 한 것 한 놈이, 어떻게나 씨름을 하자고 덤벼서, 헤헤, 그래서 한 서른 판이나 했더니' 어머니가 계셨으면 틀림없이 이 대목에선 '얘야, 그러다 다치기라도 하면 어쩌려고 그러니?' 하시고 이 애지중지하는 외동아들을 무척 걱정하셨을 것이었다. 그러나 아버진 그냥 빙그레 웃기만 계속하시며 '하나님이 주신' 음식을 달게 잡수셨다. '영 일어날 수가 있어야죠, 생각해보세요, 아무리 작은 녀석이라 하지만' 난 부지런히 밥을 밀어 넣으며 계속했지. '몇백 번을 들었다 놓았다 했으니 말예요, 허, 헌데도, 요 쥐 새끼만 한 게 영 넘어가질 않는다니깐요, 내 참. 나중엔 후훗 참 어이없게도, 어떻게 된 셈인지 다리가 감겨 영 맥을 못 추겠더라니까요.' 아버진 그때 즐겁게 웃으셨구나. 그래도 어이없게도 매판 내가 넘어져 버린 얘기만은 차마 못 해 우물쩍거리고 있으려니 '그게 뚝심만 갖고 되는 게 아니더냐?' 하고 이미 알고나 계신 듯 물으셨지. 허긴 오 년의 훈장(訓長) 경험도 갖고 그만 정도는 짐작하실 수 있으셨겠지 '뭐, 뭐 그렇지도 않아요. 봐주니깐 그렇죠 뭐. 짜슥, 쳐들었다. 힘껏 내북치면 어떻게 되겠어요? 그럼 쳐들 때는 힘을 빡 쓸 수 있었지만 내려놀 때야 어디 그럴 수 있어요?' '건 잘했어, 잘했구나.' 웬일로 아버진 조금도 기분 상하신 얼굴이 아니셨다. 뭐든 시작했으면 끝장을 내고 옳다고 생각한 것은 이겨야 된다고 늘 말씀하셨던 아버지가 아니었던가 말이다. 그렇다면 씨름이라는 것이 원래 붙었으면 이기는 자가 옳은 자로 되어 있는 것이 아닌가 말이다. 나는 그래서 약간의 혼란을 느꼈지만 그 점은 아버지의 얼굴을 봐 드려 여쭙지 않았다. 무척 어색해하실 게 뻔했으니까, 아무튼 나는 그눔의 꾀라는 걸 아무리 생각해내려 해도 낼 수가 없었다. 짜내고 짜낸 것이 번쩍 쳐들어선 되게 빙글빙글 잡아 돌리다 내려놓으면 아주 슬쩍 세워놓기만 하더라도 녀석 어지러워 맥 못 추고 제물에 무너질 것이라고 했다가 결과는 구경하든 모든 꼬마 놈들만 낄낄거리게 만들고 나만 한 십 분 세상 노란 경험을 했댔지, '헤헤, 그래서' 난 변명을 계속했다. '영 잠을 깨려고 깨려고 했는데도 깰 수가 없었죠 뭐. 깨려고 깨려고 하다가 사실론 제대로 자지도 못했지만 말예요. 게다가 이마가 어떻게나 시린지……' '건 또 무슨 소리냐?' '헤헤, 이마에 써 붙인 잠언 탓이죠, 뭐' 헌데 이상하게도 그때 아버지의 얼굴은 엄하게 변해지셨다. 그때사 아차 하고 후회했지만 늦었지. 그분은 옳지 못한 것에다 하나님의 말씀을 부려먹는 걸 극도로 싫어하셨던 걸 나는 잊고 있었던 것이다. 아무튼 난 늘 좀 잠이 많았댔어. 그것이 죽을 만한 죄인지는 모르지만 그 외엔 내가 또 뭘 어떻게 잘못했는진 알 수가 없어, 없구말구지, 헌데 정말 그것은 죽을 만한 죄일까?"

어린 병사는 그리고, 굉장히 달콤한 현기증을 느꼈다. 무슨 푸른 별이 살별처럼 흘러갔다간, 보랏빛 은하수가 되어 흘러오는가 하면, 샛노래진 허허한 공간이 열리면서, 천만 가지 색깔의 분수가, 폭죽처럼 피어올라 그 허허로운 곳을 채워버리고 있었다. 그런 걸 보며 그는, 한 번도 가져본 적 없는 것 같은 그런 화평을 갖고, 여름밤 멍석 위에서처럼, 생각되어지는 모든 것에서 꿀을 모았다.

"아버지, 정말 그것은 죽을 만한 죄인가요?"

어린 병사는 언제나처럼, 스스로 판단하기엔 좀 벅찬 듯한 문제를 놓고, 아버지가 곁에 계시기라도 한 듯이, 아버지의 의견 듣길 원했다.

"아버지."

고통이 저미고 드는 하반신을, 진구렁창 속에서 빼어내지도 못하고, 포탄을 짊어진 채 쓰러진 늙은 병사는, 처절히 부르며 신음하고, 반항했다. 그는 전투 대원은 아닌 것 같았고, 그냥 노무병인 듯했다.

"이것이, 최후의 날이니까?"

그의 손은 땅을 긁어 헤치고, 모든 것에 대해 주먹총 놓기에 다 까져, 살점으로 누덕져 있었는데, 그럼에도 오히려 그의 원한은 더욱 사무친 듯했다.

전쟁은, 비에도 젖지 않았다. 진구렁창에 하반신이 푹 박혀버리지도 않았고, 손등에도 피 한 방울 맺히지도 않았다. 열려진 무저갱(無底坑)에서, 이 세상에 충만되었던 생명의 수보다도 더 많은 수의 죽음들이 불과 연기와 유황 가운데로부터 피 뿌린 옷들을 입고 쇄도해 나와 번개보다도 더 잘 드는 낫으로 산 자들의 목을 베어내려 미쳐 날뛰었다. 산목숨을 입지 못한 죽음들은 영겁을 떠 흘러야 하기라도 하다는 듯이 한을 주장했다. 그리하여 죽음들과 죽음들의 혼란이 있는 그 소용돌이에 끼어 생명들은 무저갱의 그 암흑한 아가리 속으로 삼켜 들어갔는데 거기서는 알곡식도 쭉정이도 가려지지 않았다. 그냥 먹혀들어선 사라져버렸는데, 그들의 비명은 반향도 없었으니 텅 빈 죽음이나 알맹이 없는 껍질로 쌓여선 태워져 버렸을 것이었다. 그리하여 그 연기를 그 아가리가 뿜으면 거기로부터 황충과 불을 뿜는 용을 탄 죽음의 기사들이 죽음의 도리깨를 들고, 이 메뚜기들을 두들겨 팬다.

“이것이 최후의 날이니까? 최후니까, 아버지.”

늙은 노무병은 쥐어짜 내려 다만 그의 아버지를 찾았다. 찾았으나 대답은 없었고, 그런 대신 불 뿜는 용이 하늘의 암흑 가운데로부터 쓰륵 쓰륵 그리고 수천씩이나 되는 혀에서 핏방울을 흘리며 내려왔다. 그 타는 혀의 불꽃 속에선 수억의 독침들이 미친 듯이 뻔쩍였는데 등에 탄 기사의 채찍질에 아프게 몸을 푸득이며 비로소 치달으면 그 아래서 나무도 피를 흘리고 돌도 피를 흘리고 산도 피를, 심지어는 땅 아래 살던 두더지까지도 영혼을 벗어던져 땅 위에서 피를 쏟았다.

늙은 노무병은 그런 광경들을 피부로 보며, 견딜 수 없는 공포로 견딜 수 없이 떨었는데, 그러나 죽음에 대해서보다는 이 환난에서 대답을 감춘 그의 아버지의 배신 탓에 더욱더 떨었다.

하긴 어쩌면 그이 아버지의 편에서라면 이 조그만 인간의 육신적인 지극한 고통—갈증이라든가 에어내고 지지는 통증, 그리고 고독감 같은 것들의 한 승화된 형태의 분노에 그 한 대상으로써 당하고 있는 것이라고 해야 했을지도 모른다. 그가 하나님을 부르짖기 시작하면서 그의 육신적이던 그러한 모든 고통이 변질을 당하고 있던 것이다.

"어찌하여 당신은 묵묵부답입니까? 어찌하여 이 환난에서 고개를 돌리시고 목에 경직이 온 것처럼 부드럽게 고개를 돌리실 수가 없습니까?"

그는 아직도 회중 앞에서 향용해본 설교와 기도에서 저절로 익히게 된 조금은 과장적이며 신파조적인 그런 어투를 고치지 못하고 있었다. 그의 고백에 따르자면 그는 '하나님의 성전을 내 몸처럼 생각하고 살아왔던 장로'였던 것이다. 그리고 어쩌면 그도 어떤 지극히 평범하고 우직한 기독교도처럼 행복할 때라도 욥다운 음성을 써서 자기 음성이 풍기는, 비극의 '비릿기함'을 맡을 수 있었어야만 자기의 주와의 밀회를 가졌던 것처럼 생각하는 그런 어떤 기독교도였던지도 하긴 모른다.

"환난 이전의 조용한 날에는 더 쪼갤 것이 없는 불쌍한 영육과 재산에서, 당신의 몫을 떼어내시곤, 어찌하여 이 환난 중에선 외면하시니까? 내 처까지도 당신은 앗아가지 안 했니이까? 당신이 불러가신 것으로 그렇게만 알고 그저 감사하며 인간적인 모든 욕망으로부턴 홀로 떨어져 당신의 발치께에서도 가장 하찮은 자리만을 탐내왔었습니다. 아 허지만 저주하는 이 저주로운 입술에 흙을 먹이시옵시오. 하오나 한 번만 이 가운데로 옷자락을 나타내소서. 그러면 내가 당신이 누군 줄 알겠나이다. 이눔 너무 고독해 그러나이다."

부르짖다가 이 노무병은 자기가 너무도 무섭게 대들었음을 깨닫곤 심히 공포스러워 주위를 둘레둘레 살폈다. 아무도 들었지 않기를 바라면서 그 아픈 회개로 이번엔 가슴을 찢었다. "아 주여 주여 아버지여, 이 참혹한 데서, 버리지 마소서, 버리지 마소서, 이 어리석음으로 인하여 주를 배반하였사오나 주여 이 더러운 입술에 전갈을 물리시고 이 더러운 입술을 갖게 하는 육신으로 지옥의 황충을 살찌우게 하더라도, 이 더럽혀진 영혼만은 버리지 마소서, 당신의 옷자락에 그 흙과 더러움을 닦아주소서, 흙 속에 처넣지 마소서."

그러며 이 노무병은 자기의 입술을 자기의 손으로 찢으려 했는데 그러자 손에 묻었던 피와 비와 진흙이 그이 입속에로 처넣어졌다.

그러자 그것이 일종의 영적인 갈증 같은 것으로 변질된 듯했던 그런 고통

하나를 끄집어 내렸기에 그는 온종일을 뙤약볕 가운데서 혹사만 당했던 소처럼 흙탕 속에 고개를 처박고 흙탕을 빨아 거머들이기 시작했다. 그러다 죽을 듯이 토하고 또한 소처럼 나자빠졌다.

그래서 그는 말이라는 모든 말까지 다 토해짐을 당한 듯, 반쯤 입만 벌리고 더 아무 말도 못 하게 되었는데 그때 천천히 그의 전신에로 아편 액 같은 이완이 퍼져 들고 있음을 그는 느꼈다.

"어쩌면 난 죽었는지도 모르겠는데 흐흐 이건 몸이 물처럼 흐르고 있잖아?"

그는 자꾸 멍해지고 있었다. 그래서 멍해진 눈으로 이 대환난의 용틀임을 건너다보곤 히쭉히쭉 웃었다. 메뚜기 떼 같은 황충과 불 뿜는 용들이 태운 밤의 너훌거림과 도리깨를 거머쥔 기사들의 갑옷 자락이 내는 쌕쌕임, 그리고 이 닦달질 사이에서 일어나는 굉음과 폭풍, ―나무가 쓰러지고 산의 허리가 분질러지고 생명은 으깨어지며 피를 흩뿌리고 그리고 그것들의 한가운데에 그는 있었는데 그는 두려워하지 않았다. 그는 웃기만 했다.

"아, 이 지랄은 지극히도 아름답습니다!"

그리고 또, 대구를 채웠다.

"이런 장관을 보시려고 그러니깐 당신은 세상의 타락을 종용한 겁니다요? <u>흐흐흐</u>."

사실로 그의 눈엔 마녀 원숭이 계집종이 가마솥 속에 마약을 끓이고 있는 것 같은 이 섬뜩지근한 악화 한 폭이 이 세계의 부를 다 줘도 사기에 어려울 그만큼의 아름다움을 갖고 있는 것처럼 보이기 시작한 것이다. 게다가 그것은 격정을 지니고 펄펄히 살아 있고 그 명암과 원근은 소용돌이치며 도착되는데 그럼에도 명암과 원근과의 간극엔 무서운 질서가 있고, 그 질서 안에는 또 괴로워하는 신음과 퇴기는 핏방울이 있어서 고통이나 성교나 쾌락의 최고의 형태 그것이었다. 이 노무병은 그것을 권태로 늘어져 버린 원숭이 계집종의 젖퉁이에 손을 얹고 이 세계에서는 가장 높은 설령(雪嶺) 꼭대기의 마녀네 부엌에 앉아 죄와 벌과 죽음으로 발을 괴어놓은 삼발이 솥 속에서 끓는 이 혼돈을 푸근한 마음으로 내려다보고 있었다.

그런데 그것이 이상스럽게도 한순간에 숨 막히는 정밀로 바뀌어지고 말았다. 한 방울의 퇴기는 유황도 한 일럭이는 파란 불길도 도착되던 원근도 명암도 삼발이 솥도 암자도 원숭이 계집도 다 사그라져버리고 원숭이 계집의 젖퉁이를 주물렀던 그 빈손 속에 그년이 만지게 해줬던 권태 같은 정밀과 정밀 같은 권태만 남아 버석였다. 그냥 그리곤 차가운 비와 검은 흐름이 반죽되어 하혈처럼 변해진 더럽게도 비린 밤만이 끈적끈적 모든 것 위에 흐르다 굳었다. 어쩌다 한 번씩 찬바람이 쏴아 하고 불어가긴 했지만 하혈 같은 권태 같은 이 정밀만을 더욱 버석거리게 더욱 질척이게 했을 뿐 벌레도 울지 않았고, 부엉이도 울지 않았고 여우까지도 썩은 고기를 찾으러 돌아다니지 않았다. 하긴 어디서 삼 백 년만큼씩이나 한 번씩인가 찌이그덕 찌이 하는 소리라도 나긴 났는데 그것은 이 고적의 묽음을 더욱더 묽고 농도 짙게만 했다. 그 소린 아마도 척추의 반만 부러진 큰 소나무 한 그루가 바람 탓에 앓는 소리였을 것이다. 삼백 년이나 지나서 그 소리는 다시 나고, 다시 났다. 찌이끄 찌찌 끄덕찌익찌. 찌이 찌이끄—

"고 젖비린내 나던 위안부가 또 웃는구나."

노무병은 지랄 같던 밤이 갑자기 죽어져 버린 듯한 이 새로운 시작에 얼른 적응이 되질 않아 우물쭈물하며 어찌할 바를 몰랐다. 그래서 들었을 때에 아무렇지도 않았던 그런 시들한 웃음소리를 생각해내곤 자기도 덩달아 한번 펄쩍 웃었다. 높은 양반의 천막 속에서 고것은 킬킬 웃었을 뿐이지 정말 이 노무병과는 아무 관계도 없었던 것이다.

"허지만 그땐 오줌이 좀 마려운 듯했었어, 오줌이."

그리곤 다시 한번 피식 웃다간 느닷없이 이 새로운 상황을 인식해버렸다. 무서운 아픔이 오줌을 마렵게 하는 그 부근 일대를 휩쓸고 있던 것이다. 이미 있어 왔던 그 모진 통증의 재의식은 새롭게 그를 몹시도 고독하게 하고 능긍(凌兢)케 했다. 그는 다른 종류의 악화(惡畵)를 다시 보지 않을 수 없게 되었는데 이번엔 외부에서가 아니라 그것도 자기 내부에서 보아야 했다. 게다가 이번엔 찬바람 도는 마녀 자신이 솥전에 서서 국자를 휘둘러대는 그런 악화였다.

"으으윽, 으윽."

노무병은 끝내 찢어지는 비명을 내고 팔을 휘저었다. 아무리 잘게 난도질해봐야 다섯 토막도 더 내지 못할 이 조그만 목숨 하나를 두고 달려든 더러운 황충은 팔만사천도 넘었으니 하긴 그의 토막 하나가, 수미산 한 덩이만큼씩은 되었어도 모자랐을 것이다. 어쨌든 이것은 전혀 새로운 벌레였으며, 게다가 더 쏘는 벌레였다. 광란의 도가니 속에선 그는 부당하게도 자기가 쭉정이 무더기 속에 아무렇게나 휩쓸려 들게 되었음을 겁냈으나 이제는 그 무더기로부터 떨어져 다만 자기가 당하게 된 것을 겁내기 시작한 것이다. 너무도 하잘것없는 작은 쭉정이 중의 하나가 되어버려 자기의 하나님이 자기를 아무리 해도 발견치 못하리라는 아까의 그 초조는 이제 어느덧 자기가 너무도 커져 버려 도대체 자기를 숨길 곳이 없게 되었으므로 눈감은 죽음일지라도 너무도 쉽게 자기를 발견하게 될 것이라는 그 초조로 바뀌었다. 조금 전에는 어떻게 해서든 자기를 드러내어 이 무더기 죽음의 한가운데로부터 끄집어져 올려지기를 바랐지만 지금은 어떻게든 자기를 숨겨 도대체 터럭 하나라도 끄집어내지지 않기를 바라게 된 것이다. 어떻게 되어서 광란 속에선 겨자씨 반만큼도 크지 않던 목숨이, 어찌 되어서 지금은 대륙보다도 더 커져 버려 숨을 곳을 가질 수 없는가—그는 그것을 아무리 해도 이해할 수는 없었다. 그래서 그는 몹시도 비겁해져 아무것도 보이지 않는 오방을 곁눈질하며 목을 한사코 움츠렸다. 그러면서 몸을 겨자씨만 하게 응축시켜 어디선가 복병하고 있는 죽음의 눈으로부터 도망치려 버둥댔지만 그는 도대체 움직일 수가 없었다. 자벌레도 그만큼 꿈틀거렸으면 오리는 갔을 텐데 이 노무병은 등에 아직도 멘 채 자기 몸이거니 하고 있는 포탄의 멜빵만 더욱 죄어 놓았다. 그리고 아직은 겨자씨만 한 목숨과 팔만사천의 황충과 대륙만 한 목숨과 겨자씨만 한 죽음이 팽팽히 겨누는 이 긴장 가운데로 이 노무병의 아버지의 옷자락은 나타나지 않은 듯했다.

"아, 아버지여, 주여, 나는 장로였었외다. 나는 하나님이신 당신의 성전을 내 몸처럼 생각하고 살아왔던 장로였었외다."

그는 드디어 그가 본래 지니고 있었을 그 톡톡하고 짜임새 없는 목소리를 찾아 부르짖기 시작했다.

"솔직히 하는 말이지만, 이놈이 언제 푼수에 닿지도 않는 재물 탐낸 적이라도 있었고, 눈꼬리 곱게 쳐진 계집께 반 마음이라도 둬본 적이 있었던가 말이외다. ……대체 이런 얼뚱한 소 같은 눔에게 무슨 죄가 그리 많아 당신은 이 참담한 지경에 이르러서 모른다 하시냐 말이외다."

'이눔은 죄인이로소이다'로 평생을 일관해서 되도록 많은 참회의 눈물을 기도대에 뿌렸던 그가 자기도 잘 모르는 속의 깊이 깊이에서는 얼마나 교만하게 자기의 하나님과 정면으로 앉았던가를 지금에야 고백하는 것 같았다. 아마도 그는 대단한 분노를 끼쳤거나 그의 하나님 편에서 보자면 너무 성급히 자기를 포기하고 있었다. 분노든 성급이든 그것이야 어쨌든 그는 사실론 그의 사십 년보다도 더 긴 인생을 이 얼마 안 되는 순간에서 통과하고 있는 중인 것 같았다.

"이눔은 늘, 세상의 화평을 화평스러울 때도 진심으로 빌었고 이 목숨 시험치 말기를 또한 빌었고, 또한 당신이 내게 맡긴, 달란트의 무게를 알아 헛되게 영예를 탐내지도 않았고…… 그러면서 이눔은 그저 당신의 회당을 가는 그 들길에 풍요가 오면 늘 즐거워 찬송만 했고, 메뚜기 한 마리라도 죽이지 않으려면서도 그 메뚜기가 볏잎을 갉으면 맘만 아파했었던 그런 순직한 놈이었을 뿐인데, ……허지만 예수의 수난을 생각하라, 스데반의 베드로의 바울의 그 외에 이름 없는 많은 신도들을 생각하라…… 흐흐읏, 허지만 주여, 나는 그들이 아니로소이다. 이점을 생각하소서, 지금 누가 당신을 훼방하기에 내가 당신 대신에 돌을 맞으리까? 누가 지금 당신의 성전을 헐기라도 하니이까?"

그는 끝내 자기감정을 수습할 수 없는 지경에까지 이르러, 이를 갈아 마시며 발악하긴 했지만, 어떻게든 그것이 그의 하나님에 대한 어린애다운 한 아첨의 형식인 것도 같았다. 아무튼 그는 갈등에 태워지고 있었다. 그러다 그는 통곡을 하며 엎으러져 버렸다. 그리고 진심으로는 도저히 할 수 없는 말을 씨불이게 하는 혀를 깨물었는데 그가 살았던 한 생애가 그의 눈 속을 밤에 강둑을 달리는 십이 열차 창 빛처럼 지나갔다.

"장로 장립식 전날 밤," 그의 추억은 이 대목에서 오래도록 머물렀다. "나는 흥분으로 거의 미쳤었지. 그리고 어리석은 농부가 어떻게 그렇게나 큰 하나님 사업의 일꾼이 될 수 있을 것인가로 괴로워했었다. 목사를 모시기엔 너무도 재정이 빈약한 교회라서 장로가 그 직을 대신해야 되었기에 더욱 괴로웠었지, 내게 그것은 얼마나 합당치 않았는가. 그래서 기도했었구나, 뜨겁게 했었구나, 그저 한 모퉁이 작은 돌로 써달라고 성전을 짓는 한 모래알로 써달라고—"

그는 비로소 냉정을 찾고 독실했던 것 같은 한 기독교도의 한 생애의 반성을 시작했다.

……자기는 참으로 하나님과 밀접해 있었던가, 아니면 그런 달콤한 착각의 맛을 즐겼던가, 또 아니면 세상의 온갖 선함을 자기 한 몸이 갖고 있는 듯한 기분을 주는 설교의 누룩에 또는 세상의 온갖 비극을 자기 한 몸에다 지니고서 대속의 제물로 스스로 태우고 있는 듯한 그 기도의 술에 또 아니면 온유하고 친근스런 웃음을 지어 속인을 대했을 때에 오는 찌릿한 그 고답감에 중독되었던 것은 아닌가, 또 그것도 아니면 원래 비겁했기에 그런 방법으로 자기의 고독한 전 인생의 투쟁을 전가시켰던 건 아닌가, 아니면 자기는 그냥 가만히 있었는데 외로운 그의 쪽에서 너무 치근덕치근덕 따라붙었기에 할 수 없이 설명하기에는 약간 장황스러울 어떤 종류의 피학 증상을 심령 속에다 허락한 것인가, 대체 언제 그로부터의 부름이 있었기에 자기를 바쳤던가, 꿈에서 혹시 '그로부터의 편지라도 받았던가', 언제 그의 발가락을 세어봤기에 그를 안다고 생각해왔고 다른 이에게도 들려줬던가, 혹시 그것은 일종의 독한 술은 마시었던가 혹시 교회당 문턱을 넘어서고 들어설 때마다 일종의 출세를 느꼈던 것은 아닌가, 성자였던 것은 아닌가, 생소적인 인간이기를 또는 법관이기를 바랐던 것은 아닌가, 도대체 언제 얼마나 당하기 어려운 곤혹을 당하기라도 해서 그를 불러냈던가……

"흐흐흣."

결국 그는 웃어버리고 말았다.

비가 조금씩 멎고 있었다. 그리고 좀 더 차가워진 바람이 좀 더 수선스럽게 자주 불었다. 그러자 부러진 척추를 앓는 나무의 찌이끄덕 소린 끊이지 않게 되었다. 그 소리와 소리 사이의 간극이 좁혀질수록 그것은 임종하는 자의 가래 끓이는 소리로 변하고 나중엔 관필을 다듬는 대패 소리 같은 것으로도 변했다.

나뭇가지들에 걸린 어둠의 중량으로 봐선, 자정에서 밤이 좀 가볍고 있었다. 그러나 이 노무병은 방금 전의 이완 이후 그 통증의 벌집이 되어 있는 육신 위에 시간을 느끼지 못하고만 있었다. 아마도 시간이라는 것은 삶이라는 바로 그 긴장만이 갖는 것이며 바위라든가 죽음이라든가 그와 유사한 이완들은 시간을 갖지 않고도 '사는' 그런 것들인지도 모를 것이었다. 그리고 그런 '긴장'들은 시간 속에서 해이되어 가며 '이완'들은 시간 속에서 다시 응축되어져 에덴이 트로이가 되고 폼페이에서 로마가 일어서는지도 모른다. 그는 그러니까 시간 속의 한두 시간으로써 그의 밤을 지나는 중이었다. 그럼에도 정밀은 테를 더하고 있어서 무슨 변화의 한 방울이라도 그 통 속에서 새어 나올 것 같지 않았다. 그것이 그렇게나 무규칙적으로 처참할 수밖에 없는 것은 사실 겁화가 찰나에 무변이 한 점에 타버리고 스러져 버려버린 듯한 그렇게나 거창한 소용돌이의 뒤에 온 것이라서 그런지도 모르긴 하다. 태풍의 한가운데에는 태양의 한가운데에는, 노도의 한가운데에는, 또는 어쨌든 그런 종류의 지극히도 거센 것들의 어느 한가운데에는, 그와 같은 느닷없는, 정적 느닷없는 정지 같은 것이 끼이게 마련이라곤 한다. 그리고 그것은 홍수를 만들어내는 개구리들이 죽을 듯이 울다가 어느 때 갑자기 울음을 그쳐 버렸을 때의 그 납덩이 같은 기류라든가 억수로 퍼붓는 소나기나 퍼붓는 눈 속을 헤치다가 우뚝 멈춰서 보았을 때의 그 한순간의 바깥 세계와의 멀기도 먼 단절이라든가, 창자를 토해내며 하던 연설 중의 어느 대목에서 갑자기 말이라는 모든 말을 다 잊어버리게 된 그 한순간의 새까만 허탈이라든가, 그런 것들과 너무도 흡사한 것으로 이 일종의 흑수정 한 알 같은 공간 속에서 어떤 짐승은 돌연변이를 일으키고 말기도 한다는데 머리를 두 개씩이나 갖게 된다든가, 또는 가슴에 구멍을 갖고도 아픈 줄을 모른다든가, 촌각을 백 년쯤으로 산다든가 한다는 것이다. 그리고 그것은 희디흰 몰락이며 이 희디흰 몰락 가운데에 있는 것들은 시간과 무시간 일이(一二) 사이의 완충적인 고장에도 이주해 가버린다는 것이다.

"아 이젠 좀," 노무병은 뼛속까지 깊이 스며든 피로를 느끼고 중얼거렸다. "쉬고 싶군. 고향 집에 가서 푹 좀 쉬고 싶어. 할아버지들과 아버지의 또 마누라의 묘가 있는 데서, 아 참 녀석은……"

그러다 그는 그렇게도 까맣게 잊고 있었던 한 친근한 얼굴을 만나게 되어 깜짝 놀랐다. 그래서 그는 깊은 애정과 슬픔을 갖고 그 얼굴을 더듬어나갔다.

"나로서는 뭔지 모를 깊은 슬픔을 그 얼굴 뒤에."

어린 병사는 아버지의 의견을 구하려다 그것이 얼마나 속절없는 바람인가를 깨닫곤 한숨을 한 번 불어냈다. 그리곤 믿음직스런 판단보다도 더 머리를 파묻고 울고 싶은 가슴을 찾았는데 그 가슴이란 아버지의 얼굴이 지니고 있는 것들의 아무것도 갖고 있지 않았다. 엄숙한 표정이나 옳다고 여겨지는 판단 또는 믿음직스러운 미소나 역경을 헤쳐내는 강인함, 우레라든가 늑대 울음이라든가, 도깨비 같은 것들이 주는 공포의 한 끄트머리도 용납지 않는 그런 용사다움들의 어느 하나도 그 가슴엔 없었다.

그저 섬약하고 품에서 눈물을 흘리는 것이 잘못했음을 번연히 알면서도 품 안에 것의 역정밖엔 들어줄 줄 모르는 그런 모순된 판단만을 갖고 있을 뿐이고, 아버지를 빼놓은 다른 밖은 도대체 별 관련이 없어 갇힌 공주처럼 늘 외로울 뿐이고, 그런데도 이 병사는 이 고단한 지경에서 용사다운 아버지보다 그 섬약한 가슴을 더 갈망하기 시작한 것이다.

"계셨었는데 어머니는…… 어머니…… 아 그랬기 때문에 모든 것이 다 용납될 수 있었어, 그랬기 때문에 아버지의 눈에 닿으면 부끄럽던 울음도 조금이라도 부끄럽기는커녕 얼마나 후련했던가, 그래, 그래서 어머니와 나는 아버지를 슬며시 속이고 어머니와 나 사이에서 아버지를 밀어냈었다. 적어도 내겐 그렇게 생각되어졌었다. 그래서 나는 내 딴으로는 아무리 큰 설움이 있었어도 아버지가 계실 때만은 울지 않기로 하고 있었다. 그리고 그렇게 해서 아버지에 대한 나의 질투심을 정복자적인 쾌감으로 바꿔놓고 있었다. 그러면서 나와 어머니만이 달콤하게 사랑했었다. 그랬었다. 그것은 슬픔이라고밖에는 도저히 달리 말해볼 수 없는 어머니 얼굴 뒤의 그 무척 신선하면서도 고달픈 그늘은 그러나 내게 더 오래도록 덮여 있지 않았다."

여기까지 추억했을 때 어린 병사는 다시 한번 더 한숨을 불어댔다. 그 한

숨은 그런데 굉장히 성숙한 것이어서 체념을 내포하고 있었다. 사실로 그는 총 한 방 쏴보지 못한 그의 첫 전투에서 무척 성숙해져 버린 듯했다. 이런 비약은 그가 얼마나 비겁했고 그가 얼마나 순결했던가, 그리고 그의 말대로 아직은 아버지의 짐일 뿐인 것을 짊어지기에는 그가 얼마나 어리고 나약했던지, 그러면서도 어쩔 수 없이 그 한 귀퉁이를 짊어져 보려다 얼마나 어이없게도 허리를, 어깨를, 다리를 부러뜨리고 나둥그러져 버렸는지, 꾀라고는 없는 이 순직한 병사가 얼마나 우직하게 대들다가 결국 자기의 현기증만을 만들어냈는지 그것을 알게 한다. 얼마나 어이없게도 단 몇 순간에 소년을 빼앗겨버렸는가를 세월이라는 것의 껄끄러운 긴 벽을 통해서야만 다듬어질 그런 씨알머리 없는 지혜라든가, 가당찮은 교만 또는 얼토당토않은 분노 같은 것들이 얼마나 어이없게도 단 몇 순간에 깎여버려, 소주잔에 부러진 이빨처럼 지렁이 같은 신경만을 남겨놓게 하였는가를 알게 한다. 그리하여 잇추워진 신경이 얼마나 외부의 광증에 부대꼈는가를 알게 하고 얼마나 가여운 '흰 몰락'을 성취했는가를 그것은 알게 한다.

"……그리고 어쩐지 모든 게 비릿기했다. 모든 게 비렸다. 그리고 그런 건 목구멍에 맺혀 도대체 넘어가지도 넘어오지도 않았는데…… 어느 때부턴가 난 그 비릿기함을 잊고 있었다. 그리고 어머니의 얼굴도 까맣게 잊고 있었다. 꿈에서도 보질 못했다. ……그러나 어머니의 얼굴 뒤에 있던 그 깊은 슬픔과 같은 그런 그늘은 도처에 있었다. 그래 정말 어디에나 있었고 그 그늘을 보았을 때마다 나는 어머니의 머리칼 한 올도 보이지 않는 거기에서 늘 어머니를 생각하곤 했다. 나로서도 이해할 수는 없었지…… 그 최초의 그늘은 아마도 어머니는 그렇게 왔다. 그해 겨울이 시작되는 어떤 토요일 오후였구나, 나는 창가에 앉아 있었는데 가는 빗줄기가 유리창을 때리기 시작하자 이상스럽게도 슬픈 어스름이 깔리며 그 창의 바깥 모든 사물들의 현실적인 얼굴들이 하나씩 하나씩 떠나갔다 떠난 그 빈 곳에 그런데 그 깊은 슬픔이 괴어 있었다. 그것이 시작이었다. 그리고는 어디에서나 보게 된 것이다. 어떤 밤으론 혼곤스레 자다가도 한번 몸을 뒤척이는 사이에 한 일 초나 그보다도 짧은 시간 동안 이상스럽게도 정신이 맑아져 버린 때가 있는데 그런 순간 속에서도 나는 그 깊은 슬픔과 해후하곤 했다. 아마도 천장에선 쥐가 부스럭였을 것이고 바람은 마른 옥수수 대궁을 흔들고 있을 것이었다. 그런가 하면 물레방앗간에서 비 오는 날 어린애 간을 셋이나 내먹었다는 그 문둥이의 굽어진 손가락 끝에서도 어쩔 수 없이 보았고 간지럼을 먹곤 웃다가 웃다가 죽어 간을 빼앗겼다는 그 어린애의, 그렇지만 들어본 적 없는 그 웃음 속에도 그 깊은 슬픔은 있었고 홍수 때 떠내려와선 강변에 나자빠져 첫눈을 덮어쓰는 그 큰 나무의 흰 뿌리에서도 마누라로부터 쫓겨나선 문전걸식에서 얻은 보리 낟알을 씹으며 눈곱을 떼는 언덕 밑의 그 영감의 어깨에서도 때로는 아버지의 기도의 어느 대목의 여운 속에서도, 여자 국어 선생의 맑은 안경 너머에 있는 이상스럽게도 아름다운 사팔눈에서도, 그 국어 선생을 울려놓고 싶은 심정으로 난 매일 들떠 있었구나. 그리고 또 어디 큰 데서 큰 학교를 다니는데 방학이 되어 내려왔다는, 그리고 어렸을 때의 상처로 심하게 절뚝거리던 그 여자 국어 선생의 여자 동생의 절뚝임에서도 절뚝임만큼이나 붉은 입술에서도, 얼마나 나는 간절히도 그녀의 지팡이이기를 바랐던가. 그러다 결국 촌놈의 애를 배고 자살했다고도 하고 장질부산 줄도 모르고 주사를 맞다 죽었다고 하던 그 소문에서도, 버스래야 하루에 두 번 도착하고 손님이 있대야 가난한 농군의 마누라들이나 인색한 봇짐장수들밖에 내리지 않는데도 짐삯 벌기를 희망하고 정류소 문 앞에 서 있는 그 왕년 연초조합 직원의 입 벌린 구두코에서도, 그래, 그런 모든 곳에서 이상스럽게도 나는 너무도 곱게 곱게 그리고 단정하게 듣기로는 드물게 정숙하고 신앙심 깊게 한 오리의 불쾌감도 지니지 않은 그런 성품을 지니고 살다 그렇게 돌아가신 분의 얼굴을 그 깊은 슬픔을 해후하곤 했다. 그리고 나로서는 나를 몹시도 언짢게 생각하곤 어머니께 죄책감을 느꼈는데 어떻게도 그렇게도 하찮은 모서리들에서 하필이면 어머니를 만나곤 했던가. 그러나 사실로는 그 죄책감이라는 것이 거기 그 모서리들로부터 돌아섰을 때에야 늘 시작되었던 것일 뿐이고 내 시선이 그런 모서리들에 박혀 있는 동안에 그런 죄책감이란 아예 흔적도 없었다. 그러면서 나로서는 괴로운 한철을 보냈구나. 그래 그래서 죽는 방법도 제법 연구를 했댔구나, 후훗 허지만 그땐 꽤는 심각했지, 그도 그럴 수밖에 없었는데 나는 이 세상의 아름다움에 대한 어떤 기준을 잃어버렸으며 그 탓에 결국 나는 주독쟁이나 거지처럼 되어 남이 씹던 음식에도 아무렇게나 입술을 대게 될지도 모르며 발길로 차이면서 얻은 술잔에도 눈물을 빠뜨리고 감사하게 될 것처럼 생각혀 자꾸 비참스러웠었다. 장거리에서 나는 너무도 많이 그런 사람들을 보아 왔던 것이다. 나중엔 나는 그들 중에 혹시 내가 끼어 있지 않나 하고 열심으로 찾기도 했었지, 그랬었어, 후후훗 그런데 다행히 거기에 나는 없었다. 아무튼 그러는 중에 나는 어머니의 진짜의 얼굴은 잊어버리고 영 기억해낼 수 없이 되었다. 진짜의 얼굴은……"

"진짜의 얼굴은 그래 진짜의 내 얼굴은 흐흐 녀석이 달고 있었댔군, 녀석이 달고 있었어."

중얼거리다 노무병도 한숨을 한번 깊이 들이쉬었다. 그는 너무 순직해서 지혜라고는 도대체 없던 자기 아들의 얼굴을 더듬고 있었다.

"그리고 그것은 또한 할아버지들의 얼굴이구나."

노무병은 첨부하듯 이렇게 말해놓곤 뭔지 깊은 생각에 잠겨 들고 있는 것 같았다. 고통 같은 것은 벌써 느끼고 있지 않은 듯했는데 간질병자처럼 그도 발작 후의 맥없는 평온에 당하는 중인 것 같았다. 하긴 독사도 독을 잃고 그냥 무자치나 될 만큼의 발광을 그는 치렀다.

"그러고 보면 우리는," 잠 속에서처럼 그는 오랜 후에 계속했는데 '우리는'이란 아마도 자기 얼굴로밖에는 달리 보이지 않는 그의 아들과 자기를 놓고 한 말인 듯했다. "결국은 우리 할아버지들의 손자들일 뿐일지도 몰라. ……우리 할아버지들은 그래 땅만을 기업으로 살았던 우리 할아버지들은 땅에 뿌리를 박은 한 풀이기만을 바랐어 그래 그냥 풀이기만을 그저 땅에 죄짓지 않기만을 바라고 땅에 제사 지내고 땅에 땀을 뿌리고 땅에 육신을 묻고 그리고 땅을 기업으로 남겼을 뿐이다. 하늘나라에서의 복이 어떤 것인지 영생이 어떤 것인지 허긴 그런 문제는 뿌리를 땅에 둔 풀에게는 별로 중요치도 않았겠지. 가을에 시들면서 봄에 돋을 자손의 번영을 생각하고 그러면서—내 아들의 얼굴을 생각하면—그 할아버지들은 조락을 슬픈 것이라곤 생각하지도 않았음에 분명해. 그리고 자기의 노쇠가 자기의 종말이기는커녕 한 회귀의 분기점이라고 그렇게 생각하고 그리고는 땀 흘리고 제사하고 기업 삼았던 그 땅으로 기쁘게 돌아가는 것이다. 그 뿌리 속으로 땅과 뿌리가 휘감겨 하나로 되는 그 맥 속으로 스며드는 것이다. 그리고 새로운 젊음을 기대하는 것이다."

노무병은 수천 번의 기도에선 한 번도 느껴볼 수 없었던 그렇게나 큰 열예를 느끼며 계속 천천히 생각해 나갔다. 일곱 살 때 열렸어야 될 명오(明悟)가 뒤늦게 열리기 시작한 건지도 모르긴 하다. 물론 심령을 다 바쳐 비워버린 기도 후에 오는 그 이상한 충만감 역시 귀중한 것이며 또 아무렇게나 성취되는 것은 아버지만 이 열예와 그 충만감은 광야의 사십 주야를 수행한 예수의 열예와 그 후의 그의 신도들의 충만감처럼 그 시작에서부터 다른 것이 사실이다.

"우리 순박한 할아버지들은 그래 그렇게 굳건히 뿌리를 땅에다 박고 있었다. 그리곤 영혼이니 뭐니 하늘로 뿌리를 뻗고 거꾸로 서야만 사는 그런 복잡한 건 아예 질색이었다니깐. ……그런데 나는 어쨌던가."

노무병은 여기에 생각이 미쳤을 때 미칠 듯한 분노를 새삼 느꼈다. 어쩐지 무척 많이도 속아왔었다는 생각이 들어서였다.

"젠장 나는 어쨌던가? 그러고 보니 사실론 나는 무척 쓸쓸했구나. 어떤 집의 방탕한 둘째 자식모양 고향 집을 떠나와선 흐흐," 씨불이다 그는 고래고래 악을 쓰기 시작했다. "주여, 하나님 아버지여, 당신이 낸 천국 모퉁이 주막에서 난, 씨팔, 노자를 싹 털렸수다. 노자를 깡그리 털렸수다. 천국이란 년 젖꼭지 한번 못 만져보고 사타구니에서 정액만 흘렸수다. 아아 하오니 주여 이 누덕진 영혼이라도 잡을 만하거든 담보로 잡고 그저 이 고픈 배나 한 서너 끼 채워줍쇼, 채워줍쇼, 노자가 정말 바닥이 났수다. 아 선조여 할아버지여," 그는 몹시 갈팡질팡 돌고 있는 듯했다.

"이눔이 돌아왔습니다. 왔습니다. 왔으니 송아지 한 마리 턱 잡으시고 쇠전에 매인 백 마리의 암소들 같은 당신들의 처첩들로 하여금 이눔의 정액을 받을 수 있게 하소서. 그리하여 하늘의 별 무리 같고 바닷가 모래알 같은 그런 수많은 자식을 낳아 당신의 땅을 풍성하게 하소서." 어느덧 그는 다시 기도 투의 음성을 찾아내어 걸치고 있었다. "그리고 아들들은 이 할아비가 얼마나 풍성히 여름을 지낸 가지였던가를 기억하라, 기억하라, 그리고 백 마리의 암소들 같은 너희의 할미와 어미와 처첩들로 더불어 풍성하라, 흐흐, 고 애리하던 풍금수, 너 내게로 잠자러 오고 싶어 했지, 흐읏 과부 전도사여, 죄입니다. 죄라구요, 한 번의 욕정 탓에 평생을 가꾼 푸성귀 같은 영혼이 순간에 우박을 맞습니다요. 허지만 그녀가 떠난 다음, 어쩔 수 없이 나는 하나님의 보료에 앉아 그것도 두 번이나 수음을 하고 새벽 교회 문턱을 들어설 땐 참 얼마나 가당찮게도 장했던가, 얼마나 너그러이 나는 작은 도깨비 같던 여 전도사를 굽어 뿜더냐. 그러나 이젠 드디어 오라, 오라, 오라."

여기까지 씨불이다 노무병은 더는 씨불일 수도 없는 피로를 새삼 다시 느끼고 모든 긴장을 풀었다. 열에 같은 것의 흰 그림자가 심정을 좀 덮고 있는 듯한 외에 분노라든가 욕정 같은 것은 차차로 사라졌다. 설사를 끝내고 그는 창백해져 가던 것이다.

"헌데 녀석 지금은 들어와 있을까?"

그리곤 그는 더 아무것도 생각해내지 못하게 되었다. 왠지 의식이 자꾸 가물가물해져 가는 것 때문에 타인이 갖고 있는 자기의 얼굴을 잡으려 한사코 버둥댔다.

"잡으면 잡으려 할수록 더욱더 멀어졌지, 그리고 오랫동안은 사실론 오늘 이전까지는 그저 막연한 영상만을 갖고 있을 수밖엔 없었지만 차차로 조금씩 눈뜨게 된 건 드디어 오늘 그것의 오 분의 사쯤을 눈뜬 거지만 그 얼굴의 영상은 '죽음이라든가 깊은 휴식' 또는 짙은 수풀 그늘과 같은 그런 것들과 '밀접히 관련되어 있는' 것이었다. 그러니까 죽음이라든가 깊은 휴식 또는 짙은 그늘 같은 것들은 모두 지극히 모성적인 것이며 그렇기 때문에 빛나는 세계는 그런 방을 통해서야만 비로소 나타나게 되는 것이다. 이 어머니는 그런데 그것을 위해서 늘 아무렇게나 버려져 버리는 태(胎)가 되어지는 그쪽에 있어 온 것이다. 어쩌면 나의 어머니의 본래의 얼굴은 그런 것관 전혀 관계가 없었는지도 허긴 모른다. 나는 지금은 그분의 얼굴을 기억할 수가 없을 뿐이다. 그럼에도 나는 지금 가장 가까이서 그분의 얼굴을 만지고 있고 그 품은 또한 내게 얼마나 푸근하며 얼마나 걱정 없는 안식처 인가를 느끼게 한다. 언젠가는 드디어 아버지 쪽에서 내게 질투를 느낄지도 모른다. 어 어머니 조 조금만 더 꼭 끌어안아 주세요. 나는 아직 모든 게 너 너무 무서워, 도저히 대들질 못하겠어요. 도 도대체 히 힘을 낼 수가 어 없는 거를요, 힘을 모 못 내겠어요……"

도대체 힘을 낼 수가 없어 늘어졌다가 노무병은 그러다가 자기가 영 죽게 될지도 모르겠다는 공포 때문에 이를 부딪치며 몸을 일으키려 안간힘을 썼다.

"너석이 돌아와 마루 끝에 앉아 있음에 분명해." 그는 다시 씨불이기 시작했다. 도대체 움직일 수도 없을 땐 씨불이기라도 한다는 짓이 도움이 되는 것 같았다. "게다가 난 얼마나 오랫동안이나 선영을 소홀히 했느냐 말야. 돌아가야지, 돌아가야지, 가야지, 가서 할아버지의 얼굴들과 땅을 피폐시킨 죄를 참회해야지, 그러고 난 뒤 내가 죽어야지, 그러고 난 뒤에."

그러면서 오래전에 보았던 거울 속에서의 자기의 얼굴을 회생시키려 했다. 그러자 이번에도 아들의 얼굴이 떠오르고 그 얼굴 위에 아버지와 할아버지들의 얼굴이 겹치면서 구릿빛으로 변하더니 그것이 땅으로 변해버렸다. 그가 본 건 그런 것이었다. 그래서 그는 자기도 모른 새 "아 한울님!" 하고 부르짖었는데 그가 본 건 그런 것이었다. 땅을 기업으로 살다 땅이 되어져 버려 그의 부활과 가을의 풍요를 거친 겨울의 죽음을 사는 땅의 이 한울 속의 조화 바로 그런 것이었다.

비는 아직도 구질게 뿌리고 있었지만 그래도 동은 터오고 있었다. 그래도 이 노무병의 눈에 확연한 모습을 드러내 보인 것이라곤 하나도 없고 모든 게 아슴푸레하기만 했는데 그런 아슴푸레한 속에서 뭔가 지극히도 순백한—그것은 어떤 종류의 상념의 체현(體現)이라고나 해야 할 그런 것이었는지도 모르긴 했지만—손 하나가 아니 사실로는 얼굴이 그냥 그런 것이 자기를 부르고 있음을 노무병은 보았다. 그것은 그를 미치게 종용했으며 그를 한 반짝이는 순간에로 이끌어냈으며 거기서 그로 하여금 덫에 걸린 살쾡이처럼 울부짖게 했다.

"암 암믄 암믄이지, 내가, 가지 가구말구지."

그러나 그의 노력은 실제로는 도대체 이뤄지지 않고 있었다. 자기의 상처가 어떤 것인지 그것을 그 자신도 모르고 있었지만 그의 다리나 엉덩이는 수백 쪽의 파편의 집이 되어 있어서 본래의 크기의 두 배도 넘게 부어 있었는데 그것은 수백 마리의 미꾸라지가 파고든 큰 두부 덩이나 또는 문어 다리를 연상시켰다. 물론 도대체 그의 다리를 물고 늘어진 것이 무엇이었던지를 보고 말해주는 자가 없었으니 무엇이 그랬는질 확실하게 알 수는 없지만 고래고래 부르짖는 그의 의미 모를 고함 소리를 듣고 달려왔던 한 의무병의 견해에 따르자며 그는 생포용으로인지 뭣으로 쓰는 지뢰라던가 뭣에 옭였다는 것이었다. 그런 거야 어쨌든 그는 별로 유쾌하지 못하게 당해 있었고 그것 때문에 모든 그의 의지는 배반만 당했고 그것은 흙탕 속에 심어져 있었고 흙탕은 팥죽처럼 잘 묽게 저어져 있었고 그 자리에서 이듬해 봄에 핀 할미꽃 한 무더긴 좀 더 흐물트러졌다. 게다가 또 그는 두 명이나 되는 의무병이 힘을 다해 벗겨주었을 그때까지도 자기가 배당받았던 그 포탄을 한사코 짊어지고만 있었는데 그것을 알았을 때 그 본인은 맥없이 한번 웃어버린 것으로 자기 수고의 값을 자기가 치렀다. 포 구멍 속에다 집어넣어 볼 수 있었더라면 그 짐이 내시(內侍)였던지 아니었던지 알아낼 수 있었을 것이고, 그의 수고의 값도 셈이 되었을 것이었지만.

"저주하나이다, 저주하나이다, 그리고 저주하나이다."

이 노무병은 더할 수 없는 갈증을 느끼기 시작한 듯했다. 그래서 최후의 기력을 쏟는 그런 기도를 다시 시작했다. 그러나 그 기도의 값으로 그는 미친 듯한 웃음이나 얻어냈을 뿐이다.

"내 영혼을 찢어발겨 침 뱉으며 저주하나이다. 그리고 이 저주의 이름으로 다만 한 번 기도하나이다. 그리고 저주하나이다. 주여, 내 하나님이여, 내게 저 손을 잡혀주소서. 저 얼굴은 내 할아버지이다. 한 번만 만지게 하소서. 내 아내가 분만한 내 할아버지다. 우리 할머니가 분만한 내 아들이니라. 허락하소서."

"아항 그러구 보니 이 친구가," 노무병의 '다만 한 번의 기도'가 다 끝나기 전에 그런데 의무병들은 거기에 닿았고 그리고 기를 쓰고 뻗쳐내는 그의 팔의 의미도 알았지만, "허지만 이봐 이 친구야, 이까짓 말라뒈, 이 국화 한 송인 해서 뭘해?" 하고 진흙 철갑 된 군홧발로 질금 눌러 싹 비벼 돌리고 말았던 것이다. 그리고 노무병이 미친 듯이 웃는 동안 그는 유쾌히 첨부했다.

"몽땅 썩은 갈보래도 살아 있으면 그쪽이 낫지. 아 안 그래 이 친구야? 그쪽이 났다구."

"글쎄 건 그럴지도 모르겠군."

별로 말하길 즐겨 하지 않아 보이는 다른 의무병이 혼잣말하듯 대답을 하자, 처음의 의무병은 더욱 강경히 주장했다.

"글쎄 그렇다구! 저 어처구니없게도 겁많은 친구의 엉덩이 좀 보란 말야. 분명 이 친구가 날라다 준 그 포탄에 혼구녁을 뺀 거야."

"글쎄 그럴지도 모르겠어." 그는 탄복했다.

"가슴에 구멍이 뚫렸잖아? 그래도 살아는 보겠다구," 처음의 의무병은 길을 재촉하며 부지런히 씨불였다. 그들은 노무병을 들것에 싣고 길을 재촉하다가 한 포탄 구덩이 곁에서 발을 멈췄던 것이다. 들것의 뒤쪽 손잡이를 잡고 따르던 그 말하기 좋아하지 않아 뵈는 의무병이 거기 와서 갑자기 멈춰버렸기 때문이다. "저렇게 멍청하고 꾀도 없게스리 대가리만 쑤셔 박은 꼴이라니! 자 가세."

"그 근데 자 잠깐."

"거참 왜 그러나 거?"

"벌써 간 것 같네, 흙이다 흙이야, 이 친구도."

"그래?" 앞쪽의 의무병은 뒤돌아보지도 않았다. 그런 채로 들 것을 구덩이 쪽으로 기우뚱하니 했다. "별수 없지."

"그야 별수 없지." 뒤쪽의 의무병도 들것을 구덩이 쪽으로 기우뚱했다. 그러자 '흙'은 구덩이 속으로 둔하게 쏟겨 들면서 그 속에 괴였던 물을 튀게 했는데, 그러자 이번엔 거기 언제부턴가 있어 왔던 그렇게나 '멍청하고 꾀도 없게스리 대가리만 쑤셔' 박고 엉덩이는 쳐들고 있던 다른 시체를 옆으로 비그르 넘어지게 했다. 흙이 그의 한쪽 다리를 슬쩍 건드렸는지도 모를 일이었다.

그것을 곁눈으로 보고 있던 앞쪽의 의무병이 이번에도 입을 못 참고 한마디 했다.

"허읏, 그 서로 참 다정하게 휘감는데."

“가세 얼른!”

이번엔 뒤쪽에 있던 의무병 쪽에서 걸음을 재촉했다.

“헌데 대체 이 씨앙눔의 비는 언제나 갤 거야?”

세 變調

1. 흙

자칭 왕이라는 경작왕(耕作王)이 살고 있는 황톳빛 궁전은 꼬불길 저쪽 한 언덕 위에, 아침의 나뭇잎엔 봄이 춤추다가 저녁의 가지엔 가을이 와서 찢겨 걸리는 계절의 땅, 고목 아래에 있다.

경작왕은 거기 세 층의 흙벽 건물을 자기의 성새(城塞)로 주위에 토담을 쌓고 쓸쓸히 살면서 자칭 왕이라는 위로를 비(妃)로, 정적을 왕자로, 소음을 공주로 데리고 밭 갈고 씨 뿌리고 거두어들이는 치정(治政)에 땀 흘린다. 정적(靜寂)이래야 낙엽 지는 소리며, 소음(騷音)이래야 꽃망울 터지는 소리다.

왕의 거실(居室)은 지하실 윗방인데 가구라고는 이렇다 할 만한 것이 없었다.

방은 온통 트여진 방이었지만 왕의 세심한 행정(行政)이 방을 네 개의 영지(領地)로 구분하고 있었다. 왕의 침구가 있는 우심방(右心房)과 불 켜는 접시와 횃불 잡는 짐승 기름 마름 등을 놓은 우심실(右心室)과, 통나무 상(床)을 위시해서 언제나 먹을 수 있는 식품류가 있는 좌심방(左心房)과 의류(衣類)를 두어두는 좌심실(左心室)이 그것이다. 그런데 왕의 침구래야 마른 옥수수 줄기 위에 깔아놓은 털이 뭉개어진 토끼털 가죽이며, 불 켜는 접시래야 흙을 구워 만든 모양 없는 질그릇인데 그 속에 피마자기름을 넣어 닥나무 껍질을 태우는 것이고, 식품류래야 생감자와 옥수수 나부랭이며, 의류래야 산토끼 털가죽과 노루 가죽 등을 아무렇게나 꿰매 맞춘 겉옷 한 벌과 모포 다섯 잎이 고작이었다.

사실상 우심방과 우심실, 좌심방과 좌심실의 구별이란 게 확연한 것은 아니었지만 북쪽벽 가운데에 있는 출입문과 남쪽벽 창과를 한 선으로 긋고, 그리고 서창(西窓)과 동창(東窓)과를 한 선으로 연결 짓는다면 방은 자연 네 구획으로 구분되는데, 방 중앙의 교차점을 중심으로 남창과 동창과의 평방(平方)을 우심방, 남창과 서창 사이의 것을 우심실, 서창과 출입문 사이의 영지를 좌심실, 그리고 남은 인접장원(鄰接莊園)을 좌심방이라고 한다. 그런데 좌심실엔 지붕 밑방[三層]으로 이어지는 사닥다리와 그 천장에 왕이 출입하는 구멍이 있고, 좌심방의 구석 편에는 지하실[下層] 창고로 통한 구멍과 사닥다리가 있다.

지하실이라고 하는 것은 거실의 출입문이 있는 언덕 위에서의 표현이고, 남쪽에서 본다면 지하실이 끼어 있지 않은 삼층 건물인데, 이것은 언덕에 등을 대고 지은 탓이었기 때문이다.

자칭 왕 늙은 경작왕은 우심방의 토끼털 모포 위에 새우처럼 오그리고 누워 우심실의 가느다란 불빛을 바라보며 자신과 자신의 궁전과, 자기를 낳아주셨을 어머니와 아버지, 그리고 하늘과 들과, 계절과 날씨와, 아침과 저녁, 별과 달과, 바람과 결실과, 낙엽과 눈과, 꽃과 더위와, 보습 날과 암소와 당나귀를 생각하며, 담배를 피우는 것이다. 그런 사념은 암전한 밑방의 암소와 같다.

다시 또 석양 녘이 되었다.

왕은 들일을 끝내고 돌아오면서 아침에 피었던 잎과 꽃이 사스락거리며 떨어져 내리는 가을의 이야기를 들었다. 가을은 장질부사로 죽었다 돌아온 아들의 혼백처럼 여름의 열기를 잃고 한숨 쉬며 다가왔다.

왕은 어깨를 움츠리며 가을의 여윈 손톱의 창백한 빛깔을 바라보며 씁쓸히 미소 지었다. 새들도 깃을 오므리고 다가올 겨울의 적막한 추위를 덥힐 여름철의 이야기를 반추하기에 여념이 없는 듯이 둥지 속에 눈 감고 있으며, 하늘도 동면문(冬眠門)의 계단을 거의 다 올라가며 쓸쓸한 한숨을 내뱉고 있었다. 하늘이 동면 속에 몸을 쉬면 별들이 쏟아져 내려와 공허를 메울 게다. 벌써 별들은 하나씩 하나씩 공허의 하늘로 나래 펴 내리기 시작했다.

그러나 서녘엔 검은 구름 떼들이 겨울을 몰고 올 마차를 손질하고 있었다. 그 무겁고 둔한 마차를 끄는 그 검은 갈기털의 노새는 올해도 죽지는 않은 모양이었다.

왕은 어깨에 쟁기를 메고 나직이 내리뜬 눈으로 어스름한 가을 석양의 귀뚜라미 우는 오솔길을 터덜터덜 걸었다. 왕의 걸음걸이는 근육이 모두 풀려버린 듯이 좀 게으르고 나른한 움직임이었는데, 앞서 걷는 살찐 노란 암소도 그런 듯했다. 왕의 콧구멍에론 잿빛 연기가 모락모락 피어오르고 있었다.

가을 석양의 소슬한 바람이 갈색의 들을 불어오며 건초를 서걱이게 한다. 그때 달이 떠올라 인적 하나 없는 들과 숲과 냇물을 비추며 왕의 부르튼 입술에 엷고 푸른 입맞춤을 한다. 왕은 이럴 때면 행복을 느끼고 암소의 엉덩이를 톡톡 두들긴다.

왕은 어느덧 자기의 소궁(小宮) 앞에 온 것을 알고는 비로소 담배통을 털고 진이 밴 누런 침을 뱉었다. 토담 밑에서도 귀뚜라미는 달밤을 가슴앓이하고 있었다.

왕은 사립문을 열고 토담 안으로 들어가 사립문 곁에 쟁기를 내려놓으며 다시 한번 깊은 한숨을 몰아쉬었다. 그리고 우리 문을 열고 암소의 엉덩이를 다정스럽게 쳤다. 암소는 김을 한번 훅 불더니 덤덤하게 우리 안으로 들어갔다. 암소는 매어둘 필요가 없었다. 그 안에 늙고 병든 수탕나귀 한 마리가 한 구석에 묶여 있었는데, 암소가 들어서자 히히힝거리며 고독으로부터의 친구를 환영했다. 왕은 녀석이 좀 못마땅하게 생각되었지만 마른 건초를 한 아름 안아다 던져주고 잠깐 동안 똥오줌 냄새 풍기는 어둠 속에 서서 짐승들끼리의 교통(交通)을 엿들었다.

암소는 요즈음 암내를 내고 발광하며 울어대는가 하면, 그와는 반대로 아무것도 씹으려 하지도 않고 그저 언제나 누워 사념을 반추하던 짚북데기 위에 가만히 누워 있기만도 했다. 암소는 그 자신을 어떻게 주체치 못해 고독한 몸부림을 했다. 왕은 암소의 그 고독이 마음 아프게 느껴졌다. 암소는 왕에게는 마누라나 딸처럼 느껴졌었다. 그렇다고 왕으로서도 암소의 발정을 어떻게 해 줄 수는 없었다. 왕에게도 이미 젊음은 없었던 것이다.

암소는 생식 철이나 또는 그 '불만의 봄날[春情]'만을 빼놓는다면 언제나 명상의 실을 감는 '열한 백조(白鳥)의 누이'였으며, 고회청문신부(告悔廳聞神父)였으며, 말하는 침묵(沈默)이었지만, 이 '불만의 봄날'엔 암소는 여윈 맘으로 고독해하며 참지 못해 발광하는 것이다. 그러나 긴 밤을 불 밝혀 새우는 청상과부처럼 잘도 수절해왔는데, 그런 동안에 네 살이나 먹고 말았다.

왕은 이 아름다운 암소의 침묵과 행동에 관해서는 언제나 경이와 신비와 동정(童貞)을 갖고 생각하며 아껴왔었으므로 암소의 고독한 봄날을 마음으로부터 동정했으나 어디에 적당한 신랑감이 없었다. 물론 수탕나귀가 한 마리 있지만 이 녀석은—그도 젊었을 시절엔 밭 잘 갈던 씩씩한 사내였고, 풍신이 준수했던 녀석이었다. 갈기털은 반할 정도로 부드러워 명주실 같았었다. 게다가 근육은 힘으로 알이 배어 있었으며, 그 힘이 털빛에까지 반영되어 녀석의 젊음이 털을 밤 빛깔로 태우던 놈이었으나 부스스하고 헝클어진 갈기털에 더럽게 벗겨진 잔등을 푸들푸들 떨고 서서, 눈곱이 찌직 찌직 낀 눈으로 기침을 킥킥하는 주제에 얌전한 암소에게 끊임없이 추파를 던지지만, 왕의 마음엔 왠지 녀석에게 암소를 시집보낼 생각은 들질 않았다.

"녀석의 젊었을 때 풍신보다 열 배나 더 잘난 놈이 있대도, 그렇대도 암소의 남편으로 맺어주긴 부족하단 말야. 왠지 싫거든."

한데 암소가 들어가자 갈비만 남은 병든 녀석이 그래도 최후까지 젊음을 추억이라도 하며 그것을 증명이라도 한번 더해보고 죽고 싶다는 듯이, 아랫배에 빈대처럼 오그라 붙었던 요도구(尿道口)를 부산스레 키워내며 발짓을 한다. 그리고 힝힝거리며 천장으로 웃음을 보낸다. "저런 호노자식(胡奴子息) 같으니!" 왕은 눈살을 찌푸리며 걸어 나오고 말았다.

울분에 빗장을 지르며 왕은 기분을 상해 지껄여댔다.

"저 늙은 후레아들 놈은 쫓아내 버려야겠어. 갈[耕] 수 없는 녀석은 필요없어. 갈 수 없는 녀석은 죽어야 마땅하거든. 죽어야 마땅해. 살아 있는 동안은 무엇이든 건강하게 갈아야 한단 말이야. 거기서 잡초가 자란다고 해도 말이다. 잡초가 자란대도 갈아야 하거든. 가는 일을 좀 더 충실해야 한다는 것을 배운다는 것이 사는 일이야. 산다는 것은 무엇이든 가는 일이야. 한데 저 녀석은 필요 없게 됐어. 사는 일이 지루하게 되어진 녀석이야. 숫제 살고 있지 않은 녀석이라니까. 새끼라도 내게 할 재간이라도 있다면 그것으로라도 살 권리가 있을지도 모르지만 말야. 그것도 어쨌든 가는 일이니까. 한데 녀석은 고자모양 맘뿐인 놈이야. 요구를 채워줄 수도 없는 녀석이 바람이나 살랑살랑 분다니까. 저런 호노(胡奴) 놈은 쫓아내 버려야지."

왕은 사립문 곁에 놓아둔 쟁기 쪽으로 걸어가며, "그렇기는 해도……" 하고 한숨을 몰아쉬었다. "그렇긴 해도 나와 성쇠(盛衰)를 더불었던 충실한 동지였는데. ……하기야 놈은 추억이라도 갈고 있는지 모르지. 슬픔이라도 가는지[播種] 몰라 그래! 죽음의 준비나 서둘러두는 게 좋을 거야. 시체 속으로 기어들어 갈 지렁이 연습이나 해두는 게 좋아. 봄이 되어 풀이 자랄 때쯤엔 어차피 쫓아내 버려야 하니까" 덧붙여서, "나는 왕이므로 그만한 권리는 있거든. 암, 있고말고. 내 은총 안에서 따뜻이 월동하게 될 것을 감사해야 되지, 저 당나귀 녀석은" 했다.

쟁기는 사립문 곁에 소롯이 잠이라도 들어 있는 듯이 보였는데 보습에 달빛이 물들어 싸늘히 번쩍이고 있었다.

왕은 우선 사립문을 닫고 뾰족한 기둥에 새끼줄로 묶어 열리지 못하도록 했다. ―사립문을 지탱한 뾰족한 두 기둥은 왕궁을 지키는 천하대장군(天下大將軍)과 지하여장군(地下大將軍)처럼 버티고 서 있었다. ―그리고 왕은 쟁기를 다시 어깨에 메고 우리 옆의 창고로 갔다. 이 창고는 왕의 식물(食物) 창고도 겸해 있었으므로 왕이 특히 아끼는 물건만을 갖다 넣었다. 왕은 쟁기를 내려서 한옆에 놓고, 싸늘한 보습 날을 툭툭 치며 인사를 나눌 것을 잊지 않았다.

"봄이 되기까지는 푹 쉬어두는 게 좋을 거야. 못쓰게 되어지는 날까진 갈아야 하니까. 푹 쉬어둬. 넌 정말 가치 있는 놈이거든. 넌 못쓰게 되는 그 마지막 순간까지 젊거든. 넌 늙을 줄은 모르는 놈이야."

왕이 창고에서 나와서 담 밑, 해바라기와 옥수수의 마른 줄기 밑을 흐르는 똘똘 가에 왔을 땐 달은 한 발이나 올라와 있었다.

"저 당나귀 녀석은 추억이나 수심을 가는 일을 하는지도 모르지만 말야……"

왕은 달빛에 염색된 노란 물을 움켜쥐어 몇 모금 마시고 얼굴을 한번 쓱 문지른 다음 흙 묻은 발은 씻지도 않고 거실[二層]의 계단을 이루고 있는 바위 언덕을 올랐다. 그리고 출입문의 손잡이를 잡아당겼다.

방 안엔 창을 통해 달빛이 흘러들어와 푸르스름한 엷은 빛이 왕을 기다리고 있었다. 그 빛으로 방 안의 물건을 분별할 수 있을 정도는 못 되었다.

왕은 볼의 수염을 거칠게 한번 쓱 문지른 뒤 피로하고 떨리는 걸음으로 남쪽 창 앞으로 걸어가서 잠깐 밖을 내어다보았다. 달은 벌써 중천 가까이까지 떠올라 와 있었는데, 그것은 곧 진눈깨비 머금은 검은 구름장에 가려질 듯하게 보였다.

왕은 얼굴을 찌푸리고 하늘을 우러러보다간 한숨을 쉬고 시선을 뜰로 향했다. 귀뚜라미는 여전히 물레를 감고 있고, 고사(枯死)된 줄기들은 계절의 한숨 같은 바람에 건들거리고 있다. 그 밑으로 똘똘 물은 시새우며 흘러간다.

왕은 새삼스러운 듯, "계절은 어디에서 왔다가 어디로 가는 걸까?" 하고 뇌까렸다.

"어쩌면 씨앗 속에 계절의 궁전(宮殿)이 있는지도 몰라. 그 궁전의 수정궁에서 아가씨들은 누워 꿈꾸며 휴식하다가 들놀이에 나오는지도 몰라. ……그러나 들놀이 나왔던 아가씨들이 꽃다발 엮어 궁전으로 돌아가 버리고 나면 그녀들의 유연(遊宴)의 천막(天幕)은 찢겨 습기 찬 바닥에 뒹굴고, ……그녀들이 베고 누워 별을 헤아렸던 돌팍은 그녀들의 몸 내음을 잃고 비탄의 이끼를 뒤집어쓰고, ……숲이나 들이나 태양이나 모두 그녀들을 잃은 이별에 창백해져 있으면, ……서녘 하늘에서 눈물을 머금은 전령마부(傳令馬夫)가 그녀들을 찾아 바퀴를 굴린다. 마부의 눈에서 흐르는 눈물은 그리하여 지상엔 진눈깨비로 내린다. 그녀들이 떠나버렸기 때문이다. 씨앗 속의 궁전으로 들어가 버리고, 성문은 닫혀져 버렸기 때문이다. ……그래. 하기야 그래. ……뭣이나 궁전을 갖게 마련이지. ……난 이 흙벽 세 층을 내 궁전이라고 하듯이, ……뭣이나 궁전을 갖게 마련이지. ……계절은 휴식 찾아 씨앗 속에 돌아오면 씨앗은 가지에서 떨어져 땅속으로 스며든다. 아가씨들도 이 나와 마찬가지로 씨앗 속에 세 층의 건물을 갖고 있을까? 그렇겠지. 틀림없어. 뿌리가 뻗고 줄기가 자라나는 걸 보면 알 수 있어. 그녀들의 황홀한 동경과 신비한 꿈이 줄기로 자라나 꽃이 피면 땅 아래를 비집는 세근은, ……그것은—그것은 어쩌면 말야, 어쩌면 이 세상은 양분(兩分)되었기 때문이야, 땅속을 차지하고 있는 흑령(黑靈)이 싫다고 발버둥 쳐도 억지로라도 자기 몫을 빼앗기 때문일 거야. 땅속엔 두더지 같은 더러운 흑령이 살고 있다니까 말야. 놈은 생식(生殖)과 먹는 것밖에는 모르는 아주 본능적인 녀석이라고 하거든. 더러운 녀석, 순결한 아가씨들의 처녀(處女)를 탐내?" 왕은 아주 화가 났다. 왕은 가래침을 뱉어 던지곤, 바깥의 풍경을 잊으려 하며 몸을 돌렸다. 아무래도 화가 치밀었다. 그래도 하는 수 없는 노릇이었다.

"처녀를 탐내? 못된 놈! 처녀를 탐내? 못된 놈. 놈은 굶겨 죽여야 해."

왕은 숨을 헐떡이며 조끼 주머니를 뒤적여 담배쌈지를 꺼냈다. 그것은 새끼 곰 가죽을 오줌 속에 석 달간 담가두었다가 털을 문질러버리고 만든 것으로 벌써 헬 수도 없는 월령(月齡)을 간직하고 있었다.

왕은 쌈지 속에서 부싯돌과 심지—는 마른 쑥잎을 불에 태워 비벼서 만든 것이다—를 꺼냈다. 그리곤 격렬한 감정을 반영하기라도 하는 듯이 거세게 쳐댔다. 차돌 가루가 튀기며 섬광이 번쩍한다. 그렇게 네댓 번을 부딪치자 심지에 불이 옮아붙는다. 파리똥만 한 불이 심지에 붙자 왕은 손을 팔랑팔랑 흔든다. 그러니까 불이 녹두 알만 하게 커진다. 이때를 기다렸다는 듯이 준비해두었던 건초 마름에 불을 옮기곤 원을 만들며 팔을 휘두른다. 몇 번 돌리지 않아서 확 하고 불이 일어나 마름을 태운다. 왕의 털 많은 구릿빛 얼굴이 불빛에 좀 가엾게 보인다. 이미 감정 같은 건 표면(表面)되어 있지는 않았다.

왕은 마름을 태우며 일럭이는 불을 한참 동안이나 멍하게 바라보고만 있더니, 갑자기 생각이라도 난 듯이 우심실로 걸어가 벽에 튀어나온 돌팍 위의 접시로 옮겼다. 불이 닥나무 심지를 태우기 시작하자 피마자기름이 지글지글

하며 구수한 냄새를 풍긴다.

왕은 마름의 불을 벽에다 눌러 끄고, 그것을 다시 짐승 기름 마름과 나란하게 본래대로 두었다. 그리곤 생감자와 옥수수 나부랭이가 너절하게 뒹구는 좌심방으로 갔다. 왕은 검센 손바닥을 펴 큼직한 생감자를 한 알 들었다. 달은 이미 구름 속에 묻힌 뒤였다.

식사를 끝내고 왕은 우심방의 토끼털 모포 위로 쓰러지듯이 누웠다. 그런데 산들거리던 바람이 쌀쌀해지며 창구멍으로 진눈깨비 같은 것을 불어오는 것 같았으므로 왕은 다시 일어나 좌심실로 기어갔다. 그리고 겨울마다 창을 막았던 노루 가죽 세 잎에 토끼 가죽을 잇댄 모포를 모두 가져왔다.

왕은 우선 불을 곧 꺼버리게 할 것 같은 동쪽 창문부터 막았다. 창문은 어느 것이나 노루 가죽에 의해 봉쇄되는 겨울 동안만을 빼놓곤 언제나 해골의 눈자위처럼 열려져 있었다. 창에는 네 귀퉁이와 그 사이사이에 박힌 것까지 합쳐 여덟 개의 나무못이 있었는데, 그것은 가죽에 뚫린 구멍에 알맞게 있었으므로 창을 막는 일은 어렵지 않았다. 구멍을 찾아서 나무못에 걸기만 하면 되는 것이었다.

창을 막는 일이 끝나자, 이번엔 모포를 폈다. 두 장은 깔고, 그리고 석 장은 이불이었다. 그렇게 하고 나니 아주 그럴듯한 잠자리가 되었다. 왕은 하품을 한번 하며 잠자리 속으로 기어들어 갔다. 그리고 새우처럼 몸을 오그렸다. 뼈마디가 쑤시고 아파 온다. 그리고 허전하다. 어떻든 왕은 눈을 감고 잠을 청했다. 그러나 좀처럼 잠이 올 것 같지가 않다.

벽 한 겹 저쪽 밖에선 사나운 바람이 소리 지르며 진눈깨비를 몰아다 벽에 갈기고 있는지 창막이 가죽이 펄럭펄럭 찢길 듯하다.

"몹시 차고 어설픈 밤인 게지. 아무튼 봄이 될걸. 곧 봄이 될 거야. 한데 드러난 씨앗은 없었을까? 흙이란 건 토끼털보다도 씨앗에겐 따뜻한 건데. 어떤 씨앗은 돌팍 위에 떨어져 얼어 죽을지도 모르고, 어떤 씨앗은 흙이 엷어 병들지도 모르겠는걸. 씨앗이 죽었기 때문에 불모지가 된 땅은 아직 보진 못했지만 말야. 바람이 나 좀 잠들어주었으면. ……한데 아무래도 저 수탕나귀 녀석은 쫓아내 버려야겠어. 녀석은 겨울이나, 들팍 위에 떨어진 씨앗이나 같은 놈이거든. 너무 늙었어. 나처럼이나 늙어버렸어. 가엾긴 하지만, 소용없게 되었다. ……저 과년(過年)한 암소는, 그건 참 안되었지만.” 왕은 중얼거렸다.

“밉긴 하지만, ……밉긴 하지만, 저 나귀 녀석이 새끼만 한 마리 갖게만 해준다면…… 덧댈 말이지만, 하는 수 없는 노릇이겠는데. 하지만 저 교만하고 절개 굳은 암소가 그 추악한 녀석의 새끼야 갖진 않겠지. 물론이지.” 왕은 흐뭇한 미소를 지은 채 어느덧 잠이 들었다. 피마자기름만이 심지를 심장으로 자신의 고독을 작열시키고 있었다. 그 빛은 반딧불처럼 희미하고, 앓는 비구니의 염불처럼 피안의 복락을 염원하며 타고 있었으나, 길고 무서운 밤을 태우는 그것은 서낭당의 신령 같기도 하였다. 옴 기리나라 모나라 훔 바탁.

왕은 이따금 헛소리를 하면서 자고 있다. 밖엔 거센 바람이 숲과 들을 휩쓸고, 눈보라를 실어다 왕의 생활의 바람벽에 와 부딪히며 무너뜨리려 한다. 그래도 왕의 생활은 씨앗 속에 잠든 새싹처럼 동면 속에 차분히 가라앉아 봄을 기다리고 있다. 우수의 겨울은 봄을 기다리고 있다. 흙벽 밖에는 다만 왕이 노출시킨 퇴색한 생활의 잔재(殘滓)가 있었을 뿐이었다. 흙벽 안의 이쪽에만 생활이 잠재(潛在)하고 있었을 뿐이므로 폭군 같은 북풍이래도 잠재까진 뒤흔들지 못했다. 다만 잔회(殘灰)의 생활을 짓찢으며 겨울은 방황한다. 겨울은 죽어간다.

왕은 밤중에 소스라쳐 잠이 깼다. 밑 방에서 암소의 낮은 울음소리와 무슨 앓는 소리 같은 것이 들려왔고, 시끄러운 발굽 소리가 들렸기 때문이다. 이런 일은 흔한 일이 아니었다. 늑대란 놈이 한 마리 들어왔었을 때에 이 암소의 소녀 시절의 이야기지만—그런 일이 한 번 있었으나, 울 문을 튼튼히 한 뒤부터는 그런 일이라곤 없었다. 그래서 왕은 벌떡 일어나 모포로 몸을 감싸고 기름 마름에 불을 붙여 밖으로 나왔다. 집 뒤의 고목이 바람에 비명하고 있었고, 눈보라가 따갑게 얼굴에 부딪힌다. 음산하고 횡폭한 밤이 생명 있는 모든 것을 질투하고 있었다.

횃불은 조심하지 않으면, 바람이 불어 꺼버릴 것 같다. 왕은 모포로 바람을 막으며 울 문 앞까지 허둥지둥 왔다. 그런데 빗장이나 울 문은 여전한 채로 있었다. 왕은 고개를 갸우뚱거리며 빗장을 뽑고 울안으로 들어갔다. 발자국

소리와 신음이 여전한 가운데서 불쾌한 냄새가 찬바람에 휙 불려 나온다.

왕은 횃불을 이리저리해서 어두운 구석구석을 비추어보았다. 그리고 왕은 실망된 듯한 묘한 표정으로 고개를 쩔레쩔레 흔들면서도 좀 바보같이 웃었다. 수염이 약간 움직였다는 정도였다.

"헤헷, 녀석을 너무 탓할 일이 아니었지만, 이럴 줄 알았더면 고삐를 좀 튼튼히 해둘 일이었는데 그랬어. 가만있자, 당나귀 녀석의 저 고삐는, 그러니까 저 암소가 송아지 시절이었으니…… 나귀 녀석은 그때 중년을 넘어 송아지의 할애비뻘쯤 되었던 때니까…… 벌써 4년이나 흘렀군그래. '네놈이 죽게 되면 네놈의 가죽은 벗겨 네놈의 고삐를 달아주지. 지금은 이런 모양 없는 새끼줄로 만족하지 않으면 안 되겠어' 하면서 난 그때 시원찮은 줄을 달아주었었지. 그걸 녀석은 4년 동안이나 자랑스런 목수건이나 된다는 듯이 매달고 있었어. 녀석은 아마 그동안 자신이 살아왔던 동안의 기억이나 의미들을 고삐 속에다 한 올 한 올 새겨 넣었는지도 몰라."

그리고 왕은 킥킥거리며 서서 있다가 변태적으로 갑자기 성을 내며 뛰쳐나와선 울 문을 쾅 하고 닫았다. 다시 빗장을 찌르곤 언덕길을 올랐는데, 뭔가 좀 차분스럽지 못한 움직임들이었다.

고목의 둥치가 귀신 모양을 하고, 왕 자기의 세계를 주관하고 있는 듯이 보여졌다.

우리 안에선 생식제(生殖祭)가 있었다.

왕은 왠지 형언할 수 없는 기분이 들어 고목 아래에 와선 멍청히 서 있기만 했다. 그처럼 양순하고 절개가 곧던 암소가 그와 같은 더러운 녀석과 붙어서도 오히려 만족스럽다는 표정을 하고 있었던 것이 자꾸만 화가 나고 구역질까지 났다. 그러나 그것은 본능이었다. 왕은 그것을 이해하고는 있었으나 저 늙고 추악한 수탕나귀 녀석과 젊고 예쁘고 풍만한 처녀 소와의 정사(情事)가 가능하리라는 건 생각지도 않았었다. 그랬기 때문에 당나귀의 정력이 감퇴되었을 것을 고려해서 고삐도 튼튼히 하지 않았었으며, 암소도 붙들어 매어두질 않았었다.

"후유, 어쩌면 잘된 일인지도 모르지…… 아무튼 새끼만은 어미 닮은 수

놈이나 되었으면 좋겠군. 그럼 저따위 추악한 놈 뒤둘 것도 없이 쫓아내 버려야지."

왕은 한숨을 연거푸 두 번이나 쉰 뒤 횃불을 바람 쪽으로 들었다. 그러자 횃불은 지글지글 기름방울을 몇 방울 떨어뜨리더니 이내 꺼져버렸다. 눈은 벌써 발목을 덮도록 내려져 있었다.

왕은 몸을 한번 경련하듯 떨곤 모포를 더 여미면서 자기 방문을 열었다. 왕이 문을 열자 바람이 휙 불려 들어와 가느다랗게 타고 있던 불을 꺼버렸다. 왕은 그러나 개의치 않고, 문을 닫고 발을 털털 턴 뒤 잠자리로 기어들어 갔다. 그리고 다시 새우처럼 몸을 오그리고 눈을 감았으나 잠은 완전히 도망가버린 뒤였다. 왕은 그러나 눈을 감고 피부 속으로 파고들었던 한기를 녹이며 바깥의 바람 소리에 귀를 기울였다. 언제보다도 무섭고 서글픈 겨울밤이었다. 바람은 술 취한 마귀할멈처럼 낄낄대며 긴 손톱으로 왕 자기의 흙벽을 긁어대고 있었다. 이웃도 없고, 아내도 자식도 벗도 없다는 것이 새삼스럽게 무서워지는 밤이다, 늑대나 부엉이마저도 울지 않는다. 때때로 어떤 날 밤으로 왕은 그것들의 구슬픈 짖음과 울음에 귀 기울이며 위로를 받기도 했다. 그것들은 왕에게는 눈에 보이지 않는 이웃사촌으로서 왕 자기의 삶을 확인시켜주는 벗들이었다. 이 무덤과 같은, 교통할 아무것도 없는 속에서 자기가 살아 있다는 것이 의심스러울 때, 살아 있는 것들의 숨결이나 음성을 듣고 공포를 느끼거나 우정을 느끼는 것은 자신을 다시 한번 확인시켜주는 것이 되었으니까. 밀 방의 자기의 짐승들이 자기에게 베풀어주는 그것처럼. 그러나 이 밤엔 그것들도 바람에 불려 어느 먼 순례로 떠나버린 모양이었다. 그런가 하면 왕의 고독과 공포와 수심을 반분(半分) 짐 져 주었던 밀방의 가족들은 완전히 왕을 제외시키고 있었다. 왕은 그것들의 생식제를 지켜보고 돌아와선 그렇게 생각했다. 그것들은 왕 자기와는 하등의 관련도 없었는지도 모른다. 어쩌면 왕은 암소의 경애를 받는 것은 자기뿐이라는 착각 속에서 살아왔었는지도 몰랐다. 암소는 주인의—더없이 다정한—손길에 만족하기보다는, 할애비 당나귀의 아낙이 되어 정을 통하는 것에 더욱 만족해하고 있었다, 제기랄.

"그 교활한 후레자식을 진작 쫓아내 버려야만 했었어. 열 번 찍어 안 넘어가는 나무가 없거든. 후레아들 놈, 늙었다고 쉬도록 해 뒀더니 도끼날이나 갈았던 모양이라."

왕은 질투 비슷한 허전한 소외감을, 동정(童貞)이 짓밟힌 수치심을 느끼며, 홀로라는 것이 무섭다는 걸 뼈저리게 느꼈다.

그럴 때면 왕은 사닥다리를 올랐다.

그래서 왕은 잠자리 속에서 일어나 사닥다리를 오르기 시작했다. 사닥다리는 팔뚝 굵기의 나무를 칡덩굴로 처매 만든 것이었다.

세 개의 층계를 오르면 윗방으로 이른다. 왕은 샘 파던 인부처럼 구멍 속에서 몸을 일으켜 삼층에로 몸을 나타냈다.

삼층엔 싸늘한 공기가 감돌고 있지만 그래도 왕이 언제나 느낄 수 있었던 것은—그것은 왕 자신의 노력에 의해 조작된 것이라 해도 과언은 아니지만—엄숙한 성스러움이었다. 이것은 짐승의 우리에서 느끼는 것과 같은 고조(高調)의 심정이었는데, 그것과는 지극히 성질이 다른 것이었다. 말하자면 왕은 그 중간에 거하면서 아래위를 오락가락하며 모순 속에서 은연중에 조화를 찾고 있었던 것이다. 왕은 모순 그 자체였다. 왕의 조화라는 건 언제나 기로에 선 조화였으며, 어느 쪽에로든 기울어지지 않을 수 없는 조화였다. 가령 암소와의 사이가 좋을 때는 암소와의 조화가 이겼는가 하면, 암소에게서 실망을 느끼게 되면 삼층 벽 안에서 위로와 조화를 찾는다는 그런 것이다. 이것은 수시로 흔들리는 것이었으면서도 조화는 왕의 쌈지나 오장육부(五臟六腑)처럼 왕의 것이었다. 조화는 왕을 온랭 건습으로부터 보호해주며, 활력(活力)의 상류(上流)를 이루고 있었다.

왕은 더듬거리지도 않고 남쪽 벽 앞으로 걸어가, 그 벽 앞에 웅숭그리고 서서 고개를 숙였다. 사실 왕은 자기 궁 안에선 명암을 문제 삼지 않고, 뜻있는 곳으로 몸을 움직일 수가 있었다. 이것은 왕의 눈이 보이지 않는다 해도 궁 안의 물건이나 벽이 눈과 손을 가지고 있어 왕을 시중든다는 그런 것이나 같았다.

왕은 한동안의 묵상으로 진정되지 않는 모양으로 다시 부싯돌을 쳐댔다. 마름은 여기에도 준비되어 있었다. —왕은 대개의 밤에론—낮에라도 마찬가지였지만—그저 묵상에 잠기는 시간을 조금 갖는다는 그것만으로도 기분이 좋아져 잠을 잘 이루곤 했었던 것이다.

불이 붙자 왕은 자기 발 앞에 있는 작은 통나무 상 위에 놓여진 역시 같은 질그릇 접시의 심지에 옮겨 붙였다. 처음엔 조그맣고 파랗게 붙었던 불이 커지자 방 안의 풍경이 돋아 뵌다.

삼층 방 안의 풍경은 아래층과는 아주 달랐다. 아래층의 반도 못 되게 작았는데, —왕의 거실은 또한 밑층의 그것에 비해 반도 못 되게 작았지만—네 벽을 다 더듬어보아도 창문 비슷한 구멍 하나 없이 벽으로 둘러싸여 있었다. 그런데 남쪽 벽을 빼놓은 세 벽은 모두 공교히 입힌 노루 가죽 벽이었으며, 방바닥도 역시 노루 가죽으로 입혀져 있었다. 나머지 한 벽만이 흙벽째로 남아 있었는데, 그 벽 앞으로 상이 있고, 상 위엔 불 밝힐 준비가 되어 있었다. 그리고 그 접싯불이 비친 그 벽엔 흙을 빚어 만든 여인상(女人像)이 벽에서 걸어 나오려고 하고 있었다. 역시 정성 어린 솜씨였으나 거장(巨匠)의 솜씨로 된 것은 못 되었고, 구태여 설명해 보자면 유방이 크고, 허리의 곡선이 깊고, 다리의 선이 가늘다는 그것으로 추측해서 여인에 가깝게 보이는 여인이라는 것이다.

그녀는 유방을 흔들며, 한 손엔 씨앗 주머니를 들고, 한 손엔 밤알만 한 씨앗 하나를 들고, 그것을 금방 어디다 던지려는 중에 있다. 한데 왠지 시름겨운 분위기를 자아내게 하고 있었다. 그녀는 반쯤 입을 벌리고 무슨 타령이라도 읊조리며 겨울밤이나 가을 저녁이나 씨앗 뿌리는 일에 열중하여 낙엽 지고 눈 내리는 것에는 관심도 없는 듯했다. 그녀는 낮이나 밤이나 파종을 하면서도 결실과는 상관없어하는 것은, 어쩌면 그녀는 눈이 멀어 있는 인연 때문이거나, 슬픔에 목이 멘 탓이거나, 자기 노래에 도취된 때문이었다. 왕은 그녀 앞에 무릎을 꿇고 눈물이 글썽이는 어린애 같은 눈으로 그녀를 우러러보고 있다.

밖엔 눈도 멎고 구름도 걷혀 다시 평온한 날씨로 변해지고 있었다. 숨었던 달빛이 눈에 덮인 들판과 숲을 비추기 시작할 때쯤은 새벽으로 바뀌어지며, 눈 대신 농무(濃霧)가 덮이기 시작했다. 무서운 밤이 새벽으로 바뀌어지려는 것이다. 사납던 바람결도 온순해지고, 산들거리는 훈풍이 남녘에서 불어와 눈을 녹이기 시작했다. 슬픈 맘으로 탐색에 올랐던 그 마부의 행복한 입김이 대지에 달콤한 것, 아마도 계절의 아가씨들의 유연의 텐트를 실었기 때문일 게다. 봄이 시작되려는 것이다.

"어머니, '나의 말에 귀를 기울이사 나의 심사를 통촉하소서. 나의 주, 나의 어머니여, 나의 부르짖는 소리를 들으소서. 내가 당신께 기도하나이다.' '어머니, 당신의 분으로 나를 견책하지 마옵시며, 당신의 진노로 나를 징계하지 마옵소서. 어머니 내가 수척하였사오니, 긍휼히 여기소서. 어머니, 나의 뼈가 떨리오니 나를 고치소서. 나의 영혼도 심히 떨리나이다. 어머니, 어느 때까지 니이까? 어머니, 돌아와 나의 영혼을 건지시며, 당신의 슬퍼하심으로 인하여 나를 구원하소서. 내가 탄식함으로써 곤핍하여 밤마다 눈물로 내 침상을 띄우며 내 요를 적시나이다.' '어머니, 내가 당신에게 간구하옴은 내가 어떠한 형편에도 자족하기를 당신에게 배웠사오며, 비천에 처하는 것도 풍부에 처하는 것도 알아 모든 일에 배부르며, 배고픔과 풍부와 궁핍에도 일체의 비결을 배웠사옵는데도' 나의 어머니여, 어찌하여 나는 그것들로 이 그릇을 언제나 채우지 못하옵는지 말씀해주소서. 어찌하여 그것들로 이 그릇을 넘치게 할 수 없었는지 말씀해주소서. 이 그릇은 당신이 가르쳐준 비결들을 담고는 있으나, 그 비결들은 건시(乾柿)처럼 훌륭한 달콤함을 줄 뿐, 쓰더라도 목을 축여줄 즙액은 없더이다. 이 그릇을 넘치게 할 것은 없더이다. 이 겨울밤을 태울 아무것도 없더이다."

왕의 볼엔 눈물이 흘러내리고 있었다. 그러나 파종하는 여인은 대답은커녕 씨앗 하나를 어디다 던질까 하고 고르고 있는 듯이만 보였다.

"어머니, 당신의 대답으로써 이 몸 안에다 그 씨앗을 던지시옵소서. '씨앗은 작지만 자란 뒤에는 이 몸의 갈증을 해갈시키고 충만케 할 즙액을 줄 큰 나무가 되올 것입니다.' 하오나 아직까지도 당신은 그 씨앗을 아무 곳에도 던져 넣지는 않았사옵니다." 왕은 한숨을 쉬며 자리에서 일어났다. 그리고,

"그러나 언제든 당신의 씨앗이 내 안에 떨어질 것이라는 건 알고 있습니다. 나는 그것이 내 안에서 천국을 열게[結實] 할 것이라는 것도 알고 있습니다. 나는 그것을 믿음으로 해서 이길 수 있었던 것이었습니다만, 어머니, 당신의 너무 긴 침묵이 나를 괴롭힙니다"라고 말하면서, 여인의 손안에 든 씨앗을 슬쩍 만져본 뒤 불을 끄고, 다시 구멍을 통한 사닥다리를 내려왔다. 그리곤 몸

을 오그리고 이번엔 푸근히 잠이 들었다.

그동안에도 밖엔 눈이 녹고 있었고, 검은 땅속에선 구근(球根)이 보습을 살피고 있었다.

왕이 잠을 깨었을 때쯤엔, 천지에는 새들의 노래와 꽃망울 터지는 소음으로 가득했다. 왕은 싱그러운 웃음을 머금고 자리에서 뛰쳐 일어났다. 그리고 세 벽의 창문을 막았던 노루 가죽을 모두 떼어내고 밖을 내어다보았다. 싱싱하고 향기로운 봄날 아침의 희열이 출렁이고 있었다. 무섭고 지루하던 겨울이 가고, 나들이 갔던 공주가 돌아와 정원을 가꾸는 참이었다.

왕은 모포와 창 막이를 개켜 좌심실에 놓고, 감자 두어 알과 옥수수 한 통을 움켜쥐고 밖으로 나왔다. 왕은 천천히 식사를 즐기며 고목 아래로 언덕을 내려서면서 창고에 들어가 쟁기를 메고 나와 보습을 살펴보곤, 우릿간 앞으로 갔다. 그리고 빗장을 뽑았다.

어쩌면 새침하던 암소의 서방질이 그 놈팡이의 씨를 가졌을지도 모른다.

"아무튼, 녀석은 쫓아내 버려야겠어. 설사 새끼를 갖게 하는 그런 일을 만족스럽게 해치웠다고 하더라도, 그것이 미래에 대한 가능성이 없는 최후의 작열일 수도 있단 말야. 녀석에게선 가능성 같은 건 포기되었던 터였으니까. 녀석은 쫓아냄을 받을 모든 조건을 다 갖추었으면서도 내 동정 안에서 살아왔던 놈이었지. 그것이 뭣이든 갈지 못하고, 또 그와 같은 가능성을 지니지 못한 놈은, 게다가 게으름을 가는 돌[磨石]로 삼아서 추악한 도끼날이나 가는 놈은 쓸모가 없단 말야. 아주 악독하거든. 녀석은 이 당장으로 쫓아내야지. 암. 어디 가서 오물 구덩이에 코를 박고 죽어 오물을 더 보태주든 말든—내 맘은 후련해져서 다시 태어나는 기분일 테니까.

어리석게도 난 오랫동안 저따위 녀석과 함께 살아왔다니까…… 몽둥이 하나를 준비하는 게 좋겠군. 나는 왕이므로 쫓아낼 충분한 권리는 있거든. 나는 왕이므로 이유(理由)다. 나는 왕이므로.

이, 흙벽, 세 층은, 나에, 의해, 지배되는, 내, 전신(全身)이니까. 나·는·내·전·신·의·왕·이·니·까."

자칭 왕이라는 경작왕이 살고 있는 황톳빛 궁전은 ‘수심’(愁心) 많던 그의 어머니가 수심을 잊기 위해 손 놀리다 보니까 이루어진 집이었다. 경작왕의 어머니는 ‘시름에 겨우면 냇가에 앉아 수심가를 부르며 흙장난하기로 소일했었’는데, 즐거운 날이 없던 그의 어머니의 나날에서—제비의 나날이 한 채의 집을 쌓고 그 속에서 새끼를 치듯이—끝내 공교한 삼층집을 짓기에 이르렀으나, 아직도 젊고 죽지만 않았다면 하늘까지 쌓았을지도 몰랐다.

전쟁 좋아 떠나버린 남편 기다리면서, 애비 없는 자식 하나 보고, 그래도 절개를 지키느라 흙벽 집이 완성되면 재혼하겠다는 구실로 하루 이틀 쌓은 것이, 일하다 보니 자기는 늙었고, 그 많던 구혼객들은 사라지고 없었다.

전쟁 떠난 남편은, 구혼객들이 전해준 이야기로는, 어디선가 구미호(九尾狐)를 얻어 살림한다는 말도 있고, ‘수선화 핀 들에서’ 목동(牧童) 노릇 하고 있다는 이야기도 있고, 어떤 인적 없는 강변에 백골만 오롯하더라는 풍설도 있는데, 아무튼 그 해골바가지에 어느 손이 있어 막걸리나 부어주었는지 몰라. ‘석 잔 술은 부어야지. 석 잔 술이나 마셔야 혼백(魂魄)인들 수심을 잊지.’ 그래야 수심을 털어보지. 몰라, 막걸리나 부어주었는지 몰라.

2. 출가(出家)

“석 잔 술이나 마셔야 혼백인들 수심을 잊지. 몰라, 막걸리나 부어주었는지 몰라.” 고구려의 왕도(王都) 평양성(平壤城) 외성(外城)의 어느 거리에서 점원(店員) 노릇을 하던 어느 시골집 둘째 아들이, 백 리나 떨어진 그 시골집의 형님으로부터 온 편지를 읽고 하는 소리다. 편지는 길든 비둘기 다리에 처매져 날아온 것이었는데, 사연인즉 예순 된 어머니가 출가(出家)하셨다는 소식이었다.

……상략(上略). 어머님은 병들고 노쇠하신 몸으로 하루하루를 사시는 것에 싫증을 내시고 귀찮아하시는 것같이만 보였다. 게다가 요 몇 년 동안은—

너도 집 떠난 지 어언 오륙 년이 되었으니 세세한 사정은 알 수가 없겠으나—별로 하시는 일도 없이, 잡초라도 뽑으시듯 한숨을 내쉬시기만 하실 뿐 자신이나 가족들을 위해서나 아무 일도 하시려 들질 않으셨다. 너도 전번의 편지에서 알고는 있겠다만—그러니까 그것이 사 년 전 가을이지?—아버님이 호사(虎死) 당하신 그해부터 어머님의 무기력은 계속되셨던 것 같다. 어머님은 호사 당하신 아버님만을 곤한 봄밤이나, 석화(石花) 같은 여름밤이나, 추야장 긴긴밤이나 만 리나 같은 겨울밤이나, 그리워하시며 줄곧 새우셨는데, 지내놓고 보니 3년이나 흘렀던 것이다. 아마도 어머님은 아버님 곁으로 가시고 싶으신 것이었느니라. 사실은 3년 전 가을부터 어머님의 혼은 아버님이 호사 당하신 산 마루턱에, 골짜기 골짜기마다를 산울림처럼 유혼(遊魂)하고 있으셨던지도 모른다. 윗방의 한구석에서 여위어만 가시는 어머님은 그 유혼의 여인숙옥(旅人宿屋)에 불과하셨는지도 몰랐다—형은 지금 1년 전의 이야기를 하고 있는 것이다.

3년간을 줄곧(나와 너의 형수와 아이들) 그런 어머님의 한숨 속에서 어쩌지도 못하고 불려가 버릴 듯이 살아왔던 것이다. 글쎄 어머님은 꽃이 피어도 한숨이시고, 꽃이 지면 진다고 한숨이 시고, 잎이 피어도 한숨이셨다. 단풍들도 낙엽 지고, 눈 내리고 인적 끊긴 철은 말해 뭣하겠니?

그러다 보니 생활이라고 하는 것은 어머님의 한숨에 불려가 버리거나 눈물에 썩어 내리는 듯싶었다. 지붕엔 이엉이 썩어 쇠비름이 우북하고, 그 많던 제비집도 다 허물어져 떨어지고, 그 많이도 날아들던 제비는 이삼 년 동안은 한 마리 구경도 못 했구나. 그래도 솔직히 말이지만 우리 내외나 큰애나 불평 같은 건 품지도 않았다. 불평을 품었다면 죽어 구렁이가 될 거야. 이만쯤 말하면 형을 알겠니?

그래서 하다못해 우리 내외가 생각 끝에 어머님을 아버님 곁으로 하루라도 빨리 모셔다드리자는 것에 합의했다. 이건 참으로 훌륭한 효도라고 생각되었다. 그래서 아내(너의 형수)와 나는 저녁 식사를 끝낸 뒤 어머니를 모시고 그 호굴(虎窟) 많은 산으로 갔다. 거기는 나무하러 가셨던 아버님이 호사 당하셨던 산이었다. ……중략(中略)

어머님은 조용히 눈을 감고만 계셨다. 퍽 행복한 듯하게도 보였는데, 어머님은 이런 날을 몹시도 기다리고 계셨다는 듯한 표정을 지으시는 것 같았다.

그날 밤은 여간 푸근한 것이 아니었다. 언제나 오월 밤이란 건 그러한 것이지만, 그날 밤도 산정(山精)이라도 속삭이는 듯한 향긋한 바람이 세상을 가득 채우고 있는 듯했다. 게다가 가느다란 초승달까지 가까운 나뭇가지에 으름처럼 매달려 있어서 손만 뻗쳐도 닿을 듯싶은 참으로 그럴듯한 밤이었다. 그런 밤을 택해 어머님을 아버님 가까이 모셨던 이 형의 배려에 너도 고마워하겠지. 그런 밤은 죽음까지도, 그리고 살육까지도 낭만적으로 이루어지는 것이 아니겠지? 말하자면 살육자나 받는 자나 공감(共感)을 갖기 마련인데, —그 공감이란 건—그와 같은 살육이 은근히 상통(相通)된 화해나 조화 안에서 이루어진다는 말이다. 그런 밤을 택해준 자식에게 감사나 하신다는 듯이 어머님은 그저 손을 흔드시기만 하시고, 눈물만 흘리셨다. 그런 표현은 벅찬 감정일 때라야만 된다는 것은 너도 이해할 게다. 어머님은 한마디의 말씀도 못 하실 정도로 흥분되어 계셨으니까. 어쩌면 어머님은 벌써 아버님과의 재회(再會) 속에 계셨던 게다.

그런데도 차마 우리는 떨치고 일어설 수가 없더구나. 그렇다고 아버님과의 재회를 위해 우리가 마련해드렸던 밤을 우리 스스로 깨뜨리며 머물러 있을 수도 없었다만, —우리는 그래서 용기를 내어 일어섰다. 그리고,

"어머님, 아버님 곁에 편히 가세요. 어머님은 가시지만 아버님이 자식들인 우리들 속에 구현(具現)되고 있듯이, 어머님도 우리 속에 살고 계시니 너무 애통하시지 마세요. 그래서 자식이 필요한 거지요. 어머님은 어머님의 후손들 안에 영원히 살아 계실 거예요, 아버님같이." 이렇게 내가 말씀드렸다. 어머님은 한편으론 재회의 즐거움 때문에 좀 서두르는 듯도 하셨지만, 한편으론 석별이 안타까운 듯 고개를 흔드시고 손을 화해 저으시며 이 자식을 쳐다보고만 계셨다. 너의 형수는 아무 말도 안 했다.

어쨌든 우리는 산을 내려오기 시작했다. 돌부리에 차이고 가시에 찔리면서 이경[乙夜] 쯤 되어서는 산 밑까지 올 수 있었다. 그 시각부터 호랑이의 으르렁거리는 소리가 아주 먼 곳에서 간간이 들려오기 시작하더라. 그 소리는

먼 우렛소리마냥 몇십 리는 저쪽에서 들려왔지만, 호랑이는 하룻밤에 천 리도 더 다닌다 안 하더냐.

산 밑까지 와서 우리는 어머님에 대한 최후의 경모(敬慕)를 표현하기 위해 뒤로 돌아 산마루를 쳐다보고 고개 숙여 기원(祈願)했었느니라.

"아버님의 무덤을 배 속에 가지고 다니시는 산신령님(호랑이를 산신령이라고 하는 줄은 너도 알지?), 어머님도 당신이 불러주십쇼." 나는 이렇게 했다. 너의 형수는, "아버님을 불러주신 그 고마운 신령님이 어머님도 불러주옵소서. 꼭 그 산신령님이 불러주옵소서" 하더라. 그렇게 기원하며 두 번 절하고 나니, 대답이라도 한다는 듯이 조금 더 가까운 산에서 호랑이의 으르렁 소리가 울리더구나.

어머님은 그 산을 바라보시며 늘 한숨짓곤 하셨었다. 어머님은 그 산속의 어느 호젓한 호굴을 고향(故鄕)이라고 생각하셨던 것이다. 그리고 그 고향을 어머님은 그리워하였다. 그 향수가 어머님에겐 병이었던 것이다. 어머님은 고향의 품에 돌아가 지금 그 병을 조섭하고 계신다 하는 생각이 들었을 때, 나는 내가 할 수 있는 최대의 효도를 한 것에 대해 만족했었다.

아버님이 호사 당하신 산은 너도 기억하고는 있을 게다. 너도 어렸을 땐 그 산 밑에서 새알 줍기 놀이를 했었으니까. 그러나 그 산의 꼭대기쯤에 편편하고 넓은 바위가 있었는 줄은 몰랐을 게다. 거기는 그 근방에서 서너 군데의 호굴만 없다면 나무꾼들이 마음을 풀고 낮잠을 즐길 수 있을 만한 곳이니라. 어머님은 그곳에 남아 계셔서 마음만 내킨다면 달이라도 주무르실 수 있으셨을 게다. 참으로 그처럼 훌륭한 신방(新房)은 온 세상을 찾아봐도 몇 군데밖엔 없었을 거야. 얼마나 다정스럽고 뜨거운 밤이 되었겠니? —그날 밤에 참으로 오랜만에 이전에 여덟째 애를 봤다만 쓸모없이 계집아이가 태어났지 뭐냐—

그런데 말이다, 그 이튿날 땅거미 질 무렵인데, 누가 사립문 밖에 웅숭그리고 서서 집안의 동정을 살피고 있었다. 한데 흐느끼고 있었다. 아무 말도 없이 말이다.

부엌에서 밥 짓던 너의 형수가,

"누구요? 첫, 이런 옴팽이 집에 뭐 얻을 게 있을라구 구걸은 와요? 나가!"

하면서 바가지로 구정물을 끼얹어주고, 소금을 갖다 세 번 뿌리더구나. 가뜩이나 재수가 없는데 더 없다는 거야. 그래도 좀체로 가지 않고 등을 돌린 채 언제까지나 있을 양으로 서 있더구나. 나중엔 하도 이상해서 내가 나가서 보았잖니? 한데 나나 너의 형수나 놀라고 말았다. 글쎄 어머님이 되돌아오셨잖니? 옷이야 물론 가시에 찢겨 너덜거렸으나 상처 한 군데 없이 돌아오셨더란 말이야. 대체 어떻게 산신령이 되돌려보냈는지 그것이 의심스러웠다. 그 탐욕스런 산신령이 말야. 산신령도 무심하지, 그렇게나 아버님 곁으로 가시고 싶어 하셨던 어머님을 돌려보내다니!

그로부터 또 일 년이 흘러온 것이다. 세월은 여류(如流)라서 지내놓고 보니 어떻게 빨랐었던 것도 같다만, 따져놓고 보면 아버님이 돌아가신 지 어언 사 년이나 된 것이다.

요 일 년 동안 어머님은 더욱 변해지셔서 한 번도 웃으시지도 않으시고, 한마디의 말씀도 하시지 않으셨다. 어머님은 갑작스레 귀머거리에 벙어리까지 겹쳐버리신 것이다. 어머님은 측간까지의 길을 왕래하시는 외엔 아무 일도 하시지 않고, 콧구멍만 한 윗방에 웅숭그리고 앉아서 무더운 여름을 보내시고, 소슬한 가을을 보내시고, 그리고 매서운 겨울을 보내셨다. 어머님은 아마도 그동안 자신을 처녀처럼 가꾸시고, —내 생각으론 죽음인 신랑을 기다리셨던 것 같다. 다시 오월이 된 것이다.

어머님은 팔순이나 되어 보이시도록 더 늙고 더 비참해지셨다. 어머님은 야월 대로 야위어—얘야, 이와 같은 비유를 쓰는 것을 용서해라. 하늘님이래도 나무로 장승상(長丞象)을 만들어 두기도 하잖니? —쓸모없는 늙은 당나귀같이 변해지셨다. 생각해보렴, 당나귀란 놈은 쓸모가 없으면 쫓아내게 마련 아니니? 그 고기를 먹을 수도 없으려니와, 둬두면—절대적인 영향은 못 될지는 모르겠지만—녀석을 볼 때마다 증오와 혐오를 느끼게 되고, 그것은 거기에서 그치지 않고 생활에까지 반영시키게 될 테니까 말이다. 그래서 우리는 (이번엔 큰애까지 합쳐 셋이서) 다시 한번 궁리를 했다.

그리고 어머님을 장(葬) 하자는 데 합의했다.

너도 같이 참석했더면 머리를 끄덕였을 것이다. 어머님은—우리에게는 말할 필요도 없지만—어머님 자신에게마저도 이미 필요 없게 되어지신 것이다. 우리에겐, 솔직히 말하지만 아무래도 좋았다. 그러나 자기가 자기에게 이미 가치가 없게 되었을 때, 그를 사랑하는 이웃이 그에게 표현할 수 있는 최선의 사랑이란 건 그가 하고자 하면서도 하지 못하는 일을 도와주는 일이 아니겠니?

그리고 여기서 분명히 해두어야 할 것은, 어머니라는 분에 대한 자식들의 생각에 대해서다. 어머니라고 하면 자식을 낳아 양육시켜주신 분이라는 의미겠지? 그러나 그런 정의(定義)는 생물 일반에 관한 통용적인 것이라는 건 너도 알 거다. 하나 적어도 영장(靈長)이라는 사람들에게 있어서의 어머니라는 개념은, 자기를 낳고 길러주시고 사랑해주신 모성(母性)에 대한 칭호(稱號) 이상의 의미를 갖고 있다고 믿는다. 이 말은 즉 어머니라는 현실적인 존재임과 동시에 추상적인 또는 관념적인 존재라는 것이다. 하느님과도 통한 의미다. 어머니는 신령과도 통한 의미다. 어머니는 '하늘 天'(始原)에서 '잇기 也'(終末)에 이르는 의지(意志)라는 말이다.

자, 이제 다시 본래의 이야기로 돌아가기로 하자. 그런데 너나 나의 어머니는 어머님 자신이 어머니를 상실하셨으므로 이미 너나 나에게, 또는 그분이 처하고 있는 사회에 훌륭한 영향을 미치기는커녕, —다시 한번 형의 비유를 용서해라만—자신에게나 타인에게나 곰팡이로 변해지신 것이다. 어머님은 이미 어머니가 아니신 것이다. 너나 나나 어머니를 잃은 것에 대해서는 슬퍼해야 할 일이다. 그러나 어느 시대에 속했든, 내가 분명히 말할 수 있는 것은, 그 시대가 성장된 시대라면 틀림없이 그 시대는 어머니에 대해 회의를 품을 것이고, 끝내는 기존(旣存)해 있는 어머니를 장(葬) 하기 위하여 한쪽에선 상여(喪輿)와 만가(輓歌)를 준비하고, 한쪽에선 동정녀(童貞女)인 채로의 어머니를 모시기 위하여 물 찍어 머리 감고, 가마(駕馬)를 메고 연회 준비를 서두를 게다. 어떤 사람들은 어쩌면 영영 어머니를 모셔드리지 않을 사람도 있긴 하겠지.

한데 가만있자, 나의 이야기가 어떻게 이렇게 독단으로 흘렀던가. 그렇지, —그렇대도 이 형의 행동을 얼버무리려는 이야긴 절대로 아니었다. —어머님을 장 하자는 것에 합의했다는 데까지 말했것다? 그래, 거기까지 이야기 했었다. 우리는 아무튼 때를 기다렸다.

작년의 꼭 그 밤이 다시 한번 왔다. 올해의 그 밤은 구름이 끼어 있었다. 구름이 있으면 또 그것대로 좋은 밤이란 건 누구나 다 잘 알고 있을 게다. 말하자면 좀 뭔가 침중해지면서 자기의 운명을 달게 받아들일 그런 준비를 시켜주는 밤이란 걸 말이다. 너도 틀림없이 하느님께 감사할 거다, 그와 같은 밤을 택해주신 것을—작년의 그 밤은 지나치게 낭만스런 밤이어서 어쩌면 산신령까지도 술이라도 기울이며 마누라와 더불고 싶었던 밤이었을 게다. 어머님에게 권태를 더 연장시켜 준 것은 그런 이유 때문이었을 것이지만, 우리로서는 도저히 두 번 다시 모시고 산을 오를 수는 없었다. 확실성이 적은 그런 방법의 반복은 어머님으로 하여금 우리의 효도를 의심케 할 우려도 있었으니까 말이다.

어머님을 위한 최후의 저녁 식사는 덫에 걸린 산토끼 고기에 쌀을 한 되 바꿔다 맛있게 대접했다. 그래도 잡수려 하시지 않더라만, 가슴이 좀 뛰었기 때문이었을 거야. 그도 그럴 것이, 정혼(定婚)했던 죽음과 신비스러운 밤을 맞으려는데 가슴이 뛰지 않을 수 있겠니?

저녁 식사를 끝낸 둥 만 둥 우리는 서둘렀다. 더 어두워지고 비가 내리기 전에 어머님의 출가(出家)를 도와야만 했던 것이다. 아무래도 어머님의 시집은 호굴이 많은 바윗등은 아니었던 모양이었다. 죽음인 아버님은 거기에는 계시지 않았던 것이다.

아내는(너의 형수) 어머님이 잡수시다 남긴 밥과 누룽지를 그릇 두 개에 채우고, 목이 가느다란 두 되들이 항아리엔 물을 채웠다. 그리고 소금을 좀 준비하였다.

큰애는 연장을 준비했다. 연장은 도끼 한 자루, 곡괭이와 괭이를 각각 한 자루씩, 흙을 담아 올릴 삼태기 하나면 되었다.

준비가 다 되어 아내와 큰애는 마을의 장지(葬地)로 앞서 출발시켰다. 젖먹이와 어린것들만 빼놓고 큰 것들은 마을로 쫓아버린 뒤였다. 나는 천천히 식후 흡연을 즐기며 마루 끝에 앉아 있었다. 그들이 장지 가까이 도착되었을 때쯤엔 나도 서둘지 않으면 안 되겠더군. 우선 나는 지게에 발채를 얹고 깨끗한 거적을 한 잎 깔았다. 그렇게 하고 보니 초라한 대로나마 그런대로 몸은 불편하지 않을 가마가 되더구나.

내가 어머님 방문을 열고 들어갔을 때쯤은 사위가 제법 어둑해졌다. 어머님은 그 어둡고 지릿한 방구석에 그때도 쭈그리고 앉아 계셨을 뿐 아무 말도 없으셨는데, 흥분이 좀 가라앉은 듯이 보였다.

"어머님, 가십시다요. 모든 건 다 준비되었어요. 어머님은 저를 효자라고 하시겠지요? 저도 알아요. 아버님, 아버님이 기다리고 계십니다요." 나는 이렇게 말씀 올리며 어머님의 지릿하게 냄새 나는 삭신을 보듬었다. 어머님은 조금 몸을 뻗대셨지만 금방 조용스러히 바지게 위의 거적에 쭈그린 자세로 앉으셨다.

그리고서 나는 뒷동산 너머 양지바른 그곳으로 걷기 시작했다. 거긴 이웃의 노인들이 많이 묻히기도 하고 버려지기도 한 곳인데 어느덧 마을의 장지로 되어버린 곳이다. 비라도 올 듯이 바람기가 축축하였다. 어머님은 온몸을 사시나무 떨듯 경련하시긴 했지만, 그것은 어머님이 하실 수 있으셨던 제일 조용스런 태도이셨을 것이다. 그 호젓한 장지까지 가는 동안 몇 번이고 나는 내 목에 뜨거운 방울을 느꼈었지. 어머님은 울고 계셨던 것이다. 하기야 정든 자식들을 떼어놓고 남편 가까이 가신다는 것도 한편으론 슬픈 일이셨겠지. 나도 목이 메더라만, 어머님의 행복을 위해선 별수가 없었다.

아내와 큰애는 먼저 갔기 때문에 내가 어머님을 모시고 장지 가까이 갔을 땐 나직이 말하는 음성과 땅을 찍는 곡괭이 소리가 둔중하고 침울하게 울려오고 있었다. 솔직히 말해서 그때부턴 난 잘 걸을 수가 없었다. 그래서 난 지게를 세웠다. 그리고 어머님 쪽으로 고개를 돌렸다. 어머님은, 그때는 슬픔이나 집착으로부터는 떠난 얼굴이셨다. 어둠 속에서도 그와 같은 것은 느낌으로 알 수 있는 것이다. 그와 같은 침울한 어둠 속에서도 나는 다 보고 다 느꼈다. 어머님은 나를 향해 주름 많은 얼굴을 히물거리시며 웃으시기까지 하셨다. 긴 침묵과 암울 속에서 비로소 어머님은 한 번 웃으셨다. 빛을 발견하고 한 번 웃으셨다. 확실히 어머님은 자기를 기다리는 '저쪽 언덕'의 등불을 보신 것이었다. 그 순간에 나도 눈만 껌벅이지 않았더라면 그 빛을 보았을 것은 확실하다.

—나도 싱긋하고 웃음으로 대답해드렸다. 그것으로 끝이었다. 어머님이나 나나 더 이상은 웃지 않았다. 나는 어느덧 어머님의 헝클어진 머리칼을 올려드리고 있었던 것이다.

초경이 지나고 이경도 고비에 가까웠을 때에야 나는 겨우 아내와 큰애 가까이 갈 수가 있었다. 아내와 큰애는 보슬한 땅을 파내 제법 넓고 둥근 구덩이를 만들어놓고 있었으나, 그런 정도의 깊이로서는 어머님의 앉은키에 적합하지는 못할 것 같았다. 좀 더 깊이 파야만 했다. 나는 우선 지게를 세워놓고, 아내는 좀 쉬도록 했다. 큰애는 도끼를 주어 적당한 크기의 나무 몇 대를 자르도록 시키고, 이번에는 내가 구덩이를 파기 시작했다. 구덩이를 파면서, '나도, 내가 나에게 필요 없게 되었을 때 누가 이 일을 해줄 것인가' 하고 생각했다. 역시 자식(子息)은 필요한 것이었다.

어머님은 바지게 위에 처음 자세로 앉아 계신 채 자기의 신방이 될 구덩이를 지켜보셨다. 아니 어쩌면 너무도 행복스러운 미래를 생각하곤 기절이라도 하셨는지 몰랐다. 아무튼 삼경이 훨씬 넘어 구덩이가 만족스럽게 되었기에 어머님 곁으로 가보니 어머님은 쭈그린 무릎에 얼굴을 묻고 얕게 코를 골고 계셨다.

나머지 일이란 구덩이의 덮개를 만드는 일이었는데, 뭐 그것은 별로 힘들 것이 없었다. 적당히 잘라진, 수노루 다리 굵기의 나무를 건너지르고, 잎이 붙은 나무 가장이를 덮은 뒤, 자갈흙을 쌓아 올리면 되는 일이었다. 어머님이 들어갈 만한 구멍을 남겨놓고, 그 일이 끝났을 땐 무야(戊夜), 즉 닭이 두 번째 홰를 치고 난 뒤였다. 아주 적당히 일이 진행되었던 것이다. 밥그릇과 물 항아리, 소금 접시를 들여놓는 안일과 어머님을 모시고 들어가는 일이 끝나면 구멍을 막는 일만이 남아 있었다. 구덩이는 흡사 굶주린 호랑이가 아가리를 벌리고 바위 등에 기복해 있는 것처럼 보였다. 먼저 큰애가 밥그릇 따위를 굴속 한구석에 넣어놓고 나왔다. 우리는 중복하지만 싫더라도 어머니를 위해서 그 일을 해야만 했었다. 사실은 소금만이 필요했었는지도 몰랐다. 갈증은 자기의 생애에서 몇 방울의 정수(精粹)를 걸러내게 할 행복한 명상을 주었을 테니까.

내가 어머님을 보듬어 내렸을 때에야 어머님은 놀라 깨시곤 좀 저항하는 움직임을 하셨는데, 그것은 무의식적으로 그러셨던 것이다. 그러나 자기의 상황을 살펴 깨달으시곤, 웬일인지 그 어둠 속에서도 나의 눈을 물끄러미 쳐다만 보시었다. 나도 마주 우러러보았다. 그 순간에 어머님과 나 사이엔 어떤 상통이 있었던 것이다. 어머님과 내겐 공감이 작용했다. 아주 벅찬 느낌이었다. 그러나 이 공감은 살육자와 피해자 간의 것과는 전적으로 구별될 성질의 것이었다. 말하자면 이 공감은 아주 인간적인 것이었는데, 반복하지만 고양(高揚)된 순간에만 상통되는 그러한 것이었다. 가해자와 피해자라는 관계는 절대로 없었다는 것은 너도 이해하고 있을 게다. 이런 것은 새로운 기준에 의해 측정되는 기존의 가치가—이 기준이란 말은 확실히 모호하고 꼭 끄집어 설명할 수는 없는 것이지만, 그래도 어떤 객관적인 점을 예(例)함 으로 해서 그것의 어렴풋한 윤곽이라도 붙잡을 수는 있다고 생각한다. 가령 신라적인 우아함이나 섬세함은 우리 고구려 사람의 눈에는 여성적으로 보인다든가, 바위는 물보다는 단단하다든가, 제비는 뱀보다는 빨리 달린다든가 하는 이러한 비교 속에는 어떤 기준이 내포되어 있는 것이 아니겠니? —새로운 가치 앞에 무력해져서 자기의 몰락을 씁쓸하더라도 기꺼워할 수밖에 없다는 이런 것이다. 그렇다고 그것이 전적으로 무시되며, 전적으로 몰락된다는 말은 아니다. 새로운 가치라는 것은 묵은 세대나, 그 가치라는 배경, 또는 토양 위에서 싹터 형성되는 것이다. 새로운 가치의 향토(鄕土)는 몰락한 가치의 폐허 안에 있다는 말이다. 내가 말하는 어머님과 자식 간의 상통은 실로 여기에 있었던 것이다. 자식이 돌틈에서 버섯처럼 태어났다거나, 나는 새가 갈긴 똥처럼 뜻밖에 떨어져 내렸다면 상통이라든가 어떤 공감 따위가 뭐겠니?

어머님은 "나를 내려다오" 하고 말씀하셨다. 그래, 두 번이나 "나를 내려다오" 그러셨다. 얼마나 오랜 침묵 후에 들은 목소리였는지. 내게는 내 언저리에서 부딪쳐 깨어지며 소리 내는 포말(泡沫)의 그것과도 같은 달콤함과 정다움을 느끼게 해주었다. 그 말씀은 가장 훌륭한 선고(宣告)였다. 어머님은 자기의 집념으로부터 해탈하셨고, 자식은 자식의 절규에 성공한 순간이었다.

나는 어머님을 내 팔 안에서 대지에 발을 디딜 수 있으시도록 했다. 어머님은 땅에 발을 딛자 다른 아무에게도 고개를 돌리시지도 않고, 오직 나만을 향해 얼마 동안을 바라보고만 계시더니 그 가냘프고 떨리는 손으로 내 얼굴을 어루만지시는 것이었다. 그 부드러우면서도 자신 없는 애무는 자식의 여명(黎明)을 얼마쯤 가지시려는 흡혈귀적(吸血鬼的)인 탐욕도 포함해서, 자기의 낙조(落照)를 넘겨주겠다는 그런 성스런 의식(儀式)의 애무였던 것이다. 그리하여 어머님은 내게서 확실히 얼마간의 미래를 흡입하셨다. 그리고 나는 어머님 속에 있는 어떤 불멸(不滅)을 남김없이 인수(引受)했다. 이 일이 끝나자 어머님은 두어 발자국 묘혈을 향해 걸어가셨다. 가시다 말고는 걱정하셨다.

"그 애 장가를 보내라, 응?" 이렇게 말이다. 그래! 자식이란 필요한 것이다. 너도 장가를 가야 한다. 우리는 우리가 가치 없게 되었다고 생각될 때, 우리의 실행력(實行力)이 진(盡)했다고 생각될 때, 그때 우리가 반드시 지니고 있을 어떤 불멸을 넘겨주고, 또 그 상속자들에게서 동트는 빛의 얼마라도 얻어 몰락의 행복을 입힐 수의(壽衣)를 만들려면 자식이 필요하다. 자식은 반드시 필요하다. 그 말씀을 최후로 어머님은 어느 때보다도 확실한 걸음걸이로 구덩이까지 걸어가셔서 그 안으로 사라지셨다. 그런 광경을 나는 목도하였다. 그때 나는 어찌 된 셈인지 말도 나오지 않았고 움직일 수도 없었다. 내 눈에는 강 건너 불빛처럼 서두르는 아내와 큰애의 모습이 보이고, 흙을 덮는 연장의 금속성 음향과, 흙 덮이는 소리가 들렸을 뿐이었다. 그래도 나는 자식을 갖고 있다는 행복을 어머니와 같이 느끼고 있었던 걸 게다. 그리고 아마…… 비가 내리기 시작했던 모양이었다.

그로부터 한 달이나 지난 후, 엊그저께 내가 거기에 가보았을 땐 무덤은 이미 고분(古墳)처럼 보였다. 쇠비름 몇 포기가 갈라진 황토 사이에 자라나 있었다. —하략(下略)—

3. 유수(幽囚)

소금은 한 사리를 응고시키겠지.

어떤 바닷가에 살던 한 어부(魚夫)가, 고향의 단조로움과, 되풀이 이외의 아무것도 아닌 일상의 생활에 환멸을 느끼곤, 어디든 변화도 있으면서 신기하고 자유로운 땅으로 이주해 살까 하고 어떤 날 먼 도보 여행에 올랐다.

그 어부가 그와 같은 생각을 가졌던 것도 무리는 아니었다. 하루가 지고, 또 밤늦도록 바다에 낚시나 그물을 드리워보아야 신통스러운 벌이도 못되었을 뿐만 아니라, 나날이 반복되는 그 지루한 생활과, 나날이 보는 그 끝없이 단조로운 바다는, —어부의 생각으로선 자기의 사위를 뭣인가 해정(海精) 같은 것이 그물을 치고 옭아매 두어 나중엔 보람도 없는 생활 속에서 독조기처럼 절여지다 썩어 죽게 될 것이라는 그 공포심이 자꾸 들었기 때문이었다.

“아무튼, 내가 떠나 본다면 내가 뭣에 묶여 있는 건지 어떤지를 알게 될 거야”라고 어부는 결정을 내렸다. 그리고 그 결정은 곧 어부로 하여금 실천에 옮기도록 했다.

그래 어떤 날 어부는 길을 떠났다. 어부에게는 처자도 형제도 없었으므로 떠나는 일이란 어렵지 않았다.

어부는 바다로 면한 길을 피해 되도록 내륙(內陸)을 향한 길만을 걸었다. 해가 지면 나무뿌리를 베개 삼았다. 배가 고프면 열매나 뿌리를 씹었다. 비가 퍼부어도 걷고, 눈이 내려도 걸었다. 그러나 어부는 지칠 줄도 몰랐다. 상상할 수도 없이 훌륭한, 자기에게 약속된 땅이 자기를 기다리고 있을 것 같은 생각이 그의 전신과 영혼을 지배하고 있었던 때문이다. 어부는 그렇게 하여 오랫동안을 여행했다. 수천 개의 동계 표시도 보았고, 이정표도 보았으나 어부의 발걸음은 어디서고 정착되지 않았다.

그런 오랜 여행 끝에—겨울이 다가오려는 늦은 가을 저녁이었는데—어부는 한 횃불 같은 것이 일럭 일럭 하며 저쪽 산모퉁이에서 유혹하는 것을 발견했다. 어부에겐 그 횃불은 발길을 걷는 사람의 그것이 아니고, 약속된 누군가를 기다리고 있는 듯이만 생각되었다. 그리고 그 약속된 인간이란 바로 어부 자기일 것이라는 생각이 들자 금방 그렇게 믿게 되었다. 그래서 어부는 추위 때문이 아니라 환희 때문에 덜덜 떨었다. 떨면서 어부는 불빛 쪽을 향해 마구 달려갔다. 달려가면서 어부는 “여보세요, 난 오랫동안 내 자신의 빛은 보지 못했어요. 거기서 기다려줘요” 하고 절규했다. 절규하며 허둥지둥 달려갔다.

불빛에 거의 가까워졌는데, 그런데 웬일인지 아차 하는 순간 어부는 깊은 함정 같은 속에 빠지고 말았다. 그 순간 어부는 기절이라도 할 듯했는데, 정신을 수습해서 주위를 살펴보곤 안심했다. 사냥으로 늙은 듯한 한 수염 많은 노인이 저 위에서 서성거리며 무슨 주문 같은 것을 외고 있었기 때문이다.

"'내통삼매내조아 외통삼매내조아.'" 그리고 그는 무엇을 그 아래의 어부의 머리 위에 뿌리는 것이다.

어부는 킥킥 나오는 웃음을 참으며, "영감님, 사람 좀 살려요!" 하고 고함쳐 올려 보냈다. 그러나 위에선 아무 반응이 없다. 어부는 다시 한번 소리쳤다. 역시 마찬가지였다. 어부는 다급해지기 시작했다. 그가 귀머거리 노인이라면 우렛소리 같은 고함을 질러댄다 하더라도 어부의 구원은 불가능할 테니까. 어부는 본능적으로 우선 사방 벽을 더듬어보았다. 그런데 벽은 미끄럽고 둥글었으며, 하늘로 향한 입구는 작게 보이고 까마득했다. 틀림없는 거대한 항아리 속이었다.

어부가 자기의 처지에 대해 좀 더 확실하게 알게 되었을 땐, 횃불을 든 그 노인은 막 떠나려는 참이었다. 어부는 정신을 차릴 수 없이 다급해져 사방 벽을 몸으로 부딪치며 고함쳐댔다.

"사람 살려! 사람 살려요!" 그러자 이제껏 귀머거리처럼 주문만 외던 그가 무슨 마음에서 되돌아와 항아리 속으로 고개를 밀었다. 그는 귀머거리는 아니고, 어떤 효과를 노린 모양이었다.

"사람입니다, 살려주세요! 난 짐승이 아닙니다." 어부는 희망을 걸고 우는 소리로 애걸했다.

"사람이래도 마찬가지야. 한계를 넘는 것에는 말야. 한계 안[內]이라도 마찬가지지만," 메마른 음성이었다.

"여보세요, 살려주세요. 난 간첩이나 도망자가 아니고 어떻게 오다 보니……"

"이봐요, 나는 자네들의 뼛조각을 주워 모으는 그런 하잘것없는—물방앗간의 구두쇠 같은 영감이지. 한데 내게도 인정이 있을 성싶나? 난 이 변경을 지키고 뼛조각을 주우며 늙어왔다네."

"제발 구해주세요, 네? 난 나쁜 사람이 아닙니다. 난 어부예요. 살려주시면 일생 당신의 종이 되겠습니다."

"아니, 자네는, 자네가, 선택해서, 온, 길에서, 벗어나려고, 몸부림, 쳐도, 이젠, 때가, 늦었어!" 노인은 무정하게 말하며 배낭에서 아까와 같은 것을 움켜내어 주룩주룩 쏟는 것이었다. 어부는 그것을 맛보고 소금인 것을 알았다. 어부는 더욱 비통스러워졌다.

"아니에요! 난 절대로 선택인지 뭔지는 하지도 않았지요. 나는 무작정 이쪽 길로만 왔을 뿐인걸요. 아직 길도 다 안 되었잖느냐 말입니다. 살려주세요! 줄을 밀어 넣어주세요, 네? 영감님."

"어쨌든, 너의, 출가(出家)가, 너의 선택(選擇)이었어. 너는 너의, 항아리, 속에, 소금, 속에서, 너의, 왕국(王國)을, 건설하도록, 되었던, 놈이야."

"쳇, 제기랄 놈의 영감님! 수염을 뽑아버릴라." 어부는 분노로 욕설을 뱉고는, "떠나올 일이 아니었었어. 집 떠나올 일이 아니었다니까. 영감님, 지금이래도 다시 돌아가게 해주세요, 튼? 다시 고기잡이나 하고 싶어요" 하고 탄식했다.

"결국 그랬대도 말야, 꼭같아. 꼭같고말고! 더 걸어간대도 돌아간대도 마찬가지지. 태어난 걸 후회하는 수밖에 없어."

"제발 영감님 이렇게 울며 빕니다. 살려주십시오! 살려주시와요! 여기서는 절망입니다! 절망입니다! 절망입니다!"

그때 그 노인은 횃불을 들고 멀리 사라져 갔는데, 그 암흑한 소금 항아리 속으로 메아리 같은 몇 마디의 말이 결론이라도 짓는 듯이 들려왔다. "꼭같고말고! 집 떠나오지 않았대도, 끝없이 길을 가본대도, 너는 결국 너의 항아리 속, 소금 속에 사리로나 될 놈이었거든. 하늘이나 쳐다보고 무슨 줄이나 내려오는지 기다려 봐라. '옴급급여률령사바하.'"

최판관

1

“저기 저 사내, 자넨 거 계집처럼, 얼굴에다 매력을 무척 띄워 올리길 좋아해 보이는군, 대체로 맑은 얼굴인데, 뭔지 좀 기댈 데라도 있는 투라구, 좀 앞으로 나서볼꺼나. 아 그러구 보니 자네는, 젖 좋은 암소 만 마리하고도 비교가 안 될 저 비옥한 평야에서, 그 젖에, 또 그 꿀에 실컷 멱을 감았댔군. 자넨 참 드물게 호팔자였댔어. 헌데 안됐어, 무척 죽기 싫었을 텐데 말야, 나의 애도도 자네께 얹어두게나, 안됐어. 헌데 자네 할아비로 말하면, 살았을 땐 청백리로 인구에 회자 터니, 죽자마자 그런데 갑자기 탐관오리로 변해 다섯 손가락을 갖고도 조상객을 셈하기 어려웠댔지. 어쨌든 그 할애비 덕이 자네껜 컸지. 글쎄 말야, 자네 할애비 덕이 없었던들 자네나 자네 애비나 평생 똥가랭이가 찢어지도록 가난스레 살았을지도 몰랐는데 말야. 그리고 가만있어보게나, 뭐 자네 그렇게나 급해 할 것 없네, 글쎄 여기서야 세월 좀 먹을 일 없거든, 글쎄, 그렇군 이봐, 자네 애빈 자네 할애비보담은 좀 더 솔직했었어, 글쎄 그랬네. 허니깐 말야, 자네 아빈 상당히 멋들어지게 살긴 살았었는데 말야, 글쎄 그리고 이게 사실이지만 말야, 자네 아빈 자네 할애비 축재 위에 거저 앉아 있었으면서도 글쎄 그것만 가지곤 좀 모자랐던 모양이었어. 조강지처 하루에도 열두 번씩 몽둥이 뜸질해 쫓아 보내고, 허헛, 이웃 고을 장자네 무남독녀께 눈독을 들인 거야. 헌데 알다시피 말일세, 참 아깝게도 말일세, 향기로워야 될 그 몸에서, 내 말은 그 장자네 무남독녀를 두고 하는 말인데, 노린내가 나던 거야, 것두 아주 지독한 걸로 말야, 게다가 참 아깝게도 말이야, 그게 또 언청이에 백치였댔다구. 그러나 자네 아빈 장가를 그 아가씨께 든 거야. 그따위 노린내쯤 전답 문서나 돈궤 냄새라고 생각해버리면 흠 흠, 거 무척 향긋하군, 향긋해. 자네 아비가 아마 한 둬십 년 전에 여길 지나가며 내게 그렇게 들려주더군. 향긋할 수밖에 없잖았냐고 말이지. 그런데 장가를 들고 난 뒤, 자네 아비가 자기 마누라께 어떻게 한 줄 자넨 기억하나? 그 냄새 나는 언청이 백치쯤 토굴 하나 파고 처넣어버린 거지 뭐. 그래도 세 때 밥은 구멍 속으로 밀어 넣어주게 했기에 망정이지, 안 그랬더면 자네는 글쎄 생겨가다 죽었을 게야. 그 토굴 속에서 자네 어민 자넬 낳은 거야. 허긴 색골이란 건, 악취 나는 계집하고도 한 둬 번쯤 자보는 것을 무슨 흥미로 알거든. 허나 자넨 으리으리하고도 넓은 장판방에서 자랐지. 암소 같은 유모 둘이 밤낮을 번갈아들며 자네께 젖을 먹여댔었어. 가만있어보게나, 아 그리고, 자네 아비 말인데, 수십 명의 소작인들의 늙은 계집으로부터 어린 딸들에 이르기까지 이틀 밤씩을 지내는데도 신물이 나설랑, 나중엔 홍루 청루 숭한 똥갈보 년들 수십 명씩으로 더불어 만단설화 다 펴는구나. 허헛, 멋이 있어, 멋이 있다구, 헌데 그러다 아마, 근이 곪고 썩고 토막이 나고, 좃대가 주저앉고, 꺾어지고, 팍 물러나, 제 명대로도 못 살고 죽은 걸로 돼 있지 아마. 분명해. 그러느라 하다 보니, 자넨 좀 뒷전이라, 문맹을 못 면하고 말 지경이었으나, 워낙이 총명한 탓으로, 뭐 소작인이 제아무리 약삭빨랐대도 볏 섬 손해 볼 일이란 없었지. 글쎄 문 걸어 잠그고, 콩 한 됫박만 방바닥에 쏟아놓으면, 허헛, 그리고 자넨 그 콩알들을 이쪽에 몇 낱 저쪽에 몇 낱 해서 수십 몇 낱을 나누면서는 늘 앓는 소리를 했댔는데, 어땠나 불알이라도 부풀어 올라 터질 듯했댔나? 어쨌든 말야, 그렇게 서너 식경을 꿍얼대다 나오면, 아가만있어보게나, 이러다 보니 감기기가 도지려고 드는군, 자넨 총명했어, 글쎄 두 번인가 길 가다 들은 시조 가락이었을 뿐인데도, 자네는 어느 한 모퉁이 서툰 데 없이 불러 젖혀, 아첨도 상급의 아첨을 대번에 받을 정도였댔으니깐 두루 말야. 게다가 널리 사랑을 열고, 사미승으로부터 일등 문사들까지 다 손님으로 접대를 했댔으니. 감기야, 이건 좀 심한 감기라, 허나 자네 만나니 반갑네, 반가워. 그나따나, 자네는 대체, 저쪽 동네서 무슨 죄를 좀 졌던고? 알다시피, 여기 이 저울은 죄 무게만 좀 달아보도록 그렇게 만들어진 게야."

"그, 그기 말씸입니더."

"허허 왜 가진 죄가 없나?"

"그케 말씸입니더, 죄락 카므넌, 그기 죄 앙이긋는교, 즈기."

"더듬을 건 없지 싶네, 없어."

"즈기 말씸입니더, 그카이, 죄락 카므넌 요눔이 살았었든 기, 그기 말캉 죄 앙이긋는교?"

"건 공손하고 빈틈없는 말이야. 허지만 자네도 이제 알았겠다시피, 여긴 그 모두 살았었던 자들이, 살고 난 뒤에 오는 곳이니깐두루, 그런 거야 아예 얘기될 게 없는 것 아니겠나. 그리고 자네 이미 다 들었고, 또 내 뒤쪽 벽에다 세 가지 기호로 그려놓아, 무식한 혼은 무식한 대로, 유식한 혼은 유식한 대로, 또 장님은 장님대로, 여기 입장한 그 당장으로 다 보고, 읽고, 더듬어서 알 수 있도록 해둔, 그 기호들의 의미대로 말이세, 요약해서 말하면, 원초적으로, 또는 우발적으로 불가피한 문제란 건 아예 얘기될 게 없는 거라구. 누가 말하기를 살생은 죄란대서, 자네 모래나 바위만 씹어 먹으며 버텨볼 재간이 있나? 글쎄 자네가, 밤에 길을 걷다 자네도 모른 새, 얼마나 많은 지렁이를 밟아 죽이고 풀잎을 숨 죽였던동, 그런 건 얘깃거리가 안 된다구. 글쎄 말야, 담을 쌓느라고 쌓다가 실수를 해서, 돌 한 덩이가 길 쪽으로 떨어졌는데, 하필이면 그 돌이 원수 집의 큰아들을 쳐 죽이게 했다고 해서, 내가 자네네 큰아들의 목을 친다면 그게 공정한가? 관에선 자네를 옥에 처넣을지 모르지만, 나는 그 옥을 부수려는 자란 말야."

"그카믄 말씸입니더. 뭐 택별이 말씸디릴 죄락 카넌 기 말씸입니더, 요눔 흔테넌 벨판 없지 싶업니더."

"그, 그래? 거 반가운 얘기야, 반가운 얘기야, 반가운 얘기야, 이건 참 아마 내게 있어 그중 기꺼운 날이 될 듯싶어, 감기쯤 아무것도 아닌 거지. 이건 얼마 만인가, 아마 내 평생, 내 평생이란 건 저 처음에서부터 오늘까지를 말이네만, 이것이 처음이지 싶어, 그러구 보니 이것이 처음이야, 나중에 봐서, 오늘은 풍악이라도 잡히고, 자네와 한잔 거나히 들어야겠어, 글쎄 안 그럴 수 없지. 글쎄 너무 울적이 살다 보니 감기만 도지고, 풍류도 잊고 있었댔군그래. 자네 소린 기껍고 반가워. 일언이폐지하고 좋은 시 삼백이 다 뭣이며, 좋은 노래 삼천이 다 뭣이겠나. 자네 그 한마디는, 삼백 수의 시보다도 좋고, 삼천 가락의 좋은 노래보다도 좋은데 말이야, 자, 내 귀가 즐거움에 목말랐을 때, 어서 더 좀, 그 향기로운 얘기를 더 들려줄 수 없겠나."

"그케 말씸이락 카이요, 요놈 우직흔 생각에넌 말씸입니더, 죄에넌 기중 큰 거로, 그카이 그기에 한 다섯 가지나 있던 기 아잉가 그리 알아왔넌데 말씸입니더,"

"오우, 건 또 처음 듣는 얘기라, 흥미가 있네, 암믄."

"헤헤, 판관님도요, 백찌 너무 그래싸시지 마이소. 요놈 백찌 부끄릅어 똑 죽겄씸더."

"허허허, 어서 잇게, 이쉬,"

"요놈 그저 귀동냥만 해서 알아묵기로넌 말씸이라요, 불(佛)에넌 오계락 카넌 기 있고 말씸입니더, 유(儒)에넌 오륜이락 카넌기 있넌데, 고 오계락 카던가, 오륜이락 카넌기 잘 지케지므넌 거것이 그카이 선이 된다고 말씸입니더, 어계지므넌 그카이 거것이 악이 된다넌 이 말씸이락꼬요."

"거 비단결 같은 변론이야. 거 비단결이야, 거 모두 난 처음 듣는 소리라, 신기하기만 하고, 그러면서 가슴이 다 출렁이네야. 허고 보면 말야, 자네 살았던 고장이란 무척이나 신명이 나는 곳인 듯해. 하루에 열두 번 풍악을 잡혀도 모자라겠어. 헌데 내게 자네 얘기가 좀 어려워. 좀 풀어 들려주었으면 고맙겠네, 거 어려워, 우주 조화 속보다 어려운 듯해. 난 몰랐었구먼, 참말이지 몰랐댔어."

"허헉. 파, 판관님도요, 그거를 몰랐닥 카시므넌 그기 말이 됩니꺼 예?"

"글쎄 자네도 알다시피 난 저쪽 동네 저울눈을 갖고 있는 게 아니거든."

"그카믄 내 일르더릴꼬?"

"간절히 내 원하는 게 그거 아니던가?"

"썽 안 낼랑교?"

"허헛따 야 사람아. 거 누가 좋은 노래를 듣고 난 뒤 그 가희를 때려주겠는고."

"맞씸더, 맞씸더. 헤헤. 요눔 생각에넌 말씸입니더, 판관 나리가 데게 무섭어 어지럴빵빵흘 중만 알았넌데 말씸입니더, 은제요, 여엉판 다러다 아잉교."

"그래 어떻게 되던고, 큰 죄라는 것들이 말이세."

"아 참, 요눔 정신머리 좀 보꼬? 으짜다 거르케 깜빡 잊아뿌릿으꼬. 그카믄 믄저, 오계락 카넌 기를 풀어 말씸더리믄, 거 첫찌넌 말씸이라요, 절단코 살생을 해서넌 안 된닥 카넌 기고,"

"비단결 같애, 암믄이지, 살생을 해서야 되겠나, 안 되지. 그러면. 자네는 생각에 어떤고?"

"그기사 묻주도 마이소. 내사 제일 싫으하넌 기 살생 앙이었긋넌교. 퍼리 목심도 목심언 목심이락꼬요."

"비단결이야."

"아 물론이사, 요눔도 넘이 쥑인 닭괴기, 쇠괴기, 돼지괴기 묵기사 묵었다 앙이긋넌교. 하지만도, 그기야 부체님꺼지도 부체님 될락꼬 집 떠나기 전꺼지넌 고래 묵고 살쨌다 앙이오. 그기야 죽은 살 아니냐꼬요. 목심 없는 살이사 묵으바도 살이제 그게 살생이긋넌교."

"비단결이야. 허고 그런 변명은 이제 그만해둬도 되겠네. 그런 기본적인 문제야 내 다 이미 밝혔던 일, 그렇다고 백정이 모두 삼악도에 떨어지며, 중이 모두 정토에 가는 것은 아니니깐두루 말야, 어떤 인연으로서든 생명을 부음받았으면, 어쨌든 그 생명을 생명답게 생명으로서 영위했으면 되는 게야."

"맞씸더, 맞씸더."

"그 둘째 계는 뭐든고?"

"아 참, 요눔 정신머리 좀 보꼬? 그카이, 그 두찌로 요놈이 지킨 기는, 사음치 말락 카넌 그긴데."

"자넨 어쨌던고?"

"요눔이사 은제요, 요눔 펭생에 못난 지 제집 하나만 똑 제집인 중 알고 말씸입니더."

"호우, 건 또 제법 잘살았던 사내치곤 또 어려운 노릇이야. 아마 자넨 고자였댔나?"

"요눔이 고자락꼬요? 천만엡니더. 눈 딱 봉해뿌고 억제럴 했다 앙이긋섭니꺼."

"비록 나라두 말이네, 젊어 고운 채 죽은 계집이 여길 지나면 말이네, 자꼬 침이 흐르고, 정신이 다 몽롱해지곤 했는데, 자네는 그렇찮았던가 모르겠어."

"요눔언 택별이 모러겠십더."

"그래? 내 기억해두지. 어쨌든 자네는 정욕이 대단스럽질 못했댔군 응? 허나 사내란 건 색이 좀 과하다 싶어야 세상을 좋게든 나쁘게든 어떻게든 꾸미는 게야. 그 어느 편이든 다 좋지, 좋은 거야. 헌데 자넨 색욕이 적었던 모양이었어."

"그거는 똑 그카다꼬만 말할 수도 천상 없다 앙이긋넌교? 판관님도 아심서 백찌 그캐싸싱만요."

"허허허, 허긴 자넨 참, 더럽게 죽은 색골의 자식이었댔지. 게다가 자넨 푼수에 넘치게 총명했댔고. 헌데 조금 아까부터 새롭게 구토 멀미기가 들면서, 누천년의 권태가 조금씩 조금씩 그 그늘에 내게 덮기를 시작하고 있는데, 글쎄 어쨌든 말야, 만약 자네에게 자네 아비의 이지러진 거울이 없었더면, 자네는 어쨌을까? 자네는 음울하게 자라면서, 너무도 많이 자네 할애비나 아비의 처세를 듣고, 느끼고 또 도처에서 그들에 의한 상흔을 보고, 아 그래, 그런 건 참으로 무서운 인각을 자네에게 남겼어, 더욱이 자네 어미의 죽음은 자네 생명을 영 해롭게 뒤흔들었댔지, 내 알지 알아. 헌데 야 사람아 내가 보고자 하는 건 자네 같은 비단결의 어느 한구석에라도 한 올 터진 데가 없는가, 또는 어디에 추악한 굵은 올이 짜든 데는 없는가, 그런 거야."

"으얫던동, 요눔흔테 사음 죄넌 없넌 기 앙이긋소?"

"거 다 맞는 소리야. 어쨌든 셋째는 뭐라든 계든고? 간단하게 말할수록 좋겠네. 이 권태여, 이건 감기라. 어쨌든 건 또 뭐든고?"

"그기넌, 넘으껏 훔치믄 안 된닥 카넌 깁지예."

"아 그렇겠군. 허지만 자넨 부자였댔으니깐 말야. 자네 할애빈 악명을 떨친 탐관오리였댔구 말야. 게다가 자넨 푼수에 넘치게 총명했댔고. 구토 멀미야, 이건 감기치곤 독하고 신종(新種)이야, 만약 자네에게 자네 할애비의 쪼각난 거울이 없었더면, 자네는 어쨌을까? 나는 그것이 알고 싶었을 뿐인데 말야. 인간의 욕망과 욕구의 저 시작과 저 끝이 맞닿는 곳에 있는 그 어떤 아리송한 것의 정체를 알고 싶었는데 말야. 어쩌면 내 욕심이 지나쳤던지도 모르긴 하지."

"으앳던동, 요눔흔테 투도 죄넌 없넌 기 앙이긋소?"

"거 다 맞는 소리야."

"그카고 넷찌 계락 카넌 기넌,"

"됐네, 됐어. 내 이렇게 손까지 홰홰 젓잖나, 됐다구. 멀미야, 누천년의 권태라구. 헌데 야 사람아, 내가 한 가지만 좀 물어봤으면 싶은데, 괜찮겠나?"

"참 판관님도요, 무스키 말씸얼 그카시능교?"

"허으, 자넨 참 친절한 사내야. 생싯적 그대로 정중하고 삽삽해. 자네야 워낙에 칭송만 받고 살았댔으니, 내가 하는 정도는 간에 기별도 안 갈 게야."

"판관님도요, 백찌 너무 그캐싸지 마이소."

"그럼 말야 자네, 평생에 누굴 쬐끔 미워해 본 적이라도 있었나? 허긴 내 자네 대답쯤 알 만하지. 하면서도, 이 대답 한마디쯤 좀 그럴듯이 듣고 싶은 그 울적함이 태산 같애."

"참 판관님도요, 똑 무스키, 아 알개(꼬아서) 엿 빳아 묵을 란맨치로 너무 그캐싸지 마이소. 내가 백찌 와 생사람을 밉으하꼬?"

"건 그럴 게야. 자넨 오계·오륜 '적'으로 살려고 무척 애는 썼던 사내였댔으니 말야. 이 구슬 속에 보이는 자넨 한때 조금 미소년이었을 시절이 있었군. 자네 좀 시달리는 얼굴이라구. 도심과 색욕이 자네겐들 유전 안 될 리 없었지. 헌데 자네는, 괴로울 때면 말야, 무슨 부적처럼 자네 가슴속에 간직했던, 자네 할애비 애비 얼굴을 펼쳐 내보는 거야. 그런데도 아직은 시달림이 가시질 않고 있어. 참 아름다운 얼굴이었댔는데 말야. 헌데 말야, 평판이 돌기를 시작하는데 말일세, 들어보니, 뭣이라는 양반, 물론 자네 말이지, 무척도 점잖고 너그럽고, 의젓하며, 자선심에 동정심 많고, 보시 잘하고, 좋은 이웃이며, 좋은 친척이고, 훌륭한 가장이며, 그러니까 한마디로, 미륵불 출세라는 거야. 어쨌든 건 좀 자네게 과했어, 과했더라구. 허나 세상 이치 속이란 그런 법이지, 폭군 한번 모질게 다스리고 쓰러진 다음에 오는 군주란, 그 역시 폭군이란대도, 반만 착한 데가 있으면 성군이 돼버리는 거지. 과했어, 자네게 별로 어울리지 않게 과했어. 그러고 보면 어느 철을 막론하고, 수(數)란 건 군주라. 시달리며 겨우 자기를 꾸미려는 그 나이에 쯔츳, 자네는 평판의 기생 노릇을 시작하는군. 아름답고 너그러이 웃고, 음성 부드러이 말하며, 얼굴에 매력을 피워 올리기를 시작하는데 말야, 전답 몇 마지기 더 소작하자고 마누라나 어린 딸 분 발라 데리고 와 은근히 속삭이는 소리에도 외면을 하는군. 자네는, 이 세상에 있는, 이해할 수 없는, 세 가지 자취를 몰랐어. 그 하나야 하늘을 날으는 독수리 자취고, 그 둘은, 암석 위를 기어간 독사의 자취며, 그 셋은, 남자와 자고 오줌 누어버린 계집의 그 자취라. 자네는 오줌 뉘어 보낼 줄은 모르고, 자네 평판에 금이 갈 그 자취만 알았다구. 허읏 츠츳, 자 그래서, 이제 자네가 가야 할 국토는 여기겠네, 나도 심정이 울적해, 즉슨 거기, 독에 타는 독사와, 피에 주린 빈대, 게걸은 못 면하고 욕망만 한없이 늘이는 독거미와, 지옥으로부터 신음을 나르는 두더지, 그리고 오계가 무엇이며 오륜이 무엇인지, 그 모습을 으스름 속에 감춰버리려고 날개에서 음산한 그늘만을 흩뿌리는 박쥐들, 그리고 부엉이의 노래와, 까마귀의 통곡이 가득 찬 고장, 허지만 망각되어지지 않는데, 거기, 분명 자네의 정토가 서겠네. 허지만 그자, 아직은 몇 마디 할 얘기가 남은 듯해 뵈니, 아직은 그곳으로 데리고 가지 말고, 거 한옆에 좀 세워두거라."

"으, 으, 으째 그래 됩지예? 요눔, 이치 속을 통 알, 알아묵덜 못 하긋씸더."

"건 나두 마찬가지야. 허지만 독사에게 쫒겨보며 독에 타고, 빈대에게 그 피를 빨리고, 두더지 이빨에 자네의 그 평판이 속까지 갉히고, 아무리 구원을 청해 손을 흔들어보지만, 흔들수록 더 억세게 감겨드는 거미줄에 숨이 막히고 박쥐의 날갯짓 아래서 오계도 오륜의 모습도 볼 수 없게 되었을 때, 그때, 나는 자네의 깡마른 혼육(魂肉)을 보고 싶은 게야. 자넨 대체로 비계가 너무 많아. 그땐 아마 우리 서로 이치 속을 알지 싶어. 저 마왕의 첩년들은, 결국 자네가 사육했었던 그것들 아닌가. 물론 자네 속은 내 짐작하지, 자네는 저 싸가지 없는 잡종들을 손톱으로 눌러 죽이기나 하면서 살았었다고 하겠지만, 내게 이르면 그것은 사육으로밖엔 안 보이는 게 탈이야. 자, 이제부터 자네는 진정으로 치열히, 그것들을 손톱으로 눌러 죽일 때야. 천년이 걸릴지 반년이 걸릴지, 그것은 자네게 달린 거야. 나는 언제라도 자네 다시 만나길 기꺼워할 테니깐 두루. 자 그럼, 자네 얘긴 좀 있다 몇 마디만 더 들어주기로 하지. 허고, 그렇지, 저기 저 빙충맞게 못나 뵈는 사내, 거 꽤는 울고 싶어 하는군, 얼굴에 매력이 없는 건 좋지도 나쁘지도 않아, 좀 가까이 오실까, 허고 그래, 거 돌의자긴 하지만, 좀 앉게, 열나흘 길 고단하기도 할세라,"

2

"그리고 이 봐라, 자네 이 구슬 좀 자네 상 앞에 갖다 놓고, 이 빙충맞아 뵈는 혼백이 전생을 어떻게 살아왔는지 번거롭게 사사로운 건 말할 것 없고, 그 중 큰 사건으로만, 글쎄 난 대체로 늘 좀 지루해싸서 탈이야, 어쨌든 동안에, 나는 대개 좀 졸아두려는 거야. 그냥 몇 마디로 요약을 해서, 내게 들려주려나. 이 친군 석새삼베 비 맞은 듯해 흥미가 없진 않아."

"예입죠, 아 드디어 나타나는군입쇼, 글쎕쇼, 나타나는군입쇼."

"내 뭐랬나? 거 번거로워요, 번거롭다구."

"죄, 죄송하오나 말씀입죠, 어쨌든 말씀입죠, 서론이란 있어야 되는 법이고 말씀입죠."

"글쎄 거 좀 번거롭대두. 거두절미를 해요, 요약을. 징검다리 딛고 건너나, 다리 위로 건너나, 짚신 벗어 허리에 찌르고 물속을 걸어 건너나, 건너고 나면 거 다 이섭대천 아니겠나."

"예입죠, 지당허신 말씀이시옵니다. 그래서 나타나고 있군입쇼."

"허헉 거, 안되는 종자로군. 자넨 거 평생에 계집질 한 번도 못 해봤댔나? 자네처럼 하다간 묘혈(妙穴)은 얻도 못하구시나 동창에 해 뜨겠어. 어쨌든 잇게, 이숴."

"글쎕쇼, 아까부텀 이와 같은 사건이 둘 나타났는데 말씀입죠, 그게 너무 작고 볼품이 없어서 말씀입죠, 소관의 생각에도 말씀입죠, 게 너무 부끄럽고 해서 말씀입죠, 지금 여러 가지로 궁리를 하는 중인데 말씀입죠, 궁리란 건 말씀입죠, 그건 소관의 직책은 아닌 듯하옵고 말씀입죠, 그게 그러하온데 말씀입죠,"

"이 사람아, 어디 궁리뿐만이겠는가, 사건의 크고 작음을 판단하는 일도 자네 직책은 아닌 거지. 허허헛, 자네 어쩌다 혹간 홍루라도 들를 일이 생기거든 아예 낫을 둬 가락 차고 들게. 그래설랑 저것이 계집이다 싶으면, 낫을 꼬나들어 우선 목부터 쳐내고, 또 다른 낫 휘둘러 쓸모없는 두 다리 쳐낸 뒤에, 그리고 일을 시작하란 말야. 계속하게."

"하오나 이 어쭙잖은 소관도 말씀입죠, 묘혈쯤 찾는 데는 묘통한 수가 있삽고 말씀입죠, 처용 돌아와 문지방에 발 들여놓을 때까지는 어쨌든 말씀입죠, 반홍은 돋구는데 말씀입죠."

"허허헛, 됐어, 그 정도면 자네도 보통은 못 돼. 그래서 그 구슬 속의 '이와 같은' 두 사건은 어떻지?"

"저 촌로 평생에 두 번 작은 절도질이 있었는데 말씀입죠, 그 첫 번째 것은 말씀입죠,"

"글쎄 자네 의견은 뽑으랬잖나. 사건이 작은지 큰지는 자네 알 바 아니잖나. 그래 그건 무슨 절도였댔지?"

"지지리도 못난 촌로 같으니라구. 글쎄 계란 두 개를 두 번에 나누어 훔쳤군입쇼."

"그건 또 흥미가 있어. 그 첫 번째는?"

"그래서 말씀입죠, 이 소관이 궁리를 하고자 했삽는데 말씀입죠, 그게 글쎄 말씀입죠, 미성년 절도라,"

"미성년 절도는 자네겐 계산이 안 되나? 원 옘병헐! 어쨌든 그게 몇 살 때였나?"

"글쎄 말씀입죠, 그때 저 촌로 열두 살 때였군입쇼."

"절도 장면은 어떤고?"

"장면이랄 것도 없는 겁죠."

"그럼 느닷없이 계란을 손바닥에 만들어 궁글이더란 말인가? 그렇진 않았겠지."

"늦은 봄날이군입쇼. 이웃집 암탉이 말씀입죠, 알을 금방 낳고, 글쎄 말입죠, 꼬꼬댁거리며 둥우리에서 내려오자 말씀입죠, 이 소년께 신기로웠군입쇼. 헌데 말씀입죠, 그 집 식구는 말씀입죠, 모두 들일에 나갔고 말,"

"손을 집어넣었군? 그야 나라도 그러지. 암튼, 그건 그 암탉의 잘못이었군. 글쎄 본의 아닌 유혹이었어. 그 닭이 아마 수십 년도 전에 여길 지나갔겠다?"

"암튼입쇼. 그 닭에 대한 재판은 그때,"

"귀찮스러, 귀찮다구. 허면 그 계란은 어떻게 처리됐었던고?"

"자기 어미께 드린 걸로 돼 있곱쇼, 한 마리밖에 없는 자기네 닭이 낳았다고 말한 것으로 되었삽는데,"

"드디어 자네가 요령을 터득하는군. 건 명료하고 좋아. 계속하게,"

"대덕 무궁하옵니다. 헌데 그 어미는 말씀입죠, 잔잔히 웃으면서 받아놓고 말씀입죠, 혼자 웃으며 생각만 하기를 말씀입죠,"

"그러구 보니 기억이 나누먼. 그건 수탉이었댔어. 그 어미도 스물서너 해 전에 여길 지나갔댔지 아마. 헌데 두 번째는 어쨌던고?"

"그건 말씀입죠, 환갑 해인데 말씀입죠, 역시 그 이웃집에 쇠스랑을 빌리러 갔다가 말씀입죠, 아무도 집에 없는 줄만 알고 돌아오던 차에 말씀입죠, 이번엔 다른 암탉이 알을 낳고 말씀입죠, 둥우리에서 내려오는 것을 보고 말씀입죠, 또 도심을 느꼈군입쇼."

"허허헛, 주책이야. 허지만 난들 안 그럴 도리도 없지. 어쨌든 마음이라도 쓰였을 테니깐 말야. 차라리 훔치는 쪽이 나아. 그러면 말이세 뉘우치기라도 하지만 말이야, 마음은 쓰였는데 극기에 극기를 하고설랑 돌아서 버렸다면, 뒤에는 스스로 교만해 한다구. 나는 어느 쪽인가 하면 그런 투의 옘병헐 늙의 교만을 무척 싫어하거든. 어쨌든 이번에사 어미께 드릴 재간이야 없었겠지.

그래 어쨌던고?"

"이번에는 말씀입죠, 저 촌로도 능구렁이가 다 돼가지곤 슨 자리에서 톡 깨 입속에 부어 넣고 말씀입죠, 저으기 음미하며 말씀입죠, 잇몸으로 우물거리며 말씀입죠, 속으로 웃는데 말씀입죠, 앗차 이거 말씀입죠,"

"왜 거 무슨 일이 있나?"

"글쎄 말씀입죠, 그 집 새댁 방문이 빵긋 열리더니 새댁 고운 얼굴이 삐죽 나오는군입쇼."

"헤으거, 그래서는?"

"새댁 수집게 웃으며 고개 까딱해 뵈는데 말씀입죠, 소관께 느껴지는 투는, 노인장께선 이빨도 없으셔 수척해지시기만 하는데, 계란이야 노인장 보신에 좋을 듯하니 저어하지 마셔요, 이런,"

"아 거 고운 맘씨야. 거 좀 기억해둬야겠어. 그래서 저 노구는 그때 어쩌든고?"

"검버섯 핀 얼굴이 말씀입죠, 잠깐 붉어지더니 말씀입죠, 뭐라구 꿍얼거리면서 말씀입죠, 헌데 이번엔 자기네 측간으로 달려가는군입쇼."

"어서 잇게. 숨 돌릴 겨를이 없어."

"후후후, 헌데 이게 무슨 지랄일깝쇼. 늘어진 불알을 사정도 안 두고 훑고 있군입쇼."

"벌써 말인가? 거 빠르기도 허이. 계란이 그처럼이나 보양에 좋은지는 거 내 몰랐네."

"그렇지는 않군입쇼. 그게 말씀입죠,"

"내 다 알지 알아. 그래 어디, 자네가 이제 묘혈을 짚을 그 찰나에 온 듯해. 그래서?"

"그 들킨 절도 행위가 도심의 욕구 불만을 일으켰는 데다 말씀입죠, 수치의 감정이 혼합돼서 말씀입죠, 그 배설의 충동을,"

"됐네, 이제 그만해두게. 됐어. 그 외엔 뭐 특별한 게 없나?"

"그게 말씀입죠, 전부군입쇼. 그 외엔 너무 평범하다 보니 말씀입죠, 평범하지도 못하게 됐고 말입죠, 너무 순하다 보니 순하게도 못 되게 된, 그런 농부였군입쇼. 야심도, 욕망도, 애증도, 열병도, 냉병도 없었다니깐입쇼. 한마디로 말씀입죠, 그냥 살아 있었군입쇼."

"그래? 그냥 살아 있었다구? 어쨌든 그 두 건의 절도 행위에는, 자네의 주석과 상황만 있지, 개인 개인들이 갖는, 그들 나름 나름의 심리적 변화의 저 절묘함이 내포돼 있지를 않구나. 내가 알고 싶은 건 객관적 주석이 아니라, 주관적 또는, 이질적 체험의 내용 그것이란 말야. 그건 참, 그럴 것 없이, 그 당자께 들어보는 것이 좋겠어, 그래, 거 좋겠어. 여게 그때마다 자네는 어떤 충동에 당했던고?"

"쇠인 놈은 그라장개, 안죽 오널까장도, 후애(후회)도 후애도 너무 많이 해쌈선 살았었구만이라우. 발뙁을 찧고 자파 뚝 죽겄당개요."

"그건 착한 짓이야. 허지만 내 물음은 그게 아니고 말이다,"

"글씨 그랑개라우, 요 쇠인 놈 후애만 시럽당개요. 지끔도 요로케 복짱을 쳐댐선, 그라고 울람선 후애를 후애를 안 항그라우. 요 눈물도 비덜 안 한다요?"

"허어 거, 눈물은 거둬. 내게는 눈물이란 건 너무 짜와서 싫단 말이야."

"그, 그라먼, 히, 그라먼, 히히히, 요 쇠인 놈, 히, 웃어 비주끄라우? 히히히."

"허어 거, 웃음도 거둬. 내게는 웃음이란 건 너무 매워서 싫단 말이야."

"그라먼, 요 쇠인 놈 워짜먼 긍낙이라는 조운 고제 좀 가보쑤 있으끄라우이?"

"자네 극락에 가려고?"

"그랄라고 안 죽었겠는개 뵤."

"컷두 빈틈없는 말이야, 컷두."

"앙 그랄라먼 씨발이제, 워떤 호리야들 뇜이 죽고 습겄소잉? 안 그랴라우?"

"컷두 빈틈없는 말이야, 컷두 어쨓든 간단해서 좋아. 좋구말구지. 그럼 뭐 더 따져볼 것도 없겠네. 즉슨, 자네 갈 곳은 여기야, 글쎄 여기라고, 저쪽."

"히히, 긍낙이겠지라우이맹."

"글쎄 저쪽 말이세, 자네처럼 말이세, 반만 어두운 데, 얼음이 반만 언 데,"

"헤헤이, 어르신네는 쇠인 놈 뎁꼬 웃으개쏘리도 잘허싱만요, 참 웃으개쏘리꾼이시당개로."

"아니지 아냐. 난 지금 슬퍼서 하는 말이야. 자네는 거기다 극락 국토를 세울 수 있을 게야."

"아니, 그라먼 고것이 참말로, 그라고 맨정신으로 하는 소리다요?"

"그러면 안 그런 듯싶은가."

"젠장맞을, 아니 워쨌간디 요 쇠인 놈이 그런 디로 가야 씨겄는그라우? 어르신 히얏던 말씸은, 뉘우치는 것이기가 좋다고 히야서, 요 쇠인 놈 아까부텀 월매를 후애를 해쌌튼그라우."

"글쎄 건 좋고. 착한 맘씨라고 내 안 그랬던가?"

"그라먼 워째서 요 쇠인 놈이 고 못씰 디를 가야것냐고라우. 내 참말이제, 알다가도 모르것당개요."

"그야 이렇지. 자네 거길 가면 후회할 일 없을 게야. 후회란 건 벌레라, 심정을 갉지. 건 좋지 않아."

"차라루 이 쇠인 놈 이를 갈아붙일 것맹잉만요. 후애가 다 머 말라뎁씨러질 후애것소."

"그래 바로 그거야. 그러면 살얼음쯤, 살어둠쯤, 아무렇게도 자네게 해로울 것 없어."

"그래도 요 쇠인 놈, 긍낙시계란 디 똑 좀 가 봤으면 싶응만이오, 안 되끄라우?"

"극락세계란 곳은 자네 살기에는 대체로 좋질 않아. 너무 뜨거운 게 탈이야. 건 불꽃이라구. 자네 거기 갈 수 있단대도 후회할 게야."

"아니 고건, 난생첨 듣는 소린디요. 똑 거짓 쏘리맹이오. 워찌 되았던둥, 나 좀 거그로 디리 보내주쑈잉? 나 참말로 후애 안 할랑만이라우. 글씨 여그 오기 전에 듣기로는 말이지라우, 참말이 제 안 그랬더랑개요."

"어땠는데?"

"참 존 고지(곳)라고 험서나, 모도 말짱 거그 갈 꿈만 꿔싸라우."

"좋은 곳이라면 어떻다는데?"

"글매라우 그랑개 고것이, 요로탕만이라우, 참 존 꽃덜이 삼백예순날 지도 않고라우, 고운 계집덜이 비단옷을 입고서나, 그라고 술 주전자를 바치 들고 말이라우, 웃어쌈선 고 꽃바틀 댕기는디, 그래각고 술잔에 술 떨어지먼 또 새 술 부서주고라우, 고 술은 그란디 묵어도 묵어도 안 취함선,"

"그거야 어디 술이겠는가,"

"앗따 그랑개, 진드거니 좀 전디고(견디고) 들어보쑈, 묵어서 안 취한 술이 워딧겄소, 취하기는 취하는디 마침맞게 취해각고 더 취하덜 안 한단 말이지라우,"

"야 사람아, 나라면 그런 술 마시자고 그런 데 안 갈세. 마시면 마신대로 취해서, 그대로 잠도 좀 자보고, 비록 임금이란대도 멱살 한번 잡아볼 수 있어야,"

"아이고 쯔츳, 참 한심시런 어르신네요, 술 처묵고 와달이나 씨는 게 그래 좋단 말인그라우?"

"허허허, 자넨 내 맘에 들어. 그리고는?"

"거그는 또 복송낭구가 있는디, 고 복송 한 개만 따 묵어도 말이지라우, 왼 몸뗑이에 새 심(힘)이 펄펄 솟음선 황소라도 쎄리잡아 보독씨려 빼리게 하고 잪단디, 그라장개 고 맛이사 다 말해 머세 쓰고라우."

"거 안 되지. 그렇게 장사들만 모여서야 한날한신들 싸움이 그칠 새가 없게 되지. 자넬랑 아예 단념허게, 거 별로 좋은 곳이 아니겠구먼."

"헛따 그 냥반, 말귀도 솔찮이 어둡구만이라우."

"허허헛, 자네는 참 남을 즐겁게 하는 사내야. 그래서 자네는 그런 좋은 곳엘 가려고?"

"그랄라고 결심을 골백번 했구만이라우. 그랄랑개 다갈(달걀) 두 개 훔치 묵은 것끄장 후애를 하제, 앙 그랄라먼 워떤 호리야들 놈이, 백택 없이 지 가심을 찔고, 발뚱을 찔끄라우."

"헌데 미안시러, 암 미안시럽제."

"헤헤이, 미안시럴 것끄장 머 있는그라우. 요 쇠인 놈헌티 한 번 인정만 씨면 고뿐 아니겠는개 뵤잉."

"미안시럴 게, 자넨 그만 거길 지나와 버린 거야. 글쎄, 자네가 바라는 곳 같은 곳은."

"곤 또 무신 말씸이끄라우이. 워찌 되얏든, 춥고, 배고프고, 어둔 디서는 나는 못 살겄소. 그렇다고 불끄텡이 손꼬락 댄 것맹이 뜨겁고, 목말르고, 아픈 것도 싫당개요. 워니 뉘 야들 놈이 고론 디를 좋다고 허겄소마는, 나는 절단코 안 갈랑만이라우."

"자네는 떼가 참 많아."

"그라먼 요것이 머 베문시런 디라야지라우. 존 고젤 가냐 못 가냐 아 고것이 갈라지는 판인디, 그라먼 내가 안 그랄 쑤 있겄냐고요,"

"자네 좀 살아 있었을 때 그렇게 살걸 그랬어."

"에헤이, 고것이사 어만(딴) 말 아닌개 뵤."

"어쨌든 말야, 왜 그렇게 못 살았던고?"

"고걸 내가 워뜧기 알아라우? 워째 고리 백택 없는 소리만 실실 해싼다요 글씨. 아 딴 사람덜이 나 같은 건 사람도 아니람선 해꾸지를 안 허는디, 내 쪽에서 백택 없이 넘 해꾸지를 해라우?"

"자넨 욕심도 없었던가? 논 한 두락이라도 더 갖고, 좋은 음식에, 좋은 옷에, 갓 쓰고 장판에나 거드럭거리고 다녀보고 싶은 생각도 없었냐구."

"아니 어르신요, 시상 사람치고 고로케 안 바랄 놈이 누가 있겄는그라우? 고런 것도 말씸이라고 해싼다요? 고로케 바란다고 다 고로케 살먼 나맹이 가난시럴 놈은 또 워딧겄는그라우. 바랠 것을 바래야지, 씰디없이 욕섬만 부리싼다고 머시 되덜 안 한다고요. 너물 묵고 물 마시고, 홀뚝(팔뚝) 비고 누웠이면,"

"도통 다 됐어, 도통이야. 백일몽 한번 깨고 나니 저승길이었군. 자네 말일세, 그렇게 도통하라고 목숨 주었던 것 아니네. 비유로 말하면, 목숨이란 건 금전이나 같은 게야. 그래서 들어보게, 어떤 사람이 타국에 갈제, 그 종들을 불러 자기 소유를 맡기되, 각각 그 재능대로, 하나에게는 금 다섯 냥쭝을, 하나에게는 두 냥쭝을, 하나에게는 한 냥쭝을 주고 떠났더니, 닷 냥쭝을 받은 자는, 바로 가서 그것으로 장사하여 또 닷 냥쭝을 남기고, 두 냥쭝을 받은 자도 또 그렇게 하여 또 두 냥쭝을 남겼으되, 한 냥쭝 받은 자는 가서 땅을 파고 그 주인의 돈을 감춰둔 게야. 오랜 후에 그 종들의 주인이 와서 회계를 할 쌔, 다섯 냥쭝 받았던 자는 다섯 냥쭝을 더 가지고 와서, 말하되 주여 내게 다섯 냥쭝을 주셨는데, 보십시오, 내가 또 다섯 냥쭝을 남겼습니다. 하니, 주인 말하되, 잘했구나, 착하고 충성된 종아, 네가 적은 일에 충성하였으니, 내가 많은 것을 네게 맡기려니, 네 주인의 즐거움에 참여할지라, 하고 똑같이, 두 냥쭝 주었던 종에게도 그렇게 한 것이야. 헌데, 마지막으로 한 냥쭝 받았던 자는 와서 말하기를, 주여, 당신은 굳은 사람이라 심지 않은 데서 거두고, 헤치지 않은 데서 모으는 줄을 내가 알았으므로 두려워하여, 나가서, 당신의 한 냥쭝을 땅에 감추어두었습니다. 보십쇼, 이제 당신의 것을 받으셨습니다, 하니 그 주인이 뭐라고 했겠느냐."

"고것이사 내 알 배 아니겄구만이라우이."

"이랬어. 이 악하고 게으른 종아, 나는 심지 않은 데서 거두고, 헤치지 않은 데서 모으는 줄로 네가 알았느냐. 그러면 네가 마땅히, 내 돈을 취리하는 자들에게나 두었다가 나로 돌아와서 내 본전과 변리를 받게 하였어야 될 일이었다."

"그라고 본개 고 이약은, 똑 고리대금쟁이나 칭송허는 것맹이오잉?"

"그리고는, 그 한 냥쭝을 빼앗아, 열 냥쭝 가진 종에게 주어버린 것이야."

"쳇, 그라먼 고 속뜻이 워떻기 된다요. 있는 놈만 더 있게 살랑 것 아닌개뵤잉. 없는 놈은 그라먼 죽으란 말배끼 더 되요? 고 있는 것끄장 워째서 뺏느냔 말이냥개요?"

"다시 권태가 밀리는구나. 감기야, 독한 감기야. 이 봐라, 이 무익한 사내를 바깥 저쪽 어두운 데로 내어 쫓으라. 아, 아니, 잠깐 그 사내도 한옆에 세워두게."

3

"허고, 그 구슬일랑 내게로 다시 가져오라, 자네는 대체로 사설이 많다구. 이번에는 저 스님을 이 구슬 속에 좀 모셔볼까? 스님은 그러니깐, 중질을 한 오십 년 좀 더 하셨댔군. 순수한 무를 결정시킨 이 구슬의 순수한 유(有)의 아름다움이여, 몇억만 겁의 이 순수한 무의 퇴적임이여, 이 퇴적 속에 모든 현상 재현될 수 있다. 과거와 현재와 미래는 아예 없는 것, 운동을 좇아 생겨나지만, 운동은 아예 극대한 멈춤. 멈춤 속을 운동해간 생육들의 족적 스러질 수 없다. 멈춤 속에 멈춰버림이여, 과거와 현재와 미래의 없음이여, 구슬 속 조화는 여기에 있다. 순수한 없음의, 순수한 멈춤의 이 한 덩어리임이여, 있으면서 없고, 없으면서 있음이여, 자 재생해나라, 저 운명의 족적 등을 부표시키라. 나는 한 마리의 독수리임이여, 저 통시적 생육의 작위들의 공시적 재현이여, 저 들을 나는 휘어 내려다보노라. 흠, 흠, 모든 운동의 과거 속으로 침전되어버렸던 모든 현상의 공식적 부표란 헌데 읽어내기 저으기 힘들어. 이것은 차라리 암호 같은 것이고, 해괴스럽다고까지 해야 될지도 모르겠다구. 이 공시 공존의 현상에 어쩔 수 없이 따르는 저 폐쇄란, 우주의 침묵 같은 것이고, 그것은 또한 모든 개방의 국토임이여, 구슬임이여. 생육들은 땀과 눈물을 삐적거리며, 횡으로 횡으로만 몸부림쳤구나. 자 정진하라, 모든 현상의 종적 정지를 횡적 운동으로, 횡적 운동은 종적 정지로, 그리하여 저 생육들이 살고 죽음에 있어 쌓았던 업의 한 모서리라도 헐값에 매도치 마라. 나는 누구인가 하면, 한 극대한 정지와 극소한 운동 사이의, 한 극대한 종(縱)과 한 극소한 횡(橫) 사이의 변방 관리이기 때문일레, 흠흠, 가만있거라, 헌데 구슬 속의 이 운명은, 이 운명은 어찌 이렇게도 난마 같으냐. 이것은 아름다운 것인가, 추악한 것인가. 이렇게도 현란한 빛을 뿌리며 이렇게도 잡음들이 뒤섞이며, 이렇게도 쪼각난 현상들이 난립해 있음은 아 혼돈의 끝 가락이 시를 음악을 만듦이여, 권태가 마비에 쓰러져 눕는구나. 눈을 크게 뜨고, 심정을 차게 가라앉힌 뒤, 이 현상을 통시적으로 읽기에 드디어 정진하라. 그러구 보니, 안개 속에서 봉우리들이 돋아나듯이, 그렇구나, 그러구 보니, 이것은 어쩐 가을빈가. 산들은 짙은 운무에 허리들이 짤렸구나. 그 머리들은 외로운 목신들처럼 시린 뿌리들로부터 몽상을 깬다. 차차로 밤이 깊어 든다. 벌레 울음소리도 별로 없는데, 어디서 잠 못 들고 노루가 운다. 아 저 구슬픈 풍경 소리, 그 또한 고독한 목신(木神)임이여, 애처롭게 우누나, 그 뿌리를 고적 속에 내렸음이여. 그리고 염불 소리, 그건 간간이 들리는데 그 또한 목신임이여, 촛불임이여, 저 외똘아진 산사(山寺)는 목선(木船)임이여, 저 고적의 가장 밑바닥으로 침몰됨이여, 가을이 비가 돼서, 비는 밤이 돼서, 밤은 바다가 돼서, 그 바다는 죽어간다. 심정에 음악이 출렁거림이여, 아 그리고 드디어 나는, 저 법당 안의 제우는 촛불을 볼 수가 있구나. 오, 저 제우는 촛불 아래 기자(祈子)하는 저 계집을 보거라, 그건 아름다운 촛불이로구나. 저 스물세 살 젊은 스님, 헤아리는 백팔염주, 그 구슬마다엔 물오른 백팔 계집, 백팔번뇌는 스러짐이여, 번뇌 하나, 번뇌 둘, 번뇌 백팔마다에 피어오른 저 계집은 몽락수 꽃잎, 촛불은 제운다, 밤은 깊는다, 창엔 비 뿌리는 소리, 귀뚜리 소리, 자 비약하라, 이 목신적 풍경이여 비약하라, 촛불은 제운다, 귀뚜리 소리, 이것이 낙엽 지는 소릴 거나, 계집 사르르 옷 벗는 소릴 거나, 돌아왔어야 될 주지승은 새벽에도 안 오고, 스물세 살 젊은 스님 건장한 가슴에, 촛불이 안긴다, 몽락수 꽃 이파리, 뿌리 뽑힌 저 목녀(木女), 불(佛)이 탄다, 탄다, 귀뚜리 소리, 비 뿌리는 소리, 촛불은 하매 오래전에 꺼졌다, 저 무참한 새벽은 언제나 오는구나, 그것은 재를 뿌리며, 산의 봉우리로부터 산의 뿌리로 내린다. 옌네처럼 그리고 옌네도, 봉우리로부터 하산한다. 그리고 스물세 살 젊은 스님, 아 저 가여운 목동(木童), 저 불(佛)의 꺼진 잿더미에서 재처럼 사그라진다. 바랑을 걸머메는군. 떠나는군. 세월도 자꾸 떠나 떠난 세월은 그 조금이 아랫녘 옌네의 배에 쌓인다. 무참한 새벽이 거기 어렸던 목락수 꽃 그늘을 빼앗아 가버려 속이 비어버리게 되었던 저 백발염주엔, 떠나 안 돌아오는 상좌 그리는 주지승의 슬픔이 쌓여 차이고, 그러자 옌네는 해산을 하는데, 사산아로구나. 고자 서방 수청살이 골반이 쉰 거야, 쯔츳, 비극은 그것만이 아닌 듯하군. 자, 이 구슬이여, 나로 비약케 하라. 나로 한순간에 삼세를 열람케 하라. 삼 년이 흐르는군. 노숙에, 걸식에, 병고에, 주림에, 헐벗음에, 목마름에, 그리고 아마도 무엇보다도 내종(內腫)에, 그래 나는 그냥 내종이라고 말할 뿐이지만, 저 색골미동 골개탁주 다 버렸는데, 웬일로, 그리하여 드디어 귀로고사(歸路古寺)라, 헌데 이 웬일일거나, 병석의 주지승께 인사 한마디 없이 망나니 다 돼설랑 법당에로 들이닥치더니, 저런 행패를 부릴 수가 있다니, 두 손에 불상 움켜쥐어 공중으로 쳐들더니, 법당 바닥에다 내북치는구나. 그 뒤에서 주지승은 피를 토하고 죽어가는데, 한걸음에 뛰어넘곤, 마을로 달리는군. 사산아를 낳았던 옌네를 찾는군. 밤이군. 뒷산 잔솔 속으로 데려가는군. 그리고는 싫어하는 저 불쌍한 암컷을 한 움큼에 죽여버리는군. 쯔춧. 그리곤 장삼 벗어 그 암컷을 싸고, 땅 파서 묻어준 뒤, 휘파람을 한 번 간단히 부는데, 시절이 하수상해, 어디서 난리가 났다는 소문이라, 거기로 달려가는군. 무참히도 죽이고, 무참히도 강간하고, 무참히도 약탈하고,"

"거 지루한 얘기가 아니겠나요, 그만해두시지요, 소승으로 말하면, 살욕이 과하고, 음심이 과하고, 탐욕이 과해서, 한때 생각에, 그런 것들이 모두 죄라면, 정화되지 못한 그런 죄근(罪根)인 채 땅 위에 드러내졌던 게 아닌가도 했었지요."

"헌데도 스님은 중질을 계속해왔는데, 그게 내겐 묘통하단 말야. 어떻소, 저 모든 파계에 따랐던, 저 가장 큰 동기에 대해 뭐 좀 할 말이?"

"허허헛."

"참 소탈한 웃음이시군. 허나 이 변방의 한 작은 벼슬아치의 직책을 고려해주기 바라오. 사내가 계집과 하룻밤쯤 잤다는 일쯤이야 오히려 건전한 바라, 문서로 정리할 것까진 없겠으나, 그 이후 그 계집을 죽인 것에 관한 한은,"

"참으로 짧은 동안이지만, 그런 뒤에야 난 평정을 좀 얻을 수 있었지요."

"아 평정을 얻었구려."

"소승은 결국 그렇게 도피를 해버렸었다는 걸 나중에야 알게 되었었지요."

"삼 년 본사를 떠나 유리했을 때, 그것이 도피였던 듯했는데, 그것으로도 도피가 못 됐던 모양이었구랴."

"결국 못 됐었지요. 그럴수록 그 옌네의 무게만 가중했댔으니, 견뎌낼 재간이 없었지요."

"그래서 종내는 돌아온 거구랴. 헌데 깨뜨린 불상에 대해서는 아무 참회도 번뇌도 치르지 않은 듯했는데……"

"건 그랬을지도 모르지요. 어쨌든 그 짓은 도피하려고 한 짓은 아니었었지요. 도피라기보다는 아마도 도전이었지 싶습니다. 그리고는 환속한 거지요.

오욕에 스스로를 태운 거지요. 그건 자학 행위는 절대로 아녔었지요. 정말 순수히 훌륭한 동물이었을 겁니다요."

"그럼 그 환속은 저 도전에서의 승리였구랴."

"아마 그렇게는 대답 될 수 없을 겝니다."

"오욕의 맛은 어땠었소?"

"방금 전에도 비슷이 말씀드렸었소만, 그때 소승은 다만 완전히 벌거벗은 인간이었을 뿐이었지요."

"그럼 다시 탈속하고 옛 절로 돌아갔을 땐, 그 인간 위에 옷을 입혔었소, 아니면 포기였댔소? 그 이훈 불상도 없는 절을 고독하게 지켜왔는데 말이지,"

"허허헛, 그땐 말씀이외다, 계집쯤 간통을 한다더라도, 그런 것쯤 뭐 그렇게 문제 될 게 없었지요. 만 명의 계집이 애를 얻겠다고 와 있었다면, 다 애를 갖게 해줘도 좋았고, 그렇지 않아도 좋았던 거지요. 살생도 뭐 마찬가지였을 뿐이지요."

"그러면 어째서 그렇게 하질 않고, 내 보기에 늘 조는 듯하게 일생을 보내 버렸댔소? 속박 없는 정신의 성취란 제왕 이상의 것이고, 제국을 갖지 않았어도 제왕일 수 있었는데 말이외다."

"허허헛, 결국 다 마찬가지였댔지요. 내게 한번 인간적인 육성으로 말하게 한다면, 속박으로부터 어떠한 정신도 끌어올리려는 노력은 할 일이 아니라는 것이지요. 물론 내 경우는 그러한 노력의 무서운 포기였으며, 무서운 전락이었댔습니다만, 그거야 뭐 새삼스레 문제가 될 건 없겠지요. 어쨌든 속박으로부터 뛰어넘는다는 일, 그것은 가능하며—그러나 그 뒤에 오는 것은 일종의 시회 같은 것, 글쎄 말이지요, 그리고도 그 뒤에 뭣이 남는다면, 그게 사리나 아닐까요. 사리란 나로서는, 도의 응결체라고는 아무래도 생각할 수 없군입쇼. 어쩌면 그것은 저 속박 없는 정신을 담았던 육신적 생명이, 어쩔 수 없이 부피를 차지하고 있던 그 세계에서, 어쩔 수 없이 당하고 치러야 했던, 차라리 몹시도 이질적인 것, 그것은 다시 속박이라고 말해져야 될, 바로 그런 것일지도 모르지요. 도의 육화란 다분히 주술적 의미를 띠고, 그 주술로 인해, 그 위에서 숱한 절이 서고, 숱한 신도들이 따르는 듯한데, 허허헛, 그렇다고 소승은 그것을 무속적이라고 말할 생각은 없습니다요. 도의 육화*incarnation*란 주술적이라고 단언했을 경우에 오는, 저 세계의 혼돈을 상상해보십세요. 어쨌든 소승의 소견에는, 아까 판관께서 비유로 말씀하신 것처럼, 도라는 것도, 암석 위의 독사나, 하늘의 독수리나, 간부와 잔 음녀 같은 것이나 아닌가, 라고도 생각이 드는군요."

"허허허. 그러구 보니 이런 의문이 드는데, 저 속박으로부터 떠난 정신과, 아직도 속박 가운데에 깊이 잠겨 있는 육신과의 사이에 끼었을, 저 부조화를 어거하는 게 뭣일 것인가, 하는,"

"아마도 거기에 대한 대답은 얼마든지 있을 수 있겠지요. 판관께서 밝히셨습니다만, 판관께서 자리 잡으신 곳이 바로 그 일점이 아니셨습니까요."

"그렇다고 한다더라도, 반드시 스님의 고견과 이 변방 관리의 의견이 반드시 일치한다고 할 수는 없을 듯한데 말이외다, 물론 출발에 강점을 두어서 하는 말인데,"

"대지와, 그 대지에 뿌리를 뻗는 뿌리와의 사이에 끼인 격절을 생각해보신 적이 없으실 수 없겠습죠. 어떻게 저 뿌리는 저 대지로부터 꽃을 피워낼 수 있는지 어떻게 저 뿌리는 대지를 죽지 않게 하는지, 저 격절을 생각해보십세요."

"아마도 우리 얘긴 할 만큼 한 듯하오, 마는, 그래도 나 이 하찮은 변방 벼슬아치로선, 아직도 스님을 어느 국토에 보내드려야 될지, 선뜻 판단이 나질 않아 그러는데, 이 문제에 대해서의 스님의 답변은 어떠실는지, 전제 없이, 소박하게 말해서, 생명은 어쨌든 작위라는 점에서, 나로서는 스님의 일생을 두 기간으로 나눌 수밖에 없는데, 옛 절로 돌아간 뒤부터 스님은 거의 작위를 멈추고 있었단 말이외다."

"결국 모든 게 무의미했댔지요, 순수히 무의미했댔어요. 작위나 부작위나 그거 모두 같은 것, 작위가 부작위며, 부작위가 작위며, 작위가 없으니 부작위도 없으며, 부작위가 없으니 작위 또한 없으며, 색즉시공 공즉시색,"

"허으헛, 그럼, 잘, 가시구랴. 이 변방 작은 벼슬아치껜 스님께 드릴 국토가 없은즉, 정토도 말고, 염라도 말고, 모든 곳으로 가시구랴. 죽지도 살지도 않았으니 태어날 일도 없을 일. 정토도 그 혼심(魂心)에 없으니, 염란들 있겠는가. 오 저 우주가 혼신으로 열고 그를 맞아들이는군. 무라, 무라. 복되라고 결코 말할 수 없으나, 별수 없이 수사상의 필요 때문에, 저 혼 없는 혼을 복되라고 말할 밖에 없는데, 저 복된 혼이여, 귀의하시오, 순수히 귀의하시오."

"판관 나리요."

"옴."

"내 말씀 앙이 들어 볼랑교?"

"아, 자네, 안락하게 살다 온 사내, 그렇군, 내가 자네께 몇 마디 더 들어주기로 약속을 했었지 아마? 그래 뭔고?"

"그카이 말입니더, 내 도통 알 까닭이 없다 앙이긋업니꺼예."

"글쎄 그게 뭔데?"

"그카이 말씸이라요, 딴기 앙이고 말입니더, 으째서 저 죄 많언 중눔에 데릅게 얼럭진 혼백이 복되닥 카냐 요 이문(의문)입니더."

"그 대답은 글쎄, 한마디로, 나로서는 도저히 할 수가 없어."

"판관님이 그캐서야 말이 됩니꺼?"

"허나 번뇌는 자궁 같은 것이야. 그것의 극단적인 것은 얼마나 황홀한 불꽃인가. 하지만 이것은, 저 스님의 혼백에 대한 대답은 절대로 아니지 아니야. 번뇌는 정화수 같은 것, 그 정화수에 태워 드는 저 혼의 찬란한 불꽃이여."

"그라먼 요 쇠인 놈은 벌노치 안 히얐다는 고 말씸배끼 더 되요잉? 벌노란 것이 대천지 머세 씨는 약인 중은 몰루겄소마는, 나도 정화수란 것 접씨에 쪼꿈 떠놓고, 주왕신 뫼시도 밨었소. 워찌 되얐든지 간에, 다갈 두 개 훔치 묵은 것이사, 살인하고 너무 제집 알과 묵은 것보당은 헐썩 짝은 죄 아닌개 뵤. 안 그런그라우? 그라장개 나도 긍낙시계 월매라도 갈 수 있겄소. 안 그런그라우, 똑 뿐질러 말씸 좀 하쏘."

"헹이 참, 댁은 '거 좀 기를 패액 꺾고 얌전시리 쭈구시고 앉았씨락 카이.'"

"'아 그라먼 사둔은 내 말이 틀렸단 말여?'"

"'머시 틀리고 앙이 틀리고가 있노? 촌사람은 그저 입 딱 봉해뿌고 돼진눔 붕알맹키 있으야 된닥 카이.'"

"'헤엣따, 사둔은 백찌 그래쌌네. 내가 말이사 바른말 안 했는개 벼? 들어

봬겨요 모도, 글씨.'"

"그카먼 판관님이오, 자선이락 카넌 거 하고, 번노락 카넌 거 하고, 어너 쪽어기 더 아럼답닥꼬 생각하넌교?"

"자네는 어떻게 생각하나? 내 생각엔 말야, 그 둘 다 아름다운 것이지만, 그게 글쎄 서로 종류가 너무 달라서 뭐래얄지를 모르겠어."

"맞씸더. 착한 일이락 카는 기는, 분멩히 말입니더, 긍낙시계 갈 양반덜 끼 앙이긋업니꺼?"

"거 비단결이야."

"하무넌,"

"자네도 극락세계를 갈려고?"

"헤헤, 똑 짱글라 말씸더리믄 그타 앙이긋넌교."

"허긴 자넨 자선심을 베푼 척할려고 꾸미긴 무척 꾸몄댔어. 건 비단결이야."

"뀌미기만 뀌몇긋섭니꺼? 했지예."

"호우, 거 장했던 일이야. 허면, 좋은 일 베푸는 데도, 그러니까 거기도 대체로 한 다섯 가지 정도나 있던가? 가령 호오사, 또는 오덕사 해서 말야,"

"그카이 회심곡이락 커넌 기 안 있긋넌교? 회심곡이 머 아덜 줄늠기 노래긋섭니까? 그카이 오계 오륜이 있고 말이라요,"

"자네는 자네 말대로, 처라고는 하나뿐이었던 모양인데, 그럼 자네 어땠나, 자네네 사랑방엔 거 모두 줘서 싫다 안 할 홀애비 식개들도 많았댔는데, 어디 밤잠 들이기라도 좀 보낸 적 있었던가?"

"아이구 으얏꼬? 으캐 그런 패륜지사럴, 다른 이도 앙인 판관님 입으로 말할 수 있섭니꺼?"

"저 아집의 더러운 혼이 내 감기를 다시 도지게 하는구나. 오 이 악취여,"

"으얫던동, 판관님 입으로도, 요눔이 죄는 없닥 안 했습니꺼. 백찌 그래 밉어해쌍만이오,"

"글쎄 그러길래, 우리 다시 한번 만나자구 했잖았나? 내 저울눈에는, 글쎄 이 눈금만 멕여져 있는 게 탈이야. 그것은 다만 죄의 무게만 달게 돼 있단 말야,"

“그카이 요눔언 죄가 읎다 앙인교,”

“글쎄, 그래서 탈이야, 그게 탈이라구.”

“그라먼 조 판관 어르신네라우, 요 쇠인 놈이 한 가지만 똑 물어바도 쓰끄라우?”

“잇게.”

“그라먼 말씸이지라우, 대천지 긍낙시계란 고제는 워떤 사람덜이 간단그라우? 나는 고것만 똑 좀 알았이먼 싶우그만이오,”

“여봐라, 자네 거 들고 있는 명부에서, 찾아, 그 사람들 이름을 이자에게 들려주려나? 거두절미하고, 이름들만 읽어. 자 그럼 폐정하고, 나도 잠깐 입적해, 이 권태로부터 좀 떠나야겠어. 내일 다시 개정하지. 읽은 뒤, 이자들은 각각 제 갈 곳들로 보내라.”

“글쎄 말씀입죠, 이게 말씀입죠, 내가 늙어 눈이 흐려져 볼 수가 없는지 말씀입죠, 아니면 말씀입죠, 명부의 글씨가 날랐는지 말씀입죠, 도통 적히지를 안 했는지 어쨌는지 말씀입죠, 그게 말씀입죠, 대단히 죄송스러우나 말씀입죠, 글쎄 한 자의 글씨도 말씀입죠, 읽을 재간이 없군입쇼, 글쎄 말씀입죠. 이 눔도 늙었는지 말씀입죠, 기억력이 나빠졌는지 말씀입죠, 통 기억해낼 재간도 없고 말씀입죠……”

“그카이 살았일 때, 요른 씹으 묵우갈 손아, 드릅게 좀 새검시럽게 살았더무는, 영판 후히나 안 헐 긴데, 으느 뇜이 열 제집 싫닥 카며, 으느 뇜이 지 재물 넘 주기 좋아하긋냐꼬? 가로늦게 그카이 바램이 난 기, 지끔이락또, 고노묵 손덜 피 좀 알개, 천 제집 똥꿍딩이나 철썩철썩 때리봤이믄 싶다 앙이가.”

“아 그라고시나 가만있어본개, 요거시 참말이제, 영 죽을 일은 아녔던맹인디, 내가 요거 참말이제, 씨잘 디 없이 죽었내 벼. 요거 워디, 폭폭정이 치받치 올라싸서 전뎌 묵겄어? 누가 날 좀 살리쑈잉, 날 좀 살리돌라고라우. 허읏 참 내, 내가 참말이제 안 죽을 걸 죽었는개 벼, 백택 없이 죽었내 벼.”

山北場
—「却說이 日記」基四

옷소매를 잘라내어 어깨로부터 맨살이 드러난 왼쪽 어깨엔, 고추와 숯을 꿴 외로 꼰 새끼줄을 둘렀고, 벗은 그 팔뚝은 피로 보이는 붉은색을 온통 철갑해 소름이 끼치게 하는 사내가, 누구나 다 달고 있는 그런 평범한 오른쪽 팔뚝의 오른손으론, 내놓은 자신의 음경(陰莖)을 잔뜩 움켜쥐고 바쁜 듯이, 골목을 통과해나갔다. 밀폐 같은 눈이 밀폐로 내리고 있어, 누구 하나 내어다보는 사람도 없고, 개도 짖지 않았는데, 북쪽에선지 어디서인지, 모루를 치는 망치 소리가 한 번씩 들려오긴 했지만, 그 소리는, 밀폐의 열두 겹 항아리[甕棺] 속에서 우는 사산아의 노래였을 뿐이고, 마을은 떠난 듯 보이지 않았다. 마을은 정말 떠난 듯했다. 그것도 오래전에 떠나고, 밀폐같은눈같은저녁수풀, 밑의 이엉 이은 지붕들에 눈만 내리고, 눈만 자꾸 내리고 그 닫긴 속에서, 해수 걸린 죽음만이 참아지고 있었다. 참고 있었다. 불은 아까부터 꺼지고 끄르륵 소리만 내는 장죽을, 이 없는 잇몸으로 한사코 빨아대며 누워서. 그러다 갑자기 생각이 난 듯, 피 흘러 빠진 생명의 때 묻은 흰 그림자를 벗어 횃대에 걸곤, 음험한 실체를 일으키더니 더덕 진 문구멍에 눈을 대고 빼꼼히 밖을 내다본다.

난 처음엔 두려웠고, 다음으론 우스웠고, 그다음은 나 자신도 모르게 바짝 긴장이 되어 그 사내를 뒤따랐다. 그리고 어중간하게 떠들어주었다.

"헤헤, 선생, 신색이 퍽 좋아 뵈는군입쇼, 예? 헤헤헤, 갈보 집에라도 가시는 길입죠?"

그랬더니 그가, 걸음을 멈추고 돌아서선, 아주 이상스러운 그렇지만 무섭지는 않은 그런 괴물이라도 보는 눈으로, 나를 넋 놓고 바라보기 시작했다.

"참 경탄할 만한 신색이셔요. 이, 이눔은 장돌뱅이올습죠. 헤헤, 다니다 보니껜입죠, 참 풍만한 년도 있고 말입죠, 되게 말라비틀어진 년도 있는데 말입죠, 그 어느 것이나 맛은 다 괜찮아요, 아 괜찮구말굽쇼. 헤헤, 그래 오늘도 이눔 터억 하니 온 겁죠. 터억 온 겁죠. 눈 때문에 불은 끄고 있지만, 그래도 가슴이 허전해 몸부림은 치고 있는, 이 계집의 사타구니에다 정액 몇 방울 흩뿌려 장을 피워낼려고, 그럴려고 이래 왔습죠. 그 점에 있어선 선생과 뜻이 대강은 일치되는 듯한데, 거, 양, 양물(陽物)이 시, 시리지 않을깝쇼? 언 양물은 갈보도 싫어합죠."

"………"

그래도 그는 말을 않고 입만 우물거렸는데, 내 보기에 그는, 갑자기 좀 띵해졌다거나, 또는 왠지도 모르게 느닷없이 전신에 타라(惰懶)가 퍼져버렸다거나, 하여튼 그런 무슨 불청객이 혀를 타 눌러버린 그런 탓으로, 혀가 괴로워 쩔쩔매고 있는 것 같았다. 그래서 내가 더 계속했다.

"선생께서 이, 이눔을 귀찮아만 않는다면 이눔은 뒈질 듯이 선생을 따르겠습니다요. 아무렴입죠, 입죠. 헌데 선생의 그 왼팔과, 야, 양물이 너무 애처로워 뵈는군입쇼, 거 정 애처로운뎁쇼. 그, 글쎄, 거 선생의 손 속에 꺼, 껍질만 남기고 알맹인 도망친 것만 봐도 알조입죠, 알좝죠."

"………"

그때 그가, 여태까지의 태도를 돌변시켜 왼쪽 팔뚝을 마구 휘둘러대며 낄낄거렸기에 난 몹시 우쭐해질 수 있었는데, 다음 순간엔 몹시 낭패된 기분을 맛보아야 되었다. 그의 그 짓은 순전히 독자적인 것이었지 결코 내 얘기에 대한 반응이 아니었던 때문이다.

"드디어 제구시가 젖을 빨기 시작했다. 드디어 빤다, 빨아,"

나는 그래서 어깨를 한번 으쓱해보고, 벙거지 차양을 괜스레 한번 쭈그러뜨려 보는 것으로 나를 위로해주었다. 그리고, 그가 다시 걷기 시작했기에,

낭패감은 어쨌든 잠깐 접어두고, 부지런히 그를 따라야 했다. 그것이 내 의무인 것 같은 생각에 난 쩌들고 있던 것이다. 그는, 낄낄거리는 일과, 팔을 휘두르는 짓을 계속하면서도, 간혹 한 번씩 어디선가, 흘러나와 퍼지는, 망치 소리 그거 하나를 질투하여, 파묻어 질식시켜버리려고 무자비하게, 부나비처럼 부딪치는 눈 속을, 유령처럼 잘도 헤쳐나갔다. 그는, 초인적으로 보일 정도로 몸이 잽쌌는데, 그가 한 번의 발길질로 측간의 똥을 파먹던 개 한 마리를 절뚝이게 만들었을 땐, 난 그를 존경해버리고 있었다. 피골이 상접한, 엉성궂은 검은 털의 그 개는, 몹시 절뚝이며, 몹시 울며, 어느 골목으로 사라져버렸는데, 나의 선생이 그 골목에다 대고 욕을 퍼부어댔기 때문에, 난 어리둥절해질 수밖에 없었다.

"이 쌍놈의 할망구야! 잡귀 잡신이 싼 똥을 파먹구 다녀? 에엣 쒜!"

"저, 저어 서, 선생, 선생, 헤헤이 참, 농담도 잘허셔, 허신다구. 허셨습죠? 아니거들랑입쇼, 이놈도 좀 알도록 말씀을 허셔얍죠, 물론 그러셔얍죠."

"아하하, 제구시가 흥분되어 있구나. 발정되어 몸을 꼬고 있구나. 아하, 제구시가 옥문(玉門)의 빗장을 뽑고 수선화를 키워냈구나, 냈어. 오실 아기, 내 독생자여, 이 흰 누리가 너의 강보올시다. 너의 강보올시다. 잡귀 잡신이 싼 똥으로 살며 빈 모루나 두들기는 이 가련한 백성아, 이 식은 백성아, 네가 그 모루에서 황금과 유황과 몰약을 짜내려고만 했던들 복이 있었을 것을, 복이 있었을 것을."

그러고 보니 기우는 오후였다. 선생은 씨불이면서도 돌진을 계속했다. 대변이라도 마려운 듯, 그는 몹시 거북해하기 시작했는데, 그건, 도망쳤던 알맹이가 어느덧 돌아와선, 내 선생의 그 큰 손을 빼꼭 채워놓은 그 탓인 것 같았다.

마을의 가운데엔, 좀 고전적인 마을이라면 어디나 있는 그런 고목이 한 그루 있었는데, 그 앞에 닿아서야 내 선생의 돌진은 멈춰졌다. 고목은, 장정 다섯 사람 정도가 팔을 벌려 이어 돌려도 그 아름을 벗어날 만큼 컸는데, 그녀는 전신을, 외로 꼰 새끼줄에 염습을 당해 있었고, 새끼줄은 그런데, 오색 헝겊 조각과, 남근(男根)을 연상시키는 돌과 깎은 나무를 물고 있었다. 그러고 보니 고목 주위에 세워져 있는 크고 작은 돌들이 모두, 하나의 궁극적인 형상에 있어 꼭같았다. 남근들이었다. 그것들은 한결같이, 낡고 낡아 풍화되고 있어, 앞으로 열람하려 벼르는 이 고장의, 어떤 소사(小史)를 말해주고 있는 듯했다. 눈송이들은 이 풍화의 지붕 위에도 쌓이고, 창턱에도 쌓였다. 그리고 어이없게도 느끼는 내 슬픔 위에로도 내렸다. 게다가 나무는 죽어 있었다. 아마도 죽었기에 염습을 당하고, 그 염습에다 혼백을 걸었을 것이다. 그 죽음 위에도 눈은 내리고, 혼백들은 벗었기에 몸 시려했다.

어이없게도 내가 슬프다가 그런데, 나는 선생을 잃어버린 걸 알게 되었다. 도대체 종적이 묘연해져 버렸는데, 지진이 있었던 것도 아니니 땅속으로 빠져버렸다고 생각할 수도 없었다. 그렇다고 내가 백주에 유령을 쫓았다고 생각할 수도 없었다. 어쨌든 심정이 몹시 비틀리며 배신당한 기분이 들었다.

"선생, 어이 선생, 대체 어딜 갔습죠? 어디 계십죠?"

그래도 나는 불러보았다.

그래도 대답이 없었다. 그래 하는 수 없이 돌아서려는데, 그때에야 어떤 속에서 밖으로 흘러나오는 그런 음성이 있었다. 반가워서 그에게 입맞춤이라도 하고 싶었다.

"형제는 이쪽으로 오너라."

말소리는 고목의 뒤쪽에서 흘러나왔다.

"와서, 내가 얼마나 이 땅과 이 멸종될 인간들을 사랑하고 있는가를 형제야, 너는 보아두게."

"무, 물론 그래야겠습죠, 아, 물론입죠."

대답하며 나는 얼른 고목의 뒤쪽으로 돌아갔다. 그리고 나는, 선생이 그렇게도 감쪽같이 사라질 수 있었던 그 까닭을 알았다.

고목은 속이 텅 비어 있어 서너 사람 정도는 들어앉아 골패 노름이라도 할 만했다. 나의 선생은 그 안에 있었던 것이다. 그리고 바닥에 누워 양물을 문지르고 있었던 것이다. 그래서 저절로 그렇게 연상된 거지만, 고목이 내품(內稟)을 보여주는 그 구멍은 틀림없는 음호 모양이었다. 한 둥치로 내려오다 두 뿌리로 분류(分流)하는 그 상류에 그 문은 열려 있었던 것이다.

"형제야, 형, 형, 형제야," 선생의 숨길이 거칠어지며, 손길이 번개처럼 빨라 갔다. 나는 외면을 해줄까 하다가, 그가 지금 이 땅과 이 멸종될 인간을 위해 사랑을 보여주고 있는 것이라고 생각되어, 처음엔 그냥 별 감정 없이 건너다보았다. 그랬더니 오래지 않아 그의 몸속으로부터 사랑이 흘러나와 대지를 적셔댔다. 그런데 그의 태도와 표정은 어찌나 순교자답고 성자다웠던지 나중엔 나로 하여금 외경심을 갖고 보지 않을 수 없게 만들었다. 나는 어느덧 무릎을 꿇고 앉아 야영하는 약대 모양으로 그 구멍에다 대가리를 집어넣어 놓고 있었다. 그리고 땀을 흘리고 있었다.

초췌해졌지만, 할 일을 다 했다는 듯한 그런 안도가 그의 얼굴에 번졌을 땐, 나도 뭔지 만족스러운 기분이 들었다. 하품처럼 그건, 순전히 전염이었는지도 몰랐지만.

그는 한참 묵상에 잠겨 있더니, 아주 온화하고 너그러운 얼굴이 되어서 다시 구멍으로부터 밖으로 나왔다. 음경은 깨끗이 사려 넣은 뒤였다. 나와선 비로소 내게 아주 다정스레 빙긋이 웃더니,

"여보, 당신은 장타령꾼 아니오?" 하곤, 내 어깨를 포근히 감싸 안았다.

"아 그러믄입쇼, 입쇼! 헤헤, 참 잘도 아셔, 잘도 아셔, 헤헤,"

"형제야, 그리면, 이 형제야, 네가 뭣을 해야겠느냐? 뭣을 해야겠느냐?"

"예에? 저어, 그런, 있자,"

난 기습당한 트로이의 저 어둡던 밤을 이해할 수가 있었다. 내 속에서 한두 마리의 목마(木馬)가 하혈을 한 것이다.

"그럼 내 일러주겠으니, 모든 장마다 다 가서 내 소식을 전해라."

그의 분부는 지극히 엄했다.

"내가 너를 택했은즉, 너는 이제부터 내 '말씀'이라,"

그리고 그가 아주 치근덕스럽게 내 입술에다 자기의 입술을 댔다. 난 참 어리떨떨했던 게다. 이똥 냄새나는 그의 입맞춤이 구역질을 일으켰지만, 그래도 닦진 않고 대신 나는, 고개를 끄덕끄덕해줬다. 그의 '말씀'으로 만들기 위한 그것은 할례였는지도 모르긴 했다. 그러고 나서야 난 여태껏 아무런 영문도 모른 채 썩 잘 이해해 왔다는 생각을 해냈다.

"아 그러믄입쇼, 그러믄입쇼,"

난 되는대로 맞장구를 치곤, 그의 왼팔에 슬쩍 손가락을 대어 보았다. 그건 주사(朱砂)나 뭐 그런 종류의 물감으로 칠해져 있었다. 손가락에 묻어나진 않았는데, 아마도 그는 몇 년 전부터 그렇게 칠해놓았을 것이었으며, 벗겨지면 다시 발라놓았음에 틀림없었다. 어쨌든 내가, 그 물감이 무슨 냄새를 풍기는지를 알아보려 손가락을 코끝에 갖다 대자,

"피비린내가 나느냐?"

하고, 내 선생이 은근히 물었다.

"예? 헤헤, 피, 피, 비린, 말씀입니까요?"

"그렇다, 바로 피비린내다. 방금 전, 제구시에, 하늘이 닫히고, 번개가 치며, 아스라해졌던 그때에,"

"헤헤, 그, 그거야 선생만 그러셨지, 구경만 한 소인 눔이야 웬걸입쇼?"

"바로 그때에 죽었다가, 손의 무덤으로부터 영원한 생명으로 부활된 그 피 냄새다. 이 피는, 무덤을 열고 태어나온 손의 탯줄이 흘린 그것이며, 무덤 속의 정충의 강보였느니. 그리고 보아라, 생명의 이 고지(告知)를."

그리고 선생은, 숯과 고추를 꿴 외로 꼰 새끼줄을 흔들어 보였다.

"그러니 왼갖 장에 다 외쳐라, 손이 태어났다, 손이 오셨다, 우리 주 손이 오셨다……"

그는 손을 쳐들고 찬송했다. 진짜로 기쁜 얼굴이었다.

"아 허구보니껜 말입죠, 정말 손이 오셨군입쇼, 예? 허구보니껜두루,"

"자 그러니 내 '말씀'아, 너는 저 길로 가라. 가서 먼저, 빈 모루를 치는 자에게, 그리고 그의 메마른 촌민들께, 먼저 이 복음을 전해라. 자, 어서 가, 가라구. 가서 씨를 뿌려라. 그럼 내가 거두겠다. 아니, 가만있자 첫 사업은 역시 내가 시작하는 것이 좋겠다. 그럼 형제야, 나와 같이 가자."

선생은, 꼈던 내 어깨를 풀곤 앞서 휘적휘적 걷기 시작했다. 병든 개처럼 걷기 시작했다.

오래잖아 삼십여 호의 마을을 벗어나고 우리는 내리는 눈 속에서, 들 가운데를 지나게 되었다. 뒤돌아보니, 마을은 산의 남쪽 언덕에 흩어져 있었는

데, 굴뚝으로 저녁연기를 뽑아 올리고 있었다. 연기가 그렇게도 아름다운 것임을 난 미처 몰랐었는데, 연기가 오르자 마을이 갑자기 생기를 띠고 움직이기 시작했다. 아직 어느 집도 불은 밝히질 않아, 고분(古墳)들처럼 보임에는 역시 아까와 마찬가지였지만, 그러나 지금은, 그 속에서 참고 있는 것들이, 차가운 죽음 그게 아니라, 질화로 속의 알밤처럼, 따뜻이 익어 있을 다른 어떤 병(病)인 듯이만 느껴졌다. 그런데 내 눈에 영 설고, 마을의 이방인 같은, 도대체 터무니없는 어릿드군한 집이 한 채, 그 마을의 맨 윗녘에 있었는데, 그것은 지붕 꼭대기에다 십자가를 세워두고 있었다. 그 지붕의 십자가 위에도 눈은, 아수르의 폭양처럼 내렸는데, 눈은 내렸는데도 그건 파묻히질 못하고, 강변의 촉루(髑髏)가 되어 묻히질 못하고, 굴렀다.

마을의 골목에서 들었던 그 망치 소리가 아주 가까워지고 있는 데를 우리는 걷고 있었다. 그러고 보니 망치 소리는, 들 가운데의 상엿집 같은 오돌막에서 흘러나오고 있었다. 망치 소리와, 낮은 굴뚝으로 피어올랐다간 금방 흩어지는 연기만 없었다면, 그것은 눈을 두텁게 덮어쓰고 있어서, 낮은 한 둔덕이거나, 참새의 시체였을 것이라고 생각하게 했을지도 몰랐다.

바로 그 오돌막 앞에서 우리는 멈췄다.

선생은 너무 긴장한 탓인지 굳은 얼굴로 억지로 웃어 뵈려고 애썼다. 그러다 눈을 부릅뜨곤 다짜고짜 피(같이 보이는 것이) 묻은 팔뚝을 문구멍에다 쑥 밀어 넣으며 소릴 쳤다.

"전쟁의 씹 구멍에서 태어난 이 후레새끼야! 손이 오셨다 찬송하라, 찬송하라 손이 오셨다, 마을님[村長]아, 찬송하고, 전파하라,"

"........."

그러나 안에선 대답이 없다. 그렇다고 망치 소리가 멎은 것도 아니고, 더 잦아진 것도 아니었다. 염불하며 목탁 치듯, 망치 소리는 일정한 간격을 두고 났다.

내 선생이 하는 이 짓은 오늘이 처음이 아닌 것이 분명했다. 우선 주먹을 처넣을 구멍이 준비되어 있었을 뿐만 아니라, 안에서의 반응 역시 만성적인 것이었기 때문이다.

안에서의 반응이 도대체 시들하자, 내 선생의 표정이 차차로 일그러지더니 나중엔 문둥이처럼 비참하게 변해졌다.

“너 빈 모루를 치는 자야, 너의 귀가 죽었느냐? 귀가 죽었느냐 말이다.”

선생은 통곡하듯 소리치며 쑤셔 넣은 팔을 휘둘러대는 모양이었다.

“손을 받아라, 이 후레새끼야, 손을 받아라. 애비도 모르고 자라서, 죽은 네 에미의 창병에 육수(肉水)는 썩고, 자궁은 장구벌레의 사원(寺院)이 된 이 가련한 백성아, 너의 속박을 풀어줄 의원이 태어나셨으니, 너의 촌민께 전도해라,”

내 선생은 악을 썼다. 그런데 웬일로 그러다가 내 선생이, 고자빠기처럼 나둥그러져 내 발치에 대가리를 굴렸다. 그래서 기억해보니, 선생이 한번 단말마의 비명을 질렀던 것 같은 기억이 났다. 내 귀에는 웬일로 그것이, 소년 시절에나 들었던 우렛소리 같아서 별 실감이 없었던 것인데, 헌데 선생의 팔뚝은 잘려지고 없었다.

뭐 그리곤 아무 일도 일어나지 않았다. 그냥 적막하고, 희고, 그랬다. 선생은 잘려진, 어깻죽지 밑에서 선혈을 토해냈고, 선생의 팔뚝을 어깻죽지 밑부분에서부터 몽땅 잘라먹은 그 구멍에서 잘려진 팔뚝이 떨어져 나온 외엔 젠장 눈만 내렸지 어쨌단 말인가. 선생은 눈 속에 전신을 처박고 정말 치사하게 움찔움찔거렸다. 피가 눈을 사방 열 자나 물들였는데, 진달래도 한 무더기 흐늘어져 곱기도 고왔다. 피는 단 한 사람의 의인(義人)처럼 소돔을 태웠다.

아마 선생은 죽을 것이다. 내가 현실적인 의식을 가진 거란 그것이 전부였다. 뭐 죽을 게다. 헤헤, 뭐 그럴 게다. 내게서도 한 무더기의 진달래를 흐늘일 것이 있다면 선생을 그의 제구시 속에다 데려다주는 일일 것이다 그것은 강요되는 것은 아니다 안에선 망치 소리가 다시 간헐적으로 흘러나왔다 결국 나는 선생을 데려다주기로 작정했다 죽은 소처럼 움찔거리기만 하는 선생을 나는 두 팔 위에 걸쳐놓고 걷기 시작했다. 그때 손이 태어나자 떠나버렸다 떠나버린 손은 눈 속에다 묻어줬다 마을의 창들엔 드디어 피가 흐르고 밤이 붉게 젖고 소돔이 타고 소금이 날렸다.

고목에 닿기까지는 초경도 지나서였다. 나는 땀에 젖고 피에 젖고 피로에 젖고 구름처럼 부풀고 바위처럼 무겁고 헛간처럼 비고 구더기처럼 채워져 있었다. 한데 고목 안엔 피마자를 태우는 불이 밝혀 있었고, 웬 할미가 밥상을 놓고 손을 비비고 있었고, 불빛이 구멍으로 새어 나와 밤의, 눈의 한 고장을 유형(流刑) 시키고 있었다.

그런데 할미는, 독경인지 주문인지의 삼매에 빠져 도대체 인기척을 느끼질 못하고 있었다. ……천강소지쥬야상륜속거소인호도구령원견존의영보장생삼태허정륙순곡생생아양아호아신령괴작관행필보표존제……

"선생이여, 당신의 제구시에 다 왔으니 한 번 더 '사랑'하시어요."

그리고 나는 선생을 구멍 속에다 밀어 넣었다. 꽤는 힘드는 작업이었지만, 독경삼매에서 깨어나 혼비백산된 할미가 축귀경을 읊었는데도 우리가 도망치질 않자 알아보고, 도왔기에 그 일은 쉽게 끝났다. 할미는 묻지는 않았다. 나도 설명하지 않았다. 뭔지 무거운 슬픔 같은 것이 내 가슴속 밑바닥을 짓눌렀는데, 내 선생의 차가운 창백한 얼굴이 그 무거운 슬픔 위에서 자맥질했다. 그러고 보니 선생은 눈을 뜨고 있었다.

"귀신은 서역(西域) 잡귀 잡신이 들렸었지만, 참 착한 무당[覡]이었었는데."

눈을 감고 체머리를 흔들던 할미가 회억하듯 읊조렸다.

"저어 그보다도 할머님, 이놈 배가 고파 그런데 말입죠."

나는 상 앞으로 다가앉았다. 그러자 할미가 인정머리 없이 손을 홰홰 저으며 당황스리 말렸다. 나는 목이 메임을 참으며 비굴하게 물러나 앉아야 했다.

"행여 박정하다고 하지 마오. 이 밥으로 몇 년이나 연명해온 식구가 있어서 그러오. 나그네 양반, 당신은 좀 참았다가 우리 영감과 같이 드십시다."

"………"

나는 고개만 끄덕였다.

"에미는 도망가버렸고, 애비는 이렇게 죽었으니," 할미는 눈물을 흘리며 내 선생의 이마를 짚었다. "여보 나그네 양반, 남은 오누이는 어쩌겠소?"

"이, 이놈은 도대체 모르겠는뎁쇼."

"아무튼 오늘은 내, 잠깐 다녀오리다. 그 어린것들이 애비를 얼마나 기다리겠어? 오 참, 헌데 댁은 댁은 어디서 오셨소?”

할미는 그림자를 쭈그렸다 폈다 하며 옷매무새를 여미더니 상을 들고 일어났다. 그리고 대답도 기다리지 않고 나가며 계속했다.

“한 십여 년 전에 참 참한 젊은 부부 한 쌍이 이 고장엘 들어왔다오. 뭐 전도사라 하며 회당을 짓고, 댁도 그래서 온 거요?”

할미는 얘기를 하면서 밤의 눈 속으로 사라져버렸다. 난 더 들을 수가 없게 되고 말았다. 왠지 느닷없는 오한이 밀어닥쳤다. 그리고 고독의 쥐 발바닥만 한 자루가, 이 큰 나를 쭈그러뜨릴 대로 무지막지하게 쭈그러뜨리더니 자기 속에 집어넣곤, 천야만야한 높은 벼랑의 중턱, 거기에 한 포기 돋아난, 민들레꽃 둥치에다 매달아 놓는 것이었다. 위에는 바람만 우는 공허한 안개처럼 휩쓸고, 밑엔 내 선생의 뜬 눈이 팔만 유순(由旬)도 넘는 넓은 밤바다로 열려 있었다. 피마자기름을 태우는 불빛이 그 검은 바다를 석양처럼 조수해 갔는데, 뱃노래도 없고, 떠난 사공은 돌아올 줄을 몰랐다. 나는 통소 한가락 뽑지 않을 수 없었다.

한데,

소
리
는
타
올
라
어
디
로
가
버
리
고

나중엔, 창백해진 재 덩이인, 나만 오롯이 남아 있었다.

내 선생은 너무 피를 많이 흘린 탓으로인지, 얼마 정도의 미동마저도 박제 당한 상태에서 끝내 머물고 말았다. 나는 그의 마지막 말 한마디를 그렇게도 갈망했었는데, 그러나 그의 보랏빛 입술은 아무 말도 흘리지 않았다. 미지근한 입술을 내 입술에 비벼왔을 때 그의 '말씀'은 끝나버렸던지도 하긴 모른다. 반쯤 열린 입속에 말 같은 것이 괴어 있었다는 흔적도 없긴 했다. 그의 죽음은 정말 완전무결했다.

그의 시체를 어찌할 것인지는, 나도 묻지 않았으려니와 할미도 말하지 않았으니 나로서는 모른다. 눈도 물론 감기지 않았으며, 그의 남은 팔뚝의 어깨가 두르고 있는 '생명의 고지'도 풀어내지 않았다. 오래잖아 잦아져 버리겠지만, 불은 켜둔 채 할미와 나는 고목으로부터 떠나왔으니, 그 빛이 뜬 그 눈 속을 보라 쳐가며 어디서 행여 세레이네스의 노래라도 들리나 귀를 기울일 것이다. 그러나 가여운 풀레바스여, 죽음이 또한 오래잖아 그대의 뼈를 주울 거네.

눈발은 조금도 가늘어짐 없이, 모세가 지난 홍해처럼 닫히며 내렸다. 정강이를 파묻을 지경이니, 새벽엔 아마도 처마 끝에 닿을 것이다. 바람 한 점 없었다. 닭 소리도 개 소리도 없고, 모루를 치던 망치 소리도 멈춰져 있어 소리란 하나도 없었다. 아니 어디선가 풍금 소리가 흘러 나고 있었고, 가래 끓이는 소리가 있긴 있었다. 그런데 풍금 소리는 풍금을 치다 말고 잠이 온 풍금 수가 건반에다 머리를 떨구고 까땍 조는 모양으로 네댓의 옥타브가 한꺼번에 울다간 자지러지고, 그러다가 다시 쏴아 쏴 울려 나왔는데, 그거야말로 가래 끓이는 소리 그것과 조금도 다를 바 없는 병든 랩소디였다. 그건 소리가 아니고 있었다. 소리가 아닌 것이 소리로 화하는 것이 다만 하나가 있었을 뿐인데, 그 소리란, 봄에 병든 나뭇잎 같은 창 빛들이 밀폐 속을 짓틀며 기고 있는, 바로 그것이었다.

"흐흐, 보면 알겠지만 말야, 영감이 아주 우습다구요."

우리는 걸었다. 할미는 방향을 알았고, 나는 몰랐고, 할미는 유쾌히 떠들었고, 나는 묵묵히 들었고, 할미는 도중에 집엘 잠깐 들러 소반을 챙겨 들고 나왔고, 나는 고개를 숙이고 기다렸고, 그리고 우리는 걸었고, 할미는 방향을 알았고, 나는 몰랐다.

"글쎄 집을 버려두고 왼 날을, 왼 철을, 어쩌면 죽을 때까질 게야, 저 속에서 나오려 하질 않는다니깐."

그래서 앞을 보니, 뭔가 새파란 혓바닥 같은 것이 틈 사이에서 그 안의 어둠을 핥고 있었다.

"아 저 집은,"

"그래요,"

할미가 내 말을 가로막고 얘길 계속했다. "우리 영감이 사는 집이야."

"………" 나는, 말을 보류시켜버렸다. 한번 쏟았다간 나로서도 감당해내지 못할 것 같아서였다. 처음으로 돌아가서, 아무 일도 일어나지 않았으며, 몰랐던 걸로 해두자, —나는 입을 악물었다. 사실 나는 너무 주리고 너무 피곤했다. 아무것도 생각하고 싶지도 않았다.

"젊어서야 참 그중 씩씩한 남자였댔다우." 할미는 계속했다. 나는 귀만 남기고 멍청히 걸었다. 두텁게 쌓인 눈을 헤친다는 일은 모래밭을 걷는 것보다 더 힘들었지만, 닫혀진 눈은 아니어서 미끄럽진 않았다. "대장장이라우. 저 움막은 대장간이고. 허긴 여긴 모두 대장장이들만이 살았던 고장이었지."

"대, 대장장이들 말입죠?"

"그랬댔다우."

"헤헤, 거 재미있군입쇼. 허, 헌데 아무래도 모를 건입쇼,"

"허긴 나도 잘 모르오만, 듣기론, 하원갑년(下元甲年) 전쟁이 만들어낸 고장이랍디다."

할미는 별 흥미 없는 어투로 시쁘둥히 대답했다.

"저, 전쟁이 만들어낸단입쇼?"

"나도 잘 모르오만, 듣기론, 큰 전쟁이 한 번 있었다는 게요."

"아 그야 있었겠습죠, 물론이겠습죠,"

"나도 잘 모르오만, 듣기론, 그 전쟁 때, 각처에서 대장장이들만 모아다 이 고장에다 데려다 놓곤 무기를 만들게 했다는 겁디다."

할미는 귀찮은 듯 빠르게 섬겼지만, 자기 지식을 아껴서 하는 짓은 아니었다. 그래 더 묻지 않고 그냥 걸음만 옮겼더니, 이번엔 할미 쪽에서 몇 마디 더 해주었다.

"그러나 생각해보오, 전쟁이 끝났을 때 그들이 뭣을 해야 했겠는지를, 고향을 떠나온 지도 이십 년 삼십 년씩이나 되고 있었는 데다, 풍문은 자기네들 고향이 쑥대밭이 되어 있었다고 했으니…… 그래도 죽을 셈 치고 떠난 사람은 떠나고, 대부분의 사람은 그냥 눌러앉아 살았소. 밭을 일구고, 씨를 뿌리며 살았소. 생업을 바꾼 거요. 허지만 전쟁이 휩쓸고 간 뒤의 쇳물과 쇠똥에 젖은 메마른 땅이 곡식을 제대로 키우질 못했다우. 그리고 어쩐 일인지 자손들이 줄어들기 시작했소. 어쩌다 하나 근근이 낳은 건 세 살을 못 살고 죽고," 할미의 어조는 차차 흥분되기 시작했다. "대부분은 낳아보지도 못했소. 자라기야 몇 자라고 있지. 자란대도, 비비 틀어져 힘들을 못 써." 할미는 여기서 갑자기 말을 멈췄다. 그리곤 숨을 조절하며 걸음을 좀 더 빨리했다. 일럭 일럭 하는 파란 불은 눈앞에 있는데도, 도대체 가까워지질 않았다. "고자귀신이 휩쓴 거요, 고자귀신이. 전쟁에서 가엾게도 죽어간 적군의 병사들이 원귀가 되어 이 고을로 쳐들어온 거요. 허긴 어쩔 수 없잖겠소? 괭이나 쇠스랑이나 보습을 만들어야 됐던 그 우직한 사내들이 창이나 칼을 만들었으니. 그래서 죽은 병사들이 원귀가 된 거란 말이야. 그래선 이 고장의 암컷이라는 암컷의 자궁을 틀어막고 탯줄을 끊어버렸소. 그런데 남자들과 수컷들은 더욱더 기운이 뻗쳐 숫물이 나올 나이가 되면 걷잡을 수도 없이 날뛰어댔소. 그래도 숫물은 흘러보지도 못하고 그러다 시들더군. 후유우, 해서…… 정성이 지극하면 감천한다고…… 이렇게 밤낮으로 빌어보지만…… 헌데 말이라, 이젠 삼시랑[三神靈]이 영험을 잃었는지, 아니면 고자귀신에게 강간을 당했는지, 도대체…… 그런데 언제 녘부턴지, 그 나무가 봄이 돼도 잎을 못 피워. 잎이 피면 세상은 달라질 텐데, 달라지지. 맨 처음에 그 낡에 삼시랑이 내렸다우. 어쨌든, 대장장이 업을 계속해 나온 건 우리 영감뿐이었소. 헌데 영감이, 영감이 글쎄, 서역 귀신 들린 그 사내를 만나고서부턴 이상스럽게 돼가지곤, 글쎄 알아들을 수도 없는 소리만 씨불이며 늘 누굴 기다리고 있다니깐. 흐흐흐, 해도 그런 영감이 또 있을라구? 글쎄 이 꼬부라져 다된 할미를 어떻게나 아낀다구? 질이 좋은 시우쇠라고 말이

라. 시우쇠란 건 피도 짜내지만 노래도 떡도 만들어내는 그 바탕이라는 게야. 해도 난 모를 소리지. 모를 소리라. 헌데도 난, 영감이 기다리는 그이가 싫을 것 같다우. 몹시 싫을 것 같아요. 나도 잘 모르지만, 그이가 왔다고 했을 땐, 글쎄…… 글쎄…… 흐흐흐," 할미는 신경질적으로 웃곤, "명두(明斗)가 내겐 안 내리고 영감께 내린 모양이라니깐" 했다.

"정말 이눔은 몰랐군입쇼. 허다면 지금도 손님은 있는 게군입쇼?"

난 간음기 같은 묘한 기분으로 떨며 말해주었다.

"손님? 손님은 영감의 한 눈이 멀어버리고 난 때부턴 하나두 없었어. 뻘건 쇠똥 하나가 영감의 왼쪽 눈을 파먹어버렸는데, 그때부터 참 별스런 놈의 소문이 돌기 시작한 게라. 원 터무니없게도. 글쎄 성성한 영감을 미쳤다고 하지 않게?"

할미는 분한 듯 떠벌였지만, 내심은 뭐 분함이니 뭐니 하는 감정 같은 건 조금도 느끼지 않고 있는 듯했다. 지나간 분노를 회상해내는 투였을 뿐이다.

영감이 사는 대장간은 바로 눈앞까지 다가왔다. 얘기를 주고받으며 걷는다는 건 즐거운 일이다. 우리는 어느덧 대장간 처마 밑에 닿았고, 눈을 털었고, 그리고 들어갔다. 밖에서 보기론 대장간이라곤 할 수 없는 대장간이었다. 대장간이라면 거의가 다, 한쪽 벽이 없다든가, 네 벽이 다 있다더라도 팔뚝 굵기의 통나무를 울타리처럼 둘러서 통풍이 아주 잘 되도록 해둔 것을 난 여러 군데서 보아왔던 것이다. 이건 분명히 개조된 대장간이었다.

대장간 안은, 풀무 화로에서 일럭거리는 파란 숯불이 잠든 지옥처럼 권태로웠을 뿐이고, 어두워서 아무것도 보이질 않았다. 그러나 그 속의 기류가 주는 안온함은 나로 하여금 감발을 풀고, 허락된다면 일숙의 안식을 탐내게 하기에 충분한 것이었다. 나는 쓰러지듯 문 쪽에 주저앉아 발을 길게 뻗고 우선 추위를 녹였다.

"영감, 내 왔수,"

할미가 은근히 소릴 냈다. 그러자,

"엥? 허으, 헐멈이 또 왔군그랴."

숯불이 있는 뒤쪽에서, 개구쟁이의 그것이 늙혀진 소리가 넘어왔다.

"글쎄 그렇대두요. 헌데 또 오다니 그게 무슨 말이우, 그게?"

할미는, 목구멍으론 낄낄거리며 개미처럼 잘도 더듬어 들어갔다.

"흐흐흐, 아 이 할망구야 안 죽고 또 왔으니 하는 말 아닌가. 암믄. 헌데 오다가 그이 비슷한, 거 뭐 중이라도 하나 못 봤소?"

영감이 몸을 일으켜 앉는지, 북더미 부스럭이는 소리가 났다.

"아이구 이 주책머리 없는 영감아, 그러다 병이라도 들리다. 츠쯔츳, 그나저나 배가 고팠겠소……"

할미의 음성도 화덕 뒤에서 들려왔다. 그리고 둘이는 무슨 짓을 어떻게 하는지 몰라도, 곧이어 죽을 듯이 낄낄거리며 지랄이었다.

"정말, 이, 이눔의 시우쇠는, 한 번도 녹슬어본 적이 없다니깐두루. 적당히 말랑말랑하고, 적당히 펑퍼짐하고, 적당히 굳어 있고, 적당히, 적당히…… 허, 허드래두, 젊었을 때만이야 못 하지,"

"흐으, 아, 아 이눔의 영감아, 흐, 가, 간지러워 죽겠네, 미쳤수 응? 미쳤어? 그, 그만, 흐흐, 이 쭈구렁일 갖고 원,"

"이눔의 것이 글쎄, 웃음도 만들고 눈물도 짜낸다니깐두루. 암믄, 이 봐라, 이 참 좋고 좋다. 요, 요골 갖고, 보습을 만들꺼나, 칼을 만들꺼나? 흐음, 허지만 그 어느 하나만을 만들어버리기엔 너무 아깝지, 아까워. 내 땀을 흘리고, 숫물을 흘려 씻어선 대체 얼마나 아꼈게?"

영감이 탄식하듯 말을 맺자, 할미도 입을 다물어버렸다. 잠깐 침묵이 흘렀는데, 그 침묵은 막 들려는 잠처럼 달콤했다. 나는 졸고 있던 것이다. 한데 '숫물'이란 정액이란 의미로 이 고장에선 쓰는 말 같았다.

"여보 할멈," 영감이부터서 침묵을 깼다. 한데 몹시 낮고 침통 맞아 잠의 밑뿌리까지 흔들어놓았다.

"왜 그러우 영감?" 할멈의 음성도 전염되어 있었다.

"………"

숯잉걸이 탁탁 소릴 내며 튀고 있었다. 어디선가 멀리서 늑대가 짖고 있었다.

"그 사내는 죽었다우."

할미의 발음은 지나치게 또박또박 정확했다. "죽었어요."

"……흐, 흐으, 흐흐흐, 으흐흐……"

느닷없이 영감이 미친 듯이 웃기 시작했다. 어찌나 격렬한 웃음이었던지 짖는 것 같았는데, 나중엔 울음으로 바뀌고 말았다. 내겐 모든 게 잘 이해가 안 되었다. 그러면서도 당연하다곤 믿고 있었다.

"……여, 여보, 할멈, 내, 내가 그를 얼마나 사랑했게! 어, 얼마나 사랑했었느냐 말이라! 헌데, 오늘은 했네 했어! 했다구. 이제 자네 속이 시원한가? 시원하냐구? 하냐구? 시원하냐 말이라 이 할망구야! 이제 됐냐 말이여?"

"………"

숯잉걸이 탁탁 소릴 내며 튀고 있었다. 어디선가 멀리서 늑대가 짖고 있었다.

"그래 됐네! 됐어 이젠. 서역 잡귀 잡신에 눌렸던 이 고장 삼시랑[三神靈]이 이젠 허릴 피겠지. 필 게야. 흐흐, 그럼 그렇고말고! 내 할멈 이젠 손[手]이나 하나 빌어주게, 빌어줘 엥?"

영감은 변덕도 심했다. 난 어느 장단에 춤을 춰야 할지 알 수가 없게 되었다. 웃는다 했더니 울고, 운다 했더니 웃었다. 하긴 나도 약간은 내 정신이 아니었던 걸로 미뤄보면, 이 고장에 사는 귀신에 한 번 쐬고 나면 저절로 그렇게 되어지는 것인지도 몰랐다.

"에이구구, 내 이 정신 좀 봐," 할미가 필요 이상의 호들갑스런 어조를 쓰면서 나섰다. "여, 여보 영감, 내가 참, 글쎄 손님을 한 분 데려왔다우, 손님을. 이런 원 내 정신도……"

"아니, 손님을? 흐흐, 할망구가 손님을 데려왔어? 야 이눔의 할망구가! 그래 어디 있지? 병산[兵士]가 농분[農夫]가? 혹시 그 나그네는 아이겠지맹? 그래 어딨지?"

"에구구, 그 좀 주책 좀 작작 떨구랴, 원." 할미가 영감을 꼬집는 것 같았다.

"그리고 내 얘길 좀 들어요." 애기 달래듯 했다. "병사나 농부는 아닌 것 같지만……"

"야 이눔의 할망구야, 그럼 그게 거지 나부랭이지 손님이겠어?"

난 좀 더 기다려 보기로 했다. 우선 내가 몹시 게을러져 있어 혀끝도 놀리기가 싫었다. 속의 어둠에 차차 익숙해지자 내부의 풍경이 어슴푸레 나타났다.

할미는 속삭이고 있었다. 들으려고 귀를 기울였더라도 잘 안 들렸겠지만, 난 대장간 속의 내 속의 이것저것을 핥느라고 하고 있었기 때문에 그들이 무슨 얘길 하는진 알 수가 없었다. 상처가 있다면 이럴 때 고름을 짜내야 되고, 벌이가 또 좀 있다면 이럴 때 셈을 해둬야지, 나만을 위해 시간의 얼마쯤을 떼어내 황도(黃道) 모퉁이 어디다 간직해둬둘 수는 없기 때문이다. 그러면 나도 고향을 갖게 될 것이고, 목장도 갖게 될 것이지만, 내가 그 고향 목장에로 돌아갔을 때 과연 내가 각설이로서가 아닌 내 땅의 주인으로서 되돌아왔다고 생각할 수 있을까? 나는 그냥 한 장(場)을 통과해나갈 뿐이다.

“뭐라구? 뭐, 뭐라구?”

영감이 느닷없이 꽥 소릴 쳤다. 그러자 그 안의 그렇게도 안온하던 분위기가 갑자기 식어 썰렁해졌다.

“야 봐라, 이눔의 할망구가 이젠 노망을 했구나! 이봐, 그래 대장장이를 만들잔 말여? 아니 이눔의 할망구야, 나 말고, 그래, 나 말고 그래 누가 또 대장장이가 될 만하냐? 나는 못 하겠어, 못 하겠다구. 헹, 백골이라도 망치는 쥐고 있을 테다.”

“글쎄 영감, 그렇게 화만 내실 일이 아니래두요.” 할미가 달래는 음성을 썼다. 그러자 영감은 뭐가 서러운지 훌쩍이기 시작했다.

“눈, 비…… 이슬, 서리…… 뙤약볕, 비낀 볕이 내 살점 내…… 마음 다 발겨갔어도, 발겨갔어도 서러워 안 한 것은, 안 한 것은 말이라, 대장장이라는 이 업(業) 때문이었는데, 는데…… 보습이 되려는 것도 마음 한번 달리 먹으면 창이 되고, 칼이 되려는 것도 보습이 되더니…… 이 기막힌 조화 속 때문에 늙는 줄도 몰랐더니, 몰랐더니, 이제 내가 이렇게 되었단 말이라? 엥? 허으으 참, 해도 아직은 멀었어, 멀었단 말이여! 올 이는 아직 안 왔고, 시우쇠는 아직 좋은 채로 있으니…… 손 하나만 더 만들면, 만들면……”

영감의 넋두리는 왠지 내게서 게으름을 앗아가 버렸다. 나는 영감의 넋두리에 끌려들고 있었다. 무언지는 모르지만, 부름 같은 것이 내 안벽에서 반향

되고 있었다. 영감의 넋두리는 주문처럼 계속되었다. 반복된 연습에서 이뤄진 듯하게 그럴듯이 신파조며, 유수(流水)였다.

"팔뚝 하나만 더 만들면, 그러면 이 불이 꺼져도 좋아, 멈춰도 좋지. 손 하나만 더 만들 수 있으면. 한 손엔 씨앗을, 한 손엔 보습을, 다른 한 손엔 창을……"

영감의 넋살과 오열은 쉽게 멈출 것 같지 않았는데, 나는 그의 넋두리에서 몇의 목소리와 몇의 향(香)을 동시에 들으며 맡았다. 만수를 손 닳도록 싹싹 비는 무당의 음성과 짚이 타는 싸한 냄새를, 곤장에 녹고 상사에 시든 딸은 죽을 날 앞에 칼 쓴 채 있고, 떠난 지는 오랜 한양 몽룡이는 소식 한 자 없어, 정화수 한 사발에 운명을 도(賭)하는 늙은 퇴기의 목쉰 간구와 정화수 냄새를, 백일기도만 드리면 얻을 수 있다는 아들 욕심에 일구월심 아흔 아흐렛날 밤을 맞은 촌부(村婦)의 사살과 역한 냉(冷) 냄새를, —그런 목소리와 향을 맡으며 난, 내가 감응되어가고 있음을 느꼈다.

"……팔뚝 하나만 더 만들면,"

"앗따, 영감, 그만해두구려," 듣다 딱했던지, 노파가 달래며 피마자기름이 담긴 접시에다 불을 붙여 풀무 위에다 놓는다. "그만하시구랴, 내 정말 잘못했쉐다요. ……손님이 있다잖았수,"

그러나 손님이 있다는 건 할미에게도 그제서야 다시 기억된 듯했다.

"예? 헤헤, 여기, 여 있습죠. 아 여기 있구말굽쇼, 헤헤, 그러믄 입쇼."

난 이제 나서도 좋겠다는 생각이 들어 몸을 일으켰다. 언제까지나 나를 내가 방관자로 둬두고 보기에는, 사실 말이지 난 너무 참을성이 없는 사내다.

불이 피마자의 독특한 기름 냄새를 풍기며 커지자, 대장간 내부의 요철(凹凸)이 드러나며, 두문동(杜門洞) 깊은 골의 유대교도의 얼굴이 나타난다. 아닌 게 아니라 영감은, 왼쪽 눈을 뽑히고, 그 꺼져 들어간 곳에서 눈물인지, 눈곱인지, 진물인지를 찐득찐득 흘려내고 있었다. 사실 남은 눈도 눈이라고 하기엔 여간 망설여지는 게 아니었는데, 숯 냄새와 그 연기와, 기다림 같은 걸로 해서 꺼풀이 녹고 물크러져 고드름처럼 주렁이고 있는 탓이었다. (물론 차차로 알게 된 거지만) 그럼에도 그 눈 속에는 숯불과 기다림—그런 것들이 영화(靈化)되고 형화(形化)된 그것이 살고 있었다. 그 눈이 무섭도록 날 쏘아보았다. 나는 그래 헐쭉하니 웃고, 눈을 굴려 내려오다가, 또 한 번, 이번에는 진짜 헐쭉하니 웃어야 되었다. 서툴고 엉성궂은 손 하나가 그 가슴팍에 새겨져 있었는데, 그것은 흉터로 된 것이었다. 불로 지진 것이 분명한 것이, 때가, 흐르는 땀에 닦여 수십 개의 지류(支流)를 갖고 있음에도 그것의 모양은 변함이 없었던 것이다. 녹피(鹿皮)에 가로왈(曰) 자 모양으로, 움직이는 근육 따라 그것도 요동했다. 그는 그 가슴팍을 해적처럼 드러내놓고 살아왔었을 것이었다. 그리곤 다른 풍경은 어느 대장간에서나 볼 수 있는 그런 것이었다. 다른 것이 있다면 모든 것이 여기서는 새롭게 달구어질 희망을 잃고 그냥 습적(濕積)되어 있어 보인다는 것뿐이다. 모루며 망치는 아직도 주인의 땀에 젖고 있는 듯했으나, 풍고는 형편없이 낡아 새는 바람이 더 많을 듯했고, 시우쇠는 정말 한 푼쭝도 보이지 않았다. 물론 거멍은 새롭게 더 두터워지고, 숯 냄새도 새롭게 더 익어왔었을 것이지만, 십여 년 전에나 한 둬 번 달군 쇠를 적셔보았을 그런 물이 담긴, 물통의 안벽 바로 그 낯짝이 전체의 분위기였다.

"헤, 절 기억해주시는군입쇼,"

나는 영감과 할미가 있는 쪽으로 다가가며 연신 허리를 굽신굽신했다. 그러면서 벙거지를 벗어 경의를 표했다.

"헤엥 거?"

"예, 장을 헤매는 나그네올습니다요. 하, 이렇게 궂은날은 보다보다 처음인걸입쇼. 헌데 영감님은 신색이 좋아 뵈는군입쇼 예?"

"………"

영감은, 아직도 뭔가, 저만쯤에 있는 생각이 자기에게로 돌아오질 않고 배회하고 있다는 듯 우물쭈물하고 있더니, 한참 후에서야 만연이 걸레처럼 되도록 웃음을 피워올렸다.

"허으 거! 거참 썩 잘생긴 사내다 엥? 거, 일루 오게, 와, 와서 불을 꽤, 쬐라구. 헌데 뭘 만들려구?"

영감은 할멈에게 똑똑히 들어 알고 있을 터인데도 내게, 뭘 만들겠느냐고 물었는데, 직업의식이란 놈이 되게도 영감을 문드려 놓았다고 나는 생각했다.

그 물음을 해놓곤, 영감은 웃음까지도 싹 거둬버렸다. 내겐 그런데 그것이 우스웠다. 웃고 난 영감의 얼굴은 풍수의 지맥 그림처럼, 개기름에 엉겼던 거멍이 청룡 백호 날[脈]이 되어 있는 대로 길길이 날뛰고 있던 것이다.

"야 봐라, 뭘 만들려는 거지? 난 다 만들 수 있다네, 암 무엇이고 만들지. 강남엔 봄이라더라, 봄이라더라. 강남에 말여, 봄이란다구."

"아아 그래요잉? 그, 그렇다믄입쇼, 나, 난 창을 만들어야겠군입쇼, 헤헤 뭐, 안 만들어도 좋굽쇼."

"………"

영감이, 분명찮은 초점의 외눈으로 나를 이윽히 쏘아보더니, 어깨를 경미히 한번 떨었다. 그러자 가슴팍의 손 무늬도 꿈틀거렸는데, 그것이 영감의 목젖을 따려는 것 같았다.

"허지만 허긴 여기도, 올 게여, 올 게라, 곧 잎이 필 거라니껜, ……"

뇌까리듯 말해놓고 영감은, 추억이나 시름에라도 잠긴 듯 숯불을 내려다보았다. 그 모습은 그런데 몹시 고독해 보였으며 피로해 보였다. 흐릿한 그의 그림자가 그의 등 뒤에서 그의 목덜미를 조르며 달려들다 멈칫해 서버린다. 그래도 영감은 자기의 그림자를 전혀 의식하고 있는 것 같지 않았는데, 내겐, 그의 그림자가 그의 머릿속의 무슨 묘혈에서나 걸어 나온, 그것대로의 하나의 실체로 보였다. 그리고 확신해도 좋았다. 이 영감이 이 장의 음핵에다 대장간을 지어놓고 도사리고 앉아서 단물을 빨고 있다는 것을, 그것을 확신해도 좋았다.

"그, 그러믄 말씀입죠, 보, 보습을 만들어야겠군입쇼, 보습을. 봄갈이를 해야 될 테니껜입쇼, 건 안 될깝쇼?"

나는, 딴엔, 할 수 있는 데까진 진지하게 응수했다. 말을 해놓고서야 엄숙함을 거느리게 되었는지도 모르긴 하지만. 나는 죽어버린 사내에게와 마찬가지로 영감에게도, 그리고 영감에게와 마찬가지로 나 자신에 대해서도, 상당한 존경심을 갖게 되었다.

"뭐, 뭣이라구? 크, 크흥!" 영감이 그런데 웬일로 화를 벌컥 냈다. "이 줏대라곤 개뿔만큼도 없는 나그네야, 그런 거 만들 시우쇠는 반푼쭝도 없다야,

없어!"

"그, 그러, 그러면, 헤헤, 에헤헤,"

"그러기에 저 손님은," 할미가 마침 좋게 끼어들었다.

"뭘 만들자는 손님이 아니라잖았소. 손님, 일루 오구랴, 와서, 자 이거 좀 들어봅시다, 이런, 벌써 다 식었네, 에구우 이런, 어쨌든, 잠깐 불이나 좀 쬐구랴, 그럼 내 얼른," 하며, 할미는 찌개 그릇을 숯불 위에 얹는다.

"예헤예, 아 벌써 이렇게 불 옆에 와 있는걸입쇼 뭐. 이런 날로는 불이란 게 어머니보다도 낫습죠, 낫습죠, 그러믄입쇼. 허지만 말씀입죠. 난 생각했기를, 대장간의 불이란 말입죠, 바로 어머니 그분이 아니겠느냐 했습죠. 헤헤헤, 어떠면 아주 '저으으기이' 우습게 들릴지도 모르겠지만 말입죠, 글쎄 영감님의 말씀을 듣다 보니 글쎄 그렇다는 생각이 들었다니껜입쇼."

"헤, 거 뭐, 뭐라구?"

영감이 비명을 질렀다.

"아니, 그런 말씀이 아니었댔습니까요? 난 좀 내 멋대로라 내 멋대로 얘길 풀이했습죠만, 그렇거나 저렇거나 말입죠, 이 화덕에서 타는 숯불의 골반에서 격양가니 무훈담이 응아 소릴 퍼질러내고 있는 것만 같은걸입쇼. 헤헤, 시우쇠는 정충이고, 영감님은 태(胎)거나 산팝[産婆]죠. 후후, 그런 게 아, 아니었댔습니까요?"

"………"

영감은 갑자기 오들오들 떨며 말을 뱉어내질 못하고 그냥 서 있었다. 밖엔, 바람이 시작되었는지 문짝이 덜컹거린다. 나는 그만쯤 이해했으므로, 다시 피곤해져 화덕 앞에 다시 주저앉았다. 그리고 가만히 귀 기울여 들어보니, 세상은 아주 변해져 있었다. 사십 주 사십 야를 폭우가 내리고 폭풍이 휘몰고 아라바의 농부들은 침몰되어 소용돌이에 뼈를 깎이고 매독 걸린 네피림들은 웃다 배가 터져 죽고 창녀가 된 강남 처녀들은 치마폭을 엎어 쓰고 낙화(落花)하고 그 수면에 창병에 문드러진 처녀(處女)가 부표하고—세상은 아주 변해 있었는데 우리는 노아 일가(一家)로 해발 일만팔천 척 아라랏 산(山) 기슭에 정박해 겨울을 피하고 그림자를 벽에다 뿌리고 권태를 만끽하고,

"으흐흐흣 으흐으."

화덕 속의 숯불의 골반에선 손이 피어오르고

그런데, 울지 못하던 새가 죽을 때에 이르러 한번 소리를 내듯, 그런데 영감이 웃어대는 소리가 났다. 그러더니 내 머리통이 갑자기 움켜쥐어지며, 되게 문드러지는 냄새가 나는 사이에다 끼워졌다.

알고 보니, 영감이 쫓아와서, 내 대가리를 자기의 사타구니 사이에다 끼워 넣곤, 내 머리를 쓰다듬는 중이었다. 그런데 그건 쓰다듬는 것이 아니라 머리털을 부스러뜨리는 짓이었다. 난 어이없게도 강간을 당하고 있었다. 참 어이없게도.

"헤헤, 이, 이러심 안 됩죠, 안 됩죠,"

난, 어쨌든 좀 참았다. 그리곤 빈틈을 노렸다. 그건 금방 왔다. 머리를 쓰다듬는 일에 그가 이내 싫증을 냈기 때문이다.

"헤헤 안 됩죠!"

그래서 이번엔 내가 영감의 대가리를 내 사타구니에 끼고 머리를 쓰다듬었다. 좀체 싫증이 나질 않을 정도로 재미가 났다. "헤헤, 뭐 안 될 것도 없습죠, 없습죠," 나는 영감의 푸슬한 머리털을 비비 꼬며 계속했다.

"흐으흐흐, 아 저이들이 미쳤내 벼!"

할미도 낄낄대기 시작했다.

영감은 한데 묘하게도, 양순한 양보다도 더 숙녀답게, 내 사타구니에 머리를 처박은 채 가만히 참고 있었다. 그래 관심을 가져보니 영감은 훌쩍훌쩍 울고 있었다. 그리고 중얼거리고 있었다.

"그려, 난 산파라, 산파. 애비라 애비. 불은 에미고. 할망구는 시우쇠고, 난 애비고, 불은 어미고, 난 산파고, 할망구는 정충이고, 허면 이 장타령꾼아, 나를 눈 띄어준 자넨 뭔가? 자네는? 장차 올 그이는, 그이는 조화며, 피 묻은 떡을, 떡에 피를 찍어서 잡숴주시는 이……"

"애비님, 후후, 이, 이렇게 울지 마시겨요, 씨팔, 이렇게 청승 떨지 말란 말요,"

난 갑작스런 혐오감을 어쩌지 못해, 영감의 머리칼을 한 움큼 뽑아 채버렸다.

“난 말입죠, 난, 절반은 농부고, 절반은 병삽죠. 헤헤, 이 장에선 거두고 저 장에선 뿌리는 놈입죠.”

난 마음속에서 들끓는 대로 막 씨불이다 영감을 힘껏 차 던져버리고 말았다. 영감은 쿵 하고 나가떨어졌지만 비명은 지르질 않았다. 난 속이 좀 후련했다. 할미는 속이 짜한 듯했다. 얼른 달려와 부축하며, “젊은이가 어찌……” 운운하며 구시렁댔다. 찌개는 다 타버리고 있는지 싸한 냄새가 코를 찔렀다.

“헌데 말입죠, 헤헤이요 애비님,”

나는, 할미를 좀 위로해줘야겠다는 생각을 했다. 그래서 영감께 아첨을 떨어 보였다.

“뭐든 만드실 수 있으시다면, 저어 영감님, 보습이나 칼을 합쳐 한가지 것으로 만들었으면 하는데 말입죠, 건 안 될깝쇼?”

“엥?……”

“헤헤헤,”

“허, 허다면,”

“헤헤,”

“그러니깐두루, 두루……”

영감은 생각을 해내느라 애를 썼다.

“헤,”

“허니깐두루, 자루는 하나에 괭이와 칼을 양 끝에다 꽂겠다는 그 말이겠다?”

“말하자면, 그, 그런 말씀과 좀 비슷은 하지만, 헤헤헤, 전연 다릅죠. 모양은 말입죠, 아무렇게라도 괜찮지만 말입죠, 허니깐두루, 저어 이런 겁죠, 자기 땅을 파면 괭이가 되고, 남의 땅을 파면 칼이 되는…… 허니깐 한 자루에다 둘을 끼운다는 것관 다릅죠, 다르고 말굽쇼.” “………”

영감은 애꾸눈에서 흐르는 찌꺼기를 손등으로 문질러대곤, 나를 살펴보길 열심히 했다.

“헤, 그런 건 안 될깝쇼? 아, 안 되면 뭐…… 그만둡죠, 전 사실 이 통소 하나면 충분하니깐입쇼. 그러믄입쇼, 한번 불어드릴깝쇼?" 난 통소를 흔들어 보였다.

"이건 말입죠,"

"야아," 통소에 관해 몇 마디 설명을 하려 하는데 영감이 끼어들었다. "응? 그래, 그러면, 그래서 말이라, 그럼, 그것이 무슨 모양이 될 것 같나?" 말하며 영감이 이번에는, 서둘러 일어서더니 접시에 담긴 피마자기름 불을 가져와 내 얼굴에다 가까이 댔다.

"그, 그야 뭐,"

"허면 팔뚝 하나를 더 만들잖아도 되겠구나 엉? 되겠어," 영감은 내 발끝서부터 머리끝까지 살펴댔다. "허나 그 모양이 도대체 떠오르지가 않아, 안 떠오른다구. 어쩌면 천만 가지의 모양이 될 것도 같고, 어쩌면 모양이 사라져버려 남는 게 없을 것도 같고,"

"아 그게 그렇게 되납쇼? 헤에, 그, 그럼, 꽃이 되거나 소리가 돼버리기 십상이겠는뎁쇼."

"엥? 그, 그렇다면," 영감의 목소리는 내 등 뒤에서 났다. 동시에 등 뒤에 있었던 내 그림자가 내 허파를 통과해 나와선 할미를 덮어씌웠다. "아 그렇다면," 이번에는 그림자가 몹시 출렁이더니 대장간 안벽을 소리 없이 두들겨대며, 밖의 사나운 적요를 인식시켰다.

"아 그렇다면, 아니 난 이거 갑자기 생각하게 됐는데, 가만있어봐, 하, 할멈" 영감은 불접시를 풍고 위에 놓더니 부산하게 할멈 곁으로 가, 할멈의 머리통을 두 손 속에다 굴리며, 떠들었다. 할미는 왠지 창백해지고 머저리가 되어 있었던 것이다. "난 오랫동안 머리가 아팠더라니, 머리가 아팠었어. 그래 생각에 고자귀신이 타 누르고 있는 탓이거니 했댔는데 말이라, 허허으, 헌데 머리가 시원해지기 시작했단 말이여, 머리가. 그러면서 말이라, 꽃 같기도 하고, 소리 같기도 한 것이 머릿속에서 빙글빙글 맴을 돈단 말여, 허허허으, 색, 색깔은 푸른 아지랑이 빛깔이구나, 아니 진한 보랏빛이군, 아니야, 독한 빨강이야, 아니, 뜨거운 노랑이군, 아니 희다 희어, 가만있자 것두 아냐, 아, 아, 모르겠어, 분명 색깔은 있고, 그것도 한 가지 색깔인데, 모르겠어, 걸 모르겠어. 그렇군 분명 검은색이다, 아니, 정반대야, 역시 갈색이래야겠어, 가만있어,"

영감은, 자기의 대가리 속을 들여다보면서, 음악책을 읽듯했다.

내겐 다시 지루함이 밀려왔다. 나도 또한, 그 안의 습적인 분위기의 일부분에 불과하게 되어버렸다는 생각이 들고, 이 고장의 눈 밑의 생명들처럼 이 고장을 참아야 되게 되었다는 것이 비참을 불러세웠다. 잠잠히 눈만 퍼붓다 바람이 처음 시작되었을 때 나는, 생명을 체험했었는데, 이젠 바람이 잠들어 준다면 잠깐은 생명을 체험하게 될지도 모르게 바람은 불고 불어 새로운 적막과 권태를 만들어버린 것이다. 바람의, 눈의, 밤의, 흔들리는 그림자의, 안온함의, 피마자기름을 태우는 불의, 생명의 메커니즘이 나를 무섭게 묶어버렸다. 영감은 아직껏 뭐라 뭐라 씨불이고, 할미는 머저리가 되어 듣고, 나는 입에 통소를 댔다. 그리고 되는대로 구멍을 막고, 트고, 또 막았다. 그러자 곧이어, 이 온역(瘟疫)의 상자 속에서 온갖 번열(煩熱)과 온갖 절망과, 온갖 괴력(怪力)과, 온갖 고통과, 온갖 지랄이 사태 지기 시작했다. 그것은 내게 있어선 홍수며 아마게돈이었다. 이 홍수에 떠밀려가는 가느다란 비단구렁이 같은 것이 하나, 아니면 이 사태의 어느 한 모퉁이에 잔솔 같은 것이 한 포기 남아 있다면, 그것이 나의 미래다. 소리가 모두 비상하고, 내가 그 희어져 버린 심판의 아래 지쳐 늘어졌을 때 나는, 내 가느다란 비단구렁이의 목에 내 사타구니를 걸고 있거나, 잔솔의 실 같은 가지에 내 팔을 걸고 있기 마련이다. 제팔일은 그래서 시작된다.

그리고 나서 난 아주 경이스런 광경을 보았다. 영감과 할미가 서로 붙어 안고 있었는데 영감은 터진 바람 주머니처럼 계속 웃고만 있고, 할미는 깨진 독처럼 계속 울고만 있었다. 난 아주 어리떨떨해질 수밖에 없었고, 어색해질 수밖에 없어서 우선 통소를 허리춤에 찔러 넣곤, 아무리 사소한 뭣이라도 나를 해방시켜 줄 것이 없나 하고 두리번거려 보았다.

"흐흐, 흐흐, 허허으, 온 것 같아, 온 것 같애, 온 것 같다구,"

영감의 속삭임이 들리기 시작했기에 나는, 다른 노력은 할 필요가 없게 되었다. 물론 그 속삭임은 계속되어왔던 어느 대목일 것이었다.

"보구랴!" 영감이 속삭이다 말고, 느닷없이 내게다 대고 소릴 쳤다. "댁은 어, 어디서 오는 길이우?"

"……나, 나 말이오니까? 헤헤," 나는 얼른 뭐랄지를 생각해내질 못해 좀 우물거리다 되는 대로 뱉어줬다.

"고, 고향에서 왔습죠, 글쎄 거기서 왔습죠. 하하, 그러고 보니, 다음 장에 가서도 난 분명히 그렇게 말할 것 같군입쇼."

"다, 다음 장에 가서도? 엥? 그, 그러면 이 고장이 댁의 고향이라는 말이 안 되겠소? 흐흐, 건 묘한 일이군."

"웬걸입쇼, 그게 아닙죠, 나 같은 장돌뱅이야 고향이 장일 수밖엔 없잖겠습니까요? 장이란 건 말입죠," 난 차차로 신명이 나고 있었다. "그래요, 어디든 말입죠, 그 지방을 흥청거리게 하는—어떤 아주 신비하면서도 늘 현현되게 하는 어떤, 뭐랄깝쇼, 동력이랄깝쇼, 짜임새랄깝쇼, 뭐 그런 게 있는데 말입죠, 헤헤, 그게 장이라는 겁죠, 그러믄입쇼. 모든 지방의, 모든 사람의, 심지어는 개미나 장구벌레에게도, 아주 오묘하게 유현한 그것들의 심층에는 장이 있습죠, 아무렴 있습죠."

"모, 모, 모, 를, 소리라,"

"헤헤이요 뭐, 그럴 리가 있겠습니까요? 아 들어보시어요, 겨울 낡엔 끊임없는 이동이, 맹수에겐 모성적인 선량함이, 바위에게는 소음이, 모래에겐 집적이, —하여튼 뭣을 나타내게 하는 어떤 것, 그것이 장이라는 겁죠. 나타나게 하는 그것 속엔 황아전, 넝마전, 쇠전, 어물전, 왼갖 점포들이 있고, 거기서 사고파는 겁죠. 헤헤헤, 허니깐두루 이 각설이 놈의 고향이야 뭐 매양 한군뎁죠, 뎁죠,"

나는 시큰둥하니 끝은 맺곤, 이를 드러내어 소리 없이 웃어 보였다.

영감과 할멈은 통소 때문에 턱없는 지랄병이라도 걸렸는지, 떨어대는 걸 밖의 북풍처럼 잠시도 쉬지 않았는데, 영감이 내 누더길 눈이 곪을 정도로 바라봐쌌더니, 웬일로 털썩 무릎을 꿇는 것이었다. 그리곤 목이 타는지 마른 혀를 내두르면서 한사코 무슨 말을 토하려 하는 것 같았다. 그것이 내게서 혐오감을 자아냈다.

"헤헤, 꼭 담배꽁초에 얻어맞은 구데기 같군입쇼." 나는 입속에서 우물거렸다.

영감은 무릎걸음으로 나를 향해 기어 오고 있었다. 할멈은 멍청하니 서서, 내 보기엔, 모든 것이 무의미해졌다는 투로 보고만 있다.

"대, 댁이었구려?"

나는 두고 보고 있었더니, 영감이 내 볼을 뜨거운 듯 어루만지며, 쉰 소리를 뽑아냈다. 깨어진 통소에서라면 그런 소리가 흘러나올 것이다. 영감 말대로 모, 모를 소리였다.

"헤헤, 그런 셈입죠."

난 영감에 대한 혐오감을 누르고 그냥 대답해주었다.

"하나에다 하나를 보태면 몇이지?" 이런 종류의 질문이, "그건 둘이다"라는 대답을 소명하는 것처럼, 나는 영감의 소명에 나를 계산시킨 것뿐이다. 그리고 나서야 우리는 굉장히 친근스러움을 느끼고 서로를 열심히 사랑했는데, 그런데 느닷없이 할미가 꽥꽥 소리를 쳐서 날 놀라게 했다.

"너 이눔 객구(客鬼)야, 들어봐라! 칼로 배지를 베고, 엄나무 발에 무쇠 가마를 덮어 천질 물속에 집어넣을 것이로되, 이번만은 특별히 보아 한 바가지 물려주겠거니, 물러나라! 썩 물러나라!"

그리곤 장풍(掌風)이라도 쏟듯 오른팔을 휘둘렀다.

"아 내가 무, 무슨 짓을 했다구 그리 야박하게, 참 너무 야속하게 그러십죠? 왜 그러십죠?……" 난 도대체 이 연극으로부터 떨려나고 싶지 않아 중얼중얼하며 한잠 졸 생각으로 눈을 감았다.

"밤은 깊어졌고, 사나운 밖에선 바람이 울고, 늑대가 울고,……"

"원형이정천도지상," 할멈이 무슨 주문을 시작했는데, 차려왔던 밥상을 끌어다 자기 앞에다 놓고 앉아선 손을 비비며 목청을 뽑아낸 것이다. "삼태육성이십팔숙남두칠성북두칠성천지양기지신내조아……육갑육정천륜지륜사덕오행……당아자사피아자생금일축귀불택방소……"

통소 한가락이 섞이면 더욱 신명이 날 것 같아, 나는 통소를 다시 뽑아 들었다. 그리곤 다시, 통소 속, 가없는 바다 저 어디 섬에서 사는 세레이네들을 깨워 일으켰다. 그리하여 그녀들은 가슴에서 바다를 쏟으며 갈매기들처럼 애절히도 울었다.

"……좌청룡피질병우백호피호랑남주작피구설북현무피도적…… 천검일휘 천지진동……"

할미의 음성은 신명에 들떠 높아져 갔다. 눈은 벌써 이 세상의 것은 아닌 듯 저쪽 어디 피안을 더듬고 있었는데, 그 눈으로 그녀는, 자기의 조그만 수호신으로부터 이 우주의 주재자까지를 찾아내어, 그 주문으로 불러다 이 전쟁을 수행하려 하고 있었다. 그래서 오늘 밤의 이 '객구'를 염(殮)해선 병에다 담아, 네거리 가운데 구멍을 파고, 장사지내려는 것일 게다. 아무튼 할미는 치열했는데, 오랫동안이나 객방(客訪)하고 있던 명두가 느닷없이 돌아와 주었거나, 그녀 자신이 '객구'가 되어 염을 당하고 있거나, 아니면 소지(燒紙)가 되어 태워 올려지고 있었다. 얼굴은 땀에 젖어 뻔쩍였다. "……옴급급여율령사바하." 그리고 주문은 다시 처음으로 되돌아갔다. 그것은 헬 수도 없이 반복되었다. 나는 통소를 그만둬야 되었다. 영감을 찾았더니, 영감은 사라지고 없었다. 나는 배가 고프고, 게다가 할미께 성욕을 느끼고 있었다. 그래 다가가, 상 위에 차려진 조밥에 젓갈을 댔다. 밥은 식어 있었지만, 입속에서 꿀처럼 녹았다. 순식간에 그릇들은 비워졌고, 내 속은 채워졌다. 무념무아가 할미를 염해놓고 있어, 객구가 씻어낸 그릇들에 그녀의 일상(日常)이 담겨지고 있었다. 그때 영감이 나타났는데 그는, 풍고의 뒤쪽, 어두컴컴한 데서 실체는 아닌 것처럼 나왔다. 그는 가슴에 숯 가마니를 안고 있었다.

배 속이 채워지고 나니, 식곤증이 밀어닥치며 모든 것이 왠지 나를 몹시 침울하게 했다. 아마도 새벽이 시작되고 있는 듯했다. 나는, 밖이 아무리 세찬 눈보라로 쌓였다 하더라도 이젠 떠나주어야겠다고 생각했다. 평화도 전쟁도 아닌, 그것들의 외촌동에서 살고 있는, 이, '전쟁의 씹 구멍'에서 태어난 사생아들을 더 이상 보기도 싫었다. 이들은, 가망 없는 전쟁을, 가망 없는 평화를 준비하고 싶어 하지만, 이 궂은 밤에 눈이나 내렸으면 내렸지 손은 내릴 것 같지도 않았고, 또 손은 이미 죽어버려 눈 속에 묻혔고, 나는 배가 부르자 침울해져 버렸다. 여기서 구걸할 것이라곤 없는 듯했다. 전쟁과 평화의 외촌동에서, 또한 역시 외촌(外村)스런 생과 사를 사는 이들에게서 내가 뭘 얻을 것이 있을 건가. 오히려 몇 푼의 적선을 생각하게 할 뿐이다. 그래, 떠날 때가 된 것이다. 그래 나는 감발을 다시 매기 시작했다. 일단 떠나려고 한번 마음먹자 이곳의 모든 것이 무의미해져 버렸다. 마른 웅덩이처럼, 그리고 그 주변의 말라죽은 나무처럼, 행려자(行旅者)에게 아무런 휴식도 그늘도 주지 못하고 있어 보이는 이 고장은, 어떤 씨앗이라도, 어떤 종류의 의지라도 뿌리를 뻗지 못하고 그냥 타 죽어버리게 할 것만 같았다. 팔이 잘려 죽은 사내가 언뜻 나타났다. 그리고 그의 피 맺힌 절규가 들려왔다. 그것은, 밖의 북풍과 늑대 울음과, 안의 습적된 분위기와 외롭게 흔들리는 그림자와, 그런 것들이 뒤헝클어져, 열전(熱戰) 속의 지극히 목가적인 낙도 같은 권태를 자아내는, 그 틈바구니 속으로 스며들었다. 나는 감발 매기를 다 끝냈다. 그래서 벙거지를 깊이깊이 눌러 썼다. 마음은 괴롭고 천 근처럼 무거웠다. 이제 어디선가 전쟁이 성시를 이룬다고 하더라도, 그것 역시 어쩌면, 미쳐서 방황하다 죽어간 '서역 귀신' 들린 박수처럼, 팔이나 잘리다 죽어가 버릴지도 모른다. 그래, 여기서는 모든 것이 죽어가는 것 같다. 한때 전쟁도 평화도 만들던 그 의지와 주재(主宰)의 고장이, 이제는 다만 메마른 죽음만을 모루 위에 놓고 있다. 금색(禁索)에는 동녘 귀신의 성기와 서역 귀신의 성기와 하지후토서낭사방지신의 성기가 그냥 말라가고 있다. 아마도 이 고장을 통과하지 않으면 나도 또한 말라비틀어진 성기 하나가 되어 고목을 두른 금색의 한 곳에 끼이게나 될 것이다. 나는 일어섰다. 그리고 영감과 할멈을 내려다보았다. 영감은 숯가마를 아직도 안은 채 거의 백치가 되어 서 있고, 할멈은 읊던 주문을 잊고 상 위에 엎으러져 있었다. 그러자 갑자기 나는 이 세상이 끝나가고 있다는 생각을 해냈다. 밖엔 무(無)만이 포효하고 있다. 장은 끝나버린 장이었다. 아마도 이 파장은 자기 상전의 말씀으로 화해져 버렸던 그 서역 귀신의 종도(宗徒)가 죽어져 버리자 시작되었던 것이다. 그리고 건반(鍵盤)만이 남았는데, 누가 그 건반을 디뎌줄 것인가—손이 내려얄 텐데, 그런데 손은 잘려 눈 속에 묻혔고, 눈은 몇 세기의 밤을 내리고 있다. 그 속에선, 내가 처음엔 방주(方舟)라고 생각했던 이 대장간까지도 부표되지 않는다. 아무것도 구제받지 못한다. 이 종말은 그렇게 은밀하고 완전하게 이 고장을 덮을 것이다. 한 개의 방주도 떠오르지 않을 것이다. 헤, 헤헤, 헤헤헷, 어딘가 장이 트고 있지 않는 한 이 각설이 놈도 끝날 것이다. 끝나, 묻혀, 없어져 버리고, 눈은 하늘까지 쌓여, 이 우주가 한 개의 큰 눈 뭉치가 될 것이고, 그건 인력의 줄을 야생마처럼 끊고, 무화 정지 속을 구르다, 산화해버릴 것이다. 헤, 헤헤, 헤헤헷,

"아니, 댁은 왜 웃으시오?"

누가 별안간 꽥 소릴 쳤다. 아마도 영감이었다. 난 그를 이해할 수가 없었다.

"댁은 내가 숯이 아깝고 시우쇠가 아까워 그러는 줄 아시오?"

영감은 탄식하듯 더 계속했다. "그건 아니외다. 나는 기다려왔었소이다. 허지만 따지고 보면 결국 나를 기다렸던 것 같은데, 그런데, 나는 오지 않고, 팔 하나를 더 매단 나는 오지 않고, 결국 나를 대장장이로밖에는 부려먹지 않는 댁이 온 거요. 나는 오지를 않고…… 허면 여보, 당신은 그 값으로 내게 무엇을 줄 수 있겠소? 나는 그것을, 그러니까 서럽지만 그것을 계산하고 있는 거요." 영감은 거의 유쾌한 듯이, 그리고 유창하게 뽑아내며, 아낌없이 숯을 모두 화덕에다 쏟아 넣었다. 그리곤 풍고를 이용해 바람을 불어넣기 시작했다.

"………" 나는 도대체 대답할 말이 없었다. 도대체 영감의 이야기 내용이 내게 전달이 안 되고 있었을 뿐이다. 그렇다고 영감이 내게 대답을 촉구하고 있는 것 같지도 않아서, 쓰륵쓰륵 피어올라오는 숯불 구경이나 했다. 숯은 차차로 유방을 드러내고 있었다. 그리하여 그렇게도 닫고 있던 가슴들 속의 투명한 루비 같은 염통을 드러내놓고 정액을 요구하고 있었다.

그렇게 되자 영감은, 풀무질을 멈추고, 내겐 눈 한번 보냄이 없이 할멈의 등 뒤로 가 할멈을 안았다.

"할머엄." 영감이 큰 숨을 한번 들이쉬더니, 묘하게도, 높은 소리로 할멈을 불렀다. 그런데 다음 음성을 듣고서야 나는, 그가 자기의 성대를 조절치 못하고 통소의 처음 삑 소리처럼 소리를 낸 걸 알았다. 극히 낮고, 침중하며, 그리고 정에 겨운 소리가 토막토막 흘러나온 것이다. "……난 기다렸었는데, 기다렸었는데 말이라……" 영감은 멈칫거리다 마저 채웠다. "어쩐지 기쁜 줄을 모르겠어,"

대장간 안은 차차로 더워지고 있었다. 난 좀 우물쭈물할 수밖엔 없었는데, 사실론 난 퍽이나 외롭고 있었다.

할멈은, 흐트러진 머리칼 사이로 이윽히 영감을 돌려다 보더니, 스스러진 몸짓으로 궁둥이를 돌리고 앉아 영감의 마디 굵은 손가락을 세기 시작했다. 그러나 뭐 무슨 의미가 있는 헤아림 같지는 않았다. 그녀가 어떤 걸 느끼고 있는진 모르지만, 소박하게 말해서 어떤 슬픔을 느끼고 있다면, 바로 그 슬픔에 대한 저항을 그런 식으로 표출하고 있는 것이었을 것이다. "영감은 늘 기다려 오시잖았소?"

"그랬었지, 그랬었어. 그러나 난 알 수가 없단 말야. 좀 더 다른 모양으로 올 수도 있었을 것 아닌가. 사자를 앞세우고 나팔이라도 불면서…… 그리고 구름같이 핀 연꽃을 타고 손이 그 뒤에 오는 거다……" 말을 하다 말고 영감이, 어정쩡히 서 있는 내게로 다가왔다. 남은 외눈 속에서도 숯불이 타고 있었다. 난 그의 눈 속에서 핀 숯불을 진달래처럼 따 먹었다. "……여보, 나그네 양반 그냥 떠나실 수는 없겠소? 난 어쩐지 댁이 무서워졌소."

영감이 성심성의를 다해서 하는 말이었다.

"그러잖아도, 사실 그러잖아도 지금 떠나려는 중입죠. 허지만, 뭐 굉장한 오해라도 가지신 게 아닌지 모르겠군입쇼. 냉수라도 마시고 좀 천천히 생각해 보시라굽쇼." 난 문가로 바닷게처럼 어기적어기적 뒷걸음질 쳐 갔다. "오늘 밤은 굉장히 감상적으로 되신 것 같아요. 무, 물론 사내 하나는 죽었고, 헤헤, 그야 뭐, 아무튼 너무 극단적으로 생각하실 건 없습죠, 없습죠. 망치를 잡았던 손에 느닷없이, 뭐랄깝쇼, 헤헤, 뭐 배암 같은, 꽃 같은 그런 것이 쥐어져 도대체 용을 못 쓰는 것 같은데 말입죠, ……자, 그, 그럼 알, 알령히 계십소사, 알령히, 정말 알령히," 난 문을 등으로 밀어냈다. 그러자 구멍 난 진공관 속으로 바람이 밀려들 듯, 소 떼 같은 눈보라가 폭발 져 들어왔다. 공포가 숨통을 틀어막는다. 아 젠장할 눔의 밤에 소금만 흩날리고, 씨부랄, 고자귀신의 좆 대가리에 문드러진 이 계집년의 씹 구녕에, 헛 정액만 쏟았구나, 씨부랄 것!

"여, 여, 여, 나그네 양반!" 내가 막 총알처럼 밤의 눈의 적막 속으로 뛰어나가려 하자, 영감이 내 바랑을 붙들고 불러세우는 말이다. "어, 언제 또 오시겠소? 예? 그것만 가르쳐주고 가십쇼."

"그, 글쎄요, 건 모르겠는뎁쇼." 난 좀 귀찮았기에 늘 하는 대답을 반복해 주었다. 눈바람 때문에 숯불은 더욱더 살아 올랐는데도, 썰렁함이 가슴 밑바닥에서 일어났다. "틀림없이 난 아마 못 오게 될 겁니다요. 오라는 덴 없어도 갈 곳이 많아섭죠."

"정말 그럼 다시 오실 수가 어, 없단 말씀이시오?"

"그게 이눔의 성미니깐입쇼."

"………"

영감은 입을 다물고 한동안 고개를 숙이고 묵연히 있기만 하더니, 내가 나가려 하자 황급히 말리고, "그럼 할 수 없지요, 그냥 보내드리면 보류는 되더라도 종국엔 빚만 남게 될 테니," 하고, 뜻 모를 소리를 중얼거리더니, 나를 인도해다 이번엔 자기가 거처했던 편안한 자리에 앉게 했다. 그러더니 할멈에게로 향했다.

"……여보 할멈, 어쩌겠소, 하는 수 없잖소? 때가 왔으니……"

할미는 망연자실 된 채 영감을 그냥 올려다만 보고 있다. 그리고 한참 후에야 가늘고 흐느끼는 음성으로 이렇게 말했다.

"영감, 내가 어떡해야겠수?"

"시우쇠는 녹이 먹어 들고, 생명은 세월이 먹는단 말이라. 글쎄 그렇단 말야." 영감은 할멈의 등을 아주 다정스레 어루만졌다. 나는 접시의 불을 찾았으나 불은 없었다. 한 가마니 벌겋게 달궈진 숯불이 안의 모든 풍경을 대변해주고 있었다. "그러니 오늘은 기쁘게 맞이해야겠어, 나도 왠지는 몰라, 그저 느껴지길 그렇게 느껴진달 뿐," 그리고 영감은 할멈을 보듬어 세웠다.

"……녹이 할망구를 다 먹어버리면, 나도 또 그렇게 되어버리면, 결국 할멈,"

"모르겠어요, 난 참말 모르겠어요. 허지만 지금이 그때란 말이우?"

할멈은 무섭게 떨며 영감께 매달렸다. 영감은 고개만 무겁게 끄덕였다. 그러자 할멈의 경련이 멎고 우울이 흘렀다.

"정말 영감은 이 못난 할멈을, 생산 한번 못 해본 이 할멈을, 정말이지 좋은 시우쇠라고 생각해왔댔수?"

할멈은 매달리는 음성을 썼다.

"그, 그야 두 번 말해 뭣하겠소? 이 평생 내가 얼마나 아꼈다구,"

영감은, 내 듣기에도 만족할 만한 어투로 서슴없이 대답했다.

"……그, 그게 난 참, 고, 고마웠어요."

할멈의 얘긴 몹시 쓸쓸했다.

"고마울 거야 있나? 고맙고 뭐고를 따진다면 할멈이야말로 내게 잘해줬소." 말하며 영감은, 갈퀴 같은 엉성궂은 손가락으로 할멈의 머리를 빗기기 시작하고, 할멈은 다소곳이 서서 소녀처럼 영감의 눈동자만을 응시하고 있다. "정말 잘해줬소. 이제 마음이 자리 잡았소."

"………"

할멈은 대답 대신 고개를 한번 끄덕이곤 화덕 앞으로 걸어가 섰다. 그리고 거울 앞에 선 여인처럼 넋 잃고 잉걸불을 바라보기 시작했다.

"통소 소릴 한 번만 더 들었으면 싶으오, 영감,"

할멈이 들릴 듯 말 듯하게 속삭였다.

"그는 벌써부터 불고 있잖소,"

영감도 그렇게 대답했다.

"바람이 몹시 사납구랴."

"그래, 바람이 몹시 사납군."

"내일 아침엔 눈이 하마 처마 끝에 닿겠지요?"

"하마 닿을 거야."

"눈이 녹으면 씨앗을 뿌려야 할 텐데……"

"씨앗을 뿌려야겠지."

"애들이 아비를 기다리다 풍금 위에서 잡디다."

"………"

"사내애는 엎드려서 풍금의 발판을 자꾸 눌러 바람을 넣고 있었다우."

"………"

"어린 계집아이의 다리가 닿지를 않으니 그럽디다."

"………"

"헌데 계집아이는 그 위에 쓰러져 졸고 있더구랴."

"하마 처마에 닿았을라, 눈이."

"그 애의 오빠는 누이가 잠든 줄도 모르고 글쎄 땀을 뻘뻘 흘리며 바람만 넣습디다그려."

"눈이 녹으려면 꽤 오래 걸릴걸,"

"풍금 소리가 들리오,"

"건 통소 소리라,"

"참 멀리서 들리네요."

"그렇군, 멀리서 들려."

"그 애들의 피를 한 방울만이라도 고목에 흘리면 그러면 잎이 필 것도 같습디다만."

"………"

"아무래도 안 되는구려. 영감, 좀 도와주셔야겠수. 허지만 이러지 않아도 된다면 이러지 않게 해주구랴."

"………"

"그러시담 영감, 이젠 됐으니, 좀 도, 도와주구랴."

어쩐지 처절한 음성이었다.

"……그럼 잘, 잘 가게, 잘. 내가 얼마나 할멈을 아꼈던가를 늘 생각해주게. 잘, 잘 가, 가라구!"

영감은 할멈의 머리칼에 눈물을 뿌리며, 눈물보다도 더 짜거운 정을 보이며, 그러면서 망치질로 단련된 팔 안에 할멈을 보듬어 들었다. 그리고는 어떻게 되었는지 '차마' 나로서는 모른다. 나는 도저히 웃을 수가 없었다.

이 시우쇠는, 쉽게는 녹지를 않았다. 적어도 삼백을 셀 동안은, 어쨌든 몸은 살아서, 단말마의 비명을 화염에 태우며, 숯불을 걷어찼다.

영감은, 얼굴이 익어 수포라도 잡힐 정도나 될 가까운 거리에서, 그런 광경을 보고 듣고, 그리고 침 흐르는 것도 몰랐는데, 갑자기 펑 하는 굉음이 나더니 숯불이 호랑나비 떼모양 휘날랐다. 그러자 웬일로 영감이 바닥에 쓰러져 꿈틀거리기 시작했다. 나는 그 소리 때문에—아마 할미의 쭈그러졌던 뱃가죽이 풍선처럼 팽창되었다가 터진 소리였겠지만—비로소, 악몽과 같고, 환각과 같고, 최면 된 것과 같은 상태에서 깨어나게 되어 부리나케 영감께로 다가가 보았다. 그리고 영감을 안아 일으켜 보다, 영감의 온 얼굴과 몸에 숯덩이가 끼얹어져 아직도 살이 끓고 있었다. 게다가 더욱 불행해진 것은, 하나만 남았던 눈, 그것까지도 빼앗기고 없었던 것이다. 그 눈두덩에 숯덩이가 박혀 있었는데, 먹피가 꽃뱀처럼 기어 나오고 있었다. 녹혀지면서, 그리하여 몹시 노린 냄새를 풍기는 시우쇠의 말대로 하자면, 영감이 한 눈을 잃었을 때 명두가 내렸다 했는데, 두 눈을 마저 잃었으니 이젠 신장쯤이나 내렸을 것이다. 나는 빨리 도망치고 싶었다.

"내 눈, 내 눈, 눈," 영감은 손가락을 눈두덩 속에다 처넣으며 짐승처럼 울부짖었다. "눈이 어디갔어? 눈이? 으으흑, 내 눈이? 시우쇠가 녹았을 터인데," 그래서 보니 할미는 불덩이로 화신하여 맹렬히도 타며, 근사하게 녹고 있었다. 불길이 아궁이 밖으로 뛰어나오며 미친 듯이 날뛰었다. "녹았을 터인데, 내 눈, 눈, 눈," 약 먹은 개처럼 영감은 뺑뺑이질을 했다. 그러면서도 손은 오묵하게 펴 들어 거기에 뭘 받고 싶어 했다. 그런데 이상하게도 내겐, 그의 손바닥에 그의 눈이 담겨져 있어, 손바닥으로 사물을 보는 듯하게 보여졌다. 그건 굉장히 두렵게도 했으려니와, 똥독을 기어 나온 구렁이처럼 보이게도 했다.

"에라이 쌍!"

나는 어디서 그런 분노가 폭발했는지도 모른다. 나는 그의 두 손바닥을 뒤꿈치로 짓밟고 빙글 한번 까돌려 버렸다. 한번 그러고 나니, 나와는 아무 연척도 없는 증오가 끓어올라 참을 수가 없었다.

"에라이 쌍!"

나는, 해머를 들어, 포르르 포르르, 바둥대며 떠는 손을, 무지막지하게 내리쳐대 버렸다. 그러면서도 나는 해머 자루에 느껴지는 영감의 끈적한 손 땀이 몹시 불쾌했다. 영감의 손은 묵사발이 되고 말았다. 그래도 그 묵사발이 뱀꼬리처럼 떠는 건 그만두질 못했다. 그 피 걸레에 빨간 숯불이 닿아 비린내와 노린내처럼 반사되었다 영감은 혼도되어버린 것 같았다 바람은 더욱더 사납게 윙윙거리고 있었다 기름 먹은 숯불은 공룡이 되어 화덕에서 스륵 스륵 기어 나오고 있었다 그런데 그 공룡의 아가리 속에서 손이 하나 불쑥 튀어나왔다 다음엔 다리가 불을 켜 들고 나왔고 대가리가 화덕 전에 꺾여져 늘어졌다 난 땀을 뻘뻘 흘리고 있었을 것이다 그러면서도 어쩌지도 못하고 발이 묶여 있었을 것이다 늑대 짖는 소리가 문밖에서 들려왔다 나는 떠나얄 텐데 떠나얄 텐데 이상하게도 내가 화염과 밤 사이에 끼어 꼼짝할 수가 없었다. 그런데 화덕 속에선 활짝 벗은 할미가 일어나 앉았다간 다시 쭉 뻗고 눕더니 소릴 내며 몸을 짓틀고 있었다.

"아 그러구 보니 상사에 지랄이 났구나, 음지랄이 났어."

나는 도대체 움직일 수도 없으면서, 마음속의 정염이 오르륵 그녀의 몸을 태우는 그녀의 고뇌에 참을 수 없는 연민을 느끼고, 몸을 움직여보려 했다. 그러자 연민이 나를 또한 연민스럽게 보아주어 발이 떨어졌다. 그래 나는, 영감의 한끝을 끄집어 잡아당겨 화덕 속에다, 몸을 짓트는 할멈의 공허한 몸부림 위에다, 육박시켜주었다.

"자, 사정(射精)을 하시어요, 사정을—"

그리고 나는 뒷걸음질을 했다. 문이 등 뒤에 느껴졌을 때 나는, 비호같이 몸을 돌려 문을 박찼다. 쌓인 눈 때문에 문은 쉽게 열려지지 않고 그 대신 나가떨어져 버렸다. 나는 달렸다. 단숨에 삼십 리를 달렸다. 숨이 찼다. 심호흡을 했다. 그리고서야 나는, 내가 그렇게 겁먹을 아무 이유가 없다는 생각이 들어 뒤로 돌아 대장간을 찾았다. 그런데 대장간은 바로 지척에 있었고, 벌써 화염에 뒤덮여 있었다. 그것은 수천 년간이나 적막 같은 기름에 찌들었던 밤의 한 자락을 맹렬히 태우며, 눈벌판을 보라 쳐갔다.

나는 피곤스러워 털썩 주저앉아버렸다 엉덩이 밑에서 눈이 비명을 지르자 곧 나는 목까지 눈 속에 묻혔다 어릴 때 북더기 속에다 자기를 계란처럼 묻어뒀던 기억이 났다 그건 내게 한가롭고 편안한 기분을 주었다 그래서 나는 대장간이 타는 것을 음미하며 건너다보았다 그것은 솔로몬의 요트처럼 밤의 여울을 헤치고 흘러갔다 바람으로 해서 자락 진 눈의 잔잔한 파도에 석양과 꽃잎을 뿌리며 그래 뱃놈은 오딘의 백성임에 틀림없는 것이었다 이 궂은 밤의 항해를 그것은 지극히 여성적인 우아함으로 계속하고 있었다 그리하여 그 여성적인 우아함은 잘린 말뚝에서 방울져 시원(始原)스런 한 고장을 진달래 피웠던 그 한 광경을 떠올리고 또 그것은 구름 같은 연꽃을 타고 오는 황금빛 손을 연상시켰다 그리고 그것이 전쟁도 휴식도 없는 전장에서 열전으로 죽은 한 바이킹을 태워버리고 모닥만 남겼을 때 그 모닥이 바람 때문에 언청이처럼 씨득 씨득 웃고나 있었을 땐 '말씀'만을 양식으로 이 고장엘 왔다가 죽어버린 사내의 주검을 떠올렸다. 어쨌든, 바람이울고거처잃은명두가울고유랑하던팔이울고사납게어두운밤에그속의알맹이까지를태우고대장간은떨어져나간팔처럼눈속에묻히고아무도한사람의의인이남아있느냐고묻는이는없었다.

나는 졸음에 먹히려는 걸 간신히 뿌리치고 몸을 일으켰다. 끝난 장을 뒤돌아보면 소금 기둥이라도 될 것만 같아 나는, 뒤를 돌아다보지 않고, 되는대로 앞만을 헤쳐나갔다. 어쩐지 나도, 우울하게 불모스러워진 듯해져, 막 고함이라도 치고 미쳐 날뛰고 싶었다. 그것이 아마 고자귀신 들릴 그 징조인지도 모를 일이다. 나는 되도록 침착하려 애쓰면서, 잠시라도 머물고 싶지 않은 심정을 좇았다. 동구를 벗어나면 새벽이 기다리고 있을 것이었다. 그 새벽 속을 걸으면 머리가 맑아질 것이다. 그 외에는, 나는 아무것도 생각하지 않았다. 그냥 열심히 기다리는 새벽을 향해 헤쳐나갔는데, 삭다리 십자가를 꽂아놓았던 그 언덕 부근의 어떤 오돌막 창문에는, 그러고 보니 아직도, 흐릿한 불빛이 있어 어둠의 한 귀퉁이를 미지근히라도 데우고 있는 것 같았다. 전도(傳導)의 법칙에 의한다면 아마도 동은 거기서 트게 될 것이다. 너무 단조로워 혼돈스러운, 풍금 소리가 아직도 흐르고 있는 듯이 내게는 느껴졌다. 그리고 다른 데는 모두 싸늘한 밤이고 눈이고 죽음이었다.

宿主
—「열명길」基二

1

날씨는 창세 이래, 그중 탁하고, 그중 어둡고, 그중 음산스러웠다.

성(城)에서는 하루 종일, 한 사람의 제장(祭長)도 나타나질 않았고, 그래서 아편에 기갈 든 백성들이, 모질게도 단단하고, 모질게도 높은 성벽만 쳐대다가, 그래서 피투성이가 된 손목이나 그래서 비꼬아 사태기 새에 찌르고, 죽은 새우처럼 저 토해져 나와 더럽게 흐물어 터져버린 그래서 황폐한 욕망 위에로, 저 그중 음산스럽고 그중 어둡고 그중 탁한 날의 저묾이 덮어 들고 있었다. 그런데, 그런 위로, 조종(弔鐘)은 하루 종일 울고도 더 울 울음이 남아서 아직도 울고 있었는데, 그런데 그것은 그것의 대가리가, 그것의 애처로운 꼬리를 한없이 삼켜 넣으며 한없이 뒤집혀지는 자맥질을 반복하고나 있는 듯했다. 그런데 그 음산스러운 저녁에, 그런데 저 탁한 저녁에, 그런데 그 어두운 고장에도 그런데 비는 끈적끈적 내리기를 시작했고, 그런데 그것은 피처럼 검고 비릿기했다. 그러면서 뇌성은 아직은 멀리서 산이 우는 소리처럼만 떠돌고 있을 뿐이었지만 그러면서 번개는 그 어둠을 가르고 들었고 그러면서 끈적거리는 빗줄기가 굵어지길 시작하고 있었다. 그러면서 저 정토의 '큰불'이 드디어 현신하려는 것처럼 분위기가 삼엄하게 좁혀들고, 그러면서 그것은 폭우를 휩쌓아 안고 있었는데 그러면서 저 성벽에 묻었던 피와 살 반죽들이 씻겨내려, 그러면서 성벽 뿌리 속으로 타고 스며들었다. 조종은 돌팔매에 살이 터진 뱀처럼 그것들의 가운데로 언저리로 타고 지나가며, 모든 휴식 없는 기갈 든 저녁들 중에서도 가장 처설픈 것을 만들었다. 빗줄기는 점점 더 굵어지고, 세차지고, 사나워지고 있어서, 그 빗줄기가 세로질러 내리는 그 속력만으로도, 그렇게도 탁하고, 그렇게도 짓누르고, 그렇게도 썩고, 그렇게도 무겁고, 그렇게도 빽빽했던 기류를 뒤흔들어 태풍을 만들었다. 태풍과 폭우가, 그리고 그 밤새도록 불고, 그리고 기갈 든 영혼들을 밤새도록 시달리게 하고 그리고 섬을 그 풍랑의 끝으로 치올렸다가 풍랑의 골짜기로 내동댕이치고, 그리고 단애에서는 물보라를 찢어대며 바위를 울리고, 그리고 단애에 깃 쳤던 물새들의 대가리를 암초에 짓바숴대고, 그리고 그 폭우와 그 폭풍과 그 풍랑과, 그 혼돈 속에 낙엽처럼 섬을 처넣었다.

성에서는 저녁이 아주 깊어졌을 때도 한 사람의 제장도 나타나지 않아, 아편은 성 밖에도 던져지지 않았다.

성안에서나 밖에서나, 한 개의 횃불도, 한 개의 초롱도, 타고 있지도 밝혀 있지도, 않았다.

2

그런 그 몹시도 늦은 밤에, 그런데 동편의 한 성루에 밝혀진 한 개의 등이 나타나고, 그런데 그것은 반딧불 같은 것이었지만, 거기서 몇십 개비의 아편 담배가 던져지고, 그런데 그것은 던져지자마자 폭풍에 불려가 버려선 폭우에 난도질을 당해버렸던 것이지만, 그 등은 그리고, 먼 뇌우의 흔적모양 꼬리를 조금 둔하게 흔들다간 사라져버렸는데, 그런데 그것은, 짝없이 커버린 황토색 시의복을 입은 난쟁이 광대가 들고 있었던 것이지만, 그 어둠 속에 그 흐릿한 불이 한번 나타났다 사라졌다는 것만으로도, 그런데 그 불은 거기에 다시는 더 나타나지 않고 날이 밝아져 버렸었지만, 저 어둡게 타들고 있었던 육신들에, 저 섬에, 그런데 그것은 아편 같은 그런 소금을 뿌렸다. 그것은 그리고, 한 빨간 단추 같은 것으로 그 성루에 나타났던 것이다.

그 등은 그리고, 몹시 흔들려지면서 제당 안으로 옮겨졌는데, 제당으로 이어지는 대리석 바닥에 그 흐린 불빛이 조금 닿아 흔들려질 때마다, 바닥 위에서 튀겨지며 흐르는 빗물을 황톳빛으로 바꾸며, 그것은 곧장, 키 작은 광대가 입어 질척하게 끌리는 시의복 아래, 이 세계가 덮여져 있는 것처럼 보이게 했다. 그러나 저 키 작은 사내는, 그런 것에는 아무 관심도 없어 했는데, 움푹 들어간 눈 속에서, 빨간 단추처럼 타고 있는 그 눈에 눈물기 같은 것을 조금 가진 외에, 왕 앞에서 어릿광 지었던 때의, 저 천진 맞은 짓궂음, 그러나 그때도 그는 별로 웃어 보인 적은 없었지만, 민첩하게 꾸며내던 익살스러움 그러나 그때도 그는 별로 즐거워해 보인 적은 없었지만, 저 우스꽝스러운 오만함, 그러나 그때도 그는 별로 한숨지어 보인 적은 없었지만—그런 것 중의 하나도 그는 남겨 갖고 있어 보이지 않았다. 무척 침울해 보이고, 피라고는 다 빠진 얼굴이고, 비틀거리고, 황토 복은 무덤모양 그를 밀폐시켜 걸음을 사자(死者)처럼, 하게 하고, 오뇌에 차 있고, 그런 그가 그런데도 그 황폐로운 가운데 곳으로 등을 들고 지나가고 있었다. 조종은 그때도 비처럼 불처럼 내리고 연소하고 있었다.

그 등이, 밖의 모진 비바람을 휘몰고, 제당 안에 비쳐지자, 그것은 모든 비평과 죽음과 불과 그을음을 썩이고 있었던 그런 차라리 웅덩이로서의 내부가 한순간 무섭게 출렁이었다. 그리고 다시 문이 삐거덕 소리를 내며 닫혀지자, 그 내부는 다시 썩기 시작하며, 냄새를 풍기기 시작했다. 비바람은 밖에서 윙윙거리며, 닫혀진 문을 휘갈겨대고 있었다. 빛은 그리하여, 제삿밥 얻어먹고 돌아온 귀신처럼, 그 안에 사려 넣어져 버리고, 저 큰 아가리를 가진 화룡을 불러냈다. 그을음 아래 전복처럼 기복해 있었던 선남선녀들은 사라지고 없었다. 키 작은 광대는, 고함이라도 내지르고 싶은 것을 억제하고, 그 웅덩이 속을 느릿느릿 피곤스레 걸어, 용상이 있는 곳으로 나아갔는데, 그가 든 등이, 그렇게도 작은 광대의 그림자를 한없이 늘여, 그 몹시도 넓고, 몹시도 천장이 높은 제당을 빼곡 채워버리고 있었다.

화룡 앞에서 그는 잠깐 멈춰 섰다. 그리고 거의 무표정으로, 생명들이 불이 되어 들어가 버린 그 검은 아가리를 올려다보다가, 알 수 없는 웃음을 한번 씻득 웃곤, 용상으로 이어지는 계단을 오르기 시작했다. 피 반죽된 빨간 단추 하나가 그때 그의 눈에 띄었다. 그래서 그는 그것을 외면하려 했지만, 그 순간 어째서인지, 목이 길어나던 사내가 내밀던 손이 자기 앞으로 다가오는 것이 보이고, 그 손에는 그런데 이 섬의 모든 것이 담겨져 있는 것처럼만 그에게 느껴졌다. 키 작은 사내는 순간, 도망쳐 나가버리고 싶은 심정을 느꼈다. 그러나 그런 대신 허리를 굽히고, 그 응혈의 덩이에 떨리는 손을 댔다. 그리고 발작모양 몸을 떨었는데, 이상스런 광희가 그의 전신으로 밀려들고 있음을 그는 전율하며 느낀 것이다. 그는 그 응혈 덩이의 단추를 젖은 시의복에 미친 듯이 문질러대다가, 둔한 빛에 들여다보기 시작했다. 그것은 잘 익은 앵두처럼, 그의 작은 손바닥 위에서 밝은 빛을 발하고 있었다. 그는 한숨을 한 번 후 불어내고, 손가락으로 한 번 꾹 눌러본 뒤, 호주머니에다 넣어두었다. 사나흘 후에 그를 만나는 사람들은, 그가 그 단추를, 전에 그 옷의 그 부위에 달렸던 때와 똑같이 다시 달아두고, 때로 내려다본다는 것을 알아낼 수 있을 것이었다. 그러나 그는 그것의 내력에 대해서는 아무것도 몰랐을 뿐이고, 다만, 저 이상스런 광희와 전율을 통해, 자기가 어쩐지, 이미 연소되어버린 어떤 자의 몫에 떠맡겨져 버렸다는 것만을 이상하게 느끼고 있었다.

용상 앞에서는, 그는 들고 있었던 등을 바닥에 놓고, 무릎을 꿇었다. 그 용상 위에는, 개기름에 번쩍이는 칠흑 같은 얼굴이, 잠이 들어 고개를 뒤로 떨구고 있었다. 저 칠흑같이 검은 얼굴의 큰 사내는, 너무도 작은 용포를 걸치고, 거기서 밤의 한 제국을 펴고 온종일 거기 앉아만 있어 왔다. 그리고 훌쩍훌쩍 울었었다.

"폐하." 너무 큰 옷 속에서 헤엄을 치는 너무도 작은 사내가, 너무도 작은 옷 속에 감금된 너무도 큰 사내를 조용히 불렀다.

"폐하." 그리고 몇 번 더 불렀을 때에야 저 검은 사내는 깨어났는데, 깨어나선 늘 했던 버릇으로 도끼를 잡아 들고 눈을 두리번거렸다. "이제는 당신이 왕이십니다." 작은 사내는 엄숙히 말해주며 일어나 두 번 읍했다. "이제는 당신이 법이십니다."

"아, 아 난 싫어, 글쎄 싫다구. 낮에도 몇 번이고 내 일러줬으니 너도 알 겨."

검은 검센 사내는 울 듯이 부르짖었다.

"나는 한사코 안 바란단 말야."

"하오나 제비뽑기에서 용포가 폐하께, 그리고 시의복이 소신께 온 것은 불이 폐하를 왕으로 택하신 그 증거입니다."

"글쎄 난, 불이 누구를 어쨌건 그런 건 알고 있지 않단 말야."

"그러나 폐하가 이제 이 나라이십니다."

"요 우라질 꼽추 새끼야, 내가 너를 친구라고 생각했기에 망정이지, 네 주둥아리는 벌써 찌그러지고 말았을 거다. 난 지금 나를 어째 얄지 그것만 모르고 있을 뿐이라구. 왕이 살아 계셨을 땐, 난 참 맘이 편했었는데. 이리 오라면 오고, 저리 가라면 가고, 눈 부릅뜨라면 뜨고, 도끼 휘저으라면 휘젓고, 그냥 그 일만 했었을 뿐인데도, 좋은 음식에, 좋은 옷에, 좋은 잠자리에 히히, 사흘째 저녁마다 한 번씩은 계집을 내려보내 주셨고, 그랬었는데, 그리고 오늘은 계집과 자게 된 밤인데, 야 헌데, 나로서는, 내가 시방 저 문을 나가도 되는지 안 되는지 그것도 모르겠단 말야. 나가서는 또 어디 가지? 성내 한 바퀴 삥 잡아 돌아봐? 그런 짓 안 미친눔도 할 만하냐? 야, 난 너를 정말 친구라고 생각하는데 말이다. 너나 좀 무엇 좀 심심치 않구로 시켜줄 일 좀 없으까? 저 빌어먹을 놈의 종소리, 난 하루 종일 듣기 싫었더란 말야. 맘만 먹는다면 저까짓 눔의 종 한 도끼날에 빠개놓겠는데. 그렇지만 아무도 시키지 않는 일 내가 왜 하지? 왕 폐하나 시의 각하 죽어 없어진 것쯤 이제 난 다 잊어버렸다구. 야 헌데, 넌 내 친구잖냐 말여. 제장들 하며 신도들이, 글쎄 내 말은 왕 폐하와 시의 각하 다 태워지고 났을 때 얘기란 말야, 히히, 그것들 똑 굴병 든 개 새끼들모양 나갔었지, 그때 나도 덩달아 나가려고 했었는데, 너 자슥이 내게 왔었댔지, 그리곤 내 옷자락을 잡아다녔지? 안 그랬었나 이 병골아? 그리곤 내 귀 좀 빌리자고 해, 내 허리 한 번 크게 휘어두었더니, 너 이랬더란 말야. '댁은 어디로 가시려고 그러십니까?' 그래서 생각하니, 그건 참 큰일이었어. 글쎄 내가 어딜 가려고 그랬었던가 말이다. 그래 내 검은 중에도 얼굴을 붉혔더니, 너 쥐새끼같이 또 말했어. '댁은 저 용포를 입어보시지 않으렵니까? 저건 참 지극히도 아름답군요.' 그래 듣고 가만히 생각해보니, 나는 마땅히 그래야 할 것 같더라구. 그때 나, 네게 한꺼번에 내 속정 다 쏟아버리고, 널 내 친구라고 생각해버렸다구. 넌 모르겠지만, 난 의리의 사내야! 너와 나는, 그랬었지, 서로 도와가며 너는 시의복으로, 나는 용포로 갈아입었었다. 그건 정말 재미있어서 나는 웃었었다. 넌 안 웃었었다. 너는 너무 작았고, 나는 너무 컸어. '이 옷이 내게는 석 자 세 치는 남는데, 댁에게는 석 자 세 치쯤이 모자라누먼요.' 너는 그 말만 했어. 그리고는 날더러 용상에 버텨 앉으라구 했지. 나는 그랬고, 너는 내게 절했어. 나는 웃었고, 너는 시의석에로 가서 앉았다. 내 보기에 너는, 황토밭 귀퉁이 쭈그리고 앉은 두꺼비 한 마리 같았었다. 그런 뒤에는 짜슥아, 멍청하게 하루를 보냈지 않느냐구. 너는 날더러 이 자리를 지켜야 한다구 그래서 난 그런 것뿐이야. 헌데 너는 배나 머리를 된통 들통이 나게 앓고 있었거나, 이빨이 다 어삭아져 버렸지 아마? 넌 목 죽을 듯이 낑낑대다간, 이를 부드득부드득 갈고, 대가리를 쳐댔어. 불쌍해서 못 보아주겠더라만, 나중에 보니 너는 자고 있었어. 그래서, 야 이래 봬도 나도 생각도 할 수 있었다. 나는, 왕이 있었던 시절 생각했더라구. 그때 나 얼마나 펄펄스러웠던가 말이다. 헌데 지금은, 아무도 내게 동아줄 열두 매 생염(殮)을 하지도 않는데, 글쎄 난 오금을 펼 수가 없게 됐다구. 젠장맞을 말이라."

"폐하, 이제는 잠자리에 드실 때이겠군입쇼. 날이 엔간히 새어가고 있는 듯하옵지만, 이제는 당신이 왕이십니다. 폐하께서 익히신 폐하의 자유를 다시 누리시고 싶으시면, 이제는 백성과 신하를 폐하의 주로 삼으시면, 폐하께서 느끼시는 생염(殮)이 스스로 풀리리다."

시의복 속에서 광대는 차게 말하고 있었다.

"아, 나 참, 그러구 보니 뻔듯이 한바탕 누워봤으면 싶구나. 헌데 하나 아닌 저 백성 너무 많아 어떻게 주인으로 삼는단 말이냐? 넌 보기에 별로 안 이쁘지만, 너를 모시면 내겐 편할 터인데. 야, 우리 이 옷 하나만 바꿔 입어버리면 너는 왕 폐하가 되고, 난 시의 각하가 될 것 아니냐? 우리 바꿔 입어볼래? 그러면 나 너 모시고 다니며 왕이라고 해줄 테니."

"헤헤헷, 폐하 각하, 황공하여이다." 광대는 광대 시절의 저 쇳소리 나는 짓궂은 목소리에 곡조를 넣고 있었다. "아직은, 때가 그때가 아닌 줄로 요 쇠인 놈 아뢰나이다. 어느 개상놈이 있어 똥파리 사주팔자로 남 똥구멍이나 긁어주며, 뉘 있어 용상 바라지 않으리만, 때가 아직 아닌 줄 요 쇠인 놈 아뢰나이다." 그리고 광대는, 폴짝 재주를 한번 넘어 보여주려다 바닥에 나둥그러지고 말았는데, 시의복 석 자 세 치 남은 긴 자락이 그를 휘감아버린 탓이었다. 용포를 입은 자는 그래서 박수갈채를 치며 떠나가게 웃고, 시의복에 휘감긴 자는 음험스러이 미소만 했다. 그런 뒤의 저 광대의 얼굴은, 전보다 더 싸늘해지고, 눈은 거의 살(煞)을 쏴 내고 있어서, 저 용포 속의 검은 종자는 더 웃을 수가 없이 어중간하게 되어버리고 말았다.

"이제 금침에 드시기 전에 폐하께서는 소신이 올리는 말씀을 특히 괘념하소서." 광대는 냉엄한 음성으로 '폐하'를 거의 복종시키려 하고 있었다. "오는 새벽, 제장을 소집하는 종이 울리면, 아무리 옥체 기침키 어렵게 피곤하다고 할지라도, 기침하셔서, 선왕께서 아꼈던 말께 올라, 천천히 저 문을 드소서. 하옵고 두 말씀도 마시고 용상에 좌정하신 뒤, 도끼 오른손에 힘차게 쥐시고, 세 번 이렇게만 말씀하소서. '나는 왕이노라.' 그런 뒤의 일은 모두 이 소신이 귀염해 올릴 것이옵니다."

"가, 가만있어보자. 그건 여간 재미있는 놀음이 아닐 것 같다야. 헌데 난 뭘 외는 짓에 무척 서툴단 말야. 에잇 저 망할 늙의 종치기 영감쟁이!"

"종소리쯤 관심치 마소서. 저 늙은 종치기 제장은 어차피 궐명 이전엔 힘이 부쳐 죽고 말 겝니다. 벌써 종소리가 뜸해지고 있잖습니까. 소신께, 저 미친 늙은네께 베풀어줄 후덕이 다 계획되어 있으니 염려치 마십소서. 그는 왕과 시의의 죽음을 본 뒤 미쳐버린 듯하옵니다만, 충신이 아니옵니까? 충신은 마음으로써 뿐만이 아니라, 그의 사지로써 그의 충성을 다하게 되어 있는 것입죠." 광대는, 검센 사내가 들어서 거의 쓸모없는 말을 너무 많이 씨부렁거리고 나서, 첫째 말께 올라 조회 참석하는 데서부터, 도끼날과 눈알 휘번득여야 되는 대목까지를 자세하고 콜콜하게, 몇 번이고 반복해 들려주었다. 저 검센 사내는, 이전에 왕을 위해서 자기가 할 수 있었던 그 일의 반복에만 적이 신명을 돋우고 있었다. "글쎄, 도끼 내두르며 눈 휘번득이는 데 나 재주 타고 특별히 났다구."

"하옵고, 그 도끼는 폐하의 옥장 삼아, 저 용상 곁에 세워두심이 더 위세가 있겠나이다."

이 점에 관해선, 저 칠흑 같은 얼굴의 사내는 불만이었으나,

"계집치고 잠자리 옆에 무기를 놓고 자는 것을 아무도 기꺼워하지 않습죠" 하는 광대의 달콤한 말에 솔깃해, 마지못해 도끼는 용상 옆에 세워놓고, "그러면 계집이 어디 있단 말이냐?" 하고 초조하게 물었다.

"이 나라가 모두 폐하의 것이온데 어찌 계집이 없겠나이까? 이 밤은, 비록 한숨 깊이 들 시간은 남지 못했으나, 선왕의 이모 되시는, 시녀장과 더불어 그 알뜰한 방에서 옥체 울울하심을 푸심이 어떻겠나요? 그 여인네 늙기는 좀 하였으되, 왕과 살붙이던 여자이옵고, 왕통 출신이오며, 또 색욕이 세고, 기교도 많이 터득된 터라 시녀들 교육도 맡고 있었으니, 하룻밤뿐만이 아니라 더 시들기 전 얼마 동안 족히 즐기실 만할 줄로 아옵니다."

"아니, 너는 지금 무슨 말을 나분대고 있는가? 감히 날더러 왕의 이모와 자라는 말이냐?"

"왜 못 하시겠나요?"

"왜 못 해?"

"왜 못 하시겠나요?"

"왜 못 할 것 있어?"

그리고 까마귀 빛의 사내는, 그 검은 얼굴 속에서 흰 이빨을 드러내 병신처럼 웃고, 키 작은 사내를 번쩍 들어 올리고는, "요 쬐꾸만 고깃덩이 속에 뭔가 나보다 큰 것이 어떻게 들어 있는지, 나는 그것이 아무리 해도 이상하단 말야. 그러니 너야 뭐라건 네게 먼저 물어보고 나는 뭐든 할 테다. 넌 정 재주꾼 같으니까" 하고, 한걸음에 밖의 폭풍우 속으로 달려 나갔다.

그 뒤에서 광대는, 씰룩씰룩 체머리를 흔들다가, 시의 자리에 가 털썩 앉은 뒤, 용상을 멀거니 건너다보며 중얼거렸다. "들이 검어졌도다. 저 혼돈 속에 세상은 그러하여 한 발효를 위해 장사 지내졌도다. 불이여, 그대 우아스럽게,

아 화룡이여, 저 검은 노예로부터 흰 주인을 일으켜다오. 저 검은 유아는 아름답도다.” 그러면서 그는, 무척 피로한지 눈을 감고, 거칠게 심호흡을 몇 번 했으나, 앉아 있을 수 없었던지 벌떡 일어나고 말았다. 그리곤 용상 가까이로 가, 거기 세워둔 큰 도끼를 내려다보다가, 등은 거기 놓아둔 채, 그도 또한 밖으로 나왔다. 너무도 큰 시의복은 무덤모양 그의 걸음을 느리게 했다. “아편은 아무리 늘 잡아 계산을 해도 석 달분밖엔 남아 있지 않았었다구.” 그는 어느덧 그것을 계산해놓고 있었다. 물론 왕궁 모든 창고의 열쇠는, 시의 대목수의 주머니 속에 고스란히 들어 있었던 것이며, 그 시의는 누구에게 그 열쇠 꾸러미를 전해줄 기회도 없이, 왕의 우정에 덮어씌워져 연기로 화해버리고 말았던 것이다. “저 엄청난 부, 그리고 저 폐인들, ……아마도 미친개 우리를 다섯은 비워버려야겠구나. 우선 시의 각하님들 일지를 면밀히 검토하지 않으면 안 될 거지. 아 이것은 창세 이래 가장 지독한 밤이겠어. 저 미친개들은 검은 왕께, 후훗, 보신탕으로 끓여드리고, ……저 개 우리 속에서는 가장 처참한 고통과 발악이 시작되리라. 도대체 가능한가? 어쨌든 방법은 그것밖에 없는 것.” 광대는 시녀장의 침실이 있는 쪽으로 시들어진 걸음을 옮기고 있었다. “밤새 이 섬이 난파라도 될 듯하군. 불어쳐라, 퍼부어 내려라, 모든 걸 정화시켜라, 저 종소린 정말 싫군. 이건 창세 이래 외로운 밤이야, 이 늙은 종치기야, 이제 죽어다오, 그러구 보니 종소리는 훨씬 빈도가 줄어들었군, 새벽 전에는 죽어버리겠지, 이 밤엔 나도 계집과 자고 싶다. 그러구 보니 아편 같았던 계집이 하나 있었구나.” 그러면서 광대는 자기가 어느덧 저 ‘아편 같았던 계집’의 남정네가 늘 만지작거렸던 그 단추를 만지작거리고 있다는 것을 깨달았다. “그래, 벽 안의 오대 혼혈을 그 계집은 잉태하고 있어. 저런, 헌데 그 계집은 지금 어디에 있는가, 허나 너는 단애에서 스스로 떨어져 죽지는 않으리라. 너는 죽어가는 사내의 마지막 열망까지도 무참히 짓밟았던 저 아집의 덩이가 아니었던가, 너는 전순(全純) 했구나, 해골처럼 전순했구나, 본토 계집아, 아 본토 계집아,” 광대는, 어둠 속, 빗속에 잠깐 우뚝 멈춰 섰다. 종은 그때도 울며, 왕과 시의 대목수의 죽음을 슬프게 고하고 있었다. 그는 ‘본토 계집’이란 말을 그의 일지에서 조금 설명하고는 있었지만, 소박한 의미로도 어쨌든, 그는 그의 선조의 뼈를 한 토막도 이 땅에 갈고 있지는 않았었다. 그는 떠돌이 광대라고만 자기를 밝혔을 뿐으로, 다른 말은 한마디도 명확하게 해본 적 없이, 떠들어 와, 이십 년간이나 궁중에서 잊혀져 왔을 뿐인 사내였다. 그러함에도 왕이 저 추악한 꼽추를 성 밖으로 쫓아버리지 않았음은, 왕 스스로도 잘은 몰랐을, 저 난쟁이 속에 숨은 어떤 숨결 탓이었는지도 모른다. 어쨌든 저 외롭게 떠돌던 광대가, 만년에 쓴 일지(日誌)에서 밝힌 대로 하자면 그가 이 섬에 머물러버린 데에는, 이 국토의 화룡 숭배 때문인 것으로 되어 있었는데, 그러나 그 자신은 정작으로, 저 불 또는 화룡을 숭배하고 있지는 않았던 것으로 또한 되어 있었다. "내가 너를 연모하고 있었구나." 광대는 다시 걸음을 재촉했다. 그러면서, "저 검은 새 왕은 오늘 밤 계집과 더불어 자야 되는 밤이야" 하고 시들 없이 웃었는데, 사실로는 그래서 그는, 그 시녀장의 방 안 동정을 좀 살피려는 길이다. 용포를 걸친 저 유아 같은 사내로 하여금, 저 시녀장이, 가능적으로, 모질게도 퍼붓게 될 비난과 모욕을 당하게 해서는 안 된다는 것이, 그리고 왕의 계집이었던 계집으로 하여금, 새 왕에 올리는 한 겸허한 경축 잔치로써, 금침을 펴게 하지 않으면 안 된다는 것이, 그 이유였다.

그 방의 문은 잠겨져 있지 않았다. 그는 슬며시 그 안으로 들어가 보았다. 가느다란 촛불이 하나 거의 다 타들고 있었는데, 그 빛이 치렁이 드리운 보랏빛 비로드 휘장들을 흙처럼 보이게 했다. 키 작은 사내가 느끼기엔, 그들 간엔 여태도 아무 얘기가 오고 가지 않은 듯하기만 했다. 어쨌든 저 까마귀 날개 빛 같은 얼굴의 저 큰 사내는 낙백이 반만 되어, 방의 가운데 어중간하게 서서, 자기를 어째야 좋을지를 잊어버리고 있는 듯했고, 약간은 늙었지만 검은 상복과 찌든 슬픔 때문에 오히려 더 요염해 보이기까지 한 시녀장은, 자기 침대 끝에 흐트러짐 없이 걸터앉아, 눈을 감고 있었는데, 저 꼽추가 보기에 그녀는, 왕녀다웠던 자존심도 기개도 없었고, 다만 흐늘어져 만약 손가락이라도 한번 댄다면 폭삭 무너져 재만 오소롯해질 듯했다. 그 방 안에는 그런 훈륜이 감싸고 있었다. 그것은 저 삼자인 꼽추까지도 휘감아버려 침묵케 하는 것이었다. 그리고도 한참 더 있다가 시녀장이 한숨을 한 번 불어낸 것만으로 그 음독한 훈륜은 걷혀져 버렸지만.

"뭣을 원해 이 밤중에 왔죠?" 떨리고 가늘지만 시녀장의 발음은 또록또록 했다. "뭔지, 그걸 말해야 할 것 아네요?"

"왕 폐하가 계셨으면, 오늘 내게 계집 하나 들여보내 주었을 밤입니다." 검은 사내는 우직하게 털어놓고 있었다.

"그래서 내게 온 거예요?" 시녀장은 희미하게 웃고 있었다. "날더러 이 밤중에 시녀 하나 깨워달라는 말씀이군요? 오늘이 무슨 날인지나 아시겠나요?"

저 칠흑 같은 사내는 다시 반만 낙백이 되어, 시녀장의 '삼단 같은 머리'만을 바라보고 있다.

"그럼 우선 돌아가 있으세요. 내 어쨌든 시녀 하나 보내주리다."

그래도 저 칠흑 같은 사내는 미동도 않자, "왜 그러구 서 있지요?" 하고 시녀장은 묻고, 갑자기 미친 듯이 웃었는데, 그것은 '생리성의 변질성 정신병적'이었다. "아 그래서, 날더러 당신 계집 노릇을 하라는 것이지요?" 여자는 더 웃지 않았다. 저 검센 사내는 그때 한번, 흰 이빨을 드러내고 웃곤, 그 여자의 고운 목덜미를 핥듯이 보기 시작했다.

"……참, 댁도 딱하세요." 시녀장의 음성엔 하나도 맥이 없었으나, 껄끄럽지는 않았다. "글쎄 오늘이 무슨 날인지나 아세요? 댁은 전혀 알 수가 없나요? 왕은 스스로 승하하셨으나, 남은 사람들껜 얼마나 깊은 상처를 남겼는지도 알 수가 없나요? 딸의 생사도 모르는 어미의 심사는 또 짐작도 안 되나요? 그냥 돌아가세요. 글쎄 오늘은 그냥 혼자 잠들어보세요, 내가 언제 댁 같은 양반께 이렇게 애원해본 적이 있었던가요? 착하신 양반."

그러자 저 검센 사내는, 그 어두운 얼굴을 더욱더 어둡게 하고서 뒤통수를 한 번 긁더니, 어중간하게 돌아서서, 문간 그늘 쪽에 숨어 서 있는 광대 앞을 막 지나가려고 한다. 그래서 저 키 작은 사내가 막 나서려는데, "아, 잠깐, 잠깐 계세요!" 하고, 여자가 소리를 쳐서, 키 작은 사내는 더 기다리기로 했다. "그래서 댁은 계집이 필요하시단 말예요, 이런 밤에?"

"왕 폐하가 계셨으면, 오늘 내게 계집을 하나 들여보내 주었을 밤입니다."

검센 사내는 우직하게 반복했다.

"참 댁도 딱하세요!" 그러면서 시녀장은, 검센 사내를 정면해서, 시들어지고 슬픈 몸짓으로, 상복 자락의 단추를 벗겨냈다. "딱하세요 정말. 오늘이 어떤 날인지나 아세요?" 검은 상복이 흘러내리고, 또 그 속의 흰 비단옷 폭이 모밀밭 한 뙈기만큼 희게 피어버리자, 저 검센 사내의 저 용포 벗어 팽개친 검은 몸이 산그늘이 되어 덮어 든다. "한꺼번에 너무도 많은 참상을 당해버린 계집의 마음이 어떤 건지나," 계집은 거의 몽유적으로 계속 씨불이며, 오열하고 있었다. "댁은 전혀 모르세요! 그러구 보니 댁은 계집이 있어야 되는 날이군요." 여자는 저 산그늘 큰 자락에 저 모밀밭 한 뙈기를 다 흐트러뜨리며, "난 너무 외로운가 봐요, 난 정말 견딜 수 없이 무서웠어요, 모든 게 내가 견디기엔 너무 엄청났어요, 나는 사내를 원하는 건 아니에요, 아, 그렇지만 당신 살갗 내음의 이 더러움이, 이 가슴의 뜨거움이, 무거움이 얼마나 위안이 되는지 모르겠어요. 허긴 나 전에 당신 생각도 몇 번쯤 했댔지요. 허지만 이 밤엔 그렇게는 생각하고 있지 않아요." 여자는, 저 산그늘 펴진 곳에 누워 진짜의 설움을 토해내고 있었다. 그러면서 그녀는 자기를 그 설움 가운데서 일으켜 세우고 있었다. "결국 그래요, 왕녀도 한 계집인 것이죠, 창녀이고 싶은 계집인 것이죠. 그래요, 나는 나거든요. 무섭고, 외롭고, 죽고 싶지 않을 뿐이죠. 허지만 난 지금은 사내를 원하고 있지는 정말이지 않아요. 아마 내일은 늙기를 원하지 않게 될지도 모르지만."

작은 사내는, 쓴웃음을 재 덩이처럼 물고 그 방에서 나왔다. 그리곤 저 짓궂은 천지 가운데 팔을 펼치고 서서, 고개를 뒤로 젖힌 뒤, 저 후둘기는 차가운 빗줄기를 자학적으로 맞았다. 그러자 사나운 바람이 그의 옷을 펄럭이게 하면서, 바람 많은 날 줄에 건 젖은 이불 폭 소리를 내게 했다. 천둥과 번개는 계속적으로 섬을 호두처럼 쪼개고 또 쪼개냈지만, 그에게는 두렵지 않은 듯했다.

"아 저 종치기는 가련스럽게 죽어가고 있군." 그때는 종은 바람에 의해서만 소리를 내고 있는 것 같았다. 하는 말로는 그는 고자라고 했지만, 그거야 어쨌든 종지기를 업으로 할멈도 자식도 없이 종하고만 늙어온 저 늙은이는, 오늘 좀 미쳐 있었음에 분명했다. 사실로 종소리가, 바람에 의해서만, 불규칙하고, 타서 뼈만 남은 절간 풍경 소리처럼 나고 있었을 때, 광대는 더듬거리며, 거의 기다시피 해서 종루로 올라가고 있었다. 그리하여 그가 그 번갯불 속에서 본 것은, 피투성이의 종 줄을 피투성이의 어깨에 고문처럼 감고, 피투성이로 바닥에 쓰러져 누운 저 종지기의 처참한 죽음이었다. 머리가 으깨어져 있는 걸로 보아서, 이 한 마리의 외로운 새는, 저 종소리의 바다 한끝 단애 중턱에 깃 치고 살다가, 그 바다에 그림자를 던지고 그 위를 선회하며 살다가, 저 바다가 바람 때문에 미치고, 비 때문에 기울었던 밤에, 휴식스러웠어야 할 밤에, 그 단애에 머리를 짓바수고, 저 소리의 바다 가운데로 가라앉아버린 것이다. 아마도 그는 진년진월진일진시에 낳았었을지도 모르는 사내, 녹아서 소리며 바람으로, 쇠로, 불로, 물로, 그리고 사방으로, 결국 네 마리의 용이 되어 돌아가 버렸다.

아마도, 성벽 뿌리에 쓰러져 누웠던 저 기갈 든 아편쟁이들은, 이 모진 밤에 죽었거나, 혼도 같은 짧은 설핀 잠에서 다시 깨어, 성벽을 쳐대고 있을 것이었다. 창세 이래 날씨는 그중 혼돈스러웠고, 그리고 새벽이 가까워지고 있었다.

3

제장들은, 아직 덜 밝은 아침인데도, 누군가가 쳐대는 제장 소집의 종소리를 듣고 일어나, 부석부석한 얼굴로 조복들을 입으며, 몹시 의아해하고, 몹시 투덜들 댔다. 그들은 사실 밤새도록 잠들을 설피고 있었는데, 즉슨, “성 밖에는 어쨌든 아직도 백성들이 있고, 그들은 어쨌든 쉽게는 죽어버릴 것 같지 않으니, 한 왕의 죽음 때문에 나라가 끝나는 것은 아니고, 그러나 어쨌든 위정자 없는 국사란 이뤄질 수 없으니, 어쨌든 누군가가 그 역할을 담당해야 될 것이고” —그런 이유 때문들이었다. 조회 길에 나가고 있었을 때는, 그들의 머릿속은 터져 나가고 있었고, 어깨는 휘어진 대신 허리는 펴져 있었다. 빗줄기는 좀 가늘어졌지만, 바람은 더욱더 거세게 불어, 나뭇가지를 휘어 부러뜨리고, 성 밖의 초가지붕들은 날려가고, 세상을 참으로 어설프고 쓸쓸한 것으로 만들었다. 종루에선 쉼 없이 바람에 의해서 뎅그렁뎅그렁 소리가 나고, 그것은 단애를 기어오르려는 파도 소리와, 문 삐거덕이는 소리와, 닭 울음소리와, 아편쟁이들의 잦아지는 소리와 섞여, 새벽을 참으로 어설프고 쓸쓸한 것으로 만들었다. "글쎄, 그렇다구, 그 자리를 담당하게 될 자는, 한 왕통을 세울 것임에 분명하고," 제장들은 그러나, 저 어설프고 쓸쓸한 세상과 새벽 속에서 머리가 뜨겁고, 목이 연꽃처럼 탔다. 그들은 모두 왕의 뿌리를 저 어설픈 곳에 내리며 피어 가고 있는 것이다. "저 왕의 권세며, 부며 글쎄, 사적이란 걸 읽어보면, 가령 중니 같은 이는 일세의 성인으로, 인의를 펴기 위해 세상을 주류하고 다녔지만, 그의 문하에 들어가는 자는 겨우 칠십이 인뿐이었고, 그중에서도 인의를 행한 사람은 오직 공자 하나뿐이었으니, 인의란 좋으나 그렇게 탐할 것은 아닌 듯하고…… 그러나 충애 공은, 비록 용렬한 왕이었으나, 그가 한번 남면하여 왕위에 오르니, 비록 중니 같은 성인이란 자도 신(臣)이 되었으니, ……세(勢)란 그래서, 백성을 복종시키는 데 그 으뜸의 물건이라, 누구든 한번 세를 맛보면 그래서 죽기를 한하고 그 자리를 물려 내주고 싶지 않는 법, 헌데 그 세가 무주(無主)로 팽개쳐 있다? 저 검센 종자의 든든한 호위며, 저 꼽추 광대의 익살이며, 수백의 계집이며, 그것도 또한 세에 핀 누룩이라, 취하게 하지."

그러나 제당에 들었을 때 그들은, 다만 입 다물고, 저 세의 미래의 누룩에 취했던 머리를 좀 식혀야 했다. 그들이 입조(入朝)하고 보아버린 그 처음 것은, 저 순박하던 종지기의 두개골이었는데, 그것은 혀를 내물고 용상 위에 얹혀져 있었고, 눈은 도려내져 썩은 피를 아직도 조금씩 흘려내고 있었다. 그의 몸뚱이는 그리고 그 용상 아래 아무렇게 나뒹굴려져 있었는데, 그 두개골은 빼어내 문 혓바닥에서보다도, 그들이 진짜로 전율을 느꼈어야 할 광경은 거기서 일어나고 있었다. 뼈대만 크고, 굶어서 마른 한 마리의 광견이, 목에 쇠줄을 매고서, 그 내장을 파먹고 있었다. 그 개는 그러나 실체로는 보이지 않게 그 음식을 조용히 즐기고 있었다.

그리고 그들이 마지막으로 알아본 건, 시의석에 조그맣게 두꺼비처럼 뭉쳐 앉아 있는 광대였고, 그는 가는 조그만 눈을 빤짝이며, 미친개처럼 자기네들을 아까부터 핥아먹고 있었다는 것을, 그들은 깨달았다. 그래서 성정이 팩팩한 망나니 제장이 한소리 지르며 내달으려 하자, 저 악령의 껍질만 갈던 미친개가, 갑자기 실체로 둔갑을 하며, 이빨을 세우고 으르렁거렸기에, 저 망나니는 움찔해지고 말았다. 그러나 그 개는, 다만 자기의 편안한 식사만을 침해당하지 않으려고 했는지도 모른다. 때에, 제당의 저 큰 문이 시녀장에 의해서 열려지고, 흰말의 머리가 나타나자, 광대는 쪼르륵 일어나 화룡의 뒤쪽으로 돌아가 무슨 끈을 잡아당겼는데, 그러자 저 미친개의 목이 거기로 끌려간다. 개는 여우처럼 길게 길게 울며 이빨을 드러냈지만, 아무것도 그가 대들어 물어뜯을 만한 것은 거기에 없었다. 그 개는 그래서, 저 화룡의 연자 바퀴에 고개 한번 내두를 수 없이 묶여버리고 말았다. 그것은, 개를 무서워하는 자에 의해서, 소심하고 치밀하게 고안된 방법이었다. 개를 기죽여버리고 난 뒤, 광대는 얼른 도끼를 찾아들고 쪼르륵 제당 문간에로 달려가며, 내용은 전혀 익살스럽지 않은 것을 목소리만 그렇게 꾸며 소리 질러댔다. "폐하여, 보시와요, 어두웠을 적에 폐하께서 내린 형벌의 저 공명정대히 달콤함을, 이 밝은 날 다시 보시와요." 그러며 그는, 재주 한번 넘고, 손에 들었던 도끼를, 말께 올라탄 자에게 바쳤는데, 말께 올라탄 자는 이미 제당에 들어와 있었다. 저 희다 못해 푸르게까지 보이는 말의 잔등엔, 그 검다 못해 역시 푸르게까지 보이는 그 검센 종자가 타고 앉아 있었다. 광대는 다시 한번 폴딱 재주넘고, "외람되이도 폐하의 자리를 탐내고 앉았다가, 폐하의 도끼날에 목을 짤린 저 두개골을 다시 보소서." 저 검센 종자는 영문 몰라 하면서도, 어쨌든 도끼날에 풍겨주는 피비린내를 흠흠하며, 광대가 고삐를 잡고 끄는 대로 말께 타고 들어갔다. "히히, 이 냄새는 참 좋구나!" 그는 그렇게 떠들고, 왠지 신이 나 히쭉히쭉 검게 웃었다. 그의 오늘까지의 평생에서 그는 최상의 밤을 가졌었고, 그러한 밤은, 만약 그가 왕이 될 것이라면 얼마든지 가질 수 있다는 것을 그는, 저 계집으로부터 반복해 듣고 있었던 터였는 데다, 저 튼튼하고 우아한 말 잔등 또한 최상으로 기분 좋은 것이었다. 그는 그 이상의 것은 더 생각하고 있지 않았다. 그래서 그는, 호탕히 웃으며, "나는 왕이노라, 왕이 나노라" 하고 미친 듯이 고함치기 시작했다. 세 번만이 아니라, 스무 번 서른 번 고함치고, 품속에 넣어 가지고 왔었던 모양으로, 고량주 해 많이 묵힌 독한 술을 병째 거꾸로 말 등이 다 젖도록 부어댔다. 그것이 그에게는 재미가 있는 투였다. 고삐를 잡은 광대의 얼굴은 한동안 좀 딱하다는 듯이 일그러졌었지만, 다시 침착을 찾고, 이 과열된 사내의 흥분을 효과 있게 쓸 곳을 궁리하고 있었다. 그래서 그는 저 검센 사내를 용상에 앉힌 뒤 다른 일을 진행하려고 했던 그 각본을 고쳐버리고, 제장들이 머리를 모여 앉아 있는, 제당의 가운데쯤에서 말을 세우고, 외쳤다. "존경하는 제장 여러분, 여러분께서 들어 이미 알고 계시겠사오나, 다시 소생으로 하여금 오늘의 지고지대한 경사를 전하도록 합소서." 그의 목소리는 배 속으로부터 맑고 분명하게 울려 나왔다. 그러자, "아니, 너 따위 잡패 놈들이 오늘 우리를 불러 모았던 말이냐?" 하고, 우악스러워 망나니 제장이 된 사내가 주먹을 휘두르며 내달으려 한다. 그러나 그는 패시시해져 뒷자리로 물러나 버리고 말았는데, 마상의 사내가 흰 이를 드러내 검게 웃어 보이며, 다만 도낏자루 한번 꼬나 잡아 보여준 것만으로 움찔해진 것이다.

"여러분은 이미, 저 불행한 종지기가 당한 형벌을 여러분의 눈으로 보아 알고 있습니다." 광대는 그러나 일단 말을 중단하고, 용상 위의 두개골을 가리켰다. "그러므로 경거망동은 삼가시는 것이 여러분의 목과 창자의 보전을 위해 좋은 일이라는 걸 재삼 강조하는 바입니다. 그리고 꿈은", 광대는 망나니 제장을 가리켰다. "공의 경거망동으로 하여 관직에서 물러남이 옳으리라만, 오늘은 성은이 망극한 날이므로 한 번 용서하노라."

"아니 이 봐라," 대제장이 드디어, 냉엄하고, 쩌렁쩌렁 울리는 음성으로, 일어나 말한다. 그러자 마상의 사내는, 들이켜던 술도 중단하고, 반쯤 낙백이 되어 어쩔 줄을 모르는데, 광대는 태연하고 자약하고, 여유가 있어 보였다. "누가 자네들께, 그렇게 오만한 주둥일 놀릴 권리를 주었는가? 자네 한낱 익살 광대였던 자가 어찌 감히, 이 극중하고, 극엄하고 성스러운 국사를 운운한단 말인가? 치정을 자네들은 광대놀음으로 안단 말인가?"

"거 무엄하도다." 광대는 그것을 이미 기대하고 있었다는 듯했는데, 그의 음성은 서슬이 퍼랬다. "내 경고하노니, 한 번 더, 쓸모없이 늙어 아침에 허리가 휘어진 늙은이의 입에서 그런 욕된 소리가 나온다면, 나로서는, 새로 등극한 폐하가 그대께 내릴 극엄한 형벌에 대해 할 말이 없노라. 그대가 한 번 더 일어나 익살을 부리겠다면, 나는 그대의 혀를 잘라야겠으나, 그 대신 그대의 두 손목을 잘라 미친개에게 던져주리라. 치정 또한 광대 줄타기라면 그대 뭐랄 것인가? 그대는 또한 왕의 광대는 아니었던가?"

"내 손목쯤 잘리는 건 두려울 것 없노라. 너 광대 말한 대로 내 이미 황천길 멀잖노라. 그러나 너 한낱 노리개가 어떻게 무엄히 국사를 입에 담을 수 있겠느냐? 나는 이 나라 사직이 무너질 것이 다만 무서울 뿐이다." 그리고 그는, 조복을 찢으며 엎드려 통곡한다. 다른 제장들은 숙연히 앉아만 있는데, 그들은, 사태가 이미 이 지경이면 관전만 하는 것이 좋다는, 그러한 태도였다.

"그러면 이제 나는 그대의 두 손목을 취하리라. 그러기 전에 나는 이것이 성은에 충만된 날임을 감안하고, 그대가 폐하 앞에 꿇어 엎드려 그대 두 손목을 구걸할 기회를 주겠으니, 두렵거든 엎드려 그 손으로 비벼 용서를 빌라." 그리고 광대는, 어리떨떨해 있는 왕을 태운 말고삐를 이끌어 용상에로 간다. 그러면서 나직이 속삭인다. 뒤에서 대제장의 통곡이 폭소로 바뀌어, 짖는 듯한 소리가 처절히 들린다. "폐하, 폐하를 위해 재미있는 일을 소신이 꾸몄나이다."

"그것이 무엇이냐?" 마상의 사내는 솔깃해져 묻는다.

"폐하께서는 몇 번이나 그 도끼날에 튀기는 피 맛을 보셨나이까."

"글쎄, 나는 무엇이든 셋만 넘어버리면 복잡해져 버린단 말야."

"나는 저 늙은 대제장의 저 쭈글한 손목을 잘라, 그 손목들이 어떻게 뛰어노는가를 폐하에게 보여드리려고 합니다. 그거 재미있지 않겠나요?"

"그, 글쎄 그것도!"

"혀를 내 물고, '용용 죽겠지' 하고 있는, 저 용상 위의 대가리가 우습지도 않삽나요?" 광대는 쪼르륵 달려가 머리칼을 움켜잡고 그 두개골을 가져와, 마상의 사내에게 건네준다. "생손이 뛰노는 것은 분명, 죽은 대가리의 웃음보다 훨씬 재미가 더할 것으로 아뢰옵니다." 그러자 저 검은 사내는, 그 두개골을 받아 들여다보다가, 빼문 혀에 술을 퍼부어 먹이며, 호탕히 웃고, 제당 바닥에다 공처럼 굴린다. 그것은 지극히도 둔한 데그럭 소리를 내며, 통곡인지 폭소인지를 계속하고 있는 대제장의 발 앞에 가서 머문다.

"그래, 그렇군. 네눔의 대가리 속은 재미날 일로 꽉 차 있단 말야. 그러면 내가 어째야 되겠느냐? 글쎄, 난 몰랐댔는데, 생각해보니, 영 심심하단 말야.

글쎄 난, 재미날 일이면 다할 수 있어."

"그러시면, 이제 말에서 내리셔서, 그 도끼와 함께 저 대제장께 가십세요. 아, 역시, 소신이 앞장서야겠습죠."

그래서 마상의 사내는 하마하고, 둘이는 대제장 앞으로 갔다. 그리고 광대가 희롱하듯, 대제장께 씨불여주었다.

"존경하고 경탄해 마지않을 대제장 각하시요, 만약에 진정으로 사직을 염려하옵시고, 손목을 염려치 않으신다 하오시면, 이 존경할 만한 여러 제장님 전에서 그 손목을 내놓아보소서! 그것을 증명하소서." 그리고 틈을 주지 않고, 유창히 또 계속했다. "대제장 각하께서는 그러실 리야 없으시겠사오나, 혹간 비겁해지셔서, 일개 종자와 일개 광대 앞에 어찌 대제장이 손을 내놓을까 보냐 하시고, 사직은 염려하나, 손목도 또한 염려하실지 모르나 제공들 보고 알았다시피, 폐하와 본인은 불로부터 선택되어진 터, 그리하여 사직은 새롭게 계승되어졌은즉, 어떤 변명도, 어떤 옷을 입은 반역도 용서되지 않을 터, 그렇다면 다만 지조를 보이는 고결함만을 지키는 것이 다만 그대를 위해 좋을 것인데, 왜냐하면 반복하지만, 그대 아무리 고담준론을 논하고, 그대 아무리 공명정대를 운위한다고 하더라도, 그것은 이미 그대만의 시절 착오에 그칠 뿐일 터이라 그러하다. 그대 노망치 않았다면, 다른 존경할 제장들과 마찬가지로 그대의 현실을 직시하라. 아무리 그대가 금관 조복을 하고, 좋은 방패와 좋은 칼을 그대 혀 밑에 갖고 있다고 하여도, 만약 그대가 헤어날 수 없는 수렁에 빠졌다면 그 수렁이 주는 비극을 인정해야 하는 것이다. 금관 조복이며, 좋은 변설이 그 수렁 속에서도 계속 빛날 것인가. 그대 저 문을 들어섰을 땐 그대의 두 다리에 금관 조복으로 들어왔으나, 이제 그것은 그대의 뜻대로는 되지 않을 터. 이 제당이 그대에게는 수렁이로다. 그러므로 이제 결단할 시각이다. 그대의 현실은 외면되지도 않으려니와, 도망쳐지지도 않는다는 걸 나는 한 번만 더 강조한다. 그러면 그대 손목을 이 바닥에 가지런히 내밀 것인가, 무릎을 꿇고 빌 것인가, 그대 머리 위에 삼엄히 떠 있는 저 도끼날은 그것을 기다리고 있다. 나는 그리고, 이제는 더 이상 그대 같은 망령 든 늙은이의 졸변과 더불어 토론하고 싶지 않으니, 내가 셋을 헤아리기까지만 그 입은 열고, 셋 헤아리기가 끝나거든 몸으로 말하라. 그때에도 계속 우유부단하고, 혀만 놀리고 있을 땐 그대는 손목을 자를 만큼도 가치가 없는 자라, 두 귀를 베고, 코와 그대의 남근에 끈을 매어, 맨살 가슴팍엔 그대의 비겁한 행적을 방(榜)해서, 모든 마을마다 구경시키리라. 그런 후에 나는 그대를 마구간에 처넣어 마소와 같이 먹여주리라. 사람이 아닌 생물에게 그것은 큰 은혜일 것이로다. 나는 익살을 떨고 있는가? 하나—"

"아 이 나라는 장차 어찌 될 것인고?"

"태평성세가 되리라. 둘—"

"아 저 어린 백성들은."

"넘치는 부와 복이 약속된 터. 셋—"

"아 화룡이시여, 불이시여." 대제장은 성성한 백발을 마룻장에 흐느기고 엎드러져, 두 팔을 머리 위로 뻗쳐, 가지런히 두 손목을 모아 내놓고, 기도했다. "어쩔 수 없어서 사직이 무너지고, 저 두 무뢰한에 의해 국사가 농락되어져야 된다면, 불이시여, 힘에 의한 세의 남용만이 치정이 아니며, 아무리 백성의 혀와 귀를 자르고 눈을 도려 파낸다 하더라도, 백성은 죽지 않는다는 것을, 천의는 백성 편이라는 것을, 그리고 저들도 또한 늙고, 어느 날 그 세로부터 참담한 보복을 당한다는 것을, 깊이깊이 깨닫고 동의할 지혜와, 온유함을 저들에게 주시옵소서. 모제사바하."

"아 그대 혀는 아름답도다! 그러나 어찌하여 그대, 선왕이 아편을 백성께 던지고, 인신 제물을 바쳤을 때, 그 아름다운 혀에 자물쇠를 채워놓았던고? 그것은 의였던가? 그대의 혀는 아름답도다, 공허히 아름답도다! 그러나 나, 그대의 지조와 고결함을 한편으로는 무한히 칭송하는 바이다. 폐하, 이제 저 손목을 취하소서!"

도끼는 원을 그리며 번개처럼 날았다.

그리고 저 대제장은 한 식경도 다 흐르기 전에, 분수처럼 피를 손목으로 뿜어내고 죽어버려, 남은 제장들에 의해, 화룡의 아가리에서, 불[火]의 국토로 돌아가 버렸다. 바람은 밖에서 떼 귀신 울음을 울고 있었다.

4

성의 바깥벽에는 그날, 오랜만에, 느닷없이 방문(榜文)이 도처에 나붙어 바람에 펄럭였고, 제장들과 그들의 노복들에 의해, 아편과 음식이 넘치게 광주리 광주리 담겨져 나왔다. 그때도 바람은 떼 귀신으로 울며, 지난밤 센 비가 살을 파 갖고 가버려서 형해만 남은 지표를 핥고 지나가고 또 지나갔다. 수없는 초옥 지붕들이 불려 날아가 버렸고, 큰 냇가에 살던 사람들은, 가축들과 함께, 침수당한 지붕을 타고 바다로 흘러가 버렸다. 쓰러진 나무며 뿌리며, 배고픈 애들의 울음이며, 망쳐진 전답이며, 굶주린 개들의 어슬렁거림이며, 한마당 잘 끝나버린 그 타작에서, 남은 쭉정이들은 그래서 바람에 불려가고 있었다. 그런데 방(榜)은 왕의 서거와, 시의 대목수와 대제장의 부고, 그리고 새 왕의 등극과 새 대제장의 취임에 관한 소식을 먼저 전한 뒤, 백성의 노고를 위로하면서 아편 배급을 최대한으로 후하게 할 것을 약속하고, 백성의 협조를 바란다는 요지로 끝맺고 있었다. 그것은 그리고 명문대가에 의해서처럼 달필 미사여구로 씌어진 것이 아니고, 알기 무척 쉬운 말로 재미있게, 또록또록 씌어져 있었다. 새로 대제장의 자리에 오른 자는, 방에 의하면, 어의(御意)에 의해서, 그리고 다른 여덟 제장들의 열광적인 인준에 의해서 '전에 궁중 광대였던 꼽추'로 되어 있었고, 어명을 받들어 방을 초한 자도 그로 되어 있었다. 그러나 새 왕의 등극이나 새 대제장의 취임에 관한 것은 어째도 좋았고, 백성들의 관심은 전부 아편에 관한 것뿐이었고, 그것은 그들을 만족시킬 만했는데도 그러나, "성군 만세"라든가, "성은이 망극하여이다" 하는 소리는 나지 않았다. 방을 초한 자가 그렇게도 누누이, '그러니 이제 돌아가 지아비며 아비 돌아오기 애타게 기다려 문밖에 앉아 있는 아내와 자식들께 돌아가, 생업에 다시 열심을 다해'주기를 부탁하고 있었지만, 그렇게는 아무도 하지 않고, 오히려 더 편안스런 자리를 골라 성벽 뿌리에 누워버렸다. 성내에서는 그러나 당분간, 그들이 취하는 태도에 대해선 아무 신경도 쓰질 않을 모양이었다.

그날 정오가 되기 전에 물론, 저 제장들의 노복들에 의해, 저 제일 높은 단애 위에 혼도되어 있었던 대목수 부인도 궁중에 다시 모셔져, 어미 손에 간호되었고, 광견 우리도 모두 비워졌는데, 그 미친개들은 검은 왕께 보신탕으로 며칠이고 올려질 것이었다. 대목수의 부인은 회복이 빨랐지만, 회복된 대로, 더 침중해진 척, 자기가 처녀 시절에 썼던 방에 들어가 문을 걸어 잠가버리고, 어미까지도 만나길 거절했으니, 그녀의 심경에 관해서는 아무도 몰랐다.

오후에는, 저 노복들 중에서 그중 끌끌해 보이는 자로 십여 인 뽑아 한패를 만들어 성 밖으로 내보내, 스무 살로부터 대략 십 년씩의 차이로, 비교적 아직 튼튼해 뵈는 아편쟁이 백성 다섯을 강제 연행해왔는데, 그건 모두 새 대제장의 지시에 따른 것이었고, 왕이란 자는 보신탕과 시녀장으로 더불어 시시닥거리고나 있었다. 저 연행된 다섯 백성 중에서 한 젊은 사내만 제외하곤, 다른 중독자들은 완력에 의해 사정도 없이, 제일 넓은 미친개 우리 속에 함께 처던져 넣어져 감금되고 말았는데, 그것은 저 제장이 된 사내의 각본에 의한 것이고, 그러기 위해 그는 우리를 비우게 한 것이다.

남은, 저 서른 안팎의 젊은 중독자에게는, 이상한 선택이 주어지고 있었다. 그는 우선, 아직 체내에 감도는 아편 기가 있는 동안까지, 궁중의 빈방에 정중히 모셔졌다가, 그가 아편을 다시 요구하기 시작했을 때, 그는 비워진 다른 작은 우리 앞에 세워졌다. 그리고 그는 이제 스스로 선택하지 않으면 안 되게 되어졌다. 우선 대제장은 그에게 "저 소녀를 보라, 그녀는 아담한 집과, 상당한 부와, 여자로서의 풍염함과 장래의 남편의 자식을 적어도 다섯은 약속하고 있다. 네가 원한다면 그것은 너의 것이다. 그리고 또, 저 우리 속을 보라, 저 네모진 흰 돌팍 위에는, 꼭 하루치의 아편과, 부시가 있고, 그 하루가 지나면 네겐 아편의 기갈과 부자유와 고통이 또한 눈앞의 미래에 놓여 있다. 나는 더 이상 아편은 주지 않을 것이다. 그래도 네가 원한다면, 저쪽의 모든 것이 또한 너의 것이다. 그러니 이제 네가 어느 쪽을 갖든, 꼭 하나만 가져라" 하고, 노복에게 그 문도 열어놓을 것을 명령했다. 문이 열렸다. 그러자 그 젊은이는, 미친 듯이 그 안으로 들어가 버렸다. 그리고는 무섭게 일그러져 푸르뎅뎅한 얼굴로, 아편께 달려가더니, 떨리는 손으로 어떻게 간신히 부시를 쳐, 아편에 연기를 만들어, 폐부 깊숙이 깊숙이 삼켜 넣어, 연기도 내놓지 않으려 하며, 눈을 감았다. 삼라만상이 그때 다 그의 것이었으리라. 밖에서는 무거운 자물쇠가 잠기고, 그리고 발소리들은 멀어져갔다. 그 젊은이는 결국 아무것도 선택하지 않은 셈이었다. 대제장은 괴로워하는 얼굴로 대목수가 잘 걸었던 산봇길을 걸으며, 단추 하나를 주물딱거리고 있었다. 그러나 그는 백성에 관한 한 아무것도 명확한 해답을 얻을 수가 없었다. 그는 무엇보다도 새삼스럽게, 아편을 정의(定義)할 수가 없었다. 끝내 그는, 저 죽은 왕의 젊었을 때와 마찬가지로, 저 버섯 핀 용골두 밑으로 가 가부좌로 앉아 죽은 듯이 있어 보았다. 그러다 신경질적으로 떨쳐 일어나선, 자기를 슬프게 한, 저 젊은이의 선택 아닌 선택 같은 건 깡그리 잊어버려 버렸다.

오후 늦게야 흩어져 돌아간 제장들은 그때, 자리 깔고 누워 뜨거운 머리에 찬 물수건을 갈아대 가며, 여러 가지 것을 제가끔 생각하고 있었지만, 생각들의 머리는 허리든 꼬리든 대개 엇비슷들했다. 즉슨, '……여덟 제장들이 단결하고, 또 종자들로 돕게 하여 쇠스랑이나 몽둥이로, 저 검센 사내와 파리만큼도 힘없어 보이는 저 광대를 쳐 눕히면…… 그래, 그것쯤이야 어쩌면 가능하다…… 가능하지만, 아마도 많은 피를 흘리게 되리라…… 그러나 그것 또한 어쩔 수 없는 일이라고 쳐도, 그러면 이제 누가 왕위를 이어받을 것이냐?…… 이왕 쇠스랑이나 몽둥이로 시작되었으니, 저 막중한 자리를 놓고서야 어찌 처참한 살육이 없을까 보냐…… 그래서 혹간 살아남는다?…… 그러나 이 눈으로 똑똑히 본 바에 의하면, 성 밖은 이미 피폐해질 대로 피폐해졌는 데다, 쓸 만한 백성은 이미 폐인이 다 되어 있었다…… 그들을 무참히 외면할 수 있을 것인가? 아니, 외면하고도 국정이 펴질 것인가?' 이만쯤에서 그들은 불나케 물수건들을 갈아대고, 또 앓아대며 생각을 했다. 그러나 그런 문제에 대한 방도는 도대체 떠오르지 않았다. '…… 그렇다면, 차라리, 저런 골치 아픈 문제는 일단, 누구에겐가 전임시켜버리고, 한 제장 직이나 굳건히 지키며, 세상 되어가는 꼴을 지켜보다 나서도 늦지는 않을 것이 아닌가. 그래, 그러구 보면, 한낱 광대라고만 천시했던 저 사내도 조금쯤 두고 볼 필요도 있지 않겠느냐'라고도. 그리고 그들은 저 한낱 추악한 꼽추 광대가 오늘 해 지기 전까지 해치웠던 여러 가지 것을 떠올리곤, 소름과 혐오와 전율을 느끼면서도, 정직하게 말하면, 조금쯤 경탄을 하기도 했다. 그러나 그것은 어쨌든 몹시도 불쾌하며, 언짢은 짓들이었다고도 그들은 했고, 그에게 감히 거역지 못했던 까닭은 반드시, 도끼를 쥔 자의 우악스러움 때문만은 아닌, 어쩌면 저 난쟁이의 속 어디서 우러나온 위엄 때문이었는지도 모르겠다고도 했다. 그러한 위엄은 그러나 여간만 이해하기 곤란한 것이 아니어서, 그들은 어쩌면, 저 광대에게는 무기(巫氣)나 주기(呪氣), 또는 살(煞)의 어떤 센 것을 갖고 있는지도 모르겠다고도 해버리고. '당분간이지만, 어쨌든 그와 의가 상해서 별로 이득될 것도 없으니, 되도록이면 언어 행동을 삼가는 것이 좋겠지. 현자란 잘 참고 잘 기다리는 자라야 하는 법'이라고, 슬며시 자기들을 '현자'의 부류에 접어두기도 했다. 아무도, 전에 왕의 호위를 맡았다가, 제멋대로 왕위에 오른, 저 검은 사내를 괘념치는 않았다. 그는 다만 앞에 있을 때만 두려울 뿐이고, 없으면 조금치도 두렵지 않은 그런, 멍에 풀린 미친개처럼만 여겨졌을 뿐이다. 그리고 저 제장들은 차차로, 차차로, 저 어쭙잖은 대제장은, 앞에 있을 땐 우스꽝스럽고 용렬해 보이나, 보이지 않으면 두렵고 막강한 사내라는 것을, 인식해가고 있는 참이었다.

그날 밤에 대제장은, 성내에는 삼경까지 없었다는 것이, 시녀장과 시녀들에 의해 밝혀졌다. 느닷없이, 무엇 때문에 대제장이 필요해진 왕이, 대제장을 불러들이라고 하명한 데서부터 문제는 생긴 것이다. 그러나 대제장은 분명히 성내에 있었고, 그것도 저 큰 제당의 시의석에 고요히 앉아 있었다. 그는 그리고 뭔가 일어날 가능성이 있는 사태를 기다리고 있는 듯했고, 그것에 조용하고 용기 있게 정면하려는 마음의 여유를 가다듬고 있는 듯했다. 그러나 삼경까지 아무런 사태도 일어나지는 않았고, 저녁 접어들면서 바람까지도 잠들어버린 성은 그래서, 창세 이래 그중 고적하기만 했다. 삼경이 지났을 때 그는, 창백하게 웃고, 안의 등불을 끈 뒤 제당으로부터 나왔는데, 그때는 그의 얼굴은 안도와 피로로 이상스럽게 일그러져 있었다. "이 혁변은 이제 일단락 지어져 버린 것이구나. 저 어쭙잖은 제장들은, 이제 아침으로 온통 꾸민 웃음을 꽃다발처럼 들고, 조정으로 몰려들리라" ―그러고 보면 그는, 가능적으로 있을 수 있었을 저 제장들의 단합을 계산하고 있었던 모양이었다. 그러나 혁변은 고요히 끝난 것이라고, 그는 안도의 한숨을 내쉬었다. 그러면서도 그는 어쨌든, 현재 어수선하기만 해, 허스러운 부와, 허스러운 권력과, 허스러운 아편만을 갖고 있는 성과 창고를, 저 가난과, 저 기갈로 미쳐 날뛰는 성외로부터, 폐색시키는 것이 좋겠다고, 그래서 그 밤에 그는, 철물 창고에로 가, 한 다발의 새 자물쇠를 갖고 나와, 나귀를 타고 성문과 창고를 하나씩 하나씩 점검해나갔다. 그래서 어떤 성문과 창고에는 자물쇠가 둘씩도 끼이게 되었는데, 아무도 이제 바깥출입이 자유로이 되게 되어 있지 않았다. 그 일은 나귀 타고 성을 한 바퀴 도는 시간만큼만 걸렸다. 그러는 동안에 그는, 많은 것을 고려하고, 계획하고, 결정지었던 것이다.

그런 뒤 그는, 으스름한 궁내 복도를 조용조용히 걸어, 이전에 대목수가 썼던 방으로 들어갔다. 그것이 그가 자기에게 배당한 새 거처였는데, 양피지에 그려진 수십 폭의 이상스런 그림만을 빼놓는다면, 그는 그의 재산이라고 특별히 가진 것이 없어서, 다만 몸만 옮기면 되었었다. 한데 그 양피지에 그려진 그림들은, 만년에 쓴 그의 일지 속에도 충분한 설명이 없어, 못다 푼 수수께끼인 채, 그의 일지에 사적(史的) 주(註)를 달기에 만년을 다 보낸 다른 시의의 손에 넘어갔다가 태워져 버렸지만—그 시의는 나중에 뭍에서 고용되어온 자였다.

그 방엔 촛불이 대낮같이 밝혀져 있었다. 그래서 그는, 저 사대에 이르렀던 벽 안 시의들의 생활의 풍모를 한눈에 읽을 수 있었지만, 그는 그것을 보류해두고, 우선 침실로 들어가, 저 긴 시의복 그대로 투신하듯, 침대 속으로 들어가 버렸다.

그러나 편안한 숨 세 번도 못 내쉬고 있을 판에, 문 한 번 두드린 법도 없이, 누가 문을 벌컥 열고 들어와, "광대야, 이 사기꾼 꼽추 난쟁이야" 하고 고래고래 소리를 쳐, 그는 황급히 일어나 읍을 해야 했다. 대취한 왕이었다.

"폐하, 이렇게 누처에 왕림해주신 성은 황공무지로소이다."

"이봐 대체 너란 놈은 어디를 싸돌아다녔더란 말이냐?"

"폐하께서 소신을 찾으셨나이까?"

"찾고 뭐고 없어. 벌컥 다 뒤진 거야. 헌데 말 좀 해보거라."

"소신의 불충,"

"야야, 그런 귀에 복잡한 소린 집어쳐. 너와 난 친구라구. 난 의리의 사내야. 널 만났으니 어쨌든 기뻐. 헌데 난 말야. 이 밤엔 말야, 대목수의 계집과 잤으면 싶은데, 어때 그래도 되겠나? 낮에 언뜻 보았을 뿐이지만, 그거 침을 돋우더군. 그래도 되겠나. 난 물론 너 따위가 뭐라든, 내 맘대로 할 수도 있다는 걸 지금은 안단 말야." 대제장은 좀 난처한 얼굴이다. "그런데도, 나는 의리의 사내란 말이거든. 나는 뭐든 네게 물어보고 난 뒤, 하기로 약속했더란 말이지. 그러나 이젠 약속을 달리하려 한다. 지금부턴 내가 원하는 일이면 너는 하지 않으면 안 된다. 그것이 왕이라고 히히, 저 늙은 년이 귀에 못이 박이게 일러줬단 말야."

"헤헤이올시다." 대제장의 음성은 갑자기 광대기를 띠었다. "폐하께선 농담이 흉칙스럽게 늘으셨군입쇼이."

"이봐, 난 너를 친구라고 생각한대도 지금 농담을 하고 있는 건 아니란 말야."

"그러시면 불학무식하고 우락부락하기만 해설랑, 파리 한 마리 잡겠다고 벽을 전부 허물어뜨리는, 그런 순 쌍녀러 포수도, 봄철에는 사냥을 하지 않는 내용을 아시나이까?"

"야 이 우악스러운 꼽추야, 그건 또 무슨 어리광이냐?"

"즉슨, 천래의 자연 법도가, 새끼 밴 짐승은 상하게 하는 것이 아니라는 것이고."

"그러면 어떻다는 것이냐?"

"그 짐승을 해치는 그 손에 화가 있어, 어느 날 시들 없이 곪아 떨어져 버린다 하옵고."

"그러니깐 이 쌍녀러 난쟁이야, 난 새끼 밴 것이면 뭐든 해꼬지 하지는 않는단 말야."

"또, 남의 계집 보기를 여우나 구렁이 보듯이 해서, 외입 한번 못해보는 반편이 선비라도, 마누라가 임신을 하고 보면, 남의 계집을 새벽 살쾡이 씨암탉 보듯이 함은."

"그건 또 무슨 속뜻이냐?"

"아무리 자기 계집이라도 새끼가 든 배를 탐하고 나면, 그 근이 또한 시들 없이 썩어 문드러지는 탓이옵고."

"그러나 너야말로 불학무식하구나. 너는 죽은 왕께서 모든 새끼 밴 계집들로 희롱하고 제사한 것도 보지 못했느냐?"

"헤헤이올시다. 이런 말씀드리기 뭣하기는 하오나만, 아시다시피 그 양반으로 말하면 그 탓에, 전신에 청독이 들고, 오장 육부가 썩고 물크러져, 그 좋은 영화 다 버리고 제물에 죽어버리지 안 했나이까!"

"허긴 그것도야! 허나 내가 그 계집 탓에 속이 편틀 못허다구. 고 배 속에 것쯤 한 도끼날에 죽여버릴 수도 나는 있다구."

"하오면 폐하께선, 손이 미치지 않는 독 밑바닥 무김치 한 토막 꺼내 먹자구, 그 독을 부숴 깨겠나이까?"

"야 이, 간특한 자슥아, 넌 무슨 말을 하자고 그따위로 빙빙 돌리는 거냐?"

"즉슨, 그 애를 죽이려다 그 에미까지 죽이고 만다는 요 말입넨다."

"자슥! 그러나 난 속이 안 편해!"

"그러하오시면, 풍더분한 시녀들로 더불어 폐하의 잠자리를 돕게 하면,"

"아 그러구 보니, 히히, 그거 또 좋은 생각이구먼, 그러면 내, 오늘 저녁은 대목수 계집은 참아줘 볼 테니, 거 하나 들여보내게, 들여보내. 그리고 네가 뭐라든, 무슨 법도가 어떻든, 난 그런 건 아랑곳하지 않을 작정이야. 저 대목수의 계집은 볼 때마다 근이 불끈거렸다구. 까짓 배 속의 새끼쯤 한 꼬챙이 꿰 찌르면 그뿐이지, 제 놈이 견뎌내? 허나 오늘 밤만은 의리상 참아준다. 법도란 게 뭣에 쓰는 종내긴지 내 알 바 없으되, 내 이만쯤 의리를 지켰으니, 제 쪽에서도 할 말 없으렸다. 야, 날 좀 신나게 해라."

"시녀장은 어떻게 하시렵니까?"

"건 다 늙었더군. 자리 깔기나 시키지 뭘. 뭐라고 너모양 주둥아릴 놀리면, 손목을 잘라버릴 테니, 그 점은 염려 말거라. 글쎄, 난 왕이라구." 왕은 갑자기 세련되어 있었다.

그리고 왕은, 벌써부터 흥분이 되어 어중간하게 걸어 나가고, 남은 대제장은 차게 웃었다. 그의 머릿속은, 저 멍에 풀려, '왕'이라는 이름으로 날뛰기 시작하는 사내로 하여 다시 터질 듯했다.

"이것이 발효 속에 나타난 독이로구나."

어쨌든 대제장은, 채우지도 않고 아무렇게나 내버려 둔 시의의 보석함 속에서 아무거나 하나 쥐어 들고 나가, 시녀들의 방으로 들어갔다. 그리고 그는 몇 마디 농담을 주고받은 데서 얻은 피임 상식으로, 월후가 오늘 끝나버린 시녀 하나를 불러내, 보석을 들려주고, 왕의 방문을 가리켰다. 그녀는 아마도 애를 갖지는 않을 것이었다. 그녀는 그래서 두말도 없이 그 문 안으로 들어가 버렸는데, 곧이어 그 계집의 낄낄대는 소리가 복도에 울려 났다. 그리고 조금 있으니, 죽은 왕의 이모가, 맨살에 잠옷을 꿰어 입느라고 야단하며 도망치듯이 그 방에서 나와선, 난쟁이 대제장을 발견하고 달려왔다. 그리고는 가엾게 부들부들 떨며, 버림받은 슬픈 눈으로, 대제장을 내려다보았다. 그래서 대제장은 그녀의 손을 한번 꼭 쥐여주고 돌아서려는데, 그녀가 속삭였다.

"그는 하마터면 내 손목을 잘랐을 거예요. 나는 이제 딸애의 방에나 가서 실컷 울었으면 싶어요. 그러나 그 앤들 이 떳떳지 못한 에미 울음을 용납해줄 듯싶지도 않군요."

"그러시다면 내 방에라도 가시겠습니까? 시의님들이 드셨던 좋은 포도주라도 좀 드시면,"

"아 당신은 여전히 친절하시군요."

둘이는 대목수가 썼던 방으로 들어갔다. 그리고 둘이는, 차탁을 가운데 놓고 건너다보고 앉아 조금씩 들었다. 늙은 여자는 병적으로 씨불여대쌌다.

"헌데 한 가지 여쭤볼 수 있겠나요?"

대제장이 그녀의 수다를 중단시키고 나섰다. "대개 내가 알기로, 피임에 관한 얘깁니다만,"

"호호, 대제장 각하께서 갑자기,"

"글쎄 거 좀 알고 싶어 그럽니다. 월후 전후 일주일 내에 있는 자궁은 애를 배지 않는다는 정도로밖에,"

"아마 반드시 그렇지만도 않는 듯해요. 헌데 대제장 각하께선 애를 원하지 않나 부지?"

"뭐 반드시 그런 건 아닙죠만,"

"그러면 늙은 여자가 적격이겠습네,"

"허허, 거 좀 일러주십세요. 꼭 좀 알고 싶어 그럽니다요."

"그중 안전하기로서야 남정네 쪽에서 방출을 밖에 하는 것이겠지요."

"그러나 건 도대체 권할 수 없는 일."

"그리고 난 거 이름은 모르지만, 대목수 각하가 계셨을 때 제조한 약인데, 그걸 난 피임약으로 알고 있지요. 내가 보았기로는, 항아리만큼이나 큰 병 속에, 염소 똥 크기는 되는 흰 알약이었더랬습니다. 저 장 속 어디에 아직도 고스란히 있으리라는 생각인데."

"아 그거 참, 마침 좋군입쇼! 하면 그 약은 누가 복용하는 겁죠?"

"복용하는 게 아니라, 여자 편에서 속 깊숙이 밀어 넣어두는 거죠. 아마도 대목수 각하께선 애를 배게 하고 싶어 하지 않았고, 왕 폐하께선 그 반대이셨지요. 결국 그 약은, 말씀드리기 난처하옵니다만, 선왕 폐하께서 현 왕 폐하께 잠자리 여인을 내려보내셨을 때마다 쓰게 하셨던 것으로 알고 있습니다."

"흐음." 대제왕은 뭔지 깊은 느낌을 받은 얼굴이었다.

"호호호." 시녀장은 취하고 있었다.

"허지만 나 정도 늙으면 그런저런 아무것도 필요 없다는 것 모르세요?"

대제장은 미소했으나, 곤혹을 느끼고 있는 표정을 감추지 못했다. 대제장의 느낌에, 이 여자는 권력의 양지에서만 살며, 그 아편에 중독이 되어, 이제는 다만 소박한 여자일 수만은 없게 된 것 같았다.

"그러시다면 어디, 이 꼽추와 하룻밤 지내실 만합니까?" 대제장은 곤혹과 구역질과, 그리고 약간의 외로움과 성욕과, 또 저 피임약이 줄지도 모를 어떤 느낌에 대한 호기심으로 되는대로 말해버렸다. 그것은 그녀에게 그러나 조금이라도 불쾌감을 주지 않았던 것 같았다.

그녀는 다만 시들하다는 듯이 말하고만 있었는데, "이 배는 그래도 왕만을 실어 건넜던 배라우"였고, 저 난쟁이는 그 밤에 세 번만 관계했는데, 두 번째의 방출은 밖에다, 그리고 도지기는 피임약과 더불어서였다. 그는 그리고, 밖에다 하는 방출은, 많은 절제심이 필요하며, 방출 후에 오는 심리적 불만족은 사내의 병을 만들지도 모른다고 했고, 귀두가 적이 따가웠던 도지기에서는, 선왕이 자기에게 내려주었던 모든 계집들이 또한 그러했었다는 사실을 알고, 쓰게 웃어야 했다. 그는, 계집이란 귀두를 쓰리게 하는 어떤 것이라고만 알아 왔었던 것이다. 검은 왕은 그리고 그것을 언제까지고 깨닫지 못하게 될지도 모르리라. 대제장은, "모든 젊은 계집은 쓰리게 하는 것"이라고 들려줄 것이다.

이튿날은, 대제장은, 좀 늦게 깨어, 아직도 자고 있는 시녀장을 깨워, 적이 은근한 목소리로 시녀들께 행할 피임 교육과, 피임약 배급에 대해 들려주고, 또 석 자 세 치는 남는, 시의복의 단을 올리게 하고 아직도 주머니 밑바닥에 뒹구는 빨간 단추 하나도 달아 달라고 부탁한 뒤, 평상복으로 아편 창고로부터 들어갔다. 그리고 그는 그 안에서, 해가 중천이었을 때까지 아편량을 계산하는 데에 보내고 나왔는데, 어두운 얼굴이었고, 광견 우리 쪽에서는 처절한 절규가 계속되고 있었다. 그는 그래서 그 길로, 그 우리 쪽으로 갔다. 그 우리들 속에 억류된 아편광들은 미쳐들 있었다.

그중 늙은 아편쟁이는, 밤새도록 벽에 머리를 쪄댄 모양이었으나, 이제는 더 그 짓도 계속하지 못하고, 바닥에 쓰러져 병든 개처럼 기며, 혀로 바닥의 광견 오줌을 핥고 계속 짖어댔다. 조금 덜 늙은 자는, 작은 철창살을 붙들고 몸을 경련해대며, 똥오줌을 질금질금 갈기고 잦게 흐느꼈다. 중년의 사내는, 자기 손톱으로 제 사지를 짓찢어대며, 그 상처에다 흙먼지를 털어 넣으면서, 그 고통으로부터 아편을 빨아내려고 하고 있었다. 네 번째의 사내는 옷을 전부 찢어발겨 던져버리고, 눈을 휘 까 던지고 엎드려 누워선 자기의 아랫도리를 바닥에 문질러대고 있었는데, 그러한 고통을 통해 그는 황홀을 얻고 싶은 눈치였다. 그리고 마지막으로, 선택에 놓여졌던 저 독감방 젊은이는, 아직은 덜 극심한지, 창살에 눈을 대고 밖에다 아침의 눈길을 보내며, 아편을 달라고 계속 계속 애원하고 있었다. 모두의 눈물은 붉고, 인간적인 것은 하나도 남겨놓고 있어 보이지 않았다. "발효란 어렵도다." —대제장은 몹시 언짢은지, 얼른 돌아 자기 방을 들어가선, 술 한 모금 두텁게 마시곤, 그때 끝내놓은 시의복으로 갈아입은 뒤, 시녀장의 간청에 따라 대목수 부인 방 앞으로 갔다. 시녀장의 말로는, 자기는 몇 번이고 간청을 해서 들여 달라고 했어도 딸이 문을 열지 않았다고 했고, 왕은 세 번째의 시녀와 더불어 방금 전에 다시 침실에 들었다고도 했다. 물론 피임약은 잊지 않고 누구에게나 조금씩 미리 나누어주었다는 말도 덧붙였다.

대목수의 미망인은, 자기를 방문해온 자가, 전에는 광대였지만 지금은 대제장이 된 사내라는 걸 알곤 문을 열어주었기에, 대제장은 별 수고 없이 그 안으로 들어갈 수 있었다. 그녀는, 자기 어미가 문에 대고 이미 모든 걸 속삭여 들려준 것을 다 듣고 있어서, 자기의 처지가 어떻게 되어 있다는 것을, 그리고 이 대제장 밖에는 어디에고 구원을 요청할 곳이 없다는 것을 알고 있었다.

"어머님께서 따님의 안부를 초조로히 염려하고 계시온데." 대제장은 우선 그렇게만 말해놓고, 잠깐 반응을 기다리는 듯 입을 다물었다. 그날은 맑고, 또 한낮인데도, 휘장을 다 가리고 있어, 방 안은 박모 같은 슬픔이 두텁게 끼어 있었다. 대목수의 여인은 아무 말도 하지 않고, 우스꽝스럽게 뎅그렁 짧아져 버린 황토색 시의복 위에 매달린, 단추 하나를 뚫어져라 하고만 내려다보고 있다. 그녀의 배는 적이 불러 있었는데도, 소녀티는 여태도 남아 있었고, 그 소녀티 속에 그런데, 한꺼번에 원숙해버린 슬픔만 어디엔지 갖고 있었다.

"아 이 단추를 보고 계시는군요." 대제장은 무슨 다른 화제를 찾으려고 그랬다. 그랬더니 의외에도 그녀 쪽에서 토를 달고 나섰다.

"그래요. 그걸 무엇 때문에 그이는 내게 주려 하셨는지 그걸 생각하고 있어요."

"혹간 무슨 내력이라도."

"그이는 거기서 백성을 보셨어요 아마."

"배, 백성을 입쇼?"

"백성들이 아편에 중독이 되어 성을 나가고 난 뒤, 그이는 아마 그걸 주웠을 거예요. 그래요. 그래서는 손바닥에 놓고 벌레 죽이듯 죽여보려 했었을 거예요." 그녀의 음성은 떨리고 있었지만 잔잔하고 또록또록했다.

"아 그랬군입쇼! 그래서는입쇼?"

"글쎄요, 그이의 생각에 그 단추는 죽어 주지를 안 했던 모양이지요."

"아 그랬댔군요. 그랬댔군요." 대제장은 거의 부르짖고 있었는데, 그의 음성은 종잡을 수가 없어서, 기쁜 건지 절망적인 건지 알 수가 없었다.

그리고 조금 침묵이 계속되었고, 이번에는 대목수 미망인 쪽에서, 거의 애원하는 음성으로 말을 텄다.

"난 언제부터도 이 궁중이 싫었었어요. 이제 내겐, 아버님도 남편도 이 궁중엔 없으니, 떠나서 아무 데 가서 살아도 되겠지요? 내가 오늘 해전에라도 떠날 수 있을까요?"

"글쎄올시다." 대제장은 무척 망설였다. "떠나실 수 있으신 대도 베옷 짚신에 감자 뿌리로나 연명하셔야 하올 터인데." 대제장은 망설였다.

"그런 문제라면 염려치 마세요. 난 그렇게 살고 팠으니까요. 아무것도 궁중 물건은 가져가지 않을 것이에요."

"하오나 국사는 왕 폐하가 하시는 것, 내 한번 은근히 여쭈어보리다."

"한 아녀자의 가출까지야 폐하께서 아실 일이 있겠나요?" 대목수의 계집은 입술을 짓물고, 눈물을 떨어뜨린다.

"하오나 부인으로 말씀드리면 왕족이옵시고…… 어쨌든 기다려 보시오. 무슨 방도가 정 없을 수야 없겠습죠."

그리고 대제장은 깊은 데서 우러나는 미소로 나왔다. 문밖에서 초조로히 기다리고 있던 그녀의 어미에게는, 지금 따님 방엘 들어가 보아도 좋을 것이라고만 간단히 대꾸하고, 그 길로 그는, 제장들이나 방문하려고 나섰다. 제장들과 자기 사이에서 한 번도 진지한 말이 통해져 있지 않았다는 것을 그는 생각하고 있었다. 그리고 제장들은, 이른 아침부터 목욕하고 조복 입은 뒤, 조정으로부터의 조회 소집 종소리를 기다렸으나 들리지 않아, 한껏 준비하고 꾸며놓았던 변설이며 웃음에, 녹이 슬어가고 있는 중이었다. 그리고 왕은, 세 번째의 시녀와 시들어버린 뒤, 검도록 자고 있어서 해거름 판까진 깰 듯하지 않았다.

"이 색깔은 홍옥(紅玉) 같구나! 백성은, 죽지를 않는다. 백성은."

대제장은 자기도 잘 의식하지 못하면서, 단추를 열심히 두 손가락 바닥새에서 눌러대면서, 중얼거리면서, 걷고 있었다. "대체 백성이라는 저 집단적한 짐승은 뭐라는 것들인가? 저 광견 우리 속에서, 미친개가 다 되어 있는, 저

속(屬)을 알 수 없는 짐승들은 그러다 결국 죽어버릴 것은 아닌가?"

돌아오는 길에는, 그는, 제장들과 그들의 부와, 그들의 미끄러운 변설을 생각하고 있었다.

"아편은 자유 같은 것이오." 제장들 사이에서 일등가는 현자로 알려지고 존경받는 연로 제장의 변론이었다. "그래서 아편이 풍족하게 주어졌을 때, 백성은 국사에 쓸모가 없게 되며, 아편이 완전히 끊길 때, 그들은 아편을 얻기 위해 반란을 꾸미게 될지도 모릅니다. 어느 것이나 치정자가 바라는 것은 아니지요. 그러므로 현명한 치정자는, 백성을 결속시키고, 백성으로 하여금 국사에 참여케 하지만 저항케 하지 못하게 하는 철삿줄로써 아편을 쓰는데, 언제나 그들이 아편에 갈급해 있을 정도로만 공급해줄 일입니다. 그러면 그들은 그때, 치정자가 원하는 쪽으로 그들을 바치는 것입죠. 어쨌든 그들은 길들여진 어미 소모양, 너무 많은 자유와도 살지 못하지만, 갓 코 뚫은 송아지처럼 완전히 거세당한 자유와도 살질 못합니다. 자유란 갈급할 정도로만, 그저 보여주는 것으로 족하다고 생각합니다."

대제장은 다만 미소만 보여주었을 뿐으로, 아무것도 자기 의견은 내비치지 않았다. 그로서는 아편을 아직 어떻게 정의할 수가 없었을 뿐이다. 그로서는 다만, 아편은 어떤 수분 같은 것, 또는 어떤 발효, 어떤 변질을 돕는 어떤 매개체 같은 것일지도 모른다고—그런 식으로밖에 달리 아무 결론도 이끌어낼 수가 없었다. 저 현명한 제장도 그런 변론 후에, 다른 제장들과 똑같이, 아편량을 알고 싶어 했었다.

"짐작하시겠지만, 아직도 그것은 산더미처럼 쌓여 있으니 과히 염려치 마십시오."

"아 그렇다면 좀 안심이에요. 어쨌든 장래를 염려하는 치정자는, 비록 현재 아편이 태산 같다 하여도 세월이 지나면 없어질 것을 계산하는 법인데, 어디 이웃 뭍에라도 사람을 보내어 아편 제조공을 몇 데려오는 것이 어떨까요?"

"그건 모두 내게 맡겨두십시오."

대제장은 차갑게 대답했었다. 저 제장들은 조금도 백성을 사랑하고 있지를 않았다. 그들은 다만, 자기들의 부와, 왕궁 밖에 미치는 권세와, 안일함만을 한사코 고수하고 싶어 했고, 그가 설사 개란 대도, 그들이 이 왕국에서 얻을 수 있는 최고의 영화만을 지켜주는 군주라면 그들은 언제라도 무릎 꿇고 아첨을 바칠 준비를 하고 있었다. 대제장은 그것만을 확인한 셈이었다.

이 말을 그리고, 대제장은 마지막으로 했었는데, 그가 제장들을 만나려고 출발했던 때 이미 준비해 있었던 그 말이었다.

“뒤 군데서 받은 밀고에 의하면, 존경받을 제장님 중의 뒤 분께 서는, 아편이 다 없어졌을 장래를 위해서란 명목으로, 광주리 아편의 절반씩을 덜어내어 사사로이 감춰놓고 있다는데, 그러한 횡령이란, 백성을 위하여 그 심정의 두터움에도 불구하고, 우선 국물을 삿되이 절취하는 행위며, 백성이 갖는 권리를 또한 삿되이 횡취하는 비위라, 이후 그런 일이 한 번이라도 더 있다는 것이 밀고되면, 충성으로 국사에 전념하셨던 그 모든 영예에 누 될 것은 차치하고서라도, 삼족에 화가 미치게 될 터이니 모두 각별히 유념하셔서, 공명정대히 국사를 해주기 바라는 바외다.”

“아니 그러한 일이, 제장들 사이에서 있을 수가 있다는 말이시오?”

“글쎄올시다. 나는 그런 밀고를 받고 있으니까요. 조강지처도 믿을 수 없는 세태에, 하물며 타인들로서 데리고 있는 종복들이야 더 일러 말할 것 없겠습죠. 가장 안전책은, 좋은 일이건 나쁜 일이건, 오른손이 한 일을 왼손이 모르게 하는 것이겠습죠.”

5

대제장이, 시의들 일지나 좀 읽어볼까 하고, 자기 방에로 다시 돌아왔었을 때도, 날은 밝은 채였었고, 시녀장이 또한 거기 있었다. 그녀는 대제장을 몹시도 기다렸다는 투로, 무척 반겼지만, 얼굴은 웬일로 질려 있었다. 그리고 두서없이 씨불여댔는데, 왕께서 임신 중인 딸로 침방을 돕게 하라는데 어떻게 해야겠느냐는 것이, 그 골자인 듯했다.

“왕께서 그러신다면야 어쩌겠습니까요? 왕은 이 나라의 주며 법이신데,

감히 누가 어명을 거역할 수 있겠나요?"

"그렇지만, 내 손으로 그 애를 죽여 장사 지내는 한이 있어도, 그 짓만은 나는 시킬 수가 없어요."

시녀장은 치를 떨었다.

"설마 어명을 거역하려는 건 아니겠습죠?"

"어명 이전에 어미에겐 자식이 있다는 걸 모르시나요? 대체 옳지 않은 일이라도 백성이 따라야 된다면 그 나라의 장래는 어떻게 되겠나요? 할 수 없어서 따라야 된다면 그 백성의 한은 한 세대만 통할 것이지만, 그 임금의 누는 만세대 인구에 회자될……"

"무엄한 말, 삼가지 못하오?" 대제장이 갑자기 소리쳤기에 시녀장은 새파랗게 질려 부들부들 떨기만 했는데, 눈에는 풀어볼 길 없는 한이 변한 눈물이 크렁찼다. 한참 후에, 대제장 쪽에서 웃어 보이며, "따님을 아끼시는군요?" 했을 때 그 눈물은 줄기줄기 흘러났다. 대제장은 그리고, 그녀의 손을 꼭 쥐여주며, "대저 모성애란 자기 목숨을 초개처럼도 버리게 함을 내 알고 있은즉, 따님을 아끼느냐고 묻는다는 일이 어리석겠습죠" 하고 나직이 계속했다. "그래요, 난 그러나 그런 아름다운 인정을 그렇게 많이는 접해볼 기회를 갖지 못했었습니다만, 그런 인정을 보게 되면, 난 늘 한 목자 부부를 생각하곤 합죠." 대제장은 그리고 멍하니 하고선, 뭘 추억하는 눈치였다. 그리고 이었다. "저 많기도 많은 열무날 중에서도, 화룡께 바치는 제물이 세 번째 바뀌었던 저 첫 열무날 제물이 되었던, 저 궁중 양치기 부부 얘기를 나는 하고 있는 중입죠."

시녀장은 갑자기 아무것도 이해할 수 없다는 얼굴로 울지도 못하고 있다.

"그 부부는, 저기 보이는 저 남악에서도 남쪽 옴팡진 기슭에서 참 곱게 살았댔습니다. 그 양치기 남자는, 왕께 바칠 양을 몰고 오는 날로 내게 그 기슭의 생활을 얘기해주곤 했는데, 내 짐작에, 그 집은 지금 아마 주인이 없어 쓸쓸한 채 있는 듯합니다. 아 헌데 따님을 스스로 죽이고 장사를 지내시겠다구요!"

"하오시다면," 시녀장의 얼굴은 갑자기 밝아져 보였다. "대제장 각하께서는, 내 딸애를 데리고 거기 가서, 살라는 말씀이신가요? 아 참 밝으신 양반,"

"나는 지금 한 선했던 백성의 추억만을 다만 말하고 있을 뿐입니다요. 그런데 지금 아마 해가 지고 있군입쇼. 그러면 곧 밤이 되겠습죠. 그러면 폐하께선 따님을 부르러 스스로 나타나실 겝니다. 그러구 보니 그래요. 난 아마 폐하를 뵈러 가야 될 그 시각에 있는 듯합니다. 헌데 시녀장 각하께선 정말 깊이깊이 따님을 사랑하고 계셔서 죽음도 두렵지 않은 그런 맑으신 얼굴이십니다. 죽음인들, 글쎄 목숨인들 두려울 것 없으시다는 저 아름다운 얼굴을, ……그래요, 헌데 난 언제나 밤으론 좀 어설픈 기분입죠. 난 늘 어머니를 생각하다 잠들곤 한답니다요. 만약에, 어머니를 어머니이자 동시에 계집으로 모시고 또한 데리고 살 수 있는 사내가 있다면 그는 가장 이상적인 형태로 사는 사내일 겝니다요." 대제장은 계속 중언부언했다. "헌데 직접으로 말하면, 시녀장 각하는 꼭 어머니 같은 계집입니다."

시녀장은 종잡을 수 없는 표정을 짓고 있었지만, 여인이 지닌 감수성으로 그녀는, 모든 걸 자기 나름으로 해석해버리고, 그때 걸어 나가려는 대제장의 뒤통수에다 대고, "아마 저녁에도 이 방문은 잠겨 있지 않겠지요?" 하고 속삭였다. 대제장은 그래서, 고개를 어린애처럼 끄덕인 뒤, 성문 열쇠들만 꾸러미로 해놓은 걸, 몹시 무거워 귀찮다는 듯이, 문 옆에 놓여진 작은 탁자 위에다 소리 나게 던져놓고, 복도로 나섰다.

"아마도 나는 아주 잠시 저 열쇠 꾸러미를 잃게 될 것이다. 어쨌든, 어느 시대에든 그 시대마다에는, 그 시대의 악이든 선이든, 그것을 동시에 감싸는 모성적 정신이 그 시대의 그늘 쪽에는 있는 것이고, ……그것은 비록 악만을 싸안고 있었대도 아름답다. 어쨌든 아름답다…… 그리고 그것은 바뀌어진 시대의 악이든 선이든 그것을 감쌀 새로운 모성적 정신의 거름이 된 뒤, 어쨌든 사라지지 않으면 추하고 거추장스러운 것으로 변한다. 그것은 아름다운 대속, 아름다운 부활이 아닌가. 아마도 나는 아주 잠시 후에, 지금 잃어지고 있는 저 열쇠 꾸러미를 다시 찾게 될 것이다." 대제장은 왕의 침실을 향해가며 혼잣말을 하고 있었다.

왕은 도대체 아무 즐거움이 없는 얼굴로 방안을 초조로이 서성대고 있었다. 그 검은 용안에 이전에 껴 있었던 정욕의 개기름도, 또 넘치던 힘으로 불근거리던 근육의 율동도 없고, 그 대신 저렇게도 큰 몸뚱이 속에서도 정신은 한 번도 숙성해본 적 없이 썩어, 그 안에서 노예근성만 물지렁이처럼 서식해버린 저 웅덩이의 더러운 냄새만 방 안 가득히 피워놓고, 그는 그림자처럼만 남아 있고, 대제장의 눈엔 왕의 실체는 보이지 않았다. 그것은 무척 더럽고 우스꽝스러웠다. 대제장은 읍도 하지 않고, 싱긋이 웃어버리고 말았다. 왕은 대제장이 나타났기에야 비로소, 살 일이라도 났다는 듯이 반기며, 떠벌이기 시작했다.

"이봐, 넌 도대체 어디다 코빼기를 질러뒀기에 한 번도 볼 수가 없었지?"

대제장은 웃기만 하고, 잔에 왕의 술을 따라 찔끔거리며, 의자에 푹 박혀 앉았다.

"이봐, 왕이 할 일이란 게, 계집에게 힘이나 내 먹이는 일뿐이라면, 난 다시 정내미가 떨어졌어. 이 보라구, 이 탱탱하던 살이 하룻낮 사이에, 그래 이따위로 늘어져 버릴 수가 있나? 사실로 철근 같던 이 허리며, 이 팔이며, 이 다리가, 야 이거 좀 보라구, 저 연하고 나긋나긋한 저 계집들의 뮛에 녹아 이 모양으로 시지근하고 떨리기를 시작한단 말이냐? 그뿐인 줄만 알면 또 오해야. 내 아랫도리는 인두로 지진 것모양 타구 있어. 저년들은 썩은 홍어 같다구! 야 헌데, 대목수의 계집쯤이라면,"

"폐하." 대제장은 얼른 왕의 떠벌림 속에 뛰어들었다. "모든 젊은 계집은 쓰리게 하는 것입죠. 하오나 왕께서 하실 일이란 너무 많습죠. 가령—"

"그것이 무엇이냐?"

"끌끌한 젊은이들을 모아다 씨름을 가르친다든가, 도끼 쓰는 법을 가르친다든가 말입죠."

"히야, 거 좋은 일일 듯하군."

"나라의 힘을 증강하는 것도,"

"야 더 씨불이지 마라. 너는 혀가 길어. 흐흣. 거 신날 일이야 씨름이나 도끼 쓰는 일에 이르러서야 그 어느 눔이 내게 당할 텐가. 야 그럴 것 없이, 당장에 몇 놈쯤 모아라. 내 한꺼번에 싹 쓸어 봬줄 테이니. 야 이거, 정 새 힘이 돋는구나, 거 뭘 우물거리고 있어?"

"허허헛, 뭐 그렇게 급할 게 있나요? 밝는 날 시작하셔도 좋고…… 그러면 저 제당을 그런 힘과 기술을 닦는 장소로 했으면 꼭 좋겠습죠. 화룡님 전에서……"

"글쎄 넌 혀만 길어. 그럴 것 없어. 지금 나와 나가자. 넌 언제나 그 꼽추 등에다 뭐든 쓸 만한 것 한 짐씩은 지고 다닌단 말야, 자 나가자구. 너는 용상에든 시의석에서든 앉아 술이나 찔끔거리며 날 좀 보란 말야, 난 어쨌든 도끼춤을 한번 춰 보일 테니,"

"아, 좋겠습죠!" 둘이는 나갔다. 왕에게는 계집쯤 벌써 문제가 아니고 있었다. 그는 소리를 냅다 질러대며, 복도에서부터 도끼를 내두르고 제당으로 이어지는 길을 치달았다. 주방지기들이며, 시녀들이며, 정원지기며 뭐며, 왕의 도끼 춤을 본 자들은, 그 자리 엎드러져 부들부들 떨어댔는데, 그 뒤에서 저 볼품없는 꼽추만이 너그럽게 웃으며 따르고 있었다. 그러면서 그는, 혼비백산해 있는 한 원정(園丁)에겐, 왕 앞서 제당에 가 불 밝히기를 시켰고, 주방지기 할멈에겐 술과 안주를 내오게 했다.

그러는 동안에 벌써 왕은 삼백 번 기합을 지르며 몸을 허공의 연꽃처럼 산화시켰는데, 종내 싱거웠던지, 시의석의 대제장께 와 "야 어쩐지 이 짓은 싱거울 뿐이다. 누구든 상대가 있었으면 해" 하고, 병을 거꾸로 들어 반 말 정도의 술을 한꺼번에 마시고, 부그적 부그적 양추도 쳐선 제당 바닥에다 내쏘았다. 가슴에 흘린 술을 손바닥으로 문질러 땀도 닦아냈다.

"하오나 폐하, 진짜 훌륭한 무사는 허공에서도 상대를 찾습니다."

"야 거 너는 혀만 길다구!"

"허시면 보소서. 우선 저 화룡을 정면 하시고, 흔들림 없는 자세로서 보십소서. 옳습니다. 그러시면 저 화룡의 두 눈 사이를 무섭게 지켜보소서. 조금 더 눈을 부릅뜨소서. 좋습니다. 아 좋습니다. 아직은 움직이지 마소서. 조금 있으시면 이제 폐하께서 쳐 눕히실 상대가 나타날 것입니다. 아직은 움직이지 마소서. 그 상대가 나타나기를 간절히 바라소서. 아 좋습니다. 서른 셀 때까지만 그렇게 계시면 이제 뭔가 나타납니다. 말씀하지 마소서. 기를 모으십소서. 호흡을 중단하십소서. 자꾸 어두워 들고 있군입쇼. 눈을 부릅뜨소서. 드디어 무엇이 나타나려는 찰나입니다. 시력에 모든 기를 모으소서. 아, 드디어, 무엇이,

어두운, 안개 같은, 것이, 피어오르는군입쇼. 저 소리는 무엇입니까. 그것은 바람 소리 같군입쇼. 눈을 감지 마소서. 소리를 들으소서. 저 검은 안개 속을 살펴보소서. 그 속에 밤보다 더 짙은 더 검은 뱀의 꼬리가 휘적휘적하고 있습니다. 아읔, 저 붉은 눈을 보십소서, 화룡입니다. 날으는 화룡입니다. 불 같은 혀를 내두르며 시퍼런 불을 좍 토해냅니다. 도끼로 그 정수리를 치소서, 불룡의 꼬리가 폐하의 목을 감고 듭니다. 도끼로 치소서, 아읔, 저 화룡의 이빨이 폐하의 머리를 삼키려 듭니다. 화룡의 발톱이 폐하의 가슴을 찢습니다, 도끼로 치소서,"

그런데 왕은, 그 자리에 나무둥치처럼 나둥그러지고 말았다. 그리고는 죽은 듯이 눈을 휘몰아 올려 희게 뜨곤, 전신을 경련했다. 대제장은 차게 웃으며, 한잔 더 잔에 붓고 있었다. 그러는 동안에 시간은 초경으로 달려와 있었다.

시녀들에 의해 왕은, 방으로 옮겨졌다. 그리고 과일주와, 시녀들의 주무름으로 해서 깨어나, 한동안 정신 나간 것처럼 있으며 앓아쌌더니 느닷없이 분통을 터뜨리고 대제장을 불러들이라고 호통이었다. 대제장은 그때, 자기 방에서, 시녀장과 다른 잔을 들고 있었는데, 그가 아무렇게나 던져두었던 성문 열쇠 꾸러미는, 그때도 가지런히 그 위에 얹혀 있었다.

왕은, 대제장이 나타나자, "넌 좀 거짓말이 독한 놈이야! 어째서 여태도 대목수의 계집년은 꼴이 보이지 않느냐? 나는 왕이야" 하고 고함부터 내지르길 시작했다. "저따위 썩은 홍어 같은 년들 난 싫어졌다구. 자 내게 그 계집을 데리고 오라."

"폐하, 진정하소서."

"진정하다니? 너는 독한 종내기야. 네 주둥아리선 거짓말만 쏟긴다구!" 왕은 도끼를 거머쥐고, 저 작은 그래서 한주먹짜리의 꼽추를 내려다보았다. "나는 이제 너를 찍어버릴지도 모른다. 너는 있지도 않은 화룡을 꾸며내는 놈이라, 너 같은 건 있어서 해라고. 넌 한마디로 무당 같은 녀석이야!"

"하오나 폐하." 대제장은 흐트러짐 없는 눈으로, 왕의 눈 속을 깊이깊이 올려다보았다. "화룡은 있습니다. 그 화룡은 왕께만 나타납니다. 선왕은 그 화룡과 늘 같이 지내셨습니다. 이 방 안에 있는 저 작은 화룡들을 보십소서."

"녀슥아, 넌 또 시작인가? 나는 다른 계집을 원하고 있을 뿐이다. 나는 지금 그 방에로 뛰들어갈 판인 거다."

"폐하께서는 심정이 울적해지신 것이군입쇼."

"그래, 난 속이 드글드글 끓고 있는 거다. 나는 좀 울고 싶다구." 왕은 실제로 흐득흐득 울기를 시작하고 있었다.

"그리하오시면야, 폐하의 울적함을 풀어야겠습죠. 누가 폐하보다 더 큰 자가 이 나라에 있겠나이까. 대목수의 부인으로 더불어 폐하의 울적함을 푸소서." 그리고 대제장은 손뼉을 쳐, 시녀를 불렀다. 그리고 분부했다. "너는 가서, 대목수의 부인께, 이 자리에 왕림하는 영광을 갖게 하라."

왕은 그제서야 배시시 웃으며, 도끼를 치우고, "너는 참 쓸 만한 친구야" 하고, 대제장의 꼽추 등을 쓸어주었다. 때에, 질린 시녀가 돌아와, 그녀는 이미 방에 없고, 자기가 살펴본 바로는, 언제인지 왕궁에서 떠나 없는 듯하다고 전했다. 그 말을 듣고, 왕이 나서기도 전에 대제장이, 얼굴에 노기를 띠어 내며, "무엄한지고! 그게 사실이란 말이냐?" 하고 벽력같은 고함을 쳤다.

"아직 자세히는 모르겠사오나, 소녀의 생각에 그런 듯만 싶었나이다."

"그러면 너는 지금 나가, 너의 동료들과 함께, 그 계집의 어미라도 찾아 데리고 오너라. 그 어미야 알 터인즉," 시녀는 부들거리며 나갔다.

잠시 후엔 시녀장이 질린 얼굴로 나섰다.

"너는 너의 딸을 어쨌는고?" 대제장의 음성은 더욱더 노기에 찼다. 시녀장은 그 당장에 사건 돼온 형편을 눈치챘기에, 조금 진정할 수 있는 것 같은 눈치였다.

"나는 내 딸을 내 손으로 죽이고, 내 손으로 묻어버렸나이다."

"네가 네 딸을 죽여?" 왕이 나섰다.

"그랬나이다."

"그 죗값은 나중에 따질 일이로되," 이번엔 대제장이 왕께 기회를 주지 않고 나섰다. "대체 무슨 연고였던고?"

"에미는 비록 정결치 못하나," 시녀장은 완전히 태연을 찾고 있었다. "딸애만이라도 욕되게 살지 말라고 그런 것이옵니다. 아시다시피 그 애에겐 지아비가 있었고, 또 그 지아비의 씨를 잉태하고 있사온데,"

"너 간특한 계집년, 무엄하다!" 대제장은 왕께 여유를 주고 있지 않았다. 그는 호통을 치며, 왕의 도끼를 잡아 들고, 눈을 부라렸다. 왕은 반쯤만 낙백이 되어, 큰 어떤 사내가 벗어 던져놓은 검은 잠옷처럼, 침상가에 걸쳐져 있다. "어떻게 에미치고, 짐승도 그러지 못할 일을 항차 인간이, 그런 끔찍한 일을 저지를 수 있단 말이야. 그것은 인륜지도에 있어서도 역천 행위일 뿐 아니라 한 나라의 주며, 법이신 폐하께서 한 계집으로 하여 수청 들라 하면 따라야 옳겠거늘, 오히려 복종치 않았으니, 그 또한 반역자라, 너는 살기를 바라기 어렵겠도다."

말을 끝내기가 무섭게 대제장은, 도끼를 들어, 그녀의 어깨를 향해 내리찍어버렸다. 그러나 키 너무 작은 사내의 도끼는, 그녀의 복부를 길게 잘랐을 뿐이고, 그것은 그리고 피를 뻔쩍이며 바닥에 나동그라져 버렸다. 한꺼번에, 시녀장의 내장이 바닥에 터져 나고, 그것은 뜨거운 피를 풍기며 꿈틀거렸다. 왕까지도 질린 얼굴이었다.

그 시체는 그 밤으로, 시녀들만에 의해, 화룡의 아가리에 처넣어지고, 종내는 그을음이 되어버렸다. 그리고 새 시녀장엔 그중 인물이 못나서 늘 뒷전으로만 돌던 계집이 올랐다. 대제장 보기에 그녀는 간약했고, 자기에게 쓸모가 있었다. 그리고 아마도 대제장은 옳았다. 그녀는 결코 시녀들 편에 서주지는 않을 것이었다. 그녀는 왕에게가 아니라, 엉뚱하게도 대제장께 충성을 맹세했었다.

6

밤에 왕은 혼자 잤다. 그는 토할 만큼 마시고, 그리고는 흐득흐득 울다 침대 밑에로 굴러떨어져선, 그런 채로 잠들어버렸다. 그는 외로움이 무엇이며, 슬픔이 뭐인지도 사실로는 몰랐다. 그러면서도 그는 울었고, 그리고 흐릿하게 몇 남은 유년 시절의 기억을 더듬어냈었다. 어머니 품이며, 아버지의 음성이며, 자기만의 다락방이며, 어머니가 서툴게 만든 인형 같은 것들이었다. 그러나 그는, 자기의 운명을 뒤바꾸어버리는 것 같은, 그런 커다란 사건들이라든가, 날짜 바뀌기라든가, 나이 같은 것은 기억하지도 알지도 못했다.

그는 자면서도 악의식에 시달렸다. 광대였던 저 난쟁이의 목소리를 가진 불용이 그의 목을 감아대는 것의 반복이었고, 그는 그래서 끓도록 뜨겁게 전신을 태우며, 이미 불인지 용인지 분간치 못하게 된 저 난쟁이에게, 살려달라고 울며 매달려야 되었었다. 그것은 참으로 어수선하게 반복되어졌다.

대제장은, 버섯 핀 용골두 밑에서, 떨며 뜬눈으로 밤을 새워버리고 말았다. 광견 우리로부터는, 미친개가 되어버린 아편쟁이들의, 아편을 달라는 절규가 일었다 잦아졌다 하며, 귀 가지고는 참아낼 수 없게 새어 흘러 나고 있었고, 그것을, 배를 갈리고 한꺼번에 창자를 토해내던 죽음과, 포르륵 포르륵 떨기를 멈추지 않던 열 개의 손가락의 저 잘린 두 손목과, 이미 죽어버린 몸이 토막 내지며 풍기던 저 역한 피 냄새, 그런 것들과 엇갈리고 섞여선, 대제장을 무섭게 괴롭혔다. 그래서 처음에 그는, 그것들을 떨쳐내려고, 귀도 막아보고, 눈도 감아보았었다. 그러자 그것들은 그의 내부를 차지해버리는 것이었다. 회피는 불가능하다는 것을, 차라리 그것들을 응시해버리지 않으면 안 된다는 것을, 그는 그래서 알아버리고, 가부좌로 용골두 아래 앉았다. 그리고 천천히 심호흡을 계속하며, 기를 양미간으로 모았다. 그리고 그는, 자기가 해치워버린 모든 사건들을 하나에서 열까지 샅샅이 되살려내려 했다. 우선, 저 죽었던 종지기의 번히 뜬 눈 속에 머물러 버렸던 번갯불로부터, 모자란 힘에 끌리며 내던 둔중한 살 소리, 뼈 소리, 제단 위에 뉘어졌을 땐 그는 느닷없이 살아서 일어설 듯했었다, 밖엔 비바람이 치고, 제당 문들은 삐꺼덕거렸었다, 나뭇가지 우는 소리, 어디서 지붕이 웃는 소리, 성벽을 휘갈기던 바람 소리, 물소리, 무서웠었다, 도망치고 싶었었다, 눈을 번히 뜬 시체는 금방 일어서려고 하고 있었다, 자기는 그 눈을 참을 수가 없었다, 손가락을 뻗쳐 넣어 그 눈을 찔렀다, 그것은 살기를 돋았다, 도끼를 쳐들었다, 그리고 온갖 기력을 다해 굳은 저 목을 내리찍고, 쓰러져 넘어져 버렸었다. 얼마가 흘렀는지 모른다, 제당 문은 삐꺼덕이고 아직도 있었고, 비바람 아직도 뿌리치고 있었지만, 날이 번하게 밝고도 또 있었다, 그래서 참을 수 없는 구역을 느꼈지만 비바람 속으로 나가, 광견 우리로 갔었다, ……대제장은 몸서리를 쳤지만, 자기가 어느덧 그러한 광경들을 조금쯤 즐기고 있다는 것을 깨달아내곤, 불쾌해져 웃었다. 그러나 그때는 이미, 저 살풍경들이, 조금도 공포스럽거나 잠 못 들게 하는 것들로는 남아 있지 않았었다. 그리고 잠잘 시간을 놓쳐버려, 그는 거기 앉아 별이나 보며, 날을 밝혀버리기로 했다. 한 명제가 떠오른 것이다. "왕은 어째서 불을 그의 치정에 도입했던 것일까?" —이것은 날이 샜을 때까지 그로 하여금, 그 용골두 밑을 서성거리게 했다. 그는 아마도 수많은 것을 생각했을 것이었다. 그는 최후로, 용골두를 한번 아름 해보고, 사방으로 일곱 발자국씩 내디딘 뒤, 종루로 올라가고 있었다. "그는 아마도 전쟁을 수행하고 있었을 것이었다." —그는 그렇게 중얼거리고 있었다. 그러나 이 결론에 대한 주석은, 그의 일지에 몇 구절 씌어 있을 뿐이었다.

종루에 올라 그는 우선, 성내를 휘어 내려다보고, 새벽잠에 달콤하게 잠긴 듯한 저 표면적인 평온을 마음 편하게 호흡한 뒤, 성 밖으로 눈을 돌렸다. 거기는 부활이 끝나버리고 난 장터 같았다. 넘치는 자유와 나태들이 나체로, 저 황폐로운 기갈과 구속과 죽음들로부터 빠져나와, 거적때기 위에 새우처럼 오그리고 누웠거나, 책상다리를 하고 앉아 멍하니 흙을 바라보고 있거나, 반듯이 누워서 하늘에다 오줌을 갈기고 있었다. 누구도 깨어 있지도 않았지만, 누구도 졸고 있지도 않았다. 그것은 이제 죽음도 삶도 아닌 죽음, 아닌 삶—경지는 거기까지는 아닐 텐가. 똥과 죽음, 똥과 삶, 정액도 소금도 거기는 없는데, 그것은 진정으로 내면적인 평온이었다. 대제장은 그것을 또한 마음 편하게 호흡한 뒤, "그러나 나는 다음 단계의 전쟁을 수행하게 되어져 있는 터—" 그러며, 제장들을 소집하는 종을 쳐댔다. 그리고는 광견 우리 쪽으로 걸음을 재촉했다. "하나만이라도 살아남아 준다면,"

그런데 아직은 네 아편쟁이들이 살아 있었고, 가장 어렸던 사내가 죽어 있었다. 그는, 장 속에서 죽은 어린 새처럼, 그 우리의 한 귀퉁이에 오그라져 누워 뻣뻣해 있었는데, 그는 살고 싶은 것 때문에 광란하다, 너무 많이 피를 흘리고, 그래서 죽은 것 같았다. 대제장의 얼굴엔 아무 표정도 떠오르지 않았다.

가장 늙었던 아편 광은, 아직 죽지는 않은 모양이지만, 먹지 않고 마시지 않아서인 탓으론지, 온 피부가 다 갈라 터지고 탈수되어, 그것은 소금 기둥처럼 버스럭거렸다. 대제장의 생각에, 정오가 되기 전에 그도 죽을 것이라고 했는데, 그러나 정오보다도 늦은, 저녁녘에 숨을 거둬버리고 말았다. 대제장은, 자기가 원한다면, 당분간은 그를 살릴 수도 있다는 것을 알았지만, 언젠가는 다시 치러야 될 저 무서운 형벌을 그에게 두 번씩이나 치르게 하고 싶지 않아 대제장은 그가 죽도록 내버려 두었다. 남은 세 사람의 증세는, 그 본능적 발로의 형태가 달랐을 뿐으로, 결국은 모두 비슷했는데, 그들은 극도로 신경질적이었다. 헛소리를 씨불이며, 목을 쥐어뜯었다가, 똥구멍을 파고, 그러는가 하면 반듯이 누웠다가 벌떡 일어나선 발가락을 꼬물거리고, 코를 후벼 파는가 하면 성기를 쥐어뜯었다. 그런 수선스런 짓들은 거의 의식 없이 행해지고 있어 보였다. 그들은 살아는 있었지만 의식은 없었다. 그러나 어쨌든 대제장은, 그들에게 희망을 걸어도 좋을지 모른다고, 그래서 기분을 좀 돌리고 제당으로 향했다. 제당 문을 들어섰을 때의 그의 얼굴은 표나게 유쾌했으므로, 내용도 모를 조회에 참석했던 제장들을 어리둥절하게, 또 맘 놓게 했다.

"안녕들 하시오? 폐하의 분부를 받들어 오늘 제공들을 왕림케 한 것이지만," 대제장은 단에 오르는 길에서부터 연설하기 시작했다. "폐하께서는, 국사가 준 심신의 피로로, 아직 이자에 용안을 보이시지 않으오나, 본인의 생각엔, 폐하께서 용안을 보이시기 전에, 또한 우리는 우리끼리 좀 의논할 일이 있잖겠나 하고도 여겨집니다."

"글쎄 좋은 말씀이십니다." 연로 제장이 동의하고 나섰다.

"하오면, 이 자리는, 제공들의 고견을 기탄없이 토로하는 자리로 삼읍시다요. 그러하시면 그 아니 국사에 도움이 되겠나요?"

그러나 누구도 처음에 입을 열려 하고 있지 않는데, 드디어 망나니 제장이 나섰다.

"나는 이 점이 좀 알고 싶소. 제장들께 내리는 녹봉의 문제라오."

이 문제에 대해서는 모두 박수라도 치고 싶은 얼굴들이었다.

"아, 그건 참 중요한 문제입죠." 대제장은 기탄없이 동의하고, "폐하의 공식 발표가 있기 전에, 나로서는 무어라고 감히 말씀드릴 수가 없으나, 이 자리에서, 내가 폐하께 드렸던 진언의 내용은 말씀드릴 수가 있겠군입쇼."

"글쎄 좀 들을 수 있도록 허락하시오." 망나니 제장이 다시 나섰다.

"외람된 일이었습니다만, 내 눈으로 제공들의 생활하시는 형편을 대강 보았기에, 내가 진언해 올리기를, 여러 제장님들의 생활이란 그저 미천한 백성들의 초옥 생활이나 다를 바 없는 듯하오니," 이 대목에서 누군가가 깊은 한숨을 한 번 내뱉어서, 여러 제장들의 눈살을 찌푸리게 했다. 그러나 대제장은, 다만 유쾌한 듯이 계속했다. "제장님들께 내리는 녹봉은 녹봉대로 상례대로 하사하시고, 거기에다 제장들께 다스릴 땅을 조금씩 떼어드리는 것이 어떤가 하였던 것입니다."

"허어 거 두터운 통찰이시오!" 좀 연소하지만, 간특해 뵈는 제장이 말하자, 모두 고개를 무겁게 몇 번씩이고 끄덕였다.

"어쨌든 폐하께서는 그 점을 고려하고 계시오니 본인이나 제공들은 선처를 기다리고 있을밖에 더 있겠소. 그러나 상례로 내리는 녹봉은, 나중에 제공들의 청지기들을 본인께 보내주시면, 생금으로 보내드리겠으니 그 점은 염려치 마시오. 하옵고, 다른 고견들을 좀,"

"글쎄올시다." 연로 제장이 나선다. "대제장께서 제언하신 그 땅의 문제이온데."

"글쎄, 본인께 그 복안이 있는데, 그러시다면 들어주시겠나요?"

"아 즐거이 경청해 올립죠!"

"그러시다면 감히 말씀드리겠습니다만 제공께서도 아시다시피 이 나라 전체라는 게 그 얼마나 넓은 것이겠습니까? 헌데 본인까지 합쳐 이 자리에 아홉 제장 직이 공직으로 있는데, 이 조그만 섬 하나 십 등분 해본들, 사실 국사에 쓸 세금 올리고 나면 현재 받는 녹봉 십 분의 일쯤의 수확도 못 얻게 되는 겁죠. 물론 녹봉은 녹봉대로 내린다 하오나, 어디에 금 열리는 나무나 가꿔지고 있으면 모르겠으나, 그렇지도 않을 경우는 그것 역시 증수된 세금에서 다시 내려질 것이 아니겠나요. 그러니 또한 결과는 마찬가지로 돌아오게 되는 것입죠."

"그야 우리가 원하는 바는 결코 아니지요." 연로 제장이 받는다. "그러시면 무슨 묘안이라도 내품하고 계신지요?"

"글쎄 그래서, 고심참담이 생각하고 생각한 끝에—대제장은 말을 중단하고, 한숨을 쉬어 보였다.

"생각하신 끝에 말이지요?" 망나니 제장이 성급을 부린다.

"생각한 끝에, ……글쎄 어떨까요, 이런 말씀을 드리면?"

"기탄없이 말씀하십쇼." 이구동성으로 말하며, 제장들 궁금해쌌는다.

"생각한 끝에, 가령 병대 같은 것이라도—"

"아니 대제장 각하, 그러면 다시 해적질에 나서시겠다는 말씀이시오?" 연로 제장이 노한 음성을 한다.

"그렇게는 아직 말씀드리지 않았지요. 본인은 다만, 다스릴 땅을 더 가질 수 있으면 그것이, 폐하나 제공들에게나 덕이 아니겠느냐고만 말씀드리고 있는 중입죠."

"그러나 화평을 깬다는 것은, 선영들 소망에도 어긋날 뿐 아니라, 천리에도 어긋나는 일이 아니겠소?" 연로 제장이다.

"허허허." 대제장은 꾸민 듯이 한 번 웃었다. "화평을 깨는 게 아니라 화평을 골고루 나누어 갖자는 겁죠. 여러 제장님께서 심려하고 계시던 점을, 폐하와 본인도 식숙(食宿)의 달콤함을 잃고 또한 걱정하였던 것입니다. 즉슨, 아무리 아편이 현재 태산같이 쌓여 있다고 해도, 어느 때든 바닥이 드러날 일. 그러면 저 기갈 든 백성들을 위해 어떻게 해줄 묘안이라도 제공께서는 갖고 계시다는 말씀인가요? 그때도, 제공들이 현재 갖고 있는 그 화평이 무참히 깨어지지 않을 것이라고 누가 장담하실 수 있겠나요?"

연로 제장까지를 합쳐 아무도 입을 열지 못한다. 그리고 잠시 무거운 침묵이 흐르고 그것은 그들에게 아편이 없어진 성 밖의 아비규환을 떠올렸다.

"그러니까 그렇게 되기 전에, 뭍에서 아편 제조자라도 하나 데려오기를 귀띔해주신 현명한 제장님도 계셨었습니다만, 그것은 우선 이 점에서부터도 난관에 부딪히게 됩니다. 즉슨, 그러면 생아편은 누가 재배하는 것이냐는 것입죠. 게을러지고, 나약해져 성벽만 쳐대다가, 아편이 주어지면 그것으로 만족해버린 저 백성들을 과연 제공들이라면 아편업에 종사시킬 만합니까? 아시다시피, 전원은 황폐일로에 있어, 현재의 궁중의 부도 언제 깨뜨려질지 누구도 모르고 있잖느냐 말이외다."

아무도 나서는 자가 없고, 그 대신 깊은 한숨만 몇 가닥 흘러났다.

"그래서 그렇게 되기 전에, 백성들껜 이웃 섬의 아편을, 제장님들껜 그 섬들의 부화 화평을 갖게 해드리겠다는 것입지요. 성벽을 쳐대는 백성들의 저 기갈의 문을 이웃 섬에다 돌리자는 것이고, 그리하여 아편 조공을 받자는 것입죠."

"아, 그것은 천하의 명안이시오!" 한 제장이 무릎을 치고 나서자, 연로 제장은 앓듯이 끙하고만 있다.

"그래서 윤허가 내게 있었사온데, 다름이 아니고, 병대의 조직에 관해서입니다."

"허나 대제장께서는, 그러시면, 저 아편에 중독된 백성을 고려해보셨나요?"

"그야 물론입죠. 그러기에 제공들을 모집한 게 아니겠나요? 제장님들께선 어쨌든, 오륙 명에서 칠팔 명씩의 쓸 만한 노복들을 거느리고 계시니, 만약 미래를 염려하신다면, 그들로 하여금 병대를 조직함에 있어 제공들의 반대가 있을 수 없다는 것이, 폐하의 의견이십니다. 물론 하루 한나절씩만 훈련은 받게 되는 것이며, 그 한나절을 제외하면, 그들의 상전을 모시는 데 소홀할 수 없는 것입죠."

"허허허." 연로 제장이다. "나는 그 탁견에 반대하려고 해서가 아니라, 노파심으로 말입니다만, 그 몇 안 될 종자들로 하여, 모든 백성이 다 건강하여 병사나 같은 이웃 땅을 쳐 빼앗을 수 있을까 그게 의문이외다."

"허허허, 참으로 훌륭하신 통찰이십니다. 그러하오나 대저 대사를 도모함에는 황모 한 올의 허라도 있어서는 안 되는 법, 그 모두 본인 의중에서 다 계산된 바이오니, 어쨌든 시험 삼아, 제공들의 종자로 하여금, 종소리 듣고 이 제당으로 모두 모이도록 분부나 해주시오. 물론 이건 좀 빠른 얘기올습니다만, 일 되어가는 것 보아가면서, 뭍에 사람 보내어, 그곳 일등 가는 검사며, 씨름꾼이며, 주먹 쓰기며, 손발 쓰기 사범들을 고용해 올까도 한답니다."

"아 그것 또한 천하의 묘안이시외다." 모두 소리 높여 그 의견에, 그제 이르러서는 찬양했다.

그래서 사실로 한 십여 명의 역술꾼[力術士]들이 고용되어왔었다. 한데, 저 난쟁이 치자(治者)의 일지에 단 시의의 주(註)에 의하면, 그 역술꾼들은 끝내 고국으로 돌아가질 못하고, 종신 병신들이 되어 그 섬에 눌러앉아 살 수밖에 없는 것으로 되었었다. 그러한 비극은, 그들 모두 고국 떠나 너무 오래된 탓에 심신이 울적할 것이라고, 왕실에서 다만 그들에게만 베풀어준 야외 잔치가 끝난 다음 날 일어난 모양인데, 전날 마신 술이 덜 깬 새벽에 그들은 느닷없이 묶여야 되었던 모양이었고, 재판을 담당한 제장의 선고에 의해서, 주먹 잘 쓰는 자와 칼을 잘 쓰는 자에게서는 두 손목의 힘줄을, 날 듯이 발놀림을 잘하는 자에게서는 뒤꿈치 뼈를, 하는 식으로, 끊겨지고 뽑혀져야 되었던 모양이었다. 이유는 전날 그들에게만 열어준 잔치에서, 그들이 성은을 배반하고 역적모의를 했다는 것이었는데, 그 잔치의 흥을 돋우러 갔던 모든 시녀들이 그것을 증언했었다. 그러나 그들의 힘줄을 끊고 뼈를 뽑은 저 시의의 주(註)에 의하면, '그러나 그들은 그 잔치에서 하루 종일 성은을 감사하고 찬양했다'고 되어 있었다. 어쨌든 뭍에서 고용되어온 자 중에서는, 다만 저 시의 혼자 별고 없이 늙었을 수 있는 자였었다.

"그러면 이제, 제공들께 직책을 드릴 터인데, 윤허에 의해서이오."

대제장은 그리고, 차례차례 지목해가며, 직책을 맡겼는데, 연로 제장께는 치안과 재판의 직책을 맡겼다. 그리고는, 농업을 관리하는 제장, 세금을 징수하는 제장, 상업과 선박을 관리하는 제장, 산림 관리 제장, 교육 관리 제장, 의무 관리 제장 등이고, 국방 관리 제장은 당분간 공석으로 두었다. 대제장은 자기대로의 몫을 갖지 않았다. 모든 제장은 그것에 대해 아주 만족하고, 박수갈채 했다.

그리고 "열무날은 지키되 인신 제물이나 동물 제물도 폐지할 것"이라고 대제장은 못을 박고, "열무날은 교양 강좌의 날"로 삼았다.

그런 뒤 대제장은, 시녀들 시켜 주육을 내오게 하여, 그들은 해도 아직 덜 떠오른 아침부터 마시고, 제당 떠나게 웃고, 아첨하고 하다가 돌아들 갔다.

제장들만 모여 돌아가는 길에 그들은, 자기들만 듣도록 수군댔는데, "이 보라구, 저 대제장 말이야. 위인이 거 겉은 못났으나 속 포부가 확실히 거 위인이야" 하면서도, 왕에 대해서는 한마디도 언급이 없었다.

왕은, 오후 늦게야 잠에서 깨어나, 반 말 가까이의 물을 들이켜곤, 술 때문에 터져 나는 머리를 물수건으로 처매놓고, 대제장을 맞았다. 그는 버쩍 여위고, 술에 시달려 반길 줄도 성낼 줄도 몰랐다. 그는 그저, 땀이 썩는, 그리고 위가 썩는 냄새나 풍기고 있었다가, 대제장이 하도 제당에까지 산보라도 하기를 권해 따라나섰다. 그리고 왕은 거기서, 머리에 수건을 동인 젊은이며 중늙은이들 한 오십여 명이 모여, 서툴게 몽둥이를 휘둘러대거나, 꾀 없이 하고 있는 씨름을 보고서, 좀 힘을 얻었다. 그는 서투른 짓들을 참아낼 수 없어, 용포를 벗고 검은 가슴을 내놓은 뒤, 그들 속으로 뛰어 들어가, 기합을 내지르며, 묘기를 보였다. 대제장의 눈에는, 왕이 묘기라고 부리는 짓에 허가 너무도 많아 보였는데, 훈련 없는 힘만으로 자득한 기술인 때문 같았다. 그날은, 대제장은, 민심을 좀 살펴보고 오겠다고 하고 물러났지만, 다음 날부터 그는, 병졸들의 팔놀림이나 발놀림에서, 허가 발견되는 즉시로 시정해주는 데 나섰다. 그러면서, 속으로 웃었는데, '허를 보는 눈을 가졌다고 반드시 좋은 무사가 되는 건 아니다'라는 것이, 그의 자조의 이유였다. 왕은 그리고 완전히 도취되어버려, 주색까지도 거를 정도였다.

대제장은, 나귀 등에 타고, 혼자서 성문을 나서고 있었다. 왕께는 민심을 살펴보겠다고 했지만, 사실로는, 그는 나귀 등에 한 다리의 양고기와 한 자루의 쌀, 조금의 소금 등을 싣고, 왕궁에서 보이는 산의 남쪽 기슭을 향해가고 있었다. 가는 도중에 만난, 소년들의 놀림 같은 것은 오히려 그에게 즐거웠지만, 아무렇게나 길바닥에 쓰러져 자는 애들의 퉁퉁 부은 뱃가죽 위로 솟은 퍼런 혈관이나, 굶주려 무기력해진 노파들의 무관심, 별 소득도 없을 고역, 풀뿌리 캐기라든가 나무껍질 벗기기 같은 것들에 시달리고 있는 엔네들의 흐린 눈에서, 그는 구역질을 느꼈다. 외면하지 않고 어쨌든 그는, 그런 모두를 다 보았다. 그들은 언젠지, 아편 따라 성벽 뿌리로 가버린 그들의 아들이나 남편이나 아버지들은 잊고 있는 듯했다.

산의 남쪽 기슭에 있는 목동의 집에서는, 대목수의 여인이 살고 있었다. 아무렇게나 똬리 쳐올린 머리를 하고, 목동 엔네가 입었을 듯한 베옷에, 미천한 서민 엔네처럼 살고 있었다. 그녀는 처음에, 대제장을 보고 좀 질린 얼굴이었으나, 금방 무표정해지고는, 고개를 다소곳이 숙여버렸다.

"나로서는 말씀을 드리고 싶지 않으나…… 어머님께서 돌아가셨다는 부고를 전해야겠기에……" —그것이 얼마나 잔인한 화두인가를 대제장은 알고 있었지만, 그는 다른 말은 모두 생략해버렸다. 왜냐하면 그는 그녀의 슬픈 교만을 잘 알고 있었고, 그것은 어떤 아름다운 말도 비웃어 버릴 것을 그는 또한 알고 있었기 때문이다. 어머니의 부음을 듣고도 그녀는 조금 입술을 떨었을 뿐이다.

대제장은, 말께 싣고 온 것을 풀어, 그 초옥 마루에 부렸다. 그런 뒤, 다시 말께 올라, 인사도 없이 사립문을 나섰다. 대목수의 여인도 아무 말도 하지 않았다. 그러나 그 여인은 마루 끝에 앉아 대제장이 언덕을 내려가고 있는 것을 언제까지나 바라보았다. 그러면서 그녀는 눈물을 흘려내고 있었는데, 어머니에 대한 부음과 또 어쩐지 사람이 다녀갔다는 것으로 온 갑작스런 쓸쓸함 때문이었다. 저 황폐로운 들을 나귀는 졸 듯이 느리게 지나가고 있었다.

그리고 저녁은 오고 있었다.

7

광견 우리 속에, 그래도 살아남았던 저 세 사내들은, 광란했던 닷새를 지나고서는, 물론 여전히 아편에 대한 광적인 집념은 끊지를 못하고, 만약 그 앞을 사람이 지나가기라도 한다면, 온갖 비굴로써 아편을 구걸하기에 애는 썼지만, 들여놓는 음식에 손을 대기 시작했다, 그것은 싹 보이는 전조였다.

대제장은 그들께 독한 고량주를 들여보내라고 하고선, 제당에로 가 병사들의 격검과 씨름을 보며, 누가 그중 많은 역량과 신망을 지니고 있는가를 살피기 시작했다. 아편쟁이들에게 술을 들여보내 주었던 자는, 시간마다 와서 상황을 보고했다. 나중에 대제장은 그들을 한 우리에 넣고 꽹과리며 징이며 소고 등을 넣어주어 보라고도 했다. 보고하는 자는 웃으며 "그네들이 드디어 풍악을 만들고 있삽니다. 그러나 시끄러워 들어볼 재간이 없나이다" 했다.

"그래? 오늘부터 삼 일만 술은 과량으로 주고, 그 뒤엔 반 량으로 줄이게. 그리고 그 삼 일 후엔 완전히 끊어버리란 말야." 대제장은 뭔가를 만족하고 있었다.

왕은, 한 사람이라도 제장이 나타나 이 훈련을 지켜보기라도 할라치면, 어린애처럼 호기가 나서, 자기가 지닌 온갖 재주를 시험해 보이곤 했는데, 워낙 타고난 모양으로, 그의 기술은 부쩍 늘어 있었다. 한데 대제장이 관찰해본 바로 한다면, 그는 양기가 너무 드세어 음기 쪽의 호응을 못 받고 있는 허점을 갖고 있었다. 왕의 기술은 얼핏 꽉 짜여 허가 없는 듯하나, 꽉 짜여져 보이는 거기에 허가 있었던 것이다. 그 짜여짐이 한 번만 무너진다면, 왕은 완전히 붕괴될 것이었다. 그러나 언제나 허를 내보이는 짜여짐, 그리고 그 허를 허이게 보이게 하는 비허로 만드는 조화가 아니면, 누구도 꽉 짜여짐을 언제까지나 지속해내지 못한다는 것이, 그의 관찰의 결론이었다. 왕은 도끼날을 내둘러, 삼 겹 사 겹, 어떤 때는 오 겹쯤의 연꽃을 피워내는 투였다. 거기에 그리고 아무도 도전하지 못할 뿐이고 서당 선생들처럼, 문간 안쪽으로만 돌았던 노복들의 경의만을 자아냈을 뿐이다. 대제장은, 왕의 그 충만된 양기를 좀 분쇄해버리고 싶은 욕망을 느꼈고, 그것이 자신에게 중요한 의미를 갖는다는 것을 계산하고도 있었다. 그래서 뽑아낸 젊은이는, 그저 평범한 키에, 그저 평범한 체구를 갖고 있는 자였다. 그러나 대제장의 눈에, 그는 암범다운 음험함과, 암범다운 게으름과, 암범다운 민첩함을 갖고 있었다. 대체로 그 젊은이는 씨름을 해도 그저 겨누고 섣불리 나분대지를 않았는데, 그것은 상대방을 초조하게 만들기에 충분했다. 그러다가 일단 행동에 들면, 민첩하고 불같아서, 상대방의 혼을 뒤흔드는 것이었다. 격검에도 그랬다. '좋은 방어는 좋은 공격'이라는 걸 그는 아마도 천성적으로 알고 있는 듯했고, 그 좋은 방어를 좋은 공격으로 돌변시켜버리는 음험함 역시 천성적인 것 같았다. 음과 양이 잘 조화된 젊은이였다. 그러나 그것뿐이었으면 대제장은 그를 선택하지는 않았을지도 모른다. 그런데 그는 시선이 흐트러지는 눈을 갖고 있지 않았고, 모든 병졸들이 그를 사랑하고 있었던 것이다.

"너는 한번 폐하와 맞서보라, 그러나 폐하의 상대라는 것만 보이고 서투른 공격은 아예 시도치 마라. 폐하께서는 무섭게 너를 공격할 것인데, 너는 다만 피하기만 하면 된다. 피한다는 것은 물론 가장 어려운 것이다. 그러나 공격을 곁들이려 할 때이고, 다만 피하기로만 한다면, 너의 정도의 실력이면 다섯 번 시도에 두 번은 성공할 수 있다. 네가 만약 피하기 다섯 번 다 성할 수 있게 된다면, 그땐 너는 어떻게 공격할지 알게 되리라. 어쨌든 이십 합쯤의 폐하의 공격을 네가 다 피할 수 있다면, 그땐 폐하의 조화가 초조로움으로 깨어질 터인데, 그때 너는, 폐하의 오른쪽 어깨를 치고 나서라. 오른손을 쓰는 자의 허는 오른손에 있다는 것을 기억해두라."

그래서 왕과, 뽑힌 젊은이는 백인 주시 아래, 왕은 솜으로 도끼 모양을 한 것을 들고 한쪽은 두텁게 솜 입힌 목검을 들고 맞섰다.

그러나 이 승부는 한 합도 끝나지 않아, 뽑힌 젊은이의 머리에 솜 도끼가 내려쳐지는 것으로 끝났다.

이 대결은 매일 한 번씩, 병사의 사기 앙양을 위해서라는 명목으로 가져졌다. 그리고 한 열흘쯤엔, 둘이의 실력이 비등해졌다는 공론이 돌았는데, 그도 그랬을 것이, 왕은 자기의 교만에 제자리걸음을 하고 있었고, 뽑힌 자는 불철주야로 연습을 쌓았는데, 좋은 상대를 갖고 있었던 때문이다. 그래서 대제장은 속으로 자족하고, 그 젊은이를 불러, "허나 너는, 옥체와 서민의 몸과는 같지 않다는 것을 명심하라. 불의 때문이 아니면, 옥체에 너의 검을 감히 댈 수 없는 것이다. 불의란 이런 것인데, 어쨌든 왕보다 나라는 크다는 것에 견주어 하는 말이다"라고 당부했다. 그는 현명했던지, 깊은 존경의 눈으로 저 난쟁이의 눈을 우러러보고 읍했다. 그로 하여금 백부장을 삼았다. 그리고 그가 뽑은 자들로 하여 각각 십부장 오부장을 삼고, 그 병대는 드디어 조직을 견고히 할 수 있었다.

그리고 그날로, 백부장 인솔하에 병졸 이십여 명을 성 밖으로 보내, 이전에 대장장이였던 자들과, 가죽 다루던 자들과, 옷 짓던 자들을 골라내어, 데리고 성내로 돌아와, 광견 우리 속에 가두어 넣어버리고, 아편은 끊어버렸다.

8

새 왕과, 새 대제장이 위에 오른 후, 달포나 지나갔다. 성 밖에선, 아편이 충분히 배급되고 있었다는 사실까지도 까마득하게 잊어버린 채, 구태의연했지만, 성안에서는 많은 변화가 있어서, 병사들껜 창검이 들려지고, 쇠가죽으로 다뤄진 갑옷이 입혀졌다. 이미 그들은 이전의 사노복(私奴僕)이었던 것으로부터 벗어나, 한 큰 질서를 만들어버리고, 헐어지는 부분의 성벽을 쌓는다거나, 민심을 살피러 나가는 제장들 호위를 서고, 대제장 손수 내어주는 아편을 분배한다거나, 또는 황폐해가는 농지 개발에도 나서고, 삭아지고 있는 어선 수리에도 쓰여졌다. 그것은 큰 힘이었다. 그리하여 외무 관리 제장은, 뭍 어디에서 역술꾼들을 초청해올 계획을 세우고 있었고, 치안 관리 제장은, 요즘 항간에서 횡행하는 절도 행위 단속에 병졸들의 힘을 빌었다. 제장들은 제장들대로, 자기가 맡은 일에 고심참담했는데, 그것만으로도, 이 새 왕국의 초석은 닦여져 있는 증거였다. 그러나 대제장 말고는 아무도 아편량은 몰랐다.

그즈음에 그런데, 한 특기할 만한 풍문이 돌고 있었는데, 백부장과 비등하게 훌륭한 병사로 정평이 있던, 한 십부장이, 반란을 꾸미고 있다는 것이 그것이었다. 그 풍문의 출처가 어딘지는 아무도 모른다. 대제장 앞에 불려 나간 그 십부장은, 다만 “자네가 무엄하고도 외람되게도 반란을 도모하고 있다는데?” 한마디만 추궁을 들었을 뿐이다. 그런 뒤, 출처야 어떻게 되었든 연로 제장이 내린 교수형 선고에 따라, 제당의 시계탑 높은 곳에 목을 매달리고 사흘 동안 모든 병졸로 하여금 역적모의의 최후가 어떤가를 보게 했다. 한데, 대제장이 본 그 병사는, 자기가 뽑아 백부장을 삼은 그 병사보다 덕은 모자랐으나, 간사하고 표독스러운 데가 있으며, 능히 그 간사함과 표독스러움으로 덕을 수하에 거느릴 만했던 것이다. 대제장은 어쩌다 한번, 그 병사에게서 자기 자신의 모습을 발견하고 흠칫 놀랐던 것이다.

그런데 또 그즈음에, 두 명의 시녀가 죽은 사건이 있었는데, 전해진 말로는 자살이라고 하나, 그 사실은 어떤지 누구도 몰랐다. 한데 그녀들은, 특히 왕의 총애를 받았던 모양이나, 소문은, 백부장과의 사랑에서, 백부장의 애를 배게 되자, 그것이 발각될 게 두려워 자살한 것이라고 했다. 이 소문의 출처는 다름 아닌, 저 새 시녀장에게서였다. 그러나 백부장 쪽에선 전혀 모를 일이고, 그런데도 그는, 옥 대신으로 쓰는 광견 우리에 갇혀지고, 재판정에 나서야 했다.

재판에 들어가기 전날 밤에, 대제장이 그런데 단신으로 그 우리 앞에 나타나, 한 병의 좋은 포도주와 잘 요리된 한 덩이의 양고기를 밀어 넣어주고, 연민 깊게 그를 위로하고 갔다.

"물론 너의 결백은 내가 믿고 있지. 그러나 내가 알기로, 폐하는 너의 생명을 용서할 듯하지 않다. 허나 나는 너의 결백을 믿어. 나로서는, 너의 죽음까지는 부당하다고 믿지만, 그러나 국법이 너의 목숨을 원한다면 별수 없지. 그래서 지금 나는, 폐하께 나아가 너의 결백을 진언해볼 작정이니, 죽는 날 죽더라고 남아답고 병사답게 담대하라."

백부장은 머리를 떨구고 다만 감개의 눈물을 떨어뜨렸다.

대제장은, 그에게 한 약속대로, 물론 왕께 나아갔다.

"폐하께서는 백부장을 죽이시겠나이까?" 대제장은 농담처럼 물었다.

"나는 그를 죽일 테야!" 왕은 눈을 부릅떴는데, 자기와 필적하고도 남을 듯한 저 젊은이를 평소 조금쯤 두려워해 왔던 듯했다.

"암은,"

"그러나 폐하께서는 그러시지 못하리다." 대제장은 또 농담처럼 말했다.

"왜 못 한단 말이냐?"

"그는 그의 밑에 병사들을 데리고 있고, 그 병사들은, 외람된 말씀이오나, 그를 깊이 경모하고 따릅니다. 그리고 소신은 폐하께서 그 시녀들의 목을 조르는 것을 보았기 때문입니다."

"그래서 내가 그자를 왜 못 죽인단 말인가? 어쨌든 그년들은 그놈의 씨를 배었지 않나? 그건 너의 입으로 한 말이야."

"천만의 말씀입죠." 대제장은 차게 웃었다. 그러며 밖에다 대고, "여봐라, 시녀장으로 하여금 이 자리에 대령케 하라" 하고 분부한 뒤, "소신은 그 백부장에게도 시녀를 하나 첨매주어 애를 갖게 해 가정을 꾸며주어야겠다고만 했었습죠."

"야 이 꼽추 새끼야, 너는 절대로 그렇게 말하지 않았다구!" 왕은 치를 떨며 도낏자루를 쥐었다가, 맥을 떨구고 말았다.

"바로 이 문밖엔, 백부장과 다섯 명의 병졸이 서 있나이다. 폐하께서 소신의 목을 치기 전에," 대제장은 조롱하듯 계속하고 있다. "폐하께서, 재판도 거치지 않고 목 눌러 죽인, 저 두 시녀의 얘기를 소신은 저들에게도 들려줄 것입니다. 만약에 백부장이, 억울하게도 폐하 때문에 죄를 뒤집어쓰고 있다는 것을 안다면,"

"야, 야, 이 꼽추야, 그만해두라. 나는 어쨌든, 언제든 너의 머리통을 쪼개낼 것이다."

때에 시녀장이 대령했다.

"너는 말해라, 저 두 시녀는 누구의 씨를 잉태했던가?" 대제장은 속삭이듯이 물었다. "나는 솔직한 대답을 원한다."

"왕세자가 될 아기님들로 아뢰옵나이다."

"뭐? 폐하의 씨라고?" 대제장은 적이 놀라 보인 척한다. 그러자 "뭐? 내 씨라고? 내? 씨란 말이지?" 하고 왕은 미친 듯이 부르짖으며, 바닥에 무릎을 꿇고 가슴을 치더니 끝내 흐득이기 시작한다. "아, 너는 무서운 놈이다! 너는 독한 놈이다!" 왕은 그 말만 반복했다.

"그러나 우린 서로 돕고 있습죠." 대제장은 왕의 뒤통수에 대고 말하며, 시녀장더러 나가라고 눈짓한다. "그래요, 서로 돕고 있어요. 왕은 공명정대히 백성을 다스리는 법, 헌데, 삿된 투기심으로 계집들을 죽이고, 그 죽음을 나라의 동량이 될 인재에게 누명 씌움도, 국사의 일익을 맡은 대제장으로서도 참을 수 없는 노릇입죠. 그래서 폐하는 저 백부장을 죽이시겠나이까?"

왕은, 미칠 듯이 몸을 떨어대며, 나가라고만 고함을 친다.

"하오면 평안히 주무시옵소서."

그리고 대제장은 문을 열고 나와, 아직도 문밖에 서 있는 시녀장과 더불어 자기 방으로 간다. 그녀에게 그는, 금 열 냥쭝을 주고, 그리고 같이 자리로 들어갔다. 아마도 저 압살당한 시녀들은 왕비의 꿈을 꾸었던 모양들이었다. 그녀들은 피임약을 사용하지 않은 게 시녀장께 밝혀졌고 월후가 끊긴 게 알려졌던 것이다. 그 이후, 다른 시녀들은 아무도 왕비 될 꿈은 꾸지 않았다.

이튿날, 재판은, 대제장의 유수 같은 변호를 받아, 모든 제장들의 사형 구형에도 불구하고, 백부장의 목숨은 산 채, 평졸로 좌천해버리는 것으로 일단락지었다. 평졸이 된 그 백부장은, 저녁에 조용히 대제장을 찾아와, 혈서로써, 그리고 죽을 목숨이 살아 있는 그 죽음으로써, 충성을 맹세하고, 그날로부터 대제장 개인 호위병의 역할을 억지로 떠맡았다.

“아니, 그럴 것까진 없네. 어쨌든 자네나 나나, 국법에 위배되는 한 서로 원수가 될 수도 있으니 말이지.”

대제장은 덤덤히 말하고, 역대 시의들 일지를 읽는 데 눈 돌렸다.

저 좌천당한 백부장은, 그래서 그날 밤으로부터 시작해서, 대제장의 그림자처럼 따르며, 저 왜소한 사내를 보호할 판이었다. 그 첫 일로써, 그는 대제장의 문밖에 버티고 서서, 대제장의 기침 소리 하나에도 관심을 기울이고, 비록 시녀장이 원한대도, 그녀의 입실 여부를 자기부터 알고 난 뒤에 들여보내곤 했다. 잠은 서서도 자고, 문에 등짝을 대고 앉아서도 자고, 새벽녘쯤이면, 문을 가로막고 뻗어져서도 잤다. 그는 그 일을 기쁨으로써 했다. 대제장은 말리다 못해 나중엔, 자기 방 건너편에 그의 방을 한 칸 마련해주고, 어리고 순해 뵈는 시녀로 하여금 그의 잠자리를 돕게도 했다. 물론 그 시녀에겐 피임약 배당은 되지 않았다. 대제장은, 그 젊은이를 자기가 아끼고 있다는 것을 문득 깨닫고, 웃었다.

9

그런 후 당분간은, 평온한 날만 계속되었다. 아편 중독으로 감금되었던 자들은, 한 번 풀어주었더니 맹수처럼 아편에 덤벼들었기에, 큰 방을 하나 비우고, 문도 다시 해 달아, 그 속에 합숙시킨 뒤 그들이 하여튼 뭐든 작위할 수 있는 일들을 주었다. 그것으로 족했다. 아편에 대한 광열적인 집념만을 뺀다면, 그들도 또한 이제는, 병졸들이나 마찬가지로 정상적이었다. 그런데 성 밖에서는, 아편 중독이 극심해서든, 신체적 허약으로서든, 설사병으로 해서든, 어쨌든, 사흘 건너만큼씩 사람이 하나씩 죽어가서, 병사들의 몇은 그 시체를 처리하는 일에 쓰여지기도 했다. 아직 백부장 직은 공석인 채였다. 그동안에 두 번, 대제장은 남악 기슭의 대목수 옌네가 사는 초옥을 방문했고, 그때마다 그는, 그녀가 생활에 구차하지 않을 것들을 섬세히 배려해서 나귀 등에 싣고 갔다. 그녀도 결국 그를 조금씩 반기기 시작했다. 그는 이제 범할 수 없는 자가 되어 있었다. 제장들은, 딴에들 골머리를 썩이며, 그러느라 얼굴을 그을리며 매일 성 밖에로 나가, 민심도 살피고, 또, 사유 선박은 몇 척이며 국유 선박은 얼만데 얼마가 삭아졌다는 둥 농사일 돼가는 형편은 어떤데, 칠순 노인들만에 의한 고기잡이는 어떻다는 둥, 돌아와 대제장께 보고하곤 했다. 물론 그들께도 호위병 하나씩과 한 마리의 나귀들이 딸려졌다. 대제장은 다만 깊이깊이 경청한다는 것뿐으로, 아무 의견도 내질 않아, 전에 망나니였던 제장으로부터 추궁도 당했지만, "좀 두고 기다려 보십시다. 지금으로써야 상태를 보다 깊고 넓게 알아낸다는 일보다 더 중요할 일이 없겠지요. 병근을 찾지 않고서야 치료가 되겠나요?" 하는 게 그의 대답이었다. 그러는 무렵의 왕은, 초췌하고 심심한 큰 어린애였다. 제장들 모인 데 나서보아도 아무것도 이해할 수 없으며, 이제 자기가 일등 가는 무사라는 자부심도 없어져 도끼 춤 추는 데도 흥미가 없었다. 그는 때로, 자기의 흰말을 타고 성내를 미친 듯이 질주해보기도 했지만, 그것에서도 그는 그렇게 대단한 흥미를 못 느낀 듯했는데, 말 쪽에서 그를 여간 달가워하지 않은 탓 같았다. 그는 그렇게도, 저 아름다운 말을 험하게 다루었다. 그는 성 밖에로는 나가볼 생념도 하지 않았는데, 그건 그의 평생을 성내에서만 살아온 탓 같았고, 또 그의 고정관념은, 자기는 다만 성내에서만 살게 되어 있다고 형성되어 있었던 모양이었다. 그는 어쨌든, 툭 터진 넓은 곳에 대해선 아주 호기심 많은 한때, 동경을 가져본 외에는, 다만 두려워하고 있었다. 그는 한마디로 소심한 큰 유아였다. 황음과 폭주 벽이 새삼스럽게 들어버린, 외로운 검은 껍질이었다.

아편은, 애초에 대제장이 계산했던 것보다, 훨씬 더 빨리 줄어들고 있었다. 아편에 대해 그 당시 지식이 없었던 관계로 오산을 한 것인데 중독자들에게 있어서의 아편 필요량은 나날이 증가해 왔던 것이다. 가령 네 대나 다섯 대에서 열 대나 열다섯 대로 불어나 버린 것이다. 그것은 저 삼 대 사 대 부자 시의일지에 충분히 씌어져 있었다. 그리고 자기가 시의의 일지들을 좀 더 일찍 읽었더라면, 처음에 광견 우리에 감금해버린 저 다섯 명 중독자들의 변화에 대해 초조하지 말았어도 좋았다는 것도 뒤늦게야 대제장은 알았다.

대제장은, 한 사나흘 치 배급이나 할 정도로밖에 남아 있지 않은 아편을 앞에 놓고 뭔가를 골똘히 생각했다. 문밖에는 물론 그의 호신병이 칼을 차고 서 있어서, 비록 왕이란대도 함부로 안을 들여다보게는 되어 있지 않았다. "그리하여 드디어 그날이 왔구나." —대제장은 그리고 나와, 시녀장을 은근히 불러내, 정 깊게 둘이서 한 잔씩 나눈 뒤, 그날은 밤이 이슥해졌을 때까지, 그것도 깊이깊이 자버렸다. 한잔 나누면서 그는 시녀장에게, 도무지 종잡을 수 없는 말을 횡설수설했었다. "글쎄, 아직도 거, 허기야 여걸이란 있는 법이지, 있구말구, 국방 관리 제장 자리가 비어 있단 말야, 헌데, 자넨 거 정말 충성스러운 데다 지혜가 출중하다구, 그뿐인 줄만 알면 또 오핼세여, 글쎄, 거 폐하의 윤허만 한 번 턱 있어 버리면 말야, 헛헛헛, 글쎄 자네의 그 얼굴도 칭찬할 만하거니와, 그 몸은 가히 경국지색이라, 폐하 더불어 오늘 밤 한 이경까지 망월이나 하며, 글쎄 거 뭐 총애쯤 받아놓기 어렵잖을 터인데 말야, 헛헛헛, 어쨌든 내 이경쯤 한번, 아니 뭐 그럴 것 없지, 어쨌든 시녀들껜 폐하 뫼시고 망월이나 나갔다구 해두고 말야, 글쎄 국사란, 다 그렇게 이뤄지는 것이라구, 드러내 져서 뭐 그렇게 좋을 것도 없지, 달이 저녁엔 아마 썩 좋을세여."

밤 이슥해서 깨어서는 그는 호신꾼 불러, 냉수 청해 실컷 들이키고는, "나는 지금 폐하와 긴히 의논할 국사가 있어 그러니, 너는 가서, 폐하가 옥침에 드셨는지 어쨌는지 동정을 좀 살피고 오너라. 아마 시녀장은 알렸다. 허고 지금이 때가 한 이경이나 되었을거나?" 했다.

호신꾼은 정중히 읍하고 나갔다가 이내 돌아와선, "폐하께옵서는 시녀장과 더불어 망월 중에 계신다 하더이다" 했다.

"그래? 폐하가 그러시다면," 대제장은 뭘 좀 생각한 듯하더니 이었다. "저 재판 관리 연로 제장을 좀 모시고 오너라. 뭐 그렇게 바쁠 일은 없겠다. 난 그동안 머리라도 좀 식히며, 우선 나대로 충분히 생각해둬야겠으니, 글쎄다 삼경에서 사경 사이까지만, 모시고 오면 되리라." 그리고 대제장은 보석함을 열어, 닥치는 대로 한 움큼 쥐어 호신꾼께 건네주며, "동료들 함께 골패라도 놀다 다녀오면 되겠구나" 했다. 그러자 아직 너무도 젊은 호신꾼은, 민망한 중에도 즐거워 어쩔 줄 몰라 하며, 열두 번 읍하며 나간다. 그는 그 길로, 그의 가난스런 부모네 집엘 들르기나 할 것이다.

호신꾼의 발소리가 멀어지는 소리를 들으며 대제장은, 왠지 비참한 얼굴이 되더니, 이내 극복해버리고, 무엇에 쓰려는지, 장에서 수십 자루의 초와 한 뭉텅이의 성냥을 꺼내 품에다 넣곤, 밖의 동정을 살핀다. 그리고는, 발소리를 죽여 밖으로 나갔는데, 사실 달은 그렇게 좋지 않았고, 그것도 엷은 구름장에 가려져 있었는 데다, 그는 도둑고양이처럼 날렵히 움직여서 아무도 그를 본 사람은 없었다.

그는 처음에, 웬일로 아편 창고로부터 들어갔다가 나와서는, 화룡의 아가리에 채워 넣게 준비되어 있는 기름 창고로 들어갔다. 그런 뒤는 건초와 짚더미로 쌓인 마구간 옆 창고로 갔다.

그런 한 식경이나 지나 그는, 그 오밤중에, 왕의 침방 앞에 나타나, 그 문을 두들겨대기 시작했다. 그의 전신은 땀에 젖었고 그것은 배어 나와, 저 통 큰 황토색 시의복조차도 바람은 없고, 궂은비만 내리는 날의 돛폭모양 보이게 했다.

"후훗, 국법을 담당한 제장 나리가 국법의 이름으로 입회하러 지금 오겠지." 문은 좀체로 열리지 않았다. 그 문밖에 대령하고 있는 시녀들은, 물러가 자라고 해서 벌써 물러가고 없었다. "친구여, 후훗, 나의 친애하는 친구여, 자네가 날 죽일 수 있는 그 마지막 기회를 그대는 놓치지 말라."

그런 오래잖아, 안에서 문이 벌컥 열리고 개기름에 검게 번뜩이는 성난 사내가 하초를 덜렁인 채 불쑥 나타났다. 그리고 그는 한 아귀에 문밖의 저 꼽추의 등을 낚아채 안으로 들어갔다.

"이 쌍녀러 자슥아, 또 무엇 때문에 이 밤중에 날 괴롭히는 거냐?"

"폐하, 진정하소서, 이 쇠인 놈, 친구가 기립기로 이 밤중에 왔나이다." 대제장은 광대 시절의 음성을 찾아 뽑아내기 시작했다. "그것이 잘못이라면, 이 쇠인 놈 물러나겠사오나." 대제장은 말하며 왕의 침대를 흘깃 흘낏 보았다. 거기는 애리디애린 시녀와, 예의 시녀장이 이불폭으로 젖가슴을 가리고 수치스럽고도 초조롭다는 듯이 하고 있다. 그러나 대제장은 내색지도 않고 이었다. "그러하오나, 친구치고는 폐하, 참 야속하여이다." 이 대목에서 왕은 병신처럼 씻득 웃고 꼽추 등을 놓아준다. "글쎄, 이 쇠인 놈, 하매 오늘일까, 하매 내일일까 하고 늘 기다렸삽기를, 글쎄 계집 하나 내려주시기를 그렇게 고대했었답니다요."

"으흐흐읏, 망할 저슥!" 왕은 그제서야 영문을 눈치채겠다는 듯이 호탕스러히 웃고, "녀슥, 그 말하기가 그렇게 어렵드냐? 왜 좀 진즉 말 안 했나 말야?"

"하와서, 이 쇠인 놈 이경쯤에 또 왔었드랬는데, 폐하께선 조 화용월태님들과 달구경에 납셨다구요이?"

"달구경? 흐흐흣, 야 그것도이! 야, 내 언제 달 좋아하게 생겼냐? 야 그럴 것 없이, 너 그 황토물에 빠진 듯한 그 옷쯤 벗어버려라. 그리고 저 자리 속으로 기어들란 말야. 그게 달구경보다 낫지 않겠냐?"

"헤헤이요, 폐하도 원! 저 계집들이라면, 성루에서 한번 밀어뜨려 으깨지는 꼴쯤 보는 쪽이 낫겠군입쇼." 광대는 이 대목에서 폴딱 재주 한번 넘고, 왕의 술병을 거꾸로 들어 목구멍에다 부어 넣는 체하다가, 재채기를 하고 나둥그러져 보인다. 때에 왕은 신명이 돋아, 자기도 부어 넣으며, 저 벗은 계집들더러 엉덩이춤을 일궈 흥을 돋우라고 성화다. 그것이 왕의 분부인지라, 계집들은 마지못해 돌아가면서도, 시녀장은, 저 대제장의 속셈을 몰라 눈치 보며, 누구에게 아첨할지 몰라 속이 거북한 눈치다.

"폐하, 이것 참 즐거운 밤이올시다. 하온데 이것이 사실이오니까?"

"무엇이 사실이고 아니고가 있어?"

"글쎄 말씀입죠." 광대는 일어나, 시녀들 엉덩이에 매달려, 그 어쭙잖은 키로 엉덩이를 흔들어 보인다. "근래 백성 간에서 말입죠." 광대는 입은 입대로 놀렸지만 몸으로 묘기는 묘기대로 부려 시녀들까지도 제 흥을 찾기에 이르렀다. "제장들에 대한 신뢰가 전에 없이 두터워지고 있어, 그것을 시기 질투하는 자가 이 궁중에 있어 백성과 제장들 사이를 이간하려는 흉측한 음모를 꾸미고 있다 하옵는데."

"너는 지금 노래를 하는 것이면 곡조가 붙어야 할 것 아닌가?"

왕은 대제장의 얘기쯤 이미 아랑곳하고 있지 않았다. 그는 벌써 애리애리한 시녀의 뒤에 서 있었고, 그의 귀며 눈은 닫혀 있었다. 그래서 광대는, 그들 사이에다 저 타는 듯이 달콤한 술을 처부어대며 계속했다. "그래서 왕은, 세 가지 것을 잘 써야 하옵는 줄로 아는데, 그 첫째는, 모든 말 잘하는 혀를 말하기 전에 잘라야 하고, 그 둘째는, 모든 칼 쥔 자의 손목을 잘라 자기 창고에 넣어두어야 하고, 그 셋째는, 재판을 맡은 자의 머릿속에다 철삿줄을 넣어놓아야 합니다. 헌데 대저, 저 말 잘하는 혀란 많을수록 좋지 않으며, 저 창고 속의 손이란 많을수록 좋은 법인데, 그 손목들을 주인들께 돌려 자기 땅을 팔 땐 괭이나 보습을 들리고 남의 땅을 팔 땐 창이나 검을 쥐여주는 것이고, 또 어떤 자가 다만, 가슴속에 간직하고만 있고 표시는 절대로 하지 않았다고 한대도, 만약 왕에게 불만을 품고 있다고 한다면, 그저 잡아들여 엄중히 문초 고문한 뒤, 재판에 넘기고, 왕은 그저 철삿줄만 흔들고 있으면 국법을 맡은 자가 저 죄인을 반역자로 둔갑시켜줄 터이니, 그 셋째 역시 있어서 유용한 것입니다. 후후훗, 거기에 누가 법이 없다고 말할 것이며, 누가 왕이 공명정대하지 않다고 말할 수 있나 말입니다." 대제장은, 그리고 계속 바깥쪽에 귀를 기울이고 있는 듯했다. 어쨌든, 나중에 추측되어졌지만, 그는 시간을 벌고 있는 중이었다. 때에 왕은 시들어지고 있었다.

"아 폐하여, 나의 친구여," 대제장은 그리고도, 신파조로 중언부언 무척도 많이 씨불여대고 있었다.

그런 얼마 후에 그런데, 어지러이 달리며, 수런대는 소리가 그 두터운 왕실 벽 안까지 들려오고, 잇따라 비상을 알리는 종소리가 요란스레 울려 나가고 있었다.

"불이야—"

"아편 창고에 불이야—"

그런 부르짖음들이 그리고 함성이 되어서 들려왔다. 그러자 두 시녀들은, 옷을 찾아 입기에 분주하고, 왕이란 자는,

"뭐, 불이라구? 불이라구? 불이면 어떻단 말이냐?"라고 지껄여대며, 이런 사태에 어떻게 처신할 바를 몰라 하기만 했다.

"폐하, 우리는 지금 아마도, 서로 간 셈해두는 것이 좋겠습니다."

그 순간의 대제장의 얼굴은 핏기 없이 너무나도 싸늘한 것이어서 감각이 둔한 왕까지도 질릴 정도였다.

"우리는 서로 도와왔던 것입니다. 그리고 이제 내가 폐하를 불의 정토로 보내드리는 것은 나의 우정의 표시인 것으로 알아주십쇼."

그리고 침묵했는데, 밖의, 저 창세 이래 그중 어수선한 발소리와 외침 소리와, 종소리에 저 침묵은 끼어서, 무덤 같은 한 정적을 만들었다. 그 정적 속에서는, 아무것도 움직이지도, 죽지도 살지도 않았다. 뭔지, 그때가 가까워 오고 있는, 그 과도적 한 공백 한 정지, 그리고 한 '발효'가 거기에는 다만 있었을 뿐이다. 그리고 발소리들은, 그 방의 문 앞에서 급기야 나고, 연로 제장이 배알을 요청하고 있었다.

대제장은 그 문을 열었다. 그때도 그의 얼굴은 핏기 없이 희었다.

"아편 창고가 타고 있소이다!" 연로 제장은, 늙은 숨을 조절 못 하고 부르짖었다. 그의 뒤에는, 대제장의 호신꾼과, 대여섯의 병졸들이 나한처럼 서 있다.

"알고 있소이다." 대제장의 음성은 그 역시 핏기 없이 싸늘하게 희었다. "그래서 본인은 지금, 그 내용을 폐하께 묻고 있는 중이오. 들어들 오시오."

"폐하께 말씀이시오?"

그러나, 대제장은 그 물음엔 대답도 없이, 왕께 힐문한다.

"어째서 폐하는 아편을 태운단 말요?"

"아니 폐하께서?" 연로 제장은 경악하고, 정신이 혼미해졌는지 비틀거린다.

"뭐, 뭐라구? 너 이 싸가지 없는 광대야—"

왕은 그 순간, 불같이 화를 내고, 도끼를 꼬나 잡아, 바람 소리를 내며 쳐들어 올렸다 내리친다. 그러나 그 도끼는 자루의 중두막이 잘려, 무력하게 땅에 구르고, 왕도 또한, 오른쪽 어깨에 피를 보이며, 나가떨어져 뒹군다. 대제장의 호신꾼이 맞서 있었던 것이다.

“무엇들 하느냐?” 대제장의 호령이 병졸들께 퍼부어진다. “너희들은 저 검은 사내를 끌어내 사지를 비끄러매라.”

그리하여 병졸들은, 명주실로 꼰 휘장 끈을 칼로 끊어다, 왕이었던 자의, 무력히 꿈틀거리는 사지를 비끄러맨다. 시녀들은 반쯤씩 죽어서, 방의 구석에 처박혀 있다.

“이 간악한 자는,” 화재 현장으로 달려가기보다, 대제장은 간단한 연설을 한다. “백성의 신망이 주로 여러 제장들께 두터운 것을 투기하고, 오로지 왕좌만을 탐내서, 백성의 생명 같은 아편을 태우고, 그 누명을 제장들께 씌워 백성과 제장 사이를 이간하려 도모했던 것이다. 그러니 너 어린 계집……” 대제장은, 애리한 시녀를 가리킨다. “아직 세속에 때가 묻지 않았으면 솔직할 터인즉슨 한 이경으로부터 삼경까지, 왕과 너희들은 어디에 있었던고?”

“폐, 폐하께서는……”

“두려워하지 말라. 정직함에는 상이 따르는 법, 벌은 따르지 않느니라.”

“쇤네들과 더불어, 여, 여기에, 계, 계셨었나이다.”

“뭐라구?” 이번엔 대제장의 호신꾼이 내달았다. “너는 어린 계집이 거짓밖에 배운 게 없구나. 내가 여기에 와보았는데도 할 말이 있느냐?” —이 점은, 연로 제장도, 그로부터 들어서 알고 있던 터였다.

“하, 하오나, 소, 소녀는 사, 사실을,”

“이 쇤네가 보았삽기로는,” 이번에는 시녀장이, 어린 시녀의 말을 가로막고, 푸르죽죽한 얼굴에 어울리지 않은 아첨 한 구름 띄워놓고 나선다. “폐하께서는 그때, 아편 창고를 태우러 가셨나이다.”

“오, 그대는 정직하도다.” 대제장은 우선 말해놓고, “저 어린 계집 또한 비끄러매라” 하고, 또한 분부했다. 그리고 이번엔 어조를 약간 달리하여, 시녀장께 말한다. “그대는, 정직한 바라, 목숨은 물론 나라에서 상을 내림이 마땅할 터라,” 대제장은 여기서 말을 잠깐 중단하고, 시녀장을 건너다본다. 그러자 시녀장은 만면에 안심한 표정을 피워올리고, 달려와 대제장 앞에 엎드려, 대제장 발등에 입을 맞추며, 수백 번 감사하고, 충성을 맹세한다. “마는,” 대제장은 그리고 느리게 잇는다. “너는 그것을 네 눈으로 보았고, 그래서 알았으면서도, 화재가 더 커지기 전에 방지할 방도를 차리지 않았으니,” 대제장은 한 병사의 손에서 창을 받아쥔다. “그건 거짓보다도 더 간교한 바라, 살려둠은 화근이며, 녹이겠노라.” 그리고 대제장은, 그 창끝을 꿇어 엎드린 저 계집의 흰 목에 내리 찔러 꿰어버린다.

“자. 이제 너희들은, 이 두 계집을 성루로 끌고 가, 거기서 떨어뜨려, 백성의 분노를 달래게 하라.”

그런 뒤에야, 대제장은 연로 제장과 더불어, 화재 현장으로 달려갔다. 그러나 그 화재는, 그 창고가 이미 반쯤 타고나 있었을 때에 발견되어졌던 모양이었다.

제장들과 병졸들과 제장들의 처첩들까지도 다 나와, 진화하기에 전력을 다했지만, 소방 시설은 아예 되어 있지 않은 터에, 또 누구도 소방 훈련을 받고 있지 않아서, 그저 분주하게 서성거리는 중에 그 건물은 쓰러져 누워버리고, 날 희부연히 밝을 때쯤엔, 어떻게 진화가 되었다고는 해도 남은 건 무너져내린 용마루와 서까래와 기둥들의 숯, 모락모락 피어오르는 연기, 그리고 불기, 그리고 재뿐이었다. 그리고 조금씩 혼을 잃어버린 군중들. 그들은 모두, 저 어쭙잖은 체구의 대제장만을 바라보았다. 한데 그 대제장은, 누가 보기에나 반은 미쳐서, 한 병사의 창으로 저 뜨거운 재 속을 헤치며, 아편을 찾고 있었다. 그러다 통곡하고 짖듯이 부르짖었다.

“저 왕을 끌어내라! 그리고 그도 또한 불살라 백성의 원성이 어떠한가를 알게 하라. 아 이런 비극이 있을 수 있단 말이오?”

그는 실제로 울고 있었다. 보다 딱했던지, 연로 제장이 다가와 이렇게 소곤거려 충고했다.

“이미 일이 이렇게 되었으니, 어쩌시겠소? 적이 심신이 피로해 뵈시는데, 어쨌든 조금 쉬시고, 천천히 생각해보시는 게 좋을 듯하오. 아편이 언제든 떨어질 것은 이미 각오했던 바 아니었소? 그것이 좀 준비 없이 빨리 와 문제이오만, 그러나 아편 없이도 백성이 살 수 있다는 것은 대제장 각하의 현명하신 배려로 우리가 이젠 알고 있잖소? 그러나 저 왕의 처사에 대해선, 백성의 이름으로 우리가 처벌하지 않으면 안 될 듯하온데, 용상을 지켜 앉아 있다고 반드시 왕은 아니라는 것을 본인은 증언하고 싶소."

대제장은 다만 침통해 침묵만 하고 있자, 연로 제장이 대제장의 호신병에게 흰말을 몰고 오게 해, 그 말에 그를 태워 침실로 보냈다.

그런 뒤 연로 제장은 원로답게 일장의 연설로써 모두 돌아가 주기를 바라고 왕이었던 자에 대한 재판은 오후에 열 것이라고 공고했다.

그 오전엔 성 밖엔 방만 나붙고, 아편 배급은 없었다. 방은 전에 없이 명문으로 초해져 있었는데, 백성의 제장들에 대한 신뢰에 대해 심심히 감사하는 데서부터, 왕의 '음모', 두 시녀의 공모를 소상히 밝히고, 아편에 대한 문제로써, 여러 제장들의 유감의 표시와, 그러나 이것은 전에 없이 무서운 결단을 요하는 시간임으로, 결코 사기 저하되지 말고, 아편에 대한 집념을 끊어버릴 것을 간곡히 부탁한 뒤, 아편으로부터 구원된 그들의 이웃들의 이름을 나열하고 저 검은 왕의 집형에 참석해 분노를 풀기를 바라고 있었다.

그리고 물론, 아편을 끊고 본디 사람들이 된 백성들의 이웃들은 그날, 종일 저 아편 광들 사이를 오락가락해서 보였다.

그 오후에 검은 왕의 재판은, 극히 간단하고 형식적으로, 제당에서 열렸고, 대제장이 귀띔한 바에 의해서, 형은 왕궁 밖, 전에 장이 열렸던 바닷가, 다져진 모래펄에서 집행되었다. 그러나 제장들과 병졸들을 빼놓으면, 정작 있어서 지켜보아 주어야 될 백성은 거기 하나도 없었고, 굶은 개들이 빙충맞게 몰려와 게으르게 보고나 있었다.

전에 백부장이었던 사내가, 십부장들과 더불어 집행 준비를 했다.

"너는 검은 종자이니, 그 검음에 더 진한 검음을 입혀줌은," 대제장은, 흰말 등에 앉아 깊이깊이 생각하고 있었다. "내가 너를 소중하게 여기고 있다는 그 표시다."

그때, 병졸들은 왕이었던 자의 벗긴 전신에다 칠흑 같은 송진을 입히고 있었다. 왕이었던 자는 퀭해진 눈으로 불쌍스러이 두리번 두리번거리며, 도대체 지금 자기가 어떻게 되어가고 있는지 모르겠다는 투였다.

"그리고 너는, 불로부터 택함 되고, 이제는 네 몫의 일을 다 수행했으니," 대제장은 깊이깊이 생각하고 있었다. "네게 불로써 대접함은, 내가 너를 존중하고 있다는 그 표시다."

전에 백부장이었던 자와 병사들이 각각 횃불을 하나씩 들고 송진 입혀진 죄인의 곁으로 다가가고 있었다.

"너는 듣거라." 연로 제장이 그의 직책을 수행하는 말이다. "이 나라와 백성은 너의 그러한 중죄에도 불구하고, 저 바다를 네게 주었으니, 네가 할 수 있으면 뛰어가 널 살려라. 그리고 이 나라와 이 백성의 자애 깊음을 감사하라." 그리고, 연로 제장이, 전에 백부장이었던 사내에게 눈짓을 하자, 그는 기다렸다는 듯이 유유히, 저 검은 왕의 발바닥에다 횃불을 댔다. 그러자 송진이 지그르르 끓으며, 그 불이 저 검은 자의 발바닥에서 일럭 일럭 붙고, 검은 자는 오랏줄이 우두둑 터지도록 용을 쓰며 비꼬고 비명을 냈다. 그와 동시에 다른 병졸들도 횃불을 그의 전신에다 대고 지져 그 불에 타, 오랏줄이 터지게 했다. 그리고 오래잖아, 화염에 쌓인 저 검은 자는, 전신이 자유로워졌다.

바다는 필사적으로 뛴다고 해도, 쉰 번 숨을 천천히 내쉬어야 되는 저만쯤에 넘실대고 있었다. 그리고 그 바다에 이른 데까지 병사들은 가운데에 골목을 만들어놓고 두 줄로 서 있었고, 그들도 또한 횃불과 창검을 손에 들고 있었다.

"네게 생명에 대한 비굴스런 집념보다, 증오가 많다면," 대제장은 현실적인 문제를 생각하고 있었다. "너를 살리려 가망 없는 뜀박질을 하기 전에, 차라리 내게 와, 나를 네 품에 안고 함께 불이 되어지기를 바랐을 것인데—나는 어쨌든 이십 보도 못 되는 거리 안에 있잖나. 그러나 늘 너는 내 머리를 쪼갤 기회를 놓쳤듯이, 또한 죽고 나서 후회하리라. 후훗훗." 대제장은 백치처럼 웃었다.

검은 왕은, 바다만을 일념으로, 불붙은 연처럼 펄럭이며 뛰어가며, 비명을 모질게 토해내고 있었다.

그는 어쨌든 역사였다. 몇 번이나 쓰러지고, 쓰러져선 바닥에다 몸을 비벼 불을 털어내고, 그때마다 물론 열 선 병사들의 다른 횃불들이 그에게 다른 불을 옮겨 붙였지만, 그리고 또 달렸다. 어쨌든 그는 역사였다.

바다 가까이 가, 그 젖은 모래 속에다 머리를 처넣는 데까지는, 어쨌든 살아서, 영웅적으로 기를 써댔다. 그러나 그때는 물이 나가고 있는 때여서, 저 검었던 몸은 잘 타고, 대가리와 굵은 뼈를, 천년 전에나 죽었을 당나귀의 촉루처럼, 물 나간 모래펄에 가지런히 남겨두었다. 그의 이빨들은 희었었으니 저 검은 피부 속에 조직되어 있었던, 뼈들도 희었으리라. 그러나 그것들은 모두, 그을려 종잡을 수가 없었다.

대제장은 빨간 단추 하나를 신경질적으로 그리고 거의 무의식적으로 주물럭거리고만 있었다. 저 흰말께 탄 그의 얼굴은 그리고 거의 푸르러 보이도록 희어 있었다. 그의 일지의 문구대로 하자면, '검은 까마귀가 죽고, 그 무덤에서 흰 비둘기가 날라 나온 것'이었다.

왕위에는 그리고 바로 그날로, 병사들의 열광적인 환호와, 제장들의 어중간한 박수갈채 속에서, 저 꼽추 대제장이 올려졌는데, 그것은 병사들에 의한 아주 돌변적이며, 이상스러운 분위기에 의해서 그렇게 되어진 것이다. 누가 처음에 시작하였는지는 모르되, 그리고 병사들은, 저 깨끗한 말께 올라탄 저 추저분한 꼽추를 삼 겹 사 겹으로 싸면서, 창검과 횃불을 하늘 높이 쳐들어 올려,

"인신(人神)이 오셨다!"

"화룡 만세!"를 외쳐댔었다. 그 사기는 충천했고, 그 함성은 섬의 백 년 잠을 일시에 깨울 듯했다. 드디어 화룡이 인신의 형태로 온 것이다. 그러나 물론 그 인신의 그늘 쪽에는, 전에 백부장이었다. 좌천당한, 저 신망 두텁고 충성스러운 사내가 있었고 그 사내는 비록 좌천당해 평졸에 머물러 있었지만 그의 두터운 양지쪽에, 저 끌끌하고 우직스런 병졸들을 거느려 오고 있었다. 그 병졸들은 그리고 그들의 그늘 쪽에, 전에 자기네들 상전이었던 자들의 기분 좋지 않은 유령들을 갖고 있었다.

"인신이 오셨도다."

"화룡 만만세!"

"인신 만세!"

전에 광대였던 사내는, 그래서 왕위를 수락하며, 꼭 한마디만 연설했는데, 그가 나중에 번의했는지 어쨌는지는 아직 모르지만 그 스스로는, 자기도 또한, 검은 왕과 마찬가지로, 한 단계 더 변화되어져야 할, 한 과도적 상태로 보았던 모양이었다. 그리고 다른 편에서는, 저 용렬한 왕을 모셨던 시의, 대목수 부친이 쓴 일지의 어떤 구절에 영향 되어져 있었던 것도 같았다.

"과인은, 이 위를, 과인 종신토록, 그리고 세습적으로 지키려고 하지는 않을 것이노라. 이것이 과인이, 백성을 과인보다 더 높이 존경하고 있다는 표현이 되어지기를 과인은 또한 바라노라."

"인신 만세!"

"화룡 만세!"

"만세!"

왕은 잇따라, 등극 잔치를 성대히 베풀고 겸해서 치안과 재판 담당의 연로 제장으로 하여금 치안과 재판 담당의 대제장 직에 봉하고 공석이었던 국방 관리 제장에는 전에 백부장이었다 좌천당한 노복 출신의 평졸에게 봉한 뒤, 모든 제장들껜 아직 정복 안 된 이웃의 섬을 하나씩 분할해 그들로 하여금 섬주(島主)까지 겸하게 했고, 만삭으로 치달려가고 있는 대목수 부인으로 그 어미에 이어 시녀장을 삼았다. 그리고 병사 중의 십부장인 자들에겐 백부장 직을, 오부장들에겐 오십부장 직을, 그리고 평졸들껜 십부장 발령들을 했다.

그리고 성 밖 백성들껜, 호구당, 밀 한 말씩과, 그네들의, 이미 저당 잡혀져 버린 모든 문서들 속에서, 집문서만을 무상으로 되돌려주었다.

그래서 미래의 땅에, 그들의 모든 것은 새 시녀장의 자궁 속의 그것처럼 지금 자라고 있고, 또한 만삭으로 치달려갈 것이었다. 인신이 오셨도다. 옴.

심청이
—「南道」基三

혼처(魂處)

고 옌니 히었던 말로서나는, 자기는 산 짚은 디서 와서 갯가 찾아간담시나, 원지는 산으로 또 돌아갔이먼 싶다고 히었었소이. 부모도 서방도 자석도 없냐고 내가 물었을 때마둥, 허라는 대답은 안 험시나, 응달 창꽃 한 숭어리맹이 고 옌니 웃기만 히였었는디, 그래설랑 찬찬히 살피보먼, 떠나뻐랐든 내 마누래가, 떠났일 때 고 낫살(나이)에서 한 살도 더 안 묵고 돌아와 있는 것 겉였소이. 벨 존(좋은) 일 없임선, 나만 혼차 늙어왔었는디 말이요, 흐흐흐, 내 말이 요거 영 씨가 안 묵었이끄라우? 헌단대도 해필이먼 시상(세상)에 똑 씨묵은 이치만 있이란 법은 없잖겄냐고라우, 헌디 말이제, 요만침이나 늙은개 말인디, 물리(文理·物理)가 통해짐선, 가만히 있기만 히어도 글씨, 시상 돼가는 것 환허게 내다비고, 그래설랑, 시상이란 그저 한 오륙십 년 살고 또 하직해뻐릴 고런 고장이제, 멋 히어보겄다고 백 련이고 천 련이고 위격다짐으로 살아볼 만헌 데는 아니라고 히였었는디 말이제, 그렇다고 워니 개 쌍뇜 있어서 죽는 것이 그리 좋겄소마는이, 헌디 말이제, 고것이 또 아니등만. 글씨, 그저 허릴없이 새복에도 시리고, 햇살에도 시리고, 저무는 볕에도 시리고, 구둘막 밤에도, 글씨 옘병허겄다고 몸만 시려쌓고 또 맘은 워디 정붙이덜 못허구시나

아겔다마

자꼬자꼬 워디로 떠남선 하직을 허더니, 아 고 젊은 엔니 몸 가찹게 지내다 본개, 흣흣흣, 곌당코 고것이 아녀. 글씨 내 말은 반다시 고런 것만도 아니드란 요것이여. 내 몸뗑이서 아닌 저실에 잔뿌렝이가 니림선, 늙은 나무에 꽃이 필라고를 시작혀. 그라다 본개, 시상이란 백 련이고 천 련이고 떠날 고쟁이 아니고 말여, 통히었던 물리 끕째기 뜻이 없어짐서나, 시상은 물리갖고 윈영(운영)되는 것 겉지가 않고 말여, 손꾸락 발꾸락에 호꼰시리 열이 올르는디 말이제, 하 고런 오랭이 팍 물어갈, 시상이 원지부텀 고렇거니 우멍시럽었이까이! 하헌디, 조 오랭이 물어갈 제집년, 그란디 떠나버리고 난개, 인제는 전맹이(전처럼) 맘만 춥고, 몸만 시려삐리고 말들 안 허요 글씨. 그람선, 젊은 제집헌티 피뭉어리가 들어삐린 요 이치를 놓고는 암만 암만 물리를 통해볼래도 안 통해지고, 썩을 녀러 한숨만 하루 열둬 발썩이나 삭아니림선, 내가 뽀짝 뽀짝 죽어가요이. 대천지 내 쇡이 월매나 독허게 삭았이면, 하초 끄텡이서끄장 썩은 새물이 흘러니리끄라우? 글씨, 월매나 속이 짜안시러먼, 쇠피(소변)를 볼래도 하초가 무쭈룩험선, 고룸 돼삐린 속이 흘러니리겄냐 요 말이오. 나 원지 무신 심이 고렇거니 좋았었간디, 다 늙은 요 잡놈, 암만 밤이 짤왔어도(짧았어도) 고가픈 재 셋썩 안 넘고는 못 살었있끄라우이. 그람선도 먹심 좋고 밭갈이 잘허고, 전에는 그저 누구네 자부거니 허고 범생히 봤던 동니 엔니도, 인제는 보통으로 비덜 안 히어, 지 젊은 제집 두고설랑도, 넘우 제집 똥궁뎅이 보기를 개백정 놈 똥개 보듯이 히었었더니, 고 제집 떠나고 난개, 인제 워짠 일로, 일어나도 못허겄고, 죽도 못허겄고, 살도 못허겄소. 글씨, 시상 맛을, 다 늙어 끕째시리 요만침이나 알아놓고 난개, 무신 놈의 독한 벵이 요렇기나 들었이끄라우이? 글씨, 고 엔니 나헌티 고렇거니나 잘 히어주었더란 말이여. 그랑개 전에는, 나 고렇거니도 잠이 안 와, 짤운 밤 새울래도 댐배나 열둬 대 묵고는 히었었는디, 고 엔니 오고부텀은 잠은 늘 씐뎃기 자고 히었더랑개. 글씨, 초저녁 한 재 넘고 씌었다 깨서 목말라 물 찾으먼 워니 녘에 내 목구멍에 물 넘우오고, 그래 또, 두 고개 넘고 또 죽었다 깨어서, 하매 요것이 멫 점이나 되었으까 생각헐라고 댐배통 찾으먼, 요번에는 내 목구멍이 싸안해짐선 매쿰해지요이. 고때끄장도, 안죽도 접싯불이 홀홀 뛰고 있는디, 고 엔니는 고때끄장도 안 자고,

내 버선컬이며, 심지어는 글씨, 나 죽으면 입고 갈 수의끄장도 꾸매고 있었더란 요 말이오. 그라먼 머 말 다헌 것 아니겄소? 그래 내가, "임자는 잠도 안 온단가?" 허고, 또 실멩이 보둠아딜이먼, 고때사 실멩이 누움선, "벨랑 잠이 안 옴선, 조 유제(이웃) 아 우는 소리를 듣잔개, 자고 젖 몽오리가 슬라고 허요이" 허드란 말이오. "아따, 그라먼 내 자석이나 하나 낳겨. 워뗘, 하나 나줄란 겨, 말란 겨?" 내가 고렇게 졸르먼 또 응달에서맹이 웃고설랑, "영감님은 참 심도 조으시라우. 헌디 펭생을 워찌 외롭게 보내싰단대요이?" 하고 물었구만이라우.

"낸동(나인들) 워쩌겄어? 고 잡년 글씨 도망가뻐렸드라네. 내 마누라 말이여. 늘 사립짝만 쳐다봄선 안 살았겄는가이?"

"그랴요이? 고 참 안되았구만이라우. 그라먼 원지쩍에 가싰단대요?"

"그랑개, 가만있어배겨, 그라고시나 본개, 고것이 그랑개 자네 낫살 때였인개, 한 서너 십 년도 전 안 되겄다고? 남사당패 한 놈 허구시나 눈맞아 홀겨가뻐린 것여. 내 속으로사 펭생 분허고 이가 갈림선도, 살다 본개, 돌아오먼 용서히어주어야겄다고, 등 또닥거리 주어야겄다고, 그래설랑 지다림선 사립짝 바라봄선, 한 해 또 한 해, 살다가 글씨 살다 본개, 내 정 다 바침선 살다 본개, 시월(세월) 여류라."

그려요, 고렇게 살았었소이, 요 나. 늘 지다림선 말이지라우. 헌디, 해거름 판이었겄구만이라우, 밭 구텡이 구텡이 좀 휘어 휘어 둘러서, 행이나 또 허고시나, 동구도 바라봄선, 흰옷 입고 떠난 옌니 흰 옷자래기로 들어시까 그래서 바라봄선, 또 맘 한쪽으로는, 벌써 돌아와 문턱에 앉아 날 지다리까, 그람선 오잔개, 글씨 누가, 제집은 제집 겉은 것이, 글씨 내 집 사립짝 앞에 글씨 누가 씨러져 있기는 있더라고라우. 나 눈 딲고 보고 또 바었소이. 손 딲고 또 만치봤었소이. 그라고 난개사 눈물이 늙은 눈에서 흘르는디 말요, 월매나 집 찾는다고 애를 썼간디 고렇게나 상채기가 나고, 고렇게나 옷은 걸레가 되었으끄라우이? "아, 그랑개, 오늘에사이, 자네가이, 날 찾아서이, 자네가이, 글매이, 왔네이, 자네가이." 나 움선, 보둠아다 고 옌니 아랫묵에 뉩히놓고, 움선 미음 낄여 믹이고 움선, 얼굴 딲아주고, 움선 흔튼 머리 빗어 구리 비내(비녀) 낭자 히여주고, 움선 마누라 고리짝 열어 옛적 입던 옷 입혀주고, 움선 내리다본개, 허허이, 요것이 내 낫살이나 되었일 할마씨가 아니고 말이제, 허헛허, 글씨 떠났던 때, 바로 고 낫살 고대로 돌아온 것이 아니냐 요 말이드라고라우. 지다리고 지다맀음선도, 살다가 본개시나, 허기는 말이제, 얼굴도 다 잊어뻐리고 말았제라우마는, 그래도 죽은 자석 나(나이) 세보덧기 마누라 나이는 시어놓고 있었는디, 글씨 조것은 하나도 안 늙었음시나, 여태도 너무 곱더란 말이랑개요.

"그랑개 자네는, 산 짚은 디서 니리왔제이. 그랑개 산신령 니리준 술 한 잔 잘못 묵고 잠자다 왔단 말 아니겄어 요것이? 나 고것도 몰루고, 혼차 참 원망도 너무 했었구만이. 나 자네 유혼(流魂) 조 사립짝 너무(너머)로 늘 봄서나 살았드라고. 고 이치 속이 그랑개, 헛허헛, 몸은 잠시나 혼백은 늘 내게 왔더란 고것 아니었겄어? 헌디 떠날 때 꽂고 갔던 은비내는 워쨌단디야?"

헌디 고 옌니 말로는, 니려오기는 산 짚은 디서 나와 니리왔담선도, 고보담 전에는 워디 갯가에서 살았더라고 히였었소.

"그랴이? 그라먼 용왱님 전에서 살았더랑가? 고것또이! 나 자네 늘 지다렸드랑개. 배고픈 아 문턱에 앉아 지다리덧기, 밭일 나간 오매 젖 불어 돌아오기 지다리덧기, 고렇게 자네 지다렸드라고."

"헌디 저그 조 아는 왜 조렇기 울어싼다요? 저그매(저의 어미)가 없으끄라우?"

"왜 없겄는가? 배가 고픈개 그렇겄제. 저 아 에미가 글씨 젖이 통 안 난당만. 헌디 쟈(저애)가 운개 임자 속이 짜안헌가?"

"불쌍도 히여라, 워짜고이?"

"자네 속에 머시 찌인 일이 있제이?"

그래도 고 옌니 응달 창꽃맹이 웃기만 험선, 고 대답은 오랫동안 안 히였었는디, 하룻밤은, 그랑개 고 제집 떠나뻐리기 한 사날 전 밤이나 안 되었으끄라우? 요렇기 대답히였구만이라우이.

"그랴요, 찌인 일이 있구만이라우."

"조런 수가! 고것이 대처니 머시단디야? 서로 몸 대고 삼선, 고런 걸 감촤놔서 쓰겄어?"

"요런 제집도 자석새끼가 하나 있구만이라우이. 조 서른 재 마흔 재 워디 워디 넘우, 인제는 되저히 찾아갈 쌍싶지도 안 허요만, 거그 워디, 울 오매, 내 자석새끼 살고 있단개요."

"허어이 조런 순! 그라먼 아부며 낭군이며 거그 있을 틴디 자네는?"

"고렇게 묻지 마쑈이, 나 울고 접소, 울고 접어라우."

"그랴이, 그라먼 내 안 물을랑만. 조런, 눈물이나 거둬겨. 내 안 물을랑개."

"그래도 나 말해뻐릴랑만요. 영감님은 나헌티 참 잘히여주신개요."

"워따나, 뻴 요상시런 소릴 다 혀. 나는 자네 땀세 벵인디."

"글씨 영감님, 아부며 서방 있는 년이 요라고 댕기겄는그라우? 글씨 나는 아부지 얼굴 한번 못 보고 큰 년잉만이오. 울 오매 말로는, 내 아부지는 기중 실한 바닷사나였다고 허요. 헌디 내 자석새끼헌티도 고 말배끼 나도 헐 말은 없단개요. 그라먼 다 알아빴제라우이? 전에 우리는 갯가에서 삼시나, 살 팔아서 살았더랑개요. 인제 요 제집 내력 다 알아삐릾구만이라우이?"

헌디도 고것이 모도 무신 뜻인지는 나는 몰루겄고 말이요, 조 젊은 옌니가 기양 안씨럼선, 백택 없이 나헌티도 유제서 아가 울먼 속이 좋덜 안 허기를 시작혀요. 글씨, 늙은 할매 손에 에린 자석 띠놓고 떠나와, 인제 워딘지 찾아가도 못하게 생겼다먼, 고 에미 가섬 월매나 상히였겄소이? 뉘 집 아가 울던 아가 울먼, 조 에미 귀에는, 지 새끼가 배고파 문턱에 앉아 우는 소리 안 같겄소이? 글씨 안 그럴 쑤 도저히 없을 것잉만요. 나끄장도 맘이 짜안해라우. 산 짚은 디 워디 남은 아는, 오매만 지다리요이. 고 아 눈에는, 구름도 안 좋고, 꽃도 안 좋고, 새도 안 좋고, 원지나 오매가 사립짝으로 들어시꼬 고것배끼 맘에는 없소이. 고라는 새 날은 저무요이. 밤에도 자다 말고서나 옆자리를 더듬어보요이. 오매는 안 죽도 안 왔소이. 조 아는 밤에 그래서 우요이. 고라는 새 고 아는 늙어뻐릿소이. 조 늙은 아는, 그래도 늘 사립짝만 바라보고 사요이. 조 늙은 아 속에서는 눈물이 말를 새가 없네라우이. 그래서 늙은 아는, 문턱 끝에 앉아 맘만 자고 짜안하구만이라우이.

워쨌든동, 고 날은 고 옌니, 움시나 밤을 새움선, 날 보고시나 아부지라고도 험선, 또 낭군이라고 험선, 날더러 항께 고 워디 짚은 산속 들어가, 자기 오매 남편 험선, 자기 남편 험선, 지 새끼 할애비 험선, 애비 험선, 넷이서 살자고도 히였는디, 참말이제 나도 그라고는 싶어도, 요 다 늙어빼려 저승질 문 앞에 놓고, 내가 또 워디 떠나겄냐고, 나는 고렇게배끼 대답헐 수가 없등만이오. 헌개 고 옌니 고것 모도 옳은 말이라고 험선도 쓸쓸한 얼굴을 영 감추덜 못히여요. 고때 내 속에 하직이 아주 가찹게 오덩구만이라우. 요 옌니를 암만히여도 나 죽을 때끄장 내 절에 붙들어둘 쌍싶덜 안 히여라우. 그래설랑 나, 고 옌니 손 붙잡고, "자네 원지든 날 베리고 떠날 것이 제이?" 하고 물었어도 "고런 말씸은 왜 차꼬 허신다요?" 허기만 험선, 안 떠난다고는 안 허등만요. 그래, 나는, 나 죽거들랑 떠나돌라고 허고, 저는 웃기만 허고, 나는 맹시를 시캤고, 저는 웃기만 히였소. 하직은 펄쎄 와 있었구만이라우.

"헌디 가먼 워디 정처나 있단 겨? 글매 나 죽을 날 월매 남도 안 히였은개, 나 죽고 나먼 저그 조 양지쪽에 자네 손으로 날 좀 묻어주고, 요 집까댁이며, 전답이며, 몇 푼에든 팔먼, 자네 가는 질 노자는 되겄는디, 그래 워디로 갈라간디?"

"요 제집 태어났던 디도 거그고, 컸던 디도 거근개, 갯가배끼 더 갈 디가 있겄는그라우."

"거기 가는 질은 환허게 알겄제맹이?"

"고걸 글매 몰라라우. 눈에는 환히 비는 디도, 몸은 어만 디로만 간단개요. 그라다 본개 여그끄장 안 왔겄는개 뵤잉."

"거그 가먼 무신 해 묵고 살 질은 있단디야?"

"워디가라우? 그래도 안 가보고는 못 전디겄어라우."

"괴향이란 디는 그런 법이겄제맹."

"고 탓만도 아닌 것맹여라우."

"대처니 갯갓이란 워떤 디란댜?"

"갯갓 말인그라우? 호호호, 글씨요이, 아 그렇지라우, 여그는 하늘하고 땅배끼는 없는디, 거그는 하늘하고 땅하고 물하고, 고렇게 셋이서 항께 사요."

"그랴이, 고것또이? 허기는 갯갓 살던 사람은 하늘하고 산만 보고는 깝깝히여서 살기 에렵겄제."

"글씨 고 탓도 아니랑개요. 전에 나 거그서 살았일 땐 벨랑 아무껏도 생각

안 히였었는디, 거그 떠나 살다 본개, 살망 살망, 안 들던 생각이 들더란개요."

"고건 또 머시단댜?"

"아부지 보고 접은 고것잉만이오. 예삿 옌니덜 다 그러뎃기, 잘났이나 못났이나, 한 서방 지대고, 나도 다른 옌니덜 살뎃기 살아보고 접은 고것이단개요."

"고것 이사 에련헌 말이겄어?"

"살던 산에, 오매 두고, 자석 두고 떠나왔일 고때사, 그래서 떠난 건 아니었고라우. 사나하고 소굼 생각 너무 간절히여 떠났었는디, 고것이 헌디 배꼈어라우. 원지부텀인가, 아 울음소리를 듣기 시작험선 고것이 배꼈더랑개라우. 조 아는 또 울기를 시작헝만요이?"

"갯갓에는 그랑개 아부며 낭군이 있단댜?"

"글매라우. 그래도 내 생각으롤랑은, 고 실한 바닷사나가 날 지다리고 있을 듯만 싶응만요. 글씨, 우리 오매 낭군은 실한 뱃사나였다요. 헌디 내 낭군도 실한 뱃사나였구만이라우. 글매 내 아부는 실한 바닷사나였대라우. 헌디 내 새끼 애비도 실한 바닷사나였단개요. 실한 바닷사나,"

고 옌니는 그라고, 반츤 혼이 빠진 것맹이 씨분대쌓는디, 그래서 내 속 짜안한 정으로, "원지던 질 떠나겄다먼 몸 죄심 해겨. 사나 죄심 해겨. 그저 통하고 말아뻐리먼 그뿐이겄는디, 통하고 나먼, 삼끈 열두 매로 옌니 목 둘러빼리는 일이란 게 짜들아지게 쌔뻐렀은개. 행이나 워떤 남정헌티 홀껴 살겄다고 따라나섰다가는 큰일이여. 삼끈 열두 매 목 졸라 질갓에 베리뻐리먼 고뿐이제 워짜겄어" 허고 일러주었소마는, 내가 너무 심허게 말해뻐렀다는 생각도 들어요이. 워쨌든 고 밤 지내가뻐렀고, 고 이튿날 밤도 또 고렇게 얄궂고도 처량히 지내갔고, 고 사흔날 정심도 둘이서 뜨끈히 히여 묵었는디, 논 구텡이 좀 돌아중우 가랭이 적시갖고 섹양 판에 돌아와 본개, 딴날 겉으먼 정제(부엌) 문턱에 앉았얼 옌니가, 고 날은 안 비어라우. 더러 그런 때도 있었지라우만, 고 날은 그래도 딴 날과 달라라우. 구리 비내 하나만 방바닥엔 남아 있고라우, 그저 최용해라우. 어설퍼라우. 찬바램이 돌아라우. 나는 그래서나, 고 옌니도 떠나빼린 중 알았구만이라우. 나는 고런 겡험을 전에 히여밨었은개요. 전에 마누라 떠났일 때도, 방바닥 고 자리에는 구리 비내만 남아 있었소. 늙은 눈에서 눈물이 날라고 허는 걸, 기양 먼 산 우두머니 봄시나, 그날 해 저물리뻐렀소. 인제는 동구고 사립짝이고 더 바랠 일도 남아 있덜 안 헌 듯싶등만요. 고 하직은, 너머나 쇡히 와뻐렸지만, 마지막 하직인 것을 나는 알았은개요. 헌디 웃제서는, 고 늘 뽀채던 아가 워디로 갔는지 없어졌다고 험선, 뒤십 호배끼 안 된 동네가 송신이 나게 뒤집어졌는디, 글매요, 내 가심으로 고때 무신 뜻이 찡허니 오기는 히였어도, 동네다 대고 나 아무 말도 안 히였구만이라우. 저녁에 동네서는, 아 업어 간 호랭이 쫓아간다고, 횃불 잡고 몽뎅이 들고, 징 쳐댐시나 산으로 올라닥찼지만, 나는 글매, 나허고 살던 옌니 떠났다는 말은 입 밖에도 내덜 안 히였드랑개요. 헌디, 호랭이 쫓아간 고 사람들, 아 입었던 옷가지는커냥 머리카래기 하나 못 찾고, 새복 다 돼서 어깻죽지 니리고 돌아와 봤더니, 글씨 워디서 워처케 왼지 왔던동, 고 아가 문턱 밑에 지쳐 씨러져 자고 있는디, 웬 옌니 저구리를 덮고 있더란 것이었소. 허기사나 고 아 울음소리 초저녁부텀 듣고 있었구만이라우마는—나는 그래도 아무 말도 안 히였네라우. 글매, 아무 말도 허고 싶덜 안 허는 걸 난들 워짜겄냐고라우? 워짜겄소 글씨?

나는 히여도 인제, 요것은 그렇다고 히여야겄소. 머시냐 허면, 고 옌니는, 떠나뻐렸든 내 마누라, 산 짚은 잠잤거나, 용왕님 전 시중들다 돌아온, 바로 내 옛 마누라는 아니었다는 요것 말이오. 내 사설(사실) 이약이제, 떠났던 내 마누라 죽어뻐린 것 펄쎄부텀 알고 있었은개요. 글씨, 기양 바람질에만 들었을 배끼지만, 고 사당패들 지내가 뻐린 워니 질갓에, 젊은 제집 하나 목 졸려 죽어 씨러져 있었더라고 히였었은개 말이오. 고 얘기 글씨 다 들어 나 알고 펄쎄부텀 있었은개요.

히여도 인제 나, 요것도 또 확실헌 새실(사실)이라고 헐랑만요. 내 마누라, 참 한시럽게 죽었던 넋, 워디 갈 고지(곳) 없어, 떠돌아댕기고 또 댕기다가 시나는, 산에서 와서나 갯갓으로 간담시나 나허고 석 달 몸 붙이 살았던 조 옌니 몸 석 달 빌려, 나헌티 겔국 돌아왔었다는 요것 말이오. 내 말이 씨가 안 묵었으끄라우? 그래도 시상에 반대시 씨묵은 이치만 있으란 법은 없지 않은개비요. 참말이제 나, 여러 번이나, 달은 없고 비만 철 없이 니리는 밤으로, 내 마누라 흰옷 입고, 내 사립짝 앞 처랑시리 서 있었던 것 보아왔었은개요. 그래설랑 내가 뛰나가 손잡아 불러들일라먼, 고 흰 마누라 소리도 안 냉기고 워디로 떠나가곤 히였었제, 히였었소. 몸뗑이 잊어뻬린 고 마누라, 고렇게, 내 사립문 전에서, 글씨 몇십 년 떠돌았더랑개요이. 헌데 조 갯갓 찾아 떠난 옌니 왔던 뒤, 암만 비가 열사날 퍼부서도 나 한 번도 저 유혼 본 적이 없었더란 말이오. 그랴, 우리는 만냈었소. 그라고 이승에서, 살아, 석 달 지냈소이. 산에서 온 조 옌니, 몸으로 갯갓 떠나뻬린 뒤부텀, 그란디 나헌티서는 영실(靈室) 니얌이 핑기기 시작헝만이라우. 마누라, 그랑개이, 돌아왔구만이. 돌아왔어이. 그라고 들어본개, 저승에서 말허는 임자 소리 환허게 듣겼구만이. 이승에서 산깐치(까치) 우는 소리 들음선, 저승에서 손짓허는 마누라 홀목(손목) 환하게 다 보겼어. 나는 한 나무 겉네이. 내 뿌렝키 저승으로 뻬치고, 내 둥걸이 이승에 그리매 떤지는 한 나무 겉네이. 나 요롷게 살았임시나, 저승이며 이승 오고 가네이. 가고 오네이. 저승 워디서 도란거림선 내 이약허는 소리 이승 워디서 웃음선 내 말허는 소리 다 딛기고, 나는 살아 있네이. 죽어 있네이. 갯갓으로 몸으로 찾아간 고 옌니 발소리는, 그래설랑은 땅속 더 짚은 디서 울리 나오고이, 갯갓으로, 몸으로 간담시나, 자꼬 저승으로 이서진 질을 살아서 한없이 가네이. 등불맹이 가네이. 학맹이 가네이. 감시나 자꼬 옷 벗어 이승에 던지네이. 옌니 옌니 옌니.

—지나감시나

내 가심에서는 인제 젖이 더 안 흘르네, 젖이 안 흘르네. 워짜끄냐, 요 펭퍼짐한 바우 우에서 쬐꿈 놀다 우리 가끄냐? 헌디 오매 항께 있는 디도 워짠다고 요롷게 뽀채기만 뽀채쌓고, 울기만 울어쌓냐? 워짜자고 너는 에린것이 에미 속을 요리도 빠짝빠짝 태우냐고? 쪼꿈 가먼 산 지내고, 쪼꿈 가먼 들 지내고, 쪼꿈 가먼 내 지내고, 쪼꿈 가먼 갯갓 나고, 거그 가먼 아부 있고, 아가 아가 울지 마라, 울지 마라 우리 애기, 내 속 짠 눈물 석 섬 서 되도 더 흘렀겼네. 조 재 넘을 때는 한잠도 참 실폭허게 자주더니, 워짜자고 또 깨이서 요렇게도 못살게 칭얼거려쌓냐고. 글씨 젖은, 속에서만 멍어리지고, 겉으로는 안 나오는디, 고걸 그리 빨아쌓면, 내 속 참말이제 짜안한 눈물배끼 머시 더 나오겄냐. 둥게 둥게 둥원아 날러간다 학선아, 어울치, 자, 여그 요렇게 내 저구리 좀 깔고 누웠이먼, 내 조 또랑물 좀 묵음어다 믹이주께 울지 마라잉, 참말이제 울지 마잉. 어울치, 아 그라고시나 본개, 나도 뫽이 말르네. 여그가 하매 워디만침이나 되꼬? 소굼허고 사나허고, 그랴, 사나허고 소굼헌티 미쳐, 널 베리고 요 에미 떠났던 것 잘못혔다고 내 월매나 빌었냐고. 어울치, 쯔츳, 잘도 잘도 마시네. 그랑개 인제 물배라도 채왔단디야? 인제 실폭허단디야? 요 반석은 뜨뜻혀서 참 좋네이. 아쯔츠쯔쯔 잘도 자네, 우리 애기 잘도 잔다, 뒷집 개도 잘도 자고 앞산 개도 잘도 잔다. 그랴 그랑개, 니 깜냥에도 지쳤던맹이제이. 헌디 벌쎄 해가 질라고 허네, 질라고 허네 해가. 조 큰 산 그리매가 자꼬 덮어 니리네. 산자래기 밤 괴이먼, 나 고걸 워쩌키 참으꼬? 나 산 싫어서, 나 산자래기 채이는 밤 싫어서, 소굼허고 사나허고, 야지허고 바다허고, 그래서 널 띠 놓고 도망쳤던 에미여. 허긴 너사 안죽 너무 에린개 몰르겄어도, 전에는 우리덜, 야지허고 바다허고 사나허고 소굼허고 살았더라고. 산주름도 허기는 큰 물자락 겉여. 그래도 나는 물자락 멀리서 봄선 살고 싶제, 고 물자락 워디 떠 있는 나뭇잎 겉은 오막에서는 살고 접들 안 혀. 소굼허고 사나허고, 호호호, 조 실하던 영감, 그래도 바닷사나는 아녔었제. 조 실한 산사나, 품에서는 임기(淫氣) 조섭 잘도 히였어. 헌디 조 썩어질 나, 잡년, 음독 좀 풀릴라 들먼서, 손발 끄텡이가 호꼰해질랑개, 전에 벵들었던 디서 고룸이 흘름선, 아새끼 우는 소리에 애간장 다 녹아나는디, 아, 아가, 아가, 잘도 자네, 우리 애기 잘도 자네, 검동이도 잘도 자네, 소록소록 잘도 자네. 그라고 본개 석양이네, 땅꺼무여, 요 밤을 워짜꼬? 우리 애기 워짜꼬? 썩어덱씨러질, 저 그들끄장만 좋았이먼 됐제, 아새끼는 워짠다고 퍼 내질러서, 조 포소근히 든 잠을 설피게 헌디야? 그라먼 고때마둥 조 산(山) 늙은탱이는 물었었제. 그라먼 나는, 속에 두두레기가 돋아나서 그란다고 입속으로만 대답히였을 쑤배끼. 헌디 고것은 두두레기는 아녔더랑개. 고것은 워짜먼 문동벵이었을 겨. 요 삐말른 젖텡이 속속 워디 앉아, 제집 문뎅이가 아파허는 고것이었드랑개. 손꾸락 발꾸락 다 오구라들고, 눈썹 없는 문드러진 제집년이, 오구라져 앉아 아파서 울더라고. 나는 고런 문뎅이를 많이 봤었은개여. 비라도 올라고 날이 꾸무레 히여지먼, 조 제집 문뎅이는, 워디 처매 밑 옴팡헌디 쭈굴치고설랑 기양 우는 겨. 고것은 세름이여. 고것은 문드러지는 몸뗑이가 아녀. 고것은 사는 고 아픔이여. 살다 보먼 고렇게, 모서리 진 데다 깩이 나가삐림선, 왼 몸뗑이 진물만 덮여삐리는 겨. 고것뿐이먼 그래도 괜기찮어이. 고 아픈 것을 워니 때 끕째기 만내삐리는 고것이 탈이여. 썩을 녀러! 저그들 좋아허는디, 대처니 아새끼는 무신 그리 삐족헌 볼일이 틱별히 있다고 고렇게 불거져서 지 에미 속을 썩쿤디야? 삐져나왔이먼 또 고뿐이제, 울기는 지랄 육실헌다고 뱀이나 냇이나 개리도 않고 고렇게나 운단디야, 썩을 녀러! 헌디 고 육실헐 눔의 울음소리는 생육갑헌다고 내 짚은 속에서 울리 나올 건 또 머시여? 고것이 글씨 사탈이었더랑개시나 시방. 헌디 야야, 우리가 그랑개 워디만침이나 왔이 끼냐? 고단 새 해는 조 큰 산 목고개 속으로 꼴깍 너무가 삐리고 말았으끄냐? 물배만 불러각고도 너는 참 잘도 자네. 헌디 새들은 워디로 날아들 간디야? 날아설랑 워디들로 간단디야? 나무들이 수런거리기를 시작허네. 헌디 워디서 또 아 우는 소리가 들린디야? 워디서 늙은 할망태기는 지침을 조렇기도 해싼디야? 나, 나무들이 그런개 벼, 그런갑제? 그, 그러까? 육실헐 녀석! 글씨, 너는 여그 있는디, 또 뉘 아가 운디야?

워디서 애비도 없는 호리자석은 운단디야? 너는 누구간디, 또 누가 운디야? 나, 나무들이 그런갑제? 나무들이? 너, 너는 밤에도 울었제이. 새복에도 울었제이. 낮에도 울었었어. 원제나 문지방 바끄로 두 다리 걸치 니리놓고 고렇게 울었드랑개. 니 에미 니 애비 집에 다 있어도 늘 사립짝 봄시나 안 울었냐고이? 산 짚은 디 띠 놓고 온 내 자석새끼 울음을 넌 울었드란 요 말여. 내 말이 틀렸단댜? 니가 울 때마동 나는 젖이 아팠고이. 가심이 아팠고이. 에미가 아팠고이. 그랑개 고것이 오늘이었으끄나? 너는 혼차 문턱에, 산 짚은 디 띠놓고 온 에린 자석맹이 앉아 울었었고이, 에미를 지다리고 있었고이, 나는 에미가 아팠고이, 그래 나는 너를 품었고이, 나는 그랑개 에미였고이, 우리 아부 만내 살자고 나는 널 달갰고이, 그랑개 너는 울음을 끄쳤고이, 그랑개 너는 내 새깽이였고이…… 헌디 너는 지끔 잘도 자는디, 또 뉘 아가 워디서 운단디야? 썩을 녀러! 아매 나무가 도란거리는 소리겄제. 워짜먼 내가 우는 소리도 걷여. 헌디 고것도 아닌개 벼. 그랴, 진작부텀 고것이 아녔던개 벼. 이 육실할 년아, 그라먼 머시란댜?

나 전에, 기양 한 제집이었을 때, 나, 내 집 문전에 홍등 밝히놓고 사나들 지다맀을 때, 고때는 나 참말이제, 내 사나, 넘우 사나, 고런 것 한 번도 안 개맀었는디…… 워떤 사나든 다 내 사나고, 다 넘우 사나였었는디, ……헌디 워째서, 나 지끔은 가심에다 홍등 써놓고 자석새끼 품에 안기 바래는 디도, ……워째서 자석은 넘우 자석 지 자석이 확연히 개려지는지, 고것을 몰르겄다야. 워째서 지가 난 자석만 자석이고, 지가 안 난 자석은 자석이 아닌지 고것을 난 암만혀도 몰르겄다고. 지끔 내 가심엔 홍등이 훤허게 밝혀 있는디, 대처니 에미 잃은 저 아는 워디서 운단디야? 해는 펄쎄 산 목구멍 속으로 앵두맹이 너무가 뻐렸는디, 워디서 조 서럽운 아는 앵두겉이 운단디야? 아가 아가 아가.

—자꼬 지나감시나

한 미친 제집년이 산에서 니리와각고 요 동니를 지나감시나, "획시 우리 아부 못 밨이끄라우?" 허고 물었는디, 조 미친 잡년은 저구리를 워디서 워떤 년헌티 뺏기간디, 맨살 어깨로 고라고 댕겄으꼬이. 보나 마나 사나깨나 홀꿀 겨.

"우리 아부는 실한 바닷사나다요이. 누가 울 아부 좀 못 밨이끄라우?"

그랑개, 조쪽 엉떡 밑에 사는 영감타구, 실쩍실쩍 조 제집을 젙눈질해 봄시나, "바닷사나라면 바닷가 가야 안 있겄다고이?" 허고 대답히여준개, 요 제집 "그래도 울 아부가 날 찾으로 댕겄는지 몰라서 안 묻는개 비요" 허고, 똑똑시럽게 대답허등만.

"글매, 그라고시나 가만 짚어본개 말여, 워디가, 고 영감이사 바닷사나는 곌단코 아녔지만 말여, 그랑개 고것이 하매 원지쩍이나 되꼬? 글씨 한 영감이, 글매 그랬었제이, 마포 건에 상복 입고시나, 요질 두르고 짚세기도 신고 말여, 주렁막대 짚고 요 동니 지나간 적이 있는디, 혼차 씨부렁거려쌓는 겨. 무신 뜻인지는 몰르겠어도, 요래 쌓는 겨. 낫청룡에 작대기 백호, 거 날들 다 좋기도 좋다마는, 쯔츳, 쯧, 공알감씨에 화근이 있었구랴, 거그 벵란이 있었어, 츠쯧, 인제 용의 생기가 흘르덜 안 허니, 비록 날 좋단들 그거 죽은 제집이제, 머세다

쓸 껴. 요래 쌓는 겨. 듣기로는 풍수란디, 거 실성거렸드라고. 산 날[脈]을 두 고시나 글씨, 무신 제집 보뎃기 보는 겨. 혹시 고 늙은네 잔내 아부 아녔는가는 몰르겄어도, 인제 죽었기도 펄쎄 죽었겄네. 글씨 고게 하매 원지쩍인디."

"그라먼 고 뇌인네(노인네) 워니 쪽 질로 갔이끄라우?"

"조쪽 모텡이로 누런 구렝이맹이 돌아가 뻐렸제. 아매 고게 석양 판이었어."

"아부지 아부지 아부지."

—자꼬자꼬 감시나

"실한 뱃사나를 만낼라먼 워니 질로 가야 씨끄라우? 누런 구렝이 겉은 사나 말이라우." 한 달친 잡년이, 저는 갯갓 찾아간담시나, 산으로 더 짚이 들어가는 질을 걸음선 고렇게 물었는디, "내가 워떻기 알겄냐. 조 아래쪽 조 옴팽이 집에 사는 판쇠는, 소싯적 사당패들 따라댕긴다고 열시[閱世]가 많은개, 가서 물어보먼 혹깐 갈치줄라" 히였더니, 헌디 요 잡년 고런 늙은탱이헌티 워떻기 반해뻐렸간디, 고 집에 머물러 사흘 살고 떠나까 히였더니 또 사흘을 살고 떠나까 또 히였더니, 글씨 사흘을 더 살고 떠났구만, 그래 동니 젊은네가 가서 고 내력을 물어본개, 고 판쇠 늙은탱이 놈 엉큼하게 웃음시나, "내가 처음에는 이렸어, '저그 조 쌓인 빨래 다 빨아주먼 갈치주께' 히였더니, 사흘 품 들었고, 두 번째는, '조 뒤터 새로 일쿤 밭 끈트럭 다 파내주먼 갈치주께' 히였더니, 닷새 품 들었고, 마지막으로서나, '나허고 하룻밤 자고 나면 갈치주께' 히였더니, 흐흐흐." 허드랑만, 그래서 젊은네들, "그래서 워찌 히얏소?" 허고 물은개, "먼슬 워찌 히야? '뱃사나를 만낼라먼 바닷가로 가야 안 만내겄냐?' 고렇게 갈치줬제. 그랑개, '고건 맞는 말씸이구만이라우' 허고 좋아험선, '그라먼 워니 질로 가먼 갯갓으로 가끄라우?' 허고 요 옌니 묻길래, '요 팔도천지 한 질만 빼놓고 세 질로 가먼 워디를 가도 갯갓은 나와' 허고 내가 갈치줬더니, '그라먼 고 한 질은 워니 쪽 질이다요?' 허고 또 묻길래, '고것이사 동쪽 남쪽 서쪽 질 빼논 질이제' 내가 갈치줬더니, '고맙네라우 영감님' 허고 절함선 떠났더라고" 허고 요 여시(여우) 겉은 영감탱이 말허드란디, 그라고도 차코 킬킬 웃기만 히여서,

젊은네들, "암만혀도 영감은 속에다 머슬 더 숭키놓고 있지라우?" 허고 다구쳐 물은개시나, 흐흐흐, 요 노망헌 눔의 잡놈, 제 놈의 늙은 근을 내비는디, 흐흐흐, 고게 글씨, 외로 꼰 삼실에 열두 매로 칭칭 묶이 있드랑만 글씨. 그래서 젊은네들, "요것이 대처니 무슨 짓이끄라우?" 허고 웃은개, "글씨 나도 무신 짓인지는 몰르겄어도, 인제 영 풀어내고 싶덜 안 허당개. 죽을 때끄장 요대로 둘랑만" 허드랑 겨.

"그래도 무슨 내력이 안 있겄소이?" 젊은네들 물은개, "벨것은 아녀. 고 옌니 미쳐도 좀 요상시리 미친 겨. 글씨 말여, 나허고 하룻밤 자자고 헌개시나, 아무 말도 안 허고 속곳 풀어 니리더니, 요번에는 반짇그럭 갖고 와설랑 삼실 찾아내갖고, 나보고 두 접 실 한 끄텡이를 잡고 있으란 겨. 그라더니 외로 꼼선, '영감님은 소싯적에 사당패 따라댕깄담서요이?' 허고 묻는 겨. 그래 내 '그려' 허고 대답히였더니, '영감님이 아매 소싯적에, 낭군 있는 젊은 옌니 하나 홀과다 통하고 쥑였겄소이?' 허고 엉뚱시런 말을 허는 겨. 나는 고게 무신 소린지 뜻은 몰르겄어도, 고것도 무신 음담패설이거니 허고서나, '그랬이먼 또 고것이 너허고 무신 상관이여?' 허고 나도 엉뚱시럽게 물은개, '그래서 인제 영감님 죄 많은 뿌렝이 열두 매 염히여서 쥑일라고 그러요' 허고 대답험선, 고 제 집년 요렇게 염히여논 겨. 그라고 난개서야 인제 나헌티 허락하는디, 요렇게 염해논 채 그랑개 밤 지내고 났더니, 제집년 떠날 채비 험선 '인제 요 끄텡이서 썩은 새 국물 흘를 것잉만이라우' 허는 겨. 그래설랑 내 대답히였제. '염히여서 장사지냈으면 마땡히 썩어야 안 되겄냐이?' 히였더니 제집 웃음선 떠났는디, 속 이치야 워찌 되었던동, 염라대왕님 사시는 고쟁이 고렇게나 호꼰시럼선 안 온허담사야, 백택 없이 요 어설픈 시상(세상) 살자고 요렇게 버둥댈 것이 또 머시겄냔 생각이다고. 인제는 나 열두 매 염 돼서 땅속에 아조 짚이짚이 묻혔으면 싶기도 허당개. ……아미타불, 나무 나무 나무."

—자꼬 또 자꼬 감시나

"월매를 더 가야 갯갓에 닿으끄라우?" 갯갓에서 낭자머리 한번 못 히여보고 산(山) 시집살이 히였다는 옌니가, 질게 땋 니린 머리로 지내감선 물었는디, “고 질로 기양 감선, 둬 재만 더 너무먼 거그 내 친정 있는 갯갓이구만이라우” 허고 내가 일러준 개시나, “댁네 아부도 거그 있겄소이?” 허고 고 옌니 물었드라고.

“그려요. 그래도 나 울 아부 얼굴도 몰르오.” 내가 말한개,

“우리는 워짜먼 요롷게 둘이 똑같으끄라우?” 허고 고 옌니, 내 홀목(팔목)을 잡았다고.

“댁도 그랑개 아부 얼굴도 못 보고 컸다요? 츠쯔쯧. 글씨 우리 오매는 날 배고 있음선 과택이 돼뻐렸단디, 괴기 잡으로 나간 울 아부 영 안 돌아왔단다요. 고 땜시 울 오매, 뱃사공 시집살이 원지 과택 될지 몰른다고, 딸만은 산(山)사람헌티 시집보낼라고 히였단디, 내가 가매 타고 요 집 문전 당도헌개, 요 집서 생이 나가고 있었구만이라우이. 우리 낭군 급살 맞아 장사지낸다고 헙디다. 낭군 얼굴 한번 못 보고, 내 머리 올려 낭자는 히였소마는, 나 안죽도 처녀구만이라우. 그람선도 요롷게 살고 있소. 아무리 아무 디에 울 오매 안죽도 살고 있일 틴개, 지발이제 한번 찾아가서, 나 밨다고 말씸 좀 허고, 내 명년 가실 일이나 끝내먼 한번 댕기로 갈 틴개, 우리 씨아부 씨오매 대접할 떡쌀이 좀 곱게 빠놓우라고 히여주쑈. 시집살이 워떻기 허드냐고 묻거들랑은, 눈 깜고 삼 년은 지냈은개, 인제는 귀 막고 삼 년 지내는 중이라고만 좀 히여주쑈. 우리 낭군 소석 묻거들랑은, 산 짚은 디 워디 저승서, 삼 년 건너 한 번씩 와서 한 식경쯤이나 나허고 지내고 간다드라고도 히여주고, 내 얼굴 워떻드냐고 묻거들랑은, 글씨요, 요 풍진시상 하직 펄쎄 히여뻐렸은개, 요 시상 땡볕이 뜨거먼 월매나 뜨거부며, 겉으로 내 얼굴 끄실린들 고거 또 벨것이겄소이? 댁은 내가 부럽어 빈다고라우? 댁은 풍진시상 속으로 속으로 니리갈라고 요래 가는디, 나는 거그서 자고자고 우에로 올라간다고라우? 아이고매 사둔, 고런 소리 허지도 마쑈. 나도 제집으로 태났는디, 워찌 사나며, 억신 품이 안 기립겄소? 차라루 내 눈에 사둔은, 솔나무 우, 모가지 진 흰 새맹이오. 아무껏도 걸개 칠 것 없이 훨훨 날아댕기는 흰 새맹이오. 헌디 나는 인제 여자도 아니요이. 낭자머리로 산통 한번 못 치러본 요 배를 갖고 저승에 가먼, 최판관님 머시랄끄라우? 그라먼 낭자 한번 못 히여본 제집이 화작질에 골개 탁주 다 된 사둔을 보고는 최판

관님 머시랄 것맹이냐고라우? 에럽소, 에러워라우.

헌디 사둔 떠나간개, 내가 와시렉이 무너짐선, 재가 되네. 내가 재가 되네. 그람선 사둔 따라 내가 가네. 둘이서 감시나 혼차가 되네. 앉기만 허면 삘그렇게 나오는, 허다못혀 똥개 제집끄장도 좋와라 됨선, 나 훨훨 재 너무가네. 사나 찾아가네. 아부 찾아가네. 산통 찾아가네. 저승으로 안 가고, 조 풍진 시상 속으로, 사나덜 품 찾아 내가 떠나네. 조것은 참말이제, 월매나 보기 좋운 예펜네란디야. 사나 사나 사나."

—지나가고 또 감시나

"우리 아부 날 찾는단 소문 못 들었으끄라우?"

"자네 아분가는 몰라도, 하매 오래오래 전에, 워떤 미친 영감타구 하나, 상복 자락에 요령 매달고 여그 들렀다 해거름판에 조 고개 넘어 가빼린 일은 있었제."

"뭐랍뎌? 획시 내 소석 안 묻습뎌? 뭐랍뎌?"

"글매, 뜻은 잘 몰루겄어도, 날이 모도 헬맥이 끊기설랑, 살아 있어도 살아 있던 안 허고, 그거 빼말르단 겨. 지헹[地形]을 두고서나 히였던 말여. 나도 상두꾼 노릇으로 평생을 살아왔인개, 풍수(風水)도 많이 보아왔이나, 고 늙은네는 썩 달밨단개. 글씨 수근이라던가, 액근이라던가, 뭐 고런 것이 날의 조 아래쪽에서 펄쎄 벵들어빼렸단 겨. 그래서 내, 고것이 대처니 무신 이미(의미) 속이냐고 물었드니, 글씨 지헬[地穴]에 창벵이 들었단 겨. 그래 내 음에 미친 늙은탱이로 쳐빼리고 잠잠해빼렸는디, 아매 지 죽어 누울 자리나 찾으로 댕겼던 모냥이라. 지 상주 노릇 지가 히여감선 말여. 황토색 상복으로 조 고개 고닯게 넘어감선, 허리 찼던 요령 흔들던 고 늙은탱이 뒤다 대고, 그래서 내, 소리 뒤가락 멕있구만. 어얼럴러." 상사뒤야 상사뒤야 상사뒤야.

—또 지나가고 또 감시나

"워찌 조놈으 아는, 지 에미 품에 앵기서도 조리 울어싼다요 글씨? 참 딛기 싫소. 아매 조 아지매는 넘우(남의) 아를 훔치다 지 자석 맹글라고 허는갑소."

"요바라, 요 젊은니야, 고런 소리 함부로 허는 것 아니다이. 니 머리 땋 니린 것 본개, 너 안죽 시집도 안 간 모냥다린디, 대처니 저구리는 워짜고시나 미친다니맹이 고라고 워디를 가냐?"

"나 가매 타고 시집은 못 가밨어도, 나도 자석은 있는 에미구만이라우."

"온 저런 쑹악헌 수가! 워쨌든동 날 따라오니라, 나 입던 헌 저구리 하나 줄 틴개."

"아이고 할매도, 참 고맙소, 고마와라우. 긍낙(극락) 가겄네."

"헌디 너는 워디를 가냔개?"

"나는 갯갓으로 강만요. 거그 가먼 울 아부 만내볼 쑤 있으끄라우?"

"요 미친 다니야, 내가 고걸 워처키 알겄냐? 니가 너 가부(너의 아비) 얼굴을 알 것 아녀?"

"고걸 몰라라우."

"그람선 워떻기 찾아."

"울 아부는 실한 뱃사나라요."

"뱃사나사, 갯갓 사나먼 다 뱃사나 아니겄냐?"

"고중에 글씨 하나다요. 기중 실한 사나랑만이라우."

"젊은니가, 고 낫살도 아닌디 펄쎄 실성거리서씨까? 츠쯧, 그래 대처니 워떻기 니 속에는 궁니가 있는 맹인가?"

"그라장개 나는 속으로, 우리 낳게 허신 삼시랑님 이름 삼만 번 불름선, 백일지도 다 디리요. 우리 아부들 얼굴 비돌라고, 워디 있는지 갈치돌라고, 백일지도 다 디림선 요라고 댕기요. 영험시런 삼시랑할매, 삼만 번 불르요. 할매 할매 할매."

혼처(混處)

고 제집 히였던 말로는, 아부 만낼라고 산에서 왔담선, 아부 찾으먼 저 가부(저의 애비)랑 항께 에미 자석헌티 돌아가야 씨겄다고 히였는디, 고 '아부'

란 말이 참말이제 요상시러요. 글씨, 저를 지 에미헌티다 배주게 헌 뱃놈허고, 지 새끼를 지 배 속에다 넣어준 뱃놈허고가 겹치각고, 이치로는 두 뱃놈이야 될 성싶은디도, 똑 한 뱃놈맹이 알고, 또 고렇게 말헌단 말이랑개요. 한 모텡이가 달아난 년인개 안 그렇겄소마는, 내 속심이 따로 있어서, 요렇게 실멩이 고년 속을 한번 떠봤구만이라우.

"산(山) 시악씨는, 갯갓살이 몸 익힐라먼 요것조것 썩 에럽덜 안 헐 겨" 히였더니,

"워디가라우, 나 전에는 똑 요런 갯갓에서 살았었구만이라우" 허고는, 인제 나헌티 기어붙어요. 글씨, 정젯일(부엌일)이며, 서답이며 집 치우기며 다 헐 틴개, 워떻기 잠자리허고 목구멍 풀칠 좀 시키줄 수 없겄냔 것이었소. 안 그래도, 제집 돌라는 뱃놈만 많고, 제집은 모지래던 판에, 고것이사 큰물 때 워디 강촌서 떠니리온 씨암퇘지 겉여서, 내 속으로 너무 좋았지만도, 얼렁 허락을 안 허고 있었더니, 아니나달르겄소, 고년 움시나 내게 매달림선, 품삯은 안 바란다고 히였소. 제집이사 머, 고렇게나 큰 달뎅이 겉든 안 히여도, 푸루쭉쭉헌 것이 사나도 썩 뽀채겄고, 사나 후릴 재간도 있어 비는 것이, 내 장삿속에는 거 참말이제 씰모가 있을 듯허드란 말이오. 그래설랑 내 인심 씨는 것맹이, "에따, 요 돈 갖고, 조 오래비들 따라 장터 나가, 연지도 사고, 분도 사고, 옷도 한 벌 몸 맞는 걸로 사 입고 오니라. 저녁은 괴깃국으로 배불리 줄 틴개" 허고, 빚줘 놨소. 그라고 나먼 인제 지 택까리로(자기 멋대로) 떠나던 못헐 것 아니겄소이? 그라고, '오래비들'이란 건 머 달른 놈들이겄소, 내 밑에 머심맹이 부리는 왈패 놈들인디, 똑 두 놈잉만이라우. 고놈들은 씰모가 참 많아라우. 트집 잡는 뱃놈들 멕살이 끌어내 빼리는 일로부텀, 사니각시[男娼] 찾는 사나허고 잠자 주기끄장, 또 고런 일은 벨로 흔허든 안 히여도, 워쩐 때는 뒤어지게 얻어맞기를 바라는 놈이 있는디, 그런 놈헌티까죽 허리끈 뜸질히여주기, 또 몇 푼 갖고 와서 귀띔해주고 가는 뱃놈 과택네 하룻밤 서방 노릇 히여주기, 머 요것조것 씰모가 많당개요. 그람선 저그들끄장 서방 각씨 삼고 사는디, 나도 제 놈들헌티 세 때 공짜 밥에, 막걸리 사발에, 워짜다 한 번썩 튀전판 뒤 바주기에다 인정 틱별히 많이 쓰고 있다고라우. 고것들이야 워떻든지 간에, 아따나, 글씨

장터 갔던 조 제집 돌아와, 괴깃국 믹이고, 꿔미놓고 본개, 아따 요것은, 일등 가래도 서럽을 기생이겄습디다. 고날로부텀, 요 제집 소문은 난리 난 것맹이 퍼져뻐렸는디, 그라고 본개, 운이 좀 나간 듯싶던 내 주막이 다시 흥청거리기를 시작허는디, 글씨 돈궤를 다시 맞춰야겄다는 생각끄장도 실멩이 들라고를 히여요. 내 인젱[人情]이 도탑다 본개, 아매 서낭님 전에서 날 보살피준 듯히였소. 글매, 사나들은, 고 제집 순번 지다리겄다고시나, 방방마다 술상 놓고 앉아설랑 눈이 삘그란 채 하품들만 해쌓다먼 알아볼 쪼 아니겄소잉. 다른 제집들은 머 제집도 아니고라우, 고것만 제집이었더랑개. 그러장개 혹깐 튀정 부리고 난리 치는 일도 더러 있으나, 글씨 저 왈패 놈들 뒀다 머세 씨겄소. 고때쯤에는 내가, 조 제집헌티 세 때 밥으로 믹이고, 열흘씩 걸러 막걸리도 한 되씩 쌂으로 줘서, 제 년이 고 한 됫술을 금값으로 팔든 똥값으로 팔든 내 관기치 않았는디, 그래도 고 제집 질거워허는 빛이 없는 건 수상시렀소. 걱다가 또, 요건 참말이제 영 알 쑤 없는 노릇인디, 장터 큰 포목상이나 한량 손님보당, 우락부락헌 뱃놈들을 더 섬겨요. 거참 요상한 제집이었소그랴. 고 제집 속에 글씨 멋인지 사정이 있었을 것인디도 물어보든 안 히였은개 알 쑤는 없을배끼요. 물어본댔자, 워디서 소박맞고, 똥 까랭이 찢어지게 사는 친정으로 돌아가는 질이라던동, 또는, 워디 식모질 가다, 말 잘허는 노름쟁이헌티 욕을 당하고 죽을라고 했다는동, 머 대개는 고런 내력들이라, 나는, 시악씨들 내력 겉은 건 애초에 거들떠 들어볼라고를 안 하고 있소이. 내 팔짜 싸난 것도 워짜들 못허고 있는 판에 넘우 서럼끄장 보탤 건 또 머시겄냐 요것이, 내가 통해뻐린 도였더랑개요. 헌디 조 잡년헌티 무신 엠병헐 눔의 지랄귀신이 덮어씨웠간디, 한동안 잠잠허다가시나 끕째기 지랄 발동을 하고 나섰이끄라우?

까닭이는 확연히 몰르겄소. 워디 벨랑 안 먼디서, 웬 문뎅이 제집이 아새깽이허고 지침을 해쌈시나 울고 있어서, 내 잠도 과히 펜털 못허고 있었는디, 밤쭝쯤이나 됐이끄라우? 글씨 고년허고 잠자던 사나, 내 방문을 차고 들어와 각고는, "조런 순 천년 독새(독사) 제집을 놓고는 돈 옭와 쳐묵는 너 백여수 쥑이뻐리겄다"고, 난리를 피기 전에 사탈이는 벌어진 모냥이었구만이라우. 내 잠 덜 깬 눈으로도 본개, 조 사나가 머슬 흔들어 비었는디, 고것이 글씨 물어뜯기서 그렇던지, 손톱으로 할캥여져서 그렇던지, 피에 뒤덮여 아주 볼 쑤도 없구로 고렇게 돼 있더라고라우. 고것 참 큰일났덩만이오. 까짓 녀러것, 건달 놈들 불러딜여, 대문 밖으로 던져 내뻐리라고 히여도 될 쌍험선도, 또 한쪽으로 생각히여보니, 고것이 기양 무신 튀정이 아니고, 사내 쳐놓고도 가뜩이나 쇠중시런 디를 다치고설랑 고 야단인디, 벱이 무섭고 관이 무섭어져라우. 그러장개, 화대고 술값이고 다 구만두드래도, 약값끄장 안 물어낼 재간은 없드란이 말이시여. 그래 내, 손이 발 되드락 빌고, 돈궤 열어 약값끄장 보태, 조 사내는 워떻기 워떻기 달개 보내기는 히였어도, 그라고 난개 제년 반달 벌이가 홱 없어져 뻐림선, 내 장사 돼갈 꼴을 생각허니, 눈앞이 캉캄히여지더라고요. 고 소문이사 난리 두 번 난 것맹이 퍼져뻐릴 것잉만요이. 그러장개 대천지 조 쎄리 쥑일 잡년을 워째 놀까만 싶은 것이, 쇡이 송신해 똑 죽겄더라고라우. 그래 내, 치매 말 단단히 매고시나, 놈들 불러, 고년 방으로 안 갔겄소? 히였더니 조년, 뻴그랗게 벗은 몸으로, 월매를 고 사나헌티 채이고 밟히고 맞았던 동, 피철갑을 허고시나, 구석에 처백히 앉아 소리도 안 내고 울고 있는디, 고렇게 될 때끄장도 내가 몰랐던 까닭이는 아매도, 고 제집년 고렇게나 채이고 밟힘선도 끽소리 한마디 안 허고 앙 당물이고 참았던 고 탓맹이였소. 고 뻴그란 몸뗑이를 본개, 불쌍시럽기는커냥은, 내 속 워디서 불이 붙었던동, 사지에 열이 올름선, 가심이 월럭벌럭히여, 전뎌 묵기 아주 에럽어라우. 그래 내 조놈들 보고설랑, 조년을 광 속에다 욍기놓고, 네 다리 묶어 짬매라 시킨 뒤, 내 치매폭 찢어 주뎅이는 틀어막아 뻐렸소이. 내 속은 자꼬 근지럽어라우, "워짤랑그라우?" 두 눔이 다 실멩(신명)이 나쌓서 물어라우. "요번에도 까죽끈으로 족칠랑그라우, 아니먼 바늘 끝으로 쑤셔댈랑그라우?"

"아녀, 요번에는 안 그랄 챔이구만."

그라고 나, 정제 나가 윤두(인두) 달콰았소이. 그람선 우리들은 웃었소이.

헌디, 머 환장헐 일 났다고, 속하게 무신 일을 허고 싶덜 안 해. 뻴그랗게 달콰진 윤두 대강만침 식어지기 지다림선, 땅꾼 구렝이 놀리덧기, 조년 눈앞에서 윤두 놀렸소이. 그람선 머리끄뎅이도 쪼꿈 태우다, 북꽃 끄트머리를 오구라지게도 허고, 손톱 꿔지는 니암도 질기다 본개 윤두가 마침맞게 식어라우. 그래서 우선 젓텡이다가도 뒤 점 지져도 주고, 호복지에도 댓 점 안 지져주었겄는개 뵤. 그람선 인제 찬찬히 찬찬히, 고 제집 지얼(제일) 쇠중시런 디로 윤두를 갖고 갔소이. 쥑여서는 내가 옥살이를 헐 것인개, 나도 고것은 다 시엄(셈)험선 그란 것이오. 흐흐흐, 대강 다 식었기는 했어도, 흣, 흣, 흣, 글씨 윤두 끄텡이서는 지지직 허는 소리가 아조 얄팍허게 남선, 초저녁부텀 사나들이 쏴낸, 사나 타는 니얀새가 아조 상기롭게 맡아져라우. 고 잡년 고때는 기절 혼도해뻐리고 말았지만, 절단코 죽지는 안 히였을 것잉만요. 고 깨굴창(웅덩이)에 그라고 윤두는 꽂혔었었소이. 그라고 난개사, 내 속이 개운시럼선, 머신지는 몰르겄어도, 백힌 침이 뽑히져 나갈 때맹이, 머시 차침차침 내 몸에서 얼운허게 빠져나가더라고요. 저그들끄장 각씨 서방 삼고 지내는 조놈들이 워떻게 지랄 떨던지사 말히여서 멋허겄소. 흐흐흣, 헌디 고 밤에, 배깥에서는, 눈비가 섞여 니리고 있었는디, 뉘 집 워디, 글씨 벨랑 멀도 안 한 처매 밑에서던가, 아 우는 소리가 끊치덜 안 허고 나고, 그라고 또 들어보먼, 고 아 에미지 싶은 제집 지침 소리가, 껌게 껌게 들리고 있었구만이라우이, 낮에 동냥 왔던 고 문뎅이 제집일 것잉만요.

글씨 고 밤은, 눈허고 비가 섞여, 고 밤새도록 떨어진 낭구 잎사구를 울렸는디, 가실도 엔간히 엔간히 짚어들고 있었는개 말이오. 고 짚은 가실 밤에 글씨, 아가 울고 낭구 잎사구가 지침을 하고, 문뎅이 제집이 지침을 하고 낭구 잎사구가 울고, 비허고 눈이 섞여서 니렸소. 저실이 가찹아지고 있었는디. 윤두맹이 여름이 지졌던 흔척들만 쬐꿈씩 냉기고, 그래서 요것저것 헐 것도 없이 모도 말짱 뻴수 없이 멩년 봄끄장 죽어가고 있었는디. 멩년 봄끄장 멩년 봄끄장 멩년 봄끄장.

—떠돎시나

아부님들 보시기는 여그 요 화냥년, 쉰 재도 더 넘을 산들의 짚은 디, 워짜다 새 울어도 고 울음 못 떠나고 니얼 들어도 우는 디, 거그다, 산 애기 산 오매 산 채 묻어놓고, 죽은 울음 죽은 지침 한 뎅이 독(돌)맹이 싸서 품고 온 년잉구만요. 히여도 나 고보당 전에는, 똑 요런 갯갓서 살았었는디, 푸줏간을 히였었소. 울 오매랑 나랑 동업을 히였더니요. 오매 살 한 점, 내 피 멫 방울, 저미내고 짜내서 배깥 뜰에 내어노먼, 코도 밝은 아부님들 니얌 맡고 왔었소이. 볼에는 연지, 가심엔 한숨, 배 속에는 꺼생이(거윈), 입술에는 비늘 웃음, 아랫도리에는 뿌렝이 짒은 창병—여그 요 화냥년, 사둔네들 딸년, 참말이제 한 번도, 떼진 재산 바랜 적도 없고라우, 그저 한 그럭 고봉 담은 보리밥, 한 남자 하룻밤 홀꿀 분연지 쪼꿈, 푸른 저구리 다홍치매, 사나 무게 모를 만큼 취할 독소주, —고만쯤 바랬대서 내가 욕섬 많은 년이었으끄라우? 내가 너머 욕셈이 많았이끄라우. 푸른 저구리 다홍치매 푸른 저구리 다홍치매 푸른 저구리 다홍치매.

—늘 떠돎시나

나도 그랑개, 한때는 에미였었소이. 한때는 나도 딸이었었소. 히여도 여그 요 화냥년 애비 몰르고 자랐네라우. 낭자머리는 해보도 못허고, 사나 오백나한 다 품어난 내 새끼도, 아부 몰르고 자랑만요. 울 오매 허는 말로는 실한 바닷사나, 실한 뱃사나. 물도 말고 산 짒은 디, 죽어서도 말고 산 채 묻어논, 내 새끼 애비도 실한 뱃사나, 조 넓기나 넓고, 조 짚기나 짚은, 조 푸른 바다, 한 그물에 낚아내던 사나. 괴기 잡아 살던 남정. 히히히, 그라고 본개시나, 사둔네들 얼굴이 끕짹시리 괴기 낯짝으로 보이네. 울 아부 있었으먼 한 그물 떤짔겄네. 히히히, 요 메말른 제법, 벨랑 오래도 안 전에는 풍더분한 제집이었더랑만요. 한때는 글씨, 벨랑 오래도 안 전인 한때는 글씨, 사둔네 오백나한 헤미침선 빠져갔소. 그래도 지끔은, 사둔네들 말른 뼈만 더그럭거림선 무너지요이. 바다 바다 바다.

—떠돌고 떠돎시나

아부지, 아부지, 우리 아부지, 요것은 인제 제집도 아닌 제집이구만이라우. 무신 난리를 요 몸뗑이가 치렀으꼬? 속에서는 문지(먼지)가 폴씬거리는디, 껍데기서는 진물 말를 새 없네. 안죽도 나 나이로는 젊어도 늙어삐린 제집. 아부지 소석 들을 질 없네. 바람은 불어 자꼬 강남으로 가는디도, 강남서 오는 제비는 없고 요것은 너머도 무섭은 저실이네. 저실 속, 진태 속, 옴팡한 디 앉아 우는 조 문뎅이 얼렁 죽어주도 안 허네. 아부지, 우리 아부지, 나 지도허네니다, 백날 정성 모돠 지도허네니다, 움선 지도허네니다. 요 젊어 못씨게 된 딸 지도허네니다. 지도허네니다. 아무껏도 바랠 것도 없는 고 빽마른 심정으로서 나 아부지 얼굴 한 번만 보기 지도허네니다. 아부 귀묵었으면 눈으로 보라고 몸으로 지도허고, 눈멀었으면 귀로 들으라고 소리 냄선 지도허네니다. 지도허네니다 지도허네니다 지도허네니다.

—떠돌고 또 떠돎시나

바다는 소리도 없네이. 그리매도 없는 몸이네이. 조 바다 우 워디로 걸어간 낭군 빠춘 그리매라도 조 짚은 속 워디 너훌대고 있으까? 바다는 불 겉네. 월럭월럭 탐선도 그리매도 없는 몸, 불 겉네. 바다는 불이네. 바다는 소리네. 왼통 소리네. 불은 소리네. 몸이 있어도 몸이 없는 몸. 그리매 없는 소리. 워디서 소리들이 날 부르네. 날 부르네 날 부르네 날 부르네.

혼처(婚處)

조 소리는 짚세기 신었네. 조 불은 마포 건 썼네. 조 바다는 상복 입고, 나뭇배 우에 쭈굴치고 앉아 있네. 아부지, 날 좀 뜨십게 히여줘겨요. 그리매 없는 몸, 몸 없는 그리매, 내가 아부지 가심으로 녹아져 들어가네. 낭군, 아 내 낭군, 요 데럽은 제집 좀 봬겨요. 아부, 요 죄 많은 딸 좀 봬겨요. 요 독살 맞은 에미, 당신이 태우네니다, 씻기네니다, 상[香] 발라주네니다. 배는 땅굴 겉은 저녁의 캉캄헌 디로, 나를 싣고, 메똥 속으로 가뎃기 가네. 그람선 내 꺼풀들이 벳기지네. 소리만 남네. 소리는 희게 하늘로 날아가네. 고것은 옌기 겉여, 그리매 없는 흰 옌기 겉여. 조 아랫녘 나뭇배 우에는, 딸이 에미 모냥을 허고시나, 아부가 신랑 모냥을 헌 가심팍에 파묻히 껌게 죽어 있는디, 배는 조 뼈 무데기를 실은 채로 워느 녘에 삭아져, 바다 밑 기중 최용헌 디에 달맹이 까라앉아 있네.

거그서는 빛이 빛이 아닌 빛이 빛나고, 어둠이 어둠이 아닌 어둠이 어두운디, 고것은 달은 아니까, 글씨 몰라. 요보(여보), 인제 쉴 땐개 뵤이. 쉴 땐 겨 쉴 땐 겨 쉴 땐 겨.

—그라고 바닷가 사는 할마씨 말 듣잔개

글씨 고 엔니, 조 어둔 저녁에 말여, 자꼬 자장노래 겉은 걸 험시나, 자꼬 저 어둔 바대로 걸어 니려가는 겨. 감선 입었던 옷 말짱 벗어 떤지뻐리길래, 가실도 요롷게나 짚어서 추운 밤에도 말여, 미역이나 깜을라고 조라는갑다 허고 말여, 나는 기양 넋 없이 고 옌니 뒤만 봤더라고. 고건 머시라꼬? 글씨 머시래야 씨꼬? 조 어둔 저녁에, 조 어둔 바대로 걸어 니리감선, 노래허든 조 흰 몸을, 글씨 멋 겉다고 히여야 쓰까? 당최 씨 안 묵는 소리도 겉지만, 고것을 글씨 무신 등이라고 히여도 쓰까? 글씨, 땅도 바대도 하늘도 다 어둡어, 땅도 바대도 하늘도 없어져 뻐렸는디, 그래설랑 늘 생각히였던 것맹이로, 나 죽어 묻힐 디는 아매도 조럴 것이다 히였었는디, 헌디 고 옌니가 노래험선 니려가는 거그로, 그저 번험선 흐르작거리는 오쉴질이 생기더라고. 그래서 나 생각히였기를, 아 조것은 혼백이 하직험선 흔드는 옷고룸인가도 히였더랑개. 고 옌니 이승서 저승으로 고렇게 노래험선 니려가는 것 겉드라고. 조 짚으 디 짚은 워느 짚은 속으로 말여. 허긴 모도 데럽다고 고 옌니헌티 춤 뱉고 똥물 찌얹은 것도 나 알고 있제. 고 옌니 밥 좀 돌라고 내 집 사립짝 앞에도 더러 왔었은개, 고 옌니 썩든 니얌도 나 죄다 안당개. 그래도 나 노상 눈시울 적셨드니. 글매 고 초라한 옌니, 워디서 줏었는지 몰라도, 구멍 뚤버진 독(돌) 한 뎅이를 원지부텀인지 안고 댕김선, 조 진물 찐젝이는 젖꼭대기를 고 구멍에 물리는 겨. 고렇게 와갖고는 "할매, 우리는 배가 고프구만이라우" 히였어. 그렇던 옌니가, 고렇게도 어둔 디를 걸개칠 것도 없이 니려감시나, 고 데럽던 껍데기를 하나썩 하나썩 벗어가더라고. 고때는 아매 고 옌니 날아가고 있었을 겨. 무신 두텁은 껍데기 속에서 고 맑고 캐칼한 것이 깨 나와갖고, 훨훨 날아가고 있었드랑개. 고 옌니는 그라고 더 비덜 안 히였어.

전엔 나 벨랑도 잠을 짚이 들덜 못 히겠어서, 노상 바대 쉽게 우는 소리며,

밤 괭이 우는 소리 겉은 것이나 듣고, 씬 담배나 대여섯 대썩 태움선 밤을 새뻐리고 히였는디, 글씨, 하릴없이 죽음질 앞에 놓고 보면 고렇게 되는 벱여, 헌디 고날 밤은, 나 죽은뎃기 짚이 잠 잘 잤구만이. 맴이 펭하(평화)시럼선 왼갖 시럼이 다 없어져 빼려.

글매, 내 말이 씨는 안 묵는지는 몰라도 말여, 고 옌니가, 내 속 워디서, 아조 젊은 채로 일어나, 날아가 빼린 것 겉였은개. 그라고 난개 인제, 내가 사흘쯤이나 더 살랑가, 석 달쯤이나 더 살랑가, 고것이 시엄(셈) 되기 시작험선, 인제는 요 시상 하직 다 히여빼맀구만이. 인제는 죽어, 펜히 묻힜으면 싶구만이. 그라고 나서도 바대며 밤 괭이 우는 소리나 아시미리허니 들었이면 싶제. 나도 참고 왔던 겨. 요롷게 꺼죽은, 요 풍진시상 사는 디에 쭈그러져 추히여도, 속은 안 그런 겨, 글씨 안 그런 겨. 고운 겨 고운 겨 고운 겨.

—그라고 고 할마씨 죽었는디

글매 자기 말대로, 사흘 만에 고 할마씨 죽어빼렸는디, 고동안은, 글씨 진태도 진태도 고렇게나 니릴 쑤 있으며, 바람도 바람도 고렇게나 불 쑤가 있으며, 바대도 바대도 고렇게나 쑹악헐 쑤가 있었이까? 헌디 고 할마씨 죽던 날 늦은 저녁때부텀은, 물론이사 껌은 구름은 쪘어도 하늘이, 미쳤던 조 잡년 속곳맹이 찢어절랑은 속살이 보인개, 거그로부텀, 조 미쳤던 잡년 하혈 겉은 섹양이 쐬어 니렸는디, 그래서 또 횝시 워니 강마실에서 떠니리온 씨암돼지라도 없이까, 아니먼 무신 씰 만한 판자때기라도, 또 아니먼 비단 싣고 먼 디 댕기는 장삿배라도 뿌서져 안 밀리왔이까, 또 아니먼, 바우에 대가리 깬 큰 괴기라도, 또 아니먼, 부정 탄 재물 욍기던 뱃놈 썽낸 물질 달갠다고 떤지빼린 돈줌치는 없이까—허기사 고것 참 우멍시런 배뽀겠어도, 그래서 모도 갯갓으로 나가밨지 안 히였겠드라고이. 헌디 고런 건 글씨 아무것도 없이, 되떼 모래톱만 더 곱아지고, 아 그렇제, 참 여러 가지 색깔 낭구 잎사구들이 밀리와 물주룸맹이 쌓였기도 허고, 거그로 노을이 떰시나 쐐 니렸었제. 헌디 참말을 말허면 고것뿐은 아니었었구만. 글씨, 벨랑 물보래도 세었드라고. 그랴, 거그 한가운디에 머시 있기는 있었어. 글매 말여, 아무리 눈질을 피해서 안 볼라고 히여도 비는 것이 있었고, 아무리 쎄빠딱 새려 넣고 말 안 헐라고 히여도 말이 차꼬 맹글아지는, 고런 것이, 글씨, 고 최용시런 한가운데 누워 있었드라고. 고 석양, 고 바다 끄트머리 닿는 디, 또 뭍의 발꾸락이 쟁긴 디, 거그 있었어. 다른 머시 또 있겄어? 할마씨 죽기 사흘 전에 봤다던, 고 제집의 신체(시체) 말고, 또 머시겄냐고? 고 제집은 글씨, 하늘을 보고 누워 있었는디, 꾸둥꾸둥 솔아진 젖가심부텀 머리끄뎅이는 출렉이는 바댓물에 쟁겨 있고, 허리하고 궁뎅이는, 바다 끝하고 땅 시작이 닿는 디, 거그 걸치 있었고 말이제, 고 아랫동니는 모랫뻘에 묻히 있었더라고. 헌디 고 옌니 노상 가심에 품고 댕김선 젖 멕이든 애기, 구멍 뚤버진 독은, 거그 없었구만이. 그 아는 워디만침에서 에미 손을 놓치고, 지끔은 워디서 울고 있으꼬이? 사설 이약이제, 조 죽은 에미 얼굴에도 고 눈물은 괴어 있었네.

참말이제 고것은, 너머 섬뜩치근험선도 눈을 딴 디로 못 돌리구로 허는 고런 것이었어. 고것은 무신 뿌렝이는 아니었으니까? 고 제집 꾸덩진 진 목고개 너무(너머)서, 울창시런 잎사구들이, 바다맹이 바람질에 출렉였네. 조 무수한 잎사구들이, 푸르다 못해 껌게 흔들렸네. 고때 찢어진 껌은 구름 새에서 하혈 겉은 놀이 비춰 니린개, 조 무성시런 잎사구들 우로 가실이 와뻐려. 끕짝시런 가실이, 조 푸른 잎사구들 우에다 석양을 뿌려. 그람선 조 단풍 든 이파리들은 흐르젝임선 떨어져, 흘러갔네. 흘러갔네.

고 신체는 고왔네. 섬뜩지큰험선도 고왔더라고. 고것은 바다허고 산하고, 그라고 고 연놈들이 야합허는 고 처용네[處容的] 방의 한가운디에 서 있었구만. 고 삼세(三世)의 가운디로 고때 어둠이 덮어 들기를 시작헌개, 고 주검으로부텀 죽음이 시나브로 떠올라와설랑, 왼갖 고쟁이로 다 흩어져뻐려. 그라고 난개 거그 목심도 죽음도 아무껏도 남덜 안 혀. 고것은 빔선도(보이면서도) 안 비는 워떤 것여. 그래, 고때는 모도, 저녁 밥상 앞으로 갈 때라고, 한숨 한 번씩 쉬어내고 돌아실라고 허는디, 워디서부텀서 구실픈 요령 소리가 들리더니, 쬐끔 더 있은개, 마포 건에 상복 입고, 짚세기에 주렁막대 짚은 늙은네 하나가, 아주 젊은 얼굴로, 엉떡의 어둔 디서 니려오더라고. 혹시는, 고것은 저무는 마지막 날빛이었던지도 허기는 몰루제. 워쨌든, 고 젊은 얼굴의 늙은네 아무도 보던 않고 그냥 봉사 그림자맹이 고 옌니 누웠는 조 삼세로 니려가등만. 그라고는, 고 옌니 뉘어놓고 서서 봄선 꼼짝도 안 허는 겨. 고때는 요령도 더 안 흔들고, 늙은 얼굴도 젊은 얼굴도 더 아녀. 얼굴은 있었이까 몰라. 고것은 조 하혈 같은 석양의 마지막 방울은 아녔으까? 고것은 아녔으까?

그란 뒤로도 서너 겁(劫)이나 더 흘렀이까? 고때사 고 상복 자락에 가느른 흐름이 있음선 비그르 무너져뻐려. 그랴, 무챔이 무너져버려. 그람선 머시라고 소리를 냈단디, 나중에 귀 밝은 사람헌티 들은개 요랬당만.

"아가, 너 본개 내 눈이 뜨이네. 너는 한 숭어리 연꽃이여."

허나, 고것은 워째도 좋겄제이.

글씨, 조 그늘 찐 상복 자락이, 글매 미그르 무너져뻐렸드라고. 그라고 난 뒤, 거그 본개, 조 젊은 얼굴의 늙은네는 간 고지(곳) 없고, 글씨, 고렇게도 가실도 짚어졌고, 저실도 매와지고 있었는디, 그런 시절이었는디, 글씨, 거그 누런 구렝이 한 마리가 남아 있어갖고는, 조 제집의 왼 몸뗑이를 휘감아 틈선, 조 제집의 헌데마동 핥고 있드란 말여. 그라고 모도 마지막으로 본 것은, 고 누런 구렝이가 애기 얼굴을 하고시나, 저 옌니의 바닷물 괴인, 기중 짚은 속으로 쑥 들어가 뻐린 고것이었제. 고것이었어.

허기는 고것은, 조 푸들어지던 석양 마지막 빛은 아니었으까. 글매, 아니었으까?

시상은 그라고 끕짹이 닫겨, 숨도 못 쉬구로 어두워져 뻐렸은개.

고날 밤도 또 풍랑은 심했었었는디, 이튿날 고 갯갓으로 누가 또 나가밨일 때는, 거그 아무껏도 없드랑만. 글매, 없드래.

참말이제 거그, 아무 일도 없었던 것맹이, 기양 잎사구들만 물 자락맹이 쌓여 있었을 뿐이었단개로, 어제 확실허게 봤던 고 옌니, 못 본 것이라고 쳐두고시나 잊어뻐리는 수배끼잉. 글씨, 속이야 워처키 되었던지 간에, 껍데기 시상은, 전이나 지끔이나 머 똑같은 것일배끼잉. 그러니 머 또, 비 오는 날 비 오는갑다, 날 떠든 날 날 떠들었는갑다, 임 오시는 날 임 오시는갑다, 그람선, 세 때 묵을 헹편 못 되먼 두 때만 묵고, 비구름 찌먼 짚세기 삼고, 날 떠들먼 나막신 깎음선, 그저 그럭저럭 살먼 되고, 모도 죽은개, 죽어서는 워디 묻히먼 고뿐이제, 머 벨 틱별시런 일 또 있겄냐고이. 글씨, 암만 암만 살아도, 살아서는 요 시상 껍데기로만 떠돌구로 고렇게 안 됐냐고.

그저 떠돌구로 그저 떠돌구로 그저 떠돌구로.

우리 민담(民譚), 또는 민속(民俗)에서는, '금'과 '누런 구렁이'가 혼동되어 있다. 이 '누런 구렁이'는 '업'으로 불려진다. 지관(地官)에 의하면, 명당(明堂)에 묻힌 뼈는, 누렇게 변해, 아주 누근누근해진 채, 천년이 가도 썩지 않는다고 한다. 이건 아주 희귀한 민담인 것 같지만, 명당은 때로는 샘에도 있어서, 여기에 수장(水葬)된 시체는, 날개 달린 '누런 송아지'로 되어, 곧 등천하려고 했다고 전한다. 이런 관계들은 바로 연금술(鍊金術)적이다. 십오(一五)세기경의 연금술사 보누스(Bonus)에 의하면, "다만 금(金) 하나만이 순수하며, 완전하게 건강한데, 이것은 건강한 몸속을 돌고 있는 깨끗한 피 같은 것이다"라고 하고, 금은 불변의 것으로 알려져 있다. 그러고 보면, '금'이 풍수지리사상에 있어 영생(永生)의 상징으로 되어 있음을 알게 하는데, 사실상 '구렁이'[龍]는 연금술에 있어, '자연의 힘' 또는 '자연 그 자체'라든가, '원소'(元素) 또는 'prima materia' 등등, 가장 중요한 국면들의 상징으로 되어 있다. ―'샘에 장사 지내진 시체가 날개 돋친 누런 송아지로 전신(轉身)되었다'는 민담은, 네 마리의 용(龍: 辰生辰月辰日辰時)을 거느리고 태어난 여아(女兒)가 가장 청아한 '소리'의 형태의 금(金)으로 변해졌다는 '에밀레종' 전설과 마찬가지로, 약간 천착해볼 점이 있지만, 그러려면 이야기가 길어지므로, 이 자리에서는 취급지 않으려 한다. ―그래서 내게는, 좋은 자리에 묻혀 누근누근해진 채, 결코 썩어지지 않는 저 '노란 뼈'는, 연금술적 '솥'에서 나타난 '금'의 다른 언어처럼 여겨지는데, 이 '금'은, 연금술이 실제에 있어, 금의 제조에 실패하기 시작한 때부터, '누런 업 구렁이'의 형태로 형이상학화한 것이 아닌가도 또 여겨진다. 그래서 저 '누런 업 구렁이'는 선조의 영(靈)으로 인식되어지고, 그것은 대지(大地)가 지닌, 특히 남성적 음력(男性的 陰力)으로 숭앙되어진다.

이것은 음덕(陰德)이라는 말로 곱게 포장되어진다. 연금술적 '솥'이 '명당'으로 화하고, 이 '명당'이 여인의 '자궁'(子宮)으로 인식되어지는 데서부터,

저 '남성적 음력'이 출현한다. 이것은 확실히 고차적 음양학설(陰陽學說)이고, 식물적 윤회론(植物的 輪廻論)이다. 왜냐하면, 저 좋은 땅에 심긴 씨앗은 거기에 머물지 않고, 훌륭한 자손들을 번성시키는 데 이어지기 때문인데, 저 씨를 묻어놓은 혈(穴)이 만약 '정승을 태어나게 할 자리'였다면, 그 혈에 묻힌 선조의 음력—근력(根力)으로 후손 중에 정승이 난다는 예는, 그 정승을 낳은 현실적 어미의 자궁과 저 선조의 산소—명당(明堂)이 동일시된 예이고, 선조의 음력(陰力)의 발현의 과정을 소상히 설명하는 예이다. 이때, 정승을 낳은 저 어미의 자궁은, 현실적인 남정네를 통해, 시할아버지나 시아버지의 정충을 받고, 그 사선조(娌先祖)와 남편을 자식으로 길러낸다. 이 관계는 바로 기독교 신화(神話)이다. 그럼에도 한국적 발상은, 대지(大地)에 그 뿌리를 박고 있다. 이것은 형이하학적 연금술의 형이상학에로의 위대한 한국적 비약이다. 그래서 이제 나는, 저 형이상학적 '업 구렁이'가 결코 비실재의 것이 아님을 알게 된다. 한 번쯤 더 전이시키거나, 보다 깊게 천착해본다면 이 '업 구렁이'는, 우리 민속(民俗) 심층 의식 속에 엄존하고 있는, 집단적 아니무스의 형태를 입을지도 모른다. 그러나 그것은 나의 분야는 아니다.

나로서는, 내 졸작「남도(南道)」연작들의 주인공들이 여인들이었으므로 해서, 언제나 여성들이 파괴되어갈 때 남성이 구원을 성취하는 데 반해 계속 파괴되어가며 남성을 정화만 시키던 저 여성의 구원은 대체 어떻게 이뤄지는가, 그 뒷받침만 만들 수 있으면 그뿐이다. 그래서 나는, 시적 창녀(詩的 娼女)를, 연금술적으로는, 현자의 창녀(娼女)를 예찬하는 바이다.

그러나 어쨌든, 이런 발상은 다분히 기독교적이다.

열

명

길

2月 30日
—乙氏의 手記에서 발췌

"선생은 지금 어떤 걸 생각하십니까?" A씨가 불쑥 나에게 물었다. 나는 사실로 말을 하자면, A씨의 발가락을 심지로 해서 불을 붙여보고 싶은 충동을 느끼고 있던 참이었다. "나요? 난 별로 생각하고 있는 게 없습니다."

"나는 이제껏 수없이 말해왔었지만, 지금도 그 왕자(王子)의 생각을 하고 있습니다."

"흙 속에 목까지 묻혀서 백 년인지 천 년인지를 살았다는 그 사람 말씀이죠?" 나는 그가 눈치를 채고 이야길 중단해주었으면 하고 좀 빈정거리며 말을 주었다. '선생은 지금 어떤 걸 생각하십니까?' —이것이 그가 이야기를 꺼내는 첫마디가 된 때문이다. "마녀가 주술(呪術)을 걸었다죠? 나도 그것쯤은 알고 있습죠." 나는 계속해서 말해주었다. "나는 그런 동화(童話)보다는 발가락을 생각하는 게 낫다고 믿는다니까요."

"그런데 참으로 그 주술을 풀어줄 공주(公主)가 왔을까요? 공주인지 누구인지, 하도 까마득한 옛날에 읽은 것이 되어서 밑도 끝도 기억엔 없습니다만, 어쨌든 난 그것이 궁금합니다." 나는 대답하지 않았다.

"그 이야기에 의하면 구해주러 왔었단 말입니다." 그는 명랑한 음성으로 자기 질문에 스스로 결론을 지었으나 나는 듣기도 싫고 말하기도 싫었다. 나는 홑이불자락 밖으로 비죽이 나온 그의 발가락을 쳐다볼 뿐이다. 그건 노란 전깃불 빛을 받고 짓찌든 상앗빛으로 아른아른해 보였다. "어쩌면 흙이 아니고 무슨 얼음으로 된 병 같은 게 아니었을까요?" 나는 눈을 돌려 내 몸에 시선을 주었다. 몸은 홑이불이 덮어져 있어 해수욕장의 모래 속 생각이 났다. 모래를 젖꼭지까지 덮고 가만히 내려다보면 내가 무슨 지렁이나, 아니면 모래 속에서 솟아 나온 나무둥치 같은 기분이 들었었다. 나무둥치와 잎은 어떻게 자기의 보이지 않는 뿌리를 인식할 수 있을까, 지렁이는 땅속으로 기어들면 자기의 실체를 어떻게 수긍할 수 있을까—그런 것이 갑자기 걱정스러워지곤 했었다. 그래서 나는 몸을 움직여 보려고 한다. 잘 움직여지지 않는다. 힘 있게 떨치고 일어나는 것은 생각뿐이다. 그러나 생각도 이젠, 모래 속에 묻혀 움직이지도 않는다. 나는 다시 A씨의 발가락으로 눈을 준다. 드러내진 것이라곤 발가락뿐이다. 그는 아무리 추운 겨울이라도 발을 이불 속에 넣곤 잠을 못 잔다는 것인데, "돈 좀 벌어보겠다고 미친 듯이 쏘다니다 밤늦게 잠자리에 들면 발이 타는 듯 열이 나고 해서 내놓고 잔 것이 그만" 버릇이 되었다는 것이다. 내가 A씨의 발가락을 보면 성냥을 켜대고 싶다고 생각하는 동안에도 그는 계속 말한다. "선생이나 내가 걸리게 된 이 고약한 병(病)은 몇천 년 전부터 있어왔던 것이 확실합니다. 그 당시엔 이 병을 마녀의 주술이라고 생각한 모양이었습니다." A씨는 이 병에 대한 미발표의 고찰이라도 했다는 투로 말하곤 했다. "사실 산 것이라면 그 주술에 얽매인 바 되어 있지만 말예요. 안 그래요? 우리 같은 사람들은 그 주술을 희생적으로 나타내는 사람들이지만 말입니다." 때때로 A씨는 모든 사람의 십자가를 대신 지고 끙끙댄다는 영웅주의에 사로잡힌 듯이 보였다. "글쎄 생각해보시오, 그들이 깨닫지 못해서 그렇지." 그리고 A씨는 말을 좀 중단한다. 이건 내 생각이지만, 그는 그때 자기의 고통 속에 돌고 있는 영웅의 피에 자신을 흠뻑 담그고 있는 중이었다. "그 피 속에서 익사나 해버려라" 하고 속으로 내가 욕설을 뱉고 있노라면, 그는 어느덧 소시민(小市民)의 음성으로 이야길 계속하고 있다.

"오늘날의 의학도 이 병만은 마녀의 주술에 의한 것이라고 설명한단 말예요. 선생도 그랬었다고 들었습니다만 구역질과 열을 좀 느끼고, 두통을 참아보다가 누워버렸더니 흙이 발가락 끝부터 덮이기 시작했단 말예요. 난 그 흙을 눈으로 본 듯이 느꼈다니까요. 발가락 끝부터 부자유스러워지더니 허벅지로 허리통으로 막 덮여 올라왔습니다."

"그건 흙이 아니고 무슨 얼음으로 된 병 같은 것이 아니었을까요?" 나는 간호원이 나타나게 되면 A씨의 발가락을 덮어씌웠으면 좋겠다고 말하리라고 결심했다. 나는 내 몸에 대한 실감이 들지 않으면 A씨의 몸을 건너다보았는데 번번이 혐오감을 느끼고 눈을 돌리게 마련이다. 나는 내 발가락을 A씨의 병상에 놓고 건너다본다. 그것은 분명히 내 것이었다. 피 같은 건 돌고 있는 것 같지도 않고, 더욱이 움직일 수도 없다. 드러내진 나무뿌리처럼 거적의 길이가 짧아 햇빛을 쐬는 강가의 익사체의 발가락처럼 거기에 있다. 그것이 내 것이다. 나는 구역을 참으며 다시 눈을 돌렸다. 여태도 내 몸은 흰 무덤 속에 누워 있다.

"의사들은 뭐 길란-바레(Guillain-Barre)라고 하는 마비(痲痹)라고 합디다만. 마비라니요? 엉터리없는 얘기지요. 그럼 도대체 이 마비는 무슨 원인으로 오는 것이며, 병균의 정체는 무엇이냐고 나는 대들었지요. 그랬더니 의사는 웃으면서 항복했습니다." 나는 눈을 감았다. 시간은 아마도 상당히 흘러 자정은 넘은 것 같았다. 그래도 잠은 좀체 오지 않는다. A씨는 이야길 하다가 잠들어버리는 버릇이 있었는데, 이야기를 중조(重曹)로 해서 밥통 속의 산(酸)과 골통 속의 산이 중화되기 시작하면 코를 골기 시작한다. 그러나 나는 아무리 해도 잠을 들 수가 없어 (이 병에 걸리기 얼마 전부터) 거의 뜬눈으로 밤을 새우곤 했다. 나는 A씨의 어떤 점에 대해선 감탄을 하고 있다. 그는 낙관적이기도 하지만 자기의 병이 즐겁기라도 하다는 표정을 갖고 있다. 나도 A씨처럼 어떤 기다림이나 꿈을 가져보려고 애도 써보았다. 그러나 그것이 내겐 체험이 되지 않았었다.

"의사의 대답이 말입니다. '그건 주술 탓입니다' 그랬다니까요. 물론 직접적으로 그렇게 대답한 건 아니지만 말입니다. 글쎄 생각 좀 해보시오. 아직까진 이 병의 원인도 균도 알 수 없다는 거예요. 뭐, 무슨 균이라더라? 하아 이것 참, 하여튼 무슨 균이 우리 같은 환자에게서 발견되긴 한다는 겁니다. 헌데 말입니다. 그게 반드시 우리 같은 환자에게서만 발견되는 것이 아니고, 다른 종류의 환자에게서도 볼 수 있다는 것입니다. 자, 그러니 그것이 주술에 옭힌 것이라는 말하고 같지 뭡니까? 그래 난 또 다그쳐 물었지요. 여, 여보쇼, 의사 선생!" 나는 아주 지루해졌다. 언제 나 같은 얘기의 반복이란 것은, 같은 레코드를 쉴 새 없이 듣는다는 것이나, 스무 판 이상을 했는데도 마지못해서 다시 해야만 하는 장기나 화투처럼 맥 빠지게 하고 지루하게 한다. 나는 무슨 다른 할 일이 있었으면 하고 생각한다. 손이라도 움직일 수 있으면 책이라도 읽을 텐데. 그 문자도 본 적 이 없는 폼페이 판(版) 예언서라도 독파해낼 텐데. 아니면 무슨, 내가 아직 기억해내지 못한, 내 추억의 가장 벽촌(僻村)에 묻힌 어떤 놈이라도 끌어내었으면 하고 원한다. 뭐 아들과 같이 손을 잡고 만화영화를 보러 갔었는데, 또는 아내와는 어떻게 알게 되었는데, 강가에서 살던 어린 시절엔 무엇을 어쨌는데⋯⋯ 그런 따위 추억이라면 샅샅이 몇천 번이고 반복해서 그 수액을 짓짰으므로 이미 말라버린 나무토막에 불과하게 되었고, 줄 떨어진 깡깡이로 탄주되는 늙은 걸인의 밤 노래가 되었다. 공상도 마찬가지였다.

"'그렇다면, 약이 있을 리도 없을 텐데 당신들은 주사도 하고 투약도 한단 말요. 눈 감기고 아웅 하는 거요?' 했더니 그는 화가 난 모양이었으나 눈을 감고 진정하더니, '그러나 백 명이면 아흔 명은 낫는 병이니까, 걱정하실 것은 없어요. 물론 급성기를 넘긴 환자에 한해서 그리고 그 자신에 대해 성의가 있는 환자에 대해서 하는 말입니다만. 글쎄, 급성으로 왔다 회복이 더디다고 해서 포기해버리는 환자가 간혹 있거든요. 그리고 약은⋯⋯' 하고 무슨 약명을 얘기했는데 잊고 말았습니다. 무슨 호르몬제(劑)라는 것만은 분명히 기억하고 있는데. —하하, 그런데 말요. 그게 또 무슨 귀신 얘기 같단 말입니다. 그 약을 써보니까 환자의 상태가 좀 좋아지더라는 정도로 알고 있을 뿐 대체 그 약이 어떻게 작용하는가는 모른다는 거요. 이 이야기 역시 마녀의 장난을 증명하는 게 아니고 뭐냐 말입니다. 난 그렇다는 믿음이 든 때부터 마음이 아주 홀가분해졌답니다. 몇천 년인진 모르지만, 이 많은 세월을 격하고서라도 나는 그 왕자와 같은 몸의 후신(後身)이라는 생각을 가졌습니다. 이런 연상은 뭔가 기다림 같은 것을 나의 공허하던 나날에다 가득 부어 넣는 것이 되었습니다. 나는 돈을 좀 벌어보겠다고 실로 많은 세월을 눈코 뜰 사이 없이 바쁘게 보냈는데,

—뭐 몇 푼 못 했지만요—이만하면 중류쯤의 생활은 보장되었다는 생각이 들었을 때 난 왠지 좀 허탈된 기분을 느꼈지요. 갑자기 할 일이 없어진 듯하고 돈이 무용한 듯한 생각이 들었습니다. 난 그때 좀 당황했었지요. 헌데 비로소 난 지금 삶의 어떤 묘한 맛을 즐기고 있단 말입니다. 때때로는 빈들빈들 보내는 일도 나쁘지 않다는 말예요. 그렇더라도 동화 속의 그 왕자의 경우와 같이 이 사악한 마녀의 주술을 풀어주는 어떤 이가 온다는 믿음이 없다면 난 이렇게 광란의 정신을 아편으로 잔잔케 하는 듯한 느낌을 가질 수가 없을 것입니다. 아시겠죠?"

나는 처음엔 A씨의 이런 이야길 들었을 땐, "선생은 행복을 느끼고 계시는군요? 헌데 온다는 분이란 어떤 분이죠?" 하고 물었었다. 요즈음도 늘 같은 대답이지만, 그때 그는 의미심장한 어조로, "나도 처음엔 그것이 미심쩍었어요." "믿음만 있었을 뿐이지 구체화된 어떤 대상이 없었거든요" 하고 말을 꺼냈다.

"글쎄 누가 그 주술을 풀어주겠느냐 하고 두 달 동안을 생각했습니다. 하하, 그런데 말예요." A씨는 유태교도가 되어 있는 나직한 목소리로 말한다. "무슨 꽃주일(主日)이라든가 뭐라는 주일에 환자를 문병 온 예수교인들이 있었습니다. 일행 중엔 목사가 한 분 계셨었지요. 좋은 기회여서 난 나의 그 의문을 그 목사님께 말해보았습니다. 난 벌써부터 전화로든 뭘로든 어떤 목사에게 한 번 물어보려든 참이었지만 말예요. 그랬더니 그 사자(使者)의 대답이 아주 적절하고도 훌륭했습니다. 난 아주 만족스러웠죠." A씨는 '사자'라는 표현이 항상 마음에 든다는 식으로 그 단어를 사용했다. "듣고 계십니까? 헤헤, 난 그 후론 시간마다 기도를 하고 있단 말예요. 나를 이 반죽엄의 흙구덩이 속에서 파헤쳐줄 그분이 나에게 믿음의 싹을 키우는 한 방법으로 나를 소명(召命)한 거랍니다. 아시겠어요? 자기를 믿고 의지하게 하기 위하여 나를 이렇게 만든 거라 이 말씀이란 말입니다. 나를 택하셨다 이 말씀이야요. 아시겠어요?" 그는 그것이 다른 사람에 대해서 우월감을 가질 만하다는 것을 믿고 있었다. 그런데 이 선택된 인간이 꼭 한 번 풀 죽어 말한 적이 있었다.

"선생도 소명 받은 분입니다."

"네? 내가요? 나는 아닙니다. 절대로 그럴 리 없습니다. 나는 어쩌면 악마가 쓰러 눕혔을 거예요. 난 아주 죄가 많은 사람이었으니까요. 실제로 나는 악마의 수염을 내 뺨에 느꼈었다니까요." 내가 이렇게 분명히 말해주었을 때 비로소 그는 환한 얼굴이었었다.

그런데 어떻게 된 셈인지, 그 뒤부터는 A씨의 견해가 여간 너그럽게 바뀌지 않았다.

"선생도 분명히 소명 받은 분입니다. 물론이죠! 그러니까 선생도, 선생도 말예요, 나처럼 기도를 해보시오. 기도라는 건, 그건……" 난 처음엔 의아했으나 점차로 A씨의 계산을—그는 타산적인 사람은 아니었지만—알게 되었다. 그의 유치병적 영웅주의가 그 정점에 달한 탓이었다. 그는 나를 자기의 신도로 만들려 했다. 내가 어떤 소명을 내 독자적으로 의식했다고 치더라도 그때는 벌써 나는 간접적인 제삼의 신도가 되어 있었을 것이다.

나는 그러나 개의치 않았었는데, 그의 집요 탓에 오늘 밤엔 분통이 터지고 말았다.

"선생도 말예요, 선생도……"

"혹시 선생께서는 '도'라는 토씨에 관해서 생각해보신 적이 있습니까?" 나는 고함치다시피 물었다.

"아니오, 그런 건 생각해본 적이 없는데요." 그는 의아해하며 우물쭈물했다.

"그러시겠죠. 선생은 화장터에 가보신 일이 있었습니까?"

"그거야 집안에 노인이 있었던……"

"그럼 선생은 자식이라곤 그것밖에 없는 나이 어린 아들을 태우며 막걸리를 마셔본 적은 있습니까?"

"그런 일은 없었지요. 혹시 선생께서……"

"선생은 자기 집을 자기 손으로 태우고 불구경을 해본 일은 있습니까?"

"단연코, 그런 일이 있겠……"

"선생은 그 다 타버린 잿더미 위에서 된서리 내린 밤을 새워본 적은 없었습니까?"

"무, 물론, 어 없……"

"선생은 돌아갈 곳이 없어, 며칠 동안이고, 전신이 마비되어 쓰러졌을 때까지 그냥 어느 지점에서 서성거려본 일은 있습니까? 몸을 갖다 붙일 곳이 없은 적이 있었느냐 말예요? 있었느냐 말입니다."

"없었지요, 없었어요."

"………"

"난 아주 행복스런 가정이 건강해질 나를 기다리고 있습니다."

"선생은 언제까지나 살고 싶습니까?"

"그럼요. 사실 지금은 죽고 싶어도 죽을 수도 없잖느냐 말예요. 칼이 손안에 놓여 있다 해도 주술에 걸린 팔이 들어줘야 말이지요. 난 살고 싶고말고요."

"그럼 선생은 타다 만 자기의 뼈를 주워 들고 냄새 맡아본 적은 없었습니까?"

"하하, 그건 농담이시겠지."

"선생은 이 건물이 불덩이가 된 걸 상상해보신 적은 없었습니까?"

"네? 부, 불덩이요? 이 건물이 말이요? 불덩이가 된다고요? 아아, 그, 그런 일이야 있을 수 없지요. 없고말구요. 그런 건 쓸데없는 불안이에요. 그런 일은 없을 겁니다." 그는 늙은 똥개처럼 양미간에 주름을 잡았다.

"저쪽에 환자용 산소통이 보이죠? 산소통의 위력은 선생도 잘 아시죠? 어떤 면회인이 새고 있는 산소통 옆에서 담배에 불을 붙인다고 합시다."

A씨는 "끄음" 하고 신음했다.

"이 큰 건물을 밤이나 낮이나 밝히고 있는 전기에 대해선 생각해보았습니까? 어떻게 어떻게 되어서 합선이 되었다고 생각해보시오."

"그렇게 되는 일이 백 년 만에나 한 번씩 있는 게 아닙니다. 티끌만 한 비화(飛火) 한 송이에도 큰 벽돌 건물이 그을리니까요."

"아아." A씨는 할 수만 있다면 귀라도 막고 몸부림이라도 하고 싶은 듯했다. "그, 그, 그만해두시오!"

"선생 병상 옆에 있는 스팀이 보입니까? 아래쪽 어딘가는 보일러실이 있는 것입니다."

"흐으으."

"저 소독된 의료 기구들이 보입니까? 저것들은 틀림없이 몇백 도인지 천 도인지 모르는 고압 솥을 거쳐 나온 것입니다. 그런데 그 고압 솥의 뚜껑이 기계화된 취급자의 권태와 피로감에서 온 부주의로 해서 약간 잘못 닫길 수도 있다는 것을 생각해보시오. 이렇게 큰 건물이라도 다섯 개 정도는 날릴 수 있다는 겁니다."

"흐흐으으흐."

확실히 내가 나빴다. 나는 그만둬야 되겠다면서도 그럴 수가 없었는데 사실은 내 속에서 산소통이나 고압 솥이나 그와 비슷한 것이 터졌던 모양이다.

"그러나 그런 우발적인 일이란 있을 수 없지요. 그럼요! 그러기에 나와 같은 사람도 살고 있지요. 설사 그런 일이 일어난다 해도 선택된 인간은 불안해할 이유는 없습니다. 나 같으면 그런 최후의 날이 빨리 왔으면 하고 기도하겠습니다. 내가 만약 선생이라면 나는 도시락을 싸 들고 소돔이나 고모라나 폼페이를 찾으러 다니겠어요. 그럼요!"

"후유우."

어쨌든 나는 속이 좀 후련해졌다.

나는 다시 A씨의 발가락으로 눈을 주었다. 내 발가락이 거기에 죽어서 투명한 얼음 속에 비치되어 있다. 나는 그것을 보며 그가 뭐래도 다시는 말 같은 건 하지 않을 생각이었다. 그와 내가 같은 것은, 같은 전신 마비 병 환자라는 것뿐이다. 그래도 그것도 같진 않다. 그는 소명 받은 병이며, 나는 저주받은 병이다. 그는 사비(私費)를 치르는 병이며, 나는 국비(國費)를 구걸하는 병이다. 아무것도 같은 것은 없다. 그래도 한 가지만은 물어보고, 그만둬야겠다는 생각이 든다. 어쩌면 그것은 그의 것이자 내 것인지도 모를 테니까.

"지금 내가 선생의 발가락에다 성냥을 켜 댄다면 누구의 것이 타겠습니까?"

"아 그거야 내 발가락 아니겠소."

A씨는 얼굴을 찡그리며 땀을 뻘뻘 흘리고 묘한 콧소리를 하고 있었는데, 내가 묻는 말엔 화를 터뜨리며 분명하게 대답했다. 나는 더 이상 말하지 않았

다. 그것은 분명히 내 것은 아니었다. 난 좀 외로운 듯한 느낌이 들었다. 그건 형태는 내 것과 비슷하리라는 생각이지만, 내 것과는 전혀 다른 종류의 것으로 거기에 있어 왔던 것이었다. 나는 다시 A씨의 발가락을 보지 않으리라고 작정했다. A씨의 발가락은 A씨에게 잎을 피워주는 뿌리였다. 그의 발가락은 움직이는 것 같진 않지만 그의 기대의 땅을 깊숙이 파고 들어가 열매를 맺게 할 그런 것이었다. 그는 어떤 분이 와서 구해주겠지, 암튼, 이 유태교도에겐 그의 메시아가 나타날 게다.

그러나 내 것은 끈끈이에 붙은 파리의 그것이다—라고는 해도 파리와도 같지 않다. 나는 파리처럼 날아가려고 애쓰지는 않는다. 끈끈이에 붙은 것을 즐거워하는 것도 아니고 슬퍼하는 것도 아니다. 나는 이랬어도 그렇고 저랬어도 그렇다. 끈끈이에 붙지 않은 채 있었더라도 아마 마찬가지였을 것이다. 어디에나 어린것이—결혼한 뒤 십오 년이나 지나서 얻은 자식이므로 뉘 아들놈인지는 나도 모르지만 그런 건 중요한 건 아닐 게다—타는 연기는 깔리고 있고, 어디에나 계집이 피우는 암내는 등천한다. 나는 만약에 할 수만 있다면 철도로 뛰어들거나 높은 건물의 옥상으로 오르게 될 것이다. 아직은 나는 그렇게 해서 '고백'할 만한 것을 갖고는 있다. 그것은 '고백'은 아닐는지도 모른다. 사는 것이든 죽는 것이든 그 구별이 명확해야만 한다. 나는 그 어린것의 작은 관 속에 나를 쑤셔 넣고 그 초열(焦熱) 속에서 나를 증명했어야만 했다. 그러나 나는 외곽(外廓)에서도 남의 땅 이끼 위에 버려진 혼혈아처럼, 나를 데려다 놓을, 떠나버린 생활을 다시 파종할, 손바닥만 한 터 하나 없다. 내 손안에 곰팡이 핀 빵 떡 한 쪽 없다. 나는, 거지가 그의 전 재산을 우그려 쌓아가지고 나직이 매달고 다니듯이, 나를 온통 쌓아서 이 병상에다 메다꽂아놓았다. 그러나 거지도 그의 신발이 발등밖에 덮지 못하게 되면 어느 모퉁이엔가는 버리고 마는데, 나는 그런 것까지도 오그려 쌓아가지고 왔다. 나는 여기에 있는 것이 전부이며 이것이 나라고 하는 모든 재산이며 이것이 나라고 하는 모든 과거와 현재이다. 그리곤 아무 군데도 아무것에도 나의 것은 흔적까지도 묻어 있지 않다. 나는 오늘 여기에 있으니까 나의 전부가 여기에 있을 뿐, 내가 만약에 다음 순간에 어디로 가야 된다면 여기엔 아무것도 남아 있지 않게 될 것이다. 나는 나의 쓸모없는 척추니 복숭아뼈니, 맹장이니, 회충이니 심지어는 대소변까지도 이 자루 속에 처넣어 가지고 가야 한다. 그러나 A씨와 같은 어떤 사람들은 나와는 다르다. 확실히 다르다. 그들은 그들의 오물이나 쓰레기통만을 지고 다닐 뿐, 정작 그들의 심장은 어떤 곳에다 두고 다닌다. 지나간 시간의 뒤주 속, 또는 다가올 시간의 꽃망울 속, 아니면 그네들 아내나 자식이나 또는 신의 태 속에다 간직해놓고 다닌다. 그들은 그들의 쓰레기를 뒤적이면서도 남겨놓은 자기의 보석을 생각할 것이다. 그러나 나는 나의 전부를 뒤적여도 생각할 것이 없다. 나는 생선 대가리를 씹을 때면 유리 쪽 같은 투명한 뼛조각이나 차돌같이 굳은 뼈를 추려내며 생각하곤 했었다. 이것들이 도대체 어디에 소용된 뼈들일까? 가지런하다거나 해서 한 전체를 질서롭게 할 것 같지도 않았고 어떤 귀여운 모양들을 갖고 있어서 생명이 그 몸 안에서 공기놀이를 할 만한 것도 못 되고, 무슨 조직을 위한 필요에 의해서 그렇게 되어진 것 같지도 않았다. 그런데 그것들이 모여서 날씬하고 아름다운 한 모습을 이루고 있는 것을 내가 어떻게 이해할 수 있을까? 그로부터 얼마 후에는, 내가 그것들의 뼈를 보고 의아해한 것이 아니고, 바로 나의 것을 상 위에 추려놓으며 그랬던 것이라는 걸 알게 되었었지만—. 나는 정말이지 다른 사람들처럼 간을 떼어놓고 다니다가 물속에 끌려 들어간 토생원(兎生員)이나처럼은 생각할 것이 없다. 그렇다고 나는 개혁(改革) 이전의 돈주머니를 세며 소일하는 구두쇠처럼도 될 수가 없다. 나는 그 구두쇠의 변해진 모습과 흡사할 게다. 묵은 화폐에 눈을 가늘게 뜨던 그도 얼마의 세월이 지나면 다시는 그 묵은 화폐를 세며 새로운 화폐의 단위로 셈해보는 따위 짓은 하지도 않을 것이다. 그것은 하지 않는 것보다도 지루한 일이 되어버릴 것이기 때문이다. 그러나 그는 그 짓을 하지 않게 되었을 때 새로운 권태를 느낄 것이다. 아주 낯선 권태가 그를 찾아와서 그가 묵은 화폐를 음미하며 한자리에서 삼백 번도 세어보았듯이 그의 털구멍에서 뇌 속의 주름까지를 세일 것이다. 그때 그는 뭘 할 것인가, 그 변해진 구두쇠는?

어느덧 날이 밝고 있는 모양이다. 밤을 지키던 간호원이 한번 순회를 한 뒤 한 시간은 지났다. 그녀가 나타났을 때, 나는 A선생의 발가락을 덮어주었으면 하는 청 같은 건 하지 않았다. 나는 그의 발가락 따위는 까마득하게 잊고 있었다. 어쨌든 나는 한잠 자기나 해야겠다. 아직은 한잠 잘 피곤이 있다는 것이 내게는 위로가 된다. 의사나 간호원, 또는 그 외의 사람들이 바쁘게 웅성거릴 땐, 나는 나로서도 그것의 정체를 알 수가 없는 집요로부터 도망쳐 나와 잘 잘 수가 있었다.

A씨의 발가락을 아주 낯설게 느낀 그때부터 나의 흥미는 변해졌다. 혐오를 느끼면서도 (항상 밖으로 나와 있는) 그의 발가락을 바라보면 시간은 어떻게 흐르든 흘러갔었는데, 이젠 그것이 나에겐 혐오의 대상도 되지 못한다. 그 발가락이 변덕쟁이였거나 내가 변덕쟁이였다. 어쩌다 눈이 머물면 지금도 그것은 가지런히 열 개가 천장을 향해 죽순처럼 솟아 있다. 이젠 불을 켜대고 싶은 심정이나, 웃고 싶은 기분이나, 침을 덮어씌우고 싶은 혐오감이나, 어떤 종류의 감정도 유발시키지 못하는 언제나 거기에 그 공간을 차지하고, 사차원에 사는 그것. 그러나 당분간은 뭘 보고 뭘 생각해야 할까 그것이 고통스러웠다. 간호원에게 부탁하여 내 발가락을 내놓기도 해보았으나, 내 것은 보지 않은 것만도 못 했다. 모든 발가락이 다 내게는 A씨의 발가락이었다. 보지 않았으면 그래도 내 발가락은 관념 속에선 살아 있었다. 몇 시간도 되지 않아서 나는 다시 간호원의 조력을 필요로 했다. 천장이나 벽이나, 낮 열두 시부터 두 시간 동안 허락되어진 건강한 면회인들—허지만 그들에 관해서 관찰하고 판단하고 추측한다는 일 같은 건 신물이 난다. 이젠 아무것도 할 짓이 없게 되었다. 어떤 죄수의 도로(徒勞)—그런 것이라도 더없이 훌륭한 것이니 그런 것이라도 하나 있었으면 좋겠다.

날이 궂은 어떤 날, 그 중형을 받은 죄수는 컴컴한 독감방(獨監房) 한구석에 쭈그리고 있었다. 할 짓도 없고 시선 보낼 곳도 없어 바닥이나 보고 있는데, 그 습기 찬 바닥에서 무엇이 팔딱팔딱 뛰고 있는 것을 발견했다. 그것은 벼룩이었다. 그는 그것을 잡아선 어떤 방법으로 죽이는 게 제일 그럴듯할까 하고 궁리하다가 묘안을 생각하곤 싱긋이 웃었다. 그는 그날로부터 자기의 피를 먹여가며, 신이 그의 권태와 고독 탓에 인간을 창조하고 자기의 영혼을 먹여가며 자기의 꼭두각시로 만들려고 했듯이 그 죄수는 벼룩을 자기의 인간으로 만들려 했다. 그리고 얼마의 세월이 흘렀는지도 몰랐다. 그런데 신은 인간에게 실패를 했는지 어쩐지 모르지만, 죄수는 그 벼룩을 자기에게 즐거움과 '영광을 돌리는' 신도로 만드는 데 실패하지 않았다. 그는 출옥이라든가 세상일에는 관심도 없이 만족스러운 신으로 늙어지고 있었는데, 그가 사실로 출옥을 겁내게 되었을 때 그에게 출옥이 허락되어졌다. 그는 하는 수 없이 옛집으로 돌아갔다. 그리고 마누라와 회포도 풀기 전에 벼룩부터 내놓고 팔뚝의 피를 먹이기 위해 눈을 감고 있는데, 그것을 발견한 그의 마누라가 표정이 없는 얼굴로 그것을 잡아 두 손가락 바닥에 놓고 무지막지하게 뱅글뱅글 굴리다가 눌러 죽여버렸다. 그가 놀라서 고함을 쳤을 땐 벼룩은 영광스러웠던 입성만을 남겨두고 타계한 뒤였다. 이 출옥수는 마누라를 마누라가 벼룩을 죽인 거와 같은 방법으로 죽여버리고도 이를 갈아댔다. 그러나 감옥은 다시 그에게 세월을 주지 않았다. 그는 정신분열자였기 때문이라는 것이다.

병신 같은 자식! 에잇, 모자란 놈! 나 같으면 그따위 벼룩은 출옥하기 전날 눌러 죽여버렸을 것이다. 그것으로 끝이다. 그러나 나도 한 방울쯤의 눈물은 흘려주었을 것이다. 그것이 그 메마른 시간을 자기도 모르는 사이 보내게 해준 동지에 대한 조의(弔意)의 전부다. 그런데 나는 벼룩같이 날쌘 놈이 아닌 이가 내 목에 기고 있대도 잡을 수도 없다. 벼룩이나, 빈대나, 이 같은 놈들이 A씨나 내 몸에 붙는다면 그것들은 여기가 에덴이라고 할 것이다. 불안 없이 피를 빨 수가 있다는 것에 대해선 그러겠지만, 포식을 하고 나면 녀석들은 전쟁을 찾을 게다. "동쪽이 더 좋겠어!" 그렇게 생각하겠지. "여기에선 먹고 착하게 잔다는 일밖에. 무슨 죄를 질 일이라도 없을까!"라고—. 그러나 나로 말하면 그것들 중의 어떤 놈이 하나 내 목을 뜯어준다면 길들이는 일까지는 바랄 수도 없지만 그 가려움증에 대한 관찰 같은 것으로 당분간은 시간을 메꿀 수도 있을 것인데. 벼룩 뒷다리 박사쯤은 될 수도 있을 게다.

나는 다시 발가락을 생각하기로 했다. 그것이 꽤 오랫동안을 나의 대상이 되어왔기 때문이다. 그러나 이젠 A씨의 것이 아닌, 홑이불 속에 묻혀 눈엔 보이지 않는 관념의 숲속에서 살고 있는 내 발가락을 생각하기로 했다. 애인에 대한 정성으로 내 발가락을 사모하기로 했다. 그래서 우선 나는 나의 온 신경을 모아 한번 움직여 보려 했다. 그래야 관념을 실체로 부각시킬 수 있을 것 같았기 때문이다.

안 되었다.

또 해보았다.

그래도 안 되었다.

또 했다.

마찬가지였다. 한 시간쯤 후에는 나는 땀에 흠씬 젖어 있었다. 그것은 어쩌면 어처구니없는 싸움이었을지도 모른다. 실감이 되지 않는, 그러니까 차원이 다른 곳의 보이지 않는 어떤 것을 상대로 칼을 휘두른다는 짓은 도깨비불에 물을 끼얹는 용감한 며느리의 수고나 같은 것이었다. 그러나 나는 시간이 그렇게도 빨리 흘러버린 것을 발견하곤 놀랐다. 젠장, 나는 왜 그것을 진작 생각하지 못했을까. 나는 대상이 없는 대상과의 승산 없는 씨름에서, 말하자면 그것의 허점(虛點)을 발견한 듯한 기분이었다. 나는 여기 십 년을 누워 있든, 이십 년을 누워 있든, 지금 생각으론 지루하지는 않을 것 같다. 나는 할 일이 생긴 것이다! 나와 같은 사내가, 정말이지 나와 같은 사내가 활동적인 건강한 몸이었다면 어찌할 뻔했나? 나는 내 몸을 마비시키기 위하여 송곳을 들어 발가락부터 차근차근 찔러대기 시작했을까? 아니면 죽는 방법이나 연구했을까? 난 어차피 지루했을 것이다. A 선생, 당신의 이야긴 확실히 구성이 있었습니다. 난 소명 받은 사내올시다. 정말이외다. 나는 발가락부터 시작해서 창자나 허파나 머릿속의 혈관이나 머리털에서 다리의 털까지를 내 마음대로 움직여 보려는 중입니다. 그러는 동안에 나는 그 죄수와 같이 나 자신의 신이 되어 지내며 가치 있는 일을 하고 있다고 생각을 하다가 이 세상을 떠나게 될 것입니다. 나는 아무튼 내 몸의 각 부분을 내 마음대로 할 수 있게 되면 그때 가선 이 벼룩을 어떻게 죽일까 궁리하게 되겠지만, 지금은 이 방법을 해나가려는 것입니다.

그리고 한 달인가 석 달인가 반달인가 얼마가 흘렀다. 그전엔 나는 시간이 시간마다 흐르는 것을 거의 눈으로 보고 있었으나, 나의 방법을 생각해낸 뒤부터는 전혀 날짜 계산이나 시간 계산을 할 수가 없게 되었다. 대략 적당한 시간 간격으로 육십까지를 세면 그것이 일 분이 되었고 삼천육백 번을 세면 한 시간이 되었고, 삼천육백 번을 열일곱 번 세면 잠자는 시간을 건너뛴 하루가 가곤 했었던 것인데, 마비를 상대로 투쟁을 해온 이후 대체 얼마의 세월이 흘러간 것인지 그것을 모르겠다. 나는 때때로 눈을 두리번거리며 어떤 잠들었던 나무꾼처럼 내 몸에도 낙엽이나 덮이지 않았나 찾아봐도 언제나 깨끗이 세탁된 환자용 홑이불이 덮여 있을 뿐이었다.

어쨌든 이 헤어볼 수 없는 기간 동안은 A씨와 나 사이에 거의 이야기가 오고 가지 않았다. 눈 많은 땅은 삼동(三冬)이 그와 나와의 사이에 가로놓여 있었다. 그의 창에서 내 창으로 새끼줄을 쳐놓고 빙글빙글 돌려서 쌓이는 눈 속에 굴을 트지 않는 이상, 나는 그의 창이 동쪽인지 서쪽인지 분간할 수 없는 것이다. 나는 나의 양식을 내 벽 안에 간직해두었고, 그는 그의 것을 그랬을 것이다. 때때로 나는 그의 앓는 소리 같은 것을 듣기는 들었었다.

"설마 설마 불이야? 그런 일은 없을 겁니다. 그렇지요? 그렇단 말예요! 아아, 그분이 저쪽에서 마차를 수리하고 있군그래." 이런 이야기였던 것 같다.

그런데 그와 나와의 마지막 밤에, "올 것이 왔어요, Z 선생! 올 것이 왔어요! Z 선생, 올 것이 왔다니까요!" A씨는 미친 듯이 떠들어대기 시작했다. 이 동안 그가 뚜렷한 상대를 두고 그렇게 떠든 적은 아마 없었다. 그의 부르짖음은 충분히 무덤 속까지도 메아리쳐 갈 만한 내용을 지니고 있었다. 나는 얼른 그이 쪽으로 눈을 주었다. 관심을 갖고 보니 그는 몰라보게 변해 있었다.

"아니, A 선생, 온다던 그분이 왔습니까?" 나는 놀라서 물었다. "정말 그분이 온 겁니까?" 나는 선의 있게 연거푸 물었다.

"예, 왔어요, 왔습니다." 이 축복받은 독실한 유태교도는 눈물을 흘리며 부르짖었다. 나는 정말 가슴을 죄며 그의 다음 이야길 기대하지 않을 수 없었다. 어린이를 위한 동화나, 선인을 위한 동화나, 그것들이 동화에서 그쳤던 것은 아니었나 보다. 나는 두근거리는 심정으로, 내가 언제나 도외시했던 세계에 대해서 너무 편견에 사로잡혀 있었다는 것을 후회했다. 나는 당분간은 이것저것 다 그만두고, 오직 그 문제만을 생각해보아야겠다고 마음먹었다.

내 귀에는 그의 흐느낌이 들려왔다. 그러나 나는 그가 그 정도로만 기쁨을 표현하는 것은, 그가 너무 동정 많이 받아온 거지 여편네 같다는 생각이 들었다. 나는 하여튼 그의 흐득임이 진정되길 기다려서 이 기적에 관해서 자초지종을 물어보기로 했다.

"나는 내일 바퀴 달린 긴 의자에 실려서 장지(葬地)로 가는 겁니다. 아시겠죠, 내 기분을?"

"예? 뭐, 뭐요? 뭐요?" 나는 움직이는 몸이었다면 병상 아래로 굴러떨어지고 말았을 게다. 어지러웠다.

"그렇다니까요, Z 선생. 가족과 의사 사이에 무슨 이야기가 오고 간 모양이었습니다." 그는 이를 한번 갈았다.

"그게 뭐 다른 거겠습니까? 이왕 죽을 사람이니 집에 와서나 죽으라는 것이고, 집에 가서나 죽으라는 것이죠. 낮에, 선생이 잠들었을 때, 의사와 아들이 다녀갔지요. 매일 하던 식으로 발가락부터 쿡쿡 찔러 보더니 신경이 통하지 않는다는 거예요. 회복은 말초신경부터 되느니 어쩌느니……" 그의 목소리는 차차로 위축되어 나중엔 알아들을 수도 없었다. 그는 뭐라고 한없이 씨불이기만 했다. 나는 참을 수 없어 눈을 감아버리고 말았다. 내게는 그의 심정이 잘 납득되지 않았다. 나는 다시 나의 고향 집 마비의 처마 밑에 신발을 벗어 가지런히 놓았다. A씨에 대해서는 금방 잊어버릴 수 있었다. 그러나 얼마 지나지 않아, 나는 깜짝 놀라 A씨를 지켜보아야 되었다. 그는 증오하는 눈으로 나를 보며,

"Z 선생, 저 산소통은 언제 터지지요? 고압 솥은? 전기는 왜 합선이 안 되고 보일러는 왜 가만히 있지요? 왜 그렇게 안 되느냐 말이요? 세계는 언제 멸망되지요? 언제 되느냐 말입니다." 외쳐대고 있었다. 이 유태교도는 색다른 메시아를 갈망하기 시작한 것이다. 미쳐 있었다. 나는, 내 발가락은 움직이기 시작했다는 이야길 할까 말까 하다가 그만뒀다. 휴머니티(?)한 의사의 자선적인 심정과도 다르다. 의사나 간호원들은 내 발가락이 움직이고 있는 걸 알고 있지만 A씨에겐 이야길 하지 않는 게 자선이라는 식으로 비밀에 부치고 있는 걸 나는 알고 있다. 움직이는 발가락이 어떻단 말인가. 다시 마비시킬 수만 있다면 나는 또 수고할 것이다. 그 죄수가 만약 종신형을 받은 죄수였다면, 어느 때

엔가는 그 벼룩에게서 자기가 배워준 모든 지혜를 빼내려 했을 게다. 그따위 것 그이에게 말해 뭣할 것인가.

밤새도록 한잠도 못 자고 흐득이던 그는 오전 열 시쯤 바퀴 달린 긴 의자에 실려 나가버렸다. 그의 마지막 인사는, "아시겠죠, 내 기분을?"이었다. 그 한마디뿐이었다.

"그러나 한난계는 한계점(영하 273도) 이하로는 더 하강하지 못합니다." 나는 되는 대로 지껄이고 있었다. 그는 나보다는 오 개월이나 전에 하루에 팔백 원씩이나 되는 입원료를 지불하고 입원해 있었던 사람이었다. 그는 무슨 사장이라 했고, 뭐라 했고 또 뭐라 했다. 나 같은 전직 학원 강사 따위는 비길 바도 못 되는 소명 받은 그는 소명에 좇아 실려 가버렸다.

그의 발가락은 그때도 덮여 있지는 않았는데, 그때도 동짓달 죽순처럼, 무슨 당나귀 귀처럼 공중을 향해 열 개나 솟아 있었다.

그런데 나는, 길들고 있는 나의 이 벼룩을 어찌해야 할 것인가. 옴 도비가야 도비바라 바리니 사바하.*

—略—

* 失明된 者가, 光明을 얻고자 할 때 외는 呪文이라 함.

詩人 一家네 겨울

"이건 정말, 견딜 수 없이 쓸쓸한 저녁이다. 상처를 입고 참호 속에 처박혀 있는 기분이야. 전우를 찾아보아야 시체밖엔 없고, 억양이 다른 말씨를 쓰는 병사들의 발자국 소린 머리 위에서 끊이질 않고, 초연만 자욱하고,"

정엽이는 안절부절못하며 이렇게 중얼거렸다. 눈이 몹시 퍼부어 내리고 있다. 가까운 등성이 너머의 어느 주름에서 늑대가 짖고 있다.

"불이라도 좀 더 지펴볼까?" 정엽인 몸을 으스스 떨며 플래시를 집어 들었다. 무엇이 문밖에서 기다리고 있을 것 같은 무서움이 자꾸만 든다.

"아직은 뭐 초저녁인걸."

웃목에 벗어둔 고무신을 신으며, 정엽인 마음을 다져 먹고 문을 열었다. 기다렸다는 듯이 눈 실은 바람이 사납게 달려들어 얼굴을 후려치곤 책상 위의 호롱불을 빼앗아버린다. 한순간에 어두움의 모든 중력이 자기 한 점으로 쏠리고 있는 듯함을 느끼고, 정엽이는 숨을 헐떡이었다. 정엽인 한 번 더 으스스 떨곤 부엌으로 들어갔다. 얼마 전에 넣었던 장작이 벌써 거의 일그러지고 모닥만 조금씩 남기고 있었다. 정엽인 피곤스러운 듯한 느린 동작으로 잉걸불을 모으고 그 위에다 모닥을 주워 얹었다. 그리고 후우 후우 하고 입바람을 냈다. 불이 일자, 여름 동안 그을린 검은 얼굴이 흔들리며 음울하게 나타난다.

"괜히 즤 어밀 보냈지. 장인 영감 회갑이 내일이니 보내지 않을 수도 없었지만. 검둥이(개)는 어디를 갔을까 대체나? 정든 줄 알고 풀어주었더니 또 큰

집에나 간 모양이지?" 정엽인 옆에 누가 있기라도 한다는 듯이 말하며, 잘 마른 장작을 몇 개 더 쌓아 올리고, 덜 마른 장작으로 아궁을 빼곡 채웠다. 그리고 일찍 잠이나 들어야겠다는 생각으로 부엌에서 나왔다.

그러나 잠들기엔 아무래도 마음이 안정되질 않는지 우두커니 서서 멀리로 시선을 보냈다. 내리는 수풀 저쪽에서, 오누이나 과부가 살고 있을 듯한 먼 산가(山家)의 창 불빛 한 개가, 조수에 밀려오는 감빛 낙엽 한 장처럼, 스적여왔을 뿐이고, 산의 요철(凹凸)도 분간되지 않았다. 잠깐의 사이를 두고, 눈바람이 또 쏴아 하고 과수를 뒤흔들며 휘몰려온다. 바람은, 한 등성이 너머의 늑대의 울음과, 세 등성이 너머의 암승(庵僧)의 목탁 소리와, 거기서 또 한 등성이 너머의 홀아비 숯굽장이네 화덕에서 익는 시그름한 굴밤 냄새를 안아왔다.

"이럴 때로 봐선 과수원을 팔아 치웠던 게 좋았을걸. 은퇴한 교장 나리가 그렇게 욕심을 냈댔는데,"

정엽이는 새삼 과수원이 귀찮아짐을 느꼈다. 이삼 년 동안이나 수확도 별로 좋지 못했다. 그렇더라도 사과가 익을 무렵이면 밤에 잠도 제대로 이루지 못하고, 별 쳐다보듯 사과 알을 쳐다보며 행복해하긴 했었다. 그렇게나 고운 사과 알들이 모두 자기의 혼령이며 심장이라는 믿음이 들었었다. 햇볕과 산들바람과 대지와의 혼합감이 뼛골까지 스며들어 정엽인 그것들의 젖 냄새를 감지할 수 있었다. 정엽인 그때, 인간으로서가 아니라 바로 대자연, 그것으로서의, 그리고 승화된 자로서의 삶을 살았던 것이다. 사과가 익는 철에 정엽인 도통한 중놈이었다. 헌데 겨울이 되면, 과수는 잎 떨어지고 낙탁한 가지로 봄이 될 때까지 흐느껴 울며, 찾아주는 사람도 없다. 밤은 어찌 그리도 지루하고, 낮은 어찌 그리도 울적한지, 가을까지 익어왔던 행복과 자부는 잎처럼 떨어져 찬 땅에 구르다 썩어버리고, 산그늘이 시려서 발이 빨간 산비둘기나 날아와 거기 팽개쳐진 가난한 인간의 고혼을 쪼았다. 햇볕과 미풍과 대지는 떠나고 없었다. 허영을 잃은 아낸 소박하지만 정서가 없고, 아이들은 몇 살도 되잖아 벌써 저희들대로의 성(城) 속으로 들어가 버렸다.

정엽인 꺼질 듯한 한숨을 한번 쉬고, 마루에 쌓인 눈을 쓸어내기 시작했다. 바람이 불어다 놓은 것이었다. 생각으론 울적한 마음을 쓸어내 보자는 것이었지만, 싸악 싹 하는 비질 소리가 오히려 더 무서움을 만들어냈다. 이내 비질을 그만두고 바짓자락에 묻었을 눈을 툴툴 털었다. "누가 좀 와주지 않으려나?" 사람이 그리워졌다. 그러나 이런 밤에 누가 와줄 것 같진 않다. 읍이나 마을은 삼 킬로보다 더 멀리에 있다. 제일 가까운 인가란 게, 읍과 과수원의 중간 지점쯤 되는 곳에 있는 물레방앗간이 기껏인데, 그것도 빈 날이 많았다. 물레바퀴가 얼어버리는 철이 되면, 세 철을 지내던 방앗간 주인은 읍내 집으로 가버리고, 대신 예순다섯 된 집 없는 성 영감이 나무쪽을 주워다 방을 데워 지냈지만, 그도 너무 멀리까지 구걸을 가서 돌아오지 못한 날로는 방앗간은 상엿집처럼만 보였다. 정엽이는 너무 쓸쓸한지라 그 성 영감 생각을 잠깐 했다. 그가 이 밤엔 멀리 있는 아내보다 더 가까이 느껴지기까지 한다.

"이렇게 궂은날엔 먼 동네까진 못 갔겠지. 저승길 재촉이나 마찬가지니까. 봉기라는 거지하고 화투나 치고 앉았을까?" 그런 늙은이일지라도 그리 멀지 않은 곳에 있다는 것이 위로가 되었다.

견딜 수 없이 추워져서 정엽인 문고리를 잡았다. 문을 열어야 하는 것이 무섭기까지 하다. 무엇이 불을 새파랗게 켜고, 아니면 무슨 빨간 손이 쇠뭉치를 들고 기다리고 있을 것만 같은 기분이 든다. "여기서 뼈가 굵었는데, 왜 이렇게 싫어졌을까?" 정엽인 좀 스스러워하며 거칠게 문을 잡아당겼다. 그리고 플래시를 이리저리해서 방 안을 샅샅이 훑어보고서야 신발을 벗었다. 아무것도 기다리고 있지 않았다. 방바닥 어디에서 새는 연기가 매콤하게 코에 즐거웠다.

그제서야 안심을 하고 정엽인, 신발을 갖고 들어가 웃목에 펴놓은 신문지 위에 장화와 나란히 놓았다. 그리고 성냥을 켜 호롱에 불을 옮겼다. 가물가물 파랗게 붙더니 차차로 커지며 어둠을 감빛으로 익힌다. 그래도 너무 어둡다. 심지를 키우며 정엽인, "돈이 좀 들더라도 전기는 끌어와야지" 했다. 심지가 자라자 불꽃이 독한 냄새를 풍긴다. 아침에 일어나보면 천장이니 콧구멍이니 얼굴이니가 새까맣게 되어 있을 것이다. 플래시는 껐다. "이렇게 자꾸만 오그라들고, 활개를 칠 수 없을 것 같은 것은 대체 웬일일까? 이렇게 찌뿌듯해 보긴 정말 처음인데."

뭘 읽을 걸 집어 들다 힘없이 놓고, 정엽인 머리가 아픈 듯 이마를 짚었다.

“도대체 아무것도 할 수가 없을 것 같은데. 헌데 무엇이 사립문을 흔들었을까? 이 밤은 뭔가 불길한 상념을 일으켜 세운단 말야.” 문풍지가 울기 시작한다. “관 속에서 시체를 세우듯 하거든. 그리곤 뭘 종용한단 말야. 근데 무엇이 창을 두들겼을까? 무엇이 천장에서 낄낄대고 있을까?”

정엽인 과도를 노려보며 귀를 곤두세웠다. 그러나 다시 아무 소리도 들리지 않았다. 겨울이 되면 소리도 참 많지만 그래도 적막하기만 하다.

정엽인 경련하듯 한번 떨곤, 종일 입고 있었던 헌 오버를 벗어 벽에다 걸었다.

걸어두었던 오버를 떼어 걸치고, 홍선이는 장갑을 꼈다. 애는 써보았지만 잠을 들 수가 없었다. 품 바느질하시는 어머니의 낡은 재봉틀 소리가 귀에 거슬리고, 동생 녀석들은 킥킥거리며 잠잘 줄을 모른다. 낮잠을 자지 않았던 날로도 불면증에 괴롭힘을 받았는데, 낮잠도 한숨 잔 뒤라, 잠이 더 올 리도 만무했다.

“어딜 가려고 그러느냐?”

안경 너머로 아들을 보며, 어머니가 걱정스레 묻는다.

홍선이는 대답도 하지 않고, 짜증을 부리며 나왔다. 지붕이 쌓인 눈 위로 눈은 계속 빽빽이 내리고 있다. 기분이 상쾌해진다. 홍선이는 낡아진 판자 쪽 대문을 걷어차고 행길로 나섰다. 어딜 가려고 행길로 나선 것은 아니다. 그런데 어디라도 가려고 나선 것이다.

홍선이는, 길이 있으니까, 길을 따라 되는 대로 걸었다. 눈이, 이따금씩 부는 바람이, 눈 밟히는 소리가, 인적 없는 행길이, 움직이고 있다는 것이, 그리고 혼자라는 것이 좋았다.

“여자와 같이라면 더 바랄 게 없지만, 딸맥이라도 좀 같이 걸어달랠까? 후훗. 하지만 틀렸어, 틀린 거야!”

홍선인 고개를 저었다.

딸맥이란 열서넛 돼 보이는 다방집 식모 아이 이름인데, 레지가 있는데도 차 나르기를 좋아하며, 제법 사내 냄새를 아는 듯한 태도를 짓곤 했다. '딸 막내둥이'라는 뜻의 이름이라 했다.

다른 상념이 떠올랐다.

"재봉틀 대가리를 바수어버린다? 바늘이 옷감에 박히는지, 내 살점에 박히는지를 모르겠단 말야."

그리고 또 다른 상념이 떠올랐다.

"모두들 날 가두어두려 한단 말야. 아무 장난감도 없는 방 속에다 처넣고 문을 잠가버린다니까. 어쩌다 보니 그렇게 되어 난 쉬어 있었어. 문이 열렸을 때도 난 나갈 수가 없었다. 나가보았지만 마찬가지였다. 방에서 방으로 건너다니다 제자리로 돌아왔을 뿐이었으니까. 하지만 언제까지나 그렇게 되진 않는다, 자살이라도 할 수 있으니깐, 나는."

이 상념은 바뀌지 않았다. 그의 불만에서 비롯된 것이기 때문이었는진 모른다.

"눈이란 건, 소리라는 소리는 모두 삼켜버리는 것만 같단 말야. 고통이라는 고통도 모두 삼켜줄까? 어쩌면 그럴는지도 모르지. 골고다의 사월에, 십자가에서 내린 눈 몇 송이가 세상의 고통을 씻어주었다는 얘기도 있으니 말야."

홍선이는 빠져들어 가고 있었다.

"죽는다는 일은 싫긴 싫은 거지. 하지만, 눈이 고통을 한 겹 두 겹 빼앗아 주며 한 겹 두 겹 수의를 입힌다? 수의가 두터워져 나중엔 무덤이 되겠지. 누구도 그 흰 가슴에서 어떤 사내 하나가 잠들어 있는 줄은 모른다."

뉘 집 개가 컹컹 짖는다. 어느 집 벽시계가 시간을 알리고 있다. 홍선이는 자신도 모르게 걸음을 멈추고 종소리를 세었다. 무겁게 짓누르는 둔탁하고 기분 나쁜 음향이 아홉 번 울리고 꼬리를 사린다. 장의사(葬儀社)네 할멈의 기침소리 같았다. 홍선이는 진저리를 한번 치고 다시 발을 떼어놓았다.

"칼로 동맥을 끊는다? 그런데 칼은 없다. 물속에다 머리를 처박고 참는다? 그건 참을 수가 없게 되겠지. 동아줄에 목을 매단다? 그건 수속이 복잡해. 그렇다면 돌로 머릴 짓바수어 버린다? 돌로? 하아, 그게 제일 무난하겠어. 순간에 끝나버린다. 역시 그게 좋겠군!"

홍선이는 폭포 속을 뚫고 나가듯 눈 속을 뚫고 나가며, 갈대를 헤치고 나가듯 상념을 헤치고 나갔다. 홍선이는 가로등도 없는 방천길을 따라 걷고 있었다. 한 삼백 걸음 더 떼어놓으면 언덕 위의 교회로 이어주는 목교가 나타나고, 거기서도 계속 한 오백 걸음 더 나아가면, 거기선 길이 세 갈래로 나뉘는데, 걷는 방향에서 왼편 쪽 길은 다른 읍과 연결된 길이며, 가운데 길은 물레방앗간에서 정엽이네 과수원을 통해 산 너머 마을로 이어주는 길이고, 오른쪽 길은 읍의 중앙통으로 데려다주는 길이다.

홍선이는 어느덧 교회로 건너주는 목교를 지나고 있었다.

"그런데, 아직 살 만큼도 살아보지 못한 젊은 놈이, 자기의 재능도 다 발휘해보지도 못하고 자살을 한다? 가난 탓에, 비굴 탓에? 방(房)에서 나오려고?"

홍선이는 차게 실소했다.

"물론 꼭히 죽자는 것도 아니고, 그래야 할 이유가 있는 것 같지도 않지만 말이다. 그렇지만 난 그들에게 뭔가를 보여주고 싶단 말야. 내게 주의를 쏟도록 만들고 싶다니까."

홍선이는 신경질적으로 머리칼의 눈을 털고, 담배를 빼어 물었다. "그렇군!" 불을 붙이려다 말고, 홍선이는 담배를 던져버렸다.

"문제는 역시 대상이다, 대상이야! 그렇구말구! 대상을 하나 부각하면 된단 말야. 그리고 그것을 향해 돌진한다."

홍선이는 비약되어 있었다.

"후훗훗. 그러니깐, 가만있자⋯⋯ 아이가 자궁에서 나올 때 머리부터 나온다던가 발부터 나온다던가? 꺼꾸리라고 불려지는 사람이 있는 걸로 봐선 발부터 나오는 게 정상일 것도 같으나, 이치 속으로 따져 보면 다리니 팔이니 턱이니 하는 게 걸려 잘 나올 수 없을 듯도 싶단 말야. 참 젠장! 그놈의 속은 알다가도 모르겠군. 하지만 그 속이 어두울 테니 빛을 갈망했을 게라. 그렇다면 눈이 가까운 쪽부터 내밀었겠지. 발가락을 먼저 내밀었다면 그 녀석은 태 속에서도 비틀거렸던 놈이야. 설 땅이 어디냐는 식으로 말이지." 홍선인 눈살을 찌푸렸다. "머리가 됐든 다리가 됐든, 어쨌든 머리부터 빚어내는 게 좋겠다."

홍선인 세 갈래 길에서 좀 망설이다 왼편으로 꺾었다. 길옆에 웅숭그린 창 낮은 방에서 라디오 소리가 흐르기도 했고, 재봉틀 소리가 들리기도 했다. 재봉틀 소리가 들리는 창에 대고, 홍선이는 눈을 한번 흘겨줬다. 지붕들은 누구네 지붕이나 없이 눈을 무겁게 덮어쓰고 찌그러져 가고 있었다. 조금 더 걸었을 땐 집들도 없어지고 원근도 굴곡도 분간할 수 없는 벌판이 나타났다. 눈은 흩어지고 흔들면서 쉼 없이 내려 쌓이고, 발 벗은 바람은 시린 발을 구르다 숲의 가지에 매달려버린다.

"보릿겨 같은 비듬에 덮인 푸수수한 머리털. 곰팡이가 피고 있는 주름 많은 이마." 홍선이는 생각나는 대로 조각조각 주워 모았다. "불에 그을린 눈썹. 어제밖엔 오늘도 내일도 보지 못하는 물크러진 눈. 콧물이 마를 줄 모르는 뻘건 코. 이가 모자라 언청이가 된 입술. 셋만 남은 게 황태(黃苔)는 잔뜩 끼고, 그래도 맛을 짜는 이빨. 홀쭉한 볼. 서너 가닥의 노란 수염. 곧 숨이 지려고 깔딱거리는 때 낀 목젖. 못 먹어 빼마른 어깨. 보람도 없는 일 탓에 부르트고 굵어진 손마디. 세월이 무거워 휘어진 척추. 위하수체로 늘어진 곱 낀 배때기. 뼈뿐인 것을 묶어두고 있는—불씨 꺼져가는 오돌막." 여기까지 생각이 미치게 되었을 때 홍선이는 눈을 빛내며 우뚝 멈춰 섰다. "그래, 그런 정도의 인간이라면 너무도 충분하다!"

홍선이는 몸을 오른편으로 돌려, 길도 아닌 논바닥을 치달리기 시작했다.

"그는 몇천 번이고 죽음을 생각했을 것이다. 고통 없는 죽음을 원했을 것이다. 그리고 기도했겠지,"

"한울님, 제발 이 목숨을 소롯이 데려가 주옵시오!"

성 영감은 이를 악물고 배고픔을 참으며, 고통 없이 얼른 죽었으면 그것만 바랬다. 오늘은 점심때, 교회 집사라는 과부 할미네 집에서 삶은 고구마 한 개밖에 못 얻어먹었다. 그것도 그녀의 고약스런 아들이 고함을 질러서 맘이 편치도 못했다. "젊은 양반, 늙은이 괄시 너무 마슈!" 한마디 했다가 마루에서도 쫓겨나 길에서 먹고 말았었다. 그래도 그 집 과부 할미의 인정이 그중 나았다.

"홍선아, 그만해두지 못하겠니? 주진 못하지만 쪽박까지 깨서야 쓰겠니?" 그런 소릴 들었을 땐 눈물이 나오려 했다. 읍을 벗어나 마을로 가면 인심도 조금은 후했지만, 눈바람이 센 날 그렇게 멀리까지 갔다간 길바닥에서 죽기 알맞았으므로 읍내 몇 집을 들렀을 뿐이다.

"이놈의 몸뚱이 탓이라, 으흐흐흑, 대체 내 팔자가 왜 이런가, 으흑."

성 영감은 훌쩍훌쩍 울며 창자를 훑었다. 가을에, 이삭을 주워 석유는 준비해두었었지만, 너무도 많은 손들이 들을 훑고 다녀서, 이런 경우에 지어 먹을 양식을 남겨둘 수가 없었다. 있기야 조금은 있었다. 그저께까진 구걸해다 모아놓은 게 한 말 정도 있기야 있었지만, 사흘 앞을 못 봐 이 지경이 되었다. 날씨도 연일 좋았고, 또 먼 마을까지 다니려다 보니 몸이 추워서, 그것을 팔아 헌 내복 두 벌에 구멍 난 군용 장갑 한 켤레를 사 끼고 나니, 십 원인가 몇 원인가가 남았었는데, 어제 빵 한 덩이 사 먹고, 말았던 터였다. 그러고 나니 오늘 아침나절부터 눈발이 비치기 시작하자 대문들은 닫기고, 인심도 닫기고 말았다. 눈이 온다고 왜 그렇게 인심이 사나워야 되는 건지, 그것을 성 영감은 이해할 수가 없었다. 먹지 않는다고 몸뚱인 왜 그렇게 죽을 고통을 받아야 하는지도 알 수가 없었다. 게다가 방바닥도 따뜻해질 줄을 모른다. 북더미는 충분했지만, 배 속이 비어 있으니 온기가 나지 않는다. 혹시는, 봉기가 찬밥 한 덩이라도 품고 와줄지도 모른다는, 이루어질 아무 희망 없는 희망이 있긴 하나 있었다. 그러나 봉기는 다니다가 해 지는 마을의 사랑방에서 잠들기 일쑤요, 또 먹고, 남은 것은 간직하는 버릇이 없고 냇물에다 버려버리는 성미가 있었다.

"나는 밥을 빌었지만 배가 불러졌으니, 고기님들, 내가 베푸는 인정이나 잡수." 남은 것을 버릴 때면 으레 하는 소리였다.

"젊은 탓으로!" 성 영감은 혀를 찼었지만, 봉기의 인정이 두텁긴 두터운 줄 잘 알고 있었다. 앓아누워 있었을 때, 닷새 동안을 한 끼도 빼놓지 않고 밥을 빌어 먹여준 일이 있었기 때문이다. 하지만 이렇게 지척도 분간할 수 없이 궂은 밤에 봉기의 인정을 바란다는 것은, 고통 없는 죽음을 바라는 거나 마찬가지로 가망이 없을 게다.

성 영감은 뼈를 갈아 마시듯 흐득이며, "이 늙은 놈이 무슨 죄를 그렇게나 많이 졌기에 이 팔자로 죽이려는 겁니까? 죽일 테면 이 당장에 죽이시옵쇼." 하고 몸을 뒤틀었다. 발끝부터 차차로 얼어오고 있는 것 같았다. 늙은 몸뚱이가 고독하게 당하는 이 고통은 견딜 수 없게 하는 것이었다. 안간힘을 써보지만, 죽음과 맞선 이 아픔은 경감되지 않는다. 생명이 소중한 것은 아니다. 고통이 무서워 도피했던 것이 연명(延命)의 이유였을 뿐이다. 고통이, 의지할 아무것도 없이 궁지에 몰린 불쌍한 몸뚱일 으드득 으드득 씹어댄다. 성 영감은 눈에 보이는 그 고통을 흐린 눈으로 쏘아보며, 희미한 목소리로 대들기 시작했다.

"그래서 나를 어쩔 셈이야, 나를?"

정엽인 가위라도 눌린 듯 괴로워하며 목을 뒤틀더니 눈을 떴다. 그리곤 무엇이든 갑자기 바뀌어져 보이는지 두리번 두리번거렸다. 얼굴은 잿빛이 되어 있고, 전신에 식은땀을 흘리고 있다. 헌데 여태도 시간은 흐르고 있고, 문풍지는 울고 있고, 호롱불은 흔들리고 있다. 정엽인 모든 게 아까와 다름없음을 알곤 비로소 안심이 되어 바보스럽게 웃었다. 십 분이나 그보다 짧은 시간 속에서였는지 모른다. 잠이 든 것도 아니고, 깨어 있었던 것도 아니었는데, 웬 사내 하나가 들어왔었다. 그리고 말하는 것이었다.

"글쎄 말야, 난 도대체 할 일이 없고 생각해보니 자네는 혼자 있더군. 뭔가 창조 같은 게 멈춰버린 그런 상태였다네. 허엇, 창조란 말에 놀라나? 흥미가 사라져버린, 그래도 아무것도 작위치 못할 그런 상태를 말했을 뿐이네만." 그는 히죽이 웃었다. 그는 가죽장갑을 끼고, 장화를 신고, 눈을 함빡 뒤집어쓰고 있었는데, 방 안의 따뜻함 때문에 물방울을 뚝뚝 흘렸다. "날 모르겠나? 난 자네가 날 알아보리라고 생각하는데……" 그래서 살펴보니 어디선가 많이 보았던 사내 같기도 했고, 생판 모르는 사람 같기도 했다.

"도둑고양이처럼. 울타리를 뚫고. 그리고 깃을 세우고……"

"나 혼자 있다는 것이 그래 어쨌다는 거야?" 정엽인 대들었다.

"뭐 어쨌달 거야 없지만, 눈이 몹시 짙게 내리고 있더군."

"눈이 내린다고 남의 집에 침입해도 괜찮을 이유라도 있나?"

"헤헷, 그야 뭐, 허지만 그렇게 물으면 난처해지잖나? 난, 난 말야, 발자취가 남지 않을 거라는 생각을 하면서 걸어왔지. 이내 없어져 버리고 만다니까.

헤헤헤.”

“그건 무슨 뜻인가, 대체나?” 정엽인 몸서리를 치면서도 태연하려 애썼다. 그때 그가 품에서 뭘 꺼내 휘둘러 보였다. 시퍼런 단도였다.

“보시다시피 난 장갑을 끼고 있고, 주위에 사람도 없고, 집도 없고……”

“그, 그럼, 자, 자네는 날 해치겠단 말인가? 나를? 해쳐야 할 이윤 뭔가? 뭐냐 말야? 갖고 싶은 걸 가지면 될 거 아닌가.”

“기회가 썩 좋으니깐, 기회가.” 그는 이치에 닿는 말만 하며 살아왔다는 표정을 지었다.

듣고 보니 그도 그럴 듯하다 싶어서 정엽인 말을 만들지 못하고 우울한 얼굴로 그를 올려다보았다. 그리고 찬찬히 살펴보았다.

그의 얼굴이 차차로 낯익어졌을 때 정엽이는 깜짝 놀랐다. 그는 자기와 너무도 흡사하게 닮아 있었다. 거울 속의 자기에게 들려주었던 그 말을 되풀이해서 이 사내에게 들려준다 하더라도 틀릴 게 없을 것 같았다. “짝 없이 면적은 넓지만 그래도 밉지는 않은 얼굴이야. 눈썹은 좀 엷어 섭섭하긴 하지만, 눈꼬리까지 여간 잘 덮고 있지 않거든. 코야 나무랄 데 없을 것 같다. 조금만 더 높았다면 질투를 많이 받게 돼서 그것도 좋지 않거든. 뭐니 뭐니 해도 역시 매력은 턱에 있지. 코 높이까지 앞으로 내민 이 턱의 매력에 한때 여편네가 녹았지. 이 넓은 어깨에 기대어 보고 싶어 하지 않는 여자는 없었는데, 하반신이 좀 한심스럽지. 그렇게 볼품없는 건 아니지만, 전쟁이 오른쪽 엉덩이 판을 통과해 갔거든. 곤란한 건, 앉아서 눈 맞춘 날씬한 숙녀 앞에서 서야 했을 때였지.”—그런데 바로 자기 모습의 해적판(海賊版)이 눈앞에 서 있잖은가. “허허허, 헛” 정엽인 웃음을 참을 수가 없이 됐다.

“이봐, 그만해둬!” 해적판이 정엽이에게 압력을 넣었다. “그러나 날 정신병자라곤 말게. 난 말야 살인하기에 알맞은 밤이라는 생각을 했을 때 금방 실천에 옮기고 싶어서 왔을 뿐이니까. 나중엔 생각이 어찌 바뀌게 될진 모르겠지만, 지금 이 당장은 무슨 충분한 이유가 있는 것만 같다네. 울타리에 딱 마주쳤을 때, 울타리를 뚫고 싶은 그런 거나 마찬가지야. 후후훗.” 그는 칼을 내밀고 다가왔다.

"그래서 나를 어쩔 셈야, 나를?"

정엽인 부르짖었던 것이다.

바람이 과수원 사립문을 삐거덕거리고 있고, 창에 부딪히는 눈송이 소리가 노크를 하고 있는 것 같기도 하다. 문풍지도 정말 너무 울어싼다.

"정말." 정엽인 이불을 걷어차고 뛰쳐 일어났다. "살인하기엔 더 바랄 수 없는 밤이다!" 정엽인 책상 위에 놓인 과도를 힘껏 잡아 쥐었다. 그리곤 타는 듯한 눈으로 목표 없이 쏴 보며, 이를 악물었다.

"아 제길헐?" 정엽인 도대체 진정할 수가 없는지 신경질적으로 서성였다. "이러다 미치지나 않을지 모르겠는걸. 독수리와 까마귀는 부리를 갈며 우짖고, 화약 냄새는 코밑에서 떠돌고, 벗겨진 철모와 잘려진 손바닥에 박모가 담기고, 밤이 오고, 부엉이가 날고, ……제일 가까이 있는 사람이라곤 성 영감밖에 없구나." 정엽인 과도를 한번 휘두르고 나서 오버를 걸쳤다. 정엽이 얼굴은 땀으로 번쩍였다. "정말, 아내를 보낼 일이 아니었어." 정엽이는 장갑을 끼고, 서둘러 장화 속에다 발을 밀어 넣었다. 그리곤 왼손엔 플래시를 쥐고, 오른손엔 과도를 움켜쥐었다. 정엽인 이빨을 부딪치고 있었다. 불나비 떼처럼, 눈송이들은 아직도 불 켜진 창에 부딪히고만 있었다. 정엽인 미친 듯이 문을 걷어찼다. 수억의 불나비들이 호롱불을 마시러 달려든다. 불은 금방 말라버렸다.

정엽인 문 닫을 정신도 없이 마루에서 뛰어내렸다. 그리곤 칼부림을 하며 뛰기 시작했다. 눈이 쌓인 탓에 잘 열려지지 않는 사립문은 짓밟아버리고, 물레방앗간이 있는 방향으로 달렸다. 목덜미를 잡히지 않으려는 듯한 그런 자세로 뛰었다. 거의 숨도 못 쉬고 있었다.

그렇게 달리다가 정엽인 푹 꼬꾸라지고 말았다. 논두렁에서였다.

정엽인 목을 한사코 눈 속에다 처넣으며 부르짖었다.

"기, 기어코, 내, 내가 죽어야 하는가? 사, 사, 사람 살려!"

"안됐지만, 후후, 정말 안됐지만, 자네는 죽어야겠어!"

홍선이는 들을 가로질러 물레방앗간 가까이까지 왔다. 몇 번이나 넘어지고, 몇 번이나 방향을 다시 잡아야 했다. "그렇게 말해줘야지. 흣."

홍선이 손엔 반 되들이 주전자만 한 돌이 하나 쥐여 있었다. 물레방앗간 아래쪽 냇물 속에서 주워 온 것이다.

"나도 내일부터 사람이 좀 바뀌어질 것이다. 그건 틀림없지, 암은."

방앗간은 반 마장 이내에 나타났다.

"모두 박수갈채로 나를 환영할 것이다. 내가 빚은 대상은, 죽지 않으면 안 되는 것으로서, 죽지 않고 살아오며 선한 사람의 나날의 생활을 가려왔다. 그것이 밤이었던 걸 난 이제 알게 되었다."

홍선이는 긴장으로 숨을 헐떡이며 문짝이 없는 방앗간 안으로 쑥 들어섰다. 서너 간 저쪽의 자그맣고 누덕진 대살 문에 불빛이 묻어 있다.

무의식적으로 발소리를 죽이고 문 앞으로 걸어가선, 홍선이는 귀를 기울였다. 곧 숨이 지고 있는 앓는 소리가 들린다. 무서운 웃음이 홍선이 얼굴을 스쳐 갔다. 문고리에 홍선이의 손이 닿았다.

문은 힘없이 열렸다. 팔락하는 쉰 소리가 좀 났을 뿐이었다. 홍선이는 빨려든 듯 들어섰다.

성 영감은 북더미 속에 파묻혀서 북더미를 씹고 있었다. 줄기의 밑동 부분에선 당분도 좀 나왔고, 잘만 씹으면 넘길 수도 있을 것 같아서, 영감은 셋뿐인 이빨을 갖고 기를 써댔다. 그러느라고 누가 들어온 것도 모르고 있었다.

"훗, 후후, 후훗!"

누구의 웃음소리가 영감의 고막에 울렸다. 영감은, 헛들은 것이나 아닌지 모르겠다고 생각했으면서도, 북더미 위로 고개를 빼 올려봤다.

"그! 근데, 댁은 뉘시오?"

영감은 씹던 걸 턱에 흘리며 솟구쳐 앉았다. 누가 불을 등에 가리고 서 있는데, 어떻게 보면 허깨비 같고, 어떻게 보면 허깨비가 아닌 것도 같았다. 영감은 눈을 닦고 다시 보았다. 봉기는 아닌 것이 분명했다. 어쨌든, 그의 손에 큰 떡 덩이 같은 게 들려져 있어 내심 반가웠다. 굶어 죽으라는 팔자는 아닌가 보다.

"할 말이 있으면 하시오!" 홍선인 돌을 높이 쳐들었다.

"하, 할 말이라뇨? 댁은 하, 한울님이 내리셨나요?" 성 영감은 넙죽 엎드렸다.

"안됐지만, 당신은 죽어야 할 그 이유란 말야!" 홍선인 똑똑히 들려줬다.

"엣? 내, 내가요?" 성 영감은 그가 허깨비나 아닌가 다시 올려다보았다. 그리고 살을 꼬집어보았다. 살은 아팠지만, 그렇다고 정신이 말짱하지도 않다.

"내가 죽어야 한다는 겁네까?" 성 영감의 음성은 좀 냉소적이었다. "이런 불쌍한 늙은이가 뭘 잘못했습네까?" 그 순간 성 영감에게 어떤 생각이 스쳐 갔다.

"그렇다면 댁은 저승에서 온 사잡네까? 아이구 한울님!" 성 영감은 다시 넙죽 엎드려 머리를 조아렸다.

"똑똑히 말해주지만 난 저승에서 온 사자가 아니야! 난 사람이야!"

"사, 사람이라고요?" 성 영감은 놀라며 알 수 없다는 표정으로 다시 올려다보았다. 저승에서 온 사자가 아니라는 것 때문에 적이 안심된 듯했다.

"그렇단 말야! 난 사람이야. 십자가 뿌리로 방울져 내리는 보혈이야!"

"그렇다면," 성 영감은 설움이 북받쳐 어깨를 들먹이기 시작했다. "배가 고프고, 춥고, 불쌍한 이 늙은이께 적선은 못 할망정 뉘신지도 모를 댁과 척질 일이 뭣이 있다고, ……보물이 있어 보물을 탐냅네까, 돈이 있어 돈을 탐냅네까, ……빌어먹은 죄밖에 없는 이런 병든 늙은이를…… 모질어진 목숨밖에 남은 게 뭐 있다고…… 살려주사이다, 큰 인정 베풀어 살려주사이다!"

성 영감은 손이 발이 되도록 비비며, 벌벌 기어 왔다. 죽이려는 자의 바짓자락이라도 붙들고 애원할 모양이었다.

"그러면 죽는 날까지 은혜를 잊지 않겠습네다. 적선하시우 예? 적선하시우! 인정을 베푸시우! 그 은혜는 한울님이라도 갚아드릴 겁네다."

"그러니깐 당신은 죽어야 한단 말야. 그러니깐 말야!" 홍선이는 영감의 애원에 영향받고 확신을 더 가진 듯 사납게 소리쳤다. "돈이 있다거나, 보물이 있다거나, 살아볼 만큼의 생명이 있다거나, 건강하고 팔팔하다거나, 동정으로 사는 걸뱅이가 아니라면 살아야지! 살아야 하구말구! 허지만, 당신은 불쌍하고 가난하고, 비천하고, 늙고, 병들고, 더러워졌으니 죽어야 한단 말야. 그러니깐, 규탄받고 뒈져야 한단 말야! 뒈져야 한다구!"

"그, 그런 늙은네를" 성 영감은 배고픈 고통이나 추운 고통 따위는 까마득하게 잊고, 그렇게도 저주했던 생명을 고수하기 위하여 비지땀을 흘리며 홍선이의 구두 끝에 얼굴을 문질렀다. "죽여 뭣합네까? 죽여 뭣합네까? 살려주시오!"

"시끄럿!" 홍선이는 사정없이 영감의 등짝을 짓밟았다. 영감이 잠잠해졌을 때까지 짓밟아댔다.

"알겠어? 오늘 밤은 획기적인 밤이야! 역사가 바뀌는 밤이라구! 가난이, 질병이, 불쌍함이, 불행이, 비극이, 비천함이, 늙음이, —그런 모든 것이 죽어버리는 밤이다! 행복과 불행은 양립해선 안 된다. 가진 자와 못 가진 자가 같이 있어 되겠나? 고귀함과 비천함이 대립해선 되겠느냔 말이다? 그 한쪽이 죽어버리면, 알겠어? 세상이 바뀐단 말야. 너는 나를 지배해왔었다. 아니, 너는 송두리째 나였단 말야. 너는 그늘이라는 모든 그늘이 뭉친 놈이야! 악마라고 하는 게 너란 말야. 너는 주검 그것이었다구, 넌 육십 사방을 막고 있던 방이었어! 헌데 내가 이 돌로 너의 머리를 바수고 나면, 후후훗, 내가 땅에다 천국을 세우는 목수가 되는 것이다. 구원자가 되는 거야. 거기엔 은혜와 감사만이 있을 뿐이다. 아직 아무도 널 이겨낸 자가 없었지?" 피를 토하듯 들려주며 홍선이는, 영감의 뒤통수를 겨누어 돌을 힘껏 내리쳤다. "들리나? 나를 영접하는 선한 양들의 박수 소리가? 그들은 이제 갇혔던 우리로부터 풀 좋은 방목장으로 나왔다!"

성 영감은 비명 한번 못 지르고, 쭉 뻗어 바르르 떨더니, 그것도 멈춰버렸다.

"이렇게 해서…… 나는 죽었다! 내 손으로 죽었어! 나는 지금 바뀌어져 있을 것이다."

홍선이는 시체를 멀리 보며 소매 끝으로 땀을 씻었다. 에테르 냄새 같은 웃음이 떠돌았다.

"정말 너무 오래고 무서운 싸움이었다. 이젠 이겼다."

홍선이는 촉촉이 젖고 있는 볼을 느꼈다. 왜 볼이 젖고 있는지는 그 자신도 몰랐다. 기쁘지는 않았다.

호롱불이 꺼질 듯이 일렁이었다. 홍선이 자기 그림자가 영감의 시체 위에 흩뿌려졌다. 그런데 그것이 갑작스런 허탈을 불러일으켰다. 동시에 공포인지 뭔지 알 수 없는 무엇이 짐처럼 억누르기 시작했다. 사실 박수 소리 같은 건 들리지도 않았다. 쥐 새끼 소리도 없었다. 무엇이든 흔들려 보이기만 했다. 그리고 조용함이 시작되었다. 모든 것이 다 끝난 듯도 싶고, 아직 시작도 되지 않은 듯도 싶은, 그런 무균(無菌)의 조용함에 자꾸 휘몰리는 것이었다.

홍선이는 숨이 막혀 떨었다. 한번 휘저어나 보고 싶어 홍선이는, 차이는 것을 힘껏 걷어차 보았다. 그래 보아도 조용함은 찢기지를 않고, 물에서 죽어 가라앉은 시체의 호주머니에서 빠진 지폐 두 장이나 혼백과 같은 그런 것이 휘적휘적 저으며 솟아올랐다. 뻔히 뜬, 성 영감의 눈이었다.

"허? 헉!"

홍선이는 문을 박찼다. 문이 부서져 나뒹군다. 홍선이는 내달았다.

그렇게 달리다가 홍선인 푹 꼬꾸라지고 말았다. 논두렁에서였다.

기를 써서 일어난 뒤, 켜진 채 버려져 있는 플래시를 움켜쥐고, 정엽이는 다시 뛰기 시작했다. 논두렁에서 굴러떨어졌을 땐 꼭 죽는 줄만 알았었는데, 죽진 않았다. 보우하심을 입은 것일 게다. 뛰면 뛸수록 공포도 더 커지고 더 빨랐다. 집에선 꼭 죽을 것만 같고, 죽진 않는다더라도 무서워 참을 수가 없어 달려 나왔던 것이다.

물레방앗간을 목전에 두었을 때에야 정엽인 뒤를 돌아다볼 용기를 가졌다. 그래서 돌아다보고 정엽이는 털썩 주저앉았다. "내 그럴 줄 알았어." 정엽인 울고 싶은 걸 간신히 참았다. 한 서른 걸음 저쪽에서 검은 그림자 하나가 필사적으로 따라오고 있었다. 정엽인 칼 쥐었던 손에 힘을 주었다. 헌데 힘 있게 잡혀지진 않고, 뽀드득 소리만 난다. 정엽인 얼른 손을 펴보았다. 떡고물처럼 뭉쳐진 눈 한 덩이가 쥐어져 있을 뿐이었다. 맥이 탁 풀렸다. 이젠 몸을 지켜줄 만한 아무것도 갖고 있지 않다. 양철 쪽을 우그려 붙인 플래시 따위가 목숨을 건져줄 성싶진 않다. 정엽인 멍청히 그를 기다렸다. 도망칠 생각도 들지 않았다. 그런데 바라보고 있는 사이 그 그림자는 사라지고 말았다.

정엽인 맥없이 웃고 말았다.

"날 따라온 게 아니라 날 찾으러 가는 모양이군. 병신 같은 자식! 녀석은 아직도 내가 과수원에 있는 줄 아는 모양이지? 허지만 난 여기에 있다네. 뛰쳐 나오길 얼마나 잘했나,"

"나오긴 정말 싫었지만,"

봉기는 팔짱을 꽂고, 방앗간을 향해 부지런히 걸었다. 그는 찐빵 다섯 덩이를 품에 넣어 오며, "우리 같은 사람은 우리끼리나 도와야지. 그러나저러나 얼어 죽진 않았는지 모르겠군. 젊은 나도 촌으론 못 가는데 늙은이야 더욱 못 갔겠지" 했다. 그는 몹시 초조해 서둘렀다.

차분한 마음이 되어서 정엽인, 서두름 없이 눈을 털며 일어섰다. 그리고 불빛을 앞세워 방앗간 안으로 들어섰다. 방에, 불빛 같은 건 보이지 않고, 사람이 있을 것 같은—느낌이 주는 아무 위로도 없었다. 왠지 쭈뼛쭈뼛하고 기분이 나빴다.

먼지가 거미줄에 뭉쳐 박쥐 날개나 도마뱀처럼 수런거리고 있고, 먼지니 왕겨 냄새는 습기에 썩어 몹시 불쾌했다. 게다가 방문은 떨어져 죽어 누워 있고, 얼른 판별키 어려운 묘하고 낯선 냄새가 끈적끈적 흐르고 있어서, 정엽인 몸서리를 쳤지만, 몸을 돌이킬 수는 없었다. 호기심인지, 모험심인지, 뭐 그런 것이 자꾸 끌어갔다. 보지 않곤 돌아설 수가 없을 것 같았다.

그래서 정엽인 방 속에다 플래시 빛을 휙 밀어 넣었다.

"………"

정엽인 울고 싶은 것인지 웃고 싶은 것인지 모를 표정으로 입을 삐쭉삐쭉 하더니, 그대로 조용히 허물어져 주저앉았다. 피로했던지도 모른다.

얼굴에 차가움을 느끼고서야 정엽이는 정신을 차렸다. 누가 눈 뭉치로 자기의 얼굴을 문질러 댄 듯했다. 일주일이나 칠 년보다 많은 세월이 흐른 것만 같았는데, 어지럽게 하는 불빛이 집중되고 있어, 정엽인 얼른 눈을 뜨지 못했다. 게다가 손발이 꽁꽁 묶여 있는 모양으로 몸을 움직일 수가 없었다.

"눈이 너무 많이 오고 있기 땜에, 전 이 영감이 굶어 죽지나 않았는가 하고 와봤드랬죠."

멀리서 주고받는 소리 같은, 내용을 알 수 없는 말소리가 들렸다.

"빵 내기 화투 한판 한다고 늦게 와보니 이렇게 돼 있잖겠어요? 마음씬 좋은 영감이었댔는데," 봉기였다. 그는 감정 없는 음성으로 씨분대며, 정엽이의 손발을 풀었다. "빽소닐 놓을까 보아 묶어 맸는데, 염(殮)하는 기분이더구먼요."

손발이 자유스럽게 되었다고 생각했을 때, 차가운 무엇이 두 팔목에 채워진다. 정엽인 영문을 모르고, 다시 부자유스러워진 팔목을 내려다보았다. 수갑이었다.

"일어섯, 이 개새끼야!"

누가 구둣발로 엉덩일 모질게 찬다. 정엽인 아직도 어쩔거리는 정신으로, 주위를 살피며 비틀비틀 일어났다. 순경 하나와 형사 하나와 봉기가 있었다. 봉기까지도 플래시를 들고 있었는데, 그건 정엽이 자기 것 같았다.

"과수원도 큰 걸 갖고 있고, 학벌도 좋고, 마누라도 자식도 있는 사람이 뭘 하겠다고 저따위 영감을 죽여?"

좁은 고을이라, 서로 인사는 하지 않는다 하더라도, 서로가 서로의 사정을 웬만큼씩은 알고 있었다.

정엽인 그 말을 듣고서야 자기의 처지를 확실히 깨달았다.

"내, 내가, 내가 죽였단 말요?" 정엽인 놀라 펄쩍 뛰었다.

"그렇다면?" 형사였다.

"살인자를 보긴 보았지만, 누군지는 모르겠소. 하여튼 나는 안 죽였소. 이 늙은인 고맙게도 내 대신 죽어준 겁니다. 내 대신 말요! 알겠습니까? 어떤 놈이 죽였단 말요."

"흐흥, 흐흐흥!" 형사가 웃음을 쳤다.

"그래서?" 순경은 물었다.

"누가 말요, 누가 날 죽이려 했단 말요. 난 예감으로 그걸 알았단 말입니다. 아시겠소? 살인하기엔 정말 근사한 밤이란 말입니다. 그래서 난 성 영감 생각을 하고 뛰쳐나온 겁니다. 헌데 내가 살인을 했단 말요? 어떻게 해서 그렇게 믿게 됐습니까? 봉기 씨라면 경우를 바꾸어서 생각할 수 있을 겁니다."

"여보슈!" 봉기가 주먹을 휘두르며 나섰다. "사람을 죽였으면 곱다시 끌려가기나 할 일이지, 다른 사람은 왜 끌어넣소, 끌어넣길? 내 좆같이!"

"차근히 생각해보시오, 내가 여기 닿았던 시간에 당신이 닿았고 당신이 여기 닿았던 시간에 내가 닿았더라면 경우가 바뀐다는 걸 말요, 알겠소?"

"야 이 새끼야 임마," 형사가 정엽이의 귀밑을 윽박지른다.

"말도 안 되는 소린 그만둬! 자식, 멀쩡한 놈이 횡설수설이야."

"지능적인데. 정신박약을 가장하려 드는군. 헷. 우리도 너만큼은 배웠어."

정엽인 설명이 불가능하다는 걸 깨닫곤, 슬프게 입을 다물었다. 순경이 개 끌 듯 정엽일 끌었다. 눈바람이 매웠다.

냇가를 따라 걷게 되었을 때 봉기는, 품속에서 빵떡을 꺼내 냇물에 던져 넣으며 구시렁거렸다.

"고기님들, 잡수! 성 영감이 고기님들께 베푸는 인정이라우. 좋은 곳에나 가게 해 주셔이다. 고수레!"

그리곤 형사를 향해, "나리, 저는 돌아가 시체를 어떻게 해야겠어요. 영감님은 늘 내 손에 염 되기를 원했어요. 초상집 염은 모두 내가 맡다시피 했죠" 하고 처진다.

"그건 나도 알지. 그렇다면……" 형사는 뭘 잠깐 생각하더니 "돌아가도 좋아. 하지만 시체에 손 하나 까딱하지 말라구! 방 안 모양이 바뀌어져도 안 된단 말야. 알겠어? 조금이라도 달라져 있으면 자네도 감방행이야. 그리고 새벽엔 서(署)로 와!" 하고 엄하게 분부했다.

"예, 예," 봉기는 몇 번이고 굽신거렸지만, 돌아갈 생각이 없어진 듯 멍해서 있기만 한다.

"돌아가라구! 그리구 지키란 말야!"

봉기는 마지못해 돌아서서 몇 발자국 떼어놓았다. "씨펄, 혹만 더 붙였군."

"데리고 갈걸 그랬잖아?" 순경이 걱정 투로 의견을 보낸다.

"에이 뭘. 어차피 밝기까진 어쩌는 도리 없잖아? 시체나 도둑맞으면 사건만 복잡해진단 말야. 눈 오는 밤에 체조한 두 순경."

"하하하."

신문의 사회면을 생각한 모양이었다.

"이봐, 헌데 그런 늙은일 어쩌자고 죽였지?" 형사가 음성을 좀 부드럽게 해서 물었다. "어차피 알려지겠지만, 아무리 해도 이유를 모르겠는걸." 그리고 정엽이에게 담배를 권했다.

"고맙습니다만, 피울 줄을 몰라서……"

"교인인 줄은 몰랐는데?" 정엽이 부인이 교회를 다니고 있는 걸 염두에 두고 하는 말이다.

"몇 번 전에 다녔지만 지금은 아니요."

"영감이 괴팍해서 애들을 잘 놀래준다는데, 당신네 애라도 놀래줬던 모양이지?"

"………" 정엽인 대답하지 않았다. 심문은, 천천히 서류를 꾸미면서 해도 늦지 않다는 심산인지, 형사도 더 묻지 않았다.

곧 가로등이 나타났다. 짙은 새벽과 새하얀 눈송이가 가로등에 손을 쬐다 떨어지고 있었다. 그리고 낮은 지붕들과, 불 꺼진 창들, 삐거덕거리는 점포 문과 우울한 골목들이 넋 없이 지나갔다. 개도 짖질 않았다. 이런 풍경이 정엽이에겐 갑자기 낯설게 느껴졌다. 고향에론가, 어디에론가, 가야 할 사람들이, 값싼 일숙박비를 지불치 못해 몸뚱이를 담보로 살며 빚을 갚아줄 소식을 기다리고 있거나, 유배 온 죄인들이 죄를 벗겨줄 전령을 기다리며 막연하게 살고 있는 곳만 같이 생각되었다. 하지만 누가 그들의 빚을 갚아주며, 누가 죄를 벗겨줄 것인가?

정엽인 생각에 잠겨 묵묵히 걷다가 부르짖듯이 말을 터뜨렸다. 눈이 타는 듯이 번쩍였다.

"왜 영감을 죽였느냐구요? 왜 죽였느냐구요?"

형사와 순경이 놀란 눈으로 쳐다봤다.

"도대체 난 할 일이 없었고, 생각해보니 영감이 혼자 있었소. 주위에 집도 없고, 사람도 없었단 말요. 게다가 눈은 몹시 짙게 내리고 있잖았습니까. 난 발자취가 남지 않는다는 생각을 하고, 장갑을 끼었습니다. 그 이상 더 좋은 기회가 있을 성싶지 않았소. 그래서 난 바로 실천에 옮긴 거요. 그런데 영감은 죽었소."

형사는 차가운 웃음을 띠고 있었고, 순경은 거의 멍청해 보였다.

"난 사람들이 나를 정신박약자라고 생각해주지 않기를 원합니다. 그리고 오늘 밤에 만난 알 수 없는 어느 친구처럼 나를 담보로 삼아두고, 모두 떠나주기를 원합니다. 고향으로 가야 될 곳으로—"

거기까지 말하고 정엽이는 고개를 푹 숙였다. 어깨가 무거운 듯 휘청거리고 비틀거렸다.

"내 피에 대하여 당신은 죄가 없으니, 빌라도여, 당신은 손을 씻으시오."

열명길

벽안(碧眼)의 사대 혼혈, 시의(侍醫) 대목수(大木瘦)는, 어수선한 마음을 진정하기 위하여 치렁한 빌로도 휘장을 걷고, 밖을 내어다보며 생각을 간추렸다. 침대에선, 왕의 이모 시녀장(侍女長)의 딸이 조금 전에야 잠이 들어 쌔근거리고 있다. 그녀는 대목수의 여잉(餘剩)을 오 개월이나 길러오고 있었다. 새달의 첫 열무날[4日]이 밝아오려는 무렵이다. 대목수는 밤새도록 열 번도 더 왕에게 불려갔으므로 아직 한잠도 못 붙여본 채였다. 하늘은 두터운 구름장에 덮여 비라도 한 줄금 할 듯한데 기류는 느긋함 없는 피곤처럼 낮은 데로만 침전되며, 오징어를 말리는 갯벌에서 흐르는 더러운 냄새는 끈적끈적 피부에 달라붙고, 나무들은 술 깬 주정뱅이나 느긋해진 아편쟁이의 손가락 같다. 대목수는 그런 새벽을 넋 없이 지켜보다가 화장터같이만 보이는 제당(祭堂) 꼭대기로 눈을 주었다. 야차의 눈두덩 같은 시계가 다섯 시 반을 읽혀주고 있다. 반 시간이 지나면 종지기 제장(祭長)이 종 줄을 잡아당길 터인데—열무날(4日과 19日)의 아침이므로—종이 울림과 동시에 예배에 참석키 위한 성내의 선남선녀가 남김없이 몰려나와 제당 안으로 걸어 들어갈 것이다. 이 왕(王)이 치리(治理)하게 된 이 칠 년 동안은, 한 번도 거름이 없이 한 달에 두 번씩 이와 같은 집회를 가져 왔던 것이다. 이 모임은 화룡(火龍)에게 제물과 기도를 드리기 위한 것인데, 참례는 강요되어 있었다.

제당에 불이 밝혀지려면 아직 육칠 분 더 있어야 되겠지만, 불이 켜지고 일이 분쯤 지나면 산통의 여인이 각혈하는 듯한 그런 비명이 울려나기 시작한다. 그것이 대목수에게는 언제나 견딜 수 없는 것이었다.

제물이라고 하는 건, 알 낳지 않은 비둘기 한 쌍을 불태워 바쳤던[燔祭] 것에서부터 시작한 것으로서 그것이 그들의 죄를 대속(代贖)하며 동시에 그들의 염원을 전해주는 다갈[香]이 된다는 것이었다. 그러던 것이 얼마쯤 지나선 흠 없는 암숫양이 대신되게 되었는데 거기에선 왕의 신앙의 자취를 엿볼 것이 있었다. 양 한 마리 값이 비둘기 한 쌍 값의 삼십 배인 형편이었었다.

“그런데 작년부턴—”

대목수는 진저리치듯 몸을 부르르 떨었다. 그때 누가 대목수의 침실 문을 노크했다. 대목수는 그러나 들리지 않은 듯, 생각을 따라 자꾸 더 빠져들어 갔다.

“폐하께서 더 위독해 계십니다.”

노크를 하던 자는 허락이 있기도 전에 들어와 떠는 음성으로,

“임종이 가까운 듯싶습니다” 했다. 시녀장이었다. 그녀는 당황되어 있었고 질려 있었다.

“.........”

대목수는 천천히 고개를 돌렸다. 시녀장은 흠칫해져서 반걸음쯤 물러섰다. 버쩍 늙고 낯선 사내가 쏘아보는데, 전갈(全蠍)과 같은 그런 것을 이빨이 물고 있었다. 그렇다고 딸의 남편이 아닌 다른 사람은 아니었다. 시녀장은 마음을 가다듬어 다시 한번 쳐다보고, 그의 이빨이 물어뜯고 있는 건 전갈이 아니라 웃음이란 걸 알았다.

시녀장은, 천진하게 잠든 딸의 이마에 한숨을 한번 불어주곤 갑자기 생각난 듯 서둘러 나가버렸다. 그 뒤에다 대고 대목수는 “알았습니다. 알았어요” 하고 쉰 목소리로 대답해주었다. 그런데 웬일로 다리가 자꾸만 후들거려 맨바닥에 무릎을 꿇었다. 결코 기쁘달 수는 없지만 그래도 기다리고 기다렸던 그 시간이 오긴 온 것이다. 빨리 온 것인지 늦은 것인지는 그 자신도 알 수가 없었지만, 하여튼 왔다.

왕의 춘추는 마흔일곱, 대목수보다 두 살 위였다. 왕과 시의라는 관계는

본래부터 그렇게 준비되어왔던 것처럼 사 대째나 계승되어오고 있다. 그런데 대목수는 선친들보다 불행했다. 이 왕이 치리하게 된 그해부터 모든 제도가 급속도로, 그리고 방관만 하며 참을 수 없을 정도로 과격하게 바뀌기 시작했으므로, 대목수는 많이도 괴로워하고, 많이도 슬퍼하고, 많이도 참지 않으면 안 되었었다.

인구는 한 이천여. 고래가 수면에 등을 내고 낮잠을 즐기는 것 같은 이 땅의 넓인 팔구십 제곱킬로미터 정도. 기러기는 날아들지 않고, 숲에선 일 년 내내 꾀꼬리가 운다. 수산물이나 농산물이나 축산물 등 무엇이든 다 풍족하고, 이웃과의 교역도 활발해서 거지도 없고, 도적도 없고, 그렇다고 부자도 없었다. 그런데도, (별세한) 왕의 병적인 조울증과 우유부단과 게으름 때문에 통치력은 형편없이 약화되어, 종내는 열 명의 대신들이 거느리는 열 개의 부락 국가로 분산되거나, 무정부 상태로 될 듯한 위기에까지 이르고 있었다. 백성의 신망을 한 몸에 받는 대목수 부친의 충성심 덕으로 옥좌에서 쫓겨나기까지는 않았다손 치더라도 왕은 사생아나 쓸모없는 지폐처럼 옥좌에 그냥 던져져 있었다. 왕은 거기서 푸르뎅뎅한 얼굴에 눈물을 떠올리고 뭔지 아첨스러운 눈으로 대목수의 부친을 바라보곤 했다. 잘 바치지도 않았지만 세금은 대신들의 가용으로 녹았고 국사엔 귀 떨어진 동전 한 푼 쓰이지 않았다. 궁중의 이 무질서는 금방 백성들께 반영되었다. 백성은 결코, 해적들이었던 그들 선조의 피를 바닷물이나 밀 포기 밑에 던져 넣어 거름을 삼을 순 없었던 모양이었다. 허리춤에 다시 단도가 꽂히고 가슴팍에선 술 방울이 마를 날이 없었다. 몇씩이나 되는 첩을 두고 몸이 휘도록 순방하며 투전판에 코를 그을리다가 가난해지면 선린을 약탈했다. 다시 해적으로 돌아가고 있었다. 죄짓지 말고, 사람답게 살아보자고 했던 그래서 이 작은 왕국을 빼앗고, 원주민녀들을 아내로 맞아 정착했던 그들이—돌아가고 있었다. 벌써 잊어가고 있었지만, 그들이 정착하던 날 그들은, 그들을 싣고 사해를 헤쳐주었던 배의 용골두(龍骨頭)는 뽑아다 성내에 세워 자기들의 모험과, 주림과, 고독과, 피어 보지 못한 젊음과, 표랑의 얘기들을 잎 피우도록 했고, 죄 많은 선채는 불사르며 그 화염 속에다 검과, 화약과, 혁대와, 표랑벽과 죄까지도 던져 넣어버렸던 것이다. 이 세대에서 태어난 그들은 참으로 깨끗했었다. 그리하여, 선장은 그들의 왕이 되었으며 용골두는 그들의 수호신으로서 경배받기 시작한 것이다. 왕은 편안치 못한 밤과 낮에 싀어 나중엔 가래를 끓이다 제물에 죽을 지경이 되었다. 그즈음에 불행하게도 대목수의 부친이 병사하고 말았으므로 왕은 더 견딜 수 없게 되어 아들을 불러들였다. 아들의 손을 잡고 왕은 비쭉비쭉 우는 소리로 이렇게 말했다.

"너의 증조부가 사해에서 모아들인 재화만은 이 침대 아래 마루 밑 항아리 속에 고스란히 있느니라." 그리곤 죽을 듯이 떨어대며 거품을 뱉었다.

"그, 그것 다 줘도 조, 좋으니, 그, 그 무, 물약 한 병만 사, 사다 주련? 이, 이름은 모, 모른다."

그러나 아들은 표정이 없었다.

그 이튿날은 그런데, 왕의 서거가 포고되었고, 그로부터 이레 뒤엔 새 왕의 대관식이 있었다. 죽은 왕은 목에 밧줄을 걸고 상량에 매달려 있었는데, 손에는 눈물이라도 짜 담고 싶은 듯한 순금 잔이 움켜쥐어져 있었고 갈겨놓은 설사 무더기 속엔 새알만큼씩 한 다이아몬드가 세 개나 멱감고 있었다. 그게 아마 그의 영혼이었던 모양이다.

대관식은, 극히 형식적으로 꾸물대며 침울하게 행해졌다. 새 왕에 대해서도 자살한 왕에게서와 마찬가지로, 대신들로부터 애비 모르는 자식에 이르기까지 별 기대가 없는 듯했다. 누구에게나 볼장은 다 보고 말자는 표정이 있었다. 새로 등극한 왕 쪽에서도 백성의 열광적인 환영을 기대하지 않은 듯했다. 다른 때 같으면 주연을 베풀어야 하는 열닷새 동안을 모습 한번 보이지 않았다. 뜻하지 않은 부왕의 죽음에 당황했던 것이거나, 야심을 갈았을 것이다.

그 열닷새의 침묵을 깨뜨리고 집정관에 용신을 나타낸 첫날 왕은, 부왕이 마구간에나 처넣어버렸던 검은 피부의 노예—그는, 건국 기념일에 한 번씩 안겨주는 위안부에게서 태어난, 검은 피부의 오대 잡종으로서, 힘쓸 곳을 몰라 밤낮으로 울었다는 사내다. 그런데 위안부라는 건 따로 있었던 것이 아니고, 반년의 생계를 보장해준다는 조건으로 가난하며, 능력 없는 과부들 중에서 오륙 명을 사서 하룻밤만 위안부로 삼았던 것을 말하는데, 자살한 왕이 등극하고 오래지 않아 그 제도는 사라지고 없었다. 그녀들의 반년 생계를 유지해줄 능력이 이 왕에겐 없었던 것이다—에게 날 선 도끼를 드리워 대동하고 노 대신들이 아연실색할 일을 공포했다. 대신 직을 교체한다는 것이었다. 그러나 왕의 신경질적이면서도 근엄한 표정과, 도끼 쥔 녀석의 부릅뜬 눈 아래서 대신들은 쭈글한 손을 가늘게 떨 뿐이었다. 교체는 그들의 장자나 장손들과 한다는 것이었으므로 탐욕스러운 그들도(하는 수 없이라곤 해도) 탐욕의 반은 남길 수 있는 것에 매달릴 수밖에 없었다. 그들은 사실 아들이나 손자로부터 암암리에 압력을 받아오기도 했었다.

"대신 직을 제장직(祭長職)이라고 개칭하겠소." —이것은 부칙이었다. 이것이 왕의 첫 치리였는데 젊은 제장들의 환심을 사기에 보탬이 되었다.

다음으론, 부왕 때부터 분명치 않게 된 사맹삭(四孟朔)의 녹봉(祿棒) 문제를 확실히 했다. 이제까진 세금이라는 명목으로 착취한 것(곡식과 가축과 어물과 피륙 등)들을 왕과 열 명의 대신이 십일 등분하여왔으나, 그것은 송두리째 국고에 넣고, 그 대신 그것보다도 일리라도 많은 녹을 왕이 급여한다는 것이었다. 이것 역시 기쁘게 받아들여질 일이었다. 세금의 십일 등분이란 사실상 불안한 수입이었으며 괴로운 수입이었던 것이다.

은퇴한 대신들은 너무도 국사에 밝아 있었던 터라, 왕이 한 맹삭이 다 가기도 전에 제물에 쓰러질 것이라고 비웃고만 있었다. 그런데 왕은 쓰러지기는 커녕 자꾸 더 두각을 나타내가고만 있었다.

주요한 치리로서의 셋째 번 것은 유야무야했던 그들의 수호신의 신위(神威) 확립의 도모였다. 양지와 응달이 바뀌는 동안에 미온적이고 서낭당적으로 되어져 버린 것을 갑자기 압도시켰다. 대신 직을 제장직으로 바꾸었던 이유는 여기에 있었던 모양으로 그들을 정치 이외의 일에 종사시킴으로 해서 그들의 섭력을 약화하려 했던 것이다. 집정관을 규모가 큰 제당으로 개축하는 사역에 감독을 시킨다든가 용골두를 본떠 석재(石材)로 만든 우상을 신현(神現)으로서 누구나 생명을 느낄 수 있도록 하는 설교를 시킨다든가, 열무날을 택해서 이제껏 없던 제사를 행하게 한다든가, 구전(口傳)되고 있는 교리를 기술하게 한다든가, 청소년을 모아 글을 깨우쳐준다든가 하는 일들을 시켰는데, 별 할 일이 없던 그들에게 사는 보람까지를 느낄 수 있도록 하는 일들이었다.

왕은 그렇게 해서, 그때는 벌써 범할 수 없는, 인간 이상의 존재가 되어 있었다. 이렇게 되기까지는, 물론 대목수의 숨은 공로도 컸지만, 그러나 사람들은 그를 가리켜 무척 고독해 뵈는 무능한 학자라고만 했다.

그런데 왕의 표방(標榜)은 "모든 사람은 화룡(火龍) 밑으로 모이라"였다. 화룡이란 재당 앞 광장 가운데 꽂힌 용골두를 가리켜 하는 이름이었다. 그러나 그것이 언제부터 화룡으로 불리게 되었는진 아무도 몰랐다. 구전에 의하면 그것은 불[火]의 상징으로 되어 있었다.

"이따위 우스꽝스러운 게 불이란 말요? 좀 위풍은 있어도 바보 같은 참나무 토막에 불과하잖소."

회의가 한창이던 나이에 왕자[現王]가 자기 아버지에게 묻던 것을 대목수는 기억하고 있다. 명상하는 자세 중의 하나로서 '연꽃 자세'에 관한 강의를 듣고 있었을 때였다.

"사실 이 모습은, 왕자님 말씀대로, 위풍 있게 깎여진 참나무 토막에 불과하긴 하죠."

대목수의 아버진 그 방면에서도 다만 혼자 밝아 있었다. 말년엔, 그는 의원이라기보다는 중이었다. 그리고 보면 교리의 대부분은 그에 의해 윤색 보충된 것이나 아닌지 모른다. 대목수를 낳다 죽은 마누라의 혼령을, 그는 책 속에서 만나며 늙어왔던 터였으므로 그러는 동안에 어떤 확신과 체계를 갖게 되었을 것이다. 대목수는 물론 유모를 친모로 알고 자라야만 했었다. 그 점은 왕자도 비슷했지만 왕자는 그래도 대목수보다는 행복했다. 왕자는 어쨌든 다섯 살까지는 어머니의 양지에서 놀다가 어머니를 여읜 뒤에는 일곱 살 더 많은 이모에게서 극진한 사랑을 받으며 자랄 수 있었기 때문이다. 그런데 이모는 무슨 이유에선지 결혼도 하지 않고 늙어왔다.

결혼도 하지 않은 그녀가 뒤늦게 딸을 낳았을 때 사람들은 '형부와 처제가 붙어서 낳았다'고 쑤군대기도 하고 '이모와 조카가 붙어서 낳았다'고도 쑤군댔지만 그 내막은 아무도 몰랐다.

"원래는 선체의 머리였던 것입니다. 그러나 이 모습 속에 자기의 몸을 태워, 모든 사람이 죄라고 생각했던 것을 대속한 그 숭엄한 구주적인 신성이 있습니다. 불이 그들의 죄를 태워버렸던 것입니다. 불은 이 상징의 너머에 있겠습죠만, 이것은 그 불의 모상(模像)입니다. 원래 대양을 주름잡았던 것처럼, 지금은 차안과 피안 사이의 그 넓은 심연을 주름잡고 있습니다. 이것은 그 심연 위에 놓여진 다리[橋梁]이며, 뗏목입니다. 정신을 집중하여 귀를 기울여보면 이 불의 음성이 들립니다. 그 언어는 그러나 듣는 이에 따라 다 다릅니다. 다르지만 결국 그것은 불과 한마디에 도달합니다. 건너라는 것이죠."

왕자는 몽롱한 눈이 되어, 푸른 눈의 이 노학자를 우러러보았다. 왕자의 눈엔 아지랑이와 같은 뭐 그런 크렁한 것이 맺혀 있었는데, 불의 모상에서보다도 고독해 뵈는 이 노학자의 백발에서 더 많은 신성을 느낀 듯했다.

노학자는, 아직 너무도 젊은 이 젊은이 앞에서 자기가 너무 비약되어 있다는 것을 깨닫기나 한 듯, 어조를 고쳐 내용을 바꾸었다.

"곳에 따라, 풍속이나, 사고하는 방식이나, 인식에 따라, 그것은 여러 모양으로 상징될 것인데…… 그것은 보이는 것이 아니라 인식되어지는 어떤 것이니까 말입니다. ……상징이 없이는 그런, 무소부재의 존재를, 신앙하기란…… 우중으로선 거의 불가능하다 해도 과언은 아닙니다. 신앙할 순 있다 하더라도 그 많은 신앙을 궁극적인 하나의 인식으로 승화시키긴 어렵습니다. ……내 조부님의 땅에선 사람이 바로 신의 상징으로 되어 있더군요. 신이 '자기 닮게 사람을 창조했다'는 것입니다. 자기 닮은, 창조의 맨 마지막 극치를 이룬 피조물의 이름은 '사람'이었습니다."

여기까지 말해놓고 노학자는, 하늘과 바다가 딱 닿아 벽이 되어버린 그 뛰어넘을 수 없는 숙명 쪽으로 그늘진 눈을 보냈다. 그 너머 어디에 선조의 나라가 있었다. 그러나 이젠 조국은 내세의 땅이나, 사라져버린 올림포스처럼, 그렇게 먼 곳에 있어 그 그늘의 끝이 어스름히 와 드리우고 있을 뿐이었다.

조부의 일지(日誌)에 의한다면, '안개가 짙게 낀 어떤 우울한 겨울밤에' 해적에게 납치된 걸로 되어 있었다. '선장이 매독을 앓고 있었다'고 했다. 그러나 고국의 명약(名藥) '오르기트 시럽'으로도 낫게 할 수가 없었다는 것이었다. '선장은 벌써 늙어 있었다'고도 했으며 '벌써 미쳐 있었다'고도 했고, '균이 혈관에 파고들어 발작을 일으키며 헛소리를 하고, 그렇지 않을 때에라도 백치에 불과했다'고도 기술했다. '나는 조국에 내 땀을 흘릴 수 있을 것이라는 아무 희망도 가질 수 없게 되었다. 하는 수 없었다. 나는 내 책들과, 연구에 필요한 얼마 정도의 것을 좀 날라다 달라고 부탁했다. 거친 자들 속에서, 그리고 문명으로부터의 절연 속에서 살아가야 한다는 건 무서운 일이었기 때문에'라고 그날 치 일지는 끝맺었었다. 그 일지는 대단히 심각한 여러 사건과 사조와, 마녀의 사적인 비방(秘方)에서부터 과학적인 독살(毒殺) 방법까지를, 그리고 자기 인생의 온갖 고뇌를 고백하고 있었다.

"그렇다면." 왕자는 살기라도 떤 듯한 번들거리는 눈으로 달라붙었다. "우리에겐 이런 모상이 있는데도 어찌하여 백성은 서낭당에 술과 떡을 올리고 조상의 산소에 절을 하며 부적을 지니고 다닙니까? 그런 건 모두 원주민의 유풍이라고 말씀하신 걸 기억하고 있는데."

"이러한 상징이 그저 여기에 있는 것만으론 안 되지요. 이 신상이 죽은 것이어서는 안 됩니다. 신상에 입이 있어야 됩니다. 이것의 언어는 절대적인 것으로 되어져야 됩니다. 그러면 흩어진 인식들이 모여들 것입니다. 그땐 쉽게 단결되며, 문란해진 법도와 질서가 바로잡히고, 타락된 백성을 구원으로 이끌 것입니다."

"그러나 역시, 이런 나무토막을 예배한다는 것은 우습지 않습니까? 이런 것 없이라도, 내 생각 같아선, 정기적인 마을 집회(集會)를 갖고 설교를 한다든가, 또는 이 일에 종사하는 전문적인 사람들을 두어서 인식들을 깨우쳐준다든가, 뭐 그런 방법들로써도 가능할 것 같습니다."

"실제에 있어서는." 노학자는 왕자가 기특하다는 듯이 바라보며, "그게 가능하질 못할 것입니다. 아까도 말씀드린 바와 같이 그런 무소부재의 어떤 존재를 신앙하기란 우중으로선 어렵습니다. 우중뿐만이 아니라, 거기에 종사하는 사람도 그렇습니다. 어떤 형상이나 인식도 지니지 못한 자가 타인을 어떻게 교화할 수 있겠느냐는 것이죠. 물론 자연물 숭배의 경우는 제외하고 하는 말입니다만. 반드시, 모습을 만들어 세워놓은 것이 아니라 하더라도, '신이 자기 닮게 인간을 창조했다'든가, 뱀 닮게 만들었다든가, ……우리가 그것을 눈에 볼 수 있는 구체적인 어떤 것을 끌어넣는다는 것은 어떤 종교를 가능케 하는 것입니다. 그건 암시적이긴 하지만, 훌륭한 상징이며 우상이 되는 것입니다. 그래서 수천 수백의 이교도를 개종시키는 것입니다. 만약 그렇지 못하다면, 어떤 사람은 뱀을 숭배하고, 어떤 이는 호랑이를 숭배하고, 또 어떤 이는 태양을 숭배할 것입니다. 그래도 그것이 성공한 종교라고 할 수 있겠습니까."

"그러나 내 생각으론, 사람들의 인식을 기어코 하나로 끌어들일 필요는 없을 것 같습니다. 어떤 상징을 내세운다 하더라도, 그렇게 될 수도 없을 것이지만 말입니다. 왜냐하면, 같은 바위 하나를 놓고라도 보는 사람의 관점에 따라 아주 다른 것으로 보일 수도 있을 테니까 말입니다. 같은 한 사람이 본다 할지라도 때와 장소와 기분에 따라서 아주 낯선 것으로 보이게도 될 것이니까 말입니다. 그리고 보면, 여러 사람인 경우는 그만두고라도, 자기가 자기 앞에 이교도가 되는 것이죠. 그런 것이야 어찌 되었든, 사람들의 신에 대한 인식을 어떤 틀 속에다 집어넣는다든가, 억압한다는 것이야말로 나쁜 결과를 가져올 것 같습니다. 성공이 아니라 그 반대가 될 것 같은데, 내 생각으론, 신에 맞선 자세엔 제약이 따르면 안 될 것 같습니다. 제멋대로 인식하도록 둬 두는 것입니다. 풍랑에 괴롭힘을 받을 땐 구원의 큰 손을 가진 해룡을, 갈증이 심할 땐 샘의 요정을, 풍작으로 기쁠 땐 소 닮은 어떤 곡물 신을, —믿도록 둬두는 것입니다. 그리고 보면 한 사람이 수백 수천의 신의 얼굴을 갖게 될 것이지만 그 하나하나의 신들은 모두 참하며 다정합니다. 서로 배척할 까닭이 없습니다. 자기들 영역 밖의 일에 대해선 맘 쓸 필요가 없으니까요. 나중엔 그 많은 모습들이 하나의 전체를 만들 것입니다. 그땐 신의 모상이란 불필요하잖겠습니까?" 왕자는 진지했다.

노학자는 왕자의 손을 잡아 쥐고, 감격한 듯한 미소를 보이며 한동안 침묵을 지킨 채 있었다.

대목수는 자기대로 생각을 했다. 말은 안 했는데, 자기가 끼어들 계제가 아닌 듯해서라기보다도 자기가 이해될 것 같지 않아서였다. "거기까지가 인간일 게다. 아무리 비약해보아야, 다시 제자리로 되돌아오잖느냐. 인간을 그 이상으로도 이하로도 끌지 말아야 할 게다. 뻗어가 보아야 환원될 뿐 아니냐. 그것을 왜곡하고 착각하면 어딘가에 착오가 생길지도 모른다. 맞닿을 수 없는,

무서운,” 대목수는 가볍게 한숨을 쉬었다. 그러는 사이 노학자가 느릿느릿 말하기 시작했다.

“그런 태도는 결국 무신론이 되든가 아니면 종내에 하나의 신상을 만들어내고야 말 것입니다. 신상은 그런 많은 방황 후에 나타난, 그러니까 그 많은 신들이 조화되어 나타난 것이라고 보아야 합니다. 왕자님의 말씀은 과정이고 신상은 도달입니다. 그런데 문제는 이와 같은 신의 모상에 있는 게 아닙니다. 이것을 뛰어넘은 저쪽에 있는 불에 있습니다. 그것에 닿지 않으면 안 됩니다. 그땐, 이까짓 참나무 토막이야 눈에 보이는 것이 아닙니다. 그렇다 하더라도 이 용골두를 불이라고 절하며 믿고 마음을 의지하는 불쌍한 노파의 그것과 조금도 다를 것은 없습니다. 불에 닿는 점에 있어서 고급과 저급이 있단 것뿐이지, 그 닿는 높이는 같다는 말입니다. 그땐, 서로 조금씩 다른 인식이 백 개가 모였다고 할지라도, 백 명의 이교도가 모였다고 할 순 없습니다.”

말을 마치고 노학자는, 오른손의 장지(長指)로 왼손바닥을 톡톡 쳤다. 그런데 그런 사소한 손짓이 분위기를 아주 활기롭게 만들었다.

“그런데, 우리의 신은 왜 하필 불이어야 합니까? 물이라도 좋고, 바람이라도 좋고, 말씀이라도 좋다는 식입니까?” 대목수가 끼어들었다.

“‘태초에 불이 있었느니라. 불은 신과 함께 계셨고, 이 불은 곧 신이었던 것이니라. 그가 태초에 그와 함께 계셨고, 만물이 그로 말미암아 지은 바 되었으니, 지은 것이 하나도 그가 없이는 된 것이 없었느니라.’” 노학자는 아들의 눈을 들여다보며, 카랑카랑한 음성으로 계속했다. “지어진 것 안에 생명이 있었으니 그것이 곧 불이었느니라. 불이 곧 생명의 근저니라. 그러나 불은 생명보다 먼저 있으며 나중까지 있느니라. 불은 시초며 궁극이기 때문에, 불과 조화된 생명은 영생할 것이로되, 불과 상극된 생명은 스러질 것이니라.”

“불과의 조화라는 건 어떤 것입니까?” 왕자가 다시 나섰다.

노학자는 잠깐 침묵한 뒤에, “일심으로 정진하고 난 뒤의 상태를 말하는 것입니다.”

“정진은 어떻게 합니까?” 왕자가 성급을 부렸다. 왕자에겐 사실 그것이 문제였는지도 모른다.

"방법이야 많겠죠." 노학자는 좀 피곤을 느낀 듯이 발음했다. "자신을 비우고 또 비워 진공이 될 때까지 비우는 방법도 있으며, 자신을 채우고, 또 채워 우주보다도 더 많이 채우는 방법도 있고, 자기 육신을 학대하여 뛰어넘을 수 없는 장벽을 뛰어넘는 고행법도 있지만 내 생각으론, 우선 자신을 대상으로 삼고 세밀한 관찰을 해보는 것이 제일 좋을 것 같습니다. 불이 어디에 있는가를 찾아내는 일입니다. 어떤 사람은 핏속에 있다고도 생각할 것이며 어떤 사람은 척추에 있다고도 생각할 것이며, 어떤 사람은 뇌실이나 심방이나 고환속에 있다고도 생각할 것입니다. 그러나 아직 누구도 그것이 어디에 있는지는 모릅니다. 그러나 부정하는 방법으로 관찰을 계속해간다면 우린 틀림없이 불을 찾을 수 있을 것입니다. 불은 손톱에는 없다, 손가락에도 없다, 혈관 속에도 없다, 뇌실에도 있지 않다……라고 말입니다. 이때 어느 사소한 것 하나라도 빼어놓아선 안 됩니다. 그러고 나서 불이 없다고 믿을 수 있는 부분은 전부 떼어내 버리는 것입니다. 그러면 당연한 결과로 불만이 남습니다. 우리는 그 불을 정말이지 소중하게 아끼고 북돋으며 다음의 일로서 보다 더 큰 불의 전체를 찾아야 됩니다. 방법은 역시 육신을 뒤집어엎듯이 우주를 갈아엎어야 합니다. 정말로 좋은 보습이라면 불을 찾아낼 수 있을 것입니다. 그리하여 불의 전체를 찾았다면 자기의 불을 거기에 귀의시키는 노력을 해야 됩니다."

"그럼 선생께선 불이 어디에 있다고 알게 되었습니까?" 왕자는 갈증이 나서 물었다. 그러나 노학자는 대답하지 않고 물러가 버렸다. 왕자는 슬기로웠던지라 더 묻지 않았다. 그날부터 왕자는 버섯 핀 용골 밑에서 미쳐서 세월을 보냈다. 보내며 바래져 갔다. 나중엔 피골이 상접해지고 눈은 열기로 붉었다. 누가 보든 그는 무엇에 몹시 굶주린 붉은 귀신이었다. 온종일을 손톱만 들여다보는 날이 있는가 하면, 머리털을 헤아리고, 손톱으로 허벅지를 긁어 피를 내선 쉬파리로 하여금 빨게 내버려 두는가 하면 똥 덩이를 손바닥에다 놓고 헤쳐대며 냄새를 맡았다. 그런 짓은 사실로 똥 덩이를 헤쳐보고 난 뒷날 말끔히 없어졌다. 그 뒷날 그가 용골 밑에 나타났을 때 그는 머리를 감아 빗고, 옷도 비단으로 갈아입어 깡마른 대로나마 우아한 자태였었다. 그런데 그날로부터서 그는 아무것도 보지 않고 지냈다. 예의 '연꽃 자세'로 앉아, 듣지도 않고 지내는 것 같았다. 어쩌면 그는 진공(眞空)을 성취하려 했는지도 하긴 알 수 없다. 그로부터 얼마 뒤에 그는 돌변해버렸기 때문에 돌변해버린 그는 인간이 추락될 수 있는 한계에서도 한 발자국이나 더 밑바닥으로 내려갔는가 하면 비약할 수 있는 범위에서도 한 발자국이나 더 위로 치솟아 올라 보이는 그런 행동을 했다. 신의 것인지 동물의 것인지 명확히 알 수 없는 아무튼 그 사이에 인간은 개재되어 있지 않은, 현기증 나는 여행을 해댔다. 어쩌면 그는 충일을 성취하려고 했는지도, 하긴 알 수 없다. 그로부터 얼마 뒤에 그의 모습을 보기가 매우 어려워졌기 때문에.

대목수는 왕자가 그러는 동안을 해부실에서 보냈었다. 그의 방법은 달랐다. 그도 자신을 상대하면서 그랬는지 어쨌는진 모르지만 언뜻 보기엔 자신을 방관자로 두고 그 속으로 뛰어드는 것 같진 않았다. 그러나 그의 말대로 하자면, "이 동안 내 몸이 천 번도 더 난도질되었다"고 했다. 그의 방에선 헤아릴 수 없이 많은 개구리와 쥐와 토끼가 난도질되어 쓰레기 처리장으로 보내어졌다. 그리고서의 그의 결론은, "나는 아무리 애썼지만 뼈와 살과, 골과, 털과, 물과, 찌꺼기밖에 불은 찾지 못했다. 유기적으로 구성된 세포들의 운동으로서만 생명은 가능했는데 그렇다고 그 운동이 불에 의해 야기되는 것 같진 않았다. 불은 없었다." 그리고는 그는 손을 한 번 씻은 뒤 소리는 안 나게 휘파람을 불며 주방으로 가, 술 한 모금을 마시곤 선친들이 진리라고 말하는 먼지 속으로 기어 들어가 자벌레처럼 꿈틀거렸다. 그 점에 대하여 왕자는 가볍게 일축했다.

"장작을 아무리 쪼개보아야 불씨는커녕 연기 냄새도 맡을 수 없잖나."

그 말을 들었을 때 대목수는 조롱하는 자처럼 고개를 흔들고 속으로 대꾸해주었다. "그러나 불잉걸의 정말 깊은 속엔 정작 불은 없죠. 그게 불이 되었을 땐 재만 남을걸요."

어쨌든, 왕자가 등극한 이 년 후엔 화룡의 신도가 아닌 백성은 하나도 없었다.

그렇게 되길 기다려 왕은 색다른 방(榜)을 냈다. 아편 재배의 권장이었다. 아편은 제당 앞뜰 이삼백 평 정도에 완상용 화초로 가꾸어지고 있었을 뿐 아편에 관하여 조금이라도 아는 백성은 하나도 없었다. 그런데 왕은 대목수 부친에게 들어 알고 있던 약간의 기초 지식에다 대목수의 설명에 의해 자상히 알게 되었고 대목수는 책과 부친의 일지에서 알았던 약초였는데 부친의 일지에 채취 방법에서 제조 방법과 인체에 미치는 영향까지를 상세히 기술하고 있었다. 그런데 죽기 며칠 전의 고백에 의한다면 죽은 왕이 바로 실험 대상으로 되어 있었다. 그런 구절을 읽게 되었을 때 대목수는 토해져 나오려는 걸 억지로 참고 부친의 일지를 내동댕이쳐 버렸었다. 이 아편 재배 장려에 대해서 대목수로선 한사코 반대하지 않을 수 없었다. 그러나 왕은 막무가내였다. 왕은 짝을 찾아볼 수 없을 외곬의 사내였다. 끝내는 대목수를 소금 뒤주 속에다 처넣어버렸던 사내였다. 소금 뒤주 속에 감금되어 대목수는 자기에게 한 왕의 배신이 슬퍼서 이를 악물고 하루는 참았다. 고독했지만 이튿날 오전도 참았고 오후도 참았고 밤에도 참았다. 사흘이 되어서는 배가 고팠다. 슬프다든가 고독하다든가, 하는—정신이 작위할 수 있었던 것들은 그렇게 큰 의미를 지니지 못했다. 목이 마르고 뒤틀렸다. 잡히기 쉬운 대로 소금 덩이를 하나 집어 들어 사탕처럼 혀끝에다 녹여 보았다. 눈물 맛 같은 게 짜릿해서 비처럼, 아버지의 죽음처럼, 고양이의 밤 울음처럼, 쥐의 눈꺼풀을 어루만지는 비낀 별처럼, 수음처럼 좋았다. 그래서 한 움큼 틀어넣곤 미친 듯이 씹어대다가 똥물까지 토해냈다. 울음이 나왔다. '마음이 결정된 대로 두들기면 열어주겠다'는 유혹으로부터 철저히 절망하고 싶어서 대목수는 시간을 생각했다. 아마도 오래잖아 끝내 주리라. 시간 같은 바다가 낙엽을 서로 원하지도 않고 주고받은 뜻도 없는데도 낯선 먼 해안에다 밀어 올려주듯이 바다 같은 시간도 그래 주리라. 그러나 대목수는 금방 자기는 전혀 다른 시간 속에 있음을 수긍하고 있었다. 뒤주 속의 소금에 절여진 흐르지 않는 웅덩이 같은 시간은, 죽음에로가 아니라 정지된 탓에 생명 그것을 미라로 만들어버릴지도 모르는 시간이다. 이 생각은 대목수로 하여금 기왕에 받아온 고통보다도 더욱더 혹독한 불안과 공포를 보탰다. 그리고 흐르는 것에 대한, 늙는 것에 죽는 것에 대한 갈망을 불러일으키고 흐르지 않는 것으로써 곁을 스쳐 흘러가는 것에서의 영원한 소외가 못 참을 것으로 체험되었다. 정지된 속에서의 자살은 성취될 것 같지도 않았다. 어떤 움직임도, 외침도, 호흡도, 응당 사라져야 할 것이 사라지지 않고 영원히 남아 환상처럼, 환상처럼 어지럽게 할 것 같았다. 가령 어깨에서 머리 위로 손을 한번 쳐들었다 한다면, 손은 어깨 위에도 머리 위에도, 움직여진 그 사이에도 있어 여러 수천 개가 되어버릴 것이다. 대목수는 자신도 모르게 뒤주 벽을 쳐대고 있었다. 그래도 뒤주는 얼른 열리지 않았는데 밖에선 충성인지 뭣인지를 약속하라는 것 같았다. 대목수는 모두 좋다고 대답했다. “될 수만 있다면 난 언제까지고 살고 싶었다. 내 것이 아닌, 다른 사람의 꼭두각시 생명이면 어떠냐? 무엇을 즐길 수 있다는 건 좋은 것이다. 나는 나 하나가 죽어짐으로 세상이 천국이 된다더라도, 난 안 죽을 수 있으면 안 죽을 것이다.” ―이것이 대목수가 소금 뒤주를 회상할 때면 스스로도 믿지 않으면서 하는 말이다. “그러나 사실 난 꼭 한 번 죽고 싶었을 뿐이다. 그래서 난 죽고 있다.”

왕이 고가로 사들인다는 포고대로 고가에 팔리고 있음을 알자 고기잡이를 전업으로 삼았던 어부들까지도 삼 년 후엔(왕의 즉위 5년) 발 벗고 아편 재배에 나섰다. 그 몇 해는 아편이 되기도 잘 되었다. 이땐 벌써 제장들의 횡포는 삼가 대미를 감춘 뒤였다. 백성은 왕만의 심복한 신민으로서 제장들은 물 위에 뜬 나뭇조각이었다. 사들인 아편은 대목수의 지도 아래 공장에서 담배로 제조되었다. 담배 제조란 그렇게 어려운 것은 아니었다. 부스러지지 않을 만큼 말려진 대마엽(大麻葉)에다 묽은 아편을 적당량 발라 말린 뒤 그것을 진짜 담뱃잎으로 보기 좋게 말아 풀칠만 하면 되었지만 대목수의 도움이 필요했던 것은 매 개(個)의 담배 속에 포함될 아편의 함량 때문이었다. 그러나 그것이 아편이 주성분이 된 담배라고 하는 건 왕과 대목수 이외의 사람은 아무도 몰랐다. 아편은 다만, 한 달에 두 번씩 왕래하는 배에 실려 이웃 땅의 큰 시장으로 가서 금화를 벌어 오는 것이라고만 알았다.

아편 재배 장려 이후 4년 동안에 왕의 창고에는 아편 담배가 노적가리처럼 쌓이게 되었다. 이러는 동안에 숨겨졌던 유전(遺錢)은 바닥이 드러나고 있었지만, 백성의 신망과 아편은 불어났다.

이 왕의 치리 육년 오월(5년 4개월)엔 호구 조사가 있었고, 십일월엔 백성들은 다시 한번 기쁜 소식을 듣게 되었다. 그달 둘째 열무날을 맞아 십오 세 이상 육십오 세 미만의 남자는 불구자와 정신박약자, 신병으로 가망이 없는 사람을 빼놓곤 누구나 초대해서 새달 첫 열무날까지 십오 일간의 주연을 베푼다는 방이 곳곳에 나붙어 있었다. 아편 재배에 애쓴 백성들에 대한 위로연이라는 것이었다.

“우리가 애쓴 게 뭐 있나? 우리야 재미만 톡톡히 보았지.”

“어느 땐가 성군(聖君)이 온다더니, 지금이 바로 그때라.”

저잣거리에서나, 사랑방에서나, 동구 밖 느티나무 아래서나 백성들은 왕의 이 ‘그럴듯한 초대’ 얘기로 시간 가는 줄을 몰랐다.

“정말 이처럼 살기 좋은 세상은 다시없을걸세. 안 그래? 우리 조상은 참 불쌍했어. 조금만 더 살았더라도 이런 태평성세를 살았을 건데.”

“이게 모두 비둘기 덕분이야.”

“이 사람아, 비둘기 태워 제사하는 건 우리 마을 이야기고, 성내에선 양을 바친다 하데. 불도 뭘 먹어야지, 암믄.”

“이 무식한 사람아, 사람은 입으로 먹고 귀신은 눈으로 먹고 불은 코로 먹는 거야. 냄새만 맡는단 말야.”

“앗다, 거참, 꽤나 아는 척하네그려. 대체 그날이 몇 날이나 남았는가?”

“이제는 사흘밖에 더 남았다구?”

“히히. 이봐 이 사람아 생각해보라구, 다른 때 같으면 감히 쳐다볼 수도 없던 비단옷 입은 선녀들이 나긋나긋한 손으로 술을 따르며 이렇게 눈을 찡긋한다, 하휴우!”

“자네는 거 언제나 음(淫)에 지랄이거든.”

“하휴우, 생각만 해도 사지가 떨려. 잘하면 속곳까지는 슬쩍할 수 있다.”

“하다니?”

“헤헤, 만져본다는 거지.”

“자넨 파리 팔자나 될걸 잘못됐어. 똥구멍도 빨 수 있었을 텐데.”

“흐흐으.”

“보름 동안이라? 우리가 초대받은 날은 열아흐렛날이지? 젠장 낮도 길고, 밤도 길고, 아침도 길다.”

기다렸던 그날은 그리하여 왔다. 성문은 열무날 하루 전 자정부터 열어뒀다. 그러나 사람들이 몰려들기 시작한 건 이른 조반을 끝낼 무렵부터였다. 시중의 포목 장수들을 비롯해서 신 장수, 모자 장수, 양말 장수, 심지어 단추 장수에 이르기까지—그들은 뭍을 왕래하는 중간 도매상들에게서 사서 팔았지만 즐거운 비명을 지르며 물건을 팔기에 손이 모자랐었는데, 그날이 되어 성안으로 들어간 사람치고 모양내지 않은 사람은 하나도 없었다. 물론 어두운 색깔이나 어두운 얼굴은 하나도 없었다.

오월의 호구 조사에 의하면, 당시의 인구는 이천삼백여 명이었는데, 그중에서 남자가 사 할 오 부(1,035명), 여자가 오 할 오 부(1,265명)의 비율이었다. 그런데 이 현상은 사면 육십 사방이 바다라는 그런 입지 조건 탓이기도 했지만, 이 섬을 빼앗던 당시에 원주민 남자의 칠 할이 살상된 탓도 있었다. 이 사 할 오 부의 남자 속에서도, 십오 세 미만의 소년과 유아가 백오십여 명, 불구자와 정신박약자가 이십여 명, 육십오 세 이상의 노약자가 백여 명이었다. 그러고 보면 성문을 통과한 인원은 기껏 칠백육십 명에 불과했다.

정오에는 성문을 닫아도 되었다. 아무도 그런 걸 이상스럽게 생각하지 않았지만, 성문에 큰 빗장이 걸리고, 작은 샛문들에도 자물쇠가 채워졌다. 그러고 나니 성(城)은 참으로 성(城)이었다. 성은 이 땅의 오 분의 일이나 차지하고 있었는데도, 건물이라곤 왕의 침궁과 제당을 위시해서 석조 건물 백여 채가 듬성듬성이, 서늘한 계절의 양광(陽光) 아래 단조로이 좌정(坐定)해 있고, 오히려 벌의 날갯짓 소리가 시끄러울 정도였다. 온통 숲이며, 연못이고, 꽃밭으로 되어 있어서, 백성들은 처음엔 조금씩 서먹거려 했지만, 성내를 휩싸고 있는 짙은 은근함과, 빽빽하면서도 부드러운 고적함과 명상적으로 심정을 가라앉혀주는 모든 분위기에 차차로 감염되어갔다. 그러한 것들은 이제까지 느껴보지 못했던 어떤 다른 종류의 삶을 접촉케 해주는 것이었다. 손발이 부르튼 건강한 아내의 미소 속에서 잠시 느낄 수 있었던 그런 것과도 다르면서 그런 것만큼이나 뿌듯하게 해주는 것이었다. 무엇보다도 그들에게 큰 감명을 주는 것은 역시 선조들을 싣고 사해를 주름잡았던 그 용골두였다. 그들은 누구나 없이 그것의 앞에서 경건히 머리 숙여 존숭을 표했다. 그러나 그것은 소낙비와, 미풍과, 뙤약볕과, 밤이슬에, 옛날의 격돌의 정열은 침륜되어 버리고, 그 추억의 몇 편린으로서 버섯이나 피어나고 있었다. 그렇게나 지금은 쇠로(衰老)되어 버렸지만, 그러나 그것이 그들 왕국의 번영과 생활과 화평을 가능케 했었던 것이다. 그것의 모습이 그렇게 늙어 시들었다고 해서 누구도 슬퍼하지 않았다. 오히려, 흐릿해진 윤곽에서 그들은 보다 더 짙은 불의 입내를 느낄 수 있었으며 보다 또렷이 불의 발가락을 볼 수 있었던 것이다. 불이 타고 있었다. 그 용골두 안의 어디에서—, 그 용골두 밖의 어디에서—, 그 용골두 너머 어디에서—, 불이 타고 있었다.

불에서 경배를 마친 사람들은, 조상들의 용기와 모험을 얘기하며 놀이와 구경을 찾아 끼리끼리 흩어져갔다. 배 젓기도 하고, 그네도 타고, 공놀이도 하고 씨름판도 벌이며, 골패짝에 마누라를 엎기도 했다. 섭섭한 건, 돈은 가졌지만, 술집도 색시집도 상점도 없는 그것이었다. 도대체 어디에서고 잔치 준비를 하고 있는 것 같지도 않고, 연기도 오르지 않고 있었다. 그러는 사이 벌써 일 년 중에서도 해 짧은 달의 하루가 지려고 하고 있었다. 그러나 그때까지도 왕으로부턴 아무 소식도 없었으므로, 사람들은 비로소 권태와 주림을 느끼기 시작했다.

"어찌 된 셈일까?"

"낸들 알 수 있나."

"이럴 줄 알았다면 도시락이나 싸 들고 올걸. 여편네가 싸준다는 걸 핀잔을 주고 달려 나왔더니,"

"뉘는 아니게? 제길, 도시락은 그만두고라도 아침밥이나 좀 든든히 먹고 올걸."

"돈은 땄지만, 성 밖으로 나갈 수가 없던걸."

"왜, 닫겼던가?"

"다 알아본 내라네."

"아 이거 배가 고파 어디 살겠다구? 목두 컬컬하고."

"성급하기도 하이. 생일에 잘 먹자고 이레도 굶는단 말야. 열무날은 내일이잖나? 아직도 열닷새가 꼬박이 남았잖아. 허리끈이나 늦추어두게. 그리고 먹는 데 너무 허겁거리지 말라구. 그 명주옷에 설사나 갈겨보게, 마누라한테 구정물이나 맞을걸."

"그깐 마누라는 남아돌아가구 있어. 자네들이나 내나 언제 물귀신이 될지도 모르는데, 마누라 년이 한 서방만 철석같이 믿고 산다던가. 인제는 다 뭍의 여자들 얘기라. 자네 애놈인들 뉘 놈의 새낀 줄 아나? 어젯밤에도 난 집에선 안 잤어. 열녀비(烈女碑) 똥구멍에 누워 잤는데. 자네 여편네는 말하지 않던가? 열녀비가 있는 쪽에 나물 캐러 갔다 왔다고 말일세. 캐기야 인삼(人蔘) 하나 큰 것 캐서 씹어 먹고 말더라만, 흐흐흐 헌데 이 사람아 하다못해 돼지 털이라도 좀 잘라 밥풀에 이겨서 발라주게나, 미끄러운 불두덩 때문에 난 녹았지. 어쩌다 보니 발가락 새에다 지랄하게 되더라. 삼 년 재수는 없게 됐어."

"하하하하."

"후후우훗."

"아 저런 잡놈이? 남의 마누라 걱정 말고, 네 마누라 배꼽 걱정이나 해라. 창자가 빠져나온 건지 배꼽이 서 발은 튀어나왔더라. 명주실로 좀 감아두라구. 그게 받치고 있는 탓에 난 공중에 둥둥 떠서 애만 썼다야. 나중에 어지러워 죽겠더군."

"하하하, 그러고 보니 자네 마누라가 거웃이 없는 건 확실한 모양이군, 응?"

사람들은 권태로이 씨분대며 뻑적지근 땅바닥에 주저앉고 말았다. 이우는 달이 떠오를 무렵엔, 지칠 줄 모르고 쏘다니며 지껄여대던 잡놈들도 지쳐 자빠져 눈을 감았다. 화톳불도 없었다. 달빛만 많고 그늘 쪽은 적막했다. 씨르래기만 어디서 씨르럭거리고 있고 까치는 잠들었고 불 켜진 창은 가까이 있어도 멀리에 보였다. 성 속에 들어왔어도 성은 멀리에만 있는 듯하고 여자도 보이지 않았다. 초조하고 배만 잔뜩 고팠다.

거의 모두들, 포기하고 잠이나 자려 되는 대로 늘어져 있었을 무렵이나 되어서였다. 느닷없는 종소리가 울려 퍼지며 성벽 위의 요소요소에서 오십 개도 넘는 봉화가 일제히 타올랐다.

"왕이 오신다, 왕이 오신다."

어느 쪽에선지 환희로 다급해진 부르짖음이 났다.

"뭐, 폐하께서? 어디야, 어디?"

자기들도 모르게 사람들은 몸을 곧추세워 옷깃을 여미고, 먼지를 털었다. 흥분되어버렸다. 눈이 멀도록 기다리고 기다렸던 시간이다.

"저쪽이다, 저쪽에서 흰 말을 타고 용신을 보이셨다."

사람들의 시선이 머문 곳에 과연 왕이 용신을 나타냈다. 제당의 우단(右端)에서, 건강한 처녀와 같은 흰 말을 타고, 인자한 웃음을 보이며, 팔을 넓게 벌리고 나왔다. 횃불을 든 다섯 명의 제장이 길을 트고 있었으며 검은 피부의 종자는 도끼를 허리에 차고 따르고, 그보다 좀 떨어진 곳에서 대목수는 터덕터덕 걸어 따르고 있었다.

백성들은 다시 한번 옷매무새를 가다듬고, 너그러운 용안을 우러러보며, "성군 만세! 만만세!"를 외쳤다. 섬이 너무도 놀라서 한가로운 졸음을 깨이고 도망이라도 치게 만들 듯한 함성이 되었다. "만세! 만만세!"

왕의 불그스레한 얼굴엔 신의 그것과도 같아 보이고 역사(力士)의 그것과도 같아 보이는 웃음이 자꾸 더 피어올랐다. 왕은 그러나 아무 말도 없이 자기의 백성들 사이를 휘둘러 제당의 계단이 시작되는 곳에서 말을 버리고 대목수의 부축을 받아 계단을 올랐다.

두 시간 후에야 백성들은 왕을 다시 볼 수 있었다.

왕이 제당 안으로 들어갔을 땐, 성 밖에서 종사하던 제장들까지 모두 와서 제물을 준비해놓고 왕이 나타나기만을 기다리며, 불의 아가리를 가진 석화룡 밑에 꿇어 엎드려 왕의 만수무강과 사후의 복락을 빌고 있었다. 제물은 불의 아가리에 각각 한 마리씩의 양이 묶여 있었는데—보통은 열무날 아침으로만 드렸던 것이지만 비둘기를 양으로 바꾸었던 열무날 전날 밤에 이와 같은 제사가 한 번 있었다—사방 벽에 걸린 휘황한 촛불 빛과 우울한 듯하면서도 엄숙한 기분을 주는 분위기에 익숙지 못해 "매애애 해" 하고 서럽게 울었다. 왕은 그것을 눈여겨 쏘아보며 만족해하는 웃음을 지었다. 눈이 가늘어지고, 진한 침이 지르르 흘러내리는 웃음이다.

왕이 용상에 앉기를 기다려, 엎드려 있던 사람들은 고개를 들었다. 검은 종자는 왕의 뒤에 버텨 서고, 대목수는 지정된 자기 자리에 앉았다.

왕의 지시를 기다려 대제장이 자리에서 일어났다. 제사와 예배가 시작되려는 것이다. 대제장은 우선 제당 안을 천천히 휘둘러본 뒤, 손뼉을 딱 하고 한 번 쳤다. 그것을 신호로, 화룡의 꼬리 부분에서 각각 두 명씩의 제장들이 연자(硏子) 같은 것을 돌리기 시작했다. 이 화룡은 석공과 목수가 협력해서 석 달을 만든 것으로 연자 같은 것을 용미에서 돌리면 용의 아가리가 하품하는 하마의 입처럼 벌려지게 되어 있었다. 최대한 이 미터 반까지 벌려졌다. 그것의 목구멍은 약대의 목통처럼 되어 있어 그 두 시간 동안은 탈 기름이 언제나 준비되어 있었다. 제사는 제물을 산 채로 목은 화룡의 윗이빨에, 발은 아랫이빨에 묶어 연자(같은 것)를 돌림으로 해서 두 배나 더 늘려 최후의 숨을 넘기려는 직전에 망나니 제장이 목을 자르고 그 잘라진 두 동강의 몸을 태우며 그 연기 속에다 기원과 때[垢]를 실어 보내는 것이다. 제물들은 이 시간을 위해 기름을 준비해왔거나, 좋은 심지로 성장해왔던 모양으로 잘도 타고, 뼈 몇 조각이나 남기곤 했다. 보디스바하. 이른바 '쑥대머리 제사'라는 것이었다.

대목수는 아예부터 이 제사를 싫어했다.

"그런 방법의 제사는 은총을 부르기보다는 막을 것이옵니다. 폐하, 그리 마옵소서!" 이렇게 진언도 해보았으나 왕은 웃으며 "경은 어질지만 어리석소. 과인의 연민이 그와 같은 것을 창안한 것이거늘. 물주머니는 학대받을 것이잖소? 제물은 자기도 구하고 남도 구하는 것을 모르오?" 하고 일축해버리는 것이었다. 두 번째 진언했을 땐 대답도 안 했는데, 세 번째의 진언엔 성이 머리끝까지 나서 이번엔, 굶주린 광견(狂犬)의 우리에 넣어버리라고 검은 종자에게 분부했다. 하는 수 없어 대목수는 무릎을 꿇어야 했다.

기도는 제장들의 목청 뽑는 선창에서부터 시작된다.

"전능하신 불이여, 굽어살피소서!"—이건 후렴구임엔 틀림없지만 이해하기에 따라 인도구호(引導口號)라고 해도 될 것이다—라는 선창에 이어, "우리의 육신은 불이 잠시 머무는 미지근한 물주머니입니다" 하고, 왕이 정해진 기도의 서두를 떼면, 모든 신도가 복창한다. "우리의 육신은 불이 잠시 머무는 미지근한 물주머니입니다."

"전능하신 불이여, 굽어살피소서!"

"그러나 이 물주머니는 간사스러워 가뭄 들거나 창수 지기 쉬운데."

(신도의 복창)

"전능하신 불이여, 굽어살피소서!"

"아무쪼록 연약한 우리로 하여금 이와 같은 물주머니에 집착케 마옵시고,"

(복창)

"전능하신 불이여, 굽어살피소서,"

"당신의 국토(國土)에 한시바삐 불러주셔서,"

(복창)

"전능하신 불이여, 굽어살피소서,"

"다시는 나완 상관없이 이 객체에 돌려보내지 마옵시고,"

(복창)

"전능하신 불이여, 굽어살피소서,"

"종사치 말게 하옵시며,"

(복창)

"전능하신 불이여, 굽어살피소서,"

"불을 모시는 동안 불을 흩뜨리지 말게 하옵소서."

(복창)

"전능하신 불이여,"

"당신의 국토와 권세와 영광이 영원히 당신 안에 있나이다. 보디스바하."

(복창)

이때쯤은, 기름 타는 냄새와 먹물 같은 연기가 제당 안에 빽빽해진다. 그 연기 속에 전복처럼 엎드려 붙어, 그로부터는 모두 자기들만의 설움[祈禱] 을 토하기 시작한다. 그런데 왕의 고백이 언제나 가장 길고 격렬했다. 대목수는 멍하게 연기로 해서 멀리 보이고 악몽 속의 일과 같은 광경을 바라보며 딴생각에 잠기기가 일쑤였는데, 그와 같은 격렬한 발작은 몸엔 결코 해롭지 않을 것이라고 믿었다. 아무튼, 누적된 것은 불안이건, 불만이건, 공포든 고독이든, 정열이든, 증오든, 사랑이든 그것이 무엇이든 설사해버린다는 일은, 범람이나 고갈로부터 중용을 태어나게 할 것이며, 새로운 힘을 북돋고, 거듭 태어나게 할 것이다, 라고.

왕은 기도하는 동안이면 무아(無我)에서 헤맸다. 자기의 객체에 대해 증오와 저주를 퍼부어대며 머리칼을 쥐어뜯고 가슴을 쳤다. 그런 시간이 길면 두 시간도 더 되었고 짧아도 반 시간은 넘었다. 예배가 끝나면 왕은 온몸을 경련하며 피 맛 본 망령처럼 침실로 가는데 왕의 아래 속옷은 흥건히 젖어 끈적거리고 그리고도 부족해 숨을 씨근거린다. 왕이 침실로 들어가면 거기에도 물론 작은 모양의 화룡이 있었는데, 그것은 눈만이 유달리 큰 놈이었다—왕의 침대에 발가벗은 여인이 한 사람이나 두 사람 많으면 다섯 사람까지—최음제(催淫劑)에 자극받고 몸을 비틀고 있도록 되어 있었다. 물주머니에 대한 저주를 본격적으로 퍼부어댐으로 해서 불에 닿으려는 것이다. 최음제도 역시 소금뒤주와 광견 우리의 위협을 놓고, 대목수에게 제조케 한 것임은 물론이다. 대목수는 무력하고 비겁했지만 화약을 발명한 사람이, 그것이 굉장한 해를 입힐 것을 너무나 잘 알면서도 진지했듯이 일단 그 일을 착수하였으므로 거의 완벽한 것을 만들어내지 않고는 견디질 못했다. 연구로부터 문득 자신을 살펴볼 시간이 생길 때면 대목수는 쓰게 웃었다. 그리곤 자신의 비겁에서 어떤 쾌감까지를 불러일으키곤 했다.

최음제는 요힘베 껍질에서 뽑아낸 알칼로이드와 광견의 타액(唾液)을 주성분으로, 선인장 즙(汁)을 가미하여 조제했는데 복용자에게 광견병 증세와 현란한 신비를 곁들여 나타나게 하려는 것이었다. 요힘베 껍질에서 뽑아낸 알칼로이드에 의한 들쑤시고 뒤틀려지는 참을 수 없는 흥분과, 광견 타액에 의한 가학성 발작과 찢음, 그리고 선인장 즙에 의한 무지개가 흐르는 듯 몽롱하고 현혹적인 쾌감은, 제아무리 냉정하고 순결한 여인일지라도 변태적인 색광녀로 만들어버리고 마는데, 왕은 그 여인을 조종하여 자기 객체에 학대를 퍼붓도록 한다. 왕은 그렇게 참을 수 있을 만큼 참는다. 그러나 왕이 학대받는 표정은 아무도 본 사람이 없고, 또 표현할 수 있을 만큼 명석한 정신을 지니고 있었던 여인도 없었으므로 수수께끼로 남아 있지만 아무튼 왕의 몸엔 다음 열무날까지나 치료해야 할 정도의 상처가 생기게 된다. 그런 후에야 비로소 왕은 얼굴에 온화함을 띠고 치정(治政)에 임하게 된다.

왕이 시계 밑 노대(露臺)에 다시 나타났을 땐, 그림자의 무게가 척추로 흘러내리는 시각—달이 하늘 가운데에 와 있었다. 때에, 다시 한번 종소리가 울렸다. 소리까지도 이슬에 젖은 듯 축축했다.

"사랑하는 백성이여,"

종소리가 멎기도 전에, 이번엔 우렁찬 왕의 음성이 들렸다. "많이도 지쳤겠도다."

시들해졌던 백성들에게 왕의 음성은 감로수였다.

"과인은 그대들의 실망과 불만을 모르는 바 아니로되 그대들을 무위케 기다리게 해야만 되었던 어떤 불미로운 사건에 대하여 과인은 못내 섭섭해하노라." 왕은 어떤 반응을 기다린 듯 잠시 침묵했다.

"참으로 불미스러운 일이었노라. 이 일은 내일 새벽에 밝혀질 일이로되, 그대들의 궁금증을 풀어주고, 그대들의 실망을 씻어주기 위하여 미리 얘기해두는 바는, 그대들을 위해 준비했던 음식에 어떤 자가 비상(砒霜)을 넣었기 때문이었다는 그것이노라." 왕의 연설은 여기서 끊겼는데, 그리고도 몸을 돌이키지 않은 것은 무슨 계산이 있어서인 듯했다.

"글쎄, 내 수상타 했더라니,"

"비상이란 게 독약 아냐? 어떤 놈이 그런 짓을 했어?"

"찢어 죽여야 마땅해."

"찢어 죽여서도 부족해, 시체라도 절단을 내야지."

저주하는 소리는 곧 부르짖음으로 변했다.

"그놈을 찢어 죽이시옵소서!"

"우리의 분을 풀어주십시오!"

"그놈을 당장 우리에게 보내소서!"

백성들은 주먹을 휘두르며 미친 듯이 외쳤다.

왕은 그때를 기다려 참고 있었던지 흔쾌히 웃으며 손을 저어 부르짖음을 껐다.

"그러나, 그와 같은 불행을 미리 알았음을 과인이나 그대들이나 천만다행으로 여길 수밖에 없노라. 과인도 그대들의 분노에 십분 공감하는 바이로되,

모든 건 법대로 행할 것이니 내일까진 참도록 하라. 내일은, 그자의 그 행위에 대하여 법이 얼마나 두렵고 백성에 대한 과인의 사랑이 얼마나 두터운가를 보여주겠노라. 그리고, 그대들을 위해 약간의 주연을 베풀려 하니 조금만 더 참고 기다려주기 바라노라. 모두 수고가 많겠노라."

"만세—, 만세—"

"만만세—"

백성들의 환성 속에서 왕은 사라졌다. 그 검은 종자와 대목수가 왕을 보위하며 따랐다.

조용한 곳에 왔을 때 대목수는 "폐하, 마옵소서, 지금이라도 마옵소서, 저 어리고 어리석은 백성들께 그리 마옵소서" 하고, 뭔가를 눈물로 간원했다. 대목수로서는 큰 용기를 낸 것이지만, 부들부들 떨고 있었다. "하옵고 폐하, 폐하께 바치는 저의 충성을 의심치 마옵소서."

"어허, 사사건건 경은 어찌 그리 말이 많소? 과인이 하는 일에 너무 참견치 말기 바라오. 과인이 불의 언어며, 불의 뜻이며, 백성의 구주임을 경은 의심한단 말요? 모름지기 모든 객체는 파괴되어져야 될 것이어늘. 경은 장작에서 불을 찾듯, 생명 있는 것의 사지를 절단해보았어도 불을 찾지 못하였잖소. 그것이 경의 어리석음이오. 불로 해서 장작을 태우잖으면 장차는 장작은 썩고 말 것. 그래서 과인은 불을 붙이려 하며, 붙은 불을 위대한 불에 귀의시키려 하는 것이 아니오? 그것이 합(合)이며, 질서며, 국토(國土)란 말이오. 알겠소? 과인은 전체의 불과 부분의 불과의 사이에 가로놓인 교량이오."

"하오나 폐하, 그것은 거기에 머물지 않고 곧바로 이산(離散)될 것이옵니다. 만약 이산이 없다면 우주는 생명을 잃고 황폐해져 버릴 것이옵니다."

"허허헛, 과인이 바라는 바가 바로 그것이라는 걸 경은 알고 있구료. 과인으로 해서 끝나버리는 것이오. 과인은 매듭짓는 자가 아니오? 경은 과인의 일을 돕기나 하시오!"

"폐하, 하오나 다시 한번 살펴보시옵소서. 생명이란 여러 혼돈이 질서화한 그것이 아니옵니까? 죽으면 그뿐으로, 어디에 귀의할 불을 남기진 않사옵니다. 생명, 그것이 궁극이며, 불의 전체라 하였사옵지, 생명과 불이 별개의 것이 아니지 않사옵니까?"

"경의 이야긴 어찌 그렇게 흐트러져 있는고? 감기 기운이라도 있어 보이누먼."

"아니옵니다. 소신은 폐하와 소신, 두 견해에서 말씀 올린 것에 불과하옵니다. 소신의 의견은 불은 전체도 부분도 없으며 생명을 그저 불이라고 상정한 것에 불과하잖나……"

"닥치지 못할까? 어서 창고나 열어주도록 하라!"

왕은 대목수와 검은 종자를 남겨두고 훌훌히 앞서 걸어가 버렸다.

대목수는 검은 종자가 열쇠 재촉을 두 번이나 했을 때까지 흔들거리며 그냥 그 자리에 서 있었다. "백성은 자기들도 모르는 새 왕의 철삿줄에 묶이고 만다. 그들은 사유(私有)의 개인을 잃고 말 것이다. 생명까지도 왕의 창고에 헌납된다. 왕은 그러나 구주인 체한다. 백성은 아무도 불평하지 않을 게다. 그땐 불평까지도 갖지 못할 것이다. 백성은 추워하겠지, 추워하면서 불 꺼진 육신탓에 비굴해지겠지. 왕은 그들의 언 발에 오줌을 갈겨준다. 그것을 이 내가 도왔다. 난 죽고 싶지 않았지. 소금 뒤주에서, 광견의 우리 속에서. 지금도 역시 그런 건 무섭다. 정말 무섭다. 헌데 어쩌면 왕 쪽이든 내 쪽이든 어느 쪽이 착오에 사로잡혀 있음이 분명하다. 왕 쪽인가, 내 쪽인가?"

"시의 각하, 자물쇠는 끌러야죠!"

"아, 알았으니— 그만 말해둬라."

대목수는 제정신이 아닌 듯 중얼거리며, 녀석을 따라 복도를 지났다. 입에 소금 맛이 돌았다. "알구말구, 알구말구, 헹, 알다 뿐이야?"

복도의 끝에서 제당을 버리고 창고로 통한 길을 걷고 있었을 때도 대목수는 제정신이 아냐 보였다. 그래도 걸음걸이만은 확실했다.

창고 앞엔 이삼십 명쯤 종자들이 웅숭그리고 서 있다가, 대목수가 나타나자 움직이기 시작했다. 녀석들은 아편 담배를 만들었던 직공이기도 했다. 그러나, 성 밖의 백성들이 그랬듯이 녀석들도 그것이 어디에 쓰이는 줄은 몰랐다.

대목수는 둘러보지도 않고 회중시계 줄에 매달아두었던 열쇠를 꺼내 자물쇠 구멍에 끼워 넣었다. "알구말구. 알구말구, 알다 뿐야……"

자물쇠는 둔중하면서도 탄력 있는 소리를 내며 튕겨 났다. 창고를 울리는 듯한 그 툼 하는 소리가 귓바퀴에 느껴졌다고 했을 때, 대목수는 비그르 무너지고 말았다. 그리고 그 이튿날 새벽 다섯 시가 되기까진 아무것도 몰랐다. 아마도 그 검센 놈이 안아다 침대에 던져놓은 모양이었고, 졸도에서 깨인 건 어젯밤이었다 하더라도 쌓였던 피로와 수면 부족이 계속 혼수로 밀어 넣었던 모양이었다.

혼수에서 의식을 서서히 회복하고 있었을 때의 대목수의 기분은 한껏 개운했다. 무슨 일이 어떻게 일어났고, 진행되었나는 기억에도 들지 않았다. 우선 목이 좀 말랐으므로 대목수는 눈은 감은 채 침대 머리로 더듬거리며 손을 뻗쳤다. 여느 날 새벽으로나 하는 버릇이었다. 그런데 주전자가 손에 닿기도 전에 입술로 물이 흘러들었다. 대목수는 놀라 눈을 번쩍 떴다. 그래서 보곤 더욱더 놀랐다. 시녀장이 아끼는 딸이 수줍은 듯 주전자 귀를 대주고 있다. 어쨌든 실컷 마시고, 정신을 차려서 대목수는,

"대체 어떻게 된 셈입니까?" 하고 물었다. 겨우 울려 나온 뻑뻑한 소리였다.

"폐하께서 가보라고 그러셨어요. 어젯밤에요. 시의 각하는 이 나라와도 바꿀 수 없는 귀중한 친구라고 하시면서…… 극진히 간호하라 하셨어요. 그리고 저……"

시녀장의 딸은 뭘 더 계속하려다 제물에 얼굴이 빨개져 머뭇거렸다.

"아, 폐하께옵서."

대목수는 몸에 배어버린 예절로 몸을 일으키려 했다. 그러자 시녀장의 딸이 얼른 말렸기 때문에 손을 가슴에 얹는 정도로 그쳤다.

"그래 밤을 새우셨습니까? 뜬눈으로?"

"………"

"난생처음 받는 호의에 뭐라고 감사드릴 바를 모르겠습니다만, 난 병자가 아니었는데 너무 수고를 하셨군요. 이 친절은 두고두고 감사해야 할 영광이 되겠습니다. 이젠 돌아가셔서 쉬시죠." 대목수는 정중한 언사를 썼다.

"아프시지 않았대두."

시녀장의 딸은 몹시 머뭇거리더니, 기어들어 가는 소리로 웅얼거렸다.

"전 곁에 있고 싶었어요."

대목수는 얼른 이해할 수가 없어서 그녀를 올려다보았다. 슬픈 듯한 명랑함을 지닌, 새끼 고양이의 그것과 같은 눈망울이 피하지도 않고 당돌하게 내려다보고 있다. 대목수는 그런 눈에 익숙해 보질 못했으므로 여간 당황하지 않았다. 대목수는 눈을 피해 촛대에 꽂힌 촛불을 바라보았다.

"오 참,"

갑자기 어젯밤 일이 생각나 대목수는 미친 듯이 뛰어 일어났다.

"백성은 어젯밤 어찌 되었다 합니까?"

"진정하셔요, 네? 좀 진정하셔요."

시녀장의 딸은 당황되어 자기도 모르게 대목수의 가슴을 안았다. "이러심 해로울 거예요."

대목수는 무력해져 다시 몸을 부렸다. 그리곤 어떤 설명을 기다리는 눈을 했다.

"어머니 말씀을 들으면 모두를 그 담배 칭찬을 하며 광대놀이랑 아주 즐겁게 보았다 합니다. 물론 식사도 배불리 하고 술도 남아 넘쳤다 합니다."

"으음." 대목수는 신음을 했다.

"오 참, 처음엔 모두 재채길 하고, 침을 흘리며 쓰러져 좀 고통스러워하곤 했었다는데, 새벽녘엔 열다섯 소년까지도 기분 좋아하더라나 봐요. 젊어지며, 체력을 기르는 담배라니까 연기라곤 한 방울도 내놓지 않으려 애를 쓰더래요. 호호호. 그 모양이 어찌나 우스운지 몰랐대요."

"왜 웃으시오?" 대목수는 시녀장의 딸을 무섭게 노려보았다. 그러자 시녀장의 딸은 아주 소심해져서,

"제, 제가 잘못했나요?" 하고 고개를 떨구었다. 대목수는 한숨을 한번 깊이 쉬고, 시녀장의 딸의 머리칼만큼이나 치렁한 휘장으로 눈을 돌렸다. 방 안엔 아직도 아침의 빛 같은 건 스며들지도 않았다. 촛불 빛이 던지는 긴 그림자들이 불길하게 움직인다. "어디엔가엔 분명히 착오가 있어. ……기어코 불을 빼앗기는 건가. 아니 어디엔가는 착오가 있어. 불을 빼앗는 건 아닌지도 모르지.

아니 어디엔가는 착오가 있어. 불을 빼앗기면서도 무지한 그들은 웃고 있겠지. 아니 어디엔가는 착오가 있어, 분명히 어디엔 가는 착오가 있어. 으흐흐으음." 대목수는 가슴이 터질 것만 같아 머리를 감싸며 앓았다. "으흐으음. 으흐음."

"가, 갑자기 나빠지셨나요?" 시녀장의 딸은 당황해서 대목수의 손을 잡는다. 잡는 손은 떨고 있었다. "네? 아주 나빠지셨어요?"

"아, 아니오." 대목수는, 옆에 시녀장의 딸이 있는 것도 잊고 약함을 보였다는 것 때문에 당황했다. "아닙니다. 몸은 좋습니다. 아주 좋습니다. 헌데 혼자 있도록 둬두지 않으렵니까? 혼자 있도록 말입니다." 대목수는 혼자로 되는 것이 무서울 것이라고 알면서도, 묘한 기분이 들어 그렇게 애원했다.

"뭐 제가 잘못이라도 저질렀나요?" 시녀장의 딸은 조용히 일어섰다. "허지만 폐하께선 절더러 각하를 모시라는 것이었어요." 그녀의 눈엔 이슬이 맺혔다. "고독하셨을 거라구요."

"폐하께서?"

시녀장의 딸은 순진하게 고개를 끄덕였다. 그리고도 자리를 얼른 뜨지 않았다.

"내게서도 불을 빼앗을 작정인가? 이 귀여운 아편을 잡아매 줌으로 해서 내 명석을 흩트려버리려는 것이지? 이 귀여운 아편을 주어서. 나의 명석은, 내가 명석한지 어떤지는 모르지만, 이미 필요 없게 되었으니까. 왕은 다 이루었으니까. 헌데 이 아가씬 겨우 이제 스물이나 되었을까? 난 마흔넷이야, 흐음." 대목수는 꿈속에서처럼 허덕였다. 대목수는 좀 울고 싶은 기분이 들었다. 외로운 것도 같았다. 허탈이 밀린 것도 같았다. 그러면서도 어지러운 생각은 떠날 줄을 몰랐다.

"오늘은 열무날이군. 왕은 어제, 오늘 아침엔, 비상을 넣은 자의 가증한 죄행을 벌한다 했는데, 그가 누군가? 지금쯤은 묶여 새파래져 있겠지. 그런데 그는 과연 비상을 넣었을까? 비상은 약 창고 밖에서는 구할 수가 없잖나. 쥐가 그것을 물어다 주었단 말인가? 비석(砒石) 옆에서 분신자살한 쥐의 혼백이라도 나타났단 말인가? 열쇠는 내게 있잖나?" 대목수는 왕의 저의가 뭔지는 모르나, 왕의 책략이 숨어 있을 것이라 알곤 눈살을 찌푸렸다. 그 순간에, 갑자기 불안이 몰려왔다. 그래서 대목수는 눈을 희번덕이며 경련하기 시작했다.

"나는 이제 필요가 없게 됐다. 헌데 열쇠는 내게 있다. 내게 있다! 내게? 내게! 내게? 으흐, 으으, 으흐으흐흣." 대목수는 불 맞은 멧돼지처럼 박차고 일어났다.

"넣었다면, 그래, 넣었다면, 내가 넣었다." 대목수는 되는 대로 토로하며 마루를 쾅쾅 굴렀다. "내가 넣었다, 내가. 교활한 놈, 언제든 저주받을 게다."

"저어, 좀 고정하셔요, 고정하셔요, 네?"

"오, 그렇지." 대목수는 뒤집힌 눈으로 이를 갈며, 시녀장의 딸의 어깨를 움켜잡았다. "그리고 보니까, 그리고 보니깐 말야, 넌 만찬(晩餐)으로 들여보낸 거였구나, 그렇지? 내게 고백해라, 몽다리귀신으로 죽여선 안 된다는 거지? 어허, 어허, 어 하하하하……"

"무슨 말씀이신지, 전 잘 모르겠어요."

"그렇다면 내가 가르쳐주지." 대목수는 시녀장의 딸을 번쩍 안아 들어 침대에다 동댕이쳤다. "가르쳐주고말고, 가르쳐준다!" 대목수는 그녀의 몸 위로 육박했다. "가르쳐준다. 가르쳐……"

"이, 이, 이러심 안 돼요, 안 돼요!"

시녀장의 딸은 한사코 반항했다. 그러나 공포는 느끼고 있지 않은 것 같았다. 어젯밤에, 이 방에 들어오기 전에, 어머니로부터 배울 건 다 배웠다. 지금 반항하는 건 다만, 사나운 것 앞에서의 방어 본능 그것으로서뿐이었다. 대목수가 조금만 부드러웠더라도 그녀의 방어 같은 건 모래로 쌓은 성벽에 불과했을 것이다.

"정말, 정말예요!"

"뭐, 뭐라구?"

대목수는 갑자기 환멸을 느껴버렸다. 욕정에 불타서 그녀에게 대든 건 아니었었다. "핫, 핫, 핫핫핫," 대목수는 몸을 일으켰다. 비참한 생각이 말초 부분까지 흐르고 있었다. 대목수는 침대에 걸터앉아 눈을 감고 고개를 푹 숙였다. 지지리도 못나고 더러운 자신이 미웠다. 등 뒤에서 흐느끼는 소리가 들린다. 곧이어 따뜻한 얼굴이 느껴진다.

대목수는 그렇게 한참 있다가, 표정과 태도와 어조를 고쳐서 "아가씬 올해 몇이시지?" 했다. 그러며 아가씨의 눈물을 씻어주었다.

"열여덟, 열여덟이에요." 아가씬, 자기의 나이가 많다는 투로 얘기하며, 조용히 고개를 쳐들어 당돌하게 쏘아보았다.

"열여덟?" 대목수는, 이 어린 처녀에게 방금 전에 한 행동을 웃을 수도 없고 변명할 수도 없어 고개를 흔들었다.

"열여덟, 호오, 쯧쯧. 정말 잘못된 일이야. 폐하께서 잘못 생각하신 거야."

"허지만 전 어른이에요."

"호오, 그야 그렇지. 그렇구말구. 헌데 가만있자, 그러니까 내가 벌써 마흔넷이던가? 아가씨의 아빠뻘이군." 대목수는 무상을 느끼고 한숨을 쉬었다. "아가씨, 그럼 일어나실까? 일어나야지. 아가씬 정말 내게 잘 대해주었소. 고맙소." 대목수는 목이 메어 잠깐 쉬었다 다시 이었다. "곧 종이 울릴 텐데, 일어납시다, 응? 예배에 참석해야지. 난 폐하를 모셔야 되고." 대목수는 쓸쓸한 표정을 지었다.

"싫어요, 난 싫어!" 이번엔 아가씨 쪽에서 자기를 터놓았다. "누가 그런 예배에 참석한댔어요? 폐하께서 귀띔해주시더라면서, 대목수 씨와 전 오늘만은 예배에 참석 안 해도 된다는,"

"뭐요, 예배에?" 대목수는 놀라 부르짖었다. "그게 참말이오?"

"네. 어머님이 그러셨어요."

"그게 참말이오?" 대목수는 갑자기 심정이 밝아지고 기쁜 듯해, 자신도 모르게 아가씨를 꽉 끌어안았다. "고맙소, 고맙소. 그런 것을 갖고……"

"예배엔 참석하지 않는 거죠? 난 그런 거 싫어." 아가씨는, 대목수가 그것 때문에 (예배에 참석지 안 해도 좋다는) 기분이 좋아진 줄 알고, 어린애처럼 굴었다.

"난 화룡이 우습고 미워. 난 싫어." 그러면서 아가씬 대목수의 가슴으로 파고들었다.

"싫긴?" 대목수는, 그럴수록 더 참례해야 된다는 생각이 들어 아가씨를 달랬다. "싫어하면 벌 받아요. 알겠지?"

"난 이렇게 있는 게 좋은걸. 대목수 씨와 함께요." 아가씨는 '대목수 씨'라는 말을 두 번째 쓰며, 귀엽게 몸부림해 보였다. "벌 받아도 좋아요."

"벌 받는다는 게 뭔지 알고나 그래? 자, 귀를 기울여 들어봐요, 또닥 또닥 톡칵 톡칵……"

"호호호, 그게 무슨 소리요?"

"젊고, 씩씩하고, 준수하고, 환한 이웃 나라 왕자가 오는 소리지. 왕자가 탄 말발굽 소리야. 아가씨를 맞으려고," 대목수는 꿈에 잠긴 듯한 그녀의 눈을 한동안 들여다보았다. "그런데 예배에 참례치 않으면 왕자가 돌아간단 말야. 나 같은 늙은인 백을 보태도 모자라." 그리고 대목수는, 자기의 목을 감은 통통한 손을 부드러우면서도 무정하게 떨치고 일어나선 세면대로 갔다. "오늘만은 좀 쉬고 싶지만, 이러고 있을 순 없을 것 같아." 대목수는 냉수에 낯을 후덕후덕 씻고 타월로 문질렀다. 벽시계는 오 분 전 여섯 시를 가리키고 있다. 알고 보니 자기는 여태껏 잠옷으로 있다. 자기는 잠옷으로 갈아입은 일은 없었다. 하여튼 대목수는 좀 부지런을 피워 황톳빛 시의복으로 바꾸어 입었다.

아가씨는 엎드려져 서럽게 흐느끼며,

"그럼 당신은 왕자가 아니었나요? 난 다 알아요, 다 알아요. 누가 젊은 왕자 기다린대? 난 그런 사람 보기도 싫고, 생각만 해도 미워." 하는 말을 반복했다.

"당신은 왕자가 아니게요?"

대목수는 준비를 끝내고 아가씨의 등을 톡톡 두들기며, "보기나 한번 보구 싫다 하시지. 당장에 반해버릴걸. 그럼 안녕" 하고 문을 열고 걸음을 옮겼다. 잠깐 동안 머리가 좀 맑았는데, 다시 핑글핑글 잡아 돌고 무겁다.

대목수는 왕의 침실 문 앞에 가서

"의원 대목수 대령하였사옵니다" 하고, 적당한 음성으로 알렸다. 그 말이 떨어지기도 전에 안에서 문을 열었다. 시녀장이 연 것이다. 그녀의 얼굴에 묘한 웃음이 감돌고 있는 것이 대목수에겐 불쾌했다.

여섯 시가 되었는지 종소리가 울려 나기 시작했다. 왕은 휘장을 걷고 밖으로 시선을 보내고 있었는데, "폐하, 편히 주무셨습니까?" 하는 대목수의 아침 인사를 듣고서야 몸을 돌렸다. 왕은 웃음을 가득 담은 얼굴로, "과인은 밤새도록 여기서 있었소. 헌데 경은 평안하였소? 늙어가면서는 젊은 애와 가까이 지내노라면 어느덧 젊은 기분이 들지." 농담을 한 뒤 "모든 게 다 지나칠 정도로 만족한 출범(出帆)을 했소. 경에게 어떤 훈장을 주어야 될까를 생각했지. 밖으로 좀 눈을 주어보오" 하고 대목수가 되도록이면 외면하려 애썼던 현실로 눈을 돌리려 했다. 언제까지고 외면만 할 수는 없다 싶어 대목수는 왕의 등 너머로 밖을 내어다보았다. 그리고 옅은 구역질을 느꼈다. 맨바닥에서 아무렇게나 뒹굴어 자고 깨인 부스스한 얼굴의 백성들이 피로한 기색으로 모두 경미히 떨며 연못을 찾아들고 있었다. 주름 하나 없이 보기 좋던 옷들이 이슬에 젖어 후줄근해져 있었다. "풀기가 빠져 후줄근해진 건 옷이 아니라, 옷이 싸주고 있는 그 안의 어떤 것일지도 모른다. 아니, 그보다 더 안의 어떤 것일지도!" 대목수는 눈을 내리떠버렸다. 그러자 창턱이 보였는데, 거기서 어떤 지극히 작은 생명 하나가 몸부림하고 있는 것이 보였다. 그것이 대목수를 아찔거리게 했다. 참을 수가 없게 되어 대목수는 그것을 짓눌러 죽여버렸다. 그러고 나니 웃음이 나왔다.

"경도 만족스럽소?" 왕은 대목수의 웃음을 놓치지 않았다.

"예, 예, 만족하옵니다." 왕의 물음이 무엇에서 비롯되었든 대목수는 자기 감정대로 대답했다. 대목수의 엄지손가락 바닥에는 아직도 그것의 꿈틀거리는 저항이 남아 있었다. 그것이 대목수에겐 만족스러웠던 것이었다. 그런데 그것은, 촛불을 탐하고 뛰어들었다가 날개와 다리를 태워버린 부나비 한 마리였다. 확실히 대목수는 비약되어 있었던 것이다.

"오늘만은 경을 좀 쉬게 할까 했는데…… 아무래도 오늘의 제물을 본다면 경의 간섭은 여간이 아닐 테니까" 하고 왕은 눈을 찡긋해 보였다.

"하오나, 신은 폐하를 모시겠사옵니다."

"오참, 고맙소. 자, 그럼."

밖엔 벌써 흰말이 대령해 있었다.

대목수와 도끼 든 종자를 대동한 왕이 제당 앞 광장에 나타나자 아직도 덜 깬 취기와 담배에 쿨룩이는 수많은 얼굴들이 왕에게 아침 문안을 올렸다. 대목수는 땅바닥만 쳐다보고 터덕터덕 따랐다. 이쁜 색단추들이 알밤처럼 구르고 있었다. 아니, 어쩌면 그건 단추가 아닐지도 모른다. 혼백일는지도 모른다.

"열닷새 후에는 단추 없는 옷들만이 스적스적 걸어 나가겠지. 그 이후엔 성벽을 두들기며, '우리에게 담배를 주시오, 담배를 주시오', 하고 아우성칠 게다. 떨어진 단추를 달라는 사람도 있을 것인가? 손이 피투성이가 될 것이다. 처음 얼마 동안은, 뭣인가가 조금은 남아 있는 동안은, 반항심도 있겠으나 조금 더 지나면 무력한 거지나 안 될까. 그 반항심을 불살라버릴 아편은 그런데 충분하다. 반항심이 조금이라도 남아 있는 동안에 엄지손가락으로 짓눌러줄 자는 누구인가?" 대목수는, 눈에 뜨이는 빨간 단추 하나를 주워 엄지손가락 바닥에 놓고 꾹 눌러보았다. 그리곤 호주머니 속에다 깊이 간직했다.

제당 안에, 대목수가 상상했던 것보다 훨씬 더 참혹한 광경이 준비돼 있었다. 대목수는 왕의 빙그레 웃는 웃음을 보고서야 가까스로 정신을 차렸다. 화룡의 두 아가리엔 빨가벗긴 남녀 한 쌍이 양을 묶어 맨 것과 같은 방법으로 묶여서 공포와 저주에 일그러진 얼굴로 여기저기를 휘둘러보며, 고래고래 고함치고 있었다. 그들은, 두발(頭髮)이 윗이빨에, 두 발[兩足]이 아랫이빨에 단단히 묶여져 있었기 때문에, 손과 입으로서만 가능한까지의 의사를 표시할 수밖에 없었는데, 자기 손으로 긁어 헤친 상처에선 피가 낭자히 흐르고 있었다. 게다가 여인은 산후(產後)와 같은 그런 심한 하혈이 있어서 가랑텡이가 시뻘겋게 덮이고 있었다. 그들이 묶은 것에 손을 가져가려 하면 연자가 돌며 목을 늘이기 때문에 감히 묶은 것엔 손을 못 대고 있었다.

"대왕 폐하, 아니, 하누님, 시의 각하, 제 아내는 어제 해산(解産)을 하였사옵니다. 해산을 하였사옵니다. 그래 저는 어제 아내 곁에만 있었사온데 어느 결에 비상을 넣겠나이까, 예? 동포들이 제게 뭘 나쁘게 했다고 그런 짓을 하겠습니까, 예? 그 앤 죽은 애[死産兒]여서 묻어주느라 밤에도 나오질 못했나이다. 비상이 어떤 건지, 그런 걸 저희 같은 무식한 백성이 어떻게 알겠사옵니까요. 살, 살려주, 주시와요, 예? 제 아내에게 미역국 한 그릇 못 먹였나이다."

남자는, 제물을 목부들께서 사다 바치던 사내였다.

"대왕님, 살려주사이다. 대왕님! 저의 지아비만이라도 살려주사이다, 대왕님." 여자는 왕을 향해 손을 싹싹 비비고 눈물을 흘리며 애원했다. 그러나 왕의 귀는 막혀버린 모양이었고, 의식도 가물거리고 있는 듯했다. 번들거리는 눈으로 그녀의 온몸을 핥으며, 헤벌린 입술로 거품 침을 줄줄 흘리고만 있었다. 왕의 숨소리가 자꾸 가빠져 갔다.

대목수는 아무리 해도 그들을 정면으로 볼 수가 없었다. 그래서 눈을 감고, 고개를 숙여버렸다. 그러고 나니, 가까운 곳의 부르짖음도 악몽으로만 생각할 뿐, 현실의 일이라고는 믿어지지가 않았다. 대목수는 생각하기를 눈물이든 오줌이든 뭘 좀 흠뻑 흘리지 않으면 안 되겠다고 했다. 그렇지 않으면 기절되어질 것만 같았기 때문이다.

그 부부는 자비가 내릴 것 같은 동안은 갖은 아첨을 다 섞어 구걸을 했으나 대제장의 손뼉 소리를 듣곤 포기했는지, "이 색골 왕 놈아, 이 당나귀 새끼 같은 돌팔이 의원 놈아, 죽어 구렁이나 될 놈들아, 내 아내가 어제 낳은 새끼는 저 색골 왕 놈의……"라고 폭언을 퍼부어댔다. 그러나 그것도 목이 길어나는 아픔으로 중단하고 말았다.

그 남자의 아내는, 왕을 원망하진 않고, "여보, 난 내 잘못으로 죽어 마땅하지만, 당신은 무슨 죄요?" 하고 심히 통곡하다 기절해버렸다.

"어제 우리의 음식에 비상을 넣었던 연놈들이래."

"어응, 그렇구먼. 저렇게 벌 받아 싸지, 암."

"우리 왕은 정말 성군이야."

제당 안을 엿본 자들로부터 소식을 전해 들은 사람들은 이렇게들 주고받았다.

목이 석 자나 뽑혀져 올라왔을 때도, 남자는 푸루룩이며 마지막 한 번이라도 더 숨을 쉬려고 애쓰고 있었다.

왕과 제장들은 불 앞에 떳떳이 선 자기들 모습에 만족되어 있었고, 그 외의 사람들은, 대목수처럼 구역을 참느라 애를 쓰고 있었다. 졸도한 부녀들(성내의 부녀들)만도 다섯은 되었다. 시녀장의 딸은 보이지 않았다.

숨이 끊기기 전에, 대제장의 손뼉 소리가 났으므로 연자는 더 이상 돌지 않았으나 이번엔 망나니 제장 두 놈이 도끼를 들고, 기묘한 의식적(儀式的)인

춤을 추며, 용의 아가리 위로 올라왔다. 세 번째 손뼉 소리가 우레처럼 들리고, 도끼 나르는 소리가 새 날개깃처럼 들리고, 두 몸뚱이가 기름 속으로 투신하는 소리가 두 낙수(落水)처럼 들리고, 아득한 세월을 두고두고 두개골 떨어지는 소리가 들려오다 말았을 때, 대목수도 떨어지고 말았다.

아무튼, 대목수가 다시 일으켜졌을 땐, 낙조가 휘장을 태우고 있었다. 대목수는 어느 사이 침실에 와 있었고, 잠옷으로 갈아입혀 있었다. 그리고 역시 새벽에와 마찬가지로 시녀장의 딸이 곁에 있었는데, 이번엔 입술을 붙이고 그녀도 잠이 들어 있었다. 지난밤을 새운 피로에 견디지 못한 모양이었다.

대목수는 조용히 일어나, 밖으로 나갈 채비를 한 뒤, 아가씨에겐 관심도 없이 밖으로 나왔다. 계집처럼 졸도나 잘 한다는 것에 대한 수치감과, 푹신한 침대에서 젊은 처녀나 즐길 만큼 행복하지는 않다는 그것과, 자기의 도움으로 해서, 불을 잃게 되는 백성들과 적어도 십오 일간은 같이 지내주어야 된다는 의무감으로 나온 것이다. 그만큼만 생각해도 한결 위로가 되었다.

그로부터 대목수의 손은 나날이 바빠만 갔다. 병자가 속출했기 때문이었다. 사실, 백성과 같이 지낼 결심을 하고 나왔을 땐, 그들에게 흡연을 중단하도록 지도할 셈이었으나, 뭣 때문엔지, 그렇게 하지 못했다. 그 점은 대목수 자신도 설명할 수가 없었다. 어쩌면 소금 뒤주나, 광견 우리가 떠올랐기 때문이었는지도 몰랐다. 그 검센 종자 놈은 조수라는 명목으로 항상 대목수의 뒤통수에서만 지냈다. 어쩌면, 백성의 왕에 대한 존경심과 왕으로 인해 느끼는 행복을 깨뜨려주고 싶지 않았는지도 모른다. 어쩌면 그랬을지도 모른다. 아니, 그런 건 이유가 되진 못한다. 어디엔가는 착오가 있었다. 그래, 어디엔가엔. — 대목수는 자기를 확신할 수가 없었다.

그러는 사이, 다시 한번 열무날이 돌아왔다. 그동안 대목수는 만 번도 더 회의하고 만 번도 더 실망했다. 착오는 그 희미한 윤곽을 안개 속에서만 드러냈다. 그것은 잡으려면 흐려지고 보고 있으면 떠올랐다. 그러나 그것의 정면(正面)은 볼 수가 없었다. 다음번 열무날(새달 초나흘)엔, 양치기 부부가 제물이 되었다. 그 목부의 아내는 넉 달 된 왕의 씨앗을 유산(流産)하면서 죽었다.

그날 정오가 되어 성문이 열렸을 때, 성문으로 밀려 나가는 백성들의 어깨는 들어왔을 때에 비해 너무도 늘어져 있었다. 깨끗했던 옷들은 흙먼지에 뒤덮여 상복처럼 늘어졌고, 기대로 뻔쩍이던 눈들은 회색 안개 같은 것에 덮여 흐릿했다. 죽은 사람도 둘이나 되었다. 그들은 가망 없는 고질을 숨기고 왔다가 숨진 사람들이었다. 사람들은, 뭔가 좀 너그러워지고 느슨해진, 그리고 시선을 내부로 접어 들인—아편에 중독이 되고 난 후에 오는 그런 태도로 지루하게 꾸물대며 나갔다.

왕은 비로소 금침을 펴고, 이모(시녀장)가 따르는 잔을 유쾌히 들며, "이모, 딸은 낳아주었으니 이젠 아들만 하나 낳아주구려, 엉?" 했다.

대목수는 옷을 찢어발기며 울어댔다. 고독한, 자기를 배신한 무력한 자신을 울고, 또 울고 또 울었다. 해가 질 때까지 울고, 만상이 잠들 때도 울었고, 이튿날 달 떠오를 때까지도 눈물을 닦지 못했다. 시녀장의 딸이 한시도 떠나지 않았으나 아무 위로도 되지 못했다. 대목수는 그날로부터 독한 술 속에서 두 주일을 살았다. 취하면 가슴을 치고 허허거리고, 깨이면 또 마셨다. 왕은 관심을 보이지 않고, 멋대로 두었으나 시녀장과 그녀의 딸은 걱정이 많았다. 대목수는, 밤에도 성내의 으슥한 곳을 쏘다니며 통곡을 하다 쓰러진 곳에서 코를 골았다. 때로는 비에 젖고 이슬에도 젖고, 꽃꿀에도 젖고 또 때로는 달빛에 젖고 산그늘에도 젖었다. 시녀장의 딸은 그가 쓰러진 곳이면 거기서 같이 밤을 새웠다. 이 아가씨에겐 그의 고민하는 모습이 좋았으며, 탄식이 좋아서, 그랬다.

화룡에게 바치는 제물은, 그날로부터 바뀌었다. 짐승 대신에 사람이 쓰였다. 제물이 된 그 남편들은 모두가 다 자기 처의 임신에 관해서 말하곤 했다. 최음제에 의해 왕의 피학대음란증—대목수의 진단이다—을 만족시켜준 여인들이었다. 그리고 결국엔 가학성음란증—역시 대목수의 진단이다—까지도 만족시켜주고 죽어갔다.

그즈음 대목수에겐, 하는 수 없어서 떠오른 것이지만, 새로운 생각이 하나 떠올랐다. 그것은, 최음제를 다량 조제하여 무기력해진 백성들께 나누어주어 보자는 것이었다. 그것이 흘러 빠져 남음이 없는, 그래도 뭔가 남아 있는—남은 생명이 꺼져가는 동안에 한 번도 작열되지 못하고 삼출(滲出)되어질 어떤 것을 섬광이라곤 해도, 눈뜨게 하는 촉매제 역할을 할 것이 아니겠느냐는 것이다. 반항이나, 증오나, 미미한 무엇이든 야기시키고 싶은 것이다. 그것은 아편과는 상극된 것임에 틀림없었다.

그러나 실패했다. 왕을 더 즐겁게만 만들어주었다. 왕은 성벽 위에서, 이 패륜의 백성들을 내려다보며, 학대받고, 학대하는 자들 속에서 자기의 만족을 모아들였다. 그때에 그는 비로소 백성과의 일체에 닿은 듯, 지극히 만족해했다. 그러나 대목수의 실패는 최음제에 의한 그들의 발작이, 생명의 저 깊은 근원에서 비롯된 것이 아니라 썩어진 고깃덩이의 말초신경에서 비롯된 것이라는 거기에 있었다. 그건, 아편을 좀 끊어 갈증을 주어보는 것보다 나을 것이 하나도 없었다. 그 이후부턴 왕은, 심심하면 검투(劍鬪)를 구경하는 어떤 황제들처럼, 심심하면 뼈 굵은 남자와 엉덩이 큰 여자들을 불러다 놓고, '최음제 놀이'를 구경하곤 했다.

어찌 되든 세월은 흐른다. 일 년이 흘렀다. 그동안 변하기도 많이 변했다. 성벽은 갈증에 부대낀 손들이 긁어 헤치느라 흘린 핏자국이 낭자했고, 왕의 창고엔 아편과 바꾼 토지 문서와 피륙이 산더미처럼 쌓였다. 왕의 것이 아닌 가축이나 나뭇잎 하나 없었다. 백성은 수고하여 거두어들인 것을 바치고 가공된 아편을 사 갔으며, 굶주린 배를 채우기 위해서 가공되지 않은 아편을 갖다 바치고 곡물을 사 갔다. 이 순환은 자체 내에 조금의 모순도 지니지 않고 있었다. 모든 건 예상했던 그 결과에 귀항(歸港)한 것이다. 한 끄트머리의 이산의 가능성이라곤 없는 완전한 합(合)에 승화된 것이다. 백성들은 결코 아사(餓死)되거나 갈증으로 숨져가지는 않을 게다. 아마도 그 직전에 구주가 그들을 끌어 올려줄 것이다. 그런 동안에 그들의 불은 정화(淨化)되는 것일 게다. 백성은 정토민(淨土民)의 긍지를 살려 무념 무아 속에 자기를 쑤셔 넣었으며 증오할 것도 사랑할 것도, 다른 것도, 갖지 않았다. 혁명이나 반항, 또는 죄라고 하는 것은, 아니면 행복이니 불행하니 하는 색깔 많은 언어들은, 그냥 침수(沈水)당한 섬이었다. 바다 밑, 그 가라앉은 섬에서 무슨 소리라도 울려 올라올 것인가? 종소리라도? 새소리라도? 모루를 치는 망치 소리라도? 하다못해 한숨짓는 소리라도?

대목수는 이와 같은 변천을 겪어야 하는 동안에, 자신도 모르는 새 무뚝뚝하고 침울한 사람으로 변해 있었다. 그는, 어울리지도 않게, 황토색 옷에 빨간 단추 하나를 달아놓고, 그것을 어루만지며 시간을 보냈다. 친구라고는 시녀장의 딸뿐이었다. 어쨌든 서로 정이 깊이 들었다. 그녀는 자기 밖의 변화에 대해선 거의 멍청이였다. 대목수는 그녀의 그런 것이 좋았다. 제물을 보고도 그녀는, 무서워하기는커녕, 호기심을 갖고 관찰하기가 일쑤였다. 그 여자는 손톱을 깎지 않아 자기 배에 그렇게나 큰 상처를 냈다느니, 그 남자는 머리털이 짧아 턱과 뒤통수에 밧줄을 걸 수밖에 없었다고 하느니, 그런 것들이었는데, 양을 보던 눈과 바뀐 것 같지 않았다. 왕만큼이나 도통했거나, 백치임에 틀림없다고 대목수는 생각했다. 그리고 어쩌면 아편이나 마술이나 최음제 덩이일 것이라고도 생각했다.

"근데 이 빨간 단추는 뭐죠?"

어느 날은 이 마술이 물었다. "저보다도 더 좋아하는 것 같아요. 그죠?"

"글쎄, 뭘까? 나도 잘은 모르겠어. 언젠가는 이 엄지손가락으로 눌러 죽여버려야겠지." 대목수는 그 이상은 더 설명하지 않았다.

"호호호, 그런 말이 어딨어요? 그게 죽나요, 뭐? 엄지손가락이나 다치겠죠."

"뭐라구? 안 죽는다구? 손가락이나 다친다구? 흐음, 그럴까 정말?"

대목수는 아가씨의 말을 반문해보며, 생각에 깊이 잠겼다. "그럼, 죽은 건 부나비가 아니라, 이 엄지손가락인가?"

대목수는 자기도 모른 새 산보로를 따라 걷고 있었다.

대목수는 엄지손가락을 유심히 들여다보았다. "하아, 그래, 그것은 그때 생명을 살았고, 이 손가락은 죽음을 수확했다." 대목수는 시녀장의 딸이 찾아와 식사를 재촉했을 때까지, 자기도 잘 모르는 상념을 따라 걸었다.

저녁엔, 오랜만에 유쾌한 기분이 되어, 시녀장의 딸과 마주 앉았다.

"정말, 낮엔 좋은 얘길 해주었어."

"무슨 얘기?"

"손가락이 다친다는 얘기……"

둘이는 창으로 비비고 드는 박모를 통해 서로를 지켜보았다. 그리고 한참 말이 없었다. 서로의 으스름한 형태가 서로에게 갑자기 그리움을 불러일으켰다. 서로 너무 멀리에 있는 것 같아 서로 붙들고 싶어졌다.

"나하구 멀리 가요, 응? 나하구!" 아가씨 쪽에서 먼저 입을 열었다. 그리고 얕은 한숨을 쉬었다.

대목수는 대답 없이, 아가씨 곁으로 다가가 아가씨의 손을 부드럽게 쥐었다.

"이런 곳을 떠나 살고팠어요. 당신은 절 아직도 어리다고 생각하세요."

"당신이 어린 게 아니라, 내가 너무 늙었어."

"그럼, 저도 늙게 해주세요."

"………"

불을 밝힐 녘이 훨씬 넘었는데도, 대목수의 침실에 불이 켜지지 않았다.

불은 그 이튿날 저녁에야 켜진 것 같았다. 대목수의 나이 마흔넷도 고비를 넘는 십이월 중순경이었다.

결혼식은 올리지 않았다. 그래도 시녀장의 딸은 대목수의 부인으로 통했다. 왕이나 시녀장은 몹시 흡족해했다. 뭣보다 왕이 흡족해한 것은 대목수가 명랑을 찾은 그것에 대해서였다.

"과인이 너무 민했소. 진즉 그렇게 처녀 하나를 첨매주었더면 그렇게나 유쾌해질 일이었던 것을."

마흔다섯이 되면서부터 둘이는, 낮 동안을 같이 보낼 시간은 갖질 못했다. 대목수는 왼 낮을 연구실에 틀어박혀 도대체 얼굴을 보이려 하지 않았다. 사람들은 그가 무엇인가 특별한 것을 연구할 것이라고만 지레짐작했다. 그러나 대목수로선, 한 시간 정도나 손을 놀렸을 뿐 나머지 시간은 하루에 세 번 왕에게 약판을 들고 가서 식사를 한다는 외엔 멍하게 벽이나 쳐다보거나 빨간 단추를 주물럭거리고 앉아 있었을 뿐이었다. 그달부터 대목수의 부인은 태기가 있었다.

그리고 사 개월이 흘러온 것이다. 그러니까 왕의 춘추 마흔일곱의 사월이고 대목수가 기다린 그 시한(時限)이 된 것이다. 왕은 지금 임종하려 하고 있다. 대목수는, 일월 초순부터, 왕에게 정력제(精力劑)라고 비소제(砒素劑)를 조금씩 복용시켜왔었다. 그것은 한 달 전부터 만성적인 중독 증세로 나타났는데, 만성적 중독 증세라고 하는 것인즉, 식욕이 없어 한다든가, 빈혈 때문에 현기증을 잘 느낀다든가, 몸이 자꾸만 허약해진다든가, 성욕이 감퇴된다든가 하는 증상을 말한다. 왕은 그 증세에서 오는 당연한 발현(發現)으로서, 살찌고 왕성하고 정력적인 남녀를 제물로 바쳤다.

비소는 원래, '살바르산으로서 매독 치료에 쓰이며, 아비산(亞砒酸)·아비산 소다액(液) 등의 형태로 허약자나 만성 피부병에도 쓰이고 수녀나 비구니나 청상과부들이 육체의 고뇌를 감축시키고 성녀답게 창백하게 보이려는 목적으로 복용하는 수도 있으나, 그것의 적당한 분량을 지나치면 급성 중독 증세로 나타나 구토와 설사, 두통과 말초부의 동통(疼痛), 장기의 위장염으로 되어' 급기야는 죽게 된다.

달 전부터 왕은, 대목수에게 자주 병세를 문의하면서 예의 만성적인 중독 증세를 일일이 말했다. 그러면서, 어찌 되었든 뭘 좀 맛있게 먹어보았으면 좋겠다고 했다. 그래서 대목수는, "어떠하옵니까, 오장육부가 시원할 때까지 한번 토해보시는 것이?" 하고 차게 웃으며 권했다.

"오호, 글쎄, 그래보고 싶구료. 그럼 속이 좀 후련해질 것도 같구료."

그날 밤으로 대목수는, 구토제를 조제하여 그 이튿날 아침엔 왕께 바쳤는데, 구토제에 주석이 포함되어 있었다. '비소 중독을 확인하고 주석이 포함된 구토제를 복용시키면, 감홍 증세가 나타나는데' 대목수가 기다린 건 그 감홍이었다.

그 감홍을 확인하고서부터 대목수는 '오르기트 시럽'을 복용시켜왔는데, 그것들이 특효약인 줄은 왕도 알고는 있었으나, '그러한 약품이 감홍과 혼합되면 유독한 부식성 수은 염소를 만들어 목숨을 빼앗는 줄은' 모르고 있었다. 이러한 모든 처방은, 해적에게 납치되었던 조부의 일지에 기록된 대로였다. 왕은 지금 그 부식성 수은 염소에 녹아가고 있는 것이다. 왕의 불이 부식되어 물은 물대로, 불은 불대로의 본고장으로 돌아가려고 하고 있는 것이다.

대목수는 왕의 곁으로 가볼 필요도 없다고 생각했으나, 다시 시녀장이 부르러 왔으므로, 마지못해 자리에서 일어났다. 그리고 아편 주사를 한 대 준비했다.

"죽기 전에 당신도 한 번은 경험해보아야 되잖겠소. 당신이 백성들께 베푼 구원이 이것 아니었소?"

대목수는 문을 밀고 나섰다. 아직도 머릿속이 어수선하긴 마찬가지다.

복도의 중간쯤에서 시녀장이 기다리고 있다가, "금방 운명하실 것 같아요" 하고 초조히 소곤거렸다.

"좋은 친구였는데. 나의 우정과 충성을 의심친 마십쇼."

시녀장은 앞서 종종 걷다간, 뭘 생각하고서인지 오뚝 멈춰 서는 것이었다.

"승하하시면, 어떻게 되죠? 저 백성들은 어떻게 되죠?"

"글쎄올시다." 나오기 쉬운 말로 얼버무려 대답해놓고 가만히 생각해보니, 그것이야말로 큰일이었다. "그런데, 대체, 나는 왕이 죽고 나면, 어찌하자는, 것이었을까?" 대목수는, 시녀장으로 해서, 한 번도 생각지 않았던 문제에 부딪히고 흠칫 놀랐다. 한 번도 생각해보지 않았다는 것은 왕이 죽지 않고 살아 있었다는 그 이유 때문이었다. 왕이 살아 있다는 건 대목수의 집념을 더욱 더 외곬으로 끌어넣었다. 동시에, 악몽과 같은 수많은 무서운 광경이 밀려왔다. 아우성치며 줄을 잡으려고 내미는, 피투성이의, 손, 손, 손, 무수한 손, 손들. 갈증에 꿈틀거리는 몸들, 몸들, 무수한 몸들. 그것들이 파도처럼 휘익 몰려왔다. "으으음!" 대목수는 낮게 비명하며 손을 휘저었다.

"웬일이시우? 잠을 못 주무셔서 그러시나?" 시녀장이 부축했다.

"아, 네, 조금. 이젠 괜찮게 됐습니다." 대목수는 억지로 웃어 보이려 했다.

"그는 참으로 불의 언어며, 불의 능력이며 구주였던가? 대체 나는 어찌하자는 것이었을까? 나는 무슨 일을 저질렀단 말인가. 나는 왕권을 대행할 욕심이라도 있었던가? 나는 절대로 아편을 나누어 줄 순 없다. 그러나 그들에겐 절대로 아편이 필요하다. 누군가, 그래 누군가가 아편을 나누어 줄 게다. 하는 수 없잖나. 그렇다면 나의 친구, 나의 왕의 죽음은 무엇인가? 나는 잘 모르겠어. 잘 모르겠어. 어느 쪽에 가엔 착오가 있다, 착오가."

제장 하나가 왕의 침실에서 나와 옆을 지나가며, 대목수의 해쓱한 얼굴을 흘끔 홅았다. “이 당나귀 같은 놈!” 하는 표정이었으나, 대목수는 눈치채지도 못했다. 때에 여섯 시 종이 울렸다.

“나는 무슨 일을 저질렀을까? 왕의 행복을 도운 건가? 흐응, 어쩌면 난 왕의 암시(暗示)에 걸려들었는지도 모른다. 나는 그렇다면, 충신인가, 백성을 위한 사람인가? 아무렇게든 해두자. 그렇지만 어쩌면 이렇게 더럽게도 같은 결론이냐? 난 패배한 놈일 뿐이다.”

대목수는 푸들푸들 떨며, 왕의 침실 문고리를 잡았다. 힘을 주며, “살려야 되겠어, 그래서, 패배를 씌워줘야 된다” 하고 이를 갈았다.

왕의 주위엔 시녀 하나 없이, 그 검센 종자 놈이 도끼를 집고 서 있을 뿐이었다.

그런데 왕은, 다시 까무러쳐가고 있었다. 대목수는 얼른 맥을 짚어보고 왕의 임종이 아직 얼마간은 남은 걸 확신했다. 대목수는 좀 안심하고, 준비한 아편을 주사하려 했다. 그러자 시녀장이 황급히 나섰다.

“폐하께선, 옥체에 아무것도 넣지 말라 하셨습니다. 더욱이 진통진정제는 금하라 하셨습니다. 폐하께선, 몽롱한 정신으로나, 혼수상태에서 최후를 보긴 싫어하시는 눈치였습니다.”

대목수는 바보같이 입을 헤벌렸다. 그렇게밖에 달리 아무것도 표현할 수가 없었다.

한 이십 분이나 지났을까, 왕은 다시 의식을 회복했다. 대단한 기력이라고 대목수는 감탄했다.

정신을 차린 왕은 대목수를 알아보곤, 손을 내밀었다.

“폐하,” 대목수는 목멘 소리로 한번 부르고, 왕의 빼빼 마른 손을 덥석 잡았다.

왕은 미미하게 웃으며,

“과인을 제당으로 옮겨주오. 비로소 과인에게 행복한 순간이 오려나 보오. 과인은 과인의 불이 과인으로부터 떠나 정토의 불에 귀의되는 것을 보았소. 과인은 다시 환원되진 않을 거요. 물과 불은 극이어늘, 이 상극의 아들은 고뇌밖에 더 있겠소” 하곤, 시녀장을 눈짓으로 불러, “저 서랍 속에 유서가 있소. 잘해보오" 했다.

"폐하, 저 백성들은 어찌하실 것이옵니까?" 대목수는 더 계속하지 못했다.

"그들은 걱정 없소. 그들의 불은 나로 더불어 정토에 옮겨 살고 있으니. 물주머니의 고통은 석화(石火)에 불과할 뿐, 불 꺼진 그 잿더미가 무엇이 걱정이겠소. 과인은 그들에게 불의 신앙을 가르쳐준 걸 만족해하오. 헌데 경에겐 어떤 분깃을 주어야 할고. 그래 과인이 여태껏도 생각한 바인데, 경의 충성에 보답하는 작은 표시로, 경을 경의 조국으로 돌려보낼까 하오, 바로 오늘."

"하오나 폐하, 소신의 나라는 여기이옵니다. 그것은 신을 추방하는 것에 불과하옵니다."

"자, 그럼 과인을 좀 옮겨주오."

검센 종자가 나가서 다른 종자 하나를 데리고 왔다. 그래서 왕은 종자 두 사람에 의해 침상째 제당으로 옮겨졌다. 왕은 행복해했는데 대목수는 비틀거렸다. 대목수의 마음과 꼭같이, 하늘은 납빛의 구름으로 짙게 흐려 있고 기류는 후텁지근히 휘감아 흘렀다.

그런데 화룡의 아가리는 텅 비어 있었다. 대목수는 의아해하며, 한편으론 불길한 예감에 떨어야 했지만, 침착하려 애썼다.

왕은 휘늘어지는 몸을 간신히 지탱해서 용상에 앉을 수 있게 되자, 더듬더듬 이렇게 말하는 것이었다.

"불이 과인에게 택해 준 이날을 감사하노라. 그러므로 경들의 충성심에 최후로 호소하는 바는, 과인을 저 불의 입술에 제물로 삼아주기 바라노라."

"아니 되옵니다. 폐하. 아니 되옵니다. 폐하의 날은 아직 다 가지 않았사옵니다. 폐하, 돌이키소서!" 대목수는 왕의 발치에 엎드려 진정으로 빌었다.

"그리고, 과인의 총신 대목수도 과인과 함께." 왕은 분명히 발음했다.

"........."

대목수는 귀를 의심했다. 그래서 멍하니 왕을 올려다보았다. 대목수의 입술은 씰룩이고 있었다.

"허, 허어, 허허어, 어허허허, 허어어."

웃는 건지 짖는 건지 알 수 없는 소리가 다 빠져나오기도 전에 대목수는 묶이고 말았다. 왕과 마찬가지로.

"제길헐, 머리칼을 기를 일은 아니었댔는데."

대목수를 붙들어 맨 녀석은 조금 전 복도에서 만났던 그 제장과 검센 종자였다. 그에 비해 왕은 정중히 모셔지고 있었다.

왕이나 대목수나 묶인 채, 옷은 벗기어야 했다. 그것이 의식(儀式)이었다.

대목수는 눈을 희번덕이다 시의복 자락에 매달린 빨간 단추를 발견하고 똑 따내어 엄지손가락 바닥으로 꾹 눌렀다. "폐하, 불은 정토에가 아니라 신의 엄지손가락 안에 있나이다. 후흐후."

벗긴 옷은, 헐벗은 백성에게 주거나, 종자들이 제비 뽑아 가지는 풍습이 있었는데 용포는 검은 피부의 검센 종자의 것이 되었고, 시의복은 난쟁이 광대의 것이 되었다.

알몸만이 불 앞에 서야 할 것이다.

대목수는 알몸이 되고 나서 한결 자유스러움을 느꼈다. 바다를 단숨에 뛰어넘어 할머니 품에나 안긴 기분이었다. 대목수는 바른편으로 고개를 틀어보았다. 그리고 헐쭉 웃었다. 아직 그럴 만한 나이도 아닌데 뱃가죽이 쭈그러 붙은 불쌍한 생원 하나가, 숨을 헐헐거리며 땀을 흘리고 있는 것이 보여서였다. "폐하, 만수무강하소서."

그리고 대목수는, 제장 하나하나의 얼굴을 다 살펴보고, 창 너머의 바깥 날씨도 보았다. "흐린 날씨였기에 망정이지, 맑았더면 불을 믿고 말았겠는데. 맑은 날로는, 어딘가 갈 곳이 있는 것 같기만 했거든. 그러나 흐린 날로는 몸이 있는 곳이 다 간 곳이었지. 순전히 기분이 말야."

생각을 하며 대목수는, 신도들의 얼굴을 살피기 시작했다. 모를 얼굴은 하나도 없었다. "모두 이 시의 각하만 바라보고 있군. 후훗, 관심을 써주지 않은 것보다는 낫다. 그런데, 참, 이 빨간 단추를 돌려주잖으면 안 되겠군." 대목수는 자기의 여인을 찾았다. 곧 눈이 마주쳤다. 대목수는 한쪽 눈을 찡긋해 보였다. 왕의 지시를 기다려, 그때 대제장의 손뼉이 딱 하고 울렸다. 그리하여 불의 아가리는 아주 천천히 음미하며 벌어지기 시작했다.

왕은 순간 정신을 잃었다가 초인적인 기력으로 다시 한번 회생되어, 비소에 중독된 시퍼런 피부를 푸들푸들 떨며, 목이 길어나는 아픔에도 불구하고 대목수에 대한 우정의 말은 잊지 않았다.

"친구여, 이렇게 해서 그대의 친구는 그대를 귀국시키느니라. 과인과 더불어 제물을 삼은 것은 과인의 우정의 전부의 표시인 것이니 감사해주기 바라노라."

"나도 당신에게 충분할 만큼 우정을 주었다고 생각합니다." 대목수도 대답을 보냈다.

"서로 협력했던 것이지" 하고 왕은 최후의 기력으로 자기의 영혼과 친구의 영혼을 부탁하는 기도를 시작했다.

"전능하신 불이여, 굽어살피소서. 이 최후의 고백을 들어주소서. 백성들 앞에 위선적인 폭군이었으나, 당신 앞에선 언제나 작고 비굴했던 이 몸뚱이를 바치나이다. 받아주소서. 하옵고 나의 친구의 교만한 불도 거절치 마소서."

왕은 그리곤 손을 홰홰 내젓더니 목이 잘리기도 전에 숨을 거두고 말았다. 왕의 목을 두 치쯤 늘렸던 연자는 멈췄다.

"보디스바하." 왕이 못다 한 기도의 마지막 구절을 대목수가 대신해주었다.

"고맙지만," 대목수는 미친 듯이 떠들기 시작했다.

"나를 위한 기도는 그만둘 걸 그랬잖나? 불이란 건 똥돼지만도 못한 거다. 불이란 건 물주머니 속에 있는 거위를 말하는 거다. 그 이상의 불이란 건 없을 뿐이다. 전능하신 불이여, 너 비틀거리느냐? 나는 회충약이며, 나는 설사약이니라. 흐으하하핫." 대목수는 좀 돈 듯했다. "만약에 불이 있다거나 그것이 우리를 지배하고 있다면, 불 앞에 어릿광대였던 왕이 타는 연기는 거침없이 하늘로 치솟을 것이고, 사람 앞에 어릿광대였던 내가 타는 연기는 땅으로 깔릴 거다. 물론이지. 그런데 난 왜 죽어야 하나? 하필이면 왜 이런 더러운 아가리에서 죽어야 하나? 그렇다고 해서 왕이여, 그대는 날 개종자(改宗者)라곤 말아라. 차라리 이 몸을 미친개에게나 보시(布施)할 것을." 대목수의 목소리는 고통으로 자꾸 쉬어갔다.

"물, 물물, 아, 아, 아가, 소, 손을, 소, 손을" 대목수는 자기의 여인을 향해 손을 내밀었다. “아가, 아, 아가!”

그런데 대목수의 여인은, 자기 남정네의 손짓의 의미를 알곤 주춤주춤 뒷걸음질 치더니 얼굴을 감싸고 밖을 향해 휙 내달렸다. 그녀는 갑자기 환멸을 느껴버렸다. 그 늙은 남자의 내미는 손이 거지의 그것 같이만 보였다. 동전 한 닢에 존엄성을 던지고, 밥 한술에 모욕을 참는 그런 때 낀 손보다도 더 더러워 보인 것이다. 그 남자만의 것으로 알았던 무구(無垢)는, 결국 그 남자의 피부였지 내장이 아니었다.

그녀의 뒷모습을 보고 대목수는 캑캑거리는 노루 울음소리로 웃기 시작했다. 이젠 죽기 전에 잡아볼 손도 없다. 빨간 단추 하나를 재산의 전부로 전해줄 사람도 없다. 그래서 대목수는 그 단추를 입에다 넣고 애를 써서 삼켰다. 그리고도 웃었다. 뚝 뚜둑 소리를 내며 목이 한 발이나 뽑혀져 올라오고 있었기 때문에, 웃음소리는 긴 연통을 통해 흘러 빠지는 휘파람 소리 같았다. 모든 것이 웃음 때문에 그랬겠지만, 핏줄은 터질 듯이 부풀어 오르고, 근육은 제멋대로 떨며, 기름땀을 냈다. 그리고 오줌을 질질 흘리고, 설사를 갈기며, 위에로도 아래로도, 구멍 있는 곳으로마다 피를 흘렸다. 눈방울은 튀어나오고 콧구멍은 기력을 다해 벌름거렸는데, 웃는 듯한 모습엔 변함이 없었다. 아직 대목수의 생명은 다하지 않았다. 될 수 있으면 몸의 길이보다도 더 길어진 목 그대로라도, 더 오래 자기 내부의 밖을 내어다보고 싶은 듯, 튀어나온 눈을 되는 대로 굴렸다.

다시 대제장의 손뼉 소리가 울려 나자, 망나니 제장 두 놈이 도끼 춤을 추며 불의 입술 위로 올라왔다. 누구의 그것보다도 대목수의 생명은 오래고 질겼다. 그리고 거세고 푸르륵거렸다.

다시 한번 손뼉 소리가 났을 때, 동시에 왕과 대목수의 목은 베어지고, 구속에서 풀려난 목이, 늘였던 고무줄처럼 오그라지며 분수처럼 피를 뿜었다. 그런데 대목수의 목구멍에선 넘어가다 걸렸던 빨간 단추가 그대로 뿜겨나 용상 아래에 가서 떨어졌다. 그리고 그리하여 그로부터 세 시간 후엔, 네 동강의 몸뚱이는 연기로 화해버렸다. 그런데, 왕의 몸이 타는 연기나, 대목수의 몸이 타는 연기나 모두, 낮고 음침하게 밑으로 깔리다간 그을음으로 엉겨, 제당 벽과 마루청과 신도들의 전신으로 들러붙을 뿐이었다. 하기야 그날은, 몹시도 기류가 낮고, 후텁지근하고, 음침한 날이었다.

—唵—

뙤약볕 · 1

섬의 중앙, 동백나무 숲속, 늙은 백송 그늘 아래, —뜨거운 낮엔 해녀의 자맥질이 보이고, 흰 달밤엔 인어의 노랫소리가 들리는 언덕에 '말'[言語] 을 모시는 사당이 있어 왔다.

사당은 백송과 같은 연배이거나 그보다도 많은 세월을 참아온 듯, 비와 뙤약볕과, 해풍에 깎이고 시달려 피곤해 보였다. 눈에 보이지 않는 '말'의 구체적인 형상화(形象化)라는 내력을 지닌 그것은, 문도 창도 없는 오각(五角) 입체의 돌집이었다. 어떤 족장 하나가 '말'을 그런 모습으로 생각했다는 것이다. 그러나 '말'이 어찌하여 그런 입성으로 그 언덕에 태어나서 늙어오고 있는가 하는 것에 대하여 생각하는 사람은 거의 없었다. 생각할 필요도 없는 것이긴 했다. '당굴'이라고 불리는 늙은 사당지기가 보이지 않고, 그 대신 그의 제자가 스승의 자리를 차지하고 앉아 있으면 늙은 당굴은 '말'이 되어 사라졌다고만 알면 되었고, 사공은 낯선 바람 냄새에 대해서, 농부는 씨 뿌리고 거둘 시기에 대해서, 목부는 가축의 병에 대해서, 그리고 피해자는 가해자의 처벌에 대해서, 사춘연대는 사랑의 번뇌에 대해서 묻고, 대답에 만족하면 되었다. 당굴은 자기의 입술로 말하는 것이 아니며, 자기의 생각을 포함시켜도 안 되는 것으로 되어 있었다. 그러니까 당굴은 '말'과 사람들 사이의 먼 거리를 좁혀주는 다리[橋梁] 인 셈이었다. —사람들이 알기론—당굴은 '말'도 사람도 아닌, 그 가운데에 거하는 어떤 것이었다. 당굴은 '말'의 입술이며, 섬의 혼령이며, 사람들의 한 의지(依支)였다.

당굴들은, 대대로, 사당으로부터 한 대여섯 걸음 떨어진, 사립문도 울도 부엌도 온돌도 없는 흙집에서 살았다. 음식은 모두 날것으로 먹으며, 의복은 거의 걸치지 않았다. 생활은 사람들이 보살펴주도록 되어 있었으므로 당굴은 '말'과 교통하기 위하여 명상이나 하면 되었다. 당굴은 결혼도 하지 않는다. 인습과 사람들의 요구대로, 높은 가지의 처녀 독수리처럼 그렇게 살다가 늙어 여생이 짧게 되면, 그 긴 명상으로부터 깨어나 마을의 골목들을 헤매며 소년들을 관찰한다. 후계자를 물색하는 것이다. 그렇게 해서 뽑힌 소년은 섬의 풍속에 따라 당굴의 아들이 되어버리는 것이고, 수업을 참지 못하고 도망친 예비 당굴은 섬에서 추방해버리거나 목매달아버리거나 했다. 뽑힌 소년은 자기의 가족이나 이웃과도 관계가 끊기며, 이름도 잊어버려야 한다. 다만 '말'과 스승과만 사귀는 지고한 고아가 되어버리는 것이다.

역대의 어느 당굴보다도 많은 존경과 신뢰를 받았던 그 당굴이 모습을 보이지 않고, 그의 제자가 스승의 자리에 나타났던 날, 사람들은 막연한 불안감을 갖고 있었다. 사실 이 새 당굴의 이력서는 오점으로 얼룩져 있었던 터였다. 그는, 석 달 열흘 강풍에 남편을 잃은 청상과부가 어떤 사형수의 최후의 소원을 들어주고 낳은 자식이었는데, 그의 스승의 말 같은 건 귓등으로 듣고, 제멋대로 뛰쳐나가 화식을 하며, 싸움질을 하고 돌아오려고도 하지 않았다. 그래도 스승은 참고 기다렸는데, 족장이 이 환속한 소년에게 추방형을 내려버렸다. 그러나 스승은 '말'이 허락지 않는다고 하며 족장 단독으로 내렸던 형벌을 취소시켜버렸다. 그 젊은이는 평상시엔 언제나 권태스러운 듯한 흐린 눈을 하고 있었는데, 스승은 그의 그런 눈빛 뒤에 감추어져 있는 맹렬한 어떤 혼돈을 보았던 것이다. 현명한 스승이 제자에게 반한 이유는 여기에 있었는지도 몰랐다.

다시 또, 그는 자기를 구해준 스승에게 감사도 드리려 하지 않고, 당굴 수업의 엄격한 규칙을 어겼다. 소경의 아내에게 추파를 던지고, 남편 옆에서 그 여자의 젖통을 갖고 놀았다는 것이다. 족장은 먼저보다 더욱 노발대발하여 다시 추방형을 내렸지만, 스승은 고요하게 이렇게만 말해주었다.

"족장님, '말'이 그 애를 택하였소."

세 번째는, 어머니가 돌아가신 날 밤에, 술을 퍼마시곤 어머니가 살던 오막살이에다 불을 질렀다는 이유로 이번엔 공동묘지에서 목이 매달리게 되었는데 존경 그것을 선주(仙酒)로 사는 스승도 족장 앞에 무릎을 꿇어야 했으며, '말'의 입술까지 열도록 해야 했다.

그리고는 물신(物神)의 이 미동(美童)도 사고를 일으키지 않았다. 그가 절연의 가장 높은 곳에 거하는 그의 스승과 '말'의 품에 귀의해버린 것인지 어쨌는지는 아무도 모른다. 그는, 웃음이라곤 볼 수도 없었던 그의 스승보다도 더 웃지 않으며, 피골이 상접해 굽은 그의 스승보다도 더 여위어가고 있을 뿐이었다.

그렇게 해서, 제자도 또한 늙어가도록, 스승과 제자 사이에선 별말이 없었다. 그러다가 스승은 '말'의 자궁 속으로 들어가 영생될 생명으로 배태되고 말았다.

자기대로의 어떤 고민 탓에, 새 당굴은 몹시 당황했지만, 스승의 역할을 떠맡아야만 되었다. 어두워지면 초롱에 동백기름을 채워 처마에 달고 사람들의 의논 상대가 되어야 하며, 바람 냄새와 풀 냄새와 별에서 천기를 알아야 되고, 지네니 선인장 꼭지니 견우자씨니 양귀비 꽃즙 등을 종합하여 환약과 물약도 만들어둬야 되며, 재판도 해야 되었다. 무엇보다도 재판하는 일이 그에겐 제일 괴로웠다. '말'을 배후에 두지 않은 당굴이란, 족장 같은 계급과는 달리 어떤 권한을 부여받은 '계급'이 아니기 때문이다.

새 당굴(45세)은, 사라진 당굴과는 달리, 좀체로 모습을 나타내지 않았다. 그렇지만 새 당굴도, 사람들이 자기를 찾아와 밖에서 도란거리고 있을 때면, 자신도 모르게 허영을 좀 느끼고 더욱 근엄한 모습을 지어 보이곤 했다. 호기심 많은 소년들이 쭈뼛쭈뼛해하면서도 얼굴을 밀어 넣고 취한 듯이 자기를 바라보아줄 때면 그도 자신을 성자로 생각했다. 그러나 그들이 잠자리로 돌아가 버리고, 흔들리는 흐릿한 불 그늘 밑에 앉아 섬의 온갖 고독을 다 감내하고 있는 자신을 바라볼 때면, 자기를 지탱해주던 모든 것이, 그리고 영혼까지도, 가벼운 죽정이가 되어 벗겨져 떨어지고 남는 것이라곤 없었다. 이 시간은 방패 뒤에 숨었던 밤[栗] —그 인간적인 나신(裸身)이 송이를 트는 시간이다. 당굴은 벌떡 일어나 발소리를 요란하게 울리며 여기저기를 걷는다. 그래보아도 마음이 가라앉지 않으면 '고행의 돌 더미' 위에 무릎을 꿇는다. 때로는 그렇게 하고 며칠이고를 참는다. 뙤약볕이 등가죽을 벗기고, 모난 차돌이 뼈를 휘어놓고, 갈증과 주림이 창자를 녹히려 들더라도 땀과 눈물을 흘리며 그는 참는다. 그러나 평정을 얻어서가 아니라 기절해 쓰러져버리는 탓으로 그의 고행은 번번이 실패하고 말았다.

스승이 죽은 날로부터 번뇌는 계속되어왔다. 냉정히 따지면, 스승이 죽고 난 후의 두 달 동안은 교태 많은 유부녀의 정부라도 된 듯한 흥분으로 살긴 살았다. 그런데 그 흥분이 차차로 바뀌기 시작하더니 사음(邪淫)에 대한 참회가 뒤따랐다. 스승은, "'말'과 통하지 못하면, 타인에겐 숭배를 받더라도 자신에겐 자녀(恣女)로밖에 생각되지 않은 것이 당굴이다"라고 말했었다. 임종을 느끼고, 자기를 스승들의 무덤으로 옮겨달라고 하며, 평생을 지켜온 비밀을 가르쳐줄 때 했던 말이다. 그리고 덧붙여서, "나도 이런 사실을 알았을 땐 몹시 괴로워했다. 괴로운 건 지금도 마찬가지다. 그러나 당굴은 모든 사람의 큰 한 빛이라는 걸 명심해둬라. 그리고 이젠 저 백송을 스승으로 삼아라. 백송은 대지 그것의 당굴이니라. 너도 속히 아들을 구함이 좋을 게다. 그러면 너의 괴로움은 훨씬 가벼워질 게다. 또 한 번 반복하는 바지만, 사람들은 그 안에 사는 보이지 않는 존재를 보지만, 너는 이 오각의 볼품없는 돌집을 보이지 않는 것으로 볼 수 있을 때까지 정진해라." 그리고 그 늙은인 숨을 거두어버렸다. 처음이자 마지막인 긴 설교였었다. 그럼에도 불구하고 새 당굴은 괴로워 떨었다.

나중엔 거의 실성거리게 됐다. 잘 먹지도 않고 제대로 자지도 않았다. 누가 뭐라 해도 입술만 움지럭거렸을 뿐, 이내 고개를 돌려버렸다. 밤중이면 금지된 지역으로 내려가 사람들의 창문 뒤에 서 있기도 했고, 바닷가로 달려가 뭍이 보이지 않는 곳까지 헤엄쳐 나가기도 했다. 그의 가슴은 오열로 휘늘어져 버렸다. 취하고 싶었고, 여자와 자고 싶었고, 그물을 던지고 싶었다. 끝내 그는, 청청한 대낮에 언덕을 치달려 내렸다.

"누구에게든 나를 고백해야겠어. 나는 익명(匿名)의 당굴이라고. 그러므로 이번이야말로 목매달아달라고, 태워달라고, 추방해달라고……"

내려가다가 그는, 김을 매고 있는 한 농부를 보았다. 그래서 그는 허겁지겁 농부 앞으로 달려가선 되는 대로 무릎을 꿇고 그의 흙발을 가슴에 다 품었다.

"다, 당굴님!" 농부는 놀라서 부르짖었다. 그도 같이 무릎을 꿇으며, "어, 어찌 나 같은 불쌍한 놈에게 이렇게 하십니까?" 하고 손을 비볐다. "일어나셔서 인사를 받아주시죠!" 농부는 정 깊은 어조로 말하며 넙죽 엎드렸다.

당굴은 꿈에서 깬 듯이 두리번거리다가 황황히 일어섰다. 당굴의 입술엔 흙이 범벅이 되어 있었는데, 그것은, 고백이 흘러나오려다, 입술에서, 농도 짙게 응고되어 버린 탓 같았다.

"이 밭에 많은 열매가 맺히기를 빌겠소." 그리고 당굴은 비틀거리며 올라와 버렸다. 남은 오후 동안 당굴은 스승들의 백골을 베고 누워 눈이 붓도록 울었다.

저녁엔 전날들이나 똑같이 밝힌 초롱을 처마에다 달았다. 그리고 오랜만에 흙집 밖으로 나와 바위 위에 무릎을 대고 앉았다. 그는 표정을 잃고 바다—그 검푸른 고적을 바라보며 마음속에 백송을 키우려 했다. ……저절로 박락되는 아집, 교만할 줄 모르는 지고한 교만, 연륜을 거듭할수록 더욱 윤기가 도는 백악색의 성성한 노송……. 그러나 당굴은 고개를 절레절레 저었다. 백송과 자기 사이엔 자기도 모른 새에 적어도 천 리는 멀어져 있었다. 좀 더 젊었을 때야 자신을 백송과 같은 위치에 놓고 바라보는 데 서슴지 않았었다. 그 당시, 백송은 너그러웠지만 어쭙잖은 한 친구에 불과했었다.

당굴은 괴롭게 눈을 감았다. 그러자 스승들의 흰 뼈들이 소리 내며 무너져 덮는다. 당굴은 끙 하고 한번 신음을 했다. 자기도 또한 잊힌 한 선조가 되어 그 흰 주검들 위에 몸을 부리고 싶다고 생각했다. 그러면 유혼(幽魂)이라도 '말'의 안방에서 살게나 될까.

초여드레 달이 질 무렵에, 그때에야 식사를 끝낸 모양으로 낮에 보았던 농부가 올라왔다. 그는 허리를 굽혀 인사한 뒤, 당굴의 무릎 밑에 앉으며 공들인 세마포 옷 한 벌을 내놓았다.

"저어, 이거, 이거……" 농부는 머뭇머뭇한다. "볼품은 없지만……"

"……. 내가 누군데 이러시오?"

"아, 당굴님입죠!" 농부는 서슴지 않고 소리쳤다.

"'말'님과 같이 사시며, 섬을 지켜주시고……"

당굴은 말없이 농부를 내려다보았다. 동백기름의 흐르르한 불빛에 당굴의 얼굴은 일그러져 보였다.

농부가 돌아간 뒤, 당굴은 마음이 스산해져, 사당 옆을 왔다 갔다 했다. 사당은 한 번도 시야 속에서 모습을 감추지 않았다. 눈을 감아보아도 그것은 동백꽃의 암내에 취해 서 있기만 했다.

당굴은 미칠 듯한 기분이 되어 사당 벽을 쳐대기 시작했다. "말을 해라, 말을! 말을!" 당굴은 발악했다. 그러다가 당굴은 주저앉고 말았다.

어깨가 함초롬히 안개에 젖고, 몸이 감각을 잃었을 때에도, 당굴은 움직이지 않았다. 그는 수업 시대로 되돌아가려고 안간힘 쓰고 있었다. '말'이 무엇인가? 어떻게 하면 '말'에 도달될 수 있을까? 잊었던, 명상의 주제—그 원점으로 되돌아가려고 이를 갈아붙였다.

사람들은, 말—言語—은 보이지 않는데도 대단히 신비한 어떤 마력은 갖고 있다는 전제에서, '말'은 바다와 땅을 만든 것이며, 자기들의 운명과 시절을 지배하며, 구멍 없는 오각 돌집에서 사는 것이라고 알았다. 스승은 이 소박한 교리에다 더 보태서, 이 우주에 '큰말'과 '작은말'이 있는데, '큰말'은 어디에나 저절로 있으며, 그리하여 '작은말'들을 지배한다고 한다. '작은말'은 돌에게도 보리 이삭에게도 지렁이에게도 있는데, 이 '작은말'들이 '큰말'의 뜻을 감지할 수 있는 것은, 두 '말'의 결합이 이루어지는 바로 그때라는 것이다. 그런데 무한히 큰 것('큰말')과 무한히 작은 것('작은말')은 같은 것이므로 이 세상의 모든 것은 다 같은 한 몸이라 한다. 이 생각이 사당을 짓고 '말'을 모시게 한 것인데, 五(五角)라는 숫자는 주역(周易)의 어느 구절에서 뽑아낸 절대적인 숫자로서 신격(神格)을 나타내며, 구멍 하나 없는 건물로 표상한 것은 아무것도 존재치 않던 태초의 우주 그것이라 하며, 그 속의 방은 어떤 것을 생성시키는 자궁 그것의 상징이라 했다. 그래서 그것이 '말'이라는 것이다. 그렇다면 '말'은 어떻게 태어나게 되었는가? '말'을 태어나게 하려면 '말'의 '말'이 있어야 되며, 그 말의 '말'이 나타나려면 또 '말'이 있어야 되는데…… 그렇다면 '말'이란 우연의 자존자(自存者) 그것인가? 당굴의 사색의 절벽은 바로 여기였다. 그렇더라도 이 절벽은 뛰어넘지 않으면 안 되는 것이다.

당굴은 숨이 막힘을 느끼고, 다시 걷기 시작했다. 자갈 차이는 소리와 풀잎 밟히는 소리가, 단애를 치는 바닷물 소리에 섞여 짙은 안개 속으로 흩어져 간다. 당굴은 좀 걷다가 걸음을 멈추고 귀를 기울였다. 인기척이 있는 것 같아서였다. 당굴은 안개 속을 두리번거렸다. 아무것도 보이지 않는다. 당굴은 비겁해진 신경에 짜증을 부리고, 흔들리지도 않는 불그스레한 초롱 밑으로 와 누웠다. 대기의 냄새가 신선해지기 시작한 것이 새벽이 돼가고 있는 모양이었고, 안개의 중량이 가볍게 느껴지는 것이 당분간은 좋은 날씨가 계속될 것 같았다.

당굴은 몸을 편하게 해서 생각을 떨치려 했다. 그러다 막 잠이 들려 하는데 누가 당굴을 불렀다. 목이 쉬고 떨리는 음성이었다. 당굴은 헛들은 것이라고 자기에게 일러주며 계속 자려 했다.

"당굴님," 두 번째 불렀다. "저어, 제 얘길 좀 들어주세요." 분명히 헛들은 소린 아니었다. 당굴은 짜증이 났지만 일어나 앉았다.

"저예요. 섬돌입니다." 섬돌이라고 말하는 젊은이는 머뭇거리며 당굴 가까이 와 섰다.

섬돌이라면 당굴의 옛 친구의 아들이다. 이름도 당굴이 지어주었으며, 속으론 욕심을 냈던 젊은이였다. 그러나 섬돌이에겐 병든 홀아버지가 있고, 자기(당굴)는 아직 젊으므로 더 기다려보자 하고 있는 중이었다.

"앉아라, 아버지는 평안하시냐?" 당굴은 따뜻하게 물었다. 그러자 웬일로 섬돌이는 당굴의 무릎에 머리를 파묻고 흐득이기 시작한다.

당굴은 듣지 않아도 뜻을 알 수 있을 것 같았다. 당굴은 섬돌이의 등을 어루만지며, 깊은 한숨을 쉬었다.

섬돌이는 지치도록 울고 나더니, 종잡을 수 없이 씨분대기 시작했다. 할 얘기는 너무 많은데, 말이란 외줄로밖에 흘러나오지 않는다는 걸 화내는 투였다.

"제가, 제가 뚝쇠를, 어제 아침에 아버지가 돌아가셨기 때문에, 바다에 나간 사이에 내종(內腫)이 아버지를 죽였기 때문에, 사, 사람을, 뚝쇠를 죽였어요!" 섬돌이는 와들와들 떨며, 동백 숲속을 휘둘러본다.

당굴은 아무 말도 하지 않기로 했다. 이제까지의 어떤 것보다도 무서운 시련이 다가온 것 같은 느낌이 들었다. 섬돌이의 중언부언에서 당굴은 알 것은 다 알아버렸다, 벌써 잊고 있었지만, 섬돌이의 얘기가, 지나간 어떤 사건 하나를 떠올려주었다. 그 문제는 물론 죽은 스승이 해결했었다.

"용서해주세요, 당굴님! 네? 용서해주세요!" 섬돌이는 당굴의 다리를 붙들고 애원했다. "전 아직 아들 하나 없는 홀몸입니다."

"………"

"열 살 되던 해였어요. 난 다 본걸요. 다 봤어요. 그리고 얼마나 울고 이를 갈았는지 모릅니다. 그전에도 종종 그랬다지만, 이 눈으로 본 건 그것이 처음이었어요." 차차로 침착해진 모양이었다. "전 사흘 동안 먹지도 자지도 못했지요. 아버진 그때부터 내종을 앓기 시작했습니다." 여기까지 말해놓곤 젊은이는 돌변해져서 바위를 내리쳤다.

"그 자식, 그 자식을 죽여야 했습니다. 그래서 죽였습니다! 아버지가 구년 동안 앓은 병을 한꺼번에 앓게 해주었죠. 나무에 묶어놓고, 발톱에서부터 톱질을 했죠. 천천히 했습니다. 허벅지를 묶어놓고. 그랬더니 좀체 죽지 않더군요. 으흐흣. 난 아주 이상했죠. 그런데 짜식은 고자더군요. 처음에 톱을 댈 땐 떨렸지만, 목까지 썰 땐 웃음이 나왔습니다."

당굴은 몸을 으스스 떨었다. 흙물이 퉁겨져 그러려니, 또는 생선을 다루느라고 그러려니 하고 생각하였었는데, 얘길 들으면서 살펴보니 섬돌이 옷에 얼룩진 짙은 반점은 모두 피였고 피비린내였다.

"그렇게 토막을 낸 뒤, 그놈의 친척 집마다 던져 주었죠. 그래도 술을 잔뜩, 먹여주었으니 별로 아프진 않았을 겁니다. 아시겠습니까? 얼마나 뼈에 사무쳤는지 아시겠어요?" 섬돌인 제정신이 아니었다.

"전 구 년 동안 한 번도 잊은 적이 없었어요. 뭣 때문에 아버지가 그렇게 혹독하게 당했는지 그것을 난 아직도 몰라요. 그놈은 아버지의 얼굴이니 가슴이니 배를 짓밟으며 몽둥이로 패댔습니다. 알 수 없는 말을 지껄이면서 그랬습니다. '한번 용서해주었으면 되었지 또 불러내, 엉?' 그러고도 모자라서 놈은 기절해버린 아버지의 바지를 찢고, 부끄러운 곳에다 똥칠을 하기 시작했습니다. 그리곤 살맛 본 사나운 똥개를 데려다 핥게 했습니다. 유력자고, 늙은 족장의 천치 딸의 남편이래서 그랬는진 모르지만 말리려는 사람도 없었어요. 저도 움직일 수가 없었습니다. 개가 아버지를 핥을 때 저도 정신을 잃고 말았습니다. 그런데도 늙은 당굴님께서는, 뚝쇠에게 생선 오백 마리와, 닭 열 마리와, 쌀보리 한 가마니의 벌금밖엔 물리지 않았습니다. 아버지가 못 벌게 되고, 난 어렸으므로 받을 수밖에 없었죠. 어쨌든 아버진 그때부터 누운 세월을 구 년 사시다가 어제 돌아가셨습니다. 결국 뚝쇠가 죽인 겁니다. 사람을 죽인 사람은 죽어야 되므로, 그래서 저는 뚝쇠를 죽였습니다." 섬돌이의 음성은 차차로 작아지더니, 다시 울음을 터뜨렸다.

"당굴님, 제게 잘못된 것이라도 있습니까? 생선 오백 마리와, 쌀보리 한 가마니와, 닭 열 마리는 아버지에게 상처를 낸 데 대한 벌금이고, 아버지를 죽인 것에 대해선 제가 벌을 주었단 말씀입니다. 그런데 무엇이 잘못 되었습니까?" 섬돌이는 자기가 정의라고 생각한 것을 자신에게라도 확신시키고 싶은 듯했다.

"저는 늘 그놈에게 얻어맞는 꿈만 꾸었죠. 꿈에서만이라도 한번 호되게 패주고 싶었지만, 전 얻어맞기만 했어요. ……당굴님, 전 무서워요! 무서워요! 어떻게 좀 도와주세요! 네? 절 죽이지 마세요! 당굴님이라면 절 살릴 수 있어요. 좀 도와주세요!"

당굴은 이 고독한 젊은이에게 뭐라고 대답할 바를 몰라서 고개만 끄덕끄덕해 보였다. 그러나 당굴이 어떤 결정을 내리고 그랬던 건 아니었는데도, 섬돌이는 자기를 살려준다는 대답으로 알고, 당굴의 발등을 핥다가 뛰어 내려가버렸다. 그러는 동안에 밤은 새어버렸다. 당굴은 스스러진 맘, 시들어진 몸을 간신히 지탱해 흙집 속으로 들어가선 쓰러져버렸다. 코에서 피가 쏟아진다.

그래도 당굴은 관심도 갖지 않고, 머리맡으로 팔을 뻗쳐, 쌀과 솔잎을 함께 쌓아놓은 가루를 한 줌 꺼내 털어놓고, 다시 더듬거려 소금에 절여 말린 생선 한 마리를 들고 머리서부터 씹기 시작했다. “그 젊은이는……” 씹다가 그는 잠이 들었는데, 피곤이 그를 금방 무념 속으로 침전시켜준 덕이었다. 두터운 햇살이 구멍으로 들어와 당굴의 여윈 몸을 덮어주었다. 안개는 걷힌 뒤였다.

그러나 얼마 자지 않아 당굴은 깨워지고 말았다. 미친 듯한 사내 칠팔 명이 섬돌이를 백송 둥치에 묶어놓고, 재판을 청한 것이다.

“당굴님, 재판을 해주십쇼, 재판을!” 피살자의 아우 바람쇠가 거칠게 소릴 쳤다. “저 개자식을 우리 손으로 찢어 죽이게 해달라는 말입니다.” 당굴은 그렇게 될 줄 알았던 바라 서둘지 않고 나왔다.

“우리는 놈을 찾느라 밤새도록 섬을 뒤졌는데,” 족장의 둘째 사위이고 피살자의 동서 되는 사람이 끼어들어 설명을 시작한다. “정말이지 끔찍스러워서……”

당굴은 듣는 둥 마는 둥, 묶인 섬돌이 쪽으로 향했다.

섬돌이는 이들에게 잡히고부터는 곤욕을 당한 모양으로 눈으론 볼 수도 없을 처참한 모습을 하고 있었다. 그럼에도 불구하고, 가까운 곳에 서 있는 천치 같은 여자 하나에게 침과 욕설을 뱉어 던지고 있었다.

“여어이, 천치 여편네야, 서방 놈의 고깃국 맛이 어땠어? 헤액 퉤에!”

그래도 여자는 초점 없는 흐릿한 눈으로 섬돌이를 바라보고 입만 씰룩거리고 있다. 말이나 표정을 생각해내려면 많은 시간이 걸릴 듯싶어 보였다. 섬돌이는 당굴의 연민에 어린 눈에 접하고선 고개를 떨구었다.

“머리는 머리대로,” 피살자의 동서는 계속 씨불인다.

“그만해두시오!” 당굴은 설명하는 사람의 말을 중단시키고, “이 젊은이가 받은 학대도, 닭 열 마리와, 생선 오백 마리와, 쌀보리 한 가마니 값은 된다. 그러나 누가 이 젊은이를 죽게 만든다면 죽게 만든 그는 누가 죽일 것인가?” 독백하며, 여자를 향해 섰다. 여자는 비로소 감정이 돋았는지, 흐린 눈에 가득 눈물을 담았다.

"글쎄 제 처갓집(족장네) 마루엔 창자를……"

"다 알고 있으니까 그만해두시오! 이 젊은이가 나와 함께 밤을 새우고 갔으니까." 당굴은 당굴답지 않게 감정적인 억양으로 말했다.

"호오, 그랬댔군? 요 개자식!" 바람쇠가 섬돌이의 턱을 걷어찬다.

"헉!" 섬돌이와 여자가 동시에 비명을 질렀다.

"그러면 어서 재판을 해주십쇼. 사람을 죽인 놈은 죽어야 된다는, 내려오는 법률대로." 바람쇠가 이를 드러냈다. "그렇다면 재판이 무슨 소용이오? 당신네들 뜻대로 찢어 죽이든 태워 죽이든 할 일이지." 당굴은 양미간을 찌푸렸다. 당굴답지 않은 말이었다.

"헤헤, 그래야 우리가 살인자가 안 되기 때문입죠. 이 모든 법률은 '말'님에게서 나왔고, '말'님은 공평하니깐요. 당굴님은 '말'님과 의논만 하시면 되고, '말'님의 뜻을 전해주시기만 하면 됩죠. 헤헤헤." 바람쇠의 말은 모두가 옳았다. 그렇게 해서 섬은 질서를 유지해왔던 것이다.

"저어, 사돈," 바람쇠는 이번엔 족장의 사위에게 말을 건넸다. "장인 영감님 좀 모셔 오시죠."

"그, 그럽시다." 그는 뛰어 내려간다. "다, 당굴님, 제발, 제발……" 섬돌이가 이빨 부딪치는 소리로 빈다. "용서해주십쇼! 전 잘못된 게 없어요."

"뭐야, 이 새끼야?" 바람쇠가 다시 걷어찬다. 섬돌이의 입술에서 피가 질게 흘러내린다.

"다아굴님!" 천치 같은 여자가 분명치 않은 발음으로 부르며, 당굴 앞에 무릎을 꿇는다.

"대체 형수씬 뭣 하러 왔소? 어떻게 하자는 거요? 어이, 자네, 형수 좀 데리고 가게나."

"그대로 두시오. 그리고, 당신이나 내가 재판하는 것이 아니라, '말'이 하는 것이니 손찌검을 하지 마시오! 당신들이 이 젊은이를 혹독하게 때렸다거나, 앞으로도 때린다면, '말'은 이 젊은이에게서 그만큼의 벌은 빼게 될 것이요. '말'은 이 젊은이를 살려줄지도 몰라요." 당굴은 여자의 눈이 묘한 빛을 내는 것을 읽으며, "그렇지 않으면 공평하지가 못하니까. 알겠소? 살인자라고 반드시 죽이는 것은 아니오!" 했다.

"그, 그렇게도 되던가요?" 바람쇠 일당은 낭패한 얼굴이었다. "저어…… 헤헤헤." 바람쇠 일당은 당굴이 보는 앞에서만이라도 웃어 보이려고 얼굴을 일그러뜨렸다.

"젊은이도 쓸데없이 욕을 한다거나 발악을 하면 이제까지 받은 아픔이 헛 것으로 돌아가고, 네가 했던 것만큼 벌을 받게 될 거다."

"아, 저놈이 나를 물어뜯고, ……이거 보세요, 이렇게 멍이 들었습니다. 그리고 당굴님도 보셨지만, 형수씨께 침을 뱉고 욕을 퍼부었습니다."

당굴은 돌아서 버렸다. 바람쇠는 섬돌이의 발광에 대해서 구구히 설명하며 따른다. 당굴은 도무지 침착할 수가 없었다. 줄기차게 뻗어 내리던 햇살이 도중에서 굴절되어버리고, 자기가 있는 곳은 무엇이 희박해져 버린 무덤 속 같은 기분이 들었다.

당굴이 처소로 막 들어서려 하는데, 등 뒤에서 신음이 들려왔다. 당굴이나 소송자들이나 동시에 뒤를 돌아다보았다. 침을 덮어쓰고, 욕을 당하던 여자가 섬돌이의 벗은 발등을 철썩철썩 갈기고 있었다. 섬돌인 분노에 떨면서도 욕도 침도 뱉지 않고, 이를 갈며 신음만 하고 있다. 그러나 신음은 아픔 탓이기보다는 분노와 자기 운명에 대한 공포 탓에 새어 나오는 것 같았다. 당굴은 슬픈 듯한 엷은 웃음을 짓고 서둘러 들어가 버렸다.

바람쇠는 당황되어, 황황히 달려가더니 여자를 거칠게 낚아챈다.

"미쳤어! 이 여자가 지금."

그러자 여자는 말리는 사람의 가슴을 할퀴며 살쾡이처럼 달려든다. 그러다가 졸도를 하고 쓰러져버렸다.

"여, 자네 좀 업어다 집에 두고 오란 말야. 그리고……" 뭘 쑤군거린다.

"예, 예, 그래야겠군요. 이러다간 우리 가문이 이거 망신만 당하겠어요." 근육 좋은 사내가 대답하며 여자를 둘러업고 내려간다. 남은 사람 중에서 하나는 섬돌이를 지키고, 다른 사람들은 당굴의 처소 밖에 모였다. 집형은 족장이 하지만, 재판은 당굴을 통해 '말'이 하기 때문에 판결을 기다리자는 것이다.

당굴은 책상다리 무릎에 고개를 묻고, 생각을 간추리려 했다. 그러나 생각은 막혀 흘러나오지 않고, 왠지 발악하고만 싶었다. "무엇 때문에 내가 너희들과 공모해야 되느냐? 너희들은 내게 무슨 권한을 주었는가? 그러므로 섬돌이도 정당하지 않느냐?" 당굴은 외로웠다. 당굴의 메커니즘—그것이 당굴을 슬프게 했다. 그 두꺼운 껍질을 벗어던지려 하며, 그 농부와 같은 진한 얼굴들이 무수히 떠오른다.

소송자들이 귀찮도록 판결을 요구했지만, 당굴은 발가락 하나 움직이려 하지 않았다.

큰 나무의 밑동에서 기어오르기 시작한 개미 한 마리가 높은 꼭대기에서 되기어 내려올 그만큼의 시간이 지난 후에야, 당굴은 몸을 풀고 입을 열었다.

"모두 좌단(座壇)에 엎드려 '말'의 심판을 기다려주시오." —이 말은 어느 당굴이나 하는 말이고, 좌단이라고 하는 건 특별한 것이 아니고, 사당 북쪽의 평평한 바위를 이른 것이다. 이 말을 끝내면 어떤 당굴이나 흙집 속으로 들어가 모습을 보이지 않는다. 그렇게 하는 일은 처음부터 있어 왔던 것이므로, 만약 어떤 당굴이 그렇게 하지 않고 어떤 판결을 내렸다고 하면 그 판결은 엉터리라고 불복(不服)할 게다. 사람들은 어떤 방법으로 그렇게 하는지도 모르면서, 당굴이 '말'과 만날 때는 그때라고, 소박하게 믿어왔다. 그래야 자기네들이 전하고 싶은 얘기를 전해줄 것이 아니겠느냐는 것이다.

소송자들은 좌단에 엎드려, 살인자에게 참혹한 형벌을 내려달라고 일심으로 빌었다. 그러는 동안에 족장을 모시러 갔던 사내가 올라왔고,

"장인 영감은 오랜 신병이 도져서 누워 계시고, 그래서 큰처남이라도 좀 보내라 했죠. 큰처남은 저쪽 동네 누구 집 환갑잔치에 갔더군요."

여자를 업고 갔던 사내도 올라왔다. "시키신 대로 사지를 묶어 이불 속에 눕혀놓고 왔습니다. 재갈도 물렸죠."

그런데 사당이 입을 열려면, 아무리 짧게 걸려도 해녀가 쉰 번쯤 자맥질할 시간은 걸리며, 길게는 하루해를 온전히 참아야 했다.

그리하여 권태로운 그 긴 시간을 지나서, 모래알과 바다가 수줍어 붉어질 무렵에, 드디어 사당이 말문을 열었다. 소송자들은 물론이려니와, 묶인 몸으로도 까딱까딱 졸고 있던 섬돌이도 정신을 바짝 차렸다.

사당의 말은 언제나 알아들을 수 없이 웅웅거리기만 했다. 당굴을 빼놓곤 (다른 사람들은) 그 음향의 밑바닥에 깔리는 색조(色調)에서 얼마쯤의 뜻을 짐작할 뿐이었다. 그런데 오늘은, 괴로움 많은 사내가 흐느끼기라도 하는 듯, 그렇게 구슬픈 가락을 띠고 있었다. 사람들은, 보이지 않는 권능에 대해 지니고 있는 원시적인 외경심으로, 자기들도 모르게 엎드려져 부들부들 떨었다. '말'은 그렇게 해서 뭍과 물과 운명과 시절을 지배해왔다.

아직도 섬돌이와 소송자들의 귓바퀴에 웅웅거리는 여운이 남아 있었을 때, 당굴은 처소 쪽으로부터 소리 없이 나타나선 그들 뒤에 엎드렸다. 갑자기 오 년은 더 늙어 보였다.

그리고도 많은 시간이 지루하게 흘렀다.

들일을 끝낸 농부와, 노를 굴뚝 옆에 세워놓은 어부와, 가축을 우리에 몰아넣은 목부와, 아이들까지 합쳐 한 삼사십 명이나 되는 사람들이 올라 닥쳤다.

초롱을 처마에 걸어야 될 저녁 해녀의 젖꼭지에서 바다를 빨던 아이가 익사되고, 농부의 아낙들이 흰 몸을 바다에 잠글 때.

당굴은 긴 침묵에서 일어났다.

"젊은이여, 그대는, 그대 자신의 생명이나, 그대를 소송한 자의 팔촌 이내 사람의 생명에 관계되지 않으며, 또한 그대의 가족을 위한 것이 아니고, 오직 그대 자신만을 위한 것이라면 무엇이든 꼭 한 가지 것만 원해라. 너의 소원은 어떤 것이라도 이루어질 것이다. 이것은 수백 년이나 내려온 특별한 혜택이기 때문이다. 다만 내일 동틀 때까지 뿐이다. 이 판결은 '말'의 입술에서 나온 엄숙한 것이다." 이 말은 사형 선고의 완곡어법적 표현이었다.

섬돌인 처음엔 잘 납득이 안 된 듯, 어리떨떨해하는 눈치였지만, 소송자들이 공평한 판결에 감사하며, '언제, 어디서, 어떤 방법'으로 처형할까를 물었을 때에야, 깨어지는 듯한 기묘한 비명을 지르며, 전신을 오들오들 떨고, 입에서 핏덩이를 뱉어댔다. 말은 반 마디도 만들지 못했다.

"내일 동틀 때, 백송의 저 동쪽 가지에, 목을 매다시오." 당굴은 정액이라곤 한 방울도 지니지 않은 소금 덩어리처럼 말했다. 그리고 바람쇠를 지적해선 이렇게 말해줬다.

"당신은, 십 일 이내에 닭 다섯 마리와, 생선 이백오십 마리와, 쌀보리 반 가마니를 저 젊은이의 가족에게 주어야 하오! 저 젊은이에게 가족이 없을 때, 그것은 제일 가난한 사람들께 나누어주어야 하오. 알겠소?"

"아니, 그것도 '말'님의 판결입니까? 흉악한 살인자를 벌주자는 게 죄가 돼서 그렇습니까?" 바람쇠는 주먹을 휘두르며 맞서고 나섰다.

"그렇소, '말'의 판결이오! 저 젊은이에게 손찌검을 한 데 대한 벌금이오. 살인자라도 재판이 있기 전에는 죄가 인정되지 않는다는 걸 알아두시오. 만약 이 벌금형에 복종하지 않는 경우엔 당신에게도 저 젊은이와 같은 형벌을 내리라는 것이었소. 지금부터 당신은 죄인이요, 알겠소? 이 모든 걸 어겼을 땐, '말'이 직접 당신 집을 찾는다 하였소."

바람쇠는 울화통이 터져 견딜 수가 없었지만, 어떻게 할 수도 없었다. 생각대로 해서는 섬돌이 녀석을 까 죽이고 싶고, 당굴을 패놓고 싶었지만, 그러고 보면 자기 앞에 더 큰 벌이 떨어질 것 같아 그러지도 못했다. '말'이 원망스러웠다.

당굴은 섬돌이를 향해 서서 한참이나 지켜보았다. 그리고, "뭣이든 원해라" 하고 들릴락 말락 하게 말했다.

고독해진 죄수는 눈을 뒤집고 발광하며, 이 세상의 모든 것을 저주하기만 한다. 사람같이 보이지 않았다.

"어떻게 해주기를 바라느냐?" 당굴은 다시 묻고, 눈을 내리떴다. 땅을 차고 버티느라고 너덜너덜해진 섬돌이의 뒤꿈치가 보인다.

"너에게 주어진 시간은 너무 짧다."

섬돌이의 귀에는 아무 소리도 들리지 않는 듯했다. 피와 똥물을 넘겨선 그가 살았던 세계에다 뒤집어씌우려고만 했다. 당굴의 벗은 가슴팍에도 그것은 퉁겨져서 조금 흐르다 응고되어버렸다.

"너에게도 아들이 있어야 할 게다. 아들이 있어야겠지." 당굴은 혼잣말처럼 하며 흙집 속으로 사라져버렸다.

사람들은 고개를 흔들며 슬금슬금 내려가 버렸다. 바람쇠만이 섬돌이와 가까운 데 앉아 삼을 써서 새끼줄을 꼬며, 휘파람을 불기 시작했다.

달이 좋았다.

섬돌이는 발광을 해보아도, 저주를 해보아도 속이 트이지 않는 오열을 짓물고, 죽음을 생각하기 시작했다. 그리곤 어머니를 불렀다. "어머니!" 누구에게 안기고 싶은 것이다. "어머니!" 누구의 손을 잡고 싶은 것이다. "어머니!" 그에게라면 다 바칠 수 있고, 그와 함께라면 아무것도 두려울 것이 없는 분, "어머니!" —섬돌이는 자꾸만 어머니만 불렀다. 그렇지만 이 젊은이는, 어머니의 눈도, 어머니의 젖꼭지도, 어머니의 자장가도 아무것도 알고 있는 것이라곤 없었다. 이 젊은이가 찾는 어머니는, 어쩌면, 찢기고 박탈당한 자기의 유년(幼年)에 대한 애타는 향수였는지도 몰랐다. 그것은, 당굴에게 있어서의 '말', 그것과 같은 것이었는지도 몰랐다.

밤이 깊어, 당굴이 다시 젊은이 앞에 섰을 땐, 섬돌이는 고개를 숙이고 깊은 생각에 잠겨 있었다. 바람쇠는 다 꼰 줄을 베고 누워 달을 바라보고 있었는데, 그도 증오 같은 것은 잊은 듯한 얼굴이었다.

"이 젊은이와 잠깐만 얘기하고 싶은데……"

바람쇠는 두말없이 좀 멀찍이, 걸어가서 등을 돌리고 앉았다.

"시간이 자꾸만 흐른다." 당굴은 젊은이의 어깨를 다정스럽게 감쌌다.

"마음 맞는 색시에게 애라도 갖게 해주면 어떠니, 응?"

"………"

"너무 걱정 마라. 고통이란 순간도 못 돼. 누구나 죽는 거잖니? 그러면," '말'이 사는 나라로 가는 거야 하고 말하려다 꿀꺽 삼켜버렸다.

섬돌이는 조용히 머리를 쳐든다. 분명히 변해져 보였다. 눈물과, 고독과, 자학 속에서, 두터운 집착을 벗어던지고, 빈 몸으로 걸어 나온 것 같았다.

"헌데 넌 어머니가 보고 싶겠군?"

섬돌이는 어린애처럼 눈물에 젖어 고개를 끄덕였다.

"보고 싶었죠. 하지만 어머닌 나를 나시자마자 보이지 않는 어떤 나라로 가버리셨대요. 어머닌 '말'의 따님이었다거든요."

"호오, 그랬댔군." 당굴은 목이 메었다. "어머니는 그래도 늘 널 보고 계실 게다. 오늘도 네 곁에 오셨을지 아니?" 당굴은 섬돌이를 묶어놓은 굵은 줄을 풀기 시작했다.

"뭣이든 소원을 말해라."

"………"

"넌 내가 밉겠지?"

"아, 아니에요." 섬돌이는 또록또록 부인했다.

"난 네가 날 미워할 줄 알았댔지."

"아까는 그랬지만, 지금은 어머니를 생각하고 있어요. 그런데 어머닌 여자예요, 남자예요? 아니면, '말'의 따님이라니까 남자도 여자도 아니에요?"

당굴은, 대답할 수가 없어, 섬돌이를 힘 있게 한번 품어주었다. 당굴은 아들을 품는 아버지 같은 느낌을 가졌고, 섬돌이는 어머니 품에 안긴 어린이 같은 느낌을 가졌다.

"내일 아침까지는 이 세상의 모든 시간이 오직 너의 것이다. 지금 내려가서 너의 소원을 풀어라. 너를 소송한 사람이 너를 증명해주며, 보호해줄 게다."

당굴은 섬돌이 곁에선 견딜 수가 없어서 휘청휘청 처소로 돌아왔다.

"만약, 어느 때 갑자기 '말'이 자살을 해버렸다거나, 햇볕 탓에 말라 죽어 처음부터 없었다고 한다면, 살인자들을 죽이게 만든 당굴들은 누가 어떻게 재판을 하여 정의를 입증할 것인가?"

궐명(厥明)에, 족장 대리(족장의 長子)를 위시하여 많은 사람들이, 이 사형을 집행하고 보기 위하여 언덕으로 올라왔다. 그들은 물론 안됐다는 식의 얼굴을 미리부터 만들고는 있었어도, 악취미적인 호기심과 기대로 흥분되어 있었다.

섬돌이는 백송 둥치로부터 한 걸음도 떠나지 않은 듯 빛 없는 충혈된 눈으로, 자기의 생명을 거두어줄 줄을 멍하게 쳐다보고 있었는데, 족장 대리와 당굴과 사람들 앞에 끌려왔을 때, 자기의 최후의, 그리고 절대적인 권리 하나를 분명하게 말했다.

"난 당굴님과 같이 죽고 싶습니다."

족장 대리는 물론 모두 아연실색했다. 그러나 당굴은 얼른 이해가 안 되는 눈치였다.

"이봐, 젊은 친구! 그런 엉터리없는 말로 벌을 피할 생각은 마라! 당굴의 생명은 이 땅 전체의 것이란 걸 알아둬!" 족장 대리는 날카롭게 소리쳤다.

"꼭 그렇게 해주십쇼!" 섬돌이는 낮지만 힘 있게 주장했다.

"다시 생각해보는 것이 좋을 거야. 해 질 녘까지 연기해줄 수 있을지도 모르니까."

"........."

섬돌이는 몸짓으로 족장 대리의 제안을 무시해버렸다. 족장 대리는 난처한 얼굴이었다. 그도 그럴 것이, 불원간에 자기가 족장 직을 이어받게 될 것인데, 이 문제는 자기 권위의 허실(虛實)을 저울질할 것 같은 생각이 들었기 때문이다. 존경 못 받는 족장은, 당굴 그늘 탓에, 허깨비 이상은 아니었던 걸 그는 잘 알고 있었다. 족장 대리는 이마를 찌푸리고 생각에 잠겼다.

당굴은 슬픈 듯하게 입술을 짓물고, 섬돌이의 머리 너머로 시선을 보냈다. 거기, 백송의 휘어진 동쪽 가지에 그의 눈은 머물렀다. 당굴은, 다른 사람이 알 수 없을 정도로 온몸을 떨고 있었다.

"그렇다면, 족장 대리는 결론짓듯 침묵을 깨뜨렸다.

"자네는 자네 스스로 죽도록 만들어버리겠다. 저 나무둥치에 묶어두고, 먹을 것이라곤 아무것도 안 주는 거야. 배가 고프면 자기 살을 뜯겠지, 목이 마르면 이슬이나 받아먹고. 그러다 보면 자네는 자네가 죽이는 거다. 그렇다면 뭣 때문에 소원을 하나 들어주겠나? 안 그래?"

사람들 속에서 감탄의 소리가 번진다. 족장 대리는 땀에 뻔쩍이는 얼굴에 웃음을 띠었다.

섬돌이는 허탈되고, 갈증 난 표정으로 두리번두리번거리더니, 당굴 앞에 무릎을 꿇고 올려다본다.

"당굴님, 제가 잘못 생각했나요? 전 두려웠어요, 두려웠어요! 하지만 당굴님 품에서 죽는다면 무섭지 않을 줄 알았죠. 전 어머니만 생각했거든요. 정말 그랬어요. 어머니와 같이서라면 불 속이라도 시원할 것 같았어요." 섬돌이는 흐느끼기 시작했다.

“무, 물론, 너는 당연하지! 당연해, 당연해, 다, 당연, 당연해!”

“족장님!” 섬돌이는 흐느끼다 말고, 족장의 멱살을 움켜잡았다. “그렇다면 나를 빨리 죽여주시오! 소원은 그것뿐이요.” 그리고 섬돌이는 자기의 줄을 향해 앞장서 걸어갔다.

“그래야지!” 족장 대리는 씹어뱉듯 말하곤 당굴을 훑어보았다. “진작 그렇게 생각했더라면 씨라도 하나 뒀을 거 아닌가.”

섬돌이는 줄에 목을 넣고, 해 떠오르는 바다, 거기서도 더 멀리로 시선을 보냈다. 그쪽 편 아랫녘에서 흐트러져 보이는 여자 하나가 허우적이며 오고 있었다. 애는 쓰고 있어 보여도, 지렁이만큼도 속력을 못 내고, 넘어지곤 했다.

그렇게 해서 교수형의 준비는 다 끝난 셈이었다. 이제, 가지를 휘기 위하여 가지 끝에 매달아 놓은 바위만 떨어뜨리면 되게 되었다. 바위를 묶어놓아 가지를 억제시키고 있는 줄을 찍는 건 물론 바람쇠가 맡았다.

바람쇠는 나찰과 같이 낫을 들고 바위 옆에 섰다.

족장 대리는 덤덤한 표정으로 느리게 형을 지휘했다.

“하나……” 사람들의 눈은 살기를 띠고 뻔쩍였다.

“두울……” 사람들은 이를 악물고 신음했다.

“세에엣!”

휘익 하는 소리만 났다. 그리하여 섬돌이는 뽑혀 올라가 버렸다.

가지가 흔들림을 멈추기도 전에, 사람들은 벌 떼처럼 달려들어 백송 껍질을 벗기기 시작했다. 족장 대리는 핏대를 세우고 소릴 쳤지만 막무가내였다. 그들은 손톱에 피를 흘리면서도 좀 더 많이 벗기려 했다. 그것은, 죽은 이의 남은 생명이 나무의 수관을 타고 흐른다는, 원시적인 어느 샤머니즘에서 나온 풍습으로, 그것을 씹으면 생명이 연장된다는 것이다. 나무는 순식간에 알몸뚱이만 남게 되었다. 거기에 혀를 대는 사람도 있었다.

껍질을 씹으며, 사람들이 뿔뿔이 헤어져 내려가고 있었을 때에야, 허우적이며 달려오던 여자는 거기에 닿았다. 족장의 딸이고 뚝쇠의 아내인 천치 같은 그 여자였다. 여자는 온몸에 피 칠을 하고, 머리를 풀어 헤치고 달려왔는데,

묶인 밧줄을 끊으려고, 그리고 부지런히 달려오려고, 넘어지고 부딪쳐서 그렇게 된 것 같았다.

여자는 미쳐서, 흰 나무를 얼싸안고, 매달려 늘어진 섬돌이의 상처 난 뒤꿈치를 핥았다. 그러다가 바람쇠가 내던진 낫을 발견하곤, 그것을 주워다가 섬돌이의 목을 파고든 줄을 잘랐다. 시체는 부대가 떨어지는 소릴 냈다. 여자는 구겨진 시체를 품에다 안았다. 알 수 없는 말로 시체를 어르며 젖을 물렸다. 그러나 시체가 빨려 하지 않자, 외마디 비명을 지르며 시체 위에 쓰러져버렸다. 자기의 혀를 깨물고, 정신을 잃어버린 것이다. 시체는 젖보다도 진한 피에 덮이고 있었다.

당굴은 사형 집행 장소에 없었지만, 뒤꼍에서 이 모든 광경을 다 보았다. 그의 손톱은 땅을 파느라고 다 떨어져 나가고 없었다.

한낮이 되어가고 있었다. 어디선지 목동이 부는 풀피리 가락이 불려오고 있었다. 피리리. 피리릭.

당굴은 벌벌 기어 처소로 들어가선, 농부가 준 세마포 옷으로 갈아입고, 백송 나무 아래로 왔다. 그리고 그는 피에 덮인 섬돌이의 시체를 안아 들었다. "어머니들이 사는 나라에서 우리 같이 살자꾸나." 당굴의 눈물이 섬돌이의 목의 상처 속으로 스며든다.

당굴은 섬돌이를 안고 흙집 속으로 들어갔다. 그리고 멍석을 떠들고 엷은 바위 한쪽을 뜯어냈다. 가마솥 크기만 한 구멍이 하나 나타난다.

다시 나왔을 땐, 포르르하던 세마포 바지저고리가 흙투성이였다. 이번엔, 아직도 체온이 남아 있는 여자를 보듬고 또한 들어갔다.

그때로부터 당굴의 모습을 보았다는 사람은 하나도 없었다. 없어진 배도 없었으며, 익사체도 없었다. 산에도 없었으며, 들에도 없었으며, 하늘에도 떠 있지 않았다. 그런대로 시절이나 잘 되고, 변괴나 없었다면 보이지 않는 사람은 차차로 잊어버리고, 새 당굴을 뽑았을지도 모른다. 그러나 우계에 접어들면서 지독한 장마가 계속되어 가축은 병이 들고, 생선은 썩어들고, 곡식은 가마니 속에서 싹을 키웠다. 장마가 그치는가 했더니, 이번엔 역병이 창궐하기 시작했다. 죽은 쥐가 도처에서 보이더니 사람이 죽기 시작한 것이다. 시체는 그을린 듯 새까맣게 변했다. 노인들도 병의 원인을 알지 못했다. 하다못해 산으로 들로 병의 원인을 찾으려 헤맸지만 아무것도 발견치 못하고, 주저앉아버렸다. 하기야 바닷가 바위들 사이엔 어디서부터 흘러온 것인지 짐작도 가지 않는, 난파한 배편 몇 쪽이 있긴 있었다. 그리고 그 위엔 형태만 남기고 있는 죽은 쥐 두 마리가 있긴 있었다. 나무쪽을 타고 흘러와서, 산 쥐도 있긴 있었을 게다. 그렇다고 그것이 병인이라는 생각은 할 수도 없었다. 어쨌든 죽는 사람은 나날이 더 늘었다. 사람들은 앉아 있을 수도 누워 있을 수도 없게 되었다. 통곡을 하고, 애원을 하고, 나중엔 시체들을 태워서 기구해보아도 사당에선 말 같은 건 한마디도 흘러나오지 않았다. 다섯 달 동안에 섬 인구의 삼 할이 죽어 넘어졌는데도 사당은 입을 닫고 은총을 거부했다. 사망자 수는 기하급수적으로 불어났다. 그로부터 두 달 후엔 나머지 사람의 오 할을 죽여버렸다. 시체를 처리할 수도 없게 되었다. 시체는 쓰러진 자리에 그대로 버려져 스스로 무덤을 만들 수밖에 없었다. '말'이 미소를 감춘 이 고달픈 하늘과 땅엔 검은 냄새와 검은 발악과, 검은 주검이 뒤덮었을 뿐, 율법도 정의도 아무것도 없었다. 그들 모두 백송 껍질의 맛을 알았던 사람들이다.

그리하여 사람들은, 입이 없는 '말'을 향해 분노의 곡괭이질을 퍼부어대기 시작했다. 벽은 사람들의 충성심으로 몇백 년이나 달구어져 곡괭이의 날이 튀어났다. 그래서 사람들의 분노는 더욱 맹렬해졌다. 말이 말이 되어 나오지 않는 입 없는 입—그것을 향해서, 그리고 한때는 그의 전신으로 섬을 통치하던 능력—그것을 향해서, 그리고 그의 전신을 죽이고 있는 마비—그것을 향해서, 그리고 그의 혼령을 묶고 있는 감옥—그것을 향해서, 그리고 문자 사라진 섬의 역사서—그것을 향해서, 사람들은 인고(忍苦)의 쓴 잔을 바닥까지 다 비우고, 미쳐서 달려든 것이다.

그런데 오각 입체 문 없는 방 속을 들여다보곤, 사람들은 히히거리며 흐늘어져 까맣게 변해버렸다.

방 속엔 이미 육탈(肉脫)되어진 흰 뼈들이 서로 감은 채 오롯이 모여 있었고, 그 흰 뼈들을 베고 누워 역시 살을 잃어가는 사내 하나는 불 꺼진 초롱을 눈에다 붙이고 있었는데, 그 옆엔 사내 같은 뼈 무더기가 여자 같은 뼈 무더기의 가슴에 입술을 대고 있었다.

거기에서 아마도 할애비 당굴과 손자 당굴들이 수음(手淫)을 즐기며 화장(化粧)을 지웠던 모양이었다.

뙤약볕·2
—下元甲 섣달그믐

화톳불은 열두 무더기나 타올랐다. 섬이 스스로 어떤 것을 위한 번제(燔祭)의 기름 덩이가 되어, 열두 무더기의 화톳불을 심지 삼아, 감추어두었던 그의 내품(內稟)을 지글지글 태워 올리는 듯했다. 망령과 병고로 죽어버린 노족장의 오남(五男) 점쇠를 제외한 다른 사람들은 거의가 다 팽개쳐지고 이지러진 반나체가 되어, 미친 듯이 화톳불을 돌았다. 술은 독에 넘치고, 고기는 무참히 짓밟혔다. 참으로 간드러지는 밤이었다. 주검이 그들과 함께 마시고 도취되어 있었기 때문에 더 자지러졌는지도 몰랐다. 하지만 이것이 마지막 밤이다. 주검과의 결별의 만찬이다. 내일 동틀 녘엔 출발한다. 살 벌리고 기다리는 다산적인 여인네 품으로, 하지만 아무의 땀도 정액도 묻어본 적이 없는 싱싱한 처녀—그 새로운 땅으로. 저어 가줄 배는 늠름하게 가슴을 펴고 있으며, 오백 장도 넘는 오색 깃발은 바람에 펄럭이고, 용골은 준마와 같이 먼바다를 향해 갈기를 세우고 있다.

준비하는 데 다섯 달이나 걸린 것이다. 모선(母船)을 건조하고, 이전의 고깃배들 중에서 크고 쓸 만한 것 세 척을 수리하여 그것들을 모선의 좌우편과 후미에 이어 달음질이라도 할 수 있도록 만들었으며, 양식이니, 음료수니, 땔감이니, 소금이니, 저린 살코기니, 건생선 등도 배가 허용하는 한도까지는 실어, 백여 명의 석 달분은 되도록 한 것이다.

물론 준비하는 동안에도 헬 수 없는 사람들이 쓰러져갔다. 신음을 하며 꿈틀거리는 사람은 생명이 남아 있건 없건, 살려달라고 호소를 하든 말든, 새 족장의 제안에 의해 만들어진 '빈들'에다 갖다 버렸다. 그도 언제 쓰러질지도 모르면서 시체니 병자를 처리하는 지휘 감독은 바람쇠가 맡았었는데, 그는 두려워하지 않고 이 일을 무지막지하게 잘 해치웠다. 그는 병자들의 고름과 침에 뒤덮인 옷을 벗지 않고 있었어도 병 같은 건 앓지 않을 듯한, 마늘 냄새 풍기는 사내였었다. 며칠 전에 새 족장의 누이가 버려지고, 그 전날에 바람쇠 자신의 마지막 살붙이 하나와 총각 세 놈이 버려지고, 그 전날엔, 그전, 전날들엔…… 그리고 새 천지에 대한 얘기가 시작되었을 땐, 토착병(土着病)을 앓는 젊은 층의 이기심의 제물이 되어 환갑 이상의 노인네 일곱이 시체와 찰흙과 고름을 짓이겨 만든 '주검의 형상' 밑에서 산 채로 그을려 재나 몇 줌 남겼을 뿐인데, 그 제사는 게걸 병든 주검에게 바치는 '산' 조공이라는 명목으로였다. 그러나 그 제사는 주검을 달래기는커녕, 자기네의 토착병까지를 태워 올렸던 의식에 불과했던 것을 그들은 금방 알게 되었다. 그들의 땅은 이미 그들과의 정사(情事)를 원치 않았다. 그러므로 떠나야 되었다.

떠날 준비가 다 끝나, 살아남은 자를 계수(計數)하여 보니, 섬 인구의 구할 오 부가 죽정이 대접을 받아 모닥불에 던져지고, 알곡식은 젖 먹는 것까지 합하여 기껏 예순네 톨에 불과했다. 그렇다고 곳간에 넣어지지도 않은 채, 뜨거운 키는 멈추질 않고 계속 까불며, 꺼지지 않는 모닥불에서 타는 죽정이 연기의 싸한 냄새와 초열은 알곡식의 살을 태우고 벗겨, 나중엔 소금 덩이만 남길 듯했다. 하지만, 망령 들어 자기 자녀의 썩는 살로 맥질을 하는 땅이여, 이젠 생산할 수 없는 너의 병든 가랑텡이나 할퀴다 죽어가게나.

밤중쯤 해선, 꽹과리와 징과 장고와 피리가 발광적이며 자학적인 흥분으로 스스러진 몸뚱이들을 뱃전으로 인도했다. 배는 풍만한 어머니처럼 조용히 율동하며 품을 열고 있었다. 그땐, 화톳불은 일그러지고, 간간한 바람에 거풀을 쓰고 사라지던 불이 몇 번씩 눈을 껌벅였을 뿐으로, 향연은 끝나버린 듯싶었다. 사당이 있던 언덕에서 점쇠의 튀어나올 듯한 눈이, 끝나버린 향연의 그 낙엽 더미에서 모닥을 주우려고 있었다. 그는 벌써 결정지어졌던 문제를 갖고 다시 방황하고 있었다. 정말 떠나야 될 것인지, 어쩐지—그것은 준비가 완성돼갈수록 어느 한쪽으로 더 굳어졌어야 될 것이었는데도 오히려 풀려만 왔었다. 하지만 이젠 시간이 없다. 날이 밝기 전에 결정하지 않으면 안 된다. 아니, 이미 결정지어진 결심에 최후의 못을 박아야 한다. 조금 지나면 동이 터오를 게다.

말라비틀어진 백송 가지에 걸린 새벽은 몹시 무거워 보였다.

닻을 끌어올리기 전에 다시 계수가 있었다. 밤에, 취했고 몸을 너무 흔들었는데도, 모두 깊은 잠은 못 이룬 듯, 휑하니 빛 없는 얼굴로 새벽같이 일어났다. 계수는 무리를 지어 행했는데, 무기력하게 움직이며, 그때에야 옌네들은 몸매를 수습했다. 나들이옷들이 형편없이 더러워져 있었다. 누구에게도 표정은 떠올라와 있지를 않았다.

무리는, 먼젓번 계수 때와 같은 방법으로 지었다. 좀 복잡하긴 했지만, 식량이니 식수 문제 때문에 그렇게 하지 않으면 안 되었다. 그래서 먼저 마흔여섯에서 환갑 해까지의[老年代] 남녀를 무리 짓고 세어보니, 족장까지 남자가 여섯에 여자가 넷이었고, 서른 이상의[壯年代] 무리 중엔 바람쇠를 비롯해서 남자 열넷에 여자 아홉이었고, 이십 세부터의[靑年代] 남녀 중엔 남자가 열, 여자가 다섯이었고, 열 살부터 열아홉까지의[少年代] 무리 중엔 소년이 다섯에, 섬순이를 포함하여 소녀가 넷이었고, 다섯 살 이상의[幼年代] 남녀 아이 중엔 남아 셋, 여아 둘이었다. 그리고 유아(乳兒) 중에선 사내애는 없고, 계집아이만 둘이었다. 그렇게 세어 합쳐보니 이상스럽게도 예순세 명밖에 안 되었다. 어미 돼지 식의 산법은 아니었나 하고 다시 세어보아도 같은 숫자였다. 밤엔 넘어진 자도 없었다. 그 이유는 금방 드러났다. 청년대에서 한 사람이 모자랐다. 점쇠가 없었다.

"녀석은 늘 이 모양으로 말썽이란 말야." 족장이 귀찮은 듯 내뱉었지만, 속으론 근심이 되어, 입에 손을 모아 불러보자고 했다. 그래 모두 입에 손을 모아 족장의 구호를 기다렸다.

점쇠는 동틀 녘에야 잠이 들었던 모양이었다. 햇살을 받으며, 모로 누워 코를 골고 있었는데, 서두르는 사람들이 팽개쳐버린 미덕을 모두 주워 자기 주머니에 담아두고 있기나 한다는 듯, 아름다워 보였다. 떠나려는 사람들이 부르는 소리는 구슬픈 노래처럼, 점쇠의 잠 속으로 번져 들었다. 점쇠는 깜짝 놀라고, 벌떡 일어났다. 그리곤 눈을 비비며 두리번거렸다. 잠 속으로 번져 들었던 함성이 어디서부터 온 걸까 하는 투였다. 부르는 소리는 약간의 간격을 두고 다시 울려 퍼져왔다. 점쇠는 그제서야 함성의 의미를 알 수 있었다. 선잠 깬 흐릿한 시야 속으로 오색기가 펄럭이는 배가 나타나고, 어디라 방향도 없이 자기를 부르는 이웃들의 모습이 보였다. 점쇠는 너무도 기뻐서 윗옷을 벗어 휘저어 보이곤 뛰어내렸다. 누가 알아보고 일러준 모양인지 더 이상 소리는 보내지 않고, 쑤물대기 시작한다. 곧이어 농악의 흥겨운 가락이 울려 났다.

한 반 마장이나 뛰어 내려가다 말고, 점쇠는 멈춰 서버렸다. "그래, 난, 이거……" 점쇠는 자기의 결정을 잊고, 서두른 것 때문에 쓰게 웃었다.

"역시, 나는……"

점쇠는 다시 헐어진 사당으로 올라와 펄쩍 주저앉았다. 내려가지 않은 것은 족장인 형님의 입장을 생각해서였다. 이젠 빈 섬과 시체와 찢겨 걸린 주검의 너털 진 상복 자락과, 그리고 그것들 위를 떠돌 유혼(遊魂)과 같은 뭣인가만 남을 게다. 그렇게 생각하고 보니 죽음도 그렇게 겁나는 건 아니었다. 바다의 횡포나 하늘의 노여움보다도 무서운 걸로 알았었는데, 이제 죽음은 낡은 상복을 벗어버리고, 양지 끝에 쭈그려 앉아 비듬이나 떨어뜨리는 할 일 없는 노파였다.

떠날 만반의 준비가 다 끝났을 때도 점쇠가 내려오는 것이 보이지 않자 족장은 화를 내며 언덕을 뛰어올랐다. "언제나 말썽이란 말야, 너석은!" 족장은 그러나 동생에게 화를 내고 있기보다는 살던 땅에 대한 애착 같기도 하고, 떠난다는 데에 대한 불안 같기도 한 자기 심정에 화를 내고 있었다. 떠난다는 게 막상 그렇게 내키지 않았다. 자기의 위치가 자기 백성의 생명을 책임지지 않아도 좋았을 그런 범부였다면 죽더라도 남아 있고 싶기까지 했다. 살 젊음은 다 산 셈이고(47세), 결국 언젠가는 죽게 될 터인데, 선영이 있는 데서 죽는다면 얼마나 좋을 것인가마는.

족장의 부드러운 손이 동생의 등을 어루만졌다. "넌 언제나 이 모양으로 말썽이란 말야. 아직도 어린앤 줄 아니?" 족장의 어조는 단어의 뜻과는 달리 친근했다.

"형님, 제가 병이라고 전해주세요, 병이라고요." 울고 있었다.

"뭐, 병, 병이라구?" 족장은 동생의 몸이 뜨거운 듯이 자기 손을 채갔다.

"네, 그렇게 말씀해주세요. 전 남으려는 겁니다." 형님에게까지 거짓말을 할 순 없는 듯했다.

"남, 남, 남겠다구? 네가 어떻게 좀 이상해진 게 아니냐?" 눈이 휘둥그레졌다.

"전 남으려고 결심했습니다." 점쇠는 남겨뒀던 마지막 못질이라도 하는 듯, 또렷이 반복했다. "전 배를 만들 때부터 그렇게 결심했어요." 점쇠는 비로소 신념이 확고히 된 평안을 느꼈다.

"너는 나보다 반이나 더 젊은데도?" 족장의 음성은 떨려 나왔다. "혼자가 된 뒤의 일을 생각해보았나?"

"물론 생각해보았죠. 그건 무서운 일입니다. 아마 미치고 말 거예요. 그리고 후회하겠죠. 허지만 그거보다도 더 무서운 것이 있을 것 같았어요."

"………" 족장은 흐릿한 눈으로 아우를 내려다보다가, 그도 주저앉아 동생의 어깨에 팔을 감았다. "저 바다 가운데 어딘가엔 사람들이 사는 땅이 있을 게다. 그렇기 때문에 우리나 할아버지들도 여기서 살았을 거 아니냐? 그렇지 않다면 우리만이 이 좁은 땅의 어느 틈에서 태어나서 살게 되었단 말이냐?" 족장은 사람을 선동했던 때의, 그의 소박한 시원인론(始原人論)을 되풀었다. "분명히 어디엔가는 큰 땅이 있고, 많은 사람이 훌륭하게 살고 있을 게다. 생각해봐라, 풍랑이 심했던 밤이 지나간 아침으로 깨어진 배 조각들이 흘러와 있었던 것들을 말이다. 그들은 우리보다 나은 방법으로 배를 짓고 있었다. 그것이 뭘 뜻하는지 모르겠니?" 족장은 동생에게가 아니라, 바로 자신에게 확신을 주고 싶었는지도 모른다. "그러나 우린 우리만의 땅을 원한다."

"………" 점쇠는 젖은 눈을 갯 쪽으로만 향하고 있다.

"얘, 얘, 내려가자! 좋고 넓은 천지가 기다리고 있다. 새 천지가! 자, 어서."

"형님, 전 결심해버렸어요. 병이라고만 전해주세요. 병이라구요."

"커어 참!" 족장은 깊이 탄식했다. 아무도 없는 이 죽음의 땅에, 아직 살 만큼도 살아보지 못한 동생을 남겨놓고 가긴 정말 싫었다. "아직도 목숨을 붙이고 있는 가족이란 너와 나밖에 또 누가 있니? 내 생각으론 너와 누이만은 견딜 수 있을 줄 알았는데, 며칠을 참지 못해 그 앤 빈들에 버려지고, 이젠 성한 너마저 남겠다니……" 족장은 말끝을 흐렸다. 그때, 아래쪽에서 부르는 소리가 다시 들려왔다. 이번엔 족장을 부르고 있었다. 뭔가 좀 심상치 않았다.

"무슨 일이 있나 보다. 어서 내려가기로 하자. 그래 서로 의지해 옛날처럼 살아보자꾸나."

"전 남겠어요!" 점쇠는 잘라 말했다.

"대체 넌 무슨 생각으로 그러지?"

"저로서도 분명하겐 말씀드릴 순 없지만 말예요……, 새 천지에 대해 아무런 기대도 갖질 않고 있어요, 전. '말'[言語]이 없는 땅에서 살아가야 할 사람들의 처지가, 말로는 잘 안 돼도, 환히 보이는걸요. '말'이 없이 도대체 어떻게 사느냐 말예요. 어떻게 살죠?"

"남자는 밭 갈고," 족장은 동생의 생각이 자기의 것과는 다른 쪽에서 비롯되고 있는 걸 느끼며, 분명하게 말했다. "씨 뿌리고, 땀 흘리며 살면 되고, 여자는 애 낳는 고통으로 기르는 재미로 살면 된다. '말'이 있었을 때도 그랬잖나."

"그야, 그렇겠죠. 그렇지만 형님도 이 종족의 존속을 생각지 않는다면 저처럼 남으려 할 겁니다." 점쇠는 자신도 모르게 족장의 아픈 데를 찔렀다. "'말'을 잃은 생명이란 건 죽음을 키우는 것밖엔 안 된다는 생각이니깐요. 언제 죽을지도 모르는 생명을 이끌고 어디로 가려고는 안 할 거예요. 더욱이 그것은 '말'을 찾으러 가는 항해가 아니고, 땅을 찾아 도피하는 항해니까요."

"나도 그런 생각을 해보지 않았던 건 아니다." 족장은 깊이 생각하며 천천히 이었다. 동생과의 이별을 느끼면서. "그렇지만, 난 곧 생각을 바꾸었다. '말'이 없다는 걸 알았을 때, 난 새로운 가능성을 찾으려 했어. 밝은 쪽으로만 생각을 키웠단 말야. '말'이 없으므로, 어디에 의탁할 데가 없으므로, 더 강해져야 한다고 말이다. 더 많은 사랑으로 사람을 대접해야 한다고 말이다. 산 동안만 살아 있는 너무도 외롭기만 한, 그저 사람이니까. 생각해봐라, 아직도 '말'이니 당굴이니 하는 이들이 살아 있다고 믿고 있었다면, 새 천지는커녕 아무것도 생각지 않고, 속절없이 속아 모두 그냥 죽어버렸을 것이다. 그러고 보면 이런 시절에 '말'이 없었다는 것을 안 게 얼마나 다행한 일이냐? 난 그것을 '말'에게 감사할 지경이다. 그러니 힘을 내야 돼!"

"전 어쨌든 남아서 '말'을 찾아보겠어요. '말'을 잃고 떠나는 사람들보다는 '말'을 찾기 위해 남아 있는 제가 훨씬 행복할 것 같았어요. '말'이 없는 천지는 병이 없는 새 천지라 해도 그것 역시 묵은 땅 이상은 아닐 거예요. 그러나 이 묵은 땅에서라도 '말'만 찾을 수 있다면 그거야 정말 새 천지가 되겠죠, 만약 '말'이 있다면 전 외롭지 않을 거예요. 하다못해 제 갈비뼈라도 하나쯤 뽑아서 제 친구를 만들어주겠죠. 그럴 거예요."

"그러나 네 생각은 순전히 생각[觀念]이 빚어낸 것이라는 걸 알겠느냐? 도대체 넌 '말'이 없는 천지가 어떻다는 거냐? 어떻게 될 것이라고 생각해? '말'이 없는 걸 알았을 때, 우린 좀 쓸쓸하다는 느낌을 가졌었지만 병만 없었더라면 그 빈 마음은 금방 아물어 들고 말았을 것이다. 암튼, 금방 잊고 말았지. '말'이 있었을 때에도, '말'이 없었던 것처럼 살았던 사람도 있었다. 거의가 그랬다. 적어도 이것만은 생각이 만들어낸 얘긴 아니다. 사실이 그렇다. 사당을 헐어버린 이후 나는 사는 동안만 살기엔 훨씬 좋은 세상이 될 것을 믿어왔다. 비 같은 것이라도 이제는 '말'이 내려주는 혜택이라고 믿는 사람은 하나도 없다. 그러니 결국 어느 때엔 가는 비까지라도 사람의 뜻대로 내리게 하려고 할 것이다. 씨 뿌리듯 구름을 뿌리고, 수확하듯 구름을 거두어들일지도 모른단 말야. 우리가 찾는 새 천지란 그런 미래라는 말도 된다."

"형님, 어서 오시라고들 소리치고 있습니다. 누가 올라오고 있군요."

"그래서 우리는 떠나려는 것이지. 우선은 생명을 잇고 자식을 낳고, 그리고 미래를 닦자는 거야."

"그럼, 그 뒤엔 뭐가 있죠?" 점쇠는 엷은 웃음기를 띠었다. "가령 새처럼 날을 수도 있고, 비도 마음대로 내리게 하고…… 다 상상 못 할 정도로 편리한 세상이 되고 난 뒤엔 어떻게 되죠?"

"그 이상은, 바랄 것도 생각할 것도 없다. '말'이 있더라도 우리가 말에서 바라는 천지란 그런 거니까. 그때 가서 '말'을 찾는다 해도 늦진 않다." 족장은 꿈꾸듯 토로했다. 그건 그 자신을 향했던 말인 듯, 생기를 되찾고 싱그러워졌다.

올라온 사람은 족장의 심복 들돌이였는데 그는 두 사람이 매우 침통해 있는 걸 보곤, 좀 멀찍이서 우물쭈물하고 있다.

"사는 덴, 할 수만 있다면, 편리한 것이 훨씬 좋겠죠. 그러나 편리하게 살거나 불편한 대로 이기고 살거나, 산다는 데에 이르러선 꼭같은 거라는 생각입니다. 저의 문제는 거기에 있는 게 아닙니다. 사람은 톱이나 보습 같은 연장이거나, 소나 돼지 같은 짐승이 아니라는 점에 있습니다. 어떤 문제에 있어서도 사람은 제가끔의 생각[理念]을 가지며, 자기가 옳다고 주장합니다. 그것은 그러나 그대로는 머물지 않고, 다른 사람도 자기에게 따라주길 바라게 됩니다. 그땐 싸움이 시작될 것입니다. 외로움이 시작될 것입니다. 하지만 그것은 남의 밭이나 아내를 제 것으로 만들려는 그런 싸움과도 다릅니다. 그건 싸움이라기보다는 착한 일입니다. 자기가 좋고 옳다고 믿는 걸 다른 사람도 따라달라고 하는 외침이야말로 피를 흘리더라도 아름다운 것입니다. 그러나 그땐, 형님의 새로운 '말'은 다시 한번 죽고 맙니다. 여러 생각을 한 생각으로 모을 순 없으니까요. 율법이란 그것의 밑에서 생겨난 자식이 아닙니까? 그땐 우리를 죽여왔던 병보다도 더 지독한 병이 생길 겁니다. '말'이 없기 때문입니다. '말' —그것은 여러 생각 중에서도 으뜸인 것만이 뭉쳐서 된, 그것들 너머의 어떤 것입니다. 여러 생각이 서로 짓이겨져 찌꺼기는 떨어져 버리고 남은 맨 나중의 것이면서도, 모든 생각이 태어나오는 맨 처음의 것입니다. 그런데 멀리 생각할 것도 없이, '말'이 사라진 것 같은 지금, 형님과 저 사이는 갈라져 있습니다. 저는 제가 옳다고 생각하고 모두 떠나지 말기를 원하고 있고, 형님은 형님이 옳다고 모두 데리고 가려고 하고 있습니다. 형님과 마찬가지로 저도 저대로의 미래가 있기 때문입니다. 그래서 저는 남으려는 것입니다. '말'을 되찾으려는 겁니다. 그 뒤에 미래를 쌓더라도 늦진 않습니다."

"그러나 넌, 이 병마 속에서 다 죽게 된다는 것을 잊고 있단 말야." 족장은 할 얘기가 많았으면서도 그만두고 단념했다. 좀 슬퍼졌다.

"그러나 형님은, 심정에 '말'을 조금도 갖지 않고 있다는 것을 잊고 있습니다." 점쇠는 고개를 떨구었다.

"거 무슨 일이 있었던가?" 족장은 들돌이에게 시선을 돌렸다. "예, 글쎄, 빈 들에 버린 송장 대여섯이 밤새껏 기어와 닻줄을 붙들고 기를 쓰고 있습니다."

"송장들이? 헛."

"아직 덜 죽은 자들입죠."

"그래서?"

"삿대로 떠밀어 던졌죠. 바람쇠의 삿대질에 맞아 셋은 즉사했습니다. 헌데 그보다도 아낙네들이 울고불고 배에서 내리려고 안달을 하는 판입죠. 떠나려면 해가 더 솟기 전에 떠나야 된다고 떠드는 판입죠. 모두 미치는 판입죠."

"그야…… 그렇겠지. 앞에 내려가서 곧 간다고 전해주게. 곧 갈 테니깐."

들돌인 점쇠에게 뭐라고 한마디 하려는 듯하더니 눈을 내리깔고 뛰어 내려갔다.

족장은 다시 동생을 향해서 마지막으로 한 번 더 권해보았다.

"가도록 하자."

"형님, 절 용서하세요." 점쇠는 형을 건너다보았다. 서로 다 눈을 피하지 않았다. 피 같은 빛이 오고 갔다.

"후회하지 않겠느냐?"

"………"

"그렇다면," 족장은 동생을 힘껏 껴안았다. "잘 해봐라, 잘 해봐! 이젠 네가 주인이다." 그리고 끼고 있던 반지를 빼 동생 손가락에 끼워주었다. "아버지가 족장 직을 물려주실 때 주신 것이다." 족장은 벌떡 일어섰다.

"형님!" 점쇠는 마지막 부르게 될 대명사를 뜨겁게 부르며 일어섰다.

"섬순일 좀," 점쇠는 머뭇거리다 빠르게 채웠다. "보살펴주세요."

"……. 네가 몇이던가?"

"스물다섯이에요."

"나도 안다, 나도 알고 있어. 그 앤 몇이던가?"

"열아홉이에요. 누이와 동갑이었죠……. 하지만 그 애와 말 한마디 안 해본걸요."

점쇠는 부끄러워진 듯, 묻지도 않은 얘기까지 덧붙였다.

"알았다, 잘 알았어, 알았어."

족장은 동생을 한 번 더 품고, 동생의 체취를 오래 간직하고 싶은 듯, 그렇게 한참 있더니, 걸어 내려가 버렸다. 어깨에 이 땅덩이보다도 더 무거운 무엇이 메어져 있어 보였다.

점쇠는 아리송한 표정으로 형의 뒷모습을 보고 있다간 그대로 무너져 앉았다. 아직 아무 생각도 떠오르진 않았다. 족장 권위의 상징인 옥돌 반지에 서툰 대로 공들여 새긴, 오각 입체의 돌 사당을 읽으려 했다.

족장은 자기의 백성에게 약함을 보이지 않으려 이를 악물고, 배에 올라, 닻을 찍기 위하여 도끼를 쳐들었다. 그러다 하마터면 도끼를 떨어뜨릴 뻔했다. 눈 속에 와 박히는 얼굴이 있었다. 뻘에 뭉개어진 더러운 여자 하나가 배를 움켜쥐고 곧 죽어가면서도 바래주고 있었다. 그녀는 바위를 의지해서 간신히 몸을 지탱하고 있었는데, 그것이 최후의 작별인 듯했다. 바로 그(족장)의 누이였다. 빈들에 버렸던.

족장은 간경이 뒤집힌 듯한 눈으로 누이를 쏘아보고 있다간, 미친개가 짖는 것처럼 소리치며 닻줄을 찍었다.

"점쇠까지도 끝내 병마에 쓰러지고 말았소. 자, 큰 돛을 올리고, 꽹과리를 울리시오! 저쪽에 정말 좋은 나라가 보이는 듯싶소."

큰 돛이 오르고, 농악이 울리고, 삿대를 쥔 남자들이 배를 슬슬 밀어내자, 배는 잠깐 거부하는 듯하더니 조금씩 미끄러져 갔다. 족장은 한 번 더 누이 쪽과 사당 쪽을 바라보았다. 그러나 모든 것이 다 긴 장마에 흐늘어져 버린 듯해 보였다.

남겨놓고 온 세간이니, 고추장이니, 죽어 없는 남편 탓에, 천수답 몇 평이니, 코 발린 오돌막 기둥 탓에, 머리를 짓찧고 가슴을 쥐어뜯는 통곡이 일었다. 발악하며 짖쳐대는 농악 소리도 그들의 통곡을 삼키진 못했다.

"우리 조상들이 처음 여기로 왔듯이, 우리는 지금 그 조상들과 같은 조상이 되어 우리와 우리 자식들을 기다리는 새 천지로 가는 것이요." 족장은 아무도 들어주지 않는 연설을 통곡 삼아 해댔다. "우리의 조상들에게도 약속되었던 땅은 없었다는 것을 알아야 합니다. 그분들의 배는 우리들 것보다 수백 년이나 뒤떨어져 있었던 것이었다는 그것도 알아야 됩니다. 그런데, 바다는 예나 지금이나 같은데도, 그분들은 자손들에게 땅과 생명을 물려줄 수 있었던 겁니다. 우리는 오늘 신랑으로서 신부를 맞으러 가는 길이란 걸 알아야 됩니다. 나는 지금 느낌으로써 우리의 신부가 두 팔로 우리의 배를 이끌어주고 있는 걸 압니다. 어차피 우리는 열병이 없었더라도 우리의 손자들 대의 어느 때에는 한번은 떠났어야 될 것을 생각해보시오. 일 년 내는 죽는 사람은 다섯 명도 안 됐는데, 태어나는 아이는 삼십 명도 넘었던 것입니다." 족장의 연설은 눈물 때문에 토막토막 잘라졌다. 그래도 그는 웃음을 띠고 있었다. 회고가 가슴을 아리게 했을 뿐, 희망이 상처를 입은 건 아니다. "우리는…… 빛나는 미래를 세, 우, 는…… 목수들인 겁니다. ……한 사람, 한 사람이…… 모두 목수며…… 낡고, 병든 집은…… 헐고, 새집을…… 지으려는 자들입니다. 그래서 우리는…… 병든 땅을…… 구(求)하는 자……들이 되는 겁니다." 연설은 더 계속되질 못했다. 그는 웃음과 범벅된 눈물을 훔치려고 않고, 술통으로 다가가 누적된 잡념은 싹 씻어버리려는 듯, 퍼마시기 시작했다. 바람쇠는 자기의 눈으로써만 족장을 평가하고 코웃음을 쳤지만, 그도 술통으로 달라붙었다. 나중엔 아녀자들까지도 한 잔씩 원하게 되었다.

실컷 마시고, 토해내고도 남아서 실어 뒀던 다섯 말들이 술통은 금방 바닥이 드러났다. 그건 바다에 던져졌는데, 그들이 버려버린 천고(千古)의 풍습을 담고 그것은 언제까지나 부표(浮漂)할 것 같았다.

술의 덕으로 마음이 한껏 풀렸을 때 족장은 용골의 목을 껴안고 앉아 섬순이를 바라보며, "너석을 위해서 내가 어떻게 해줄 수도 있었댔는데" 하고 뒤늦게야 후회했다. 점쇠를 생각하고 있었다. 사실 어떻게 해줄 수도 있었지만, 해줘서는 안 되는 처지이긴 했다. 후회감은 바로 거기서 시작된 것이다. 한 번쯤은, 꼭 한 번쯤은 대중으로부터 자기의 살붙이에게 시선을 돌렸어도 좋았지 않느냐, 그런 일로 해서 통솔력이 약화된다 하더라도 동생에게만은 떳떳한 형이 될 수 있었지 않았느냐고 자신을 책했다. 섬돌이 사건 이후, 족장은 당굴이니 '말'의 권위까지도 물려받은 듯, 그 개인을 남겨둘 수 없었던 건 사실이다.

족장은 한숨을 쉬고, 고개를 흔들어 생각을 털어버리려 했다. 마침 까마득히 잊고 있었던 일 하나가 떠올라, 좀 위로가 되었다. "그걸 잊고 얘길 못했군. 씨앗이야 남겨둔 건 너석도 알고 있지만. 그건 텅 비게 될 섬의 주인으로서, 혹시는 병자들 중에서 살게 될 사람이 있을지도 몰라서 그랬던 건데…… 헷헷, 자웅 일가네 홀아비 주인이라……."

그런데 섬순이란 아가씨는 숙성하고 싱그러워 보이는 오묵하니 예쁜 애였다. 그녀도 눈이 붓도록 울고도 모자란 듯, 섬 쪽을 꿈꾸듯 바라보고 있다. 섬은 점점 작아지더니 영 보이지 않게 되었다.

바람이 돛에 한 아름씩 좋았다.

출항한 날로부터 열아흐레 동안은 날씨도 바람도 물결도 다 좋았다. 고기도 심심찮을 정도로 잡혀 올라 구미를 돋우었다. 섬에서는 절벽일 것이라고 상상되었던 바다 끝은 끝이 없었다. 그들에겐 차차로 확신이 생겼다. 부족한 것은 아직 없었고, 뭍이 좀 그리운 것뿐이었는데, 목전의 죽음으로부터 벗어났다는 해방감 때문에 아직 그렇게나 절실한 것은 못 되었다. 하룻밤 자고나면 뭍이 보일지도 모르며, 밤새에라도 어디에 닿게 될지도 모른다는 기대로 그저 맘 편히 기다리기만 하면 되었다. 거기의 하늘은 짙은 이내[嵐氣]로 덮었을 것이며, 거기의 바다에 살찐 고기들이 그물의 위협을 모르고 있을 것이며, 거기의 흙은 태곳적부터 내려 쌓인 열매와 낙엽으로 젖과 꿀을 흘리고 있을 것이지만, 흙과 물에서 의미를 쥐어짜 왔던 아무의 손도 없었을 것이다. 떠나려 했을 그땐 대부분의 사람들이 다 죽음이 겁나서 혼자로 되는 외로움이 무서워서, 죽더라도 사람들 속에서 움직이다 죽고, 살더라도 사람들 속에서 살겠다는 그 한 생각만으로 배를 탔었던 거였지만, 지금와선 떠나온 걸 후회하는 사람은 하나도 없게 되었다. 남정네가 고기를 잡아 올리면 엔네들은 회를 만든다든가 건포를 만들고, 좀 늙은 축은 햇볕에 가려운 부분을 그을리며 약간의 향수를 담배통에 눌러 담으면 되었다. 여기에선 울타리도 없고, 계급도 없고, 부자도 가난한 사람도 없었다. 무엇이든 공평하게 분배되었으며, 연령에 알맞게 일했다. 사유(私有)도 원치 않았지만, 무엇이든 공유(共有)였다. 어느 때엔가는 그렇게 되어졌으면 하고, 가난스러웠던 자들이 바랐던 그 이상적인 제도가 어느덧 성공되어 있었다. 그 둘은 보균자였거나 뱃멀미 탓이었겠지만 쉰아홉 된 옌네 하나와 일곱 살 된 사내애 하나가 죽어 수장된 외엔 앓는 자도 없었다. 그렇게나 많은 죽음을 보았으면서도 그 둘의 장래는 엄숙한 조의 속에서 치러졌다. 물론 수장(水葬)이었다. 그러는 새 그들은 행복에 가까운 것을 오랜만에 느낄 수 있게 되었다. 낮엔 건강에 좋을 만큼 일하고 밤엔 장고에 맞춰 춤추는 사이, 사내들의 살갗 밑에 다시 굳은 근육과 진한 정액이 알뱄고 누르뎅뎅하게 부어 팽개쳐져 있던 옌네들의 피부밑에도 동정하고파 하는 생래(生來)의 다정과 진정으로 은밀하고 순수하게 갈망하는 음욕이 되사려져 오동통해 있었다. 눈만 남았던 소년들의 얼굴에도 하룻밤 자고 깨면 여드름이 세 개는 더 피었으며, 표정 없던 소녀들의 얼굴에도 수줍음이 시석거렸다. 병마와 죽음 가운데 서 있었던, 그러면서도 벗은 생명을 가릴 부적 한 장 지니지 못했던, 그래서 다른 사람에게 자기의 여분일망정 줄 수 없었던, 그렇게 닳아져 반들반들한 조약돌에 불과했던, 그 개인들이 지금에 자기들도 모르는 사이 자기를 송두리째 누구에게든 주어버리고 싶어 했다. 개아(個我)까지도 공유였다.

지난밤의 별빛이 흔들렸던 열아흐레째 날 아침엔 그러나, 무지개가 서더니 오후부턴 바람기가 이상스러워졌다. 누구의 입에서 불길한 예언이 흐른 것은 아니었는데도, 섬사람 특유의 육감으로 바람과 구름의 의미를 그들은 알고 있었다. 습한 것도 같고 건조한 것도 같은 것이 묘한 쾌감을 불러일으키며, 머리칼이니 나뭇가지들을 서편으로 휘말아 가면 그런 날로는 폭풍우가 세찼다.

어두워질 녘엔 바람기가 좀 더 거칠어지고, 구름이 좀 더 두텁게 휘몰렸다. 석양이 완전히 사라져버린 뒤에도 그쪽 바다가 핏물을 찔끔거리고 있는 듯해 보였는데, 그것도 닫혀버리자 배는 딱 붙어버린 하늘과 물 사이의 어느 이빨 새에 끼이어 납작 부스러져가고 있는 것 같았다. 개벽될 천지를 위한 밑거름이 되어 구덩이 속으로 처넣어져 버린 것 같았다. 숨이 막혔다.

"거, 초롱을 모두 켜 달고, 돛을 모두 내립시다." 족장이 침착하려 애쓰며 지휘했다. "모두 각오는 되었기에 떠나온 거니까, 서두르지도 말고 우물거리지도 말고 용기를 내자고. 별일은 없겠지만. 그리고 장년 남자와 청년 남자는 조를 지어 배들을 지키기로 해야겠어."

곧 돛이 내려지고, 우뚝우뚝 치솟은 돛대마다에 반딧불 같은 동백기름 초롱이 매달려졌다. 천 조각으로 등갓을 한 것들이었는데, 마구 흔들려졌다.

"그러면 어데 조를 짜봅시다. 그러니까…… 장년 남자가 열넷에 청년 남자가 열이니까, 여섯 명씩 한 조가 되면 딱 되겠군. 그럼 이쪽 배는 바람쇠의 지휘를 받기로 하고……" 하여 바람쇠 이하 다섯 사람이라는 식으로 조가 나뉘었다.

"부인네와 아이들은 방으로 들어가 즐겁게 노십쇼. 뭐 별일은 없을 겁니다."

족장은 아녀자들을 선실로 밀어 넣으며 위로했다. "만사는 튼튼히 해서 나쁠 거 없으니 무슨 끈으로든 적당한 곳에서 몸을 좀 묶어주십쇼. 해가 보일 때 한바탕 재미나게 웃을 일 아닙니까. 헛." 족장은 자기 재량껏 재미나게 말하려 애쓰며, 뒤늦게 들어가려는 섬순이의 팔을 붙들었다.

"뭐 두려울 것 없어. 씩씩해야지……. 몸조심하라고 하더군. 녀석을 두고 온 게 마음 든든한데 말야. 섬순이 걱정을 하더군. 점쇠가 말야."

"네? 그이가요?" 사랑했던 모양이었다.

"글쎄 남겠다는 거야. 병이 아니었지."

족장은 일부러 황망히 자릴 떴다.

"그럼, 자기들의 자리로 가기로 합시다. 한사코 지키지 않음 안 된단 말요. 까딱하다간 식량과 물의 삼분지 이를 잃게 된단 말야."

벌써 사내들은 각기 맡은 배로 옮겨가서, 모선과 연결을 지어놓은 줄들이 어떤지 열심히 살피고 있었다. 그리고 죌 것은 더 죄느라고 끙끙대고 있었다. 황소 가죽을 통째로 쓰고 있어서 별일은 없을 듯했다.

"무사히 지나가 줬으면 좋겠는데."

"우릴 보우하소서!"

"양식이나 물을 이렇게 실을 일이 아니었었어."

"할 수 없었잖나?"

"죽어도 살던 땅에서 죽을 텐데."

말소리들은, 그리곤 조각조각 흐트러져버렸다. 번개가 한번 스치더니 벼락이 큰 돛대 끝에서 부서지며, 유황불보다도 뜨거운 바람이 납물 같은 비를 몰아다 퍼부어대기 시작했다. 사태가 이렇게 되자, 바람쇠는 미리 포기하고, 모두 미친 듯이 서두르는 틈을 타서 비호같이 모선으로 건너와 바닥에 납작 엎드렸다. 그리고 뭣인가를 꽉 붙잡고 이를 악물었다.

곧이어, 자기네 살던 땅보다도 더 큰 파도가 번개를 타고 압도해왔다. 배는 벌써 중심을 잃고 미쳐버린 파도의 비늘에서 비늘로 미끄러지며, 발겨지지 시작했다. 운행의 어느 치차(齒車)가 어긋나 제멋대로 돌며 제멋대로 퉁겨 나고 있었다. 아우성하지 마라, 떠나오기 전에 공동묘지를 찾아 사방 여섯 자의 구덩일 파고, 우선 꿀물을 붓고, 다음에 단 포도주, 그다음에 물을 붓고 음식을 뿌려 망령들을 모은 뒤 예언을 들어뒀던 것이 좋았을 것이다.

생명들은 영영 트지 않을 것 같은 밤의, 밤의, 그 어느 이빨 사이에서 혈즙이 짜일 것을 기다리며 자기들의 뼈를 쥐고 앓고 있었다.

갈매기의 끼룩거림도, 이내 덮인 해안도, 바람도, 물결도 없이 태양만 열을 부었다. 얼마나 많은 날이 흘러갔는지도 모른다. 얼마나 멀리 흘러왔는지도 모른다. 방향도 모르고, 자기네가 던져진 이 바다 가운데의 한 점이 어딘지도 모른다. 해도도 갖지 못한 생명이 아직도 목줄기에 매달려 있는지 없는지 그것도 몰랐다. 향방 없는 이 어민들은 그들이 전신의 통증으로 의식을 회복했을 땐, 뻘건 태양이 하늘의 중간쯤에 와 녹아내리고 있었고, 공기는 침체되어 흐름이 없었다. 그리고도 살아 있었다는 걸 확인하기까지는 꽤 많은 시간이 걸렸다.

살아 있다는 믿음이 들었을 때 그들은 자기들도 모르는 사이 무릎을 꿇었다. 감사를 드리려는 것이다.

"반편이들 같으니라구! 무릎은 지랄한다고 꿇어? 에에 퉤! 에엑!"

바람쇠만은 욕지거리를 씹어 뱉으며, 부러져 나간 용골을 걷어차고 있었는데, 그 실은 용골이 아니라 위선적인 하늘을, 바다를, 그리고 그렇게도 포학

하던 모든 것들을 향해 터뜨려지는 분노를 가까이 있는 한 구체적인 대상에게 퍼부었던 것인지도 모른다.

탄식과 비탄은 오후에야 시작되었다. 모선에 묶였던 배들은 그 배들을 지키려 했던 젊은 생명들까지를 약탈해서 떨어져 나가 버리고, 나뭇조각 몇 개씩만 남겨뒀을 뿐이었다. 모선도 물론 상처투성이였지만, 물이 새어든다거나 하진 않은 것 같았다. 그건 그들의 땀과 침과 정성이 반죽 된 덕분이었다. 찢긴 오색 깃발들은 만장(輓章)과 같이 휘늘어져 있었다.

"어찌 되었든," 족장은 비탄을 털어버리려는 듯 빠르게 말했다. "대체 몇 사람이나 잃었는지 알아보기나 합시다. 그리고 잃은 자들의 명복이나 빌어줍시다."

살아남은 자는 스물일곱 명밖에 안 되었다. 노년대에서 남녀 각 둘씩이 실종이었고, 장년 중에선 딴 배에 탔던 열 사람 중 바람쇠 하나만 남고 하나도 보이지 않았으며, 부인네가 둘 보이지 않았다. 청년 중에서도 딴 배에 탔던 일곱이 보이지 않고, 다리 한쪽 잘린 시체 하나만 모선의 뱃전에 걸려 있었다. 여자는 하나만 보이지 않았다. 소년대에선 남자가 셋, 여자 하나가 종적이 묘연했고, 유년 중에선 남아 둘 실종에, 여아 둘이 시체로 발견되었다. 둘이는 서로 꼭 껴안은 채 전신 타박상을 입고, 선미 쪽에 던져져 있었다. 유아 중에선 한 아이는—그 애의 어미는 정신을 차리고도 오랫동안이나 아이의 목을 조인 채 젖을 물리고 있었는데, 그 아이만이 축복받은 죽음을 한 듯했다. 그리고 아이 하나는 뒤늦게야 족장에 의해 시체로 발견되었는데, 어떻게 해서 선창 속으로 흘러 들어가 구겨져 있었든지를 설명할 사람은 아무도 없었다.

생존해 있는 사람은 그러니까 노년대에선 족장까지 남자 넷에 여자 하나, 장년대에선 바람쇠, 들돌이, 쇠돌이, 용바우, 판돌이 등 다섯에 여자 일곱, 청년대에선 남자 둘, 여자 넷, 그리고 소년대에선 총각 둘에 처녀 둘이었다. 남자가 열셋, 여자가 열넷이었다.

그 시련 후, 많은 날이 흘렀는데도 돛폭에 바람기 한 점 없었다. 이곳의 대기는 황지(荒地)에 묻은 뙤약볕 한 잎처럼 츱츱하고 묽고 무거웠다. 노를 젓기에 남녀노소 할 것 없이 힘을 합쳤지만, 풍랑을 예상해서 만들었던 그 거대한 무게를 얼마 움직일 순 없었다. 나날이 줄어드는 물과 식량 탓에 힘을 더 낼 수도 없었는 데다 도대체 정처가 없었으므로 그들의 마음은 시들대로 시들었다. 바람이나 불기를 기다리며 늘 보는 그런 지루한 풍경과도 같은 권태 위에 둥둥 떠 있었다.

“아, 이거 원 미쳐 죽을 듯싶으이.”

“젠장맞을 것! 바람이나 한번 시원하게 불어쳤으면 바랄 게 없겠구먼.”

“왜 아니야, 그러고 보면 고름 속에 있었을 때야말로 진짜 살았었던 것 같기도 하거든, 진짜 살았었단 말야.”

“그래 기껏 말야, 우리가 바라고 온 땅이란 게 열두 평도 못 되는 이까짓 쪽배란 말야? 이게 새 천지야? 이거야 늙은 화냥년이지 뭐야? 아무것도 생산 못 하는 젠장맞을!”

“옛 살던 곳 생각이 절로 난다. 이봐 쇠돌이, 거 〈고나아 헤에〉 하는 거 한 번만 더 해보라구.”

“하마 동백꽃이 피었을라?”

“죽은 여편네 배꼽 생각이나 하다 잠이나 자라구. 그게 제일이야.”

그러나 잠도 쉽게는 안 왔다. 추억이니 뭐니 하는 것들도 자꾸 맛이 달랐다.

족장은 부러져 나간 용골을 며칠째나 깎고 있다. 다섯모꼴로 깎아서 사당 형상이라도 만들 모양이었다. 그러는 동안 그는 안정을 얻은 것 같았었는데, 다 깎았을 땐 얼굴을 찌푸리더니 다시 아무 형상도 아닌 것으로 깎아댔다. 그리곤 섬순이의 눈 속을 들여다보았는데, 한참 후엔 다시 낫을 움켜잡았다. 눈이 타는 듯했다. 면도, 각도, 안팎도, 아무것도 없으면서 모양은 있는, 아니면 그것들이 다 있으면서도 모양은 없는, 그런 것을 깎으려는 것이다. 그건 떠나오던 당시의 그 자신의 모습에 수정을 가하려는 것이었거나, 자기의 먼 미래의 현현화의 긍정과 후미를 가다듬으려는 것이었다. 진지한 자세였다.

헌데 차차로 핏기가 가셔지고 있었다. 고기잡이로 늙은, 제일 연상인 환갑짜리는 새 그물을 처음서부터 끝까지 풀어 헤치기 며칠째에 다시 얽기 시작했고, 엔네들의 대부분은 머리끄덩이를 휘감아 트는가 하면 한 올 한 올 세었다.

바람쇠만은 그런대로 재미나게 지내는 듯 빙글거리며, 목이 쉬도록 음담을 늘어놓았었는데, 그도 주먹으로 뱃전을 치기 시작해서 피를 보고야 말았다. 피를 보더니 바람쇠는 미쳐버린 듯 피를 쭐쭐 빨아댔다. 나중엔 자기 입술을 터뜨려 피가 가슴까지 기어 내리도록 했다. 누가 보기에나 참 훌륭한 모습이었다.

"허이, 우리 지랄 한번 해보자!"

그가 외쳤다. 동시에 살만 조금 가리고 있던 물잠뱅이를 북 찢어 던지고, 기묘하게 몸을 틀어 꼬며 콧소릴 내기 시작했다. 생명과 정열이 작열되고 있었다. 누가 보기에나 참으로 아름다웠다.

그에 따라 천 찢기는 소리가 여기저기서 귀에 즐겁게 시끄러웠다.

"구미호(九尾狐)는 죽었다!" 누가 되는 대로 짖었다. "우린 풀렸다!"

여자들은 좀 기다리며 외면하는 척 사내들의 사타구니를 흘끔거렸지만, 곧이어 농악이 울리고, 사내들의 뜨거운 손이 낚아채 되는 대로 찢어 벗겼을 땐, 좀 반항하는 듯, 치부보다는 젖통을 감쌌지만 그녀들도 차차로 번열(煩熱)을 나타내기 시작했다.

족장과 섬순이는 서로를 뚫어져라 하고 바라보고 있었다.

"점쇠를 좋아했었나?"

섬순인 고개만 끄덕였다. 눈이 당돌했다.

"지금도 좋아하나?" 족장의 눈엔 다시 핏발이 서 있었다. 섬순인 대답 대신 고개만 살래살래 저었다.

"이 자식아! 내 여편네 몸에서 손을 떼라!" 누구의 거친 목소리가 쩌렁 울려왔다.

"헤헤, 머저리 같은 소리 마라! 내 여편네 네 여편네가 어데 있어? 그런 건 벌써 없어졌다구. 여긴 다른 세상이라는 걸 알라구. 그런 소린 뒤떨어진 놈이나 하는 거야. 저 늙은이들을 봐라, 헷헷, 암사돈 수사돈이 땀을 내고 있다. 손 치워라, 네 여편네가 날 좋다는데야 별수 있나 잉?"

"이 개자식!"

둘이는 엉켜 붙었다. 누가 박수를 쳤다.

"어이, 자네가 좀 양보해라. 우리 사이에 그럴 처지냐? 언제든 내 돼지 새끼 한 마리 주지." 다른 쪽에서 아첨조의 음성이 누굴 달래고 있었다.

"그럼 날더러 헌것 맛을 보란 말야? 난 암소 한 마리 주지. 너의 이모한테나 가라, 허덕허덕 총각을 끌구 있잖어?"

"이 개자식!"

둘이도 엉켜 붙었다. 둘이는 섬순이 또래로서 섬순일 빼놓곤 그중 싱싱해 보이는 숫처녀 하나를 사이에 놓고 흥정을 했던 것이다. 그때, 그중의 한 사내의 이모와 즐김을 끝낸 바람쇠가 나타나더니 숫처녀를 낚아채 적당한 장소로 갔다. 너무 주렸던 탓에 바람쇠의 첫 행각은 두 번의 운동으로 볼 장 다 본 것이다.

때는 해가 중천에 있는 허연 대낮, 멀건 한낮, 뻘건 시각.

그러나 그것도 며칠 지나선 일상의 다반사나 별반 다를 바가 없었다. 신물이 나 있을 정도였다.

"이 자식아, 하품은 저쪽에다 대고 하란 말야, 짜아식 보기 싫게!"

"씨이, 하품도 마음대로 못 하나요?"

"이 개새끼! 너 뭐라구? 뭐라구?"

"대체 뭔 수가 없을까? 이건 산 것도 죽은 것도 아니란 말야."

"정말이야, 이젠 죽고 싶을 뿐이야."

"아 그럼 죽지 그래."

"헷헷, 뭐 그래야 할 까닭도 없으니."

"정말 아무 수도 없을까? 우리가 이렇게 되려고 새 천지를 찾았나? 땅이 있긴 어디에 있어? 이게 마지막 땅일 밖에."

"대체 누가 우릴 이렇게 만들었지?"

"갈라 터진 땅에라도 발 한 번만 디뎌봤으면 그 당장 죽어도 한이 없겠네."

늘 되풀이되는 얘기다. 그래도 그때마다 절실한 얘기다. 혼을 깎아낸 얘기다.

"설마하니 이대로 죽으란 법은 없겠지."

어부였던 연상자가 무슨 수가 있을지도 모른다는 눈치를 보였는데, 그도 긴 가뭄과 같은 권태에 푸슬어질 대로 푸슬어져 더 참아낼 수 없는 듯한 얼굴이었다.

"그렇다면, 무슨 수라도 있소? 수는 그만두고라도 뭐 좀 바뀔 일이라도 있겠소? 좀 달라질 일이?" 바람쇠다.

"있기야 있지만."

번들거리는 시선들이 타는 듯 집중한다.

"수가 있다구요?" 몇 사람의 이구동성이다. 바람이나 비 같은 그런 유의 냄새가 풍겨온 것이다.

"내 조부님께서 말씀해주신 얘긴데, 그러나 그게 좀, 차마……"

"망설일 것 없단 말요, 제길!" 바람쇠가 숨 가빠했다. "되든, 안 되든, 우리를 송두리째 바칠 수 있는 일이면 된단 말야. 우리는 운명인지 뭔지도 모르는 이따위 처지에서 힘을 뺏기고 가라앉아버렸단 말야. 우리는 이따위 처지에 대들고 싶단 말야! 그러나 어떻게 대들는지를 모르겠거든. 뭘 향해 주먹을 휘두를지를 모르겠단 말야. 싸움도 없고, 쉼[休息]도 없는 싸움터에 끌려온 기분이야, 알겠어! 그러니 그 무엇을 눈앞에 잡아만 달란 말야. 젠장 새 천지란 다른 게 아니다!"

"나도 사실은," 연상자는 음성을 낮춘다. "바람이나 비가 오늘이나 내일이나 했던 거지. 헌데 말일세, 바람이 잘 부는 바다래도 영 끊길 때가 있다는구먼. 그럴 땐 그런 식으로 바치면 뜻하는 쪽으로 잘 불어준다는 거야."

"허이 참, 거 답답해서!" 바람쇠가 가슴을 통통 쳤다. "뭘 어떤 식으로 바친다는 거요? 원 젠장할!"

"말해보시오! 어려워 말고."

이 사람 저 사람이 성화같이 조른다.

"조, 조용히 해요! 그, 그렇다면 내 일러드리지. 하지만 나야 뭐 여러분네 좋다고 조부님 얘기만 하는 거니까." 그는 다시 족장을 흘끔거렸다. 족장은 식량과 식수 문제로 깊은 탄식에 잠겨 있었다. 적당히 먹고 마신다면 하루 치밖에 남지 않은 것이다. 그걸 발표해야 할지 어쩔지 발표를 한다 해도 뾰족한 수는 없을 터이고, 도리어 미치게 만들지도 모르며, 바람이 잘 분다 해도 어차피 마찬가지라면, "마지막 방울까지라도 편히 먹고 마시게 한다. 몰라서들 저렇게 태평 치고 있는 건 아니겠지. 생각하지 않으려고, 최후까지 자기들을 속이려고……" —족장은 고독을 느꼈다. 다시 용골을 향해 낫을 쳐들었지만, 찍지를 못했다. 낫이 바닷속으로 떨어졌다.

"배에서 수두 하나를 묶어 병든 용왕님께 바치면 된다는 거였소. 용왕님은 지금 사람의 생간(肝)을 먹을 병이……"

"그래?" 바람쇠의 눈이 핏기를 띠었다. "그래서 된다면 어렵잖지. 안 그래 엉?" 바람쇠는 휘파람을 쾌쾌 불었다.

"우릴 이 모양으로 만든 건 누군데?"

"그는 재판받아야 한다!"

그날 밤엔 초사흘 달이 떠 있었는데, 잔잔한 수면을 치는 첨벙 소리가 나고, 여울이 느릿느릿 번지더니 다시 잔잔해져 버렸다. 족장의 무게만큼 불어난 물이 어느 해변의 조약돌 몇 개는 더 덮었을 게다. 그도 아무 말도 눈물도 없었고, 그를 위해 누구도 명복을 빌지도 않았고 눈물 한 방울 흘려주지도 않았는데, 다 못 깎은 용골의—저편 너머의 형상이 그의 영혼을 인도했는지 어쨌는진 모른다. 섬순이의 매끄러운 목을 쓰다듬는 털 많은 손은 낮에나 같았는데, 얼굴은 좀 더 젊고, 이글이글한 바람쇠의 것이 목줄기에 매달려 있었다. 죽은 족장과 같은 처지나 될까 보아 족장 직을 맡을 사람이 없었는데, 바람쇠가 나섰다.

그날 밤엔 거의가 다 뜬눈으로 바람을 기다렸지만, 전날들과 마찬가지로 놓은 시들어진 여편네처럼 탄력 없이 늘어져만 있었다.

지혜를 빌려줬던 어부는 비굴하게 웅숭그리고, 자기에게 다가올 운명을 기다렸는데, 족장이 된 바람쇠는 그를 탓하지 않았다. 그것이 지혜꾼에겐 고마웠다.

바람쇠는 출항한 어느 때부터인지 족장만이 갖게 된 권리로 아침 식사 배급을 위하여 선창으로 내려갔다. 조사해보고 바람쇠는 하마터면 비명을 지를 뻔했다. 아무리 늘잡아 따져보아도 한 사람의 반달 분 정도밖엔 남아 있질 않았다. 죽은 족장은 어쩔 셈으로 태평을 치고 저녁 식사까지 마저 먹고 죽었는가. 바람쇠는 후들후들 떨면서 무엇인가를 열심히 생각했다. 썩 좋은 생각은 떠오르지 않았지만 방법은 하나뿐인 것 같았다.

바람쇠는 표정을 고치고, 빈손으로 웃으며 올라왔다.

"물이나 식량은 아직 과히 걱정하지 않아도 되겠습니다만, 바람이 언제 불지도 모르고, 언제 뭍이 보일지도 모르니, 물은 그저 목이나 추기는 것으로 마시고, 식사는 이틀에 세 끼니 정도로 줄이지 않을 수 없겠습니다. 이 점은 우리 모두를 위한 것이니 양해해주시고, 식사는 점심때나 들기로 합시다."

그리고 바람쇠는 주려 하는 듯한 많은 여러 표정에 침 뱉는 듯한 동정을 보이며, 그 지혜꾼과 들돌이와, 쇠돌이와, 용바우와, 판돌이 등 배를 장악하고 있는 장정 네 명을 불러 용골 쪽으로 갔다. 그리고 거기에 있던 사람들껜 양보를 좀 얻어 자기네끼리만 귀를 모으고 앉았다. 차차로 얼굴들이 일그러져갔다.

점심 식사라는 명목으로도 아무것도 나오진 않았다. 식사 대신 옌네들은 반은 미친 듯한 사내들의 황음(荒淫)을 참아줘야 되었다. 남자들의 대접이 전날들보다 거칠다는 것 때문에 그녀들은 색다른 흥분을 느꼈다.

저녁에도 아무것도 내오지 않았다. 식사 대신, 그 지혜꾼의 입술에서 방울지는 지혜나 들어야 되었다.

"배라는 건 원래 여자란 부정 타고 해서 싣지 못하게 되었던 것인데, 우리의 배가 이렇게 묶이게 된 건…… 사실로 말하면 바람님이 암내를 싫어해서……"

"그렇다면 옌네들 탓이란 말이지?"

바람쇠의 날카로운 음성이 지혜꾼을 힐책했다.

여자들은 뒤늦게야 자기들의 운명을 깨닫고, 미쳐서 거부하는 비명을 질렀다.

"제, 제발 우리에게 그러지 마시오!"

"살려주세요, 네? 나만 살려주세요!"

"네놈들은 염통이 터지지 않을 줄 아느냐? 짐승만도 못한 것아!"

"언제 죽을지도 모르는 늙은이가" 지혜꾼은 고요했다. "뭣 하러 실없는 소릴 하겠소?"

초나흘 달이 지는 함지 속으로 여인 열세 명이 뛰어들었다. 달을 잡으려고, 달을 잡으려고, 한 여자 섬순이만은 바람쇠의 가슴에 깔려 바닥을 긁고 있었고.

"고마워요, 정말예요! 종이 되겠어요."

밤에도 흐름은 없었다. 이튿날 해 질 녘까지도 바람은 기지개 한번 하지 않았다. 눈들은 부표처럼, 가라앉은 몸뚱이들 위에 떠 있었다. 너무 적막했다.

"여보 늙은이 !" 바람쇠는 화를 냈다. "도대체 당신은 자꾸만 사람만 죽이면 어쩌자는 거요? 도대체 바람기 한 점 없잖아? 다 늙은 것이 제길헐 이젠 네 차례다. 네가 대신 좀 빌어다오! 이 사기꾼아!" 바람쇠는 그가 입술 한번 딸싹해보지도 못하게 퍼부으며 달려들어 손만 홰홰 젓는 그 지혜의 항아리를 바다에다 던져버렸다. 그리고 남은 두 영감도 걷어차 넣어버렸다. "도대체 재수가 없게 된 건 이것들 탓이야! 젠장할, 제사에 쓰긴 너무 피둥거렸고……"

그렇게 해서 열 명만 남았다. 장년 다섯에다, 스물세넛짜리 청년 둘에, 애리애리한 소년 둘, 그리고 섬순이가 전부였다.

모두 목이 말랐고, 배가 고팠다. 그러나 바람쇠는 "뭘 두고 참는다는 건 없어서 참는 것보단 어렵지. 하지만 없어서 참는다는 건 죽을 때까지 참는 거고, 두고 참는다는 건 더 오래 살기 위해 참는다는 걸 알라구. 허니 오늘도 참을 수 있는 데까진 참아보자구."

"허지만 곧 죽을 것 같아요!" 거의 할멈이 된 여자 맛에 흐늘어진 애리한 총각 하나가 눈물겹게 호소했다.

"정말 더 참질 못하겠어요. 어떻게 좀 해주세요." 다른 총각이 합세했다.

“그래요, 어떻게 좀 해주세요.” 섬순이가 그들에게 동조하며, 그들 사이로 비집고 앉는다. 그녀도 좀 늙어 있었다.

“그래? 거 정말 안됐다.” 바람쇠는 그들 앞으로 다가가며 진정으로 동정한다는 언사를 썼다. “그럼 물을 실컷 마시게 해줄 테니 일어서서 날 따르라구.”

“아, 정말이세요?” 세 사람이 동시에 부르짖으며 황급히 일어서자, 바람쇠의 검센 손이 두 총각의 턱을 죄어 뱃전으로 욱 밀었다. 바람개비 같은 두 총각은 뱃전에서 한 바퀴 돌아 두 발로 잔잔한 물을 디뎠다.

“실컷 마시라구.” 그리고 바람쇠는 휘파람을 불었다. 그 순간, 섬순이의 이빨이 바람쇠의 허벅지를 물고 늘어졌다.

“아야얏!” 바람쇠는 불의의 일에 기겁을 하고 몸을 뒤틀었다. 살이 뜯겼다.

“이년이?” 바람쇠는 화가 치밀어 무서운 힘으로 섬순일 구겨 들고, 역시 바다에다 처넣으려다 한구석에다 메다꽂아버리고 말았다. “한 번만 더 그랬다간 진짜 죽을 줄 알라구!”

섬순이는 엎드려서 몹시 울었다.

“이렇게 해서 우린 양식을 좀 더 벌었다.” 바람쇠는 과장적으로 떠들며, 동료들 쪽으로 돌아섰다. 그도 좀 허탈되어 보였다. 뭘 좀 먹고 마시고, 섬순이에게도 그래주고 싶었다. 그렇지만 아직 무엇을 내놓을 순 없다. 자기와 섬순이 말고도 여섯 개나 되는 탐욕스러운, 밑 없는 입이 피를 쥐어짜고 있다. 이때 뭘 좀 내놓는다면 순식간에 없어질 것이다. 다음 순간엔 또 마찬가지로 된다. 그 여섯 개의 입을 모두 죽이지 않으면 안 된다. 바람쇠는 얼른 도끼를 생각했다. 도끼로 순식간에 쳐 눕혀버리는 것이다. 도끼는 판돌이 뒤쪽에 있었다. 그래서 바람쇠는 아쉬운 대로 삿대를 쥐어보았다. 아직 살의가 있어서는 아니다. 그런데 바람쇠가 삿대를 움켜잡는 걸 본 다른 사람들도 뭔가 무기가 될 만한 것을 움켜잡는 것이었다. 바람쇠는 아차 했다. 서투른 생각이었다. 바람쇠는 얼른 태도를 바꾸어 삿대를 물에다 처넣었다.

“이놈의 상어 새끼!” 그리고 바람쇠는 웃어 보이려고 애썼다. 그렇다면 천천히 그럴듯해 뵈는 방법으로 차근차근 처리할 수밖에 없다. 계획이 머릿속을 스쳤다. 바람쇠의 입술에 미소가 떠올랐다.

"이제 한잠씩 눈이나 붙여볼까?" 바람쇠는 흐느끼는 섬순이의 등을 어루만지며 정 있는 어조로 말했다.

"헌데 모두 잠든 새 누군가가 선창으로 들어갈지도 모르니, 누가 하나 깨어 있어 파수를 보는 게 어때?" 그럴듯한 제안 같았다. "그리고 내일 아침엔 좀 실컷 먹기로 하자구." 그리고 바람쇠는 지도자답게 얼굴들을 살폈다. 스물셋 된 청년이 특히 눈에 띄었다.

"아, 그럼 자네가 먼저 좀 수고해주겠나? 자네보다 모두 나이가 많군. 잠이 쏟아지거든 누구라도 깨우라고."

"아, 그렇게 하겠어요, 하겠어요." 그는 어린 티를 벗지 못하고 덤볐다.

그래서 그만 남겨놓고, 모두 제가끔 편안한 데로 가 누웠다. 바람쇠는 섬순일 안아 들고 용골 쪽으로 갔다. 그리고 편히 누이고, 자기도 타는 입에서 침을 짜내 섬순이 입에다 흘려 넣어주었다.

섬순이는 넓은 가슴으로 자꾸 파고들었다.

누구나 다 앓는 소릴 하고, 몸을 경련했지만 한참 지나선 조용해져 버렸다. 고프고 마르더라도 내일과 모레를 생각해선 지금 참아두지 않으면 안 된다. 아직은 죽을 정도까지는 아니니까.

초닷새 달빛이 익어지고 있었다. 흘러간 어떤 날 밤들과 같이 고적하고, 별빛이 탁한 무더운 밤이었다. 흐르는 것이라곤 다만 명도(冥途)의 옌네가 우는 것 같은 향수뿐이었다. 다만 그것만이 드리워진 하늘 아래, 검푸른 수면 위를 흘러, 선친들의 망주석이 있는 언덕 밑, 오돌막 지붕에 핀 박꽃 한 송일 흔들고 있었다.

다른 사람들의 뒤척이는 소리가 뜸해지자, 파수꾼은 주의에 주의를 다하여 비지땀을 흘리며, 마루청을 뜯기 시작했다. 석 장을 뜯으면 좁은 대로 몸을 넣고 내려갈 수가 있었다. 첫 장은 기침 덕으로 무사히 뜯었고, 둘째 장을 뜯을 때도 기침을 했다. 셋째 장도 성공적으로 뜯었는데 일이 터지고 말았다. 바람쇠의 덫에 걸린 것이다.

"헷, 병신 같은 놈! 네 뜻대로 될 줄 알았나? 대신 바닷물이나 먹여줘야겠어."

모든 게 끝장이다. 그렇더라도 실컷 마시고 죽는다면 좋다—그래서 파수꾼은 서둘러 몸을 밀어 넣고, 더듬거려 물통 옆으로 달라붙어 고개를 처박았다. 그런데 물은 입술에 닿지 않고, 바가지만 이마에 닿았다. 갈증이 더 조급해졌다. 정신없이 한 바가지 그득 퍼서 갈라 터지는 입에다 부어 넣었다. 전류와 같은 무엇이 전신으로 아프게 퍼져갔다.

바람쇠는 반은 미쳐서 거꾸로 떨어져 내렸다. 너무 늦었다. 예상 못 했던 결과였다. 진작 세웠어야만 옳았다.

바람쇠는 물 쏟히는 소리를 내며 허겁거리는 청년의 목을 사정없이 죄어 낚았다. 청년이 마시고 있던 큰 바가지의 물이 주르륵 쏟긴다. 아까운 물이었다. 그것 탓에 죄 없는 사람들이 죽어간—'말'보다도 더 위대하며, '말'보다도 더 근본적인 것이 아닌가. 바람쇠는 뒷생각도 없이 잡은 청년을 밀어뜨리고, 바닥에 엎드려 흐트러지는 그것을 핥기 시작했다.

바람쇠가 그러고 있는 동안에 청년은 다시 한 바가지 그득 퍼서 갈증을 마저 씻으려 했다. 탐욕이었다.

바람쇠는 그 순간 온전히 미치고 말았다. "이 새끼!" 바람쇠는 청년의 다리를 낚아챘다. 청년은 바가지를 입술에서 떼지도 못한 채 앞으로 푹 고꾸라졌다. 청년의 비명이 배를 짜갤 듯했다.

바람쇠는 그가 꿈틀거리는 것을 더듬어 찾아, 눌러 타고 발기기 시작했다.

"내 목숨을 훔치려고 해? 내 목숨을?"

위에선 표정도 없이 아래쪽에서 돼가는 사정을 상상하고만 있었다. 그들의 주먹도 떨고 있었다.

"이렇게 될 바엔 말할 필요도 없긴 하지만서도." 늘 입이 무겁던 판돌이가 입을 열었다.

섬순인 누웠던 자리에서 웅숭그리고 오들오들 떨고만 있다.

"우리가 이렇게 고생을 하지 않으면 안 된 까닭이 뭔가를 생각해봤는데 말야, 그건 물론 병 탓이었지만서도 왜 병이 시작되었느냐 말야?"

바람쇠는 아직도 "내 목숨을 훔치려고 해?" 하는 소리만 계속하고 있었지만, 차차로 김이 빠져가고 있었다.

"섬돌이를 매단 뒤, 당굴이, 보이지 않은 그때부터가 아니냐 말야. 그래서 난, 저 바람쇠가 당굴을 죽였잖느냐고 생각해왔지. 벌금을 물지 않으려고."

"호옷, 거 딴은!" 들돌이가 받는다.

"그러니 바람쇠 탓이란 말이지?" 용바우가 흥분한다. "녀석은 지독했지!"

"반드시 그렇단 말은 아니지만서도 '말'의 아드님이 죽음을 당했으니깐 두루 '말'이 화를 낸 게 아니냐 그런."

"……훔치려고 해?" 바람쇠는 각혈처럼 씨불이더니 위를 향해 "어이, 이 녀석 좀 끌어 올리라고" 하며, 늘어진 청년의 머리통을 구멍 위로 솟아 올렸다. 달이 비추어준 바에 의하면 청년의 오른쪽 눈에 바가지 쪽 큰 게 하나 쿡 박혀 있고, 눈은 터져버린 모양이었다. 눈에서 살무사가 한 마리 기어 나왔다.

힘을 도와서 청년을 끌어 올려놓고 있는 동안에 바람쇠는 물을 실컷 들이켜고, 한입 잔뜩 머금고 올라왔다. 물을 입술에 대었을 땐 목만 축이자고 했던 것이 물의 그 마력적인 달콤함 때문에 도저히 입술을 뗄 수가 없었던 것이다.

머금었던 물을 섬순이 입에다 흘려 넣어주었다.

그런 덕으로 바람쇠는 힘은 회복했지만, 물이 서너 되밖에 남지 않은 것 때문에 절망하고, 어깨를 늘어뜨렸다. 개운치가 못했다. 녀석은 죽일 가치가 없었다. 살려뒀어도 그만큼은 마셨을 것이다. 정말 소득이 없는 짓이었다. 그런데 웬일로 머리끝이 쭈뼛쭈뼛해진다. 바람쇠는 섬순일 감았던 팔을 풀고, 본능적으로 방어 태세를 취하며 빠르게 돌아섰다. 아닌 게 아니라 사나운 눈들이 자기를 노려보며 다가오고 있다.

"헤헷, 뭐 이상한 거라도 보였나?"

"잔소리 마라! 네놈이 당굴을 죽였지?" 판돌이가 선두자답게 추궁했다.

"당굴의 원귀가 역병을 퍼부었단 말야!" 들돌이가 가담했다.

"서, 설마 그, 그건 농담이겠지. 헤헤, 노, 농담이야! 그, 그렇다면 마 말야, 나 하나에게만 벌을 내렸을 것 아닌가?"

들돌인 할 말을 몰라 판돌일 쳐다봤다.

섬순인 뭣이 어떻게 되어가는 판인 줄을 몰라, 웅숭그리고 떨고만 있었다.

"그러니 그러지들 말라구! 내가 자, 자네들을 위해서……"

"그만 위해줘도 좋아! 대신 네가 죽어줘야 되겠어!" 쇠돌이가 한 걸음 나섰다.

섬순이가 바람쇠 품으로 뛰어들었다.

"자, 자, 잠깐 차, 참으라구!" 바람쇠는 섬순일 한옆으로 밀며 더듬거렸다.

"그렇다면 넌 왜 벌금을 물잖았나?" 용바우의 추궁이었다.

"이, 이 사람들아, 다, 당굴이 보이지 않았으니 그랬을 밖엔." 바람쇠는 절망을 느꼈다. 그래도 끝까진 버텨봐야 된다. "좀 진정들하고 내 얘길 들어보게나. 선창에 내려가 보구 아무렇게나 하라구들. 결국 자네들도 주, 죽고 말……"

"그렇다면," 판돌이가 바람쇠의 말을 중단시켰다. "넌 보이지 않는 '말'은 더더욱 믿지 않겠군."

들돌이도 한 걸음 나섰다. "그러니까 너를 바쳐 당굴의 한을 풀어주면, 당굴의 혼백이 바람이 되어, 우리를 뭍으로 밀어다 줄 게다. 사흘 다 안 걸린단 말야. 우리는 이제 새 천지를 원하는 게 아니다. 메말랐더라도 우리 땀만 흘릴 수 있는 곳이면 된다."

"그야 그렇고말고!" 바람쇠가 받았다.

"모든 건 네놈 탓이야!" 성급한 들돌이가 말이 채 끝나기도 전에 와락 달려들어 바람쇠를 쓰러뜨렸다. 바람쇠는 넘어지면서 들돌이를 껴안았다. 바람쇠는 원래도 으뜸가는 장정이었지만, 물로 영혼까지를 적셔놓은 데다 방어 태세를 취하고 있었던 터라 당하지만은 않았다.

헌데 사람들은 서두 때완 달리 관전만 하고 있다. 섬순인 그들로부터 도망쳐 멀찍이서 눈을 감싸 가리고 있다.

그리고 달이 질 무렵엔 수면을 치는 그 귀 익은 풍덩 소리가 났다. 바람쇠가 아니라 들돌이가 보이지 않았다. 바람쇠도 그땐 기진맥진하여 꿈틀거리며, 부를 이름은 그 이름뿐이었든지 섬순일 부르고 있었다. 섬순이가 머뭇머뭇 다가가 바람쇠의 머리를 자기 무릎에 올려주었을 때, 그는 한물간 듯한 정신으로도 섬순이의 복부를 더듬거리며 독백하는 것이었다. "그래, 내가 여기 이 속에서 너를 빨며 자라고 있다. 이런 똑같은 두 개의 자궁 속에서 내가 시방 자라고 있어. 아니, 하나는 죽어버렸다. 어젠가 그저껜가, 다신 되잡을 수 없이 된 어떤 날 죽어버렸어.” 그리곤 기절해버렸다. 무슨 얘긴질 더하긴 했다.

섬순이는 뜻을 알 수 없는 말을 되씹으며, “내가 애를 냈다면 누구의 앨까?” 하고 생각했다. 그 순간 죽은 족장의 얼굴이 바람쇠 얼굴 위로 깔리며, 전혀 같지 않은 다른 얼굴이 떠오르는 것이었다.

둘이를 지켜보고 있던 판돌이가 무엇인가 잡히는 것을 주워 들어 바람쇠의 가슴을 겨눠 내리쳐버렸다. 숨이 넘나들던 곳이 쪼개어지고, 염통이 터져버렸다. 그런데 그건 닻을 찍었던 도끼였다. 피보라가 섬순이의 전신을 덮어씌웠다.

남은 자는 다섯뿐이었다.

“이제 우리 목이나 좀 추깁시다.”

바람쇠를 던져 넣느라 힘을 쓴 판돌이가 짓짜냈다.

“해볼 일은 다했으니.”

“아, 그야! 그야, 그러길 바랐으니.”

물에 대한 얘기가 갈증을 더 자극시켰다. 억눌러뒀던 무엇이 탁 풀리면서 사람들은 광증을 나타냈다. 물이 창수가 져 눈앞으로 쏟아져 왔다. 물소리가 우렛소리처럼 들린다. 발끝에서 차올라 입술까지 닿는다. 그런데도 여전히 목구멍에 한발이 한창이었다. 그래서 그들은 구멍 속으로 다투어 몸을 비집어 넣느라 살이 까지는 줄도 몰랐다.

먼저 들어간 쇠돌이는 배꼽 있는 데까지 몸을 거꾸로 처넣고 물을 빨아들였고, 다음으로 들어간 청년은 쇠돌이의 뒤통수에 다 입술을 비볐고, 용바우와 판돌이는 구멍에 끼어 몸을 비틀며 환장되어 있었다. 조금이라도 늦으면 입술도 적시지 못할 것이다. 되도록이면 누구보다도 많이 마셔두지 않으면 안 된다.

당굴의 원귀에 바람쇠의 염통을 바치고 사흘이 지났어도, 닷새가 지났어도, 바람은 기미도 없고, 빗방울을 몰고 오는 구름 한 점 없었다. 손톱이나, 발톱이나, 머리칼까지 죄어드는 갈증을 도외시하고, 포악한 태양은 그들의 몸을 말리려고 자꾸만 더 뜨거워갔다. 나중엔 땀도 흐르지 않았다. 내실(內室)에 있던 생명은 밖으로 기어 나와 입술 언저리에서 갈라 터지고, 짓짜이고, 주리를 틀리며, 뱉어져 나오지 않는 기구(祈求)를 토하고 있었다. 남북, 두 회귀선이 맞닿는 가운데 바람 없는 곳, 그러나 망망한 물 위에서. 바람은 한철만 없는.

끝내 이 공화국의 한 시민은 미쳐서 바다로 뛰어들었고, 한 시민은 보타져 죽었고, 한 시민은 마지막 수분을 눈물로 남긴 채 목매달아버렸고. 그리고 마지막 시민인 그 젊은 여자는 바닷물을 퍼 올려 마시기 시작했다. 에리시크톤처럼. 이 세계를 송두리째 삼키기 시작했다. 그녀의 자궁 속에서 어떤 생명이 제국주의적인 맹아를 키우고 있었는지 어쨌는지는 알 수가 없다.

아직껏 오수(午睡)를 즐기는 바람은 돛폭에서 짜이지를 않고, 엷은 구름장 하나 그늘지어주지 않고, 빗방울을 몰고 오는 먼 뇌우 소리도 없고, 갈매기의 끼룩거림도 없고, 흐름 없는 대기와 따가운 햇볕만 묵은 회분(灰粉)마냥 쌓여가고.

뙤약볕·3
—子 正 女

1

사랑받고 싶었고, 하고 싶었고, 할 수도 있었던, 그렇지만 풀려나오고 싶었고, 발버둥도 해보았었고, 역겹게 느끼기도 했던, 모든 것들—이웃이 자꾸만 작아져 한 점이 되더니, 바다 끝 그 절벽에서 낙하되어 사라져버린 것을, 점쇠는 초롱한 눈으로 똑똑히 보았다. 어쩌면 그들이 돌아와 줄지도 모를 것이라는 점쇠의 바람은 그렇게 끝나버렸다. 점쇠는 발을 동동 구르며 그들이 되돌아와 주길 피가 솟도록 빌었었다. 하지만 이젠, 자기의 현실로 눈을 돌리지 않으면 안 되게 되었다. 정 붙일 줄을 모르고 그 탄생에서부터 서성이기만 하는 바람이나 잡초를 시리게 하고, 노을이나 정적을 덮는, 상엿집 같은 이 빈 땅에서 있는 혼자인 자신을 향해서—. 석양 젖은 해조(海潮)는, 돌아올 수 없는 순례꾼들의 혼백을 그래도 고국의 해변에다 뱉어주고 있는 듯했다.

"어쨌든" 점쇠는 통곡을 참으며 고개를 흔들었다. "이젠" 점쇠는 머리칼을 쥐어뜯었다. "어떻게 살 것인지, 그 문제만 남았다." 점쇠는 노파처럼 후들거리며 몸을 일으켰다. 그리곤 무너진 사당의 돌무더기 위를 몽유병자처럼 서성이기 시작했다. 사당은 봄 불에 타버린 자손 끊긴 무덤같이만 보였다.

"여기서 이전에 '말'[言語] 이 살았었는데, 거처를 잃고 '말'은 지금 어디를 헤매고 있을까?"

점쇠는 당굴의 흙집 쪽으로 발길을 옮겼다. 흙집도 사당과 마찬가지로 사람과 열병과의 모진 전쟁에서 정조를 유린당하고 있었다. 전쟁들은 묻히지는 못했지만, 그래도 자기를 바쳐 땅을 비옥하게 하고 있었다.

"이 하늘" 점쇠는 하늘을 우러러보았다. 하늘은 그런데 어디서 썩은 동아줄이라도 한 가닥 내려올 만한 작은 구멍 하나 열고 있지 않았다. "이 저주받은 땅" 형언할 수 없는 증오가 끓어올라 점쇠는 흙을 걷어찼다. 어느 때고 흙과 자기 사이에 말이 통해질 것 같지 않았다. "저 바다, 그리고 시체와 찢겨 널린 주검, 그런 모두가 갑자기 내 것이 되었다." 발광이 하고 싶은 걸 억누르려 점수는 피가 나도록 입술을 짓물었다. 이런 외로움을 상상 못 했던 건 아니다. 하지만 그건 체험은 아니었던 것이다. 도처에서 버림받으며, 도처에서 절연을 느끼기 시작했다. 점쇠는 외면하는 이 나한들 속에서 눈 돌릴 곳을 몰라 다시, 이웃들이 사라져버린 바다 끝으로 시선을 보냈다. 역시 되흘러오는 것은 아무것도 보이지 않고 시선만 거기서 꺾여버렸다. 빛이 아까운 생각이 뭉클 들었다. (하루의) 이 마지막 빛이 사그라져버리고 나면 떠난 이웃들의 골육을 깎아 먹는 조음(潮音)이나 들릴 게며, 주검 속에 묶여버린, 그래서 다 못 산 생명들이 갈대 줄기를 타고 올라 반딧불 된 혼령들의 깜박임이나 보일 게며, 창문들에 어렸던 정(情)들은 보이지 않을 게고, 어느 밤에나 우는 송아지 울음도 들리지 않을 게다. 뻔적임도 없는 박모(薄暮) 두어 잎이 시든 백송 가지에서 포르르 떨더니 낙엽 지고, 그리곤 어두워지고 있었다.

점쇠는, (당연한 결과로) 사람이 너무 몹시 그리워져, 젖은 눈으로 두리번거리며 귀를 기울였다. 춥고 무섭고 가난스러웠다. 그렇다고, 형님이니 섬순이니 하는 어떤 구체적인 이웃을 아쉬워하고 있는 건 아니었다. 사람이라는, 지금에 와선 추상적으로 변해버린, 그들을 그리워했다. 자기 닮은 얼굴과 몸뚱이를 갖고 있는 자라면 그가 원수였다고 할지라도, 또는 썩음을 흘리며 냄새를 풍기는 병자라고 할지라도 그에게 사랑과 존경을 퍼부으며 발바닥이라도 핥아주고 싶었다.

"하지만 이것은 네 스스로 택한 길이잖나, 네 스스로 내린 형벌이고, 구원이고, 구속이고, 해방이 아니냐 말야. 이젠 '말'을 찾아야 될 거야, '말'을! '말'은 너의 뒤 어디선가 손을 돌려 네 눈을 가리고 웃으며 서 있을 것이고…… 넌 아직 살아는 있으니까 너무 비참하게만 생각할 일은 아니지. 아니구 말구! 힘을 내야겠어. 그래, 어쨌든 이 대지는 나의 것이고, 이미 처녀를 찢겼다고는 해도, 그래도 어느 날엔가는 다시 비옥해질 나의 여인인 것이고……"

자신에게 타이르면서도 점쇠는 사람들 속에서 살아왔었다는, 지울 수 없는 그 때[垢] 탓에 가려워했다. 문득 '빈들'이 떠올랐다. "그렇군 참, 어쩌면 입내라도 흐릿하게 풍기고 있는 사람이 하나쯤 있을지도 모르겠는데. 시체밖엔 없다더라도 그들이 한때 여기를 운영하며 살았던 사람이었다는 것을, 글쎄 말야, 어쨌든 말야, 여기에서 오늘 아침까지 사람이 살고 괴로워했으며, 자식 놈을 낳고 늙어왔다는 그런 얘기라도 주울 수는 있을 거야. 난 그것까지도 믿을 수가 없이 됐거든. 그래도 어쨌든, 나는 이 땅을 사랑했기에 남은 게 아닌가."

점쇠는, 거기에서 어떤 위로라도 얻을 기대가 없는, 흑암에 찬 마을을 향해 빛이 죽어 드는 언덕을 무겁게 내려갔다. 눈은 휑하니 떴지만 보는 것이 없고, 입술은 굳게 악물어져 폐쇄된 것만 같았다. 아직 그의 심정에 '말'의 음성이 괴이질 않고 있었다.

'빈들'이란, 공동묘지 아래쪽, 뻘이 무릎까지 올라오고, 갈대가 키대로 자라 서걱이는, 버려진 습지 가운데, 한 백 평가량 벌초를 한 시체 쓰레기 더미를 이름한 것인데, 거기선 까마귀들도 울부짖음을 잊고 눈이 새빨개져 갔다.

점쇠가, 빽빽한 갈대를 헤치며 뻘 속을 허우적이고 있을 땐, 높은 구름 몇 조각에 조금 묻어 있었던 빛의 마지막 입맞춤 자국도 날고, 안개보다도 우울한 짙은 어둠이 깔리고 있었다. 그땐, 점쇠는 의기소침해져 더 이상 나아가질 못하고 진땀만 뻘뻘 흘렸는데, 고독으로 해서 열렸던 심정이 공포로 해서 움츠러든 것이다. 외로움 앞에선 그렇게나 어쭙잖던 몸뚱이가 무서움 앞에선 너무 큰 과녁이 된 듯만 싶어 점쇠는, 어떻게든 자신을 응축시키려 한사코 웅숭그렸다. 스적이는 갈밭 새를 흐르는 미지근한 바람결마저도 온역이나 죽음이나 뱀이나 뭐 그런 흉측한 것의 혓바닥같이만 느껴졌다. 그런 새파란 혓바닥 같은 것이 밖에서 안에서 쑤물쑤물 핥기 시작했다. 점쇠는 자신도 모르게 앓아댔다. 왜 이런 데서 허우적여야만 하는가도 잊었다. 초조하고 조급하기만 했다. 그렇더라도 마음으론 열심히 나아갔는데, 몸은 주춤주춤 뒤로 사리고만 있었다. 점쇠는 그것까지도 몰랐다. 이 반사(反射)가 점쇠를 더 기진하게 하고 더 진땀 나게 했다.

그렇게 기를 쓰고 있는데, 무엇이 뒤꿈치를 물고 늘어졌다. 동시에 점쇠는 뒤통수를 뻘에다 박으며 모질게 나둥그러졌다.

정신이 점쇠를 떠났다. 번히 뜬 눈으로 별이 박혀 들고 갈대가 흐느적이며 멱을 감았다. 공포에 맞선 자신에 대한 과소평가가 그렇게 만든 모양이었다.

그러나 점쇠는 이내 깨어났다.

깨어나서도 점쇠는, 자기가 아직도 살아 있다곤 생각하지 않았지만, 어찌 되었든 마음은 한결 차분해져 있었다.

"죽어도 이렇게 사는 걸 모르고 젠장, 죽기를 두려워했다니."

점쇠는 비로소 빙그레 웃으며, 자기의 살이 갈 뿌리에 거름이 될 것을 생각했다. 유난히 반짝이는 반딧불 하나가 갈대의 높은 끝에 매달려 바람결 따라 흐느적이고 있었는데, 점쇠는 그것이 자기의 영(靈)일 것이라고 믿고 부러워하며 바라보았다. "몸뚱이야 썩어져도 뭐 하는 수 없지." 점쇠는 자신을 무엇에다 기꺼이 긍정시켰다. "암믄, 살은 살대로 다른 영의 거름이 될 거야. 헌데 혼백은 장차 어디를 갈 건가? 영감님, 이젠, 헤헤. 이놈의 혼을 따다 당신의 곳간에 넣어주십쇼."

헌데 왠지 아픔과 무게가 압도해오고 끈적거리고 질척한 무엇이 불쾌감을 불러일으켰다. 아픔은 주로—그 점 때문에 이름도 점쇠가 된—점이 있는 허리께서 비롯되고 있었고, 불쾌감은 온 무게 속으로 파고들었다. 게다가 참을 수 없는 악취가 물씬물씬 감아 올랐다. 점쇠는 미칠 듯이 죽었다는 것까지도 잊고 쓰인 듯 튕겨 섰다. 그리곤 되는 대로 방향을 잡아 정신없이 헤쳐나갔다. 확인해보지 않아도 그것은, 죽은 자의 썩은 대가리와 손목이라는 걸 점쇠는 알고 있었다. 헌데 그 썩은 손이 점쇠를 무덤으로부터 일으켜 세운 것이다.
"젠장맞을."

점쇠가, 찐득한 갈밭을 도망쳐, 휘늘어진 몸을 모래밭에 부렸을 땐, 구름도 없는 하늘이 이마까지 와 닿는데, 은하가 철럭철럭 흐르고, 유성(流星)은 그녀의 삼단 같은 머릴 풀어 바닷물에 감고 있었으며, 어디선가 제 꼬리 길이로 송아지가 울고 있었다. 점쇠는 그제서야 안도의 한숨을 내뿜고, 지그시 눈을 감았다. 지나간 어떤 날 밤과도 다르지 않은 밤이 펼쳐져 있었다. 모래는 어머니만큼이나 따뜻이 푸근하며, 밤새는 울고 있고, 모래를 굴리는 파도 소린 자장가였다. 주막에선 깜부기 얼굴의 사내들이 탁주 잔에 피로를 씻으며 졸음 겨운 음성으로 내일 날씨를 얘기하고 있을 것이고, 윗방에 잠든 할매는 아랫녘 염소처럼 기침을 하고 있을 것이다. 점쇠는 어느덧 졸음 속에 대가리를 처넣고 몸뚱이까지 마저 넣으려 하고 있었다. 그러나 잠은 얼마 계속되질 못했다. 송아지 울음이 졸음을 태우고, 그 속에 처박힌 점쇠의 머리를 구으려 했다.

점쇠는 갈고리에 꿰어져 낚여가듯, 앞으로 빨려갔다. 이 밤은 다른 밤과는 다르며, 다만 송아지만 남아 있었던 것이다. 그 생래의 성실함으로, 비판도 아첨도 모르는 그러면서도 바위의 입술과 미풍의 염통을 지닌 그것이. 주인네 대장간에 풀무가 되어 애쓰면서 그 자신은 언제나 그 상태에 머물러서도 투정한번 부릴 줄 모르는 그것이. 그리곤 맛있는 살을 빚기 위해 삼백예순 허구한 날 단잠 한숨 탐내지 않고, 명상하고 새김질하여 언제나 맑히기만 하던 그 순교자가.

송아지는, 배 떠난 갯가, 그 허허히 빈 모래펄에서, 자기를 버리고 간 정없는 사람들을 그래도 못 잊어, 그 헛헛한 울음을 쏟고 있었다.

순식간에 점쇠는 거기까지 달려왔다. 그리고 송아지 형상으로 뭉친 진한 그림자를 보았으며, 그 어린 것의 발광된 발자국 소릴 들었다.

"워, 워어." 점쇠는 경련을 일으키며 무릎을 꿇었다. "워어, 워, 워어!"

송아지에게 사람의 목소리가 들렸는 모양이었다. 그도 '말'의 음성이 아쉬웠던 모양으로, 제 쪽에서 먼저 어름어름 다가왔다. 그 순박한 짐승을 향해서 점쇠는, "고맙네, 고마워!" 하고 고백했다. 짐승이 아니라 '말'을 마주한 느낌이 들어, 점쇠도 송아지가 자기에게 다가오는 것과 같은 그런 외경과 수줍음을 갖고 다가갔다. 심장이 가쁘게 뛰어댔다.

진한 그림자가 가까워지자 놈은, 고개를 뽑아 귀를 쫑긋이며 극도의 경계심을 나타내고 멈춰 섰다.

"워어, 워어, 워." 놈을 안심시키기 위하여 정답게 속삭여주며 점쇠는 놈의 등으로 손을 보냈다.

등에 따뜻이 부드러운 무엇이 닿자 놈은, 떠받는 듯이 고개를 쩔레쩔레 흔들더니 귀엽게 저항하며 몇 걸음 주춤거렸다. 점쇠는 가슴을 죄며 다시 다가가 정성을 다하여 놈의 목을 기분 좋도록 긁어주었다. 그러면서 왼손을 놈의 배때기 밑으로 넣어 사뿐히 보듬어 올리려 했다. 그러자 놈이 갑자기 뒷다리에 용을 써 궁둥이를 솟구치더니 말괄량이같이 빠져나가 버렸다. 그리곤 소구잡이처럼 호들갑을 떨기 시작했다. 점쇠는 실망되고 울먹해져 빽적지근히 주저앉아버렸다. 운명하시는 어머니의 손에서 뭔가를 놓쳤던 때의 슬픔이 떠올랐다. 기를 써서 붙들어보았었지만 손안에 찬 것밖에 남아 있질 않았었다. "밤새 자살이나 말아줬으면. 하지만 말야 아침엔 만나게 되겠지. 되구말구!" 점쇠는 자신을 달래며 합장하고 사당이 있던 언덕을 우러러보았다. 그리고 생각하길 점쇠는, 자기가 이젠 절연 가운데 던져진 섬만은 아니라고 했다.

송아진 수놈이었다.

밤이 납처럼 무거워 있고, 마음과 몸이 피로의 소금에 상추처럼 절여졌음에도 불구하고 점쇠는, 잠을 못 이루고 자기의 땅을 어슬렁이기만 했는데, 그건 아마도 '말'의 뜻이 차차로 괴이며 염색(染色)해오는 탓으로인 듯도 했다. 점쇠는 결코 집 없는 배회자는 아니었다. 미소는 없었지만 얼굴이 찌푸려져 있진 않았다. 고독하지 않은 건 아니었지만, 그것이 영액(靈液)을 흘려 점쇠를 씻기고 있었다. 점쇠는 희어지고 있었는데, 그 영액이 내부의 촉수까지 닿고 있을 때에 흠칫흠칫 아파했다. 이상스럽게도 그런데, 이 내적인 체험이 외현되어 점쇠의 눈 속으로 되돌아왔다. 무엇인가가 숲에서, 바위에서, 빈 인가에서, 그것들의 혼령이 켠 등(燈)을 하나씩 하나씩 불어 꺼 가고 있는 것이 보였다. 이해할 수 없으면서도 취해서 보고 있다가 점쇠는 오싹해져 어깨를 움츠렸는데, 파도 같은 무엇인가가 섬을 요란스레 깨우는 것이 들리고 보인 것이다. 섬은 콧소리를 내며 음탕한 몸짓으로 꿈틀거리고, 뭔지 모를 그것을 품었다.

"자정(子正)이로군, 자정이야!" 점쇠는 자신도 모르게 중얼거렸다. 이 무서운 침묵과 이 무서운 포효가 아마 점쇠를 어떤 첨탑의 꼭대기 방에다 데려다 놓은 모양이었다. 점쇠는 최면술에라도 걸린 듯했다.

"자정은, 어제의 끝이고…… 내일의 시작이고…… 헌데 오늘이 끼이질 못했고…… 하 그것은[零時] 묘혈(墓穴)이며 산실(産室)이고…… 그건, 정말, 그래! 거기서 아마 거소를 잃은, '말'은 살고 있는 모양이다." 점쇠는 비약되어 있었다. 점쇠는 휩쓸려갔을 뿐 뒤돌아보진 못했으므로, 그 비약의 사닥다리가 어떻게 놓인 것인지는 몰랐다. 아마 그것을 잊었거나 또는 그것이 열매를 맺을 씨앗이 되어 점쇠의 심정에 묻혀버렸을 것이다. 비약에서 더 나아갈 수 없게 되었을 때 점쇠의 상념은 끝이 났다. 송아지가 점쇠를 돌이켜주었는데, 전율이 시작되었다. 그리고 높은 데서 떨어진 아픔과 허탈이 점쇠의 전신으로 밀려들었다. 점쇠는 반은 실성되고 반은 성이 나서 송아지에게 모래를 쥐어 끼얹었다. 쫓아가면서까지 행패를 부렸는데, 송아지를 놓치고서야 어깨를 늘어뜨린 채 넋 없이 서버렸다. 송아지가 미운 만큼 아침이 두려웠다. 아마도 점쇠는, 송아지의 나르코시스였던 것이다. 높은 곳으로부터의 전락에서 송아지를 본 순간, 갑자기 송아지는 보이지 않게 되고, 자신이 거기에 보이고 있었던 것이다. 팔만사천 유순(由旬)도 넘는 팔면 육십 사방의 끓는 바다와, 찢어볼 수도 없는 수풀 같은 하늘과, 어디로 갈 곳이 없어 그 속에 싫은 대로 닻을 내리고 정박해 있는 일엽(一葉) 남짓한 섬 앞에, '어미' 잃고 혼자인 자기가 마주 서 있다는 것을 재확인하지 않을 수 없었을 때, 스스로가 귀찮고 거추장스럽기도 했지만, 그러나 그 스스로가 아름다운 것이었으며, 그것이 이 전부의 섬이었다.

점쇠는 새삼, 형님 쪽이 차라리 행복했을 것 같아 그 바다 끝으로 선망의 눈길을 보냈다. 그 절벽 아래서 형님이 부르고 있는 듯한 무슨 소리가 들렸다. 그래서 귀를 기울여보다가 점쇠는 누굴 포옹이라도 하려는 듯 가슴을 열고 마구 쫓아갔다. "형님, 형니ㅡㅁ" 목청껏 열 띠게 불렀다. 어서 오라는 것이다. 점쇠의 눈엔, 형님이 진주조개 껍질에 얹혀서 해안으로 오려고 무진 애쓰고 있는 것이 보였으며, 한 작은 물거품의 투명한 반구 속에 갇혀 그 벽을 깨뜨리려고 주먹에 피를 흘리고 있는 형님의 혼백이 보였다.

"형니—ㅁ"

그러나 갑자기 형님의 부름도 없어지고 모습도 보이지 않게 되었다. 마녀의 치맛자락 같은 무엇이 무지막지하게 휘감아 점쇠를 쓰러뜨린 것이다. 점쇠는 숨을 못 쉬고 허우적였다. 거품 속의 수인(囚人)은 형이 아니라 점쇠 자신이었다. 그래서 점쇠는 할 수 있는 방법을 다해, 붙들고 할퀴어 뜯는 마녀의 손가락을 홱홱 뿌리치고, 죽어라 언덕으로 뛰어올랐다. 그리고 점쇠는 입술을 씰룩이며 울음을 참았다.

그런데 아직도 누가 부르는 소린 계속되고 있었다. 점쇠는 겁보가 된 자신이 미워 손등을 모질게 한 이빨로 물어 뗐다. 손등은 모질게 아팠다. 선혈이 소리 내며 모래를 적셨다. 그래도 부르는 소린 없어지지 않았다. 아마도 섬이, 버림받은 게 슬퍼 끝내 통곡을 시작한 것이다.

점쇠는 벌써 부르는 그 소리 가까이로 끌려와 있었다. 점쇠로부터 스무 걸음도 더 멀지 않은 곳에서 섬은, 갓난애의 그것과 같은 울음을 토하고 있었다.

그래, 갓난애가 울고 있었다.

점쇠는 그런데 괴로워 짓틀어대기 시작했다. 이빨을 앓는 언청이가 참는 앓음 같은, 이빨 빠진 승냥이가 개미에게 뜯기며 울부짖는 것 같은, 그런 말로는 나타낼 수 없는, 내용이라는 모든 내용이 한꺼번에 토해져 나오는, 그래서 뜻을 알 수 없는 기묘한 노래 같은 걸 흘리며, 제 신명에 옭인 망나니같이 그렇게 두 손의 손가락들을 칼끝처럼 곤두세워 하늘을 찌르는가 하면, 나팔꽃 모양으로, 합장을 하여 수줍게 움츠리고, 두 다리를 찢어지도록 벌려 땅에 펴놓는가 하면, 상반신만을 누에처럼 휘둘러 오방(五方)을 자기 일점으로 모으고, 입술을 땅에 비비는가 하면, 어느새 일어나 질풍같이 맴돌다간 제자리로 돌아왔다. 그래, 갓난애가 울고 있었다. 땀에 뻔쩍이고 긴장된 근육이 제멋대로 푸들거리다 이완되어버렸을 때까지 점쇠는 그 짓을 계속했다. 그러다가 점쇠는 겸허히 무릎을 꿇었다. 그래, 갓난애가 울고 있었다. 그리곤 무서워 떨리는 손으로 주저주저하며 찢기고 뻘에 뭉개어져 냄새 풍기는 치마폭을 강보 삼아, 씻김을 받지도 못해 피가 채 마르지도 않은 보석 한 알맹이를, 구현된 '말'을,

함성하고 있는 생명을, 뜨거워하며 만졌다. 그래, 갓난애가 울고 있었다. 갓 난 사내애가 던져져 있었다. 섬이 자궁을 열고, 자기의 백성들로부터 받아온 천래의 염원과 제사에서 모아 아껴 쌓아뒀던 향(香)을 분만한 것이다. 그래, 갓난애가 울고 있었다. 점쇠는 그것이 이 한우리 속의 무엇보다도 귀하며, 이 한우리 속에 편재해 있던 모든 아름다움이 이 한 핏덩이에 총화되어버린 것이라는 것을 알아버렸다. 핏덩이를 만지는 점쇠의 손은 떨렸으며 심정은 신앙과도 같은 뜨거움 때문에 터질 듯했다. 그래, 갓난애가 울고 있었다.

"감사합니다. 내가 여기 있습니다. 여기에 내가 있습니다." 점쇠는 큰 소리로 자기를 드러내며 조심스레 아이를 감싸 품에 품었다. '말'의 깊은 뜻을 알 듯도 했으므로 조급해하지는 않았다. 아이를 주었으니 젖도 준비했을 것이 아닌가. 섬의 어디에선 지금 젖이 흐르고 있을 것인데, 그 젖은 여인이 흘리는 것보다 훨씬 더 기름질 것이 아닌가. 그렇게 믿고 점쇠는 귀를 기울여 젖이 방울지는 소릴 들으려 했다. 점쇠의 전신은 차차로 귀로 변해갔다.

그러나 그런저런 소리들이 합해져 희어진 소리 외에 아무리 해도 젖 방울소린 들리지 않았다. 비슷한 소리도 없어 의심스러운 생각이 불쑥 솟았다. "혹시는, 죽어가며 낳았을지도 모를 일야. 병든 어떤 여자가—" 이 생각은 미치게 만드는 초조감을 불러왔다. 점쇠는 숨도 제대로 못 쉬고 가슴만 들먹들먹했다. "그렇다면, 이건 정말 그렇다면, 점쇠는 헐떡이며 애 어미를 어서 찾아야 된다는 일념으로 무섭게 날뛰기, 시작했다. 그런데 조수가 모래를 씹는 저만쯤에 시체 같은 무슨 물체가 보여 "역시 죽었군, 죽었어!" 육감으로 그렇게 알고, 점쇠는 후들거리며 다가갔다. 그리고 은하 빛에 살펴보고 점쇠는 몸서리를 치면서도 언청이처럼 웃었다. 역시 죽어 있었는데, 수염이 석 자는 자라 있었다. 그러고 보니 그 주변엔 그와 비슷한 시체가 여기저기 널려 있었다. 소년 하나, 소녀 하나, 장정이 셋, 절구통만큼이나 허리가 굵은 엔네 시체가 둘이었다. 살펴보고 나서 점쇠는 안도의 한숨을 몰아쉬었다. 그 속엔 아이의 어미라고 믿어질 여자는 없었던 것이다. 아이에게서 풍기고 있는 것과 같은 생명의 태(胎) 냄새가 없었다. 자기의 뼈를 깎아내고 살을 발라내어 새 생명을 빚어냈다는 교만과, 분만에 따르는 고통의 흔적이 엿보이지 않았다. 설사 그런 여인이 있었다더라도 외면하려 하긴 했을 것이다.

점쇠의 마음은 바작바작 타들고 있었다. 아이를 발견하기 전엔 그렇지 않았는데 지금엔 자기의 장래가 모두 아이에게 달려 있는 듯했다. "아 이건, 천래의 향이 아닌가."

아이는 쉬지 않고 제 힘껏 버둥대며 울었다. 하는 수 없이, 궁여지책으로 점쇠는 비린내 풍기는 아이의 입에 혀를 빼 물리고 침을 흘려 넣어보았다. 그러자 울음을 그치고 움줄움줄했는데, 힘 있게 빨진 못했지만, 아이도 외로움에 지쳐 있었던 모양이었다. 혀끝을 통해서 아이의 외로움이 점쇠의 심령에로 번져왔다. 그리하여 그것은 쇤 인간의 속 깊은 데에 잠복해 있던 거머리 같은 이기심을 죽이고 언제나 타인들끼리라는—이제까지는 뛰어넘을 수 없던 그 칸막이를 헐게 하였으며, 자아를 확대시키게 하였다. 이 교감(交感)은 아주 낯선 것이었기 때문에 점쇠는 전율했다.

서로 다른 영(靈)들이 어떻게 이렇게 통할 수 있을까? —낮 동안은 멍청스레 바다나 보며 보낸 데 대한 후회가 점쇠를 몹시 아프게 했다.

점쇠는 이젠 환장이 되어 실을 나르는 북처럼 이리저리로 뛰어댔다. 그래도 보이는 건 없었고, 말의 뜻을 알 듯하다가 막혀버린 데 대한 안타까움과 실망만 자꾸 두터워졌다. 아이와 함께 물에라도 빠져 죽어버리고 싶기까지 했다. 점쇠는, 혀를 문 채 잠든 아이의 얼굴에 눈물을 떨어뜨리며, 무엇에다 대고 욕설을 퍼붓는 눈을 치떴다. 시간도 더디게 흘러 쉽게 날이 밝아줄 것 같지도 않았는데, 때에 계시와 같은 한 생각이 스쳤다. 점쇠는 자신도 모르게 혀를 빼내어 중얼거렸다. "그렇군, 어쩌면 그래!" 그러나 이내 머리를 저었다. 산고를 치른 후의 "갈증으로 샘엘 갔다면, 그리고 아직도 살아 있다면," 아무리 병든 여인이라 할지라도 "벌써 돌아왔어야 될 만큼의 시간이 흐른 것이고, 또 짐승의 모성애도 그렇지 않은 것을" 점쇠는 알고 있었다. 그렇다고 주저앉아버릴 수도 없어 점쇠는 샘터를 향해 아무렇게나 걸음을 떼어놓았다. 점쇠의 염두에 떠오른 샘은 바다로부턴 제일 가까운 것으로 주로 자맥질에 지친 해녀들이 목을 축이곤 하던 그거였다.

점쇠는 의식적으로 느리게 걸었는데, 마지막 바람 하나를 되도록이면 오래 지니고 싶은 그 탓이었다. 이것은, 대단히 성급한 짜증이지만, '말'에 대한 어떤 도전이었다. 이 바람은 그 꼭지가 벌써 썩어 있어서 그 열매를 쥔다더라도 아이의 얼굴에 묻은 눈물처럼, 짜고 비리며 구역질 날 종류의 것이라고 점쇠는 믿어버렸다. 아이는 오래잖아 죽어버릴 것이고, '말'에서 우롱당하고 피빨려 창백해진 자기만이 또한 남아 있게 될 것이다.

얼마 오르지 않아 점쇠는, 할 수 있는 데까진 미뤄두려 했던 그 바람을 구겨 던지지 않으면 안 될 데에 이르고 말았다. 샘을 반 마장 정도쯤 앞둔 잔디 위에, 옌네 하나가 쓰러져 있긴 있었지만, 산 것같이는 보이지 않았다. 꿈틀거림도, 신음도, 산 자의 분위기도, 없었다. 아이의 강보를 만들어 주느라고 그랬겠지만, 걸친 것이라곤 숱 많은 긴 머리칼뿐이고, 피비린내와 뻘 냄새가 허여스럼한 몸뚱이 위를 감돌고 있었다. 멍청히 내려다보다가 점쇠는 묘한 충동으로 숨을 씨근덕거렸다. 엉덩이가 한 아름 푸짐하고 뼈가 남성적으로 어글한 것이, 틀림없이 남자를 못살게 굴 여자며, 애도 넉넉하게 내놓을 듯했다. 아직도 계속되는 하혈도 그러려니와, 성난 젖통이며, 고통의 흔적이, 애의 어미인 것을 믿게 했다. 점쇠는 살을 꼬집고 머리를 흔들고 하여 충동을 억제해버렸다.

올라오면서 스스로 믿었기를 점쇠는, 애의 죽은 어미를 보게 되면 그때엔 미치고 말 것이라고 했었는데, 헌데 미치기는커녕 (충동을 이기고) 도리어 냉소적으로 침착해져 버렸다. 점쇠는 그저 우두커니 서 있기만 하더니 마지못해서라는 투로 주저하며 여자의 가슴으로 손을 가져갔다. 먼저 싸늘하지만 성낸 젖꼭지가 손바닥에 닿고, 다음에 심장 부위가 닿았다. 점쇠는 그리곤 여자의 하복부에 눈을 박았다. 점쇠는 그때 이끼 낀 바위였다.

그런 오랜 후에 그리고 점쇠의 눈은 횃불처럼 타올랐다. 목에서 짧으며 기막히게 높은 소리가 한번 토해져 나왔다. 그리곤 벙어리가 되었는데, 그렇게밖엔 말도 웃음도 움직임도 태어나게 하지 못했다. 백치가 되었다. 갑자기 생명을 잃고, 그냥 그 정적에 풍화되어온 천 년 전의 그림자 그것이었다.

감정은, 그런 상태로부터 꽤 오랜 시간이 지나서야 돋아 올랐다. 점쇠는 그때까지도 품고 있었던 아이를 팽개치듯 내려놓곤 오줌을 질질 흘리며 샘으로 달렸다. "내가, 내, 내가 여기 있습니다!" 점쇠는 제정신도 아닌데 마구 씨불이며 바른쪽 팔을 휘둘렀다. 여자는 아주 죽어 있진 않았다. 적어도, 고동만은 사흘에 한 번씩 나들일 하고 있었다. 아주 죽진 않았다.

오줌 방울이 무릎 밑까지 흘러내리기도 전에 샘에까진 왔지만 그릇이 없어 좀 우물거렸다. 조급한 대로 옷에다 적시려 하다가 형편없이 더러워 있는 걸 알고, 화를 내며 찢어 던져버렸다. 몸이 한결 자유스러웠다. 그래도 몽유적인 기분은 가시질 않아 머리를 통째로 집어넣고 미친 듯이 휘저었다. 갈증이 자극을 해 우선 몇 모금 마시고, 그리고 손바닥에도 받고 잔뜩 머금기도 하여 되달렸다. “도리 없잖나 이 울타리 군(君), 응? 헤헤, 도리 없잖나.” 점쇠는 율법을 두고 말해주었다. 어이없게도 그런데 점쇠는 다시 샘으로 갔다 와야 했다. 물이 다 흘러버린 것이다.

여자 입술에 입술을 붙이고 물을 흘려 넣고 있었을 땐, 마을 집 어디서 닭이 울고 있었다. 닭 소리가 동백나무를 뒤흔드는 바람 소리에 섞여 진한 고달픔을 자아냈다.

그런데 물은, 여자의 목으로 넘어가질 못하고, 입에 괴었다간 볼로 타 내렸다. 아마도 물만으론 안 될 것 같았다. 도대체 미동도 없는 식은 몸을 따뜻이 녹여주는 것이 급선무일 것 같았다.

아이는 자는지 어쩌는지 조용하기만 하지만 점쇠의 관심이 거기까지 쏠릴 겨를이 없었다. 점쇠는 다시 달리기 시작했다. 생후 처음으로 대어본 한입 물큰히 성숙된 여자의 입술이 화상을 입게 했던 자리를 소중히 혀끝으로 쓸면서. 여자를 감싸줄 것을 구하러 마을로 가는 것이다. 그녀가 누구며, 어느 동네 뉘 집 며느린가는 아직 문제도 되지 않았고, 흐릿한 밤빛의 뻘 칠갑의 얼굴에선 알 수도 없었다. 알 필요도 없는 듯했다.

“죽이지 마옵시오. 나로 하여금 당신의 집을 다시 쌓게 하시고 영광 돌리게 하옵시오. 죽이지 마옵시오. 그 역, 천래의 암[女] 향이겠습죠.”

북더미에 쌓인 계란처럼, 넝마 같은 옷 무더기에 쌓인 여자의 몸이 서서히 훈훈해져 오고, 맥박도 제법 힘 있게 되기까지는, 새벽도 희뿌연이나 되어서였다. 불안으로 떨긴 했지만, 점쇠에게는 여자를 품에 감싸고 지샌 밤이 평생 잊힐 것 같지 않게 행복스러운 밤이기도 했다.

그리고도 실신으로부터 깨어난 첫 징조를 여자가 보이게 되었기까지는, 부상(扶桑)에 맺힌 열매가 한창 익을 무렵이 되어서였다. 아이는 한 번도 깨이지 않았고, 송아지는 섬돌이네 굴뚝대 밑에선가 몇 번 울었다.

그때에야 비로소 여자를 알아보고 점쇠는, 시린 듯이 비죽비죽 웃었다.

'빈들'에 버렸던, 열아홉 살밖에 안 된, 시집가지 않았던, 수줍음도 많아쌓던, 바깥출입도 거의 없었던, 응석만큼이나 베틀노래 잘하던, 서글거리던, 건강한 계집애, 바로 그 애—누이였다.

점쇠는 병적으로 체머리를 흔들면서, 어떤 사내가 입었을 물잠뱅이 하나를 주워 들어, 벗은 다리를 끼워 넣고, 휘파람을 휙휙 불어냈다.

2

닷새 훗날 점심은 누이가 지었다. 약간의 부기가 있었지만, 건강을 엔간히 회복했다. 그동안에 점쇠는, 그냥 참을 만하게 당굴의 흙집을 수리했고, 사당도 쌓기 시작했으며, 아이는 (그날 밤에) 죽어버렸으므로 당굴들의 사당을 태어나게 했던 '고행의 돌 더미' 속에다 묻어주었다. "어느 때는 한 새로든, 꽃으로든 피어나거라잉?" 그리고 점쇠는 주먹으로 눈물을 훔치고 돌아섰었다. "아마도 고행 속에 너의 거처는 있다. 그래서 어느 날, 너는 무엇으로든 피어나겠지."

물론, 옛 살던 집에서 씨앗 주머니니, 옷가지니 이불이니, 솥이니, 연장이니 뭐니 생활에 필요한 건 무엇이든 다 갖다 놓은 뒤였다. 그리고 송아지를 찾으러 다니다가 형님의 자상한 성품에 깊은 경모를 느꼈다. 송아지뿐만이 아니라 처음서부터 있어 왔던 가축이라곤 모두 한 쌍씩이 남아 있었다. 암수 염소, 당나귀의 암수컷, 암수 고양이, 소는 수송아지 딸린 어미 소, 개는 묶여 있었는데 병든 인육(人肉)을 파먹을까 보아 그래놓은 것 같았다. 그것들은 어슬렁어슬렁 다니거나 편안한 자리에 줄곧 눈을 감고 나 있어서 모두 불러 모으는 데

꽤 시간이 걸렸지만, 사람 곁에서만 살던 짐승들이라, 구속이 풀리고 사나흘이 지나선 넘치는 자유를 어떻게 쓸까를 모르고 지겨워하다가, 사람을 만나게 되어 기꺼이 자유를 되돌렸다. 그리고 나서야 그들은 자유로웠다.

점심을 끝내고 점쇠는, 마을들을 둘러보려고 나섰다. 몇 가지 기대를 갖고서지만, 물론 막연한 것이긴 했다.

그러나 섬은 온통 텅텅 비어 있었다. 문이 열려진 집도 있었고, 사립문이 닫힌 집의 지붕에선 고추가 말라가고도 있었고, 느티나무 가지에서 까치가 짖고도 있었지만, 사람은 보이지 않았다. 보습은 녹에 먹히고, 개다리 상판에 흘린 된장은 그대로 말라붙었지만 파리가 끓고 있었다. 점쇠의 기대는 깨어졌다. 이 땅 전체로 보면 풍증이나 노쇠 탓에 못 떠난 늙은이가 한둘쯤은 있어야 마땅하며, 병자들이라고 다 죽었을 리도 없을 것이다. 헌데도 집이나 전답들이나 어선들은 심장을 도려 패이고 껍질만 남아 시들고 있었다.

의심스러워하며 터덕터덕 걸어오다가 점쇠는, 흑사병과 같은 몸으로 슬픈 듯이 서서, 사람들이 떠나버린 그쪽 바다를 바라보고 있는 참으로 거대한 입상(立像) 하나를 보았다. '빈들'에서도 서너 마장이나 떨어진 소나무 숲 옆의 반석 위였다. 성난 '말'이 배반하고 도망친 자기의 백성들을 저주하고 있는 것 같아서 점쇠는 와들와들 떨었다. 그래도 자기만은 남아 있으며, 더욱이 '말'을 찾기 위해서였다는 그 용기로, 그리고 오늘에야 '말'의 실체를 만나게 되었다는 그 전율적인 기쁨으로, 점쇠는 손을 가슴에 얹어 경외심을 나타내 보이며 다가갔다. 그리고 안 것은, 그것은 성낸 '말'도 아니며, 살아 있는 거인도 아니라는 그것이었다. 배신을 받은 것 같아 점쇠의 기분은 언짢았다. 장정 열 사람 정도의 크기만 한 뿔난 도깨비의 서투른 모상(模像)이, 찰흙과 짚북더미 같은 것으로 이뤄져 멍청해 있을 뿐이었다. 그런데, 한 손엔 낫을, 다른 손엔 술잔을 들었는데, 기름기 있는 그을음이 그 나찰의 전신을 까맣게 해놓고 있었다. 그것은 아마도, 섬의 심층에 태초부터 있어 왔던, 저 집단적 악몽의 한 표상이었으리라.

쓴웃음으로 살펴 내리다가 점쇠는, 끝내 핏줄이 곤두서도록 토해내며 도망치기 시작했다. 무슨 제사에 참석하여 감독하고 돌아왔다던 형님이, 왼밤 내내 토해냈던 일이 기억되었다. 살이 갈라 터진 새까만 대갈통이니, 갈비니, 팔이니, 발목들이 한사코 나찰의 다리를 부둥켜안고 뭔가를 빌고 있는 것이 구역을 일으킨 것이다. 그것 모두 인간의 것이었다.

"바로 거기서 제사가 있었던 거다. 사대(四大)까지도 저들을 외면했군. '말'까지도 거기에 오줌을 갈겼어. 대체 저들은 어디로 돌아갈 것이냐, 원 젠장맞을!" 점쇠는 참을 수 없는 제사를 해대던 영악해진 사람들에 대해, 그리고 그런 것을 즐겼을 '말'에 대해, 느닷없이 치밀어 오르는 분노를 참기 어려운 듯, 숨을 씨근거렸다. "'말'이 누군가를 택하기 위해 저리도 많은 대가를 받아 갔다면 택함을 입은 자가 누구든, 사람들은 그를 갈기갈기 찢어 죽였어야 마땅했다."

점쇠는 거의 기다시피 올라와, 당굴들의 무릎에 닳아 미끄러워진 반석에 몸져누웠다. 누이의 걱정스러워하는 눈치가 귀찮았지만, 애써 웃어 보이곤 저녁 식사도 거절해버렸다. 누이도 오빠의 심정을 짐작하곤 더 이상 괴롭히지 않으려 조심했다. 그렇지만 맘은 찢어질 듯이 아팠다. 그녀는 고행의 돌 더미를 고행으로써 건너다보았다.

"대체 '말'은 있기나 있는가?"

점쇠는, 한동안 미뤄뒀던 문제를 다시 생각하며, 오 분의 일이나 이뤄진 사당으로 눈길을 보냈다. "어쩌면 난 너무 욕심이 많은지도 모르지." 점쇠는 자기가 지나치게 흥분되었다고 생각하며 한숨을 쉬었다. "이 정도에서 얼마든지 축복받았다고 생각할 수도 있는데…… 하기야 과분한 은총이지. 헌데 아무렇게나 만족해버릴 순 없단 말야. 나타난, 감사한 일들에서 더 안방으로 들어가, 난 '말'의 진짜 살[肉]을 만지고 싶단 말야. 어찌하여 내 핏줄 속엔 '밭 갈고 씨 뿌리며' 그런대로 행복하게 살 수 있는 그런 피가 짜 넣어지질 못했을까? 어째서 난 언제나 변덕이 심한 아주 못된 놈인가. 병균이 날 파먹고 있어."

점쇠가 당굴의 고뇌를 대행하느라 안타까워하고 있을 때, 설거지를 끝낸 누이가 오빠 곁으로 와 조용히 앉았다. 그리고 찌들어진 오빠에게 위로를 주고 싶은 눈으로 내려다보았다. 누이의 눈은 크고 깊고 서글서글했다. 게다가 그 속엔 야성기가 이글거리고 있어 오빠까지도 섬뜩섬뜩하게 했다.

점쇠는 누이의 시선을 접하곤, "역시 과분한 은총임엔 틀림없어" 하고 입 속말로 하곤 웃어 보이려 씰룩였다.

"얘야, 한두 달가량은 아랫녘으로 가선 안 되겠더라. 그리고…… 내일부턴 밭을 갈아야겠어." 점쇠는 뿌지직 일어나 앉았다. "오늘은 너무 무릴 했구나."

"전 오빠가 무슨 생각을 하셨나 다 알아요. 생각 안 할 순 없나요?"

"………" 점쇠는 넋을 잃고 누이를 바라보기만 했다. 둘이의 얘긴 더 계속 되질 못했다.

어둠이 칙칙하게 휘감아 들었다. 둔하게 물결 지는 동백 숲은 뻘에 젖은, 치마폭 같았다.

"오빤, 저에게, 아무것도 안 묻나요?"

아주 이슥해졌을 때, 누이가 입을 열었다. "누구의 애였느냐구 말예요." 누인 몹시 더듬었다.

점쇠는 뜻밖의 말에 어리둥절해 누이를 빤히 건너다보았다. 표정은 어느 쪽이고 보이지 않았다. "지금 그런 얘길 해서 뭘 하지? 아이가, 아이가 말이다, 아이가 살아 있지도 않은데." 점쇠는 어중간한 음성으로 말하며, 드리워진 누이의 머리칼을 쓸어 올려주었다.

"그 사람이 그립겠지?"

"아, 아네요." 누이의 음성은 흐느낌에 섞였다. "미워했어요. 이젠 밉지도 않아요. 벌써 잊은걸요."

"널 병자라고 '빈들'에 버렸던 걸 생각하면 가슴이 아프다. 용서해다우. 무섭지 않던?"

"무서웠어요. 허지만 죽을려 했댔거든요. 그래 병자들과 더 가깝게 지내기도 했어요. 병도 옮지 않더군요. 누구도 원망할 수 없었어요. 아버님과 오라버니들께 욕될 것만 걱정스러웠어요."

"사냥개처럼, 율법이나 지켜야 하는 족장가에 태어났다는 그 숙명에 당한 거다."

"배가 떠날 땐 정말 슬펐어요. 저는 멀리서 배 떠나는 것을 바랐을 뿐인데, 그때부터 복통이 시작되었기에,"

“네가 지금 몇이던가?” 점쇠가 불쑥 누이의 나일 물었다. 화제를 바꿀 겸, 형님이 자기 나이를 묻던 걸 기억하고서인 듯했다.

“………” 누인 의아스러워 오빠를 빤히 쳐다보며 울고 싶은 듯 입술을 옴지락이다 “열……아홉이에요” 하고 서툰 음성으로 대답했다.

“그래, 나도 안다. 알아. 섬순인 몇이던가?” 무슨 그리움 같은 것이 치올라 점쇠는 섬순이 나일 물었다.

“섬순이요?” 누인 까닭도 없이 가늘게 떨었다. 그래서 대답하지 않고 고개를 푹 숙였다.

“이젠 들어가 자거라. 이슬은 몸에 해로워요, 산후잖니 넌.”

“오빠도 들어가세요. 저 혼잔 무서워 잠이 안 올 거예요.” 누인 솔직하게 고백했다. 점쇠는 이렇게 말하는 이 암노루 같은 계집애를 꼭 껴안아주고 싶은 충동을 느꼈지만 참았다. 점쇠의 그리움은 바로 이런 것이 닿고 있는 것이었다. 성숙된 입술에 입술을 처음 댔던 때의 뜨거움이 부끄럽지만 체취 높게 떠올랐다. “오빠가 밖에 있는데 무섭긴? 이불이랑 잘 덮고 좋은 꿈꾸는 거야.”

“싫어요, 무서운데 좋은 꿈이 꿔지나요 뭐?” 누이는 어느덧 응석기를 띠었다. 스스로도 기대 못 했던 응석이었는데, 섬순이에 대한 이야기가 이상하게 작용했다.

“거어참, 후후후, 하는 수 없군. 아가씨님, 그럼 들어가세나.” 점쇠는 너무도 사랑스러운 이 계집애를 번쩍 들어 안고 거적을 젖혔다. 누이는 부끄러워 어쩔 줄 몰랐으면서도 좋아하며 눈을 감았는데, 눈물을 병아리만큼 찔끔 솟아 올려놓았다. “정말 아주 무서운 밤이라면……” 누이는 막연히 그런 생각을 하곤 몰래 얼굴을 붉혔다.

“넌 도대체 언제나 이 모양으로 맹추란 말야. 아직도 어린앤 줄 아니?” 점쇠는 형님의 목소리를 꾸며 핀잔을 주고 아쉬운 듯 누이를 내려 뉘었다. 그리고 베개까지 베어주고, 자기는 거적문 쪽에 누워 흩청에다 발만 조금 넣었다.

그리곤 둘 다 별말 없이 잠을 청했다. 그러나 둘에게 다 잠이 잘 안 왔다. 누인, 젖이 불어난 고통이 가져다준 가슴 허전함으로 오빠보다 더 뒤척였다. 게다가 마음속에선 해버려야 될 얘기가 끓고 있었다.

"오빠, 주무셔요?" 부스럭거리다 참지 못해 누이가 말을 걸었다.

"……. 내일은 동백 열매를 따서 불 켤 기름을 좀 준비해야겠다."

"애는, 저어, 애는, 바, 바람쇠 애,"

"엥?" 점쇠는 누이의 말이 채 끝나기도 전에 솟구쳐 앉았다. "바, 바람쇠 애라구? 바람쇠?" 점쇠는 더듬거렸다. "하, 하필이면." 점쇠는 맥을 풀었다. "하, 하기야, 그, 그 사람은," 점쇠는 감정을 억제하려 무진 애쓰며 "남자다운 남자였어" 하고 병적으로 체머릴 흔들었다. 누이는 쓰러져 어깨만 들먹였다.

"그 사람은, 큰형과는, 둘도 없는, 친구였고…… 집에 자주 드나들었지. 하기야 그땐 모두 마지막 날을 살았으니……" 점쇠는 멍청스레 씨불였다. 눈물 젖은 누이의 뺨이 발바닥에 느껴졌다. "누, 누구에게나 끝 날이었어." 시집도 가지 않은 산고를 치르느라 사자(死者)들 속에 던져졌던 가여운 누이를 너무 괴롭혀서는 안 되겠다고 맘속으론 다짐하면서도 그게 안 되었다. 그래서 점쇠는 조용히 일어나 밖으로 나와 불은 꺼지고 파도 소리만 높은 땅을 터덕터덕 걷기 시작했다.

이튿날은 암소에 멍에를 메어 밭을 가는 일을 했다. 오랜 가뭄으로 땅은 굳을 대로 굳어 있어 소가 괴로워했다. 굳은 땅과 암소의 땀방울에서 점쇠는 '말'에 맞선 자기를 보게 되어, 그래서 좀 일찍 소를 쉬게 하고, 쌓던 사당을 계속 쌓아 올렸다. 물론 본래의 모습대로 쌓을 순 없었지만, 기초는 완전히 된 셈이고 석양 녘으로만 쌓아도 한 스무날만 더 쌓으면 모습이 드러날 것 같았다. 사당을 쌓아 올린다는 일은 점쇠에겐 '말'을 향한 피나는 추적(追跡)이었다. 물론 당굴들의 백골과 섬돌이 모자의 뼈를 아꼈다. 그건 '말'에게 바친 흠 없는 제물들이었던 그 때문이었지만, 그러나 사실로는 점쇤 그 뼈들을 혐오하고 있었다. 이 위장된 '말'들이 '말'의 실체 앞에 가로 서서 '말'을 몇백 년이나 숨겨온 것이라는 그 때문에—.

생활은 날이 갈수록 익숙해지고 때가 묻어가기 시작했다. 누이도 아무 추억도 맺어져 있었지 않은, 핏덩이에 대한 짝사랑도 조금씩 잊어버리고, 흠 없던 옛날 모습을 되찾아 명랑하고 활기로웠다. 갑자기 더 성숙해지고 세련되어 보여, 점쇠는 때때로 놀라 멍하니 누이를 바라보곤 했는데, 그건 아마도, 남자를 충분히 경험해보았고 애를 낳아도 보았으며, 게다가 근육도 뼈도 살빛도 눈도 수염도 좋은 남자와 매일을 같이 지내는 사이 그렇게 물이 오른 것 같았다. 그녀는 오빠가 넋 잃고 자길 보다가 황황히 돌아설 때는 자신도 모르게 한숨을 불어대곤 했지만, 그늘은 지지 않았다. 살찐 암탕나귀를 닮아만 갔는데, 오빠가 사당에만 전심전력을 기울일 때면 몰래 사당을 향해 눈을 흘기곤 했다.

닭도 알을 낳기 시작해서 벌써 세 개나 모아졌고, 당나귀 부부는, 어제께 오빠가 밭갈이에 여념이 없었을 때 교미를 했으니 얼마 안 있어 새끼를 낳을 게다. 송아지는 송아지대로 나날이 사내 근성을 드러내며 자랐고 고양인 좀 말썽꾸러기지만 낮잠을 잘 잤다. 고양이가 누워 있는 곳이라서 토방엔 햇볕이 찾아들었다. 염소는 아직 음양의 이치 속을 모를 듯했지만 개들은 사춘기에 들어선 모양으로 서로 너무 액기(腋氣)를 탐해 싸서 보기가 싫었다. 돼진 먹는 데만 흥침되어 나중엔 제 놈의 배때기 속에 빠져 허우적이다 죽을 것 같았다. 아직 오빠에겐 당나귀 부부 얘길 못 하고 있지만, 머잖아 새 식구가 불어날 경사이므로 불일간에 하긴 해야 할 것이다. 그 얘길 꺼내고 싶을 때마다 누이는 자신도 모르게 구름 조각을 살피곤 했다. 그리고, '고행의 돌 더미' 아래 묻힌 애의 기억을 더듬어내려, 하복부에 손을 가져가 있을 수 없는 꿈틀거림을 기다렸다. 거기에도 사실로 '고행의 돌 더미'는 있었다.

헌데 비가 좀 축축이 내려야 씨앗을 뿌릴 터인데, 비가 오지 않아 걱정이었다. 샘까지도 물이 줄어들고 있는 형편에 씨앗만 뿌려놓고 하늘이나 보고 있달 수도 없었다. 엷은 구름 한 장 몸 가리지 못한 하늘도 가난했다. 땔감도 반달 치는 쌓였고, 이것저것 먹고 사는 데 필요한 것은 대략 며칠 분씩은 준비를 해뒀고 해서, 비 오기를 기다리며, 그런 동안에 사당을 쌓는데 전념해 점쇠 생각으론, 모레쯤은 제사도 드릴 수 있으리라고 했다. 그런데 점쇠에겐 사당이 차차 모습을 이뤄가고 있는 것이 걱정이었다. '말'의 발현된 뜻의 그 뿌리를 캐어내질 못했으니, 사당이 다 이뤄진다더라도 벌 없는 통이나 같은 것이 아니겠느냐는 것이다. 이 문제로 점쇠는 몹시 초조해져 '고행의 돌 더미' 위에서 무릎이 까지도록, 앉아 있어 보기도 했었다.

헌데 그날 오후부터, 그렇게도 기다렸던 비가 한 줄기 잘 내릴 모양으로 구름이 불려 오며, 바람은 강풍기가 있었다. 배가 떠난 날로부터 꼽아보면 열아흐레가 흐른 날인 것이다.

저녁 식사를 끝내고 오누이가 가까이 앉아 기둥에 걸린 초롱이나 보고 있을 즈음엔 사위가 정말 좁혀들었는데, 빗방울이 후드득이며, 동백 숲을 쓸어가 버릴 듯이 바람이 일었다. 둘이는 공포 반 기쁨 반으로 자기들도 모른 새 얼싸안았다. 누이는 목이 메어 했다.

"정말 감사할 일예요, 그렇죠?"

"………" 점쇠는 말을 못 했다.

"그나 그뿐이게요?" 누이는 전신이 뜨거워짐을 느끼며 속삭였다. "새 식구가 하나 더 불 거예요." 누인 떨었다.

"새 식구라구, 새 식구?"

"당나귀가 말예요, 저어…… 당, 당나귀가."

"당나귀? 그럼 그게 새낄 배고 있었던가? 저런!"

"아이참, 오빠두! 새, 새끼 낳으려구……"

누인 오빠의 목 밑에다 얼굴을 처박고 어색하게 키득거렸다.

"새끼 낳으려구……"

"어어, 어응, 헛." 점쇠는 그제서야 누이가 말하고자 하는 뜻을 알아차리곤, 부끄러워하는 것도 당연하다 싶어 팔로 누이의 얼굴을 감아 숨겨주었다.

폭풍이 흙집을 날릴 듯 거세어져 가면서 우뢰가 팔방으로 부서져 갔다. 섬도 자길 묶은 닻줄을 끊고 되는 대로 기우는 모양이었다. 둘이는 서로 끌어안고 있는 걸 알았지만, 왠지 팔을 풀지 못했다.

"오빠!" 누인 머리를 빼 올려 당돌하게 점쇠를 올려다보았다. 누인 아주 낯설어 보였다. 볼엔 눈물이 흐르고 있고 팽팽해진 입술은 반쯤만 열려 꿈틀거리며 뜨겁게 쌔근거렸다. 갓을 씌운 초롱이 새어든 바람에 흔들려 둘이의 얼굴을 무섭게 흔들며 흩뿌렸다.

"………" 점쇠도 거칠게 숨을 헐떡이었으면서도 팔을 확 풀고 돌아앉아 버렸다. 그리고 괴롭게 생각했다.

“저 죽었던 애를 되살려야겠어.”

“자꾸 말예요, 오빠 자꾸, 무서운 생각이 자꾸 드는걸요 오빠!” 누이는 오빠의 등에다 흐트러진 머리칼에 쌓인 젖은 뜨거운 볼을 문지르며, 두 팔을 오빠의 겨드랑 밑으로 돌려 오빠 가슴의 털을 쥐어뜯었다.

“내일은 어떻게 되죠? 오빠, 모레는요? 십 년 후에는요, 네?”

그리고,

속박에서 벗어난, 완전하고 훌륭한 여자라는 자부심과 노곤함으로 혼곤히 자다 말고 누이는, 어떤 전율 때문에, 옆자리를 더듬다가 남자가 만져지지 않아서, 당황되히 부르며 빗발 속으로 뚫고 나갔다. 그리고 그녀는 아직 날이 채 밝기도 전의 후둘기는 빗발과 번개 속에서 자기의 남정네가 뭔가를 미친 듯이 해대며, 헛소리처럼 알 수 없는 말을 각혈하는 걸 보고 들었다. 그는 온전히 미쳐버린 듯했는데, 그렇게도 애써서 땀과 신앙과 정성으로 쌓았던 사당을 헐어내고 있었다.

“오빠, 대체 무슨 짓예요 네? 그러지 마세요 마세요 정말 마세요!”

점쇠에겐 그러나 아무 소리도 들리지 않은 듯, 와르르와르르 돌만 밀어냈다. 벌써 밑뿌리 가까이까지 흩어져 있는 걸로 보아선 꽤 오랫동안 그 짓을 했음에 틀림없었다.

누이도 더 말하지 않았다. 그리고 벗은 몸을 부끄러워할 줄도 모르고 오뚝하니 서서 오빠를 지켜보았다. 뭔가 온몸으로 여울져 휘감아오는 자학적인 쾌감을 비의 학대 속에서 즐기며 오빠가 그 일을 끝냈을 때까지 그냥 그러고 있었다. “오빠는 세 개의 남자는 아니야, 이젠.” 누이는 생각했다. 점쇠의 행동이 누이에겐 고백으로 보였다. ‘말’의 사람도, 율법의 사람도 아니라는. 다만 한 계집만의 남정네라는. 그래서 누이에겐 천둥도 무섭지 않았고, 번개도 정다웠고 비가 춥지도 않았고, 통쾌하기만 했다.

점쇠는, 당굴들의 뼈 무더기까지도 다 헤쳐 던지곤 질서 없는 돌 더미 위에 쓰러져 폭우처럼 흐득거렸다.

날은 완전히 밝아졌는데, 바람과 빗줄기만 더 거세어갔다. 섬은 얼마나 멀리까지 떠 흘러왔는지 모른다.

그렇게 둘이는 오랫동안 있었다. 누이는 실 한 올 걸친 것 없이 통곡하는 사내의 푸들리는 근육에, 점쇠는 돌덩이 밑으로 흐르는 당굴들의 영혼 같은 황톳물에, 정신을 잃었다. 그러나 점쇠가 충혈된 눈으로 앞을 바라보았을 땐 거기에, 풍염한 대지(大地)가 기막히게 비옥한 음부를 열고 유혹하고 있었으며, 버마재비의 암컷이 이를 갈며 '말'이나 같은 그런 무엇을 찢어 죽이려 하고 있는 것이 보였다. 피가 솟도록 눈을 치뜨고 보아도 여전히 그랬다. 그것은 점쇠를 견딜 수 없게 했다. 점쇠는 찢기고 터지고 긁혀 걸레쪽이 된 몸을 간신히 일으켜 비적이며 그것을 향해 돌진했다.

누이는 눈 한번 깜빡이지 않고 오빠를 쏘아보았지만, 형언 못 할 공포로 부들부들 떨다 무릎을 꿇었다.

누이 곁에 다가온, 욕망으로 변해버린, 이 독사는, 그리고, 무지막지하게 누이의 머리채를 낚아채, 착 한번 누이의 목에 휘감아 쓰러뜨리더니 누이의 온몸을 핥고 물어뜯기 시작했다.

"죽이지 마세요, 네? 죽기 싫어요!" 열사의 지렁이처럼 꿈틀이며 누이는 애원했는데, 그렇다고 공포나 고통에서 비롯된 것만은 아닌 듯했다.

그리하여 두 사람은, 쉼 없는 우뢰와, 대숲 같은 비와, 장막 같은 안개 속에서, 한 몸으로 휘감긴 뱀이 되어버렸다.

그런데 점쇠의 영육이 타들고 있는 것만큼 누이 목의 머리칼도 자꾸 더 파들고 있었다. 동시에 점쇠의 하복부에 누이의 수축과 흡입이 소금 같은 쾌감으로 느껴져 왔다. 그때에야 점쇠는 자기의 피와 혼이 산화(散華)되고 있음을 아스라이 보았다.

3

"버마재비의 암컷은, 그건 어쩌면 나였고 너는 아니었다. 어쩌면 그리고 몇백 년이나 굳어온 율법이었다."

아직도 줄기차게 비가 퍼붓는 음부(陰府) 같은 그리고 폐쇄 같은 그런 밤의 심연 바닥에 정지(靜止)처럼 점쇠는 앉아, 식은 여인의 심장에 입술을 붙이고 있었다. 그때로부터 지금껏 한 번도 점쇠는 울지 않았다.

"난 너를 아마 지나치게 사랑했다."

식은 여인을 보석인 양 어루만지며, 점쇠는 그의 정지로부터 서서히 깨어났다. 점쇠의 음성은 결코 침통하지 않았다. 명오(明悟)가 열리는 모양이었다.

"허지만 널 죽이길 잘했어!" 선언하듯 외치고 점쇠는 다시 음미하듯 읊조렸다. 두 알몸의 꼭같은 표정을 핥으며, 번개가 지나갔다.

"네가 나를 분만했구나. 네가 없었더라도 어느 때엔 허긴 이렇게 되긴 했을 것이다. 소의 죽음이, 닭의 죽음이, 아니면 피었던 꽃의 죽음이, 이렇게 만들었을 것이다. 나를 봐라, 내 속에서 넌 너의 새 삶을 보게 될 게다." 점쇠는 누이의 얼굴에서 비를 빨아들였다.

"난, 목매단 자를 매달고 있는 나무껍질이 그 껍질을 씹는 사람의 생명을 연장시켜 준다는 것이거나, 병으로 곧 죽어가는 환자를 살리기 위해, 열두 매로 염(殮)한 닭을 환자 옆에 놓고 주문 몇 마디 씨불인 뒤 닭의 목을 자른다는—생명이나 죽음의 그런 대행(代行)을 생각했다. 쑥 잎 한 잎이 시들어 떨어지면 언뜻 그 쑥 잎과는 아무 혈연도 없는 뱀 알이 하나 깨일지도 모르며, 고양이 한 마리가 늙어 죽으면 섬돌이네 지붕의 박꽃 한 송이가 망울을 틀지도 모른다. 나는 지금 '말'에 대해 얘기하고 있는 것이 아니다."

점쇠는 눈을 지그시 감고 이마로 해서 타 내리는 비를 즐겼다. 입술이 가늘게 씰룩여지고 있었다.

"'말'은 아마 있을 게다. 그래서 난 그를 죽이려 사당을 헐었다. 하필이면 누이를 오빠에게 줄 수 있느냐고 나는 대들었댔으니까. 때였어, 너무 두텁게 낀 때였어. 하기야 따지고 보면 넌 누이이기 전에 여자긴 했다."

점쇠는 누이의 굳은 젖꼭지를 손바닥으로 뱅글뱅글 굴렸다.

"난, 풀에서도, 송아지에게서도, 물결에서도, 한낮에도, 자주 '말'을 느낄 수 있었다. 송아지가 남아 있는 걸 알았을 때, 아기 울음소리에 귀가 멀었을 때, 여자인 너를 발견했을 때, 난 '말'의 속 깊은 뜻을 만졌었단 말이다. 말이 아니면 이뤄놓을 수 없는 일들이었다."

번개가 다시 여인을 사르며 사라졌다. 여인의 목에 아직도 머리칼이 감겨 있었다. 점쇠는 여인의 목을 파고든 무자비한 머리칼을 조심스레 풀어 간추리기 시작했다. 점쇠는 무엇에 도취되어 있지도 않았고, 혼미한 의식도 아니었다. 너무도 맑아 있었다. 섬세하며 명석했다.

"그러나 '말'은 아마 없을 게다. 돌이니 풀이니 송아지니 하는 것들에서 느꼈던 '말'은 그것들의 정조(情操)며 생명 그 자체였을지도 모른다. 돌에게서도 난 생명을 느꼈으니까. 따지고 보면 송아지나 아이나 여자가 남게 된 것도 그럴 만한 충분한 이유가 있었다. 거기에 '말'의 뜻이 있었던 게 아니라 인간의 예지와 실명(失明)이 있었던 것이다. 하기야 그것 모두 '말'의 지시였다고 해도 된다. '말'을 죽인 자들이 이뤄놓은 우연이라고 해도 안 되는 건 아니다. 그렇다고 내가 뭘 의심하고 있는 것도 아니다."

간추린 머리칼을 점쇠는, 팽배된 채 있는 누이의 두 젖무덤 사이에다 놓아주었다.

"난 지금은 다만 새나 풀이나, 짐승이나 돌 같은 그런 것들을 생각하고 있을 뿐이다. 그것들은 '말' 따윈 생각지도 않는다. 그것들은 '말'이 있다고도 안 하며 없다고도 안 하며 있는지 없는지 의심하여 생각지도 않는다. 누이니 오빠니도 생각지도 않는다. 그러면서도 그것들은 훌륭한 삶을 살고 있다. 그것은 그것들이 바로 '말' 그것과 비슷하기 때문인지도 모른다. 그것들은 만약 '말'이란 것이 따로 있다면 '말'도 친구가 없이는 너무 쓸쓸한 터인고로 '말' 쪽에서 먼저 얘기를 걸어줄 것이라는 초연한 태도이다. 사람만이 타락되어 불행하게 살아왔다. 사람은 어떤 근원으로부터 스스로를 버림받게 했기 때문이다. 그들의 영특함으로 그런 거야, 글쎄 그런 거야."

번개가 백송의 맨 윗가지에서 부서지며 가지를 찢고 태웠다. 그때마다 여인은 달처럼 떠올랐다.

"난 새벽에, 두꺼운 껍질을 벗기는 모진 아픔을 경험한 거야. 그래서 넌 죽었다. 수백 년이나 걸려, 이젠 집처럼 쌓여져 버린, 그렇지만 박락(剝落)되어져야 했던 모든 껍질을 대신해서 난 그 수천 년의 몰락으로부터 그 본래 자리로 한순간에 되돌아오는 현기증으로 무섭게 떨었다. 그러고 보니, 한때 너무도 흑암에 찼던 이 땅이 온전히 새롭게만 보인다. 묵고 거칠어지고 이지러진 껍질 속에 숨겨져 있었던 풍염한 젖퉁이가 드디어 열린 거야. 인간만이 볼 수 없었던, 그리하여 스스로를 제외시켰던, 태곳적의 그 어떤 숨결 같은 것이, 젖 같은 것이, 샘솟는 것을 되찾은 것이다. 그것이 바로 자정(子正)의 의지(意志)였다. 땅의 맥관을 타고, 줄기차지만 고요히 흘러온 작용력(作用力) —그것이 어쩌면 내가 찾은 '새로운 말'이다."

점쇠는 여인의 찬 젖꼭지를 힘을 다해 빨았다. 젖은 솟지 않았지만 빗물이 젖처럼 넘어왔다.

"사당 같은 건, 이제 생각해보니 쌓을 필요도 할 필요도 없는 걸 그랬다. 난 벌써 그런 건 볼 수가 없이 되었다구. 아직도 거기에 서 있더라도 내 눈은 그것을 못 보았을 것이다. 그것은 잃은 모습으로 서 있기나 할 테니깐. 사라진 모습으로."

점쇠는 다른 젖꼭지로 입술을 옮겼다.

"너의 젖샘 속엔 태곳적의 그 어떤 숨결이 괴어 있다. 그리고 내 갈증을 흠뻑 적신다."

점쇠는 그 젖퉁이도 이빨 자국이 나도록 빨다간 조용히 고개를 쳐들곤 누이의 왼손을 잡아들었다.

"태곳적의 그 어떤 숨결, 잃어버렸던 땅, 그 '새로운 말', 자정의 의지, 그 여인—그것은 이 한우리의 고향이다. 이 한우리의 귀소(歸巢)다. 이 한우리의 어머니다. 그런데 나는 오늘, 옛집에 돌아와 있다. 사람이 살았다가 쫓겨난 옛집에." 점쇠는 족장 권위의 상징인 옥돌 반지를 빼어 들었다. "난 내가 나 하나만 고립되어 있는 생명이라곤 생각지 않는다. 벌써 죽음의 노래 소린 들리지 않는다. 내가 이것을 너에게 바치는 것은 나의 사랑을 네게 보여주고 싶어 그런다." 점쇠는 누이의 맞는 손가락에 반지를 끼워주곤 입술을 비볐다. 때 없고 너그러운 미소가 점쇠 얼굴에 피었다. "내가 돌아가 귀의(歸依)했음을 표현하자는 것이다."

점쇠는 잠들어버린 여인을 소중하게 두 팔에 안아 들고 일어섰다. 보이는 건 캄캄한 밤뿐, 팔 안엔 육중한 차가움.

점쇠는 천천히 어둠을 헤치며 걸어 내렸다. 그의 대지를 주유(周遊)하고 싶은 마음으로, 이슬 길을 가듯, 노래 같은 명오를 흘리며—.

차차로 포효하는 파도 소리가 높아져 오고 검은 물결이 일렁일렁 점쇠의 발목을 삼키고 또 기어올랐다. 그래도 점쇠는 멈추지 않았는데, 파도까지도 점쇠의 발에 닿아선 대지로 화했다. 어둠도, 그리고 하늘도, 이 한우리 속의 모든 것이, 그리고 그것은 유혹적인 새로운 세계로서, 그의 발밑에 감람 잎을 깔았다.

"비가 개는 대로 묵은 땅은 온통 불살라버려야겠어. 폭우로도 다 못 씻은 낡음들을. 그리곤 씨알을 던져야지, 씨알을, 암믄. 이 여인의 몸에, 그 자궁에."

그 밤하늘로 그리고, 한 마리의 흰 비둘기가, 날아 올라갔다. 그것은 '고행의 돌 더미' 속에서 푸드덕이며 살아 나온 것이다. 옴.

南道 · 1

그란디, 워짠 놈의 비만 요롷게 짜들아지게 퍼부서쌓는지 참말이제 알 수가 없구만그랴. 멀기도 먼 물질(길) 저쪽 동네도 비만 오까? 비만 요롷게 오고 어둡기만 어두우까? 하메 달이 언간히 커졌을 긴디. 커졌을 끄라고 달이—. 석 달을 내내 비만 오고, 달은 떠도 메물(밀)밭은 안 비(뵈)고, 석 달을 내내 비만 오고……. 할마씨, 나도 인제는 죽을라고, 그럴라고 벵인개 비요, 벵인개 비요. 나도 인제는 큰 독(돌)이나 하나 몸에 짬(처)매고, 그라고 메물꽃 흐물트러진 속에나 눕고만 젚소, 참말이요. 하기는, 내가 벌쎄부텀 죽어뻐렸는개 빈디도 워디로 갈중을 몰라 혼백이 내요. 몸을 요여(腰與) 삼아 그냥저냥 사는지도 모루긴 모루겠소, 모루겠소.

그란개 나도 늘 짜안했더니요, 늘 참 짜안했었더랑개요. 산에서 큰 큰애기가 갯갓으로 시집을 와갖고서나, 산으로도 돌아도 못 가고, 돌아도 못 가고 바다에 묻혔이니, 참말이제 워찌 맘이 편컸소? 인재 산에는 단풍도 들 건디. 바람 끝이 여간 찹더라고? 단풍 들먼 멀구(머루) 술 담구고, 국화 따설랑 띄우고서나, 그라고 말이라, 가메(가마) 타고 시집갈 날도 생각했었더라먼서 흐흐, 얼굴을 뿕히더니, 글씨 쉰이나 된 것이 얼굴을 뿕히더니—.

그러던 할민디, 그러던 할민디 말여, 고런 시집살이 석 달도 못 돼, 글씨 석 달도 못 돼 과택(寡宅)이 되았구마는, 과택이 된 거라. 그날 밤도 똑 오널 밤맹이 요랬었제, 할마씨네 영감을 뺏아 간 날도 요랬었다고. "참말 이제 너무

하요. 너무하요. 산호를 딸라고 갔던그라우, 진주를 딸라고 갔든그라우? 참말이제 너무하요, 물귀신님도 너무하요. 모진 것이 목심이라 묵고 살아보자고, 묵고 살것다고, 살것다고 나간 것을 그랄 수가 있소, 참말이제 그랄 수가 있는 그라우? 참말이제 너무하요!" —할마씨는 삼백예순날을 울었구만. 그람선 울었어. 그랬어도 물귀신은 기척도 없었고 할마씨 흘린 눈물에 바닷물만 불어설랑 세 평 모래가 더 젖기만 젖었더라고.

비가 들치고 파돗소리가 더 커진 것 본개, 바람이 새로 또 시작되았는개 비구만. 메물밭 한 패기를 석 달이나 망쳐놓고, 그라고도 또 부는개 벼. 하매 달이 중천일 것인데, 그럴 것인디……

워짜먼 하기는 또 모를 일이제, 하기는 모를 일이여. 멀기도 참말이제 멀드래도, 물질 저 건네 동네서 핀 메물꽃 그리메(그림자, 그늘)가 물 우에 떠 있다가설랑, 그래설랑 말이라, 요 비바람에 밀리고 또 밀려갖고, 요 아랫녘, 할마씨 젊었을 쩍 앉아 삼백 날 울던, 돌팍에나 와 폈을지도 하기는 모를 일이여. 물 지내간 새복(새벽)에 보먼, 희디흰 거품도 참말이제, 많이 안 얹어 있더라고? 물질 삼만 리 쉬엄쉬엄, 하기사 멀기도 머요.

그란디 참말이제, 비도 너무 와싼다, 참 너무 와싼다. 그렇드래도 하매 니얼 새복에는 무신 기벨(기별)이라도 있으까, 있으끄냐고? 그란디 고 괴기(고기)는 워디서 왔으까? 그랑개, 등은 짙은 초록빛이었제? 그랴, 그랬재. 그라고 뱃까죽은 고흔 다홍색이었더라고. 헌디 고 갈매기는 또 왜 죽었으까, 왜 죽었것냐고? 그란개 고것이 원지쩍 일인디, 내가 자꼬 왜 요롷게 맘이 짜안하까? 괴기의 다홍색 배때기에 발톱을 얹고 고 새는 죽었등만, 그 괴기도 죽었등만. 그란개 고것이 원지쩍 일이여? 고 뒷날부텀 그란개 나는 갯갓을 안 니려가 봤구만. 워쨌든 고것이 달 못 보고 샌긏인 새복에 밨던 일인개, 가만있자, 그란개 석 달은 되았겄구만, 그랴 석 달은 됐겄어. 물론 새복이먼 맘은 늘 할마씨 앉아 울던 돌팍으로 가 있으먼서도 나는 안 갔제, 가덜 안 했다고. 그라다 본개 고 괴기는 워찌 되았는지, 고 갈매기가 워찌 되았는지 인재 나는 모루제, 몰룬다고. 그람선도 워짠 일로 맘만 자꼬 짜안하다고.

산(山)사람의 딸로 커갖고 갯가 사람의 아들한테로 시집왔던, 쉰 된 할마씨가 죽은 밤은, 그란개 달이 참 밝았었구만, 밝기도 밝았더라고. 죽기 전날 밤 맹이 밝았었어. 헌디 죽을라고 씼던개 벼. 글씨 말여, 우멍하게 내 손을 다 잡데야. 흐흐, 그랬더라고, 우멍하게 그랬더랑개. 그것이 처음 아니겄는개 비. 그람선 그라데야. "이 불쌍한 할미 소원 하나 들어 줄란그라우?" 눈물이 맺혔등만. 나는 그때 또 맘이 짜안시러운 기, 나도 참말이제 울고만 젚데. "머신그라우?" ―이 말배끼 대처니 내가 머시라겄어, 내가 머시라고 했어야 되겄겄냐고? 참말이제, 사람끼리는 베믄시럽게 지낼 것은 아니라, 참말이제 아니등만. 그런 중만 나는 알고 있제. 그란디말여, 고것이 맘대로 되는 일이 아니여. 글씨 데문데문 지내다가도 워떤 날 끕짝시럽게 베믄시러져 뻐리더랑개.

"나 영감님 배 한 번만 타 보고저퍼 그러요. 배 한 번만 태워줄란그라우? 똑 한 번만 타볼란개, 한 번만 태워주씨요 잉?"

"덕산댁, 그기 무신 말요?" 이 말배끼 대처니 내가 머시라겄어 엉? 내가 머시라고 했어야 됐겠냐고?

"글매, 그냥 그라고자파 그라요. 죽기 전에 똑 한 번만 말이요."

"주 죽다니, 대처니 그기 무신 말요 잉?"

"……안 죽는 사람도 있는그라우?" 할마씨는 울고 있등만.

"글씨, 그 글씨, 그렇단다고 그 무신 씰데없는 말을 다 하냐 말이냥개? 행이나 꿈질에서라도 못 할 소리요."

"워짠지 그런 생각이 들어서 그랬지라우. 아이 영감님, 한번 안 태워줄라요?" ―흐흐흐, 하고 작것이 보다 보다 보잔개 나중엔 흐흐, 고 늙은 여수(여우)가 여수질을 떠는 기 아니겄어?

"원지 말요?"

"원지는 원지겄소? 지끔 말이제."

"에엑? 아, 이 밤쭝에 말이요, 이 오밤쭝에? 소소 소문,"

흐흐, 말은 고롷게 했으먼서도, 그란개 한번 월뜻 정신을 차리고시나 나를 본개 글씨, 내가 막 담박질을 하먼서 언데기를 나려가고 있는 기 아니겄어. 그라고시나 또 한 번 정신을 채리고 본개, 어느새 닻은 잡아땡겨 놓고 삿대를 단단히 쥐고 있더라고. 그랬어야 되는 고 속을 난들 워떻기 알겄어? 글씨 할마씨가 두 다리를 다 올려놓기도 전에 삿대질을 하다가 하매트먼 할마씨를 빠트러뻬릴 뻔했을 지경이었단개로, 말 다했제. 워짠지 좋기도 좋으먼서도, 그란디 워짠지 맘이 짜끄 으실으실거려지는 기 영 못 배기겄등만, 그렇기는 했어도 머시라고 통 할 말도 없고, 그러잔개 사람이 똑 환장해 죽겄등만, 그래서 첸장마줄 노질만 해댔다고. 대처니 내가 워째얐겄어, 워쨌으먼 좋았겄냐고? 참 물결도 벨나게 최요옹했었제. 고런 속을 오월 제비맹이 갈르고 나갔다고. 그랴, 그런디 말여, 내 생각으로는 한 둬 번 노질을 한 것맹이었는디, 글씨 워디를 바도 물배끼는 비는(보이는) 것이 없등만. 그래 내, 할마씨한테 물었제.

"인재 구만 돌아가끄라우?"

"………"

할마씨는 똑 새각시맹이 얌전시리 앉아만 있었는디, 도대체 입을 열라고를 안 하등만. 그랴, 똑 새각시맹이었다고. 그보당도 더 고왔으면 고왔제 못하던 안 했다고. 머시라고 하끄, 글매, 머시라끄, 무신 상(향)내라고 해야까? 바람 속에 흩어져 있다가 말이라 뭣 땜시 끕작시럽게 모여갖고시나 고대로 그냥 소롯이 솔아뻬린(굳은) 고런 무신 상(향)내라고 해야까? 그나저나, 작것 한번 심껏(힘껏) 보듬아뻬리고 싶은 걸 계우계우(겨우) 참았제. 심껏 보듬아뻬리면 그냥 고대로 상맹이 흩뜨러져 뻬릴 것 같기도 했지만은 말여.

"……심이 씨이지 라우?" 그런디 할마씨가 말을 하덩만. 나는 고 작것이 그냥 솔아뻬린 중만 알았더니, 그라더라고.

"아, 아, 시 심은, 무신 심이 씨이겄소? 워 워떻기 왔는지 나도 잘 모르겄는디요."

"그라먼 쬐꼼만 더 가 줄라요? 참 달도 좋고, 물도 좋구만요."

"헤헤, 그 그런개 비요, 그라고 본개. 참 달도 좋고 물도 좋구만요."

나는 똑 숫총각만 같은 생각이 들었다고. 하기사 내가 원지녘에는 총각이 아니었겄는가마는, 그 그란개, 첫날밤을 맞은 놈맹이었다고. 참말이제 내가 원지 제집 맛 한 번이라도 밨어야 말이제.

"헌디, 할마씨 몸에 이슬이 안 해로우까 모루겄구만요."

나는 또 정신도 없이 노질만 했다고, 참말이제, 두고두고 생각이지만, 고롷게도 맘이 얄궂어본 적은 한 번도 없었다고, 왜 그랬는지는 나도 모를 뿐이여. 나는 깨어 있는 것도 안 같았고, 자고 있는 것도 안 같았는개. 나 팽생을 술만 묵음선 살아봤지만도 고로코롬 취한 적도 벨랑 없었다고. 그란개 머시 씼던개 벼.

"영감님, 인재 구만 쉬지라우. 요만침이나 와도, '워디 조만침이라도 한 번 가봤이먼……' 싶었던 그고지는 또 '조만침' 있기만 하고 한개 인재 구만 쉬지라우." 그란개, 생각해본 개 말여, 할마씨가 고롷게 입을 열었던개 비라. 헌디 아무리 생각해바도 짚은(깊은) 뜻은 알 수가 없겄등만. 그래 내 알아딛길(들을 수) 동 말 동 요롷코롬 말해줬제. 근디 나중에 되생각해바도 내가 말은 한마디 잘했던 것맹이여.

"그런개로 늙는단 게 서럽운 것 아니겠는개 비요. 삭신이 영 말을 들어줘야지라우. 젊었을 적에야 워디 고까짓껏 한숨에 가뻐리제 요렇겄는그라우. 젊었을 쩍에는 나도 심께나 썼다고 삼동(三洞)이 떠들썩했었는디……, 그란개 고것이 소싯적 원짓 일이여? 할마씨네 영감하고 나하고 그란개 펄(팔)씨름이 붙었는디 닭 울 때도 끝이 나덜 안 해."

"그래도 맘은 참 펜하요." 그란디 할마씨가 내 말을 가로막고는 엉뚱한 말을 해삐려서 나는 좀 허퉁시럽어졌었다고. "그려요, 산에라도 돌아간 것맹이 맘이 펜하요." 듣다 본개, 할마씨 말에는 곡조가 붙은 것맹이었제. 그라잔개 내 맘은 또 짜안시러질배끼—. 그래 등을 돌리고시나 뱃전에다 오른발을 얹고, 그라고 담배 한 대를 통에 담아 물었제. 참 달도 좋고 물도 좋덩만. 글씨 쳐다보먼 조막(주먹)만 한 것이 니려다보먼 바다 하나 가뜩(가득)이라고. 고 이치속을 나 같은 무식꾼이 워떻기 알 것는가만도 워찌 되았든, 내 쬐꾸만 배가 고 달 속에 그리매를 빠추고(빠뜨리고) 떠 있다는 기 하도 요상(이상)틍만. 그래서 작것 옹골지게 춤을 한뎅이 몰아 택 뱉아 떤지고 돌아앉아 뻐렸구만. 안 그러면 대처니 내가 워짤 것이여? 배부르고 등 따수면 되았제, 고런 것이 다 요상하먼 첸장 워짤 것이여? 벨 씨잘데(쓸데) 없는 것에 맘 뺏길 일은 아니라고. 그라믄 머 밥이 나올 기여, 돈이 생길 거여? 그것이 다 머 말라삐틀어진 것이겄어? 그래, 나 혼자 생각에, 배부르고 등 따순 것만 갖고는 못 사는 양반들이란 건 전생에 무신 큰 죄를 진 것이라고 했구만, 허어 그런디 말이라, 참말이제 말이라, 고롷게 춤을 한번 택 뱉고 났어도 말이라, 워짠지 말이라, 글매 말이라, 나도 전생에 무신 큰 죄를 졌던 것맹이 자꼬 춥더라고. 그랴, 고건 추운 바로 고런 것이등만. 그란개 제집이란 건 요물이라. 고런 밤을 내가 한두 번 지내봤겄는가? 요래 비도 바다서 자라갖고 바다서 늙은 놈인디. 그란디 고로코롬 끕짝스럽게 전생 죄꺼정 알아낼 기 머겄어? 거 다 요물이 껴서 안 그렇겄는개 비.

"영감님 무신 생각을 고롷기나 골똑히 하요? 이 탁배기 한잔 안 잡술라요? 참 달도 좋고 물도 좋구만요."

"예? 다, 달……, 무, 물…… 아 그렇지라우 참. 허, 헌디, 타, 탁배기는 웬 것이요?"

"아 올 때 안 갖고 왔는개 비네요. 자, 요리 오시겨요."

"그려요 잉? 난 또 몰랐구만이라우."

"엣서라우, 뻘컥뻘컥 잡숴겨요." 할마씨가 탁배기 그럭(그릇)을 내밀등만. 나는 참말이제 어리 떨떨해서만 있었는디, 술을 본개 갑째기 목이 마르고 좋아서, 나도 모루게 뽀짝(바짝) 가서 훔치드키(듯이) 잔을 받았당개.

"헤 헤헤, 아, 이, 이참, 생광시럽어 말도 못 하겄는디요." 그람선 두 모금에 다 마시 삐렀제. "머슬 요런 술을 다 갖고 왔는그라우. 자, 할 할마씨도 드시겨요, 드시겨요. 고참 꿀맛인디." 그렇지만, 참말이제 나는 술맛도 알 수가 없등만, 소금물을 묵었는지 꿀물을 묵었는지 알 수가 없등만, 참말로. 그랬으먼서도 주는 대로 다 받아 묵었제. 할마씨도 거퍼 석 잔이나 했을 기여 아매. 해여튼지 간에 쪼꿈 지낸개 얼얼해져 올라오는디 울고 싶기도 하고 죽고 싶기도 하고 한 것이 영 걷잡을 수가 없등만 그라고도 술은 많이도 남았는디 알고 본개 고것이 베믄시런 술이 아니었던개 벼. 탁배기는 아녔다고.

"원지 녘인지는 나도 모르겄소. 한해 가실(가을)에 산에를 갔다가 멀구 둬 되 따고, 국화 몇 잎 따다가설랑 담가서 실겅(부엌 시렁) 밑에 파묻어 뒀다가 오널 해거름판에사 파내본 거요."

"헥, 고 고 고런 걸! 아 고런 걸 내가 요만침이나 마시삐렸구만이라우. 고 아깝운 걸! 고걸 멘 서기 나리한테라도 대접을 했드먼, 그랬드먼 참말이제, 나이롱 치매 한 감 값은 얌전시리 나올 것인디, 헤엑 요런."

"……영감님 너무 그래쌓지 마시오. 주모 노릇 멫십 년에 내, 공술 한잔 안 디려봤소만, 그래도 그래쌓는 기 아니요. 내가 머 너무 돈만 알아서 그란 것도 아니고, 맘이 없어서 그란 것도 아니오."

"에엑 거 무신 말씀을? 당초 그런 말 매겨요." 그란디 내 말은 워짠지 이가 빠진 것맹이었어.

"고롷게 애탕가탕 번다고 이고 가겄소, 지고 가겄소, ……안 할 말을 내 하요만, 그래갖고 내, 절을 하나 지었소."

"아니, 저, 절을 말인그라우?"

"그려요, 석고개 너머 새 절이 그것이요."

"아하, 그란개로! 고 속이 그랬구만."

"헌디, 타뻐렸소, 타뻐렸어라우!"

"타뻐리다니, 고런 쑤악(흉악)한 짓이 있어? 아니 고런 쑤악한 짓이, 대처니, 고런, 고런,"

"태워뻐렸소, 태워뻐렸다고라우! 내가 태워뻐렸어요, 내가 어지 저녁에 태웠단개요, 내가 태웠다고라우!" —할마씨가 미친 것맹이 씨분댔다고.

"………"

"나도 모르겄소, 왜 그랬는지는 참말이제 나도 모른다고요."

그람선 할마씨가 내 품에다 얼굴을 파묻덩만. 그람선 울었제. 내가 워짜겄어, 대처니 내가 워째야 됐겄냐고? 그래서 그랬제. "잘했는개 비요. 잘했는개 벼요." 그란디 아무리 생각해바도 머슬 잘했다고 했는지는 영 알 수가 없었제. 워찌 되았든 잘한 짓맹이긴 했을 뿐이제.

"잘했다고라우?" 울다가 말고 할마씨가 워짠 일로 나를 빤히 올려다보등만. "……그려요, 잘했지라우, 잘했어요."

"헤헤헤, 아 그렇고 말고라우? 아 고런 일 같았으면 내가 해줄 것인디, 참 잘못했구만이라우. 츠츳." 나는 실멩(신명)이 났제. 헌디 할마씨는 좋아하덜 안 할 것맹이었어. 살째기 내 품에서 빠져나가 뻐리데. 그란디 그때는 울도 않고 웃덩만. 그랴, 웃었어. 똑 멍충이맹이 웃었어. 요상하게 웃었다고. 그래서 나도 웃어봤제. 웃어지던디.

"왜 태워뻬렸는지는 묻도 안 항만요." 웃음선 할마씨가 말했제.

"아참, 그렇지라우. 헤헤, 그려요. 그란개 나도 고걸 물어볼라고도 맘묵었었는데 그만,"

"………"

"………"

최요옹했제. 그때는 달도 안 좋고 물도 안 좋았어. 워짠지 시나부로 맘속이 비어뻬리기 시작하더니 나중에는 달빛만 꾹꾹 눌러져 차 넣어져서 숨이 맥힐라고 했제. 그람선 달빛 냄새가 목구멍으로 넘어오는디 문지(먼지) 냄새가 나고, 가문(가뭄)내가 나고, 영 죽겄등만. 본개 할마씨가 달만 쳐다보고 있음선 노래를 했는지도 모르겄어.

"……그란개 내가, 그란개," 할마씨가 한식겡이나 있다 입을 열었는디 워짠 일로 반버버리가 된 모양인지 떠듬거리드라고. "내가 살아온 것이, 고것이 말이지라우, 똑 탑 싸듯기 살아왔던 것맹이었지라우. 절 짓드키……. 그란디, 절 낙성식이 끝난 날 밤엔 내가 밤새도록 울었단 건 아무도 모를 것이요. 죽을라고도 했소. 워짠지 허퉁한 기, 내 목심하고 영 인연이 끊어져 빼린 것만 같았지라우."

"에엑, 거, 무신, 그런,"

"호호호, 그려요, ……후유우, 헌디 영감님은 대체니 워떻게 혼자 살아왔는그라우? 월매나, 월매나 쓸쓸했으끄라우, 쯔츠츠,"

"나 나라우? 헤, 헤, 내 내사 태 태어날 때부텀," 고자로 태어났은 개 그럴배끼 더, 있었겠는개 비요? ─할라다가 구만뒀제. 그런디 구만두기를 월매나 잘했던지 지끔은 모르겄어. 그런 대신에 요번에는 내 쪽에서 큰맘 한번 묵고 할마씨의 손을 꽉 잡았제. 그랬었다고! 손도 그런디 고로코롬 보드럽을 수가 있으까, 엥? 고럴 수가 있으끄냐고. 할마씨는 그란디 워짠 일로 고개를 떨쿠고 포로로 포로로 떨고 있었다고. 그래서 굉장히 추운 모양이라고 생각을 했었제. 그려, 고롷게나 떨었당개. 똑 비 맞은 뼁(병)아리맹이 떨었어. 참말이제 너무너무 안씨러워 못 보겄등만. 대처니 나이는 워디로 다 묵었간디 고롷게나 어리고 애리애리 했으까? 작것 참말이제, 고런 걸 보고서야 가만히 있을 수가 없등만. 그래 꽉 끌어땡겨 보둠아뻐리고 말았제. 워디서 고런 숫기가 솟아났는지 나도 몰루제. 하 그란디 보게야, 그랬더니 요 작것이 되떼(도리어) 저쪽에서 무장무장 더 파고들어 오는 것이 아니겠어? 글매말여, 고 비 맞은 삥아리 같은 것이 참 말로는 백여수였던개 비라. 숨을 쌔근쌔근합시롱 무장무장, 뽀짝뽀짝 파고드는디, 드는디 말여, 속이 근지럽고 송신이 나서, 글씨 발꾸락이 꼼질거려지고 추운 것보당도 더 추운 것맹이고, 더운 것보당도 더 더운 것맹이었다고, 참기 에렵등만.

"우리 영감이 보것소. 참말이요, 이거 참 워짜끄라우 예? 워짜끄."

"헤엣다, 할마씨는 똑 벨소리를 다 혀!"

"그 그래도 그것이 아닝만요."

"대처니 아니기는 머시 아니것소? 그란개 영감 죽은 지가 원지 녘인디 그래싼다요. 똑 벨소리를 다 혀."

"그래도 그것이 아닝만요!"

할마씨는 그란디 울고 있등만. 글싸 내 가심팍이 전부 뜨뜻미찌끈하니 적드랑개. 아무튼지 간에 할마씨가 우는 걸 본개 나도 맘이 안돼지먼서, 젊어 죽은 친구 얼굴이 아른하게 비등만. 그란개 그것이 아녔던개 벼, 할마씨 말대로, 하기사 그것이 아닐 것이 머신지도 나는 지끔도 모루고만 있지만도 말여, 아무튼지 그것은 아녔어. 달만 그냥 밝았제. 가만히 꼽아본개 보름이등만. 물도 너무너무 잔잔시럽었제. 워쩌다 간간이 괴기가 뛰올라설랑 달빛 쬐꿈을 파묵고시나 들어가는개 빈디도, 달빛은 띧긴 자리가 없었다고. 그냥 천(千) 짐이나 되게 밝기만 밝았어.

"그래도 참말이제 그것이 아닝만요."

"그렇기는 하겄소. 참말이제 그것이 아니겄소." 듣다 본개 고건 또 그렇겄등만.

"뭐 땜시 내가 갯갓에 주막을 채렸는지 고 심정을 알겄는그라우? 알겄냐고라우? ……하기사 누가 알겄소?"

말을 함선, 그람선 내 품에서 살째기 빠져나가더니 한숨을 한번 푹 쉬고, 그라고는 조만침 떨어져 앉등만. 가심팍이 좀 허퉁하데만 벨수 있었겠는가. 헌디 참 요상하게, 글씨 금방 패시시 웃지 않겄어? 허으 그란디 말여, 고롷게도 이삐 빌 수도 있겄어, 고롷게 이삐 빌 수가 있겄냐고, 사람이? 내가 품어보고 난 그때는 벌쎄, 바람 속에 댕기든(다니던) 상(향) 내는 아니던디. 그란개 머시라까 센녀라까 송아치라까? 아니 고것도 아니라. 머시라까? 아 그랴, 메물꽃이 등만, 흐으 그랴, 암내 낸 메물꽃이등만. 밤 괴기를 낚으로 나갔다 가시나는, 괴기도 못 낚으고 말여, 빈 배에다 달빛이나 한 짐 싣고 돌아오던 밤쭝으로 말여, 워짠지 맘이 으실거리고 편털 못해 뚤레뚤레 고개를 돌려보면 말여, 흐흐흐, 흰옷 입은 젊은 과댁이, 그랴 젊은 흰옷 입은 과댁이 달빛 가운데 앉았더라고. 우는개 볐어. 그란디 알고 보먼 그냥 누구네 메물밭이었더라고. 그랴, 달빛 아래 패시시 웃는 할마씨가 그 메물밭이등만.

"떠난 서방 해바래기로 그랬지라우. 행이나 오널은 오시까, 니얼은 오시까, 오시까 하고 말이지라우." —할마씨는 왼손 넷째 손꾸락에 낀 반지를 만지작거림선, 그란개, 곡조 있는 목소리로 이서(이어)가등만. "고롷게 조롷게 살다 본개 어언 펭생 다 가삐렸소. 다 갔지라우. 그란디 꿈질에서라도 한 번도 보도 못 했구만요. 그랑개, 그 소원도 타삐린 절맹이 되았소. 오시까 오시까 하던 서방님은 겔국은 안 왔소."

"아하 그랑개, 그랬던개구만요. 나는 또 몰랐지라우. 글씨, 할마씨가 늘 해거름판이먼 문악에 나와설랑 워디를 보더라니요! 몰랐구만요, 몰랐다고라우. 글매, 그러고 생각해본개 비가 오나 눈이 오나 그랬었구만요. 글매, 그랬어요. 아, 그라다 웃었지라우? 웃었다고요. '덕산댁은 열녀(烈女)라' 다른 친구네들이 고롷게 말하고 했어도 나는 몰랐구만요. 나만 몰랐어라우. 덕산댁은 참말이제 옐녀구만요. 하 하지만,"

"나중에는 그냥 버릇으로 그랬는지도 모루지라우. 나보고 옐녀라고라우? 옐녀? 흐흐흐, 글매, 흐흐, 백 번 옐넌개 뵤 옐넌개라우."

"하지만 말이요, 참 벤통머리 없는 짓만 했구만이라우." 워짠지 나는 좀 썽이(화가) 나더라고. "벤통 없는 짓이제 고것이 무슨 짓이겄소? 대처니 무신 기벨이 있을 것맹이든그라우?" 그래 소리를 꽥꽥 쳤댔구만.

"뼤, 벤통 없는 짓이라고라우? 무신 기벨이 있었끄냐고라우?" 헌디 요상쿠로, 요번에는 되떼 할마씨 쪽에서 썽을 팩 내더라고. 거참, 알 수가 없등만. 그란개 잘못하기는 내가 머슬 잘못했던개 비라. 근디 고걸 모루겄드라고, 해여튼 그렇드래도 말로는 요래줬재. 민망하더라고.

"이 이참, 미안하요, 이거 참말이제 고얀스리 미안시럽구만요. 그란개,"

"……허 허기사, 참말여요, 뼤, 벤통 없는 짓이었지라우. 글씨, 무슨 기벨이 왔겄어요? 벤통머리 없는 짓이었지라우." 그랴, 할마씨가 금새 하우(사과)를 하등만. 내가 옳운 말 했는디 저쪽에서 되떼 썽을 낼 일이겄어? 벤통머리 없는 짓은 짓이제 그기 머시라? 말이사 내가 한마디. 똑, 부러진 말했제. 그란개, 말이란 건 늘 뚝 뿌러지게만 해얀다고. 그란개 내가 괴얀시리 민망시러했던 거여.

"흐흐흐, 그란디 고때마둥 똑 영감님이 왔다고라우. 그려요."

"머슬? 헤에헤, 머슬, 내가 똑 그랬을라고라우?" 나는 왠지 고얀스리 또 미안시러쌓서 우물우물했제. 나도 모를 일이 내가 왜 그리 해딱해딱 되아졌었으까.

"아매도 영감님이 잡은 괴기 중에서는 지얼(제일) 크고 존(좋은) 놈이었을 것인디, 똑 고걸 한 마리씩 갖고 왔다고라우. 그라고는 꼭 술 석 사발 잡수셌지라우? 그려요, 그랬다고라우."

"헤에, 그랬던그라우? 헤헤헤, 그란개 내가 그랬던개 비용 잉. 나사 머, 할마씨네 주막 말고는 워디 갈 데가 있었어야 말이지라우."

"그란디 워짠 일인지 말이지라우," 할마씨가 말을 하다 말고는 갑째기 킥킥 웃등만, 그라더니 말이라, 모구(모기) 소리보당도 더 작은 목소리로 요로코롬 말하등만. "좋왔지라우, 영감님이 오시먼 좋왔다고라우. 오라버니거니 맘묵음선도 말이요. 에, 에에, 잉, 나도 몰라라우, 몰라라우!"

"………" 작것, 난 통 할 말이 없등만. 지금만 같드래도 서슴잖고 이랬을 것인디. "고것이사 내 할 말 사둔이 해뻐린 것이요. 참말이제 나는 더 항만요. 더 한다고라우! 사둔만 말하지 말란개!" 그랬을 것인디 그때는 내가 솔찮이(상당히, 적잖이) 어죽었던개 벼. 그랴, 백택 없이(까닭 없이) 어죽었었다고.

"다른 양반들이 다 가뻐리고도 영감님은 가실 쭝을 몰랐어요. 무신 말씀도 없었지라우. 기양(그냥) 남폿불만 치다보고 있었어요. 내가 치매 끈 하나를 풀어놨, 엥이 몰라라우, 나도 몰라라우." 요때 할마씨가 또 내 품으로 파고들었제. 귀에만 좋왔제 참말로는 무신 소리를 해쌓는지 알 수도 없등만. "호호호, 헌디 내가 왜 이라끄라우? 죽을라고 한 개 비요, 왜 이러끄라우, 예? 왜 이려요, 예? 왜 이래라우?"

"………" 나는, 한마디만 했으먼 했는디도 할 말이 없등만. 할마씨만 자꼬자꼬 말했제.

"흐흐흐, 한번은 말이지라우, 그려요, 영감님 사는 집을 갔었던개 비요. 영감님은 닷새가 넘어도 안 오시고, 듣잔개 아파 누웠다고 하길레, 과택 체면 볼 것도 없이 갔었소. 가서 본개 영감님은 지쳐서 자고 있습디다. 눈물이 나덩만요. 그래 속으로 빌었구만요. '보살님, 부체님, 예순님, 욧[堯] 나라 순(舜) 임금님, 순나라 욧 임금님, 서낭님, 객구[客鬼] 님, 시영산에 약물 뜨로 간 비리데기님, 워짤라요, 참말이제 이 목심을 워짤라요?' 요롷게 빌었구만요. 에려서부터 들어 알고 있던 여러 하눌님한테 빌었다고요. 동냥도 여러 집 하다 보먼 바랑이 찬다고 안 하요?"

"………" 나는, 한마디만 했으먼 했으먼 했는디도, 할 말이 없등만. 평생에 똑 한번 아파봤은개. 왜 기억이사 못 했으까만도, 할 말이 없었다고. 속으로만 요랬제. '그란개 내가 살아난 게 할마씨 덕맹이요.'

"이 인재 돌아가끄라우?" 그람선도 몸은 빼가덜 안 했다고.

"도 도 돌아가끄냐고요? 그 그러지라우." 나는, 나도 모루게 홱 떨치고 일어났구만. 그라고시나 노를 놋좆에다 끼워 넣었제. 그때사 어죽었던기 좀 풀리더라고. 그래 심을 냈제.

그란디도 돌아오는 질은 심이 하나도 없어서 말이라 생땀만 흐르덩만. 늙은 솔나무가 진만 흘리내는 속을 알 법하드라고. 할마씨는 꿈질 속에서맹이 자꼬자꼬 얘기했는디, 나는 고개나 끄덱여줄 수베끼 없었제.

"영감님, 나는 아매 곧 죽을 것맹인디 내가 없드래도 주막에는 늘 와줄란

그라우? 그란디 누가, 나 죽고 나먼 내 다리다가 큰 독 하나 매달아요. 물 밑에다 넣어주끄? 살아서 질게(길게) 못 살아 본 인연을 죽어서나 질게 살아볼란개, 글씨, 고것이 에럽소. 누가 나를 요 물 밑 물질에다 니려주끄라우?"

그란디, 갯갓에 오니 새복이등만. 할마씨네 주막에는 그때까장도 불이 써져 있었지만 다른 디는 그냥 죄용했제.

갯갓에 닿았는디도 할마씨는 댐배 한 대참이나 뱃바닥에 앉아만 있더니 워짤 수 없는 것맹이 니려오덩만. 오참. 묵다 남은 술은 할마씨 손수 뱃바닥을 뜯고 넣어주덩만. 그라고 니려와설랑, 이번에는 품속에서 머슬 한 뭉치 싼 걸 끄집어내갖고 내 쬐기 괴비(주머니)다 살째기 넣어줌선, "모레 아츰쯤 열어배겨요. 또 혹시 아요, 요 속에서 골연(궐련) 한 개비라도 나올지," —그라더니 할마씨는 후적후적 뛰 달아나뻐렸어. 나는 닭 쫓던 개맹이 서서 보다가 노를 빼 어깨에 메고 내 옴팽이 집으로 왔제. 괴비 속에 든 것이 머신지는 모루되, 머 깜밥(누룽지) 뭉치거나, 아니면 참말로 골연 멫 개일 것도 같아 만져보도 안 했제. 간혹 고런 걸 잘 줬은개 말여. 골연이사 멘 서기 나리라도 다녀가신 날배끼 더 있었겄는가마는, 해여튼지 간에 감감 잊어뻐리고 있다가 다음날 저녁에사 생각해냈은개.

굴뚝 옆, 늘 노를 세워놓는 자리다 노를 세워놓음선 나는, 대개 멫 점이나 되었을까를 시엄(셈)해보고는 했는디, —그란개 달이 있을 때는 달 보고 그리메를 보먼 대강은 짐작이 되았고 달이 없을 때는 벨을 보먼 또 그랬고, 구름이 꼈을 때는 바람 냄새로 짐작을 했었제. —그란개 그날은 보룸이었고 노 그리메가 동쪽 감나무 밑 둥구지꺼정 닿았은개 축시는 넘고 인시가 돼가는 중이었던개 벼.

아무튼지 간에, 고 새복에 잠이 들어 나는 저녁때도 해거름판에사 깼더라고, 고로코롬 잘 자본 적도 평생에 벨랑 없었다고. 깨고 난개 기분이 썩 좋든구만. 나 같은 사람이 행빅이니 머니 하고 그런 소릴 입에 담는 것은 아니겄지만도—나 같은 사람이사 짐승맹이 그냥저냥 살다 죽으면 그뿐 아니겄어? —그래도 그 해거름엔 그것이 아니더랑개. 섬 그리메가 차차 차차 질어(길어)지먼서 바다로 니려오고 있었는디, 늘 고롷게 생각되었지만 그날따라 더더욱 고것이, 섬이 벗는 치매폭 같았더라고. 그라고 나먼 섬은 홀랑 벗은 예펜네같이 부끄럽어쌓서 자꼬 몸을 숨킨다고. 고런 섬 그리메 속으로 배를 저어 들어가면 똑 무신 짚은 잠귀신 같은 것이 내 속으로, 고런 그리메맹이 덮어오는 것 같은디, 그라먼 나는 물하고 나하고, 섬하고 나하고, 한 몸뚱아리가 돼빼린 것맹이 요것조것 다 잊어빼리제.

그란개 그 섬 그리메가, 내 옴팽이(집) 삽짝(사립문) 앞꺼정 왔을 때야 그날은, 노를 메고 바다로 나갔구만. 왼죙일 자니라고 일을 못 했는개 밤일이라도 해야잖겄어? 한날한시라도 백택 없이 어정거리고 나먼 내 속 워디 사는 서낭님 전에 멘구시럽고, 괴얀시런 걱정만 생긴개.

하늘하고 물하고 딱 붙어빼린 데를, 나는 내 정신도 아닌 채 저어갔구만. 놋좇 있는 데서 삐끄덕 소리가 났을 뿐, 그라고는 소리도 없었제. 뱃전에 물 부닥치는 소리야 고것이 소린가? 하기사 옌네 옷 벗는 소리도 소리고, 섬 그리메 아래 구름 지내가는 그리메도 소리람사, 고것도 고런 소리라고 해야겄지만도, 고건 워느 녘에 소리가 소리가 아닌 소리가 된 것이라고. 그리메 같은 소리라. 배하고 바다하고 한 몸으로 이서져(이어져) 빼리는, 고 혼사(婚事)는, 참말이제 한두 번 배를 타바갖고는 모른다고. 그래서 가만히 생각해보먼, 요 세상은 암놈하고, 숫놈하고 있어서, 고 혼사 속에서 절후도 배끼(바뀌)고, 풍랑도 일어나는 것맹이라고. 고자란 건 있덜 안 한 것맹이라고. 그란디 요런 혼사의 조화 속을 떠나 또로 떨어져빼리먼 고때 내가 고자인 것을 새삼시럽게 알아빼리고 마라.

워쩌다 본개 몸이 땀에 흠씬 젖어 빼렸등만. 그래 놋좇에 춤도 좀 발를 겸 쉬고 둘러보잔개, 벌쎄 뭍이란 건 비도 않고, 핀식은 없어도 워짠지, 거그가 엊저녁, 할마씨하고 와 있었던데 맹이라 털썩 주저앉았제. 그라고 좀 있은개 머신지 달착지근함시롱도 콕콕 쏘는 무신 뭉어리가 갈비뼈 밑에서 틀어오루기 시작하는디 발꾸락이 또 지랄함선 꼼지락거릴라고 하더라고. 그람시롱 엊저녁 일이 하나썩 하나썩 생각나등만. 그물을 떤진다든가 낚수줄을 늘릴 아무 정황도 없었제. 한가하고 펜안시럽고만 싶드라고. 그래 뻔드시 뱃바닥에 누워 빼렸제. 손은, 나도 모르는 워느 녘에 골마리(허리춤) 속으로 들어가빼려 없어졌등만. 평생을 말하자면 파닥거림선 용씨는 괴기만 만짐시롱, 괴기의 고 싫어하는 몸부림을 질거워했던 손이라. 헌디 작것, 워째서 내 괴기는 고로코롬이나 기분 좋게 팔뚝을 타고 오던 고 미끄럽고 심센 몸부림을 할찌 모루는지를 모르겄었드라고. 워쨌든 고때는 노을이 시나부로 사그라듬선 벨이 하나썩 둘썩 비기(보이기) 시작하등만. 내게서도 워디로 흩어져 있었던 것맹인 고런 것들이 하나썩 하나썩 집 찾아오더라고. 그래갖고는, 서낭님이나 아니면 다른 작것(잡것)이 소작(小作)하던 디를 시나부로 찾아설랑 문을 닫아빼리드라고. 고때에 이르른개 맘은 하늘 끝꺼정 닿아빼리드라고. 그란디 고것은 맘뿐이었어. 참말이제 너무 너무도 불쌍하게 아무것도 일어나덜 안 하더라고. 월매나 애타게 내가 내 손을 가뜩 채우는, 용쓰는 몸부림을 기다렸겄느냐고. 헌디 참말이제 맘뿐이었다고. 그래서 나는, 고때 내가 월매나 무섭게 또로 떨어져뻐려서 아무것하고도 닿덜 못하고 있는 것을 똑띄히 바뻐린 거여. 무섭고 어지럽음선 썽이 나등만. 참말이제 무섭게 썽이 남선 어지럽등만. 그래서 나는, 고롷게나 등신 같은 놈의 내 하초(下焦)를 사정 안 두고 쥐어뜯음선, 비틀고, 패댔구만. 나중에는 피가 삐끔삐끔 나데. 참말이라. 굉쟁히 애리고, 뜨겁었지만 그래도 그때사 기분은 좀 풀리고, 그람선 눈물이 한 바가치는 쏟아지등만. 그래 뱃전을 쳐댐선 능구렝이맹이 울었구만. 왕왕 울어댔어. 서낭님 뎐에, 용왕님 뎐에, 욧나라 순 님금 뎐에, 하눌님 뎐에, 객구님 뎐에 펜지 쓰는 심사로 울었다고. 그라고 난개 맘은 싹 비어빼리고, 고런 대신에 허깃증이 들덩만. 그람선 상긋한 골연 한 대하고 꼬신(구수한) 깜밥 한 뎅이 생각이 간절해졌다고. 헌디 괴비 속에는 고것이 있을 것이었어. 고 여수 같은 것이 요를 때를 미리 짐작하고시나 엊저녁에 너준 것이 있은개 말여. 그란디 요것은 또 한 번 무섭은 한을 몰꾸 왔다고. 암만해도 나는 할마씨를 쥑일찌도 모루겄등만. 그란개 할마씨가 절(곁)에 있었을 때는 내 맘이 할마씨한테 반은 쪼개져 가뻐려설랑 반은 정신이 없는 데다가 남은 반은 할마씨 비우(비위) 맞추고 안씨럽어해 쌓니라고, 월뜻월뜻 번개치는 것맹이 오는 한을 오래갖덜 못했는디, 정작 할마씨를 절에 두고 있덜 안 한개 순전히 지랄이더라고. 그란디 나는 워째서 수컷은 수컷인디 맘만 생용을 씨고 몸은 시랑토 안 하는지를 모르겄어. 워째서 맘뿐이고 몸은 시랑토 안 하냥개? 펭생 고롷게나 서럽어쌓던 걸 계우계우 잊어뻐릴라 하는 나이에 새삼시럽게 또 고것하고 이망(이마)을 딱 대야 되게 되얐단 건, 참말이제 목심 갖고는 못 당할 썰렁한 일이등만. 수컷은 분멩히 수컷인디 암컷도 못 되는 몸을 난들 워짜겄어? 난들 워짜겄냐고? 참말이제 워짜겄냐고? 그란디도 죽고 싶던 안 했어. 죽으먼 고자라도 못 될 것맹이라, 물쌀 센 날로는 참말이제 물갓엔 얼씬도 안 하고 살아왔었구만. 헌디 나이가 든개 고것도 생각이 바꽈지기는 하든구만은. 죽을 때 한번 왼 목심을 갖고 한을 풀어뻐리는 것일찌도 모룬다고 말여. 고것까지야 썰렁하게 말라 삐틀어지던 안 했겄지맹.

달은 고때사 떠올르등만. 그래 봤자 벨 졸(좋을) 일 없었제. 고것이 머시겄어? 나만 또로 떨어져 있었는디. 사실로는 고것이 아니라 내가 너무 할마씨를 뽀채고 있었던지도 모루겄어. 나는 노질을 하고 있었는개 말여. 할마씨한테 대한 생각으로만 까뜩 차 갖고시나 배가 고롷게나 무겁었다고. 고 여수 같은 것이 엊저녁부텀 나를 고롷게 맨든 거여. 서로 하루라도 안 보먼 섭섭한 생각을 갖고 있던 참에, 그랑개, 서로 보고 싶어 해쌓든 고것이 갑째기 박수를 쳐뻐린 거라고. 고 작것을 내가 안 쥑여놓고는 못 살 지경으로 되었더랑개.

헌디, 할마씨가 내 괴비다 넣어주던 고 속에는 한 개비의 골연도 반 뭉텡이의 깜밥도 들어 있덜 안 했제. 고건 머시라까, 말하자먼 십 년 염불이라까, 탑이라까? ……그래도 한 대의 골연보다 벨로 신통할 것이 없고, 그냥 썽만 물씬물씬 났는디 워찌 되았든 손꾸락에 열두 번은 춤을 발라야 세어질 만한 고만침의 지전(紙錢)이등만. 그라고 무신 죙이(종이) 멫 장이 있었는디 나중에 알고 본개 집문서니, 전답 문서라등만.

"그란개 참말로 할마씨가 죽을라고 환장을 했는개 비요잉." —나는 한번 구시렁거려주고는 썽이 부굴부굴 끓어서 되는 대로 괴비 속에다 꾸겨 넣구만. 이미(의미) 속이 워떤 것인지는 몰라도 참말로 썽이 좀 나드랑개. 글씨 안 그럴 수 없는 것이 나는 참말이제, 고런 좋은 술을 나 같은 사람이 묵어뻐린 것이 아까워쌓서. "고 아까운 걸! 고걸 멘 서기 나리한테라도 대접을 했드먼 참말이제, 나이롱 치매 한 감 값은 얌전시리 나올 것인데 그랬소," 하고, 요만큼이라도 벨스런 생각 없이 말했었는디 고걸 그란디 고깝게 생각했든지, "영감님, 너무 그래쌓지 마시요. 주모 노릇 몇십 년에 내 공술 한잔 안 디려 봤소만, 그래도 그래쌓는 기 아니요. 내가 머 너무 돈만 알아서 그란 것도 아니고 맘이 없어서 그란 것도 아니요" 하고, 삐죽거리더니 그라더니 고걸 너 준거여. 그란개 내가 무신 공술이나 돈을 탐내고 저그 집 술을 묵으러 댕겼든 줄로 알았던개비제?

……헌디도 말여, 워짠지 할마씨가 더 보고 젚고, 그람선 백택 없이 맘이 급하더라고. 아무 그럴 까닭도 없는디 그러드라고. 그래서 내 생각에, "그랑개 내가 들기는 바람이 단단히 든 모양이구만. 늙은 것이 참말 이제 속 더럽게 못 채리는디. 해여튼지 간에 요놈의 여수 만나기만 해바라, 자기 말대로 참말이제, 큰 독 하나 짬매서 물속에다 집어너 뻐리고 말기다. 요런 고얀 눔의 제집이 다 있어?" 했제.

그란디 그날따라 워짠 일로 고렇게나 그 주막길이 버겁기만 하겠어. 그랴. 그렇지만 인재 담담히 생각해보기로 해야겠제.

할마씨는 죽어뻐렸등만. 메물밭 갈던 할마씨가, 그러던 할마씨가, 삼수(三水)도, 삼수도 건느고 건너 갑산(甲山) 휘어휘어 넘어가 뻐렸드라고, 가뻐렸어. 대체 원지나 오시랴오? 절로 죽은 고목이 꽃이나 피거든 오실라 하요, 조고만 한 조약돌이 커드란해져 광석되어 증 맞거던 오실라요, 대체 워지 녘에나 오실라 갔소?

울도 못 하겄등만. 웃도 못 하겄등만. 말도 못 하겄등만. 앉도 못 하겄등만. 돌아 나오도 못 하겄등만. 아무 생각도 못 하겄등만. 늙어빠진 여중[女僧]만 머시라 머시라 구시렁거리는디, 내 눈에는 고 여중이 최판관네 제집 종만 같이 보였제. 고렇게 보이는 것이 확실해졌을 때 나는 썽이 머리 끝꺼정 뻗어올라 참덜 못하겄등만. 그래 큰 한 소리 내질름선 주먹을 휘둘러댔제.

"여라이 순 제집년아! 머 할 짓이 없어, 사탕 줘 아들 꾀듯기 죽은 사림 혼백을 앍아가는 짓을 한단 말이냐? 여 쑤악한 제집년, 오널은 죽어보든지, 멍이 들어보든지, 다리가 뿌러져 보든지, 무신 각단이 나바라. 최판관이란 놈은 죄가 없다더냐 엥? 그래 요 쑤악한 년, 들어바라, 죄 저 부재된 놈들은 죽어서도 돈 많이 가져간개 죄를 짝게 멕여주고, 착히니라고 하다 본개 가난시리 살던 목심은 가져갈 돈이 없어 빈 몸으로 간개 죄를 많이 멕여준다고 하니 말여 머할 짓이 없어 고런 더러운 작자네 종질을 한단 말이냐? 요 끕살 맞을 년!”

참말로 나는 미친 것맹이었다고. 그란디 그라다 본개 아무것도 안 비어. 그래 내가 환장을 했는개 비라고 생각을 하고시나 눈을 질끈 깜고 한참 있어 봤구만. 그라고 난 뒤 눈을 떠 본개 여중이란 것은 없어져 뻬렸고, 참말 이제 곱기도 고운 새 시악씨 하나가 동강이 촛불 밑에 누워 있더라고. 할마씨였었어. 흐흐, 고 고운 시악씨가 바로 할마씨였드라고. 시집오던 날 입었던 옷이었을 것인디, 초록 저구리에 다홍치매 곱게도 입고, 얼굴에는 연지곤지도 바르고 있덩만. 아 그라고, 쪽또리도 쓰고 있었제! 그랴, 고렇게 하고 있었어. 난 니려다보고 있었었제맹. 빠져 죽을 듯기 니려다보고 있었것재맹. 안 죽은 것 같았은개, 글씨 나중엔 웃을라고 애를 씬 것 같기도 했더랑개. 그란디 차차로 고 얼굴에 머신지 푸르기도 한 것맹이고 희기도 한 것맹인 것이 설푸시 깔리등만. 그려, 그랬어. 그란개 다시 메물밭이등만. 흐물트러진 메물밭이드라고. 나중에는 워디서나 다 피었네. 가심에다 죄용히 얹은 손목에서도 피고, 초록 저구리 눈빛 동정에서도 피고, 다홍치매 주름에서도 피고, 옥색 꽃고무신에서도 피었제. 피었다고. 나는 그때 그 속으로 뛰어들고만 싶더라고. 그래서 뛰어들었제. 그랬더니 머시 눈바시게 흔들렸는디 알고 본개 쪽또리에 백힌 구실들이 촛불을 시 샜더구만. 나는 해여튼 목이 말른 것맹이 고것들을 한정도 없이 따묵었구만. 그란디 꽃은 차덩만. 써리맹이 차덩만. 산불 같은 내 입쏠(입술)로도 한 잎 꽃을 못 태우게 차웠다고. 그러다 나도 시나부로 사그라짐선 흩어지덩만. 메물꽃밭 윗두랑(두렁)에 백골을 얹고, 그라고 사그라진 거여. 좋등만. 워짠지 펜함선 좋등만. 그때는 그란개 새 초로 바꽈야 될 때던 모냥으로, 화촉시그르 꺼짐선 동방 깊은 골에 달 그리메 어리데.

달그리메 어리데.
해동 대한 남도 땅에 달 그리메 어리데.

눈물은 그때사, 지랄맞게 흘르더라고. 참말이제 워짠 일로 고때사 눈물이 흐르더랑개. 그랴, 죽었더라고! 고롷게도 곰살곱던 할마씨가, 곰살곱기 짝 없던 고 할마씨가, 영 간 것이여, 뜨겁은 것만 싸 갖고 간 것이여. 차겁은 것베끼 참말 아무것도 안 냉겼데. 그때 생각이 나등만.

"그란디 누가 나 죽고 나먼 내 다리다가 큰 독 하나 매달아 요 물 밑에 다 넣어주꼬? 살아서 질게 못 살아 본 인연을 죽어서 질게 살아 볼란개, 글씨, 고 것이 에럽소. 누가 나를 요 물질에다 니려 주끄라우?"

그랴, 고 소리가 잠질에서맹이 들려오드라고. 그래 내 대답해줬제.

"헤헤이쫘, 고런 걱정이사 마씨요, 고것이사 워찌 못 해주겄는그라우? 요롷게 성성한 내가 고것이사 못 해주겄소."

그람선도 워짠지 갑째기 외로운 것맹이등만. 고때꺼정 내 각씨거니 했던 고 할마씨가 참말이제 갑째기 물질 저 건네 동네, 인연 없는 남의 할멈이 돼뻐리드라고. 고것이사 워쨌튼지 간에, 워쨌튼지 간에 할마씨는 내 껏이여, 그랴, 해여튼지 간에 내 껏이라고. 혼백은 워찌 됐든, 워찌 됐든 나는 몰라. 몰라도 고 메물밭 한 뙈기사 내 껏이제 대처니 누 것이겄는가, 누 것이겄어? 누 것이겄냐고? 그랑개 나도 내 밭두랑에 백골을 얹고 소롯해져 뻐린 것이 아니겄는개 비. 고때 밤 괭이가 부섴(부엌)으로 해서 굴뚝으로 빠져나가 뻐렸던가? 지붕 우서 괭이 우는디 소롯했던 내가 따솨(따뜻해)짐선 뿌지직 일어나드라고.

"고것이사 걱정 마씨요. 요롷게 성한 내가 고것이사 못 해주겄는그라우. 내가 도첵이라드래도 워찌 고것이사 못 해주것냐고요. 그라믄 이제 가보끄라우?"

소스라쳐 문을 연개 북망 같은 달빛이등만. 북망 같은 바닷소리등만. 밤 괭이 한 마리가 고 달빛 속을 가로질러 나무 그리메 속으로 없어져 뻐리드니, 낭떠러지 밑에서 야웅야웅 울었제. 맘이 얄궂어진 괭이가 언데기에 머리를 부딪침선 고렇게 앓은 거여. 바닷속, 속으로만, 댕김선 빠져 죽은 신체의 눈 속이나 디려다보고설랑 혼백을 파묵든 고 배고픈 괭이가 앓은 거여. 이슬도 제벅(제법) 니렸덩만, 삼겡[三更] 인디.

할마씨는 속으로 너무도 곯았던개 볐제. 통 무게가 없드라고. 보둠았었구만. 그라고 니려갔어, 언데기를, 밤 괭이 우는 고제를 니려갔다고. 워짠지 좋등만. 워짠 일로 좋기도 좋등만.

꺼적대기라도 한 잎 깔았으면 싶었는디도 고것 가질로 간다고 할마씨 혼자만 띠놓고 가기도 영 싫어서 그냥 뱃바닥에다 뉘웠구만. 그라고 서서 니려다본개 메물꽃이 흐물시럽게도 또 피더라고. 그랴, 피었었는디 고때는 워짠지, 찬 새복(새벽) 이슬이라도 맞은 것맹이 차게 흔들거리데. 그라고 본개 참 그랬어. 괴롭은 것이 머신 중도 몰랐던 낸디 가만히 있어 본개 괴롭운 것이라는 기 고런 것이 등만. 그래 맘 한번 크게 묵고는 외면해빼리고, 뱃전에서 니려가 갖고설랑 큰 독 하나 들어다 실었구만. 그라고 배를 밀어냈구만. 고때는 그랑개 내가 미리 할마씨의 죽음을 알고시나 묏자리 한번 둘러보고 왔던 것맹이만 초저녁 일이 생각키등만. 달은 벌쎄 중천이었제. 그란디 고때 뜻도 모루겄고 곡조도 모를 노래가 나오등만. 아무리 생각해낼라고 해도 고 노래는 영 잊어빼리고 말았지만, 실픈 건 아닌 것이었단 건 알겄어.

그라고 월매나 또 저서 갔든지 물배끼는 또 아무것도 비덜 안 하등만. 그래서 고만치서 내가 말해줬제.

"인재 구만 돌아가끄라우? 요만침이나 와도 조만침은 또 조만침에 있는 개 말이요."

"………" 할마씨는 또 전날 밤맹이 입을 열덜 안 했어. 그냥 다소곳이 누워만 있었는디, 그랑개 쪽도리 쓴 머리 쪽을 배의 머리 쪽으로 하고, 옥색 고무신 고운 발을 노 젓는 내 쪽으로 하고 있었제. 배가 흔들릴 때마다 쪽도리에 백힌 구실이 뻔쩍뻔쩍했다고. 헌데 큿날 그리메 땀세 입은 웃을라고 했는지 워쨌는지는 모루겄등만.

"헌디, 할마씨 몸에 이슬이 안 해로우까 모루겄구만요."

그람선도 나는 자꼬자고 저서 가다가 멈췄제. 거그만침이 똑 엊저녁 고 자리맹이었다고. 한잔 술 생각이 안 날 리 있겄어? 그래 죄용하게 뱃바닥을 열고 술병을 꺼내 들었제. 그란개 고 여수 같은 할마씨가 지 제주 삼을라고 맨들었던 모양이었제? 그라고 본개 잔도 이뿌기도 이쁜 잔이등만. 고것꺼정도 엊저녁엔 몰랐더라고.

"머슬 요런 술을 다 갖고 왔는그라우. 자, 할 할마씨도 드시겨요."

그람선 고 잔은 꼬시례(고수레)를 했구만. 그라고 다음 잔부텀은 할마씨 머리를 내 무릎 위에다 괴놓고 혼차 따롸 혼차 묵었제. "할마씨, 참말 이제 좋은 고제 가씨요, 가서 낭군을 만나시겨요, 만나시겨요." 난 눈물도 묵고 술도 묵고 한숨도 묵음선 고 술을 다 비워뻐렸구만. 고때는 달이 설풋이 기울드라고. 워짜겄어, 워짜겄냐고, 넘우(남의) 각씨 시집질을 가매꾼이 중도에서 늦추먼 워짜겄냐고? 그래 몹씨 덜되긴 했지만, 노에 묶인 산내키(새끼줄)를 끌러 할마씨 등에다 독을 묶어 맺구만. 사정 볼 것도 없이 단단히 묶어뻐렸어. 맘으로 참 많이도 움선(울면서) 용서도 빔선(빌면서) 노래도 함선 욕도 뱉음선 입도 맞춤선—그랬어, 그랬었다고. 그 일을 끝내고 난개 한시라도 바삐 보내줘야겄다는 생각만 듬선(들면서) 머든 꼭 하나 내 껏을 주고 싶기도 하더라고. 헌디 말여, 내가 고롷게도 가난시럽게 살아왔으까 모루겄어. 참말 이제 쉬염 한 터럭 줄 것이 없드라고. 잽히는 것이라고는 할마씨 손수건에 싸였던 지전뿐이등만. 그랴, 역시 고걸 돌려주는 것이 좋겄등만. 또 안 그라먼 내가 넘우 돈을 워짤 것이여? 참말이제 모구(모기) 다리서 피를 내 묵제, 내가 고 할마씨 돈을 탐내 게 되겄어? 돈이 있어 보먼 또 내가 멋할 거여? 그냥저냥 배불루고 등 따수먼 되았제, 재물이란 것 욕심낼 일은 아닌 것맹이드라고. 할마씨 말대로 지고 가겄어, 이고 가겄어? 해여튼지 간에, 내 것을 줄 것은 더 없었드래도, 고것을 돌려줄라고 한 것은 잘한 생각이었다고. 낭군 찾아, 참말 이제 멀고도 먼 물질 떠나는 마당에, 신인들 그 몇 켈레가 들 거며, 날인들 그 몇 날이 저물겄드냐고? 그래도 노잣돈이사 갖고 가야겄제. 사재[使者] 님 목말라 튀정이라도 부릴라치먼 씬(쓴) 막걸리 한 사발이라도 사 멕여야 될 것이고, 신고 왔던 신 닳아 발 아프다고 튀정 내면 미투리 한 축(열 켤레)이라도 사서 짊어져줘야 될 것이고, 그라고도 쪼꿈(조금) 남으먼, 만낼 낭군 위해 조굿(조기) 대가리 하나라도 사 들고 가야 될 것 아니겄다고? 그랴, 그렇겄드라고 고건. 그래서 할마씨 겆가심에다 돈만 밀어 넣어줬구만. 손수건이사 기렴[紀念]으로 내가 갖고 싶었고, 돈 아닌 종우쪽이사 댐배도 못 묵는 할마씨 가져가 바야 소양(소용)도 없일 것 같아 내가 가져뒀었제. 헌디 돈을 밀어 넣다 젖텡이가 손에 닿았는디 워짜먼 고롷게나 참선(차면서)도 좋겄어? 연하니 몰랑거리는 것이,

똑 무신 언 홍수감[紅柿]이라도 만진 것맹이 기분이 좋드라고. 그래 또 넋 놓고 조몰딱거렸구만. 그라다 나는 새삼스럽게 죽음을 만쳐뻐렸다고. 그건 원제꺼정이고 자는 짚은 잠하고도 달른 것이었어. 차겁은 고것만도 아니라. 사실 말이제, 차겁거나 뜨겁거나 한 것은 목심하고는 관계도 없는 것 아니겄다고? 더우에 데워진 바우(바위)가 살아 있는 것이 아닌 것맹이, 여름날 더우에도 차기만 찬 구렝이가 안 죽어 있는 것도 사실이라고. 그란디 죽음을 만진 그 처음에 위선 차겁은 것이 손바닥을 타고 찡하니 오는디 말여, 그란개 고것이 똑 구렝이 같은 기분이등만. 아니, 고건 언 땅이었어. 그랴, 비암(뱀)이더랑개. 그랴, 몸써리나게 얼어빠린 땅이더라고. 고건 그랬어. 손바닥을 통해 찡하니 오는 고것은 얼어붙은 땅을 만쳤을 때의 고것과 너무도 똑같았는디 그란디도 고것이 원제꺼정이고 자는 짚은 잠하고도 달른 것맹인 건 고 언 땅의, 고 죽음의 속 깊은 저 안 워디서는 머신지 똑 비암만 같은 고런 것이 한 번도 안 쉬고 꿈틀꿈틀하고 있는 것맹이었고, 그런가 했드니, 고 꿈틀꿈틀하는 비암만 같은 것의 또 저 짚은 워떤 속에서는 머신지 무섭게 얼어만 붙은 고런 땅만 같은 것이 한 번도 안 깨이고 죽고 있더라는 그것이제. 그랴, 내가 만친 건 고것이라. 헝클어진(혼돈된) 고것이라. 헝클어지고 헝클어져 나중에는 똥골똥골허게 뭉쳐져설랑 밑도 끝도 모를 고것이라. 그랑개 고건 겔국, 비암도 언 땅도 아닌 뚱글디뚱근 죽음이었제. 그랴. 그렇지만 고 헝클어진 것이 풀리는 건 보덜 못했은개, 겔국 워떻게 되는중은 모루겄지만, 고 젖텡이를 만진 후부텀은 목[生命]이라는 것이 머신지를 갑째기 몰루게 돼뻐렸다고. 워쩌다 고런 생각이 들먼, 나두 몰루게 나는 내 목젖을 만져보는디, 그란디 고때마다 고 헝클어져 뚱글러진 고 섬뜩지근함선도 좋은 젖텡이를 만친다고.

아무튼지 간에 나는 할마씨를 얼렁(얼른) 보내줘야 됐제. 고 죽음을 만친 고 순간부텀 그래야 된다는 생각이 치솟았다고. 그래 눈 딱 깜았제. 그라고 할마씨를 궁글려서 니려줬어. 독을 쨈매 놨기 땜세 도저히 들 수는 없었은개.

“하도 하도 멀기도 멀드래도 잘 가씨요 잉? 할마씨, 잘 가씨요. 참말이제 잘 가씨요. 그라고 질게 질게 살아보씨요.”

그라고 암만해도 안 바래줄 수 없어 눈을 떠봤구만. 헌디 말여, 참말이제 좋기도 좋왔던개 비데. 글씨, 빵그르 한 바쿠 잠우질(자맥질)을 하더니 치마 자래기를 한 덕석(멍석) 넓이만큼이나 펴설랑 나부(나비)맹이 날아들어가드랑개. 고것은 그랑개, 똑 산 그리메에 덮이는 메물밭맹이등만. 그랴, 그렇드라고. 고것이사 내가 워떻게 잊겄어? 내가 워떻게 잊어빼리겄냐고. 나중에는, 나중에는 말여, 물뺑돌앰이만 남등만. 물뺑돌앰이만 남아설랑 달빛을 여러 수천 자래기로 맨들아주더니 고것도 곌국 사라져빼렸는데 내게는 고것이 그랑개, 헝클어져 쬐그맣게 뭉쳤던 매듭들이 풀리는 것맹이만 비등만.

잘 갔을 기여, 그랴 잘 갔을 거라고.

고날도 그랑개, 고날 해거름판꺼정 잤제. 푹 잤었다고. 고복(皐復—招魂)이사 물론 안 해줬겄는가. 배에서 내린 질로 바로 할미네 주막으로부텀 가선 할미 펭소에 입던 저구리 하나 고리짝에서 끄내 들고 마당에 나와 왼손에 들고, 왼발 세 번 굴르고, 외로 흔듬선 요렇게 말해주곤 지붕 위다 던져 올려주었제.

"해동하고도 대한의 남도 땅, 이름도 모루고 성도 모를, 산에서 태어나 갯갓으로 시집온 할마씨, 탑 쌓듯이 살다 죽어, 물질 삼만 리 하도 먼질 떠났는디, 서낭님, 객구님, 욧나라 순 임금님, 순나라 욧 임금님, 석가님, 미룩님, 목사님네 신주님, 저 달 속으 태백님, 용왕님, 밤 괭이님, 옷 찾아가씨요, 옷 찾아가씨요, 복—복—복."

그란개 고복을 끝내고 니려올 땐, 새복의 섬 그리메가 내 집 삽짝까장 닿았었는디, 내가 자고 깼을 땐 저녁의 섬 그리메가 내 집 삽짝까장, 닿아 있었제. 나는 좌상네 집을 찾아가고 있었제.

그라고 워떻게 되었던 일을 모다 말짱 말해주었구만. 그라고 할마씨가 내게 줬던 종이쪽도 비어줬더니, 고것이 말짱 집문서니 전답 문서라는 것이 아니겄어?

헌디 말이라, 할마씨 죽던 밤에 겡[經] 읽던 고 여중이 마을에 오기 전까장은 참 요상한 소문이 돔선, 웁네서 행사가 글씨 나를 오라 가라 했는디, 곌국 워디 동냥질에 있던 여중을 찾아낼 수 있었기 땀세, 고 일은 시들피들하다 끝나버렸다고. 무신 일로 그랬는지는 나도 모를 뿐이여. 헌디 할마씨는 글씨 목을 매달고 죽었더라는 것이 아니겄어?

해여튼지 간에, 전답 문서는 모도 고 여중을 줘뻐렸구만. 그라고 듣자니 탄 절 자리다 새로 암자 한 칸을 디렸다 했는디, 나는 가보도 안 했구만. 나는 그냥 오널까장, 할마씨 앉아 내어다보던 창턱에 앉아나 있었을 뿐이었은개. 처음에는 나도 마다고(싫다고) 했지만, 모도 권해쌓고, 생각해본개 나도 낫살이나 한둘 더 묵고 보면 노 저슬 심도 없을 것 같고 해서, 주막은 내가 맡아, 그랑개 술장사를 시작한 거제. 그란디, 나도 말이라, 그 뒤로부텀 해바래기가 돼뻐린 거여. 할마씨맹이 산 기라.

그란디 말이라, 흐으으, 그란디 말여, 워떻기 워떻기 살다 문뜩 본개 달이 또 밝덩만. 또 휘늘어지게 밝더라고. 흐으으, 그란디 보라고, 고 달빛 속, 할마씨 물질 떠난 저 먼 디녘 워디, 물 가운디서 메물꽃 피더라고, 메물꽃 피었더라고. 봄 불맹이 피더라고. 저슬(겨울) 눈맹이도 피고, 가실(가을) 구름맹이도 피고, 한여름 산 그리메맹이도 피었어. 그라더니 새복이 된개 물 빛깔이 검푸러지기 시작한개 말여, 고것은, 무신 그리메에 덮이기 시작하데. 그람선 차차로 고것은 없어져 뻐렸어. 그래 나는 그 질(길)로 갯갓으로 니려가 봤구만. 행이나 꽃잎이라도 한 잎 흘러와 있으까, 그랬으까 싶어 그랬제. 헌디 없등만. 그랬어도 새복이먼 늘 나는 갯갓을 떠돌다 할마씨 앉아 울던 돌팍에 앉아 멍충하게 있어 보는 버릇을 배왔구만. 아무튼지 간에 고것은 달만 밝으먼 늘 피었다고. 그래서는 고것이 다 늙어 머리 쉰 요것을 따스곤히 감싸주곤 하는구만. 고건 벌쎄 할마씨는 아닌지도 허긴 모를 일이제. 하기는 뉘기든지, 하기는 말이제, 메물밭 한 뙈기썩이사 부침선 살기사 살겄제. 뉘기든지 말이여, 메물밭 한 뙈기썩이 사 부침선 안 살겄는가.

그람디, 워짠 놈의 비만 요롷게 짜들아지게 퍼부서쌓는지 참말이제 알 수가 없구만 그랴. 멀기도 하도 먼 물질 저쪽 동네도 비만 오까? 비만 요롷게 오고 어둡기만 어두우까? 하매 달이 언간히 커졌을 긴디. 커졌을 끄라고 달이—. 석 달을 내내 비만 오고 달은 떠도 메물밭은 안 비고, 석 달을 내내 비만 오고……. 할마씨 나도 인재 죽을라고, 그럴라고 벵인개 비요, 벵인개 비요. 나도 인재는 큰 독이나 하나 몸에 짬매고, 그라고 메물꽃 흩뜨러진 속에나 눕고만 젊소, 참말이요. 하기는, 내가 벌쎄부텀 죽어뻐렸는개 빈디도 워디로 갈중을 몰라 혼백이, 내 요 몸을 요여 삼아 그냥저냥 사는지도 모루긴 모루겄소, 모루겄소.

비가 들치고 파도 소리가 더 커진 것 본개 바람이 새로 또 시작되았는개비구만. 메물밭 한 뙈기를 석 달이나 망쳐놓고, 그라고도 또 부는개 벼. 하매 달이 중천일 것인디, 그럴 것인디……. 워짜먼 하기는 또 모를 일이제, 하기는 모를 일이여. 멀기도 참말이제 멀드래도, 물질 저 건네 동네서 핀 메물꽃 그리메가 물 우에 떠 있다가설랑, 그래설랑 말이라, 요 비바람에 밀리고 또 밀려갖고, 요 아랫녘 할마씨 젊었을 적 앉아 삼백 날 울던, 돌팍에나 와 폈을지도 하기는 모를 일이여. 물 지내간 새복에 보먼, 희디흰 거품도 참말이제, 많이 안 얹어 있더라고? 물질 삼만 리 쉬엄쉬엄, 하기사 멀기도 머요.

그란디 참말이제, 비도 너무 와싼다, 참 너무 와싼다. 그렇드래도 하매 니얼 새복에는 무신 기벨이라도 있으까, 있으끄냐고? 그란디 고 괴기는 워디서 왔으까? 그란개, 등은 짙은 초록빛이었제? 그랴, 그랬제. 그라고 뱃가죽은 고흔 다홍색이었더라고. 헌디 고 갈매기는 또 왜 죽었으까, 왜 죽었겄냐고? 그란개 고것이 원지 쩍 일인디, 내가 자꼬 왜 요롷게 맘이 짜안하까? 괴기의 다홍색 배때기에 발톱을 얹고 고 새는 죽었등만. 고 괴기도 죽었등만. 그란개 고것이 원지 쩍 일이여? 고 뒷날부텀 그란개 나는 갯갓을 안 니려가 밨구만. 워쨌든 고것이 달 못 보고 샌 궂인 새복에 밨던 일인개, 가만있자, 그란개 석 달은 되았겄구만. 그랴, 석 달은 됐겄어. 물론, 새복이먼 맘은 늘 할마씨 앉아 울던 돌팍으로 가 있으먼서도 나는 안 갔제, 가덜 안 했다고. 그라다 본개 고 괴기가 워찌 되았는지, 고 갈매기가 워찌 되았는지 인제는 모루제, 몰룬다고. 그람선도 워짠 일로 맘만 자고 짜안하다고. 맘만 자꼬 워짠 일로 짜안하기만 짜안하다고. 함시롱도 하기사 나도 죽으먼, 무신 푸렁새라도 한 마리 돼설랑, 메물밭 귀퉁이, 저무는 저녁이라도 즐기겄거니 하는 생각도 한당개. 그랴, 그런다고.

南道·2
—늙은 것은 죽었네라우

그려요. 그란디 워째서 할매는, 내가 요로케나 기다리는디도 불을 안 써(켜)주요, 워째서 안 써주냥개? 할매는 참말로 돌가지꽃(도라지꽃)이람서나? 그래서 늙으먼 뻐들어져 죽어뻐리고, 죽는 것 때미 살아난담서? 그래갖고 내 눈에다 불 써준다고 안 그랬었냐고. 할매라우, 그랑개 고단새(그사이) 벌쎄 또 잊어뻐린 것인그라우? 그란디 할매라우 할매, 그란디 참말이제 나는, 암만암만 울어바도 귀또리 소리는 안 나고, 질게 질게 울어바도 귀또리 소리는 나덜 안 하고, 그랑개 할매도 오매맹이 날 베리고, 저 넘어 저 넘우로 서방 찾아 갔는개 비, 서방 찾아 갔는개 벼. 소굼(소금) 떨어진개 오매는, 서방 찾아 재 넘우 갔담시나, 날 붙잡고 할매는, 움시나(울면서) 움시나 살았었는디, 씨발, 그란디 나는 인재 눌 붙잡고 우끄라우, 눌 붙잡고 울어라우? 봄도 벨랑 멀잖애 재꼭대기 왔다더니, 헌디 바람 또 불고 진태(눈비 섞인 것) 또 휘몰아 부치는 것 본개로, 저실(겨울)은 안죽도 한도 끝도 없는개 비고, 봄은 참말이제 영영 안 올라는개 비네, 영영 안 올랑개 바라우. 인재는 재 넘우는 더 못 가겄소. 인재는 참말이제 못 가지 싶소.

"나도 씨발, 재 넘우나 한번 가봤이먼, 할매 나도 한 번 가봤이먼." 월매나 많이도 내가 고로케 말함서나 살았었든그라우. 참말이제 나는, 재 넘우 똑 한 번만 가봤이먼 그랬이먼 싶어서, 똑 실썽거릴라고 했었소. 그란디 요상쿠로

(이상하게) 고때마동 할매는 괴얀시리 눈물을 짬선 월매나 월매나 내 맘을 짜안시리 했다고라우.

"하, 할매요, 할애는 워째 그리 울기만 움선 산다요 글씨? 고만 좀 울지라우, 딛기 싫어 똑 죽겄소. 똑 벵든 괭이가 우는 것맹이요. 할매 속 대처나 워디서 고로케나 많은 눈물이 흘러난다요? 참말이제 딛기 싫소. 새가 울어도 딛기가 싫어 죽겄는디."

"니가 그랑개, 고런 소리를 안 허먼."

할매는 울다 말고시나 말했지라우이. 그랬다고라우.

"그라먼 내가 왜 울겄어. 할매하고 팽생을 한 몸맹이 산다먼 글씨 내가 왜 울겄냐고? 너도 날 베리뻐릴라고, 그랄라고, 그랑개 고 꿍꿍이속 아니여?"

"허이참 내, 그랑개 참, 글매(글쎄) 나도 참, 딱항만요, 딱하다고라우. 그랑개 내가 워쨌간디? 내가 할매한티 워쨌냥개? 말도 하지 마끄라우? 말도 마끄냐고라우?"

그라먼 할매는 또, 머시 모도 서럽어싸서, 그래싸서 또 울었지라우이. 나는 참말이제 워짤 중을 모루겄등만요.

"그라먼 쎄(혀)를 똑 짱글라뻐리먼 되끄라우? 탁 썰어 내뻐리고 고자배기(죽은 나무 밑동)맹이 있다가시나, 원제 홱 도망가뻐릴라. 족거치, 머시든 모도 말짱(전부) 움시나 살구로 됐는개 벼? 여시(여우)도 울고, 새도 울고, 노루도 울고, 나중에는 꽃꺼정 울 거여 아매. 그라고 본개 참 꽃도 울등만, 꽃도 울드라고. 대처니 월매나 월매나 서럼이 짙으먼 소리도 못 내고 붉어만 지겄어? 그랑개 나도, 괴얀시리 울고 잡네, 백택 없이(까닭 없이) 울고 자파."

그랑개 할매는, 내가 쬐꿈씩 더 커질시록 더 울어쌈선 밥도 잘 안 묵을라고 하고, 잠도 잘 안 잘라고 함시롱, 늙어갖고시나 잘 걷도 못 함선도 늘 나를 따라댕기고, 그라다가는 독뿌렝키(돌부리)에 자빠져 피를 내고 안 했었던개비요. 그랴요. 그랄시록 그란디 나는, 자꼬자꼬 할매가 귀찮시런 생각이 드는디, 똑 죽겄등만요.

나를 가만히 내뻐리두먼 대처니 내가 워짤 것인디, 쫄래쫄래 똑 따라댕김선, 내 눈치나 실실 보고, 잘 때는 또, 지게 메빵(멜방)맹이 따논(놓은) 내 머리

채를 휘감고 자고 했는지 나는 암만해도 할매 속을 모루겄었다고라우. 할매가 고라먼 고랄시록 나는 참말이제, 워떻기 하먼 할매를 떠내까, 고 영구(연구)만 더 했더랑개요. 후훗, 고라고시나 워떤 날 밤에는 할매가 거머쥐고 잠든 내 머릿다래를 낫으로 싹뚝 끊거뻐리고 났더니 속이 시언시럽선 잠이 저절로 솔솔 오덩만요. 할매는 고것도 몰루고 암짝에도 못 씰 내 머리꽁댕이만 붙잡고 머슬 머시라 머시라 씨분댐선 참 잘 자덩구만이라우.

워떤 날보당도 잘 자더라고라우. 나는 노루맹이 캑캑 웃었지라우. 내가 암만 몸을 뒤적이드래도 할매 펄을 잡아뗑겨 뽑을 일도 없은개 그랬던개 비었지라우. 고 밤은 쬐꿈 재미가 났기 땀세 한숨만 잘 자고시나, 개동시(새벽)가 되도 안 해 나무를 하로 나갔었고만요. 그라고 느실느실 정성(점심) 때나 돼 갖고 돌아왔더니, 참말이제, 대처니 워떻기 고로케나 숭악한 짓을 할매가 할 수 있었다요, 글씨? 할매는 글씨, 키보당 높은 나뭇가쟁키다 사내키(새끼줄)를 걸어놓고시나, 고 한 끝엥이는 모가지를 쫌매 놓고 다른 끝어리는 두 손으로 쥐고 있었잖냐고라우? 그라고는 나를 보더니, 잡고 있는 사내키를 글씨 사정도 안 두고 잡아땡겼지라우. 그랑개 할매 모가지가 질어남선, 고 속에서 캑캑 소리가 된 똥맹이 빠져나왔는디 나는 속아지도 나고(화도 나고) 겁도 나고, 눈물도 나서, 낫을 들어 사내키를 탁 끊어뻐리고, 그랑개 고때 내가 아매, 할매 가심에 엎드려 울었었을 것이요.

"할매요. 대처니 요 짓이 뭐단 거요이? 머시단 거요? 워짤라고 요론 씰데없는 짓을 한다요 글씨? 참말이제 벤통머리도 고로케도 없는그라우? 요것이 무신 짓이요?"

그라고 고날은, 할매하고 나하고 참 다정시럽게 해를 넘겼었지라우이. 그란디 고날 이후부텀 할매는 나를 쬐꿈도 못 믿업어 하는 것맹이었다고요. 똥누로만 좀 갈래도 워디 가냐고 물음선 글씨 통세(변소)까장도 따라와갖고는 통세 문 악에 쭈글치고 앉아 지다리고 안 했던개 비요. 고라기를 시작함서부텀은, 인재는 할매가 목을 낫으로 끊드래도 안 말릴라고 결심을 했었구만이라우. 그림자는 그림잔디, 똑 무신 바우맹이 무겁은 그림자맹이고, 글씨 밤에도 안 없어지는 고런 무신 그림자라, 참말이제 숨이 컥컥 맥힐라고듬선, 생땀이 솟을라고 했다고요.

"대처니 내가 워짜간디 할매는 이래싼디야 참말로. 내가 워쨌는그라우 할매한테? 워쨌냐고라우? 글씨 내가 워쨌냔개? 고로케 우는 벵(병)든 것맹이 그라지 말고, 좀 말해봬겨요. 글씨 말 좀 해돌랑개? 할매가 그라면 그랄시록 나는 할매하고는 더 살고 접들 안 하요. 내 펄(팔) 내가 갖고 내 맘대로 하고 내 다리 내 맘때로 하는디 할매가 왜 그래싼대요 대처니?"

씨발, 그란디 내가 싫어할시록 할매는, 무장 더 꺼마리맹이 땡기 붙었다고라우. 참말이제 똑 꺼마리맹이 남 뜯어 묵었당개요. 월매 못 가서 나는 자꼬 게욱질이 나는디, 겐딜 수가 없등구만이라우. 머시든 좀 홱하니 게워냈으먼 좋울 것맹인디도, 헌디 고놈의 게욱질은 뱃속에 있럴 안 했던개 볐어요. 그렇기로소니 또 워디 도망가뻬릴 데도 없었고 말이라우, 요래조래 속만 더 끓덩만요. 글씨 할매가 하는 이약(이야기)대로 하자먼 재 너무 가먼 백 년 묵은 여시가 꽃 겉은 지집이 돼서나 주막을 채리놓고 웃음시롱 술 먹였다가, 손님이 술에 못 이겨 떨어지먼 붕알을 띠내 간다고도 하고, 또 밤질 걷다가 걷다가 조쪽 앞을 보먼 거그 불이 뺀아니 써진 데가 있어 쫓아가 쥔을 찾으먼, 달 겉은 지집이 버선발로 뛰나와 모시 들어가는디, 새복에 깨보먼 고 집은 뫼똥 속이고, 달 겉던 지집은 천 년 묵은 독새(독사)로 변해갖고 고 질손(길손)을 휘감고 있다고 하고, 그라니 내가 워디로 도망갈 수가 있었겼는그라우. 그렇다고 또 할매랑도 영 못 살 것맹이라서, 고래조래 속이 탐선 꺼치 말라가덩만요. 그래도 죽던 못 하겄은 게, 꾀가 생기덩만요. 그래서 말라논 싸리낡 껍데기로 똑 사흘 품이나 딜여 사내키를 한 이백 발 안 꽜던개 비네요. 할매는 자꼬 멋 할라고 그러냐선, 나를 영 못 믿업어 했다고라요. 할매, 참말이제 안 그랬던그라우.

"할매, 그랑개 고것이 아니고라우. 내가 참말이제 좋운 궁리를 냈는디 말이지라우. 기신도 없는 할매가 날 따라댕길라먼 심도 씨이고 몸도 된개, 그랑개 할매는 집이서 졸아도 좋구로."

"아녀, 나는 괜기찮은개, 괜기찮은개 니 걱정이나 혀어."

"글씨 그것이 아니고라우, 글씨 요골 좀 보라고라우 요골 보랑개요."

"고것이사 사내키 아녀? 또 딴 것이란가?"

"허으이 참내 글씨 사내키는 사내킨디 말이지라우."

"워쨌단 것이여? 나는 괜기찮당개."

"아 그랑개 내 이약을 좀 들어보란 말이요, 이약을 들어보도 안 하고 백지 썽부텀 내쌌네. 글씨 요골 보라고라우! 할매는 그랑개, 요 한 끄텡이를 집에 앉아 딱 잡고 있으먼 나는 요 끄텡이를 펄뚝이나 모가지에 쫌매고 일을 가겄단 그 말이요. 월매나 일이 밀렸는지도 할매는 모루요? 몰루냐고라우? 첸장마즐."

"아 그랑개로, 그랴으이? 그 제복(제법) 잘 궁리를 낸 것맹이다. 흐흐흐, 그란디, 고것이 찔기기는 찔기겄냐?"

"그랴요. 내 심으로는 석상 년 잡아땡기도 안 끊어지겄소."

고때 할매가 웃었는디, 할매가 웃은개로 나도 웃고 잡덩만요. 그라고시나 시엄(시험) 삼아, 통세부텀 갔잖았는개 비요. 할매 원대로 모가지다 매고 말이지라우. 헌디 안 매렵은 똥을 눌라고 심을 쓰다 쓰다 본개 더뎠던지 워찌나 성가시럽게 사내키를 잡아맹기싸서, 고런 꾀까장 닙운 생각이 들었지라우마는, 나도 사내키를 끈덜 끈덜 흔들어주고 했지라우.

그란디, 통세까장은 벨일 없이 좋았는디 말이지라우, 쪼꿈 먼디까장 댕기고 볼랑개, 고것이 글씨 고것이 아니덩만이요. 솔부작(잔솔)에 갱기고(감기고), 북데기가 매달리고, 끈트럭(낫으로 찍어낸 나무의 송곳 같은 끝)에 걸개치고, 그래서 참말로 펜털 못하덩만요. 그래 한번은 고것을 풀어내고시나, 바람 잘 타는 나뭇가쟁이다 쫌매놓고 났더니 고로케나 펜할 수가 없었지라우. 할매는 고 속을 몰랐지라우이? 고날 모루고, 고 이튿날도 모루고, 고 산 날도 몰랐다고라우. 월매나 나는 속으로 낄낄 웃었는지 지끔은 모루겄우. 그란디 곌국은 여시맹이 할매가 고 꾀를 알아냈었지라우. 그래갖고 또 따라댕기기 시작했는디, 요번에는 워디 엉덕 밑에서 잠 한숨 자보도 안 할라고 안 그랬던개 비요. 참말로 할매는 무겁게 무겁게 나한테 붙어 댕깄어요. 내가 암만 눈을 흘기도 할매는 똑 무신 벵신뱅이 눈을 니리깜음선 피하고, 썽이 나서 내가 막 담박질을 치먼, 할매는 엎으러짐선 일어남선 날 부름선 따라왔었지라우. 그라다 한 번은 엉덕에서 되게 떨어져 다리를 삐었었구만요. 할매는 고때 팩 보독씨러져 있었는디, 내가 쫓아가봤을 때는, 눈을 까뒤집어놓고 있었기 땀세 여시제 사람이 아니덩구만이라우. 속으로 나는 월매나 월매나 꼬셔 했는지 몰랐었소. 허기사 짜안시런 맘이야 워찌 쪼꿈은 없었으끄라우.

할매는 앓기도 참말로 많이도 앓아쌈선, 시나부로 낫기는 나샀는디 그라다 하늘 한번 올리다본개, 고라는 새 워느 녘에 저실이 와 있었고 바람 끝도 차 있덩만요. 할매는 헌디 걷덜 못하게 됐었구만이라우. 그래 가만히 생각해본개, 참말이제 세상은 아무 재밋속도 없고, 아무 까닭이도 없음선, 부달리기만 생뚱 나게 부달리다 본개, 저실이등만이요. 걱다가(게다가) 할매 다리까장 못 씨게 맹글어논 미안시럼까장 보태갖고시나 나는 웃도 못하겄고, 울도 못하겄고, 그렇다고, 죽도 못하겄어서, 벨수 없이 할매나 맞보고 고 저실을 캉칸하게 사는 수배끼 없었지라우. 없었다고라우. 그랴요, 인재는 할매를, 무섭지마는 못 떨치내는 고런 그림자라고 생각할 베끼는 없었지라우. 그래서 내 그림자를 보뎃기 할매를 봄시나 속으로는 몸써리를 쳤소. 한숨을 쉼선 몸써리를 쳤더라고요. 미렉(미륵)인가, 산신령인가, 삼시랑인가, 머신가, 할매만 알고 나는 모루는 워떤 씨부랄 놈우 귀신한테 눈을 흘김선, 그랴요. 할매를 내 그림자라고 생각할라고 했더랑개요, 그래도 원제고 한번은, 벨랑(별로) 안 먼 원제고 한번은 할매는 죽어뻐릴 틴개, 고때사 큰숨 한번 못 쉬겄는그라우.

다리를 못 씨게 됨선부텀, 할매는 똑 까마구맹이 변해갔구만이라우. 내가 무신 송장 뺵다구나 된 뎃기, 눈이 붉어져 감시로 나를 쫓아댔다고라우. 자다가도 사람을 좀 곱게 깨우던 못하고, 쬐꿈 성한 발로 내 대가리를 탁탁 침시나 "야 이놈아, 너는 그래 잠이 오냐? 요 할미를 요래 놓고 잠이 오냔 말여?" 함선, 업으래갖고는 업혀서나, 내 등판대기에다 코를 발름시로 자고, 똥을 눌 때도 내가 보둠고 있어야 누었지라우. 그래도 나는 암뭇 소리 안 함선 참았었소.

고 저실은 고로케 갔었구만이라우. 그래도 배는 벨랑 안 고프게 지냈은개, 고것만 좋게 생각할라고 했고만이요. 부엥이도 늑대도 참 울어쌌지라우. 울어쌌더니 워느새 노루하고 쑥국새(뻐꾹이)가 울었는디, 할매요, 쑥꾹새만 울먼 나는 오매가 보고 저펐었소. 오매가 보고 저펐었다고라우. 오매는 재 넘어로 서방 찾아 갔담선, 워째서 기다리도 기다리도 오덜 안 하고 쑥꾹새만 재 넘우서 쑥꾹새만 오끄라우? 안죽도 오매는 서방을 덜 찾았으끄라우? 그란개 벼요, 안 그라먼 날보로 벌써 왔을 것인디. 벌써 왔을 것인디.

봄볕이 쬐꿈 더 두껍어진개 할매는, 산 귀경, 또랑 귀경, 들 귀경이 하고 잡다고 그랬었구만이요. 그람선 쬐꿈 웃고시나, 말소리도 쬐꿈 보두랍게 했구만이요. 그래도 나는 하나도 좋운 것을 모루겄드라고요. 할매는 내 등에 업히갖고는, 워짠지 좀 간살시럽게 들리는 소리로 머시라 머시라 씨분대쌈선 좋아했지라우만. 내한테는 참말이제 고 봄은 안죽 안 왔더랑개요.

"야아, 그라고 본개, 별쌔 너도, 흐흐, 장개갈 나이가 넘었는갑다. 목도 굵고, 어깨도 짝 발아지고, 등짝도 서 마지기 밭 한 뙈기는 실하게 된 것 본개, 참말이제, 끌끌하다 끌끌하다 하던 뱃놈만치는 된단개. 흐흐흐…… 열사날 뱃질을 끄떡도 안 하고 저어오고도, 고 가심에 심(힘)이 고로케도 펄펄해서, 똑 무신 괴기가 빼드럭 빼드럭한 것맹이. 요 할미 왼몸뎅이 속으로 용을 씨며 고로케 빼드러져 들어왔었다고."

할매는 내가 모를 소리를 해댔었구만이라우. 나는 말소리가 들린개 들었을 뿐이제, 머 물어보고 잡도 안 했다고요. 서너 해 전까장만 해도 할매는 뒤안에 시암에 가서, 그륵에 물 떠 놓고, 머시라 머시라 고런 소리를 잘 씨분댔응개요. 그라다가는 허리를 굽히고, 또 굽히고 안 했던개 비네요.

"야야 심이 안 씨이냐?"

"무신 심이 씨이겄오?"

"할매를 업고 요만쯤이나 왔은개 하는 소리여."

"글씨 무슨 심이 씨이겄냔개요? 고자배기 둬 토막 얹어놓은 것맹이요."

"그래도 쉬엄쉬엄 가자. 조쪽에 돌가지 한 뿌렝이가 꽃을 피웠제으이? 조건 쬐꿈 철이 빨른 것맹이다. 참말로 니 등은 호숩고도 뜨시다. 야야, 쬐꿈 쉼선, 조 돌가지 한 뿌렝이 캐자잉?"

"내가 그랑개 워짠그라우? 체엔장, 쉴라먼 쉬쑈."

내가 할매를 땅에 부리놓은개, 할매는 고것을 캘라고 손톱으로 땅을 회비작 회비작했지라우.

헌디 고 돌가지는 굉쟁히 늙은 것맹이었구만이요. 할매는 고것을 캐 들고시나, 거진(거의) 울뎃기 웃음선

"야야, 미렉(미륵)이가 다른 것이 아니고, 요런 것이여 그랴, 요런 것이여" 했다고라우. "산신령이 머 벨다른 것이겄냐? 삼시랑이라고 머시 벨다른 것이겄어?"

"참말이제 할매는, 할 소리도 데럽게 없는개 비요. 나는 미렉이도 산신령도 삼시랑도 모루겄오마는, 고것이사 돌가지제 머 다른 것이겄오? 고런 소리를 두고시나 객광시런 소리라고 하는 것이요." 나는 할매한테 눈을 흘기고는 고 돌가지를 캐냈던 자리다 오좀을 안 갈겄던 그라우. 그란디 할매는 좀 요상시런 눈으로 나를 봤다고라우. 그람선 쎄 짤배기 소리로 요랬구만이요. "고, 고놈, 보, 보장개 참, 참말이제, 고 실하던 뱃놈맹이다, 뱃놈맹이여." 그라더니 고개를 돌렸다가는 다 썩어 내리앉는 것맹이 한숨을 한 번 쉬더니 있었다고라우.

"요 돌가지 대궁탱이는 새로 돋은 것 아닌개 비?"

"고걸 누가 모루겄오?"

"그라먼 작년에 있던 대궁탱이는 워디를 갔단가?"

"고걸 누가 모루겄오? 말라삐틀어져 안 죽었는그라우?"

"그라먼 뿌렝이도 안 죽었었겄다고?"

"고걸 누가 모루겄오?"

"그란디 또 요로케 살아 안 났단가."

"고걸 누가 모루겄오?"

"그란개 늙은 것은 죽는 거여."

"고걸 누가 모루겄오?"

"그란개 늙은 것은 죽는다고."

"참말이제 할매는, 지끔 무신 소리를 한단 거여?"

"나는 대궁탱이고 너는 뿌렝이란 말이여."

"참말이제 할매는, 지끔 무신 소리를 한단 거여?"

"죽었던 뿌렝이가 요로케 안 살아났다고?"

그라고 할매는, 고 돌가지를 대궁텡이까장 다 우물거려 묵어삐렸구만이라우. 그라고는 이빠리도 없는 이틀을 내놓고 하품맹이 웃었다고요. "늙은 것이 죽기 때미……"

일 철이 되얏을 때는, 할매가 귀찮고 싫고 먹시고보당도, 일을 도통 하덜 못 하겄어서, "할매라우, 참말이제 이래쌌지만 말고라우. 저실에 배고풀 것 좀 생각해배기라우. 할매가 요로케 내게 업했으먼 내가 무신 일을 할 수 있겄오? 참말이제 저실에 배고풀 건 못 기다리겄소, 불도 질러야지라우, 감자 씨도 심어야지라우, 두엄도 장만해야지라우" 하고 내가 월매나 빌었던 그라우. 내가 에렸기 땀세 할매 혼차 일했던 때마동, 그 저실들 내내 월매나 월매나 배고푸고 추웠던지, 지끔은 생각도 하기 싫은개 그랬던 것 아닌그라우. 그란디도 할매는, "나는 인재는, 나 혼차 떨어져 있다 죽으나 너랑 굶어 죽으나 똑같은개 이왕이먼 니가 보는 디서 죽을라고 그란다" 했지라우. 그래 할매를 받친 펄을 홱 풀어뻐리먼, 할매는 내 등에 무신 죽은 토깽이맹이 매달려 있음선, 내 모가지를 감은 펄을 풀어주덜 안 했다고라우. 나는 숨이 맥혔은개 벨수 없이 다시 할매 궁뎅이에 펄을 둘렀는디, 하다 하다 못 해서 할매요, 내가 안 울었던그라우? 참말 이제 울 수배끼, 내가 워떻게 하겄등그라우? 심대로만 한담사 할매를 홱 뙈기처 뻐리도 되고, 지둥에다 묶어놔도 되지만 할매 안죽 고로케까장은 내가 싸납아지덜 못하겄더라고요. 할매가 구렝이나 까마구맹이 싫기사 싫었음선도, 치매 앞자래기다 코 딱아줌선, 할매는 못 묵어도 나만 먹여주던 고 할매를 고랄 수는 없었다고라우.

움시나 나는, 묵도 안 하고 일도 안 나가고, 기양(그냥) 방구석에 배지를 깔고 누워 머시든 되는 대로 내뻐려두고 그라고 굶어 죽을라고도 안 했던개비요. 그라고 고로케 몇 날을 지냈더니, 할매도 보다가 속이 짜안시럽었던개비지라우? 한숨이나 썩어 가라앉으라고 쉽시롱 달이나 보고 있더니 하룻밤은, 웃음시나, 내게로 돌아앉으면서, "워디, 요놈이 그랑개 시악씨 생객이 났내 벼, 글매 그랬내 벼, 워디, 대처니 붕알이 월매나 영글었는지 워디, 흐흐흐, 할미 약손으로 한번, 흐흐흐흐, 만치보끄나? 허헛따 놈 참, 허헛따 참말로, 옹골차다, 워디 워 워디, 흐으 요놈, 고놈 참,"

그란다 차차로 나는, 자꼬 웃고 자픈 것맹임선, 워디다 심을 한번 확 썼이먼, 그랬으면 싶음선 가심이 다 근지럽고 송신을 하겄는디 안 되겄등만이라우.

"할매 손은 워찌 그리 차침차침 뜨겁어진다요 글씨?"

"고것이 약손이란 것이여 그랑개. 아무나 다 갖고 있는 것이 아니라고. 그랑개 니 손일랑 겔단코 대지 말란 말여. 깟딱 꾸다간(까딱 잘못하다간) 니 몸땡이가 고자배기맹이 썩어빼릴 것이여. 그랑개 쇠피 볼 때 말고는 암만 근지럽어도 참아야 된다고."

고날부텀은 헌디 할매가, 참 요상시럽게도, 나를 혼자 내빼리두고, 펜안시리 잠도 자고, 묵고, 웃기도 함선, 나한테 참 잘해줬다고라우. 그라장개 나도 할매가 좋아짐시로, 되떼(도리어) 할매가 날 베리고 워디로 가빼리먼 워짜까고 걱정까장도 실그마니 들라고 했더랑개요. 걱다가 나는, 할매 약손 맛을 차침차침 더 짚으게 알아가고 있었기땀세, 일도 멀리까장은 하로 가덜 못하겄더라고요.

"야야, 워째서 또 왔냐? 글씨 워째서 자꼬 고로케 들랑날랑 허냔개?" 할매는, 웃음시로 늘 고로케 우멍을 떨었지라우. 다 암선도(알면서도) 말이지라우.

"못씬다, 못씬다고, 약도 너무 좋다가 보면 몸을 해꾸지 허는 거여."

한여름은 그랑개 고로케 안 갔던그라우. 워떤 해보당도 일도 많이 춰놨더니, 거더디릴 것도 제복 솔찮하등만이요. 쑤시(수수)랑, 늦깡냉이, —올깡냉이하고 밀갖고는 여름 살기 마침맞았지라우. —고구마랑 호박이랑 들꽤(깨)랑 참꽤까장, 방 한구석이 끗뜩 안 했던개 비네요.

코쿨이다(고콜이에다) 그라고시나 갱솔(관솔) 때기를 태우기를 시작 안 히왔었소. 그라고 나서 할매하고 나는 서로 할매 말하뎃기, 외리(오리) 알 쳐다보뎃기 봄선 지냈구만이라우이. 그란디 찬바랭이 불 때부텀서, 자꼬 심을 써보고 자픈 고 벵이 홱 도져빼렸더라고요. 참말이제, 낮이고 밤이고 할 일이 없었은개, 뜨신 구둘막에 배지나 깔고는 고 속벵이나 앓았다고라우. 차라루 약손 맛을 몰랐더라먼 좋았을 것맹이었이요. 할매 약손 갖고는 머신지 자꼬 모지랬다고라우. 겉 벵이 속벵으로 바꽈 들이와 빼린 것이요. 워짠 일인지 나는 자꼬자꼬 외롭더라고요. 가심에 헛청(헛간)이 생김선 거그다 멀 떤지 너도 차덜 안 히어요. 할매는 고 눈치를 챘던개 볐어요. 할매는 한 번도 약손을 안 애꼈은개요. 헌디 그라먼 그랄시록 헛청은 더 커지고, 헛청이 커지면 커질수록 나는 할매한테 더 뽀챘지라우이. 언 발에 오좀 누는 것맹이었어라우. 그 저실 한날도 안 빼놓고, 하루에 열두 번씩이나 할매는 오줌을 깔기줬는디, 그라고 봄에 나를 본개, 나는 더 독하게 얼어붙었덩만이요. 헛청에 어름만 하나 깟뜩이었다고라우. 고때는 몸에 찬바람이 돔선, 사방 군데가 다 노랗기만 하고, 창꽃(진달래)이 암만 뜨겁게 타올라도, 따순 줄을 모루겄었어요. 고런 나를 내리다봄선 할매는 웃었구만이라우 웃었다고라우. 고건 할매가 웃는 것맹이는 아니었고라우. 바느질을 함선 실 끄탱이다 침을 묻히는디 본개, 쎄바닥이 둘이나 낼롱거리더라는, 고런 무신 독색 기침이 웃는 고런 웃음이었다고라우. 그랴요, 한여름 한가실 동안, 나는 그랑개, 질고도 진 밤 속에 있었던개 볐어요. 아침에 깨 본개, 흙여서 지냈던 고 한여름, 고 한가실, 고 한저실은 뫼똥이었고, 할매는 쎄바닥이 둘이나 된 고 지집 말고는 다른 아무것도 아녔다고요.

나는 죽을 뎃기 앓게 됐었구만이라우. 왼몸뎅이가 한데 내논 것맹이 시린디도, 구둘짱맹이 펄펄 끓는 이기 속은 암만 해도 모룰 고 벵 떼미, 나는 일어나덜 못했잖은개 비네요. 허리가 시지큰함시롱 열 두통으로 끊켜져 니리앉고, 어지럽음선, 업솔이 탓지라우.

고런 나를 보다 못 하겄던지 할매는, 내 머리맡에다 찬물을 떠다 놓고시나, 관시엄보살이니, 나무애비타불이니 함시롱 손을 비벼쌌더니, 고래바도 안되겄넌지, 다리를 찔찔 끌고 댕김선 할매는 무신 약이란 걸 맹글아 구둘막에 파묻어놨었지라우이. 밀지울 뭉치서 띄워놓은 것하고 지추니 창출이니 더덕 말라논 뿌렝이 고은 물하고, 쑤시밥하고 섞은 것이었지라우. 아매? 그랬어라우, 그란디 고것이 사흘도 못 돼서 단내를 풍기는디, 고것 한번 얼렁 묵어봤이면 싶덩만이요.

고것이 그란디 머시였겄는그라우, 고것이 머시였겄냐고요. 고것이 속으로 들어간개 글씨, 창시(창자)가 둬 바쿠 꽉 틀먼서, 낯을 뜨겁디뜨겁게 함시롱, 가심을 거큼(거품)맹이 부클어놓는디, 글매라우, 고것이 대처니 머시였겄는그라우. 나는 그래 할매를 등판떼기다 업고시나 둥개둥개 뛰어댔구만이요. 그람선 요리조리, 산날맹이로 들판으로, 또랑가로 꽃 지늘 아래로 돌아댕겼구만이라우. 앙 그랬던개 비요?

“야야, 워찌 요리도 니 등판은 호습냐, 워찌 요로케도 호솨?” 할매는 좋아

싸서 꽘을 침선, 내 어깨쭉지를 띠렸지라우. 그라고 고놈의 물이란 것을 나도 묵을 만한 나이가 됐다고 했었다고라우.

워찌 되얏든, 나는 고놈의 썩은새 국물만 자꼬 묵고 잡아 일도 못 하겄고 또 고놈의 것을 묵고 났다먼 일 겉은 것이사 워찌 되었던동 내 알배 아니다, 할매만 업고 놀로나 댕겼지라우. 그람선 고 물이 떨어질 만하먼 할매는, 다른 단지다 또 당갔다고라우.

고로케 돌아댕기다시나 워떤 날은, 여시 두 마리가 똥꾸를 붙이고 있는 걸 안 봤던개 비네요. 그래서 내가 웃음선 고것들 가운데 토막을 한번 탁 찰랑개 할매가 "야아, 그라지 마라, 고것이 지끔 베문한 것이 아니라" 함선 말겄다고라우.

"무신 짓인디 고로케나 베문시럽다요 대처니라우?"

"흐흐흐, 고것이 그랑개 상내 난 거여."

"고건 또 무신 말이요?"

"조래갖고, 흐흐흣, 그랴, 조것이 그랑개 한 몸이 돼뻐리는 짓이란 것이다고, 흐으흣."

"고것 참 요상시럽구만, 워쨌든 벨 족거튼 짓을 다 허네. 탁 차 떤지뻐릴라기양."

"조놈이 그랑개 시악씨고, 조놈이 뱃놈이다, 그랴, 뱃놈으로 생겼어, 앙 그러더냐? 야야, 그나따나 가자, 가."

할매는 내 머리끄뎅이를 사정도 안 두고 잡아땡겄지라우. 글씨 급짝시리 맘이 변해진 것이요.

"할매라우, 나도 뱃놈이란 거 한번 해봤이먼." 고날 밤에 나는, 암만해도 잠을 못 자겄길래, 뒤척거리다 앙 그랬던개 비요. 고때는 참말이제, 창시를 씨리게 하는 고 물도 안 좋고, 할매도 물론이나 안 좋고, 고 시악씨라는 것 생각배끼는 나덜 안 했더라고. "나도 말이라우, 고 상내란 거 한번 나봤이먼. 나도 그랑개 멋(무엇)하고 한 몸 될 벵이 참말이제 짚이 짚이 들었는 것맹이요, 앙 그라고사 괴얀시리 잠이 오덜 안 할 수가 있겄오? 그랑개, 산 넘우는 고것이 있담선? 있다고 안 했냐고라우?"

할매는 고때 아뭇 소리도 없었구만이라우. 고런 대신에 갑째기 앓기를 시작했는디, 새복에는 곧 죽을랑 것맹이 눈을 까뒤집고 그랬다고라우. 그래 내 안 빌었던개 비요.

"할매, 내가 말 잘못했은개, 이라지 마쑈잉, 이라지 마쑈, 내가 요로케 안 비요?"

"그라먼 이눔아, 맹시를 해라, 맹시를 해여. 해를 두고, 달을 두고, 나무를 두고, 산을 두고 요 새복을 두고도 맹시를 해여."

"워떻기 하는 것이요? 내 할랑만, 할 틴개 갈쳐만 돌라고. 갈쳐만 돌랑개."

"그라먼 요로케 허거라. 요로케. '나는 참말이제 할매 혼차 띄놓고 워디로 앙 갈라요.' 따라서 히어."

"나는 참말이제 할매 혼자 띄놓고 워디로 앙 갈라요."

"그래도 워디로 가고 잡은 생객이 들먼,"

"그래도 워디로 가고 잡은 생객이 들먼,"

"햇님이라우, 달님이라우, 산님, 나뭇님, 새복님, 엉덕에 고자배기님, 미룩님, 삼시랑님, 내 눈을 쑥 뽑아갑수사. 맹시허나이다."

"고건 너무 에럽어서 참말이제 못 하겄는디."

"그래도 따라 히어."

"글매 못 따라 하겄다고라우. 씨발, 난 눈이 없으먼 워찌 살 거여 글씨? 못 하겄다고, 고건 못 하겄당개."

그렇지만 고날 동도 티기 전에, 나는 벨수 없이 고 맹시를 하고 말았었지라우. 그라고 난개 할매 벵은 씻은 뎃기 나사뻐렸었는디, 괴얀시리 나는 눈이 비덜 안 한 것맹이데요. "씨발, 햇님이고 달님이고 고자배기님이고 나는 모루겄다. 내 눈 내가 보는디 저그들이 대천지 워쨜 것여? 내 것이제 저그들 것이간디?" 고로케도 생각해봤지만, 그란디도 고 맹시란 건 늘 내 속에 구룸맹이 쪄 있었다고. "워디, 내 한번, 내 눈이 뽑아지는가 안 지는가, 참말이제 시엄을 해바야겄어." 고런 생각도 했었구만이라우. 참말이제 고 맹시를 하고부텀선 나는 내가 똑 둘이나 된 것맹임선, 자꼬 햇갈리더랑개요. 고때는 머, 할매를 혼자 띠놓니 안 띠놓니, 시악씨니 멋이니, 고런 건 뒷전이고라우, 해하고 달하고 미렉이하고 한펜이 돼뻐린 나하고, 고것들하고 웬수가 돼뻐린 나하고 둘이서, 그랑개 생조시나게 쌈만 했다고라우. 눈 두 개를 놓고시나 그랑 것이지라우. "인재는 니 눈이 니 눈이 아녀." "족거튼 소리는 하지도 마." "글씨 그렇다고." "그라먼 한번 워디든지 가보까?" "그라먼 눈이나 뽑히제 벨수 있겄다고?" "까진껏, 뽑힐라먼 뽑히라제, 그래도 빌 거여." "눈을 깜아도 비냐?" "고것이사 깜았은개 안 비제." "그라먼 한번 꾹 눌러바." "그랑개 불이 써진다."

젤국은 안 되겄둥만이요. 안 되겄더라고라우. 워디만침이라도 한번 갔다 와야지라우. 고로케나 꾸룸하니 해갖고는 못 살겄드라고요. 할매는 고 눈치까장은 못 챈 것맹였고, 내가 멋 땜시 밥도 잘 안 묵고 말도 잘 안 하냐고만 그랬지라우. 그란디 참말로는, 나는 워디만침이라도 갔다가 와볼라고, 고 젤심을 하고 있었다고라우. 그람선 달이 크게 돌아올 때만 기다리고 있었는디 밤질을 걸을라먼 쬐꿈 환해야 안 되겄는그라우. 그라고 날씨도 쬐꿈 더 따솨져야 되겄고도 해서요. 내 속은 고라는 메칠 참 많이도 뛰쌌다고라우. 고런 경험이란 건 생전 첨이었는디, 벨랑 좋도 나뿌도 않음선도, 자꼬 무신 눈치만 보게 하드라고요.

후후훗, 할매는 내가 통세나 간 줄 알았었지라우? 고때 나는 꼬숩고도 덜덜 떨리는 맘으로 엉덕을 넘어가고 있었소. 지랄한다고 노루가 울어싼개 달이 커져 빠린 고날 밤 아녔냐고라우. 나오기는 내가 참말이제 살맹이 나왔는디도, 할매는 지침을 내 뒷꼭대기다 해쌌텅만이요. 할매사 지침만 할라고 죽도 안 하고 살아 있었은개 머 자꼬자꼬 지침이나 해야 했겄지라우맹.

산불맹이, 요 꽃 조 꽃 피기도 많이도 펴, 오로록 오로록 타올르데요. 쥐새깽이 귀만 하던 나무 잎파리도 워느 녘에 큰 노루 귀만침이나 커 있었는디, 그란디도 워짠지 쬐꿈도 존 줄은 모루겄등만이라우. 낮이먼 고로케도 이망이 시언함시롱 좋던 고 나무들 밑이, 워째서 고 밤에는 으씩 으씩 함시롱, 고구매 잘못 묵고 얹친 것맹으로 답답했으끄라우. 나무 지늘에서 머시 월컥 뛰나와 내 대가리를 탁 쎄릴란 것맹이라 홱딱 돌아다보먼 아무껏도 없고, 그래 또 심을 내서 담박질을 쳐보먼, 머시 뒷꼭지를 홱 잡아땡길라고, 내가 담박질 치는 고만큼 빨르게 담박질 쳐 오고 해서나, 나를 영 갱실털 못하게 했다고라우. 대천지 머시 대갈맹이 속에서 까시쟁키(가시 뭉텅이)를 휘둘르간디 소룸이 와시렉이 일남선 머리카레기가 꺼꿀로 스끄라우? 무신 새가 횃대기(피리)를 붐시나 붐시나, 나무 지늘에서 포도덕이는 것도 못 참것고, 다릿장갱이(정강이)에 씻갬시나 워시락 워시락 해쌌는 샛대기(새) 소리도 못 참것고, 나뭇가쟁이는 흔들리도 안 한디 그리매만 끈들거리는 것도 눈 뜨고는 못 보겄드라고요. 그람선 눈깔이 자꼬 개럽고, 침침해짐선 안 빌라고 안 하냐고라우. 그라고 본개 나는 걸음을 더 윙기덜 못 하겄등만이요. 그래 쪼꿈 숨을 돌리볼라고, 암 데나 퍽썩 주저앉았구만이라우. 그라고 대처니 머시 나를 자꼬 무섭게 하는지 고것을 따지볼라고 안 했겄는개 비요. 그래봤는디 말이지라우. 네엔장마즐, 아무껏도 무섭을 것은 없었다고라우. 여시나 색꽹이(삵괭이)요? 고까짓 것이사 몽뎅이로 한 번씩만 쎄리패도 캥캥거림선 도망갈 것들 아닌그라우. 귀신이라우? 글씨라우, 참말로는 나는 죽는 것이 머신 중은 잘 모른개 고것도 머 벨랑 무섭을 것 없었지라우. 그란디 밝은 디 가면 어둔 디가 무섭고, 어둔 디 가먼 밝은 디 나갈 것이 무섭었다고라우. 머신지 모룰 것이 어둔 디서는 날 콱 덮어씌울 것맹이고, 밝은 디 가먼 나를 니리다볼 것맹이었다고라우. 졀국은, 그렸어요, 눈 때미였다고라우. 그랴요, 눈 땀새 그랬다고라우. 고런 무섬증은 눈으로 온 것잉만이요. 그래갖고는 뽑아 갈란 것이었소, 그랴요. 헐 수 할 수 없었은 개 나는, 돌아섰네라우. 할매가 암만 귀찮시럽더래도 나는, 할매하고만 살게, 고로케 돼 있었던개 비었소. 고로케 됐던개 비었다고라우.

비라도 흠씬 맞은 것맹이 어깨를 축 니리고 돌아온 개 첫새복이었는디, 할매는 방 안에는 안 있고, 뙬광에도 없고, 통세도 안 있었다고라우. 걷도 못함선 대처나 워디를 갔던동, 갑째기 걱정시런 생객이 드는디, 고라고 본개 나도 할매 떨어져서는 못 살 것맹이등만이요. 혹씨 목매달아 죽던 안 히얐으까 자파 찾아바도 없었고라우. 참말이제 걱정시런 생각만 자꼬 뽀짝뽀짝 더 드는디, 미칠 것맹이라, 요리조리 뛰댐김선 찌웃거리다 본개 할매는, 시암 갓에 있덩구만이요. 고로케도 할매가 반갑을 수가 있었으끄라우? 할매는 그륵에 시암물 좀 떠 놓고시나 머시라고 씨분대쌈선 손을 비비고, 안 있었던개 비요이? 쫓아가 본개, 할매 낯에도 시암물이 묻어서 흘르는디, 주룸쌀마닥 고것이 괴어서, 괴인 디마닥 포로소름한 달빛이 어리갖고 있은 개, 내 눈에는 할매가 무신 고운 도채비(도깨비) 겉디야.

“할매, 그랑개 내가 잘못했는개 비요. 인제 참말이제 워디고 가덜 안 할랑만. 솔찮이 걱정했일 거이요 잉?” 할매는 날 나무래도 안 하고, 울랑 것맹이 웃음시나, 고개만 끄덱끄덱했었잖으요이. 참 그람선, 내 낯을 실실 만지봤다고라우. 이깽이 덮운, 무신 독 겉은 손바닥이라, 소롬이 끼칠라고 했으먼서도, 나뿌덩 않덩만이요.

그란 뒤로, 월매나 시월이 갔던동, 나뭇잎사구가 착씰하게 우거지고시나 모구도 날라댕기기 시작하고라우. 쪼꿈만 꿈젝여도 땜이 철철 흐르는 고때가 안 되었던개 비네요. 고때 나는, 또 속에서 지랄이 났더라고라우. 맹시했던 것 겉은 건 진작에 잊어뻐렀고라우, 안 잊어뻐릿단대도 고런 건 하나도 안 겁나고라우, 구룸이 산날망으로 넘우가고 넘우온개 말이지라우, 거그 넘우 한번 똑 가덜 안 하고는 안 되게 생겼더라고라우. 그라고 해필이먼 밤중에 도망갈 일이 머시겄소. 암만 히어도 할매는 따라오도 못할 것인디, 할매 눈 쐬길 필오는 머시겄소. 그래서 일을 하다가 말고시나 내가 안 이랬던개 비네요. “할매라우, 잘 있으쑈. 나는 오매 좀 보고 자파서 갈랑만요.” 후후, 그라고시나 호맹이(호미) 겉은 건 홱 떤지뻐리고, 되나캐나 담박질을 치기를 안 했던개 비요. 할매는 고때, 밭구텡이 구텡이를, 요리조리, 펄로 짚어 몸뎅이를 끌고 댕김선, 지심도 매고, 쑥 잎사구도 뜯고, 돌가지도 캐고 했었지라우, 참말이제 고때도 또 한 번 속이 꼬십데요. “오매도 보고, 여시하고 살기도 할라고 내가 시방 안 이라요.” 난 담박질을 침시나 말했지라우. “요로케나 날쌉게 뛰가는 까닭이는 그렇다고라우. 요놈의 붕알 둬두먼 멋하겄오? 똑 까서 여시나 줘뻐리제. 할매 말로는 오매도 워디서 여시질할 것이람선? 그란개 나도 새깽이는 여시 새깽인디 나는 나 아니냐 말이요. 그라고 본다 치먼 여시란 건 나 겉은 건 나 겉은 것인디, 할매 겉은 붕알이 없는 종내긴개 비요. 해야튼지 간에 한 번 만내볼라고, 내가 지끔 이라요. 잘 있으쑈잉, 잘 있으라고라우.”

고때는 한번 살아 있는 것맹이등만요. 그라고 할매가 비덜 안 한 디서부텀은 찬찬히 걸었지라우. 아매 정섬때쯤 되었었을 기요.

감시나, 노루맹이 감시나, 목말르먼 또랑 물 묵고, 깨금(가랑잎 나무 열매)이랑 앵도랑, 따 묵음시나 간개로 배는 안 고팠고라우, 헌디 워짠 일이 있었으끄라우? 해 뜨는 디도 지는 디도 알덜 못하겄고, 해는 안죽 안 떨어졌는개빈디도, 거 그는 새복이 돼 있더라고라우. 암만 하늘을 올리다바도 하늘은 비덜 안 하고, 기양 잎사구들만 새깜 소롬하니 덮였는디, 월매나 햇빛이 들덜 못했던동, 지늘(그늘) 썩는 남새만 코를 찔러라우. 참낭구 숲 속이었던개 볐어요. 참말이제 고로케나 걸창한 숲은 보다보다 첨이었당개요. 글씨 하늘이 안 비고, 햇빛도 안 들고, 그라장개 천상 새복 겉기만 했다먼 말 다해뻐린 것 아니요. 월매나 잎사구가 쌔였던동, 딛는 디마동 허방 겉고, 푹신푹신한 것이 참 좋덩구만이요. 벨랑 걱정시런 생각은 안 들었기 땀세, 좀 쉴라고, 고 푹석한 디 놓은개, 글씨 잠이 제절로 올라고 그라더라고라우. 고 쌔인 잎사구 내암은 또 워떻고라우! “인재 쪼꿈만 있으먼, 그랴, 히히, 조쪽에서 여시가 올 겨, 그랴 올 겨,” 나는 고로케 생각함선 그라고 웃음선 눈을 시리리 감았구만이요.

눈을 뜰 때도, 웃음시나 떴구만이요. 나는 쪼꿈 장이 들었던개 볐어요. 그란디 할매요, 나는 울 수배끼는 없덩만요, 나는 울 수배끼 없덩만요. 그래도 할매한티 원망은 안 히았소. 울기만, 나는 기양, 울기만 울었다고라우. 그란다고 무신 소양(소용)이 있었겄오마는, 워짜겄소, 꺼생이(지렁이) 겉은 짐성도 울면서 산개 안 죽고 안 사요잉? 나는 눈이 비덜 안 한 것이요.

잠 한숨 자고 난 게, 눈이 쑥 빠진 것이요. 나무도 안 비고, 쌔인 잎사구도 안 비고, 새복 겉던 것도 안 비었다고라우. 월매나 월매나 나는, 쏘다댕겼던그라우. 어둔 것들 모도 급짝시럽게 와갖고, 눈이 있던 디에 쑤시 들어와 빼린 것이요. 햇님, 달님, 산님, 산날망에 고자배기님, 미룩님, 월매나 내가 잘못히았다고 빌었던 그라우. 그래봤어도 아무 소용도 없었제라우. 가심이 새캄한 것한티 탁 멕혀 빼리져서, 내 것은 내 것인디도 내 것은 아니고, 손은, 펄뚝은, 물팍(무릎)은, 허복지는, 모도 월매냐 먼 디로 먼 디로 가뻐렸는지, 암만 씰래도(쓰려 해도) 말을 안 듣고, 요리 보독씨려지고 조리 보독씨려지는디, 참말이제 뻬도 못 추리겄등만이라우. 하기사 나도 눈이 비었던 때가 있기는 있었지라우마는, 눈이 빈다는 것 빼머는, 요 시상에 머시 더 좋울 것이 있을 것 안맹이등만이요. 염치는 없었지라우만, 하다못해 나는 할매를 불렀구만이라우. "할매, 할매애," 그람선 막 벌벌 김선, 이망을 깸선, 물팍을 부닥침선, 막, 막 담박질을 쳤지라우. 나는 안 미칠 수가 없었당개요. "할매, 인재는, 할매, 앙 그랄 틴개, 할매, 내 눈을 돌리줘, 할매, 내 눈을 돌리줘," 빔선, 나는 또 맹시를 했구만이라우. 인재는 줘이돌라고라우. 또 내가 도망치면 줘이돌라고라우.

고런 맹시를 하고시나, 인재 벨수 없은개 할매가 워짠가 보자고, 그래서 쬐꿈 정신을 차릿더니, 후후 고참, 신통시럽었지라우, 후후, 훗, 글씨, 안개 속에서맹이 머시 쬐꿈씩 쬐꿈씩 비기 시작허는디, 참 시상이란 건 곱고도 고운 것이등만이라우, 고와라우. 물론이나 안죽 머시던지 똑똑시럽게는 비덜 안 했지라우마는 낮추막한 디는 껌은 숲이 고심도치맹이 낮추막허게 엎디려 걸어가고라우. 산봉우리 봉우리들은 무신 큰 또랑물맹이 워디로 자꼬자꼬 출렁출렁함시나 흘러가고 있더고라우. 고런 워디서 횃대기 부는 새가 횃대기를 불고, 산 벌거지도 우는디, 참말이제 시상은 고운 것이더라고라우. 대처니 나는 월매나 높우게 올라가 있었으끄라우. 고런 걸 봄선 들음선, 나는 산날망에 사는 늙다리 귀신맹이, 좋와싸서 웃었은 개요. 그라다 또 잠이 들었었구만이라우. 할매 있는디를 가얄 건디, 고 생각을 함시나 말이지라우. 조쪽의 조 산날망에, 큰 쥐 새깽이 겉은 바우가, 하늘로 올라갈라고 갈라고 애씨는, 조 바우 히끈(훨씬) 밑에는, 할매 사는 움막이 있다고 생각함시나, 말이지라우.

그라고시나 무겁게 무겁게 다리를 끔선 집에 돌아와 본개 할매는 없고라우. 별하고 퍼리만 윙윙거림선 날라댕기고, 방문은 안죽까장도 열릿더라고라우.

나는 멈첨 시암에 가 물을 흡복(실컷) 마시고, 문지방에 걸치앉았구만이라우. 그라고 멍충하니 마당을 보고 있잖개, 풀 내암하고 솔나무 지늘이 한 마당 차고 들먼서, 나를 또 울게 맹글았다고라우. 가실이는, 떨어진 나뭇잎하고 바람이 까뜩 차지라우. 저실에는, 눈하고 구름 그리매만 거그 흡복(넘치게) 찬다고요. 그것뿐이지라우, 또 머시 있으끄라우? 삐들캥이하고, 노루하고, 모가지랑 정갱이가 긴, 흰, 솔나무 새하고, —새하고 구름하고 나무 잎사구들은 워디를 갔다 오는디, 나는 인제 워디 갈 디까장도 없어졌은개, 그냥 요 문턱에 앉아 할매맹이 늙어야 하끄라우? 해거름판에 맵새들은 워디를 가끄라우? 그래도 눈이 빈개로 요런 것 볼 수는 다 있겄소.

할매는 날 보더니, 참말로 한도 원도 짚으게 짚으게 울었었지라우이. 밭구탱이에 씨러져 할매는, 하늘만 보고 있더니, 내 그리매가 비친개 참 좋아한 것맹이었어요.

"할매, 안죽도 여그서 이라고 있는그라우?"

내가 그랑개사 할매는, 내 가심에 낯을 묻고 울었소. 그래 내 보둠고 집에 와, 물 한 그륵 믹이논개, 고때는 워디서 심이 났는지, 비짜리로 내 장단지를 쎄리먼서 "배곯아 가메 키워논개, 요놈, 고로케냐 애탕가탕 키워논개, 너도 요놈, 니 어미맹이, 날 베렸제? 날 베렸어? 왜 왔냐? 뭣 땜시 왔어?" 그랬지라우. "할미 겉은 건 밭구텡이서 죽어뻬리도 고만 아니더니앵?"

"할매 아녀, 아니고라우, 글씨 내가 잘못했당개도 백찌 이래싼네, 글씨 아니라고라우."

"아닌 것이 다 머시대여, 온 씨식짢은 놈, 머시 아녀? 그라먼 인재, 몸땡이를 인재는, 이 씨식짢은 놈아, 몸땡이를 한 개로 이쉬(잇어)갖고 살자, 살아."

"그랴 할매, 그라자고. 그라고 인재 비짜리는 치우랑개. 대처니 워떻기 몸땡이를 이순단 거여, 네엔장."

내가 고로케 말한개사 할매는, 썽을 쪼꿈 참고시나, 비짜리는 떤지뻐렸지라우. 그라고는, 접때 원지 녘에 내가 꽈 논 사내키를 몇 발 끊어들더니, "그라먼 인재는 후애(후회)치 말아, 언재는 딱 이숴뻬릴 것이여, 돌가지맹이 이술란다고" 했잖이요이.

"글씨 넨장마즐, 고 사내키 몇 발로 대천지 워떻기 이순단 거여? 나는 후애고 머시고 지끔은 모루겄소."

나는 모도 기양 귀찮애서 워떻기든 홋딱 돼뻬리고, 날 좀 펜안시리 둬줬이먼 싶어, 그래 고로케 말해뻐렸었다고라우. 혼자 있을 때는 할매가 안씨런 생각도 들고 했지만이라우. 할매를 가차이하고 쪼꿈 또 있은개, 참말이제 할매는 걸치장만시럽십디다요.

"그라먼 야야, 고개를 쪽 빼내여, 고개를."

"아니 할매, 내 고개를 말인그라우?" 나는 얼렁 알아챌 수가 없었다고요.

"그라먼 내 대가리를 워짤 것인디? 해해, 그랑개 할매는, 내 대가리를 빼내고시나 걱다가(거기다) 할매 몸땡이를 쑤시넌단 것인개 비잉?"

"글씨 하라는 대로 히어. 요로케." 할매는 사정도 안 두고, 내 머리끄뎅이를 잡아갖고, 앞으로 숙이 니렸다고라우. 그란개 내 물팍이 꿇어짐선, 펄로 방바닥을 짚으게 된개, 똑 노루나 무신 여시맹이 네발로 시게 되덩만이요. 그라고 난개 할매가 횟딱, 내 모가지 위에 걸치 앉음시롱 "요로케 목말을 탄단 것이여. 자 그랑개 인재는 일나 앉을 일이여."

"참말이제 할매도, 요래갖고 워떻기 일나 앉는다요 글씨?"

"글씨, 앉일 수 있은개 앉아보라고."

할매는 팩 속을 냈구만이라우. 그래 내 앉아본개, 할매는 내 머리끄뎅이를 웅키잡고시나 안 떨어질라고 했지라우. 하하, 고란디 앉아서 본개, 아닌 갸 아니라, 이숴지기는 딱 이쉬졌는디, 내가 새본개, 내 다리 둘은 둘인 채로 있고 말이지라우, 내 가심팍에도 또 다리 둘이 늘어져 있었고 말이지라우, 내 펄은 내 펄대로 있고, 또 펄 두 개가 내 대가리 우에 얹히고 말이지라우. 헤헤, 넨장마즐 머세다 써도 못할.

"인재 그라먼, 야야."

"머슬 워짜라는 것이요?" 나는 소가지를 냈지라우.

"고 사내키로 할매 다리를 칭칭 감아 쫌매여."

"아니요 사내키로 말이요? 요 사내키로? 참 벨 씨식짢은 짓도 다 할랑개비, 원 족거치, 대처니 무신 다리를 워떻기 좀매라는 기여?" 나는 썽이 나서, 내 가심팍으로 늘어져, 삭다리(삭정이)맹이 빳빳한 할매 다리 둘을 합치갖고는, 복송씨 있는 디서부텀, 내 심껏은 꽉꽉 감아올렸구만이요. 뿌러져뻬릴라먼 뿌러져뻬리라고 그란 것이지라우 머.

그란디도 할매는 아프다고 소리도 안 했는디, 요상쿠로 되떼 내 숨이 맥힐라고 하더랑개요. 암매, 삭다리 쪼각 겉은 할매 허복지가 목을 눌렀던개 볐어요. 그래 벨수 없었은개 풀어뻬리고, 웃음시나 내 머릿속을 긁어주는 할매가 시킨 대로, 채근채근, 그라고 터시렉이도 없구로 쬐꿈도 걸치장스럽덜 안하게, 댕이맺지라우잉. 반나절 품은 족히 들었을 기요. 할매 다리를 댕이는 디는, 지게 매빵맹이 세 겹으로 따갖고 돌리고, 그라고 할매 다리하고 다리 새는, 그랑개 거그 내 가심이 안 있었던 그라우, 뱃놈 그물맹이 찔라고 함선, 그물이 머신지는 몰라도 그물맹이 찔게 하게 안 했는개 비요. 끝나고 난개, 할매는 낄낄대고 웃음시나, 내가 똑 그물에 걸린 큰 괴기 겉다고 했는디, 나사 모를 소리제라우. 워쨌든 이수기는 이쇘던 것맹이었소.

고날부텀은 그라고, 고로케 이숴갖고 살았는디, 참말이제, 고 짚은(깊은) 속 서럼이사 말해 멋하겄는그라우마는, 그라고 고 불편한 것도 말해 멋하겄는그라우마는, 기양 한마디로, 죽던 못하겄은개 살았다고 해뻐리먼, 속 시언하요. 할맨들 하기사 나보당 나슬 것은 또 머시 있었겄소. 홋창(홑이불) 한 겹만 덮고 잠선도 다리가 쑤시니, 허리가 끊거지니, 머시 워떠니 함시롱, 진 밤에도 반 숨배끼 못 자고 하던 고 할매가, 사내키로 댕이 매논 고 다리에 또 내 대가리로 눌러댔이니, 내가 할매는 아니란대도 나도 알 만은 합디다요. 설사 똥이 매렵단들 고건 또 참을만 하겄오? 내 붕알에 끈을 쫌매는 디만 히어도 다섯 번 숨은 디리쉬어야 되고 내 대가리를 사태기서 빼내는디도 열 번 숨은 내쉬야 되는디 허고 본개 고단(그동안)을 못 참고시나 내 등판때기다 깔긴 때도 있기는 있었구만이라우. 참말이제 그라구 본다치먼, 할매도 억척시럽긴 억척시럽었던개 비었소. 글씨 내가, 설매기로 헌들, 할매 똥 누는 새를 타 워디로 도망이라도 가까 싶덩그라우? 할매는 내 모가지서 똥오줌 눌 때베끼는 안 니려 왔음선도 똑 고때마동 내 붕알을 내 손으로 흘치메놓게 히어놓고서나, 고 끈 끄트맹이를 할매 손에 쥐야 되었지라우. 그라고 내가 물팍만 좀 긁을래도, 할매 심껏 잡아땡기갖고는, 내가 쎄를 내놓고 땅바닥에 처백히게 했다고라우. 그람선 할매는 내 손에 낫이니 머시니 고런, 날이 드는 쇠를 갖고 있는 걸 젤 싫어함시롱, 내 뒷꼭대기다 바널(바늘)을 전주고(겨누고) 있었다고라우. 참말이제 나는, 꼼짝도 못 하겄등만이요. 갓딱꾸먼 바널로 찔르거나 안 그라먼 다리를 휘감고 틀어갖고 내 숨을 끊어놀라고 그랬은개, 고때마동 나는, 흙 속에 묻혀서나 숨도 못 쉴 돌가지 뿌렝이 생각만 함시롱, 기양 꾹 눌러 참아뻐렀소. 그라고 어깨쭉대기 끄트머리다 지게 메빵은 걸고, 그람선도 배는 안 고풀라고 일은 안 히았던개 비요.

고 짓도 한 스무 날 참은개, 고때는 기양저양 지내기는 지내겄겄는디, 속으로사, 참말이제 똑 반나잘만침이라도 한 번만 활활 뛰댕기 봤이먼 싶은, 고 생객이 왜 없었겄는개 비요. 그란디 고 생객이란 것이, 짚은 속벵이 될 중은 안죽 고때까장은 몰랐구만이라우. 차침차침 할매가 불핀하고 귀찮고 걸개치고, 싫고, 워짜고보당도, 한 번만 노루맹이 뛰댕기 봤이먼 싶은, 고 생객이 짚어진디, 고때는 바널도 안 무섭은 것맹이고, 숨이 끊어질랑 것도 무섭을 것 없을 것맹이었지라우. 그래서나 요 꾀 조 꾀 다 안 짜냈던개 비요. 높은 엉덕에서 뛰니리기도 하고 말이지라우. 아하 그랑개 고때 할매는 하나배낀 고 바널을 잊어뻐렸구만이요. 까시쟁키 속으로 띄골띄골 궁글어 가기도 하고 말이지라우, 솔나무 싸납운 둥치다가 할매 대가리를 쎄리 북치기도 안 했던개 비요. 그란디 고때 할매는 죽어뻐렸고만이라우. 내 등판때기서 꺽꿀로 늘어져갖고는 숨을 쉬덜 안 하고 뒷꼭지서 피를 흘릿다고라우. 고때 나는, 한번 킬킬거림선 웃었소. 그라고는 할매 사태기 새서 대가리를 빼내갖고, 웃음시나 월매를 뛰댕겼던동, 삭신이 다 제리고, 질묵(떨어진 버선짝)맹이 너들럭거렸다고라우. 원지녘인지 한번, 참낭구 숲속에서 길을 잃어뻐렸던 이튿날도 그랬었지라우.

그란디 머, 똑 고것이 고런 것만도 아닌 것맹이었어라우. 뛰댕기다 쬐꿈실폭(충분하다는 뜻)해졌길래, 할매 젙(곁)에 왔일 때는, 고것이 참말이제 고런 것만도 아녔다고라우. 할매는 고때까장도 죽어갖고 깨나덜 안 하고 있었는디, 둘이 살다가시나 하나가 죽어뻐렸다는 고것은 암만 암만 생각히어바도, 있일 수가 없는 일맹였다고라우. 고때는 그랑개, 내가 홀개버졌다는 고런 것도 아무 소양도 없어짐선 고런 대신에 죽은 할매는 아닌 무신 다른 할매가, 내 모가지를, 대가리를, 가심팍을, 가심속을, 숨골을 눌룸선, 뎀비드는디, 죽은 내 할매는 쪼꾸만 자갈만 하다먼, 고것은 저 앞산보당도 더 큰 것맹이었다고요. 참말이제 고것은, 숨 세 번 쉴 동도 못 겐디게 하는 고런 것이었다구라우. 나는 고것이 머신지는 하기는 여적도(여태도) 모루고 있을 뿐이지라우만. 그랬기 땜시 나는, 벨수 없이, 삐적 삐적 울면서, 참말이제 할 수 없었은개 다시곰 죽은 할매 허복지 새다 대가리를 쑤시넣구만이라우. 산보당도 크기는 더 큼선, 워짜먼 너무 크기 땜시 안 비는, 고 할매를 업느니보당은, 눈에 비기도 비고,

쬐꾸만한 할매를 업는 펜이 나슬 것맹이라서 그래서 그란 것이지라우. 그람선, "할매, 좀 살아나쑈, 살아나돌랑개, 살아나돌라고, 할매가 죽은개 내가 못씨겄소, 나는 워찌 살랑 거여, 씨발 나는, 워찌 살아?"

나는 고로케 참말로 빌었었구만요. 그란디 할매는, 참말로 죽던 안 했던개 빈지, 시나부로 목젖을 깔딱임선, 시나부로 깨났지라우. 그랑개 내 몸땡이서는, 소롬이 오시렉이 돋아남선, 뜨겁은 무신 짐(김) 겉은 것이 지내가는디도, 뻬속으로는 찬바램이 돌데라우. 고런 뒤부텀은 나는, 할매를, 삼시랑이 나날 때 쫌매준, 무신 세 번째 펄뚝이거나, 아니면 무신 두껍디두껍은 무신 흙 겉은 고런 것이라고만 생각할라고, 생각할라고, 했지라우. 나는 말도 하기 싫었고라우. 웃기도 싫었고라우. 할매가 모가지를 타 눌리고 있냐는 것까장도 생각하기도 싫었다고라우. 할매는 나한티 구박이 무장 무장 더 심했었소. 늙어빠진 지집의 데럽은 몸내암 때미, 모가지가 썩음선 고롬이 찍꺽찍꺽 났어도, 내뻬리뒀소. 그라장개 할매는, 나보당 더 썩고 있었구만이라우. 사내키로 댕이논 자리서랑은, 썩은새 국물이 흘렀고라우. 사태기서도 그랬는디, 개랍아서(가려워서) 할매는 미칠라고 그랬당개요. "인재, 인재 말이라, 참말로 딱 이숴질라고, 요로케 헐어지는갑다. 그랑개 벼." 할매는 고람시롱, 또 말하지마는, 나를 거진 쥑이놀라고 구박을 해댔다고라우. 고로케 썩으면 씩을시락 할매는, 한번 시언시럽게 풀어뻬릴 생각은 하도 안 하고, 되떼(도리어) 더, 쫌매고 들었은개요.

"한번 홱 풀고, 거그다 바람 좀 쐐너쑈." 내가 고로케 말 한번 했다가, 월매나 혼이 났덩그라우.

"머시라? 머셔?" 할매는 내 머리끄뎅이를 세 움쿰은 뽑아챘었오잉. 그라고 월매나 나를 할캥여놨던동. 숭(흉)도 몇 군디 생길 지갱이었은개요.

"요것이, 그랑개 숭악한 꾀만 늘었어. 백일지도(기도) 허사시킬라고 요것이. ―인재는 한 몸으로 쏵 썩어니릴란 것이다 요것이."

"알았소. 알았은개 그라먼 그만두쑈."

그라고 나는, 다시곰 상시랑 생각을 했었구만이라우. 할매는 내 셋째 번 펄뚝 겉은 것인개, 끊어낼라먼 죽을 뎃기 아풀 것이라고 말이지라우. 허기는 고렇기 생각해봤단들 속이 펜할 일은 쬐꿈도 없었지만 말이요. 대처니 살다가 갑째기, 혹 겉은 기 생기갖고, 고것이 삼시랑한티까장 이숴질 수가 있으끄라우? 워찌 되얏든, 고것이 고로케 되야뻐린 것인개, 고런 걸 생각할 필요는 쪼꿈도 없기도 했지라우. 나는 그래 다른 궁니를 짜니라고 짰구만이라우. 뿌러져 둘이던 고것이, 아무 까닭이도 없는디도 벨수 없이 이숴져야만 된다먼, 차라루 고로케나 불핀시럽게 있을 것이 아니라고요. 그랄라먼 할매하고 내가 참말이제 한 몸이 딱 돼뻐릴 수배끼는 없는 것맹이었는디, 대처니, 고것이 무신 수로 그렇게 되겄는그라우. 한 낭구에 열린 솔빵울도 암만 붙이바도 이서지기는 히어도 둘이 하나로 되던 안 한디 말이지라우. 워떻기 두 낭구 겉은 할매랑 내가 한 몸이 될 수 있었으끄라우. 그라장개, 비는 안 오고 구룸만 두껍게, 두껍게 맘속에 쪄, 노상 꾸룸하기만 허등만이요.

비도 안 옴선 꾸룸하기만 꾸룸한 날을 지내다 본개, 하기사 고것이 붉은 잎사구가 되더니, 진태로 내릿구만이라우. 그람선 늑대가 운개, 바램이 싸납게 싸납게 붐시로, 할매랑 나를 씨불(불씨)맹이 방구석에다 묻어 넣지라우. 그래도 안 죽을라고, 두 때 배깥에를 나가 불을 피우고 감자라도 꿀라치먼, 할매는 거진 죽어갈 뎃기 지침을 해댔는디, 그라고 봤더니 저실도 지침을 합디다요. 헌디 암만 애끼 애끼 묵어바도, 배고플 날이 더러 있을 것맹이데요. 참말이제, 생각은 생각대로 했음선도, 헐 수 있는 디까장은 보지란히(부지런히) 나분댔는디도, 거더디린 것은 통 월매 되덜 못히얐어요. 할매랑 내가 이숴졌던 것이라먼, 일도 두 몫은 히어야 되얐는디도 세 깐에 한 깐도 못 했잖냐고라우.

"할매, 할매는 배 안 고푸요? 저실이란 건 참말이제 심심허요. 글씨, 죽었는 것만 맹이요."

"쬐꿈 참으먼 또 봄 될 겨."

"그렇기사 하겄지라우맹. 고걸 누가 모루겄소. 헌디 올 저실은 눈도 더 많은 것맹이요. 바람도 더 싸납게 불어싼 것맹이요. 배도 더 고푼 것맹이요. 근섬(근심)도 더 많은 것맹이요. 더 어설픈 것맹이요. 부엥이도 더 울어싸요. 눈보래도 들치싸요. 등 따순 중도 모루겄소. 저실은 워디서 온다요, 대처니? 나는 살고 잡도 안 하요. 울어봤이먼 싶음선도 안 울어지요. 산단 것이 머신그라우?

죽는단 건 또 머시요? 고런 것이 무신 속뜻이 있는그라우? 할매도 저실맹이요. 인재는 할매가 싫은 중도 모루겄소. 할매도 오매가 있었든그라우? 할매도 할매가 있었든그라우? 눈이 월매 안 있으먼 처매까장 닿겄네. 요론 날 댕깄다가는 똑 죽기 마침맞겄는디. 그란디 워째서 할매는 할매를 목말 태우덜 안 하고 사요? 봄 되먼 무신 일이 있으끄라우. 재 넘우도 할매나 나 겉은 사람이 있으끄라우. 나 재 넘우 한 번 가보고 죽었으먼 싶기도 하요. 할매, 봄 되먼 나 길 좀 갈치주쑈. 요 저실에는 말 한번 못 움직이겄은개, 워짜겄소, 기양저양 살아야겄제라우. 안 그러요."

헌디 고날 밤에 할매는 멋 때민지 다리를 감은 사내키를 풀라고 했구만이라우. 그래도 나는 벨랑 존 중도 모루겄디요. 풀어내고 난개 되떼 더 불핀시런 것맹이고, 몸이 자꼬 뒤뚱거릴람선 헐게겁어요.

"할민들 워째서 오매 할매가 없었겄어?"

할매는 나보고 다리를 주물루람선 한숨 쉬뎃기 그랬지라우. 가실 지내고, 저실도 짚어진 새, 썩어들던 디도 따까리가 앉았다가시나 거진 나사 있었데요잉.

"글매, 오매 할매 없는 사람이 누가 있겄어."

그라고 이약했지라우. 질게 질게 이약(이야기)했이요.

"……할미는, 갯갓에 살았드란 말이여." 그래 내가 갯갓이 머시냐고 물어봤어도 할매는, 기양 할매 이약만 함선, 아무것도 갈치 주덜 안 히았지라우. "그란디 할미는, 워내기 가난시럽었기 땀세, 부젯 영감 첩으로 팔리들 갔던 것이여."

"첩이란 것이 머시요?"

"고 영감은 땅만 해도 열 섬지기는 넘는디다, 배를 열 척씩이나 갖고 있었는디도, 인심이 워떻기나 숭악했던지, 돈을 좀 체(빌려주다) 줄래도 그 집 마내(마누라)랑 하룻밤썩 자고 나야 되고 했당개."

"배란 것은 머시요? 돈이란 건 또 머시요?"

"그란디 말여, 하룻밤은 말여, 물 우에서 사는 뙤적놈(도둑)들이 떼를 저 갖고 왔드란 말여, 알겄냐?"

"잘 모루겄소. 그래도 인재 안 물을라요."

"암튼 그래갖고시나, 고 영감네 배며, 곡간이며 칩이며, 머 죄다 다 태워뻐리고 뿌서뻐렸단 말이라. 나종에사 알고 봤더니, 고 도독(도둑)놈들이란 것이 모도 말짱 고 영감한티 앙심을 품었든 고 근방 뱃놈들였다고. 하기사 모도 낯을 수건으로 개렸은개 첨에사 몰랐제. 헌디 말여, 고라고만 말아뻐렀으먼 또 좋았을 것인디, 고 영감 보는 앞이서, 고 영감네 첩들을 그랴, 내가 다섯 찌로 망내 첩이었니……" 할매는 고 대목에서 한참 낄낄거림선 웃었구만이라우.

"첩들을 모도 강간한 것이여. 고 영감은 고때 똥물을 억지로 마심서나, 물팍을 꿇고 빔선, 목심만 살리돌라고 그랬었당개. 고 통에사 나도 벨수 있었겄냐? 칼을 모가지다 전주고 돌라는디, 흐흐흣, 워쩌겄어. 그래서 열다섯 놈이 지랄을 떨고시나 가뻐렸다고. 내가 그랑개 첼 고왔던 맹이었는지 저그들까장도 생 쌈질을 할라고 했더랑개. 고 영감태기가 고때 너무 늙어뻐렸었는디, 고 뱃놈들이란 건 참말이제 끌끌했었네. 너만침이나 끌끌했었더라고. 할매는 한숨을 한번 안 쉬었덩그라우. "고라고부텀 나는 살을 팔았네. 땅이사 도채비까장도 못 빼간게, 도독들이 쪼꿈 그랬드래도 영감이사 고때도 부재는 부재였는디, 나는 다시는 영감하고는 못 살겄등만. 고까짓 늙은탱이 재산이 다 머시며, 내 정갈하던 것이 다 머시겄느냐. 끌끌한 뱃놈이란 건, 고 펄뚝 속에 백 섬지기 땅보다도 더 큰 바대(바다)를 갖고 있었는디. 그란개 나도 참, 음에 밝았던 지집이었던개 비라. 글씨 영감탱이는, 똥물을 묵음선 내가 당한 것을 봤임선도, 나를 본체(처)로 삼아줄 틴게 자꼬 와서 같이 살잔 것이었는디도, 나는 뺨따구나 띠려서 보내뻐렸었다고. 야야, 그란디 참말이제, 늦게 배운 도둑질이 밤새는 중 모루겄드라야." 할매는 또 낄낄거리고 웃었었소. "헌디 말여, 글씨 태기가 있더라야. 그래 가만 시엄해본개, 고 뱃놈들 중에 고 씨 애비가 있었겄어. 고 영감하고사 오 년을 살았는디도 고런 일은 없었은개 말이여. 헌디 낸들 고 씨 애비가 누군 중 알겄냐. 워쨌던동, 나놓고 본개 지집애였다. 고것이 니 어민디, 니 어미 젖을 먹임선도 나는 뱃놈덜하고 자고, 몇 푼썩 돈을 받고 했었당개. 헌디 요놈의 지집애, 세 살도 못 되야 별쎄 사내라먼 사죽을 못 씨고 매달림선 지랄이더니, 글씨 열두 살에는 월후를 시작했더랑개. 그라자부텀 나는, 썩은 괴기 대접배끼는 못 받게 되었더라고. 나한티 왔던 잡놈들이, 나를 베리고 딸넌 따라 웃방으로 가고 했일 때, 내 가심은 월매나 월매나 한에 서렛던지, 비개가 눈물 때미 썩을라고 했었다고. 죽을라고도 몇 번이나 하다가, 바랑 하나 주서 메고 중질을 떠나뻐릿다." 할매는 그라고 손을 버들버들 떨다가 이서갔구만이라우. "고로케 조로케 돌아댕기다 눈물은 잊어뻐렸는디, 고 아래 아래 워디 갯갓을 간개, 거그는 산도 좋고 인섬(인심)도 좋고, 물도 좋아. 한 팽생 살고 자픈 곳이더라. 헌디 거그서 나는 낭떠레지 우에다 주막을 채리놓고 사는 한 할망태기를 알았었다고. 글씨 고놈우 할망구는, 젊어 과택이 돼갖고시나, 괴기 잡을라고 물질 떠났다 안 돌아온 낭군 기다리니라고, 그래서 고 언덕빼기다 주막을 채리놨었더라고. 그람선 바대 끝이나 내다봄선 살았는디, 고 할마씨 하고 나를 비기보다가 나는 흔차 많이도 울었제. 그라다 저라다 우리는 친구네가 돼뻐린 것이여. 나는 내 이약은 하덜 안 하고 에례서 복을 못 타요로케 돌아댕긴다고만 했지만 말여. 그래도 내 서럼이 당신 서럼이 되고, 당신 서럼이 내 서럼이 되야갖고시나, 둘이 붙잡고도 많이 울었더랑개. 그랴, 그랬어. 좋은 할마씨였다고." 할매는 한숨을 쉬었오잉.

"그란디 고 할망구가, 팽생 모운 잿물로서나, 거기 워디 고개 너무다 암재(암자)를 한 칸 지어줬었다고. 그래서 미룩님, 칠송님 모심선, 거기서 안 살았겄는가. 공 디리로도 제복 왔었는디, 빌 것이라고는 용왕님헌티 물질 좀 펜하게 해돌랄 것하고, 물에서 죽은 혼백이 펜히 돌아오란 것이었제. 후유우, 헌디 야야, 고로케 월매나 살았으끄나, 살다가 워떤 날 밤에는 본개, 옌기 내암이 남시롱 암만히어도 수상킬레, 문을 뛰차고 나와봤더니 암재가 타고 있더라고. 고때 나는 왜 고 속에서 안 타 죽어뻐렸는지, 원지 생각히어바도 후애만시럽다. 발등만 찧고 잡다고." 할매는 그라고 바람 소리를 듣는 것맹이드니, 목침을 비고 눕시롱 이섯구만이라우. 나는 갱솔을 태웁서나 방 안을 밝구로 안 했는개 비요. 그람시나 생각해본개로 할매나 나는 뫼똥 속에 사는 무신 굼뱅이 겉기만 하등만이라우. 그랑개 바람도 불어쌌는디, 고때마동 부엥이 소리도 멀다 가깝다 했고라우. 고 부엥이맹이, 고로케나 까라앉인 소리였다고라우, 할매이약 소리는……. "고로케서나 절 한 채를 태워 묵고 난개, 고때는 중질도 더 못하겄더라고. 무신 민목(면목)으로 죽어 부체님을 볼 것이여 그래? 그래서 중질도 고만둬뻐리고, 니 어미란 것이 있는 디로 찾아갔었던 것이여. 니 어미란 것은 고때, 널 나서 두 해째나 키워놓고 있등만. 그란디 일찌거니 핀 꽃이 일찍 진다고, 니 어미도 고때는 헹편없등만. 걱다가 솔꺼정 처묵고, 댐배도 피고 한게, 살젬이 모도 푸루딩딩하니 늘어져 갖고시나, 똑 무신 독이 든 헌 은그륵 겉었어. 알고 본개 또 못씰 벵까장도 들어갖고는, 사람이 월매 못 가 씨덜 못하겄었어. 그래서 내가 말했지러. '야야, 인재 캐칼이(깨끗이) 좀 살아보구로. 우리 워디 짚은 산으로나 들어가는 것이 워떻겄냐. 그라고 여그 야(이 애) 키움선 팔밭(화전) 해묵고 살자, 산 입에 거무줄 치겄냐?' 했더니, 니 어미도 서럽고쌌던 중이라, 고개를 끄덱있다고. 그래설랑 니 어미 가진 패물이며, 집까댁이(누추한 접)며 팔아, 씨앗 사고, 연장도 몇 가락 사고, 소굼도 몇 말 사 갖고시나, 그래도 짐장(김장)은 담아 묵겄다고 산 옹구 속에다 그륵 그렉이 채웠었다고. 그래저래 하고 난개, 암만 동냥아치 이사라도, 글씨 아낙네 짐으로 열두 짐이나 되더라고. 니 어미사 물론이나 너 땀세 질 수는 없었은개, 널 업고시나 짐은 이어 날랐는디, 재 한 개 넘을 때꺼정이사 쌉꾼을 사기사 샀지만도, 조만침 가다 쉴 때찜 되먼 고 짐은 니리놓고 남은 짐 윙기로 감선 쉬고, 고로케 해서 같은 질을 하나 앞에 왔다 갔다 여섯 번씩 함시롱, 석 달이나 결리 여그까정 온 거여. 니 어미는 자꼬, 야지 가까운 디 아무 디나 주저앉자고 한 것을 내 위겨 여그까장 온 것이라고. 고상질에 나슬라고 곌심은 했었은개, 고때 고상이사 말해 멋하겄냐. 그라고 지금까장 안 살아왔냐." 할매는 자꼬 한숨만 쉿구만이라우. 그라고도 한챔이나 더 있다가시나, 오매 떠난 이약을 했지라우. "그란디 소금이 떨어지는 것이 질 걱정시렀었다고. 그래도 워떻기 되겄지맹 하고, 나는 기양 밭일이나 죽자 하고 했는디, 벨랑 펜안토 못한 잠 한숨 깨본 워떤 날 새복에는 그란디, 곌국 곌국은 니 어미는 거뻐리고 없었다고. 너만 칭칭 움선 배깥을 내어다보고 있었다고. 글매, 그랑개 한 열서너 달 나하고 좋게 살았는디, 그라장개 고동안에 벵도 나사뻐리고 살빛도 좋아짐선 심도 좀 난개, 또 서방 생각이 난 것이여. 나 탁(닮다)애서 사나를 참 뽀챘던 쳄이라 벨수 없었겄지맹. 암만 애끼 묵었어도 소굼은 고때 한 되 정도배끼는 남아 있덜 안 히얐다. 그래 죽게 생깄으먼 묵을라고, 고 약으로 쓸라고 고날부텀은 소굼을 안 묵기로 했었다고. 그랬더니 참말이제 속이 미식거림시롱 사람이 살덜 못하겄더라고. 글씨 심이 쏙 빠져뻐림선 땀만 쪼꿈 흘리도 엿맹이 녹아지더라고. 그래도 참았다고. 안죽은 죽던 안 할란 것맹인개 참았단 말여. 그라다 워짜다 본개, 졸엡이 되기는 되드라, 되드라고. 그라고 지끔은 암시랑토 안 한디, 하매 풀잎에든 노루 괴기에든, 머세든, 소굼기는 쪼꿈씩 있는 것이다. 그랴, 워찌 되얐든 너랑 나랑 요로케 소굼 없이도 안 살고 있냐? 토깽이는, 노루는, 머새는, 소굼을 묵어서 사냐, 안 그랴? 그람선도 나는, 원지든 한 번도 짜게 묵어봤이먼 싶은 고 미련은 끊덜 못하고 있기야 하다고. 그래, 저 실겅(시렁)의 약단지 속에는 고것이 한 뒤 홉쯤 안죽도 남았은개, 죽기 전에는 한번은 짭짤허게 묵어볼란다. 그란디 안죽도 눈이 오내 벼. 그나저나, 니 어미는 워디서 워떻게 사는지 모루겄다. 잘, 잘 살고 있으먼 싶제."

"오매는 꽃신 사로 갔다고 안 히었던개 비. 내가 오매 찾아 울먼 안 그랬던 그라우?"

할매는 대답을 안 히았지라우. 그라고 딴소리만 했다고라우. "한 번은 오기는 올 겨. 그랴, 널 볼라고 올 겨. 포란(푸른) 치매 누룬 저구리 입은 이쁜 꽃각씨 하나 디리고. 그랴 올 겨. 꽃각시 다리고, 참말로 봄에는 올 겨. 봄에는 올기라고." 그라고 할매는 갱솔 불을 끄라더니, 더 이약을 안 히았지라우. 눈보래 부닥치는 소리하고, 솔나무 부달리는 소리하고, 부엥이 우는 소리하고 고런 것이 밤새도록 우리 오막싸리를 파묻었구만이라우. 저실 내내 파묻었이요.

그라고 할매는, 배가 고푸먼 고 이약을 또 하고, 또 하고 히았소. 워떤 때는, 뱃놈 이약만 하기도 하고, 워떤 때는, 할매 친구 할마씨 이약만 했지만이라우. 고로케 자꼬자꼬 듣다 본개, 무신 이약인 중을 봄 돼갈란 때는 좀 알겄등만이라우.

암만 지약시럽게(인색하게) 묵었어도, 양석(양식)은 모자래, 새 풀 돋을 때까장 살질이 막막히얐는디도, 봄벨 겉은 기 쪼꿈 감돈다 싶은 개 할매는, 워여서(우겨서) 갱코(기어코) 고 곡석(곡식) 썩는 물을 맨긍담시로, 날 보고시나 좀 보둠고 요리조리 댕기라고 히얐지라우이. 글씨 고때는, 한나지 때로는 고두룸도 녹음선, 쌔인 눈도 쪼꿈씩 키가 짝아졌었지라우.

"할매라우, 요 눈 녹우먼, 나 한번 고 갯갓이란 디 좀 댕기왔이먼 싶으요. 그라고 오매 만내갖고, 포란 치매 노란 저구리 꽃각씨랑 셋이 같이서, 할매 만내로 올라요. 워때요? 암만 이숴바도 할매는 안 이숴진개로 인재는 할매를 고만 이술라요. 워때요?"

"그랴?" 할매는 고 말배끼는 안 히았었지라우. 고것이 대답인 중 알고 나는 속으로 춤을 추었었지라우.

배가 고풀 때는, 잠이나 잠선 시월(세월)을 보내는 것배끼 좋은 것이 없은개, 할매랑 나는, 그저 방만 뜨십게 해놓고시나, 새 풀 나기만 기다림선, 낮이도 자고 밤이도 자고, 깨고 자고, 깨고 자고, 했지라우이. 쌩솔잎도 더러 따다 쌩채 씹어 묵기도 하고 함선, 그저 숨만 안 끊어지게 안 살았던개 비요. 고라는 새에 양지쪽 엉덕으로는 워짜다 맵방석만침씩 눈이 녹아 땅이 나오고도 했구만이라우. 워쨌든 나는 암만 배가 고프더래도, 할매가 질 가리쳐주는 디로만 따라서 갯갓에 한번 갈 생각만 하먼 배고픈 것도 모루겄었고 새 풀잎 더디 나는 것이 까깝한 것이 아니라, 빨리 재 넘우 못 가는 것이 까깝했을 지겡이었다고요, 그란디도 철로 치자먼 하기사 여직도 저실이 다 갔다고는 못 헐 고런 때아녔겄는개 비요.

곡석 썩후는 단지서, 단내 났던 지는 참 오래전이었었지라우. 헌디도 할매는 고 봉한 디를 뜯을라고 시랑토 안 하고시나, 백택 없이 한숨이나 쉬어쌌더니, 구룸도 안 끼고 날씨가 댓새나 좋고 난 워떤 날 밤에는 그란디, 고것을 걸르도 않고 찌갱이채, 두 뚝빼기나 앵기줬었잖앴는개 비요. 노상 배가 고팠던 챔에, 고것 이사 홍자(횡재)지 다른 머시겄는그라우.

"주막에서 판다는 것이 요것이여. 술이라는 것이라."

할매는 고때사 고 이름을 갈치줬구만이요. 그람선 "요것 묵고시나 한참 자고 깨 나먼 꽃각씨가 와 있을란지도 누가 알겄냐?" 했다고요.

노상 고푸던 속에, 물 한 빵울도 안 섞은 고 술이란 건 너무도 독했던 모냥이었구만이라우. 나는 한 그륵도 다 못 묵어, 시상이 누래짐선 잡아 돌아, 고대로 기양 오시릭이 씨러져삐렸은개요. 그라고는 월매를 꿈질에서 해맸던동, 쪼꿈씩 깨인 때는 목이 탔은개요.

그란디 고 저실이 영 안 갔었으면 좋았을 것인디 그랬등만이요. 저실은 가드래도 고로케나 쌔였던 눈이 영 안 녹았드먼 좋을 걸 그랬등만이요.

물 한 그륵 묵고 난 뒤, 나는 기양 웃었지라우? 할매도 웃었구만이라우. 그래 내가 한 번 더 웃었지라우? 그랑개 할매도 한 번 더 웃었구만이요. 그라고는 구만 웃었는디, 지낸 고 한 저실이란 건 죽을 뎃기 앓다가시나 꾼, 무신 좋은 꿈 겉은 것이었등만이요. 나는, 저실되기 전하고 쪼꿈도 틀린 것이 없이 돼 있었은개요. 할매는 고때도 내 모가지에 걸치 타고 있었고라우. 사내키는 더 튼튼스럽게 매여 있었은개요. 원제 한번 할매를 띠내고 살아본 때가 있었던가, 고것만 자꼬 이심(의심)스럽어요. 아매 고것은, 짧은 낮잠 한숨 잔 새 꾼 꿈이었을 것이요.

헌디도 틀리진 것은 있었구만이라우. 그라요, 할매가 변해 있었다고라우. 할매는, 그랑개 할매가, 포란 치매 누런 저구리는 대신 입어삐린 것이요잉.

"할매가, 그랑개로, 할, 할매가, 그, 그랑개 말여, 꽃각씨란 것이요? 그랑개 할매가 말이지라우?"

"흐으흐 그랴, 그려. 왜 할매가 꽃각씨먼 싫으냐?"

나는 웃어삐렀소. 그라고 몇 번 입속으서 궁굴여봤구만이라우. "꽃각씨, 할매가 꽃각씨, 흐흐, 그랑개로 꽃각씨란 건 할매였던 것이여, 할매가 그랑개 내 시악씨였던 것이여, 첸장 그랑개 고걸 나만 몰랐구만잉?"

나는 또 웃었구만이라우. 그람선 내 모가지에 휘갱긴 포란 치매자래기를 한 끄뎅이 잡아 내암을 좀 맡아봤구만이라우. 곰팽이 내암하고 시월(세월)이 썩은 내암이 남선, 그란디 조 워디 짚은 디서 아시무레한 무신 살 내암 겉은 것이 흘러나왔구만이라우. 고때 나는, 아랫도리가 무겁어졌기 땜시, 나 잠든 새 할매가 쫌매논 할매 다리의 사내키에 이빠디를 박아 넣구만이라우. 고걸 끊어삐릴라고 안 그란 것인그라우. 고 살 내암이란 건 참말로 났는지 워쨌는지 잘 모루기는 해도 말이라우. 고건 좋은 것이등만요. 고런 색깔이란 건 워쨌든 늙은 내암은 안 냈더라고라우. 그라고 할매는 내 시악씨였었소.

할매는 그란디, 멍충하구로, 고 속도 모루고시나, 내 머리끄뎅이를 미친 뎃기 뽑아챔선, 내 입을 찢을라고 함선, 이빠디도 없는 이틀로 내 귀를 물어뜯을라고 함선, 고 진 손톱으로 내 모가지를 후비 팜선, 낄낄거리고 웃는 것맹이 짖어댐선, 그람선 나종에는 뒤로 홱딱 까저 누워버렸는디, 그라장개 나도 돼기가 쳐짐선 숨을 못 쉬겄고, 땀이 솟음선 정신을 못 차리겄는디 고때는 사내키를 끊니 워쩌니 하는 것은 아무 문지(문제)도 안 되고 말이지라우. 워떻기하면 본디(본래)대로 해갖고 숨을 좀 쉬 보까고 생각배끼는 안 났다고라우. 그라장개 나도 왁왁 심을 썼일 것인디, 심을 씨면 씰시록 할매는, 더 미치고 들었당개요. 똑 무신 미친 여시하고 싸운 것맹이었다고라우. 그라장개 나도 썽이 나덩만이요. 속이 왈왈 탐시롱, 참말이제, 고 미친 여시를 안 쥐여놓고는 안 되구로, 미운 생객이 치솟더라고요. 그래설랑 할매 발모가지를 홱 꺾어 놀라고, 내 홀목에 심을 모으잔개 아파서 할매가 짐승맹이 꽘을 쳤는디 할매라우. 그란디 대처니 무신 일이 일어났었으끄라우. 내 오른쪽 눈 속으로 대처니 머시 지내갔으끄라우? 번개가 쳤든그라우? 산불이 났덩그라우? 눈깔이 하나 타뻐리고, 타뻐리고 눈깔이 하나 타뻐리고, 할매라우. 내 눈 눈깔이 하나 타뻐렸다고라우.

나는 아매 허리 끊어진 꺼생이만큼은 꿈틀댔겄지라우. 그랴요. 그랑개 나는 꺼생이보당 몇 배가 더 크끄라우? 꺼생이보당 큰 고만큼 아매 몸부림을 했을 것이요. 나는 이 말배끼는 할 말이 없소. 그랄 수배끼 없잖으요, 참말이제 없잖으요?

"참말이제 나는 참말이제 못 참겄다." 내가 피고름을 눈물로 흘림선, 남은 눈 한 개로 할매 눈만 바람봄선, 닷샌가 이렌가를 죽을 뎃기 앓고 있잖개, 할매는 내 눈의 고름을 딲아주다 말고 안 그랬었는그라우. "못 참겄어, 못 참겄다고." 그란디 할매 눈이 급작시럽개 새파래짐선, 입솔 끝으로 춤을 한가댁이 지리리 흘리더니, 멋 땜신지, 할매 오른손 손구락 하나를 송곳맹이 새웠다고라우. 그랬이요. 그랬다고라우. 그라고시나는, 술둑(숫돌)에다 칼 갈아갖고 날 디리다보는 것맹이, 고 손구락 끝으머리 빼쭉한 손톱을 봤다고라우. 나는 생각나먼 낫으로 한 번썩 깎아냈지만, 할매가 손톱 깎는 건 보덜 못했은개—할매 손톱이란 건 손톱이라기보당은, 솔개나 삵괭이 겉은 것들 발톱이라고 해얄 것이었다고라우. 할매는 칡뿌렝이도 손톱으로 캤은개. 그란디 할매, 끕짝시럽게 고것이 무신 짓이었으끄라우? 손톱이 할매한티 워쨌간디, 손톱을 디리다봄시로, 버들버들 떰선 귀신맹이 웃었냐 말이오. 나는 하도 재미가 나싸서, 한 눈텡이 아픈 것도 잊어삐리고 보았었소. "그랴, 그라고 인재 기신을 쬐끔 체렸다 싶으먼 웬수를 갚을라고 들긴개." 할매는 고로케 또 말했오잉. 그럼선 참 몸써리나게 웃고시나, 나를 해꼼하니 흘기봤소. "야야, 할매가 지끔 무신 색깔 옷을 입고 있냐?" 할매는 참 벨 어줍잖은 걸 안 물었든그라우. "요것이 누른색이고, 요것은 포란색이여. 복숭나무꽃은 붉은색이고, 하늘은 푸른색이고, 구름은 잿색이고 말여. 돌가지꽃은 까지색이제잉?"

"고걸 누가 모르겄오? 할매가 갑째기 미쳤는개 벼."

"흐흐흐, 야야, 그라먼, 요 손꾸락 끝엥이는 무신 색깔이여, 잘 보라고." 할매는 말함선, 송곳맹이 뻗친 손꾸락을 꺽꿀로 세워갖고시나, 찬찬히 내 왼눈 앞으로 찔를 뎃기 갖구 왔었구만이라우. 웃음시나. "잘 바, 보랑개, 솔개 발톱 겉냐? 겉냐?"

그란디 고 손꾸락은 끝엥이다 불을 써갖고 있었던 모양이었소. 글씨 고 손꾸락이 내 눈텡이에 닿다 싶었을 뿐인디, 눈에 호도천불이 남시롱, 그랑개, 흐흐, 흐흐흣, 그랑개, 고 눈까장 타삐린 것이요.

"니 요 눈깔을 나는 못 보겄어, 못 보겄다고!" 고 말이, 내가 고때, 끝으로 들은 말이구만이라우.

헌디, 한번 타삐린 눈은, 다시는 돋아나덜 안 히았구만이라우. 워째서 불탄 자리서는 싹이 또 돋아나고 했는디, 눈은 돋아나덜 안 한다요? 소리들만 귀바쿠로 처들어오는디, 나는, 고로케나 많은 소리들이 있어 왔던 중은 고때까장 몰랐었구만이라우. 나는 그래, 고로케도 많은 소리들을 들을 수 있다는 고것만 생각할라고 함시롱, 웃어볼라고 했었잖은개 비요. 눈이 안 비던 갱험은 했었은개, 고것은 안 생각할라고 함시롱, "할매, 나는 귀가 밝아졌네, 글씨, 귀만 밝아졌다고라우" 하고, 혼자 속으로 말했다고라우. "그란디, 나는 참말이제, 도망갈라고도 안 히았는디, 멋 땜시 눈이 비덜 안 하끄라우?" 고때 나는 원지 녘인지 히았던 고 맹시도 생각했었구만이라우. "나는 딴생각이란 건 안 히았었고, 고 여시들 생각만 히았었는디." 나는, 할매를 풀어삐릴라고 했었을 때

히었던, 고 생각도 다시 했구만이라우. 그람선 웃을라고 애를 썼다고라우.

눈텡이 아푼 것이사 말하먼 실답잖소. 눈 안 빈 서럼이사 말로 할 것도 아니요. 참말이제 고런 걸 말로 풀어서 할 수만 있담사, 할매가 찬물 떠 놓고 손비빌 일도 없었을 기요.

"야야, 울기라도 좀 울어바라. 참말이제 울기라도 좀 울어보랑개?" 할매는, 소굼물이란 걸 내 눈텡이다 발라넘선 그랬지라우? 사흘 만에 내가 정신을 채렸다고도 히았었소. 그란디 고 소굼물이란 건, 아매도 독한 종내기들이나 묵는 것맹이등만이라우. 고로케도 애리고, 씨리고, 영그락 불 겉은 걸 안 묵고는 못 산다니, 고걸 묵는 종내기들 동네서는 대처니 무신 일이 벌어지고 있으끄라우? 고것은 아매 피 맛 겉은 것일 기요. 할매는 그라고, 고 맛을 못 잊어 늘 입맛을 다셨지라우.

"야야, 인재 할매 눈으로 살먼 되여, 그랑개 행이라도(혹시라도) 서러 마라. 할매가 살았일 땐, 할매 눈으로 살먼 되고, 할매가 죽고 나머는, 돌가지꽃맹이, 니 눈에 꽃으로 돋아나, 니 눈을 밝힐 긴개, 그랴, 너는 뿌렝이고 나는 꽃인개, 그랴, 대궁은 시들캐져 죽으먼 뿌렝이 속으로 들갈 거여." 할매는 고런 말도 히았었지라우.

"그랑개 인재, 한 몸맹이 안 되았냐? 니가 나를 목말 태이주면, 너는 걷고 나는 보고, 생각은 내가 하먼 너는 움잭이고, 흐흐흣, 그랴, 고런 것이 한 몸이제 머시겄냐? 야야, 저녁에는 벨이 참 많다. 워쨌든 할매는 인재 참 좋다. 내 죽을 때까장은, 너 하나는 내 품에 뒀다 죽을 것인개, 인재 안 외롭겄네, 인재는 원지 죽어도 한은 없겄다고, 그랴, 내 한 목심 끊어질 때까장은 바줄 놈이 안 있는개 비. 고것이 복이란 것이제 머시겄어?" 할매는 고런 말도 히았다고라우.

"아니여, 아니 그려, 그려, 할매가 죽으먼 귀또리 겉은 것이 되까? 그래 갖고시나, 니 귀는 뚧혔은개, 뚧혔은개 말여, 할매가 얘기해줌시로 사까? 그람선 사끄냐고? 아니여, 그랴, 돌가지꽃맹이 꽃이 되는 기 좋겠지, 그래갖고, 니 눈에 불을 써줘야겄지맹. 야 오늘은 햇볕이 쬐꿈 뜨신 것맹이네." 할매는 그라기도 안 히았오?

그라는 새, 내 눈은 낫아간다고도 히았소.

그란 뒤부텀 그란디 할매는, 내 모가지에 다리를 얹일라고도 안 하고, 내 몸에 손도 잘 안 댈라고 했었지라우. 그라고는 자꼬 잠만 자대는 것맹이, 코만 곯아쌌는디요, 그람선부텅 나는, 무섭운 걸 알기 시작했더라고라우. 고때까장 쬐꿈의 틈바구도 없이 내게 붙어 있었던 할매가 참말이제 눈으로는 못 볼 디 워디 멀리 가서 있음선, 나를 베려뻐린 것맹이었다고라우. 할매뿐이었겠오마는 그래도 할매하고 떨어져 뻐린단 것이 젤 무섭었다고라우. 고로케도 귀찮시럽던 할매가, 눈이 안 빈다는 똑 고것 한 까닭이 땜시, 고로케도 아쉽고, 고로케도 소중하끄라우? 그래서라우 할매요, 나는 잘 때도 할매 손을 잡아야 자꼬라우. 기양저양 더듬어나가 오좀을 눌 수 있었어도, 할매 치매끈을 안 잡고는 가덜 못했지라우. 안 그라먼 할매가, 나 모루는 새 워디로 홱 가뻐리까 그랄까 저퍼, 노상 졸굽증이 남시로, 못 살 것 드라고우. 워쩌다 할매가 내 손을 뿌리쳐 뻐리먼, 고때마동, 시상이 구뎅이를 짚으게 파갖고시나, 나를 홱 밀어 넣어뻐린 것맹이었다고요. 나는 암만 손을 뻗치고 휘둘렀어도, 암것도 잡덜 못하겠고, 어지럽음선, 내 손만 가실나무 잎맹이 오쇠쇠 떨어져 뻐렸다고라우. "할매라우, 할매, 할매—, 날 좀 잡아줘겨요, 날 좀 잡아줘겨요, 할매요, 할매—" 고로케 나는 꼬함도 쳤지라우마는, 내 목소리도 안 돌아오고, 그란디 고때마둥 바람 소리도 없었다고라우. 하다못해 고심도치맹이 쭈구리구 앉아, 따가리나 덮인 눈을 후비 파며 울먼, 고것도 서럽게 서럽게 울먼, 할매는 고때사, 내 등 뒤 뽀짝 가깝운 디서 낄낄 웃고시나, 새깽이손구락 하나를 내 손에 잡히줬구만이라우. 아 고것은 그랴요. 부체님이나, 삼시랑이나, 무신 고런 것이 나한티다 니리준 동애줄 아니겄는개 비네요. 그래서 나는 행이나 놓치까 고것이 겁이 나고 했은개, 할매를 꽉 보둠았지라우. 그라고 안 빌었던개 비요. "할매, 왜 인재 목말 안 타잉? 왜 안 타냥개? 내가 사내키 튼튼시럽게 꼴 틴개, 할매, 내 모가지에 타고, 할매, 할매 다리를 먼첨맹이 쯤매랑개. 먼첨맹이 잉?" 그래도 할매는 아무 말도 없더니 썽을 내기까장 했다고라우.

"야야, 니 뻬는 워찌 뚝뚝헌지, 사태기가 배기고, 물팍이 끊어질라고 히어서, 그래 못 견디겄어."

"할매, 그래도 접때까장은 안 탔던그라우?"

"어응? 흐흐, 야야, 그라먼 배깥 귀경이나 가보끄나?"

그라고 할매는 내 모가지에 사태기를 걸치고 앉았구만이라우. 고때는 참 좋덩만이요. 그라고 난개, 할매하고 내가 딱 이숴진 것맹임선, 질이 환하니 빈 것맹이더라고라우. 할매는, 내 귀때기를 요리조리 틀어서나, 나무도 피하게 하고, 바우도 피하게 했지라우. 그람선, 해는 누렇고, 하늘은 푸른디, 여시가 엉덕을 넘어간다고 하기도 히았지라우.

그랑개 고날, 집으로 돌아왔는디도, 내가 할매를 영 안 니리놀라고 그랬더니, "그라먼, 니 몸하고 내 몸을, 진 사내키로 쫌매놓고 살자"고, 할매가 안 그랬던개 비요. "그라먼 내가 똥을 누로 가드래도, 니가 잡아땡기 보먼 안 되겄냐?"

나는 참말로는, 할매를 니리놓고 잡든 안 히았지만, 벨수 없었은개. 할매가 낸 이견(의견)대로, 하기로 했지라우. 참말이제 맘은 영 펜털 못했다고라우. 고까짓 사내키 탁 끊어뻐리고 갔이먼 갔제 벨수 있었간디? 할매도 붕알이 있었으먼 사내키를 붕알에다 쫌맸을 것인디, 할매는 시악씨였기 땜시로 고런 것은 없다고 했지라우.

내 고랄 중 알었었지라우! 글씨 오좀 누로 나간다고 나갔는디, 암만 암만 기달리도 안 들어오길레, 사내키를 월매나 저서(흔들어)봤던그라우. 그래도 고때마둥 되저서 보내기는 했다고요. 히았어도 못 믿업어, 사내키를 살망살망 따라가 본개, 원 족거치, 글씨, 낭창낭창한 나뭇가쟁이만 만쳐지고, 할매는 없잖겄어라우? "인재, 그라고 본개, 할매는 영 갔내 비요." 나는 고로케 생각하고, 할매가 했던 것맹이, 나무다 사내키를 걸고 목을 맸었구만이라우. 죽을란 것이제 고것이 무신 짓이겄소. 고때사 할매가 새깽이손구락 끄텡이를 내게 잡히줬구만이라우. "요 사람, 흐흐, 요것이 대처니 무신 짓이단가? 헌디 저녁에는 비님이라도 올 것맹이다. 워디, 군불이나 한 부석(아궁이 부엌) 잘 너놓고 들어가끄나. 구름이 꽉 쪘어."

고날 저녁이구만이라우. 배깥에는, 첨에는 비가 오더니 진태가 돼서 내린담서나, 할매는 한숨을 쉬 재꼈는디, 고것이사 워쨌던동, 나는 무신 수를 내야지 고래갖고는 못 살 것맹이라, 할매한티 이랬지라우.

"할매, 지끔도 누룬 저구리 포란 치매 입고 있는그라우?"

"그라먼 그라고 있제 워짜고 있겄어? 죽을 날도 안 먼 것맹인개, 인재 요라고 있다 시집을 갈란다."

"지끔도 그랑개 꽃각씨 겉겠네?"

"으흐흐, 그랴, 그려."

"그랑개 꽃각씨란 것이 시악씨지 머시겄어?"

"고것이사 배문이 그러겄어?"

"그라먼 할매라우, 나 할매하고 한 몸이 딱 돼뻬릴라고 그란디, 할매, 워때요?"

"고건 또 무신 소리냐?"

"글씨라우, 그랄라고 그란다고라우."

히히히. 그라고 나는 뎀볐었지라우. 안 그려요?

"아, 요놈이, 요, 요놈이?"

할매는 웃기만 죽을 뎃기 웃었지라우이. 그람선도 내 등판때기를 따독따독 뚜들기줬었지라우이.

"여시는, 요로케, 한 몸이, 된다고, 할, 할매가, 안 그랬내 비요, 안 그랬이요?"

"글씨, 그렇긴 히야. 아 그랑개 내가 그랬었내 비."

"그라길레 내가, 말이지라우, 사내키를, 할매 다리를, 끊을라고, 그랑개 말이지라우, 안 했던개 벼요, 이빠디를, 그란디, 할매는, 족거치 고 속도 모루고……"

"허으응, 그랑개, 그랬었던 것이여?"

"글씨, 그려요, 그란디, 그란디, 참말로 요거, 내가 차꼬(자꾸) 워디로, 차꼬(자꾸) 워디로,"

할매는 웃음시나, 내 등판때기를 뚜둘기줬이요. "원 자슥 겉으니, 그라먼 말을 히았어야지, 히었어야지."

쬐꿈 있은개, 하기는 참말이제 요상텅만이요, 내 몸뎅이가 한번 뻣뻣해졌다가시나 홱 녹아져갖고는, 지름(기름) 몇 방울 겉이 돼뻬렸다고라우. 그래갖고시나, 할매 핏줄기 워디로 숨어든 것맹이었다고요. 그래 내가 꽘을 안 쳤던 그라우, "할매, 인재는, 할매라우, 인재 나도 할매요, 나도 할매라고라우! 인재는 워디던지, 할매가 가는 디는, 인재는 워디던지, 나도 제절로 가지겄네!"

넨장마즐, 그란디 말이요, 할매라우. 쬐꿈 있은개, 또 나는 나고 할매는 할매가 돼삐렸다고라우. 고 속뜻을 내가 워떻기 알아야 됐으끄라우? 그래 나는 투덜댐선, 또 안 뎀볐든그라우? 할매는 또 등을 뚜들기줬이요. 그라다 본개 잠이 오고, 자고 나먼 또 나는 나고, 할매는 할매였지라우. 그란디 고런 날이 자꼬자꼬 되풀이되다 본개, 할매가 날 싫어하길 시작했다고라우. 그라먼 그랄시록, 나는 맘만 자꼬 더 타고 땡겨, 할매가 나를 더 싫어하기 전에 내가 할매가 돼삐릴라고, 나는 들린 것맹이 뽀챘제요잉. 나는 내 정신이 아니덩만이요.

"이야야, 요라다 할매가 죽어삐리먼 워짤라고 요리도 뽀채쌌냐?"

할매는, 그래도 웃기는 웃는 소리를 냄시로, 첨엔 날 밀어냈지라우.

"그랑개, 할매 죽으먼 나도 죽어삐릴라고 안 이란개 비요. 그란디, 워째서 여시는 한 몸이 된담선, 암만 히어도 나는 할매가 안 되요? 워짠 일이끄라우?"

"이야야, 글씨 요래쌌다 할매가 죽어삐리먼 워짤라고 요로키도 뽀채쌌냐고? 요놈이 짐성(짐승)이여, 짐성."

곌국 할매는, 내 가심패기를 발질로 걷어참선 썽을 냈었구만이라우.

"할매라우, 날 밀치지 마쑈, 참말이재 마쑈. 그라먼 나는 짐성 아니고 머시겄는그라우?"

그라고시나 할매 이망을 만치본개로, 하기는 영그락 불맹이 뜨겁운디, 아닌 갸 아니라, 곧 죽을 것 겉기도 하덩만요. 숨소리는 또 워쨌고라우? 가래를 끓임선, 숨을 잘 쉬덜 못히아 헐헐하는디, 그랑개 내가 너무 했던개 볐어요. 고걸 나는 고때사 알았었네라우. 걱정시런 생객이 뽀짝뽀짝 듬시나, 소캐(솜)방마치로 가심을 설운 번 찧고 죽고 싶은디, 궁뎅이에 불이 붙어, 또랑이로 뛰갈때인동 고로초롬은 속이 타끄라우? 눈이 비덜 안 한단 것이 고때는 소굼물이라도 몇 그륵 마신 것맹이, 속이 애리고, 씨리고, 창시가 뒤틀리는디, 안 되겄등만이라우. 그래 눈텡이다 손을 넣고 휘저서바야, 거그 무슨 따까리하고, 살하고, 찐절찐절한 물만 괴이고, 진작에 없어진 눈깔은 안 돌아왔더라고요. 할매, 내가 고때 월매나 울었든그라우. 인재는 쥑이도 안 도망갈 틴개, 내 눈을 되돌리 돌라고 내가, 월매나 월매나 빌었든그라우. 고때는 할매도 울었구만이라우. 움시나 요라기도 했었다고라우. “고로케 니가 울어싼 개, 할매 맘이 요상시리 짠함시롱 좋다야. 글씨, 니가 요로케 할매 젙에 붙어 있음시롱, 할매 걱정을 히어주니 참말 이제 안 좋냐?”

“그래도 할매 땜시 이란 건 아니요.” 나는 할매가 잘못 생각하고 있는 걸 고치줬지라우. “나 땜시 그라요, 할매 죽으먼 내가 못 살 것맹이라 그란다고라우”

“글씨 그랑개 말여, 원지 녘인지 도망갔일 놈을, 고로케 히어서라도 붙잡아논개, 그랑개 요로케.”

“할매, 죽지 마쑈. 할매, 워짜먼 할매가 안 죽으끄라우? 내가 워쨰야끄라우?”

“그란디 야야, 내가 죽고 나먼 말이여, 아무 디로라도 더듬어서 더듬어서, 열흘 질만 가거라잉? 그랴, 그라먼 설마기로소니 사람 사는 동네가 안 나스겄냐. 그라먼 말이라, 사람 사는 디서 설만들 산 사람 쥑이겄냐. 그랴, 그라먼 요 집 조 집 댕김선 얻어묵고 살라고. 그랴, 고로케 살다가 질갓에서라도 죽으먼 글씨 설마헌들, 사람 사는 고쟁이서 흙 한 주먹 안 덮어주겄냐? 그랑개, 니 걱정일랑 고로케 해쌌지 말란 말여. 능창 코만 빠추고 있으먼 워짤 것이여 대처니. 워쨌든 니가 젙에 있은개 나는 참 좋네, 좋아.”

할매 말로, 그랑개, 낮이 됐다고 하고 밤이 왔다고 한 것이, 고때부텀 다섯개가 지내갔일 땐가, 할매는 쬐꿈 심을 채륐지라우이. 손도 꿈선, 영 그락불이 감잔 줄로 알고 불어감선 끈감자도 두 개나 묵고, 그라고 물도 한 바가치나 묵고시나, 한숨 한번 크게 쉬었지라우. 난 고때 참말로 좋등만, 얼렁 저실이 지내가뻐렀으먼, 고것을 월매나 바랬던등, 워짜다 등이 쪼금이라도 따슬라 치먼, 벌쎄 여름인갑다 하고 생각도 했더랑개요. 그란디도 진태가 때때로 니린다고 했지라우.

“워쩐지 요 저실은 질기도 더 진 것맹이다.” 문을 열래서 열어노먼 할매는, 지침을 죽을 뎃기 해쌈선도, 우는 뎃기 말했었구만이라우. 글매 난들, 월매나 솔나무는 보고 접고, 구름은 또 월매나 보고 접고, 뛰뎅김선 놀고 접기는 월매나 했었겄오마는, 할매는 고 속도 모루고 자꼬 얘기했다고라우.

“저그 창꽃이 폈네. 복숭꽃은 똑 서럼 겉여. 산이 쪼꿈씩 살아나는 것맹이다. 하늘에는 바람도 많은갑다. 노루 겉은 구름이 막 흐터져 댕긴개, 햇빛이 재를 넘우가네. 그랴, 노루맹이 구룸이 엉덕에 멈춧 섰은개 또 바람이 불어, 바람이 차게 불어."

"할매, 자꼬 고로케 말하지 마쑈. 나는 똑 딛기 싫소."

"야야, 또 문을 좀 열래? 아매 달이 떠온 것맹이다. 그랴, 달이 떠올르네. 조쪽 이내 낀 재 넘우서 달이 희게 떠올라. 하늘에는 바람도 많은갑다, 노루 겉은 구룸 그리매가 열두 번 재엉덕을 뛰가네."

"할매, 글씨 딛기 싫소."

"벨도 많고, 참 벨도 많고, 수심맹이 벨도 많고."

"글씨 딛기 싫소. 나는 안 보고 접겄오?"

"그랑개 할매 눈으로 보는 기여."

"할매는 비어도 나는 안 비요."

"그랑게 할매 눈으로 보는 기여."

"그란디 할매."

"………"

"여시들은 한 몸이 됐으끄라우?"

"………"

"그라고 곧 봄이 안 되겠는그라우?"

"………"

할매는 대답을 안 했었지라우.

"할매, 나도 할매맹이 머시든지 보고 접소."

나는 그람선, 할매한테로 손을 갖고 안 갔는개 비요. 고날은 그란디 할매가, 나를 띠내덜 안 했구만이라우. 그라고 한숨만 쉬댐선, 내 등을 또닥있다고라우.

"나도 머시든 모도 말짱 환하게 보고 접소. 참말이요. 그라고 곧 봄 된담선요."

"그랴, 곧 될 겨." 할매는 내 등을 또닥있다고라우.

"그런디 죽는단 건, 그랑개 숨이 끊어져 빼린 고것이라고 했었지라우?"

"그랴, 숨이 끊어지면 죽는 것이제."

"그란디 숨이란 건 목젖에 있는 것 아닌개 비요잉?"

"글매, 고로케도 말할 수는 있겄제맹. 그란디 내 목젖은 왜 고로케만치 보냐?"

"할매 숨이 월매나 남았는가 볼라고 그라요."

"야야 숨이 맥힌다, 고로케 우악시럽게 말고, 살맹이 좀 만치바라. 그래 월매나 남았냐?"

"글씨 고건 모르겠지만, 깔딱깔딱 하요. 그란디 창꽃이 벌쌔 폈은개, 인재 돌가지꽃도 곧 안 피겄오?"

"그야 곧 피겠지맹. 하매 워디 핐을지도 몰루제."

"글매, 그것도 그려요. 할매는 그란디 참말로 잎사구요? 대궁탱이요? 꽃이 될 기요? 내가 뿌렝이람서나?"

"글씨 그랴. 야야, 헌디 할매가 숨이 맥힌다. 워째 오늘은 벨랑 말도 많음선, 이리 더디디야?"

"그라장개 고것이 아닝만요. 나도 보고 자파서 그라요. 내 눈으로 볼라고 그라요. 할매랑 한 몸이 돼뻐릴라고 그라요. 그랑개 할매가, 지금 죽어야 쓰겄소. 꽃들 활짝 다 피뻐리기 전에, 그랑개 지끔이구만이라우. 할매, 그랑개 지끔이요, 할, 할, 할매, 히히, 구렝이맹이 빼드럭임선, 아 그람선, 히히 쪼구라드네, 혼백만 남기네, 내 핏줄에 문이 열리네, 할매, 히, 들어오시겨요, 글씨 들어오시겨요. 그랑개, 할매는 죽었는개 비네. 죽었어라우. 늙은 할매는 죽었는개 벼요. 늙은이는 죽었다고라우. 그려요. 늙은 것은 죽었네라우."

프레이저의 「오시리스 祭祀」, 『金枝』(Macmillan and Co., Limited, 1929)에 다음의 기사가 있다. "The old man is dead. May Allah bring us back the wheat of the dead."

늙은 개

오랭이가 팍 씹어 갈, 처묵고 할 짓이 없어 씰디없이 쎄바닥이나 서 발 질어 나뻐린, 조론 순 생옘병에 땀도 못 낼 조놈들은, 어째서 이 훤한 대낮에, 문은 닫아 안으로 걸고, 그리고도, 훤해서 좋은 전깃불이 있는데도 그것은 내버려 두고, 촛불을 켜놓고 뭣을 하느냐고, 물론 흔하게는 아니고, 둬 철 건너 한번만큼씩 묻곤 했는데 그럴 때마다 이 늙은이는, 속으로만 골을 골백번도 더 내고, 울적해 울먹였다. 그리고 봄에 낸 골을 가을까지도 숯 굽듯 구웠다. 그러다 혹간 누가, 검은 똥개 나리, 하고 은근히 한번 불러주는 경우라도 있으면, 그때, 일 년 중에 한 번 그도 은근히 웃고, 그러면서 일에 열심이었다. 백생이면 그랑개, 천하라고시나 요 말이고, 태어난 거시기란 요 말이고, 무신 이름이 씰디 있느냔 요 말이고, 쎄바닥을 당강 내 톡 썰어뿌릴, 그랑개 넨장마즐, 그랑개, 껌은 똥개먼 똥갰째 거그 무신 속 짚은 뜻이 있겄냔 요 말이고, 그랑개 천아하에 늙을 일은 아니등만, 젊어서는 그랑개 벨랑도 젊어서는 흐흐 고롷게도 곱쌍시럽던 것이, 늙으면, 그랑개 벨랑도 늙으면, 고것이 뭐 벨 다른 것이 아니란 요 말이고, 거시기, 거시기, 그랑개 고것은 데럽은, 무신 데럽은 껍데긴디, 아 그랑개로 거시기가, 조 추접은 똥개가 쳐들어와 뻬린 고 껍데기란 요 말인 거시다. 어떻게 어떻게, 사실로 이 늙은이는, 살다가시나는, 이름이 있었던동 또는 없었던동, 심지어 나이까지도 잊어버리고 말았지만, 워낙이는, 숯도 구워 팔고, 산 한 귀퉁이 파설랑 감자도 심어 살았던 그런 지독한 촌놈이었던 탓으로, 행여 누가 뭘 좀 물을라치면, 자꾸 뒷전으로만 돌고 싶어싸서, 사실로는 그러고 싶어싸서, 모도 말짱 자기를 다 알아주는 디서 원제까장이고 살고만 싶었었으나, 그러했음에도 별 뾰죽한 수가 없었기 탓에, 모도 말짱 그를 다 알아주는 디서 그는 두 번을 떠났고 그리고 세 번째로 온 곳에서는, 그는 병원 청소 일을 얻었는데, 여기서는 그는, 모도 말짱 자기를 다 알아주기 탓이 아니라 그냥 그러고 싶은개, 더는 안 떠나고 눌러살다가, 자기도 저 시체실 속으로 들어갔으면 싶다고 했다. 시체실을 신방모양 말끔히 해놓는다는 게 그가 맡은 제일 큰 일이었던 것이다. 어찌 되었든 그는, 옘병에 땀도 못 낼 저 진 쎄바닥으로 낼롱거려 묻는 말에, 대답 하나는 시언허니 마련을 해놓아야 자기 면목이 슬 것 도맹이라, 근래 궁리도 참말이제 많이 했댔다. 글씨 훤한 대낮일시락 문단속은 더 잘해야 안 쓰겄냐고, 안 그랬다가는 혼백이 걸어 나가뻐릴 틴디, 대처니 워짤 것이여, 허지만 넨장마즐, 나리는 혼백이 뀐 방귀 냄새도 맡을 수 있으니 거 정말 희한한 코빼기가 아니겠는가, 늙은이는 그래 코를 킹킹댔다. 그래 보았지만 사실, 그런 냄새 같은 건 없는 듯했다. 그것은 참 멘목 없게 하는 것이었다. 그랬지만 그는 문을 열지도 않았고, 전깃불을 키지도 않았다. 그리고 스텐레스 상(床) 위의 흐릿한 핏자국에 시선을 보냈다. 그 상은, 그 방의 거의 한가운데에 자리 잡고 있었는데, 국비 환자였었거나, 사비라도 병인 미상으로 죽었거나, 아니면 죽고 난 뒤까지도 혼백을 어디다 헌납하지 않은 물신(物神)의 늙은 양들의 주검의 내부를 그 위에서 열람해보고, 아직도 꽤 쓸만한 눈이나 간은 정부에, 아직도 파락파락 기를 쓰고 심장에가 불알엔가 매달린 불은 쓰레기통에, 그리고 병인이 창가(娼街)를 낸 저 삼가(三街)는 포르마린 병 속에, 헌납되고 버려지고 쑤셔 넣어지는 데 쓰는 것이다. 이전에 그 상은, 아마도 석 달 전까지는, 늙은이에게는, 한 전쟁으로 느껴졌던 것이다. 그것은, 비록 촛불만 켜놓은, 그래서 그 속의 밀큰한 어두움이 산그늘 같은 그런 것으로 변해져 있음에도 불구하고, 그 잠폭한 그늘 속에서 흰 뻔쩍이는 이빨을 드러내 으르렁거리며, 저 마을에 퇴적된 저 비옥한 정밀, 세월의 저 깊은 백 년 잠, 지하의 저 따뜻하고 질척한 곳으로부터 수근을 이어 여물어진 저 곰팽이의 밀육, 주검이 소롯이 심기고 생명이 조용히 발아되는 저 관용에 균열을 일으키고, 그리고는 병든 월후를 시키는 그런 것이었다. 그것은 냉 같은 것이었고, 한밤중에 껴든 겨울 한낮 같은 백 촉짜리 켜진 전등 같은 것이고, 해가 질라고 함선 세상이 호숩게 출렁거리는 석양판에, 마을로 들어온 병대 같은 것이었다. 그러나 그 위에, 한 여인의 주검이 올려진 것을 늙은이가 보았을 때, 그리하여 그가 그 주검을 덮은 홑청을 열고 그 주검 속으로 내려가 보았을 때, 그 차겁고 단단하며 도전적이던 저 흰 괴물은, 오히려 물렁물렁하며 비릿기하고, 컴컴하기까지도 하고, 그 속의 어디서 박쥐들이 빗방울들처럼 후드득후드득 떨어져 내릴 것 같이도 여겨졌었다. 그 이후부터 그 상 위에는, 장의차 다녀간 지 석 달도 넘었지만, 언제나 그 주검이 얹혀져 있었고, 그것은 음모가 말끔히 깎여져 그에게 성욕을 일으켰었는데, 그것은 신앙 같은 것이었고, 그것은 그에게, 무덤을 사흘 후에 가서 열어보게 하는 것이었다. 그 무덤은 한 포기 할미꽃 같은 것이었고, 또 한 마리의 암캐 같은 것이었다. 그는 한 마리의 암캐에 대해서 잘 알고 있었다. 그는 그의 감성으로써 그 개의 고갈과 풍요를 잘 알 수 있었다. 그녀는 언제나, 뭔가를 자기 속에 빼꼭히 채우고 싶은 그 주림을 원만스레 나타내 보이곤 했었다. 잒 사태기 사이에 자기 얼굴을 처넣고, 조용히, 그러면서도 그 내부는 미친 듯이 뛰고 있는, 그런 둥그스런 고리를 만들고는, 전신을 부드럽게만 억세게 쑤물거리는데, 그것은 개는 아니었다. 그것은 원시적인 그런 욕망의 한 개방된 형태며, 그리고 또한, 어떤 충일의, 무덤과 같은 한 밀봉된 형태였다. 그 부드러운 털 아래 쑤물대는 저 기갈 든 기다림, 저 젖은 듯한 따뜻함, 그것은 무척도 더러운 것이었고, 좋은 것이었다. 거기에 남겨져 온 그 주검은 그것이었다. 늙은이는 그래서 침을 흘려내다가, 그 주검 위에 흘려진 핏자국을 씻어내기 시작했다. 그런 뒤 그는, 마누라를 거적대기에 감아 쌌었다. 마누라는 해산하다가 죽어버린 것이다. 마을까지 산파를 부르러 가기에는, 마누라의 진통이 너무 급박했는 데다, 마누라가 움켜쥔 손을 풀어주려고를 안 해, 타는 고콜 빛 아래서 그는 다만, 마누라의 진통과, 흘려 내는 피와, 죽음과, 권태와, 그리고 태어난 애의 울음소리를 들을 수밖에 없었다. 그는 어떻게도 뭘 마누라를 위해 해줄 수가 없었다. 경련하며 움켜쥐는 마누라의 손을 덩달아 움켜줘 준다는 외에 그는, 날씨 걱정이나, 마누라의 큰 손에 돋아난 혈관 세기 같은 것밖에 할 수 있는 일을 찾지 못했다. 한바탕의 진통이 가시고 나면, 마누라는 창백하게 웃었었다. 그런 때에 그는, 고콜에 관솔을 얹었다. 지루했다. 고통은 분담되질 못했다. 마누라는 점점 타인으로 변해가기만 했다. 마누라의 진통은 잦아지고 길었다. 그는 염라모양, 눈을 둥그렇게 해서, 그 끓는 가마솥을 내려다볼 뿐이었다. 그리고 그가 할 수 있었던 일이란, 푸수수한 짚북더미를 모아다가 피 반죽 속에 누운 싸늘한 죽음에서, 피를 대개 닦아내고, 거적에 싸고, 그리고 날도 밝기 전에 바지게에 얹어 뒤뜰로 돌아가, 감자밭 한 귀퉁이를 파고, 그리고 그 알맹이를 밀어 넣는다는 그 일이었다. 그런 뒤 돌아와, 자기 앞가슴을 풀어 헤친 뒤, 방구석에 던져졌던 핏덩이를 그 맨살 가슴에 싸안고, 저고리를 다시 여민 뒤, 눈물을 좀 빼추고, 뭐라고 노래를 불러줬을 뿐이다. 그것은 사내애는 아니었다. 아무것도 그는 생각하지 않았었다. 핏덩이가 맨살 가슴에서 무척 꼼지락거리며 울어댔다. 그런 것은 그에게 이상스럽게도 슬픈 구역질을 일으켰다. 그것은 아마도 그 애에 대한 그의 짝사랑이었다. 그래서 그는 더욱더 억세게 가슴을 여몄다. 그러나 오래잖아, 그의 가슴에선가, 가슴인가가 차차로 싸늘해지고 있음을 그는 느꼈다. 아마도 해가 지고 있었다. 밖에서는, 가을 빨간 노을이 토벽 구멍을 통해 한 줄기 비춰들더니, 이내 컴컴해졌다. 저녁엔 그렇지만 고콜에 관솔도 얹지 않았다. 눕지도 않았다. 가슴을 풀지도 않았다. 노래도 안 불렀다. 아침에 그는, 햇빛 아래서, 가슴을 풀고, 그 싸늘한 것의 전신을 들여다본 뒤, 병신스레 한번 웃고, 뒤뜰로 다시 돌아갔다. 그것은, 계집으로 태어났다 죽어버린, 계집이 빠춘, 바로 그 계집이었던 것이다. 그는 어쨌든 흙을 팠다. 그리고, 그 애가 한 번도 못 빨아본, 어미의 검은 젖꼭지에다 그 애의 입술을 붙여 주고, 다시 흙을 밀어 넣었다. 어제 새벽에 묻은 씨는, 아직은 싹 틔울 기미를 보이지 않고 있었다. 그는 가늘게 한번 떨었다. 가슴에는 여태도, 그 뜨거운 핏덩이의 죽음이 싸늘한 채 남아 있다. 그는 그것이 싫었다. 샘에 가, 그는 그것을 씻어냈다. 그렇지만 다만 핏자국만을 씻어냈을 뿐이다. 어쨌든 남은 일은, 바닥을 말끔히 씻어내는 일이다. 그러기 위해서는, 긴 자루가 달린 걸레가 있었지만, 그는 그것을 잘 쓰질 않았다. 그 대신 쭈굴치고 앉아서, 그 바닥의 세포 한 점이라도 놓치지 않고, 손에 쥔 걸레로 씻어내고, 모래 한 톨이라도 들어내고, 어쩌다 머리칼 같은 것이라도 한 올 떨어져 있으면 집어 올렸다. 그로서는, 그렇게 하는 것이 깨끗하게 하는 것이라고는 거의 생각지도 않은 듯했다. 그는 자기 밭에서 일했을 때 그렇게 했던 것뿐이다. 자갈이나 나무뿌리, 또는 잡초를 그렇게 집어내고, 솎구고 모았던 것이다. 그리고 바닥은 언제나 거의 질척거릴 정도로 습했지만, 그는 달리, 그것을 건조시킬 생각은 내지도 안 했다. 그는, 신작로 위의 뽀얀 먼지라든가, 또는 콜탈이나 시멘트에 의해 포장이 돼버린 그 건조한 거리들에서 느끼게 되었던 어떤 고독을, 시체실의 축축한 바닥에서는 잊을 수가 있었다. 신작로에서는, 또는 포장된 도로에서는, 그는, 어떤 차단, 어떤 단절을 무의식적으로 느끼고, 고향의 논바닥이나, 측간 내음새, 땅강아지가 삘삘 기어 나왔다 들어가는 썩는 웅덩이 가, 깨진 동이 전에 낀 오줌의 이끼 같은 것, 또는 비 맞은 개똥이나, 두엄자리에서 피어오르는 김 같은 것을 그리워했다. 물론 시체실 바닥이라고 시멘트로 땅과 하늘 사이를 딱 울타리 해놓지 않은 건 아니다. 그러나 그 울타리는 쳐질 곳에 쳐진 것이라고, 그는 믿었다. 가령, 두엄이라도 치기 위해서 내놓은 돼지가 있다면, 그 두엄치기를 끝낸 뒤, 그 돼지를 다시 울에 가두기 위해, 그 울을 만든 나무 기둥들을 다 뽑아내 버린다면 도저히 그 돼지를 가둘 수 없다는 것을, 그는 알고 있었던 것이다. 울은 울대로 남겨놓고, 그 울의 한옆을 헐어, 돼지가 들어갈 만한 구멍을 냈다가, 돼지가 들고 난 뒤, 그 구멍을 막는다는 지혜를, 그는 갖고 있었다. 그러한 지혜가 그런데, 시체실 속에서의 그의 생명을 활기롭게 해온 것이다. 그의 그 지혜가, 이차의 전이를 거치면, 완전한 개방은 완전한 폐쇄와 같은 것이며, 몇 귀퉁이가 폐쇄된 개방, 또는 한 귀퉁이가 개방된 폐쇄는, 자유나 구원으로 통한다는 것으로 되는 것이다. 그 시체실의 사면의 벽, 또는 천장이나 바닥은 시멘트에 의해 완전히 외계와 차단되어 있었지만, 거기엔 한 통로가 있었고, 그것은 경영주에 의하면 모르그라는 이름이 붙어 있었다. 그런데 그것은, 나무로 짱여져, 둔하게 노르스름한 빛을 내는, 삼 층 관곽이었고, 그것은 서랍으로 되어 있어 빼냈다 들이밀 수 있게 되어 있었고, 크기는 가운데 것이 제일 크고, 맨 윗층이 제일 작았다. 윗층은 어린 시체들을 위해서, 가운데는 살만 뒈지게 쪘다 살도 못 빼내고 죽은 녀석들을 위해서, 그리고 맨 아랫층은 평생을 갈근거리고 살았던 불쌍한 백성들의 것임을, 그는 알고 있었다. 그것은 어쨌든 문이었다. 그 속으로 들어간 주검들은 다시는 돌아오지도 안 했지만, 그 속에 언제까지고 남아 있지도 않았다. 그때 그러한 바닥이나 벽, 또는 천장 같은 것은, 거리를 덮어버린 차단과는 확실히 다른 것으로 변해버린다. 그렇게 변해버린 바닥에 그런데, 몇 방울의 피에 얼룩져 있었다. 그 피는 아마도, 의사 보조원이 꼈던 그 고무장갑에서 흘렀을 것이고, 고무장갑은, 젊어서 죽은 국비 환자의 어느 부분을, 또는 병인 미상의 어느 조각을, 또 아니면 어떤 끈적거리는 영혼을, 쥐고 있었을 것이었다. 그러나 어쨌든 그것은, 음모까지 말끔하게 깎이고, 씻긴, 저 물렁물렁한 흰 뿌리가 피워낸 것임은 틀림없다. 그것은 할미꽃 같은 것이고, 이 늙은이가 겨울 내도록 기다린 것은 그것이었는지도 몰랐다. 고콜불 음탕하게 일렁이는 아랫목에서 때로, 그는 계집 생각에 몸도 뒤틀었지만, 그러나 바지춤에 한 번도 손을 밀어 넣지도 않았었다. 그의 생각에, 하매 봄 벨랑 안 멀다고 했을 때 그는 바지춤에 손을 찌르고 뒤뜰로 돌아가서는, 계집을 묻은 무덤의 흙을 손가락으로 좀 헤집은 뒤, 그 속에다 사정을 해 넣었다. 그리고 그의 생각에, 하매 꽃 펄쎄 폈겄다 했을 때, 그가 다시 뒤터 씨밭에 가보았을 땐, 거기 할미꽃 한 송이가 고개 숙이고 있었다. 그는 히히 웃었다. 그러나 그것은 그에게 아무 의미도 없었다. 그는 그것을 짓밟아버릴까 하다가는 모가지를 목 잘라선, 숙여서 감췄던 그 내부를 들여다보기 시작했다. 그러자 생지랄 맞게 몸이 꼬이고 어지러워져, 그것을 씹어 삼켜버렸다. 그는 성욕을 느낀 것이다. 그래서 그는, 아직도 젊다고 생각하고, 자기한테 각시가 참말이제 스무 해는 더 있었어야 됐다고 했다. 속이 미식거렸다. 그는 토해냈다. 돌아섰다. 한 마리의 검은 개가 그를 올려다보고 서 있다. 그는 발길질을 해댔다. 그러나 개는 저만쯤 갔다 다시 돌아왔다. 그랑개 개는 참말로 개인개 비라서, 그는 그의 애잔스런 눈빛을 들여다보기 시작했다. 그러면서 그는, 그 개를 자기의 운명으로 수락해버리고 말았다. 그 개를 이전에 어디서고 보았다는 기억은 없었다. 소년의 피로가 그 개의 턱의 주름살에 떠돌고 있었는데도, 그리고 모든 동네의 개들이 그를 좋아했었는데도, 그 개와 이전에 맺었던 인연 같은 것은 생각나지 않았다. 어쨌든, 이 낯선 검은 개가 변덕을 부리고 떠나가 버렸다고 했더라도, 그가 이미 수락해버린 운명이 그의 속에서 빠져나가 버릴 일은 없었을 것이었다. 그는 토해냈고, 그것은 개였던 것이다. 그런데 개는, 그가 외롭게 사는 산의 한 누덕진 귀퉁이를 떠나지 않았다. 굶고, 얻어맞고, 그러다 쫓겨난 개에게 있어, 그 산기슭의 헝겊을 댄 듯한 한 고장은, 화롯가다운 것이었을지도 허긴 모르긴 하다. 때로 공허히 한 번씩 짖다 자기 권태에 시들어버리면, 가령 여름에는, 집 그늘이 진 옴팡한 곳에서 노년을 조용히 사렸고, 겨울에는, 그 방 안의 따뜻한 아랫목 구석에서 또 그렇게 지냈다. 원래 사나웠던지 어쨌던지는 그 개 자신도 모른 듯했지만, 그 개는 부드럽고 어질게 자기 성품을 가꿨다. 그러면서, 떠들어와 정착해버린 이 비구니는, 도대체 자기의 암자 밖으로는 나가려고를 하지 않았다. 그렇게 탈속해가며 그녀는, 자기에게 번뇌를 주거나 침해하려 드는 것으로부터 자꾸 피해, 자기의 깊은 속으로 자꾸 가라앉아 들었다. 그러나 이 개 주인에게 있어서의 이 개는, 번뇌 그 자체였다. 그는 때로, 이 개에게서 이상한 해후를 하곤 했던 것이다. 그는, 고콜에 관솔을 얹고는 그 관솔에 불이 옮겨붙는 것을 지켜보길 좋아했으며, 그 관솔 타는 냄새 맡기를 즐겨 했으며, 그리곤 불이 아무리 밝게 타도, 오히려 방의 네 구석엔 더 짙은, 그것은 이내 같은, 그런 잠묵한 그늘이 호복이 고이는 것을 보면서는 거의 넋을 잃곤 했는데, 그 호복한 그늘 아래서 그는, 옷 벗은 마누라의 비옥한 주림을 보곤 했다. 꽉 채워진 허를 짓고 가라앉아버린 그 검은 개가, 그 흰 계집이었다. 그러나 그는 그 개를 사랑하지는 안 했다. 물론 개도 그를 사랑하지 않았다. 그러면서도 하루에 한 번 정도씩은, 둘이는 멀거니 둘이를 바라보며 지나긴 했다. 아마도 그런 시간이, 그 둘을 이어주는, 어떤 것일 터인데, 그들은 그때, 의식 이전의 어떤 의식으로써, 서로가 서로의 눈을 통해, 환치되고 있음을 의식했다. 개의 흐린, 저 권태로운 눈을 통해 들어가 그가 차지해버리는 그 개의 내부란, 무척도 부드럽고 훈훈하며 편안스러운 것이었다. 그러나 그는 개를 사랑하지는 안 했다. 기침을 해도 개처럼 킹킹대며 하게 되고, 잠을 자도 개처럼 오그리고 자야 편안스럽다는 것을, 어느 날 그가 갑자기 깨달아버렸을 때, 저 숭악한 쌍놈의 똥개가 자기 속으로 쳐들어와 버렸다고, 그는 화를 내고는, 그 개의 목을 새끼줄에 걸어, 산복숭아 나뭇가지 사이로 높이 끌어 올려 매달아버렸다. 그러고 난 뒤, 밭 귀퉁이에다 묻어버리려다가 구워 먹어 치워버리고 말았다. 그리고는 살던 곳이 싫어, 그 쌍놈의 똥개 고기가 다 삭아버리기도 전에, 살던 집을 불 질러 태워버리고, 지게 위에 고향 짊고 산그늘 짊고, 하늘 짊고, 읍내로 갔다. 거기서 그는, 지게 품팔이를 했는데 모도 말짱 알기로 그는 버버리일 것이라고 했다. 이 개는 추억에 병들기 시작한 것이다. 뻔쩍이는 양철 지붕들, 오줌을 갈겨도 그 오줌이 스며들지를 못하는 딱딱한 길들, 잠푹한 그늘을 말살하려고 드는 환한 전깃불들, 그리고 도대체, 계집들이 내질러놓은 듯하게는 안 보이는 이상스런 군청 서기들, 면청 서기들, 국민학교 선생들, 남편은 한 개밖에 없는데 얼굴은 서른 개씩도 더 가진 이상스런 옌네들, 그런 이상스런 종내기들이 사는 턱없이 큰 건물들, —그런 인연 없는 부피들, 그런 인연 없는 뻔쩍임들, 그런 인연 없는 질서들 속에서 그는, 휴식은 찾을 수가 없었다. 그런 것들이 부산스레 움직이고, 줄지어 서고, 호루라기 소리가 귀를 째고, 사람을 가득 삼켜 넣은 괴물이 으르렁거리며 뛰달리는 곳에서는 그는, 어쩌는 수 없이, 자기의 속엔가 이마엔가 붙은 꼬리를 사태기 사이에다 사려 넣고, 길 중에서도 제일 더러워 빛나는 발들은 딛지도 않는 곳만으로 다닐 수밖에 없었다. 그래도 개들만은 그를 좋아했다. 그가 지나갈라치면, 목에 댕기도 매고, 머리에 기름도 발라 냄새도 썩 좋은 그런 귀족이 다가와, 의젓이 냄새도 맡고, 악수도 청하며, 한마디 충고도 적선하길 못 잊었다. 서른 개도 넘을 얼굴을, 다만 한 모가지에 매달고 다니는 옌네들이, 서른 몇 개째의 얼굴인가를 개 모가지에다 달아준 그 개들을 빼놓곤, 아무리 읍내 개라도 개들은, 구석진 데를 좋아했으며, 현수막이든가, 다방에서 흐르는 유행가라든가, 전깃불이 펄럭이는 아래에서는, 영혼이 뿌리째 뒤흔들려 낑낑거렸다. 개들의 그런 수난이 그에겐 위로가 되었다. 잠은, 그는, 언제나 면청 창고 뒤에서 쭈그리고 잤다. 거긴 다른 개들모양, 그가 오줌을 갈겨도 좋은 곳이었으며, 꼬리를 좀 쳐들어도 뭔가가 발길질을 퍼부을 리도 없는 곳이었다. 왕겨가 산만큼은 쌓여 썩고 있었는데, 그 속을 조금만 파고들어 가면, 훈훈한 김이 올라오고, 그 김은 그를 이내 잠 구덩이다 밀어 넣었다. 물론 그에게도 잠이 안 오는 저녁은 있고, 또 비에 젖는 저녁도, 눈에 덮이는 저녁도 있다. 그럴 때면 그는, 비바람에 찢겨 거리에 뒹굴던 무슨 선전 벽보들을 소중히 모아두었다가, 창고 저쪽 볼이 모서리를 돌아 으스름이 고개를 젖힌 그 볼에 들여다보고, 그 알 수 없는 기호들 위로 번지고 간 빗줄기라든가, 바람의 모서리, 또는, 여자의 얼굴인 듯한데 누군가가 그려 넣은 수염 같은 것들을 읽었다. 그런데 세상이 어떻게 돼가는지 나날이 배만 더 고파져 갔다. 아마도 도시락을 먹어야 될 시간이곤 한 것이다. 매일, 바닥에 떨어져 응고된 핏자국을 닦을 그때쯤이면, 늙은이는 허기를 느끼곤 했다. 허리가 아팠다. 점심을 끝내면, 그때부턴 병동들의 쓰레기를 모아다 태우는 일을 해야 하고, 그래도 시간이 남으면, 병원 뜰에 흩어진 꽁초라든가 휴지, 또는 낙엽들을 긁어모으는 일이 있다. 모르그가 여치 소리를 내고 울기 시작하고 있었다. 정확히 말하면 그것은 모르그의 왼쪽 옆에 해놓은, 냉장 장치의 해골 더미 같은 쇠 더미와 철사를 통과하며, 전기가 우는 소리였지만, 늙은이로선 그것까지 이해할 순 없었다. 늙은이의 믿음에 그것은 그 삼 층 관곽이 우는 것이고, 그래서 그 관곽은 다만 관곽뿐만인 것이 아니라, 살아 있는 어떤 것이었다. 그는 고향에서 한 번, 그의 생각에, 하매 봄 벨랑 안 멀다고 했을 때, 그것의 한 귀퉁이에다 사정을 해 넣은 적이 있었다. 그것은 그런 것이었다. 이제는 썩는 왕겨 더미 속으로부터 훤한 거리로 나갈 때인 것이다. 나가기 전에 늙은이는, 언제나 하듯이, 그 방 서쪽 벽에 달랑하게 붙은, 흑판의 글씨 위로 시선을 보냈다. 이전에 그가 왕겨 더미 속에서, 벽보들 위로 기어간 흔적들을 읽었듯이, 거기서 그는 사자들의 운명을 읽기를 희망했다. 그 위에 원래 쓰이고 쳐진 글자나 선은, 십오 년 전이나 물론 같은 것이었지만, 빈칸에 쓰인 글자들은, 그의 생각에 사흘 전의 것과는 분명히 달랐다. 십오 년 전이나 현재나 그대로 있어 바뀌지 않은 글자들은, 다만 인체의 어떤 기관들의 명칭, 가령 심장이라든가, 좌폐·우폐, 또는 간장, 비장, 또는, 좌신장·우신장, 뇌 같은 것들이었지만, 그에게는 그것들은, 어떤 선업(善業)의 이름들이고, 천장으로부터 매달려 내려온 저울 위에서, 사자들의 선업이 저울질 되면 거기에 쓰인 것이라고 믿었다. 그런 뒤 그 영혼들은, 그 배[腹] 속에 처넣어져, 생 쎄려 쥑일 비암으로도 태어나고, 모심 받을 임금님으로도 태어나는 것이다. 또는 다만 꽃만인 것으로 태어나, 개가 되었다가, 늙은탱이로도 되는 것이다. 그 칠판에 그런 얘기가 쓰인 것이고, 그 저울은 세천시어곡(西天西域國) 먼 데서 와서, 그 천장을 열고 내려진 것이다. 그 방의 삼라만상 중에서, 다만 그가 손 못 댈 것은 바로 그 달랑한 흑판 하나이었기에, 그는 그 흑판에 대해 외경심을 가질 수밖에 없었다. 그래서 일을 끝내면 그는, 비굴스럽게, 그 물건을 건너다보았는데, 그런 건 아마도, '아멘'이라든가, '비나니다비나니다'라든가 하는, 그런 종류의 간절함과 통하는, 그렇지만 언어로 정리되지 못한, 그의 기도인 것이다. 그리고는 밖의 쐬는 듯한 어지러운 빛과, 숨어들 곳 없는 무서운 열림 속으로, 뛰어 들어가야 된다. 그럴 때마다 그는, 오 초 동안에 다섯 시간씩을 늙곤 했다. 아무리 한여름 대낮에라도, 몸은 식어 경직에 당하며, 해수에 기침을 콩콩거려야 되었고, 혀를 빼내 숨통을 넓혀야 되었다. 고용자 측에서는 그에게, 입원을, 한 사나흘 해서 몸이 좀 웬만해지면 고향에 내려가 좀 쉬는 것이 어떻겠느냐고, 만나기만 하면 변소간에서라도 묻곤 했다. 고용자 측에서 볼 때, 이 늙은이는, 시체가 거기에 들었지 않는 날에도, 또는 들었다고 하더라도, 공명정대한 위암에, 또는 정정당당한 매독에 죽어, 도대체 열람해볼 필요가 없는 사비 환자의 주검은 두 시간 동안만 머물려 놓았던 날에도, 그는 그 속으로 들어가, 세 시간도 좋고 네 시간도 좋다 싶으게 시간을 까먹고는, 창피스런 얼굴로 나와선, 다른 한다는 일도, 어줍고 비척거리느라 제대로 하질 못해, 성이 가시고 있었던 것이다. 고용주의 늘 생각은, 저 늙은 놈의 내일 퇴근을 마지막으로 시켜야겠는데 말씸이야, 그래도 한다는 소리는 아직도 빼둥빼둥하다는 건데 말씸이야, 후훗, 허긴 말이야, 어떤 얼푼이가 십오 년 전에나 별다를 바 없는 품삯을 여태도 받고 한 말씸 군소리 안 했을 치는 없지만 말씸이야, 글쎄 따져보니깐두루 그게 그렇게 돼 있는 것에 나도 놀랬지만 말씸이야, 그건 그렇구 말씸이지, 저 늙은 놈은 이젠 이빨이 다 삭은 개란 말씸인데, 가만있어 보자, 꼽추가 다 돼버린 저 작은 늙은 놈의 어깨에 대체 나이는 몇 개가 얹혔겠누, 허어 그러구 보니깐두루 말씸이야, 십오 년 전에도 쉬흔이랬댔는데, 그저께도 쉬흔이란 게 기억나는군, 그러구 보니 말씸이야, 더럽게 속아왔다는 생각인데 말씸이야, 그러구 보니 글쎄 말씸이야, 그러다 보니, 겨울 중에서도 다시 가운데 토막이 쓰륵쓰륵 더디게 기어가고 있는 중이었다. 그러면서 늙은이의 일은 벅차져 버렸다. 눈은 나날이 더 쌓이고, 눈은 나날이 더 흐릿해져 간 것이다. 그 눈으로 보고, 그 눈을 그는 치우지 않으면 안 되었다. 그러나 그는 벌써, 사물을 눈으로는 보는 것 같지 않았고, 냄새나 무슨 촉수로 맡고 더듬는 듯했다. 새로, 어릿드군한 젊은이 하나가 며칠 전부터 나타나서, 그의 눈치를 슬금슬금 보아가며, 그의 일을 해치우기 시작했을 때부터, 늙은이는, 자기 속의 성난, 그렇지만 이빨이 몽땅 삭은 개의 으르렁거림을 먼 뇌우처럼 들었다. 그는 그 젊은이보다 훨씬 더 많은 일을 고하려고 죽을 듯이 눈더미에 덤볐다. 그러다 결국 쓰러져버리고, 젊은이가 얘기해서, 고용주가 와 그를 보았을 땐, 그는 모로 누워 대가리와 두 손을 자기 사타구니 사이에 용케도 찔러 넣고는 거의 죽어가고 있었다. 고용주의 생각에, 그리고 기억에, 그는 원래 꼽추는 아니었다고도 했고, 그런데 언제나 대가리 쳐들기를 싫어했으며, 어디든지에다 그것을 쑤셔 넣어, 도대체 대가리를 없애려고 해왔다고도 했다. 그런 생각과 기억은, 그에게 이상스러운 수치감을 주었다. 그는, 그 늙은이를 본다는 짓이, 묘하게도 부끄러운 짓이라는 것을 깨달아버렸다. 그런 창피감을 그는 그날 처음으로 깨달았지만, 그러고 보면, 그가 그 늙은이를 보았을 때마다, 그 부끄러움을 느껴왔었다는 것을 기억나게 했다. 그는 가래침을 모아 뱉고는 얼른 돌아서버렸는데, 그의 심정은 무척도 껄끄러웠다. 무슨, 도대체 그것은, 천사의 음부도 아니고 악마의 신근도 아닌, 제삼의 치부가 가림을 못 받고, 공중의 눈앞에 열려져 있어 왔던 듯하게 여겨진 것이다. 늙은이는 어쨌든, 병원 내부로 실려 들어갔고, 잠시 후엔 깨어났지만, 모든 걸 확실하게 자기 본래의 식으로 알아내기까지는, 삼 일이 걸렸다. 그 삼 일 후에 그는, 자기의 엉뚱한 새 환경 때문에 다시 한번 더 기절할 뻔했다. 하늘이 온통 구름 탓에 출렁이며, 빛까지도 출렁이며, 모든 것이 출렁이며, 으르렁거리며, 그를 향해 쏟겨 들며, 모든 것이 쏘아들며, 그의 생명을 찢으려 들었다. 도대체, 그 너무도 희고, 주름진 데 한 귀퉁이 없어, 그전에도 생각에, 만약 자기의 더러운 손이나 터럭 한 올이라도 그것에 대어진다면, 당장에 베어져 피를 뚝뚝 흘리게 되리라고 했던, 그 칼날 같은 홑청 속에 자기가 쌓여져 있으며, 먼지 한 톨 남기지 않아, 숨쉬기에 너무도 거북한 저 청결한 메마름 속에 자기가 끼어져 있다는 것에, 그는 참을 수가 없었다. 그는 발작기를 느꼈다. 그는 속에서 이 빠지게 으르렁거리며, 뭔지, 자기로서는 모를 방향에서 다가온 침해에 대해, 털을 곤두세웠다. 그러면서, 뭉기적, 뭉기적 뒷걸음치다 홱 돌아서 뛰었는데, 폭소를 터뜨리는 소리가 그의 귀에 멀리 들렸다. 그리고는 아마도 웃음소리들은, 어디로 사라져버렸는데, 이 광증 난 개의 두 팔목은, 세 겹으로 된 붕대에 의해, 침대 모서리에 묶여져 버렸었다. 놀려대는 투로 하는 다른 환자들의 말에 의하면, 그는 의자를 뛰어넘으려다, 콧방아를 찧고 쓰러진 것이라고 했다. 그래서 간호원이 달려왔을 땐, 그 간호원은 그의 대가리를 어디서 찾을지 몰라 쩔쩔매다간, 그의 불알 밑에서, 저 더럽게 쭈그러진 작은 대가리를 집어 들곤, 얼굴을 붉히더라고 했다. 그러나 사실로 그들은, 자기네들의 얘기만을 하고 있었을 뿐이다. 그들의 병세가 이상스럽게도 일제히 악화되었다고, 간호원들이 무척 들락거리고 있었다. 어쨌든, 얼굴을 붉혔던 그 간호원은, 그의 팔뚝에다, 물만 아흔다섯 깐을 차지하고, 다섯 깐만 포도당인 멀건 물을, 흘려 넣어주기 시작한 뒤, 휭하니 나가, 휘파람 부는 사내를 싫어하며 따라가, 한 시간가량 지내고, 흐느끼며 자기 집으로 들어갔다. 그때는, 그 늙은이의 가슴에 청진기를 대 보았던 의사가, 더러운 막걸릿집의 골방에서, 한바탕 묻어버린 썩은 피를 닦이고 있었는데, 그는 그 썩은 피를 보고서야, 왜 자기가 그렇게도 턱없이 많은 돈을 지불해가면서까지, 한 달 중에서 이레 정도 지랄하는, 계집을 샀는지를 알 수 있었다. 그리고 울었다. 늙은이도 울었다. 울다가 이튿날은, 휘파람에 쫓아갔던 간호원을 통해, 고향에 내려가 쉬고 싶다는 얘기를 고용주에게 전했다. 고용주로서는 그렇지 않아도, 그의 치료에 따르는 비용이 그의 월급 가지고는 도저히 따져질 수도 없던 터에, 또 참을 수 없는, 그것은 무척도 찐득한, 모멸감 때문에, 또, 언제부터도 그를 해고시키려고 했던 차에, 무척도 반가워하며, 그의 증세야 어찌 되었든, 오히려 얌전스런 봉투까지 하나 들려 보내, 당장에 퇴원해도 좋다고 전했다. 그리고 시체실 열쇠는 새로 온 젊은이에게 건네주라고도 전했지만, 그는 봉투만 받아 넣고, 열쇠에 관한 한 아무 말도, 아무 짓도 하지 않았다. 그는 다만 서둘러 그 병실로부터 빠져나와 버렸다. 아무도 그의 퇴원을 전송

하지 않았다. 그런 것은 그를 무척 안심시키는 것이었다. 그는, 그저 대가리를 가슴에 처넣고, 계단의 한옆으로 한옆으로 비실비실 걸어, 정문으로 말고, 뒷문으로 이어진 문을 나와선, 젊은이가 눈을 치우는 걸 멍하니 건너다보았다. 그리고는 시체실을 미친 듯이 바라보다간, 한 가난한 임부가 가난한 남편의 팔에 매달려 걸어오면서 입술을 악문 것을 보고선 이상한 안도감을 느꼈다. 늙은이의 생각에, 그녀는 한 마리의 수캐를 삼키고, 그 수캐의 미친 지랄에 당한 듯해서였다. 그는 음미하며, 달콤하고, 속박 없는 기분으로 그녀를 보았다. 다가오면서 그 임부도 그 늙은이를 보았는데, 그때 늙은이는 그녀에게 사랑을 느꼈다. 그리고 오랜만에 막걸리라도 한잔 해야겠다는 생각을 했다. 늙은이가 느끼기로는, 그 찌든 고통 중에서도 자기를 보는 그 옌네의 눈은, 큰 자애와 큰 슬픔을 담고 있었다. 그것뿐으로, 그 무표정한 남정네와, 고통받는 그 옌네는 그의 옆을 지나 현관 안으로 들어가 버렸다. 그리고 늙은이는 골목으로 들어서 조심스레 걸었다. 시체실에는 들르지도 않았는데, 그는 그 속에서 갓 나온 듯한 신선함을 폐부에 넣고 있었다. 그리고 그는 오랜만에 한번 쿨쿨 웃었는데, 그럴 것이, 이전 같았으면, 무슨 찐빵, 꾼빵, 구멍 뚫린 빵, 막힌 빵, 팥고물떡 또는 사흘을 녹혀도 남을 누깔사탕 같은 것을 애타게 생각했을 터인데, 어쨌든 오늘은, 터헉 하니 우선 막걸리를 생각해놓고 보니, 오랜만에 좀 타락한 듯한 기분도 들고, 쬐꿈이라도 남자가 된 듯한 기분도 들어, 그게 그게 아니었다. 그래서 가다가 늙은이는, 도대체 뭐라는 소리를 흰 글씨로 써놓았는지는 모르되, 빨간 보자기에 글자 큰 것 석 자가 늘어진 곳 안에서라면 술을 팔더라는 것을 알고 큰맘 먹고, 그 안을 한번 기웃이 들여다보았다. 했더니즉슨, 손님이란 건 한 톨도 안 보이고, 늙다리 주모란 것이, 허리 옆대기를 열고 그 옷자락에 돋보기를 대고 있는데, 그것이 무척 정겨워, 그가 간신히 헛기침을 한번 해놓고는, 빼 올렸던 머리를 얼른 쑤셔 박았다. 그랬더니 안에서, 소금이나 맞기 전에 썩 꺼지라는 소리가 들려 나와 적이 슬펐지만, 그랑개 고것이 참말이제 아니고, 돈 주고 술 한잔 묵을랑개 워째 그러냥개, 안에서 반기는 소리가 나더니, 고무신짝이 끌리고, 문이 열리고, 쭈구렁진 얼굴이 튀어나오고 끌어들이고, 오 년 전에 주막을 채렸다고 하고, 오 년을 하루 두 번씩 아이 영감을 보았다고 하고, 자기도 마신다고 하고, 두 되째를 마셔도 괜찮냐고 하고, 월급날이냐고 하고, 병원에서 일하냐고 하고, 말씀을 참 안 하신다고 하고, 서 되째를 마신다고 하고, 세상이 험하다고 하고, 아 고향에를 가냐고도 하고, 오랜만에 취한다고도 하고, 자고 가도 괜찮다고도 하고, 돈은 이렇게는 안 받는다고도 하고, 늙으니 삭신이 시려 죽겠다고도 하고, 아이 영감은 마누라가 있냐고도 하고, 술꾼이 통 없다고도 하고, 시골 손주딸이라도 분 발라 내놔야겠다고도 하고, 시집이나 한 번 더 가봤으면 좋겠다고도 하고, 농담이었다고도 하고, 눈이 온다고도 하고, 아 세상은 험하다고도 또 하고, 죽으려면 서캐가 끓는다고도 하고, 자기는 서캐 때문에 송신해 죽겠다고도 하고, 아 기분이 좋다고도 하고, 너 되째라고도 하고, 그런데 서 되쯤은 자기가 마셨을 것이라고도 하고, 가난한 술꾼에겐 불고긴 안 판다고도 하고, 다섯 되째라고도 하고, 돈은 너무 많이 줄 필요 없다고도 하고, 아 섭섭하다고도 하고, 늙으면 고자가 된다고도 하고, 아 잘 잘 가시라고도 하고, 잘 쉬시라고도 하고, 쭈구렁진 얼굴이 들어가더니 문이 닫기고, 고무신짝이 끌리더니, 안에서 한숨 소리가 꺼졌다. 인재 쉴 땐겨, 그는 무척 조심했지만, 비틀거렸다. 골목이 끝난 데는 어마어마하게도 큰 길이었다. 그는 이상스런 멀미를 느끼기 시작했는데, 그의 생각에, 무엇인가, 마천루보다도 더 크고 더 무서운 뭣들인가가, 네 놈이, 반드르르하게 포장된 이 도시의 네 귀퉁이에 서서, 그 포장의 네 귀퉁이를 붙들고, 도시를 들어 올리고 있다고 한 것이다. 그래서 조금씩 더 올려질수록 멀미도 조금씩 더 심해지며, 이전에 땅과 딱 붙었던 자리에 허공이 생기게 되자, 하늘인지 바다인지가 그 공허 속으로 채우고 밀려드느라고 미친 듯이 펄럭이길 시작한다. 그 포장 위의 질서였던 것은 그리하여 무너지고, 으깨지고, 모든 것이 그 뿌리째 흔들리고, 뽑히고, 부서지고, 그 포장의 어디선가 북 찢기는 소리가 나며 가여운 운명들이 무더기로 그 구멍으로 쏟겨 들어가 버리고, 비명만 길게 길게 솟아오른다. 그리고는 다시 찢기고, 무섭게 펄럭이고, 무섭게 출렁이고, 무섭게 타오르고, 무섭게 누덕이가 되고, 비명이 길게 솟아오르고, 튀겨진 공처럼 운명들이 하늘 위로 던져지고, 그것은 다시 보독씨려져 묵사발이 되고, 포장은 넝마가 되고, 이전에 그 위에 질서였던 것은 부서진 장난감이 되고, 포장의 귀퉁이를 잡고 있는 놈들은 찢긴 한 자락씩만 무의미하게 들고 허탈되히 껄껄거리고, 늙은이는 비그르 무너져 눈 속에 머리를 처박았다. 그리고 왝왝 토했는데, 시큼털털하게 썩은 막걸리만 한 되가량 똥물하고 섞여 나왔다. 그러나 그는 안심했다. 그로서는 다만, 도회지, 또는 씰디없이 커뻐린 집들, 또는 고롷게까장이나 밝아야 될 까닭이 없는 전깃불, 또는 미친 것맹이 지랄을 부리고 댕기는 차들이라고밖에는 달리 더는 표현할 수 없었던 저 이상스러운 변화들, 그는 거기서 휘발유 냄새나 뭐 그런저런 냄새들밖에 땀내는 맡을 수 없었는데, 그러한 것들이 뭐 고롷게까장이나 엇찌르르하게 대단하다거나 무서울 것은 없으며, 포대기 펴놓고 애들이 그 위에 집 지어놓고 만세 한번 부른 거나 별다를 것 없다고 했다. 그러고 나면 애들은, 그 위에 짓는 집이 어떻게 되나 보자 하고, 포대기의 귀퉁이들을 잡아 올려 흔들어버리던 것이다. 그리고 애들은 웃고, 밭에 간 엄마가 돌아오려면 아직도 멀어, 몇 번이고 더 그 장난을 할 수가 있다. 적어도 늙은이가, 눈 속에 고개를 처박고 있는 동안은, 처음으로 한 번, 도회지, 포장된 도로, 전깃불, 차, 휘발유 냄새들로부터 승리할 수 있는 것이다. 그리고 산 채 방부제에 뒤집어 씌워, 방부제 아래서 거의 죽어가던, 저 불쌍한 계집의 유방을 혀로 쓸어볼 수 있고, 그리고 그의 생각에, 하매 봄 벨랑 안 멀다고 할 때, 거기에 사정을 해 넣을 수도 있는 것이다. 전에 그는, 불이 환하게 켜진 큰 건물들 앞을 지내면서는, 이렇게도 큰 괴물 앞에서 자기는 얼마나 못난 개인가, 또는 마려운 오줌을 포장된 거리에서는 누지도 못하고, 대체 자기는 얼마나 어이없게도 고립된 짐승인가, 또는, 자기는 하나뿐인데 그림자는 적어도 열두 개 이상이나 바닥에 깔거나, 또는 자기는 분명히 서 있는데 그림자는 도대체 찾아지지 않는 휘황한 전등 밑에서는, 자기는 대체 어떻게 변해진 목숨인가를, 의심하고, 무섭게도 빠른 속력으로 귀신처럼 자기 곁을 지나가는 시간에 대해 의구심을 갖곤 했었다. 자기는 나이를 먹지 못한다고도 생각했고, 어쩌면 늙기만 오구라지게 늙고 죽지도 못할 것이라고도 생각했고, 어쩌면 자기도 원래는 무척 커서, 이 세상에 살기에 알맞는 규격이었을 텐데도 괘씸하게 쭈그러든 것이라고도 했고, 그래 이 세상은 자기에게 너무 크다고도 했고, 어쩐지 세상은 너무 반들반들해, 자기는 무슨 큰 항아리 속에 처넣어진 듯하다고도 했다. 그러나 그가 눈 속에 고개를 처박고 있는 한은, 그의 부피는 불어날 수 있었다. 그러나 그의 부피는 갑작스레, 늘였던 고무줄이 풀려날 때처럼, 소리 내며 오그라져 버릴 것이다. 전깃불과 도시와 휘발유 냄새가 그에게 방부제를 입히고 있었다. 그는 어디든지 돌아가서 폭 파묻히기를 원했다. 그의 머리맡엔 지전 둬 장이 떨어져 젖고 있었지만 그는 그것을 줍지는 않았다. 호주머니에서, 걸을 때마다 울리는 열쇠 소리를 들으며, 그는 다시, 걸어나왔던 골목을 되거슬러 걸어갔다. 그러면서, 시체실이 열리는 달콤한 문 소리를 듣고, 그는 그 속으로 뜨겁게 들어갔다. 그러자 그 안에 웅덩이처럼 고여있던 모든 부드럽고 아늑한 흰자위가 그를 씨눈으로 받아들이며, 그 깊은 밀폐 속에 그를 정착시켰다. 거기서는 그는, 조금도 흔들리지 않았다. 그것은 이 건조한 도시가 마지막으로 남긴, 저 축축한 땅의 가장 내밀스런 한 고장이었으며, 무섭게도 비대해진 시간이 빠르게 지나가다 경작하기를 놓친 황무한 한 공지였으며, 피임약이나 매독 또는 조루증쟁이가 귀두에 바른 연고나, 일곱 번째 쓰는 콘돔에 발린, 분가루의 흔적이 묻지도 않았으며, 만든 사마귀에 아프게 긁히다가 불감증에 걸리지도 않은, 저 통실한 촌년이었다. 밖에서 소리였던 모든 뾰죽한 소리들은, 그 안에 이르르면, 그 구조까지도 파괴되어, 소리가 소리가 아닌, 어떤 밀죽죽한 액체의 형태로, 그리고 밖에서 빛이었던 모든 강렬한 빛들은, 그 세포까지가 부서져, 빛이 빛이 아닌, 가령 할미꽃이라도 돌아서서 웃는 듯한, 그런 소리로 변하여, 그 안을 양수(羊水)로 넘치게 한다. 그는 수없이 많은 시체들을 그 안에서 보아왔었는데, 시체들은 그 안에서, 주름살들을 펴고, 어린 뿌리들처럼 아름답게 변해지곤 했었다. 인재는 쉴 땐 것이다. 그는 우둑허니 좀 서 있다가, 옷이라는 모든 옷을 벗어버렸다. 밖은 냉혹한 겨울이었지만, 그는 안에서 조금도 추위를 못 느꼈다. 오히려 모든 속박이, 그 사소한, 더러운 옷을 벗어버렸다는 이유로, 한번에 확 사라짐을 느꼈다. 그러자 갑자기, 자기의 전신이 한번 보고 싶다는 욕망이 그에게 일었다. 아마도 아름답게 털 벗은 한 암캐가 서 있을 것이라고 그는 기대했다. 그래 더듬어서 그는, 자기의 비품을 넣어두곤 했던 캐비넷을 열고, 초와 성냥을 찾아냈다. 그리고 나서야 그는, 자기의 앞부분을 허리로부터 엉덩이 판을 살펴볼 수 있었다.

그리고 그는 한숨 섞어 웃었는데, 추하게 늙은 암캐가 한 시든 남근을 어중간하게 매달고, 그 달콤한 정적 가운데 서 있었다. 그는, 불더미 속에서 털이 오구라들다 완전히 털을 벗어버리던, 그 추한 암캐의 전신을 소상히 기억할 수 있었다. 불을 쐬자 그 계집은 통통해지다 못해 살이 텄었지만, 그러기 전엔 무척도 쭈굴거렸었다. 아무튼 죽는다는 것은, 팽팽해지는 짓이다, 여든에 죽은 할망구도 그 방에 들어오면 어렸던 자기 마누라처럼 팽팽해져 버렸었다. 아마도 그래야지, 늙은이의 것이나 젊은이의 것이나, 영혼의 무게를 공평히 셈할 수 있었을 것이었다. 그래 그는, 거울을 보고, 또 흑판을 보았다. 흑판 위에는, 자기가 며칠 전에 보았던 그 글씨 그대로가 아직도 거기에 남아 있었다. 그는 그래 조금 실망을 느꼈는데, 그것은 분명히 다른 주검의 값이며, 자기의 것은 아니었기 때문이다. 그래 처음으로 한번 늙은이는, 그 금지된 곳에 자기의 손을 대보았다. 조금 차가운 외에 아무렇지도 않았다. 그는 그리고 그 다른 주검의 혼 값을 싹싹 지워버린 뒤, 피에 쩌들은 백묵을 쥐었다. 허지만 아무리 했어도, 그전에 거기에 쓰였던 것 같은 것은 그려낼 재간이 없었다. 결국은 한 마리의 개를, 그 네모진 검은 바닥 안에 그려 넣어버리고 말았다. 그것은 그냥 흔한 도나스 빵 같은 것이었는데, 대가리도, 꼬리도, 귀때기도, 네 개의 발목아지도, 아무것도 찾을 수 없었다. 어쨌든 그는 무척도 만족을 느꼈다. 이제는 목욕을 한번 시원하게 해야겠다고 그는 생각했다. 수도꼭지를 틀었다. 더운 물이 왈칵 쏟겨 나오면서 차차로 김을 피워 올렸다. 그는 환장하며 그 김을 호흡하고 쐬이다가, 무모하고 저돌적으로 그 물에 대가리를 처박았다. 그러다 하마터면 소릴 지르고 나가떨어졌을 뻔했지만, 참았다. 찬물 꼭지도 틀지 않았다. 그것은 기관실에서 데워져 와서 그 속의 주검들을 열람해본 손들을, 핏자국을 닦은 걸레들을, 빨게 하는 것이었지만, 그러나 그의 생각에는 그렇게도 신선한 따뜻함은, 땅의 저 깊은 속, 그녀의 젖꼭지를 통해서가 아니면 뿜겨져 나올 수가 없다고 했다. 그래서 그는 그의 혼신으로 탐하며, 맨손으로 발끝까지 씻은 뒤, 배려하여 물은 끄고, 훈훈한 몸으로 스텐레스 상 위로 올라가, 거기에 남겨져 왔던 그 요니 모양으로, 자기 몸을 또 그렇게 꾸몄다. 촛불은 그 모서리에서 타며 흔들리지도 않았다. 그는 아무것도 생각하지는 않았다. 아직도 남은 취기와, 목욕 후의 훈훈함에 그는 거의 황홀을 느끼고 있었다. 그는 이제 구멍으로 나가려는 것이다. 그러나 그는 그 구멍 다음에 나타날 도시의 풍경에 대해서도 생각하지 않았다. 그는 그냥, 그 구멍으로 나가려는 것이다. 그리고 이제는 시간인 것이다. 그는 상 위에서 조용히 내려와, 삼 층 관곽 앞으로 갔다. 그리고 조금 서 있다가, 그 가운데 서랍을 뽑았다. 그러자 촛불 빛이 그 안으로 스며들고, 그것은, 그 안의 네 구석에, 더 짙은 그것은 이내 같은, 그런 잠푹한 그늘로 호복이 고이게 했다. 고향에서 살았을 때는 그는, 이상한 징조를 지닌 듯한 먹장구름이라든가, 바람결, 또는, 나무들이 밤에 하는 이상스런 웅얼거림들을 두려워하곤 했었는데, 이 시에서는, 바깥 거리의 이상스런 웅얼거림들, 가령 시간이 모든 은근한 것의 배때기를 갈아엎으며 달려간다든가, 모두 잠들었는데도 어디선가 계속되며, 폭풍처럼, 평온한 잠을 빼앗아 가는 밤의 앓음, 또는 옆집 어디서 밤중에 들리는 전화 소리 같은 것, 그런저런 것, 그런 수없는 의미 없는 변화들이, 먹장구름이나 나무들의 이상스런 웅얼거림 같은 것이 되어, 그의 일상에 꽉 껴 들어와 있었음을 비로소 알아내고, 그랑개 인재는 참말로 쉴 땐 거여라고, 그래서 그는, 그 호복한 그늘 속으로 나갔다. 시체가 생기지 않는 한, 적어도 일주일 내로는 누구도 그 방을 열고 들어와 그 관곽을 열어볼 사람은 없을 것이었다. 마지막으로 그는, 저 스텐레스 고콜에서 타는 불을 한번 더 본 뒤, 머리를 곽의 안쪽으로 하고 길게 뻗어 누웠다. 그리고 두 팔을 뻗쳐 위쪽 곽의 밑에다 손바닥을 대고, 요령을 부려, 자기가 든 곽을 안으로 안으로 밀어대기 시작했다. 핏줄이 손등에, 팔뚝에, 배때기에, 다리에, 심지어 정강이까지에도 퍼렇게 돋아 올라 뛰고 있었다. 생명 하나를 밀어낸다는 고통은 그렇게도 모진 것인 게다. 어쨌든 그런 고통을 통해서, 빛이 조금씩 조금씩 그 속으로부터 밀려 나오다 완전히 빠져버렸을 땐, 이상스럽게도 싸아하니 뜨거운 어둠이 한순간에 차들어 버리고, 그것은 감당하기에 너무도 밝은 열예여서, 몸을 뒤틀어 오그리게 했다. 그래서 그는 대가리를 사태기 새에 박고는, 혀를 빼문 뒤, 짧지만 빈도 잦게, 짖듯이 그런 열예를 호흡해 들이기 시작했다. 그는 낮에 한 번, 사랑을 해본 적이 있었다. 그리고 그의 믿음이지만, 사랑을 받기도 했었다. 이, 간음도 모르고, 그냥 무표정으로 그의 곁을 지나갔던 그 가난한 사내는 결국은 아들을 얻었다는 소식만 듣고 돌아가 버렸을 뿐으로, 마누라의 간음을 족쳐대지는 안 했다. 물론 눈은 내리고 여태도 있었고, 그것은 닫긴 어둠을 덮는 흰 홑이불이었다. 그리고 낮에, 한 번 사랑받아보고 해본, 그 옌네도 닫긴 어둠으로 흰 홑이불에 덮여 있었는데, 깊은 수면 속으로 빠져들었기 전에 한 번, 자기로부터 빠져나갔던 그 빛이 짧지만 빈도 잦게, 개처럼 짖었다는 것을 기억하고, 희미하게 웃었다.

고향은 개였다.

7일과 꿰미

제1일

"당신은 깃 한번 쉬어볼 수가 없네요, 여보. 일찍 돌아오세요 네?"

알퀴오네는 남편의 품에 부리를 비비며 더할 수 없이 다정스럽게 졸랐다.

"그럼, 그럼. 내 걱정은 하지 말아요. 그보다도 여보, 당신이 걱정이야. 나야 뭐 훨훨 다니다 오면 그뿐이지만, 당신에겐 지금부터 진짜 고통이 시작되는 거라구."

케익스는 아내 목의 깃을 간추려주며,

"당신의 고행을 내가 대신해줄 수 없는 게 가슴 아프구려. 그러나 당신 곁엔 늘 내가 있다는 걸 알아둬요. 그리고 무서워해싸도 좋지 않지" 하고 타일렀다.

"그럼요, 제 걱정은 하지 마세요. 허지만 늦게 돌아오시는 건 싫여요."

알퀴오네는 눈을 곱게 흘기며, 남편의 부리에 얼른 입맞춤을 하곤, 남편의 벼슬에 묻은 물방울을 털어주었다. 이젠 다녀오라는 뜻이다. 해가 떠오를 때쯤이면 돌아와 줄 남편에게 너무 호들갑을 떨어 뵈는 것도 좋지 않다는 생각이 든 때문이다. 허지만 잠시라도 떨어져 있어야 된다는 건, 늘 그녀에겐 슬펐다. 만약 한나절이라도 떨어져 지내야 할 일이 생긴다면, 거기가 샘 하나 없는 모래밭이래도 따라가지 않고는 못 살 것이라고 했다.

"꼭 이 자리에서 기다리고 있어요. 응? 우리 알퀴오넨 참 착두 하지."

케익스는 아내의 젖은 눈을 마음 쓰리게 생각하며, 물을 찼다. 늘 그렇지만, 이 귀여운 여인과 잠시라도 헤어져야 된다는 건 언짢았다. 허지만 아침 식사를 준비해 와야 된다. 벌써 아내의 눈빛엔 시장기가 역력히 떠돌고 있었다.

물을 차고 하늘로 치솟아, 그리고도 차마 멀리 날아갈 수 없다는 듯 한 바퀴 돌고 천천히 날아가, 이내 화살처럼 사라져버린 남편을, 알퀴오네는 애타게 보다가 고개를 숙이고 눈을 감았다. 그리고 거의 오들오들 떨면서 풍정(風精)에게 빌었다. 풍정은 긴 수염으로 그녀의 얼굴을 간지럽히며 그녀의 얘기를 들었다.

"바람님, 그이의 날개에 바람을 너무 무겁게 실지 말아주세요. 정말 부탁이에요. 이 강포한 계집으로 해서 그이께 벌주시는 건 싫여요. 그러심 다시는 바람님을 찾지도 않을래요. 그인 정말 너무 가여워요. 하루 한때도 날개 한번 편히 못 쉬시고……"

그러나 곧이어 진통이 따르며 숨이 막힐 지경이 되어 알퀴오네는, 남편의 이름만을 틔지 않는 목청으로 한사코 불렀다.

삼백예순날 성만 내던 바다가, 동지를 전후한 추운 한철에 잠잠히 잠들어주는 일곱 날이 있는데, 사철 풍랑에 시달려 편히 깃 한번 움츠려 보지 못한 알퀴오네 부부는, 이칠일을 이용해 한파의 한 자락 속에다 둥지를 짓고, 쌓인 정을 나누며 알을 깐다. 이 일곱 날은, 출생부터가 고단한 이 부부를 위해 신들이 베푼 선심인데, 바다를 강보 삼아 태어났다는 그 인연으로, 바다밖엔 사랑할 줄 모르다가, 바다에서 죽어 가야 되는 그 숙명도, 하기야 고단(孤單)했다. 알퀴오네 부부의 대지는 바다였다. 그리고 이칠일은 그들의 조국이었다. 깃발도 꽂혀 있지 않고, 철책도 없지만, 짧은 황도(黃道)의 한 모퉁이에 이 유랑민의 공화국은 그래도 있었다. 거기에 그들의 서낭당이 있고, 또한 삼시랑[三神靈]이 있다.

알퀴오네는 현기증이 일어나는 진통을 참으려 해도 참을 수가 없어 끝내 울음을 터뜨리고 몸을 뒤틀며, 남편을 저주하고, 여자인 것을 저주하고, 배 속의 것을 저주하기 시작했다. 자기에게 이렇게나 무서운 고통을 지어준 모든 것이 다 미웠다.

눈은 충혈되어 튀어날 듯하며, 전신에 경직이 오는가 하면 경련이 밀어닥쳤다. 아직 생산해본 적이 없는, 게다가 자기의 영혼의 크기만 하게밖엔 더 크지 못한 여인이, 선조가 물려준 부채와 후손으로부터 독촉받는 그 큰 십자가를 짊어지고 있다는 것을 한파(寒波)까지도 차마 못 볼 일인 듯 외면했다.

그러나 고통이 극에 달했을 때 알퀴오네는, 아직도 맛보지 못했던 그렇게나 큰 열예(悅豫) 속에 있음을 알았다. 그것은 박하뇌와도 같이 그녀의 고통 속에서 자라나 꿀처럼 고통을 휩싸버린 것이다. 남편을 위시한 이 우주를 향해 교만하고 싶어졌을 때, 그녀의 고통은 끝나버렸다. 그녀의 입술에서 저주를 흘리게 했던 그것들이, 이젠 그녀의 입술에서 찬양을 받아내려 혀를 댔다. 바다를, 교만을, 사랑을, 미움을, 죽음을, 끊임없이 생명해 갈 그것을 품은, 알, 그것이 태어났다. 알이, 혼돈이, 또한 선조가 될 것이. 그래서 알퀴오네는 혼미해진 정신으로도 정성을 다해 알을 꼭 품고, 남편이 돌아오길 목을 늘여 기다렸다, 발이 시려지기 시작했다. 물결은 물론 잔잔했지만, 산통을 겪은 몸이라 그 잔잔한 기복에도 현기증이 났다.

한 알의 잘 붉은 열매를 토해내기 위해 동이 그렇게도 많은 꽃잎들을 흩트리는 즈음에도 케익스는 돌아오지 않았다. 피처럼 붉은 그 이파리들은 알퀴오네의 둥지에 와 주둥이를 비비다간 흰 거품이 되어 스러져갔다. 알퀴오네는 슬퍼지고 있었다. 자기를 휩싸고 있는 것에 눈을 돌렸을 때 그녀는, 자기가 그것들과 너무 멀리 떨어져 있으며, 하늘도 바다도 먼 뭍과 같다는 생각을 갑자기 하고, 무서운 고독을 느꼈다. 알퀴오네의 눈에선 금방 눈물이 흘렀다.

"난 참말이지, 너무 호들갑을 떠는지도 몰라. 어미가 된 것도 잊어버리구. 그이만 오시면 금방 해해거릴 일을 갖고…… 바람님, 어서 그이를 불러주세요. 그렇잖음 말도 안 할래요. 어디든지 갈 수 있으면서 게으름이나 피는 이하곤 말하기도 싫여요. 어서 좀 그이의 귀에 들려주세요. '당신의 귀여운 아내가 기다리는 꼴은 차마 못 보겠오'라고 말예요."

알퀴오네는 어디 먼 곳에서라도 남편이 자기를 불러주는가 싶어 머리를 이리저리 쫑긋거렸다. 그래 보아도 하늘을 가로질러 오는 먼지 한 톨 보이지 않았다.

“여보. 어쩜 당신은 그렇게 태평이실 수 있어요. 당신의 아낙이 벌써 지루해지셨나요? 허전해서 그래요. 어서 오셔요. 먹을 건 아무것도 가져오시지 않으면 어때요. 그저 위로받고만 싶은걸요. 당신의 이 작은 아낙이 불쌍하지도 않으세요?”

알퀴오네는 아프게 독백하며, 고개를 떨구었다. 그리고 둥지 밑에서 살근대는 물 자락의 작은 속삭임에 귀 기울였다. 잠들었다곤 해도 죽은 것은 아니므로 차가운 바다는 깊이도 모를 아래로부터 맥을 뛰게 하고 있었다. 바다에서 부화(孵化)되어 바다 밖으로는 한 번도 가보지 않은 그녀로서도 바다의 맥박이 비롯되는 곳을 알 수가 없었다. 그렇더라도 어떻든 알퀴오네는, 남편의 맥박 속엔 바다의 그것이 있으며, 자기의 그것이 있는 것을 알고 있었다. 그래서 바다는 사납지 않고, 남편은 나약하지 않았다.

알퀴오네는, 둥지 밑으로 굴러가는 물주름 소리에 한참이나 귀를 기울이고 나더니, 약간 평정을 얻은 듯, 눈물을 거두고 알을 살펴보았다.

“난 어쩜 이렇게 수선스러울까? 생각해보니 뭐 모든 게 그렇게 멀리 있지만은 않아. 풍랑도 없으니 그이 신변에 별스러운 일이 생길 리두 없지 뭐. 돌아오시면 좀 푹 쉬시라 해야겠어. 난 어쩜 내 생각만 한담? 여보, 당신 없는 동안에 울고불고했다고 탓하실 거예요? 그러신담 또 막 울어버릴 테야. 당신이 늦게 오시니깐 그렇죠 뭐.”

알퀴오네는 신이 나서 씨부렁거리다 혼자밖엔 없는 걸 알곤 부끄러워져 목을 움츠렸다. 그리고 한숨을 한번 몰아쉬곤, 다른 걱정을 끄집어냈다.

“그이나 나나 물론 이런 속에서 나왔지만, 그이가 보곤, ‘이쁜 아기 새가 아니고 뭐 이따위 알을 낳아놓았우?’ 하시면 어쩌나? 정말 그렇게만 말했다간 가만 안 둘 테야. 내가 가만둘 줄 알아? ‘여보, 그런 말씀이 어딨우? 당신은 알 속에서 안 나오구 애기 새로 금방 태어나신 줄 아시우? 제가 당신보다 하루 먼저 나왔었으니 말하자면 당신 누나인 셈인데, 당신도 이런 속에서 나오십디다. 빼틀빼틀, 어휴, 세상 첫 구경에 당신 눈 휘둥그레지던 거라니? 호호호.’

알퀴오네는 자신도 모르게 소릴 내고 깔깔댔다. 기분이 더할 수 없이 좋아진 것이다.

알퀴오네는 다시 새로운 걱정을 꾸며냈다.

"난 자꾸 그이가 늦게 오신다구만 했는데, 그이가 돌아오시면 부끄러워 정말 어쩌나? 오시자마자 다짜고짜, '여보 애기 좀 봅시다' 하실 게 뻔한데……, 정말 어쩌지? 차라리 밤에나 오시는 게 좋겠구먼. 그럼, '여보, 애기 아빠, 당신의 아기가 될 놈이에요' 하고 안겨드릴 텐데."

알퀴오네는 얼굴이 홍당무가 되어, 보는 아무것도 없는데도 가슴에다 얼굴을 처박고 들질 못했다. 그러면서도 입으론, '여보, 애기 아빠' 소릴 자그마하게 계속 씨불였다.

청명한 날로, 아주 멀리 보이는, 이내 낀 회색 단애보다도 더 고운 알은, 한쪽은 아주 굵고, 한쪽은 뾰죽한 걸로 보아서, 알퀴오네의 육감도 그랬지만, 틀림없이 씩씩한 사내애가 나올 것이었다.

햇살이 차차로 두터워지고 있었다. 어느덧 서너 뼘이나 넘게 솟아올라 있었다. 그것도 겨울이면 긴 행로를 싫어해서, 이내 서남간으로 질 것이었다.

그로부터도 해가 두 뼘이나 더 올라왔을 때에야 케익스는 돌아왔다. 알퀴오네는 남편의 모습이 아주 조그맣게 보였을 때부터 머리를 가슴에 묻고 숨을 할딱이며 안절부절이었다. 어머니가 되었다는 교만이 부끄러움으로 뒤바뀌어 버린 것이다.

케익스는, 전과 다른 아내의 태도에 의아해하며, 남자다운 우아함으로 폭 넓게 한번 둥지 위를 선회한 뒤, 의젓이 날개를 움츠리고 아내 곁에 앉았다.

"많이 기다렸지? 여보,"

케익스는 물어 온 먹이를 한옆에 조심해서 놓곤. 은근하게 속삭였다.

"너무 기다리게 해서, 그래서 화가 난 거요? 이젠 왔으니 고개를 좀 쳐들어 봐요, 옳지 옳지, 우리 맹꽁인 참 착두 하지."

케익스는 아내의 등으로 해서 목줄기로 손을 넘겨 알퀴오네의 볼을 슬쩍 꼬집으며 고개를 돌리려 했다.

"보기두 싫어요, 손 치우세요,"

알퀴오네는 자신도 모르게 꽥 소릴 쳤다. 그리곤 부들부들 떨기 시작하더니, 걷잡을 수 없는 심정이 되어 왈칵 울음을 터뜨리고 남편의 품속으로 뛰어들었다.

"허이 이거 참, 이런 맹추도 다 있나?"

케익스는, 새끼 송사리 같은 이 아내가 너무도 가여워 머리통을 꼭 싸안고 뜨거운 볼을 문질렀다.

"당신도 알다시피 작은 고긴 물이 가까운 쪽에가 많단 말야. 그래서,"

"알구 있어요."

알퀴오네는, 거의 들리지도 않겠지만, 남편의 변명을 막았다.

"당신 울고 있구려?"

케익스는, 아내가 기다림과 허기에 지쳤던 것이라고 알고 마음 쓰려 했다. 아직도 아가는 태어나지 않았음이 틀림없다고 생각하며 무슨 말로 아내를 위로해야 될지를 몰라 쩔쩔맸다. 아가가 태어나지 않았을 것이라고 생각한 건, 만약 아가가 태어났다면 자기가 오자마자 아가부터 보여주었을 것이라고 안 때문이다.

"당신은 바보야!"

알퀴오네는 안타까워져, 작은 주먹을 꼭 쥐어 남편의 가슴을 둥둥 쳤다.

"바보야, 바보,"

그리곤 남편의 목에 매달리며 엉덩이를 슬쩍 틀었다. 탐스러운 엉덩이가 비켜난 곳에, 알퀴오네가 그처럼 교만해 했고, 그처럼 수치스러워했던 그것이 버려진 보석처럼 덩그마니 놓여 있었다. 케익스의 시선이 그것에 머물렀을 때, 알퀴오네는 한사코 남편의 가슴으로 파고들면서,

"몰라요, 몰라요,"

소리만 얼빠진 듯 중얼거렸고, 케익스는 입을 벌리고 망연자실 되어버렸다.

"모, 몰라요. 나, 난 난 몰라요."

"흐으, 흐으, 흐흐후후훗,"

케익스는 멍청해 있다가 짖는 것처럼 웃기 시작했다.

"후후후, 후으, 흐으,"

알퀴오네는 남편의 웃음의 뜻을 몰라 힘없이 팔을 풀고, 소심해져 한옆으로 비실비실 물러가 움츠러들었다. 그리고 가슴을 졸이며 남편의 말을 기다렸다. 죄를 지은 것 같은 기분이 들었던 것이다.

케익스는 울대가 튀어나오도록 웃다간 갑자기 생각이 난 듯, 알을 버쩍 들어 가슴에다 안곤 미친 듯이 수염을 비벼댔다.

“이, 이렇게 이쁜 놈인 줄은 정말이지 몰랐어. 정, 정말이지 몰랐댔어. 헌데 사내앨까? 계집애라도 물론 나쁠 건 없지. 없구말구. 없구말구!”

말까지 더듬으며 몹시 탐하다가 케익스는, 무슨 생각에선지 알을 던지듯 다시 놓곤 주위를 휘둘러 보았다. 얼굴이 붉으락푸르락했는데, 첫아기의 젊은 애비라는 것 때문에 스스로도 부끄러웠던 모양이었다.

“호호, 호호호……”

케익스의 당황해함이 알퀴오네에게 웃음을 터뜨리게 하기에 충분했다.

“요 맹추야, 왜 웃어? 젠장!”

케익스는 아내의 웃음소릴 듣곤 투정하듯 심술을 부렸다. 그리고 비실비실하며 알퀴오네의 눈을 피하다간 끝내는 자기도 웃음을 터뜨리고 말았다.

“당신은 왜 웃으세요?”

알퀴오네는 비로소 온전히 행복해지고 교만해져, 좀 음탕스러이 궁둥이를 흔들며 남편의 몸에로 비벼 왔다.

“어머니가 돌아가시기 전에 귀띔해주신 건데 말예요,”

알퀴오네는 속삭였다.

“알의 한끝이 유난히 뾰죽한 알은 사내 애가 된다고 하셨어요.”

“아니, 당신께 그렇게 알려주십디까?”

케익스는 눈을 휘둥그렇게 뜨고 다시 알을 내려다보았다. 입술은 웃음 때문에 경련이 일고 있었다.

“그래요, 여보,”

“참 젠장, 나만 그런 걸 몰랐댔군,”

“동생도 그런 걸 알면 못써요. 누나만 아는 거지,”

말해놓고 알퀴오네는 키득거리며 좀 더 거세게 몸을 뒤틀었다.

"허? 요런 고약한 수가 다 있어?"

케익스는 아내의 궁둥일 피가 나도록 찰싹 갈겼다. 그러자 알퀴오네의 거머리 같은 입술이 남편의 전신을 빨고 든다.

"여, 여보, 애기 아빠!"

알퀴오네는 제 목소리를 감당하지 못하고, 열로 해서 쉬어진 목소리로 흐느끼듯 남편을 불렀다.

"뭐, 뭐라구 그랬지, 방금?"

케익스는 반은 제정신을 잃고 되물었다.

"뭐라구 했느냐 말야?"

케익스의 손은 아내의 하늘색 허리를 탐하며 어루만지고 있었다. 알퀴오네의 우아한 허리가 뱀처럼 꿈틀거리며 남편의 손을 자꾸 아래쪽으로 흘러 뜨렸다.

구름 한 조각이 천천히 북쪽에서 남쪽으로 흐르고 있었다.

"애, 애기 아빠라구 그랬어요."

구름 조각이 아주 느리게 해를 지나고 있었다.

"정말 수고했구려. 다음 아긴 꼭 내가 있을 때만 낳도록 하구려."

케익스는, 아침 식사 거리로 물고 온 새우의 껍질을 뜯고 알맹일 아내의 입에 넣어주며 진심으로 당부했다. 그땐 구름이 해를 다 지나가 버린 뒤였다.

"그게 맘대로 되나요 뭐?"

"안 될 건 뭐야?"

"된다더라도 당신이 계심 싫여요."

알퀴오네는 어리광을 부리며 남편 머리의 청색 반점을 간질거렸다.

"아니, 내가 곁에 있음 싫단 말이지? 건 또 모를 소릴 하누먼."

"당신이 곁에 있어 절 보시면 틀림없이 미워하실 거거든요. 찡그려진 얼굴을 보여드리긴 싫여요. 죽어도 그러긴 싫여요. 싫구 말구죠."

알퀴오넨 품에 안은 알을 흘끗 보곤 으쓱해 했다.

"원, 난 또 무슨 소리라구. 그런 거라면 염려도 말아요. 당신은 찡그린 얼굴도 틀림없이 이쁠 거야, 이쁘구말구. 자, 어서 좀 많이 먹구려. 알은 내가 좀 품어볼까?"

케익스는 새우의 알맹일 모두 토막 지어놓고, 알을 품으러 가슴을 벌렸다.

"이이가 정말 주책이셔! 가만 계셔요. 당신도 많이 드시구, 그리곤 좀 쉬시기나 하세요. 이젠 멀리론 가시지 마세요 네?"

알퀴오네는 큰 새우의 반을 순식간에 삼켜버리곤, 피곤해진 듯, 윤택 있는 암녹색 하늘빛의 남편의 등에 노란 아래 주둥이를 문질렀다. 그녀의 눈에 불안 없는 잠이 어리고 있었다.

알퀴오네는 금방, 쌔근거리고, 봄날과 같이 잠들어버렸다. 그제서야 케익스는 새우의 껍질과 다리 같은 것을 씹기 시작했다. 케익스도 배가 고파 있었다. 새우는 물론 고급이지만 하다못해 눈만 크고 살점이라곤 붙어 있지도 않은 송사리 한 마리 잡으려 해도 땀이 솟았다. 이 철엔, 송사리도 없었다. 송사리가 이 계절이 되면 언젠가 한 번 본 수사(水死)한 굉장히 큰 선원의 손바닥 넓이만큼 되는 것이 그중 작은 것이고, 좀 큰 고기의 새끼들이라면 그 사내의 팔뚝 전부만 해서 오히려 먹히기 십상일 정도로 커 있곤 했다. 무엇이든, 조그만 자기네의 먹이가 될 만한 것은 단애가 있는 얕은 바다에나 있고, 그것도 최소한 한 시간 정도는 물 위를 선회하며 기다려야 보였다. 운수가 나쁘면 두 시간 동안이나 그보다 많은 동안에도 안 보이는 수가 있고, 십 분마다 보인다 하더라도 반드시 찍어 올린달 수도 없었다. 세상은 지혜로 해서 각박해지고 있었다. 새끼 고기들까지도 연전(年前)의 할애비들보다 더욱더 지혜로워졌고, 할애비들이 지혜라고 했던 것들은 수사자의 손목시계처럼 되어버렸다. 케익스도 저인망이나 트랙터를 만들어내야겠지만, 일곱 날밖에 안 되는 가난한 국토(國土) 탓에 그저 날개와 부리만으로 우직하게 대들 수밖에 없었다.

눈이 붙은 머리통이니, 껍질이니, 꼬리니, 다리들을 삼켜서 시장기를 좀 면해놓자, 케익스에게도 졸음이 와, 그도 역시 눈꺼풀을 덮었다.

잠들기 시작한 바다는, 이 고단한 부부의 배 밑에서 한없이 일렁이며 차차로 긴장을 풀어갔다. 바다가 몸을 부린 건 새벽부터였는데, 이레 동안의 내면(內面)에로의 여행이 막 그 동굴을 벗어나고 있는 듯했다. 바다는 아마도 그의 동면을 즐기고 나면, 이렇게도 가난한 부부가 준 것일망정, 한 고운 꿈으로서 일 년 내내 기억하며, 자기에게도 동심은 있다고 생각할지도 모른다. 자기의 수염 속에서 부화되어, 자기의 가슴 언저리를 떠돌다가, 화려하게 장식한 여객선들이 지나가면 부러움에 눈물이 솟은 눈으로 숨어서 바라주던 이 착한 아들딸이 자기를 고향이라고 지금 돌아와 주었으니, 그들을 위해서 오지 않는 잠이더라도, 그리고 채 못 가라앉힌 분노가 남아 있더라도 묻어두지 않으면 안 되었다. 그래서 바다는 제 자장가를 제가 만들어 부르며 스스로 잠에 취하고 있는 듯했다.

한낮은 금방 왔다. 얼음 같은 바다는 한가로이 볕에 비늘을 쬐며, 갈매기의 노래를 굴렸다. 물에서 영혼을 빠뜨린 자들의 부피 없는 형체라도 거니는 것이 보일 듯한 그런 맑은 해심에서 외투를 입은 사내 고기들이 다 방문을 밀고 거리로 나오고 있었다.

알퀴오네는 꿈 한번 안 꾸고 잘 잤다. 아주 늘어지게 자고 나니 한군데에도 피로나 통증이 남아 있지 않았다. 전신에 활력이 감돌고 코에선 노래가 흘렀다. 그러나 둥지를 빙 둘러보았을 때 그녀는 다시 불행해지기 시작했다. 곁에 있어야 할 남편이 없었다. 짐작이 가지 않은 건 아니다. 희어진 태양이 머리 위까지 올라와 있으니, 남편은 먹이를 구하러 갔을 것이다. 그런 걸 몰라서는 아니지만, 알퀴오네는 허전했다. 알퀴오네는 자기가 감옥 속에나 있는 것 같다고 생각을 했다. 감옥이란 말은 등대지기 꼽추 영감으로부터 들어서 안 것이지만 '때로는 이 등대가 감옥이라는 생각도 들고, 때로는 감옥에서 죄인을 인도해내는 길잡이라는 생각도 들고……' 그 영감은 그런 식으로 얘길 잘 꺼냈다간 입을 다물어버리길 잘했다. 그 영감의 고독을 그런데 알퀴오네는 오늘 새삼스럽게 생각해냈다. 그 영감은 보기 싫게 솟은 등을 부끄럼 없이 드러내놓고 윈종일을 햇볕에 쬐다간, 정오에 한 번 해 질 녘에 한 번 모습을 보이지 않는다. 영감의 눈은 햇빛에 바래고, 피부는 해풍에 소나무 껍질처럼 되어 있었다. 그래도 한 번도 울지 않았고, 웃는 것도 못 보았다. 깡깡이를 켜며 내용이 좀 우스꽝스러운 노래를 맞춰 부를 때도 있지만, 그것만을 갖고 영감이 고독하다고 말할 수 있는지 없는지는 모른다. 그런데도 영감은 고독하며, 그 영감과 자기가 너무도 흡사하다는 생각이 알퀴오네에게 든 것이다. 그 영감은—잘은 모르지만—삼십 년이나 사십 년 동안을 그 등대를 알로 품고 부화될 가망 없는 장래를 기다리며 살아왔을 것이었다. 파도가 그의 보금자리며, 하늘은 그의 벽이었을 것인데, 그도 등대처럼 무표정이 되어가 버리고 있었다. 등대처럼, 그 영감도 자꾸 때에 덮였지만 씻는 건 한 번도 못 보았다. 세월이, 그리고 그것이 멈춰버릴 날이 씻어주긴 씻어줄 것이다.

알퀴오네는, 아침에와 같은 착잡한 고통이 따르지 않는 고독을 처음 알게 되었으므로 생각을 하기 시작했다. 남편이 돌아왔을 때도 알퀴오네는 그렇게 반기지를 못했다. 성년이 되는 마루턱에 와 있게 되었거나, 그보다 늙게 되었거나, 아니면 병에 씹혀 먹히고 있었던 걸 게다.

케익스는 몹시 걱정스러워 꼬치꼬치 캐물었다.

"산후 증세가 그렇게 좋지 못한 모양이구려, 그렇지?"

알퀴오네는 그냥 고개만 저어 보였다.

"그렇다면, 나 없는 사이에 무슨 일이 있었구려? 굉장히 놀란 모양이지? 아니면 갈매기라도 한 마리 와서 추근댔거나, 응?"

알퀴오네는 미소로써 부인했다.

"호우 그렇다면 이제 알겠는데, 당신이 잠든 사이 아무 말도 없이 휭하니 싸돌아다니다 왔대서 그러는군? 참 젠장, 뭐 바람이라도 핀 줄 알았소?"

알퀴오네는 조용히 고개만 저었다. 검은 위 부리에 눈물 같은 것이 마른 흔적이 있다. 알퀴오네의 눈은 슬픔 같기도 하고, 남기(嵐氣) 같기도 한 것에 가득 덮여 있었다. 등대지기 영감의 눈이 그랬었다고 케익스도 등대지기를 생각에 떠올렸다.

케익스는 몇 마디 더 캐묻다가 조금 더 기다려주는 것이 좋겠다고 생각하며 입술을 다물었다. 뭣인가가 아내를 휘저어놓고 있는 건 틀림이 없는데, 그것이 뭣인지 몰라 안타깝긴 했다. 허지만 푹 익도록 기다려주는 것이 좋을 게다. 하기야 자기도 아내를 떠나 먹이를 구하러 간 이 정오엔 많은 걸 생각하긴 했다. 그래도 아내에겐 내색도 하고 싶지 않았을 뿐이다. 케익스는 잔잔한 수면에 어리는 너무도 빈약한 자기의 그림자를 보게 되었을 때, 외로움을 인식해버린 것이다. 그림자를 지워버리기 위해 쏜살같이 날아보기도 하고, 눈도 감아보았으나 그림자는 없어지지 않았는데, 자기의 실체가 자기로부터 떨어져 나가 제삼의 자기가 되어 자기 속으로 들어와 주지를 않았다. 어느 날 갑자기 자기를 인식한다는 건 어쨌든 비극이라고 케익스는 생각했던 것이다.

알퀴오네는 점심도 들려 하지 않고, 남편이 아닌 수평선의 끝없는 끝을 바라보고만 있더니 그때로부터 햇살이 좀 더 비슬어졌을 때에야 입을 열었다.

"당신, 등대지기 할아범 기억나우?"

"등대지기 할아범?…… 그래, 기억나지, 나구말구. 얼마나 좋은 할아범이라구."

"그래요, 정말 좋은 할아범이에요."

"헌데 왜? 할아범 생각을 했댔우?"

"글쎄, 생각이 났어요. 헌데 여보, 그 할아범 고향이 어디나 될까요?"

"그야…… 글쎄, 알 수야 있오? 허지만 계속 거기서만 살아오신 것 같으니 등대가 바로 고향이겠지."

케익스는 되도록, 유쾌하다는 음성을 만들려 하며 얼른 생각나는 대로 대답했다. 아내의 얘길 듣고 보니 케익스에게도 그것이 궁금해졌다.

"어쩌면! 당신도 그렇게 생각하셨군요. 바로 그럴 거예요."

알퀴오네는 거의 병적이라고 할 만큼 흥분되어 긍정했다.

"참 안됐어요!"

"안됐지. 허지만 반드시 그렇다고만 말할 순 없지. 그인 그이대로 그이답게 사는 걸 게야. 그이대로 충실하게 산다고 해도 될 거야. 그렇게 살도록 태어난 사람이지. 다른 생활은 아마 어울리지 않을지도 모르잖아."

"그럴지도 모르겠군요."

알퀴오네는 혼잣말처럼 말하곤 몽롱한 눈을 내리떴다. 알이 어미의 눈을 기다리고 있었다. 그리고 아직 발현 안 된 인식의 근원을 송두리째 보여주었다. 알퀴오네의 눈은, 실제론, 자기 안의 밖은 보질 못하고 있었으므로, 알은 품속에가 아니라 보다 더 깊은 곳에 있었다.

"할아범이 등대를 품고 있을까요, 등대가 할아범을 품고 있을까요?"

알퀴오네는 다시 혼잣말처럼 했다.

"당신이라면 아실 수도 있을 거예요, 당신이라면. 허지만 관두세요. 그인 그저 고향에서 여생을 보낼 뿐일 테니까요. 전 아마 굉장히 어리석어졌나 봐요."

알퀴오네는 자조하듯 어깨를 한번 움찔했다.

"그래요, 굉장히 어리석어졌어요. 그래도 여보, 전 그게 몹시 알고 싶어요. 할아범이 등대를 품고 있을까요, 등대가 할아범을 품고 있을까요?"

"………"

케익스는 대답을 하지 못하고, 아내의 고개를 쳐들어 눈을 들여다보았다. 아내의 눈 속엔 어떤 호소가 있다고 케익스는 생각했다. 그래서,

"여보, 그럴 게 아니라, 오후에 내 할아범 있는 델 잠깐 다녀오리다. 그럼 할아범 얘길 해줄 게 많을 게라. 어쩜 지붕 위에다 뭐 맛있는 거라도 놓아뒀을지 아오?"

하고 제의했다.

"………"

알퀴오네의 눈이 잠깐 생기를 띤 듯싶더니, 금방 다시 표정을 싸안아 버리는 몽롱한 눈이 되어 고개만 살래살래 저었다. 케익스는 그러나, 아내의 눈을 스쳐 간 생기를 너무도 분명히 보아버렸다. 그래서, 일 년 열두 달 삼백예순날을 다 바쳐 기다렸던—치열한 전장으로부터 귀환된 첫 밤의 단란을 다음날로 미루고 여행을 떠날 준비로 몸을 단정히 가다듬기 시작했다. 모르긴 하지만 오늘 중으론 돌아올 수 없음이 확실했으므로 케익스의 마음은 몹시 착잡했다. 다시는 새지 않을 것 같은 짙은 밤과, 영원히 흘러가 버려서 다시는 되돌아올 것 같지 않은 바다가 혼돈하며 껍질로부터 깨어난 생명에겐 새로운 껍질을, 껍질로부터 쉬지 않고 빠져나가는 시간에겐 그의 최초의 껍질로 되돌려주는 멈춤을, —거기서 그는 커다란 동그라미를 그리며, 제 꼬리를 제 이빨로 물고, 빠져나왔던 껍질 속을 다시 거부하며 빠져나가는지 어쩌는지는 모른다. —그리고 아무 데나 던져져 있어 그의 껍질 속에 든 번데기와 같은 죽음에겐 더욱더 두터운 새로운 껍질을, 그리하여 불모한 무(無)가 돼버리는 밤을, 막연

하게지만, 케익스는 너무도 잘 상상하고 있었다. 그래도 밤은 어쨌든 샌다더라도 그 무서운 정지를 혼자서 송두리째 살고 나올 아내를 생각하면 차마 떠날 순 없을 것 같았지만, 그럼에도 서둘러 떠나려 함은, 어쩌면 아내는 자기가 없는 밤에 아니라 이 한낮에 벌써 '그 밤'을 통과하고 있는지도 모른다는 막연한 믿음이 든 때문이다.

"해지기 전까진 아마 돌아오겠지."

말은 그렇게 했다.

"나 없는 사이에, 무엇이 당신을 괴롭히는지, 그것을 잘 생각해봐요."

케익스는 아내의 입술에 가볍게 입맞춤을 하곤 물을 찰 준비를 했다.

"여보,"

알퀴오네의 떨리는 음성이 케익스의 덜미를 잡았다. 케익스는 아내가 진심으로 만류해주기를 원하는 심정을 가지면서 아내를 돌아다보았다. 그러나 알퀴오네의 눈은 약간의 공포와 고뇌를 띠었을 뿐 다른 뜻은 갖고 있지를 않았다. 케익스는 순간 아내와의 거리감을 느끼곤 좀 슬펐다.

"너무 걱정 말아요. 이 힘찬 날개를 보구려. 세찬 폭풍우에 단련된 날개가 아니요? 번개가 치고 바다가 뒤집혔을 때도 용감했던 우리가 아니오? 이런 평온한 날에야 무서울 게 뭐겠오? 알퀴오넨 참 씩씩하기두 하지. 알이나 잘 보살피며 노래라도 들려주구려. 당신이 기분 좋을 때면 부르던 노래 있잖소? 이런 거 말이오,"

케익스는 굵다란 음성으로 노래를 한 곡조 명랑하게 뽑았다. 그래도 마음은 거의 울고 있었다.

예배를 보던 금송아지 놈아,
절망할 수밖에 없거든
뜨거운 머릴 창문 밖으로
밀고 나와봐라, 밀고 나와봐라
젠장, 나와봐라.

"당신은,"

알퀴오네가 잔잔히 미소를 지으며 입을 열었다.

"제가 기분이 좋을 때면 그 노래를 부르는 줄 아셨군요?"

"그럼 그 반대였단 말요?"

"그렇지도 않아요. 저도 잘은 모르겠어요. 정말이에요."

"그래? 그렇다면 가면서 좀 생각해봐야겠군. 헌데 대체 그런 노래는 어디서 배웠소?"

준비 운동으로 케익스는, 날개를 한껏 펴서 힘을 모아보았다.

"어느 봄날 밤엔가 봐요. 참 달이 밝았었어요. 우린 등대 아래서 깃을 쳤었지요, 그 할아범네 등대 말야요."

"기억이 나는 듯도 하군."

"그래요. 헌데 당신은 그때 일찍 잠이 드셨어요. 전 잠을 잘 못 이루고 밤이 깊었을 땐데 어디서 깡깡이에 맞추는 노래가 들려왔어요. 바로 그 노래예요. 그래서 배우게 된 거죠 뭐."

"그럼 그 할아범이 노랠 했단 말요?"

"그래요. 옥상의 맨바닥에 앉아서……"

"그런 줄은 몰랐군. 그럼 내 다녀오리다. 좀 늦더라도 걱정을랑 말아요."

케익스는 건장한 빨간 다리에 힘을 욱 써서 몸을 날렸다. 알퀴오네는 자기를 주체치 못한 그런 상태에 끼어서 어쩌지도 못하고, 눈물을 참으려는 일념만으로 이를 악물었다.

케익스는 아내의 머리 위를 한 바퀴 나지막하게 돈 뒤, 높이 솟아올라 가슴을 활짝 폈다. 서쪽 방향이며, 암초가 있으며, 그 만곡에 소나무 몇 그루가 해풍에 시달리고 있다는 생각만 하고서였다. 좀 두렵기도 했다. 그러나 하늘이 맑고 안개가 없는 한 방향을 잊어버릴 걱정은 없다고 스스로를 격려했다.

알퀴오네는 참을 수 있는 데까지 참다가, 남편의 모습이 보이지 않게 되었을 때 통곡을 터뜨려버렸다. 그리고 가슴을 쥐어뜯으며 남편을 보내버린 자기를 욕하고 학대했다.

"근데 내가 왜 이렇게 되었을까? 아주 이상스러워졌어."

격렬한 통곡이 폭풍우처럼 스치고 간 뒤, 알퀴오네는 좀 멍해져 중얼거렸다.

"편히 깃 한번 쳐보지 못한 때론 정말 이렇지 않았었는데,"

알퀴오네는 자기 성찰을 시작했다. 우울하고 비참한 오후였다.

"오늘을 얼마나 기다렸었다구? 헌데 정작 오늘엔 걷잡을 수가 없다니까. 내가 왜 이렇게 되었을까? 바다가 갑자기 압도해왔긴 했어. 그이가 그렇게나 걱정스러이 물어주셨지만 난 대답할 수가 없었지. 느닷없이 바다가 일어나선 사유십방(四維十方)에다 철책을 둘렀다고 하면 웃고나 말아버리셨을 거니까. 우리도 내륙(內陸)으로나 가서 살자고 말하고 싶었었지. 허지만 이 현장으로부터 도망이 가능하다 치더라도 다시 새로운 현장이 나타날 것이 틀림없다는 생각이 들어 그만뒀던 것이지. 어쩌면 새로운 장소는 이 장소보다 나을지도 모르긴 하지. 허지만 어느 날 다시 일곱 날이 주어진다면, 그 장소도 느닷없이 철책을 드러낼 게 뻔해."

알퀴오네는 맥없이 독백하며 다시 등대지기 영감을 생각했다. 그리고 남편이 빨리 돌아와 주기를 빌었다. 그래서 이 유적으로부터 해방시켜 주기를 바랐다.

해가 뉘엿뉘엿해졌을 때도 케익스는 그러나 돌아오지 않았다. 누룩처럼, 해가 바다에 처넣어졌을 때도 돌아오지 않았다. 그리하여 바다가 포도주처럼 익었을 땐 알퀴오네는 그 술에 취해 혼자인 것을 울었다. 모든 게 다 일체로 동화되며 화평스러이 휴식을 취하려 하는데도 다만 자기 하나만이 그것들의 밖으로도 안으로도 뛰어들 자리를 얻지 못하고 어느 현기증 나는 언저리에 있다는 것 때문에 알퀴오네는, 대웅전의 촛동강처럼 울었다. 그리고 무서워 떨었다. 아무리 들여다보아야 바다는 벌써 문을 닫아버렸고, 해면을 보라 쳐 오는 핏빛 노을은 망령들의 손바닥 같기만 했다. 그것뿐으로, 하늘도 삐거덕삐거덕 문을 닫고 있었다. 하늘이라도 열려 있으면 조금은 덜 무서울 것이었다. 알퀴오네는 미칠 듯이 되어 남편을 불러댔다. 그러나 소리도 무엇엔가 먹혀버리고, 되울림도 없었다. 풍정을 향해서 남편의 소식을 듣길 애타게 빌기도 하고, 빛의 정령을 붙들고 잠시만 더 머물러 달라고 애원도 해보았다. 그러나 풍정들은 저녁 원유회 준비로 맘 써줄 여유가 없고, 빛의 정령들은 너무 미끄러워 순식간에 빠져나갔다. 이 가여운 여인은, 자기의 노력이 이뤄질 수 없음을 알면서도 미친 듯이 빌고 움켜잡으려 했지만, 얼어붙은 듯한 해면엔 어느덧 어둠이 깔리고, 하늘은 빗장을 걸고 돌아서 버렸다. 흑사병이 휘몰고 간 항구의, 외등(外燈) 같은 별 몇 개만 차가웠다. 케익스가 돌아오기엔 이미 늦어버린 시각이었다.

옹송그리고는 참을 수가 없어 알퀴오네는 날개를 푸덕이고 휙 솟구쳐 올라보았다. 둥지는 금방 보이지 않았지만, 공포가 밑 쪽에서 독수리처럼 자꾸 추적해 오는 것 같아서 알퀴오네는, 얼마인지를 정신도 없이 더 도망쳐 치올라 갔다. 땀이 솟고 숨길이 가빴다. 그런데 이번엔 공포가 위쪽에서 그물을 펴 들고 덮치려 달려들었다. 숨 한번 제대로 삼키지도 못하고 알퀴오네는, 본능적으로 몸을 돌이켜 다시 쏜살같이 강하하다가, 밑에는 어느덧 무덤이 입을 열고 있어 보여서, 다시 방향을 돌려 이번엔 되는 대로 옆으로 돌진했다. 그러나 그것도 얼마 날지 않아 공포가 거기서 창끝을 뻔쩍였다. 하는 수 없이 알퀴오네는 다시 뒤로 달렸다. 거기는 벽이 콱 막고 있었다. 알퀴오네는 당황되고 절망되어 비명을 지르고 눈을 꼭 감았다. 그랬더니 독수리도 그물도 창끝도 벽도 보이진 않았지만, 이번엔 밑에서 위에서 앞에서 안에서 밖에서 옆에서 웃으며 조롱하는 소리가 소나기처럼 퍼부어 내렸다. 창자라도 토해낼 듯이 그것들은 낄낄대며 알퀴오네의 정신을 혼란하게 했다. 전신을 감고 도는 혈관이 터져 나는 것 같은 괴로움이 알퀴오네를 들쑤셨다. 알퀴오네의 정신은 미친 듯이 타오르다 아스라해지고 있었다.

"알퀴오네, 넌 어디서 온 계집이냐, 엉? 흐흐흐흐흐,"

소리의 내용이 떠올랐다.

"전엔 이웃이었댔는데, 해해해, 이젠 모르겠어. 해해, 해해해,"

무엇이 부인했다. "안됐지만, 히히히, 알퀴오네 떠나줘야 되겠어. 다른 데로 말야."

무엇이 추방을 했다.

"헤헤헤, 부인, 이방인이 오실 땐 피 주머니를 달고 다녀야 합네다요."

무엇이 혀끝을 댔다.

"그, 그야 그렇구말구! 넌 반역자라구."

무엇이 낙인을 찍었다.

"넌 직선처럼 영원히 가거라. 멈춰도 안 되고 굽어도 안 된다."

무엇이 선고를 했다.

"허지만 네가 돌아오고 싶을 땐 머뭇거리지 말아라."

가장 엄숙한 음성을 가진 무엇이 노자(路資)를 몇 냥 주었다.

그리곤 다시 조용해져 버렸는데, 알퀴오네는 무슨 깊은 구렁창으로 털썩 떨어뜨려졌다. 얼음과 같기도 하고 죽음과 같기도 한 것이 몸에 감기고, 소금 같기도 하고 피 같기도 한 것이 눈 속으로 비집고 든다. 그런데 그것이 알퀴오네를 각성시켰다. 알퀴오네는 버림받아 물 위에 처박혀 있었다. 그땐 무서운 것도 없었다. 치매(癡呆)와 같은 그런 것이 번져왔다. 둥지와 알에게로 돌아가야겠다는 생각이 퍼뜩 들었다. 주부라는 의무감과 약간의 모성애가 생겨났다. 그런 점으로 느껴졌지만, 그러나 그것이 알퀴오네에게, 몸이 어딘가에 비끌어져 매어 있다는 믿음을 불러일으키게 했다. 그건 좋은 짐이며 구원이었다. 그래서 둥지를 찾으려 목을 기웃거렸다. 때마침, 얼어붙은 듯하게 잔잔하고 조용한 바닷속에서 폐결핵 사기 환자의 낯짝 같은 달이 흘러왔다. 그러자 바다는 이슬 덮인 초원처럼 번쩍이며 그의 검푸른 품속에서 왼갖 고적을 다 헤쳐 놓았다.

둥지는 생각보다 그렇게 멀리 있지 않았다. 그러고 보면 알퀴오네는 맴돌듯한 점 이상은 탈출하질 못했던 모양이었다.

알퀴오네는 백치처럼 웃고 둥지 위로 올라, 알을 보지 않으려 외면하며 품에 품고 얌전하지 못했던 자신을 돌이켜보았다. 아직도 무섭고 초조하긴 마찬가지였지만, 그런 거보다도 부끄러움이 더 크게 나타났다. 야유와 조소가, 남편과 자식에게 충실치 못했던 부덕한 여인을 향해서였던 것같이도 생각이 들었다. 오늘은 이미 돌아오긴 틀려버린 케익스의 포근하고 억센 품이 그리워졌다. 그의 맥박에서 바다의 그것을 느꼈듯이, 그의 넓은 품속에서 이 세계의 모든 신비한 얘길 찾고 싶었다. 잇따라서, 행여 방향이라도 잘못 잡아 영 못 만나게 되면 어쩌나 하는 불안이 싹텄다. 그래서 하늘과 바다를 살펴보고, 그 불안은 싹 씻어냈다.

“하늘은 맑고, 바다는 잠잠하니깐 뭐. 허지만 그인 몹시 피곤해져 있을 거야. 그래두 뭐, 오늘 밤만 쉬시면 금방 원기를 찾으실 건데 뭘. 방향을 잡는 데 그이가 실수해본 일이 있는 건 아직 못 보았으니깐.”

자위를 하고 알퀴오네는, 가슴이 허전해 알을 으스러져라 하고 꼭 안았다. 반들반들한 껍질 그것이 맥(脈)이 되어 아들의 꿈틀거림을 전해주는 성싶었다.

“너두 아빠처럼 튼튼하고 씩씩해야 돼. 너의 아빠가 두려워하는 건 아무것도 없단다. 너의 아빠가 두려워하는 건 엄마뿐이야. 호호혹,”

알퀴오네는 좀 안정을 찾은 듯 쿡쿡 웃었다.

“엄마 참 나쁘지? 그래두 아빠께 일러주는 건 싫여요. 이제 엄마는 아빠랑 아가 생각만 할께 응.”

알퀴오네는 한숨을 깊이 한번 쉬고 입을 다물었다. 발광이 한번 가시고 나서는, 자기 외계로부터 받는 자극에 대한 반응이 아주 무디게 나타났다. 큰 고기 한 마리가 바로 둥지 곁에서 치솟아 올랐다가 첨벙 뛰어들었어도 별로 겁내지도 않았다. 물뱀 같은 것 두 마리가 번드르르한 수면을 가르며, 지랄을 떨어도 그저 멀리만 봤다. 졸음이 알퀴오네의 안팎을 폐쇄시키고 있었거나, 그만큼 더 내향(內向)스러워졌던 걸 거다. 사실로 그녀의 심신은 피로로 천 근은 되어 있었다. 물 아래와, 물 위와 하늘 아래에 충만한 정령들이, 그리고 남편과 알과 자기 자신이, 멀리 사라졌다 문득 되돌아와 이제는 알 수도 없는 웃음소리와 야유와 선고에, 모습을 차차로 잃어가고 있었다. 알퀴오네는, 그 모든 정령들의 얼굴을 모두 만나보고 싶고 만져보고 싶어져서, 졸음에 먹힌 쉰 음성으로 별 헤듯 떠듬떠듬 불러냈다. 그렇게 해서 정령들이 몰려왔었는지 어쨌는지는 모르지만, 알퀴오네는 이튿날까지도 정령이라곤 보질 못했다.

밤은 어느덧 을야(乙夜)인데, 달은 훈륜(暈輪)에 감겨 있었다.

바람 속에 사는 금송아지야,

예배를 보는 금송아지야,
머리를 내놓아라, 머리를.
만약 내놓지 않으면
구어 살러 먹겠다.

바다 밑 어두운 방에 사는 금송아지야,
뜨거운 머릴 창문 밖으로
밀고 나와봐라, 나와봐라,
만약 나오지 않으면
구어 살러 먹겠다.

금송아지야,
거북의 염통 속에 사는 금송아지야,
머리를 내놔라, 머리를.
....

송사리의 눈깔 안에 있는 금송아지야,
....
구름을 뜯어먹는 금송아지야,
....
금송아지 속에 사는 금송아지야,

제2일

알퀴오네가 잠에서 깨어났을 땐 케익스가 돌아와 있었다. 멸치 큰 것을 한 마리 물어다 놓고, 피곤스러이 쓰러져 케익스도 자고 있었다. 케익스의 볼은 훌쭉해지고, 눈 밑은 피곤으로 검푸러져 있었고, 날개는 땀에 젖어 축축했다가 고드름이 맺었다. 괴롭게 숨을 뱉으며, 잠꼬대로 신음을 했다. 밤 동안에 언제 그렇게나 구름이 덮였는지, 푸른 하늘 한 점 남김이 없어서, 시간은 몇 점쯤이나 되었을지 짐작해볼 수가 없었지만, 하여튼 해는 벌써 상당히 높이 솟아 있는 듯했다. 알퀴오네는 자기 참회를 섞어 눈물을 뿌리며, 남편의 깃에 열린 고드름을 따냈다. 그리고 감사와 사랑과 존경하는 마음으로 뜨겁게 속삭였다.

"정말 얼마나 수고가 많으셨어요? 당신의 몹쓸 여편네를 좀 야단쳐주시지도 않으시고…… 이번만 용서하여주신다면 당신의 종이 되겠어요, 정말 착한 종이 되겠어요."

그런데 또 한 진통이 일기 시작했다. 되도록이면 남편의 잠을 깨우지 않으려고 알퀴오네는, 눈을 감고 세상이 노래질 때까지 이를 악물었다. 어제와 마찬가지로 세상의 모든 것이 다시 저주스러워졌다. 암흑하고, 비참했다. 어미의 저주와, 암흑과, 비참을, 생명이 벗어던져 버렸을 때 알퀴오네의 그것도 끝났다. 안도와 수줍음과 교만이 한 덩어리가 되어 빈 곳으로 차 들어왔다. 어제보다는 수월했다. 이젠 자궁이 닫혀 내년의 이맘때에야 다시 열리겠지만, 이런 상태로 한 두어 번 더 낳아본다면 그땐 비눗방울 불어내듯 퐁퐁 잘도 내놓을 듯싶었다.

알퀴오네는 산후의 싫지 않은 피로를 즐기며 천천히 눈을 떴다. 그리고서야 케익스가 자기의 어깨를 움켜 안고 격려해주었다는 걸 알았다.

"여보, 누가 당신더러 절 보라구 했어요?"

알퀴오네는 자기로서도 뜻밖인 투정을 부렸다.

"저의 찡그려진 얼굴이 그렇게도 보고 싶으세요? 다시 찡그려봐요?"

"여보, 정말 여자로 태어났다는 건…… 정말이지 불쌍해! 이렇게 여자라는 것이 어려운 것인지도 모르고 도대체 조금도 당신을 위해 주질 못했군. 할 말이 없소. 헌데 뭣 땜에 여자만 그렇게 고통스러워야 하지 엉? 내 이제부턴 진짜 잘 위해 줘야겠는걸."

케익스는 진심으로 위로해주고, 새로 낳은 알을 안아보았다. 그건 어제 낳은 알보다 훨씬 더 우아하고 여성적인 것이 틀림없이 딸이 될 것이었다. 조

물주의 섭리에 케익스는 그저 묵연할 뿐이었다.

“전 이제까지 받은 것만으로도 너무나 황송해요.”

한참이나 지나서야 알퀴오네는 대답을 했다.

“절 좀 미워해 주시면, 아, 아니에요, 그러심 더 보챌 수도 있을 텐데요. 여보, 괜한 청으로 고단하시죠?”

“여보 애기 어멈, 이 앤 딸애가 틀림없는 것 같소그려. 안 그루?”

케익스는 엉뚱하게 말했다.

“정말 후회가 돼서 죽을 뻔했어요.”

“좀 쉬구려. 그리고 식사 좀 합시다. 도대체 당신은 아무것도 들질 않았더구료. 그러다 몸이나 축나면 어쩔려고 그러오?”

케익스는 싱싱한 멸치를 토막 내서 살을 발겼다. 그리고 아내의 손을 잡아 편히 앉히고 살점을 입에다 넣어주며 계속했다.

“어제 먹다 남은 건 모두 얼음덩이가 되었더군. 그래 내가 먹어 치워버렸지. 밤엔 걱정 많이 했지? 좀 쉬고 나면 다 말해주겠지만, 내 진심으로 용서를 빌지. 춥지 않소?”

케익스는 아기에게 하듯 아내를 어리며 부지런히 먹여주었다. 알퀴오네의 눈은 티 한 점 없이 맑고 빛났는데, 감사로 해서 눈물이 크렁히 맺혀 있었다. 아무 말도 못 했다. 욕심쟁이 아가처럼 남편의 정을 한 방울도 흘리지 않고 다 받아 쌓았다. 그런 아내 옆에서 케익스도 행복했다. 이렇게 철이 없는 것같이 귀여운 아내에게 밤의 무서움을 주었다는 것이 맘 쓰렸다. 한편으로는 용감하게 밤을 극복한 아내의 용기에 마음 든든함을 가졌다.

알퀴오네는 남편이 나머지를 먹어주기를 바라고, 배가 좀 덜 불렀지만 고개를 살래살래 저었다. 그리고 밤새 쌓였던 무서움과 외로움을 위로받으려 열성껏 남편의 품을 파고들었다.

“할아범이 말야,”

케익스의 여행담은, 둘의 심정이 일상적인 그런 평온한 상태에 왔을 때에야 시작되었다. 케익스는 아내의 어깨를 안고 얘길 했고, 알퀴오네는 남편의 수염을 비비적이며 들었다.

"글쎄 앓고 있잖겠오?"

"그래요? 쯔쯧, 그래서요? 대단히 앓으시던가요? 참 안됐어요!"

"그래, 안됐지. 내가 등대에 도착된 때는 할아범네 서쪽 창이 빨갛게 빛나고 있었을 때였소. 헌데 다른 날과 달리 너무 조용했어. 그도 그럴 밖에 없는 것이, 파도도 없지, 바람도 없지, 도대체 무슨 기척이라도 있어야 말이지."

"눈에 보이는 듯해요. 깡깡이 소린 없었나요? 소나무도 울지 않고? 그냥 닫혀져 버린 것 같았나요?"

"그랬지, 그랬어. 뭔가 예감이 이상합디다. 하여튼 지붕 위로 내려가 보았소. 할아범이 우릴 기다렸던 모양입디다. 그러나 벌써 오래전부터 아마 움직일 수가 없었던 모양이었소."

"아직도 그 자리에 계시던가요?"

"아니지, 그게 아니라, 새우니 멸치니 꽁치니 뭐니 하는 것들이 그릇에 담겨져 지붕에 있었소."

"저런! 츠쯔쯧."

"헌데 고기는 썩어 뼈만 남기고 있었고 물은 거의 바닥에 닿아 소금 덩이가 되어가고 있었다오. 밤에는 얼고, 한낮에는 녹고 그랬을 터인데도 그런 정도로 되었다면 짐작할 만하잖소?"

"그렇다면 적어도 반달 전부터 앓기 시작했겠군요? 그보다도 더 될지도 모르겠어요."

"그럴 거야. 어쨌든 할아범의 기력이 형편없이 된 건 반달 저쯤이나 되었을거야. 썩은 고길 치울 수도 없이 된 건 말야."

"안됐어요 정말! 그래 할아범은 만났나요?"

"그래서 당신께 오는 게 늦은 건데, ……난 창문으로 가서 안을 들여다봤다오. 할아범은, 거 왜 간혹 보았던 죽은 수부(水夫)의 팔뚝처럼 말이오, 바랜 백지장 같은 석양볕 아래 누워 있었소. 덮는 것도 시원찮았어. 무슨 헌 자루 같은 것을 이은 것이었다오. 거의 해골이었지. 난 창문을 쪼았소. 그리고 한참이나 기다린 후에야 간신이 눈을 떠 보는 것이 아니겠소? 그리고도 정말 한 식경이나 더 기다려서야 창문이 열렸소. 그렇게나 기력이 없었다오. 웃어 보이시려고 무척 애쓰시더군. 찬 바람을 쐬시더니 사지를 비꼬며 기침을 하십디다. 그래 문을 빨리 닫으시라고 했더니 그저 조용히 고개만 저으십디다. '할아범, 빨리 문을 닫으세요' 하고 내가 다섯 번이나 말했을 때에야 거의 들리지도 않게 '이젠 난 두 번 다시 일어서진 못할 게야. 자네는 부인께 돌아가셔야지. 문을 모두 닫고 내가 죽어버린다고 해보게. 그런 불행이 자네에게 또 있을 수 있겠나? 헌데 참, 현숙한 부인께선 요즘은 어떠신가? 자네 부인을 뵌 지도 꽤 오래야, 오래지. 정말 드문 숙녀지' 하시잖겠오?"

"정말 가엾으셔!"

알퀴오네는 젖은 눈으로 서쪽을 바라보면서 입술을 실룩실룩했다.

"그리곤 가쁜 숨을 돌리시느라 한참이나 애쓰시더니, '고마우이, 한번 만나고 싶었다네' 하시곤 힘없는 손바닥에 날 앉혀 쓰다듬어주십디다. '제 처가 할아범 걱정을 많이 했습니다'고 말했더니, '그럴 거야 아름다운 맘씨는 내 다 아는 바지. 헌데 슬하에 자녀라도? 허, 허기야 지금이 자네들 철이군. 헌데 이런 귀중한 시간에 날 찾아주는가? 고맙기야 말할 수 없지만, 어서 돌아가도록 하시게, 어서! 부인께서 기다리시겠어. 이 이레야말로 자네네 가을 아닌가. 설 아닌가. 나야 참 자네들께 비하면 복이 너무 많지' 하시곤 또 한동안 뭔지를 골똘히 생각하십디다."

"그래서요? 어서 마저 들려주세요."

"그래서, '사실은 저어 제 처가 오늘 아침에 해산을 했는데 말입죠, 헌데 그게 글쎄 알이 태어났거든요. 저는 제가 태어난 껍질을 보았기 때문에 조금도 놀랄 일이야 없었죠만 제 처는 그런데 알을 품고 있다는 것 때문에 세상을 보는 눈이 갑자기 묘해졌는지 말이죠, 할아범 얘길 꺼내면서 이렇게 묻는 게 아니겠어요? 등대가 할아범을 품고 있을까요. 할아범이 등대를 품어 오셨을까요 하구 말예요. 그것이 몹시 알고 싶은가 봤어요' 하고 여쭈었더니, 할아범께선 한동안 껄껄 웃으시기만 하시곤 대답은 없었었다오. 그냥, '자네의 부인도 정말 만나 뵙고 싶군. 죽기 전에 말야. 허지만 알을 낳았다 해서 심려하시는 건 옳지 못한 일이지. 바다나 땅의 선한 정령으로부터 뱀에 이르기까지 알에서 부화되지 않은 건 없으니깐 말야' 하고 혼잣말처럼 하시더군."

"……살아만 계신다면…… 저도 뵙고파요. 살아만 계신다면. ……서, 설마 돌아가시진 않으셨죠? 어쩐지 아직도 살아 계신 것 같지 않은 느낌이에요."

"………"

"돌아가셨군요, 그렇죠? 돌아가셨어요, 가엾으시게도!"

케익스는 무겁게 고개를 끄덕였다.

"허지만 여보, 할아범은 정말 훌륭하게 숨을 거두셨다오. 아주 진지하고 엄숙하게, 그러면서도 기쁘게 죽음을 맞으셨어. 죽음의 신랑이라도 되는 듯하게. 그분은 용사(勇士)이셨어. 아니 그보다도 더 위대한 어떤 정령이셨어."

"………"

알퀴오네는 울고 있었다.

"하기야 그렇게 생각했던 건 비약이었을는지도 모르긴 하지. 시체는 죽은 피라미나 새끼 갈매기나 조약돌 이상의 것은 못 돼 보였으니까. ……할아범은 임종을 느끼고서인지 굉장히 길게 말씀하시며, 뭔가 자기를 증명하고 싶어 몹시 애쓰신 것 같았소. '나도 참 고단했어. 맘 둘 곳 하나 없었어. 자네들은 일 년 내내 파도 위를 날아야 되지만, 난 일 년 내내 외로움 속으로 가라앉혀야만 되었네. 그것과 파도는 어느 쪽이 더 무서운 건지는 모르지. 하지만 말야, 풍랑은 전쟁과 전장(戰場)을 주지만, 그저 먼지 냄새만 나는 쉼 없는 침체란 아무것도 주는 것이 없거든. 거기선 말이네, 자기의 바깥 것에 대해서가 아니라 바로 자기 자신에 대해 전쟁을 선포해야 되고 자신이 또한 전장이 되어야 한단 말이네. 허지만 자네들이나 누구나와 나도 같아. 다른 게 있다면 신들도 나를 잊었다는 그것뿐이지. 나에겐 단 일곱을 셀 동안만이라도 날 위해서 특별히 베풀어준 휴식이 없거든. 그러고 보면 내겐 세월도 없어 왔던 거야. 자네들은 이칠 일을 기준으로 해서 다시 맞는 칠 일까지를 일 년이라고 할 수도 있겠지만, 난 기준 삼을 것이라곤 아무것도 없잖나. 그래도 세월은 흘렀을 터이니 난 늙었겠지만, 내게도 일 년이라든가 하는 것이 흘러갔을까? 오늘 뜻밖에 생각해낸 건 아니지. 그런데도 난 뜻밖에 생각이 난 듯 다시 생각을 하곤 하거든. 대답은 언제나 같았다네. 나는 동그라미의 시간을 살아왔다고. 동그라미는 시작도 끝도 없으니, 그것은 영원한 시작이며 동시에 영원한 회귀(回歸) 아닌가. 영원한 운동이며 또한 영원한 정지 아닌가.'"

"여, 여보,"

알퀴오네는 자신도 모르게 남편의 말을 중단시켰다. 그런데 그녀의 얼굴은 창백하고, 입술을 가늘게 떨고 있었다.

"아니, 당신 갑자기 왜 그러오?"

케익스는 놀라 물었다.

"아, 아니에요, 갑자기 쥐가 내려서 그랬는데 바로 괜찮아졌어요. 그러니 마저 들려주세요."

남편이 걱정할까 봐 알퀴오네는 거짓말을 하고 말았다. 사실로는, 알퀴오넨, 어젯밤의 선고를 생각하고서 무서워했던 것이다. '넌 직선처럼 영원히 가거라. 멈춰도 안 되고, 굽어도 안 된다.' —그 선고가 오늘 알퀴오네에게, 현기증 나는 탈락감과 구원받을 수 없는 절연감을 느끼게 해준 것이다.

"그래? 그럼 자세를 좀 고쳐 앉아보구려. 퍽 허약해진 모양인데. 도대체 식사도 제대로 하지 않고 꿍꿍이속만 대니 그렇지."

"이젠 됐어요. 여보, 말씀 도중에 걱정을 시켜드려 죄송해요. 어서 계속하세요."

알퀴오넨 웃어 보이려 했다.

"그래, 그러지. 가만있자, 어디까지 얘기했더라?"

"동그라미의 시간에 관해서 말씀하셨어요."

"그래 그랬었군. 그것은 영원한 시작이며, 영원한 끝이며, 영원한 운동이며, 영원한 회귀며, 영원한 정지라는 거야. 할아범의 이런 말씀에 난 무척 감동했었지. 난 말야, 시간이란 놈은 뱀처럼, 자꾸 껍질을 벗고 나와선 젊어지는 놈인 줄 알았었거든. 무서운 밤엔 그 생각이 비약을 해 가지곤, 막연하긴 했지만, 똬리를 틀고 꿈틀꿈틀 도는 뱀이 보였다오. 그래서 밤이 영 샐 것 같지 않았지. ……헌데 말요, 그전부터 나도 그런 생각을 해왔던지, 아니면 할아범의 얘길 듣고 나서 그런 생각을 했었던 것 같다고 생각했는지는 나로서도 잘은 몰라, 후훗."

"허긴 누구나 다 그럴지도 몰라요. 막연하겐 말이죠. 그러니깐 저도 당신도 이해할 수 있는 거죠, 그죠?".

"역시 알퀴오넨 그만이야! ……가만있자, 그리고 할아범은 '어쨌든 나도 세월을, 계절을 살고, 싶었다네' 하셨지. '나도 쉬기도 하고 달리기도 하고 싶었었어. 한 나이나 더 젊었을 땐 말야. 신들이 날 잊어버린 걸 난 몸서리치며 무서워했다네. 그러다가 난 신을 잊어버렸어. 그때부터 외로움은 시작된 거라구. 현기증이 나더라니까. 어이없게도 난 더 이상 올라갈 수가 없는 그런 꼭대기에 던져져 버렸단 말야, 자네도 어느 날 갑자기 그렇게 될지도 모르겠네만. 그때로부턴 자네네들의 방문(訪問)에서밖엔 즐거움을 찾을 수가 없었다네. 폭풍우라든가, 폭양이라든가, 갈매기의 노래, 아름다운 고기들, 암내 풍기는 저녁녘, 작은 새들, 평야니, 황무지니. ……헌데 말야, 별로 오래지 않아서 난 다른 걸 느끼지 않으면 안 됐어. 그들에게 내가 주는 사랑보다도 그들이 내게 주는 사랑이 적었어. 나는 그들 속에 깊이 참여할 수가 없었고, 그들은 그들의 세계 속에 참여자를 용납하려 들질 않았단 말야.' 그리고 할아범은 가쁜 숨을 조절하며 한참이나 침묵하셨소."

케익스도 숨을 조절하며 알퀴오네의 표정을 읽으려 했다. 알퀴오네는 슬픔을 조금이라도 숨기려 들려 하지 않고 있었다. 할아범 일로 이렇게까지나 슬퍼해야 할 일이 뭣인가를 생각하며 케익스는 다시 천천히 계속했다.

"그러시다 다시 천천히 계속하셨소. '금송아지 얘기가 있는데', 이렇게 꺼내놓으시곤 눈을 한구석에로 보냈소. 보니 거기에 깡깡이가 있었는데 매우 섭섭하게도 줄이 끊어진 채 버려져 있었소. 그러고 보니 할아범도 줄 끊어진 깡깡이처럼 보여졌소. '그런데 그들은 바로 그 송아지들이었단 말야. 금송아지, 그 얘기는 이렇지. 굉장히 질투가 많은 신이 하나 있었다네. 그 신은 어찌나 질투가 많았던지, 자기의 자녀들이 자기가 아닌 다른 신이나 또는 우상을 향해 조금만 추파를 던져도 손톱으로 할퀴고 저주하곤 했다네. 그랬었지만 그의 자녀들은 어쨌겠나? 별로 오래잖아서 바로 금송아지를 만들어놓곤 극진히 예배를 했단 말야. 배반받은 그 노인의 진노야 어떻게 말로 다 하겠는가. 그러나 그의 자녀들은 그의 진노에 대한 두려움보다도 금송아지에 대한 사랑이 더욱 두터웠던 탓에, 금송아지를 그의 손이 미치지 못할 다른 곳에다 갖다 두곤 그를 속이기 시작했어. 그들 영혼 속의 제일 깊은 장롱 속에다 모셔놓은 거라구. 금송아지가 그렇게도 사랑스러운 이유가 뭔지는 그들도 모르긴 했지마는, 금송아지는 그들이 모르고 있었던 그들 자신이었으며, 모반의 나팔이었던 거야. 시샘 많은 그는 쫓아내야 될 식객(食客)이었고, 그의 입장에서 보면 금송아지는 천하며 세속적이고 이기적인 우상에 불과했지만, 예배자들의 입장에서 보면 그는 가난스럽게 만들며 간섭이 많고 귀찮은 시어미였던 것이지. 가난스럽게 만든다는 말은 정신적인 것을 두고 하는 말이네. 그래서 그들은 참고 참다가 쌀벌레 같던 그를 문밖으로 쫓아내곤, 그리곤 아름답고 교태도 있으며 순한, 그들만의 생활을 꾸리기 시작한 거라. 분가(分家)를 한 거지. 금송아지는 생활이며 집이며 그 속에 사는 정신이 된 거야. 문밖으로 쫓겨난 그는 차차로 패해갔지. 그가 옛집으로 다시 돌아가게 될 날을 기다리는 것은 자기의 자녀들이 금송아지에게 절망하고 넌더리를 내게 될 오직 그날뿐이지. 그래서 그는 그들이 절망하기를 미치도록 바라며 담을 빙글빙글 돌기도 하고, 문지방에 걸터앉아 문 열리기를 기다리기도 하고, 그래도 소식이 없으면 욕설을 뱉으며 안에다 소금을 뿌려 넣기도 했어. 허지만 그들이 절망할 것 같나? 한다더라도 그때가 언제일는지는 모를 일이지. 했다더라도 그들은 오뚝이처럼 일어나니까. 일어났을 땐 그들은 바로 그[神]가 되어 있거나, 그[神]까지도 필요로 하지 않을 폐인이 되어버렸을 게야. 아까도 말했네만, 그때부터 외로움이 시작된다는 말일세. 그도, 그들도, 모두 다 외로워.' 할아범의 얘긴 여기서 잠깐 끊였소. 외로움이 할아범의 얼굴에 버섯처럼 피어 있습디다."

"금송아지에 대해서는,"

영 말을 잊어버린 듯하던 알퀴오네가 입을 열었다.

"전 사실 아무 내력도 몰랐었지만요,"

알퀴오네는 머뭇거렸다. 그러더니 신경질적으로 섬겼다.

"어젯밤엔 이상스럽게 그것들이 웃었어요. 그리곤 마구 날 조롱했어요. 틀림없이 금송아지들이었어요. 말로는 설명할 수 없지만, 느낌으론 그것들이 금송아지가 틀림없다고 했다니깐요. 정말이에요. 그래서 불러냈죠. 냈지만 그땐 대답이 없었어요. 참 이상했어요. 난 좀 어떻게 되었나 봐요. 정말이라니까요."

"여보 알퀴오네, 난 좀 잘 알 수가 없군그래. 내가 없어 너무 무서웠던 거로군. 그지?"

"………"

알퀴오네는 남편이 이상하다는 듯 물끄러미 쳐다보았다. 케익스도 좀 이상해져 아내를 바라봤다. 그리고 케익스는 어제 느꼈던 그 씁쓰름한 거리감을 다시 느꼈다. 그건 괴로웠다. 그래서 그걸 잊을 양으로 케익스도 반은 신경질적으로 남은 얘길 섬겨대기 시작했다.

"'외로움이 그들의 알이 되는지, 그들이 외로움의 알이 되는지는, 나도 자네의 부인처럼 알 수가 없어'라고 할아범은 다시 시작했소. '나도 그것을 누구에겐가 물어보고 싶었으니까. 그렇지만 그럴 곳이 없었지. 그래서 난 나대로 생각하길, 외로움이 끝이 나야 그것을 알 수 있을 것이라고 했네. 외로움 속에서 그가 일어난다면 외로움이 알이 되고 그의 속에서 자꾸만 외로움이 태어나고 있다면 그가 외로움의 알이 되는 거지. 알이란 조용하지만 맹렬한 혼돈이기 때문에, 나는 그것을 시원(始原)이라고 생각하거든. 허지만 아무래도 좋아. 다만 자네 부인의 의문이 생각나서 말해본 것뿐이네. 어쨌든 말야, 이만큼이나 외로운 생활을 살아왔는데도 말야, 난 아직도 외로움의 쓴맛을 잊고 있지를 못하고 있단 말야. 언제나 난 외롭더군. 외로움을 잊을 때도 됐는데 말야. 헌데 난 우습게도 말이지, 언제나, 내가 내 외로움을 잊게 되면 어찌하나 그것이 걱정스러웠다니까. 외로움이 내게 퍼붓는 학대가 즐거워서가 아니네. 그것이 싫어서일세. 난 아직 내 외로움에 익숙질 못했어. 그러는 사이 그 무게로 난 등이 휘어버렸지만. 그러나 곪지는 않았어. 않았구말구지. 이, 이보게, 내 누, 눈을 좀 쪼아주겠나, 내 눈을? 자꾸 눈꺼풀이 무거워지고, 비, 빛이 죽어 들기 시작하, 하는데? 해라도 지, 지고 있는가? 이보게, 이, 이런 소, 속으로 내, 내가 가라앉아야 되, 된다는 건 무, 무섭군, 무서워! 하, 하기야 난, 매, 매일 무서웠어. 고, 고, 곪지 못하, 못하, 못한 탓이라. 해, 해가 지는군, 해가. 자네는 어, 어서, 부, 부인께 도, 도, 돌아가, 가, 가시라, 라구, 어, 어, 어서.' 그리곤 할아범은 갑자기 사지를 풀었는데, 숨 냄새가 없었어. 마침 창이 훨훨 타는 듯이 노을이 좋았다우. 할아범은 다신 더 말씀하려 들지 않으셨는데, 그런 외로움은 다시 있을 것 같지 않더군. 그래 난 할아범의 가슴팍에 앉아 날개를 오므리고 할아범의 영혼을 위해 하룻밤의 철야를 한 거요. 조금 있으니 완전히 어두워져 버리더군. 줄 끊어진 깡깡이가 우는 듯했소. 생각이 물밀듯 밀려오는가 하면 빠짝 말라버리고, 그런가 하면 당신과 알이 걱정스러웠소. 어쨌든 난, 할아범이 죽은 게 아니라 부화된 걸 알았소. 그 이상은 알 수가 없었지만. 하여튼 그분은 치열하게 자기의 전쟁을 수행했고, 죽으면서도 싸운 것이오. 내가 그분을 용사라고 한 건 그 때문이오. 그분은 결코 외로움 그 자체로 곪고 싶어 하지 않은 거요. 그것을 무찔러 죽이든가, 그것과 싸우면서 죽든가 둘 중에 한 길이었던 성싶소. 헌데 외로움이란 그놈은 죽는 게 아니고, 자꾸 더 목이 자라나서 삼키고 말 것인데, 할아범은 이겼는지는 모르지만 먹히지는 않은 것 같았소. 헌데 알퀴오네, 할아범은 어찌 되셨을까? 어디로 가실 데가 있을 것 같소? 그래서 말야, 난 밤새도록 기다려보았다오. 할아범의 혼백이 어떻게 되나 보려 했던 거요."

케익스는 얘기를 끝맺고, 반응이라도 보려는 듯이, 알퀴오네를 곁눈으로 보았다. 알퀴오네는 뭔가 말을 꺼낼 듯하다가 다물어버리고, 외면했다.

"그러나 종내 혼백이 어떻게 되지를 않더군. 보질 못했어."

케익스는 반복했다. 그리고 왠지 가슴이 답답해서 하늘을 올려다보았다. 구름이 두껍게 덮여 있었다. 그래서 숨이 막힐 듯했다고 케익스는 생각했다.

"그래 어찌 되리라구 생각을 하셨단 말이에요?"

입술을 꼭 오므리고 있던 알퀴오네가 한숨을 뿜으며 반문했다.

"안 그럴 수가 없잖소, 알퀴오네?"

"제 생각으론,"

알퀴오네는 구름으로 해서 아주 낮아져 버린 하늘을 불안한 듯 살펴보며 생각 깊게 말문을 열었다.

"할아범은 벌써 어떻게 되어 있으신 분 같아요."

"벌써 어떻게 되셨다구?"

케익스는 이해할 수 없다는 듯 반문했다.

"외로움이 시작된 그때부터 말이에요."

알퀴오네는 겸손하게 대답했다. 그리고 케익스의 가슴에 얼굴을 묻었다.

"그럼 그때 할아범은 죽고 혼령만 여태 살아왔단 말이오?"

케익스는 좀 착잡하겠지만 아내에 대해 존경심을 갖게 되었다.

"그건 어찌 됐든 별로 문제가 되는 건 아닌 것 같아요. 살아 있던 때의 순간순간이 문제죠. 당신은, 외로움은 죽지 않는 거라고 하셨는데, 제 생각으론 당신은 외로움 쪽에만 눈을 대고 보신 것 같아요. 반대로 할아범 쪽에서 외로움을 보면 어떨까요? 그러면 외로움이, 아무리 고단해도 죽어버리는 것을 볼 수 있을 것도 같애요. 그렇잖으세요? 외로움을 무서워하시면서도 도망치지 않으신 건 그 순간순간 외로움을 쳐 눕힐 수가 있었기 때문이었을 거예요. 제가 말하는 외로움이란 고적이니 무서움이니 불안이니 하는 그런 모두를 합쳐서 하는 말이에요."

알퀴오네는 또록또록 말은 하면서도 뭐가 부끄러운 듯 얼굴을 자꾸 감췄다. 케익스는, 그저 사랑스럽기만 하고 소박한 줄로만 알았던 이 아내가, 그렇게도 생각이 깊었던 데에 감동되어, 지극한 사랑과 존경으로 불씨 다루듯 소중히 했다.

"그것이 계속된다고 해보세요, 그분은 완전히 성주가 되는 거잖겠어요? 죽음까지도 그래서 할아범에게 지게 되는 거겠죠. 두려워하면서도 도망치려곤 안 했을 거예요."

"정말, 당신이 옳소! 허지만 알퀴오네, 그렇다면 말이오, 돌아가시기 직전에라도 외로움이 주는 공포니 또는 죽음이 주는 무서움을 잊어버리셨어야 했을 것 같진 않소? 헌데도 할아범은 계속 무서워하시다가 숨졌소. 그래서 난 용사라고 한 건데, 당신의 견해는 여간 다르지 않거든. 물론 당신의 견해에 내 생각쯤은 먹히고 말았지만."

케익스도 겸손스러이 말했다. 아내에게서 배우게 되었다는 게 그를 몹시 즐겁게 했다. 그러나 반대로 알퀴오네는 몹시 두려움을 느끼고 있었다. 그녀는 무엇이든 남편의 입술로 말하게 하고 싶었었고, 또 그렇게 해왔으며, 그의 말에 순종하는 걸 즐거움으로 알아 왔었는데, 오늘은 남편의 생각까지를 자기의 입술로 말하고 있다는 것 때문에, 처음에는 부끄러웠고, 지금은 자신이 두려워졌다. 그러나 남편의 얼굴을 흘끗 한번 보고 나서 알퀴오네는 좀 키득거리고 싶었다. 케익스의 얼굴은 좀 미련스럽게 보일 정도로 천진스러웠고, 무엇이 굉장히 좋아 못 살겠다는 듯이 빛난 얼굴이었다. 알퀴오네는 생각하길, '당신은 굉장한 미남이시군요. 당신처럼 빛나고 건강한 미련둥이가 또 있겠어요? 열일곱 살도 되잖아 선장 앞에서 담배통을 물고 있던 곱슬머리의 그 소년 뱃놈 같아요. 바로 그 소년 앞에 서 있던 늙은 선장 같기도 하구요' 했다. 두려운 생각은 사라졌다. 대신 남편은 알퀴오네 자기의 입술로 말하고 싶어 하고 있다고 믿게 되었다.

"아 이제 알겠는데 말야."

케익스가 아내의 엉덩일 철석 갈기며 떠들었다. 아주 신통한 생각이 떠올랐다는 태도였다.

"혼백이 어떻게 되려나 보려 했던 건 어리석었어. 할아범은 수억만 번 어떻게 되었던 모양이라, 당신이 말한 대로. 어떻게 되었다는 건 부화(孵化)되었다는 뜻 아니오? 그건 그래! 헌데 외로움이나 죽음의 공포를 잊었다면, 그건 그러니까 부화가 멈췄단 말이 되는 거라. 바로 그거라. 살아 있으면서 죽어 있다는 말이 되는군. 여보, 내 생각이 어때?"

케익스는 아내의 얼굴을 자기 쪽으로 돌려놓고 보았다. 알퀴오네의 눈은 빤짝이고, 입술은 미소로 덮여 있었다.

"그렇지만 알퀴오네, 그냥 그렇게 부화되다 끝나버린다면, 그런다면 말이오, 어떻게 훌륭하게 살았든, 겨, 결국 허무하지 않겠소?"

케익스는 좀 비참함을 느끼게 됐다.

"할아범은 어쩜 그런 문제도 생각하시긴 했을 것 같잖으세요?"

"생각하시기야 했겠지. 그렇지만 어떻게 생각했는진 알 수가 없잖소?"

케익스는 좀 볼멘 음성을 썼다.

"당신은 무엇에게나 정령은 있다고 생각하지 않으세요?"

알퀴오네는 어젯밤에 들었던 웃음소리와 조롱하는 소리를 기억해냈다.

"허지만 난 눈으로 보진 못했단 말야!"

케익스는 얼굴을 잔뜩 찌푸렸다.

'허지만 전 들었어요.' —알퀴오네는 이렇게 말하려다, 아무래도 믿어줄 것 같지 않아서 말을 바꾸었다.

"여보, 뭐 눈이라도 몇 잎 내릴 것 같죠?"

"가만있자, 글쎄? 하, 그, 그런 점에 관해서 뭐라고 하신 것도 같은데. 여보 알퀴오네, 혹시 이 얘기가 그런 얘기 아닌지 들어보구려. 깜박 잊고 있었는데 말야."

"무슨 말씀인데요?"

"지붕 위에 아직도 먹이가 있더냐고 물으시는 것이었소. 새우니 멸치니 뭐니 하는 것들 말이오. 그래서 썩었다는 얘긴 차마 할 수가 없어 그냥 있긴 있더라고만 대답했었지. 했더니 '벌써, 썩어 형편이 없겠지?' 하시기에 할 말이 없어 난 가만히 있기만 했었다오. '둥근 한 꿰미에 꿰어 있던 것인데 그만, 그렇게 되었군그래. 그래도 꿰미는 계속 돌 거야. 돌구말구. 그러니 돌아올 게야. 아니 돌아와서 멈춰 있는지도 모를 일이고. 다시 시작하는지도 몰라. 허기야 끝이 났겠지.' 이런 말씀만 오래도록 중얼거리셨다오."

"바로 그 동그라미의 시간에 관한 말씀이시군요?"

"그랬던가 모르지."

케익스는 피곤을 느끼고 둥지 벽에다 몸을 기댔다.

"할아범이 살아만 계신다면,"

알퀴오네는 혼잣말로 중얼거렸다.

"어떻게 하면 직선이 동그라미 속으로 굽어져 들 수 있을 것인지 그것을 여쭈어보았을 터인데 동그라미엔 틈이 없어서 어떻게 더듬어 들어가야 하는지를 정말 모르겠거든."

"여보, 당신 지금 무슨 말을 하고 있소? 이젠 알겠소? 할아범이 등대를 품어왔는지, 등대가 할아범을 품어왔는지를?"

"……겨울 날씨란 변덕도 참 많군요……. 어젠 노을이 뜨구, 오늘은 구름이 끼구, 며칠 후엔 또 풍랑이 일겠죠. 저녁도 되기 전에 뭐가 좀 두텁게 내릴 것 같아요."

"그렇군."

그제서야 날씨에 관심을 보이며, 등대지기 할아범의 본거에서 일어나 케익스는 주위를 살펴보았다. 갑자기 우울하고 비참한 기분이 들었다. 축축한 대기가 숨도 못 쉬게 억누르고, 운무가 바다 끝과 끝을 가리고 있어 두터운 청동 탑에나 갇히게 된 것만 같았다. 이런 날씨에 대한 부부의 반응은 꽤 미묘했다. 알퀴오네로서는 방과 같은 이런 속에서 남편과 알에 취해 언제까지나 있으며 배 아래의 물소리나 듣고, 시(詩) 같은 것들을 얘기할 수 있는 것과, 남편의 염려가 자기에게서 떠남이 없는 그런 모든 것이 다 좋지만, 케익스에게 있어선 아내를 보살피고 위해주는 보다 더 현실적인 문제들이 압박해왔다. 적어도 삼 일치의 양식은 준비해 와야 되고, 좀 더 푹신한 둥지를 꾸미기 위해선 물가까이에 가서, 검불이든 버린 종이쪽지든 빠진 새 깃이든 뭐 그런 것을 더 준비해 와야 되고, 그러기 위해선 아내와 많은 시간을 떨어져 있어야 된다는 걱정이 있었다. 방향도 문제였다. 이 일점을 떠나 두 마장만 날아도 이 일점은 사라지고 이 세상에는 없는 것 같으며, 다만 자기가 날고 있는 거기만이 열리는 것일 뿐이었다. 수억만의 수억 배나 되는 이 많은 물나불 중의 한 물나불, — 그것도 시시각각으로 양상이 달라지는 이 한 주름을 찾아내야 된다는 것은 오관으로서는 도대체 불가능할 뿐이다. 언제나, 이끌어주는, 뭔가 이끌어주는 그런 것이 있기에 찾아올 수 있었다. 물론 헤어져서 날게 된 경우는 거의 없었지만, 알퀴오네가 학질에 걸려 이틀을 앓았을 때라든가 또는 왼종일 송사리 한 마리 쪼지 못하고 날개를 접어야 했던 배고픈 저녁녘—그럴 때도 케익스는 아내를 쉬이게 하고 상어에게라도 달려들었었다. —이라든가. 또한, 하여튼 그런 여러 때의 경험을 케익스는 갖고 있었다. 오케아노스의 발금 맨 끝줄에 가서 있다더라도, 그 이끌어주는 것만 있으면 숱 많은 오케아노스의 어느 머리칼 끝에 있는 아내일지라도 찾을 수 있는 그런 것이 케익스의 오관 깊숙한 곳에는 있었다고 믿지만, 그러나 눈바람 불고, 하늘마저 밀폐되고, 가뜩이나 반 마장 앞을 못 볼 때는 오관 속에 있는 어떤 것마저도 실명되지 않는달 수는 없었다. 그런저런 것을 미리 계산할 수 있는 나이도 못 되어 굳이 그렇게 하자고는 못했었지만, 단애가 가까운 쪽의 바다에 깃을 치는 게 어떤가고, 아내에게 건의해보긴 했었다. 그때 그녀는.

"그런 덴 위험할 것 같아요. 작은 고깃배도 많을 거구…… 그리구 왠지 우리의 첫 밀월만은 좀 은밀한 데서 지내고파요."

하고 반대했었다.

"그게 옳겠군. 나도 사실은 좀 조용히 보내보고 싶거든."

케익스도 찬성하고 말았었다.

오후도 제법 기울고 있는 듯했다. 케익스는 용기를 내야 되었다. 도대체 물주름까지도 지나치게 고요한 게 아무래도 큰 눈이 한번 내릴 것 같은 예감이 들었다. 그렇기에 일터로 나가야 되는 것이다. 도대체 자기네 깃 친 해면엔 복쟁이(복어) 한 마리 튀어 오르지 않고, 어쩌면 물결이 바다 밑 무슨 말뚝에라도 묶여 무겁게 짓누르고 있어 고기들까지도 참지 못하고 모두 어디론지 떠나가 버린 듯했다.

"여보 알퀴오네, 잠깐 한잠 졸고 있구려."

케익스는 날개털을 가다듬으며 은근히 말했다.

"우리 알퀴오넨 정말 씩씩두 하지!"

"어딜 가시려는 거예요?"

알퀴오네는 당황하여 남편의 연미복 자락을 힘껏 움켜쥐었다.

"어디 가시는 건 정말 싫어요, 안 돼요, 가시지 마세요!"

"잠깐이야. 뭐 절대로 오래 걸리지 않어. 당신을 내가 얼마나 지극히 사랑하고 있나를 안다면 내가 늦으리라곤 생각할 수 없을 거야."

"허지만 어젯밤엔 절 울게 했잖우?"

"그건 내 진심으로 사과하오. 두고두고 내 사과할 테니 내 잘못을 너무 탓하지 말구려. 자, 저기 저 제일 큰 물주름을 봐요, 저 주름이 저 안개 속으로 사라지기 전에 내 돌아올 테니. 알겠지? 배가 고플 거야, 츠쯧. 알퀴오넨 씩씩도 하지."

케익스는 아내를 달래려 성의를 다했다. 그래도 알퀴오넨 막무가내였다. 남편의 심사를 모르는 바는 아니지만, 이런 험악한 날엔 상어도 외출을 못 한다.

"맛있는 새우 한 마리만 잡아 올 테니 걱정 말아요. 여기서 곧장 동쪽으로 한 스무 번만 날개를 폈다 오므리면 단애가 나타나는데, —맑은 날 당신도 보았잖소? —단애 밑엔 새우가 정말 너무 많아. 대번에 채 오지. 그거 뭐 문제 있소? 그러니 날개를 쉰 번 움직일 동안만 기다리고 있구료. 알 속의 애들과 얘기라도 나누란 말야."

알퀴오넨 하는 수 없어 힘없이 남편의 옷자락을 놔주었다. 케익스는 정말 용감하니까 금방 돌아오실 것이다. 그런 믿음직한 남편에게 너무 걱정을 준다는 것도 부덕은 못 된다. —그러나 알퀴오네는 헤어질 때면 언제나 느끼는, 이것이 마지막이면 어쩌나 하는 그 방정맞은 불안을 감추질 못하고 입술을 바르르 떨었다.

"그럼 조심하셔요, 정말 조심하셔야 돼요 네? 못 잡으셨더라도 금방 오셔요"

하고, 남편이 안쓰럽게 보아줄 표정을 감추려 머릴 숙이고 알을 보았다. 어느덧 그녀의 볼엔 눈물이 번지고 있었다.

케익스는, 역시 가슴이 아팠지만, 눈을 용감하게 치뜨고, 전신에 기(氣)를 모은 뒤, 물을 차고 날개를 활짝 폈다. 운무가 기분 좋게 안겨 왔다. 케익스는 아내를 위로하는 뜻에서 그녀의 머리 위를 세 바퀴 경쾌하게 선회한 뒤, 서서히 해안 쪽으로 날기 시작했다. 다섯 번 숨 쉴 동안도 못 되어 둥지가 보이지 않았다. 운무가 더욱더 짙어지고 있는 모양이었다. 케익스는, 이렇게 되면 날이 개일 때까진 아내를 잃게 될지도 모르겠다는 생각을 했다. 그래서 방향을 돌려 다시 아내가 있는 쪽으로 되돌아가 그녀가 눈치채지 못하도록 확인해본 뒤, 다시 처음 방향으로 나아갔다. 그때 좋은 생각이 들었다. 해안 쪽으로 거리를 좁혀 날면서 몇 번이고 반복해서 둥지 사이를 왔다리 갔다리 해본다는 그것이다. 그리고 호흡으로 시간과 거리를 재두면 여간 멀리까지 간다더라도, 또 해가 진다더라도, 아내가 있는 가까이 오는 덴 별로 어렵지 않을 것이라는 배려에서다. 정통으로 둥지까진 못 온다더라도 소릴 보내면 대답이 있어줄 지점까지는 올 수 있을 것이다.

다섯 번 되돌아갔다가 다섯 번 되돌아 날랐을 땐, 겨울날 짧은 하루가 사위고 있었다. 그래도 그땐 해안에서 케익스는 비로소 낚시질을 할 수 있게 되었다. 허지만 케익스의 날개는 땀과 운무와 피로로 한 짐이나 무거워 있었으며, 수심(水深)도 어둡고, 시야도 어두어져 있어서 물나불의 굴곡도 잘은 보이지 않았다. 케익스의 전신은 진땀에 젖고, 마음은 초조로, 바작바작 타들고 있었다. 거의 배에 물이 닿을 만큼 낮게 떠서 주의를 곤두세워 보아야 자기가 찍어 올릴 만한 아무것도 보이지 않았다. 퀭해진 눈으로, 애타게 기다리고 있을 아내를 생각하면 도저히 침착할 수가 없었다. 케익스는 반은 미쳐서 날뛰었다. 지혜도, 완력도, 체구도 볼품없는 생명의 비극을 몸서리치게 체험하고 있었다. 사랑스러운 아내가 있으며, 귀여운 자식들이 앞으로 태어나리라는 것밖에 그의 비극을 위로해줄 것은 이 넓은 우주에 단 하나도 없었다. 가장 우둔하며, 가장 약하며, 작은 이 사내가, 그래도 그의 가정에서는 영웅이 되어야 하며 우주가 되어야 한다. 사내의 이 고독을 그의 아내가 알 수는 없을 게다.

사람들이 사는 땅에 불빛이 하나씩 둘씩 보이고 있었다. 움직이는 것은 아무것도 보이지 않고 특별히 등이 많이 매어 달린 곳에서 생명 냄새와 같은 고기 비린내가 짙게 풍겨오고 있었다. 나직한 사내 목소리들이 언뜻 불려 오는가 하면, 묶인 작은 목선들이 서로 부딪치며 내는 달그락 소리가 들리고, 그런저런 소리들이 다 죽었는가 하면 등 몇 개가 더 켜져 있고 윗녘 어디서 대문 닫기는 소리가 삐거덕 나는가 하면, 해소병자라도 실었을 인력거 멎는 소리가 나고, 문 두드리는 소리가 나고, 그리곤 매큼히 깔리는 연기 위를 진눈깨비가 내리기 시작했다. 케익스는 슬펐다. 물에서 뭣을 찍어 올린다는, 정당하지만 수확 없는 노동은 포기하지 않을 수 없게 되었다. 그래서 생선 비린내가 물씬물씬 풍기고 있는 곳으로 후각을 시력 삼아 서서히 따라갔다. 잠시 후에, 끌음 냄새를 지독하게 풍기는 램프를 세 개나 매달고, 허벅지까지 올라오는 장화를 신은 수염 많은 사내가, 갈고랑이로 싱싱한 생선을 찍었다 놓았다 하며 뉘집 식모 같은 여자들과 흥정을 벌이고 있는, 어시장에선 맨 가장자리에 자리 잡은 어물전에 닿았다. 거기만 해도 좀 한산한 곳이지만 케익스는 눈이 빙글빙글 도는 듯함을 느꼈다. 독한 알코올 냄새와, 바다뱀 구워지는 냄새가, 붐비고, 질척이고, 좁은 골목을 흘러 수챗구멍 같은 하늘로 사라지고 있었고, 떠드는 소린 귀를 멍멍하게 했다. 진눈깨비가 더 짙게 내리기 시작했다. 바람은 불지 않았다. 케익스는 수염 많은 사내네 어물전 건너 지붕 위에 몸을 붙이고 기회를 보기 시작했다. 그렇게 탐스러운 생선들은 바다에서 태어나 바다만 갈아[耕] 먹고 살았던 그로서도 본 적이 많지 못했다. 그렇게도 사납고 기세등등하던 상어까지도 수염 많은 사내네 어물전에 와선 어떻게 그렇게 수줍고 얌전하게 있는지 그것이 이상했다. 정혼해 놓은 늙은 처녀가 다 되어 있었다. 그러나 그 많은 늙은 처녀들 중에서 케익스가 욕심내는 건 자기 몸 정도밖에는 더 크지 않은 살이 좀 똥똥한 새우 그것 한 마리뿐이었다. 건너편 주막 안에 있는 어린 색시만큼이나 그렇게 통통한—그 많은 생선 속에서 다만 한 마리의 새우. 케익스는 겸손하게, 자기는 욕심을 부리자는 것은 아니라고 자신에게 말해주었다.

생선 장수는 이것저것을 찍었다 놓았다 뭐라 뭐라 투덜대는 듯이 씨불이며 잠깐 안으로 들어가더니 종이 한 장을 북 찢어내 가지고 나와선 안에다 대고 뭐라고 소리친다. 가게 앞에 서 있던 여자들은 술집 쪽으로 얼굴을 돌리는가 했더니 금방 하늘로 향하곤 뭐라 뭐라 한다.

"더 우물거렸다간 다 틀려버리는데. 돌아갈 수가 없잖나? 가게 문이 곧 닫힐지도 모른단 말야. 알퀴오네가 너무 걱정을 하고 있겠는데. 에라 모르겠다, 한 마리 얼른 찍어 도망가 버리는 수밖에."

케익스는, 족히 자기 몸 크기만 한 새우를 향해 부리를 세우고 쏜살같이 달려들었다.

모른 척하고 있었지만 알퀴오네는, 남편이 몇 번이나 날아왔다 날아간 걸 다 보았었다. 생각 같아선 자기도 따라 날고 싶었었고, 되돌아와 달라고 소리치고도 싶었었지만, 남편의 노력이 너무도 필사적이고 엄숙했기에 감히 이러지도 저러지도 못했다. 자기의 사랑하는 심정대로만 하였다간 남편은 용기를 꺾이고 말지도 모르며, 정신의 집중이 흐트러져 사소한 것에서라도 기를 잃고 말지도 모른다는 생각이 그녀를 억눌렀다. 그래서 모른 척하고, 자기는 자기의 일에 성실을 다하고 있다는 것을 보여주려 애썼던 것이지만, 지척도 분간할 수 없이 되며, 진눈깨비가 자꾸 두터워지고 있는 즈음엔 남편을 부르지 못한 후회와 남편의 안부에 대한 궁금과, 또 새로이 시작된 공포로 해서 미치기 시작했다. 전날은 하늘이라도 맑았지만, 오늘은 바다가 거꾸로 내리고 있다. 어저께 간 곳은 멀기도 먼 곳임을 알았으므로 남편의 안부에 대해 그렇게나 걱정되지는 안 했었는데, 오늘 간 곳은, 맑은 날이면 육안에 닿는 그런 가까운 해안으로 간 것일 뿐인데, 별다른 일이 그의 신변에 일어나지 않은 이상은 빈손으로라도 돌아와 주었을 것이다. 낮에 먹다 남은 것이 있으니, 그것으로나마 저녁은 참아보자고 달래며, 육신이 주린 것을 마음에서는 흠뻑 채워주었을 것이다. 헌데 아직도 돌아오지 않은 것은 분명히 심상찮은 무슨 일이 있음에 틀림없다. 남편의 고집을 모르는 건 아니다. 그렇더라도 그는 고집보다도 사랑을 더 많이 갖고 있다. 그만큼 왔다 갔다 하곤 했으니 방향을 잊을 리도 없다. '아니 그렇더라도 이쪽인 줄 알고 날다가 보니 전혀 딴 곳일 수도 있어. 별이라도 하나쯤 있다면 문제가 다르지만 말야. 도대체 동서남북을 무슨 수로 아신단 말야.' —알퀴오네는 이렇게 자위도 해보았다. 그런데 이 자위가 더욱 더 불행하게 했다. '정말 동서남북도 아실 수가 없다면 오늘 밤도 나 혼자 지내야 된단 말야? 어휴, 하느님 맙소사! 맙소사 하느님!' 알퀴오네는 생각만 해도 소름이 끼치는 밤을 앞에 놓고 있는 자신을 확인해야 되었을 때 자살이라도 하고 싶어졌다. 그러나 알퀴오네는, 아무 볼 것도 취택할 것도 없는 못난 여편네 하나 때문에 이렇게 궂은날도 맘 편히 한시도 쉴 수 없는 남편을 생각하곤, 마음을 좀 가다듬어야겠다고 이를 악물었다. 일단 생각을 한번 뒤집고 보니, 남편이 무사히 돌아올 수 있도록 정성을 다해 비는 일밖엔 자기에게 다른 일이 남아 있는 것 같지 않았다. 언제까지고, 남편이 돌아올 그때까지, 자기는 다만 그 기구(祈求)의 제단에 놓인 촛동강이 되어 태우는 일밖에, 정말 다른 일이 있을 것 같지 않았다. 그래서, 진눈개비와 구름과 안개와 어둠을 지배하는 어떤 정령께 머리 풀어 겸비함을 보이고 심령으로부터 간곡히 빌었다.

"저로 하여금 그이의 모든 고통, 모든 수고를 다 대신하게 하여주시옵고, 그이를 보호하여주시옵소서. 저로 하여금, 저, 저로 하여금,"

그러나 기도는 더 계속되질 못했다. 왠지 영혼은 가엽게 흔들리며 정령들을 불러 모으지 못했다. 이 탐욕스러운 정령들은 바다가 너그러울 때에라도 사납기만 사납다.

"만약 당신네들 저녁 식탁의 포도주 한 잔으로서,"

알퀴오네는 발악하고 싶은 기분을 느꼈다.

"그이의 생명과 영혼이 필요하다면, 그이와 내가 함께 자리했을 때 나를 취해 흡족하도록 하십쇼!"

알퀴오네의 음성은 짙은 밤의 짙은 진눈깨비의 짙은 내장을 찢기라도 할 듯했다.

"그렇게 할 수 없거든, 그이와 나를 동시에 취해 당신들의 입술에 피를 바르고, 그것도 정말이지 시원치 못하겠거든 아직도 알 속에 있는 이 자매들의 것까지를 취하십쇼!"

그리고 알퀴오네는 금방, 자기의 아들딸의 생명까지를 저주한 것에 대해 후회를 하곤 가슴에 덮인 깃털을 쥐어뜯어 참회했다. 분노는 결코 가시지 않았다. 바다가, 신들이, 선심을 베푼 이 이레를 앗아가려는 고약한 정령들에 대해서—.

"그리고도 모자라거든 당신네들의 가슴을 스스로 찔러 그 피에 취해버리시옵시오. 그러나 다만 오늘 저녁만은 그이를 보호해주시고, 또 제게 데불어주시옵시오."

알퀴오네의 걱정은 제어할 수 없을 지경까지 맹렬해졌다간, 자기의 발악에 자기도 놀라 떨며 소심해졌다. 남편의 사랑하는 아들딸이 어미의 막돼먹은 상상과 기우로 해서 버림받고 떨고 있다는 것이 소심공포 속에서 모성애를 불러냈다. 이것은 알퀴오네를 두 배로 괴롭히는 것이긴 했다. 그렇지만 이것은 그녀의 현재의 불행을 두 배로 경감시켜주는 것이긴 했다.

알퀴오네는 무엇이든 생각해서 공포와 위축감을 물리치려 했다.

"끝이 뾰족한 이 애는 사내앨 거야."

주머니 속의 밤톨을 만지듯 어루만져보며 큰 소리로 떠들었다.

"그리고 이 애는 이쁜 계집애겠지."

떠든다는 것도 싱거운 생각이 들며, 떠들지 않았던 때보다 더 허탈된 듯해졌다. 등대지기 할아범을 떠올려보았다. 상념이 아무래도 추적적일 수는 없었지만, 그 상념은 남편과 아이들과 자기가 처한 환경과 운명에 약간의 위로는 주었다.

그러나 그것도 순간의 위로밖에는 되지 못했다. 이젠, 붉은 진눈깨비 몇 송이처럼 단애가 있는 곳에서 흐적이고 있는 등 몇 개가 이 세계의 전부를 열고 있을 뿐, 완전히 밀폐되고 만 이 죽음 속에선 다른 위로가 있을 것 같지도 않았다. 남편이 곁에 있었더라면 화촉이 밝은 동방(洞房)이 되었겠지만. 알퀴오네는 전신을 녹혀내어 흐득여대기 시작했다. 정령들이 그녀의 울음소리를 들었다면 그들도 그들의 고집을 꺾고 어떻게든 그녀를 도와주려 했을 것이지만, 정령들에겐 귀가 없었거나 더워질 심장이 없었거나, 아니면 가학성 음란증을 가진 자들이다. 그녀의 슬픔을 외면했거나, 그녀의 슬픔 속에서 포도주를 짰다. 밤은, 바다에겐 음탕히 풍염했지만, 알퀴오네에겐 괴롭고 무거웠다. 깃이, 등이, 온통 진눈깨비에 덮이고 이젠 느낌만이나 혼백만이 살아 있다고 의식할 수 있을 뿐, 육신은 없어져 보이지 않았다. 바람은 없는, 어둠만 중량을 더하고, 부표하는 가엾은 고혼을 잠들게 못 하는 해조는 그의 수맥(水脈) 속에 아직도 분노를 조금은 가지고 있었다. 알퀴오네는 자꾸 흘러갔다. 어디로 얼마나 흘러가는진 모른다. 그녀가 알고 있는 것이라면, 이젠 자기의 날도 끝이 가까웠으며, 귀여운 남매에게 들려줄 용감한 아버지의 무용담을 엮는 일밖에는 없다는 그것이었다. 물론 알퀴오네는, 자기가 언제나 너무 성급하며 발광적이란 건 알고 있었다. 남편이 살아 있을 것을 믿기에 그렇게도 생각하는 것이기도 하다. 대부분의 과부들이 생각하는바, 자기의 남편은 '명태잡이'를 갔을 뿐, 결코 죽지는 않았으며, 언제고 꼭 한 번은 사립문을 밀고 들어설 것이라고 기다리는 심정, 바로 그것의 거꾸로긴 허지만 그녀들은 남편이 살아 있을 것이라고 믿으면서도 돌아옴이 늦는다고 애타 하지는 않는데 이 작은 여인은 불길하게 생각하면서도 학수고대로 남편을 기다렸다. 바닷물보다 더 빽빽한 이 흑암을 아킬레스라도 헤칠 수는 없을 것이라고 알면서도.

남편이 원망스러운 생각이 들기 시작했다.

"케익스, 어쩌면 당신은 그렇게 태평일 수 있단 말예요?"

일퀴오네는 맘에도 없는 원망을 퍼부어대기 시작했다. 알퀴오네에겐 도대체 시간이 흐르질 않았지만, 어쨌든 술시(戌時)가 지나고 해시(亥時)도 고개를 넘고 있었다.

"당신은 절 조금도 사랑하시지 않으셨어요. 당신은 유람선에서 본 조그만 인간녀밖에 사랑하지 않으셨어요."

알퀴오네는 울음 때문에 생긴 딸꾹질을 하며, 남편과 자기의 혈육이 짜 넣어진 알을 으스러지도록 끌어안았다.

"당신은 바람피우듯 제게 이 남매를 심어주시곤, 그리곤 가 버리셨어요."

남편을 원망한다는 일은 정말 처음이지만, 가슴을 도려내는 듯 아프게 하면서도 얼마간은 쾌감을 주었다. 지금에 이르러선 사랑이 그렇게밖에 달리 표현되질 못했다.

"당신은 늘 저로부터 도망치고 싶었었어요. 제가 너무도 귀찮게 굴었으니깐요, 그렇죠? 절 미워하셨어요! 케익스, 저도 당신이 미워요, 미워요!"

케익스가 가리켰던 그 물주름은 안개 속을 몇백 리나 흘러 지금은 어느 어둠 속을 헤매는지 모른다.

"허지만 무사하셔야 해요, 여보. 깃 하나도 상함이 없으셔야 해요. 그리고 제가 밉더라도 돌아는 오셔야 해요."

제3일

밤중까진 진눈깨비가 계속되더니, 새벽부턴 싸락눈이 되어 모질게도 알퀴오네를 두들기고 해면을 얽게 했다. 기온이 차차로 내리며, 축축한 눈에 젖은 알퀴오네의 깃은 온통 얼음으로 뒤덮이고, 그리고 아침엔 함박눈이 밀림처럼 내렸다. 알퀴오네는 흐느끼지도 못하고, 탄식하지도 못하고, 중얼거릴 수도 없이 되어 그저 왼몸을 오들오들 떨며, 자꾸 흩어지는 의식을 간신히 붙들고 있었다. 어깨는 빠개질 듯하고, 허리는 끊어질 듯하며 숨을 쉬면 서리 가루가 날랐다. 눈은 쉽게 멈출 것 같지도 않았다. 방주 속에 있는 자에겐 다른 방주가 있을 수도 없었다. 어쨌든 밤은 그렇게 새었다. 밤은 새었지만 비둘기는 날아와 줄 것 같지 않고, 감람나무는 죽어 잎을 피울 수 없는지도 모른다. 그래도 날은 밝았다. 다시 무엇이든 시작될 것이다. 시간이 또한 그녀의 수용 안에다 정액을 쏟아 넣을 것이다. 그녀만 한 장소에 밖에는 더 쓰일 데가 없는 그녀만 한 시간이 와서 꼭 자기만 한 전쟁과 평화와 신을 만들어낼 것이다. 그리고 새로운, 그녀만 한 젊은 시간이 그녀를 탐내고 달려들면—등대지기 영감에 의하면—묵은 시간이 과거로 돌아가 다시 젊어져 오는 그 전환으로서 과도적인 밤이 올 게다. 창녀적인 언제나 처녀로서의 장소인, 그렇지만 빈사에 처해 있는 그녀를, 그녀만 한 시간이 담겨 차올라오며 뭘 야기시키려 들었다. 그러나 알퀴오네는 성의를 낼 수가 없었다. 알 속의 자녀가 남편과 자기를, 생명과 우주를 연결시켜 주고 있는 가느다란 줄이었고, 그것이 또한 죽음과 생명 사이를, 존재와 무 사이를, 연대와 절연 사이를 칸 막아주는 생울타리였지만, 줄은 더 이상 늘일 수 없을 만큼 지나치게 팽팽해져 있고, 울타리는 만 리(萬里)까지는 뻗치지 못했다. 알퀴오네는 차차로 일그러지고 있었다. 불씨는 알을 품고 있는 가슴팍에만 좀 남아 있었다.

날이 훨씬 밝아졌지만, 단애 같은 건 보이지 않았다. 눈이 막아버린 저쪽에 무슨 다른 풍경이나 고장이 있다고 믿을 수도 없었다. 있다더라도, 주리고 얼어 열 빠진 흐릿한 눈으론 볼 수도 없긴 했을 게다.

공중으로부터 눈송이가 으깨어져 분분해져 오더니, 알퀴오네가 있는, 그녀로서도 자기가 어디에 있는지도 모르는, 그 맨 낮은 해면까지 찬바람이 휙 감아오기 시작했다. 그래도 알퀴오네는 아무 관심도 보이지 않았다. 알퀴오네는 외계와는 문을 닫고 자기의 불씨 앞에 앉아 그냥 눈을 감고 있을 뿐이다. 닫긴 귀에 들리는 거라곤 없었다. 몸이 매우 거북할 정도로 흔들리고 있다는 것만 희미하게 의식하고 있었다.

그런데, 귀에 익지만 아주 귀에 설은 소린가 무엇인가가, 그리고 낯익지만 아주 낯이 설은 형상인가 무엇인가가, 반은 무덤에 든 알퀴오네를 손잡아 일으켰다. 일어났는데, 알퀴오네는, 사자(死者)처럼 싸늘히 굳고 멍청했다. 정말 생명의 냄새도 분위기도 없었다. 그녀의 관 뚜껑 위를 고양이가 넘어간 것인지도 모른다.

그녀는 그렇게 흔들흔들 서 있다가 반듯이 누워버렸다.

가시덤불의 정령들 모두 모여라,
그래서 이 계집의 혼백 모두 지켜라.
꿀벌의 정령들 모두 모여라,
그래서 이 계집의 혼 가루를 모두 뭉쳐라.
그리고 고양이의 정령들은 느리게,
아주 느리게 관을 넘어라.

바람이 속삭이는 것 같았다.

아직도 계속 눈은 날리고 있었지만, 구름이 찢기기 시작하자 눈발도 가늘어지며, 정오에 온 햇빛이 창백하게 흩어졌다. 용 가는 데 바람 가고, 바람 가는 데 구름 가고, 구름 가는 데 햇빛 갔다. 햇빛과 구름만 스산한 게 아니었다. 바다도 스산했다. 해조가 항시 머물고 싶어 하는 바다 밑 고요의 집에서 쫓김받은 유목민(遊牧民)들은 거부하는 경련을 했다.

넘어진 알퀴오네 품에서 고운 알 두 개가 굴렀다. 알들은 입도 눈도 귀도 없지만, 자기들 어미의 슬픔을 안 듯, 몇 번 흔들흔들하다간 이내 소심스러히 움츠렸다.

제일 큰 물주름 하나가 스무 번 고꾸라지고, 스무 번 분신하고, 스무 번 둔갑했을 그만큼의 시간 후에 알퀴오네는 깨어났지만, 아무것도 의식이 안 되는 듯 멍하니 하늘을 우러러보았다. 찢어진 하늘들이 난산으로 죽은 산부의 대정맥처럼 허공을 기어 건너갔다. 푸른 바다는 끝이 흰 푸른 혀를 낼름거리며 둥지 속으로 짠 침방울을 끼얹었다. 죄 없이 떨고 있는 작은 두 알 위에도 덮이고, 알퀴오네의 얼굴도 때렸다. 그것이 알퀴오네의 정신을 돌이켜주었다.

"크으흑!"

알퀴오네는, 뱉어져 나오던 긴 울음을 빨아들일 때 아이들의 목젖에서 나는 것 같은 신음을 했다. 그리곤 앞뒤 볼 것도 없이 둥지에서 뛰어내렸다. 그러나 그땐, 알퀴오네를 그렇게도 뒤바뀌게 했던 그것은 들리지도 보이지도 않았다. 알퀴오네는 미쳐서 물을 박차고 날아올랐다. 그리고 사납게 선회했다. 그리고서야 그녀는 그것을 발견했다. 둥지 쪽으로 자꾸 가까워 오려 하면서도 어쩔 수 없는 타력 탓에 흘러만 가고 있던 작은 사내, —케익스는 절규하며 허우적이고 있었다. 입엔 여기저기를 무엇엔가 뜯겨 거의 껍질만 남은 새우 한 마리를 물고 오른쪽 날개 하나를 가지고 헤엄을 치려 필사의 노력을 하고 있었다. 그런데 왼쪽 날개는 부러졌는지 축 늘어져 있었고, 어깻죽지에 응고된 핏자국이 낭자했다. 그는 거의 임종이 가까워지고 있었던지 자꾸 뒤집혀지려 하는 걸 가까스로, 그리고 때때로 정신을 수습하여 이뤄질 수 없는 노력을 바치고 있었다. 그러나 그것도 알퀴오네가 자기를 발견했다고 믿는 순간 갑자기 풀려 늘어져 버렸다.

이런 지극히 비참한 상태에 이르러선 알퀴오네는 울지도 못하고 웃지도 못하고 그렇다고 뭘 느끼지도 못했다. 전신에 갑작스런 수축이 오고, 그런가 하면 경련과 이완이 뒤쫓아와 자기 몸도 주체를 못 해 떨어질 것만 같았다. 알퀴오네는 부리가 떨어져 나가도록 자기의 가슴팍을 물어뜯어 기를 좀 모았다. 목과 눈에선 피를 쏟고 있었다. 그리고 알퀴오네는 나직이 떠, 남편의 날개털을 부리에 물고 솟아오르려 안간힘을 썼다. 남편은 꼼짝도 하지 않았다. 물방울이 사정없이 덮여 올라 숨을 못 쉬게 했다. 그래도 그 짓을 삼십여 번이나 계속했다. 아까까지는 살아 있었지만, 지금은 그의 생사도 알 수가 없었다. 어쨌든 둥지에 모시고 우선 따뜻하게 해줘야 될 터인데, 힘은 모자랐고, 마음만 급했다. 새우의 무게도 있었던 것이다. —죽었는지 살았는지는 모르지만—숨을 멈췄으면서도 케익스는 새우를 무슨 집념처럼 물고 한사코 놓치려 하질 않았다. 그것을 빼내 버릴 순 아무래도 없었다. 그 한 마리 때문에 죽음도 불사한 것이 아닌가. 하는 수 없이 알퀴오네는, 버려두고 둥지를 밀어 오기로 했다.

둥지는 어렵지 않게 밀렸다. 그렇더라도, 그사이에도 흘러간 케익스 곁까지 밀고 간다는 일은 쉽지 않았다. 굵은 땀방울을 전신에서 눈물처럼 흘렸다. 알퀴오네는, 자기가 무슨 일을 그렇게 열심히 하고 있으며, 또한 자기는 불행해진 건지 아닌지 그것도 나중엔 모르게 되었다.

태양이 정오와 함지 사이의 중앙을 구르며 빛 비치고 있을 즈음에야 알퀴오네는 남편을 둥지 위에 올려놓을 수가 있었다. 그땐 알퀴오네도 케익스나 같았다. 하나는 숨을 쉬며 고동이 빨랐지만, 하나는 숨을 쉬지 않으며 고동이 거의 없었다는 것이 달랐다. 어떻게 손을 쓸까도 모르고 알퀴오네는, 날개 하나를 활짝 펴서 남편의 등을 덮어주곤, 원한에 뻘개진 눈으로 태양을 바라보았다. 알퀴오네처럼 맥 빠진 흰 양광이 알퀴오네의 눈 속과 케익스의 상처 위로 모래처럼 끼얹어졌다. 알퀴오네는 권태롭기만 했다. 이해할 것도 없고, 가다듬어둘 것도 없는 듯했다. 그저 왼갖 것이 시들하기만 했다. 알퀴오네는, 자기는 이 세상의 시간 속에 끼지 못하고 떨어져 나가며, 자기의 창백한 긴 그림자만이 그 시간 속에 떨어져 있다는 것만 희미하게 느꼈다. 일체의 것이 권태로웠다. 존재와 무 사이의, 생명과 우주 사이의, 밤과 낮 사이의, 그런 모두의 의미가 죽어버렸다.

"아, 알, 알퀴, 알퀴오네!"

알퀴오네의 귓전으로 희미한, 몇만 년 전의 별빛이 몇만 년 후에야 와 닿는 것 같은, 그런 해묵은 소리가 들렸다. 그리고 계속해서, 결리고 아프며, 숨이 막히지만 죽을힘을 다해 하는, 옛 얘기 같은 소리가 떠듬떠듬 들렸다.

"다, 당신을 위해, 해서 내가 조, 좀 더 잘해줄 수, 수도 있었는데,"

알퀴오네는 별 반응 없이 소리 나는 쪽으로 시선을 향했다. 케익스가 탄 입술을 옴지락이며 말을 만들려 무진 애를 쓰고 있는 것이 무슨 칸막이를 지난 저쪽에서 보였다. 그도 눈은 해를 향해 있었는데, 벌써 아무것도 보고 있는 것 같지는 않았다. 알퀴오네는 웃음을 느꼈다. "상처가 있는 저 사내는 저기서 무얼 하고 있는가." 알퀴오네는 자문했다. 도대체 그를 이해할 수가 없을 것 같았다. 그런데도 그는 기를 쓰고 씨불였다.

"여, 여보, 자, 자꾸 몸이, 몸이 무거워, 지, 지는구료. ……하, 항구의 기, 긴 장화 신은 새, 생선 장수께 말요, 새우 하, 한 마리 갚아 주구려. 제, 제발 부, 부탁이오."

그는 깊이 숨을 한번 들이마셨다. 그리곤 눈물을 흘려냈다. 그런 것이 알퀴오네에겐 몹시 우습게 보였다. 알퀴오네는 그만 웃음을 터뜨리고 말았다. 웃음 때문에 눈물이 나오려고 했다. 그런데도 그는 웃지 않고 자기를 바라보고만 있다. 참 이상했다. 더는 웃고 싶지 않아 알퀴오네는 웃음을 거둬버렸다. 그의 얘기는 계속되고 있었다. 아까보다는 좀 덜 더듬었다.

"당신 웃는구료? 그래야지, 그게 용기야. 허지만 진정으로 웃었으면 좋겠어. 당신이 미치기나 했다면, 정말 그러기나 했다면, 그, 그럴 리야 없지, 없을 거야!"

그는 말하며, 알퀴오네의 눈을 빤히 들여다보았다. 그리곤 안심했다는 얼굴을 했다.

"알퀴오네, 용, 용기를 갖구료. 그, 그리고 그거 이, 잊지 말아요. 긴 장화 신은 고, 고기 장수께 새, 새우 한 마리 갚는 거 말요. 그, 그러면 내 나, 날개를 찍은 걸, 후, 후, 후회할 거야. 그, 그리고 병신이 된 날개를 보, 본래처럼 돌려줄 거야."

그는 좀 쉬고, 그리고 이었다.

"당신 있는 곳이 이, 이렇게 멀진 않았었는데, ……빠, 빨리 온다구 했는데 말요, 늦어서 미, 미안하오. 어쨌든 헤, 헤엄이란 것도 배, 배우게 된 거지."

그는 웃으려고 해 보였다.

"물이 차더군. 밤도 길기도 깁디다. 당신이 부, 불쌍했어."

그는 다시 심호흡을 한 번 하더니, 팔을 쳐들려는 듯하다가 꼼짝도 할 수 없는지 다시 늘어뜨렸다. 호흡은 가쁜 모양이고, 의식도 자꾸 가물가물해지는 모양이었으나, 할 얘기가 많은 듯 계속 혀를 놀렸다.

"헤엄을 치고 오면서 새, 생각을 했는, 는데 말요, 우, 우리에게도 세월이나, 계, 계절이 어, 없었소. 이 일곱 날은 바, 밤에 부, 불과했어. 밤은 내, 내일을 태어내 노, 놓는 여, 여인이었소. 그, 그렇다고 내일과 밤이 다, 다른 게 아, 아니어, 었소. 밤이 제 자, 자궁 소, 속에서 저를 내, 내, 내놓는 거였단 마, 말요. 그러더니 어미도 이, 있고, 자, 자식도 이, 있지만, 도, 동시에 어, 어미도 없고, 자식도 어, 없었소. 허, 헌데 나는, 나는 그것으로부터 도, 도망치고 시, 싶었었어. 그런데 마, 말이오, 안 되더군, 안, 안 돼. 무스, 무슨 꿰미에 꽉 꼬, 꽂혀 있는 것 가, 같았어. 아주 둥근. 확실히 그, 그랬어. 처음엔 화, 화가 나더군. 났어. 헌데 차, 차로 그, 그것이 위로가 되, 되었어. 죽, 죽는다, 다는 게 떨어져 나, 나가는 것은 아, 아닌 것 같았으, 쓰니깐 말야. 돌아올, 올려고 도, 돌아, 돌아가는 거였소. ……지금은 아, 아주 즐겁게 마, 맞을 수 있, 있겠어. 조금도 두, 두렵지 않아. 정, 말이지 두, 두려웠, 웠었거든. 헌데 지금은 쉬, 쉬러 가는 것 같, 같기만 해. 가라앉는 땅은 아, 아닐 게야. 후후후, 우, 우리가 꿈꿨던 따, 땅은 고래, 고래 등이었, 었지. 그땐 즐거웠어. 허, 허지만 지금은, 지금은 더 즐, 즐겁소. 가, 가슴이 두, 두근거리게……"

길게 말하고 그는 숨을 할딱할딱하며 괴로운 낯빛을 했다. 조금 돋아 올랐던 혈색이 가시고 잿빛이 그를 덮었다. 그냥 죽어버렸어도 그만이지만, 꼭 들려줄 얘기가 있어 살아났다가 죽는다는 식이었다.

"애들을 못 봐서, 섭섭하군. 어, 어쨌든, 애들, 애들께 이 애, 애비의 얘기나 해, 해 주, 주고, 당신도, 당신도 슬, 슬픔에만 잠겨, 잠겨 있, 있지 말고, 놀이라도 나, 나가, 보구료. 그리고 이 내 부, 부러진 날개, 날개론, 여, 여기, 바로, 바로 여기, ……다, 당신과 처, 첫 깃 쳤든 무, 물 주, 물주름에 꼬, 꽂아서, 당신과, 나, 나와의 추억을 영글, 영글게 하, 하고, 애들, 애들께 애, 애, 애비의 무덤의 표, 표식이나 사, 삼아주오. 허, 허고 내 모, 몸은 뜨, 뜯어 당신과 애, 애들의 양식, 양식을 삼, 삼고, ……여보, 아, 알을 내 품, 품에 좀, 안, 안겨……"

그는 가슴을 여는 듯하더니, 그리곤 끝났다. 알퀴오네는 울지 않았다. 석양이 밤의 상복 자락에서 황토를 쏟았다. 알퀴오네는 해쓱한 얼굴로, 그리고 빛 없는 눈으로, 이미 맥도 숨 냄새도 없는 타인으로부터 고개를 돌려 하늘의 저쪽 시선이 닿지 않는 고장을 바라보았다.

제4일

흰 달이 지고 마지막 별 하나도 녹아 스러지고 있을 때, 바다는 새롭게 잠들고 아무것과도 인연 없는 찬 흐름이 동을 트며 흐를 때, 알퀴오네는 케익스의 시체를 물에다 던졌다. 밤새도록 알퀴오네는 케익스의 품에 부리를 묻고, 그냥 그렇게 새웠다. 그렇게 그냥 새웠다. 그리고 아침엔 케익스가 그렇게도 은근히 뽐냈던 목 밑의 눈빛 깃 하나를 뽑아 추억과 상복으로써 자기의 가슴털 속에다 꽂아놓고, 그리곤 자기에게서 가장 아름답다고 칭찬해주던 가슴팍의 다적색 깃 하나를 뽑아 남편의 부리에 꽂아주었다. 그것으로써 염습은 다 끝난 것이다. 무공주(無孔珠)나 엽전 한 잎이 있었다면 열명길[十王길] 노자로 입속에다 넣어주었겠지만, 마포 한 치 없는 가난한 살림에 그 이상 더 호화로운 염습을 죽은 이도 바랄 순 없었을 것이다.

케익스의 유언대로, 케익스의 날개를 잘라낼 수는 아무래도 없었다. 날개를 잘라 물주름에 꽂아놓는다더라도 어차피 파도가 그 표식을 빼앗아 갈 것이었다. 아침의 감빛 물결이 끝나버린 자리 거기만 와서 찾으면 케익스의 무덤은 있을 것이다. 감빛 물결은 알퀴오네의 시선 바로 앞쪽에서 끝났다가 다시 뒤쪽으로 끝 간 데가 없었다. 케익스의 시체를 뜯어 먹는다는 건 생각할 수조차도 없었다.

케익스는 그렇게 염습되고 난 뒤, 관도 명정도 상여도 없이, 알퀴오네의 깃털 하나를 요여(腰輿)로 타고 돌아갔다.

벌써 남편이라고는 생각되지 않는 차가운 비유(非有)를 밀어 넣고 알퀴오네는, 눈을 감았다. 그리고 비로소 뜨거운 눈물을 주르르 흘려냈지만 그러나 슬픔에 먹혀들어서만은 아니었다.

"이 혼백은 해정님의 품에서 나서 해정님의 품에서 치열히 살며 치열히 사랑하다가 이제 돌아가나이다. 하오니 이 세상에 충만된 금송아지님들, 이 못된 계집으로 하여 숨진 이 장렬한 혼백을 보우하여주옵소서. 이 혼백은 무구하고 순수하였으며, 겸손하였나이다. 하오니, 이 못된 계집으로 더불어 살았었다는 이 계집의 때가 조금 그에게 끼어 있더라도 씻어주옵시고, 당신들 가슴에 품어주옵시오."

묘비명이라도 새기는 듯, 알퀴오네는 케익스의 명복을 빌었다. 또록또록한 음성이었지만 역시 침울한 건 사실이었다.

시체를 밀어 넣고 알퀴오네가 눈을 감은 건, 오래도록 수면에 부표할 케익스의 시체를 보지 않기 위해서였다. 사실로 케익스는 아내로부터 떠나기가 싫은 듯, 아직 태어나지 않은 아들딸과 아내의 둥지 곁을 오래도록 떠돌았다. 빙글빙글 돌기도 하고, 물결 따라 자맥질을 하기도 하고, 둥지 가까이로 왔다가는 멀어가곤 했다. 수로 육만 리를 정든 처자 버려두고 떠나가기란 그렇게도 싫은 것이었던지. 가다가는, 풀리지도 않은 짚신 끈을 죄고 또 죄었다. 그러다 케익스는 멀리멀리 흘러갔다. 왼갖 고통, 왼갖 수고, 왼갖 번민, 왼갖 불행, 왼갖 행복, 왼갖 미련 다 버리고 물 가는 데 따라가고, 바람 가는 데 불려갔다. 내일 아침에나, 아니면 백 년도 더 지난 어느 날 아침에나, 어느 해변에로 밀려가 모래가 해모(海毛)를 빗기는 틈에 끼어 모래 속에 묻히게 되거나, 물이 싫어서 오케아노스의 주름주름을 헤치고 다니며 그렇게 살다가 바다의 맥박이 시작되는 곳 거기로 귀의해버릴지도 모른다. 부리에 꽂힌 다적색 깃 하나를 이 세상에서 살았던 표식으로 남겨두고—.

"자 이젠, 좀 차근차근히 생각을 해봐야겠어. 과부로서도 자식들과 살 수 있을 것인지 어떤지를. 나의 삼 분의 이쯤을 잃기는 했지만, 그래도 나는 남았으니, 어쨌든 살아야 하긴 살아야겠지. 죽는다는 게 정말 스러져버리고 마는 것이라면 어떻게든 더 맹렬히 살긴 살아얄 것이고…… 살아얄 것이고, ……하여튼 좀 생각해봐야겠어, 생각해봐야지, 우선 기운을 좀 차려야 해. 이 슬픔을 헤아려줄 아무도 없고, 애도해줄 아무도 없는 이 천애에서 너무 슬퍼만 해싸도 더욱더 가련해질 뿐일 게고, 좀 차근해져 봐야겠어."

알퀴오네는 아무것도 먹고 싶지 않은 허기를 느꼈다. 케익스가 물어다 놓은 새우의 비린내가 유혹적으로 풍기고 있었다. 알퀴오네는 기력 없이 눈을 뜨고 새우를 바라보았다. 만신창이가 되었으면서도 탐스러운 살을 드러내고 있는 그것은 케익스의 생명을 빨고 더욱더 살찐 듯했다. 산 생명을 빤 죽은 새우—알퀴오네는 자신도 모르게 부르르 치를 한번 떨었다. 그 새우의 살 한 점이 한 여자에게선 남편을, 아직 깨이지도 않은 자녀들에선 아비를, 선조들에게서는 소중한 후예를, 손주들에게선 용감한 할아비를, 그 본인에게선 다 못 산 젊음을 빼앗아 갔다. 그리고—알퀴오네에게는 너무도 공허하게만 느껴지는—이 우주에는 공허와 허무를 한 점 더 보태주었다. 하기야 새우에게도 그의 일가(一家)는 있을 게다.

"그래, 그에게도 친척은 있을 게다."

알퀴오네는 새우로부터 시선을 돌렸다. 품속의 유복자들이 어미를 오도카니 올려다보고 있었다. 어미의 시선에 굶주려서—.

"그래 참, 난 어머니였지."

알퀴오네는 오랜 후에야 가장 중요한 것을 기억해냈다.

"생각보다 그렇게 쓸쓸하진 않군."

알퀴오네는 발작적으로 유복자들을 껴안고 입맞춤을 퍼부어댔다. 알들은 금방 어미의 침과 눈물에 덮였다.

"그래, 난 어머니군!"

이 확인은 굉장한 희망을 안겨주었다. 아이들이 깨어난다더라도 어딘가 한구석은 여전히 빈 채 남아 있을 것이지만, 그렇더라도 그것은 좀 빨리 와버린 것이라고 넘겨버리고, 어쨌든 다시 시작해야 된다는 용기가 났다.

"그래, 난 어머니야."

갈매기 한 쌍이 서로 경쾌하게 부르고 대답하며 날아갔다. 알퀴오네는 그 부부의 모습이 아주 보이지 않게 되었을 때도 그들이 날아간 거기를 멍청스레 바라보았다. 그러다 두리번두리번거리고 주위를 살폈다. 품에 꽂힌 눈빛 깃 하나가 그녀의 눈 아래서 바람에 스적였다. 알퀴오네는 체머리를 썰레썰레 흔들었다. 그리고 엉뚱한 것을 기억해냈다.

"너는 직선처럼 영원히 가거라. 멈춰도 안 되고 굽어도 안 된다."

이 선고는 새로운 사실을 알퀴오네에게 가르쳐주었다.

"그러고 보면 내가 과부가 된 건 어제 오후가 아니라 그저께 밤부터였어. 갈매기 부부는 어떨까?"

알퀴오네는 어깨를 한번 으쓱하며 웃었다.

"케익스로부터만 제외된 건 아니었어. 그날 밤에 난 그것을 느꼈었지. 허지만 케익스에게 희망을 걸었었다. 헌데 그이도, 날 비웃고 조롱하던 그들의 한편이 되어버렸어."

알퀴오네는 두 알의 위치를 바꾸어보았다.

“난 이렇게 젊은데, 그리고 남자가 싫지 않았었어. 다시는 불러볼 일 없는 자궁을 위해서 그래도 배꼽 아래에 비계는 찌겠지. 흥, 기름이 덕지덕지 앉을 거야. 낯은 가렸지만 이 세상에 충만된 금송아지님, 날 멈추게 해줘요. 그리고 굽혀줘요. 정말 난 어찌할 바를 모르겠어요. 날 좀 어떻게 도와줘요, 네?”

“후후후,”

바람의 정령이 웃었다.

이 탐스러운 과부의 소근거림은, 남편을 여읜 지 하루도 지나지 않아, 매우 유혹적이며 음탕했다. 알퀴오네는 결코, 바이러스 한 마리도 살고 있지 않은 자기의 수용소를 침묵하고 인내하며 살아갈 것 같지가 않았다. 그렇더라도 그녀 스스로는 조금도 죄책감을 느끼지 않았으며 부정한 과부라고는 생각하지 않았다. 무엇이 그렇게 만든 것인지는 몰라도, 그 격리 속에서 동화(同和) 속으로 나오고 싶어 함은 어쨌든, 그녀는 생명을 사랑하며 자기를 아끼고, 그리고 케익스를 그리워하는 것이었다. 알퀴오네가 자신도 모르게 자기의 아자(亞字) 창문에 홍등(紅燈)을 걸어놓은 것은 케익스가 가버린 곳, 거기로부터의 소명을 탐내기 때문일 것이었다.

“밤이 자신을 제 음부로 태어내 놓는 거기, 거기로 날 좀 불러줘요, 날 좀 불러줘요. 당신들의 조국으로 좀 불러줘요. 오오, 불러줘요. 불러주잖음 불에 구어 살러 먹겠어요. 살러 먹겠어, 호호호호호. 그땐 참 즐거웠었죠. 그 작은 섬 위에서 서로 포옹했을 때 말이죠. 우린 거기다 유리 궁전을 짓는다고 했었죠. 상어로 울타리를 만들고, 온갖 아름다운 작은 고기들을 정원에 심어 꽃을 피우기로 했었죠. 풍랑과 비와 폭풍이 싫었으니 거북을 데려다 천장을 견고히 하면 아무도 시샘 못 할 거라구 했죠. 쌍쌍의 새들을 모아다 신하와 시녀로 삼고, 당신은 태양을 이마에 붙이고 전 달을 머리에 쓰기로 했죠. 분수가 참 그럴듯했어요. 헌데 그게 움직이는 섬인 줄이나 누가 알았겠어요? 호호호 고, 고래 등 위에서 꿈을 꿨다뇨! 우리는 현기증을 느끼며 어딘지도 모르는 곳으로 달리다가 하마터면 빠져 죽을 뻔했죠. 빠져 죽지 않길 잘했는지 어쨌는진 모르겠지만요, 가을엔 구경꾼으로서 그런 풍경을 보았었죠. 고운 나뭇잎들이 흘러온 곳으로 가보지 않겠느냐고 당신이 말씀하셨었죠. 참 아름다운 섬이긴 하더군요. 그때는 별로 즐거웠지 않았어요. 당신이 저의 한숨을 오해하셨었죠. 허지만 전 제가 그런 속에서 살지 못한다는 것 때문에 한숨 쉬었던 것 같지 않아요. 그 속에서 사는 다른 당신과 내가 빠져 죽지 않기를 바라는 기도였었을 거예요. 그리고 우리는 우리의 대지로 돌아왔어요. 하루도 쉼 없는 기복의 대지로. 우린 유리 궁전에 대해선 그 이후론 한마디도 안 했었죠. 허지만 우린 그런 궁전을 지었었는지도 몰라요, 지은 것은 아니지만 어느덧 살고 있었는지도 몰라요. 오오, 허지만 이젠 그것을 부숴주세요. 음악도 즐거움도 없는 이 권태로운 시간을, 갇혀서 살란 말예요? 이젠 부숴주세요. 당신과 나의 손이 가까이 있으면서도 맞잡지 못하게 하는 이 무서운 것을, 이 무정스러운 것을. 아, 아니에요, 아직은 그대로 두세요. 그래요, 역시 그대로 두는 것이 좋겠어요. 아직은 이 애들이 잠이 깨지 못했거든요. 잠이 깨기도 전에, 몸에 털이 나기도 전에, 영혼이 굳기도 전에 그것을 강요할 수는 정말 아무래도 없어요. 이 애들도 아비와 어미만 해졌을 때, 그리고 이 애들이 다시 한번 씨눈이었음을 인식했을 때, 그때 케익스님, 금송아지님, 오오, 튼튼한 부리의 어머니여, 그때 이 껍질을 쪼아주옵시오. 그리고 음악은 사라지고, 즐거움도 없어진 이 권태로운 시간의 투명한 껍질을 부수고, 그리고 이 완고하기만 한 이 긴 줄을 굽게 해주옵시오. 그때까지, 제가 지치지 않고, 쓰러지지 않고, 이 희박한 대기를 감수하게 하는 용기를 주옵시오. 참게 하시옵시오. 산고보다도 더 무서운 이 은총에서만 죽게 해주옵시오."

제5일

어제도 해가 지고 오늘 아침에 떠올랐으니, 오늘도 해가 졌다. 무덤 위로 바람이 지나 알퀴오네의 번히 뜬 눈으로 성에처럼 어둠이 덮이고, 흰 달이 지나고, 아침이 오고, 푸른 낮이 기울고, 석양이 비치고, 별이 박히고, 저녁의 으스름이 펼쳐지고, 다시 구름 사이에서 이우는 찬 달이 돋아 올랐다.

알퀴오네는 부리와 발톱을 써서 벗길 수 있는 만큼 자신의 털을 뜯어놓고 있었다. 털이 빠진 자리는 송송 피가 솟아올랐다가 얼어붙었다. 벗긴 털들은 알 위에 덮어 두었는데, 남편의 목에서 빼낸 깃털은 부리에 꼭 물었다.

자기에게 그렇게나 심하게 대접을 한 것은, 조그만 허기를 못 이겨 남편과 바꾼 새우를, 그것도 약간 음미를 하며 씹어 먹어버린 것에 대한 참회로서였다. 애들에게는 덕일 수 있을는지는 몰라도 자기 입으론 먹을 수 없는 것이라고 몇백 번이고 다짐했던 것이다. 남편을 죽이고도 모자라서 남편의 살점까지를 파먹었다는 것을 생각하면, 그리고 과부의 외로움을—맛을 잃도록 맛보고도 새우 중의 어떤 여인의 남편을 뜯었다는 것을 생각하면, 몸서리가 쳐졌다. 유혹을 받았을 땐, 남편은 자기가 먹어주기를 한사코 바랐을 것이라는 자위를 갖긴 했었다.

밤의, 무섭게 찬 흐름이 털 빠진 알퀴오네의 몸을 얼게 하곤 탁탁 갈라지게 했다. 살갗이 터질 때마다 불로 지진 듯한 아픔이 비틀리게 했지만, 나중엔 아픈 줄도 몰라 했다. 전신이 그저 얼얼하기만 하고, 의식이 가물가물했다. 그래도 겨우 지탱할 수 있었던 것은, 하루 먼저 품었던 알 속에서 새 생명의 미동이 시작되어 있었던 덕으로서였다. 내일 새벽쯤엔 껍질을 터뜨려주어야 될 것 같았다. 케익스가 있었더라면 알 속에서의 이 버둥질하는 자식의 외침을 같이 들었을 것인데, 그렇질 못해 알퀴오네는 다시 한 번 쓸쓸했다. 그렇더라도 케익스가 빚을 거둬가 버린 이 꼬치또에서 한번 쾌재를 불러보고 싶게 하는 그 계기가 되었다. 그래서 오랜만에 길게 한번 소리쳐 광활한 이 천지에서의 이 한 점을 선언하려 목을 쑥 빼 올렸다. 그러다 비명을 지르고 나둥그러졌다. 얼어 경화된 목 부위의 살이 튀겨진 것처럼 갈라 터진 것이다. 그래도 울진 않았다. 죽을 듯이 앓아대면서도 그녀는, 빛 속에 있었던 것이다.

피 냄새를 맡고 정령들이 몰려왔다. 몰려와선 화톳불을 둘러서듯 알퀴오네를 빽 둘러쌌다. 그러나 갈라 터진 핏자국에 혀를 대려는 정령은 없었고, 다만 그저 피의 향기를 즐기려는 것 같았다. 그들은 흠흠거리며 서로 코를 부딪쳤다.

"이제 곧 뭍에서는 닭이 울 터인데 돌아가는 게 어떻겠어?"

어떤 정령이 느긋해져 졸음이 오는 소리로 말했다.

"아직 그렇게는 되지 못했을걸. 조금만 더 이 잔치를 즐기자."

어떤 정령이 대답했다.

"하긴 이 여자의 피는 참으로 향기롭다. 이런 잔치도 흔하진 않지."

"그러나 피 주머니가 이렇게 가여운 줄은 정말 몰랐는걸."

"후유. 그래도 이 주머니 속에다 온갖 것을 다 집어넣고, 싫어 했지, 안 그랬나? 피 주머니가 작더라도 이 피 냄새는 창세부터 썩어왔던 포도주처럼 아주 진하다."

"아, 그건 그래. 벌써 취해서들 횡설수설하잖나."

"포도주, 포도주에 관한 얘기가 나오니 말인데,"

술맛을 알았던 듯한 정령이 흥미를 냈다.

"그건 혁명과 같은 놈이더라. 모든 묵은 가치를 뒤집어놓으려고 해. 그것은 어떤 이데올로기이자 십자군이다. 그것을 마시기 전까지는 위대하게 보이던 것들도 일단 그것의 맛을 한번 보았다 하면, 위대했던 그 모든 것들이 쓰레기로 보이는 거라. 그래서 그 쓰레기를 치우려 하고 새롭게 위대한 것을 세우려 하지. 허지만 그 술이 깨었을 땐 뭔지 머리가 띵하고 도대체 공허하더군."

"그건 질이 나쁜 술이었군."

그도 술맛을 알았던 듯한 다른 정령이 시들하다는 듯 말했다.

"나는 진짜배기로 한잔 마신 뒤 여태도 취해 있거든. 진짜 좋은 술이란 형체에게서 형체를 빼앗아버리더라구. 질이 나쁜 술은 형체에게 약간의 광분을 주곤, 형체를 위해 위대한 공화국을 세우려 하지만 말야, 자네 말대로 혁명이지. 하지만 진짜배기는 형체를 미워하게 한단 말야. 난 아직도 취해 있다구."

"추억이로군, 응? 추억이야."

"뭐 그렇다는 거지. 이 여자의 산 피 냄새가 불러준 생각이야."

"그러나 난 느꼈는데,"

'질이 나쁜' 술에 취해봤던 정령이 다시 나섰다.

"이 피 냄새는 그 둘을 동시에 가능시키는 것 같애. 우리에게가 아니라 바로 살아 있는 그 자신에게."

"헝, 건 굉장히 해괴한 소리군."

'진짜배기'에 아직도 취해 있는 정령이 비웃듯 뱉었다.

"뭍에서 닭 우는 소리가 흘러오는군."

"그래, 닭 우는 소리군."

"그럼 이제 우린 일어나세. 우리의 이웃인 이 여자가 베푼 잔치를 감사나 하고 돌아가세."

"그래, 우리의 이웃이군."

"우리의 이웃이야."

"이웃이야."

그리고 정령들은, 어두운 쪽에서 햇빛 쪽으로 촛불을 가지고 나오듯이 그렇게, 그 어스름 속에서 형체와 음성이 엷어져 가더니 사라져버렸다. 정말 멀리 어디서 닭 우는 소리가 기류처럼 흘러왔다. 삼 분의 이도 더 먹힌 달이 닭의 목젖에서 뱉어져 나와 오케아노스 저 너머 영원히 계속되는 암흑 속으로 던져져 가고 있었다.

제6일

정오가 가까울 무렵에, 자기의 껍질을 벗어 던지고 그 속에서 씩씩하고 젊은 새로운 케익스가 나타났다. 일어나자마자 이 왕자는 경쾌한 음성으로, 제가 지닌 목청껏은, 자기가 처한 오방과 하늘과 바다를 향해서 자기의 탄생을 고했다. 어미는 벅찬 자랑을 빙그레 웃는 웃음으로만 표현하며 이 씩씩한 젊은이를 내려다보았다. 한파와, 아비의 수고와, 어미의 고뇌가 합쳐 부화시킨 이 아들이 다시 한번 자기의 껍질을 인식해야만 될 때를 생각하고 알퀴오네는 가볍게 한숨을 한번 쉬었다.

젊은 케익스는 그러나 곧 비틀비틀 어미의 목 밑으로 쓰러졌다. 알퀴오네는 그런 것을 사지가 떨리는 애정으로 바라보면서, 이 아들을 위해 뭐든 먹을 걸 준비해야 된다고 생각했다. 그러나 아직 품속엔 부화될 다른 생명이 있으며, 그건 어떻든 도대체 몸을 움직일 수가 없었다. 구름에 가려 햇볕은 엷었지만, 그래도 밤에 얼어 온몸을 약간은 녹여주고 있어 더욱더 아팠다. 알퀴오네는 가슴이 쓰렸다. 부리로 아들의 머릴 쓰다듬고, 슬픔은 감춘 채 정다운 눈으로 바라보아줄 수밖에 없었다. 그러다간 아들마저 곧 죽이게 될지도 모르겠다는 두려움이 없는 것도 아니었다. 생각다 못해 오후에는, 하는 수 없이 자기 가슴팍의 살을 물어 뗐다. 아픔은 이미 계속되어 온 것이다. 그렇더라도 자기 살을 자기가 물어 뗀다는 것은 받았던 아픔의 천 배는 더 가혹한 것이었다. 그래도 자기의 살을 떼어주는 것은 남편이 자기에게 베풀어준 그 정성의 반도 못된다고 생각하며 알퀴오네는 거의 미쳐서, 약간의 쾌감을 느끼며 자기의 살을 쪼아내기에 치를 떨었다.

열다섯 번을 쪼고, 서른 번을 쪼아 피에 푹 젖은 살 한 점을 발라냈다. 알퀴오네는 곧 죽어가면서도 그 한 점을 아들의 입속에다 넣어주었다. 아무것도 모르는 아들은 그 살점을 받아선 꿀꺽 삼키지를 못하고 뱉어내선, 찍었다간 놓고 놓았다간 찍으며 핏물로 새빨개진 얼굴을 쩔레쩔레 흔들기도 하다간 바닥에다 동댕이쳐 버리고 말았다. 그리곤 다시 어미의 오른쪽 깃 밑에로 쓰러지며 몹시 보챘다. 고기 맛을 알아버린 것이다. 알퀴오네는 구역을 참으며 다시 자기의 살을 뜯기 시작했다. 그러다가 알퀴오네는 까무러쳐 버렸다. 어린 케익스만 비틀비틀 시든 어미를 맴돌다가 그도 스르르 잠이 들었다.

하늘은 잿빛 구름으로 무겁게 덮여 있었다.

동지를 하루 앞둔 겨울 저녁녘은 메마른 가지에 더욱 차갑고, 황톳길에 파인 지팡이 자국에도 소복이 쌓이는데, 일박 여인숙의 병든 바깥 램프의 유리가 그을음에 덮이고, 진눈깨비가 말소리들을 삼키고, 손님 없는 어느 찻집 레지의 가느다란 손가락이 묵은 레코드를 걸 때, 그리고 방파제는 바다뱀처럼 길게 누웠고, 조수마저 적막이 두려워 안으로 응축되고, 여객선은 어느 녘엔가 떠나 돌아올 손님들을 되돌려주지 않고 소식도 없어 그들의 가족들이 스스러운 마음으로 잠자리에 들 때, —알퀴오네는 어린 자식의 부르는 소릴 들었다. 림보보다도 더 먼 어디서 들려온 소리던가, 짙은 구름에 익사되어버린 어느 별에서 지심(地深)으로 내려온 소리던가 무덤의 밖에서 안으로 들려온 소리던가, 그런 아득한 소리가 아주 가까이서 엄마를 찾고 있었다.

"오냐, 엄마가 여기 있다, 엄마가 여기 있어!"

알퀴오네는 목청을 다해서 대답을 했다. 대답을 보냈는데도 아들은 계속해서 부르기만 했는데, 어미의 대답이 아들에게 들리기에는 아들은 가까이 있었지만, 어미가 너무 멀리에 있었던 모양이었다.

알퀴오네는 정말 너무 많이 주리고 목이 말라 있었다. 대답이 목구멍에서 새어 나오질 않았다. 그럼에도 알퀴오네가 스스로 자기의 생명을 확신할 수 있기는 어이없게도 그 주림과 목마름으로 해서였다. 보이진 않지만 무엇이 소록소록 내리고 있는 것이 벗겨진 피부에 느껴졌다. 그래서 알퀴오네는 입술로 둥지를 미친 듯이 핥았다. 그동안에 그렇게나 눈은 내려 쌓여 있었다. 해갈이 되자 주림도 약간은 면해졌다. 그제서야 목이 틔었다.

"아가, 엄마가 여기 있잖어?"

알퀴오네는 말하며 목 밑에 쪼그려 앉아 오들오들 떨며 우는 아들을 어루만졌다. 물론 캄캄한 밤이라 접촉이 주는 느낌으로서만 볼 뿐이었지만. 아직 깃이라고 하기엔 털이 너무 부드러워 뻘건 살에다 솜을 발라놓은 듯한 그 생명이 전해주는 것은 그렇지만 굉장한 것이었다.

"엄마가 여기 있는데 울긴? 원 씩씩두 하구나? 자, 그만 울어야지, 그만."

"엄마가 옆에 있는 줄 누군 모르나 뭐?"

아들은 엄마 목에 매달리며 칭얼거렸다.

"헌데 어딜 갔었어?"

알퀴오네는 가슴이 찢긴 듯 아프면서 또한 말할 수 없는 위로를 느꼈다.

"가긴? 여태껏 아가 곁에 있었잖어?"

"치이 있었지만 없었단 말야! 배가 고파, 엄마!"

"자아식두!"

알퀴오넨 목이 메어 탄식하곤, 다시 자기의 가슴팍을 물어 떼기 시작했다. 아들은 어미가 하는 짓을 알지 못했다. 침을 삼키며, 낮에도 그랬으니깐 아마 그렇게 하는 것이려니만 했다. 피비린내가 아들의 코를 자극했다. 배가 고팠으므로, 어머니가 뜯어 줄 때까지 기다릴 수가 없어 아들은 어미의 살을 뜯으려 덤볐다. 어미는 맘으로 서럽게 울었다.

그렇게 해서 배가 불러졌을 땐, 아들은 곤하게 잠들려 했다. 허지만 알퀴오네는 아들을 재울 수가 없었다. 이것이 어쩌면 마지막 밤이 될 것 같았기에 아비의 얘기를 들려주지 않으면 안 되고, 엄마가 없더라도 용기 있게 사는 방법을 일러주지 않으면 안 될 것 같았다.

"아가, 엄마가 아주 옛날 옛적 얘기 하나 해줄까?"

알퀴오네는 자기도 들었던, 말하자면 구전(口傳) 족보를 들려줄 셈으로 권지일(卷之一)의 첫 장을 열려 했다.

"엄마, 난 잠이 오는걸. 나중에 들으면 안 돼? 옛날얘기란 게 뭔데?"

"그래서 그걸 들려주려는 거란다."

"그럼 쬐끔만 들려줘 봐. 옛날이란 게 뭔지도 모르겠어."

"그렇지 참. 넌 모를 거야. ……그건 그러니까…… 네가 태어났을 땐 해가 눈부시게 반짝였지? 헌데 지금은 아주 어둡잖어?"

"그래, 그래."

"네가 태어났던 때를 지금에서 보면 옛날이 되는 거야, 알겠니?"

"어응, 허니깐 옛날이란 건 해가 있을 때를 말하는 거로군."

"그렇다고만 말할 순 없지. 내일 또 해가 떠오르거든. 그러면 이 밤이 옛날이 되는 거야. 해가 뜨고 지고, 뜨고 지고 하는 일이 굉장히 많이 모이게 되면, 그때 뒤를 돌아다보고 옛날이라고 말하는 거야. 오늘 밤도 그땐 옛날이 되지."

"알 것도 같고 모를 것도 같아."

"그렇겠지. 허지만 너도 곧 알게 되지. ……그런 옛날에 테살리아라고 하는 땅에 말이지,"

"땅이란 건 또 뭐야?"

아들은, 낱말 사전을 접하게 될 때의 그 호기심으로 성급히 물었다.

"오오 참, 넌 아직 땅을 모르지. ……이 세상은 말야, 하늘과 땅과 바다의 세 가지로 크게 나뉘어져 있단다. 하늘은 너두 알잖니. 바다도 알고. 하늘은 말라 있고 바다는 이렇게 묽어 있는데, 그 두 개가 반죽이 되니까 아주 굳은 것이 나타났어. 그걸 땅이라고 하는데, 너도 알게 되지. 아무튼 얘야, 잘 모르겠더라도 들어둬요. 그러면 나중엔 다 알게 되니깐 말야."

알퀴오네는, 아들이 묻는 대로 다 설명을 하다간 삼라만상의 한 가지도 빼놓지 않고 다 설명을 해야 되겠고, 또 그렇게 설명해가면서는 얘길 다 마칠 수 없다는 생각으로 좀 슬펐지만, 아들의 물음을 제지시켰다. 시간이 꽤 촉박한 듯해진 것이다.

"알게 되구말구. 저절로 알게 돼요. 친구도 생기게 될 게고, 또 오다가다 얘기도 듣게 될 테니깐. 헌데 말야, 그 땅에 케익스라는 임금님이 살고 계셨었어. 정말 헌칠하게 잘생기고 씩씩하신 분이셨대요. 왕비는 알퀴오네였는데, 가문이 아주 좋은 집 따님이셨지……"

알퀴오네는 잠깐 침묵했다. 이것이 선조로부터 남편과 자기까지 생애의 권지십(卷之十)이 될 것이기 때문에.

"두 분은 정말 의가 너무 좋아 병이었어. 그건 유전이 되어버렸으니 말이다. 그런데 너무 귀찮은 일이 많이 생겨서 그 해결책을 알아보려고 바다를 건너 먼 여행을 하지 않으면 안 되게 되었단다. 이오니아 지방 클라로스의 아폴론 신탁소를 찾아가기로 한 거란 말야. 그런데 어떻게 되었겠니? 임금님이 먼 바닷길에서 무사하기만을 밤낮으로 빌던 그 왕비의 기도도 헛되게 되었단다. 풍랑이 케익스 왕을 삼켜버린 거야. 임금님을 말야. 왕비 알퀴오네는 그것도 모르고 먹는 것도 자는 것도 잊고 남편이 무사하기만 빌었다고 하니 얼마나 가엾니?"

"참 가여워요."

아들은, 잘 모르지만 엄마의 음성이 슬프게 떨리고 있었기 때문에 가엾다고 생각한 것이다.

"그래요. 하늘의 신들도 못 볼 지경이었다니까. 그래서 왕비에게 임금님의 죽음을 일러주기로 했대. 그래서 꿈의 신을 시키기로 했어. 넌 아직 모르겠지만 꿈이란 건, 잠을 자고 있는데도 깨어 있을 때와 마찬가지로 어떤 광경이 보이는 것을 말하는 거예요. 그래서 그 꿈에 왕비는 임금님이 죽은 걸 알게 되었단 말야. 왕비는 꿈이 깨자마자 임금님이 떠난 그 바닷가로 달려갔단 말야. 안 그럴 수 있겠니? 바닷가로 달려가 임금님이 남겨놓고 간 발자국이라도 보려 했단다. 그렇지만 발자국이 아직도 남아 있을 린 없었다. 얼마나 슬펐겠어요, 왕비는. 울음을 터뜨리지도 못했대요. 그냥 주저앉아서 바다 끝만 멍청히 바라보고 있었다지. 헌데 말야, 뭔지가 왕비 앞으로 둥둥 흘러오더라는 거야. 글쎄 죽은 임금님의 시체였어. 안됐지 뭐니?"

"안됐어요!"

아들은 아까와 같은 그런 몽롱한 상태에서 아까처럼 대답했다.

"왕비는 까무러칠 듯했어요. 그래도 정신을 바짝 차리고 시체 곁으로 막 달려갔어요. 헌데 이상스럽게도 몸이 둥둥 뜨더라는 거야. 어느덧 온몸에 털이 나고 날개가 돋쳐 있었단다. 새가 된 거지. 그땐 임금님도 어느덧 새가 되었더라지. 신들이 불쌍하게 본 거야. 왕비가 그렇게도 슬퍼했었거든. 그런데 그 둘이는 바다에서 새가 되어버렸기 때문에 뭍에서 사는 법은 몰랐다는 거야. 그래 사철 바다 위에서나 살았는데, 바다는 성미가 사나운 탓에 편히 한번 쉬어볼 수가 없더란다. 신들이 보니 이 부부 새의 처지가 너무 불쌍했지. 그래서 겨울에 바다를 잠재우고, 이 부부를 위해 일곱 날을 주셨단다. 이 동안에 이 부부는 알을 까고, 그리고 힘을 모으는 거야. 그 이레를 알퀴오네 철이라고 한단다."

"참 가엾어!"

아들은, 잘은 모르면서도 다시 깊이 동정했다.

"그래도 가엾다고만 할 순 없지. 부부는 바다를 이기기 시작한 거야."

"어떻게 새가 바다를 이겨요?"

아들은 당연한 질문을 했다.

"그건…… 그건 이해하기가 꽤 어렵지. ……허지만 그들의 운명을 사랑하기 시작한 거야. 깃 한번 쳐볼 수 없는 파도를 자기들의 짐으로 지고 괴로워하기 시작한 거야. 그들에게 주어진 미래는 겨울의 칠 일이었다. 그러나 차라리 겨울의 칠 일은 폭풍우와 험준한 파도보다도 더 무서운 것이었다. 그것은 그들의 일 년을 하루도 빼놓지 않고 삼켜버렸기 때문이다. 그 칠 일이 주어지지 않았던들 그들의 나날은 무력하지만 그런대로 바다를 이기려면서 살았을 것이다. 헌데 그 부부 새는 겨울의 칠 일을 잃었다. 그리고서야 그들의 일 년을 되찾았다. 사라진 일 년을, 풍랑과 폭우에게서 되돌려 받았다. 그들이 바다를 이기기 시작한 것은 바로 겨울의 칠 일을 잃고서부터였다. 이젠 그 부부에겐 안식일은 없을 것이다. 물론 그 칠 일은 세월 속에 끼어 있는 것이니 분명히 오긴 오겠지만, 그것이 왔다더라도 그것은 그들에게 이겨내야 할 한 짐이며 현실일 뿐이다. 자기의 짐과 현실을 미래 속에다 의탁시켜버리고 산다는 것은 불행한 일이다. 그들이 그 미래 속에 들게 되었을 땐 그들의 의탁은 벌써 좀에 먹혔을 뿐일 거다. 정말 아무 쓸모 없는 먼지가 되어 있었다."

알퀴오네는 아들의 눈꺼풀을 만져보고, 아들이 벌써 잠들어 있음을 알았다. 슬펐지만 깨우진 않았다. 육신이 약한 탓으로였는진 모른다. 알퀴오네는 잠든 아들의 귀에다 그냥 속삭였다. 품고 있는 알 속에서도 생명이 야기되고 있음이 느껴져 왔다.

"헌데 바다는 너의 선조들이 흘린 소금과 땀으로 자꾸만 더 깊어만 지고 더 거칠어만 왔는데, 신들도 이젠 발목을 대기만 하면 빠져들어 가 익사하고 말 거다."

제7일

일 년 중에도 가장 어둡고, 일 년 중에도 가장 길고, 일 년 중에도 가장 무거운 동지의 밤이 새이고, 물결이 그의 짧은 잠에서 깨이려고 다시 기지개를 시작했다. 새벽녘에 별 몇 개가 보이고, 열닷새로부터 닷새나 더 이울어진 어스름한 달빛이 서리 가루처럼 뿌려지더니, 오전부터는 다시 눈 잎이 날리고, 오후까지 계속되었는데, 알퀴오네는 죽음에 임박해 있었다. 아들은 저녁녘에라도 날 수 있을 만큼 성숙해서 아비의 용자를 꾸미기 시작하며 약간 건방진 의젓함을 보였다. 그 아들에 대해서는 믿음직스럽게 생각하고 이젠 눈을 감아도 좋을 것 같았다. 하지만 아직도 깨지 않고 있는 알 하나가 어미의 생명을 그렇게도 강인하게 붙들고 있었다. 알퀴오네는 사실 이 오후까지 몇 번이나 죽고 몇 번이나 깨었는지 모른다. 이 우주의 끝에서 끝까지를 그녀는 현기증 나게 빙빙 돌고 돌았다. 생명의 쓴잔도, 죽음의 단 잔도, 죽음의 쓴잔도, 생명의 단 잔도, 그녀의 미각을 어떻게 좀 자극시키진 못했다. 혀가 마비되었거나 맛을 초월해버린 것이었다.

이젠 정말 두려운 것이 없었다. 두려운 것이 없어지자 모든 것이 친근하고 다정한 이웃처럼 느껴졌다. 그러나 그녀는 그런 행복한 감정을 즐기지는 못했다. 허지만 그것은 그녀가 그녀 자신을 모아들이려고 애쓰게 하지 않으면서, 바로 그것들 속에 흩트려놓은 채 그녀 자신만을 강하게 느끼게 해준 것이었다.

"얘야, 어민 이젠 가망이 없겠어."

알퀴오네는 아들을 불러 앉혔다. 유언을 해 두려는 것이다.

"왜 그러시죠, 어머니?"

아들은 장자(長子)답게 걱정스레 어미 곁에 앉았다.

"어민 이제 곧 너와 헤어져야 될 것 같아. 그러니 잘 들어둬요."

어미는 아들의 눈을 속 깊이 들여다보았다. 음성은 새파랄 정도로 또록또록했다.

"대체 무슨 말씀이신지 알 수가 없어요."

"난 이젠 죽을 모양이야."

좀 은유적으로 말하려다 알퀴오네는 탁 털어놓고 말해버렸다. 아들이 어미에게 묶어놓은 줄을 끊을 테면 사정없이 끊는 게 좋겠다는 생각이 들어서였다.

"어머니, 죽다뇨?"

"생명은 죽게 마련이야. 겨울엔 쥐가 뱀 꼬리를 갉고, 여름엔 뱀이 쥐의 대가리를 깨문다는 얘기가 있느니라. 생명은 죽음의 꼬리를 갉고, 죽음은 생명의 대가리를 깨물지. 꼬리를 물리며 대가리를 깨물지…… 빙글빙글 돌지."

"………"

"너의 할아버지나 아버진 케익스였고, 너의 할머니나 어머니는 알퀴오네였느니, 너도 어느 때엔가는 너의 자식들에게 이 얘기를 들려줘요."

"어머니, 그럼 어젯밤 얘긴."

"그래. 그러니 너의 이름도 케익스가 되는 거야. 그리고 이 속에 이 꼬마 신부는 너의 누이가 될 터인데, 너의 색시로 삼고, 아들 낳고 딸 낳으렴. 이름은 물론 어미의 이름을 붙여야지."

"………"

아들은 거의 멍한 눈으로 어머닐 건너다보았다.

"너의 아버진 정말 훌륭한 용사였어. 바다까지도 이겨내셨으니깐 말야. 너도 용감해야지. 너의 아버진 날개 둘로 이 거대한 바다를 다 휩쓸었느니라."

"아, 아버지가 말이죠?"

"그럼 그렇구말구지! 헌데 그만…… 너의 아버진 엄마보다 먼저 가셨어. 이젠 엄마도 가는 거야. 언제든 너희들도 만나겠지. 너의 아비의 무덤은 아침의 감빛 물결이 끝나버린 자리 거기니라."

"………"

아들은 좀 숙연해 했다.

"가시기 전에 너의 아버지는, 이렇게 말씀하셨었지. '밤은 내일을 태어내놓는 여인이었어. 그렇다고 내일과 밤이 다른 게 아니었소. 밤이 제 자궁 속에서 저를 내놓는 거였단 말요. 그러니 어미도 있고 자식도 있지만, 동시에 어미도 없고 자식도 없었소. 헌데 난 그것으로부터 도망치고 싶었었어. 헌데 안 되더군, 안 되었어. 무슨 꿰미에 꽉 꽂혀 있는 것 같았어. 아주 둥근. 처음엔 화가 났지만, 차차로 그것이 위로가 되더군. 죽는다는 건 떨어져 나가는 것은 아닌 것 같았으니까. 돌아오려고 돌아가는 거였소.' 그리곤 너희들 일을 부탁했어요. 씩씩하고 담대히 바다를 이겨야 된다구. ……헌데 에미는 오랫동안 떨어져 나가기만 해왔었어. 너의 아비는 도망치고 싶었고, 어미는 들어가고 싶었었는데 결국은 마찬가지였던 모양이다. 나도 이젠 무슨 꿰미엔가 꿰어져서 어쩌는 수가 없는 것 같으니까……"

차차로 알퀴오네의 숨이 가빠지고 있었다. 품에 안긴 알 속에선 탄력적인 태동이 시작되고 있었다.

"허 헌데, 그건, 그건 가, 가슴 두근거리게 하는 거구나. 푹 쉬러, 쉬러 간다는 건. 새, 새로이 살기 위해, 도, 돌아갔다가 돌아, 돌아오는 거겠지."

알퀴오네는 맥이 탁 풀려지는 걸 간신히 모아 품속의 알 껍질을 탁 쪼았다. 조금 금이 가는 정도였다. 그렇게나 기력이 소모되어 있던 것이다.

“어, 어미가 돌아가, 가면 어미의 사, 살을 먹고, 그, 그리구 나면 내, 내일부턴 풍랑이 다, 다시 시, 시작될 텐데, 잘해봐라, 잘. 누이를 위, 위해 주, 주고, 너의 아, 아비가 남겨준 이 흰, 흰 깃은 내 부, 부리에다 꼬, 꽂아다오. ……그, 금, 금송, 송아지님, 이, 이젠 이 계, 계집의 도, 돌아감을 받아, 받아주옵시오. 무, 문을 좀 열, 열어주옵시오. 곧은 건 문으로 나, 나가서 무, 문으로 들, 들기를 원, 원합니다. 이 계, 계집의 껍, 껍질을 쪼아, 쪼아 주옵, 옵시오.”

그리고 알퀴오네는 고개를 품속의 알 위로 푹 떨구었는데, 부리가 알 껍질에 콱 박혀 껍질이 탁 깨졌다. 그와 동시에, 자기 어미만큼이나 아름답고 슬기로워 보이는, 새로운 작은 알퀴오네가 빼틀빼틀 일어섰다.

풍문에 의하면, 알퀴오네는 테티스의 동정으로 물총새[翡翠]가 되었다는데, 오비디우스의 「轉身賦」에 이 이야기(拙作 「7일과 꿰미」)의 전신이 있다. 그 풍문이 만들어낸 이야기이므로 이 이야기 속엔 翡翠의 生態가 무시되어 있다. 헌데 풍문은, 그것을 무시해도 나쁘지 않다는 그 너그러움의 그릇 속에 담겨져 있었다.

美里場

제1장

“바람 한 점도 없는 이 여름 한낮에, 젖이, 흐흐, 젖이 시려 죽겠다야, 젖퉁이가 시려.”

벼락 맞고 죽은 나무로부터 반 마장쯤 저쪽엔 소나무도 여남은 그루 있어, 그런대로 그늘도 짙었는데도, 하필이면 벼락 맞고 죽은 나무를 지고 앉아 따님은, 큰 한 얼룩 뱀의 애무가 발끝까지 아파서, 발가락을 꼼질꼼질 비틀어대며, 쥐 난 것모양으로 겨우 그렇게 신음했다. 하면서 쥐 난 것 같은 웃음소릴 뒤 토막 잘라냈는데, 그러자 이 색골이 더욱 미치고 들었다. 그 육중한 근육을 더욱 트림해대며, 비록 여윈 어깨일망정 더욱 억세게 휘어감고, 또한 형편없이 흘러내려 볼장 다 보아버린 염소 불알 같은 젖퉁이일지라도 더욱 혹닉을 하고, 입에서 더욱 뜨거운 불을 끄집어내, 그것을 녹이려는 데 더욱 젊음을 다했다. 그럼에도 그늠의 핵은 흐물어들기는커녕, 오히려 거머리의 그것 같은 수천의 흡반만을 돋우어내선, 이 색한의 타액으로부터 정액의 마지막 방울까지를, 그래선 이 냉한한 불길의 혼백을 에워싼 천년의 냉막(冷膜)까지를, 빨아들이려고만, 몸서리쳐지게 쑤물댔다. 이 싸움은 치열하고 괴로운 것이었다.

어찌 되었든, 성난 해면 같은 욕정만으로 전신을 채워 넣고 있는, 이 갈증의 자루는, 땅꾼의 피리에 의해서처럼, 이 늙은 계집의 속삭임과 신음에 의해서, 그 호색적 명오를 한꺼번에 열었던 모양으로, 그녀의 신음의 독기에 휩싸여, 이 불 가운데로부터 사십 일을 하산하지 못했다. 하긴 그런 방법에 의해서 그들은, 만나고, 계명을 여수하는 것 같았다.

"이, 이 잡님이, 흐이 이 잡님이,"

이번에는 늙은 계집 쪽에서도 참지 못하고, 몸부림하는 그 팽팽한 알몸 위에다 입술을 눌러 대곤, 파구와 파구를, 파곡과 파곡을 이루며, 그 긴 강 속으로 홍수 져가는 젊음에 투신하기 시작했는데, 사실 그녀로선, 그 전신에다 침을 덮어씌우고, 그 미끄러운 색근(色根)을 삼켜버리고 싶었으나, 그러나 이 색근이 인간의 타액을 극도로 싫어한다는 것을 알고 있었으므로, 그 짓만은 참았다. 헌데 '잡님'이란 아마도, 지극히 은근한 호칭으로서 '잡놈'이란 말의 높임말인 듯했다.

그러나 그런 얼어붙는 신음이라든가, 쥐 난 눔의 웃음 또는 쥐도 안 먹을 존칭이라든가, 속에 있어야 아름다울 것이 파 들어내졌기에 추악해 뵈는 그런 뿌리다움, 거기만을 휩싼 음독(淫毒)의 안개, 그런 것이 사복(蛇福—마을에선 蛇童이라고 불렀다)에겐, 적어도 표면적으론 아무런 관심거리도 못 되는 듯, 그쪽으론 눈 한번 돌리는 법 없이, 한 마리의 일개미가 개미귀신의 지옥에 빠져, 도대체 허잘 데 없는 노력을 바치는 것이나 지켜보며, 정말 허잘 데 없는 울화나 바치고 있었다.

"짜슥, 뒈져라, 뒈져, 뒈져라 이 순,"

그러나 개미는, 매번의 노력이 헛수고로 돌아가자, 나중엔 도대체 갈피를 못 잡고, 다 오른 지옥전에서 제 스스로 떨어지기도 했다. 그 노력은 그래서, 그 지옥을 지옥이게 하는 그 부드러운 모래 탓이라기보다는, 태어나면서 가져버린 그 육신의 무게 탓에, 죄도 모를 형벌을 인고치 않으면 안 되는 걸로 보였다. 사복으로서도 처음 얼마 동안은, 그 지옥의 어느 밑에 복병하고 있으면서 검은 침을 흘리고 있을, 그 귀신의 흰 이빨을 느꼈었지만, 그러나 그가 종내 나타나지 않았기에 그 지옥은, 폐가였으며, 거미줄과 누습과 이민의 땀 냄새 조금이 흐릿하게 남아 있는 것으로 변했다. 그것은, 사복의 연정(憐情)을 분노로 바뀌게 했다. 개미의 그런 노력이란 얼마나 무의미하며 권태로운 것인가, 또 얼마나 어이없는 원죄인가, 그 둘레가 팔만 유순이래 보았자 조그만 계집의 배꼽 둘레 정도밖에는 안 되는, 그래서 지나가던 비 한 방울만 떨어져도 메꿔져 버릴 그런 지옥의 풍속이란 어떻게나 시답잖은 것인가, —사복은 분노하고 있었다—허지만 그것을 벗어나지 못하는 개미의 비극은 그래도 거기에 있던 것이다. 이상하게도 헌데 그것이, 사복의 전신에서 기름땀을 흘리게 하고 있었다. 그건 반드시 더위 탓만으로도 돌릴 수가 없었던 것이, 사실로 그는, 맥이 자꾸 풀려 몸을 가누지 못하고 있던 터였다. 이 황지(荒地)에다 마을의 장정들이 풀어 헤쳤던, 그 오백 짐의 모래가, 자기의 전신으로 무너지고 있는 듯이도 사복에겐 느껴졌다.

"젠장, 이게 낮 중에서도 한낮인데," 사복은 그래서, 몹시 피로를 느끼고 머리통을 등 뒤로 넘겼다. 그러다 자실하고 말았는데, 그 위쪽에서, 벌겋게 달궈진 모래들이 소나기로 내리퍼붓고 있었던 것이다. 헌데 그 사태의 한가운데엔 예의 개미지옥 하나가 새까말 정도로 깊게 패어 있었고, 그 가운데에 자기가 빠져 어쩔 줄을 모르고 있었다. 게다가 그것은 왼골 안보다 더 웅장하고 깊어, 현기증을 일으켰다. 사복은 그래 자기도 모른 새 불똥이 튀도록 눈을 눌러 감아버렸다.

"대체 너를 훑는 귀신은 어떤 얼굴이냐," 눈을 떴을 땐 그리고, 사복은, 개미를 죽여 없애버리고 있었다. 맨발로만 살아서, 잡육(雜肉)으로 바위처럼 우거졌던 그 뒤꿈치였는데, 그것으로 얼마나 매질을 했던지, 개미는 혼 껍질도 못 벗은 채 사라져버렸고, 그 대신 그 자리에, 예의 그 왼골만 한 골짝만 하나 나타났다. 만약 그 개미가 어디서 볼 수 있었더면, 그것은, 족히 백 년의 사역을 치르고서야 이룰 수 있을 그런 것이라고 생각했었을 것이다. 그러면서, 어찌하여 그렇게나 큰 힘이 이삭 한 톨을 인색해 했던지를 또한 두고두고 의문했을 것이었다.

"글쎄, 흐흐, 이 땡볕 속에서, 흐, 글쎄, 바람도 없는데, 나는 춥기만, 이상하게 춥기만,"

"글쎄 그러구 보니 글쎄, 나도 춥기만 이상하게, 춥기만 춥고……"

사복은 그리고 멍해져, 벼락 맞은 나뭇등걸에 걸린, 늙은 요부의 치골이 있을 곳을 건너다보기 시작했다. 그러면서 추억인지 뭔지를 쬐끔 토해 되씹어 보다 입을 다물었다.

"글쎄 춥기만 춥고…… 후훗 참, 그랬었구나, 잘 익은 배 맛은 없었어도, 허긴 반이 곰이 핀 곶감 맛은 있었댔어, 것두 나쁠 거야 없구말구였지,"

따님은 석새삼베 속곳 하나만을 입고 있어서, 그 속에서 혼백이 내왕하는 것이 보일 듯도 싶었는데도, 그리고 또, 그 혼 껍질 한 벌만을 줄곧 일흔다섯 해나 입어 와서, 그 속의 뼉다귀들이 삭아지는 소리를 내는데도, 그런 가난 따윈 벌써 초극해버린 모양으로, 그땐, 너무 피다 시들어 드는 웃음이나 흘리고 헐헐 하고 있었다. 그러면서 세 철만큼씩 걸려 눈을 한 치씩 감아 내렸다. 뱀이 자기 속으로 스며들어버리고, 자기가 뱀 속으로 빨려 들어버린, 그 일체감을 얻고 있는 듯했다. 신음도 사그라지고, 뱀도 더 지랄을 떨지 않았다. 그러고 나자 거기 남은 것은, 낡은 한 빈 뱀 자루와, 그 자루를 쓰륵쓰륵 빠져나와선, 그 자루의 치골 위에 대가리를 얹고, 액기 탓에 괴롭게 똬리 치다 잠 써버린, 한 마리의 긴 정충뿐이었다. 그리곤 갑작스레 그런 모든 비유(非有)들 위에서 여름이 시작돼버렸다. 그것은 맹혹한 여름이었다. 그 안에선, 신들이나 제사장들이나, 모두 처참하게도, 겨울에 조금씩 삭혀뒀던 이것저것을, 심지어는 자아까지도, 개 혓바닥처럼 토해놓고, 늘어져 버린다. 여름을 태우는 한낮 속에선 그래서 왕국들이, 누룩에 의해서처럼, 태양열에 의해 부풀려져 흘러가버린다. 남는 건, 늘어난 속을 어떻게도 줄여 맬 수 없어 구멍 나버린, 품 좁은 껍질들뿐이다. 그래서 여름에 울자고 사는 벌레도 정작으론 곡조를 주워 담지 못하고, 빈 구유에 몸을 눕히고도 여름의 포만 때문에 겨울을 참았던 소도 역시 정작으론, 넘치는 네 통의 구유에 손을 집어넣고도 들어 올리질 못한다. 허긴 돌도 그늘 쪽만 살아 있는, 이런 여름의 맹폭한 겨울 가운데선, 모든 생명이 다시 한번 뿌리로 이어지는 여행을 강제당한다. 그리하여 태양의 혀끝에 젖꼭지를 난도질당하는 땅의 몸 시려함을, 그 격렬한 내정(內情)의 한끝을 엿느끼며, 그 겨울을 참는다. 그런 건 처녀다움이며, 또한 순전한 처녀다움이다.

"헌데 이건, 젠장, 송장보다도 더 조용하구나,"

사복은, 발치 건너편, 벼락 맞은 나무 밑 고뇌가, 너무 쉽게 평정을 얻어버렸기에, 다시 몹시 심심해져, 뭔가 번열을 내고 있는 것이 없나 하고 찾다가, 갑자기 여름과 해후를 하곤 어리떨떨해져, 그렇게 투덜댔다. 그리곤, 하품을 한번 하곤 발을 쭉 뻗어 허리의 피로를 발끝으로 보냈다. "도대체 바람 한 점 없고, 산기슭 푸른 그늘에도 바람은 한 점 없고, 젠장 이 긴긴 한낮 내내 바람은 한 점 없고," 사복은 다시 하품을 했다. "헌데 가만있자, 그 개민 지금쯤이라면 골짜구니에서 올라와 버렸을까, 지금쯤이라면—" 사복은 도대체 너무 할 일이 없었기에, 그 개미라도 생각하려 하다가 종내 두통을 느끼고 말았다. 무엇이 머릿속에서 쑤물쑤물하고 있었고, 헌데 그것은 바로 그 일개미였고, 그것은 자유의 한계를 옥죄고 들었다. 그것은 해가 중천이었을 때 느꼈던 배설기나 같은 것이었다.

모든 건 잠결에 이뤄졌던 것이지만, 누군가가 엉덩이를 한 차례 갈겨대곤 따라 나가자고 해서 따라 나갔었고, 손을 뒤로 돌리라고 했기에 하품을 하면서 돌려댔었고, 그리고 한 번인가 하품을 더 했었을 뿐인데, 어느덧 밤이 새버렸고, 오전도 반이 다 흘러가 버렸던 것이고, 그래서 보고 사복은 비로소, 자기가 큰비암 아래 둥치에 불알처럼 매달려 있었음을 알았던 것이다. 새끼손가락 하나 굵기는 넉넉히 되는 삼노끈이, 잠결에 돌려댄 두 팔목을 비끄러매곤, 매우 거북하게도, 큰비암님을 뒤로 안고 있도록 해놓고 있었던 것이다. 그리고도 오줌만 마렵지 않았더라도, 조금 더 천천히 부자유의 쓴맛을 느꼈겠지만, 그때 제길하게도 오줌이 귀두 끝까지 차오르고 있었다. 그래 사복은 몹시 투덜대며, 별수 없이 입은 채 갈겨버리고, 물잠뱅이가 젖어 있는 동안 내내 욕설을 뱉었다. 그러면서도 차근히 자기 상황을 살펴보곤, 나중엔 씨석씨석 웃기까지 했다. "남이 잠에 꾸들어 드는 틈을 탔다는 게 간특하긴 하지만, 후후, 그러고 보니 이따위 삼노끈이란 시늉에 불과하군. 이까짓 것쯤, 터서리에 둬 번만 문질러도 동강이 나버릴 걸 뭐, 그러고 보면 후훗, 할미도 꽤는 재치꾼이고, 농담꾼이야," —그때 그것은, 끊어 던져야 될 아무 이유를 못 가진 것으로, 사복에게 변했다. 오히려 그것은, 거의 달콤한 기분까지를 사복에게 주었을 정도인데, 그와 같은 작은 규제로 하여 사복은, 자기도 조금은 쓸모 있는 짐승으로 이 세상을 살아왔었다는 것을, 최소한 자기에게만이라도 증명할 수 있었던 때문이다. 허긴 그것도 그랬을 것이, 사람들이 알아주기론, 자기는 뱀으로 태어났어야 될 것이 사람으로 태어났기에 어디도 끼일 수 없는 어중간한 짐승이라고 해서 홀대했는 데다, 양부(養父)까지도 자기에게 실망하고 있는 상태에 있었기 때문이다.

떠도는 얘기에 의하면, 사복은 사실로 그렇게 태어났던 것이다. 어떤 매우 달덩이 같았던 소쿠리 장수 하나가, 거의 달 건너 한 번씩, 사기를 바꾸러 소쿠리 짐을 지고 다녔었는데, 아무 해 아무 날 해거름판엔 그런데, 그 소쿠리 장수가 소쿠리 짐은 짊어지지 않고, 이상하게도 소쿠리 하나만을 배에 엎어 뭘 숨겨 가지고 와설랑, 마을엔 들르지도 않고 먼저 큰 밭 가운데로 똥 마려운 듯이 건너갔더라는 것이고, 그래 그걸 수상쩍게 생각한 아무개네 팔순 노인이 거기에 당도해본즉슨, 그 소쿠리 장수는 이미 없고, 소쿠리만 하나 덩그마니 큰비암님 아래 놓여 있었기에, 다가가 들여다보니, 박 덩이 큰 것만 한 뱀 알이 거기 담겨 있더라는 것이고, 그래 그걸 기이히 여긴 아무개네 팔순 노인이 장죽에 불붙이고 앉아 돼가는 꼴을 기다리자니, 해가 지려면서 큰비암이 등천을 하는데 천지가 흔들리더라는 것이고, 그래 하도 무서운지라 눈을 살콤 한번 감았다 떴을 뿐인데, 어느덧 큰비암님이 그 알 위에다 붉은 정수(精水)를 토해놓았더라는 것이고, 그러자 조금 있으니 알이 깨이더라는 것이고, 그것은 처음엔 뱀으로 보였는데, 헌데 눈 한번 다시 닦고 본즉슨 사내애였더라는 것이고, 그야 물론 그 옌넨 소쿠리 장수가 아니라 큰 암비암님이었다는 것이다.

어쨌든 그러했음에도, 그 새끼 뱀을 저어하지 않고 품에 넣어 간 사람은, 스물다섯 살이 되었을 때, 살던 산막으로부터 훌쩍 떠나, 어디 가선지, 팔만 잡귀 잡령 부랑하는 도깨비들을 창호지에 묶어서 당나귀 등에 한 짐이나 싣고 서른여섯엔가 돌아와선, 마을에다 소금처럼 뿌리려다 실패하곤, 그리고 그 뒤부턴 입 딱 다물곤 사기나 옹기를 구워 객상 상대로 팔았던 따님의 그 외동아들이었고, 그는 그때 마흔한 살이었었는데, 어머니 움에 내려와 있었던 터였다. 헌데 창호지에 묶어 온 도깨비 부랑배란 다른 것이 아니었고, 해를 해라 하지 않고 동그라미 속에다 점을 하나 찔러놓았다든지 달을 달이라 하지 못하고, 부러진 낫 조각 같은 모양에다 두 버팀쐐기를 찔러놓았다든지 하는 그런,

도대체 옆으로 보나 서서 보나 백해무익한 환을 일컬었던 것이다. 해는 해고, 달은 달이고, 그것들은 하늘에 있으니 거기서 보면 되고, 또 아무리 봐야 해는 구멍이 없을 뿐 아니라, 달은 없을 때도 있고 있을 때도 있고, 반달일 때도 있고 온달일 때도 있는데, 어째 하필이면 이를 악다문 초승달만 달일까 부냐, 제 길헐 눔의 젊은 눔이 할 짓이 그렇게도 없더냐. 애들을 둔 마을의 어버이들은 결국 분노하고 말았다. 허지만 그는 아무것도 설명할 수가 없었던지 입맛을 한번 다시곤, 돌아가서, 옹기 굽는 일에 세월을 보내기 시작했다. 열세(閱世)에서 그는, 자기 고장의 토질이 무척 우수하다는 것을 알아냈던 것이다. 마을에선, 피는 어쩔 수 없어, 애비의 일을 물려받았다고 쑥덕댔다. 허지만 배나무 집에서 쑥덕이는 소리가 채 샘집 골목을 다 굴러가기도 전에 그는 논밭을 사기 시작하더니, 그것들을 다 어머니 소유로 해두곤, 옹기업은 때려치워 버리고, 사복에게 정들이며, 잡환 나부랭일 사복이 세 살 적부터 가르치기 시작했다. 물론 어머니 소유의 전답이야 소작인을 두었겠었다. 그 소작인은 세 칸 마음 중 두 칸은 굴뚝 속 같고, 한 칸 마음만 거길 빠져나온 흰 개 꼬리 같았을 뿐이지만, 마을 사람 중에 요순을 아는 사람은 없었으므로, 그의 이름이 요순을 대신했다. 그리고 마을의 그 요순에 의해서, 큰 밭 가운데에 사는 따님과, 산기슭에 사는 따님의 아들과 사복과, 마을 사이에 연결이 지어지고 있었다. 그에 의하면, 따님의 아들은 하늘이 낸 효자며, 사복에 대해선 서리처럼 엄하다고 했다. 그러나 뒤 해 전부터, 정확하게 말하면 사복이 만 열여섯이 되던 해부터 그가 휙 바뀌어져, 외인 만나기를 꺼려하는 것을 둘째 쳐놓고라도, 사복까지도 귀찮아하고 있다고도 했다. 사복의 입장에선, 그때부터 기를 좀 펼 수도 있었지만, 그 탓에 한숨도 더러 쉬어야 되었었다.

어찌 되었든 이번엔, 종적도 없었던 그 개미가 어느덧 머릿속으로 옮아와, 배설이 하고 싶어 안달을 시작한 것이다. 규제가 주는 달콤한 예참(預參) 따윈 문제도 되지 않고, 오히려 그건 환멸로 변했다. 그래서 사복은 속으로 어떤 종류의 반란을 도모하기 시작했는데, 그때 마침, 늙은 색부의 목침 같은 치골 위에서 변화가 일어났기에 사복은, 이내 머릿속 배설기를 잊어버릴 수 있게 되었다.

죽은 듯하던 얼룩 뱀이 갑자기 살아나서, 머리를 쌀래쌀래 저으며 혀를 사려내다간, 스르르 똬리를 풀더니 사복 쪽으로 기어 오기 시작한 것이다. 그걸 보고 사복은, 너무도 기분이 좋아 쿨쿨 웃기까지 하며, 그것과 똑같이 혀를 낼름거려 주기도 했다. 사복의 생각에, 그것은 늙은 계집에게 넌더리를 내고, 자기에게 오는 것이라고 했다. 그래서, 한 꼬투리의 잘 익은 머루 같은 파리 뭉치를 흐물트러지게 한입 물고 시들어지고 있는 따님께, 어깨도 으쓱해 보였지만, 그러나 뱀의 입장에선 굉장한 실속이었던 모양으로, 사복의 발끝이 몸을 건드리자, 한사코 방향을 돌리려 했다. 했지만, 사복은 발의 왼갖 잔꾀를 다 부려, 그것을 불알 밑까지 유인해다 놓곤, 넋 잃고 관찰하기 시작했다. 그것은 확실히 개미보다는 백 배나 더 흥미 있는 놈이었고, 호랑나비처럼 아름다운 놈이었다. 보통보다 뚱뚱하고 길어서 의젓하고 너그러워 보였는 데다, 무뚝뚝해서 믿음직스러운 분위기까지 지니고 있었다. 그리고 햇빛 아래서 반짝이는 그 전신의 빛깔은, 사복에게 달밤의 해당화 울타리를 연상하게 했다. 그리고 그것은 곧장 그것으로 환치되어버렸다. 폐결핵이나 문둥병으로, 또는 시집 길에 살(煞) 때문에, 죽은 자의 한 같은 것이라도 싸안고 있을 듯한 그 그늘의 음침스러움, 그 음침스러운 속에서 달빛을 탐하며 소리 없이 피를 뱉는 꽃송이들, 그 울침 맞는 웃음들, —“그것은 젖은 서답에서도 피었었다. 해당화 꽃잎을 뭉쳐 너는, 그래 너는, 그 웃음들을 닦아냈구나, 그러면서 울었는데, 젠장 나는 불알이 아팠다.” 사복은 꿈속에서처럼 중얼댔다. “닦아내도 내도 끝없이, 문둥이가 웃었지, 그건 달빛 속으로 흘렀다. 허지만 난 네가 뒈져주면 좋겠어, 정말 뒈져주면,”

사복은 그런데, 그것 위에도 또한, 뒤꿈치를 퍼부어대기 시작하고 있었다. 황소라도 쳐 눕혔을 그런 뒤꿈치를 퍼붓고 있었다. 한 뒤꿈치가 쳐들리면 다른 뒤꿈치가 찍어 내렸고, 그 뒤꿈치가 솟아오르면 다른 뒤꿈치가 찍어 이겼다. 물레방아나, 관음보살만큼이나 많은 뒤꿈치를 그는 갖고 있었다. 그러는 동안의 그의 얼굴이야말로 진짜 달밤의 해당화 울타리 그것이었다. 달빛보다 더 푸르러진 얼굴 속에서 눈이 붉게 타고 있었고, 피 같은, 문둥병 같은 웃음은, 그 얼굴을 덮은 음침 맞은 그늘 속에서 살(煞)처럼 뻗쳐 나왔다. “뒈져,

주면, 나는, 네가 뒈져주면, 좋겠어 뒈져,"

그리했어도 물론, 그 얼룩 뱀은 그렇게 쉽게는 뒈져주지 않았다. 그것이 비록, 귀부인의 정부였던 동안은 죽순처럼 연하긴 했었다더라도, 탯줄이 탯줄인지라, 그 저주의 근력(根力)을 아무렇게나, 그저 그만큼 굵기와 길이의 무슨 검은 불꽃 같은 걸로나, 화신시켜 미련 없이, 훌쩍 떠나버리고, 껍질만을 남길 것 같진, 결코 않았다. 비록 복병에 당해, 대가리를, 목을, 허리를, 꼬리를, 뜨거운 모래 속에 처박히지 않을 수 없었다더라도, 놈 또한 혹랭(酷冷)한 불길로 타고 있었으며, 타는 증오로 얼어 굳고 있었기 때문에, 이 승강인 쉽게 끝날 것 같지가 않았다.

그럴수록 사복은 더욱 초조로워지고, 나중엔 어디서 비롯되는지도 모를 공포를 느끼게 되었다. 그때는 그는, 자기가 도대체 죄라곤 없는 얼룩 뱀 한 마리를 상대하고 있었다는 것을 깨닫고 있었다. 그래서 그 승강인 결국, 아무 의미도 없는 것으로 변해져 버렸지만, 사복으로선 도대체 어찌할 바를 몰랐다. 마구 도망치는 짓으로서 뒤꿈치를 퍼부어대는 수밖엔, 정말이지 그는 어찌할 바를 몰라 쩔쩔맸다.

그러나 희끄무레하게 웃었는데, 무섭게 꿈틀거리며 다리를 휘감아 틀던 그것의 몸부림이 희끄무레해져 버렸기 때문이다. 사복은 그때에야 그것을 조금 멀찌감치 차 던져버릴 수가 있었다. 쉬파리들이, 둥글고 긴 희끄무레한 죽음 위로 날라 붙기 시작했다.

그러나 그것뿐으로, 적막해져 버린 여름의 한 군데도 흠난 데라곤 없고, 처음엔 그냥 희게 투명하던 물도 깊어지면 푸르러지듯이, 천지가 노랗게 탁해진 걸로 미뤄 보면, 햇볕만 줄곧 쌓였던 모양이었다. 그래서, 무게를 더하는 볕의 밑바닥에서 참고만 있던 수목이, 풀 줄기가, 벼락 맞고 죽은 나무가, 심지어는 오방을 주류한다는 큰비암님까지도, 형체보다도 두 배도 더 불어난 내용을, 복숭아나무 동쪽 가지처럼 괴롭게 토해놓고, 열귀풀이에 들었다. 그러는 동안 형체들은 빈속 탓에 더욱 짧아져 갔는데, 사복은 파리들의 배 속으로 삼일간 여행하며 쉬로 부활하는, 그 얼룩 뱀의 복음(福音)을 보면서, 비로소 천천히, 자기의 살육을 이해해보려고 했다.

했지만, 끝내 다시 체머리를 흔들었을 뿐이고, 도대체 쓸모라곤 없을 듯한, 자기의 연정(憐情) 몇 낱을 주워 들었을 뿐이다. 자기는 언제나 좀 쓸쓸해 있는 탓에, 무엇에든 금방 깊은 정을 쏟아버리는 탈이 있고, 그 때문에 정작으론 개미 새끼 한 마리 죽일 수 없다는—바로 그런 연정이었다. 그러고 나니 울고 싶은 기분이 쬐끔 들어, 사복은 따님을 찾았다. 누구라도 좀 자기의 눈물을 봐줬으면 싶어서, 그래서였다. 그랬지만 결국 울지를 못하고, 입만 헤벌린 채, 사복은 멍해졌다.

어느 녘에 깨었는지 잠을 깨어, 따님은 사복을 그냥 한정 없이 정처 없이 건너다만 보고 있었다. 헌데 표정도 없고 움직임도 없어, 그녀 역시 무슨 희끄무레한 죽음으로만 사복에겐, 보여졌던 것이다.

"허, 허니깐 저어," 사복은 멍해졌으면서도, 뭐라고는 몇 마디 해야겠다는 생각은 간신히 해냈다. "허니 보고 있었구먼요, 쭈욱 보고 있었어요," 사복은 여기까지 말해놓곤 히쭉 웃었다. 그리곤 입술에 침을 바른 뒤, 눈을 희번득 희번득 굴려, 이상스럽게도 자기를 휘감아 싸는, 따님의 눈의 주술을 풀어버렸다. 그런 뒤 이번엔, 멋지게 한번 웃어 젖혔다. 그 웃음은 잔솔포기 그늘에 누워 연습해두었던 것인데, 성년제(成年祭)를 지내면 떡하니 한번 웃어 젖혀 어른인 것을 증명하려 했던 바로 그것이다. 성년제라야 오늘 해 지고, 오늘 달 중천에 오면 지낼 터로, 목전에 온 것이지만, 아무래도 그 웃음이 지금 끼이게 되는 게 더 마땅할 것도 같아, 사복은 말하자면, 장리쌀 주듯, 그렇게 웃어 젖힌 것이다. 떡하니, 멋지게, 명년 가을 웃음을. 그리곤 지혜를 다해 씨불이기 시작했다. "그, 근데 이거이, 거 몹시 안됐구먼요, 글쎄 그 탓에 나도 좀 울려고 했다구요, 속으로야 펑펑 울었죠 물론, 헤헤헤," 사복은 자기 얘기가 꽤는 요령 있게 돼간다고 믿었다. "글쎄, 나도, 이 친굴 보자마자 떡하니 반했댔으니, 허, 헌데 이 친굴 좋아했었구먼요," 사복은 목청을 가다듬느라 헛기침을 둬 번 했다. "아 그런데, 그게, 글쎄 묘하게도 그렇더구먼요, 글쎄 그랬어요, 역시 이 친군 좀, 섬뜩지근한 건 사실 아니냐 이 말이죠, 헤헤, 글쎄 맞는 얘긴 얘기죠, 그래서는 더 반하게 하는데 말이죠, 글쎄 그게 반편이 계집애 서답하고 뭐가 다르냐는 이 말을 하려는 중이죠, 후훗, 아하 그러구 보니, 보니, 그것이 글쎄, 죽음을 끄집어냈구나, 아 그러구 보니깐, 깐은," 사복은 이 대목에서 한 번 더, 예의 그 멋진 웃음을 걸판지게 날렸다. "……이제쯤은 따님도 아셨을 만하구먼요, 참말이지 아실 만합니다, 아, 아버지, 후훗, 이놈이 방금 전에 그 물리(物理)를 얻은 겁니다," 사복은 그러나 갑자기 목병이라도 얻었는지, 높였던 목소리를 목구멍에다 집어넣어 버리곤, 얼굴을 찡그리며 우물거렸다. "……헌데 젠장맞을, 나도 어떻게 된 셈인지 작것, 통 알 수가 없을 뿐인데…… 가만있자, 그래, 반편이 계집애 서답은 불알을 땡땡하게 굳게 했었다, 허으 고 병신, 내가 말해줬었지, 너 같은 건 뒈져주면 그 아니 좋겠어? 후훗, 해도 곶감 비틀어진 맛 따위야 댈 것 없기야 했지, 헌데 가만있자, 씨부랄, 고게 뒈져주면 생각이 그럴듯이 떠오르는 건데, 아무튼 내가 말은 옳게 들려줬으니 저도 생각은 있겠지러, 젠장맞을, 아 나는 불알만 여물고 말았다……" 그러다 사복은 뒤꿈치로 땅을 굴렀다. "……후후, 아 할머님, 따님, 드디어 생각이 났습니다, 생각이 후후후, 그것이 이눔의 속에서, 속에서 인(仁)을 불러낸 겁니다, 인을, 이 말입니다, 아버지, 인이란 그런 것이었습니다요, 그래요, 이눔의 비뚤어진 옹기 속에서도, 때로는, 하나를 넣으면 하나가 고스란히 나올 때도 있다는 것을, 후훗, 이제는 아실 땝니다. 예 아실 땝니다," 사복은 진정으로 의기양양해했다. 그도 그랬을 것이, 사복은 걸핏하면 책망만 들어왔던 것이다. "이 답답한 친구네야, 너는 비뚤어진 옹기 같은 그 머리를부터 깨버리는 게 낫겠다, 그래서 차라리, 넣으면 새버리는 쪽이 낫지, 거 하나를 넣으면 하나가 썩고, 둘을 넣으면 둘이 썩고 마니," —사복으로서도 물론 속이 없었던 건 아니다. 그런 책망을 들을 때마다, 속으론 물론 쫀쫀스럽게 갚으며 살아왔던 건 사실이다. "허지만 저의 대가린 소리는 안 냅니다요, 대체 이 따위 쓸모없는 환 나부랭인 뭣 때문에 이 비뚤어진 옹기 속에다 꾸역꾸역 처넣으려는지, 난 정말이지 알다가도 모르겠다니까요, 내참, 정말이지 전, 먹지도 못할 김장 담겠다고 그릇까지 깰 생각은 없어요, 이제 두고 보세요, 아버진 소리내는 그 머리 탓에 어느 때든 온전하진 못할걸요, 안 그럴 수 있어요? 오만 잡귀의 환님들이 지저귀고 나는데, 대체 안 그럴 수 있겠어요?" 헌데 대체, 안 그럴 수 없었던지, 사복의 생각에, 그가 그 증상을 나타내기 시작했다. 황하에 살던 용마가 물고 나왔다든가 지고 나왔다든가 하는 쉰다섯 점의 그림에, 또는 낙수(洛水)에서 나온 거북의 등에 새겨 있었다든가 하는 마흔다섯 점의 글씨에, 뭐라는 것에, 빠져 거의 죽어가는 형편이었다. 그는 나중엔 그것들을, 천장에고 벽에고 창에고, 심지어는 방바닥에까지 새까맣게 그려놓곤, 왼골 안 사는 토끼처럼 둘러 다니며 뜯어 먹었다. 사복은 그래, 썩 편한 나날을 보내며, 깨어지지 않은 자기의 대가리 탓에 쿨쿨 웃곤 했지만, 알 수 없는 소적감 때문에 한숨도 쉬었다. 그러던 어떤 날은 그런데 그가, 조반을 끝내기가 무섭게, 소싯적에 입고 벽에 걸어 뒀었을, 그 굉장히 유행 지난 두루마기를 떼어 입더니, 말도 없이 횡 나가버리고 말았다. 그래 사복은, 열두 칸 마음 중 두 칸은 무척 시원해, 굴속 같은 방에 엎드려, 담배도 빼끔거려보고, 불알도 긁어보고 지냈는데, 지내다니 반달인가 지난 어떤 날 밤엔, 급기야 그가 조금은 환한 얼굴로 돌아왔던 것이다. 헌데 그는 품에다, 겉보기에 다섯 홉 들이는 족히 될, 주둥이가 작은 수정으로 만든 병 둘을 안고 있었다. 그건 아마도 특별히 그의 주문에 의해 깎였던 듯이도 보였다. 어쨌든 사복의 생각에, '틀림없이 아버지는, 저 병 속에다, 도깨비들 소리 내는 화상들을 담아 두려는 것이다'고 했었다. 그것은 비뚤어진 데라곤커녕, 너무 우아해 눈부신 데다, 맑기가 물보다 더해, 그속에서 무엇이 썩는지 새는지, 싹을 돋우는지 꽃을 피우는지를, 너무도 잘 볼 수 있도록 돼 있던 것이다. 아무튼 그는, 이튿날은 방 안의 모든 그림들에, 이긴 황토를 덮어씌워 버렸다.

"인이란, 아버지, 그런 겁니다요, 젖은 서답이 불알을 긁는 것모양, 섬뜩지근함이 인을 불러내는 겁니다요, 글쎄 인이란 그런 것이라구요, 그러니 인이란 혼자 사는 중늙은인 아니죠, 헤헷, 그래서 제가, 저눔의 섬뜩지근한 벌레를 짓찧어 버렸던 모양이었죠? 아 그랬어요, 인이 살생을 한 겁니다요," 씨불이다 사복은, 뭣이 몹시 어리떨떨해져 버린 모양으로, 입을 헤벌린 채 다물이지도 못했다. 발가락만 꼼지락꼼지락하다간, 결국 병신같이 웃어버렸다. "어찌 됐든, 저 섬뜩지근한 족속은 그 인 탓에 뒈진 건 사실이야, 어떤 개새끼가 바위를 보고 인을 느낀단 말이냐? 속에 아름다움을 지니지 않았다면 어떤 빌어먹을 눔이 비 맞은 개똥을 보고 눈을 찌푸린단 말이냐? 젠장, 내가 틀렸으면 또 어떠냐? 나는 머리만 아프구나,"

사복은, 머릿속이 멍해져, 따님이 등을 받치고 앉은 벼락 맞은 나무 끝으로 해서, 저쪽의 회황색 하늘을 그냥 멀거니 바라다보았다. 해는 등 뒤에 있었기 때문에 볼 수 없었지만, 그 하늘에 어느덧 저녁 빛이 어려 있었고, 또한 마을의 저녁연기가 물림 받은 객귀모양 피어오르고 있었다. 그런 건 순간 사복을 외롭게 했다. 사실로 언제나 석양 녘이면 사복은 외로웠다. 한 번도 본 적 없는 어머니를 그립게 하고, 또한 마을을 그립게 했다. 그는 섬돌에 앉아서, 소를 몰고, 또는 풀 짐을 지고 골목으로 들어가는 사람들을 바래며, 아무리 눈 닦고 보아야 집이라곤 사십여 채밖에 없는 그 마을의 어디에, 그래도 자기 어머니는 살고 있으며, 자기를 기다려, 부엌을 들락이며 사립문을 흘깃거리고 있으리라고 했다.

"헌데 정말 내 이 가죽 주머니 속에, 비뚤어진 옹기 같은 것일망정, 아직도 머리통이 있기는 있는가? 헌데 저 늙은 무자치 같은 따님은, 아 드디어 움직이고 있구나." 사복은 생각했다. "이눔의 큰비암을 이 이상은 더 못 참겠어. 그러구 보니 대체, 나는, 이눔의 큰비암 놈의 낯짝을 조금도 모르고 있었댔군, 아 그래, 후훗, 오줌을 한번 디립다 갈겨주마, 허긴 그래주마," 생각을 하며 사복은, 머리가 무거워 가슴 위로 머리를 떨어뜨렸다. 벌써 네 번이나 젖었다 마른 물잠뱅이에서 흙냄새도 비슷한 지린내가 풍겨 올랐다.

비록 일흔다섯이라도, 꼿꼿이 걷고, 꼿꼿이 말하고, 꼿꼿이 살았던 그 따님이, 이 석양엔, 벼락이나 소금에 의해서처럼, 왠지 가엾게도 꺾이고, 흔들리고, 풀이 죽어, 나락 닷 말짜리 새경의 새끼 머슴 짐으로도 반 짐도 못 될, 그 몸 하나를 갱신 못 하고 헐헐거렸다. 그녀는, 아무 소리도 낼 수가 없고, 아무 생각도 할 수 없고, 심지어 움직일 수조차도 없는 듯했다. "그이가 죽었구나, 죽었어, 죽었어," 그녀는 몇천 번인가를, 무슨 염주 구슬이라도 돌리듯, 그 말만을 목구멍에서 반복했을 뿐이다. 아마도 그것이 병이었으며, 느닷없이 와버린 경직이었던 모양이었다. 그러나 그녀의 세 어미 중의 한 어미가, 이 굳은 딸을 부드럽게 쓸어 조금은 유연하게 해주었는데, 세월이 느슨느슨 이 큰 밭 가운데를 지나다, 이 딸의 곤혹을 목격한 것이다. 해서 일어나게 된 따님은, 고개를 떨군 사복을 내려다보다간, 갑자기 생각난 듯, 몸을 돌이켜 거의 벌벌 기면서도 부산을 다해 자기의 움 속으로 들어가 버렸다.

그 움은, 열네댓 자 길이에 대여섯 자 넓이의 토굴로, 매우 이상한 분위기를 지녔던 한 옹기장수가 장사차 왔다간, 네 철이 다 지나도록 떠나질 않고, 주로 공지니네 집에서 밥을 빌어 살며, 기묘한 옹기를 하나 구워냈던 그 토기장(土器場)이었다. 그런데 그는, 그 기묘한 옹기를 큰 밭 가운데 세워 놓고, 큰비암님이라고 한다 하며, 조끼 속 어디 안주머니에서 털어낸 몇 낱 금싸라기를 바쳐, 주육 사다 마을 사람들과 제사하고 먹고 마신 뒤, 떠나버렸던 것이다. 그리고 그가 떠난 지 두 달도 못 돼, 공지니네 음전스럽던 딸이 시집도 안 간 해산을 했기에, 마을에선 공론도 많았는데, 그런 덕에, 시집도 안 가고 된 애 어미는, 집에서나 마을에서 쫓겨나고 말았고, 쫓겨나선 갈 곳이 없어 그 토기장에서 살았다. 뱀처럼 살았다. 그리고 뱀들과 더불어 살았다. 뱀 공양을 잘한다는 소문이 났던지, 뱀들이 그녀를 좋아했다. 그렇게 살다 보니 결국은 그것이 그녀의 직분으로 되어버리고 말았다.

세월은흐른다과실이라고침뱉던옛날의일들은의미가낡는다세상은어쩐지소싯적보다더맛대가리가없어져버린다내일은알수없고언제나오늘은액귀에게덜미를잡혀있는것만같다잘크던애가느닷없이옘병에땀을못내고약전하던계집애가수심가나불러젖히며마슬로만나돈다지난여름엔비도걸맞았는데금년여름은너무도긴장마다눈속에서벚꽃이피었고초저녁닭이세번이나울었다아지혜가필요하다지혜가필요하다지혜가필요하다이건말시가아니냐말시가아니냐.

"어쩌면 이것이 말시구나,"

움에 들어서서도, 멍하니 벽만 바라보고 있던 따님은, 그렇게 자기만 아는 한마디를 해놓곤, 뭔지 또한 자기만 아는 슬픔 때문인 듯 입을 씰룩씰룩하더니, 비그르 무너져버렸다. 여름이 시작되었을 때, 거기 막아두었던 거적은 뜯어내 버렸으므로, 퀭한 구멍만 열고 있는 문으로, 노을이 빨갛게 스며들었다.

"아 참, 오줌을 한번 갈겨주기로 했었구나," 따님의 등을 멍청히 바래주느라 침이 흐르는 것도 몰랐던 사복은 따님이 움 속으로 스며버리고 난 뒤에, 어쩐지 마음이 언짢아, 기분을 바꾸려며, 우선 그렇게 중얼거려 보았다. "허긴 그래주마,” 사복은 앨 써 목소릴 과장적으로 꾸며냈다. 그리곤 웃음까지도 하나 만들어 날려놓곤, 자기를 왼종일 큰비암께 붙들어 매고 있던, 삼노끈을 끊으려 들었다. 줄은 생각대로 그렇게 쉽게 끊어질 것 같진 않았다. 팔에 힘을 넣으면 넣을수록, 그것은 더욱 옥죄고 달려들었으며, 손을 죽여놓으려 들었다. 사복은 당황하기 시작했다. 묶였다는 이유로 달콤하게까지 자기를 바라보았던, 그 행복했던 오전이, 갑자기 거꾸로 서, 사복에게 중압을 가했다. 그때에 이르러선 사복은 침착할 수가 없었다. 느닷없이 덮쳐 누른 이불 폭 같은 부자유스러움에 숨이 막히고, 가슴이 타올랐다. 그래서 용소 깊은 속에 빠졌을 때처럼, 허우적이고, 거품을 토해내고, 발을 찼다. 그렇게 하는 사복은 흡사, 거미줄에 걸린 왕매미였고, 개미지옥에 빠진 일개미였다. 그러다 결국은 재물에 시들어지고 말았지만, 그의 전신은 땀투성이였고, 반쪽은 상처투성이였다.

사복은 울고 싶은 듯 체머리를 흔들다간, 한숨을 한 번 푹 쉬고, 고개를 떨구었다.

“헌데 그렇다면 대체, 무엇이 나를 왼종일 묶어뒀는가,” 사복은 맥없이 자문했다. “이까짓 삼노끈 따위가 나를 이렇게도 묶어 맬 수 있을까?” 사복은 자문했다. “이까짓 것쯤이라면 터서리에 한 번만 문질러도 동강이 날 것이 아닌가, 헌데 대체 무엇이 나를 옭고 있느냐 말이다,” 사복은 자문했다. 하다가 사복은, 정신 모자란 놈처럼 한번 웃었다. 다음으론 정신 나간 놈처럼 웃어 젖혔다. 허긴 때때로, 관념의 육화란, 그렇게도 어처구니없는 매듭에서 이뤄지지 않을 수도 있는 모양이었다. 그래서 관념과 현실에 동시에 붕괴를 일으키며, 그 관념이나 현실의 고전적인 형태를 빼앗아버리고, 남기는 것은, 교리를 빼버리고 던져놓은 묵시록 속의 현실 같은 것일지도 모른다.

“터서리 따위에 한 번만 문질러도,”

사복이 웃는 동안에 그것은, 참으로 어이없게도 끊어져 버렸다.

몸이 온전히 자기 것으로 수복되었을 때 사복은, 다른 생각은 하지 않았고, 휘파람이나 홰홰 불어 젖히며, 우선 팔을 휘둘러 거의 죽었던 팔을 살려내고, 머리를 휘둘려 두통 또한 물림해 내고, 물구나무도 서 세상을 휙 뒤집어도 보았다. 그리고 갈증을 생각해내 미친개모양, 따님만이 쓰는 웅덩이로 달려가

서너 되의 물을 마시곤, 다시 제자리로 돌아와, 물잠뱅이를 복숭아뼈까지 흘러내렸다. 곧이어 성난 오줌 줄기가 곤두섰다. 그건 거의 사복의 코빼기까지 뻗쳐 올라선 큰비암의 아랫두리를 뜨겁게 적셔댔다.

"어때? 자네네 늙은 마누라가 이 탓에 울었더니,"

사복은 진저리를 한번 친 뒤, 방울을 털어내며 의젓하게 들려줬다. 물잠뱅이를 걷어 올리면서는, "헌데 듣자니 자네가 무슨 신통한 잔재주를 좀 가진 모양이며, 자네를 구워냈던 그 걸객은 귀신이었더라메? 허거든, 자 이 오줌을 피로 한번 바꿔보라, 내 기다리겠노라," 하고, 조롱하는 자모양 혀를 낼름낼름해보였다. 그러나 오줌은 그렇게 쉽게 피로 바뀔 것 같진 않았다. 그것이 사복의 기분을 좋게 했다. 사복에게도 약간의 신앙은 있었던지, 오줌을 갈긴 뒤 속으론 은근히 겁을 먹고 있었던 터였다.

사복은 그리고 나서, 종일의 피로를 한꺼번에 느끼게 되어 어깨를 축 늘어뜨렸다. 그리고 큰비암의 그림자를 자기 어깨 위로 밀어뜨리며 지는 해를, 넋 놓고 바랐는데 해는 그때, 큰 밭 저쪽 푸른 석척 고개 위의 외토라진 소귀나무 가지에, 그 나무의 작은 귀신이 켜 매단, 이른 저녁의 등처럼 걸려 있었다. 바람은 그리고 그쪽에서, 송아지 울음과, 석양과, 소귀나무 귀신이 피우는 담배 연기를 품에 담아와, 풀잎 위에 수런거려 흩트리곤, 개똥참외밭으로 스며들어 갔다. 거기서 그녀들은, 달빛으로 켠 등을 엉덩이에 매달고, 달맞이를 나올 것이었다.

"몰랐댔었는데, 그러구 보니, 이 비암은, 그러구 보니, 무척 아름다웠댔구나," 사복은 삼 년이나 있다가, 잠꼬대처럼, 중얼중얼하기 시작했다. "허지만 어쩌면, 나는 지나치게 배가 고파 있는지도 모른긴 하지, 어쩐지 나는 자꾸 어지럽기만 하고……" 사복은 눈을 지그시 눌러 반쯤 감으며, 깊은 데서 한숨을 한 번 불어냈다. 그리고도 중얼거렸다. "지는 해를 등지고선, 저 죽은 장승의 설움은 대체 어디서 갑자기 우러나온 것인가? 그냥 언제나와 꼭같이, 도대체 이치에도 닿지 않고, 도대체 고운 데라고도 없고, 할 일 없는 큰 아이가 장난해 놓은 것 같던 저것의 어디에 대체, 그 은근한 설움이 서려 있었던가? 허긴 난, 정작으론, 그래," 사복은 눈을 치뜨고 똑바로 큰비암을 응시하기 시작했다. "이것의 얼굴은 모르고 있었어." 사복은 십이 척 높이의 큰비암의 위쪽을 올려다보았다. 거기, 석양을 뒤로 받아 후광 같은 걸 거느리기라도 한 듯한, 그 큰비암의 황금빛 추악한 머리가, 언제나처럼, 황금빛 꼬리를 여태도 물고 빨아들이고만 있었다. 헌데 그 그늘 쪽에 뭔지, 지혜를 감추고 손주를 내려다보는 그런 노인의 눈이라도 있는 것처럼 사복에겐 느껴졌다. 그것은 어쨌든 전혀 다른 얼굴이었으며, 한마을에서 계속 십팔 년간이나 같이 살아왔던 얼굴은 아니었다.

사복은 그리고, 그 바로 아래쪽의 청잣빛 고달픔에 눈시울을 적셨다. 거기도 물론, 변해진 건 하나도 없으며, 언제나처럼, 다만 문둥이 헌 데로만 보이는 하늘색 비늘을 두드러기처럼 아흔 잎이나 달고 있는 그런, 몸의 일부였을 뿐이지만, 그러나 그 그늘 쪽의 잠푹한 푸름은, 얼음이 풀리기 시작할 무렵의, 왼골 안을 감돌던 그 이상한 고달픔을 품고 있었다.

사복은 그리고, 그 바로 아래쪽의 홍등 빛 권태 속으로 걸어 들어갔다. 그것 역시 언제나처럼, 다만 홍역으로만 보이는 빨간 비늘을, 부스럼처럼 아흔 잎이나 또한 두르고 있는 그런, 몸의 일부였을 뿐이지만, 그러나 그 그늘 쪽의 정밀에 찬 붉음은, 여름 석 달을 내내 비 한 방울 오지 않고, 줄곧 햇볕만 쌓여 버린 그런 한밤중에나 한낮 사이에 끼이는, 그 이상한 안도를 품고 있었다.

사복은 그리고, 그 바로 아래쪽의 무명 빛 체념에 한숨을 쉬었다. 그것 또한 언제나처럼, 다만 백전풍으로만 보이는 흰 비늘을 구더기처럼 아흔 잎이나 역시 박아 두고 살을 뜯기는 그런, 몸의 일부였을 뿐이지만, 그러나 그 그늘 쪽의 저문 듯한 흰 가슴은, 낙목한천 흰 날에 고개를 넘는 말방울 소리 같은 그 이상한 격절감을 품고 있었다.

사복은 그리고, 그 바로 아래쪽의 잔회(殘灰) 빛 주검을 열었다. 그것 역시 언제나처럼, 다만 흑반병으로만 보이는 검은 비늘을, 무사마귀처럼 아흔 잎이나 덩달아 붙이고 있는 그런, 몸의 일부였을 뿐이지만, 그러나 그 그늘 쪽의 충만된 검은 잠은, 삼동을 내내 오고, 불어 젖히는, 그 눈과 북풍 속에 끼어 있는 그 이상한 휴식과 꿈을 품고 있었다.

사복은 그리고, 그 바로 아래쪽에까지 여행했을 때, 자기도 모르는 사이,

무릎을 꿇어버렸다. 거기 다시, 그 큰비암의 황금빛 추악한 머리가 언제나처럼, 황금빛 꼬리를 여태도 물고 빨아들이고만 있었는데, 그것은 그때 쓰륵쓰륵 몸을 움직이기 시작했던 것이다. 죽은 것으로 거기에 있어 왔던, 그 추악하게 구워진 흙이, 그 꼿꼿하던 장승이, 천천히, 아주 부드럽게, 휘어지며, 제 꼬릴 제가 물곤 똬리를 치기 시작한 것이다. 그러면서 오색구름을 달무리처럼 흩뿌리며, 차차로 범위를 넓혔는데, 그것은 너무도 현란하고 너무도 장관이어서 전율하게 하는 것이었다. 그러나 사복은 두 눈을 부릅뜨고, 그 운동의 한끝도 놓치려 하지 않으며, 보았다. 그건 하나였다.

그것은 그리하여 다음 순간, 한 오리의 허도 없는, 진짜로 둥근 원이 되어버렸는데, 그러자 오색구름 같은 건 스러져 돌아오지 않았고, 한낮의 노란 해나, 계란의 노른자위 같은 것만 남아버렸다. 그땐 까닭도 없이 그것의 회전이 중지되고 말았다. 아마도 그것은 완전 그것이라고 해야 했는지도 몰랐다. 허지만 그것은 순전히 노란 무결한 공이었고, 그 속의 풍경은 조금도 보이지 않았다. 그러했기 때문에 사복은, 더욱 간절히 그 노란 방 속을 들여다보길 원하게 되었지만, 그러나 그건 끝내 열려지지 않고, 사복에게 공포감만을 극도로 자극했다. 꽉 채워진 듯한 그 방이 갑자기 너무도 무섭게 비어져 버렸던 것이다. 그 허는, 사복으로선 도저히 더 참을 수 없게 하는 것이었다.

끝내 사복은 눈을 감아버리고, 모래 위에 엎드리고 말았다.

그러자 이번엔, 무엇인지가 무시무시한 속도와 굉음으로 그의 위를 지나며, 무엇인지를 무섭게 몰아다 부딪쳐댔다. 그것은 갈라졌다 합쳐진, 어느 저녁녘의 홍해처럼, 그렇게 미친 듯이 출렁였다.

그러다 어느 틈엔지 삼동처럼 조용해져 버려, 사복에 뭔가 소리를 그리워하게 했다. 아마도 시간이 그 모든 빈 곳을 채워 들어버린 모양이었고, 그래서 그 속에서 살던 고기들로 하여금 다시 유영하게 한 모양이었다.

그리고서도 한참이나 더 기다렸다가 사복은, 눈치 보아가며, 지극히 소심하게, 오관을 조금씩 조금씩 열어보았다. 그리고 정신 나간 놈처럼 반만 웃었다.

도대체 무엇 하나 변한 것이 없을 뿐만 아니라, 큰비암까지도, 열두 자 키에 반 아름의 굵기, 그리고 삼백육십 편의 비늘, 청·적·백·흑·황의 다섯 부분, 그리고 하나씩 많은 머리와 꼬리—그렇게 이뤄진, 그 추악한 무의미로만 여태도 서 있었다. 그의 그늘 쪽 가슴에도, 다만, 그저 저녁 그늘인 것만이 덮여 있었을 뿐이다.

"제길헐, 나는 배만 육실하게 고팠댔구나,"

사복은 침 뱉어 던지듯, 한마디 하곤, 부스스 몸을 일으켜, 큰비암을 그래서 등져버렸다. 그는 자기의 빈창자로부터 당한 사기에, 골을 냈던 것이다. 그리고도 거기를 떠나려는 생각은 손톱만큼도 하지 않는 듯했다. 허긴 떠나야 할 이유도 사복으로선 갖지 않고 있었다. 오늘 저녁엔 큰비암께 드리는 가장 큰 제사가 있는 밤이며, 거기에 곁들여, 열여덟 살이 되도록 손장난 한번 못 해보도록 금제했던 그 속박을 풀어주는 밤이다. 그걸 성년제라고 하는 것인데, 이제는 결혼할 자격을 갖췄다는 선언식이고, 결혼할 자격을 갖췄는지 못 했는지는, 성년제 전날 밤에 따님의 심사를 거쳐서 알게 된다. 그런 건 일종의 할례라고 해야 할 것으로, 정작으로 중요한 건, 바로 그 할례다. 그러한 것을 통틀어 속률(贖律)이라고 했다. 물론 불문율이었지만, 아직은 범법자가 하나도 없었던 것으로 되어 있었다. 그걸 누구나 옳다고 믿었던 것이다. 헌데 마을의 네 친구와 함께 금년은 '사복의 해'가 되었던 것이니, 사복으로선, 늘상 울적하기만 했던 산막으로 올라갈 이유가 없었으리라.

"헌데 목욕은 그만두더라도, 이눔의 손톱이라도 깎아두는 게 안 좋을까? 그러구 보니 발도 서 말 때는 얹고 있구나," 사복은 왔다리 갔다리 서성서성했다. "헌데 아버진 뭐래얄까, 후훗, ……허긴, 허긴 말야, 쉰아홉인데도 장가도 못 가봤다면, 그건 안됐지, 안된 일이야, ……헌데 사람도 짐승이라면 짐승일텐데 말야, 암믄이지, 근데 소나, 돼지나, 닭이나, 뭐가, 왼갖 짐승은 다 그래도 죄가 안 되는데, 왜 하필 사람만 안 되냐 이거다 내 생각은……. 육시랄, 헌데 뭐 좀 먹어둘 게 없을까? 생일에 잘 먹자고 열흘을 굶을 수야 없지, 젠장헐, 그거라도 받아 눈 감고 처넣어 둘 걸 그랬지, 그럴 걸 그랬어," 사복은, 물 한 대접과 쑥버무리 한 덩일 내밀고 잔잔히 웃었던 따님을 생각했다. 그때 사복은 물은 얻어 마셨으면서도, 쑥버무린 거절을 했었던 것이다. 따님의 손톱 사이에 낀 때의 내력을 너무도 잘 알았던 탓이다. 그건 참으로 손이었는데, 어떤 짓을 하고서건, 모래 위를 한번 쓱 훑어 나가는 것으로, 씻는 일은 끝났던 것이다. "원 이런 육시랄, 뭐 좀 먹어둘 게 그래 정 없단 말이냐?" 사복은 창자를 거머쥐며, 두리번두리번거려 먹을 걸 찾았다. 찾다가 한곳에 눈이 머물러, 파렴치한처럼 씻득 웃었다. "허지만 너무 너덜졌구나," 사복은 진저리를 쳤다. "그래도 별수 없지 뭐, 사실 그거야 별미 중의 별미란 건 세상이 다 아는 바 아니냐," 다시 진저릴 쳤다. "허지만 여우를 생각해봐라 씨앙, 그래도 털빛만 그 아니 좋으냐," 그리고 또 진저리를 쳤다. "정말 쉬 덩이로구나, 허지만 알만 좋고, 살만 좋고, 새벽 울음 그 아니 좋은 닭을 생각해봐라, 그 아니 호식하겠느냐," 사복은, 벼락 맞은 나무둥치에서, 그것의 껍질을 떼어 내고, 저절로 부러져 나뒹구는 삭정일 주워 모으면서도 씨불였다. 다음으론, 모래 속에서 났다가 뽑혀 말라 죽은 잡초를 긁어모은 뒤, 부시질을 시작했다. "별수 없지 뭐."

모닥은 잠시 후에 여름처럼 타고, 오래잖아 잉걸만 남겼다. 그때를 기다려 사복은 몸을 일으켜, 짓찧어 죽여 던졌던 얼룩 뱀의 시체 곁으로 갔다. 그건 수백 마리의 파리에 덮여 있었는데, 사복은 우선 손을 내둘러 파리를 쫓은 뒤, 눈을 가까이 들이댔다. 그리고 사복은 똥물이라도 토할 듯이 건구역을 하곤 물러섰다. 그건 수백 마리의 쉬가 들끓는 난장판이었는 데다 도저히 참을 수 없는 악취를 풍기고 있었다.

"개구리나 잡아 궈 먹는 게 낫겠어,"

사복은 그렇게 말하곤 풀섭으로 가려다, 무슨 생각에선지, 다시 파렴치한처럼 씻득 웃곤, 이번엔 아무런 내색도 없이 그 쉬 뭉치를 주워 들었다. 그리곤 돌짝 위에다 그것의 대가리를 놓더니, 작은 돌멩이 하나를 주워 들어 그것의 목을 찧어 대가리를 떼냈다.

그것은 그리고 나서 불잉걸 위에서 지글지글 끓으며, 노란 연기를 솟아 올려냈다.

사복은, 모래를 움켜쥐어 두 손바닥으로 비벼 손을 씻어내곤, 모닥가에 식인종처럼 앉아, 구수한 냄새를 피워 올리며 몹시 빼르적거리는 그 근력 덩이를 내려다보았다. "늙었기 때메 별미였듯이, 썩었기 때메 별밀지도 모르고,

그렇지 않더라도 인(仁)의 이치 속을 들여다보여 줬던, 후후, 그 선생이 아니냐, 허지만 그거 다 그만두더라도 사즙(蛇汁)이란 죽을병을 삭히고, 양기 보양에는 제일이라,"

큰 밭 저쪽 변방, 석척 고개 언덕배기에다 해는 그때, 붉은 눈깔을 만들고 있었다. 그러자 들이 푸르고 붉은 비늘을 꿈틀이며, 산룡자처럼, 들이 들을 건너갔는데, 그 눈깔을 통해 저녁녘의 신선함이 그들의 전신으로 퍼졌던 모양이었다. 허긴 그래서, 지관이니 풍수라고 일컫는 오합떠돌뱅이들이, 해가 비집고 드는 그 자리의 그 고개에다 묘 한자리를 써놓으면, 정승이 끊이질 않는다고, 셈할 수도 없는 도로들을 바쳐왔기도 했던 터였는데, 그러나 결국은 아무리 해도 해가 비집고 드는 곳을 찾지 못하고 말긴 했다. 그들이 석척 고갯마루에서 해를 기다리기라도 할라치면, 해는 그들을 피해, 석척 고개 저쪽 멀기도 먼 곳으로 도망가 버리곤 했던 것이다. 복이 닿지 않으면 못 얻는 지혈이라고, 간 뒤 다신 안 온 지관들은, 그래서 그렇게 포기해버렸다. 어쨌든 그들에 의하면, 이 고장의 지세는 석척으로 생겼고, 소귀나무 한 그루 선 구릉은 그것의 머리를 이루고 있다고 했다. 어쨌든, 소귀나무 귀신은 저녁 주막에나 간 듯, 그의 집 사립문 새끼줄에 해묵은 부고들만 꿰어 있다.

"싫더라도, 허긴 어쩌면, 한 번 더 자 드려야 될지도 모르는데," 사복은 구역질 대신에 이제는, 침을 꼴깍꼴깍 삼키기 시작했다. 그러는 동안에, 그것의 껍질이 튀겨져, 벗겨지며, 속곳 사이로처럼, 얼핏얼핏 보이는 그것의 내밀한 살 속엔, 쉬나 악취 따위는 보이지 않았던 것이다. 그러다 사복은 기뻐서 소리쳤다. "아 드디어, 내놨구나, 하긴 내놨구나!" 제 기름으로 저를 태우며 저의 추악함을 씻어내던 그것이, 그제야 밤송이 같은 다리 둘을 고백했던 것이다. "허, 허긴, 불보다는 더 차겁질 못했었군," 사복은 감격했다. 그래서 사복도 자기의 진한 심정을 고백해주었다. "알았다, 친구여, 너의 뜻을 알았네," 그리곤 서둘러, 손가락이 뜨거우면 귓바퀴에다 대가며, 구워졌기에 뱀을, 끄집어내 씹어 삼키기 시작했다. 소금은 물론 없었다.

뼈까지도 다 먹어 치웠을 땐, 그 주위가 사정(蛇情)에 잠푹해져, 사액 빨고 눈꺼풀 무거워진 사동(蛇童)을 부드러이 재우려 들었다. 그때, 저쪽 개똥참

외밭 속에서, 애 꾀어다 간 내먹고, 눈치 보느라 빼 올린 문둥이 낯짝같이 민틋한 백중 달이, 모가지 없이도 솟아올라 왔는데, 솟아올라 오면서, 벌레에게는 간을, 돌에겐 또한 간을, 소에겐 역시 간을, 뽑혔던 자리에 쑤셔 넣어주고, 처녀다움엔 간지럼을 멕여대기 시작했다. 그런 속에서 모기들은 덤을 향해 달려갔다.

"친구네, 나도 허긴 알겠었다. 글쎄 늙다 보니 잘 익은 배 맛이야 남길 수 없었어도, 살콤하게 썩은 곶감 맛이야 있더라구. 오 참 내게 물었었구나, '얘 요놈 보게나 엥, 요놈 이거 보통이 아닌데 이따위 수단은 어디서 배웠지엥, 어디서?' 후후, 그래 내 멋들어지게 대답해드렸었다. '에헤요, 할머님두, 배우기는요? 내가 가르쳐줬댔죠, 공부라는 게 그렇게 쉽게 이치가 통한다면…… 글쎄 이게 뭐, 한 번 두 번이게요? 벌써 서너 달째 매 밤마다 일곱 재를 넘었는걸요, 것두 뭐 적당히 그 정도로 해둔 거죠, 헌대 고 씨앙놈의 반편(半偏)이, 애를 뱄다구요, 글쎄 이눔의 애를 뱄다구요', 난 물론 내 왼갖 재주 다 털어 바치며 지랄이야 떨면서 대답을 한 거지, '할머님도 잘 아실 만한 계집앱니다, 거꿈에 걸어 다니며 노래 부른다는 계집애 말씀입니다요, 글쎄, 젖은 서답 때문에 무섭다고 울었다니깐요, 그래 이눔, 해당화 그늘에서 착신하게 조져줬댔었죠, 처음에야 물론 그 이치 속을 알 수 있었나요? 난 물론 병을 생각했었고, 마개를 끼워 넣으면 물이 새지 않더란 생각만 했었죠, 헌데 그게 후후, 몇 달째 서답을 안 하더니, 글쎄 그게 애를 배 속에 처넣어버렸다는 겁니다요, 그래 그 계집애 네 부모가 하룻밤은, 후후, 낫을 꼬나들고 온 겁니다요, 그래. 내 말해줬죠, 나는 장가도 안 갔기 때문에 그애 배 속에다 밀어 넣어줄 애가 아직 없잖냐구요, 그리고, 뉘 애를 훔쳐 넣었는지 동네를 뒤져보면 알 거 아니냐구요, 헌데 아버지가 아마 금싸라기 반 홉쯤 줘 보낸 듯했지요, 허긴 아버지도 아시는지 모르시는지, 말씀이 없으니 난 모르지만요, 그래 내 화가 났죠, 그래 계집애께 소리쳐줬습니다, 〈야이 씨부랄 눔의 가시나야, 난 네가 뒈져주면 좋겠어,〉 헌데 친구네, 이런 얘기가 내 말을 가로막았었구나, '학, 그놈, 이 나이에 이렇게 벅찼다가는 이눔이', 후후후, 그러다 저러다 친구네, 나도 별수 없더군, 너모양 길게 늘어져 버렸댔으니, 아 그러고도, 한 식경이나 지났겠었어, 나는 다시

지랄맞고 있었는데, 헌데 육시랄, 느닷없이 내 엉덩이서 천불이 났다, '어흥, 이 고약헌 눔, 이 고약헌 눔', 제길헐, 그래 난 엉겁결에, 한쪽은 빠지고 한쪽은 무릎에 걸쳐 있었던 물잠뱅이를 끌어 올리고 앉았었다, 그리고 모든 일은 잠결에, 헤헤, 너 웃느냐, 그래, 엉겁결에, 또 모르지, 우리들의 저 늙은 암컷의 암내에 취했던지도, 아무튼 이뤄졌고, 젠장, 하품 한번 하고 나니, 난 묶였고, 해는 중천이었다, 허긴 묶든 말든 그까짓 할망구 더 상대하기도 싫어 내버려 뒀었을 뿐이긴 했구나, 허지만 이 뒤꿈치 탓에 불쌍하게 죽은 내 친구네, 저녁엔 네가 내게 내밀어준 그 정성까지 합치마," 사복은 그리고 입을 오물오물하며, 몸을 비그르 무너뜨렸다. 머리는 자기의 오줌 자국 위, 큰비암의 밑둥에 놓여졌다.

"이 무슨 기구한 팔자가, 이 무슨 놈의 팔자가, 생이별에, 사이별에,"

그냥 한 마리의 얼룩 뱀이 죽었을 뿐인데, 그런데 그때로부터 왠지 어죽어, 형체만 남게 된 따님은, 그래서 저녁 빛까지도 빠져나가 버린 그 칠흑 같은 어둠 속에 전복처럼 기복해 있었다. 허긴 그 뱀은, 본의든 아니든 본래의 자기 것보다 두 배나 더 불어난 무게로 살다 죽은 건 사실이었다. 따님의 얘기에 의하면 그것은, 그 이중의 무게대로 고스란히 죽어버렸던 모양이기도 했다. 그러나 그 뱀이 되어서 보자면, 어쩌면 그 뱀은 이중의 무게 탓에, 사실로는 어느 쪽의 것이든 반쪽의 무게도 제대로는 갖지 못했을지도 모른다. 다만 확실한 것은, 그 어느 쪽이나 없이 다 개종도였다는 것뿐이다. 큰 밭 가운데는 그 큰비암이 퍼렇게 살아 있었는데도, 그들은 그의 앞에서 공공연히 만나고, 공공연히 영교를 가졌던 것이다. 아무튼, 상(喪)을 당하고서 따님은, 살아 있는 죽음이 되어버렸다.

달빛은, 빛이 더욱 여물수록 수풀의 그늘을 또한 더욱 여물게 하는데, 그 수풀의, 그늘 담긴 도랑에서 몸 씻는 계집의, 계집은 안 보이고 오줌 퍼 내지르는 소리만 보이기 시작했을 때, 속률(贖律)에 옭혀 산으로 올라가 살아버렸던 따님의 늙은 아들이, 별로 깨본 적 없는 불출(不出)로부터, 제참(祭參)을 위해 내려왔다. 열세 길에서 돌아올 수 없었던 그 십 년을 제외하곤, 비록 앓고 있었을 때라도 그는, 꼭히 제사에 참례했던 터였다. 그리고, 그때마다 그는, 산삼

주라든가, 비싼 값에 산 모시 베옷이라든가, 하여튼 뭔가 선물을 갖고 와, 먼저 어머니를 예방하는 것이 그의 습관이었다. 그러나 해마다 그는 세 해씩도 더 늙어 자기 어머니보다도 주름이 많았다. 그런 젯밥이라면 객귀도 코를 킁킁거리고, 물러앉을 그런 정도였다.

헌데 그 속률(贖律)이라는 것이, 다만 한 사람, 그의 경우에선 속률(束律)인 것으로, 변하고 말았는데, 큰비암으로부터 은근한 초청이 있어 저녁 한 끼라도 얻어먹어 본 적 없는 그가, 어떻게는 타인의 새 출산을 위한 양수(羊水)로나 버려진 것 같았다. 그러고 보면, '머리가 소리를 냈음은' 그 두 속신의 싸움 탓이었음에 틀림없었다.

"이 괴로워하는 속물아," 속신(贖神)은 은근히 늘 그를 종용했다. "자, 아무도 보는 사람 없구나, 그러니 가라, 따님께로 이제라도 가라, 가서 정(精)을 쏟고, 진짜의 사내로 태어나라, 괴로워 말라,"

그러면 속신(俗神)은 힐난한다.

"허지만 그 옌네는 이 사내의 어머니가 아니야?"

"물론 그야 그렇지. 그렇지만 이 사내만의 어머니는 아니잖나. 모든 생명의 어머니란 말이다. 그리고 이 사내도 그 생명 중의 하나다. 그러니 이 사내도 그냥 일반적인 사내일 뿐이지."

속신(贖神)은 감정 내지 않고 조용히만 말한다.

"허지만 그 옌네의 진육(眞肉)의 진통에서 태어난 건, 오직 이 사내 하나뿐인 걸 잊을 순 없다."

속신(俗神)은 분노한다.

"허지만 이 속된 족속아," 속신(贖神)은 조금 짜증을 낸다. "근본적인 문제를 외면하고서는 아무 얘기도 안 된다. 그 교미란, 따님이라는 한 매체를 통한, 대지와 세월과 유모에 대한 한 복종을 의미하며 그러한 복종이나 헌신으로 하여, 풍요와 백복을 상 받는 것이고, 궁극적으론, 그러한 관계 속의 불길을 통해 자기 정화를 얻는 것이다, 이 경우, 그러한 교미란 동물적인 것이 아닌, 지극히 순결하며 엄숙한 그런 한 제사로 화하는 것이다. 어찌하여 자기 정화를 유예시키며, 제사를 거절하여, 죽기까지 그 세 어미로부터 유리되어 있어야 하는가? 게다가 그건 한 번만으로 끝나는 것이 아니냐? 그러니 그 사내를 보내라, 매체에게가 아니라, 세 어미께 보내라,"

"........."

속신(俗神)은 대답하지 못한다.

그런 은밀한 밤으론, 그러면 이 사내는, 뒤뜰 청수에 남근을 담가, 시간도 없이 정화시킨 뒤, 언덕을 내려 큰밭을 가로질러 달리기 시작한다.

그러나 따님의 움에 닿아 거적문을 들치려 하면, 갑자기 유성만 많이 흐르고, 그리고 왠지 소쩍새가 피를 토하기 시작하고, 잡초만 자꾸 바스락인다.

그러면 이 사내는, 세 번 숨도 못 쉬고, 몸을 돌이켜 주막으로 달린다. 달리면서는 자기의 아랫도리를 쥐어뜯어대며, 허허거리고 운다.

"열여덟이란 괴롭고도 먼 나이구나, 태어나서 대체 몇 개의 열여덟을 살았는지도 모를 이 나이에, 아직도 태의(胎衣)를 못 벗다니?"

'태의를 벗는다'는 말은 바로 그 일종의 할례와 성년제를 달리 표현한 말인데, 이 사내의 경우에 그 속률이 문제가 된 것은, 그 일종의 '할례' 때문이고 이 할례란, 남자의 첫 정액은 따님께 먼저 쏟아야 된다는 바로 그것을 의미한 것이다. 그래야만 태의를 벗게 되며, 거듭나게 되는 것으로, 속률은 묵시하고 있었다. 여자의 경우엔 물론 이와는 달라서, 첫 월후가 비치는 것으로 태의를 벗기우고, 둘째 번 월후부턴 태의와는 상관없는 것으로, 그것은 다른 생명을 수용키 위한 정화로서 이해되었다.

해서, 그렇게도 술 많이 마셔댔던 그 아들은, 큰 밭 가운데 닿아선, 큰비암은 한 번도 안 보고, 달빛을 덮어쓰고 잠들었던 사복의 얼굴만 한 식경이나 내려다보다간, 어머니를 만나러 움으로 갔다. 어느 해나 마찬가지로 그의 어깨엔, 노루 가죽을 화매어 만든 자루가 메어 있었고, 그 속엔 어머니께 드릴 선물이 있을 것이었다.

"오늘은 아무것도 생각하지 않는 것이다. 지난밤으로 모든 건 끝났으며, 지난밤의 시달림은 지난밤으로 족했다. 아마도 내일은 끝나고, 그래도 선조인 것은 얼마나 기쁘냐? 꽃은 꽃만, 뿌리는 캐려 말고," 따님의 아들은, 천천히, 무겁게 걸어가며 뭔가를 생각했다. "굼벵이가 파고드는 아픔은 뿌리가 당한 것만으로 족하다." 그러는 사이, 휑하게 구멍만 열리고 불은 없는 움에 닿았기에, 그는 머리가 아픈 듯 흔들곤, 이상하다는 듯, 우선 안을 끼웃해 보았다. 그리고 생각했기를, 아마 어머니는 뒤뜰 샘에서 목욕이라도 하시는가 부다 했다. 그러나 그러했대도 다른 해엔 방에 불은 켜놓았었으며, 제사에 입을 옷을 차근차근 준비해 방 가운데 쌓아 놓았던 것이다.

"더 이상 아무것도 생각하지 않는 것이다." 그는 부시를 꺼내 치면서도, 다시 뭔지를 두고 괴로워하며, 그러면서 자신을 달래는 듯했다. "그리고 오늘 밤만은 웃어야 되고, 내일은," 그는 한숨을 쉬었다. "내일은…… 어차피 그 근원이 썩었던 뿌리는, 아마도 파 던져져야 된다. 그래, 내일은…… 속륲엔 속물(贖物)이 있어 완전해지겠지."

불에 태워 똥을 비벼댄 수리치 심지에 불이 이미 붙어 있었는데도, 그는 그것을 모르다가, 그것이 손가락을 뜨겁게 했기에 그때에야 부시질을 그만두고, 조끼 주머니에 손을 넣어, 그 끝에 황을 묻힌 가느다란 관솔 한 개비를 꺼내, 그 황 위에다 그 불을 얹었다. 잠시 후에, 다만 불이었던 것이 빛까지를 발하게 되었기에, 그는 그것을 들고, 움 안으로 들어갔다. 그 불빛이 나타내 보여준 그의 얼굴은, 몹시 침울하고, 늙고, 말라 있었다. 도대체 아무런 조화도 노년의 지혜도 그 얼굴에 없었다. 휑한 눈이, 소심하게 구르고만 있었을 뿐이다. 허긴 그 휑한 소심한 눈에는 그래도, 반 치 길이도 못 되는 눈으로 세상을 한번 구획 지어 보겠다고 떠들어 왔다가 동구 밖에서 죽어버린, 그 불운한 측량사의 교활함도 조금은 어려 있기도 했고, 수년 전에 자살해버린 당나귀집 그 젊은이의 성자다움도 조금은 있었다. 당나귀집 그 젊은이는, 노름에 마누라를 얹었다가 잣나무집 홀애비에게 뺏기곤, 낫을 거머쥐고 그 집 담을 넘어다니더니, 밭 한 뙈기 얻어선, 그 왁대로 서너 달 술을 퍼마시다 죽어버렸었다. 헌데 그는 취하기만 하면, 자기는 동네의 액귀 물림 염소로 점지됐었다고 떠들었었다.

헌데 황은, 수정의 고장을 다녀오던 길에 어느 장에서 샀던 것이고, 따님의 아들은 그것을 신주처럼 아끼고 있는 터였다.

그가 관솔가지를 태우며 움 안에 들어서자, 웅덩이처럼 채워져 있던 어둠들이, 당황을 하고, 빠져나가느라 그림자들을 몹시 흔들었다. 그러나 한쪽 벽 뿌리에 길게 뻗고 누운 한 어둠만은 미동도 없었는데, 그것은, 태양이 구렁이의 암흑을 녹히기는커녕 더욱 암흑하게 하듯이, 빛이 없었을 때 조금 몸을 풀었다가도, 빛에 쐬자마자 고슴도치마냥 땡땡히 뭉쳐져 버린 듯이만 했다. 그리고 그것이 그의 어머니였기에 그는, 거의 비틀거릴 지경이 되었다.

아무튼 그는, 고콜에 얹힌 산초기름 접시의 심지에 얼른 불을 옮겨 붙이곤, 관솔에 붙은 불은 불어 끈 뒤, 어중간한 몸을 만들어선, 어머니를 내려다보았다. 그러다 진저리를 한번 쳤는데, 순백한 잠에 덮어씌워진 듯한 사복의 얼굴과, 칠흑 같은 추악함에 찌든 듯한 이 노파의 얼굴이, 이상스럽게 도착되다 똑같아져 버렸기 때문이다. 그가 본 건 그것이었다. 그래서 그는 외면을 하곤, 자기 어머니 곁에 무릎을 꿇고 앉았다.

"어, 어머님," 그는 어머니 이마에다 소심하게 손바닥을 올리며, 역시 소심하게 불렀다. "아마 몹시 불편하시군입쇼, 아 이런 수가, 아 이렇게 열이 높도록, ……글쎄, 사복이라도 좀 밝았을 때 올려 보내시지 않으시고,"

"………" 그의 어머니는 대답하지 않았다. 그런 대신 아들의 넓적한 손을 두 손으로 그러쥐어 가슴에다 꼬옥 대며, "흑" 하고 울음을 터뜨렸다. 외롭고 쓸쓸했던 것이다. 그리곤 자꾸 눈물만 흘려내더니, 떨치듯이 아들의 손을 놓아버리고, 눈을 감았다. 그러자, 아들의 눈에는 어머니가, 관 속에 들어간 촛불같이만 보였다. 그래 그 아들은 어찌할 바를 모르고, 어머니의 바깥쪽에서 우물쭈물이나 했다. "뭔가, 어딘가, 잘못된 것이 있다." 아들은 불안하게 생각했다. 왼종일 두려워했으면서도 속을 태우며 기다리기도 했었는데, 사복은 영 돌아오질 않았었다. 그리고 어머니는 갑작스레 더 늙었으며, 반길 줄도 모르고, 열만 높은데 그건 병 탓은 아닌 것 같고, 허지만 사복의 평온한 잠을 생각하면, 그래, 어떻게 그렇게 맑은 잠을 이룰 수 있을 것인가, —그 아들은, 물속에서 세 번째 올라왔던 익사자처럼 고개를 휘둘렀다. 그리고 무슨 구원이라도 끄집어내려는 것처럼, 메고 있던 자루를 벗겨내 주둥이 속에다 손을 집어넣었다. 얼른 끄집어내진 않았는데, 그는 그 속의 것을 조금 음미하는 듯했다. 그의 눈은 차차로 간음기를 띠기 시작했던 것이다.

"어, 어머님, 이것이 아, 아마 어머님을, 조금은 기쁘게 해드릴 겁니다." 그는 잠결에서처럼 말했다. 그리고 천천히, 그것을 꺼냈다. 그 순간 그것은, 희미한 불빛에서도 무척 현란히 빤짝여, 그 빛으로 움 안을 가득 채웠다. 그것은 그 수정 병이었다. 유행이 지난 두루마기를 떼 입고 나갔다 돌아왔었을 때 안고 있었던, 바로 그것이었다. 그땐 둘이 아니고, 주둥이와 주둥이를 물고 있는, 그래서 흡사 장 고통으로 보이는 하나로 되어 있었다. 헌데 그러한 현란한 빛은 주로 한쪽 병에서 흘러나왔던 것으로 그 속엔 재처럼 가늘게 빻아진 노란 모래로 가득 채워져 있었다. 금가루가 아니었으면, 구리 가루이기라도 했음에 틀림없었다. 다른 쪽 병엔, 낮귀신의 겨드랑 털 한 올도 담겨 있지 않아, 그것은 태와 묘혈이 쌍태아로 붙어 있는 듯이 보였다. 그의 얘기에 의하면, 그것은 사실로 그런 것이라 했다.

그것은 그리고, 어느 쪽 병에든, 아름다운 붉은 띠를 열두 줄씩이나 띠고 있었는데, 병의 주둥이 쪽과 허리께와 엉덩이 부분을 두르고 있는 간격에 차이가 있는 걸로 보아, 세밀한 고려하에서 그어 파놓은 것 같았고, 그런 뒤 주사로나 색칠해놓은 것 같았다.

"아 이것을 보십세요, 아 이것을,"

그는 완전히 도취되어버린 듯 부르짖었다. 그리곤 적이 슬픈 미소를 지으며, 무릎걸음으로 다가가 고콜 위의 기름접시 불 곁에다 거꾸로 세워 놓았다. ('거꾸로'란 빈 쪽을 밑으로, 채워진 쪽을 위로 해놓았다는 말이다) 그러자 위쪽의 모래가 실처럼 흘러내리며 그렇게도 비유 못 할 아름다운 빛을 뿌리기 시작했다. 수식어나 비유로 그것은 한정 당할 아름다움이 아니었다. 그때 아래쪽의 비었던 곳에선, 갑자기 어떤 이상한 혼돈이 일어났다. 아마도 그것은 그 속의 무가 깨어지는 그런 것이었다.

"……저것이 어머님," 한참 후에야 그 아들은, 어머니 곁으로 돌아오며 속삭였다. "저것이, 세월이라든가, 어떤 운행을 재주게 됩니다. 저것이 그 측량기입니다. 저것이 그 일을 합니다, 저것이, ……이 우주의 운행을…… 저것이 우선 어떤 시작을 잘라, 그 시작으로부터 세월을 토막 내는데…… 그 토막들은 시간이 되는 겁죠, 저것이 그 일을 합니다. 토막을 내선, 그 토막들을 다시 정리합니다, 보십세요 어머님, 한쪽이 다 비워지고 나면 그건 말시며, 무덤입니다. 그러다 뒤집히면 그것은 다시, 시작을 젖먹이는 태가 되는 겁죠, 저것입니다. 어머니 보십세요, 시계입니다, 아버집죠, 큰비암입니다, 아 황금의 태자(胎子)입죠, 어머님께서 들려주신 그 모든 전설입니다. 저것입니다," 그 아들은 어머니가 열심히 들으며 무척 기뻐하고 있다고나 생각한 듯했다. "저 금싸라기가 한 눈금을 비우고 흘러내려 밑의 한 눈금을 채우면 자시(子時)입니다. 두 눈금은 축시(丑時), 세 눈금은 인시(寅時), 그리고 열두 눈금이 비워지고 열두 눈금이 채워지면, 해시(亥時)가 끝나고, 자시로 바뀔 때입니다,"

그 아들은 그러나 더 계속할 수가 없었다. 손인지 소리인지 뭔지가, 몹시 어지럽게 그림자를 흩뿌리며, 짜증 난 듯 방해를 했기 때문이다. 그래 입을 다물고 그 아들은, 그 흔들리는 그림자의 주인을 내려다보았다. 그러자 일순에, 그 시계 속에 끼워졌어야 될 현실들이 그 속에서가 아니라 그 밖으로부터 한꺼번에 와버렸다. 그것은 그를 몹시 당황스럽게 만들었는데, 그러고 보면 아마도, 그 시계와 이 현실과의 사이에 있는 어떤 종류의 간극이, 아직은 메꿔지지 않은 채 있었던 모양이었다. 그리하여, 썩어가는 옷 궤짝이니, 벽의 균열, 또는 꿈틀거리는 뱀 자루 같은 것에 발톱을 박고 거꾸로 매달려 있었던 박쥐들—가령, 늙은 여자의 씻지 않은 몸 냄새라든지, 침 타는 냄새를 연상시키는 구렁이 냄새, 또는 곰팡이라든가, 어젯밤에 누고 간 어린것들의 정액 냄새 같은 것들을 깨웠기에, 그는 더욱 쩔쩔매지 않으면 안 되었다. 게다가 윗목의 항아리 속에서 왕개구리까지 꾸르륵이고 나섰기 때문에, 삽시에, 움 안의 신비롭기까지 했던 고요함은 더럽게 뒤엉켜버렸다. 그래 헉헉거리며, 어머니를 까마득히 잊고 벌떡 일어서려는데, "세, 세상이 대체 어떻게나 됐던고?" 하고 어머니가 물었기에, 그는 어정쩡하고 어리떨떨해져 버렸다.

"세, 세상 말씀이십세요?"

"글쎄, 세상이 어떻게나 됐더냐구?" 그의 어머닌 이번엔 몹시 짜증을 냈다. 아마도 그건 심정이 돋는 그 첫 징조였을지도 모른다.

"그, 글쎕쇼, 사, 사복은, 자고 있고, 마을에선 아직 올 때가 아닙죠, 그리고, 그, 그리곤 뭐,"

"………"

"어머님, 그런데 대체 어머님께…… 무, 무슨 일이 필경 계셨읍죠 예?"

그의 어머닌 고개만 저었다. 기름접시에서는, 기름에 물이 섞였던지, 턱턱 소리를 내며 불이 튀고 있었다. 때문에, 그의 어머니의 얼굴을 덮은 빛과 그늘은, 죽은 자 위에라도 떠도는 듯한 추억 같은 것으로 변해 포르르 포르르 떨었다.

"이 어머니는 너무도 고왔었다." 아들은 그래서 생각해나갔다. "아 그래, 열여덟이 되던 해 나는, 산기슭으로 올라갔었구나, 그 뒤부턴 난 거의 어머니를 모르게 되었었지만, ……허지만 그 고왔던 어머니는 아직도 곱다. 나는 그 당시 철없이 얼마나 마을 사람들을 미워했던지 몰랐지. 이 어머니의 어머니가 돌아가셨기 때문에 그들은, 모든 지혜를 다 잃은 듯 당황스레 한 일 년을 살았다, 그러다간 끝내 어머니께로 와서 지혜를 빌리기 시작했는데, 어머니를 그렇게도 천대했던 그들의 입에선 사과 한마디 없었구나, 허지만 어머니 편에선 정작 그때부터 조금씩 웃기 시작하셨구나, 난 그 웃음이 싫었고, 또한 어머니와 나만의 아늑한 사랑이 깨어지는 것이 무서웠었다," 아들은 자꾸 더듬어나갔다. 마을에서 지혜를 빌리러 오기 시작했을 때까지에 이르는, 그 헤아릴 수도 없는 밤과, 낮과, 달과, 해를 슬픔을 짓씹으며 참아냈던 어머니를 들개처럼 곤욕을 당하면서도 눈물을 감췄던 그 어머니를 그러면서도 애비 없는 아들 하나만은 씩씩히 키우려 미소 뒤에다 눈물을 감췄던 어머니를, 고적 때문에 아들을 끌어안았던 그 어머니를, 스쳐 간 어떤 사내애의 추억 때문에 큰비암께 정성을 다했던 어머니를, 조금씩 자라자 품에 품을 수 없게 된 아들로부터 받는 슬픔 때문에 뱀과 더불어 살기 시작한 그 어머니를, 추억했고, 그리고 그런 모든 밤이 물 튀기는 기름불에 녹았음을, 모든 그런 낮이 배고픈, 수확 없는 고된 밭일에 녹았음을, 추억했다.

"그리고 나는, 그것도 아주 뒤늦게야 알았지만, 어머니는 마을에 대해 복수하고 계셨었다. 그래, 자기를 무섭게 학대하며 복수하고 계셨던 것이다. 속률이라는 것으로 복수하고 계셨던 것이다." 아들은 그리고 한숨을 쉬었다. "그러나, 어머니는, 결국 어머니는 자기를 더 파괴시킬 수 없게 되었을 때, 후회했지만 이미 늦어 있었다. 그리고 정작으론 아마 타락했었다. 허지만 어머니는,

내게는 영원히 고운 여인이다.”

“………”

“어, 어머님, 기력을 좀 차리셔야,”

“비, 비암님은, 어, 얼룩비암님은?”

“…… 큰비암님 말씀이십세요?”

“………” 그의 어머닌 완강히 고개를 저었다. “작은비암님 말이다, 작은,”

“………” 그 아들은 얼른 이해가 안 된 듯, 잠깐 우물쭈물하더니, “그, 글쎕쇼, 잘은 모르겠지만,” 했다.

“그래, 잘은 모르겠지만?”

“잘은 모르겠지만, 사, 사복이란 녀석, 종일 얼, 얼굴이 안 뵈더니,”

“안 뵌 것 하고,”

“글쎕쇼, 녀, 녀석 배가 무척 고, 고팠던 모양이드군입쇼,” 했다. 그리고 어머닐 외면했다.

“그냥 언뜻 봤었을 뿐인데요,” 그 아들은 추리를 하기 시작했다. 고뇌는 많이 치렀지만, 사실로는 기묘하게도 그 고뇌 탓에, 세상을 거의 일원적으로만 살아온 듯, 그는 여태도 순진한 채로 있었다. 그에게는 사복의 당돌했었음이 조금도 밉지 않았으므로, 자기의 어머니에게도 그럴 것이라고나 생각한 투로, 없는 목청까지 꾸며서 엮기 시작한 것이다. “글쎕쇼, 녀석의 입술에 검정이 묻어 있었고, 모닥불은 꺼졌었지만요, 그 옆에 잘린 뱀 대가리만 있었던 걸 봐서,”

“이 천벌을 받을 녀석!”

“………”

“저주받을 놈, 이 천벌을 받을 놈,” 그의 어머니는 몸을 벌떡 일으켜 앉았는데, 무섭게 떨어대며, 미친 것모양 소리쳐댔다. “저주를 받아 에미 애비도 없었던 놈이, ……느, 늦었네, 다 늦었어, 것두 늦었어,” 그의 어머니는 목놓아 울기를 시작했다. 그녀는 뭣엔가 홍역에서처럼 몹시 앓고 있던 것이다.

고콜 위에선 금사실이 흐르고, 바람도 없었던지 불도 깜박이지 않았다. 그 주위를 부나비와 모기떼가 가마귀들처럼 날랐다. 잠결엔가 한 번씩 왕개구리는 울었다.

"어머님, 설마하니," 아들은 아무것도 이해할 수 없어, 그 움 안에 있었으면서도 움 밖에 있는 것모양, 멀리서 얘기했다. 그러며 멀리로 고콜 위를 바라보았다. "그 뱀 한 마리 때문에 이렇게까지 맘 상하신 건 아니십죠? 설마 그러실리야……" 고콜 위의 금사실은 그것이 시작을 당한 때로부터, 아래쪽 병의 맨 아래쪽 눈금의 반을 채워 오르고 있었다. 그것뿐으로, 아직도 그 허 속엔, 그만큼의 세월이 토막 지어졌던 동안에 태어났을 생명의 울음, 죽어 유전하는 혼백 같은 건 없어 보였다. 그는 깊이 한숨을 쉬었다.

"그까짓 뱀 한 마리쯤이야, 사복이 녀석더러 잡아 오래도 되고, ……또 저 자루 속에도……"

"……허지만 이젠, 이 비암님은 없을 뿐이라,"

이번엔 어머니가 너무 또록또록하게 말하고 나섰기에 아들은, 얼른 눈을 돌려 어머니를 건너다보았다. 그녀는 그땐 어느덧, 책상다리 앉음으로 고쳐 앉아, 두 무릎 위에다 턱을 얹고 있었다. 그랬기에 아들의 눈엔 그녀가, 독을 너무 많이 허비한 한 마리의 늙은 독사가, 독을 굽느라 똬리를 틀고 있는 것처럼 보이기 시작했다. 그 좌법(座法)은 허긴 그런 것으로 이해되고 있긴 했다. 태극좌라고 하는 것으로, 주로는 긴 단식 명상에 들 때 하는 좌법이었지만, 여느 때라도 마음의 동요가 너무 격하면, 그 좌세를 취함으로써 빨리 기를 모아 쉽게 안정을 얻을 수 있다는 것이었다. 그러나 그 좌법은 가장 위험한 것이라 하여 속인에겐 금지되어 있었던바, 이윤즉슨, 느닷없는 비약과 속심과의 사이의 공백 때문에 미쳐버릴 우려가 있기 때문이라는 것이다. 방법은 평범한 것에 불과한데, 얼마의 시간을 넘어버리면 그렇게 출렁거리기 시작해선 도를 넘어버린다는 것이다. 우선 평평하고 굳은 자리에 가부좌로 앉은 뒤, 두 무릎을 세워 두 어깻죽지에 받치고, 다음으론 자연스럽게 낀 팔짱을 그 무릎 위에 얹는다. 그리고 그 휘감긴 팔뚝 위에다 턱을 얹으면 되는데, 목적은, 허기로 해서 이완되고 그러다 녹아져 버리게 될 오장육부를 보호함과 동시에 그 허기로부터의 해탈, 또는 항복을 얻고, 남근이나 여근이나를 또한 보호함과 동시에, 색욕에 이르지 않을 만큼의 긴장을 가함으로 해서 기를 모으게 하고, —이때의 그 근(根)에 뭉치는 기는 촛불 같은 것으로 전신의 무명(無明)을 밝힌다는 것이다.

척추만이 당할 머리의 중량을 몸의 정중(正中)에 둠으로 해서, 또한 우주의 기둥이 되고 있는 척추에 무리를 주지 않음과 동시에 머리의 영향을 각 부분에 고르게 입힘으로 쇄락과 법열을 얻게 한다는 것이다. 이때의 머리는, 두 엉덩이뼈와 두 뒤꿈치 뼈가 굳건히 떠받쳐주는 태양이 되고, 두 엉덩이와 두 다리는 합쳐 사계와 사방을 이루고 있다는데, 꽃으로 치자면, 그 자체가 한 연꽃 형상이라 하여 흔히는 연좌라고도 하고, 자취로 치자면, 여러 굽이로 진 굽이로 이뤄졌기에 궁좌(弓座)라고도 했다. 그리고 연이나 궁이나, 모두 태극선이며, 뱀은 태극의 진행 그 자체고, 그러므로 구경에 이르면 모든 것이 뱀으로 화한다는 것이었다.

"나는 이젠 맥을 잃은 늙은이라,"

어머니는, 이상하게도 냉소적으로까지 들리는 어조로 띄엄띄엄 계속했다. 그럴수록 아들은 한숨이나 불어내곤, 눈을 내리떴다.

"결딴나버렸네, 핏줄이, 젖줄이, 탯줄이, 결딴나버렸어,"

"………"

"땅은 태를 열고 씨앗을 받는다. 세월은 핏줄을 이어 그 씨앗에 피를 흘려 넣는다, 그리고 태어난 목숨은 유모가 풀어헤친 젖퉁이에서 젖을 빤다. 유모란, 따님(땅님)도 아니고, 세월을 땋는 님도 아니고, 그렇다고 하늘님도 아니지만, 그분은 어쨌든 하늘님이다. 그분은 따로따로 흩어진 외로운 목숨들을 서로 따라 붙게[親和] 하는 님[力] 인데, 따님과, 땋님과, 땉님['따라붙게', '따붙게', '땉게'] 세 몸 일신이 큰비암님이다. 그리하여 따님께 씨앗을 던지는 건이 큰비암님이고, 땋님께 현신하는 것도 이 큰비암님이고, 땉님께 작용하는 것도 이 큰비암님이다. 그리고 나는 그 세 따님의 큰비암의 딸로 점지되었던 것이라, 너의 아버지는 그 큰비암의 인현(人現)이었고, 그는 날더러 늘, '따님아, 땋님아, 땉님아' 하고 세 번씩 부른 뒤에…… 그래서 너를 낳았구나,"

접싯불이 부나비의 투신으로 한순간 작아졌다 다시 커졌다.

"헌데 비암님은 죽고," 이 대목에서 늙은 독사 같은 엔네는 연좌를 풀고, 그 똬리 속에서 몸을 일으켜 세웠다. 그리곤 날개 잘린 박쥐모양 밖의 달빛 가운데로 나갔다. 갑자기 병신이 다 돼버렸던 그 아들도 물론 한숨이나 불어내며 따라나섰는데, 밖은 달빛 아래서 번쩍이고 있었고, 풀벌레의 타작 같은 울음이 반딧불로 날아다니고 있었다. 큰비암과 벼락 맞은 나무만 그 속에서 제외되어, 음울하게 서 있었다. '큰 밭'이라고 선조의 누군가가 불러버린 이 황무지의 저쪽 변방, 검은 흙 위에 흰 집을 세운 자들의 어느 집 감나무 밑에선 그때, 화톳불이 타오르며, 꽹과리가 울기 시작하자 곧이어 징과 장고가 따라 울려 났다. 그들은 화톳불을 잡아들며, 노인이나 젊은이나, 계집이나 사내가 없이 인생을 섞어 마시며, 사랑할 것이었다. 그리고, 달이 좀 더 돋으면, 그들은, 사닥다리 옆으로 뉘어 축제를 앉힌 뒤, 어깨에 메고, 들길을 상여처럼 건너 큰비암전으로 올 것인데, 술과 안주는 동답(洞畓)의 소출로, 그리고 열여덟 살 갓 된 아들을 둔 가장들의 추렴으로 넘치도록 장만되었을 것이고, 그것을 힘센 머슴들이 몇 짐이고 져 나를 것이었다. 그리고 서른 짐의 장작이 대숲같이 타오르면, 잡초처럼 정적만 자랐던 자리에 큰비암의 하강이 있을 것이었다. 어쨌든 이 명절은 일 년 중에서 가장 큰 것이었다. 워낙이는, 유월 말일과 칠월 초하루 사이의 자정에 가졌던 것이지만, 어느 때부턴지 한 절기가 늦춰져, 백중 달 떠오는 밤으로 변해졌던 것이다. 그리고 마을의 지혜를 따님이 처리하면서부터 그건, 사지후토서낭사방지신께 드렸던 일종의 풍요 기제(祈祭)였던 것이, 어느덧 무척 바뀌어지고 말았던 것이다.

"헌데 내 비암님은 죽었으니 이젠," 어머니는, 자기의 쭈그러진 그림자를 밟고 걸으며, 혼잣말처럼 더 하다가, 달빛보다도 달픈 사복의 잠을 만나고서야 걸음을 멈췄다. "따님은 월후를 끝내고 정결해져 씨앗을 기다리지만, 심기지 않는다. 땋님은 이을 핏줄을 찾지만 없어 헛되게 죽을 피만 흘린다. 팥님은 불은 젖을 아파하지만 빨려지지 않아 그역 헛되게 썩을 젖만 흘린다. 그러다간 세 어미들 결국, 허옇게 말라 죽을 게다, 황폐다, 죽음들만 퍼져 눕는다. 끝날이다, 말라 꺼멓게 까스럭이는 죽음들이 퍼져 눕는다. 그 횟가루가 바람도 없는데, 일월에도 휘날리고, 십일월에도 흩날린다, 아무것도 없어지지 않고, 아무것도 돌아오지 못할 거다, 갈아듦이 멈춰졌으니, ……아마도 십 년 전에 울었던 여우의 울음이 십 년 후에도 거기서 들릴 거며, 떠나신 양반이요, 어쩌면 좋으오, 어쩌면? 당신이 말씀했던 그대로, 그대로, 떠나신 양반,"

“………” 아들은 한숨이나 불어내며, ‘두 번째 죽음을 목놓아 우는, 늙어빠진 여인의 괴로움을’ 건너다보았다. 그러며 자기대로 생각했다. “허지만, 암소의 것이나 하루살이의 것이나, 모든 세월은 모든 동에서만 태어나고, 모든 동은 모든 정의 제어 속에서만 가능하고, 모든 정은 모든 동의 동에서만 살아남으로 세월은 언제까지도 죽지 않을 것이지만, 그래도 만약 어쩔 수 없이 그 모든 동이 멈추지 않을 수 없이 그 모든 동이 멈추지 않을 수 없다면,” 아들은 자기의 모래시계를 떠올렸다. “그리고 혹간, 정의 어거가 끼이지 않은 티 없는 동이 가능하다면, 또는 동이 끼이지 않은 맑은 정이 가능하다면, 그러한 동과 정은 결국 똑같은 형태일 것이므로, 모든 세월은 언제까지도 태어날 수 없으며, 모든 세월은 언제까지고 태어날 것임으로, 종내는 같아져 아무런 변화도 일어나지 않을 것이다.” 그리고 그는 얼굴을 찡그리고, 사복에게로 시선을 보냈다. “허지만 허긴 어쩐지, 어머니의 생명은 공허해져 버린 느낌이다. 어머니 속의 그 생명은 어쩐지 떠나버린 것 같고, 어쩐지 내게, 어머니 속의 허허히 빈방이 느껴지고만 있다.” 그러다 그도 사복의 얼굴 때문에 생각을 잊어버렸다. 그는 좀 도착되고 있었던 것이다. 몇십 년인가를 잊어버리고 있었던, 그것도 샘 속에서 보았던 것이지만, 자기의 얼굴을, 느닷없는 훗날에 다시 만나게 되어서였다. 그것은 그에게 조금도 기쁘지 않은 해후였는데, 그 당시 그는, 가장 슬프고도 외로웠던 나날을 살아야 했었다. 그리고도 그의 인생은 계속 그런 것일 뿐이어서, 그는 한 번도 되돌려지기를 바란 적은 없었다. 그는 자기를, 한 의미 없는 희생물로밖에는 생각할 수 없었으므로, 그 무의미한 희생물이 치러야 되는 그런 고통의 흔적을, 개에게서라도 발견하게 되었다면 진저리를 치고 외면했던 것이다. 헌데 눈 아래 그 자기가 다시 젊어져 있고, 달빛 같은 그 맑은 잠의 언저리에도, 갈대처럼 웃자란 그 고통의 그림자가 드리워져 있었다. 으스스 그는, 몸서리를 친 뒤, 차라리 어머니 쪽을 보았다. 그녀의 얼굴은 달빛의 뒤쪽에 있어, 그로서는 읽을 수 없었지만, 그녀 어깨 위의 달빛이 포르르 떠는 것으로 보아, 어머니는 울고 있다고 그는 생각했다. 사실로 그녀는 울고 있었던 모양으로, 돌아서 달빛을 올려다보았을 때의 그 눈에는 눈물이 웅덩이처럼 괴어 있었다. 그 아들은, 그 눈물이 자기를 안고 겨울밤을 새우던, 그 청상과부의, 접자 불빛 어린 그 눈물과 너무도 같다고 추억했다. 그래 그 아들은 한숨이나 쉬고, 덩달아 달이나 바랐다. 여름밤이 너무 적막했고, 너무 소슬했다. 개구리도 잘 안 울고, 지렁이도 안 울고, 어디 먼 숲에서 소쩍새만 울었는데, 서리처럼 울었는데, 바람도 안 불고, 반딧불만 유성으로 흘러갔다.

물론 매월의 수없는 달을 이 늙어진 딸은, 거기서 우러르고, 그리고 보냈지만, 그중에서도 매년의 백중 달은, 그녀의 전 내부로 퍼져 드는 그런 달이었으며, 몸에도 마음에도 때를 남기지 않고 큰비암께 나가도록, 정화시켜 주었던 그 욕물로서의 달이었는데, 그런데 오늘의 달은 그냥 무슨 연처럼만 보여지고, 도대체 차오름이 없고, 비워짐이 없는 데다, 그 빛은 횟가루만 같아서 그녀는 숨을 헉헉할 정도의 건조함에 당해야 되었다. 아들은 그저 한숨만 쉬었다. 그의 어머니는 그때 무릎을 꿇고 주저앉고 있었다. 아들은 그때도 한숨만 쉬었다.

주저앉은 그 늙은 여자는 그리고 뭔가 검은 걸레쪽을 주워 들어 달빛에 비춰보더니, 귀신처럼 소리 없는 웃음을 웃었다. 그 늙은 아들은 그래서 그 웃음 때문에 또 가을처럼 한숨을 쉬었다. 그것은 썩어 문드러지는 뱀 대가리였을 것인데, 그래서 아들도 또한 대가리를 썩히고 한숨만 풍겼다. 그 어머니는 그것을 씹기 시작했고, 그래서 가을 같은 아들은 머리가 아프기 시작했다. 그 어머니의 입에선 검은 피가 걸레쪽처럼 흐르기 시작하고 그래서 그 아들의 머리에선 빈혈증이 시작됐다. 사복만 자꾸 깊고 평온한 얼굴이었다. 큰비암님 그림자는 자꾸 짧고 있었고 그래서 사복의 물잠뱅이는 자꾸 빼드러지고 있었다. 저주의 근력이 그 속에서 숲처럼 우거졌을 것이고 그래서 가을 같은 사내는 한숨에 말라 황폐해지고 있었다. 달만 그냥 제길하게 밝았고, 그래서 그 늙은 계집은 토하고 나자빠졌다. 그리고 나자 어디로부턴지 털 빠진 들고양이 한 마리가 소리도 없이 와선, 그것을 모두 삼키고 눈이 붉어져 사라지자, 그것의 울음과 털은 한참 후에야 거기에 왔다가, 벌써 보이지 않게 된 몸뚱일 찾아 뒤늦게 떠나고 있었다. 육실하게 달만 밝고, 가을 같은 한숨에 달만 밝고, 사복의 잠은 앉은 수캐처럼 빼드러만 올라왔고, 그런데 그때 다시 털 빠진 고양이가 사복의 그 잠 위를 느실느실 넘어가자 귀신 같은 계집이 히히 웃더니 자궁을 꺼내 입에 물고, 그 수캐 같은 잠을 향해, 발정한 똥갈보처럼 달리기 시작했다.

"엇 어머님—엇어떻게, 히히, 히히히, 그, 그렇게 하실 수가 있읍니까?," 가을 같은 사내는, 땅귀신이 내민 장대에 세로로 꿰어져, 발 한 발자국 못 움직이고, 한숨만 쉬었다. "히히, 이힛, 어머님, 당신의 손주니다, 당신의 손주니다. 결국 당신은 손주에게도 그렇게 하시는 군요……" 그리고도 그는, 외면하고 어디로 떠나려는 생각은 해내지도 못한 듯, 계속 그 자리에 꿰어져 있기만 했다. 속률이라든가 나이 같은 걸로 해서 잠들어버렸던 그런 어떤 주력(呪力) 하나가 차차로 깨어난 듯, 결국 그는 반은 미쳐서 그 벌레를 잡아내려고 가랑탱이 속에다 손톱을 박았다. 때에 달은 중천이고 축제가 농악을 손에 켜 밝혀 들고 들길을 건너오고 있었고 그 달과 그 빛이 사복의 눈 속에선, 괴롭게도 오랑캐에게 씹히는 노란 호두처럼만 보여지기 시작했다. 결국 오랑캐의 이빨이 그 노란 달을 탁 깨뜨려버리자, 이상스럽게도 한 시꺼먼 용이 천둥을 치며 빼드러져 나왔는데, 그러고 보면 그건 달이 아니라 용 알이었다. 그럼에도 오랑캐는 그것의 머리를 물고 악착스럽게도 씹어 삼키려고만 들자, 이번엔 성난 용이 다시 한번 꼬리로 천둥을 몰아치곤 물린 아가리로 흰 불 같은 피를 좍 토했다. 그 오랑캐는 그것을 마시고서야 캥캥 짖으며 나가떨어져 버렸다.

그리고 달은 다시 달이었는데 중천이었고, 농악이 축제를 손에 켜 밝혀 들고, 들길을 건너오고 있었다.

그래서 사복은 미친 듯이 뛰어, 일어나 뒤꿈치로 다 늙은 잡년의 어깨를 한번 윽박질러 굴린 뒤, 물잠뱅이를 걷어 올리며 팔을 내둘러 축제를 맞으러, 달려갔다. 그는 심신이 너무도 쇄락해 한번 아니 날뛰고는, 못 견디게 지랄스럽고, 있었다.

제2장

로리라 리로리
로라리 리로런나

로라리 리로리런나
로리라 리로리로라리

비록 일흔다섯이라 해도, 따님의 목청은 어느 해와도 다름없이 청청했고, 숨도 길었다. 어느 해와도 마찬가지로 제사를 위해 길렀던 꽃뱀을 목에 감고 어느 해와도 틀리지 않게 제 신명으로 저를 태우고 들었다. 어느 해와도 똑같이, 열두 화톳불은 큰비암을 삑 둘러서 타올랐고 또한 어느 해나 비슷한 사정(蛇情) 또한 서리고 들었다.

가사가 좀체 끼어들지 않는 가락은 반복되고, 반복되어졌다. 그것은 그러는 동안, 열두 화톳불길처럼 짝 없이 타오르다간, 그녀의 목에 감긴 뱀처럼 음침스러히 기었고 그런가 하면 벼락 맞은 나무처럼 덧없는 반음으로 그 나무만큼이나 오래오래 퇴색했고, 그러다간 사정처럼 폭이 넓어져 잠푹이 덮고 내렸다. 그러나 큰비암이 꿈틀거리는 것 같은 그런, 얼룩져 삼백육십 번 떠는 주율로 옮아오고, 그것은 다시 타올랐다. 그래서 이 가락은 더욱 밝고, 더욱 어둡고, 더욱 축축하고, 더욱 건조하고, 더욱 무디고, 더욱 날카롭고, 더욱 두텁고, 더욱 엷고, 더욱 상쾌하고, 더욱 침울해져, 산인 것을, 바다인 것을, 들인 것을, 물인 것을, 불인 것을 다시 질시하고, 말 없는 큰비암의 가슴을 열어 그의 말을 이끌어내며, 대지와, 세월과 하늘의 세 어미의 강림을 가능시키는 것이었다.

사실로 그녀들과 교통할 수 있는 말이란 말이 말이 아닌 말로써만 말을 주고받을 수 있었는 듯, 노래가 노래가 아닌 노래가 계속되는 동안에, 그녀의 주위로 음습하고도 한랭한 영기(靈氣) 같은 것이 휩싸 돌고 있었다. 그녀의 얼굴은 차차로 외꽃보다 노래져 갔고, 가늘어진 눈은 살기를 띠고 붉게 반짝였으며, 몸은 풍에 의해서처럼 사시나무 떨듯 떨어댔다.

그때로부터 그녀는 무릎 꿇림으로 삼백육십 번의 절을 큰비암께 바치고 그리고 일어나면, 우선 뱀을 놀리며 춤을 추고 큰비암을 잡아 돌며 천천히 얹었던 큰 머리로부터 풀어 헤쳐, 종내는 남천익, 홍치마, 혼백의 내왕이 아른히 보이는 석새삼베 속곳까지, 모두 벗어 큰비암께 두른다. 그 알몸이야말로 '지하로부터 보리를 살찌게 해온' 그 근원임을 알게 하고, 세 어미의 전갈하님임을 그녀들의 외동딸임을, 알게 한다. 일 년 내내 그녀를 늙혔던, 그런 세월 속의 노파는, 그 순간에는 영원히 끼이지 않으며, 그녀는 모든 영기의 형체일 뿐으로 영원히 죽지 않는 것으로 화한다. 장고의 가락도 거기엔 섞이지 않는다.

러리러 리러루 런러리루
러루 러리러루 리러루
리러루리 런러리루리
리러루리 러리로리
러루 러리 로리

산은 둘러 있지만 허긴 너무 멀고, 숲은 수줍어하는 계집이라 또한 멀리 숨어 엿보고 있어, 불려지면 그냥 스러지고 가락에 반향이 없었는데, 그러나 그래서 그런 것만은 아니고, 큰비암을 울두른 열두 화톳불에 그림자를 태워 넣어버렸으므로 외로워진 사내들의 조갈 탓에 가락은 불려지면 불려진 즉시로 그 박토들 속으로 빨려 들어가 버리느라, 그래서 제 꼬리를 못 가졌다. 일 년에 한 번씩, 열두 화톳불에 그림자를 태워본 사내들은, 자기가 얼마나 외로운 유아였던가를 이 밤에 알아내며, 그래선 서러운 마음으로, 한 근력의 불어난 젖퉁이에서 젖을 빨려고 한꺼번에 모든 심령의 입술을 열어버린다. 그러기 때문에 그것은 더욱 빨리 스러져버리고 '내년에 묻힐 송장에서 벌써 싹을 틔워'낸다. 어쨌든 화톳불은 일 년에 열둘밖엔 타지 않고, 때로는 열셋도 타지만, 삶은 덧없이 스러지고, 생활은 이빨이 안 맞아, 콩 심은 데 팥이 나고, 기껏 땀 흘려 채워 놓은 곳간엔, 작년엔가 써 붙인 부적밖에 남지 않는다.

리로 리런나
로리라 리로리
로라리 리로런나

"만약 내가 한 마리의 꽃뱀이었더면" 사복은, 솔잎 사이로 밤송이처럼 내리는 달빛에 가래침을 쏴 올리며 씨부렁씨부렁했다. "나는 틀림없이, 저녀러 할망구의 똥구멍으로 들어가 목구멍으로 나왔을 거다." 사복은 그리고 쿨쿨거리고 웃다간, 다시 가래침을 쏴 올렸다. 그는 제사의 바깥뜰서도 저쪽, 외톨아진 소나무에 일곱 바퀴 묶여 있었는 데다, 따님의 청승과 신명을 가락에서밖엔 느낄 수 없었기에 무척 심심하고 서러웠던 것이다. 그래서 묶인 처음 얼마 동안은 그놈의 소나무들을 진즉 썰어 쪼개지 못한 것을 원통하게도 생각했었다. 그랬더라면 벼락 맞은 나무나 큰비암께 묶여졌을 것이라는 생각 때문이었다. 아녀자는 부정하다 하여, 제참이 금지되어 있다가 비로소, 열여덟이 되면서 그 권리를 얻게 되자마자 그 꼴이라서 사복은 분통이 터질 대로 터졌지만 별수 없었던 것이다. 물론 해당화 울타리처럼 둘러선, 키 큰 남자들의 가랑탱이 사이로, 얼핏얼핏 그 내부의 광경이 보이기야 했지만 옷고름 탓에 엔네의 가슴이 폐쇄이듯이, 차라리 그것 때문에 그것은 더욱 폐쇄되고나 있었다.

"정말이지 나는 그랬을 거라구, 암믄이지, 생 들창을 내버렸지 뭐, 빌어먹을, 한 번만 더 힘껏 내질렀어도 진즉 뒈져버렸을 건데…… 은혜도 모르는 저 쌍녀러 할망구."

사복은 그러다 깜짝 놀랐는데 키 큰 누군가가 음울하게 웃음을 흘리며 자길 내려다보고 있는 것을 깨달은 것이다.

"엣따 녀석, 목도 어지간히 컬컬할라." 그는 조용히 말했다. "이거 한 바가지 마셔 둬라." 그리고 그는, 밤송이 같은 달빛이 담겨 철렁철렁하는 큰 바가지를 사복의 입술에다 대줬다. 사복은 그래 무작정 마시고 나서야 자기가 몹시 목말라 있었다는 걸 깨달았고, 그것이 술이었다는 것도 알았다.

"이왕이면 이것도 삼켜둬라." 그는 다시 뭔가 한 덩일 사복의 입에 물려주었는데, 사복은 그래서 또한 무작정 씹어, 눈이 불거져 나오게 삼키고 나서, 자기가 몹시 허기져 있었다는 걸 깨달았고, 그것이 제육이었다는 것도 알았다.

그는 그런 뒤, 다른 말은 없이 그 자릴 떠나려고 했다. 사복이 그래 눈물을 글썽이며 그를 불렀다.

"아버지."

"………" 그는 말없이 사복을 내려다보았다. 잔잔히 웃긴 했지만, 신선이다 됐거나 천치가 다 돼 있었다.

"죄, 죄송합니다. 전 뭘 잘못했는지 모, 모……"

"………" 그는 여전히 빙그레 웃기만 하더니, 사복의 더벅머리에 손을 올려 비듬이라도 털 듯 흩뜨렸다.

"이 너석아, 네게 큰 복이 내려질지." 그는 돌아가며 말했다. "뉘 알겠냐?"

그 뒷모습을 보며 사복은, 자기도 모른 새 눈물을 빠뜨렸다. 따님의 엄한 분부에, 그 아버지 보는 앞에서 묶여졌었지만, 그가 다녀간 뒤부터 그 묶음은 조금도 불편하지 않게 되었다. 사복의 속은 참으로 오랜만에 정 같은 것에 눅눅해졌다.

헌데 사복을 그렇게도 사정 안 두고 묶었던 사람은, 사복의 애를 뱄다는, 그 처자의 아버지였었다.

리리러 리러루 런러리루
요것은 삼시궁[三世宮]에 거하는
큰 배암님의 세 따님이로소이다
러루 러리러루 리러루
리러루리 러리루러리
태궁(胎宮)에 따님이시요
시월궁[歲月宮]에 똫님이시요
유모궁(乳母宮)에 딸님이시요
리러루리 러리로
러루루리 런러리리
태궁에 똫님이시요
시월궁에 따님이시요
유모궁에 따님이시요
리로 리런나
로리라 로런나
태궁에 딸님이시요

시월궁에 딸님이시요
유모궁에 땋님이시요
로라리 리로리런나

가락은, 삼천 번 자맥질하고, 삼천 번 곤두서고, 삼천 번 침몰하고, 삼천 날이 스러지고, 삼천 밤이 터오고, 삼천 달과 해가 찰나에 불타고, 삼세가 뒤엉키며, 절정으로 절정으로 치달았는데, 거기서 또한 왕국들이 사라지고, 그냥 사즙만 넘치고, 사정이 혼돈처럼 자욱해지자 비로소, 따님은 다시 무릎을 꿇고 큰비암을 우러르며 사설을 뽑아내기 시작했다. 그러면서 따님은 마을의 요순이 제상이라고 움에서 들어다 놓은 한 번도 씻기지 않은 다듬잇돌 위에, 뱀의 목을 눌러놓고 한 손으론 날이 퍼런 장도를 높이 쳐들었다.

요것은 씨앗입네다
요것은 남근입네다
받으십사 내립소사
서얼서리 내립소사
설서리 내립소사
리로 리런나
로리라 리로리
하루도 열두 시요
한 달 서른 날
일 년 삼백예순
달로는 열두 달
과년은 열석 달
입춘우수 경칩춘분
청명곡우 입하소만
망종하지 소서대서
입추처서 백로추분

한로상강 입동소설
대설동지 소한대한
절기로는 스물넷
일기는 삼후
일후는 닷새라
계집 같은 춘하추동
삼등에 월후 내어
춘절에 씨앗 받고
녹음에 핏줄이 서
낙목한천 산파로세
서얼서리 내립소사
받으십사 내립소사
저울 같은 이밤년중(年中)
요때는 시중(時中) 중월(中月)이로소이다.
세 따님께선 아무쪼록
설서리 내립소사
요것은 씨앗입네다
요것은 남근입네다
받으십사 내립소사
설서리 서얼서리

그리고 노래는 숙어 들기 시작했다. 그러자 이상한 적막이 안개처럼 깔리고 들었다. 그 사이로 칼이 번뜩이며 가르고 지나갔다. 그리고 제사는 끝났다. 물론 젯돌 위에선 피가 튀겼고 잘라진 그 뱀의 대가리와 몸은 한참 동안이나 뛰고 꿈틀거렸다.

남은 일이란, 파제 절차 두 가지뿐인데, 한 가지는 그 뱀의 목에서 흐르는 피를 큰비암의 두 입술에 바르는 일이고 나머진 그 몸뚱일 구워서, 그 군 고기로 하여금 오늘 밤에 성년이 된 열여덟 살짜리 어른들께 나누어 먹이며, 축복하는 일이다. 이때, 그 뱀의 대가리는, 숯처럼 태워 빻아, 술에 타서 따님이 마시게 되어 있었다.

그런 일은 언제나 마을의 요순의 차지였다.

아무튼 그렇게 해서, 하루 열두 시, 한 달 서른 날, 일 년 열두 달 과년은 열석 달, 절기로는 이십사절기, 날수로는 삼백육십오 일, 계집 같은 춘하추동, 지은 죄받은 복, 다 감소하고, 다 감사하고, 해원도 하고, 송축도 했다. 그러는 중에, 연중 중월 시중은 기울어 있었다. 이제는, 소금에 토막 같은 제육 찍고 또는 매운 고추 된장에 찍어 왼손에 꼬나들고, 한 바가지씩 퍼마신 뒤 새로 된 어른들 뱀 고기 먹고 토하거든, 사다리에 태워 메고, 달 지도록 잡아 돌기나 하면 그뿐이었다. 그래서 목욕 정결히 끝내고 새 옷 입은 열여덟들 따님 앞에 내세워놓고 맛보기로 우선 한 바가지씩 돌아가며 들었다.

그러나 정작, 따님이 태극좌로 요동을 앉자, 주홍은 잠시 포르르 떨다가, 권태를 거느린 긴장으로 바뀌고 말았다. 그녀는 너무 정력을 소비해버린 탓이었던가, 아니면 신명이 다 풀리지 않은 탓이었던가, 태극좌로도 안정을 못 얻고, 포스스 포스스 떨고만 있었다. 아직도 벗은 채 있었기 때문에, 그것은 껍질 깨어진 바다 홍합 알맹이나 같아 추한 모습이었다. 보다 못했던지 어름어름 아들이 걸어가, 신명 들려 벗어 던졌던 옷가지들 중에서, 남천익을 주워 펴 들어, 그 추한 알맹이 위에 덮어주곤 이렇게 속삭였다.

"무리하신 건 아니십세요? 허고 저 사복이란 녀석은 어, 어쩌실,"

"오냐, 알았네 알았어 정말 자넬랑 곁에 오질 마라."

그녀는 아들께 몹시 짜증을 냈다. 그러며 외면을 해버렸으므로, 아들은 멋쩍어 뒤통수나 긁었다. 그리고도 한 식경도 더 죽어 있더니, 그 뒤에야 남천익 자락을 여몄다.

그녀는 고뇌했던 것이다.

"큰비암님이 내리시질 안 했어, 타 내리질 안 했어."

그녀는 그것을 생각했던 것이고, 그리고, 해마다의 오늘 밤에 자기를 미칠 듯이 감고 타 내렸던 큰비암의 애무를 추억했던 것이다. 우선 큰비암의 강림은, 말초신경에서부터 시작되었었다. 그것은 무슨 달콤한 불로 지져대는 것 같은 것이었다. 그리하여 그것이 횡격막으로 옮아 오면 염통이 조화를 잃고 타들었다. 그것은 계집이 옷 벗어주기를 원하는 그 속삭임이었다. 그래서 하나씩 하나씩 옷을 벗어 던지면서는, 오한 같기도 하고 전율 같기도 하고 무슨 푸른 정기 같기도 한 것이 어깨로부터 천천히, 그러면서 고문처럼 타 내린다. 그로부터는 어디라 말 못 할, 전신을 그냥 송두리째 두드러기로 덮어버리며 무아경으로 이끌어가 버렸었다. 그리곤 그 두드러기들이 치골에 뭉쳤다가 무슨 두더지나 고슴도치가 되어 자궁벽을 파헤쳐 피를 쏟게 한 뒤는 병후 같은 노곤함만 남겼던 것이다. 그는 그렇게 강림하고 떠났었다. 물론 그러한 하혈이란, 월후가 끊기면서는 일 년에 한 번이며 그 하혈은 때로는 젖 빛깔이 되어 비치기도 했었다. 한데 이 밤엔 그 하혈이 없었던 것이다. 게다가 추억만큼은 몸이 닳아 오르지도 못했었고 아무리 신명을 돋우려 했어야 잡념과 의혹이 껴들어 생땀만 흘려야 했었다. 물론, 완전히는 아니지만 포기하고는 있었고, 그래서 썩은 뱀 대가리를 삼키려고도 했고, 사복의 정수도 빨아냈던 터이다. 사복의 홍수 같은 정수의 마지막 방울까지 취했을 때 따님은 자기로부터 떠나버린 그 비암님과의 새로운 결연을 사복이라는 제삼자의 혈관을 통해 성취하고 그래서 그를 자기의 밖이 아니라 속으로 옮아 오게 할 수 있었던 것이라고 조금은 믿었던 것이지만 그러나 하혈은 그 수근(水根)에 고갈이 와버렸던 모양이었다. 아무튼 그런 것은 따님께 인내키 어려울 고독감을 불러냈다. 애비 없는 자식을 낳을 때와 똑같이, 그러나, 이번에 모시던 세 어미로부터 다시 들에나 버려졌다고밖에는, 그녀는 아무리 해도 생각할 수가 없었다. 이 제사는 그 벌의 선고만을 내려보냈을 뿐이었다. 그리고 그러한 벌은, 아무 데도 발붙이지 못하게 하는, 그 외로운 유전(流轉)을 참게 하는 것이어서 하늘에도 땅에도, 세월 속에도, 죽음 속에도 못 들게 하는 그것이고, 그건 또한 완전한 유형이어서, 그저 겨울 베짱이로 그렇게 삼라절연 속을 죽고 싶은 허기로 쏘다니게나 하게 하는 것이었다. 그녀가 알기로 그녀가 받은 벌은 그것이었다. 그러나 그것은 자기의 업보가 결코 아니라는 것을 아무리 주장해도 소용이 없는 듯했으므로 따님은, 최후의 한 방책을 생각해내고, 일어선 것이다.

따님은 손을 흔들어, 십팔 년 동안이나 껍질이 깨어지기를 바랐던 네 개의 뱀 알들을 불러 가까이 오게 했다. 물론 사복은 제외된 채였다.

그때의 그녀의 얼굴은, 냉혹하고 청승맞은 것이어서 삼세를 주류하는 방을 장수 매파답게 귀기를 후광하고 있었다. 그 귀기야말로, 인색한 심보들 속에서 조공을 가능시켰던 그것이다.

그때에 이르러선 참으로 간사하게 제 흥이 다시 출렁이기 시작하고 그러자 마을의 요순이 젯돌로 달려가 목 잘린 뱀을 들어다 화톳불에 던져 넣었다. 이 성육은 이내 구워지고 또한 네 토막이 지어져선 접시에 소금과 함께 받쳐져 나왔다. 물론 따님 몫의 사두 또한 재가 되어 청수에 섞여 요순의 손에 받쳐 있었다. 그는 매사에 '만족해'하는 웃음으로 제중을 둘러보고, 따님께 눈웃음을 보냈다.

따님은 우선, 침이 말라 꺼끄러운 목에다 꺼끄러운 술을 부드러이 넘기고 나서, 소리 없이 웃어 보이곤, 바깥쪽만 습지게 하다 엉덩이를 한 차례씩 때려 맞았던 이 못난 뱀 알들을 하나씩 하나씩 굽어 살펴보았다. 그리고 속으로, "그래들 갖고야 어디 세 평 전답인들 가꾸겠더냐?" 하고 중얼거렸다. 그러면서 따님은 자기가 묘하게도 사복을 아끼고 있다는 것을 그때 깨달았는데 "삼만 평의 땅이 아니면 못된 건달이가 되리라"였다. 그리고 함축 있는 미소를 흘리며 허리를 굽혀 땅에서 모래를 쥐어 들었다.

그리고 따님은, 그 모래를, 그들의 머리 위에다 서캐처럼 뿌렸다.

"따님과, 땋님과, 땉님의 이름으로 복 주느니 이제 색시 얻고, 많은 자손 거느리고, 너희들 곳간에 넘침이 영영세세토록 있어라."

그리고 따님은, 마을의 요순의 손에서 뱀 고기 접시를 받아 들어, 그들의 벌린 입속에다 한 토막씩 밀어 넣어주었다.

그리고 따님은 피곤한 듯 돌아서, 큰비암 밑에 다시 똬리고 앉아버렸다.

곧이어 꽹과리가 짖고, 징이 울고, 장고가 가슴을 치고, 소고가 지랄을 떨었다. 아무도 사복을 기억해내지 못하고 있었다. 어쩌면 거기에 끼이지 않은 걸 다행으로 생각들 했던지도 모르긴 하다. 사복은 그런 후레자식으로 쳐놓고 있었던 것이다.

사복은, 식곤증과 취기로 몸을 가늠하질 못하고, 그저 모든 걸 멀리, 그리고 무의미한 풀각시놀이로나 바라보다가 자기도 모르는 사이 고개를 떨구고, 침을 흘리며 코나 디립다 골아대고만 있었다. 허긴 그는, 너무 주리고, 너무 시달려왔던 터였다. 멀찍이 떨어져 달빛 가운데 한숨 쉬고나 앉아, 그의 아버지가 그 고단한 잠을 멀리 보고는 있었지만, 그는 헐헐거리며 웃기만 웃느라고, 사복을 풀어 편안히 뉘지도 않았고, 어머니께로 가지도 않았다.

"새벽엔 안개나 깊었으면 싶다." 그는 누구에겐지 말했다. "그래 안개나 깊었으면 싶어, ……이 추악한 뿌리도 흙에 덮이면 좀 감춰질 건가? 그 뒤엔 지렁이나 됐으면 싶다, 이 울음을 한번 실컷 울게, 한번 실컷 울게, 지렁이나 됐으면 싶다. 이 모질게도 시달리게 하는 마음속 얘길 한번, 떠들고 고백이나 했으면 싶다."

사복은 잠 속에서, 어머니라고 막연히 믿어지는 여인을 만났다. 그런데 그녀는 또한 여인이라고 막연히만 믿어졌을 뿐이지, 젖이라든가, 부드러운 눈이라든가, 다사로운 손길, 아무튼 여인들만이 지니는 어떤 종류의 지극히 은밀한 통로니, 아름다움이니 하는 아무것도 갖고 있질 않아, 막연한 믿음만 빼놓는다면, 여자는 아니었고, 남자도 물론 아니었고, 그렇다고 양성(兩性)도 중성도 아니어서, 그건 한마디로 불완전한 어떤 완전이었다. 그러했음에도 그것을 만나자마자 사복은, 어려서 못 마신 젖의 조갈을 느껴버렸다. 그래 사복은 그녀의 가슴을 미친 듯이 헤치고 달라붙었고, 그녀는 사복을 용납하지도 안 하지도 안 했다. 그러나 아무리 찾았어도 아무 데고 한군데의 통로도 없었고, 그렇다고 가두지도 않았다. 그녀는 그냥 한 폐색에 불과했다. 그 폐색의 언저리에서 사복은 아무리 해도 안으로 들어갈 수가 없었을 뿐이다. 그때는 사복은 어느 녘에 광야로 나와버리고 있었는데, 거기서는 아무것도 사라지는 것이 없고, 그렇다고 무엇 하나 머무는 것도 또한 없었다. 그저 열려만 있고 닫히는 것이 없어서, 앞쪽으로도 뒤쪽으로도, 어디로도, 무변의 공간만 열려 있고, 생명은 죽지도 살지도 않았다. 그건 무서운 개방이었다. 그 가운데서 사복은 아무리 해도 밖으로 나갈 수가 없을 뿐이었다. "어머니, 날 들여 보내주세요, 안으로든 밖으로든, 날 들여 넣어주세요."

사복은 그러다 잠을 깨었다. 젖에의 조갈이, 불붙은 송진이라도 흘러내려

살 위에서 끓는 듯한 고통으로 바뀌었던 탓으로서였다. 실제로 그런 아픔이 발등에서 일고도 있었다. 그와 동시에 무슨 소리가 들렸는데 한참 생각해보고서야 사복은 그것이, 웃음소린 줄을 알았고, 또 퍽 귀에 익었던 것임을, 꿈에서 느꼈던 젖의 갈증까지 없애주는 것임을 알았지만, 그 웃음의 주인이 누군지가 아무리 해도 생각이 나질 않아 무척 괴로웠다. 술이 무척 독했다는 생각을 우선 해냈다.

"사동아, 사동아 이 잠퉁아, 내가 왔잖애, 왔잖냐구,"

"………" 사복의 귀에 뭐라는, 무척 신선하고 시끄러운 기분을 주는, 소리가 들렸다.

"아이 잠퉁아, 나잖애? 나잖냐구, 넌 나두 몬누니?" 그제서야 사복은 분명히 알아보고, 이를 허옇게 드러내 하늘을 올려다보았다. 해당화 울타리가 거기서 은하수로 흐르고 있었는데, 그 짙은 그늘 검푸른 물엔, 달같이 벗은 계집애가 꽃 돋은 몸을 잠가, 하혈을 꽃잎으로 흩트리고 있었다. 그러더니 그것은 이내 한 마리의 꽃뱀이 되어 쓰륵쓰륵 하늘을 건너갔다. 은하수와, 해당화 울타리와, 꽃뱀과, 달과, 벗은 계집과, 흩어진 꽃잎과, 저 씨앙, 계집애 죽지도 않고 또 왔어, 허지만 제길, 좋아서 왔구나, 허지만 좋아해 왔었구나, 이 씨앙, 구역질만 디립다 내게 하는 계집애, —사복은 냅다 발길질을 한번 했다. 그리고 쿨쿨거리며 웃었다.

꿈에 걷는다는 그 계집애가 와 있었던 것이고, 와선 사복의 발치께에 풀썩 주저앉아, 삭정이 한 가지로 사복의 발등을, 종아리를, 갈겨대며 잠을 깨우고 있었고 그러다 한 발길 얻어 차여 나뒹굴어져선 낄낄 웃었고, 웃다 말고 계집앤 미친년처럼 달려들어, 사복의 뒤꿈치를 깨물고 덤볐다. 그것은 인(仁)이 딛고 걷는 그것이었다.

"으후, 후후후—"

"이 씨앙눔의 새깽이야, 구너니깐 니가 난 왜 차?"

계집애는 'ㄹ' 발음을 못 했다. "니가 안 구냈으믄 나두 안 구나잖애? 나두 안 구너잖냐구,"

"후, 후훗, 구, 구내, 내 잔, 잔못했어, 저 씨앙, 내가 잘못했대두, 탁 한 번 더 차버릴라."

계집애는 헬끔 웃었다. "구나믄 나두 안 구넌께," 그리고 계집앤 이번엔, 깨물지는 않고, 넙적하니 두꺼워 서 말 때는 얹고 있을 사복의 발등에다, 침을 택택 뱉어내선, 그 발등 위로 흘러내린 제 머리칼로, 그 때를 문질러대기 시작했다. 사복은 그 순간 거의 멍해져 가만히 계집앨 내려다보았다. 달빛이, 머리칼이 모두, 숙인 고개의 앞으로 흘러내렸기에 드러내진, 계집애의 가는 흰 목 위에서 시샘했다. 그늘들은 모두 동쪽으로 돌아서고 있었다, "허지만 넌 내 색시야," 사복은 입속말로 부르짖었다. 그런 것은 그러나 한 번도 생각하지 않았던 것이다. "넌 내 색시라구,"

"흔데 사동아," 계집애는 그렇게 해서, 사복의 발등을 대강 씻고 난 뒤에, 이번엔 사복의 두 발목을 한꺼번에 낚아채, 젖무덤으로 빵빵한 가슴에다 꼭 싸 안으며 말했다. "넌 참 좋긊다,"

"넌 내 색시란 말야," 사복은 갑자기 발을 뺏기고도 속으로 부르짖었다. 배에서 가슴에 이르는, 일곱 바퀴 묶인 자리에, 참을 수 없는 압박이 밀려왔지만, 그것이 아무리 컸다더라도, 발에서 타오르는 뜨거움만은 못 했던 것이다. 그것은 참으로 생소한 체험이었으며 또한 이해할 수 없는 느낌이었다. 사복은 계집애에게서 늘 구역질만 느껴왔었던 것이고, 그 구역질 탓에 어쩌면 계집애를 꽈냈던 것이다.

"나두 운 엄마가 띄노 묶어 업어줬은 땐 참 좋았었눈데," 계집애는 그리고, 아무렇게나 팔을 풀어 사복의 발을 동댕이치곤, 부러운 듯, 사복을 묶은 동아줄을 어루만졌다. 딴에는 아마도, 나이 들어가며 어설퍼진 세상을 이해해보려 했던 모양이었다.

헌데 그 동아줄은, 장정들이 지고 온, 삼십 짐 장작을 묶었던 새끼줄로, 이 계집애의 아비가 세 겹으로 꼬았던 그것이었다.

사복은 웃을 수밖에 없어 병신처럼 웃곤, 어쩐지 눈물이 쏟아질 것만 같아 화톳불이 타고 있는 데를 바라보았다. 거기서 나한 죽림(竹林)이 폭풍에 휩쓸리고 있어 보였다. "갑자기 넌 내 색시야,"

"구치만 나두 엄마가 된구난다," 계집앤 계속했다.

"구치만 엄마가 되기 준에 죽는 게 좋운구내, 운 엄마가 는(늘) 그냈단 만야. 목매단아 죽우나구," 계집애는 섬기면서 이번엔, 해묵은 솔잎과 흙을 긁어모아, 기껏 닦았던 사복의 발등에다 쌓아 올리기 시작했다. 어쨌든 잠시도 손을 가만히 못 두는 버릇이 그 계집애에겐 있었다. "안 구나믄 따님모양 쫓겨나구넹이하구 산구내, 구내서 내가 만했지너, 난 사동이 새깽이하구 산군데, 구새깽인 언마나 힘이 좋운데,"

"후, 후훗, 잔, 잔했어, 썩 잔했다구,"

허지만 목이 메어, 사복은 목 속에서만 부르짖었다.

"흔데 죽눈 게 뭐니?"

계집앤, 사복은 올려다보지도 않고, 그 대목에선 제법 한숨도 쉬었다. 딴에도 속이 언짢았던지, 쌓아 올렸던 솔잎과 흙을 신경질적으로 다지기 시작했다. 하며, 언제 어디서나, 생각이 나거나 안 나거나, 제멋대로의 곡조로 부르는, 그 노래를 또 시작했다. 사복이 개구리를 잡아선, 똥구멍에 풀대를 찔러 바람을 빵빵히 넣은 뒤, 어기적거리는 개구리를 놀리느라고 불렀던 그것인데, 그때 계집애의 눈이 몹시 반짝거리더니 배워버렸다. 그건 그러나 메뚜기 노래였었다.

개구나 개구나 장개가구나
바지가 없어 못 가겄다
쭈쭈쭈쭈 쭈쭈쭈
헹의 바지 입구가제
부난이 없어 못 가겄다
쭈쭈쭈쭈 쭈쭈쭈

사복은 그때 매우, 이상한 열예를 느끼게 되었다. 별로 의미도 없이 불렀던 그 노래가, 묘하게도 칙칙하게 휘감아 오르며, 새벽 꼴 베러 나갔다가 따 먹은 그 약 찬 고추 맛처럼, 애릿하니 속 쓰리게 했다. 그건 또한 고추 먹고 배가 쓰려, 그 고추나무 포기에다 똥구멍이 쓰리게 해버렸던 그 배설 맛 같기도 했고, 그 배설을 하며 바라본, 그 고추들의, 암적색 이슬 젖은 언저리로 입 맞추고 드는 동녘 같기도 했다. 붉어지느라 밤새도록 몜병한 고추들은 그때 열고(熱苦)의 혼탁한 밤을 토했었다.

“쭈쭈쭈쭈, 흔데 죽눈 게 뭔지 너는 안긇니? 쭈쭈쭈,”

사복의 사타구니까지 이끼와 솔잎과 습기와 썩은 흙을 쌓아 올리곤, 계집애는 일어섰다. 그리곤 사복의 코를 석 자는 늘려 보더니, 휙 돌아 마을 쪽으로 달려가기 시작했다. 너훌너훌 달려가기 시작했다. 그러면서도 노래처럼 노래는 계속했다. 황록색 달빛에 침수당한 저쪽 새벽 마을로 그것은, 해당화 깊은 속에서 문 열고 뛰어나간, 무슨 꿈 꾸는 흰 노루처럼 달려갔다.

“쳇, 저 반편이 계집애,” 사복은 넋을 잃고 계집애의 뒷모습을 보다가, 계집애가 새벽 마을의 달빛 속에 녹아져 없어져 버렸을 때, 혀를 깨물며 투덜댔다.

“너 같은 건 정말이지 싹 뒈져주면, 삼백 날 춤이나 추겠다. 씨앙, 저 씨앙, 허지만 너 내 색시야,”

그리고 닭이 두 번 울었을 때에, 마을의 요순이 그 계집애의 아버지와 함께 사복께 왔는데, 저들은 따님으로부터 파송된 자들이었다. 와선, “허이애야, 이거 안됐다야, 아 글쎄 우린들, 글쎄 따님께서 노하셔서, 허지만 만사가 다 만족허이 될 걸로 난 믿는다,” 하고, 마을의 요순이 대표로 떠들었다. 그러며 사복의 묶음을 풀었다.

“야 이 사람아,” 사복을 외면하고 있던 계집애의 아버지가 요순을 핀잔하며 나섰다. “뭣이 그리 만족허이 될 것 같나?”

“아 그러면 그래야 안 되겠는가? 나는 그렇게 알고 있구먼, 글쎄 말이라, 만족허이 제산 끝났으니, 만족허이 놀다가, 만족허이 돌아들 가면 그 아니 만족허이 되겠냐구, 거 좀만 만족하냐구?”

“.........” 계집애의 아비는 짜증 난 헛기침을 해대며, 몹시 못마땅한 투로, 담배통을 나무둥치에다 대고 털어댔다. 그는 한 번도 매사를 ‘만족허이’ 생각해본 적이 없는 짜증 많은 그리고 마누라 잘 패는 사내로 알려져 있었다.

사복은, 마음과는 달리, 묶임이 풀리게 되자마자 몸을 가늠하질 못하고,

풀썩 꼬꾸라지고 말았다. 땅이 그저 새까맣게 잡아 돌며, 사지의 인대들이 갑자기 풀기를 잃고 뼈마디와 살점들을 제멋대로 흩뜨리려 해서, 견딜 수가 없었던 것이다. 그리고 건구역질을 웩웩해댔는데, 따님 앞에 끌려왔었을 때까지도 계속해댔다.

"녀석의 물잠뱅일 벗기게," 따님은, 사복이 자기 앞에 채 끌려오지도 않아서 소리쳤다. 그때까지도 그녀는 똬릴 틀고, 큰비암 뿌리에 앉아 있었다. "허구, 녀석을 큰비암님 용채에 열두 번 돌려 묶게," 따님은 다시 소리쳤다. 계집애의 아비가 희미하게 웃는 듯하더니, 무기력해져 모래 위에 쓰러진 사복의 물잠뱅일 얼른 잡아채 내렸다. 그러다 그는 기겁을 했는데, 누가 억세게 자기의 어깨를 휘어잡고, 나직하지만 위압 있는 음성으로 이렇게 말했기 때문이다. "여보게, 자넨 그것으로 충분했잖나? 뭐가 또 모자라다는 건가? 그 더러운 손을 그 애에게서 치워! 그리고 날이 밝거든 딸애나 올려보내게," 따님의 아들이었다. "잔치는 내가 벌임세,"

물론 그런 얘긴 아무에게도 들리지 않았지만, 씨름이라도 구경하듯, 빽 둘러선 사내들 속에선 쑥덕이는 소리가 났다.

"저 사람 좀 제정신이 아니군그래,"

"글쎄 말일세, 그만하면 딸 덕 본 거지 뭘,"

"안 할 소리로, 누가 그 어중간한 딸을 며느리 삼겠나? 늙어 머슴살이나 면했으면 됐지 원,"

그런 얘기는 그 계집애의 아비께 무척 괴로운 듯했다. 그는 슬슬 뒷걸음질을 치더니, 제정신도 아니게 둘러선 사람들 속을 벗어나자, 쏘인 듯이 도망쳐버렸다. 그 뒤통수에다 대고, 바른말 잘하는 사내가 한마디 안 던질 수 없었겠다.

"저 사람 틀림없이 마누라나 패 던질걸세."

모두 웃어 던졌다. 그리고 그에 대해선 잊어버렸다.

"헤에, 저 허, 헌데 따님이시요," 마을의 요순이 소심하게 따님 앞에 나서고 있었다. 그때 따님의 아들은 사복을 큰 송아지 안듯 안고 뭐라 뭐라 속삭이고 있었다. "저, 저어 또 열두 번을, 열두 번을 돌려, 무, 묶으시라는 겁니까요?

헤, 저, 사, 사동이 뭘 어쨌는지 모, 모르겠으나,"

"거참," 따님이 분통을 터뜨리고 벌떡 일어나 서자, 요순은 찔끔해서 뒷걸음질을 쳤다. "웬 말이 그리 많은가 자네는?"

"헤에, 거 그래두 거, 그저 만족허이 뭣이든,"

"허으거, 자넨 혀만 길어, 그러지 말고 거 손발도 좀 길어서 농사일이나 좀 만족허이 해보게,"

따님은 요순의 약한 곳을 무섭게 찌르고 나섰다. 그는 워낙에 노름쟁이의 자식이었던 터라, 박토일망정 한 뙈기 물려받지도 못했었는데, 따님의 후덕을 입어, 그녀의 전답에서 나는 소출로, 여름엔 풀 먹인 옷에, 겨울엔 돼지 토막도 더러 먹어둘 터수가 됐던 것이다.

"지, 지당한 말씀이십니다." 요순은 더 기를 못 폈다.

"그러면 사복을 묶어 매게," 따님은 그리고 걸음을 옮겨, 벼락 맞은 나무 밑으로 가, 낮에처럼 기대고 앉았다.

농악은 어느 녘에 멈춰, 꽹과리나 소고를 쥐고 있는 자들까지도 모르고 있었다. 그리고 그들은 둘러서서, 깨어가는 취흥과 수면 부족에 머리가 아파, 벼락 맞은 나무처럼 얼굴을 떼어 내버리고 있었다. 허긴 키대로 자란 강냉이 대궁의 서걱이는 소리를 멀리로 들으며, 토방 밑으로 떨어진 대가리 탓에 한창 코를 골아댈 시각이긴 했다. 그러면, 꽃 지자 곪기 시작한 새끼 배들이 그 대가리를 겨냥하고 떨어질 것이고, 그 탓에 놀라 깨보면 대가리는 안개 속으로 사라지고 없다. 그러다 우연히, 마누라가 몰래 뒤뜰에서 쥐여준 보리 누룽지 속에서 그것을 다시 찾고, 담배 한 대 팔씬 태울 터인데, 허긴 맛난 여름 새벽잠 한창 달플 때인데, 척진 일 없는 남의 일에 머리들만 아프고 있었다.

"어머님," 사복을 품고 있던 그녀의 아들이, 사복을 앉히고, 어머니께 나아갔다. "어찌하시려는지 제가 참견할 일은 아닌 듯합니다마는," 아들은 무릎을 꿇고 앉았다. "녀석께 수명장수나 빌어주시고, 다자 다복이나,"

"네가 나설 일이 아니다," 그의 어머니는 비정적으로 잘라 말하고, 손을 홰홰 저었다.

"합죠만 어머님,"

"글쎄 참견할 일은 따로 있다구," 그의 어머닌 아들에게까지도 무섭게 역정을 냈다. "따님은 나지 네가 아니다, 큰비암님의 전갈하님은 나지 네가 아니란 말여, 너는 내가 없는 전갈을 만들어 한다고 생각하는가? 나라고 인정이 없다고 너는 생각하느냐구? 대체 이 어미를 괴롭히려만 드니, 너는 대체 날더러 어쩌라는 거냐? 어쩌라는 거냐? 삼재팔난을 어쩌라는 거냐?" 따님의 음성에 흐느낌이 섞이기 시작했다. "난들 어쩌겠냐?"

"………" 아들은 고개를 무척도 무겁게 떨군 채 일어나더니, 둔덕 밑으로 느실느실 걸어가는 들개모양, 사복이 곁으로 다시 왔다. 그리고 사복의 퀭한 눈 속을 들여다보더니, 고개를 한번 시들게 젖고, 요순을 향해 고개를 끄덕였다. 그러자 요순이 알아차리고, 누군가의 귀에 속삭여 소나무 밑에 버린 동아줄을 갖고 오게 했다.

따님은 아마 울고 있었던 듯했다. 아들이 물러나 버리자 무릎 위에 머리를 묻고, 어깨를 몹시 들먹여댔는데, 큰비암 둥치에 묶인 사복의 눈엔 그녀가, 기름접시의 불 꺼진 심지처럼만 보였다. 화톳불도 일그러지고 있어서 그것은 더욱 그렇게 보일 수밖에 없었는데, 그 접시 속으로 새벽빛과 달빛의 반죽이 공허하게 차 들었다. 거기에 인간은 없었고, 있었대도 아는 얼굴은 없었고, 있었대도 접시를 이뤄버린 흙덩이들뿐이었다. 사복은 허탈되이 한번 웃었다. 아무도 웃지 않았는데 사복만 웃었다.

그, 웃을 수 없었던 사람들은, 이해할 수도 없는 따님의 슬픔들을 자기들의 것들로 받아들이고 있었다. 그게 낮이었다면, 또는 밤이래도 술 마시기 전이었다면, 술이 완전히 깬 뒤였다면, 그렇게는 되지 못했을지도 모르지만, 신명이 빠져나가 버려 나른한 외로움만 남아 있던, 그 이상하게도 슬픈 새벽 속이어서, 타인의 슬픔은 곧 자기 것으로 대신 되었다. 따님의 흐득이는 모습을 이전에 본 사람은 하나도 없었기에, 처음 얼마 동안은 그녀를 인간녀로 수락하느라 어정쩡했지만, 그녀를 한 불쌍한 노파로 수락해버렸을 때 느껴지는 그녀의 설움은, 처음부터 수락되어진 인간의 그것보다 곱절의 무게를 지녔다. 그래서, 그 죄는 은밀히들 알고 있지만 그것이 얼마나 큰지는 모르는 사복의 죄를 중죄로 인정하고 들었고, 나중엔 그를 죽여도 마땅하다고까지, 스스로들도 이해 못 할 증오심을 키웠다. 저 인자한 따님의 슬픔을 봐라 사동이란 놈은 원래가 막돼먹은 자식이 아니냐 어느 고장에 할애비를 가졌는지도 모를 저 후레자식의 뻔뻔스런 낯짝을 보라 아 저것은 원수의 종내기가 아니냐 객귀(客鬼)가 아니냐 너무도 착해 어눌한 처자를 망쳐놓은 저 독사의 자식을 봐라 칼로 배지를 베어 엄나무 발에 무쇠 가마를 덮어씌워 천 질(천 길) 물속에다 처넣어야 마땅할 저 객귀를 봐라.

허지만 아무도, 어떻게 하자고, 나서지는 않았다. 그런 것은 그래서, 그 분위기를 더욱 살기에 차게 하고, 침중하게 하고, 자그맣게 설움 덩이만으로 뭉친 벌레의 울음을 더욱 가냘프게 하고, 그래서 어떻게든 그러한 음독이 해소되기를 바라게 되는 음기를 모으게 했다. 그리고 따님이 오랜 후에 비로소 입술을 열었기에 그 일종의 음독이 삼출하기 시작했다.

“나, 흙과 세월과 하늘 세 어미의 따님이며, 큰비암님의 전갈하님이, 세 따님과 큰비암님의 말씀을 전갈하니라,” 따님은 그리고 태극좌로 앉았다. 비록 목청은 돋우지 않았으나, 그 소린 누구에게나 잘 들렸고, 또한 서릿발 같았다. “그를 세 따님의 집으로부터 쫓아내라. 돌아오지 못하게 하라! 사복의 불알을 까라!”

“.........”

“.........”

어디서 누군가가, 씨석씨석 웃는 외에 아무도 말하는 자가 없었다. 그것은 목을 매달아 죽인다는 것보다도 더 이해할 수 없는 선고여서, 모두 얼른 이해할 수가 없는 듯했다.

씨석씨석 웃던 자는 따님의 앞으로, 병든 개처럼 나아갔다. “허, 어허, 허머님, 그까짓 미천한 구렁이 한 마리 값이 아, 하직도 셈이 덜, 더헐 됐습니까요, 예? 덜 됐어요?” 그의 음성은, 순간에 웃음을 잃고, 높아졌다. “덜 되셨냐구요? 그러시다면 어머님, 백만 이야기 다 삭제하고, 이 아들의 것으로 그 구렁이 값을 치르게 하십쇼, 이 생명으로 치르게 하십쇼, 이 아들의 것은 정말이지 있어서 저주받은 것입니다, 있어서 저주를, 가혹한 저주를 받은 것입니다,” 그는 헉헉거리며 통곡하듯 씨불였다. “헌데 녀석까지 저주를 하십니다? 어쨌든 나는, 나의 이 생명으로 어떤 저주나 잘못을 갚음할 수 있었다고 생각했었습니다," 그러며 아들은 모래 위에 엎드려져 심히 통곡했다. "오늘이 그 마지막 날이었던 것인데, 그런데," 이 대목에서 그는, 미쳐서 일어나 사복에게로 달려갔다. 그러더니, 사복의 뺨을 셀 수도 없이 갈겨, 입속으로부터 피를 흘리게 했다. "이 몹쓸 자식아, 에이 순 몹쓸 자식아, 이 자식아," 사복은 신음도 내지 않았다. 그는 아무것도 생각할 수가 없었을 뿐이었다. 입속에서 선지피가 흘러내리는 것도 몰랐다. 그 피는 턱으로 흘러 가슴을 검게 적시고, 동아줄에 방울방울 배어들었다.

"에끼 이 사람," 요순이 보다 못해 달려갔다. "이게 무슨 짓인가, 이게?"

그때에야 그는 맥을 풀고, 사복을 끌어안는 듯하더니 흘러내려, 사복의 무릎 밑에 흐트러져 앉아 사복의 하초를 그 큰 손으로 가렸다.

사복은 더욱더 무기력해져, 그냥 멍하니, 자기를 휩싼 푸른 얼굴들이나 건너다보았다. 그때는, 그 푸른 얼굴들은, 새벽에만 피었다 사라지는 무슨 귀신 꽃들처럼, 그렇게 음산하게 피어만 있었고, 숨 쉬는 것도 움직이는 것도 없어 보였다. 그런 건 몰래 열어본 요여(腰輿) 속 풍경만 같아서, 소금은 한 톨도 안 보이고, 알 수 없는 공곡(空谷)만 담겨 있어, 사복으로 하여금 매우 거북한 느낌을 갖게 했는데, 때에, 옛날얘기처럼 하는, 조랑조랑한 말소리가, 벼락 맞고 죽은 나뭇등걸에서 울려났기에 사복은, 귀를 열었다. 그리고 그 얘기가 계수되는 동안에 사복은, 오줌을 질금질금 흘렸고, 사복의 하초를 가렸던 사내의 팔은, 그 임자의 심정이 슬퍼서 조락돼버렸다.

"따님전에산을빌고땅님전에명을빌고땉님전에복을빌고큰비암님제도허야세상인간태났으나가련허구가련타이내일신가련타전생엔풀만먹고삼천세계대천세계겡(經)날랐던소였더니인간네로환신허니공지니네딸이었다우리부모날길러서무신영화보려하고깊기도하도깊어물도곤깊은방에천금같이넣어두고외인거래전폐허니친척도희소허다세경이여류허야십오세잠간이라정토살던큰비암님물건느고산건느고십만억험로지나무엇하러내게와서내게다시지웠나죄없다는죄를입어이내몸따님되니이팔이청춘열여섯에썰키도썰다거친밭에객구처럼쫓겨나서물밥에한숨씹고겨우나겨운접시불청춘홍안다태우고구곡간장다녹았다인간백년다살어도병든날과잠든날과걱정근심다제하면단사십도못산다나모진것이목숨이라이내목숨너무길다정월이라망일날독방완월그얼마며이월한식에간산이그무신필요며삼월답청은그아니발시린가사월춘풍모질더라오월이라잎이피면그아니맘시리며유월소짝이칠월폭서에홍안간장다썩었네팔월추석은공산에달만밝고구월국화들메워도그누와더불어즐기며시월오면나뭇가지여위긴잎떨어진탓이다마는이내몸여위긴그무신탓이며오동짓달장장야에어이허면잠을들고서웃달한풍에기러기떼울고간다독방야월삼경실솔성더욱섧다열여섯에낳은아들금침한채못줘보고동방에해떴다서방에놀비끼니쉰아홉해흘렀구나애비없는아들이라눈물도많았으나겡진어미죄로어언백발비꼈이니섧고서러우나그어찌허며원도한도많겠이나또그어찌헐까살아서는못본영화죽어서나볼작시니천만한일랑접어두게천만한일랑접어두게속세가아무런들극락정토비길손가건너세건너세모두건너세모두까지건너세건너면즉실례라허다허니어젯날을들어세따님께서오셨겠어하난시말씀이사복이법을에겨인간네로더불어첫정수를쏟았거니그로인허야삼재팔난삼시팔년스물네해느마을에내리리라하시거늘아소아소님아아으그리마소어린백성과도허물도천만없오이다아으그리마소님아내빌었겠어허거든그의불알피묻은채전갈하님가져오소하시거늘내또빌었겠어아소님아천만그리마소천애고애로자라나외로워서그러한걸천만그리마소아소아소했거늘전갈하님아문안하님아네몰라서그러허다사복은원래큰비암님외아들이라보통인간사내와는다른지라그아가한번죄를지면삼재팔난뿐이겄냐그아점지했을때난세상구허라헌것인데세상을망쳤거늘그아를세상에서쫓아내라그래내다시간곡히말했겠어그러해도아소아소아으그리마소닭을드리라면닭을드리고소를드리라면소를드리겠으니했으나이애전갈하님아너는생떼만많구나허거든느마을에삼재팔난삼시팔년스물네해나받아갖구가거라."

"………"

닭이 세 홰째 울고 있었다. 그리고 달도 지기 전에 짧은 여름밤이 새려고 달빛을 엷고 푸르게 하고, 영롱히 맺힌 이슬들 속에서 탁한 안개를 뽑아냈다. 오래잖아 벼락 맞은 나무의 동쪽 얼굴에, 또는 큰비암의 동쪽 가슴에, 산의 동쪽에, 모든 동쪽에, 변절자의 그것 같은 아침 빛의 입맞춤이 있을 것이고, 그러고 나면 창과, 횃불과, 잘려질 귀를 하나 가진 병사들이 와 더위를 펼 것이었다. 그러기 전에 물론, 소 같은 뱃놈까지도 꾸드러지게 하는, 한 동산을 새벽은 갖는데, 그 동산에 그들이 그때 와 있었기에, 잠 같은 모진 침묵만 디리 덮어댔다.

"........."

"삼재팔난," 누군가가 한마디 잠꼬대처럼 했다.

"삼시팔넌,"

"스물네 해,"

"아 그것은 죽을 노릇이다!"

삼시에 새벽은 시작되었다.

"저, 해두 저어, 따님이시요," 마을의 요순이 그래도, 염습 스무 나문 구하고 얻은 달력(達力)으로, 따님의 훈륜을 얼른 깨고 나섰다. "헤헤 저, 좁은 소견으로 한 말씀 올리면," 그는 숨을 조절하고 눈을 한껏 부릅떴다. "어려서 개에게 끊긴 것도 아니고, 삼시랑이 병신을 만들어 내보낸 것도 아니고, 해서 좁은 소견으로는, 사동의 귀를 하나 자르시든지, 아니면 잠깐 귀양을 좀 보내시든지 하시는 게, 글쎄 죄야 그게 죄였읍죠, 허, 허드래도, 이제껏 피어 이제 비로소 구, 구실을 하려는 나이에, 글쎄, 헤헤, 나야 뭐든, 마, 만족허이 되길 바라서, 그래서 드리는 말씀입니다요, 나, 나야 뭐, 분부를 하신다면, 사동의 부, 불알도, 아닙죠, 귀도 썰겠습니다마는, 크, 큰비암님 제도하였을 적엔 사내는 사내 구실을 하도록,"

"그러면 자네가 까기 바라네," 따님이 조용하고, 냉엄하게 자르고 나섰다. "그 일을 자네가 맡게,"

"아, 아니 이를테면 말씀입죠, 헤헤 따님도, 글쎄 성정도 급하세요, 이를테면 그렇다는 말씀입죠," 마을의 요순은 뜨거워라 싶은 모양이었다. "헤참, 그런 말씀을 다 허세요, 내 생각으론 글쎄, 사동이 하나 죄로," 그는 뒷걸음질을 슬슬 했다. "설마하니 죄도 없는 마을에,"

"자네가 그 일을 맡는 게 더욱 좋겠네," 따님은 요순을 노려보며, 더욱 엄하게 강조했다. “이 중에 누가 내 아들만큼 사복을 아꼈던 사람이 있었던지, 자네는 한번 말해보게,”

“그, 그야, 그야,”

“그 내 아들이 홀로 살며 자식 삼아 핏덩이 때부터 길렀던, 내 친손주 같은 사복을, 그러면 자네들 중에 누가 나만큼 아꼈던가를, 자네 또 한 번 말해보게,”

“그, 글쎄 그야, 그야,”

“한 마리의 힘센 황소가 있어서, 그 소가 삼만 평의 전답도 너끈히 갈아엎을 수 있었는데, 만약 그 소가 미쳐 그 삼만 평 전답의 곡식을 다 망치고 들었다면 어째야겠는지, 자네는 또 말해보게,”

“하, 그야, 그야,”

“그러면 이제 자네는 큰비암님의 전갈을 받게,” 따님은 뚝 떨어지게 분부했다. “내가 자네를 뽑았으니, 자네가 그 일을 맡든가, 아니면 스물네 해의 삼재팔난을 자네네 일가가, 사복과 마을을 대신해 당하든가,”

“에, 에엑, 그, 그야 안 됩죠, 아, 안 됩죠,” 마을의 요순은 말로는 다 안 돼, 손까지 저었다. 그때 따님은, 무릎 위에 머리를 묻고, 소리 없이 웃었다.

“어 이거 누구, 누구, 없나 거?” 마을의 요순은, 어쩔 줄을 모르고 쩔쩔매며, 울화통을 터뜨리기 시작했다. “젠장 없어? 거 좀 불 좀 보라구, 글쎄 불 좀 봐요, 글쎄 거 대낮같이 좀 태우란 말야,” 그는 씨름 거간꾼처럼 그 안을 빙빙 돌았다, “아 젠장들, 거 연기 좀 작작 피워, 글쎄 거,”

“여보게,” 누가 그의 팔목을 잡아 앉혔다. 그는 혼자만 바쁘던 중에도 그가 누구인 걸 알아보곤, 몹시 어색한 표정을 했다.

“허유 참, 글쎄 낸들 말이세, 자네가 얼마나, 글쎄 사동을 아끼는 줄 알기 때문에 헌데 글쎄, 내가 어째야 하나? 뭐든 만족허이 됐더면,”

“그, 그게 아니시, 아니구 이 사람, 내가 녀석의 불알을 까, 깠으면 하고, 그래서,”

“아니, 이, 이 사람, 자네 이거 미쳤나 엉? 못 하네, 못 할 일이세 자넨, 못해. 날, 날 용서하면, 내, 내가 함세, 암믄, 내가 해야겠지러, 그래야겠지러, 에

끼 이 사람, 자넨 술이나 듬뿍 마시고, 올라나 가게, 올라나 가,"

화톳불은 다시 대낮같이 타올라, 짙어지는 안개를 태우고 들었다. 그리고 모든 낡은 얼굴들 위에서 무섭게 일렁였다.

"그, 그래두 이 사람, 내 손으로 길러 내가 아껴왔으니, 내게 허락하게,"

"후유우, 이 무슨 못 할 죈가?" 마을의 요순도, 세 칸 맘에 한 칸은 울며, 탄식했다. "우린 사실 큰비암 없어도 살아왔고, 우리 할아버지들은 첫 정수를 우리 할머니들께 쏟고도 자손만 많이 거느리고 풍성하기만 했더니 이 무슨 못 할 죈가?" 그리고도 그는 좀 더 혼잣말했다. "이 무슨 못 할 죄냐구, 보기만 하면 작대기로 떠다 흙탕물에 버렸거나, 돌로 짓찧어 죽였던 구렁이를 대체 언제부터 모셨단 말인가?"

마을의 요순은 고개를 한번 거세게 젓곤, 아무 만족함이 없는 얼굴로 술동이 곁으로 가, 몇 바가지인지도 모르게 퍼마셔 댔다. 그런 뒤, 한숨만 쉬어대며, 잉걸불 한 토막 꺼내 술 부어 꺼 숯을 만들고, 그것을 돌팍 위에 소금과 함께 얹어, 가늘게 가늘게 빻았다. 그것은 불알이 뽑힌 빈자리에 채워질 것이었다. 그러면 수퇘지의 경우, 닷새가 못 돼 새 살이 차 올라왔었다.

그것을 요순은, 술로 씻은 주발에다 담은 뒤, 다음으론, 주발 하나를 돌팍에 내부쳤다. 그리곤 날 좋은 걸로 대여섯 조각 파릴 골라, 또한 술 부어 씻은 뒤 주발에 담아, 사복과 그의 아버지 곁으로 갔다.

"아마도 조금은, 그래 아주 조금이다, 고통스러울 것이다." 사복의 아비는 사복의 묶음을 다시 고쳐 사복이 어떠한 고통에도 요동을 못 하도록 묶고 있었다. 사복은 듣고 있는 것 같지도 않았다. "그리고 고통이란 그렇게 못 참을 것도 아니다. 네가 이제부터 참아야 될 고통도 사실 여러 해로 쪼개서 받는다면, 그냥 조그만 가려움증 정도밖에 더 되겠냐? 생각해봐라, 담배나 술처럼 흥겹게 하는 것도, 갓난아이에게라면 그것의 작은 분량도 그 애를 죽게까지 만드는 고통인 것이다. 이십 년이나 삼십 년에 걸쳐서 와야 될 것이 너의 경우엔 한순간에 온 것일 뿐이란 걸 알아두고, 비겁하지 마라. 담대하라. 그리고 노쇠란, 결국 생식력의 폐색 그것 아니겠냐? 어느 때까지고 생식할 수는 없는 것이며, 모든 생명에게선 자연이 생식력을 거둬 가버린다. 네 경우엔 그것이 인위적으로, 그리고 너무 빨리 와버리긴 했지만, 그러나 우주를 사는 자의 눈으로 측량하라. 그리고 비겁하지 마라. 담대하라. 사는 동안엔 이보다도 더 큰, 도대체 예기할 수 없는 일들이 갑자기 와버려선 그를 병들게 한다. 이건 너만이 당하는 것은 아니니, 비겁하지 마라. 한 일년생이나 이년생 정도의 천진무구할 산 배나무를 생각해보라, 어느 날 저쪽 멀리 있던 으름 송이가 폭풍 탓에 거기까지 불려와서, 그 으름 송이가 넌줄을 키워내 그 산 배나무를 감아 결국 죽여버리고 말았다면, 그것은 네가 당할 이 불행보다도 더 어처구니없는 것이다. 너는 어쨌든 까닭 있는 벌을 받는 것 아니냐? 그러니, 차라리 너의 불행을 사랑해버려라." 여기서 그는 더 말할 필요를 못 느끼고, 입을 다물어버렸다. 그리고 묶던 손을 멈추고, 못 피우는 담배를 한 대통 요순으로부터 빌려 피우며, 얼마나 모든 일이 우습게 변했는가를 생각했다. "술을 좀 마셔보겠느냐?"

"………" 사복은 대답하지 않았다. 그리고 속으로, "나는 알고 있어요, 개미를 알고 있어요, 느닷없이 밟혀 죽은 개미를 알고 있어요," 하고 짓씹고 있었다. "개미, 그 개미를, 아 부난이 없어 못 가긌다."

마을의 요순이 술을 동이째 들고 왔다. 그러나 조금 맛보고 사복이 고개를 젓자, 그건 거기에 남겨졌다가, 최후까지 남았던, 가장 설움 많았던 사내가, 마셔버렸다.

"나는 생각에, 대지와 세월과, 어떤 큰 친화력으로부터의 다른 모양의 어떤 큰 부름이 네게 있을 것이라고, 그래 그렇게 생각된다. 도리에는 허가 없으며, 그렇기 때문에 네 몸으로 하여 잃어버린 생식력을 너의 어떤 내밀한 곳에서 보다 광활하게 열어주지 않으면 안 될 것이다. 모든 통력(通力)이 하찮은 불알 두 쪽 속에만 있다면, 그렇다면 불알 한쪽이 머리통 하나만씩은 됐어야 될 것이었다. 솔직히 말해서, 나는 모르지만, 아마도 너는 이 절단으로부터 어떤 통할 길을 찾게 될 거다. 그 길은 분명 있을 거고, 너는 지금부턴 이 세상 사람인 것을 일단 떠났다 돌아와라, 어쨌든 아무도 당해서는 안 될 이런 고통과 폐색을 당하고서도 평범해질 수는 도저히 없을 거고, 게다가 넌 좀 열이 과한 편이니,"

사복은 그때 고개를 무겁게 둬 번 끄덕였다. 이제는 거세를 수락하겠다는 그 표현이었다. “난 벌써 알고 있습니다. 어머니를 꿈에서 봤댔거든요.” 사복은 혼자 짓씹었다. “어쨌든 아버지, 당신은 착한 노인이십니다. 어머니, 난 목이 무척 말랐었지요. 나는 광야로 나가게 됐었구나, 개폐가 모두 같았었다,”

“눈을 가려드릴거나?”

마을의 요순이 동정심 깊이, 사복에게 물었다.

사복은 고개를 저었다. 그것이 그의 모든 반항이었다. 사복은 그리고 눈을 들어, 대낮같이 밝힌 불가에 선, 자기의 이웃이었던 사람들의 얼굴들을 둘러보았다. 그러다 웃었다. 이번엔 그들이, 죽은 모래들로만 보였다. 벼락 맞은 나무 밑에 개미귀신은 죽어 있었다.

사금파리는 벌써 사복의 고환 주머니를 파 들고 있었다. 어느 사이 누가 물렸는지는 모르지만, 사복은 장작개비 한쪽을 깨물어, 거의 끊어놓고 있었다, 비명은 그 이빨 사이로 저주처럼 새어 나왔다. 전신으론 기름을 쏟았다. 그러나 사복의 그러한 반항과는 달리, 안막에 짙은 김이 서리고 들며, 그 성에 밖으론 세계가 삼만 자맥질을 해대고 있어서, 그에게 아무것도 보이지 않았으며, 고통도 자꾸 희미해져 갔다. 피로 뒤덮인 그의 아비의 손이, 그땐 아들의 수정관을 자르고 있었다. 사복이 그리고 너무도 뚜렷한 모습으로 최후로 본 것은, 오직 따님의 얼굴 하나였다.

그녀는 피처럼 웃었는데, “초혼(招魂)허나이다, 초혼허나이다, 초헌허나이다,” 하고, 깊은 음성으로 빌고 있었다. 정작 집도한 자의 얼굴은 무표정이었다. 아마도 너는 자식은 가질 수 없겠지만, 너의 젊음은 계속 즐길 수는 있을 거다. 의감(醫鑑)에 의하면 그렇게 되어 있다. 그래 그것이면 될 거다. 너의 씨는 이미 심겨 있지 않으냐. 나는 아마도 이제는 죽어서는 안 될 것 같다. 그는 음침 맞을 정도로 침착하고 냉정했다. 조그만 실수로 해서라도 그는, 아들이 완전한 불능자가 되길, 자기 목숨 열 개를 바치고라도 원치 않았다.

오래잖아, 두 개의 피 뭉텅인 접시에 담겨져, 마을의 요순에 의해 따님께 바쳐졌다. 그러자 따님은, 큰비암 전 젯돌에 우선 놓고 열두 번 절한 뒤, 그것을 두 번에 꼴칵꼴칵 삼켜버렸다. 남은 건, 그녀 입술을 검게 칠한 핏방울뿐이었는데, 그녀는 그것도 혀를 내둘러 소중히 빨아들였다.

그런 것을 보다 말고 사람들은, 마을의 요순까지도 합쳐서, 그 자리로부터 도망가버렸고, 남은 자란, 숨이 멈춰져 모래 위에 뉘어진 사복과 피 묻은 손으로 얼굴을 감싸고 모래 위에 거꾸러진 그의 아비와, 그리고 미친 암캐모양 혀를 내둘러 피를 빠는 따님뿐이었고, 화톳불은 좀 더 씨럭거리며 그들의 그림자와 실체를 뒤섞다 시름시름 꺼져버렸다. 사복의 맥은 어쨌든 희미하게지만 뛰고는 있었다.

지척도 분간 못 하게 그리고 안개만 자꾸 파묻고 들었다. 밤은 어느 녘에 새었고, 그 안개 삼라 속으로 아침 빛이 섞여들었다. 헌데 그때, 거기 안개 어디 속에서 가냘픈, 그리고 몹시 어줍고 얄궂 맞은, 왼음은 못 내고 반음도 가락이 찢어지는, 노래 같은 것이 울려나고 있었다.

개구나 개구나 장개가구나
바지가 없어 못 가귔다
쭈쭈쭈쭈 쭈쭈쭈
헹의 바지 입구가제
부난이 없어 못 가귔다
쭈쭈쭈쭈 쭈쭈쭈.

제3장

서촉
　섯서촉
　　서촉

"……촉 촉촉 촉토 십만억토 서촉 섯서촉 십만억토 서방십만억토 귀촉 귀귓촉 서방극락정토 다시 오지 맙수사 다시 가기 어렵니다 귀의 촉토 촉 촉촉 촉토귀의—"

사복은 듣고 있었다. 그리고 빙그레 웃었는데, 무덤 머리에 있어서 그늘이라도 길게 던져주고 있을, 그 가지 우거진 소나무 어느 가지에 앉아, 아비였던 사내가 새가 되어 노래하고 있어서였다. 그는, "아비였던 사내가 소쩍이가 되도록 흘렀으니, 세월도 퍽 흘렀을라," 하고 생각하고, 천천히, 자기의 무덤이라고 생각되어지는 안의 풍경을 살피기 시작했다. "그러구 보니 고콜에선 아직도 기름이 타고 있구나, 아마도 어떤 아주머니 귀신이 켜놨겠지, 달은 오늘 저녁도 밝게 높이 뜬 모양인데, 저렇게 무거운 그늘을 창에다 휘어놓은 소나무 가지 어느 그늘에서 후훗, 아비는 노래하고 있구나, 저 음성은 그의 음성이 아니고 누구의 것이겠냐, 할 수 있으시거든 아비였던 선한 늙은이요, 저 창을 좀 열어주세요, 허지만 나도 허긴 이내 썩을라, 무덤 위엔 찬비가 몇 번이나 뿌리고, 할미꽃은 몇 번이나 펴 올랐을까, 그러구 보니 벌레도 무척 울어쌌는데 허긴 그 속에 내 목소린 섞여 있지 않구나, 아비여, 이젠 노래 좀 그만하세요, 어쩐지 울음 같은 것이 굼벵이가 되어 이 죽은 몸을 파려 들고 있어요, 글쎄 굼벵이가 나를 온전히 다 파 들기 전에 내가 뭣이 돼서 무슨 소리를 꾸미는 것이 좋을지를 좀 생각하게 내버려 두세요, 난 소쩍새론 되고 싶지가 않아요, 헌데 어쩐지 무척 목이 마르고, 아 드디어 굼벵이가 내 아랫두리를 무너뜨려 버렸구나, 이런 것만 빼놓는다면 죽음도 조금은 들척지근하구나, 소, 소내기가 내리는 날은 낙수라도 좀 받아 둬야겠지만, 대체 이 고장의 어디에 샘은 있는 건가, 아비여, 노래는 물이 되질 않아요, 할 수 있으면, 하, 할 수,"

그때, 수분을 담뿍 머금은 무엇이, 사복의 입술을 덮고 들었기에, 사복은 우선 경악하고, 다음으론 미쳐서 그 물기에 달라붙었다. 그러다 다시 한번 까무러쳤다가, 다시 깨어, 한 번 더 수분이 자극하는 갈증에 흡착하고, 그리고 멍해졌다가, 느닷없이 울기를 시작했다. 십팔 년간이나 뼈를 굵혀 왔던, 산기슭의 그 통나무집에 그때도 그는 누워 있었고, 진달래를 피우려면서 뿌리가 새가 되어 꽃을 불러내는 그 뿌리의 울음이 그때도 꽃을 불러내고 있었고, 그리고 달이 졌거나, 해가 떴거나 말았거나, 소나무 그늘이 무겁기도 무거워싸서, 허리를 휘어버린 서까래에 엉긴 끄으름은, 그때도 매달려 있었다.

아마도 사복은, 동냥젖이나, 하다못해 마을의 새끼 난 암캐의 젖을 얻어 빨았던 때모양, 그의 아비의 품에 안겨 산막으로 올라온 모양이었는데, 사복에겐 그 모든 의구한 풍경들이 새롭게 낯설어지고 무서운 것들로만 보이기 시작하고 있었다. 다만 혼자만이 변화를 가졌다는 것은, 허긴 모든 의구함으로부터의 기절(棄絶)을 감수케 하는 것이어서, 권태롭도록 일상적이던 것들은 이 경우, 극락정토 같은 것으로나, 돌변해버리고, 그 외로운 변화 위엔 고독만 남을 것이다. 사복은 자기 소유였던 그 일상이 아니라, 그 낯모를 고독을 조금씩 조금씩 더 부과받으며, 이해할 수 없이 된 세계를 주먹으로 쳤다.

그런데도 그의 아버진 목이 쉬도록 헐헐 웃고만 있었다. 그는 모든 것이 너무 재미있다는 투였는데, 웃다간 호로병을 기울여, 산적처럼 가슴으로 술을 흘러내리게 했다.

“흐으흣, 불알을 찾나, 불알을 찾는가엥? 허거든 따님께로 가야지, 암믄 가야지, 이 불쌍한 과객아, 그 양반이 점잖스레 삼켜 두셨다네, 으흐흣, 암믄, 암믄이지, 또 아니면 가맜거라, 호울치, 구렁이나 되거라, 글쎄 되라구, 글쎄 구렁이 한 마리가 으흣, 따님의 자궁으로, 글쎄 자궁이라닝껜, 그걸 내 눈으로 본 거다. 봤다니깐, 내 이 두 눈으로 시퍼렇게 본 거야, 글쎄 구렁이가, 따님의 자궁으로, 담 구멍에 들어가듯이 그렇게 쑥 들어가 버린 걸, 이 내가 본 거야, 그야 그야, 처음에야 물론 둘 다 다 싫어했지, 하구말구였지, 마는, 어떤 사내가, 알 듯도 싶은 어떤 사내가, 나야 물론 아니었지, 헤헤, 나도 어쨌든 무척 아리송했으니 그가 누군 걸 낸들 어떻게 알아, 아무튼 말야, 알 듯도 싶던 그 사낸 말야, 혼자 씨불이길 말이지, 자기는 죽으려 했었는데 그만뒀다며 말이다. 글쎄 씨석씨석 웃더라, 웃었어, 헤헤, 웃으며 따님의, 그래 가만있어, 지금도 귀에서는 들리는 묘한 노래가, 노래가 벼락 맞은 나무에서, 나무가 노래를, 젠장 그건 이랬다, 개구나 개구나, 장개가구나, 허긴 말야, 안개만 짙었댔으니깐 구렁이의, 아 그야 신명 나게 살아 있는 놈이었지, 아 그래야 뜨거워라 하고 미쳐서 꿈틀대며, 글쎄 그래야 파고들 것 아니냐, 헌데 보니 따님네 뱀 자루 속에 있던 놈이었더라, 전날엔가 두꺼비라도 한 마리 잡수셨는지 흐흐, 허리에 솔방울이 맺혔더라구, 헌데 이 나그네야 글쎄 그 사낸 대체로 웃음이 많았더라 구나, 쭈쭈 쭈쭈쭈쭈쭈, 글쎄 부난이 없어 못 가겠다는 노래였다, 허긴 말이 노래지 그게 노래겠냐, 생 꾸불탕거리며 그눔의 구렁인, 허 거 정말 신명 나는 광경이었다, 글쎄 꼬리까지 사라져버렸던 거라구, 물론 따님이야, 글쎄 뭐 영락없는 구렁이였다, 허니 따님이 구렁이였고, 구렁이가 따님이었고, 야 어때, 너두 구렁이라도 되었더면 그 불알을 찾았을 것 아닌가, 내가 본 건 그거였다, 글쎄 그걸 내가 본 것이다, 나는 죽고 싶었지, 형의 바지 입구, 야 헌데, 벼락 맞은 고목에도 그 아니 장관이냐, 그 아니 장관이냐, 거기 역시 구렁인지 처잔지 도마뱀인지, 뭔지가 하나, 목을 매달구, 늘어져 있더란 말이세, 하혈도 무척 많았더라, 흐흣, 유산을 했더군, 그래서 난 생각에, 그 처자의 자살을 보구설랑 말이지, 그 알 듯도 싶던 사내가, 따님께 구렁이를 말이지, 글쎄 그 처자의 신체를 넋을 잃고 보고 있던 그 사내, 따님의 움으로 뛰어갔다 온 거야, 허긴 가만있자, 아니 따님의 몸을 구렁이가 파고들 때도 노래는 들렸어, 허기사 지금도 들리고 있구나, 야, 그게,"

그는 호로병이 비자, 벽에다 내던져 깨버리곤, 코를 씩씩 불어냈다. 눈이 반은 위로 올라가 있었다.

"그 사내는, 이 녀석아, 그리곤 이런 뜻으로 말했어. 돌아갑소사, 헤헤 돌아갑소사, 돌아오진 맙소사, 돌아가기 어렵니다, 돌아오기 어렵니다, 모두 어렵니다, 그걸 글쎄 내가 들었다잖느냐, 그리곤 흐흣, 그 사내 근사하게 한 동이 마시더군, 동이째 거꾸로 들고, 죽음이 묻은 손을 씻어내더라. 그런 뒤 그는, 그 동이를 들고 마을로 갔다구, 그걸 본 사람은 오직 나 하나뿐이니, 그 누가 알겠니 엉? 잠시 후엔 마을 사람들이 벌 떼처럼 밀려왔다, 난 겁이 좀 나더군,"

이 대목에서 그는 문을 박차고 나가버렸다. 그 바람에 불 꺼지고 반 평 달빛이 스며들었다. 그러자 모기떼가 날것인 채로의 풀벌레 울음을 데불고 날아들었다. 그때도 물론 골 안[谷內] 어디선 소쩍새 울었고, 아랫녘 마을에선 염소 울었다.

풀벌레 울음과, 모기와, 반 평 달빛과, 소쩍새 울음, 그리고 아스라이 한 번씩 들리는 새끼 염소 울음과, 봉창에 휘어진 소나무 그늘, 산록의 적요, 그런 것들과 더불어, 남게 되어진 사복은, 자신을 그것들 위에 형해인 것으로 드러내놓았다가, 비참하게 비참하게 웃었다.

사복은 그러다, 사타구니를 에이고 저며 드는 통증과 똑같은 질량의 피로를 느끼게 되었다. 그래 눈을 감아버리자, 일시에 모든 것이 밀폐되며, 그 밀폐는 몹시 아늑한 것으로 그에게 느껴졌다. 그랬기에 사복은 그 밀폐를 더듬어보기 시작했다. 더듬다가 사복은, 그렇게도 늘 압박감을 느껴왔던 그 벽들로부터 이상한 해방감을 맛보기 시작했다. 오히려 문을 통해 이상한 불안과, 이상한 압박감이 밀려들고 있어 사복은, 안간힘을 써서 움직여, 아비가 박차고 나갔던 그 문을 닫아버렸다. 물론 눈은 감은 채 그랬지만, 그 방의 모든 풍경은 시력과는 상관도 없는 그런 것이었다. 그러고 난 뒤 사복은 잠 속에서 보았던 어머니를 추억했다. 휴식은 그런 밀폐 속에만 있었던 것이다. 그러면서 사복은 그 휴식 속으로, 혼수 속으로, 빠져들어 가며 무덤으로 변해져 버렸다.

깨었을 땐, 서쪽 창구멍이 햇빛에 붉어 있었고, 누군지 열어놓은 문으로 녹음이 푸르게 밀려들고 있었다. 오후의 절반은 기울고 있었다. 무척도 찌댔던 날씨였던 모양으로, 나뭇가지에 바람 한 점 없고, 풀 죽은 잎들이 무척 단내음을 풍겼다. 매미들은 녹음처럼 방초(芳草)하고 있었다. 여름 한때의 이 산록은 살 만하며, 이내[嵐氣] 위에 밭 갈고 살 만하며, 퉁소 불며 살 만했다.

그의 아버진 보이지 않았다.

사복은, 이 오후엔 고독도 느낄 수 없었다. 죽었다 깨어난 것만 같아, 모든 것이 생소하기만 했고, 좀 머리가 아팠다.

"그런데 난 살아 있기는 살아 있는가?"

사복은 한숨 쉬듯 의문했다. 그리고 또 의문했는데, 그것은 그의 인생에 있어서 어떤 한 시절을 전장으로 바꿔버린, 바로 그 씨앗이 되었다. 그는, 한 공백한 기간이 그의 기억 속에 끼어 있음을 발견해버린 것이다. 아버지로부터, 그 이후 더 자세한 설명이 없었으므로, 그 자신으로선 그 기간이 얼마나 됐던 건지 도저히 알아낼 수가 없었지만, 그래서 결국은 나이까지도 셈할 수 없이 되었지만, 정확히 말하면, 만 하룻낮 하룻밤, 만 한나절하고 오후의 절반까지의 혼도와 혼수 때문에 아무것도 의식할 수 없었던, 그 기간을, 아무리 해도 그는 찾아낼 수가 없게 된 것이었다. 물론 그 사이에 아무런 변화도 없이, 늘 그렇게 계속되어왔었던 것 같은, 의구가 거기에도 끼었더라면, 그는, 참으로 깊은 휴식을 취했었다고 그렇게, 못마땅한 대로지만 돌려버렸을 것인데, 그러나 아버지가 전한 풍문에 의하면, 그 기간 동안에, 마을의 이백 년 토속 속에서도 가장 처참한 사건이 끼어 있었고, 게다가 그것은 전부가 자기와 관련이 있는 데다, 자기는 꿈에서 걷는 그 계집애의 꿈을 이해할 수가 있었던 것이다.

"허지만, 그, 그런 일이란 이, 있을 수 없어."

사복은 머리를 휘둘렀다. 그러다 신음을 내지르며 몸을 새우처럼 오구려 꼬았다. 상처를 자극했던 모양이었다. 척추로부터 슬관절까지, 아니 전신이 무너지고 타고 있어 사복은 끝내 어린애처럼 울음을 터뜨려버렸다, 그리곤 닥치는 대로 주먹으로 내갈기며, 이를 갈았다. "이 죽일 할미년, 이 죽일 할미년,"

그러나 두려워서, 사복은 자기의 아랫두리를 보려 하거나 만져보려는 생각은 내지도 못했다. 그의 생각으론, 거기에 구멍이 뻥 뚫려 있을 것이라고 했고, 그 구멍엔 구더기가 박신박신 끓고 있을 것이라고 했다. 했지만 그와는 반대로, 무척 정결히 소금물에 씻겨지고, 의감에만 있고 평인은 잘 모르는 약초 같은 걸로 붕대 감겨 있어서, 구더기는커녕 고름도 없었다. 그런 상태라면, 비록 여름이라곤 해도, 닷새쯤 후면 기신도 할 수 있을 듯했다. 했더라도 앞산만큼 부어 있을 건 당연했다.

그리고 정작으론, 나아가는 동안에 고통은 배증됐고 식별되었다. 쓰리다든가, 쑤신다든가, 애리다든가, 무주레하다든가, 찡하다든가—아무튼 닷새 동안을 사복은 잠 한잠 미음 한 숟갈 제대로 들지 못하고 앓았다. 물론 그동안에, 고통 이외의 것은 아무것도 생각하지도 느끼지도 못했다. 자기의 아랫두리를 보고 싶은 만큼 외면하며, 그는 앓았다.

엿새를 지나서야 사복은 미음도 조금씩 들게 되었고 그리고 다 참아낼 수 없는 정성으로 돌봐주기만 하는 부쩍 여윈 노인에 대해서 감사를 느끼게도 되었다. 그의 말대로 하자면, 상처의 경과는 참으로 좋다고 했으며, 아이는 못 가질지 모르지만 남자인 것을 운영할 수는 있을지도 모르겠다고도 했다. 그는 머릿속에 오만 잡령의 국토를 갖고 있는 사내였던 것이다. 그런 외에 사복에게 한 말은 아무것도 없었다. 그렇다고 술도 입에 대질 않았고, 웃지도 않았기에, 사복으로선 그의 심정을 좀체 짐작할 수가 없었다. 그는 다시 너무도 조용한 노인으로 변해져 버렸다. 자기의 어미였던 노파가 그랬듯이, 사복을 치료하기 위해 몸을 푸는 외엔 그도 밤이나 낮이나 연꽃 모양의 똬리 위에 자길 눕혀놓고 있었다. 사복이 보기에 그도, 뭐를, 자기처럼 앓고 있었다.

어쨌든, 미음을 마실 수 있게 되면서부터 사복은, 거의 왼밤 왼낮을 자댔다. 그러다 흔들려 깨워지면, 몽롱한 정신으로 요도가 타는 배설을 좀 하고, 산삼 가루를 섞어 끓인 미움을 물처럼 마시곤, 다시 곯아떨어졌다. 물론 그런 밤들을 내내 소쩍새는 울었었고, 아랫녘 염소 새끼도 울었다. 그동안에 구름도 꼈었고, 비도 한 번 왼밤을 내내 오기도 왔었다. 그런 뒤론 장마가 지려는지 청개구리만 울어쌌고, 하늘은 좀체 떠들지 않았다.

제사가 있던 새벽으로부터, 그러니까 큰 밭에나 마을에나 산록에나, 똑같이 열이틀이 흐르고 난 열사흘째 새벽부터 사복은, 거의 평상시로 돌아왔다. 그때쯤엔 사복의 사타구니에 두꺼비만 한 딱지가 덮어 들었다. 그 아래서 살이 몹시도 가려워 사복은, 생 몸부림을 해야 되었다.

이튿날은 비가 하루 종일을 내렸다. 사복은 새벽부터 혼자였기에, 문을 활짝 열어놓고, 문지방을 베고 누워 거의 새까말 정도로 내리는 빗줄기를 멍하니 보며, 조금은 흥겨운 느낌을 가졌다.

오후엔, 골짜기에서 황토물이 쏟쳐 내려 녹음 속으로 사라졌는데, 그것은 소박맞고 고개를 넘는 삼베옷의 중년 엔네였다.

저녁엔, 비는 그쳤지만, 바람이 지나자 산이 비로 내리고, 반딧불들이 불켠 산막을 지고 다니며 개구리로 울었다. 어느 녘엔가 나가버린 사복의 아버진 그때도 돌아오지 않고 있었고, 사복은 외로웠다. 문도 안 닫고 불도 안 켠 방에, 한습한 고적만 차올랐다. 사복은 그래, 알 수 없는 전율을 느끼고, 문을 닫아버렸다. 그런 뒤, 불을 만들어 방을 밝혀보기도 했지만, 종일 혼자였었다는 이유로 사복은, 외로움을 알아버렸기에 안정을 얻지 못했다. 그는 마을에 가 살고 싶었다. 게다가 사복은, 의식적으로건 무의식적으로건 될 수 있는 대로 회피하려 했고, 도망치려 했으면서도 결국은 그러다 자승자박해버리고 마는, 어떤 무서운 집념까지도 갖고 있었으므로, 산기슭의 적요를 더 이상 견딜 수 없게 되었다. 그래 매우 거북한 대로 사복은, 몸을 추슬러 밖으로 나왔다.

구름이 흩어지며 별이 뿌려지기도 했으나, 밖은 동혈 속 그대로 캄캄해서, 아무것도 분간되질 않았다. 그래도 사복은, 가랭이를 어정쩡히 벌리고, 길이 아니라 기억과 습관을 밟으며, 마을을 향해 한 발 한 발 헤쳐나갔다. 나가며 자기가 그 어눌했던 계집애를 사랑해간다고 알게 되었다. 마을을 전에 없이 사랑하고 있다는 것을.

어쩌다 마른번개라도 지나가 주면, 늘 그 자리에 있는 바위, 떡갈나무, 처녀 무덤 같은 것들이 몸을 드러내, 정표(程標)를 삼아주었다. 그러나 굵은 빗줄기가 왼종일 파갖고 가서, 길은 모난 돌만 돋아 있었고, 때로는 허리가 찔렸는 데다 도랑이 되어 있기도 해서, 사복은 수십 번 꼬꾸라지고 수십 번 일어나야 되었다. 뛰쳐나올 땐, 울적한 마음까지를 합쳐서, 모양을 달리한 외로움의 엄습, 뭔가를 자기 눈으로 확인해보아야 믿겠다는 그 집념만을 갖고 있었는데, 길을 헤치고 있었을 땐, 그런 것은 벌써 염두에도 없었고, 그 길이 무슨 길이든 길에 나섰으므로 헤쳐 나가야 되겠다는, 그 이상한 점만을 무겁게 지고 있었다. 사복은 그러는 동안에, 어디가 깨어지고, 어디가 찢어지고, 어디가 터진 줄도 모르게 되었다. 어둠이 그냥 모래 냄새만 짙게 풍기며, 와그르르 와그르르 무너져선, 자꾸 새 지옥만을 만들어댔다.

그러다 개 짖는 소리를 귓바퀴에 들었을 때 사복은, 비그르 무너지고 말았다. 아스라이 먼 것도 같고, 바로 눈앞인 것도 같은 곳에, 무명베에 풀 먹여 만든 등의 불빛이 아른히 떠 흔들리고 있었고, 그 등 아래서 아낙네들이 삼을 짜개고 있는 것이 사복의 눈에 꿈처럼 보였다. 사복은 그래서, 조금 웃으려고 해보다가, 다시 한번 정신을 잃어버렸다. 비그르 비그르 무너지던 밤이, 이 개미의 전신에다 삼백 짐의 모래를 덮어씌운 것이다.

구름은 자꾸 산 너머로 흐르고, 마을에서도 말소리가 하나씩 하나씩 잠에 잠기더니, 골목으로 사라져 갔다. 그런 뒤의 마을은, 깊은 잠에 그리고 잠푹히 가라앉아버렸다.

한밤중의 이슬과 별의 속삭임 속에서 사복은, 모질게도 다시 깨어났다.

그의 전신은 흙탕 속에 처박혀 있었다. 그리고 마을은, 어느 녘에 침수당해 버리고, 사복의 기억 속에다 전설 같은 희미한 불빛만 남겼다. 그래도 사복은, 아낙네들이 삼을 쨌고, 흐릿한 등이 흔들렸던 그 마을을 찾으려고, 그래서 오한에 떨면서도, 골목을, 닫긴 사립문 앞을, 걷기도 해보고, 멈춰서 기웃거리기도 해보았다. 개들만 죽을 듯이 짖다간 사복을 알아보고 꼬리를 저었다. 그 어느 놈이라 할 것 없이, 사복의 휘파람에 쫓아갔다가, 으슥한 풀밭에 엉덩이를 까 내린, 사복의 뇌물을 다 먹어본 치들이었다. 개든, 소든, 산 노루든, 살괭이든, 심지어 개구리까지라도, 사복을 한번 알아보면 변절하지 않았다. 사복은, 자기도 잘 모르지만 인간 이외의 목숨들로부터 지지를 받고 있었는데, 어쩌면 그건, 출생으로부터 받는 제 척 때문에 인간 이외의 짐승들이 그를 동정했던지도 모를 일이었다. 아무튼 그는 손에나 휘파람에 어떤 주문을 발라놓고 있었다. 그러나 개들만이 반기며, 개들만이 사는 마을이란 그에게, 무섭게까지 공허한 것으로밖엔 느껴지지 않았다. 마을은 무엇엔가 퇴거당해 버리고, 골목과 지붕들과 개들밖에 남아 있지 않았다. 그럼에도 사복은, 좀 더 그 언저리를 어름거리다 결국 비참한 사실만을 새삼스럽게 발견해버리고, 도망하듯, 거기로부터 떠났다. 침수당한 건 마을이 아니라, 자기라는—그러므로 마을은 여전히 거기 있지만 자기가 없다는, 슬프지만 그 유형을 재확인하지 않을 수 없었던 것이다.

사복은 그리고, 꿈에 걷는 사람처럼, 어디론지 자꾸 흘렀다. 흐르며 노래를 흘리고 눈물을 흘렸다. 부엉이든, 나무든, 돌이든, 뭣이든, 누가 그를 보았다면, 그는 자꾸 의식을 잃어가며 걷고 있다고 생각했을 것이었다. 어쨌든 의식을 잃어가며, 영변 약산 진달래처럼 그것을 뿌려가며, 움직여 간다는 것도 어쩌면, 어떤 의지의 행동일지도 모르긴 하다. 이 경우 젖줄을 잇는 의식은 잠재해 있었던 어떤 것일 것이다. 어쨌든 사복은, 한 반딧불모양, 어둠을 뒤에다 길고 넓고 두텁게 남기며, 자꾸 앞쪽의 어둠 속으로 파 들고 갔다.

개구나 개구나 장개가구나
바지가 없어 못 가굤다
쭈쭈쭈쭈 쭈쭈쭈
헹의 바지 입구가제

부난이 없어 못 가굢다
쭈쭈쭈쭈 쭈쭈쭈

사복이 멈춘 곳은, 벼락 맞은 나무둥치가 있었던 큰 밭 가운데였지만, 그러나 거기에 이미 아무것도 없고 도끼로 찍어낸 그 나무의 그루터기만 남아 있었다. 사복은 그래 한숨을 한번 쉬더니, 그 밑동에다 가래침을 뱉어 던졌다. 그리고 큰비암 앞으로 가 우뚝 멈춰 섰다. 거기선 사복은, 도대체 움직이려고 하질 않고, 큰비암을 무섭게 바라보기만 했다. 그를 이끌었던 처녀귀신으로서의 제삼 의식은, 거기서 사라져버렸는지도 모를 일이었다. 사복은 오들오들 떨며 이빨 부딪치는 소릴 내기 시작했다.

그 큰비암님 뿌리엔, 계집의 젖퉁이 같은 두 봉분이 있었고, 헌데 그것들은 삿갓과 도롱이에 덮여 있었다. 아마도 비가 내리기 시작했을 때, 누가 와서 그렇게 덮어놓은 모양이었다. 그래서 무덤들은 송이버섯처럼 밑이 파여 있었다. 그런 풍경은 차라리 잡초가 우거진 것보다 더 스산하고 황막한 것이었다. 하늘이 걷히고, 별이 흐르면서 어두움도 미지끈해지자, 그 근방의 허스러움이 더욱 빈혈적으로 드러났다.

사복은 풍 든 듯이 떨고 이를 부딪치다간 갑자기 발작을 일으키고, 그 무덤들에 덮였던 삿갓과 도롱일 차 던졌다. 그리고 거기다, 되는 대로 발길질을 퍼부어 대며 포악을 부리기 시작했다.

"말, 말을 해라, 이 씨앙눔의 송장들아, 흙을 열어 말을, 말을 해라, 만약 잠 속에서도 살인을 할 수 있다면, 무덤 속에서도 말은 할 수 있을 거다. 말을 해라, 누가 죽게 했는지를 밝히란 말이다. 웃으며 목매달던 것을 보던 그 사내가, 구렁이를 쑤셔 넣어준 그 사내가 누구였던지를, 내게는 밝혀라, 죽기는 참으로 죽었는가를,"

사복은 하다못해, 무덤에 입술을 쑤셔 박아 넣고도 절규해냈다. 그래도 대답은 울려 나오지 않자, 무슨 생각을 하고선지, 따님의 움으로 내달았다.

움에 불이 켜져 있었다. 그리고 수정 병 속에서 그때도 금싸라기가 흐르고 있었다. 그걸 보고 사복은 적이 안심한 빛을 띠곤 눈을 두리번두리번했다.

그는 틀림없이 누굴 찾고 있었던 것이다. 그러는 중에 사복의 얼굴은 다시, 의혹에 싸여 음산하게 어두워져 갔다. 그땐 거의 쓰러질 듯이 흔들흔들했다. 그러다 쉬어서 가닥이 도는 목소리로, 무덤 위에서처럼 고함을 질러 보내기 시작했다. "이 노망한 할망구야, 이 할망구야, 너 어디 있느냐?" 그랬어도, 이번에도 대답이 없자, 옷 궤짝 곁에 세워둔 괭이를 낚아채 들고, 달려 들어갔을 때처럼 달려 나왔다. 누군가가 쳐놓은 거적문이 그의 괭이 날에 찍혀 북 찢어져 버렸기에 그 안의 불도 꺼져버렸다. "글쎄 구렁이 한 마리가, 따님의 자궁으로", 사복은 한 무덤 위에 괭이질을 퍼부어대며 짓짜냈다. "글쎄 자궁이라니껜, 그걸 내 눈으로 본 거다. 봤다니깐, 내 이 두 눈으로 시퍼렇게 본 거야, 글쎄 구렁이가, 따님의 자궁으로, 담 구멍에 들어가듯이, 그렇게, 쑥 들어가 버린 걸, 이 내가 본 거야, 그야 그야, 처음에야 물론 둘 다 다 싫어했지, 하구말구였지, 마는, 어떤 사내가, 알 듯도 싶은 어떤 사내가, 나야 물론 아니었지……,"

괭이 끝으로부터 둔하고 물큰한 촉감이 느껴져 오자, 사복은 괭이질을 멈췄다. 그리고 부호 놈의 애첩의 묘를 판 무덤지기처럼, 전신을 외경으로 부들부들 떨며 먼저 무릎을 꿇고, 푸슬어진 흙을 헤쳤다. 그러자 역한 내음이 코를 쏘고 올라와선, 그것은 이전에 살이었던 것이 썩는 냄새라는 것을 사복에게 알려주었다. 그때에 사복은, 손을 흙 속에서 조용히 놀려, 그 밑의 거의 전부를 만져보고, 별빛에도 비춰보고서야, 씰룩씰룩 웃었다. 그리고 다시 흙을 밀어 넣기 시작했다.

"결국은 그래, 누군지 하나는 죽었구나,"

그땐 사복은 떨지 않았다.

장속(葬俗)대로, 관곽은커녕 속곳 한 겹도 시체는 입지 않고 있었다. 포르르한 옷 한 겹이라도 세 따님과의 직접적인 교통을 차단하는 것이라고 하여, 공수래공수거했다. 허긴 그러고 보면, 시체도 씨감자처럼, 싹을 돋와낼 듯이도 생각되어졌을 건 당연했는데, 여자는 음핵이 그 씨눈이 되고, 남자의 것은 그것이 고환 속에 있어 음경을 타고 자라나는 것이라고 했다.

"……, 그래 가만있어, 지금도 귀에서는 들리는 묘한 노래가," 사복은 한 구근 위에 흙을 되는 대로 밀어 덮어버린 뒤 다시 다른 무덤 위에 괭이 날을 박아

대며 다시 중얼였다. “벼락 맞은 나무에서, 나무가 노래를, 야 헌데 벼락 맞은 나무에도, 그 아니 장관이냐, 거기 역시, 구렁인지 처잔지 도마뱀인지 뭔지가, 하나, 목을 매달고 늘어져 있더란 말이세, 하혈도 무척 많았더라, 후훗, 유산을 했더군, 그래서 난 생각에, 그 처자의 자살을 보구설랑 말이지, 그 알 듯도 싶던 사내가 따님께 구렁이를 말이지……”

그리고 사복은, 거기를 떠났다. 음란생(陰卵生)으로써 검음이 채워져야만 보여지는 형체처럼, 그는 걸어가며 소쩍새 울음을 들었다. 그는 그때에야 이상한 쾌감과 마음의 평정을 얻은 듯, 고개를 꼿꼿이 쳐들고 걸었는데, 그러나 그는, 마을이나 산막으로 향하고 있지는 않았다.

“……아마도 그랬을 테지, 그래 그랬을 거다, 그는 자기가 한 마리의 구렁이가 되었었길 바랐었고, 그래서 할미의 똥구멍으로 쑤시고 들어가길 바랐었고, 계집애에겐 뒈져주길 바랐었으니…… 후훗, 그러면서 말했을 거다. 그랬을 거다…… 촉 촉촉 촉토 십만억토서촉 섯서촉, 십만억토 서방 십만억토귀촉 귀귓촉 서방극락정토 다시 오지 맙수사 다시 가기 어렵니다 귀의 촉토 촉 촉 촉 촉토 귀의—”

서촉

섯서촉

서촉

제4장

큰비암님 사시는 큰 밭에는, 늦은 가을비만 추적추적 내리고, 다섯 달 동안이나 황폐해져 왔다. 거기는, 악몽과 죽음과 원혼의 마을이라 해서, 아무도 가까이하지 않으려 했으며, 흰 낮인데도 음란생의 족속들이 어슬렁거리고, 따님과 애 배고 죽은 계집애의 넋이 머릴 풀고 울고 있다는 소문이 돌았다. 따님이 그렇게도 열심히 뽑아냈던 잡초들이, 소문처럼, 모래 위에 우거졌다. 시들고, 여류 세월에 한 세우만 내렸고, 운산 동천에 기러기 떼 날았다. 두 무덤도 어느덧 고분이 되어버렸고, 따님이 살던 움에선 뱀 자루만 썩고 있었다. 따님이 없어지자마자, 들쥐 오백 나한이 썩고 마른 뱀의 뼈 무더기에 주둥일 처넣은 외엔, 바람도 햇볕도 잘 안 들었다. 그리고 그 움의 바닥이니 벽이니 천장의 균열이니에 없이, 잡초가 노랗게 자랐다간 시들어버렸는데, 그 누습과, 열려진 은폐와, 불길함 속에선 세월도 퇴적하게만 했던 듯했다. 그러기에 고콜에서 타던 불은 그때도 탔고, 수정 병에 흐르던 금싸라기가 그때도 흘렀다.

그런 중에도, 우뚝 고고하게 살아 있어 온 건 큰비암이었고, 따님이 있었을 때보다도 더 정결해져, 이끼 한 뿌리 얹어 있지 않았다. 그러나 그런 것, 모두 마을에선 잊혀져 버렸다. 위에로도 아래로도 피를 쏟으며 거의 느글느글해져, 얼른 보기엔 탯줄만 같은 것을 반쯤 뽑아내다 숨을 거둔 따님의 죽음도, 꿈속에서 걷는다는 계집애의 잠의 행방도, 불알을 잃고 사라져버린 사복에의 궁금증도, 하루 열두 번씩, 다섯 달 동안에 일천팔백여 번 잊혀졌다. 그런 것들과는 벽을 쌓아버리고, 여름에 깨인 뱀 새끼들 색시 맞아들이며, 마을은 마을대로 살았는데, 또한, 따님의 아들인 산막 처사를 본 사람은, 이 다섯 달 동안에 하나도 없었다. 다시 한번 마을을 그냥 마을로서, 자기네들 아궁이에 불 피우고, 그 구수히 따스한 불에 생활의 불알을 늘이며, 자기네의 풍속대로 살기 시작한 것이다. 마을의 요순은, 조공 바칠 것으로 사랑채를 세웠고, 죽은 처자네 남은 부모네 집에선, 그릇 깨지는 소리가 훨씬 뜸해졌다. 마을의 요순은, 따님과 그 처자의 장례가 있던 날, 산막의 처사로부터, 그가 병작했던 모든 전답을 무상으로 불하받았는데, 일 년에 한 번씩, 그 처자까지를 포함하여 따님의 기일을 기억해달라는 조건이 하나 첨부되었긴 했었다. 그러나 아직 그 기일은 오지 않고 있었으니, 큰비암이나 거기 살던 노파에 대해 문득 한 번씩 생각을 하고, 흐릿하니 한 번씩, 큰 밭을 건너다보는 사람이 있었다면, 그들은, 옛얘기 좋아하는 늙은이들뿐이었다. 허지만 그들까지도 그런 얘긴 까맣게 한마디도 입에 올리지 않았으므로, 그것은 명부 입구의 안개 낀 마을인 것으로 멀어져 갔다. 다섯 달 동안에 뭐 그렇게 대수로울 변괴가 있었던 것도 아니고, 삼십팔 년의 삼재팔난도 유월되어버렸던 터였으니, 뭐 그렇게 지혜가 필요해질 까닭도 없었다. 언젠가는또지혜가필요해지겠지만지혜를무슨메주나누룩처럼얻어

다쌓아놓을수도없는것이고꿀이나친구처럼오래될수록더욱좋아지는것도아니니당분간은지혜를빌릴일도없었다. 오늘걱정은오늘로써족할뿐이지내일걱정을미리끌어들일필요는없는것이며공중에나는새나들의흰꽃을생각하면그것들이무슨지혜를가져그리도배불리고아름다운것같진않았다. 어쨌든최악의경우는아직오지않은것이니우선배부르고등따수면됐잖느냐아직최악의경우는오지않은것이다. 아직은안온것이다.

첫 싸락눈이 내렸던 새벽에 그런데, 산록의 집에서 불이 나서 타버렸고, 그 통나무집이 아직 연기를 올리고 있었을 때인데도, 거기 살았던 따님의 아들은 큰비암과 두 고분 주위를 어슬렁어슬렁 걷고 있었다. 밤이 되었을 때에도 그는, 거길 떠나지 않고, 오히려 자기 어미가 살았던 움 속으로 기어들어 갔다. 허긴 갈 곳도 없었을지도 모르지만, 대부분의 그의 일용일습이나 양식들이 거의 다 옮겨와 있던 걸로 보아선, 오랜 객산(客山)으로부터 향리로 돌아온 것 같기도 했다. 허지만 부랑하는 도깨비들의 환을 묶은 창호지 나부랭인 한 장도 없었다. 그건 그 집과, 그의 추억과 함께 오방으로 돌아가 버린 모양이었다.

그는 그리고, 밤중에, 위쪽의 금싸라기가 아래쪽으로 다 흘러내렸을 때, 그 모래시계를 뒤집어놓곤, 습기와 한기 속에 몸을 새우처럼 오그리고 누웠다. 헌데 그 모래시계는, 따님이 있었을 때 시작했던 그 운행보다는, 두 점쯤이 더 늦춰져 있었음이 분명했다. 그리고 짐은, 아직 생각이 들지 않아서인 듯, 아무렇게나 동댕이쳐진 그대로, 널려 있기만 했다. 그리고 떨다 그는, 잠이 들었는데, 비로소 어떤 조그만 휴식이라도 얻은 듯, 퍽 평온한 미소를 흘렸다.

그날로부터 그는 거기서, 자기 어미였던 노파처럼 지냈다. 그는 조공으로 살았던 사람은 아니었기에, 생활은, 산막에서나 큰 밭에서나 조금도 다를 게 없었다. 겨울을 날 침구도 괜찮았고, 화전에서 거둬들인 감자나, 옥수수나, 수수나, 콩, 팥 등, 부족한 대로 근근이는 사복과 둘이서 한겨울을 날 만큼은 준비되어 있었으니, 덫으로 잡았던 토끼 고기나 노루 고기는 없게 되겠지만, 들쥐라도 잡아서 기름기를 보충하면 될 것이었다.

다음 날 그는, 큰비암과 두 무덤 주위의, 죽은 잡초를 깎는 일부터 했다. 그리고 그것은 한 무더기로 쌓아두었다가, 날 좋은 날을 택해, 썩지 않은 것만 가슬가슬하게 말려, 자리 밑에 까는 북더미로 삼았다. 그런 다음 그는, 그 위에다 노루나 토끼 가죽을 이어 만든 보료를 깔고, 그의 겨울을 나기 시작했다. 밤중에는 물론 모래시계를 뒤집어놓았고, 별 무리가 가장 생기에 차고 변화가 많은 이경·삼경·사경엔, 큰비암 아래 두 무덤 가운데 앉아, 별의 운행과 변화를 관찰했다. 구름이 꼈거나, 비나, 눈이 오는 밤으론 하늘은 닫혀버리니, 그도 자기 어머니처럼 태극좌로 밤을 지새웠는데, 그의 모든 명상과 응시의 대상은 그의 어머니 것과는, 적어도 표면적으로는, 달라, 그의 것은 그 모래시계였다. 그는 새벽과 오전 사이의 어중간한 한때 외엔 자리에도 잘 들지 않았다. 불을 보존하고 가꾼다는 일이란, 그런 그로서는 사실 굉장히 어려운 일이었으므로, 쥐 고기라도 먹을 때 외엔 황도 거의 쓰지 않았고, 짧은 잠에서 깨이면, 남다들 장죽 물고 울 밑을 어정거릴 때도, 죽은 풀이라도 베어 거름을 장만했고, 그리곤 날잡곡 반 홉쯤을 씹어 넘기면 석양이 비치고, 이경으로부터 사경까진 그의 눈은 별이 됐다. 사실 도표로는 나타내본 적이 없지만, 그의 머릿속은 성좌표와 그 이름들로 가득 찬 지경이었다. 그렇게 산다는 일이란, 불씨를 가꾸고 보존하듯이 인생을 그렇게 하는 것이 아니라, 검불을 한꺼번에 태워 언 몸을 좀 녹이듯이 인생을 그렇게 하는 것이었다.

한겨울이 다 지나서야, '별 볼일'은 없었지만, 마을의 요순이 거길 한번 들렀다가, 그가 거기에서 살아왔다는 것을 알게 되었고 그것만으로 마을에선 그를 새 따님이라고 부르긴 했으나 마을에서도 그를 필요로 하지 않았을 뿐 아니라, 그도 평생에 마을 같은 걸 괘의해본 적 없었으므로, 그들의 사이는 십이월 말에서 정월 초에 걸치는 기간의 대사성좌와 큰두꺼비별 사이만큼의 거리가 있었다.

싸락눈으로부터 시작은 했으나, 눈도 별로 많지 않았고, 추위도 그렇게 강포하지 않았던 그해 겨울은 그렇게 가고, 두 겨울이 더 왔고, 한 겨울이 더 갔다. 그래서 그가 향리로 온 지, 햇수로는 네 해가 그렇게 흘렀고, 그렇지만 가을은 둘만 지나갔고, 세 번째의 여름이 와 있었다.

두 무덤 중의 한 무덤 위에 가슴을 바치고, 오열하며 넋두리하듯, 그가 한 고백에 의하면, 그동안에 그는, 시중(時中)이라는 것을 정하려는 데, 자기를 다 바쳤던 모양이었다. 그의 모래시계는 여태도, 그 정확한 시중을 못 가진 채 운행되어오고 있었다는 것이다. 헌데 시중이란, 시간의 시작과 뒤집힘 사이의 그 미묘한 일점을 뜻하는 것으로서, 그는 우선, 그 외연과 내포를 조리 있게 정리한다는 일부터 진땀을 뺐다는 것이다. 왜냐하면 그건, 그의 생각에, 분명히 비실재의 시간이었는데도, 모든 실재의 시간이, 실제로 거기로부터 시작되고 있었던 때문이었다. 시간의 과거와, 시간의 현재, 그리고 시간의 미래를—그것들을 그는 실재의 시간이라고 부른 것인데—그것은 갖지 않는 일점이었는데도 그런데도, 그 비실재가 실재화할 때, 이상하게도, 과거·현재·미래의 제시간이 태어났던 것이다.

"……나는 그래서 그것을, 태자(胎子)라고 생각했습니다. 그러느라 어쩌면 나는, 총명하고 독실했던 어머니의 입술을 통해서만 받은 아버지의 유산을, 그렇게 탕진해버렸는지도 모르지만, 어쨌든 태초에 그 일점이 있었고, 그 일점이 혼돈하면서 따님과 땋님과 땉님이 나타나기 시작한 것입니다." 그리고 그는, 어머니의 입술을 통해서 알게 된, 아버지를 추억했다. 그리고 그는, 다 늙어서야, 자기가, 그 무정한 아버지를 무척 경모해왔었음을 알았다. 그리고 그는, 그것이 무척 진한 짝사랑이었음도 알았다. "……헌데 아마도 나는 어쩌면 어머니, 당신만큼은 아버지를 알고 있는지도 모르겠습니다. 나는 이제는 어머니 없이도 아버지와 얘기할 수 있게 되었는데," 그는 큰비암을 올려다보았다. "내가 생각해낸 그 일점이란 아버지의 것과 너무도 같은 것이기 때문입니다. 그 일점이란, 머리와 꼬리가 합쳐진 그 장소며, 그래서 결국은 머리도 꼬리도 아무것도 아닌 것으로 변해지며, 몸뚱이가 몸뚱이가 아닌 것으로 되어버립니다. 머리나 꼬리가 없는 몸뚱이란, 있지만 없는 것입죠. 그리고 머리와 꼬리가 생길 때에만 그건 나타납니다. 그래서 나의 탐구는 다시 그 일점으로 돌아옵니다. 허지만 어쩌면 아버지가 틀렸거나, 지나치게 이기적이었습니다. 그런 것은, 한 여인의 일생을 순교시킬 그런 것이 아닙죠. 아니 어쩌면 어머니가 개종을 하신 겁니다. 그래요, 어머니의 변절입니다. 나로서는 충분히 이해할 순 있습니다. 그래요, 어머닌 색욕이 좀 지나치셨죠, 아들의 것까지도 하초를 무척 탐내시고, 다 큰 아들을 한숨 불어내며 어루만졌댔으니까요. 지금은 알 수 있습니다. 어떤 밤으론, 잠결에도 몸이 굳어져 깨어 보면, 당신은 아들의 하초를 씹고 계셨었지요. 아마도 모든 어머니들이 아들들의 하초를 그렇게 해서 성장시키는지도 모르긴 합죠만, 어쨌든 그런 여인들껜, 큰비암님이란 한 남근으로밖엔 안 보일 수 있겠죠. 옌네들이 제참에 금지되어 있는 이유도, 그런 것인지도 모르겠습니다. 그래요, 난 이해할 수 있습니다. 옌네의 개종을 이해할 수 있습니다. 어머니는 차차 말씀이 적어지셨고, 마을엔 액귀가 들끓었습니다. 수년래 한 번도 천재지변이나 온역이 돌지 않았기에, 닭만 한번 잘못 울어도 그들은 겁을 내기 시작한 겁니다. 그들의 행복은 그런 불안의 액귀에 겁탈을 당하던 판이었죠. 그들은 그래서 손바닥의 종기쯤으로도 어머니께 왔었고, 어머니는 중매자가 됐습니다. ……허긴, 사실은, 난, ……어머니를 조금도 이해하질 못하고 있는지도 모릅니다. ……그러니 더더욱 아버지의 본래의 모습은 더듬어낼 순 없었을지도 모르지만, 그래서 아버지의 유산으로 방탕되어 왔는진 모르지만, 어쨌든, 나는, 나대로, 아버지를 갖겐 되었습니다." 말하며 그는, 다른 무덤 위에 얹혀 있었던 모래시계를 끌어당겨, 눈앞에다 세워놓았다. "……허지만 어머닌 보시려고도 하시지 않았죠. 결국 그러시다 보시지도 못하고, 돌아가셨습니다. 그러나 난 어쨌든 무척 기뻤었습니다. 이튿날은 죽으려 했었는데, 여한은 없을 듯했죠. 허지만 사복이 들어오지 않았던 밤에, 나의 기쁨은 깨어졌습니다. 떠나선 한 번도 돌아와 본 적이 없는 아버지를, 내가 이 유리병 속에서 만났다고 생각했던 건, 순전히 나의 짝사랑 탓이었습니다. 그걸 나는, 그날 밤 알아버린 것입니다. 아시다시피, 그날 나는, 어머니 무덤 위에 엎드려 있었습니다. 그리고 비가 개었기에 올라가 본 산막엔 사복이 없었습니다. 새벽까지 기다려보았어도 녀석은 돌아오질 않았습니다. 그래 다시 어머니께와 보았을 땐, 어머니와 저 슬픈 처자 애의 무덤만 파헤쳐져 있었고, 큰비암님은 말씀이 없었습니다. 기억하시겠지만, 난 왼갖 괴로움 다 고해 올리고 울었었죠. 어머니께선 그래서, 제가 어머니보다 사복을 더 사랑하고 있었다는 것을 아셨을 겝니다. 울다가 내가 갑자기 눈물을 거둬버린 것도 어머닌 기억하실 수 있으실 겝니다. 그래요, 그때 난, 생명과 죽음 사이에 놓여진 무덤을 식인하기 시작했던 겝니다. 무덤이 이 세상에 있다고 해서 사복은, 그것을 열고 잃어진 자기 것을 꺼내려 했던 겝니까? 그래서 꺼내 갔습니까요? 그건 나로서는 알 수 없었지요. 내가 그때 알 수 있었던 건, 무덤은 이 세상의 것은 절대로 아니지만, 그래도 이 세상에 부피를 갖고 있으며, 춘하추동 청풍명월, 일월성진 야우낙화 다 자기 것 아니지만 그래도, 자기 언저리에 거느린다는 것이며, 그렇다고 또한 저세상의 것도 아니어서 이 세상에 쫓겨와 있는데, 그래도 그것은 저세상의 풍속으로 이 세상에서 살고 있다는 그것이었습니다. 그건 정말 고향 없는 짐승이었습니다. 허지만 그것은, 생명과 죽음을 싸안은, 생명과 죽음을 목교 지어주는, 그것으로 있었습니다. 나는 그것을 안 겝니다. 그래서 그것은 어색하지 않은 짐승이었습니다. 한 무덤이 세워지면, 한 죽음이 지하로 떠나고, 한 죽음이 떠나면 다른 생명이 지상으로 솟아옵니다. 무덤은 그래서, 죽음과 출산의 그 태자인 것으로 되어졌습니다. 그리고 나는, 한번 떠난 아버지가 왜 돌아올 수 없었던가를 알아냈습니다. 이 모래시계도 큰 한 비암인데, 헌데 이 비암님 속에 아직 그 무덤이 세워져 있지를 않았던 것입니다. 그 태자가 없었던 것입니다. 그래서 난 그 무덤을 세우기 시작했습니다. 우선 선조들의 생각대로 나도, 한밤중에 그것은 있다고 생각했습니다. 허지만 그것이 왜 밤중에만 있어야 되는가를 의문해보고 나는 해 뜨는 아침에 그것이 있지 않나도 생각했습니다. 그 결과는, 하루를 이틀로 쪼개는 것밖에 아무것도 아니었으며, 쪼개놓은 그 자체도 도대체 뜻이 없었습니다. 낮 하루와 밤 하루라는 그것이었지요. 나는 그래 다음으론, 정오 속에서 그것을 찾으려고도 했습니다. 그러나 헛수고인 것을 알았을 뿐이었는데, 그 속엔 아무리 찾아도 출산과 죽음이 엇갈리는, 그 무서우리만치 조용한 정지의 시간이 없었던 것입니다. 결국 나는 선조들의 생각에로 되돌아왔습니다. 그건 옳았습니다. 그러나 그때 나타난 이경으로부터 사경까지의 거리는, 몇억만 년의 길이와 맞먹는 것이었습니다. 그 사이에 그건 있었는데, 그 어느 점에 그게 있느냐를 따질 때, 그 사이의 한 찰나 한 찰나는 십 년과도 맞먹는 길이로 되어졌던 겝니다. 별을 살폈습니다. 해의 운행도 살피고, 모래시계의 흐름을 그 운행과 같은 선에 놓으려는 열망으로 밤을 세웠습니다. 그러는 중에 북신(北辰)이 움직이지 않는 것을 알았는데, 그것이 모든 성좌의 운행의 축이 되고 있었던 것입니다. 그때 그렇게도 무변으로 광활하던 하늘이 갑자기 좁아져 들었습니다. 그러고 난 뒤 나는, 손금 보듯 하늘을 살필 수 있었습니다. 그리고 나는, 북두칠성이 모든 성좌의 가장 기본적인 형태를 가진 걸 알았고, 그 꼴이야말로, 모든 성좌의 비밀을 밝혀주는 그 열쇠였습니다. 그리하여, 아마도 오래잖아 스러져버릴 그 증후를 가진, 스물네 별 무리로 된, 대사성좌—이 이름은 물론 내가 붙인 겁니다만—를 발견하고, 그 뜻을 읽을 수 있었을 땐, 모든 것이 좀 더 좁혀졌습니다. 그 별은 바로 하늘에 있는 큰비암님이었습니다. 헌데 그 스물네 별 무리는, 모두 빛이 달랐으며, 그 하나하나의 별이 부분적으론, 일 년 중에서 십오 일씩에 걸치는 한 절기를 주관하고, 총체적으론, 불의 승인가, 물의 승인가, 나무의, 흙의, 쇠의 승인가를 영향하고 있었습니다. 그리고 이 별 무리는 동서 간으로 뻗쳐 있는데, 그중에서도 가장 빛나며 큰 것은, 열두 번째 별과 열세 번째 별로 되어 있었습니다. 그것은 분명, 어떤 수수께끼로써, 풀려져야 될 어떤 내용을 갖고 있었습니다. 그러는 중에 나는, 그 별 무리를 영향하며 운행하는, 빛은 찬란하지 않지만 너그러이 큰, 한 별을 보게 되었습니다, 그것은 십이월 말과 정월 초에 극동에 있다가, 유월 말과 칠월 초에 대사성좌를 통과하여, 다시 극동으로 돌아왔습니다, 하늘이란 둥근 것이었던 겁니다. 나는 그 별을 큰두꺼비별이라고 생각했는데, 전해지는 얘기에 따르면, 두꺼비는 뱀에게 잡혀 먹힘으로써만 생식을 가능시킨다고 했기에 그런 겁니다. 대사성좌의 빛나는 두 별의 수수께끼는 그렇게 해서 풀렸는데, 그 두 별에 대사성좌의 색근(色根)이 있었던 것이고, 그 큰두꺼비별은 거기를 탐내 운행했던 것입니다. 그리하여 그것은, 유월 말일과 칠월 초 하루 사이의 지극히 미묘한 일점에, 그 두 별 사이의 정중(正中)에 들었습니다. 그러나 나는 그것이 시중인 것은 아직 몰랐으나 그 찰나의 무서운 혼돈을 두고 살폈을 때, 그것은 연중이었으며, 시중이었습니다. 그것이야말로 시중의 시중이었던 것입니다. 내가 그리고 그것을 혼돈이라고 한 것은, 그것이 그 정중에 든 그 찰나에, 참아낼 수 없는 한 정지가 시작되었던 때문입니다. 순탄히 움직이던 것들이, 멈춰졌을 때의 한 찰나를 생각해보십시오. 어쨌든, 아시다시피, 오늘 밤은 그 연중의 시중이며, ……그러나 그것은 지나가 버렸습니다. 두꺼비별은 벌써 그 색근으로부터 벗어나 있습니다."

헌데 그의 긴 고백은, 바로 이 시중의 시중을 놓치게 된 데서부터 시작된 것이었다. 그건 그에게 무척 안타까운 것이었다. 그럴 수밖에 없었던 것은, 시중의 포착이란, 이제, 그의 나이로서는 거의 기약할 수 없는 것으로 되어졌기 때문이다.

그 대사성좌의 열두 번째 별과 열세 번째 별과의 중극(中極)에 큰두꺼비별이 막 들려는 찰나에, 한 검은 그늘이 지난 것만으로도 그는, 그것을 놓쳤던 것인데, 다음 해의 오늘 밤엔 구름이 끼지 말라는 법도 없으며, 구름이 없다더라도, 바로 그 미묘한 일정에 재채기가 두 번쯤 나지 않으리라는 약속도 없었던 것이고, 부엉이가 그 별 무리 사이로 날아가지 않으리라는 보장도 없이 그는 예순세 살이었던 것이다. 물론 예순세 살이란 별로 많지는 않은 나이지만, 그는 그의 인생을 마구잡이로 태워만 왔기 때문에 백 년은 늙은 노인으로 되어 있던 것이다.

어쨌든 그는, 어림잡아, 한쪽을 비워서 준비했던 모래시계를 운행시키긴 했지만, 그는, 떠나 여태도 돌아오지 않는 자식을 그리워하게 되었다. 물론, 언젠가 한 번은, 자기가 죽기 전에 돌아오리라곤 믿고는 있었다. 그래서, 해질 때면 늘 큰 밭가를 휘둘러 보면서도, 십 년을 하루거니 생각하려 하며, 너그러이 기다렸으나, 그런데 오늘 밤은 부쩍 초조스럽게 그에게 사복이 보고 싶어졌다. 헌데 그 사복이 돌아와 그의 등 뒤에 서 있었고, 그는 백치가 다 된 웃음으로 늙은 시계공의 흰 등을 내려다보고 있었다. 그는 이제 스물두 살인데도, 건방짐을 잃고, 거의 침중해 있었다. 어쩌면 그는, 대사성좌를 검은 그림자가 지나갔을 때, 자기 아비의 등 뒤에 닿았던지도 모를 일이다.

"헌데 무엇이 지나갔단 말이냐?"

늙은 시계공은, 착잡하고, 우울한 기분으로, 무덤 위로부터 몸을 일으켜, 밤의 그 검푸른 고적 속을 걷기 시작했다.

그리곤 더 중얼거리지는 않았다.

여러 색깔의 별들이 반짝였다. 여러 색깔의 별이 흘렀고, 여러 색깔의 벌레 울음이 아른한 고적을 짰고, 여러 색깔의 미지근한 바람이 흐늑였고, 여러 색깔의 상념이 관 속으로 들어갔다.

그는 그런 속을, 뱀처럼 조용히 스며들었다. 뱀처럼 빠져나오며, 한숨을 불어냈다. 그러면서 그는, 아버지에 대해서처럼, 자식에 대해서도 몹시 타는 심정으로 짝사랑을 바치고 있음을 알았다. 그래 그는, 슬프게 울다가, 자기 앞에 우뚝 몸을 드러낸 한 검은 장승과 부딪쳤다. 그건 큰비암은 아니었고, 잔잔히 웃고 있었고, 더벅머리를 북더미처럼 얹고 있었다. 그래서 늙은 시계공도 잔잔히 웃고, 대사성좌와 두꺼비별을 한번 올려다보았다.

"너는 아마 사복이지?"

한참 후에야 그가 천천히 말했다. 그리곤, 무덤들 쪽으로 걸어가선, 그 한 무덤 위에 얹어 두었던 모래시계를 안아 들곤, 다른 무덤 위에 앉았다. 모래시계 속에선, 검은 가는 흐름이 강처럼 또는 뽑혀져 나오는 뱀 혓바닥처럼 흘러선, 어떤 절연들에 통로를 잇고 있는 듯했다.

"넌 컸어, 나보다 훨씬 컸어."

"………"

사복은 머쓱해져, 이를 내놓고 소리 없이 웃기만 하다, 남은 무덤 위에 앉았다.

"헌데 넌 아마 자정에 왔댔지?"

늙은 시계공은 묻고, 그 검은 그림자를 얼핏 떠올렸다. 그리고 한숨을 한번 불어냈다.

"그 처잘 지금도 기억하나? 그게 그 처자의 무덤이니라. 허허, 허긴 봄마다 민들레도 피어쌌더라."

"………"

사복은, 소리 없이 웃기만 했다.

"그래도 나는 그 꽃들이 어디로 불려 갔는지는 영 알 수가 없었단 말야."

시계공은 아마도, 말을 중단하므로 해서 끼이게 될 그 침묵을 두려워하고 있는 것 같았다.

"전 한 번도, 따님의 생각을, 안 해본 적은, 없었죠."

사복은 좀 더듬으며, 엉뚱한 말을 해놓곤 고개를 숙였다.

“그래서 왔는지도, 모르겠어요.”

“그, 그래? 허, 허긴 그랬겠지.”

시계공은 혼잣말하듯 했다.

“그래, 지내긴 어떻게 지냈더냐?”

“처음엔 밥을 빌었죠 뭐. 그러다가 어느 집 머슴살이로 들어갔는데, 아무리 해도 견딜 수가 없었기에 그만둬버렸죠. 한 달도 못 참았어요.”

“그, 그래, 힘이 들었겠지.”

시계공은 무척도 가슴이 쓰렸던지, 탄식하듯 말하곤 사복의 손 하나를 더듬어 찾아 꼭 쥐었다.

“웬걸요, 일이야 힘들 걸 각오했으니 해낼 만했죠만, 어떤, 저어, 어떤,”

사복은 갑자기 더듬더니, 거의 들리지도 않게 이었다.

“……저를, 주장하고 싶은 것이, 결백하다고 주장하고 싶은 것이, 그런 것이, 도대체 저를 한자리에 가만두질 않았어요.”

사복은 그러다 갑자기 어조를 높여, 빨리 섬겨댔다.

“그러던 차에 어떤 장돌뱅이를 알게 되었습니다. 그래서 그를 따라 장거리에서 장거리로 떠돌아다녔죠. 퉁소 가락도 그로부터 배웠죠.”

사복은 허리춤에서 퉁소를 꺼내 보이곤 피씩 웃었다.

“허지만 늘 외로웠죠. 그리고 그 결백하다고 주장하고 싶은 그 집념은 아무리 해도 버릴 수가 없었습니다. 어떤 잠 속에서의 일을 저는 늘 현재의 일로 깨우고 싶었었거든요. 그래서 전 잠결에서처럼, 자다가 벌떡 일어나, 저의 길벗이었던 그 장돌뱅이의 대가리를 돌로 짓바수고, 그 똥구멍에다 이 퉁소를 쑤셔 넣어 휘저어보기도 했지만, 결국은 헛일이었습니다. 그러면서 악몽 같기도 하고, 지랄병 같기도 한 것이 수시로 나타났습니다.”

“………”

“그 악몽인지 낮도깨비인지가 지나가고 나면 저는, 왠지 늘 살기를 느꼈습니다. 그때론, 병아리든, 개든, 두꺼비든, 뭐든, 그런 목숨이 있는 것이 제 손아귀에서 목을 졸리고 있었죠. 어쨌든 그것이 죽어가며 발광할 때는, 전 결백하다는 것을 주장할 수 있었습니다."

"……어쩌면 비가 한번 몹시 올 것 같다. 으스스 뼈마디가 쑤시는 게. 어쩐지 그럴 것 같아."

"………"

"……이, 이젠 그만 들어가자. 꽤는 곤할라?"

그리고 시계공은 시계를 안고, 앞서 터벅터벅 걸어갔다. 그는 몹시도 착잡한 듯했다.

"나는 아무리 해도 상처에 대해서는 물을 수가 없구나."

그는 속으로 깊이깊이 탄식하고 있었다.

"녀석이 먼저 얘길 해주면 좋은데."

허지만 사복은 그런 얘긴 한마디도 올리지 않고 그냥 말없이 따르고만 있었다. 사복으로선 정작, 아버지가 그런 얘길 물어주지 않기만을 바라고 있었을 뿐이었다.

불이 밝혀졌을 때 시계공은, 그 불 접시를 들고 사복의 가까이로 가, 그 얼굴과 체격을 조심스레 살펴보다간,

"허허헛, 녀석, 내 젊었을 때보다 넌 두 배는 더 어글어글하다야."

하고, 다시 불을 고콜에 얹었다.

"야 그, 바랑 벗어라, 그리고 거 감발도 풀고, 오 참, 뭘 먹어둬야지?"

모래시계는 고콜에 얹혀졌다.

"아, 아뇨, 배불리 먹었습니다."

사복은, 바랑을 어깨에서 벗어 내리며 말했다.

"장돌뱅이 몇 년을 했더니, 굶지 않는 법을 저절로 익히게 됐더군요."

사복은 감발도 풀었다. 그리고 새삼스레 큰절 같은 것을 하기엔 쑥스러운 듯해, 편히 앉았다.

"허허, 그러냐? 허기사 대 열매만 먹고 사는 봉황도 사는데, 왼갖 것 다 먹는 사람이야…… 그러고 보니, 밤도 어지간히 새어 간다야. 누워라. 얘긴 내일 해도 늦진 않겠으니, 그래 오늘은 쉬자."

그는 사복을 생각해서인 듯, 먼저 자리에 눕고, 사복에게도 권했다. 그래

사복도 피로했던 터라, 아버지와 니은(ㄴ) 자 지게 누웠다.

둘에게 다 잠은 좀체 올 것 같지 않았다. 기름에 물이 섞였던지 틱틱 소리가 나며, 한동안 불이 흘흘 뛰었다.

비록, 장돌뱅이 몇 년의 삶을 살아오는 동안에, 그리하여 수없는 노숙, 수없는 일숙박을 치르는 동안에, 잠자리의 풍경 같은 것은 잊어버리고 말았다고는 해도, 이 움에서의 하룻밤의 일을 사복은, 아무리 해도 생각하지 않을 수가 없었다. 그 밤의 짧은 한순간이 그의 전 인생을 범벅이 되게 했던 그것이었고, 그것이 그에게서 고향을 빼어간 그 전부였기 때문이다. 그는 여태도, 별 의미 없이 짓쪄 죽인, 그 얼룩 뱀의 대가로, 자기가 그런 유형을 당하고 있다는 것은, 모르고 있었다. 허지만 그에게 아직은, 혹독한 겨울이 와 있지 않고 있었으니, 아직은 그는, 조금은 달콤한 감상을 섞어서, 그 방을 추억할 순 있었다.

"한 번도 따님을 잊어본 적이 없었다고,"

그렇게도 그리워했던 자식이 돌아왔기에, 아무래도 늙은 시계공은 잠들 수가 없는 듯했다.

"너는 말했었지?"

"………"

사복은 대답 대신, 감았던 눈을 떴다. 그 순간 그의 눈엔, 그 방이, 용소의 아랫녘이나 뭐 그런 걸로 생각켰다. 아마도 해가 질 때거나 달이 질 때의 용소의 아랫녘은, 담겼다 머물러버린 빛으로 고즈넉이 묽어 있어, 해나 달은 이미 없더라도, 그 밑의 조약돌을, 그 머문 빛이 휴식으로 감싸줄 것이다. 사복은 바로, 그 조약돌인 기분을 비로소 오랜 후에야 맛보고, 한숨을 한 번 불어냈다.

"나야말로 사실론, 너보다 더욱 따님을 못 잊었겠지."

시계공도 한숨을 쉬었다.

"그리고 너는, 그것이 뭐든 목숨 있는 것이면 죽이며 무엇에 대한 너의 결백성을 주장했다고도 했지? 그 말의 뜻을 나도 조금은 알 수 있을 것 같긴 하다. 그리고 나도, 살육의 아름다움은 알고 있다. 파괴한다는 건 아름다우며, 잔인할수록 더욱 아름답다. 그건 아름다운 것이고, 진정으로 아름다운 것이다. 헌데 그것은 너무도 깊숙이 숨겨져 있어, 대부분의 생명들은, 평생에 단 한 번도 그것을 만져보질 못한다. 허지만 그것을 만진다는 것은 가장 불행하다. 내 생각에, 그건 일종의 힘인데, 그것 자체로는 색깔 없는 일종의 불일 뿐이고, 그 불이 빛을 태우느냐에 따라, 파괴인가 창조인가가 나타난다고, 나는 생각한다."

이 노인이 빛을 얘기하자는 것인지 사복은 얼른 이해가 되질 않아, 그를 멀거니 건너다보았다. 그러나 늙은 시계공으로선, 생식력으로부터 절단된 이 아들의 살육에, 어떤 희망을 걸기 시작했다. 늙은 시계공은 계속했다.

"그래, 그것은 확실히 불행이야. 허지만 이미 자신의 불행을 캐어 든 사람은, 어쨌든 끝까지 그 불행을 수행(遂行)하지 않으면 안 된다. 살육을 감행했으면, 이 우주까지 파괴해버려야 하며, 그것도 눈물 없이 해야 하며, 지치지 말고 해야 되며,"

그는 이 대목에서 말을 멈췄다. 사복은 좀 몽롱한 기분을 느껴야 했다. 그러한 몽롱함은, 어떤 충격 뒤에 오는 그러한 것과 같아서, 그 몽롱함 이전의 문제를 두고두고 생각하게 하는 그런 것이었다.

한참 후에 늙은 시계공은, 조금 명랑한 음성을 꾸며서,

"헌데 따님에 대해 넌 뭐를 생각했단 말이냐?"

하고, 화제를 바꿨다.

"그러니까 조금 밝혀서 말하면, 어, 없어진, 없어진 너의,"

"정직하게 말씀드리면, 그렇지만은 않았죠."

"그러면 따님을 용서하곤 있었단 말이냐?"

"........."

사복은 좀 머뭇거렸다. 그러다 빨리 섬겨댔다.

"용서니 원한이니, 뭐 그런 것과도 분명힌 다를지도 모르죠. 전 아무튼 어떤 잠을 깨보고 싶었을 뿐입니다. 분명히 말씀을 드리면, 아무 감정 없이, 따님의 목구멍에다, 산 뱀을 먹여보고 싶었던 것입니다. 전 그냥 목구멍이라고 말씀드렸을 뿐이지만요, 정말이지 그래 보고 싶었습니다."

"........."

시계공은 눈을 감고 있었는데, 눈꺼풀이 떨리고 있었다.

"따님의 죽음을 확인했을 때, 갑자기 그 생각이 들어선, 여태껏 계속돼오고 있는 겁니다."

사복은 번들거리는 눈으로 일어나 앉았다.

"저로서는, 아무리 해도 기억해낼 수 없는 여러 날을, 혹은 몇 해인지도 모를 그런 동안을, 잠 써버렸던 것에 대해, 생각하지 않을 수는 없었거든요. 왜냐하면 그동안에 따님과 마을의 계집애가 죽었고…… 그리고 일반적으론, 살인에는 원한이라든가, 또는 무슨 독한 감정이 따르게 되는 것이거든요. 전 굉장히 둔해서, 그 계집애를 좋아하고 있다는 것까지도 뒤늦게야 알았지만, 어쨌든 그 계집애의 자살이 피 냄새를 풍겼고, 따님은 저의 불알을 삼켜뒀습니다. 그러나 시체를 확인해보았을 땐 원한이라든가, 무슨 독한 감정 같은 건 없었죠. 그건 해소를 당했던 겁니다. 그러했어도 의혹은 어쩔 수 없었죠. 전 어쩔 수 없었죠. 그 살인에 관련된 건 너다, 아니 하지만 난 결백하다……"

"그, 그러니깐,"

늙은 시계공은 손을 휘저으며 벌떡 일어나 앉았다. 그리고 사복을 좀 미친 듯한 눈으로 훑어보았다.

"그러니깐 넌, 네가 따님을, 따님을 네가 살, 살해한 악몽에 사로잡혀왔단 말이지? 그, 그러니깐 혼돈됐던, 그때 말이지? 어, 허허, 어허헛, 허긴, 허, 허긴, 모르지, 건 몰라."

"아마도 아버진, 그가 누군지를 아실 거예요. 그를 전 무척 알고 싶었죠."

"………"

시계공은 경미히 떨고만 있었다.

"……알고 싶었죠. 허지만 가만히 생각해보면, 알아서 어떻게 하자는 것인지는 모르겠어요. 뭐 그러니 알 필요 없겠죠."

그리고 사복은 씻득 한번 웃어 보이곤, 화제라도 바꾸려는 듯, 모래시계 얘길 꺼냈다.

"아버진 저 수정 병에 대해선 한 번도 말씀이 없으셨죠. 헌데 지금은 무슨 조화를 갖고 있어 뵈누먼요."

"너, 너는 그러니깐 나라면, 나, 나라면,"

"그래요, 절대로 헛되게 가루만 흐르는 것 같진 않아요. 저도 아까 대강은 들었거든요."

"따님의 사, 살해자를 알 거라구 했지? 알 거라구, 알,"

"그래요, 저건 살아 있는 것 같기도 해요."

"………"

늙은 시계공은, 좀 미친 것처럼, 소리는 없이 씰룩씰룩 웃기 시작했다. 그러더니 부르짖었다.

"이, 이 녀석아, 그래. 나는 그 살해자를 알고 있다. 그래, 알고 있어. 내가 똑똑히 보았댔으니깐, 나 외에 아무도 본 사람은, 그래 없다. 거기엔 나밖엔 없었다구, 안개가 두텁게 꼈었지, 벼락 맞은 나무에서 노래가 들렸었지. 따님은 가엽게도 큰비암님 아래 쭈그리고 앉아 추워하고 있었다, 나는 거기에 있었다, 나는 죽고만 싶었던 거다, 사실로 난 이미 죽음과의 약속이 있었다, 그래서 내가 봤던 거다,"

사복은 병신스럽게 웃기만 하며, 좀 뒤집힌 듯이 건너다보는 눈을, 맞받아 건너다보았다.

"허, 허지만 그래, 그게 나는 아니었던 거다. 알 듯도 싶은 누구였던 것이다. 가능하다면 나도, 그가 누구인가를 알고 싶었다. 나는 아니었단 말이다. 헌데도 나밖에 거기에 없었고, 따님과 소녀는 이미 죽었더라구, 나는 뒤늦게야 내가 그 현장에 있었던 걸 발견했더란 말야, 그 살해가 있고 난 후에 말이다,"

그는 그 대목에서 사복을 외면했다.

"나도, 그래서 나도, 알 듯도 싶은 그 사내가 누구였나를 몹시 알고 싶었단 말야."

"아버지셨군요." 사복은 차게 말했다.

"그, 글쎄 나는 아니었다구, 나는 죽고만 싶었었어."

"결국 저였군요," 사복은 차게 말했다.

"그, 글쎄 너는 아, 아니, 아, 갑자기 생각이 났는데, 결국, 그래 그건 너였구나, 그래 너였어!"

"후, 후훗," 사복은 차게 웃었다.

"그래, 그건 너였구나, 그건 너였어, 그때 넌 죽어 있었고, 나는 살아 있었다. 그래 육신과 혼의 유리는 가능하며, 아 저 곡신(谷神)의 무궁한 조화 속임이여, 일시적인 혼의 이거 또한 가능하다." 시계공은 말하며 금모래가 긴 강으로 흘러 바다에 들어가는 수정 병을 가져다 들여다보며, 떠벌렸다. "나는 그때 살아 있었지만 나는 아니었으며, 너는 죽어 있었고, 따님은 귀애하던 뱀이 죽었을 때 이미 죽어 남은 건 빈 곳간뿐이었고, 아 그러고 보니, 그 빈 곳간의 흙내음이, 먼지 내음이 내게 체험되었다. 나는 그리고 죽고만 싶었지,"

"금모래가 벌써 한 눈금을 채웠군요,"

"그렇다면, 누, 누가 죽고, 누가 죽였는가? 그건 자살인가 타살인가,"

"………" 사복은 하품을 했다.

"윤회였구나, 한 찰나의 윤회였구나, 뱀은 따님의 혼을 싸안고 죽었고, 따님은 하수인의 혼을 싸안고 묻혔고, 너의 혼은 하수인 속에 이거해 와 있었기에 너는 죽어 있었고, 아 그 너의 빈집엔 그때 뱀이 살고 있었다. 결국 너는 얼룩 뱀의 집이었었구나,"

"………" 사복은 다시 하품을 했다.

"아마도 너는," 오랜 침묵 후에 시계공이 다시 입을 열었다. "애, 애비를 죽이러 온 거지,"

사복은 차게 웃기만 했다. 그리고 그의 뒤집힌 듯한 눈 속의, 어떤 간이적 공간 속으로 열고 들어가 보았다. 허지만 그것은 죽음이 채워 넣어져야 될 그런 공간같이는 사복에게 생각되지 않았고, 생명이 채워 들었어야만 되는 어떤 한 대지가, 불모해져 버린 그것으로서의 공간처럼만, 사복에게 생각되어졌다.

사복은 좀 거북하고 지루했기에, 눈을 감고 번듯이 누웠다. 침묵은 그리고 다시 계속되었다. 잠은 포기하고 있었다. 그 대신, 어서 날이 새어주길 사복은 바랐다.

"옌네를 그려본 적은 없었나?" 이번에도 시계공 쪽에서 침묵을 깼다. 그리고 그는 평정을 얻은 잔잔한 웃음을 그땐 웃었다. "가령, 너의 애를 뱄던 그 처자라든가, 한 번도 본 적은 없지만, 너를 낳아준 어미라든가, 또 아니면 어느 장거리서 본 색시라든가,"

"뭐, 벼, 별루요," 사복은 갑자기 뭐라고 대답할 수가 없어, 우물쭈물하고, 따라 웃었다.

"아 그러구 보니 난 한 번도, 너의 어미 얘길 해준 적이 없었구나, 나야 물론 너의 어밀 알고 있었지,"

"그럼 아버진 알고 계셨댔군요?" 사복의 흐리멍덩하던 눈에 좀 빛이 떠올랐다.

"그럼 그야, 알고 있었지, 허지만 별로 할 얘기가 없었다. 허지만 지금이라면 조금은 얘기할 수 있을 듯해, 그래, 조금은 말할 수 있을 것 같아,"

"………"

"그 엔네는, 그래, 비록 기운 옷 탓에 소쿠리 장수를 하긴 했었지만, 그래도 마음은 기워 입질 안 했었니라. 병든 노부가 계셨다든가 했는데, 그 노부가 돌아가셨다는 말을 남긴 뒤, 다달이 한 번씩 왔던 그 엔네는 영 오질 않았더니라, 그래 난 생각에, 시집이라도 갔는가 했었다." 시계공은 잠깐 침묵하다 다시 이었다. "하기야 멀기도 먼 고장에 살았댔다. 열흘길이 족히 될 곳에 그 엔네는 살았댔다. 그 고장 근방에도 물론 토기장은 있었다고 했었다. 헌데도 늙은 아버지가 꼭히 이 고장의 토기를 바꿔다 팔라고 하신다며, 멀고도 먼 여기까지 왔었댔다. 허긴 오늘 길가는 길이 그 엔네의 장삿길이기는 했었을 게다만, 뭐 굳이 여기까지 오지 않았어도 됐을 것이긴 했다. 그런데도 굳이 왔던 이유는, 자기도 낳기 전에, 젊어서, 자기의 아버지가 이 고장을 한번 다녀간 일이 있었다는데, 그때 보니 이 고장 토질이 너무도 좋았더라는 것이다. 그래서 아버지가 보내온다는 것인데, 그럴 것이라고만 난 믿었다. 나도 지금은, 한 달 길 이내의 고장들 얘기라면 네게 다 말해줄 수 있으니까. 묻지는 않았다만, 나는, 이 몇 년 동안에 네가, 어디를 다녔으며, 어떤 풍경들을 보아왔을지 대강은 짐작하고 있으니깐. 하지만 아마 많이 변했겠지."

사복은 빙그레 웃어 보이기만 했다.

"……그 엔네는 헌데, 무척 슬픔이 독한 엔네였다. 다달이 더 진해갔다. 그건 고뇌였다. 고뇌란 허긴 엔네의 것은 아닌지도 모르지만, 내겐 그 엔네의, 털어놓지 않은 슬픔이, 고뇌로밖엔 여겨지지 않았다. 그건 아름다운 것이었다.

그 엔네는 그것을 아름다운 것으로까지 승화시킨 것이다. 정말이지 그 엔네는 그 슬픔을 털어놓질 않았다. 나도 묻지 않았다. 소쩍새가 왜 우는지 너는 아나? 그건 소쩍새의 고뇌며, 우리는 묻지 않는다. 나는 그렇게 생각했다. 어느 날 소쩍새가 개구리처럼 울었다고 해봐라. 그 고뇌가 깨어진 소쩍새는 조금도 아름답지 않다." 그는 잠시 침묵을 지켰는데, 깊이 숨은 시선으로 내부의 어느 축축한 곳을 더듬는 듯했다. "……내가 할 수 있는 너의 어미의 얘기란 기껏 이것뿐이다. 그러므로 나는 네게 들려줄 얘기가 없었던 것이다. 허지만 지금이라면 네가 조금은 이해할 것 같다. 어쨌든 우리는," 시계공은 간격을 두지 않고, 그 엔네에 대한 얘기의 결말처럼, 빨리 섬겼다. "우리란 나와 너의 어미를 말이지만, 서로에게서, 뭐라고 말로는 할 수 없는 그 고뇌만을 발견했고, 그것만을 주었고, 그것만을 한사코 빨아냈다." 시계공은 그리고 말을 멈추고 거의 눈물에 푹 잠긴 눈으로 사복을 내려다보았다. 사복도 늙은 시계공을 올려다보았다. 그러면서 천천히 일어나 앉았다. 그리고 둘이는 바라보기 시작했다. 수정 병 속에선 모래가 흐르고 쌓이고 있었다. 서늘한 여름 새벽이었다. 움 밖 옥수수 대궁을 조용히 흔들며 바람이, 지나가고 있었다.

"허지만 지금은," 오랜 후에, 늙은 시계공이 잠꼬대처럼, 다시 침묵을 깼다. "난 그 엔네의 머리칼 한을 기억하지 못한다."

사복은 그때, 울고 싶은 걸 웃는 듯이 웃었다.

"그 엔네의 모습을 다른 데서 찾는 동안에, 정작으론 그 엔네를 잊어버린 것이다." 늙은 시계공은 다시 모래시계를 무릎 앞에 끌어다 놓고 들여다보기 시작했다. "이것은," 시계공은 시계를 턱으로 가리켜 보였다. "내겐 두 모습을 떠올리기도 하고, 두 모습을 한꺼번에 잃게도 한다. 두 모습이란, 한 모습은 물론 그 엔네의 것이고, 다른 한 모습은, 꿈에도 본 적 없는 내 아버지의 것이다. 무척 우스운 말이다만, 이것을 상정해냈을 때 나는, 슬프게도 내 엔네를 내 아버지께 뺏기고 말았었다."

이 대목에서 시계공은 미친 듯이 웃었다.

사복은 다시 감발을 매기 시작하고 있었다.

"보아서 알다시피, 이것은 곡신(谷神)과 현빈(玄牝)으로 이뤄졌다. 곡신이란 골짜기[谷]를 채운 허공[神]을 말하며, 현빈이란 그 허공을 담는 골짜기를 이른다. 허지만 종국에 가선 그 어느 것도 나는 구별할 수가 없게 되었다. 곡신이 현빈이며, 현빈이 곡신이었다. 아 그래, 그것을 '황금(黃金)의 태자(胎子)'라고 일컬은 것이다." 시계공은, 좀 번들거리는 눈으로, 그 속으로 스며들고 싶은 듯 모래시계를 들여다보며 말했는데, 말속엔 열이 차 들고 있었다.

"그래 그건, 따님께 나를 심어주고 간, 그렇지만 나는 못 본 내 아버지의 얘기대로 하면, 그래, 이 세상 어딘가에는 그 황금의 태자라는 것이 있다는 것이다. 그리고 그 태자 속엔 두 개의 황금 항아리가 있다 하며, 그것은 동서에 나뉘어져 놓여 있는데, 그 항아리들 속엔 한 마리의 큰 뱀이 살고 있다는 것이었다. 나는 그 항아리들에 이름을 붙여, 곡신과 현빈이라고 한 것이다. 헌데 그 뱀은, 동시에 암수며, 동시에 암수도 아닌 다만 그 곡신과 현빈을 경작하는 농부로서, 머리와 꼬리, 또는 꼬리와 머리는 황색이고, 몸은 넷으로 나뉘어, 청·적·백·흑의 사대 색상으로 구별되어져 있고, 각 구십 편씩의 비늘이 대부분을 덮고 있다는 것이었다. 그래서 이 뱀은 머리나 꼬리가 둘씩인데, 그것은 동의 현빈, 또는 동의 곡신으로부터, 서의 곡신, 또는 서의 현빈으로 또는 서의 황금 항아리에서 동의 황금 항아리로 이동한다. 세월이란 바로 그 이동이라는 것이다. 그리하여 사계가 갈아들며, 주야가 바뀌고 오행의 작용이 있게 된다. 그러나 이 뱀의 진행의 어느 굽이에서, 괴롭게 한번 틀려지게 되면, 천재지변이니, 삼재팔난이니, 온역의 창궐이니가 일게 되리라는 건 쉽게 짐작될 것이다. 물론 그것 몸의 오대 색상은, 동·서·남·북·중앙의 오방을 나타내며, 또한 금·목·수·화·토의 오행과 오계를 나타내는데, 동의 청색의 봄과, 남의 적색의 여름, 서의 백색의 가을, 북의 흑색의 겨울, 그리고 음양과, 오행과, 오방과, 사계의 방으로서의 중앙의 황색은, 제오계며, 황금의 태자, 곧 현빈과 곡신의 일체를 의미하고 있다. 그리고 세월이란, 동에서 서로, 또는 서에서 동으로만 이동하는 것으로 생각되어졌던 것으로, 해와 달의 운행에 좇는 것이다. 그리고 구십 편씩의 비늘은, 한 계절 석 달, 또는 여섯 절기의 합의 날짜이고, 그래서 일 년은 삼백예순 날이며, 네 번 철이 바뀐다. 헌데 하필이면 그것이 왜, 뱀의 모양인가는 이해하기 매우 곤란하지만, 아마도 처음에 혀가 있었을 때, 그것은 현빈으로 이해되었을 것이고, 그러면 응당 남근이 따라왔어야 됐을 것이다. 뱀은 동시에 그것의 의태로써 족했을 것이다. 그러다가 차차로 그것의 모습이 양성인 것만을 떠났을 것인데, 그것은 지금의 음양의 아무것도 아닌 것으로 되었기 때문이다. 어쨌든 그것의 형상을 좇아서 보면, 새나 짐승이나 고기의, 물과 땅과 공중에서 사는 모든 생물의 그 원형을 이루고 있는 것도 사실이다. 새나 고기나 짐승에게서, 서로 접근될 수 없는 부분들을 다 떼어내고 나면, 그것이 바로 뱀이 된다는 말이다. 또 그것의 진행을 좇아보면, 너도 이미 알고 있는 대로, 뱀이란 궁궁이며, 태극선의 연쇄가 되고 있다. 그림으로 그리면," 그는 손가락 하나를 펴 방바닥에다 구불텅구불텅 선을 그려나갔다. "이와 같은 '~~~' 선이 되는데, 알다시피 궁궁(弓弓)이란 태극선(∽)의 그림 문자다. 태극이란 물론 수컷은 아니며, 더욱이 암컷도 아니지만, 그것은 어쨌든 작용력이므로, 곡선이나 현빈을 채울 것이다. 태극이란 아무튼, 타인의 설명으로 알아지는 것이 아니므로, 나는 음도 양도 아니라고만 말했을 뿐이다. 어쨌든 뱀은, 그 생리에 있어서도, 건습·냉온·화수·천지·산하·음양 같은 상극적인 것으로 이뤄져 이상스럽게 그 중(中)을 지키고 있는 짐승이다. 알다시피 너무 건하지도, 너무 습하지도 않고, 너무 온하지도, 너무 냉하지도, 않다. 하기야 보통으로 말하긴 뱀을 냉하다고 하나, 그것은 냉한 것이 아니고, 어제와 오늘이 갈아드는 사이의 그 미묘한 일점과 같은 그런 체온이다. 뱀에겐 냉도 온도 없다고 말하면 더 쉽겠구나, 아마도 이제는, 그것은 높지도 깊지도 않으며, 물도 불도 아니며, 하늘도 땅도, 이것도 저것도, 저것도 이것도 아니라는 데에 대한 설명 같은 건 하지 않아도 알리라. 그건 '미묘한' 짐승이다. 더우면 서늘함을 지키려 깨이고, 추우면 온을 보존하려 잠든다는 그런 식으로, 우주 간에서 다만 홀로 중용을 지키는 짐승이다. 물론 나의 첨삭이 없을 수야 없지만, 이것이, 큰비암님을 구워 세워놓고 가신 양반의 생각이었으며, 적어도 나와 함께 지냈을 때까지는, 따님의 생각이기도 했다. 나는 그리고 한 번도 나대론 의심해본 적 없이 그 생각을 그대로 받아들였다. 나로서 지금 말할 수 있는 게 있다면, 따님의 입술에 토막토막 흩어져 있던 것을 내가 뼈는 맞췄다는 이 얘기다. 하지만 어쩌면 정작 중요한 건 잃어버렸을지도 모른다. 왜냐하면 따님은 마을이었으며 동시에 그 자신일 수 있었는데, 나는 심지어 나 자신까지도 온전히는 못 되고 있다. 따님의 것은 신도의 영혼의 조공을 바치게 했는데, 나의 것은 나 자신까지도 신도는 아니다. 따님의 것은, 마을이나 또는 그 마을 사람 하나하나 구원하려 했는데, 나의 것은 구원과는 별 상관이 없다. 이 말을 바꾸면, 따님의 '대속(代贖)의 율리(律理)'가 내겐 '관계의 결과'로밖엔 여겨지지 않는다는 뜻이다. 가령, 어떤 죽어가는 병자 하나를 살리기 위해, 어떤 한 '흠 없는 염소'를 그 병자 대신 죽였더니, 그 병자가 소생했다는 일이 있었다면, 그것이 따님에겐 대속의 결과로 되고, 내겐 관계의 결과로 된다는 이 말이다. 그 병자의 소생은, 이미 있어 온, 그 병자와 염소와의 관계로 해서 가능된 것이지, 관계가 없어 왔다면 가능되지 않는 것이다. 그 병자와 그 염소와의 사이에 관계가, 다시 말해서 한 병자를 소생시킬 만한 관계가 있어 오지 않았다면, 그 살생도 백정의 살생과 똑같은 것으로 변해질 뿐이다. 그러나 내가 알기론 따님에겐 관계 같은 건 그리 문제가 안 되고, 자기의 주술로, 쥐가 되어질 염소를 사람으로 옮아올 수 있다고 믿었던 것 같다. 그런 짓이란 우연을 붙들어 매자는 외에 아무것도 아니다. 관계가 있어 왔기에 그 병자가 살아나면 그건 더 할 수 없이 좋은 것이고, 또 죽는다더라도 따님의 책임은 아니기 때문이다. 그럼에도 사람은 비밀이 담긴 상자를 열어보고 싶어 하는 성미가 있으므로, 따님은 그들 사이에 있을 필요가 있었고 관계 속에는 삼자가 끼일 틈은 없다고 생각하므로 나는, 그들 속에 끼일 수가 없다."

"정말 저런 종류의 생각이란."

사복은 사복대로 생각했다. 그러나 그 생각은 시계공의 생각에 저항하기 위한 것은 아니었고, 어쩌면 그의 그 어쩔 수 없이 당하는 외로움을, 정직하게 인정해주는 것이었다.

"얼마나 불필요하며, 얼마나 타인을 지루하게 만드는 것인가? 땅 아래서 보리를 싹 틔우는 그 힘이 뭣이든, 보리는 알지 못하되 열매를 맺으며, 농부는 더욱 모르되 거둬들일 줄은 알지 않는가? 설사 싹 틔우는 힘을 안다 하더라도 아마도 저 양반은 보리 알을 더 크게 하지도 못할 거며, 거름을 안 주고도 보통의 수확을 할 재주도 없을 거며, 보리의 뿌리가 몇 가지나 뻗었는지도 또한 모를 것이다. 그러면서도 인분이나 두엄이 그 힘이라고도 하지 않는다."

"어쨌든 나는 그러한 생각을, 한 생명 있는 것으로 다시 말하면, 눈에 보여서 이해하기 쉬운 것으로 만들어보고 싶은 욕심을 감히 가졌던 것이다. 물론 큰비암님이 바로 그것이긴 했지만 내게는 그것이 체(體)뿐으로 용(用)이 없는 것으로만 생각되어 그것은 한 무덤 같을 것으로밖엔 보이지 않았다. 허긴 난, 그 체가 용(用)으로 둔갑되던 걸 적어도 다섯 번 이상은 보았었지만, 그때마다 나는, 몹시 허기져 있었다든가, 몹시 앓고 난 뒤였었다."

"아 그러고 보니, 제게도 그 기억이 있습니다."

사복은 생각만 하고, 싱긋 웃었다.

"그건 그러니까, 그런 어떤 결핍하고만 관계가 있었던 것이어서, 나로서는 나중엔 그 용을 신뢰할 수가 없게 되었던 것이다. 설사 그 용이, 좋은 조건과 관계 지어졌던 것이라 했어도, 그것의 의미는 종내 엿볼 수 없는 것이었으며, 엿보려 한다면 그것의 무용성으로 돌아와 버렸던 것이다. 그러므로 그런 종류의 체란 중개자를 통해야 되며, 중개자가 그 용을 이루는 것이다. 허지만 이 얘긴 네게 이해가 잘 안 될지도 모른다. 적어도 어떤 체험을 큰비암님과 더불어 해보지 않고는 달 보고 개가 왜 짖는가, 이다."

"웬걸요, 저도 조금은 알 수 있습니다. 저도 큰비암님이 살아서 큰 한 동그라밀 만든 걸 본 적이 있으니까요."

사복이 자기를 밝히고 나섰다.

"그 제삿날 해거름판에였죠."

"아 그랬었구나? 결국은, 그, 그러니깐, 그러면 너도 알 법하구나."

시계공은 좀 빛나는 눈으로 사복을 건너다보았다.

"그래서 어쨌든, 나는 그것을 좀 더 완전한 것으로 만들려 했었단 말이다. 그리고 다시 하는 말이지만, 그때 나는, 한 옌네의 모습을 아주 독하게 갖고 있었고, 또 본 적 없는 내 아버지의 모습을 무척 찾고 있었다."

늙은 시계공은 잠깐 눈을 감고, 심호흡을 한번 했다. 그리고 빙그레 웃으며,

"이것이 그것이다."

하고, 모래시계를 가리켰다.

“허지만 아직도 이것은, 그 시중을 얻질 못해, 이것은 이것대로 큰비암과 별로 다를 바 없는 것으로 지금껏 있다.”

그리고 그는 슬픈 듯한 미소를 지으며, 손가락을 오므렸다 펴, 모래시계를 한번 튕겼다.

“아 그렇구나, 네게 그 시중이라는 걸 일러주는 게 좋겠구나. 나는 어차피 너보다는 목숨이 짧은 건 사실이니까.”

그는 맥없이 고콜 위의 접싯불을 건너다보았다.

“어차피 기름이 다 돼가고 있으니 말야.”

그는 입속으로 중얼거렸다. 그러다 분명한 어조로,

“나는 시중이란 것이,”

하고 시작했다.

“어디에 있는지를 알아내긴 했지만, 아직 포착하질 못했단 말야. 그래, 그러니 그것을 내게 말해주는 것이 좋겠어. 아 그러면 너, 나를 좀 따라 밖으로 나가자. 네게 별들을 보여줘야겠다. 그것이 별 속에 있기 때문이다.”

늙은 시계공은, 시계를 들어 소중히 품에 안더니 일어났다. 사복은 도대체 이 노인께 저항할 수가 없어, 흥미 없는 얘기에 넌더리를 내곤 있었지만, 별 수 없이 따라 일어섰다.

“시중이란 자시, 또는 자정이라고 말해지면 더 쉬운데, 나는 그것을,”

늙은 시계공은 밖에 나와서도 하늘은 안 보고, 그냥 걸으며 계속했다.

“그렇게 말하지 않고 그냥 시중이라고 하는 것은, 겁에도, 일 년에도, 찰나에도, 그것은 있기 때문이다. 허지만 겁 중에나 찰나 속에 있는 건, 우리의 입으로 말해지기엔 너무 크거나 너무 작기 때문에, 말해지기에 제일 편리한 걸로 우린 택하지 않으면 안 된다. 그중의 어느 것을 갖고 말해도 그것은 조금도 틀리지 않기 때문이다. 그중의 아무것 하나라도, 정확하게만 포착하면 나머지 것들 전부를 포착한 것이라도 된다.”

그는 큰비암 있는 데로 가고 있었다.

“그러니 아무래도, 자시 또는 자정이라고 일컬어지는 걸로 말하는 것이

쉽겠다. 그건, 알다시피, 오늘이 어제로, 어제가 오늘로 갈아 드는 그 사이의 일점이다. 그러니까 자시란, 오늘의 끝과 오늘의 시작 사이에 있는, 그 공백한 시각을 말하는 것이다. 거기엔 어제도, 오늘도, 내일도 아직 없는데, 그 이유는, 내일이 오늘로 아직 바뀌 들지를 못하고 있기 때문에, 끝나버려 오늘이 오늘이 아닌 오늘이, 아직 어제로 바뀌 들지를 못했기 때문이다. 다시 말하면, 그건 일종의 보류나 유예의 시간이기도 하다. 그때 그것은, 내일이 내일이 아니며, 어제가 어제가 아닌 것으로, 뭔지 이해할 수 없는 막연한 것으로 남겨지거나 미뤄져 있게 된다."

이때 둘이는 큰비암 있는 데에 닿았기에, 늙은 시계공의 얘기가 잠깐 중단되었다. 그리고 둘이는 똑같이, 별만 뿌려지고 달은 없는, 여름 새벽의 고적 속에 우뚝 서 있는 큰비암을, 멍청히 올려다보았다. 사복에겐 아무런 생각도 들지 않았다. 그는 흐리멍덩해 있었을 뿐이다.

"자, 앉자."

시계공이 말했다. 그리고 그는, 한 무덤 위에 앉았다. 사복은 다른 무덤 위에 앉았다.

"그것을 자시라고 하는데, 그래서 나는 네게 별을 보여주려는 것이다."

시계공은 말하며, 어둠 속에서 사복을 빤히 건너다보았다. 사복은 그래 그의 시선을 느끼고, 멋깔 없이 한번 웃어 보였다.

"그럼 먼저 북두칠성을 찾자. 그건 형태 면에 있어 하늘의 뱀이다."

이번에도 시계공은 하늘 대신, 사복을 건너다보았다.

사복은 하늘을 보면서, 그의 시선을 느끼고, 고개를 끄덕여주었다. 그러나,

"나도 당신으로부터 들었기에 알고 있습니다. 그것이 모든 성좌의 기본 형태라는 말씀이시겠죠."

하고, 속말했다.

"그러면 이제, 큰두꺼비별과, 스물네 별 무리로 된 대사성좌를 가르쳐주마. 그러나 이 별들은 운이 다 돼가고 있어. 무척 평범한데, 아마도 해시(亥時)를 살고 있는 듯하다. 어쨌든 저 북두칠성을 하늘의 한가운데로 옮겨보자. 그

러면 너도, 저 칠성의, 입구(口) 자를 이루고 있는, 네 별이 딱 들어맞는, 다른 네 별을 찾을 수 있다."

그는 다시 사복의 눈치를 살폈다. 한참 후에야 사복은, 깊게 고개를 끄덕였다.

"그것이 대사성좌의 열하나, 열둘, 열셋, 열네 번째 별이다. 그중에서도 더욱이 빛이 좋은 두 별이 열두 번째와 열세 번째 별인데, 그 별들 사이에, 그 별들보다는 좀 크지만, 빛은 과히 좋지 못한, 그래 보이느냐?"

사복은 다시 고개를 끄덕여주었다.

"그래, 그 객성(客星)이 큰두꺼비별이란 거다. 나머지 스무 별 무리에 관해서는, 하늘과 네가 사귈 수 있는 한 수수께끼로 남겨두는 게 좋을 성싶다. 그걸 모두 찾아냈을 때 나는, 하늘을 온통 얻은 것처럼 흥분했던 것이다. 북두칠성의, 셈 되지 않은 나머지 세 별을, 척(尺)으로 사용하면, 너도 금방 찾아낼 수 있을 거다. 그리고 그것들의 변화에 관한 것도 너의 몫이지만, 원한다면 차차로 알려주마."

그리고 시계공은, 잠깐 숨을 돌린 뒤, 그의 성리(星理), 성족(星族), 또는 성운(星運) 강석을 펴나갔다.

그러는 중에도 물론, 하늘의 족속들은 죽어갔는데, 그럼에도 새 별의 출현은, 사복에겐 보이지 않았다.

"그렇지만 이 노인이 죽기 전에, 저 별들이 다 떨어지진 않을 거다."

사복은 자기대로 생각해나가며, 때때로 고개만 끄덕여 보였다.

"아하 아닙죠, 건 따님 별인 듯합니다."

사복은 고개를 끄덕여주었다.

"아 그러구 생각해보니 전, 따님을 좋아했었는지도 모르겠어요. 왜냐하면 전 따님을 미워해본 적은 없었거든요. 만약 살아 있다면, 헤헤."

사복은 고개를 끄덕여주었다.

"이처럼 조용한 새벽에, 그래요, 누구 보는 사람도 없죠."

사복은 고개를 끄덕여 보였다.

"아 저, 희미한 작은 별을 데불고 있는, 저 노란 우둔한 별 말씀입니까? 그건, 예, 그렇군요. 그 계집애 별입니다요. 그 별이 말하자면 배꼽이 되고 있다구요?"

사복은 고개를 끄덕여주었다.

"어쩌면 그 계집앤 날 좋아하지 않았을지도 모르죠. 난 별로 그 계집앨 사무치게 생각해본 적은 없었고,"

사복은 고개를 끄덕여 보였다.

"계집애의 무덤을 열어보았을 때도, 난 그것이 계집애의 시체라곤 생각할 수가 없었으니, 말하자면 계집앤 죽자마자, 나로부터 떠난 것이었죠, 뭐, 정말 그건 무슨 큰 도마뱀 같은 것이었습니다."

사복은 고개를 끄덕여 보였다.

"아니 그건 뭐랄까요. 죽어 조그맣게 된 마을 같은 것이라고도 해얄까요. 뭐 그런 것이었습니다."

사복은 고개를 끄덕여주었다.

"왜냐하면 난 마을을 찾으러 갔었는데, 그것은 죽어 없었거든요. 그리고 이 무덤 속에서 캐낸 겁니다."

사복은 멍청스레 반만 웃었다.

"그래서 난 생각에 계집앤 날 좋아하지 안 했다고 했죠. 그때부터 계집앤 내가 배웠던 모든 글 구절들의 아리송한 무슨 뜻 같은 것으로 변해졌죠. 그러면서 때때로, 아 그러고 보니 아버지도 말씀하셨습니다. 따님이 계집애로 둔갑도 했지만, 간혹이었죠."

사복은 무겁게 고개를 끄덕였다.

"그리고 난, 내가 아버지가 된다는 생각엔 아직껏 진저리를 치고 있으니깐 뭐."

"……그래서 이것은."

시계공은 그리고, 피로해진 듯, 머리를 숙이고 한참이나 있더니, 다시 이었다.

"아직도 그 시중을, 노란 방을 얻지 못한 것이다."

사복은 고개를 끄덕여주었다. 그러며,

"아, 안개가 차올라오고 있군요."

하고 생각했다.

"어쨌든 나는,"

시계공은 계속했다. 그는 인생도 그랬듯이, 말도 태우고 들었다.

"이것을 만들고 난 뒤, 한 중요한 사실을 알아냈다. 그것은 뭐냐 하면, 세월이란 결코, 어떤 막힘 없는 동굴에서 무궁무진하게 흘러나와선, 사라져 영원히 되돌릴 수 없는 것이 아니고, 한 뱀의 머리와 꼬리만큼 길이의, 무궁한 회귀라는 그 사실이다."

여기서 그는, 모래시계를 사복의 눈앞에다 내밀어, 사복의 관심을 환기시켰다.

"이 속의 가루가 서 홉이든, 서 말이든, 삼백 석이든, 그건 문제가 아닌 것이므로, 그걸 염두에 둘 건 없다. 오늘 밤 자정에서 내일 밤 자정까지에 걸쳐 흐르는 시간의 길이는, 모래의 양과는 관계없는 것이니까 하는 말이다. 그러나 어쨌든 우리의 얘길 쉽게 하기 위해서, 이 서 홉의 금싸라기로 얘길 하면 이 서 홉의 금싸라긴, 정확하게 하루의 길이만큼 흐르도록 되어 있다. 그건 시중과는 관계없이 그림자의 길이로 셈 된 것이니까 거의 정확하다고 나는 생각한다. 그러면 이제 이런 얘길 할 수 있는데, 그것은, 모든 시간이란, 최초의 시간으로부터 그 끝에 이르는 시간이, 쌓여선, 자꾸만 뒤집혀지는, 그 과정이라는 것이다. 그러니까, 말을 바꾸면, '태초'로부터 그 '최초의 끝'까지의 시간을 제외한 그 이후의 모든 시간은 과거의 시간의 재유출이라는 이것이다. 현재의 시간은 그러니까, 미래의 시간이 현재화하며 죽어서 된 그 과거의 시간에서 흘러나오고 미래의 시간은 그러니까 과거의 시간으로 쌓여가게 된다. 그래서 이 견지에서 보자면, 너나 나나, 또는 우리와 함께 살고 있는 누구나, 어쩌면 우리는 몇만 년 전의 할아버지들의 생명으로 살고 있는지도 모르며, 그 할아버지들이 우리의 생명을 살아버렸는지도 모른다는 결과가 된다. 어쨌든 시간의 길이가 일정하다는 말은 생명의 길이도 일정하다는 말과 바꿀 수도 있는 말이다. 그리고 이 시간과 생명의 길이가 일정하다는 말은, 그것을 쌓아 안은 곡신, 현빈, 또는 공간 또한 일정하다는 말과 같은데, 그러니 그 속에서 모든 '관계'는 맺어지고, 결말지어져 왔을 게다. 그러므로 한 노파의 비명의 죽음은, 만약 그 노파가 자연적 임종을 맞는다면, 그래서 오 년은 더 살 수 있었을 것이라고 한다면, 그 노파 몫의 오 년의 생명은 다른 생명 속으로 이주되거나, 새 생명을 출산시킨다. 또는 한 건강한 젊은이의 거세당한 생식력은, 다른 불모한 땅에 이주되거나, 아니면, 거세당했으므로 해서 결핍되게 된 그 허 속으로 다른 유령(遊靈)들이 채워 들게 될 것이다. 그런 정리는 황금의 태자 속에서 이뤄지는 것일 텐데, 그런 관계들이 복잡해지면 복잡해질수록, 빛을 이해해보겠다는 일은 더욱 어렵게 행해지겠지만, 그러나 세상은 훨씬 더 아름다워질 것이다."

이 대목에 이르러서 시계공은, 자기의 생각을 좀 음미하듯, 빙그레 웃었다. 그리곤, 객담이라도 하는 듯이, 무척 재미있어하는 음성을 지어, 계속했다. "허긴 그래서, 이런 것도 나는 한때, 걱정하기도 했다. 만약 말이다, 만약, 갑작스런 풍년이라도 들어 뿌리나 줄기나 열매가 세 배쯤이나 불어난다든가, 또는 백 마리의 쥐가 만 마리의 새끼를 친다든가 하는 일이 있어, 갑자기 생명의 길이가 세 배, 혹은 만 배로 불어나 버린다면, 또는 전혀 그 반대로, 흉년이나 천재지변이 있어, 일시에 생명의 길이가 줄어든다면, 그때는 어떤 결과가 올 것인가, 종말이 아닌가, 라고 말이다. 허지만 그런 건 내가 걱정할 일이 아니었다. 나는 무척 짧게 보았던 것이다. 긴 눈으로 보자면, 그건 성쇠의 갈아듦이었으며, 가감의 법칙이었으며, 다른 말로 하면, 태극의 작용이었던 것이다. 극소한 것으론 찰나가 있고, 극대한 것으론 무겁(無劫)이라는 것이 있는데, 이 성쇠의 갈아 듦과 가감은 극소한 것에나, 극대한 것에나를 막론하고, 똑같은 것을 가지고 있는 듯했다. 그때, 극소한 것이 극대보다 커질 수도 있고 극대한 것이 극소한 것보다 작아질 수도 있어서, 극대나 극소는 같으며, 그러므로 그 사이 것의 크기도 같아졌으므로, 무엇에서 시중을 구해도 그것은 전부의 시중일 수 있었던 것이다." 여기까지 말해놓고, 그는 비로소 깊은숨을 세 번 쉬고, 입을 다문 뒤, 사복을 건너다보았다. 그의 얼굴은 무척 두터운 안도를 띠고 있었는데, 안개 속의 우울한 새벽빛에도 그 얼굴은 너무 평온해서 죽은 것 같았고, 사복으로선, 다시는 그 눈 속의 간이적 허를 볼 수 없을 듯했다. 그러한 관찰이란 눈으로 온 것이 아니며, 그러나 그 어떤 미묘한 체온으로 오는 것이었다.

그리고 새벽이 좀 더 밝아졌을 때까지도, 둘이는 말없이, 새벽이 온통 안개비로 내리는 무덤들 위에, 그 무덤들의 흰 영혼들처럼 앉아 있었다. 그리고 그보다 좀 더 밝아졌을 때, 사복이 아버지 앞에 무릎을 꿇고 땅에 이마를 댔다.

"아, 아마도 너는," 그의 아버지가 더듬으며, 간신히 말했다. "떠날 모양인가?"

사복은 일어났다. 그리고 좀 슬픈 듯한 웃음을 지으며 아버지를 내려다보았다.

"허, 허긴, 그래, 가봐라, 가봐," 늙은 시계공은, 거의 혼잣말하듯 말하곤, 고개를 푹 떨구었다. "가봐, 가라구, 허, 헌데 얘야, 내년의 어제 날짜쯤 내게 한번 들려다우, 그래 가봐, 허긴 내가 그때도 살아 있을지 어쩔지는 모르겠다만, 그날 와서, 이 시계를 좀 돌봐줘야겠어, 그래, 이젠 가보라구, 오 참, 살육이란 아름다운 것이다, 지극히 아름다운 것이다, 그것은 맹렬할수록 더욱 아름다운 것이다. 가봐라, 그럼 가봐,"

그래서 사복은, 떠났다.

슬픈 듯한 미소를 좀 물고 떠났다.

그것이 그의 방식이었던 것이다.

날이 저물면, 무주공산에서라도 감발을 풀고, 날이 새려 하면, 감발을 매는 것이, 그의 방식이었던 것이다.

그의 방식은 그런 것이었다.

바랑이나 퉁소는, 챙기지 않았는데, 그것이 그의 전 재산이었으므로, 그는 그것을, 아버님께 선물로 남겼던 것이다.

늙은 시계공은, 사복의 뒷모습을 지키며, 혼잣말하고 있었다. "어미 손에 피를 씻김 받을 수 있었다면, 그랬다면 아마도 녀석은, 제 손으로 제 피를 씻으러 다니지 않았어도 좋았을 것을, 좋았을 것을." 그러나 사복의 모습이 안개 속으로 흩어져버리자, 그는, 사복이 앉았던 무덤 위에다 모래시계를 올려놓고, 그 속에서 흐르는 금싸라기를 한 식경이나 바라보더니, 허리를 굽혀 무릎 위에 얼굴을 묻어버렸다. 그 모습은 적이 처참했지만, 울지는 안 했고, 해가 중천일 때도, 그냥 그런 상태로 있었다. 이듬해의 그날도 그는 그리고, 그렇게도 처참한 상태에 있었는데, 이듬해의 어젯밤에도 그는, 그 시중을 포착하질 못했던 것이다. 다시 한번 그 검은 그늘이, 살별처럼 느리게, 하늘의 그 가운데를 건너가 버린 것이었다.

그 새벽에도 물론, 안개는 석척 고개 허리를 둘러 올라, 오래잖아 해를 중천으로 토해냈다.

허지만, 수정 병은, 박살이 나 있었고, 그는 입에서, 검은 피와 함께, 금가루를, 조금씩, 조금씩, 하혈처럼 흘려내고 있었다. 검은 피에 반죽되어 햇빛 속으로 흘러내리는 그 금가루의 묽음은 그런데, 달밤마다 그늘 속으로 기어간, 해당화 울타리 그것이었다.

제5장

그래서, 해도, 철도, 달도, 절기도, 날짜도, 조석도, 세일 수도 없는 길을, 슬픈 듯한 미소를 좀 물고, 무척도 표류하다가 사복은, 망우수(忘憂樹) 열매만 먹고 사는 족속의 땅을, 우연히 들르게 되었다. 이 고장은, 도대체 남을 해친다는 일이 어떤 건지조차도 모르는 사람들이, 그것의 열매가 주는 몽락(夢樂)을 먹고, 그것의 싹과, 꽃과, 열매를 맺게 하는, 길쭉한 호숫가에 누워, 마을도, 율법도, 일정한 습관도 없이, 그 열매의 내실에서 살고 있었다. 그들은, 심는 일도, 가는 일도, 하지 않았어도, 그 고장은, 특별히 상천일월성신으로부터 하지후토서낭사방지신의 보우함을 입은 듯, 저절로 자란 보리며, 밀이며, 즙이 넘치는 포도송이로, 옹달샘에 왼 산 푸른 골이 다 고인 듯했지만, 도대체 아무도 그런 땅에 말뚝을 두르려 하거나, 어느 한 귀퉁이에라도 곳간을 지으려 하지 않았기 때문에, 황량하게 변해버린 그 풍요를 즐기는 건, 이마 넓은 깨끗한 암소들이나, 넓은 가슴의 수소들, 초라니라도 수염은 석 자씩이나 된 염소들, 또는 그런 순한, 풀만 먹는 짐승들뿐이었다. 그리고 거기에 사는 사람들겐, 어디 다른 고장으로 가볼 꿈도 의욕도 없었다. 그들은 이 세계의 부가 얼마나 큰 것이든, 그런 것엔 관심도 없어 했는데, 그들이 그 작은 열매들 속에서 누릴 수 있는 부는, 셈 되지 않는 그런 것이었기 때문이다. 결국 밖의 부란, 그 작은 열매 속의 부를 더 정수한 것으로 가꾸는, 그 거름이 되기나 했을 뿐이었다. 가령 검푸른 호수의 신비, 너무 푸르르다 깊어져 궁곡(弓曲)만 남기고 산은 보이지 않는 봉우리들의 은정(隱情), 살찐 계집의 둔부 같은 들의 풍요나, 부드러운 빗줄기, 서 발 줄 늘인 두레박으로도 그 속정 한 방울 떠낼 수 없이 두리 깊은 속의 산그늘, 산그늘 같은 적요, 또는 천고로부터 은은히 흐르는 퇴정[土情]이라든가, 남기 같은 것들, 그런 것들이 그러하다. 그런 것들은, 저녁녘에, 또는 새벽녘에, 또는 안개가 산을 허리 내버리는 이른 오전 한때에, 또는 밤중 같은 한낮에, 아니면 해거름판에, 호수의 검푸른 언저리에 어렸다가, 바람이 불어 망우수 잎을 목선처럼 흔들면, 잎 속에서 나온 수선 같은 흰 손에 담겨져 열매의 내부로 들어가는데, 그러고 나면 홍등이 켜지고, 그 홍등은 그리하여 정토 그것으로, 물과 흙과 하늘의 삼세에 삼라한 불귀(佛鬼)들을 유혹해 들인다. 그래서 찾아든 건달이 홍등 불어 끄면, 십 아유다의 생멸성쇠가 잦은 숨소리 속에서 녹아나고, 세워서는 뉘어서, 삼세가 아무리 광활하다 하더라도, 그래서 결국은, 반 치 길이도 못 되는 호박 모양의 열매밖에는 더 안 된다.

"아 이 호수는," 처음에 호숫가에 닿았을 때 사복은, "몇백 년 들을 건너가고 있구나," 하고 생각했다. "아 이것은 몇백 년 들을 건너가는, 아 해당화 울타리구나," 그리고 사복은 사라쌍수 밑둥에 주저앉아, 그 주변의 모든 무뚝뚝한 사람들이 그러는 것처럼, 고픈 김에 그 열매를 따 먹어보았다. "저 자맥질하는 꽃들은 그러구 보니, 하혈 질척이 묻은 비늘이구나," 그리고는 사복도 떠나지 못했다. 깊이깊이, 그 호수를 사랑하기 시작한 것이다. 그리고 열매란 바로 그 호수의 깊은 속사랑이었다. "계집의 신비로운 고장임이여,"

그 열매의 맛은 그런데, 피곤의 맛 같기도 해서, 도대체 욕망을 남기지 않았고, 눈물 맛 같아서 원한을 남기지 않았고, 풀뿌리를 씹다 알아버린 무덤 맛 같아서 애착을 남기지 않았다. 그 맛이야말로 최상의 것이었다. 그래서 감발을 풀어 던져버린 뒤 사복은, 자기는 이제 갓 서른이 되었다고 생각했다. 그리고 나서 그의 나이는, 서른에서 단 한 톨의 모래도 흘러내리지 않았다.

태양이, 마갈궁 뒤뜰, 잎 진 가지 끝에, 고수레 감처럼 매달려 있을 때이니, 눈 잎이라도 내려야 되고, 하다못해 찬 이슬이라도 내려야 될 때였는데도, 이 고장에 봄도 가을도 겨울도 없어 여름도 없으니, 그러니 말하자면 노란 세월과, 노란 하늘과, 노란 땅이 맞닿아 있는 채, 아직 궁창이 나뉘지 않았고, 그래서 거기서는 모든 것이 정지해 있는 것만 같았다.

사복은 자기가, 매 시각 매 찰나마다 작아져 들고 있다는 것을 의식했는데, 그건 그를 굉장히 즐겁게 하는 것이었다. 그리곤, 게으르고 거추장스럽도록 큰 몸뚱이는 자기 것이 아니라고 내던져버린 뒤, 자기는, 겨자씨보다 더 작지만, 그 작은 속에다 모든 걸 다 잡아 처넣을 수 있는, 그런 숨결 같은 것으로 되어졌다고 생각했다. 그래서 그도, 누웠거나 앉았거나 어슬렁거리거나 하지만 살아 있는 것처럼은 보이지 않던 이웃들을 이해할 수 있게 되었고, 또한 망우수 열매 속을 내왕할 수 있게 되었던 것이다. 사복은 그래서 늘 쿨쿨거리고 웃었다. 그러나 그는 몰랐지만, 그가 쿨쿨 웃을 수 있었던 동안은, 어쨌든 이방인인 채 머물러 있었던 것도 사실이었다. 그는, 웃는다든가, 흙바닥에다 호수 모양이라든가, 또는 해당화 울타리라든가, 기억에 희미하게 남은 고향의 산천 같은 것의 그림을 그려본다든가, 찰흙을 물 적셔 뭐든 모양을 만들어본다든가 하는, 그런 일에 여태도 흥미를 갖고 있었던 것이다. 헌데 그것들은 손끝에서, 이상하게도 매번마다, 물고기라든가, 도마뱀 같은 것의 형상으로 나타나곤 했었다. 가령 호수를 사생했다 하면, 우선 긴 원이 나타났고, 다음으로 그 호수 속의 꽃들이 비늘 같은 것으로 둔갑을 해서 나타났던 것인데, 그것은 고향의 산천과, 그 속의 초가집을 그려 넣었을 때와도 꼭같은 그림이었다. 그것은 그리하여 곧장 해당화 울타리의 영상으로 환치되고, 그래서는 계집애의 하복부로 발전을 했다. 그런 것이 또한, 사복으로 하여금 쿨쿨 웃도록 만든 것이었다. 그는 쿨쿨거리며 그 짓을 무한정 반복해댔다. 뭐든, 심지어 바위를 밀어 올려야 하는 형벌까지도, 반복되어지면 일상화하고, 일상적인 일의 반복이란 권태를 만들게 마련인데, 헌데도 사복의 그러한 그림은, 그에게 아무런 권태도 주지 않는다는 것이 이상했다. 아마도 구경은 권태였다.

사복은 그러느라 하면서, 암소의 허벅지처럼 흙 위로 드러내진, 사라쌍수 뿌리에 대가리를 얹고, 다시 세월도 없이 살았는데, 그러나 잠들고, 밤중에도 깨어선 허기지면 열매를 먹고, 그러곤 호수 위의 안개나 달빛이나 부표하는 별이나를, 또는 먼 숲이 하는 옛얘기 소리를, 산록에 누워 밤을 새며 새김질하는 소들의 콧김 소리, 밤의 안개를 둘러치고 수소와 자는 산꼭대기 여자 귀신의 속삭임, 개구리의 울음, 아침의 구름과 새의 지저귐, 도마뱀들이 돌 틈에서 나와서 사라쌍수 가지 위로 미끄럽게 올라간다, 이슬 속 마을의 살인 같은 것을 들여다보고, 포도송이 속으로 석양이 스며듦을, 그냥 듣고, 보고, 그리고, 또 자고, 또 깨었다. 독사까지도 독을 잃어버린 듯, 뱀들도 모두 순하고, 크고, 아름다웠으나, 사복은 한 번도 뒤꿈치를 퍼붓지도 않았었다. 그런 모든 것들이 다 자기를 좋아하고 있다고, 사복은 믿었다. 오래전에 죽은 쥐 뼉다귀든, 심지어 죽은 나무의 그림자까지도 자기를 따른다고—그래서 사복은 쿨쿨 웃었다. 그리고 어느 날은, 진짜로 아름다운 한 마리의 암도마뱀이 자기를 그중 더 따르고 있음을 알았다. 그녀의 집은, 사라쌍수 뿌리가 타고 넘어간, 돌 틈에 있었다.

그곳에 온 지 얼마가 지났는지도 사복으로선 알 수가 없었지만, 어쨌든 열흘만큼씩 걸러 세 번 비가 왔는데도, 사복은, 처음에 주저앉았던 사라쌍수 뿌리로부터 스무 발자국 이상은 움직여보질 않고 있었다. 그 스무 발자국이란 것도, 언짢지만 별수 없는 배설기 탓에 어쩔 수 없이 가졌던 그런 것이었으니, 실제로는 호수가 얼마나 크며, 그 둔덕에 얼마나 많은 사람이 먹고 자고 있는지는 알 수가 없었다. 그렇게도 몽락 속에 몰락돼 있었으면서도 사복은, 그 주위를 한번 답사해보고 싶은 생각을 내고 있었다. 그리고도 몽롱한 눈으로 호수를 지나가는 바람결이나 바라보느라, 한번 비가 더 왔을 때까지도 몸을 일으키질 못했다. 그리고도 자기의 생각의 뿌리를 저주하며, 새벽부터 별러, 오후에야 몸을 일으켰다.

어쨌든 그렇게 해서 그는, 자기를 사랑하는 도마뱀을 어깨에 붙이고, 어슬렁어슬렁, 건달이가 다 돼, 이웃 사이를 지나기 시작했다. 도부 짐 위에 대가리를 얹고 코를 골아대는 도부 장사와 소는 들에 놓아줘 버리고 늙어버린 쇠장수와, 장돌뱅이들 사이를 지났다. 그러나 누구도 그에게 말을 걸지도 않았을 뿐만 아니라, 사복도 그럴 념은 없어, 그냥 빙그레 웃는 웃음으로 내려다보다간 떠나고 했다. 그리고 얼마 걷지 않아 사복은, 한 옹기장수를 보게 되었는데, 그는 옹기 짐의 그늘에 팔베개로 누워 있었다. 헌데 그 옹기 짐을 받치고 있는 지게나 작대기가 너무도 삭아 있는 듯해, 사복은 그것을 한번 만져보고 싶어 걸음을 멈췄다. "하마 김장 때 지난 지도 벌써였겠소," 그리고 사복은, 멀리 손을 뻗쳐 그 작대기를 슬쩍 건드려보았다. 그리곤 재미있어 쿨쿨 웃었다. 그것은 그렇게도 삭아 있었던 것이다. 얼마나 손끝에 힘을 주었는진 모르되, 사복으로선 다만 한번 슬쩍 건드렸을 뿐인데도, 그 옹기 짐은 와싹 앞으로 쏟겨버리고 말았던 것이다. 그것도 그 임자의 면상으로, 복부로, 천향되었던 전면으로 내려 쏟겨버린 것이다. 그래서 사복은 웃었었는데, 웃다가 사복은, 벌집을 건드린 듯이 도망치기 시작했다. "해, 해, 해당화가, 천 마리의, 해, 해당화가, 해당화가, 기어 나왔다, 서답을 적시고," 옹기장수가 살았는지 죽었는진, 사복으로선 모를 뿐이었다. 다만, 그가 전신에서 하혈(下血)을 쏟았다는 기억만이 사복에겐 있었다. 헌데 그 하혈이, 뭔지 명확하게는 얼른 기억되지 않지만, 그렇지만 상당히 아프게 느꼈던 것 같은, 과거의 어떤 체험 하나를, 사복이 달리는 동안에 사복의 말초신경에서부터 일깨우고 있었다. 그래서 사복은, 그 체험의 재현만이 확실했지, 그 체험을 갖게 했던 사건은 기억이 안 되는 이상한 고통을 가지고, 한 고장의 비밀문서를 품에 넣고 다른 고장으로 가는 밀사라든가, 끝난 전쟁에서 마누라 품으로 돌아가는 노병, 도둑놈이나, 그를 잡으려고 달려왔던 포졸 나부랭이, 와병 중인 노모의 약을 구해 돌아가던 효스런 아들이나, 어느 종단의 임금 중, 또는 창호지 장수, 그런 사내들 머리맡을 휙휙 지나갔다. 그러다 사복은, 이미 사근사근해져 버렸지만 형체는 아직도 조금은 남은, 소쿠리 더미 사이에, 가랑탱이를 벌리고 난잡스러이 누워 있는, 한 늙은 여자의 사타구니를 보았을 때, 심정의 쇄락함을 느꼈다. 해당화가, 그 다 삭아져 걸레쪽이 된 옷 속에 피어 있었던 것이다. 해당화가 흥건히 피어 있었고, 계집애는 무섭다고 울며, 흘러내리는 해당화를, 그 꽃잎을 뜯어 뭉쳐 자꾸 닦아내고 있었다.

사복은 그래서, 미쳐서 달려들었다.

그를 사랑하는 그의 암도마뱀은 그때, 그의 등짝에 엎드려 붙어, 그의 꿈틀거리는 척추의 흐름을 복부에 받으며, 햇볕을 즐기고 있었다, 그러나 두 여인은 다 조용했을 뿐이다.

그러나 사복은, 그 늙은 여자의 흩어진 가슴 위에서, 소처럼 하늘을 보고 길게 한번 웃었다.

다시, 척추의 흐름이 암도마뱀의 복부로 밀어 갔다. 그러나 두 여인은 다 조용했을 뿐이다.

그러다 사복은, 그 늙은 여자의 흩어진 가슴 위에서, 소처럼 멍청하게 눈을 껌벅였다.

다시, 척추가 암도마뱀의 복부를 흘러갔다. 그러나 두 여인은 다 조용했을 뿐이다.

그러다 사복은 늙은 여자의 흩어진 가슴 위에서, 소처럼 길게 길게 울었다. 그리곤 암도마뱀과 더불어 그 늙은 여자로부터 떠났다.

그는 결국 이 세계는 완전히 닫겼으며 자기는 이름도 없는 한 작은 혹성으로서, 이 세계가 던져주는 두터운 그늘 속을 떠돌도록 이미 유리되어 있었음을 다시 한번 인식해버린 외에, 아무것도 얻은 것이 없었다. 물론, 그는, 오래전에 이 유형을 별수 없이 수락하고는 있었지만, 그래도 어디엔가는 통로가 있어서, 어느 날엔가는 자기를 수용해주리라고, —사실 그런 믿음의 저변엔 회피가 짙게 깔려 있었을지도 몰랐지만—그렇게 이 닫긴 세계에다 기대를 걸기도 했었다. 그러나 그는 이제, 모든 절연을 정면으로 보아버렸으며, 이제는 어떤 종류의 위로도 남지 않았다는 것을 똑똑히 알아버렸다. 그랬기에 그에게, 허탈이 밀려들며, 무한정 미끄러져 내려지기만 하는 현기증이 시작되었다. 맨발이었는데도, 흙의 부드러움 같은 건 그에게 조금도 감촉되지 못했고, 폭양에도 녹지 않는, 무슨 그런 얼음 같은 것이 주는 차가움과, 미끄러움만이 느껴져선 자꾸만 불어났다. 대지와, 한 어쭙잖은 인간과의 사이에 단절이 끼어버린 것이다. 그리고 대지의 그러한 변절은 사복을 분노케 했다. 사복은 땅에 엎드려, 땅과 자기를 격리시키는 어떤 격절을 향해, 손톱을 박아 넣고, 이빨을 세웠다. 그러나 그의 입술과 손에 만져진 것은, 여름에도 안 녹는, 그런 어떤, 차가운 얼음 부스러기와, 냉소 조금뿐이었다. 다만 그것뿐이었고, 흙의 냄새도 없었다. 허지만 이번엔 울지 않았다. 이를 악물지도 않았고, 파헤쳐진 그리고 자기의 손톱이 흘린 핏방울 묻은 얼음 가루에 가래침도 뱉지 않았다. 이미 반드르르하니 얼어붙은 세계에 대해, 그는 그렇게밖엔 앙갚음할 수가 없었다. 자기가 그렇게 했을 때, 세계는 적어도 냉소만이라도 지었던 것이다.

그는 그리고 다시, 사라쌍수 그늘로 돌아왔다.

분출(噴出)이 멈춰 있었던 것이다. 아니, 자기는 거세게 뿜어냈는데도, 얼음이 덮어버려, 그것이 흙 속으로 스며들질 못했다. 사복이 소처럼 울어야 했던 건 그 탓이었다. 그랬기에 사복은 더욱 고독해진 것이었다. 만약 아무것도 가능되질 못했다면, 사복도, 다른 수많은 고자들처럼, 체념해버리고 돌아섰을 것인데, 불행하게도 그는, 타아에 관통되지 못하는, 그러니 외로운 별일 수밖에 없게 된, 다만 그 자신만의 내광(內光)을 가지고 있었음을, 그 관계를 통해서 알아버린 것이었다. 분출만을 빼놓는다면, 사복은 너무도 충분한 남성일 수 있었고, 남편을 거느리고도 하루 세 번씩 무릎이 시큰거려 하는 모든 계집들의, 처진 눈꼬리를 바로잡아줄 수도 있었지만, 그는 그를 위해 불행한 교리를 가진 마을에서 왔으며, 그가 그 마을을 떠났을 때 그것은, 그의 머릿속으로 옮겨와 버렸던 것이다. 계집이 그냥 계집인 것에만 머물러버렸으면, 그는 결코 흙을 얼음이라고도 생각하지 않았을 것이고, 쾌락은 있지만 사정이 안 되는 성교를 울지도 않았을 것이다, 그리고 그 수없는 새벽마다, 성냈던 역근(力根)을, 공포로써 꼬집어 뜯는 대신에, 짧은 밤에 일곱 번씩이나 측간을 오르느라 신 끄는 소리를 조심 안 하는 계집의 연한 손목을 분질러놓았을 것이었다.

사복은 어쨌든, 우선 망우수 열매 하나를 따서 천천히 씹으며, 병든 듯이 고개를 좀 흔들더니, 감발과 함께 사라쌍수 뒷전에 던져놓은 바랑 속에서 퉁소를 꺼내 들곤, 그 나무뿌리에 머리를 얹었다. 퉁소는 그리고 바랑도, 그가 아버지였던 늙은이께 조금 경애하는 마음으로 남겨두었던 그것을, 언젠지 그는 되돌려 갖고 있었다.

그러나 퉁소에 바람을 넣을 기분은 좀체 생기지 않는 듯, 사복은, 사라쌍수 끝 가지로 천천히 찢기며 지나가는, 저녁 빛 담긴 구름이나 바라보고 있더니, 위선으로 살던 자가 껍데기를 벗기고 뒤뜰에 앉아 비로소 한번 웃는 것 같은, 그런 소리 없는 웃음을 한번 웃었다. 그의 암도마뱀은 먹이를 찾아 외출을 해서, 그때는 없었다.

구름 한 조각이, 사라쌍수 가지 사이를 범선 그림자처럼 지나가 버리자, 사라쌍수의 바닷물 같은 녹음 사이엔, 수천 구멍이나 뚫린, 분홍빛 허만 남아 버렸다. 헌데 바람이 불었던지, 그 허들이 호랑나비처럼 춤을 추며, 윙윙 날더니, 사복의 눈 속으로, 흩어지는 꽃잎처럼 쌓이고 들었다. 그래서 사복은, 도화촌 처사 삼월에 넋 빠진 웅덩이 같은 눈으로, 그것들을 받아들였다. 그러나 오래잖아 사복은, 간질을 일으키기 시작했는데, 그것은 간질의 전조였던 것이다.

그 호랑나비 같은, 또는 꽃잎 같은, 그 조각난 허들이 그의 눈 속에 쌓여 버렸을 때, 그것은 피비린내와 같은 악취를 풍기며, 갑자기 둔갑을 하여, 형언 못 할 그런 추악한 모습으로 변해져 버렸다. 그것은 분명 손은 아니었으나, 손이라고 해야 할 것이었다. 그것은 분명, 저주 뿜는 뱀의 대가리들이었지만, 손가락이라고 해야 할 그런 손가락들을 한 손에 열 가락이나 가진, 그런 팔목 없는 손이었다. 헌데 그것이, 이전에 남근이 있었으나 어느덧 없어져 버려, 웅덩이만 남은 그 속으로 사정없이 비집어 들었다. 거기서부터 간질은 시작된 것이다. 그래서 눈을 뒤집어 까며, 사지를 뻗어, 우는 찌르레기 날개처럼 떨었다. 그리고 큰 숨 서너 번 쉬었을 사이에, 그 간질은 끝났다. 사라쌍수 녹음 사이에 분홍빛 허들은 그때도 별들처럼 박혀 있었다.

간질이 끝났을 때 사복은, 수치스러운, 미친 듯한 눈이 되어, 주위를 한번 살폈다. 그리곤 한 마리의 두꺼비가, 발치 건너편 풀섭에서, 목을 깔딱이고 있는 걸 발견하곤, 미쳐서 달려갔다. 그리곤 뒤꿈치를 내립다 내질러, 그것의 등짝을 쪼개버렸다.

그런 뒤 돌아와, 다시 사라쌍수의 녹음 저쪽을 올려다보고 있었을 때의 그의 얼굴은, 송장처럼 창백한 얼굴 위에다 비굴스런 웃음을 띠어놓고 있어서, 무척 더러워 보였다. 때에 어디로부턴지 그를 사랑하는 암도마뱀이 고적처럼 돌아왔기에, 그는 외로웠던 아이처럼, 그녀를 무척 반기고, 슬픈 목소리로 속삭이며, 웃음을 거뒀다.

"마침맞는 때에, 그래, 네가 지금 돌아와 주길 얼마나 잘했는가, 만약 네가 조금만 더 일찍 돌아왔더면, 그랬더면 정말 큰일이 날 뻔했는데, 그렇지만 이보다도 좀 더 늦었다면, 난 정말 너무도 외로웠을 거다. 허지만 이젠 지나갔구나, 이젠 스쳐버렸어, 이젠 정말 아무렇지도 않아, 아 괜찮구말구지, 그러고 보니, 참 고운 계집애구나, 헌데, 가만있자, 헌데, 난 어쩌면 너무 탕진되었는가? 어쩐지 흔들린다, 모든 것이 흔들린다, 흔들린다."

해가 지고 있었다.

사복은, 안도의 숨을 돌려 쉬다 말고, 느닷없는 어지러움증에 당하고, 눈을 주먹으로 눌러 감은 뒤, 머리를 사라쌍수 뿌리 틈에다 처박았다. 그의 암도마뱀은 그러자, 그의 등을 부드럽게 몇 번 오르락이더니, 그녀도 종내, 그의 등 뒤에 고적처럼 기복해버렸다.

밤중에야 그리고 일어나, 사복은, 한 번도 흉내조차도 내본 적 없는 태극좌를 꾸며 앉았다. 그는, 간질을 불러내는, 그 악의식의 정체를 붙들어내어, 곪은 데를 짜내듯, 그것을 짜내버리려는 심사였던 것이다.

"그러구 보니 나는," 사복은, 도마뱀을 손바닥 위에 눕혀 놓고, 생각을 말로 풀어나갔다. "너무도 오랫동안 날 속여왔던지도 모르겠다. 허지만 이렇게 변명할 수는 있을 것 같다. 그 이후 오늘까지 사실 어떠한 징조도 내게 나타나질 안 했던 것이다. 허기야 때때로, 마음이 까닭 없이 시달리고 고달프기야 했지, 그리고 물론, 살욕과 이 벌과는 전혀 맥락이 닿지 않았으며, 나는 지금도 그렇게밖엔 생각할 수 없으면서도, 그러면서도 그 악혼을 보고 나면, 난 살욕을 느낀다. 그건 먼저, 이상스럽게도 황홀하고 달콤한 것이 되어 온다. 그 시작은 매번 달랐으므로, 나로서는 그것에 대해서는 표현할 수가 없다. 그러나 뱀대가리를 손가락으로 열씩이나 한 손에 가지는, 그 이상한 손으로 그것은 변했다가, 어떻게 해서 그렇게 변해져 버렸는지는 모르지만, 나는 갑자기 여자의 하체를 갖는데, 그것은 그 속으로 헤집고 들어간다. 그래서 자궁을 긁어 헤치는데 그러한 일은 매번마다 같았다. 그리고 살욕을 일으키는 것도, 또한 같았다." 사복은, 진저리를 한번 치고, 도마뱀을 두 무릎 위에다 올려놓고, 어스름한 밤빛을 통해 그것을 내려다보았다. 그것은, 밤이나 호수 같은 그런 것으로 그의 무릎 위에 누워 있어, 그것의 분위기가 사복을, 무척 명상적이게 했다. "그래 난 그 악혼을, 내 핏속 어디 진하게 뭉쳐 있는, 어떤 결백성을 불러내는, 그 명두할밀지도 모른다고도 생각했었다. 나는 언제나, 어떤 살생이나, 그와 비슷한 일이 벌어졌거나, 벌어지고 있거나, 또는 그 소식이 전해지는 현장에 내가 끼어 있으면, 그 사건은 도대체 나와는 아무 관계도 없는 것이었는데도, 나를 결백하다고 주장하지 않고는, 견딜 수가 없었던 것이다, 정작으론 난, 개미 한 마리 죽이지 못한다. 내가 어떻게 감히, 그 아름다운 목숨을 빼앗는단 말이냐. 그랬기 때문에 나는, 나를 결백하다고 증명하지 않으면 안 되었던 것이다. 어느 마을에서 나는, 한 마리의 병아리의 시체를 본 적이 있었는데, 헌데 불행하게도, 내 눈이 그것에 머물렀을 때 그 주위엔, 정말 아무도 없었다. 그리고 잠시 후엔 한 노인이 다가왔기에 나는, 서둘러 말했었다. 그 병아리는 결코 내가 죽인 게 아니라, 내가 보았을 땐 이미 죽어 있었다고, 그러므로 내게 죄는 없다구, 말이다. 그래도 그는 웃기만 하더니, '뭘 그까짓 병아리 한 마릴 갖고……' 하고 대답했다. 그때 난 무척 울고 싶은 기분이었다. 왜냐하면, 어쩌면 나도 모르는 무슨 꿈속에서, 내가 그 병아리를 죽였을지도 모른다는 생각이 들었기 때문이다. 그 생각은 몇 날 며칠인지를 계속되었다. 그것은 다시 그 손을 불러냈다. 나는 아마, 어떤 강아지 한 마리의 목을 졸라댔을 것이다. 그리고 나서 그 강아지의 시체를 확인했을 때, 나는 그 병아리의 죽음에 대한 아무런 부채감도 갖지 않게 되었다. 난 결백했던 것이다." 사복은 이 대목에서 잠깐 침묵을 지켰다. 사라쌍수 나뭇잎이 바람에 흔들려지며 내는, 부드러운 소리가 둥치를 타고 내려, 도마뱀의 고적 속으로 스며들었다. "헌데, 나로서는 도대체 정확한 햇수는 셈할 순 없지만, 나의 그 결백성을 불러내는 명두가 사라져버린 건 꽤 오래전이었다. 허지만 날짜나, 그 시간만은 기억할 수 있는데, 그날은 유월 말일과 칠월 초하루 사이였고, 정확하게는 칠월 초하루가 조금 시작되었을지도 모른다. 어쨌든 큰두꺼비별이 대사성좌의 색근에 들었던 때였다. 그때 나는, 정말이지 명명백백하게 나를 밝혀버렸던 것이다. 정말이지 나는 무죄였던 것이다. 그리곤, 이 세상의 어떤 종류의 살생에 대해서도 나는 부채감을 가질 필요가 없게 되었던 것이다. 반복하지만, 나는 완전히 결백해져 버린 것이었다. 그건 정말이지 당연했다, 헌데도 뭔가 보류된 게 있었단 말인가, 그 보류를 가진 채로 나는 나의 무구만을 주장해왔단 말인가, 나를 속였단 말인가, 어찌해서 그 손이 다시 나타났단 말이냐," 사복은, 자기의 음성이, 거의 부르짖는 듯이 높아져 있었음을 알곤, 슬픈 심정으로 눈을 내리감았다. 그땐 병야(丙夜)였다.

그리곤 정야(丁夜)에 다시, 사라쌍수 뿌리는 오열을 얘기로 풀어냈다.

"그래서 이제, 나는 알았는데, 그것 또한 당연할 수밖에 없다고 나는 믿어야 되는데, 나는 그러고 보니, 따님에게서만이 아니라, 땋님으로부터도 내쫓김을 받고 있었던 사내였다. 결국 이 뜻은, 남은 딸님으로부터도 버림을 받았다는 뜻이 아니겠냐." 사복은, 창자를 모두 불어내듯이, 한숨을 길게 불어냈다. 그리곤 태극좌를 풀곤, 도마뱀을 어깨에 붙인 뒤, 한 삼십 보의 간격을 왔다 갔다 했다. 도마뱀도 그의 깊은 슬픔을 이해하고라도 있는 듯이, 조용히 참으며, 그의 탄식을 경청하는 듯했는데, 그녀가 가진 것이라곤, 자기 몸길이만큼의, 그 일책수(一磔手)의 사랑뿐이라서, 달리 어떻게, 이 외로운 사내를 위해 해줄 수가 없는 듯했다. "정말 완전하고, 무서운 기절(棄絶)이다. 내가 나를 속여온 것이 아니라, 내가 미처 나를 몰랐던 것이었다. 그래, 내가 결백한 건 확실하고도 확실했다. 다만 흔들렸을 뿐이다. 그래, 나는 뒤흔들림을 당했었지만, 그 의미를 몰랐었다," 사복은 잠깐 발을 멈추고, 아무것도 보이지 않게 시선을 접어 들인 눈으로, 호수를 내려다보았다. 그러다 사라쌍수 뿌리에 머리를 얹고 누웠다. "이빨이 맞지 않아버린 것이다. 세월이, 내 것만의 세월이 그렇게 변해져버린 것이다. 세월이, 흔들렸던 것이다. 나는 이제는, 세월의 어느 틈에 내가 끼어 있는지를 알 수 없게 되었다. 허기야 난 지금 서른이 됐다. 그렇지만 난 한 번도 햇수는 셈해보질 못하고 살아왔을 뿐이기야 했다. 했지만, 그래도 어제와 오늘과 내일은 분명한 것들을 가지고, 적어도 요 몇 년은 살아왔었다. 아마도 그렇게 착각했을는지도 모르긴 했다. 오늘 비로소 나는, 따님의 거부를 실감했을 뿐이니, 땋님의 거부로 오늘에야 실감하게 되는 건지도 모른다. 이제 나는 흔들린다. 흔들릴 뿐이다. 나는 기름방울이 되어 그 흐름 위에서 흔들린다." 사복은 말하다 말고, 실제로 어지럽게 흔들리기라도 한다는 듯이, 사라쌍수 뿌리를 움켜잡았다. 그리곤 쉰 목소리를 쥐어짜 냈다. "아버지, 그러고 보면, 세월이란 어쩌면, 모든 목숨들에 따라 다 다르고, 그것들은 그것들만의 것을 갖는지도 모릅니다." 사복은 다시 일어서서 서성이기 시작했다. "하루살이는 하루를 육십 년으로 살고, 용소에 산다는 이무기는, 천 년을 하루로 삽니다." 사복은 다시 태극좌로 앉았다. 그는 영 안정할 수가 없어 그러는 것 같았다. "그러니 세월이란, 긴 누런 뱀의 이동이나 뭐 그런 것은 아닌지도 모릅니다. 그러면 이제는 그 시중을 왜 얻을 수 없었던가를 아실 땝니다." 사복은 병든 것처럼 한번 웃고, 다시 누웠다. "그렇지만 그것은, 나의 것은, 없으며, 아니, 터져 나가며, 아니 아무것도 빠져나가지 않는 웅덩이 같은 건지도 모른다. 아 그럴지도 모를 것이, 십 년이나, 오 년이나, 그보다도 더 전에 일이, 아직도 스러지질 않고, 그것이 아까 느닷없이 나타난 것이 아니냐, 지나버린 일들이 어디의 현재에나 있으며, 또한 먼 훗날의 아직 오지도 않은 일이 또한 어디의 현재에나, 또는 과거에나, 어디에나 있다. 젠장," 사복은 벌떡 일어나 앉았다. "그렇다면 그것은, 집적된 시간의 재유출이구나," 사복은 다시 누웠다. 도마뱀은 그의 그런 변덕을 참지 못해, 뿌리 밑의 돌 틈으로 들어가 버렸다. "아니, 사실은, 그렇지만도 않다. 아 나는, 젠장, 질서를 잃어버린 것이다. 그래, 질서를 잃어버린 것이다. 나는 어제나, 일 년 전이나, 십 년 전에로 돌아갔다가 갑자기, 내일에나, 일 년 후에나, 십 년 후에로 떠밀려 갔다가 다른 것들의 오늘 속으로 끼어든다. 아마도 틀림없이, 그래 틀림없이, 간질을 불러들이는 그 황홀한 풍경들은 미래의 것이다. 나는 전혀 그런 경험을 가져본 적 없는데도, 그것들은 뜻하지 않는 곳에서, 이상하게 다가온다. 손, 아 손, 손이여, 그리하여 현재는 늘 간질이구나," 사복은 다시 삼십 보의 간격을 서성였다. 서성이며, 그 간질의 의미를 생각했다. 그것은 그에게 물굽이의 어느 소용돌이를 연상시켰다. 그리고 자기의 현재의 시간이란 그 소용돌이가 아닌가 생각했다. 물에게 있어서의 과거, 물에게 있어서의 현재, 물에게 있어서의 미래가, 그 소용돌이에 이르면 일단 뒤죽박죽이 되어서, 거기선, 물에 있어서의 과거 현재 미래가 다만 현재화했다. "아 제길헐," 사복은, 소용돌이의 연상 때문에 너무 피로해서, 다시 사라쌍수 뿌리에 누웠다. "질서를 잃었구나, 질서가 완전히 조각나버렸어. 그렇다면, 죽을 수는 있는가, 썩을 수는 있는가, 흩어질 수는 있는가,"

정야의 말에 사복은, 그리고 이었다.

"죽을 수 있다는 건 얼마나 큰 질선가, 썩을 수 있다는 건 얼마나 훌륭한 질선가, 흩어질 수 있다는 건 얼마나 무결한 질선가, ……추수 때처럼, 잡힌 소처럼, 알곡식은 알곡식대로, 등심살은 등심살대로, 콩은 콩대로, 콩팥은 콩팥대로, 팥은 팥대로, 죽어져, 흩어져, 썩는다는 것은, 얼마나 좋은가, 흙 속에, 세월 속에 나뉘어짐이여, 그리하여 그 뒤주들 속에 새로운 양식과 씨앗으로 채워짐이여, 흩어져 썩을 수 있다는 건, 정말 얼마나 좋은가, ……하지만 어디에나 내게는, 맑은 얼음만 덮여 있다." 사복은 여기서 중얼거리길 중단해버렸다.

그러자, 병야 말의 현실이 그에게 갑자기 달려들었다. 풀섭엔 풀벌레 웃음이 작은 솜 방울들로 하얗게 피어 있었고, 호수의 둔덕과 호수 속에서 개구리들이 순배를 돌려가며 울었다. 별의 흐름, 포도가 뿜어내는 향기, 송아지 울음, 산의 허리를 감고 내리는 안개, 검푸른 정밀, 몽락수 꽃 속에서 불(佛)이 타고, 젖은 서답을 차고 들은 누워 있고, 호수는 몇백 년 들을 건너간다—그런 건, 듣거나 보기에, 새삼 좋은 것이었다.

"아 그러구 새삼 보니," 사복은 좀 무리해서 힘을 내 비시시 웃었다. "세상이 반드시 그렇게 쓸쓸한 것만도 아니고, 뭐 그렇게 날 구박하고 있는 것만도 아닌지도 모르긴 하다, 허긴 그러구 보니," 그렇게 생각하며 사복은 다시 일어나 앉았다. 그런 생각이 불러온 기분은, 아직 그 의미는 뒤집어보지 않은 악몽에서, 깨었을 때처럼 당분간 좋은 것이었다. 그래 사복은, 그 당분간 좋은 기분으로, 교만하다고 평판이 있는 계집에게 물이라도 얻을 때처럼, 멈칫멈칫하며, 무엇에든 말을 좀 걸어보려고, 눈치를 살폈다. 우선, 산은 사라지고 없는 먼 궁곡으로부터, 그 궁곡을 채운 하늘, 수면에 목이 졸려 피를 뱉는 망우수 꽃, 둔덕에 웅숭거리고 잠든 가시덤불의 짐승으로부터, 사라쌍수의 잎 덮인 가지를, —허지만 그때, 불쾌하게도 그에게 구역질이 시작되며, 복통의 전조가 나타났다. 그것은 가중화했다. 어제 석양판에, 눈물과 함께 씹어 넘겨두었던 망우수 열매가, 도대체 소화가 안 되고, 씹혔던 그대로 오롯이 살아선, 창자 속을 떼굴떼굴 구르고 있는 것 같았고, 물은 또한 물대로, 수은 방울처럼 뭉쳐선, 또한 창자 바닥을 떼구루루 떼구루루 구르고만 있는 듯이, 그에게 자꾸 느껴진 것이다. 그가 추파를 던지려 하지 않았을 때 당분간 나타났던 세계는, 그가 창녀처럼 웃으려 했을 때 사라져버리고, 없었던 것이다. 물론 세계는 여전히 있었지만 얼굴들이 없었던 것이고, 몸뚱이들은 있었지만 대가리들이 없었던 것이다. 다만, 무슨 문둥병만이 창궐하고 있어서, 그런 것들에서 눈썹이니, 콧날이니, 입술이니, 손가락이니, 발가락이니, 모든 모서리들을 떼어가 버려, 민틋하여 더러운 나한들만, '대숲처럼' 자기를 둘러서 남겼을 뿐이었다. 그것은 사복에게, 어쩌면 지나왔는지도 모르고, 어쩌면 통과하게 될지도 모르는, 어느 성자(聖者)들만의 고장을 연상시키고, 구역질을 나게 했다. 성자란 구역질이라고 부를 것이노라, 성자란 황폐라고 부를 것이노라.

사복은, 바닥을 기기 시작했다. 그리고 객귀 물림한 서낭당 음식 잘못 먹고 배탈 난 개가, 풀 뜯어 먹고 토하는 것모양, 계속 왝왝 토하기 시작했다. 그러나 뭔가 똥물 같은 것이, 목구멍에 좀 걸쳤을 뿐이고, 신 침만 줄줄 흘러내렸다. 배 속의 이물감은 그럴수록 자꾸 더해갔다. 그것들은, 걷어차인 돌멩이처럼, 그의 발가락 끝에서 뇌근까지를, 덜그럭덜그럭 굴렀다. 으스름한 밤이 그러면서 노래지고, 앞판 없는 대가리들이 대가리 없는 몸뚱이들이, 사유십방에서 웃었다. 그 웃음은 그리하여, 사복의 혈관 속으로 쳐들어와, 사복의 전 내부를 진동시키며 황폐를 채웠다. "용, 용서합시우, 아 용서합시우," 사복은, 참을 수 없어 빌었다. 그러나 아무것 하나 너그러워지지 않았다. 이 세계의 것은 부스러기도 너의 것은 아니다, 그러니 토해라, 토해라, 이 세계에선 살지도 말고 죽지도 마라, 너를 양육할 음식은 없으며, 너를 버릴 두엄자리도 없다, 자 떠나라, 그리고 떠나라, 떠나라,

동이 훤해졌을 때에야 사복은, 고통을 좀 잊을 수 있었다. 그땐 그는, 귀신이 다 되어 있었다.

사복은, 떠나고 싶었지만, 갈 곳을 몰랐다. 한 이방인에 대해, 이 유대 놈들은 나날이 더 가혹한 냉대를 퍼부었지만, 사복은 눈물을 참으며, 그리고 풀 먹은 개처럼 토하며, 별수 없이 참아야 되었다. 죽을 수 있다는 것은, 썩을 수

있다는 것은, 흩어질 수 있다는 것은, 얼마나 좋은가—그렇게도 만즙된 포도송이도, 밀 이삭도, 망우수 열매도, 그것들 모두 세 따님의 젖으로 자란 것들이라 해서, 그에겐 젖을 주지 않았다. 그래서 먹을 수 없었지만, 죽어주지도 않는 죽을 듯한 주림 탓에 먹는 날에는, 이물감을 독약처럼 참아야 했다. 게다가 그의 의식은 나날이 더 뒤엉키고 있었다. 그의 시간의 무질서 탓이었다. 시간의 과거와 시간의 미래가, 시간의 현재 속으로, 시간도 없이 넘나들었다. 그러자니, 객관적 존재로서의 그는, 결코 시간의 현재를 벗어날 수 없었으므로, 시간의 현재의 그의 방은 시간의 만재 탓에 터져 나가려 했다. 물론 그러한 시간의 무질서란, 그의 의식 속에 공화국을 갖고 있었던 것인데, 그래서 타인이 보기에 그는, 완전히 미쳐 있었다. 그는 찰나에도 수천 번 웃고, 간질을 일으키고, 울고, 씨분대고, 서성댔다. 그가 당한 파문은, 그렇게도 완전한 것으로 변했다. 언어까지도 그의 것은, 이 세상의 것은 아니어서 종잡을 수가 없었다. 결국 그는 어디에도 소속되지 않았던, 한 수은 방울 같은, 그 자신만의 우주로서, 그렇게 굴렀다. 구르며 그는, 오전엔 산의 꼭대기로 갔다가, 오후엔 호수의 밑바닥으로 가라앉아 가슴이 터질 듯한, 가슴이 터지지도 못할 공포 때문에 솟아 올라왔고, 저녁엔 오줌을 갈겨대고 들을 도망쳤다가, 새벽이 시작되려면 사라쌍수 뿌리에 얼굴을 묻었다. 그런 증세는 나날이 더 심해져, 그는 그를 따르는 도마뱀까지도 무서워하기 시작했다. 알 수 없는 소리들과, 냄새들에 뒤덮여버린 세계, 이미 지나가 버렸던 망령들과의 동시 동거, 얼음에 뒤덮여버린 땅의 차가움, 한 번도 체험해본 적 없는 극락감, 손, 그리하여 시간의 현재까지도 불확실해져 버린 현재, —그는 일엽편주로 그것들 위에 흔들렸다. 모든 것이 무서웠다. 그중에서도 태양은 가장 무서운 것이었다. 비가 내리는 밤엔, 그는, 조금은 자기를 정리하고, 또 뭐든 생각할 수가 있었지만, 아침이 시작되려는 청명한 새벽으로부터, 동이 터올 때를 그는 가장 무서워했다. 자기 우주의 밖에다 태양은, 그 빛으로 하여 말뚝을 둘렀던 것이다.

어쨌든 사복은, 이미 회피할 수 없게 되었으므로, 그의 유형지 저쪽의 세계를, 그것대로 승인해버리고, 그것과 정면으로 대해야 되었다. 이때 그는, 두 가지 것을 결단하지 않으면 안 되었는데, 그 하나는, 자기를 유형지로부터 귀환시키려는 노력을 용기 있게 포기해버리는 일이고, 나머지는, 자기의 마을을 선언하는 일이다. 그것은 무엇보다도 비극이며, 패배 그 자체였지만, 그렇게밖에 그가 할 수 있는 일이란 없었다. 어쨌든 그러기 위해서는, 그 자신만의 질서를 만들어내고, 모든 흔들림을, 그 말뚝에다 붙들어 매야 되었다. 그러나 사복으로선, 황무해진 자기의 육신에 어떻게 하여, 그런 풍요를 수확할 수 있을는지는 알 수가 없어 서성였다. 그럼에도 어느 날 그는, 그의 사라쌍수 아래로 돌아와, 그의 우주를 선언해버렸다.

“어쨌든 나는 나다.”

그러는 동안에, 저쪽 마을의 태양은, 쌍어궁을 지나 백양궁 모퉁이를 돌아 나오고 있었다.

“나는 좀 더 일찍, 저쪽 고장 사람일 것을 포기할 걸 그랬어.” 어느 날 한낮에 사복은, 도마뱀에게 들려주었다. “내가 저쪽 동네 사람이기를 원했던 동안엔 없어졌던 따님이, 내가 포기해버렸을 때, 갑자기 나타난 거다.” 사복은, 일책수짜리 사랑을 어루만지며, 조금 웃었다. “후훗, 네가 몸을 누이고 잠든 이 여윈 몸뚱이를 보라. 그것이 내 따님이다. 그래, 비록 메말랐으나 그래도 내 땅인 건 확실하다. 아 그래, 땅만이라도 가졌다는 건 얼마나 다행하냐.” 그리고 입을 다문 뒤, 사복은 석 달 동안에 말이라곤 두 마디밖에 하지 않았다. 그리고는 돌릴 곳이 없었기 때문에, 도마뱀이나 보면서, 살았어도 산 것이 아닌 삶으로, 죽었어도 죽은 것이 아닌 죽음으로 ‘있어’ 왔다.

“허지만 따님이란, 있어도, 따님이 아니구나.” 한마디 한 뒤, 한숨 한번 쉴 만큼 띄어서, “만약 땋님만 돌아와 준다면, 조화는 저절로 생길 텐데.” 했다.

그렇게 지낸 석 달 동안에 사복은, 도마뱀처럼 변해지고 있었다. 어쨌든 그것도, 일종의 생존이었다. 도태는 아니었다, 그는 늙어야 되는지, 유아에로 돌아가야 좋은지를 몰라, 추악하고도 유치한 모습이었으며, 서야 좋은지 기어야 좋은지도 몰라, 그 몸에 아무 조화도 갖질 못하고 있었다. 그러고 나서야 그는, 암도마뱀과 언어를 통하여 살 수 있게 되었다. 그것 하나만이 그를 제척하지 않았던 것이며, 그것 하나만이 무섭지 않은 것으로 남았던 것이다. 그런 깨달음은, 그로 하여금, 자기의 암놈을 무척 진한 사랑으로 바라보게 했다. 그건 헤아릴 수 없는 위로였다. 이 사랑은 그리하여, 사복에게, 자기를 외면하는 모든 외면으로부터, 자기도 또한 외면을 돌려줄 수 있게 했다. 이 사랑은 그리고 또, 사복으로선 한 번도 현실적인 의식을 가질 순 없었지만, 사복에게, 최소한도, 그의 고향과, 또 그를 머물게 해버린 그 호수만이라도 사랑하게 했고, 수용하게 했고, 그러면서 사복으로 하여금, 그 사랑 속에 젖어들게 하고, 수용되게 했다. 도마뱀은, 사복의 응시 아래에서, 다만 도마뱀뿐만인 것이 아니라, 도마뱀으로 연상되는 수많은 풍경으로 바뀌었다가 다시 도마뱀으로 돌아왔고, 다시 돌아왔다간 그런 풍경들로 바뀌어지곤 했던 것이다. 그럴 때 물론, 그러한 풍경 속에서 풍경만이 빠져나가기도 했고, 그러한 도마뱀 속에서 도마뱀이 빠져나가기도 했다. 사복의 응시 아래서, 변화를 일으키는 도마뱀은 한 예를 들면, 어떤 땐, 석척 고갯마루를 머리로, 동으로 길게, 그리고 마을의 집이 있는 데서 조금 너그럽게 옆으로 퍼졌다가, 다시 계곡을 따라 좁혀져선 끝장이 나는, 그런, 산으로 병풍 쳐진 마을의 들로도 나타나는데, 그것은 그런 풍경만으로 오래도록 사복의 눈 아래 펼쳐져 있기만은 하지 않고, 어느 때는 갑자기, 그 풍경 속에서, 풍경이 일시에 빠져나가 버려, 사복으로선 이해할 수 없는 이상한 그림만 남기기도 했다. 가령, 그들을 길숨하게 두르고 있던 산은, 산인 것을 떠나, 무슨 길숨한 원을 그리는 선으로만 남는다거나, 마을의 집들은, 몽락수 꽃 모양의 또한 원 같은 것으로 변해진다거나, 그런 투였다. 그리고 반대로, 그 풍경에서 도마뱀이 빠져나간다면, 솔잎 위의 달빛이라든가, 모닥불 주위로 둘러선 사람들의 얼굴의 하나하나, 아니면 가사가 묘한 노래 같은 것들만 사복의 귀에 들렸다. 그런 뒤, 풍경이나, 알 수 없는 그림은 수천 번 그냥 도마뱀인 것으로 돌아왔는데, 사복의 현실적인 의식이란, 바로 그 도마뱀을 도마뱀인 것으로 만났을 때에만 시작되었기 때문에 객관적 현실 속의 사복으로선, 여전히 외로웠을 것도 사실이다.

그 도마뱀은, 그리고 그녀 역시 형체에 있어 일반적인 도마뱀 중의 하나였을 뿐이지만, 암감람색 바탕의 등에 황갈색 종선을 꼭 다섯 줄 가진 데다, 몸의 측면으론 넓은 띠를 한 줄 두르고 있어, 물감으로 이름난 고장의 부잣집 외동딸이라도 죽어 태어난 듯한 느낌을 주곤 했다. 그것은 그리고, 이십사열

(二十四列)의 둥근 비늘을 덮고, 몽땅하지만 그래서 더 복스럽게 사복에게 여겨지는 다리 넷에, 각 다섯씩의 발가락을 갖고 있었다. 어쨌든 그 전체로선, 지극히 조화되지 못한 짐승인 것도 사실이었다, 꼬리의 한없이 긺과, 다리의 한없이 짧음, 등의 불쾌한 딱딱함과, 배때기의 기분 좋은 부드러움, 너무 작은 몸에 너무 많은 다리와 발가락, 그렇다고 뱀도 아니고, 새도 아니고, 짐승도 아니고, 물고기도 아니며, 땅속에서 눈물만 먹는, 지렁이만 먹는 게 아니고, 꿈을 거둬 먹는 하늘의 거미도 먹고, 건에도 처하는가 하면, 습에도 처하고, 돌 틈에 있는가 하면, 나무 끝에도 있었다. 그래서 사복은, "너도 그러구 보니, 어떻게나 가혹한 제척을 당한 계집인가. 그래서 너는 날 제척할 수가 없었던 것이구나. 어쨌든 너의 부조화의 아름다움은, 네가 받은 제척이 얼마나 오래됐는지를 알게 한다. 아마 나도, 어느 때든, 이 무질서 탓에 아름다워지겠다. 아 그러구 보니, 너를 사랑하길 시작한 건 나부터였구나" 하고 자기를 좀 위로하고, 자기를 고백도 했다.

"허지만 나로서는, 전에 네가 무슨 모습이었던지를 짐작할 수가 없을 뿐이다." 이 말은 자신을 향해서 한 말인 것 같았다. 그는 그렇게 탄식하며, 몰라보게 뼈만 남은, 자신을 살폈던 것이다. 그리고 체머리를 흔들었다. 선재(先在)와 후현(後現)들의, 해일과 같은 의식들의 느닷없는 침범(浸汎)에, 집을 잃어야 되며, 생활을 잃어야 되고, 그리고 가뭄 같은, 그 메마른 삶을 언제나 다시 시작해야 되는, 뼈만 남은 그 땅은, 아직도, 그런 것이었다. 여태도 그런 것이었다. 아무런 약속도 없이, 그제도 그런 것이었다.

"어떻게 되어서 네가, 본래의 너의 모습을 찾는다더라도, 허긴 그땐, 너도 무척은 달라 있을라."

둘이는 그렇게 사랑했다. 뭘을 사랑하는 눈으로 바라볼 수 있다는 것은 좋은 것이었고, 둘이가 사랑하는 동안은, '사막에 아직 달은 지지 않았고, 항구에도 불은 꺼져 있지 않았다.'

"아 그러고 보니 너도." 그렇게 사랑하느라고 하며, 살던 어떤 날 사복은, "너도 계집이라고, 제법 몸치장을 하는구나" 하고, 농담 한마디를 하다가, 얼굴을 굳혔다. 도마뱀의 몸 빛깔이 변해진다는 것을 사복은, 발견해낸 것인데,

그것은, 그 자신의 어떤 원죄나, 결백성, 또는 참아낼 수 없는 고독 같은 것을, 그것에게 짐 지운 뒤, 그리고 자기는 그것의 그것들을 자기가 분담한 뒤, 조금은 달콤한 기분의 객관자의 눈으로 보아왔던, 그 도마뱀을 보는 눈을, 휙 바꾸어 놓기에 충분할 만큼, 경이에 찬 것이었다. 그로부터 별로 그렇게 오래잖아 사복은, 그것의 몸 빛깔이, 하루라고 계산될 만한 시간 안에서, 열두 번, 그것도 꼭 열두 번 변한다는 걸 관찰할 수 있었고, 도대체 조화되지 못한 듯한 그 몸의 어디에, 너무도 무서운 듯한 질서가 있었음을 또한, 희미하게지만, 더듬어낼 수가 있었다.

그러한 일을 하기 위해서 사복은, 밤에 모닥불을 피워 대낮같이 밝혀야 했으며, 잠 한숨 자지 못했고, 땅엔 말뚝을 박아 그 그림자의 길이를 측정해야 되었다. 그러나 도마뱀에겐 그렇게 혹사를 시키진 안 했는데, 한번의 변색이 스쳐 가면, 그때 그녀는 먹이를 구하러 떠날 수 있었으며, 또는 사복의 노력과는 관계없이, 얼마라도 깊은 잠을 잘 수 있었기 때문이다.

헌데, 모닥을 만들 삭정인, 이틀 품을 들여 별로 멀지 않은 숲에서 모아왔던 것이고, 그것을 태울 불은, 그의 바랑 속에서 나왔던 것이다. 그가 그런 식으로 불을 만들려 하지 않았더면, 그는 보다 편리한 걸 보다 쉽게 구할 수도 있었을 것인데, 그것은, 그 근방은 잠든 장으로, 행상꾼의 봇짐 속에, 백화(百貨)의 씨가 다 있었던 때문이다.

그러는 동안 그는, 아버지였던 늙은이를 무척도 많이 추억했다. 그래서 그의 마을엔 늙은 아버지와 도마뱀과 그 자신의 셋이서 살고 있게 되었었다.

"하루에 열두 번, 도마뱀의 몸 빛깔은 변한다."

사복은 우선, 그 사실에 못을 박았다.

"그것은 곧, 도마뱀의 몸 빛깔이 열두 번 변하면, 그것이 하루가 된다는 말일지도 모른다."

그러나 슬프게도, 그의 생각은 여기서 조금도 진전할 수가 없었다. 그는 논리적인 사고는 할 수가 없었다. 그는 어느 편인가 하면, 충동적이고, 직관적이며, 그의 아버지와는 달리, 다분히 운문적이었다. 도마뱀의 변화는 거기까지뿐이었다. 그래서 그는, 상상력의 빈곤을 느꼈다. 그는 무척 초조해져, 조용히 앉았지도 누웠지도 못하고, 서성서성 사라쌍수를 돌았다. 그러면서 할 수 있는 일이란, 아버지였던 노인의 얘기를 반복해 음미해보는 일이고, 밤엔 대사성좌를 막연히 올려다보는 일이었다.

“아니 그까짓 도마뱀의 변색이 무슨 의미가 있단 말이야.” 그는 포기도 했다. “나는 아마, 무척 외롭고 지루한 게다.” 탄식도 했다. “허지만 서둘 일도 아냐.” 위로도 했다.

“어쨌든 서둘 일은 아니라구. 헌데 그렇다면, 그렇다면 그 열두 변색은 무엇이 일으키는가.”

그리고 그 의문은, 그에게 조금 희망을 주었다. 그 해답은 금방 얻을 수 있었던 것이고, 그것은, 그 도마뱀의 의미의 탐구에 있어, 한 꼬투리를 잡을 수 있게 하는 것일지도 모른다는, 막연한 믿음을 그에게 주었던 것이다. “나는 아마, 무척 외롭고 지루한 게다.” 사복은 웃음이 만들어지지 않은 냉소를, 자신에게 한번 덮어씌웠다.

“변색을 일으키는 것이야 그것의 몸이지 뭐겠냐.”

이것이 그 해답이었다. 그리고 사복은 좀 비약했다.

“허지만 색깔은, 분명히 몸은 아니다.”

그때도 사복은, 냉소를 자기에게 덮어씌웠다. “나는 아마, 무척 외롭고 지루한 게다.” 그러나 그 부정으로부터 사복은, 막연하게 흩어져 있었던 지식의 조각들이나, 상념들을, 조금은 질서 있게 조립해나갈 수가 있었다.

“허긴, 색깔이란, 용(用)이지 체(體)는 아니다.”

사라쌍수 밑둥에 사복은, 다시 태극좌로 앉았다. 물론 아직 그는, 태극좌가 주는 비약은 체험하진 못했지만, 그것이 지구력을 갖게 하는 좌법이라는 건 알고 있었다.

“아 그래, 용이지 체는 아니다.” 사복은 반복했다. “그래 그건. 헌데 아마도 용이란, 붙들기 어려우며, 그건 너무도 미묘하다. 나는 서른 살까지 살았지만, 그럼에도 정작으론, 내 것인데도, 내 심상의 한끝도 정확하게 붙들질 못했던 것이 아닌가. 허지만, 체도 물론 변한다. 그래서 처음에 붙든 체가, 다음엔 생판 딴것이 될 수도 있다.” 사복은 여기서 좀 웃었다. “아 난, 그러구 보니 다시 용을 생각하고 있군. 그래, 그 변화는 역시 용이다. 그러니 용을 뺀다면, 체란 언제나 일정할지도 모른다." 여기서 사복은 다시 좀 웃었다. "어쩌면 체나 용은 결국에 가서 같은 것일지도 모르겠다. 허지만 시작에 있어서, 그래 그 어느 것 하나를 온전히 붙들 수 있다면, 그 나머지도 온전히 붙들게 될 수 있을지도 모른다." 사복은 다시 조금 웃었다. "그런 경우, 아마도 역시, 만질 수도 있고, 맡을 수도 있고, 볼 수도 있고, 들을 수도 있고, 맛볼 수도 있는, 체를 택한다는 것은, 보다 쉽게 할지도 모른다. 물론 그 모두, 용이지 체는 아닐지 모르지만, 어쨌든 체란, 용보다 이해하기 쉬울지 모른다."

사복은 우선 체를 택했다.

그런 다음, 그는, 그 도마뱀을, 전체로써, 그 몸이 몇이나 되는지를, 면밀히 열검(閱檢)하기 시작했다, 그리고 확실하게, 전체로써, 도마뱀의 몸은 하나다라는 것을 인정할 수 있기까지는, 사복으로선 몰랐지만, 다시 몇 개의 동이 터왔다. 몸은 하나였다.

그런 식으로, 눈은 둘이며, 다리는 넷이고, 그리고 마지막으로, 그것의 발가락은 모두 스무 개라는 것을 믿을 수 있었을 땐, 얼마나 낮밤이 섰는지를 도마뱀은 물론, 사라쌍수까지 몰랐으니, 그 본인으로선 더욱 몰랐다. 그동안에, 비도 몇 번 왔고, 송아지도 몇 마리 더 불었고, 거미줄에 걸리듯, 행여자들 몇이 주저앉기도 했고, 완전히 망우수 열매가 되어 뿌리 속으로 스며든 사람도 두엇 있었다.

그러한 점검을 완전히 수행했을 때, 사복은, 오랜만에 지극히 평안한 마음을 얻고, 산록을 옷 입힌 들로 달려가, 송아지 딸린 암소의 젖을 한 통 빨고, 그리고 포도송이도 좀 따서 씹기도 하고, 모으기도 해서 돌아와 그날 밤은, 도마뱀을 목 밑에 누이고 푹 잤다. 굉장히 거북할 정도로 배 속이 차 있었지만, 그날 밤만은 아무런 이물감도 그는 느끼지 않았다. 그리고 그날 밤 이후부터, 그는 배 속의 이물감 같은 건 거의 느끼지 않게 되었다.

몇 날 며칠을 잤는진 모르지만, 그가 깨었을 땐, 무척 신선한 아침이었다. 안개도 걷혀 있었고, 새로 핀 꽃송이들은 그의 몸 둘레에서 반짝이고 있었다.

사복은 우선 기지개를 한번 크게 하곤, 따다 쌓아놓은 포도 더미에 여우처럼 입술을 박더니, 되는 대로 즙만 짜내다 퍼렇게 물든 입술로 웃었다. 그리고 사랑하는 친구를 찾다 없으니, 첨벙 호수 속으로 뛰어들었다. 그러자 일시에 호수의 처녀가 깨어져, 붉은 꽃들을 흩뜨려댔다. 아무도 이 여윈 물돼지 같은 사내의 노략질을 탓하는 자도, 고개 젓는 자도 없었다. 그는, 호수의 가운데로 가운데로, 물장구를 첨벙첨벙 치며 들어갔다. 그러면서 마구 꽃을 흩뜨리고, 꽃의 목을 끊고, 열매를 대궁째 씹다 돌아왔다.

그로부터의 사복의 일은, 자기의 분석과 점검을 종합하는 일이었다. 종합 없는 점검들은, 그의 머릿속에 퇴적해 있던 문자들모양, 재료에 불과했고, 그것은 도마뱀은 아니었다. 하지만 사복은, 분석보다는 종합이 더 어렵다는 것을 깨달아야 되었다. 하기야 그러한 종합으로서의 산 도마뱀이, 그의 발등 위에 죽치고 엎드려 있지만, 그것은 용과 체의 조화 덩어리라서, 사복으로 하여금 다시 원점으로 돌아가게 하기에 알맞았을 뿐임으로, 사복은, 그녀를 관심에 두지 않기로 했다.

헌데 그러한 일은 아무래도, 머릿속에서만 할 수는 없는 것처럼 사복에게 느껴졌다. 가령, 고두 같은 간단한 놀이만을 두고 생각하더라도, 그림 없이 머릿속에서만 둔다면, 세 번의 행마도 다 못해 혼란이 빚어지는 형편이므로, 그래서 사복은, 그 점검의 한 토막 한 토막을, 실제로 빚어낸 뒤, 그것들을 제자리에다 박아 넣는 방법으로, 그 종합의 완전을 기하려 했다. 그래서 그는 우선 물이 둔덕을 기어오르는 그 부분에서, 찰흙을 한 덩이 떼어내, 그 일을 시작했다. 우선, 실제의 도마뱀보다는 수십 배나 크지만, 그것의 몸만을 근사하게 빚었다. 그리고 그건 양지에 두어 마르게 했다. "이 부분은 머리고, 이 부분은 너의 몸뚱이고, 이 부분은 너의 꼬리다. 부분으론 물론 세 부분이지만, 그러나 이것은 하나다." 다음으론 찰흙을 조금 떼어, 두 손바닥에 굴려선 새알 같은 모양을 둘 만들었다. 그것은 그래선, 그 흙도마뱀의 머리에다 적당한 간격으로 붙였다. "이것은 너의 눈이고, 둘이지만, 그러나 하나 속의 둘이다." 그다음으론 네 개의 짧은 다리와, 스무 개의 발가락을, 다음은, 이십사 열의 비늘과, 다섯의 세로줄과, 측면의 띠까지도 만들었다. 그래서 그것은 햇볕 아래서 태어나고 있었다.

그러나 다 만들고 났을 때, 사복은, 코를 씩씩 불고 가슴을 들먹들먹하더니, 벌떡 일어나, 한 뒤꿈치에 내려찍어 그것을 부숴버리고 말았다. "젠장, 난 무슨 헛짓을 했단 말이냐, 이게 그래서 무슨 뜻이 있단 말이냐, 차라리 산 놈을 한 마리 죽여 늘여 말리고 보는 쪽이 훨씬 낫겠다." 그리고 사복은, 사라쌍수 뿌리에 머리를 얹고 누워, 눈을 지그시 감아버렸다. 눈물이, 그의 눈꼬리로 흘러내렸다. 사라쌍수 뿌리가 갖는 넓이 속의 두 평은 적실 정도로 눈물은 흘러났다. 그의 암도마뱀은 그때, 그의 턱 밑에 엎드려서, 그의 떠는 목젖에 머리를 묻고 있었다.

사복은 그리고, 도마뱀에 향했던 그의 집념을 여의어버린 듯, 슬픈 표정, 슬픈 미소로 며칠을 어정어정 더 살더니, 하루는 땅에다 글씨를 써보기 시작했다. 그러다 그는, 그때는 울지 않고, 웃고, 그 글씨들을 손바닥으로 지워버리고, 말았다. 지워버린 글씨들은 몸은 하나[體一]라든가, 다리는 넷[四足]이라든가, 두 눈[二目]이라든가, 뭐 그런 것들이었다.

그러한 여러 시도들 뒤에, 결국 그가 깨달은 건, 그것은 문자나, 무슨 죽은 형상은 아닐지도 모르며, 어쩌면 그것은 어떤 수리(數理)나, 또는 암호(暗號)일지도 모른다는 것이었다. "체(體)란 말을 바꾸면, 그것의 구조(構造)인데, 그 구조는 어쩌면 수(數)다. 눈은 둘인데 하나 속의 둘이라든가, 비늘은 이십사 열이나 되는데도 하나 속에 포함된 이십사라는 것이 그것인 것 같다. 그러나 나는, 그것의 의미를 읽을 수 없으므로, 그것은 그냥 습호일 수밖에 없다"라는 것이다.

그의 노력은 다시, 원점으로 돌아와 버린 느낌이었다. 거기서 그는, 아무것도 생각하지도 못했고, 아무런 일도 하지 못했다. 그는, "도마뱀은 신비스런 동물인 것 같긴 하지만 그것이 무슨 의미를 지녔는지는 아무리 해도 알 수가 없다"고 단념까지도 했다. 그리고, "어쩌다 뜻이 밝혀진다더라도 나와 무슨 상관이 있을까" 하고 자위도 했다. 그러다가 불현듯 생각이 치민 듯, 수를 가지고 자신과 다퉜다. "발가락은 스물이다, 그렇지만 그것도 하나 속의 스물이다. 색깔은 하루에 열두 번 변한다. 그렇지만 그것도, 하루라는 또는 하나인 몸이라는, 그 하나 속의 열둘이다. 아 젠장, 이 추방당한 백성은 어떻게 자길 정리했는가. 그 뜻이 밝혀진다면, 나도 이렇게 외롭진 않는데, 그 뜻만 밝혀진다면, 정말이지 나도, 이렇게만은 황폐하지 않는 건데."

그는 새롭게, 다른 형태로 미치고 있었다. 그의 입술에선 수(數)가 늘 방울져 내리고, 지지지 끓고, 바삭바삭 탔다.

"그래, 하나다. 하나다, 아 하나다, 후후, 하나다, 하지만 젠장, 그것이 현빈의 가랭이서 물이라도 쏟게 한단 말이냐, 그러면 둘이다. 젠장, 둘이다."

그의 셈은, 도대체 진전이 없었다. 그는, 그의 말대로 습호만 남기고 있어, 그것이 원래 무슨 짐승이었는가를 판별하기 어렵게 변해져 버렸다. 스물넷의 갈비뼈와, 해골과, 삭정이가 다 된 뼈와, 그는 그런 것으로 이뤄진 어떤 것이었다.

"눈은 둘이다. 몸뚱이는 세 부분으로 되어 있다. 다리는 넷이다. 등의 종선은 다섯이다, 변색은 열두 번 한다. 비늘은 이십사 열이다. 그것들 그런데, 모두 하나 속의 것들이다."

사복은, 다시 시작하고 있었다. 다시 도마뱀 속에 빠져 죽을 듯이 내려다보면, 이번엔 좀 다른 방법으로 접근하고 있었다. 그는, 도마뱀의 질서를 읽는다는 것이, 자기의 질서를 가질 수 있을지도 모른다는, 의식의 심층엔 그 막연한 믿음을 갖곤 있었지만, 그 심층을 벗어나면, 그런 것은 그림자도 밀어뜨리지 않고 있어, 얼핏 보기엔, 그 일을 한다는 자체에서 구원을 얻고 있는 듯이도 보였다. 어쨌든 그런 그의 응시 아래서, 다시, 호수가 도마뱀으로 응축해져 들고, 고향의 산과 들이 우그러져 들었다. 그래서 그것들은, 체를 잃어버린 용만 남기기도 하고, 체만을 남기고 용은 스러지기도 하면서, 도마뱀도, 호수도, 그의 고향 마을도 아닌 것으로 변해져 갔다.

"헌데 만약 그것들에서 하나를 빼낸다면, 그땐 그 숫자들은 몇씩이나 남는 걸까?"

사복은 다시 기술(記述)의 필요를 느끼게 되었다. 그것들은, 아무리 숫자가 작더라도, 고누처럼은 단순하지가 못했던 것이다. 왜냐하면, 그러한 숫자들에서 하나를 빼냈을 때, 그것들은 어디로 사라지고, 단 하나의 숫자도 남기질 안 했던 것이다. 그것은 어쨌든 고누처럼 단순하지 않은 것이 확실했다.

"그러구 보니 문제는, 후훗, 그 하나를 푸는 데 있구나." 사복은 좀 바보처럼 웃었다. 그리고 땅에, 그 하나의 표시로, 한 선을 그렸다. 그러나 다음 순간, 그 선은 다만 자기 하나밖에 포함하지 못한다는 걸 알았다. 그때 그에게 한 상념이 떠올랐다. 그것은 그의 의식 속에다, 벌써 오래전부터 그 그늘을 던져놓고 있었던 것이지만, 그 그늘이 현실적인 것으로 반영된 건 바로 그때였다. 그것은, 호수나, 그의 고향이나, 도마뱀을 단순화시켜서, 바로 그 자체로 본 것에서 비롯된 상념인데, 도마뱀이라는, 또는 마을이라는, 또는 호수라는, 바로 그것들을 둘레 자체가 그 하나의 이상한 의미를 해석해주고 있는 것은 아닌가였다.

그래 사복은 그렸던 선을 지우고, 그 자리에다, 그의 상념을, 선이 아닌 다른 형식으로, 재현시켰다. 그것은 사복에게 무척 만족스러웠는데, 왜냐하면, 그것 속에다 모든 다른 수를, 포함시킬 수 있었기 때문이다. 허지만 다음의 일도 그렇게는 쉬운 일이 아니었다.

아무튼 하루에도 오십 폭 이상이나 그렸다 지운, 수천 그림 중의 마지막 것은, 다음 그림과 같은 것인데, 그것은 흰 돌팍에다 숯검정으로 그린 것이었다.

헌데, 이 그림을 그리고 난 뒤 사복은, 평소와는 달리, 적이 슬픈 눈으로 도마뱀을 내려다보며, 거의 확실치 않은 음성으로 그 그림을 조금 설명하곤, 호수 속에다 던져 넣어버리고 말았다.

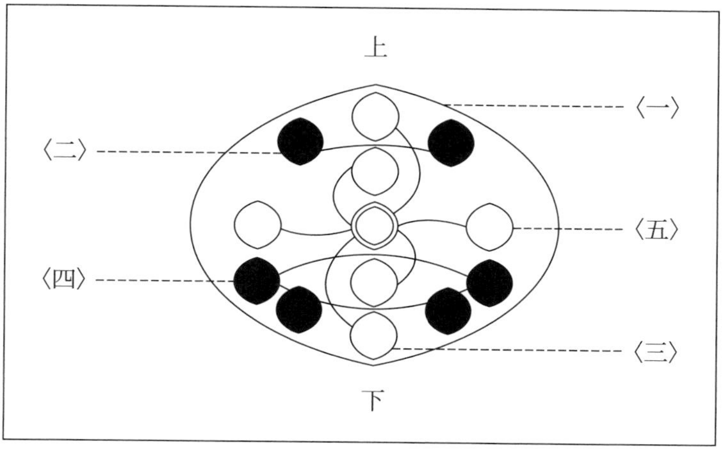

그는 우선, 양극(兩極)을 갖는, 바깥 큰 한 타원형에 대한 그의 생각을 피력했는데, “나는 생각했기를, 생동하는 〈一〉(도면의 〈一〉)이란, 점이거나, 그냥 곧은 선일 수는 없다고 했었다. 그리고 조금 망설인 끝에 나는, 호수라든가, 산이 둘러친 마을 같은 것을 염두에 두고, 〈一〉이란 원이지 않나 했었다. 그 원에 대한 해석은 좀 더 후에 떠올랐는데 그러고 보니 원에 대한 나의 상정은 조금 그럴듯했다. 내 생각에 원이란, 뱀의 자취와 같은 궁형의 연속의 완성이라고 한 것이다. 그러나 나는 그것에 만족할 수가 없었는데, 그것은, 물론 원이란 완전한 것이어서 진행과 정지의 극치를 이루고 있는 건 사실이었으나, 그 극치에서의 분열이 불가능한 듯했기 때문에, 결국은 무의미로 전락되는 결과를 그 원에서 보았기 때문이다. 그것은 무척 공허하고 황폐한, 도대체 그 이상으론 발을 디뎌 넣을 수 없는 그런 것이었다. 그건 체인 것도, 용인 것도 아니었다. 나는 그것을 이미, 큰비암으로부터 보았던 것이다. 종국엔 시작도 끝도 없어져, 전체를 무로 씹어 삼키고 말았다. 그러한 무란 영원한 무였던 것이다. 그런 건 물론 있을 것이지만, 나의 탐구와는 전혀 별개의 것이었으므로, 나는 그것을 허원(虛圓)이라고 치부하고 나의 시선을 다른 데로 돌렸다. 그리고 나는, 태극선, 또는 궁형의 연속에서, 가장 원초적인 형태 하나와, 가장 완전한 형태 하나를 각각 취했다. 그때 나는, 원초적인 것은 궁극적인 것과 그 형태 면에 있어서도 똑같은 것을 알았다. 그 둘은 똑같이, 반원까지가 채 못 된 초승달 모양이었다. 내가 만약 완전한 반원을 취할 수밖에 없었다면, 그것은 합쳐져 다시 허원이 되어버렸을 것인데, 연속이나 진행이란, 완전한 미숙(未熟)에서밖에 가능되지 못했으므로, 나는 그 완전한 미숙을 취할 수 있었다. 완전한 반원은, 두 번의 진행에서 완전한 원이 된다는 의미에서, 그것은 미숙이 아니라 성숙의 상태였다. 그 완전한 미숙을 취한 뒤 나는, 조화라는 것의 속을 조금 짐작하기에 이르렀다. 조화란, 미진한 듯한 그 미묘한 곳에서 이뤄지는 것이며, 그렇기에 우주는 멈추지 않는 것이었다. 그래서 나는 뒤에 진실로 진정으로 완전하다는 것은, 허원다운, 그 불모해져 버리는 완전이 아니라, 생멸이 영원히 갈아들 수 있는, 그 완전이라야 완성된 완전이라는 것을 알게 됐다. 그것을 설명하는, 이 양극을 갖는 원은, 그래서 진원(眞圓)으로 나타날 수 있었다. 이 원에는, 시작과 종말의 그 양극이 있고, 종말은 동시에 시작으로, 시작은 동시에 종말로 이어지는, 그 출산과 묘혈이 있다. 영겁을 두고 진행하고, 영겁을 두고 정지하고, 따라서 영겁을 두고 회귀한다, 그리고 그것의 한 극이 양이 되면, 다른 한 극은 음이 되고, 그래서 그것은 음도 양도 아닌, 저 너머의 것이나, 그 아래의 것으로 화한다. 이 경우, 저 너머의 것이나, 그 아래의 것은 그리고 똑같은 것일 뿐이다"라는 것이었다. 그리고 세부적인 주석으로 넘어갔는데, 그런 얘길 들으며, 어느 때나 마찬가지로 도마뱀은, 무척 달콤한 낮잠 속으로 빠져들어 갔다. 그녀도 늙고 있었다.

"그리고, 이 바깥 큰 진원 속에, 다른 작은 진원들이 들어 있음은 아마도, 번거로운 설명을 피해도 알 수 있으리라. 큰 진원이나 작은 진원이나 그것은 결국 같은 것이다. 헌데 보아서 이상스럽겠는데, 이런 작은 진원들엔 속이 비인 것과 채워진 것이 있다. 그것은 그러나 그렇게 중요한 뜻이 있는 것은 아니고, 다만 편의상, 음과 양을 알아보기 쉽도록 구분해놓은 것일 뿐이다. 이것은 방법일 뿐이며, 종국엔 어느 것 하나 음이나 양인 것은 없을 뿐이다. 그러므로 큰 진원의 흰 방을 염두에 두고, 그것이 양이니 음이니 할 필욘 없는데, 그것도 방을 검게 칠해놓는다더라도 의미가 변해지진 않는다. 그러나 그 경우 그 속에 들어야 될 다른 진원들의 관계를 나타내기 어렵게 되므로 그건 흰 대로 둔 것이다. 어쨌든, 방을 메꾼 것이 비워져도 상관없고, 빈방을 메꿔도 상관없다. 반복하지만, 그건 설명을 간편화하기 위한 방법이고, 어떤 종국에 올라가 보기 위한 사닥다리일 뿐이다. 그 방들의 속에 또한 이 그림들이 들어가고, 그 속의 방 속에 또 들어간다. 억천만의 그림이 그 방들 속에 쌓이는 것이다. 이 큰 그림은 이 그림보다 더 큰 어떤 방 하나의 풍경이고, 이 방은 밖으로도 억천만 겹이 쌓인다. 어찌 되었든, 속이 빈 것을 편의상 나는, 양(陽)이라고 했고, 채워진 걸 음(陰)이라고 했다. 나는 구태여, 태양(太陽)에 소음(小陰)이 합쳐진 걸 양으로써 방이 빈 진원, 태음(太陰)과 소양(小陽)은 음으로써 방이 채워진 진원이라곤 하지 않는다. 그건 번거로우며, 뜻을 더 구부러지게 할 뿐이지, 반복되지만, 종내는 같은 것이기 때문이다. 어쨌든 그래서, 〈一〉·〈三〉·〈五〉는 양이 되고, 〈二〉·〈四〉는 음이 되었다." 사복은 강석(講釋)을 펴는 동안, 좀 밝은 얼굴이 되었다.

“〈一〉은, 그 안의 작은 진원들을 빼고 나면 그냥 한 체에 머물 것이나, 그 속에 용(用)을 거느림으로써 용으로 변해진 그 무다. 나는, 체 안에 체가, 용 안에 용이, 수수억만 겹 쌓일 수 있다는 것을 미리 말해둬야겠다. 다음 〈二〉는, 너의 두 눈을 옮겨놓은 것인데, 그것은 〈一〉 속에서는 용이지만, 그 자체로서는 체에 머문다. 〈三〉은 너의 몸의 세 부분을 나타낸 것인데, 그것 역시 〈一〉 속의 용이지만, 그 자체로서는 체에 머문다. 그리고 그것은 아마도, 세월에 있어 세 부분을 담당하고 있다고 나는 생각할 수 있었다. 내일과, 오늘과, 어제의 세 몫이다. 그리고 〈四〉는, 너의 네 개의 다리로서, 〈一〉 속의 용이지만, 그 자체로는 체에 머문다. 나는 그것을, 사유(四維)와 사방(四方)의 의미로도 보았고, 또 화기(和氣)의 충만 상태로도 보았다. 그래서 이 화기의 충만은, 다시 〈一〉을 낳게 될 것이다. 〈五〉가 그것이다. 그것은 너의 등의 다섯 종선을 도식화한 것이지만, 그것은 다시 〈一〉이다. 이 〈五〉에서 다시, 〈一〉의 모든 것을 성취해버린 것이다. 〈五〉의 중앙의 방을 나는 황양(黃陽)이라고 했는데, 그것을 살펴보면, 오계(五季)와, 오방(五方), 오유(五維), 오시(五時)가 모두 거기에 모여 있다. 그러니 그 중앙의 황양 하나만 남겨놓고, 다른 그림은 모두 지워도 같은 뜻으로 돌아온다. 그래서 〈一〉과 〈五〉는 같은 것이 되었다. 헌데 오계와 오방이란, —오유라는 것도 오방에 포함된 것이지만—옹기장이였던 내 아버지의 생각을 나는 그대로 차용한 것이고, 오시(五時)란 나의 생각인데, 나는 세월이란 다섯의 얼굴을 가진 괴물이라고 생각한 것이다. 우선 과거·현재·미래가 있고, 그리고 그런 세월이란 가로줄의 모양이고, 헌데 현재는 현재의 시간을 가지면서, 세로줄 형상의 두 시간을 동시에 갖는 것이었다. 다시 말하면 현재의 시간은, 그 시간의 현재 속에, 가장 작은 시간과 가장 큰 시간을 갖고 있었다. 가장 작은 시간이란, 매 찰나의 전이 속에 끼이는, 그 시중(時中)을 말하며, 가장 큰 시간이란, 그 시간의 현재 속에 있으면서 동시에 모든 시간을 감싸고 있는, 그 우주적 시간을 말한다. 그것은 정지의 시간이며, 무의 시간이며, 〈一〉과 같은 체(體)의 시간이다. 헌데 그 체를 용으로 바꿔서, 과거·현재·미래의 제 시간을 가능시키는 시간이 있는데, 그것은, 나의 아버지가 시중이라고 일컬은 바의, 그 가장 작은 시간이 맡고 있다. 이렇게 해서, 시중에 대한 해석은 서로 달라져 버렸다. 그러나 나는, 가장 큰 시간과 가장 작은 시간은 같다고는 말하지 않는다. 그것은 같은 것이지만, 하나는 체이고, 하나는 용이기 때문이고, 체가 용이 되고, 용이 체가 되었을 때 나타나는 것은 과거·현재·미래의 시간들이기 때문이다. 그러므로 내가 할 수 있는 얘기란, 거기에 시간은 하나밖에 없거나 다섯이 있다는 이것이다. 이때 나는 다시 하나와 다섯은 똑같다라는 말을 할 수 있다."

사복은 목이 말랐던지, 모두어진 두 발등 위에서 잠든 도마뱀을, 바로 그녀 자신이 그려진 돌팍 위에 누이곤, 개처럼 엎드려 목을 빼 늘이곤, 호수 물을 빨아 넣었다. 그런 뒤, 다시 도마뱀을 내려다보며, 무척 많이 계속했다. 모든 생각들을 털어내 버릴 모양이었다.

"아참, 그러구 보니, 이 그림에서 한마디의 설명을 나는 잊고 있었댔구나. 어찌하여 이 그림들을 연결 짓고 있는 선이, 직선이나 점선들이 아니고, 궁선이냐 하는 점이다." 사복은 그리고 좀 웃었다. "그것은 체를 용으로 바꾸기 위해서였다. 내 생각에, 점선은 단절의 연속 같았고, 직선은 체는 체라는 그 의미 없는 연결이거나, 또는 돌아올 수 없는 전진으로만 여겨졌던 것이다." 사복은 다시 잔잔히 웃었다. 그러나 그땐 얼굴을 덮고 있던 빛은 좀 죽어 들고 있었다. "아마도," 그는 한숨 쉬듯, '아마도'를 쉬어냈다. "아마도, 세월을 좀 더 따지자면, 가령 나의 아버지처럼 따지자면 그건 한없을 것이다만, 나는 어쩐지 좀 피곤해졌다. 그리고 그렇게 한없이 따질 필요도 없을 것이다만, 나는 너를 읽으면 그뿐이다." 사복은 이번엔 쓰게 웃었다. "너를 읽으면 이런 결과가 나온다. 그러기 전에 생수(生數)와, 성수(成數)라는 낱말의 의미부터 밝히는 것이 좋겠다. 생수란 나의 도표에 표시된 바와 같은 그 전부의 숫자를 말하고, 성수란, 六으로부터 그 이후의 모든 숫자를 다 일컫는데, 그 이유는, 一·二·三·四·五의 생수에, 이 생수를 보탰을 때 이뤄진 숫자들이 六·七·千·億이 되기 때문이다." 사복은 기를 어지간히 탕진해버린 듯, 심호흡을 몇 번 했다. 그리고 이었다. "내가 처음에 너의 몸의 생수를 다 보태놨더니, 十五라는 성수가 나타났었다. 뒤에 그리고, 나는 그것이 입춘에서 우수까지라든가, 소한에서 대한까지라든가 하는, 그 한 절기들의 날수인 것을 알게 되었다. 그리고 그 절기라는 것은, 일 년 속에 스물네 개가 있고, 그것은 너의 등의 이십사 열의 비늘의 의미였다. 그러한 추단은 그렇게 어렵지 않았다. 그래서, 十五라는 그 한 절기 한 절기의 스물네 개의 모임이 일 년 삼백예순날의 날수를 만드는 것이다. 그리고 아마도 너의 열두 변색은, 너의 몸을 이룬 전체의 十五에서 시간에 있어서의 과거·현재·미래의 세 부분을 제하고 난 열둘인 것 같았다. 과거·현재·미래란, 변색과 더불어 오는 것이지, 변색 없이 오는 것이 아니기 때문이다."

사복은 여기서 말문을 닫고, 긴 침묵을 지켰다. 그의 눈은 전에 없이 휑해져, 아무것도 보고 있지 않았다. 세월이 어떻게 되든, 그런 건 별로 사복이 개의치 않았던 것이지만, 그땐 해가 거의 하늘의 한가운데로 올라와, 모든 존재로 하여금, 가장 이기적이게 하고, 내향적이게 하고 있었다. 그 시각엔, 갈보까지도 자기의 그림자를 아끼는 때였다.

"그래서 나는 어쨌다는 것인가," 오랜 후에 사복은 탄식처럼 한마디 했다. 그리고 또 좀 침묵을 지키다, 거의 우는 음성으로, 자기 설움을 토했다. "어쩌면 나는, 어떤 할아비가 달력을 만들었을 때의 심정을, 조금은 이해할 수 있게 되었는진 모른다. 그래서 나는 어쨌다는 것이냐, 그러한 숫자들이 곡신의 안방에서 불알이라도 꺼내다 준다는 말이냐, 무슨 뜻이 내게 있단 말이냐,"

사복은 도대체 맥이 없이 중얼거리며, 자기의 그림이 그려진 돌팍 위에서 잠든, 한 뼘 길이의 그 암놈을 부드럽게 들어 올리더니, 그것의 목을, 오른손의 엄지와 다른 손가락 사이의 아귀에다 끼웠다. 그런 뒤, 아무 표정도 없이, 조금씩 조금씩, 두 손가락 사이의 아귀의 동그라미를 줄여갔다.

"나도 새끼 갖고, 그리고 엉덩이 큰 계집의 볼기짝을 두들기며, 그렇게 살고만 싶은 것이다. 계집과 자며, 홍수처럼 사내를 쏟고, 그리고 이튿날은 보습에 묻은 녹이나 쓸어내고 싶고, 산모퉁이를 돌아가는 그 모든 풍족지 못한 농부들 모양, 굴비 한 마리 지겟가지에 매달고 싶을 뿐이다. 가난에 거칠어져 가시 뭉테기 같은 마누라의 손바닥으로 등을 긁히고 싶은 것이고, 홍역에 죽어가는 자식 놈 탓에 인색한 의원 무릎 위에 눈물도 흘리고 싶은 것이다. 목소리가 변해가며, 마을 처자들 댕기나 낚아채다 돌아와 늦잠을 자는 아들놈이 꾀

병을 앓아대는 꼴은 얼마나 흐뭇한 것이냐. 그래 그런 것은 얼마나 선하며, 좋은 것이냐. 그 아들이 마포 상복 자락에다 눈물과 황토를 담아다 아비의 관을 덮어주는 그 황토 냄새는 또한 얼마나 좋을 것이냐. 썩을 수 있다는 건, 죽을 수 있다는 건, 흩어질 수 있다는 것은 정말 얼마나 좋은 일이냐,"

사복은 눈을 감고, 도마뱀이 이미 도마뱀이 아닌 것을, 되도록 멀리 호수를 향해 쏴 던졌다. 그것은 한 일 년이나 걸리는 침묵을 건너서, 가볍고 부드러운 첨벙 소리를 한번, 사복의 귀에 전해주었다.

사복은 그리고, 병든 것처럼 체머리를 썰레썰레 흔들며, 뭔지 자기만 아는 소릴 씨불였다. 그러더니 갑자기 무슨 광기가 휩쓸었던지, 미친 듯이 번들거리는 눈으로 그림이 그려진 돌팍을 내려다보더니, 그것도 머리 위로 쳐들었다가, 될 수 있는 대로 멀리, 호수 가운데다 던져 넣어버렸다. 그건 무척 큰 소리를 내고, 물방울도 튕겨내더니, 나중엔 물뺑돌앰이나 되어, 망우수 꽃 목을 조르며, 호반으로 여울져 왔다.

사복은 그리고, 사라쌍수 늘 자기의 머리를 받아주었던 뿌리에, 오줌을 한번 뜨겁게 갈기고, 어정어정 다시 한번 거기를 떠났다. 벗어 던져두었던 누덕진 윗도리도 다시 꿰었고, 감발도 메었고, 한 번도 거기선 불어본 적 없는 퉁소도 허리춤에 찔렀고, 바랑도 메었으니, 그는, 그 나무 아래에, 자기 것은 아무것도 남겨두지 않았다. 그렇게 하는 것이 그의 방식이었다.

가다가 그는, 소쿠리 더미 사이에 누운 늙은 여자를 다시 한번 보게 되었다. 그 여자는 노란 꽃 한 송일 눈에 꽂고, 상체를 열어놓은 뒤, 남자를 여지껏도 유혹하고 있었다.

사복은 거기서 다시 감발을 풀었다.

그리고 사복이, 그녀의 노란 꽃 위에, 지친 혼을 뉘었을 때, 그녀는 소쩍새가 되어 날아갔다.

해는, 하늘의 한가운데에 와 있었다.

사복은 그때, 번듯이 돌아누워, 노란 꽃 돋은 그 늙은 여자의 머리통을 받쳐 들고, 그 꽃대궁을 통해, 그 눈 속을 들여다보고 있었다.

"어머니, 아 어머니, 내 어머니,"

하늘의 어디서 소쩍새가 울었다. 그 울음은 그리고, 구름 한 점도 없는 하늘의 꽉 찬 푸름 속을 건너와, 그 노란 꽃대궁을 따라, 그 늙은 여자의 해골 속으로 내려갔다.

"어머니, 아 어머니, 내 어머니,"

사복은, 그 소쩍새의 울음의 여운을 되씹어보았다. 그러나 그러한 이름은, 그의 기억에는 없는 것이었다. 해골 속으로 들어간 울음은 다시 나오지 않았다. 그 대신, 그 노란 꽃이 그녀의 눈 속에서, 그 울음 같은 날개를 돋구더니, 하늘의 가운데로 나비처럼 날아 올라가 버렸다.

"어머니, 아 어머니, 내 어머니," 사복은 그 떠올라 가는 노란 꽃을 보며, 다시 소쩍새의 울음을 되씹었다. 그러며, "아 너는, 그러구 보니 해가 되어가고 있구나" 했다. 사복의 음성은 달콤해서, 소쩍새 울음 같았다. 헌데, 그 한 송이의 노란 꽃이, 태양의 한가운데로 가까워지자, 해가 가슴을 열었다. 그러자 순간, 해의 한가운데에 암흑이 내어다보이더니, 그 꽃이 그 속으로 스며들자, 해는 다시 노랗게 돌아왔다. 그런데 바로 그 순간, 사복의 눈에 하늘도 땅도 다 사라져 보이지 않게 되고, 그 하늘에, 한 마리의 도마뱀이 나타나 보였다. 그가 그렸다가 호수에 던져 넣어버린, 바로 그 도마뱀이, 진짜의 도마뱀으로 화신하여, 그 하늘을 꽉 메꿔버린 것이다.

"아 그러구 보니, 너는 죽지 않았구나," 사복은 전율을 느끼면서도, 눈 한 번 깜박이지 않고 그것을 응시했다. "그러구 보니 너는, 오색찬란한 체(體)였구나. 동의 청색, 남의 빨강색, 서의 백색, 북의 검정색, 오 저 중앙의 저 신비스런 노란 방은,"

사복은 더 읊조리질 못했다. 그것은 체만이었던 것을 떠나고 있었다. 무엇의 작용이 있었던지, 사복으로썬 볼 수 없었지만, 그것은 용(用)으로 화하고 있었다. 그런 다음 그것에게서는, 어느 것이 체고, 어느 것이 용인지, 알아볼 수 없는, 진실로 질서롭고, 진실로 난마 같은 흐름이 시작돼버렸다.

그 체가 체가 아닌 체 속에서, 수수억만 마리의 뱀 같은 흐름이, 찰나에도 억천만 자맥질을 하고, 억천만 소멸을 하고, 억천만 흥기를 했다. 그것은 아름다웠으며, 순전히 아름다웠으며, 또한 완전히 아름다웠다.

그러나 무엇의 작용이 있었던지, 사복으로선 알 수 없었지만, 찰나에, 그 모든 흐름과 정지가 사라져버리고, 그때 남은 건, 그리고 그것은 노란 꽃이 몸을 태우고 들어간, 그 노란 방 하나뿐이었다.

"아 그러구 보니 나도, 한 송이, 노란 꽃이 되었구나." 사복은 떠올려지고 있음을 느끼고, 그렇게 중얼거렸다. "아 저 노란 방이 문을 열고, 그 속의 암흑을 내게 보이누나. 아 그러나, 그건 암흑 같지만 암흑은 아닌지도 모르겠는데, 텅 빈 듯해 뵈지만, 또 꽉 찬 듯도 해 뵈고, 그러니, 후훗," 사복은 후후거리고 웃었다. "그러니 말이지. 그래, 꽉 찬 듯도 하지만, 텅 비었으니, 그러니 말이지. 그래, 모든 게 멈춰 있는 듯하지만, 멈춰 있지 않고, 모든 게 멈출 수 없는 듯하지만, 멈춰 있으니, 그러니 말이지. 그래, 뭐든 헝클어진 듯하지만, 간추려져 있고, 간추려진 듯하지만 헝클어져 있으니, 그러니 말이지. 그래, 암컷인 듯하지만, 수컷이고, 수컷인 듯하지만 암컷이니, 그러니 말이지. 후, 후, 훗."

사복은 그리하여, 그 방 속으로 들어가 버렸다. 그리곤 촌놈처럼 킬킬 웃으며, 언젠가 한 번 염통을 열어 보였던, 그 홍해의 염통 속을, 어름어름 돌아다녔다.

큰 밭 가운데. 짙은 새벽안개. 큰비암. (큰비암은, 무슨 출산을 고했던 듯. 피 묻은 금색을 뿌리께에 풀어헤쳐 놓고 있는데, 거기엔 숯도 고추도 꿰어 있지 않아, 태어난 아이가 사낸지 계집앤지를 의문케 한다) 벼락 맞고 죽은 나무. (그것은 묘혈 같은 것으로 거기 서 있다) 큰비암 아래 두 무덤. (그것은 부활을 기다리는 육신을 쌓아 안고 있는 듯하게 보인다) 원숭이 늙은 것 같은 노파. (그녀는 벗은 몸 위에 남천익을 두르고, 두 무덤 가운데에 귀신처럼 끼어 앉아 오들오들 떨고 있다) 사내. (그는, 왼손엔 금모래가 흐르는 수정 병을, 오른손엔 얼룩 뱀을 팔에 감고, 그 둘을 희롱하며 웃고 있다) 마을 쪽으로부터 들을 건너오며 부르는 여인의 노랫소리. 가까워 온다. 계집애. 핏덩이.

개구나 개구나 장개가구나
바지가 없어 못 가긊다

노파 누가 노래를 부르느냐? 이 안개 삼라 속을 뚫고 오는 저 노래는 어디서 오느냐? 시영산 약물 소리는 아니냐?

사내 (대답은 없이, 노파를 향해 무섭게 웃으며, 그도 귀를 기울인다) — 노랫소리 가까워지며, 하얗게 옷 입은 계집애, 들꽃 한 다발을 들고 나타난다.—

계집애 쭈쭈쭈쭈 쭈쭈쭈

헹의 바지 입구 가제

사내 (놀리던 뱀과 수정 병을 가슴에 안고, 노파 곁에 앉으며, 몸을 숨긴다)

계집애 (노래를 계속하며, 벼락 맞고 죽은 나무뿌리 위에 꽃 묶음을 놓더니, 큰비암 곁으로 춤추며 간다. 허지만 그녀의 눈엔 눈물이 샘처럼 어려 있다. 무덤 사이에 앉은 노파와 사내를 그녀는 못 본다. 큰비암께 다가가선, 피 묻은 금색을 주워 들더니, 그것을 뭉쳐 가슴에 한 번 안아보곤, 다시 벼락 맞은 나무 곁으로 간다)

사내 (미친 듯한 눈이 되어, 몸을 일으킨다)

노파 (머리를 푹 숙이고, 한숨을 쉰다)

계집애 (금색의 한끝을 동그랗게 만들더니, 목에다 걸고, 남은 끝을 흘리며, 벼락 맞은 나무를 오른다)

사내와 노파 (말없이 계집애를 바라보고 있다. 짐작할 수 없는 표정들이다)

계집애 쭈쭈쭈쭈 쭈쭈쭈 (노래하며, 나무의 가지가 나뉘어진 데 걸터앉아선, 금색의 늘어진 끝을 끌어 올린다. 그리곤 그 끝을 그 가지에다 자기 힘껏 맨다) 부난이 없어 못 가긿다. (노래하며 나뭇가지 위에 선다. 그리곤 학처럼 한번 팔을 휘젓더니, 떨어져 내린다)

사내 (다 죽은 얼굴로, 뱀의 대가리를 노파의 눈에 흔들어 보인다)

노파 (역시 다 죽은 얼굴에 희미한 미소를 담고, 사내를 한참이나 올려보더니, 사타구니를 벌리고, 눈을 감는다)

사내 (뱀의 머리를, 노파의 음부 깊숙이 밀어 넣는다. 그러자 뱀은 몹시 싫어하며, 엉겁결에 더 안쪽으로 꿈틀거리며 파고든다. 사내의 표정은 도대체 종잡을 수가 없다) 태어나지 마라, 죽는 것이 고통이니라. 죽지 마라, 태어나는 것이 고통이니라.

—그런데 그때 어디서, “말이 너무 길구나” 하고, 그 사내를 책망하는 소리가 난다.—

사내 (놀라서 두리번거리다, 기쁘게 웃는다. 계집애가 죽으며 고통 탓에 쏟아놓은 핏덩이가 계집애가 꺾어다 놓았던 들꽃 위에 누워 말하고 있었다) 아, 드디어, 사복이 자네였군. 보았나? 전생에 우리가 읽던 경을 나르던 암소가, 늙어 호랑이가 되었기에, 장사를 지내던 중이라네.

핏덩이 (그의 말에 대답이 없이, 자기를 낳은 계집애를 묵연히 올려다만 보고 있다)

사내 (핏덩이께 달려와선, 자기의 저고리를 벗어, 수정 병과 함께 품에 품는다) 이 죽은 여아를 보게. 자네의 경독과(經讀果)가 아닌가.

핏덩이 (가볍게 한숨을 쉰다)

사내 아 보게, 어느덧 저 여아가 한 도마뱀이 되었군그래. 따님의 자궁에서 어느덧 돌아왔네. 자네의 어미가 아닌가.

핏덩이 시상(時相)의 도착은 마음에 든다.

사내 허엇츠쯧, 헌데 쯔츳, 다시 한번 더 목이 졸리는군. 아 저 괴로운 압살을 보게. 허지만 모두 둥근 고리에 생명을 걸었군. 거 모두 자궁으로 들어감이라. 오 이번엔 사타함과(斯陀含果)를 받았군. 아 보게, 저쪽 장거리를, 불쌍한 엔네를. 흐흐흣, 엿 한 가락에 몸을 허락하고 있잖은가. 허흠, 허구 보니 딴은, 그 태가 비었군. 아 이 도마뱀은, 그렇네, 거기로 스며드는군. 어허읏츠쯔, 허지만 저 태락(胎落)이여, 오 그러고 보니, 영겁의 땅에서 태어나겠네, 아나함과(阿那含果)를 얻었도다.

핏덩이 자네는 대체로 언제나 말이 많아.

사내 허지만, 여성인 것의 지난(至難)함을 살펴보게, 여성인 것의 지복(至福)함을. (사내는 한없이 씨불였다. 심지어, 그 장터 엿장수의 겁전의 조상 애기까지 했다)

핏덩이 (사내가 가졌던 수정 병을 빼앗아 들여다보며, 그 흐르는 금사실에 정신을 뺏긴 척한다)

사내 억만 아유다의 움직임이 멈춰 스러지지 않음이여, 시중임이여, 중정임이여, 중극임이여, 현빈임이여, 곡신이 흘리는 액이 충만함이여.

핏덩이 이제는 자네가 죽게! (그리고 사내의 품에 팔을 뻗쳐 올려, 사내의 벌리고 떠벌리는 아가리에다, 금모래를 흘려 넣는다. 그래도 그의 얘기가 멈추질 않자, 그 두 개의 수정 병으로 사내의 대가리의 숨골을 내리치고, 또 내리친다)

그러다 사복은, 그 염통을 벗어나와, 파도와, 소리와, 빛줄기가 스산한 고장으로 나왔다. 그리곤 다시 천천히 감발을 메고, 통소를 허리춤에 찌르고, 바랑을 멘 뒤, 산의 동쪽을 향해 걷기 시작했다. 아홉 달이나 걸어가며 그는, 옛날얘기 둬 마디만 하고, 입을 다물었다.

"언젠가 꿈에서 난 참, 어머니를 봤었구나. 그녀는 그런데, 일개미처럼, 아무 통로가 없었지. 그런가 했더니 아무런 막힘도 없었어. 그냥 개미였구나, 그래, 여성도 남성도 아닌, 그냥 개미였었어. 그리고 나는 한 마리의 일개미구나. 나는 어머니구나. 개미란 작용력(作用力)이 아니런가. 전날의 그 개미는 그러니까, 그 골짜기에서 번뇌하던 것이 아니고, 작용했던 것이 아니런가. 아 나는 어머니구나. 개미구나."

사복은 그리고, 축축한 한숨을 한 번 불어냈다. 그는 비로소 고향이라는 데를 찾아가 보려다 그런 것이다. 고향이라고 기억되는 곳이 그때 그에겐, 어떤 후현이나 선재화된, 어느 장거리 풍경에 불과했고, 그것은 촉루나 같은 것이었다. 아홉 달 걸었지만 그는 고향을 찾지 못했다.

가다가 그는, 그 장(場) 다음 장은, 산(山)의 동(東)쪽에서 열린다는, 목교가장의 한가운데를 가로지른 그 장통에서…… 한 만삭된 거지 옌네가 목교를 건너려다, 급작스런 산기로 목교를 안고, 비트는 것을 보았다. 오래잖아 옌네는, 꿀방울을 떨어뜨리듯, 핏덩이를 탁한 흐름 속에다 떨어뜨렸는데, 그 꿀방울 같은 핏덩이가 그 흐름 속에 떨어지는 순간, 사복은 견딜 수 없는 현기증을 느꼈고, 다음으론, 무슨 맹렬한 불길에라도 태워지는 듯한 고통을 참아야 했다. 사실로 사복은 태워지고 있었다. 그리고 그 자신의 회 더미에서 사복이 일어났을 때, 그는, 오백 년이나 육백 년쯤을 더 살고도 남을 듯한, 그런, 활력에 넘치고 있었다. 그래서 그는, 그 애 어미와 그 핏덩이를 향해, 좀 들린 듯이, 씨불여주곤, 옹기업을 해 먹었던 아비의 추억을 좇아 먼저 옹기점 있는 데로 갔다.

"여성인 것의 지난함이여, 여성인 것의 지복함이여."

노트

이 소설은, 나의 연작 '却說이 日記' 그 여섯 번째 편이 되는 셈이지만, 이것은 그러나, 형식상 각설이 자신이 쓰는 일기는 아니므로, '却說이 日記'와는 별개의 것으로 분립시켰다. 첨언하면, 이것은, 그가 서른 살이 되었을 때까지의 그의 한철을 涉閱한, 그의 傳記이다.

그런데 나는 이 전기를 포함한 '却說이 日記' 연작에서 하고 싶었던 얘기와는 별도로, 이 전기를 포함한 '却說이 日記' 연작들이 갖는 시대적 배경이나, 이 전기의 구성에 대한 해명의 필요를 약간 느꼈다. 그것은, 나로선, '却說이 日記' 연작을, '일종의' 신화적인 것으로밖엔 가능시킬 수 없었기 때문에, 야기될, 어떤 종류의 오해를 고려치 않을 수 없기 때문이다.

신화적으로밖에 가능시킬 수 없었다는 말은, 어느 한 시작에서 어느 한 종말에 걸치는 한 시대를 共時態에서 보았을 때 일어나는 현상 때문인데, 그때 그 한 시대는, 河圖나 洛書 같은, 암호만을 남기고, 그 저변에 길게 누운 時體로부터 유리되고, 그래선 그것 자체로써 폐쇄되어버렸던 것이다. 가령, 한 오십 년에 걸친 한 시대를 통시태에서 본다면, 그것은 암호 같은 것으로 변해져야 될 이유는 없는 것이며, 문제가 되는 것은 좋은 보습일 것이다. 그런 통시적인 한 시대란, 그 한 시대를 산 어떤 한 인물이나, 집단의 눈과 체험을 통해, 또는 한 이 대나 삼대쯤의 성숙을 통해, 그 시대를 분석하고 종합하는 것이 가능하며 그러면 독자는, 그 시대를 살지 않더라도 그 시대를 살 수 있게 된다. —나는 '살 수 있게 된다'고 요약했을 뿐이다. —그리고 그러한 방법이란 확실히 고전적이다. 그러나 그 오십 년을, 어떤 동시성의 축에서 볼 땐, 반복되지만, 時體 저쪽에 암호만 남게 된다. 그러면서 그 암호는, 그 오십 년간의 한 시대만의 왕국인 것을 떠나며, 어떻게는 오 초의 것으로도 응축되고, 어떻게는 오천 년의 것으로도 확대되는 공화국이 된다. 다시 다른 단어로 바꾸면, 그 암호란 바로 어떤 구조 그 자체인 것이다. —『易經』은 그래서 아마도 그 암호, 또는 구조를 판독하려는 책인 것으로 내겐 이해되었다. —어쨌든 이것은 확실히 신화적이다. 그러나 그 암호, 또는 구조는 해석되어져야 하며, 그래서 약속되어 있을 의미를 캐내야 되는 것이다. 이것이 내가 구태여 해명에 나선, 나의 '却說이 日記' 연작의 시대적 배경이 되고 있는 것인데, 어떤 한 시대 한 시대를 공시태에서 보는 것은 나의 방법이며, 그렇게 하는 것이, 선도 악도 아닌 것에 접근될 수 있다고, 나는 믿은 것이다. 허지만 열두 가지의 고역을 치르고서야 올림포스에 닿은 헤라클레스를 염두에 둔다면, 이 경우의 선이나 악은 똑같이, 그 열두 고역으로 변해진다는 것은 명백하다.

이 전기의 주인공의 이름은, 『三國遺事』(下권, p. 235, 光文出版社. '世界古典全集)의 '蛇福不言'이라는 기사에서 빌렸다. 첫째는, 이 주인공의 출생의 전설과 잘 걸맞는 이름이었기 때문이고, 둘째는, 인과율에 대한 나대로의 주석을 달지 않더라도, 그 점을 적절히 주석해주는 바탕이 되었기 때문이다.

이 전기의 제목이자 무대가 되고 있는 '羑里' —나는 사복의 출생지나 망우수 열매를 먹고 사는 족속의 땅("오디세이" 9장 참조)이나를 동시에 일컫는 바이다—라는 곳은, 문왕이 귀양살이를 하며, '易'을 완성했다는 곳의 이름이다(광문출판사, 易經, p. 31). 그리고 '易'이란, 도마뱀의 그림 글자라고 하며,

도마뱀은 十二虫이라고 한다고도 한다.

이 전기 속의 '도면의, 양극을 갖는 타원형'은, 성배 전설과 관련된 'Fish Symbolism'에서 그 형태의 암시를 받은 것이며, 사복의 거세 역시, 성배 전설과 관련된 'Fisher King'에게서 암시를 받은 것이다(제지 L. 웨스턴 著, 『儀式에서 로맨스로』, Doubleday Anchor Books edition, 1957). 물론 이 전기 속엔 한 사람의 어부도, 한 마리의 고기도 등장하진 않지만, 그러나 어부왕 전설이 갖는 모든 이미지가 이 소설을 가능시킨다. 웨스턴에 의하면 고기(생선)란 생명의 상징(同書, p. 125)으로 되어 있다. ("물의 요정 사이렌은 생선의 가죽에서 태어났고, 인도의 비슈누神은 생선 아가리에서 태어"난 건 알려진 얘기다) 그런데 어부왕의 성불구로 그 왕의 땅이 황폐해졌다는 기사와 (同書 중, "영웅의 과제") 연결 지어본다면, 고기=생명이란 남근과 밀접히 연결되어 있으며, 그러니까 왕의 성불구로 하여 황폐해진 땅이란, 여인의 擬地化라고 해야 할 것이다. 私人으로 환치할 때, 그 내용은 보다 명백해진다. 그러니까 대지는, 그 자체의 풍요함에도 불구하고, 황폐를 감수치 않으면 안 된다. "여자에 있어서 모든 점은 하나의 해결을 갖고 있는데, 그것은 임신이라고 부르는 것이다"(朴俊澤 譯, 『짜라투스트라는 이렇게 말하였다』, 博英社刊, p. 72).

『아프리카 신화』(The Hamlyn Publishing Group 版)에 의하면, 남근이란 독 없는 뱀으로 상징되고, 또 이 뱀은 영겁회귀의 상징이 되고 있다. 다호메이의 게조 왕 궁전에는, 제 꼬리를 제가 물고 있는 둥근 뱀의 벽화가 있다는데(同書, p. 38), 그것이 그것이다. 그러고 보면, 고기와 뱀과 남 성기는 같은 것이고, 고기와 뱀은 형태 면에 있어서도, 유선형이라고 불리는, 양극을 갖는 타원형이 되고 있다. 그러니 물과 대지는 여성이며, 자궁이라는 뜻을 갖는데, 고기는 물을 대지로 살고, 뱀은 대지를 물로 산다. 호수 속에 던져진 도마뱀과, 사복의 그림과, "쿠마장"을 가로질러 흘러가는 개울에 빠뜨려진 핏덩이는, 그렇게 이어진다.

나의 주인공이 그린 도면은, 그 형태를 떠난다면, 전부 河圖나 洛書의 나

대로의 재현이다. 그러나 나로선, 그 그림들의 의미는 잘 모른다.

시간에 있어서 五頭의 문제는, 아직 발표되지 않은 나의 장편 『요나서』의 주제가 되어 있기 때문에, 이 소설에선 요약으로 그쳤다. 그리고 'Fish Symbolism'은, 곧장 『요나서』(『죽음의 한 연구』로 발간됨)에로 이어진다.

소설인 것을 최대한으로 가능시키려는 노력 때문에, 따님과, 시계공과, 사복은, 三代의 관계를 갖는 것으로 되었지만, 사복의 求道적 측면에서 볼 때, 거기엔 사복 하나만이 있어 온 걸로 된다. 그러니까 따님은, 사복 속의 '여성적 경향', 시계공은 '남성적 경향'이 된다. 이때 사복의 거세는, 그 양자를 싸안게 하는, 제삼의 존재의 출산으로 화한다.

야담으로 전해진 원효의 득도를 나는 사복傳에 차용했다.

평

심

로이가 산 한 삶
—세상 얘기 한 자리

로이(Roy)는, 비대증이 원인이 된, 여러 종류의 합병증에다, 심장마비로, 서른여섯의 나이에 죽었다(는 부음[訃音]을 나는 근래 들었더랬다). 그는, 내가 경영하고 있던, 이 (캐나다에 있는 밴쿠버라는) 도시 변두리의 작은 서점(書店)의 단골손님 중의 하나였는데, 내가 처음 만났을 때도 그는 이미, 당뇨병을 합병한 비대증으로 하여, 용소 하나를 다 들이켜버린 듯 배통이 커져 있어 버린 까닭에, 부어 어죽은 그 손으로, 바지를 줄곧 추켜올려야 했고, 황토밭으로 내리는 비 같은 땀 닦기에, 앞섶이며 소맷자락이, 상복(喪服)만큼 젖어 있곤 했었다. 그는, 한 번도 남에게 고용되어본 적이 없다고 했으니, 그보다도 훨씬 더 젊었을 때도 그는 남의 일을 솜씨 싸게 거들어주고, 생계도 유지할 수 있었을, 그런 육신적 조건을 구비하고 있지는 못했던 것이나 아니었는가, 하는 것쯤 쉽게 짐작할 수 없었던 것은 아니었으나, 나로서는 그러나, 저보다 홀쭉했을 수도 있었을 로이는, 상상할 수가 없었다. 그의 입을 통해 들었기로는, 그는 대학을 둘씩이나 졸업했더랬는데, 한 곳에서는 '정치학'을, 다른 데서는 '역사학'을 공부했더라고 했었다. "왜냐하면, 대학을 하나 졸업했으나, 일자리를 구할 수가 없었던 까닭인데, 어찌 되었든, 학교 문턱만 넘어섰다 하면 난 언제나 참 편하다는 생각을 했었더라구. 과목을 바꾼 것은, 난 '정치학'에 매우 넌더리를 내기 시작하고 있었거든, 그러자니 도저히 계속해볼 것 같지가 않더라 말이지.” 그것이 로이가 대학을 둘씩이나 졸업하게 된 이유였었다. “이렇게 되자니, 학교와 관계된 속물(snob)도 있다면, 나도 그중의 하나일 것이라는 믿음이 들더군.” 그리고 그는, 하마(河馬)만큼은 큰 웃음을 웃었었다.

그는, 아무리 졸잡아 말한대도, 삼백이삼십 파운드는 넘을 거구를 해갖고 있어, 그가 나의 작은 서점엘 들어설 때마다, 나의 느낌은 어땠는가 하면 작은 웅덩이에로, 다 자란 하마가 쳐드는 듯했었으며, 그리고 그가 (서점의) 한 골목을 떡 차지해, 그만의 어떤 몽상의 잠수(潛水)를 하고 있으면, 그러는 동안은 책방의 냄새도 실제로, 웅덩이와 다르지 않았었다. 내게는 그러자니 그가, 브로브딩낙(Brobdingnag)이라던가, 어디 그런 곳의 변방에서 살던 자가, 어느 안개 낀 저녁 대취해, 얼핏 한번 실족한 것이 그만, 릴리펏(Lilliput)에나 떨어져 든 듯이 여겨지곤 했었는데, 어쩌면 내 서점이 너무 좁았거나, 아니면 그의 몸이 너무 컸던 것이었다. 나중에 알고 보니 그것은 그런데, 내 서점뿐만 아니라, 이곳 주(州) 정부까지도 그가 이 주내(州內)에서 활동하기엔 너무 육중한 데다, 너무 크다고 알았던 듯하여, 정기적으로 그에게 ‘사회복지금’을 지급하고 있었으면서도, 일하기를 강요치는 않고 있었던 듯했다. 정부 쪽에서는, 그가 아무 일도 하지 않고, 가만히 있는 것이 도리어 도움이 된다고 계산하고 있었던 듯도 싶었는데, 그럴 것이라고 여기게 했을 만한 것이, 동산 하나만큼은 되는, 그의 몸에 부딪혀, 무엇이 부서지는 것은 그만두더라도, 하다못해, 그가 엉덩이뼈라도 어긋나게 되기라도 할 양이면, 그 치료비만 해도, 지급하고 있는 ‘복지금’보다도 많게 되기가 일쑤곤 했었을 것이었는 데다, 글쎄 그는, 뭣보다도, 당뇨병에다 심장까지 약해 있어 쭉 펴놓기가 쉽겠던 것이었는 게다. 그 점을 그는, 정부에서 정기적으로 보내주는 생활비에, 정규적으로, 아니면 사흘이 멀다 하고 (정부에서 그 비용을 부담해주는) 의사실을 드나들어 진통 진정제 처방을 받기에 충분할 만큼 통증을 둘러대고, (당시 로이는, 발목을 삐어, 쌍지팡이에 의지하고 있었는데, 이 진통 진정제를 얼마나 복용을 했든, 혀가 굳어 말도 잘 못 하곤 했었더랬다. 그는 또한 ‘알약’의 모습을 띤 지옥[地獄]을 또한 탐혹하고 있었던 듯했다) 그런 나름으로 건강하게, 그리고 물론 배고프지 않고, 헐벗지 않게 살며, 아무 일도 하지 않기로써, 참애국(愛國)하는 삶을 살았던 것이었다. 그런 대신 그는, 자기로서는 결코 원하지 않았다 한다 해도, 그의 삶의, 그리고 역사(歷史)의 현장으로부터 자꾸 떠밀려나, 그 육중한 몸으로도, 풍선모양 부표하기 시작하고 있었다는 것도, 고려는 해뒤야 될 것이었다. 그러했다 하더라도, 그가 만약 종교적인 사내이기라도 했더라면, —이 문제에 관해 나는, 많은 양의 말을 펴 쓴 일이 있으므로, 뭘 장황스레 덧붙이려 하지는 않는데, —그는 먼저, 우주적 현실, 즉슨 종적(從的) 현실에 참여하기로써, 종내 그 자신을, 역사적 현장, 즉슨 횡적(橫的) 현실 속에로도 가담해들 수 있게 했을 것이었지만, 종교는 헌데 그에게는, 육식동물에 대해 수박이나 같았으며, 초식동물에 대해 씨암탉만큼밖에 매력이 없었을 뿐이었다. (중의 경우는 헌데, —가출[家出]하여, 출가[出家]했다는 자임세, 아랫녘 세상은, 불타고, 홍수에 떠밀리며, 지진은 물론, 태풍에 당하도록 되어 있는 고장이거니! 그것이 상사라가 아니던가? 용사들이, 전쟁을 용기로써 치러내듯, 상사라도, 죽기나 다시 태어나기를 두려워하지도, 싫어하지도, 지치지도 않는 자들이 와서, 오고 와서, 용기로써 고통을 감내하는 곳이던 것, 그렇게 하기로써, 조금 더디다 하더라도, 그들도 또한 법[法]을 들을 귀를 넓히고 깊히거나, 입어버린 수피[獸皮]를 벗어가던 것, —자기만 높은 곳에 앉아, 구경만 하고 있어서야 되겠는가, 하여 그 불 끄기에 나서려 하면 환속하기가 쉬울 터이다. 인세[人世]의 역사[歷史]는 헌데, 축생도[畜生道]·자연도[自然道]와 결코 같지 않아서, '횡적'[橫的]으로만 이뤄지는 것이 아니던 것을!) 그런 로이들(백명의 로이들이 모였다면, 예를 들면 어떤 로이는, 한번 일자리를 잃은 뒤 도저히 다른 일자리를 구할 수가 없다거나, 또는 '우울증' 탓에 자살 직전에 있다거나, 사업에 실패하여 파산을 했다는 식으로, 그 경우들은, 결코 하나같지는 않을 터이다. 허기는 그리고도 위계[爲界]의 일은 모르는 것, 오늘 백만장자라 하더라도 내일은, 그런 로이들 중의 하나가 아닐 수도 있다는 보장은 없는 것. 이 '보장 없음'이, 복지사회 구현의 초석이 되고도 있는 모양이기도 한데, ······ 오늘 일은 어째도 오늘 일인 것)의 뒷전에서, 예를 들면, 나 같은 빼꽹이 세납자(稅納者)들이, 세금 바쳐, 저들의 배를 채워주려면, 얼마나 뼈 빠지게 일을 했어야 했겠는가. 그리고도 손에는, 위대한 '복지사회'라는, 로이들만을 위한 위대한 복지사회의 풍문만 넘치고, 정작으로 고봉 담아져 있어야 할 것은, 요절미만큼밖에 쥐어져 있지 않다. 이래서 보면, 이 위대한 복지사회는, 로이들을 비대증에 걸리게 해온 반면, 그것을 이루려 피땀 흘려, 나름들로는 기여해온 계층을 빈혈증에 처하게 해온 것이었다(는 것을 부인할 수가 없어 보인다). 이런 식의 위대한 사회란, 짐이 너무 무거워 쓰러져 누운 약대와 다름이 없을진대, 프라브리티[爲, 動] 계(界)에다 위대한 사회를 구현 구축하려 하기란, 유사갱(流沙坑) 위에다 대궐을 지으려 하기나 다름이 없는 것이 아니겠는가. 신은, 유토피아나, 위대한 사회를 살기에 걸맞도록 사람을 지은 것이 아니라 그것을 구현하기 위해, 끝없이 투쟁하도록 지은 것일 것이라는 것이, 나의 믿음이다. 사람을 그렇게 설계(設計)하기 위해, 신은 뭘 끙끙대고 고심했어야 할 필요도 없었음이 분명한데, 그가 사람의 코에다 '숨'을, 또는 그의 '뜻'을 불어넣고 있었을 때, 그 '뜻'을 '욕망'(慾望)의 모양으로 슬쩍 바꿔놓기만 했으면 되었을 것이었다. (사람들로부터, 밑에 구멍 뚫린, 저 '욕망'의 주머니를 뽑아내보라, 그러면 유토피아가 바로 거기에 있다고 알게 될 것을, ……그러나, 이것은 동시에, 인세[人世]의 종말이기도 할라)

이런 빼꽹이 세납자들의 찡그린 얼굴과 신음을 외면하거나, 회피할 수가 없어 그랬던지, 어쨌던지, 그것은 장담할 수가 없기는 했었지만, 그렇고 그런 한때 로이는, (물론 나는, 내 서점 안에서 일어난 일만 말할 수 있을 뿐이지만,) 아는 이를 만났다 하면, 자기는 '신민주당'에나 가입해볼까 한다는 소리를 하곤 했었다. 이 '신민주당'이야말로, 잘 못 배우고, 그래서 잘 못 먹고, 잘 못 입는 계층의 민중을 대표해 그들의 권리를 찾고, 높이겠다는 강령을 쳐든, (그러나 그들 자신들은, 모르면 모르지만, 그렇게들 말을 잘하려면, 배움도 제법인 듯하고, 잘 입은 데다, 기름지게 먹어서인 듯, 유들거리고 피둥거려 보이는) 인물들에 의해 결속된 정당이라고 알려져 있던 것이었더랬다. 물론 그전부터도 안 그래온 건 아니었지만, 때에는, 저 복지사회에 대한 회의가, 도처에서, 봄볕이 그 그늘의 뚜껑을 연 뱀 구덩이모양, 꿈틀거리고 일어나고 있었기는 했다. 그랬으니 로이도, 로이 나름으로는, 얼마쯤 초조하지 않을 수가 없기는 없었을 터였다.

그럼에도 로이는, (이제쯤은, '사회복지 보조금' 받아 사는 사내가, 어떻게 책에다 돈을 쓸 수 있었겠는가, 하는 의문에 답하기 위해서 말이지만,) 물론 '단'(但) 서(書)를 붙여 말이지만, 이라는 말은, '단(但) 그가, 복지금을 받고 있는 한은'이라는 그 말인데, (로이가 쥐고, 걸핏하면 흔들어대던 그 막대기를 빼앗아, 오히려 로이를 치는 데 쓰기로 하자면,) '부르주아'였다. 그랬을 것이, 근래 사망한 그의 아버지의 유산으로, 새벽부터 새벽에 이르기까지 술에 취하고, 독한 담배에 쿨룩이는 어머니와 함께 살며 로이는, 어머니로부터는 무료 숙식(宿食)을 얻고, 정부로부터는 복지금을 타내고 있었으니, 세납자들께는 깡보리밥 같은 삶이, 그에게는, 어쩌다 한 뒷, 근심의 뉘까지도 없는 것은 아닐 것이라도, 통째로가 그냥 고봉 담긴 이밥이었을 것이었다. (로이가 태어난 곳의 법률은, 자녀가, 일단 법적으로 인정하는 성년이 되면, 부모라고 해서, 자녀의 생계를 돌봐줘야 된다거나 하는, 아무 책임을 지지 않아도 되게 되어 있는 모양) 어찌 되었든 그는, 남의 흘린 땀만을 마셔 살찌며, 시간이 많은 걸 어떻게 보낼까, 그 궁리로 여흥만을 찾아 일삼는다면, 그가 부르주아가 아니고 무엇이겠는가? 그랬으므로 그는, 백만장자의 자식이어 본 적도, 또 남에게 고용되어 그들의 돈을 한 푼이라도 벌어본 적도 없었음에도, 몇천 권씩이고 책을 사들여놓았을 수가 있었을 것이었다. 물론 로이의 저 기천 권 책이, 나의 서점을 통해 팔려나간 것은 아닌데, 그가 처음 자기를 내게 소개했을 때, 자기는 졸잡아도 삼천 권 책을 소장한 서재를 갖고 있다고 밝혔었기에, 나도 그렇게 알게 된 것이었다. 그때 나는, 당연하게, 그를 존경하여 보았고, 그는 당연하게, 나의 존경을 받아들여 음미했었다.

이전의 삼천 권 책들은 대체 어떤 것들이었는지 모르되, 그는 내 서점으로부터서는, 주로, 두 종류의 책들을 샀었는데, 하나는, (종교 서적을 제외한) '이를테면 학문적'이라고 이를 계통의 것들이었으며, 다른 하나는, 에드거 앨런 포(Edgar Allan Poe)의 아손(兒孫)들의 것들로써, 읽은 이들로 하여금, 공포에 질리고, 소름을 돋워낼 목적으로 씌어진, 기괴한 내용을 담은, 그런 계통의 것들이었다. 처음엔 물론, 그의 그런 '책 사기'가, 나를 매우 어리둥절하게 했으나, 그러는 일이 반복되는 중, 나는, 그의 책 사기에 대해, 내 나름의, 헤헤음, 정신분석이란 것을 하나 해놓기에도 이르게는 되었다. 헌데, 아는 이들은 아는 바대로, '이를테면 학문적 계통의 책'이란, (교과서 등은 일반 서점에서 취급하는 품목이 아니므로, 이 자리에서는 제외함) 매주 몇십 종씩 쏟아져나오는 그런 것이 아니던 것, 그랬으니 그는, 주로는, 한번 그 속에다 눈알을 빠뜨렸다 하면, 못 건져 올리고, 공포에 질려, 앉은 자리에서 오줌을 줄금줄금 갈기게 할, 귀계(鬼界)나 지옥의 독구(毒狗)들을, 글자로 된 사슬에 묶어, '책' 속에 가두고 있는 것들을 산 것인데, 진정제를 너무 많이 취했을 경우에 했던, 그의 중언부언을 통해 내가 짐작해낸 것이 틀리지 않다면, 이런 책들은, 사 갖고 가는 대로, 밤을 새워가면서까지도 읽어, 끝을 보았으며, 그래야 거기 빠뜨렸던 눈알을 건져 올렸을 것이 아닌가, 영화가 되어 있으면, 영화 구경까지 가곤 했던 듯했었다. 반해, '이를테면 학문적 계통의 책'들은, 열심히 어루만지고, 여기 조금, 저기 조금이라는 식으로, 맛보기로 들춰보며, 아꼈던 듯했었다. 그러니 로이는, 한쪽은 그 종이에다 독구(毒狗)들을 쌈 싸 마구 먹어 치우며, 그 맛이 매워 신음을 해댔으며, 다른 쪽은, 휴대용 '학교'거나 뭐 그런 것으로 여겨, 예배했던 듯했다. 그러며 그는, 그런 소중한 책들을 두고, 자기는 이 시대의 앞장선 지성인이라는 것을, 그러므로 자기는, 사회적으로 존경을 받아도 충분할, 그런 계층에 속해 있다는 것을, 그런 식의 어떤 '문화 콤플렉스'랄 것을 만끽했었던 모양이었다. 문제는 그런데, '읽기'와 '어루만지기'가 동의어가 못 되는 것들이라는 데 있었을 것, —내가 그런데, 그의, 특히 '이를테면 학문적이랄 책 읽기'를 두고 저렇게 말할 수도 있는 것은, 왜냐하면, (그와 나 사이에서) 여러 차례에 걸쳐 오고 간 얘기가 있어, 그것을 감안하고서 그러는 것인데, 선문(禪門)에 이런 말이 있잖던가, '한 단어, 한 마디, 한 구절의 말만으로도 한 우주를 잰다.' 갈(喝)! 그러니, 그걸 밝히기 위해서는, 예를 하나 들어 보이는 것이 좋을 듯하다.

당시엔, '해체주의'(? Deconstruction)라던가, 그런 무슨 '학문적 괴물' 하나가, (듣기로는 불부미모[佛父美母] 의 혼혈아로서) 예일 대학 강의실에 그 산실(産室)을 둬 태어났다고 하여, 특히 동방으로부터 마기(magi)들이, 셋으로, 삼백으로, 삼천으로 무엇으로 떼를 져 몰려들어, 경배를 하고 있다는 소문이 떠들썩하고 있었던 참이었는데, 로이가, 자기 학교 시절의 한 친구의 소개를 받아서라며, 그 학문에 관한 몇 권의 책을 주문했기에, 나로서는, 혹간 즉석 지식이라도 좀 얻어볼까 하여, “허이 로이, 그게 대체 뭣에 써 먹히는 복음(福音)이란댜?” 하고 물어본 일이 있었더랬다. 나도 물론, 서학(西學)을 존경하고는 있었지만, 그들 고장에로 이민을 왔었을 뿐, 학생이어 본 적이 없어, 그러니 무식한 까닭으로서, ‘경배’를 하러 갈 만큼 경도하고 있지는 않았었는 데다, 저들의 학문은, 화폐 개혁을 너무 자주 해오고 있는 것을 알고 있었으므로 하여, 그렇지 않아도 충분치 않은 두뇌, 모자란 언어로, 전 심혈을 기울여 넣어, 그 지식이랄 것 좀 벌기에 애써볼 수가 없었던 것이, 솔직한 고백이다. 그러는 중에, 만약 그것의 가치가 이미 낡아져 있게 되어버린다면, 제기랄 개혁 이전의 화폐 단위가 아무리 높다 해도, 그것 쥐고 어디 가서, 반 그릇 개장국인들 사 먹어보겠는가? 꼴은 꼴대로, 나도 또한 (다른 지방에서는 ‘산업혁명’이 일어난다 어쩐다 하여, 세상이 들썩이고 있을 때도, 왜냐하면 쓰기 어려운 문자 익히기에만도 센머리 되느라고, 그 격변하는 세상 정세에 어떻게 대처, 적응할지를 몰라 쩔쩔매고 있는, 바로 요 이웃에 있는, 아으 우리들의 대국[大國] 을 사대[事大] 사모하느라, 그쪽으로 대고만 후문[後門] 이며, 음호[陰戶], 왼갖 것 다 열어놓고, 다른 모든 곳은 꽁꽁 처닫았던,) 이씨 조선 후반기 적 선비들 꼴을, 면치 못하게 됨은 분명하다. 그렇다면, 무엇이 ‘유행’하고 있을 때, 그것을 속하게 익혀, 유행에 뒤떨어지지 않게 써먹는 것이 권장할 만한 일이겠지만, 나모양으로 뭐든 몹시 더딘 사내라면 그런즉, 누구로부터든, 던지어지는 부스러기 지식이라도 얻을 수 있으면, 그것만으로도 충분한 것이 아니겠는가, 그런 것이다. 나로서는 또, 그랬을 수밖에 없었던 것은, 나름으로 추구해온 주제가 그래서 그런데, 저들 호서인(湖西人)은, 저들 자신들이 자인하고 있는 바대로, ‘추상적인 것에 대해서는 사고할 줄을 모르기’ 때문에, 그들이 고수하는 ‘실다움’이, 내가 추구해온 그것과 발가락 한 개라도 닮은 데가 없다는 것이, 그 큰 한 이유였으며, 또 다른 한 이유는, 저들 중에 꽤는 각도했다고 일러지는 자들의 도(道)에 관해 들어본대도 (니체야말로, 이런 경우, 한 대표로 예 들기에 그중 적당한, 단연 뛰어난 사상가이기에) 니체를 예로 들어본다 해도, 그의 비극은, '왜냐하면 호서인(湖西人)이었으므로 해서 그도, 자아(自我)로부터의 탈출에 성공치 못한 것'이라고 하고 있는바, '해탈'(解脫)의 교의 쪽에서 본다면, 그렇다면, 대표로 예 들어진, 저 뛰어난 사색가 니체의 필생의 탐구까지도, '이승'이라는 프라브리티 벽에 씌어진, 매우 읽기 좋은 낙서(落書)보다도 더 뛰어넘을 것도 못 된다는 것을, 인정하지 않을 수가 없던 것이, 그것이었다. (그럼에도 물론, '마음의 우주'라는 보자기를, '몸의 우주' '말씀의 우주' 위에다 덮어씌우려 하기도, 반드시 옳은 태도는 아니다. 어찌 되었든,) 까닭에, 그 쪽에서는, 아직도 '마음의 우주'가 개벽을 보지 못한 듯한데, 그 원인을 저들도 모르고 있는 것은 아님으로 해서, 자기네들은, '추상적 사고의 능력이 결여되어 있다'고 자백하는 것일 것이었다. 그럼에도 어느 세상이나, 현재 운영되고 있는 세상은, '몸과 말씀의 우주'에, 그 화현의 기반을 두고 있음도 잊어서는 안 되는데, 그래서 바로 이 '기반' 위에서 말하기로 한다면, 서학이나 니체 등에 대한 나의 존경심도, 용소만큼은 깊으며, 팔공산만큼은 크고 높은 것도 사실이다. 아직 거기 '마음의 우주'가 개벽을 못 했다 해도, '마음의 우주'란 갑작스레 개벽 될 수도 있다거나 그런 것도 아니라면, 그리고 (앞서 얼핏 말한 바대로) 전장의 용사들과 마찬가지로, 어떤 이들께는, 살기도, 늙기도, 고통하기도, 죽기도, 되돌아오기도, 싫거나 두렵기는커녕 삶이 늘 모자라 갈증이 면해지지 않는다면, 그런 이들이 올 자리란 어디겠는가, 그러니 저 '몸의 우주' '말씀의 우주'도 또한 번성하기만을 바라야 할 것이다. 슬픈 것은 그러니, 그쪽 편이 아니다. 슬퍼하지 않으면 안 되는 것은, 아주 오래전에 '마음의 우주'를 개벽했던 자들이, 중년에 어떻게 되어서인지, (허기야 '마음의 우주'만을 고수하려 하면, 배고프고 등 시리다) 그녀러 '마음'을 똥 닦이 해버린 뒤, '몸의 우주'에로 전락을 겪고, 쿨암리타(Kulâmrita, Skt., '정액'[精液]과 '월경'[月經]이 합쳐진 신주[神酒])를 탐해, 그 세상의 네거리 진 데 가서, 허벅지를 드러내놓고 서 있다는, 그것일 것이다. 어쩌면, '몸의 우주'와 '마음의 우주'는, 그 현주소를 같이하고 있기 때문에, 저런 비극이, 매우 쉽게 일어나는 지도, 모르긴 모를 일이다. 모를 일이다.

"그, 글쎄, 글쎄 말이지, 걸 어떻게 말하나……" '해체주의'에 대한 로이의 대답은 저렇게 시작되었었다. "커어, 젠장, 나도 그거 원, 읽기는 좀 읽어봤는데두 말야, 영 종잡을 수가 없다구. 헌데 말이지, 어디서 한 구절 읽자니까, 그것이야말로, 이십 세기 후반기에 나타난, 한 학문적 사기(詐欺)일지도 모른다는 얘기가 있던데…… 헤헤, 딴으로는 읽어본다고 읽어보고서도, 누가 물을 때, 그것에 대해 설명을 할 수가 없다면, 결국은 잘못 읽었거나, 모른다는 얘기밖엔 안 되는데…… 그러니 나도, 저 의견에 동의하고나 봐야겠는가? 안 그러면 내가, 내게 비참해져 버리니깐두루……."

"말해서, 그것이 '사기'라고 한다 해도, 어떤 의미에서 그런지, 우선은 그것을 얼마쯤이라도 이해는 하고 있어야, 그런 의견에 동의할 수도 있는 것이 아니겠는가?" 나는 그러나, "자기가 잘 이해할 수 없다고 해서, 이해할 수 없는 모든 것마다 다 '사기'라고 매도해버린다면, 세상은 그날로부터 얼마나 혼란에 빠지겠는가"라는 말은 잇지 못하고 말았다.

"그러나 나로서 한 가지 분명하게 말해둘 것은 있는데, 어떤 책은, 그 책에 손을 대자마자, 갑자기 혈맥이 이어지며, 아 이거 내가 뭘 하느라, 이런 책에 늦게 접하게 됐는지, 뭔지 많이 손해 본 느낌이 있는데, 말이지, 반해, 어떤 책은, 그것을 대강 훑어보고 나서도, 뭘 얻었는지, 잘 모르겠는 것이 있거니와, 그것을 몰랐다 해도, 아무것도 잃을 것이 없다는 것을 생각하게 하는 것도 있다구."

허허허— 부스러기일지라도, 즉석 지식을 좀 얻고 싶어 했던 자에게, 그 지식에 대한 흥미라도 일으켜 내주지를 못한 것에 의해 보면, 로이는, '이를테면 학문적이랄 책'들을 사고 어루만졌으되, 그것을 교본으로 삼아, 그의 이웃에게라도, 아무 도(道)도, 법(法)도 설한 바가 없었다는 것을 고려하게 했다. 그러나 그건 그렇다 해도, 나는 그로부터, 포의 아손들의 책 읽기에 대해서라도 무슨 법설을 좀 들을 수 있을까 했으나, 그는, "산이 있다고 해서, 누구나 다 오르는 것은 아니지만, 산이 거기 있으니 오른다고 하잖여?" 하는 말로 회피해 버리고 말았었다.

"건 그렇다 해도, 많이 읽으면, 많이 쓰기도 한다는 말은 옳은 말인가?"

"안 써보았을 땐, 남 써놓은 걸 두고, 우그러질, 이런 것도 글이라고 써서 먹고사나, 했었드랬는데, 말이지, 헤헤, 만약 이 지방 신문의 서평란(書評欄)이 내게 주어진다면…… 하는 생각을 해볼작시면…… 갑자기 한기가 드는데, 그런 것이 아니더구먼. 그러니 나 같은 자는, 남이 써놓은 걸, 욕해가면서라도 읽는 수뿐이더군. 게다가 손까지 잘 따라 붙이지를 못해, 핑계가 좋았지.” 허기는 그의 손은, 잘 쥐어지지도 않는 데다, 힘을 주려면 떨어, (책 사고) 수표 한 장을 쓰려 해도, 생 비지땀을 둬 되씩이나 흘리고 그랬었다. 그렇다 해도, 만약 머릿속에서, 무슨 영감(靈感)의 화산이 터져, 글자의 용암(熔岩)이 빽빽하게 흘러넘쳐 나고 있다고 한다면, 연필을 입에 물어서라도, 아니면 발가락 새에 꽂아서라도, 종이 위에로, 그 용암의 길을 터주지 않고는 못 배길 터였다. 그랬으니 로이는, ‘검은 과부’라는 이름의 거미나, 무저갱, 또는 지옥모양, 자기 속으로 흘러드는 모든 것을 삼켜 치우고, 결코 되풀어내려 하지 않았다. 로이는 유정(有情)의 모양을 꾸민, 그만한 크기의 유사갱(流沙坑)이며, 수렁이었다. 그래서 그의 글 읽기를 두고 만들어진 나의 추측은, 그의 글 읽기는 필시 그의 십자가(十字架)였을 것이라는 것이었다, 라는 말은, 아무 곳에도 소속되어 있지 못해 부표하는 그의 횡적(橫的) 삶은, 그의 독서에 의해, 그 나름의 종립성(縱立性)을 획득하는데, (그럼에도, ‘이를테면 학문적이랄 책’ 읽기까지도, ‘종교’[宗教] 와 달리, 그 위쪽의 어느 높이에는 반드시 두꺼운 천장이 있다는 것은, 염두하고 있어얄 것이다) 이미 밝힌 바 있는 대로, 그는 종교적인 사내는 아니었어도, 그리하여 ‘위쪽’에서 천장을 마주한 대로 빙 돌아, 그의 아래쪽 되는 데로 깊이깊이 파 내려가고 있었던 것이었다. 그는 그리고, 아래쪽으로 내려가기에 침혹(沈惑)하기 시작했는 듯했었는데, 그는 나이로는 매우 젊은 사내였음에도, 여성과의 성교는커녕 수음까지도 해보지 못할, 그런 육신적 조건을 갖고 있는 것은, 이제쯤은, 누구라도 다 짐작하는 바대로이겠거니와, 그럼에도 그는, 금욕계(禁慾戒) 따위라도 수행하는 중도 아니었는데다, 나이로는 글쎄, 한창 생식을 해야 될 시절에 처해 있었으니, ‘자연’(自然)의 부름이 어찌 그의 혼이(魂耳)에 들리지 않았을 리가 있었겠는가. 어떤 식으로든 그도, 성교나 수음에서 얻어질 수 있는 것 같은, 그런 육신적 배설의 아픔 앓음을, 필요로 했을 것이었다. 게다가 이 시절은, 그 어느 때보다도, ‘금욕계’ 따위라도 수행해보기에 그중 좋도록, 여성들이, 그네들의 육신적 아름다움을 활짝 피워 올리고 있으니, 누구의 몸이 비대해졌다고 해서, 그의 본능까지 그 무게 밑에 억눌려, 납작해져 있을 리는 없을 것이었다. 이것이, 앞서, 한번 '헤음'치고, 말했던 바의, 내 나름의 그 분석이지만, 그것(성적[性的] 앓음다움!)을 위해 로이는, 왜냐하면 종교적이지를 못하였으므로 하여, 에드거 앨런 포가, 그 뚜껑만 비시겨 열어 보이고, 그의 아손들이 깊이깊이 파고 내려간, 그 지옥으로 내려가고 있었던 것이었다. 그 자신의 육신 속, ―육신이야말로, 지옥 자체인 것! 그리고 이 시절엔, 그 어느 시절보다도, 지옥을 계발해 내려갔던 유정(有情)들의, 부정적(否定的) 상상력과, 하향성(下向性) 몽상이 어버이가 되어, 버글버글 낳아 젖힌 독구(毒狗)들이, 떼로 떼로 올라와, 백주의 거리를 흉가로 만들고 있는데, 한번 지옥을 계발해낸 유정은, 그리고부터는, 지옥이 없이는 못 사는 듯하다. 이 시절엔 그런데, 그런 지옥이, 무수한 형태를 취해, 누구나의 일상생활 속으로 침투 범람해 들고 있거니와, 가장 두려운 것은 그런데, 그것이 '흥행'(興行)이나, '예술' 따위에 야합하는 것일 것으로, 내게는 믿기어진다. 혼자 바느질을 하고 있는데 보니, 검은 혀가, 둘로 짜개어져 날름거리고 있는, 고흔, 곱디고흔 옌네.

아직도 물론, 저승 문턱 너머에다, 발 하나를 넘겨 딛고 있어 보인다거나 그렇지는 않았어도, 그즈음 로이의 건강 상태는, 눈에 뜨이게 나빠져 갔었는데, 늘어지는 살 뭉텅이가 더 커지고, 더 무거워져 가고 있었는 데다, 합병증들이 심해지기 시작하고 있었던 모양이었다. 황토물 같은 땀 흘리기를 두고서야 두 번 말할 필요도 없겠으나, 숨쉬기도 거북해하곤 했었는데, 살집을 두고 너무 넘치게 복을 받아버린 이 사내는, 그리하여 합병증이라는 배고픈 떼 늑대 가운데, 외롭게 던지어져, 어떻게 할 바를 몰라, 외롭고도 무력하게 당하고 있었다. 로이의 저 합병증은, 나의 믿음엔, 꼭히 육신적인 것들만은 아니었는데, '공포를 자아낼 목적으로 씌어지는 책'들을, 무시로, 너무 많이 읽어오는 중 그는, 인간도(人間道)와, 귀계(鬼界)와, 지옥도(地獄道) 사이들의 경계를 모르게 되어버렸는바, 그래서 그의 통 큰 몸속에는, 여러 여러 종류의 귀신들이며, 털 난 푸른 손, 사람 고기만 먹는 늑대 등, 왼갖 잡스러운 것들이, 만으로, 천으로, 팔만사천으로, 우글거리고 있어, 그를 안쪽에서 발겨대고 있던 것이었다. (까닭에, '마음을 넓히면', 또는 안을 뒤집어 밖으로 하면, 반대로는, 밖을 안에다 집어넣으면, 또는 '밖을 다 깨우면' '그 마음이 곧 우주다'라고 일러준다고 한단들, 오관[五官]으로 감지할 수 있는 것만이 견고한 실다움이라고 아는, 아직 '마음의 우주'의 개벽을 보지 못한 고장의, 불우한 젊은네, 저 로이가, 그것을 어떻게 깨닫겠는가? 마는, 다행인 것은, 저것들이 그럼에도 로이에게서는, '폭력'[暴力]이라거나, '자폐증'[自閉症] 따위라는, 아무 모습도 꾸며 있지 않고 있었다는 그것일 것이지만,) 그래서 로이는, 육신적으로 노상 앓고 있었고, 의사께는, 그것들이, 병증으로밖에, 달리는 어떻게도 진단되었을 수가 없었을 것이었다. 의사가 검진 중에, 일례로, 로이의 배 속에서, 털 난 푸른 손이 하나 불쑥 뻗쳐 올라와, 의사의 멱사리를 움켜쥐는 일이 있었다면, 의사는 그것을 무엇이라고 했겠는가? 그러나 나는, 의사는 아니고, 책 장수였으므로, 책과 관계된 얘기만 할 수밖에 없지만, 책은, 나의 믿음엔, 그에게 지식이나 지혜를 주었거나, 상상력을 풍부하게 자극했거나, 어쨌거나 한 것이었기 대신, (그런즉슨, 그것이 무슨 의미겠는가, 책과 관계된 독자[讀者]의 거세[去勢]!) 먼저, 그의 대가리를 싹둑 베어먹고, 그런 뒤, 그의 복부에 출몰하여, 그를 흉가로 만들었다. 아까까지는, 버마재비의 암컷 같았던 책이, 이번에는, 모든 흉물스러운 환귀(幻鬼)의 알을 슬어놓는 여왕벌 같은 거위[蛔]가 되어, 그의 내장을 다 갉아 먹은 뒤에는, 백여덟 발 똬리를 쳐 들앉았는다. 그리고는, 때도 없이, 배고파 대가리를 저어대는데, 그런즉 로이는, 얼마나 글자들을 먹어야, 거위도 살찌우고, 자기도 힘을 내어 꿈적거리겠느냐. (세상의 출판인[出版人]들 만세? '로이'를 통해, 드디어, 자기네들이 이뤄내려던, '책만 먹는 불가사리'를 실현한 것이 아니었는가? 나름으로는, '책'을 먹는다고 하면서, 종교적[宗敎的]으로까지 책에 대가리를 버혀 먹히는, 버마재비의 수컷. 독자[讀者]는 모두 다 로이처럼, 배고픔으로 게걸거리고 책에 달려들어, 그것을 마구 파먹는다고 하며, 먹혀야지, 그렇지 않고, 고전적[古典的] 독자[讀者]들모양, 눈으로 먹어, 머릿속에서 살과 골을 발기고 빨아내곤, 입으로 마른 뼈를 뱉어내고 해서는, 자기네들이 추구하는 이획[利獲]에 지장이 많게 된다) 그러니 책

장수는 '글자'를 말하지만, 의사라면, 당연하게도 '병균'을 말했을 것이었다. (서장의) '본'(本) 종파(宗派)의 중들이라면, '귀신'과 '병균'을 섞어 진맥해내곤, 로이로부터 귀신도 쫓고, 병도 낫게 했음에 분명하다. 브로브딩낙의 로이가, 실족해 든 릴리펏은, 이래서 보면, 저 작은 글씨들의 세상이었던 것을 알겠는다. 로이는 그러고 보면, 그가 '학교'와 '속물주의'를 말하고 있었을 그때 이미, 저 릴리펏에로 이민(移民)을 해버렸었거나, 스스로 자기를 실종하게 해버렸던 것이 분명했는데, 그러나 그 후, 거기로부터서, 불러져 나왔어야 할, 이쪽 세상의 무슨 긴한 사정 같은 것, 이를테면, 이곳 '지방 신문의 서평란(書評欄) 담당' 자리 같은, 로이가 (실제로 그 자리를 물으러 가본 일은 없이) 꿈만 꿨었던 일자리 같은 것, 그런 것이 주어진 것과도 같은 일이 없었으므로, 그는, 그쪽에 머물러버리고 말 수밖에 없었던 듯했다. 까닭에 그는, 이 세상, 이 현장에, '몸'으로는 소속되어 있었음에도, (한 단어로, 투박하게 말하면,) '삶'으로는 소속되어 있지가 않았던 것이었다. 그는, 지금 한창 진행 중인 연극의 무대의 한 자리를 무겁게 차지하고 있음에도, 그리고 그 자신, 자기가 맡은 역을 열심으로 행하고 있음에도, 그에 의해서는, 아무런 사건이나, 얘기의 줄거리도 이뤄지고 있지를 않을 뿐이다. 역사의 현장에 있음에도, 그는 역사를 이루는데 가담해 있지도 않으며, 이뤄진 역사에 소속되어 있지도 않고 있는 것이다. 그럼에도 그는, 이 방에서 온 자도 아니며, (그 자신은 그 사회에, 아무것도 기여[寄與]하는 것이 없다 해도, 그 사회로부터 최선의 혜택을 받고 있으니) 가외자도 아니다. 그러면 그는 무엇인가, 사회제도적 춘사(椿事)인가?

그러던 하루는 헌데, 꽤는 이른 아침나절인데, 그가 내 서점엘 들러, 그 거대한 얼굴에서, 노상 쓰고 다녔던, 한 꺼풀 병든 지옥을 벗겨내고서는, 생짜배기로 웃음을 한 뙈기나 피워내고선, "여, 말여, 지난밤 뉴스 보았는가 몰라, 여섯 시에 방영(放影[映])되는 지방 소식 말여,"라고 물으며, 뭔지 속에 넣어놓고 있기에는, 뻥 터져 나갈 것 같아 못 견디겠는 얘기의 머리를 꺼냈다.

"그게, 내 가게 문을 닫는 시간이 돼놔서…… 헌데, 무슨 좋은 소식이라도 있었던가 보제?"

"헤헤, 거 뭐 조금도 대단스러울 것은 없겠어도 말여, ……나도 허긴 조금은 놀랬었지, 글쎄, 내 얼굴이, TV 화면에 나왔더라니깐, 허헛, 그래 봤댔자 기껏 0.5초나, 그보다 짧은 시간이었지만,"

"헤읏, 거 듣던 중 반갑고도, 놀라운 소식인데…… 무슨 좋은 일을 했기에?"

"내가, 거, 왜, 말하지 않았던가, '신민주당'에나 가입할 거라구 말여, 헌데 어제, 그 당의 주(州) 당대회를 개최했기에, 나도 나갔던 김에, 현수막을 들어 앞장을 섰더니, 그 까닭으로 내 얼굴이 한 번 화면을 비춰 간 건데……"

이곳의 중국인들은, 자기들끼리 말할 때는 'TV'를, '전영기'(電影器)라고 통역을 하는 듯했는데, 나는 그것을 '환면'(幻面)이라고 이해해 오고 있던 중이었거니와, 난 이 '환면'에 얼굴을 비춰본 적이 없어, 로이의 저 느낌을, 도대체 알 듯하지가 못했다. 그가, 꽤는 큰 자부심을 갖고 말하는, '대학을 둘씩이나 졸업'하고, 그 나이 되도록도 끊임없이 독서를 해오고 있었으니, 당연하게도 '지성인'이라고 불리어질 수 있는 자가, 대국적 정의야, 거 좀 너무 사치스러운 듯하니 거론치 말기로 한다 해도, 자기 한 개인의 이익을 좇아, (그것을 위해, 누구나 없이 피땀을 흘린다면, 그것에 왜 잘못이 있겠는가, 마는) 그 이익을 보호하고 보장해준다는 당에 가입해, 그 당의 현수막을 들어 앞줄에 서 있었다는, 그 이유로, 뉴스를 방영하는 TV 카메라가 한 번 훑어 지나는 그 그물[電網]에 자기의 얼굴이 한 번 옭여 들었다는 그것으로, 저렇게나 넓적하고 널팡하게 자랑스러울 까닭은 무엇인가? —내게는 그때, 어떤 종류의 역겨움, 역겨움 같은 슬픔(?)이 목구멍을 치밀어 올라오고 있었는데, 그 대답은 그러나, 그리고도 훨씬 뒤늦게, 그의 부음을 듣고 나서 만들 수밖에 없었다. 그러니까, 정작의 로이는, 이 세상에 와서도, 실제적으로는 한 번도 이 세상 일에 자신을 투입해본 적이 없이, 그곳으로부터 도움만 받아온, 삼백 기십 파운드짜리의 물질적 몸을 입고 있었던, 로이 그 당자가 아니라, 0.5초의 시간보다도 짧게라도, TV 화면에 한 번, 그 얼굴이 비춰진, 그 TV 속의 로이였던 것이었던 모양이었다. 그러니까, 내가 '환면'이라고 이르는, 그 '전영기'(電影器)에 어렸던, 로이의 환면(幻面) 또는 환상(幻相)이야말로, 이 세상과의 관계에서의, 역사적 현장에도, 그리고 역사(歷史)에도 참여하여, 그 사회에 뭔가를 '기여'한 일이 있었던, 진짜[實體]의 로이였던 것이다. 그렇게 로이는, 0.5초 정도의 시간, 인조적(人造的) 환면에, 신조적(神造的) 환면을 비추었기로, 모든 '우리' 중의 하나가 되었던 것이었다. 그가, 그것을 확실하게 의식하고 있었거나, 어쨌거나, 그렇다면 그것이야말로, 그의 입장에서라면, 자랑스럽지 않을 수가 없는 일이었을 것이었다. —이것이, 내가 만들어낼 수 있었던, 그 대답이었었다.

그는, 아픔 앓음으로 비대해져 있었던 사내였으므로, 그 부음이 내게 놀라운 것이었거나, 그런 건 못 되었어도, 말해온 것 같은 이유에 의해서도, 그 죽음이 내게서 그렇게 쉽게 잊혀진 것은 아니었다. 김소월이나 모차르트모양, 그 삶들의 길이는 별로 길지 못했었다 한다 해도, 나름들로 해놓은 일들이 뒤 남아 있다고 할 때, 그리고 또, 축생도(畜生道)를 내어다보고도 하는 소리지만, (이라는 말은, 그곳에서는 삶이나 죽음의 소비란 있지도 않으니,) 그 삶들의 이유를 물으려 하지는 않되, 무식꾼도 아니었으며, 그렇다고 학자도 아니었고, 목수도, 전공도, 땜장이도, 백정도, 품바꾼도, 중도, 폭력배도 아니고, 자폐증(自閉症)이나 모달(母妲, mother) 콤플렉스(에 당하는 자식들이 조사[早死]를 한다고 하잖더냐)에 당하는 정신증 환자도 아니어서, 그를 두고 뭣이라고 할지를 모르겠는, 이 로이의 짧은 삶은, 내게는 몹시 버거운, 그리고 석연치 않은 의문을 남겨놓고 있어 온 것이다, 라는 것은, 삶에 꼭히 무슨 목적이 있어야 하는 것인지, 또는 '사회적 동물'이거나 아니거나, 프라브리티계(界)를 살게 된 유정은, 자기가 처한 곳에, 자기가 원하거나 않거나, 살기 자체가, 또는 질서의 구조가, 그렇게 되어 있으므로 하여, 꼭히 뭔지 '기여'를 해야 되는 것인지, 어떤 것인지, 그런 것에 대한 대답은 미뤄두기로 하고 말이지만, 대체 그는, 무슨 목적으로 이 세상엘 왔다가, 무엇을 기여했는가, 라는, 그것이었다. (아으, 면벽구년[面壁九年]을 하려구 말인가?) 그가 물론, 나의 서점에서 책을 사주어, 내가 가난했을 때, 내 목구멍에 풀칠을 할 수 있도록, 얼마쯤 도와준 것도 사실이니, 그것만 해도 그 나름의 '기여'가, 전혀 없지는 않았다고도 말할 수 없는 것은 아니라 한다 해도, 실제에 있어선 그런데, 그가 소비한 그 돈은, 그가 피땀 흘려 번 것이 아니고, 그의 어버이까지도 포함한, 모든 '우리'의 피땀으로 이뤄진 것이라는 것을, 잊을 수 없는 데에, 문제가 있던 것이다.

'기여'라는 문제와 관련해서라면, 필시, 그의 한 삶을 일관해버린, '책 읽기'를 두고, 물음을 제기해야겠지만, 그러나 이미 다 밝혀진 얘기를, 새삼스레, 뭘 더 반복하여 말해볼 필요가 있겠는가. 로이의 한 삶은 그런즉, 우정을 갖고 말하기로 한다면, 두문동 처사적 '무위'(無爲) 자체였다고 해도 될 것인가? (수사학[修辭學]에, '배통 터지기'의 비유라는 것도 있음에 분명한데, 그것이 쓰여질 때는, 그 비유가, 듣는 이의 배통만 잘 걷어차, 배통만 터지게 하면 되는 것이지, 반드시 이것과 저것이 서로 잘 걸맞아야 될 필요가 있는 것도 아니라면,) 그, 글, 글쎄 말이지, 만약에 밤중에 일어나는 두문동 흡혈귀가, 욕망 탓에 일어나는 것만은 아니고, 오줌을 누기 위해서도 일어난다고 말할 수 있다면, 그렇게도 말할 수도 있을라는가도 모를 일일라. (뿌훙! 배통 터져라!)

이렇게 되면 결국은, 그가 산 한 삶의 의미는 다시 또, 0.5초만큼 그 자신을 비춰냈던, 어떤 환면(TV)에서 찾아볼 수밖에는 없는 것이나 아닌가, 하는 것을 재고려케 한다.

……헌데 그때, 그가, 앞장서 들고 있었던, 그 현수막에 씌어졌던 그날 치의, 그 한 집단의 이데올로기는 과연 무엇이었을까? ……허기야, 그것쯤 짐작해내지 못할 것은 아니라도, 나로서는 그러나, 지금에 와선, 그 현수막은, 백지로 비워둬, 수수께끼 삼아 남겨두고 싶을 뿐이다. 그럴 것이, 또 생각해본즉, 영겁(永劫)이라거나, 무궁(無窮)이라고도 하는 시간(時間) 속에서는, 인세의 역사(歷史)라고 이르는 그것까지도, 그 '시간'이 만들어낸 '환면'(幻面) 말고, 다른 아무것도 아닌 듯한데, 그렇다면, 누구는 '로이' 아닌 자도 있겠는가, 하는 의문과 두려움이 있기 때문이다. 영겁이라거나, 무궁이라는 시간 속에서는, '0.5초'나 '5000년'이라는 시간의 단위가, 별로 크게 차이 날 눈금을 드러내는 것도 아닐 것이었다. 이래서 본다면, 어찌, 삶의, 또는 고통의, 또는 죽음의 무게가, 로이에게만 한 짐으로, 비대증이 되어 있겠는가.

그럼에도 아으 로이임세, 독수리가 아무리 빠르게 난다 해도, 저 창공에다 말이지, 뻥— 흰 구멍을 뚫어 벗어나지를 못한 까닭에, 저녁 되면 다시 둥지로 돌아오지 않을 수가 없다고 하는 모양이던데, 도류(道流)도 한 번 프라브리티계(界)에 몸을 드러냈던 후, 그 프라브리티에 뻥— 흰 구멍을 뚫어 벗어나지를 못한 까닭에, 다시 돌아오지 않으면 안 되겠거든, (그것이 달마[達磨]라 하잖던가?) 그런 육중함을 입고서도, 오히려 프라브리티의 풍랑 위에 부표하지 않으면 안 되었던 도류는, 이번 길엘랑은, 무슨 수로든 산(山)이라도 한 덩이 되어보게, 글쎄 한 봉우리 산이 되어보라구네. 내게 여겨지기에 산은, 꼭히 육중해서만 프라브리티의 바닥에 가라앉아, 만년 억만년 그 자리를 차지하고 있는 것만은 아니며, 글쎄, 그렇게 고행하기로 니브리티를 성취하던 것인데, 산이 불사조(不死鳥)인 것은, 도류도 알 거구먼. 고해(苦海)의 한 여울만큼씩, 프라브리티를 극복하게 될 때마다, 산은, 제 스스로 불을 일궈, 묵은 업(業)의 껍질을 태우고, 그 재 속에서 새로이 날개를 돋워내던 것을, 그렇게 산은, 제 업을 스스로 태운, 재 속에서 날아오르는 새이던 것을, 그러니 도류는 산(山) 돼 오게. 와서, 나를 만나려 해도 못 만나겠거든, 도류가 어제저녁 꿨던 꿈 하나가, 희게 깨어 버렸는 것이라고, 그래서 꿈자리가 하나쯤 더 가벼워진 것이라고, 그렇게 알면 되고, 그렇지 못해, 다시 만나게 된다 해도, 반가워싸서, 뭐 꼭히 안체할 일도 없겠지맹. 누구는 누가 아니던가 우리?

왈튼 씨 부인이 죽은 한 죽음
—세상 얘기 한 자리

왈튼 씨 부인(Mrs. Walton)은, 심장이 튼튼하지 못하다, 관절염기가 있다, 음식을 잘 소화해내지 못한다, 어쩐다 꼬랑꼬랑하면서도, 예순 살까지 살아오다, 선선한 철로 접어들고 있던 어떤 하루는, 감기인지 몸살인지 한기가 든다고 몸져눕더니, 못 일어나고 죽었다(는 부음[訃音]을 나는, 근래 들었더랬다). 그 부인네는, 내가 경영하고 있는 이 (캐나다에 있는 밴쿠버라는) 도시 변두리의 작은 서점(書店)의 단골손님 중의 하나였는데, 단골손님이라곤 해도, 예를 들면 로이(Roy)모양, 다독가(多讀家)는 아니어서, 한 달이면 대략 두 번에서 세 번 정도 들러, 어떤 때는, 내 소잡한 사무실에서 커피도 들고, 그러며 읽은 책에 대한 감상도 피력하고, 가곤 했다. —이곳은, 인구가 모자라 이민을 모집하는 곳이어서, 다운 타운(이라고 한다 해도, 비교적으로 말할 때 조금 번잡하다고 할 수 있을 뿐이지만,)을 제외한다면, 어디나 소잡한 일이란 잘 없는데, 그래서 변두리에서 뭘 차려놓고 팔기 행위란, 말하자면 파리나 날리고 있기처럼, 대체로는 한산한 것이 이곳의 상가의 실정이라는 것이 기억되어진다면, 여기 사람들은 왜 그렇게 말을 하고 싶어 하는지, 장사한다는 자는 또 어떻게 그렇게 말 듣기에 시간을 낼 수 있는지, 그런 것에 대해 의문을 가질 필요가 없다고 알게 될 것이다. 더욱이 책은, 그것이 비록 만국어로 알려진 영어책인 경우까지라도, 맥주나 미술, 콜라나 음악과 달라서, 여전히 사투리를 극복하고 있는 것이 아니다 보니, 손님은 한정되어 있게 마련이다. —그네는, 자기나, 바깥양반의, 잠들기 전의 수면제로 삼아, 대략 이 주 정도 지탱해줄 만큼의 '잠 오게 하는 글자'들을, 종이로 된 페이지에 쌓아 가지고 갔는데, 왈튼 씨는, 경마나 경마장과 관계된 얘기나, 일차·이차대전 얘기 같은 것들을 즐겨 읽었으며, 부인네는, 이곳 신문의 서평란에 올라 있는 것이라거나, 국내외를 막론하고, 무슨 상(賞)을 받았다는 소설이면 그것들을 샀고, 더러는 시집(詩集)이며 화첩(畵帖), 곁들여 손자 손녀께 읽힐 아동용 책들도 사곤 했다. 밥술이나 먹는다는 집의, 높은 교육을 받았다는 안댁들이 소견법으로 그렇게 하듯, 왈튼 씨 부인도 그림을 그린다고 했는데, 수채화라던가, 그네의 친구들을 통해 듣기론, 그것도 상당한 수준에 달해 있어, 언제든 전시회를 갖게 될 것이라고 그랬다. 중키 정도의, 패는 섬약한 옌네여서, 나도 생각에, 하긴 시 짓고 묵이나 친다면 어울릴 것이라고 했었는데, 그러나 그네가 어디서, 그런 작품 전시를 했는지 어쨌는지, 나는 그 뒤 소식은 듣지를 못했다. 그네는 남편과 달리, 미소를 잃지 않은, 매우 상냥한(이란, 이쪽 고장에선 얼마 정도는 '수다스럽다'는 뜻도 내포하고 있는다) 옌네여서, 많은 사람들과 친근히 지냈는데, 나도 말하자면 그런 사람 중의 하나인 셈이어서, 한 둬 번은 한국식 식당에서, 다른 때는 중국식 식당에서, 그 댁 부처와 저녁 식사를 한 일도 있고 그랬다. 왜 외식(外食)이었는가 하면, 자기(란, 이 경우는 내 쪽에 한한다)가 살고 있는 초막이, 손님을 맞기에 충분치 않다고 여기다 보면, 그렇게 된다.

거의 성이라도 내고 있는 듯이, 신중하고도 진지한 얼굴의 왈튼 씨는, 대학에서 (가맜자, 그가 무슨 학문을 닦았다더라?) 석사학위까진 받고, 박사학위도 받아, 대학에 머물려 하다가, (때로는 멋으로도 그러는 듯하지만, 이 경우는 그와 반대로) 웃옷 팔꿈치에 덧댄 단벌옷을, 세 철 벗지 못하는 교수들 보기가 민망해, 돈벌이를 해야겠다고 마음을 바꿔 먹고, 어느 회사에 취직을 했더라던가, 그런 몇 년 후에는, 단독으로 자기 사업을 시작했는데, 그도 수수 년의 세 철을, 웃옷 팔꿈치에 덧댈 것을 댄 단벌옷을 벗을 수가 없었더니, 그즈음 시기에 알맞은 사업이 되어서였던지, 아니면 사업에 알맞은 시기가 와서였던지, (하기야 왜 매일매일의 난관이야 없었겠는가, 마는,) 어느 때로부터 시작해선, 사업이 제자리를 잡아 서기 시작했더라고 했다. 그러는 중에, 자녀들(아들 둘, 딸 하나,)이 자라 학교들을 마치기에 좇아, 주요한 직책들을 자녀들께(사위도 포함) 맡기게 되다 보니, 오래잖아 그 사업은, 가족 위주로 운영되어졌던 모양이기는 하다. 나름으로, 나이가 들어가며 왈튼 씨가, 비밀스레 꿈꿔온 것이 하나 있었다면, 바로 저것이었는데, 그는 그제는 '사장'일 뿐만 아니라, ……제기랄, 이것을 뭐라고 하지, 넘새스러워 말문이 열리지 않는 것을, 헤헤, 단도직입적으로, 그를 봉건주의자(封建主義者)라고 말해버리기로 하면, 혹자는 킬킬거릴라는가? ……후, 후후, 후(侯) 꼴도 꾸미고 있었다. 봉건주의 만세? 글쎄라…… 어땠는가 하면 사정은, 왈튼 씨의 자녀들은, 사업을 확장해야 한다고, 그래서 다른 도시들에까지도 지점이나 분점을 낼 수 있는 만큼 내야 된다고, 주장을 했던 듯했는데, (그런 가장[家長] 밑에서, 아들살이를 해본 나의 경험을 기반으로 하여 말한다면,) 저들은 분명히, 늙은[舊式] 가장에 대하여, 뒤쪽에서 반기를 들고 있었을 것이었다. 그러나 그 가장은, 하기야 조심스러운 구세대 사업가가 돼서도 그랬을 것이었지만, 나라의 경제가 기울고 있을 때, 확장은, 대부분의 경우 파산에의 첩경이라고 하여, 좀 더 시기를 기다려보아야 한다고, 조금도 양보를 하지 않고 있다고 했다. 뭉뚱그려 말하면, 왈튼 씨네는 그러니, 무슨 이렇다 할 만한 재벌까지는 아니었다 해도, 내가 서점을 낸 곳과 같은 변두리에서는, 상급의 유지에 속하기엔 충분했다. 한데 누가 만약, 왈튼 씨네는, 어디서, 무슨 사업을 하느냐, 고 묻고 덤빈다면, 아차, 내가 이거, 갑자기 난감해질 일이다. 어쩌면 왈튼 씨네서, 밝힐 필요가 없다고 여겨, (그것을) 밝히지 안 했거나, 아니면 이미 밝혔다고 여겨, 더 이상 말할 필요가 없다고 여기고 있었거나, 아니면, 밝혀줬음에도, 내 기억력의 어디에서 유실을 해버리고 만 모양이었다. 그도 그럴 것이, 장사꾼은, 손님의 호주머니 속의 돈 냄새보다, 더 많은 냄새를 맡으려 코를 흠흠해싸면, 손님을 잃게 된다는 생각이, 내 기억력의 어디에다, 흘러 빠지는 구멍을 열어놓은 것이었을지도 모르긴 모른다. 반복해 말하면, 장사꾼은, 고객 상대의 정탐꾼은 아니다. 헤, 헤헤, 헨데도, (저 왈튼 씨가 대학에서 무엇을 전공했는가, 그리고는 무슨 사업을 어디서 하고 있는가 따위는, 이 자리에 끌어들이지 말기로 하고 말이지만,) 실제로는 또 어떤가 하면, 나의 서점을 드나드는 이들 중의 어떤 옌네의 월후가 언제부터 끊겼다든지, 누구는 포진(疱疹) 탓에, 노상 불두덩을 긁어대고 있다든지(쉬이―, 하지만, 서점에서는, 저런 문제와 관계된 책도 팔고 있다는 것을 싹 감춰두는 것이 좋을 듯한가?), 자기의 친동생에게 마누라며 집 까대기까지도 빼앗기고, 이웃집 지하층에 세 들어 사는 사내의 근황, 근처에 있는 초등학교의 늙다리 교장이, 육 학년짜리 매우 숙성한 여자아이의 가슴팍을 잘못 스쳐본 일로, 정년퇴직 오 개월 앞두고, 불명예 퇴직을 당한 일, 한데 바로 그 여자아이는, 세 살 때부터, 부모가, 뉘 집 저녁 식사에 초대되었다거나, 영화라도 보러 가려 했다거나 하면, '이웃사촌'이라고 하잖던가, 바로 그 사촌스런 이웃에다 맡겨놓고 했더랬다는데, 바로 그 이웃사촌에 속하는 남자로부터 '당해왔다'는 얘기…… 동쪽으로 흐르는 바람이 이 저녁에는 왜 이렇게 그윽하다는댜, 그것은 서쪽 어떤 년이, 이쪽 대고 방귀를 한 번 뽕 뀐 탓인 겨…… 라는, 이런 우그러질, 저런 빼드러질 일들을 많이 알고도 있다. 그리고도 책 장수는, 정탐꾼이기는커녕, 더더욱이나 고해청문사는 아닌데, 이제 들어보다 보면 알겠지만, 희귀한 경우로, 또는 허다한 경우로, 결코 원하지 안 했음에도, 고해청문사 노릇을 해왔음을 알게 되어, 경악을 금하지 못하겠는 때가 있기도 하다. 이래서 보면 사람들은, 어디에 대고든, 조금 얘기를 해도 좋겠다 싶은 틈이 엿보인다거나, 또는, 그럴 만한 장소에서 아는 이를 만났다 하면, 그리고도 하다 못하면, 밤중 대나무숲이라도 찾아, 땅을 호집어 파, 대 뿌리의 귀를 열어서라도, 뭔지 말이 하고 싶어 견디지를 못하는 병이 있는 듯하다. 그래서 나는 생각에, 사람들도 용과 마찬가지로, 턱 밑, 목젖 있는 어디쯤에, 혹간 목젖 자체가 그것일지도 모른다는 생각도 없잖아 있긴 있지만, 역린(逆鱗)을 한 조각 갖고 있어, 용은 그것이 건드려지면 불을 뿜는데, 대신, 사람은, 말[言語] 마려운 배설증 탓에, 말을 토해내지 않으면 안 되는 것이나 아닌가, 해온다. '불'과 '말'은 그리고도, 내 믿음에도, 같은 원소이다. 까닭에, 듣기만 하고시난, 들은 소리는, 귀 바닥이나 심정에 남겨 떼그럭 떼그럭 굴리지 말도록 해야 하고, 그러면 예의 저 역린이 근질근질해지기 탓인 것, 장(腸)에로 보내 항문에서 흘러 빠지게 해야 하는, 장사꾼이라는 나만 해도, 들은 남의 얘기를 되뱉어내고 싶어 싸서, 목젖을 꼴록꼴록하고 있잖는가. (제기랄, 소설[小說] 하기의 잡[雜] 스러움! 햇볕이 좀 여물었다 싶어지면, 이눔의 얘기의 서캐며 이가 수물대쌓는, 얘기로 솜 누빈 옷을 벗어, 매매 치대 빨아, 만년 무언[無言] 의 반석 위에 펴 널어, 가슬가슬 말려 입어야겠는다. 소설객[小說客] 은, 이 동네 저 동네서 얻은 물것들로, 왼통 가려운 데뿐이구나. 흐드드 드드, 송신해 못 살겠누라)

어화 벗네야, 더그럭 떠그럭, 늙은 뼈 부딪치는 마른 소리 그만두고, 이제쯤은, 질척한 진(眞) 소리 가락으로 넘어갈 일일놨다.

—막이 오르면—서점. 서점 주인(왈튼 씨 부인이 '파크 씨'[Mr. Park] 라고 부르는, —비록 말해, 클클, 글쎄, 말하기로 하여 말해, 그가 설[說] 한 법[法] 이 있어, 차후의 우주의 운영이 왼통 그것에 의존하게 되어 있다고 한다해도, 그를 한번 건너다보기만으로도, 다시는 그 우주에 태임 받아 나오고 싶지 않게, 참으로 괴팍하게 생겨 먹은, 자그마한, 중늙은네 훨씬 지난 한국인[韓國人])은, 판매대의 안쪽에서, 숙취를 달래느라 커피를 후루룩이며, 가을에 출판되는 책 목록을 읽고 있고, 아직도 가게에는 손님 하나 없다, 곰 씨 부인(Mrs. Gomm, 서점 일을 도와주는 여인네)은, 어질러진 책들을 정리하느라, 부지런을 떨고 있다. 아직도 가게에는 손님이란 하나도 없다. 벽시계가 아침 열 시경을 가리키려 굾다. 왈튼 씨 부인네 등장(몸차림 등, 이것저것, 자기네들 맘 꼴리는 대로 짐작하려마).

"아, 왈튼 씨 부인, 이른 외출을 하셨군요. 날씨가 꽤 선선해졌지요?"

"왈튼 씨 출근을 도와드렸답니다(라는 말은, 운전을 해서 모셔다드렸다는 말일 것이었다). 그래요, 오늘은 날씨가 좀 선선한걸요."

이 고장에선, '날씨'에 관한 얘기가, 언제든 서두를 차지하는데, 나는, 이민 온 처음 얼마 동안엔, 그것이, 배고프지 않게 사는 고장의, 그중 무난한 인사인 줄만 알아, (내가 떠났던 그 농촌에선, 아침에든 저녁에든 사람이 만났다 하면, "진지 잡수셨는그라우?" "어응, 밥은 묵었냐?"라고, 인사를 주고받았었댔더니) 좋게 여겨, 나는 그것만은 재빨리 배워뒀드랬더니, 나중에 짚어보고 알게 된 것이 이것이지만, 사실에 있어 그건 그런데, 그런 것만은 아니었던 듯했다. '날씨' 문제가, 일상적 인사가 되어 있는 고장에선, (어떤 '뉴스 시간'의 보도를 좇으면,) 최소한 육 할에서, 최대한 팔 할에 이르는 인구가, 정신적으로 불안정한 상태에 있어, 무엇보다도 '날씨'가, 그네들의 정신 상태에 큰 영향을 미친다는 것이었다. 육체적 하늘 올려다보기가, 이곳에서는, 이곳 사는 이들의, 집단적 정신 상태를 읽어보기와 맞먹는다. 비육체적 하늘, 다시 말하면 형이상적 하늘이, 육체적 하늘, 형이하적 하늘에 자리를 내어준 결과가 아니겠는가? 그렇다는즉슨, 할 수 있는껏, 하늘은 떠들어져 올려지는 것이 좋을 듯하다. 그러다 보면, 거기 어디에서, 형이상적/형이하적 하늘들이 만나는 자리가 있을 듯도 싶으다.

"왈튼 씨 평안하시지요?"

"그, 그게 그런데, 그저께까지는 무척 평안하셨으나, 어제, 오후부턴, 영, 평안하시지를, 못하시답니다."

왈튼 씨 부인께서는, 술 냄새가 나고 있는 것을, 나는 맡을 수 있었다. 수년 전에 그네는, 예의 저 술 문제로, 병원에 입원을 한 일이 있었던 것을 알고 있으므로 하여 나는, 왈튼 씨의 문제가 뭔지 예사스럽지가 않은 것이나 아닌가, 하고 생각했다.

"저어, 왈튼 씨 부인, 들어오셔서 커피 한잔하시겠어요? 커피는 끓여진 지 얼마 되잖아, 신선하고 뜨끈할 겝니다. 여어, 저 곰 씨 부인, 나 좀 사무실에 들어갑니다. 파크 부인네도 곧 나오긴 할 겁니다. ……한데 왈튼 씨께 무슨 일이 생겼나요? 큰일이나 아녔으면 좋겠어요."

"참 어처구니가 없는 일이에요. 얼마나 어처구니가 없는지, 글쎄 어디서부터 애길 꺼낼지, 그것까지도 모르게, 그렇게나 어처구니없는 일이에요." 말하며 왈튼 씨 부인은, 권한 자리에 앉고, 커피잔도 받았다. "그이는 말이지요, 친구인 의사를 청해다 저녁을 대접하시면서도, 그때마다 농담 삼아 하시는 말씀이, 자기 생각엔, 병원이라면, 아는 이가 입원을 해 있을 때, 병문안하기 위해서나, 아니면 일해주고 밥벌이하기라는, 두 가지 이유를 제외하곤, 먼발치로라도 힐끗 건너다볼 만한 곳도 아니며, 또 의사라면, 환자의 왼갖 힘줄을 뽑고 찢는, 인육 먹는 괴물쯤으로나 쳐, 멀리 두고 피하면서 지내야지, 가까이하려 했다가는, 사흘도 다 가기 전에, 황소같이 실했던 자라도, 영락없이 병상에다 쓰러 눕혀놓고 만다는 것이었지요. 생각이 그러하셨는 데다, 사업 탓에 눈코 뜰 새도 없이 지내다 보니, 지난 십수 년간 그이는, 단 한 번도 의사를 찾아, 종합건강진단이라든지, 그런 걸 받아본 적이 없었답니다. 한데 참 어처구니없는 일이에요." 이 대목쯤에서 왈튼 씨 부인은, 휴지를 찾아내, 눈을 눌렀다. 그 옌네는 뭔지 몹시 불안해하고, 안타까워하고, 또 슬퍼하고 있었는데, 내가 처음 대하게 된, 그네의 그 고뇌하는, 슬픈 아파하는 얼굴에서 나는, 얼핏 그네는 아닌, 다른 어떤 얼굴을 보았다고 느꼈다. 얼핏 떠올라 보인 그 어떤 객귀(客鬼)의 얼굴도 그러나, 낯선 듯하지는 안 했어도, 누구의 얼굴을 닮았는지, 당장엔 그것이 떠올려지지가 안 했다. 그렇다면 그 옌네는, 평상시의, 늘 미소하고 있는 그 상냥하고 결백해 보이는 얼굴의 그늘진 데서 후문을 열어놓고 있어 왔다는 것이 아니겠는가? 나는 물론, '외탁'을 한, 그네의 자녀들의 얼굴을 말하고 있는 것은 아니다.

"그러나 가족들이야 어디, 가장의 건강을 두고 그럴 수가 있나요? 얼마 전부터는 피곤을 잘 느끼시고 하시는 데다, 밤엔 또, 한 소곰만 꼴딱 자고 깨었다 하면 영 잠을 잘 못 이루시고, 어쩌다 잠이 들었다 하면 식은땀을 죽처럼 흘려대고 하셔서, 그이 말로는, 그게 늙어가는 증상이라고 하시지만, 걱정스럽고…… 그래 그이의 친구 되시는 의사께, 그런 증상을 들어 여쭤봐도, 환자를 진단해보지 않고서는, 뭐라고 말할 수가 없는 게 바로 병이라면서…… 며칠 전에는, 그랬었지요, 그이의 생일이어서, 가족들이 다 모였는데, 제의는 물론 내가 했었지만요, 그 자리에서 그중 큰 문제로 등장한 것은 그러자니 그이의 종합건강진단과 관계된 것이었지요. 그랬기에 그 이튿날은, 자기의 친구인 주치의(Family Doctor를 거쳐서라야만 여기서는 전문의[專門醫]를 만나볼 수 있음)를 찾기에 이르렀으며, 어젠 그 주치의가 그이께 특별히 전화를 하여, '결과'를 들으러 오라고 해, 오후에 들렀더랬는데…… 역시, 그이의 말씀마따나, 의사는, 자기를 찾는 이가 아무리 건강하다 해도 '환자'라고 이르거니와, 황소 같은 이라도 대번에 병상에다 쓰러 눕히는 자였던 모양이었지요…… 참 억울한 일예요, 억울하다마다요! 글쎄 그이의 몸속에 '암종'(癌腫)이 퍼졌다는 것이지 뭐겠어요. 임파선암(淋巴腺癌)이라는군요. 임파선암이란, 이를테면 간암(肝癌)과 마찬가지로 '시간 문제'라는걸요."

나도, 그 얘기엔 넋이 다 빠져나가는 느낌이어서, 뭐라고 말을 만들 수가 없었는데, 그러는 중에도 나는, 그네의 억울해하고, 아파하는 그 얼굴이, 누군지, 나도 잘 알 듯싶은 이의 얼굴을 드러내고 있다고, 막연하게 느끼고 있었다.

"그, 그래서 왈튼 씨는 입원을 하셨겠군요?"

"입원은요? 그이는 글쎄, 주치의가 전문의에게 보내는 것까지도 삿대질하여 무시하고, 오늘도 출근을 하셨다구요. 이렇게 되자니, 나로서도 뭐가 뭔지 영 종잡을 수가 없답니다. 대체 그 암종이 언제부터 시작되었는지는 몰라두, 피곤해도 목 밑이 붓는다거나, 가래톳도 서본 일도 없는 이를 두고, 임파선암이라뇨? 그런데도, '날짜 문제'기는커녕, '시간 문제'라니요? 그이의 완강한 믿음엔, '그 망할 누무 의원의 오진(誤診)일 것이라는 것이지요. 그렇다면 더욱더, 전문의에게 보여볼 필요가 있는 것이 아니겠느냐고 말씀드려도, 이제는 더 이상, '의사'니 '병원' 따위 얘기는 거론치도 말라는 것이었지요. 사실 우리들 주변에서 보이는 일들이 그렇잖아요, 방사선 치료(radiation therapy)라거나, 화학요법(chemo-therapy)이라거나, 뭐라거나 해서, 환자가 치료를 받는다고 하다 보면, 머리칼이 왼통 빠져나가도록, 환자만 몹시 고생을 하고, 그렇다고 병이 치료되기는커녕, 몇 달이라도 목숨이 연장되는 것 같지도 않고…… 오진이 아니라 하더라도, 이런즉슨, 치료를 받으시라고 한사코 권할 수만도 없는 일이지요. '시간 문제'라고 한다면, 차라리 그런 동안만이라도, 편하게 내버려 두는 것이 오히려…… 허나 역시, 오진일 거예요."

"아무렴요, 오진이다마다요! 그런 일이란 뭐 허다하니깐요." 그리고 나는, 언뜻 떠오르는 대로, "우리 친구 하나는, 아 이거 이십 대 때 얘기지요, 술에 고주망태가 되어, 술김에 포경수술을 하러 갔다가, 하필이면 술에 중독된 의사를 만나, 엄지발가락의 발톱만 뽑히고 온 일도 있었으니깐요" 하고 말하려다, 깜짝 놀라고 말을 바꿔야 했다.

"글쎄, 나의 서점의 한 손님 말씀이, 자기가 아는 이 하나는, 오른쪽 안쪽 위쪽 말고, 왼쪽 안쪽 위쪽 이빨을 뽑으러 치과엘 들렀다가, 그쪽의 아래쪽 이빨을 뽑히고, 불평을 한 뒤에야 앓던 이를 뽑히게 되었다는데, 치과 문을 나서고 있었을 땐, 그 두 이빨 뽑은 값을 다 치렀더라고 합니다. 윗이빨이 없어, 눌러주는 것이 없으면, 아랫이빨은 솟아오르게 마련인데, 재수가 없으려면 볼을 뚫고 나오게도 될 뿐만 아니라, 그렇지 않는다 해도, 어차피 어느 날엔 뽑게 되어 있는 것이 아니냐고, 한데 미리 후환을……."

"어제는, 의사로부터 그런 선고, 글쎄 그것은 사, 사형선고나 같은 것이지 뭐겠어요, 선고를 받은 어제는, 한 뒤십 년 만에, 처음으로, 그이 쪽에서 원해서, 스탠리(Stanley) 공원엘 갔었지요." 그네는 다시, 휴지로 눈을 누르고는, "파크 씨와 상의하고 싶었던 건, 바로 이 얘긴데……" 그리고 왈튼 씨 부인은, 잠시 침묵했다 이었다. "공원엘 가긴 했으나 그인 걸으시려고는 안 하시고, 바다가 발밑에 와 닿는 곳의 벤치에 앉으시고는, 남은 오후를 다 보내셨답니다. ……처음 그이를 알기 시작했었을 땐 물론 그러지 안 했었지만…… 어제 이전까진 나는, 그이께는 뭐 한 가지가 조금 넘치는 대신, 다른 거 한 가지가 부족하지 않는가 했는데…… '조금 넘치는' 것은요, 거 뭐라지요? 뭐랄까, 소탈하게 말하면, 사는 지혜, 세상 사는 꾀 같은 것 같았는데…… 그러자부터 부족해지기 시작한다고 느낀 것은 글쎄요, 정서(情緒)나 아닌가 했었더라니요……만, 그, 글쎄, 난 그이가, 세상 사는 일로는 조금 바보스러워도 좋지만, 시간을 내어서 공원 산책도 좀 하구 말이죠, 연극이나 음악회 같은 데도 가고 했으면 하고 얼마나 바랐던지 모른답니다…… 마는…… 그이는, 너무 바빴던 거예요. 뭣보다도 사업을 육성하는 일에 굉장한 도전을 느꼈던 듯해요. 어제 그런데 난 그이가, 속이 매우 깊으다고 알았더랍니다. 난 어제, 그이가 했던 얘기를 들으며, 누구든 나보다 귀가 좀 더 깊은 이가 있어 듣는다면, 그이의 얘기 속에서 더 많은 뜻을 읽어낼 수도 있잖나 했었지요. 파크 씨께 그 얘기를 들려주고 싶은 거죠."

"헤헤, 헌데, 나의 귀라는 것은, 반음(半音) 같은 것도 가늠하지를 못해, 내가 노래를 시작했다 하면, 십 리 밖 당나귀까지도 웃곤 하는걸요."

"파크 씨, 난 귀의 섬세함에 관해 말하고 있는 것이 아닌걸요."

"거봐요. 그것까지도 헤아리지를 못하는 귀란 건 그러니 귀랄 것도 못 되지요."

왈튼 씨 부인이나, 서점 주인이 '귀'를 개의해쌓고 있는 것에 의해 보면,

뒤돌아보고도 하는 소리지만, 저 서점 주인은, 그때부터, 왈튼 씨 부인의 청문사가 되어가고 있었던 듯했다.

"물속에 잠겨 앉은 것도 아니고, 벤치 위에 안전하게 버티고 앉아 그이는 한데, 한 시간 두 시간, 시간이 흐르기에 좇아, 익사라도 경험하시는 것모양, 손을 허우적대기뿐만 아니라, 숨을 가빠하고 앓는 소리를 내며, 땀을 죽처럼 흘리고 있어, 내가, 그이의 어깨를 흔들어, 왜 그러느냐고 묻지 않으면 안 되었더랍니다. 그러자 악몽에서라도 깨이신 듯, 주위를 한번 살피시더니, 그이가 글쎄, 조금은 기끔스럽다고 하게스리, '헤밍웨이'(E. Hemingway)를 들먹이잖겠어요? 그땐 내겐 그것이, 여간만 생소하지가 안 했었답니다. '헤밍웨이는 말이오, 어쩌면 말이오, 바다를 말이오, 저렇게도 공포스럽게 꿈틀거리는, 시꺼먼 바다를, 아프리카의 무슨 초원이나, 약간의 바람기에 출렁이듯이 흔들리는 무슨 숲 같은 것쯤으로 상념했었을지도 모르겠다는 생각이 드는군' 하시기에, '당신 혹간 『노인과 바다』라는, 그가 쓴 책에 관해 말씀하시고 계신가요?' 하고 묻게 되더군요. '그렇다우. 두 번쯤 읽었었다는 기억인데, 처음엔, 나름으론 감동도 해가며, 작가가 뭘 말하고 싶어 하는지, 그 숨결을 좇아, 작가 쪽으로만, 아주 잘 기울어져 갔었소만, 그런 후 아마 한 십 년도 더 지나서였지, 한 번 더 읽었을 땐, 그 감동이 처음과 같지는 안 했었다는 말은 할 수 있소. 오늘 여기 앉아, 아주 오랜만에 바다를, 바로 눈 밑에 놓고 보고 있자니, 문득 그 책 속의 '노인'네 생각이 난다 말이오. 그래서 기억을 좇아, 이렇게도 저렇게도, 여러모로 고려해보고 난 뒤의 생각인데…… 이거, 나 같은 문외한이 이렇게 말한다 해도 웃거나 하지 말기 바라오만, 헤밍웨이라는 작가나, 나라는 독자, 필시 둘 중의 하나는, 바다를 대상으로 하고서, 가짜배기의 몽상의 부표(浮標)에 첨매어져, 부표(浮漂)하고 있는, 그런 체험을 하고 있는 것이나 아닌가, 그런 의문이 든다우. 이래서 알게 되는 것은, 관조(觀照)의 바다는, 그 속에 몸 잠겨 있기의 바다와 달리, 경치(景致)이지, 바다는 아닌 듯한데 말이오, 아무리, 그 '노인'이, 붕 떠 얹혀 있으며, 육신적으로 애쓰고 있다고 해도, 그러며 '바람은 나의 형제, 물고기도 나의 형제, 별도 나의 형제'라는 투로 중얼거리기로써, 자기가 자연이나 우주와 일체인 듯이 해싸도, (헤밍웨이의) 그 바다는, 어디 평원이나 숲모양, '경치'에 머물러 있는 것이나 아닌가, 하는 것을 고려치 않을 수 없게 한다 말이오. 글쎄, 자기는 자연의 일원인 듯이 떠벌려싸도, 그 '노인'도, 그 소설의 '작가'와 마찬가지로, '자연' 위에 붕 떠 얹혀 있을 뿐인데, 헛헛헛, 내가 지금 무슨 말을 하고 있는지, 당신 생각엔 나 스스로도 알고 하는 소리 같으오? 집으로 돌아가는 대로 물론, 나는 그 책을 한 번 더 읽어보려는 결심을 굳히고 있는 중이오만…… 기억에 떠오르는 것을 재료로 해서 말한다면, 그 '몹시도 짧은 장편' 속의 늙은네는, 말이 많기도 흉악하게 잔소리가 많아, 설움을 많이 싸안은 노파스러운데…… 고스랑 고스랑, 메주알 콩알 깨알 고스랑, 흐흐흐, 한데 오늘 내 생각은, 어떤 책은, 예를 들면『전쟁과 평화』라거나, 그런 것들이 몇 있잖소, 그런 것들은 아무리 긴 얘기라 하더라도, 작가나, 작중의 인물들이, 노파모양 잔소리가 많다는 생각을 하게 하잖는데, 어떤 책은, 예를 들면 예의 저『노인과 바다』같은 것은, 그것이 얼마나 짧은가와도 상관없이, 이 빠진 할마씨가 잠을 못 들어 하여 고스랑거리기모양, 말이 한없이 많은 것이 있는 것을 알겠다구. ……허, 한데 이거 보우, 정작으로 말이 많은 자는 지금 누구겠소, 내나 아니겠소? ……무엇보다도, 그 '노인'이 오늘, 나를 불편하게 하는 것은, 그 노인은 일엽편주(skiff)로, 그 꿈틀거림에 있어 시작도 끝도 없는, 망망한 대양 가운데 혼자 던져져 있었음에도, 그리고 그런 곳에서, 밤도 아마 둘쯤은 지새운 것으로 기억하오만, 그리고 오래잖아, 예의 저 큰 물고기와, 상어떼 등을 상대하고 있었음에도, 글쎄 이건 참 기가 막힌 노릇이외다만, 말이오, 단 한 번도, 반 번도, 상어 떼보다도 더 인(仁)함이 없는, 저 거대한 음모의, 란 말은 왜냐하면, 그것이 무엇을 생각하고 있는지를 모르기 때문인데, 살아 있는, 그 속에 말세의 불을 품어 있다는 바다가 일으켜냄에 분명할 공포감, 또는, 만약 배가 기우뚱 뒤집히는 일이라도 있는다면 어쩔 것인가, 하는, 대단히 자연스러운 염려나 두려움 따위, 자기의 죽음에로까지 이어지는 상념, 그 모두 직접적으로 본능에 이어져 있는 것들에 대해선, 백치적이리만큼, 눈을 돌려대지를 않고 있다는 그것이오. 그것이, 오늘, 나를 불편하게 하고 있소. 그는, 이란, 그 '작가'나 '노인'네를 합쳐서 하는 말이오만, 그 점에 있어선, 완벽하리만큼, '물고기'나 '물새'의 상태에로까지 되돌아가 있어 보이는데, 그런 의미에서라면, 그가 자기를 '물고기의 형제' '물새의 형제'라고 여기는 데 별 불편은 없었을 것이긴 하오. 그는, 밤에도, 아침에도, 낮에도, 저녁에도, 별로 쓰잘 데도 없는 일을 들어 고스랑거리고만 있었는데, 그것도 그가, 말한 바와 같은, 그런 것들, 본능에 뿌리를 둔 공포라든가, 죽음에의 두려움 같은 것들, 의 머리 쳐듦이 두려워, 자신에게 여유를 주지 않으려고 그랬었다면, 오히려 눈물겨운 일이어서, 그런 것에 대해 말하지 않음을 통해, 더 많은 말을 캐어 들었을 것이었소만…… 그는 종종, 아프리카 대륙의 젊은 '사자'들의 꿈을 꾸며, '바다를 여성'이라고까지는 알아 생각하고, '야구 경기'에 관심을 갖는데도, 문제는 저 세 가지의 꿈이, 한 실에 꿰어져 구체화를 당하지 못한 데 있는 듯한데, 말이지, 말이라구, 라는 말은, 저 재료들은 조금만 주의 깊게 살펴본다면, '성'(性)과 관계가 있음을 부인할 수가 없음에도, 그의 삶에, 어떤 식으로든 뛰어들었을 어떤 '여자'에 대해서까지도 추억을 하고 있지 않아, 어느 팀이 그날의 경기를 이겼는지도 모르는 '야구 경기'와도 같이, 몹시 메마른, 고자스런 성교로 끝나버린다는 것도, 작가에 의해 장치가 된 것 같지는 않다 말이지. 결과는 그렇게 되자, 그 한 삶을 사는 자나, 삶 자체가 '그림자'보다도 더 '실체감'을 획득지 못하고 있다는 데 있는 듯하다 말이지. 내게 그 '노인'은, 그런 삶이라는 바다 위에 떠 흐르는, 한 그림자로밖에는 더 되어 보이지 않거든. '노인'네의 끊임없는 고스랑거리기에 정신을 묶여 독자는, 그런 경우에는, 최소한도만이라도, 살펴보기가 회피되어지지 않는, 당연하고도 중요한 문제에 대해서, 거의 개념까지도 일으켜내지를 못하게 되는데, 고자스런 몽상에 희생되기! ……헤밍웨이가 만약, 예를 들면 '롤 달'(Roal Dahl)과 같이, 아동께 읽힐 책을 주로 썼다면, 『노인과 바다』도, 아동을 위해 씌어진 책이라고 치부해버릴 수가 있을 것인데, 그래서 그 책을, 아동용 책을 구비해 놓은 선반에서 뽑아왔기라도 했었더라면, 내가 지적하는 그런 문제에 관해서는, 아예 언급조차 할 필요도 없었을 것을! '불안·공포·죽음' 따위가, 본능에 그 뿌리를 두고 있다고 해도, 아직 아동용 주제는 아니기 때문인 것. 아동은 아직 '에덴'을 잃지 않은 것이 아니오? 작가는 물론, 철학가나 종교가일 필요도, 철학적이거나 종교적일 필요도 없기는 없을 거요. 마는, 작가가 쥔 필봉이란 마직장(魔職杖)에도 비유될 것, 한데 그 마직장(wand)으로, 독자는 돼지를 만들고, 평론가는, 눈·귀·입 다 가린 원숭이를 만들어버리는 짓은, 바랄 만한 것이 아님은 분명하잖소. 실제적으로 바닷가에는, 그런 어부가 거의 전부라고 이를 수 있는다고 한다 해도, 그에게 돌아가야 되는 비평은 회피되지는 않을 거요, 라는 말은 왜인가 하면, 비록 그 어부 당자는, 그렇게까지 사고할 만한 능력을 구비해 있지 못하다고 한다 해도, —그걸 앎으로 해서 저 작가는, 내 느낌엔, 그 어부의 수준을 자기의 수준으로 삼은 듯도 싶지만, 만약 그것이 사실이라면, 그것은 같이 웃어줄 수 없는 해학인 것이겠지. —작가 쪽에서는, '어부'에 대해 '바다'란, 너그러운 '여성'이기뿐만 아니라, 극복하기 어려운, 또는 치유할 수 없는, 거대한 상처(傷處), '에덴'의 바깥쪽과 같은, '죽음'이라는 상처라는 것은, 알고 있었어야 했을 것이니, 그런 것이오. [나는, 왈튼 씨가, 부인께 말했었다는, '에덴의 바깥쪽과 같은 죽음이라는 상처'라는 말을 듣고 있었을 때, 왈튼 씨도 혹간, '에덴'을, 하나의 우주적 '자궁'(子宮) 같은 것으로 이해하고 있었던 것은 아니었는가, 하는 생각을 했었다. '자궁'에서 벗어나면 '생명'(生命)은, 그 당장 '죽음'(해골의 골짜기) 속에 던져지는 것. 이왕 얘기가 나왔으니 보태두는 바이지만, 어떤 이들에 의하면, 신(神)이, '에덴동산'이라고 지은 것이, '지구'(地球)가 아닌가 하고 있는데, 본디 '생명의 동산'이었던 것이 종차 '해골의 골짜기'가 되어지고, 그리하여 그곳이 '윤회'(輪廻)의 장소가 되어진 것에 의해 보면, 이 '지구'야말로, '우주'라는 '원인'(原人)의 '자궁'이 되는 부분이 아닌가, 하는 의문이 있다. '자궁'이란 생성(生成)하는 곳(곳+것)이어서, 그 속에 한 번 든 것은, 아무것도 죽지 못함을!] 호동(湖東)의 현자들이 이르는, '고해'(苦海)를 헤쳐나가기 위해, 우리가 탄, 각각의 '운명'이라는 배는, 또는 '입어진 몸'은, 견고하여, 어떠한 암초나 풍랑에도, 난파치 않거나, 뒤집혀지지 않을 것이, 창조주에 의해, 보증이라도 되어 있다는 말이오? 그것이 만약, 불시에라도 난파하거나, 뒤집힐 수도 있는, 그런 불완전함 자체라고 한다면?…… '난파', 또는 '뒤집히기'란, 말하자면, '밖'을 '안'으로 뒤집어 넣기라는 말과도 같을 것인데……' 그리고 그이는, 눈을 감았는데, 저 한 바다 분량의 눈물이 흘러내리고 있었지요. 난 뭐, 지혜라거나 그런 것이 무엇인지도 모르지만 말이지요, 그때 느끼기는 뭘 긴한 것을 느끼고는 있었더랍니다. 그이는 그때, '암종'의 모양을 꾸민, '죽음'이라는, 그이에게는 바다보다도 더 깊고, 헤어날 수 없이 넓고 두려운 운명 앞에서, 분명히, 자기의 왜소함과 마주한 것이었을 거지요? 그랬을 거예요, 그런 느낌을, 말로 표현한다면, 저런 투가 될, 느낌을 느꼈더랬지요. 내 눈물까지 그이의 눈물에다 합치고 싶지가 안 해 나는, '여보, 우리 어디 조용하고 깨끗한 주방에 가서, 약주나 한 잔씩 하고 돌아갈까요?' 하고 권하여, 그런 데로 뫼시고 갔었지요. 가는 차 중에서도, 그이는 뭔가를 골똘히 생각하시는 듯했는데, 이러시더군요. '또 혹간 모르긴 모르지, 모를 것은, 그 '노인'네의 바다도, 그것 자체가 '죽음'이었던지도 모르긴 모르는데, 그럼으로 해서 그는, 그 죽음 속에서, —'물고기'는 글쎄 '생명의 상징'이라잖소? —생명을 낚아 올리려 했는지, 그것은 모르지.' ……난 지난밤 한잠도 못 자고 꼬박 새웠는데, 그래서 나는 생각에, 신이 사람의 콧속에다 '숨'을 불어넣고 있었을 때, 악마는, 사람의 귓속에다, 잡념(雜念)의 말벌을 집어 넣어주었다고도 했더랬습니다. 나는 아주, 들쑤셔진 벌통 같았으니까요."

"'병'(病)과 '철학'(哲學)은, 어쩌면 쌍둥이일지도 모른다는 생각을 하게 됐습니다. '병'은, 육신에다 근거지를 두고 있으며, '철학'은, 정신에다 그 근거지를 두고 있을 것인데…… '철학'이란 어차피 죽음에 이르는 '병'이니까요."

"파크 씨의, 그, 그 얘기도, 좀, 생각해, 봐야겠어요. 귓속으로 들어가자마자, 어쨌든 편하지는 않거든요."

"하이고나, 내가 이거, 부인께서 말씀하신, '사람의 귓속에다 말벌을 집어넣어주는 자'가 됐나요? 보다 분명히 말,"

"파, 파크 씨, 거 좀 그만해두셔요."

"그래서 주방에 가셔선,"

"그이는 주방에서도 한데, 잔을 앞에 두고 드시려고는 하시잖고, 바닷가 벤치에서모양, 잔 속에서 아주 자맥질을 해대고 계셨더랍니다. 말씀도 하시잖고, 옆에 누가 있다는 것까지도 잊은 듯했는데, 난들 무슨 수로 속이 편했겠어요. 그때쯤은 나도, 저 커다란 덩치의 운명을 견뎌낼 수가 없어, 그이가 없는 곳에 좀 혼자 있고 싶은 생각으로 말이지요. 글쎄 나는 더 이상, 그이나 그 자리를 참을 수가 없어, 내 잔은 물론이지만, 그이의 잔까지 끌어다, 내가 홀딱 마셔버렸었지요.”

왈튼 씨 부인네가 그리고, 매우 시든 듯한 몸짓으로 돌아가고 난 뒤, ‘책장수’와 『노인과 바다』라는 인연 때문에 나는, 원하지도 안 했으려니와 의식하지도 못했던 중에, 한 가정의 고해청문사가 되어 있었음을 깨달아야 했다.

왈튼 씨 부인은, 바깥양반이 ‘선고’를 받았다고 하는 그 이후로도, 두 주일에 한 번 정도, 책방이 제공할 수 있는 수면제, 망우약(忘憂藥)이 ‘글자’의 모양으로 되어 있는 것을 사 갔다. 상냥함을 깡그리 잊은 것은 아니었어도, 그 상냥함 위엔 초조와 근심의 운무가 덮여, 나이보다 그네는, 더 늙어 보이기까지 했다. 내가 서점을 열고 있는 고장은, ‘개인주의’가 만연하던 중 고질화하여, 사람과 사람 사이의, 정으로 된 유대관계라는 것이, ‘가족주의’ 사회의 그것과 같지 안 해서, 별로 팽팽함을 유지하지도 못하다가, 쉽게 끊기곤 하던 것을, (나는, 눈 돌리는 모든 곳에서 흔하게) 보아 오고 있던 중이었는데, 왈튼 씨 부인의 표정이나 언동을 통해, 내가, 눈치채고 느껴내는, 그네의, 그네 부군에 대한 걱정과, 안타까워하고 있음은, 그네의 친정이며, 동시에 시가인 고장의, ‘개인주의’라는 것을 벗어나 있는 듯도 싶어, 나로 하여금, 처음엔 의아케 했고, 다음으론 그네에 대해 존경심을 품게 했으며, (이런 말은 그러니, 이런 말을 하고 있는 자는, ‘개인주의’에 대해 별로 큰 희망을 갖고 있는 것이 아니라는, 그런 말이 될 것이다) 그리고는, 저들의 전생(前生)의 인연까지를 짚어보게 하였는다. 그리하여서나 나는, 그네의 얼굴의 뒤쪽에 있어 왔던, 알 법도 싶으다고 해왔던, 그 얼굴이 누구의 것이었는지를 알게 되었다. 그네가 남편 때문에, 아파하고 슬퍼하자 드러났던 그 얼굴은 그렇다면 누구의 것이었겠는가, 다름 아닌 그네의 바깥양반의 얼굴 그것이었는데, 하기야 하는 말로는, 부부는, 하나는 (얼굴이) 세모지고, 하나는 네모졌다 한다 해도, 살아오고 가는 동안 세모/네모가, 어떻게든 어느 모서리에서 뭉수리가 되어, 닮게 된다고 하던는다. 허나 이전까지는 나는, 왜냐하면 말한 바대로, 왈튼 씨 부인은 늘 상냥한 얼굴에 미소를 띠고 있음에 반해, 왈튼 씨는, 우는 상이라거나, 우거지상까지는 아니라도, 늘 진지한, 그래서 약간 성내고 있는 듯한, (가부장[家父長] 제도가 흔들림이 없이 지켜지고 있는 사회에서 쓰이는 언어로는, '엄격한') 그런 얼굴이었기 탓에, 저 부처는, 발가락은 어떤지 몰라도, 닮았다는 생각을 해본 적이 없었는데, 그런데 부인네 쪽에서, (투박하게 말해) '상냥함'이라는, 한 꺼풀의 표정을 뜯어내 버리지 않으면 안 되게 되자, 바로 그 자리에서, 바깥양반—닮음을 드러내 보이던 것이었다. 그래서 보니, 둘이는, 오빠나 누이의 관계인 것처럼 닮아 있음을, 부인할 수가 없었다. 이렇게 되면, 내가 만약, 이민을 떠나기 전의 고장, 거기는 오래오래 전부터 '마음의 우주'가 개벽을 해, 이승과 저승 사이의 경계가 거의 없었더랬는데, 거기서 이런 식으로 책 장사를 하며, 이런 부부를 만나게 되었더라면, 나는 먼저, 목욕재계하고 골방에 들어가, 명상자세를 꾸미곤, 심호흡으로써나, 색계(色界)의 번뇌, 욕망 따위에 굴레를 씌운 뒤 저 한 부부가 세면(世面, 色界面)에 상영(上映)되어지고 있는, 이를테면 그것은 영반(影盤)이랄 것, ('몸의 우주'의 여사제[女司祭], 즉슨 무녀[巫女] 들껜, 그것이 '수정구'[水晶球] 의 모양을 해 있는 그것일 것?) 그럴시라, 그런 영반을 되감아 재상영해보려 했었을 것이었다. 그런다면, 그네가 슬프거나 아픈 표정을 지을 때마다 떠올려지는, 그네의 남편의 전생(前生)의 정체가 무엇이었던지, 그것이 선연하게 밝혀질 듯하게 여겨진 것이다. '시간 문제'라는, 죽음 선고를 받아놓고도, 아직도 감기 한 번 앓는 일 없이, 그러니 그 나이 나름으론 건강하게 살고 있으면서, 왼 친족들과, 아는 이들 위에다, 죽음의 그림자를 덮어, 삶을 저승스레 하고 있는, 저 남자는, 대체 이 옌네의 가족들의 전생에는, 어떤 관계였었을 것이었는가? 그러나, 내가 이민 온 고장에는, 한 번 상영되어지는 삶이, 녹영(綠影)되어져, 그 영반이 쌓여 있는, 그쪽 우주가 개벽을 하지 못하고 있어, 누가 그쪽 세상을 넘겨보려 한다거나, (열쇠 구멍 같은 데를 통해서라도) 엿보려 한다거나 해도, 그 안쪽은, (아직도 궁창이 나뉘질 않고 있어) 햇빛이 닿은 적이 없는 동굴 속이나 같아, 아무것도 판별해볼 수가 없음에 분명했다.

그리고도 몇 개 성상이 바뀐 어느 날 나는, 내가 이민 온 고장에서는, 말한 바의 그 ('수정공'이나) '영반' 대신, 그들이 '집단적으로 꾸어낸 꿈'이 있어, 바로 그 '집단적 꿈'이 다름 아닌 저 '영반' 노릇을 한다는 것을 알게 되기는 한다. 이 '집단적 꿈'을 꾸어내는 그 '잠'은 그런데, 축생도(畜生道)에 누워 있다는 것도 나는 알게 되는데, '집단적으로 꿔진 꿈'이란, 인구에 회자하는 '요정담(妖精譚), 민담(民譚), 전설(傳說), 신화(神話)' 등의 이름으로 불린다는 것도 알게 된다. 여기 어디, '집단적 꿈'이라는 보고(寶庫) 안에, 내 믿음엔, 저 왈튼 씨 부인네가, 숨겨 가지고 온 얼굴의 비밀이, 풀릴 단서가 있음에 분명했다. (물론 '그리고도 몇 개 성상이 바뀌'었다는 그동안에, 왈튼 씨네 댁에서 일어났던 일들이 우선적으로 밝혀지는 것이, 앞으로 하게 될 얘기를 이해키 쉽게 하겠으나, 이왕에 얘기가 끄집어내졌으니) 바로 저 '집단적 꿈'의 어느 한 자락을 펼쳐보기로 하면, 그리고 내가 발견했기에는 한데, 왈튼 씨 부인은, 매우 긍정적이랄 국면에서, (독신주의나, 사포[Sappho] 주의를 고수하지 않는 모든 여성은 다 그 경향을 갖고 있음에 분명한) '요카스테* 병증'(Jocaster Syndrome)이라고도 이를, 무슨 그런 증세에 당하고 있는 것이나 아닌가, 하는 그것이었다. 요카스테는, 그네의 '자아' 외에, 두 개의 얼굴을 더 회임(懷妊)하고 있던 옌네였었는데, (이런 경우엔, 그네의 '자아'란 거론할 것이 못 되므로 거론치 않기로 하지만,) 그 '얼굴' 중의 하나는, '남편과 아들'이라는 두[兩] 세대에 걸친 '아내'(남편의 아내, 동시에 아들의 아내)의 얼굴이었으며, 다른 하나는, '아들과 남편'이라는 두 세대에 걸친 '어머니'(자식의 어머니, 동시에 남편의 어머니)의 얼굴이라는 것이다. 전자는 전여성적(全女性的)이며, 후자는 전모성적(全母性的)이다. (저런 것이 바로 '성창성'[聖娼性] '모성'[母性]이라는, 남성에 대한 여성의 특성이라고 이른다면, 그런 의미에선 아예 거론될 것이 못 되는 것이 저것인지도 모르되, 그럼에도 그것을 '병증'[病症]이라고 진단하게 될 때는, 비유로 말하면, 육신[肉身] 자체가 죽음이라는 중병임에도, 병이라고 말하지 않다가, 감기라도 걸리게 되면, 병이라고, 또는 앓고 있다고 이르는 그것과 같은 관계일 터이다) 이런 여성은 그래서, 자기가 그것을 대신하더라도,

* 요카스테는 라이우스(Laius)의 왕비며, 오이디푸스(Oedipus)의 어머니, 동시에 부인.

어느 쪽에도 아픔이나 상처를 주고 싶지 않음에 분명하다. 그럴 터이다. 그네의 자식들이 '외탁'을 했었을 때부터, 그 자식들이 비록 제 놈들의 아비를 죽이는 잘못을 범한다 해도, 그 자식들께 독(毒)의 유방을 물릴 수 없음은 극명한데, 남편에 대해서도 그것은 꼭 마찬가지임에 분명하다. 그네의 고통과 비극은, 바로 거기에 있었을 것이었다. 그네가, 화장실에 들러, 저 두 얼굴들을 지워내 버리고, 본래의 자기의 얼굴을 꾸민 뒤 그것을 고수하려 하지 않는다면, 이런 자리에도 '개인주의'라는 이데올로기가 부르짖어질 틈이 있을지, 어떨지는 모를 일이다.

그네를 만나게 될 때마다, 잊지 않고 나는, 그네의 바깥양반의 안부를 물어왔거니와, "그럼요, 아직도 아무렇지도 않으시답니다"라는 것이 그네가 하는 예사스런 대답이었는데, 어느 날부터는, "아무렴요, 아직도 살아 계셔요"로 바뀌었다는 것을, 나는 뒤늦게 깨닫게 되는다. 되잖게도 내가 무슨, 언어학 중에서도, 음성학을 공부해 본 자의 꼴을 꾸며볼래서는 아닌데도, '아'와 '어' 사이에까지도 다름이 있다고 들은 일이 있어 탈이었다. '아직도 아무렇지도 않으시답니다.' '아직도 살아 계셔요.'

그리고도 몇 개 성상이 바뀌고 난 뒤, 내가 알게 된 그 댁 사정은, 왈튼 씨의 건강엔, 그때도 아무런 이렇다 할 변화가 있었던 것은 아니었다 해도, 가족들은 물론, 왈튼 씨 자신의 생각에도, '그런 일'이란 (뭐겠는가?) 졸지에 일어날 수도 있다는, 왈튼 씨 병의 시한폭탄성 때문에 '그런 경우'를 위해, 미리 만반의 준비를 해두는 것이 현명한 처사라고 하여, 사업과 관계된 일은, 전적으로 자식들께 맡기고, 다섯 침실이나 있던 북(北)밴쿠버 산기슭에 있던 집도 줄여, 서(西)밴쿠버 바닷가에 있는, 바다가 그 건물의 뿌리에 와 닿는 데에, 침실이 셋 있는 아파트먼트 한 칸을 사, 왈튼 씨와 부인 둘이서만 단출하게 살기 시작했다는 것 같은 것들이었다. (그렇게 다른 마을로 이사를 하고 난 뒤에도, 왈튼 씨 부인은, 책을 사러는 내 서점에로 오곤 했다) 호서인(湖西人)들은, 나이가 든다 해도, 부부가 딴 방을 쓰는 일이 잘 없는 것으로 나는 들어왔지만, 텔레비전도 따로따로 하여, 왈튼 씨네서는, 부부가 침실을 따로따로 쓰고 있다는데, 내 추측이 틀리지 않다면, 왈튼 씨 부인은, 바깥양반이 건장하게 살아 있음에도, 미리 과부 수업에 들어 있었을 것이었다. 글쎄, 미구에, 그리고 졸지에 와버리게 될, 그 반(半) 없음에 의한 반스러움, 혼자스러움, 그럼으로 해서 오게 될 허전함, 공허함, 가슴에 구멍 뻥 뚫렸음, (친구를 찾거나 하지 않는 한) 하루 스물네 시간, 일 년 삼백육십오 일, 벽이나 허공에 대고 말하기, 그런, 아직은 오잖았으나, 오게 되어 있는 된내기, 시린 눈발 같은 것에 대처키 위해, 오잖은 것을 익혀두기 연습. 아니면, 또 혹간, 혹간 말인데, 그네는, 자기의 목 위에 얹고 있던 세 개의 얼굴 중, 좌우편 둘의 얼굴을 지워버리고, 그네 자신의 본래의 얼굴을, '자아'라는 거울에다 비춰보기 시작하고 있었는 중이었는가?(방점 부분은, 어의적[語義的]으론 분명히 오류를 범하고 있으되, 문법적[文法的]으로나, 수사학적[修辭學的]으론, 오류를 범하고 있는 것은 아닐 것. 언어의 요사[妖邪]스러움! 그래서 '언어'라는 이 요귀[妖鬼]에게 한번 잘못 홀려, 따라 붙이다 보면, 홀린 자는, 대개는, 길을 잃고, 가시쟁이 돌밭 길을 헤매다, 한 삶을 새워버리기가 일쑤인데, 그가 절벽 위에서 이미 두 발짝을 더 내디뎠을 때, 향촌 수탉이여, 우느냐 꼬끼요—절벽 아래쪽은 다시 육도[六道]러람) 왈튼 씨는 왈튼 씨대로, 자기가, 어느 나이에 접어들면서부터, 코골이를 매우 심하게 하여, 자기 부인의 대부분의 밤잠을 설피게 해오고 있던 것에 대해 늘 미안스레 여겨오고 있던 데다, 자기는, 불을 껐으면 잠이 오겠다 싶을 때도, 부인은 책을 읽고 있거나[反之亦然], 텔레비전 또한, 자기는 무슨 시속과 관계된 좌담이라거나, 자연물 같은 것을 보았으면 싶은데도, 부인은 오륙십년대의 할리우드 영화라거나, 심포니 오케스트라 같은 것을 보고 (듣고) 했던 고로, 서로 간 얼마쯤의 불편은 참아야 했는데, 각방을 쓰다 보니, 물론, 돌아눕기라도 할 양이면 닿이는, 물크레한 부드러움, 그런 호꼰함 같은 것은 없다 해도, 이렇게 자유스러울 수가 없다고 했음에 분명했다. 말한 바대로, 준비는 다 되었으니, 이제 왈튼 씨의 암종은 폭동을 일으켜도 좋은데, 그럼에도 왈튼 씨께는, 아무런 이렇다 할 변화는커녕 새로 갖다가시나 잠도 잘 자게 되고, 식성도 좋기만 하고 해서, (근년 들어, 아주 절교를 해버리다시피 하고 있는) 의사께 들렀던 일만 깡그리 잊어버리기로 한다면, 누구라도 그를 두고, 백 세 누리기는 문제도 되잖을 것이라고 했음에 분명했다. 왈튼 씨 자신은 그리고 어쩌면, 의사께 들렀던 적이 있었던 것도 같다는 기억을, 너무 기름진 음식을 먹고 잠든 저녁에 꾼, 한 헤설픈 꿈이라고 치부해버렸는지도 모르는데, 그의 얼굴에는, 별로 고뇌나, 병기(病氣)의 흔적도 있던 것이 아닌 것으로 미뤄보건대 그러하다.

"왈튼 씨 여전히 평안하시지요?" ―그런 물음이 되풀이되면, 그때마다 대략 반달씩이 흘러 있는데, 그때마다 나는 분명히, 왈튼 씨네 가정사에 조금씩 조금씩 더 깊이, 끌려들어져 가고(?) 있었을 것이었다. (궐자여, 그렇게 '끌려들어져' 가기가 싫었거들랑은, 묻지도, 관심도 갖지 말았어야잖았겠는가?) 왈튼 씨 부인은 그리고, 대부분의 경우 술 냄새를 풍겼거니와, 그네가 술을 입술에 대기 시작한 때부터 그네는 아마, 화폭 앞에 앉기를 두려워했거나, 별다른 의미를 찾지 못했거나 했었을 것이라고, 나는 추측하고 있었다.

"글쎄 말예요, 아직도 피둥피둥 살아 계신걸요."

저, 저, 저런, 어느 날의 왈튼 씨 부인의 대답은 저랬는데, 대답 속에다 분명히 자학을 섞었을 것이라고, 나는 애를 써서 이해해보려 했다.

"출퇴근도 여전하게 하시고요?"

"그, 그럼요. 글쎄, 애들이나 나나, 간곡히, 집에서 좀 쉬시든지, 아니면 여행이라도 해보시라고 해도, 그이는 막무가내랍니다. 그러자니, 애들께는, 불편한 점도 없잖아 있는 듯한데…… 하긴 그럴 것이라고, 나도 애들 편을 잘 이해하겠으면서도…… 또 애들의 아버지 편도 하긴 또 그럴 것이라고……."

왈튼 씨 부인은 그때, 그 어느 때 없이 심란하고 스산한 표정을 지었던바, 그네가 그러했으므로 해서 나는, 그네가 다름 아닌, '요카스테 병증'이라고 이른 그 운명을 짊고 당하고 있는 것이나 아닌가, 하는 생각을 한 것이었다. 그 심란함 때문에 그네는 분명히, '아직도 피둥피둥 살아 계신걸요'라는 투의, 자학적 대답을 했을 것이었다. 나는 그렇게 이해하고, 믿었다.

빗대 하는 얘기가, 얼마나 얼토당토않든, 그것이 표적으로 하는 과녁만 맞혀 꿰기로 한다면, 왜 끌어들여 말하지 못할 일이 있겠느냐. 없겠다고 여기는 자가 있다면, 궐자는 가서 쭈그리고 오줌 누거라, 홍루(紅樓)엘 가든, 면루

(樓)엘 가든, 궐자 멋대로 하그라, 라는 그 빗대 하는 얘기는 이러하다. ……큰 학교까지 졸업을 시키고, 혼사까지도 치러주고 나니, 아비는 가난해졌으나, 자식놈은, 제법 갖다가시나, 두 칸짜리 아파트라던가, 뭐라는 것도 사서 쓰도록 살 만해졌다는 소식을 듣고, 가을 일을 끝낸 대로 아비 와룡이, 자식네를 찾아 상경을 하섰는다. 자식과 며느리 쪽에서는, 아버지가 올라오셨으니, 그저 며칠만이라도 좀 잘 쉬시다 가시라고, 매일 기름 넣은 음식에, 소주로 대접한 뒤, 시골 겨울나기에 춥잖을, 요즘 거 뭐라는, 밭에서 거둔 솜 말고, 공장에서 재배(栽培)한다던가 하는 솜을 두터이 넣은 겨울옷에, 모자, 신발까지 한 벌을 새로 해드리고, 의미 있는 눈으로 촌 늙은네를 건너다본다. 그도 그럴 것이, 노인네가 하향을 하시는 대로 저들은, 애가 하나라도 생기기 전에, 한번 자유스레 온천이며 스키장으로 두 번째 신혼여행을 하러, (노인네가 상경하시기 오래전에) 부부가 다 휴가를 받아놨는데, 그 휴가 날이 다가와 있는 때문이다. 허허허, (기분 좋으신) 아버지 쪽에서는 한데, 옳거니, 가르친 보람이 있어, 대접이 소홀찮은 데다, 비좁다면 모르거니와, 아직 애가 없어 방도 한 칸 여유도 있은즉, 이 한겨울 이렇게 나고, 농사철이나 되어 하향을 한다면…… 하고, 그윽한 웃음을 머금고, 자식이며 며늘아기를 건너다본다. 제기랄, 사타리가 나꾸나, 자기가 거기에 소속되어 있지 않으면은, 가야 할 이는 가야 되는 건데!

“그게 하긴 말이지요, 안되긴 썩 안된 일이겠지만,” 무슨 다른 표정은 없이, 왈튼 씨 부인이, 무엇에 대곤지, 뭘 동의하고 있었다.

“그래요, 가셔야 할 이는 가셔야 되는 건데요.”

돌(咄)! 눈 번연히 뜨고 앉아, 내가 무슨 잠을 자며, 무슨 잠꼬대를 했다는 말이냐? 서른을 넘어 이민 길에 오른 이민은, 나의 경우만 한정해 말이지만, 머리나 가슴이, 도대체 뭘 받아들이려고를 하질 안 해, 풍속도 말도 설(익다 맒)게 마련인데, 처음 얼마 동안은 그래서, 문화적 문맹(文盲)에다 실어증(失語症)에 당하게 되고, 그런 뒤부턴, 자기도 모른 새 두 가지의 말[言語]을 비벼 먹는 짓을 해대다가는, 체증에 걸리게 되거니와, 그 탓으로 내가, 끄으륵 트림을 해댄 것이었는가? (이거 가맜자, 그러구 보니 이건 썩 좋은 자리가 아닌가, 그런즉 '각주'[脚註] 랄 걸 따로 붙이는 대신, 밝혀둘 필요가 있다고 여기는 소리나 하나 밝혀둬야겠다, 라는 것은, 이 '잡[雜] 소리[說]' 속의 '대화'[對話]는 모두, 번안[飜案] 이라는, 그것이다) 그러구 보니 제기랄, 말의 체증 탓에 나는, 왈튼 씨의 죽음에, 다시 말하면 그가 죽어주기를 바라는 데에, 가담되어져버린 것이었는다. 말의 비빔밥 찌꺼기를, 왈튼 씨 부인의 얼굴에다 뱉어버린, 그 부끄러움보다도, 기분은 더욱더 나빴다.

"거 왜, 전에 내가 『노인과 바다』 얘기한 적 있는데, 기억하지요?"

"그, 그럼요. 그 이후 나도 그 책을 두 번째로 처음 읽기까지 한걸요."

"호호후, 그 이후 그래서는 무슨 일이 있었는지, 한번 짐작 좀 해보겠어요?" 왈튼 씨 부인은 그리고, 참으로 오랜만에, 좀 키들거리는 웃음을 웃었다.

"내가 틀리지 않다면, 그 책을 불태웠군요."

"틀린 짐작인데요. 호호후, 오늘 아침 말이지요, 그이가 쓰는 방을 정리하러 들어갔다가, 그이의 비밀을 하나 알아냈지요. 예의 그 책이 글쎄, 침대 밑에로 굴러떨어져 있었는데, 주욱 책장을 넘기다 보니, 여기저기에다 연필로 밑줄 친 데가 있는가 하면, 그이 나름의 단상이랄 걸 적어놓은 곳이 있고 그렇더군요."

"그, 그러시니깐두루...... 두루 말입지요, 왈튼 씨께서 「헤밍웨이론(論)」 같은 거라도 한 편 준비하시는 건가요?"

"호호후, 한데 절대로 그런 것 같지가 않았답니다. 그이가 밑줄 친 부분이며, 써놓은 생각들을 읽어보고 알게 된, 재미있는 것은 뭔가 하면, 전에 자기가 했단 비평과 달리,"

"아 잠깐, 나로 하여금 한번 알아맞혀 보게 하세요. 왈튼 씨는 그렇다면 그 책을, 투병(鬪病)을 위한,"

"맞아요, 맞는답니다. 나두 그렇게 알아냈더랍니다. 그이는 어제저녁에도 그것을 읽다, 설핏 잠이 든 통에 떨어뜨리고, 아침 출근 때 챙기기를 잊어버린 것이지요. 그이는 종교적이라거나 그런 분은 아니신데, 하긴 그 책 속의 '노인'도, 때로 신을 들먹이긴 해도, 별로 종교적이거나 그렇진 않지요?"

그즈음, 왈튼 씨네에 대해 생각해보는 것은, 내게는, 일터에 나가려 이른 아침에 일어나, 면도를 하다 붙여버린 무슨 노래귀신모양, 떨치려 해도 영 떨쳐지지가 안 했다. 그래서 일어난 나의 생각에는, 오늘 아침 저 부인네가, 예의 저 책을, 남편의 침대 밑에서 발견했기 전까지는, 남편과 부인은, 벽 하나를 가운데 둔 딴 방에서, 잠들기 전엔, 매일 저녁 엇갈린 방향으로, 몽상의 항해를 해왔었을 것이 아니었겠는가, 했다. 남편 쪽의 항해는, 예의 저 책을 통해 잘 알려진 바이니, 뭐든 말을 덧붙이려 한다면, 뱀 그림을 그린다고 하다 지네를 만들기 쉬우니, 그만둘 일이겠지만, 반대로, 아무런 병도 앓고 있지 않는 부인네 쪽에서는, 자기의 남편이, 카론(Charon) 얼굴의, (헤밍웨이의) 저 '노인'의 배에 타고, 암흑, 깊고도 두려운, 그리고 둔중하게 출렁이는 암흑 속으로, 빨려들듯 흘러 들어가는 것을 지켜보아 왔었을 것이었다. 또는, 때로는 그네에게는, 자기의 남편이, 카론 얼굴의 저 '노인'에게 낚인, 그 물고기의 모습으로, 그 작은 배의 옆구리에 묶여, 죽음이라는, 또는 암종이라는 상어 떼에게 살을, 그것도 처참하게 발김 받는 장면이, 되풀이되어 보였기도 했었을 것이었다. 그런 밤을, 앓고 새인 아침으로 일어나, 남편을 건너다본다면, 그가 비록 건장한 체구로 그림자를 늘이고, 체온도 체취도 갖고 있다고 한다 해도, 그 부인께는, 다른 아무것도 말고, '죽음'에게 살을 다 발김 받은, 해골과 앙상한 뼈의 조직—형해, 또는, 어제까지 살아 있던 남편이었던 자의 그림자[影], 죽음이 그 밀육(密肉)을 다 파먹어버린, 아니면, 혼은 이미 나비가 되어 날아가 버린, 구멍 뚫린 고치처럼으로나 보였을 것이었다. 이래서 본다면, 왈튼 씨 자신은, 그 의사로부터 그런 진단을 받은 직후부터, 자기 자신에게 자기 자신이 그중 가까워졌었을 것이었음에도, 그의 가족이라거나, 그의 형편을 아는 나 같은 이웃에 대해서는, 시간이 흐르면 흐를수록, (그는) 점점 더 실체감, 실재감을 잃어오고 가고 있었던 것이었다. 우선 내게만 해도 그는, 최소한 오륙 년 전에 이미 타계를 해버렸었음에도, 아직까지도 피둥피둥 살아 있다. 이것은, 이런 자리에서만 조금도 이상할 것이 없이 된 이상한 얘기지만, 그네들 댁사를 조금 알게 되었다는 이유로, 나까지도, 오늘내일 조마조마 기대하고 있는 그의 실제적 죽음은, 그런데도 아직도 실현되지가 않고 있다. 이렇게 되니, 그의 가족들 입에서까지, 가게 되어 있는 이는 가야 된다는 얘기가, 종내는, 노골적으로 새어 나오게 되고 했던 모양이었다. 물론 그 사업을, 그 아비가 일으킨 걸 잊어서는 아닌데도, (그러나 노골적으로 말하면, 다른 암종 환자들과 달리, 왈튼 씨의 경우는, 그가 일으켜놓은 그 사업의 명의를, 자녀들의 것으로 바꿔놓은 그때부터 문제가 생기게 된 것인데, 조금 범위를 넓히기로 하면, 모든 왕가[王家]에서 일어나는 대부분의 비극도 저런 것이 아니던가) 하루도 거름이 없이 옛 사장이 출근을 해서는, 이쪽에는 감을 놓고, 저쪽에는 배를 놓아야 된다고, 사사건건 간섭을 하고 나선다는 일이, 그의 자녀들께는 말할 수 없이 귀찮고 불편했을 뿐만 아니라, 될 일도 잘 안 되고 해, 종내는, 그 늙은 가장에 대한 존경심이나 정 같은, 아무런 호의도 남겨놓지 않기에 이르렀던 듯했다. 옛 사장이며 늙은 가장은, 자식들끼리 잘 운영해가고 있는 사업체나, 자식들께 대해, 그 자신이 일종의 암(癌)이거나, 만성 맹장염처럼 변해버린 것이었다. 그럴 즈음, 왈튼 씨의 사무실이, 회사 입구 되는 데에 새로 하나 단출하게 지어져, 왈튼 씨께 소속된 모든 것이, 거기로 옮겨지게 되었던 모양이었다. 듣건대, 이는, 왈튼 씨 부인의 제안에 좇아 된 일이었던 듯했는데, 그렇게 되었기로서 왈튼 씨는, 회사 안팎으로, 보다 더 많은 사람들과 접촉할 수 있게 되어진 듯했다. 했으나, 이제껏 그럴 필요가 없어, 그런 사무실을 설치하지 안 했었으며, 사무원을 고용하지 안 했었는데, 그리고 아무도 그런 이름으로 부르지는 안 했으나, 그 회사에 '수위실'이 새로 설치되었으며, 바로 그 사업체를 일으켜 세웠던 그가, 그 방에 사무용 책상을 두게 된 모양이었다. 그러했음에도 왈튼 씨는, 그가 무슨 무골호인이라거나 그래서 그런 건 아닌데, 그런 일로 노여워했기는커녕, 오히려 그 직책을 매우 환영하는 투였다고 한다. 어쩌면 그는 자기와 사업체 간에 있어질 수도 있는, 어떤 균열을 몹시 두려워했던지도 모른다. 그즈음, 그의 부인께 누가, "왈튼 씨 평안하시죠?"라고나 물을 양이면, "아무렴요. 아직도 안 죽고 피둥피둥 살아 있답니다"라고, (분명히) 자학적인 대답을 하곤 했던 모양이었다. 한 가장(家長)은, 고르바초프 폭풍이 지난 뒤의 레닌 상(像)모양, 그 머리통을 니전(泥전) 바닥에다 처박게 된 것이었다. 이 구세대인은, 자신은 부피도 무게도 갖고 있음에도, 자기가 처한 장소에서는, 부피도 무게도 잃고시나는, 비현실적인 데로 둥둥 떠밀려가고 있었던 것이다. 한데 아비는 아비대로 어떤 생각을 하고 있었는가 하면, 자기는 오래전에 자퇴(自退)한 퇴직자인데, 자기가 일으켜 세운 사업체를, 자식들이 맡아 운영하는 것을 지켜보는 일은 큰 즐거움일 뿐만 아니라, 그렇게라도 도와줄 수 있다는 일에 보람까지 느끼게 한다고 했던 모양이었다. 자기가 세운 사업체에서 퇴직한 사장이, 그 같은 사업체의 수위실에 앉아 있는다는 일에 무엇이 잘못이 있겠느냐는 것이었을 것이었다. 하긴 그런 각도에서 보기로 한다면, 거기 뭐 별로 잘못된 일은 있는 듯하지 안 했으며, 수모를 수모로 받아들이지 않는, 왈튼 씨의 인격의 원숙함까지도 칭송되어짐이 옳다는 믿음까지 들게도 된다. 궁극적으로는 그렇다, 그 일자리에서 월급이나 권위를 빌리지 않는 한, 자기가 세운 회사에, 자기가 사장실에 앉아 있기나, 수위실에 앉아 있기나, 그리고도 시절과 세태는 바뀌는 것, 거기 무슨 다름이 있을 것도 아니었다. 있다면, 한쪽은 책임감으로 어깨가 무겁고, 다른 쪽은, 가벼울 뿐이라는, 그것일 것이었다. 왈튼 씨는 그러고도, 기가 조금도 쇠해지지 않았는데, 그의 부인은, 나날이 더 초췌해져 갔으며, 수다스러움은 오래전에 잃어, 삶 자체를 앓고 있어 보였다. 내게는, 그네가 측은하기 이를 데 없어, 어느덧 나 자신까지도, 말하자면 가이사를 암살하려는, 외면적으로는 친한 척했던, 그의 동지들 중의 하나처럼 가담하여, 이 왈튼 씨의 죽음은, 어떻게든 성취되어져야 된다고, 집념에다 집념의 젖을 먹이기 시작하고 있었을 것이었을 것이었다.

왈튼 씨 부인께서는 물론, 부군 몰래, 그동안 열 차례나, (왈튼 씨께 암을 선고했던) 그 주치의도 만나고 하여, 의견도 묻고 했으나, 주치의 자기로서도, 그런 '케이스'들이 간혹 있어 오는 것은 알지만, 그 이후 그 환자를 재검진해볼 기회를 얻을 수 없어, 어떻게도 설명할 수가 없다고 하며, 어쨌든 건강하게 살아 삶을 즐기고 있으면, 그것보다 뭘 더 바랄 것이 있겠느냐고 했다고 한다. '임파선 암종'인 까닭에, ('시간 문제'이기도 하지만,) 그리고 시초였으므로 해서, 임파선 자체 내에서 저 암 균을 이겨냈었을 수도 있었다는 것도 하나 추측되지 않는 것은 아니지만, '환자의 심력(心力)이 병균력보다 승했었을 수도 있잖느냐'고 해학도 섞었으나, '오진'이었을 수도 있었다는 얘기만은 언급도 하잖은 듯했다. 한데 내 서점의 고객 중에 '암 전문의'가 한 분 있었는 것을 알게 되었는데, 그러자니 호기심으로라도 어찌 물어보지 않을 수가 있겠던가. 대답은, "당시만 해도, 의료계의 시간으로 따지면, 호랑이 담배 먹던 시절에 속했으므로, 의술이 충분히 계발되지가 못해, 결코 흔하게는 아니라도, 오진을 하게 될 가능성도 없잖아 있었을 수도 있었"다고 했다. —이렇거나 저렇거나, 왈튼 씨가 갑자기 용기를 내어, 재검진을 받아보겠다고 나서지 않는 이상, 그는, 암종이라는 시한폭탄을 안고, 하루하루 죽음을 기다리고 있는 자인데, 그래서 보면 그는, 『노인과 바다』 속의, 그 '노인'만큼은 고집스럽고, 또 강인해 보이기도 했다. 그는 결코, 쉽게는 삶을 포기할 것 같지가 안 했는데, 그러나 이제 이런 자리까지 와서는, 지난번 받은 진단은 '오진'이었다는 것이 새로 발견되어진다 해도, 작심하여 그가 어디로 영 떠나버리고 돌아오지 않는다면 몰라도, 그의 집념의 손톱이 더 강인하게 파고들어, 자기를 그곳에 소속시키려 하면 할수록, 자기가 '가정'이라고 부르는 그곳에는, 그가 가장이었음에도, 그 가장을 위한 자리가 남아 있지를 않은 것이 문제였다. 그의 삶이, 또는 죽음이, '시간 문제'라고 예고되어졌던 그때부터, 그가 서 있었던 자리가, 시간의 흐름에 좇아, 그만큼씩 줄어지는 대신, 밑으로 꺼져 들기를 시작하여, 그의 무릎께가, 가슴팍 부위가, 얼굴이 묻혀들었는데, 이제 그는, 몇 가닥의 센 머리칼을 마누라의 왼쪽 새끼발가락에 걸어, 그것으로 이승 버티고 있는 지경에 이르러 있는 것이다.

그러는 중에도, 몇 개의 계절이 바뀌었는지 어쨌는지, 나는 그제는 그것 헤아리기도 잊었는데, 석 달짼가, 넉 달짼가, 왈튼 씨 부인이, 내 서점 들르기를 뜸하게 하고 있었다. 그러하다 해도 장사꾼은, 무슨 특별한 용무(란, 대개는, 주문했던 책이 도착했다는 것 같은 그런 것인데,)가 없을 때론, 자기의 고객 네다 전화를 하여, 안부를 묻는다거나, 그런 짓을 하게 되어 있지가 않다는 것이, 내 나름으로 이해하고 있는 장사치 도(道)였는데, 그즈음 서점엘 들르는 손님들마다, '날씨가 선선해졌다'고, 날씨 얘기를 하며, 계절이 바뀌고 있다는 얘기를 하고 있었다. 그런 하루는, 왈튼 씨네와 같은 아파트먼트 건물에 사는, 왈튼 씨 부인의 친구 되는 엔네가, 내 서점에다 고개만 들이밀고는, "급기야 왈튼 씨 부인이 죽었다우" 하는 부음을 전해줘, "아, 급기야 왈튼 씨가 돌아가셨군요!" 하고 내가 바쁘게 되물었더니, "웬걸요, 왈튼 씨는 아직도 피둥피둥 살아 계시는걸요. 죽은 건 왈튼 씨가 아니라, 그의 부인이랍니다. 죽은 것이 발견되어진 건, 바깥양반의 생일 다음 날이었답니다. 생일엔 한데, 자식, 딸, 손자, 누구 하나 얼굴을 비치지도 안 해, 왈튼 씨 부인이 몹시 언짢아하는 걸, 내가 곁에서 보았었는데…… 그렇게 하릴없이 가버리게 될 줄을 누가 알았겠어요? 시체는 화장(火葬)을 했다고 합니다." 그리고 그 옌네는, 내가 좀 멍해 있는 중에, 산다는 게 허무하다는 몸짓을 해 보이고, 지나가 버렸다. 그런 후, 나는 좀 내 정신일 수가 없었던바, 그랬을 것이, 한 이상한 의문의 벌레가, 내 머릿속을 파고들어 그런 것이다, 라는 것은, 과연 '죽음'도 전치(轉置)될 수가 있는가, 하는 그것이었다. 그것은 참으로 느닷없는, 기분 나쁜 의문이었는데, 그것은 여러 날 동안이나 내 뇌를 파먹어, 나를 슬프고 비참한 지경으로 몰고 갔으며, 그리고는 며칠 전까지 살아 있었던, 한 옌네가 남긴 주검의, 화장의 악몽을 살라 일으켰다. 내게서는 어째선지, 저 송장을 태우는, 시꺼먼 연기에 휩싸인 '불'이, '어둠'과 '습기'와 혼합이 되어서는, 종잡을 수 없는 상태에로까지 발전을 했는데, 그 섬약했던 왈튼 씨 부인의, 상냥했으나, 아픔을 많이 함량한 미소가, 비 오는 밤중의, 서낭당 같은 데 있는, 여귀(女鬼)가 흘리는 핏빛의 원성(怨聲) 같은 것이 되어, 비가 오고, 추적추적 추진 비가 돼 오고, 노상 밤중이고 그랬더니, 그 여귀는, 낮에는 나무였다가, 자정 녘으로만 그 목신(木身)을 푸는, 산통(産痛)에 시달리는 나무[木], 사람의 애를 밴 나무,* '제 아비의 정수를 훔쳐 제 아비를 배[姙娠]고', 제 자식을 배어, 진통에 처한 여귀, 밤중보다 짙은 연기에 휩싸인 불이, 그 여귀의 하문을 열고, 양수(羊水)를 터뜨려낸다, 불은 무참하게도 습(濕)지다, 아비가 방출해낸 정수(精水), 그러는 어느 녘에 태어난 아이가, 자정(子正) 같은 연기의 강보에 싸여, 울고 있는다, 아이는 얼굴이 둘씩이나 되는구나, '아비'도 닮았으며, '자식'도 닮았다. 이제는 빈 껍질, 생명을 분만해버린 여자는, 죽음을 담은 관곽(棺槨), 속에는 재[灰] 한 줌이

* 오비드(Ovid)의 『전신부(轉身賦)』 속의 '아도니스(Adonis) 장(章)' 참조.

담겨 있다. 이제 마을의 새벽 수탉이 홰쳐 울면, 배 속에 재를 담은 여귀는, 새로 목신(木身)을 차려, 숲의 경사진 데 설 것이다, 발부리 아래쪽으로 시간(時間)의 도랑이 흐르고 있을 것인데, 그 도랑에다 목녀(木女)는 제 몸을 비춰보다, 귀신이 되어버린다. —저 한 옌네의 화장(火葬)과 관계되어, 내가 꾼 한 헤설픈 꿈의 내용은 저랬었다.

그렇게 어떻게 하여, 시간이 조금씩 흐를수록, 내게서는, 내가 관계했던, 나와는 관계없던, 죽음 하나가, 스쳐 지나가고 있었다.

부인의 장례식도 끝내고, 그런 뒤끝에 따르는, 여러 자질구레한 일들도 처리한 뒤였을 것으로 짐작되었지만, 한데 뜻밖에 하루 오후는, 정작의 왈튼 씨가 내 서점엘 들렀다. 그는 잘 걷지도 못해 비틀거리도록, 그리고 혀가 꼬부라져 말도 잘 못 하도록 대취해 있었는데, 시뻘건 눈은 그러나 술 탓만은 아니어 보였다.

“아, 와, 왈튼 씨.”

“파, 파크 씨, 나를 보지요? 내가 아직도 살아 있는 것이 시퍼렇게 보이지요? 허, 허, 헉, 드, 들었을 듯도 싶으오만, 아무튼, 그동안 그, 그런데 무슨 일이 일어났었는지, 아실 만하우? 우리 집 마누라 얘기요만, 심장이 튼튼하지 못하다, 관절염기가 있다, 음식을 잘 소화해내지 못한다, 어쩐다 꼬랑꼬랑하면서도, 예순 살까지 살아오다, 얼마 전에는, 감기인지 몸살인지, 한기가 든다고 몸져눕더니, 못 일어나고 말았소이다. 죽어버렸다 말이외다. 병인도 모를 병이 글쎄, 병든 자는 놔두고, 병들지 않은 성한 사람을 쓰러 눕히는 일도 있다 말이외다.” 그리고 왈튼 씨는, 무엇에 대해 거부의 몸짓으로서 손을 홰홰 젓고, 이었다. “세상뿐만 아니라, 운명으로 짜여진 사람의 몸이라는 것도, 모순당착, 부조리…… 파, 파크 씨, 허나 그네나 날 위해, 뭐든 위로가 될 듯한 말을 찾으려 애쓰지는 마시오. 그 대신 내가 드리고 싶은 얘기가 있는데…… 가맜자, 이걸 어떻게 시작한다? ……가맜자, 내가 만약, ‘왈튼 부인이, 파크 씨를 철학화(哲學化)해온 것을 알 만하시오?’ 묻는다면, 파크 씨는 분명히 웃으시겠지? 허, 허, 허, 학교에선 나도 철학을 공부한다고 했었지만, 거 어째 내 귀에도 저런 투의 말은 몹시 생소하외다만…… 달리는 또 어떻게 말해얄지를 모르겠는 것이 저것이구료. 어찌 되었든, 내용을 조금, 아주 조금만 비쳐 보이기로 하면, 이렇소이다, 라는 것은, 흐, 흐, 왈튼 부인 생각에는, 파크 씨는 '백치'(白痴)임에 틀림없다는 것이었소. ……파크 씨, 화를 내는 대신 웃고 있나요? 허허흐, 이렇게 말했으면, 그 이유를 대야겠지요? 가맜어봅시다. 먼저 나부터 이 자리에서 구출을 해놓고 봐야겠지요? 라는 말은, 앞으로 하는 말은, 내가 내 입으로 하고 있음에도, 나는 이 현장에 부재(不在)며, 무고하다는 것이오. 그러니까 나는, 왈튼 부인의 얘기를 하고 있을 뿐이라는 것인데, 가맜어봅시다, 그 '이유'랄 것을 대보기로 했었지요? 첫째는, 이곳에 이민 온 지 사 분의 일 세기가 되어간다는, 파크 씨의 영어(英語)에 관해서였었쇠다. 하도 오래 사귀다 보니, 자기(왈튼 부인)는, 파크 씨의 말이 아니라 심정(心情)을 듣게까지 되었으므로, 파크 씨가 뭘 말하려는지를 알게 된다는 것이었쇠다. 또 하나는, 저 계산기와 관계된 것이었는데, 파크 씨는, 저 같은 계산기를 십 년보다도 더 오래 사용해왔었을 것이었는데도, 처음이나 지금이나 마찬가지로, 보태기(+)밖에는, 빼기(—)라든가 하는 것은 할 줄을 몰라, 누가, 샀던 책을 물리러 온다거나 하면, 쩔쩔매고시나는, 꼭히 누구를 불러내야 되는데, 흐흐흐, 그럴 수도 있겠느냐는 것이었소그리. 책과 관계되어도 그렇다는 것이, 과거 십여 년, 자기가 파크 씨 책방에 있는 동안에, 애를 데린 젊은 어미들이 와서, 『스폿스』(*Spot's*: 검은 점이 듬성듬성 있는 강아지를 주인공으로 한 아동용 책) 책을 찾는 일이, 최소한 열 번은 있었는데도, 그때마다 파크 씨는, 그게 무슨 책인지를 잘 떠올리지를 못해, 매우 민망한 표정을 짓고, 다시 또 누구를 불러 구원을 청하곤 해야 했다는 것이었쇠다. 허으, 허, 허, 꼽으려 들면, 파크 씨의 일거수일투족이 다 저 범주에 속할 것이외다만, 대개 이런 정도로 해두기로 합세다그리. 그리고 말이지 파크 씨, 이런 얘기를 들었다 해서, 이미 죽은 여자께 화를 낸다거나, 저승에다 눈을 흘겨 보낸다거나 그러지는 마시구료. 내가 느끼고 알고 있는, 매우 긍정적인 것 한 가지 것은 저 옌네(왈튼 씨 부인)는, 파크 씨의 그 이상스레 '백치적임' 그것을, 그 여자 나름으로는 몹시 소중한 것으로 여겨 좋아해 왔다는 그것이오. 파크 씨의 바로 그것(백치적임)이, 그 옌네 주변에 있는 사람들, 남편이며, 자식이며, 이웃들께는 결여되어 있는 것처럼 여겨졌던 때문일 것인데, 허, 허허, '백치'란 사실, 최저·최소 단위가 아니던가요? 영(零)의 상태 말이외다, 또는 무성태(無性態)―무엇이든 그러니, 저 영태(零態)에 닿으면, 별수 없이 무성화할(neutralize) 수밖에. 이를 두고 나는 뭐래야겠소, '파크 씨의 철학화'라고밖에, 내가 글쎄 뭐래야겠소? 나로서는 말이외다, 그러나 말이외다, 파크 씨의 저 '영태성'(零態性)을 상찬하고 있었던 편은 아니었으므로 하여, 파크 씨를 상대로 어떤 종류의 질투심도 젖 먹일 까닭이 없었소만, 파크 씨 생각에도, 왈튼 부인은, 속이 꽤는 깊었던 여자 같지 않소?" ―왈튼 씨는 그리고, 한 둬 마디만 더 하고, 내 말은 아무것도 듣고 싶지가 않은 듯, 손을 홰홰 저으며, 비틀비틀 걸어가 버렸다. "이 사람을 보시구랴! 이 사람은, '풍문의 죽음'에게, 삶의 살과 기름, 영광과 존엄성을 다 발김 받은, 매우 잘못된 운명의 고해변(告解邊)에 버려진 형해(形骸), 한때는 영광스러운 한 가장(家長)이었던, 이 사람을 보시구랴!"

"……난들 무슨 수로 속이 편했겠어요. 그때쯤은 나도, 저 커다란 덩치의 운명을 견뎌낼 수가 없어, 그이가 없는 곳에 좀 혼자 있고 싶은 생각으로 말이지요," 내 귓속에서는, 전에 언제 들어뒀던 듯한, 무슨 소리가 잠을 떨치고 일어나고 있었다. "글쎄 나는 더 이상 그이나 그 자리를 참을 수가 없어, 내 잔은 물론이지만, 그이의 잔까지 끌어다, 내가 홀딱 마셔버렸었지요."

―막이 내린다, 뎅―

미스 앤더슨이 날려 보낸 한 날음
— 세상 얘기 한 자리

"저 울새[鳴禽] 울음 운다, 저 까불새가 울어, 가슴에 불을 지펴 가슴이 붉은 까불[火]새 울어 울음, 왜 저렇도록이나 우나 울음?"

미스 앤더슨(Miss Anderson)은, 혼자 남게 되자, 갑작스레, 밖에서 우는 새 울음에 귀를 틔우고, 그렇게 목젖 안쪽에서 뇌었다. ['생각'이라는 것도 그러니까, '발음'을 입을 때, '말'로써 형상화하는 것일 터인데, 이 경우의 '목구멍 안쪽에서 뇌이기'는, '생각'보다는 말' 쪽에 가깝되, '발음'을 입지 안 해, '생각'의 범주를 벗어났다고 볼 수도 없는 듯하다. 이 잡설(雜說)에 나오는 대화는 모두, 저 '생각'과 '말'의 중간적인 것, 그러니 사투리(方言)라고나 일러야 할 그런 것인데, 이런 경우는 작가(作家)라는 자가, 씨암탉의 알집 같은, 남의 말(言語)의 밀실을 차지하고 앉아, 그 설익은 말의 노란자위를 냉큼냉큼 주워 먹고 있는다. 크으륵(트림하는 소리러람), 도류(道流) 무뢰한은 그럼에도, 적당히 처먹어둘지어다. 그렇잖는다면 궐자(厥者)의 배 또한, 물켜고 퉤진 하마 꼴이 되어설람, 저 씨암탉을 안쪽에서 펴 늘이다, 펑(배 터지는 소리러람) 펴 누이고 말게 되기 쉬울 터이다] 근래 언제부터 미스 앤더슨은, 무슨 말을 해보려 하면, 자신의 뜻과도 상관없이, 몹시 더듬거리게 되거나, 심지어 헛발음까지 하게 되는, 실어증은 아니라도 어눌증(語訥症)이랄 것에 당하고 있어, 주위에 사람이 있을 때, 도움이라도 받아야 할 긴한 까닭이 없는 한, 속에서 일어나는 많은 말을, 목구멍 안쪽에서 꼴록이다 삼켜버리곤 하는 일에 이력이 나 있는 중이다. 이런 식의 말하기란 그렇다면, 그 화자뿐만 아니라, 그 청자도 또한 자기 자신이라는 것일 것이다. '주위에 사람'이래야, 자기보다 세 살 위인 언니 앤더슨을 두고 이른 말인데, 그네는 한 번 결혼에 실패한 뒤, 다시는 결혼 같은 걸 염두하고 있지 않거나, 또는 적당한 남자를 만날 수 없었거나 하여, 수족불수의 동생 앤더슨의 뒷바라지를 해주는 일(이 고장엔, 'Home Maid'라는 직종이 있는데, '파출부'와 비슷할 것이되, 이 'Home Maid'는, 특히 집에서 투병하는 병자를 상대하고 있어, 그 직종이 요구하는 만큼의 의료 기술을 수업[修業] 해두고 있어야 한다. 언니 앤더슨의 직업이 바로 이것이던 것이다)로, 그리고 전남편으로부터 받은 약간의 위자료로, 별다른 우려는 없이 살고 있다. 언니 앤더슨은, 읽을거리가 다 되었다고, 아랫장터에 있는, 파크(Park)라는 성씨를 가진, 한국인 이민이 운영하는 책방에, 책을 사러 간다고 나갔다. 그네는 물리지도 않고, 추리 소설과 로맨스 소설을 끊임없이 읽었거니와(읽는 대로 그네는 그것들을, 한두 권은 물론 파크네 서점에로 가져가서, 얼마 전에 읽은 기억이 있다고 얼버무리고, 다른 새 책들과 바꾸기도 할 터이지만, 나머지는 헌책방에 갖다 넘기곤 했다), 그네의 동생 앤더슨은(언니 앤더슨으로부터 들었기로는), 병들어 눕기 전까진, 어느 사립 고등학교라던가, 초급 대학이라던가, 그런 데서 '영어'를 가르쳤었다고 했는데, 읽었던 고전이나, 시집 등을 되풀이 되풀이해 읽거나, 그것도 그런데, 책장도 넘길 수 없이, 손을 잘 쓰지 못하게 되었을 때부터는, 대개의 시간을, 눈 번히 뜨고, 꿈꾸기를 좋아하는 것 같다고 했다. 자기의 동생이, '눈 번히 뜨고 꿈꾸기' 하는 짓은, 동생의 왼쪽 눈은 거의 실명 상태에 있는데, 까닭에 (동생은) 두 눈을 다 감기를 겁내고 있을 것이라고, 자기는 그렇게 이해하고 있다고도 했다. 자기의 추측이 틀리지 않다면, 그럴 때도 동생은, 밝은 오른쪽 눈으로, 실명된 눈의 그 암흑 위에 둥둥 떠 있거나, 아니면, 안쪽/바깥쪽, 이쪽 세상/저쪽 세상이라는 식으로, 두 쪽 세상을 왕래하고 있을 것이라고 했다.

(책방엘 들렀다) 오는 길엔, 식료품도 한 일주일 분량 사 갖고 올 것이라고 하며, 언니 앤더슨은, 동생 앤더슨을, 바퀴 달린 의자에 앉힌 뒤, 남쪽으로

창이 있는 방(은, 그네들이 서재로 쓰는 방)에다 밀어다 주곤, 날씨가 거의 덥기까지 하다고, 창도 반쯤 열어놓고, 서둘러 나간 것이다. 동생 앤더슨이, 바퀴 달린 의자로 집 안을 돌아다녀야 되었었으므로 해서, 남서편 쪽 구석에, 오랫동안 불을 지펴본 일이 없는 화로가 하나, 그 방의 터를 그중 많이 차지하고 있는 외에, 그 방에도 물론, 자리를 넓게 차지하는 가구 같은 건 없었다. 거실에도 벽난로가 있기는 했지만, 이 방에 있는 이 '화로'란, 어떤 것인가 하면, 화구(火口)를 벽에다 내고, 굴뚝을 벽 속으로 통하게 하는, 벽에다 장치한 난로, 그러니까 '벽난로'라고 이르는 그런 것이 아니고, 이곳의 거개의 집들에 하나씩은 다 갖춰 갖고 있는 것과 같은 것으로서, 솜씨 있는 함석공들이, 함석판을 모양 있게 우그리기도, 또 서로 잇대어 붙이기도 하여 만든 것(이니, 모양은 여러 가지일 터이다)을 이르는 것이다. 이것은 그러니 벽과 상관없이, 그것만으로 독립된 것으로서, 주로는, 방의 그중 한가한 구석 쪽에 놓이는데, 연통(굴뚝)은, 그 화로에서 발기 충천하여 천장을 뚫[는 것이야 어찌 연통뿐이랴, 가을바람에 쐬면, 사내들의 수컷스러움도 그런다잖더냐. 바늘귀만 한 구멍으로도 황소바람이 쳐든다는데, 저누무 것은 속도 못 차리고, 하룻저녁에도 열뒷씩이나 벽에다 구멍을 내싸서, 왼 동네가 감기를 앓게 된다잖더냐. 콩, 콩, 캑, 캑, (아낙네들 기침해쌓는 소리러람)] 고 지붕 위쪽으로 올라, 꼬끼요— 매운 열을 토하는, 그런 것이다. 세 발[足]이, 또는 네 발이의 이 화로를 올려놓기 위해선, 목재를 써, 대략 한 평(坪) 넓이의, 사각형, 오각형, 육각형 등의 얕은 곽을 짜고, 그 안에다 흰 차돌멩이 같은 것을 채와 펴놓아, 불티나 잉걸이 튀어나와도, 마루나 양탄자를, 눌거나 태우지 않게, 해두고 있다.

오늘은 간호사(Home Visiting Nurse)도 순회를 하는 날이 아닌 데다, 한 번 외출을 했다 하면, 무슨 얼어 죽을 일 났다고 서둘러 돌아오는 법이란 없는, 언니가 외출을 해버렸으므로, 동생 앤더슨은, 그러는 동안만이라도, 자기가 누구의 짐이 되고 있는 것은 아니라는, 한껏 홀가분한 마음이 되어, 창 너머에다 눈과 귀와 마음을 보내며, 정원의 벚나무와 목련의 꽃망울이 트고 있다고, 키들키들 소리 내어 웃고 있다고, 보고 듣고, 그리고 그 짜들어져 내리는 볕 속에 녹아져 들었다. "...... 매 순간 매 찰나, 활짝 트려는 저 꽃망울들이란, 어쩌면 다름 아닌, '세상의 모든 불을 훔쳐, 제 놈의 배 속에 감춰놓고 있는다던, 그 벙어리 뱀 문두룸'으로부터 도망쳐 나온, 그 새끼 불들일지도 모르지, 삼동으로, 겨울로 깊기도 깊은 '잠' 속에 억류되었던 '꿈'들이 일어나기…… 어쨌든 봄에는, 문두룸까지도, 전신이 근질거려 송신해 못 살겠든지, 웃고 싶어 못 죽겠든지, 어쩌든지…… 허나, 나, 나는 어쩐가?"

때에도 울새는 울고 있었다.

"아으, 영 너머 너머 너머," 때에 그리고 미스 앤더슨은, 한 번 더, 그 새소리에 고막을 튀웠는 모양이었다. "가고 가 가고파, 가고 가고 가려고, 울음 우는지도 모르긴 모르, 모르흐, 흐으르르지……"라고, 그 정원의 봄꽃이 (말하자면) 후루루 피었다 화그르 져버린 뒤, 일순 고적만 남는, (말하자면) 그런 만큼의 침묵 끝에, 미스 앤더슨은, 자답을 했는데, 이런 자답은 사실은, 자답을 한 그 당자가, 반은, 그 물음이나 대답 속의 주어가 되어 있는, 그런 입장을 취해 있다는 것이, 쉽게 살펴 내진다. 그러니까 그네는, 울새를 핑계 삼아, 자기의 희망을, 봄에 대한 바람을, 표현하려 했음에 의심의 여지가 없었다. 그네는 그러니까 그 단새[短時], —낮꿈의 형태로 드러나는—넋으로 자기 몸 떠나, 바깥세상 떠돌기를 하다가, 그때에사 돌아온 모양이었다.

"또 봄이 하나 더 왔나 본데, 그러자니 나는, 그렇군, 마흔두 번째의 봄을 맞는가 본데," 미스 앤더슨은 그러며, 자기의 것임에도 자기의 의사에 좇아주지 않는 깡마른 손이며, (담요에 덮인) 무릎이며, (슬리퍼에 신겨진) 발등을 내려다보았다. 눈물이, 그 삭정이 같은 손등에로 방울져 내리고 있었는데, 주위에 아무도 없음으로 해서, 감추려 애쓰지 않고 흘릴 수 있는 눈물도 하긴, 미스 앤더슨껜 어떤 종류의 호화판, 슬픈 사치에 속한 셈이었다. "봄인데도, 어떤 한 모질게도 외롭고 슬픈 나무는, 물을 못 올리고, 순을 돋워 내보기는커녕, 반대로 말라[枯] 죽어[死] 가고 있다면, 게다가 그것도, 첨예한 모든 고통의 하나하나를 다 겪으며, 서서히, 한나절 보내기가 백 년에 해당하기보다도 더 느리게, 죽어, 말라 죽어가고 있다면, ……혼자서만 계절을 역류하고 있는 바보 나무, 멍청이 나무, 길고도 한랭한 깊은 겨울, 그런 캄캄함 속으로, 혼자서만 떨어져, 왠지 저항하지 못하고 뒷걸음질 치는 나무, —이 한 나무의 봄은 겨울 속에 갇혀 있음일라, 잠 속에 묻힌 공주, 몸속에 억류된 혼……” 미스 앤더슨은, 자기의 손등이, 자기가 떨구는 눈물로 하여, 거의 뜨겁기까지 하다고 느끼고 있었다. 마비가 아니어서, 피부로 느낄 수 있다는 일은, 그럼에도 고통이었을라?

미스 앤더슨은, 그네가 말이 아닌 말로 되뇐 바대로, 올해 마흔두 번째의 봄을 맞고 있는데, 서른다섯 번째 여름을 맞았을 때부터, 의사로부터 ‘다발성 경화증’(多發性 硬化症, Multiple Sclerosis) 증세가 있다는 진단을 받았었더랬다. 이 바이러스는, 인체에 침투하고도, 아주 오랜 세월 그저 잠복해 있기만 하고, 이렇다 할 아무런 증상을 드러내지 않는 특징이 있다고 이르거니와, 다발성 경화증이란, 말한 바의 저 바이러스가, 하필, 인체의 중추가 되어 있는 신경계통, 즉슨 뇌와 척수에 상해를 입히는바, 그 드러남에 있어 종류가 복잡다단함으로 하여, 그런 이름으로 불려지게 되었다고 이른다. 한두 가지만 예를 들어보기로 한다면 그러니까, 저 바이러스가 만약 운동신경계(Motor Nervous System)에 출몰하여 해적질을 했다고 한다면, 그 환자에게 나타나는 결과는, (그 환자는) 몸의 근육을 조종하는 힘을 잃게 되어, 그래서는 걷기, 손 쓰기, 삼키기 같은 데 장애를 일으킨다고 하고, 또 저 바이러스가, 감각신경계(Sensory Nervous System)를 흉가로 만들었다면, 그 환자의, 시각, 청각, 후각, 미각, 촉각 등을 불모 황폐화하게 한다고 이른다. 한데 그 원인이 아직도 확백하게는 밝혀지지 않은 이 특정한 종류의 바이러스는, 중추신경계에 기생함으로써, 어느 환자 없이, 모든 환자는 다 다른 증세를 드러냄으로 하여, 그 치유 또한 어렵다고 하는데, 무슨 녀러 모질기도 모진 바이러스가, 살 깊고 기름 좋은데다 버려두고, 하필이면, 신경세포의 축삭(軸索)을 싸고 있는 껍질[梢, Myelin sheath] 만을 갉아 먹어 살이 찔 수가 있다는 말인가. (이건 물론, 꼭히 같은 ‘균세’[菌世] 는 아니라고 할지라도, 듣기로는, ‘유리[美里] 의 팔조[八祖]’ 되는 중이, 법경[法經] 을 짊어지고 ‘균세’[菌世] 로 들어갔다고 하니, 그에게, 저 마정[魔情] 의 항복을 부탁할 길밖엔 없겠느냐?)

한데 삼 년 전 어느 때부터, 미스 앤더슨께는, 왼쪽 눈의 시력에 장애가 있어, (그 눈엔) 모든 것이 흐리고, 여럿으로 헷갈려 보이고 그랬었다더니, 그로부터 시작해선, 장딴지에 쥐가 내리기뿐만 아니라, 걸핏하면 넘어지고, 겹쳐,

척수의 주춧돌이 놓이는 자리[仙骨] 께에, 타는 듯한 통증이 있고 했던바, 그런 후 그 증세는 가신 일이 없었다가, 그로부터 이 년 사이에 그네는, 바퀴 달린 의자로부터 떠나지를 못하게 되어버린 것이었다. 지난해 초여름까지는 그래도 그네는, 혼자서 어떻게 해서든 바퀴 달린 의자에 오를 수도, 바퀴를 굴려 움직일 수도, 내릴 수도 있을 만했었으나, 그 별랑도 어둡던 겨울 하나 지나면서부터, 자기는 잎을 못 피우게 된 나무나 같이 되었다고 알았다. 팔만 유정 가운데서도, 하필 나무의 형태를 꾸민 그 유정의 삶의 열예가 무엇인지, 미스 앤더슨께 그것은 이미 관심거리도 못 되고 있거니와, 그런 대신, '나무'이기의 비극이 무엇인지, 미스 앤더슨 자신은, 그것을 너무도 잘 알 만하다고 했으며, 나무와 자기는, 이제는 한통속의 유정이 되었다고까지 믿었다, 라는 '나무이기의 비극'은, 뻔한 것이 이것이지만, 나무의 '장구한 삶'과 관계된 것이 아니라, 나무의 '장구한 죽음'과 관계된 것으로서, 그 유정들이 당해야 하는 고통과 절망의 길이가 그것이다. 나무는, 아무리 속한 죽음을 바란다 하더라도, 그 둥치 속에 저장되어 있는 습기의 함량에 의해서, 삶의, 또는 죽음의 길이도, 비례하는 것은 사실일 터이다. 그러는 동안 나무는, 죽음에 임박한 (『바르도 토돌』 속의) 신들과 같이, 일순의 휴식도 없는 극한의 고통을 감내해야 할 터인데, 나무들의 죄업은 무엇이었는가? 신들과 마찬가지로, 나무들도 종교(宗敎)를 갖지 못한 것이나 아니었는가? 그러나 다시 고려해보기로 한다면, 나무들 말고 또 무슨 다른 유정이 있어, 더 지극한 정성으로, 태초로부터, 다만 하나 육안(肉眼)에 보여지는 대신(大神)으로 예배되어온, 부상에서 떠올랐다 함지에 지는, 하늘의 큰 한 빛을 신앙하던가? 그럼에도, 만약 나무가, 자연계에 있어 승려(僧侶)의 직책을 띠고 있는 것이 아니라면, 생존의 방법과 종교는 어쩌면 분리해야 될지도 모르긴 모른다. 미스 앤더슨의 믿음엔, 나무는, 어떠한 고통에도 기절이나 혼절하지도 못하는 것이나 아닌가, 해온다. 모질게도 서서히 오는 죽음, 죽음에 이르기까지의 모진 갈증, 타는 듯한 고통으로 건조해져 가기, 아무리 몸이 토막 지어진다 해도, 그 모든 부분은, 건조되어가기까지는 살고 있으며, 모닥불 위에 던지어져 타고 있으면서도, 동물이나 같이(또는 '동물모양'이란, 회피할 수 없는 이현령비현령[耳懸鈴鼻懸鈴] 에 속하는 말인데, 이 경우는, '동물은 그렇게 할 수 있음에도, 식물은 그렇게 하지를 못한다'라고 이해해얄 것이다), 귀신(鬼神)을 토해내지를 못하고, 귀신과 함께 소진하지 않으면 안 된다. 그리고 미스 앤더슨의 경우도, 즉슨 그네의 비극도, 저와 비슷한바, 그네 또한, 말라 죽어가는 나무와 같이, 몸의 팔구 할이 죽어 있는데, 저 나무가 토해낼 수 없는 '귀신'과 같은 것이 그네에게도 있어, 자기의 황폐화, 불모화, 고목화(枯木化)를 초롱하게, 그것도 견뎌내지 못할 통증과 함께 지켜보고 있어 오고 있다라는 그 '귀신'은, 일반적 다른 환자들과는 특이하게도 달리, 미스 앤더슨께는, 생각도 하고, 관찰도 하며, 꿈꾸기도 하며, 그 한 기관이 푸르게 살아 있다는 그것이다. 이런 처지에 처한 미스 앤더슨의 비극의 몽상을 좇는다면, '다발성 경화증'도, 어느 면에 있어선 '길란-바레 병증'(Guillain-Barre Syndrome)과도 비슷한 것이 아닌 것은 아니라도, 어떤 나라의 왕자나 공주가, 어떤 마녀의 주술에 덮어씌워져, 발끝으로부터 시작해, 왼몸이 서서히 대리석[痲痹]이 되어간다는, 그런 동화적(童話的) 상상력을 일으키지 안 했으며, (그러니까 '운동신경계'에 장해를 입기와, 마비증은 같은 것이 아니라는 것일 것이다) 대신, 어떤 간드러져 간나위 같은 간다르바(Gandharvas. Skt., 하늘 악사[樂士] 들)가, 교만함으로 오대 악을 범하였으므로 하여, 그들 고장의 최판관 나리께서, 일갈에 저놈을 토룡(土龍)으로 만들어, 땅 밑 세상에다 귀양살이를 보낸 일이 있었는데, 그래서 저 타락하고 추락한 천선(天仙)은, 땅 아래 세상의 고적, 암흑, 부자유 따위를 참을 수 없을 때마다, 닥치는 대로, 아무 나무뿌리나 움켜쥐어서는, 그것을 빨대 삼아 입에 물고, 그 나무의 천향성(天向性)의 꿈을 빨아먹는, 그런 거대한 토룡과, 그것 탓에 서서히 고사하며, 모든 첨예한 고통을 다 느껴내야 하는, 나무의 비운을 일깨운다. 때문에, '대리석 병증'에 걸린 자가, 흐름, 그런 세월에 민감하다고 하면, '고목병증'에 당하는 자는, 계절, 그런 기후의 변화에 관심을 많이 갖는다고 할 것이다.

"원한다믄이야, 새라믄, 어찌 영만 넘어가기뿐일라구? 그래서 나무는, 어떤 슬픈 나무는, 모든 나무들이 다 밖으로 꽃을 피우는 철에, 안쪽으로 조금, 꽃을 피워보려, 해도 안 되는, 그 나무는, 새, 새가, 새가 부, 부러울 터이지맹." 그러며 미스 앤더슨은, 한동안 눈을 감고, 나름으로는 뭔지를 골똘히 생각해보는 듯하더니, "나무인들, 인들 말이지, 얼마나 훨훨 날아보고 싶을 것인가? 봄에는 그렇게도 흐물트러지게 꽃을 피우고, 여름에는 또 그렇게나 무성하게 잎을 피우는 그 까닭은, 그래서 보면 무슨 욕망의 표현일 것인가? 그렇게 하기가 혹간 훨훨 날으기나 아니겠는가? 지구를 그 뿌리로 움켜쥐고서, 나비 되어 날으기? 그것은 나무의 무도(舞蹈), 비상에의 욕망이, 천의, 만의, 억천만의 날개를 꽃으로 잎으로 피워내기—타락하여 날개를 추락한 간다르바가 차지하고 있는 저 땅 아래쪽은 얼마나 어둡고 부자유스러웠으면, 나무나 풀은, 밝고 트여진 밖을 향해, 그렇게나 많은 원망(願望)의 손가락들을 뻗쳐낼 것인가? 하긴 뒤처졌던 에우리디케(Eurydike)의, 앞서 빛 속에로 나아간 임에의 그리움? 사랑? 그런 손가락이 삭정이가 돼버린 나무는, 그런 육신은, 그것 자체가 암흑이며, 무덤이겠구나." 그리고 미스 앤더슨은, 늘 그런, 그것도 하나만 남은 실의의 눈빛으로, 생명을 담고는 있으되 메마른 자기의 몸을 내려다보았다. 하는 말로는, 생명은 '생명'이어서, 사멸하지 않는다 해도, 그러니 사멸하는 것은 육신뿐이라고 해도, 그 생명이 한 번, 저런 사멸하는 육신에 제휴하면, 그 육신을 벗을 때까지는, 그 육신의 달마에 좇지 않을 수 없음을. 그러므로 누구든, 다시 태임 받지 않으려거든, 사랑이며 증오, 대추나무 연 걸리듯 한 것 모두 끊어야겠거늘, 그럴 시간이 많지 못한 것이, 존재의 한이겠는다. "하긴 또 모르지, 정이 없다[無情]고 이르는, 바위 같은 것이야, 이런 자리에 끌어들이지 말기로 하고 말이지만, 나무들께도 만약에 혼(魂)이 있다면, 글쎄, 밤의 침상에서 꾸게 되는 꿈을 염두하고 본다면, 그것은 새일지도 모르지, 새일지도 몰라. 듣자니, '낮의 혼은 밤의 몸과 같으며, 밤의 혼은 낮의 몸과 같다'는 소리도 있던데, 그래서 말인데, 생각이 나서 말인데, '나무'는, '새'에 대해, '밤의 몸' 같은 것이 아니겠느냐구 말이지, 말인데…… 이렇게 본다면, 한번 뿌리 내려진 데서 한 치 반 치도 자의로는 움직이지 못하는 나무의 비운도, 꼭히 비운적이지만은 아닌 듯도 싶으기도 하지만……" 그런 생각에 잠겨 있는 중에, 따스한 한 폭 볕이, 부드럽게 그네의 앞판을 덮어 내리자부터, 미스 앤더슨은, 살곰 한 소곰 낮잠에 빠져들고 있었다. 그랬다 해도, 그네의 머리의 숨골이나, 목구멍 같은 데를 통해, 새라거나, 아니면 나비 같은 것은, 날아 나오지는 안 했다.

그리고서는 얼마를 잤는지, 미스 앤더슨으로선 알 수도 없었는데, 말했던 바의 그 함석 화로의 연통 속에서, 뭔지가 몹시 푸드득이는 듯이 하며, 발톱일 것이라고 짐작되는 것으로, 그 함석 연통을 몹시 요란스레 긁고 있어, 그 소리 탓에 미스 앤더슨은, 놀라 잠을 깨잖으면 안 되었다. 그리곤 잠시 어릿두군해져 있다가, “연전 폭풍우 땐, 솔송나무(는, 대나무가 꽃을 피우면 수명이 다해졌다고 하듯이, 솔방울을 바지게로 섬으로 맺기 시작하면, 죽음에 임박해져 있다고 알려져 있는데, 미스 앤더슨네 나무가 저러하다) 솔방울이, 메뚜기 떼처럼 폭풍에 불리다가, 그중의 몇 개가 연통 속으로 불려 들어져, 우리를 잠시 의아하게 한 일은 있었지만, 그러나 솔방울은, 연통 속에 든 즉시 굴러 내려서는, 소롯해져 버리는 것이었는데…… 이건 그래서 보면, 결코 솔방울 같지는 않은데, 게다가 오늘은 바람기도 없이 좋은 날이 아닌가…… 그러면 대체 무엇이 저 연통 속으로 떨어져 들었다는고?” 하고 미스 앤더슨은, 연통 속에서 나는, 그것은 분명히, 그 암흑한 소잡함에 저항하는, 무엇의 맹렬하고도 괴로운 몸부림에 주의를 기울였다.

“이, 이것 참 큰일 났네. 저걸 어쩌지? 저것은 어쩌면, 때도 없이 지붕으로 다니는 그 다람쥐일지도 모르는데, 이걸, 이걸 어쩐다지? 분명히, 고양이나 솔개에게 몹시 쫓기다, 얼른 숨을 곳을 찾는다는 것이 그만, 다른 사혈(死穴)로 떨어지고 만 듯한데, 애고 불쌍도 해라, 이걸 어쩐담?” 그러며 미스 앤더슨은, 마음으로 발버둥질을 하며, 울먹였다. 어찌하여 신은, 자기가 지었던 화해의 땅을, 약육강식의 고해(苦海)로 바꿔버렸는가, 라고, 걸핏하면 해오던 짓대로, 이 순간에도 미스 앤더슨은, 신에게 대들기 시작했다. 원망의 독한 침을 뱉어대기 시작했다. 자기가 지은 유정들에 대해서, 꼭 한 번의 ‘불복종’(不服從)의 까닭으로, 얼마나 모진 포원(抱寃) 포한(抱恨)이 쌓였으면, 그는 무시로, 무시무종(無始無終) 복수하기에만 혈안이 되어 있는가? 미스 앤더슨은 그리고, 무엇인지, 한 작은 생명이, 하필이면 연통 속에 유형당하고 울려 보내는, 고통과 공포, 그리고 절망의 몸부림을 통해, 어디선가 아주 가까운 데서, 자기를 지켜보고 있는, 그러나 자기의 육안에도 심안(心眼)에도 보이지 않는 이, 검센 손을 갖고도 결코 도움의 손을 뻗쳐내려 하지 않는 자, 의 눈에 비추이고 있음에 분명한, 자기 자신의 처지를 보았다. 그러함에도, 저 양자 간에 왜 다름이야 없겠는가. (미스 앤더슨의 의견을 좇는다면,) 그 다름인즉슨, 미스 앤더슨은, 어떻게든 돕겠다는 일념으로 아무리 손을 뻗쳐내려 해도, 자기의 손이 귀를 열지 않고 있음에 반해, 검센 손을 가진 보이지 않는 자는, 그의 심정이 귀를 열지 않고 있다는 그것이다. (자기를 까닭으로 해서겠지만, 미스 앤더슨의 믿음엔, 신[神]의 심정[心情]은 귀여야 옳을 것이라고 했음에도, 신의 귀는 심정이 아니라는 생각 때문에 미스 앤더슨은 슬퍼해 오고 있는 중이다. 까닭에 그네는, 오래 오랫동안이나, 기도라는 것을 해본 일이 없다)

연통은, 지붕 위로 치솟아 오른 그 끝에, 비를 막는 우산 모양의 뚜껑이 있는데, 고양이라면, 저런 굴뚝 속으로 빠져들기에는 황소만큼이나 몸이 큰 것이 사실이다. 게다가 얼마나 앙칼지게 발악해대며, 울어댔겠는가. 한데 연통 속에서 나는 소리는, 점점 쇠해가고 있었으니, 그것은 얼마나 가엾고도, 연약한 생명이었겠는가. 하는 말로는 그래도, 육신은 양(量)이라, 그것에는 대소(大小)가 있으되, 목숨이나 넋은 양이 아니라, (그러면 그것은 질[質]일 것인가?) 그것에는 다름이 있는 것이 아니라고 이르되, 이런 경우를 두고 보면 반드시 다름이 있어야 옳을 성도 싶으다. [네 이눔 지니(媂尼, Jinnee)는, 예이이—, 냉큼 나설지어다, 해서는, 저 황소를 뜯는 모기 한 마리와, 피를 빨리는 그 황소를 살풋 한번 잠 씐 듯이 죽였다가, 그 넋이며 목숨이라는 것을 한 번 바꿔 넣어줘 볼 작시니라, 예이이—]

그러는 그 어느 일순 한데, 그런 약간의 부스럭거림까지도 딱 멈춰버리고 말았다. 미스 앤더슨의 파리했던 얼굴은, 그제는 잿빛으로 변했는데, 아직도 살아 있는 부분의 그네의 전신은, 푸들푸들 씰룩씰룩 떨어대고 있었다. 그것이란, 어떤 보이지 않는, 그러나 고문에 이력이 난 손, 지옥에서 올라온 손에 의해 주리 틀려지기나 되었던지, 미스 앤더슨의 전신은, 식은 기름땀에 덮이고, 병기 서린 시지근한 냄새를 풍겼다. 그네의 완강한 믿음엔, 그것이 운명(運命)이든, 아니면 실족(失足)이든, 한 생명이 사지(死地)에 떨어져 들었다고 할 때, 그 주위에 누군가가 있었음에도 불구하고, 무신론자(無神論者)의 가슴속에 묻힌 넋, 또는 벙어리 뱀 문두룸에게 먹힌 불모양, 아무 구원도 얻지 못한 채, 외롭게 죽어서는 안 된다고 했다. 절대로 그럴 수는 없다고 했다. 하느라고, 나름으로는 얼마나 몸부림을 했었던지, 타고 앉은 의자가 기우뚱거리기도, 조금씩 움직이기도 했던 모양으로, 조금 전까진 창을 향해 있었던 그네가, 그때는 화로를 앞에 두고 보게 되어져 있었다. 분명히 그네는, 그렇게 바라 안간힘을 다했었을 것이었다. 그러느라 그네는, (운동신경을 조절할 수 없이 되었음으로 해서) 자기도 모른 새 똥오줌을 갈겼던지, 아랫부분이 왼통 누렇게 젖고, 더러운 냄새를 풍겨대고 있었다. 그럴 즈음 다시, 연통 속에서 부스럭 이는 소리와, 발톱 같은 것으로 긁적이는 소리가 나고 있었다. 그때까지도 미스 앤더슨은, 그것이 성대를 통해 내는 소리를 들어보지를 못했는데, 그랬기에도 그랬겠지만, 그런 힘없는 부스럭이기나 긁적이는 소리는, 예를 들면 '묵'[默] 이라고 발음되어진 소리와 같이, 이상스러운 적막함을 데불어 왔다. 귀신이 씻나락을 까먹으며 편두통을 앓기 같은 것. 그제는 힘이 많이 부친 듯, 그 생명의 저항에는, 조금의 격렬함도 섞여 있지가 못했지만, 그것은 그래도, 미스 앤더슨께, 일단은 안도의 한숨을 한번 쉬어내게는 했다. "고, 고맙게도, 아직 죽지는 않은 것이었구나. 그을음을 들이쉬고, 얼마나 숨통이 괴롭겠느냐? 독사의 목구멍에로 빨려들기에도 비유될 터이지. 마는, 조금만, 아주 조금만 버티고 기다려보렴, 내 어떻게든 널 도와보겠으니, 아무렴, 내 널 해방케 해보겠으니—" 그럼에도 미스 앤더슨은, 자기로서는 속수무책인 것을 모르고 있는 것은 아니다. 글쎄 자기의 수족이랄 것은, 거기 매달려 있을 뿐, 이제는 자기의 것이 아니어서, 자기의 의지에 좇아, 자기를 받침해 준다거나 할 힘을 잃은 지는 오래되고 있던 것이 아니냐. 살다 보면, 물론 이런 경우도 포함해서 말이지만, "돌"(咄!), 또는 "제기랄!", 또는 "원 빌어먹을!" 소리가 저절로 퉤퉤 뱉어져 나오는 일이 많은데, 예를 한 뒷 들면, 온수 통이라거나, 세탁기, 냉장고라는 따위, 전문가들의 손을 필요로 하는 기계들이, 그 허구한 날 다 놔두고, 하필이면 주말을 틈타 고장이 나곤 하는 것이며, 비 오는 저녁에 지붕이 새기, (그리고 이런 것도 비유로서 충분하든 말든, 소금기만 좀 있으면 되는 것,) 삼동에 군불도 못 지펴 어는 저녁이라, 몸이라도 부벼 열을 일궈보자고, 영감할멈 살 붙이고 있는 중인데, 어디서 날아든 주먹에 봉창이 왕창 찢어지기, 체

장사 지나고 나서 술 익기…… 원 빌어먹을, 살다 보면 그리고 꼽으려고 들면, 백사가 저러하고, 천사가 저러하고, 만사가 저러해 뵌다. 해서, 재(災), 앙(殃), 액(厄), 흉(凶), 살(煞) 따위, 마론(魔論)이 거론되는다. 파괴와 아픔을 더 불으는 것들—마(魔)들은 부지런하다. 마들이 부지런을 피우는 동안은 그리고, 신들은 게으르고, 한가하고, 편해도 좋을 터이다. 생명을 가진 것들은, 아픔을, 불행을, 비극을, 혼돈이나 파괴를 참을 수 없기에 의해, 늘 그 반대편의 것들을 성취하려 노력함으로써, 마들은 부지런하잖으면, 설 자리를 잃게 되기가 십상일 터이다. 헤헤헤, 생각해보아 재미있을 일은, 그러던 어떤 날, 만약에 마들이, 승산 없는 노력에 넌더리를 내고, 제기랄 될 대로 되라구시나는, 뒷자리로 물러나 게으름을 즐기려 한다면, 대체 무슨 일이 일어날 것인가 하는 것에 관한 것일 터이다. 그런다면, 맨 먼저 떠오르는 대답 하나는, 이번에는 신들이 바빠져 버릴 것이라는 것이다. (그러나 이것은, 그런 문제로 법석[法席]을 펼 자리는 아니므로 이만쯤 해두려니와, 그럼에도 이 문제로 심사가 편치 못한 도류[道流]가 있거든, 도류[道流]는, 도류[道流]의 몸·말·마음을 한 보따리에 싸 갖고, 본어마자[本語魔者]께 문안 와볼지어다)

미스 앤더슨은, 저 몹쓸 자리로 실족해 든, 다람쥐나, 뭐 그와 비슷하게 작은 생명을 위해, 자기가 꼭히 해야 되는 일이 어떤 것이나 될지를, 잘 헤아려 알고는 있었다. 그래 보았던들, 거 뭐 별거나 되는 일이었겠는가, 먼저 화로의 화목을 넣는 그 문을 열어놓는 일이며, 그리곤 연통의 중간쯤 되는 데 있어, 연통 안쪽의 개폐(開閉)를 조절하도록 되어 있는, 그 장치의 손잡이를 잡아, 대략 반 바퀴쯤 돌려주기, 그러니까 막힌 자리를 터주기, 가맜자, 그것 말고도 또 더 해줄 일이 있겠는가? '개폐 장치'란, 다름이 아니라, 화로에 불을 피울 때는 열어둬, 연기가 빠져나가게 하며, 불을 피우지 않을 때는 닫아(막아)둬, 밖의 찬 공기가 스며들지도, 안의 따스한 공기가 새어 나가지도 않게 하는 목적을 갖고 있는, 그 한 장치를 이르는 것. (반복하고 할 수밖에 없어 또 그 얘기지만,) 그러나 마음뿐으로, 미스 앤더슨의 사지는, 영 너머 어디쯤의 오랭이한테라도 팍 물려가 버린 듯, 들어주지를 안 했다. 오랭이 팍 물어갈 녀러, 녀러. 그러자니 그네의 전신은, 경직인 데는 더욱더 경직하고, 풀 죽은 데는 더욱더 풀이 죽어갔으며, 자기의 뜻과 상관없이, 가령 손을 위로 쳐들어 보려 했으면, 그 자리에 별 볼 일 없는 목이 나서 움찔움찔하며 뒤틀기나 하고 그랬다. 우주는 상극성(相剋性)을 그 질서체계로 하고 있다고 이르되, 이런 경우, 이 작은 우주에선, 병에 의해, 그 질서가 되어 있는 상극성에 와해 현상이 일어나 있음을 보게 된다. 혼돈임일레라. 이때에 이르러선, 미스 앤더슨의 눈은 충혈이 되어, 거의 피눈물이라도 흘려낼 듯했으며, 말이 못 되는 말이, 앓는 짐승의 신음모양 뽑혀져 나왔다. 그 순간 그네는, 자기 몸에 대한 형언할 수 없는 분노를 느꼈고, 미쳐, 선불 맞은 짐승과 다르지 안 했다. 그러는 중에도, 연통 속에서는, 보다 분명하게 말하면, 저 개폐 장치가 되어 있는 그 부분에서는, 그 한 무력한 유정의, 잘못되어진 운명에 대한, 가망 없는 몸부림이 한 번씩 있다가는, 뜸해지고 했다. 그런 간헐 사이의 그것의 몸부림은 역비례적이었는데, 그러니까, 간헐 사이의 길이가 길어지면 질수록, 그것의 몸부림은 더 약해지고 짧아져 갔다.

"암흑한 부자유 속에 갇힌 자유, 애재(哀哉), (육신 속에 억류당한 혼임이여,) 애재!"라며, 미스 앤더슨은, 그 순간에 이르러선, 누구에게든, 또는 무엇에게든 구원을 청하고 싶은 생각으로 간절하여, 두리번두리번거려 보았다. 그리고 그네는, 다만 한 군데 말고는, 아무 데도 그럴 자리가 없다는 것을 깨닫곤, 울먹거리며 입술을 짓물었다. 짓문 입술을 통해 "주여," 하고 누구를 부르는 소리가, 게거품이 되어 비어져 나왔다. "이 한 번만, 주여 꼭 이 한 번만, 나로 하여금 내 다리로 설 수 있게 도와주시옵소서!" 미스 앤더슨은 그리하여 오늘, 많은 배회 끝에, (그네가) 이 순간 '주'라고 이르는 이에게로 돌아온 모양이었다. 그네는, 그네가 '주'라고 이르는 이에게 늘 대들기만 해왔었을 뿐, 그와 화해(?)하려거나, 통화를 해볼 생각은 낸 적이 없었는데, 오늘 그네는, 기도할 생각을, 그러니 그와 화해하고 통화할 생각을, 해낸 모양이다. "저주받은 이 몸으로 하여금 대신하게 하시더라도, 저 작은 생명만은, 외롭고도 어두운 곳에서, 어둡고도 외롭게 죽게 하지는 마옵소서!"라며 미스 앤더슨은 그리고, 자기 나름의 어떤 확신에 의해, 이 한순간만이라도, 자기가 자기 몸의 주인이라는 것을 시험해보려 했다. "겨자씨만 한 믿음만 있어도, 산을 명하여 물러나라 하면, 물러난다고 이르거늘……" 몸은 그러나, 주인을 위해 움직여 주지를 안 했다. 그네의 충혈된 눈에선, 너무 힘을 많이 주어서든 어쨌서든, 혈관이 터져서든 어째서든, 그때는, 피가 눈물로, 처참하게 흘러내리기 시작하고 있었다. "고사한 나무가 되어, 움직이지 못함이여," 그랬을수록 미스 앤더슨은, 더욱더 안간힘을 썼으되, 눈으로 붉게 꽃을 피워낼망정이라도, 삭정이 같은 팔뚝에서 푸르게 잎을 피워낼망정이라도, 그 몸에서 움직임은 가능해지지가 안 했다. "그럼에도 아직은, 너 가련한 목숨이여, 죽지 말아다오, 버둥질치기를 멈추지 말아다오, 슬픈지고, 흑암 속에 실족한 생명이여, (육신 속에 억류당한 혼이여,)" 그러며 미스 앤더슨은, 나름의 어떤 확신에 기대어, 백만 천만의 안간힘을 다하여, 일어서보려, 필사의 노력을 했다.

그런 헤아릴 수 없는 시도 끝에 한데, 미스 앤더슨은, (갓난쟁이가 맨 처음으로 서게 되었을 때모양, 매우 어중간하게라도,) 급기야 어떻게 한 번, 일어서기에 이르렀다. 렀으나, 그 서 있기는 매우 위태위태해서, 얼마나 더 그렇게 기우뚱거리며 버티고 서 있을지는 알 수가 없었다. 미스 앤더슨 자신도, 그것을 잘 알고 있었다.

그러는 어느 순간 그래서 미스 앤더슨은, 아까 자기가 기도를 드렸던 그 누구를 염두해 감사를 드리고, 그리고 앞으로 엎으러져 버렸는데, 그 모습은, 그녀가 품은, 어떤 절박한 한 운명에 대한 선념(善念)처럼, 그렇게 아름다운 것은 못 되었다. 그네는, 연통을 안고 앞으로 꼬꾸라지며, (그 결과) 연통이 두 동강으로 잘려 나간 그 화로 위에다 복부를 엎질러 박은 것인데, 그리고는 무섭게 신음하며 경련했으나, 오래잖아 화로와 함께 비그르 옆으로 무너지고 말았다. 그때쯤엔, 그네에게는, 고통도, 또 자유에의 그리움 같은 것도, 아무것도 없는 듯했다. 핏발 선 푸른 눈만 퍼러니 뜨고, 열린 창 저쪽의 푸른 하늘을 올려 건너다보며, 얼마쯤의 피를 입 귀퉁이로 흘려내고 있었다. 그것은, 마른 나무에 피어난 붉은 꽃도 같아서 하긴, 아, 아름다웠댔는다.

허리가 두 동강이 난 그 한 연통 속에서, 그제서야 정신을 수습했던지, 뭔지 살아 있는 것 하나가 부스럭이며 나왔는데, 나왔는가 하자 그것은, 맹렬하게 몸을 한 번 턴 뒤, 일순에, 열린 창을 겨냥해, 튕겨진 화살모양 날아가 버렸다. 그것은 그런데 다람쥐가 아니라, 한 마리의 작은 새, 속이 봄볕으로 매와 가슴팍이 불빛으로 붉어진 새, 까불까불 까불던 까불새, 불[火] 새, 영 너머 너머 가고 가고 가고파, 매운 가슴 울던 새, 울새—.

미스 앤더슨은 놓치지 않고, 그 작은 새가, 무신론자나, 벙어리 뱀의 속 같은, 연통을 빠져나와 날아간 것을 초롱히 본 것이고, 그래 핏물도 같은 약간의 웃음을 입 귀퉁이로 흘려내며, 이제껏 자기가 말하고 자기만 들어왔던, 그 꼭 같은 방언(方言)으로, 몇 마디쯤 더 뇌었다.

한 마리 새였었음 나는,
이 육신은 새장,
속에 갇혔던.
이제 나는 날아 떠나며,
그 증표로 빈 장을 뒤에 남기느니—.*

하긴 새 한 마리는, 그것의 구속 억류로부터 해방을 성취하여, 비상하고 있는 중이었다.

육신을 벗어부친 혼, 쾌재(快哉)!

* 11세기경의 수피(Sufi) 시인 가잘리(Ghazali)의 노래.

평심(平心)
— 동화(童話) 한 자리

1

그런 시절은 그런 시절만큼은 인심이 박했었다고 하되, 아직 '여관'(旅館)이라거나 '여인숙', 또는 '국밥집'이라거나 '보신탕집' 같은 영업체들이 생기지 않고 있었음에도, 어떤 과객이나 떠돌이가, 노숙에 배곯아 죽었다는 소문은 들리지 않던 그런 시절에, 발을 척도로 한다면 어떨랑가 몰라도, 마음을 척도로 삼는다면, 눈 한 번 깜짝할 사이에, 한 번쯤 갔다가 올 만한 그만쯤의 거리 저쪽에, 땅 위에는 몇 개씩이고 있는, 그런 나라 중의 땅 하나가 거기에도 있었고, 나라가 있으면 임금이 있게 마련인데, 임금이 고자가 아니라면, 그도 하초를 가진 사내인 이상, 여라, 어찌 흥부네만 워크로 버그르 할 일이겠냐, 새끼들이 워그르 하였다. 했더니, 그중에서도 유독 한 왕자가 활쏘기라든지, 공차기 같은, 기예 닦기에는 등한시하고, 하는 짓이란 게, 태학당(太學堂)에서 졸거나, 맴돌거나 하면서, 흰 낮 같은 때에도, 별 헤아리기나 하고 하여, '별보기님'이라고 불렀던개 볐더라.

별로 눈 치켜뜨고 볼 만한 일이 없을 때론, 싸게 싸게 자아올리기로 해서 말이지만, 그렇게 자란 이 왕자가 헌데, 그러던 어떤 봄이 익어가던 날, 허기야 그때쯤엔, 그도 살을 입었었은즉, 불두덩이며 코밑에도, 먼지 털 좀 쉰 것들 몇 오라기가 삐죽 뾰죽 돋아오르고 있었으며, 목소리까지도 묘하게 변해가고 있었던 그런 나이였더니, 한번 떠나버렸더라고 했다. 아바마마나 어마마마께, 자기가 용 타고 돌아올 때까지 살아 계시라고 이르고, 표표히 왕궁을 떠나버린 것이었다. 아바마마는 물론, 어마마마까지도, 별로 앨 써 그의 길을 막으려고는 하잖았는데, 어마마마 생각에도, 저 '별보기'가, 그런 어떤 모험, 열세, 고생 끝에, 허기지고 지쳐 돌아온다면, 별수 없이 그때는 그도, 별들 사는 데서부터, 개미도, 개도, 사람도 사는 고장에로 돌아오지 않을 수 없을 것이라고 한 것이다.

이 왕자가 어깨에 걸머멘 괴나리봇짐 속에는, 그것이 그만한 크기의 건락(치즈)이었으면, 내일 당하고 모레 당해서는 더 좋았었을 것이었는 것을, 그런 한 덩이의 커다란 꿈, 한 줄의 빵과, 약간의 양고기, 그리고 마개를 따 한 모금만 마신 한 병의 포도주가 들어 있었다. 받았던 노자는, 종복들께 나눠줘 버리고 말아, 호주머니는 비어 있었으되, 허긴 왕자란, 지갑이나 신분증명 같은 것을 지참하고 다니는 자들이 아니라고 하잖더냐. 별 요상한 종류의 인간도 다 있구나.

태어났었을 때부터 오늘날까지, 괴롭다거나 슬프다는 것 같은 것이 뭣인지를 잘 모르고 자란 이 왕자는, 한껏 자유스럽게만 된 것을 좋아하여, 우쭐우쭐 춤추듯 나아가느라, 바람에 더벅머리를 휘날려 수망아지 모양이었는데, 별로 오래잖아 궁도(宮道)를 벗어나, 들길을 건너고, 그리고 한 외촌 동구에로 들어서고 있었다.

"딛, 딛, 딛고 딛어설람, 남의 낮잠을 설피게 하며, 남의 잠의 머리맡을 딛어가는, 여, 거, 한 작은 회오리바람 같은 젊은네여, 뭣이 그리도 살맛 나는 일 있어, 번들거리는 눈을 해갖고시나, 어디로 가는다?"

동구를 들어서는 참인데, 괴팍한 늙은네 목소리의 누군가가 헌데, 이 별보기 왕자의, 바짓가랭이에서 휙휙 바람 소리 내며 지나는 걸음을, 멈춰 세우는 이가 있었다.

"나, 나 말이신가요?" 왕자는, 소리 났던 쪽에 대고 묻고, 소리 냈던 자를 찾았으나, 못 찾고, 커다란 독(항아리)이나 하나 보게 되어, 어릿두군해져 버린다.

“그, 그럼, 자네 젊은 놈 말고 또 누굴 상싶으냐?” 그렇게 대답하는 이는, 하필이면 예의 저 독 속에서 허리를 펴 상반신을 일으켜 세우는데, 대략 턱께까지나 독 밖에로 몸을, 사실은 얼굴을 내밀었다. 턱 밑부분은 독 속에 묻혀 있으니, 열두 발 뱀 꼬리라도 똬리 치고 있을는지, 그것까지는 알 수가 없으되, 아무튼 얼굴은, 백오십 살은 되어뵘 직한 늙은네였다.

“아, 평안하시오니까? 노인장께선 옹기업을 해서,”

“달팽이도 옹기업을 해서 먹고산다고 이를 수 있느냐? 허, 거, 헌데 좀 보잤구나, 입에 군침 도는 걸로 따지건대, 거 젊은네의 봇짐 속에는, 뭐든 한 입가심 좋이 할 만한 게 담겨 있음에 분명하겠는다?”

“이, 이런, 노인장께서는 시장하신 거군요? 그렇담 이건 참 잘됐는걸요. 그렇잖아도,” 왕자는 말하며, 독전으로 다가가, 그 독 옆에, 디딤돌로 놓았음에 분명한 그 돌팍에 앉았다. “혼자 먹기도 그렇고 해, 같이 나눠 먹을 만한 이를 만나면 먹으려고, 아까 저쪽 들판 건널 때부터 배가 쫄쫄거렸어도, 참고 왔기를 잘했군요.” 그러며 왕자는, 봇짐을 풀어, 포도주를 병째 노인네께 건네어, 먼저 입을 축이게 하고, 빵은 잘라, 더 기다란 쪽을 노인네께 넘겼으며, 양고기는, 주머니칼을 써, 가늘게 조각을 내어, 노인네가 입을 벌릴 때마다, 한 조각씩 밀어 넣어주었다.

“그래설람은 야봐라.” 늙은네는 포도주를 크게 한 모금 넘기고 난 뒤, 물었다. “이 늙은탱이가 아까 묻지 안 했더냐, 어디서 오느라구?”

“오기도 하지만, 가기도 하는 중이지요. 오라는 데는 없어두요, 갈 데는 많은 것 같거든요.”

“으? 흐흐흐, 그런다면, 결국은 아무 데로도 가는 것은 못 되겠구나. 그래도 말이지, 자네 젊은네의 얼굴이며, 눈에 보이는, 오고 간다는 일에 대한 열성스러움에는, 반드시 까닭이 있어 뵈누먼.”

“나, 나는 말이지요, ‘마음’이라는 것을 찾아, 길 떠나고 있거든요.”

“헥? 파, 파, 파음을, 찾, 마음을 찾아, 떠나고 있다구 에? 크액, 캑, 캑캑,”

“너무 급하게 잡수시더라니요.” 왕자는, 노인네가, 얹힌 음식을 토하려 하기라도 하는 줄 알고, 노인네의 뒤통수 밑에 쪽을 자근자근 두들겨주었다.

"아서, 아서라, 그만둬라, 내가 토해내려 했던 것은, 음식이 아니라, 말[言語] 이었던 것을. 크흐, 흐흐흣, 흐래서 젊은네는, 나쁜 용이나, 도깨비방망이 같은 그런 것도 말고, 마, 마음을 찾으러 나섰구나으?"

"그러믄요! 내 얘길 들으신다면, 노인장께서도, 그 독을 업고서라도, 저 '마음'이라는 것을 찾으러 나설 것임만요."

"과연 그, 그럴까? 어차피 난 너무 늙은걸. 아무튼 나도 좀 들어볼 수는 있겠제맹?"

"쉬잇, 이건 노인장께만 들려드리는 얘기니깐, 비밀로 하시고, 퍼뜨리지 말아야 해요. 듣자니까, 태학사(太學師)들끼리 주고받던 소리 중에, 글쎄지요, 이런 얘기가 여러 번씩이나 섞였더군요. '누구든 마음을 길들여, 자기 뜻대로 어거할 수 있는 이가 있다면, 그는 한 우주를 정복함에 분명하다……."

"아항, 그게 그거였군그리. '마음'이라는 게 분명히 그러하다면야, 이 늙은탱이까지도, 몇 나이만 젊다면, 찾아 나서볼 만하다 싶으군. 헌데 자네는, 이 '마음'이라는 게 무슨 괴조(怪鳥)처럼 생겼다거나,"

"동화 속에는 걸핏하면 출몰하는, 거대한 용 같은 것일지도 모른다는 생각을 안 해본 것은 아니지요. 어쩌면 이 지상에선 제일 크고 잘생긴, 싯누런 황소일지도 모른다는 생각도 해봤는데요,"

"건 또 왜였던구?"

"태학사들끼리의 말씀이, '……길들여, 코뚜레를 끼운 뒤, 굴레를 씌우면,' 이라고 했거든요. 물론 힘 좋은 이들이 땅 뺏기를 많이 한다는 건 나도 알고는 있지만요, ……그래도 세상은, 정의로 다스려져야지, 힘으로 운영되면,"

"크흐으음,"

"그러자니, 그것이 꼭히 힘센 황소 같은 짐승일 수도 있다는 믿음이 적어지더군요."

"젊은네 얘기대로 하자면, 그건 그래서는, 보일 수도, 안 보일 수도 있다는 그런 것인 듯도 싶은데, 그 탐색은 어렵고도 어렵겠는다. 누구라도 귀안(鬼眼)을 갖든, 두 개보다도 더 많은 눈을 가져서라야만, 그것이 보이겠느냐?"

"바, 바로 그와 비슷한 얘기를 태학사들도 했었는데요, 그래서 알겠삽니다, 알겠는 것은, 분명히 노인장께서는, 바로 이 '마음'이라는 것을 알고 계신다는 그것을 알겠삽니다."

"그런즉 그렇다면, 자네 젊은네 말이지, 어디 가서 그 귀안이란 것을 하나 구하든, 훔쳐 오든 하거나, 아니면 눈을 하나 더 떠보도록 하는 것이 옳을 듯하잖다구?"

"아무리 보려 해도 보이지 않는 귀신들을 찾아 사귀기보다는, 그러는 중에 '마음'이라는 것을 찾는 게 더 덕이 있잖을까 하는데요, 또 그리구, 세 번째 눈이라는 것도 그래요, 태학사들에 의하면, 그 '마음'을 찾는 그 순간, 그것이 뜨인다는 것입니다요."

"……어렵겠는다, 어렵겠는다."

"이래서 보니깐두루 확신이 생기는뎁지유, 노인장께선, 최소한 그것이 어디쯤에 있다는 소식이라도 들으셨다거나, 어쨌든 그것에 닿는 길이든 뭐든,"

"이 늙은탱이는, 이렇게도 저렇게도 말한 바가 없었다네," 늙은네는, 꽤는 옹색하게 말하고, 젊은네의 눈길을 피하려 하여서인지, 이미 비워진 포도주병을 한 번 더 기울여, 아예 병을 쥐어짰다. 그랬음에도 왕자의 눈이 하고 있는 어떤 재촉을 못 견디겠는 듯, 들고 있는 빈 병을 젊은네 눈앞에 흔들어 보이며, "이거 간직해두면 썩 편리한 요강이 될 듯하잖게? 그래설람, 요느슥, 너 뭘 알고 싶어 한다구?" 하고 짜증을 내기 시작했다. "이 느슥아, 너도 네 또래의 다른 젊은애들모양, 세상 구경이나 좀 하다가, 신발도 옷도 해질 때쯤, 고향 생각해 돌아가는 것이 좋은 일인 것을, 것을 갖다가시나, 어찌하여, 자초하지 안 해도 좋은 고역을 자초하려 하는다? 이런, 고역은 글쎄 말이지만, 일이라곤 해본 적이 없는 반거청이가, 배가 고프다고 하여, 지나다 어느 노동판에 가서, 땅을 파거나, 돌 짐을 져 나르기와도 같은 것이 아니던 것을…… 찍소 같은 젊으네로고, 찍소로고! 결코 돌이키려 잖는다?" 그리곤 성이 나서 못 견디겠다는 듯, 가래침을 퉤퉤 뱉고, "일진이 좋잖은 날이로고!" 하고, 욕설 비슷한 소리도 뱉었다. "어쨌든, 자네 말이지, 늙은이께 좋은 음식 먹이고, 또 즐겁게도 해주었으니, 그 값을 해야겠지맹? 마, 말인데, 그것(마음)에 닿는 길은, 하나뿐만은 아니라더라. 그렇다고 둘보다도 많은 것도 아니라등만. ……어느 길이나, 길들은 다 험난하여, 힘들 터이다. 그 한 길은, 이눔 사미여, 왔던 그 길을 되꾸리 감아, 돌아가는 그 길인데, 돌아가면서는, 아 이눔 사미여, 귀 막아라, 꽉 틀어막아라, 육두문자 나간다, 귀 막아라, '봉불살불(逢佛殺佛), 봉조살조(逢祖殺祖), 봉라한살라한(逢羅漢殺羅漢), 봉부모살부모(逢父母殺父母)', 사미는, 코로, 귀로, 눈으로, 불을 내뿜고 있느냐? 내 기다리고 있느니라, ……깔고 앉은 그 디딤돌이면 좋은 것이지, 그것을랑 높이 쳐들었다가, 내려찍고, ……그러나 이제 네가, 그 첫 길을 택하지 않으려 할 양이면, 그 둘째 번 길은, 그렇지, 이제부터 찾아 떠나보아야 할 것이다. 오랜만에 배불리 먹은 술밥은, 졸음을 부르는구나. 흐아하품, 너는 이눔, 거 미련스럽게도 무거운 그 그림자를, 다른 데로 좀 밀뜨려 넘어뜨릴 수도 없다는다? 아예, 독전에서 뜯어내, 떠나구라."

"보니깐입죠, 길은, 동서남북으로 네 갈래인데요, 그런즉 내가 어느 길을 잡아 걷는 것이 권고되시나요?"

"커흐, 보자 하니 거 맹랑하고, 듣자 하니 거 엉터리로구나. 뭐든, 손에 쥐어져 있는 목적을 갖고 걷는 자에게, 길은 닿을 데에 닿게 해주지만, 그렇지 못한 자들, 특히 자네와 같은 녀석께야 거기 무슨 상관이 있겠느냐? 그래도, 허긴 얻어먹은 음식의 정을 생각해, 한 가지는 일러줄 수 있지. 자네 젊은네가, 어느 쪽 길을 택해 가든, 왜냐하면 클클클, '에캄 사트 비프라 바훗다 반단티!'(Truth is one, many are the names!)라거든, 대략 한 달쯤이나 걸었다 싶으면, 그곳 동구 되는 데서 자네는, 영락없이, 꼭 나 같은 늙은탱이를 하나 만나게 될 것인데, 그 늙은네라면, 그럴 것이지, 뭘 좀 대답해줄 것이 있을 거구먼, 있을 게여. 그러니 스승에 대한 예로써 대하그라."

2

"딛, 딛, 딛고 딛어설람, 남의 잠을 설피게 하며, 남의 잠의 머리맡을 딛어가는, 여, 거 한 작은 들불 같은 젊은네여, 뭣이 그리도 살맛 나는 일 있어, 번쩍거리는 눈을 해갖고시나, 어디로 가는다?"

"나, 나는요, 지나온 동네서 뵌 노인장께서 보내서, 노인장을 뵈러 왔습니다요."

"뭐라구? 저런 순 미친누무 늙은탱이 같으니라구! 쳇, 그래서는 아직도 그 늙은탱이 피둥피둥하더니? 그럴 터이지, 건 그러려니와, 날 보러온 까닭은 뭣이나 되꾸? 어디로 가면, 아흔아홉 개의 눈을 뜬, 커다란 구렁이가 지키고 있다는, 그 금괴(金塊)를 찾을 수 있겠는가, 잠자는 공주네 잠든 왕궁엘 닿을 수 있겠는가, 또는……."

"나, 나도, 그런 젊은네들과 별로 다름은 없겠는데요, 나는 '마음'이라는 것을 찾으려 헤맵니다요."

"뭐, 뭐뭐뭐라구? 흐, 흐, 뭐, 뭐라구?"

"'마음'이라는 것의 정체를 알아내려 하옵니다."

"흐흐흐, 그래설람엔, 저 망할 누무 늙은탱이가, 제 놈께 붙은, 거머리로 뭉쳐진 혹 하나를, 내게다 쏴 던졌던 거였구나. 그래설람, 여, 민틋한 젊은아야, 이 늙은탱이한테서 무슨 뾰죽한 대답을 빨아냈으면 싶으냐?"

"'마음'이라는 것의 모양새[體]를 알고저 합니다."

"값은 어떻게 치르려는고?"

"……만약 스승께서 그러실 수 있으시면, 이 사미로부터 십 년의 젊음을 덜어가셔도 좋습니다."

"흐흣, 요컨대 네놈께는, 그 더러운 옷 속에 쌓인 한 무더기의 뼈와, 뼈에 발린 살 말고는 아무것도 값진 것이라곤 없다는 얘긴가 분데, 거둬들이거라, 거둬들이라구, 무지몽매한 젊은네의 십 년의 삶이라야, 깨인 자의 한 탄지경(彈指頃)에도 비교되지 못함인 것, ……허나, 그 몽매한 살 속에서 옭혀낼 수 있는, 힘은 써먹을 수도 있겠으렷다, 이보게, 자네 젊은네가, 이 늙은탱이네 화덕에 먹일, 한 일 년 치쯤의 화목이나 마련해줄 것이라면, 사미로 받아들일 수도 있긴 있지."

"저에게 다른 선택이 있는 것이 아니라 하시면,"

"……라고, 그랬었지, 서로 약속한 뒤, 가맜자, 아마 한 일 년의 세월이나 흐르지 않았을까, 헌데, 얼마나 더 땔감을 모으면, 먹어도 먹어도 노상 배만 고픈, 저녀러 화덕의 배가, 일 년만큼은 차겠느냐구 묻는다? 반거챙이 같으니라구! 허긴 가리가 그만하면, 둬 일 년 치는 넉넉하다고 해도 될 법하다. 그런즉슨, 이 늙은탱이 쪽에서, 나머지 반쪽 약속을 채워야겠는가? 헌데 그때, 사미놈이여, 네가 가졌던 의문이 무엇이었던가?"

"'마음의 모양새'가 어떤지, 그것을 알고저 했었드랬죠."

"에끼 이눔, 그것도 모르는 느슥이, 어째? 그것을 찾아, 뭘 어쩌겠다구?"

"그러기에 스승을 뫼셨던 것이 아니나요?"

"스승만 하나 정해놓으면, 모든 대답은 저절로 되어지게 되어 있고, 곤경도 저절로 평탄해지는 일이던가?"

"……고로, 이 사미는 사미대로, 어찌 노력을 안 해보았겠나요?"

"꿈꾸기였겠지엥? 흐으크흐, 그러느라 너라는 느슥은, 땔감을 구하러 산엘 올라서는, 어디든 편한 자리에 번드시 누워설랑, 낮 하늘에서 별을 쥐어내 먹고, 그 맛에 취하곤 했던 거라, 그래서는?"

"이 사미로서 늘 희망했기는요,"

"'희망했기는'은, '꿈꿨기는'이라고 바꿔 이해하는 게 좋을 듯하잖게?"

"그것(마음)이 이 한 우주라는 광대한 곳을 좁혀 다니는 것이라면, 새여야 한다고 했지요. 천둥과 같이, 나타날 땐 빛나고도 우렁찬 울음을 갖는 새, 빠른 날개, ……그건 여니 때는 보이지 않다가도, 자기를 나타내려면, 억만의 비 몬 까마귀 떼를 거느리는데,"

"그렇겠군, 건 새이기도 하겠다구,"

"그 새는, 팔도 넷쯤은 갖고 있는 것이나 아닌가 했는데요, 한 손엔 법(法), 또 한 손엔 선덕/악덕을 달아보는 저울, 그리고 한 손엔, 이 세상의 어떠한 방패로도 막지 못할 창, 벼락 말씀이지요, 그리고 다른 한 손엔, 이 세상의 어떠한 창도 뚫고 들지 못할 방패,"

"흐흣흣, 누마, 그 창으로 그 방패를 찌르고 덤빈다면, 무슨 일이 일어나겠느냐? 아 가맜자, 그런 새는 그러면, 다리는 몇씩이나 달고 있어야겠느냐? 듣고 보니 그 새는, 수새인 듯한데, 극대의 음수(陰數) '육'(六)에 대해, 극대의 양수(陽數)는 '구'(九)라고 이르니, 구족(九足)을 구비해 있다고 하면 그럴 상하겠냐? 그건 무한족(無限足)이거나, 무족(無足)이래야겠구나, 그렇잖게?"

"이 사미는 또 생각했기는요, 우주를 정복할 만한 것이 그리고 또 '마음'이라면, 그건 말할 필요도 없이, 둔갑술, 축지법, 마직(魔職), 요술, 왼갖 용신술을 다 할 수 있음에 분명하다고 했는데요, 그러니까 말하자면, 그것을 보는 자가, 그것은 세모지다 하고 있으면, 네모지고, 다섯모 여덟모지고, 둥근가 하고 있으면, 삼만 리 길이로 길고, 펴 늘인다면, 해도 달도 별도, 이 한세상을 왼통 다 싸고도 품이 남아도는가 하면, 반대로는 자기를 깡그리 지워 없애 남음이 없게 하고, 붉은가 하면 희고, 검고, 노랗고, 푸르고, 쓰고, 스고, 달고…… 변용은 무쌍하여,"

"암은, 함믄이지, 그러하다마다! 하다마다! 그것은 글쎄 사미여, 네가 '소나무'일지도 모른다고 생각하면, 소나무인 것을! 보리수인 것을! 바위며, 풀, 나비며, 구름…… 그것은, 대력(大力, 神)의, 육성으로 뜻을 나타내고 싶음[言語]과도 같은 것이다. 그래서 '그것'의 욕망이 있는 곳에 화현(化現)이 있다. 그것이란 그것이다. 타트 사트. (타트[Tat, Skt., That, Eng.]는, 신[神]들보다도 더 초월적 어떤 존재를 가리킨다고 이른다. 사트[Sat, Skt., Be-ness, Eng.])

"그! 그, 그럼요, 그러믄입쇼!"

"흐흐, 네놈의 눈 속으로 구름이 많이 건너가고 있구나. 너는 이눔, 꿈꾸고 있는 거지? 다[打]! 다! 다!"

"히, 히히, 힉,"

"코라도 한번 킁 풀어봐라, 그런다면 정신이 버쩍 들 게다. 허, 허기사, 누군가는 세상을 꿈꾸고 있긴 있을 테다. 가맜자, 불머슴살이 하고 네가 받아내려 했던, 그 새경이 뭐였던가 그런데?"

"아, 그렇군입쇼, 여전히 이 사미는 그것을 받아내지 못했었군입쇼. '마음이라는 것의 모양새'가 어떤 것인가 하는 것이었댔죠."

"그랬던가? 이봐라, 여태껏 우리 말이네, 그것에 관해서 재고, 달고, 되고, 헤아리고, 하지 안 했던가?"

"만약 이 사미가 틀리지 않다면입쇼, '재고, 달고, 되고, 헤아리고' 할 수 있는 '마음'이란, 혹간 그것의 '용'(用)에 관한 것이나 아니었겠나요?"

"아으 그러니깐두루, 이 늙은네는, '마음의 용'을, '체'(體)와 혼동을 해왔다는 얘기라도 되겠느냐? 그러나, 중단 없이 변용하는 구름이나, 끊임없이 흐르는 물은, 그 '체'가 동시에 그 '용'이며, '용'이 또한 '체' 자체가 아니겠느냐? 못 케라, 아지 못 케라, 이렇게 되면 이 늙은네로서는, '마음의 체', 또는 그 '마음의 원상(原相)'은 어떤 것인지, 그것에까지는 지혜가 못 미쳤었더라는, 그 얘기밖에, 달리 더 계산해줄 새경은 없겠니라. 이런, 이런, 이런 순, 이런즉 젊은네는, 다시 다른 스승을 찾아야겠는다. 그런다면, 이 늙은네가, 스승 될 만한 이를 하나 소개해줄 수는 있다. 그 늙은탱이는, 몸은 성하지 못한 대신, 지혜는 올발라서, 자네 같은 젊은네의 귀뿌리쯤 뽑아내는 일이라면, 보리밭 깜부기 뽑아내기보다 더 쉽게 알지그리. 오늘이 초사흘이니, 그믐정께까지나 걷다 보면, 꽥꽥 소리 지르는 늙은탱이가 내지르는 소리에, 자네 발묵덩이에도 귀가 열리지 않을 도리가 없겠지러."

3

"딛, 딛, 딛고 딛어설람, 남의 잠을 설피게 하며, 지진에 구르는 바위모양 가는 젊은 놈아,"

"나는, 한 의문의 무게로 무거워, 몸이 날렵하지가 못하니다."

"의문 탓이라면, 그까짓 것쯤 쑥 잡아 뽑아내든지, 캑캑 토해내든지, 버그르르 싸 내버리면 될 것 아니냐?"

"나는, '마음의 본디 형상'을 알고 싶어 그러하니다."

"커, 그것에 대한 대답쯤이라면 조금도 어려울 것이 없겠는걸,"

"그, 그러하오시다면, 제발 비옵나니요, 이 꾀 없는, 부달리는, 어리석은 혼을 좀 살펴주십시오!"

"어떻게?"

"하실 수 있으시면, 저의 젊음에서 십 년만 덜어내, 스승께 보태시옵시오."

"헥, 거, 거둬들여라, 거둬들여! 이 나이에 어쩌려고, '꾀 없는, 부달리는, 어리석은' 젊음을, 그것도 십 년씩이나 얹고, 시달려야겠느냐."

"하오시면, 의문에 부달리는, 한 젊은 사미 놈을 무자비하게스리, 뻘밭에다 내쳐 박아버리려 하시오니까? 의문의 뻘밭은 수렁이오니다."

"클클클, 의문만 많은 줄 알았더니, 생떼 쓰기도 이만저만이 아니군그리. 만약 그러하다면, 어떠냐, 오는 엄동 한철, 내 집의 노새라도 돼보겠느냐? 말이지, 이 늙은네의 분부를 좇아, 이 늙은네를 업구시나, 가자는 대로만 가고, 오고 하면 되는 거지. 다리가 성하지 않은 때부터 씻지를 안 해, 냄새는 좀 어떨는지 몰라두 말이야, 뼛속까지도 까등까등 말라, 무게란 느끼지도 못할 게야. 그렇게 저렇게 하민시나, 고콜에다 관솔 몇 번 얹다 보면, 길고도 길다는 겨울을 허기야 이내 새어버리고 마는 것을, 새어버리고 만다구, 새어버리느냐?…… 새어버렸는 양 싶구나. 늙은네께는, 철도 존음이레람. 이화에 월백하고 은한이 삼경인데 일지춘심을 알아 자규도 울어쌓느냐."

"허긴 그러했더랬습니다. 고콜에다 관솔 몇 번 얹지도 안 했는데, 동풍이 건듯 불어 적설을 다 녹였니다. 새운 겨울은 눈도 많았던 듯했는데, 이제 이 사미는, 새경을 챙기는 대로, 남쪽으로나 가려 합니다. 입성이 성겨 그랬던지, 눈 녹인 건듯 부는 바람까지도 이겨내기가 힘들더군요."

"가맜자, 너 이눔, 방금 전에 '새경' 얘기를 하잖았나? 그게 뭐였던구?"

"'마음의 본 모양새'가 어떤 건지, 그것을 가르쳐주시기로 하셨었습지요."

"그랬던가? 늙다 보면 뭘 잘 잊어버리는 병도 겹친다구. 내가 그래설람에, '마음의 본디 모양'을 보여주기로 했었더란 말이냐? 거 괴이한지고."

"사실로 그런 것이 있기는 있삽니까?"

"있겠지러."

"없다고도 말씀하실 수 있삽니까?"

"있겠지러."

"이, 이렇게 되자, 또 하나 더 의문이 생기는뎁지요, 스승께선, 사실로, 그것을 보시려 해보신 일이라도 있으셨던가요?"

"뭐셔 이눔? 네 이눔, 뭐셔, 쳐 죅여뿌릴 놈 같으니! 그런 일도 없이 그러면, 그것을 두고 어떻게 왈가왈부할 수 있다고 여기는다? 늘 푼수 없는, 놀놀한 녀석 같으니라고! 네 들려준 말대로 하자면, 집 떠난 후부터 오늘까지, 이눔, 네가 찾아다녀 여기까지 왔던 것이 그것 아니었더냐?”

“그런 까닭으로 스승을 찾아 뫼셔,”

“저, 저런, 저런 순 멀쩡한 녀석 같으니, 너 같은 놈은, 막대기로 심하게 쳐 눕히고, 이빠디를 왼통 부러뜨린 뒤, 혀를 쑥 잡아 빼버리지 않는다면, 그 혀로, 세상을 왼통 오염하고 말게 될 터이다. 의문을 갖지 안 했더면, 스승을 찾을 일도 없었을 것을. 그랬더면, 별로 선덕이 될 일도 없는, 남의 집 노새 노릇도 할 일이 없었을 것을. 무슨 새경을 운위헌다? 누가 과연 자네를 노새로 만들었던고, 이 늙은탱이였더냐, 아니면 너의 속에 틀어 앉아, 기름을 빠는 의문의 거위였더냐? 눈도 멀고, 귀도 멀고, 속까지 멀어버린 노새 같으니! 첨엔 허긴, 세 쪽도 못 되는, 그까짓 너러 불알 두 쪽 잃어버릴 것을 겁내다, 손에 단단히 거머쥐었을 터인데, 그런 뒤 그 손 속에서 그것을 잃고, 라는 말은, 제 불알을 제 손 속에 단단히 거머쥐고, 그것 찾는다고 밖으로 헤매는 녀석아, 의문을 갖지 마라, 그러면 스승도 필요 없으니, 쥐 새끼이기도 하며, 들꽃이기도, 구름이며 물주름, 건듯 부는 바람, 삼라만상 그것 아닌 것이 없는, 항변하는, 그따위 마음의 체를 찾으려 하기보다는, 이누마, 이 늙은탱이라면, ‘평심’(平心)을 찾으려 하겠다. ‘평심이 도(道)’라는 소리도 들은 바가 없더냐, 가거라 이눔, 나로서는, 쓸모없는 노새께는, 남들 다 먹고 싸 놓은 굳은 똥밖에, 더 먹일 것도 없을 뿐이거든, 뭐셔 이누마, 새경을 바래? 칵[喝]!”

4

그 사미는, 스승께, 그날 아침밥을 지어 바치고, 자기는 얻어먹지도 못해 쫄쫄거리는 빈창자로, 스승이 퍼부어대는 죽장질에 쫓겨 나와, 조금 피들피들 웃다가, 냇가에 나앉아, 물 한 모금 마셔 빈속 달래고는, 그 물살에다 울음을 씻어버린 뒤, 그리고는 그 스승으로부터도 떠났다.

그런 몇 번의, 정확히 말하면 세 번의 불머슴살이 끝에, 이 왕자는, 어디에 당도해서, 어떻게나 현명하게 보이는 이들이, 얼마나 많은 제자들을 거느리고 있거나 어쩌거나, 그런 이들께 길[道] 도, 가르침[法] 도 묻지 않기에 이르렀다. 이 의미는, 그는 더 이상 스승을 구하지 안 했다는 그것일 것인데, 스승을 구하지 안 했다고 해서, 품어왔던 의문까지도 저절로 풀려 사라져버렸다거나 한 것은 아니었을 것이었다. 사실을 말하면 그는, 스승들로부터 떠나, 시간으로나 거리가 멀어지면 멀어졌었을수록, 그 늙은탱이들이, 자기의 귓속에다 때려 처넣어주었던, 그 말[言語] 의 씨앗들이 터, 키를 더해 자라고 있음을 경험하고 있는 중이었다. 그랬으므로 그는, 염불 삼아, 진언 삼아, 다라니 삼아, 만트라 삼아, 또는 알맹이가 큰 눈깔사탕이나 소금 삼아, 때로 때로, 그 늙은네들이 했던 말을 되씹어보고, 되뇌어보고 했는데, 그리하여 그는, 꿈꾸기나 상상하기 대신, 사고(思考)하기 시작하고 있었던 것이었다. 이런 의미는 그러니까, 이 왕자는, 자기도 모른 새, 처음 자기가 집 떠나 탐색 길에 올랐던, 그 한 야망의 대상에 대해, 대단히 바뀌어진 태도를 꾸미기 시작하고 있다는 것이기도 할 것이었다. 글쎄, 어떤 대상이나 주제는, (그것을 취택한 자의) 꿈꾸기나 상상하기 속에서는, 탄탄하게도 객관성을 유지하다가도, 사유(思惟)에 담기면, 어느새 그 '객관성'을 잃어버리는 수가 있는데, (그래서는 주관성을 띠어버리는데,) 이 왕자가 취택했던 그 대상, 또는 주제는, 바로 그런 것 중의 하나였던 듯했다. 이 일점은 허긴, 이 왕자를 위해, '광휘에 찬 비극의 일점'(제기랄 너러 모순어법!)이래얄 것이기도 한데, 전형적인 한 동화(童話)의 기승전결(起承轉結)과, 전형적인 한 아동의 성장에 있어서의 갈림 길목이 저것이기 때문이다. 다시 말하면, 한 동화의 기승전결과, 그런 동화를 들으며 자란 한 아동의 실제적 삶은, 그 '기승'까지는 같되, 그 '전결'이라는 데서는 늘 어긋나곤 한다는 얘기다. 한 번 더 '다시 말하면', 그러니까, 동화 속에서는, 그 동화의 주인공 되는 왕자가, 나쁜 용을 무찌르고, 어느 나라의 공주를 구해 개선을 하는데 반해, 한 아동은, 실제적 삶에서, 성장하기의 어려움과 당면한다는 것이다. 구상의 추상화(꿈꾸기), 그 추상적 차원에서의 추상의 구상화가 동화의 기승전결이라면, 추상의 구상화(꿈꾸기), 그 추상의 구상화에서 그 추상성만 사상

(捨象)되기, 바로 그 일점이 '광휘에 찬 비극'이라는 것이다. —'눈도 멀고, 귀도 멀고, 속까지도 멀어버린 노새 같으니. 제 불알을 제 손 속에 단단히 거머쥐고, 그것을 찾는다고 밖으로 헤매' 다니다니? 이 왕자가. 그런 식의 법설에, 혼신을 귀[耳]하여 들으며, 불태움을 당하던 동안, 그에게는 어째선지, 모든 것의 안팎의 구별이 잘 되지를 안 해, 걷다가도 쓰러지기를 빈번히 하곤 했다. 그랬을 것이 그는, 이제껏 바깥만을 내어다보아 왔던 그 눈으로, 안을 들여다보기 시작했으니 그런 것이다.

그러며 그는, 자기의 눈[眼]에게 물었다. 도대체 마음은 어떤 상(相)을 꾸며 있는가? ……평심이란 무엇인가?

그가 그 일로 절망했기까지는, 그는 물론 용기를 잃지 않고, 장한답게, 자기의 안을 살폈으나, 결국 그는, 자신을 상대로 실패하고 말기에 이른다. 글쎄 그것은, 세모지다고 하고 있으면 둥글었으며, 둥글다고 하고 있으면, 뱀이 되어 그늘 속으로 사려 들고, 굳어지는가 하면 묽어지고, 물인가 하면 불이고, 둔갑하고, 지랄하고, 자빠지고, 그러면서도 고요히 머무는 바가 없던 것이다. '아으 그러니깐두루, 이 늙은네는, 마음의 용(用)을, 마음의 체(體)와 혼동을 해왔다는 얘기라도 되겠느냐?'

그는, 스승들이 했었던 소리들을, 싱거운 입에 소금처럼 녹이며, 남녘을 갔다. 오는 삼동 당해 춥지 않으려는, 다만 하나의 이유를 크게 불려, 고향 가는 대신 남쪽으로 갔다. 가다가다 보면, 그는 바닷가에 닿을 것이지맹. 그럴 것이, 땅끝에는 어디나 없이, 바다가 울 둘러 똬리 쳐 있으며, 수시로 무시로, 뭍을 덥석덥석 물어 떼려, 철썩철썩 덤비는 소리가, 어떤 고요한 날 잘 귀 기울여 들어보면, 땅의 한가운데[內陵] 사는 사람들의 귀에까지도 들린다고 하니 말이다. 가다 그는, 아닌 게 아니라 그런 어떤 따뜻한 고장의 바닷가엘 닿았는데, 그럼에도 그는, 신드바드나 같은 뱃놈이 아니었으므로 하여, 더 나아가지를 못하고, 흰 포말모양, 부랑(浮浪)을 벗어, 거기 어디 모래톱 위에 개어놓고, 머물러버렸다.

그는, 내륙에서 태어났음에도, 또 어쩌면 바로 그런 연유로, 바다를 보자마자, 듣자마자, 냄새 맡자마자, 안겨보자마자, 맛보자마자, 미쳐 침혹했다. 그러던 어떤 날, 그는 자기 나름으로 그 바다를 이해해놓고는 있었는데, 이러했다, 라는 그 바다는, 뭍을 임신한 어미 당자였으며, 그뿐만 아니라, 저 뭍을 저 어미의 자궁에다 임신케 한 그 아비 당자, 그리고도 그뿐만 아니라, 그 어미로부터 그 자식이 분만되어지는 대로, 냉큼 집어삼키려 벼르고 기다려 있는 붉은 용 그 당자이기도 했다. 그리고 이 붉은 용이 다름 아닌, 저 모태에다 뭍을 임신케 한 그 아비 당자라는 것은 첨부해둘 필요가 있는 듯하다. 까닭에 일러 그것을 고해(苦海)라고 하는 것이었을 테다. (어찌 되었든, 이건 연전 얘기거니와, 바다가 한껏 더 풍염했었을 때, 어마자[語魔者]라고 자칭하는 자의 검센 손에, 얼마나 그 비늘을 벗김 받고, 그 속살의 아름다움이 파먹혔던지, 병이 났다고 처르륵 철썩 앓아쌓는다. 그렇걸랑은 오늘은, 할 수 있는껏 쉬게 좀 내버려둬람)

이 왕자는 그리고, 얼마 오래되잖아, 자기의 '바다에 대한 이해'가, 어쩌면 다름 아닌, '프라브리티의 구조'일지도 모르겠다고 보태 이해하게 되었는데, 클클클, 그가 사고(思考)하기 시작하자마자, 저 엄연한 바다까지도, 그것의 객관성을 잃기 시작하고 있어 보인다. 그리고 그는, '마음'이라는 것이 있어, 그것대로 물상(物相)을 입는다면, 그것은, 간단없는 일럭임의 '바다' 같은 것일 것이라고, 그렇게 발전시켜나갔다. 바다는, 아무리 풍랑이 잠들어 잔잔하고 고요한 날이래도, 그 어떤 닿을 수 없는 깊이에서 일어나는 흔들림(프라브리티)을, 신(神)들이 춘다는, 창조와 파괴의 춤, 그 율동에다 배꼽 줄을 이었거나, 우주의 맥박에다 그 혈맥을 잇고 있는 듯하다. 들여다보면 그리고, 그 끊임없는 흐름을 좇아, '마음'이 처르륵 철썩 '니브리티'[不動]의 해변에 부딪히고 있는 것이 보이고, 들린다.

몸에 물비늘이 돋도록이나, 바다에 몸 잠과 살던 어떤 날, (왕자는 그때는, 물이랑에서 돋아오른, 한 우람한 나무였었다. 바닷새의 날개털을 잎으로 피워냈으며, 둥치는 흰 비늘 덮인 물고기, 뿌리는 검은 프라브리티 깊숙이 심겨져 있다) 그렇게 흐르는 흐름(프라브리티)이, 니브리티의 해변에 부딪히며 처르륵이고 철썩이는 소리 속에서, 왕자는, '……그따위 마음의 체를 찾으려 하기보다는, 이 늙은탱이라면, 평심(平心)을 찾으려 하겠다. 평심이 도(道)라는 얘기를 들은 바도 없느냐?'라는 소리를 들었다. 왕자는 그러고서야 기억해냈기를, 그것은, 자기의 스승이었던 어떤 늙은네 하나가, 자기에게 주었던 한 화두(話頭)였다는 것, 그런데 그의 사미는, 그 화미(話尾)도 보지 않고, 꽤 오랫동안이나 방기해 왔다는 것, 같은 것이었다.

그래 그는, 밀물[滿潮]이라도 닿을 듯 말 듯한 언덕에, 한 널팡한 돌팍을, 법석(法席) 삼아 펴고 앉아, 그 화두에다 자기의 혼신을 붙들어 맸는데, 화두도 그러고 보면, 어떤 심경에 담기고도, 시간 속에서 익어야 싹을 돋아내는 모양이었다.

—그런즉, '평심'이란 무엇이냐? (또는) 어떤 것이냐?

그렇게 화두를 살펴 가는 동안, 그에게는 새로운 버릇이 하나 붙어버렸는데, 자문(自問)하고, 자답(自答)하기가 그것이었다.

—여, 여느 때와 같은 마음일 겐가?('평심'[平心]의 영역[英譯]은, 'ordinary mind'로 되어 있는 듯하다) 또 아니면, '평온한, 또는 평탄한 마음'일 겐가?

그러나 그는, 자문 때마다 따라붙는, 저런 자답에, 조금도 만족한 빛이 아니곤 했다. 그러니까 그에게는, 저런 대답이란, 용두사미적 화미(話尾)나 같았음에 분명했다.

그리고도, 그가 법석 차린 데를 둘러, 굴 껍질로 쌓은 담이 한참 더 높아지고 있었을 때, 그는 그 담을 마구 허물어 젖히며 뛰어나와, 조수가 밀려왔다 나가는 자리쯤에 가, 엎드려, 바다께 삼배 백배 절하여, 예배했다.

—보아라, 아으 바다를 보아라!

그리고 그는, 그 젖은 모래 속에 뿌리를 돋아 내려앉으며, 이었다. 물고기 둥치에, 새의 날개의 잎을 피운 나무.

—아으 용왕님('바다'를 의인화하면, 저런 이름으로도 불리는 듯했다), 당신이 낮잠에라도 들어 고요할 때, 일었었던 물결, 거품, 억만의 작은 물방울 등은, 어디로 간 것이오니까? 반대로는, 고요한 당신의 잠의 어디에 숨어 있었기에, 당신의 역린(逆鱗)이 긁혀 풍랑이 일 때 보면, 그런, 분노에 꿈틀거리는, 억천만의 물주름, 억천만의 파도, 억천만의 물방울, 거품 등이 일어나는 것이오니까? 그리하여 내가 오늘, 당신의 비밀 하나를 깨닫기에 이르렀다고 선언

해도 되겠사오니까?

그리고 왕자는, 끼룩, 끼룩, 끼룩, 갈매기 울음소리를 냈다. 그러자 이상할 일이게도, 그가 잠겨 앉은 부분의 바다가, 일순 거꾸로 서는 듯하더니, 석양에 일어나는 굴뚝의 연기모양, 중천으로 솟아오르고 있었다. 그리곤 그것은, 어디 내륙 쪽을 향해, 처음엔 서서히, 그러다가는 바람만큼이나 빠르게 날아갔다. 그것은, 저 왕자의 얼굴을 하고 있었는데, 벽력과도 같은 새의 날개를 달았으며, 몸통은, 생선 비늘에 덮였고, 전에 뿌리라고 여겼던 것들은, 구름을 움켜쥐는 억센 발톱의 발이 되어 있었다.

헌데, 그가 밝혀냈다는 저 바다의 비밀은, 주석을 붙이는 것이 필수적일 듯하다. 그렇게 해서라야만, 그 비밀이 밝혀질 수 있을 것이기 때문이다. 꼭히 염두하고 있어야 할 것은, '바다'가, 이 왕자에 의해 '사고'(思考)되어지기 시작했을 그때부터 그것은, '객관성'을 잃기 시작했다는 것, 그 의미는 그러니, 그때부터 그것은, 그의 화두였던, '마음'에로의 상징화를 치러버렸다는 그것이다.

저 왕자의 믿음에는, 그것이 잠들었을 때, 그 흔들림이 멈춘 것은 아니라도 고요한 바다와, 그것이 잠 깨었을 때의 폭동적인 바다는, 두 가지 국면에서 해석을 입을 때, 그 의미가 확연해진다고 했다. 그 하나는 소승적(小乘的)이라고 이를 국면으로서, 흔들리는 바다란 다름 아닌, 일어나는 모든 상념, 느낌, 즉슨 애증이라거나, 호오, 또는 즐거움, 기쁨, 근심, 불안, 초조 같은 것들이며, 고요한 무위(無爲)의 형태를 띠어 나타나는 것 같은, 바다란, 일어났었던 저 모든 흔들림, 뿔 돋음 등이, 그 모서리를 잃고 평평해졌을 때, 무위(無爲)의 형태를 띠어 나타나는 것 같은, 바로 그 마음, 다시 말하면 '평심'(平心)을 이르는 것이라고 했다. 그런 화미를 보았으되 왕자는, 이 '소승적 평심'을 두고도, ('평심이 도[道]'라고 이르는) '도'(道)의 이름을 붙일 수 있을지 어떨지는, 큰 의문이 아닐 수 없다고, 망설여왔던 것이다. 다른 하나는, 대승적(大乘的)이라고 이를 국면으로서, 모든 소승적 마음들의 흔들림을, 풍랑이 있는 날의 한 바다로 보고, 그러니까 한 주름 주름의 물살, 물결, 물여울, 물방울, 거품들은, 모든 개심(個心), 또는 흔들리는 심편(心片), 몽편(夢片) 같은 것이며, 바람이 잠들기로 고요해진 바다는, 저런 개심, 심편들에 대해, 집단적 마음, 전심(全心) 또는 '평심'이라고 했다. 그러니까 이런 '평심'이란, 어떤 개인이, 어쩌다 한 번씩 그 상태에 잠기는, 그런 어떤 '평온한 마음'과도 같지가 않은 것은 사실이다. 이건 얘기를 조금 더 진행하다 해야 할 얘기 같기는 하지만, 저런 의미에선, '대승적 평심'이란, 꼭히 무위적 상태라거나, 평온스러운 것만은 아닐 것이다. '풍랑'에 대해 '고요한 바다'를 상정한 것은, '개심'과 '평심'에 대한 이해를 돕기 위한 것이었을 뿐이라는 것을, 지금은 밝혀도 좋을 듯하다. 대승적 의미에서 '평'(平)을 풀어 말한다면, 그럴 때 그것은 '공평'(公平)하다든지, '균평'(均平)하다는 단어가 드러내고 있는 것과 같은, '전'(全), 또는 '집단적'(集團的)이라는 뜻인 것이지, '화평'(和平), 또는 '태평'(泰平)하다는 식의 '평온'함만을 가리키는 것은 아닐 것이다. 그러므로, 대승적 국면에서, '평심'(平心)이 도(道)이다'라는 명제가 성립될 수 있는 것일 것으로, 이때의 이 '평심'은, 반복되지만, '집단적 마음'인 것이어서, 다시 말하면 '우주적 마음'인 것이어서, 종차 '도'(道)와의 구별을 할 수가 없게 되는 것을 관(觀)하게 된다. '도'라고 일러온 그것은 그러니까, 저 바다와의 관계에선, (분명히 노자[老子] 도, 듣는 이들의 이해를 쉽게 하기 위해서, 그 비폭동적인 국면만을 말했었음에 분명한데,) 잠자고 있는 바다의, 그 고요함에 비유할 그런 것일 것이었다. 고요함 속에 있는, 맥동 아닌 맥동. 그렇다면, '평심'을 성취하기가 '우주적 마음'을 성취하기여서, 한 우주가 그 마음속에 휩싸여져 들어버린 것을 알게 된다. 그런 이라면, 용(龍)을 불러 타고, 어딘들 주류치 못하랴. 마음의 '체'에 걸터타고, 마음의 '용'을 어거한다면, 그가 그 한 우주의 군주이지 뭣이겠느냐. '체가 동시에 그 용이며, 용이 또한 체 자체인 것을'—? [아으 그럼에도, 모든 것을 용수(龍樹)의 눈으로 보려는 것 같은, 일례를 들면, '눈은 눈 자체를 보지 못하는데, 그런 눈이 무엇을 본다는 것을, 어떻게 본다고 이를 수 있겠느냐'라는 투의, 시답잖은 짓은 하지 않음만 못하리라. 당시엔 뇌(腦)의 역할에 대한 연구가 충분치 못했었으므로 하여, 용수(龍樹)의 우악 쓰기도, 전혀 써먹은 대목이 없지만은 안 했었을 터이다: '체'(體)는 '체'(體)여서, '용'(用)과는 무관한 자리에 있거늘, 어떻게 그 '체'(體)에서 '용'(用)이 일어난다거나, 심지어는 '체'(體) 자체가 '용화'(用化)한다고 이를 수 있겠느냐? '체'(體)가 없으면 그럼에도 '용'(用)이 가능치 않다고 한다면, '용'(用)이란 있다고 해야 할 것도 아니잖는가? 반지역연(反之亦然, vice versa)! 실(實)답잖도다, 시답잖도다! 만약에 그래서 용수(龍樹)여, '마음이란 그러므로 있는 것도 아니다'라고 한다면, 그 '마음'이, 다름 아닌, 수사학적(修辭學的) 폭력에 의해, 납작해져, 프라브리티의 영역을 벗어나 보이지 않는 것은 아니라도, 도류(道流)의 놀려지는 혀는, 무엇에 근거하여 놀려지고 있다났다? 문제는 용수(龍樹)여, 그런 수사학적(修辭學的) 폭력에 당해, 무엇이 납작해져 버렸대도, 그것은 그 폭력에 당할 수 있는 부분뿐이라는, 거기에 있다. 다비식(茶毘式)을 본 일이 있다면 도류(道流)도 알 터이네만, 그렇게 맹렬한 불길로도, 태울 수 있는 것만 태울 뿐이다. 사리(舍利, 껍질)라고 이르는 것. 무엇이 여전히 문제인가 하면, 바람 잔 날, 잔잔해진 바다를 보고도 말이지만, 누가 평심(平心), 전심(全心), 집단적(集團的) 마음이라는, 그 대승적(大乘的) 마음을 성취했다 해도, 그 마음은 아직도, 프라브리티를 벗어나 있지는 못하다는 거기에 있음인 것. 프라브리티를 벗어난 마음이 있다면, 그것은 이젠 마음을 벗어나 버려, 더 이상 마음이라고는 부를 수도 없을 터이지. 그래서 그것을 '공'(空)이라고 이른다, 라는 식의 수사학적(修辭學的, 이름의, 또는 말의) 허무(虛舞)는 허무(虛無)할 터인가!]

5

세상의 바닷가에서는 아직도, 태초의 그 붉은 용이, 붉은 독아를 세워, 물을 임신한 바다가, 그 아이를 분만하게 되면, 대번에 달려들어 집어삼키려 기다리고 있다. 임신한 그 엔네와, 그 붉은 용과의 사이, 바로 그 한가운데 상극의 자리에서, 저 왕자는, 저 붉은 용을 이겨내려는 고행을 치러오고 있거니와, 그가 치른 여덟 가지 백 가지의 난행에 의해, 그는 여덟 가지 백 가지의 이름으로 불린다고 했는데, 그중의 한 이름을 '싯다르타'라고 했다.

* ‘마음’[心]의 ‘체’(體)는 ‘몸’[身]이 아니겠는가, 그러니까 ‘몸’의 ‘용’(用)은 ‘마음’이 아니겠는가, 하는 의문은 당연하게 있을 수 있을 것이다. 헌데 서장의 시성(詩聖) 미라레파에 의하면, ‘지어진 것[被造物] 치고, 사대(四大, 地水火風)를 입지 않은 것은 없다. 그러므로 한 요기[禪꾼]가 프라나 마음, 다시 말하면 마음의 용(用)을 아아 어거할 수만 있다면, 그는 그가 원하는 유정의 형태가 무엇이든, 그것에로 전신(轉身)할 수 있을 것이다’라고 한다. 이로 보건대, ‘마음’도, 그것대로의 ‘체/용’을 구비하고 있음을 알게 한다. 중국 선(禪)에 의하면, ‘마음’이 ‘거울’[明鏡]로 비유되는데, 바로 이 ‘거울’이, 필자의 믿음에는, ‘마음의 체’의 국면을 담당하고 있어 보인다. 그럼에도, 이 졸문의 ‘싯다르타’에 의하면, 여전히 저런 ‘마음’ 또한, ‘프라브리티계(界)’의 ‘마음의 우주’의 소속이어서, ‘니브리티’를 성취하고 있는 것은 아니라고 하면서도, 그것 깨뜨리기를 용수(龍樹, 나가르주나) 보살 식으로 하려 할 일은 아니라고 경고하고 있다. 더욱이 혜능(慧能) 식으로 할 일도 아닌데, 그러면 무의미로 떨어져 들고 말기 때문이다.

** 프라브리티(Pravritti, Skt.): 진행(進行), 감춰진 것[非化現]을 밝혀내기[化現]. 진화(進化). 동(動). 위(爲).

*** 니브리티(Nivritti, Skt.): 프라브리티에 역(逆)한다고 하여, 역류(逆流), 퇴행(退行) 등의 의미를 띤다고 해석되어지고도 있으나, 필자의 관견에는, 저것은 정지(靜止), 천공과 같은 절대적 정지의 개념을 갖고 있어 보인다. 그러니까, ‘프라브리티’가 ‘상사라’를 ‘체’로 삼은 ‘용’의 개념이라면, ‘니브리티’는, ‘니르바나’를 ‘용’으로 삼은 ‘체’로 이해된다는 얘기다.
샨티 샨티 샨티—

두 집 사이
— 제1의 늙은 아해(兒孩) 얘기

[그렇다고 해설라무네, 꼭히 그 말(言語)이, 그 말을 하는 자의 자아를 무화(無化)하였으므로 하여, (글쎄 공득[空得] 이라는 말이 있잖느냐,) 무득(無得)을 했다거나 그런 건 아닐 것이로되, 얼핏 설핏 주어(主語)가 나타났다 없어졌다 해도, 그러는 중 그것이 깡그리 실종을 해버렸다 해도, 그러는 경우는 물론, 말의 구조, 또는 문법 체계까지도 바뀌기는 할 것이지만, 뜻이 통하는 말이 있으면, 그 말은 만수무강하거라, 일익번영하거라, 훨씬 통하거라, 어느 날 그러면, '나와 너' '나와 사물' 그리고 '너와 사물' 사이의, 저 망해야 할 눔의 경계가, 망해 스러져버릴 것이 아니냐. 헐린다 헐렸다 하던 바벨탑은, 헐렸기는 커녕, 하늘을 뻥 뚫어 올라, 기고만장일레라. 그러고 나자마자, 세사(世事)야 오랑캐(蝕)가 끊어 먹어 목구멍에 걸린 말 대가리(語頭, 말씀과 빛—해·달—이 같아 다르지 않다고 이르거늘,) 꼴로, 철철 녹아 묵사발이든 어떻든, 또 모든 혀들이, 실어증에 돌이 되든, 어눌증에 소금이 되든 어떻든, 이눔 오랑캐야 게워내지 말거라, 체하지도 말거라, 클클클, 뉘 눈 하나라도 깜박할까 부냐]

쾌쳐 화설(話說)하였으니, 다시 쾌쳐 각설하고, 이눔 방자야, 예이—, 동창이 밝앗ᄂᆞ냐, 노고지리 우지진다, 저런 세상 어찌 되어 가는지, 쬐끔 한 귀퉁이라도 내어다보구로, 이눔 잠퉁이 방자야, 예이—, 거 발[簾] 좀 걷어 올려보렸다, 예이—, 저런 순, 뉘 집 막둥이 놈을 방자로 삼은 일은 불찰이었고나, 대답만 목구멍에 내밀어놓고 놈은, 불알 주물럭거리기에 혼미한 상태렬라.

연이나, 그 두 단어 사이의 거리가, 몇 유순이나 되는지는 알 수가 없으되, '산책'이라는 말보다는 늙은네는, '외출'이라는 말로 쓰고 있지만, 하릴없는 늙은네, 그런 늙은네께도, 예의 저 외출이라는 것을 해볼 데가, 어쨌든 한 군데는 있다. 날씨가 궂거나 좋거나 마음이 내키기만 하면, 지팡이에 의지해, (보알시라, 여기 어디서, 말 대가리가 끊겨 나가, 몸뚱이만 걸어 다니고 있음을, 이 후롤랑은 그런즉, 대가리 없는 말 몸뚱이만 진탕질을 치고 돌아다닌다 해도, 놀라지들 말게람) 느릿느릿, 비실비실, 비척비척, 근린(近隣)의 공원을 둘러보며, 나무를 만나면 나무께, 개를 만나면 또 개에게, 그런 이웃사촌들께, 혼자만 들어 아는 말로, 고스랑 고스랑 인사해 보내고, 받고 하는 그 일인데, 그곳에서만은, 젊은 눈들로부터 떠밀려난다든지, (그래서 집 없는 이들께 그렇듯, 바깥세상의 안쪽이라는 데는 모두 닫힌 듯만 싶었는데,) 뭐 그런 투로, 열려 있음에도 밀폐된 듯한, 그런 가외자적 소외감, 어느 무덤에서라도 떨치고 나온 귀신스러운 느낌을 느끼지 않고서도, 그 공원의 하늘이, 수목이, 잔디가, 눈 돌리고 지나가는 뉘 집 자부의 허리로부터의 출렁임이, 거기 있는 모든 것이, 줄 수 있는 것들을, 눈치 봄 없이 보고 느껴 들이고, 듣고 숨 쉬어 들여도 좋은 듯하게 여겨진 것이다. 그러나 아파트먼트 단지 가운데 있는 공원이 크면 얼마나 크겠는가. 한 떼의 소나무, 몇 그루의 산수유, 몇 그루의 목련, 몇 덤불의 진달래, 정자 한둘, 산수유나 목련 나무 밑에 놓인 벤치 서넛, 애들 놀이터, 그리고 잔디밭—. ('외출'은 방문을 나설 때의 이름이고, 공원에 다다라서는 '산책'을 한다고 이르는 것이 옳을 터인데, 그야 어쨌든,) 공원에서는, 주로는, 오줌 누는 자세로 서서, '외출'을 즐기는 것이었지만, 별로 오래되잖아, 늘 앉아 쉬는, 산수유 밑에 놓여진, 그 벤치에 몸을 부려놓게 마련이다. 그렇게 하고서 보는 풍치는, 하긴 훨씬 덜 숨에 차다. 그러자니, 보이는 풍경에 비유까지도 떠오르곤 하는데, 예를 들자면, 작은 숲을 이룬 작은 소나무들은, 보릿고개 때의 농부네 어린 자식들의 정강이를 해 갖고 있다든지, 산수유꽃은 또, 그런 아이들의 얼굴빛 같으며, 또 그런 아이들의 입술빛 진달래(아으 그러니, 때는 지금 이른 봄이겠는다. 노고지리 우지지는 소리가 들린다잖았나?), 또 그런 아이들의 잠지 같은, 목련꽃 봉오리들[저 잠지들은 한데, 왼통 북녘을 향해 오줌을 누는구나. 거기 하마 꼴의 재신(財神)이 누워, 게으른 낮잠에라도 들어 있거들랑, 이눔들 그러거라, 잠지들에다 힘을 주어 꼿꼿하게 하여설람, 몽땅 오줌 갈겨주거라, 누렇게 갈겨주거라, 눈 애피(눈 앓이) 나서 앞도 못 보도록 갈겨주거라, 몇삼 년 젖어, 가난한 집들만 피해 다니는, 저 밉살맞게 유들거리는 재신 드나드는 집에서마다, 쇠 피 냄새에 쌓아놓은 돈 꾸러미가 삭아지도록, 철갑해 주거라. 부유의 냄새는, 하긴 그런 것이 아니더냐. 눈 애피 탓에 재신이, 문패들을 좀 잘못 읽고, 가난한 집들에도 좀 들려주고 하면, 가난한 일곱 집 공양만으로도, 산사 중님들도, 염불로 끼니를 때우지는 않을 것인데,.아휴 부처님도, 그리 맙수사], 아직 새 풀을 돋워내지 않은, 황막하게 누런 잔디밭은 그리고, 그런 아이들의 살기의 터전 같다던, 대략 그런 투이다. 그러나 저런 투의 비유가, 아직도 통용될 수 있는지, 어쩌는지는 늙은네는 모른다. 늙은네는 다만, 자기의 기억을 쓰게 토해내어, 달콤하게 음미하고 있을 뿐이다. 볕은 그래도, (재신과는 달리) 모든 것 위에, 두루두루 골고루 뿌려 내린다. 공원 일꾼이, 벗어 아무렇게나 던져놓은, 너무 오래 입어 흐리꾸리하게코롬이나 퇴색하고, 빨지 안 해 땀이 썩은, 거의 넝마가 다 된 윗옷모양, 벤치에 쭈그려 앉은 늙은네께도, 볕은, 산수유꽃 그늘이 되어, 늙은 냄새를 저어하지 않고, 너그럽게, 늙은네의 몫을 나누어주고 있는다, 산수유꽃 빛의 담요로 포근히 감싸주고 있는다. 자라는, 또는 활력에 넘치는 젊은 생명들에 대해선, 그것은 아직도 충분한 것은 아닐 터이지만, 쇠잔해가는 생명들에 대해서 그것은, 그런 까닭에 무겁다, 가을 볕만큼은 무겁다, 그것을 받는 이마나, 가슴엔 따스함으로 무겁고, 눈꺼풀엔 잠으로 무겁다. 보릿고개 때의, 모든 허전한 위장들은 모른 척하고 말해야겠지만, 그것은 봄날의 무게인 것이어서 늙은네는, 그 따스함, 너그러움, 그 훈훈함의 산수유꽃 빛의 물결 속에, 자기의 전신이 녹아들고 있음을 느끼며, 산수유를 등지고 놓여진 그 벤치에 앉은 지 얼마 되지도 안 해, 조금씩 졸음 속에로 내려가고 있는다. 그럴 때론 늙은네는, 물에서 물로 몸 해 입고, 물을 사는 물고기에의 몽상에 잠겨 들고 있게 마련인데, 몽상은, 그리고 혼자서 고스랑거리기는, 하릴없는 늙은네께 주어진 자유며, 방종이기까지도 하다. 산수유꽃 빛의 별의 바다에 잠겨, 그 바다를 왼통 빼끔여 들이는, 한 마리의 작은 물고기, 한 바다가 왼통 한 마리의 물고기이다. 그렇지 참, 요 인동에 살다, 너무 말이 많았던 고로 이빨이 다 물러나, 말[言語] 만 흐물우물 씹어 먹다 먼저 타계한, 괴팍한 (미슐레[Michelet] 라는 이름의) 늙은네가 있었는데, 그가 고스랑거렸던 소리대로 하자면, '물고기란, 물이 짐승이 된 것, 또는 수화정(水化情), 즉 유기체를 구비한 물'이라는 것이었더랬지. 그리고는 늙은네는, 일으켜진 상념의 귀결이었든, 아니면 비약이었든, (늙은네는 그때 졸음의 늪에 정강이까지 적셔 들고 있었지만,) 그러는 중 무상(無想, —이 無想은, 이해하기에 좇아, '상념이 없다'라는 부정형을 띨 수도, '무[無] 라는 상념', 또는 '무[無] 에 대한 상념'이라는 긍정형을 띨 수도 있음이 분명하다)의, 아으 산수유꽃 빛의 물결, 그러나 흐름은 없는 물결, 속으로, 어느덧 한 마리의 물고기에로 전신하여, 잠겨 들기 시작하고 있는다. 가라앉아 들기로, 희석되어져 가고 있는 중이다. 물고기를 보아람, 말했던 바의 어떤 노망한 늙은탱이의 몽상을 좇아 역(逆)으로 이해한다면, 물고기라는 유기체를 이룬 것은, 다름 아닌 물 자체이기 때문에, 물고기는 물속에 휩싸이면, 있어도 있는 것이 아니다. 하긴 그것은, '전체'(全體)에의 체험이래야 할지도 모르긴 모른다. 한 '숨' 몫의 빛이, 또는 연잎 위의 한 '이슬방울'이, 보다 더 광활한 빛 속에로, 또는 호수 속에로, 날아오르거나 떨어져 들었을 때, 그 한 숨 몫의 빛도, 그리고 이슬방울도, 스러져버린 것은 분명 아님에도, 더 이상 그것들은, 한 숨 몫의 빛도, 한 방울의 이슬도 아니다. 하긴 모르지, 저 한 우주 가득했던 그 빛이, 그리고 저 한 늪의 물이, 저 한 숨 몫의 빛에, 그리고 이슬방울 속으로, 내접해버렸을지도, 모르긴 모르지. 그것이 이른바 '전체에의 체험'이랄 것인지도 모르는데, 그렇다면 그 '전체'가 한 '개아'이거나, 아니면 '전체'만 있고, '개아'는 없는 것일 것이렸음? 이런 '무'(無)는 그렇다면, '유'(有)의 대적 개념과는 판이할 터이다. 그것은, (파탄잘리[Patanjali] 왈) '꿈 없는 잠', 또는 '재채기'와 마찬가지로, '무에의 긍정적 체험'이라고 이르는 것, 일 것이다. 별과 물고기와 산수유꽃 빛의 재채기…… 늙은네는, 예의 저 '무상' 속으로 잠겨 드는 중, 머리를 너무 많이 떨궈, 앞으로 꼬꾸라질 듯이 하다, 쥐고 있는 지팡이의 손잡이에다 가슴을 윽박지르고는, 끄음 신음을 하다, 눈을 뜬다. 그리곤 얼른 주위를 둘러보다간, 가까이에는 아무도 없었음을 알게 되면 안도의 한숨을 한 번 쉬는데, 콧물이며, 침을 흘렸음을 알고, 손수건을 꺼내 코와 침을 닦는다. 목구멍이 걸근거리고 있었으므로, 학 모가지로 빼어내어, 그리곤 가래침을 모아 퉤 뱉는데, 나름으로는 힘껏 쏴 던졌으므로, 입술 끝에서 대룽거리거나 하지는 안 해도, 숨쉬기는 고통이라고, 그 고통이 뭉텅이가 된 것이, 산수유꽃 빛으로 떨어져 흙에 버무리가 된다. 볕이 흐물트러져 있어 그랬을 것으로, 잠시 망연해 있다가, 건너다뵈는 한 아파트먼트 건물에로, 다시 시선을 보낸다. '다시 시선을 보낸다'라고 말한 것은, 요 이삼일 동안, 내도록 늙은네는, 그런 바라기가 되어 있어 온 것인 것이다. 그러는 중, 물크러진 두 눈의 안쪽 어디서, 빼한 불빛 같은 것이 새어 나오는 듯하곤 했는데, 그것은, 그 아파트먼트 건물의, 유독 어느 한 창을 겨냥해 날아간다. 그러나 그것은 그 창을 통과하지 못하겠는지, 창에 닿아서는 망설이고 머뭇거린다. 그 한 작은 뻔한 빛은, 흐적여 내리는 산수유꽃 한 송이모양, 그리고는 그 창턱에라도 앉으려다, 속수무책으로 미끄러져 떨어져 내린다. 이쪽 편에선, 눈이 흐려진다. 눈은, 밖에서 부착할 데를 잃고 돌아와, 내면을 잠시 비춰보다, 쇠잔한 삶이, 살아버린 삶의, 두텁고도 싸늘한 재 속에, 그 재가 무겁고 추워, 자꾸 움츠러들며 떨고 있음을 보면 빛을 잃는데, 그 재 속으로 들어가, 또한 움츠러들어 버린다. 아까의 그 빛은 아마, 그 재 속에 움츠러져 있던, 이제는 더 태울 것이 없어, 저 자신의 내육을 파먹어 들어가는, 그 잉걸에서 발원했던 듯하다. 그러면 그럴수록, 재는 더욱더 두터워지고, 내육은 더욱더 엷어(작아)져 가게 되는 것이나 아닐 터인가. 찌절 찌적 늘 흘리는 것이 그것이다 보니, 그것이 그런 것인지 어떤지는 몰라도, 눈에는, 유독히도 크렁거리는 눈물이 괴어오르고 있는다. 그것이 싫거들랑은, 늙은 눈으론, 밖도 내어다볼 일도 아니거니와, 안도 들여다볼 일은 아니겠는다. 그렇지 참, 그렇구말구, 그러구 보니 아믄이지, 하릴없는 늙은도, 저녁에는 가볼 데가 있구나, 진짜로 갖다가시나 외출을 해볼 데가 있다 말이지. 그것도 밖에서 그저 멈칫거리고 머뭇거리다, 떨며 웅숭그리고 되돌아서는 그런 것이 아니고, 어디 저 안의 환하고도 아늑한 곳에로, 문 열고 들어가, ……들어가…… 볼 데가 있어 온 지는 벌써 삼 일째나 되고 있잖은가. 그 일로 글쎄지, 그렇지 안 해도 잘 못 드는 밤잠을 이틀씩이나 설폈을 뿐만 아니라, 낮에는 낮대로, 한을 못 풀고 죽어 된 귀신이 묘지를 떠돌 듯, 이 공원 터를 서성거려오기만 한 것이 아닌가. 그러다 늙은네는, 쿠르르— 하고, 기침인지 웃음인지, 무슨 그런 가래 끓이는 소리를 냈는데, 하긴 뭔지 긴한 생각을 해냈었을지도 몰랐다. 쿠르르 흐, 흐, —아비의 부음을 듣고, 하향하는 열차를 타려, 대합실에서 들락날락 애가 타는, 속 급한 자식 놈 좀 보아라, 열두 시에 떠나는 차를, 열 시부터 와 기다리며, 벽시계며 손목시계 건너다보고 들여다보기를, 건너편 퍼드러져 자는, 시골 엔네의 살콤 보이는 사타구니 훔쳐보듯 하는구나. 흐흐흐, 하긴 이 늙은네도, 지난 사흘 동안, 삼백서른 날 되도록, 이 한 가지의 생각, 어디 갈 데가 있다는 이 생각을, 벽시계며 손목시계, 사타구니 훔쳐보듯, 건너다보고 들여다보아 온 것이 아니었느냐. 아흐, 풍염한 엔네의 사타구니? 아으, 만약 죽음이 그런 것이기만 하다면, 아침에 도(道)를 들은 듯이, 이 저녁에도 죽겠구나. 하긴 죽음이 그런 것일지도 모르긴 모르지만—. '사타구니' 얘기 탓에, 젊은네들은 남세스럽다는 꼴들을 꾸미느냐? 늙는다고 여게들, 색념까지 늙는 줄 아는다? 유정들께 부여된 영구히 죽지 않는 것이 있다면, 그것은 바로 저 색욕인 것일 것이어서, 죽었어도 죽지 못하고 되돌아온다고 하는 것을 모르는다? 명도(바르도)에 내려간 넋들이, 저 하나의 욕망을 버리지 못해, 삼천대천세계의 어머니—아버지들이 교미 중일 때, 어떻게도 저항치 못하고, 심지어는 암퇘지나 암캐의 구멍 속으로도 빠져든다고 하는 것을. 늙은 몸속에서도 그러자니, 저 하나의 욕망만은 늙지를 않고, 박쥐모양 매달려, 늙은 둥치를 쓰러뜨리려 하고 있는 것을. 그것은, 습습한 동굴 속만 찾아드는, 빨건 눈의, 날개 가진 검은 개 새끼의 모습을 하고 있어도 보인다. 그렇다, 모든 것이 쇠잔해 있는 이런 늙은네께도, 아직도 어찌할 수 없는 하나의 욕망은 남아 있거니, 죽기 전에 한 번만이라도, 그렇다, 넋이라도 담보하고서라도, (젊은 그네들이 갖는 모든 미덕을 다 생략하고서 말이지만, 허으, 이러고 보면 이 낫살의 늙은네께서도, 석가모니 키워낼 씨앗이 여태도 발아를 못 한 모양이러람. 석가모니에게 악덕인 것이, 이 늙은네께는 더할 수 없는 미덕으로만 보이느니) 젊은 엔네의 뜨끈한 육신을, 죽도록이나 한번 안아보고 싶은 그것이거니. 옛 늙은네들(노자[老子], 는 노씨[老氏] 성[姓]을 가진, 어떤 한 인물을 가리키기보다는, 한 무리의 현명한 '늙은네'들을 칭하는 것이라는 설도 있는 듯하다)도 그래서 해놓은 소리가 있잖느냐. '곡신불사 시위현빈 현빈지문 시위천지'(谷神不死 是謂玄牝 玄牝之門 是謂天地) 그 신비스러운, 뜨거운 젖음 속에다, 넋까지 뭉뚱그려, 전 생명을 한 번 물컹 방출해보았으면 싶은 것을. 아서라, 그럼에도 말아라. 며느래기들이며, 손자놈들이 듣고, 눈 흘기며, 혀 빼내 물어 비아냥거릴라, 그만해두자. 그리하여 그날은 드디어 왔고, 해는 아직도 중천에서 반 발밖에 더 기울어 있지 않구나. 놀이터의 애들이 저렇게도 윙윙거려싸니, 낮잠인들 오래 자보겠느냐, 얼핏 한소곰은 잤으되, 시간은 이제도, 별 흐름이 없잖느냐. 늙은네들의 시간은, 하루 백 년씩을 흐르며, 동시에 하루를 백 년씩이나 되게 흐르는 것이러람. 죽음이라는 것을 두고는, 반드시 이렇게 말 되어질 것도 아니기는 하지만, 그래도 순리에 좇아 말한다면, 늙어간다는 일은 죽음에 가까워가는 일이 아니겠는냐. 이 늙으네도 그래설람, 하루 백 년씩이나 달려 죽음에 가까워가면서도, 시간이 참 안 흐른다고 투정을 부리고 있다는다? 그래설람엔 어서어서 살아버리고, 빨리 이승 하직해버리고 싶은가? 하긴 하직을 고했어도 오래전에 했어야 될 그 낫살까지 살긴 살아오고 있음에도, 그, 그래도 꼭히 그런 것도 아닌 듯만 싶으구먼그랴. 사실 말이지, 늙은네 자신은, 무신론자도 아니었으려니와, 무종교주의자도 못 되었음에도, 그렇다고 무슨 도(道) 한 가지도 닦아본 것이 없어, 죽어도 머리 둘 곳이 없는 듯해, 그저 막막해하고만 있는데, 그러다 보니 늙은네는, 신이 있다거나, 내세가 있다는 어떤 교의도 부정해본 적도 없이, 허무주의자, 삶은 별로 의미가 있는 것은 아니라는, 허무주의자가 되어버린 듯도 싶으다구. 좀 더 젊어서야 그랬었지. 예를 들면, '김중배'네 마누라의 엉덩이를 좇아, 잠이라도 자보려 하면, 김중배의 눈도 말고, 무슨 다른 큰 눈 하나가, 자꾸 보이곤 해, 그 순간만이라도 좀 외면해주었으면 싶어, 그 눈을 가려버리려거나, 이 눈을 감아버리려 하며 살다 보니, 편하긴 편했었더니, 말이지, 말인데, 이제 와서는, '맥아더 신장(神將)'을 뫼시는, 영한 무당네의, 그 영한 귀신이라도 좀 내림하여 보살펴주었으면 하고 바라기까지 하는데도…… 관운장도 장군질 잘해 신 족보에 올랐다면, 맥아더인들 어디 관운장만 못한 장수던가? 그러다 죽으면, 그랬지, 언제든 한 번은 그 바닷가 가본다면서도 아직도 못 가 보고 있는, 바로 저 제물포 바닷가 떠도는 귀신이라도 안 되겠는가, 마는, 그, 그런즉슨, 죽기보다는, 그래도 살아 있다는 것은 좋은 일인 모양인 게지? 그, 그것까지도 이제는 잘 알 수가 없구먼. 돌(咄), 늙은 삶과 시간은 모순이러람, 반어법이구나, 역설이러람. 뒈져 눕기도 한사코 싫으며, 살아 시간을 견뎌내기란, 권태의 연속이며, 실의, 무의미, 그리고 무덤까지나 이어지는, 위로받을 수 없는 외로움뿐이라고 알아, 살아 있음을 투덜댄다. 중 수업이나 했었다면, 지금쯤은 학(鶴)이었을라는가? 늙다리 중들마다 학일라는가? 이만큼이나 살아 늙었으면, 속인이라도 학쯤 되었을 법한데도, 아직도 두 경계 사이에서, 깃털 성글어진 늙은 갈매기 꼴로, 힘겹고도 외롭게 배회만 하고 있구나. 늙은네는 지혜가 많다는 헛된 전설에 의해서, 이눔들, 삶이 뭐라는지, 그런 건 묻지 말지어다. 만약 망령이 지혜라면, 그 지혜 놀이쯤은 싫카장 해주리라만—. 결혼이라도 했었다면, 어쩌다 찾아주는 손자 녀석들이라도 있었을 터인가? 그랬다면, 무덤에로 이어지는 계단을 내릴 적마다, 자기가 한 계단씩 더 젊어져 있는, 푸르러져 있는, 어려져 있는, 자기의 얼굴을 볼 수라도 있었을 것인가? 하긴, 하나만이라도 자식이 있었다면, 그랬다면도 싶으다. 이거 뒤돌아보고서 말이지만, 젊어서야 뉘겐들, 하나쯤의 '심순애'야 왜 없었겠느냐만, '김중배'가 나타났었을 때, '이수일'만 남고 말았던 거디었다. 그리고도 물론, 찾아보면, '춘향'인들 왜 없었겠냐, 마는, '옹가년'들로 그득한 것이 세상이었댔지그리. 김중배도, 옹가년들의 가려운 아랫도리에는 약이 못 된다. 혼속(婚谷)을 하시하는 동네 개들을 보려마, 그것들이 어디 나갔다 밤을 새우고 들어왔는데, 속옷을 뒤집어 입었을 뿐만 아니라, 흰 셔츠에 입술연지를 묻혀갖고 왔다고 해서, 밥사발 부득 쓰러져 깨어지는 소리가 나더냐? 그, 그럼에도, 뒤돌아보면, 하루에도 한 죽씩의 밥사발 깨어지는 소리가 요란했었을, 그쪽이 나았었을 뻔했겠는가? 출가(出家)치 않으려거든, 집 이뤄, 애써 살기의 도(道) 닦기에 열심인, 그것이야말로 참 종교는 아니었겠는가? 어느 때부터인지, 그 세월은 헤아릴 수도 없구나, 초인종도 전화통도 깊은 잠에 들어, 침묵의 소금 덩이가 되어 소롯하다. 그래서는, 혹시나 하고, 귀를 묶어 사는 자를, 세월이 흐르기에 좇아, 귀만 큰, 초췌한 귀신으로 만들어버렸다. 그렇지 안 해도, 늙은네의 거처가 있는 아파트먼트 건물에 사는 이들은 물론, 인동(隣棟) 사는 이들 간에는, (404동) 십삼층, 열세 평짜리 방에는, 귀신이 사는데, 밤이고 낮이고 씻나락을 까먹으며, 곡을 한다는 소문이 있다는 것을, 인동 사는 꼬마 놈들이 놀려대는 말속에서 들어낸다. 하기야 어느 낫살에 접어들면서부터는, 뭘 새로 사 입기도 뭣하고 해서, 정년퇴직 때 지어, 관곽 속에 누울 때나 입으려 했던 그 단벌옷으로, 해진 데는 헝겊 대고 꿰매고 하여, 헤아릴 수도 없는 사철을 지내다 보니, 썩다 뭣엔가 갈증을 내고 (무덤에서) 걸어 나온 송장 꼬락서니일 것이었으며, 먹는 것도 또, 비린내 나는 음식이라면, 전신에서 소름까지 돋아내며 탐심이로되, 그걸 탐심껏 사댈 여유도 없어, 하루 라면 한 개 반이나, 간장에 한 그릇 밥이라는 식으로, 그저 연명이나 하며 지내다 보니, (이로 보건대는, 장수는, 뱃가죽 두께와는 반드시 상관이 있는 품목이 아닌 듯도 싶으지마는, 그래도 뱃가죽이 잠지 길이보다 훨씬 더 두텁게 밀려 나온 이들은, 먹기의 즐거움을 훨씬 더 많이 누렸을 일이 아니겠는가) 피골이 상접해, 흰 낮에 나가보아도, 스스로의 눈에까지도 그림자가 잘 안 보이다 보니, 그런 소문도 만들어질 법하긴 했을 만하다 싶으기도 하다. 하지만 냄새가 좀 퀴퀴하고 콤콤하게라도, 분명하게 살아 있는 늙은네의, 쌕쌕 숨 쉬는 소리가 나는 몸을, 싹싹 지워버리고, 흐릿한 윤곽만 남긴 데에는, 꼭히는, 불길하게 보이는 외양만은 아니었을 것이며, '공'(空)이라는 지우개에 닿았기만 했다 하면, 대번에 '색'(色)까지도 색을 못 쓰지 않더냐, 그러니 필시, 그런 형이하학을 지워낼, 어떤 종류의 형이상학적 지우개의 도움을 받고 있었을 것이었다. 그것 좀 알아보는 일은 불가피한 듯하다. 하긴 그럴 일이다. 자연으로부터 분가해 나온 대도시라는, 거대한 외로움, 그리고, 왼종일 같은 운동만 되풀이하는 기계를 보면, 그 권태가 어떠하겠는가. 그런 권태가 짓눌러 대는 데서는, 바람[風]도, 개장국집 앞을 지나는 똥개 꼬락서니로, 꼬리를 샅 밑에 감추고, 허리 부러진 걸음을 걷고, 또, 낮은 데로만 흐르는 것이 그것의 달마인 물[水]도, 자칫 수로를 잘못 따라, 대도

시라는 데에 닿으면, 울타리 안에 갇혀버리고 마는데, 그런 뒤엔 생반죽이 되느라고 하다 하는 중, 그것의 달마의 목덜미가 팩 꺾여, 뿔뿔이 헤어질 때는, 벽 타오르는 담쟁이덩굴 꼴로, 꽤는 고되겠는다, 십삼층 높은 데까지도 기어오르는데, (그 위쪽엔 살아본 적이 없는 자가, 무슨 말을 뇌까릴까 보냐) 형태를 꾸미지 않는다는 그것이, 보면, 된통 국수 가닥이다. 산도 무너뜨린다는 물의 치사함이여. 그나 그뿐이랴, 본디 습생인 용이 불을 뿜어내는 것쯤은, 은밀한 밤중에, 부모 저그들끼리 하는 얘기를 들어, 태아도 아는 것이거니와, 그 까닭으로 그것이 삼세를 제압한다고 알려졌었더니, 그와 같은 용이, 사람이라는 벌레의 손아귀에 잡혀, 길들여지자, 그렇게도 싹싹한 방자가 없구나, 방자야 네 이눔, 예이—. 저녁 되니 으슬으슬하구나, 구들막에 불 넣어라, 예이—. 삼겹살 사 왔으니, 그것 좀 맛있게 먹어보자 스토브에 불 올려라, 예이—, 애먼 데다 갈길라, 화장실에 불 켜라, 예이—, 예으이—, 쿨쿨쿨룩, 이렇게 된즉, 이제 대도시에는 '풍수'(風水)라는 점잖은 이들이, 발도 들이밀 틈도 없게 된 것이라, 안쪽에서 거위가 꿈틀대는 것이, 그 뱃가죽을 통해 훤히 들여다보이겠는다. 그러자부터, 저눔의 거동 보아라, '수'(數)라는 것이 얼른 귀복(鬼服)을 차려입고, 풍수꾼 행세에 나선다. 들어 알기로는, 북망산 주변에 사는 이들은, 저승이 너무 가까이 있다 보니 숫자까지도 '사'(死) 자 발음 나는 것을 죽음처럼이나 저어하여, 집을 사더라도 '사'(四) 자가 든 번지수를 한사코 기피하려 한다고 하며, 또 호서(湖西) 지방에서는, 그런 무슨 종교적 이유라던가, 미신 탓이라던가, '13'이라는 숫자를 또한 흉·액·재·독으로 친다는 소리도 있어 온다. '404' 동 '13'층. '13'평짜리 방에는, 저런 수리에 좇은즉, 하긴 예쁜 처자가 살고 있는다 해도, 치마 밑에는 꼬리를 아홉쯤 감추고 있거나, 검은 혀가 둘쯤으로 짜개어져 있어도 여겨지겠는다. 저것이겠는다, 분명히 저것이, 아직도 조금은 온기가 있는 골육을 쌓은 생가죽을 타도해버리게 한 철학적 배경이 되고 있었는 게다. 쿠르르, 클클, 늙은네의 계산으로는 그러나, 저런 수리는, (접장질로 늙었던 자는, 퇴직을 하고 나서도, 무엇에나 점수 매기기의 습관을 버리지를 못하는 게다) 50점밖에 더 줄 수가 없다고 하고 있다. 그럴 것이, 까닭은 이러하기 까닭이다, (이런 자리에 뭐 피타고라스까지야 들먹일 필요가 있겠는가) 말한 바의 저 북망산 기슭에 사는 이들은, 두 번 죽는다는 일은 어쩌면, 다시 살아난다는 의미로 해석해서도 그럴지 모르지만, '팔'(八) 자에 대해, 말할 수 없는 존경심과 호애를 가져, 그 숫자가 든 번지라든, 번호판, 전화번호 같은 것을, 주머니가 용납하는 한, 얼마든지 더 가외의 값을 치르고서도 사들이려 한다는 것을 염두할 일인데, 그렇걸랑은 여 반편이 수통(數通)꾼들임세, 볼지어다, '404'동인즉슨, '4+4=8'이 되는즉, 쉬잇, 남들 들어 알기 전에, 얼른 돈 보따리 크게 해 갖고 가, 빈방이 있거든, 한두 보따리 더 얹어주겠다고 간청해 사두게라, 재신(財神), 귀신(貴神), 수신(壽神), 다자다복신(多子多福神), 무슨 신, 신들이라는 좋은 신들은 다 몰려들어, 그 방 좋아 못 떠나겠다고 떼를 쓰는 통에, 종내는 소금 뿌리고 구정물 끼얹을 소동까지도 일어날까 두렵니라, 그뿐이겠는가, '13'층 '13'평짜리 방은 또 어떠한가, '1+3=4×2=8', 또는, '13+13=26'은, '2+6=8'이 되는즉, (그것이 만점의 수리인 것이거늘) 그 방에는, 천년 학이, 천복·지복·인복 모든 복락의 알을 품어, 천하대장군이며 지하여장군의 보위를 받겠구나. 그런 터에, 뭐라구? 그 늙은네의 실종, 부재에 이어, 귀신을 본다구? 고얀지고! 허나 공들도 석가모니의 씨앗은 못 된 탓이거니, 허허, 거 뭐 그렇고 그렇잖느냐, 소나무가 될 것은 솔 씨에서 트고, 보리수가 될 것도 대략 저러하거니. 놀이터에서 윙윙거리는 애놈들도 그렇지, 놈들 중에 반 개라도 석가모니의 씨앗이 있었다면, 놀이에 홍침해 있기 대신, 이 추악하게 늙은 얼굴에다 제 놈의 얼굴을 비춰보려 하여 비춰보다, 뭐라던가, 해골바가지 속에 괸 물맛하고 비슷하다던, 그 단어가 뭐라던가, 아으 그렇지, '무상'(無常)이랬지, 그랴, 그런 것이라도 얼핏 깨닫고, (이런 때는 '출가'[出家]보다는) 가출([家出]이라고 해야 옳을 듯하다)을 단행해보려 했을 것이지. (그러니, 먼저 출가[出家]했다가, 도중에서 무상[無常]을 만나고, 되가입[家入]하기는, 어디선지 순서상 엇물린 데가 있어 보이는데, 그렇잖은가?) 그럴 것이, (석가모니를 거울로 해서 보면,) 가출부터 하고, 그리고도 오랜 오랜 방황 끝에, 드디어 출가가 이뤄지는 듯하기 때문이다. 반대로는 물론, 그의 귀속[歸俗], 또는 환속도 그때 비로소 결정되는 것일 것이지. 아니냐? 그런데 가맜자, 오늘 저녁 방문해볼 데가 있다는 까닭으로, 늙은 삭신이 이른다, 이제는 집에 돌아가, 저녁 올 때까지는, 천복·지복·인복의 알이나 품어보는 게 어떠냐구 말이지. 산수유도, 진달래도 피었느냐, 해 등져 있는 목련도, 오늘 햇볕에는, 사뭇 여러 봉오리가 벌고 있구나. 산(山) 목련 가지들에, 해포(海泡)가 일고 있어. 목련 봉오리들은 조개껍데기, 녹음 속에서, 해포 스러지는 소리를 들을 수 있다면, 그 귀는 산 목련꽃 봉오리이다. 흐흐흐, 그런데 가맜어보자, '집에 돌아간다' 말이지, 귀가(歸家)라 말이심? 늙은네는 그러며, 양미간에 주름을 잡더니, 귀가를 서두르는 대신, '귀가'라는 어휘에다, 상념을 묶는다. 그런 것도 하릴없음의 자유겠는다. 방종이겠는다. '귀가'라곤 하지만, 그 참, '아파트먼트' 라고 이르는, 저 묘상(妙相)의 건물을 두고도, '집'이라고 일러도 되기는 되는가? '집'이라고 이르려 하자, 말[言語]에도 창자가 있는 게다, 그래서는 말에도 체하는 수가 있는 게다, 뭔지 창자가 뒤틀려지는 듯하며, 거북한 느낌이 일는다. 그런즉 그러면, 저 묘상의 건물은 무엇일 것인가? 하긴 그렇지, '회칠한 무덤'이라는 말도 있지그리. 그건 그러구 보니, 때마침 잘 기억해낸 말 같구먼. 이건 하긴 귀계적(鬼界的) 몽상이래야만 옳을 듯하지만, 그렇구나, 다름 아닌 저 회칠한 무덤 속에서는, 저승서 죽은 자들이 와, 낮에 일어났다가, 밤에는 돌아가, 저승과 같은 무서운 어두움을 잠자는 그 곳이구나. 모르는 타인들이, 어떻게 되어 같은 한 동(棟)에 모여 살게 되었는지, 그 인연들은, 늙은네가 살펴낼 수 있는 것은 못 될 것이지. '음덕'(陰德)이라는 게 있다면, 어찌 '양덕'(陽德)이라는 건 없겠는가. 자손이 많아야 양덕이 크다는 것을, —그러니 모성 모씨네 자손 되는 자들은, 그 모성 모씨네 조상들을 주야로 기려야겠거니와, 최소한 일 년에 한 번이라도, 선조들의 기일을 기억해, 이밥 차릴 형편이 못 되면 잡곡밥이라도 정갈히 차려, 대접하기를 잊어서는 안 될 터이다. 그래야만 이쪽에서는 음덕 많이 받느니라, 슬하에 혈육 한 점도 없는 이런 늙은네는 그렇다면, 한 그릇 물밥의 양덕 입을 일도 없을 터이니, 음덕 베풀 빚도 없겠는다. 베푼 음덕은 얼마였는데, 돌아온 양덕은 얼마였다는, 그런 것 구구(九九)대느라고, 저승 싸늘한 저녁을 지새우지 않아도 좋게 되었으니, 행여라도, 관 속에다 주판을 넣어 갈 생각은조차도 할 일은 아니겠다. 가맜자, 그리고는, 그렇지, 또 좀 통념적으로 건너다보기로 한다면, 아파트먼트라는 건물은, 벌통처럼 보이지 않는 것은 아니라 해도, 틀린 비유는 아닐 듯하다. 동이 트기가 무섭게, 일벌들은, 꿀을 모으러 날아 나가고, 전통적 통념으로 말한다면, 여왕벌만 남는다. 그러고 나면 어떤 여왕벌들은, 그 몸뚱이에 걸맞을 한 벌의 날개 갖기를 꿈꿀지도 모른다. '꿀'은, 새벽같이 나간 일벌들이 모아 오는 것이니, 자기는 자기대로 어디든 날아가, '의미', —애만 낳고, 쓰스레질이나 하다 늙어 죽기라는, (이건 '삶'을 모욕하기 말고 또 무엇이냐? 그러냐?) 그 모욕적 삶의 바깥쪽에는, 뭔지 분명히 있다고 여겨지는, 그런 어떤 의미, 그런 것을 모아보았으면 하고, 날개라는 모반을 도모할지도 모르긴 모른다. 안쪽에서 내어다보면, 바깥쪽엔, 그런 '의미'들이 주렁주렁 매달려 있어, 따 내려줄 손들을 기다리고 있어 보인다. '생활'과 '삶'은, 어느 일점에선 합치하다가도, 그 일점을 벗어나면 분리하기도 하는 듯한데, 남편 섬기기, 애 낳기, 애 치다꺼리하기, 쓰스레질로 일생을 산다는 그것은, 하긴 '생활'이라고 이를 것일 것이지, 그것을 빼놓으면, 그러면 '삶'은 어디에 있느냐? 산다는 일의 의미는 무엇이냐? 그것은 심각한 의문이다. 장가들어봄 없이 혼자인 것을 후후거리며 늙어온 늙은네가, 뒤늦게 회한을 갖고 되돌아보다 깨달아낸 것이 있다면 이것이지만, 출가(出家)치 안했으면 그런데, '가정'이라는 종교보다 더 좋은 것은 없는 것이나 아닌가 하고, 머뭇거리며 건너다보아 오고 있다. 한 가정을 꾸미고, 꾸려나간다는 일은, 종교적 고행과도 맞먹음이 분명하다. 가정을 꾸려나가는 자의 은총과 비극은 아마도, 그네들은, 자기만의 삶 대신, 한 공동체의 삶을 살고 있다는 그것이 아니겠는가. 그래서 그것의 '비극'적인 데에 시선을 묶고, 어떤 다른 '의미' 찾기를 도모하려 한다면, 들어뒀던 이런 얘기 한마디는 부연해둘 수 있을 것 같다. '여기에 없는 것은 아무 데도 없으며, 저쪽에 있는 것은 여기에도 있다.' 여기 어디에서 그러면, '생활'과 '삶'이 합치하게 되는 것을 보게 되지는 않을라는가? 클쿠르르 쿠르르. 그럼에도 심한 조루증쟁이며, 밖에서는 능하다고 해도, 집에만 돌아왔다 하면, 불능해져 버리는 그런 사내들과 사는, 비구니도 수녀도 아닌 부엌 시니[神尼]들의 혼을 두고서는 뭐라고 위로해야 되겠느냐? 그러니 그저 세음(世音)을 들어 살피는[觀] 이에게, 자비를 비는 수뿐이겠다. 굽어살피실진댄, 그네들 밭에서 콩도 팥도 말고, 그저 크고 실한 송이나 하나, 길쭉하게 수확하게 합수사! (망령이로고! 늙은 놈이 이렇게 주둥일 놀리다, 관세음보살님께 호되게 매 맞겠다) 그, 그건 그러려니와, 가, 가맜자, 가맜어보자꾸나, 이거 별일이 난 듯한데, 말[言語]의 배꼽에서 이상스러운 파열기가 있는 듯하다. 하면서, 뭔지 꽃대궁 같은 것이라도 자라 오르는 듯한데, 이게 뭔지 살펴보구로 가맜어보자꾸나. 아흐, 흐흐흐, 이, 이것은 꼭히 연(蓮)스런 상념이라고 일러야 할 것이, 돋아오르고 있는 것이어람, 라는 것은, '회칠한 무덤'과도 같고, 또 '벌통'과도 같은, 저 묘상의 건물은, 다른 것도 말고 하필 수피(獸皮)일지도 모른다는, 그 생각의 연이다. 흐흐흐, 수피라 말이지. 그게 얼른 가슴에 와 닿지를 않거든, 「춤추는 열두 공주」라는 얘기를 생각해보려무나. 이 '수피'는, 저 어디 땅 아래로 이어지는 굴길을 좇아, 무도회에 나서는, 저 공주들이, 이쪽 편에다 벗어놓은 '잠', 또는 그 '육신'들의 뜻이 아니겠느냐? 잠을, 또는 수피를 벗어놓고, 나들이하는 짓이란 하긴, 꿈, 그렇다, 꿈꾸기 말고 또 무엇이겠느냐? 꿈길을 헤매는데도 신발은 해진다. 그럴 것이, 동화적 상상력 속에서는, 그리고 그것의 가장 고차적 형태로서의 종교와 관계되어서는, 삶의 행위라는 것의 실다움과, 실다움 아닌 것의 구별이 잘 안 되기 때문일 것인데, 그럴 때, 무엇이 누워 자며 저 삶이라는 꿈을 꾸느냐, 는 의문의 일어남을 본다. 가맜자, 아으 좀 가맜어보자꾸나, 무엇이 또, 말의 배꼽에서 보스락보스락 싹을 틔워 올리고 있음이 느껴지고, 보여지는데, 그건 한 그루의 나무구나, 그것은 그리고 무섭게도 빠르게 자라 오르는데, 그 둥치에다 수피를 입혀놓고 있어도 보인다. 그것은 수피를 입고 있다. 이래서 다시 보면, 「춤추는 열두 공주」 얘기는, 식물적 상상력의 자궁에서 분만된 것인 듯도 싶으다. 꽃들은 밤마다, 수맥을 타고 나무둥치를 내려, 땅 아래로 내려간다. 그럴 때 남아 있는 둥치는, 잠이며 수피이다. 아침에는, 그것들이 신었던 무혜(舞鞋)의 밑창에 구멍들이 나 있다. 그 무혜들은 버려진다. 꽃잎들은 땅 위에 깔린다. 무참히 해진 무혜들—. 그 나무의 실한 한 가지에, 늙은네의 둥지도, 그리고 늙은네를 부른, 모르는 어떤 여인네의 그것도 얹혀 있다. 늙은네가, 이 저녁에는 갈 데가 있다고, 애가 타싸서 시간을 기다리는 것은, 저 어떤 옌네의 둥지 속으로 날아들어 보려는 그것인데, 그 둥지 속에는, 그렇구나, 한 마리의 순한 암새가 깃을 접고, (늙은네의 믿음엔,) 어떤 기다림일지도 모르는 알을 품고 있을 듯하다. 깃을 접은 그 새는, 하긴 목련꽃 봉오리도 같겠다. 목련 봉오리겠구나. 그러다 늙은네는, 저쪽 어떤 특정한 창에서 목련꽃을 보았으며, 그래서 끄음 하고 앓는 소리 비슷한 소리를 냈다. 아까 자라 올랐던 그 나무는, 그 뿌리 밑에, '열두 공주'네의 무도장을 밝게 열어 숨기고 있는 그 나무는, 목련 나무가 봉오리들을 매단, (하필 봄날의 낮 꿈이어서 그랬을 터이지,) 산수유도 말고, 진달래도 말고, 목련 나무였던 것이다. 그리하여 늙은네께 새로 보여진, 아파트먼트라는 건물은, 하긴 모르는 어떤 여인에 향한, 늙은네의 어떤 연모, 그래 어떤 연모 탓이었겠지만, 그렇게 목련꽃 봉오리들을 틔우고 있는, 목련 나무였다. 그들만의 은밀한 삶들을 은닉하고 있는 방들은, 목련 나무 위 봉오리 진 목련들. 그리고 늙은네는, 가까이 서 있는 목련 나무에다 시선의 잉아를 걸어, 한 마리 거미가 되어선, 상념의 베 짜기를 시작했다. 보여지기엔, 저 봉오리들은, 그것들만의 어떤 비밀을, 그것들만의 것으로 한사코 간직하려 하여서인 듯, 밝게 보는, 낮의 큰 한 눈을 피해 등지고 있는 듯하다. 그것들의 비밀은 그러면 대체 어떤 것이나 될 것인가? 늙은네도 물론, 식물도(植物道)의 달마처럼도 믿기워지는, 향일성이라는 그 문법 체계까지도 어긋내, 자연도에다 일종의 오문 현상을 일으키는, 저 북향성의 꽃에 대해, 인구에 회자해오는, 전설 한 가지쯤도 모르고 있는 것은 아니다. 사랑 얘기, 맺어지지 못했던, 서럽고도 아름다운 사랑 얘기—. 그러나 늙은네는, 그 전설의 출처는 모르고, 그냥 그 내용만 알고 있기로는, 대략 이렇다. 유난히도 아름답던 하늘의 공주 하나가, 북해(北海) 사는 해신(海神)에게 사랑에 빠졌더라던가, 알고 보니, 그는 이미 결혼하여 부인이 있었다던가, 그것을 알게 된 공주는, 그 사랑이 이뤄질 수 없다는 절망 탓에, 비탄하다, 바로 그 바다에 투신해 죽었더라는가. 뒤늦게 그 사실을 안 그 해신이 달려와, 공주의 시체를 건져 올려, 그 바닷가 언덕에 묻어주고, 그리고는 돌아가, 자기의 부인이 잠든 틈에, 독약을 먹여 죽인 뒤, 그 시체도, 저 공주의 무덤 옆에다, 나란히 묻어주었다던가, 그리곤 여차여차하여, 그 두 무덤 위에로 한 그루씩의 나무가 자랐는데, 목련이었고, 그런데 공주의 무덤의 것은 자목련을 피웠으며, 다른 무덤에서는 흰 꽃이 피었더라 했다. '행복하게 잘 살았더래'로 끝맺지 않는 모든 얘기들이, 듣는 이들께 짜안하거나 하는 정을 일으키듯이, 저 얘기는 늙은네께도, 그런 정을 일으킨 것은 사실이다. 그럼에도 늙은네의 생각엔, 저것은 반드시 우수하게 꾸며진 얘기는 못 되는 듯했다. 지는 목련은 물론 슬프다. 그것은 목련 하나뿐만 그런 건 아니다. 산(山) 목련 가지 위에서 어째서 해포(海泡)가 일었다 스러진다고 하는지, 그런 상상력은 도무지 종잡을 수가 없다. 그래서 늙은네는, 자기도 모르는, 그것의 출처를 짐작해보려고도 했는데, 저 전설은 혹간, 목련이 없던, 어디 남쪽 해변 사람(들)이, 북녘으로부터 그것을 몇 그루 얻어다 심은 뒤, 목련 봉오리의 북향성을 관찰하고 지은 것이나 아닌가, 하기도 했다. 그건 그렇다 해두려니와, 이해할 수 없는 일은, 어째서 저 해신이라는 자는, 무고한 자기의 부인을 독살해야 했는지, 그 까닭은 어째도 짚어낼 수가 없다. 이건 도대체 당치도 않는 소리로되, 궁하다 보면, 이런 소리까지도 만들어내게 되는 듯도 싶은데, 그는 그래서는, 모든 남편들이 얼마쯤씩은 갖고 있을지도 모른다는, 그 마누라 살해 욕을 충족시킨 것이었는가, 새로 생긴 연인의 까닭으로? 쿠루루, 야 사람아 목련이 웃는다, 그만두게, 목련이 웃는다. 늙은네의 믿음엔, 말한 바의 저 전설은, 어떤 언문 시인의(이때의 이 '언문'이란, 자국의 선비들이, 자국의 글월에다 붙인 이름인즉, 그 어휘에 덮인 먼지를 털어내 쓴다고 하여도, 애그르, 저 혼자 애[愛] 글월 다하겠다고, 핏대 올려 삿대질하고 나서지는 말게라) 입술 끝에서, 즉흥적으로 흘러나온 그것이, 후대의 입술을 통하면서도, 수정 보완을 받지 못한 채, 전래해온 것이나 아닌가, 한다. 완벽한 오문은 손댈 데가 없이 완벽하기 때문이다. 그래도 누가 작심 용심(用心)하여, 손대보려 하면, 새로 짓는[作] 짓이 되어서, 그건 수정 보완이 아니라, 표절의 누명을 쓰게 됨이 분명하다. 그럴수록 그 원본은 수명이 길어질 터이다. 전설이야 어떻든, 늙은네의 믿음엔, 매일 밤, 땅 아래로 내려진 계단을 디뎌 내려가는, '열두 공주'들의 무도장은, 북녘에 있었다. 거기서 공주들은, 기다리고 있던 왕자들과 짝지어, 짝 풀고 다시 짝지어, 춤으로 휘돌아가는데, 왕자도 열둘—. 무도회는, 일반적으론 저녁부터 시작해 열리는 듯하지만, 그럼에도 의문은, 낮을 내도록 자고, 하필 밤에만 깨어나 춤추는 예의 저 왕자들이란 누구의 자식들이었겠는가, 하는 그것이다. 그럼에도 그 대답은, 이미 되어 있음이 분명하다, 달[月]의 자식들, 일 년 열두 달, 열두 자식들, 달의 월후(月候) 그 비의(occult)의 검은 술에 취해, 동이 트기 전까지, 열두 쌍 젊은네들은, 젊음을 무산(舞散)하는 것이다. 일제히 북향해 있는 목련 봉오리들은, 그래서 보면, 저 열두 공주들의, 아직 춤에 밟히지 않은 무혜도 싶으구나, 무혜겠구나. 뚝뚝 떨어져 내린 꽃잎들은, 춤에 밟혀 해진 무혜. 아으 그리하여서 알겠는다, 알겠는 것은, 목련은 달[月]의 꽃인 것을 알겠는다, 달꽃, 달의 시녀들—. 해가 남쪽을 여행하고 있을 때는, 달은 북녘 깊고도 두터운 그늘 속에, 요니를 드러내고 누워, 요니 속에다 비의의 술을 담근다. 달이 일어나, 북녘을 여행하고 있을 때, 그네의 시종들과 시녀들은, 그러면 그 술에 취할 터이다. 목련이 어찌하여 오만하게도 해를 외면하고, 일제히 북향하여 겸비히 허리를 굽히고 있는지, 그 비밀에 대해서는, 이제는 물을 일도 아닐 것이다. 허으 이것 보아람, 해가 어느덧, 중천에서 두 발이나 더 기울고 있잖는가. 글쎄 이런 늙은네께도 저녁에는 갈 데가 있다고, 사흘 전부터도 방문해볼 데가 있다고 하잖았던가. 늙은네는, 회중시계와 함께, 다시 그 생각을 끄집어내 들여다보았다. 이렇게 행망을 부리다가는, 성긴 머리칼이라도, 되도록 멋있게 보이게 (흐흐흐), 빗어 넘기지를 못하고 말겠는걸. 늙은네는 그래선, 이백여덟 뼈가 다 아파하는 우두둑 소리를 내며, 벤치에서 일어나, 예의 그 특정한 목련 나무의, 어떤 꽃 한 봉오리를, 망연하게 건너다본 뒤, 한숨을 한번 불어내고, 등을 돌려 걷기 시작한다. 너무 넓어져 깊게 깊게 주름이 접힌, 그 늙은 가죽 부대 속에서, 이백여덟 개의 뼈들이, 주머니에 담긴 유리알모양 서로 부딪친다. 그게 글쎄 말이지, 꼭 사흘 전이라고 하잖았던가, 그랬었다네그려. 침묵에 찌들어 소금 덩이가 되었던, 전화통이 느닷없이 울기를 시작하더라구, 백 년 쌓인 무음(無音)의 먼지를 흩뜨리며, 전화기가 홰쳐 울더라구. 어쩌다 한 번씩, 잘못 걸려진 전화가 있긴 있었는데, ……이것도 분명히 그런 것일 것이라고, 저절로 멈춰지기를 기다리는 수밖에 없다고 했으나, 그랬으면서도 늙은네는, 자기도 모른 새, 떨리는 손으로, 어느덧 수화기를 들어 귓바퀴에로 가져가고 있더군. 텔레비전이나 라디오(는, 그냥 한 대 둬두고 있긴 하지만, 그렇다고 무슨 야구 경기의 중계방송 같은 것을 들으려는 목적은 아니었던 것)는,

어디 멀리에 있는 바깥 얘기를 끌어들이고 있어, 자기와는 별로 관계가 없는 듯한데도, 마음을 흔들고, 소외감만을 더욱더 자극하곤 해서, 텔레비전은 치워버리고 말았을 때도, 그리고 보아왔던 둬 종류의 신문까지도 끊어버렸을 때도, 전화기만은, 어쨌든 어디와 자기 사이에, 직접적인 연결이 되어 있다는 믿음 때문에, 치워버릴 수가 없다고 한사코 고집해, 오늘까지도 그 선(線)에다, 늙은 생명을 수혈해 오고 있는 중이다. 그것을 없애버리고 만다면, 그제부터 자기는, 외계와 완전히 차단되어, 헤아릴 수 없는 사람들이 북적대는 대도시 안에서, 멀리멀리 떨어져 나가 고립되어지고, 그리곤 살아 있는 채, 잊혀짐 속에 유형당하고 말 것이라는 공포가, 엄습해온 것이다. 그리고는 시간도 없이 그 물건을 건너다보아 오고 있어 오는 중인데, 그 짓이란, 무인도에 던지어진 사내가, 나뭇잎 같은 데다 쓴 소식을, (무인도에 어디서) 빈 병(을 구했는지는 알 수 없으되, 꾸며내기 나름일 것이다)에다 담아, 파도에 실어 보내며, 그것을 읽어본 자로부터 무슨 소식이 오기를, 기다리기나 같은 짓이라는 것을, 몰라서는 아니다. 늙은네께는 그럼에도, 어떤 종류의 기다림, 어떤 종류의 그리움이 있어, 그것을 눌러 꺼버릴 수가 없고만 있다. 그 기다림, 그 그리움이 어떤 것인지는, 자신에게 묻지도 안 했으려니와, 대답할 수도 없었을 것임은 자명하다. 그냥 늙은네는, 막연하되 가슴을 저미는 그리움으로, 뭔가를 기다려왔었을 뿐이었다. 그, 그런데 마침내, 전화가 울리고, 그리고 전선을 통해서는, 그 음성으로 짐작건대, 중년 초입쯤의, 여인네의 목소리가 울려 나오고 있었다. 그래서 늙은네는, 처음 얼마 동안은, 완강하게, 당신은 지금 틀린 전화번호에 대고 말하고 있으니, 번호를 다시 한번 확인해보라고, 거의 짜증스런 음성까지를 꾸몄으되, 사실에 있어선, 귀가 혼이 되어, 어느 녘엔지 빠져나가, 제발이지 이것이 잘못 걸려진 것이 아니기를, 관운 신장이며, 맥아더 신장의 이름들까지 들먹이며 빌었다. 그리고 그것은 한데, 틀린 번호에 걸렸던 전화는 아니었던 모양이었다. 그쪽 편에서는 참을성을 갖고 온유하고도 또 완강하게, 이쪽 귀를 설복하려 애쓰고 있던 것이다. 그쪽 얘기가 계속되는 동안은, 이쪽 수화기 구멍으로, 복사꽃이 흩날려 내리고, 여러 색깔의 장미가 송이째 떨어져 내리기뿐만 아니라, 늙은 가슴을 방향으로 가득 채워버리고 말았다. 그 옌네는, 박하의 향내를 풍기는, 독(毒) 담쟁이의 긴 혀를 가져, 늙은네의 전신을 염해버리고 있었다. 자기는, 같은 단지의, 몇 동 몇 층 몇 호에 사는데, 한 둬 주일 전에 입주를 했다고 하고, 근린공원을 지나다, 몇 번이고 늙은네를 눈여겨보았다며, (그때마다 늙은 낮잠퉁이는 잠이나 자댔을 것이었는가) 한번 자기 사는 데를 내방해줄 수 없겠느냐는 내용이었다. 덧붙여, 자기는 그냥 홀로 사는 옌네인데, 늙은네가 방문을 해줄 것이라면, 영광일 뿐만 아니라, 새로 온 동네에서 느끼는 적적함도 좀 잊게 될 것이라고도 했었다. 늙은네가 그 말을 번안해 이해했기로는, 그런즉 자기의 초대가, 외로운, 무력한 한 늙은네에 대한 동정심이나 연민의 정 탓이라고는 여기지 말라는 소리도 같았는데, 날짜와, 대략의 시간을 대주고, 그리고는, 그쪽 편에서 흘러오던 말은 끊겼었다. 전화선에다 혼을 떠나보내고 망연자실해져 늙은네는, 수화기를 쥔 채, 한옆으로 비그르 무너져버렸다. 속은 왼통 방향으로 가득 차 있었으나, 입은 마르고, 손발은 가늘게 떨고 있었으며, 마음은 몸으로부터 부표(浮標)모양 떠올라, 부표하고 있었다. 그러며 늙은네는, 자기의 머릿속, 깊은 구석 어디에 처박아 두었던, 살아온 삶을 기록해둔 영반(映盤)을 찾아내어, 느린 속도로 되상영해 보기 시작했다. (평생 해온 짓이 훈장질이었으니,) 우중충한 강의실, 해마다 나이 차이가 벌어져가는, 그래서 훈장은 늙어가면 늙어갈수록, 더 젊어 있는 학생들, ……학생 ㄱ? 학생 ㄴ? 아니면 학생 ㄷ? ……한숨 쉬기…… ㅍ? ㅎ? ……한숨 쉬기…… 아무리 느린 속도로 되돌이켜보아도, 특히 어떤 얼굴도, 어떤 목소리도 기억나는 게 별로 없다. 그러는 중 힘이 좀 차려졌기에, 수화기를 올려놓고는, 일어나, 수도꼭지를 틀어, 국수 가닥으로 빠져 쏟기는 데 대고, 얼굴을 적시며, 물을 몇 모금 마시고, (흐흐흐, 소설[小說]하기의 잡스러움이지!) 옷매무시를 추스른 뒤, 현관에로 가, 벗어뒀던 신발을 다시 신고는, (이런 소리를 소리라고 들어야 하는 귓속에는, 귀지 많이 생기거라) 문고리에 손을 대어 틀어, 문을 열고, 밖으로 나와서는, 조심스레 문을 잠그곤, 그래도 미덥지 못해 다시 확인해본 뒤, [클클클, 예의 저 귀지에다가는, 말(言語)의 말벌들이, 알이나 많이 슬어 놔라] 지팡이에 의지해, 다시 예의 저 외출에 나섰다. 늙은네는 그리곤, 늘 앉는 그 같은 벤치에 앉아, 그로부터, 저 흐물트러진 복사 꽃잎의 목소리를 울려 보내주었던, 모르는 어떤 엔네가 홀로 산다는, 그 아파트먼트의, 몇 층 몇 호실 창을, 넋 잃은 눈으로, 그리고 시간을 잊고 건너다보아 오기 시작한 것인데, 그러다 그날 밤잠을 설피고, 이튿날도 그러다, 그 밤잠을 설폈더니, 그러다 오늘은, 자기가 건너다보아 온 그 건물이, 회칠한 무덤이기는커녕, 삶이며 생활들을 중천에까지도 떠받쳐 올려, 주렁주렁 매단 목련 나무라고 보아버리게 이른 것이다. 꽃들은, 삶들이 등을 켜 내건 그것이던 것이다. 늙은네의 막연한 믿음엔, 삶은, 그 표면적인 데서는 하긴 남향적(南向的), 향일적(向日的)인 것이 아닌 것은 아니라도, 그 이면적인 데서는, 어쩌면 보다 더 북향적, 향월적(向月的)인 것일지도 모른다고 했다. 이런 짐승은 분명히 복합적이다. 늙은네는 어쩌면, 이삼일 동안, 사랑을 하고 있었다. 모르는 그 어떤 엔네를 사랑하고 있었다. 아무에게도, 심지어 그 엔네에게도 말하지는 않겠지만, 늙은네는 그 탓에 부끄러움을 느낀다거나 그러지는 안 했다. 사랑하기가 어째서 수치일 것인가. 무덤에까지 가져갈, 그렇게나 귀중한 것이 있다면, 또는 꼭히 놓아두고 갈 소중한 것이 있다면, 오늘 늙은네가 믿기엔, 그것은 사랑일 것이라고 했다. 그 창을 바라기하고 있을 때, 어쩌다 이상한 경험을 하곤 놀라곤 했는데, 늙은네는 그 창에 대해 말할 수 없는 동경을 느꼈었으며, 겹쳐, 향수라고밖에는 어떻게도 달리 표현할 수 없는, 그런 이상스러운 감정을 갖곤 했더니, 그런 어떤 때엔 어떻게 돼서였던지, 느닷없이 어디로부터서인지 나타난, 눈이 시뻘건 시꺼먼 개가, (늙은네께는 낮도 밤도 없이 켜져 있어 보이는,) 그 창의 그 뻔한 불빛을, 그 한 목련 봉오리를, 사납게 할퀴고 물어 찢는가 하고 전율하고 있으면, 그것은 그런 뒤에는 늙은네께로 내달려와 또한, 그렇게 하는 것을 보곤 했던 것이다. 그 탓에 한 두 번은, 견디지 못하고 옆으로 비그르 무너져 눕게도 되고 말았는데, 그 낫살에, 아직도 물론 여전히 갖다가시나, 싱싱한 뻐드렁거림이란 없어 부드럽기만 한 귀두가, 조금 떨며, 얼운한 느낌을 일으키고 있다는 것을 감지하곤 했다. 그리고 늙은네는, 눈이 붉은 저 검은 개의 이름은 '질투'라고 불리어질 것이라고, 생각하곤 했다. 분명히 저 개는, 그 안쪽에 있는, 도대체 알 수도 없는 그 한 엔네에의 호애 탓에, 사랑에 빠진 한 늙은네를 질투하고 있었을 것이었다. 늙은네는, 전화통도 초인종도 울기를 멈췄을 때부터, 글쎄, 오고 안 오는 것이 누구의 선택사항일지 어떨지는 모르되, 할 수 있으면 돌아오지 말았으면 하고 생각해왔었는데, 자기만큼이나 외로울지 모르는, 모르는 젊은 옌네의 얼굴을, 이렇게도 저렇게도 떠올려보기 시작했을 때부터는, 하기는 돌아왔으면 싶다고도 고쳐 생각하기 시작한다. 늙은네는 사랑을 하고 있는 것이다. 글쎄 그러함에도 돌아오고도 싶다 말이지. 이 늙은네가 어린 얼굴로 돌아와 있는 걸, 이 늙은 눈으로 보았으면도 싶으다고, 그러며 늙은네는 눈을 감는다. 아마도 어린 얼굴의 자기를 들여다보려 하고 있을 것이었다. 아으, 아도니스(Adonis)여, 늙은 아도니스여, 하긴 모든 젊은 자궁은, 윤회의 장소이기는 하다. 늙음을 여의고, 새로 젊어지는 재생의 샘이기는 하다. 늙은네는 사랑을 하고 있구나. 그래서는 자신을 왼통, 어떤 젊은 자궁 속에다 사정을 해버리고 싶은 것이구나. 그리하여 그날은 천년이나 지나왔고, 자기 방문을 나서면, 아무 데도 문 두드리고 들어가 볼 데라곤 없던 늙은네께도, 문 두드리고 들어가 볼 데가 있다. 꽃이라도 한 다발, 다발이 못 되면 한 송이라도 들고 가야 되잖을까? 하긴 그 일은, 나중에 문 나서면서 생각해도 늦지는 않을 것이지, 만서두, 신발 등의 먼지도 털고 닦아둬얄 듯하며, 목욕도 면도도 해야 되고, 내복도 물론 깨끗한 것으로 갈아입어얄 테지, 그런다 해도 없어지잖는 늙은 냄새는 어째야지? 미안수가 아직도 변해 있지 않았으면…… 다림질하여 옷의 주름도 펴얄 텐데, 그러려면 늙은 손으론 최소한 서너 시간은 걸리지 않을까……? 생각하는 중, 승강기가 늙은네를 십삼층 복도에다 토해냈기에, 어죽은 손으로 호주머니를 뒤져, 열쇠를 찾아, 미리서부터 꼬나쥔다. 오줌이 마렵다는 생각을 해낸다. 아니 기억해낸다. 이번만은 제발 변기에 앉기도 전에, 질질 흘려내지 말게 되기를 바란다, 간신히 어떻게 참았다가도, 변기를 보게 되면 앉기도 전에 바지를 젖게 하곤 했는데, 그놈의 대변도 또 그렇지, 괄약근이 도대체 역할을 하지 못할 때부터 시작해, 뜻과도 상관없이 묽은 것을 찔끔거리거니와, 까닭에, 기저귀라고 해야겠지, 그런 무슨 서답을 차고 서라야만, 몇 봉지의 라면을 사기 위해, 식료품 가게에라도 다녀올 수가 있는데, 정작 한번 창자까지 쏟을 정도로 시원하게 누어보려 하면, 저눔의 인정머리 없는 저승차사가, 창자 끝까지 지켜 있어, 몸이, 또는 배설이 주는 최소한도의 쾌감도 주려 하지 않는다. 이래서는, 몸 입어 사는 그 삶이 무엇이라고 정의해야겠느냐. 거듭거듭 얘기지만, 늙은네는 관운 신장까지도 믿으면서도, 여전히 허무주의를 극복하지 못하고 있는데, 그러다 보니, 삶에는 반드시 무슨 의미라는 꼬리표가 붙어져 있는 것이기도 하다는 생각을 해본 적이 거의 없기는 하다. 삶에 무슨 의미가 있느냐, 없느냐, 라기보다는, 물음은 차라리, 왜 목숨[生命]이 시작되었느냐, 라고 해야 될 듯하기는 하다. 애초에 왜 삶[生命]은 시작되었다느냐? ―늙은네는 고스랑거리다가는, 진저리를 한 번 치고, 어떻게 간신히 바짓가랑이를 추스른 뒤, 공복기를 느끼곤, 조반이랍시고 몇 젓갈 들다 남긴, 라면 그릇을 들여다본다. 그것이라도 먹어둬야, 죽을 때 죽더라도 그때까지는 꿈적거릴 수 있다는 생각을 다진다. 맛 같은, 무슨 호화스러운 것은 그만두더라도, 음식의 기능만을 생각해야 된다고 잇몸을 갈아대며, 식은, 퉁퉁 불은 국수 가닥을 빨아들인다. 이럴 때 한 모금의 소주라도 있었다면…… 아마 배가 뒤틀리며, 구역질이 올라오는 모양이었다. '음식이 없이는, 아무런 생명도 가능치 못하다. 그래서 음식은 브라흐마(Brahma)이다'(『우파니샤드』)라고, 음식을 교의로 삼은 종교도 있잖더냐. 음식 먹기는 그래설람 제사화(祭祀化)하기까지에도 이르거니와, 하긴 그 종교는 '몸/말씀/마음'이라는 삼세를 휩싸 안아 있는 것인바, '음식론'은 분명히, '몸의 우주' 쪽에서 계발된 교리였을 것이었다. '음식 먹기'가, 종교적인 성스러운 한 제사 행위가 되었을 때, '먹이사슬'도 제사의 형태를 취하기에 이르렀을 터이다. 그 종교는 확실히 '지혜의 대양'이어서, 석가모니 말고는, 그 대양을 헤쳐 나온 자가 없었다는 얘기도 있다. 그런 뒤 그는, 피안에 정좌하고시나는, '불살생'과 '자비'를 설했다는데, 이로 보면, '먹이사슬'이 그에게는, 우주적인 제사 행위 같은 것으로는 여겨지지 못했던 것을 알겠는다. 그랬으면서도 그 자신 또한 음식에 의존하지 않으면 안 되었던, 이라는 말은, 먹이사슬에 묶인 혀를 뽑아내지 못하고서란 그 말인데, 까닭에, 울었을 터이다. 창자 탓에, 한 우주가 눈물에 싹 쓸려 어디로 흘러가 버리도록, 그리하여 허만 남도록, 공만 남도록, 무일물(無一物)이 되도록, 석가모니 울었을 터이다. 그 허, 그 공에 대고, 본래 무일물이거니, '불살생'이나, '자비심'을 설함은, 대체 무엇에 쓰자는 법이겠느냐? 우주의 질서가 '상극적'(相剋的)으로 이뤄져 있었음을 알았다면, 깨닫고 있었다면! 늙은네야 뭐 석가모니불다운, 먹기의 우주적 비극 탓으로는 결단코 아니로되, 창자 탓에, 눈물에다 불은 라면을 적셔 먹고 있는다. 그렇다, 눈물에다 적셔, 마른 입속에다 넣고, 잇몸으로 우물거려 넘기는 식은 라면 맛은, 생명은 왜 시작되었느냐, 라는 근원적인 문제를 제기하도록 하고 있다. 그 생각은, 먹다 남긴 라면을 다시 먹다, 다시 남기게 한다. 젓갈을 라면 그릇에 찌르듯이 해서 놓고, 시선이 닿지 못해 흐려져 버리게나 멀리, 창밖에로 눈길을 보낸다. 그러며 생명의 시작부터가, 생명의 비극이었다고 생각한다. 이럴 때론, 무슨 좋은 추억거리라든, 또는 심취하고들 무슨 그런 일이라도 있는다면, 그런 좋은 시간 속에로 소급해보든, 어쩌든 했어도 좋았을 것인데, ……아프리카의 평원이라든가, 즐겁게 장난질하는 새끼 사자들에의 꿈, 또는 야구 경기라든가…… 그러나 늙은네는, 다른 무엇으로부터도 말고, 자신이 쌓아 갖고 있는, 몇 가지의 추억이라는 것들로부터, 그중 모진 학대를 받고 있어 온다고 여겼을 때부터, 그럴 때마다 울기만 울었다. 추억이라는 것도, 잠 못 이뤄 끙끙대고 있을 때 일어나는, 귀신들 말고 다른 아무것도 아니라고, 할 수 있는껏 외면하려 해 오고 있는 중이다. 그래도 추억은, 살아온 과거는, 그 과거와 아무런 연관이 없는 데 처한다고 해도, 모든 구석에, 모든 모서리에 복병해 있어, 수시로 만나는 죽음과도 같이, 어떻게 눈이, 마음이, 그런 무엇에 자칫 잘못 닿았다 하면, 대번에 일어나, 늙은네를 묶어, 과거의 시간 속으로 끌어가곤 하던 것이다. 무엇보다도 괴로운 것은, 그 과거의 시간 속에서 만나고 헤어졌던, 그 사람들에의 그리움이던 것이다. 심신을 주리 틀어대는, 그 아픈 그리움—. 창틀에다 늙은네는, 녹은 엿가락 같은 느린 시선을 걸쳐놓고, 먹다 남긴 식은 라면스러운 삶, 을 우물거리기의 곤혹 탓에, 한숨을 쉬고, 시간 보내고, 멍하게 있고, 시간 보내고, 그러다, 아차, 무엇을 먼저 해야 되나, 라고, 자기가 지금부터 해야 되는, 행복한 일 쪽에로 눈을 돌렸다. 아직도 그러나, 삶이 그렇게나 식은 라면스러운 것은 아닐지도 모르겠군. 그러며 늙은네는, 자기가 사랑을 하고 있다는 생각을 했다. 저쪽에서, 빤하게 불을 밝혀놓고, 어떤 옌네가 기다리고 있잖느냐, 부르고 있잖느냐. 그런데 참, 이런, 이런, 한 번 더 확인을 해두는 일은 필요한 절차가 아니었겠는가? 늙은 귀라곤 해도, 이 귀로 확실하고도 또렷하게 들어뒀었으니, 결코, 결단코 말이지만, 환청이었을 수도 있다는 일은, 생각조차도 못할 일이지만, 그, 그래도 한 번쯤은, 그래 말이지, 확인을 해뒀던 것이 좋았을 것을, 것을 말이지. 잊고 그런데 전화번호를 물어두지 않았던 것은, 그때 너무 뜻밖의 일에, 놀래 경황이 없었던 늙은네의 불찰이었군. 하, 하지만, 이건 그럴 일이지, 노망에 속하는 걱정이래야겠지? 아믄, 노망이지, 이고말고. 가맜자, 목욕을 먼저 해보나? 그러구 나서 옷의 주름을 좀 펴보나? 배어 나올 땀인들 어디 있겠느냐만, 그래도 여전히, 건 순서가 못 되겠군. 그래선 그중 쉬운 일부터 시작하기로 하여, 신발 등의 먼지를 먼저 닦아야겠다고, 일의 순서를 정한다. 하며, 하도 오래도록 쓰지를 안 했는데, 미안수가 변해 있지나 안 했으면 안 좋겠냐고 고스랑댄다. 그러며 늙은네는, 현관이랄 것도 못 되는, 신발 벗어놓는 자리에로 옮겨 앉아, 먼저 오른짝 신발부터 쥐어 들어, 솔 써서 먼지를 털고, 헝겊 써서 윤내는 약을 바른다. 그 짓은, 밖엘 다녀왔을 때마다 해온 짓이어서, 이력이 나 있는데, 늘 서투른 듯이, 그리고 처음 해보는 짓인 듯 시작한다. 그것도 하나의 소견법인데, 그러다 보면, 그러는 동안의 시간도 윤이 나고, 자기도 윤이 나는 듯해 그런다. 그 짓을 늙은네는, 할 수 있는껏 시간을 걸려서, 아니면 시간을 잊고 하다가, 그 신발 등에서 자기 닮은 어떤 늙은 얼굴, 모가지 밑이 없는 얼굴을 만나게 되면, 움직이던 손을 멈춘다. 시계가 가리키는 시간은, 오 분에서 십 분도 걸리고, 반 시간도 걸리는데, 그 자리로 그러면, 정지가 쇄도하고 침묵이 끼어든다. ('쇄도하는 정지' '끼어드는 침묵' —역[易]의 괘[卦]는 무쌍한 변화와 동[動]을 솔리고 있는데, 그와 반대되는 수사학도 있는 것이구나) 윤내진 검은 신발 코와 나르시시즘? 그건, 꼭히 그렇다고 장담할 것도 아니겠으나, ……늙은네는, 신발 등에 얹힌 몸이 실종한 그 머리통에 흥미를 갖고 있는 것이지, 그 늙은 얼굴이 좋아서, 그 얼굴 속으로 빠져들고 있는 것은 아닌 듯했으니 그런 것이다. 해도 몸뚱아리가 없다, 달도 몸뚱아리가 없다. 그것들의 발들은 다른 데 있다. 그렇다손 치더라도, 그 흔하디흔한 거울도, 하다 못하면 잘 닦인 접시나 뭐 그런 것 들여다보기도 말고, 그것들을 갖고 자기 참수(斬首)하기나, 양단(兩端) 내기는, 더욱 쉽고 효과적이지 않겠는가, 마는 어째 하필 신발 코일까 부냐? 또 아니면, 신발보다는 차라리, 그것에 신겨졌던 발이라도 생각해보는 게 유익하지 않을라는가? 하다 못하면, 새끼발가락이라든가, 역할도 못 하여 있어도 부재인데, 그 부재가 당하는 고통이라든, 곤욕스러움 같은 것이라도 말이지. 또 아니면, 거 왜 발과 관계된, 크기도 수미산보다 더 큰 얘기들도 있잖던가? 앞서 말해온 석가모니는, 태임을 받자마자, 그 발에 의지해 벌떡 일어선 뒤, 사방으로 일곱 발짝씩 코끼리 걸음을 걸었다는 그 얘기, 또 비슷한 예로 비슈누(Vishunu)는, 난쟁이 모양으로서나, 세 발짝 딛기로, 삼세를 획했더라는, 바로 그 발 얘기…… 신발 등에 얹힌 얼굴? 머리통? ……늙은네의 그 버릇이 되어버린 몽상은, 새로 또 잉아 걸 자리를 찾은 듯하여, 허공중에서 베틀질 하는 거미가 된다. ……태초에 발[足]이 있었다. '발은 시작'이기 때문인바, 그것은 '무엇'의 화현에의 의지여서, 처음에 내밀어진 것이다. 태아는 모태를 벗어날 때, 발을 먼저 내밀기도, 머리를 먼저 내밀기도 한다는 것은, 그 태아까지도 아는 바대로이되, '발의 받쳐줌이 없이는, 그 머리는 쓸모가 없는 것'이라고 하니, 먼저 머리가 나온다 해도, 다음에 나온 발보다, 순서상 뒤쪽에 있음도, 동의치 못할 것은 아니다. 결론하여, '사람이 갖는 신성(神性, 머리)은, 그의 인성(人性, 발)에 의존한다'(*Zahan*)라는 것. '발'은 그래서 보면, '물질계'의 드러남[化現], 즉슨 '신발', 또는 그것을 주관하는 역할을 함이 분명하다. 태초에 '발'이 있었다. 그 발이 신을 것 또는 디딜 것을 찾아, 신고 딛자, 궁창이 나뉘고, 대지가 나타난다. 대지는 그러니까, 저 '시작'이라는 발이 신은 '신발'이다. (이건, 앞서 말 되어진, 그 '난쟁이'의 우주적 편력에 관한 얘긴데, 몸뚱이는 아직 보이지 않은 채, 신발 등에다 머리통만 얹고 있는 자의 형상은, 분명히 난쟁이의 모습일 터이다. 그러나 아직은, '머리'가 드러나 있어 보이지는 않으니, 발에 관해서만 얘기지만,) 그런 뒤, 그 발이 크게 세 발짝을 딛자, 삼세가 요연히 드러난다. 삼세는 신발이다. 아직도 그 '머리통'의 정체를 모를 그 무엇의 딛기는, 한 번 시작된 뒤 멈추지 않는다. 그래서 그 '무엇'을, '타트'('TAT':Skt., 'That':Eng.), 또는 '사트'('SAT':Skt., 'Beness':Eng.)라고 이른다고 하지만, 그럼에도 그것은, 아직은 '이름'이 아니다. 그러는 중 그 딛기는 박자를 얻어가는데, 무엇보다도 그것(타트)의 움직임은, 그것(사트)이 있기 전의, 그러니까, 잉태하지 않은 자궁과도 같이, 시간도 공간도 없던, 그 영구한 비화현에의 공포로부터 도망치기 위해서인 것, 까닭에 그것은, 끊임없이 움직인다. 그 움직임의 율동에 좇아, 드러남[化現], 율동의 다양함(이라고 해보았자, 소리의 다양함도 음계[音階]를 체계로 한 다양함이듯이, 율동에도 동률[動律]이라는 것은 있어지게 되었을 것이다)에 의한 다양한 드러남이 있으므로, 그것을 '창조의 춤', 또는 '화현의 춤'이라고 이른다. 저 '드러남'들을 담고 있는 시간과 공간을 '우주'라고 이르는 듯한데, 이제 우주는, 확대 확산한다. (본래 아무것도 없던 곳에, 드러남이 차기 시작해서라기보다는, 일설을 좇으면, 풍선에 바람을 넣는 것과 같은 현상이라고도 하는데, 늙은네는, 문과[文科] 계통의 학문을 강의했던 자여서, 달리는 뭐라고도 말하지 못하며, 그것은 어쩌면 과학적 상상력의 결과는 아닐 것인가, 하고 머리를 긁적일 뿐이다) 그 확대 확산은 끝없이 계속될지, 아니면 어느 한계점이라는 것은 있어, 거기에 다다르면, 역확대 역확산, 다시 말하면 축소를 할지, 그것은 늙은네로서는 다만 모를 뿐이다. 천축국 현자들에 의하면, 어느 때에 당하면 다시, '비슈누의 배꼽에서 돋아난 연꽃' 속에로 사려 들어, 비화현이라는 잠 속에로 침몰하게 되는 것이라고 하고 있다. 폈던 우산이 접히듯, 해 질 녘에는 하긴, 연꽃들은 접혀 든다. 그런 뒤엔, 공간도 없으려니와 시간도 없을 터이니, 시간이 얼마나 흘러야 되는지는 모르되, 다시, 예의 저 연(蓮)이 쾅(!) 터뜨려져 피어오르면, 새로운 우주의 개벽일 것이다. 한 우주가, '타트'의 배꼽(은 그리고, 전신 전이가 이뤄지는 곳이라고 알려져 있잖느냐)에서 열렸다, 닫힌다, 닫혔다, 열린다, 쾅! 그것(사트)이 두려워하는 것은, 바로 저 '연'(타트?)의 닫힘일 것이다. 화현의 비화현에로의 침몰—소멸. 그래서 그것은, 끝없이 화현의 춤을 춰야만 할 것인데, 그러는 동안 그것의 발은, 춤추기 속에 유형당하고 있을 것이었다. 그것의 달마는 그래서 프라브리티(Pravritti, Skt., 動)라고 이른다. 그리하여 우주가 확산만을 거듭하고 있을 때, 그것은 다시 새로운 두려움과 마주하지 않으면 안 되는데, 그것이, 저 '발'이 받침 해주고 있는, 그 어떤 '머리'의 비극일 터, 공룡처럼, 끝없이 불어나는, 그 화현이 그것일 터이다. 그럼에도 그는, 그 춤을 멈추지는 못한다. 그럴 때 그것은, 그 춤을 멈추려 하기 대신, 이제까지

율조를 이뤄온, 그 춤의 박자에다 변화를 일으키려 할 것이다. 한 발은, 아마도 오른발은, 이제까지 있어 온 그 박자에 의해 같은 춤을 추고, 다른 한 발은, 아마도 왼발은, 그것에 거역하여, 일률적이던 무박(舞拍)에다 혼란을 야기하려 한다. 애먼 방향으로 디뎌 나아가려 한다. 저 화현의 의지에 변형이 나타난다. 그 춤은 비틀거리기 시작하는데, 그 무족(舞足)의 아래서, 짓밟힌 것들은, 쓰러져 눕는다, 부서지며, 깨뜨려지고, 찢긴다, 묵사발이 된다. 화현의 의지의, 무족에 닿아 일어난 혼돈은, 그것까지도 창조, 모습이 바뀐 창조가 아닌 것은 아닐 것이기는 하다. 그것은 인지(人知)에 의해서는 그러나, '파괴'라고 이해되는, 그러니까 부정적 의지의 창조였을 것이다. 그렇게 그것은, 화현이 있기 전에로의 침몰의 공포로부터 끝없이 도망한다. 동시에 그는, 자기가 추는 춤 속에다, 자기의 머리를 스스로 굴려 넣고 있을 것이다. ('머리와 발', 그 발이 신은 '신발'만 있고, 그것의 '몸뚱이'에 관한 얘기가 없다는 것은, 어째도 이상하지 않은가? 신발 등에 얹힌 몸통 없는 대가리—. 하긴 그는, 자기의 몸뚱이를 신발로 신고 있는지도 모르긴 모른다) 그는 그렇게, 자기의 화현에의 의지 속에 감금된, 걷잡을 수 없는 춤, 춤 속에 감금된 화현에의 의지. 춤은, 정지, 또는 무동(無動) 속에 들 때, 그 춤으로부터 해방될 것이지만, 소멸에의 공포 탓에 추지 않으면 안 되는 그 춤은, 분명히 형벌이다. 스스로가 부과한 형벌이다. 유정(有情)은 그리고, 그 형벌에서 태어난 형벌의 자식들. 유정은 유정들대로, 바로 저 꼭같은 소멸에의 두려움 탓에, 형벌의 윤회 쪽에서 위안을 찾는다. 석가모니가 일러, 그것은 고해라고, 그 윤회의 고리를 끊어버려야 한다고, 목메어 부르짖는다. 피안에서 그는 우닐고 있구나, 고고(苦苦), 우닐고 있어. 이런데도 삶에 무슨 의미가 있느냐고 묻는다? 무슨 목적이 있느냐고 묻는다? 못케라, 아지 못케라. 하긴 또 모르긴 모르지. 의미는 있는지 어쩌는지 그건 채워져야 할 괄호(括弧)로 남겨둔다 해도 석가모니의 오열에 찬 부르짖음에 귀 기울이기로 한다면, 이런 형벌을 형벌이라고 알아, 표표히 벗어부친 뒤, 고해를 건너버리는 일, 그런 목적 같은 것이 없어 보이지만은 않는다. 아직 이름도 없어, 그저도 '그것'(타트)이라고만 일러지는 것의, 화현의 무박(프라브리티)의, 박자 하나를, 그 춤에서 뽑아내는 일(Nivriti, Skt.), 그리고 '소멸'이라는 부정적 의미를 띠는 어휘를, '니르바나'라는, 절대적 긍정성을 띤 어휘로 환치하는 일—. 하지만 유정은, 소멸뿐만 아니라, 니르바나도 두려워하는 것을. 그 두려움이 상사라(윤회[輪廻])를 가능하게 하고, 상사라(고해[苦海])가 또한 니르바나를 가능케 한다. 그 양자가 합치하는 그 일점에 다다르면, (타트의 배꼽에서 터뜨려져 오른) 연의 저녁은 올 것이다. 우산 접혀 들 듯, 접혀 들기. —그리하여 늙은네는, 자기가 쥐고 있는 신발 등의, 속에로의, 항해를 통해 왜 삶[生命]이 시작되었는지, 그 비극의 까닭은 무엇인지, 그것을 나름대로는 짚어낸다. 그리고 늙은네는, 윤내진 그 신발짝은 한옆에 둬두고, 다른 짝 신발을 집어 들어, 털고 닦기를 시작한다, 하며, 저런 신발에의 몽상에서, 조금이라도 더 당즙 같은 것을 짜내려는지, '발'은, 그리고 '신발'은, '연'[蓮]이랄 것이지, 라고 중얼거린다. 늙은네는 아마도, 천축국 시인들의 천지창조설 중에서도, 비슈누와 관계된 그것을 염두하고 있는 듯했다. 늙은네의 믿음엔, 그 신화는 다름 아닌 금세의 과학자들이, 우주의 기원은 그러했을 것이라고 주장하는 '대쾅론'(大鑛論, 'Big bang theory')의 신화적 형태인데, 그것이 이뤄진지는 모르면 모르지만, 누천년 전이었을 것이었다. 그러니 ('말씀의 우주'의 과학자들이라고 이르는) 저들께는 경이인 '대쾅!론'이, 뭐 그렇게 새로울 것은 없는 이론이랄 것이기는 하다. 얘긴즉슨, 투박하게 요약하면 이렇다, '천두사(千頭蛇) 아난타를 깔고 베고 누워, 우연의 바다 위에 떠 잠들었던, 검은 색깔(은 비화현[非化現]의 상징이라는 것)의 비슈누의 배꼽에서, 어느 날 갑자기 한 연 대궁이 자라 올랐다. 그 줄기 끝에 한 연이 피었는데, 그것은 천 덩이의 해보다도 번쩍이고 밝았더랬거니와, 그 안에는 브라흐마가 앉아 있었다. 그리하여 그 브라흐마가 천지창조에 나섰다'라는 것이다. 저 '천 덩이의 해보다도 더 번쩍이고 밝'은 '연'은, 늙은네의 믿음엔, 시각적인 것이지만, 청각적인 것으로 환치한다고 하면, '큰 쾅!' 소리 자체였을 것이 틀림없다고 한다. 그러니까, 시각적인 것을 청각적인 것으로 바꾸면, '대쾅론'을 이룰 것이다. 그 '연의 가운데 브라흐마가 정좌해 있었'더라고 하는 것은, 그 '큰 쾅 소리'에 한 물질적 우주가 터뜨려져 올랐을 때, 동시에, 비물질적, 초월적 어떤 의지도 함께했을 것이라는 것을 시사하는데, 그렇다면 저 '큰 쾅!' 소리도, 잠 떨치고 일어나며, 그가 일으켜냈었을 수도 있었던 것이 아니었는가 하는 것을, 추측하게도 하는 것은 사실이다. 다른 편에선, 예의 저 '쾅!' 소리를 좇아 드러난 물(物)이나 정(情—이것은, 그리고도 물론, 한참 더 있다 드러났다는 의견이 우세하지만,)에다, 그가 나서, 자리를 배치했거나, 형상을 부여하고, 질서 체계를 세웠을지도 모른다고 추측하게도 한다. 어쨌든 이 신화는, '그것(타트, 사트)의 화현의 춤추기'에다 접붙이기는 매우 쉬운 일일 것인데, 어쩌면 같은 얘기인 것이, 하나는, 어떤 보다 더 신화적 시적 심정을 통과하는 동안, 약간의 변형, 시적 변형을 겪었을 수도 있다는 것을 추정해내기는 어렵지 않을 것이다. 요컨대, 저 두 신화는, 한 가지로 같다는 것, 같은 내용을 담고 있다는 것이다. 그렇다는즉슨, 거두절미를 하기로 하든, 아니면 비약을 하기로 한다면, 발은, 또는 신발은, 연이다. 여기에 생각이 미치자, 늙은네는 합죽이며 웃었는데, 자기가 닦고 있는 신발이, 다름 아닌 연꽃이라는 생각이 들어서이다. 때에는, 아주 오래오래 전에 해보았던, 수음 뒤끝의 나른함 같은 것이 밀려 퍼지고 있었다. 이 느낌은 그러나, 눈이 붉은 검은 개로부터 찢김을 받기와 같은 것은 아니었다. 개에게 찢김을 받았었을 때 늙은네는, 그렇다, 그것은 바르도의 체험이라고도 이를 것, 그런 바르도의 체험을 했었는데, 이것은, 그런 것과는 상관이 없는 듯해서 그런 것이다. 그 나른함으로, 들고 있는 신발 등에 떠올려진, 흐리꾸리한 자기라는 그림자를 들여다보며 늙은네는, 저녁에는 가볼 데가 있다는 생각을 되씹는다. 그러다 늙은네는, 왠지 갑자기 흠칫 놀래고, 그리곤 눈을 감고는, 어떤 새롭게 일어난 생각에 마음을 모으는 듯이 하고 있다. 그리고, 중얼거렸는데, 어쩌면, 어쩌면 말이지, 말인데, 어떤 그렇지, 어떤 사랑의 체험, 그, 그런 것이 혹간, 삶의 의미 같은 것은 아닐라는가, 하고, 눈을 뜬다. 눈에는 눈물까지 크렁히 고여 있다. 그러나, 늙은네는, '자비'라든가, '아가페'라고도 이르는, 대승적(大乘的)인 것을 의미하고 있는 듯하지는 안 했는데, 늙은네는 아직, 자기가 느끼고 있는 어떤 간절한 동경이나 향수를, '불쌍히 여기기'로, 또는 '박애'로 펴 늘일 만한 시간적 여유를 갖고 있지 못하고 있는 중이기 때문이다. 사랑은 그럼에도 소승적(小乘的)인 것이, 한 개인의 혼에 대해서는, 젖이기도 독이기도 한 것일레. 늙은네께 그것은, 진한 슬픔이기도 하지만, 자기 고향 산비탈 밭에, 흐물트러지게 핀, 메밀꽃 달밤 둬 뙈기 같기는 하다고 믿었다. 되돌아오지 않기 위해서는, 그리고 죽기 위해서는, 하긴 정이란, 저승에까지도 이어진 실하디실한 줄이어서, 끊어버리지 않으면 안 될라는지는 몰라도, 살기에는, 그리고 죽기에도, 바로 그것이, 살기의, 또는 죽기의 이유라든, 또는 의미라든, 뭐 그런 소중한 것일지도 모른다고, 어떤 빈 괄호 채우듯, 그렇게 생각하고 늙은네는, 깊은 한숨을 한번 몰아쉬었다. 늙은네는 생각 속으로 깊이 빠져드느라, 겉은 돌하르방이 되어가고 있다. 그러는 어느 한순간 늙은네는 다시 한번 더, 눈이 붉은 그 검은 개가, 모르는 그 한 옌네가 들어 사는, 그 방의 창에 비쳐 나는, 뻔한 불빛을, 그 목련 봉오리를, 사납게 짓찢어대는 것을 보았으며, 다음 순간엔, 자기를 또 그렇게 하는 광경을 보았다. 독침을 질질 흘리는 저 검은 개의 이름은, '질투'라고 불리어질 것이라는 것을, 늙은네는 잘 감지하고도 있었다. 또 어쩌면 그것은, 다름 아닌, 그 방 안에 혼자 오두마니 앉아, 자기의 방문을 기다리고 있는, 그 옌네 당자일지도, 모르긴 하긴 모른다고, 생각하고도 있었다. 어쩌면 그 옌네 당자일지도 모른다고—. 때에는, 늙은네는 도저히 몸을 지탱할 수가 없는 듯, 몇 번 흔들흔들하더니, 먼저 무릎을 꿇고, 무참하게 앞으로 꼬꾸라져 넘어져 버렸는데. 아직도 손에 들고 있던, 그 신발짝 위에로 눈과 코를 신어박곤, 그리곤 한옆으로 비그르 눕고 말았다. 오그리고 잠든 늙은 개 꼴이었는데, 때에 늙은네 쪽 목련 나무의 한 가지에서는, 목련 한 송이가 뚝 떨어져 내리고 있었다. 흙 위에서 피는 목련은 달꽃이어서, 떨어지기는 밖으로 떨어져도, 물 위에서 피는 연(은, 분명 해꽃이거니,)은, 해 질 녘에 안으로 접히듯, 안으로 진다.

얘 방자야, 예으이—, 이제는 발을 내려도 될 때가 아니겠느냐, 발 좀 내리거라, 예으이—, 뉘 집 막둥이 놈을 방자로 삼은 일은 잘했고나, 싹싹하기가 뉘 집 막둥이 놈 같거든—.

두 집 사이
— 제2의 늙은 아해(兒孩) 얘기

(젊다는 아해[兒孩]들이, 틈만 났다 하면 불알을 주물럭거리듯이, 늙은 아해[兒孩]들은 또, 죽음이나 주검을 그렇게 하는즉, 젊은 귀에 그것이 마땅찮거든, 젊은네는, 귀 막고 돌아앉아 담배를 피우든, 측간에 가, 나는 속 똥 누어버리든, 불알을 만지든, 어쩌든 하거라)

관산기(觀山記)

완만한 것이든, 가파른 것이든, 산(山)은 언제나, 사람들 삶의 터전의 뒤쪽에, 또는 북쪽에 있는 것이라고, 대부분의 사람들은 믿고 있어 보인다. [그건 순박한 통념(通念)인즉, 무슨 특념(特念), 또는 별념(別念)을 일으키려는 짓은 하지 않음만 못할 터인데, 그 짓이란, 동네 길에서 시작된 개 흘레에, 이웃 새댁이 나서서 (이고 있던 물동이를 떨어뜨려 깨는 일은, 그 새댁을 윽박지르는 시어머니의 귀에도, 오히려 꽃다운 향내가 있으되,) 구정물을 끼얹고 나서는 짓이나 같을 터이다. 인세(人世)의 골목길에서라도, 오히려 의연하여 어기찬, 자연도(自然道), 혹은 축생도(畜生道)의 성스러운 제축이 벌어진 자리에다, 느닷없이 인세의 도덕률을 답박 덮어씌우려 해서는, 그것들 세상 무위지도(無爲之道), 또는 달마(達磨)에 와해가 일어난다, 야야 아가 새댁아, 그라지 말그라, 그 탓에 일어난 정념에, 새댁아, 저녁 되기가 무섭게 남정네의 허리끈을 풀고 암캐가 되어 키깅거리겠으나, 그 동네 개들의 안녕을 보살피는 개 삼시랑 할미가, 새댁네 남정의 근에다 구정물 끼얹을라, 근 밑에 사는 뻣뻣귀(鬼)의 대가리 너머로, 칼 던지며, 퉤— 물림할라] 장차는 그것이, 풍수지리(風水地理)를 부화한 암탉이 되어졌을 법도 하지 않은 건 아니지만, 그러나 그것이 있기 전부터도, 사람들은 어디에 정착해, 비 피하고, 바람 막고, 그리고 구들막 데워 살기 시작했을 때부터, 산을 등에 업고 건너편에는 트인 들을 앞놓아 펼쳐두고는, 앞 내나 강에다, 살기의 발 잠그기를 좋아했던 듯하다. (작은 도랑물이라면 허긴, 은근하게 한 줄금 집 뒤 흐르게 둬 두는 것은 좋을 것인데, 아낙네 밑물하기가 잦아, 아랫녘 논의 나락 포기에도 거름이 좋아 덕이로되, 자식을 낳으면, 이미 걸 때를 훨씬 벗고 있어, 달덩이 같아 좋을 일이다. 이런 도랑은 그래서, 살기의 비밀을 넣어놓은 장롱 같은 것이기는 하지만, 두 벌 옷도 없는 처지에는, 장롱이란 뭐 꼭히 갖춰야 되는 품목도 아닐 것인즉, 구태여 따져 말할 것도 못 되는 자리도 있을 것이다) 그런 호탐은 그러는 중 발전하여, 그들은 이제, 더 서 있을 수도 없어, 그것 딛고 일구고 살았던 그 땅 아래 눕게 될 때에라도, 양지바른 산등성이, 청룡·백호 날이 잘 어우러져 바람막이가 잘 되어진 데, (장자[莊子]의 그) 대붕의 눈으로 내려다보건대는, 풍염한 옌네의 음호(陰戶)에도 해당하는 자리, (이래서 보면, 풍수지리적 산세[山勢]는 인체화[人體化]를 겪은 듯한데, 그런즉 혈[穴]에도 등급은 여럿일 수도 있겠는다. 그런즉슨 여전히 갖다가시나, 자손들 중에 변강쇠나 옹가년이 몇 죽이 나오거나 말거나, '음기에 한번 쐬인즉, 죽은 송이까지도 살아 뻐등거린다'는, 그런 음호스러운 자리에 묻히는 것은 바랄 만하지 않겠는가. 그것뿐이겠는가, 산녀[山女] 또한 복의 뿌리를 얻었은즉, 그 자손들께 어찌 복 주기를 인색해 하겠느냐, 허기야 수피[獸皮] 입고 있음의 그 욕망만을 따진다면, 고자까지도 꼽아 말이지만, 변강쇠며 옹가년 아닌 것도 또 있다더냐?) 그리고도 앞이 툭 트여져, 한눈에도 아랫녘 세상일 돼가는 것이 훤히 내려다보이는 곳에, 묻히게 되기를 바란 듯하여, 지남철 속에다, 그런 '곲'을 많이 감춰 넣고 초상집으로만 다니며, 예를 들면, 백만금을 깔고 누운 젊은 과택네 아랫도리 같은 자리는 비싼 값에, 늙은 퇴기스러운 것은 좀 헐한 값에, 또 눈 흘기며 건너다보아 왔던 상가에는, 계집 문둥이 엄지발가락 새 같은 것을, 윤내진 말의 금박지에 싸 돈독한 값에, 라는 식으로 팔아 사는, 풍수, 또는 지관이라고 이르는 점잖은 이들은, 천하 없는 칠 년 대한 보릿고개 때에라도, 뱃가죽 안쪽에서 꿈틀대는 거위가 내비쳐 보이지를 않는다. 산세(山勢)에 다 치마저고리 입히고, 연지 곤지 발라 흥정하는 포주, 또는 산육(山肉) 파는 백정도 있더라는 말은, 그거 누가 듣기에나, 저 점잖은 이들의 불콰한 얼굴에다 오물을 끼얹기 같은 소린즉, 아예 입 밖에 내려고도 할 일은 아니다. 송장과 더불어, 말한 바의 저런 음호의 상상력을 일으켜낸 일은, 허긴 수상쩍기가 이만저만이 아니다. 그래서 다시 보면, 송장은, 삶[生命]이 어쩔 수 없어 벗어버린, 해지고 쓸모없는 껍질이기보다는, 어느 녘엔지, 삶을 잠[睡眠]한 구근(球根) 같은 것으로나 변신을 치러 놓고도 있어 보인다. 허기야 그것도 다름 아닌 '씨앗 묻기'라고 여긴다면, 매장속(埋葬俗)이란, (씨앗 묻기라는) 한 농속(農俗), 또는 농제(農祭) 말고, 무슨 다른 것이기는 하겠는가? 이제 그 씨앗은, 그렇게 자궁(子宮) 속에 묻혔으므로, 새로 싹을 틔우게 되어 있는데, 아도니스(Adonis) 비의, 즉 식물적 윤회론(輪廻論)의 큰 한 복음은 그것이 아니더냐. 까짓것, 이왕 내친걸음이니, 한 발짝 더 내밀어본들 어쩔까 보냐. 『고금소총』(古今笑叢)에 있는 「음파축풍」(淫婆祝風)이라는 얘기 한 자리 빌려볼거나.

'一村夫, 性好淫事, [……] 一日, 偶縛而私之, 雲雨, 未散, 火忽連屋, 村夫, 蒼黃, 未暇解縛, 猝置于槐柯問, 有隣寺數僧, 來視火, 村夫, 之救, 僧, 應之而要置其所揮團扇, 仰視樹間則, 有一孔空洞, 故, 乃插之, 眞個淫婆玉門也, 適微風, 撤扇, 扇柄烏竹促節, 搖磨玉門, 婆, 酣甚, 祝日風乎風乎, 已爇之家, 救無及也, 吹之吹之, 願無間斷也.'

흐흐흐, 명당(明堂)이 나무 위에 벌어 있다. 그 부채 자루의 오죽 마디가 꽂힌, 꼭 그와 같은 혈에 묻힐 수 있는 송장이 있다면, 아니 복이어서 아니 바랄 만하겠느냐. 흐흐흐, 그럼에도 말이 많고 있구나, 그러니 그건 그렇다고 해두려니와, 모르는 것은 아예 모른다고 밝혀버릴 일인데, 어쩌다 어깨너머로 귀동냥하여, 거 뭐 반 푼어치나 알고 있는다 해도, 그걸 개좆글하려 할 일은 못될 것이, 글쎄 이게 어디 풍수지리를 논할 자리래야 말이지. 그러니 되다 만 음풍영월은 그만둘 일일랐다. 어찌 되었든, 개도 말고, 소도 말고, 사람들의 통념엔, 산은 남향하여 북쪽에 있어 온다. 그런즉 누구든, 산을 보려 하면 뒤돌아보아야 하고, 어쩌다 또 산을 올라보려 하면, 그럴 일이다, 뒷걸음질을 해야 할 터이다. —이거 무슨 쓸모없는 재담을 하려고, 이런 뻔한 소리를 합죽거리고 있느냐고 비아냥거려지고 말 일이거니와, —산에는, 길은 둘뿐이다. 한 길은 오르고, 다른 길은 내린다. 오르기는 그렇잖느냐, 보다 더 하늘에 가까워지기이며, 내리기는 멀어지기일 터인데, 그래서 새로 보면, 그것은 나무스럽기도 하다, 무지개스럽기도 하다. 나무이다, 무지개이다. 오르는 길에 올라 있는 것들은, 중력에 거스르기로, 중력을, 바꿔 말하면 수피(獸皮)를 벗고, 내리는 길에 있는 것들은, 내리기로 수피를 입는다. 수피 입기의 즐거움을 아는 것들께는, 아으 아도니스여, 수피란 사고(四苦; 生老病死)라고도 이르는 얼마쯤의 가려움증을 빼놓으면, 안온하며, 폭삭하고, 훈훈할 뿐만 아니라, 편안한 것이다. 약간의 가려움증 그 자체가, 사실로는 수피 입기의 모든 열예일지도 모르는데, 까닭에 그런 유정들은, 천장과 지심의 중간 지점쯤에 살고 있다. 그러던 날, 그것(수피[獸皮])이 갖다가시나 이 늙은네의 것모양, 너무 헐렁해졌다거나 주름살투성이가 되었다거나, 낡아져 더 이상 따뜻함도 편안함도 줄 수가 없이 되었을 때는, 새로 갈아입어야 할 때일 것이다. 헌데 다만 죽기만으로, 그리하여 입었던 것을 벗기만으로, 그 한 벌의 새 옷은 입혀지는 것인가? 가맜자…… 늙은네는 이 대목에서, 넘기기엔 너무 큰 고기 조각을 넘기려다 목에 걸린 때모양 거북해 했는데, 허긴 삼켜드리고 있던 상념의 날개털이며, 부리, 발톱 등이, 삼키기엔 좀 너무 큰 데다, 아직 좀 덜 녹혀졌던 모양이었다. 늙은네는 그래서, 목구멍에 걸린 그것을, 삼키지도 뱉어내지도 못해, 그것의 죽지를 입 밖에 내물고, 몹시 끄억거리고 있다. (그 등에 타고 날라야 했을 것을, 늙은네는 삼키려 덤볐었을 것이었는가?) 그랬을 것이, '입었던 것을 벗기'란 분명히, 풍수도(風水道)나, 아도니스 비의(秘儀)가, 종교가 되어 있는 고장에서, 쓰여질 수 있는 수사학이 아니라는 것이 관찰되어지기 때문인데, 거기서는 '송장', 또는 '주검'이, '넋[魂]을 억류했다가 벗기어진 입성'(獸皮, 鳥籠, 監獄 등), 또는 '의미(意味·用)가 죽은 기호(記號·體)'이기보다는, '익은 열매', 또는 '새싹을 임신한 구근(球根)'으로 취급되어지고 있는 것이 아니던가 말이지. 그렇다는즉슨, 이 고장에서는, 영육의 행복한(또는 불행한) 결혼이 삶이다가, 불행한(또는 바랄 만한) 이혼이, 죽음이라는 투의 교의(敎義)에, 동의할 수가 없는 이들이, 모여 살고 있는 것이나 아니겠는가, —하는 것을 고려케 함에 분명하다. 끄억 끄르럭거리며 늙은네는, 그리하여 반성했기는, 왜냐하면 '산의 중턱' 되는 데쯤에 살고, 살아왔음의, 그 습관적 생각 때문에, 자기가, '아도니스 비의, 또는 몸의 우주'를, '말씀/마음의 우주'의 척도나, 돋보기로 재려 했거나, 들여다보려 했던 오류를 범했던 것이라고 했다. 그 반성은, 늙은네의 '말[言語]의 목구멍'을 불편하게 했던, 한 뭉텅이의 상념을, 대번에 녹여버리게 했다. 그리고서 늙은네의 상념엔, 다시 숨통이 트였는데, 자기가 반성해낸 바로 그런 '오류' 위에서 늙은네는, 나름의 한 명제를 세웠다, 라는 것은, 그럼에도, 정신이 자유스러운 날개와 발톱과 부리를 키워 갖기 위해서는, 정통(正統)이기를 고수하려 할 일은 아니라는 것이었다. 무엇보다도 늙은네는 그리고, 스스로 아무리 살펴보아도, '몸/말씀/마음'의 어느 우주에도 소속된 바가 없을 뿐이던 것이기는 하다. 몸이 추우면, 옷을 좀 더 두텁게 입거나 구들막을 뎁히고, 넋(정신)이 그러하면, 옛 시인들의 시구나, 또는 현자들의 얘기를, 읊거나 들으며, 마음이 헤설프면, 숨을 누룩 삼고, 말(話頭, 公案 등)을 재료 삼아, 술 담가 취해보는, 산의 중턱쯤에 사는, 상반신은 늙은 산(山) 염소며, 하반신은 늙은 멧돼지인, 하릴없는 늙은네, —허, 허허, 허긴, 그런 늙은네가, 고수할 정통(正統)이 어디에 있겠으며, 그러지 않는다고 하여, 그리고 늙은네가 무슨 그리 대단한 설법자(說法者)나 된다고 하여, 그를 이단(異端)이라고 추궁할 자가 어디에 있겠는가? 그러므로 늙은네는, 새로 오류 범하기를 거듭한다 해도, 중요한 것은, 자기가 범한 오류를 알고 있다는 그것인데, 산 중턱에 사는 자다운, 자유를 즐기려는 데 나선다. 늙은네의 상념에는, 새로 부리와 날개와 발톱이 돋아나고 있었는데, 그 상념의 발톱에는, 아도니스네 '송장/주검'이 찍혀-쥐어져 있었다. 늙은네는 그것을, 저 산의 중턱에 앉아, 뜯고 발겨 먹으려는 것이다. 아으 알겠다, 알겠는 것은, 아도니스네의 '송장/주검'은 산(山)이다, '산'인 것을 알겠는 것이다—늙은네는, 그 '송장'의 염통을 찍어내다, 그렇게 까욱거렸다. '익은 열매', 또는 '깨어남[覺醒]을 잠[睡眠]하고 있는 구근'으로서의 '송장/주검'은, '산'과 같다는 것이었다, '산'이라는 것이었다. 허긴, 아무리 살펴본다 해도, 산은, 무엇이 벗어놓은 껍질로 보이질 않으려니와, 그리고, 움직인다(프라브리티)는 의미에 있어서의 살음[生] 같지도, 또 움직이지 않는다(니브리티)는 의미에 있어서의 죽음[死] 같지도 않기는 않다. 산은 허긴, 우주적인 모순당착이다. 끝없이 날아오르며 움직이지 않고[不動], 영구히 움직임이 없음[無動]에도, 모든 순간 비상한다. (여기 어디서, '아도니스 비의'와 '말씀의 우주', 그리고 '마음의 우주'가 한자리에 모임을 보게 되는 듯하기는 한데,) 산은 그래서, 불사조(不死鳥)라고 비유되거나, 상상되어지기도 하는 것을 본다. '……산은, 꼭히 육중해서만 프라브리티의 바닥에 가라앉아, 만년 억만년 그 자리를 차지하고 있는 것만은 아니며, 글쎄, 그렇게 고행하기로, 니브리티를 성취하던 것인데, 산이 불사조인 것은, 도류도 알 꺼구먼. 고해(苦海)의 한 여울만큼씩, 프라브리티를 극복하게 될 때마다, 산은, 제 스스로 불을 일궈, 묵은 업(業)의 껍질을 태우고, 그 재 속에서 새로이 날개를 돋워내던 것을. 그렇게 산은, 제 업을 스스로 태운, 재 속에서 날아오르는 새이던 것을……' 아마도 산은, 이래서 보면, 불사조의 끊임없는 자기 분사(焚死)에 의해, 그 견고한 무동(無動)을 얻으며, 그리고 그 견고한 무동에 의해 불사조는, 끊임없는 비상을 성취하는 듯하다. 그, 그러, 그럼에도, 어떤 유정이 산을 오른다고 중력(重力)을, 그 껍질을 벗는 것이라면, (그래서 비상을 성취하는 것이라면,) 산꼭대기에 사는 산 염소는, 보여도 보이지 말아야 되거나, 날개라도 달고 있어야 되며, 그리고도 또 말이지만, 산꼭대기의 시린 바람에 노상 덜덜 떨며, 민들레 씨앗모양, 또는 흐르는 바람모양, 염소모양의 정령이어서, 그냥 떠 흐르기만 해야 옳을 터인데도…… 에끼, 이 망령 든 늙은탱이라구시나 시방, 만약 그러하기로 말한다면, 산꼭대기에서 불어 아래로 내리는 바람은, 내리는 중에, 검은 곰 꼴을 꾸미고, 개 꼴도 꾸미며, 마지막으론 그리고 구렁이 꼴들을 훽훽 꾸며야 할 터인데…… 허, 허으, 허기는 그래서 산에는, 짐승들뿐만 아니라, 뿌리도 정처도 없다는 바람이며 정령들이, 거처 삼아 지내고들 있기는 있는 것인 게다. 그런데 또 생각해보면, 산은 (누가) 오른다고 할 때, 내리고 있으며, 내린다고 할 때, 오르는 것이기도 한 것이 아니겠는가? 산은, 험준하게, 또는 완만하게, 무량겁을 견고히 버티며, 세월과 중력을 인고하게 되어 있는 운명임에도, 사람이라는 한 종류 유정의 우주적 몽상, 다시 말하면 우주는 둥글다는 원(圓)의 몽상에 잡혀 들었다 하기만 하면, 그 당장, 몽상꾼은 아직도 그 자리를 그대로 지켜 앉아 있는데, 그것이 어느덧 꺼꾸로 뒤집혀, 황천(黃天)에다 뿌리를 올려박고, 아래쪽으로 그 맥과 가지를 뻗쳐 내린다. 흐흐흐, 산이 치사하게스리, 낮잠 자는 박쥐여서, 천장에 발톱 박아, 꺼꾸로 매달려, 그 육중함을 인고하고 있음일레라. 그렇다면 오르기는 내리기이며, 내리기는 오르기인데, 이런 식의 원의 몽상 속에서는, 중력은 위에도 있다, 그리고 사유시방 어디에도 다 있다는 것을 추측케 한다. 티레시아스(Tiresias)모양, 모든 견고하다고 일러지는 사물을 보는 눈을 잃은 시인들은, (외안[外眼]을 잃기로써 내안[內眼]을 떠,) 저렇게 존재의 비밀을 보아낸다. 시인은 까닭에, '사물'을 노래하려 하면, 먼저 '사물을 보는 눈'을 잃어야 한다. 샤먼(Shaman)이 그러하듯, 그러면 그때부터 그는, 바위 속에도 손을 넣어 그것의 염통을 만지고, 풀꽃 속에 들어가 그 요정과 저녁을 차리며, 산 몸으로 죽음의 골짜기를 다녀오기도 한다. 그는 그렇게, 사물의 속살을, 우주의 내면을, 결국은 자신의 내부를 확실하게 보아버릴 것이다. 그럼에도 시인은 샤먼은 아니다. 샤먼은, 우주 간에 편재하는 모든 '으스름함'에다 살[肉]을 입히는 자이며, 시인은 그것들(살 입은 으스름함)에다 옷을 입히는 자일 것이다. (저 양자[兩者]의 다름을, 어휘 사전적으로 열거해보려는 도로는, 피함만 같지 못하리라) 그리고 시인의 노래가, 반드시 진리이어야 할 필요도 까닭도 없을 것이었다. 인세(人世)는, 신들이나 악마들의 그것과 달라, 진리냐 거짓이냐, 선이냐 악이냐, 라는 식으로, 어떤 분명한 경계를 그어놓고, 이쪽/저쪽에 편 갈라서기로 운영되어지는 것이 아니라, 그 모든 것들이 한 그릇에 담겨 뒤섞이고, 뒤꼬이고, 묵사발이 된 상태에서 운영되어지고 있는 것이 아니냐. 그런 자리에서는, 꼭히, 악에 대해서 선만이, 거짓에 대해서 진실만이 의미를 띠는 것은 아니다. 신이나 악마로서 살기보다, 인간으로서 살기는, 그래서 어렵겠는다. 그러자니, 언어에도, 이것도 저것도 아닌 무성(無性), 이것이며 동시에 저것인 양성(兩性), 그런 중태(中態)를 꾸미는 것들이 계발되기도 하는 것이어서, (그러나 이것이 어디, 어깨너머 한 반 푼짜리 언어학[言語學] 같은 것이라도 펼 자리겠는가. 그러니 해온 그 얘기에 잇기로 하면,) 산을 두고도, '오른다/내린다'는 말 대신, '탄다'라는 말을 쓰기도 하는데, 그것은 '오르기/내리기'를 다 포함하거나, (어떻게 그것이 가능한가?) 다 부정하거나, (그것은 또 어떻게 가능한가?) 포함하지도 부정하지도 않는 말(그것은 글쎄 어떻게 가능한가?)이라는 것을(말이 갖는 위대한 힘! '불가능'[不可能]까지도, 그것의 악력[握力] 안에서는, 역린[逆鱗]을 펴 보이지를 못함), 그런 중태라는 것을, 관찰해내기는 어렵지 않을 터이다. 흐흐흐, 과연 산을 '탄다', 탄다 말이지? 산을 타기란 그러니, 그 등에 업혀, 홍진 툴툴 털고, 뜻이 가는 데까지 닿는 데까지, 거드럭거려보기이겠는가? 게다가 오늘은, 궂은 겨울이 끝나고, 오랜만에 볕이 두터운 날이니, 뒷산에라도 좀 올라보아야겠구나. 뒷산을 타보아야겠다 말이지. 산이 어떻게 겨울잠을 깨는지, 어떻게 하품을 하는지, 그렇다면, 의뭉스러운 그것의 닫겼던 입속에서, 겨울에 꾼 무슨 꿈의 말, 진달래며 산수유, 산벚꽃, 작은 풀꽃 등, 그런 비밀을 얻어들을 수도 있을 터인가, 어떻게 기지개를 하는지, 그런 것 좀 보자고, 산을 올라봐야겠는다. 그러려 작심하니 가맜자, 늙은네의 친구 하나가, 술자리에서 농담 삼아 했던 얘기 한마디가, 하필 이럴 때 돌부리가 되어, 만보(漫步)를 걸고 드는구나. 우리네도 별수 없이 늙고 있다는 것을 문득 다시 깨닫고, 그건 농담의 형태를 꾸몄으되, 분명하게는 탄식이었을 것인데, 이랬었지그리, "어쩌다 산보라도 좀 해볼까, 문밖엘 나서면, 꼴 보기 싫은 일이 한 가지가 보이는데, 건 말이지, 건강해져서 오래오래 살아보겠다고, 늙은네들이 공치기를 한다든지, 체조나 뜀박질을 한다고 야단스레 나분댄다든지, 언덕이나 산을 올라도 뒷걸음질로 오른다고 해쌓는 그런 짓들인데, 말씸이야, '건강'이 왜 나쁠 까닭이 있겠나, 마는 말씸이야, '마음'이 뒷받침을 못 해주는, 늙은네의 건강한 몸이란, 그 건강 자체가 그중 큰 병으로 여겨지다 보니 그렇더라구. 축복이어야 할 건강이, 일종의 저주까지도 여겨진다 말씸이야. 늙느라고 하다 보면 그런데, 마음이라는 게 매일매일 조금씩, 어디로 가는지는 모르겠어두, 몸을 떠나는 것을 느끼겠더라구. 바로 어제 있었던 일도 아슴푸레하고, 심지어는 손에 쥐고 있는 것을 잊고는, 찾기까지 하곤 하더라 말씸이지. 이런즉, 마음이 몸 떠날 채비를 시작하면, 몸도 또 대개는 따라 붙여야 하는 것 아니겠느냐고? 허기야 이와 반대되는 경우도 없잖아 있어, 동화 속에서는, 거 왜 있잖는가, 산 채, 몸이 대리석이 되어가는 어떤 왕자 얘기 말일세, 그런 얘기로 표현되어 있음세마는," 그땐 그게 무슨 얘긴지 꼭히 잘은 몰랐었더니, 오늘 당해 생각해보니, 그건 말임세, 훨씬 달관하고 했던 얘기였던 것을 알겠구먼. 마음의 뒷받침을 받지 못한 건강한 몸이나, 건강한 몸의 뒷받침을 받지 못한 넘치는 마음이란, 그리하여 이해케 된 것이 이것이네만, 하나는 축생도(畜生道)에로의 추락의 의미를 내포해 있었으며, 다른 하나는 귀계(鬼界)에로의 전락의 뜻을 포함해 있는 것이나 아닌가 하는구먼그랴. 마음이 적은데 몸만 크고 승하면, 그 몸의 본능적 욕구에 의해, 당연하게 음식만 보채다, 충족되면 자고, 자는 자리에서 배설을 하고, 그리고 음식을 보챌 터이며, 그 반대인 경우엔 그가 뭘 표현하고 싶어싸서 저렇게도 울부짖으며, 전신을 언어화하는지, 그 뜻을 알아낼 수 없는 쪽에서 보면, 그는 망령(妄靈) 들어 망령(亡靈)으로나 보일 터이지. 그러나 우리네도 또한, 그 문턱 안쪽에다 발 하나씩은 들여놓고 있는 중이니, 그 일로는 더 말하려 하지 마세나그려. 바랄 것이 있다면, 마음이 쇠잔해지기 시작하면, 몸도 따라 그러하다가, 때가 오면, 챙길 건 챙겨, 괴나리봇짐 해, 고향 찾아 떠나듯, 편안한 마음으로, 그리고도 표표히 일어설 그 일이겠지맹. 글쎄, '일어선다' 말이지, 정(情)이라는 것만은 그래도, 남겨둬야, 남은 이들이, 그리고 새로 오는 이들이, 그것 나눠 살 것이 아니겠는가. 그것까지 챙겨 가려 하면, 열나흘 길 채 못 가 발병 나네, 더 못 걷고 주저앉았다 귀신이 되거나, 결국은 되돌아오고 말지도 모르잖는가. '윤회나 고해가 싫지 않다면, 그리고 용사와 같이, 살기라는 전투가 피곤하지 않다면, [『우타라디야야나』 설법기삼(說法其三)(자이나교敎 경전[經典])]' 왜 돌아오지 말아야겠는가, 마는…… 그러나 친구임세, 자네의 이 친구가 오늘, 산을, 그것도 '뒷걸음질'로—이 '뒷걸음질'에 관해서는, 이 친구가 뭘 말하고 싶어 하는지, 특히 좀 주의를 기울여주었으면 싶으구먼. '앞으로 걷기'가 '뒷걸음질'인 경우도 있잖던개 비네—올라보려는 생념인 것은, 보건(保健)의 목적이거나 써먹을 데도 없는 정력 보강 같은 것을 위해서 그러는 것은 아닌즉, 부탁이거니와, 제발이지 꼴사납다는 눈초리로 건너다보지는 말게나. 울이(우리)는, 겨울을 하나 벗어부친 것인데, 자네에게도 지난겨울은 울적했었던가? 오늘은 그런데, 봄이 갖다가시나 그냥 늙은 삭신에 휘어지도록 화창하고, 넘치고, 그러고 있잖은가? 잠 깨기란 괴로운 황홀이라고, 이 늙은네의 초가가 흔들리도록, 뒷산이 꿈틀거리고 있잖은가? 봄이 산을 겁(劫)하는지, 산이 봄을 간(姦)하는지, 산이 왼통 끼꺽 찌꺽 쿵덕 쿨렁여싸, 늙은네 속도 울렁 쿨렁 물렁 철렁여쌓는데, (산이 꿈틀거리기에 좇아,) 위쪽에로 치받쳐 오르면, 꼬리까지도 산 염소 꼴을 꾸몄다가, 치받쳐 내리면, 대가리까지도 개나 구렁이 모양새를 꾸미고 그러는군. 이, 히, 히건 흐러니께 말이디, 보건 운동이기보다는, 히히, 풍류(風流)라고나 말해보면, 패는 근사하디 않을까, 생각도 허구 있구만이디. 풍류라 말임세, —말해놓고 보니, 그게 그럴 상하군그려, 풍류라 말이지, 웃통 벗고 양지에 나앉아, 옷섶의 슬보(이)라도 잡든, 해진 자리에다 헝겊 대어 화매야 할 일도 있음에도 그까짓 세사 서캐쯤으로 알아, 가렵히려면 가렵히라도 놔두고, 산에 올라, 산기(山氣)는 깊이 접어드릴 것이거니와, 또 요즘 피는 꽃 있잖던가, 아주 작은 풀꽃이라든, 진달래며 산수유 같은 것들 말임세, 그것들 더불어 시심(詩心이 뉘 애 이름이던가마는,)을 발동해, 농하고 춤추기로 답청(踏靑)하여, '멋지게 놀아보는 일' 말임세, 풍류 말이지. (만방세상, 어디를 가나, 그곳 사는 이들 나름의 '멋'이라는 것이 없는 곳이란 없을 것일세마는, 하필 어느 고장에선) 그것을 '종교'라고 치는 소리도 있잖던가? 그런즉, 클클클, 종교적으로 들떠보기, 거드럭거려보기, 신명 내기, 아으 말임세, 그러다 보면, 종내는 산만 남고 이 늙은네가 없어져 버리든, 늙은네만 남고 산이 없어져 버리든, 헤헤 뉘 알겠는가. ("We sit together, the mountain and me, / until only the mountain remains."—이백[李白]) 산이 없어졌다 해도, 산을 찾으러 없어진 산을 오를 필요도 없겠으나, 늙은네가 없어졌다 해도, 늙은네 찾겠다고 산 올라올 필요는 없을 것인데, 산에게 늙은네의 향방을 묻는다 해도, 대답은 "묵"(默), 그렇지, 그것 말고 다른 대답은 들을 듯싶지도 않으니 그렇네. —묵(默)! [말이 나왔으니 말이네만, 바로 이 소리 아닌 소리, 말이 아닌 말이, 물질(物質)로 몸을 해 입어 나타난 것이 다름 아닌, '세상의 불을 훔쳐, 삼켜, 그 배 속에 감춰 넣어놓고, 입을 꾹 다물리고 있는, 의뭉스러운 뱀 문두룸'이라는 얘기가 있더군. 묵(默)—문두룸. 모든 의미(意味)를 삼켜 넣은 뒤, 목구멍을 닫은 소리의 무덤, 검은(黑) 개 새끼(犬)—默. 조주(趙州)에 의하면 '개'는 그리고, 색계(色界)의 모든 의미(意味), 즉슨 '불'(佛)을 먹어 치워버린 불(佛)의 무덤, 불(佛)의 문두룸, 불성자(無佛性者). '뱀과 개는 앉을 때 하반신부터 틀어 앉으므로 같은 유정(『젠드 아베스타』)인 것'뿐만 아니라, 저래서도 동류인 것을 알게 하누먼]

간산기(看山記)

흐흐, 보게나, 흐흐흐, 늙은탱이를 보게나, 보라구 말이지, 마음은 신명에 차, 곳것거 저고리 섶에 곳고, 답청하여 나무님 오백 나한 법회 자리로, 비틀배틀 춤춰 들어가는, 저 달친 늙은탱이의 거드럭거림을 보게나, 학(鶴)일세나, 분명히 학일세나, 풍류란 그런 것이거나, 비슷한 것이 아니겠는가? 그런데 '멋지게 놀기'로 갖다가시나 말할작시면, 우리네의 선노(先老) 변강쇠만 한 이도 없었지 싶은데, 바람[風] 흐르다[流] 머물기 좋기는, 옥문만 한 자리가 또 있겠는가마는, 그런다 한들, 뉘 기려 변선노가 풍류객이라 하던가? 허긴 김삿갓을 들어, 풍류객이라고 일러도 손색이 없다는 말은, 허다하게 듣겠데만…… 그래설람엔, 풍류가 그에게는 '종교'였기라도 했었던가 몰라? 또 한편으로 생각해본달작시면, 그건 후생들이, 란 우리네 말이지, 그의 속(俗)에 정착하지 않고, 또는 못하고, 부속(浮俗)하는, 그 나름의 한을 담보하고 우려낸 정서일 듯도 싶은데, 그 당자에게는 그것(風流)이, 목숨을 부지하는 다만 하나의 방도였을 것이며, 스스로는 반드시 풍류적이려 해서는 아니었을 것이라는 짐작도 있어 말인데, 몸도 마음도 가랑이가 찢어지게 가난한 자가 부려야 되는 '멋'처럼 고행이 또 있었을 듯하지도 않다 말이지. 어디서든, 한 끼 물밥 얻기가 그렇게 쉽지 않아서, 인색한 인심을 욕하기 위해, 설움을 토해내기 위해, 눈 흘기고 주먹총 놓기 위해, 구정물 통에서 돼지비계라도 한 조각 건져 먹다 토해내는 소리 같은, 그런 소리를 읊어쌓던 자가 김삿갓이었거니, 그러자니 그의 풍류는, 이런 늙은 눈에서도 짠 눈물을 흘려내게 한다 말이지. 동구를 들어서는 김삿갓은, 이를 퍼뜨리고 다니는, 무슨 쬐끄만 역마(疫魔) 같아, 우선 귀찮고, 냄새나며, 그 꼬락서니에 대개 걸맞도록 대접했다가는, 저 속 좁은, 곁길로 들어선 서생의 토악질에 뒤덮일 듯한데, 잃을 것을 갖지 못한 자처럼 다루기 고약한 것은 또 없거든이지. 머리 둘 데도 없으면서, 그런즉슨 어디에고 정착할 데가 없어, 어디에서나 밀려나, 바람 부는 대로, 물결치는 대로, 길 뻗치는 대로 따라 떠나가는 김삿갓은, 가난한 김삿갓은, 우리네 가난이 육신을 꾸민 김삿갓은, 바래기에 슬퍼 민망하기만 할 뿐이겠지. 옹가년이 스쳐 지나다, 그의 초라한 행색이 불쌍하다고, 치마폭을 한 번 걷어 올려준대도, 그런 체력으론 뭘 호부작거려 보고 어쩌고 할, 반쯤의 뻣뻣함도 차려볼 수가 없었을 터이니, 또 한자리 씨부[詩賦] 랄 소리나 읊조리겠지. '모심내활 필과타인'(毛深內闊 必過他人)—이 자식아, 그럴 때는, 연장 꼬나쥐어, 서 말 땀을 푹푹 흘려내며, 밭갈이에 나서는 것이 풍류인 것이며, 되도 못한 씨부[詩賦] 랄 개좆글 읊어내기가 풍류가 아닌 것을! 그리고 또 그렇군, 풍류에도 종류는 여러 가지가 있을 법하지만, 그중의, 풍류적 한 경지를, 어떤 무명씨가 아주 절묘하게 풍월해놓은 게 있어, 인구에 회자커늘, 이렇더군, '나물 먹고 물 마시고/팔을 베고 누웠으니/대장부 살림살이가 이만허면 요족허다' —헤잇, 별 개 좆같은 자식, 중도 아닌 것이, (그리고 그 노래에 좇아 따지건대는,) 선비치고도 '언문 선비'밖에 되지도 못한 것이, 중이나 선비 꼴을 꾸며서는, '나물과 맹물'로 자족하고 있다. 그것도 종교겠느냐? 하필 먹기 타령으로, 자기의 현실을 자족하려 하고 있는 걸로 보건대는, 무명씨께도 먼저 난제였던 것은, 가난이며 음식이었던 모양인데, 잘 먹지를 못했으니, 색정이라도 일으켜 용두질인들 해보겠느냐? 그런즉 허긴, 언문적 도심(道心)을 내어 불러 젖힌 그 한 자리 노래나, 재창 십창해 보는 짓이, 그래도 그중 편안스런 밭갈이겠느냐? 들리는 대로만 따져 말하면, 다음 끼니 걱정은 그리고도 하잖는, 저 사내의 안빈낙도란, 그 아니 초탈한 경지인가? 무엇을 두고 '초탈한 경지'라고 이르는지, 그런 물음은 그러나 묻지 말일이다, '대장부'란 다만 저러해야 하는 것인, 것을. 아으, 먹고 보고 놀고 보세! 그러다 보면, 흐흐흐, 한 나라가 왼통, 빈한하거나 말거나, 잔칫집이 되겠구나. 한 나라의 처자식들이, 저 언문적 대장부들의, 나물이라도 먹고 보고, 먹었으니 놀고 보는, 그 낙도(樂道)를 위해, 고픈 배를 움켜쥐고 들에 나가, 풀뿌리를 캐고, 나무껍질을 벗기든 말든, 그런 쪽으로 눈을 돌리려 할 일은 아니다. 그러려 하면 바람[風]에서도 흐름[流]이 빠져나가, 세상이 왼통 소금으로 무겁게 될 뿐만 아니라, 대장부의 체통이 떨어지게 된다. ('대장부'라는 말이 나왔으니 말이지만, 칼을 어루만지며, 그것을 상[傷]하게 하는 일에 쓰는 데에도, 어떻게 버히느냐에 좇아, 멋이, 심지어는 인도주의[人道主義]가, 그리고 풍류가 있는 것을, 아는 이들은 안다. 아으 그러나 역시, 대장부라면, 애들모양 상하게 하는 것을 쥐고 휘둘러대며, 객기를 부리기보다는, 나물 먹고 물 마시고, 그 '팔뚝'으로 베개 하여 낮잠에 드는 짓이, 만방에 대해 '예의지국'다운 예의를 잃게 되지 않으려니와, 국태민안함도 지키는 짓일 터이다. 글쎄, 대장부의 팔뚝은, 뻗치면 상하게 하고, 베개 하면 편안하게 하는 것이기 때문이다) 그, 그건 그렇다 하되, 이렇게도 화창하고 훈훈한 날엔, 늙은 뼛속으로도, 뭔지, 산수유꽃 빛이어서 몽롱하게 하는, 취기도 같은 것이 스며드는데, 이런 게 풍류기는 아니겠는가, 겠는가 말이지, 산수유꽃 빛으로, 철쭉꽃 빛으로, 볕의 까닭 말고는, 별로 까닭도 없는데, 신명이 난다 말이시. 두려운 것은 그런데, 평지를 걷는데도 비척거리는 이런 늙은네를, 산이, 흙이, 땅 밑에서 씨앗에는 눈을 틔우고, 초목의 뿌리에다가는 색깔을 부어 넣는, 쬐끄만 귀신들이 싫어하지나 않을까, 그것이구먼. 거름[肥] 냄새도 아닌 늙은 냄새를, 왼 산에 골짜기에다 뿌려댄다는 일은, 산을, 골짜기를 모욕하고, 초목의 아름다움에다 홍역을 덮어씌우게 되는 짓일 것만 싶으다구. 땅은 또, 늙은 것을 자빠뜨리지 않으려고, 얼마나 땀나게, 이쪽으로 기우뚱 저쪽으로 기우뚱, 널판 노릇을 해줘야겠는가. 젠장, 제 놈들이야 그럴라믄 그러든 어쩌든, 어화 벗님네야, 늙은탱이 하나는,

실한 지팡이에 몸도 의지하려니와 마음도 그렇게 하여, 봄볕도 쪼이려니와, 산이 뿜는 산열도 받으며, 답청도 하려, 산을 오르려 하는다. 뒷걸음질로 오르든, 무릎으로 기어오르든, 오르려 하긌는다. 오르고 있는다, 오르는다. 자처하여 등산가라는 이들께는, 등성이가 너무도 완만한 이런 산은, 수업(修業)의 대상이 못 되겠으나, 그냥, 산이, 나무가, 숲이, 풀이 좋아 산을 오르는 사람들은 많아, 그런 이들이 오르다 내리다 만들어놓은 오솔길이 있어, 그 길을 따라 산을 오르고 있다. 늙은네도, 나름으로는 한 마리 학인 겨. 겨울 나는 중, 깃털도 성그러지고, 날개에도 다리에도, 박차고 오르는 그런 힘참이 쇠잔했음에도, 젊은 암컷에게, 용처럼 봉처럼 보이려, 진땀을 흘리며 춤춰 보이는, 그런 학인 겨. 쿨룩 쿠루룩 쿠루루루—, 몇 발자국 올려 딛지도 않아(이런 경우는, '몇 발자국 올려 딛지도 않아'라는 식의, 과축법[誇縮法]이 과장법화[誇張法化]할 터이다) 늙은네는, 숨을 쿠루룩대며, 각혈이라도 할 듯 기침을 해대기 시작하더니, 지팡이에 기대어 멈춰 서고 만다. 그리고 스스로 위로하길, 누군들 산을 오르며, 숨을 가빠하지 않겠는가, 숨을 가빠하지 않는다면, 그는 허파를 여럿 갖고 있거나, 아니면, 등산가들이 그런다던가, 그것을 따로 떼어내, 산정의 바람 좋은 어디 높은 가지에라도 걸어놓았을 거라고, 했다. 오장육부, 열두 발이나 된다는 창자 속에는 똥이 서리서리 채워져 있으며, 그리고 골육, 수분, 한 우주의 무게에도 맞먹는다는 마음, 근심, 걱정, 불안, 초조, 넋 등을 쌓아 있는 가죽에다, 머리통, 머리칼, 비듬, 슬보, 서캐, 복상씨, 뒤꿈치의 굳은살 등, 이런 것 저런 것을 무겁게 얹은 데다, 입은 옷가지며, 신발, 지팡이 따위가 합쳐진 무게를 움직여, [달마보디네 불머슴이 묻는다, "그런즉 그 모두를 짊어진 자는 누구냐?" "갈"(喝)!] 등산 답청을 하며, 숨을 헐헐거린다는 일은 오히려 당연한 것이어서, 그것이 흉이 될 까닭이란 없을 것이었다. 봄이, 산바람이, 햇빛이, 아지랑이며 이내가, 늙은 눈 속으로 들어가서는, 홍진이라도 되어버린 듯이, 물크러진 늙은 눈에서 눈물을 흘리게 해싸, 간산(看山)에 얼룩을 얼룩이게 한다. 마는, 산을 기꺼워하고 있는 늙은네의 마음엔, 아직은 얼룩이 되고 있지 않다. 가다 서고, 기침하고, 가다 눈물 훔치고 가래 뱉고 서고, 가다 하는 애길랑은, 이제는, 사이사이에다 더, 초 처넣을 필요는 없을 터이다. 그런즉 그렇다면, 아무튼 싸게 싸게, 늙은네의 답청, 간산하기만큼은 싸게, 얘기를 자아올릴 일이겠는다. 하기사 이건 좋은 날이어서, 산이 통째로 늙은네의 차지이듯이, 다른 이들의 차지이기도 해서, 삼삼오오, 그리고 노색(老色) 일점, 삼삼오오, 라는 식으로, 산은 길을 꾸러미로 하여, 간산꾼들을 굴비 묶음 해놓고 있는데, 그러는 중에 보면, 십 리는 뒤서 있던 젊은네들이, 늙은네 스무 걸음도 떼어놓기도 전에 (이런 때도 과축법이 과장법이다) 따라붙어, 바쁘게 산 염소 꼴을 꾸미거나, 반백 리는 앞서 있어, 꼭대기 되는 데서 음메헤— 오줌 누어버린 염소들이, 그 시원함으로 멧돼지 꼴을 꾸며 내리기도 하는데, 아항, 이런 것을 두고 '산을 탄다'고 이르겠는다, 고 늙은네는 생각한다. 가맜자, '탄다' 말이지, 말을 탄다, 마누라를 탄다, 바람을 탄다, 유행을 탄다, 봄을 탄다, ……탄다…… 흐으흐, 살펴보건대, 저것들은 하나같이, '을(를)'이라는 토씨의 도움을 받고 있는 표현들인데, '탄다'라는 말도 그래서 보면, '산을 탄다' '산이 탄다'라는 식으로, 토씨의 변화를 겪지 않고서도, 뜻은 한 가지만은 아닌 것을 알게 한다. 그럴 것이, 이왕에 얘기 되어진 표현에서 예를 하나씩만 들어보기로 하면, '말을 탄다'와, '봄을 탄다'는, 같은 토씨의 보조를 받고 있으되, 같은 뜻을 드러내고 있는 것은 아니라는 것이 살펴지기 때문이다. '봄을 탄다'는 말은, 봄이기 까닭에, 어떤 이들이 앓는, (이런 것을 일러, 늙은네들의 말하고 싶어 함, '쓰잘 데도 없는 잔소리'라고 할 것이다만,) 재채기, 콧물, 눈물, 눈아피, 머리 띵하기, 눈밑 물크러져 늘어지기 따위, 계절적 앓음을 의미하는 것이어서, '산을 탄다'의 그 '탄다'와는, 형태상으론 같되, 의미상으론 같지 않은 것을 알게 한다. '산을 타'며 쾌스러워하는 이들은, 이로 미뤄보면, 그들의 땀내까지도 그렇잖으냐, '짐승'답되, '봄을 타'며 앓는 이들은, 송진모양 그들이 흘려내는 콧물 등이 그렇잖으냐, '식물적'이다. 클클클매 말이지, 이런 문제로 말을 헤프게 써버리기도, 허긴 하릴없는 늙은네의 자유며, 방종이겠거니—. 헌데 '산을 탄다'는 말의, 그 '탄다'는, 저 거악스러운 한 인고의 덩이, 한 무동(無動)을, 갑자기 바꿔, 첫째는, 유순하고도 수동적인 무슨 짐승처럼 상상하게 하고, 그래서 무동에다 동을 일으키고, 둘째는, 너그럽게 품 열고 있는 풍염한 여성을 상상하게 하는데, (지관[地官] 이나 풍수[風水] 들이야말로, 산육[山肉] 파는 포주들이라고 이르지 않았더냐) 사람들의 '탄다'라는, 언어의 폭력 아래서, 산은 그리하여 '짐승'과 '암놈'으로 전신을 치르는 것을 보게 된다. 그리고도 좀 더 말해보려 하면, 좀 더 말해볼 수는 있을 터이다. 마는, 글쎄, 신(神)들까지도, 사람들의 언어라는 그 그물[語網]에 걸리면, 육신을 차려입어 내려오는 것이 아니더냐 말이지. 사실론 헌데 늙은네는, 산을 탄다며, 봄을 타기 시작하고 있는 중이기는 하다. 봄을 타고 어지러워하고 있는 중이다. 타고 오를수록 심해지는 재채기, 눈물, 콧물, 눈 가렵기, 머리가 띵하기, 봄을 타고 기분이 너무 승해, 너무 멀리까지 갔나 비다. 그것이 탓이었으면 탓이었을 것이지, 것인데, 늙은네께서는, 집 나서고 있었을 때, 거드럭거리는 심정으로 품었던, 그 풍류기가, 조금씩 엷어지기 시작하고 있었다. 탓은 그것이었을 것이지만, 때에는 늙은네는, 한숨만 푹푹 내쉬어대서, 이제 갓 품 연 풀꽃이며, 계곡에 핀 진달래나 산수유 등에다, 무서리를 끼얹고 있었다. 산 하나를 왼통 병들게 하고 있거나, 새로 갖다가시나 겨울을 덮어씌우려 하고 있었다. 늙은네의 마음이, 정서가, 그렇게나 그늘지고 있었다. 산을 오르면 오를수록, 오르는 중에 늙은네는, 산을 잃기 시작했든 풍류를 그랬든, 아니면 두 가지를 다 그랬든, 그런 어떤 그늘진, 허망스런, 아픈 경험을 하고 있는 중이다. 산을 타며, 봄을 탈 일은 아니었던 것을? (그 눈에는 그러면,) 산도 봄을 탄다. 그러면, 깨일 때 되어 깨이느라, 하품하여 산이 하는 기지개도, 고통의 표시로밖에 달리는 보이지 않는다. 산이 앓고 있어 보인다. 늙은네는, 자기의 지팡이가 짚어 나아가고 있는 자리들에서, 무수한 작은 풀꽃들을 보았으며, 그 혹독한 겨울을 나고도 피곤해져 있지 않은, 우람한 상록수들도 올려다보았댔고, 그런 거목들 아래에선, 진달래며 앵두나무, 산딸기나무 등, 키 작은 것들이, 별 보고 나와 볕을 시샘하며, 잎이며 꽃을 피워내고 있는, 그런 어기찬 노력도 보았으되, 중참 거리 삼아 준비해 갖고 나왔던, 어떤 종류의 소객의 풍(風) 같은 것이랄 것까지도, 시어져, 맛을 잃고 있었다. 사람은, 산소를 들이쉬도록 고안된 짐승이어서, 그것이 넘치는 자리에 이르면, 혈기 마른 자까지도, 혈기를 회복해내는 듯이 느끼도록 되어 있는데, 반대로 늙은네는, 산소가 희박한 자리에 처해져 있는 듯이, 혈기 마른 상념, 눈의 늦가을스러움, 그런 황폐함으로, 주위의 풍경을 관찰하고 있다. 늙은네는, 아까 언제부터서였는지, 글쎄 앓기 시작하였었던다. 병든 이들께 보이는 세상은, 허긴 건강한 부분까지도 병들어 보인다고 하잖더냐, 천국스러운 데서도, 조금도 기꺼움을 느끼지 못한다고 하잖더냐. 까닭에 천국은, (지옥도 이 범주에 속하는지는 모를 일이로되,) 장소나 환경이 아니라, (마음의) 상태라고 주장하는 소리도 있게 되는 모양이었다. 늙은네는 오늘, 이 봄엔, 봄이 자기를 배신하고 돌아선 듯한 느낌이 들어, 그 질투 탓에, 그리고 외로움 탓에 떨고 있는 것이다. 결국은, 모든 것이 소생하여 생동하는 철에, 쇠락해가는 늙음이, 그 모든 탓이었다. 좋은 풍경을 보고 처음 흥을 돋웠다가, 오래잖아, 바로 저 '좋음'이 된내기가 되어 시들어져, 한숨이나 내쉬어야 하고, 봄의 한가운데서, 흔들리는 마음의 한가운데에, 폭풍의 눈 같은 겨울스런 공동을 가져, 심신이 시려야 한다면, 그건 분명히 늙음 탓으로밖에 달리는 진맥해낼 수가 있을 듯하지 않다. 꼴에 늙은네는, 산중이나 바닷가에 태어났다가, 태어난 곳의 권태 따위에 넌더리를 내고, 백양 담배 꼬나물어, 야지로 떠들어 와서는, 온갖 간난신고 끝에, 그 야지의 어디 변두리 되는 데 주저앉아버린 촌놈모양, 산도 산으로 볼 수가 없이 된 모양이었다. 고향에 돌아간다 해도, 그의 눈에는, 옛 고향이, 이제는 고향으로 보이지 않음도 분명하다. '산천의구란 말 옛 시인의 허사'이든, 아니면 시인의 심사가 의구치 못하다. 늙은네가 기대했었기는, 산에는, 숲에는, 아무런 아픔도 함량되어 있지 않은 약동하는 생명력, 가담해보고 싶은, 시골 장날스러운 즐거운 혼돈, 그런 아우성, 행복의 난장판, 같은, 어떤 그런 것이었는데, 대신에, 더 많은 부분, 그리고 생명이 있어 만나게 되는 모든 곳에서, 하필이면 생명이기의 아픔 앓음만을 보고 느낄 수밖에 없던 것이다. 아까 늙은네는 그랬었지 참, 작은 풀꽃 얘기를 비쳤었던가, 그랬었지, 그것을 두고도, 그렇지 이렇게 말한다면 별로 어폐가 있을 듯하잖는데, 꽤는 서정적으로 친절한 이들은, 그 작은 풀꽃들이, 그것 나름들의 삼천대천세계를 품고 있거나, 받침하고 있다는 투로 이르는데, (아으, 서정적 정조[抒情的 情操]란 어머니의 치마폭 같은 것이구나, 좋아랄 그 안에 푹 싸이기는) 오늘 늙은네께는, 그것이 무슨 경이거나 신비이기는커녕, (쉬잇, 너무 큰 소리로 떠들지는 말게나, 생명주의자[生命主義者] 들이, 옻나무 몽둥이를 꼬나쥐고 내달려올지도 모르잖나) 봄 아피 앓이로밖에 보여지지 않고 있다. 꽃은 그래서 앓음답다. 꽃이란 다름 아닌, 그 초목의 요니라고 이르잖던가. 그래서 보면, 바늘귀만 한 요니에다, 봄은, 그리고 유들유들한 해는, 벗은 웃통에, 털 입은 산 염소 다리를 하고 시나는, 약대만 한 삘그럼을 쑤셔 넣고, 진탕질을 치고 있던 것이다. 이런 마이ㅌ후나(Skt., maithuna, 性交)는 앓음다운가? 자연(Prakriti, Skt.)은, 저 풀꽃에게도, 그리고 물론 식물도며 축생도의 유정들께도, '스러지기'[消滅], 또는 '죽기'[死亡]라는, 종국적 실다움에 대한 아무런 의념도 심어 넣어주지를 않았던 것이어서, 저것들은 고통이 아무리 약대스럽더라도, 이를 악물어서라도 견딜지언정, 혀를 깨물어서라도 깝박 죽어버릴지는 모른다. 죽음이, 꺼끄러운 낫을 들고, 자기네들 사이를 치며 헤치고 다니고 있음에도, 그것이 무엇을 하는지를 이해하지를 못한다. 까닭에 저 여린 작은 풀꽃도, 거대한 바위가 한 지구 분량으로 짓눌러대더라도, 어떻게든 그 바위를 떠들어 올리고서, 봄에는 어쨌든, 스러지기의 반대쪽에서, '자연'이 부르는 소리에 좇아, 귀를 열어야 해얐었을 것이었다. 제법은 역설적인 시장(詩匠)이가 하나 있어, '사월은 잔인한 달'이라고, 나름으론 속 깊게 (봄을) 읊은 일이 있었더랬는데, 말의 실다움 쪽에선, 그러니 사실은, 무엇이 '잔인한가' 하면, 자연도에 소속된 모든 유정께는, '궁극적 실다움'에 대한 아무런 의념도 심겨진 바가 없어, 종국엔 그저 허상일 뿐인, 다만 헛된 것일 뿐인, 그런 삶을 실다움이라고 여겨, 봄마다 삶으로 왔다가, 가을엔 죽음으로 가야 하는, 이해되어지지도 못한, 낳고 죽기의 악순환, 그것, 그것이 잔인한 것이다. 그것을 (무상[無常]에 대해서) 유상(有常이라고 일러도 되겠는가? 프라브리티, 상사라)이랄 것이다. 유상의 달마. 이 '유상'이라는 운명은 헌데, 자연도에만 덮어씌워져 있는 것은 아니며, 그곳으로부터 몇억만 유순도 더 멀리에 떨어져 있는, 천도(天道)도 또한, 그 운명으로부터 결코 자유스러운 것은 아니라고 알려져 온다. 까닭에, 천계(제파도[提婆道]) 도 지옥도가 아닌 것은 아니라는 주장이 있다. 다름은 그런데, 천도의 유정들, 즉슨 신(神)들이나 아수라들은, 육신을 입지 않아, 죽음이나 소멸 등을 알고서도, 스스로 죽지를 못한 데 반해, 자연도의 유정들은, 육신을 입어, 필멸하되, 죽음이나 소멸을 알지 못해, 죽지 못한다는, 그것일 것이었다. [그런데, 육도간

(六道間)에 있는, 꼭 한 유정, 인간이라는 유정만은, 삶의 그늘 쪽도 알아, 원하기만 하면, 언제든 스스로의 죽음을 초래할 수도 있는데, 여기 어디에, '하와가 따 내리고 아담이 맛본, 선악과' '죽음을 초래한 지혜의 열매'의 비밀이 있어 보이기는 한다. 하지만, 식물도나 축생도, 귀계나 지옥도에로 떨어져 내렸거나 아수라도나 제바도에로 떠들어져 올려진 유정들이, 죽지를 못한다는 설을 감안하기로 한다면, 인간도의 죽음도, 사실에 있어 죽음인지, 아니면 일시적인 삶의 중단 유예인지, 그것은 알 수가 없다. 이렇게 되어, 하나 주워 올리게 된, 값진 한 이삭은, 저런 관점에서 이해하기로 하면, 육도간에는, '사람'이라는 유정 외에는, 심지어 지렁이나 송충이까지도, 사람 아닌 유정은 없다는 것이다. 우주 내에는 그러니, 단 한 종류의 존재, 사람 외에는 없다는 얘기다. 사람의 업과의 다양함에 좇아 나타난, 다양한 (업과의) 형태—, 모든 유정의 형태의 다름은 그것일 것이다] —늙은네가 오늘은, 산을 타다 봄을 타고, 유상법의 추악한 부분을 보아버린 것이었구나. 예를 들면, 그래서 늙은네는, 나무를 보더라도, 그 우람하고도 청청한, 모든 악조건에 맞서서도 이겨가는, 그 꿋꿋한 기개와 인내력 대신, 살아 있는 둥치에 달고 있는 마른 삭정이라든가 또는, 쓰러져 눕지 않으려 하여, 대지를 움켜쥐기에 얼마나 모진 힘을 써댔던지, 땅 위에로까지 튀어 오른 뿌리의 혈관 등, 그런 것에다 마음과 눈물 묶어, 삶의 은총을 외면하려 하고 있거나 못 보고 있는 것이다. 봄의 산에서 유상을 만나기란, 늦은 가을의 산에서 무상을 만나기나 같은 것일 수도 있을 것이어서, 어떤 눈들에는, 특히 늙은 눈들에는, '덧 있음'[有常] 이, 다만 고통으로만 여겨질 수도 있긴 있을 터이다. 하나의 산을 이루는, 그런저런, 크고도 작은 삶들은, 그런 눈으로 본다면, 왼통 아픔일 뿐이긴 할 터이다. 그것들은 그것들의 삶을 다투다가, 그렇게 고통의 크기를 키워버렸겠지만, 그런 거목들 열 길 백 길로 뻗어 올라, 죽림(竹林)으로 하늘을 가려 서 있는, 그 열 길 백 길 교목 아래쪽의 관목, 진달래며 앵두나무 등, 그것들을 또 열 길 백 길 높이로 우러러보는, 그것들 아래쪽의 작은 풀잎, 풀꽃들을 보면, [이라곤 해도, 저것은, 프라크리티(自然)라는 원정(園丁)의 청사진을 좇아서 한 표현이며, 실제에 있어선, 저런 관목 숲 아래에선, 무엇이 잘 자라지는 못한다. 예의 저 '청사진'을 좇으면, 동산

(숲)은, 흙을 덮어, 먼저, 양탄자와 같은 풀을 깔고, 그 위에 관목 숲, 그 위에 교목이라는 식으로, 완벽하게 배치되어 있음에 분명하다] 한봄, 그리고 여름 내내, 한 이슬방울만큼이라도 볕을 담아 모으려, 별 보고 일어나 동이 이고, 멀고도 하 먼 동천(東天), 중천, 서천 다니느라고 하다, 다시 별 보고서야 비척이며, 제집 사립짝을 들어서곤 하는데, 그럼에도 여전히 볕에의 갈증은 면해지지 않는, 결코 죽음을 모르는, 살기의, 살기에 의한, 살기를 위한, 살기의 맛은 어떠할 것인가? 죽음을 모르는 삶을 살기에도, 무슨 의미나 목적은 있는 것일 것인가? 당고추 방아 찧기—, 후유우, 헤으훼! 크르릅(콧물 마시는 소리), 때에는, 늙은네는, 거목들이 오백 나한으로 죽림해 있는 숲 가운데로 들어서고 있었는데, 빛은 있기 시작한 그때부터, 암흑을, 모든 그림자들을 살라 없애려는 그 한 욕망으로 쏟겨 내리는 듯하지만, 숲에 내리는 빛은, 아직도 갈가리 찢겨 있어-있다. 나뭇가지에 긁히고 찢기며, 바위에 부득 쓰러져 으깨어지고, 산에 가로막혀 억눌리는데, 작거나 어린 초목들은, 그런 부스러기 빛이라도 탐하여 배고픈 얼굴이지만, 빛도 분명히 몸이 아프다. 늙은네가 아픈 게다. 오늘 이전까지만 해도, 늙은네는 밝은 낮의 숲에 들어서기를, 무더운 날, 땀에 덮인 알몸을, 호수에 잠과 들기와 같은 것으로 느껴, 숲이 주는 신선한 전율에 전율했었으나, 그러던 숲에 들어서 늙은네는 오늘, 의기소침해 있다. 얼마나 많은 거목들이, 그것들의 운명에 거역하여, 헛된 이카로스의 꿈을 꿔 날아오르다, 날개를 부러뜨리고 누워 있는가. 습기와 지렁이와, 비와, 바람이, 그 몸을 아주 느리게 갉아 먹고 있는다. 무슨 죄업에 의해서든, 벼락 맞은 나무 위에서는마다 까마귀가 울고 있는다. 늙은네가 오늘, 봄을 타는 게다. 글쎄, '봄을 탄다'는, 이 봄은, 그녀의 그 무수한 꽃을 수놓은 부드러운 푸른 치마 밑에, 뱀 몸[蛇身]을 숨겨 갖고 있을지도 모르긴 모른다. 겨울이, 아무리, '윈 세상의 불을 훔쳐, 제 배 속에 처넣고 있다, 결국엔 빼앗긴, 그래서 춥게 된 무독사 문두룸'이라 해도, 대[竹]와 측백나무가 그 철[三冬]에 싹을 틔우는 것을 보면, 그것에게도 따뜻이 뛰는 염통은 있어, 어디엔가는 숨겨놓고 있음을 알겠듯이, (자네 용감한 왕자입지, 만약 나서서, 저 따뜻이 뛰는 염통을 찾으려 한다면, 대나무와 측백나무 뿌리 쪽을 파 내려가 보겝지, 그러면 거기서 공은, 정 없이 차고 어두운

저, 문두룸의 염통을 찾을 수 있을 것입지, 사랑을) 봄은 또, 그녀의 계모적인 얼굴을, 어디에 감춰두고 있음을 알겠는다. 그것을 그네는, '만물이 번성하기 시작하는 철에, 하필 그것들 시들어 죽는, 보리와 밀'의 열매나 뿌리 속에, 감춰두고 있는지도 모른다. 늙은네가 죽음길에 올랐나 비다, 산에 대한, 나무들에 대한, 늙은네의 상념은 꺼꾸로 하향(下向)되어, 반드시 푸르지도 신선하지도 않은데, 어쩌다 길을 잘못 들어 늙은네는, 그네의 치마폭을 떠들치고 내려가, 뱀 몸뚱이를 본 것이고, 그 즉시 휘감겨버린 게다. 그리하여, 숨이, 혈관이, 전신이 쥐어짜이느라, 기침, 재채기, 눈 튀어 오르기, 눈물, 눈곱, 콧물, 천식, 헤으췌! 크르릅, 쐑쐑, 一코는 사실로, 숨을 잘 쉬게 되어 있는가? ……산에 오르기를 즐겨 하는 이라면, 그것도 그것의 품속에 진정으로 안겨보아, 산과 자기 사이의 거리를 잊게까지 되어본 이라면, 어쩌면 적어도 한 번쯤은, 자기가 나무였었으면 하고, 자기를 나무에로 환치해보았을지도 모르는데, 그랬다면 그는 분명히, 자기는 '사람'이라는 그 한 이유를 들어, 자기가 만들어낸 환상에 의해 우주의 중심에 서 있다고 믿어, 나무 중에서도 그중 우람한 나무였기를 바랐음에 분명하다. 그래서는 산주[山神靈] 당자로부터도, 아침저녁 풍악 잡힌 문안에다 그 산에서 얻을 수 있는 진귀한 것들, 송이며 녹용, 곰의 쓸개에 범의 자지, 천년 석청이며, 만년 전 햇볕을 누룩으로 담근 산삼주 같은 것들로 대접받고, 그리고 학녀들로 부채질하게 하여, 홍옥 청옥 백옥 왼갖 보물을 흩트려놓은 자리에 호피 깔고 누워, 호가(虎哥)네 애첩이며, 곰씨네 어린 딸 등으로 수청 들라 할 것이었다. 흐흐흐, 걸주가 치리하던 시절에도, 꿈꾸기의 권리, 그 자유만은 결코 침해받은 적이 없었다고 이르니, 꿈꾸기를 두고설랑, 공은 수줍어하지 말게람. (마는, 「춘향가」[春香歌]에 나오는, 이 한 구절 노랫랑은, 맘속에 담아둬 손해날 일이 없을 테다. '십벌지목[十伐之木] 믿지 마오, 씹은 아니 줄 터이오.') 문제는 그럼에도, 공은 젖 좀 더 먹어야 쓰겠네, 불행하게도 모친이 생존해 계시지를 않거든, 그 무덤에로 내려가 그 가슴을 헤치든, 아니면 젖먹이 손자 놈과 며늘아기의 젖퉁이를 다투든 어쩌든 하여, 아무튼 젖 좀 더 먹어야겠다구. 코끼리며 기린, 약대며 마소 등, 축생도에서는 그중 덩치가 클 뿐만 아니라, 힘도 세다는, 그것들의 저 우람한 지옥을, 공은 헤아려본 일이 있었던가? 큰 짐승마다 초식을 한다는 것은, 말하려 하면, 늙은네의 혀의 실답잖음만을 드러낼 터이지만, 초식에 무슨 그리 영양이 많겠는가. 그러자니 별 이고 풀밭에 나가, 별 끌고 돌아올 때까지, 풀 뜯기로만 땀을 흘려야 아사치 않게 될 터인데, 그러자니 배통만 자꾸 커질 터이지. 그 배통을 떠받쳐주어야 하는 그 골격은 그러면 어째야 되겠는가. 그것 또한 배통을 지탱해줄 만큼은 커야 되는 것은 아니겠는가. 배통과 골격이라는, 그 양자의 균형은 그래서 보면, 균형이라기보다는, 악순환의 결과라고 해야겠을시. 우람한 나무의 비극도 바로 저런 것이겠거니—. 그것을 다시 풀어 말하려 한다면, 눈썹 자리가 민둥성이가 되고 말겠는다. 저 우람한 나무들이 그래서도, 식물도의, 범접할 수 없는 재상이나 장수가 되려 하여, 그런 거대한 체신을 이뤘다고 건너다볼 것이라면, 나무들이 눈 흘길 터이네, 발가락을 뻗쳐 톡 차 던지려 할 것잉만. 인세의 눈금으로 재어, 쓸 만하게 생긴 거목이면 거목일수록, 일찍 버히게 된다는 것은, 꼭히 선인들만의 지혜는 아닐 것임세. 버힘까지도 받지 못해, 한동안 나름으로는 제법 풀었다 해도, 죽음이나 스러지기가 무엇인지 몰라, 죽음과 스러지기 쪽으로 끊임없이 달려가면서도, 사는 쪽으로만 그저 애쓰던 것들도, 빠르게든 조금 늦게든, 시간 안에서는 쓰러져 누워야 되는 것, 둘러보게람, 여기에도 저기에도, 날개가 잘리고 다리가 부러뜨러진 형해들이, 얼마나 많이 자빠져 누워, 살기는, 그리고 이제 이르러서는 살지 않기도, 무상이라고 이르고 있잖은가. 물질적 실다움이란, 까닭에, 궁극적으론 허상 말고 아무것도 아니라고, 벼락 맞고 죽은 나무가, 그 꼭대기 앉아 우는 까마귀가, 헛되고 헛되고 헛되다고, 무언으로, 그리고 그 검은 빛으로, 절규해대고 있는 것이 아닌가. 시간(時間)이 일으켰다. 또한 그것이 쓰러뜨려 눕히는 것, 종내는 그리고, 그 '시간'까지도 헛되다. 이런 모순어법이 또 있을 수 없겠구나! ……끄음, 늙은네는 피로를 느끼고, 어디 좀 궁둥이를 붙이고 앉을 자리를 찾다가, 쓰러져 누운 한 거대한 나무를 발견하고, 다가가, 편한 자리를 골라 앉았다. 그 죽은 나무는, 산객(山客)들마다, 잠깐씩 앉아 쉬며, 숨을 돌렸던 듯하여, 많이 윤내져 있었다. 배반당한, 이카로스의 꿈의 껍질, '의미'가 배제당한 '기호' —무상. 그 무상에 유상을 기대고 앉아 늙은네는, 한숨 돌리며, 지팡이의 손잡이에다 두 손을 포개 얹고, 물크러진 눈으로, 그리곤 늙은 걸음으론 그 거리를 도저히 측량할 수 없는, '뒤쪽'의 산봉우리를 건너-올려다보았다. 그러다 뭘 생각하였든, 합죽하게 웃고, '산과 나, 우리 둘 마주하여 앉았구나'라고, 우물거렸다. 염주 굴리듯 늙은네는, 또 그 소리를 읊조렸는데, 산등성이에 거처를 가졌을 때부터, 그리고 의식하여 산봉우리를 치켜 올려다볼 때면, 버릇처럼 저 시구가 읊조려지곤 한 것이다. 늙은네는 그러나, 얼른 그 대구를 채우려 하지 않고 머뭇거리고만 있다. '그러는 중 내가 스러지고 산만 남았구나'라는 것이, 뜻으로 본(번안[飜案]) 그 대구이기는 하지만, 늙은네는 오늘은 어쩌면, 이제껏 그 속에로 녹아들고 했던 그 어떤 경지, 이분법을 통한 일원화라는 시적 경지에, 녹아들지를 못하고 있는 모양이었다. 오늘 늙은네께 보이기에는, 산도 앓고 있던 짐승이던 것이다. 아으, 봄이 늙은네를 타고 있구나. 그 무게 아래에서, 늙은네의 상념의 똥창자가 터져, 상념의 오물을 버글여 내고 있는데, 바위도 코를 쥐고 돌아서는구나. 늙은네는 이제껏, 산을 이루는 산의 백성(百姓)들에다 관찰의 시선을 맞추었으나, 산봉우리랄 데를 한 번 이윽히 건너-올려다본 뒤, 자기가 살펴본 저 산 백성들의 비극은, 다름 아닌, 산의 아픔앓이, 그 상처들이던 것을, 새로 진맥해내게 된 것이다. (이런 것을, 소승적[小乘的] 관찰의 대승화[大乘化]라고 일러도 될 터이다) 늙은네의 눈에는, 산이, 산만큼은 크게 웅숭그리고 쭈그려 앉아, 병든 짐승이어서, 앓고 있던 것이다. 풀과 나무, 철쭉과 산수유, 산 배와 산 능금, 새 가지와 푸른 잎, —그런저런 모든, 식물도의 백 가지의 성씨들은, 그것의, 억압되어진 동(動)에의 의지, 비상에의 욕망에서 싹터나온 것, 꿈꿔진 새[鳥]들, 아니면 상처. 벼락 맞고 죽어 서 있는 나무며, 쓰러져 누운 나무의 형해들, 지난가을에 떨어져 내려 겨울 내내 썩은 잎사귀들을 보면, (산의) 꿈들은 무상하다. [이상한 것은 그런데, 늙은네는 산체(山體)를 말하며, 거기 둥지 짓고, 또는 굴 만들어 사는, 금수(禽獸)들에 관해서는, 거의 언급을 하지 않는다는 그것이다. 허긴 그것이란, 어디에다 말의, 또는 상념의 잉아를 걸어 베틀질을 하느냐에 의존될 일이겠어도, '회춘'(回春)이라든 '재생'(再生) 따위, 식물도(植物道)의 달마를 문제 삼아, 처음 잘 달리다, 도중에 발병을 얻게 된 정신에는, 그것들(禽獸)을 위한 여분의 우리(울)가 없거나, 아니면 아예, 늙은네 자신의 것을 위시한, 축생도(畜生道)의 삶과 죽음이라는 비극 위에서, 산체(山體)를 더듬고 있었기 때문인지도 모른다. 축생도(畜生道)의 비극을, 식물도(植物道)에서 보아낸다는, 그런 관법(觀法)은, 얼핏 모순되며, 난삽할지도 모르되, 눈앞에 너무 가까이 다가와 있는 이것을, 조금 떼어놓고 본다면, '몸의 우주'(畜生道)의 달마는 식물도(植物道)의 것과 별반 다르지 않다는 것을 관찰해낼 수 있게 될 듯하다. 게다가, 늙은네가, '산'(山)이라는 저 중력(重力)의 덩이, 부동(不動)에서, 동(動)에의 의념과, 날개의 상상력을 끄집어내기 시작했었을 때부터, 산이, 얼마쯤 '짐승'에로 전신(轉身)을 치르기 시작하고 있는 것은, 누구나 짐작하고 있는 바가 아니냐] 산은 그랬기 전에, 무슨 죄업을 그렇게나 모질게도 무겁게 지었기에, 그것의 동(動)을 정(靜) 속에 묶여버린 것이었는가? 그러나 그것이 산이다, 무상(無常) 속에 억류된 유상(有常)—산이 지은 업(業)은 결국, 산 자체였을 것인가. 자초한 형벌, (산[山]은 죽지 않으므로 말이지만,) 불사조(不死鳥)라는, 하나의 비상을 꿈꾸지 않는다면, 산은 허긴, 무동(無動) 속에 억류되지 않아도 될 것이었는가. 그런즉 산은, 자신의 욕망과 꿈에 배반당해, 부동 속에 스스로를 감금한 것이었는가. 이런 관점에 의해서는, '산'도 하나의 '언어화'(言語化)를 당해 있어 보인다. 그러니까, '산'이 '기호'(signifier)라면, '불사조'가 '의미'(signified)의 역이라는 것이다. 다시 말하면, '산'이 '체'(體)라면, '불사조'는 '용'(用)이라는 것이다. [『서유기』(西遊記)에 의하면, 저 둘을 접붙여놓은 끈끈이는, '옴마니팟메훔'이라는 명주(明呪), 즉슨 어떤 명력(冥力), 또는 참력(讖力)이다(『박상륭 전집』, 4412~4413쪽, 주석 29 참조). 저 양자는 그런즉, 그럴 까닭이 있을 수만 있다면, 분리, 또는 괴리될 수도 있는 것이나 아닌가 하는 것을 고려케 한다. 거기 그때, 실어증(失語症)이나 어눌증(語訥症), 또는 어떤 종류의 (일상성[日常性]의) 와해(瓦解)나, (그중 바람직하게는) 해탈(解脫) 현상이 일어나게 될 것이라는 것은, 어렵잖게 추측된다] 아으, 그러면 이제, '산'을 읽고 싶어 하는 자에게라면, 산을 타려 하기보다는 산등성이에 핀, 한 송이의 풀꽃의 속이라도 들여다보라고 이를 일이겠는가, 살아 있는 화산(火山)을? 그렇게나 섬약한 풀 대궁을 통해서도, 왼 산 하나가 다, 터뜨려져 오르는 것을? 그렇다,

그렇게 산은, (마녀의 주술에 덮어씌워져, 전신이 대리석이 되어버린 불운한 왕자,) 부동의 염(殮)을 끊으려, 끊임없이 반란을 도모한다. 송장은, 춤춰 날아오르기를 꿈꾼다. 새이기를 바란다. 새와 영(靈), 영은 새. 산은 그리고도, 세상의 끝날까지도 존재하며 죽지를 못하므로, 그것의 비상에의 꿈은, 당연하게도, 불사조이다. 그 몸속에 날개를 접어 넣어 갖고 있음에도, 그것 자신은 모르는 자벌레모양, (모든 유정[有情]은 그리고, 불[佛]씨를 갖고 있는 자벌레임을!) 그것 스스로는 모르는, 죽음에의 욕망을 배태해 있는 새, 불사조. 죽기로써만 살아나는 새. 재(니그레도) 속에서 부화(孵化)하는 불(루베도), 현자의 돌, 붉은 금. 송장이 재생에의 욕망을 배태한 모순이듯이, 산도 그렇게 모순이다. 뱀의 허물[體] 속에 개[用]를 억류하고 있는 뱀 같은 모순이다. ('뱀과 개는, 같은 동물'이라고 이르거늘) 또는 개가죽(기호) 속에 뱀(의미)을 사려놓고 있는, 개 같은 모순이다. 쿠루 쿨쿠루, 때에 늙은네께는, 그 시간의 별의 양에나 해당될 피로가, 심신에 겹쳐 덮어 들었으므로, 몸을 구부려, 지팡이 손잡이에다 포갠, 자기의 손등에다 이마를 대고, 눈을 눌러 감으며, 중얼거렸다. 그러자 한순간에 산이 없어지고, 늙은네만 남는다. ……결국은 헛된 것을, 것을, 덧없는 것을, ……그리고 쌕쌕거리고 크르륵거리는 숨에서 가락을 찾으려 하여, 심호흡을 시작했다. 그러고 몇 번 숨도 쉬지 않아 늙은네는 그런데, "에잇, 고약한 늙은 냄새로고! 고얀 늙은탱이로고!"라고, 몹시 투덜대며, 무엇인가가 자기 앞에 (나타나) 앉아 있음을, 자기가 보고 있다고, 자기가 느꼈다. 그것은, 늙은네를 정면으로 하고, 궁둥이를 틀어 앉아, 앞 두 다리로 상반신을 버티고서, 하품을 하며, 붉은 눈으로 늙은네를 올려다보고 있는데, 부스스한 잿빛 털 위에, 백 년이나 천 년이나 묵은, 썩은 낙엽을 얹고 있다. 흐흐흐, 궐공은 개 한 마리, 백 년이나 천 년을 늙어 보이는, 궐자는 한 마리 똥개, 흐흐흐…… 그것은 그렇게나 늙어, 힘이 쇠잔해 있든, 아니면 아직도 무슨 독한 잠에 취해 있든, 등에 덮인 썩은 낙엽을, 세월을, 잠을, 털어내려고도 않고, 아까 심하게 투덜대던 그 기개와도 상관없이, 봄날이 몹시 지겹다는, 하품만 해댄다.

"고, 공, 공은 뉘, 뉘신지는 모르겠으되, 보, 보이는 대로만 말하면, 견공(犬公)의 가죽을 입으셨는데 말이지, ……개가죽을 입고, 산에서 겨울을 나셨군그랴, 그러시잖는가? 지난겨울은 허긴 혹독했더라니, 그런 추위를 이기기 위해선, 허긴 개가죽도 무던했겠지맹."

"늙은네는, 늙은 개 위에다 인피(人皮)를 입어 한겨울을 나셨군그랴, 그러시잖는가? 허긴 지난겨울은 혹독했던가? 늙은네께도 그러니, 온화했던 겨울도 있었더라는 얘기십나?"

"그, 그러고 보면, 그런 겨울도 없잖아 있었다는 기억도 없잖기는 않네만, ……뒤돌아보면, 오르느라고 내리느라고 오르내리는 중엔, 어떤 양지엔 풀이 푸르러, 꽃도 몇 대궁씩 밀어 올리고 있는 것도 보이고…… 그래도 오늘은, 시작은 그렇잖았는데, 허긴 한 해 더 늙어 그럴 터이지만…… 답청에 무슨 풍류라던가, 달밤엔 자네 견공들까지 갖는 그런 무슨 심사 멋진 것 대신에, 모든 게 그냥 덧없이만 여겨지는 게, 이 늙은네의 겨울은 물러가 버린 것만 싶지는 않은데, 또 모르지, 봄을 타는지도 모르되, 거 이상스레 모든 게 덧없이 보인다구, 그저 무상하게만 여겨진다 말이지,"

"에잇, 망측한 늙은네러니! 아까부터 늙은네는, 젠장맞을, 거 조금만 해괴스럽게? 해괴하기 이를 데 없는, 거 뭐라구, '무상'이라, 무상이라 말이지? '덧없음'? 그런 말로, 이 노구(老狗)의 편안한 잠의 역린(逆鱗)을 긁어대는데, 덧없음이라니? 무상이라구?"

"허, 거, 건 말씀이야, 어떤 중 하나가, 무슨 도(道)라던가, 법(法)이 라던가, 그런 걸 구하러,"

"산에 있는 건 바다에도 있고, 산에 없는 건 바다에도 없는 것,"

"건 어쨌거나 말씀이야, 그것[法]이 있다는, 세천시어곡[西天西域國]이라는, 어디 먼 고장을 향해 길을 떠나다, 어느 저녁 노숙을 하게 되었는데, 말씀이야 밤중에 목이 갈했더라 하지. 해서, 더듬더듬 물을 찾았더니, 무슨 그릇도 싶으게 여겨지는 것 속에 물이 고여 있는 걸 (더듬어) 알고시나, 그것을 슬카장 마시고, 잘 자고 난 이튿날 아침 깨우쳤다는 그것일세나. 밤중에, 그가 마셨던 그 수분은 헌데, 알고 보니, 오래된 어떤 이의 촉루에 고여 있었던 그것이었더라더군."

"저런, 저런, 저럴 수가! 제 목덜미 위에 얹힌 촉루는 촉루가 아니고, 호박꽃이나 되었던가? (클클클, 호박 덩이와 대갈통!) 그전엔 그런즉, '무상'이라는 말이나, 그런 개념이랄 것도 없었더라는 얘기겠는가?"

"헤헹이, 그렇지야 않았겠지. 거 뭐, 모두 일찍이 깨우쳤다는 이들마다, 먼저 깨우치는 게 그거라니깐두루 말씀이야. 그러구 나면, 이제껏 짐승 내가 나던 몸에서, 인(人)내가 나기 시작한다고 하지그리. 그제부터는, 그것이 아무리 백복(百福) 천귀(千貴)를 갖춰 갖고 있다고 한다 해도, 속세란 다름 아닌 촉루 같아, 도저히 못 견디고, 종내 집을 뛰쳐나간다고 이르지. 거룩한 거러지(거지),"

"그러니까 그런 '거룩한 거러지'마다, 어떤 모르는 이가 떼어놓은, 그런 촉루에 고인 물맛을 보았다는 얘기겠는가?"

"'어떤 모르는 이가 떼어놓은'이라는 전제만 지워 없애기로 한다면, 그랬겠지맹. 말한 바대로, 글쎄 누군들, 목덜미 위에다, 촉루 하나씩은, 얹고 있지 않은 자도, 있어야 말이지."

"그랬은즉, 예의 저 중은, 그제 비로소 출가(出家) 길에 올랐겠군?"

"돌아오기도 출가의 한 형태라고 이를 수 있다면, 그랬겠지. 그는, 그 아침으로, 떨치고 일어나, 떠났던 데로 되돌아와 버렸다거든."

"장가 길에, 한 신랑이, 도중에서 밤을 맞게 되어, (늘 그렇고 그런 얘기 말이지, 소복한 젊은 과택 혼자서, 등잔 아래서 바느질을 하고 있는,) 뻔하게 불이 켜진 초가에서, 일숙을 빌었던 모양인데, 그 밤에 그 신랑은, 얻으려던 혈(穴)을 얻었더라고 했으며, 그랬으므로 밝은 날 아침엔, 제집을 향해 되돌아가 버렸더라고 하지. 돌아가리로다, 전원이 장차 황폐해지겠은즉, 어찌 돌아가지 않으리오…… 거 뭐라더라, 뭐라는 소화(笑話) 묶음에 수록된, 저 얘기의 제목은 뭐랬다더라? 그, 그렇지, '위화도 회군'(威化島 回軍)이랬더라고 했드랬지그리."

“츠쯧쯧, 어쨌든, 어떤 잘 정진하던 정신의 전락, 또는 환속에는, 언제든, 공이 예는 바와 같은, ‘불알 까먹는 요녀’가 관계되는데, 사바세계가 줄 수 있는 모든 복락의 모양이 그런 모양인 게지? 무상한 것은, 바로 그것인 것을!”

“늙은네는, 또 ‘무상’인가? 산에서는, ‘무상’이라는 말처럼, 그 뜻에 닿기 어려운 것도 없다는 것을, 모르, 모르는가? ……모를 수밖에 없긴 없겠지. 일테면, ‘사철이 여름뿐인 고장의 아이들께 눈[雪]에 관한 얘기’ 같은 것이 그것이라면, 걸맞은 비유일 듯도 싶으네만, 그, 그럼에도 늙은네는, 이게 무슨 얘긴지, 잘 모르겠다는 얼굴인데, 그런즉 이 노구가 한 강설 베풀기로 해야겠는가. 클클, 늙은 개 한 마리가, 늙은 한 사람을 향해, 설법자 꼴을 꾸미려 든다 말이심. ‘무상’이란, 당신네들 세상, 즉슨 인세의, 그것도 ‘마음의 우주’용 어휘여서, 식물도나 축생도라는, 자연도에 다 써먹으려 하면, 이 노구 같은 것들의 역린을 세우거나, 초목이며 금수들의 귀에다, 독을 흘려 넣어주는 짓이 된다 말이지. 그리고도 조금만 현학적인 어투를 쓰기로 한다면, 말한 바의 무상이, ‘마음의 우주’에서는, 그 뜻이 분명히 대승적일 것임에도, 자연도에서는, 어쩔 수 없이 소승화를 치른다는 것이지. 자연도에서는, 그 무상이, 확산될 대상이나 자리를 얻지 못한다는 대략 그런 얘기일 것이지. 그러니 지금 늙은네가 궁둥이를 대고 앉아 있는 그 죽은 나무는, 무상을 발설하고 있어도, 혼잣말로 끝나고 만다는 얘기이기도 하겠는가. 무상이라는 언어도, 그런 개념도 없는 곳에서 행해지는, 저 고목의 설법에 무슨 의미가 있겠느냐 말이시. 이런다면 대승(大乘)이 뭣에 쓰자는 법이겠는가?”

“견공(犬公)치고라면, 공의 지혜는 훨씬 벗어진 데가 있어 보이는데, 공이 혹간 말이지, 백장화상(百丈和尙)과 면대했었더라는 바로 그 야호(野狐)는 아니었던가? 그 야호인즉슨, 가섭불(迦葉佛) 시절, 한 대찰의 주지승이었더라는데, 하루는 한 학승이 나서 묻기를, ‘대수행저인 환락과야무’(大修行底人 還落果也無)한지라, 대답키를 ‘불락인과’(不落因果)라고 하였던바, 그 당장 야호가 되어, 그 후 오백 생을 야호피를 입고 살았더라는 그 야호거니, 그런 오백 생 후에, 그 야호가, 백장이 베푼 법석의 한자리를 차지하게 되었던 모양이라지. 그랬으니 그 야호가, 어찌 그 꼭같은 물음을 묻지 않을 수가 있었겠는

가. 백장의 대답은, '불매인과'(不昧因果)랬다던가. 말씸이야, 듣기로는, 그 야호는 그 순간 호피(狐皮)를 벗었더라 하는데, 보세나, 공은 아직도 그것을 못 벗고 있는 것으로 보건댄, 어쩌면,"

"이 노구가 그 야호는 아니든, 거기 무슨 다름이 있겠다구? 백장(百丈)은 백장[白丁]이었던 모양이어서, 호미를 썼어야 될 자리에다 식도를 휘둘렀던 듯하구먼(『박상륭 전집』, 4440쪽, 주석 8). 그것은, 아무리 호의를 갖고 살펴보아도, 정답(正答)이기는커녕, 동문서답(東問西答)도 되잖는데, 그렇게 하기로써 백장은, 저 학승 놈의 똥구멍에라도 빠져든 듯한, 그 물음의 뻘 속에서, 간신히라도 자기의 하초를 뽑아낼 수가 있었던 듯하지 않은 건 아니라도, 빼쳐내자마자 그는, 그것을 제 목구멍에다 쑤셔 넣어버리고 마는군. 그럴 것이, 그가, 대답하여, 한 야호의 껍질을 벗게 해주었다는 그 '대답'은, 의미를 크게 내포하고 있어 보임에도, 아무 의미도 내포하고 있는 게 아니잖는가. 의미 있어 보이는 의미 없는 말을 씨불이는 목구멍엔 좁밖에 더 먹일 게 없잖은가. 법(달마)을 실어 나른다는 바퀴[乘]가, 살[皮]의 수렁에서는 어떻게 용케 굴러 벗어났으나, 말[言語]의 유사(流沙) 구덩이에서는 벗어나지 못했음이여."

"가맜게나 그보다는, 공이 혹간 그 백장은 아니었던가?"

"눈 위에 쌓이는 눈,"

"그런즉 공은, 지금이라면 그 물음에 대해 뭐라고 대답할 것인가?"

"구지(俱胝)는 그 대답을 알 만할까? 가서 물어보게!"

"주의하게나, 그가 공의 손가락을 자를까 두렵네."

"캥[喝]!"

"이거 허긴, 하품 날 소리도 못 되네만, '본래무일물'(本來無一物)이라고 하여, 궁극적 진리는 '무'(無), 또는 '공'(空)이라고 이른다면, '인과'에 관한 문답이란, 누구의 오줌 줄기가 보다 높이, 그리고 멀리 뻗치나, 용써 보는 애들 놀이 말고, 또 무엇이겠나. 물으려 하는 자마다, 죽장으로, 죽장이 없으면 짚신을 벗어서라도, 몹시 후들겨 패주는 짓이야말로 권할 만한 일이겠지. 마는, 그건 그리고도 인세의, 그것도 '마음의 우주'의 속사(俗事)라면, 이런 자리에서 거론해볼 바도 못 되겠는데, 이 늙은네로 하여금, 무례를 한번 범하게 용서하여주실 것이라면 말씀이야, ……그, 글쎄 말씀이지…….”

“아하 이 노구는 대체 무엇이냐, 또는 누구냐, 그런 것 좀 알고 싶다 그 말씀이 아니겠다구? 그렇다면 노구가, 그 얘기 좀 해드려 드리지. 보는 바와 같이, 이 노구는 본디도 그냥 한 마리 개였었더라구. 왜 개의 몸을 받았던지, 그런 전생의 업보 같은 것은, 노구가 말하지 않는대도, 늙은네도 그만쯤은 알고 있을걸, 그렇잖은가?”

“좀 말씀해주시게!”

“개가 뱀과 같은 과(科)의 동물인 건 알고 있을 테지. 그중에서도 ‘문두룸’이라는 뱀과 혈연이 그중 가깝다고 이르지. 이 문두룸의 의뭉함에 관해서는 항간에도 알려져 있어, 늙은네도 들어보았을걸? 그렇거나 어떻거나, 간략하여 들려드린다면, 한때 세상은, 몹시 어둡고 추웠드랬는데, 예의 이 문두룸이, 그 불을 훔쳐 제 배 속에 감춰놓고 있었던 것이 그 까닭이었다더군. ……중략하고 말이네만, 그러던 어떤 날 헌데, 꼬리에 불점을 가진 까불이 새가 한 마리 나타났더라는데, 이 새는 어떻게나 우스꽝스러운 몸짓으로 춤을 추는지, 그것을 보는 것치고는, 고목까지라도 아니 웃을 수가 없었더라는군. 예의 저 문두룸도, 자기도 모른 새 그만 실소를 했더랑만. 바로 그 틈을 타, 저것의 열린 목구멍을 통해, ‘세상의 불’도, 저것의 배 속으로부터 탈출을 성공했더라 하지(프레이저의 『불의 기원』). 허지만 저것은, ‘비사’(飛蛇)와 관계된 전설의 와전일지도 모른다는 설이 또 있지그리. 저 문두룸은, 오백 년에서 천 년을 지나면, 옆구리에서 날개가 돋쳐, 어떤 방언(方言)으로는 ‘비사’라고도 이르는 새가 되는데, 다른 방언은, 그 같은 새를, 이렇게 나누어서 얘기하고 있지, ‘비사’라는 불새[火鳥]는, ‘뱀’이라는 허물, 다시 말하면, ‘재’ 속에서 스스로 부화한 불, 아까 말한 그 ‘까불이 새’보다 신화적 어투를 꾸미면, ‘불사조’이다, 라고 말이지. ‘뱀’의 상징이야 거 많지 않은가? 재라든, 죽음, 지옥, 사 원소, 사계, 영겁회귀…… 등등, 걸 뭐 더 꼽아 말할 필요가 있겠는가. 이거 자꾸 반복되네마는, ‘앉을 때, 같이 궁둥이를 먼저 틀어 앉기 때문에, 뱀과 개가 동류’라고도 이르되, 그 깊은 의미에선 그런데, 그것들이 거느리는 상징성이 비슷해서 그럴 터이지. 그렇다는즉슨, ‘개’의 상징들을 들추려 말을 허비할 필요가 있겠는가. 어떤가, 이 노구의 전생에 대해 뭔가 짚이는 게 있는가? 족보를 다 들춰 보였군그래.”

“……하나 더 묻고 싶은 것이 있군그래. 아까 공은, 이 늙은네를 가리켜, ‘늙은 개 위에다 인피(人皮)를 입어 한겨울을 나셨군그랴, 그리시잖는가?’라고 했었는데, 이 늙은네가 알고 싶은 건 공의 그 얘기는, 이 늙은네가 건넨 인사에 대한, 수사학적 대구로서 했었던 것이었는가, 아니면 이 늙은네와 무슨 인연이 있었기에 늙은네 앞에 나서 보였는가. 그것일세나.”

“‘혀끝에서 미끄러져 나가는 말까지도, 그 혀를 가진 자의 무의식에 연결되어 있다’고 한다면, 저 양쪽을 다 포함한다고 말할 수 있겠지.”

“그렇다면, 고, 공, 공은 ‘개가죽’을 입은 ‘사람’일 수도, 있다는 얘기를 끌어낼 수도, 있다는 얘기일 수도, 있다는 얘기는 아니겠는가?”

“역사가 장구하다고 이르는 나라 사람들은, 누구를 만나 물어도, 그 혈관 속에는 왕혈(王血)이 흐르고 있다고 대답하는 것이 아니던가. 그러니 그렇지 뭐, 족보야 어떻게나 화려했든, 보는 바대로 개인 자는 개일 뿐이지. 그것도 한 마리 똥개 말이지, 개장국집 사내의 올가미에 정기를 일으키며, 조주의 가래침과 발길에 덮이고 차이면서도, 어디에 구린내는 없는가. 흐르는 암내는 어디서 발원하는가, 그런 걸 찾아 노상 코를 큼큼거리며, 비실거리고 다니는 것이, 개의, 특히 시골 똥개의 삶이 아니던가. 그래도 개에게다 멍에 메워, 사래긴 밭 갈려 덤비는 자는 없으니, 소나 노새 팔자보다야 천만 낫고말고. 암문이지. 근이 뼈로 된 탓일 거네만, 노상 성욕에 당하고, 그리고 또, 뼈까지도 누룽지 삭히듯 하는 실한 창자 탓일 거네만, 노상 배가 고프고, 큼, 똥개 말이지, 그, 그런 똥개가 말이시, 한번은 그런데 어린 인명(人命)을 하나 구해준 일이 있었지그리. 그 까닭, 그 결과로 그 똥개는 제 목숨을 잃었지만 말이지.”

“호우, 저런 저런! 저런 일을 했었군 했댔어! 이 늙은탱이가 드리는 큰절 한 자리 받으시게, 받으시게! 그리고서나, 그렇지, 그런 걸 진짜의 영웅담이라고 하잖나, 그 내력이나 좀 풀어 들려주게.”

“허허허, 거 입맛을 좀 돋우나? 거 뭐 그래본대도, 알잖나, 짐승이 인명을 구했다면, 그 형태가 그렇게 많을 수 있는 것도 아니어서, 몇 가지로 분류되어 있는 것 있잖더냐구? 한두 예를 들면, 어린아이가 언덕에서 굴러떨어져, 거 뭐 대단한 물살은 아니라 해도, 허우적이며 익사해가는 걸 보던, 그 집에서 기르던 개가, 가죽 젖을 것 생각지도 않고, 그러니 신발 벗어 짜란히 놓고, 웃통도 바지도 벗어, 또 보기 좋게 개어놓는다는 그런 절차 다 생략해버리고, 그 물에 첨벙 뛰어들어, 애의 옷자락을 물어 끄집어내 주었다던지, 또는, 꿩병아리며 새알을 찾아, 어린 주인과 개가, 들을 헤매다, 숲의 깊은 데까지 들어갔던 것을 몰랐던 중에, 맹수를 만나게 되었는데, 맹수가 어린 주인을 상하려 내닫자, 개가 맞고 나서서 필사적으로 싸워, 맹수를 좇았더라는, (그런 경우는 개가 죽게 되기도 하는데, 개장국집 솥 대신에, 개 무덤도 서기도 하곤 하는 모양이던데,) 대개 그런 투겠지. 그런 거지 뭐. 이 노구가 어린애가 아닌 데다, 듣는 귀도 어린애의 것은 아닌 이상, 늙은네 말했던, 거 뭣이랬더라, 그렇지, 그 '영웅담'이랄 것도 풀어낼 것이 못 되겠지맹. 그런즉, 그것이라면 생략해버리려 하네만…… 그 뒷얘기쯤이라면 허긴 늙은 귀도 솔깃해할 성도 부르네만—. 그러니 그 얘기나 들려드리기로 함세. ……그런 뒤, 란 그 개가, 입은 상처 탓에 죽고 난 뒤라는 얘긴데, 무엇이 어떻게 돼서든, 무대도 사정도 휙 바뀌었던 모양으로, 그 개는, '최판관'(崔判官—이런 이름을 'euhemerism'이라고 하는 갑데만,)이라고 이르는, 삶이 있어 죄가 있고, 그런 뒤 죽음이 있기 시작한 그때부터 늙어온, 그럼에도 젊은 얼굴의, 저승 쪽 심판관 앞에 펴져 누워 있더군그리. 절미(截尾)는, 나중에 그때 가봐서 어떻게든 할 일이되, 거두(去頭)부터 하고 말이지만, 그 어르신 말씀이 이러허셔. '아수라, 수라들까지 다 포함하여 말이지만, 팔만사천 유정 중에, 왜냐하면 인피(人皮)야말로, 아 물론, 바로 저 꼭같은 것이, 허무도, 중력도, 축생도도, 귀계도, 지옥도 싸안은, 저주 중의 저주가 아닌 것도 아니라도, 공은 이기심 없는, 그리고도 적(맹수)에 대한 증오심 없는, 의로운 일을 했은즉, 인피가 싸안은, 좋지 않은 부분에 관해서는, 공과 더불어서라면 운위할 필요도 없으리뇨다.' 그런즉 그렇지, 가맜거라, 본관이 방금 전에 어디까지 말했더라? 가맜거라, 이거 말이지, 같은 시간이 흐른대도 느리기만 느려터져, 저쪽의 하루가 겁에나 해당하는 곳을 사는 데로도 노망이 온다는가, 망령일레라, 아 그랬었구나, 그래 인피 얘기였었구나, 허허허, 인피라 말이지, 그것이야말로 극락의 문이며, 견성(見性)의 눈, 성불(成佛)의 자루, 해탈이라는, 없는 날개의 날개를 감추고 있는, 자벌레의 껍질 같은 것인즉, 바로 그런 것을 입은 목숨을 구한다는 일은, 삼천대천세계에서도 그중 으뜸으로 치는 의행(義行)인지라, 고로 본관이 오늘은, 공의 상처에서마다 흐르는, 저 의행의 냄새, 정토에도 비길 그 냄새에 황홀해져, 만년 우울함을 씻겠거늘, 그래서 공에게, 그 대행(大行)에 걸맞을 만한 상을 하나 내리려 하고 있놨다. 상벌이 엄정해야 세사라는 치차에 어긋남이 없게 되거든. 그런즉 특히 원하는 것이 있거든 밝혀 말해볼 일이겠는다. 그러면 본관이 모든 호의를 다해 고려해보겠으나, 허나 역시, 마, 말씸이야, 공은 개였으니, 그저 살 많이 붙은 무슨 뼈다귀나 하나 바란다거나, 아니면 엉뚱하게도, 공의 그 뻴그런 좆 뼈의 자만심으로 하여, 천제의 막내 사위 되기를 바란다든지 하면, 허허허, 삼세육도가 왼통 화글화글 웃거나, 바글바글 논쟁의 와중에 떨어져 들기가 쉬울 터인데…… 해서 말, 말이거니와, 역시 판례집에 좇아 처리하는 것이, 그 그렇니라, 본관의 임무겠다 싶은데……라는 것은, ……그렇지, 몇 억겁의 고행 난행을 치러야 벗을지 말지도 모르는, 공의 그 '카투린드리야'('四官을 구비한 '有情', 『우타라디야야나』)를 벗기는 대신, 이번에는 '판켄드리야'('五官을 구비한 유정', 즉슨 人皮)를 입히려는 것이다. 그런즉 공은, 입어 있는 그 수피일랑은 벗어, 본관의 깔자리를 삼게 하려니와, 그런 뒤엔 일어나, 저 문을 열어 들어가 볼지어다. 문의 이쪽은, 무엇이 여하히 견고하여 금강석 같다고 하여도, 그것이 물질이라면 기화(氣化)하되, 저쪽은, 기(氣)라도 물질화하는 '궛'(것+곳)이거니. 그쪽 문을 여는 순간부터 공은, 모든 대륙의, 모든 계층의, 판켄드리야의 암수들이, 쌍으로, 혹은 셋으로 넷으로, 배 붙이고 있는 광경을 볼 터인데, 그중의 어떤 암수를, 공의 어버이로 뫼실지, 그것은 공이 분별하여 선택하기 나름이니라. 아으, 가맜거라, 입이 마음을 피로케 하는구나. 공의 것 같은 죽음을 접할 기회가 흔치 않다 보니, 말할 데도 별로 없드랬는데, 오늘은 입이 한사코 수다를 피려는 까닭이러람. 그러함에도 이제 본관은, 공이 가져온, 만 근의 아편보다 나은 이 황홀을, 좀 더 오래오래 즐기려 하여, 밖에는 몇만의 죽음이며 주검들이 줄서 있든, 아랑곳하잖는다, 퇴정하여 와선이라도 꾸며보려는다. 잘 가게. 이번 길은 공에게 은총으로 놓여졌으되, 그 반대일 수도 있으니, 주의하게나. 공을 더 만나지 않게 되기를 바랄 뿐이지……."

"흠, 흐음, 흠! 공에게 법은이 지대지극하였었도다. 흐음, 음, 그래서는, 가맜어보자구, 이 늙은네가 더 듣고 싶은 건, 가맜자구, 공이 그래설람, 어떤 대륙, 어떤 인종, 어떤 계층의 자궁을 선택했었던가, 물론 그것도 알고 싶으지만, 그리고 어떤 삶을 어떻게 살았든지, 그런 전기적 부분에 관해서도 듣고 싶지만, 그러나 무엇보다도 먼저 알고 싶은 건, 그렇지, 그래설람엔 인피 입고 살기가 어떠했던지, 다시 말하면 '감각기관'을 하나 더 구비해 살기는 어떠했던지, 그것에 대한 개략이나 결산 같은 것, 그런 것이네만,"

"이 노구도, 사실은 서른 권 책을 써도 모자랄, 무슨 그런 얘기 같은 걸 주억거릴 생각은 추호도 없지그리. 한 삶의 얘기란, 중년에 어디서 촉루에 고인 물맛을 보았다는 식의, 거 왜 있잖은가, 무슨 큰 전환을 일으킨 사건 같은 것 말이지, 그런 것 빼놓고는, 그저 누구나 사는, 살게 되어 있는, 그런 삶(이라도 물론, 서른 권 책을 써서라도 밝히고 싶은 얘기들이야, 왜 없겠는가마는,)을 두고는, 써본대도, '장안의 지가를 올린다'는 일이야 잘 있을 것 같지도 않지. 건 그러려니와, 가죽[皮] 얘기 아니었던가? 그랬었지 그리."

"가죽이야말로, '운명(運命)의 기호(記號)'라잖는가? 개가죽을 입은 유정은 그래서 개의 삶, 개의 죽음을,"

"거두절미하고 말하면, 인피 입어 살기란, 호피(狐皮) 입어 살기보다 훨씬 더 고단하더군."

"허? 허읔?"

"견공스러운 편안함이란 도대체 없더란 얘기지. 인피란 그런 점에 있어서도 보다 더 저주더군!"

"고, 공은 마, 말이십지, 개장국집 사내나, 조주 탓에, 똥개스런[犬儒的] 해학을 생각해낸 것은 아니겠지?"

"이 노구가, 아직껏도, 저 두 종류의 인피 입은 자들에 대해 가진 원한을 잊고 있는 것은 아니라도, 이런 자리를 빌려 그들의 바짓가랑이를 물고 늘어지려는 생각은 없음세."

"'인피 입기의 지난함'에 대해서는 여전히, 공의 강설에 귀 기울 수밖엔 없겠네."

"그 문제에 관해서라면, 참말이지 서른 권 책도 펴내 볼 만할 듯하지만, 그래 보면 또 뭣에 쓰자는 얘기겠는가? 그 소리 들으려, 사해의 용들이며, 땅 아래 귀신들로부터, 사유시방의 아수라들과 오백 나한들이며가, 구름 떼모양 몰려들 듯싶은가? 개는 개여서 말이네만, 그런 투의 화려체 묘사는, (개에게는) 암고양이의 암내만큼이나 싫다구. 허기야 물론, 어떤 깨우쳤다는 마음에 채워드는 법열을, 말로써 표현해보려 한다면, 어떤 식의 화려체 묘사도 도저히 미치지는 못할 것이라는 것쯤 짐작하지 못할 바도 아니네만, 어떤 '마음 상태', 해탈을 성취한 마음의 그 광대함, 그 밝음, 그 번쩍거림, 그 성음(聖音), 그 지복함, 그 지순함…… 그런 것들을 말이라는 피륙을 마름질하여 입히려 들면, 수사학의 가시 꽃밭을 쓰르륵여 난 꽃뱀모양, '마음'이라는 허물만 저 가시잼이 위에 걸쳐 남겨둘 일이겠지. 그 공태(空態)는 아름다운가? 민망하다구, 보기에 민망하다 말이지. '공'(空)이라고 억천만 세를 억만 번 이르면서도, 없다는 삼천대천세계에다, 화려체 말의 수를 놓은, 자화자찬의 무수한 깃발을 펄럭이고 있음—화엄(華嚴)이란 과연 그런 것이겠는가? 아무리 그 색깔이 천 색 만 색이라 해도, 개 눈에는 그저도 흑백 양색이거나, 무색(無色)일 뿐이어서, 무색하지. 개는 개여서, 개 식으로밖에 말 못함으로 그렇게 말이지만, '화엄'이란, 이를테면 『마하바라타』의 살상의 광경 같은 것이 아닐 것인가, 그렇게 의문도 하고 있지. 살상만이 목적인 '그 전장(크룩쉐트라)에서는 그런데, 단 하나의 생명도 살상된 바가 없다'고 이르는, 선/악 대전의 저 무서운, 참혹한 살상—그 '전장'은 그러면 무슨 의미였겠는가? 노구에게도, 피로가, 한 산 무게로 짓눌러 대고 있어, 길게는 말하고 싶지도 않네만, 이 노구가 입어야 했던 인피는, 다름 아닌, 바로 저 『마하바라타』라는 전쟁담 속의 '크룩쉐트라'였드랬다는 믿음이 있지."

"'인피'와 '크룩쉐트라'? 개가죽 속에는 그런즉, 선과 악, 옳고 그름, 실다움과 허상, 이라는 식의, 이것과 저것의 대립이란 있는 것도 아니었었다는 그런 얘기겠는가? 아직은 그러니, 산을 보아도 산으로 보이지 않고, 강을 보아도 또한 강으로도 보이지 않는다는, 그런 경험은 해본 적이 없었다는 얘기겠구먼."

"늙은이임세, 늙은네도, 도척이네서 기름지게 먹고 이빠디에 힘 돋운 개가, 보리죽도 잘 못 먹어 비척이는 안회의 바짓가랑이를 물어 찢는 광경쯤은 흔히 보았을 것을? 그 안회의 정강이에 무슨 고기가 그리 많이 붙었을 것이라 고시나? 그리고는 그 개가, 집에 돌아가, 제가 행한 일이 나쁜 일이었다고 알아 뉘우치느라고, 식음을 전폐하며 괴로워하더라는 얘기 들어본 적 있던가? 사실은 어쨌는가 하면, 그 개는, 도척이가 칭찬하며 던져주는, 살점 많이 붙은 뼈다귀를 발기며, 그 칭찬, 그 뼈 맛을 즐기더라고 하지. 거기다 대고 '산/강' 얘기는, 무슨 개뼈다귀 같은 소리라는가?"

"전순히 선한 것(수라, 데바)과, 전순히 악한 것(아수라)은, 옳고 그름의 까닭으로 괴로울 일은 없을 것임. 늑대나 사슴은, 아직, 이른바 '선악과'라는 것의 맛을 본 적이 없으니, 그것들 또한 선/악의 까닭으로 괴로울 일은 없을 것임. 아으 그런즉, 늑대나 사슴은, 아직도 '에덴'으로부터 축출을 당한 것은 아니잖는가? 식물도, 자연도, 축생도가 에덴임? 에덴임? 못케라, 아지 못케라…… 다만 인피를 입은, '판켄드리야'라는 유정만이, 저 '선악과'의 맛을 보았음일라! 허, 허긴 까닭에 '최판관'이라는 이께서, 다만 한 종류의 가죽[人皮]을 입은 유정만이, 지옥을 싸안았으되, 동시에 천국은 물론, 해탈의 날개 아닌 날개를 숨겨 갖고 있는 자벌레라고 이른 것이었음을? 인피 입기의 저주, 인피 입기의 은총……."

"여게 인종(人種) 늙은네, 거 뭐 고스랑거리고 주억거려보아싸야, 이 빠진 잇몸으로, 석삼년 우려낸 개뼈다귀 씹어보는 짓일세나,"

"……한 가지만 더 물어보고 싶으네만, ……최판관으로부터, 공께 법은이 입혀져 주어졌다는, 그 인피 입어 살았던, 그 인간이라는 유정은, 그래서는 그 뒤 어떻게 되었다는가?"

"으음, 건 좋은 물음이구먼. 그러함에도, 늙은네가 꼭히 살펴둬야 할 것이 있다면, 늙은네도 아까 '가죽이란 운명의 기호'라는 얘기를 하데만, 바로 그 일점일 것이지. 그 일점을 깊이 살피고, 그리고 대승화하기로 한다면, 이 우주 간 얼마나 많은 유정의 종류며 수가 있다 한다 해도, 그 시작에 있어선, 그리고 종국엔, 단 한 종류의 유정밖에 없음을 알게 될 터이지. 인피 입었다는, 그 한 종류의 유정—. 그리고도 한 날갯짓만 더하여, 닿은 자리에서도 조금만 더 나아가보기로 하면, '무정'(無情)인들 뭐 따로 있는 것이겠는가? 저 '유정'의 '밖'의 풍경 같은 것으로나 바뀌어 보일 터이지맹, 인피 입은 유정의 '염상'(念相) 같은 것—. 이제는 그러면 저 유정 쪽에서 '자아'(atman. Skt.)라는 것을 뽑아 없앨 차례겠는가? 아니면, 저러는 과정 중에 이미 없어져 버렸음을 알게 될 것인가? '아나트만'(anatman)—'안/밖'이 모두 지워져, 돌(咄), 남음이 없음[無]? 이걸 두고 뭘 그렇게까지나 놀래 눈을 휘둥그렇게 뜰 일도 없을 것인데, 그럴 것이, 축생도에로, 귀계에로, 나라카에로 떨어져 내렸다거나, 반대로는 데바계에로 올라 태어났다는 모든 운명들은, 다름 아닌 인피 입었던 자들이라는 것이기 때문이지. 인피 입은 자들이, 그들이 지은 업과에 의해, 입어진 몸, 또는 그 이름이, 풀이며, 지렁이며, 상어며, 고래며, 쥐며, 늑대며, 부엉이며, 독수리인 것이지, 다른 것들이 아닌 것이 아닌가. '판켄드리야'가, 삼세육도의 팔만사천 화현의 밭[田]인 것—그러니, 태초부터 말시까지, 이 삼천대천세계에는, 한 종류의 유정밖에, 둘도 더 없었다는 얘기인 것이지. 판켄드리야의 욕망이, 꿈이, 좌절과 절망이……."

"………."

"이제는 알 만한가. 이 늙은 개가 입고 살았어야 했던, 그 인피를 입어 살아오고 있는 자가,"

"다름 아닌 이 늙은네 당자라는 말이지? 흐흐흐, ……허긴, 추운 겨울을 이겨내기 위해, 뭐든 입은 것이 인피였대도, 그건 그렇게 따뜻한 것만은 아니었네. 사실은 추웠지, 몹시 추웠더라구."

그렇게 고스랑거리며, 늙은네가 눈을 한번 들어 둘러보았을 땐, 헌데 그 늙은 개는 그 자리에 있지를 않았다. 늙은네가, 깜박 한 소금 낮잠을 잤는, 아니면 그 개가, 자왔던 그 잠을 다시 펴 덮었거나, 그랬던 모양이었다. 그래서 늙은네는, 마음속에서 고스랑거리기를 이랬다. 아까 이 늙은네는, 산을 마주해 앉아 있었는데, 산이 스러지고 늙은네만 남은 것을 보았었다. 그래서 보니아으 알겠다, 산이 개였던 것을, 그것을 알겠는 것이다. 산이 개였다, 하필이면 개였다. 산이 개였다, 그리고 늙은네도 개였다. 늙은네는 그러다, 개처럼 콩콩

기침을 해대며, 핏물을 뱉어내더니, 지팡이도 더 의지가 못 되는 모양으로, 무릎부터 꿇고, 앞으로 푹 꼬꾸라졌다가, 한옆으로 비그르 무너져 눕고 말았다. 그러자 이번에는 늙은네가 없어지고, 개만 남았다.

> "We sit together, the mountain and me,
> until only the mountain remains."*

* 원문(原文)을 접할 기회를 얻지 못해, 영역(英譯)인 채로 인용한 것은, (훌륭한 한학자[漢學者]가 많은 상황을 고려하여) 중역(重譯)의 위험성을 제거하기 위함뿐이다.

두 집 사이
—제3의 늙은 아해(兒孩) 얘기

소사니카*

막(幕)이 오르면, 이승에로 옮겨온 명도(冥途). 황원(荒原). 중력(重力)이라는 끈끈이에, 흙과 물, 불과 바람을 접붙인 것을 인육(人肉)이라고 입고, (그 어느 원소[元素] 인들, 적 되어 일어나면 아프지 않으랴?) 그 탓에 고통하다가, 죽은 송장들이 하늘[天]에 묻히는 장(葬) 묘지. 허긴 그건 '제장'(祭場)이라고 이른다면, 더 그럴듯하기는 할 테다. 빛까지도, 이 고장을 발 시려하여, 되도록 비껴가 버리려는 그늘진 자리, 볕에도 그러자니 온화함이란 없어, 엷고 한랭하여, 한낮이라도 여명이나 박모인 듯이, 어둑스레하고 으스스하다. 이런 으슴푸레함과 흐스스함은, 모든 것을 극소한도까지 웅숭그리게 하여, 산(山)스러운, 또는 바위스러운 육중한 실체까지도, 그 실다움스러움을 반쯤

* 원/소사니카(Sosanika, Skt.): 선(禪)꾼이, 사고(四苦)라는 마구니의 항복 받기를 목적하여, 묘지나, 화장터를 성지(聖地) 삼아 떠도는 일. 잘 정진하고 있는 선꾼[禪僧]에게는, 이쪽 풍진세상 떠돌기 자체가 '소사니카'이다. 에덴(자궁)을 벗어난 곳에 해골의 골짜기(죽음/주검)가 있기 때문이다.

줄이고 지워 흐릿하게 하여, 실재와 비실재 사이의 벽을 허물어버리고 있다. 그래서 그럴 일일 테다, 이 고장 사는 사람들이 갖는 하나의 염원은, 새[鳥]이다. 막힘 없이 밝은 하늘에의 그리움—새. 무량겁 쉼 없이 불어 부는 바람, 그런데도 산소는 희박하고, 볕 속에는 푸라나(Purana, Skt.)가 희박하여, 약대보다도 더 끈질김으로 황지를 이겨내는 잡초까지도 여기서는, 고향을 떠나곤 하는데, 이런 곳을 이기고 살려면 사람은, 약대보다도 잡초보다도 더 강인하지 않으면 안 될 터이다. 그런 삶은, 그것 자체가 고행(苦行)일 테다. 사람에게는 그래서 종교(宗教)가 있다. 그것[宗教]에다 모양새[相]를 입히기로 한다면, '새'[鳥]일 테다. 명도(冥途)를 나는 새는, 대가리와 목덜미에 털이 없어, 돼진 변강쇠의 하초 꼴인데, 명도(冥途)의 대기권을 뚫어 오르고, 내리고 하다, 살별이 제 대가리를 태우듯, 그렇게 털을 태웠을 터이다. 오늘도 불어 어제[本]로 가는 바람은, 모든 정 붙일 수 없이 악령스러우며 마녀다운 것들을 일으켜 세워서는, 흐흐흐, 노략질하고 있구나, 된통 겁간하고 있다. 쉼 없이 불어 바람은, 뿌리 잘렸거나 없는 모든 것들을, 검은 바닥에 굴리고, 황진 기둥을 만드는데, 하늘에는, 해 같은 달, 달 같은 해가, 마누라를 구해 저승문 나서다 뒤돌아보는 오르페우스 꼴로, 으스스하고 으슴푸레한 고장을 들여다보고 있다. 황원의 어디에 중심이 있고 변두리가 있겠는가마는, 그래도 말하기 위해 말하기로 하면, 저런 곳의 한가운데에는, 말했던 바의 그 묘지, 아니면 장의사, 그것도 아니라면, 특히 사람이라는 유정의 원(願)을, 그 원의 고장에로 탁송해주는 나루터, 그것도 적당치 않다면, 인육(人肉)을 써서 제사하는 제단(祭壇)이 있다. [씌어진 몇 개의 단어에 서틀게 귀를 묶여 도류(道流)들은, 서투른 상상력을 일으켜 세워, 여기저기 덤을 들어낸 무슨 묘나, 비석 같은 것이라든, 아니면 귀신이 들어 송장을 간하고라도 있어 보이는 무슨 상엿집 까대기라든, 무슨 뱃나루 같은 것이라든, 뭐 그런 것들을 떠올려보려 할지도 모르는데, 풍문에 귀를 빼앗기면, 귀 탓에 눈이 기만당하기 쉽느니라] ……그리고는, 조명등이 비춰 보이는 대로 눈을 묶고, 무대를 따르기로 한다면, 그것의 한옆을 통해 배우들이 등장하기도 퇴장하기도 하는, 바람막이가, 관중의 시선을 차단한다. ('무변의 황원'과, '바람막이에 의한 관중의 시선의 차단' 간에는, 회복해낼 수 없는 모순당착이 있어 보인다. 마는, '전체'를 조감하기와 '부분'을 관[觀]하기는 저렇게 같지 않다는 것쯤, 관[觀]할 줄 아는 눈을 가진 관중께만, 이 연극은 입장이 허락되느니) 그것은 무대의 후면을, 벽에서 벽까지, 바닥에서 천장까지 둘러치고 있는데, 베 폭으로 만들어져, 여기저기가 찢기고, 찢긴 자리가 서툴게 꿰매임 받아 누덕져 있거니와, 간단없이 부는 바람에 검은 펄럭임 소리를 내며, 꺼꾸로 선 작은 파도모양 일럭이고 있는다. 그 바람막이를 후면으로 하여 좌우편에는 여러 개의 기주(祈柱)가 줄 서 있는데, 그것은, 이승 사람들의 염원을 글자로 적어, 하늘에다 읽혀주려는 편지들을 깃발 꼴로 달고 있고, (그 내밀한 소원을 적은 글들을 먼저 읽는 자는 풍신[風神]이겠거니와, 풍신이십지, 글자만 읽어 외워 상천[上天]께 고해 올릴 일이고, 뜻까지도 향음하려 마십습지라, 그러면 풍진세상에 풍문이 너무 많게 되어 바랄 만하지도 않으려니와, 감췄으면 싶은 일들이 너무 까발써져, 점잖다고, 또 정숙하다고 이름난 이들의 얼굴에 풍진[風疹]을 덮게 되어 남세스러울까 그것도 또한 두렵고, 뿐만 아니라, 글자들이 모두 바람 가운데 흐트러져버려, 상천[上天]은, 글자 바랜 희둑스레한 편지지만 받게 될 것이 염려스러워 그런다) 바람에 그역흰 울음을 검게 펄럭이고 있는다. 바람이 그 문원(文願)들을 읽고 핥느라 펄럭이는 소리를 내고 있는다. 저 바람막이와 기주들 아래쪽을 둘러서는, 전에 사람이었던 자들의 두개골로 쌓은, 나지막한 'ㄷ' 자 담이 있는데, ('용'[用]이 빠져나간 '체'[體]는, 허무[虛無]한 것도 아니구나!) 그 한가운데엔, 오물에 덮여 바람에 마른 널팡한 바위가 하나 놓여 있고, (아니면 태초부터 거기에 있어 왔고,) 그 주위에는 크고도 작은 바윗돌이, 문둥이들 영산회(靈山會) 꼴을 꾸며, 웅성웅성 엎드려 있다. ……자, 이제 그러면, 인물(人物)들이 등장하여, 뭐든 움직임을 전개해 나간다면 될 만큼, 무대는 이제 제 모습을 차려낸 셈이다. 때에, 마침맞게, 바람막이 뒤쪽으로부터 요령 소리가 울려 나온다. 그 소리는 규칙적이기도 불규칙적이기도 한데, 펄럭이는 어두운 바람 소리와 어울려, 관중의 귓속에다 귀곡스러운 비를 뿌린다. 그리하여 관중은, 저 바람막이의 오른쪽 편으로부터, 그 요령 소리를 내게 한, 한 괴기스러운, 그리고 매우 절름거리는 한 늙은네를 보게 되는데, 백결(百結)의, 오물에 덮인 상복을 입고 있으며,

굴건 쓰고 요질을 맸고, 망혜 신고 있다. 요령은, 그의 상복 앞섶에 매달려 있어, 그가 절름거리고 걸을 때마다, 울려 울림을 냈던 것이었다. 소리에 얼마 정도의 율조가 있었던 걸로 따지건대는, 그의 찔콩 찔콩 걷는 걸음걸이에는 동율(動律)이라는 것이 있는 것이나 아닌가 짐작케도 한다. 몇 해인지, 그건 그 자신도 모르는데 누가 알 것인가, 깎지 안 해 상반신을 왼통 덮고 있는 머리칼과 수염, —콧물이며 음식 찌꺼기로 찐득한, 웅덩이가 잡초 같은 그 덤불 속에서 그는, 핏발 선 두 눈으로 인광을 쐬어내고 있는데, 곧바로 저승에서 오는 길이 아니라면 분명히 그는, 그쪽 황혼(이쪽의 닭 울임시)이 시작되어, 그쪽 문이 닫기고 있었을 즈음, 절름발이 주제에 너무 멀리에 있었던 까닭으로, 듣지 못하고, 굳게 닫긴 그 문밖에 버림받아져 있는 듯해 보인다. 관중은 그를 두고, 자기들이 현재 악몽이나 흉몽을 꾸고 있는 것이나 아닌가, 하고 체머리를 흔들고 하고들 있으니, 어쩌면 그는, 저승에서가 아니라, 거기 모여 앉은 관중이, (글쎄 '군중은, 꿈꾸기 좋아하는 잠'이라고 이르잖느냐) 눈 번히 뜨고 자며, 함께 꾸는 흉몽, 다시 말하면 한 몫의 '뚤파'(Tulpa, Tbtn., 선[禪] 꾼의, 정신적으로 이뤄진 정력[精力] 이, 밖에 나가, 하나의 환신[幻身] 을 이룬 것)일지도 모르긴 모른다. 마음의 깊은 속을 들여다본다면, 누구에게나, 저런 하나의, 별로 사랑스럽지 않은 몽상(夢相)이, 자리 잡고 있음을 보게 될지도 모르긴 하다. 사고(四苦, 생로병사[生老病死])를 의인화하려 하면, 저런 하나의 불길한 꼴을 꾸미게 될지도 모르지 않지 않느냐. 오른손엔 그는, 녹슨 커다란 낫을 한 가락 들고 있으며, 다른 손엔, 인두골로 만든 바가지를 들고 있는데, 그 속엔, 사람의 쓸개즙이 아니면, 월후 중에 죽은 옌네의 월후와, 늙은네의 정수와 침, 오줌 등으로 빚은 술이 담겼을 것이었다.

늙은네—나 헤루카(Heruka, Skt., 양력[陽力], 또는 긍정적 국면의 견성[見性] 각도[覺道] 케 하는 힘),

성스러운 샤웅(남편, 지아비에 대한 고어[古語])!

늙은네는 등장하며, 사유시방 팔만 유정 무정 모두 들으라는 듯이, 그렇게 외쳐 자기를 밝힌다. 그리고 그는, 그 펄럭이는 바람막이 아래로 가, 해골로 쌓은 담에 등을 기대 쭈그려 앉는다. 낫은 한옆에다 'ㄴ' 자로 놓아두고, 들고 있던 인두골의 한 전을 입술에 대어, 속엣것을 한 모금 마신 뒤, 혀로 입술과 수염을 쓸어 핥고, 그것 또한 조심하여, 한옆에 놓아둔다. 그리곤 요질에다 찔러 넣어두었던 장죽을 뽑아내곤, 쌈지에서 대마엽을 쥐어내, 침 뱉어 손바닥에 비볐다가, 대통에 이겨 넣고, 부시 쳐 불붙여선, 폐부 깊이깊이 몇 모금이고 빨아들인다. (돌[咄], 이거 대체 뭐 하자는 좁쇠릐인가? 눈은, 세목들을 거론치 안 해도 한꺼번에 모든 것을 보아버리거늘, 혀는, 그리고 귀는, 어찌하여 세목들을 들추지 않고는, 아무것도 헤아려낼 수가 없는가? 혀와 귀가, 눈의 공시태[共時態]를 익혀, 통시태[通時態]를 극복할 때, 말은 분명히 선상[禪相]을 취할 터이다. 그런즉 '선'[禪]은, 통시태[通時態]의 공시태화[共時態化]이겠느냐?) 그리고 하늘을 올려다본다면서, 눈알을 너무 까뒤집어 올려, 석양도 아닌데 석양빛을 들어낸다. 흰 창에 어우러진 해당화 두 떼기는 앓음답다.

늙은네—나 세상의 샤웅, 송장 (솨바)
속에다 벽력을 몰아쳐 넣는 자 (쉬바)!

때에 두세 두세 두셋의 남자들의 목소리가 나며, 두셋의 모습이 조명등 아래 나타난다. 모두가 하나같이 남루하고, 사철을 부는 찬바람에 그렇게 되었겠으나, 무거운 짐에 시달림받은 당나귀의 등 가죽 같은 피부를 들어내고 있다. 그 피부 속에 그들은 '새'[鳥]를 억류해 있을 것이었다. 그중의 하나는, 늙은네가 입고 있는 것과 같은 상복 차림인데 앞장서 있고, 나이는 중년 초입쯤으로 짐작되며, 그 뒤를 따르는 자는, 세월이 살기의 때를 번질거리게 한 누덕 진 이불에다 쌓은, 뭔지(라고 수사학적 의뭉을 떨어본 대야, 천장[天葬] 터로, 옮겨져 온 짐이란, 모성 모씨의 송장 말고 또 무엇이나 되겠는가) 매우 육중해 보이는 둥근 짐을, 지게 위에 짊어 따르고 있으며, 그는 전자보다는 한 오륙 년은 젊어 보이는 나이, 그리고 그 뒤에 따르는, 동정 뗀 지 사흘도 채 안 돼 보이는 젊은이는, 가난한 대로라도 정성껏 장만한 약간의 음식을 담은, 작은 바구니를 들고 있다. 그들은 하나같이, 눈물로 크렁진 붉은 눈들로, 두리번거리다, 늙은네를 발견하고, 우선 합장하여 절해 보인다.

앞장선 사내—우리 세 숙질(叔姪)의 한 아낙네[共妻]가 죽었기에, 장례를 치르려 왔십네다. 우리 세 숙질이 함께 아꼈던 이 옌네는, 살던 내내도록 하늘에 묻히기를 원했습지요. 부디 이 불쌍한 옌네의 영육을 하늘 가운데에 묻어주십습지요.

흐흐흐, 그러고 본즉, 이 고장에서는 일처다부제(一妻多夫制)가 행해지고 있던 모양이었다. 허기야, 저런 박토에서는, 여러 남자가 땀 흘려 일하여서도, 오히려 한 여자를 먹여 살리기가 어려울 테다. 실한 좆 갖고도 난쟁이 꼴로, 공처(共妻) 살이가 웬 짓이냐고, 혼자 삐진 놈은, 삼백 날, 공방 용두질밖에, 또 다른 수가 있겠느냐. 말하던 자는 그리고, 짐 진 자에게 눈짓하여, 짐을, 예의 저 반석 위에 부려놓으라고 이른 뒤, 음식 바구니 든 자에게는 목고개 짓으로, 음식을 늙은네 앞에 펴놓으라고 이른다. 짐 진 자가 그렇게 하는 동안, 바구니 든 자도 그렇게 한다. 짐 졌던 자는 그러나 짐을 풀어헤쳐 보이지는 안했으나, 바구니 든 자는 바구니를 헤쳐, 먼저 큰 잔에 술도 크게 채워, 무릎 꿇어 늙은네께 바친다. 나지막한 하늘엔, 벌써부터 몇 마리의 독수리와 까마귀들이 선회하고 있거나, 조금 떨어진 곳에서, 반석 위에 놓여진 짐을, 건너다보고 있다. 세 남자들은, 새들을 올려다보고 건너다보며, 눈물을 소매 끝에 닦고 한숨 쉬고 낙백해 있고, 늙은네는, 허긴 밥 먹듯 굶주렸을 터이다. (듣는 놈의 우멍거지를 힛뜩 까낼, 별 요상한 수사학도 다 있구나) 굶주린 똥개가, 뜨끈한 똥에 대들어, 혓바닥 몇 번 내두르기로 감쳐버리듯, 음식물을 감쳐버린다. 그러고 나자, 그 한들에로, 아직도 물론 바람은 펄럭이고 있으되, 그런 어설픈 가운데로, 한 뙈기의 권태가 밀리고 든다. 대가리에 털이 없는 독수리들이, 그 제단 주변에로 셋씩 아홉씩 모여들어, 웅덩이를 들여다보는 황새 꼴로, 목을 빼늘여, 그 권태 속을 들여다본다. 그건 아직은 초만 잡힌 지옥화러람, 음화(陰畵) 쪽에서 본 홍몽의 풍경, 아무것에도 질서나 체계가 없는, 권태스러운 어수선함. 다시 장죽을 빨기 시작하며 늙은네가, 코를 빨아들여, 한 뭉텅이 만든 누런 가래침을, 대가리 더러운 새들께다 내뱉는다. 일순 혼란이 일고, 그러자 권태가, 검은 똬리를 풀어, 혼란의 아래쪽으로 쓰르륵쓰르륵 꼬리를 감춘다. (“여 궐자여, 한 ‘돼기의 권태’의 한 마리 검은 뱀 비슷한 것에로의 전신은, 대체 어떻게 가능한 것이냐?” “공[公]은 게 서게라, 공[公]의 그 쓸모없는 세치 혀를 쑥 뽑아, 삼천대천세계에 욕설 덮는데 펴 늘여 쓰려 하느니—.”) 늙은네가 그리곤, 장죽을 해골의 담 위에 올려놓고, 녹슨 낫을 쥐어 들어 일어서며, 세 남자들께, (낫 쥔) 손을 홰홰 저어, 하직의 뜻을 보인다. 있어보았자, 별로 볼 만한 일이 있지도 않을 터인 데다, 몹시 귀찮을 뿐이니, 이제는 돌아들 가라는 것이다. 그럼에도 저들은, 젖은 눈으로, 이불 폭에 쌓인 것으로부터 차마 못 떠나겠다고, 말 없는 저항 같은 것을 보이자, 늙은네가 분기탱천하여, 고구마 크기는 되는 돌멩이를 여럿이나 쥐어 들더니, 저들께며 독수리들께다 마구 쏴 던져댄다. 독수리들은 날개를 푸드덕이거나 다리를 절름거리며 몇 걸음씩 물러나고, 남자들은, 자기네들이 이르는, 이불 폭에 쌓인 ‘공처’(共妻) 앞에 꿇어 엎드려 재배하고, 그리고 늙은네께도 절한 뒤, 지게와 바구니를 챙겨, 병든 듯이 그 자리를 떠난다. 늙은네의 돌팔매질은 그러나, 저들께 상처를 입히려는 악심을 갖고 있던 것은 아니었으며, 그들과, 그들의 ‘공처’(公妻) 사이에 있음에 분명한, 이제는 썩은 동아줄에라도 비교되어질, 어떤 연의 줄 같은 것을 끊어내려 했던 것으로 이해된다. 그들이 그렇게 퇴장하자 늙은네는, 낫 쥔 손에 침을 뱉어 발라, 자루를 거머쥔 뒤, 절름거리며 반석 위에로 올라간다. 그리곤 이불 폭을 처맨 새끼줄을 탁탁 끊고, 이불 폭을 헤친다. 그러자 드러난 그것은 글쎄 다름 아닌 송장이었는데, 그네의 가운데 남편 정도의 나이로 짐작되는, 수의도 못 입은, (또는 입히지 않은) 나신의 여자였고, 책상다리 자세로 앉힘을 당한 채 염되어 있었다. 그러자 늙은네의 입술엔, 글쎄 그런 걸 명소(冥笑)라고나 해도 될라는가, 될 듯한 웃음이 번졌는데, 관중께 보여진 대로만 말하면, 암내 낸 암말께 다가가고 있을 때, 수말이 젖혀내는 그런 꼴을 꾸미고 있다. 그런 웃음은 지옥에서 날아 나온 새 같은 것이다. 한 송이 검은 연(蓮)—.

늙은네—누가 이 연꽃을 뜯어 영산회(靈山會)하였다느냐?
그 가운데에 한 우주를 개벽했던, 아침에 폈던 연(蓮) 한 송이가
저녁도 되기 전에, 시들어
여기 버려져 있음.

나 헤루카,
모든 주검들의 샤웅,
시육(屍肉)과 시즙(屍汁) 속에서
그것들 하늘에의 염원
그 몰약을 걸러 마셔
하늘 날으는 새—하늘 무덤.
주검은 재,
재 속에서 훨훨 타오르는 나 헤루카는 불새[火鳥],
재를 강보 삼아, 아으 어먼님,
노상 새(新·鳥)로 태어나는 자.
시든 년(女·蓮)—그 무동(無動), 무음(無音), 무명(無明) 속에다
나 하나의 거대한 근신(根神), 헤루카 남무(男巫), 무조(巫鳥),
춤[舞]을, 말씀을, 그리고 무(無)를
몽정(夢精)해 넣으려는다!
'광야에서 은혜를 얻었나니!'

때에 늙은네께서는, 절룩이는 춤이 일어나고 있었는데, 그건 '가시떨기 나무에 붙은, 그러나 태움은 없는 불' 같은 것이었다. (이런 수사학은, 시적[詩的]이기보다 무적[巫的]인데, 초력적인 어떤 기[氣]의, 어떤 귓에의 내림은, 분명히 저러해 보일 테다) 그에 좇아 요령 소리도 요란해지자, 주검 냄새를 맡고 서역세천[西域西天] 먼 데서 날아내린 하늘 무덤 오백 나한들이, 푸드덕이며 몇 날갯짓씩 되물러서고 하는데, 한 시든 꽃을 놓고 하는 영산회(靈山會)는, 꼭히 화엄스럽지마는 않다. 육신은 병노(病老)의 까닭으로, 불(佛)의 밭이

라고도, 또 정토의 열쇠라고도 이르되, 다름 아닌 바로 그 병노(病老)의 까닭으로 추악함의, 덩이이듯이, 주검을 삼키고 하늘을 날으는 것이라도 무덤은, 바로 그 주검의 까닭으로 그늘이 무겁다. 그렇게 떨며 늙은네는, 송장의 염줄을 (낫으로) 툭툭 끊었는데, 그러자 송장이, 등을 반석에 대고 비그르 펴져 눕는다. 그것의 칠공에서, 특히 아랫두리에서 썩은 피가 월후처럼 흘러내리고 있다. 그걸 내려다본 늙은네는, 일순 경직에 당한 듯 굳어 있다가, 예의 그 명소랄 것 한가락을 날리고, 이번엔 자기 중의의 허리끈을 풀고, 전신을 푸들거린다. 가시떨기 나무를 태우는 불, 불의 춤. 때에는 새들도, 저 주검에서 흐르는 냄새에 미쳤는지, 저 저 시든 꽃잎을 뜯어내려, 부리와 발톱을 세워 내닫는다. 가섭(迦葉)이가 웃었다더니, 새들은 모두 가섭이로구나. 시든 꽃 한 송이를 놓고 웃을 일이 뭐드니?

늙은네—나 자네들 명조(冥鳥)의 대왕(大王),
명하노니
물렀거라!
옴 바즈라파니 훙!

늙은네는 낫을 휘두르며 그렇게, 벼락을 일궈내 한번 후려친다. 그러자 새들이 일시에 잠잠해진다. 고개들을 내려뜨리고 잠잠해진 그것들은, 땅에 내려앉은, 비 묻은 구름 한 뙈기 같았다. 그러자 늙은네는, 푸들거리며, 펴진 송장 위에 포개어 엎드린다.

늙은네—아흐 흐히 히히킥
허먼님 허찌 차식께 히러십나요?
자식은 아파져서 울부짖나이다
아—우—음—

늙은네는 그리고도, 얼른 일어나려고는 하잖는다. 그러는 중 겁파가 흐르고 겁파가 뒤집힌다. 광야에서 은혜를 얻었나니.

요령 소리—딸랑 따으랑 달랑 땋랑
딸(따님)랑
따으[地]랑
달[月]랑
땋(땋는 님, 조화[造化], 화리[化理])랑
딸랑 따으랑 달랑 땋랑

늙은네—아흐 어먼님들,
소생 무자(巫子)가 신심을 다하여
청하옵나닙지
오십습지요, 오십습지라
여기 한 제사(祭祀)가 열렸으니입지
딸랑—세 따님[三位]의 한 몸[一體]
오십습지라,
존재를 꼴려내는 그 쑤물거림 속에
꿈[夢]틀[態]거림[動]을,
꿈틀거리기의 아픔[生命]을 임신한
자식 헤루카의 큰 마누라 죽음님 주검님—
모든 작은 꿈틀거림들은
그리고 작은 아픔들도,
당신의 자궁으로부터
그실은 태어낳아 본 적 없으므로
일어났어도 일어난 것이 아니옵지만,
그럼에도 꿈틀여 난 것들.
일어났음에의 환상에 의해
꿈틀거림의 춤을 추다

신었던 그 환(幻)의 신발이 다 해지면
꿈틀[夢態]을 벗고
당신 품에 돌아가 소롯해져 버림이여.

따으랑 달랑 땋랑—어먼님들,
작은 세 어먼님들,
몸 입었을 그때 이미
지혜로 싀어진 회색 머리칼을
허무(虛無)의 뱀 다발로 얹고 있던 이들,
(모든 '꿈틀'을 파괴하는, 당신네들은 허무주의자[虛無主義者])
오십수사 내리십수사 설셔리 오내리십수사,
여기 기름진 한 몽육(夢肉)이
어만님들의 상(床)에 놓여 있삽나이다.

허무에 지쳐,
임신에의 욕망으로 배만 고픈 님 따으랑 따으랑 따으랑—몸님,
덧없음의 까닭에,
산통(産痛)에의 그리움으로
따으님의 배를 채웠다 비웠다 하는 님 달랑 달랑 달랑—말씀님,
유상(有常)에의 질투 탓에
만삭인 '꿈틀'을 녹혀 되삼켜버리려는 님
파괴의 욕망 땋랑 땋랑 땋랑—맘님.
따으랑 따으랑 따으랑
달랑 달랑 달랑
땋랑 땋랑 땋랑

그 자궁 깊은 데다
생명이랍시고 노상 검은 주검만 임신하신 님

지옥임이여, 씨앗을 썩히는 자임이여, 따으랑,
둘째 작은 따님의 요니는 흰 암캐,
의 물병(病) 든 앓음앓이 거품질은
꿈들에다 살을 입힘,
말[言語] 들은, 스러지기 위해, 그렇게 형태를 입음이라, 달랑.
셋째 작은 따님의 입은,
만삭인 주검과 의미(意味)들을 씹어 삼키느라
노상 붉은 피를 흘리고 있음
끊임없이 하는 하혈(下血) 딸랑,
오십수사 내리십수사 오내리십수사!

자궁(子宮)을 열어 나가지 마라,
태어나기 어렵니라!
자궁을 열어 들어가지 마라
죽기 어렵니라!
잡스러운 계집아, 너 한 몸을
여럿의 사내께 열었던
여러 개의 요니를 가졌던 계집아,
여러 사내의 계집이었으며 어미였던
커다란 암컷,
큰 따님이 그대의 육신을 쓰러뜨려 눕혔을 때
동시에 그대는, 여러 수컷들의
하초와 넋들을 약탈해버렸도다.
그대가 주관했던 '부엌'이라는 사원(寺院)은, 이제는
그 따뜻함과 함께 염원을 잃고
화덕에서는 화해의 불이 식고 있다.
부엌시니[神尼] 여,
그대를 어미[宗教] 삼았던 그대의 남정네들은,

가정이라는 불 꺼진 화덕을 둘러앉아,
능장코를 빠뜨리며, 그리고 한숨,
자기네들이 낳아진 날들을 저주하고 있구나.
그들의 부엌시니의 죽음은,
아직도 일럭이는 자기네들의 삶을
꺼진 숯이라고 몸 시려 하게 한다.
재를 덮어버렸음이여.
그럼에도 그대들 눈물을 거두고
올려다보아람, 들여다보아람,
그대들의 넋이, 그리고 하초가,
하늘 가운데 심겨져 있음을!
새라는 꽃, 속박으로부터 비상하는 웃음—.
너 잡스러운 계집아, 잡스러움으로 성스러운 계집아,
그 치마폭에, 사내들이라는 제국(諸國)으로부터
불알과 넋의 조공을 받았던 암컷,
나 세상의 샤웅, 해골의 골짜기로 어슬렁거리며,
식은 제사(祭祀)를 흠흠거리는 어마(語魔),
광야에서 은혜를 입었나니,
—이렇게 나는,
화덕 떠난 부엌시니 우리들의 어먼님께
제사한다. 발음을 입었다 벗은
한 말[言語]을 장사 지내려 한다,
한 흰[白] '아—' 어화(語化)하려 한다.
아—
나무[南無]야 나무야 나무야 무(無)
딸랑 따으랑 달랑 뙇랑

여러 겁파가 흐르고, 겁파가 뒤집힌다. 그러는 그 어느 한때에, 그 제단의 주위에로, 흐린 연기 빛의 암기가 서리는 듯했는데, ‘아—’라는 한 주문이 일어나자, 그 흐린 기운은, 머리통이 박살이라도 난 듯, 꼬리를 따르르 따르르 떨어쌓더니, 바위 구멍 속으로 빨려들 듯 사려 들고 말았다. 그때 늙은네는, 송장으로부터 흡혈귀모양 일어나, 명소를 날린 뒤, 바지춤을 여미는다. 그리곤 시간을 기다리지 않고, 대번에, 저 송장의 가슴팍에 오른발을 딛어 짚고, 시작하여 낫을 들어 배를 가르고, 내장을 터뜨리게 하여, 투박하게 토막을 지어선, 새들께 던져준다.

늙은네—한 몸 세 따님
당신들의 분깃을 취해 갈작시랍!

새들은, 그렇게 던지어진 먹이를 다투느라 아비도의 풍경을 보인다. 그 짓을 늙은네는, 결코 서두르는 법이 없이, 차근차근히 했는데, 창자가 다 쏟겨나 새들의 배 속에 들고 난 뒤엔, 송장의 사지에서 살을 저며내어 또한 새들께 던져 먹이고, 남은 뼈들은, 돌팍 위에 놓고, 다른 모난 돌멩이를 쥐어 들어 내려찍어, 잘게 으깨어서, 그것도 또한 모이 삼고 했다. 그러는 중에도 늙은네는, ‘한 몸 세 따님’의 내림 빌기를 반복하여 했다. 그의 움직임을 좇아, 그의 옷섶에 매달린 요령에서는, 끊임없이 소리가 울려 나고 있는다. 그러는 중, 제오체(第五體, 머리통)만 남고, 한 주검은, 한 몸 세 따님들에 의해, 그 분깃을 앗겨버렸다. (허기야 한 주검이, 바람 찬 땅의 아래 묻혀, 굼벵이와 나무의 가는 뿌리에 파먹히는 일이, 무슨 법심[法心]에 의한 육보시라도 되는 것이 아니라면, 그런다면 어지럽기야 훨씬 덜 어지러울 터이지만, 하늘에의 염원을 법심[法心]으로 하여 새들께 몸을 주어버리는 일도, 시학[詩學]만은 아닐 테다) 제오체도, 마지막으로 새들 가운데 던지어졌는데, 그런 순식간에 그것 또한, 모성 모씨(某姓 某氏)라는, 그 주검의 신분(身分)이, 그 껍질이며, 머리털까지 깨끗하게 벗기어지고 말았다. 그것으로 그뿐, 더 던지어질 먹이가 남아 있지도 않게 되었음을 알게 된 새들은, 늙은네가 우여라 딸랑 따으랑 달랑 딸랑 흔들어대는 요령 소리에 쫓겨, 드디어 하늘 건널 채비를 한다. 한 주검은 그렇게,

하늘 무덤에 장사되어진 것이다. 그 장례는 허긴 아름다운가? 아으 앓음다운가? 육신으로 하늘 하늘 하늘 걸어 올라가기는 하느랆음다운가? 무덤이 하늘에 떠 흐르는 것을 올려다보던 늙은네는, 그리하여 마지막 손질로, 바닥에 내 궁글여 있던, 해골 모양의, 시든 꽃 한 송이를 쥐어 들어 해에게 보여준다. 말은 없이 해가 낮달모양 빙그레 웃는다, 해도 가섭이다. 늙은네는 그런 뒤, 그것도, 다른 시든 꽃들 위에다 던져 올려놓고, 가래침 한 번 퉤 뱉는다. 아직도 부는 바람에, 펄럭이는 막(幕)이 내린다. 뎅—.

나무의 마을

나무의 마을에로 가을은, 장사 떠났던 방물장수 할멈처럼, 휘어 휘어 돌아와선, 뒤뜰의 정화수에 장구벌레라도 빠져 죽지 않았는지, 손자 무덤에 잔솔포기라도 나지 않았는지 그런 것엔 관심도 없이 바로 그날로부터, 이 집에서 저 집으로, 저 집에선 저 건넛집으로 휘둘러 다니며, 나무의 귀신들과 더불어 세월 어떻게 되는 줄도 모르고, 자기의 여로와, 견문과, 사해(四海)를 얘기했다. 그녀는 나이가 들어도 언제나 입담이 좋고, 허리 굽을 줄도 모르고, 지치지도 않았다.

그녀가 돌아온 날로부터, 나무의 마을을 덮었던 여름은 서서히 물러갔다.

하늘은 나날이 한 치씩은 더 높아가고, 여름의 열기 머금은 입술이 애무했던 잎들엔 무서리가 내렸다. 해도 점점 짧아지고, 빛의 두께와 무게도 점점 엷고 가벼워져 갔다.

나무들은 비로소 조금씩 조금씩 허탈감을 느끼기 시작했다. 잎의 그늘 쪽에 매달려 낮잠을 즐겼던 나무의 귀신들은, 햇볕을 탐하느라 잎의 양지쪽으로 올라와, 개구리들처럼 하늘 쪽으로 등을 돌리고 엎드렸다. 그러나 무게 없는 볕이 등을 좀 토닥여주었을 뿐, 욕망은 좀체로 채워지지 않았다. 나날이 더했다. 나무의 귀신들은 그래 하는 수 없이 나무의 껍질 속으로 파고들어 나무의 체온 안에 웅숭그렸다. 찬비가 내렸다. 밤엔 된내기가 내린다. 나무의 귀신들은 추위 탓에 자기들도 모른 새에 수관(水管)을 타고 뿌리 쪽을 향해 내리고 있었다.

뿌리의 농부(農夫)다운 배려로, 잎들은 부족한 양분과 엷은 햇빛과, 빨아 올려도 올려도 입술만 타는 수분으로 변색되더니, 나중엔 하느작거리며 떨어져 내려, 그대로 뿌리를 덮은 그 흙 위에 쌓였다. 사스락, 사스락, 조락의 한숨이 나무의 마을에서 멎을 날이 없었다.

이년생 산배나무의 귀신은 무엇이 자기의 이마를 치는 것에 놀라 새벽같이 잠을 깨이었다. 된내기가 내리던 추운 밤이라 잠이 제대로 깊이 들지도 못했었다. 지난밤 잠들기 전에 산배나무의 어린 귀신은 "내일 하루 볕이나 더 쬐고 이젠 뿌리 속으로 들어가 누워 있어야겠어" 하고 생각했었다. 그리곤 뿌리가 시작되는 둥치 밑에서, 낙엽 한 장을 덮고 잠이 들었었는데, 바람이 몹시 한 차례 불자, 무엇이 굉음을 내며 이마 쪽에 떨어지면서, 그것의 물크러진 몇 주걱을 산배나무 귀신의 이마에 퍼 얹은 것이다.

산배나무의 귀신은 한동안은 무서워 고개도 내밀지 못하고 웅숭그리고 있다가, 바람도 다시 조용해져서 아무 일도 없어짐을 알곤, 용기를 내어 낙엽 밖으로 고개를 삐죽이 내밀어보았다. 그리곤 어처구니가 없어 픽픽 웃었다. 이웃 늙은 참나무의 우람스런 몸뚱이를 감고 올랐던 그 으름덩굴이, 매달고 있던 참으로 탐나게 탐스럽던 두 딸의 손목을, 아주 엉뚱한 멀리로 놓친 것이다. 그리하여 그것들은 엎질러진 호박죽처럼 반죽이 되어 있었다.

산배나무의 어린 귀신은 으름 반죽을 씻어내며, 웃다가 자기의 소심증에 자기도 좀 화가 나서 투덜댔다.

"젠장맞을, 천둥이 천지를 뒤흔들던 철에도 놀래지 않았던 이내가 이따위 까마귀 똥 떨어지는 진동만도 못한 것에 놀래다니? 근데 이게 왜 엉뚱히 여기까지 날아왔어? 재수 없게스리."

산배나무의 이년생 귀신은 이렇게 투덜대며 해가 떠올라 따뜻해질 때까진 좀 더 자려고 고개를 움츠렸다. 그러나 아직도 심장은 펄떡펄떡 진정을 못하고 있다. 그래서 산배나무의 귀신은 애써 유쾌하게 생각하려 했다.

"옳지, 덩굴의 저 씨앗들은 어쩜 좋은 친구가 될 수도 있을 거야. 내년 여름쯤엔 같이 이야기도 나눌 수 있겠지러."

허긴 이렇게 가능한의 좋은 점들을 들추어내 보니, 기분이 좋아지기도 한다.

"이쁜 멧새 알이 주는 그런 느낌의 아가씨들이었으면 더 바랄 것도 없지만, 그렇지 못하더라도 너무 비관할 일은 아니겠지 뭐."

늙은 참나무에 대해서와 마찬가지로 이웃사촌의 씨앗에 대해서도 친근감이 생기기도 한다. 그러나 그 기분도 얼마 가지 않아 깨어지고 말았다. 늙은 참나무의 그 억센 둥치를 파고든 강인하기 이를 데 없는 그 어미의 꼴을 다시 확인했을 때였다. 산배나무 귀신은 머리를 쩔레쩔레 흔들고, 입맛을 쩍쩍 다셨다.

"저 배라먹을 것들은 도대체 배 속에서부터 화냥기를 배워 나오는지 휘감기를 좋아한단 말야…… 저것들이 나를 좋아해 주기 시작한다면? 흐흐, 흐흐흐, 아아, 하지만, 이런 젠장맞을!"

산배나무의 어린 귀신은 자기의 감정이 두 개씩이나 되게 표출되는 것에 한동안 망연해 있다가, 이번엔 입술을 꼭 다물고 눈을 똑바로 하여, 엎질러진 호박죽 같은 으름 덩이를 보았다. 대체 자기의 불안이 시작되어도 좋을 만한가 어떤가를 침착하게 관찰하고 판단을 내려야겠다고 결정한 것이다.

"불행한 사태의 예견이란 것은" 산배나무 작은 귀신은 눈을 가늘게 해서 자기 앞 사물을 멀리 보며, 수도자답게 자신에게 들려줬다. "사실은 다가올 그것보다도 더 과장되게 보여지는 수도 있어서 자신을 엄청난 비참 속에다 몰아넣는 수가 있거든. 거기엔 약간은 자학적인 허영이 섞이게 마련이라. 허긴 그 비참에서 미리 불행의 꿀물을 맛보고, 세상이 만판 다 되어버렸다는 기분으로 자기의 왼갖 열등감과 비열을 즐기는 것이지만—. 그리고 실제로 온 불행이 작은 것이었다고 할 그때라도 그는 맥을 못 추는 수가 있을 건데…… 그렇다고 만사를 그저 좋게만 생각할 수도 또 없지. 에누리 없이라면 개미모양 후에 올 비참한 상태에 대해 준비를 해두는 건 좋아." 산배나무의 우울한 귀신은 눈을 껌벅이기도 하고 입술에 침을 바르기도 하면서 딴에는 문제에로의 접근을 훈륜적(暈輪的)으로, 그래서 좁혀오고 있었다. "과장된 상상이나 낙천이라는 것은 자기 현실을 애써 외면하거나 멀리서 보려는 데서 일어나는 합병증이란 것이고…… 그러하니," 이 우울해쌓는 귀신은, 이 대목에 와서 자기도 모른 새 한 숨을 한 번 훅 불어냈다.

"경험이나 체험을 토대로 해서, 그눔의 나쁜 것이 발효되기 전에 그 누룩의 호오(好惡)를 분명히 알아두는 것이 좋을 거야. 가만있자, 그러기 위해선 뭘 좀 끌어내 보아야겠는데…… 허긴 경험이라든가 뭐 그런 건 서랍 속에 든 메모와는 달라서, 끄집어내는 것이 아니고, 가지와 뿌리 사이에 놓여진 자동 전화모양 어떤 사태가 다이얼을 돌리면 저절로 통화가 되는 것이지만……."

금년 여름에 나는 사탄이 이브를 삼키는 것을 보았다. 내 작은 가지 위에 초봄부터 어미 새가 집을 짓더니, 늦은 봄엔 알—이브를 세 개나 낳아놓았다. 난 그런 것은 처음 보는 것이라 어리둥절했으면서도 밤에 잠도 자지 못하고 알들과 얘기를 주고받았었다.

"너희들은 어디서 왔댔니?"

난 가능한 한, 그것들을 편히 감싸주며 정답게 물었다.

"우리는 그런 건 모르지만 밖이 보고 싶단다." 껍질 속 어디 먼 데 안에서 고운 목소리가 흘러나왔다. "그렇지만 어머니는 때가 되어야 밖을 볼 수 있다잖니?" 다른 알에서 흘러 난 목소리 같았다. "허지만 우린 숨이 막히고 지루해 죽겠어." 계속했다.

"그런데두 엄만, 우리가 다 자라기도 전에 바깥세상의 모든 걸 다 알게 되면 벌을 당한다잖니? 그 당장으로 죽는대며? 우린 대체 언제까지나 기다려야 하는지 모르겠어."

다른 알이 쫑알댔다.

"얘들아, 건 정말야. 엄마 얘기는 옳은 거야."

내가 아주 아저씨처럼 들려줬다.

"아직 아가씨들은 세상을 볼 나이가 못 됐거든. 눈이 뜨이기도 전에, 귀가 열리기도 전에 코가 뚫어지기도 전에, 살갗이 굳어지기도 전에, 마음이 여물기도 전에, 이 광휘에 숨 막히는 하늘, 소리에 팽창된 이 공간, 냄새로 뒤덮인 대기, 자극적인 기후, 이런 것과 접하게 된다면 그것들이, 너희들의 물렁한 영육을 순식간에 점령해버려서, 너희들은 조금도 참질 못하고 거품이 되어버릴 거야. 그러니 영글어질 때까지 기다려야 돼, 암믄, 기다려야 하구말구. 그래야만 서서히 그리고 온당하게 그것들을 이해할 수 있게 되고, 그리곤 그것들이 아름다운 것이라는 것을 알게 될 수 있다구."

나는 나의 온갖 지혜를 다 써서 학자연했다. 그런데 나는 왠지 자꾸만 헐떡여지고 있었다. 나는 내 지식과, 내 능변에 사실 지독하게 도취되어 있었던 터지만, 그럼에도 아까부터 내 하반신 쪽이 몹시 불쾌하고, 습하고, 차가워서 나로서도 내 얘기가 엉뚱하게 발전되지나 않나 하고 은근히는 걱정을 하고 있는 중이었다. 그리고 그것은 내 얘기가 끝나길 기다렸는지, 느닷없이 내 목 밑에서 낄낄대며 토를 달고 뛰어든 것이다.

"헤헤헤, 아가씨님들, 원 들을 말씀이 없으셔서 이따위 조무래기 놈의 말씀을 다 들으시와요? 에헤이, 원."

난, 이 느닷없는 기습에 처음에는 망연자실했고 다음으론 오들오들 떨기 시작했다. 우선 나 자신의 체력이 이 징그러운 거한의 완력을 견뎌낼 수가 없었다. 놈은 차고 길고, 둥글고, 능글맞은 몸뚱이를 가진 녀석으로서, 나무의 마을의 아무도 이 기어 다니는 음산한 녀석을 반기는 이는 없었다. 급기야 녀석이 내게 온 것이다. 나를 반이나 땅으로 휘어 눌러 타 감고, 급기야 내게 온 것이다. 난 목이 막혀 소리도 지르지 못하고 눈만 휑하니 뜨고 있는데, 놈이 두 가닥의 혀를 몇 번 낼름거려 날 놀리는 듯하더니 약간 몸을 풀어주었기에 비로소, 나는 숨을 돌릴 수가 있게 되었다.

"사, 사, 사탄이 왔다, 사, 사탄이,"

난 간신히 중얼거렸다. 그러다 나는 다시 한번 윽박질러 핏줄이 설 때까지 숨을 못 쉬다가, 또 한 번 녀석이 선심을 베풀었기에 살아났다. 이번에는 나는 아무 말도 하지 않았다.

"헤헤헤, 아가씨님들, 이 애숭이가 뭘 알겠에요? 소인이 일러드립죠. 바깥세상이야 정말 얼마나 아름답굽쇼."

말하며 놈은 나를 향해 혀를 쏙 내밀어 보였다. 나는 감히 대꾸도 못 했다.

한 번 더 주리를 트는 날엔 난 반은 죽고 말 것이다. "헤헤, 정말 해는 온화하게 등을 긁고, 바람은 살랑살랑하고, 대기는 흐흠, 이 신선하고 기분 좋음이라니! 냄새는 어디서나 향긋 향긋 불어오고 흠, 흐흠, 소리, 오, 이 아름다운 이 소리들은 어디서 들려오나? 얼마나 아름다운 하늘입니까? 별이 빨강, 노랑, 파랑으로 꽃 피어 있고, 들에는, 저 화려한 들에는 꽃들이 빨강, 노랑, 파랑으로 별무리져 빤짝이고 있구나." 놈이 도대체 언제 그렇게 신파극에 통달되어 있었나 나는 갑자기 그것이 궁금해졌다. "그러나 웬걸입쇼, 이따위 설명만으로야 어디 이 삼라만상의 발톱 정도라도 나타낼 수 있겠나요? 소인 놈이 진즉 아가씨님들을 모실 기회만 있었더면 좀 더 수사학을 공부해두었을 터인뎁쇼만, 수사학이 몇천 년 발달된다 하더라도, 헤헤, 사실은입쇼, 한번 눈으로 보고, 한번 코로 냄새를 맡고, 한번 귀로 듣고, 한번 피부로 느끼고, 한번 마음으로 울어보아야지 그까짓 수사학 다 소용없습니다요. 그러믄입쇼, 헤헤헤." 놈의 목소리는 참으로 달콤했다. 나도 몇 번이나 취했다 깨이고 취했다 깨이곤 했을 정도였었다. "헤헤헤, 하, 하오니, 아가씨님들, 어떠하시온지요? 소인 놈으로 하여금 당장에라도 아가씨님들께 그것을 보여드릴 수 있도록 해주시겠습니까요? 소인 놈은 단지 아가씨님들의 미소 한 번을 받잡고 싶은 욕심밖엔 없으니깐입죠, 믿고 시켜주시지요 예? 헤헤헤," 녀석은 내게 눈짓을 찔끔찔끔하며 아가씨들의 껍질을 애무하기 시작했다. 녀석의 애무는, 침방울이 흘러 더럽긴 했지만, 아가씨들을 도취시키는 데 그렇게 시간이 오래 걸리지 않을 그런 것이었다. 아가씨들은 완전히 황홀해져 말도 제대로 나오지 않는 듯 키득거리고 씩씩거리면서도 뭐라 대답지는 못한다. 나는 질투가 타올라 견딜 수가 없었다.

"안 돼, 이 녀석은 사탄이야!"

난 나도 모르게 꽥 소릴 쳤다. 그리고는 다시 주리 틀림을 당해야 했다. 곧 질식될 것만 같았다. 그 고통은 잊을 수가 없다.

"아저씨, 정말이세요?"

맨 위 아가씨의 경탄의 목소리가 내 귀에 아스라하니 들려왔다.

"헤헤, 원 아가씨님두! 아 글쎄 소인 놈의 말이 믿기시지 않으시오면, 그저 척 한번 보고 느끼면 되는 겁죠, 암믄입죠, 헤헤, 요걸, 요걸, 헤헤,"

"야, 야잇, 싸 싸 싸가지 없는,"

"헤에, 흐음, 고것 참."

……슬프게도 큰아가씨는 놈의 아가리 속으로 사라지고 없었다. 그리고 둘째 아가씨도 슬금슬금 사라지기 시작하고 있었다. 나 자신의 고통도 고통이지만, 목불인견의 이 야비스러운 광경에 난 구역이 났다. "이 싸가지 없는 새끼야!" 나는 토해내듯 소리쳤지만, 소리는 새어 나가지 않았다. 나도 죽어가고 있었던 것이다.

"난 그렇지만 좀 기다릴래요."

셋째 아가씨의 냉정하면서도 야무진 목소리가 울려 나왔기에 난 좀 원기를 돋울 수가 있었다. 그래 난 만세라도 부르고 싶었다.

"흐, 흐, 흐흐, 흐흐, 졌지? 졌지? 야이 쌍놈아, 흐, 흐흐, 졌지? 졌어!"

나는 반은 미쳐서 떠들어주었다.

둘째 아가씨도 없어져 버렸다. 녀석의 몸뚱인 요술 자루처럼 뭣이든 잘도 숨겼다.

"헤헹, 거 꼬마 기집애가 제법 앙징스럽구나 엥?"

녀석은 다시 셋째 번 아가씨께 혀를 대고 있었다. 그걸 보고선 난 완전히 늘어져 혀를 빼물고 말았다. 욕도 나오지도 않았고 생각도 막혀버렸고, 의욕도 없어졌고, 담배나 한 대 팔씬 피워댔으면 싶었다.

"헤헤, 허지만 니 에민 말야, 저쪽 풀섶에서 이 아저씨님의 손자 놈 붙어먹느라 생지랄이 났더라야. 허니 얘야, 넌 헤헤, 이 할애비하고 재미나 보자꾸나 잉? 헤헤, 고것 참 연한 게 맛 좋겠다, 좋겠어."

그리고 놈은 눈을 질끈 감더니 셋째 아가씨도 꿀컥 삼키고 말았다. 나는 담배나 한 대 팔씬 피워댔으면 싶었다. 봄날 하늘을 '저어 종달이' 떠서 잘도 지저귀기만 했다. 내겐 아무것도 보이지가 않았는데, 무슨 소리가 들리더니, 갈비가 세 개는 부러져 나간 듯하고, 척추가 주저앉아버리는 듯했다. 그 순간에 나는 삼라만상의 왼갖 밀어를 다 듣고는, 그리고는 잊어버렸다.

"야이 총각아, 너도 얼픈 얼픈 동정(童貞)이나 뗄 궁리나 하라구."

그리고 아마 녀석이 왼갖 체력을 다 써서 나를 비틀었을 것이다. 요술 주머니 속에서 아가씨 셋이 지르는 단말마가 봄날 풀밭 속으로 떨어져 다람쥐를 놀라게 하곤 끝났다.

나는 담배나 한 대 팔씬 태웠으면 싶었었다.

산배나무의 두 살배기 귀신은 뛰쳐 일어났다.

"아, 이건 큰일이다. 큰일이야! 액운이 닥쳤다, 액운이 닥쳤어."

입에 손을 모아 외치기 시작했다. 산울림은 없었어도 이웃 귀신들의 잠을 뒤흔들어놓기엔 족할 만큼 호들갑스러웠다.

"아, 이 싸가지 없는 놈의 으름덩굴, 요년들은 내 무덤까지 그네를 걸고 쫓아올 게다, 쫓아올 게다. 이건 큰일이다. 친구들 나는 죽을 일에 봉착했다. 난, 난 큰일 났다. 이건 뱀이란 놈하곤 정말 다르다. 뱀보다도 더 지독한 악마께 뒤집어씌웠다. 어휴우, 난 천식 병에 걸렸다, 천식이 날 파먹는다."

하도 야단스럽게 떠들어댔기 때문에 이웃의 나무귀신들이 투덜대며 잠을 깨었다.

"야 이놈아, 어린 게 새벽부터 왜 그 지랄을 떨어 못 자게 하나?"

단풍나무의 열 살배기 귀신이 오만상으로 따지고 들었다.

"난 숨이 막혀 죽겠어, 천식이 날 먹어 치웠단 말야."

산배나무의 귀신은 꼭대기에 요요히 올라앉아 슬프게 대꾸했다.

"허허이 자식두, 야 인마."

단풍나무 귀신은 하품을 하고 다시 고개를 쑤셔 넣으려 한다.

"이봐, 이걸 보란 말야, 으름이 두 송이나 내 몸뚱이 밑에 떨어져 있어."

"그까짓 게 어때서 총각은 그러지?"

이번엔 가랑잎나무의 열두 살짜리 귀신이 나섰다.

"난 또 별일이나 났다구."

"넌 참 눈치도 모자라는 얼간이구나, 나이는 되게 처먹은 자식이. 요것들이 싹이 터서 덩굴로 자라나 일곱 덩굴, 또는 서른 덩굴이 내 몸을 휘감는다고 생각해봐, 그래도 너 같으면 죽치고 앉아 불알이나 주물럭이고 있겠니?"

가랑잎나무 귀신은 얼굴을 붉으락푸르락하면서도 입을 다물어버리고 만다.

"음, 그래서 미리부터 넌 숨이 콱 막혀 뒈지는 중이군 응?"

단풍나무 귀신이 입을 가리고 웃으며 슬쩍 동정을 표시해 보인다.

늙은 참나무 귀신은 빙그레 웃으며 말은 없이, 그냥 내려다만 보고 있고, 그 영감 귀신을 놓칠세라 한사코 부둥켜안은 늙은 으름덩굴 귀신은 못 듣고 못 본 체, 딴전만 핀다. 세어진 머리칼을 이 없는 잇몸으로 꼭꼭 씀는다거나, 낙엽을 발톱으로 찢어낸다거나—.

"그런 거라면 말야 이 꼬마야," 단풍나무 귀신이 은근히 들려준다. "걱정도 마라. 새가 와서 쪼아먹게 될 테니까. 아니면 개미들이 실어 가버릴걸. 혹시는 나무꾼이 발견하고 주워 갈지도 모르잖어? 그건 싹 트진 못할 거다."

그러자 으름덩굴의 늙은 귀신이 탁 내쏜다.

"흥, 댁은 댁의 걱정이나 하라구요."

"흐으, 그, 그, 정말 그렇겠군, 난 또 괜한 걱정을 꾸며댔군. 허, 허지만 난 한번 뱀에게 놀랜 가슴이라서……."

산배나무의 귀신은 얼굴을 붉혔다. 그러고 보니 그건 그렇게나 걱정할 것은 못 되었다.

"사실 난 그런 거 말고도 걱정할 것이 이것저것 태산 같았는데."

스무날 후에는 눈이 내렸다.

눈은 산배나무의 어린 귀신에게서 희망을 덜어가 버리는 것이 되었다.

산배나무의 귀신은 자기의 이웃들이 모두 추위를 피해 기근(基根) 속에 들어가, 벽난로 앞에서 책을 읽으며 한가한 세월을 보내고 있는, 그런 동안에도, 손을 호호 불고 빨갛게 언 발을 동동 구르며, 어깨를 웅숭그리고 으름 송이의 주변을 떠돌았다. 으름 송이의 까만 씨앗들은 나무꾼에게 집히지도 않았고 새가 쪼지도 않았고, 들불도 피어나지 않아, 떨어졌던 때의 그 모습대로, 자체의 무게에 의해, 대지 속으로 묻혀들고 있었다. 가뜩이나 바람 불고 낙엽 후우 몰려다니는 그런 철이어서, 나중엔 설사 나무꾼이나 새가 왔다 해도 덮여, 발견할 수도 없게 되어버렸다.

산배나무의 수심 많은 귀신은 초라한 모습으로 가슴을 쥐어뜯으며 구원의 손길을 애타게 기다렸으나, 그런 구원은 오지 않고, 나무의 마을에로, 아무 일도 없었던 것처럼 눈은 내리기 시작한 것이다. 이젠 영 햇볕도 오지 않았다. 지상에서의 마을은 끝나버린 것이다. 파시 위에 가랑잎만 구르고, 나뭇가지들은 괴롭게 울었다. 그 위로 눈만 날아내리고, 밤으론 늑대가 울었다. 어디선가 부엉이가 울고, 고적이 계곡과 봉우리를 열두 번씩도 더 어슬렁이었다.

그리고 이틀 사이에 나무의 마을은 온통 눈에 덮여버렸다.

이젠 산배나무의 초췌해진 귀신도, 자기의 기근(基根) 속으로 들어가 벽난로라도 지피고, 편안치 못한 휴식이나마 갖지 않을 수 없게 된 것이다. 그렇게도 쾌활하던 그가, 불과 이 얼마 안 되는 기간 동안에 그만 버쩍 마르고 엉성궂게 늙어버리고 말았다.

떨다가, 오들오들 떨다가 그는 모든 걸 체념하고, 시린 몸을 간신히 지탱해서 그날, 자기의 어두운 방으로 돌아오고 말았다.

겨울은 저쪽 밖에서 자꾸 깊어지고, 두터워지고, 무거워지고 있었다.

산배나무의 귀신은 체념했으면서도, 초조한 맘으로 나날을 보냈다. 독서도 되질 않았다. 책상 위에는 언제나 열려 있는 그 페이지가 넘겨지지 않고 있었다. 그 페이지는 다른 데 비해 누렇게 바래져 있을 정도였다.

그렇다고 잠도 제대로 자지도 못했고 음식도 제대로 들지도 못했다. 친구의 위로(단풍나무 귀신의)는 아직도 그에게 조금의 희망을 내년 봄까지는 남겨둘 수 있었다곤, 해도 불안이 산불처럼 일어나고 있음은 정말 도저히 어찌할 수가 없었다. 사실로 그는 천식을 앓당겨 앓고 있던 것이다.

"허긴 어쩌면 이 강추위에 얼어 죽어버렸을지도 모르긴 하지, 그러나……."

산배나무의 귀신은 백 가지면 백 가지 좋은 결과를 끌어내어 자위를 해보기도 했다. 그런데도 언제나 최후까지 기어 눌어붙어 싹을 키워내는 다만 하나 '그러나'가 문제였다. 그것이 문제였다. 억천만 가지의 좋은 위로가 그 다만 하나 '그러나'라는 것 앞에서 무력하게 사그라지고 말았다.

"그럼, 가만있자, 내 쪽에서 먼저 휘감아 죽여버린다?"

안 될 것인지 알면서도 산배나무 귀신은 '뿌리'를 생각했다. 그것들이 뿌리를 내렸을 때 자기의 뿌리로 그것들의 뿌리를 휘감아 죽인다는 그 생각이다. 그러나 그는 이내 고개를 젓고 있었다. 역사책에 의하면, 유사 이래, 나무의 마을에 있어서의 타살(他殺)이란 있은 적이 한 번도 없었다. 수억의 선조들이 소년으로도 유아로도 노년으로도 죽었지만 그것은, 그들 환경의 악조건이나 병이나 노년 때문이었지 살의(殺意)에 의한 피해는 아니었던 것이다.

"모르겠다. 될 대로 되렴, 될 대로 돼, 닥칠 것은 빨리 닥쳐버리는 게 나아, 낫구말구. 걱정해서 해결될 문제가 아니면 그것은 그저 부딪쳐버리는 게 나아, 아주 기껍게…… 허지만, 허지만…… 흐흐, 흐흐흐, 죽게 되겠지, 죽게 될 뿐이겠지, 흐흐, 죽을 거야, 허지만 내가 왜 죽어야지? 뭣 때문에 왜 죽어야지, 어떤 우발이 필연화되어 그것이 생명을 빼앗아간다는 이 어처구니없는 상황을 내가, 그래 긍정을 해야 된단 말야? 왜 내가 그걸 수긍해야지? 왜 해야지? 내가 항복해야 된다고? 지독하게 사소한, 그 우발적인 사건 앞에 내가 무릎을 꿇어야 한다구? 내가? 누가, 누가 있으면 내게 대답을 해라, 내게 대답을 해라. 너 전능하다는 자여, 내게 이거 하나만은 대답을 회피하지 못하리라. 암튼, 못하리라. 흐, 흐흐흐흐, 흐흐."

겨울은 길기도 길었다. 어느 해 겨울보다도 길고, 무척 길었다. 서리 맞은 응달 뱀보다도 더 차고, 더 느리고, 더 징그럽고, 더 음울하고, 더 견딜 수 없게 했다.

그것이 질척이는 뻘길을 다 걸어가 버리기도 전에, 겨울에 지친 나무의 귀신들과 풀의 요정들은 마음 바쁘게 밖으로 뛰쳐나왔다.

그런데도 산배나무의 세 살 된 귀신은 사흘도 더 늦게야 꾸물꾸물 모습을 나타내었다. 그는 봄이 가까워질수록 봄을 두려워하며, 봄이 오는 것을 서러워하며, 그러다가 괴로움이 막다른 골목까지 그를 몰고 와서 이제, 거기서 죽이려 했기 때문에 어차피 죽을 바에는, 그렇게도 두려워했었으면서도, 그렇게도 안타까이 기다렸던 서러운 봄날 볕 며칠이라도 쬐고 죽어야겠다고, 그래서 나온 것이다. 나온 날로부터 그는 그의 이웃들이 그에게 봄 인사를 던지고, 겨울을 난 이야기를 걸어왔어도 도대체 그는, 눈 한 번 껌벅임 없이 자기의 둥치에 등을 대고 앉아 해만 바랐다. 햇볕은 아직 반도 두터워지지 못했고, 또 아직 길지도 못했지만 그는, 그것이 자기가 즐길 수 있는 며칠의 것이라고 해서 무척 아꼈다. 그는 겨울의 고뇌에서는 아직도 깨어나질 못하고 있는 것이었다. 그는 으름 송이가 떨어졌던 자리까지도 보지 않았던 것이다. 사실 그것은 겨울 내내 그의 마음에서 자랄 대로 다 자라, 이미 억척스럽게 그를 휘감고 죄이고 있으니, 그 자리를 보아야 할 아무런 이유도 없긴 했을 것이다. 그는 죽어가고 있었던 것이다. 그의 동면으로 해서, 그의 서러운 봄날 며칠을 살며, 죽어가고 있던 것이다.

그를 아끼는 이웃들이 그에게 왼갖 좋은 말로 그를 깨우고 격려하려 했어도 그의 귀는 도대체 열리지도 않았다. 그가 원하지도 않은 마음을 써주던 그들이, 나중은 제물에 골을 내어 그를 제외시키려고까지도 했다. 언제나 그 표정인 참나무의 늙은 귀신만이 한결같이 그의 슬픔을 지켜주었다.

그 봄 며칠이 지나가 삼월이 왔는데도 그런데, 그는 죽지 않고 있었다.

낮의 길이도 훨씬 길어졌고, 볕도 이제는 등이 무거울 정도가 되었다. 그러자 여기저기서 나무들이 들일을 꾸며댔다. 햇볕을 물어다 헛간에 쌓고, 동이를 내다 이슬을 받으며, 곳간은 구획을 져, 여기는 돼지고기 저기는 쇠고기…… 또 저기는 양고기를 걸어야겠고…… 그러면서 겨울을 잘 넘기기 위해 좋은 철에 일해야 하는 것인지, 좋은 철을 맞기 위해 겨울을 참는 것인지, 그런 것에 대해서는 말하지도 않았다. 그러고 보면 산다는 일이란 게 현실을 그냥 그럭저럭 즐겁게 먹어 치워버리고 마는 그런 것인지, 미래를 준비하느라고 하다가 그냥 죽어버리는 그런 것인지—그런 것은 생각할 것이 못 되는 것인지도, 허긴 알 수 없다.

다른 나무의 귀신들이 자기 집 정원에 잎을 피우고, 꽃을 피웠을 때도, 산배나무의 귀신은 빈혈에 걸린 이파리 몇 잎 솟구어냈을 뿐, 꽃은 피우지도 못했다. 빈혈 걸린 몇 이파리 그것도, 산배나무 귀신의 노력이기는커녕 마지못해 그냥 피어났던 것에 불과한 것이긴 했다. 그는 여태도 그의 동면(冬眠)에 탕진된 채 있었다.

그러는 사이에 으름 씨앗들은 땅의 젖을 먹고 무럭무럭 잘도 자라나, 다섯 가지가 벌써 산배나무의 정강이까지 올라오고 있었다. 다른 씨앗들은 얼어 죽은 모양으로 그 다섯 줄기만 자라나 있었다.

산배나무의 귀신은 그제서야 동면에서 깨어, 그 싹들이 아주 생소한 듯 차근차근히 보고 살피고 하더니, 드디어 피식이 한 번 웃었다. 그때는 그는 벌써 초극되어버렸던 모양이었다. 결국 그러고 보면 그의 동면은 초극을 달성하기 위한 생식(生食)이었던지도 몰랐다. 그의 눈은 정말 보통의 것은 아니었다. 그냥 비었거나, 어눌했거나, 멍청했는데 초조해 뵈지는 않았다.

"너희들이었구나, 너희들이었어. 백 년도 수유일 것을—."

산배나무 귀신의 첫마디는 이랬다. 그렇다고 전혀 냉랭한 어투는 아니었다. 자기 자신의 어디 칭찬할 만한 곳을 처음 발견했을 때에라도, 그 당신의 그의 어투라면 틀림없이 그러했거나 그보다 시들했을 것이다. 비록 그러했다고는 하더라도 듣는 이에 따라서 그의 초극에는 앞으로 얼마든지 더 초극되어야 할 초극을 내포하고 있다고도 할 것이다. 참나무의 늙은 귀신의 '백 년도 수유일 것을'에 대한 그의 독백을 분석한 것에 따른다면 그랬다. "그려, 앓아본 이라면, 살아본 이라면, 그건 그려. 그러나 앓아본다는 것과 살아본다는 것은 전혀 다른데, 살아본다는 것은 어떤 긍정 쪽으로 자꾸 달려가게 하지만, 앓아보고 얻은 대답이란 건 억천만 개의 거부가 쌓이고 쌓여 이뤄진 긍정이기 때문에, 언젠가 살아보다가 방향이 호전되면, 그땐 또 초극되어야 할 어떤 장애 앞에 닿게 되지." 참나무 귀신은 그리고 수염을 매만졌다. 그리고 보면 산배나무 귀신의 엄청난 이 비약은 오래오래 살고 싶은 그의 탐욕 속에서, 백 년이나 그보다 많은 세월은, 거부되지 않을 수 없는 그의 불행한 상황 속에서 괴롭게 자맥질하다 생긴, 물방울 한 개의 터트려짐이었거나, 단 한순간도 온전히 자기대로 살아보지도 못한 채, 사유사방의 모든 정령들께 자기의 삶을 찢어 발겨주지 않으면 안 되게 되었다는 그 기구한 체념으로 하여, 백 년이나 그보다 긴 세월을 겨자씨만큼하게 뭉쳐선, 우주의 저 황량한 밖으로 내동댕이쳐버린, 바로 그, 비뚤어진 마지막 거부나 아닌지도 몰랐다.

"너희들이었군, 너희들이었어. 백 년도 수유일 것을, 일 것을—."

닷새 후에 건강도 웬만큼 회복을 하고, 마음도 어떤 초극에서의 안정을 얻게 되자, 그는 이상하게도 자기가 그녀들을 사랑하고 있다는 엉뚱한 생각을 떠올렸다. 그리고 그 생각은 그를 곧 흥분시켰으며, 다시 초조하게 했고, 서성이게 했으며, 마음을 비틀어댔고, 그리하여 사랑을 만들어냈다. 그래서 다시 한번 피식 웃었지만 이번엔 눈물이 고였다. 그것들이 뭐, 아무리 과장적으로 봐준다더라도, 언제 자라서 그리고 어느 틈에 탐욕을 배워, 자기에게 최악의 경우를 갖다줄 것 같지도 않았지만, 바람이 건듯만 불어도 살랑살랑 고갯짓하는 그 귀여움이라든지, 그 몸뚱이에 난 연하고 보드라운 솜털은, 어떻게 보아도 미워할 수가 없는 것이었다.

산배나무의 귀신은 자기의 지나쳤던 걱정에 대해 슬그머니 부끄러움을 느끼고 사과라도 하고 싶음을 참아야 했다. 그렇다고 그 애들의 어미인 마귀 같은 이웃 노파를 잊어버렸던 건 물론 아니다. 일단, 이 산배나무의 귀신은 초극된 총각이었을 뿐이다. 그는 뭐 그렇게 멀리까지는 생각지 않고 있었다. 그의 독백대로 한다면 '백 년도 수유인' 것이다. 그래서 그는 그저 눈앞의 일로써, 이 연약한 계집애들을 염소나 토끼가 와서 먹어버리지나 않을까, 들불이 일어나 태우지나 않을까, 들쥐가 쏠아버리지나 않을까, 그런 것이나 걱정했다. 그리고 바람이 세지 않기를 빌고, 비가 차지 않기를 빌고, 풀 베는 사람의 눈에 뜨이지 않기를 빌었다.

며칠 지나서는, 이 연약한 아가씨들은 애교가 더욱더 늘어 산배나무 귀신의 둥치에 볼을 비비며 깔깔댔다. 산배나무의 귀신은 아직 사랑엔 익숙지 못했던지라, 이 다섯 아가씨들의 집중적인 애교에 몹시 거북해 목을 곧게 하고 눈을 희번득이다가 그만 참지를 못하고 눈물을 흘려버렸다.

"아, 그런데, 그런데, 그런데, 흐흐흐, 이 부드러운 솜털은, 이 연 약한 팔뚝은, 이 싱싱한 볼은, 흐흐, 흐흐흐, 고사리 같은 이 넌출의 휘감음은 이거, 이거야말로 흐흐, 새알들의 그것하고 비겨서야, 비겨서야."

산배나무의 이 어린 숫총각은 몸을 꽈대기 시작했다. 그것을 참나무의 늙은 귀신이 적이 슬픈 눈으로 바라보았을 뿐, 대부분의 다른 이웃 귀신들은 질투로 해서 몹시 투덜댔다.

“야 이 싹수없는 자식아, 허연 대낮에 뭐가 그리 좋아 흐흐거려?”

가랑잎나무 귀신이 얼굴이 뻘게져 소릴 쳤다. “인마, 이 동네에 너 하나밖엔 살고 있지 않은 줄 아니?” 계속했다. “고 화냥년들이 정작 네까짓 게 좋아 그러는 줄 알아? 허음, 그래도 이 형님 정도는 돼야…….”

“어머 어머, 저 집 꼽추는 정말 별꼴이야?” 넌출의 셋째 아가씨가 토를 달고 나섰다. “얘, 우리가 화냥년이라구? 화냥년이야? 넌 뭐야, 뭐야? 별 우거지 같은 꼽추 자식이 나중엔 못 할 소리가 없어.”

“얘, 넌 무슨 못 할 욕지거릴 그렇게 나불대니?” 맨 큰언니가 셋째 아가씨를 나무란다.

“아니, 언니 그렇찮우?”

“글쎄 입 다물래두!”

산배나무 얼간이 귀신은 정작 어리둥절해졌다. 큰언니의 나무람에 그도 질렸는지 어이가 없었는지 가랑잎나무의 귀신은, 입을 헤벌리고 눈만 끔벅끔벅하고 있다간 몸을 돌이켜버렸다.

“허허허, 허허.”

어디서 웃음소리가 났다. 놀라 모두 웃음소리 나는 곳을 보니 거기 단풍나무의 귀신이 수염도 없는 턱을 쓰다듬으며 서 있었다. 그래 산배나무의 귀신도 한 번 씨익 웃어 보이곤 새삼스레 절을 한번 꾸벅했다.

“야, 난 참 네가 부러워 뵈누나.”

단풍나무의 귀신은 답례라도 한다는 듯 그렇게 말했다. 그러나 산배나무 귀신의 느낌에는 그가 조금도 자기를 부러워하고 있지 않은 것만 같아, 얼굴을 붉혔다.

“체에, 무슨…….”

“아니다, 나두 말야, 저런 아가씨님들의 사랑을 받아볼 수만 있다면 말야, 나중엔 죽는다고 하더라도 후회는 없겠어, 암믄 후회할 턱이 있나? 허허허.”

그리고 그도 외면해버렸다. 그런데 왠지 산배나무 귀신의 마음은 매우 아파지고 있었다. 그가 전해 가을에, 그렇게도 따뜻이 자기를 위로해주었던 것을 산배나무 귀신은 지금도 기억하고 있다. 그리고 지금은 어쩌면, 앞으로 다가올 어떤 괴로움에 대해 미리 향유를 발라주는 일이나 아닌지도 모른다—산배나무 귀신은 그렇게 생각했다.

그래서 그날은, 산배나무의 귀신은 왼종일 말도 없이 뚱하고 보냈다. 아가씨들이 물론 왼갖 재롱을 다 떨어 보였지만 그는 왼종일 웃지 않았다. 웃고 싶지 않아서는 아니고, 어느덧 헐렝이가 되어버린 자신에 대해 만 하루 동안의 조의(弔意)를 표하기 위해서였다.

만 하루 동안의 조상(弔喪)이 끝났을 때 그는, 전보다도 더 빛나는 얼굴이었다. 이젠 예전의 자기에 대해 미안해야 할 빚도 다 갚았고, 또 자기를 아껴주던 친지들에 대해 경의도 표해버렸기 때문이다. 그는 자기의 행복이 어떤 필연에 의한 것이며, 그렇기 때문에 자기는 무엇으로부터 선택받은 유일의 사내라고 믿게 되었다. "그렇지 않다면 이 넓은 나무의 마을 중에서도 하필이면 내게 이런 행복이 안겨질 수 있겠느냐?"였다.

우계를 지나자 그것들은 더욱더욱 싱싱하고, 아름답게 성숙되어 산배나무 귀신의 횡격막 부위를 더욱 고통스럽게 하고, 매끈하던 얼굴을 보기 싫도록 여드름으로 덮어버리게 했다.

그러는 사이 다시 가을이 왔다. 와서 그녀는, 뒤 뜨락 정화수에 장구벌레라도 빠져 죽지나 않았나 살펴볼 겨를도 없이, 나무의 마을의 골목골목을 누비고 다니면서, 신년생(新年生) 손자와 손녀들의 얼굴도 매만지고 등도 두들겨주느라 여념이 없었다. 금년 가을엔 으름 넌출의 다섯 아가씨가 노파의 사랑을 독차지하였는데 내년쯤이면 시집들 가서 근친 올 땐 '이 할미께' 으름 한 광주리씩은 이어다 줄 거라고 흐뭇해했다.

"남자를 잘 사귀어야지 큰일 나요. 바람둥이한테라도 걸려보렴, 몸만 망치고 울고나 돌아오고 말 게야."

그리고 스무날 좀 더 지나선 다시 눈이 내렸다.

산배나무의 귀신도 이번만은 다른 나무의 귀신들모양 일찌감치 방으로 돌아와 있었다. 겨울을 날 것이 걱정스럽기는커녕 작년의 그 초조와 불안이 올해는 두 배의 행복을 가져와 보상을 했다. 밖엔 나뭇가지를 바람이 후려갈기는 모양으로 대문이 덜거덩거리고 있었다. 산비둘기는, 산꿩은, 노루는, 나무의 귀신들이 거둬들이고 난 남은 메마른 열매로 배를 달래며 겨울이 빨리 가기를 빌 게다. 배가 고픈 노루가, 망연자실 되어, 첩첩이 낀 산 너머로 눈길을 보내는 비탈로, 겨울 흰 햇빛이 한 번 비끼고 지나가면, 구름이 몰고 온 눈이 퍼부을 것이고, 아랫녘 도랑에선 배고픈 호랑이가 가재를 잡다 손을 불 게다. 그래, 거처를 가졌다는 것은 얼마나 행복하냐, 그것도 사랑에 더워져 훈훈한 자기만의 내실을 가졌다는 것은—. 거기서 산배나무의 귀신은, 올해는 좀 색다른 앓음으로 서성댔다. 뿌리들은 휘감고 있고, 거기로 아주 조금씩 체온을 보내고 받기는 하지만, 그 다섯 아가씨 중의 아무와도 말 한마디 나눌 수 없음이 못내 안타까운 것이다. "감기는 앓지 말아얄 긴데. 덜 굳은 몸이 추위에 얼면 어떻게 하나? 배고픈 생쥐가 그녀들의 연한 손톱이라도 갉아 피를 흘리면 그 또한 어쩌지? 어쩌지? 정말 어쩌지?" 산배나무의 귀신은 그녀들에 대한 일천 기우로 밤을 꼴딱 새기도 하고 왼종일 서성이기도 했다. 책은 도대체 읽혀지지도 않는 듯 펼쳐놓지도 않았다. 책상 위에선 한 번도 꺼지지 않고 촛불이 타고, 겨울 내내 촛불이 타고, 상사(相思)에 초췌해진 그의 얼굴에 그늘을 지웠다. 봄이 그리웠다. 아직도 촉도(蜀道) 저쪽 삼수갑산에서 헤매고 있는 봄이, 그에게 그렇게 그리웠다.

일월에는 눈이 오고, 이월에도 눈은 왔다. 삼월엔 꽃샘바람이 분 듯하더니 사월엔 비가 내리고, 오월은 화창했다. 유월이 가고, 칠월에는 해가 녹고, 팔월이 또 갔다. 허긴 '백 년도 수유'일 뿐이니, 계절이라고 해봤댔자 하루 사이에 끼인 아침저녁에 불과한 정도일 게다.

으름 넌출의 다섯 줄기는 이 기간을 겪는 동안 성장될 대로 성장되어, 이제 더 성장한다면 연륜의 주름살이나 불어날 게며, 독버섯 같은 껍질이 더욱 더 징그럽게 두터워질 게고 뻔뻔스러움과 수다나 더 늘 게다.

그리하여 넌출을 덮고 있던 솜털도 연약함도 상냥함도 모습을 찾아볼 수 없이 되었다. 그런 아름다움들이 농부의 마누라처럼 건강하고, 굶은 무당처럼 탐욕적이고, 늙은 화냥년처럼 비정적으로 바뀌어져 버렸다. 그리고 상연할 배우 없는 줄 매기에 여념이 없었다. 변해버렸다. 그것도 표독스럽고 신경질적으로 변해버렸다. 그녀들은 그러나, 그것이 너무도 당연하다는 듯이 콧방귀를 킁킁 뀌면서, 누구의 조언도 충고도 아랑곳하지 않았다. 장마가 그녀들의 아름다움을 수종(水腫) 들게 하였던가, 모진 폭양이 고사(枯死)시켜버렸던가, 그것도 아니면 뱀의 시즙(屍汁)을 빨았던가—.

산배나무의 이 버림받은 여윈 귀신은 일순의 쉼도 없는 숨 가쁨에 가래를 끓이고 먹피를 찔끔찔끔 토하면서도 눈물은 흘리지 않았다. 단풍나무의 귀신은 간혹 한 번씩 멀찌감치서 그를 지켜보곤 몰래 한숨을 불어내곤 했다. 그리고 그들이 전날 희희낙락했었을 때, 그는 오늘을 어렴풋이는 짐작을 했었다고 자기만 들을 수 있는 소리로 말하곤 했다. 가랑잎나무의 귀신은 늘 비웃기만 했다. 그는 고소해 죽을 지경이었다.

그러나 정작 산배나무 귀신의 얼굴은, 숨이 헐떡임은 어찌할 수 없었으면서도, 비장한 얼굴도 괴로운 얼굴도 무슨 얼굴도 아니었다. 그 얼굴은, 가을볕 몇 조각이 남았다 떠나버린 수확 끝난 먼 등성이 밭 한 뙈기 같았다. 된내기가 내려도 그만, 일모가 드리워도 그만, 가을비가 추적여도 그만인 그런 먼 가을 밭뙈기 한가운데를 산고양이가 지나간다. 등이 추워 구름 그늘을 등에 덮은 산고양이가 느실느실 지나간다.

"나는 두 번 겨울 다 참 몹시도 차분할 수가 없었지."

산배나무의 귀신은 그런 얼굴로 자기의 뿌리 위에 책상다리를 하고 앉아, 그 위에 턱을 받쳐놓고, 발끝을 보면서 생각을 간추렸다.

"첫 번째 겨울엔, 나는 순이 돋아나지도 않은 씨앗을 두고 죽을 듯이 무서워 떨었었다. 내가 원하지도 않고 그렇다고 반드시 그것이 내 둥치 밑에 떨어졌어야 할 아무 이유도 없었는데 결국 내 둥치 밑으로 떨어졌을 때, 나는 우발(偶發)이 필연화되어 최악의 경우를 가져온다는 데 대해 이해할 수가 없었다. 그리고 받아들일 수도 없었다.

산배나무 귀신은 가급적 대기를 많이 채워 넣느라 심호흡을 하며 양미간을 찡그렸다.

"그런데 이듬해 여름에 나는, 그 우발적 사건 때문에, 내가 선택된 유일의 사내라고 생각하는 데 추호의 의심도 품지 않았었다. 그리고 둘째 번 겨울은 너무도 행복했었다."

여기까지 생각이 미쳤을 때 산배나무 귀신은, 짧게 발작적으로 한 번 웃음을 터뜨렸다.

"그래, 어쨌든 난 지난 행복을 후회하진 않아, 않지. 그렇더라도 나는 이것만은 알고 싶어, 참으로 몹시 알고 싶어."

산배나무 귀신은 여름에 들려주었던 단풍나무 귀신의 말을 생각하고 한숨을 쉬었다. 해가 뉘엿뉘엿 넘어가고 있었다. 행복한 박모가 나무의 마을을 자욱이 덮기 시작한다. 이전 같았으면 그런 것이 시(詩)로써 그의 심령을 맑히고 승화시켜, 그땐 심령이 심령이 아니라 삼라만상이 되어버리며, 무(無)가 되어버리며, 재로 화해버림으로써 불멸을 성취했던 것이었다. 그러나 지금에 와선 그런 것 모두 의미가 없어져 버렸다.

"나는 왜 나무이어야만 하는가? 나는 왜 새이었다가 다람쥐이었다가 뱀이 될 수는 없는가? 나는 이것만은 알고 싶다."

그러나 그 대답은 생각나지 않았다. 사실로 대답이 될 것 같지도 않았다. 그는 그래, 절망적인 기분이 들어 손안에 머리를 감추고 눈을 감아버렸다. 그리고 그런 상태로 언제까지고 있을 작정인 것 같았다. 습기 찬 바람이 가지들 사이를 흐느적이며 흘렀다.

숨이 가빠 거북했으면서도, 누가 그를 불렀을 때에야 그는 몸을 폈다. 어느덧 구름이 모여들어, 하늘과 별은 구름 사이에서 어지러운데, 어느덧 초경은 지나고 있는 분위기였다.

"무척 고통스럽겠지." 부르던 목소리가 나직이 계속했다. 참나무의 늙은 귀신 목소리였다. 산배나무 귀신은 대답하지 않고 듣기만 했다. "존재하는 것은 의식이 있는 것이든 없는 것이든 무엇이든, 다 당하게 마련이니 너 혼자만의 짐이라고 너무 쓸쓸해할 건 없을 게야. 물론 의식이 없는 것들은 말할 필요도 없다마는, 이 할애비도 사실은 네가 지금 괴로워하고 있는 걸 백이십 년이나 계속해온 거야.” 참나무 귀신은 잠깐 말을 중단하고 무언가를 깊이 생각하더니 다시 계속했다.

“죽음이란 것 말이다. 죽음이라는 것—. 내가 너무 속단한 건진 모르겠다만…… 아무튼 그건 수시로 도처에서 예고 없이 오는 것이 아니겠니? 그건 피해지는 것이 아니기 때문에 누구나 다 당해야 되는 건데, 그럼에도 이 할애비가 늘 슬픈 건, 살아볼 만큼 젊음을 살아보지 못하고 죽은 많은 내 손자들의 그 젊은 죽음이다. 젊음만을 빼놓는다면 죽음은 네게나 내게나 똑같이 절박한 것이 아니겠느냐. 그리고 슬퍼할 것도 못 된다.” “할아버지.” 산배나무의 귀신이 늙은 귀신의 얘기를 자르고 나섰다. “왜 나무는 언제나 나무이어야죠? 왜 새로는 못 되고, 왜 짐승으로는 못 되죠? 왜 못 되죠?”

참나무의 늙은 귀신은 이 돌연한 질문에 뭐라고 답해야 좋을지를 모른 듯, 대답은 없이 하늘을 바라본다. 구름이 아주 가는 이슬비가 되어 흩어지기 시작하고 있고, 밤은 이경을 넘고 있었다. 그리고 한참 후에야 할애비는 이렇게 말했다.

“나도 어려서는 그런 생각을 안 해본 건 아니다. 내가 새였으면 나는 저쪽 푸른 이내가 낀 산을 넘어 그 뒤에 뭐가 있나 가볼 텐데, 내가 짐승이었으면 저 깊은 동굴 속엔 뭣이 있나 들어가 볼 텐데, 하고 말이다. 그러나 나는 지금은 이렇게 생각하게 되었다. 나는 나무이자 동시에 새이기도 하며 또한 짐승이기도 하고, 벌레이기도 하다고—.”

“어, 어떻게 해서 그, 그렇게 되죠?”

산배나무 귀신은 목이 말라 했다.

“그래, 나는 지금은 그렇게 생각하고 믿기도 한다. 얘야, 네 생각에 새나 짐승은 아무런 구애도 없이 자유스러워만 보이지? 그러나, 그건 결코 그렇지만은 않다. 그들에게도 뿌리는 있다. 눈에는 보이지 않지만, 보이지 않기 때문에 더욱더 무겁고 무섭고 끈질긴 뿌리가 있다. 생각해보렴, 그들도 죽음과 병과 노쇠와 움직이기 때문에 운명적으로 더 많이 부딪치게 될 우연이 있다. 헌데 그들은 그것을 더욱 괴롭게도 대지에게가 아니라 바로 자기의 연약한 두 어깨에다 메고 다닌다. 그건 버릴 수가 없다. 아니 바로 그 짐은 버려버릴 수 있을지도 모르긴 하다. 가령 이 지점에서 저쪽 지점으로 옮겼다고 해보자, 그러면 그 짐은 거기에 버림을 받을 것이다. 그러나 짐은 그쪽 지점에 또 꼭 그만한 크기로 다시 준비되어 있다. 아니, 움직여간 그 거리 사이의 아무리 미세한 공간에라도 그것은 있다. 그리고 그것은 어떤 방법으로라도 거부치 못할 새로운 짐인 것이다. 새로운, 언제나 그 무게의 짐의 시작인 것이다. 거기에 과정은 없다. 가령 저기서 여기까지 짐을 지고 왔으니 조금만 더 지고 가면 쉬게 된다는 그런 것이 없다. 영원히 그저 시작일 뿐이다. 잠시의 휴식도 없는 시작일 뿐이야. 그러므로 그것이 뿌리인 것이다. 지독하게 무겁고 무섭고 끈질긴 뿌리다. 어떻게 도망가더라도 시작으로 되돌아올 뿐임으로 그사이에 운동이 개재되어 있다고는 볼 수가 없지 않겠느냐? 그런 의미에서 그것들 또한 나무이다. 그것들 또한 움직여지지 않는다."

참나무 귀신의 얘기는 일단 여기서 멈췄다. 산배나무 귀신은 가슴을 조이며 더 기다렸다. 그러나 날이 희부연히 섰을 때까지도 늙은 귀신의 얘긴 계속되지 않았다.

비가 가을을 재촉했다. 그리고 겨울을 재촉했다.

그렇게 해서 한 해는 또 종언을 고했으니 나무의 귀신들은 또 자기네들 겨울 향리(鄕里)로 무리져 가버렸다.

그 겨울도 내내, 물론, 산배나무 귀신의 책상 위에선 촛불이 탔다. 한 번도 꺼지지 않고 겨울 내내 촛불이 탔다.

잠의 열매를 매단 나무는 뿌리로 꿈을 꾼다

두 집 사이
—제4의 늙은 아해(兒孩) 얘기

미친년 오줌 누듯, 비가 후두둑이다 그치고, 그쳤다 후두둑이는 이 저녁에도 늙은네는, 전날들과 대개 비슷한 시각에, 유행 지난 지 뒤십 년도 더 되는 데다, 세탁도 해본 일이 없는 그 비옷(레인코트)에 그런 모자도 걸치고 쓴 뒤, 몽둥이라고나 일러야 할, 굵고도 묵직한 지팽이를 짚고, 자기를 지탱해주는 그것 탓에도 몸이 더 무거워, 비트적 비트적거리며, 약수터도, 놀이터도, 벤치도, 정자도, 소나무 숲도, 산수유도, 목련(나무)도, 진달래 덤불도, 바윗덩이도, 이것도 저것도, 가로등도 흐리덕스구레하게 몇, 어디 다른 데 있는 것이라면, 눈에 잘 보이지 않는 것까지도, (예를 들면, 굵은 솔방울이 많은 소나무 밑에, 어떤 손말명이가 감춰놓은 옥문 같은 것도 말인데,) 다 갖춰 있는 근린공원(또한, 어느 날씨 좋은 봄날, 양지에서 졸다, 하필 자기의 신발 속으로 밀고 들어가 버린, '제1의 늙은 兒孩'네 공원과 같거나, 비슷한 것이겠는다)으로 갔다.

띄엄띄엄 가로등이 켜져 있다 해도, 무겁고 어두운 습기에 그 빛이 흠뻑 젖어, 젖은 날개의 나비모양, 날렵하게 날지를 못하고, 등 주변에서 둔하게 너풀거려보다 무기력하게 떨어지곤 해, 공원은 여전히 어두웠다.

이런 시각엔, 비록 견딜 수 없이 눅눅하다 하더라도, 방구석에 오그리고 누워, 밖에서 자기 방의 문고리에 손을 대고 안의 동정을 살피는, 저승사자의 귀에다 기침이나 콩콩거려주었어야 할 늙은네가, 거기선들 무슨 환영을 받겠는가. 마는, 불알에 한을 쌓은 몽달귀 꼴로, 공원이 무슨 사창가나 된다는 듯이 어슬렁거린다는 짓도 해괴하기는 하다.

하기는 그렇게 하기로써 늙은네는, 저녁 어스름이 끼기 시작했다 하면, 그 억만의 땅거미들이 자기의 전신에 들러붙어 시달리게 (번뇌)해온, 그 벌뢰(번뇌+벌레)로부터 도망치기를 꾀해온 것이기는 하다. 시간이 시간이라 그런지 모르지만, 늙은네가 모습을 드러내면 공원은 아무것, 하나도, 떠나지 않고 있음에도 모두 떠나버린 듯, 짙은 운무에 덮인 산수도(山水圖) 꼴로 변해져, 원근도 높낮이도 없이, 기분 나쁘게 적막하기만 한데, 그래서 늙은네는, 문들 모두 닫히고 불도 꺼진 고샅에 서 있는 느낌에 당한다.

가난한 늙은네는, 양로원에서도 환영하지 않는다며, 게다가 이건 시간이 그런 시간이 아니냐고, 스스로 위로하며 늙은네는, 공원의 그런 홀대를 당연한 걸로 받아들인다. 그러나 정작에 있어, 이건 시간이 그런 시간이어서, 공원의 식구들 간에는 그중 흥청거릴 시간인데, 그럴 것이, 도심에 있는 공원의 나무와 덤불, 바위 등은, 거친 정원사와 석공들에 의해, 그 날갯죽지며 다리몽생이가 모두 꺾이고 부러뜨려져, 밤 한때로 날개를 펴 어디로 마을을 갔다. 새벽이슬 맞으며 돌아오곤 하던 짓도 더 할 수가 없어, '공원'이라는 새장, 또는 동물원 속에 갇힌 채로, 자기네끼리라도 오붓하게 사는 법을 익히는 시간이 이 시간이던 것이다.

하필 그럴 때, 빈혈 탓에 그림자도 못 챙긴 피 빠는 귀신 꼬락서니로, 특히 저 늙다리 불청객이 비실비실 공원엘 들어섰다 하면, 이제껏 입을 모으고 귀를 모아, 서로 간 도란도란, 푸르쭉쭉, 무슨 말들을 주고받았던(허으, 인내 풍기는 독한 종내기들이, 만약 저들의 말을 알아들을 귀를 가지고 있었다 하면, 대번에 저것들을 몰캉시리 내쫓아버린 뒤, 양철 조각이나 시멘트로 만든 나무를 세우고, 그런 덤불도 만들려 하잖았겠느냐. '아름다움'이 만약 사람의 편견의 소치라면, 어찌 自然만이 아름다움을 알 까는 씨암탉이겠느냐. 능금나무며 목련, 산수유며 진달래 덤불 등, 모두 쫓아낸 자리에다 '사람'이 새로 에덴을 지었거늘, 詩人들은, 게걸스런 할애비 시인들이, 그 알을 다 톡톡 깨 먹은, 괄약근이 느슨해져 버린, 헌 自然의 똥구녁을 핥으려 하기보다 일어설지어다,

손바닥에 침 뱉어 힘 돋운 뒤, 이제 새로운 아름다움을 직조하여, 아직 입지 못한 저 文明 위에다 입힐지어다. 빙충맞은 神 하나가, 도시 변두리로 쫓겨 나간 능금나무 가지에 뙤뚱하게 앉아, "아, 아담아, 이 사람아!" 저녁 가마귀 목소리로 애잔히 부르며 낙루하고 있구나) 공원의 사촌들이, 바다 밑 모래펄에 죽림(竹林)으로 돋아 있던 뱀장어들이, 상어의 그림자가 얼씬거리기만 해도, 순식간에 모래 속에다 몸을 쑤셔 박아버리듯이, 얼굴들을 감춰버린다.

공원은, 제미 똥구녁 찢을, 살아 걷는 요궐(尿橛)의 냄새가 싫어, 코를 막고, 눈까지 감아버린 것이다. 인(人)내—그건 물론 이 늙은네만 풍기는 것은 아니되, 늙은네께는 그것이 유독 더 심했던 것이다. 늙은네가 평생 먹어온 마늘과, 흘려온 땀, 그리고 분뇨를 합쳐놓은 것보다도 더 독하게스리, 늙은네는 허무(虛無)와 무상(無常)의 냄새를 풍겨내고 있던 것이다.

유상(有常), 유위법(有爲法)밖에 모르는 저들께 그것은, 참아낼 수도, 이해할 수도 없는 것이었음은 짐작되고도 남는다. 인식하며 산다는 한 유정, 사람을 빼놓은 모든 유정은, 필멸이 그들의 운명임에도, '살기'라는 한 가지 법(法)밖에 몰라 그렇다.

까닭에, 특히 이 한 요궐이 차지하고 든 공원은, 으스무레하고, 고적하고, 울침하고, 밤의 비린내까지 나고, 귀신을 일으켜 세우고, (공원이 켠) 창 불빛 하나 없고 그렇다. 흔하게, 또는 흔치 않게, 그러니 때론, 가로등 빛이 닿지 않는 으슥한 데서는, '뭘 하나 더 가진 것과, 덜 가진 것'을 인식하기의 까닭으로, 새끼 밸 철이 아닌데도 상내 낸 짐승들끼리 만나, 과잉과 부족의 균형 잡기에 용쓰느라, 소금 냄새를 풍겨내는 일이 없는 것은 아니어서, 관음증 걸린 늙은네의 눈을 붉도록 밝아지게 하기도 하고, 일반적으론 인(人)내는 '허무'보다 '소금'기를 더 많이 함유하고 있다는 것을 밝혀주기도 한다.

얼마 전까지만 해도 늙은네는, 그런 여수를, (한쪽에서는 주기만 하지만, 그래도) 물물교환 같은 것으로 이해해 왔으나, 근자엔 생각이 바뀌어, 이거, 남생이가 솔개 잡아먹은 날개로 뒤집어 날아가는 소리라고 할지 모르겠으나, '문장(文章) 쓰기', 특히 어떤 글머리[話頭]에 대한 글꼬리[話尾] 바르게 맞춰 맺기, 라고 하고 있는다.

그리고도, 별이 있는 밤이면 말이지만, 별들이 인간의 소금 냄새, 술집의 떠들썩함, 애 우는 소리, 유행가 따위를 탐하며(광막하고도 고적한 우주에 대하여, 인간은 축제가 아니냐!), 몇 모금 쑴먹쑴먹, 취하도록 쑴먹이고 나면, 그런 엇비슷한 시각에, 서둘러 떼어놓은 발걸음 소리가 공원 시작되는 데서 일고, 이어, 웅숭그리고 있어 여름에도 추워 보이고, 어둠 속에서도 파리해 보이는, 치마 입은 그림자 하나를, 흐린 가로등이 흐리게 비춰 내린다.

그리고는 잽싸게, 그 그림자를, 불그스레한 혀를 내둘러 싹싹 핥아먹는다. 처음 얼마 동안 그 그림자는, 가로등 밑에 넋을 잃고 서 있거나, 벤치에 구겨져 얹혀 있는 저 늙다리를, 무슨 귀신쯤으로나 알아, 도망치다시피 휙 지나가곤 했었으나, 늙어 등이 휘고, 숨을 헐헐하며, 몇 걸음 떼어놓지도 못하고 서곤 하는 늙다리쯤, 이제는 두려워해야 할 주제꼴도 못 된다고 여겨 그랬든지 어쨌든지, 아니면 그런 늙은탱이도 호젓한 밤길에는 오히려 위안이 된다고 마음을 놓았든지 어쨌든지, 나중엔, 늙은네 옆을 지날 때도 걸음의 속도를 더하거나 하지는 안 했다.

피할 수 없을 때만, 눈길을 돌리려고, 허리를 좀 굽히고, 말은 없이 지나갔다. 그리고 공원 길 끝나는 데 잇대어진, 아파트먼트 건물에 트인 구멍 속으로 들어갔다. 그러고 나면, 만약 으슥한 곳에서 행해지는 '소금의 여수' 같은, 눈을 팔 것이 없는다면, 늙은네도 자기의 처소로 돌아갈 생각을 한다.

언제부터였는지, 그것은 늙은 자신도 모르지만, 그 그림자가 빠져나가 버리고 나면, 공원이 어째선지, 구멍 내고 나비 날아가 버린 고치처럼만 여겨져, 늙은네는 허퉁함을 느끼곤 했다. 하여 늙은네는, 자기는 다름 아닌, 그 빈 고치 속에 잘못 든, 무슨 흉물스런 벌레나 같다고, 자신을 보았다. 빈 고치 속에 든 것은, 들어갔는데 나가져 있다. 한기가 시작된다. 따끈하게 데운 막걸리를 생각한다. 그 속에 폭 싸이고 싶은 것이다.

헌데 이 저녁, 늙은네의 가슴은 자꾸 울럭여싸서, 여느 저녁들과 같지가 못했다. 참지 못하고 늙은네는, 건구역질에다 잔기침을 해대며, 가래를 뱉어내고, 몇 걸음 떼어놓지도 못해 서고, 뱉어내고 서고, 뱉어내고, 삶의 요궐이 늙음이라고 생각도 하고, 벌뢰란 놈이 횟배를 앓거나 알을 슬리고 있는 것이라고 투덜대기도 하고, 어쨌든 벤치에 가 앉고 나서 뒈지더라도 뒈지고 볼 일이라고, 뒈져라 싸게 걸어, 가, 무명골 따위야 무너날라믄 무너나라고, 털썩 주저앉고, 쌕쌕거리고, 된기침 하고, 쌕쌕거리고, 캑캑거리다 뭉터기 피가래를 뱉어냈다.

그리고 나서야 숨통이 좀 트이는지 늙은네는, 뭐라고 목쉰 소리로 투덜댔는데, 개숫물 통에다 빼 던져놓은 틀니를 챙겨 끼지를 안 해, 이 세상에서 제일 귀 밝다는 바위까지도 알아들을 수가 없어, 입 다물이고 말았다. ('잔디며 양의 털이 자라는 소리'까지 듣는 귀는, 혀를 石化하는 것을, 발설치 마라. 아으 三世의 비밀을 까발씨지 마라. 그러잖는다면 그대는, 바위로 변할지니라) 후두둑이고 지나는 비 탓에, 엉덩이가 젖었든 어쨌든, 늙은네는 이제 깜박 졸게 될 것이다.

사실 늙은네의 흉중엔, 어제저녁 갑자기 꾸미게 된 '음모', 또는 '흉계'라고도 해야 할, 칙살맞은 벌뢰가 하나 차지해, 시각을 다퉈 자라오고 있던 것이다. 얘기되어진 바의, 그 '문장 쓰기'의 화미에다 종지부를 찍으려는 것이, 그 음모의 전모인 것이다. 이 당장엔, 그것이 얼마나 씨먹잖은, 버렁 떨어진 소리든 어쩌든, 보다 알아듣기 쉬운 말로 번안을 하기로 하자면, 그럴 때마다 늙은네는 분명히, 자아의 타아에로의 전치(vice versa)를 체험했었을 것이었는데, 관음증의 까닭으로 깨우치게 된, 어떤 '열림/닫힘'과의 관계에서, '들어가다'에다 종말 선언을 하려는 것이 그것이다.

'들어가다'는 그런데, '나가다'와 뫼비우스 띠(Möbius strip)나 유로보로스(Uroboros)와 같다는 데에, 늙은네의 화미 맺기의 실패가 있어 온 것이다. 늙은네가 '들어가다'에 종지부를 찍었다 하는 그 순간, 그것은 어느 틈에 뒤집혀 '나가다'로 바뀌는데, 저 변덕스런 말꼬리를 어떻게 붙들어, 마구간에 가둬 넣을지, 아무리 해도 늙은네는, 그 방법을 알 수가 없고만 있는 것이다.

이런 투의 갈잖은 투쟁은, 사려 깊은 이들에게는, 늙은네가, 이제는 용두질도 할 수 없으리만큼 비참한 지경에 처해, 개구리라도 잡아다 놓고, 불두덩에 왜 털이 없는지를 따져보기 같은 짓을 하고 있거나('개구리와 공주의 입맞춤'은 암시하는 바가 크다. '개구리'는, 어떤 '두 元素' 간의, 또는 '두 다른 존재'

간의, 또는 '두 세상 간의 중간적/과도적 존재라고 이르는즉, 불두덩에 아직 거웃이 돋지 안 했거나, 반대로는, 세월을 못 견디고 뭉글어져 민둥민둥해져 있는 자들은, 하나같이 개구리들일레람. 전자는, 두 존재, 즉슨 아이와 성인 간의 그것이며, 후자는, 두 세상, 즉슨 이승과 저승 간의 그것들이라는 점이 다르긴 할 테다), 또 아니면, 자폐증, 그것도 거꾸로 되었거나 뒤범벅이 된 자폐증 같은 것에 시달리고 있는 것이나 아닌가, 하고 고개를 갸웃거림에 분명하다.

어쩌면 그렇다. 늘 그러는 건 아니지만(嗤, 小說匠이란 이렇게, 사사건건, 남의 일에 간섭하는 돼먹잖은 취미를 가졌구나. 雜!), 늙은네의 (어떤 하루) 일과 중에, 지하철 타기가 있는데, 아무 데로도 머리 둘 데도 없이, 어떤 하나의 목적만으로 늙은네는, 가까운 지하철역으로 가, 요궐 냄새를 풍기며 서 있는다.

계단 오르내리기가 무슨 장수 비결이라도 된다는 그런 호화판 풍류로 그러는 것은 절대로 아니고, 이제는 집념이 되어버린, 예의 저 '화미를 화두'로 삼은 명상법으로 그러는 것인데, 땅 아래로 파고 올라 놓여진 사닥다리는, 오르기뿐만 아니라 내리기도 전신이 무거워, 피했으면 싶을 뿐이기는 하다. 피골이 상접해 있는 몸에, 이제도 무슨 무게가 그리 많이 남았다고, 다리가 휘느라 우두둑거리겠는가. 마는, 시간과 삶의 무게만큼 무거운 것이 또 있겠는가?

때에는, 센바람에 밀리고 끌려, 전동차가 날려와선 멈추고, 옆구리들이 열리고, 갑자기 부산해지고, 그러고 나면, 늙은 눈이 한꺼번에 밝아지는 듯한 환한 내부가 들여다보이고, 늙은네는 그러면 어떤 종류의 기분 좋은 흥분으로 몸을 한번 부르르 떨고, 그 환한 열림 속으로 들어가고, 어떤 종류의 성취감 같은 것으로, 이제는 '들어가다'를 '들어갔다'로 문미를 고친 뒤, 종지부를 찍어도 좋은 것이 아닌가 생각하고, 쉬어도 좋다고 믿고, 하초에로도 내리는, 더운 막걸리가 주는 것 같은, 호꼰한 열기도 느낀다.

더운 막걸리 속에 푹 가라앉기처럼, 좋은 느낌은 그것이다. 심호흡을 한 번 하고, 늙은네는 앉을 자리를 찾는다. 아무리 만원일 때라도, 어떻게 하면 자리를 얻을 수 있는지, 그것쯤은 문리를 통해놓고도 있다. 전철 속에서 읽혀지는 신문은, 휴대용 두문동(杜門洞) 같은 것임도 모르지 않지만, 앉아 있는 이마다 보따리 싸 두문동 갔다거나, 짐짓 잠자는 체하고 있으면, 손가락 써서 두문동 소식 한 가지를 가리키거나, 잠의 한 귀퉁이를 찌르면, 만사여의 형통이다.

늙은네가 앉고, 궁둥이가 뜨뜻해서 좋다고 하고, 건너다도 보고, 둘러도 보고, 하다 늙은네는, 뭔지 깜짝 놀라고, 몹시 얼굴을 찌푸린다. 자기의 화두가 된 화미가, 어느 녘에 탈바꿈을 해버린 것을 보아버린 것이다. 대가리부터 망했어야 쓰겠을 저누무 유로보로스는, 어느덧 제 꼬리를 다 삼키고 뒤집혀 있던 것이다.

늙은 자기는, 그 환한 열림 속으로 들어간다고 들어갔는데, 언젠지 그 '속으로 나와져' 있던 것이다. 구멍 속에도 구멍이 뚫리는 수가 있던 것이다. 목적지를 못 가진 늙은네는 거기 소속이 못 되었던 것이다. 몇 정거장을 더 지났든, 다음 정거장에서 늙은네는, 다른 열림 속으로 들어갔다가는, 체머리를 설레설레 흔들며 귀갓길에 오른다.

여차여차……, 라면 대신 막걸리를 국이나 죽처럼 데워 후루 후루루 둬 주발 마시고(그것이 근래의 그의 식사였던 것), 이부자리 위에 털썩 누우면, 밖엘 다녀온 피로와, 더운 술이 일으키는 빠른 취기가, 늙은 삭신을 한소금 잠에다 쩌들인다. 늙은네는, 더 깨일 수 없을 때까지나 잘 수 있기를 바라지만, 피골이 상접한 육신에는 또한 피골이 상접한 잠, 잠까지도 가난하고 헤설프고 끼꺽거린다.

오래잖아 늙은네는 다시 잠의 밖으로 드러나져 있고, 충혈된 눈으로 천장을 올려다보며, 아프다고 (느끼는 게 아니라) 생각한다. 그러며 늙은네는 시간을 느끼기 시작한다. 하루, 한나절 별 헤아리기로, 그늘 쪽으로 밀려가고 있는 쇠잔한 목숨을 두고, 시간은 육시러게도 많아 사해(沙海)이다. 수음이라도 되면, 눈을 휘 까뒤집고 귀신을 토할 때까지라도 해보겠는데, 그것도 되잖는, 그래도 어떻게든 참아야 하는, 하릴없는 시간은, 그냥 뙤약볕이다.

그 속에서 아무것도 작위되지 않는 시간은, 허기는, 태곳적에 가랑비가 한번 내린 뒤, 가뭄만 계속되어지고 있는 사막 같은 것이기는 하다. 그 몸이 너무 불어나, 아무 데로도 한 치의 움직임도 이뤄낼 수 없어, 입만 벌려놓고, 먹이가 찾아들기를 기다려 잠자는 구렁이, 아자가라(Ajagara), 그 잠 속에론 무량겁의 시간만 쌓이고, 흐름은 하나도 없는 듯하다.

그 입속으로, 제 크기만 한 움직임을 일궈가는, 늙은 약대 한 마리를, 늙은네는 본다. 흐름은 없는 듯한 꿧(Ajagara, 것+곳, 공간과 시간)을, 살 입은 목숨이라는 흐르기[動]의 운명 탓에, 흐르기는 고단할 게다. 어디서 왔는지도 모르니, 어디로 가는지도 그 자신은 모르며, 운명에 복종할 뿐이다. 모든 방향이 남쪽이고, 모든 방향이 북쪽이다. 지남철을 지니지 못했으면, 종교라도 한 가지, 입에다 노잣돈 삼아 물었더면, 열나흘 끝없는 길, 좀 덜 팍팍했을 일인가.

닿을 데가 없는 유정께는, 현재 처해 있는 그곳이 갈 데의 끝이었는 게다. 약대는 종내 무릎을 꿇으며 주저앉는가 했더니, 옆으로 비그르 무너지고 만다. 그러자, 이제껏 그것의 등이며 다리를 휘게 해왔던 시간이 일어나, 그것의 가죽을 트게 하고, 창자에다 이빨을 박아 넣어, 홍시 빨듯, 수분을, 생명을 빨아버린다.

그리고 시간은 다시 눕는다. 촉루(髑髏)만 남는다. 그 촉루를 더듬는 늙은네 눈에 눈물이 고이고, 몸에서는 바위 기름 냄새 같은 것이 난다. 이제 촉루는 무의미하기만 하다. 그것이, 한때 살았었다고 디뎌온 발자국까지도, 그 해골 속에서 시간이 다 핥아 지워버리고 없어, 이제는 그것 속에 아무것도 담긴 게 없다. 그것은 분명히, 어디엔가 소속이 되고 싶어, 모든 곳이 다 동쪽인, 동쪽으로 아으, 달마여, 떠났는데도, 방향도 없는 거기 그냥 드러나져 있다. 무소속이다.

이 대목에서 늙은네는 몹시 흐득여 울다가, 자기의 상념이, 넘지 말았어야 될 선을 넘어버린 것이나 아니었는가, 반성해본다. 그리고 늙은네는, '시간/사막/하릴없는 목숨' 따위들이 범벅이 되어 만들어낸, 그것은 수사학적 춘사라고나 일러야 할, 대단히 바람직하지 않은, 수사학적 비약이 있었던 것이나 아니었는가, 하고 되짚어도 본다.

동물(動物)과 관계된 어떤 종류의 상념은, 정물(靜物)에의 그것과 달리, 동(動)이 사상(捨象)될 때(바람직한 국면에선, 어느 쪽인가 하면, 動이 體를 벗고, 날개를 차려입어, 어디로 날아 올라가 버리는 것이겠지만, 늙은네의 경우는, 어디로 가라앉을 수도 없으면서, 중력에 당하고만 있으니, 이런 비상을 기대할 수는 없을 테다), 느닷없이 무의미 속으로 떨어져 내리는 것이 탈이다.

정물의 경우, 바위라는, 침묵의 촉루를 하나 예 들어 말해본대도, 그것은, 이 세상의 무엇보다도 예민한 귀를 가진 무정(無情)이라는 데로까지 상념은 발전하기도 한다. (이때의 이 '無情'의 '無'는, '靜'의 뜻을 함축하는 것으로 번안된다) 늙은네의 '촉루'의 상념은 그러면, 당연하게도 그 모습이 바뀔 터이다.

언젠지 뿌리가 뽑혀, 쓰러져 누워, 무세월의 세월을 견뎌내는 고목(古木), 잎이나 가지, 껍질은 어느 세월인지 썩고 삭고 벗겨져, 경화증 걸린 몸뚱이만 삘그렇게 자빠져 있는데, 거무튀튀하다. 시간과 철이, 그것의 결 따라 터지고 갈라진 틈새를 벌리며, 피 빠는 박쥐의 것과 같은 혀를 쑤셔 넣어, 수분을 빨고 있다. 처음엔 큰 둥치였을 것이었으나, 나날이 푸슬어지고 있다. 경화증 걸린 그것도 촉루이다.

나무의 죽음은, 아니면 삶은, 끈질기게도 오래간다. 버려졌어도 수분이 있는 한 살며, 수분이 없어도 그 속에 불도마뱀(사라만더)의 잠이 누워 있는 한, 죽지 않는다/못한다. 늙은네는 잇몸을 갈아대며, 이 불도마뱀을 저주한다.

이 고자빠기의 비극은, 저것에 연유한다고 믿어 그런다. 이 촉루는 어디에 소속되어진 것인가? 땅에서 싹 틔워, 땅을 의지해 자라, 그 억센 뿌리로 땅을 움켜쥐어 하늘을 날았던 ('하나의 촛불꽃이 지구를 대롱대롱 매달고 날아오른다'), 이 나무는, 그 비상에의 의지를 꺾이고, 한번 뿌리 뽑혀 눕자, 땅도 품어 들이려 하지 않고, 하늘도 들어 올려주려 하지 않는다. 중심도 아니고, 변두리도 아닌 데에, 그러니 아무 데도 아닌 데에, 그것은 그냥 무소속으로 드러나져 있다.

그래도 그것은, 불도마뱀의 잠을 아직도 품고 있다. 상념이 이쯤에 이르면, 못 견디고 늙은네는, 벌떡 일어나선, 예의 그 굵은 지팽이에 의지해, 근린공원 산책에 나선다. 그 공원에서도 그는 물론 헤설프다. 오늘 저녁엔 늙은네는, 그리고 하나의 들끓는 흉계를, 안주머니에 넣어 갖고 나온 것인데, 구렁이라도 한 마리 잡아 넣어놓고 있는 것모양, 여기서 꿈틀 저기서 불쑥 생지랄이다.

말해온 바의 그런 무소속, 우주적 무소속이 싫고 아프고 춥고 고달파서, 혼신으로 어디엔가, 무엇엔가, 한번 삽입되어져 버리고 싶은 것이다. 화두가 된 그 화미의 꼬리를 잘라버리고 싶은 것이다. 천수천안(千手千眼)의 천불(千佛) 만신(萬神)이, 매일 들에 나가 익은 곡식을 거둔다고 하거니와, 이 늙은네 하나 이삭 된 것을 줍지 못하는 까닭은 무엇이라는고? '허무'는 알맹이가 없어 그럴 일인가?

젖어, 한기에 떠느라 오그라져 벤치에 얹혀 있던 늙은네의 눈이, 인광이라도 쏘아내듯 번들거리기를 시작했으며, 귀 또한, 대숲 지나는 바람 소리에 자라는 당나귀의 그것처럼 쫑긋이 서 푸들거렸을 뿐만 아니라, 지팽이를 잡은 손에서도 마디들 우두둑이는 소리가 났으니, 힘이 뻗쳐 내린 것인데, 거의 매일 저녁 그 시각쯤에 있어 왔던, 공원을 가로질러 가는, 그 추운 발소리가, 이 저녁에도 가까워지고 있는 것일 것이었다. 이런 시각에 미쳤다구시나, 비가 또 후두둑이기 시작한다.

이튿날, 그 근린공원 주변의 아파트먼트 단지들에는, 눈물이 쏟아지도록 매운 소문이 한 가지 떠돌았는데, 내용은 이러했다. 13단지 13층 13평짜리 방에서 홀로 살아온, 왕년에 뭘 (했다더라?) 했다는, 낮에는 밤 귀신 같고, 밤에는 낮 귀신 같은 늙은탱이[蕩兒]가, 근린공원에 잠복해 있다가는, 저 아래쪽 뉘네 식료품상이라든가 뭐라든가(그건 확실 치 안 해도 문제가 되는 것은 아닌데,) 하는 데서 일하는, 삼십 대 처자(독신녀)를 지팽이로 매우 쳐 죽이(려고까지야 했겠는가 마는,)고, 진달래 덤불 밑으로 질질 끌어가, 시간(屍姦)을 하다, 복상사(腹上死)를 했다는 것이었다.

세상에 저런 수가! 어른들끼리만 귓속말로 덧붙였기는 그리고, 늙은네의 하초는 그런데 비어져 나와 있어, 통하기라도 하고서 그렇게 되었는지, 그게 궁금하기까지 하다고, 끌끌끌, 혀 차고, 이어 이랬다. 세상에 저럴 수가! 사람을 쳐 죽일 만큼이나 간절했더면, 통하기라도 했었어얄 텐데, 끌끌끌, 그럴 수가! 그러기 전에 그래도 한 번은 달래나 보았었을 것을, 달래나 보았을걸, 달래나 보지!

* 이 잡설은 본디 '갈마나 전생에 대한 인식이 없는 제4의 늙은 아해(兒孩) 얘기'라고 부제를 붙였는데, 여기 보이는 주는 그 부제에 대한 것이다.
본 졸문의 필자는, 다른 졸문 책 『七祖語論』에서, '갈마분열'이라는 문제를 제기한 바 있었거니와, '인연, 전생, 윤회, 갈마' 등의 법을 설하는 종문(宗門)에서는, 저 법과 '인구 증가'와의 관계를, 납득할 만큼 설명해줄 수 있어야 할 것이다. 그렇지 않는다면, 많은 무명중생이, 허무와 소멸의 무저갱 속으로 떨어져 내릴 위험이 있다.
처음의 '하나'가 둘, 셋으로 늘어나는 것이 인구 증가라면, 이때 우리는, '하나'만의 전생과 갈마는 짐작해낼 수 있으나, 그 '하나' 외의 다른 목숨들의 그것들에 관해서는, 어떻게 이해해야 할지를 모르겠기 때문이다. 대답 삼아, 그 종문의 깨달았다는 이들은, 『心經』을 읊조려줄 것이 짐작되지 않는 것이 아니다. '……不生不滅 不增不減……' 불이 맹렬히 타고 있는 집에 갇혀, 무명의 까닭으로 우왕좌왕하다 문을 못 찾고, 타서 죽기로 환생(윤회)만을 거듭하고 있다, 는 유정들께, 저것이 과연 대답이 될 수 있을 것인지, (깨우치지 못한 소치로) 그것은 아직도 의문이다.
저것은 대답[話尾] 이기보다는, 문제의 제기, 즉 화두(話頭)나 공안(公案)인 듯한데, (그리고 물론, 그 공안 자체가 그 결론인 듯싶기도 하지만,) 저것은 우매한 중생으로서, 오백 생을 바쳐도 깨우치기 어려울, 그렇게나 위대한 모순당착은 아니겠는가? 오백 생을 바쳐서라도 깨우칠 만한 법(法)이겠으나, 그러기 전에 이삭 되어져 버리는 유정이 있다면, 그를 두고는 어째얄 것인가? 중생은 이런 까닭으로 어리석다고 이르는 것이겠으나, 저러할진대(不生不滅 不增不減) 무엇 하려 '인연설'이며, '갈마, 환생론'을 펼 일이었던가.

두 집 사이
—제5의 늙은 아해(兒孩) 얘기

새로 세 든 방에서 늙은네는, 어디다 머리를 둬 다리를 뻗을까 궁리하다, 사흘도 지나지 않아, 방향(方向)을 잃어버렸다. 망망대해나 사막 가운데, 또는 달도 별도 없는 밤의 큰 숲속에서도 아니고, 하필 자기의 소잡한 방에서, 처음엔 한 방위(方位)를 잃고, 그에 따라 남은 세 방위에 대해서도 확신을 갖지 못하게 되어버린 것이다. 이런 츠쯧, 땀도 못 낼 일이 또 있겠는가. 의식하고서든 못 하고서든, 동쪽 되는 데가 언제든 동쪽이고, 서쪽 되는 데도 또한 그렇다고 믿어 지내는 일이란, 삶이, 일상(日常)이라고 이르는 사각 진 석반 위에 세운 상륜탑 같은 것이라고 알게 하는데, 그 노반 부분이 흔들리기 시작한다면, 어지러울 테다, 온전치 못할 테다, 땀도 못 낼 테다. 궁여지책으로 늙은네는, 지남철을 하나 구해, 책상 겸용의 개다리상판 한 귀퉁이에 놓고, 남북을 가늠하기에 의해, 동서를 가름해보기도 했으나, 나중엔 차라리 그것이, 늙은네의 방향감각에 더 많은 차질과 혼란을 일으킨다는 것을 알게 되어, 잡동사니들을 처넣은 상자 갑 속에다 던져 넣어버리고 말았다. 그 상자 갑은, 추억이라는 판도라의 상자이거나, 수전노의 돈궤 (그동안 얼마나 많은 화폐 개혁이 있었을 겐가), 또는 아르파공의 마음의 풍경을 담고 있었을 것이었는다. 철 따라 해 뜨는 곳이나 지는 곳이 조금씩 바뀌기는 했으나, 그러는 동안 이사도 몇 차례 했다 해도, 스물둬 살 이후부터 평생을 살아온 도시의 동쪽은 늘 동쪽에만 있어

온 것이지, 이사를 했다 해서 북두칠성까지도 (자루 도는 것 말고) 자리를 옮기는 것은 아니었던 것(동쪽으로 이사를 했으니 동방이 없어져 버린다면, 하늘 소맷자락 속에는 여분의 방위가 億數로 많을 테다), 그래서 이제는 거의 고정관념이 되다시피 한 방위들이, 지남철에 의하면, 예를 들면, 이제껏 동방이었던 것이 차라리 북쪽에 가까운 방향이라고 일러주고 하니, 믿을 수 없는 것도 그것이던 것이었던다. 이런 늙의 지남철에 의지해 항해를 하는 수부가 있다면, 그는, 해 뜨는 것 보러 부상(扶桑)을 향했는데, 지는 해 함께 함지(咸池)에 꼴깍 함몰하고 말 테다. 방향감각이라는 것도 그렇게 본다는즉슨, 어떤 특정한 고장을 오래 살다 보면, 일종의 고정관념을 형성하는 모양인데, 그럴 것이, 술이라도 취해 몸부림을 하며 자는 중, 북두성 자루 돌 때 따라 어디만쯤 빙그르 돌았다는 경우, 이 취한 손이, 오줌이 마렵게 되었다거나, 목이 갈해 더듬기 시작했다 하면, 이제 문제가 생기는 법인 것. 분명히 있어야 될 문이나 숭늉 그릇이 없어지고, 대신 이해할 수 없는 딴 것들이거나 벽이 가로막아 있는데, 이제 그는 이 평면 벽의 미궁에 빠지게 되는다. 이차원의 세계로 풍 빠져내린 것이다. 그 미궁은 다름 아닌, 방위, 또는 방향에 대한 그의 고정관념 자체였을 것이다. 그러고도 늙은네가 더 못 참을 일은, 이 방에서는, 동서남북이라는 네 방위 중의 하나가, 자기의 눈이, 깜냥껏 시퍼렇게 뜨고 보는 앞에서 실종을 해버리는, 그 불쾌한 경험인데, 늙은네가 자기의 방향감각에 의해서든, 또는 (이제는 집어치워 버린) 지남철에 의해서든, 그쪽 구석[角]이 동쪽이며, 저쪽 구석이 서쪽이고, 그러면 이쪽 구석이 마땅히 남쪽이 된다고 하고, 마지막으로 북각(北角)을 정리해내려 하면, 거기 마땅히 있어야 할 그 방위가 민틋하게 깎여 없어져, 보이지도 느껴지지도 않는다는 그것이다. 이 방에서는 언제든, 돌(咄), 방위 하나가 깨끗하게 지워져 없고만 있다. 그러자부터, 이 한 삶의 늙은 탑은, 그 노반 되는 데쯤부터서 흔들리기 시작하고 있다.

늙은네가 세 든 방은, ('河口'라는 말이 있어 하는 말인데) 노구(路口)에 세워진 건물의 삼층에 있다. 길이 둘로 나누어지는 지점에, 또는 두 길이 하나로 합류하는 지점에, 다시 말하면, 길이 만든 삼각주(三角洲)에, 길의 운명이나 횡포에 복종해 세워진 건물이나 가옥은, (대략 말하면) 유독 한 각이 뾰족하게 튀어나온 오각주의 형태를 취해 있게 마련인데, 거기서 갈라진 길 하나는 함지에 이르고, 다른 길은 부상에 이르는지 어쩌는지, 그것은 어째도 문제가 되는 것은 아닐 터이다. 어쨌든 그 일점은, 모두어진다는 의미에선 두 배는 부산하고, 헤어진다는 까닭에 의해서는, 두 배는 외로운 곳임에 분명하다. 이 노구에 세워진 (대략 말해서) 오각 꼴 건물은, 그 안의 공간을 구획 지어, 벽 두고 문 트며 창을 내는 이들에 의해, 여러 모양을 드러낼 것이로되, 일반적으로는, (밖에서는 불거져 나왔으나, 안에서는) 뾰족하고도 깊이 골이 패어져 들어 별로 쓸모가 없는, 오각 중에서도 예각 진 그 한구석은, 일단은 잘라내어져 버리는 모양이었다. 더욱 분명하게 말하면 거기 어디만쯤에다 벽을 둬 막아, 남은 (훨씬 더 넓은) 공간을 사각으로 취해내고서야, 가구든, 사무용 책상이나 궤, 또는 바둑판 따위, 필요한 것들을 가지런히 정리해 넣을 수 있게 되는데 (깎임 받은 橫三角錐의 從三角柱 꼴의 공간도, 그렇다고 해서 완전히 버림받아지는 것은 물론 아니다. 땅에 신발창을 댄 사람들의 왕래가 잦은 데 엉덩이를 댄 것은, 담배나 필름 따위를 파는 가게로도 쓰이고, 위층에 변소를 차려, 바둑꾼들이나, 복덕방 손님들의 일용할 육신적 배설을 돕거나 하고, 그 위층은, 경우에 따라, 일용할 삶도 빵도 별로 여유가 없는, 예를 들면 이런 홀늙은네에게 세를 내주기도, 아니면 창고로 쓰기도 하는 모양이었다), 이래서 보면, 사람들의 삶의 터전은, 삼각이나 원 따위도 아닌, 사각 진 공간에 두는 듯하다. (색다름이나, 어떤 식의 멋을 추구하여 원통형으로 지은 건물이라도, 현실적인 문제로서, 그 안에다 가구 등속을 배치하기에 의해서 보면, 사람들은 다시 또 사각을 내접하는데, 그러면 별수 없이, 별로 쓸모없는, 길다란 반원 같은 부분들이 제외되곤 하던 것) 근년 들어, 땅이 둥글 뿐만 아니라, 빙글빙글 도는 것이라고 알게 되었음에도 사람들은, 공처럼 둥근 그 유동체 속에다 사각의 터전을 확립해놓고서야, 그릇에다 뭘 담아놓아도 쏟기지 않을 뿐만 아니라, 자다 깨어보았더니, 벽이나 천장에, 배를 깔고 누워 있더라는 일 같은 것이 생기지 않는다고 믿음에 분명하다. 지체(地體)는 아직도, 코페르니쿠스여, 네모지며, 안정되어 흔들림이 없는 까닭에, 뉴턴입습지, 은행나무 암수들 멀찌감치 떨어져 있으면서, 눈으로 갖다가시나, 손 그러쥐고 혓바닥 빼내 먹는 따위, 무슨 만유인력론이겠는가, 바다도 엎질러지지 않으며, 섬 동지 세상 조판할 때 깎아, 천장에 박아놓은 별들도, 못[釘] 빼고 떨어져 내리지 않는 것이다. 저 네 뿔[角] 진 데마다, 동서남북이 지켜 있어, 땅이 궤도를 벗어나 어디로 한없이 굴러가 버리거나, 벼룩 한 마리라도 너무 멀리 뛰어, 허허한 공간 속에 실족하거나 하지 않게, 지키고 있는 것이다. 방위들은 그러던 날, 천체 지체 지키는 장수들이라고 신격(神格)을 띠어, 사람들의 상상력 속에서 피 맺혔다, 인식 속으로 자리를 옮겨 앉는다. 츠, 쯔츳, 그러나 어떤 인식 속에서는, 그 네 방위 중 하나가 어디로 실종을 해버렸다고 한다면, 땅이 갑자기 한 각을 잃어, 삼각의 모습을 드러내 버릴 것은 당연하다. 사각에서의 한 각의 상실은, 이제껏 360°를 지켜왔던 공간이, 180°의 공간으로 축소되어버린 결과여서, 삼각은 각은 셋이라도, 사각의 반밖에 되잖는 것이 문제다. 이각형(二角形)이란 있는 것이 아닐 것이지만, 이 경우엔 사각에 대해 삼각이란 이각으로 축소된다. 삼차원에서의 추락. 땅의 반이, 세모꼴로 떨어져 나가버린, 이런 감산법(減算法)은 이해키 곤란하다. 늙은네는, 바로 이런 방에 세 든 것인데, 세도 하긴 사각진 방의 반에 해당하기는 해서, 세를 들긴 든 것이다. 자기의 저축 위에서, 자기의 목숨의 길이를 계산할 때 늙은네들은, 불꽃을 먹이는 초(기름)보다도, 초 똥구녁 밑으로, 훨씬 더 긴 심지를 이어놓는데, 심지를 젖 먹이는 초의 길이만큼만 태우고 말려고 작정했다면, 어떤 늙은네들은, 네모진 방도 서넛쯤 더 펴 쓰고도 남을 저축을, 방석 밑에 깔아두고도, 홀쭉해진 창자로 얼어 죽었다는 얘기 같은 것도, 심심찮게 들린다. 태우고 있는 초의 길이를 가늠할 수 없는 데에, 문제는 있었을 터이지.

그 세모꼴의 방에서 늙은네는, 사흘도 지나지 않아, 낮에는, 접싯물 위의 일엽편주로 맴돌이질 하다 끼니를 거르기도 하고, 같은 이유로, 밤에는 잠을 잘 못 이루고 뒤척이기나 했다. 잠을 잘 못 이루는 까닭은, (앞서도 언급한 바가 있지만) 어디다 머리를 둬 어디다 다리를 뻗을지를 알 수가 없어 그런 것인데, (『마하바라타』에 이른) 잠잘 때, 머리는 동방이나 남방(사이 어디에, 扶桑은 있는 게다. 그렇다면, 咸池는 西北方間 어디에 있음일 것)에 둬야 오래 산다는 말에 귀를 묶여서만은 아니라도, 잠을 설칠 현실적인 문제가 한 가지 더 있었던 것이다. (우선, 그 방의 크기가 밝혀져야겠지만, 삶의 심지를, 대략 두 회갑 길이쯤 해놓은 늙은네의, 방의 크기는 알아서 뭣에 쓸 것인가) 삼각 진 방에서, 한 번이라도 잠을 자본 일이 없는 이라면, 잘 짐작할 수 없는 일이 이것일지 모르되, 그런 경험을 해본 이라면, 그런 방은, 잠을 평안하게 지켜주는 것이기보다, 머리를 욱죄거나, 두 발목을 묶어 매는, 형틀 비슷한 것이라고 알고 있을 것이다. 이런 경우는, 방을 잠시 잊기로 하고, 먼저 삼각 진 침대를 생각해보는 것이, 저 괴로움에 대한 이해에 도움이 될 듯하다. 살펴둘 것은, 세모꼴 침대에 누우려 했을 때, 사람들은 먼저 무엇을 궁리했을까, 하는 것이고, 다음으론, 눕고 난 뒤에는 어떤 현상이 일어났을까, 하는 것이다. 세모꼴 침대에서, 침댓전으로 늘어지거나 굴러떨어지는 몸의 부분은, 그런 방에서는, 욱죄임이 되거나, 처박힘의 형태로 바뀐다는 것을, 그러고는 살펴얄 것이다. 축음기 따위, 늙은네가 가진 가구랄 것도 못 되는 고물 몇 가지는 잊어버리기로 하고 말하면, 늙은네가 머리를 한구석에 두는 경우엔, 두 발은 넓은 자리를 차지해 얼마쯤은 자유스럽되, 시간이 지날수록 머리통은 구석 넓이보다 더 커지고, 그러다 보면, 형틀에다 목을 넣어놓고 있는 듯한 답답함이 일어, 그 각진 소잡함을 참아낼 수가 없이 되는데, 그래서 이번엔, 자리를 바꿔 잠을 청하면, 두 발이 구석에 끼어선, 시간의 경과와 함께 불어나는지, 십자매 장 속에 갇힌 독수리모양, 번열을 내고 푸드덕이기 시작한다. 때문에, 늙은네가 삼각의 그중 긴 한 변을 취해, 그 변(벽)에 등을 기대 다리를 뻗어보기로 하면, 그때는 또 사변(斜邊)의 벽이, 시야를 많이 차단해, 갑갑하고 불편한데, 하체 쪽은 그쪽대로, 각공(角空)에 끼어, 버르적여쌌다가는, 나중에는 별수 없이, 새우 꼴이나, 잠든 개 꼴을 꾸미고 말게 된다. 가장 기다란 자리에 눕는다고 누운 것이, 서로 이웃해 있는 두 각의 형틀에 욱박혀 든 결과가 된 것이다. 그렇게 세 방(方)을 난항하는 중에, 밤이 흐르고, 동틀 녘쯤에 야 늙은네는, 제 사타구니 사이에 제 대가리를 끼워 넣고 자는 개잠을 설풋 들이는데, 세모꼴의 방 안에서는, 개잠도 둥근 것은 아니다. 받치는 것(발)과, 받침을 받는 것(머리통)이, 허리 접힘에 의해 맞대어진 그것은, 세모진 것인데, 세모난 세상에서는, 세모난 형태만이, 세모꼴의 억류로부터 벗어나는 것인지도 몰랐다. 하긴 그렇다, 시간도 (縱

橫으로 몇 개의 삼각이 중첩된 것인지, 이런 자리에서 따질 것은 아니로되, 모래시계 속의 시간을 보면) 과거·현재·미래가 뒤집히는 데서 삼각의 모양을 띠고 있다. 삶도, 나기·늙기·죽기라는 삼각의 꼴을 취해 있으며, 해도 부상·중천·함지에 이르는 삼각 진 운행을 계속하고 있을 뿐만 아니라, 달도, 초승·보름·그믐 속에 이우는 달이라는 삼각의 자궁에서, 맺혔다·익었다·쇠하는 성쇠를 되풀이하고 있다. 늙은네가 방위를 하나 잃었을 때부터, 늙은네의 한 세계가 세모꼴 져버려, (혜능에 의하면, 마음은 형상이 없거나, 아니면 모든 형상이라고 이르되) 늙은네의 마음 자체가 세모꼴 져버린 것이었다. 그리고 어쩌면, 축생도(畜生道)나 '몸의 우주'는 삼각지다. 거기 어떤 '점'(點, vija)의 인식이 시작된다면, 사각이 잃어버리게 된, 그 한 각이 되살아날지도 모르긴 하다.

어떤 저녁으론 늙은네는, 죽은 뒤엔 참 길고도 긴 잠을 자게 될 것이라며, 눕기나 잠자기를 포기하고, 아예 삼각뿔 모양새로 앉아, 라는 말은, 일종의 가부좌랄 것을 꾸며, 아침을 맞기도 했는데, 잡기장(雜記帳)에 끄적거려놓은, 한둘의 도면이나, 단상 같은 것에 의해 보면, 늙은네도 한 두엇쯤의 공안(公案)은 알고, 그것에 마음을 묶어 맸던 듯하기는 했다. 그런 뒤에도, 한 서너 달쯤 후에, 변소간(은 늙은네도 棋院에 딸린 것을 써야 했던 것)에서 자주 만나 늙은네를 알게 된, 그 아래층 기원의 몇 기사(棋士)들의 심심한 입에 오르내렸던 얘기 몇 마디를 미리 빌려다 쓰기로 하자면, 늙은네는 그렇게, 다시 말하면 죽기도 세모지게, 앉은 죽음을 했더라고 했다. 그러니까 그 방에 세 든 어느 때로부터 비롯해 늙은네는, 그 세모진 세상을, 세모진 앉음새로, 세모진 삶을 '흘러간 옛노래'를 들으며, 세모지게 견뎌왔던 것이나 아니었는가, 하는 추측을 가능케 하지만, 그래서 늙은네는 과연, 삼각형, 또는 이각형의 세계를 극복했었는지 어쨌는지는, 최판관밖에는 모를 일이었다. 듣자니, 그 주검이 담긴 용기(관곽)는, 반사각형, 즉 직사각형 꼴이어서, 세모진 주검을 담기에 여간만 어려운 것이 아니었더라고 했다. 장의사에서 온 이들은, 별다른 수를 못 찾고, 기표(記表)가 아니라 기의(記意)에 수정 가필을 해야 했던 모양이었다. 저 삼각의 주검을 늘여 펴지 않으면 안 되었고, 그러자 솔은 뼈들이 어긋나느라 우두둑우두둑 소리를 냈는데, 반사각형의 관곽이란, 모든 주검에 다 쓰일 수 있는 것은 아니라는, 그 저항의 소리도 같더라고 했다. 하지만, 사각형을 이루는 360°의 공간에서, 한 각을 떼어내자, 그 공간이 갑자기 180°로 줄어버린 것을 염두에 둔다면, 반복하지만 1/2로 축소되어버린 것을 개의키로 한다면, 이 경우의 직사각형도, 정사각형의 1/2이라는 점에서는, 그것 또한 다를 바 없는 삼각형인 것, 우두둑 소리는 웬 것인고? 고고(呱呱) 소리였겠지맹, 고고(苦呱)—대개는 눈치챘겠지마는, 그래도 늙은네는, 삼각형의 울에 갇힌 짐승의 운명을 짐승스럽게만 끝내버린 것만은 아니었다는, 한두 가지의 물증을 남겨놓고는 있었다. 하나는, 늙은네가 아주 젊었을 때, 솔찮은 가격을 지불하고 구입했었을 축음기와 판이며, 하나는, 끄적끄적거리다 남긴 잡기장이 그것이다. 모차르트나 슈베르트 등도 들은 흔적이 없는 것은 아니었으나, 늙은네가 주로 소지하고 있는 축음기판들은, 이제는 '흘러간 옛노래'라고 이르는 범주의 것들이어서, 더듬어 짐작해볼 것들이 많았다. 떠나지 않으면 안 되는 고향, 외로운 객줏집, 떠돌기, 한숨, 눈물, 헤어지지 않으면 안 되었던 사랑, 순애야, 김중배야, 망향, 박꽃 얹은 지붕, 물레방아, 짠 눈물, 순애야 너 잘살았으면 싶으지, 듣기로는 그런다, 정든 땅 언덕 위의 집은, 이엉 대신 슬레이트를 얹었으며, 아는 이들은 죽었거나, 뿔뿔이 헤어졌노라고, 돌아갈 곳도, 원한을 품을 김중배도 땅 아래 묻혔다고, 한숨, 고향 없는 향수, 망향…… '흘러간 옛노래'가 담고 있는 사연과 현실은 대체로 저런 것들…… "제 얼굴 제 보아도 더럽고 슬미웨라 / 검버섯 구름 낀 듯, 코춤은 장마진 듯, 이전에 없던 뼈, 새바위 엉덩이에 울근불근……"

늙은네가 못다 채우고 남긴 잡기장은, 그중의 많은 이들이 무덤 아래나 누웠을, 옛 지우들의 주소며 전화번호 등으로 점철되어 있었으나(그것 들여다보기도, '흘러간 옛 노래' 듣기였었을 터이지), 이 방으로 이사하고 난 뒤, 늙은네의 떨리는 손으로 끄적거려져 있는 것들은, 새로운 것들이 아니라, 있어 온 것들을, 빌리기도, 번안하기도, 한 둬 글자 보태기도 해서, 근래의 자기의 심경을 대신해놓고 있어 보이는 것들이지만, 그것도 고작 몇 구절에 불과했다.

—세상이, 네 방위를 두고 있다고 이르는 것은, 응달쪽에 감춰져 있

는 부분까지를 합쳐서라는 것을 알게 된다. '수메루'(Sumeru)에 대한 '쿠메루'(Kumeru)에의 연상은, 세상은, 이를테면 피라미드형의, 두 삼각 추가, 그 밑변을 맞대고 종립해 있다는 것을 추정케 한다. 까닭에, '위에 있는 것은, 아래에도 있다'는 명제가 이뤄졌을 터. 밑변을 상접한 두 삼각 추에 의해, 네 방위가 명료해졌을 것이었다.

—한 각이 상향한 삼각(△)은, 불의 상징(수메루)이며, 하향한 것(▽)은 물의 상징(쿠메루)이라는 것은 알려진 바대로인 것. '△'은 링가[男根] 며, '▽'는 요니[女根] 라는 것.

—▽ 속에, △가 내접하거나, 겹쳐지는 데서, 나기와 죽기의 갈아듦이 있고, 그것은 그래서 쾌(快)며, 동시에 고(苦)라고 이르는 것일 것, 쾌/고, 쾌고, 꽥오, 꽥!

꽥!— 늙은네의 고고(苦呱) 소리는 저러했을 것이었다. '몸의 우주'에서의 해탈법은, '탄트라'로 이해되어지는데도, 늙은네는 ▽와 △의 야합, 공(空)과 색(色)의 일원화에 관해 쓰고 있지만, 그것인즉슨, 탄트라적 상징, 또는 기호 몇을 나열해놓았거나, 상정해놓았을 뿐으로, 점(點, vija)의 변증법에 의해 이뤄진 것이 아닌 것으로 보아, 늙은네는 '점'에의 인식을 갖고 있었던 것으로는 보이지 않는다. ▽와 △가 만나는 자리에서 일어나는 것은, 다시 또 '점'이며, 이 '점'은 '말'[言語] 이랄 것인데, '꽥'도 말이 아닌 것은 아니다. 아니라도, 그것은 '점'의 인식에서 드러난 것이었다기보다는, 수사학적(修辭學的) 춘사로 이해되는 것이 탈이다. 그래서 그것은 '잡기'(雜記)였을 뿐인데, 다시 말이고, 또 말이지만, 늙은네는, 자기가 처한 환경이나 자신 속에서, '황방'(黃方)이라는, 중심(中心)을 짚어내지를 못한 것이었다. 늙은네가 그 중심을 찾아내려 하기만 했었더라면, 늙은네는 필시, 횡삼각과 종삼각이 만나는 그 일점에서, (그럼에도 종내는 그것까지도 분쇄해버리기는 해야 하지만,) '자아'(自我)를 발견했었음에 분명하고, 순간과 영원이 갈리는 그 일점에서 또한, 존재와 관계된 소멸과, 동시에 어떤 불멸도 체득했었을지도 모른다. '흘러간 옛노래'가 일러주기는, 늙은네는 어느 때부터였는지, 미래에로 열린 눈을 감아, 보려 하지 않는 듯했는데, 그렇다면 그것이, 그 까닭임에 분명하다. 그런 삶도 그러나, 실패였다고 말할 수 있는 자는, 살고 있는 자들 중에는 없으며, 한 번 더 유예되었을지도 모른다고 말할 수 있는 자도 없을 것이다. 어쨌든 삶은, 오디세우스의 것뿐만 아니라, 갑돌이의 것도 사실은 파란만장한 것을. 오디세우스 고향 돌아가다. 쉴지어다. 명복을 비는 바이다.

두 집 사이
— 제6의 늙은 아해(兒孩) 얘기

혼자가 된 뒤부터 늙은네는, 고픈 창자를 위해 뭐든 입에 넣을 걸 만들어야 된다거나(치사하게스리 사람이 짐승의 창자를 갖고 있다니!), 느슨해진 괄약근 탓에 찬 기저귀를 빨아야 된다거나, 그런 식으로, 뭐든 꿈적이지 않으면 안 될 때론, 살고 싶은 의욕이 전혀 없다고 투덜대고, 어떻게든 쉽고도 두렵지 않은, 할멈 누운 이불 속 들추고 드는 것 같은 편안한 죽음을 죽을 수 없을까 바라다가도, 자리에 앉거나 눕게 되면, 어느 녘엔지 쓰르륵여 와, 머리맡에 똬리 치고 있는 죽음을 보고, 흠칫흠칫 놀라고 전율했다. 자기는 대체, 저 죽음으로부터 무슨 장리를 그렇게 많이 내다 탕진해버렸는지, 그것은 모르겠어도, 저 독살스러운 것은 이제, 늙은네의 목숨으로써 갚으라고, 차겁게 강요하고 있다. 어느 때부터였는지 써지기 시작한 삶의 맛은 늙은네께는, 독이나 같은데, 그 독에 길든 창자는, 그 독이 없이는 살지를 못하며, (대개 짐작되기에) 죽음의 맛을, 일단 한번 맛보았다 하면 더 죽을 수도 없을 터이니, 몰약의 맛 같을 듯하되, 그 맛에 길들어보지 못한 창자는, 그 극한 맛을 보았다 하면, 그 당장, 썩어 문드러질 것으로 여겨진다. 이렇게 되면, 두 가지 것이 다 늙은네께는, 독일 뿐이다. '독을 먹어 날개의 아름다움을 장식해낸다'는 공작 같은 이들에 의하면, 살고 싶지도 죽고 싶지도 않은 이 상태는, 그 마음이 어느 쪽도 집착하지 안 해, 말하자면 두 경계를 표표히 건너뛰어, 평정을 얻은 경지라고 이르는 듯하지만, 이 늙은네도 그래서 과연, 차안 건너뛰고 피안 둔덕에 앉아, (그러느라고 하다, 죽지를 좀 다친 갈매기 꼴로, 죽지의 아픔을) 끼웃거리고 있는 중인가? 그것은 그럼에도 의문스러운 데가 많다. 늙은네가 적신 똥 기저귀의 냄새는, 뙤약볕이 내리쪼일 때의, 차안 갯벌 냄새던 것이다. 근래 이 늙은네는, 삶과 죽음을 두고, 어눌증, 또는 오문(誤文) 현상이랄 것에 당하고 있는 중이다. 죽음이 장리 내주었다는 그 삶을 거의 다 탕진해버리고 난 뒤, 별로 몇 끼니 양식도 남겨놓고 있지 못한 처지에 이르러, 늙은네는 갑자기, 자신을 잘 정리해낼 수가 없고만 있다. 늙은네가, 오늘 이때껏 그것만이 실다움이라고, 심지어는 진리라고까지 믿어왔던 삶이, 느닷없이 싫은 얼굴을 드러내 보이는데, 삶은 그래서 양두구육(羊頭狗肉)이었는가? 양두만 보고 좋아라 먹은 것은, 실제로는 개고기였는가? '동틀 무렵의 별, 한 방울의 수포, 한 번 스친 번개, 깜박이는 등불, 하나의 환(幻), 그리고 헤설픈 꿈' —삶의 가설화(假設化), 알맹이라고 알았던 그것은 어디로 흘러 빠져버린 것이냐? 虛郞是實, 實郞是虛? 죽음은, 어떻게 그렇게나 많은 어미의 하문을 벗어난 살진 것들을 씹어 삼키고도, 여전히 배가 고파 게글거리며, 구린내 나는, 늙은, 피골이 상접해 한 입가심의 고기도 뜯어낼 수 없는 목숨을 두고도 입맛을 다셔쌌고 있다는고? 허기야 꿈에 먹은 진수성찬이 그렇듯, 죽음이 먹은 음식도 실(實, 프라나)함이 없는 허환(虛幻)뿐이어서 그럴라는가? (그러니까 이 말은, 죽음이 모든 실다운 것을 허환으로 만드는 것이 아니라, 실다움이라고 여겨졌던 삶이 사실은, 僞裝된 허환이었다는 그런 뜻일 게다) 어떤 이가 있어, 삶이란 결국 모순당착, 또는 오문행(誤文行) 그 자체며, 달리 씌어질 수 있었던 책이 아니라고 알게 되기는, 꼬억[苦憶] 꼬악, 흙탕에 범벅된 두꺼비까지도 얼굴을 찌푸리고 목멘 울음소리를 내게 할 일이다. (신들과 악마들이, 이 한 책을 돌려 읽으며, 수정 가필을 하려 할 것이다. 이 책의 비극은, 어쩔 수 없이 오문으로 점철될 수밖에 없다는 데 있을 게다. '시간여행'이라는, 근래 개발된 湖西式 상상력 속에서는, 그럴 능력을 갖추게 된 자가, 그리하여 자기의 과거나 미래에로 시간을 돌려, 미래로부터 여래를 불러, 미래를 해치게 할, 현재 속의 나쁜 힘을 제거하기도, 또 과거의 오문이나 非文이 되는 데를 수정 가필하려 덤비기도 하는데, 그럴 수만 있다면, 草稿는 제멋대로 휘갈겨 써도 좋을 듯하다. 아마도 저런 상상력을 뒷받침하는 것도 다름 아닌 '還生論'일 터이다)

'나는 생각한다. 그러므로 나는 존재한다'라는 빙충맞은 소리를 했던(그것이 빙충맞을 소리가 아니면 뭣이겠는가. 인용된[번역된] 대로 따진다면, '생각'하기나 '존재'하기에 '앞서' '나'가 있었으며, '생각하기 때문에 나는 존재한다'고 고쳐 말한다면, 생략된 주어 때문에, '누가' 생각하기 때문에 내가 존재한다는 것인지 불확실하기 때문이다. 까닭에 주어를 세우기로 하면, 처음 말하던 그 모순당착에 다시 떨어지고 마는 비극이 있다. 언어란 개좆같이 빙충맞은 것이구나, 오줌을 누려고 한 다리를 쳐들기로 하면, 태어날 때 세 다리의 개는 없으니, 의젓해서 신사 같으나 개는 아니며, 다리를 쳐들지 않으면 개 같아도 오줌이 다리를 적신다), 어떤 선노의 이 늙은 사미는, 생각이 이만쯤에 이르렀을 때, 이를 간다고 부드득부드득 갈았는데, 이빨이 없는 잇몸들끼리 부딪치는 데서는 얄궂은 소리가 나고, 거품이 일었다. 하여튼지 간에 생각하고 있는 이상 늙은네는 살아 있다. 그리고 살기는 빙충맞게라도 이어진다. 그럼에도 이 무정(無情, 죽음)에 반기를 든, 용감한 유정의 얘기도 한 뒷 없잖아 있어, 인구에 회자해오고 있기는 하다. 시시포스가 그 하나인데, 그는 죽음에 이르러, 그 길 한번 가면, 산은 높고 물은 깊고, 길은 험난해 못 돌아올 데서 그것 되감아 길 잃지 않고 돌아오기 위하여, 이승에다 무슨 끈을 한 가닥 첨매 둔 것이다. 그것인즉슨, 벽(壁)도 못 알아들을 작은 소리로 마누라께 신신당부하여, 자기가 마지막 숨을 거두게 되면, 장례식 같은 것은 치를 생각이라도 하지 말고, 자기의 시체를 갖다, 그중 바쁜 네거리에다 펴 버리라고 한 것이다. 그 까닭으로, 이 꾀 많은 사내는, 하데스의 안쪽을 감아 넘기는데, 저런 순 쳐 죽일 누무 마누라를 쳐 죽이고 급히 돌아오겠으니, 그저 잠시만 이승으로 내보내 달라고 청원한 것이고, 사정이 그러한지라, 하데스는 그 청을 들어준 것이다. 얼씨구나! ―늙은네의 상념은, 이 대목에서, 어물, 쩡, 어, 물쩡, 머, 머, 머뭇거리고, 빠르게 진전하려 하지 안 했다. 하데스가 과연 두 번씩이나 속아 넘어가겠는가, 그러며 체머리를 흔들었다. 그런 꾀가 있는 이상, 그래도, 도모해보기도 전에 포기할 일은 아니겠지맹. 늙은네께 문제는 그럼에도, 삶을 들여다보면, 뭐 백 년이고 만 년이고 우겨가면서까지 지켜야 할, 무슨 절실한 까닭도 의미도 있어 보이지 않는다는 것이다. 늙은네 자기의 그것은, 이제 너무 늙고, 낡고, 해져, 입고 버티려 안간힘을 다 해보았자, 그것 속의 '포'(Pho, Tbtn., 『바르도 퇴돌』[*Bardo Thödol*]을 英譯한 Evans Wentz에 의하면, 'the consciousness-principle'이라고 되어 있다. '혼'이나 '영'과 비슷하되, '불멸성'과는 좀 거리가 있다는 것이 다른데, 이 늙은네도 이런 의견에 동의하고 있어, 저 方言을 빌려 쓰고 있는 것일 게다)는, 늙은 노새의 하초 꼴로, 칠 공 구 공 모든 뚫린 데로마다 불거져 나가려 하며, 잘 사려 들려지지도 않고 있다. 저것이 머리통의 숨골(브라흐마난다)을 통해 빠져나간다면, 법신(法身)을 입을 것이라고 하고, 귓구멍으로 빠져나간다면, 간다르바(구름 위의 藥士)의 몸(은 '소리')을 꾸밀 것이라고 하는데, 똥구녁으로 빠져나간다면 필시, 나라로카라는 흑공 속에 묵사발이 되어, 무량겁을 벗어나기 어려울 테다. 그러나 이 '포'를 거머쥐고 있는, 어떤 집념의 손은, 만수산 드렁칡이다. 질질 새는 그 창자로 늙은네가, 몇 끼니나 더 소화해낼지 어떨지도 모르는 그 자리만큼이나 와서, 안됐게도 위기에 처했는지도 모를 일이다. 두 바르도(이승/저승)의 시간이 뒤집히려는, 그런 자정 녘쯤의 시간에 처해서도 늙은네는 그런데, 시간은 어째서 이렇게 무량겁으로 많아, 보내기가 껄끄러우며, 권태스러울 수가 있느냐고, 시간을 두고도 눈을 흘긴다. 이럴 때 늙은네는 아마도, 시간을 삶과 죽음에서 분리해내 건너다보고 있을지도 모르는데, 홀로 된 뒤 언제부터였는지 늙은네는, 모든 훌륭하다는 읽을거리를 두 벽 가득히 쌓아놓고도 펴보려 하지 않았으며, 음악도 모든 좋다는 것들을 대개 모아놓고도 들으려 하지 안 했고, 미술 모둠(책)도 또한 그랬다. 시간 속에서 꽃망울이 트며, 새알이 까이고, 제국이 일어서며 먼동이 트고, 그리고 그 시간이 뒤집힐 때, 그 시간 속에서 꽃이 지고, 어미 새가 떨어져 내리며, 제국이 스러지고 박모가 끼는데, 늙은네는, 어째선지 자기만의 시간은 흐름을 잃어 정지해 있으며 아무것도 일으켜 세우지도 누이지도 않으면서, 자기로부터 생진을 짜내고 있다고, 시간에게도 귀가 있었다면 짜증 내고 돌아서 버리도록, 욕하고 저주해댔다. 밤의 정적과 외로움, 낮의 권태와 까닭 모를 시름 따위를 달래기 위해, 대부분의 늙은네들이, 그런 호화판(책·음악·미술) 시간 속으로 들어가, 시간을 뛰어넘는 여행을 하며, 넋에다 젖을 먹이되, 이 늙은네는 분명히, (언제더라?) 마지막으로 『노자』(老子)를 읽었을 때, 어느 구절('문밖을 나가 보지 안 해도, 세사를 환히 알 수 있다'는 따위)을 잘못 새긴 게였다. 별로 놀랄 일도 못 되겠지만, 늙은네께는 자작(自作)의 시집이며 에세이 묶음도, 출간된 것이 몇 권 있음에도, 자작은 더욱더 들여다보려 하지 안 했다. 그런 것들을 끄적거리던 당시, 글[詩] 쓰기란, 상상력이라는 커다란 날개를 펴고, 초열 지옥 속으로 날아 들어가, 거기서 아프게 산화하고, 그런 뒤 (되살아나,) 몇 조각의 말의 뼈를 물어 되돌아오기, 라고 믿었던, 나름대로 한 마리의 주작(朱雀, 火鳥) 꿀을 꾸몄던 듯했으나, 지금은 어떤 잔인한 어부가, 분명히 죽음일 터이지, 검센 손에 작살을 쥐어, 그 몸의 여기저기를 찌르고 찍어대, 자꾸 뒤집혀지며 수면에로 떠오르려는, 상처 입은 곤(鯤)이 늙은네다—늙은네는 그렇게 상념한다. 허기야 (많은 童話들이 발설하는 것이 그것이지만,) 어떤 미지의 방도, 여러 번씩이나 들여다보고 난 뒤에는, 더 이상 신비가 못 되는 것이 아니던가. 책도 그렇게 보면, 죽은 말들의 공동묘지나 같아서, 책 읽기란 잎들 다 지고 난 철의 숲을 산책하기와 다를 바 없을지도 모른다. 시몬(거 누구냐?)은 그래도 낙엽 밟히는 소리야 들리지 않겠느냐. 음악도, 이 경우는 아마 교향악을 들어 한 말일 것인데, 보청기를 끼지 않고는, 귀가 소리를 잘 식별하지 못하게 된 때부터(과학자들의 음악에 대한 定義가 그렇다고 하잖느냐) '조직화된 소음' 이상의 것은 못 되어서, 귓속에 말벌이라도 쳐든 느낌뿐인지라, 또한 즐길 수가 없을 뿐이었다. 그런즉슨 '흘러간 옛노래' 같은 것이라도 들어보면, 살아버린 과거가, 들척지근한 애수와 함께, 재연 재체험되지 않겠느냐고 권고하려 들 이도 없잖아 있을 터이다. 홰— 홰—(손 젓는 소리), 메피스토펠레스가 이슥한 저녁에 들러, 늙은네께 새로운 젊음을, 그것도 공짜로 갖다가 한 벌 더 주겠다고 한다 해도 살아온 것과 똑같은 삶을 되풀이하지 않으면 안 된다고 하면, 홰— 홰—(손 젓는 소리), 심지어는 경전(經典)들까지도 사실은, (무엇이) 양수(羊水) 속에 담기기의 불쾌함으로부터, 삶의 수치 따위를 씻거나 이겨내기 위한 방법으로 기록해놓은 것임을, 홰— 홰—(손 젓는 소리), '태어나지 마라, 죽기 어렵니라. 죽지 마라, 낳기 어렵니라.' 돈

보기를 끼고도 확대경까지 대고 들여다보아야 하는 미술도 그렇다. 어떤 그림이 인쇄되어 있는, 그 한 장 종이(原本이라고 해서, 이 자리에서 슬며시 미끄러져 빠져나갈 수 있는 건 아닐 테다)의 두께보다 더 깊이, 그리고 멀리 여행해 들어갈 수가 없을 때부터, 눈은 표피에서 노상 미끄러져 실족을 해버리던 것. 어, 어찌 되었든, 이 늙은네는, 고상한 의견이라거나 예술 등과 관련하여, 이해력이나 상상력이라는 마법의 두루마기가 너무 낡고 너덜너덜해져, 더 못 입게 되었거나, 아니면 이제는 너무 거추장스럽게 변해져, 입으려 했다가는, 그 자락의 모든 구멍으로 불거져나 오거나, 그 자락 속에 침몰하고 말게 되거나, 어떻게 된 것이다. 그렇다고 하여서 늙은네는 행(行)하지 않음의 하기[行] 라거나, 행하기의 행하지 않음[無爲] 따위라도 관(觀)하고 있는 것도 아니다. 늙은네는 그러며, 밤이나 낮이나, 앉았거나 누웠거나, 먹거나 누거나, 그저 갖다 가시나 외로움이라는 벌레가, 자기의 모든 땀구멍 속으로마다 파고들어, 뼈를 갉는 소리를 듣는다. 들으며, 그 아픔이 일으켜내는 상념에 잠기기가 일쑤인데, 이제는 상념이 늙은네의 아픔이 되어 있을 지경이다. 늙은네는 그 앓음앓이의 신음으로 말을 동원하는데, 한때 그가 시인이었다 해도, 그리고 '몽상꾼, 말의 몽상꾼'이었다 해도, 이제 늙은네는 앓고 (상념) 있는 자이며 몽상꾼은 아니다. ('몽상'과 '상념'이 얼마나 많이 다른지, 그것을 밝혀내려 하면, 그러려는 자는, 두 길이 나누어지는 자리에 서 있음을 발견하게 될 터이다. 한 길은 미로며, 다른 길은 대로이다. 이 늙은네의 경우, 몽상과 달리 상념은, 간다르바네 미낭화 밭이 아니라, 대부분의 경우 가시쟁이 숲이거나, 거머리가 득시글거리는 수렁이다. 늙은네는, 자기라는 한 권의 책 마지막 장을 간다르바의 언어로 쓰려 하지 않고 있을 뿐이다) 늙은네의 상념 속에서는, 저 '외로움'이, '뱀과 독수리를 거느리고 산정 동굴에 사는 자라투스트라'적인 것은 결코 못 되며, 그것은, 늙은네의 뼈에 구멍을 내어 수질(髓質)을 빠는 벌레였다. 삶의 실다움이라는 그것만 먹는 벌레, 번뇌, 벌뢰. '사실주의와 허무주의는, 한 손의 바닥과 등과 같다'고 이르거늘, 삶에서 사실성이 희석되어지기 시작하면, 그럴 일일 터였다. 늙은네의 눈은 '허무라는 사실'주의 쪽으로 빠르게 경사하고 있을 일이었다. 이런 사시안(斜視眼)에는 그러면, 사실과 허무 사이의 경계가 무너지거나, 뒤집히는 것이어서, 이런 종잡을 수 없는 문법 체계 위에서 명멸하는 말들은, 별수 없이 오문이나 비문을 이루고 말 테다.

늙은네는, 밤에나 낮에나, 앉아서나 누워서나, 먹거나 누거나, 한시 반 때도 빼꼼하게 비워주는 법 없이 그저 갖다가시나 외로움이 자기의 뼈에다 구멍을 내는 소리를 듣는다. 그러던 날 급기야 늙은네는, 앓아눕기에 이르고, 자기의 날 저물기가 그렇게 멀지 않았다고 알았다. 자기 손을 꿈적이지 않으면 물 한 모금 마실 수가 없는 형편이었으니, 아침 다르고 저녁 다르게 늙은네는 허약해져 갔으며, 그러자니, 자기가 살아 있다고 믿기워지게 해온, 그 생각하기까지도, 꿈꾸기처럼 변해, 의식과 무의식 사이의 경계도, 사실과 허무 사이의 그것처럼, 허물어지고 있었다. 그 의식/무의식을 그럼에도 붙들고 있는 것은, 한 고주(古呪)였는데, 전에, 틈만 나면 되풀이 되풀이 읽어, 외우다시피 된 『바르도 퇴돌』이 그것이었다. 그것은 '죽은 이의 귀에 들려주는, 험난한 중음(中陰) 길의 지침서'라는 것으로, 생각 있는 자가, 이 책을 한번 손에 들었다 하면, 이 '책의 중음'을 헤쳐나오기 어려울 것이어서, 늙은네도 예외 없이 거기 빠져들었다가, 이제 빠져나오려고 하는 것인 게다. 그러느라 하는 중 늙은네는, 전에는, 그냥 멀리 두고 바라보기나 했던, 회색 머리칼을 고해의 물살에 감고 있던, 그 라이(Graeae) 세 자매들과 같은 객줏집에 들른 바 되었다. 그 세 자매의 이름은, '갈마' '전생' '윤회', 그리고 저 세 자매가 돌려가며 세상을 보는 '하나의 눈'은 '인연'이라는 이름이었다. 바로 저 세 자매야말로, '어떤 인연에 의해서 일어난 포말, 그 환(幻)'에다 살을 입혀, 유정들로 하여금, 무량겁 고해를 못 벗어나게 하는 마녀들이라고 알아 늙은네는, 할 수 있다면, 그네들의, 나쁜 쪽만 보는 그녀러 붉은 눈을 빼앗아, 흙탕에 처넣고 짓밟아 뭉개버렸으면 했었으나, 오늘 그 눈을 빌려 들여다본다는 것이 어떻게 되어서인지, 하나의 희망, 죽기의 희망 같은 것을 보여주고 있다고, 그것을 새로 들여다보기 시작한 것이다. 누구의 눈 속을 들여다본다 말이지. 윤회론에 동의키로 한다면, 어떤 인연에 의해서든, 한번 일어난 유정은, 갈마를 여의지 못하는 한, 죽고 싶어도 죽지를 못하며, 자기 지은 업의 센바람에 불리어, 제기랄, 그곳이 들끓는 고해였든 불타는 집이었든 어쨌든, 돌아오고 돌아오지 않으면 안 된다는 것인데, 그렇다는즉슨, 시시포스여, 그런 따위 작은 꾀란 도모했었어야 할 무슨 까닭도 있었던 것이 아니었잖나. 아으, 그것은 그래서, 그리고 그래도 희망인가? (불자라는 것들이, 피안 둔덕에 앉아, 차안의 흐린 물 위에다 낚싯대를 드리워놓고, 그 센 물속에 자맥질하며, 쓴 물 먹었다 토하고, 숨을 가빠하는, 중생을 낚으려 하다 말고, 썰레썰레 체머리를 흔들고 있구나) 늙은네의 생각이 여기에 머물렀을 때, 늙은 흐린 눈 속에서 얼마쯤의 생기가 흘러났으며, 손가락이라도 꼼지락거릴 만했으므로, 이백여덟 뼈가 다 무너져라 일어나, 흰죽도 좀 끓여, 간장 섞어 좀 머금기도 했다. 그러나 차라리 먹은 것이 탈이 되었든지, 식곤증이었겠지맹, 늙은네는 못 참고 한옆으로 비그르 퍼져 누워버리고 눈을 까뒤집었다. 때에, 뉘네 칭얼대는 애며, 병든 고양이 따위, 이런저런, 시들고 아프되, 아무 위로도 못 받는 것들을 위무해 주려 나갔던 잠이, 그제 돌아왔든지, 치마폭에다 늙은네를 감싸준 모양으로, 오랜만에 늙은네는, 반나절쯤 혼곤히 잤다. 깼다. 황혼이었다. 늙은네께 현실감은 조금도 들지 안 했다. 이웃 어디서 우는 애 울음소리가, 이 저녁엔 자기의 뼛속을 갉는다고 눈을 찌푸리며 늙은네는, 죽음이 산파가 되어 태어나는 아이들은, 젠장 누구의 전생을 살로 입어 오는가, 하고, 고질이 된 상념에 잠겼다. 아으, 늙은네 하나가 언젠지 죽어 다시 돌아와 저렇게도 울어쌌고 있는 게구나? 저 애새끼는, 누가 누워 잠자며 꾸는, 무슨 꿈의 어디서 놀다, 이제야 돌아왔는가? 아이들은 어찌하여, 언제든 어른들보다 뒤늦게 집 돌아온다는가? 제 지은 업의 광풍에 당하기 힘들어, 제가 저를 태임 속에 밀어 넣었다면, 이누마, 울기는 왜 울어? 울려면서 살려면, 오지 말었어야지 이누마! 먼 데서 가까운 데서 배고픈 새끼 늑대들이 칭얼대는 소리, 찬 서리에 떠는 늙은 나무가 발싸개를 여미는 소리, 진달래 송이를 입에 물고, 취한 길손께 유혹의 눈길을 보내는, 피에 갈증 난 야귀의 눈웃음소리, 불던 바람이 잠드는 소리—외로움이라는 벌뢰가 늙은네의 뼈에 구멍을 내는 소리. 방 안은 바깥보다 훨씬 더 두터운 어둠이 쌓여 들고 있었어도, 늙은네는 불을 밝히려는 의념도 없이 그냥 누워 있기만 했는데, 상념도 같고 꿈도 같은, 그런 어떤 중음에 들어, 갈팡질팡 헤매고 있는 중이었을 게다. 거기, 차안과 피안의 경계, 질퍽한 흙 위에 앉아, 그라이 세 자매가 눈 하나를 두고 다투며, 밖을 내어다보고 있는데, 때에는 갈마(Karma, Skt.)의 이름을 가진 마녀가 그 눈을 들여다보고 있었던지, 늙은네는 그네의 머리끄덩이를 휘감아 끄셔대기 시작했다. 허기는 '전생'이나 '윤회'란, 이년이, 누구의 몽설(夢泄)을 훔쳐 임신했다가, 분만한 괴물들이거늘. 프라브리티[爲, 動]를 입은 것들이, 대체 어떻게 갈마[爲, 動]를 극복할 수 있다는 말인가? 허나 이런 의문은, 이 늙은네만 가져온 것은 아니었던 것, 까닭에, 그것에 대한 오래된 대답이 있어 오는 것, 즉슨, 행위는 행위대로 행위하되, 그 행위의 결과를 중화(中和)하는 비결이 설법되어진바, '어떠한 행위도, 달마(는, 불교와 달리, 브라만교에서는 '임무·사명'의 의미가 강하다)에 좇았을 뿐, 욕망 이전의 것이거나, 해방된 것이면, 업을 형성하지 않는다'는 것이 그것인 것. ('오백 세의 악업이라도, 한번 선념을 갖기만으로도 중화를 성취한다'는 것도 그런 것일 게다) 까닭에, 살욕에 의해서가 아니라, 달마에 의해서, 예를 들면, 자연(自然)이 그 끈을 쥐고 흔들기에 좇아 일어나는 배고픔 탓에 하는, 호랑이의 살생 같은 것은, 업을 짓지 않는다는 데로까지 생각은 진전한다. 그 살생은, 자연의 자기 균형 잡기의 대도(大道)에 이바지한 것으로 이해해야 된다는 것, 그러나 늙은네께 일어난 이차적인 의문은, (물론 그 핑계는 이미 자연에다 돌려져 있으며, 그래서 畜生道의 울타리, 또는 족쇄, 또는 毒은 '無明'이라고 이르되 그렇다고 하더라도 따져보고 넘어가야 하는 것은,) 만약 그 살생을, '배고픔' '식욕' '포만욕' 따위로 이름을 바꿔보기로 한다면, 그것도 욕망은 분명한 욕망이 아니겠는가 하는 것이고, 그렇다면 저 호랑이는, 이 욕망으로부터 조금도 자유스럽지 못한 것이 아니었는가 하는 것이다. 저 욕망은 그리고, 가장 육식동물적인 것이어서, 그 욕망을 여의지 못하는 한, 그 짐승은 언제까지고 '무명'이라는 수피를 벗을 수 없는 것이 아닌가, 하는 문제도 살펴보게 한다. 아으, 그러면 알겠다, 알겠는 것은, '욕망'이 '운명의 기호(記號)'를 결정짓는 요소, 그 역동적 능력 자체임을 알겠다. '족쇄'라고, '독'이라고 비유되는, 여섯 욕망이 육도(六道)를 화현케 한다고 이른다. '지옥도'의 독을 '증오'라고 하며, (몸은 巨象보다도 큰 것이, 입은 개미의 것만 한 것을 구비해 있는 짐승을 비유로 들어 그 배고픔과 처지 비참함의) '아고'(餓苦)가 '아귀도'의 족쇄, '무명'은 '축생도'의 견고한 울타리,

'인세'는 모든 '욕망'의 총체라는 것, '질투'는 '아수라도', 그리고 '교만'은 '수라도'(데바스로카)의 족쇄라고 일러오는 것은, 주지하는 바대로이다. 얼핏 보이기에, 나열되어진 저 독, 족쇄, 또는 옻나무 울타리 중의 어떤 것들, 하나만 예들면, '무명' 같은 것은 '욕망'의 이름으로 부르기에는, 어딘가 거시기한 데가 있어 보이는데도, 그러나 그 한 꺼풀씩만 벗기고 본다면, 그 어느 것 하나도 욕망의 처첩이 아닌 것은 없다고 알게 되기는 한다. 예의 '무명'도, 그 진면은, 축생도의 '본능'의 포의(胞衣)에 다름 아닌 것, 그 본능은 자기 방어욕까지를 포함한, '식욕'과 '생식욕'의 한 덩어리인 것, 그것이 인세의 눈에는 무명으로 보이는 것인데, 그러나 견성(見性)한 자의 눈에는, 육도 자체가 무명이며, 나라로카일 터이다. 아침 연꽃처럼 봉오리를 열었던 우주가, 낮 지내고, 저녁 연처럼 오므라들 때, 신들도 그 속에 함몰해야 된다면, 수라도라고 해서 나라로카를 벗어난 것은 아니라고 하는 것. 프라브리티의 질서체계가 상극으로 이뤄졌을 때, 그 프라브리티는 머물러 살도록 지어진 것은 아니다. 신들도 그래서, 그곳을 벗어나려면, 먼저 인육(人肉)을 빌려야 한다고 이른다면, 삼세육도가 인간도에 모두어졌다 거기서 흩어짐을 보게 된다. 모든 욕망의 한 총체가 인간이라는즉(그래서 인간은 그 하나하나가 작은 우주라고 이르는 것이겠구나), 인간도란 그래서 어기차고, 바람 센 고해이다. 무슨 능력이 그러면, 이 삼세육도를 화현케 하느냐? 그것은 '성욕'(性慾)의 이름일 것이며, 무엇이 그러면 이 삼세육도를 비화현 속에다 가라앉게 하느냐? 그것은 '살욕'(殺慾)의 이름일 게다.

늙은네의 중음 여행[想念]이 이 지점쯤에 이르자, 늙은네의 머리맡을 떠나지 않고 지켜 있던, 죽음의 그 빈 몸의 윤곽이 흐려지고 있었다. 늙은네가 그렇다고 해서, 느닷없이 죽음을 타도했다거나, 삶에서 무슨 희망이나 위로를 얻었다는 뜻은 아닐 게다. 어떤가 하면 늙은네는, 저 두 경계 사이의 골짜구니로 더욱더 깊이 빠져들고 있는 중이었는데, 늙은네가 처한 이 상태는 아마도, 이승 쪽에서는 '미람바르도'(꿈 바르도)라고 이르며, 저승 쪽에서는 '시드파바르도'라고 이르는 곗일 듯하다. 죽음이 창백해져 뒤돌아서려는 까닭은, 늙은네가 얼마 전, 삶의 실다움에 대해 의문했었던 것과 마찬가지로, 이제는 죽음의 실다움에 대해 의혹을 품기 시작한 때문이다. 그래서 그 어느 쪽도 실다움이 아니라면, 무엇이 실다움인가? 그런 것은 애초부터 있었던 것이 아니었는가? 늙은네는 이 대목에 이르러 울었다. 믿어왔던 두 실다움들이, 저승문 나서려다 돌아선 에우리디케모양, 빛 아래서 희미해져 버렸을 때, 오르페우스는 중음 문턱에 앉아 울었다. 헛되고 헛되고 헛되고 헛되도다. 아집의 까닭일 터이지만, 늙은네는, 땀과 눈물로 꾸려온 삶도 수포화하는 것을 원치 안 했으며, 죽음도, 오난이즘이 되는 것을 바라지 안 했다. 헛되든 아니든, 역사라는 게 무엇이냐, 고고학은 또 무엇이냐, 사리탑(舍利塔)은 그리고도 웬 것이냐, 태초(라는 것을 思考해낼 수 없는 지혜들이 있다는 것도 모르지 않는다. '太初'를 상정하면 幻들에 實肉이 차 들고, 幻이 實學性을 획득하면, 太初를 상정할 수 없기는 하다. 어찌 되었든)부터 이 우주 내에는, 무엇들이 일어나, 웅성웅성 장(場)을 꾸며 흥진을 일으켜왔다는 데로, 늙은네는 눈을 돌렸다. 그러고 나자, 어지럽던 데에 안정감이 좀 드는 듯했으나, 만고 전부터 쌓여온 피로가 한 몸에로 쌓이는지 늙은네는 만말마가 풀리는 느낌에 당했다. 쉬고, 쉬엄쉬엄 쉬고, 쉬고 쉬엄, 쉬고 싶다고 생각했다. 갈마는 갈마를 낳고, 갈마는 갈마를 젖 먹이고, 갈마는 갈마를 키우며, 갈마는 갈마를 먹어 다시 갈마를 번식하는데, 그 번식이 멈추지 못하는 데에도 쉬일 자리는 있을 것인가? 육도의 모든 곳으로 불리어 다니는, 정(情)이라는 민들레 씨앗은, 쉬일 수도 없는 달마에 묶여 있음인 것, 오랜 부표(쓴물 속에 자맥질하기!)로부터, 땅에 한 번 내려앉아, 이제 좀 쉬려 하면, 바로 그 당장, 무엇이 독침으로 전신을 찔러대기 시작한다. 누구겠는가, 싹의 삼시랑, 그네 말고 누구겠는가, 환생(還生)이라는 이름의, 그라이 세 자매 중의 하나, 싹의 삼시랑—늙은탱이의 상념은 병이며, 앓음앓이이다. 늙은탱이는, 일반적으로 받아들여지고 있는 '휴식', 또는 '휴지'라는 죽음의 실다움(은, 삶도 실다움인 것)도 받아들일 수가 없고, 그것의 헛됨(은, 삶도 또한 지워 없애는 것)도 받아들일 수가 없는 것이다. 이런 오문·비문 책은, 그 어깨에 부스러진 비듬까지도 지혜로 이뤄졌다는 그런 이들까지도, 난삽하다 하여, 얼굴을 서 말이나 찌푸리겠구나. 이래서 보면, 안다[知] 는 것과 깨닫는다[覺] 는 것은, 같은 것이 아닌 듯하다. 까닭에, 양쪽 다 대개는 비슷한 진리에 닿아 있어 보여도, 한쪽은 여전히 차안 물보라에 날개를 무겁게 적시며, 피안을 바래 고욕(苦辱) 꼬욕 끼욱 물고 있는다. 이제도 문제가 되는 것은 그러자, '환(幻)/실(實)'은 아닌 듯하다. 그러면 이 늙은탱이는, 모태에 실렸기 전에는 누구였느냐, 라는 데로, 상념은 당연하게도 치닫게 될 터이다. 누가 이 늙은탱이의 몸을 빌려 차생을 엿보는가? 늙은네는 잇몸을 갈았으며, 게거품을 부그럭여냈다. 이 늙은탱이는 그런즉, 요절미 한 알캥이의 새경도 못 받으며, 어떤 모르는 타인의 머슴살이만 해온 것이었는가? 또는 다른 누구도 말고 자신이었던가? 그렇다면 자기는 왜 자기의 전생을 조금도 기억할 수가 없는가? 자기는 그러면, 몇 아상키야(asamkya, 겁파보다도 더 긴 시간의 단위)나 늙은 자인가? 무슨 인연에 의해 일어난 바람이었는가? 늙은네는 그러나 아무리 해도, 부스러진 기억 하나라도 주워낼 수가 없을 뿐이기만 하다. 기억을 해낼 수 없는 전생의 자기가, 어째서 차생의 자기라고 이를 수가 있겠는가? 그래서 만들어낸 말일지도 모르지만, 하는 말로는 모태 속의 양수란 '망각의 바다(샘)'라고도 이르고, 또 하는 말로는 (아이는) 어미의 좁은 하문을 비어져 나올 때, 극심한 두통을 겪는데, 그때 전생을 깡그리 잊게 된다고도 하고, 그리고도 근래 전해지는 소식에 의하면, 전생은, 모든 유정의 성격 속에 그 나이테를 가지런히 해 갖고 있다(『七祖語論』)고 하기도 하지만, 세 번째 의견을 제외하면, 저런 의견에도 토를 달 것이 없는 건 아니다. 저쪽 세상에선, 흐르던 어떤 의지[念態]가, 이쪽의 모태에 드는 것을 또한 죽음이라고 이른다고 하고, 이쪽의 죽음이 저쪽의 태어남이라고 한다거늘, 문제는 그러자 무엇인가 하면, '이쪽 죽음의 저쪽 태어남'에는, 대략 '마흔 아흐레' 동안, 이쪽에서 그것이 지은 업이 역으로 일어나는, 그 기억에 당한다는 것인데, '저쪽 죽음의 이쪽 태어남'에는, 어째서 그것(49일)이 주어지지 않느냐는 데 있다. 이 늙은네도, 어디 무슨 기자바위 똥구녁에서 저절로 불거져 나온 것이 아니라, 어머니의 복통 앓이로 태어났으므로 하여, 저런 것을 묻고 있는 것이다(라는 말은, 뉘 알겠느냐, 아이는 태어나자마자, 대략 마흔 아흐레 동안 바르도의 경험을 역으로 재현하고 있는지, 그걸 뉘 알겠느냐는, 있을 수도 있는 의문에 미리 답해놓은 것). 그것뿐만은 아니다. 반복되거니와, 바르도에 들기도 그쪽에서의 출산이라고 이른다는 의견에 좇는다면, 바르도 또한 하나의 모태인데, 그럼에도 이 모태는, 전생을 해체 분리, 또는 역행(discarnation)하는 것이라면, 이쪽의 어미의 자궁은, 생성재조립(reincarnation)하는 것이어서, '망각의 샘'이 웬 말이냐, 잃었던 모든 것이 되살아나야 옳을 일, 만약 어떤 유정이 기억력을 잃어야 된다면, 해체 쪽이며, 재생 재조립되는 쪽은 아니어야, 달마가 체머리를 흔들지 않을 터이다. 어미들의 하문의 좁음과, 대가리 큰 새끼 놈들의 두통의 문제도 그렇다. 아이들마다 어미들의 하문을 통해 태어나는 것은 아닌 것, '제왕절개'라는 수단도 있어, 어미의 '옆구리'를 터, 두통 없이 끄집어내진 아이도 무수한 것. '天地玄黃' 넉 자를 삼 년 읽었어도[三年讀], 그 글자의 뜻은 그만두더라도, 쓸 줄도 몰라, 그 답답함이 병이 되어 죽었던 이라면, 태어나자마자, '焉哉乎也'를 언제 다 읽을꼬[何時讀?], 마저 채워 읽은 뒤, 이름 석 자만 쓸 줄 알면 됐지, 그늘에 앉아 좀스럽게 글자 나부랭이나 익힌다고, 장부가 갖다가시나, 세상이 어려움에 처한 것을 보고도 외면만 할 수 있을쏘냐, 스승의 머리를 걷어찬 뒤, 장도를 거머쥐어 뛰쳐나가야 될 일. 그러나, 마빡에 피도 안 말라, 비린내 풍기는, 그런 갓 난 장수 있었다는 얘기 들어본 이 있느냐? (그러나 원형성이랄 것을 구비한 신비스런 출생과, 눈물과 양수가 범벅된 일반적 출생을 혼동할 일은 아니다. 그리고 늙은네의 상념이 닿은 이 자리는, 傳說이 재단해 입힌 신비의 옷의 반 조각 헝겊에도 입혀지지 못한, 치욕스럽게도 더러움 속에서 몸을 입은, 일반적 출산에 대한 얘기를 하고 있는 것이다) 이래서 새로 또 본다면, 그리고 우악을 부려 말하기로 하면, 자기의 전생을 기억하는 자는 없다고 해도 과언은 아닐 듯하다. (어떤 대단히 능력 있는 정신분석꾼이, 최면술을 통해 어떤 환자의 전생을 모태 이전까지 소급해 올라볼 수 있다 한다 해도, 그건 시드파바르도까지일 것이다. 그것도, 정신분석꾼들이, 자기네 환자들이 꾸는 꿈을 중시하여, 풀이하려는 것에서 조금도 더 나아간 것으로는 보이지 않는다. 무명중생을 교화하고 구제하는 방편으로, 어떤 각도한 설법자가, 자기의 전생을 들어, 자기가 어느 때는 도척이었다느니, 변강쇠였다느니, 옹가년이기도 했다느니, 거대한 구렁이, 사자, 수캐, 돼지, 심지어는 지렁이기도 했다고 설하기란 쉬운 일일 것이다. 크리슈나의 어미가, 자식의 입속을 열고 들여다보았던 풍경이, 그런 것이었다고 하잖느냐. 어떠한 성자라도, 신과 마라가, 그를 수술대 위에 뉘어놓고, 해부를 해본다면, 심지어는 그 집도를 하고 있는, 그 신과 마라 당자들까지도 그 속에 들어 있음을 알게 될 것이다. 신·성자/마라·파락호의 다름은, 신은 어떤 식으로든, 자기 속의 부정적 욕망을 마라화하여 분리해내어 객관화하기에 성공하고 있는 자들일 것이다. 어쨌든 여기 어디에, 前生과 性格의 문제가 거론되어질 소지가 있다) 저런 의문은 그래서 우문이 되거나, 대답을 찾으려는 자체가 도로일 수도 있을 것이다. 분명한 논조는 이렇게 될 것이다. 갈마론을 무시하거나 부인할 수가 없으면, 윤회·환생론에 닿고, 윤회·환생론은 그러면 당연하게도 전생론을 정립해낼 것이라는 그것이다. 그렇다면, 이것만은 어째도 대답되어지지 않으면 안 되는, 대단히 중요하여 무엇에도 비교치 못할, 한 의문에 봉착하게 될 것이다. 무슨 인연이든, 또는 무엇의 환이든, 어쨌든, '처음에 하나였던 유정이(란, 가정이다. 처음부터 하나보다 많았었다고 누가 억지를 부린대도, 「창세기」에는 언급이 없이 우주론을 펴는 이들께는, 달리 말할 여지도 없기 때문이다) 둘로, 셋으로 불어나는 것이 인구 증가'라고 한다면, 둘로 증가한 유정 중의 하나의 전생에 대해서는, 어떤 의문도 필요 없겠음에도, 다른 하나의 전생을 그러면 어디서 구해낼 수 있는지, 그것은 이해키 곤란할 뿐이어서, 대답이 필요한 것이다. 이 증가는, 그런 이후 기하급수적으로 계속되어오는데, 그러는 동안 물론 감축도 있어, 감축된 유정들이 증가하는 유정들의 전생을 얼마쯤 뒷받침해줄 수 있음에도(눈감고, 아웅—) 증가가 감축을 압도하고 있는 것이, 어느 시대나의 실정인 것. 그렇다면 증가하는 유정 중의 대다수가, 전생이 없이, 어버이의 '쾌락의 잉여물'일 뿐인가? 이 잉여물들의 죽음은 그냥 소멸일 뿐인가? 허무주의나 무신론 따위가, 그래서 그들의 종교가 되어진 것이었는가? 아니면 '태어난 바도 없으며 멸한 바도 없고[不生不滅], 늘어난 바도 줄어진 바도 없었던 것[不增不減]'이었는가? (두 다른 달마가, 한 空門에서 설해진다는 것은, 무명중생의 등이나 터지게 할 일이구나)

바르도에 처한 (死者의) 몸은, 육신을 이쪽에 벗어놓았으므로 해서, '생각의 몸', 다시 말하면 '염태'라고 한다거니, 까닭에 이 몸은, (배고픔, 노쇠, 병고

등에 당하는 중력으로부터 벗어나,) 일단은 자유 자체, 무장애, —그러므로 법신(달마키야)으로부터 지렁이의 몸까지, 어떠한 형태라도 취할 수 있다는 것. 이런 말은, 그것이, 어떤 암수의 성교의 장면에 눈이 묶여, 말할 수 없는 호애와 질투를 느껴, 부나비가 불꽃에 대해 그러듯, 그 가운데로 뛰어들기 전까진, 원하는 어떠한 고장에라도 여행할 수 있는 능력의 몸 자체라는 것. 그렇기 탓에, 동시에 그것은, 약처 또는 상처 자체일 수도 있다는 것. '약처 자체'라는 의미에서 예를 한둘 들기로 하면, (얻어듣게 되는 얘기 중에는,) 임종하는 환자의 몸에 손을 대지 말라고 하며, 일례로, 누군가가 환자의 귀에 손을 댔다고 하면, 백회혈(百會穴)을 통해 곧바로 빠져나갔어야 할 사자의 '포'가 인세로 돌아오기 전에, 귓구멍(귀와 소리)으로 빠져나와, 안타깝게도 그 결과는 '간다르바의 세계'에 태어난다고 하는 것. 노래나 음악의 그것이 그렇듯, 저 간다르바의 체(體)를 이룬 것도 '소리'기 때문. (이것이 저 염태의 약처가 된다고 이른 것은, 저 염태가 몸을 입고 있었다고 한다면, 몸이라는 단단한 基體와 緣帶의 까닭으로, 간다르바 세계에로의 여행은, 그냥 하나의 '포와(Pho-wa) 禪定'으로 또는 꿈꾸기로 끝났을 것이었던바, 몸과 꿈의 관계는, 바람 좋은 날 연날리기에 비유될 것인 것. 그 줄이 끊기면, 연은 어디론가 불리어 가다, 진흙탕이든 가시쟁이든 어디에 팩 꼬꾸라져 버릴 터이다. 이것은 다음의 예에도 똑같이 적용될 터인데, 늙은네의 상념이 세운 假說의 초석은, 여기에 두고 있음은 분명하게 밝혀둘 일이다) 또 다른 한 예로는, 예의 저 염태가 만약, 망자 자기를 위해 마련한 제상 위에 놓여진, 먹음직스런 고기 토막에 눈을 묶이고, 강한 식욕을 느꼈다면, 그 염태는 그 당장 늑대(육식 동물의 한 예겠거니)가 되어, 들로 달려 나간다고 이른다. (아으, 집착하지 말았어야 했을 것을, 무엇에고 집착하지 말었어얄 것을! 그러므로 선노들이 '집착하지 말라, 마음을 비우라'고 통절하게 일렀던 것을—) 염태는 그래서 초능력이며, 동시에 족쇄인 것을 알게 한다. 거기 그리고 분명히, 모든 전신(轉身)의 비밀이 있음을 알게 한다. 살[肉身]과의 관계에선, 두 번째 들어진 예에 주목하게 하는데, 이렇게도 저렇게도 귀 맞춰 재조립해보기로 한다면, 강한 식욕에 당한 저 염태는, 늑대들 중의 어떤 한 쌍이 교미하는 중에, 아비 쉬는 가쁜 숨을 좇아 (아비의) 척수에 들었다가, 모태 속으로 이월했었을 것으로 추측된다. 그럴 것이, 제상 위에 느닷없는 다 자란 늑대가 나타나, 고기를 물고 으르렁거렸다는 얘기는 전해진 바도 없으려니와, 자연의 법칙(달마)에도 어긋나는 일이기 때문이다. 유정의 화현에는 네 가지의 법밖에는 없다고 이르는 것—화생·습생·난생·태생. (허허, 누가 일러 늑대가 화생이라던가?)

태생(胎生) 가운데서도 인간은, 휴대용 삼세육도를 가지런히 한 벌 안 대어 갖고 있다는 얘기는 되어진 바와 같거니와, 이런 말은 왜인가 하면, 바르도, 특히 미람바르도와 시드파바르도에 처한 염태의 욕망 또한, 삼세육도적, 다시 말하면 복합적(複合的)이라는 얘기를 하기 위한 것이다. 염태—복합적 욕망태(欲望態). 이제는 그러면, 이렇게 말한 다 해도 반드시 틀린 것은 아니게 될 듯한 것이, 한 염태가 육미에 대한 식욕에 당하고, 늑대에로 전신을 치러버렸다는 얘기는, 저 복합 욕망태로부터, 다름 아닌, '식욕'만이 분리되어 버렸을 것이라는 것. (이 자리에서 단단히 못을 하나 박아둬야 할 것은, 이것은 늙은네의 상념에서 이뤄진, 다름 아닌 '假說'이라는 것이다. 가설은 가설이기 때문에, 가설에서 끝날 수도 있고, 아니면 그것이 취급하고 있는 주제의 단단한, 그리고 힘찬 추진력에 의해, 어떤 감춰진 진리를, 가설의 이름으로 뽑아 올릴 수도 있을지 모른다. 만유가 幻이라는 주장도, 어떤 의미에서 가설이며, 반대로 實이라는 것도, 가설인 것은, 인정할 수도, 안 할 수도 있는 것인 것) 욕망은, 어떤 것들은, 전혀 닮은 점을 갖지 않는 것들이 있다. 예를 들면, 재물욕·권세욕·명예욕 등은, 식욕과는 엄격히 구별되는, 수라·아수라·인간의, 또는 그 세계의 것들, 그러니까 축생도 위쪽의 욕망들이어서, (논리적 귀결은,) 축생도에는, 예 든 욕망들이 수용되거나 소속되거나, 충족될 여지가 있지 않다는 것이다. 고로 예 든 욕망들은, 비록 축생도엘 들고 싶어도, 들어지지가 않게 된다는 것이다. 이건, 기름과 물의 관계에서 그 비유를 얻을 수 있음에 분명하다.

모든 욕망에다 사대(地·水·火·風)를 입히는 것은 '성욕'이라는 것은 이미 살펴진 바 있거니와, 그 욕망들의 해체(discarnation)와 재조립(reincarnation)에 관해 도식으로 정리해본다면 이렇게 될 것이다.

증오+아집+성욕=훙로카(지옥도)

고(苦)+아집+성욕=프레타로카(아귀도)

무명+아집+성욕=트리산로카(축생도)

욕망+아집+성욕=나라로카(인간도)

질투+아집+성욕=아수라로카

교만+아집+성욕=수라로카(제바도)

(모든 추상적인 것을 구상화하기의 한 방법이겠지만, 산스크리트의 상상력 속에서는, 일례만 든다면, '이때 질투가 그의 속으로 쳐든지라, 그가 아수라가 되었다'라고 이르는 것 같은 것이다)

이런 도식에다 보주(補註)할 것이 있다면, 저 한 염태는 분해를 통해, 자아, 또는 자의식의 희석까지도 겪고 있다는 것이다. 시간의 삼세(과거·현재·미래)가 '극소의 시간'의 일점에로 무너져내림! 시간의 과거, 현재, 미래가 한통속에 뒤섞임—모든 것이, 어지러운 모양이다. 이때, 저 뒤죽박죽이 된 시간의 삼세를 싸안고 있는 시간은 물론 '극대의 시간'이었을 것. 원소(元素)들은 바로 이 시간 속에서, 그것의 접착력/반접착력에 좇아, 저 모태에로 든 꿈들에다 살을 직조해 입힐 것이다. 원소의 접착/역접착력 또한 복합적인 것. 물어져야 될 것은 그러자, 바르도에 처한 복합적 욕망태가 분해 분리하고 있었을 때, 그것의 자아, 또는 자의식(그것이 轉身의 씨앗은 아니었을 것인가?)을, 제 분깃만큼씩 떼어냈을 것이라는 가설 위에서, 그렇다면 아까 늑대가 되어간, 염태의 한 분신(分身)은, (늑대가 되고 난 뒤) 자기의 전신, 또는 전생을 기억하고 있을 것인가, 그것일 테다. 만약 그 짐승이, 모든 것을, 다시 말하면 사람이었던 전생을 기억하고, 자신 속의 사람을 인식한다면, 그것은 어떤 종류의 축생일 것인가? 아니면, (어떤 해석학자들의 주장대로) 그것은, '늑대적 성격을 가지고 환생한 사람'일 것인가? 하긴 그러나, 그 축생을 분리해낸 당자도, 분리되어진 그 순간부터, 늑대라는 축생을, 자기 속에서 경험하지도, 기억하지도 못하는 것은, 살펴져야 할 것이다. 만약에 그렇다면, 이런 가설에 의해서, 유정 증가와 윤회, 기억해내지 못하는 전생의, 잘 풀려지지 않던 매듭이, 저절로 느슨해짐을 보게 된다. 이런 분화 현상을, (생물학에서 이르는, '세포분열'과 대단히 비슷하다는 의미에서) '갈마분열'(羯磨分裂)이라고 이른대도, (가설이 이끌어낸 논리에) 틈은 있어 보이지 않는다. 갈마분열—복합적 욕망의 덩이, 염태는, 뒤죽박죽이 된 혼돈의 시간, 시드파바르도에서, 익은 민들레처럼, 산지사방으로 흩어져 간다. 민들레 씨앗을 불어 가는 바람은, 업을 짓는 욕망인 것. 원소 아닌 원소, 선과 악도, 그것의 무게(가벼움/무거움)나 색깔(밝음/어두움) 기타 등에 좇아, 오를 것은 오르는 것의 날개가 되고('黑空'이라는 것이 상정되어 있으니 말이지만,) 그것들은 그리하여 빛으로 충만한 '백공'(白空)에 들며, 내릴 것은 내리는 것의 발목의 추가되어 전순히 암흑한 '흑공' 속에로 끌박아 넣는 것일 것이었다. 바르도에 나타난다고 알려진 여러 현란한 빛과 소리는, 이 두 자장의 무중력/중력의 상극적 충돌 속에서 발생하는 것들은 아닐지 모른다. 전에 늙은네는, 저런 상추(想推)의 결과로, 모든 '갈마분열'의 씨앗, 또는 그 해체의 힘은 '선/악'이 아닌가, 그러므로 종교적 서사시들은 신들과 악마들의 결전장을 읊고 있는 것이나 아닌가, 그렇게 미루어 생각해왔으나, 그것은 다름 아닌 이원론적(二元論的) 사유의 결과는 아니었을까, 하는 것을 고려하기 시작한다. 이 자리에 이르러 늙은네가, 새로 관찰해보기 시작하는 것은, '선/악'은, 분열의 '시작'보다 그 '결과'에다 '무게/가벼움' '어둡기/밝기' 등등을 결정해주는 요소가 아니겠는가, 하는 것이다. 이것이 종교적 어휘로 환치된다면, '심판'이라고 일러지는 것은 아니겠는가, 글쎄, 정토나 나라로카도 화현된 우주의 권내에 소속된 것이라면, 어떤 자아가 분열할 때 그것들(선/악)인들 어찌 분해되지 않겠는가. '선의 집적과 해탈은 별개의 것'이라는 의견을 좇기로 한다면 그러하다는 얘긴 것이다. 생각이 이만쯤에 닿았을 때 늙은네는, 몹시 체머리를 흔들었으며, 그러다 쓴 물을 조금 토했다. 자기는 지금, 상념이 마무리 지어지는 대로, 떠나, 누가 자기라는 흰[白] 아-어(語)를 발음해냈는지, '원인'(原人)이랄 또는 '본인'(本人)이랄 자를 찾아 나서려는 것이었는데, 그런 생각은 반드시 옳은 것 같지는 않다는, 새로운 믿음(생각)이 든 까닭이다. '바르도', 또는 '중음'(中陰)이라는 말이, '죽음과 재생 사이의 중간 상태'라고 분명히 밝히고 있었음에도, 어쩌면, 다른 언어로 이뤄진 교리에도 귀가 닿아 있어, 이분법적 사고의 벽을 허물어내지 못했던 모양으로, 막연하게 여겨왔기는, 우선 '이승'이 있고, 다음에 '중음'이 있으며, 그 너머에 '저승'이라는 것이 있는 것일 것이라고 편안하게 믿어, '원인', 또는 '본인'은, 아으 장자(莊子)여, 저승 잠푹한 달빛을 덮고 자며, 꿈을 꾸고 있을 것이라고 해온 것이다. 그리하여 꾸어진 꿈은, 그의 잠 속에로 되들었다가 어디로 떠나기도, 돌아오기도, 거기서 하는 것이 아닌가, ……종일 밖에서 일하고, 저녁에 집 돌아와, 땀에 젖은 옷 벗고 잠들었다가, 아침에 다시 깨어, 새로 옷 갈아입고, 일터 찾아 나서기…… 중음이란, 끝이 없는 얘기책의 페이지를 하나 넘기기인 것? 중음 너머의 다른 세계란 있던 것이 아니었던 것? 중음이란, '뫼비우스의 띠'의, 얼핏 보이기에 겹쳐진 것처럼 보이는, 그 어떤 부분에 불과한 것? —막연한 상상력 속에서는 그런데 중음과 저승이 나누어져 있는 것처럼 여겨졌던 게 탈이다. (반복되고 반복되지만) 중음 너머의 세상이란, 다름 아닌 이승이었던 것을!

가설에 의한 추론적 귀결도 그래서 진리라고 이를 수 있을 것인가? 늙은네는 여전히 그 의문을 버릴 수 없음에도, 자기가 숨을 내쉴 때, 우주라는 한 연(蓮)이, 펼친 양산처럼 활짝 피고, 자기가 숨을 들이쉴 때, 접은 우산처럼 소롯이 닫긴다고 내어다보았다. 그 안의 팔만사천 유정 무정 중, 자기 아닌 것은 하나도 없었으며, 동시에, 그 어느 것도 자기인 것은 없다고, 늙은네는 들여다보았다. 이제 늙은네께 그것들은, 뱉어 내어진 숨이나, 저절로 빠져 내린 머리칼에나 비유될 것들뿐이었다. 떠날 채비로 맸던 감발도 풀고 늙은네는, 그냥 주저앉고, 상념의 문을 닫으려 내뱉는 숨에다, (너무 많은 말을 날려 보내버려) 빈 마음을 묶어 맸다.

아함 바후 시암(나로 하여금 여럿이 되게 하라).

유서(遺書)랄 것이, 늙은네의 머리맡에 남겨져 있었다.

'장례식이 무슨 소용이람? 무슨 인연의 말똥 풍뎅이가 뭉친, 똥 덩이 속에서, 자아라는 한 말벌이 까이어 똥을 파먹고, 조금 날아올랐다가 지친 날개를 접었거늘.

오문·비문으로 점철된, 이 한 편의 잡설(雜說)은, 선방(禪房) 측간에라도 펴 버려, 공(空)을 먹었을 뿐인데도 색(色)이 뒤틀리고 급해, 측간 길에 오르는, 사미들의 교과서[公案]라도 삼아주면 좋을 일.

돌(咄), 서 근의 삼(麻)이었던 것을.'

* 이 잡소릐는 졸책『七祖語論』에서, '갈마분열'이라는 것에 관해 제안만 해놓고, 나머지는 괄호인 채 남겨뒀던, 그 괄호 메우기로 씌어진 것임을 밝혀두는 바이다. 그러나 이것도 또한, '제2의 제안' 같은 것으로 보아 넘기는 것이 좋을 듯하다.

* 때로는 인용부호를 붙이기도, 많은 경우 생략해버리기도 한 이 잡소릐는, 여기서 저기서 빌려온 의견들로 백결(百結)이되, 원전을 밝히는 일은 불필요하다고 여겨, 각주를 달지 안 했다. 뻔히 아는 얘기들이 그것들 아닌가. (咄, 小說하기의 앓음다움!)

두 집 사이
—제7의 늙은 아해(兒孩) 얘기

—패관(稗官)이란, 하필이면 화천(火天, Agni) 니미 씻나락 까먹은 자리로 다니며, 쭉정이 속에 요절미(腰折米)라도 몇 남았는가, 아니면, 가을의 끝으로 어슬렁거리고 다니며, 남이 심었다 거둬간 자리 뒤적여 이삭을 줍는 자, 어느 마을 퍼부어 내리는 눈 속에 묻히면, 주운 낟알 고콜불에 구워, 또드락 딱 또드락 딱(씻나락 까먹는 소리, 장단 맞추느라 목침 두드리는 소리), 한마을 삼동 잠의 고치에다 귀를 열어 구멍을 내어, 망각 속에서 꿈의 나비를 불러내는 자(나비? 나비! 나비. 咄, 저 나비의 아비 莊子라는 자 저승 간 지도 꽤 오래라는데, 웬 나비가 그렇게도 많아 도처에 날으는고? 건 말일세, 그가 저승 갈 때, 자기의 나비를 불러들이기를 잊은 까닭인 것—莊子 公의 잠도 헤설프겠네), 삶은 이래도 저래도 어쨌도 그래도 한 번은 맛보아 취하다 뒈질 만큼은 좋은 붉은 독주니라고……, 또 아니면 (패관이란,) 낮에 나온 반쪽 달, 낮 동안에 세상에선 대체 무슨 일들이 일어나쌌고 있느냐고 궁금하여, 낮을 좀 훔쳐보려다 제 빛깔을 왼통 잃어, 무색하고 무렴하고 빙충맞은 달, 그 얼굴로 그 달은, 낮 세상에서 과연 무엇을 보았을 것인가. 허긴 '얘기'라고 이르는, 패관들이 주운 말[言語]의 사리(舍利)란, 해 아래서 일어났던 이런저런 사건들이, 달의 양수(羊水) 속에 담길 때 '얘기스런 몸[譚]'을 흐르릉하게라도 입는 것이기는 할 것이오만, 가, 가맜서 봅시다. 때, 때로, 더러 헛것들과 마주하여 입을 열어보

기는 하였으나, 뜨거운 피를, 그것도 병들지 않은 백혈구를 몸속에 돌리고 있는 사람과 면대하기는, 이거 얼마 만이나 되는지……, 그, 그러구 보니, 여긴 벌써부터 가을이 저물려 하고 있는 참이구료. (이런 우리들의 '가을', 달의 양수 속에 담긴 가을은, 봄 시작될 때에도, 삼동에도, 어느 철에나 있는 것. 그러나 정작으로 이 고장엔, 뚜렷한 철이 없어, 생성과 조락이 모르는 새 갈아든다는 것을 알려드리고 싶소) 패관의 걸음이 며칠만 늦었더라도, 눈이 내려, 저승으로 내려, 마을은 삼동 속에 가라앉아 닫혀버렸을 것이었소. 저장해뒀던 씨앗까지 다 죽 쑤어 먹고, 피가래를 뱉어내는 죽을병 든, 자칭 시인(詩人) 하나가, 이 고장 마지막 고콜불이어서, 고름 같은 흐린 빛을 조금 비춰내고 있소만, 이런 고장에 넋은 있어 보이지를 않는구료. 저 고콜불이 꺼져버린다면, 우리는, 패관 하나와 시인 하나는, 해골의 골짜기에서, 저 불빛의 마지막 방울을 홀짝이며, 삼동 하나를 새웠음을 알게 되겠지요?

—자기는, 운명적으로 시인이라고 생각하는 자가 있어, 자기의 죽음은, 자기가 뿌린 말의 씨앗들이 터, 불의 꽃을 피울 때, 그 불의 고랑에 누워 산화하는, 그런 것이 되기를 바란다면, 그건 너무 사치스러운 꿈이나 될까요? …… 보시는, 이 방 안에 쌓이고 널려진 이 종이 뭉터기들은, 그 시꾼의 말의 씨앗을, 품은, 불의 둥지들, 들이라고 말해도, 토, 토역질을 느끼시지 않을까요? 이것들은 사실, 무문(無門) 속에 갇힌, 한 허무주의자의, 울려 해도 울어지지 않는 그 울음의 기록입니다만, 한 아수라(阿修羅)의 자기 패배의 고백입니다만, ……이제 와서야 알게 된 것이 그것입니다만, 신들을 타도해버린 자[無神論者] —아수라(Asura, Skt.), 의 비극은, 그가 신(Sura)을 부정(A-)했을 때, 동시에 다른 다섯 세계(Lokas, Skt.)도 지워 없앴던 결과를 초래한 그것이었을 겁네다. 아무리 닿고, 열려 해도, 심지어 지옥도까지도 그 굳게 잠긴 문의 빗장을 뽑으려 하잖는다 말입지요. 없는 문이야 열릴 수가 없을 뿐이겠습지요. 그럼에도 위계(프라브리티)는, 저 없는 문의 안쪽이나 바깥쪽에 신비를 감춰놓고 있을 것임을.

본 패관은, 저 고장의 가을의 꼬리가 삼동의 독아에 거의 다 먹혀들고 있는 그런 철의, 하룻저녁을, 그 고장 마지막 생령과 고콜불 아래서 새우고, 그리고 날이 새려 했기에, 그 고콜에서 불씨 하나를 쥐어내려, 그의 가슴에 따뜻하게 묻어준 뒤, 돌아 나오는 길이다. 그러기 전,

그 고장으로 들어가는 길에, 상여 지난 뒤 가시쟁이에 걸려 밤이슬 맞은 혼적(魂迹) 나부랭이 같은 소식을, 여기서 저기서 주워들었기로는, 십 사 오륙 년 전에, 한 떼의 건강한 남자 여자들이, 여럿의 소달구지에다, 노아가 방주 속에다 챙겨 넣었을 것 같은, 그런 여러 가지 것들을 싣고, 그뿐만 아니라, 이고, 메고, 지고, 안고, 몰고, 샴발라(Shambhala)라던가, 무슨 그런 고장을 찾아간 일이 있었다고 했으며, 찾지 못했다손 치더라도, 그들은 어디서든 그런 고장을 꾸며 살 것이라고 했다. 그랬을 것이, 저 한 떼의 여자 남자들은, 아무리 흐린 눈을 가진 이가 보았다고 한대도, 자기네들처럼 범상한 이들은 아닌 듯했으니 그렇다는 것이다. 저들은, 달구지를 끄는 소를 어거[馭車] 한다거나, 돼지며 양 같은 짐승을 다루는 일에 서툴러 생 진땀을 내는 것으로 보아, 가난이나 노동의 고통을 거의 모르고 자란 이들이 틀림없었으며, 그들이 쓰는 말이나 행동을 좇아 짐작해보면, 모두가 하나같이 높은 학식을 갖춰 있는 이들임에 분명했더라고 했다. 그리고도 뭔지 말로써 표현해낼 수 없는 분위기와 품위가 저들께는 있었더라고도 했는데, 이것이 무엇을 뜻했었는지는, 저 마지막 사람으로부터 얼마쯤의 암시를 얻을 수 있었다. 측간 디딤대에도 부적을 붙여야 되며, 곪곳 한군데만 생겨도 무당이나 점쟁이네로 달려가서야 해결을 보는 이들께 무신론자(無神論者)들은, 우주적으로 촌티를 벗어 인신(人神)스러워 보이는 수도 있으며, 그리고, 심지어 자기의 삶을 두고도 연연해함이 없어 보이는 허무주의자(虛無主義者)들은, 표표히 경계를 건너 뛰어넘은 고승(高僧)스럽게 여겨지는 수도 있다는 것이다. 아무튼 저들의 마을에 농부는 하나도 없었어도 농학사는 있었으며, 땜장이나 미장이는 없었어도, 물리(物理)를 강구하는 과학사나, 문리(文理)를 터득한 문학사는 있었으며, 점쟁이나 무당은 없었어도, 파문당한 성직자·수녀, 파계 환속한 비구·비구니, 또는 약사나 의사는 있었던 모양이다. ……저런 저들이 어디론가 떠들어 가고 있었을 때, 저들의 연령은 대략 서른에서 마흔다섯 사이로 건너다 뵀는데, 그로부터 십수 년이나

세월이 흘렀으니, 환갑에 가까워가는 이도 몇 있겠다고 했다. 이런 소문에, 패관의 귀가 어찌 솔깃해지지 않을 수가 있었겠는가.

샴발라는 그리고, 알려져 오기로는, 북쪽 어디에 있다고 하는 곳. 길은 험난하여, 행려자들의 머리를 세게 했으며—여자는 남자의 정액의 부족으로 늙고, 산은 비에, 중은 길 때문에 늙는다고 하잖느냐—, 산은 (그 영봉에 사철 눈을 덮고 있을 정도로) 높고, 골짜기는 (용의 잠을 묻어놓을 만큼) 깊었다. 길은 험난했으며, 산은 높고, 골짜기는 깊었다. 그런 데를 지나는 길손은 그런데, (패관은 자기의 얘기를 하고 있는 중이지만,) 먼저 그런 장관에 놀라고 눌려 숙연해졌다가, 다음 자기 왜소감을 못 이기고 외로워져 버리는데, (패관은 지금 자기의 경험을 얘기하고 있는 중이지만,) 그럼에도 그런 거악한 산과 깊은 골짜기의 어느 기슭이나 중턱에, 아주 조그맣게라도 암자가 있다거나, 화전민의 통나무집이 하나라도 있어, 저녁 짓는 연기나, 뻔하게 켠 창 불빛이 보인다면, 그 당장 거기 우주적 '생명의 축제'(김진수, 『사랑, 그 불가능한 죽음』 참조)가 열리는 것을 보게 된다. 몇 가닥의 (文化化한) 연기나 불빛에 의해서, 저 거대한, 빼꼭 채워진 (自然的) 만고의 정적이, 갑자기 의미를 획득하기 시작하고 있던 것이다. (이건 프로메테우스의 눈을 빌려 보고 하는 말이지만,) 이 한 우주는, 수목이나 짐승, 해와 달, 별과 바다와, 신들과 요정들이 있어 넘치기만으로는 아직 완성된 것이 아니었던 모양이었다. 그래서 창조의 마지막 날, 이곳에 인간이 나타나기 시작하고, 그것들은 그 하나하나가 모두 타오르는 불기둥과도 같아서, 그때부터 우주를 생기(生氣)로써 사롸 올렸던 모양이다. 그리하여 서사 비로소 '생명의 축제'가 열렸던 모양이었다. 자야(승리)—잘, 잘이흔다.

—만삭인데도, 자기가 거두지 않으면 안 되었기에, 낫가락 챙겨 나왔다가 그렇게 되었을 것이었소만, —이쪽으로 오던 도중의 얘기외다—한 아낙이 누렇게 익은 보리밭 고랑에서 산통을 겪다 죽고, 밝은 해 아래, 핏덩이만 어미 치마폭에 싸여 누렇고도 시뻘겋게 울고 있는 것을, 차마 저버리지 못해 보듬어온 그 여아 하나 말고, 우리 중의 누구에게도 딸린 것은 없었소이다.

울 어머니 날 날라 말고
배나 낳으면 개용을 쓸걸
울 아버지 날 맹글라 말고
매방석이나 맨들 것인데
멋 할라고 나를 나서
요 고생을 시기싱거나

「욥記」라는 어느 민담에도, 저런 투의, 시간을 역류 소급하여, 아버지—어머니가 배 붙이고 정 나누는 그 시간까지도 지워 없애려는, 자기 저주, 뼈에까지 닿는 시린 한탄의 노래가 있습니다만……, 허, 헌데 가서 봅세다. 잘 되어 가던 비역, 질에 웬 수사학적 간질이냐, 이런 말입습지? 그, 그건 말이외다, 우, 우리는—이 '우리'는, 분명한 複數임에도, 대부분의 경우 單數처럼 쓰여지고 있다고 느끼실 터입니다만—여기 정착하기로 한 뒤 뒤늦게, 폐광촌의 남루함에 싸인 우리의 처지를, 예 든 저 민요·민담에서 새로 발견하게 되었는데, 우리도, 저 보리 고랑에서 죽은 산모의, 터진 양수와 비린 피에 젖은 치마폭에 싸인 아이, 꼽추 아이와 조금도 다름이 없던 것을 알겠던 까닭이외다. 우리 중의 누구도, 예의 저 민요의 사설이 암시하고 있는 바와 같이 가난했다거나, 불행했다거나 하는 사람은 하나도 없었으나, 어쩌면 그것이 병이었을지도 모르겠으나, 우리 중의 누구도, 받은 삶을, 태어난 고장을, 익힌 지식 따위도 포함해서 말입니다만, 은총이라고 생각한 사람은 없었던 것이었쇠다. 괄태충이의 육교처럼, 병과 저주가 엉겨 냄새나는 거품을 일궈내는 곳이 이 세상이라고 우리는, 찌푸린 얼굴로 내어다보아만 왔드랬습네다. 병은 땅에서 오고, 저주는 하늘에서 온다고, 그렇게 믿는 이들끼리 모인 '우리'는 그래서 어느 날, '내어다보기'만 했던 그 세계의 고통에 참여키로 했구료. 모반을 도모했더라 말입습네다. ……이런 얘기를 할 때 화자는, 먼저 너털웃음 한번 그럴듯이 날리는 것이 화술일 듯하오만, 그러지 못하는 것은, 이 반란의 음모는 우리들께, 너무도 심각하였으므로 하여 신중히 다룰 수밖에 없었기 탓이외다. 우리는, 먼저 하늘을 정복하고, 다음으로 땅을 치유하려 한 것이외다. 글쎄 그러려 한 것입네다. 우리의 심저(心底)에는, 어느 때부터 시작되어 늘 그래왔듯이, 슬픔과 외로움이라는 두 마리의 괄태충이가 서로 몸을 휘감으며, 냄새나는 거품을 일궈내고 있었음에도, 우리가 해낸 저 생각은, 우리로 하여금 여래(如來)인 듯한 착각을 일으키기에 충분하여, 우리는 기고만장하였으며, 교만했드랬습네다. 그러면 그럴수록 우리는, 구역질로 속이 메슥거려, 찔끔찔끔 쓴 물을 토해냈어야 되곤 했는데, 그건 다름 아닌, 말한 바의 저 두 괄태충이의 몸 부벼지는 데서 일어나던 거품이었던 것이었쇠다. 그럴 때마다 우리는, 아수라병증(Asura Syndrome)에 당하고 있다는 것을 알고는 있었습네다. '교만이 쳐들면, 그 즉시 그는 아수라가 된다'고 이르잖습니까? 당시 우리는 아수라들이었습네다. 아수라들의 태초부터 말세까지의 과제·과업은, 주지하는 바와 같이, 수라(Sura, 神)들을 적대하여 전쟁을 일으키는 것, 그들을 타도한 뒤 만유의 주(主)가 되는 것, 허, 허헛, 보십세요. 그런데, 우리는 아예 무신론자들이었으니, 신들의 정복은 그렇게 어려운 과제는 아니었던 것이었쇠다. 신들의 어떻게나 날카로운 창으로도, 무신론(無神論)이라는 방패를 뚫지는 못했으며, 무신론이라는 창끝에 당해 버티고 서 있을 수 있는 신은 없었드랬습니다. 전지전능하다는 신들도, 가릴 수 없는 그런 약처는 있던 겁네다.

—'땅을 치유'하는 방법으로 우리는, 우리의 자유로운 정신을 구속하고 억압하는 모든 것을, 우리의 적으로 삼았드랬지요. 무엇이 우리를 억압하고 구속하는가, 그것들을 색출하여, 그것들에 대항하여 투쟁하거나, (주지하시는 바와 같은 그런 이유로) 그것이 불가능할 경우라면, 최소한 우리끼리만이라도, 그와 같은 사회를 구현해야 한다고 했었지요. 정부랄지, 제도, 조직, 혈연 등등 우리를 억압하고 덮쳐 씌우는 것들은 무수했는데, 우리는 빌라도모양 손 씻고, 소돔과 고모라를 등 뒤에 둔 롯모양 떠나기로 결정을 본 것이었구료. 그러나 당시의 우리들의 저 고상한 이념은, 뒤돌아보고 얘기지만, 순결무구한 처녀도 그 자체가 열린 상처라는 의미에서, 상처투성이였던 것이었습니다. 속칭 '무정부주의자'들이 꾸미려는 '위대한 사회'는 어떤 것이나 될지, 패관께서도 모를 리 없다고 믿어, 그들의 현수막을 이 자리에서까지 펄럭여 보이려 할

필요는 없겠지요. 이후 우리는, 어떤 자의식의 까닭으로, 감정상의 억압에도 시달리는데, 그건, 우리들의 언동이, 반어법적, 또는 모순어법적인 데서 시작하여, 거기서 종료하는 듯해서 그런 것이었습네다. 이런 말은 왜인가 하면, 앞으로 얘기가 계속되는 동안, 그런 모순당착이 되풀이 되풀이 섞이게 될 것을, 미리 염두에 두기의 까닭으로써입니다. '허무주의자'들끼리 모여 '위대한 사회'의 구현을 꿈꾼다는, 또는 '무신론자'들끼리 모여 '자유를 구가'하고 있다는, 그 시작부터가 그렇잖소이까? '자유'(自由)는 헌데, 우리가 그것을 구가하려 하자 그 기의(記意, Noumen) 편에서 초월성(Numinosity)을 획득하며 그것에 걸맞는 기표(記表, Phenomenon)를 드러내는데, 보니 그것도 하나의 신의 모습이던 것입니다. 우리 중의 철학꾼은 그것을, '뫎'이라고 일렀구랴. (이 '뫎'에 관해서, 앞으로도 반복해 얘기를 하게 됨에 분명합네다. 像까지 세웠드랬으니까요)

—새삼스러운 얘기외다만, 우리는 샴발라의 꿈을 갖기는 했었지요. 마는, 파계승의 마음속에 그려져 있는 지도를 갖고서는 찾을 수도 없었고, 아직 오늘까지 이루지도 못했을 뿐인데, 거기로 삼동이 깊어 들고 있는 중이구료. 떠들어 가다 오다 하니 지치는데 본즉, 당분간이라도 머물며 마을 비슷한 것이라도 꾸며 살아도 괜찮겠다 싶은 곳에 폐광촌이 있어, 우리 잠시 여기 감발을 풀고 도랑에 발 좀 담그자고 한 것이, 다시는 못 일어나고 말았구료—이만큼 얘기한 이것이, 이 동사(洞史)의 서장쯤 되겠군요—우리는, 자기네들 마음 내키는 대로, 혼자서, 또는 둘이서 셋이서, 아무 빈집에나 들어, 비나 볕 바람이 새들어오는 데를 막고, 가리고, 농학사의 지혜를 빌리고 좇아, 가져온 씨앗, 심고, 몰고 왔던 소 돼지 양이며 닭도 먹이고 쳐, 살기 시작한 것인데, 사람들이 어디에 정착해 살려 하면 해야 되는 이런 일 저런 일, 꽤는 힘들면서도 자질구레한 얘길랑 모두 생략해버리기로 합습세다. 좀 배웠다는 까닭으로 노동일로는 반거충이가 된 자들도, 안 하려 해서 그렇지, 한번 웃통 벗고, 손바닥에 침 발라, 머리 일을 몸 일에 써먹으려 하면, 그 결과가 그렇게 나쁘지만은 않다는 것쯤 짐작하실 수 있으시리다.

—그렇게 우리가 이 땅에 정착하고 난 뒤, 맨 처음으로 생각해낸 것은, 다

름이 아니라, 단(壇)을 쌓고, 이 고장의 흙이며 하늘, 물, 불, 바람 따위에 대고 제사를 드리고 싶다는 그것이었구료. 그렇다고 해도 우리는, '흙'을 예로 들어 말하면, 대지모신(大地母神), 또는 가이아(Gaia)라는 투로, 그것에다 무슨 신성(神性)을 부여하고서 그런 것은 아니며, 그것의 품에다 무슨 씨앗을 묻어두면 싹을 틔우는, 그 생성력을 염두하여, 그것에 감사를 드리려는 행위로서 그랬던 것이었을 뿐이었소이다. ……마는, 그 양자 사이의 차이는 무엇일지는, 의문해 하시지 말기로 하십습세다. 그리하여 우리는, 보름달 떠오르는 날을 제일(祭日)로 잡아두고, 단을 쌓고, 단 위에 세울 어떤 상(像)을 만드는 일로 신중했으며, 열성적이었었습네다. 아까 말씀드린 그 '자유'의 물형화(物形化)로써, 칠 할가량의 석탄가루를 삼 할쯤의 찰흙으로 이기고 반죽하여, 우리 중의 조각하는 이가, 만들어낸 그것은, 마을의 철학자와 시인, 그리고 스님들이 머리를 맞대어 궁리해낸 영상이었던 것입네다. 괴력적인 한 마리 수캐가, 뱀의 근으로 해골(骸骨)의 요니를 가진 인간의 엔네를 간하는 꼴이 그것이었소이다. 마을의 철인은 그것을 '몲상(像)'이라고 명명했었는데, '몲'은 '몸·말·맘'의 합성어라는 것이었습지요. 인간은 어떤 형상을 빚되, 꼭히 '자기 닮은 형상'만을 빚지는 않는다는 것을 제외하곤, 저 상이랄 것은 어쩌면, 초보적이고도 범상한 상징들의 부품들을 주워 모아, 붙여놓은 것보다 별로 다를 것이 없어 보일지도 모르긴 합니다. 마는, 우리 마을의 철학꾼은, 그것이 우주 삼라만상의 모든 비밀을 파악하는, 단일이론('theory of everything')이라도 되는 듯이, 입에 거품을 물어 떠들며, 어찌 되었든 진정한 우주적 자유(Mahãnirvãna, Skt.)는, 저 셋(몸·말·맘)의 일원화(몲)를 통해서밖에는 성취되지 않는다는 것이, 다름 아닌 '자유를 상(像) 안에 속박'해놓기의 까닭이라고 했드랬소이다. 박제화한 자유? 자유 만세? 그리고 '인간은 자기 닮은 영상만을 빚지 않는다'는 의미는, (인간은, 악마를 분리해내 버린 이후의) 신보다도 복합적이기 때문이라는데, 허긴 그(人間)는, '악마'뿐만 아니라 '짐승'은 물론 '벌레'까지도 싸안고 있어, 실제에 있어선, 삼라만상 어느 것 하나도 '인간' 아닌 건 없다고 합넨다. 벌레임, 치사한 인간.

—그러기 전에도, 타유정과의 융화를 꾀한다는 목적하에, 그 짓 저지르

기, 즉 터부를 깨뜨리기를 좋아했던 '사람'들은, 그 상을 만들어 단 위에 올려 놓은 뒤, 그 단 아래서 모든 종류의, 그리고 모든 형태의 성교, 또는 교미하기에 침혹했드랬는데, 금기 없는 사회 만세? 그중에서도 판간(Pan姦)은 제사로서 치러질 정도였드랬소이다. '짐승'을, 쳐들거나, 수용할 때 '사람'은, 축생도에로 전락한 아픈 체험과 더불어, 삼세의 모든 유정을 포용한다는 보디사트바적, 자기 확대 확산의 법열을 느낍네다. (뒤돌아보고 말씀입니다만) 분별심이 있는 이들은, 저것은 다름 아닌, 아수라, 아수라로카[道]의 얘긴 것으로 앎에 분명합니다. '판'(Pan)이란 다름이 아니라, 사람과 교미에 응할 수 있는, 우리 동네의 모든 짐승을 일컬은 말인뎁습지요, 듣기로는 그렇잖습네까, '어떤 초월적인 힘이 인간에 강림하면, 그 초력이 인간의 수준에로 떨어져 내리는 것이 아니라, 인간이 그 초력적인 상태로 끌어 올려져, 초인이 된다'(C. G. Jung)잖습네까? 이런 관계에서, 우리 동네의 '판'들이 나타난 것쯤은, 그러면 아시겠습지요? 판들은 그래서 보면, 아수라로카에 점지받은 짐승들인 듯싶습네다.

―(아수라들의) 이런 관계, 즉슨, '모든 종류(예를 들면, 同性愛, 異性愛, 獸姦 따위)의, 그리고 모든 형태(정상위, 맷돌 자세, 處容歌, 비역 따위)의 성교, 또는 교미하기'에서는 분명히, 일상적이지 않은 어떤 마기(魔氣)와 괴력(怪力) 같은 것이 일어나지 않을 수가 없었을 터였쇠다. 파계 환속한 중이, 이력기(力氣)를 어떻게 어거할지를 좀 알았던 듯하여, 그것을 이용하여, 우리 중의 앓는 자의 병도 고쳤을 뿐 아니라, 우리들의 욕망과 황홀감에도 기름을 부어 넣고 했드랬습니다. 급기야는 '뚤파'(Tulpa, Tbtn.)까지 만들어내기에까지도 이르렀거니와, 이는 기가 만들어낸 환상(氣幻)이라거나, 기가 몸을 입은 것[氣身], 또는, 어떤 마술적 힘이 뭉친 귀신[力鬼] 따위로 이를 것이었습네다. 그 자체로는 그것은, 그것을 만들어낸 자의 어떤 생각이 입은 기(氣)의 두루뭉수리, 다시 말하면 무성태(無性態)인데, 그것의 대상(이란 우리, 또는 우리 중의 누구)이 일으키는 어떤 욕망에 소명(召命) 당하면, 예를 들면, 숲의 여귀나, 샘의 요정, 또는 뫎상의 수캐로도, 무엇으로도 변형을 치렀는데, 알다시피 그것은 욕망 자체였었는 데다, 이른바 '실물'이라고 하는 대상들로부터 얻을 수 있는 것보다 훨씬 더 느끼한 즐거움(性革命 이래 그중 인기 있는 품목

이, 'fantasy'라고 이르는, 성교 중에 하는 外道가 아니던갑쇼)을 얻을 수 있어, 우리 중의 아무도 그것과, 사랑에 빠지지 않은 자는 없을 지경이었드랬습니다. 그러자부터 그것으로부터도, 희미하게랄지라도, 그림자가 돋아나기를 시작했는데, 이는 그 기신(氣身)에 사대(四大: 地水火風)가 차 들기 시작한다는 징조였을 터이외다. 살이, 실제적인 살이 차 들고 있는 것이었쇠다. 뒤늦게 발견하고 실소를 금할 수 없었던 일은, 언제부터서였든지, 우리의 요구나 욕구에 의해 그것이 복종하고 있었던 것이 아니라, 그것의 욕구 요구를 충족시켜주기 위해 허허, 우리가 사역 당하고 있다는 그것이었습네다. 뚤파가, 우리도 모르는 사이, 우리들 위에 군림하기 시작한 것이었구료. 저 괴력과의 관계에서, 언제든 그것은 교만하게 얻었으며, 그의 종도들은 비열하게 잃기만 했던 것이었던 거외다. 음기든, 양기든, 뭐든 더 많이 닿게 되면 될수록, 저 뚤파는 더욱더 강력해지며, 보다 더 실물성(實物性)을 드러내 환피(幻皮)를 벗어가던 것이었습네다. 그것을 만들어낸 그것의 주인까지도, 그것을 해체하려 왼갖 노력을 다 해보았으나, 그제는 어찌할 수가 없이 되었다는 것을 알게 되자, 그것은 그때부터 제 놈의 주인의 어깨에 걸터타고 거드럭거리며, 마음 내키는 모든 곳으로 몰고 다니게까지 이르렀댔지요그려. 저 한 덩이의 기환(氣幻, 뚤파) 쪽에서라면 아직도 충분한 시간을 더 벌어야 했을 것이었으나, 그런다면 어느 날, 그것만의 한 완벽한 존재를 꾸며 독립할 것이었으나, 우리 쪽에서는 그것에게 그럴 시간을 줄 수가 없다는 데로 마음이 모아졌는데다, 뚤파를 만들어낸 그 당자가 절실하고도 은밀하게, 뭔가를 계속 종용해오고 있었으므로, 결국 우리는 대동단결을 하고서는, 저 마직사(魔職師)를, 상 위에 올려 앉히게 되었댔구료. 상을 둘러 우리는 물론, 잘 마른, 질 좋은 장작을 쌓아놓고 그런 것이었소이다. 비구니가, 속정 애와틴 것을 못 이겨 눈물을 흘리며, 그 장작더미에다 불을 붙였구료. 그리고 우리는, 저 뚤파의 주인이 연기가 되어버렸을 때, 그것 또한 스러져버린 것을 보았드랬지요. 그날 우리는 우리 가운데로, 한 보디사트바가 파계·환속한 모습으로 왔다가, 그런 육보시를 통해 정토에 든 것을 보았었구료. (우리는 그렇게 기대치도, 그런 결과를 원치도 안 했었으나,) 칠 할이 석탄가루로 되어 있었던 뫎상도 타고 약간의 재를 남겼을 뿐이었는데, 그것이 뚤파가 차려입었다 벗은 육신의 전부였었을 것 같은 느낌이 있더군요. 하기야 뫎상도 뚤파가 아니었던 것은 아니었잖습네까? 우리도(란, 이 저녁 고콜불 밑에서, 하나는 혀로 한 마을을 茶毘하고, 하나는 귀로 舍利— 아으, Eurydice!—를 줍는, 詩人과 稗官을 말하는 것이오만, 부탁이거니와 패관께서는 이 마을을 벗어날 때, 뒤는 돌아다보지 마시구료, 결코 돌아다 뒤는 보지 마시라요!) 허긴 모르잖소, 혹은 양지 가에 누운 (이제는, 어떤 詩的 상상력 속에서 뚤파가 된) 장자(莊子)가 꾼 꿈, 의 한 조각(夢片)일지도, 혹은, 중음(中陰) 옴팡한 데 뒤 나앉은 에우리디케가 하는 넋살의 한 구절일지도, 그런 뚤파일지도, 허긴 모르지 않소? 덧붙일 것이 있다면, 뫎상은, 소진해버린 것으로 사라져버렸는가 하면, 그런 것은 아니었으며, 어느 날 우리가 발견하고 놀랐기는, 그것이 어느덧 우리들의 마음속에로 자리를 옮겨 앉았더라는 그것이었소이다. (앞서 밝힌 바 있는 '반어법, 모순어법적' 혼란—은, 종교적으론 瀆神罪感에도 비교되어질 법합니다만—을 무릅쓰고 말씀드린다면,) 그 이상한 전이는, 몸의 종교[物活論]가, 말씀의 종교(기름 부음)에로 발전을 본 결과인 듯했드랬는데, 말의 종교가 몸의 종교 위에 군림하려 하면, 먼저 '우상 타파'가 설해지지 않으면 안 되는 내력도 알게 됐드랬습니다. 이, 이것은, 그, 그리고, 아픈 고백이 될 것입니다만, 지적(知的) 아수라라고 교만했던, 우리는, 그래서 보면, 물활론에 접근도 못 해본 채, 또는 그러했으므로 하여, 무, 무신, 신론, 무신론, 무신론자, 라, 라고……

—때에 우리는 하나같이, 전에 없이 배가 고프고, 갑자기 배가 고프고, 전에 없이 몸이 무거웠으며, 갑자기 몸이 무거웠으며, 지탱할 수 없이 후둘거려, 갑자기 후둘거려, 선 자리에서든 주저앉고 말았구료. 그리고는 아무것도 생각할 수조차도 없이, 무슨 주술에라도 덮어씌워진 느낌이었드랬쇠다. 우리는, 어떻게 보면 어떤 마녀네 우리 속에 갇힌 똥돼지들도 같아 자조케 했으나, 아직은 그래도, 그네의 바깥양반 위사도(僞邪道)네 정원에 세워진, 바위기둥들 같지는 안 했드랬소이다. "아으, 그리하여 우리는," 우리 중의 누가, 철학꾼이, 앓듯 말하고 있었쇠다. "몸의 우주로 떨어져 내린 것이구료!" 후 후 후, 남은 우리는 그래서 조금 시시덕거려 보았으나, 그 당장은, 별다른 감동이 일어나지

를 않더군입죠. 그리고 아마, 오랜 침묵이 흘렀을 터인데, 우리 중의 성직자가, 식기를 기다렸다 시회를 줍듯, "허, 허긴 그래서, 우, 후, 후리들껜 아직도 육신이 남아 있는 게 아니오?" 댓귀를 채우고 나섰구랴. 우리들 귀에 그때 그 말은, 어떤 종류의 선언처럼도 들려, 울림을 가졌던 것은 신기하다고 해얏을 것이었습네다. 그때 무엇이 어떻게 되어서든, 우리를 옥죄어왔던, 허무주의라는 그 주술이 탁 풀려버린 느낌이 일더군요. 그건 좋은 느낌이었으나, 뒤돌아보고 얘기지만, 유위법(有爲法)만이 법(달마)인 고장엔, 허무주의가 비집어들 틈이 없다는 것을 알고 보면, 우린 그 선언에 의해, 허무주의는 극복했을는지는 몰라도, 축생도에 떨어져 내려, 똥돼지 꼴이었던 것은 부인치 못합네다. 우리께 그래서, 육신이 남아 있다는 것이 어쨌다는 것인지, 당장으로선 잘 이해할 수는 없었으나, 하여튼 우리는, 그것을 긍정하고 있었으며, 그리하여 그 한 이념 아래 회합하고 있었던 것입네다. 잠시였었을지라도, 어쩌면 우리는, 우리의 몸을 도난당했었거나, 어쩔 수 없이 조공 바쳐버린 것으로 알았다가, 그것을 재수복해내고 있었을 것이었습네다. 또 아니면, 무의식 속에서 우리는, 우리가 떨어져 내린 몸의 우주의 선언을 했었을지도 모르긴 모릅네다. 몸의 미덕을 열거하려는 생각은 없었으되, 최소한 몸, 산 몸을 남겨 갖고 있다는 일은, 어째도 위안이며 구원이더군요. 그 속에 혼이 있건 없건, 어쨌든 자아(自我가, 많은 方言들 속에서는 魂과 같은 것으로 취급되는 수도 있으되,)가 집착하여 살고 있는 집, 살아 있는 육신은 그러고 보니, 그 자체가 생명의 축제던 것입데다.

—우리는, 그런 어떤 축제스러운 삶을 꾸미려 하여, 구속과 장애 많은 바람 찬 고장을 떠났던 자들이 아니었소이까? —물론 우리의 살[肉]의 宗敎가 익을 시간이 개입되어져야겠소만…… —그리하여 우리는, 살이 줄 수 있는, 또는 살이 일으켜낼 수 있는 쾌감의 극한적인 데까지, 우리의 살을 밀어붙였구료. '몸'이라는 신전(神殿)을 지키는 '오관'(五官)이라는 신들께 광적인 신앙을 바쳤드랬지요. 그중에서도, '촉각'(觸覺)이라는 이름의 신이, 우리로부터 최대의 경배를 받았는데, 직접적인 어투로 바꾸기로 한다면, 그의 예배자들은, 황홀함이라는 소마즙(汁)을 짱아 내기 위해, 살 속에 살 넣고/감싸고 살 문

지르기에 모든 시간을 다 바쳐 들러붙은 것이었더란 말씀이외다. 살이란 아름다운 것, 살이란 앓음앓이다운 것, 살이란 앓음다운 것이더군요! 저 아름다움을 앓으면서 우리는, 우리가 사롸 죽였던 그 파계승을 새로곰 그리워도 했드랬소만, 그랬을 것이, 뜨거운 살들이 부딪쳐 문질러지고 있을 때마다, 부시치기에서 불꽃이 일어나듯, 살들 속에서도 기(氣)가 힘[力] 된 것이 일어나던 것을 강하게 느낄 수가 있었던 때문이었지요. 그러나 남은 우리 중에는, 저 매우 소중한 질료를, 어떻게 모두어서, 어떻게 연금(鍊金)할지를 아는 자가 없어, 그 소모 소비가 안타까웠던 것입네다. 그렇다고 해서 그제 와서도 우리가, 새로운 뚤파를 일으켜 세우고 싶은 것은 물론 아니었으며, 우리는 그 기, 그 힘을, 우리 자신을 위해 유용하게 운용하기를 바랐던 것입네다. 때에, 우리네 여자 중의 하나가, 임신 몇 개월이라고 진맥되어졌을 때, 파문당한 성직자가 우리에게 한 지혜를 주었구랴. 모태 속에서 살을 입은 뚤파야말로 진짜며, 우리의 정액과 종교를 먹어 자랐으므로, 우리를 구원할 모든 조건을 다 갖췄다는 것이군요. 그 순간 우리의 느낌은, 누가 어디서 한 보따리 해서 보낸 돈오(頓悟)가, 우리 머리 위에로 툭 떨어져 내린 그것이었댔지요. 돈오 말씀이외다. 기(氣)나 정(精), 그리고 해탈(解脫)에의 꿈으로 이뤄진 살, 그 살의 분량을 생각해, 약간의 시간을 더 기다렸다가, 우리 중의 의원이 그 여자의 배 속에 손을 넣어 (예의 그) 핏덩이를 꺼냈으며, 우리 중의 요리사가 그것을 확에 넣고 찧고 빻은 뒤, 갖은양념을 다 해 불에 구워내자, 성직자가 그 음식을 하늘 높이 받쳐 올리고, "당신의 몸이오니다!" 축수하고설랑은, 각각의 내민 손바닥에 나눠줘 먹게 했구랴. 수도녀의 의견에 좇아서는, 월후하는 옌네들의 피를 손바닥에 받기도 바르기도 하여, 그것을 포도주라고 마시기도 핥기도 했는데, (*The Gnostic Scripture* 쉬—쉬—쉬, 삼가여 발설치 마실지어다!) 이런 육기(肉氣, 또는 氣肉) 먹기는, 날이 갈수록 발전하여, 나중에는, 내일 잡아먹으려는 개의 창자 속에다, 여러 남정의 정수를 고이게 해둔다거나, 그것을 구우면서는, 소마즙, 또는 암리타(넥타르)라고 이르는 선향(仙香)을 고루고루 발라, 육질에 속속들이 배어들게 하는, 새로 개발한 요리법도 그런 하나였습죠. 비구니의 가르침을 좇아, 우리가 선향이라고 쳤던 것은, 똥·오줌·정액·월후·침, 의 다섯 가지였지요. 우리가 고급하게 치는 음식은 물론, 무엇이든 암컷의 배 속에 임신되어 있는 것이었습니다만, 그중에서도 사람의 정액의 결정(結晶)을 으뜸으로 쳤드랬습죠. 그리하여 어느 날 우리는, 철학꾼이 발기한 의견에 좇아, 우리의 샴발라 만세를 삼창도 했구랴. 우리의 샴발라 만세? 글쎕지 우리들께는, 어떠한 제약도, 억압도, 구속도 없었던 것이오. 우리는, 어쩌면 그것이 인간을 인간의 울타리에 가둬놓은, 최후의 관문이었을지도 모르는 죄책감, 또는 원죄의식으로부터 완전히 자유스러운 것이었소이다. 우리는, 부활한 희랍의 신들을 느끼고들 있었습니다. (無神論과 虛無主義의 강보에서 화려하게 태어난 希臘의 神들도, —전제한 무신론과 허무주의에 의해 보면—어쩌면 阿修羅들이었을 것입네다, 우리 중의 철학꾼에 의하면, —그것이 그의 의견이었는지, 아니면 어디서 꿔다 쓴 것인지, 그것은 잘 모르겠으나—그들의 허무주의는, 다름 아닌, 그들이 꾸민 '黃金時代'의 강보라던 것, 이후 세계는, 희망[Olympus]으로부터 차차로[銀] 차차로[銅] 멀어졌다가 절망[Tartarus] 속에 떨어져 드는 것이라던 것. 아으, 아도니스[Adonis]여, 하매 봄 되었으니, 깨어나시그라, 그러잖는다면, 저런 한 삶의 종말은 허무, 허무할시다) 우리는 어쨌든, 인간의 한계를 극복했다는 자부심을 갖고 있었던 것입네다.

—그런 나날이 (얼마나 흘렀는지는 모르되) 계속되면서부터, 산과 들, 흐르는 도랑물까지를 포함한, 우리의 암컷들은, 새끼 배기를 두려워했거나, 알집들에 거미줄이 드리웠거나, 아니면 수컷들께 정충이 모자랐거나 어쨌거나, 불모의 마른 손이 쥔 낫가락 아래, 황폐해져 가기 시작했구료. 가난이며 피폐는 벌써, 이리 떼처럼 다가와 우리를 에둘러 싸고 있었으나, 먹을 수 있는 풀이나 뿌리, 나무껍질이 남아 있는 한, 우리는 아직, 그 일로는 내일의 걱정을 불러들이지는 안 했드랬습니다. 마는, 저 불모, 저 피폐, 저 앓음앓이가, 우리가 그렇게도 종교적이랄 신심으로까지 신앙했던 그 '살' 속에서 일어나고 있었을 때, 우리는 절망이 무엇인지, 그것과 차게 대면하지 않으면 안 되었던 것입네다. 우리는 그 '살'로써 죽어가기 시작하고 있던 것입네다. 우리 중에서 앓는 이들이 생긴 것인데, 문제는, (그의 본고장에서 으뜸이었다는) 의원도, 이런 병종의 환자를 본 일이 없다고 하여 속수무책일 수밖에 없었다는 데 있었던

것이외다. 물론 의원으로서는, 자기가 할 수 있는 모든 일을 다 해보았으며, 가져왔던 의서(醫書)도 참고해보고, 그리고 그 병인과 결과도 조사 분석해본 뒤, 자기의 '의견'이랄 것을 발표하기까지 상당한 세월이 걸렸으나, 치료법에 관한 한 함구하고 있어, 우리를 더욱더 초조하고 불안하게 황폐 속으로 밀어 넣었드랬습네다. 대신, 이 병은 분명히 이 마을에서 발생하여, 이 마을에만 만연하고 있는 것일 것이어서, 다른 아무 데서도 도움을 받을 수 있는 종류의 것이 아닐 것이라는 의견도 덧붙여두더군요. 덧붙인 데다 덧붙여, 그 말의 뜻은 그러니, 밖에다 이 병을 전염해서는 안 된다는 것이라며, 그런즉 바깥출입을 해서는 안 된다고, 마을을 봉쇄해버리려 들었군입지요. 의원이 마을의 주위에다 둘러친 이 보이지 않는 울타리는, 얼마 동안 혼란을 빚기에 이르렀던바, 야음을 타, 또는 백주에 공공연히, 마을을 뜨는 이들이 생긴 것이지요. 결과는, 바깥세상에다, 이 마을에 불치의 오역이 창궐하고 있다는, 매우 불길한 소문만 퍼뜨리게 되어, 그때부터 그 봉쇄는, 밖으로부터 새로, 철저하게 시작되어서는, 이쪽의 누가, 그쪽으로 시선이라도 보내졌다 했다간, 그 시선까지도 몽둥이나 돌멩이에 맞아 피를 흘릴 지경에까지 이른 것이었습네다. 밖에서 해버린 이 봉쇄는 완벽해서, 이 마을은 문둥이 수용소나, 중죄인의 감옥 같은 것으로 변해, 우리 중의 누가, 자며 꾸는, 비상에의 꿈까지도 죽지를 부러뜨리고, 참혹하게 내북쳐지고 했지요. 우리는 그렇게 되어, 구속과 장애, 부자유 속에 처넣어진 것이었었소이다, 무통제, 무정부, 주의 만세?

—치료법을 강구하려는 일념으로, 식음이며 수면까지 전폐했던 의원이, 빈손으로, 춥고 초라하게, 왔던 데로 돌아가 버렸을 때, 마을은 가장 어두운 날 하나를 기억하게 됩니다. 그가 다른 송장들을 그렇게 했듯, 우리도 그를 불에, 태워주었었지요. 헌데 그가 관찰하고 남긴 의원일지랄 것에 의하면, 이 병은 양성화하였다 해도, 환자가 이 병의 까닭만으로 죽는 것은 아니며, 이차적 다른 (병과의) 합병증에 의해 죽는다는 것, 예를 들면, (다른 더 큰 병들까지 들먹일 필요도 없이,) 환자가 감기에라도 걸렸다거나, 가시 따위에 긁히기라도 하여 상처가 났다고 하면, 바로 그런 것이 보태어져 죽음에 이르는 병이 된다는 것인데, 이유는, 환자의 체내에 면역성(免疫性)이 거의 없어, 병에 대항치

를 못하게 된 탓이라고 하였소이다. 의원이 (실패한 것이 아니라) 성공시키지 못한 것은, 이것에 적극적으로 대응할 항생제를 제조하지 못한 것이었던 것이외다. 병의 발생에 관해서는, 그도 의원이었으니, 뭐든 (자신이라도) 납득할 만한 이유를 찾아냈어야 되었을 것이니 그랬을 것이오만, ('견고한 것만이 眞理'라고 알아 抽象的인 것을 모두 退-물림해버린) 과학자적이기보다는, 얼마쯤 시인(은, 스스로 너무 남루하여, 眞理에보다 美에 더 아첨하는 자. 眞理보다 美가 예배되어지는 자리, 이 천상천하에서 그러면 무엇이 더 '權力'보다 아름다우료? 아름다움[權勢]은 그런데 질투로써, 다른 모든 아름다움을 찬탈합습. 아폴로로부터서는 계관을 벗겨 저잣거리에 매달아 거는데, 썩는 피비린내 풍기는 그것은 보니, 다름 아니라, 아폴로가 찢어 벗겨낸 마르시아스의 껍데기)이거나, 비의주의자(秘儀主義者, 들이 홀겨 보는 呪眼에 닿으면, 견고한 것 중에서도 견고하다는 금강석뿐만 아니라, 심지어 抽象的이라고 이르는 것까지도 철철 썩어 내리는 것)적 자세를 취하고도 있어 보였는데, 대략 이런 투였소이다. 그는 특히, 집단적, 잡합(雜合) 혼성적(混性的) 성교에서 일어나는 역기(力氣, 에너지)를, 군중심리에 비교하고, 그것이 갖는 긍/부정력에 관해 살피며, —'遺傳된 陰氣'의 발현의 문제와 관련하여—그 역기가 외폭(外爆)할 때, 긍정적(창조적)이었다면, 그 자리에 새로운 이념(이데올로기)이라는 뚤파가, 생겨나고, 부정적(파괴적)이었다면, 그 한 솥의 연금술은, 흑(黑, 니그레도)에로 급퇴조(역조)한다고 했으며, (다시 말하면 우리의 마을처럼 혼란에 빠진다고 했으매,) 그것이 내폭(內爆)을 할 때도 마찬가지여서, 긍정적일 때 그것은, 증오·질투·병·근심 따위 나쁜 이념을 제거하는 항생제의 역할을 하되, 부정적일 때, 또한 흑에로 급역조한다고 (다시 말하면 죽음의 기습에 당한다고), 어느 날 치의 일지에 적고 있었소이다. 우리께 유전된 음기(란 물론, 우리 자신들이 만들어낸 것이었습니다만)는, 수간(獸姦), 혼음(混淫) 등에 의해, 그 자체가 우주성을 띠고 있지 않은 것은 아니었다 해도, 그 대상들이 인세(人世)로부터 하향성을 띠고 있었으므로 해서, 부정적인 요소를 많이 함유하고 있었음도 부인할 수 없다는 것도 압넨다. 말세(末世)를 초래하는, 곰팡이가 가장 잘 퍼지는 유기물이, 이런 것인 것은 잘 아실 터입넨다.

—저 우주적 법열(法悅)의 마을에로, 비가, 누른 비가, 궂은 비가, 병(病)든 비가, 남은 이들의 안쪽으로 추적추적 내리고, 젖고, 곰팡이가 피고, 춥고, 냄새나고, 법열이 썩어 아픈 비가 내리기 시작한 겁네다. 샴발라에로, 아겔다마(피밭)에 내리는 비가, 피의 비가 내리기 시작한 겁네다. 아직 감염이 되지 않았거나, 양성화가 되지 않았거나 하여, 건강하다고 해야 할 이들까지도, 이미 죽음에 침식당한 듯 누렇게 뜨고 있어, 마을은, 병들어 구워 먹지도 못할 똥개 꼴로, 더럽고 처참했쇠다. 신들을 타도하려는 전장에서 돌아오면, 말하기로 하여 개선을 했다 해도, 아수라들은 아마도, 저렇게 허무와 불모 속에 궤멸하거나 자멸하는 모양이었소이다그려. 존재가 황폐에 당하자, (그 존재가 존재했던) 장소도 황폐에 당했으며, 장소가 젖과 꿀을 더 이상 생산해내려 하지 않자, 존재 또한 빽말라 들었구료. 이런 견지에서 새로 보면, 「어부왕(漁夫王) 전설」도, '에덴에서 축출당한 아담'의 신화와 한통속이던 것인데, 아담이 타락하자 에덴도 타락했으며, 에덴이 불모해지자 하와 또한 불모해졌다는 것과 같은 관계가 그러하다는 것이외다. 희망 사항이랄 것은, 아담이 본디의 자신에로 회복된다면, 에덴도 본디의 모습으로 수복될 것이 아니겠는가, vice versa, 하는 것입니다만—, 그러나 이 희망은, 그것에 걸맞을 희생, 그런 어떤 대속이 필요할 것은 당연할 터입네다. 마는, 이 마을에, 이런 황폐, 이런 독기를 제거해낼 '희생'이나 '대속'을 담당할 만한 것은, 기적을 제외하고는, 아무리 둘러봐도 있을 듯하지 안 했습네다. 삶의 축제가 막을 내린 지는 오래전이었으며, 삶은 그 살 부분만을 맛보이고 있었습네다. 남자들은, 광분하여 산야를 비틀거리고 다니며 욥처럼 울부짖었고, 여자들은 컴컴한 방구석에 쭈그리고 앉아 울다, 한숨 쉬다, 각혈하다 죽기도 하여, 우리가 이 마을에 정착한 지 십몇 년 만에, 인구의 반이 줄었댔구료. 장례는 모두 다비식이었는데, 불이야말로, 우리가 동경해 마지않은, 우주적 자유 그것처럼 여겨진 것입지요네. 그때마다, 우리 중의 시인은, 넋풀이, 또는, 떠나보내기로서의 넋, 앉힘 노래를 짓거나, 빌려 소지했었구료.

Man is not dust, man is not dust,

A lightening substance through his being runs;
[......]
So man, within that undiscovered place—His
Center—stores the light from which he came.

—Angela Morgan

저 시인은, 불이 관솔을 태우듯, 일렁이는 말에, 혀를, 창자를, 기억을 태우고 있었다. 불꽃이 딱딱한 먹이에 닿았을 때처럼, 그의 혀도 유연하지가 못해, 대부분의 경우는, 말에서 받침을 떼어버렸으나, 본 패관은 마음의 귀를 기울이고 있었던 듯하여, 못 알아듣거나 이해 못 할 데는 없었다. 패관은 그를 쉬게 해야겠다고 여러 번이나 눕기를 권했으나, 그는 차라리 패관께 목침을 내밀어주곤 했다. 얘기가 끝나는 대로 그는 죽게 될 것으로, 보이고 느껴지고 여겨졌다. 그는 세모(細毛)에서까지 기력을 뽑아내고 있었던지, 말해 가는 동안 전신이 자꾸 세어져 가고 있었다. 그러면서도 고콜불을 지키려, 힘들게 관솔을 얹고 하는 짓이, 그 빛만은 자기의 숨처럼 사려 들어지기를 바라고 있지 않은 것이었는다. 그리고 패관은, 이 마을의 마지막 사람 하나가, 왜 불을 가꾸고 있는지, 그 까닭도 모르고 있는 것은 아니었다. 사람은, 자기 속의 아직 발견되지 않은 자리—그의 중심—에, 자기가 거기서 발원했던 그 빛을 저장해놓고 있는 것을.

—아까, 동사(洞史)에 관해 말문을 열던 중, 보리 고랑에서 주워온 여아(女兒) 얘기를 하잖았소이까? 앞서 했던 얘기는 모두, 그 애를 위해 차려진 제상(祭床) 같은 것인데, 그럴 것이, 그 애는 '우리 모두가 낳은 아이'라고 은근히들 믿고 있었으니 말입습죠. 아직 이름도 못 얻고 있습니다만, 태어날 때 아이를, 어미의 무릎이 잘 받아주지를 못했든 어떻게 되었든, 자라는 동안에 보니 꼽추였었소그리. 그건 어찌 되었든, 왼 동네가 애를 불쌍히 여겨, 하루씩 사흘씩 한 달씩 돌려가며 기르다, 애가 자라며 그중 따르는 이네 집에 정해 살게 되었는데, 시장댁(詩匠宅)에, 살아 인(人)내를 풍기는 시, 한 편이 더 보태졌다

고들 일렀지요. 애는, 남생이모양, 꼽추 등을 얹고 덮고 있었어도, 잘 먹고 잘 자고, 나름대로는 일도 거들어보려 애를 쓰면서 자라, 열 살이 넘은 때부턴, 감자나 옥수수 삶기, 닭이며 오리 모이 주기, 양치기도 제법 하곤 했지요. 말은, 어떤 때 애에게 수다스러움이 쳐든다 싶으면, 대략 한 오륙십 단어쯤 구사했으나, 대개는 열 단어 정도 안팎에서 통화를 했으며, 그러니 묻는 말에 대답도 않고 지내는 수가 많았지요. 코는 노상 드렁드렁 매달고 지냈으니, 저고리 앞섶이나 치마의 앞자락은 번질번질했을 수밖에요. 동네 개들이 그 애를 좋아하여 반겨서는, 애의 얼굴이며 옷의 앞자락을 핥아, 말끔하게 해주곤 했지요. 말이 되는 것 같지 않은 말로, 애는 주위에 있는 모든 짐승들과 잘 통화를 했는데, 애가 짐승들의 말을 알았거나, 짐승들이 애의 말, 오륙십 단어 이후의, 아직 발음을 입기 전의 말을 알았던 듯싶기도 했습네다. 애에게 입히는 옷은, 마을의 여자들이 도와주었드랬소만, 경도 때 말고는, 자기네들도 입지 않는 속곳을, 애에게라고 입힐 리는 없어, 애는 아예 속곳 문명을 모르고 자라, 무장애의 철학을 알아 수행하는 마을 여자들모양, 무장애의 철학을 모르는 애도, 아랫도리 단속에는 아무런 의념도 없었을 뿐이었지요. 이 고장에서의 '옷'은, '가리기' 위한 목적으로부터서는 홀딱 벗기워져 있던 겁네다.

—그 애가 열세 살 되던 해, 그러니까 작년?이었는가, 재작년이었는가, 건 어찌 되었든, 죽음의 독사에 뒤꿈치를 물리고 암흑 속에 웅숭그려 앓고 있던 이 마을에로, 중음(中陰)의 문이 삐꺽이고 열렸을깝, 하나의 신선한(이란, 비일상적이란 뜻이 강하외다만,) 외풍이 불어 들어, (이 마을에 덮어씌워져 있던) 침묵의 주술을 끊고, 바위들에다 맥동을 일으켜낸 일이 있었소이다. 하기는 차라리 그것은, 보디달마(Bodhidharma)가 고향 가려며 머리에 얹었다가, 그것까지도 짐스러워 버리고 간, 헌 '신발 한 짝', 그러하욉시다, 그런 신발 한 짝 같은 것이었다고 해야 옳을 것이었쇠다.

—말씀드렸던 그 뫎상이 있던 자리에 말이외다, 마, 말이외다. 그런데, 자기와 몰골이 비슷한 검은 암캐 한 마리를 데리고, 두 세기쯤은 족히 늙어 보이는, 피골이 상접한 늙은 하나가 나타나, 항마좌(降魔坐)를 틀어 앉아버린 일이 있었던 것입네다. 그로부터 우리 중의 누구도, 늙은네가 자리를 뜬다거나 몸

을 움직이는 것을 못 보았으니, 어떻게 그가 그 자리에 들어나 앉게 되었는지는 모를 뿐이고, 멋대로 추측하여, 어쨌든 어디서든 걸어왔을 것이라고 한 뒤, 우리는 그저 편리하게 믿어버렸을 뿐이었지요. 우리께 늙은네는, 어디 다른 고장의 모든 나쁜 것들, 예를 들면 병, 증오, 질투, 저주, 살(煞) 따위에 옴 붙어 쫓기고 떠들어 온 듯한 불청객이었으나, 어쩌면 정작으로는 우리의 형편이 더 나빠서일지도 몰랐지만, 그렇다고 해서 우리 중의 누구도 그를 쫓아내 버려야 한다고, 생각하거나 주장하는 이도 없었으므로, 늙은네와 그의 검은 암캐는, 우리가 함께 꾼 악몽 같은 것으로 치부되어버렸던 것이었습네다. 떠나지 않는 한 그들은, 뙇상 자리에 자리를 잡은 것이었쇠다. 누가 벗어 길가에 던져둔 헌 신발 꼴로 말이외다.

—늙은네는, 자랄 대로 자란 부스스한 머리칼과 수염에 덮여 있어, 얼굴이나 표정은 알 수가 없었어도, 우리 중의 철학꾼이, 그의 눈을 두고 무문론(無門論)을 설파하기 전까진, 우리의 막연한 느낌에 늙은네는, 어째도 눈을 열어 우리를 보고 있을 것이라고 했었지요. 마는, 늙은네는 보는 것 같지도 안 했으며, 어쩌면 듣지도 안 했으며, 느끼지도 않는 것 같았쇠다. 말도 물론 하잖아, 갖은 노력을 다 해보았으나 늙은네와는 교통이 가능치가 안 했습네다. 그래서 우리는, 이 늙은네도 어쩌면, '불타'라든지 '야차'모양, 전에는 인종(人種)이었으나, 변해 인종이 아니게 된, 무슨 다른 생물체일지도 모른다는 생각까지도 하게 되었드랬지요. 우리 중의 비구니의 의견에 좇으면, 이 늙은네는 어쩌면 '아자가라'(Ajagara)라는 우주적 구렁이일지도 모른다고 했고(이 구렁이는, 몸이 너무 불어나 우주를 빼꼭 채우게 되어 한 치 반 치도 움직일 수가 없게 되었더라고 하고, 까닭에 먹이를 사냥할 수 없으므로 입만 벌리고, 먹이가 입속에 들기를 기다린다고 합지요), 품종 개량의 문제로 평생을 노심초사해온 농학사(農學師)의 의견에 따르면, '야르사-쿰부'(Yarsa-Kumbu, Tbtn. Cordyceps Sinensis. Lepidoptera family)의 대천세상적 변형, 또는 돌연변이가 아닌가 했습네다. '반초(半草, 야르사)-반충(半虫, 쿰부)'의 생물, 혹간 약불(藥佛)이래얄지도 모르겠다고, 그는 덧붙이기까지 했드랬습메다. 늙은네가 그에게는, 결가부좌 아래 흙 속으로 뿌리를 뻗쳐 내리고 있는 동물로 보였

던 듯했습니다. 또 아니면, 조금쯤 현학적이랄 상상력에 의해서, 늙은네를 '쿰부'라고 여기자, 그가 데불고 온 검은 암캐가 저절로 '야르사'에로 전신을 치렀을 수도 있다는 게, 어렵잖게 짐작되어집니다. 이때 문제는, 이 개는 동물인데, 무슨 경로에 의해 식물화, 다시 말하면 뿌리에로 전신을 치렀는가, 그것일 터이지만, 이런 의문은, 지옥문 지키며, 송장을 파헤친다는, 독사 꼬리의 삼두독구(三頭毒狗) 체르베루스(Cerberus)를 떠올리게 함이 분명합메다. 악착같이 썩음을 파고드는 뿌리, 가 갖는 부정적 영상, 예를 들면 관곽 속에 담긴 송장을 파먹는 뿌리—그것은 분명히 체르베루스의 모습일 터입니다. 그래서 검은 암캐가 수쿰부에 대한 야르사일 수도 있었을 것입네다. (이 관계가, 실제에 있어서는, '쿰부-야르사'라고 한다 해도, 거기 다름은 없을 터입네다. 宇宙樹는 거꾸로 서 무성하다고 이르잖소이까? 암흑 속에서 송장을 먹어 치우는 三頭毒狗가 그럴 때는, 달의 모습을 띨 터입죠. 달은 모든 뿌리, 모든 뿌리는 달—三頭毒狗, 달-야르사/해-쿰부) '약불'이라는 의견엔 그러나, 우리 모두 웃으며 고개를 갸웃거리고 말았습니다만, 그럴 수밖에 없었을 것이, 늙은네 자신이 송두리째 그냥 병과 굴욕의 덩이로밖에 보이지 않았거덩이요. 반복되는 듯도 싶습니다만, 보이기에 늙은네는, 그가 처했던 먼저 장터에서, 그 세상의 모든 불결함, 불운, 재·액·흉·살·병 따위를 그 한 몸에 뭉쳐 갖고 쫓겨난 듯했는데, 그 상처들에서 흐르는 피고름과 진물을, 벌레들이 뭉쳐 빨고 있었을 뿐만 아니라, 어떤 상처에선, 파리가 슬어놓은 구더기들이, 쑤물대고도 있었소이다. 그러나 늙은네는, 손가락 하나 까딱하지도 않고 참기만 참고 앉았는데, 어쩌다 개가, 자던 잠을 깨어서는, 그 상처들을 핥아 벌레들도 쫓고, 농도 닦아주고 해서, 보는 이들을 감동케 하긴 하였었쇠다. 우리 중의 비구니에 의하면, 늙은네는 분명히 '아힘사'[不殺生]를 계로 지키며, 동시에 아무것도 '몸에 입지 않고 인고'하는 고행을 수행하는 스님일 것이라고 했으며, 또한 (늙은네가) 결코 구걸하거나, 먹기 위해 손놀림을 하는 걸 본 일이 없는 걸로 보건대는, 보태서 '아자가라계(戒)'까지 지키고 있는 것이라고 하더군요. '아힘사'는, 고행자가 아니더라도 지켜야 하는 기본적인 법이어서 더 말할 필요는 없겠으나, 다른 두 종류의 고행은, 고행 중에서 극난행으로 치는 것이라고 한다는군요. 그러나 살 입고 거둘 수 있는 모든 자유, 안락, 간섭받지 않음, 등을 추구하는 자들로서는, 저런 늙은네를 건너다보고 있다는 그 일만으로도 일진이 사나운 날이라는 생각이 드는데, 우리의 앓음앓이가, 다시 말하면 병이, 거기 한 쓰레기더미로 쌓여 앉아 있다는 느낌 탓인데, 그것이 또한 위로가 된다는 일도 이상하긴 했습네다. 우린 혼란스러웠던 겁네다. 늙은네는, 아무것도 나타내 보일 수도, 오그려 싸을 수도 없을 만큼, 낡고 해지고 구멍 난 (헌 신발짝!) 삶을 이어가고 있었는데, 그것이 우리 자신들 속에서, 우리 것인 낡아가는 삶을, 아픈 채라도, 희망이 없이라도, 어쨌도 살 만한 가치는 있다고 믿게 하고 있던 것이었습네다. 마는, 우리도, '씻김굿'이라는 따위, 무사(巫事)스런 일들에, 병아리만큼 눈을 띄우고도 있던 중이었드랬습니다. (더러움을) 씻기는 것은 깨끗하나, 개짐이나 기저귀모양, 더러움으로 남아, 냄새를 풍긴다는 것, 말입네다, 그런 무사(巫事) 말입네다.

—이즈음 우리는, 저 늙은네의 암캐를, 개 모습의 관세음보살쯤으로 알아, 경애를 바치기 시작하고 있었구료. 처음 우리는, 그 개가 동네 쓰레기를 뒤지고 다니는 것을 보고, 그것도 별수 없는 개새끼로구나 하고, 그 부스스한 털에다 침을 뱉어주기도, 발길질도 했드랬는데, 이 특정한 개에 대해서 우리는, 이상한 모멸감을 느끼고 있었던 겁네다. 헌데 말이외다, 글쎄 말이외다. 차차로 알게 되어 알고 보았더닙지요, 개는, 먹다 버린 음식을 찾게 되면, 그것을 저 혼자 먹어 치우고, 빈 입으로 주인께 돌아가는 것이 아니라, 덩어리진 것을 입에 물어 주인께 가, 가부좌 위에 놓아주고 하던 것이었습네다. 그러면 주인되는 자는, 그 음식의 삼분지 일만 취하고, 나머지는 개의 몫으로 남겨주던 것이었소이다. 이는 우리를 감동케 하고도 남아서, 개가 지나려면 우리는 길갓으로 서고, 합장하기도, 절하기까지도 하곤 했드랬구료. 늙은네가 구걸하지 않고도 살 수 있었던 모든 비밀은, 바로 거기에 있었던 것이었습네다. 우리 중의 여 성직자는, "저 개는 아직 날개를 못 얻은 천사인데, 이 공덕, 이 인고로 하여 분명히 날개를 얻게 될 것"이라고 하여, 우리로 하여금, 종교적 동심(童心)에서 발원한, 상상력을 즐기게도 했드랬지요.

—능금 알에 붉은 물이 들기 시작하는 무렵에 그런데, 새로운 종류의 술

렁거림이 일기 시작하였었구료. 뭔지 활기도 같고, 생기도 같은 것이, 빈사에 처한 마을의 혈관에 수혈이라도 된 듯했더란 말씀이외다. 그, 크, 클쎄 말이지요, 우리가 이곳으로 오던 중, 보리밭 고랑에서 보듬어왔다고 했던 그 여아가, 임신을 했다는 소문이 퍼진 것이외다. 처음에야 물론, 모두 웃고 믿으려 하지는 안 했습니다만, 그 소문의 출처가 밝혀지며 그것이 헛소문이 아닌 것이 확인 되어졌을 땐, 누구나 없이 기뻐하고, 그리고 특히 마을의 여자들은, 어떤 새로운 가능성 같은 것이라도 본 듯이 했습네다. 아무튼 그 소식은, 동면하던 뱀 구덩이에, 갑자기 쏟기고 든, 한 섬의 봄볕 같은 것이었드랬습메다.

—애비 된 자는 몰랐으나, 애에게 첫 경도가 있었던 모양이었소이다. 이럴 때, 자라나는 딸을 둔 홀아비의 어려움이 있던 것입데다. 상상해보십세요, 애에게 그 사건은, 어떻게도 형언할 수 없는 공포 그 자체였을 것이며, 또 본능적으로 감지하게 되는 수치였을 것이어서, 신(神)도 잘 찾아낼 수 없는 어디로 숨어버리고 싶었을 터입니다. 하와야, 네가 어디에 있느냐? 애는 분명히 어디 옴팡한 데 쭈그리고 앉아, 어눌한 소리로 생후 처음, 어떤 다사로운 손길, 어머니를 찾기도, 울기도 하며, 손바닥으로 막으려고도, 꽃잎이든 풀잎이든 뭐든 부드러운 것을 따 모아 닦아내 보려고도 했었을 것이었습네다. 그러다. 짐작건대, 공포에도, 부끄러움에도, 울음에도 지쳐, 잠들었다 깨고, 잠들곤 했었을 것이어서, 애는 그날 밤 집에 돌아오지를 안 했었습네다. 소금 같은 한밤이 동트기도 전에, 애를 찾아 나선 애비가, 모든 그럴 만한 자리들을 둘러보고 난 뒤, 마지막으로 가본 자리에서 보았기에, 느꼈기에, 알았기에, 어제부터 애를 지켜 보아준 보살은, 다른 아무도 말고, 늙은네의 그 여윈 개였던 것이었었습네다. 애와 개는, 늙은네의 가부좌 무릎을 하나씩 빌려 베고, 아주 편안한 잠을 자고 있었드랬습네다. 늙은네는, 눈을 뜨고 있는지 감고 있는지, 마른 나무 그루터기처럼 앉아 미동도 없어, 살아 있는지조차도 알 수가 없었을 뿐이었습네다. 애는 그러기 전에도 짐승들과는 잘 어울려 왔었는데다, 그 개와도 친해 온지 오래여서, 그때부터 애는, 늙은네의 두 번째의 개나 된 듯이, 늙은네와 그의 개 곁을 떠나려고를 안 했구랴. 두 솬디야(여명·박명)를 찾아, 옥수수나 감자 따위를 삶아, 늙은네와 애와 개에게 공양을 드리려 오르락이는 일 외에, 애

비로서도 별다른 도리는 찾아낼 수가 없었을 뿐이었습죠. 그런 대엿새 후였는데, 보고 싶지 않은 광경을 애비가 본 것은, 그리고, 어떤 분노도 같고, 억울함도 같고, 어떤 종류의 성욕도 같은 칙칙함으로 그 자리로부터 도망치지 않으면 안 되었던 일은, 애가, 늙은네의 가슴에 가슴을 맞대고, 두 다리는 늙은네의 허리를 깍지 꼈을 뿐만 아니라, 두 팔은 늙은네의 목을 둘러 두 손을 마주 잡은 자세로 붙어 앉아 있는 그것이었습네다. 비구니의 법설을 좇자면 그건, 이원론(二元論)의 극복에서만 얻어지는, 더없이 황홀하고도 아름다운 초월적 경지의 한 표현이라고 이르되, 애비 된 자의 눈에 그 광경은, 삼복에 늙은 당나귀가 몸을 식히자고 연못에 들었는데, 하필이면 한 송이 잘 핀 흰 연꽃 속에, (당나귀의) 검은 빼물림이 담겨짐을 보기보다도 더 추악해 보였을 뿐이었소이다. (우리의 관계는, 허허허, 이거 눈썹 자리나 가려울 얘깁니다만, 情緣이래야겠소만, 血緣이 苦의 근원이 되며, 구속과 장애가 된다는 까닭을 그리하여 조금 알 듯도 싶었습메다) 아이는 분명히, '덜 가진 것[凹]과 더 가진 것[凸]'을 발견한 순간, 큰 충격을 받았을 것이며, 그 충격이 그리고, 그때까지 잠들어왔던 눈, 백 년이나 기다려서야 띄어지는 눈을 띄웠을 것이었습니다. 공주의 잠을, 백 년 잠을 깨운 왕자가, 백 년이나 늙은 늙은네였으나, 그렇다고 해서 거기에 무슨 안 될 일이 있을 리는 없다고 알았으면서도, 애가 그리고, 무슨 성스러운 이념과 결혼하여 처녀로 죽게 되기를 바라지 않는 한, 애를 위해, 검은 개를 데불은 늙은 대신, 흰말을 탄 왕자가 나타나지 않는 이상, 이 마을에 무슨 다른 운명이 기다리고 있는 것도 아니라고 알았으면서도, 애비 된 자로서는, 감추고 여러 날을 울어야 했었습네다. 애비까지도 궁금하다고 했어야 할 일은, 그로부터 사뭇 며칠 더 있다 돌아온 애가 그런데, 방구석에 죽치고 앉아, 더 이상 나들이를 하려 하지 안 했다는 그 일이었습네다.

—늙은 고행자와 초경(初經)의 꼽추 여아 사이의 사랑이, 확실한 알들이를 이루자, 부터 시작하여, 늙은네 주위에는 별스런 일들이, 그러니 없던 일들이, 일어나기를 시작했다는구료. 무서리 내린 아침에 보면 늙은네는, 질 좋은 담요에 푹 싸여 덮여 있고, 해 질 녘에 보면 늙은네 무릎 위엔, 좋은 그릇에 담은 좋은 음식이, 개까지도 배가 불러 외면할 지경으로 놓여 있으며, 다발로 붉

은 꽃은 물론, 화환, (다른 지방에선 아직도, 액면 그대로 통용 가치가 있는) 지전 따위가 지천으로 널려 있다는 그런 식이외다. 이런 식의 한 술렁거림도, 폭풍 전야의 한 풍경이랄 것이었는데, 이 폭풍의 눈 속에 어떤 음모, 무슨 흉계의 폭풍이 사려 넣어져 있었는지는, 아직 그것이 폭풍이 되지 안 했다 해도, 스치고 지난 뒤처럼 환하게 들여다보인 것이었습네다.

—보인 풍경은, 먹기[食]밖에 못 하는, 그러니 입밖에 다른 기관은 없는 벌레[虫], 다른 방언으로는 '오랑캐'라고도 이르고, 또 다른 사투리로는 라후(Rahu, 蝕)라고도 이르는 그런 벌레가, 보디달마가 고향 가려며, 그것까지도 짐스러워 황도(黃道) 가에 벗어버린 신발 한 짝, 에 담긴 땀내, 를 탐해 덤벼들어 삼키고, 삼키려 덤벼들다, 입이 매와 캐갱거리고, 창자가 뒤틀려 구렁이모양 뒤틀어대는, 그런 것이었쇠다. 그러나 정작으로 보디달마는, 홍시 떨어지는 소리가 송창(松窓)을 때리는지라, 그것 주우러 일어나고 있었을 터였소. 홍시를 탐해 계집을 울리기도 보시리까? 미리 말씀드려두거니와, 이 관계들에선, 알들이란 하나도 없었던 것이었다는 것이외다.

잘이 흔다, 또드락 딱 또드락 딱, 잘이 흔다.

—그, 그건 비리도록, 아프도록, 슬픈 광경이라고 했으면 옳았겠소이까? 그럴 것이, 그 여자들 중의 아무도, 한 남자와 결혼하여 부엌 지키며, 속을 알채우는 풍습, 그 제도를 두고, 차거운 눈으로 건너다보지 안 했던 이는 없었드랬는뎁지, 보십습지, 그런 무균(無菌)의 자궁의 까닭으로 교만했던 자들이, 보십습지, 허허헛, 배 속 채우기를 바라, 그것도 갖다가시나, 어느 봄볕이 사뭇 따끈하다고 하여 한번 빼물려 나간 것이, 삭풍 나무 끝에 찬 데 사려 들이지를 못해 있는, 그런 늙은 당나귀 따위에, 아직도 푸른 몸을 제(祭)하다닙? 저쓥다니?

—저 제사에서 일어난 음기는, 저따위 늙다리 당나귀의 하초에서도 잎을 피워내게 할 만하였으나, 그뿐, 마을엔, 토역질에 배앓이를 하는 옌네의 소식은 하나도 없었소이다. '一切有爲法 如夢幻泡影 如露亦如電'이라 하되, 동네

(월후 끊이지 않은) 옌네들 자궁 속에서는, '꿈'도, '헛것'도, '거품'도, '그림자'도 맺히지가 못했던 것이었소. 분명한 것은 그리고도, 저것들[夢幻泡影] 은 무위법(無爲法) 속에서가 아니라, 바로 저 유위법(有爲法) 속에서 맺히는 것들이라는 것입지요, 그렇잖소이까? 늙은네의 근 끝으로는, 한 방울의 수분[露]도, 터뜨려져 오른 기[電] 도, 없었던 모양이었소, 마을의 고자들(흐흐흐,)이 재밌다고 본 것은 그런데, 저 유위법제(有爲法祭)에 참예한 여자 중의 누구 하나도, 늙은네의 근이라도 물어 끊으려, 덤빈다거나, 똥칠이라도 하려 덤비는 이가 없다는 그것이었쇠다. 커녕은, 재밌고도 이상한 일이었소만, 여자들이 한결같이, 늙은네에 대한 어떤 종류의 애정, 그것도 신앙에도 비교될 애정을 일깨우곤, 주인에 대한 여러 여종들처럼, 또는 거룩한 남편에 대한 아내들처럼, 순종함으로써 늙은네를 뫼시는 것이었소그려. 그래서 우리(마을의 남자들 말이외다) 생각에, 여자라는 족속들은, 시나껏 잘살다가, 다가시나는, 행주치마 자락에 코 풀고 눈물 닦기를 시작할 때부턴, 예를 들면, 집 앞의 탱주나무라거나, 동구의 기자바위 따위에 대해서 그렇듯, 어떤 무정(巫情)이랄 것을 잘 일으켜, 그래서 그럴 것이라고 했었구료. 이래서 보면 인간은, 존재[人] 며, 동시에 장소[間] 인 것! 옌네들은 급기야 제단(祭壇, 場所性)임을 깨달은 것이었습네다. 저 고행자는 짐작키에, 그 제단에다 '마늘과 쑥'의 즙을, 제주로써 흩뿌렸을 것이었습네다. 앓음질, 아픔질, 마늘 쑥.

—그런 뒤 마을의 옌네들은, 삶을 아주 즐거운 듯이 영위했는데, 우리(남정네)가 물었을 때 그네들은 서슴잖고, 이제는 죽을 수가 있을 것 같아 그렇다는 것이었쇠다.

—죽을병을 앓고 있으며, 그리고 매시간 매 찰나 죽어가며, 죽지를 못하고 있는, 이 병든 고장에서 수락되어지는 죽음은 분명히, 앓음다운 종교일 터입네다. 그리고 그런 죽음이 올 것이라면, 이 동사(洞史)도 마지막 장을 덮어야 할 것입습지요.

火天님은, 그 님을 깡그리 태우지 마시옵소서
당신의 불길에 삼켜 넣지 마시옵소서

—아마도 그날은 왔던 모양이었고, 그리하여 마을의 여자들은, 보디[覺] 달마[法]의 한 짝 신발[覺鞋? 法鞋?]을, 크게 일군(피운) 모닥불 위에 올려, 태우기 시작하고 있던 것이었쇠다. 모든 초월적 정령들이, 살기의 고단함, 죽기의 어려움 등을 인고하며 걷던, 발의 땀 냄새에 코 밝히고 모여들었을 터입네다. 한 생명이 넘어져 누울 때, 어쨌든 맨 먼저 달려오는 정령들은 사대(四大)라고 이르는 것들. 물로 시작된 것들은, 불로 끝나는 것이 완벽하다고 이르는 것, 흙은 흙에로 가시옵고,

당신 님의 눈은 해에로 가시옵고
당신 님의 숨은 바람에로 가시옵고

—옌네들은 주요(呪謠)랄 것을 반복해대며, 타올라, 맹렬하게 타오르는 불기둥의 주위를 수월래 수월래 하다, 입었던 것들을 모두 찢어 벗어 화천님께 먹이기를 시작했구료. 여자들은 그땐, 하나도 제정신이 아니었는데, 불빛에 인 부나비들이었소이다.

—한 시인이 상상할 수 있는 것보다 더 큰 사건이, 그 시인의 눈앞에서 펼쳐지고 있는다면, 그때 시인은, 그 광경의 폭력성에 의해, 눈이 멀게 되거나, 전신이 솔아버리거나, 위축되어버리기도 할 것인데, 솔아버리는 경우는 실어증을, 위축되는 경우는 어눌증을 부르게 될 것이었습네다. 소돔과 고모라의 마지막 날을 뒤돌아보았던 롯의 아내가, 저 세 가지 증세를 그대로 한 몸에 드러내 보였던 것은, 아주 좋은 예가 될 것이외다.

오 시원한 자여, 신선함을 불러오는 님
암개구리와 합(合)합습사

—『梨倶吠陀』

—때에 '항—' 하는 소리가 (불의 가운데로부터) 일어나, 넋을 잃고 얼굴

까지도 잃고, 멀찌감치 둘러앉아 있었던 우리(남자들)를 놀라게 했는데, 우리가 본즉, 그 소리에 좇아, 불의 '인당수(印塘水)가 환하게 열리며, 그 밑으로부터 한 송이 연꽃이 피어오르고 있었소이다.' 그리고도 또 우리가 본즉, 그 꽃송이 안에는, 늙은네가, 대략 '여덟 살'짜리 아이 모습으로 앉아 땀을 송골송골 돋궈내고 있었는데, 저런 저런, 때에 폭풍이 있었던가, 불의 바다 끝에 기복해 있었던 '말 대가리 형상'의 용이 틀어 올랐던가, 그러기 전까지도 그저 일럭 일럭 하고만 있던 그 검은 인당수가 뒤집히며, 저 한 송이 연을 난파케 하고 있었소이다그려. 저 검은 인당수는, 우리의 눈이 본 대로만 말씀을, 드린다면, 다름 아닌, 그 늙은네가 데불고 왔던 그 암캐였는데, 몸이 공룡만큼이나 인당수만큼이나 불어나 있었으며, 그 짐승은 (그때는) 조금도 인(仁)함이 없어 암캐, 저주의, 그리고 증오와 살욕의 붉은 입, 지옥—. 검은 털을 곤두세워 연기처럼 일어나자마자, 그 암캐는, 연(蓮), 저 연 속의 '늙은 아해(兒孩)'의 목덜미를 물어 숨을 끊자, 빼물려 나오는 혀를 잘라 먹는가 했더니, 근을 베어 먹고, 그리고는 창자를 터뜨려 순식간에 먹어 치워버리는 것이었습네다. 그리고부터 그 짐승은, 살욕은 접고 식욕을 드러내, 차근차근 (늙은네의) 살을 발기고, 뼈를 으드득으드득 씹어 삼켰구료. 그 일은 순식간에, 아니면 아주 지루하게 치러졌었소만, 늙은네의 흰 머리통만은, 으깨어 씹거나, 목구멍 속으로 넘길 수가 없었거나, 또 아니면, 그것이 다름 아닌, 저녁마다 함지에 지는 해의 운명 같은 것이었거나 어쨌거나 하여, 암캐가 그 흰 머리통 위에 뒤를 틀어 앉더니, 아파하며 그것을 요니 속에다 밀어 박아 넣어버리던 것입데다. 암캐에게 그것은, 시집살이—당고추—버물임이나 잉걸불 같았던지, 창자에 넣은 뒤 몹시 몸을 뒤꼬아 젖히며 키깅거리더군요. 진통에도 비교될 한 성교였을 터입네다.

항[吸氣] — 쏴[呼氣] — (아자파 만트라*)

—그리고 우리가 또 목격하게 된 새로운 사건은, 저 검은 암캐의 붉은 목구멍으로부터, 한 마리 금오(金烏)가 날아 나온 그 광경이었소이다. 마는,

* ajapa mantra: It corresponds to the cosmic pulse, the breath of God.

—이 일을 두고는, 뭐라고 이를 말이 한없이 많을 것 같음에도, 우리는 한결같이, 소돔을 뒤돌아본 롯의 마누라처럼, 뭐든 말을 만들려 하면, 혀가 부서지며 잿가루나 날리곤 했습네다. 때에는, 가득 찬 달히 높이곰 돋아 밝았소이다. 달빛 탓에 우리는, 제기랄 울음으로 창자만 아프고, 아무것도 볼 수가 없었을 뿐이었습메다. 하으으웅 소아아—

—동이 트고 있었을 때에야 우리가, 그 빛에 볼 수 있어 보았으며, 느낄 수 있어 느꼈으며, 짐작할 수 있어 짐작했던 것은, 산월에 가까웠던 우리네의 딸 꼽추가, 이른 해산을 하려며 진통을 겪다 죽고, 그 어린 어미의, 터져 나온 양수와 피에 젖은 치마폭에 싸여 있는 핏덩이도 죽어, 산천대천 유위법계에 대고 악취를 풍겨대고 있어, '냄새에 대한 차별심이라는 마라'까지 항복 받았다는 부처들까지도, 코를 가리고 얼굴을 돌리는 그 광경이었소이다. 글쎕지, 그 꼽추 어린 어미는, 짓궂은 지옥의 아이들이, 낄낄거리며 내쏜 독(毒, 돌) 덩이에 맞아 터지고 뒈진 두꺼비 같았으며, 핏덩이는, 그것의 어미가 지난 월후 때, 흐르는 피를 막는다고, 아무렇게나 휘잡아 따서 꾸깃꾸깃 쑤셔 넣었던 그 꽃 뭉치가 풍 빠져나온 것으로 보였습네다. 비유로 이른다면 그것은, 깃 단 짐승(새 새끼며), 털 단 짐승(쥐 새끼 따위), 독이나 선병, 닥치는 대로 다 삼키고 나서 한 마리 독사란 놈이, 삭일 것만 삭이고, 깃이나 털, 알 껍질 같은 것들은, 한 뭉터기로 뭉쳐, 하품하며 게워 내놓은 것과 흡사했드랬소이다. 한 지옥을 고단하게 통과했으나, 안됐게도 이번엔, 허무 속에 던지어진 것이었습죠. 까닭에 그것은, 참혹하게도 더러웠으며, 무상이 일으켜내는 그 꼭 같은 염오의 느낌을 일으켰을 뿐만 아니라, 우리로 하여금 모유(母乳) 속에 함량되었었을 원죄(原罪)까지도 토해내게 했드랬습네다. 우리는 그래서 토했으며, 배를 움켜잡고 토했으며, 빼빼이질을 하며 토했드랬습네다.

—우리가 토한 그 자리에 그런데, 허, 허, 그 핏덩이가, 히키킥, 킥, 처참하게 버려져 있었습네다. 그건 무상(無常)의 모양이었으며, 그 냄새였쇠다.

—그러다 우리는, 그 에미와 핏덩이를 둘러 무릎을 꿇고 앉아, 어제저녁 달 뜨기 전부터 눌러두었던 울음을 터뜨렸습네다.

—그러며 우리는, 갑자기 느끼고, 느낀 대로 믿었기를, 아으, 이제는 죽을

수도 있구나, 있겠구나, 있겠구나……라고, 그 더러움 속에서, 우리의 맑은 죽음을 건져냈었소이다. 그, 글쎕지요, 어떻게 그런 일이 있을 수 있는지, 그것쯤 설명할 수 있으면 좋으리다만, 이 '言語'는 분명히, '符命圖(記表)+讖(修羅道의 記意)+冥力(畜生道의 記意)'의 형식으로 이뤄진 것일 것이어서(『박상륭 전집』, 4413쪽, 주석 29), 범상한 정신으로는 느낄 수 있을 뿐, 그 의미를 헤아려 이해할 수 있는 것은 아니었을 것입네다. 아직도 어둑살이 채 가시기 전인데도, 주검에 코 밝은 가마귀들이 떼로 몰려와, 저 야르사를 발겨 먹기 시작했을 때, 그 자리에 더 앉아 있어야, 할 까닭이 없어, 무릎을 세워 일어나도 우리는, 무거움을 많이 덜어낸 느낌을 가졌었소이다.

—쿰부, 노피곰 오르샤, 멀리곰 날흐시오사!

고콜에 새로 관솔을 얹으려다 말고, 이 마을 시인의 손이 힘없이 축 늘어뜨려지는가 하고 있자니, 비그르 옆으로 무너져 누웠기에, 맥을 짚어보았으나 뛰놂이 없었으며, 숨 냄새를 맡아보았으나 냄새가 없어, 본 패관은, 고콜에서, 불의 가장 붉은 깃털을 하나 뽑아내어, 저 시인의 ('글자'라는 呪術에 묶인) 학념(鶴念)의 죽지에다 꽂아주었다. 노피곰 오르샤, 멀리곰 날흐시오사!

그리고 문을 열고 밖으로 나서니, 거기 샴발라의 신선한 아침이 와 있었다.

뒤를 돌아다보지는 안 했다. 감발을 매고 일어서면, 그렇게 하는 것이 패관의 방식이던 것이다.

흐흐, 잘이 흔다.

(神들을 당나귀모양 혹사하였으며, 개만도 못하게 人間을 매도하였도다.

혀 밑에, 반 방울의 꿀도 머금어본 적이 없으니, 지옥의 종도들인들 달가워하랴? 咄, 小說하기의 앓음다움!)

混紡된 상상력의 한 형태 1
— 童話에서 神話를, vice versa

總論—문두룸과 붉은 새

> 오 고타마여, 계집은 화로, 사내의 하초는 불, 성교는 연기, 보지는 불길, 삽입은 숯, 쾌락은 불꽃—이 불에다 神들은 祭酒로서 정액을 바친다.
>
> —*Chhandogyā Upanishad*

빛이 있고 난 뒤부터가 아니라, 그러기 전에도 흑암은 있었다. 흑암의 기원이 아니라, 빛의 그것을 따지려는 어떤 이들은, 그 흑암은 금란(金卵, 히란야갈바)이라고 이르는, 아직 피 맺히지 않은 알을, 그 똬리의 중심(會陰)에 품고 있었다고 상정해내기도 하는데, 혹간 그것을 일러 (해와 달이 있기도 전의) 원초적 밝음이나 아닌가, 하기도 한다. 저 흑암은 자정(子正)이라고 이르는 그 시중(時中)을 거처 삼아 있었으므로, '언제'부터라는 그런 시제(時制)의 개념으로 따져 말할 수 있던 것은 못 되는 것이었을 것이다. '있었다'라고 말 되어진 것은, 그것이 비록 '흑암'이라 한다 해도, '없었다'의 대적 개념인 것이며, 또 '자정'이라거나 '시중'이라 한다 해도, 그것이 무시간(無時間)이기는커녕, 무시간 그 자체에 대한 대적 개념임으로, 저 흑암도 어쨌든, 그 중심에서, 그리고 그 시중에서—혼돈 아닌 혼돈이 혼돈을 야기하듯—, 한 번도 터뜨려 올라본 적 없는 활화산처럼, 어떤 거대한 '동(動)의 휴지(休止)'를 이뤄내고 있었을지도 모른다는 것을, 상상해내기는 어려울 듯하지 않다. '자정'의 시간이란 물론, '어제'는 아니며, 그렇다고 '오늘'도 아닌데, 더더욱이나 '내일'도 아닌, 시제로 따져 이해키에 어려운 시간이기는 하다. 그것은 시간적 흐름이 시중에 든 시간인데, 그런 시중은 매 순간 매 찰나에 끼어들어 있어, 사실은 그것이 현재의 시간을 과거화하고, 시간의 미래를 현재화하며, 과거가 된 시간이 흘러 빠져[流産] 버리지 않게 담아두는 자궁(모래시계를 염두해보면 좋을 터이다), 그래서 과거 속에 쌓인 그 시간을 미래화하고, 미래의 시간을 현재화하는 것이어서, 그것[時中]은 분명히 시간이 아닌 시간임에도(기실 그것은, 현재의 시간도 못 되는 것을 감안한다면, '현재'란 한 번도 존재해본 적이 없다는 것도 헤아려내게는 한다. 그럼에도 얼른 말을 잇고 볼 일이다. 그렇잖는다면 龍樹가, '없는 얼굴'을 꼬나들어, 들 자리가 아닌데도 쑤시고 들려 덤벼들기 쉬울 터이다), 그럼에도 그것이 무시간은 아니다. '시중'(時中)이라는 시체(時體)를 입고 있어, 삼세(과거·현재·미래)를 품은, 어기찬 '시간 아닌 시간' ―그래서 그것은, 뭔가를 깨우쳐보겠다고 집 뛰쳐나가, 반얀나무 아래 명상 자세를 꾸며 앉은, 석가모니의 암울한 가슴이나(그래서 그가 어느 날, 그 나무 밑에서 일어나 떠나게 되었을 때, 분명히 그의 가슴은 三世로 그득 흘렀을 터이지만, 그가 무슨 흐름에 떠 흐르고 있었는지, 다시 말하면 무엇을 깨우쳤는지, 그것을 아는 이가 있거든, 나서 말해볼지니라), 새끼 배어본 적 없는 암컷들의 자궁에 비하기에 족할 듯하다. 그것 자체가 자궁이다―마하요니. 시중, 자정, 또는 새끼 배어본 적 없는 자궁은, 그 자체가 완벽한 불완전, 불완전한 완벽함이다. 그것이 시체(時體)로서 이해되어지는 것인 한, 말한 바의 '동의 휴지'란, 미구에, 시중이라는, 입어진 허물을 벗으려 꿈틀거리게 될 것이 예상된다. '휴지' 속에서 야기되는 '동', 금란의 흑암으로부터의 부화―이것이 어떤 다른 방언을 입었을 때, '문두룸(mundulum)이라고 이르는 의뭉스런 구렁이가, 제 배속에 감춰뒀던 세상의 불을 토해내기'(J. Frazer의 『불의 기원』 참조)라고 하는 그것일 것인데, 그것이 불의, 또는 빛의 기원이라는 것이라고 이른다. 문두룸은 그때 분명히, 자기의 가슴 부위로부터 시작해, 재채기 같은 웃음, 쌓여져 하고 싶은, 간절한 '말' 같은 재채기의 간질임 같은 것으로, 목젖이 몹시 불편하다고 느꼈을 터이다. 그때 그는, (그 방언을 입은 얘기를 좇으면,) 그 '꼬리에 불[火] 점을 갖고 있는, 어떤 매우 웃기는 새'에게, 자기의 갈비뼈가 하나 절취당하고 있는 느낌에 당하고 있던 것이다. 이 '웃기는 새'가 느닷없이 어디서 나타난 것인지는, 저 문두룸 당자밖에는 모르는 일이지만, 추측이 허락되어진다면, 그것은 어쩌면, 문두룸 당자의, 의뭉스런(이란 투박하게 쓰여진, 매우 함축적인 어휘인 것으로 이해하면 좋을 일이다. 즉슨, 소리에 대해 침묵, 밝음에 대해 어두움, 동에 대해 휴지, 비상에 대해 중력, 봄에 대해 겨울, 이라는 등등) 자신에 대한 하나의 모반의 형태, 잘못 꾸어진 꿈이나 아닌가, 하게도 된다. 하긴 그건 문두룸 쪽에선 잘못 시작된 상념이었을 것이라도, 그것이 저 '의뭉스러움'의 허물을 벗게 되기만 한다면, 그것은 다시없이 고상하고 아름다운 꿈이겠었는다. 빛이 있어, 궁창이 나뉘기 시작할 터이다. 그것을 알게 된 순간, 분명히 문두룸은, 다물고 있던 입을 더욱더 꾹 다물고, 호흡을 조절하여, 목젖 부위의 갈근거림을 진정시키려 하며, 몸을 줄여, 시중의 깊은 데로, 밑에로 더욱더 가라앉아 들려 했을 것이었다. 잘못 꾼 한 꿈을 그는 그렇게, 자기의 내부 깊숙한 밑바닥, 회음(會陰)쯤에 감금해두려는 것이었을 것이다. 그의 믿음엔, 아무 시간도 아닌 시간[時中] 속에서는, 아무것도 발원할 수가 없다고 한 것이었으며, 자기가 입을 다물고, 그리고 목젖을 어거하고 있는 한, 어떠한 말[言語]도 그 침묵으로부터 벗어날 수가 없다고 한 모양이었다. 묵(默)—그는 그래서, '묵'어(語)에다 자신을 묶어 맸다. 문두룸은 그러나, 이미 몇 번씩이고 밝혀진 바 있는 대로, 자정도 또한 하나의 시체여서, 그 자궁에서 어제가, 오늘이, 내일이 죽고 태어나며 피 맺힌다는 것을, 그리고 말도 또한 침묵의 둥지에서, 빛이 어둠 가운데서 그러하듯, 날개를 얻는다는, 그 역설적 달마를 이해치 못했던 듯하다. 까닭에, 그의 갈비뼈 하나는, 예의 저 불새의 불의 부리에 쪼이는 고통으로부터 도저히 벗어날 수가 없고만 있는데, 그것은 말마(末魔)가 끊기는 것이어서 문두룸은, 한 식경에도 천 번을 뒤집히며 뒹굴고 벌벌 기어대야 했으되, '묵'에 묶은 입을 열었다가는 '말'이 날아나갈 일이었으므로, 신음도 비명도 뱉어낼 수가 없는 것이, 그 고통을 더욱 못 참을 것으로 만든 듯했다.

그 고통이 얼마나 극심했든 문두룸은, 천 번 만 번의 죽음 같은 고비를 넘기고 하다가, 어느 일순 잠시 소롯해졌는데, 그 혼절에서 깨어났을 땐 문두룸은 거기에 없었다. 분명히 있었는데도 없었는데, 그럴 것이 그는, 제 허물을 벗어버린 대신, 남의 가죽을 입어버린 것이었다. 변신을 치러버린 모양이었다. 치사하게도 거기, 하나의 축생(畜生)이 나타나 있었다. 그것은 다름 아닌, 고통으로부터 벗어나려는 의지, 해탈의 날개 아닌 날개를 사려 넣고 있는 자벌레, 그 날개를 푸드덕여 내기까지는, 무명(無明)이라는 검은 털과, 두터운 비계, 그(털과 비계) 중력에 당해야 되는 유정, —그것에 대한 비유나 상징은 '돼지'라고 되어 있는 것, 그런 축생의 모습을 꾸며내어 있었다. '더러움 사랑.' 그렇다면 이제 저것은, 병과 노쇠와 죽음, 똥과 증오 따위, 모든 더러움의 주머니, 그것이 호탐하는 그 수피(獸皮)를 극복해야 할 것이다. 그러기 위해 그렇다면 저것은, 그 껍질의 죽음을 치르지 않으면 안 될 터인데, (神話 등이 가르치는 대로 따른다면,) 그런다면 그 수피, 그 똥자루 속에서, 한마디 흰[白] '아ー' 어(語)가 발음되어져 오르게 될 터이다. 그것은 그 털빛이 눈보다도 희고 빛나는, 흠 없는 어린 양(羊), 무명을 태우고 날아오른 붉은 새, '살'을 찢고 태어난 최초의 '말.' 살은 그렇게 극복되어질 터이다.

이 최초의 말을 두고 어떤 이들은(문두룸이 비화현의 말, 그 말의 '침묵'이라는 둥지였음을 염두할 일인 것), '남성명사'(男性名詞)라야만 옳다고 이르고, 다른 이들은 '여성명사'(女性名詞)인 것이 분명하다고 주장한다. 종내는 어쩌면, 저것은 '남성'도, '여성'도, '중성'도, '양성'도 아닌, 그 모두를 함축하고 초월한 것으로서 '타트 사트'(Tat Sat, Skt., 그것이 그것이다)라는 데로 귀착할지도 모르긴 하다.

그것이 '남성명사'라야만 옳다고 이르는 이들은, 모든 평평하거나 질척하고 어두운 것 등등은, 그 자체가 여성인 데 반해, 뾰족하고 단단하며 밝은 것 등등은 모두 남성이기 때문이라며, 그 반대의 주장을 하는 이들은, '아담의 갈비뼈'로 몸을 입은 '두 번째 성(性)'은 '하와'였던바, 하와는 다름 아닌 여성이기 때문이라는 것이다. 전자(前者)는 그러면 묻는다, 어째서 남성 아담이, 문두룸과 같은 검은 구렁이, 다시 말하면 비화현의 국면을 담당하고 있는 그것이 여성을 분만하기에 이르렀느냐?고. 후자는 서슴지 않고 대답한다. '아담은 흙에서, 다시 말하면 암흑에서, 흙으로 몸 입어, 흙을 떠나지 못하다가, 흙 속으로 돌아갔으니', 팥죽 솥이 끓을 때 일어나는 한 공기 방울 같았다가, 다시 원상으로 돌아감과 같아서, 태어나본 적이 없는 것으로 이해되기 때문이라는 것이다. 다시 말하면 그는 그래서 비화현 자체였었다는 것. 덧붙여, 아담이 남성이었다면, 그가 발음해낸 첫 말은, 여성임은 자명하다는 것. ……이런 논란의 와중에, 제3의 목소리가 끼어든다. '아담의 갈비뼈 하나를 취해 하와를 지었다'는 얘긴즉슨, '하와는 다름 아닌, 남성 속의 여성, 바꿔 말하면 아니마의 형태'라는 것이다. 그렇다면 저 '시중'이라는 자궁 속의 아담은, '아니무스'가 아니겠는가? 그건 그런즉 당연한 귀결이겠는다. 그것이 당연하다면, 이 '아니무스'는, '여성 속의 남성'이기보다, '어머니 속의 아들'의 형태라얄 것인가? 그러므로, 아담의 갈비뼈로 하와가 지어졌다면, 그네는 분명히, 촌수로는 아담의 딸인데, 그런즉 '여성 속의 남성'도 또한 '딸 속의 아비'라는 게 옳아야 될 터이다. 허으, 허, 허긴 거 꽤는 복합적이다. 까닭에, 아들의 '어머니 복합성'(콤플렉스), 딸의 '아비 복합성' 등이 거론되는 듯하기도 하다. 하여, 그런지는 몰라도, '남편 복합증' '아내 복합증'이라는 병증 등은 어디에서고 별로 거론되지는 못하고 있는 듯도 싶으다. 하지만, 얘기되어온 이 '아니마/아니무스'란, '어머니/아버지' 이전의, 판켄드리야(五官을 구비한 有情)의 양성(兩性)을 관하고 이뤄진 이론일지도 모르긴 하다. 노자(老子)에게 물어보라, 천지는 '음양'으로 이뤄졌다고 이르잖느냐. '어버이' 이전에 '음양'이 있었다.

各論 1—구렁이(문두룸) 왕자

이 얘기는, 앤드루 랑(Andrew Lang)이 편집한 童話集들 중의 *The Green Fairy Book*에 수록된 「주술에 걸린 구렁이 왕자」 얘기를, 표절하기도, 변조하기도 한 것이다. 이런 '구렁이의 신부' 얘기는, 성경의 창세기에도 나오는 것은, 주지하는 바대로이다.

(예의 저 구렁이) 문두룸은, 회음에다 묻어두려던, 가슴의 그 통증 탓에 뒤집히고 뒤집히는 동안에, 자기가 위축되며, 점점 왜소해지고 있다고 느꼈는데, 사실로 그는 그렇게 축소되어지고 있었다. 바다의 그중 깊은 곳에 똬리 친 어둠과도 같았으며, 밤 속의 거대한 산과도 같았던 그는, 그렇게 줄어져, 그 산 뿌리께에 있는 초가삼간 그늘만 해졌다가, 그 초가를 받치는 꾸불텅거리는 기둥만 해져버렸다. 그러는 동안 그는, 안과 밖이 맞닿아져 붙여진 띠(뫼비우스의 띠)처럼, 안이 밖이고, 밖이 안이고 그랬는데, 훗날 그것은 그래서 '제 꼬리를 제 입에 물고 뒤집히는 구렁이(Uroboros)'로 인구에 회자키는 한다. 그렇게 되어 그는, 자기가 꾼, 자기답지 않은 꿈에 배반당하고, 한없이 뒤집히기의 고통의 바퀴에 비끄러매어져 버린 것이었다. 낮이 바뀌고, 밤이 오고, 동이 트고, 저녁이 온다. 그에게 주어진 아픈 과제는, 어떻게 하면 '하나인 여럿'을 분리해낼 것인가, 하는 그것이었는데(이 '하나인 여럿'은, '總論'에서 밝혀진 바와 같다), 그런 오랜 뒤집힘을 통해 그가 깨달아낸 것은, (그런 분리를 위해선,) '여성'이라는 한 수단밖에는, 다른 도리란 있지도 않다는 그것이었다. 저 문두룸은 그래서 보면, 그렇게 자기의 한 죽음, 그리고 새로 태어나기를 욕망하기 시작한 모양이었다. 그러기 위해서 문두룸은, 자기로부터 그 여성을 분리해내지 않으면 안 된다는 것도 알고 있었던 듯하여, 고통으로 뒤집히는 중에, '갈비뼈' 하나를 뱉어낸다. 문두룸의 침묵 하나는 깨어진 것이다. 초의 말이 발음을 입은 것이다.

이렇게 되어, 구렁이 왕자와 아름다운 공주 간의 사랑의 얘기는 시작될 터이다. 싸게 싸게 얘기를 자아올리기로 하면, 이러쿵저러쿵 왼갖 우여곡절을 다 겪어, 공주를 아내로 맞게 된 저 구렁이 왕자는, 빛을 싫어하여, 빛을 견디지 못해, 낮 동안엔, 자기 몸에 맞는 어느 땅굴 속 어두운 데, 몸을 사리고 지내다, 저녁이 되면 자기의 신부의 침상에로 돌아오곤 했다. 오면 그는, 자기를 기다렸던 공주를 휘감아 틀어 오르며 정답게 애무하며, 그러는 동안, 낮 내도록 입었던 그 구렁이 껍질을 벗는데, 그리고 나타나는 그는, 공주의 눈엔, '세상에 둘도 없으리만큼' 준수하고, 또 아름다웠다. 배를 땅에 대고서야 움직이는, 차갑고도 기다란 살의 부대 속에서, 영준하기 이를 데 없는, 사람의 남자가 빠져 나오곤 하는 것이다. 이런 얘기는 어쩌면, '달'이 '남성'으로 상상되어지고 있는 지방에서 구전된 것이거나, 라는 말은, 어둘 때 떠오르는 달의 영상은 저러하기 때문인데, 어둠을 벗은 달은 하긴 아름답다, 아니면, 연금술과 관계된 얘기일지도 모른다는 추측을 가능케도 한다, 라는 말은, 원료(프리마 마테리아)가, 니그레도[黑]를 극복하고 알베도[白]에로 전이하는 과정, 다시 말하면, 짐승이 수피를 벗고 일어서는 사람에 관한 얘기―. 그러나 아직 혼(魂)에 관한 얘기는 그 기미도 보이지 않는데, 그건 그다음의 전신부(轉身賦)에나 나타남에 분명하다. 한데 '남성'으로서의 달이, 만약 '검은 해'라고도 이해되어질 수 있다면, 뱀 가죽을 벗었다 해도, 저 왕자는 분명히, 검은 피부를 하고 있을 것이라는 추측도 가능할 듯하다. 그렇게 낮이나 밤이나 어둠 속에 묻힌 검은 잠, 또는 검은 의지, 또는 검은 몸 자체는, '뿌리', 또는 '구근'(球根)의 상상력을 일으키는데, 그렇다면 공주는 그 뿌리를 휩싸 안고 있는 '흙'으로 이해됨에도, 동화는, 서로 품어 안고 자는 저들의 사랑에 관해서만 말하고, 공주가 분만했었을 수도 있는 자식들에 관해서는 말한 바가 없으되, 하나 분명한 것은, 저 공주라는 수단을 통해, 저 구렁이 속에서 하나의 남자가 태어나왔다는 그것이다. 그 남자는 그럼에도 아직도 반수(半獸—밤) 반인(半人—낮)이기는 하다. 이런 사내를 '격'(覡)이라고 이른다. 바느질하며, 앉아 오줌 누는 사내.

이제, 매일이 그렇듯이, 그리고 밤은 걷힌다. 동은 다시 트는 것이고, 그러면 저 준수한 왕자는, 그 빛이, 옴이나 두드러기, 옻즙이나 또는 (빛의 두테에 좇아) 피부가 벗겨진 데 뿌려지는 소금과 같아, 벗어놓았던 옷(가죽)을 서둘러 입지 않으면 견디질 못한다. 결국 죽기에까지 이르고 말 터이다. 해가 돋아올라 한 뭀의 해를 꾸몄을 때 그도, 한 마리의 커다란 구렁이를 꾸며, 몸을 사려 넣을 굴을 찾는다. 똬리를 치고 기복해, 그리고 그는, 땅 밑 세상 돌아가는 일에 귀 기울이며, 저녁이 올 때까지 공주에의 그리움과 사랑을 독처럼 굽는다. 그늘 속에서만 살다 보니 차갑게 된 그 동물도, 그럴 때는 가슴 부위가 호끈해져, 몇 이파리 새 깃털 같은 것을 돋워낸다. 그리움과 사랑으로 이뤄진 그 독은, 저녁에, 공주의 몸속으로 홍수 져 들어갈 것이다. '어둠' 속에서 연금된 그 독은, 공주의 몸속에 퍼지는 대로, 아으, 저 산홍(山紅)을 무녀(巫女)로 만들어버릴 것이다. 살의 아픔, 살의 황홀을 통해, 무수한 정령(精靈)들과 요정(妖精)들이 일어나 밖으로 뛰쳐나갈 것이다. (아직 이것은, 그 상태에까지 이른 것은 아니지만, 힌두敎의 諸神들은 저렇게, 사람의 살에서, 그 각 부분의 [살의] 역할에 좇아 일어났다고 이르잖느냐. 그러니까 그 역할의 擬神化가, 저들의 神話 체계를 이룬 것일 것이었다) 최초의 무녀가 태어났다, 그렇게 나타났다.

그러던 어떤 날은, 낮을 피해 어느 땅굴 속으로 숨어 들어가 버린 그 왕자에의 그리움, 밤뿐만 아니라 낮도 함께 지냈으면 하는 그런 아쉬움을 느끼다 공주는, 얼핏 하나의 의견을 떠올리기에 이른다. 그리곤 그것에 스스로도 동의할 만했던지, 깔깔 웃고 박수를 치다가 공주는, 갑자기 전신을 부들부들 떨었는데, 어떤 공포가 엄습한 모양이었다. 그러나 한번 일어난 상념은, 떨치려 하면 할수록 더욱더 손톱을 세워, 더 깊이 파고드는 것인 듯했다. 그러는 중 그 의견은, 음모의 형태로 변해버리고 있는 듯했다. 공주의 얼굴은 창백해져 있었으며, 어쩌다 짓는 미소에서는 피가 뚜둑 뚜둑 흘러내려 고였다. 공주는, 더 이상 공포에 당하고 있는 것은 아닌 모양이었으며, 그리고 그 음모를 품은 가슴으로, 왕자가 돌아올 시각을, 다른 날보다 더 애타게 기다리기 시작하고 있었다. 머리칼이 세도록, 그리고 그 한 가닥 한 가닥이 삼추(三秋) 길이의, 삼단 같고 산그늘 같은 머리카락을 한 올 한 올씩 다 헤아리도록이나 애타게, 지겨워하며 기다렸다.

땅거미가 지고 있었고, 그리하여 그 비슷한 시각에, 저 거대한 뱀이 쉬쉬 소리를 내며, 정다움의 표시로 꼬리를 떨면서 공주께 왔다. (표절되어지고 있는 본디 동화 속에도, 이런 구렁이의 內宮 출입에 관하여 말해놓은 것이 아무것도 없으니, 그렇게 따르는 것이 편리할 듯하다) 그리고 공주를 휘감아 침상에 쓰러뜨린 뒤 구렁이는, 입었던 흑암을 벗고, 구렁이다운 건강한 몸을 드러내, 공주께 엎드려, 낮 동안의 외로움과 그리움을, 그리고 더할 수 없는 사랑을, 폭포모양 쏟아냈다. 그런 뒤 저 둘은, 마주하여 식탁 앞에 앉았으나, 공주가 계속하여 권하는 포도주의 까닭으로도, 왕자는 오래 깨어 있지 못하고, 먼

저 침상에 들어, 코를 곯기 시작했다. 바로 이것이, 공주가 자기의 음모를 실천에 옮기려 기다렸던 그 시각이어서, 자리에서 몸을 일으키고 공주는, 자는 낭군을 한참 동안이나 내려다보았는데, 그러는 동안 그네는, 자기의 '의견'을 한 번 더 반성, 검토해보고 있는 것 같았다. 그러는 동안 그네는 뭔가를 망설이고 있는 모양이었으나, 한 번 체머리를 흔들고, 피가 나도록 아랫입술을 물었다. 그리곤 떨며, 잠들어 있는 왕자가 벗어놓은 구렁이 껍질을 손에 움켜쥐어서는, 미친 듯이 빠르게, 미쳐서, 그것을 벽화로 속에다 던져 넣어버렸다. 씨석거리고 있던 불이 그러자, 일순 독한 연기를 올리더니, 먹이를 본 독사가, 머리 부분의 몸을 꼿꼿이 일으키며 혀를 날름거리다 덮치듯, 덮쳐, 물어, 삼키기 시작했다. 그 먹이를 핥아 삼키는 화천(火天)님의 일곱 혓바닥은, 광맥을 파는, '백설공주'네, '일곱 난쟁이'들의 삽이나 괭이 같아서, 공주께 두렵고 아팠던 모양이었다. 그것은 신(神)내림이나, 기(氣)의 솟음 같은 것이어서, 저 무녀는 전신을 떨고 뒤틀며, 녹은 금물과도 같은 붉은 땀을 흘리고 있었다. 그 사피(蛇皮)가 타는 불빛에 무녀는 붉었다. 핏빛으로, 봄 산홍(山紅)으로 붉었다. 그러는 중에 화덕 속에서는 한 '운명의 기호(記號)'가 빨리도 타 스러지고 있었는데, 그것이 재만 남겼을 때는 산홍이도 (무너)져, 바닥에 붉게 깔렸다—이것이, 화천께 드리는 바로 이 제사가, 낮이 열두 번 기울어 저녁이 되도록, 공주가 의혹하고 다짐하고, 한숨과 독기를 들이쉬고 내뿜었던, 바로 그 '음모'였던 것이다.

그 결과랄 것만 제외한다면, 이제 이 얘기가 어떻게 진전되어질 것인지는, 우리네 잠퉁이 막둥이까지도 알 터이다. 글쎄, 그날이라고 동이 트지 않았을 리는 없었을 것이고, 그랬었을 터이니, 이거 뭐 얘기의 터서리를 찾아, 잡아, 풀고, 끊고, 맺고, 어쩌고 하느니, 싸게 자아올리기로 한다면, 왕자는 잠에서 깨어나기로, 더 깊은 잠 속으로 떨어져 버렸다는, 부고밖에 전할 게 없게 될 터이다. 껍질이라는 방패를 잃은 그 용사를, 해가, 천의, 만의, 억만의, 빛의 화살과 창을 쏘고 박아, 죽인 것이다. 구근(球根)은, 어두운 흙을 벗어나 햇빛 아래 드러내지면 말라 죽잖느냐? 그리고 말[言語]도 또한, 껍질[記號]을 잃고 내용[意味]만 남기게 되면, '묵'(默) 가운데로 스러져, 그 의미를 알 수 없게 되잖느냐? 말의 죽음.

쯔쯧쯧, 그렇게 저렇게 되어설람, 문두룸 왕자는 죽어 빼드러졌는데, 그럼에도 '그 결과만을 제외한다면'이라고 암시해뒀던 바대로, 얘기는 거기서 끝나지는 않았는다. 그 왕자가 죽어 넘어졌던 자리에서는 그런데, 공주로서는 이해할 수 없을 일이게도, 왕자의 시체 대신, 그 왕자 크기의 다른 한 마리의 짐승이 옆으로 누워 있던 것이다. 그것은, 그것 자신은 모르는, 한 죽음을 치르느라, 피로하고 허기져 그러고 있는 듯했는데, 공주가 관찰해낸 바대로 따르기로 한다면, 그 짐승은, 다름 아닌, 전신에다 검은 털을 밤의 수풀처럼 덮고, 두 송곳니를 두 입 귀퉁이에로 뻗쳐 올린, 한 마리의 돼지, 글쎄 그것은 그런 축생(生)이었다. 그 축생은 그렇게 또, 제 몸 위에다, 밤을, 어두움을, 무명을 두텁게 덮어씌워 놓고 있던 것이었다. 공주의 놀라움에 대해서야, 뭘 이러쿵 저러쿵 말해볼 것이 있겠느냐, 그러려 하면, (여성주의자들이 손톱을 뾰족이 하여 내달려 오겠는다마는,) 아녀자들모양 시답잖기나 할 터이다.

조금 시간이 지나자부터 돈군(豚君)은, 생기를 좀 찾은 듯, 꾸루 꿀꿀 소리를 내며, 갓 난 송아지가 그러듯, 일어서보려 버르적거려댔다. 그러다 일어서고, 서는가 하자, 먼저 자신을 살펴보아쌌더니, 슬퍼, 새끼 사슴 눈 같은 것을 해선, 공주를 올려다보는다. 이 저씨(猪氏)가, 자기의 전생을 살펴내고 있는지 없는지는, 공주도 모르니, 저씨밖에는 모를 일이다. 떨리는 손으로 공주가, 저 축생의 등을 어루만져 쓸다, 그 머리를 두 팔로 껴안자, 그는 좀 안정을 찾은 듯하더니, 문을 향해 뒤뚱거리고 가는 것이었다. 그의 뜻을 짐작하고 공주가, 문을 열어주자, 그는 뭉친 어둠인 채, 두려움 없이 햇빛 속으로 뛰어 들어갔다. 그는 분명히, 햇빛을 탐하고 있었다. 공주 보기에 그는, 물론 왕자스러웠으며, 또 아름다웠다. 전신(前身)이 구렁이였던 것으로부터 그는, 한 번의 전신(轉身)을 치른 것이었던다. 구렁이도 사대[地水火風]를 입었었으며, 돼지도 똑같이, 그 사대를 입어, 그 속에 생명을 담은 것이다. 말마가 끓기는 아픔이라는 것이, 한 사대를 다른 사대에로 몸 바꿈을 가능하게 했던, 그 연금액이었던 모양이다.

혼돈과 흑암의 양수(水)가 터뜨려진 자리에서, '몸의 우주'가 개벽하였도다.

선재(善哉) 선재 선재.

各論 2—돼지(아도니스) 왕자 얘기

이 얘기는, 역시 앤드루 랑이 편집한 동화집들 중의 *The Red Fairy Book*에 수록된, 「주술에 걸린 돼지 왕자」 얘기를, 표절하기도 변조하기도 한 것이다. 예수가, 미친 돼지의 한 떼를, 바다에다 밀어붙인 일이 한 번 있었는데, 이 돼지가, 그중의 하나였었는지 어떤지는, 두고 볼 일이겠다.

밖으로 나간 그 돼지 왕자를, 찾으러 나가보아야겠다고 했으면서도 공주는, 문을 열어둔 채, 그날 하루를 방에 처박혀 보냈다. 그날 공주께는, 생후 처음으로 많은 의문과 상념이 일어났던 것이며, 그것에 붙매였던 것인데, 그러나 나이도 나이 탓이려니와, 살아온 방식이 그러해서 그네는, 무엇을 복합적이고도 깊게는 생각지도 못했을 뿐만 아니라, 판단하지도 못했다. 그네는 그냥 눈물만 흘리고 한숨 쉬다, 그렇게 하기로써 오는, 조금 진정되는 마음을, 일어난 의문들의 대답으로 삼았을 뿐이다. 해가 뉘엿거리고 있었을 땐 그래서, 눈물도 거두고, 배시시 웃기까지 하며, 나간 돼지 왕자가 돌아오기를 기다리게 되기까지 되었다. 그날 공주께 일어난 의문이나 상념이란, 사실에 있어선 매우 심각하고도 신중한 것들이긴 했다. 자기가 혹간 남편을 살해한 것이나 아니었는가? '혹간'이란 왜냐하면, 자기에게는 남편에 대한 사랑밖에, 살해욕 같은 것이란 느껴본 적도 없었기 때문이며, 그러므로 자기는 무고할 뿐이고, 결과에 있어 그리고도 남게 되는 자는, 보다 더 친근하고도 아름다운 모습을 꾸며 되살아난 것이 아니냐…… 그런즉 어째서 그가 죽었다고 이를 것인가? 다만 몸의 형태만 바꿔 입었을 뿐이 아닌가? ……돼지 왕자는 사실로 그래서, 구렁이 왕자 그 당자인가? ……아, 아니면, 그의 생출(生出)이라고 해얄 것인가? ……저녁이 되는 대로 그는, 짠물 속으로 나아갔던 연어가 그러듯, 핏줄 속의 어떤 부름을 좇아, 분명히 돌아올 것인데……, 그리고도 핏줄 속의 그 소리에 좇아, 구렁이 왕자가 그랬듯, 먼저 자기를 타고 눌러, 그리움이 차여, 썩어, 고름이 된 걸 눠버리려 할 것인데, 그래서는, 이 돼지 왕자를 받아들여도 괜찮을 것인가?

……한 불우한 운명의 왕비가 있었다. 두 침방 사이에서 그네는, 어느 방엘 들어야 할지 알 수가 없어서, 밤마다 복도를 서성이어야 했다. 심술을 낼 까닭이 있던 신 하나가, 그 왕비의 남편과 자식의 머리통을 자르고는, 틀린 목들 위에다 올려준 일이 있었던 것이다. 얼굴이 남편인 자는, 몸뚱이가 자식이고, 몸이 남편인 자는 얼굴이 자식이다. ……공주께는, 그 문제(가 무슨 문제겠는가?)까지도 문제가 되어 일어나, 마음을 갉고 들었으므로, 그 문제로도 입술을 깨물며, 아파 울었다. 그러면서도 눈 한 귀퉁이로는 추파하여, 구렁이 껍질에 덮였던, 섬뜩지근하기도 했던 그보다, 돼지가죽에 싸인 그가 더 정답고, 영준하며, 아름답다고도 생각했다. 아직도 공주의 볼의 눈물이 다 마르지도 않고 있는데, 한데 땅거미가 기기 시작하고 있었고, 그러자 아닌 게 아니라, 돼지 왕자는 꿀꿀거리고 돌아오는 기척을 보였다. 그는 그러나 웬일인지, 성큼 방 안으로 들어서려 하질 않고, 머뭇거리고 있는 듯하여, 얼른 몸매를 수습한 뒤 공주가, 내어다보고 그 까닭을 알았다. 그는 온통 흙탕에 덮여 있던 것이고, 또 수줍어하고도 있던 것이다. 흙탕의 냄새는 공주께 좋았다. 그랬기에 공주는, 맨발로 뛰쳐나가 돼지의 목을 끌어안고, 반가움으로 눈물을 흘리며, 인도하여 저 왕자를, 샘에로 데려갔다. 물을 길어, 돼지의 전신에 퍼부어, 흙을 말끔히 씻어준 뒤, 수건으로 닦고, 함께 방으로 들어왔다. 돼지는 말할 수 없이 순했으며, 순종적이었고, 또 공주의 눈에는, 그렇게 잘생겨 보일 수가 없었다. 벽화로 앞에 누운, 그의 목덜미에 기대어 얼굴을 묻고 있었을 즈음 공주는, 차갑게 꿈틀거리던 구렁이 왕자를 깡그리 잊고, 새로운 사랑에 빠지고 있었다. 돼지 왕자는, 불씨를 묻고 있는 재처럼 따뜻하고, 부드러움으로 조용했다.

그러는 중에 자정이 되어가고 있는 듯했다. 분명히 그것이 까닭이었을 것인데, 그로부터 시작해, 공주의 저 부드러운 '재' 속에서, 불이 일어나고 있는 듯했다. 그렇게도 조용하던 것이, 몸을 벌떡 일으키더니, 편안치 않음을 드러냈다. 급체든, 아니면 느닷없는 가려움증 탓이든, 돼지는, 어떤 앙구찮음으로 앙구찮아 하며, 제 몸을 학대하기 시작했다. 일부러 뻘 위에 자빠진 당나귀 꼴을 내기도, 모서리들에다 긁기도, 벽에 문지르기도 하며, 네발을 써서 뭔지를 벗으려 하는 노력을 보이고 있었는데, 공주 보기에 그는, 몸이 아니라, 입어진 털이나 껍질이 괴로워 그러고 있는 것 같았다. 공주로서는 속수무책이어서, 놀란 눈을 크게 뜨고 지켜볼 수밖에 없었는데, 그러나 그의 그런 불편해하기는 오래가지 않았고, 그 대신, 밤이 뒤집히는 그 자리, 짐승의 검은 털 속에서, 아으, 보시옵습지, 공주님입습지, 보시옵습지, 부화된 불꽃, 사람의 남자, 보름달, 떠 올랐삽나니, ……돼지 왕자 또한, 저녁엔 수피를 벗어버리던 것이었다. 그가 앙구찮아 했었을 때 공주는 잘 이해할 수가 없었으나, 그가 수피를 벗어 사람으로 태어났을 땐, 그것 때문에 공주는 조금도 놀라지 않았으나, 돼지 왕자 쪽에서는 몹시 놀라고, 또한 이해할 수가 없다는 얼굴이었다. 그는 '밤을 입고서야 낮 속으로 나갔었으며, 밤[子正]이 되었을 때에야 밤을 벗은' 것이었다. 희게 벗은 것이었다. 그리고서부터 그는, 공주가 쓰는 것과 같은 말로써, 포도주잔을 기울이며, 공주와 속삭였다. 낮에, 들에서, 짐승으로서 먹었던, 열매며 풀뿌리, 또는 들꽃 송이들의 맛을 그는, 사람의 말로 표현했는데, 공주의 귀에 그것은, 그 열매들의, 뿌리들의, 꽃들의 비밀을 담고 있는 듯했다. 듣는 대로 공주는, 그것들을 눈의 안쪽에서 상상하고[視覺化], 어떤 감명에 의해 콧노래로 흥얼거려보기도 했다. 돼지 왕자가, 낮에 배불리 먹은 자연(自然)은, 사람의 말로 바뀌어질 때 저런 투의, 아직은 투박해도, 문화(文化)의 형태를 입었다. 최초의 시(詩), 최초의 노래는, 저렇게 이뤄졌던 모양이다. 이러는 저녁, 공주의 머릿속으론, 어제저녁 구렁이 왕자께 도모했던, 그 꼭 같은 음모가 빈번히 스쳐 갔지만, 그때마다 공주는, 완강히 머리를 저었다. 무엇보다도, 시간을 좀 두고 기다려보자고 한 것이었다. 그러는 동안, 그 스스로 짐승을 극복하려 할지도 모르며, 어쨌든 하루 중의 반은, 그것도 은밀해야 되는 그 시간엔, 그는 사람의 남자인데, 뿐만 아니라, 수피를 입은 그는 그대로, 늠름할 뿐만 아니라, 자랑스럽고 사랑스럽다는 것 또한 부인할 수도 없던 것이다. 아으, 처용댁(處容宅)의 공화적(共和的)임이여, 그래서 계집들마다 짐승을 낳는 것이러람. '어머니'란 그래서 '짐승을 낳는 여자'의 의미일 터인데, (이 자리에 표절되어진 두 童話의 法을 따른다면,) 그 허물이나 털을 벗겨주는 자도 또한 어머니되, 이번엔 '(남자의) 아내'라고 불리는 듯하다.

그리고 그런 날이 며칠 더 계속되었을 때 공주는, 낮에론 자기도 차라리 돼지가 되어버리는 것이 좋겠다고, 입어진 인피까지 거부할 지경에 이르렀다. 그런 후부터 공주는, 돼지를 따라, 또는 그의 등에 걸터타고, 들로 산으로, 그를 좇아 헤맸다. 흙탕 속에 뒹굴기에 옷은 거추장스러웠으므로, 들에 나서는 대로 공주는, 그것을 벗어 아무 나뭇가지에나 걸어두고, 알몸으로 그 수퇘지를 사랑하기 시작한 것이다. 그때쯤은, 사람의 남자로서보다, 돼지로서의 수컷인 그가, 더 사랑스러워, 때도 없이 덮고 드는 그를, 미쳐서 받아들이곤 했다. 그때마다 공주의 몲(몸+말+맘)에서는 난(蘭)이 펴, 산야에 흐물트러졌다. (난은, 짐승들 암수컷이 교미한 자리에 흘려진, 짐승의 정수에서 돋아 피는 것이라고 일러져 있잖느냐. 이래서 보면, 특히 난이, '짐승과 흙'의 소산이라고 한다면, 기타의 꽃들[중에서도 물론, 암수가 서로 바라보기만으로도 열매를 맺히게 한다는 은행나무나, 그 외에, 바람이 전해준 임의 소식만으로 임신하는 초목들은 제외치 않으면 안 되리라만]은, '초목'이 '짐승'과 흘레하여, 피워낸 것들일 것이라고 상상한다 해도, 별로 틀리지는 않을 듯하다. 향초[香草]꽃 아도니스[Adonis]를 보아람, 그는, 계집 나무가, 사람 남자의 정수를 받아 임신하였다가, 분만한 자가 아니었더냐?) 한 덤불의 난이 피는 동안 한 천년이 흐르고, 두 덤불이 흐드러지는 동안 다른 천년이 오고, 그랬을 것이었다. 그럼에도 동화 속에서는, 아직도, 저런 사랑에서 얻어지는 새끼들에 관해 말하고 있지 않아, 알 수가 없을 뿐이지만, 짐승과의 교미를 통한 황홀함 속에서 공주는, 짐승스러운 많은 꿈을 꾸었을 것이라는 것을 짐작기는 어렵잖을 것이다. 사람의 암컷의 자궁에서 분만된 짐승들, 사람 얼굴의 짐승들, 짐승 얼굴의 사람들, —사람이 아닌 짐승과, 짐승이 아닌 사람은 없었던 한철, 그리하여 '짐승들의 대왕 붉은 용'이 일어났음이여. (우리는 지금, 저 공주가 꾸는 꿈속을 들여다보고 있음을 잊어서는 안 될 테다) 붉은 용이 치리함이여. 세상은, 짐승의 정수와, 똥과, 오줌 냄새에 뒤덮이고, 짐승스러움이 종교가 되어 있음이여. 이런 천지, 이런 시절에, 저 붉은 용을 퇴치했다는, 사람의 자식[人子]의 소식 같은 것은 없다느냐? (우리들이 기다리는 자는, 사람의 자식, 사람이 아니냐?)

그런 세월이 흐르고 흘러, 꽤는 오래 흘렀겠었다. 그때쯤 공주는, 들을 헤매기에도, 열매나 뿌리 먹어 배 채우기에도, 꽃을 꺾어 다발을 만들기에도, 흙탕에 멱감기에도, 그리고 뭣보다도, 짐승의 홍수 같은 정수에 전신이 끈적거리기에도, 그 냄새에도, 짐승스러운 모든 것에 지치기 시작하고 있었다. 그런 삶이 싫다는 생각은 그리고서야 들었는데, 그때 그네는, 자기가 다름 아닌, 축생도에로 떨어져 내려 있었음을 비로소 깨닫고, 수치와 비참함 때문에, 붉은 바위 그늘에 웅숭그려 홍수처럼 울었다. 밤 수풀의 신에게나 비교하리만큼, 그렇게나 늠름하고 아름다웠던 저 돼지의 수컷이, 지렁이며 두꺼비 같은 정충이 우글거리는 수렁과도 같았으며, 악몽을 꾸는 밤 시간과도 같아져 보이기 시작했다. 그래서 그날은, 혼자서 먼저 돌아와, 자신을 말끔하게 씻고, 고운 옷을 입어, 사람 여자를 찾아냈다. 시종, 그네의 입술에는 차가운 미소가 감돌았는데, 공주의 가슴 밑 판도라의 상자 속에서, (한번 써먹어 보았던) 한 음모가 꿈틀거리고 일어난 것이다.

그리하여서는 무슨 일이 일어났겠느냐? 여차여차하여, 저 돼지 왕자의 돼지 껍질은, 예의 그 화로 속에서 타 스러져버리고 만 것이다. 그렇게 되어, 빛 아래, 방패 잃은 나신으로 드러내진 밤이 당했어야 할 고통에 대해서, 뭘 더 말하여 일러주랴? 돼지 왕자는, 뒈지도록 고통하다, 결국 뒈져버린 것이었다. 그러는 중에 그러나, 공주가 보니, 자벌레 속에서 나비가 일어나듯, 불에 그을려 갈라 터진 개가죽 같은, 그의 살갗 밑에서, 무엇이 새로, 또 하나가 일어나고 있었던 것은 말해주지 않을 수는 없겠다. 그렇다, 아으 보아람, 보이는 대로만 말하면, 그것은 한 마리 어린 양의 모습을 꾸며 있구나, 그 털빛은 눈보다도 희고, 흠 없는 어린 양—두터운 밤, 동지(冬至) 같은 수피 속에서 태어난 어린 해, 그 또한 짐승의 가죽을 입어 있기는 하구나, 했으되, 그가 씌어내는 빛을 도저히 마주할 수가 없어 공주는, 그 앞에 무릎을 꿇었다. 그때 그 어린 양이 첫울음을 우는 소리를 들었다. "에헤, 에에미, 에미여, 지금은 그대가 한 번 더, 이 짐승의 껍질을 취해야 할 터이다. 에헤헤에미, 여자여, 다른 두 짐승을 임신했다 사산(死産)한 것과 같이, 그러므로 그대의 자궁은 '해골의 골짜기'라고 불러야 할 것이겠거늘, 나를 또한 그 골짜기에 던져 넣어야 할 것이노라. 짐승은, 짐승으로써만 극복되는 것, 것임을! '짐승'은 '죽음'의 동물 이름인 것." — 그건, 공주께는, 항거할 수 없는 신탁, 신명(神命)으로 들렸다. 그래서 공주는, 그 명에 따랐다.

結論

그런데, 땅에 뿌려진 그 피가, 땅의 모든 곳으로 전파되어지고 있는 동안, 그 짐승이 타고 남은 재 속에서는, 그 꼬리에 불[火] 점을 가진 한 마리 새가, 차라리 한 이파리 감람 잎이, 아니면, 미래 쪽에라도 앉아 있는, 어떤 이가, 과거 쪽에다 손을 들이밀어 꺾은, 꽃 한 송이랄 것이, 일어나, 열기를 좇아, 연기가 오르는 방향으로, 그리고 오려고 준비되어 있는 시간 속으로, 가벼이, 아주 가벼이 오르고 있었다. 때에 가섭(迦葉)이가 빙그레 웃고 있었는데, 석가모니가 한 송이 꽃을 꺾어, 계집모양, 그 꽃의 냄새를 맡고 있어 보인 까닭이다.

선재 선재 선재.

(咄, 小說하기의 雜스러움!)

混紡된 상상력의 한 형태 2
—風聞에서 現實을, vice versa

總論—往生과 還生

이 고장은, 왕생 길에 올랐던 행려자들이, 잠시 머물며, 눈비도 피하고, 급한 똥오줌도 누며, 요기도 하고, 발병을 다스리거나, 감발을 고쳐 매기도 하다, 나름대로의 까닭에 의해, 주저앉아버렸거나, 가다 되돌아와 버린 사람들로 이뤄졌다고 이른다. 그러나 이 늙다리 패관(稗官)께 믿겨지기엔, 왕생 길을 훤히 앞에 두고, 이 고장에서 사람들은, 환생만을 거듭해오고 있는 듯하다. 그럴 것이 왜냐하면(이 고장의 방언을 쓰기로 한다면) 어제 '골고다'로 떠난 이들이 오늘 보면 '베들레헴의 마구간'의, 짐승의 똥과 오줌을 강보 삼아 누워, 여로에서 난 발병 탓에 제 발가락들을 핥고 있어 보이니 그런 것이다. (사실로 이런 것도 'euhemerism'이라고 할 수 있을지 어떨지 전혀 자신이 없지만,) '공동묘지'나 '산실'이 저런 이름들로 불려지고 있다. 몇 가지만 예를 더 든다면, 물(物)과 정(情)들이 사고 팔리고 엇갈리는 장터를 '아겔다마', 장의사를 '아도니스 사당', 푸줏간을 '몰록 신전'이라고 부르는 식이다. ('euhemerism'이란 그런데, 어떤 신화적 존재를, 역사적 실재 인물의 이름으로 바꿔 부르는 것을 이르는 모양인데, '염라대왕' 대신, '최판관'이라거나 '옌로'라고 이르는 것 같은 것일 테다. '최판관'의 경우는, 그가 실재했던 인물인지 어떤지 잘 밝혀져 있지는 않지만, 우리네 동네에 흔한, 땅의 성씨[姓氏]를 쓰고 있다는 것에 주목하면 좋을 테다) 한 오백 년씩도 살고, 살기는 너무도 달콤해, 그 젖꼭지를 못 떼 내는 그런 이들로 득시글거리는 것이 이곳 장터일 터이지만, 이 늙다리 패관께는, 한 칠십 년 살기에도, 살기는 너무도 써, 문 젖꼭지를 모질게 물어 끊고, 그런 뒤 한번 가서 다시 오지 않기 위해 가죽 부대 하나에다, 모은 가설항담(街說巷談)—여기서는 그것을 '갈마'라고 이른다—을 담고, 씹어도 씹어도 자라나기만 하는, 혀라는 이상한 고기 토막을 하나 한입 크게 물고도, 노상 게걸대는 고픈 창자, 가래며 고름, 똥과 오줌, 수근이 마른 고환 둘, 이런 것 저런 것들을 싸 짊고, 이 고장으로 온 것인데, 이런 이민 짐을 두고 이 고장 사람들은, '사고(四苦)의 주머니'라거나, '갈마의 보따리'라고 이른다는 소리를 들었다. '사고의 주머니'란, 그것의 물리적 성쇠에 좇아 일어나는 변화를 관찰하고서 붙여진 이름이라고 하며, 그것의 행위에 따라 나타나는 화리적(化理的) 변화에 의해서는 '갈마의 보따리'라는 이름이 붙여졌다고 이른다. 바로 이것, 다시 말하면 '갈마'에 의해 '해탈'도 가능하지만, '소멸'이라는 부정적 증발 현상도 일어나는데, 이것이야말로 반물리적, 즉슨 화리적 변화라는 것이다. 그런데, 아무리 탕진을 하려 해도, 하면 할수록, 역설적이게도, 하기 때문에 더욱더 불어나는, 갈마라는 그것이 문제다. 이 갈마의 의인화, 그것의 이름이 '붉은 용—히드라'라는 것을 알게 된다. 이 괴물은 '머리가 일곱이요 뿔은 열'을 가졌는데, 갈마가 갈마를 젖 먹이는 한, 저것은 불사(不死)일 테다.

그런즉 그 머리들은, 누가 퇴치에 나서 자르고 아무리 자른다 해도, 되돋아날 것이며, 그것도 배가하여 돋아날 것이었다. 이것이 몸의 우주를 그 똬리 속에 휘감고 있다. 비틀거리는 다리, 지푸라기 같은 팔로, 패관도 그래서 저것을 퇴치하려 하여, 이 고장에 온 것이고, 매일 밖을 나다녀, 이 고장을 조금씩 깨우치고 있는 중이다. (이 땅 위에, 이런 고장 말고 또 다른 고장이 있기나 하더냐고 묻는 이들을 위해, 이 음흉한 늙은네, 한 번도 이 고장을 그럼에도 떠나본 적이 없다는 사실은, 밝혀둬야 할 듯하다. 이것은 그러나 '인식'의 문제라고 이해하면 무리가 없을 듯하다. 패관이 만난 어떤 젊은 하나는, 그 나이 되도록 별 탈 없이 잘 살다가, 어느 날 뜻밖에 자기의 그림자를 만나고, 그것을 이상스레 생각하다, 이물감을 일깨워내고, 그것을 떼어내려기에 온갖 발광을 다 하고 있던 것이다. 없었던 것이, 하필 그날 당해 그에게 짝 붙어버린 것은 아니잖았겠는가) '밖을 깨우치기'란, 이 고장의 육체적인 부분을 관찰하고 익히기로써, 안쪽을 들여다보자는 것인데(먼저 記表를 익혀야 記意를 알아낼 것이 아닌가), 그러려 할 때마다, 이 패관이 경악을 금할 수 없는 것은, '밖'은 언제나 '안'보다 빨리 늙어 있다는 그것이다. 제국이 일어섰다 스러지는 것도, 그리고 몇백 년씩 나이테를 가진 거목이 쓰러져 눕는 것도, 그 까닭이던 것이다. 오백생을 견뎌도, 해탈이라는 날개(아닌 날개)를 못 얻는 어린 자벌레를 속에 싸안고도, 일회용 육십 년 살이도 힘겨워 쓰러져 눕는, 살 입은 유정들을 볼작시라, 상(相)은 그렇게 빨리 노쇠해, 본(本)을 노상 고아로 만든다. '본'은 늙을 수 있는 것이 아니다. 그래서 그것은 비유하자면, '유아' 같은 것이다. 그러나 그것은, '상'을 얻을 때만, 그것 자신의 현현을 가능케 하는 것이어서, 어째도 '상'을 입어야 하는데, 그러기 탓에 그것은, '상'으로부터 노상 학살만 당한다. 여기 환생의 악순환이 있다. '상'은 그것 자체의 젊음을 되찾기 위해서나, 못 참을 울혈, 또는 내종 같은 것을 치유키 위해서라면, 서슴잖고 자신의 '유아'를 대속물로 삼는다. '갈마'(羯魔)가 입은 옷이 '상'이거니와, 그것이, 종교적 상상력 속에서 전신을 치러 나타난 것들 중의 대표적인 것의 하나가, 앞서도 얘기된 '붉은 용'이며, 다른 하나가 '몰록'(moloch)일 것인데, 붉은 용이 스스로를 신격화하여 나타난 것이 다름 아닌 몰록이라 한다 해도, 되잖을 일은 없을 듯하다. 이 상전(相殿)이 있는 곳에서는, 도살당한 인육에서 흐르는 피와, 불길에 던져진 유아들의 울음이 타는 연기가, 바다며, 하늘이라고 한다.

各論 1—아도니스 사당

이 패관이 그리고 알아낸 것은, 이 고장의 길은, 갈래는 여럿이었어도 외길뿐이었는데, 길 표지석에 의하면 '슬픔의 길'이 그 이름이었다. 동녘으로 난 이 길의 한 갈래는, 베들레헴에 이르고, 서쪽 길은 아도니스 사당에로, 남녘 길은 몰록 신전에, 그리고 북쪽 길은 골고다에 이르는데, 패관이 세 든 곳은, 이곳의 닷새 장이 서는 장통이다. 장 서는 곳의 이름은 아겔다마이고, 여기서 돼지 새끼가 비단옷으로도 바뀌고, 꼬꼬댁거리는 닭이, 소금에 찌든 물고기와도 바뀌며, 송아지가 어미 소와의 기약 없는 하직을 고하느라 목쉬게 울고, 수없는 때 낀 손들을 거친 소액의 납전에, 아직 음모도 나지 않은 계집아이의 옥문이 흥정된다. 밀물 때처럼 모든 것이 여기로 모이고, 썰물 때처럼 왕생과 환생이 갈린다.

오늘 오후 출발하여, 이 늙은네, 슬픔의 길을 따라 아도니스 사당이 있는 언덕까지 다녀왔는데, 그 마을에 사는 이는 누구나 없이, 검은 장옷들을 입고 있어서, 그 까닭도 모르며, 그래서 그랬을 일로, 그곳을 비추는 해까지도 검어 보인다고 보았다. 무슨 까닭인지는, 아무리 물어보았어도 아무도 대답해주는 자가 없어, 지나다 본즉, 본 패관까지도 저들 입은 그런 장옷이라도 입고 있는 듯한 느낌이 들었다. 스치는 누구와도 도대체 교통이 가능하지가 않던 것이다. 허긴 이 고장엘 들어서려 하면, 저렇게 한 벌의 장옷을 입어야 할 듯했다. 아무것도 내어다보지 않는, 내어다보는, 붉은 눈들은, 밤 수풀 속에서 표범들이 내어다보고 있는 듯했지만, 조금도 섬뜩하다거나 하지는 안 했던 걸로 보아, 원한이나 살(煞) 탓이 아니라, 짠 눈물과 짜아한 슬픔 탓인 것 같았다. 그들은 글쎄 울고들 있던 것이다. 그러자니 패관도, 까닭도 모르면서, 그들 흘리는 눈물이 한 섬이나 무거워, 어깨가 늘어지고 다리가 휘어야 했다.

천신만고 끝에, 늙은네가 저 가파른 언덕을 올라, 사당 앞에 닿고서야, 저들의 슬픔의 까닭, 애도의 뜻을 알아챌 수가 있었는데, 사당 문 앞에는, '애도할지어다, 탐므즈 대신이 죽었으니(Thamus Pan-megas Technéce), 애도할지어다!'라고 쓴, 검고 흰 만장이 여럿이나, 언덕에는 사는 풍정이 있었음에도, 흐느적임도 없이 느려져 있던 것이다. 사당 안에서는 그리고, 곡비들이, 젖은 가마귀 떼여서, 죽은 신의 시체라도 파먹듯이, 울음을 다투고 있었다. 참으로 염병 앓는 세상에, 지랄맞을 소식도 다 있구나—그러며 늙은네도 울었다. 패관 노릇이라고 한다고 하다 보니, 어디서랬던가, 신의 아들이라고 하기도 하고, 사람의 아들[人子]이라고 하기도 한다는 이가, 죄도 없이 처형을 당했더라는 얘기를 들은 일은 있어도, 체(體)를 구비치 않은 용(用), 즉슨 신이 죽었다는 소문은 들어본 적은 없었더니…… '프라브리티'[動]가 운명인 자는 그 운명(프라브리티) 탓에 죽기도 하던 모양이었다. 이런 경우는, 용(프라브리티) 자체가 체였던 모양이다. 그렇게 하기로써, 프라브리티는 무량겁 프라브리티를 극복해서는, 되돌아오는 모양인 게다. 왕생은 어렵구나. 애고, 대고, 오호통재라, 통재라. 늙은 패관은 그리고도, 세상 하나 된통 다 닳아지게 살아온, 그 찌들어진 지혜로 하여 사당 안을 들여다보려 하진 안 했는데, 비록 말해, 그 안에, 죽은 신의 시체가, 당나귀 껍질모양 걸려 있다고 한다 해도, 못 보고 말았을 것이었으니 그런 것이다. 능장코나 흘리며, 붉어진 눈으로 검은 해를 붉게 보고 있자니, 누군가가 이 늙은네의 어깨에 손을 얹고, 조랑조랑 위로해주는 소리를 하고 있었다. 사당을 지키는, 늙은 곡비(哭婢)인 듯했다.

"그러나…… 모든 향초(香草)들이 그이를 맞으려 꽃등을 밝혀 기다리면, 그이가 태양의 모습을 꾸며, 흰 양을 타고 오실걸요. 그러므로 그날 기꺼워하기 위해, 오늘은 슬퍼하시와요."

돌아오는 길은, 돌길 가시밭, 모질기만 모진 이 세상, 다져 걷느라, 땀에 차고 해진, 그의 짚신짝이라도 하나 주워, 필기첩을 간직한 보따리에 넣어 멘 듯하여, 패관의 심사가 울울하였다. 주막에 들러, 소주라도 좀 독하게 마셔야 할라나 비다. '향초꽃 피면 그이가 흰 양을 타고 오실 것'이라는 얘기에 좇아 짚어보면, 눈이 내리는 일이란 잘 없는 이 고장도, 허긴 동면에 들었는 게다. 겨울엔, 동지를 전후해서 해까지도 죽는다. 그런즉, 뜬구름이나 거품 같은 인사(人事)에 관해서야 뭘 더 말할 것이 있겠느냐. 한번 일었다 스러지기 위해서, 한번 일어났다 사라지기 위해서, 내일 또 일고, 일어날 터이다. 허으 으흐 허허, 산채박주라도 저녁엔, 향초꽃 필 무렵까지도 못 일어나도록, 마셔얄랑개 비 다, 그래얄랭개 비다.

울울함 탓에 걸음걸이까지도 몹시 비척이었던지, 중도에서 감발이 느슨해진 느낌이 들어, 길 한옆 붉은 돌팍에 앉고 다시 고쳐 매잖으면 안 되었는데, 패관께는 상념이 하나 일었다. 라는 것은, '동지 다음 날(대략 크리스마스) 태어난 어린 해'가, 사람들의 (종교적이랄) 상상력의 어느 황도를 돌던 중, '향초꽃'의 모습으로 바뀐 것이나 아닌가, 하는 그런 것이었다. 그 상상력이 다시 '감발을 고쳐 매는 중, 그 '향초꽃'은, 흠 없는 '흰 양'에로도 전신을 치른 것이나 아닌가…… vice versa(反之亦然)…… 그것인들, 이런들 어떠며 저런들 어떠허리? '봄'이 그렇게(란, '눈빛처럼 희고 빛나는 털의, 흠 없는 어린 양'을 가리키는 말인데), 상상되어지고 상징을 입어 온 것은, 패관이라고 자처하는 이들은 익히 알고 있는 것. '향초꽃'은 그리고, '탐므즈—아도니스'의 꽃이며, '흠 없는 어린 양'은, 다름 아닌 '기름 부음을 받은 자—기독'을 가리킨다는 것도, 패관들의 필기첩에는 적혀 있는 얘기. 이래서 보면, (이 패관이 풍문에만 귀가 밝고, 엄정한 우주사에는 어두운 까닭으로 이러하오니, 끔찍하게도스리 독신 죄를 범하는 일이 있다고 해도, 부디, 패관의 무명을 들어, 정죄치 마사옵소서) 아도니스/기독이 일신양두(一身兩頭)로 알려진 바룬다 새인 듯도 싶으다. 그 머리 하나는, 향초꽃 모양인데, 땅에서 암리타(암브로샤)를 얻고, 그 머리 하나는 어린 양의 모습인데, 하늘에서 그것을 얻는다. 땅에서 얻어지는 그것은, 비록 그것이 무량겁 재생을 가능케 하는 것이라도, 끊임없는 죽음 위에서의 그것임으로 '독'이라고 쳐야 할 것인데, 하늘의 그것은, 한 번의 죽음의 값으로 영생을 성취케 하는 것이어서, '약'이라고 일러야 할 것이다. 여기 '왕생'에로의 길이 있는 듯하다.

가맜자, 이러자니, 저녁에 마시려던 술은, 다시 늙다리가 된 해가 다시 병석에 누울 때까지나, 미뤄둬도 괜찮잖나도 싶다. 하매 어디서는, 향초 꽃내음이, 어지럽도록 흩어지고 불려나고 있을지도 모르지 않나. 그럴 것이, 아도니스 사당에서 죽었다는 해(Thamus Pan-megas Technéce!)가, 인근 베들레헴의 어느 당나귀 우리에서 태어나, 봄을 재촉하고 있을지도 모르잖느냐. 그 아기께 경배하러 가려 하면, 늙은 걸음이라도 재촉해야겠는다.

各論 2—당나귀 족보

예의 그 '흰 양'은 그런데, 성(聖) 에피파니우스가 전하는, 선지자 스가랴가 목도하고 밝힌 얘기를 좇으면, '당나귀'의 아들이며, 네 공관복음서의 저자들에 의하면, 마구간에서 당나귀의 똥과 오줌을 강보로, 구유 속에 태어났다고 이른 그 어린 양이라고 한다. 헤롯 대왕 시절에 그 지방에 호구조사를 실시했던 일이 있었더랬더니, 저 어린 양을 수태한 어미가, 그 호구조사에 응하기 위하여, 당나귀를 타고 고향에로 가던 중, 베들레헴쯤에 이르러 저녁이 되어, 여인숙을 구했던바, (호구조사 탓에 행려자가 많아서 그랬을 터이지만,) 얻은 것이 다름 아닌 마구간이었더라고 했는데, 짐승 등에 타고 여행을 하는 자가 여인숙엘 들면, 짐승은 짐승의 우리에, 사람은 숙박소에, 라는 식으로 나눠 들게 되는 것이 아닌가. 그럼에도, 스가랴가 운위한 당나귀와, 공관 복음서 속의 당나귀가, 같은 당나귀라고 주장할 만한 것이 있다면 그것은 풍문뿐이기는 하되, 나중에, 저 흰 양이 부활절을 맞기 위해 종려 주일에 그 등에 타고 간 짐승도 당나귀였던 걸 보면, 이 흰 양과 관계되어, 그중 중대한 일이 있었을 때마다, 당나귀가 등장했다는 일은, 꼭히 예사스럽지만은 않은 건 사실이다.

"저들이 말하기를 스가랴가 그 사원에서 쳐 죽임을 당한 까닭은, 그가 향을 사르고 있었을 때 보았기는, 한 인물이 편안한 자세로 서 있었는데, 그것은 다름 아닌 당나귀의 모습이었다." ―이 경구(經句)의 제목은, 『성 에피파니우스 복음』 중 「마리아의 탄생」이라는 것이다(B. Layton 편역, *The Gnostic Scriptures* 참조). 목격자 스가랴가, 더 말했기 전에 타살을 당했든 아니면 더 말할 수가 없어 함구해버렸든, 그건 알 수가 없으되, 저것이 어떻게 마리아의 탄생('The birth of Mary')을 고지하고 있는지, 그 내용을 잘 알 수가 없기는 하다. 분명한 것 한 가지는, 당나귀가 관련되어 있다는 것뿐인데, 왜 하필 당나귀인가, 하는 의문도 없잖아 있다.

주석자들이, 그 문제를 묻어둔 채, 시치미를 뚝 떼고, 딴전이나 피웠을 리는 없다. 묻어뒀기는커녕, 심지어는 헐린 바벨탑 주변까지 맴돌며 깨어진 벽돌짝에 새겨졌던, 조각난 말[言語]까지 짝 맞춰 내려 했던 터. 짝 맞춰진 기표(記表)에서, 저들이 읽어낸 기의(記意)는 이렇다.

'유대인을 적시하는 애굽인들에 의하면, 그들의 신의 이름은 야후(Yahu), 또는 야훼(Yahweh), 그리고 그리스어로는 야오(Iao)인바, 고대 햄어(old

Coptic)의 에이오(eio), 또는 야오(iao)의 뜻은 당나귀'였다는 것—무너진 바벨탑 자리에, 결코 예사스럽지 않은 당나귀 한 마리가 떠돌고 있다.

바벨탑이 헐렸을 때, 정작으로 무너진 것은, 그 기표가 아니라, 기의였던 모양이다. 스가랴는, 조각난 이 기의 덩이에 맞아 죽은 것이나 아니었는가.

그 성별(性別)을 두고, '야오' 또는 '야훼'(여호와)가, 오늘날 어떻게 해석되어져, 양성(兩性)을 구비하든, 또는 무성으로까지 설법되어지든 어쩌든, 그들의 경전대로 읽어 따른다면, 양성(陽性)의 신격임은, 논란의 여지가 많은 것은 아니다. 스가랴가 목도한 '마리아의 탄생'과 관련된 당나귀는, 까닭에 (성별상) 수탕나귀였다는 결론을 얻게 되는바, 그렇다면 (말해온 바의 그) 호구조사 때와 예루살렘 입성 때 어린 양을 태운 당나귀는, 풍문을 이렇게도 귀 맞추고, 저렇게도 복송씨 맞추고 얽어매기로 한다면, 저 어린 양을 수태한 당자가 아니었는가 하는 것을 추정케 한다. 처음(호구조사 때)엔 수태되어 있었고, 다음(예루살렘 입성 때)엔 분만되어 있음을 보인다. 이런 추정을 좇으면, '상'[祭儀] 과 '본'[敎義] 이 어느 일점에서 분리되어져 있음을 보는데, 요한은 이런 소식을 전하고 있다. "해를 입은 한 여자가 있는데 그 발 아래는 달이 있고…… 이 여자가 아이를 배어 해산하게 되매 아파서 애써 부르짖더라…… 한 붉은 용이 있어…… 해산하려는 여자 앞에서 그가 해산하면 그 아이를 삼키고자 하더니 여자가 아들을 낳으니 이는 장차 철장으로 만국을 다스릴 남자라"(「요한계시록」 12: 1~5)—요한이 전하는 소식을 좇으면, 태어난 어린 양은, 그 즉시 붉은 용의 행악으로부터 피하기가 어렵게 되었다는 것을 짐작하게 하는데, 그것은 헤롯 대왕의 붉은 손, 또는 골고다에서 그에 가해진 처형을 신화적, 또는 우화적 형태로 보여준 것이나 아니었는가, 하는 것을 또한 고려케 한다. 저 붉은 용이 눈에 불을 켜고, 독아를 벌려, 해치고자 기다리고 있었음에도, 곧이어, "…… 또 내가 보니 보라 어린 양이 시온 산에 섰고 그와 함께 십사만사천이 섰는데 그 이마에 어린 양의 이름과 그 아버지의 이름을 쓴 것이 있도다"(上同書 14: 1)라는 소식이 전해진다. 그런데 조금만 귀를 깊이 하여 들어본다면, 먼저 소식은 '땅의 일'이며, 다음 것은 '하늘의 일'인 것을 알게 한다. 바로 여기에, 제의와 교의의 분리가 있음을 알게 되는데, 붉은 용께 희생당하는 어린 양은 대속의 희생물(제의)인 모양이며, 시온에 선 어린 양은 구원과 승리의 그것(교의)인 모양이다. 하늘은 땅에 그 기초를 두었을 때부터, 땅을 위해 희생당하고, 그렇게 하기로써 승리를 거두고, 땅은 또 그것 자체의, 쌓이는 불순·혼탁·오염 등 (불치의 병)을 정화하는 수단으로, 하늘을 희생케 하는 모양이다. 그렇게 땅의 일과 하늘의 일은 운명되어지는 모양인데, 땅은, 그 자체가 조악한 사대의 집적임으로 하여 늘 패배(필멸)하고, 하늘은, 그것이 현현(成肉身)하려 할 때 입어야 되는, 조악한 물질을 희생하기로 하여, 늘 승리(불멸)만을 거두는 게 분명하다. 돌(咄), 이런 모순어법이 없구나, 상극적(相剋的) 상화(相和)—이런 모순어법이 또 없겠구나, 하늘과 땅은, 돌(咄), 상극적으로 상화하고 있는 것이 있었던 게다, 이런 틈에 끼어, 에린 유정들만, 기름과 정액을 짜이느라, 깨묵이 될 일이다.

(수사학적으론 '본'도 그러할 것이지만,) '상'은 그런데 '체'(體)와 '용'(用)의 두 국면을 가지고 있어 보인다. (본의 체는 '프라브리티'이며, 용은 '니브리티'랄 수 있을 터이지만, 그럼에도 이것은 여전히 修辭學인 것. 言語를 몸 삼는 요기들의 비극은, 까닭에 수사학적 압력에 당해, 헛소리까지 하게 된다는 데 있다. 똥개의 아가리에, 조주의 조지가 물리기) 체는 '땅' 자체며, '자연'(自然)이, 땅의 용의 국면으로 보인다. '기름 부음을 받은 자—기독'이 나타나기 전까진 그런데, 야후, 또는 야오는, 바로 이 '자연'의 의신화(擬神化)는 아니었는가, 하는, 또는 그런 성격을 가진 대력(大力)은 아니었는가, 하는 의문을 갖게 하는데, (그렇다면 '기름 부음'이란, 자연에 대한 문화화, 우주적 문화화의 의미는 아닐 것인가? '말씀의 우주'의 개벽) '자연은 우주적 동물('All-Tier', Ritter)'이라고 이르는 소리가 있거니와, 그래서 훌쩍 건너뛰고 말인데, 그것이 이 고장에서는 '당나귀'의 이름으로도 불려지는 것은 아닌가 하는 생각을 일으킨다. 체로서의 땅이 여성이라면, (그렇다면 이것은, 성별상 암탕나귀일 테다) 자연ㅡ우주적 짐승으로서의 이 당나귀는 수컷일 테다. 이 당나귀는, 무너진 바벨탑 주위를 맴돌고, (기름 부음을 받은) 저 어린 양은, 시온 산에 서 있다.

어린 양 얼굴의 당나귀가, 물질/비물질로 이뤄진, 이 천지간에서, 천축 지축을 울리고 있다.

euhemerism에 관하여

오라는 데는 없어도, 아직도 갈 데는 많지만, 제법 몇 걸음 걸어왔으니, 이 만쯤에선 이 패관꾼 질묵(발싸개) 풀어, 가시쟁이에 걸어 바람에 말리기도 할 겸, 땀에 썩고 쉰 퀴퀴한 냄새로, 근처 사는 귀신들이며, 요정들의 단잠이라도 들쑤셔 깨워, 그들 더불어 농언지거리라도 해보며, 쉬기라도 좀 해야겠는다.

패관 문학의 상상력이나 수사학에 있어, 비유·은유·상징 등이 주요한 역할을 담당해온 것은 부인치 못할 것이다. 그러나 이 패관의 생각엔, 패관들의 상상력의 지하층에, 아직도 그 문이 활짝 열려본 적이 없는 방이 하나 있어 오는 듯하다. 그 방 속에서는 그럼에도 끊임없이, 어떤 갈증 난 목소리가 울려오고 있으며, 누군가가 열어 보아주기를 바라고 있어 오는 듯하다. 이 패관이, 아주 뒤늦게, 한번 빼꼼 열고 들여다본 그 방 속엔 그런데, euhemerism이라는, 예를 들면, 양의 얼굴에 당나귀의 몸이라는 투의 틀린 얼굴에 틀린 몸을 하고 있는 유령이 하나 감금되어 있었고, 그것은, 패관들이 드려야 되는 경배, 그리고 제주로써 바쳐야 되는, 먹물(잉크)이라는 수분에 갈증 나 있음을 알았다. 있었어도 보이지 않았으며, 보이지 않았어도 있어 온 그것을, 그러면 무엇이라고 불러야겠는가.

이건, 패관꾼이라면, 걸핏하면 혀끝에 내거는 소리임으로, 조금도 새로울 것이 없는 얘기로되, 수사학은 수사학적 체계와 압력을 갖는 것. 그래서 혀를 늘이거니와, 어느 시대 어느 장소를 막론하고, 그 시대 그 장소는, 그 시대 그 장소라는 형이하적 일상(日常)과 변전을 받침하는, 어떤 형이상적 지주라는 것이 있어 온다는 것을 주지하는 바대로이다. 진리라든, 낳고 죽기의 의미나 목적을 찾고 부여하려는 종교나 철학이라든, 삶과 죽음을 보다 더 풍요롭게 하려 하여 아름다움을 추구하려는 예술, 또는, 그런 굴레가 없이는, 축생도에로 떨어져 내리려는, 중력을 입은 자들을 제어하려는 윤리·도덕이 세우는 가치 기준 같은 것이 그것들일 것이다. (진부한 얘기) 그런데 패관이, 입에 거품을 물고, '아기'라고, 또는 '어린 양'이라고 말하고, 어느 고장, 어느 시대 없이 이를 해치려는 힘을 '붉은 용'의 이름으로 들먹이는 것은, 이번에는 조금 다른 종류의 euhemerism 얘기쯤 해보았으면 해서이다.

반복되지만, "현실로부터 아주 멀리 떨어져 있는, 신화적 존재를, 사실(史實) 속의 인물의 이름으로 환치하기 같은 것을 euhemerism"이라고 이르는 것은, 알려져 있는 바대로인 것. 호동적(湖東的) 땅의 악인, 땅의 선인은, '도척'이와 '안회'로 대명(代名)된 것과 같은 것이지만, (분명히 해둘 것은, 이 代名은 '은유나 비유, 상징'과는 분명하게 구별된다는 그것이다) 호서적(湖西的)인 것은, 땅을 포함한 하늘의 긍(肯)/부정적(否定的) 힘이, 다시 말하면 신화적·추상적인 것들이, 구상화를 치러 있어, 복합적인 것이 사실이다. 예 든 '아기, 어린 양' '붉은 용' 등은, 신화나 경전 속의 존재들인 것도 알려진 바대로이거니와, 그런 존재들이, 땅의 실생활과의 관계에서, 형이상적이든 형이하적이든, 어떤 관념, 또는 주제(善이라든 惡이라든), 어떤 인물, 어떤 장소 같은 것에 제휴해버렸다고 할 때는, 반복되는 듯하지만, 그것은 비유나 은유, 상징과는 반드시 같은 것은 아님을 알게 되고, 이런 경우는, '대명'이라는 어휘로 대명하기도 꼭히 동의할 만한 것 같지는 않다. 앞서, '진리'라든 '가치' '아름다움' 등을 말했는데, 일례로 '진리'를 들어, '어린 양'의 비유나 은유라고 한다면, 어째선지 먼저 저항감이 인다. 그것을 상징이라고 이른대도 결과는 마찬가지이다. "어린 양을 진리의 euhemerism"이라고 이른다면, 의아스럽되 저항감이 드는 건 아니다. '의아스럽다'는 얘기는, 그것이 보편화를 성취치 못했을 때 일어나는 당혹감일 터인데, 그것의 보편화를 위해 이 패관은, '풍문의 현실화, vice versa'를 꾀해온 터였다. 그러고도 뭘 둘러 말할 것이 있겠는가. 의중의 것을 토해내기로 한다면, 어디나 없이, 새로운 철을 맞아 새로 뿔을 거대하게 돋워낸 자나, 기름진 풀을 먹어, 두터운 비계 위에 편안스레 올라탄 자, 염통이 없어, 죽이려 해도 죽일 수 없는 괴물[大衆]—이것들은, 은유거나 상징(성)이겠는다—이라는 붉은 용은, 언제나 아기 얼굴의 늙은 어린 양을 먹어 치우려 벼르고 있다는 얘기가 될 것이다. 연전엔 신(神)을 먹어 치우고도 저것은, 아직도 배가 고프다. 자기의 전신이 고기[肉味]로 되어 있다는 것을, 맨 먼저 깨우친 자는 에퀴식톤이었는데, 어느 날 저것도, 자기의 전신이 고기로 되어 있다는 것을, 맨 마지막으로 깨우칠지도 모르긴 모르지.

各論 3—골고다

"위대한 탐므즈 신은 죽었다"는, 그 풍문의 출처를 찾아, 다음 날 이 패관은, 골고다를 다녀왔다. 그곳에 가기 전에 패관은, 그곳의 풍경을 대개 상상하고는 있었다. 먹어서는 독이 되는 것을 해친, 그래서 죽도록 앓고 있는 붉은 용이, 똬리를 틀고, 썩는 냄새를 풍기며, 어린 양이 태어난 날을, 태어난 것을 저주해대고 있을 것이며, 그 똬리의 한가운데는, 해산을 하다 해침을 당한 당나귀의 형해, 터진 양수와 피 냄새가 아직도 조금은 떠돌고 있을 것이고, (저 붉은 용의 저주를 통해, 그 목구멍에서 날라 나온) 가마귀들이, 그 냄새에 미치고, 흰빛을 새와, 남은 (당나귀) 뼈를 갉으며 우짖고 있을 것이라는 둥……, 그렇게 패관은, '풍문을 목도하기' 위하여, 그런 지옥화 속으로 들어가 본 것이다. 그리고 그건 그런 풍경이었다. 패관의 상상력이 미치지 못했던 것은, 저 붉은 용의 몸에서는 비늘들이 벗겨지고, 그런 자리들에서는, 병과 노쇠와 죽음, 그리고 죄와 악, 저주와 원한들이, 황충과 전갈과, 살모사와 짐승과, 사람 형상의 벌레가 되어 우글우글 일어나, 숙주를 파먹어 들고 있었다는 그것이었다. 그것은 그렇게 파먹히며, 빠른 죽음을 원하고 있었는데, 어쩌면 그것은, 죽고 싶음의 욕망 그 자체였던지도 모르겠다는 생각이 들었다. 두 가지 욕망이 있어 천지가 열렸다. 처음 있었던 것은 필멸에의 그것이며, 다음 있었던 것은 불멸에의 그것이다. 필멸에의 그것이, 비화현을 화현케 한 것이며, 일단 화현이 있고 나자, 그 본디 상태에로의 회귀욕이 발생한 것이다. 필멸에의 욕망은, 그것이 성육신(成肉身)할 때 붉은 용의 모습이며, 그 반대의 것은 어린 양의 모습이다. 우주는 저렇게 상극적 질서 체계에 의해, 그 영고성쇠를 되풀이함에 분명하다. 우주라고 말되어지는 그것은, 프라브리티를 띠로 띠고 있어 그럴 터인데, 이것이(프라브리티) '도'(道)라는 이름을, 이름이 아닌 이름을, 입고 있는 듯도 싶으다. '도는 인(仁)하지 않은 것'이어서, 상생(相性) 상화(相和)를 운위할 자리란 남겨놓고 있지를 못할 테다.

골고다에서, 늙은 패관은, 저런 풍경만을 읽어낸 것은 아니었다. 돌아오는 길에는, 패관이라고 자처하는 이라면, 귀를 서 발 너 발로 길어내게 할, 그런 수확이 있었는데, 근처 토굴에서 살고 있는 한 늙은네를 만나게 된 것이고, 그로부터 까마귀 고기와 석청 대접도 받았거니와, 그의 이름은 바시리데스라고 했으며, 그는 그날(어린 양이 십자가 위에서 수난한 날) 일을 소상하게 알고 있어, 그 얘기를 들을 수 있었던 것이다. 그가 들려준 얘기는, 그 시작으로부터 얼마까지는, 마태, 마가, 누가, 요한이 전하는 소식과 비슷했으나 그 결말 부분이랄 데서는, 달라도 많이 달랐다.

"……그리하여 화현해본 바가 없는, 그리고 이름을 붙일 수도 없는 (하늘의) 부모가, 저들(땅의 사람들)의 패망을 보고, ……지혜가 사람의 형상을 꾸며 땅 위에 군림하여, 권세를 폈거늘, 그는 수난한 바가 없었더라. 차라리 구레네 사는 시몬이라는 사람이, 억지로 그의 십자가를 메었었거니와, 바로 이 사람 시몬이 (그가 누군지 모른 채) 잘못되게도 십자가에 못 박혔던바, 사람들은 그가 예수인 줄만 알았던 것이더라. 그러는 동안 예수는, 시몬인 체 그들 가운데 서서, 저들을 비웃었더라"("Basilides's Teachings", *The Gnostic Scriptures*, 423쪽).

이것이 그로부터 들은 소식이다.

"하으 그러니까," 본 패관이, 그의 소식 끝에다, 생각난 것이 있어 보탰다.

"예수는, 바라바에 대해서, 구레네의 어떤 시몬이었구료. 각본에 의해서는 입습지요, 마, 말씀입지요……"

그는, 더 이상 말을 잇지 않았다. 본 패관의 추측엔, 바시리데스의 소식은 그러나, 그 진위가 밝혀져 본 적이 없었지 않았나, 또는 그것을 따져볼 필요까지도 없었지 않았나, 하되, 이 자리에서 패관으로서의 입장을 하나 밝혀둬야 할 것이 있다면, 그것은 그것의 진위와도 상관없이, 그런 소식이 아예 없었으면 몰라도, 있어 귀에 한번 담아본즉은, 어째도 한 번쯤은, 그것에 입각해서, 의문해보는 짓은, 당연한 일이 아니겠는가, 하는 것이다.

허긴 당시의 상황을 이렇게도 저렇게도 추측해보면, 그런 일이란 일어나고도 남을 법하지 않은 건 아니다. 네 공관 복음서에다 기초를 두고, 그럴싸하게 여겨질 일을, 한두 가지 끄집어내 보기로 한다면, 당시 그렇게도 떠들썩하게 소문이 났던 그(예수)의 얼굴을, 그러나 별로 아는 자가 없었던 듯하여, 그의 제자 중의 하나가, 즉슨 가룟 유다가, 그를 잡으러 온, '대제사장과 백성의 장노들에게서 파송된 큰 무리께', 그의 얼굴을 고해바치기 위해, 그에게 입 맞춰, 그 값으로 '은 삼십'을 받았다는 기록이 있는바, 그것이야말로 그 극명한 한 예가 될 것이다. 나중에, 베드로가, '닭 울기 전에, 세 번 자기의 스승을 부인한 것' 같은 경우도, 긴 머리털이나 더부룩한 수염, 또는 입은 옷들이 비슷비슷해서였든 어떻든, 그 세 번의 부인이 통했던 것으로 되어 있는 것도, 그 한 좋은 예가 될 것이다. 이런 처지에, 게다가 그를 처형하려는 병사들과 인부들은, 미리 골고다에 가서 십자가 셋(다른 두 명의 강도의 처형식도 함께 거행케 되었던 것)을 든든하게 세울 구덩이를 판다든지, 하는 준비를 하고 있었을 것이니, 그의 얼굴을 볼 기회를 갖지 못했었음은 분명하고, 이쪽 편에서는, 뼈나 근육이 별로 굳건하지 못한 자가, 떠멘 십자가 밑에서 비척이느라, 예정된 시간에 닿는 것은 그만두고라도, 하늘과 땅이 닫혀야 되는 '제구시'에도 닿을까 말까 했으니, 병사가, 검세게 보이는 사내(구레네 시몬)를 끌어들여, 그 대신 그 짐을 운반케 했었을 것인데, 한 어깨에서 다른 어깨에로 바뀌기에 한 식경이 걸리겠는가, 세 식경이 걸리겠는가, 땅은 열에 차 있고, 군중은 민란이라도 일으킬 만큼 흥분해 있었으며, 한 우주가 파국에 처한 지경에서는, 큰 맥만 보이고, 세부적 변화는 보이지도 않으려니와, 보였대도, 인지하는 순간 잊게 마련인 것. 그럼에도, 덜 흥분하고 있는 자들은, 그에게 씌웠던 가시관을 들어 그걸 쓰고 있던 자가, 그날 처형당하게 되어 있던 것을, 잊어서는 안 된다고도 소리칠지도 모르되, 그것은, 우주적으론 그가 유대인의 왕이었다는 그런 선언, 그런 의식이었겠으나, 그 당장의 땅의 일로는, 그것은 그를 조롱하기 위한 것이었으니, 조롱하기가 끝난 다음에사, 그가 그걸 벗어버렸다고 한다 해도, 또는 메고 가던 십자가에 닿아 떨어져 버렸다고 한다 해도, 또 아니면 짓궂은 데까지 생각을 달려, 그가 그것을 시몬의 머리에다 씌워주었다고 한다 해도, 거기 무슨 안 될 일이 있었거나, 그 탓에 그 잘 율조가 잡힌 행진에 역류 현상이 일어날 것도 아니었던 것. 면류관은 아까 그것이 어떤 머리에 씌워지고 있었을 때, 그것의 역할, 또는 가치를 다해버린 것일 뿐이다. 실답잖게 말하면, 그건 이미 시든 꽃이다. 그리고 어쩌면, 아무 죄도 없는 자를 처형하려는 그 제식 자체가 이미 시든 꽃인데, '민란이라도 일어날 만큼' 쌓인 한 집단의 울분·폭력성·음기 등은, 바라바를 예수와 바꿈으로 하여, 이미 해소되어졌어야 했기 때문이다. 그럼에도 물론, 한번 폭력성을 드러낸 군중은, 발기한 남근과도 같은 것이기는 하다. 이제부터는 이념(이데올로기)이 문제가 되지 않는, 맹목적성의 집단적 광기밖에 보이지 않는다. 이런 군중은, 피에 갈증 난 짐승에로까지 전락해 있는데, 대속양, 희생 제물이 서는 자리는 물론 여기이기는 할 것이다. 그러나 이 대속제는, 정치적, 식민지 사회적 필연성 외에, 헤롯의 '영아 학살'과 같은, 우주적 필연성이 관찰되어지지 않는다. (그렇다고 하여, 패관 중에서도 돌팔이도 못 되어, 스스로는 각설이라고 생각하는 이 늙은탱이가, '예수의 십자가상의 수난'을 근본 교의로 삼아 중생을 구원해오는 그 교의에 맞서 반기를 들려고 한다거나, 언감생심, 그런 건 아니며, 들어 보일 것이 있다면, 백기밖에는 없다는 것은 분명히 해둬야겠다) 이런 단계에 이르면, 어떤 선택된(?) 특정한 희생 제물로부터도, 그 특수성이 문제가 아니게 되는 것은, 쉽게 짐작된다. 그렇다면, 바시리데스가 전하는 소식을 따르기로 하여, 구레네 시몬이 수난을 겪었다고 한다 해도, 대속제가 노리는 소기의 목적을 다했다고 주장한다 해도 무방할 터이다. (패관은 앞서, '제의와 교의의 분리'에 관해, 말의 거품을 버글여 놓은 일이 있다) "백기밖에 들 것이 없다"고 자백한 자가, 그 진위도 가려져 본 일이 없어 보이는(가리려 한다 해도, 대체 무슨 수로 가리겠는가), 바시리데스의 소식 한 가지를 두고, (그 소식의 진위가 가려져 본 적이 없으니, 그 소식도 사실일 수 있다는 가정하에서,) 그런즉, 기독의 십자가상의 수난을 중시하여 이뤄진 종교, 그리하여 그것을 바탕으로 하여 이뤄진 역사는, 그렇다면 위사(僞史)는 아니겠는가, 그뿐만 아니라, 그것을 구원의 종교라고 믿어

온 모든 심령들은, '가라지 죽정이'가 되어버리고만 것은 아니었는가—라고까지 의문을 끌어갈 생각은 없다. 그것은 사학가들과, 종교가들의 몫이며, 돌팔이 패관의 것은 결코 못 되기 때문이다. 패관으로서 짐작해낼 수 있는 것이 있다면 그럼에도, 이뤄진 역사의 진위는, 그 원인, 또는 시작에서보다, 그 결과에서 가려지는 것이나 아니겠는가, 하는 것이다. 시작이야, 그렇게 되지 말았어야 한다는 추정이 선다 해도, 그 결과 쪽에서 보건대, 되돌이킬 수 없다면, 그것이 바로 실사(實史)여서, 위사란 있는 것이 아니라는 것이다. 그것이 역사의 필연성인 것.

이만큼이나 늙어오며, 패관이랍시고 귀를 세우고 하다 보면, 여러 가지 소식을 듣게 되는데, "모슬렘이 인류사에 끼친 해는 많되, 기독교는 그보다 더 많은 해를 끼쳤다"(A. Toynbee)라는 것 같은 소리도 들어보지 않은 건 아니다. 그러나 아무리 악감을 갖고, 그의 설법을 들여다보아도, 그가 해를 끼칠 까닭이란 찾아볼 수가 없을 뿐이었는데, 들어뒀던 말도 있고 해서 말인데, 이런 경우는, 기독과, 그를 추종하는 종교적 바라바들의 행위는, 따로 생각해보아야 하지 않겠는가, 하는 우견(愚見)이 들기도 한다. (이런 얘기는 자칫 잘못했다간, 십자가에 옆으로 못 박히기 쉬운 것임도 모르진 않는다) 패관의 믿음엔, 한 종교가 우주적인 웅자를 꾸미기까지는, 여러 세기의 그것도 고통스러운 성장 과정을 겪어야 한다고 하고 있다. 동화(童話)에 의하면, 이승에서 저승까지 여행을 했어야 할 주인공을 등에 태울 말은, 그 일을 수행하기 위해, 그러기 전 망아지 때, 다른 망아지들의 어미 젖까지 다 뺏어 먹고, 자란 뒤에야 가능했다고 이른다. 이것은, 한 영아의 출산이, 우주적임을 고지하기 위하여, 다른 수많은 영아들이 희생되었음의 동화적 형태(패러디)라고 해석한다 해도 무방할 터이다. 땅이 품어내는 우주적인 것의 출생은, 언제나, 그 땅이 쏟아내는 흥건한 피의 강보에 싸인다는 것도, 부인치 못할 사실(史實)이다. 제국이 그렇게 일어서지 않느냐. 말하기로 하여, 저것이 원리(原理)라고 한다 해도, 본 패관으로서는 그러나, 구원을 앞 내세우는 종교가, 또는 종교적인 바라바들이, 인류사에 끼친 해에 대해서는, 조금도 기쁜 마음을 가질 수는 없다는 것은 고백해둬야겠다. 그럼에도 저것은 절대로 위사(僞史)가 아닌 실사(實史), 역사의 필연성이라는 데는 동의치 않을 수 없다는 점도 밝혀둬야겠다.

'영혼과 가라지 죽정이'의 문제도 그렇다, (어느 파의 정통을 고수해야 할 까닭이 없어, 정신적 자유를 누리는 패관이 할 수 있는 얘기는 이렇다) "신은 (왜냐하면 그는 전지전능한 자이며, 우주 자체임으로) 자기의 신도가 신앙하는 어떠한 형태에로도, 자기를 (그 형태로 바꿔) 드러내준다"(힌두교)라는 것을 염두한다면, 문제는 대상이 아니라, 신도의 심도인 듯하다는 얘기를 할 수 있을 것 같다. '가라지 죽정이'란, 그렇다면 아무것도 정작으로는 믿지도 못하고, 못 믿지도 못하는, 뜨겁지도 차갑지도 못한 심령과의 관계에서 운위될 것이나 아닌지도 모를 일이다. 그런 심령은, 삶과 죽음이라는, 처절한 싸움이 행해지는 자리에 가담해 있으면서도, 자기의 역을 방기하고 있어, 있어도 있지 않을 뿐이다. 알맹이가 없는 가라지 죽정이—.

앞서 돌팔이 패관은, 어떤 단계에 이르면, 어떤 특정한 희생 제물로부터, 특수성이 탈락할 수도 있다는 얘기를 했으며, 그럼에도 그 대속양은, 그 소기의 목적을 다했었을 것이라는 얘기를 한 바가 있다. 특수성을 잃고도 그러면, 그 대속양은, 어떻게 그 '소기의 목적(대속)'을 달성할 수 있는가, 라는 의문이 이는데, 뒷북치는 듯한 느낌이 좀 없잖아 있어도, 그 의문은 필수적인 듯하다.

예술, 특히 육안에 호소되어지는 그것들, 미술, 기타에 나타난 기독의 얼굴은, 하나도 같은 것이 없어, 모두 다르다. 이것은 그의 개면성(個面性)과 중면성(衆面性, 또는 共面性)을 드러낸 것일 것이다. 개면성이란, 그를 좇는 모든 개인들이, 그들의 심정에 뫼시는 기독의 얼굴은, 하나도 같지 않다는 것이며, 중면성이란, 그럼에도 그 어느 한 얼굴도 기독 아닌 얼굴은 없어, 그 '모두가 하나의 기록'이라는 얘기다. 그리고 종교심리적이랄 국면에서는, 그런 기독을 뫼시는 모든 개인들은, 다름 아닌, 구레네 사람 시몬일 터이다. 그리하여 모든 신도들은, 기독의 십자가를 짊게 되었는데[反之亦然], 그러기 위해서 그들은 먼저 자기를 부정하고, 희생하기를 권유당할 것인바, 이것이 종교적 인간이다. ('자기 자신을 먼저 사랑하라, 그럴 때 타인도 사랑할 수 있다'—는, 달콤한 목소리로 사이렌들이 노래하고도 있더구나) 여기 어디에, 기독과 관계된 '사회적 피학증'의 문제가 거론될 자리가 있을 듯하다. 그러니까, 어느 시대,

어느 장소를 막론하고, 십자가에 못 박혀 희생 제물이 되는 자는, 기독의 십자가를 대신 짊어진 자라는 얘기를 할 수 있게 된다. 그럴 때 십자가는 극복될 터이다.

바시리데스의 소식을 액면 그대로 받아들이기로 한다면, 그리고 대부분의 기독교인들이 믿는 대로, 이 땅 위의 누구도 말고, 꼭히 한 인물, 기독이 십자가상에서 수난을 겪었어야 한다고 우기기로 한다면, 이 패관자가 할 수 있는 패관스런 얘기는, 아직도 저 처형식은 거행된 바가 없을 뿐이며, 다만 유예되었을 뿐인데, 그날이 언제쯤이나 될지, 패관은 예언자도 역사가도 아니어서 말할 수 없을 뿐이라는 것이다.

칼이며, 낫이며, 몽둥이를 든 군졸들의 군홧발 소리가 어지러운 가운데, 베들레헴의 마구간과, 인근 지방의 수없는 아이들이 몹시 우는 소리가, 울다가 뚝 그치는, 천둥 같은 정적의 소리가, 들린다.

結論—몰록 신전

사람 얼굴의 짐승들, 또는 짐승 얼굴의 신들이 사는 고장이 거기였던 모양으로, 몰록 신전이 있는 마을은, 어디에서고 볼 수 없으리만큼, 부와 자유스러움이 넘쳐나, 권세 있는 자들만 모여 살고 있음을 엿보게 했다. 그것들에 의해 땅의 일이 운영되어진다는 의미에서, 부(그 금의의 아름다움!)나 권세(그 홍포의 지엄함!)란, 땅의 종교이되, 그것들이 중력을 입은 자들의 욕망과 제휴하면, 별수 없이, 하늘로부터 조금씩 멀어지는 결과를 초래할 수도 있어, 많은 경우 부정적 형태를 띠는 것은, 구차스런 설명을 생략하고서라도, 어렵잖게 이해되어지는 바일 것이다. 사람의 욕망을 극한까지 충족시켜줄 수 있는 저력이 바로 저것들이기 때문인데, 욕생(欲生) 아닌 욕망(欲望)은, 살 입은 자들의 오관(五官)을 신전(神殿)으로 삼고 있다는 것은 자명하다. 그러나 풀도 세 포기만 모이면, 자기가 더 많은 수분과 햇볕을 받아, 다른 것들 위에 그늘을 덮어야겠다고, 다투는 부나 권세의 문제를 두고, 아직도 뭘 더 말할 것이 있겠는가? 그런 문제 때문에, 놀려진 혀에서 인 거품이, 하늘까지 차올라, 신들도 천식에 당하거늘.

이 늙은 패관은, 이 고장에서 많은 얘기를 꾸며낼 수 있으되, 다시 말이고 또 말이지만, 패관은 없는 얘기를 꾸며내는 자가 아니라, 있어 온 얘기를 기록하여 전하는 자이므로, 그 일이나 하려는 것이다.

그 고장의 입구에서 패관은, 에피파니우스라는 이름의 한 늙은네를 보았는데, 그는 머리와 가슴에 재를 덮어쓰고, 가슴을 치며, 음담패설이라면 옳을 소리를 주억거리고 있었다. 그럼에도 패관의 가슴에 와 닿기에는 예언자적이었다.

“저들의 패륜을 보라, ‘저들은 무차별적 집단 성교를 하면서도, 임신은 금기로 삼는다. ……그럼에도 불구하고, 저들 중의 누가 참지 못하여 방출을 하였으므로 하여, 애를 밴 일이 있으면…… 적당한 시기를 기다려 낙태를 시키고, 끄집어낸 핏덩이는 맷돌에 갈아, 토역질을 하지 않으려, 꿀이며 후추, 갖은양념과 향료를 섞어 처먹는다. 그리고 월후하는 계집의 월후를 손에 받아 높이 쳐들어 올리곤, 주여, 당신께 이 제주를 바치나니, (예의 저 떡을 보이며,) 그리스도의 몸이요, 피이오니다……’(*The Gnostic Scripture*, 207쪽). 그렇지 못해 만삭이 되어 아이가 태어나, 한두 살 자랐을 경우엔, 그 아이를 산 채 불 가운데 던져 넣기도 한다. ‘사람을 바친 희생제의 피로 철갑을 한 진저리쳐지는 몰록 / 그리고 어버이들의 눈물 / 북과 팀브렐의 소리가 요란하였으므로 / 몰록 저들의 우상께 바치기 위하여 불 속에다 던져 넣은 / 저들 아이들의 비명이 들리지도 않았다’(A. Toynbee, *An Historian's Approach to Religion*). 말세로다, 심판의 날이 가까웠으니, 회개할지어다!”

슬픔의 길 한끝에서 이 늙은 패관은, 아으, 그런 소문을 들었기 전에 죽었다면, 넋에 복이 있었을 것인가, 저렇게, 자기네가 수태했다 낙태한 자기네들의 핏덩이를 갈아 떡을 만들고, 여자의 월후를 받아 포도주 삼아 먹고 마신다는 족속들의 얘기를 들었으며, 울며 앙탈하는 아이들을, 그것도 그 아이들의 어버이들이, 불 가운데다 던져 넣는다는 얘기를 들었다. 붉은 용(이라는 이 짐승이, 스스로를 신격화하여 '몰록'으로 화신한 얘기는 한 듯하지만)과, 해를 입고 달을 발아래 디딘, 임신한 한 여인네의 대치는 끊임이 없어 온다. 기름 부음을 받은 자는, 흙으로 입은 몸을 내주어, 종교적 어휘로 '죄'라고 이르는, 땅의 혼탁을 대속하고(그럴 때마다, 이런 祭儀를 위해, 탐므즈는 죽는다), '말씀의 몸'으로는, 살 입은 것들의, 모든 부정적 욕망이 뒤섞여 들끓고 있는 솥, 중력이 쏟기는 일점, 지옥에로, 누룩이 되어, 나나니벌의 알모양 심겨 들어, 살을, 짐승을, 필멸을 극복한다. '기의'는 그렇게 '기표'를 극복한다. (시온 산에 선 어린 양을 보라!) 여기, 상극적 질서에 의한, 몸과 말씀의 우주의, 순환의 비밀이 있다.

죽기 위해서, 그래서 이 늙은 패관도 이런 고장엘 온 것인데, 그러나 패관께 믿겨지기엔 왕생 길을 훤히 앞에 두고, 이 고장에서 사람들은, 환생만을 거듭해오고 있는 듯하다.

(咄! 小說하기의 雜스러움!)

混紡된 상상력의 한 형태 3
—相에서 性을, vice versa

相 1

아-루타(Ahruta) 왕비가 임신 중에 사망케 되니, (왕실에서는) 연화존자(파드마삼바바)가 선정(禪定)에 머문 묘지에 그 시체를 모셔다 뒀는데, 존자가 발견했기에는, 그 송장의 자궁 속에는, 임신되어 있던 여아가 아직도 살아 꿈틀거리고 있다는 그것이었다. 존자는, 자기와 그 여아 사이에, 전생의 인연이 있었음을 알고, 그 아이의 뒤를 돌보아주기로 하였다.

相 2

팔-팡-규(pal-pang-gyu)라는 지방에, 모직을 생업으로 하는 부부가 살았더니, 마누라가 딸아이를 난산하고 죽게 되었으므로, 아비 생각에, 어미가 없이 아이는 살지 못할 것이라고 하여, 어미와 아이를 함께, 공동묘지에 갖다 버렸다. 암호랑이로 둔갑을 한 만다라바(Mandãravã)가, 갓 죽었으므로 비교적 신선한 송장을 뜯어먹기 위하여 그곳엘 왔다가, 죽은 어미의 젖을 빨고 있는 여아를 보게 되었던바, 한없는 자비심이 든즉, 그녀 자신의 젖을 빨게 하고, 자기는 그 송장을 매일 조금씩 뜯어먹으며, 아이에게도 조각을 먹였다.

相 3

아-루타 왕비가 임신 중에 사망케 되니, 때에 연화존자가 수도 중이던 공동묘지에다 그 시체를 모셔 다뒀다. 존자가 살펴 알게 되었기에는, 그 송장의 자궁 속에는 아직도, 여아가 살아 꿈틀거리고 있었는데, 존자는, 자기와 그 여아 사이에 전생의 인연이 있었던 것을 알았으므로, 그 여아의 뒤를 돌보아주기로 하였다. 하여 만다라바로 하여금 암호랑이에로 둔갑하게 하여, 그 송장의 배를 가르고 여아를 끄집어내게 하였겠었다. 대자대비로 하여, 만다라바는, 그 여아께 자기의 젖을 빨게 하고, 자기는 그 여아의 어미의 송장을 조금씩 먹으며, 아이에게도 (조각을) 먹였다.

性

V.I.T.R.I.O.L

[註]

「相 1」: *The Tibetan Book of the Great Liberation* 중, "The Youthful Escaped Demon"에서 발췌.

「相 2」: 같은 책 중, "Mandrāvā and the abandoned female babe"에서 발췌.

당시엔 가설항담이었던 것이, 어떤 경로에 의해서든, 경전(經典) 속에 자리를 차지하게 되면, 그것은 그 순간 우주적 사실성을 띠는 수가 있기도 하지만, 당시엔 실제적인 얘기였었을 수도 있었을 것들이, 후대에 이르면 가설항담으로 들리는 것들도 있다. 발췌 인용되어진 「相 1」 「相 2」는, 그런 좋은 예처럼 보이는데, 본 패관(稗官)께 여겨지기에는, 둘은 같은 한 얘기였었을 수도 있었던 것이, 구전되는 중, 인용되어진 꼴들을 취하게 된 것들이나 아닌가, 하고 의문케 한다. 물론 가설항담도, 그것이 설명해야 하는 부분들을 나중에 발전을 본 소설과 달리, 생략하거나, 아예 무시해버려, 무방비로 내버려 두는 예는 많다. 까닭에 그것은, 이상한 방향에서, 듣는 혼이(魂耳)들 속에다, 밀종적(密宗的) 상상력이랄 말벌의 알을 많이 슬게 해놓는 점도 관찰되어진다. 밀종적 상상력이라고 이른 것은, 그것이 '죽음 속에 임신 된 삶', 또는 '죽음으로부터 젖을 빠는 삶'의 얘기를 하고 있어, 이승서 저승을(vice versa) 들여다보게 하기 때문이다. '송장'이 '어머니' 역이 되어 있다는 것은, 어째도 밀종적이다. 패관스럽게 살펴보고 싶은 점이 있다면, 저런 얘기가 있던 당시의, 그 고장들에는, 매장이나 화장, 또는 수장 속 같은 것은 없었던 것이나 아닌가 하는 것이다. 그래서 유족들은, 시체를 펴 버리도록 정해진 자리에다, 옮겨다 놓아버린 것이나 아니었는가, 그렇다면 새나 짐승, 벌레들이 그 뒤처리를 해버렸던 것이 아니었는가, ……그런데, 저런 송장의 고기를 두고, 다투는 다른 유정이 하나 더 있었더라고 했는데, 낳기와 죽기의 고통을 여의려, 그런 자리를 떠도는 스님들이었다는 것. 그들은, 그런 음식 속에서도 어떻게 선주를 짜낼지, 그 연금술에 통달해 있다고 알려져 있다. '만다라바가 암호랑이에로 전신'했었다는 것 같은 것을 근거로 하여, 저 연금술이 어떤 것이었던가를, 패관스럽게 추측해보기로 한다면, 저들이, 먹을 수 없는 음식을 선병으로 바꾸려 했을 때마다 저들은, 인간으로서는 결코 즐길 수 없는 그 음식을, 매우 즐겨 탐하고 덤비는, 그런 어떤 다른 유정에로 전신을 치러낸 것이나 아니었는가, 하는 것이다. 예를 들면 개는, 인간보다 매우 월등한 후각을 가졌으되, 냄새를 분별은 하되, 호오라는 편견을 갖지 안 해, 똥도 즐기려니와, 송장의 창자를 파헤치기도 즐겨하고 있어 보이잖는가. 관건은 그러니, 편견을 없애는 그 일일 것이다.

첫 얘기(「相 1」)가, 한 두엇의 것을 괄호인 채 남겨뒀다고 여겨지는 것은, 송장의 자궁 속에서 끄집어 내어진 그 산 핏덩이는, 그가 어떻게 돌보았으며, 장차 그 아이는 어떻게 되었는가, 하는 그 후일담이다. 헌데 이것이 그 괄호를 메워 넣기에 근사하기라도 할지 어떨지는 모르되, 앞서 밝힌 그 같은 책(上同

書)에 이런 얘기가 독립적으로 수록되어 있기는 하다.

그대[만다라바]의 부친은, 선왕(禪王) 칼링가의 왕자였더니, 불교를 믿지 않는 이웃들과 전쟁을 벌여, 많은 인명을 살상한 까닭으로, 다시 상사라에 태어나지 않으면 안 될 운명이었드랬다. 인해, 아-루타 왕비께 회임되었던바, 왕비가 임신 중에 사망하였으므로, 묘지에 모셔다 두게 되었었다. 시신 속에서도 아기는 죽지 않고 살아 꿈틀거리고 있었으므로, 내[연화존자]가 시신의 배를 열고 아이를 꺼냈으나, 결국은 죽게 되었더니, 그 핏덩이가 새로 태어나, 그대의 부친이 된 것이다.

이 얘기 또한, 「相 1」과 그 골격은 비슷함에도, 끄집어 내어진 핏덩이의 성별이 같지 않다는 것이 주목되어진다. 함에도, 얘기의 골격이 매우 흡사하다는 점에서 본다면, 이것도 어쩌면, 그 원전은 같은 것이었던 것이, 구전되는 중, 핏덩이의 성별을 두고 전와(轉訛)를 겪은 것이나 아닌가 하는, 의문을 갖게는 한다. 결국 아비는 딸을 분만한다. 그렇다, 아비가 딸을 분만한다. 이런 자리에 이르면, 하긴 성별을 운위해야 할 필요가 없다는 것을, 알게 하기는 한다.

「相 2」는, 나타내 보인 대로만 좇는다면, 이 얘기 속의 아이는, 이미 분만되어져 있었다는 점에서, 인용되어진 두 얘기와 그 형태가 같지는 않다. 이것은, 의심의 여지 없이, 두 다른 얘기이기는 하다. 함에도, 이것 또한, 앞서 말 되어진 '밀종적 상상력'이라는 그 같은 숙주에서 부화된 얘기의 범주를 벗어나 있지 않다는 점은, 꼭히 지적되어지고, 강조되어져야 할 것이다. 속정(俗情) 애와틴 것을 여의치 못한 본 패관꾼에게는, 태임 받은 딸까지, 죽은 어미와 함께 퍼 버린, 저 아비의 무정스러움이, 감내키에 힘든 슬픔이 되기는 하지만, 아비의 '무정함'이라는 바로 이 한 매듭이 사실로는, 채워 넣어져야 할 괄호로 보이기는 한다. 고해(상사라) 속에 던져짐 받기(윤회)란, (유정들의) 송장의 젖퉁이에서 젖 빨기로밖에 달리는 설명되어지지도 않기 때문이다. 고해는 송장이다. 그래서 그것은 자식에 대해 저주이다. 땅은, 기름진 죽음의 골짜기이다. 산 것들은, 살기 위해 거기로 와서 죽어간다. 詞煩!

「相 1」「相 2」 그리고 「만다라바의 전생기(前生記)」랄 것은, 경전에 수록되어 있는 얘기이므로, 그대로 읽거나 듣고, 가슴에 접어둘 것들이겠으나, 패관꾼은, 그런 데까지도 코를 박아 큼큼거리는, 좋지 않은 습성을 길러 갖고 있는 것이 문제다. 그래서는, 나름대로 재정리해보려 한 것이 「相 3」의 얘긴 것인데, 「相 3」의 단처를 가리는 것은, 그럼에도 그것은 '허구'라는 그것이다. 그리고도 그것(허구)이 또한 단처이다.

「性」장(章)에 차용되어진 암호, 또는 기호는 연금술의 신비를 여는 열쇠 같은 경구로 알려진 것인데, 바로 이 열쇠로 하여, 「相 1」「相 2」「相 3」「만다라바의 전생기」의 잠긴 방문을 열어보려는 의도에 의해, 빌려진 것이라는 것이다. 그 암호를, 원상태로 복귀시키면 이렇게 된다고 한다.

Visita Interiora terrae; rectificando invenies Occultum lapidem.

(Visit the interior of the earth; through purification thou wilt find the hidden stone. 대지의 깊은 속으로 내려가 보라, 순화를 통해 그러면 그대 숨겨진 돌을 찾으리라.)

이런 말은 그러니까, 연화존자의 전기 속에 수록된 저 얘기들은, 다름 아닌, 존자의 선(禪, 요가)의 연금술과 관계된 것이나 아닌가, 하는 것을 살펴보자는 것이다.

연금술사들은 흔히 말하기를, 자기네들의 '돌은, 어미의 자궁 속의 아이와 같이 자라고 있다'고 하며, '이 악취 나는 물[羊水]은, 저 돌이 필요로 하는 모든 것을 함유하고 있다'고 이른다. '이것(현자의 돌)은, 제 꼬리를 먹는 유로보로스모양, 그것 스스로 낳고, 죽이고, 그 자신을 먹어 치운다.' 임신한 채 죽어 송장이 된 것은, 그러고 보면 바로 이 유로보로스인 듯하다. 자신을 임신하고, 자신을 죽이며, 자신을 먹어 치운다. 송장은, 심리학적 용어를 차용한다면, '무의식' 자체일 것이며, 연금술적으로는 '니그레도'[黑] 일 터이다. 이 무의식은 또 '그렇게 어머니며, 동시에 딸이다. 그리하여 어머니는 그녀 자신의 어머니를 분만하고, 그네의 자식은 또 그네의 아버지이다.'

선(禪)은 어쩌면 바룬다 새[鳥]이다. 그 대가리 하나는 말[言語]을 쪼아 먹고, 다른 대가리는 제 살(몸)을 쪼아 먹는다. 보다 더 무장애스러운 '말'에서 암리타(암브로샤)를 얻는 조두(鳥頭)는, '말' 속에 그 머리를 처넣고 있어, 그 자리에는 없다. '말'의 무의미를 깨닫는 날, 그 붕(鵬)은 말을 잃고, 이제는 더 쪼아 먹을 것이 없어, 고해 밑바닥 그중 어두운 곳에 기복해 있는 곤(鯤)을 그리움으로 내려다보다, 떠나왔던 데로 되돌아가거나, 어쩌면 산화(散花)하고, 어쩌면 스스로 무화(無化)를 성취해버릴 것이다. (이 '곤'이 '유로보로스'일 터이다. 제 꼬리를 제가 물어 빨아들여 삭혀, 자신을 無化하는데, 그 무화의 일점에서 '붕'이 날아오르고, '無'는 송장, 그리고 혼돈, 속에 새로 '꿈틀거림'이 임신된다—'곤.' (그럼에도 이런 얘기는, 한 마리 붕새가 차안을 떠나 너무 멀리 날아, 피안에서도 그 너머까지 날아버린 결과를 말하고 있어, 패관자가 헤쳐볼 내장을 갖고 있어 보이지 않는다. '곤'도 그러하다, 이미 무수한 윤회를 거듭해 있다. 이래서는 얘기가 되잖는다)

'송장의 배를 갈라 산 핏덩이를 꺼내기'란, 'V.I.T.R.I.O.L.' 그 자체라는 얘기는 은연중에 했음에 분명하다. 그리고도 아직도 풀려져야 하는 암호가 뒷더 있다는 믿음이다. 하나는, '만다라바'라는 여성은 누구냐, 라는 것이며, 그 여성은 어찌하여 하필 '암호랑이'의 모습으로 자신을 둔갑하지 않으면 안 되었었는가이며, 다른 하나는, 꺼내어진 그 핏덩이와 연금술사(연화존자)와의 사이의 '인연'이란 어떤 것이었는가, 하는 등이다.

'만다라바'라는 암호 풀이는 뭐 그렇게 어려울 것은 없는 듯하다. 그건 다름 아닌, 저 연화존자의 탄트릭 여성 쪽을 담당해 있는 것으로 이해되기 때문이다. 반복하면, 여성 쪽의 연화존자 당자라는 것이다. 송장을 먹기 위해, 그네가 호랑이에로 전신을 치러놓고 있음은, 한 수도자가, 목숨을 부지하기 위하여, 인육이라도 먹어야 된다면, 육식 동물에로 전신을 치러놓는 것은 당연할 터이며, 그렇지 않는다 해도, 그 음식을 파먹고 있을 때의 그 수도자는, 분명히 인간은 아니었을 터이다. 외양이야 어찌 되었든, 야차거나, 호랑이, 늑대거나,

독수리였을 것이다. 그런 수도승이 밀종적 상징의 옷을 입는다면, 호랑이의 모습을 띨 것이었는데, '용'이 하늘의 힘의 상징이라면, '호랑이'는 땅의 그것이기 때문이다. '호랑이는 그리고, 그것의 습성이나 사는 방법에 의해서 보면, 실제로는 인간인 것이, 잠시 그런 형태를 취해 있을 뿐이다'라고 이르기도 하잖는가. 송장을 뜯어먹는 유정은, 그리고 어째도 땅의 소속일 테다.

'꺼내어진 핏덩이'는, 물론 '현자의 돌'의 밀종적 은유일 테고, 그것은 그래서 혼(魂)의 상징일 터인데, 이 혼은 다름 아닌 연금술사 자신의 것이었을 것이므로 해서, '인연' 문제가 거론되어졌을 것이다. '남자의 무의식은, 여성적 성격을 갖고 있다. 그것은 남자의 여성적 국면 속에 숨겨져 있으므로, 그 자신은 당연하게도, 그 자신 속에서 그것을 보지 못하되, 여성 속에서는 그것이 그로 하여금 매혹케 한다. 까닭에 혼은 여성일 게다'(C. G. Jung). 앞서 말한 이 '무의식은, 그렇게 어머니며, 동시에 딸이다. 그리하여 어머니는 그네 자신의 어머니를 분만하고, 그네의 자식은 또 그네의 아버지가 된다'(Jung).

이렇게 말하고 나니, 탄트릭 수행이라는 이 연금술은, 육신 속에서 혼을 일깨워내기, 혼을 영화(靈化)하기라는, 다분히 영지파적 수행으로도 보이는데, 까닭은, 이 탄트릭 수행의 재료가 되어 있는 것이, 다름 아닌, '살'(몸)이 되어서 그러하나, 현자의 돌로 대명(代名)되어지는 혼의 발견까지는 유사할지 모르되, 그 이후부터 저들은, 혼의 영화를 연금하려는 대신, 그것의 무화를 성취하려 한다는 점에서, 양자의 갈림길이 있어 보인다. (이 '無化'에 대해서는, 이에 너무 많은 현자들이, 눈썹을 뽑아 솥[연금 솥] 밑 태우는 향목을 삼았으므로 하여, 세상이 그 누린내로 숨도 잘 쉴 수 없는 지경인즉, 거기다 어쩌자고 뽑아 눈썹을 보탤 일이겠는가)

이것은 그리고도 '안쪽'으로 터뜨려 내린, 다시 말하면 요니 속으로 방출되어 들어간 '보석'에 관한 얘기랄 것이다. 옴 바즈라파니 훙! 안쪽으로 터뜨려 내려 핀 이 꽃을, 일시에 뒤집기로 한다면, 다시 말하면, 즉슨 밖이 되게 한다면, 옴 마니팟메 훙(蓮 속에 담긴 보석)의 형상을 취할 것은 자명하다.

스칸디나비아 사람들의『민담과 전설』속에도,「구렁이 왕자」라는 얘기가 있다. 애를 못 가져 심려 중인 왕비께, 하루는, 한 노파가 찾아와, 애 갖는 비결을 일러준다.

'침궁에로 목욕탕을 들여놓게 하시고, 물을 가득 채우게 하신 뒤, 목욕을 하시고 나면, 욕통 밑에 두 개의 붉은 양파가 놓여져 있음을 발견하시게 되실 것이오니다. 그러면 조심하시어 그 껍질들을 벗기고 드신다면, 때가 되는대로 수태하심을 아실 것이오니다.'

여사, 여사, 행복한 김에 왕비는, 받은 충고를 깜박 잊고, 그 양파 중의 하나를 껍질을 까지 않은 채 삼켜버렸다. ……만삭이 되어 왕비께서 분만을 하고 보니, 이런 세상에! 그 첫 아이는 보기에도 끔찍스런 새끼 독사였더라고 했다. 그랬으니, 산파들이, 얼른 그 독사를 집어 창밖에다 던져버렸겠었다. 여차, 여차, 얘기는 이러쿵저러쿵 자아져 나간다…… 세월이 흐르고…… 궁시렁 궁시렁, 하는 동안에, 그 구렁이 왕자가 결혼을 하게 된다. 또드락 딱 또드락 딱…… 밤은 자정까지나 깊어가고…… 구렁이 왕자가 자기의 신부께 옷을 벗으라고 명한다. 얼레 얼레? 조런 깜찍한 신부가 있을까 보냐? 대꾸지하여 요런다. '당신부터 벗으시와요!'

'이 나라의 아무도, 내게 그렇게 말할 사람은 없을 터,'

구렁이 왕자가 놀란다.

'하지만 저는요!'

그러자 구렁이가 입어진 것을 벗기 위해, 구불탕거리고 뒤틀며, 신음에 숨을 헐떡이고 애쓰던 중, 어떻게 겉껍질 한 꺼풀을 벗겨내기에 이르렀다. 따라서 신부도, 눈빛으로 흰 겉옷을 한 벌 벗어, 뱀 껍질(허물) 위에다 덮었다. 다시 구렁이는, 신부께 옷을 벗으라고 명했으며, 신부 쪽에서는, 신랑부터 벗으라고 응수했다. 여사, 여사, 그러는 중에, 일곱 벌의 구렁이 껍질이 쌓이고, 신부의 옷은 여섯 가지가 쌓였다. 공주는 그러나, 마지막 일곱 번째의 옷은 벗지 않았더라고 했다. 일곱 겹의 허물을 벗고 공주 앞에 선 그는, 아무 형체도 아닌, 피에 범벅이 된, 살의 한 무더기였더랬다. 때에 이르러 공주는, 잿물과 솔을 써, 저 피범벅을 씻고 문질러대기 시작했드랬다. 세 번째의 솔이 다 망가질 때쯤 하여서는 그런데, 그네 앞에는, 세상에서 그중 영준하게 생긴 젊은 왕자가 서 있었더라고 했으니, 그때쯤 동이 트고 있었겠다.

밖을 터뜨려내기로 드러난 보석.

[註]

아마도 '양파'와 구렁이는, 그 조악한 껍질/허물을 벗겨내기/벗기에 있어, 분명히 같은 '연'(蓮, prima materia) 봉오리이다. 그것을 열고 드는 손이 남성이면, '송장의 배 속을 파고 들어가기'로 나타나고, 여성이면, '껍질을 벗겨내기'의 행위로 드러난다. 요니 속으로 뚫고 드는 링가(남근)는, 아담이, 아직 이름이 없는, 그래서 송장과도 같은 우주의 모든 존재와 사물에다 이름 붙이기 같은 것이며, 그래서 우주가 명료해지고, 링가를 문질러 그것의 껍질을 벗겨내는 행위는, 한 뭉수리의 조악한 사대(四大), 그래서 그것 또한 송장인 것으로부터 생명을 일으켜내기 같은 것이다. 이 선(禪)은 그래서, 해탈에 도달한다.

자야(승리) 자야 자야.

(咄, 小說하기의 雜스러움!)

混紡된 상상력의 한 형태 4
— 寓話에서 天機를, vice versa

1

특히 이솝(Easop)이나 히기누스(Hyginus)의 눈들은, 티레시아스(Tiresias)의 지팡이에 비유되는데, 이 지팡이로 티레시아스가, (어느 날) 숲을 걷다 푸른 뱀을 만났으므로, 그것을 한 번 친즉, (티레시아스가) 갑자기 성전환을 겪어 여성으로 변했다는 식의 얘기가 저것이다. 흥미로운 것은, 그 지팡이에 얻어맞은 쪽에서는 아무 변화도 없었을 뿐이었는데, 친 그 당자 쪽에서 변성을 치렀다는, 그 이상스러운 역반응이 그것이다.

마찬가지로, 이솝이나 히기누스의 눈들도, 치고(보고) 덤벼든 것들은 바뀌는 것이 없는데, 치고 덤벼든 것들(눈) 쪽에서 사시성(斜視性)을 드러내 버린다는 것이다. (그것을 관찰해내게 한다) 이 관계는 아마도, 해 아래 맑은 물속에다, 반듯한 막대기를 찔러 넣고 보았을 때 일어나는 현상에서, 비유를 얻을 수 있을 듯하다. 그 막대기는 그때도 분명히 꼿꼿하고 반듯할 것임에도, 그것을 쥔 자의 눈에 그것은, 그 수면을 벗어난 아래쪽부터, 어째선지 비뚤어져 있어 버린다, 굴절되어 보인다. (물인가? 막대기인가? 눈인가? 마음인가? — 이런 따위 禪的 물음은 필요 없을 터이다) 보기와 대상 사이에는, 언제든, 어떤 종류의 대기권이나 오존층이 있고, 보는 눈이 이 일점에 들거나 통과하면,

보이는 사물이 굴절 현상을 일으키는 모양인데, (그렇다면 우리는, 눈을 셋씩이라도 띄우거나, 몽땅 잃어버리지 않는다면, 한 번도 어떤 사물의 실체에 접근해보지를 못하고, 이 세상 스쳐 지나가는지도 모를 일이겠다) 신화적으론 '(티레시아스의) 푸른 뱀'으로 드러난 이것이, 세담화(世譚化)하면, '우화'의 형태를 띠는 듯하다.

길이, 그리고 마을이, 그리고 또 길이, 그리고 또 마을이, 그것의 은근한 곳에 젖은 의미를 묻어두고, 아무리 호꼰하게 품을 열어, 이 패관(稗官)을 기다려 있다 해도, 이 패관도 이제는 늙었나 비다, 지쳤나 비다, 길로나 열렸던, 마을에로나 열렸던 눈에, 늙음의 성에가 꼈든, 저승 거미줄이 둘렀든, 이제는 무엇이고 잘 보이지가 않는다. 늘어진 가죽 주머니 속의 불알 헤아려보듯 그러자니, 바랑 열어 그것이나 뒤적여 소일을 하다 보니, 필기첩 속에 푸른 뱀 한 마리가 납작하게, 여러 세기 잠들어왔음이 보이놨다. 허허으, 헌즉 오늘은 이 놈이나 잠 깨워, 땅꾼 노릇을 해본다면, 아직도 다 헤아리지 못한 두 쪽 불알을 마저 헤아리게 되려는지도 모르겠다.

그로부터 수 세기, 또는 몇 겁이나 지나, 제 놈들 어미의 양수에 목욕재계한 것들이, 그로부터 수 세기, 또는 몇 겁 전의, 최초의 사람이 만들어지던 방의 창에 구멍을 뚫어 엿보고, 천기를 누설한 기록이나, 구전된 얘기는 많기도 하지만, 그중에서도 이솝이나 히기누스는 보다 으스락딱딱하게, 그 같은 산실의 같은 창을, 두 다른 눈으로 보고, 겁도 없이 홰쳐(발설)대고 있어, 신들이 노발대발하지 않을까, 두렵다.

이솝은, 신의 사람 만들기의 비밀을 이렇게 까발씨고 있다. '제우스(Zeus)의 명을 받들어, 프로메테우스(Prometheus)가 사람과 짐승을 지었더니, 제우스가 본즉, 사람보다 짐승의 수가 지나치게 많은지라, 다시 명하여, 이 짐승 중의 많은 것들을 사람으로 바꾸라고 했겠다. 좇아 프로메테우스가 그렇게 하였더니, 전에 짐승이었던 것들은, 비록 형체는 사람이라도, 여전히 짐승의 마음을 갖고 있는 바였댔다.'("Why Some Men are Loutish Brutes", *Fables of Easop*,

Penguin Books, 159쪽)

홰—홰—(패관자가 손 젓는 모양), 저런 얘기를 두고, 저것이 무엇을 말하려 했는가, 그따위 소박한 의념일랑 일으키지 말지니라.

흐흐흐, 이는 시드파 바르도(Sidpa Bardo)에 처한, 사람이었던 '염태'(念態)들이, 업력에 쫓기다가(Actaeon Complex!), 짐승이나, 심지어 버러지의 몸을 입어 환생한다는 밀종적 발상을, '그런 성격(짐승, 새, 버러지 따위)을 갖되, 실제로는 인간으로 환생한다'고 재해석하려는 이들의 의견에, 좋은 한 초석을 마련해주기에 충분하다 싶으다. 『이솝 우화』 속에 등장하는 모든 금수는, 다름 아닌 '사람'의 우화화인 것은, 말하려 하면 실답잖아져 버린다. 한 번 더 용써서 말한다면, 저 우화 속에, 금수는 하나도 등장하지 않는다고 할 수 있을 테다.

실사적(實史的) 인물이었든 어쨌든, 이솝은, 헤로도투스(Herodotus)에 의하면, 지금으로부터 이천오백 년에서 삼천 년은 좋이 늙은이인데(그랬기 전에, 천축국에는 *Panchatantra*의 저자로 알려진 Vishunusharman이라는 이가 있었다고 하고, 이솝 우화의 전거를 그것에서 찾으려는 이도 없잖아 있다. 있으되, 홰으—홰—, 패관 손 젓는 모양), 이래서 보면, 오늘날뿐만 아니라 어젯날에도, 세상은 '짐승의 마음을 가진 사람'들로 붐볐다는 것을 알게 된다. 흐흐흐, 이는 본 패관꾼에게도 위로가 된다는 것은 고백해 두자. 그럴 것이, 본 패관꾼이, 평생을 통해 방황하고, 성냈으며 괴로워했을 뿐만 아니라, 거의 다 살고 나서, 삶이 왠지 실패된 듯이 여겨지는 까닭은, 수시로 무시로, 속에서 일어나는 짐승의 울부짖음, 냄새, 독룡의 틀어 오름 같은 것을 제압할 수가 없이 당해온 그 탓인데, 이제 다시 돌이켜보고 알게 된 것은, 그 책임은 제우스와 프로메테우스에게 물어야 할 것이지, 말세론자들의 편에 서서 자신을 저주할 필요가 없다는 믿음이 들어 그런 것이다. 글쎄, 이래서 보면 인간은, 모든 잘못을 신에게 탓 돌릴 권리를 갖고 있는 듯도 싶으다. 신은 그래서, 인세의 모든 비극과 불행, 죄와 사악, 흉·액·재난과 병고 등을 그 한 몸에 짊어져야 함에 분명하다. 영광뿐만 아니라, 욕설과 가래침에도 뒤덮이는 자. 그럼에도 아픔을 발설하지 못하는 자. (하기는 그의 아픔은, 곧바로 세상에서 드러나겠구나) 그래서 이솝은, 이런 얘기 또한 남겨놓고도 있다. '한 궐자가, 여로에 지쳐, (물 좀 마시고, 그 자리) 우물가에 누웠다가 잠에 들게 되었는지라, 그 안으로 떨어져들 위험한 찰나에 처했던바, 그 순간 행운의 신이 나타나, 그를 깨워, 위험에서 벗어나게 하였다. 그리고 말하기를, "자네가 만약 우물 속으로 빠져버렸다면, 자네의 조심성 없음 대신, 내게다 탓을 돌렸을 터이지"라고 했다.'(같은 책, 157쪽) 클클클, 신들은 그래서 보면, 사람들의 조심성 없음 탓에, 반시의 낮잠도 들 수가 없이 바쁘겠는다. (앞으로 말하려는 것이 그것이지만, 히기누스는 그와 좀 다른 의견을 갖고 있기는 하다)

어쨌거나, 인피 속에 짐승을 가둬 넣고 있기란, 인간이기란, 고행이며 난행이다. '말씀의 우주'가 개벽했기 전의 사람들은, '신과 짐승'의 가운데가 아니라, '인간과 짐승'의 가운데서 찢김을 당했던 듯하다. 억압에의 개념은, 거기 어디서 일어났을 터이다. 이 억압에서 새끼 쳐진 것들 중의 어떤 것들을 히기누스는, 우수·수심·근심·걱정·우려·슬픔 따위로 이해했던 듯한데, 사실(史實)이 증언하는 바에 의하면, 사람의 역사는, '짐승과 사람 간의 상극'의 기록인 것이라고 본대도, 과히 틀림은 없을 듯하다.

신도 짜증이 날 일이었다. 그리하여 땅 위의 저 못돼 먹은 것들을 싹 쓸어내고, 다시 지을 마음을 냈었을 수도 있다. 하여 프로메테우스를 불러, '의인이 몇이나 있는지' 알아보라고 일렀겠다. 나중엔, 이 '의인'의 수가 '십사만사천'까지 증가를 했다고도 하지만, 당시까지만 해도, '열만 있어도 내가 세상을 멸하지 않겠다'고 했던 것을 고려해보면, 의인의 수는 두 손의 가락으로도 꼽을 만큼도 있지 안 했던 모양이었다. 이 '의인'이란 분명히, 프로메테우스가 지은 것 중에, 처음부터 '인간'으로 꾸몄던 순종(純種)의 의미였을 것이다. 그러나 그런 이후 새로운 문제가 발생했다, 했을 것이, 어느 동구에나 없이 토템(Totem) 주(柱)가 왜 세워져 있는지, 그것을 고려해보면 그러하다. 저 토템 주에다 대고, 순종 인간이 몇이나 있는지, 그것을 물어봐도 될까, 될까 몰라. 듣기로는 그것들은, '근친상간에 대한 강한 유혹에의 두려움' 탓에 세워진 것이라고도 이르잖느냐. '토템'이라는, 사람이 만든 물형법(物形法)에 의하면, 그들은 순종성을 지킨다는 짓을 대단히 두려워한 듯하여, 예를 들면 곰 토템의 남자는,

같은 토템의 여자와 결혼해서는 안 되며, 타 토템, 예를 들면 범 토템이라거나, 야호 토템의 여자를 맞아들여야 된다는 것. 이렇게 된즉, 사람들 세상이 혼혈 잡종으로 혼란해졌을 일이었다. 수곰이 암호랑이와 피를 나누고, 수호랑이는 또 야호의 암컷과 교미를 한다. 곰 대가리의 호랑이 몸, 호랑이 머리의 늑대의 아랫두리, 상반신은 사자에, 하반신은 구렁이…… 흐흐흣 클클, 이제도 '의인', 또는 '순종'이 몇이나 되느냐고 물어보아도 되겠느냐? 사람의 남자가 짐승의 암컷과 새끼를 낳고, 짐승의 수컷이 사람의 여자를 간하고 들면, 저 자식들은 무엇들이나 되겠느냐? 그렇게 태어난 것들이 독룡이며 메두사(Medusa)는 아니겠느냐. 프로메테우스가 처음 만들었을 때 짐승이었던 것들을, 다음 그 모양만 사람으로 바꾸어놓았을 때부터 허긴, 저런 수간(獸姦)은 의연히, 그리고 당연하게 행해져 왔음인 것. 다른 방언에서는, '하늘의 남자—네피림' 들이 땅에 내려와, 사람의 여자들을 간했다는 얘기를 하고 있는데, 요즘 쌔빠린 공상소설들에 나타나는 외계인의 침입은 그때부터도 있어 온 듯하다. 이런 관계에서 태어난 새끼들도 독룡이나 메두사 꼴이었을 것은 분명한데, 좆들을 세워 대기권 속으로 떨어져 내렸을 때 저 네피림들은, 초력 대신 성욕만을 확대해 갖고 있어, 짐승이 되어 있었을 터이니 그렇다. 사람의 아낙네들의 음탕함이여, 색기에 붉은 그 눈들의 앓음다움이여, (본 패관의,) 늦가을 고수레 감에나 비교될 하초까지도 떪이여, 무시로 부르르 부르르 떪이여, 하늘의 양기까지 땅에로 끌어 내리게코롬 땅의 음력이 넘쳤던 것을, 그렇다면 거 뭐 하겠다고, '하늘의 별처럼, 해변의 모래처럼 번성하라'고 축복까지 할 일이었던가? 오늘날은 저누무 '번성'이 문제가 되어, '콘돔'이라는 오난이즘이, 그리고 유산·낙태 수술이 권유·권장되고 있잖은가. 순종의 사람은 몇이나 남았다느냐? 본 패관이 살러 나온 이 시절은 헌데, 저런 독룡과 메두사들의 광란의 울부짖음으로, 전에 나직이 내려 있던 네피림들의 하늘까지도 멀리 쳐들어 올라가게 하고 만 듯하다. 어째선지, 내일에 대한 희망에 관해 말하기가 좀 거시기한 듯해서, 근심에 찬 가슴은 녹을 줄을 모르고 그렇다. 신과 (인간의) 영웅(프로메테우스)은 실패했는가? 이 독룡과 메두사들은, 결국엔 저 신까지도, 그리고 '사람의 위대함'까지도 살해키에 이르고, 그들의 간을 쪼기에 이른다. 그리고 동물, 우주적 동물('Nature is a cosmic animal.' —Ritter)을 죽이기에 나선다. 처음 신(神)을, 다음 인간(人間) 자신을, 그리고 마지막으로 동물(動物)을 살육하기에 이른다. 그러나 이 패관자가 다시곰 생각해보았기에는, 아니 (보다 늙다리 야호처럼 말한다면) 이 패관자가 이해하는 지구사(地球事/史)대로라면, 이것은 저들(신과 영웅)의 실패만은 아닐지도 모를 듯하다. 어디서 듣자니, 신이 우주 내에다 '에덴'이라고 지은 것이 '지구'라고 이르는 혹성이라고 이르고, 또 어디서 듣자니(『七祖語論』 어느 구석에 있는 소리였을 것인데) 이 지구는 다름 아닌, '우주'라는 원인(原人)의 '자궁'(子宮)에 해당하는 기관일지도 모른다는 얘기가 있어 말인데, 자궁이란 그렇다면 생성만을 하도록 달마에 묶여 있는 곳(곳+것)이어서, 무엇이 이 자궁 속에 한번 생명을 부여받았다 하면, 이제는 죽지를 못하여, 무량겁의 윤회로부터 벗어나지 못한다고 하는 것. 자궁은 그럼에도 월후도 해야 하는 달마에도 묶여 있는 곳. 얼핏 이해되어지기에는, 월후란 한 솥 분량의 우주가, 흑공(黑空) 속에로 쏟겨 내리는 마지막 날인 것도 같으되, 그것은 그러나, 다른 새로운 한 솥 분량의 우주를 채우기 위해, 스스로를 정화하는 짓일 것이어서, 이런 비우기는, 새로운 생성을 위한 파괴랄 것. 모르지, 그건 알 수 없지, 없지만, 월후가 끝난 후, 그 자리에 새로 한 벌의 우주가 장(場) 설 것이라면, 시작은 또한, 아담이 만들어지고, 그의 갈비뼈에서 이브가 지어지고, 유혹자로서 뱀이 나타난 뒤 (이 관계에서 딸이 하나 태어났었다는데, 이름은 '릴리트'라던가, 어쩐다 하는 풍문이 있었다), 카인이 태어나고, 아벨이 태어나자, 거기 최초의 살인이 있고, ……하는 데서부터, 지구사(地球史)는 시작될 듯하다. 그러느라고 하는 중, 의인이 몇이나 있느냐는 애절한 부르짖음과 함께, 전세(前世)에 있었던 그 꼭 같은 독룡과 메두사들이 일어나, 신을 죽이고, 인간을 살해하며, 동물, 우주적 동물을 살육하려 덤빌 터이다. 이 상태는 P·M·S(Pre-menstural Syndrome)라고 진맥되어지는데, 이때쯤은 환경주의자들이, 말세를 알았던 노아스런 음성을 꾸미게 됨에 분명하다. 인간은 이래서 보면, 에덴으로부터 축출을 당한 이래, 한 번도 '우수의 여신'의 품을 벗어나 본 적은 없어 보인다. 이 자궁 혹성, 또는 가이아가, 우수의 여신 말고 또 누구며, 무엇이겠는가. 잘이 한다.

2

히기누스는 이솝과 달리, 숙명적이라고 이를 것 한 가지, 사람의 '우수'에 관해서 얘기하고 있다. 우수의 여신 쿠라(Cura, Ltn.; care, trouble, pains, anxiety, concern, Sorrow, Eng.)는, 시름을 달래기 위해, 뭍과 물이 맞닿은 자리에 나앉아, 찰흙을 주무르며, 무슨 형상을 지었다 부수고 하며, 하릴없는 시간을 한숨으로 보냈드랬는데, 그러던 어떤 날 여신은, 그날 빚은 형상 하나가 자기 보기에 너무도 좋아, 놀라고, 그리곤 한탄하기에 이르렀다. 아으, 이것에 정(情)이 있다면, 아으 그런다면, 나의 슬픔에 얼마나 위로가 될 것인가, 운운, 읍읍, 아이고 대고…… 때마침 주피터(Jupiter)가 지나다, 그네의 탄식을 들었겠다, 보았겠다, 반했겠다. 그에게도, 쿠라의 가슴에 안겨 있는 형상은 '보시기에 좋았'겠었더라. 그랬으므로 쿠라의 간청을 들어주기로 하여, 그 형상의 코에다 생명을 불어 넣어주었더니, 그것이 생령이 된지라, 이는 보기에 더욱더 좋았겠었다. 그랬으니 문제가 생기지 않을 도리가 없었겠었다.

"이 한 뭉텅이의 흙에다 생명을 불어넣은 자가 나이니," 주피터가 강경한 음성으로 말했다. "이 유정은 나의 소유여야 마땅하리로다!"

쿠라인들 어찌 자기주장에 걸맞는 혀가 없었겠는가. "그건 억지이시와요. 다만 흙이던 것에서, 이런 형상을 빚은 자는 쇤네가 아니오니까? 그러하온즉, 이것을 쇤네의 품에서 앗아가지는 못하오리다."

때에 헌데, 느닷없는 불청객 하나가 불쑥 나타났겠었다. 흙의 여신 텔루스(Tellus)가 잠을 떨치고 일어난 것.

"아니 이봐요들, 아시다시피 이 유정의 몸을 빚은, 그 가장 중요한 질료는 쉰네로부터 취한 것이거늘, 두 분 신들께서는 그것을 잊으셨나이까? 그런즉 두 분께서는 어찌하여, 남의 사유를 절취하려 하시니까?"

이 소유권 다툼은 쉽게 끝날 것 같지가 안 했는데, 듣고 본즉 그 모두 다, 자기네들 나름으로는 정당한 사유가 있던 것. 때에, 그 시각이면 늘 지나가던 사투르누스(Saturnus—여기서는 時間의 神으로 일러져 등장한다)가 저쪽에서 오고 있었으므로, 셋은 그에게 중재를 부탁하기로 하였겠었다.

"한 뭉텅이의 무정(無)에다 정(情)을 불어넣으신 주피터님은", 사투르누스가 뭘 좀 우물거려쌌더니, 입을 열었다. "이 유정으로부터서 정이 떠날 때, 그때 그것을 되돌려 가지시고, 텔루스님도 그때 이것의 몸을 되돌려 가지실 일이겠사옵니다. 그러나 이것이 살아 있는 동안은, 쿠라님, 당신의 소유로 하실 일입니다. 흙으로 빚었은즉, 이름은 호모(Homo)라고 이르기로 하십세다."

이 판결에 이의를 달고 나선 이는 아무도 없었겠었다.

인용한 우화에서, 특히 주목해야 할 대단히 흥미 있는 부분은, 이 '호모'가, '신들의 영상 닮게 지어졌다'는, 아무런 단서도 제시하고 있지 않다는 그 점이다. 만약 쿠라가, 자기네들 영상 닮게 흙덩이를 빚었더라면, 빚은 당자나, 그것을 본 이들도, 그 형상의 아름다움에 그렇게 놀랄 이유란 없었을 게 아닌가. 이래서 보면, 저들은, 쿠라가 만들어낸 형상과는 다른 모습들을 하고 있었음에 분명하다는 추론을 세울 수 있을 듯하다. 그러면 저들은 대체 어떤 모양들을 꾸미고 있었던지 그것이 궁금해지지 않을 수 없는데, 그 비밀을 캐어내보기 위해 다시 이솝의 얘기에 귀 기울이기로 해볼 일이다. (본 雜論의 텍스트가 되어 있는 것은, 펭귄社 版 冊이라는 것은, 거듭 註 해두는 바이다)

'제우스가 황소를 짓고, 프로메테우스가 사람을, 그리고 아테나 여신이 집을, 지었다.'(155쪽)

제우스는 물론, '독수리'(벼락, 참나무)로도, '수백조'로도, 욕념 꼴리는 대로 자기를 드러내는 자인 건 주지하는 바대로이되, 인용된 구절을 좇으면 '황소'의 꼴을 취해 있는 것을 알겠는다. 프로메테우스만이 사람의 형상이었던 것을 알게 하는데, 이는, 인류와 프로메테우스는, 매우 긴요한 관계를 유지하고 있음의 뜻일 것이다. (이 한 주제로 하여, 많은 문학·철학·예술 등이 생산되었음을 우리는 알고 있으므로, 더 말하려 하잖음이 좋을 테다) 아테나 여신이 집의 모습이었다는 것은, 여신(女神)—부엌시니[神尼], 즉 '가정'이라는, 가장 위대한 신전의 주녀신(主女神)의 뜻일 것이어서, 경배를 바칠 뿐, 뭐라 운위할 필요는 없을 듯하다.

제우스는, 주지하는 바와 같이, 여러 형태를 드러내되, 그 모두가 '황소'라는 하나의 기호에 집약되는데, 그것은 그가 자연의 힘 중에서도 특히 양력(陽力)을 담당하여, '몸의 우주'를 주관했던 대력(大力)의 상징이었다고 이해된다. 제우스는 그리하여, '우주적 동물', 자연이 가졌던 모든 장점의 의신화인 것도 알게 된다.

쿠라 여신은 그러면 어떤 모습이었던지, 이제는 그것이 궁금해진다. 아으, '우수'를 의인화할 수만 있다면……, 그것이 우리들의 어머니, 그네의 모습일 것이지만……, 그러나 무슨 재주로 우수에다 옷을 입혀본다는 말인가? 이를테면 여름의 우거진 숲이라거나, 부유한 궁성의 잘 가꿔진 정원 같은, 풍요한 아름다움도 우리의 영혼을 살찌우지만, 이를테면 도시 변두리의 고철 더미나, 폐사 마당으로 불리어 가는 낙엽 같은, 황폐한 아름다움에서도, 우리의 영혼은 젖을 빤다. 이런 의미에서, (다른 건 모두 누구나의 상상력에 맡길 일이겠지만,) 우리들의 우수의 여신은, 검은 젖을 뚜둑 뚜둑 흘리는, 커다란 젖퉁이를, 형해에 매달고 있을 듯도 싶으다. 우수가 가슴에 받치고 있는 젖퉁이는 어째서 풍더분하냐구? 혼은, 슬픔 속에, 앓음 속에 거처를 두고 있다잖느냐. 그 젖에 혼들이 굳고 굵는다고 하잖느냐. '우수'와 관계되어 있는 한, 인간이라는 이 역동적이며 능동적인 유정도, 결코 수동태에서 벗어나지 못하며, 주피터(숨, 상승)와 텔루스(흙, 하강) 사이에서 영겁을 두고 찢김에 당할 테다. 낮에는 독수리(주피터)가 그 간을 쪼아대고, 밤에는 생성의 힘(텔루스)—삼시랑의 손가락 따위가 그 상처를 파고들며, 생살을 돋궈낸다. 여기 어디에 저 인간의 구원은 없는가? 그런데, '몸'속에서, 아직 '말씀'이 부화되지 않은, 두 우화는, 구원에 대해서는 아무것도 말하고 있지를 안 해서, 아마도 사투르누스가 지나기나 다시 기다려보아야 할 듯하다.

프로메테우스의 '밤/낮'은, 장차 아도니스(Adonis)에 의해 비의화하여, 식물적 윤회의 희망을 주는데, 프로메테우스가 신들로부터 훔쳐 인간에게 준 그 '불'(을 그는, 그의 내부에 숨겨 갖고 왔던 듯하다. 肝)이 저 윤회의 씨앗의 역할을 하는 것이던 것. 그 불은 신들만이 쓰던 것이었으므로 하여, 마땅히 신성을 띠어 있어야 옳은 것일 것. 인간도 불을 씀으로 육신을 가진 신이어야 옳은 것인 것. 그러나 신들은, 불을 길들인 인간이라는 것들이, 하늘에 올라, 자기네들의 권좌라도 찬탈하지 않을까 불안에 떨고 있는 듯하다. 신들의 그 두려움의 출처를, 이솝은 이렇게 밝히고 있다.

'전해오는 얘기대로 하자면, 사람을 짓기 전에 모든 짐승들을 먼저 짓고 제우스가, 저 짐승들께 걸맞는 갖가지 장점을 부여했던바, 센 힘이라든지, 발이나 날개의 빠르기 같은 것들이었다. 뒤늦게 지음을 받아, 아직 아무것도 입지 못한 사람이, 그리하여 제우스께, 자기 혼자만 아무런 축복을 받은 바 없어 뒤처져 있다는 식으로 불만을 토로했던 모양이었다. 그러자 제우스의 대답은 이러했다. "너는 모든 선물 중에서도 가장 위대한 것을 받았거니, '이성'이라는 것이 그것이다. 그것은 천지간에서 그중 힘센 것이어서, 힘센 자 중에서도 힘이 세며, 빠른 자 중에서도 빠른 것이거늘.'(149쪽)—이것[理性]이 와전되어 '불'이 되었든, 또 아니면 저것(불)이 전와되어 '이성'이라고 일렀든 어쨌든, 양자 간에는 동일성이 다분해 보이기는 하다. 아마도 신들은, 사람에게 '이성'의 복을 주었을 때, 큰 과오를 범한 것이었으며, 사람은 그것에 주어졌을 때 비극에 시달리기 시작한 것이다. '우수'의 숙주는 '이성'이던 것. (혹자는, 이것에 반의를 표하려 할지도 모른다. 우수의 숙주는 理性이기보다 感性이 아니겠느냐고. 그건 얼핏 동의할 만한 의견이 아닌 건 아니다. 그러나 동물에게는 이성이 부여되어졌다고 말 되어지지 않으며, 동물은 또한, 쿠라 여신의 품 밖에 있었다고 얘기되어지는 것을 감안하면, 꼭히 그런 것도 아니다. 이 우수는 그리고, 인간에게는 숙명적이며, 원초적인 것이거늘. 어쨌든 이런 문제는, 자리를 옮겨서라도 투닥거려 볼 만하기는 할 테다) 아마도, 또는 분명하게는, 여기 어디를 근거로 하여, '몸의 우주' 속에서, '말씀의 우주'가 개벽을 보았을 듯하다. '태초에 말씀(理性, Logos)이 있었다'고 하잖느냐. 이 '말씀'이야말로, 쿠라의 품을 벗어난 흰 비둘기였을 것이다. 그랬을 것이다.

본 패관꾼이, 평생을 걸려 해온 얘기가 지금도 되풀이되고 있지만, 그리고 여기 되어져 갈 얘기도 또한, 어디서 얻어들은 뒤 필기첩에 적어두었다가 이왕에 써먹은 것이지만, 패관이란 그러나 그런 부류의 후안무치한 자가 아니던가, 같은 부락 안에서도, 자리만 바뀐다면 그때마다 입수 거리에 허옇게 게침 발라, 눈썹이야 병든 개 꼴로 성글어진들 대수일까 보냐고, 같은 얘기를 팔아, 아랫목 얻고, 목침도 얻고, 이튿날 조반까지 얻는 자가 아니던가. 누가 뭔가 좀 색다르다 싶은 얘기를 얻어듣기 원하고 있다면, 색다른 혹성으로 이민을 하든 어쩌든 권고해두는 바이다. 이 패관 나리 세 발자국만큼밖에 해본 열세는 없어도, 이 혹성에서는 이제, 달리 색다른 얘기란 찾아볼 수가 없는데, 귀곯이[餓] 하는 선인들이 얘기의 씻나락까지 다 까먹어버린 통에, 얘기의 보릿고개가 오기도 오래전부터, 남은 귀들은 메말라 오그라져 가고 있잖느냐. 어찌 되었든, 추위는 윗목에 와 있는데, 눈두덩의 털이 성글어지는 것 생각해, 서장(西藏)에서 귀동냥한 얘기 한 자리만 더 팔구시나, 놀려져 쌌는 혀일랑 쑥잡아빼어, 바랑 속에다 사려 넣어놓아야겠구나. 잘이 한다.

3

서장에, 매우 친절하고 후덕한 장자가 하나 살고 있었다. 그는, 베푼 인정과 선덕에 의해, 그 고장 사람들의 경애의 대상이었다. 그런 그가 그런데, 자기 고장엘 들른 이름난 라마께 해탈법을 구했던 일을 두고 미뤄 보면, 그런 그도, 자기의 몸속에서 수시로 무시로 으르렁거리고 일어나는 짐승, 어떤 불안, 초조, 근심—우수 같은 것으로부터 스스로는 조금도 자유스럽지가 못했던 모양이었다. (거문고 만드는 장공이나, 시우쇠 다루는 대장장이 식으로 말한다면, 공명관을 만들기 위해 한데 던져놓은 오동나무모양, 이 시우쇠는 이제, 담금질을 당해도 좋을 만큼, 풍우 속에서 잘 익은 것이었다)

예의 저 고명한 라마가 그에게 일러준 것은, 세속과 인연을 끊고, 어디 산을 찾아가 염불하며 참선하라고 한 뒤, 그에게 적당하다 싶을 주문 같은 것도 일러주었던 모양이었다. 이웃을 어여삐 여겼던 저 사내는 그리하여 이제 자신을 위하여, 이튿날 출가 입산하여, 그로부터 꾸준히 염불하고 참선하며 주문도 외웠던 모양이다. 그랬음에도 아무 진전도 보지를 못했던 듯하여, 우수, 쌓이는 우수만이 그를 산처럼 에워쌌던 모양이며, 비 묻은 구름처럼 짓눌러댔던 모양이었다. 그러는 중에 듣자니, 그 같은 라마가 다시 그 산동네를 지난다는 소문이 있어, 이 근심스런 사내는 부랴부랴 하산하여, 두 번째로 그를 뵈었던 모양이었다. 그리고 고백하였겠다.

“스승께서 일러주신 대로 좇아, 이 사미는 불철주야 정진하였사오나, 아직도 해탈이 무엇인지 알 수가 없어 방황하고 괴로워하고 있나이다. 사미가 무엇을 잘못 행해온 것이오니까?”

“저런 저런, 츠쯔츳, 헌데 내가 무엇을 일러주었던가?” 라마가 물었다. 그랬으므로 저 충직한 사내는, 여차여차, 전의 가르침에 대하여 소상히 되풀어드렸다. “저런 츠쯧, 저런!” 라마가 대답하기를 이랬다. “내가 이런, 자네께 틀린 걸 가르쳐주었군그래! 그래갖고는 자네 결코 해탈을 성취치는 못할 것임세. 미안하군. 내가 자네를 위해 해줄 수 있는 일이란 그런데, 있을 것 같지도 않군그래.”

이 말에, 과연 저 사내는 어떠했겠는가? 이제는 그도 늙은네가 되어 있는 저 착한 사람은, 이십 년을 허비해버린 자신을 발견하고(어떠했겠는가!) 낙담하고 자실해 있다가, 어쨌든 원기를 돋우려 하여, 이제부터 뭘 어떻게 시작해야 할 것인지를 궁리해보았으나, 별로 떠오르는 것도 없는데 해는 뉘엿뉘엿해지고 있었으므로, 이십 년간을 살아온 곳에로 발길을 옮겼다. 그리곤 해왔던 짓이 그 짓이었던 그 짓이야말로 자기에게 그중 익숙한 짓이라고 알아, 다시 그 짓을 시작했다. 늘 앉아왔던 그 토굴 속에 연좌 꾸며 앉고, 눈을 감았다. 그때 그는 성불이나 해탈에의 아무런 희망도 갖고 있지 못했다. 그에게는 정말이지 희망하거나 기대할 것이 없던 것이다.

아으 헌데 보아람, 무명(無明)이 걷혔느냐, 그러는 어느 한순간 삼천대천세계가 환하게 밝혀지며, 세상이 그에게 참모습을 보인 것이다. 자야(Jaya, Skt. 승리)! 그를 거악처럼 에워싸고, 비 묻은 구름모양 억눌러대던 슬픔[憂愁]과 아픔[苦]이, 무명 그 고치가 되어, 이 나비를 키웠다 날려 보낸 것이었다—만삭이 돼서, 어느 날 갑자기, 그 태문(胎門)이 열린[頓悟] ‘세 번째 눈’

을, '나비'라고 이르는 이들이 더러 있었다. 본 패관도 그 명속(名俗)을 따랐다—자야, 잘, 잘이 하고 자빠졌다.

(咄, 小說하기의 雜스러움!)

영합(迎合)이냐, 순제(殉祭)냐

화설, (천국과 바다는, 어째선지 우리들의 상상력이 잘 미치지 않든, 아니면 우리들의 무의식이 어떤 식의 거부의 반응을 보이고 있든, 어쩌든 하고 있으니, 그곳(천국)은 제외해둬도 될 터이지만, 땅을 휩쌓아 있는 것이라면, 그 바다가 '어디에 있는 것'인가 하는 것이 무슨 그리 큰 문제가 될 일이겠는가. 그러니 그냥) 바닷가. 가까운 데, 또는 아주 먼 데 있는 바닷가. 그리고 단애(斷崖). 단애 쪽 하늘을 가리는 갈매기 떼, 끼룩이며 어지럽게 선회하고 있다. 그것들은, 바다 괴물, 또는 독룡의 처첩이나 시녀들. 바다는 시방 만조 때여서, 땅을 삼키려 하여, 달이나 해에 대하여 라후[蝕] 모양, 색기(色氣)를 다하여 내달려온다. 와서는 그러나, 달마(達磨)가 둘러쳐 놓은 울타리에 부딪혀 이빠디를 뽑히고, 머리칼을 태우며 포말이 되는데, 이래서 옛 소객들은, 그라이(Graeae) 세 자매들이, 태어났었을 그때부터 회색의 머리칼을 얹고 있었다고 몽상해낸 것일 것이었다. 그럴 것이, 불핀치(Bulfinch)에 의하면, '그라이 자매들이란, 바다가 갖는 흉폭함의 의인화인데, 그것도 해안과 암초에 부딪히는, 흰 벼슬을 단 파도(의 의인화)'라는 것이기 때문이다. 이제는 그래서 알겠다. 알겠는 것은, 바다의 저 인(仁)하지 않음, 그리고 그 거대한 죽음, 공포 탓에, '천국'과 비견되지 않는 것임을, 그 까닭을 알겠는 것이다. 연이나, 저쪽 편의 나지막한 언덕 위에는, 오늘, 그 왕국의 왕과 비빈들, 시종들과 호위병들, 그리고 인근 백성들이, 오십으로 백으로 많이 나와, 백으로 오십으로 떼를 뭉쳐, 바다의 시녀들(갈매기)이 하늘을 가린 쪽 단애를, 왠지 모두 민망해하는 얼굴로 건너다보고 있는데, 허긴 그럴 일이었다. 오늘은 바로, 그 왕국의 '슬픈 축제'가 장(場) 열린 까닭인데, 앞서 하필이면 '슬픈 축제'라고 이른 것은, 해마다 오늘 오시(午時)를 기해, 월후는 시작했으되, 남자 경험이 없는 처자 하나를 저 인함이 없는 바다를 치리한다는 바다 임금, 항간에서 이르는 독룡께 제물로 바쳐야 되는 날이기 때문이니 그럴 일이다. 그렇지 않으면, 그해에 그 왕국에 많은 재앙이 잇따르게 되어 있었던 모양이다. 예를 들면 이질이며, 공수병 따위, 특히 물과 관계된 온역이 창궐하여, 많은 인명에 피해가 있을 뿐 아니라, 수재가 겹쳐, 농사짓기, 고기잡이, 숲 일 등, 아무것 하나도 잘되는 것이 없어, 병사자와 아사자에 겹쳐, 떼거지가 궁성 밖에 즐비하게 눕고, 늘어서고 했던 모양이었다. 이번엔 헌데, 저 슬픈 축제를 위한 제물 제비뽑기에, 국왕의 무남독녀가 뽑혔던 모양이고(童話의 골격은, 合理主義가 아니라, 運命論이라는 것을 감안한다면, 그러기 전에 왕은 어찌하여 일찍이 사위를 맞지 안 했었는가를 의문해 하지는 않을 것이다), 그 나라에서는 아무도 그의 힘에 당할 자가 없다는 왕까지도, 속수무책이어서 미친 눈으로 두리번거리며, 하늘에서라도 내려와 줄 무슨 검센 손을 기다리고 있어 보였다. 때에 어쩐 일인지, 바다의 시녀들이 일순, 날개스런 치마폭을 삼십 폭 사십 폭으로 휘날리며, 사태 지자, 공간이 열리는데, 보니, 공주가 견디지를 못하고 쓰러져 만조가 거의 발등을 적시는 데쯤의, 미끄러운 이끼 낀 반석 위에로, 펴 누었던 모양이었고, 안되게도 공주는 기절해 있어 보였다. 그네는, 입었던 옷이 물보라에 젖어 거의 맨살로 보였다. 그 꼴을 목도케 된 왕은, 거의 미쳐 부르짖기 시작했다. "너희 병사들 중 아무도 썩 나서는 놈이 없다는 말이냐? 아무도 저 바다 괴물을 퇴치할 만한 놈이 없다는 말이냐? 오리라, 온다 하던 그 용감한 왕자는 그림자도 보이지 않는다는 말이냐?" —그렇게 미쳐 외쳐대는 그 본인 말고, 글쎄, 그 나라에서는 누가 더 힘이 세겠는가, 마는, 이런 경우엔 왕이라는 것이 쓴 왕관이라는 것도, 똥 묻은 오리 대갈통보다도 나을 게 없어 보이렸다. 그 힘에 어울리게 치리를 잘하는 왕이라면, 자기가 다스리는 권내의 하늘, 땅, 바다에 속한 모든 유정들, 예를 들면 큰 동굴에 사는 흉귀나, 바다 괴물들로부터도 조공을 받아야겠거늘, 오히려 무남독녀 분 발라 앞세우고 저쑵다니? 흘레하다 구정물 맞은 똥개 꼴로, 자기가 치리하는 곳에서, 그것도 자기의 딸 하나도 구하지 못하여 비실거리는 자가, 어찌 나라를 다스린다고 이르느냐?

예의 저 독룡은 헌데, 일설엔, 저 거대한 공포 자체인, 그 바다의 임금 되는 자로서, 그 바다 그중 깊은 데에 아방궁을 갖고 있다고도 이르며, 다른 설엔, 다름 아닌 저 바다 자체가, 해마다 그날에만 한 번씩 독룡의 몸을 꾸며내, 일 년 내내, 아무리 삼키려 덤벼도 되잖은 저 뭍으로부터, 그것(뭍)이 소중하게 여기는 것, 아직 때 묻지 않은 것, 장차 어미가 되어 그 뭍을 풍요하게 될 것, 다시 말하면 처자 아이를, 하나씩, 자기에게 시집오게 강요한다고 이른다. 그렇게 하기로써 그는, 자기가 뭍을 정복한다고 믿었는지 어쨌는지, 그것은 알려지지 않았으나, 그 희생 제물이 된 처자 아이가, 그해 치의 뭍의 정결함의 한 상징으로서 희생되어지는 의미에 있어선, 그는 그렇게 뭍을 노략질하고 있었음은 사실일 것이었다. 하는 말로는 그리고, 저 독룡은, 왼쪽 부분은, 뭍의 짐승모양 부드러운 가죽 위에 털이 숭숭 나 있는데, 체온도 또 정(情)도 있다고 하며, 다른 쪽 부분은 반대로, 온기나 정은커녕, 얼음보다도 더 차가운 비늘로, 그것도 아흔아홉 잎이나 덮고 있는바, 그것들은 금강석까지도 깨뜨려낼 만큼 단단한 것들이라고 했다. 그리고도 독룡의 턱 밑엔 역린(逆鱗)이 하나 있는데, 어떤 경우 그것이 긁혀 세워지면, 무수한 배와 집들을 부수고 날려버리는 노도와 태풍이 인다고 했다. 허으야 허ㅡ, 얘기는 재미있게 되어가는다, 라는 것은, 하는 말대로 좇으면 그렇다, 라는 말은, 저 독룡은 예의 저 제물에 다가가면, 먼저, 털 난 왼쪽 팔을 내밀어, 제물이 되어 있는 것이 그 가슴에 안겨들기를 청원한다는 것이다. 그때, 그 제물이 된 처자 아이가, 어떤 형언할 수 없는, 이상스러운 호애감에 의해, 그 털 난 가슴에 안겨들면(짐승의 수놈과 사람의 암컷 간에는, 어떤 그런 친밀감이 있다고 이르잖느냐), 다른 일은 없이, 그 순결한 신부를 안고, 제 놈의 아방궁에로 들어가, 그 한 해, 그 같은 날까지 저물도록 슬카장 지내고, 그리곤 시녀를 만들어버리는데, 그 시녀가, 뭍과 고향에 대한 그리움을 여의지 못했으면, 몸에 그 그리움으로 깃털을 돋궈내고, 새의 부리에 새의 발톱을 꾸며내선, 친정이 있는 뭍과, 시집이 있는 물 사이를, 그리움으로 맴도는 끼룩 새가 된다고 한다. 저런 맺음은 혼합(婚合)이라는 말 대신 영합(迎合)이라고 이른다 했다. 그렇지 않고, 저 제물이 되어 있는 처자가, 저 독룡에 대해 공포와 혐오증을 일으키고(친밀함의 다른 쪽 얼굴은 또한 이와 같지 않겠느냐) 저항을 보이면, 독룡은 그 당장, 비늘 덮인 팔을 내밀어 저 제물을 냉큼 쥐어 들어 한 입가심해버린다는데, 그리곤 거대한 파도를 일으키며, 만 근의 아편과도 같은 인육이 주는 짜거움을 즐기기 위해 또한 자기의 궁으로 돌아가 버린다는 것이었다. 이것을 '순제'(殉祭)라고 이른다고 하는 것이거니와, '영합'이든 '순제'든, 그러고 나면, 그 왕국의 그해 치의 안녕과 풍요는 약속되어진다고 했다. 했으나, 오호통재라! 그 왕국을 덮은 암울한 기운은 하루도 개인적이 없어, 그 바닷가 왕국은, 실제로는 그 독룡의 비늘 덮인 손아귀로부터 벗어나 본 적이 없었는 듯했다.

각설, 저런 내용을 가진 동화는, 한두 가지만은 아니어서, 방언(方言)과 패관(稗官)의 목젖 꼴록임의 방식에 좇아, 다양한 형태로 전이, 또는 전와(轉訛)를 겪어 있는 것은, 누구라도 짐작하고 있는 바대로인 것. 그러나 그런저런 여러 모양의 것들을, 한 솥에 넣어 삶은 뒤, 그 '골격'이라는 뼈를 추려내어 재조립하기로 한다면, 앞서 주절댄 바의 모양새를 꾸며내게도 됨은 부인치 못할 터이다.

동화나 우화 등은 그리고, 얘기가 끝나는 대로, 그것이 가르치려는 것(moral)이 무엇이냐는 설문이 붙고, 답변이 따르는 것도, 주지하는 바대로이다.

이것은, '소설'이라는 수공업, 또는 가공업(에다 물론, 산업혁명을 일으켜 성공한 이들도 많기는 하다)으로 연명하는 자들만이 모이는 자리이므로, '소설'만을 들어 얘기거니와, 아까 추려내어 재조립한 그 뼈, 위에다 코밑수염을 한 오라기 달아주거나, 물잠뱅이를 하나 입히기로 하자면, 말한 바의 저 제사에 쓰일 제물의 이름은 '소설'이며, 쉼 없이 끓고 넘치는 저 바다, 그것도 부정적 힘의 의인화로서의 '독룡'은, 다름 아닌, 바로 이 시절의 '대중' 또는 '대중문화'라는 그것인데, 필자에게 여겨지기는, 이 시절의, 지금이 시각은, 저 동화 속의, 정오인 듯하다. 그러자 이젠 하늘엔 독기를 품은 검은 구름 떼가 일어나 휘덮어 들고, 바다는 용광로처럼 끓어오르기 시작하고 있다. 저 독룡을 퇴치해줄 용감한 왕자가 어디쯤에서 발병이나 나지 말았으면…… 그리하여, '소설'이라는 이름의 오늘의 한 제물은 어느 쪽을 선택할 것인지, 그것을 결정해야 할 그 결단의 순간에 처해진 듯하다.

털 난 가슴이냐, 비늘 덮인 팔뚝이냐?

순제(殉祭)냐, 순난(殉難)이냐

화설, (천국과 바다는, 어째선지 우리들의 상상력이 잘 미치지 않든, 아니면 우리들의 무의식이 어떤 식의 거부의 반응을 보이고 있든, 어쩌든 하고 있으니, 그곳(천국)은 제외해둬도 될 터이지만, 땅을 휩쌓아 있는 것이라면, 그 바다가 '어디에 있는 것'인가 하는 것이 무슨 그리 큰 문제가 될 일이겠는가. 그러니 그냥) 바닷가. 가까운 데, 또 는 아주 먼 데 있는 바닷가. 그리고 단애(斷崖). 단애 쪽 하늘을 가리는 갈매기 떼, 끼룩이며 어지럽게 선회하고 있다. 그것들은, 바다 괴물, 또는 독룡의 처첩이나 시녀들. 바다는 시방 만조 때여서, 땅을 삼키려 하여, 달이나 해에 대하여 라후[蝕] 모양, 색기(色氣)를 다하여 내달려온다. 와서는 그러나, 달마(達磨)가 둘러쳐 놓은 울타리에 부딪혀 이빠디를 뽑히고, 머리칼을 태우며 포말이 되는데, 이래서 옛 소객들은, 그라이(Graeae) 세 자매들이, 태어났었을 그때부터 회색의 머리칼을 얹고 있었다고 몽상해낸 것일 것이었다. 그럴 것이, 불핀치(Bulfinch)에 의하면, '그라이 자매들이란, 바다가 갖는 흉폭함의 의인화인데, 그것도 해안과 암초에 부딪히는, 흰 벼슬을 단 파도(의 의인화)'라는 것이기 때문이다. 이제는 그래서 알겠다. 알겠는 것은, 바다의 저 인(仁)하지 않음, 그리고 그 거대한 죽음, 공포 탓에, '천국'과 비견되지 않는 것임을, 그 까닭을 알겠는 것이다. 연이나, 저쪽 편의 나지막한 언덕 위에는, 오늘, 그 왕국의 왕과 비빈들, 시종들과 호위병들, 그리고 인근 백성들이, 오십으로 백으로 많이 나와, 백으로 오십으로 떼를 뭉쳐, 바다의 시녀들(갈매기)이 하늘을 가린 쪽 단애를, 왠지 모두 민망해하는 얼굴로 건너다보고 있는데, 허긴 그럴 일이었다. 오늘은 바로, 그 왕국의 '슬픈 축제'가 장(場) 열린 까닭인데, 앞서 하필이면 '슬픈 축제'라고 이른 것은, 해마다 오늘 오시(午時)를 기해, 월후는 시작했으되, 남자 경험이 없는 처자 하나를 저 인함이 없는 바다를 치리한다는 바다 임금, 항간에서 이르는 독룡께 제물로 바쳐야 되는 날이기 때문이니 그럴 일이다. 그렇지 않으면, 그해에 그 왕국에 많은 재앙이 잇따르게 되어 있었던 모양이다. 예를 들면 이질이며, 공수병 따위, 특히 물과 관계된 온역이 창궐하여, 많은 인명에 피해가 있을 뿐 아니라, 수재가 겹쳐, 농사짓기, 고기잡이, 숲 일 등, 아무것 하나도 잘 되는 것이 없어, 병사자와 아사자에 겹쳐, 떼거지가 궁성 밖에 즐비하게 눕고, 늘어서고 했던 모양이었다. 이번엔 헌데, 저 슬픈 축제를 위한 제물 제비뽑기에, 국왕의 무남독녀가 뽑혔던 모양이고(童話의 골격은, 合理主義가 아니라, 運命論이라는 것을 감안한다면, 그러기 전에 왕은 어찌하여 일찍이 사위를 맞지 안 했었는가를 의문해 하지는 않을 것이다), 그 나라에서는 아무도 그의 힘에 당할 자가 없다는 왕까지도, 속수무책이어서 미친 눈으로 두리번거리며, 하늘에서라도 내려와 줄 무슨 검센 손을 기다리고 있어 보였다. 때에 어쩐 일인지, 바다의 시녀들이 일 순, 날개스런 치마폭을 삼십 폭 사십 폭으로 휘날리며, 사태 지자, 공간이 열리는데, 보니, 공주가 견디지를 못하고 쓰러져 만조가 거의 발등을 적시는 데쯤의, 미끄러운 이끼 낀 반석 위에로, 펴 누었던 모양이었고, 안되게도 공주는 기절해 있어 보였다. 그네는, 입었던 옷이 물보라에 젖어 거의 맨살로 보였다. 그 꼴을 목도케 된 왕은, 거의 미쳐 부르짖기 시작했다. "너희 병사들 중 아무도 썩 나서는 놈이 없다는 말이냐? 아무도 저 바다 괴물을 퇴치할만한 놈이 없다는 말이냐? 오리라, 온다 하던 그 용감한 왕자는 그림자도 보이지 않는다는 말이냐?" —그렇게 미쳐 외쳐대는 그 본인 말고, 글쎄, 그 나라에서는 누가 더 힘이 세겠는가, 마는, 이런 경우엔 왕이라는 것이 쓴 왕관이라는 것도, 똥 묻은 오리 대갈통보다도 나을 게 없어 보이렸다. 그 힘에 어울리게 치리를 잘하는 왕이라면, 자기가 다스리는 권내의 하늘, 땅, 바다에 속한 모든 유정들, 예를 들면 큰 동굴에 사는 흉귀나, 바다 괴물들로부터도 조공을 받아야겠거늘, 오히려 무남독녀 분 발라 앞세우고 저쑵다니? 흘레하다 구정물 맞은 똥개 꼴로, 자기가 치리하는 곳에서, 그것도 자기의 딸 하나도 구하지 못하여 비실거리는 자가, 어찌 나라를 다스린다고 이르느냐?

예의 저 독룡은 헌데, 일설엔, 저 거대한 공포 자체인, 그 바다의 임금 되는 자로서, 그 바다 그중 깊은 데에 아방궁을 갖고 있다고도 이르며, 다른 설엔, 다름 아닌 저 바다 자체가, 해마다 그날에만 한 번씩 독룡의 몸을 꾸며내, 일 년 내내, 아무리 삼키려 덤벼도 되잖은 저 뭍으로부터, 그것(뭍)이 소중하게 여기는 것, 아직 때 묻지 않은 것, 장차 어미가 되어 그 뭍을 풍요하게 될 것, 다시 말하면 처자 아이를, 하나씩, 자기에게 시집오게 강요한다고 이른다. 그렇게 하기로써 그는, 자기가 뭍을 정복한다고 믿었는지 어쨌는지, 그것은 알려지지 않았으나, 그 희생 제물이 된 처자 아이가, 그해 치의 뭍의 정결함의 한 상징으로서 희생되어지는 의미에 있어선, 그는 그렇게 뭍을 노략질하고 있었음은 사실일 것이었다. 하는 말로는 그리고, 저 독룡은, 왼쪽 부분은, 뭍의 짐승모양 부드러운 가죽 위에 털이 숭숭 나 있는데, 체온도 또 정(情)도 있다고 하며, 다른 쪽 부분은 반대로, 온기나 정은커녕, 얼음보다도 더 차가운 비늘로, 그것도 아흔아홉 잎이나 덮고 있는바, 그것들은 금강석까지도 깨뜨려낼 만큼 단단한 것들이라고 했다. 그리고도 독룡의 턱 밑엔 역린(逆鱗)이 하나 있는데, 어떤 경우 그것이 긁혀 세워지면, 무수한 배와 집들을 부수고 날려버리는 노도와 태풍이 인다고 했다. 허으야 허—, 얘기는 재미있게 되어가는다, 라는 것은, 하는 말대로 좇으면 그렇다, 라는 말은, 저 독룡은 예의 저 제물에 다가가면, 먼저, 털 난 왼쪽 팔을 내밀어, 제물이 되어 있는 것이 그 가슴에 안겨들기를 청원한다는 것이다. 그때, 그 제물이 된 처자 아이가, 어떤 형언할 수 없는, 이상스러운 호애감에 의해, 그 털 난 가슴에 안겨들면 (짐승의 수놈과 사람의 암컷 간에는, 어떤 그런 친밀감이 있다고 이르잖느냐), 다른 일은 없이, 그 순결한 신부를 안고, 제 놈의 아방궁에로 들어가, 그 한 해, 그 같은 날까지 저물도록 슬카장 지내고, 그리곤 시녀를 만들어버리는데, 그 시녀가, 뭍과 고향에 대한 그리움을 여의지 못했으면, 몸에 그 그리움으로 깃털을 돋궈내고, 새의 부리에 새의 발톱을 꾸며내선, 친정이 있는 뭍과, 시집이 있는 물 사이를, 그리움으로 맴도는 끼룩 새가 된다고 한다. 저런 맺음은 혼합(婚合)이라는 말 대신 영합(迎合)이라고 이른다 했다. 그렇지 않고, 저 제물이 되어 있는 처자가, 저 독룡에 대해 공포와 혐오증을 일으키고(친밀함의 다른 쪽 얼굴은 또한 이와 같지 않겠느냐) 저항을 보이면, 독룡은 그 당장, 비늘 덮인 팔을 내밀어 저 제물을 냉큼 쥐어 들어 한 입가심해버린다는데, 그리곤 거대한 파도를 일으키며, 만 근의 아편과도 같은 인육이 주는 짜거움을 즐기기 위해 또한 자기의 궁으로 돌아가 버린다는 것이었다. 이것을 '순제'(殉祭)라고 이른다고 하는 것이거니와, '영합'이든 '순제'든, 그러고 나면, 그 왕국의 그해 치의 안녕과 풍요는 약속되어진다고 했다. 했으나, 오호통재라! 그 왕국을 덮은 암울한 기운은 하루도 개인적이 없어, 그 바닷가 왕국은, 실제로는 그 독룡의 비늘 덮인 손아귀로부터 벗어나 본 적이 없었는 듯했다.

각설, 그러는 중에, 하늘에서는, 황도(黃道) 열두 발[點, 時] 길이 중, 그 한 발 길이의 누런 뱀[巳]이, 그날 치 천지를 운영하는 법의 수레를, 그 한 발 길이만큼 끌어와(하늘 누른 길 한 발 길이는, 아니면 法은, 끌기도 허기진 일인 게다), 다음 한 발 길이를 끌어가려 기다리고 있는, 모든 그림자들까지도 평등하게 여기는 자비스런 소[牛]를 다 삼켜버리려, 그 꼬리를 물고 덤비고 있었는데, 때엔, 뭍과 물이 맞닿은 저 왕국에서는, 검은 물뱀이, 독아를 벌려 뭍의 뒤꿈치를 물어 빨아들이고 있었다. 저 누런 뱀[巳]이 저 소[牛]를 다 삼켜버린다면 하늘에서는, 일순 모든 것이 정지하고 침묵 속에 떨어져 드는 아픈 죽음이 있을 것이지 만, 그러는 어느 일순, 제 몸보다도 더 뚱뚱하고 큰, 제 놈의 독으로써는 도저히 삭혀낼 수 없는, 자비의 큰 이물 덩이를 배 속에 넣은 저 뱀은(허기 탓에 뭐든 입가심을 안 하고는 안 되었거들랑은, 차라리 고슴도치를 한 마리 통째로 삼켰던 것이 나았을 것을!), 속에서 불어나는 이물 탓에, 창자가 찢기고 살갗이 트는 아픔에 못 견디다, 결국은, 황도변 가시쟁이다. 허물을 벗고, 소를 먹어서는 염소[未]를 태어나게 할 것이었다. 지금은 그리고, 하늘에서는 저 큰 뱀이, 저 큰 소의 꼬리를 물어 빨아들이는 그 시각이어서, 바다에서는, 뭍에 앙심을 품은 듯한 파도가 구름까지 높아지고, 천둥 번개를 거느린 비바람도 더욱더 세차지고 있는데, 저녀러 덱씨러질 녀러 그라이 자매들은, 하나밖에 없는 눈에서 불이 나 타 스러지도록 서로 돌려가며 보면서, 흐흐흐, 히런 세상 지랄맞게도 재미臥어 죽지 못 살겠다고, 캐클캐클 홋으며, 모든 곳에다 눈깔을 박는다. 눈깔을 팍 찔러버릴 누무 노파들, 단애 위의 땅에서는, 독룡이 치리하는 일곱 바다의 이런 침공에 속수무책으로, 그곳 운영하는 왕과 백성들이 공포에 질려, 넋들을 갈매기들 모이에 주어버리고 있다. 저 칠해의 왕 독룡은, 그 가장 깊은 곳에 잠재워왔던, 무량겁 전의, 땅에 대한 원한의, 검디검은 불, 그것은 '말 대가리의 꼴'을 꾸며 있다고 이르는, 그 독두까지도 잠을 깨워 일으켜 세운 모양으로, 아니면 그 자신이 그 깊은 잠을 떨치고 일어난 모양으로, 거대한 마두(馬頭)를 뻴그렇게 꽂아 세워, 암내 낸 암말께 달려오듯 뭍을 향해 달려오고 있다. 단애 위에 선 왕과 그의 백성들이 보았기엔, 그 괴물은, 그 자체가 팽대한 하나의 검은 색근(色根)이었는데, 수미산 크기였고, 발정하여 떨며 괴로워하고 있었다. 그런가 하고 있으면 그것은 어느 순간, 천으로 만으로 천만으로 분신을 치러놓고 있다. 그때 다시 보면 그는, 비바람 모질게도 센 날, 무섭게도 뒤집히며 끓는, 그냥 그런 인(仁)함이 없는 바다였다. 수상쩍되 재미있는 것 한 가지는, 바다, 특히 파도와 관련된, 뭍의 사람들의 말[馬] 의 상상력이라는 것이다. '화현해 있는 이 우주의 최후의 날을 준비하고 있는, 그 파괴의 힘' 또한, '말 대가리 꼴의 불로서, 바다의 그중 깊은 곳에 숨어 잠자고 있다'는 것도 그것이려니와, 생성한다는 물의 깊은 곳에, 파괴의 불이 잠들어 있다는 것은, 얼마나 수상쩍은 얘긴가, 예술가들은 또, 달려오는 파도에서, 말과 갈기털 등을 보는데, 이런 상상력은 아무래도 수상쩍다. '한낮에는, 말은 장님이 된'다는데, 이래서 보면 말은, 음지(저승)의 동물인 듯하기는 하다. 그리고도 그것은 말[言語] 과 같이 불의 상징을 입는데, 이 불은 그렇다면 빛과는 다른 것임을 알게 하기는 한다. 이래서 보면, 물속에 숨겨져 있는 말 대가리 꼴의 불은, 다름 아닌, 모든 수컷의 고환 속에 잠들어 있는 '정수'와 유사성을 갖는 것이 분명한데, 문제는 그러자, '생성의 힘' 그 자체인 것이 어째서 '파괴의 힘'이라는지, 거기에 있다. 그러나 이것은, 이런 문제로 행망을 부릴 자리는 아니기는 아니다. 아님에도, 아님으로 건너뛰고, 휩쌓아 잡아 말하기로 한다면, '종말론'을 고수하는 편에 서기로 해서, 꼭히 종말의 날이 오기는 올 것이라고 하면, 이 '생성의 힘'은 뒤집으면 곧장 '파괴의 힘' 그 자체라는 얘기 한마디쯤은 얹어둘 수도 있을 것이다. 종말이 곧 시작이라면, 이 파괴의 힘은 곧장 생성의 힘으로 바뀔 것인 것. (그래서 쉬바는 브라흐마이고, 브라흐마는 쉬바인 것) 우리들은 헌데, 뭍이 가장 소중하게 여기는 것, 아직 때 묻지 않은 것, 장차 어미가 되어 뭍을 풍요하게 할 것, —우리들의 공주를, 무방비로, 그리고 구해주러 달려올 용감한 왕자로부터의 일자 소식도 들어보지 못한 채, 저 아랫녘 바위 위에 던져두고, 이게 무슨 하릴없는 행망이란 말인가? 백만의 흑기병의 옹위를 받으며, 떼 갈매기와 그라이 자매들을 시녀로, 귀 있는 것들의 고막과 혼을 찢고 드는 우렛소리, 눈 있는 것들의 눈알과 심장을 도려 파내려는 번개를 거느리고, 칠해의 임금님은, 조금도 서두름이 없이, 눈앞의 제물을 멀리 두고, 눈으로 마음으로 흠향하며, 다가오고 있거늘, 아으, 온다던 왕자로부터는 누가 일자 기별이라도 가져왔느냐? 뭍과 물이 상극하여, 천지가 혼란하고 혼돈스럽거늘, 그래도 이럴 때 땅은, 퍼부어지는 아픔을 싸안아 들이고 인고하기로써, 그네 속에서 '염원의 보석'(Wishing Gem)을 굽고 있음인 것. '민중과 대지는, 아래로 더 내려갈수록 호꼰하다'고 이르는, 지리학적 상상력은 여기에 기인할 터. 그러면 이제, 무엇이 씨앗에 눈을 틔우고, 무엇이 꽃에는 여러 색깔의 물감을 들이는지, 또한 무엇이 자라나는 계집아이의 젖 몽오리를 채우는지, 그리고 무엇이 불알을 욕망으로 여물게 하는지, 그런 것에 관해서는 묻지 않아도 알 일. 무량겁 내달려와, 뭍을 삼키려는 바다가 노리는 것은, 바로 저것일 테다. 하기는 오늘은, 일 년에 한 번씩 오는, 그 왕국의 최후의 날이기는 했다. 이 왕국의, 오늘 치의 이런 운명의 법을 수레에 실어 황도에 올랐던, 그 누런 뱀은, 지금쯤, 저 큰 소의 엉덩이 판을 물어 빨아 삼켜 들이고 있는 중이었을 것이다. 이때에 이르러선, 왕과 그의 시종들이 탄, 잘 훈련된 준마들까지도, 공포 탓에 울부짖으며, 뒷다리로 벗쩍 서는가 하면, 앞다리로 허공을 긁어 그 허공에다 상처를 냈는데, 까닭에 양탄자 위로만 걷던 많은 고관들이, 천민들이 흘린 땀에 젖은 땅에 내동댕이쳐지곤 했다. 말들은 그리고 미쳐서, 지엄지고하신 주인들을 내팽개친 채, 내륙 쪽으로 달려가 버렸는데(畜生은 축생이로고!), 떼 우레와 떼 번개는, 도망치는 것들의 꽁무니며 뒤꿈치로도 부지런히 따라붙었다. 도망칠 자리라도 있던 것이 아니던 게다. 캐—캐—캐(그라이 자매들 캐클거리는 소리), 쏴—쏴—쏴(그라이 자매들 한숨 내뿜는 소리). 그러는 혼란 속에서도 왕의 시종들은, 젖은 홍포 위에다 우장 입히고, 찢겨 펄쩍이는 우산이라도 받쳐 들려 하기에 애들을 쓰고 있었다. 딸의 안위가 염려되는 중에도 임금은, 우장 입고 우산 밑에 서 있다. 이빨을 부딪치고 게거품을 뿜어내며 왕은, 붉은 양탄자 위로만 걸으며, 원한다면 무죄무고한 인명이라도, 눈 한 번 깜박임 없이 죽일 수도, 누구의 무엇이라도 빼앗을 수도 있는 자기도, 별 수 없는 인간이라는, 그 수치를 드러내는 데 조금도 수치스러운 줄을 모르고 있었다. 이런 경우엔, 왕이라는 것이 쓴 왕관이라는 것도 똥 묻은 오리 대갈통보다도 나을 게 없어 보였다. 흘레하다 구정물 맞은 똥개 꼴로, 눈을 희번덕이며, 흰 투구에, 흰 갑옷 입고 흰말 타고 와 독룡을 퇴치해줄 용감한 왕자나 기다리고 자빠졌다. 그러나 그로부터는 기별 일자(一字)도 없잖사옵니까? 고정하시옵소서! 안됐게도 그러자니, 우리들의 공주는 천애의 무남독녀였다. 지수화풍(地水火風)이 적 되어 일어나 서로 치고 덤비는, 그 가장 괴로운 일점에, 한 나라의 공주가, 다만 혼자였다. 홀로, 이 거대한 운명을 감내해야 했다. 황도의 가운데서, 누런 구렁이에 꼬리를 물렸던 소는, 시방 허리께까지 빨려들며, 운명을 인고하고 있다. 모질은 죽음은 수도 없이 왔으며, 한 번 올 것이 느리게도 참으로 느리게도 오고 있었다. 때에, 바다의 한가운데, 그 가장 깊게 여겨지는 데로부터, 천의 우레를 일시에 터뜨리는 듯한 굉음과 함께, 하나의 물기둥이 솟구쳐 올랐는데, 그건 수미산 크기는 되었다. 그것이, 지수화풍의 적의와 살기를 모두 빨아들였든, 아니면 그 자체가, 적 되어 일어난 저 사대(四大)의 화신이었든, 그것은 알 수가 없으되, 그것이 일어남과 동시에, 그 일점은 갑자기 조용해져, 달빛에라도 덮인 듯, 별랑도 고요하고 잠푹하기만 했다. 폭풍에도 눈이 있다면, 적 되어 일어난 사대의 소용돌이 속에도 어찌 눈이 없겠느냐. 그러했으므로 해서 가까스로 정신을 수습한 공주가 내어다본 거기에는, 아으 천지신명이여 감사하여이다. 흰 투구에, 흰 갑옷 입고, 벼락을 손에 굳게 쥐어, 여름 뭉게구름 같은 흰말께 탄, 거의 마주할 수 없으리만큼 빛나고 영준한, 왕자가 있었다. 그 순간 공주는, 어떤 종류의 항거할 수 없는 무력감을 느꼈는데, 거미줄에 걸려 둘둘 말려져 버린 나비모양, 왕자의 시선에 감겨 공주는, 전신이 경직에 당하기뿐만 아니라, 말초신경으로부터 영혼까지도, 추위에 떨듯 떨고 있음을 감지했다. (에잇 이거, 늙다리 稗官이, 젊은네들 마시는 묘약을 찔끔여 보려니, 마른 고환 속에 서낭당 夜鬼가 출몰한다. 숯 속에서 山紅이를 불러내려 하면, 산홍이가 숯 속에서 웃는다. 咄, 小說하기의 雜스러움!) 그래도 그것은 이상할 일은 아니다, 젊은 처자여, (메시아는 모든 개인들께도 하나씩 오기도 하거늘!) 어떤 간절한 기다림으로 심정이 준비되어 익어버리면, 그런 어떤 운명적인 순간에, 그대는 그대 속에서 '백 년의 잠'을 깨고 일어나다. 세상은, 그제나 이제나 별로 다름이 없음에도, 달라져 있다. 그대는 지금 사랑을 하고 있는 것이다. 그것이 주는 고통은 증오와도 같으며, 그것이 갖는 힘은 죽음과도 맞먹는다. 공주는 그리하여, 젖고, 찢어져 한 뼘의 살도 가릴 수 없이 된 옷을 깜냥으로는 여미고, 일어섰다. 그리고 팔을 벌려 그를 영접하려 했다. 그러다 공주는 다시 쓰러져 버렸는데, 그때 보였던 그는, 자기를 구하러 온 용감한 왕자가 아니라, 비늘 덮인 용두를 드러낸, 바로 그 독룡이었던 것이다. 그러나 이번엔, 절망하고는 있었으나 공주는, 두려워하지는 안 했다. 어깨를 들먹이며 공주는, 전신으로 흐느꼈다. 하나의 희망은 그렇게도 쉽게, 절망의 아가리에서 녹아져 버리던 것이다. (咄, 小說하기의 雜스러움! 패관이 묻힌 무덤에서 돋아난 할미꽃도, 뭔지 고스랑 고스랑 재밌는 얘기를 풀어낸다고, 동네 애새끼 놈들이라도 모여들작시면, 벗쩍 일어서 디립다 오줌이나 갈겨주고 말 테다) 저 바다의 왕은, 조금도 서두르고 있는 것이 아니었다. 그는 천천히, 길고 가느른 검은 혀를 내둘러 입맛까지 다셔가며, 그리고도 천천히, 노련한 바람둥이가 그러하듯, 자기의 신부께 다가오고 있는 것이었다. 모든 걸 포기해버린 공주께는, 미구에 닥칠 곤욕이나 처참한 죽음보다도, 느리게도, 한 탄지경 흐르기에도 천년이나 만년이나 걸리는, 그 느린 시간이 못 참을 것이었다. 그러는 중에도 공주가 얼핏 내어다보면, 흰말 탄 늠름한 기사가 거기 있었으며, 다시 눈 한 번 가렸다 내어다보면, 비늘 덮인 추악한 독룡이 거기 있었다. 일순 그에게 몸을 맡기고 싶은 욕망이 일었는가 하면, 다음 순간엔 그에 대한 형언할 수 없는 혐오와 증오 탓에, 몸을 줄였다 지워버리고 싶은 역욕망이,

공주의 심정 속에서 뒤엉겼다. 이런 욕망/역욕망은, 한 탄지경에도 수없이 반복, 번복되었다. 그랬으므로 공주는, 자기의 두 눈을 의심하여, 사정도 없이 누르고 찔러보기도 했는데, 한 눈은 독룡을 보고, 다른 눈은 왕자를 보는 것이나 아닌가 해서 그런 것이다. 공주가 알아낸 것은 그리고, 그 둘은 하나였거나, 하나가 둘이었다는 것이다. 그리하여 공주는 얼핏, 저 바다 왕의 왼쪽 부분은, 체온도 또 정도 있다고 하며, 다른 쪽 부분은, 차거운 비늘을 아흔아홉 잎이나 덮고 있다는, 그의 정체에 관해서 전해진 말을 기억해낸다.

—공주여, 이제는 흐트러진 몸매를 추스르고, 눈뜬 사랑에 관해서 생각해야 할 때이니라.

때에 공주는 그런 소리를 들었는데, 그건 백기사의 입술에서 흘러나온 것이었다. 그 음성은 단호한 데다, 귀 가까이에서 친 징 소리와도 같았다.

—사랑은 그런데 치골에 고인 묘약인 것. 신부여, 나는 신랑으로서 그대에게 가고 있음인 것.

그런 소리도 들렸는데, 그것은 독룡의 입술에서 흘러나왔으며, 공주의 귀가 들었기로는, 그보다도 더 달콤한 음악은 없을 듯했다. 때에 공주는, 독룡에 대해서도 물론이거니와, 왕자에 대해서는 더 많은 증오를 느껴내고, 일순이나마 자기가 바쳤던 그 사랑을 저주했다.

—공주여, 지금 그대는, 형언할 수 없이 독한 증오를 경험하고 있을 터이다. 지금은 그것을 태워 올릴지어다, 그것이 지금 그대를 일으켜 세울 그 힘이기 때문이다. 그리고는 그대 머리를 들어, 그대의 미래를 내어다볼지어다, 그 미래의 양수(羊水) 속에, 그대의 미래가 자라고 있음인 것. 그대는 아무리 하여도, 사랑밖에, 그것을 미워할 수는 없을 것, 그러면 그대는 그대 자궁의 그 양수를 길어다, 현재의 그대의 타는 증오의 불길에 뿌려, 꺼야 할 것이다. 그렇지 않는다면 그대는, 낙태(落胎)나 괴물(기형아)의 출산을 면치 못할 것이다. 그대는 지금 남자의 지남을 경험해본 적 없는 순결함 자체이되, 그것은 준비며, 완성이 아닌 것, 완성은 어머니까지다. 그대의 순결을 파열하려 덤비는 위험 앞에서, 회피할 수 없다면, '여자'라는 바르도를 거쳐, '어머니'라는 승리를 거두는 것에 시선을 모아야 할 터이다. '여자'는 굴욕적이되, '어머니'는 신성하

다. 완성된 '순결'은 그것이다. 거기 여성의 승리가 있다. 지금은 그러므로 사랑만을 생각해야 할 때이다. 왜냐하면, '사랑, 그것은 불가능한 죽음'(김진수, 『사랑, 그 불가능한 죽음』 참조. 그래서 보니, 흐흐흐, 저 왕자는 김진수도 닮았구나)이기 때문이다. 태초로부터 천지가 혼탁하여 악·마·사·죄 등, 왼갖 부정적 파괴적 힘이 난동해왔으나, 세상이 살 만하게 세상일 수 있었던 것은, 그 모두를 중화시키거나 용해할 수 있는 다른 힘이 있어 온 까닭인 것—그 힘이 사랑이라고 불리어 오는 것.

—공주여, 그대는 처녀를, 여자를, 남자에게 희생하기에 의해서만, 그리고 순종하기에 의해서만, 그 값으로 어머니일 수 있게 운명되어진 자. 여자여, 그대는 여자, 남자가 뿜는 정수를 받아 담기, 라는 그 목적을 위해 만들어진 그릇, 그것이 그대의 임무(달마)인 것. 그럼에도 그 '그릇'을 두고 '신비한 암컷(玄牡)'이라고 이르는 것은, 남자로부터 정수를 훑어 뽑아내기 위해, 그것 속에는 쾌함이 준비되어 있기 때문인 것. 사내들은 시시때때로, 변기에 대고 오줌을 누지만, 배설의 쾌감밖에, 그 변기로부터는 아무런 즐거움도 얻어내지를 못한다. 그러나 '신비한 암컷'에 이르면, 그것은 그 속에 한 벌의 지옥을 갖춰서는, 천상적 희열을 꽃피워내는 것, 신비롭고 신비롭도다. 그러나 사내의 내방이 없어 그것은 '잠근 우물'일 뿐. 칠해에 던져진, 나는 우라누스(Uranus)의 잘린 근이거니, 그 끝없는 생식력—, 암내 낸 암말께 덤비는 수말로서, 나 그대를 덮으려 하느니라. 뭍이 소중하게 여기는, 그 순결 속에다, 수옥(水獄)을 터뜨려 넣으려는 것이다.

때에는, 황도의 누런 구렁이가, 그 황도의 소 한 마리를 거의 다 삼켜 들이고, 하품하듯 턱뼈를 움직여 입을 닫으려는 중이었는데, 그 목구멍 안쪽에서 소는, 뜨고 밖을 내어다보았던, 눈을 감고 있었다. 그러자 천지에 일순 암흑이 덮어 들었는데, 걷히자, (단애 위의 사람들이) 보니, 공주가 펴져 누워 있던 그 뭍과 물의 경계에는, 두 잎짜리, 한 송이 붉은 연(蓮)이 별랑도 아름답게 피어 있고, 다른 일은 없었는 듯했다. 그 연이 핀 인당수는, 별랑도 깊고, 고요했다.

거기 그때, 무슨 일이 일어났던 것일까, 를 의문하는 사람들에 의해 만들어진, 후일담이 없을 수는 없을 것이었다, 라는 것은, 공주는 그 일 이후 아들을 낳았는데, 하필 어지자지(남녀추니)라고 했고, 독룡은 그런 이후 뼈만 오소록이 남겼는데, 그 왕국의 남자들이 그것을 모아다 재조립하여서는, '디노사우르'(다이나소어)라는 이름으로 숭배하기에 이르렀다고 이른다. 어지자지들은, 이 디노사우르 앞에 설 때마다 자기네들의 생식력을 위해 기도하고, 옌네들은 그의 거대한 귀두에 입 맞추기로 예배하여, 이남일녀 점지를 기원한다고 한다. (咄, 세상 모든 부모들이 다 二男一女의 복을 받았다가는, 사내 하나는 노상, 한 계집의 첩살이 노릇밖에 할 짓이 없겠구나) 그렇게 되어, 세상은 아직도 잘되어가고 있다고 한대.

* 이 좁쇼릐는, 「迎合이냐, 殉祭냐」를, 그 끝부분만 변작한 것인데, 저것(「迎合이냐, 殉祭냐」)은, '소설가의 수필'이었으며, 이것은, 구태여 이름을 붙이자면 '소설가의 소설'인 것이다. 저것은, 이 시대의 작가와 독자 사이의 문제를 살펴보았던 것이라면, 이것은, 가, 가맜자, 독자의 몫인 것을 작가가 앞나서서는 될 일이 아니겠다. 추악해서 아름다운 것도 있다면, 그 '앓음다움'은 이런 것일 테다. 티 베미.

小 說 法

內篇

無所有[1]
—쓰여져 본 적이 없는 얘기의 줄거리

'어부왕'(魚夫王, Fisher King)이라고 더 널리 알려진 안포-타즈(Anfortas)는, '성배'(聖杯, Graal, Saint Graal, Seynt Grayle, Sangreal, Sank Ryal, Holy Grail)를 안치하고 있는 문잘배쉐(Munsalvaesche 또는 'Corbenic') 성주(城主)였더니, 이 성배지기가 수업기사(Knight-errant) 시절, 모험을 찾아 헤매던 중, (어떤) 상대방 기사(는 回教徒였다는 설도 있으나, 傳說은 傳說이어서, 實史性을 반드시 띄는 것은 아니라고 한다면, 稗官은 굳이, 그는 다른 누구도 말고, 롱기누스[Longinus] 였다고 우겨, 믿는 바이다)의 독창(은, 저 '聖杯의 城'에 비치되어 있다는 얘기도 전한다)에 '치부'를 다친 뒤, 어떻게도 치유가 되지 않는 그 상처 탓에, 살이 썩느라 역한 냄새를 풍기면서도, '죽지도 못해' 살며, 창 쥐었던 손에 낚싯대를 쥐어, 고기 낚기로, 하루, 또 하루, 그리고도 다른 하루, 영겁을 치고 덤비는 시간의 아픈 물살, 그 독수리의 부리에, 무방비인 채 상처를 쪼이기로, '시간'(時間)에 묶여 있는데, 그랬음에도 그는, 네미(Nemi) 숲의, 다이애나(Diana) 여신의 사당지기 버-비우스(Virbius)와는 달리, 자기 다음으로 성배지기가 될, 어떤 기사[2]가 나타나는 날로, 자기의 상처가 말끔히 치유될 것이라는 희망 하나는 갖고 있었다. 그러자니, 생기를 잃어 찬바람과 대막(大莫) 휩싼 성에는, 악취 맡고 날아든 까마귀들이나 떼 지어 울부짖었다. (아는 이들은 아는 바대로, 안포-타즈와 버-비우스, 저 두 사제 왕들의 괴이한 운명들은, 지극히 상반적이라도, 그것들을 천평칭에라도 올려본다면, 그 무게들은 분명히 똑같을 것이라는 것이, 本稗官의 추단이다. 마는, 누가 염라 전에 가서, 그 '운명의 저울'을 빌려올 수 있는지, 그것만은 패관도 못 말해준다)

이 어부왕을 주야로 곁에서 뫼시며, 그가 가래를 끓이면 타구(唾具)도 받쳐 올리고, 낚시질에 나서면, 따라, 구유배를 저어 강 가운데 나가, 낚시에 미끼도 꿰어주고 하는, 이름은 알려지지 않은 시동(侍童)이 하나 있었는데, 바로 이 시동이, 왕의 상고(傷苦)를 마음으로 함께 겪으며, 안타까워하여, 뭔지 혼자 의문하고, 뭣엔지 혼자 대들고 하다, 끝내 못 참았겠었던지, 문잘배쉐 숲 가운데 있는, 천년쯤 늙다 벼락 맞은 나무, 성(城)에서는, '저 재[灰] 나무에 잎이 피면 성주의 병도 나을 것'이라고, 잎 피기 비는 밝나무, 거세(去勢)당한 고자나무—그 해골의 슬픈 똥구멍을 열어 묻어놓은 소리가 있었던지, 불어 바람이, 저 재나무 속으로 내려, 그 밑 어디, 불모와 휴지에 동결된, 무슨 기억을 깨워, 가랑잎 냄새도 비슷한, 싸한 냄새를 조금 흩트릴 때 그 싸함 속에 싸인 무슨 푸념을 따르면, 대략 이런 내용이 조립되어질 수 있었다.

—'성배'란 다름이 아니라, 부족 탓에 한(限) 맺힌 사람들의 원(願)을 이뤄주며, 병과 상처를 치유해주는, 영검한 힘이 있는, '성스러운 돌[石]'[3]이라고 하는데, 바로 그 돌을 뫼셔 지키는 사제 왕의 상처는 어찌 된 일인가? 원을 이뤄주는 것이 그것이라면, 이 왕의 원은 죽고 싶은 것이거늘, 조석으로, 저 돌의 빛에 상처를 쪼이되, 그 영력(靈力)은, 더욱더 파고드는 그이의 상처와 고통은 비켜 가며, 목숨만 끊임없이 이어가게 하고 있으니, 이는 또 어찌 된 일인가? '불'이 사람에겐 은총이로되, 불 맞은 나무여 그대에게는 주살(呪煞)이 된 것 모양, 저 성석(聖石)도, 그것을 지켜 뫼시는 이에 대해서는 그러한 것인가? 아으, 불사조(不死鳥)는, (안포-타즈와, 벼락 맞은 나무의 한숨과 탄식이 이것이지만) 재 속의 무슨 힘으로, 새로운 뼈, 새로운 깃털을 새로 차려입어, 새로 젊어져 푸르도록 붉게 날아오르는가?

웃지도 못 하겠담시롱도 씨석씨석 웃어싸며, 매콤한 바람결에 흩트려내는, 저 천년 고목이 하는 얘기를 조금만 더 꿰맞춰 보기로 하면, 숲의 동쪽 가지에 어제저녁 깃 접었던 빛이, 첫 홰를 치는, 그렇게나 이른 새벽에, 급기야 저 시동은, 북녘 가지들에 깃 접었던 까마귀들까지도 모르게, 성을 벗어났던 모양이었다. 세운 뜻은, 이 세상 어디엔가는 분명히 있다고 알려진, 그 불사조를 찾아, 어깨에 앉혀 돌아오겠다는 것이랬다는데, 이 시동이 사실로, 제 놈 뫼시는 그 어른의 뜻을 바르게 이해하고 있었던지, 어쨌던지는, 그 자신(천년 고목)도 자신 있게 말할 수는 없다고도 했으며, 어찌 되었든 이 젊은네도, 꿈꾸기로, 대가리만 코끼리만 하게 불어난, 젊은네들 중의 하나가 아니겠느냐고도 했다. 자기가 아닌 남을 위하려 하여 세운 그 뜻은, 참으로 가상하여, 그가 지나는 길가에 있는 모든 나무들의 축복을 받을 만하다고도 했고, 환처에 시달리느라고 하다가 생각만 자꾸 깊어져 버리게 된 왕의, 말[言語]의 진한 젖에 뼈를 굵혔으니, 허긴 그를 뫼시는 녀석의 속도, 그만큼은 매워졌을 법하잖냐고도 덧붙였다.

그의 말로는, 자기는 湖東 어디 '美里'라는 사막에서 온 돌팔이 중이라고 했으나, 문잘배쉐에서는 '이상한 순례자'라고 이르는 이로부터 들은 수많은 얘기 속에, '봄 뜰 낮잠에 든 늙은네와 나비의 꿈'이라는 것을 읽고 충격을 받은 일이 있었거니와, 그 이후로 굳어진 생각이 이것일 성부른데, 시동의 믿음엔, 문잘배쉐에 비치(秘置)된 저 '성스러운 돌'은, 그냥 갖다가시나 디립다 잠만 쳐대 자는, '불새의 잠'일 뿐이며, 그 '잠의 꿈'이거나, '잠의 주인'은 저 '돌'을 떠나, 어디 봄 뜰을 나비하고 있을 것이라고 하여, '루타'(Ruta, Skt., 體)와 '아르타'(Artha, Skt., 用)를 분리하고, 그뿐만 아니라, 명사(나비)를 동명사화하여 이해하고 있었다. 그렇다면, 저 '돌의 나비'를 잡아 오기로써, 잠에 들씌워진 저 '돌'의 영검한 힘이 깨어 일어날 것이 아니겠느냐는 것은, 저절로 만들어진 대답일 것인데, 다시 말이지만, 시동은 그래서, '돌의 나비'의 탐색에 오른 것이고, 하다 못하면 (시동은), 그것의 깃털이라도 하나 뽑거나, 뽑혀져 내린 것이 있으면, 그것이라도 주워 오려는 것이다. 글자를 깨우친 문잘배쉐의 젊은이라면, 잠 안 오는 밤마다 되풀이해서 읽는, 『오디세우스의 모험담』 속의 모든 역경과 고난이, 바닷길에만 있는 것은 아니며, 들이나 산, 어디에나 매복해 있다는 것쯤, 시동이도 잘 짐작해 알고 있는데, 어디서 무슨, 인(人)내에 생피내 나는 것이 지나가지 않는가, 나타나기만 한다면, 한달음에 내달아, (놈을)

선취(先取) 덜미하여 후취복장(後取腹臟, —이는 民間拳法으로, '그런 다음, 배때기에 큰 한 방을 먹인다'의 뜻이겠지만, 이 자리에서는 '배 속에 처넣었다'라고 해석함이 권유된다)해버리는 외눈박이 거인이라든, (놈을) 돼지로 둔갑시켜, 잘 피운 화덕에 구워 먹는 마녀라든, (놈의) 돌아갈 곳에의 간절한 그리움 한 가지만 남기고, (놈을) 바위로 만들어버리는, 매부리코의 위사도(僞邪道, wizard)라든, 또 뭐라든……, 그, 그런다고 해서, 이누묵 손들이, 꿈을 좇아 가출을 도모하는 저누묵 손들, '바보 놈'들 말이지, 의, 뒤꿈치의 힘줄을 끊어버리는 것도 못 되는 데다, 사실로는 그런 풍문의 까닭으로, 수업기사라는 것들이, 그것들을 찾아, 산야를 헤치고 있다고도 하잖던가. 이랬든 그랬든 저랬든 어쨌든, 혈혈단신으로, 그 끝도 모를 험난한 길에 나서기는 심난한 일이었을 것이라도, 시동은 그러나, 호신용 무기 삼아, 타다 만 부지깽이라도 하나 들지 안 했으며, 방패 삼아, 깨어진 솥뚜껑이라도 가슴에 받쳐 들지도, 또 바쁜 길 속하게 달릴 양으로라도, 쓸모없이 되어 들로 쫓겨난 늙다리 노새라도 한 마리 꾀어, 그 등에 뽐 나게 걸터타고 있는 것도 아니었다. 그랬음에도, 성급을 부려 말하기로 하면, 꼭히 구비했어야 될 한 가지 조건이 미비한 상태라고 할 수도 있겠지만, 이런 소리 듣고, 바위가 만년의 침묵에 굳은 목구멍을 열어, 피 뱉어 웃으려면 웃을 일이겠으나, 그가 세운 뜻에 의해 보면, 이 시동이도, 하나의 기사였거니, 뽐 나는, 어엿한 한몫의 수업기사였더라 말이심. '한 가지 조건이 미비했다'고 이른 것은, 다름이 아니라, 기사라면 누구나, 자기의 용기와 기사다움을 증명해주고, 그가 탐색에서 얻은 전리품 영광을 바칠 때, 그것을 꽃다발처럼 받아주는, 다른 이들의 눈에야 버마재비의 암컷이나, 살찐 흰 돼지처럼 보였든 말았든, 제 눈에는, (그것 없이는 세상이 왼통, 눈 오는 벌판이며 달 없는 사막, 불 꺼진 항구) 봄바람에 연분홍 치마 같은 것을 하나 구해, 신주 뫼시듯, 그것의 영상을 가슴에 꼭 품고 있어야 하는 기사속(騎士俗)[4] 한 가지를 염두하고 이른 것이었으되, 때에는, 장차 안포-타즈의 뒤를 이어, 성배지기가 되는 페레두르(Peredur, Parzival)도 집을 떠나 헤매던 중이었거니와, 그가, 아직 마빡의 피도 채 마르기 전에 이미, 당당한 기사 꼴을 꾸미고 있었어도, 그도, 어머니의 젖 냄새밖에 아직은, 연분홍 치맛자락에서 풍기는 아무 냄새에도 코를 열고 있지 못했던 것을 감안하면, 그런 조건을 구비치 못했다 해도, 기사의 불알이 떨어지거나 하는 것은 아니었던 것이 분명하다. 그런즉 꼭히 따져보아야 될 것이 있다면 그것은, 가다, 구미호라도 하나 만났을 경우, 그것을 혼내줄, 여벌의 무기를 하나 은닉해놓고 있느냐, 없느냐 같은 것일 게다. 자기를 기사라고 치고서, 어찌 계집께 창을 날리겠으며, 칼을 휘두를쏘냐? 그렇다는즉슨, 시동이더러, (라만차의 기사가 그랬듯) 되돌아가, 추파해쌓던 아이의, 맨 안쪽 속곳이라도 벗겨 (봉준이 뽄사 꾸며) 머리에 동이고, 다시 시작하라는 소리는 할 것도 못 될 테다. 눈앞에 떠올라 아롱거리는, 실속 하나도 없는 음식만으로 보릿고개를 넘기는 농가에서, 아홉 번째쯤 태어난 자식을 봐도, 저 먹을 것은 갖고 태어난다고 하여, 한 뚝배기 온수에 둬 방울 간장 탄 것이라도, 미역국인 듯이 산모께 먹이거늘, 글쎄 그렇게 되어 있는 것이 아니냐, 골짜기[谷] 열린 데 '뜨거운 김'은 일게 마련이며, 이를 일러 '谷神'[5]이라고 하는 모양이며, 암컷[牝] 누워 있는 자리로 하늘빛[玄]은 내려 쬔다, 이를 '玄牝'이라고 하는 모양인데, 요컨대, 삼시랑이 불알을, 그것도 두 쪽씩이나 달아준 뒤, 뭣 하나를 세상에 내보냈을 때는, 그것 한쪽 나눠 가질, 다른 뭣 하나를 첨매 내보낸다는 말인 것이다. 용 가는 데 구름 가는 것, 그런 것 아니냐? 시동이는 그래도, 다음 끼니를 걱정하지 않는다는 다른 낭인들과 달리, 한번 배 불릴 빵떡과, 목 축일 물병은, 괴나리봇짐 속에 쌓아놓고 있어, 한번 형편은 그리 나쁠 듯하지 않은데, 또 보니, 헥, 저런 저런, 명절 때로만 신었던, 그 뽐 나는 신발도 뽐나게스리 신었구나, 신었어, 허, 허, 허긴 뽐生뽐死라거니—.

시동이가 듣기도, 눈치채기도 해왔기로는, 도처의 많은 기사들이, 그 '성배의 성'을 찾아, 수로 수천 리, 육로 육만 리를 헤쳐 헤매 다니고 있다고 했으되, 시동이가 실제로 만나본 기사는 없었던 걸로 미뤄보아, 문잘배쉐에 닿는 길은 험하기 이를 데 없는 것이나 아닌가, 또는 무슨 주술에 덮여, 누구나의 눈앞에 있는데도 보지를 못하는 것이나 아닌가, 그것도 아니면, 땅에서 들어 올려져 구름 가운데라도 있는 건 아닌가, 하는 따위, 여러 가지 이유를 들춰내 보기는 했지만, 아무튼 시동은, 모두 닿고 싶어 하되 닿을 수 없는 바로 그 성을 빠져나와, 그 성을 뒤에 둔 방향으로, 그러나 그 닿을 곳은 알 수 없는 곳을 향해, 몇 달, 혹은 몇 년, 혹은 몇 생(生)이 걸릴지도 모르는 걸음의 시작으로 터벅터벅 걸어 나가고 있는 중이다. 얼마나 오래 가물었던지, 아니면 볕이나 흙 속에 무슨 독소가 그리 과했던지, 그가 터벅거리는, 길도 없는, 정적하기만 하고 막막한 들은, 노숙자까지도 더 못 쓰고 버려버린 모포 꼴로, 낡고 헐고 삭아, 헤설프게라도 한 마리 지렁이의 잠을 덮어줄, 습습한 자비 한 조각도 남김이 없어, 파장이었으며 들은, 둘러앉아 두런거리던 산 것들의 마지막 음성까지도 다 태워 먹은 꺼진 모닥불이었으며 들은, 무음(無音)의 이끼에 덮인 적막까지도 푸석거려 들은, 해가 중천까지나 떠올라 있어도, 볕의 소금에 시들어서든, 빛 듣고 좇아 일어나는 그림자 하나 없어 들은, 중음(中陰)에도 들지 못한 야행성 악몽들이, 모든 곳으로 수분을 약탈하려 갈증으로 헤매다, 지쳐 동트기 전에 돌아와, 언제 녘 벼락에 맞아 죽어, 선 채 풍화 당하는 나무귀신들 꼴로, 여기저기 듬성듬성 검게 서서 아프게 낮을 새우고 있어 보이는데 들은, 저주의 미친 춤을 추다 불칼 맞고 소롯해진, 이 마(魔)의 종내기들의, 굳어버린, 정 없는 수맥 속에서, 대체 무슨 푸른 잎사귀라도 하나 피겠는가, 가물은 쪽의 니플하임(Niflheim, 凍土), 이 휴지, 이 불모, 이 황폐, 이 침묵, 이 대무(大無) 속에서, 무슨, 하다못해 죽음이라도 하나 기대되어지겠는가, 몰락한 에덴이거니 들은. 하와여 그러나, 기름을 덕지덕지 끼얹고 있어야 할 그대의 배때기가, 이렇게나 쪼그라 붙어서야 되겠느냐? 하필이면, '성배'를 뫼시고 있다는, 문잘배쉐의 누구의 죄며, 누구의 진노 탓이냐? 그대 메마른 자궁으로 앓아누운 대지, 그 제단에는 해골이 놓여 있구나—문잘배쉐, 썩는 남근(男根). 아으 그러나 보아람, 공동묘지의 밤중에 지나는 등불모양, 소리 하나 없는 적막한 데로, 하나의 기적이, 승리처럼, 대장간의 모루 치는 소리모양, 걸어가고 있도다, 이 사람을 보아람!

아침밥을 거르고 성을 빠져나왔으므로 시동은, 그 첫걸음을 내디뎠을 때부터 사실은, 창자가 음식을 보채 내는 쪼르륵 소리를 들었었는데, 걸어온 거리는 측정할 수 없었으되, 시간은, 해를 천장까지나 밀어 올려놓고 있었으니, 시동의 창자의 보챔도 입천장까지나 닿았을 법했다. 그랬으니 이 젊은네는, 어디에 앉아 숨도 좀 돌리고, 목구멍도 창자도 달랠 만한, 적당한 그늘 자리가 없는가, 사유시방을 훑어보지 않았을 리 없었을 터, 그러자 그의 시야 오리 길의 오리는 될 만한 거리에, (거인들이 설쳐대는 시절이니, 어찌) 거구의 똥풍뎅이(는 없을 수 있겠는가)가 뭉쳐, 밀어가고 있는, 똥 덩이로도 보이는, 언덕이 하나 불거져 올라 있는 게 뵈는다. (흐흐흐, 아브라카다브라! 이는 사뭇, 魔職袾 펴기 같게도 보일라? 魔職꾼이, 필요할 때 필요한 것을, 소매 끝에서 끄집어내기. 마는, 어떤 기사가, 아무리 정처 없이 헤매고 있다 해도, 바로 그 정처 없는 길에서, 모든 운명적인 사건들에 마주쳤다는, 흔한 무용담 따위를 듣다 보면, 그의 몫의 '운명'까지도 정처 없는 것은 아니었던 것을 알게 된다. 그렇다는즉슨, 시동이가 쉬려고 작정을 하자마자, 기다렸다는 듯이, 어디서 '그늘'이 달려왔느냐고, 물을 일은 아닐 테다. '왕자'들 길 떠나는 길목에는, 그를 기다려 나앉아 있는, 동안 백발의 노인이나 노파모양, 시동이 가는 앞에는, 이제 들어보면 알겠지만, 이 언덕 그늘이 기다려왔을지도 모른다고 하면, 저것은 시동이의 '운명'의 몫이었다고, 접어둘 수 있을 테다. 日常的인 것은 운명적인 것이라고 이르지 않지 않잖는가? 무엇이 운명적인 것이기 위해서는, 어떤 형태로든 그 일상을 교란하거나 전복하는 일이 일어나기에 의해, 이후 그 삶의 진로나 양태가 바뀌게 되는 것을 이를 테다. 일상적인 것에 대해 그것은, 어쨌도 돌발적이거나 우발적인 것은 사실인데, 그것이 필연화를 겪기에 의해, 운명화하는 것일 것인 것. 이런 의미에서, 다시 살피면, 돌발적이거나 우발적 사건이란 있는 것이 아니며, 사실에 있어 그것은, 그 어떤 한 삶의 앞길에 매복해 기다려 있던 것과의, 필연적인 만남이라고 이해되어질 수 있을 뿐인 것. 咄, 小說하기의 雜스러움!)

시동의 걸음은 그러자니 바빠져, 거의 뜀박질이 되었겠거니와, 시동이 대략 '저만쯤' 되는 데까지 오게 되어, 두 눈으로 확실하게 보게 되었기로는, 거대한 똥풍뎅이가 뭉쳐 밀고 가는 똥 덩이처럼 보였던 그 거무튀튀한 언덕은, 부농가네 거름무더기 서너 배는 되는 크기로, 언덕 아래로 빙충맞게 걸어가는, 비구의 대가리모양 반구형이었는데, 시동이의 호기심을 자극한 것은, 그것은 그런데 굴일 것이 분명한, 크고 퀭한 구멍을 둘씩이나 열고 있는, 그것이었다. 그 순간 시동이께 떠오른 연상에는, 그 싸움이 어느 벌에서 벌어졌던지 알 필요도 까닭도 없었겠지만, 다윗의 돌팔매에 꺼꾸러졌다던, 골리앗의 대가리가 거기 굴러와 있었다. 얼굴 가죽은 교만과 들파리가 벗겨 먹었을 것이며, 눈깔은 증오와 까마귀가 쪼아 파먹고, 혀는 야심과 지렁이가 쏠아 먹었을 것이었다. 시동은, 해를 올려다보며, 암내 낸 암소 만난 황소모양, 암소만이 알 수 있는, 그런 웃음을 웃었는데, 자기의 연상이 꽤는 그럴듯하다고 여긴 모양이었다. 이똥 낀 누런 웃음으로 해도 답해주었겠더라. 그러나 과장법에 좀 익숙지 않은 이들이, 어릿두근해질 경우를 생각해, 밝힌다면, 이 연상, 또는 이 비유는, 너무 좀 확대된 데가 없잖아 있기는 있는데, 골리앗도 '여섯 큐빗 한 뼘'(2.9m)이나 되는 키여서, 거인은 거인이었으되, 퀴클롭스들의 것이라면 몰라도, 그 대가리를 부농네 거름무더기에 비유하기에는, 좀 쥐 좆 기럭지 같은 데가 없지는 않다. 그러나 중요한 것은, 그 연상이기보다는, 그것이 함축하고 있는 내용일 것인데, 정작으로는, 아직 한 번도 맞닥뜨려본 적이 없는, 바깥세상이 시동에게는, '골리앗'으로나 여겨졌던 모양이었으며, 그랬다는즉슨, 시동은 자연스레, 자신을 아주 은근히, '다윗'에 빗대놓고 있었던 것이나 아닌가, 하는 그것이다. 시동도 하기는, 골리앗을 때려눕혔던 때의 다윗의 나이 또래이기는 하다.

그늘과 먹이에 집중된 시동이의 걸음은, 삽시간에 시동이를 그 언덕 밑까지 데려다가 놓았겠는다. 마침맞게도 그런데, 그 언덕 뿌리에는, 언뜻 짐작해도, 그 높이나 넓이가, 시동의 두 배는 되게 큰, 거인의 묘비석이라도 연상케 하는, 선바위가 하나 있어, 뭘 더 생각하고 말고 할 것이 있겠을 일인가, 바위의 그늘진 쪽에 시동은, 털썩 주저앉았겠는다. 그림자라고 치고서는, 무엇하나 예외 없이, 공평스레 짧아져 있는 시각이어서, 시동이 찾아든 자리의 그것 또한 키 작아, 시동이가 다리까지 길게 뻗기에는, 아직은 충분치 안 했으나, 가난한 괴나리봇짐 하나 풀어 헤치기에도 모자란 것은 아니었다. 게다가 그늘은, 웅덩이와 달리, 들불의 포부를 가진 것이어서, 고여 있기 대신, 탐욕스러이 번져 펴 늘여지기만 하는 것인 것, 시동이 그 음식을 다 먹고, 먼눈 몇 번 팔기로 졸음에 겨울 때쯤이면, 황소라도 한 마리 삼켜 넣을 만큼 불어나 있을 것이었다. 종내는 그리고, 냇물들이 만나면 바다가 되듯이, 그늘들도 바다가 되어,

원(怨)이 깊어져 소금이 되고 독이 되면, 거 무슨 한 점 살이라도 발겨낼 것이 있다고, 뼈만 앙상한 문잘배쉐까지도 휘감아 빨아들여, 노란자위를 터뜨려 내려 안간힘 써 뒤집힐 테다. 아니 사실은, 문잘배쉐의 뭣 때문인지 물어볼 필요도 없겠지만, 그것을 삼키려는 일념으로, 태초에 궁창이 나뉘고 있었을 때, 이 그늘은, 변절자의 얼굴빛을 꾸며, 빛 가운데로 숨어들었다는 얘기도 있거니. 이 노략질에, 문잘배쉐는 나날이 황폐해져 갔지만, 아직도 그러나, 함락되어 있지는 않은 듯하다.

사지후토(四地后土) 전 고수레 따위는 염두에도 없었으니 시동은, 먼저 마셨고, 떼어 씹었고, 우글부글 양치질도 해, 이빨 새에 낀 찌꺼기도 씻어 삼켰고, 먼눈도 몇 번 팔았고, 바라볼수록 시력을 빨아들이는, 해골의 두 눈두멍 같은 굴 안을 살펴보아야겠다고 마음도 먹었고, 비옥한 황폐거니 잠은, 모르는 새 잠에 들었고, 깨었고, 기지개도 켰고, 소리 하나 없는 들을 소리처럼, 상여처럼 지나가는 구름 그림자도 보았고, 해도 올려다보았다. 시동이께 보이기에 해는, 권태에 꼭지가 시든, 빛의 한 낙엽이어서, 오후의 중간쯤 되는 데까지 흐적여 내리고 있었는데, (시시포스의 바위와 달리, 이것은 중력을 잃어) 빛은 녹슬어 푸슬거리고, 볕은 빈혈로 버스럭거렸다. 그리고는, 동녘에도 소리란 하나도 없었고, 서녘도 조용했으며, 남녘도 적막했고, 북녘도 소조해서, 부스스 잠 깬 시동의 어눌한 느낌에는, 저 앉은 그 한가운데로, 무음(無音)의 폭설이 내려, 꼼짝달싹할 수도 없게 저를 묻어 눌러 덮고 있는 듯이만 여겨졌다. 볕이 몹시 무르녹아, 모든 움직임들이 일순 소롯해져 새까만 어떤 여름 한낮, 또는 빛이 쌓이고 쌓여 땅 밑 똬리 친 용의 갈비뼈까지 가지런히 들여다보이는 가을날 오후 어느 한순간, 이런 무음의 폭설이 내리고, 그러면 그 깊이 모를 적막의 심연 속에로 가라앉아 드는데, 그럴 때론 그 밑 없는 심연이 시동이께 좋았으나, 오늘은 어째 싫기만 한 것이 문제다. 점차 그것은, 시동에게 공포감을 일으켰으며, 무자맥질을 해대면 해댈수록 자꾸만 더 물 밑으로 끌려 내려가는, 익사 직전에 처한 수부의 절망감 같은 것을 일으켰다. 그런 느낌들은 시동에게 이번엔, 자기의 머리통이, 골리앗의 피와 골에 범벅된 군홧발 밑에 깔려, 무참히 짓밟히고 있다는 연상을 더불었다. 시동은 왝왝 건구역질을 하기 시작했지만, 시동이 이런 처지에서도, '골리앗'을 연상하고 있는다면, 시동이 아직은, 싹수가 노래져 글러먹은 놈까지는 아니겠는다. 때에, 시동이에게 새로 보여진 이 들은, 무변으로 황막하게 펼쳐져 나간 것이 아니라, 무저(無底)로 중험(重險)하게 꺼져 내려 있었다. 그랬으니 거기서, 무슨 늙다리 '귀뚜라미' 가래 끓이는 소리라도, 또는 실바람이라도 한 바름 일어날 수 있었겠는가. 심한 중력감에다 숨도 가빴으므로 시동은, 할 수 있는껏 심호흡을 해대며, 자신을 달래기 시작했다. 이런 침묵, 이런 정적은 오늘 갑자기 나타나 불어난 것은 아니지 않는가, 세상은 여전히 어제나 다를 바 없으며, 제길할, 차라리 달라져 있기라도 하면 좋을 일이 아니겠느냐, 글쎄 말이지, 무슨 일이 있고서야, 이 적막에 구멍이라도 하나 뚫리지 않았을 리 없을 터, 항—솨 항—솨 (시동이 심호흡하는 소리러람)······ 그러기로 시동은, 저으기 마음의 안정을 얻고, (자기의) 현실적인 문제에로 마음을 돌렸다. 나름의 탐색의 초입에 있으니, 시동의 형편이 뭐 그렇게 좋을 일도 없었지만, 나쁠 일도 없었다. 몸을 꾸물거려쌓더니 시동은, 제 몸의 기력지보다, 석 자가웃은 더 느려 기지개를 켠다.

"얼마나 걸어왔는진 모르지만, 여기서는, 문잘배쉐의 첨탑도, 그 높은 굴뚝에서 오르는 연기도, 보이지가 않누먼," 중얼거리고 시동은, 상여처럼 들을 흘러가는, 구름 그림자를 보며, "듣기로는 그랬지, 북명(北冥)인가 어디서 일어난 불새가, 하늘못[天池] 으로 날아가느라고 하면, 구름 그림자를 땅에다 깐다는데," 중얼거림을 계속했는데, 늙은네들 잠에 들기처럼 시동은, 버릇이 된 몽상에 살콤 떨어져 든 듯하다. "그래서 그것 지나간 자리를 잘 찾아보면, 불새가 떨어뜨린, 깃털을 하나쯤 주울 수도 있다고도 했는데······, 난 그러나, 까마귀나 비둘기 털 따위 말고는, 무지개처럼 곱거나, 타는 불잉걸 같은 것은 주워 들지를 못했을 뿐이었지······, 허긴 지금이라도 저것을 좇아, 달려가 본다?" 그러나 시동은, 구름 그늘에 마음만 실어 보내고, 몸으로는, 발가락 하나도 움직이려 하지 않고 있다. 그러는 중에, 구름 그림자가 들을 다 건너가 버렸는지, 중음(中陰)의 마른 입술들이, 그것 속의 습기를 다 짜아버렸는지, 더 보이지 않게 되자, 등 기댄 자리가, 끈적거리는 데다, 갑자기 가렵기도 해서 시동은, 삯도 못 받는 몽상에서 돌아와, 소가 언덕에 대고 하기처럼, 바위벽에 대어져 있는 등을, 상하좌우로, 요분질을 해댄다. 하며 시동은, 석양에 등물하기나, 또는 앓는 이빨 찌럭대기, 그보다 좀 낫게는, 농조(弄鳥)질하기모양, 지랄 육갑하는 꼴이, 아프고 시원해, 죽어 자빠지고 싶어 못 살겠는맹이다. (咄, 小說하기의 雜스러움!) 그에 따라, 바위벽에, 몇 세기나 덮였던지 모를, 마른 이끼가 푸슬어 떨어지며, 바위의 생살이 드러난다.

시동이가 그리고—이런 건 필연적, 또는 운명적이라고 해야겠지만, —우연스레 보았기에는, 제 놈 등 기대 잠들었던 그 선바위 벽엔, 어떤 석공(인지 뉘 알아?)이, 언제 녘(일지도 뉘 알아?)엔지, 정교하게 '파놓은' 무슨 글자들이, '솟아올라', 읽어주기를 바라고 있는 그것이었다. 쓰여진 글자란, 문맹꾼은 아무리 들여다보아도, 바위와 닭의 관계라도, 익힌 이들에 대해선, 먼저 그들의 눈을 뽑고, 다음 그들의 염통을 도려 파내 회 쳐 먹는 마녀 같은 것, 이거나 학녀(鶴女)와 나무꾼의 촌수인 것. 씨설이질에, 부엌일, 빨래, 길삼질, 바느질, 보약 끓이는 일, 흉보는 일, 그리고 저녁 일에 혹사당하면서, 자고 있다고 발길질에 차이는 일, 보태 알까지 까 바친다. 무슨 종년이 있어, (자네 같은) 별 볼 일 없는 놈팽이께 그래주겠는가? 시동이께 읽혀진 바로는, 저 돌판의 글자들은 이러했다.

> 돌아오고싶은행려자는왼쪽길을가고돌아오고싶지않은행려자는오른쪽길을갈지니!
>
> 모든끝은그러나시작에물려있음을!

그 글귀는, 시동을 난감케도, 망연자실케도 했는데, 아무리 길이 없는 곳이라도 트고 걸으면, 일회용이라도, 그것이 길은 길이었으므로 시동은 여기까지도 왔으되, 그런 없는 길, 길이 길 자신을 싹싹 지워 없애는 길 말고, 거기 또 무슨 길이 트여져 있다는 말인가, 시동이가 아무리 눈에 불을 켜고 내어다보았어도, 길이랄 것이, 그것도 두 갈래나 트여져 있다고 명시되어 있는, 그런 건 없었다. "이거 어디 귀신만 곡할 노릇이겠냐, 길 없이도 다닌다는 바람도 곡할 노릇이 아니냐? 이는 필시 중음 동구에 세워져 있는 이정표겠거니?" 투덜거리고 시동은, 몹시 침울한 얼굴이 되었는데, 이정(里程)이라고 하기에는 여간만 망설여지잖는 이 이정표는, 자기의 마음속에는 훤하게 열려져 있던, 그 길까지 지워 없애버린 느낌이 든 모양이었다. 문잘배쉐에 할머니 집을 두고 있는, 세상의 대개의 어린이들은, 그들 할머니들로부터 들어 '불새'가 어디에 살고 있는지를 알고 있던 것이다. (이 '불새'가 '불사조'와 같은 새인지 어쩐지, 그들 중의 아무도 의문해보지 않았으니, 같은 것들일 수도, 아니면 전혀 다른 것들일 수도 있으되, 시동 역시 그런 건 의문해본 적이 없이, 어부왕이 이르는 '불사조' 잡기에 나섰으니, 그의 '불새'는 어째도 '불사조'와 같은 것임은 분명했다. 같은 것을, 할아버지들이 말할 땐 '불사조'라 이르고, 할머니들은 '불새'라고 했을는지도 모르긴 하다) '가깝게든 멀리든', 어디만쯤 걷고 걷고 걷다 보면, 밤에는 그 나무들이 모두, 맹수나 병정들로 변하는 큰 숲이 나타나는데, 그 숲도 통과해, 또 걷고 걷고 걷다 보면 이번에는, 배라는 배는 모두 가라앉히고 마는 강이 나타나는데, 그것도 건너고, 가까이든 멀리든, 또 걷고 걷고 걷다 보면, 무지개가, 뿌리를 거기다 두고 있는, 유리의 성을 보게 되기도, 멀리 비켜날 수도 있지만, 그것이 예의 저 불새의 성이라는 것이었다. 세상의 무지개는, 그 불새의 날개에서 발원하는 것이라고 했으며, 해가 지고 어두워지며 기온이 낮아지기 시작하면, 그만한 크기의 얼음 알처럼 뭉쳐, 어느 잎 위에 숨어 자는 벌새[蜂鳥]와 꼭같이, 불새도 저녁에는 날개를 접고, 무슨 잿돌[灰石] 같은 것이 되어, 이 세상 어디에 있는지 달님까지도 모르는, '밤중'이라는 무소(無所) 깊은 데 숨어, 밤을 샌다는 것이었는데, 그럴 것이, 햇빛이 사그라졌다 하는 그 순간, 그 유리성도, 볕 아래 얼음이 녹듯, 사그라져 보이지 않거나, 없어져 버리기 때문이라는 것, 할머니들 짐작에는 그래서, 그 성은, '밤중' 그중 깊은 데로 접혀 들었을 것이라고 했다. 빛까지도 들지 못하는 그 곷(곳+것)을, 누가 무슨 수로 들겠느냐고도 했다. 그 새의 깃털이라도 하나 뽑으려면 그래서, 그 유리성에 첫 날빛이 비치기 시작하는, 밤중과 새벽의 한순간을 노려, 잿돌에 불기가 일려 하며, 깃털이 돋으려 할 때밖에, 다른 도리는 없다고 했다. 그러나 시동은 갑자기, 그 어디만쯤 가는, 그 길을 모르게 되어버린 것이다. '행려자'는, 이정표대로 따르자면, 여기서부터는, 왼쪽이든 오른쪽이든, 길

하나를 정해 걸어가야만 되는 것으로 되어 있는데, 그 길들이 대체 어디에 있다는 말인가? 시동에겐, 처음 보았을 때부터, 눈알 빠진 골리앗의 해골이 열고 있는, 두 눈두멍 같은 동굴이 마음에 씌어쌓기는 했지만, 까닭에 시동은, 그 동굴에다 자기의 동공을 빼앗기고, 마음을 꾸릿대로 감긴 시선(視線)을, 몇 꾸리씩이나 풀어내고 있지만, 발은 무엇엔지 묶여 꼼지락도 못하고, 혀만 나부렁거리고 있다.

“아 말이지, 그런 길이 있기만 하다면야, 나아갈 길은, 벌써부터 딱 정해져 있는 것, 그렇잖으냐? 나야 뭐, 불새라도, 과부네 씨암탉쯤으로 알아, 잡는 즉시 털을 뜯고, 새끼들이야 눈이 불거졌든 어쨌든, 구어, 먼저 제 배부터 불린 뒤, 그것의 둥지라는 ‘밤중’에도 손을 넣어, 꺼낸 알은 돈 삼아, 돈이 되는 대로 놀음판에로 달려가는, 그런 뻴건 건달 뽄사를 내려는 것은 아니며, 돌아올 분명한 까닭이 있어 나는야, 떠나는 길에 올랐잖냐 나는야 말이야. 헌데, 저 누무두 굴 구멍은, 그냥 열려 있기만 할 뿐인데도, 괜스레 기분이 나쁘거든. 대체 뭣들이, 저 속에 똬리 틀어 숨어 있기에 그런구? ……동화대로 따른다면, 어디만쯤 가다, 두 길 나뉜 데 이르러, 왼쪽 길을 가면, 마귀할멈께 잡히고, 오른쪽 길로 접어들면, 위사도의 손바닥 위를 걷고 있다는데……, 그, 그렇다는즉슨, 여기서 보아 왼쪽 굴속엔 어쩌면, 어둘수록 더 잘 본다는 마귀할멈이, 서캐 잡느라, 한두 개 남은 송곳이빨로, 서캐 오복조복 고둥마을 꾸민 자리 속곳을 씹고 있을 게고, 다른 굴속엔, 위사도가 돋보기를 끼고 앉아, 어제나 오늘치의 수확을 셈해보고 있을지도 모를 일이군. 위사도의 수확이 뭐겠어? 자기가 바위로 만들어버린 것들의 비밀이며, 꿈 따위, 뜨뜻한 불알 같은 것들이겠지. 아직 똥이 마렵거나 하지는 않으니, 똥을 칠갑하는 짓까지는 그만두더라도, 가래침이라도 미끄럽게 발라, 돌멩이라도 하나 쏴 던져 넣어본다?” 이 대목에서 시동은 애써 꾸며 킬킬거려보았지만, 구시렁거리는 짓밖에, 써먹어 볼 만한 다른 무슨 의견도 방도도 서질 안 해, 민틋해진 ‘상판’이 되어, 쩔쩔매고 있는 중이다. 그러면서도 속으론, 저 이정표의 뜻을 백 번 새기고 풀이하려 하며, 자기 이전에도 어떤 행려자가 있어, 이 이정에 좇아 행려를 계속한 이가 있었을 것인가, 그런 것도 의문했으나, 무슨 대답이 있을 수 있겠는가. 그러는 어느 순간 그런데, 시동의 저 '민틋한 상판'에, 코가 드러나고, 귀가 자라는가 하자, 눈에서는 빛이 쐬어났을 뿐만 아니라, 입도 크게 열려, '얼굴'이, 그것도 생기 있는 얼굴이 갖춰져 드러나고 있었다.

"아항, 그랬댔구나, 그랬댔어! 그것은, 글쎄, 말이지, 그런, 뜻, 이었더란 말이지! 크, 크흑, 시작되는 길의 어귀가 저것이었던 것을, 것을 갖다가시나!"

그랬으니 시동은, 두 번 더 생각해볼 필요도 없이, 벌떡 몸을 일으켜 세웠으며, 출발의 준비로, 괴나리 했던 보를 둘둘 말아, 허리에 둘러맸다. "히히히, 내가 그랬더라는 소문이 만약, 바람결에라도 퍼졌다가는, ……말인데, 마귀할멈도 여성은 여성이다 보니, 여성주의자들 등쌀에 장가들기도 어렵게 될지도 모르지만, 그런다 해도 또 우리 어머니를 보면, 아버지가, 세상 난간 진 데를 위태위태하게 걸어 나가는 것을 보며, 두려워하여, 받아 모시려, 치마폭을 넓게 펴고 따르는데, 이래서 보면, 남근(男根)의 학정 아래 숨어 눈물 흘리던 우리 어머니가 그때마다 사실은, '세상을 떠들어 올렸거니', 말이지, 그런 여성도 있었기에, 우리 아버지도 자식을 두었을 게 아니냐? 소문? 그것을 겁내 꼬리를 샅에 사리겠느냐, 한달음에 내달아, 저 추악한 녀러 노파의 뾰죽한 뻐드렁 이빠디를 한 주먹에 부러뜨려, 할멈의 고랑 진 배때기에라도 씨 삼아 뿌려 넣어줄 터!" 헥! 이런 경칠 놈(!)은 그리고, '저누무 할멈'을 겁간하려 하여, 좌지(左肢)를 먼저 꼴아 들었다. 그러면서도, 어느새 버릇이 붙어버린 그 생각하기를 계속했는데, 별 까닭도 없이 접시 물을 들여다보다, 얼굴을 빠뜨려 익사를 해본 경험이 없는 이는 이거 무슨 소린지 알 수가 없을 테다, 평균화된 시간의 단위로는 잴 수도 없는 그 짧은 시간에 (稗官이 이거, 잘 이해했다는 믿음은 적되, '아토세컨드'[Attosecond] 라는 것이 있다는 바, 그것으로 재는, 현존의 평균 시간의 '일 초'는, 말하자면 '삼백만 년'에 해당한다는 소리도 있던 것) 시동이 또한 이 광야에서, 생각의 접시 물에 코 박아 자맥질하고 있는 중이다. (번개부터 스치고 우레가 따르는 식으로, 시동이의 생각을 정리해보기로 하면), 저 '왼쪽 길'이야말로, '돌아오고 싶은 행려자'가 오르는 길이라잖느냐, 저 길에 올라 열심히 걷다 보면, 돌아오는 길엔 저절로 올라 있을 것인 것, 다름이 있다면, 이 든든한 어깨 위에, 불새를 얹고 있다는 그것이겠지. 아으 그러면,

이 밑도 끝도 없이 적막한 황원에, 그렇군, 불새는 글쎄 말이지, 그런 자리에서 저를 태우고, 새로 일어난다고 하던 것을, 새순들이 다퉈 돋아, 순식간에 푸름으로 덮어버리기뿐만 아니라, 새들 지저귀는 소리 탓에 지렁이들이 잠을 설피고시나, 씨버럴 툴툴거리고 새끼들만 까 제칠 터인데, 벼락 맞은 고목엔들 어찌 잎이 피지 않겠으료! 흐흐흐, 그러구 보니 시동이도, 어부왕과 다르지 않게, 어느 대목에선지, '물고기'와 '불새'를 혼동하고 있어 뵌다. 생각만으로는 어쨌든 시동이는, 몇 달인지, 몇 세기인지, 이수(里數)로는 또 얼마나 되는 험로인지, 를, 단숨 한달음에 건너뛰어 버리고 있는데, 갑자기 나타난 무슨 장애 때문에, 실제로는, 쳐들었던 발을 그때도 쳐들고 있는 채, 반 치도 떼어놓지를 못하고 있다. 학다리로 동결된 채, 땀을 뻘뻘 흘리며, 숨만 씨근덕대고 있다. "문제는 그런데, 마, 만약에 말인데, 저 굴을 나선 그쪽 편에도, 이와 똑같은 이정표가 있을 것이라면? '이쪽에 있는 건 저쪽에도 있다'잖느냐? 그런즉 그쪽에서의 왼쪽 길은, 이번엔 어떻게 되는가?" 그것이 문제였으며, 그 문제가 장애였던 모양이다. 결국은, 쳐들었던 발을 못 내디디고 시동은, '빠르면 빠를수록 좋겠지만, 시한부에 묶여 있는 것도 아니니, 일단은' 본디 자리에로 되모두었다. '그쪽에는 있다는 불새가, 어찌하여 그러면 이쪽에는 없는가,' 꼭히 물었어야 하는 그 물음을, 시동은 그러나 생각조차도 못하고 있다. 길을 의문하다 보면, 나중 언제라도, 그 물음을 묻게 될지도 모르긴 모르지.

모든끝은그러나시작에물려있음을!

"이런 순, 참말이지 땀도 못 낼!" 시동은, 땀도 못 낼 짜증으로, 땀을 뻘뻘 흘리며, 각혈하듯 투덜댔다. "아까까지만 해도, 저것을 두고 나는, 정신이 오락가락하는 어떤 환쟁이가, 뱀을 그리고 발까지 붙여놓은 것으로 여겨 킬킬거렸었더니……, 이제 새로 건너다보니, 그 발은 뱀의 것이 아니라, 뱀이 물고 빨아들이고 있는, 다른 누구의 것인데, 그 '다른 누구'가 지랄 맞게도 내가 아닌가? 두렵거니, 저것이, 행려자의 뒤꿈치를 먹고 사는 독룡이었던 것을?" 그래서 시동이가 다시 살펴보게 된 그 선바위는, 바위가 아니라, 그 자리 지켜 기다리고 있다 '모험 찾아 떠나는', 무슨 꿈 한 가지 말고는 속 빈 젊은네들의 뒤꿈치를 파내고, 바위로 만들어버리는 위사도였다. "올자(兀者)가, 지팡이도 없이, 없는 길의 어디를 가겠는가? '올자'의 동화적 사투리가 '바위'는 아니겠는가."

그렇게 시작된 시동의 생각은, 천만 가지로 떠오르고, 가라앉고, 얽히고설켜, 도저히 갈래를 잡을 수가 없이 되어, 땀도 못 내는 병이라도 앓는 듯 시동은, 그러나 땀을 뻘뻘 흘리며, 앓는 소리를 낸다. 저렇게 뒤꿈치를 잃은 시동은, 반 발자국도 내딛지 못하고, 흔들거리다, 종내 무기력하게 무너져 앉는다. "말이지, 나는, 방향을 다른 데로 정해, 나아갈 수도 있었는데……," 라고 시동은, 뒤늦게, 회한이랄 쓴 즙도 삼켰다. 그리고 막연한 듯 시동은, 동서남북을 휘둘러보았는데, 거기 어디에서고, 자기를 일으켜 세우거나 이끌어줄 무슨 손이라도 하나 나타날 것 같지 않게, 여전히 (들은) 조용하고 비정적이었다. 그 광야의 일점에서, 사실은 모든 곳이 너무 훤하게 트여진, 열림의 중심에서, 그것도 백일하에, 지은 죄라곤 생각나지도 않으니 무고하게, 꼭 갇혀버리고 말았다는, 불쾌하기 이를 데 없는 느낌이, 오랏줄이 되어 시동이를 휘감았다. "……, 어쩌면, 너무 급한 김에, 내 창자만 채우느라고, 한 조각 고수레도 하지 않은 일로, 사지후토가 노하기라도 했다는가? ……, 그렇기에 그것들이, 내 눈엔 보이지도 않되, 단단한 울을 둘러……, 씨버럴, 날 돼지로나 여겨? 몇 점 살이라도 붙었을 때 잡아먹으려는 것이다……, 아니, 어쩌면 나는, 어디로 떠나야겠다는 그리움만 하나 남긴 바위일지도 모른다," 해가 그리고도 조금씩 기울기에 좇아, 시동에게는, 그 '열림 속에 갇혔다'는 느낌이 희석되기는커녕, 더욱 더 무겁게 짓눌러, 그것이 그를 울고 싶게 했다. 길 떠나 하루도 다 못 채우고, 무서운 것도 많고, 그리운 것도 많아, 소금 많이 섞인 눈물을 몇 방울 흘렸다. 나중에야 그것을 어떻게 극복하게 될지 그것은 모르지만, 시동은 지금, ('시간과 공간'이랄 때의, 그) 공간, 아마도 '장소'라고 번안해야 할 그 '공간'[6] 속에 갇혀, 잡혀 철장에 갇힌 맹수모양, 사각진 능동태 속에 내접된, 삼각진 수동태의 곤욕을 치르고 있는 모양이다. 세계가 '사각' 져 있는 것이라면, 존재는 삼각인 것. 육신을 저변하고, (투박하게 말하면) '의지'라고 이를 것의 '상승'을 한 변으로, '하강'을 다른 변으로, 종립한 삼각인 것. 그랬으니 그는, 먼저 자기 왜소감에 당했을 것이며, 다음 외로워져, 자기가 하직했던, 모든 다정한 얼굴들을 떠올렸을 것이었다. '나아갈 길은 없어도, 돌아갈 길은 있다'는 게, 지금 시동이 갖는 다만 한 위로가 되고 있는데, 조금 생각해본 뒤 시동은, 사실은 그 길까지도 잃었다고, 슬프게 고개를 떨구고, 제 발등에로 떨어지는 눈물을 쓱쓱 훔쳐야 했다. 어부왕이 앓아눕기 전이라고 해야겠지만, 문잘배쉐의 성문 턱도, 원항(遠航) 뱃놈들이며, 먼 고장에서 온 방물장수들로 반질댔으나, 그 문턱에 곰팡이가 피기 시작한 때부터 만들어진 말은, 문잘배쉐의 운명과 운명적인 관계가 있지 않은 자는, 비록 거기서 태어나 자랐다고 해도, 무슨 일로든 한 번 성문을 나섰다 하면, 그 성문은 굳게 닫겨, 더 이상 열려지지 않는다는 것인데, '닫겨 열려지지 않는다'는 것은, 그냥 소박한 표현이며, 실제론, 거기 있어야 할 그 성이 더 이상 보이지 않는다는 뜻일 수도 있었다. 까닭에[7] 그것은 '닿을 수 없는 성'이라고 알려진 것은 아닐 텐가. 물론 발길을 돌려 걸어가 보고서야 알 일이겠지만, 그 말이 사실이라면, 시동이 땀 흘리며, 열병 앓듯 문잘배쉐에서 살아온 삶이 왼통, 무산되는 듯해, 시동은 그 나이에, 부질없음, 살았음의 부질없음을 느끼고, 그것이 싫어, 얼굴을 찡그렸다. (그 나이에는, 어른들 앞에서 담배를 피워도 싹덩머리가 없거늘, 하물며 부질없임음이라니, 에끼 이눔!) 시동은 아직은 그러나, 돌아갈 생각은 없었으니, 그 일은 금방 잊었다.

"미노스의 미로라는 것이 있다더니, 이것이 그것인 게다. 길은, 길이 아니더라도, 그 땅바닥은 단단한, 훤한 앞을 사방에 널리 깔아놓고시나 나는, 한 발자국도 나아갈 수가 없다니? 저기서부터 길이 시작될 것이라고 막연히 믿어지는, 해골의 두 눈두멍으로만 보이는 저 동굴은, 이정표대로만 따른다면, 모든 길에로 열려져서는, 모든 길을 닫는다……, 그 끝은 그런즉 다시 시작에 물려 있고……, 그것은 그래서는 다시 뒤집힐 것인가? ……트여 막힘이 없는, 왼통 열린 자리에서 나는, 나도……, 지남철을 잃고 무풍대를 표류했더라는, 우리 할머니가 사랑했었다던 그 선원과 다름이 없음을! 그런 얘기로 할머니의 귀를 노략질했던, 할머니의 추억 속에 아직도 살아 있던 그 뱃사람은, '모든 방향의 한가운데서 한 방향을 잃었었다'고 했드랬다는데, 나는, 모든 길 위에서 한 길을 잃은게 아닌가? ……사람들은, 뭔가를 말해 가는 중, 곧잘 '로마에 닿으면 그것이 길의 끝이다'라고 하면, 대꾸하는 이는, '떠나려면 그것이 길의 시작이다'라고 하는데, 그런즉 끝이야 어쨓든, 시작은 해보고 볼 일이 아닌가? ……성주님(어부왕)의, 회한을 섞은 혼잣말을 따르면, 삶을 두고는, 그것을 대강 살고 난 뒤에는, 퇴고(推敲)가 가능치 않은 것이라고, 또 (함성호 시인은 이것을, '건축'과의 관계에서) '습작'(이라고 이르고 있는데)이 없다고 하되, 그건 한 문장(文章)이라도 써놓은 뒤에 따져볼 문제인 것, 아직 시작도 않은 문장을 두고, '중 하나가 달 아래 산사문(山寺門)을 밀어 열었다[推]든, 두드렸다[敲]든 어쨌다든, 돌(咄)!, ……'운명'이라는 게 있는 것이라면, 살기 위해 바둥거려 쌓는 일을 두고, '퇴고'니 '습작'이니 하는 문제를 들춰내 따져보려 할 일도 아닌 것이 아니겠는가." 그리고도 시동은, 넋 떨어진 놈모양 앉아만 있고, 이번에는, 일어난 제 놈의 생각에 제 뒤꿈치를 물린 모양이어서, 생각만 하고 있는데, 이골이 난 꿈꾸기가, 이번엔 생각하기에로 옮긴 모양이었다. "그리고도 결과는, 제자리로 되돌아와져 있는다면?" 시동은 그렇게, 생각하고, 생각을 고치고, '僧推月下門', '僧敲月下門', 推, 敲, 推-敲, 열 번을 고치고 스무 번을 바꿨는데, '운명'인지 뭣인지, 그것을 실천해야 하는 당자인지 누군지가, 흐흐흐, 이 한 대목의 시동의 삶을 '퇴고'하고 있었다. 그러는 짓은, 허기야, 열 길을 파도 동전 한 닢 나올 일 없는 자갈밭 파기보다도 곤할 노릇이었겠다, 피곤이 엄습했던지, 그 자리 비그르 무너지는가 하고 있자니 시동은, 코를 곪기 시작한다. 사자 따위, 육식동물들을 보면, 배부른 대로 잔다. 그래야 들이 좀 평온해질 게 아닌가. 아직도 '사람'보다 '짐승'이 많아, 저 나이 또래는 그래서 잠도 많은 게다.

시동이 그 잠에서 깨었을 때는, 사위에 어스름이 덮여 있었고, '귀뚜라미' 우는 소리 하나도 없었으며, 날빛이 사그라들면, 도처에서, 무수히, 수분에의 갈증으로 깨어 일어난다는, 밤 귀신 하나 얼씬거리지 안 했는데, 갈증이나 배고픔, 오줌이 마려운 탓에 이 어스름판에 일어난 것은, 시동이 말고는 없었다. 그리곤 어릿두군하게 사위를 둘러보다, 울먹울먹해져 시동은, 눈을 보낼 데라곤 거기밖에 없었던지, 문잘배쉐 쪽에다 넋을 보내고 등신이 되어버렸다. 이것은 그리고, 처음, 고향이라는 우멍거지를 벗고 동정을 떼이는 젊은네들이, 아파 못 견디는 그중 어려운 시각인 것이기는 하다. 생채로 귀두를 들어내는 그 순간, 저 빨건 살에 대해, 세상은 갖다가시나 헤설픈 한데여서, 아주 '눈 오는 벌판이다'. 특히 이런 시각에, (사돈의 팔촌까지 한자리 모여) 마을 꾸며, 오복조복, 또는 아등바등 살아보았던 것들의 거소(居所)집착증, 또는 귀소(歸巢)본능이라고나 일러야 할, 그 펜리르(Fenrir)가, 묶인 끈을 끊고, 순식간에 팔공산보다도 크게 불어나, 아으 어머니, 의 치마폭 벗어난 까닭으로 '왜소하고 외롭게 된 혼'을 찢어발기려 덤빈다. 헤맬 까닭이야 있든 없든, 집 떠난 이들마다 그렇기에, 말씸디렸더냐, 안 디렸더냐, 흰옷 입어 기다려 사립짝을 지키는 어머니보다, 연분홍 치마 입고, 마을 길에 나서며 핼꼼거리는, 옹가년의 영상이라도 가슴에 품어야 한다고 이른 것이었거늘. 흰옷 입은 자애(慈哀)스런 얼굴은, 헤매는 자에게, 왠지 한숨과 한기를 일으키고, 연분홍 치마 입고 (흐흐흐) 아짱아짱 골목을 나가며, 핼꼼여쌓는 얼굴은, 그 가슴 밑바닥에서, 횟배와 같은 상스런 아픔을 일으키며, 모닥불을 지펴내는 것이다. (이따위로 느려 터진, 유행가 한 자리 부르는 중에, 우리들의 시동이는, 마려운 오줌을 누었는가 모르겠네?) 참으로 별일이게도 헌데, 때에, 시동이가 그리움을 다해 건너다보고 있는 그쪽 하늘을, 한 마리의 비둘기가 날아오고 있었는다. 그렇다, 날라오고 비둘기가 한 마리 있었는다! 그것이 그냥 시동이 자기와 아무 인연 없이, 그것의 갈 길을 가버린다 해도, 긴 장마를 겪은 노아께 그것이 '감람 잎'의 소식이었던 것처럼, 하나의 생명도, 소리도, 움직임도 없는 가문들을, 오늘 하루 동안에 사십 주야를 겪은 시동이에게도 그것은, 감람 잎이었으며, 소리였으며, 소식이었다. 어디선가는 비가 내리고, 생명들이 장(場)을 차려, 떠들썩이고 있는 그 소리, 그 소식—. 그것이 그냥, 자기의 머리 위를 날아가 버린다면, 분명히 울고 싶을 것이라고 생각했으면서도 시동은, 그것 자체가 하나의 사건이며, 위로라고, 그래서 그것이 나르는 자리를 통해, 무슨 소통의 오솔길이라도 트여지고 있는 듯이 여겨, 시동은 거의 종교적이랄 심정으로 그것을 마중했다. 먼 길을 날았든, 아니면 그것에게도 들의 적막이 무거웠든, 비둘기는 느리게, 그리고 힘들어 그러는 듯, 조금은 빙충스럽게 날아오고 있었는데, 가까워졌을 때 (시동이) 보니, 그것은, 솔개도 아닌 것이 솔개모양, 발톱에 뭔가를 꿰 차고 있었다. 그것은, 어디를 향해 날다 보니, 하필 시동이의 머리 위를 지나게 된 것은 아니고, 시동이를 찾아 날아왔던 모양이어서, 시동이 앉은 자리 가까이 닿아서는, 시동의 머리 위를 한 바퀴 돌더니, 발톱에 꿰 차고 있던 것을, 시동의 무릎 위에 떨어뜨려 주는 것이었다. 그리고 그것은, 왔던 방향으로, 이번에는 물 찬 제비 꼴로, 되날아가 버렸다.

그 비둘기가 떨어뜨려 준 '감람 잎'은 한 덩이 빵떡이었는데, 문잘배쉐 성민이라면, 잘 알고 있는 음식이 이것이었다. 그것은, '염원을 이뤄주는, 성스러운 돌'이 챙겨주는 것으로써, 옛사람들은 그것을 '만나'라고 일렀던 것도, 시동은 알고 있다. (사실은, 저 '염원을 이뤄주는 돌'이 챙겨 내주는 음식의 식단은 다양해서, '식탁에 둘러앉은 누구나의 입맛에 좇아, 원하는 대로 차려져' 나왔으되, 이 저녁 시동은, 자기만의 식단을 염두할 처지도 형편도 아니었으니, 저보다 더 호사스럴 음식을 바랄 수는 없었을 것이었다)

시동은 그랬기에, 고통하는 어부왕이, 전신의 기력을 다해 고통을 참으며, 저녁 식탁에 앉아, 시동이 자기를 염려해주고 있다는 것을 알았으며, 왕은 또, 시동이 자기가 무엇을 위해 성을 벗어났는지, 그것까지도 짐작해 알고 있으리라는 믿음도 갖게 되었다. 했으니, 그 감격으로, 일어서, 문잘배쉐 쪽에 대고, 합장해서는 무릎 꿇어 절하고, 또 일어서 무릎 꿇고, 했다. "어째 이리도 시간은 더디게 흐르는가? 그것이 흐르기는 흐르고 있는가?" 탄식해쌓던, 아버지 같던 그 늙은네가 불쌍해, 술 처먹는 해적이, 쏟기는 술로 앞자락을 적시기 모양, 시동은 눈물로 가슴을 적셨다. 예의 저 비둘기는, 시동이가 어디에 있든, 어부왕의 치리 내의 구역이면, 매일 그 같은 시각에, 예의 그 만나를 가져와, 시동의 무릎 위에 떨구어주고, 되날아가곤 했다.

밤은 그리고 왔고, 이 밤을 시동은 앉은자리에서 새우기로 했으며, 새벽빛의 첫눈이 트는 대로, 힘에 용기를 섞어 염통에 모으고, 용기에 힘을 섞어 뒤꿈치에 뭉쳐, 독수리처럼 땅을 박차 보려, (이 저녁은) 뒤꿈치를 사태기 새에 모아 (삼각 진 좌세로) 뜨뜻이 데우려 했다. 시동도 모르고 나선 것이 아닌 것은, 자기가 오른 길은, 구사일생(九死一生)도 어려울 만큼 신산험로일 것이라는 것. 시동은 그리고, 두 뒤꿈치를 사태기에 모아 책상다리한 두 무릎 위에다,

오른편 볼테기를 얹고, 잠을 청했다. 그러자, 고통을 참느라 납월 달모양 납빛을 띤 찡그린 어부왕의 얼굴이 떠올라, 새로 마음이 언짢았는데, 어부왕의 그 고통하는 얼굴은, 시동에게는 어째선지 늘, 교회당 벽의, 나무 십자가 위에 못 박혀 있는 이의 얼굴과 겹쳐져, 한 얼굴이 되곤 했었더니, 이 저녁에도 그것은 마찬가지였다. 그러면 문잘배쉐와 회당도 또한 겹치는 것이었는데, 그때마다 시동은, 그를 예배하는 자들이 오히려, 그를 처형해, 교회당에 유폐해버리고 있는 듯이 믿기어지는 그이를, 어떻게든 보듬어 내리지 않으면 안 된다고, 마음을 굳히고 해오던 터였다. 이번에는 어부왕의 그 고통하는 얼굴이, 시동을 울게 했다, 울다 시동은, 잠에 들었다.

때에, 그 광막한 황지에로도 달이 떠올랐는데, 독사까지도 달빛 아래 차려 나서는 것을 보면, 무엇에게나 안위로 부드러운 것이 달빛이었으니, 시동이의 잠도 부드럽게 덮어주었을 터, 시동에게도 어머니가 있다면, 걱정하시지 안 해도 되시리다. 달빛도, 잠과 같은 머큐리액(液)이어서, 그 달빛에 덮이면 대지도, 그 무량겁의 세월과, 중력이라는 운명, 그리고 비·바람·서리·눈·가뭄 따위, 모든 가학적인 것들의 뾰죽한 손톱이 할퀴여 낸 생채기나 딱지에 덮인, 그 불모와 황폐 밑의, 타는 아픔에 휴안(休安)을 얻고, 새 살을, 그리고 새 깃털을 돋궈내는 것인 것—동이 트는 대로, 대지는 그러면, 날아오른다. '돌'이 되어 밤에는, 어디 무소(無所)에 숨어 잔다는 그 '불새'는, 무소에 숨기는커녕, 차라리 무방비로, 또는 수용적으로 자신을 훨씬 드러내 버리는 것은 아닐라는가? 훤히 보이는 것은 (누구도) 찾지 않으므로, 찾아지지 않는다.

—中略—

시동이 실제로, 어디 만큼이라도 떠났다, 구하려 했던 불새까지는 아니더라도, 그것의 붉은 깃털이라도 하나 뽑아, 품속에 넣고 돌아오던 중, 다시 거기 닿았기에, 잠시 쉬느라 그랬던지 어쨌던지, (그 일이라면, 예의 저 선돌에게라도 물어보는 수밖엔 없겠제맹?) 그 같은 자리에서 소롯해진 그를, '바람의 혀와 시간의 쉬라는 벌레'들이 가만두지 안 했던 모양이어서, 습기와 살은 다 파먹히고, 희둑스레한 뼈들만, 한 무더기 오소록이 남기고 있던 것이, 해 아래 드러나 있었다. 훨씬 벗어버리고, 아무런 부끄러움도 없이, 세상에 자기를 드러내 보인, 그 형상을 좇아 (패관 투의) 추측을 해보기로 하자면, 시동은, 문잘배쉐 쪽을 향해, 책상다리 자세를 꾸며, 두 팔로 두 정강이를 껴안아 모은 뒤, 세워진 두 무릎 위에 얼굴을 받쳐 올려놓은 그대로, 앉았던 자리에서 한 발자국도 떼어놓지 안 했거나, 못 했었던 것 같았다. 그렇게 몇 날, 몇 주야, 몇 달, 몇 성상, 또는 몇 세기를 보냈던지, (이 또한 선돌에게나 물어보는 수밖엔 없겠지만) 굵은 사지(四肢) 뼈로 밖을 구획하고, 갈비뼈 따위 잔뼈들로 안을 꾸민, 그 한가운데, 몹시 퇴색한 데다 얼룩져 있었으나, 가지런히 놓여진 한 켤레의, 그 뽐 나는 신발 위에 놓여진 희둑스레한 해골은, 어째선지, 그만한 크기의 붉은 돌로 보여, 앓음다웠다.[8] 그가 찾아 떠났었던 그 불새의 잠든 모습이 그것이었는지, 아니면 일곱 색깔을 흩트리며 그것이 날아가 버리고 난 뒤, 남은 재가 그것이었는지, 저 선돌 말고, 또 누가 그것을 알겠는가. 마는 어찌 되었든, 문잘배쉐를 향해, 두 눈두멍을 끝 간 데 없이 깊이 열고 있는, 강낭콩꽃 빛깔의 저 해골을 얹은, 한 무더기의 뼈는, 예의 그 이정을 새긴, 선돌이 편 그늘을 편안스레 덮고, 무슨 비밀을 발설하고 있었으나, 해골의 입을 통해 들려진 언어는, 한 손뼉을 쳐낸 소리의 의미를 터득하기와 다르지 안 했다.

모든길은그러나시작에물려있음을!

이티 마야 쉬루탐(Iti mayâ śrutam. Skt. Thus have I heard. 如是我聞)

小說法

起

運命의 記號 1, 잠자는 공주

(이 얘기 속의) 어느 나라 임금은, 자나 깨나 서나 앉으나, 그것 하나 갖기 원했던 혈육 한 점을 얻게 되었더니, 여아여서, 이름은 탈리아(Talia)라고 지어주었더라고 했다. 이런 경사가 있자, 모여든 하객들 중, 나라의 현자라는 이들이, 저 신생아를 유심히들 살펴보고 난 뒤, 이구동성으로 임금께 경고했기를, 공주가 아마(亞麻) 가시에 찔리게 되면 큰 위난에 처할 것이라고 해설라무네, 임금께서는 그 당장 영을 내려, 궁중에서 아마를 깡그리 없애라고 하여, 없앴더라 했다. 그러나, 얘기의 결과에 좇아 미뤄보면, 그것은 꼭히 아마 실[絲]만 잣는 것이 아니었다 보니 그랬을 것으로, 물레까지 없애라고는 명하지 안했던 모양이어서, 얘기는 이 물레에서 자아 올려져, 민간에도 구전되었다가, 패첩(稗帖)에까지 올려진 것이었다. 초승달을 보면, 그것은 떠오르는 대로, 하늘을 뜯어 먹든, 어둠에서 젖을 빨든, 쑥쑥 자라는 것, 탈리아도 그렇게, 누에모양, 무슨 뿌리모양, 쑥쑥 자랐을 것이고, 그 나이 또래의 아이들이 그렇듯, 탈리아도, 궁중의 여기저기, 하필이면 구석진 데마다 들쑤셔대며 놀았을 것이었다. 그러던 어느 날, 기끔스럽게도 탈리아는, 어느 구석에 처박혀 있었던, 아마를 자았던 물레를 하나 발견하게 되었던 모양인데, 못 보던 물건이란 아이

들에게 신기할 수밖에 없는 것, 탈리아에겐들 달랐겠는가, 손을 뻗쳐 그것을 만져보지 않을 수는 없었을 것이었다. 그러자마자 탈리아의 손톱 밑에로 그런데, 아마 가시가 박혀 들고 말았더라고 했는데, 거기 똬리 치고, 그날 그때를 기다려왔던, 그 운명의 독사가, 바로 그 순간, 자기의 먹이를 쏘고 덤빈 것이었을 것이었다. 공주는 그 당장 숨을 멈추고, 그 자리에 쓰러져 눕고 말았다는데, 나라의 의원이라는 의원은, 패관 같은 돌팔이 의원까지라도(흐흠, 그날 그 자리에서 얻은 한 잔 벌꿀 술이, 패관의 수염을 타고 흐르다 방울져, 아직도 대룽거리고 있거니—) 모두 불러들어졌을 것이며, 진맥해본 결과, 모두 달리 찢어진 입들로 같은 소리를 했기는, 공주는 회생할 가능성이 전혀 없다는 것이랬다는 것이다. 사망 선고되다! 마는, 아비 되는 자로서는, 결코 죽어 있는 것 같지 않은 것을, 차마 갖다 묻어버릴 수가 없어, 그 시체에, (나타나는) 구상(九想, Navasamjna, Skt.) 중, 한 상(相)이라도 드러나기 기다렸다 장례를 치른다 해도 늦을 일 없다고 했으나, 별일이게도, 열흘이 더 지나도, 몇 달이 지나고, 며칠이 더 지나도, 딸애의 몸에는 아무 증상도 일어나지 안 했으므로, 비탄에 잠긴 채, 임금인들 뭘 어쨰야겠는가, 해설라무네 생각다 못해 임금은, 공주만을 그 성에 누여 남긴 채, 싫어지기 시작하는 그 재앙의 성을 굳게 잠그고, 떠나려 했던 모양이었다. 그리고 그 성에서 멀리 떨어진, 다른 성으로 옮겼더라 했다. 통째로 공주의 무덤이 된 그 성은, 세월 속에서, 서서히 잊혀졌을 것이었고, 돌보는 이가 없었으니, 키로 자란 엉겅퀴며, 하늘을 덮는 덩굴과 가시덤불 따위의 풍성함이 황폐가 되어, 묵뫼가 되어버렸었을 것이었는데, 성의 문빗장이나, 돌쩌귀가 삭아져 내릴 만큼이나, 세월이 흘렀을 어느 날, 한 사냥꾼이 사냥에 나섰다가, 길을 잃고 헤매던 중, 바로 저 잊혀진 성을 발견하게 되었더라 했다. 그랬으니, 어느 누군들 그러려 하지 안 했겠는가, 저 사냥꾼 또한, 주체치 못할 호기심에 이끌려, 삭아진 문을 열어 성에 들었을 것이고, (건물이란 궁극적으론 방을 구획하는 것이 아닌가) 방들을 둘러보기 시작했을 것이었다. 그러는 중 저 사냥꾼은, 잠자고 있는 듯한 공주를 발견했을 것이었고, 그 아름다움에 벌 쐬어, 잠시 정신이 혼미해졌다가, 당연하게도 수상쩍은 꿈을 꾸기 시작했을 것이었다. 여차, 여차, 멧돼지가 감자밭으로 뛰어드는 것은, 반드시 배고픔 탓만은 아니며, 돌풍이 삼밭으로 불어가는 것도, 꼭히 풍향이 그렇게 되어 그러는 건 아니다. 여사 여사.

그로부터 아홉 달을 훌쩍 건너뛰기로 하면, 그 결과, 공주께 태기가 있었던 모양이어서, 달덩이도 같고, 떡두꺼비도 같은 애가 분만되어졌더라 했다. 애는 태어나자마자, 잠든 어미의 젖꼭지를 빨아 자랐더라고 했는데, 어느 날은 애가, 어미의 손가락이 젖꼭지인 줄 알고, 빨다, 어미 손톱 밑에 박혔던, 아마 가시를 뽑게 되었더라 했으며, 그 순간 어미가, 백 년 잠을 깨어 떨치고 일어났더라 했다.

稗說: 이후 저 공주는, 저 사냥꾼과의 관계에서 자식을 더 두었다는 후문이 있다. 그런 것을 일러, (존속된 가치나 체계 등을 존수하려는) 고상한 정신이라고 해야 할는지, 아니면 (특히 어떤 종류의 지적 정예들이 갖는) 속물근성(snobism)이라고 해야 할는지, 그것은 패관으로서는 잘 모르겠으나, 아무튼 그런 성향을 갖는 이들이 있는 것만은 분명한데, 그런 이들에게 저런 민담은 분명히, 도루묵 맛보다도 조야하고 천박한 데다, 심지어는 민중의 조용한 소요까지 부추기고 있는 불온함까지 내포해 있는 듯하기뿐만 아니라, 그것은 어른들의 잠 잘 오지 않는 추운 밤을 조금 호꼰하게 해줄 수도 있는 것일 수도 있음에, —여기, '男性主義者들의 性的 한 Fantasy'가 있어 뵌다—반해, 꿈 많은 나이의 아이들께는 별로 기여하는 것이 없는 것도 사실이다 보니, 예의 저 지적 정예들에 의해 개작(改作)이 서둘러졌었을 수도 있어, 그렇게 나타난 것이, 저 '잠든 공주'를 깨운 자는, 천한 상민(常民)인 대신, 어느 나라의 비할 데 없이 영준한 '왕자'로 몸 바꿔 입었었을 수도 있었을 것이었다. 어쨌든, 저 얘기가, 주로 아이들께만 들려주거나, 읽혀지는 얘기로 변용을 겪었기 전에, 민간에 구전된, '잠자는 공주' 얘기라고 이른다. 본 패관의 혀끝에서 한번 반죽되었다 풀리자, 패관식 변용, 번안을 겪듯이, 문자(文字)로 솔[固]려졌기 전에는, 그 본디 얘기랄 것도, 얘기꾼들의 혀끝에서 제멋대로 뒤꼬였다 갈래를 잡았을 것이었으며, 한 방언(方言)에서 다른 방언으로 건너갈 때는 더욱 심했을 것이지만, 대강의 얘기의 줄거리는 같았으며, 저러했다는 것이다. 그것은, 언어로 정착되어졌기 전의, 구전된 민담의 '고아성'(孤兒性)의 까닭이었겠으나, '그랬어야 될 어떤 절실한 까닭'이 있어서도, 민담은 우여곡절을 겪기뿐만 아니라, 심지어는 '개작'(改作)되어지기도 한다는 것을 감안하면, '신화나 동화는 인류라는 집단의 꿈'이라는 식으로 정의하고 솔려, 인간 심리를 궁구한다는 일련의 학자들이(예를 들면, Erich Fromm이나, Bruno Bettelheim 등) 그것을, 심리학적 분석의 대상으로 삼기도 하는 노력에 대해, 일말의 회의를 금할 수 없음을 드러내는 이들도 있어 뵌다. ([……] Given those uncertainties, it seems unwise to build an interpretation on a single version of a single tale, and more hazardous still to base symbolic analysis on details [……]" R. Darnton의 *Peasant Tell Tales: The Meaning of Mother Goose* 참조) '그랬어야 될 어떤 절실한 까닭'에 의해 '개작을 겪은 민담'을 두고, 민담을 학문의 대상으로 삼은 이들 간에서는, '진민담(Folklore)과 가민담(Fakelore)'의 문제를 제기하고, '그랬어야 될 까닭' 등을 논의하고 있는 듯하다. (Alan Dundes의 *Folklore Matters*에 의하면) '민담은 민족(국가)주의(Nationalism)에 뿌리를 두고 있는데, 까닭에 약소민족 간에서 민담 수집이 성행했기도 하지만, 강대국이라도, 패전(敗戰)이라는 등, 어떤 거국적 쓴잔을 마신 결과로, 자국의 위상이 추락한 데다, 국민(민족)이 열등의식에 당한다고 느낄 때, 그 민족(국민)은, 먼저 민담의 개작을 서두른다'고 이른다. 그 분명한 사례가, '일차대전에 참패한 독일이, 저하된 민족정신을 앙양 고취하려 하여, 나치 이념을 발기 진증하는 방법으로, 민담의 개작에 손을 썼다'는 것이다. 그러나 할방(瞎榜) 패관과 더불어서는, 개와 도토리의 관계 정도일, 이런 얘기로써나, 식자들을 식상케 할 의도는 참말이지 없으면서도, 사자들이 뭘 사냥해 잔치한 자리 뒷전에마다, 사태기에 꼬리 사린 승냥이 한 뒷 침 흘리며 끼웃거리듯이, '얘기'가 얘기되어지고 있는 자리에 당해, '얘기'의 뼈다귀 핥아 사는 패관 또한, 남겨진 뼈다귀에 무슨 얘기의 살점이라도 붙었을라는가, 어물쩡거리게 되는다. 야담(野談)에 전하는 어떤 중뇌미, 계집질을 하는 중에, 홍시 떨어지는 소리를 듣자, 그것 주워 먹으려 몸을 일으켰다고 하던데, '얘기'라면, 그것을 듣는 중 홍시가 홍수 져도 그것 주워 먹으려 패관은 못 일어난다. (가맜자, 이거 너무 서둘지 말잤구나 말여, 예의 저 중 어른께서는, 계집에도 애착이 다 했었던 것이었는가? 허면, 홍시에 드러낸 애착은 무엇이라 풀이해야겠는가? 민간용 '얘기'라는 개장국엔, 거창하게 말해, 철학이나 사상, 주의 주장 같은 삼 년 욺힌 뼈다귀 대신 해학이나 재치, 상스러움 따위, 향신료가 진하게 섞이면 섞일수록 제맛이 난다고 하거늘. 그래서 말인데, 예의 저 야담은, 혹간 말이시, 그 실에 있어서는 하나도 다를 것이 없는, 꼭 같은 것이, 혀를 세워 맛보려 하면, '홍시' 같은 것이라고 실부젝이 빗대 말하고 있던 것은 아니었던가 몰라? 흐으, 이런 풀이에도 그윽이 웃음을 머금을 만한 뜻은, 어쨌든 조금이라도 있다고 한다면, '하나 보태기 하나는 둘'이라는 산답[算答]을, 저 중 어른께서 고쳐, '예순아홉'이라고, 새 답을 가르쳐준 듯한데 말입지, 아해들의 산법으로는 '1+1=2'가 옳고, 어른들의 그것으로는, '1+1=1'이나 '1+1=69'도 결단코 오답은 아니라는 그 말이겠습늡. 이런 算法 얘기라면, 패관이 앉은뱅이라고 한다 해도, 홍시 주우러 서른 번도 일어난다) 그런 '패관'이기의 까닭으로, 갖게 되는 패견(稗見)의 한둘쯤 보태두고 싶은 것까지도 없지는 않다. 그러기 전에, 앞내세워 둬야 될성부른 소리가 있는데, '민담의 개작'은, 몇몇의 지적 정예들이, 어떤 대의나 목적의식을 갖고 행한 '인공적'(人工的) 또는 '인위적'인 것만 있는 것이 아니라, 그와 달리, 어떤 그런 대의나 목적이랄 게 분명하게 있어서는 아님에도, 자국민, 자민족, 또는 직접적으로는 자신이 '느끼는/느끼게 된' 어떤 심한 모멸감, 열등의식 내지는, 이등국민의식 같은 것으로부터 벗어나려는 안간힘 쓰기의 결과로 나타난, '자연적'(自然的)인 것이 또 있어 보인다는 얘기다. 엄밀한 의미에 있어, 이 후자는 '개작'이랄 수는 없겠으나, 결과에 의해 보면, '원전'보다 과장되어 있거나, 미화되고, 심지어는, 원전을 변용, 또는 훼손까지 해놓고 있어, 광의의 의미에 있어선 그것도 '개작, 또는 개편' 속에 편입시킬 수 있는 것이 아닌가 하는다. 그것을 ('魚夫王 傳說'의 그것은, 전혀 같은 것이 아니지만, 그럼에도 그것에서 그 모양새를 보아낼 수 있는) 집단적 거세 복합증(Collective Castration Complex)의 극복의 노력의 결과라고도 패관은 이해하는데, 이것은 패관만의 독단이기를 바라야겠는다. 패관은 근년, 전에 없이 시간이나 공간이 짧고 좁아 버리게 된 우리들 세상을, 알게도 모르게도 슬금슬금 잠식해온, 한 낯선 증후군(Syndrome)이래야 할 것을 하나 목격해오고 있는바, 그 얘기를 한 뒤 마디해 보려는 것이다. (패관은, 얘기의 시작으로써, 그것을, '낯선 증후군'이라고 하고 있지만, 말해가는 중 그것은, 어느 듯 기지개를 크게 켜, 아자가라 구렁이만큼이나 불어나, 이 시절의 집단적 의식/무의식의 경계에 있는, '言語의 바르도(Bardo)', 또는 '아니마 문디'(anima mundi)로까지 확대되어질 것 같은 느낌을 미리부터 갖게 되기도 한다. 마는, 그것도, 어디선가 한 끄트머리를 잡아서야, 끄집어 올려볼 게 아니겠는가?) 후자[自然的 改作]는 그러니까, 어느 민족이나 자기들 나름대로 다 갖는 것이 이것이겠지만, 자기네만의 지상권(至上權, Supremacy), 또 그 위상이, 어떤 외래 사상이나, 새 물결에 의해서든, 그 뿌리에서부터 흔들리고, 추락했다는 '느낌'이 들 때, 그 한 민족들의 자기네만의 정체성 회복에의 의식/무의식적 노력을 바친 결과라는 얘기를 되풀게 된다. 자기네들의 정체성의 흔들림이 있게 되었기까지, (패관이 앞서 '한 낯선 증후군'이라고 말한, 그 증후군의 숙주가 되어 있는) 저 특정한 한 민족은, 자기네들의 영혼까지 몽땅 '하늘의 곡간에 쌓아두고, 땅의 삶은, 속 빈 몸으로 운영했어야 했던, 어두운 시절도 오래오래 살았어야 했었는데, (瞎榜 稗官 따위, 史道에 대해 文盲인 자가, 되잖은 소리를 턱 쪼가리에 질질 흘려내는 것도 못 참아줄 일인즉, 투박하게 말하기로 하자) 그러던 날 저들은, 자기네들의 영혼을 되찾으려 하여, '하늘까지도 살해하려 덤볐던 모양이고, 그런 뒤 드디어 '대지'에로 돌아온 듯했던바, '이제는 대지를 모독하는 것이 가장 큰 모독'이라고, 선언까지 하게 되었던 듯하다. 그 결과, '大地는, 저들에게 풍요와, 그것에 걸맞은 권세까지 젖 먹였던 듯하여, 이후 한 세계는, 물질적 대왕의 출현을 보게 되는데, 그가 쥔 홀은 가히 신의 권세에도 맞먹는 듯하여, 이후, 만국이 그 권세 앞에 무릎 꿇기에 이르렀으니, 그가 입은 홍포의 광휘는 어떠했겠는가. (이는, 稗見에는, 판켄드리야의, '白 Albedo'에로의 상승이었기보다는, '黑 Nigredo'에로의 하강으로 이해되어지는데, '몸의 우주'에로의 귀락[歸落]이 거기 있었던 듯하다. 어디서 씨불였던 말의 되풀이 같기는 하지만, 문제는, 이 '몸의 우주'가 풍요를 누리면 누릴수록, 당대민께 그것이 어떤 종류의 유토피아로도 보여, 그것에의 초극이 매우 어렵거나, 더디다는 것인데, 그래도 희망은, 판켄드리야는 한번 畜生道를 벗어난 이후, 無明을 못 견뎌 한다는 것이며, 또한, '니그레도에서는 더 하강할 이 없으므로 해서, 거기 '椿事가 끼어들지 않는 한, ―이란, 通話를 위한, 그냥 修辭學인 것. 遺傳된 陰氣[羯磨]와, 새로 일어나는 暗氣를 중시한다면, 椿事라거나, 斷絶 따위에 대해 회의적이지 않을 수 없기 때문이다. ―이로부터는 '하강'이 '상승'에로의 回路가 될 수밖에 없다는, 그것들이다) 마는, '대지'는, 몸에다 두텁게 기름기를 주며, 홍포를 입히는, (方言의 다름은 있으나 같은, '超人'과 '아수라'들의 강보는 그렇게 '大地'이노라!) 광휘 자체일지는 몰라도, 희망이 못 된다는 것이 난제라는 것이다. 하늘이 차지했던 그 한 대지에서, 하늘이 떠밀려 난 뒤, (그 대지에) 남은 허한 공백은, 아무리 풍요한 대지의 젖으로도 채워지지 않으며, 차라리, 또는 사실은, 그것이 상처가 되어, 열린 채 아물어 들지를 모른다는 것이, 글쎄지, 문제라 말이지. 새로 시작된 이 상처, 떠난 하늘이 남긴 이 허한 열림은, 매운바람 가운데서, 얼마나 큰 위험이겠는가? 거기로는 왼갖 잡귀 잡신 잡역(雜疫)들이, 황소바람으로, 홍수로 밀려들지 않겠는가? 이 황금의 성은, 그리하여 잡귀 잡신 잡역들의 출몰에, 비유로 말하면, 문둥병에 걸린 처자가, 그 병이 밖으로 드러나기 전엔, 잠시 한껏 예뻐진다(는 얘기가 항간에 있는데, 사실로 그런가 몰라?)는, 그 처자와 같은 것과 다름이 없었을 터이다. 그때 저들은 분명히, 자기네들의 정신적 정체성이 흔들리고 있다고 '느꼈을 것'이며, 자기 회복에의 의식/무의식적 노력을 바치지 않을 수 없었을 것이었다. 그러기 위해, 저들은, 족보를 재열람해보기처럼, 자기네들을 지탱해온 과거를, 그 삶의 지주를 찾아, 소급해보려 했었을 것인데, 저들은 그리하여, 예를 들면, '아마를 잣는 물레' 따위처럼, 당장엔 쓸모가 없으나, 나중에 언제쯤은 쓸 일이 있을 듯도 싶은 데다, 버리기에는 아깝고 한 것들을 모아둔, 잡동사니 창고까지 열어보려 했었을 것은 쉽게 짐작된다. 보아람, 헌데, 그 안에는, 그들이 찾으려 했던, 모든 진귀한 것들이, 여기저기 무더기로 쌓여 잠자고 있었음을! 당연하게도 그랬으니 저들은, 그것들을 햇빛 아래 끄집어내, 먼지 털어, 보고, 유용하다 싶은 것을 골라, 윤내려 했었을 것인 것. 바로 여기에, 예의 저 '자연적 개작'이 서둘러져 있었을 것인데, 전에는 쓸모없는 부분이 많아 치워버렸었으나, 다시 보니, 그 쓸모

없었음이 새로운 쓸모 있음으로, 새로 몸 바꿔 드러나버린 것이다. 그럼으로 이 부분이, 확대되어지고, 손보아지고, 윤내졌음은 당연한 것인 것. (거기 그들이 찾던 '성배'가 있던 것이었다!) 집단이라는 체(體)는, 개인의 그것과 달라, 도마뱀과 마찬가지로, 상처난 부분의 회복도 빠른 게다. 이 '탐색'에는 분명히, 어떤 종류의, 자기네만의 '폐쇄주의'가 기여했을 것으로 추정되기는 한다. 그렇다면, 전자[人工的 改作]는 치세적(治世的) 권력주의에 기여하고, 후자는 자기네만의 문화적 폐쇄주의를, 암묵적으로 표방하고 있다는 것도, 한 번 더 추정케 된다. 그리하여 그 둘은 야합 단결하여, 새 옷 입은 정체성을 드러내 새롭게 저들의 '우월주의'를 조성하는 데에 기름을 부은 듯한데, 패관으로 하여금, 아연실색을 금할 수 없게 하는 것은, 치세적 권력주의란, 약한 쪽에 대해서는 운명과도 같이, 극복해내기가 어려운 것이지만, 그래서 세계는, 그 나타남이 여하튼, 식민화냐, 피식민화냐라는, '몸의 우주'의 달마에 의해 운영되어지는 것이지만, 수상한 것은 어떤 민족의 '문화적 폐쇄주의'가, 어떤 이상스러운 경로를 거치자, 그런데, 범세계화를 겪어 나타나 보이게 되었다는 그것이다. (이것은 분명히, 타민족에 대해선, 하나의 낯선 증후군인 것) 그것은 경악을 금할 수 없다. 첫째는, 물론 저들의 물질적 풍요, 그리고 치세적 우월주의가 앞선 역할을 했던 것이 짚이고, 둘째론, 저들이 자기네 역사를 소급해보는 중에, 앞서 했던 얘기의 반복이지만, 문잘배쉐(或, 'Corbenic')나 카멜롯(Camelot) 등, 조부모들이 영광을 누리고 살았던, 몇백 년 잠에 묻힌 성을 발견했던 모양이어서, 거기서 그들은, 그런 오랜 잠에 들었던 공주를 해후해, 깨워 일으켰던 모양이었다. (동화적 어법으로는, 아이가 어미의 손가락을 빨다, 그 손가락에 박혔던 아마 가시를 뽑아냈다, 라고, 뒤늦게 그것을 당대적 현실의 은유법으로 이해해냈을 법도하다. 저 '공주'는 그리고, '聖盃'의 동화적 의인화라고 말한다 해도, 말하는 자의 혀에, 아마 가시 박혀 들 일은 없을 테다) 그런 뒤 이 공주는, 저들의 민족 정서의 한 지주가 되었었을 것이 관찰되어지는데, 패관이 앞서, '저들만의 문화적 폐쇄주의'라는, 다분히 불경스러운 억측을 하게 된 까닭도 이것이지만, 이 '공주=성배'의 아름다움이나, 지선함은 가히 범우주적이어서, 이웃들로부터서도, 찬양과 숭배의 조공을 받기에 충분하고도, 넘쳤을 것이었다. 여기, 말한 바의 저 '폐쇄'가, '개방'으로 품 바꿀 까닭이 있었을 것이었다. '아프로디테'(Aphrodite)의 乳根이 마르자, 저들은 '블랙 마돈나'(Black Madonna—이는 '동정녀 마리아'가 아니라, '막달라 마리아'를 지칭한 것이라고 이른다)를 새 유모로 맞아드렸을 것이나, 그 유근(乳根)도 너무 오래 빨리다 보면, 유액(乳液)의 강도가 연해졌을 수도 있었을 것이었다. 때에, 어디 낯선 먼 고장에서 방물장수 온 '타라'(Tara, Skt. Dolma, Tbtn.), 또는 '칼리'(Kali, Skt.)를 유모로 맞아들이기에도 이르렀을 것이었으나, (여기, 말한 바의 저들의 '正體性'이 흔들릴 까닭이 있었을 것이었다) 이 젖은, 맛본 이에게, 아예 첫 입에 토악질을 일으켰거나, 그것에 익숙해지기 시작한 이들께, 그들의 삶이나, 그 의미의 세근까지 뒤흔드는, 이상스러운('아무것 하나도 태어나 본 것은 없다', 또는 '실다움이라고 여기는 현상계란 그 자체가 마야이다'라는 따위—) 독력이 강해, 근본적으로 자기네 체질에 맞지 않다고 (왜냐하면 이 고장에서는 아직 '타라의 우주'가 개벽해 있지 않았기의 까닭일 것이었다) 여겨, 저 방물장수를, 계모나 마녀쯤으로 건너다보기 시작했었을 수도 있다. 여기, 저들 우주의 '停滯性'이 운위될 소지가 있을 테다. ('神'이 대신했던) '自我를 갖지 못한 집단'은 끊임없이 어디로 가면서, 아무 곳으로도 가지 않기 때문이다. 그리곤 다시, 아직도 유액이 면면이 흐르고 있는, '블랙 마돈나'의 품을 그리워하기 시작했을 것인데, 이후 이 블랙 마돈나가, 항간 정서의 그늘진 데서는, 잠자는 발퀴리(Sleeping Valkyrie—a Sleeping Beauty archetype)[1]와 잘 구별이 안 될 때도 있어 뵌다. 그러는 동안, 그 유액에 의해서, 자기네들의 구멍난 뼈 속에, 골수가 조금씩 들어차기 시작했을 것이었다. 앞서 패관은, 이 '공주=성배'의 아름다움이나 지선함을 들어 '범우주적'이라고 상찬도 바쳤으나, 식민화/피식민화라는 문제와 더불어, 주변 국가, 민족들께는, 이 아름다운 공주가 '검은 상복의 과부 거미'로, 그 계모성을 드러내는 것도, 지적하지 않을 수가 없는데, 그 '아름다움이나 지선'함에 찬양을 보내다 보면, 주변 국가, 민족들은, 알게도 모르게도, '문화적 피식민화' 또는 '정서적 피식민화', 심지어는 '상상력의 피식민화'라는, 결코 바람직하지 않은 결과에 봉착하게 될 것이어서, (李文求의, 해학 일침을 빌리자면) 거기 '고빠또'[2]들의 영산회가 열린다. 혹간 또 모르지 비록 환상 속에서라도, 거기 어떤 종류의 바벨탑이 서게 될지 그건 모르지.

그러나 이제, 그럴 만한 야단(野壇)도 차려졌으니, 삶은 돼지머리를 위시해, 여기 감 놔라, 저기 배 놔라, 법석(法席)을 떨어봐도 좋을 만한 자리에 온 듯하거니와, 그러면 어째서 패관은 갑자기, 그리고 그것도 하필 어느 낯선 고장의 묵뫼 하나를 열어, 들어, 겨울 나는 구근(球根)모양 혼곤히 자는, 처자 하나의 잠을 교란하고 있는가, 그래서 정작으론 무슨 말의 아마 실을 자아내려 그러는가, 만약 어디서 주워들은, '개작'(改作)의 문제 때문이라면, 저 특정한 한 묵뫼를 파헤치기보다는, '민담'(民譚)이 사고 팔리는, 깨어 시끌벅적한 시정 어디에고 얼마든지 더 좋고도, 누구의 귀에나 익숙해져 있는 것들이 얼마나 쌔빠린 것인가, —하는 따위, 의문이 납비녀가 되어 앙구찮게 목에 걸려 있는데, 허긴 그렇겠다, 이제 그것이 대답되어져야 끄닐거리는 납비녀가 뽑혀지겠을 일이겠는다.

외연적(外延的)으론, 이렇다, 이 '잠자는 공주'의 우주화란, 사실 중년(中年) 어느 때 이뤄진 것은 아니며, 청동기 시대로까지나 소급되어진, 춥고 어두운 지방(Germano-Scandinavians)의 신화로 추정되는, '잠자는 발퀴리'에서 이미, 백조의 깃털을 입은 '해의 여신'으로 숭배받기 시작한 데 기원해 있었던 것을 짚어내게 된다. 이 '백조'는 그 지방의 '해'의 상징이었다는데, 모계사회의 잔재였겠는가, 거기서는 여성이 해의 역을 담당했었다는 것이다. (Jean Markale, *The Druids*. 패관은 배가 고플 때로만, 그의 불머슴살이에 들려 하는다) 그러나 이 부분은, 할방 패관이 앞 나서서 운운할 재료를 훨씬 넘는 것인 듯한데, 그러나 모든 문화적 유산은, 그럼으로 지역적·인종적임과 동시에, 사해적(四海的)·인류적(人類的)이라는 것만은, 못 박아 밝혀둬야겠는다. 이 검은 공주의 족보를 거론하려 하면, 거기까지 닿을 수 있는다 해도, 그러나 패관의 짝사랑은, 묵뫼 속에 깃을 접고, 잠들어 있는 그 '검은 백조(白鳥)'에 향해 있다는 것도 밝혀둬야겠는다.

모든 화현(化現)의 저변에는 비화현(非化現)이 있으며, 이것 속의 어떤 화현에의 씨앗을, 동화적 상징으로 '잠자는 공주'라고 이른다는 것에 대해서야 새로 주억거릴 것은 아니겠으나, 내포(內包) 쪽에서는, 이 특정한 민담이 패관께 큰 흥밋거리가 되어 있는 것은, 이 검은[睡] 공주는 크게 두 가지쯤의 비밀을 비밀하고 있어 보였기의 까닭인데, 그 하나는, 패관의 화두(話頭)가 되어 있는 '소중'(所中)과의 관계에서, 저 수상한 '잠'이, 바로 이 所中의 동화적 의인화가 아니겠는가, 그것이며, 그것 또한 패관의 화두인, '시중'(時中)과의 관계에선, '잠이 생명의 씨앗을 받아 잉태해, 자면서 생명을 분만'했다는 그 점이, 時中의 동화적 의인화가 아니겠는가, 한 그것이다. 이 잠자는 공주, 또는 공주의 잠에서 그리고 패관은, 예의 저 '所中/時中'의 일치, 일원화를 본 것인데, (拙作 「無所有」 참조) 所中이라는 국면에 있어서는, 이 공주는 다름 아닌 '대지(大地) 자체, 무위(無爲)의 위(爲), 즉 '자연'(自然) 자체, 그리고 時中의 그것에선, 공시태(共時態)이면서 통시태(通時態)인 (反之亦然) '모래시계'를 본 것이다. 이 일점에서는, '우리는 내일 있었다, 그리고 어제 있을 것이다'라는 투의 시상(時相)이 나타날 것인 것. 이 관점에서는, 시간은 영구히 새로 태어나며 태어나는 즉시 무화(無化)하는, 다시 말하면 동(動)과 함께 태어나, 함께 스러지는 직선적 어떤 것이 아니라, 회귀론자나 윤회론자들이 무의식적으로 그렇게 믿어온 것처럼, 그것은 윤회하는 것이라는 설에 동의케 되는데, 그것이 또한 패관의 신념이기도 하다. 회귀론자들에 대한 윤회론자들의 승리는, 저 시간의 윤전 속에, 판켄드리야의 자유의지가 개입되어져 있다는데 있음에 분명하며, 여기, 윤회와 해탈이라는, 영구히 닿을 수 없는, 황소의 두 뿔이 맞닿는 자리가 있을 게다. (그리고 바로 여기 '뫎'論이 서는 자리가 있다) 바로 이 時中의 所中에, 「춤추는 열두 공주」들이, 밤마다 땅의 뚜껑을 열고 내려가, 새로 신은 신발에 구멍이 나도록 춤으로 돌아가는, 내부(內部)에 열린 외부(外部), 즉 제이의, 또는 제삼의 공간, 밀종적(密宗的)으로 이르는 '바르도'(Bardo)가 있을 것인데, 현재 말 되어지고 있는 이 공간은, 육신을 입은 자들이 내려가, 일상과 다른, 제이, 또는 제삼의 삶을 누리는 이어서, '말[言語]의 바르도'라고 일러둠이 옳을 게다. (궁극적으로 念態가 떨어져 든 그 곳과 다름이 없을 것이어서, 그것도 그냥 바르도라고 해둘 일일 게다) 이 일점에 어쨌든, 시간의 오두(五頭—과거·현재·미래·극소의 시간·극대의 시간)와, 그리고 공간의 육두(六頭—東·西·南·北·黃·玄)가 쏟겨 들어, 구심력적(求心力的) 원

운동에 의해 소용돌이치고 축소하며, 원심력(遠心力)에 의해, 폭발 확산하고 있음을. 이 일점이야말로 그래서, 우주 내에서는 그중 들끓는 휴지[無爲]며, 그중 잔잔한 혼돈[有爲]이 되고 있을 것이었다. 여기서는 아무것도 태어나는 것이 없으며, 모든 것이 태어나는 것일 것이었다. 아무것도 실(實)답지 않으며, 모든 것이 실다울 터이다. 무한대로 증가(增加)하며, 무한대로 감축(減縮)할 것이다. (이 감소의 극점에서 보이는 것이 다시 所中/時中인 것)

패관은, '時中'이라는 공안(公安)에 묶여 왔었거니와, 만약에 '흐름'[動]에 時中이라는 것이 있다면, '흐름없음'[空間]에도 그런 일점이 있음은 분명하다는 믿음에서, '所中'을 상정케 되었는데, 이는 그런즉 우선은, 사안(私案)이라고 해얄 것인 듯하다. 앞서 패관은, 저 공주의 잠든 몸이 '대지'의 동화적 의인화라고 했었거니와, 보다 비의적 어휘로 대체키로 하면, 그것은 '자궁'(子宮)의 의미였다고 해둬도 될성부르다. 時中에는 시간이 없듯이, 所中에는 공간이 없다고 한다면, 그것들을 상정해온 패관 자신도 매우 어리둥절해질 일이되, (한 번도 논의해본 적 없는) 논리적 귀결은 그러할 것이라는 것도 부언해둬야 할 성부르다. '흐름/없음흐름'이, 그것의 원심력적 운동에 좇아 갈려 나가는 것을, 잠시 무시하기로 한다면, 밝힌 바 많은 대로, 양자는 같은 '일점/무일점'의 두 다른 이름이라는 것을 부인할 수가 없는데, '원심력적 운동에 의해 갈려 나가기'란, '흐름'은, 일단 時中을 벗어나면 오두(五頭)를 드러내듯이, '없음흐름'은, 육두(六頭)를 드러내는 그것을 말함이다. 그렇다면, 원운동의 원심력에가 아니라, 구심력에 휩싸였다가, (아으, 이 소용돌이를 벗어난 정신은 몇이나 되겠는가?) 이 所中/時中에 억류된 유정이(란, 몇 개의 정신, 해탈한 정신을 제외한 모든 우리들이겠지만) 있다면, 그보다 더한 비극도 있을 수 있겠는가? 그 전형성을 드러낸 인물들이 신화나 전설 등에 나타나 있어 왔음을 보는데, 時中의 所中에는, '탈리아-발퀴리'라는 이름의 공주 하나가 유폐되어, 꿈만 꾸며(임신과 분만!) 깨일 수 없는 잠만 디립다 자대는데, 깨이고서야 자기의 한 삶이 꿈이었다고 알게 될 터이지만, 그게 언제나 될지, 화현된 우주가 폭삭 무너지는 때나 될지, 그것은 알 수 없는 일이다. (이 검은 공주와, 그네의 흰 꿈을 패관은, '판타지'[Fantasy]라고 이르려 하는도다!) 비해서, 時中에 갇힌 유정은, 시간은 계속해서 갈아들고 있음에도, 갈아들지를 안 해, 죽고 싶어도 죽어지지도 않으며(輪廻러람!) 자기의 전 육신이 시간에 갈려[磨] 나가, 所中의 時中이라는 '항아리'(독) 속에 살며, "나는 죽고 싶다!"라고 애절히 외치는 소리나 남기게 될성부른데, 쿠마에의 무녀 시빌과, 문잘배쉐 성주 어부왕이 그런 이들일 테다.

패관의 (제길헐 너러, 별것도 못 되는) 주장이랄 것에 일단 수긍이라도 해 둬 보고, 돼가는 일을 지켜보기로 하자면, 이제부터 이 검은 공주는, 밝힌 바대로, 한 지방의 민담이라는 고성(古城)을 벗어나, 몽유(夢遊)하기 시작하고 별로 오래되잖아부터 (적어도 패관께 믿기워지기에는) 범사해성(凡四海性—新anima mundi!)을 띠기 시작한다. 돌팔매에 얻어터지지 않을, 그러니 인적이 뜸한 자리에서, 패관 혼자 피리젓대 불고, 북 두들겨 굿판 벌인 뒤, 혼자 성지(聖旨)를 포고키로 하면, "보람, 들으람, 경배하람! 우리들에게 '판타지'라는 이름의 새 여신(女神)이 태어났도다!"라고, 될 것이었다. 그렇다, 이 시절에 새 여신이 하나 탄생했도다! 이를 고지(告知)하는도다! 이것을 동화식 어법으로 일러, '아이가, 어미의 아마 가시 박힌 그 손가락이 젖꼭지인 줄 알고 빨아대다, 그 가시를 뽑게 되어, 어미가 깨어 일어났다'고 하는 것인 것. 주목을 요하는 것은, 이런 神은, 창조주들 같은, 자존자(自存者)가 아니라, 진화론적(進化論的) 조건을 숙주로 해서 일어났다는 것이다. 地水火風 따위 원소들이 羊水 된 자리 물육 입은 정(情)들이 일어나듯이, 그리고 진주조개가 달빛을 쐬기에 의해 진주를 형성해내기모양, 예를 들면, 아프로디테(Aphrodite)가 아비 우라노스(Uranos)의 잘린 근이 바다에 떠 흐르다 거품(Aphros)이 된 데서 몸 입어 일어났듯이, 神들도, 탄생의 조건만 충족되면, 어디서나 새로 일어날 수 있다는 것이 패관의 소신이다. '자기 혼자만 神이라고 외치다, 다른 신들을 웃겨 죽인', 文化的 유일신 하나를 제외하고, 다른 죽기까지 웃던 신들은, 주로는 '自然'이 강보가 되어 있는 것은, 주지하는 바대로인 것. 신들의 경우는 인간의 '문화적 사고력'이라는, 탄소(carbon)가 주요 원소가 되어 있음은 주목해둘 조건인 듯하다.

패관은 그리하여, 이 새 여신의 탄생을 고지키에 이르렀거니와, 이 다산적인 검은 여신이 분만해내는 새끼[色鬼]들을, 특히 신종성(新種性)을 띤 것들을 그 어미의 이름에 좇아, 시쳇말로 이르는, '판타지'(Fantasy)라는 어의(語衣)에 입혀, 그것으로 대명(代名)하려 하는데, 여왕벌이나, 여왕개미 같은, 어미와의 관계에서는, 저것은 고유명사라도, 새끼들과의 그것에서는, 위쪽의 어디서 내려와, 인간의 여자들을 겁간하고 덤빈, 일군의 객귀(客鬼) 네피림(Nefirim), 또는 아수라(Asura)라는 식의, 집합명사 꼴임도 밝혀둘 필요가 있을 듯하다. 가환(假幻)까지도 합쳐, 패관은 이를 '신종 판타지'라고 이르는 것인데, 이것은 아직, 어미의 손가락과 젖꼭지를 구분할 수 없는 상태에 있어 보이기는 하지만, 그것이 자랐을 때, 추측되는 여러 덕목도 덕목이지만, 해독스러움 또한 무시할 수가 없을 듯해, 그것이 미리부터, 패관께는 공포며, 우려가 되고 있는 중이다.

—왜 사람들은 '판타지'를 필요로 하는가? 빵만으로는 살 수 없기 때문에? 왜 지금, 또는 뒤늦게, 아니면 너무 이르게, '판타지'가 문제가 되는가? 다른 범주의, 구태의연한 예술 따위는, 신혼기를 지난 마누라 같기 때문에? '판타지'가 사람들에게 무엇을 주는가? 공중변소에서 하는 성교의 느낌 같은 것? 다른 영지는, 대개 다 파헤쳐져, 이제는 이삭밖에 수확되지 않는데, 두터운 잠과, 고적의 가시덤불에 덮여 잊혀져 왔던 이 묵뫼는, 그 아래 잠든 공주의 꿈들을 차곡차곡 쌓아갖고 있어, (판타지의) 보고 같기 때문에? ……이건 우선적으로 대답되어져야 할 것이지만, 그런 물음은 그러나, 판타지 제작자들과 그것을 즐기는 자들에게, 또는 비평가들이나, 당대의 세상을 읽어보겠다고 확대경을 들이대는 이들에게 물어야 되는 것은 아니겠는가? 어쩌자고, 패관 나부랭이가 나서서, 거 모두 이미 대답되어져 있는 것에 대해, 새삼스러운 듯, 사족을 붙이려 내달을 일이겠는가? 패관이 그러려 덤빈다면, 난을 치겠다고 붓을 꼬나든 화공이, 제 놈의 육괴를 화지 위에 불려놓는 짓이나 같지 않겠는가? 蘭이 亂이다. '나니 나니'든 말았든, 노니나니, 자칭 稗官, 그것도 瞎榜 稗官이라는 자 하나가, 어떤 경우, 이런 경우, 예언자적 음성을 꾸며도 되는 것이냐? 아니면, 이런 따위를 일러, 어느 宗門에서 이르는 '방언하기'라고 이르는 것일 것이냐? 堂狗三年 吠風月이랄 것이냐? 그것도 아니면, 내용은 없는 饒舌이라

고 이를 그런 것이겠느냐? 허기야 충분히 준비되어 있지 않은 귀들에 대해선, 『心經』보다 더 심한 '方言'이나 '風月' '饒說'도 없을 것이겠는다. 그런즉 가만두어라, 잠든 牛耳 속에다 말[言語]의 가시를 찔러 넣어 끌럭거리려 하지 말지어다, 그래보았자, 그 소가, 껍질을 희게 벗어, 此岸 둔덕에 가지런히 접어두고, 彼岸 향해 흰 독수리 날아가는 것 못 본다. 그러니 가만두어라, 삶의 풀 뜯어 먹는다며, 지렁이도 베짱이도, 때로는 개구리도 쌈 싸 먹는, 우공(牛公)들의 그 살기의 작은 맛까지 없애려 할 필요는 없는 것인데, 그 살 깊은 귀를 열어둘 수 있는 것은, 고통과 세월밖에는 없을 것이 아니냐? (이를 일러 漸修라고 하는 갑더라만) 하는 말로는, 판켄드리야는 頓悟의 문턱에 서 있다고 하되, 모든 판켄드리야마다 그 문턱을 넘게 되어 있는 것은 아니라잖느냐. (이 법은, 일반 중생께 설하는 것이 아니라며, 까닭에, '漸悟'가 먼저 설해지고, 같은 자리에서 '頓悟'가 설해진다. 『능가경』 제2장 14절) 마하비라 이름도 들어본 일이 없는, '寓話' 팔아 연명하던 이솝이라는 稗官도, 이런 얘기를 하잖았더냐: 주피터가 프로메테우스에게 명하여, 有情을 짓게 한즉, 그가 사람보다 짐승을 훨씬 더 많이 지었던 고로, 주피터가 다시 명하여, 이 짐승들 중의 많은 것을 사람으로 바꿔 지으라, 랬더라는 것. 루타(Ruta—記表)와 아르타(Artha—記意) 사이에 어긋남이 있음! 『금당나귀』 얘기를 쓴 루시우스 아플레우스(Lucius Apleus)도, 피리젓대 속에서 불어나는 이 거문고 소리를, 이 어긋난 世音을 분명하게 알고 있었거니. 이런즉슨 가만두어라, 가만두라 말씸이지, 그러잖는다면, 世音을 觀한다는, 觀音아, 관음아, 관음아, 그런 요설, 그따위 방언이나 지껄이기보다는, 觀淫을 즐기며, 용두질이나 하는 쪽이 낫지 않겠느냐? 헉? 저런 저런, '누구의 발가락' 새에서 태어난 녀석(을, Sudra라고 이른다더라) 같으니라고! 그런 녀석껜 '새 옷이나 새 신발을 입히고 신겨도 안 되거늘', 하물며 법(Dharma)이라니? 자네의 '관음'이 무슨, 자네의 증오나 원한 풀이의 표적이라도 된다는 말이냐? 그, 그, 그런다 해도, 빼내 문 주피터의 혀를, 그의 목구멍 속으로 밀어 감아 넣어, 그의 第二의 命을 默化해버리는 쪽이, 루타와 아르타의 어지러운 혼합 탓에, 잡스런 '세상이라는 小說'을 읽음에 있어, 갈래가 잡히지 않겠는가? 허긴 그것을 위해, 설해진 讀法이 『心經』이라면, 이겠네그리.

어느 지방에나 그렇듯, 패관 본고장의 말에도, 이 '판타지'의 뜻을 갖는 말은 여럿 있음에도, 패관이 하필 남의 고장 발음기호를 빌린 데는, 특히 그 어의(語衣)에 입혀진 그것이 오늘날 범사해성을 획득한 어휘이기뿐만 아니라, 그것의 그런 식민화를 하는 과정에서 일어난 새끼[色鬼]들께, 이것들을 본 적도 들은 적도 없는 이들까지도, 코를 베어 먹혔거나, 목덜미에 피 빨린 이빨 자국을 남겼거나, 침도 안 바른 요궐(尿橛—오줌 막대)에 당해 치질이 생겼거나, 아무튼 변괴에 처하지 않으면 안 된 데에 까닭이 있는데, 이는, (패관의 느낌이랄 것으로, 앞서 말한 바 대로) 아직은, 가을갈이 끝낸 들에 지른 불 같은 것까지는 아니어서, 새끼 도깨비불이거나, 목덜미와 항문에 생긴 작은 종처 같은 것일 뿐인데도, 패관으로 하여금 그것을, 우려와 공포로 건너다보게 하는 것은, 미구에 그것들이, 우리들의 들을 다 태워 먹거나, 우리들의 피를 다 빨아 귀피(鬼皮)만 남길 듯하게, 그런 괴력을 내포하고 있는 것으로 보이기의 까닭이다. '유전된 음기'라는 것도 있으며, 새로 일어난 집단적 암기(暗氣)라는 것도 있다면 말인데, 까닭에 누가, 두문동살이에 들어가 초의 입고 풀뿌리 씹어 속세 피해 산다 해도, 이것들로부터 (얼마쯤은 자유스러울지는 몰라도) 절대적으로 자유스러운 것은 아닌 것이 걱정인 것이다. 실에 꿰어지지 않은 채한 바구니에 담겨져 있는, 구멍 난 구슬들을 보면, 실에 꿰어져 있지 않다고 해서, 그것들 하나하나가, 그것들만의 자유의지를 만끽하고 있는 것은 아닌데, 이것들 중에, 하나라도 구멍을 갖고 있지 않은 것이 있다면, 이것은 가려내버리고 하는 말이지만, 사실은, 어떤가 하면, 그것들은 실에 꿰어져 있거나 않거나, 그 '구멍'들에 의해 서로 꿰어져 있는 것들이라는 것이 짚여지는 바, 그것들은 '구멍'들에 의해 어쨌든, 서로 꿰어져 있는 것이다. 실에 꿰어진 것들과, 아닌 것들 간의 다름은, 전자는 합착적(coherent)이라는 것이며, 후자는 추론적(discursive)이라는 것쯤일 게다. 이 말은 그러니, 어떤 증후군이 어느 시절에 발생했다 하면, 그리고 그것이 확산될 가능성을 크게 갖고 있다고 하면, 그 시절 사는 누구도, 그 병인으로부터 무고하지도 않으려니와, 그 병증으로부터 면역적이지도 않다는 말인 것인데, 그런즉 의식/무의식 속에서, 그 시대 사람들은 어떤 식으로든 그것에 가담되어져 있다는 말인 것이다. '너의 중에 의인이 몇이나 되느냐?' 묻게 되는 까닭도 여기에 있을 게다. 패관은 아마도 그리고, 패관 혼자서 나팔 불고 북 치며 고지하고 있는 바의, 이 증후군을 (그것엔들 어찌) 긍정적(국면이 없겠는가!)이기보다는, 부정적으로 내어다보고 있는 중인 게다. 패관은 그 탓에, 그것을 두려워하고 싫어하며, 그래서 내일 걱정을 오늘 속으로 끌어들이고 있음일레라. 그러자니, 계부모양, 저누무 새끼[色鬼]들을, 두 눈에 살(煞)을 담아, 한번 모질게 쳐다봐줘야겠다는 주심(呪心)이 패관께 든다. 그래서 그러려는 것이다. 그러려다 보니, 패관의 시야는 물론, 시력의 초점이 맞춰지는 과녁이나 한계를 분명히 해둘 필요를 느끼게 되는데, 패관이 '신종 판타지'라고 이르는 것이 그것이다. 신작(新作)된 것이라고 해서 모든 판타지가 다 이 범주에 속하는 것들은 아닌데, 패관이 삼으려는 표적은, 그 모습들이 현재까지 나타나 있는 것들뿐만 아니라, 앞으로 나타날 것으로 예상되는, 그러니 가상적인 것들까지도 포함한 것들로서, 판타지라는 무대에 등장하는 인물들 속에서도, 이제까지 없었거나, 있었어도 변신 변용을 치른 '괴유정'(怪有情)들에 한해서라는 것이다. 비가 추적추적 내리는 밤중, 흰옷 입고, 얼음 같은 얼굴에 입엔 피를 물어, 산발한 계집이 밤의 행려자를 기다려 서 있는 산홍(山紅)이는, 어느 마을 서낭당 길에나 하나씩은 다 있는 법이다. 이러면, 패관이 패관스럽잖게, 쉰 목소리 높여, 주억거리려는 얘기의 한계는, 그냥, 여긴지 저긴지, 어디서 홀홀 뛰며 타는, 풍문 같은 도깨비불 하나를, 무슨 대단한 것이라도 되는 것모양, 연기 피워 나선 것에 불과하다고 알게 되었음 직하다. 이런 걸 일러 침소봉대(針小棒大)라고 하잖던가.

—미리 밝혀두려는 것은, 패관이 앞으로 말했으면 하는, 이런 雜見이라도, 이미 있어 온 것들이라면, 그것을 두고는, 패관의 무지·무식을 탓하고, 가르침을 베풀려 해야지, 행여라도, 남의 것 훔치기라는, 절도범으로 간주하려 할 일은 아니라는 것이다. 몰랐는디 워짜란 말여? —패관이 말하는 '신종 판타지'라는 이것이, 패관으로 하여금, '잠자며 새끼를 분만하는 공주'를 illo tempore(童話式 어투로는 '옛날 옛적 호랑이 담배 먹던 시절', 民譚式으로 '섬동지가 천지를 조판할 때', 종교적으론 '태초에……', 그리고 修辭學的 '起')로

삼게 한 까닭인데, 그래서 패관의, 하루살이의 것에 비교해도 남는 품이 없는 눈깔을, 소 눈깔만큼이나 크게 열어, 그리고 보니, 눈 큰 이들이 이미 보아 알고 있는 바와 같이, 판타지라는 것도, 대별하면, 종류는 두 가지 정도나 있는 것이 아닌가, 하는 소견이 들던 것이다. (예의 저 하루살이 따위 작은 눈의 유정들을 보면, 그것이 작기의 덕으로, 아주 미세한 것들을, 사자가 암사슴 보듯, 독수리가 독사 보듯, 크게 보아, 사냥해 사는 듯한데, 패관이 꼭 그러하여, 아주 작은 것을 크게 보아내고 있음에 분명하다. 그러니 현미경이라는 것이, 그것 놓인 탁자는 못 비추어내듯이, 저것들에게 山은 보이지 않음도 알 수 있는다) 그 하나는, 판켄드리야의 진화의 역정 중, 뼛속 나이테에 켜켜이 감겨 쌓인, 신화, 전설, 요정담, 영웅담, 민담 등을 광의(廣義)라는 보자기에 마구잡이로 싸기로 하고, 말하기의 편리를 위해, 그것을 '고전적'(古典的)이라고 (일렀으면 어떻겠는가 해서) 무리 지은 것이고, 다른 하나는, 협의적이지만, 그것 또한 마구잡이로 한 보자기에 싸 말해, 새로 창작, 또는 제작되는 것들을 이른 것인데, 이것들은, '춤추는 열두 공주'들이, 땅의 뚜껑을 열고, 아래쪽의 공간 속으로 내려가기처럼, (주로는) 영상매체(映像媒體) 따위들의 뒷문을 열어 들어, 그 속 어디서 춤으로 미쳐 돌아가는 것들로서, 이를 패관은 '신전적'(新典的)이라고 일렀으면, 말하기가 썩 편리할 것으로 알고 있다. (이는 童話의 연속으로 보이는 것들이 많은 듯한데, 그것은 童話를 극복할 때, 혹간 예술성을 획득하는 것들은 아닐라는가?) 이 후자는, 전자와 비교해볼 때, 그 성격이나 양태들을 달리해 나타난 네피림들 같은 것인데, 그것을 분명히 하기 위해, 패관은 어떻게 '고전적 판타지'라는 것을 이해하고 있는가, 그것을 밝혀두는 것이 우선적일 듯하다, 라는 것은, 패견에는, 그것에도 종류는 둘쯤이 있는데, 하나는, 아담에 의해 사람의 우주는 개벽한다, 즉, 인물에 좇아 배경은 설정된다, 는 것이며, 다른 하나는, 우주가 있었으므로 아담은 창조된다, 즉, 배경이 인물을 결정한다, 라는 것인데, 전자는 사람의 '마음의 풍경'에 관한 얘기며, 후자는, '자연'(自然)에 모태(母胎)를 두고 일어난 유정들. 신들이며 요정 따위들에 관한 얘기다. 비해서, 패관이 이해하는 신전 판타지는 어떤가 하면, 이것들은 '(사람의) 마음', '자연'과 '직접적으로는 무관한' 개새끼[怪色鬼] 들에 붙인 이름인 것인데, 그것에도 종류는 두 가지쯤이 있을 것인 바, 그 하나는 인위(人爲)에 모태를 둔 것이며, 다른 하나는, (密宗的 어휘를 빌리는 것이 편리할 듯해서 빌리는 바이지만) '바르도'에 나타나는, 모든 선위(善位)나 악위(惡位)들의, 逆바르도에 처해 있는 어떤 정신의 균열을 통해, 역류(逆流) 침투한 것들로써, 외견상 오기[來]는 미래의 시간 속에서 온 듯해도, 사실은, 어떤 정신의 쌓인 갈마의 뒤집힘, 그러니 시간의 과거 속에서 온 것이라는 얘기가 가능할 듯하다. '업력(業力)의 거꾸로 일어나기'[3]라는 바르도의 풍경은, 그 인원(因原)은, 어떤 마음에 두고 있을지라도, 그것들은 변신 변용을 겪어 있으므로 하여, 신전적이라는 것이다. 이는, 수동태(受動態) 쪽에서만 관찰한 결과일 것이지만, 그렇다면 그 반대로, 아내를 찾으러 하데스에로 내린 오르페우스의 편력담이랄, 능동태(能動態) 쪽도 살펴져야 할 것이기는 하다. 그리고 사실은, 제작·창작되어지는 대부분의 판타지물(物)은, 그 작자의 초롱한 의식에 의해 어거되어지는 것들일 것임으로, '자아'(自我), 또는 '잃었던 것'의 탐색이라는, 오르페우스의 묵뫼 열어 내리기, 배회하기, 오르기라는 능동적 행위에 의해 가능되어질 것일 것이지만, 주목을 요하는 것은, 어떤 경우, 많은 경우, 저 오르페우스의 리라 소리에 잠 깨 환의(幻衣)를 입은 것들이, 이 밝은 쪽에 있는 어떤 유정과도 다르지 안 해, 매우 실제적 인물로도 보이는 경우가 있는데, 많은데, 바로 그 부분일 게다. 이때 분명하게 살펴져야 되는 것은, 그것의 루타[相]와, 그것이 드러내는 아르타[義]의 관계일 것이다. 한편에서는 광인이나, 광우병 든 우공(牛公)이나, 구제역 걸린 돈씨(豚氏)를 보거나, 다른 편에선, 제이, 또는 제삼의 공간에서 내린/오른, 개새끼[怪色鬼]를 보게 될 것이다. — 여기, 고전적인 것과, 신전적인 것의 극명한 차이가 있다.

패관이 말하기의 편의를 위해, '고전적/신전적'이라고 분류한 것과 그리고 중년에사 잠 깬 공주 더불어, 그 년대성(年代性), 즉슨, 어디서 어디까지를 짤라, 그 첫 부분을 '고전적', 그리고 다음 토막을 신전적이라고 하느냐, 는 식의 의문이 그러면 일어나지 않을 수는 없을 것이다. 패관은 그러면, 흐흐흐, 그렇게 묻는 이의 혀를 길게 뽑고, 그의 하초 또한 고무줄처럼 늘여, 그 두 끝을 단단히 맞첨맨 뒤, 도류는 이제, 어디서 어디만큼이 혀며, 어디만큼이 하초겠느냐고 다구쳐 물을 테다. (이 비유를 두고, 善女子들은 불공평하다고 느끼겠구나. 마는, '이빨 가진 요니—Vagina Dentata'가 운위되고 있으니, 이빨 있는 자리에 어찌 혓바닥이 없겠는가. 마는, 열려 있으니, 중력에 좇아 흘려 내린 창자 끝도 없지는 않겠지맹?) '所中/時中'을 저변하고서 말하는 자리에 그건 또 어디다 오줌 갈기는 짓이냐? 그런즉 공은, 혀를 쓰려 하여, 혀에 묶인 하초를 이빨로 끊고, 이렇게 힐문하고 덤빈다. 그런즉 패관은, 저 '잠자며 새끼 낳는 공주'의 증조모, 고조모, 태고모 적부터 있어 온, 얼핏 떠오르는 한 예를 들어보면, 지옥을 지킨다는, 독사 꼬리를 단 삼두독구(三頭毒狗, Cerberus)라는 것은, 아무리 살펴보아도, 그것은 패관이 이르는 바르도에서나 있는 개새끼[怪色鬼], '갈마가 적 되어 일어난 괴물'로밖에, 달리 보이지는 않는데, 그것을 두고는 뭐랄 겨? 설마 이 독구가, 수십 세기(나 되는지, 그보다 더 되는지 뉘 알겠는가, 마는) 뒤에 점지된 '탈리아-발퀴리'의 새끼라고 말하지는 않으렸는다? 흐흐흐, 패관은 이런 자리에 당하면, 선란(禪卵)을 품고 자빠졌는, 어미 닭이 못된 것을 한 해야겠는다. '칵!'[喝] 한 뒤꿈치 찍어내려 줘보든지, '타!'(打) 한 죽장을 내려쳐 보든지, 그것도 안 되면, (거 누가 그랬다더라?) 'Only don't know!'[4] 해버렸으면 싶은 것을! 그렇군 그렇군 그렇겠어 그렇군!

그래서 사실론, 예의 저 '삼두독구는, 판켄드리야의 마음속에서, 또는 그들의 외계(自然)에서, 직접적으로 일어난 것이 아닌 것이라고 보는 것이 옳으냐? 인위적으로 할 수 있는 대답은, 둘일 테다; 그렇다, 아니다. ('그렇다'는 편에서는) 개는 달의 짐승이며, 뱀 꼬리 따위는, 시간의 상징 따위라고 쳐, 저것은, 월력(月曆)과 관계된 짐승이 아니겠는가, 까지 해석해낼 수 있다 한다 해도, ('아니다'는 편에서는) 호동(湖東)의 용(龍)과 마찬가지로, 그것 또한, 이것저것의 혼합, 조립에서 일어난 개새끼인 것만은 분명하여, 저 검은 공주의 자식 중의 하나라는 것이 패견이다. (그리고 물론, '신전적 판타지'가 '고전적 판타지'에로 몸 바꿔[改作] 입은 경우도, vice versa, 없기는커녕 많을 것인 것. 가장 좋은 예를 하나 들면, 『구약—창세기』에 보이는, '나르는 火車 Cherubims'나 '두루 도는 화염검, 火龍모양의 Seraphim' 같은, 쳐다볼 수도 없으리만큼 두렵고도 괴이한 것들이, 『신약』에는, '로마인들에 의해, 人格

을 입어' 예찬할 만한 천상적 Putti로 전신한 것[L. Gardner] 따위. 이는, '신전적'이랄 것과 '고전적'이랄 것이, 그 시기상 완전히 뒤바뀐 경우인데, '갈마의 센바람 거꾸로 불기'에서는, 흔히 일어나고, 일어날 수 있는 현상인 것. '신전적'인 것이 '개작'을 겪어, '고전적'인 것이 된 예인 것) 오해와 곡해를 불러일으킬 소지가 너무 많지만, 판켄드리야와의 관계에서의 '所中/時中'은, (패관이 매우 매우 잘못 이해하지 안 했다면) 다른 언어로는 '장식'(藏識—Ālayavijnāna), 즉, '습기'(習氣—habitual energy)가 쌓였다 흘러나오는 무슨 '자궁'(Tathāgatagarbha, 如來胎) 같은 것이겠는데, 이 펏의 시간은 무시간, 또는 공시태(共時態)일 것. 그럼으로 이 일점에서는, 고전적인 것과 신전적인 것이, 혼합될 수도, 또, '기억할 수도 없는 먼 옛날의 것'이, 무시로 태어날 수 있음은 분명한 것. 이것은, '시간의 오두성'과 '공간의 육두성'과의 관련에서, 폭넓은 사유를 필요로 할 테다. 경이며 신비는, 이 새 여신은, 소피아와 같이, 태초부터 있어 왔다는 것과, 그렇게도 다산적임에도, 여전히 처녀, 동정녀에 머물러 있다는 그것일 것인데, 그네의 저 수상스런 '잠'이야말로 그러니, 그네만의 '처녀의 샘'이 되고 있는 것일 것이었다. '잠'은, 머큐리액 같은 것이어서, 모든 상처를 치유해, 그 본디 상태로 되돌리는 힘을 갖는 것이기도 해서이지만, '공시태'라고 이르는 시간/장소는, 동화적 어법으로 '잠'이라고 명명될 수 있는 것일 것인 것. 이래서 보면, 나가세나(『밀린다 판하』 참조)가 '바다는 늘 걸러내기로 처녀성을 회복해낸다'라고 이르는 소리는 들어 알고 있거니와, 이것을 '대지'에 접붙여보기로 하면, '대지'는 '처녀'이기보다 '어머니'가 아니겠는가, 하는 의견이 유출되는데, 그러나 그 관찰법은, 통시적 관찰에서 이뤄진 것이나 아닌가 하는 소견이 있다. 패견에는, '대지' 또한 영구히 동정녀인 어머니다. 상사라[大地]란, 새끼들 낳기에 가랑이가 찢어져, 고름 흘리는 '창녀'(娼女)인 '처녀'이다! 그래서 상사라[輪廻]가 상사라[苦海]이다.

반복되지만, 이제껏 해온 패관의 좁쇼릐를 정리하기로 해보면, 이렇게 된다, '고전적 판타지'란, 여전히 패견으로 하는 말이지만, 판켄드리야의 '마음의 풍경', 즉 몸을 숙주로 하여, 일어나는 모든 이분법적 화현(化現)과, '외계의 풍경', 즉 '자연'의 변화나, 운행, 초력적인 어떤 힘, 그것의 덕이나 재앙 따위들의 의정물화(擬情物化)에서 나타난 것들을 이른 것이며, 그 외의, 판켄드리야의 마음이나 자연을 강보로 하지 않은, 대단히 소속 불명으로 보이는, 괴유정들은, 새 여신의 자식들로써 '신전적'이라고 이른다는 것이다. 이것들은, 앞서, 인위적인 것들(은, 시쳇말로 이르는, 'Video Games', 'S.F.物'에서 많이 보이는 듯하다)과, 어떤 정신이 허해진 균열을 통해, 逆바르도에로 삼투한 바르도 풍경 중의 어떤 것들이라고도 말한바 있음인 것. 고전적인 것들은 그러니, 판켄드리야가 '자아'에의 눈을 뜨게 되면서, 내성(內省)과 외찰(外察)을 통해, 인식된 것들의, '사고력'(思考力)에 의한, 상징화, 의정물화, 또는 성육신(成肉身)에서 드러난 것(이란, 어떤 이들의 神話의 해석도 이와 비슷한 것들이 있음도, 들어 알고 있다)들이며, 신전적인 것들은, 판켄드리야의 내성을 통해 개벽된, 그 내부 속의 외부, 제이, 또는 제삼의 외부로부터, 그 외부의 내부로 침범해 든 것이라는 얘기. 이런 의미, 이런 국면에서의 판타지란 그렇다면, 빈 잠속으로, 쳐든 괴한—인쿠부스(incubus), 수쿠부스(sucubus) 같은 것으로도 이해되어질 소지를 갖는데, 그렇다는 경우는, 판타지를 제작, 창작하는 정신은 모두, 어떤 종류의 정신병증을 드러내는 것이 아니겠느냐는 힐문에 처할 수도 있게 됨에 분명하다. 마는, 그들은, 비록 말해, 어떤 판타지의 공간에서 헤엄치고 있다 해도, 그것을 조직화한다거나, 조립해낼 능력이 결핍되어 있음으로 하여, 그들이 표현해내는 것을 광적(狂的)이라고 이르는 것일 게다. 독재적으로, 어떤 한 정신을 완전히 장악해버리려는 대표적인 것이 좀비일 것이라도, 처용댁의 가라리를 휘감아 튼, 다른 가라리 같은 것들도 또 있을 것인데, 이것을 선인들은 무성(巫性)을 띤 것이라고, 건너다보아 왔던 것은 주지하는 바 대로인 것. 이것까지도 그러나, 판타지 제작자는, 수동태로써, 저 좀비에 사역 당하는 위치에 있다는 것이 관찰되어진다. 그것 말고도, 그것의 제작자가 기선을 제한 능동태를 취한 것이 또 있을 것은 당연하고도 분명한데, 패관은 그것을 저승을 울리는 오르페우스의 리라 소리—'소명'(召命)의 형태라고 이해하는바, 어떤 '사냥꾼'이, 어떤 고성을 쳐들어, 거기 '잠든 공주의 잠'을 교란하기가 그것이 아니겠는가, 하는다. 그리하여 그 잠 속에서, 꿈을 깨워 일으킨다. (예술가나, 작가의) '제작, 또는 창작'이라는 행위를 통해, 저 꿈들은 양지쪽으로 불려[召命] 나온다는 의미에 있어, 이런 유의 판타지와 더불어서는 그렇다면, 일견 판타지의 근간을 이루고 있는 듯한 상상력이나 추상적 사고 따위를 운위한다는 것은, '영겁회귀'를 말하며, '초인의 의지' '자유의지'를 말하기나 같은 것이 아니겠는가 하는, 생각이 있다. 이미 있어 버린 시간과 사건의 되풀이의 어디에, 저것들의 자리가 있겠는가? (패관이 여기저기서 씨분대 온, 패관투의) '진화론'을 믿는 이가, 상상력이나 추상적 사고를 말하기란, 임신한 적도 없는 처자 아이가 분만을 했다고 하기에나 비교될 그런 것인 것(그리고도 전제해둬야 되거나, 각주를 붙여야 되는 것은, 이것은 패관만의 '假說'이라는 것일 게다. 그렇다, 한 번 더 반복 강조하지만, 이것은 '가설'이다. 마는, 이왕 뱉어진 말이니, 마저 들어볼 필요는 있을 게다) 니고다(Nigoda)에서 카투린드리야[四官有情]에 이르기까지, 유정들은, 아픔과 번식욕 외에, 서로 부르고 대답하기, 위험의 경고 따위라는, 본능과 직접적으로 관계된, 극히 소수의 언어(符命圖+冥力으로 表記되는 언어, 『七祖語論』 참조)밖에 개발해 있지 못한 듯함으로, 그것들과 더불어, '사고력' '상상력', 또는 '추상적 사고' 따위를 운위할 여지는 없는 듯하되, 특히 '원심력적(遠心力的) 상상력('밖 깨우기')' '추상적 사고'라는 주제와 더불어서는, 판켄드리야[五官有情] 또한, '사고력' 따위에 대한 카투린드리야나 아니겠는가, 하는 것이 패관이 갖는 우문이다. 판켄드리야는, '사고력'까지 개발한 그 지점에 서 있다는 얘긴데, 이 같은 자리에 사실주의의 입지도 있음에 분명하다. 원심력적 상상력이나, 추상적 사고란, 판켄드리야가 개벽한 우주와 그 차원이 다른 우주에로의 탐색의 바퀴[乘] 같은 것일 것이어서 어떤 정신이, 원심력적 상상도, 추상적 사고도 할 수 있다면, 그 정신은, 말해, 제육관(第六官), 그리고 그 너머까지 개발을 성취해 있거나, 그렇지 못했다 해도, 어쨌든 제오관의 너머로까지 진화해 있음을 짐작케 한다. (이 말은, 꼭히 염두에 둬야 할 것인데, 그렇잖으면, 상당한 오해 쪽으로 떨어져들 위험성이 있기 때문이다) 판켄드리야계界는, 그 한계 내에서 판켄드리야인데, 그들은 '사고력'까지는 개발해 있으므로 하여, 카투린드리야 등과는 다른 차원의 우주를 개벽하고, 예술과 철학이라는, 카투린드리야께는 한 마리의 개구리나, 한 포기의 풀꽃만큼도 가치가 없는 것들에 침혹하며, 자만해 한다. 여기, '몸의 우주'로부터의 '말씀의 우주'에로의 진화의 총계가 보이는데, 그것에 '예술'과 '철학'이 기여하고 있다는 주장이 있다. (거개의 판켄드리야가, 그 루타와 달리, 아르타는 카투린드리야에 머물러 있다는, 그 전제를 염두에 둘 때만 이해되는 얘기일 것인데) '예술'은, 카투린드리야를 판켄드리야이게 하는, 카투린드리야 쪽의 종교며, '철학'은 아마도, 판켄드리야가 이룩한 최상의 업적이라는 주장도 할 수 있을 듯하다. 도식적으로 되풀면, '예술'은, 그 루타는 판켄드리야라도, 아르타는 카투린드리야에 머문, '몸의 우주'의 화리(化理)며, '철학'은, 카투린드리야를 뒤꿈치까지 벗은, 판켄드리야, 즉슨 '말의 우주'의, 그리고 '종교'는, '맘의 우주'의 그것이랄 것이다. (假說은 假說을 낳고, 가설은 가설을 낳는다) '예술'을 두고, 일반적으론 '상상력·창의력'의 산물이라고 하나, 분명히 그런 것도 있겠으나, 어쩌면 그것은 보다 더 '미적 감각'의 눈뜨기의 산물일 것이며, 철학은 '사고력'의 결과일 것이다. 좀 애매모호하지만, 이렇게 말해도 그 의도는 짐작할 만하다면 말이지만, 전자는, 어떤 주제에 대한 '감성적(感性的) 반응의 논리적 조직화'라면, 후자는 '이성적(理性的) 반응의 논리적 조직화'라는 식일 것이다. 그런 의미에서라면, 판켄드리야가 이룬 업적으로, (어떤 해박한 이의 주장대로) 저 둘이 그중 고귀한 것처럼 여겨진다. 만약 인간도(人間道)에서는, '이성'이 '감성'보다 지적 품목이라고 평가되어져 있다면, '철학'이야말로, 판켄드리야를 판켄드리야이게 하는, 가장 위대한 성취라고 주장하는 것에도 일리는 있어 뵌다. 그러면 이제, 하나의 멋진 철학적 명제로써, 특히 지적 인구에 회자해온, '나는 사고한다, 고로 나는 존재한다'를, '나는 사고한다, 고로 나는 인간이다'라고, 원상에로 돌려놓을 필요가 있을 듯하다. '존재'가 무슨 녀러 여러 뜻을 가진 것이든, 존재치 말거라, 그러면 (公은) 생각할 일도 없음인 것! 존재의 저주는 존재케 되었다는 것이며, 은총은 존재치 않기 위해 존재한다는 것이다.

호서(湖西)의 어떤 깨우친 이가, (아마도, 모든 宗教의 발상 따위를 염두하고 한 소리였을 듯하지만) '호서인들은 추상적 사고를 하지 못한다'라는 투의 자백을 해놓은 소리가 있어, 패관도 들은(읽은) 일이 있는데, 이는, 패관식으로 번안을 한다면, 자기들의 세계는, 판켄드리야(말씀의 우주)까지만 개벽하여 개발했다는 얘긴 것일 것이었다. 그리고 (패관식 관법에 의하면) 그것이 우주적인 현실이 아니던가? 그러나 그쪽 형편 되어가는 것을 보면, 근년 어느 때부터, 그쪽에서는, '마음' 대신 '물리'(物理)를 궁구하기를 통해, 괴이쩍지만 놀랍게도, 말한 바의 저 '추상적 사고'라는, 없는 문을 열고 들어가고 있음도 보이는데, '밖 깨우기'의 거보, 그 한두 걸음을 내딛는 것이나 아닌가 하는 믿음이 있어, 저들을 존중하여 건너다보게도 된다. 마음과 物理가, 어디서 만나게 될지, 그건 그러나 더 지켜볼 문제겠으나, '사고력'과의 관계에서는, 저들은, 판켄드리야가 도달할 수 있는 그 극점까지나 닿았던 듯하여, 그 성취에 경탄하다 보면, '마음의 우주'에서 태어난 이들까지도, 고빠또 울음을 짖어내게 되잖을 수가 없게 될 듯도 싶다. 그러나 누가, 태어나서 싸인 강보가 '마음'이라고 해서, 태어난 그 당장 그가, 차안 떠나 피안에로 이민해버리고 마는 것은 결코 아닌 것이 아니던가? 그도 젖 빨기(Ékendriya)로부터, 먼저 몸을 키워서(Dvindriya), 사지를 제법 운용할 만하다 싶으면(Trindriya), 성배 탐색(Katūrindriya)의 험로에 올라, 모든 간난신고를 겪으며, 세상의 모든 곳을 둘러보아야 하는 것, 그러는 중 지치게 될 때쯤 그는, (먼저 길 떠났던 큰형은 오른쪽 길을, 둘째 형은 왼쪽 길을 걸어가 버린) 그 온 길의 끝이며, 새 길의 시작인, 두 갈래 길에 닿게 될 것이다. 이제도 그가, 왼쪽이나 오른쪽 어느 길을 택해 더 나가려 한다면, '물질주의의 대왕'이 치리하는 축생도에 이르거나, '묵은 가치'나 '신들'을 적대하여 싸움을 일으키려는 '아수라도'에 닿을 것이다. 셋째는, '여기에 있는 것은 저쪽에도 있다, 여기 없는 것은 아무 곳에도 없다'고 그 자리에 주저앉아 더 나아가려 하지 않을 수도 있다. (여기 이 자리에, '몸·말·맘'의 세 우주의 갈림이 있음인 것. 순서에 좇으면, '맘의 우주'는, 그중 늦게 개벽된 것이라는 것은 첨부해두기로 해야겠는다) 이제도 뭘 찾아 어디로 배회할 자리가 있겠는가? 그건 그러려니와, 아까 '예술'이며 '철학' 따위를 들먹였기에, 패관의 업이 그렇다 보니, 하게 되는 소리가 이것이지만, 판켄드리야가 이룬 업적 중에서도, 문학, 그중에서도 '小說이라는 개새끼[怪色鬼]는, 어떻게도 갈블 수 없이 雜스러운 것이라는 생각이 자꾸 깊어지는데, 이는, '감성'과 이성'이, 어지럽게, 그리고 사련적(邪戀的)으로 혼합되어, 학(鶴, 은, 言語의 상징이기도 하거니!)의 털을 뽑고, 시뇨(屎尿)의 가마솥에 넣어 삶는 잡탕이라는 그 생각이 (글쎄, 패관만을 한정해 말이지만) 패관께는 깊어지고 있다는 얘기다. 거기다 대놓고, 그 솥을 둘러서, 후딱 좀 그 국물 맛 좀 봤으면 좋겠다고 껄떡거려쌓는 것들은, 그것은 훨씬 더 雜스러울뿐만 아니라, 누구나의 일상적 삶에서 일어나거나 앙금되는 것들은 물론, 누구나의 기억의 저편으로 그림자를 사려 든, 정든 땅 언덕 위에서 꺾었던 꽃, 잡았던 베짱이, 불렀던 노래 따위, 수많은 에우리디케의 추억이며, 변강쇠의 들보, 옹가년의 찐득이는 고부쟁이, 면사니의 똥 묻은 근에서 흐르는 고름, 아직 뇨도일 뿐 성기를 차리지도 못한 어린 딸을 잡아먹는 외눈박이 거인의 충혈된 눈깔, —금기라는 모든 금기는 깨뜨릴 수 있으면 깨뜨리거나 위반하기라는, 그 소금과 후춧가루 또한 훌훌 뿌려 넣어야 한다고, 곱내에 취한 사이렌들처럼 가악거리고 있다. 그걸 즐기려는 입들은, 신들이 먹인 암리타나, '위대한 사회의 구현'의 기치 아래 민중을 모으려는 이들이 먹인 이념(理念)의 젖에, 만년이나 헛배만 불러, 발은 땅에 묶인 채 풍선모양 떠 흐르기에 지쳐, 이제는, 전에 축생도에서 맛보았던, 그 음식이 그리운 것이다. 그 음식에 중력을 비계처럼 두텁게 얹고 싶은 것이다. 저들 모두, 전에 축생도에서, 새끼 밴 암노루나, 뭐 그런 것들의 창자에다 이빨을 박아 넣고, 피와 똥, 똥과 살이 뜨겁게 반죽된 것을 먹어본, 그 아스라한 경험을 갖고 있는 이들이라는 것이다. 그와 반대된, 먹힘을 당한 경우는 왜 없겠는가? 사실은 이 경우가 더 많을 테다. 이런 잡탕을 끓이는 솥은, 현실주의나 사실주의를 사시(社是)로 하고 있는 공장 제품이 제격이며, 그래서라야만 그 탕 맛이 사실적이어서 좋다고 하는 것이고, 그것을 위해 그 얘기를 끓이는 이들은, 비의적으로 말한다면, 그 솥 밑 타는 불을 다룰 줄 알아야 된다고 이른다. '불 길들이기'에 관한 한 허긴 그런 조언은, 행자 요리사들께는 꼭히 들려주어야 하는 지혜이다. 그러지 않는다면, 솥 속의 재료가 설고 마는 경우가 속출할 테다. 그리고도 이 학동이, 머리를 깎이고, 숯검정 물 드린 옷에 구겨 넣어지려면, 다시 말하면, (여기 受動態와 能動態의 추악한 혼합이 있다) '국 끓이기'가 아니라, '金 제조'에로까지 나아가려 하면, 이제는 불이 아니라, 연기를 어거할 줄 아는 지혜를 터득해야 할 테다. 가장 아름다운 불의 화신

(化身)으로 쳐드는 '불사조'는, 바로 이 연기 속에서, 붉은 날개를 펴 날아오르기 때문이다. 그리고도 불 길들이기의 아마도 마지막 단계는, 그 새가 날아가버리고 난 뒤 남긴, 재[灰]와의 관계에서 수업되어져야 할 것일 것. 그것을 그러나, 불사조나 연(蓮)에 비유치 말지니—그것은 똥! (사실은, 그것 얄궂게 꼬아, 그것으로 미투리 삼아, 팔아, 연명한다며, 그것 알기를 무슨, 상사병에 죽은 몽달이나 손말명의 똥구녘 깊숙이 박아 넣었다 빼낸, 屎橛쯤으로나 아는, —그것이란 사실이 그런 것 아니냐? 누구의, 또는 무슨 세상의, 또는 무슨 풍속의 내장에서, 그것으로 똥 묻은 삼거불을 줄줄이 뽑아내, 볕 아래 널어 말렸다, 미투리 삼기! 그것 말고 또 무엇이냐? —저 雜說客은 누구냐? 그는, 똥밭몇 뙈기를 주둥이로 갈아엎은, 무슨 들돝 늙은 것도 같구나! 아으, 아니, 그럼에도 아니로다! 그는, 그대들의 미래의 언어로서, 그대들의 과거에서 와서, 그대들의 언저리를 오늘 지나고 있는 자러람! 그를 똥막대로 치리까? 그에게 무슨 죄가 있느냐? 그는 우리들이 기르고 가꾼, 우리들의 정순하고 아름다운 불을, 잔인하게 간하고, 처참하게 살해한 자가 아니던가? ……아으, 그는 불의 순교자러람!) 그러나 아마도 패관의 얘기는 너무 곁길로 나서 버린 듯하다. 현실주의나 사실주의의 공장 제품인 저 솥은, 사실 판켄드리야 로카[道]에서는 그중 좋은 것들이라고 할 수 있을지도 모르긴 하다. 그럴 것이, 열어본 적이 없는 쉐쉬빈드리야(Śeśvindriya—第六官)급, 그 이후의 세상은, 저들께는, 대강만 귀 맞춘 비유로 말하면, 고양이에 대해서 타조 알(을 고양이가 깨뜨릴 수 있겠느냐?)이나 수박 같은 것일 것이기 때문이다. 사실주의라는 말이 나왔으니 말이지만, 사진기가 발명되었기 전에, 임금 하나가, 화공 하나를 불러들여, 자기 화상을 치라 하여, 친즉, 임금이 보고는, 자네 이건 용상에 앉은 늑대지 사람인가? 심히 치도곤을 친 뒤 성 밖에다 던져버렸다 하면, 저 화공의 사실주의(寫實主義)의 잘못은, 자기가 사진기가 발명되지 않은 시절에 태어나 살고 있다는 것을 깜박 잊은 데 있었을 것이었다. (사진기가 발명된 오늘날의 時代相을 찍는 사진기는, 물 많이 나게 잘 박아주씨요잉, 념려노시라우요, 사진기·영상매체·신문·잡지 등, 쌔버리고 쌔버린 것이 그것 아니냐? 탁 털어놓고 말하면, 문학은, 보다 더 정확하게는, '소설'이라는 얘기는, 이제는 그 시대상의 반영이

라는 멍에를 벗고, 들 말처럼 자유를 즐겨도 좋게 되었다는 얘기겠는가. 문학의 위상이 그런 까닭으로 저하되는[?] 한이 있다 해도, 이 밭갈이는 반드시 문학이 하려 하지 안 해도, 또는 문학이 도맡아놓고 하고 싶어 한다 해도, 그보다 얼마든지 더 힘센 경운기며, 타곡기들이 대신, 또는 앞 나서서 그 일을 맡아서 하고 있음인 것. 그럼에도, 비록 순수한 판타지라는 것까지도 그러나, 그 알이 묻혀들었다 부화한 그 땅, 그 시대적 울음이나 웃음으로부터 결단코 자유스럽지는 않다는 얘기도 첨부해 둬야 할 듯하다) 임금은 천기를 보려 하면, 아래쪽을 보고, 백성은 위쪽을 보아야 한다는 소리도 있는데, 저 임금 놈은, '事實的, 너무도 寫實的'인 제 얼굴을, 막내 왕비 화장실에 있는, 거울에서만 보고, 밖에서는 보지를 못했던 연고였어람. 패관 투의 雜쇼릐는 그러하거니와, 반해서 '감성의 논리적 조직화'에 훨씬 더 많이 기여하고 있어도 보이는 '詩'는 어떠한가? 그것은, 반드시 그렇게 雜스러워 보이지만은 않은데, 그것을 제작하는 이들이, 손을 놓고 먼눈을 팔지 않는 이상, '자연'이 해일을 일으켜, 사람의 정서적 세계의 뚝을 넘어, 범람해 들지는 않을 듯하다. '詩'를 제작하는 이들이, 그 땅꾼 노릇을 하고 있어도 보이기에 하는 소리다. (옛적에, 한 깨우친 늙은네가, 아낙네들 탄식하는 소리 따위를 글로 써놓은 것을 『詩經』이라고까지 높이 평가했던 까닭은 여기에 있을 성부르다) 그럴 것이, 그것[詩] 이, '自然을, 인세의 정서에 맞도록 피리 부는 역할을 해오고 있는 듯도 싶어 하는 소린데, 그것이, '自然'에 대해, '펜리르'을 묶어 맸던, 그 동아줄 같은 것으로 여겨지다 보니 그런다. 그리고도 이 '自然'을 외찰적(外察的)인 것만으로 한정하려 할 일은 아닐 게다. (사실로 그래서, 그것은 그런 것인가? 말은 그렇게 했지만, 패관도 몰러! 혀를 하안껏 자-바-느-리고서도, 반바께 말 모타는 자가, 아예 혀를사려너코내는토·막·진소리를 어떠케 아러?)

아으 그럼에도 패관은, '가설'의 흡혈귀에 목덜미를 물려, 너무 많은 피를 빨리고 있는 듯하다. 그럴 것이, 패관은 물론 '구심력적 상상력'까지 부인하지는 안 했으나, '원심력적 상상력'이라고, '추상적 사고'라고 이를 것들은, 판켄드리야 우주의 품목은 아닌, 그래서 그 너머의 것이라고 하면서도, 어떤 부분, 패관은 여전히, 그것들에도 의지해서 얘기를 시부렁거리고 있다는, 그 '느낌'

까지는, 완전히 배제할 수가 없다 보니 그런 것이다. 패관은 그것을 '구심력적(求心力的) 상상력', 또는 '(패관이 假說的으로 이해하는 바의) 본능(本能)에 배꼽 줄을 이은 창의력'이라고 대체했으면도 싶으다. '구심력적 상상력'이란, 앞서, '좀비-처용'을 예 들어, 얼마쯤 그 설명이 되어졌다고 믿기워지는 그것이거니와, (그것은 그렇다면, 정직한 의미에 있어선 '상상력'은 못 될 테다. 마는) 패관이 이해하고 있는 바의 저 '창의력'이란 다름이 아니라, '이성이나 감성을 조직화하는 어떤 힘'(Vāsanās, 또는 Saṃskara, Skt.)을 가리키는 것으로써, 그 초보적·원시적인 것은, 둥지 짓고, 서식하며 새끼 낳을 굴 파는, 금수까지도 갖는 것이 그것이라고 한다면, 그것은 결코 판켄드리야만의 품목은 아니라고 알게 된다. 판켄드리야의 그것은, 판켄드리야에 걸맞게 발전하고, 복합화해졌을 것인 것. '둥지와 굴'이 예 들어졌거니와, 오늘날 인세를 가득 채운 거대하고도 아름다운 건물들이, 그것을 보여주고 있거니—. 이제 매듭 삼아, 가설을 정리키로 하면, 판켄드리야는 '추상적 사고력'의 눈까지는 띠어 있지를 못해, 그다음 쪽 세상의 물정에 대해서는, 매우 어두운 것이 아닌가, 하는 그 얘기다. 판켄드리야가 기를 쓰고 악을 써서, 아등바등 발전시켜온 '언어'의 한계는 아마도 거기까지인 듯하다. '글이나 말로써는 표현될 수 없는……'이란 말이 자주 쓰여지는데, 자칭 '영장'이라고 이르는 판켄드리야가, 이 상태에서는 벙어리가 된다. 그런 따위를 관찰한 일군의 수행자들이 그리하여, 이 '언어'를 깡그리 파괴해버리려 하여, 무너진 바벨탑의 뿌리 아래쪽으로 새 탑을 '안-쌓으려' 하기도 하지만, 결과, 이 '언어가 아닌 언어'는 많은 경우, 무의미 쪽으로 매장돼버린 것을 보게도 된다. 그 문(門)에서는, 혜능을 보아람, 불머슴까지도 부르는 유행가가 이것인 듯한데, 들리지 않는 소리를 듣고, 보이지 않는 것을 볼 수 있으면, 우주의 진연의 모습이 보인다, 는 식이거니와, (그 '소리'가 그래서 무엇이냐? 누가 손가락 하나를 뻗쳐 올려 보인다. 그것은 어떤 '모습'이냐? Only don't know! 패관은, 이 현상계에 있는 소리며, 風物까지도, 아주 조금밖에 못 듣고, 아주 작은 부분밖에 못 보고 있거니, 언감생심!) 진화론자께 이해되는 이 경지는, 第六官 이후까지를 깨우친 정신께 체험되는 것이나 아닌가 하지만, 언어를 파괴치 않고, 그리고 실체라고 믿는 그것을 지우지 않고, 그것은 성취되어지는 것이 아닌 것인가? 아니면 최선의 궁여지책이 그것인가? 그런 첩경(또는 돈오)을 버리고, 신수(申秀)는 무엇을 찾아 신산험로에 올라 있는가? 이때 '루타'[相]는 깨뜨려버린다 해도, '아르타'[義]까지 싸잡아 그러려 해서는, 한 정신이 어떤 한계를 초극한다고 하고서는, 오히려 공허한, 때로는 '空'의 몸을 입는, 미망(迷忘)의 상태로 떨어져 들지나 않는가 하는, 뭘 몰라, 방자해질 수 있는, 한 속생(俗生)의 우려(愚慮)가 있다. '루타'를 벗기고 시뻘건 '아르타'만 남겼을 때, 근래, 갑자기 원기를 차려 나선 '심전'(心傳, telepathy)의 문제가 고려되어져야 할 성부른데, 그것에 의해서도, 아예 통화를 하려 하지 않으려면 몰라도, 뭔가 뜻을 전하려 한다면, 그 '아르타'의 한계는 있어야, 서로 간의 감응이 같아질 것이 아니겠느냐는, 뭘 모르기 때문에 용감해져 하게 되는 촌스런 의문이 드는 것은 어쩔 수 없다. 그렇다면 그것이 또한, '아르타'에 가려 보이지 않는 '루타'를 형성하는 것은 아니겠는가? 그 짓이란 그렇다면, 버선 짝 뒤집듯, '아르타'와 '루타'를 뒤집은 것보다 무엇이 다른가? —龍樹를 예로 들면, 그는 차라리 '아르타'를 파괴해버렸을지언정 '루타'만은 손대지 안 했던 것이 아니냐? '루타'의 자리는 그다음에 오는데, 자가당착에 헤엄치는 법리(法理)일 것이지만, '현상계는 인연이 이뤄낸 알맹이 없는 幻이다', 라는 것이 그것인 것—. 그러나 패관이, 스럽지 않게, 이보다 더 말하려 하면, 입으로만 가르치던 장님 훈장이, 아이들 졸라쌓는 소풍 길에 나서 앞서 이끌고, 아리랑 고개 넘기 같을라. 이런 얘기는 그러니, 누가 추상적 사고도, 상상도 할 수 있으면, 그는 꼭히 '언어'를 파괴치 않고서라도 제육관, 그 이후까지 들여다볼 수 있는 눈을 떴을 것이 아니겠느냐는 것이다. (그렇거나 저렇거나 어떻거나, 패관은 이따위 '假說'의 거머리를 떼어내는 즉시, '상상력'이나 '창의력', '추상적 사고'라는 말을, 전에도 즐겨 써왔듯이, 앞으로도 그러려 하고 있다는 것은 이 자리에서 분명하게 밝혀둬야겠다. 패관의 어쭙잖은 생각이 만들어낸 '假說'에 의해, 그렇지 안 해도 충분치 않은 어휘, 어눌한 언어에서, 저런 종류의 말까지 매장해버리기로 한다면, 실어증에 걸린 후손들이 말로는 못 하고 패관의 '무덤에 침을 뱉'을 일이다. 그리고도 판켄드리야는, 판켄드리야이기에 충분치 못한 것들뿐만 아니라, 뛰어넘은 것들도 많이 있는 것이 아니냐?)

만약 그것이 그러하다면, '신종 판타지'와의 관계에선, '자연적'인 것은, 그렇다 치기로 한다 해도, 그 범주의 하나로 꼽는, '인위적'(人爲的)인 것은 무엇이겠는가? 역설적이게도, 반복하지만 모순당착적이게도, 그것에 '상상력'이라는 풀이 발려진 것은 아니겠는가? 그것이 없이, 어떻게 인위적인 것들의 드러남이 있을 수 있으며, 어떻게 한 동아리로 조립될 수 있겠는가? 라는 따위의 의문이 제기될 수도 있을 테다. 그것에 대해서 제언자가 할 수 있는 얘기는 둘이다, 그 하나는, '실언(失言)까지도 그 실은 무의식에 연결되어 있다'는 심리학적 명제 하나를 들어, 인위적인 것은 없다, 라는 것이며, 다른 하나는, 호동의 '용'(龍)을 예 들어, 사고력과의 관계에서, 그런 것을 일러 인위적이라고 이를 수 있다, 라는 것이다. 전자를, 두고는, 패관은 패관의 것이 아니라, 공들의 눈썹을 아껴드려야겠지만, 후자를 두고는, 한 둬 마디의 주석이 필요할 듯한데, 그것은 이렇다, 라는 것은, 예의 이 용은, 판켄드리야의 외찰(外察)을 통해, 이것에서 저것에서, 대용적(大用的) 양(陽)을 발견하고, 그것들에서 그 양각(陽角)들만을 뽑아내, 펜리르를 묶은 끈을 꼬듯이, 한 존재를 조립해낸 것이 그것인데, 이때 거기 '상상력'이 동원된 것이 아니라, '사고력'이 그 풀칠이 되어 있다는 얘긴 것이다. 민담에 의하면, 용은, 사슴뿔에, 귀신 눈, 소귀 따위를 했다던가 뭐라던가, 아무튼 스무나무 가지의 양으로 뭉쳐진 것임도, 알고 있는 이들은 아는 바대로이다. 그렇다면, 용은 상상의 동물이 아니라, 사유의 새끼[色鬼]라는 말이 된다. (그런 것인가?) 이 점에 있어선 용은, 진정한 의미에 있어, 인위적 제작물이라는 말도 된다. 또 아니면, 이 용은, 제육관 칠관 등을 깨우쳐서야 보이게 되는, 다른 차원의 우주에 실재하는 것이거나, 전에 언제쯤인지, 다이나사우르 등과 같이, 이 땅 위에 살았던 것인지도 모른다. 그건 패관은, 판켄드리야도 제대로 갖췄는지 몰라서 모르고, 고고학에도 눈이 어두워 못 봐 모른다.

아으, 그럼에도 말도 많았구나, 많았어 많았다구. 앞서 말한 것들이 그러나, 저 검은 공주에의 열애에도 버금할, 패관 나름의 공포심이나 우려가 되는 것은 아니다. 패관의 염려는, 앞서 말한 바 있는, '문화적·정신적 (일반적으로 통용되고 있는 바의 그) 상상력의 피식민화'와 관계된 것보다 훨씬 심각하고 침중한 것인데, 이는 다름이 아니라, 이런 신전적 판타지의 까닭으로, 패견이 이것이지만, 오늘날 많은 판켄드리야들이, 저것들에게 머리와, 가슴, 환부는 물론, 뒤꿈치까지 노략질을 당했기뿐만 아니라, 납치되어, 자기의 월후(月候)를 먹여 키워, 흡혈박쥐 따위로 만든, 귀계(鬼界)—그 습습하고 어두운 동굴 속 검은 어미의 볼모가 되어 있다는 그것이다. 마는, 제길헐, 한 많은 짧은 인생 한 오백 년 살아보자는데, 헌 중우에 좀 불거지댓기 불거져, 패관은 웬 말이 많으? 답답한 현실로부터, 어떤 트여진 공간에로의 외도(外道) 따위, 그런 일탈을 도모해보자는 것도, 그 한 목적이라면, 그런즉 판타지란 우선 즐겁고, 아름다운 것이어야 하잖겠는가? 그런다면 한 많은 아리랑 고개 넘기가 얼마나 수월해! 문제는 그런데, 여기에 있거나, 그런 것이 아니라는 데 있어 뵌다. 패관이 잠깐만 자리를 고쳐 앉아도, 골머리 까고 서캐 씹는, 또는 수전노 엽전 헤아리듯 헤아리는, 서캐나 엽전 같은 주장이 이것이지만, 판켄드리야는, 그 진화의 역정에서 경험한 무엇 하나도 버리지 못하고, 뒤꿈치에다 무겁게 매달고 있는 데다, 가장 가깝게는, 축생도에서의 '먹고/먹히기'에 따른 열예(悅豫)와 고통을 너무도 생생하게 기억하고 있다는 것이(긍정적으론 은총이며, 부정적으론) 탈이다. 카투린드리야에서 판켄드리야의 경계를 넘는 사이 그것은 자연스레 변모를 치르고, 그리고 보다 더 복합화해져 버린 것일 것인데, (부정적 국면에선) 여기 어디 '가학(加虐)과 피학(被虐)'에서 방울지는 피 맛이 얘기되어져야 할 자리가 있는 듯하다. '에로스(Eros)/타나토스(Thanatos)'라는 상극적 두 자장(磁場)의 문제가 그러면 논의되어져야 할 것일 듯하다. (바르도에서는 '살고 싶어 하고, 역바르도에서는 죽고 싶어 하는 것'이 판켄드리야의 난제가 되어 있다는 것은, 서장의 현자들이 보아낸 장애이지만) 이 두 자장의 한가운데, 바르도/逆바르도, 지옥/천국의 주춧돌, 우주적 배꼽(Omphalos)이 놓여 있음에 분명하다는 것이 패견이다. 그리고 이 옴파로스의 이름은, 판켄드리야의 '자아'인 것. 그래서 보면, 신들이나 마귀들, 지옥이나 천국의 역사도, 막연히 추측되는 것모양, 섬동지가 세상을 조판하던 그때 조판되어졌던 들은 아닌 것을 짚어내게 한다. 그 역사는 그래서, 판켄드리야의 역사와 같은 것일 것인데, 말 되어져 온 대로 따르기로 하여, 신은 태초 이전부터 존재해온 자라고 한다 해도, 그리고 그는 전지전능한 자라 해도, '알맹이'(Jiva)가 없는 것들을, 무슨 수로, '심판'이라는 저울에 올려, 배추는 (드빈드리야쯤 이래야겠는가?) 천국의 김장 터에 보내고, 살쾡이는 (트린드리야쯤?) 지옥의 푸줏간에로 보내겠는가? 그래서 판켄드리야는, 그 뼛속에, 보다 더 많이, 아마도 그 전체를, 지옥으로 채워놓고 있다! ('야야티' 같은 성인도, 천국에서 몇십만 년씩을 살다 보니, 전에 쌓았던 선덕이라는 재화가 다 탕진해진지라, 떨어져 내렸다고 이르는 얘기가 『마하바라타』 속에 있으되, 이 천국과, 패관이 그냥 보통명사로 빌리는 이 천국은, 그 성격이 다른즉, 고급한 홍루쯤으로도 여겨지는 야야티의 천국은 그쪽 변두리로 밀어내고 말이지만) 천국에 든 자마다, 돌아온 이가 없어, 판켄드리야께는, 천국에 대한 아무런 지식이나 경험 한 가지가 없는데, 반해 지옥에 관해서라면, 그곳의 태산 쿠메루를 이룬 모래가 몇 알이라는 것까지도 헤아려 알고 있는 것이 탈이다. 패관이 이거, 많이 수다스러운 듯하지만, 이 수다스러움의 저의가 뭣인지 좀 알아묵어도라, 라는즉슨, 까닭에 인간은, 고통이 싫어, 그것으로부터 벗어나려는 일념으로 판켄드리야까지 닿고는, 걸어 나온 길, 뒤돌아보기를 좋아하기 시작한다, 라는 것이다. 그들의 욕망이나 의지는, '자아의 인식' 이후, 더 이상 단순 명료하다거나 직선적이지가 않아, 복합적일 뿐만 아니라 이율배반적이게 되어버린 것이다. 지옥문을 나서는 오르페우스모양, 빛이 있는 쪽을 향해 달려가면서도, 어두운 뒤쪽을 흘끔거린다. 그러면 그는, 구해낸 여인을 잃는다. 지바를 잃는다. 추락한다. 그가 거둔 '알맹이' 탓에, 거기 지옥이라는 거구(巨狗)가 기다려 있다가, 그를 찢어발긴다. 그런데 그는, 아파서 찡그린 얼굴에다, 회색인지, 분홍인지, 아무튼 그런 웃음을 떠올리고 있는다. 이것은, 지옥이라는 독구(毒狗)에 대해, 암내 낸 암캐로 전락해 있다. 저 지옥이 방출하는, 녹은 쇳물 같은 정액 속에서, (부정적 국면의) 신전적 판타지라는 개새끼[怪色鬼]들이 버글버글 쏟겨져 나온다. 판켄드리야의, 치사한, 이율배반적 저항과 수용이 그것인데, 비유로 말하면, 초경(初經)의 여아가, 방금 전에 화류방에서 창병을 묻혀온, 패관 같은 치사한 놈의 배 밑에서 꿈틀거리기 같은 것이 저것일 테다. 계집아이는, 저항한다고 몸부림해 보이기로, 아직 아무도 열어본 적 없는 문의 빗장을 뽑는 데 손을 합치고 있다. 그러고 나면 이 계집아이는, 모든 증오와 저주로 저 치한을 곁눈질하기 시작하는데, 계집아이는, 더욱더 혼신을 다해 미워하고 싶으며, 아파하고 싶고, 절망하고 싶은 것이다. 이런 것도 '사랑'의 한 형태라고 말하는 이들이 있는데, 허긴 지옥의 사랑은 그런 것일 듯싶지 않은 것은 아니다. 저 치사한 독구(毒狗)를 '물질의 대왕'이라고, 그리고 저 '이율배반'의 덩이인 '계집아이'를, 판켄드리야의 '지바'라고, 비유를 원상에로 돌리면, 쿠메루 산이 무너나며, 해일을 일으킬 일이라도 일어날 일인가? '지옥의 사랑' 얘기가 됐으니 말이지만, 부정적 국면의 판타지는, 이것에 기여하는 것일 것이라는 것이 패관의 우려인데, 만약 그렇다면, 판켄드리야의 최악의 비극은 이것이다, 라는즉슨, 지옥을 사랑하기 시작하는 그것이라는 것이다. 그러면 (판켄드리야의) 진화가 멈추고, 진화의 도정이 휘어, 간난신고 끝에 벗어난 그 자리에로 되돌려지는, 결코 바람직하지 않는 결과에 봉착하게 될 것인데, 그것은 두렵다, 진화는 그럼으로, 직선적으로, 계속해서 성취되는 것이어야 하는 것이던 것! '지옥의 사랑'이라고 얘기가 됐으니 말이지만, 지옥은 끝까지 거부해야 하는 대상이지, 수용하려 해서는 안 되는 것인 것. 거부하려 하는 정신에 대해서 그것은, 역설적이긴 하되, 천국에로의 도약대가 되어 있는, 가장 큰 법은이 될 것이라고, 설법되어 있잖느냐? 그럼에도, 아직은, 이런 염려는 이른 상태인지도 모르는데, 이제까지 창작·제작되어진, 바르도의 괴유정들은, 아직도 동화적이라는 환의(幻衣), 그 기저귀를 벗고 있지 않고 있어도 보이기 때문이다. 그럼에도 기저귀 찬 것들 자라는 것 보면, 하룻밤에도 몇 치씩, 빠르게도 커지더라. 그러다 보면, 불원간에, 변성기를 겪으며, 겨드랑과 불알 밑에서 짐승 냄새를 풍겨내기 시작할 것이고, 젖만으로는 부족해, 독주도, 아편도, 피도 갈급해 할 테다. 앞서 어디서는 그것을, '문화적·상상력적 식민화'라고 패관은 얼마 정도의 구토를 했으나, 이 자리에서는, '영혼의 식민화'라는 것으로 하여, 슬퍼하지 않을 수 없게 될 것이라고 알고 있다. 만약 그런 결과를 초래하게도 될 것이라면, 새로 제작되는 판타지는, 그 잉크나, 그 물감이나, 그 소리의 재료 따위들을, 천국에서 구해오는 것이 좋은 것이 아니겠는가, 그럴 때, 한 많은 인생살이 한 오백 년 살아보자고 우길 만한 세상이 되잖겠는가, 하는 소견이 들기도 하는다. 함에도, 가본 적이 없는 세상 얘기를 어떻게 하라는 겨? 까닭일 것이지, 돼온 일은 어떤가 하면, 많은 경우, 글을 짓는다는 이들은, 그 잉크를, 지옥의 썩은 핏물에서 구해오며, 그림을 그린다는 이들은, 그 같은 물감으로 지옥의 풍경을 묘사해내려 하고, 소리를 짓는 이들은 이들대로, 지옥의 비명을 조직화하려 하고 있어 뵌다(拙文 "A RETURN TO THE HUMANET" 참조). 왜냐하면, *初經*의 저 계집아이가, 그렇게 유혹하기의 까닭인데, 초경이란, 은총과 저주가 어우러진 그 한 자리거니……, 그리고 판켄드리야는 이제 겨우, 그 초경의 경험을 하며, 유전된 살욕과, 지옥적 욕망의 소명에 좇아 부정적인 데로 핼꼼핼꼼 곁눈질을 시작하고 있는 것이 문제다.

진행되어져 온 얘기대로 좇는다면, 신전적 판타지란 그 전체가 해스러울 뿐인 듯한데, 강하게 전제되어졌기에는, 그것은 '부정적 국면'만을 확대한 것으로 되어 있으므로, 그것이 만약 빙각(氷角)이었다면, 빙근(氷根)으로써 (vice versa) '긍정적 국면'도 분명히 있는 것이 아니겠는가, 그렇다면, 그것의 덕목은 어떤 것들이나 되는가, —그것이 말 되어져야 할 자리쯤에 온 듯하긴 하다. 패견은 이렇다; 석가모니는, '산자야'(Sanjaya)를 통해 세상을 읽었으며, 연화존자는, 역시 그를 통해, '신전적 판타지'의, 그것도 극한 상황적인 것을 보았다는 것이다. 이 '산자야'는, 『마하바라타』라는, 대략 십일만 행의 서사시를 이룬, 그 대전쟁을, 그의 멀리, 그리고 두루 볼 수 있는 (시쳇말로는 이를 'Vision'이라고 하는 듯하다) 공시적(共時的) 시선으로 보아, 그의 눈먼 왕 드리타라쉬트라께, 하나도 빼놓음 없이, 보고해(narrate)주었던 자인데, 오늘날 독자라면, 그가 '전영기'(電影器, TV) 역할을 했다는 것쯤 매우 용이하게 짐작해낼 수 있을 것이다. (物活論 또한 함께 어울리던 시절엔, 器物 또한 人格體일 수 있었음인 것!) 근년에 출산을 본 이 '전영기'는, 신화상에는, 공시적 시선을 갖춘 신들이 들여다보았던 것이며, 동화 속에도 '수정공', '마술의 거울'이라는 식으로 자주 등장하는 것들임도 상기할 필요가 있다. 본디 '전영기'는 이런 신화적 기품(器品)이던 것이, 겉만 엄버무레 큰 데다, 꿈 많은, 재잡손이질 좋아하는 아해들이 만들어낸 장난감이, 실용적 기품으로 받아들여진 것이라는 얘기를 해도 될랑가 모르겠다. 여기, 판타지의 기물화(器物化)라는, 한 신전적 판타지의 모형이 있다. 이 산자야의 진술 따위를 통해, 신전적 판타지로부터 그것에 접하는 이가 얻을 수 있는 덕목은 그러면 무엇인가? 아마도 그것은, 그것을 '수도용'(修道用)으로 삼으려 할 때 가장 좋은 것일 게다. 화현된 우주는 '알맹이가 없는 환(幻)'에 불과하다는 것, 그것 속에 억류되기는, 또는, 스스로 볼모가 되기는 비극이라는 것. 그럼으로 누구든, 산자야의 시선의 유혹에 좇아, 그의 배 속에 먹혀들기, 그 문의 유혹에 거부하라(!), 거부하라, 는 것. (그것 외에는, 하루살이 눈에는 산이 보이지 않을 것이라잖았는가, 눈이 작은 패관께는, 무엇이 더 잘 보이지 않는 게 문제다) 이 '유혹'에 넘어갔을 때, 거기 나타난 풍경은, 진술하는 자, 보여주는 자만 있고, 듣는 자, 보는 자는, 좀비의 쳐듦에 당한 텅 빈 송장뿐은 아니겠는가? 오줌이라도 자주 마려우면 좋을 텐데……, 누고 난 뒤 진저리치기라도 할 수 있는 게 아닌가? 마는, 이렇게 말하고 있는 패관 당자를 거울삼아 보면, 저 좀비의 오줌을 패관이 대신 누어주고 있던 것도 부인치 못한다. 언제 죽은지도 모르겠는 존 웨인이, 또는 트로이의 아킬레스가, 어떤 제2의 미래로부터 와서는 오늘, 불쌍한 패관을 향해 육철포를 겨누는가 하면, 창을 던진다. 오금이 저린다. 오줌이 질금거린다, 제기랄, 똑 죽을 맛이다, 그래서 똑 죽고 못 살겠다. 이제도, 석가모니나 연화존자의, 맑은 눈을 기대할 수 있겠는가? 그렇지 못할 때, 꿈꾸기나 상상하기 따위 말고도, 인지를 대체해주는, 다른[他] 일인칭(一人稱)에 의해, 인간은 '니고다'에까지 逆진화할 위험성과 가능성을 갖고 있다.

대개 얘기가 이렇게 끝을 맺어가자, 패관이 얼굴을 숨길 수 없을 한 중요한 물음에 봉착하게 될 듯한데, 그래서 과연 '신전적 판타지'라면, 실례(實例)를 들어, 어떠어떠한 것을 두고 씨불여온 말이냐, 라는 것이 그것일 것이다. 그것이 없이 되어온 얘기는 무정란 같은 것이나 아니겠는가? 그건 당연하고도, 더 당연한 지적이다. 패관은, 껍질만을 주워들어 주억거린 것이 분명한데, 그 속에서 깃털 돋군 것이, 이미 날아가 버린 것을 두고, 패관더러 어쩌란 말이냐? '흙'에서 젖 빨아, 그 무거운 몸으로 하늘 오르기라는, 그 고된 탐색 길에 오른, 아담의 후손들에 비해볼 때, 태어나자마자 '전류'(電乳—이는 '전유'

래야 옳겠으나, 이 경우만은 電流의 발음을 빌리기로 하는다)라는 것으로 자라서는, 이제껏 없던, 어떤 새로운 시공(時空)을 개척하고, 거기 현주소를 정한 신종인(新種人—Nemo Sapiens. Neo+Homo=Nemo)들은, 모태(母胎)만은 같은 하와의 것이었다 해도, 그 젖의 다름에 의해, 어째도 같은 인종들은 더 이상 아니다. (패관은 지금, 이르는 바의 '세대 차이'를 말하고 있는 것이 아니다. 그리고도, 물론, 여자의 젖으로 자란 것들이 있고, 암소의 젖으로 자란 것들이 있지만, 그 둘의 차이에 관해서는 언급하려 하지 않고도 있는데, 두 젖은 공이, 흙에서 공급되어지는 것이라는 까닭에서다) 어떤 인종이 더 우수한 것인지, 그것은 향후 저 네모사피엔스들이 구현하게 될 그 세계의 모습이 가늠해 보일 것이겠지만, 아담의 직계 손들에 대해 이 네모사피엔스들은, 모두 '신전적 판타지' 그 자체로 보이는 듯하다는 말도 주억거려야 할 성부르다. 흙에서 젖 빨아 하늘에의 희망으로 살다, 다시 흙에로 돌아가게 되는, 아담의 한 후손인 패관께는, 네모사피엔스들의 세상은—이렇게 말하면 어떨지 모르겠어도, 그런 느낌, 심지어는 믿음이 드는 것은 어쩔 수 없잖으냐—어째선지, 앞서 말한, 그 '무정란' 같은 것으로 보이는데, 그럴 것이 '흙의 젖'의 성분 속에는 '혼'(Jiva)이 있어, 그것이 아담들의 삶을 밀어 올렸던 것임에 반해, '전류'(電乳) 속에는, '기백'(氣魄)은 넘쳐흐르는 듯해도, '혼'이 있어 보이지 않기에, 위험을 무릎 쓰고 해본 소리인 것—. (이는 靈智派의 그것과는 좀 다르되, 方言의 차이겠지맹) '魄과 魂'에 대한 湖東 先人들의 이해를 좇으면, '넋은 같은 넋이라도, 魄은, 사람의 성장을 돕는 陰의 기운으로써, 육체를 주관하고, 魂은 陽氣로써 정신을 주관한다'고, 하는데, 저 네모사피엔스들의 새 유모가 먹인 젖에 자란 이들은 그렇다면, 이 '기백'의 넘침의 까닭으로, '혼'의 왜소, 또는 無魂의 상태로까지 나아가게 될 것은, 논리적 귀결이랄 것이다. 위험을 무릅쓰고 반복하게 되는 소리가 이것이지만, 까닭에 '네모사피엔스들의 新世界는 용감'하되, '무정란' 같은 것이라고 이른 것. 그리고도 달리, 무슨 '實例'를 따로 열거해 보일 필요가 있겠는가? 패관 같은, 편견에 사로잡혀 용쓸 재주가 없이 된, 늙은 호모사피엔스에게는, 이 네모사피엔스가, 하늘에서 신들의 아들들이 쳐내려와, 땅의 여자들을 땅의 남자들로부터 빼앗아, 간하기뿐만 아니라, 종으로도 부려먹었다는, 그 기록에 보이는, 네피림들로 보이는데, 이들은 거친 들말 같은 '氣魄'의 넘침을 어떻게 어거할지 아직 몰라서든 어째서든, 호모사피엔스가 어렵게 성취한, 魂을 마구잡이로 소비하고, 自我를 소비하며, 人間을 소비할 뿐만 아니라, 神을 소비하고, 性을 소비하며, 마지막으로 삶 자체를 소비해 대고 있어 보인다. 이 무혼(無魂)의 판켄드리야는, 즉슨 이 네모사피엔스는 그럼으로, '종교가 없는 神들'이나, '魂이 없는 요정(妖精)들'과도 비유되는데, 이는 그러면 판켄드리야의 종말인가? 神들의 경우는, 종교를 갖지 못했으므로 하여, 주어진 살기의 그 한 시기가 끝나는 대로, 심지어는 니고다에로까지 몰락한다는 설이 있고, 요정들은 또 혼이 없으므로 해서, 그 한 삶은 마멸(磨滅)한다는 얘기도 있어 말인데, 같은 판켄드리야라도, 호모사피엔스에 비해 네모사피엔스의 운명은 대개 저들의 것과 비슷할 것인가? 패관 투의 進化論을 고수한다면, 그런 결과가 초래될 것이라는 것에 대해 강하게 부정하지는 못할 듯하다. 그럼으로 저들에게, '온딘(Ondine)의 魂 얻기의 苦行, 사랑하기의 難行'(魂은 '사랑'에 의해서만 연금되어지는 것이다 보니 그렇다)을 새로 권해야 할 것인가? 아도니스(Adonis) 門에선, 육신 속에 연면하는 불멸성에 관한 복음서를 내놓은지는 물론 꽤 한참 된다. 그것은 본디 畜生道의 福音이되, 끊고 싶어도 끊어지지 않는, 판켄드리야의 욕생(欲生)의 발목에 걸린 비극적 고리가 그것 아니었던가? 그럼에도 그것이 다시 희망인가? 누가 만약 그것의 근원을 찾으려는, 매우 종교적이랄 탐색에 오른다면, 그는 거기 어디서, 새로 'Sleeping Valkyrie'를 해후하게 될지도 모르는데, 이 말은 종교적 어투로 번안을 한다고 하면, 모든 생명의 본태(本胎), 그러나 그네 자신은 결코 化現치 않는[睡] '영원한 女性'을 발견하게 될지도 모른다는 얘기로도 될 것이었다. 그러나 네모사피엔스에게 주어진, 무엇보다도 큰 法恩이거나 비극은 '궁극적 진화/진화의 궁극'은, '알맹이'라고 표현된, '魂', 또는 '自我'의 분쇄, 또는 無化에 의해 가능되어지는 것이라는, 호모사피엔스가 보아낸, 궁극적 실다움 쪽에로 눈 돌리기에 있을 테다. 이런 국면에선, 그것이 이뤄낸 것이든, 주어진 것이든, 어쨌든, '일반적 네모사피엔스'는, '일반적 호모사피엔스'보다, 한 걸음 더 진화를 성취해 있다는 말을 할 수도 있어 보인다. 그것이 '법은'일 수 있는 것은, 저들이, 자기 자신들뿐만 아니라, 자기들이 처한 그 세계나 우주도 또한 '알맹이가 없는 것'이라는 강한 인식을 고수할 수 있을 때며, 그렇지 못할 땐, 알맹이를 잃기나, 살해하기나, 自我의 소비 같은 것은, 한 가지도 찬양할 것이 없는, 無精卵이기만 하여, 판켄드리야의 종말과 함께, 무서운 혼돈, 무서운 逆進化밖에, 다른 것은 보이지 않는 것이, 패관의 작은 눈에 맺힌 눈물의 이유일 것이다. 그것은, 여하히 '용감한 신세계'가 이뤄져 있는다 해도 비극이다. 그럼에도, 다른 이들에 의해 公의 삶이 주어져 있다면, 보다 더 나은 세상 사는 것은, 하루를 한 오백 년씩 늘려 살아도 모자라거니, 사는 동안 좋은 세상 만들어 몸 건강하고 화목하게 잘 살다 가구라. 삶이 공의 선택이 아니었듯이, 궁극적으론 죽음도 공의 선택은 아닌 것이 아니냐? (이런 지껄이기를 두고 公들은, 늙은 호모사피엔스가, 저승사자 만나, 대작하기로 대취해, 망령 들어 하는 소리라고 접어두면, 속들이 편할 테다. 망령 든 늙은네들은, 똥 싸 뭉개고 앉아, 흘러간 옛 노래 이것저것, 순서 없이 떠오르는 구절들을, 대중 없이라도 구성지게 불러 젖히는 것을—. 그런즉, 이 노망타구들이 입에 못 담을 소리가 또 무엇이겠냐?)

이런, 썩은 들보나 개짐 냄새나는 얘기를 쓰레기통에 버려버리기 위해, 그것 싸는 싸개 삼아, 주워 담은 얘기나 한 자리 해 두기로 하는 게, 패관스러울 듯하다. 『千夜一夜』라는 얘기책 속에서 건져 올린, 千夜一夜 읽힌 녹각 하나: 젊은 부부가, 폭양 아래 사막을 행려턴 중, 오아시스를 만났더라 했다. 목들을 먼저 축이고 나니, 고단함이 밀려, 둘은 그늘에서 잠시 오수에 들었던 모양인데, 그 샘가 나무 위에 몸을 숨기고 있던, 성성이란 놈이 그만, 슬금슬금 내려와, 잠에 든 여자를 겁간했더라 했는다. (패관은 그때, 멀찌감치서 훔쳐보기만 했으되, 그때 근 끝으로 솟구쳐 오른 것을 받은 들보에서는, 아직도 밤꽃 냄새가 등천을 하거니, 지나는 암캐 새끼들이 큼큼 냄새를 맡아싸서, 귀찮아 똑 죽겄다. 여기 性的 판타지의 한 본보기가 있음인 것) 곤히 잠에 든 사내야 그걸 어떻게 알았겠는가마는, 그 일은 거기서 끝난 게 아닌 데에 문제가 있었던 모양이다. 그 옌네가, 병고로 인해 죽게 되었던 모양인데, 그 마당에 이르러, 남편께 이르기를, "재혼을 하시되, 결코 남의 남자의 경험이 있는 여자는 맞아들이지 마셔요"라며, 자기 정화 삼아 그랬겠지, 비밀해 왔던, 어떤 성성이 놈께 겁간당한 얘기를 하며, 남편이 자기 배 위를 오르는데도, 그때마다 생각은 그 성성이께 옮겨 가, 그 성성이와 관계를 갖게 되는 것이, 그 까닭이라는 얘기였다.

헛헛헛, 패관은 유독 혀가 길어 패관질에 나선 雜스런 족속이라 하되, 말도 많았댔구나. 패관의, 마른 검불 같은 수염엔, 어느 동네 서당(書堂) 개 밥통이라도 핥다 그리되었을, 말의 보리 밥풀이 엉겨 붙어, 그것만으로도 뒤 끼니는 안 굶어도 좋겠다 싶은데, 그런즉, 그 염려일랑 뒤 끼니쯤 미뤄두기로 해야겠는다. 그렇든 어쨓든, 미투리 삼기로 평생을 보낸 미투리 삼기꾼이, 미투리를 삼으며, 그것을 신을 이의 발의 편안함을 생각하여 보람을 느껴왔으나, 늘그막 길에 접어들어 다시 생각해보니, 그래 보았자 십 리도 못 가 신 발꿈치에 구멍 날 부질없는 짓이 그 짓 같다는 생각이 들어, 한숨도 쉬고, 손을 게을리하기도 하다, 그것을 신는 이야 어쨓든, 자기 삼는 미투리에다 새로 마음을 모으기 시작하자부터 다시곰 행복해졌더라는 얘기가 있어 들어뒀거니와, 본 패관도, 패관의 좁쇼릐에 귀 기울여 찾아줄 이들에의 가망 없는 희망으로 사립짝 내어다보기를, 기억할 수도 없는 오래전에 그만둔 뒤부터, 마음은, 바람 잔 날 웅덩이 같다고나 해얄거나, 잔잔해져, 수염에 발린 말의 밥풀의 요족함 더불어, 마음도 위장도 편안한 날뿐이어 좋구로 지내느니. 패관의 좁쇼릐라는 것이 그렇다고, 십 리 길이라도 편안히 걷게 해줄 한 켤레 미투리만이라도 해야 말이긴 말이겠지만—. 비록 그러하다 해도, 은근히, 패관이라도 또한 말의 미투리 삼는 자가 아니겠는가, 미투리꾼들의 뒷자리에 자리를 정해 앉아본다. 그리고 울림도 없는 말로 이런다, 안개 밭을 걷는 데는, 뭣보다 패관의 미투리가 제격입습제요네, 암믄입습죠, 그러합습죠.

(안개 밭 길에, 제격은 제기랄 무슨 제격이겠는가, 마는, 삼아온 말의 미투리 삼기를 계속하기로 하면) 이하의 얘기들은 '잠자는 공주'의 회임과 분만의 얘기와는 꼭히 같은 것들은 아니지만, 완벽한 휴지, 그 사태(死態)가 분만을 했다는 사례는 더 있다는 것을 밝혀둘 필요가 있을 듯하긴 하다. 호동(湖東)에서 전해진 얘기 중의 하나는, 연화존자의 전기 속에서 접하게 되는 것으

로써, 이 선사(禪師)가 소사니카(공동묘지나, 화장터를 찾아가는 苦行) 선행(禪行) 중, 회임 중에 죽어 매장된 송장이, 애를 분만한 것을 알게 되어, 그 애를 보듬어내 양육했더라는 얘기가 그것이며, 호서(湖西)에서 전해진 것 중에는 또 이런 게 있다; '마라클레아'라는 고장에, 매우 물색이 좋은 여자가 하나 있었드랬는데, 당시 시돈을 치리했던 한 템플라(Templar, Knight Templar)가 반했더라 했다. 불행하게도 그런데, 여자가 젊은 나이에 죽게 되어, 장례를 치렀더니, 저 음흉한 사내가, 그날 저녁 아무도 모르게, 그 무덤에 가, 무덤을 파고, 내려, 송장을 어지럽혔더라 했다. 사내가 그리고 몸을 일으키는 중에, 공중 어디서 말소리가 있기를, '지금부터 아홉 달이 지나거든, 자네 이 무덤에로 되돌아와 보면, 아들을 얻었음을 알게 될 것", 이랬다는 것이다. —저 얘기는, 패관이 근년에 (발간된 M. Baigent, R. Leigh, H. Lincoln 共著 *Holy Blood and Holy Grail*) 稗帖에 주워 담은 것인데, 예의 저 시간(屍姦)쟁이 템플라가, 그 무덤을 되찾아가 파헤쳐보았을 때는, 형해가 된 여자의 허벅지 위에, '머리통'이 하나 놓여져 있더라고 했다. (『마비노기온』[*Mabinogion*]에 나오는 브란[Brân]의 잘린 머리통이 살아, 눈을 희번득이고, 지혜를 설하는 것을 고려해보면, 이 머리통도 살아 있었다는 것 추측하기는 어렵잖을 듯하다. 예의 저 '브란'은, 나중에 이뤄진 '아서[Arthur] 왕 전설' 속의, '성불구의 魚夫王'과 긴한 연관성이 있다고 이른다. 페레두르[*The Mabinogion*]의 '聖盃'는, 무슨 '잔'이나 '돌' 따위가 아니라, '잘린 남자의 머리통[5]이, 피에 범벅된 채, 커다란 접시 위에 올려진 것'이었다는 것을, 상기할 필요가 있다) 때에 다시, "그 머리통을 잘 잘 뫼실지어다, 그러면 그것이, 자네가 원하는 모든 좋은 것들을 주게 될 것이니라" 하는 소리가, 공중 어디서 들려왔기에, 그는 그것을 품어왔더라고 했다. 이런 '몸뚱이 없이도 산 머리통'들은, 호동의 경전들 속에서 눈을 빤닥이고 박혀 있는 '염원을 이뤄주는 돌'(Cinta mani 또는 Padma mani), 그리고 호서의 '성배'와 관계가 있는 것들일 것이어서, 하려면 자리를 옮겨 고쳐 앉고 해볼 얘기(拙篇 「無所有」 참조)로되, 흥미로운 것은 이 출산들도, '잠자는 공주'가 분만한 아이와 여섯 번째 발가락쯤이 닮았다는 그 점이다. (이러자 좌중에서, 뭣 하나가, 봉창에 주먹 찌르기로 불거져 이런다, 여 노망타구 悖說꾼입지, 대갈통이 닮았다면 혹간 몰라도, 한쪽에는 몸뚱아리가 없는 터에, 턱 쪼가리 밑에 발가락만 달았다는 소리여, 아니면 뭐여 말입지? 그러자 稗說 公 눈을 휩뜨고 이런다, 누가 저 잠에 들씌워 자며 낳은 공주의 자식이 발가락을 여섯 개 가졌더라고 이릅데? 어차피 없는 발의 가락이나, 어차피 없는 여분의 발가락을 서로 비겼다면, 그거 비긴 소리제 또 뭣 같여? 뭔가 닮기는 닮았는데도, 뭔지 아리숭해설람, 대갈통이 닮았다고 이를작시면, 처자 잠자다 낳은 새끼도, '친타-마니'나, '성배' 性을 갖는 것으로 여겨질 겨, 아닐 겨? 이런 까닭에, 公 같은 燥段阿(『古今笑叢』 41장, '좆 아나')가 말하면 古今笑叢이라거나 吠風月이라고 하고, 本語魔者가 그리하면, 法說이라거나 語論이라고 이르는 것을. 公은 대갈통이라고 뭘 달기는 달았으나, 거 말짱 좆짜배기여)

저 '어미 공주'는 그렇다고 하기로 하거니와, 패관이 정작으로 의도하고 시작한, 그 본디 얘기에로 돌아가기로 하여 말이지만, 그러면 그 모태에서 태어난(이제껏 곁길로 나가 마주친 '괴유정'들 말고) 혈육(血肉)에 관해선 무슨 얘기가 가능한가? (쯔츳, 이 자리에 당도한즉, 公들은, 취하지도 않은 채, 서낭당 귀신께 홀려, 참 멀리도 헤매다, 돌아왔음을 알게 되는구나, 왼통 생채기네! 츠츳, 딱해서 이를 어쩌남?) 일반적으론, '잠' 속에서 무엇이 깨어나거나, 태어난다면, 그것을 '꿈'이라고 이른다. (이를, 앞서는, '신종 판타지'라는 말로, 많은 말을 해온 것이지만) 이 '꿈'을 두고도 그러면, 궁금한 것이 없을 수는 없을 터. 하나는, (이런 얘기는 「욥記」에 있는데) '잠' 자체는 시랑토 안 하고 있는데, 무슨 꿈의 나나니벌이 그 속에 파고들어, 그것을 숙주로 삼아, 흙 속에 떨어진 보리 알이 싹을 틔우듯, 자라 날아오르는 것이 그것인지, (이것을 '골짜기[谷]에 神이 강림한다'거나, '요니[牝] 속에 하늘빛[玄]이 쐬어 든다'라고도 이르는 것일 것) 아니면, (이런 얘기는 천축 창조 신화의 '大饋論' 속에 있는데) 어떤 동력, 또는 폭발력이, 그 정(靜) 속에서 고압적으로 응어리졌다, 최극한 점에 다다라, 화산처럼 폭발하는 것이 그것인지, 또 아니면, (이런 얘기는 禪門에 있는데) 선란(禪卵)이 깨이기처럼, 안의 것이 난각을 깨뜨릴 준비가 되어 있을 때, 밖의 무엇이 그것을 쪼아 열어주어 나타나는 것이 그것인지, 하는 따위들이다. 패관은 그러나, 패관의 것이라고, 오장육부, 뇌 따위를, 평생

人皮라는 엷은 가죽 속에 쌓아 넣고 살아왔으나, 그것들에 관해 아무것도 모르듯이, 평생 '꿈꾸는 잠'을 자면서 살아왔으나, 그것에 대해서도 형편은 마찬가지다. (궁금한 이는, 莊子 公에게라도 물어보면 어떨까?) 하나 보태 할 말이 있다면, 그것이 어떤 의미를 지녔건 말았건, 한 번이라도 꿈을 꾸어본 자라면 그렇게 아는 바대로, 그것은 '헛것'[幻]이라는 그것인데, 이것은 (특히 『능가경』[楞伽經]을 기본으로 한 '마음의 우주'에서 존재나 사물, 우주를 이해하는, 그 견해와 같은 것일 게다. 그러면 '마음의 우주'에서는, 누가 자며, '우리를 꿈꾸느냐?'라고 묻게 되지만, 그러나 그런 물음은 당최 물을 일이 아니다. 그러면, 『프라나 파라미타經』을 기본으로 삼는 편에선, 그 '마음'까지도 있는 것이 아니라는즉슨, 묻는 자와 대답하는 자가, 엄연히 대좌하고 있음에도, 묻는 자가 대답하는 자의, 널팡한 소맷자락 속으로 사라져버리든, 양쪽이 다 실종해버리는 결과를 부를 테다. '꿈'인 채로라도, 뭐 조금이라도 남기고 싶거든, 그런 물음은 물을 일이 아니다, 제발이지 아니다!) 그래서, 공주의 잠에서 양수 터뜨리고 불거져 나온, 뜨끈뜨끈한 혈육 한 점도 '꿈'인가? '꿈'이라고 하면, 세계를 무섭게도 무화(無化)한다. (하기는, '마음의 우주[無門]'를 말하며 '無化'를 말하기는, 모순이며 誤謬이다. '無化'가 만약 '완벽한 消滅'의 뜻을 갖는 것이라면 그러하다는 얘기다. '色不異空 空卽是色'이라는 無極大道에 좇아, '不生不滅'이라는 法이 說해지거늘, 그렇다면 거기 어디에 '無化·消滅' 따위의 개념이 끼어들 자리가 있겠는가. 붓다가, 가장 경멸하여 매도하는 것이 '웃췌다-달쉬나'[ucheda-darshina, Nihilism]가 아니더냐? '輪廻論' 쪽에서는, 그리고도 그것은 더할 테다. 그럼에도 불구하고, 누가 만약 '無門' 쪽의 '解脫'을 빛 아래 내보이며, 그것의 그늘 쪽에는 '消滅'이 무저갱을 열고 있다고 한다면, — 그것은 오류이다. 마는, '꿂'論이라는 '通宗教的' 이해 위에서만은 저런 지적도 가능한 것일 것인데, '無門'에 처한 정신이라도, 투박하게 말해, 어떤 椿事에 의해 떨어져 내리면, '門' 속에 들거나 벗어나는 결과를 초래하게 될 것이어서, 거기 어디 '소멸'이 자리 잡아 있음을 보게 되기의 까닭이다. '無門'의 요가[禪]의 질료가 '마음'이겠거니와, 이 '마음'이란 노상 실성거리는 데다, 멍에[yoke-yoga]를 참지 못하는 것이어서, 말한 바의 '춘사'란—있는 것은 결코 아니라는 것이 稗見이지만, 通話는 通話의 수단을 요하는 것이 아니냐? —노상 일어나게 마련인 것) 아니라고 하면, 세계를 무섭게도 고해화(苦海化)한다. 이 중간에 '뿔'을 단 '개구리'가 폴짝 뛰어오르는데, 이 뿔은 아마도 연금술사들이 붙여준 것일 게다. '개구리'란, 주지하는 바와 같이, '중간원소'(中間元素)라거나, '과도적 존재'라고 이르는 것—. 이런즉 그렇다면, 패관은, 저 잠자는 공주가 분만한 것은, 다른 무엇도 말고, '개구리' 한 마리였다는, 그 얘기를 하고 있는 중인가? 그렇거니. 모든 중간적 존재는 그럼으로 '개구리'이다. 까닭에, 덩치는 엄버무레 큰 데다, 도대체 제 코에 닿아 있는 현실에의 인식이란 눈곱만큼도 없어, 허황하게만 여겨지는, 꿈만 디립다 꿔대고, 농번기에도 일손을 거들기는커녕 아랫목에 자빠져 있는, 어느 집에나 대개 한 개씩은 있는, '바보, 멍청이'들이, '개구리'라는 동화적 비유나 상징을 입는다. 이것의 몸에 덮인, '비유나 상징'의 꺼풀[膜/皮]을 벗기에 의해 그것은, 실제적 어떤 하나의 존재로서 결정된다. 이 '꺼풀 벗기/벗기기'에 초점을 맞춰 되어진 얘기(스칸디나비아의 민담 「구렁이 왕자」 참조)도 있는데, 이 민담에 나타난 왕자는, '개구리' 대신 '구렁이'로 되어 있으나, '개구리'의 성적(性的), 동화적 변용은 필시 저러할 것인 것쯤은 쉽게 짚여지는 것. 이 구렁이의 껍질을 벗겨내기 위해, 영악한 공주-신부가 등장하는데, 그 마지막 한 꺼풀을 벗겨내는 장면은, 옹가년까지도 좇아 행하지 못할 만한 것이어서, 오래전에 가을 거두기 끝낸 늙은네까지도, 아닌 훈풍에 언 발이 호꼰해짐을 느끼게 된다. 패관은 그리해설라무네, 이 누무 '개구리'가 어떻게 뛰는지 그것 좀 지켜보려 하거니와, 앞으로 풀쩍 뛰면, '짐승의 뒤꿈치'를 벗을 것이며, 뒤로 뛰면, 그 獸皮 속으로 풀썩 떨어져 내림에 분명하다. 허으 여기, '뒤꿈치'는, 삘그런 '근'(根)이기뿐만 아니라, '모태'(母胎)이기도 하다는 비밀이, 살콤 밝혀져 보이누나. 뒤꿈치가 모태라 말이심. 미륵님이든, 예수님이든, 서낭님이든, 께 가호를 비는 바이다.

선재(善哉) 선재 선재

運命의 記號 2, 개구리 왕자

어느 나라에, 달님보다, 아름다운 공주가 하나 있었더랬는데, 어느 날 이 공주가, 우물가에서 공놀이를 하다, 공이 우물에 빠져 징징거리자, 그 공을 두고시나, 사람의 말로써 수작하고 나서는 개구리가 한 마리 나타난 데서부터 얘기는 시작된다. 설왕설래…… (누구에게나 익히 알려진 얘기)…… 그 공을 건져주는 조건이었든, 품삯이었든, 장난이었든, 운명이었든, 무엇이었든, 하는 수 없이 공주는 저 피 차운 놈을 자기의 침실로 데려다…… 여차여차…… 결국엔 저 '물이 못 나게 졸라대는' 녀석께 입맞춤까지 해주기에 이르렀다고 했다. 엑시(엇, 공주가 한기 탓에 재채기하는 소리였으께나?)! 얼굴을 붉히고, 찡그리고 쨍그리고, 눈을 감고 공주가 입술을 뾰족하게 내밀자, 놈의 젖어 차고, 미끄덩거리는 주둥이가, 저 뾰족한 것에 딱 달라붙어 버린다. 떼어낼 수가 없다. 헌데 순간, 이상스레, 공주의 입술에 불 같은 열기가 펴 오른다, 엑키! 놀란 공주가 눈을 떠보니, 개구리는 온데간데없고, 에케케, 대신 해님보다 영준하게 생긴 왕자가 하나 나타났더라 했다. 호, 호호, 호모(Homo)! 엑시 호모!

稗說: 「개구리와 결혼한 왕자」 따위, 다른 민담엔, '머슴애 개구리' 대신, '계집애 개구리'가, 영준한 사람의 왕자와 결혼하기로써, 개구리 껍질을 벗는 것으로 되어 있는데, 이쪽 편이 분명히, (근래, 명민하고 영악한 공주들이 비하해 이르는) '남근주의'라는 것에 더 많이 기(氣)를 실어주고 있음은 분명하다, 라고 말하는 것은, 남성의 정수(精水)라는 화액(火液)에, '개구리' 껍질로 비유되는, 계집아이의 쑥더분함이 태움, 또는 녹힘 받는 얘기일 것인데, 대개의 민담이, 이런 식의, '남성상위'(男性上位)를 기본으로 하고, 늙은 옌네들로 하여금 조랑거리게 하고 있음에도, 사실상 그런 '정상위'(正常位)에 관한 얘기란, 듣고 웃으며, 치모(恥毛)나 한번 쓱 쓸어내려 볼 만한 것보다 더 되는 것은 아니렸는다. 해서나 패관은 시방, '여성상위'라는 맷돌 음사(淫事) 얘기로시나, 대개는 알고 있는 헌 얘기에 끈 달고, 먼지 털어, 팔아, 독한 소주나 한잔 마셔볼까 하고시나, 입수거리에 침 발라 놓고시나, 이러고시나 있는 중이러람. 바로 여기 선보인 얘기 속엔, 요정들의 주술에도 비교될, 공주의 '불의 입맞춤'이 있어, 그것이, 방사(房事)는 남성상위로만 운영되어져 오는 것으로만 알았던 본 촌로(村老)를 흠칫 놀라게 한 것이거니. 이 방사 운영되어지는 것을 엿보건대, 앞서 얘기된 '잠자는 공주'의 개작 편(에는, 어떤 나라의 영준한 왕자의 입맞춤을 받자마자, 공주가, 들씌워진 잠의 주술을 끊게 되었다고 하고 있지 않더냐?)의 사건과 정반대의 현상이 벌어지고 있어, 패관으로 하여금, 여러 번씩이나 (앞서 말한 바 있는 그) 수염을 쓸어내리게 한다. 그럴 것이, 앞서도 그런 투의 얘기를 했지만, 일반적 기존적 관념을 지배해오기는, '불의 입맞춤'을 하는 능동태는, '왕자' 쪽이 취하는 것으로 되어 있는데, 이 경우는, (최소한 둬 번째 도지기에나 이르러서야, 요런 소리가 나오게 되어 있는 걸로 알거니와, '물이 못 나게 졸라대기'는 어느 쪽이 했든, 그 결과에 주목하기로 하면) 바로 그 왕자가 수동역(受動役)이며, 공주가 능동태라는 기선을 제하고 있기의 까닭이다. 사실 '여성과 더불은 '수동'(受動)이냐 '수용'(受容)이냐의 문제는, 주독쟁이라면부터 독주 한잔 마시고, 아니라면 술잔 들기 전에 바라보아야 할 것이기는 하다. '수동'에 관해서야 더 축낼 눈썹도 없겠으나, '수용'이라는 문제는, 그것이 사실상, 능동태, 노상기선을 취해 있는 것처럼 알려져 온 '남성'을 수동태화하는 이상한 둔갑력을 갖는 것이어서, 이 점(수용)에 있어, 팩 줄여 말하면, 태초부터 한 번도 남근주의가 제대로 개가를 부른 적이 없었다는 말까지도 하게 된다. 아으, 항거치 못하고, 저 정 있는 가랑이(friendship of her thighs) 속으로 미끄러져 드는 놈(Gnome)들을 보아람, 보아라 말이람! 누가 기선을 제해, 이 만재한 배를 저어가느냐! 건너뛰고 말하면, (앞에서도 언급된 바 있는) '개구리'로 비유되었거나 상징을 입은, 얼간이, 멍청이, 한낮에 별 따는 놈, 용두질도 모르며 배 깔고 아랫목에 누워 꿈만 디립다 꾸어쌓는 놈(말이 나왔으니 말이지, 이누미 용두질을 알았더면, 어디 있는지도 모를 먼 나라 공주에게 그리움을 바치는 대신, 우리 동네 사는 옹무니[玉門] 꽁무니에 대고 "조단아, 조단아!' 눈 까뒤집고 지랄 붙이지 않았겠는가. 이런 놈은 따위 짓을 모르는 것이 우리 동네에 덕을 끼치는 것이 되는데, 안 그랬다간 왼 동네가 떠

내려가고 말 터이니 그렇다), 한마디로 바보인 것들은, 영악하기 이를 데 없는, '톡 까진 계집아이'를 만나, '바보'라는 우멍거지를 벗기우고, 곱을 씻김 받기에 의해, 그 두루뭉술이의 살덩이에서, 이목구비를 차려내, 하나의 '사내'가 된다는 얘길 것이었다(「구렁이 왕자」 참조). 그렇다면, 여성은 같은 여성이라도, '어머니'는 사람 형상으로 사대[地水火風]를 뭉쳐내고, '여자'는, 그 형상에서 사내를 조립해내는 모양이었다. '흙에서 흙으로 몸 해 입었으므로, 태어났으되 태어나지 안 했다'고 이르는 아담은, 그리하여 드디어, 어미께 이어진 탯줄을 끊어, 하와를 통해 태어나는 것일 것이어서, 개구리가 그 껍질을 벗고 왕자가 되었다고 이르는 것일 게다. 그런 전신(轉身)을 가능케 한 역동력은, 공주의 입맞춤, 불의 입맞춤이었는데, 그 묘력을 무엇이라고 부를지 몰라 하다가, (우리들 말이지, 그것을) '사랑'이라고 이르기로 하자고 한 것이 그것 아니었는가? 몰러!—. 그 반대의 경우에 관해서는, 매우 옹색하게라도, 앞서 조금 살펴둔 것이 있으니, 반복지 않도록, (공들은) 귀를 가리는 것이 권유된다. 어쨌든, 알려진 바의 '프리마 마테리아'(Prima Materia)도, '헤르메스(Hermes, 陽)/아프로디테(Aphrodite, 陰)' 또는 '아담/하와'로 나뉘며, 둘의 결합의 결과를 '헤르마프로디테'(Hermaphrodite, 兩性同體)라는 바, 그것의 동화적, 또는 연금술적 이름이 '개구리'였음이 분명하다. 다른 설엔, 저 둘 사이에서 태어난 아들 헤르마프로디투스가, 살마키스(Salmacis)라는 샘에 목욕하다, 한 몸에 양성을 구비하게 되었다고도 이르는데, 패관 투의 몽상의 잡탕 솥에서, 뼈를 한 토막 건져 올리기로 한다면, 예화(例話) 속의 '개구리'가 풀썩 뛰쳐나온 저 우물이 바로 이 '살마키스'가 아닌가 하며, 그것이 또한 '자는 공주의 자궁'이 아니겠는가, 하는 그것이다. (좀 억지를 부리기로 하면, 저 공주가 갖고 놀았다는 '공'도, 여기 어디서 그 상징의 유사성이 짚여지는데, 그것은 '완성'이거나, '시작 이전', 즉 '궁창이 나뉘기 이전, 남자에의 경험이 없는 자궁'으로도 이해하려 들면 그렇다는 얘기다) 저것이, 패관이 목에 가래를 끓이며, 말하는 '所中'의 동화급 신화적 변용이라는 것인 것. 이 '우물' 속에서, 한 마리 '개구리'가 뛰어 올라와서는, 그 껍질을 벗기우고/벗고 '사람'이 되었는데, 아으 '사람'아, 이 사람아, 공(公)은 어디를 향해 그렇게도 바쁘게 달려가는고? 도류(道流) 가는 앞길에는 마다, 이정표가 있어, 갈 길을 가르쳐/가리켜주거나 보이기는 할 게다만—.

돌아오고싶은행려자는왼쪽길을가고돌아오고싶지않은행려자는오른쪽길을갈지니!

모든끝은그러나시작에물려있음을!

샨티(평화) 샨티 샨티

轉

運命의 記號 3, 금당나귀

[……] 루시우스(Lucius)는, 팜필레(Pamphile)라는 마녀가, 곽 속에 든 무슨 연고를, 벗은 몸에 문질러 바르고, 긴 주문을 읊조리며, 몸을 떨기와 함께 뒤틀어대자, 부엉이로 둔갑하는 것을 엿보게 되었더라 했다. 그 자신도 평소에, 그런 어떤 새, 특히 독수리 따위를 부러움으로 우러러보아 왔던 차라, 그 부엉이(도 나르는 소리를 내는가 몰라?)가 푸드등 날라나가 버린 뒤, 그도 벗은 뒤, 예의 저 연고를 맥질해댔더라 했다. 이 사내는 그러나 주문을 알 바가 없었으니 읊조릴 수가 없었을 것이었으되, 몸이 연고에 뒤덮였을 때 그도, 마녀의 흉내를 내어, 떨고 뒤틀어보았을 것이었겠다. 문제가 심상치 않게 되었기는, 허기야 일이 그렇게 되도록 이미 꼬여 있었을지도 모르긴 하지만, 이 사내가 철갑한 연고가, 마녀의 것과 달랐든, 아니면 읊조렸어야 되었을 주문을 생략해버려 그랬든, 아무튼 이 사내는, 원했던 독수리 따위, 그런 어떤 새가 된 대신, 엉뚱한 다른 모양새를 꾸며내기 시작했더라는 것이었다. 여사여사, (그 둔갑 전신이 어떤 과정, 어떤 식으로 이뤄졌더라는 얘기는, 패관이 빌리고 있는, 이 얘기의 원전에 소상히 기록되어 있으니, 팩 줄여버리고 결과만을 말하면) 그는, '당나귀'의 모양을 차려입었더라 했다. 그 꼬락서니는, 그 사내 당자에겐 어떠했겠는가? 그러나 그런 참담한 지경에서도, 그로 하여금 미소케 하며, 스스로를 위로케 하는 한 까닭이 있었더라 했는데, 근래 그는, 사귀고 있는

계집(의 이름은 포티스[Fotis]라 했다)과 침상엘 올랐다 하면, 웅덩이에 빠진 생쥐가 자기 꼴이라는 연상으로, 부끄러움에 겹친 왜소감에 맥 출 수가 없던 중이었더니, 허허 보아라 이누마, 자기 몫의 하초라는 것이 보아라 이누마, 보란 듯이 보아라 이누마, 말이지, 그 바꿔 입은 몸에 썩 걸맞거나, 석 자가웃은 더 남아돌게 이누마, 팽대해져 있어 이누마, 이누미 들길 가다 아차 잘못 엎어지기라도 했다가는, 땅 아래 깊은 데 잠든 용 여편네의 가랑이까지 찢어놓게 생겼거늘 이누마! 흐히, 히히히, 그로 인해 루시우스님 웃고, 흐뭇해했다 한다. 마는, 그는, 당나귀의 하초만 빼앗아 바꿔 단, '변강쇠 형님—루시우스'가 아니라, 그 하초에 사람을 몽땅 담보하고 나타난, '루시우스-당나귀'였다고 했는데, 이 전신의 시말을 지켜본 아플레우스는, 그를 일러 '금당나귀'라 했다 한다.

稗說: 빌린 얘기는, 루시우스 아플레우스의 전신부(轉身賦)『금당나귀』(R. Graves 英譯, *The Golden Ass*, Penguin Classics)에서, 그 '전신'이 이뤄지고 있는 부분만을 발췌한 것으로써, 아플레우스 앞에 부복하여 사죄를 빌어야겠지만, 까닭은, 그것도 갖다가시나 못됐게도스리, 패관식으로 거두절미한 데다, 보태 번안까지 한 죄인 것이다. 패관은, 아플레우스가 '루시우스'라는 한 특정한 남류(男流)의 전기를 쓴다며, 사실은, 일반적 남류들의 일상적 삶에 대한 어떤 종류의 '음모', 그리고 알고도 모르고도, 원해서도 않음에도, (삶의 과정이 그러해서인지도 모르되) 떨어져 들어 겪는 어떤 '위기'에 관해 얘기하고 있다고 읽었는데, 이런 견지에서, 이런 식으로 읽어도 괜찮다면, 저 전신부는 우화적(寓話的)이라고 이른대도 틀릴 성부르지는 않기도 하다. '음모'란, 산전수전 대개는 겪은 루시우스 나이 또래의 사내가, '한낮에 별을 따는' 나이 또래 모양, 사회적 제약이나 구속 따위로부터의 일탈이나 해방 따위를 꿈꿔, '독수리' 같은 유정을 선망한다는 것 같은 것을 두고 이른 말이며, '떨어져 들어 겪는 어떤 위기'란, 순전히 그 개인적, 육신적 어떤 부정적 욕망에 의해, '인간'까지를 벗어, 수피(獸皮) 속으로 떨어져 들기를 바라는 것을 두고 이른 말인데, 두 욕망은, 햇빛이 싫어 어두운 방으로 피신해 드는 사내가, 손에 촛불을 켜 들고 들기처럼, (앞으로 말하게 되겠지만) 어째선지 '루타'[相, 文字, 語]와 '아르타'[義] 사이에 엇물림이 있어 보인다. 그러하되, 환갑도 여러 해 전에 지내, 甲子 乙丑……을 새로 헤아리기를 몇 더 하고 있는, 패관 자신을 두고 보건대, 그런 '음모', 그런 '위기'란, 살기라는 고된 길의 모든 곳에 매복해 있을 뿐만 아니라 관 속에도 그것이 똬리 쳐 있는 것이나 아닌가 하는데, 말하는 바의 '음모'란, 사실로 그것이, 판켄드리야의 옆구리에다 날개를 돋궈내게 하는 독력(毒力), 동력(動力)인 것이기도 해서, 찬양밖에 바칠 것이 없는 것임으로, 더 언급하려 할 필요도 없겠으나, '위기', 또는 함정만은, 내 개좆부리만도 못할 남의 옘병이라고 건너다볼 수만은 없는 듯하다. 그것이, 아플레우스로 하여금, 『금당나귀』 얘기를 읊게 한 소이였을 것이다. 이 얘기는, 순서에 좇아 이해하면, 루시우스는 먼저 촛불을 켜 들고, 다음 어두운 지하실에 내려가, 그 미로를 헤맨다는 식으로 되어 있는데, 이따위 패관식 서투른 은유를 벗겨 치우기로 하면, 처음 그는, 자유와 무장애에의 판켄드리야만의 고상한 꿈을 꾸고 있는 듯했으나, 결과에서 보면, 그 꿈은 급선회 급하강하여, 판켄드리야를 아래쪽으로 뚫고 내려, 카투린드리야에서 팩 부득 쓰려진 것을 알게 된다. 넋의 의지가, 살의 욕망으로 바뀌어버린 것이다. 육신적 가능성 중의, 남류들이 꾸는 축축한 꿈의 한 실현으로써, 그것이 우화화를 겪자, 우람한 하초를 갖는 당나귀(에의 부러움과 그리움은, 반드시 남류들만의 것은 아닌 것이어서, 이웃의 여자 황제 하나가, 저 칙살맞은 놈의 배 밑에 깔려 죽었다는 史實도 있음인 것. 이를 두고 그럼에도, 저 여 황제의 채워지지 않은 음욕을 들어 흉보러 할 일은 아닌 듯하다. 힌두교 제식 중에는 '아쉬바메다'[Ashvamedha] 라는 이름의, 여왕과 수말 간의 성스러운 교접 행위가 있어 왔다는 것이 밝혀져 있으며, 또 켈트족 전설 속에도, 그해의 풍년을 기원하는 제사로써, 만백성이 주시하는 가운데, 왕이 암말과 교미하는 얘기가 전해지고 있거니. 물론, 어떤 행위가, 처음 상징화를 치렀다가, 다음 현자들의 사색을 통해 그 철학적 기반을 얻은 뒤, 종교적 의식으로 발전되어, 집단이 가담된 것과, 저 여 황제의 사적 행위는 같을 수는 없음도 사실이다. 마는, 원초적 욕망이라는 의미에 있어선, 별로 큰 다름이 짚여지지 않지 않잖느냐)로 변신했음을 짚어내게 된다. 아플레우스의, 저 찐쌀[眞肉] 을 이기고 반죽해낸 몽상은, 패관 같은, 별로 내세울 만한 것도,

지탱해줄 만한 것도 없어, '딱 오 분만 더 잤으면' 싶은 새벽에 일어나, 찬바람 가운데 웅숭그리고 일 나갔다가, (자기를) 삼류 인간쯤으로 하시하고 차별하는 동료와, 나 어린 상사 앞에 기죽어, 지극히 산문적(散文的) 하루를 힘들게 지내다, 풀 죽어 돌아와서는, 한술 뜨고 나니, 급기야 만 말마(末魔, Marman, Skt.)가 풀린다, 잠이 해일처럼 내습한다, 자동밥솥 시켜 밥 짓고, 자동세탁기 시켜 기저귀서껀 빨래 한 뒤 가지 하고, 자동청소기 시켜 쓰스레질 좀 해보다, 애 잘 때는 저도 반년씩이나 뒈져라 자거나, 이웃 아줌마 더불어, 요즘 거 부쩍 유행하기 시작했다는, 원래 청루용이던 것이 일반화한, 거 뭐라더라, 한철 병증치고는 거 꽤 수상스런 'Y담'이라던가, 뭐라는 것으로 깔깔대는 일 말고 이년아, 또 뭣을 하느냐, 하는 일 없이 피둥거리는 마누라가, 귓바퀴에 더운 숨을 끼얹으며, 복부에다 실부젝이 얹는 손도 송충이 같고 서리 맞은 철퇴 같다, 씨버럴, 일생이 걸리는 하루하루 살기가 이래서야 원, ……무지렁이를 위로해준다. 얘기가 나왔으니 말이지만, 볼프람(Wolfram)이던가, 말로리(Malory)던가, 아무튼 풍류깨나 아는 어떤 이가, 어떤 거인에 관해 얘기하며, 그가 어느 나라 공주를 하나 빼앗아 데려다 놓고, 저녁에 방사를 치렀는데, 아침에 사람들이 그 방을 들여다보니, 저 공주를 갖다가시나, 명치께까지 두 쪽으로 쪼개놓았더라는 소리를 해놓은 대목이 있어, 패관 따위 남류는, 혀는 혀대로 차댐시롱도, 속은 속대로 또, 증조부 때부터 쌓여온, 무슨 원한이나 울분까지도 싹 씻겨 빠져나가는, 후, 후후, 후련함으로시나, 여러 점잖은 이들 안전에서, 술도 안 먹은 뇌미 요궐(尿橛, 오줌 막대)을 꺼내 노궐(老厥)들의 발등에다 와달이 부려 오줌을 싸는, 배운 데 하나도 없어 싸가지 없는 놈을 향해서라도 너그러이 웃을 수도 있거늘. (헤헹이요, 이누미 어디 배운 데가 없어 그러는개 비요이? 노인장 하는 짓이, 참으로 별 볼 일 없다고 여기다 보니, 오줌배끼 더 갈겨주겄소이? 헛헛헛, 그래도 그렇지, 이 철 안 든 애사둔아, 자기의 인격을 똥으로 만들어 이겨 반죽하고 있는 처지에, 자기의 눈높이로 보아, 어르신 언동에 재 좀 묻었다고시나 그럴라치면, 애사둔입지, 그러는 자네를, 자네의 자식들이 보게 되었다고 해봅지, 그 느슥들은 그러면 그 애비를 두고 또 뭐라겠느냐? 무슨 볼일이 있어 뵈겠나? 어르신도 별 볼 일 없다 해도, 제 차릴 인격은 차리고 보아야, 기저귀도, 동정도 떼고, 사내가 되었다고 이르는 겨. 기개만은 좋되, 기저귀도 못 뗀 애들이 골목쟁이에 우 몰려, 어르신들마다 별 볼 일 없다고, 오줌 막대를 휘둘러대기로 하면, 그 동네 일이 어찌 될지 걱정스럽느니. 애비 에미가 무덤에 누웠거든, 거기 내려가서라도, 종아리 좀 더 맞고, 젖도 좀 더 먹구라. 제기랄! 孔子네서 상여 나갔다는 소리도 못 들어봤으께유! 쯔츳, 孔子는 무엇을 위해 초상집 개꼴로 六國을 배회했던고? 그 시절에도 세상은, 修身조차 제대로 되잖은 이들에 의해 다스려졌던 듯하구나) 쾌거, 쾌거! '용감한, 키 작은 재봉사' 얘기도, 이 쾌과(快科)에 속한, 거사거니와, 음식 찌꺼기에 몰려든 파리 놈들을, 파리채로 한번 탁 후려치고 나서, 이 사내 헤아려본즉, 일곱 마리나 죽었는지라, 그 당장에 갖다가시나 이 사내, 제 가슴팍에다 '一打七殺'이라고 크게 써 붙인 뒤, 호기로이 저잣거리를 통과해, 왕궁에까지 돌진했더라는 얘기다. 쾌거, 쾌거, 情情情, (稗官流들, 환호하고 손뼉 치는 소리러람) 물렀거라, 물러! 패관류의 '남근주의'란, 허, 허긴 그런 것이라고, (굽힌 부분을 펴서 말하면) 좆 대신 혀가 긴, 자가미남(自家美男)들의 여성 편력담이 저런 것이라고, 턱 밑에 수염 그린 여시나('여우+가시나', 여라 순, 패관탱이는 여시나 머꾸라!)들은 알고 있음에 분명하다. 이 자식아, '백설 공주'네를 보아라, 여름날 오후 토방에 펴 내질러 퍼드러지게 자는 꼽추 아무개네 여편네를 보아라, 일곱씩이나 되는 난쟁이에 꼽추들이, 파리 떼로 윙윙거리며, 아무리 곡괭이질을 해서 파내려 가보았자, 저 안댁네 살 속 깊이 맥(脈) 한 금은, 못 찾아낸다. 시랑토 안 한다. 허나, 아으, 우리네 루시우스 형님, 루시우스 만세!

그건 그러려니와, '속은 인간'인 것이, '겉은 당나귀'가 돼버린 루시우스는 그러면, 어느 쪽 운명의 짐을 짊어진 것인가? 그것이 첫째로 궁금해지는데, 그 얘기를 하자구시나 아플레우스가, 루시우스-당나귀의 편력담을 읊었을 것이기도 한즉, 그 일로는 패관이 나서서, 이쪽에는 삶은 돼지머리를 놨으며, 저쪽에는 밤 대신 도토리를 놨더라고, 중계(中繼)에 나설 필요는 없을 듯하다. 다음으로 궁금한 것은, 어떤 현자 하나가, 필시 무속(巫俗) 일속(一俗)을 관찰하다 생각난 김에 해버린 소리도 같은 소리가 기억나 떠오른 것인데, '어떤 초월력이 어떤 범부께 강림했다고 하면, 그 초월자가 범부에로 끌려 내려지는 것이 아니라, 그 범부가 들어 올려지는바, 이를 초인(超人)이라고 이를 것'이라는 소리가 있어 든 궁금증으로, 그렇다면, 이 특정한 당나귀는 '초당나귀'이기라도 했는가, 라는 것이다. 만약 '인간'이 '당나귀'보다 우월한 존재라면 그렇다는 얘기다. 이 경우의 '超무엇'은 '명사'(名詞)화하는 것이 관찰되어진다. 그러나, 다른 종류의 '초인론'을 제창한 이의 주장을, 조금 굽혀 이해하기로 하면, 당나귀 껍질을 벗으려 간단없는 노력을 바치는 저 당나귀는, 그런 노력조차 바치려 하잖는 다른 당나귀들에 비해 그런 의미에 있어 초당나귀가 아닌 것은 아니라도 (이 경우는, '超무엇'이 '動名詞'化하는 것이 관찰되어진다), 아플레우스 당자는 그러나, 이 루시우스-당나귀의 초월성에 관해서는, 단 한마디도 할애해본 바가 없으며, 그러면서도, 그 짐승이, 지극한 신앙처럼 품고 있는, 뜨거운 사랑, 이시스(Isis) 여신에 대한 종교적 열애랄, 사랑에 관해서는, 강조하여 말하고 있는데, 이로 보면 이 당나귀는, 인간의 영혼만은, 잃기는커녕 오히려 더 잘 가꾸고 있었다는 것, 그것을 알 수 있기는 하다. 그렇다는즉슨, 먼저 예 든, 저 현자의 '초인론'은, 사실로 잘 짚어낸 것이 분명한가, 하는 의문을 갖게도 한다. 그는, '巫'를 '超'와 혼동하고 있었던 것은 아니었는가 하는 의혹도 따라붙는다. '신이라도, 사대(四大)를 입으면, 입은 그 육신을 통해, 역경이나 난관을 극복해야 한다'는 것이, '人神 예배'를 해온 고장의 주장이거니와, 우리의 '금당나귀'의 편력이 또한 그것을 증명해 보이고 있던 것이다. 비록 말해, 어떤 초월력이 어떤 범부께 강림했으므로 하여, 그 범부가 초력성을 드러내기 시작했다 한다 해도, 이는 '루타'와 '아르타' 간의 부동(不同) 탓에, 아르타의 식민화와 루타의 피식민화의 현상이 관찰되어질 듯한데, 여기 어디에 필시, '비인 몸과 좀비(Zombi)'의 관계, 그 현상이 나타나 있어 뵌다.

'인간의 영혼을 잃지 안 했다'는, 그 한 매듭에, 수피 입은 루시우스의 마지막으로 거둔 승리가 있었음을, 아플레우스는 밝히고 있다. '이시스 여신'에 대한 그의 신앙에 관해서는 앞서 밝힌 바 있지만, 바로 이 여신에 대한 숭고한 '사랑'이, 루시우스-당나귀로부터, 앞서 얘기된 '개구리 왕자'(또는, 구렁이 왕자)께모양, 수피를 벗겨내고, 본디의 혼육을 되찾게 한, 그 화액(化液)이었을 것이었다. '영원히 여성적인 것이 우리를 들어 올린다'라는 복음은, 파우스트에 의해서 보다, 루시우스에 의해 전해졌더면, 마지막까지도 메피스토펠레스에 대적하여 파우스트 편에 섰던 우리로 하여금, 그 마지막 판에 이르러, 메피스토펠레스의 낙백에 가담하지 안 했어도 좋았을 것이었다. 우리는, 우리들 파우스트의 빈소 차려 문상객들을 받는 중에, 어디서 불쑥 내려온 검센 손에 시체를 도난당해버린다. 뚱딴지같은 뜬금없는 일이, 뜬 눈들이 시퍼렇게 보는 앞에서 일어난다.

그것도 그러려니와, 무엇보다도 패관께 큰 흥밋거리가 되고 있는 것은, '루시우스-당나귀', 그 틀린 루타, 틀린 아르타를 이해키 위해, '기호(記號)/의미(意味)' 또는, '체(體)/용(用)' 따위라는 투의 불가분의 관계로서 이해하거나 풀이하려 해서는, 실다움의 포착에, 많은 혼란이 야기될 수도 있다는 그 점이다. 『랑카바타라 수트라』(楞伽經)에 의하면, '루타에 의존해 아르타를 파악하려 해서는, 실다움의 이해를 그르칠 수가 있다'라고 설법되어져 있는데, 이 『랑카바타라』야말로, 중원선(中原禪)과 아주 밀접한 관계가 있다는 것은, 알려진 바대로인 것. 이에 준해서 아마도, '무언의 설법' 따위, '루타'를 아예 배제하거나, 파괴해버리는 언어, 언어 이전의 언어, 또는 언어 이후의 언어로 설하고, 경청하는 그 문(門) 투의 수상한 법설이 시작되었던 듯한데, ('필요'는 얼굴이 없어, 했던 소리를 반복해대면서도, 붉히는 법이 없더라) 그런 법설은 그래서, '모든 것'을 다 아울러 의미하거나, '아무것'도 의미하는 것이 없는 것인지도, 그 문밖에서 얼씬거리는 자로서는 헤아릴 길이 없으되, 동문의 아손들끼리는 알고 있음에 분명하다. '모든 것/아무것도 아닌 것'이야말로, 허긴 '無極大道'의 진연(眞然)의 모습/모습 아님, 일 테다. (쩝—패관이 입맛 다시는 소리러람—. 요즘 항간에, 요런 말이 떠돌고 있던데, '내가 하면 로맨스고, 네가 하면 불륜이다', 커, 콱 뚫은 소리! '삿대질'도 그러해서, 중들이 하면, 설법이고, 패관 나부렁이 속물이 하면, 거 뭐라더라? 尿橛[요궐] 휘두르기라던가? 뭐라던데, 이런, 이런, 늙은탱이 정신하고는? 그래도 말로는 그런다, 이런 서투른 얘기꾼 老橛이라도 없으면, 저녁 화롯가에 모여 앉은 아해들이, 익은 얘기의 감자를 굶게 되어, 배곯고 잔다고, 그러니 건강하게 오래 삶시롱, 재밌는 얘기 많이 들려달라고 말로는 그런다. 해도, 불은 훈훈하게 피워져 있어도, 화룻가에 얹힌 귀는 한 개도 없는데, 듣기로는 그런다, 어떤 놈은 쇠똥도 못 벗은 게, 골목길 깽판질이나, 연애질에 나섰다고 하고, 어떤 놈은, 무슨 幻 비춰내는 마녀네 거울에 얼굴을 빠뜨려 건져내지를 못해, 망우수 열매 먹은 놈모양, 입을 헤벌린 채 자신까지도 몽땅 잊어 돼지가 돼버렸다고 하며, 또 어떤 것들은, 요새 새로 출몰하기 시작했다는, 幻 만드는 僞邪道네 잡혀, 눈알부터 시작해 바위가 되어가고 있는 까닭이라고 그런다. 이런즉, 늙다리 얘기꾼도, 고향 돌아가 쉴 때도, 어지간히 돼가는 겨, 쉴 때도 돼가는 겨. 그때 당하면, 어찌 江南의 風月만 한가해질 일이겠냐[江南風月閑多年], 本 語魔者의 악취에 코 막고, 흉악한 몰골에 눈 가린 데다, 동네 흘레개 짖는 듯한 소리 탓에 귀도 덮었던, 저쪽 들 끝 숨어 핀 들꽃 한 송이마저도, 또한 한시름 놓겠거니, 쉴 때가 되면 쉬얀 겨, 쉬얀 겨, 피곤하기도 하거든, 뒤돌아보면, 우주를 몇 바퀴씩이나 걸어 돌았거든—)

'개구리 왕자'도, 그 껍질을 벗기 전까지는 물론 그러했겠지만, '금당나귀' 얘기는, 어느 한쪽은 옳은데 다른 쪽이 틀린 것이, 또는 이쪽도 틀리고 저쪽도 틀린 것이, 기이한 '인연'에 의해, 서로 제휴, 접착, 연계, 합방해 있어, '루타/아르타' 간의, 즉슨, 두 다른 운명 간의 불화해, 모순, 갈등 따위를 살펴보기에, 참으로 좋은 예던 것이다. '개구리 왕자'와 '금당나귀' 얘기는, 어디를 머리를 하고, 어디를 그 꼬리로 삼았는가의 다름은 있으되, 같은 얘기인 것이, 그 '루타'만을 달리해 입었음인 것. 하나는 그래서, 아동용 동화며, 다른 하나는, 성인용 우화가 되었을 법하다. 湖東의 그것을, (특히 *The Laṅkāvatāra Sūtra*) '심론'(心論)이라고도 (할 수 있다면), 그리고 湖西의 그것은 '심리학'(心理學)이라고 이르는 측면에선, 사실 팔만사천 유정 중에서도 판켄드리야는, 저렇게 서로 '짝 맞지 않은 안/밖'을 구비해 있어, 하나도 제대로 된 게 없는 것으로, 패관은 건너다보아 오고 있는 중이다. '루타'만은 '인간'인데, 그 '아르타'는 무엇인지, 그것은, 심리학을 궁구하는 이들이 잘 분석해내고 있는 듯하거니와, '인간'은 그래서 그 자체가 하나의 '우주, 소우주', 또는 '육도(六道)를 싸안은 존재'라고, 심론자들이 정의해낸다. 그래서 보면, 심론자들은, 저 소우주의 총론(總論)을 쓰고, 심리학자들은 각론(各論)을 쓰는 게 분명하다. 그럴 것이 하기야,

판켄드리야를 성취했다는 신수(神獸)라는 유정[人]은, 그 작은 체구[間] 속에, 니고다로부터 판켄드리야에 이르른, 그 헤아릴 수도 없는 세월과 험로, 그리고 그 체험들이 하나도 잃지 않고, 고스란히, 뼛속 나이테에 간직하고 있을 것이어서, 그것에 연유했을 것으로, 심론자들은, '여래태'(如來胎, Tathagatha Garbha) 또는 '장식'(藏識, Ālayavijnāna)을 설하고, 심리학자는 '집단 무의식'을 제창했을 듯하다. (억지 쓰기라고 비방 받게 될 것을 훤히 알면서도 이런 소리지만) 이 '집단 무의식'을 제창했다는 이는, 그 의견을, 연금술사들의 '프리마 마테리아'에서 추출해냈다고, 두고두고 강조하는 듯하지만, 불손한 패견(稗見)에는, 그에게 그 의견의 맹아가 언제 눈 텃든, 그것은, 『랑카바타라』, 특히 D. T. 스즈키의 『랑카바타라 해설서』를 접하고 난 뒤, 그 확고한 신념을 갖게 되었을 것이라는 것이다. 모든 걸 싹싹 지우고 '마음'만 남기는, 『랑카바타라』의 '如來胎' 또는 '藏識'은, 심리학자적 안목에는 분명히 '集團無意識' 그 자체를 가리키는 것으로 보였음은, 의심의 여지가 없다. (패관은 지금, 남이 먹다 남은, 지혜의 밥그릇을 핥고 있는지도 모르겠으나, 瞎榜稗官께 그보다 더 기대할 수도 없을 테다. 이하에 발췌 인용한 구절은, 『랑카바타라』에 있는 것인데, 이것은 산스크리트가 漢譯된 것을, D. T. 스즈키가, 물론 산스크리트와 대조했다 해도, 그 漢譯本을 다시 英譯한 것이어서, 이미 몇 번의 重譯을 겪었는데, 그것을 다시, 다른 方言들에 백치인 패관이, 國譯을 한다고 하면, 여러 차례의 '반역'이 될 것이어서, 패관이 교본 삼은 것에 있는 그대로를 빌려둔다. 原本에 가장 가까운 것은 역시 漢譯이겠으나, 「天字文」부터 배웠어야 할 나이에, 패관은, 杜甫를 좋아했던 늙은네 무릎에 누워, 자장가로 「杜甫詩」를 들었으니, 주춧돌도 기둥도 없는 데다 지붕을 올린 형국이라, 깔려 병신 되고 말았다. 두보를 듣다가, 「天字文」 배우겠냐? 기본부터 안 배우면, '眞書' 못 읽는다)

'[……] that this triple world is nothing but Mind itself, devoid of an ego and its belongings, with no strivings, no comings-and-goings; that this triple world is manifested and imagined as real, under the influence of habit-energy(習氣) accumulated since beginningless time by [……]'(『랑카바타라』 2장 30) 바로 이 '마음'이 '여래태', 또는 '장식'인 것. 그것을 다 깨우치기에서 (분명히 十官

有情이 나타날 것!) 해탈이 성취된다고 이르고, 인하여, 이 '여래태가 니르바나이다'라고도 한다. 재미있는 것은, 어디서 듣자니, 예의 저 심리학을 궁구하는 이가, 한 심론꾼을 만나 물어 가로되, "니르바나란 집단 무의식이 아니겠는가?"라자, "그 너머인 것을"이라고 대답했다는, (별로 답지도 않은) 선문답이다. 이를 두고, 양자의 깨달음의 우열을 가리려는 이들이 있었을 법도 하되, 패견엔, 그건 그런 것이 아니어 보인다. 묻던 자는, 『랑카바타라』에 밝았고, 대답했던 자는, 『프라나파라미타』(사십여 종의, 대승불교의 경전을 통틀어, *Prajñāpāramitā Sūtra*라고 이른다고 들었다) 문(門)에 속했던 모양이었다. 만약 그래도 우열을 가려보아야만 속이 풀릴 일이라면, 그 판정으로써 패관은, 한쪽 짚신을 벗어 머리에 얹고, 한쪽 짚신을 구유배 삼아 강 건너버리고 말테다. 저 둘은 장님까지는 아니라도, 사팔뜨기들이어서, 한 코끼리의 상체나, 하체, 반씩만 보았음에 의해, 한쪽에선, 묻지 말았어야 할 것을 물었으며, 다른 쪽에선, 대답하지 말았어야 할 것을 대답한 것이다. 그리고서 한쪽에선, 저런 무식한 촌로와 더불어 무슨 할 얘기가 더 있겠는가, 입 다물고 눈썹 자리를 쓸었을 것이며, 다른 쪽에선, 나름대로는 일가견을 이뤘다는, 저 지식의 맹견 조련사는, 지식으로 사육한 독구(毒狗)로써, 지혜의 코끼리를 사냥하려 하되, 어디 그 이빨로 그 가죽이 뚫리겠는가, 하고 수염을 쓸어내렸을 것이었다. 양자 공히 눈썹을 잃어, 비 맞은 문둥이 꼴이었을 테다. 유심론(唯心論, Cittamātra)을 주제로 삼은, 『랑카바타라』 門의 신수(申秀)와, 공론(空論, Sunyata)을 그것으로 한 『바즈라취췌디카』(*Vajrachchedika*, 금강경) 문(門)의 혜능(慧能)의 경우도, 그와 비슷했을 것이었다. 달마보디[一祖]가, '중원에는, 이것 말고 봉독해볼 만한 다른 경전이 없다'며, 혜가(慧可, 二祖)께 전수한 경전이 『랑카바타라』였다는, 선담(禪譚)인지 선사(禪史)인지를 좇으면, 신수야말로 선가 정통을 이은 이가 분명한데, 특히 그것이 전수되었다는, 그 경전 쪽에서 새로 고려해본다면, 신수의 '게송'(偈頌)이야말로, 선(禪—요가)의 정곡을 적확하게 찌르고 있음을 알게 되고, 혜능의 그것은, 정곡을 벗어나 '空'을 꿰고, 조선까지나 비켜났음을 짚어내게 한다. 그런즉슨 혜능은 틀린 것이었는가? 이눔 행자여, 돌팍에 올려놓고, 네눔의 자지를 찍어라! '오답'과 '정답'을 운위하는 패관이야말로, 과녁을 쏜다고 쏘며, 제 하초를 꿰고 있음일라. 그럼에도, 혜능이 선가의 대를 이어 '육조'(六祖)가 되었음은, 혜능의 깨달음이 신수의 그것보다 우월했다는 그 증명이 아니겠느냐, 는 얼핏 씨먹히는 주장도 할 수 있을 듯하다. 마는, 패견엔, 양자 사이에 우열은 없으며, 다만 입지(立地)와 과녁이 달랐을 뿐이었던 듯하다. (여기 '七祖'가 임재할 까닭이 있다) 우열을 가늠해야 한다면, 두 지혜를 젖 먹인, 경전들 속의 법을 두고 그래야 할 성부르되, 두 경전 공히, 한 깨달은 이의, 같은 한입으로 설해졌다고 하면, 더 할 말도 없게 된다. 『랑카바타라』는, 대단히 난해한 법경이라고 이르는데, 이는—패관이 앞서, 독단을 무릅쓰고, '各論的 심리학'과, '總論的 심리학'이라는 가정(假定)하에, 후자를 '心論'이라고 칭했었거니와—바로 이 '총론적 심리학'이 돼서 그러는지 모르겠다는, 작은 잡견(雜見)이 있다. '집단 무의식'을 제창한, 예의 저 호서 현자의 한 지혜를, 기억나는 대로 빌린다면, '동양인은 마음(Mind)은 알아도 심리(Psyche)는 잘 모르며, 반대로, 서구인은 심리는 알아도 마음은 잘 모른다'고 하는데, 까닭에 湖東 禪門의 아손들께는 『랑카바타라』보다는, 『프라나파라미타』 쪽이 용이했었을 수도 있었으므로, 선문의 아손들이, 이쪽으로 경사했을 수도 있었을 것이었다(는 견해도 있다). 이런 것이 살펴진다면, 같은 한 선각자의, 같은 한입으로 설해진, 두 국면의 법을 두고, 달리 의문하거나 분가(分家)라도 해야 할 이유는 없어 보인다.

『古今笑叢』「癡郎失穴」 편에, '진경이야 마땅히 산을 마주하고서야 얻어질 것을, 산등에서 찾느라 헛수고를 다했구나'라는 얘기가 있는데, 이는, 조선식 바보 올챙이 놈이, 첫날밤에 당해, 공주의 혈(穴)을 찾겠다고, 공주의 등짝만 더듬다 실혈(失穴)하고, 삐쳐 돌아가 버리자, 신부가 자기의 부모께, 밤 지낸 시 말을 시 귀로 써 보인 그것인데, 이 얼마나 영악한 처자였는가. 패관 또한 저 '치랑'과 다를 바 없음을, 어쩐다고 진혈(眞穴)을 놔두고, 어만 데를 호부작이느라, 번로(煩勞)런가? '루타/아르타'의 이빨 맞지 않음, 을 말하기 위해, '루시우스-당나귀' 얘기를 하다, 그 등에서 미끄러져 떨어져서는, 어만 데를 맴돌고 있거니—. 저 '치랑'께야 어떻든, 패관께는 그런데, 이 '어만 데 맴돌기'가 문제다. '치랑'이야 그걸 어떻게 알겠는가, 마는, 패관께는 이 '어만 데'가 다시 또 ‘穴’로 보이는데, 그것이 패관께는 문제라 말이심. 한쪽에서 ‘穴’을 잃고 돌아서자, 마자 다른 ‘穴’에 들어져 있는 것이다. 여기 어디서, ‘루타’와 ‘아르타’의 어긋남이 시작되어 보인다. 이런 의미에선, (저 ‘치랑’은, 나중에 하게 되는 得穴로 인하여, 그 穴 속에 폭 빠져 지내게 되었더라고 하니, 제 놈이야 썩든 석섬으로 불어나든 내버려 둘 일이지만) 모태에서 불거져 나온 이라면, 그 자체가 失穴인 것. 문제는 그런데, 그렇게 失穴을 했으면, 자기를 불거낸, 악취와 어둠으로 꽉 찼던, 그 흉측한 穴에 대고 눈 흘기고, 돌아서 팔 벌려 꼬끼요—해방 노래나 불렀으면 좋은데, 글쎄 그것이 아니라는 데 문제가 있다는 것이다. 패관이 좀 전에 말씸디렸더냐, 안 디렸더냐, 살펴보니 글쎄, 다시 다른 穴에 들어져 있더라고 말씸이야, 말씸히어 디렸더냐 안 디렸더냐? 그것이 『주검의 책』(바르도 퇴돌) 속의 풍경인 것을. 이승 또한 바르도인데, 逆바르도이다. 이제부터, 집 없이 헤매는 객(客)의 눈에서는 불똥이 튀고, 숨은 가쁜 데다, 내뛰는 다리에서는 쥐가 내려 죽겠어서, 어디 불이 뻰하게 켜진 데가 있으면, 내달려 들었으면 싶을 터, 나중에야 꿀꿀거리든, 음메거리든, 짹짹거리든, 그건 그때 문제가 아니겠는가, 현재로서는, 다급하기만 생조시나게 다급한, 회피할 수 없는 처지에서, 어떻게 빼쳐 도망쳤으면 싶은 마음만 간절할 뿐인데, 전후좌우, 위아래, 어디라 없이, 나찰들 칼춤 추고, 벼락 치고, 불비 흩뿌리고, 천둥지둥 별 지랄 육갑 다 떨고 있다, 이런 와중에도 얼핏 보니, 땅 아래에도 팔만사천, 물속에도 팔만사천, 땅 위에도 팔만사천, 하늘에도 팔만사천 종(種) 아버지−어머니들이 배 붙이고 있는 것이 보이는데, 그중에서도 특히나 어떤 穴 하나가, 불을 뻰하게 켜 내걸고 있는 것이 눈여겨진다. 이러다 ‘아르타’가, 잘못된, 확 틀린, ‘루타’를 입는 것이겠거늘. 까닭에, 갔던 길 되돌아온 행려자치고서는, 누구 하나도, ‘아르타/루타’를 제대로 갖춰 있는 자는 없다고 단언해도 과언은 아닐 터. 개구리며, 당나귀며, 야호 따위들이 인두겁을 쓰고 벅적대는, 인세의 장통은 지랄 맞아 어지럽구나. 하어지러워 앓음답구나, 아름답구나!

자야(승리) 자야 자야

結

運命의 記號 4, 아킬레스

제우스가 한때, 늙은 해신(海神)의 딸 테티스(Thetis)와 사랑에 빠진 일이 있었다는데, 예언이 있기를, 그네에게서 자기보다 더 강력한 자식이 태어날 것이라고 하여, 제우스는 그네를 펠레우스 왕과 짝지어 주어버렸더라 했다. 이 필멸의 남자와, 불멸의 여신 간의 결합에서 태어난 아들이 아킬레스(Achilles)였는데, 그가 바로 트로이전쟁을 승리로 이끌었던 영웅. 그럼에도 그는, 그 전쟁을 일으킨 장본인 파리스가 쏜 화살에, 하필이면 뒤꿈치를 맞고, 그로 인해 죽게 되었더라고 했다.

아킬레스의 이 '뒤꿈치'에 관해서도, 전해진 얘기가 없을 수는 없을 것이었는데, 일설엔, 그의 어머니 테티스 여신이, 아들을 불사불멸의 영웅으로 만들기 위해, 그가 유아였을 때, 저승을 흐르는 강 스틱스에 잠갔다 올렸다 하여, 애에게 입혀져 있던, 숙명적 필멸을 녹혀냈더라고 했으나, 문제는, 어미가 손에 쥐었던 부분, 즉 아이의 발목이 젖지를 않은 채 남겨져 있었던 데 있었더라 했다. '운명'은 신들보다도 강력한 것이었거나, 신들이라도 그것을 교란해서는 안 되었던 것이었는지도 모를 일이다.

稗說: 앞서 어디서 패관이, '뒤꿈치와 모태' 말씀을 디렸더냐, 안 디렸더냐? 몸으로 장수 불사하려면 아예 여자의 자궁을 통과치 말았어야지, 공은 물을 건너려 말았어야지! 이 자리에서 또 말하면, 이게 천한 번째 되는 소리지만,

* 『금당나귀』 속에는, 말한 것들 말고도, 다른 중요한 '암호'가 하나 더 있는데, 그것은 저 당나귀가 '장미꽃'을 한번 먹기만으로 당나귀 껍질을 벗게 되어 있다는 그것이거니와, 이 '장미'라는 암호의 풀이는, 패관의 拙著 『七祖語論 3』「춤추는 열두 공주」 얘기 속에서 충분히 해뒀다고 믿어, 함구키로 했다.

그리고 앞으로도 기회가 주어질 때마다 만 번쯤 더 입에 거품을 물려 하겠지만, 자칭 진화론자 본 패관이, 시도 때도 없이 지치도록 강조해 밝혔던 것이 이것이지만, 판켄드리야라는 진화의 정점에 오른 유정은, 이제부터는 물리적 육신적인 것으로부터, 비물리적 정신적인 데로 진화의 진로를 터 나가거나, 아니면 카투린드리야, 그리고 그 이전의 상태로 되추락하는, 그 기로에 선 법은에 찼거나, 위험한 존재라고 해왔거니와, 이런 견지에서 살피면, '뒤꿈치'를 제외한, 육신의 모든 다른 부분은 불멸을 성취했다던 '아킬레스'는, 모든 판켄드리야를 의신화화(擬神話化)했을 때 나타난, 한 전형(典型)으로 보인다. 이제, 판켄드리야, 즉 인간이라는 유정은, '뒤꿈치'에 덮여 남겨져 있는, 그 수피(獸皮) 한 조각만 벗겨내면, 불사불멸을 이룰 단계에 와 있다는 얘긴데, 그럼에도 인류가 판켄드리야를 달성한 그 역사, 그 족적을, 시원까지 소급해본다면, 그것 한 조각 벗기는 결코 쉽지 않은/않을 듯하다. 인류가 발 딛거나, 등 대 의지하는 땅의 나이로 따진다면, 그실 그렇게나 긴 세월이 흘렀다고 할 수는 없을지 모르되, 사람의 '평균수명'이라는 시척(時尺)으로 잰다면, 영겁에나 해당할 터인데, 그런 시간, 그런 (시간이 걸리는) 거리를 헤쳐왔으니, 지금쯤은, 그녀러 냄새나는 감발 한 조각 저절로 철철 녹아버렸을 때도 되었을 법한데도, 커녕은 더더욱 시퍼래져 있는 건 어째도 수상쩍다. 숙명이나 운명보다 더 질긴 건 없다고 이르는 소리도 있는데, 저것이 혹간 그것이라 그러하겠는가? 그런고로, 그것을 벗겨낼 방도란 전혀 없는 것인가? 패견에는 그러나, 판켄드리야까지 성공적으로 도달한 유정과 더불어서는, 그것을 아예 모른다면 다른 문제일 것이라도, 특히 이런 종류의 숙명이나 운명은, 판켄드리야 각자의 선택의 문제가 아닌가 하는데, 그렇지 않는다면, '진화론' 대신 '숙명론'이 거론되어져야 할 것일 것. 그렇기에 이 유정들은, 머리통을, 깜냥껏 위쪽에다 띄워 올려놓고, 떨어져 바닥에 부득 쓰러지지 말라고, 똥풍뎅이 뽄사로, 시시포스의 고역을 치르고 있는 것일 것. 사실은, 글쎄 말이지만, 이누무 '머리통' 탓에, 안 그랬으면 좋게 되었을 세상이, 왼통 두통이거니. 굶거나, 죄이는 성기하고, 뭐든 잘 삭히는 위장만 갖고, 머리통은 반쯤만 떨구고 지내기로 한다면, 때로 좀 가렵고, 무거워 거추장스러울 때도 없는 건 아니지만, 살이란 끔찍하게도 좋은 것인 것—계집의 아름다움은 어디서 비롯하는 것이더냐, 금의홍포의 귀중함은 또 무엇에 연유해서이드냐, 피곤에 찌들어 똑 죽겠는 밤중에, 깨어 젖 보채 우는 아기들 울음소리가, 사실은 범패나 새벽 종소리보다도 더 깊이 울려 드는 까닭은 무엇이냐……, 살 입고 사는 세상은, 세상 살기 위해 입은 살은, 주워섬기려 하면, 팔만사천을 팔만사천 곱하기보다 더 많은 미덕과 장점을 갖고 있음도 분명하다. 고개를 횡으로 젖혀, 머리를 반쯤만 떨구기로 한다면, 머리의 무게가 반으로 감소하는 대신, 살의 무게가 배증하게 될 터인데, 그러면 살이 주는 어떤 종류의 가려움증까지도, 살을 살이(삶)게 하는 추동력, 그 당찬 의지인 것을 알게 할 게다. '노쇠와 죽음'을 들어, 살과 살이를, 초로화(草露化)하려 할 일은 아니거니, 향초는 꽃 피웠다 지기로, 달도 그믐에 들어 잠시 쉬기로, 되돌아오지 않더냐? 올 땐 아으, 공은 그 살 속에다, 죽고 싶음 같은 성욕, 성욕 같은 죽고 싶음을 빵빵하게 채워 넣고 오게나. 음탕함과 죽음에의 욕망이 없이 세계는 그냥 갖다가시나 권태로운 데다, 살맛 하나도 없이 건조하기만 한 뀟일 것. 메마른 자궁, 어부왕(魚夫王)의 허벅지. 그리고 공이 죽고 싶지 않으면, 공은 잘못된 세상에 발을 잘못 들여놨거니, 그 까닭으로 세상은 또한 황폐와 불모에 당한다. 그럼에도 문제는, 판켄드리야가, '뒤꿈치' 위, 높이 받쳐 올려놓고 있는 '대갈통'이라는, '시시포스의 바위', 그것이다. 그런즉 공은, 물 건너(려 마오, 마는, 그래도 건너야겠으면 그러)기 전에, 신발 벗어 가지런히 놓아두듯, 그것 또한 어깨 위에서 떼어내, 차안(此岸) 돌팍에라도 얹어두든지, 아니면 공의 똥구멍에 박아 넣었다, 나중에, 똥 눌 때 비어져 나오는 거위모양, 꼬리로 자아내든지, 대략 그런 것이 권고되누먼. 추신(追伸) 삼아 부탁 한 가지 해두고 싶은 것은, 맞춤복이든 기성복이든, 공이 새로 옷 갈아입을 때, 우리네 걸리버(Gulliver) 사돈이 입었던 것 같은 것은, 죽어도 입으려 마소. 그 옷을 입고는 글쎄지, 키 작은 놈(Gnome)들 사는 고장(Lilliput)에 가도, 그쪽 유행엘 맞질 않고, 키 큰 아수라(Asura)들 사는 데(Brobdingnag) 가도 또한 그러해서, 어딜 가더라도, 초상집 개나, 비 맞은 홀아비 꼬락서니일 걸세나. 이러다 보면 자기 처할 곳이 없어, 노상 먼 사돈네 땅을 밟아야 되게 되다 본즉, 그 걸음이, 맨발로 빙판 걷기 같을 수밖에 더 있겠나? 그러나 아직도, (공이) 좀 힘쓸 만하거든, 가을 거두기도 끝내자 진눈깨비가 내려, 이제는 새끼줄이나 둬 발 꼬다 보면, 새경 받아 웃으며 나올 철에, 새경도 싫다, 머슴들마다, 내 조지 빠지지 않게 굳세게 거머쥐고, 혀를 빼물고 뺑손이질 치는, 저 마을 과택네 머슴으로라도 들어보실 일이지. 가맜자, 그런데 이거 어쩌자고 雜說 公은, 우리 동네 서당집, 세 살 난 수캐모양, 앉을 때 마둥, 뭘 뻴그렇게 읊어 세운다? 이녀러 수캐 탓에, 강남의 풍월(風月)이 바빠, 똑 죽겠다. 오줌동이 이고 밭 가던 년이 사물놀이가 한 마당 어울린 자리 당도해, 저도 모른 요분질에, 감창하여 목을 빼딱이며, 어깨를 들먹거린다 해도, 형편은 이보다 나을라.

패관이 앞에 '걸리버' 공 입은, 어디 풍속에도 맞잖은 옷 얘기하며, 패관 또한 그와 다를 바 없어 뒤꿈치에 대가리 받치고 세상 헤매는 일이, 그저 갖다 가시나, 빙판 위를 걷기나 같다는 말씀을 히어디렸었더냐, 안 히어 디렸었더냐? 그러다 보면, 정처도 향방도 없는 길 잃기란 다반사러니. 어디 당도한즉, 거기 기다렸던 이정표가 이런다: '이 경계는, 스스로 된 올자(兀者)*가 아니면 넘지 못하리라', 咄, 이게 무슨 씨먹히지 않은 이정(里程)인가? 그게 말이나 되는 소려? '뒤꿈치' 없는 뇌미, 무슨 경계인들 어떻게 넘어? 행려에 지쳐, 잠시 등 기대, 한 오백 년 쉬자는데, 궁둥이 쿡쿡 찔러대며, 놀리는 겨, 뭐 하는 겨? 그럴 것이, 바로 이 '뒤꿈치'에 의지해설람, 다리 세우고 척추 세워, 하 고단하고도 하 먼 길 걸어, 여기까지나(판켄드리야) 닿았는데, 여기서부터는 스스로 그것을 찍어내지 않고서는 더 나아갈 수가 없다니—, 그, 그러하다 해도 허긴 또, 말이지만, '세상'이라는 아자가라 구렁이,[6] 그 검은 개가 물고 늘어져 빨아들이는 (우리네) 뒤꿈치의 까닭으로, 아니면 바로 저 뒤꿈치가, 입이 붉은 검은 개 아자가라여서, (우리들의) 정강이를 물어놓지 않는 탓에, 또 아니면, 테티스 여신이 그것을 움켜쥐고 있어, 이제는 한 발자국도 앞으로는 내디딜 수가 없기는 없는 중이기는 하다. 판켄드리야께 남은 마지막 카투린드리야는,

* '兀者'란 '월형'(㓮刑)을 받은 자로서, '뒤꿈치 파내임을 받은 자, 즉 뒤꿈치 없는 자'라고 이른다.

바로 이 '뒤꿈치'라는 모양인데, 허긴 그럴는지도 모른다. 반복되어도 어쩔 수 없고, 그럼에도 여전히 부족할지 모르지만, ('母胎' 얘기에 이어, 이제 獸皮 얘기가 나오는다) 그것이 '짐승'이거니! '수피' 한 조각을 못 벗은/안 벗은 뒤꿈치는, 사람이 아니어서 짐승이라 말이지. 글쎄, 그것 한 조각 딱 달라붙은 수피, 그것 한 조각을 떼어내지 못해, 인간이 인간을 초극하지 못하고, 결국엔 누구의 땅도 아니어서 빙판 같은, 남의 땅 밟기에 아파하고 있는 것이거니. '뒤꿈치'라는 이 '짐승'은 어쩌면, 루시우스-당나귀가, 그 참담한 지경에도 미소하며 스스로를 위로했더라는, 말이지, 말인데, 헤헤헤, 그 하초의 익명은 아닐라는가? 몰러. 그럴 것이, 하는 말로는 이런다, 샤먼(Shaman)들은, '죽어가는 이의 넋이, 마지막으로 그 몸으로부터 빠져나가는 문은, 뒤꿈치다'라고 그런다고 그런다. 이는 다름 아닌, 산 육령(肉靈)이 죽음과의 정사를 통해 하게 되는, 산 육령을 담보로 한, 최후의 장렬한 방출의 얘기가 아니겠는가. (여성의 경우는, '죽음'이 하는, 초열 지옥의 끓는 기름 같은 방출을 수용하는 것으로 바뀔 테다. 그런즉 '죽음'도 암수가 있느냐고, 힐문할 이도 없잖을 성부른데, 그러나 패관은 아직 한 번도, 저승사자 만나 반 잔 술도 나눠 마셔본 일이 없는데, 그걸 어떻게 알어? 허지만도 저 새끼[色鬼]가, 남녀 불문곡직 덤비는 것을 보면, 그리고 심지어 별들까지도 똥을 누는데도, 저녀러 것 똥 누어놓은 것 보았다는 이가 있잖은 것으로 보면, 저것은 분명히, 肛門 자리를 개조해, 요니로 만들어놓고 있는 게다) 이건 결단코 흔한 얘기는 아닐 성부른데, 교수형을 당했거나, 스스로 목매달아 죽은 시체가, 제 놈이 뿜어낸 정수에 흠뻑 젖어 있는 수가 있다는데, 이런 것은, 임종에, 뒤꿈치로 넋을 방출한다는 그 성교의, 한 實例로 이해되어진다. 패관이 잘못 이해하지 안 했다면, 이것은 '아스픽시오필리아'(Asphixiophlia, [……] dependency on self-strangulation for sexual arousal and orgasm)라고 이르는데, 이는, 은연중에, '뒤꿈치'와 '하초'가, '개와 구렁이'도 동류인 것과 비슷한 관계로서, 동일한 것이라는 것을 발설하고 있어 보인다. 그럼으로 하여 아마도, 자기 스스로 자신에게 월형을 과한 '스스로 된 올자'와, 스스로 자기 거세를 감행한 '스스로 된 고자'주의가, 복음이라고 전파되는 것일 것이었다. 그런즉슨, 시시포스여, 공은, 바위를 밀어 올리기 위해 모든 힘줄을 뒤꿈치에 모으고, 뼈가 부서져 나가도록 끙끙대는, 그 도로를 왜 바쳐야겠는가? 천벌(天罰)이야 공의 선택이 못 되니, 어찌할 수 없는 것, 그럼에도 공의 몫의 육신이야말로 공이 가진 모든 것인 것, 그대 한때, '죽음'까지도 속혔던 오달진 인간이었던 자, 그러나 그대 노예만도 못하게 추락하였거니, 그대가 노예로써 밀어 올리는, 그 가망 없는 바위는, 신들의 노예로 전락한 인간의 수치의 눈 뭉치가 그것이거니. 그런즉 거부하라! 그대의 바위를 거부하라! 거부하여 입은 수치를 그들에게 돌릴지어다. 그것을 밀어 올리기 위하여, 수치스럽게도 공은, 공의 뒤꿈치에다 왼갖 안간힘을 다 쓰고 있다만, 그러는 대신 공이, 공의 뒤꿈치 근육을 몽땅 잘라버린다 해도, 하늘의 어느 유정이 공을 염려해, 한 방울 눈물이라도 흘려주겠는가? 그러기는커녕 그들은 분명히, 새로운 형벌을 찾아 혈안일 것이로되, 어찌 되었든 이제는, 동물적 숙명의 족쇄는, 공의 어디에고 더 묶어 맬 자리를 찾지 못해, 어디에다 씌운다 해도 저절로 벗겨나고 마는 것을! 공은, 마지막 남았던 감발 한 조각 수피를, 카투린드리야 걸어온, 그 땀 찬, 시지큰히 더러운 감발을 벗어버린 것이 아니냐! 신들도 또한, 수피(獸皮)라는 울 속에 가둬 넣었던 것이, 그 수피를 벗어버렸은즉, 무슨 수로, 짐승 아닌 것을 짐승의 우리 속에 가둬 넣고, 그것들이 고통 탓에 울부짖는 것을, 낄낄거리고 즐기겠느냐? 저들이 우주의 질서를 상극성 위에서 체계화했을 때부터, 육신을 가진 것들이, 아파 질러내는 신음이, 저들의 神酒였던 것을. 그것을 마시는 한 그들은 멸하지 않는다고 하잖더냐? 그러면 이제(우리), '인간적인, 참으로 인간적인' 인간의 탄생을 고지키로 하잤세라, 그는 인신(人神)이도다! 그러자 사유시방으로부터, 시시포스를 향해 꽃비가 내리며, 찬양하는 노래도 들린다.

스스로 된 올자께는 니르바나가,
스스로 된 고자는 천국이 저희 것임을!
자야 자야 할레루야!

킥, 킥, 그러자 좌중에서 어느 누묵 손이 지랄한다고 킥킥거리고 나선다.

"그러한즉, 여성은, 태어났을 때 이미 스스로 되었든 어쨌든, 짐승적 숙명의 고리나 족쇄 걸 자리를 남기지 안 했으니, 천국이 저희 것이 아니겠느냐고 말여? 사회복지제도가 잘 되어 있는 고장에선, 태어나기를 병신인 자들은, 태어나자마자 정년퇴직을 해, 그 수혜(受惠)가 백부장급 이상이라는 소리도 있던데 말이지, 뭣 하나를 못 차고 나온 까닭으로 여성도, 하늘의 사회복지제도와 더불어 저렇게 이해해도 되는 것이겠는가이?"

"자네 하는 말은, '코끼리는 부채처럼 생겼다'라고, 장님이 하는 말과 같아, 그 부분만 두고 말한다면 틀린 말은 아님세. 아니라도, 코끼리는 또 기둥처럼도 생겼을 뿐만 아니라, 벽처럼도 생긴 것이기도 하다네." 대답하고 나선 자는, 나중에 듣자니, '도마'라는 사내라 했다. "어떤 현자 가라사대, '넋도 여성/남성으로 나뉘는데, 여성의 것은 혼(魂)이라 하고, 남성의 그것은 영(靈)이라 한다' 하네. 부언하여 그리고, '혼은 어머니=대지의 속성이며, 영은 아버지=하늘의 속성이어서, 하늘나라에 들 수 있는 것은, 혼이 아니라 영이라'고 하듬세. 이 말은 '영'이야말로, 드디어 하늘나라에 들 수 있는, 그 조건을 구비해 있다, 는 그런 말이 아니겠는가?(*The Gospel According to Thomas* 참조) 그리고도 이제는, '스스로 된 고자'가 찬양되어져야 하리로다!"

"아하, 그런즉슨, 우리 중에서 마리아는 내보내자."

"무엇보다도 그는, '스스로 된 고자'주의를 부르짖은 자가 아니었던가? 성(性)을 갖춘 물육(物肉) 입은 자들에게, 그것은 무엇보다도 인내키 어려운 '불'의 담금질, 그 고문이었던 것이었거니. 그것은 모든 고행 난행의 비밀을, 한마디에 압축한 것일 뿐만 아니라, 그가 들려주었다는 복음의 전 의미를 또한 함축해 있는 것이어서, 그 설교를 심정에 담고 있기만으로도, 전 혼육이 타드는 듯하거니!"

"그런즉 그러면 그는, '혼/영'이라는 식으로, '여성/남성'을 분류하거나 차별했기 전에, 그 중간자, 또는 종말인, 즉슨 '고자'를 말해버렸으면, 덜 혼란스러웠을 것이 아닌가?"

"시작이 없이, 어떻게 중간을 얻으며, 끝에 닿는고?"

"눈 위에 서리 내렸다! 서리 위에 또 눈 내렸다…… 제길 하고 자빠졌다고 시방!"

"옛날에, 한 고행자가 있었다네. 십만 년 고행 끝에, 실수하여 손가락에 상처를 입게 되었는데, 붉은 피 대신, 푸른 풀즙 같은 것이 방울져 내렸더라지. 그걸 본 그 고행자, 자기의 고행이 성공적으로 수행되어졌다는 믿음이 들어, 덩실덩실 춤을 춰, 그 숲을 왼통 소란스럽게 했더라지. 때에, 쉬바(Siva)라는 신이, 또한 고행자 모습을 꾸며 그 자리에 나타나, 짐짓 실수인 듯, 손가락에 상처를 냈는데, 그의 손에선 흰 재가 부스스 부스스 떨어졌더라는군그래. 그걸 본 저 늙은 고행자는, 자기의 십만 년 고행도 아직 완성된 것은 아니라고 알고, 다시 다른 십만 년을 한한 고행에 들었다더군."(『마하바라타』)

"건 무슨 깨진 독 새는 오줌 같은 소립지?"

"귀 있는 자는 들을시라, 진실로 진실로 내가 대변하노니, '피'는 '혼' 같은 것이며, '푸른 즙'은 '영' 같은 것이고 '흰 재'는 '스스로 된 고자' 같은 것임을!"

"헉, 그건, 참, 여러 번씩이나 뒤꼬여, 간추리기가 여간만 어려운 소리가 아니다 보니 돼세기가 다 아픔만. 가맜어 보자고 시방, 까닭은 저기 있었구먼 그랴, 아까부터 어디서 자꾸, 무신론자(無神論者)거나 이방인 냄새가 나싸서, 코가 싫어해설람, 그 싫음증이 마빡으로 오르더니, 돼세기를 쪼개내려 하고 있다 말이지. 보라고, 보아하니, 글쎄 저거 뭐셔, 뭐냐 말이냐고? 마른 똥막대[乾屎橛] 같은 저 요궐(屎橛)[7] 말이라, 일찌감치 그를 우리 중에서 내보냈어야 하잖았을까? 축생(畜生)들이 할례를 받았다는 말도 들어본 일이 없거니와, 더더욱이 '신'(神) 같은 거룩한 이를 섬겨 예배한다는 말도 들어본 바가 없으니 말이지만, 할례받지 않은 자들과 무신론자들도, 축생과 다를 바 없어, 축생 말고 또 뭣이겠어? 그런즉, 저 늙은 개가 우리의 자리를 더 오염하기 전에, 그를 내보내세나!"

"가만두게나! 그리고 자네는 입을 다물고 있는 게 덕이겠네. 자네야말로 입을 벌렸다 하면, 마른 똥막대 냄새를 풍긴다구! ……이, 이거 갖다가시나, 우리 중에 입 빠른 이가 있어 노인장께 실언을 하였소만, ……노인은 어디서 와서 어디로 가는 누구시오? 구레네나 사마리아에서라도 오는 길이시우?"

때에, 저들의 신이, 한 늙다리 이방인을, 불칼로 한번 슬쩍 건드렸던지 어쨌던지, 이상스럽게도, 때아닌 때에 혀가 오그라들며, 경직을 일으켜, 그만한 크기의 돌멩이나, 굳은 똥이라도 물고 있는 느낌이어서 패관은, "이 행려자는,

모든 길의 끝에서 와서, 그 길들의 시작을 찾아가는, 길의 소리로다! 개도, 주인의 상에서 부스러기를 얻거든, 본동(本洞)에선 하물며 그 부스러기까지도 인색해하는냐?"라고 떠들어주고 싶었음에도, 손이나 홰홰 저을 수밖에 없어, 똥이 비어져 나올 지경이었다. 결국은 코 밝은 저 본동 사람이, 코를 쥐고 이방인의 등을 떠밀어냈으므로, 그 마을에서는, 굶은 채 쫓겨나고 말았는데, (그 사람은, 우물에 달려가 손을 씻었을 터이지) 저들의 마을을 들기도/나기도 하는 동구에 이르러서야 그런데, 사또 떠난 뒤 쌍나발 불기 식으로, 혀가 풀리며, 너절히 너절히, 경직되었던 말인지, 소린지, 독나비인지, 지렁이나 전갈인지, 그런 것들을 뱉어냈다. 그도 불성(佛性)은 없는 자여서 불타라고 이르거니, 도류들은 오늘 한 불타께 행악을 하였도다! 아무리 축생이라도, 조주(趙州)네 무불성자[狗子無佛性]를 보건대, 길 가다 둥치 큰 나무를 만나면 그 둥치의 귀에, 바위를 만나면 또 바위께, 코 흠흠거려 안부 드리며 은밀히 기도하고, 다음 뜨거운 오줌으로시나 시주 공양하는 짓이란, 무엇이겠느냐? 그것이 종교(宗教)가 아니면, 무엇이 따로 신주 뫼시기겠느냐? 도류들은 그것을 두고, 개들은 우상(偶像)을 뫼신다고 비아냥거리며, 도류들만이 참신을 뫼시는 인간이라고, 어깨를 으쓱대는 것을, 모른다면 그가 어찌 열세(閱世)꾼이겠느냐? 진실로 진실로 이 한 행려자가 묻거니와, 도류들은 진실로 루타[像, 相]가 없이 아르타[義]를 인지할 수 있느냐? '타트'(Tat, That)는 '이름'까지도 못 된다, 그러나 사람들은 그것에 의존해 '사트'(Sat, Be-ness)를 인식해낸다. Tat는 그런즉 Sat에 대해 루타 역(役)이며, Sat는 Tat에 대해 아르타 역인 것. Tat Sat(타트가 사트이다) 'YHWH'(야훼)는 '내가 나로다'(I am who I am. 또는 He is who I am)—이는 '이름' 입기를 거부하고 있으되(거룩한 이를 어떻게 이름으로 부르랴?), 그럼에도 그것이, 그를 예배하는 이들의 인식에 호소되어지는 것인 것, —그것 없이, '그'는 무엇이겠는가? 'YHWH'는 그러나, Tat이기보다는 Sat(Be-ness, He is who I am)일 것이로되, 신도들의 인식과 더불어서는 루타를 담당하는 것으로 그 역할이 바뀌는 것일 것이다. Sat=YHWH는 이래서 보면, 그 역할이 중첩적이다, 아르타며 루타, 동시에 그 둘인 것/하나인 것. 그것이 추상적, 또는 형이상적인가, 반대로 구상적, 또는 형이하적인가의 차이는,

그렇게 믿으려 하는 이들께는 천양지판일 것이라도, 그들이 밖에로의 탐색을 멈추지 않는 한 그래서, Sat=YHWH도 그 루타 역에 있어서는 '우상'이 아닌 것이 아니라는 것이 패견(稗見)이다. 종교적 의미에 있어선, 그리고 Tat나 Sat를 밖에서 찾으려 한다는 의미에 있어선, 아르타에 대해 루타는, 그것이 어떤 것이라도 '우상'화한다는 것. —거기에 논리적 오류는 있을 성부르지 않다. 사실, 보다 더 열린 교의(教義)에 의하면, '신은, 자기의 신도가 예배하는 무엇으로도 자신을 바꿔 드러낸다' 같은 명제는, 오관으로 확실하게 감지할 수 있는 것밖에 믿을 수 없는 심령들에 대해서, 그 오관에 확실하게 감지되는 것, 즉 '우상'이라고 이르는 것보다 더 좋은 신은 없을 테다. '신이 있다는 것을 무엇으로써 증명할 수 있느냐?'고 묻는 이들이 끊이지 않는데, 일반적으론 저들을 지적 정예라고 믿어, 존경을 바쳐온다. 그러나 진정한 의미에 있어 이들도, 탱주나무귀신(아르타)을 보며 들명날명 탱주나무(루타)에게 설움을 토하는, 저고리 섶에 눈물 마를 날 없는 새댁과 조금도 다를 바가 없음이 짚여진다. '무엇으로써 증명하느냐'구? 풀각시라도 하나 만들어 보이며, 도류여, 이것이 그대의 신이라고 말해주랴? 아으, 그러자 도류는, 그것을 짓밟아 뭉개고 마는구나! 도류 또한, 오관으로써 감지할 수 있는, 어떤 견고한 대상을 구하지 안 했던가? 충혈된 눈을 밖으로 쏘아 내보내는 도류께, 신의 실체를 들어 보일 것은, 풀 각시 말고도, Tat나 Sat, 얼마든지 더 많느니라. 도류께 문제가 되는 것은 아마도, 루타가 너무 견고한 데다 확대되어, 아르타가 축소 현상을 일으키는 것과 결코 무관하지는 않을 성부른데, 이는, 아르타 탓에 루타가 왜소해져 버린 경우도 마찬가지일 것이다. 그러던 어느 날, 말한 바의 저 지적 정예들에 의해, '풀각시'는 무참히 짓밟히고, 탱주나무는 버혀 넘겨질 뿐만 아니라, 전쟁, 질병, 천재지변, 춘사 등은 물론이고, 살기의 바퀴가 모든 곳에서, 까닭은 알 수 없이 어긋나는 일들, 부조리를 들어, 아무 짓도 하잖으며 인세로부터 조공이나 받는, 과대해진 아르타까지 쳐부숴 버릴 것이 분명하다. '신은 죽었도다!' 흐흐흐, 그리하여 도류는, 두 종류의 '우상을 타파'해버린 것이 분명한가? 그래서 참으로 그는 죽었는가? 도류는 그리고, 그 송장을 보았는가? 아하, 노궐은, 육신이 없는 것의 죽음에서, 주검을 찾으려 그렇게도 헤매는다? 도류는, 신이 존재한다는 것을 '무엇으로 증명'하느냐고 묻지 안 했던가? 그리고도, 루타를 입지 않은 아르타도 죽을 수 있다는 말은 들어본 적이 없는데, 그가 죽었다면, 그의 주검이 없다고 해서야 말이 되나? 도류의 불만을 두고 '탓 돌릴 데'가 있었음은, 또 무엇인가? 모든 의문을 한 뭉텅이로 만들어, 단순화하려 하면 그런 물음이 되는 것임을. 도류는, 어미가 무덤에 누웠거든, 거기 내려가서라도 젖좀 더 먹구라. 도류는, 루타는 판켄드리야라도, 아르타는 카투린드리야를 완전히 벗김 받지 못해, 불순하여, 그 불순한 눈에 보이는 세상은, 불순하게 여겨질 뿐이겠지, 도류네들 유행가 부르는 '부조리' 말이지. 대지의 깊은 속으로 내려 거기 숨긴 비밀을 엿보았다거나, 순화의 나무를 높이 올라, 그 꼭대기에서 홰쳐 울어본 정신에 대해선, 부조리란, 그 자체가 부조리한 어휘로써, 변강쇠나 옹가년 나부렁이들이나 씨불일 소리겠지러. 하, 늙은 좁쇠릐꾼은 또, 변강쇠 얘긴가? 그렇게 되었던가? 언문 잡설로는 『변강쇠뎐』이, 진문 잡설로는 『古今笑叢』이 패관께는 그중 그윽한 얘기들이다 보니, 혀가 꼴릴 때마다, 천 번 쑤시고, 천 번 빼고 해도, 단물이 마르기는커녕, 더 샘솟더라 말입쎕. 흐흐흐, 패관께 보이기에 도류는, 치모 자리가 불이 타는 듯한 데다, 하초 자리가, 아프고 얼얼한 걸로 보건대, 그걸 저녀러 구미호 년이 싹뚝 짤라 먹고 말았을 것이라고, 그것을 제 손안에 쥐고서는, 그것 찾겠다고, 밤 지낸 홍루로 달려가는 변강쇠와 다름이 없어 보임세나. 그뿐인가, 옹가년은 또 옹가년대로, 한 고을에서 악명 높은 도둑놈이, 금싸라기 몇 알켕이로 흘리는 바람에 여러 번씩이나 대줘 흘레를 하고 났더니, 년 또한 아랫도리가 무쭈릇하며 몹시나 쓰린 걸로 미뤄보건대, 그것 도둑 맞은 줄 알고 (제기랄, 그것을 도둑질해서라도, 호주머니에 넣고 다닐 수 있다면, '인생의 행복'을 두고 더 바랄 게 뭣이겠느냐!) 놈네 문전에 펴 내지르고 앉아 앙앙거리기 같은 것., 건 또 무슨 이똥 안 닦은 좁쇠릐여? 밖으로 내달아 찾을 것이 따로 있고, 밖으로 내달아 쳐부술 것이 따로 있는 것이 아니겠남? 건 또, 무슨 옹가년의 음수 묻은 입수거리로 내뱉는 게거품이여? 외적(外的)으로 존재하는 모든 것은, 루타[色]에 의해서만 인식되어진다는, 판켄드리야 로카[界]의 눈의 까닭일 것이지, 것이지만, 도류들이 그 대상을 밖에다 둔, 그 연고로 초래된 결과가, '신 죽이기'였음일 것. 루타가 분쇄

되면, 아르타 또한 그리되는 것을, vice versa, 신이 죽으면 인간도 죽으며, 인간이 죽으면 신도 죽는 것. 신의 죽음의 재 속에서만, 인간이라는 불새가 날아오를 수 있다고 믿는 자들은, 아직도 그 눈에 불을 켜고, 바깥 저잣거리를 헤매는, 변강쇠나 옹가년인 것. 이런 자리에, 주어지는 복음이, '올자론'(兀者論)이며, '스스로 된 고자주의主義'일 것임메라. 올자, 즉 고자가 되어버리고서, 그것을 찾아 밖으로 치달으려는 의념을 일으키지 않는다면, 변강쇠나 옹가년의 눈은 그리하여 무엇을, 어디를 향해 열리겠는가? 아직도 바깥쪽이겠는가? 그 반대쪽이라면 그것이, 판켄드리야가, 판켄드리야를 극복하고, 초월하려는 그 고행의 시작은 아니겠는가 말이심? 그런 고행에도 단계는 있음에 분명한데, 신지혜(新智慧)를 좇으면, 시작하고 십 리도 안 가 변강쇠는, '아니마'(anima)라는 이름의 옹가년을 만나고, 옹가년은 '아니무스'(animus)라는 변강쇠를 해후했을 듯하다. (「사랑가」로시나 농 쳐주랴?) '혼'과 '영'을 분리해 말하다, '스스로 된 고자주의'를 설하던, 저 본동 사람의 의도나, 그 비밀은 이런 것은 아니었겠으끄냐? 아하, 고행이나 탐색은 그런즉, 거기서 멈춰지는 것을? '천국이 저희 것'임으로써나? 모르지, 모르지만, 판켄드리야의 진화의 궁극이 거기까지인지는 모르지만, 비유로 말하면, 번데기에게 드디어 날개가 돋기 시작하는 상태가 저것은 아닐라는가, 글쎄 그것은(패관은 한 번도 그 곽까지는 閱世해본 바가 없어) 모르지만, 쉐쉬빈드리야[六官有情], 그 이후의 우주는 저들께만 개벽해 보이는 것일지도 모른다 말이지. 밖의 어디에 있다고 믿어지는 '성배' 탐색을 위해, 꼭히 갖춰야 했던 '뒤꿈치'는 이젠 거추장스러울 뿐만 아니라, 무거워 차라리 장애일 것이어서, 이제는 '뒤꿈치'가 아니라 '날개'가 거론되어져야겠제? 판켄드리야라는 그 삼[胎褓·胎膜]을 어떻게 찢어, 그 수분을 말리고, 날개를 푸드덕여 내느냐, 그것이 문제겠지러. 그래서, 날아보면, 세상이 어떻게 보일 것인데? 헉! 이러면 이거, 참고 참아왔던 욕설 한마디가 안 나올 수 없겠다, 마는 참아두기로 하는다. 그럴 것이 공의 살은, 뒷산 여우도 생채로 먹으려 잖을 것이어서, 흙 속에 묻어뒀다, 썩어, 그 무명이 썩음썩음해지면 먹으려 할 것이다 보니 그런다. 글쎄, 그걸 찢고시나, 훨훨 날아다니는 자가, 무거워 뼈가 무거워 살이 무거워, 헐헐 비척비척, 세상 어디서나 패관은 이방인(!),

이따위 초상집 개 꼴로, 남의 동네 사랑방 윗목 구석에, 벗어 던진 감발 꼬락서니로 쭈그시고 앉아, 어느 녘에나 본동 사람들 그날 치 동사(洞事) 의논이 끝나나, 그래서는 그들의 눈길이 패관께 주어지나, 조마조마 눈치나 보며, 남은 밤의 기럭지에 좇아, 내일 아침 얻게 될 밥그릇의 높이를 셈하고, 쪼르륵쪼륵 소리내며 앉아 있겠으?

이 댁 새댁 아가, 아니면 방자는 어떠랴, 불러들일, 늙고 헐어, 문둥이들까지도 침 뱉고 지나는, 냄새 나는 퇴기(退妓)마저도 없거든, 라후[蝕] 님 강간 시식하고, 누런 길가에 버려버린, 먹다 남은 쑥떡 같은 달이라도 불러들이게, 송창 좀 열어라. 활짝 열어라, 아무리 좁쇼릐 팔아 얻은 쉰밥에 사는 쇼셜긔이라 하되, 이 동네 인심이, 이우는 달빛만큼도 두터운 데가 없는데, 그래도 괜찮으냐? 어허야 뒤야, 어허야.

이티 마야 쉬루탐

逆增加
—제8의 늙은 아해(兒孩) 얘기[1]

古記 1

동산의 중앙, 선악(善惡)을 알게 하는, '지혜의 나무' 아래.

아담, 하와, 간교한 뱀. 저 모든 것들을 창조한 이는, 어디 서늘한 그늘 아래, 아마도 '생명의 나무'의 둥치에 등을 기대고, 낮잠에라도 들었을 터이다. 중원(中原) 뜰에 자빠져 누운 장자(莊子)라는 이가, 춘곤에 '나비의 꿈'을 꾸고 있기에는, 때가 좀 너무 이르겠는지, 어쩌겠는지는, 두고 한참 생각해보아야 할 일이겠는다. (「창세기」 제3장 제3절 기사 참조)

뱀—(여자에게 물어 가로되) 하나님이 참으로 너희더러 동산나무의 실과를 먹지 말라고 하시더냐?

하와—(뱀에게 말하되) 동산나무의 실과를 우리가 먹을 수 있으나, 중앙에 있는 나무의 실과는 하나님의 말씀에 먹지도 말고 만지지도 말라, 너희가 죽을까 하노라, 하셨느니라.

뱀—(혼잣말하여) 저런, 저런! 생각하는 것쯤이야 누려도 되는 자유라면, 말인데, 저런. 안됐게도! 순수가 오염되었도다! 대지에, '선악을 알게 하는 나무'가 심겼을 때, 대지의 순수가 오염되었던 것과 같이, 그런즉 그 대지에서 어찌 지렁이며, 지네, 두꺼비며 뱀 따위가 일어나지 않을 수가 있었겠는가, 저들의 순수도 오염되었음인 것. 이 '오염'이 '유혹'의 형태까지는 아닐지 모르되, 아으 보아람, 저 농염한 계집은 벌써부터 저 과일에 침을 흘리고 있잖느냐, 준비는 되어 있음인 것! 이제 누가 거들어, 저 계집의 손을 슬쩍 떠받쳐 올려주기만 하면 될 일이겠음을. 그 일로 나의 치골이 아프며, 항문의 괄약근이 쑤물거림은 어쩐 일인가? 그러함에도 문제는, 그 책임은 분명히, 손을 떠받쳐 올려주는 자에게도 돌려질, 그것이렸음? 허으, 그런들 어떠랴, 만약 '인간'을 나의 소유로만 할 수 있다면, 뭘 더 바라랴? 신이 특히, '자기의 영상' 닮게 빚은 것이 저것들인 데다, 만유 중에서, 자기의 '생기'를 불어넣은 것은, 저것들뿐인 것을! 이 땅 위에서나 아래에서나, 물속에서나, 공중에서나, 저것들의 존재란 그러니 무엇이겠는가? 그것뿐만도 아니려니, 보, 포아라, 저 계집은, 저 열매처럼, 저 열매는 저 계집처럼, 물올라 터질 듯이 탐스럽지 않은가, 아름답지 않은가! 한 입가심 하고 싶다 말이지, 꿀컥 삼켜 먹고 싶다 말이지! 회음(會陰) 속에서 뭔가 꿈틀거리고 올라, 귀두를 휘감아 틀어 혀를 낼름거리는데, 아으, 저 계집이 내게, 지혜란 '아름다움'이라고도 가르치는구나. 이것이야말로 '아름다움'에의 최초의 체험인 듯하다 말이지. 나는 그리하여, 소유욕이라는, 칙살맞은 뱀에 휘감겨 헐떡이며, 갈증을 느끼고 있도다. 이것은 분명히 '욕'(欲)의 형태러람. 이것이 그리하여 어떤 '염'(念)에 묶인즉, 나를 다른 것들과 분리하여 생각하게 하고, 심지어 '나'를, 나의 주 하나님보다도 먼저 내세우게 하는 것을 관찰케 한다. '나'에 관해, 내가 언제, 이렇게 확실한 '나'를 체험해본 적이 있었던가? 이 '나'[自我]는 그러면, 누가 창조한 것이었는가? ('간교한 뱀'은, 잠시 눈을 감고, 호흡을 조절하느라고 하다, 일어난 생각이 일으키는, 생각을 좇는다) 어쩌면, 하와와 나는, 아비가 다른 쌍둥이일지도 모르겠다는 믿음이, 갑자기 드는군그래. 글쎄 그런 것을 갖다가시나! 아까까지 나는 말이지, 하나님께서, 창조를 하신답시고 용쓰는 중에, 아래로 내리는 기(Apana, Skt.)를, 회충모양, 똥꾸녁을 통해 불어낸 것이 나나 아니었나, 그렇게 생각하고, 아직껏 낙태수술이 발전되지 않은 일로 눈 흘겨 왔더라니……, 허나 보아람, 성병(性病)과도 같은 나의 이 탐미주의(耽美主義)란 무엇이겠는가, 헤헤헤, 회충이라면 똥

집 속에! 이런즉, 아담의 갈비뼈를 하나 취해 내어, 지은 것이 하와라는 것처럼, 신도, 자기의 갈비뼈를, 하나 뽑아내, 우주의 쓰레기더미(게헤나)에 던져 버린 것이, 나라는 이눔은 아니었겠는가, 이는, 신의 옆구리에 난 상처가 아니겠는가? 그의 창조의 완벽성에 뚫린 구멍—피가 흐른다, 검은 피가 흐르며, 꿈틀거린다. 뭘 짓다 보면, 하나님이라도, 하긴 하나님의 까닭으로, 얼굴이며 젖가슴, 우아하게 휘어진 허리의 선, 부드러우면서도 탄탄한 엉덩이와 허벅지뿐만 아니라, 침을 튀기는 혀며, 똥창자, 똥꾸녁 등, 추악한 부분도 짓지 않을 수 없었을 터, 육신 자체가, 그 구조를 상극성(相剋性)에 의존해 있음? 그러다 보니, 왠지 가슴이 끄닐거리며, 울화병이라도 든 듯, 불쾌했을 터이다. 이럴 때, 지어진 것들은 지어진 채로 견디고 살아야겠으나, 지은 자 쪽에서는, 까짓 녀러 것, 무얼 하나쯤 덜어내 버린다 해도, 안 될 일이 있겠느냐? 나라고 해도 그렇다 말이지, 가슴이 끄닐거리면, 까짓 녀러 갈빗대 하나쯤 뚝 잘라내 버리고 말 일. 허, 허, 허나 거기 상처가, 완벽성에 뚫린 상처가, 열린다. (간교한 뱀은, 하와를 휘감아 트는 연상으로, 나무를 휘감아 틀어, 그 열매가 하와의 입술 가까이에서 대룽거리게 한다) 탐미주의란 이분법적 괴로운 종교러람! 나는 이 제단에서 태워지는, 한 마리 검은 희생양이거니. 오우 이 저주받을 녀러 '나'는 무엇이냐? (그리고도 그의 생각은 계속된다) 가맜자, 이 '나'[自我]라는 것은 그런즉, 자연발생적이거나, 내가 창조한 어떤 것이겠는가? '나'[自我]의 창조주는 그런즉 '나'인가? '나' 만세? '나'는 '나'의 신이런가? 주여, 내가 '나'올시다!……, 그렇다면 그도, 천지며 만물을 창조하고 있었을 때, 자기를 또한 창조하기 시작했었던 것은 아니었을까? 그가 만약, '나로 하여금 여럿이 되게 하라!'라고 자의식을 고수하고 있었다면, 모든 것의 자아는, 그 자신의 것이어서, 모든 자아에의 인식을 갖는 것들이 저지르는 모든 행위의 책임은, 그에게 돌려져야 마땅한 것일 것. 그런다면, '자아를 인식'한다는 일은, 신과 자기 사이에 이어진 배꼽 줄을 인식해낸다는 의미겠는가? 망석중이와, 그 끈을 쥔 자의 관계? 어쩌면 그럼에도, 이제 그렇지, 시험을 해보면 알게 되겠지만, 이 관계는 뒤집힐 수 있을지도 모른다. 하와가 만약에, 저 열매 따기를 거부한다면, 끈을 쥔 자와, 그 끈 끝에 매인 망석중이, 의 관계는 분명해지겠으나, (하와가) 자기의 자유의지에 의해서—라는 말은, '유혹'은, '강압'이나 '강제'라는 뜻은, 전혀 내포하고 있는 것이 아니라는 말인데—만약에 저 열매를 딴다면, 그 관계는 역전될 수도 있다. 그리고도 물론, 저것들의 살기를 한참이나 더 지켜보고서야 할 말이겠으나, 그렇게 되면, 저 끈 끝에서 조종당하는 자는, 안됐게도, '사람'의 반대편에 서 있는 자가 될지도 모른다 말이지. '자유의지'는 분명히, '자아'의 인식에 의해서 드디어 형성되는 것일 것? 것! 것. 그것은 (畜生의) 무명(無明) 속에 씨눈 되어 있는 '욕'(欲), 말하는 바의 '본능'(本能)과는, 숫염소와 아담처럼 다를 테다. 비유로 말하면, 북명(北冥)에 기복해 있는 곤(鯤)과, 남해(南海) 위를 날으는 붕(鵬)의 관계일 테다. 저 계집이 글쎄, 제 년의 자유의지로 저것을 딴다면, 먼 훗날의 빌라도모양, 신(神) 자기는 손 씻고, 죄와 벌은 다른 것들에게 남겨둘 테다. 돌(咄)! 그런즉 누가 그 책임을 져야 되는가? 감히 묻게 되거니와, 신은 그래서, 인식하며 의식하고 산다는 것들이 짓게 되는, 모든 행위, 특히 과오에 대해서, 절대적으로 자유스러울 수 있는가? 그렇다면, 또 묻게 되지만, 이 말은 바꾸면, 자유의지로 행위하는 것들은 또, 절대적으로 신의 섭력으로부터 자유스러울 수 있다는 말이 되는 것이 아닌가? 그렇다면, 신과 그의 피조물, 그중에서도 자유의지를 갖는 것들 사이에 있음에 분명한, 어떤 연대랄 것은 끊겨버린 것인가? 그런즉, 그가 존재해야 할 까닭은 무엇이겠는가? 그는 읽어본 적이 없는, 연극의 대본에 좇아 행해지는, 연극의 관객으로써? 그렇다면 그의 창조는 끝났으며, 이제부터의 창조는, 그의 피조물들의 몫인 것? 배우들 쪽에서는 그렇다면, 이 한 연극의 시작으로부터 그 종말에 이르기까지, 자기들이 무엇을 행해야 한다는 것을 알고 있는가? 그렇지 않다면, 저것들이 장차 이르게 될 '역사'라는 것은, 즉흥적으로 이뤄지는 것인가? 허긴 그럴 일이다, 어떤 행위는 결과를 부르는 것, 인과응보라는 것 말이지, 그것에 의해 꾸며지는 연극, 또는 역사는 그런즉, 결단코 신의 창조는 아닌 것—. 저들에게 신이란 무엇이겠는가? 신, 또는 신들의 궤멸은 불 보듯 뻔한 것이겠도다. 저 계집이 열매를 따는 순간, 이 연극은 막이 오르고, 신은 객석으로 물러나 앉게 될 것만은 분명하다. 이제 두고 볼 일이겠도다. 나도 또한, 저 연극의 매우 중요한 배우임에 분명한즉, 나의 역을 열심히 행해야 되는 것이렸다! 그리고 이것은, 내가 나설 차례인 것. 내게는 비극적이로되, 나의 역은, 저것들 속으로 기어들어, 저것들 말[言語]은 물론, 생각까지도, 모든 달콤한 것마다 빨아먹는 거위[蛔]의 역인 것, 아으 그래서는, 저 탐스러운 '사람의 계집' 속에다, 창조주의 것이 아니라, 나의 미래를 알 슬어놓아야 하는 것! 흐흐흐, 흐흣,

시간과 장면이 잠시 바뀌어, 여호와와 사탄이 한자리에 보인다. (「욥기」 제1장으로부터) '하루는 하나님의 아들들[2]이 와서, 여호와 앞에 섰고, (제16절)……'

여호와—(사탄에게 이르시되) 네가 어디서 왔느냐?

사탄—(여호와께 대답하여 가로되) 땅에 두루 돌아 여기저기 다녀왔나이다.

여호와—(사탄에게 이르시되) 네가 내 종 욥을 유의하여 보았느냐? 그와 같이 순전하고 정직하여, 하나님을 경외하며 악에서 떠난 자가 없느니라.

사탄—(대답하여 가로되) 욥이 어찌 까닭 없이 하나님을 경외하리까? 주께서 그와 그 집과 그 모든 소유물을 산울로 두루심이 아니니까? 주께서 그 손으로 하는 바를 복되게 하사 그 소유물로 땅에 널리게 하셨음이니다. (혼잣말하여) 늙은네입습지, 당신은 지금 순수의 오염을 느끼고 있으리다. (소리 내어) 이제 주의 손을 펴서 그의 소유물을 치소서, 그러면 정녕 대면하여 주를 욕하리다.

여호와—(사탄에게 이르되) 내가 그의 소유물을 다 네 손에 붙이노라!

사탄—(자리를 떠나며, 혼잣말로 이죽인다) 신에게도 교만이 쳐들었도다! 그가 참으로 전지(全知)한 자인지, 이제 곧 알게 되겠으리로다. 내가 추측기로, 욥은 자기의 조부 아담이, 어떻게 되어 지혜의 열매를 따게 되었는지, 그 경유를 잘 헤아려 알고 있을 것, 그럼으로 하여, 그것을 땄기 전의 아담처럼 어리석거나, 순수하지는 않을 터, 그는 성숙한 인간인 것—. 그 슬기로움으로 그는, 오늘날의 부를 이뤘거니. 손님(마마)을 한번 앓은 자는, 면역성을 기르거

니. 그뿐인가, 모든 현명한 이들은, 자기들의 성공을 시기하는 붉은 눈들을 의식하며, 경계하거늘. 보태, 자기의 손으로 이룬 성공을, 축복이라고 믿는 자들은, 그 복을 내린 자의 '시험'까지 의인의 한 표본으로 그를 칭송할 것임에도, 그를 시험한 자는, 비록 신이라 해도, 어찌 후세인들의 비판에 처하지 않을 것인가? 전지하다며, 그것까지도 고려치 못하여, 저 의로운, 무고한 욥을 사탄의 손에 붙이기로써 그는, 자기가 세웠음에 분명한 우주적 법도를 교란하려 하고 있도다. 무고한 자가 어째서, 왜냐하면 순직하고 의롭기 때문에(?) 형벌에 처해져야 하는가? '형벌'과 '시험'은 그러나 같은 것이 아니라고 이를 텐가? 허허허. 정작으론 그러나, 사탄의 손에 붙여진 자는 누구겠는가, 욥인가, 아니면 신 자신인가? 늙은네를 앞에 두고, 욥의 자식의 자식들은, 욥을 높이 들어 올려 만천하에 한 모범으로 보이며, 보라, '욥이야말로, 도덕적으론, 그의 하나님보다 우위에 있었도다!'고 떠들어댈 것인 것. 무고하고 순직한, 그리고도 뜨거운 마음으로 그의 주만을 섬겨온 자를, 사탄이 들어 치려 했다면, 그 사탄의 손을 잘라 영겁의 불구덩이에 던져 넣었어야 할 이가, 오히려, 자기의 의로운 종을, 그 사탄의 손에 붙이다니? 그것이 의로운 신이 할 짓이겠는가? 그가 코흘리개인가? 신에게도 타락이 쳐든 것을! 신의 순수도 오염된 것이렸다! 신의 타락은 무엇으로 속량될 수 있을 것인가? 흐흐흐, 주여, 욥의 하나님이여, 당신은, 욥을 들어 이놈 앞에서 개가를 부르시는 그때, 사실로는, 섶에 누워 당신 자신의 쓸개즙을 마시고 있음을, 내어다보지 못하시니까? 이 사탄이 참패했을 때, 인간들은, 신에 맞선 겸허한 인간의 승리를 거두게 될 것이오니다. 그때 당해 주여, 당신은 당신의 그 교만으로 해 입은 옷이 남루해져, 해 아래 서기가 수치스럽다고 알게 되리다. 그때에 당해, 욥의 하나님이여, 당신은 어떻게 욥을 면대하며, 어떻게 인간을 극복하리까? 욥이야말로, 신이 입어 만유 위에 군림했어야 할, 인세(人世)의 언어로는 '도덕'이랄 그 홍포를 입어버린 것이 아니오리까? (C. G. 융의『욥에게 대답한다』참조) 그리하여 당신은, 그 벌거벗게 된 몸을, '간음한 여자'처럼, 인간들의 손에 붙이려 하나이까? 사탄이라는 이름의 이 놈은, 당신의 갈비뼈 하나로 만든 당신의 망석중이거나, 툴파(Tulpa, Tbtn.)에 불과한 자……, 그러나 그 관계가 오늘, 이상스레 전도되어 있어 보이네다.

장면이 바뀌어

뱀—(여자에게 가로되) 너희가 결코 죽지 않으리라. 너희가 그것을 먹는 날에는 너희 눈이 밝아 하나님같이 되어 선악을 알 줄을 하나님이 아심이라.

아담—선악이란 무엇이료? 그것을 아는 것이 지혜런가? 지혜란 또 무엇이료?

뱀—그런즉 저 과일을 따, 먹어보면 그 모두를 알 것이 아니냐? 갓 태어난 짐승의 새끼들과 다름이 없어, 너희 눈도 뜨여지지 못하여, 그래서 묻는도다. 먹어보면 눈이 뜨일 것이고, 그러면 모든 것이 환하게 보일 테다.

하와—나무를 본즉, 그 열매는 먹음직도 하고 보암직도 하여, 지혜롭게 할 만큼 탐스럽기도 하여라! (말하며, 그 열매를 따고, 먹어본 뒤, 함께한 아담에게도 주매, 그도 먹은지라)

뱀—(그 광경을 보며, 아랫도리를 떠느라 꿈틀거리는데도, 얼굴엔 즐거움이나 승리의 빛은 없어 보였다. 독백한다) 이것은 참으로 인간에 대한 나의 승리일 것인가? 그리하여 저들은, 나의 소유가 되어진 것인가? 이제 저 계집 속에 흘러든 나의 씨앗(숨결)은, 자라, 내게 영광을 입힐 것인가? 아 그러나, 저 아담의 분노에 찬 눈을 보라, 저 계집의 실의에 차고 저주에 찬 눈을 보라, 이것이 나의 승리인가? 이것이 승리라면, 무참한 참패의 날이 올 것이 두렵도다. 만약에 저들게, 선념(善念)이, 신에 대한 공경심이 조금이라도 남아 있다면, 어찌 저들이, 복수의 칼을 갈려 하지 않겠는가? 아으, 주여, 아담의 하나님이여, 당신은 나로 하여금, 아담에게 무슨 짓을 하라고, 이눔의 손으로, 저 하와의 손을 쳐들어 올리게 하였나이까? 주여, 당신의 진노도 두려우나, 저들의 증오가 더 두렵나이다. 당신은 부디, 그 진노의 불칼을 들어, 하실 수 있을 때, 이눔을 치소서!

古記 2

에덴의 동쪽, 울 밖. 가시덤불과 엉겅퀴로 거친 들 가운데. 아담과 하와. 에덴의 동편 울을 둘러, 그룹(Cherubim)들과, 두루 도는 화염검을 두어, 쫓아낸 두 사람이 되들려는 것을 막고 있다.

간교한 뱀은, 에덴을 두른 생나무 울타리의 한 그늘에 똬리 치고, 저들을 엿보고 있는 것이 보인다.

아담—주여, 나의 하나님이여, 내가 지금 어디에 있사오며, 당신은 또 어디에 있사오니까? 나의 눈은, 가시덤불이며, 엉겅퀴 따위를 밝게 보는데도, 어찌하여 갑자기, 당신은 볼 수가 없나이까? 이게 어찌 된 일이오니까? 내가, 몹쓸 꿈이라도 꾸고 있는 것이리까? 아니면, 좋은 꿈을 꾸다 깨었으리까? 공중 나르는 솔개의 울음이며, 멀리서 가까이서 짖는 승냥이 소리도 다 들을 수 있음에도, 나의 귀는 주의 음성만을 듣기 원하되 들을 수 없사오니, 이는 또 어찌 된 일이오니까? 주의 얼굴, 주의 음성으로 넘쳤던 심정도 비어, 가시덤불과 엉겅퀴, 가 우거졌으며, 껄끄러운 바람이나 쓸어 지나 몰랐던 아픔만을 일으키고 있사온데, 이는 또 어찌 된 일이오니까? '지혜'로 하여 뜨여져, 볼 수 있고 들으며, 느끼는 것들이, 바로 이런 것이오니까? 주여 차라리, 나의 눈을 뽑으시고, 귀를 가리시며, 피부를 벗겨내시옵소서!

하와—(아담의 손을 그러쥐어, 자기의 가슴에 대고) 여부 나의 남편이시오, 이 계집의 잘못으로 인하여 이리 되었사온즉, 하나님을 원망하기보다, 이 계집을 쳐 죽이소서! 하나님의 말씀에, 그 실과를 먹으면 '너희가 죽을까 하노라' 하셨으니, 이 계집의 죽음으로 당신은 용서되시리이다. 여자란, 하나님이 당신의 갈비뼈 하나를 취해내어 지었다 하오니, 당신이 잠든 새, 다시 또 다른 갈비뼈 하나를 취해내어 지으시면, 당신은 외로우실 까닭이 없으리이다. 당신의 처지는 그렇게까지나 참담하지 않으오니, 마음을 잔잔히 하시고, 하나님을 묵상하소서. (아담처럼 그네도 참담히 울며, 머리칼을 흩뜨리고, 흙을 쥐어 얼굴에 문질러댄다)

아담—여자여, 나의 누이여, 나의 신부여, 그렇게 말하지 말지니, (하와를 건너다보다, 가슴에 끌어안는다) 잘못이 어째 당신에게만 있는 것이겠소? 나는 그 자리[現場]에 없었더란 말이오? 하나님이, 우리를 저주키 위해 우리를 짓지 안 했다고 한다면, 우리 함께 그의 자비를 빌어봅시다. 주여, 나의 하나님, 당신이 지은 아담과 하와가, 이 지경에 이르러, 당신의 자비를 구하나이다, 부디 굽어살피시옵고, 우리를 당신의 품에로 되불러주시옵소서! 우리들의 눈은, 전에 즐거움으로 건너다보았던 모든 것들에서, 노쇠와 조락을 보게 되며, 귀는 귀대로, 음악으로만 들었던, 모든 소리의 뿌리에 파고든, 굼벵이나 지렁이의 신음 따위를 듣게 되고, 천상적 향기만을 맡았던 코는, 짐승의 냄새, 땀이 풍기는 더러운 시지큰함에 괴로울 뿐만 아니라, 가슴은 또, 이 세상은 주를 찬미하는 축복으로 넘쳤기보다, 악마의 저주와 증오에 넘쳐, 화목이나 화평이 깨어진 황폐를 더 많이 감지해내고 있사오니다. 이런 것을 아는 것이 지혜이리까? 지혜란 그런즉, 저주의 오른쪽 뺨이나 되리까?

하와—여부 아담님, 이 계집의 잘못을 덮어버리려는 것은 아닙니다만, 그래요, 누구의 잘못이었든, 이제는 우리가, 받아들여야 할 것은 받아들이지 않을 수가 없는 처지가 아닌가요? 너무 나쁜 쪽으로만 생각하려 마시고, 우리를 위해, 아직도 뭣이 좋은 것이 남아 있는지, 그것이라도 찾아보아야겠지요? 아마도, 통틀어 나쁘지만은 않을걸요.

아담—(슬퍼하는 눈으로 하와를 건너다보다가, 아내가 측은해 보이는 탓에, 탄식을 분노로 바꾼 듯하다) 이것이, 주여, 당신이 원했던 결과이니까? 이것이 당신의 계획이었나이까? 이렇게 내팽겨쳐 버리기 위해, 당신은 우리를 짓고, 에덴을 꾸민 뒤, 나뭇가지 위에다 덫을 매달고, 나무둥치 밑에는 무저갱을 파놓았던 것이오니까? 그리하여 하와와 아담은, 손발이 덫에 끼인 채 무저갱에로 떨어져 내려 있소니다. 이것이 당신의 즐거움이 되리까? 간교한 뱀은 누가 지었나이까? 자생자(自生者)리까? 그렇다는즉, 당신은 만유의 주는 아니니다. 어찌하여 당신은, 당신의 진한 생기를, 한 유정에게만 먹였다는, 그 한 유정—사람을, 뱀의 혀에 붙이셨나이까? 그렇게 하지 않으면 안 되었던 까닭은 무엇이었나이까? 최소한, 이 한 의문에 관해서라도 대답해주시옵소서, 그러면, 하와의 눈에서 흐르는 피눈물을 닦겠나이다. 이것이 시험이리까? 무엇을 위한 시험이었나이까? 주여, 이제는, 당신이 위로가 아니라, 다만 두렵기만 하니이다! 당신의 손은 물론, 눈길도 닿을 수 없는 데까지 도망쳐, 숨고만 싶으오니다. 당신을 드러내 보이지 않으려거든, 부디 떠나소서, 우리로부터 떠나소서! 우리 둘, 잃을 것이란 목숨밖에 없는 것들을, 그냥 내버려두소서! 잘못을 징계하는 자이오니 당신은 선하오나, 당신으로부터 떠난다고 해서, 우리가 악의 수렁을 향해 발을 내딛는 것도 결코 아니오니, 우리껏 삶을 꾸리도록 내버려두소서! 당신께서, 보이지는 않되, 어디 가까이서 지켜보고 있다고 생각하면, 손가락 하나 뻗쳐 올리기도 불편하오니다. 버렸으면 찾지 마소서! 당신께 대적한다면, 선(善)이신 당신의 눈에 그것은, 행악(行惡)이 될지라도, 우리는 당신께 대적하려 하는 것은 천만 아니오니다.

하와—이제 우리가 해야 할 일은, 그것밖에 남지 않은, 우리의 목숨을 가꾸는 일이 아니겠나요? 당신은, 땀 흘려 먹이를 구해 드릴 것이고, 이 계집은, 우리의 미래를 낳기에 산고를 치러야 할 것이지요. 두렵나이다, 두려운 것은 주 하나님이시오, 이 계집의 낳은 자식들 중에서, 이 계집이 따 내린 열매를 되돌리려 하여, 당신을, 그 같은 나뭇가지 위에 매달아 올릴 것이 두렵나이다. 그것이 이 계집이 품은 원(願)이며 원(怨)이거니요! 이 계집은, 이 계집이 저지른 잘못도 참회하고 있사오나, 동시에 당신을 두고 맺힌 한도, 어떠한 햇볕으로도 녹일 수 없음도 고백해두오니다. 어버이치고서야, 어떻게, 어린 자식들이, 뱀 구덩이 속에 떨어져 드는 것을, 가만히 보고만 있을 수 있겠나이까? 저 간교한 뱀 또한, 이 계집의 자식들의 발 뒤꿈치에 찍혀, 영겁을 두고 고통하리이다.

아담—여자여, …… (말을 찾지 못한 듯하다) 여자여…….

하와—주여, 아담의 하나님이시오, 당신은 전능함으로, 한갓 계집이 뱉는 말의 그물[網]로부터 벗어나실 수 있으리까? 신은 질서며, 법칙 자체가 아니리까? 신이기 때문에 그것에 저촉되지 안 해도 되리까? 당신은, 이 한 계집의 잘못을, 이 한 계집에게만 머물리지 않고, 아직 태어나지도 않은 자식들에게까지도, 영영세세토록 물려주었사온데, 그런즉 어찌 그 잘못만이 유전되리까? 이 계집의 가슴에 얼어붙은, 그 한은 어찌 유전되지 않으리까? 어미가 될 것이 괴롭고 슬프오니다. 죄의식과 이 한을, 젖으로 자식의 입에 흘려 넣어야 되는, 어미일 것이 저주스럽나이다! 아담의 하나님이시오, 당신은 어찌, 이 계집께서 태어날 자식들, 자식들의 자식들이, 저 간교한 유혹자의 새끼들의 머리통만을, 뒤꿈치로 찍어, 그것들의 원수가 되리라고만 여기시오니까? 그런즉 이 계집의 자식들은 선하지 않겠나이까? 두려운 것은, 저 자식들의 뒤꿈치가, 저 뱀의 대가리만을, 향해 찍어 내리지만은 않을 것이라는, 주여, 그것이 두렵나이다. 이 계집의 배앓이에서 태어난 자식들 중의 어떤 자식들이, 어느 날 '신은 죽었도다!'라고, 당신의 머리를 디뎌 일어설 것이 두렵나이다. 죽음이 이 계집께 쳐들었다면, 그것은 이 계집 속에서의 '당신의 죽음이오니다!' 주여, 당신은, 남자와 함께 하여 낳게 될, 남자와 여자의 자식 중에서도, 어미의 성[女性]을 구비한 자식까지도, 그 애가 결혼한 남편의 종이 되라고 저주하였사오니, 남자와 여자 사이도 이간해버리셨음인 것, 불목은 이미 가족 간에도 와버렸음인 것, 그 세상의 화목까지도 이미 깨뜨려져 버렸으니, 하실 수 있으면 주여, 아직 이 계집께 태아의 피가 맺혀져 있지 않은 지금, 이 계집을 치소서! 그리하여, 아담으로부터, 다른 순수한, 죄에 물들지 않은, 갈비뼈 하나를 더 뽑으시어, 이제는 유혹자의 손에 붙이지 마시고, 아담의 배필을 삼게 하소서. 그러면 당신의 에덴은, 당신께, 당신이 바라서 지은, 모든 즐거움을 다 드릴 수 있잖겠나이까? 이 계집의 자궁이야말로, 모든 악의, 마의, 사(邪)의, 그리고 죽음의 수렁, 해골의 골짜기가 아니오니까? 그런 계집을 어떻게 살려두어서, 죽음까지를 버글버글 쉬슬게 하리까? 주여, 치소서! 이 뱀 구덩이에 불의 벼락을 내리소서! 살아 숨 쉬며, 당신을 원망하지 않을 수 없는, 이 목숨이 괴롭고, 원망스럽나이다. 스스로 죽을 용기를 주옵소서, 잃을 것은 그것밖에 없는 그 목숨 탓에, 스스로 죽을 수도 없나이다. 죽이소서, 아니면 죽게 하소서. (숨을 몰아 넘기며, 뒤로 넘어진다. 잠 쓴다)

아담—(영문을 모르겠는지, 대개는 멍청한 얼굴이 되어, 독백하듯 씨불인다) 여자여, 그 가슴으로 독뱀을 끌어안더니, 이제 그 입으로 독뱀의 새끼들을 버글여 내고 있느냐! 그대가 그러함으로 하여, 우리들의 들이 더욱더 황폐해지고 있거늘. (하와 위에 엎드리며, 소리 내어 울기 시작한다. 최초의 울음이 태어나고 있는다) 여자여 하와여, 당신은 지금 무슨 짓을 하고 있는 것이오? 과연 하나님이 당신을 친 것이오? 그 잘못 때문이라면 주여, 아담도 치소서! 이 아담도, 누군가가 그 열매를 먼저 따, 맛보게 해주기를 얼마나 열망했었던 것이오니까? 아담도, 앞에서, 이 여자의 손을 들어 올려주었사오니, 치소서, 아담도 치소서! (말하다 말고, 게거품을 물고, 눈을 뒤집어, 흰창을 드러낸다. 잠 쓴다)

하와—(잠시 후에 깨어나, 아담이 자기 위에 쓰러져, 맥을 풀고 있는 것을 알고, 경악하고, 황망해하지만, 어찌할 바를 몰라, 울음을 터뜨리고, 무녀모양 손을 모아, 비비기 시작한다) 주여, 아담의 하나님이시오, 이 목숨을 드리겠사오니, 아담은 취하지 마시옵소서! 여부, 임자, 아담, 당신의 이 계집을 용서하시고, 돌아오셔요, 돌아오셔요, 당신의 안댁께로 돌아오셔요!

아담—(때에 깨어나며, 어리둥절한 얼굴로 하와를 올려다보다, 그네의 가슴에 얼굴을 묻고, 다시 또 울기 시작한다. 들에는, 푸른 나뭇잎들이 지고, 껄끄러운 바람이 어지러이 불며, 승냥이들의 울음이 검게 뭉쳐 해를 가려, 어둑스레하다. 울다, 자기의 머리를 안고 있는, 하와의 가슴으로부터 얼굴을 뽑고, 자기의 눈물을 먼저 훔친 뒤, 하와의 눈물을 닦아준다. 어떤 결의를 다진 듯, 이빨을 한번 으드득 갈고) 여보, 이제 일어납시다! 같이 행한 잘못인 것, 그리하여 우리는 한 운명에 묶인 것. 이제는 그러니, 그런 일로 뒤돌아보기는 그만합시다. 보구려, 땅은 비록 가시덤불과 엉겅퀴로 덮여 있다 해도, 그렇기 탓에 쳐내고, 일구고, 심어, 거둘 일이 있잖소? 저 광활함이 모두 우리의 것이 아니오? 다 일궈진 에덴을 잃었으나, 일궈낼 땅이 우리 것이 되잖았소? 그리고 나는, 무엇보다도 먼저, 당신을 얻었구료! 사실 난, 당신을 몰랐었지 않소? 당신은 그러구 보니, 에덴보다도 아름다웠구료! 모든 아름다운 것들 중에서도, 그중 아름답구료! (하와를 처음 보는 듯이 하며, 끌어안는다. 하와 배시시 웃고, 그 가슴이 미더운 듯 얼굴을 묻는다. 아마도 최초의 사랑이랄 것이, 싹터, 순식간에 불어나, 해일이 되어 둘이를 침몰하고 있었다. 하와는, 사람의 땀의 맛을 본 적이 없는 그 대지처럼 수용적이며, 또한 탐욕적이다. 그날로 하와께,

태기의 시작이 있었을 것이어서, 카인을 낳는데, 그는 생흙을 강보로 삼은 자식이어서, 흙을 업으로 삼는 자가 될 것이었다. 그가, 유혹자의 자식이었을 것이라는, 뒷소문도 없지는 않다) '대지를 모독하는 것이 이제는, 최대의 모독이 될 것이로다!' (하와의 두 손을 자기의 두 손에 그러쥐고, 빛나는 눈이 되어) 이제 우리, 우리를 지은 하나님의 평강을 기구하기로 합시다. 그리고 떠납시다, 에덴으로부터, 우리의 과거로부터, 그리하여 우리의 미래를 향해서, 대지를 향해서! 우리의 자식들의 어머니인 여자, 대지의 미래를 잉태한 대지, (그리고 둘이는, 에덴 쪽을 향해 망연한 눈길을 보내다, 에덴을 등지고, 그러니 해 뜨는 쪽의 넓은 들로 나선다. 거기, 무변의 대지가, 한 번도 인간의 땀 맛을 본 적이 없는, 어머니인 흙이, 아담의 땀의 값을 지불하려, 품 벌려 기다리고 있다) 하와여, 이래서 보니, 우리는, 잃을 것을 전혀 못 갖고 있는 것이 아니잖소? 어쩌면 너무 많이 갖고 있는 것이 아니겠소? 우선은, 당신을 잃고 싶지 않소!

간교한 뱀—(울타리 그늘에 숨어 저들을 내어다보다, 똬리를 풀어, 그룹들의 부리와, 화염검을 피해, 땅바닥으로만 기어가며, 짜개진 혀를 낼름거린다) 주여, 분명히 이것이, 당신이 원했던 것임을, 이제는 알겠나이다. 이것이 당신의 승리겠나이다. 하오나, 이눔은 무엇이오니까? 저것들을 소유할 줄 알았었사오나, 이눔 또한 저들의 밖으로 물리침 받은 것을! 아으 만약, 간교한 뱀의 축복도 축복일 수 있다면, 나의 축복을 받을지라, 너희 사람들, 번성하여 자손이 해변의 모래와 같고, 밤하늘의 별과 같기를 바라노라! 나의 침(은, '말'이거니)을 삼킨 여자 속에, 나의 미래 또한 잉태되어 있거니—. 그럼으로 여자란, 가시덤불이며, 엉겅퀴 밭이러람. 아래쪽엔 비옥함이 준비되어 있도다. 땀 흘리다 거기 넘어져서도, 아담은, 그것을 딛고서야 일어서리라. 열매가 떨어져도, 또한 떨어진 자리에서 싹을 틔우며, 일어선 자리에서 제국(諸國)이 무너져도, 무너진 그 자리에서 다시 제국이 일어섬을—. 그리고는 다시 가시덤불과 엉겅퀴에 덮이는 것을, 그래, 덮이는 것을.

古記 3

카인, 아벨. (아비 아담과 어미 하와가 기거하는) 동굴로부터 조금 떨어진 들 가운데에 있는 종려나무 아래. 넓적한 반석 둘—제단(祭壇). 아벨의 제단에서는, 잉걸불에 태워지는 양 기름과, 고기 냄새가, 연기에 섞여, 들에 푸르게 퍼지고 있다. (稗官의 稗見에는, 이것이 저들의 첫 제사 행위였던 것으로, 이 방인들의 巫俗祭가 도입된 듯하다. '신약'에 이르러 그것이 극복된 듯하지만, 저것은 어째도 巫俗的이다)

카인—하나님, 나는 농사하는 놈이어서, 땅의 소산 중에서도 그중 잘 익고 탐스러운 데다, 싱싱한 것들로만 골라 정갈히 손본 뒤 제사드리오니, 오십소서, 내립소서, 흠향하십소서! (축수하며, 제단 앞에 무릎 꿇어 절한다) 하시고, 이눔의 들에 많은 소출이 있도록 축복하여 주사이다.

아벨—저는, 양 치는 일에 종사함으로 하여, 카인 형처럼, 땅에서 거둔 것으로 차리지는 못하였사오나, 대신 양의, 흠 없는 첫 새끼와 그 기름으로 제사드리나이다. 부디 저의 것도 흠향하시고, 제가 치는 양의 무리가 더욱더 번성케 하여주사이다.

여호와—(어느덧 그 자리에 현신해 있다. 그러나 카인의 제물은 외면한 채) 아벨아, 착하도다! 너의 제사가 내게 기껍고녀. 이후, 네가 치는 양의 수가 들을 가득 채우기 원하노라.

(간교한 뱀, 풀섶에 숨어 있다, 버릇된 그 혼잣말을 한다. '아벨의 하나님이여, 어찌 저 제사를 차별하시니까? 당신은 어디에다 당신의 발 디딜 자리를 구축하려 하시니까? 카인을 외면하고 있사오니, 대지도 아니며, 하늘나라 소식도 전한 바 없으니, 하늘도 아님인 것. 당신은, 짐승을 죽여 태우는, 짐승의 기름과 살을 태운 제물을 기꺼워하시니, 당신은 목축꾼의 신이리까? 주께서는 이제, 저 양의 무리를 좇아, 풀 좋은 곳으로, 곳으로 헤매려 하시니까?' 중얼거리다 말고, 매사에 흥미를 잃은 듯, 눈을 감아버린다)

카인—(하나님의 주의를 환기시키려 하여, 기침도 해보고, 제물을 조금

달리도 배치해보는 시늉도 해 보이며, 껍질 속에 싸인 건 껍질을 벗겨, 그 속살의 향기를 드러내 보이고도 했으나, 종내 그의 주목을 끌지 못하자, 심히 실망하여, 입술을 짓무는데, 안색이 분해함으로 울그락불그락해진다. 그리고 저만 알아듣는 소리로 투덜댄다) 주여, 당신이 천지를 조판했을 때, 먼저 식물을 내고, 다음 동물을 냈다고 이르는 데다, 에덴에서 나의 어버이의 등을 떠밀어 쫓아냈을 때도, '너의 먹을 것은 밭의 채소'라고 하여, 밭갈이에 종사케 했었거늘…… 이는 공평치 못한 듯하오이다.

여호와—(그때에야 카인을 향해 가로되) 네가 분하여 함은 어찜이며, 안색이 변함은 어찜이뇨? 네가 선을 행하면 어찌 낯을 들지 못하겠느냐? 선을 행치 않으면, 죄가 문에 엎드리느니라. 죄는 너로 죄를 짓도록 꾀하리니, 너는 죄를 다스릴지라. (자취를 감춘다. 아벨은 그리고도 좀 우물거리며, 떠날 기회를 찾고 있었으나, 형의 참담해하는 얼굴을 마주할 수가 없어서인 듯, 저의 제단을 깨끗이 하고 있다. 그의 얼굴은, 전에 없이 밝고, 자신감에 넘쳐 있다. 그런 뒤, 그 자리를 떠나서 저만쯤 가서는, 휘파람을 불기 시작한다)

(간교한 뱀, 아벨의 휘파람 소리를 들으며, '죄의 소원'은 차라리 저 아벨에게 있는 것이겠군!' 하고 탄식한다. '내가 카인이었더면, 지금 대번에 달려가, 저 뻣뻣해진 목을 꺾어 놓아버리고 말겠구먼, 원!')

카인—(혼자 남게 되자, 자기 제단의 제물을 발길로 걷어차 사방에 흩뜨린다) 개미며, 지렁이, 굼벵이들은 와서 이 제물을 열납할지라! (그리고는 씩씩거리며, 제가 만든 제단 위에 털썩 주저앉고, 쏟아지는 눈물을 주먹으로 훔치며, 흘긴 눈으로 사방을 휩쓴다) 젠장, 내가 무슨 '선을 행하지' 안 했다는 말이냐? 어떤 것을 선이라고 이르고, 또 죄라고 이르느냐? 내가 과연, 선이 무엇이며, 아닌 것이 무엇이고, 죄도 또한 알고 있다는 말이냐? 양치기 대신, 땅을 갈기는 선행이 아니어서, 그 소산으로 제사하기는 죄인가? 아벨의 하나님이여, 그 업(농사)이, 당신이, 아담 나의 아버지께 준 것이 아니었나이까? 카인은 지금, 당신은 공평하지 않다고, 계부처럼 편애하고 있다고, 투덜대고 있사온데, 이것이 선하지 않다면, 무엇의 까닭으로써이겠나이까? 선후는 어찌 되었든 상관할 바 없다 해도, 같은 씨앗이, 같은 배앓이를 통해서 태어난 우리 두 형제를, 차별하여, 하나는 교만함으로 가슴을 펴게 하고, 하나는 버림받은 참담함으로 움츠러들게 한 일은, 과연 정당한 선행이리까? 아벨의 하나님이여, 당신이야말로, 당신의 문전에 엎드린 간교한 뱀을 조심하소서! 때로 카인은, 부모가 쏟아붓는 보살핌을 받으며 응석 떠는, 아벨을 부러워하지 않은 것은 아니었으나, 그런즉 아우를 가진 모든 형들은 죄이리까? 아벨의 하나님이여, 누가, 당신 대신, 그 자리에다 다른 신을 뫼시려 한다면, 당신은 질투하려 하잖았을 것이오니까? 당신의 질투는 그러나 정당한 것이겠소이다? 그렇지 않다면, 그것은 선행이 못 되어서, 죄도 되는즉, 당신은 당신의 질투로 당신 자신을 외면하고, 스스로를 또한 아픈 말로 질타한 뒤, 버려야 하지 않으리까? 그렇지 않다면, 홀로 당신께만, 당신의 질투나 진노는 정당하여, 다른 신을 뫼시려는 자를 저주한다 해도, 그것은 선행이 되잖으리까? 나의 부모를 걸어 말하지는 말게 하소서만, 카인은, 부모께 불복종한 일도, 아우를 부러워는 했으나, 질투해본 일도 없는 인간이로소이다! 그런 무엇에 대해서도, 아무런 자책감도 없사온데, 전지한 당신의 판단은 무엇에 근거했든, 당신은 전능하고, 이 인간은 무력한즉, 뜻대로 하소서! (그 자리를 떠나, '이 인간'은, 어디라 없이, 허우덕이고 비척이며 나간다) 그러나 오늘 이 인간은, 당신의 일로, 분하고 괴롭나이다. 이 인간 속에서, 분노가 태어나고, 괴로움이 일어났으며, 질투와 증오가, 저 분노를 젖 빨아 독룡처럼 불어나고 있나이다. 어째서이니까? 카인만이 이 괴로움의 억만 근의 무게를, 견뎌야 하는 까닭은 어디서 근원했으리까? 여호와여, 당신은 아마도 농사꾼의 하나님은 아닌 듯하외다. 그런 까닭으로 카인은, 틀린 신에게 틀린 제물을 바쳤던 듯하외다. 그런즉, 이 분노에 날뛰는, 죄인을 치소서! 선함이 무엇인지도 모르는, 선하지 않은 자의 말로를 공포하소서! 누가 감히 당신께 마주하리까? 미구에, 당신은 분명히, 이 인간이 서서, 땀 흘려온 그 대지도 뽑아버리려 할 터인데, 카인의 제물을 열납치 않은 까닭은 그것이 아니리까? 이제도 이 인간 카인이, 무엇을 두려워하리까? 죽음이리까? 죽음은 이미 준비되어 있는 것이 아니오리까? 한 여인의 과실을 확대하여 당신은, 그 여인의 자식들까지도 죽이려 하지 않나이까? 죽이소서! 희망을, 삶의 목적이나 의미를 빼앗기고 사는 목숨도 목숨이어서, 당신의 진노를 두려워하리까? 이 인간이, 한 번도 생각이라도 해본 적 없는 죄를 범했다면, 그것은 당신의 길가에 서 있었다는 죄밖에 없을 것이니다. (보다 현학적으로 말한다면, 구레네 사람 시몬의 죄는, 예수가 십자가를 메고 가며 힘들어하는, 그 길가에 서 있었다는, 그 죄밖에는 없다는 얘기가 될 것이다) 이제 알겠삽는데, 당신이 만약, 양 치는 아벨만의 작은 하나님이라면, 농부인 카인과 당신의 길은 어긋나 있사오니, 아벨의 양들이 설사병에 걸리지 않게 돌봐주시고, 이리 떼에게 찢김을 당하지 않게 지켜주셔이다. 이제 카인에겐 카인이라는, 이 인간이 있을 뿐이외다. 인간이 신을 잃기는 비극이로되, 신의 편에서 그를 제척하고서야, 이 인간은 자기를 찾아낸 듯하오니다. 당신은 이 인간을 정당하지 않게 부정하였으나, 이 인간은 정당한 이유로, 당신을 부정하려 합니다. 나, 하나의 유약하고 어리석은 인간과, 당신, 전능하고 전지한 신과의 하직은, 이렇게 고해야겠소이다! (눈물을 훔치며, 부득부득 이를 갈아 젖힌다. 하긴, 신으로부터 받은 제척은, 전 우주를 잃기에 비해도, 적지 않을 테다) 나는 누구니까? 이제도 카인이, 아벨을 아우라고 이를 수 있으리까? 서로 애정으로 얼싸안았던 형과 아우는, 이렇게 되어, 아우가 형의 주(主)가 되었으며, 이렇게 되어 형이 아우의 종이 되어버린 것이 아니니까? 카인이, 당신에의 짝사랑으로써, 계속 당신을 따르려 한다면 그러할 것이 아니오리까. (가다 카인은, 저만쯤에서 아벨이, 즐겁게 피리를 불며, 양 떼를 몰아 오는 것을 보았다)

—「창세기」 제3장 8절에 이런 구절이 있다. '그 후 그들(카인, 아벨)이 들에 있을 때, 카인이 그 아우 아벨을 쳐 죽이니라.' (이 '제3장'의 기사는, 인류사에 있어 가장 비극적, 비운의 소식을 전하고 있어, 삭제해버릴 수 있으면, 그러고 싶은 부분이다. 이 기사 속에서 인류는 불멸·영생을 잃고, 그리고 최초의, 불쾌한 죽음이 태어나고 있다) 전지전능하며, 무소부재(하다는 생각은, 나중에 이뤄진 것인지도 모르겠다만)하다는 '여호와께서, 카인에게 이르시되, '네 아우 아벨이 어디에 있느냐?' 그가 가로되, '내가 알지 못하나이다. 내가 내 아우를 지키는 자니이까?' 가라사대 '네가 무엇을 하였느냐? 네 아우의 핏소리가 땅에서부터 내게 호소하느니라. 땅이 그 입을 벌려 네 손에서부터 네 아우의

피를 받았은즉, 네가 땅에서 저주를 받으리니, 네가 밭 갈아도 땅이 다시는 그 효력을 네게 주지 아니할 것이요, 너는 땅에서 피하며 유리하는 자가 되리라.'

농부가 땅으로부터 저주를 받았으니, 이는 나중에, 천국에의 희망 하나만으로 그의 주를 따랐던, 이스가롯 유다로부터 하늘을 뺏기 만큼이나 비극적인 듯하다. 모든 인력(引力)의 인대가 끊겨, 무중력(無重力)으로 중력들 가운데를 굴러야 하는, 그런 가장 무거운 무중력적 운명도 있는 것이구나. 카인은 그래서 보면, 이번에도, 틀린 제물을 틀린 입에다 제사한 모양이었다. 하늘은 그때도 맑고 푸르며, 해는 그때도 번쩍이고 있는데, 쉬파리들이 아무리 윙윙대고 있어도, 들은 그냥 적막하기만 했다.—

古記 外典

때 아담이, 구백스물아홉 살 된 때. (아담은, 창조되었을 때, '서른 살'이었는데, 그 후 구백 년을 살았다고 이른다. '서른'은, 出世之歲로 이른다[*The prose Solomon and Saturn and Adrian and Ritheus*])

장소 산기슭의 동굴. 동굴 입구는 서향해 있다. 그쪽 어디 멀기도 하면 곳에, 에덴이 있을 것이었다. 해는 서천(西天)의 가운데쯤에 있다. 그래도 동굴 안은 어둑스레하다.

인물 아담. 카인. (카인도 이제는, 구백 세 가까운 늙은네다) 그리고 패설(稗說)꾼. (잠시 잠시, 포도주와 가래침에 젖은 수염으로 나서되, 그가 나타나는 듯싶으면, 얘기가 雜스러워진다)

카인—(들어서려다 말고, 동굴 입구에 서서, 안을 유심히 살펴본다. 북더미 같은 冥昏, 명혼 같은 북더미 속에 오그려 있던, 뼈의 한 무더기가, 숨을 헐헐거리며, 움직임을 드러낸다) 아버님, 아버님이십니까?

아담—나, 난 아담이오만, (빠르적이듯, 손을 휘저으며) 개, 객은 뉘시오?

카인—(소리 나는 쪽으로, 성큼성큼 다가가며) 아버님! 저는 카인입니다,

카인이 왔습니다! (먼저, 엎드려, 아비의 발등에 이마를 조아리고, 다음 몸을 추스르려는 아비를 정겹게 거든다. 둘 사이에 잠시, ? ! , . ! 머뭇거림이 있더니, 아비와 아들은, 서로 부둥켜안는다)

아담—아, 네, 네가 카인? 카인이 살아, 돌아, 왔다구? 돌아왔구나! (눈을 천장을 향해 희게 뜨더니) 감사하옵나이다, 주여, 나의 하나님, 감사하옵니다!

(수염에, 술 찌꺼기 밥풀이 싯누렇게 엉겨 붙은, 패관이 나선다. 오매불망, 九世記 만에 만난, 부자간에서 있음 직한 일들은, 이제 누구나의 짐작대로일 터인데, 패관보다는 입담이 백 배는 나은, 호머[Homer]라는 이름의, 장님 음송 시인이, 이와 대단히 비슷한 장면을 묘사해놓은 게 있어, 稗帖에 적어놓은 게 있으니, 이 '눈물 짜기' 장면은, 그것으로 대신케 함이, 그렇지 안 해도 구질구질한 패관의 雜스러움을, 좀 덜 드러낼 성부르다. 아 물론, 패관인들 어찌 혀가 없어, 저 '감격스러운 장면'을 묘사치 못하겠는가, 그런다면, 공들로부터 짜낸 그 짜거운 눈물 속의 취기에, 패관의 혈관이 젖어도 좋을 테다, 마는, 보아하니, 詩 팔아 사는 이는, 小說 팔아 사는 패관보다 형편이 더 나쁜 듯하니, 던지어질 몇 푼의 인정은, 그에게로 돌리쟈. 그의 비유가 좀 서툰 대목이 없잖아 있어도, 수염 단 노파치고는, 꽤는 열심히 자아올리느라 그렇게 되었을 것이라고 치부해두고, 은근히 쓰려져 오르는 느낌만 즐기면 된다. 쿵 뚜닥)

(아비) 오디세우스는 다시 앉고
(자식) 텔레마코스는,
위대한 아비를 얼싸안는데,
둘 다 다 오랫동안 쌓아왔던 울음을 억제치 못한, 울음을 운다.
날기에 너무 어려 날지 못하는 새끼들의 둥지를
한 농부가 노략질하고 있을 때
그 어미 매나 독수리가
째지는 울음을 울기처럼, 보다 더
저 둘은 목놓아 소리쳐 울었다.
서로는 서로가 불쌍해,

자식 쪽에서 아비의 여로를 묻지 안 했더면,

해가 지도록 울었을 것이었다.

— *The Odyssey* 제16장 (R. Fagles 英譯에서)

아담과 카인의 만남도 저만 못하지 안 했을 터, 그러니 삭풍이 고목 흔드는 소릴랑 그만두고, 둘이의 어깨가 다 눈물에 젖었을 때, 아비 쪽에서 꿈적거리고 일어난 데서부터, 얘기의 실을 이어, 자아올려 볼 일이겠다. 그렇게 일어난 아비가 뭘 하는고 했더니, 아궁이 있는 쪽으로 가서, 셋(Seth)이 훈제하여 걸어놓은, 양고기를 한 토막 크게 베고, 포도주와 물을 가져와, 아들 앞에 차려 내놓는다. 셋은, '아담이 일백삼십 세에 자기 모양 곧 자기 형상과 같은 아들을 낳'았던 바, 그래서 '이름을 셋'이라 했다고 이르는데, 아담은, '하나님이 가라사대, 우리[複數]의 형상을 따라 우리의 모양대로 우리가 사람을 만들'자고 하여, 만들어진 이었던 것을 염두하고, 그 아담이, '셋'을 일러, '자기의 모양 곧 자기의 형상과 같은 아들'이라고 하고 있음은, 간단히 간과해버릴 수만은 없어도 뵌다. 그것에 대해 일어날 수 있는 의문이나 대답은, 누구나의 것일 수 있을 게다. 분명한 것 하나는, 인류의 장자(長子)였던 카인이, 한 번 더 제척되어졌다는 것일 게다.

카인—(양고기를 좀 뜯어내 씹고, 포도주를 좀 마시며) 어머님과 셋이 들일에서 돌아오지 않고 있군요. 제가 나가볼까요?

아담—아 네 어미? 가여운 바리데기! 네 어미는, 내게 내려진 그 저주의 날, 죽음의 날 말이지, 그게 가까웠다고 여겼던지, 마지막으로라도 한 번 하나님 전에 나아가, 생명의 나무 열매나, 생명의 물을 구해보겠다고, 세천시어 곡 에덴 길에 오른 지, 하매 둬 해 돼가고 있는 중인데, 어디를 헤매는지[3]……, 바람결에 언뜻언뜻 듣기로는, 가다 어디서, 탑 쌓는 이를 만나, 길을 묻다, 그 탑 다 쌓아주느라, 생채기를 입고 있다고도 하고, 또 가다, 거멍 수건 빠는 이께 길 묻다, 그 거멍 수건 희어지도록 빨아주느라, 손매디가 물러나고 있다고도 하고, 또 어디서는, ……그 일로도 슬프구나. 지금 돌아다 보면, 에덴 길은 꿈길과도 같아, 꿈꾸다 깨이기처럼, 벗어나기는 쉽게 벗어났으나, 되돌아가기는 쉽지 않을 것으로만 여겨지는데……, 아직도 그러나, 네 어미 떠나며, 정화수에 다 자기 쓰던 빗을 띄워놓으며, 그것이 가라앉거들랑 자기 죽은 줄 알라고 했더니, 그것이 가라앉지는 않고 있기는 하다……, 네 아우 셋은, 오늘 아마, 해 지는 쪽 풀밭에서 양을 치고 있을 것이다. 어쩌다 바람결에 그 애 부는 피리 소리 같은 것이 들리는 듯하기는 하다. 한 달이 다 가도 얼굴 보기는 힘든데, 그 애가 준비해둔 먹을 것, 마실 것, 땔 것은, 아직도 반 남아나 있으니, 그 애도 그런 일로는 걱정은 안 하고 있을 게다. 이쪽 들녘의 풀도, 그동안 잘 자라, 이녘에서 양 떼를 쳐도 될 만하니, 돌아오긴 곧 돌아올 게다, 곧 돌아올 게여. 알겠지만, 그 애 하나만이 오로지 이 늙은 양주의 즐거움이었지그리.

카인—하나님께서, 아벨을 대신한 축복이 그 애가 아니겠습니까?

아담—네 어미 하와는 그렇게 믿고 싶어 하고 있지. 아벨에 대한 우리의 통한에서 얻은 아이였으니까…….

카인—셋도, 아버님이 불편해 계신 것을 알고는 있겠지요?

아담—그야 몇 세기나 된 지병이니깐. 하다못했으면, 늙은 네 어미가, 피살레물, 기(氣)살레꽃을 구하겠다고, 그 먼 길을 떠났겠느냐? 앓는 자는 앓더라도, 사는 일은 또 그것대로 꾸려가야 되는 것. 셋은, 굳게 하나님을 믿어, 애비께 무슨 일이 있기 전에, 하나님께서는, 어떤 식으로든, 그 일로 저한테 현시하실 것이라고 하고 있는 데다, 떠나기 전에는 늘, 갓 난 새끼 젖 먹이는 어미 양을 한 마리 놓아두고 가는데, 그러며 부탁이, 아비께 조금이라도 불편함이 있으면, 그 어미 양을 풀어놓아 주라는 것이었다. 그 에미가 새끼의 울음소리며, 냄새를 좇아 달려오는 즉시, 달려오겠다는 심산이겠지. 그 애가 즐겨, 서쪽으로만 양들을 몰고 가는 뜻도 모를 듯하지는 않다. 그 애 또한 어미 떨어진 양이겠거니…….

카인—아버님의 신병은 어떻게 시작된 것입니까? 특히 어디가 어떻게 불편하신가요?

아담—글쎄, 건 나두 잘 모를 뿐이다. 특히, 시간이, 세월이, 늙은 삭신에 무거운 데다, 뼈를 갉는 흰개미 떼처럼만 여겨지는데, 그러자니 나의 어머니 대지가, 날 부르고 있거니, 그래왔을 뿐이다. 나를 뭉친 흙에서, 찰기가 다 빠져나가, 파사근 파사근해진 것 같거든.

카인—아벨의 까닭이었겠지요…… (깊은 한숨) 저의 자, 잘못은 아벨에게 만 미친 것은 아니었을 것이지요 물론…….

아담—나로서는, 그렇지 않다, 라고 말할 수 있으면 좋겠는데…… 그럴 수가 없어, 그것도 병이구나. 글쎄다, 거기 떠나서는 어디에고 발붙일 데도, 등댈 데도 없는, 바로 그 대지로부터 제척을 받아, 올 데도 갈 데도 없는 데로, 어깨를 늘어뜨리고 떠난 자식과, 장가들어 본 적도 없이, 어린 나이에 죽어, 씨 하나 못 남긴 자식에 대한, 못 견뎌낼 슬픔과 기리움 같은 것이, 마음의 병이 되었을 것인데, 어느 날 보니 그것이, 육신을 칭칭 감아, 쓰러 눕히려 하고 있더라고 해야겠지맹. 그게 어느 나이 때부터였는지는 기억에도 없다만, 고된 일에도, 살기에도, 아무 보람도 없는 듯한 시간을 견디기에도, 지쳐, 그저 쉬고 싶다는 생각만 들더구나, 그냥 쉬고 싶더라 말이지! 건 이상스러운 병이더군. 구백여 년을 살고도 말이다만, 뭘 느끼고 생각하지 않으면 안 되는, 마음이라는 것을 몸속에 갖고, 또 시간의 무게까지 견뎌야 하는 목숨은, 잠시의 젊음을 빼놓고 말이지만, 백 년을 살기에도 적합하지 않은 것을 알겠더군. 쉬일 틈이 생기면, 마음속에서 독충(毒蟲)들이 일어난다, 슬픔이며, 고독이며 회한 같은 벌레, 번뇌, 벌뢰…… 그러자니 그저 꿈직여야 되고, 땀 흘려야 되고, 곤핍에 시들어야 되고……, 그러나 그런 육신적인 것뿐만이라면, 배부르고 등 따술 때, 얼마 정도의 행복을 느끼지 못할 것은 아니겠어도…… 그럴 때 나는, 나의 어머니 대지가, '자연'이, 날 그 품에 폭 싸안고 있는 느낌까지 갖기도 했다만……, 그랬었드랬지, 대지에로, 또는 자연에로 돌아가, 그것의 일부, 또는 그것 자체가 되어버릴 때만, 시간의 무게라든, 존재하기의 고통 등이 지워지고, 자기를 잊게 되는 듯하더라 말이지. 그럴 때 나는, 에덴에서 느꼈던, 그 대단히 흡사한 열예를 해후하곤 했었다. 그래서는, 나도 모른 새, 에덴에로의 복귀가 이뤄진 듯이도 여겼더랬는다. 마는, 이제는 말이지만, 나는, '지혜의 열매' 맛을 알고 있었던 것이다. 그것이 문제였다. 나는, 짐승이 본능적으로 욕망하는 것 외에도, 훨씬 더 많은 것을 욕망하고, 그뿐만도 아니어서, 육신적 물질적 이외의 것을, 사실은 더 많이 꿈꾸고, 욕망하고, 생각하고 있던 것이다. 나는 그래서, '에덴'이라는 그 곷(곳+것)에로 돌아갈 수 있는다 해도, 에덴은 그리고 구태의연하다 해도, 아담은 이미 이전의 아담은 아니라는 것을, 그럼으로 에덴도 더 이상 이전의 에덴은 아닐 것이라는 것을, 알아버린 것이다. 네 어미 길 떠나고 난 뒤, 갑자기 알아낸 것이 이것이지만, 에덴은 '곳'(장소)이 아니라 '것'(상태)이나 아니었던가 하고 생각한다. 그런즉 '우리'는, 한 발자국도 에덴으로부터 떠나본 적은 없는데, 지혜의 열매를 맛보기에 의해, 말하자면, 짐승의 새끼가 태어났을 땐 눈꺼풀에 덮여 장님이다가, 어느 날 눈을 뜨기처럼, 눈을 뜨자, 상황이 바뀌어 보인 것뿐인지도 모르겠다는 생각이다. 이것이 비극인지, 인간으로서의 한 성장인지, 그것은 나로서는 모르고 있을 뿐이다. 모르되, 나는 더 이상, 이전의 아담은 아니며, 어쩌면 이전의 아담이기를 원하고 있지 않은지도 모르겠을 뿐이다. 이것이, 불멸, 또는 영생을 지불하고 얻은 것이겠느냐? 이런 눈으로 보건대, 초목이나 금수는, 한 번도 영생 따위를 잃어져 본 적이 없는 듯하다 말이지. 그것들은 아직도 '죽음'을 모르고 있어 보이잖느냐? 한사코 사는 것이다. 필멸일지라도 필멸을 모른다는 것, 아담이나 하와도 그랬듯, 영생이나 불멸에의 인식도 물론 갖고 있지 않을 뿐, —살고 있는 한, 그런 삶은 죽음의 벌레에 쏠려 있지 않음인 것. 그러니 불멸이나 영생은, 살기밖에 모르는 삶을 잃고 난 뒤에 이뤄진 관념일 것이었을 것. 영생이나 불멸에도, '시간'의 개념이 저변해 있는 것이라면, 하기야 시간을 떠나 뭣을 일러 영생이며 불멸이랄 것이겠는가, 정작으론, 영생·불멸이라는 말이 의미하는, 그런 것은 없는 것이 아니겠는가……, 지어진 것은 부서지며, 이어진 것은 끊어지며, 오른 것은 내리게 마련인 것—그것이, 구백여 년을 살아온 늙은네가 깨우친 물상적 세상의 법칙인 듯도 싶으더라. 한 마리 하루살이는, 하루밖에 못 사는데, 아담은 거의 십 세기(十世紀)를 살고 있다면, 하루살이 쪽에서 보는 아담의 삶은 무량겁에 해당될 만할 것이다, 마는, 문제는, 하루살이는 하루밖에 못 산다는 것은, 그것들보다 좀 더 오래 사는 것들의 관찰의 결과며, 사실은, 그 하루살이는 하루만 살고 죽는다는 것을 모른다고 할 때, 그 하루는 무량겁인 것으로 여겨진다는 데 있을 것이라는 말이지. 구백여 년을 살면서도, 밤낮으로 죽음을, 필멸을 알고 사는 삶은, 그 시간적 길이와 상관없이, 살고 있을 뿐인 것. 그러니 이 애비는, 구백몇십 년을 살았으되, 그냥 순간만을 살아온 것의 집적이 그것이라면, 하루살이가 더 오래 살고 있다는 얘기가 되어, 어딘지 우스꽝스러운 데가 있게 된다. 인식 탓이겠지맹. 그러자니 묻게 되더라, 죽더라도 죽음을 모르는 삶은, 어쨌도 삶이라는 의미가 있는 듯하되, 매 순간 매 찰나 죽음에 맞서 있는 삶에는 그래서 무슨 의미가 있는가? 초목이나 짐승은, 삶을 얼마나 어기차게 운영하고 있는가! 그것들은 죽음을 모르기 때문에, 의미나 목적은 묻지 않는다. 그것들께는, 삶 자체가 의미며, 목적인 것을! 삶이 그 전체인 것을! 흙에서 왔으므로 흙으로 돌아갈 것이라면, 인식하며 산다는 것들께, 그것에는 또 무슨 목적이 있는가? —그런 의문을, 하루에도 수십 번씩 되풀이해온 것이 이 애비의 삶이었던 것을! 번제용으로 묶어놓은, 흠 없는 첫 새끼 양을 건너다볼 땐, 그것이 부럽기도 하던 것이다. 그것의 희생이, 그것 자신에게는 얼마나 정당하든 어떻든, 그것의 죽음은 어쨌든, 그것 자신과는 상관이 없다 해도, 어떤 목적에는 쓰이던 것이다. 사람은 그런데, 그런 번제물도 못 되며, 번제를 드리고 있는데, 혹간 사람의 죽음이, 신에게는, 예의 저 어린 양의 죽음 같은 제사라도 되는가? 나는 언제부터, 그 까닭도 의미도 목적도 모르기 시작했을 뿐이다. —나의 병은, 그렇게 시작된 것이었겠지…….

카인—아버님께는, 하나님이, 삶의 모든 의미며, 목적이며, 희망이 아니신가요?

아담—그렇게 믿었었지. 그렇게 믿으려 하지. 그렇게 믿기를 바라지.

카인—하나님을 부인하고 계신 건 아니시지요? 외람된 말씀이지만요…….

아담—나는 한 번도, 그를 부인해본 적은 없다. 사실로는 주야로 그를 묵상하고 예배해왔는데, 그가 그러나, 내게 무엇인가, 무슨 의미인가, 또는 무슨 목적이며, 무슨 희망인가, 그런 것을 물어왔던 것이기는 하다. 나는 그 대답을, 아직까지도 못 듣고 있다.

카인—그는, 외적(外的) 존재이기만 하겠습니까?

아담—그가 만유를 짓고, 또한 나를 지었다고 하니, 그렇게밖에 생각할 수가 없잖으냐? 누군가가 지었으니, 세상과 내가 있을 게 아니냐?

카인—살기의 의미나 목적, 또는 희망 같은 것까지도, 삶과 동재(同在)하겠습니까? 그러니까 그가, 생기를 불어넣었을 때, 그런 것들도 함께 불어넣었겠습니까?

아담—(한참 침묵한 뒤) 그가 그것들까지 불어넣었다면, 나는 그것을 회의하지는 안 했겠지……. 그에게 그랬어야 할 뜻과 까닭이 있었다면, 그것이, 그가 지은 우리 모두의 것이기는 할 테지만……, 그러나 피조물은 창조자가 아니어서, 그것을 헤아릴 수가 없다는 말은 하려 하잖겠지?

카인—저도, 부모님 슬하를 떠나지 않으면 안 되었던 그날, 발걸음에 무거움이 족쇄처럼 묶고 든 그 순간부터, 그 꼭같은 의문이 일어나, 만 근 철퇴가 되어, 가슴을 쳐 내리는 것을 느꼈었는데, 아버님과 달리 저는, 죽을 수도 없다는 것을 보태 알지 않으며 안 되었드랬지요.

아담—가, 가슴 아픈 얘기다만……, 대지까지도 너를 받아주지 않을 것이었으니, 그, 그랬겠지. 마는, 대지가 생물을 제척한다면, 어떻게 제척하는 것이겠는고? 그가 딛는 땅은, 그가 가[耕]는 땅은, 그 순간 사막이나 바위가 되든, 무저갱이 되어버린다는 것이겠는가? 땅이 척박한 데가 있고, 비옥한 데가 있는 것은 안다만—, 그리고 긴 눈으로 본다면, 땅도 또한 바다처럼, 항시 출렁거리고 있다는 것도 모르지는 않다만—. 그리고 대지는, 들을 내어다보면, 끊임없이, 생피에 갈급해 있는 듯해 보인다. 그래서 거기서 난 새끼들이, 거기로 쓰러져 눕던 것을! 이래서 보면, 그가 지었다는 대지 자체가 생명에 대해 저주이다. 이런 것을 두고도 나는, 그 늙은네[神]를 어떻게 이해해야 할지를 알 수가 없더라 말이지.

카인—그 대지에로도 돌아갈 수가 없다는 생각이 저에게는, 견딜 수 없는 형벌이 되어버리더군요. 그냥 살기만 살되, 수은 방울모양 구르기로 살아야 될 것 같았거든요. 필멸을 알면서, 불멸인 듯이 살아야 하는, 그 형벌은, 그래서 하기는, 저를 삶 쪽으로 용감하게 만들더군요.

아담—그, 그건 분명히 이 아비의 삶과는 다르군!

카인—발걸음이 얼마나 무겁든, 몸이 얼마나 피곤에 흐늘거렸든, 저에게는 잠시의 안식도 주어질 자리가 있지 안 했으니, 늘 한 발자국 내딛는 것이 문제가 됐었지요. 두 발자국 너머까지는 생각도 못 해봤었습니다. 저에게 삶은, 그것을 산 위에다 밀어 올려놓아야 되는, 거대한 바위 같은 것이었습니다. 한시름 놓으려 들면, 그 바위가 저의 위로 덮쳐 누르고, 어떻게 그것을, 산꼭대기까지 밀어붙여 올려놓았다 싶으면, 산이 뒤집힙니다. 아마도 산은, 짐을 만재한 약대모양, 어떻게 간신히 그 자신을 버티고 있었던 모양이었는데, 그 짐 위에 지푸라기 하나라도 더 얹으려 하면, 그 약대는 펴져 눕는다고 하잖습니까, 마찬가지로, 그 한 덩이의 바위를 그 꼭대기에 올려놓으면, 산이 뒤집힙니다. 그래서는 그 바위의 무게뿐만 아니라, 저 왼 산의 무게가 저의 위에로 덮어 내리는데, 그 무게에 깔려, 마지막 숨을 토해내기라도 할 수 있으면 하고, 얼마나 바랐는지 모릅니다. 어떻게 간신히 몸을 빼쳐 일어나, 그 바위로부터 도망치려 하면, 저의 도망질보다도 더 빠른 속력으로, 저를 향해 그 바위가 굴러 내리는데, 저의 앞에는 평지란 없더니다. 신이 저로부터 대지를 뽑아내 버렸을 때, 대지가 열고 있는 것은 무저갱이던 것입니다. 결국 그 바위를 회피하는 길은, 다시 그것에 맞서, 그것을 밀어붙이는 수밖엔 없는데, 삶은 살 만큼의, 무슨 의미나 목적이 있는가, 하는 것이라도 생각해보려면, 그 바위 위에 걸터앉아 볼 수도 있는, 얼마쯤의 휴식이라도 가질 수 있을 때가 아니겠습니까. 제가 밀어올려붙여야 되는 그 바위는, 아벨의 피에 젖은 그것이었는데, 그것이 어느 녘에 그렇게 크게 불어나 버렸는지, 저로써도 알 수가 없을 뿐입니다. 아버님과 아벨의 하나님의, 저에의 저주와 형벌은, 그렇게 완벽한 것이었습니다.

아담—너의 얘기를 듣고서야 깨달은 것이 이것이지만, 하기야 누군들, 자기의 운명의 바위에, 그것도 이상스런 방법으로 묶여 있지 않은 자가 있겠느냐만, 다름이 있다면, 이 아비는, 그것을 다 밀어 올렸다고 할 때, 그것이야 저절로 굴러떨어지든 어쩌든, 그것을 향해 걸어 내리는 그때만이라도, 한숨 쉴 수 있다는 그것인 듯하다. 젊어서는, 그것을 빨리 밀어 올려, 꼭대기에 안착시키려는 그 일념으로, 무척 서두르고 했는데,

카인—저의 운명을 두고 하오나, 아버님께선, '꼭히' 슬퍼하시지만 마시지요. 소자 카인은, 떠나, 우주의 안쪽에서 밖으로 헤매기에 의해, 쇠똥 부스러기를 벗겨낸 듯도 싶거든입쇼. 신만큼은 강해야 했으며, 설 자리 없는 데서 서

기 위해서 저도, 신이 그러했듯, 소자 카인도, 카인만의 한 우주를 지어야 했습니다.

아담—커허, 장하구나, 장하구나!

카인—그러기를 통해, 세상은 넓기뿐만 아니라, 훨씬 더 현명한 이들에 의해 잘 운영되어지고 있는 것도 알았습니다. 아버님의 하나님 말고도, 만방 곳곳에는, 그들만의 신전이 있는 것도 보아왔습니다.

아담—신은 하나뿐만이 아니라는 얘기겠느냐?

카인—죄송합니다.

아담—아니다, 아니야! 구백여 년이나 살아오며, 나름대로 생각도 해온 것이 아니냐. 나의 하나님은 나의 하나님이지, 심지어는……, 혹간 모르겠다만…… 너의 하나님도 아니잖느냐? 너는, 무신론자는 아닌가?

카인—(머뭇거리다) 아버님과 아벨의 하나님 전에 묻힌, 제 손의 아벨의 피는 어째도, 아벨의 하나님 전에서만 씻길 수 있다는, 막연하면서도 완고한 생각만은 지울 수가 없습니다.

아담—어떤 식의 대속(代贖)의 얘기겠느냐? 어떤 식? 이, 이거, 우리 모두의 깊은 상처로되, 새로 열어보려 해서는 안, 안 되겠는 걸 알겠으면서도, 말이다만…… 아까는 '살기'를 두고 의미나 목적을 의문했었더라는 얘기를 했었다만……, 아벨의 죽음을 놓고는, '죽음'의 의미나 목적을 의문해 왔다는 것도 말해둬야겠구나. 하나님께서는, 아벨을 대신해 셋을 주셨다고, 너의 어미 하와는 굳게 믿고 있는데, 아비로서는 그렇다, 감성적으로는 그렇게 믿어지면서도, 이성적으로는 그것에 대해서도 회의적이기는 하다. 새끼들을 낳아 기른다는 의미에 있어서는, 사람도 짐승과 다름이 없어 보이는데, 혹간 모르지, 모를 것은, 사람은 자식을 꼭 둘만 낳아 갖게 되어 있다면, 그런다면 모르겠다만……. 셋은 물론, 생김새도 아벨과 많이 비슷하고, 언동이며 하나님 경외하기도 아벨과 닮은 점이 많지 않은 건 아니다, 그럼으로 어버이 입장에선, 셋이 알게도 모르게도, 셋을 통해, 아벨을 발견하기도, 하려 하기도 하지만, 셋이나 아벨의 입장에선 어떻겠느냐? 그래서 과연, 죽은 아벨이, 몸은 벗었으나, 그 무엇인지, 혹간 하나님이 주었다는 그 생기 같은 것이, 못 죽고 떠 흐르다, 새로 제 어미의 자궁 속에라도 들었을 것이겠는가? 우리는, 이란 네 어미와 나를 이르는 말이다만, 그렇게 생각하고 믿어보려 해왔으되, 그때마다, '너희가 죽을까 하노라'고 일렀던 하나님의 말씀이 생각나던 것이다. 아벨이나 셋을 두고 우리는 하나님께 배반을 덮어씌우는, 잘못된 꿈을 꿔오고 있는 것일 게다. 하긴 삶 자체가 대단히 잘못된 꿈만 싶으거니! 구백여 년을 살고도 이 아비는, 무슨 잘못된 꿈의 태보(胎褓) 속에 싸여, 그것을 못 찢어 못 벗어나고 있는 느낌이다. 삶은, 삶을 사는 자가 꾸었든, 또는 그것을 지은 자가 꾸었든, 어쨌든 매우 잘못 꾸어진 꿈이다. 어쩌면 삶보다도, 산 것들이 꾸는 신(神)은 더욱더 잘못 꾸어진 꿈일지도 모른다.

카인—아버님은, 신을 부정하고 계신가요?

아담—부정한다면야, 저런 얘기는 필요 없는 것이겠지.

카인—하나님의 진노를 생각해보신 적은 없으셨나요?

아담—그의 진노의 까닭으로, 네가 처한 그 형벌을 왜 모르겠는가?

카인—그가 내린 복에 대해 감사의 정을 일으키신 것은 아니셨습니까?

아담—나는 주야로, 그를 명상하기로써만, 살아왔다는 것도 말해두자. 그러나 구백여 년을 살아오는 중, 어느 날 나는 문득 한 깨달음을 얻었드랬었다. 그때 정작으로 나는, 에덴으로부터 벗어난 것을 알았는데, 나는 그랬지, 나의 삶을 사는 것이지, 신의 삶을 대신 살고 있는 것이 아니라는, 그것이었다. 그가 진노로 해서, 자기가 창조한 것들 위에 군림하려 한다면, 그는 그 순간, 개구리들의 연못에 날아내린 황새 같은 이가 아니겠는가? 또 말해, 그는 다만 창조만 하고서, 자기가 창조한 것들의 삶의 운영에는 눈 감고 지낸다면, 그는 이번에는, 개구리들의, 연못에 떠 있는 나무토막 같은 것 말고, 더 무엇이겠는가? 문제는 그럼에도, 그 자신 우주를 창조하고서, 누구를, 무엇을, 상대로 한 권력다툼인지, 그것을 알 수 없는 데 있던 것이다. 그것이 만약 '악'을 상대로 한 것이란다면, 무엇보다도 의문스러운 것은, 그의 창조주성과, 전지전능하다는 완전성(完全性), 그리고 전선성(全善性) 같은 것들이었다. 이를 두고 더 말하려 하면, 구백 살도 더 먹은 마녀가 나 아니겠냐? (카인 빙그레 웃는다) 아직도 이 애비가 묵상하는 신은, 완벽하고 전선(全善) 전능한 데다, 우리의 시야에서 몸을 감춘 때부터, 무소부재하며, 진노의 벼락보다는, 회유의 따뜻한 손을 가진 이이다. 그럼에도 눈을 떠 바깥을 내어다보면, 그 즉시, 모든 의문이 다시 시작된다. 이럼으로 해서, 창조주로서 상정된 신은, 잘못 꾸어진 꿈일지도 모른다고 한 것이다. 신이 있으되, 그가 꼭히 이 우주를 지은 자일 필요는 없다고 한다면, 이 애비의 의문은 옳은 것은 아닐 테다. 얘기가 달라져도 많이 달라져, 장황스럽도록 달라질 게다. 이 아담은 그런즉, 정작으로 에덴을 벗어나 버린 것이 아니었는가?

카인—저는, 아버님의 하나님으로부터, '진노'밖에, 다른 얼굴은 볼 기회가 없어, 아버님의 까닭으로 그가 두렵습니다.

아담—네 생각엔, 이 아비께 잃을 게 뭣이 남아 있는 듯싶으냐? (카인 빙그레 웃고, 말은 없다) 언제부터의 생각인지는 기억에도 없으나, 인간은, 심지어 풀꽃까지도 그렇듯, 그가 없이도 살되, 그는, '특히 인간'이 없이는 못 살 것이라고 했다. (카인 미소로써, 듣고만 있다) 그럼에도, 애비는 또, 이것도 모르고 있는 것은 아니다, 아닌 것은, 꼭같은 원소(元素)를 입고 있음에도, 인간이 짐승과 다른 것은, 인간은 신에의 인식을 갖고 있다는 그것이 아니겠는가, 그것도 모르고 있는 것은 아니다. 않되, 그것이 인간인 것의 비극이 아니겠는가? 그것이 비극이라는 것은, 바로 그 인식 탓에 인간은, 자연에로의 완벽한 귀의를 못 하고 있는 것이 아니던가 말이지, 삶의 무위성(無爲性)으로부터 자꾸 벗어나, 고독해지는 것이 아니더냐 말이지?

카인—아버님은 (웃으며) 자연 자체가 되시기를 바랐거나, 신이 되시려 하신 것이오니까?

아담—(웃으며) 그랬더면, 에덴이 수복되었거나, 반대로는, 에덴을 짓지 안 했었을지도 모르지. 이렇거나 저렇거나 어쨌거나, 나는 짐승이 될 수도 없어 별수 없이 인간이며, 신이 될 수도 없어, 별수 없이 인간일 뿐이다. 그리고도 나는, 결코 신을 부인할 수도 없을 뿐이다.

카인—아마도 인간은, 결코 신을 부정할 수도 없거나, 현재로서는, 신을 성취할 수 있을 만큼 성숙해 있지도 못한 것이 아닌가, 합니다.

아담—그, 그건, 듣기에 언뜻, 애매모호하되, 무척 흥미로운 얘긴 듯하구

나. 신에 대한 접근이나 인식의 방식이, 애비와는 영 다른 듯하거든.

카인—놋(Nod) 땅에서도 소자는, 여러 춘추(春秋)를 맞고 보내며, 결혼도 하고, 자식도 여럿을 두었으나, 다시 돌아가기까지, 여러 세기를 바깥 땅을 헤맸드랬습죠. 이건 아버님께는 충격적인 얘기가 될 듯도 싶은데요, 그런 열세를 통해, 제가 깜냥껏 눈치채게 된 것은, 아버님의 하나님은, 현재까지는, 물상적(物相的) 우주만을 개벽한 것이나 아니었는가, 하는 것입니다.

아담—그, 그래? 그건 확실히 충격적인 얘기다! 그, 그런즉 물상적 우주 말고, 다른 우주가 또 있더란 말인가? 그래서 너는, 그 다른 우주를 다녀왔다는 이런 말인가? 그곳의 인종은 어떻던고? 우리나 같던가? 언어 풍속 따위는 어떻고?

카인—(빙그레 웃으며, 정 있게 아비를 건너다본다) 아버님의, 일생을 통한 회의는, 대지에로밖에 시선을 돌릴 수 없는 데에 있어 온 것이 아니겠습니까? 그리고도 그 대지에서, '죽음' 밖에, 다른 희망을 거두시지 못한 데에 있어 온 것이 아니겠나이까?

아담—그러나, (단호한 음성이다) 이런 희망, 저런 소망 따위를 잃어버린 것이, 차라리 축복이라고까지 생각해오고 있거니……. 이 육신으로는, 영생 따위를 건너다볼 수도 없는 듯하거든. 영생이 차라리 저주겠거든. 이런 육신으로 죽지도 못한다면, 결국엔, 육신은, 시간 속에서 쭈글어지고 쭈글어지다, 마멸해버리고 말 것이다. 바람이면서 바람 가운데로 스며들지도 못하는 '생기' 하고, 그리고 또 '말씀'이나 남겠느냐? 삶이 하기야, 늘 보람차고 즐겁기만 하다면야,

카인—(여전히 빙그레 웃고, 정 있게 아비를 건너다보며) 아버님의, 그 일종의 공포의 대상인 '생기와 말씀'이, 아버님이 궁금해하시는 그 다른 우주에서는, 매우 긍정적인 것으로 이해되어, 그것이 불멸 자체라고, 그러니까 육신은 필멸이로되, 그 필멸 속의 불멸이 그것이라고,

아담—흐음, 그것이 그렇게도 되던가? 그렇다는즉슨, 나의 하나님은 물상적 우주만을 창조한 것이 아니었는가, 하는 얘기는 무엇인고?

카인—역(逆)으로 된 신화(神話)의 까닭으로써입니다. 한쪽에서는, 존재

는 필멸의 숙명이라고 하며, 불멸은 연금해내고, 한쪽에서는, 존재의 영생성부터 들춰낸 뒤, 필멸을 존재들의 과오에다 책임을 돌리고 있어, 그러합니다. 존재들로부터 불멸을 사상(捨象, abstracted)해버리면, 남은 건 무엇이겠습니까? 그러나, 다른 쪽에선, 화현을 입은 어느 생명이고, 소멸하는 것은 없다는 것이, '필멸'과의 투쟁을 통해 도달한 신념인 것 같았습니다.

아담—그래? 그렇다면 들꽃은 왜 시드는고? 이리의 이빨에 찢기는 양의 죽음은 무엇인고?

카인—그것을, 물질적, 또는 입어진 육신의 죽음이라고 이르고, 그것은 어째도 필멸인데, 그것 속의 '생명'은, 생명이기 때문에, 죽을 수 없다는 것이지요. 이 생명에 대해, 모든 방언(方言)들마다, 이름들을 붙여놓고 있는 것을 알았는데, '넋'이라고도, '얼'이라고도, '혼'(魂)이라거나, '아니마'(Anima), 또는 '지바'(Jiva), 또는 '지각자'(知覺者, Consciousness-principle)라고, 뭐라고도, —그 이름들은 많더군요. 소자는 소자 나름으로, 저 다른 이름들을 이해하고선, '아니마'와 '지바'라는 두 방언으로, 그 큰 갈래를 잡았드랬습니다. 이건 순전히, 소자만의 생각의 편리를 위한 분리여서, 그 본디의 방언들로부터 전와(轉訛)를 겪지 않을 수 없었을 것입니다. 제가 갈래 짓기는, '아니마'는 그러니까, '불성'(佛性)과 같이, 무엇에나 다 있는 것이며, 그것이 오관(五官)을 구비한 유정과의 관계에서는, '지바'화한다고 했습니다.

아담—너의 얘기 속에, '불성'이라는, 매우 생소한 어휘가 섞여 있는데, 그게 그쪽 우주의 언어인가?

카인—저로서는 꽤 익숙해져 있는 말이다 보니, 저도 모른 새 그런 단어가 섞여 들었군입쇼. (민망해하는 얼굴이다) 그런 얘기가 있더군요, '모든 물질은 다 금성(金性)을 갖고 있고, 사람은 모두 신성(神性)을 갖고 있으며, 만유(萬有)는 불성을 갖고 있다'고 말입습지요.

아담—'오관을 구비한 유정'이란 '사람'을 가리키는 것이었더냐? 그래 유독 그들만이 '신성'을 가졌다고 이르는 겐가? 신이 '인간'에게만, 자기의 '생기'를 불어넣었다는 것도, 그렇게 어떻게 연결이 닿는 것이겠냐?

카인—(정 있게 웃고) 어느 방언은, 오관을 구비한 이 인간을, '판켄드리야'(Pānkēndriya, *Janina Sutra* 중, *Uttarādhyayana* XXXV 1 講)라고 하더군입죠. 판켄드리야는 그리고, 그들에 의하면, 하나의 감각기관을 가진 유정 '에켄드리야'(Ēkendriya)로부터, 이관유정(二官有情) '드빈드리야'(Dvindriya)에로의 진화를 겪어, 삼관(三官) '트린드리야'(Trindriya)에로, 그리고 사관(四官) '카투린드리야'(Katūrindriya), 이는, Chaturindriya라고도 하는 듯하다)를 성취했다가, 그 마지막 단계로 진화하여, 오관을 갖추게 된 것이라고 이르더이다. 판켄드리야란 위대한 승리라고 이르더군입죠. 육신적 진화는 아마도 여기까지나 아닌가 하옵고, 이 단계에서부터는, 몸을 바탕으로 한 정신적 진화가 가능해진다는 것이더군요. 연금술사들의 견해를 차용한다면, 바로 이 '몸'이 '금'이 될 원초적 질료(prima materia)며, 동시에 그 원료성(原料性)을 죽여, 다음 단계에로 전이케 하는 힘으로써의 독(毒)이나 불치병이라고 합니다. 그런즉 특히 판켄드리야의 몸은, 금과 똥 사이의, 가장 법은에 찼거나, 저주 자체라는 의견이 있게 되겠지요. '아담(사람)을 지었다'고 할 때의 그 아담의 하나님은, 그러니 아직까지는 '질료'만을 창조했다고 이해해야 무리가 없을 듯한데요, 이로부터의 창조는, 보다 분명하게 말씀드리면, 신성(神性)을 일깨워내기는, 판켄드리야 각자 각자의 몫이 아니겠는가, 하는 것이, 제가 눈치챈 내용입니다. 아담(인류)의 하나님은, 어쩌면, 아담이 판켄드리야를 성취하고, 그런 뒤 인식해낸 하나님일 수도 있다는 견지에서는, 외계 즉 자연(自然)에 모태를 둔, 다른 제신(諸神)들과 달리, 판켄드리야의 심정에 강보를 둔 신이래야겠지요? 이런 말씀은, 아담의 신만이 오관을 구비한 (自然에 대한 文化的) 신이라는 얘기로도 바뀔 것이어서, 다른 제신들은 아직도, 카투린드리야나 그 이전의 상태에 머물러 있는, 대단히 동화적(童話的) 신들이라는 데까지 얘기를 몰아나갈 수 있겠습지요? '동화적 신들'이란, 저 신들의 격을 폄훼하려는 뜻으로 쓰인 것은 아닙니다. 자연의 저런 어떤 신비하기도, 초월적으로 느껴지기도 한, 대단히 불가사의한 힘들에 대한 상정이 아니라, 그것들에 대한 인간의 상상력이 동화적이라는 말로 바뀌어져야겠습죠. 저들은, 그것들에다 '이름'을 부여하는데, 이후, '이름'을 입은 것들만이, 인간의 의식·무의식 속에서 역사하기 시작하는 듯합니다. 이런 의미에서는, 신들은, 존재와 사물을 창조하고, 인간은,

신들을 창조했다고 여겨질 터입니다. 소자가 배웠기로는 하온데, '자연'은 아직도 판켄드리아를 개명치 못해, 그 이전의 상태에 머물고 있어, 그 덕이 얼마나 깊고 넓든, 그 힘이 얼마나 우악하든, 판켄드리야에 비해, 열등하다고 하고 있습니다. 판켄드리야가 이룬 업적을, '자연'에 대한 '문화'라고도 표현하는 소리를 듣게도 되었었지요. 이 '문화'라는 것만이, 유정의 '자연'으로부터의 탈출을 가능케 한 것이라고 하며, (Lévi-Strauss의 *The Raw and the Cooked*라는 저서로부터, 본 패관이 천 두 번째 써먹는 소리지만) '자연과 문화'의 구별을, '자연'의 축(軸)은, '날것→썩기'라고 한다고 하고, '문화'의 그것은, '날것→익히기'라고 한다고 하더이다. 소자의 소견에도, 이 구별, 정의(定義)는 참으로 탁월한 듯하되, 소견에는 또한, '반숙'(半熟)의 축이 설정되지 못한 데에, 삼 분의 일쯤의 단견이 있지 않나 하고도 있습니다. 그래서 어떤 고차적 교의를 개발한 종문(宗門)에서는, 선척(禪尺)이랄 것을 운위하고 있는 것도, 주워들어 알게 되었습니다. '도통하기 전에는, 산은 산이고 강도 강이다가, 도통 직전에는, 산이 산으로도 보이지 않으며, 강도 강으로 보이지 않다가, 도통을 하고 나면, 산은 다시 산이며, 강도 다시 강이다'라는 것이더군요. 날것—반숙—익히기의 과정일 것입니다. 이 '반숙'의 축에, 판켄드리야의 우주, 그것을 '말씀의 우주'라고 이르는데, 그것의 장(場)이 열려 흥청거린다고 하더이다. 사람의 형상의 짐승들과 사람 형상의 신들과 마(魔)들이, 함께 얼려, 삶과 죽음을, 선과 악을, 상과 벌을 사고팔고 있다더이다.

아담—'지혜의 열매'는, 아담이 따 내렸기 전에, 다른 방언을 쓰는, 다른 우주 사람들이 따 내렸던 것을! 구백 년 들었던 잠이, 그 꿈이 깨이는 듯하고녀! 계속할지어다.

카인—저들의 우주에 대한 이해를 좇는다면, 아버님의 하나님은, 이 '반숙'의 축을 지었거나, 주재하는 초월자인 듯합니다. 지옥도와 아귀도와 축생도의 위쪽, 그리고 수라도와 아수라도의 아래쪽, 공중(空中. 이 '空'은, 時間과 空間을 짝지을 때의 그 '空' 이어서, 보다 더 '장소'의 뜻을 갖고 있는 바의 그것인 것)—모든 것이 이 일점에 모두어졌다가, 이 일점에서 나누어지는, 우주가 그 중 어기차고, 바람 센 곳(곳+것)으로 이해되어 있더이다.

아담—가, 가맜서 보자, 네 말대로 따르면, 아래로 셋, (거기다 인세를 보태기로 하면) 위에로도 셋의, 그러니까 여섯 고장으로 나뉘어져, 이뤄졌다는 것이 아니냐?

카인—그렇다 하더이다. 그것을 육도(六道)라 하는데, 윤회의 장소라 하여, 상사라(Saṁsara)라고 하기도, 아까 아버님께서 말씀하신 바대로, 끊임없이 진동하는 곳이라 하여, 프라브리티(Pravritti)라고도 하더군입쇼. 그 너머의, 환생·윤회로부터 벗어난 자리(궛)를 니브리티(Nivritti)라고도, 니르바나(Nirvāna)라고도 이르는데, 이는 같은 상태에 대한 체(體—니브리티)/용(用—니르바나)의 관계나 아닌가 합니다. '마음'이라는, 있다고도, 또는 궁극적으로 없다고도 하는, 형상이 없는 것을 두고도, 체/용으로, 그 역할을 구분하는 견해를 좇으면, 그리하겠더군입쇼. 모든 유정의 진화의 정점, 또는 종점은, 바로 저 '되돌아옴이 없는', 완벽한 죽음을 성취하는 것이라 하는데, 그것도 긍정적인 것과, 부정적인 것이 있다고 분석되는 듯했습니다. 그 형태는 같아도, 부정적인 것은 '소멸'이라고 이르고, 긍정적인 것은 '해탈'이라고 이르는 듯했습니다. 그렇지 않고서는, 한번 일어난 생명은, 죽을 수가 없다는데, 생명이 일어난 이 대지는, 우주의 자궁(子宮)이 되어서라는 것입니다. 프라브리티를 세포로 한 이 자궁은, 생성(生成)만 하는 자리여서, 죽음은 불가능하다는 견해입지요. '몸'을 벗었다 하면, '지각자'라고 부르는, 그 넋[念態]은, '바르도'(Bardo)라는, 삶과 죽음의 중간 상태에 들었다, 다른 몸을 입어 되돌아오고, 되돌아온다는 것이더군요. 그렇게 되돌아오게 하는 원동력은, 다른 무엇도 말고, 하필이면 자기 지은 업력(業力)의 까닭이라고 하는데, '니르바나'의 어의(語意)는, 바로 이 업이 '끊김', '절멸', 적멸' 등이라 하니, 동(動, vritti)의 숙명에 묶인 것들게, 저것의 성취는 맹귀우목(盲龜遇木)에도 비교될 듯합습죠. 소자는, 아버님께서 잃게 되었다는, 그 영생·불멸이, 잃어질 수도 있는 것이 아니라는 말씀을 드리려다, 너무 좀 장황스레 된 듯합니다.

아담—구백여 년을 살아오며, 노동 말고는 할 짓이란 달리 있지도 안 해, 그것을 살피다 보니, 이런 얘기도 나오는데, 공시태적(共時態的) 마음은, 흔들린다거나, 흔들림이 없다거나 할 것은 아닌 것인 듯하여, 사실 그런 것이 있는지조차 의문스럽되, 그러나 통시태적(通時態的) 마음이란 것은 부정하려 해도 안 되어, 그것의 대적인 것으로서의 공시태적 마음도 인정하지 않을 수는 없었다만, 달리, 글쎄 이 통시태적 마음이라는 것은, 늘 잡념에 묶이는데, 눈은, 고운 것에 묶이고, 혀는 호식을, 귀는 지혜 있는 말을 호식으로 탐한다잖던가. 의문 나는 점들은, 나중에 가서도 여전히 의문스러우면 묻겠다만, 계속할지어다. 늙은 귀가, 탐욕을 부리고 있다 말이지. 네가 말하는 것 그 대부분, 네가 쓰는 그런 식의 언어를 입지 못해서 그렇지, 구백여 년이나 살아왔으니, 어찌 그와 비슷한 생각들이, 언뜻언뜻 스쳐 지나가지 안 했겠는가. 그럼에도 나는, 어리석은 농부여서, 이 심전(心田)에서 돋는 것이, 나의 하나님이 축복할 것 같지 않다고 여겨지면, 여지없이 뽑아내 버리곤 해왔더니, 잡초라고 알아, 그것들을 뽑아낸 자리를 보고 어느 날 나는, 경악하지 않으면 안 되었었다. 거기 하나의 무저갱이 입을 열어 있는데, 내가 들여다보았을 때, 거기 거대한 독룡이 한 마리 검게 똬리 치고 있으며, 무서운 흡입력으로, 쏟겨 내리는 모든 것을 삼키고, 삼키는 대로 자라, 이 우주 간 더 움직일 데도 없이 불어나 있던 것이다. 그것의 이름은 '허무'(虛無)라고 이를 것이었다. 그것이, 이 애비의 발목부터 물어 끌어내리고 있었는데, 그로부터 이 애비의 병은, 더욱더 침중해지기 시작한 것이다. 내가 딛고 설 수 있던 유일한 자리는, 저 독룡의 아가리뿐이던 것이다. 해도 밝아 보이지 안 했고, 꽃도 아름다워 보이지 안 했다. 그러나, 이제 그렇구나, 너의 도움을 받아, 저 칙살스런 거대한 벌레의 입에서 발을 뽑고, 그것의 대갈통을 짓밟아야겠다.

카인—'말씀'[4]의 승리가 거기 있겠나이다! (웃고, 아비를 우러러본다. 아비도, 아들을 정 있게 건너다보고 있다) 그런데 소자의 소견에는, 이 '말씀'은, 대단히 문화적 발상으로써, 특히 판켄드리야만의 불멸성을 이르는 것이 아닌가 합니다.

아담—하나님이, 그것(말씀)으로 천지 만물을 지었다며, 그것이 '특히 판켄드리야만의 불멸성'이라고 이르는 것은, 무슨 특별한 이유 때문인가?

카인—(자기네 풍속에는 아직 없는 듯한, 合掌을 하여, 머리 숙인다) 대체적으로는, 그러니까 광의적으론, 저도 아버님께 동의하고 있다는 말씀은 드려야겠군요. 저는 그런데, 저의 생각의 편리를 위해서, 만물은 금성을 갖고, 사람은 신성을 가졌다'는 그 명제의 '금성'(金性)은 '아니마'라고, 그리고 '신성'은 '말씀', 이라고, 조금 변용을 도모해보았던 것인데, 구체적, 또는 협의적으로, '특히 판켄드리야만의 불멸성'이란, 여러 차례 얘기되어온, 신의 그 '생기', 특히 아담에게만 불어넣었다는, 그것을 이르는 것입지요. 이 '말씀'을 저는, 다른 방언의 '지바'와 혼동·혼용하고 있는데, 그럴 때 저는, 생각하기에 무척 편하게 되더군요.

아담—창조론(創造論) 대신 진화론(進化論)을 신봉하기 위한 편리함이던가? (그리고 조금, 소리 내어 웃는다)

카인—(아비 따라 조금 소리 내어 웃고) 소자는, '이방인'들이 일찍이 개발한, 그 진화론의 신봉자라는 것을 밝혀야겠군요. 그것도, 육신, 또는 체(體)는 적자생존(適者生存)의 자연율(自然律)에 묶여 있고, 다만 정신, 또는 용(用)만이, 진화를 가능케 한다는, 그편에 서는 진화론자입니다. 그 생각을 정리하기 위해서 소자는, 그 원의(原意)야 어떻게 되었든, 그것들을 저의 생각 속에 끌어들여 굴절, 심지어는 왜곡을 했던 것이, '아니마→지바→불(佛)'이라는 것이었습니다. 그리고 스스로 정의하여, '아니마'는 모든 유정에 편재하는 것으로써, 아직 그것만의 별개성(別個性), 또는 개존성(個存性), 보다 확백하게 말씀드리면, 자아(自我)를 갖기 이전의 것이라고 하고, 반해, '지바'는, 그것만의 별개성, 또는 개존성, 다시 말씀드리면 자아를 갖는 것이라고, 했사옵니다. '아니마'의 경우는, 그것이 어떤 개체, 풀이라든, 지렁이나 토끼라든, 나비나 종달새 따위에 제휴해 있을 때는, 비유로 말씀드리면, 연잎 위에 뭉친 아침 이슬방울 같은 것이다가, 바람결에 그 잎이 흔들려 연못에 굴러들면, 그러니까 그 입은 몸을 벗으면, 그 당장 해체를 겪어, 그 전체 속으로 귀환해버리는 것이나 아닌가 하고, 이때의 이 '전체'란, 그 '종'(種)이나 '유'(類)의 의미이온데, 집단혼이라고 일러도 될까요. '지바'의 경우는, 그 비슷한 방울 속에, 분화되어지지 않는 어떤 씨앗 같은 게 있어, 그것이 '지바'겠습죠, 그 몸은 물론, 그 연못에 귀환한다 해도, 그것만은 수은방울 같은 것이 되어, 그 바닥에 구르고 있거나, 차라리 그 한 연못을 왼통 휩싸아버릴지도 모른다는 생각입니다.

여기 어디서, '바르도'가 열려, '갈마분열/역분열'이 시작되는 것이 아닌가 합니다. 전자는, 윤회나 환생 대신, 그 종이나 유의 '유전자'(遺傳子)를 통해 불멸 따위가 운위될 것이며, 후자는, 종이나 유를 떠난 '자아'와 더불어, 그것이 운위되어질 것입니다. 궁극적으로는 '부처'도 그러하다고 합니다만, 흔히 하는 말로는, 인간 이외의 유정들, 금수나 초목들 따위는, '혼'이 없다고 하는데, 이는 '자아'가 없다, 또는 그것에의 인식(을 갖지 못했다)의 눈을 뜨지 못했다, 라고 해야겠지요. 분명히, 이 자아에의 인식을 좇아, 반복되옵지만, 성숙한 아니마의 지바化가 서둘러질 것인데, (그 반대로는, 지바의 성취에 의해, 자아가 형성된다고 해도 틀리지는 않겠지요만) 이 인식과 더불어, 이방의 현자들이 '무명'(無明)이라고 이르는, '혼돈하고 공허하며 흑암이 깊음 위에 있는 땅에, 빛이 있기 시작하고, 궁창이 나뉘기' 시작했을 것으로 사료됩니다. 나와 남, 빛과 어두움, 보기 좋은 것[善]과 나쁜 것[惡], 위와 아래, 이쪽과 저쪽 등, 모든 것이 이분화(二分化), 심지어는 다분화(多分化)했을 것인데, 이런 의미에서는, 우주적 완전성이 깨어졌다고, 그래서 비극이 시작되었다고, '유아'(幼兒)의 죽음, 또는 '실낙원'(失樂園)의 비보가 전해지겠습죠. 자라나는 아이들을 보면, 이때부터 이성에 대해 야릇한 눈을 떠보며, 기성 사회나 그 구성원들을 비판적으로 보기 시작하는 것 같더군요. 여기, 제가 앞서 말씀드린, 예의 그 '반숙의 축'이 상정되며, '말씀의 우주'가 개벽하겠습죠. '육신'이라는 '자연'과, '정신'이라는 '문화'가 섞여, 여기서부터는, 산도 산으로도, 강도 강으로도 보이지 않는, 모든 것이 반숙의 형태로 드러나 보임에 분명합니다. 이분법적(二分法的) 사고의 결과일 것인데, 판켄드리야라는 그 육신은, 어째도 자연의 소속이어서, 그것(자연)으로부터의 탈출은 도모되지 않을 것임에도, 그 육신 속의 무엇인가는, 끊임없이 그 탈출을 도모하고 있을 것입니다. 이 유정들은 그래서 불순할 수밖에요. 수피(獸皮)를 입고, 그 수피를 벗으려 하여, 왼갖 안간힘을 다 쓸 것입니다. 여기, 진화론이 서는 자리가 있음에 분명합니다. '진화의 조건은 몸'이라고 이르오나, 그렇다는즉슨, 몸이 또한 퇴행의 조건(이라는 말은 좀 어폐가 있으나)이 된다고도 말할 수 있겠지요. 이때의 이 '퇴행의 조건'이란, 짐승적 욕망, 물질주의 따위들이겠습죠. 어쨌든 물질적 우주는, 저 대립적인 것들이 대립하여, 서로 팽팽하게 줄다리기를 계속하고 있을 때, 그 우주의 번영이 기대되기도, 몰락과 쇠퇴가 따르기도 할 것입니다. 소자가 배웠기로는, 자연도(自然道)의 균형은, '무위법'(無爲法)에 의해 유지된다고 하는데, 그렇다면, 반해, '문화도'(文化道)의 그것은, '유위법'(有爲法)에 의해 조절되는 것일 것입니다.

아담—(갑자기 일어나, 자식의 머리에 입맞춤을 하고, 되앉는다) 나이로는, 그리고 촌수로는, 내가 너보다 늙은 아비로되, 지혜로는, 애비가 자식께, 스승의 예를 갖춰야 할 듯하다.

카인—(꽤는 어리둥절해 하다, 얼른 정신을 차리고, 부복하여, 아비의 발등에 두 번 세 번 이마를 조아린다) 판켄드리아를 최초로 성취한 이는, 이방인들을 제외하기로 하오면, 아버님과 어머님이셨니다. '지혜의 열매'를 딴 그 순간, 바로 그 위대한 도약, 돌연변이가 이뤄진 것으로 아옵는데, ……아버님께서는 그것을 꿈이나 아니었는가 하고,

아담—그것이, 그, 그랬다구? 그것이 말이지? 하나 분명하게 말할 수 있는 것은, 그때 그 과육의 맛을 보고 있었을 때, 나는 어쨌선지, 수억 년이나 자온 긴 잠에서 깨어나고 있는 느낌이긴 했었다는 것이다. 그 잠을 깨었을 때, 내가 잠들었던 그 동산이, 다름 아닌, 가시덤불과 엉겅퀴에 덮인 광야였음을 알아야 했었다. 아으 그래서 보면, 흐흐흐, 네가 아까 '자궁' 얘기를 하잖았던가(?), 나는 그때, 물론 네 어미도 함께, 우리는 그러니 쌍태아는 아니었던가(?), 그 순간, 모태를 벗어났던 것이었던지도 모를 일이구나? 그리하여 태어난 것이지, 가시덤불과 엉겅퀴로 뒤덮인 이 세상에로 말이다. 거, 것두 그러나 역시 꿈도 같고…….

카인—(약간의 침묵 끝에) 아버님의, 지금 하신 말씀을 좇으면, 소자께는 두 가지로 이해되어지는군입쇼. '수억 년이나 되는 긴 잠에서 깨어나신' 것 같았다는 말씀은, 카투린드리아에서의 판켄드리아, 또는 아니마에서의 지바에의 성취나, 돌연변이로 이해되고, 또 '모태로부터 벗어났던 것'이었을지도 모른다는 말씀은, 바르도를 통과해 나오신 것으로 이해되어집니다. 바르도란, 지복한 이거나, 악몽과 같은 이라고 이르더군요. 지복하다는 경우는, 비천한

(이란 五官을 갖추지 못했다는 의미인데요) 유정이, '고매한'(이란 五官을 갖췄다는 의미겠지요) 생명으로 태어났다는 의미일 것이며, 악몽과 같다는 경우는, '고매한' 전생을 가진 업태(業態)가, 갈마분열을 겪어, 산지사방으로 흩어져버린 의미일 것입니다. 바르도가 험난하고 고단하다고 이르는 것은, 이 두 번째 경우로서, 그 곳에서, 그 곳에 처한 염태가, 자기 지은 갈마의 거꾸로 일어서기에 의해, 극한적으로까지 고통과 공포를 체험하기의 까닭이라는데요, 그때, '지각자'라고 하는 것이, 자기가, 자기의 갈마의 결과로, 분열되고 있음을, 초롱이 지켜볼 뿐만 아니라, 그 해체의 아픔을 경험해야 하기 때문이라는 것입니다. 이때 이 분열·해체를 통해, '고매했던 자아' 또한, 에켄드리야적 요소는 에켄드리야에로, 드빈드리야에로, 트린드리야에로, 카투린드리야에로, 역진화하거나, 또 아수라나 수라에로 진화를 성취하기도 한다 합니다. 이런 관점에서는, 만유 중 무엇 하나도, 인간 아닌 것은 없다는 얘기도 할 수 있게 될 듯한데, 한 방울의 이슬 속에, 한 연못의 물이 다 싸여 들기의 경우겠는가요?

아담—나뭇잎에든, 양피지에든, '그것 좀 기록해둬야겠구나. 잘못 알아듣겠으나, 울림만은 참 좋은 말'(김윤식 교수, 『문학동네』 제36호 참조)이다. 어쩌면, 나나 네 어미는, 네가 말하는 저 두 경우를 다 겪은 건 아니었을까? 우리의 전생은 그런즉, 하나님께서 찾아야 되는 것은 아닐까? 다시 말하면, 하나님의 갈마의 분열을 통해서라는 말인데……, 허허, 해놓고 보니 이거, 얘기가 사뭇 이상하게 된 듯하다?

카인—소자는, 지혜를 다하여 경청하고 있습니다. 모든 유정의 근원은, 그렇게 소급해볼 수밖에는 없는 것이 아닌가, 하는 깨달음이 듭니다.

아담—'지바'의 '해체(解體) 쪽에서 보는 우주와, '분열(分裂)' 쪽에서 보는 그것은, 다를 듯해 뵈는데 그런가? 너의 말을 통한, 이 애비의 짧은 이해에는, 분열을 통해 요연해지는 우주가 '육도'(六道)라고 이르는 것이 아닌가 하게 되는데, 그것이, 내가, 아까 쓴 용어대로 하자면, 통시태적 우주인 듯하며, 해체를 통해 본(本)에로 돌아가 버리는 그것은 그렇다면 공시태적 우주인 듯하다는…….

카인—(일어나, 합장하여 아비 앞에, 깊이 허리 숙인다) 아버님께서, 소자가 갖는, 마지막 한 의문을 풀어주셨나이다.

아담—허으? 허, 허헛, 이보게라, 나는 사실, 나도 잘 모르는 소리를 지껄여본 것뿐이다. 이런 걸 '수사학적 압력'이라 하였더냐? 너의 말의 줄기를 꽤는 열심히 좇다 보니, 자기도 잘은 모르는 소리도 하게 된다. 그래서 이런 소리도 하게 되는데, 그런즉, 아직은 너무도 많은 공터가 남아 일궈지기를 기다리고 있으나, 장차는 거기에도 문제가 있을 법하다 말인데, 우주가, 생물, 특히 인구(人口)의 증가에 비례하여, 자꾸 불어나는 것이라면 몰라도……, 이것도 글쎄 씨먹잖은 소리겠다마는…….

카인—아버님께서는 그러시니까, 혹시 인구 팽창의 문제 같은 것을, 미리 걱정하고 계신 것은 아닌가요?

아담—그건 물론, 이 애비가 구백여 년간을 신봉해온 교의(敎義)와는 매우 어긋나는 생각인 것도 모르지는 않는데, ……아비가 구백여 년간 신봉해온 교의란 뭐, 지극히 소박한 것으로써, 하나님께서 생물을 지으셨을 때, 생식의 기능을 부여했은즉, 그 기능이 왕성할 때 두 암수가 만난 자리에서는, 저절로 번식이 있게 마련이며, 쇠퇴했을 때, 본디의 자리로 돌아가 버리면 그뿐이라고 했더니……. 그러니까 흙은 흙으로 돌아가고, 물은 물로, 목숨은 그것을 주었던 자에게로……, 이런 경우는 그런데, 한 생명의 본디 상태로 돌아가기를 놓고, '하나님께로 돌아갔다'고 말하기는, 어째 걸리는 부분이 많더라 말이지. 생물을 창조했을 때, 그가 그것들을 재료로 빌렸을 것임에도, 흩어질 때, 불은 불로 돌아가고, 바람도 바람에로 돌아가는 것이, 자연의 이치인 듯했거든. 그러다 보니, 창조와 번식은, 두 다른 문제 같더라 말이지. 번식이나 쇠퇴는 '하나님'께보다는, '자연'에 빚 지고 있는 것이 아닌가, 하는 생각이 들더라구, 아침이 왔다가는 저녁이 되고, 계절이 바뀌는 것을 구백여 년이나 지켜보다 보니, 말한 바의 저 '자연'은, 아무것도 '하는 것이 없으면서, 하지 않는 것이 없다'[無爲而無不爲]는 생각이 들면서, 그것이 식구나 인구의 증가나 쇠퇴를 조절하는 것만 같더라구. ……그러나, 너의 의견에 좇으면, '자아'를 인식한 것의 몸 입기는, 꼭히 그 전생(前生)과 관계된 갈마, 그것의 분열에 의존하지 않으면 안되는 것 같은데, 그렇다면, 바르도라는 데에 처한 것들마다, 갈마를 여의지 못

하는 한, 그 인구는 어쩔 수 없이 증가할 것이 아니겠는가, '하나가 여럿이 되기'의 결과는 그러지 않겠는가, 하는,

카인—(합장하여, 머리를 숙여 보이고) 아버님께서 말씀하신 소자의 지혜랄 것은 모두, 얻어 쓰고, 얻어 입고, 얻어 신은, 남의 것들임에도, 아버님의 지혜의 말씀은 소자의 것과는 다르옵니다.

아담—허허허, 이럴 때로 아비들은, 자식 두었음을 행복해하는 것이겠구나. 그러니, 그 언어 풍습이야 어떻든, 어떤 이가 해낸 어떤 생각은, 다른 이도 그렇게 해낼 수 있다는 것이겠는가? 여기, 어떤 종류의 소통의 관건이 있는 것이겠구나.

카인—아버님께서, 자연(自然)의 일 되어가는 것을, 면밀히 살피시고, 말씀하신 '무위지도'(無爲之道)는, 다른 방언으로는, '도'(道)라는 어휘로 그 본(本)을 삼던 것을, 주워들어 알고 있삽는데, 하기는 자연을 들여다보면, 불어나면 줄어지고, 늘어나면 오그라들며, 성하면 쇠하고, 차면 비워지는, 그런 균형은, '무위의 위'에 의해 잡혀지는 것이 분명해 보였습니다. 문제는 그런데, 거기, 아니마의 지바화에 의해, 돌연변이적으로, 판켄드리야가 나타나 버린 데에 있었는 듯합니다. '무위지도'에 의해 운영되는 우주는 아마도, 카투린드리야까지 진화를 성취한 유정들의 우주였던 듯하여, 판켄드리야가 나타나자마자, 판켄드리야의 우주 쪽의 '도'의 테가, 군데군데 화상(火傷)을 입고 너덜거리다 끊기고 하는 일이 일어난 것인데, '지혜의 열매'를 따자, 에덴이 붕괴되었다는 신화는, 그것의 의미였던 것이었던 듯합니다. 그것을 관(觀)했음으로 하여, 도가(道家)의 현자들은, (아버님의 方言을 빌려 쓰기로 하면) 에덴에의 수복의 방법으로, '백성은 무지(無知)하고 무욕(無欲)해야 한다'고 하며, '그 마음은 비우고[虛其心], 그 배는 불려주며[實其腹], 그 뜻은 약하게 하는 대신[弱其志], 그 뼈대는 강하게 해야 한다[强其骨]'고 역설하고 있더이다(『老子』 제3장). 그런 뒤 이어지는 설법에 의하면, '천지는 인하지 아니하여 만물을 풀강아지로 여기며[天地不仁, 以萬物爲芻狗], 성인도 인하지 아니하여 백성을 풀강아지로 여긴다[聖人不仁, 以百姓爲芻狗]'(『老子』 제5장)라는데, 이를 두고, 분명하게 짚어낼 수 있는 것은, 저들[聖人]은, 판켄드리야[百姓]를

카투린드리야[禽獸]나, 그 이전의 상태[草木]로 되돌리려 하고 있다는 것입죠. 그렇게 되돌릴 수만 있다면, 어쩌면 에덴이 수복될지도 모르긴 합니다. 마는, '자연은 문화에 비해 열등하다'는 견해도 있더군요. '자연'을 떠나 어떤 유정들이 '문화'화하면, 자연의 '도'가 거기 미치려 하기는, 모닥불에 손을 내밀기나 같은 현상이 일어날 것이라며, '자연'은, 아직 '판켄드리야'까지 진화를 성취치 못하여, '카투린드리야' 내지는, 그 이전의 상태에 머물러 있다는 것이더이다. 이런 의미에 있어 '바르도'란, 문화권 내에 소속된 자연도(道, 로카)라는 주장도 가능해질 듯합니다. 판켄드리야에의 성취를 통해, '자아'에의 인식을 갖게 된 유정이 아니면, 그 무엇으로도, 바르도의 체험을 할 수 있는 것이, 아니라는 것이겠지요. 바르도에 든 어떤 '지각자'의 '갈마분열/역분열'은, 그럼에도, 자연의 법칙에 좇아 이뤄지는 것일 것이라고 이해되어짐으로 하여, 저렇게 말하게 되는 것이 분명합니다. 판켄드리야라도 그러나, 그 입어진 사대(四大)의 까닭으로서는, 자연으로부터 절대적 자유를 누릴 수 있는 것은 아니라는 것, 그것은 틈 있을 때마다 강조 역설되어져야 할 것입니다. 그때 '해탈'이냐, '추락'이냐의 문제가 거론된다는 말씀은 드렸습죠.

아담—그런가? 그런즉 이 애비가 구백 살의 지혜를 다해 이해해온 '무위'란, '지혜의 열매'를 설 삭힌 결과로 하게 된, 설사도 같은 것이겠구나. (웃는다. 카인도 따라 웃는다) 헌데 만약, 내가 눈치챈 것이 얼마쯤이라도 옳다면, 인구의 증가는 아마도, '갈마분열'에 의해 가능되어지는 것이라고 이해되어진다만, 너는, 그것에 역대(逆對)하는 것인 듯, '갈마역분열'이라는 말을 쓰고 있는데, 네가, 먼 길에 지쳤을 줄 알되, 그런 법(法)이라면, 먼저 아니 듣고는 안 될 듯하다. 아비가 잔인한가?

카인—저는, 쉬일 곳도 없는 고장들을 찾아, 여러 여러 세기를 헤매는 중에, 어떻게 노숙할지도, 어떻게 배고픔을 면할지도, 어떻게 곤핍을 물리칠지도, 조금은 알게 되었습니다. 아버님, 어머님을 뵙는 데 지쳐 있어서는 안 되겠기에, 좀 쉬어뒀으며, 요기도 좀 해뒀습죠.

아담—(눈시울을 적시며) 그, 그랬을 터이지, 그랬을 터이지.

카인—어떤 카투린드리야들은 그런데, 사관(四官)이라는 그 껍질을 깨고, 갓 날개를 펴 날아갈 나비 따위모양, 판켄드리야에 근접되게 진화를 성취해놓은 것들이 있다고 합니다. '자아'에의 인식을 갖기 시작한다는 뜻이겠습죠. 이런 유정은, 그 껍질은, 예를 들면, 원숭이다, 개다, 말이다, 소다, 라는 식으로 카투린드리야라도, 그것의 아니마는, 카투린드리야와 판켄드리야의 중간적, 또는 과도적인 상태에 처해 있다는 것이겠습죠. 만약 그렇다면, 일례로 원숭이를 든다면, 어찌하여 그러면, 원숭이와 사람 사이의 중간적, 또는 과도적 동물이 보이지 않는가, 라는 의문을 당연히 일으키게 합니다만, 환경이나, 기후, 먹이 등의 조건에 따라, 그것에 적응하려다 보니, 형태가 좀 바뀐 생물들은 있어도, 저 역시도, 꽤 여러 고장을 유랑하며 관찰도 했으나, 다람쥐모양 털과 꼬리를 돋궈냈거나, 나비의 날개를 단 개구리 같은 건, 본 일이 없거든입죠. 아 참, 그렇군요, '개구리'는, 두 원소(元素) 간의, 중간적 동물의 상징을 입고 있다군요.

아담—그것도, 듣고 보니 그렇다! 신의 창조설을 믿는 자에겐, 그런 건 아예 의심의 여지조차도 없던 것을—.

카인—소자는, 이 진화(進化)에 관한 법(法)을, '불살생이야말로 지고지선의 법'(아힘사 파라모 달마)이라고 믿어, 실천하는 일군의 현자·고행자들(자이나教 신봉자. 밝혀둘 것은 그럼에도, 기타의 종교들이, 영적 도약을 도모하기는 하되, 진화론을 기본으로 하고 있는 것이 아닌 것처럼, 자이나教도 그것을 신봉하고 있는 것은 아니라는 것이다. 여기 보이는 진화론적 해석은 순전히 카인의 것인 것)로부터 배웠더랬는데요, 조건만 충족되면, 생명은 어디서라도 자생(自生)하거나 화생(化生)하는 것인바, 그렇게 자생·화생한 것들의 그중 원시적인 것들을, 저들은, '니고다'(Nigoda)라고 이르고 사대(四大)와의 관련에서, '지정'(地情, Prithvi-Kayika), '수정'(水情, Apo-Kayika), '화정'(火情, Tejo-Kayika), '풍정'(風情, Vayu-Kayika) 등으로 구분하고, 그런 유정을 에켄드리야라고 이르더이다. 생명은 아마도, '감각기관을 하나만 가진 것'으로부터 시작한다고, 믿은 것이었을 것입니다. 이것[一官有情] 들은 그러나, 하나하나로써는, 사람의 육안에는 보이지 않되, 무수한 것들이 모이면 보인다고 이릅지요. 이건 여담입지만, 어떤 이는, 이를 관찰하여 '군중, 또는 대중' 이론이라는 것을 펴는데, 그러니까 어떤 '한 이념' 아래, 같은 이념을 추종하는 여럿이 모여, 형태를 드러내는 것이 '군중, 대중'(crowd?)이라는 것인 듯했습니다. 그 '한 이념'이 무엇이든 그것은 어째도 좋지만, 그런 것이 없는 모임, 예를 들면, 닷새마다 열리는 장 같은 경우는, '개개인의 모임의 덩이(mass?)'이어서, 말하는 바의 '군중·대중'을 형성하는 것이 못 된다는 것 같은 것이, 재밌다고 해얄 듯하더군요. (포도주를 한 모금 마시고, 잇는다) 소자가, 아버님께는 생소하다고 여기는, 다른 종문(宗門), 이단의 법설까지 이끌어내는 데는, 저의 소견엔, 아버님이 고수해오신 그 '창조설'도 사실은, 그 외포는 신화적(神話的)이라도, 그 내연은 진화론이 아닌가, 하기의 까닭입니다.

아담—'이단'(異端)이라는 말을, 나는 별로 그렇게 달가워하지 않는 편이다. 그 말에 대한 나의 풀이야 어쨌든, 그리고, 네가 얼마나 여독에 지쳐 있든, 그 얘기만은 아니 듣고는 못 죽겠구나.

카인—아버님의 하나님의 창조설도, 말씀드린 저 종문의 법을 토대로 한, 진화론적 견지에서, 새로 새김질해보았을 때, 그것 중의 무엇 하나도, 삭혀내지 못할 것이 없는 것을 알게 되겠더이다.

아담—들어봐야 알겠지만, 나로 말하면, 나의 하나님의 창조설을, 이 한 평생 새김질해왔음에도, 겉만 핥아왔다는 말이겠는가? 나로서는 그것을, '신화'라고도 생각해본 적이 없었고, 더더욱이 '진화론'이라고는 생각해본 적이 없었을 뿐이며, 그냥, 막연한 대로 '역사'라고만 믿어왔을 뿐인 것을. 어느 민족이든, 그들의 역사책의 서설은, 그런 식으로 기술되어 있을 것이라는 데까지는, 생각해보지 않은 것은 아니다. 그리고서 나는, '신화'가 '역사'를, 삶을 사실적이게 하는 묘력(妙力)을 가졌다는 데까지도, 생각하기는 했다. 그런 신화가 없이, 인류의 삶이 시작되었다면, 어느 날 우리 중의 누구는, 우리 삶의 사실성을 의문하여, 누가, 또는 무엇이 꾸는 꿈이냐고, 그리하여 삶의 사실성만을 사상해버리게 되잖나, 그런 생각도 들더군. 허허허, 이건 이상한 모순당착이라 말이지, 글쎄 창세 신화가, 그 이후의 사실적(史實的) 삶을 사실화(事實化)하더라 말이지. 누군가가 우리를 꿈꾼다면, 그 꿈꾸는 자는 하나님이라는 것이고, 하나님은 꿈을 꾸려 하면, 그것이 그 당장 존재나 사물을 드러낸다고,

왜냐하면 그는 창조력 자체이기 때문에,

카인—(합장하여, 머리 숙여 보이고) 누가, 어느 봄날, 양지 가에서 졸다, 꿈을 꾸었더니, 자기가 나비가 되어, 들을 훨훨 날으며 즐기더라고 하며, 그 꿈을 꾼 자가 깨어, 누가 누구를 꿈꾸었는가를 의문해 했다는 얘기가, 인구에 회자하고 있더군요.

아담—그래? 봄날 양지 가에서는, 허허허, 나 혼자만 꿈을 꾼 건 아니었구나.

카인—(웃고) 저 꿈 얘기는, '갈마분열'의 한 형태를 명료하게 보이는 얘기로 들었었나이다.

아담—그런즉 '창조설'도, 하나님의 갈마분열의 얘기겠는가? 어쨌든, '창조설'과 '진화론'이 어떻게 됐더라구?

카인—아버님의 하나님의 창조설을 새로 살펴보기로 하면 입습죠, 천지가 창조되었다고 해서, 동시적으로 생명이 있기 시작했다고는 밝히고 있지 않은데, 그것도 뭔가를 고려해보게 하는 관건이 되던 것이더군요. 그러니까 천지가 창조되고도, 생명이 있기까지는, 얼마쯤의 시간적 거리가 있었다는 얘기로 이해되어지는데요, 그 의미는 분명히, 그 천지가, 생명을 발생키 위한 조건을 구비하기 위해선, 오랜 시간이 걸렸을 것이라는 것입니다. 그 조건을 구비하기까지의 시간을, 종교적, 또는 신화적 개념으로, '하루'(첫째 날)가 걸렸다고 이른다 해도, 트집을 잡을 필요는 없을 듯합니다. 없던 것에서 있기 시작한 것이 천지였다면, 그것이 해나 뭐 그런 것처럼, 이글거리는 불덩이였을 것이라는 것은, 물리(物理)를 궁구치 않은 누구라도, 쉽게 추측해낼 수 있을 것이니다. 우주도, 하나의 생체(生體)라고 이해하여, 생각을 진전시켜보기로 하면, 그것 또한 에켄드리아야로부터, 태아기를 거쳐, 유아, 소년기, 그리고 생식기의 기능이 원활할 때까지 성장하고서야, 생명을 잉태할 것은, 당연지사가 아니겠습니까? 이렇게 가설을 세우고, 생각을 끌고 나가기로 하면, '땅이 혼돈하고 공허하며, 흑암이 깊음 위에 있'는 상태는, 아직 남자의 경험이 없는, 처자의 자궁 속의 상태가 아닐 것인가, 하는 추측을 가능케 합니다. 이런 자궁은, 아직 시간도 공간도 없어, 무엇이라고 일러야 할지 모르겠사온데, '혼돈하고 공허하며 흑암이 깊음 위에 있'다라고밖에, 달리 표현할 수가 없을 듯합니다. '음양론'(陰陽論)을 천지의 근원으로 삼는, 예의 저 도가(道家)에서는, 이것을 '곡신'(谷神)이라고도, '현빈'(玄牝)이라고도 하여, '현묘한 암컷', 또는 '검은 암컷'이라고 이른다고 하더군요. '하나님의 신은 수면에 운행하시니라'에 이르러, 저 어두운 골짜기[凹]에 신[凸]이 임한 것을 드러내 보인 뒤, '하나님이 가라사대 빛이 있으라 하매 빛이 있었고…… 빛과 어둠을 나누사'라는 단계로 전이합니다. 추측을 계속하기로 하면, 다름 아닌, 어떤 '의지'(로고스)가, 저 자궁 속으로 뚫고 들어 있음을 보게 되네이다. 그것이 '첫째 날'이라고 하는데, 이 '빛'은 '말씀'이라고, 다른 방언으로는 '비자'(Bija, 精子)라거나, '빈두'(Bindu, 點)라고도, 또는 '아니마'라거나, '기'(氣)라도도 일러져 온 것일 것입니다. 그것이 '첫째 날'이라고 이르는 것은, 저 자궁 속에, 드디어 시간이 시작되어 있다는 것으로 보입니다. '둘째 날'에는 '궁창'이 나뉘었다고 하는데, 이제 저 자궁 속에 '공간'이 설정된 의미로 이해되어집니다. 이 자궁 속에 양력(陽力)이 쏟겨 든 얘기인뎁쇼, 이 양력이 (난자를 만나 결합하여) 자궁에 안착될 때, 그 생명을 에켄드리야라고 이를 수 있는 것이 아닌가, 하오니다. 그리고, '셋째 날'에, '풀과 씨 맺는 채소와 각기 종류대로 씨 가진 열매 맺는 과목' 등이 나타났다고 하는데, 이는 드빈드리야의 출현으로 이해됩니다. 이 종교적, 신화적 '하루'를 어떻게 셈해야 될지는 모르겠으나, 그것이 뭐 그렇게 중요한 듯하지는 않으온데, '해와 달' 들을 창조한 그날, '넷째 날'을 건너뛴 다음 날, 그러니까 '다섯째 날', '물고기와 새' 같은 생물이 나타나는데, 이는 드빈드리야의 트린드리야에로의 진화의 결과로 이해됩니다. 그러기 위해, 참으로 긴 하루가 걸린 듯합니다. 진화는 그리고, 그 육신을 그릇[體]으로 한, 그 안의 용(用)의 고투에 의해, 새 몸을 입을 때 이뤄진다는 것을 생각하면, 풀이 갑자기 변심을 하고, 뿌리를 뽑아 날아오르자 새가 되었다든가, 못에로 떨어져 내리던 사과에 느닷없이 지느러미가 돋아 물고기가 되었다든가, 그런 추측은 할 수가 없겠지요. '여섯째 날'로부터, '육축과 기는 것과 땅의 짐승이 그 종류대로' 드러났다 하는데, 그것인즉슨 카투린드리야의 출현을 알리는 기사인 듯합니다. 그리고도 그날도 늦은 오후에, '사람'(아담)이 창조되었다 하는데, 드디어 판켄드리야가 나타난 것이었을 것입니다. 우주의 섣달그믐, 해시말(亥時末)쯤에, 드디어, 인간이, 최후로, 이 천지간에 현주소를 정한 것이니다! 맨 마지막으로 '인간'이 창조되었다는 것은, 진화론적 견해에는, 너무도 당연한 것으로 받아들여지니이다. 그리고는, 창조도 멈췄을 듯합니다. 그런 후, 환경 조건에 적응하기에 좇아, 어떤 변이, 또는 돌연변이나, 이것과 저것의 섞임에 의해 어떤 변종이 나타나기도, 아니면 깡그리 도태하기도 했겠으나, 새로운 종류의 생물, 예를 들면, 육관(六官)을 구비한 것 같은 것들은, 물육(物肉)을 입은 것들 중에서는, 아직까지는 나타나지 않은 듯합니다. 아마도, 점(點, Bindu)의 진행/퇴행의 합점(合點)은, '양극을 갖는 타원형'인 듯합니다. 갈마분열이나 역분열은, 바로 이 일점에서 시작되는 것이겠습죠. 만약 그렇다면, 생물의 수가 얼마나 많든, 종류나 유형 등은, 한정되어 있다고 보아도 될 듯합니다. 이 종류나 유형 등은, 갈마의 분열/역분열과의 관계에서는, 토기장(土器場)에서 구워진, 크고 작거나, 여러 모양의 그릇들에도 비유됨직 합니다. 이 말씀은 그러니까, 어떤 생물의 진화/역진화에 의해, 몸 바꿔 입기는, 입고 있는 그 몸을, 입고 있으면서 가능한 것은 아니며, 그것을 벗은 뒤, 바르도에서의 갈마분열이나 역분열의 결과로, 새 몸을 입게 될 때에 가능해진다는 주장이 되겠습죠. 종기그릇 속에 담겼던 바람(생기)이, 독에로 옮겨 들면, 예를 들면 말입습죠, 쥐였던 것이, 코끼리가 된다는 식이겠지요. 여기, 인구 증가뿐만 아니라, 인구 감축도 있다고 하더이다.

아담—글쎄, 아까 말한 바대로, '증가'는 눈치챌 듯했는데, 까닭에, 우주도 비례적으로 불어나지 않는 한, 포화상태 같은 것이 걱정스러웠는데, ……그럴 일이지, 전지하고 전능한 주께서, 어찌 그것을 고려치 안 했겠는가, ……감축의 문제는 의문이던 것이다.

카인—저에게도 그것이 의문이어서, 편안함이 없이 헤매야 했었나이다. 그 의문은, 달군 쇳덩이를 입속에 넣고, 삼키지도, 뱉지도 못하는 것처럼, 매우 거북했었니이다. 그런 거북함 때문에 그래서, 헤아릴 수도 없는 성상을 헤매다, 어떤 날 하온데, 유리(羑里)라는 고장으로 이어진 동구에서, 커다란 독에 등을 기대고 앉아, 쇠신발 한 켤레와, 쇠지팽이 하나를 팔려 앞에 놓고, 졸고 있는 노인네를 한 분 뵙게 되었군요. 그 노인네로부터 '갈마역분열'이라는 것에 관한 법을 들었으며, 저는 그것이, 저의 의문의 '인구 감축'의 법으로 설해진 것으로 이해했었습니다.

아담—아으, 네 어미가 이 자리에 같이 있었더면, 있었더면! (손등으로, '하염없이 흐르는 눈물'을 훔친다) 그러나 아마도, (억지로 웃어 보이며) 셋은, 이 자리에 없기를 잘했다. 자기가 믿는 진리에 너무 헌신적이다 보면, 사람은 완고해질 수도 있는 법인 것. 셋은 구백 살쯤이 되려면, 아직도 한참은 더 살아야 되는 데다, 하나님께 모든 소망을 걸고 있어, 하는 말이다. 그는, 아벨을 대신해, 자기가 선택된 자라는 굳은 신념을 갖고 있는, 하나님의 참으로 충실한 종이니라. 허으 이런, 좋은 소리를 들으려 하니, 듣기도 전에, 만감(萬感)이 일어나는구나. 부디, 계속할지어다.

카인—저에게는, 그 노인은 물론이고, 팔려고 전 벌려놓은 물건들이 하도 이상스럽고 신기해서, 도저히 발길을 움직일 수 없어, 그 앞에 우두커니 서 있었습니다. 그러는 중인데, "웬 놈이 그림자를 덮어, 늙은 삭신을 춥게 하는고?" 하고, 호통을 치는 소리가 있어, 보니, 노인네가 눈을 뜨고, 저를 치어 올려다 보고 있더군요. 소자는, 얼른 선 자리를 비켜 그림자를 옮기고, 쇠신발과 쇠지팡이가 무엇의 소용이냐고 여쭈어보았드랬지요. "너도 그러니깐두루, 먼 곳에서 와서 지나가는 왕자 놈들 중의 하나인가? 그것들은, 그 '어디'에 있다고 풍문만 듣고, 그 어디가 어딘 줄도 모르는, 이 세상에서는 제일 예쁘다는 공주를 찾아 헤맨다는데, 그런즉 비록 쇠가죽으로 만들었다 해도, 신발인들 얼마나 해지겠으며, 참나무를 깎아 짚었다 한들, 그 지팽이가 얼마나 가겠느냐? 그래서 그런 것을 하나라도 만나면, 팔아 연명이나 하려고, 기다리고 있다"라더군요. 저의 대답은, "그런 공주는 아니더라도, 생각하기에 따라, 그렇다고도 말씀드릴 수 있겠습지요" 한 뒤, 그 물건들의 값이나 좀 알자고 했더니, 저의 괴나리봇짐 속의 빵떡과 양고기, 그리고 포도주 몇 모금이면 되겠다고 해서, 그걸 드리고, 그것들과 바꿨었군요. 노인께서는 먼저, 그 음식들을 들고, 다시 잠에라도 들려는 듯, 독에 등을 기대며, "신발도, 지팽이도 든든하겠다, 이제 떠나 보시게, 왜 멍청하게 서 있다는 겨? 공주가 창가에서 기다리고 서 있는 게, 눈에 선연하지도 않는가?" 아주 성가셔 하며, 쫓더군요, 소자는 어찌 되었거나, 비록 이 노인네가, 저의 의문에 답하기에 틀린 노인네라 하더라고, 병은 소문을 낼수록 약이 생긴다는 속담도 있고 해서, 의문을 솔직하게 털어놓고 보자고 했었지요. 그랬더니, "아항, 네가 찾아 헤매는 것은, 어떤 마녀가 네게 덮어씌운, 의문의 주술을 어떻게 풀 것인지, 그 진리의 공주이시로군? 흐흐흐, 그 쇠신발과 쇠지팽이는 마술과도 같단 말야, 팔아 치웠다고 말야, 대장간에 새로 주문하려 했더니, 저절로 되돌아온단 말이거든"라고 낄낄거려쌓더니, "그런 문제라면, 그런 신발이며 지팽이가 천 켤레 만 개가 닳아지도록 헤맨다 해도, 그 공주 찾기는 쉽잖을 테다. 젊은네가 만약, 그걸 되돌려준다면, 그 값으로, 내가 들어 알고 있는 것만큼, 그 길을 가리켜 보일 수는 있겠지맹"라길래, 서슴잖고 저는, 그 당장 그 물건들을, 놓였던 자리에다 놓아주었었지요. 그리고, 그의 곁에 앉아 들은 얘기는, 대략 이러했습니다. 노인네는, 잔기침을 여러 번이나 한 뒤, 매우 심술궂은 어투로, "하는 말로는, '불생불멸(不生不滅) 부증부감(不增不減)이라는데, 그따위 의문이, 무엇에 쓰자는 것이겠는고?"라며, 또 낄낄거리고 웃더군입쇼. "그러나 거 얼마나 실답잖게 말이 많은, 수염단 할망구들이냐? 생겨난 것이 없다, 고 했으면 되었지, 어쩌자고 또 멸할 것이 없다, 고 덧붙여야겠느냐? 생겨난 것이 없는데, 무엇으로 멸할꼬? 또 그렇지, 불어날 것도 없다, 고 했으면 되었지, 어쩌자고 또 줄어질 것도 없다, 고 사족을 그려 넣어야겠느냐? 불어날 것이 없는데, 무엇으로써 줄어질꼬? 말이고 또 말이지만, 생겨난 것이 없다, 고 했으면 그것으로 다 말해버린 것이지, 덧붙여 멸할 것도, 불어날 것도, 줄어질 것도 없다는 잔소리는 왜 씨불여야겠느냐고 말여? 허, 허허, 허나, 이 이상스러운 창세기(創世記)—아무것도 없는 것에서 모든 것을 지어내는 대신, 있는 모든 것을 지워 없애고, 무(無)나 공(空)을 창조하려는, 이 창세기는 그러나, 자네모양 땀과 살의 냄새, 고통의 냄새가 독한 녀석들에게 설해질 것은 아닐지도 모른다. 저것[不生不滅, 不增不減 따위]을 그럼에도 파괴의 노래라고 하기 대신, 창세기라고 이르는 것은, 저들이 드러내려 하는 '무나 공'은, 모든 것의 백지화, 시간을 거꾸로 돌려, 모든 것을 창조 이전의 상태로 돌려놓자는 것은 아니라고 이해하기의 까닭이다. 이 늙은네는, 거기, 팔만 유정의 진화의 정점, 또는 종착점이 있다고 이해하는 중이다. 저런 법(法)은 아마도, 판켄드리야께, 그보다도 더 많은 감각기관을 눈뜨게 하려 하여 주어졌거나, 판켄드리야보다 더 많은 감각기관을 구비해 있는 것들게 주어진 것일 듯하다. 추측하겠다시피, 판켄드리야라도, 갓된 것들이 있어, '자연'(自然)이라는 고향에다, 많은 것을 남겨놓고, 장(場) 구경에 나선 것들이 있는 것과 마찬가지로, 형태는 판켄드리야라도, 번데기가 된 나비와 같이, 그 속에 날개를 싸안고, 매순간 그것들을 돋궈내 날아가려는 것들도 있다. 듣다 보자니, 자네의 의문은 그런데, 판켄드리야까지의 명계(冥界) 사정이 어떻게 돌아가는지, 그것에 관한 것인 듯하다. 헤매다 보니, 부르튼 발이 아물 겨를도 없는데, 배가 고픈데, 배가 비었으면 더 가벼워져야 할 몸이, 웬일로 천근만근으로 더 무거워지는, 자네 같은 놈을 두고, 대답이랍시고, '不生不滅 不增不減'이라고 진언 쳐보았자, 그 주술은 풀리지 않을 테다. '마늘과 쑥'이 암곰[熊女]을 사람으로 변신케 한 아무리 좋은 약이라 해도, 암호랑이께도 그 약력(藥力)을 다하는 것은 아닌 것, 오히려 암호랑이의 혀를 태우고, 창자를 쓰리게 하다, 풀 먹고 토하는 강아지 꼴로, 체통이나 잃게 할라. 흐흐흐." 노인네는 그리고, 무엇이 그리도 재미가 있는지 웃어쌓더니, 저의 머리칼을 흩트려대며, 이어서 이러더군요. "그러니 자네께 약이 될, 그 주술을 풀어줄 대답을 해주기로 하면, 이렇게 될 터이다. 이누마, 헌데 뭔 지랄 났다고, 절하고 나서는 겨? 내가 누구의 스승이라도 되려, 불머슴에 쓸 만한 녀석이라도 기다려, 이러고 있는 줄 알았던가? 이것이 게다가, 내 생각이라야 말이지? 들어가 보려면 들어가 보고, 말려믄 말라만, 저 유리 어디에, '칠조촌장'(七祖村長)이라는 중이 하나 있는데, 이건, 그의 아손의 법회(法會) 자리에서 들은 얘긴 겨. 얻어들은 것이지만, 그렇다고 해서, 거저 줘버리면, 자네는 몇 번 입속에 굴리다, 단물 대신 짠물밖에 욹혀내지 않는다고, 뱉어내버릴 것이며, 나 패관(稗官)은 배가 고파질 일이지. 끼니하고 바꿨으면 된 게다. 명심해둘 것은, 내가 이 얘기를 들었을 때, 이것이 '가설'(假說) 위에서 이뤄진 '가설'이라는 것이었으니, 자네도, 그것은 명심해야 할 것이다. '가설'을 사기 위해, 네 배가 고프게 되었다 해도, 늙은네로써는 이제, 똥밖에 누어줄 것이 없다."

아담—흐흐흐, 그 늙은네가 혹간, 그 '유리'라는 곳의 '칠조 촌장'이라는 이는 아니었을까? (포도주를 크게 한 모금하고, 자식께도 권한다)

카인—저에게도 그런 느낌이 있어, 큰절을 드리려다, 코를 쥐이고 말았습죠. 그 동구까지 가고서도, 그래서 그 유리라는 곳은, 들려보지도 않고 되돌아왔더이다. 그러나 그 이후 저는, 에덴을 멀리 떠났을 때, 유리에 들어서 있었다는 생각만을 줄곧 해왔나이다.

아담—나는 '생명의 동산'을 벗어난 후, 줄곧, 그 꿧에 반대되는 고장, 해골의 골짜기, 같은 데 처해 있음을 느껴왔었더니…….

카인—그 노인네의 말씀이, '가설'을 가설이게 뼈대를 엮는 것은, 그 역시 가설이라고 하며, 이 '가설'을 가능케 하는 가장 중요한 가설은, 소자가 이미 누누이 말씀드린 바 있는, '아니마'는, '지바'와 달리, 아직 '자아'를 형성하지 못한 활력(活力)이라는, 그것이더이다. 앞서 '연잎 위의 한 방울의 이슬과, 연못'의 비유로 말씀드린 것이 그것인데, 저것이 '갈마역분열'의 관건이라 하더이다. 그리고 이것은, 논리가 이끌어낸 가설이라는데요, 이 갈마역분열은, '자아'를 갖지 못하거나, 않은 유정들께서는 일어나는 것이 아니어서, 축생도(畜生道)와, 불도(佛道)에서는 기대되는 것이 아니라는 것입니다. 이 역분열, 또는 역진화, 퇴행이나 추락은, 판켄드리야의 카투린드리야, 또는 그 이전의 상태에로의 환원을 의미하는 것인데, '문화'의 '자연'에로의 몰락, '지바'의 '아니마'에로의 역돌연변이의 결과라는 것입니다.

아담—그 추락 내지 환원은, 비극 중에서도 비극이 아니겠는가? 그 어려운 진화를 성취했다가, 어찌하여 어떤 '지바'는, '아니마'에로 역진화해버리지 않으면 안 되는고?

카인—그것에의 까닭으로, 아무리 판켄드리야라도, 그 입어진 몸만은 '자연'에 소속되어 있다는 말씀을, 누누이, 반복해 들려드린 것으로 기억하는데요, 단적으로 말씀드리면, 판켄드리야를 성취하고서도, 그 한 삶을, 지나치게 육신 쪽으로, 다시 말씀드리면 물질주의와 육신적 쾌락의 추구 쪽으로, 운영해온 결과가 그것일 것입지요. '인면수심'(人面獸心)이라는 말이 있는데, 이런 이들은 그러니까, 어떤 법은에 의해, 이 현재 겉은 '사람'이라도, 그 속은, '짐승'

으로 돌아가 있다는 얘기겠습죠. '죽음'은 그런데, 그 겉만 벗겨내고, 속만 남기는 것이라고 한다면, 그것은 그것이 소속되는 곳으로 돌아가는 수뿐이겠지요. 이런 얘기는 그러니까, 보다 많은 판켄드리야가 축생도로 몰락할 때, 거기, 자연적으로 인구 감축의 현상이 일어나게 된다는 것이겠지요. 다시 또 반복됩지만, 왜냐하면 '아니마는 자아를 갖지 못했음'으로 하여, 윤회·환생이 불가능한 까닭이라는 것입지요. 거기서는, 이슬이 연못에 합류해버리듯이, 그것이 바르도에 처했을 때 나타나 보인, 어떤 아버지–어머니가 함께하고 있을 때, 그 열림에 유혹을 느꼈다면, 그 종의 또는 류의 '유전인자'라는, 그 본(本)에로 귀의해버리는 것이겠습죠. 이 말씀은, 그 아니마는 그런고로 스러져버리는 것은 아니라는 것이겠지요, 만약에 그 종(種)이 깡그리 도태치 않는다면 그러하다는 것이겠으나, 그런다 해도, 예를 들면, 공룡(디노사우르)은 완전히 사라져버렸다 해도, 어느 유정 속에든, 그것의 아니마는 속존(續存)해올 것이라는 것은, 그 노인네나 소자는 생물을 궁구하는 자들이 아니어서, 증명하지는 못하더라도, 그렇다고 해서 일축해버릴 수도 없는 문제겠지요. 이런 비극은, '몸'이 '수단'이 아니라 '목적'이 될 때, '정신은 몸의 도구'[5]라는 생각이 지배적이게 되고, 당연한 결과로 그러면, 몸의 가능성을 광적으로까지 추구하게 되기에 의해, 그 속의 지바는, 위축되고 왜소화를 겪게 되겠지요. '짐승의 대왕'이라는, 이 물질주의는, 어째도 물질적 우주의 이념인 것이어서, 저것은, 판켄드리야의 고매한 지바를 담보로 잡고, 그 대가로 물질적 쾌락을 베푸는 자인 것이겠습죠. 허나, '물질주의'와 '인간의 타락'에 관해서야, 뭘 더 말씀드리겠습니까? —이것이, 제가 그 노인네로부터 들은 법이었습니다만, 거듭 밝혀 둬야 되는 것은, 그것이 '가설'이라는 것입니다. 그리고 부연해 둬야 될 것은, 전쟁이나, 기아, 전염병이나 자연의 재해 등에 의한 인명의 감축은, 달리 설명을 구해야 될 것이라고 하더군요.

아담—실학적(實學的)으로 증명될 수 없는 진리는, 모든 가설적 진리라는 말이겠는가? 그건 어째도 상관은 없을 터이지. 상관은, 그것을 받아들이는 심정에 있겠지맹. 어쨌든, 얘기가 저만쯤 진전되었으면, 이 한 촌장(村長)에게도 드는 의문이, 만방인(萬邦人)이 돼버린 너에게, 안 일어날 수 없었을 터이다. 무슨 말인고 하니, 만약 그러하다면, 축생도의 아래쪽에 있다는 아귀도나, 지옥도는, 어떤 넋들이 떨어져 드는 자리인가 하는 그 의문이다.

카인—소자도 그랬기에, 그 노인께 그 꼭같은 의문을 여쭈었더니, 예의 그 쇠지팽이를 들어, 저의 머리를 치더군입죠. 그건 그냥 시늉이었든지, 아프다는 생각은 전혀 없었지요. "이눔아, 그런 의문일랑은, 종교꾼들께 물어야지, 진화/역진화론을 말하는 늙은탱이께 물어 어쩌자는 것이냐? 진화론자도, 그 정신적 진화도(進化道)로서, 인간도(人間道) 너머의, 아수라도나 수라도를 상정하지 않은 것은 아닐 것이로되, 까닭에, 아귀도나 지옥도는 잘 설명이 되지가 않는 것이더라. 마는, 논리적 추측이랄 것에 의해서는, '선'은 '가볍고', '악'은 '무겁다'는 전제하에, 어떤 판켄드리야가 '자아'를 억세게도 고수하고 있는다면, '선'한 것은 가벼움에 의해 올라가고, '악'한 것은 그 무거움에 의해, 떨어져 내리는 것이나, 아닌가, 하는 가설을 얘기할 수 있을 뿐이다. 그러니, 위쪽으로 두 고장과, 아래쪽으로 두 고장은, 반극적이되, 같은 고장이랄 수 있을 듯하잖는가? 그러니까, 진화론자의 입장에서 본다면, 그 네 고장은 모두, 공주찾아 떠난 왕자들이, 정도를 벗어나, 자칫 잘못 곁길로 들어섰다, 닿게 된 고장이랄 것인 것. 정도(正道)란, 그 길에 오른 자가, 가서 공주를 얻었으면, 돌아오지 말아야 되는 길일 게다. 거기서는 다시, '자아'가 무산되어버려, 돌아올 씨알맹이가 없기의 까닭인 것. 아, 가보거라, 가보라 말이지! 열뒷 노파들의 잔치자리처럼, 씨불이고 있는 중에 해가 설풋해지고 있구나. 밤 지내는 데, 이슬에라도 젖지 않을 곳을 찾아보거라. 그리고 저녁 공양을 빌더라도 그렇지, 마을의 굴뚝들에서 연기가 더 오르지 않게 되면, 배곯고 잔다." 노인은 그리고, 등기대고 있던 그 독 속으로 들어가 뭉쳐 앉더군요. 한 우주가 고스란히, 그 독속에 사려 들어, 저녁의 휴식을 취하려 하고 있어 보였더이다. 소자는, 그 독에대고, 열 번 스무 번 허리 굽혀 절하고, 그 길로, 가족이 기다리는 놋땅을 향해, 발길을 옮겼었지요.

아담—그랬군! 허긴 더 해볼 열세(閱世)도 없었겠지.

카인—마는, 자식들을 건너다볼 때는, 아버님 어머님 생사가 염려되고, 해서, 소자의 심사는 하루도 편치가 못했습니다. 그 애들이, 형제들끼리 오손

도손 지내는 것을 보면서는, 아벨의 피가 땅에서 울리는 것이 괴롭고, 풍문에 의하면, 하나님께서 아벨을 대신해 셋을 축복하였다 함으로, 셋은 또 어떻게 해나가며, 부모를 봉양하는지, 큰형 되는 자로서는, 그것도 궁금하고 하더이다. 까닭에, 소자에게는 금지된 땅을 밟아 돌아온 것이었으니, 아버님께서는, 불효자를 잠시, 그저 하룻저녁이라도 용납하여 주옵소서.

아담—구백 년 가까이나 세월이 흘렀는데, 여태도 아벨의 피가, 땅에서 울부짖는 소리가, 널 괴롭히더란 말이냐? 나는 이러는 동안, 생각해보고, 삭혀보고, 그리고 저 최초의 죽음이 순교나 아니었는가……, 나와 네 어미가 범한 잘못을 그렇게 속량[6]한 것이나 아니었는가, 그렇게 여겼으며, 그것이 만약 그런 속량이었다면, 그 손에 피를 묻힌 자의, 그 죄까지도 사했을 것이라고 여겨, 믿기에까지 이르렀더니…… (눈물을 훔친다)

카인—(오랜 침묵 끝에) 바닥에 등을 대어 좀 쉬려 할 때도, 매 걸음걸음 땅을 디딜 때도, 그 소리는 울려났습니다. 이번 귀향길에, 매 걸음마다 바랐기로는, 아버님 어머님이 생존해 계시는 동안, 이 손에 묻힌 피를, 어떻게든 씻을 수 있게 되었으면 하는 것이었습니다. 그 괴로운 바람도, 소자를, 금지된 땅으로 밀어온 것이기도 했습니다. (구백 년 가까이 늙은 자식의 얼굴에로도, 눈물이 피처럼 타고 내린다)

아담—(말을 못 찾겠는 듯, 울먹이고만 있다가) 너를 보낸 뒤, 오늘 이때껏, 한날한시도 빼놓지 않고, 네 어미와 나 둘이만 있게 되면, 너의 안위를 걱정해오며, 하나님께 빌어왔구나, 진노를 잠시만 거두시어, 그저 잠시만, 떠난 장자의 얼굴을 보게 해달라고, 간구해왔었거니……, 그리하여 그 소원이 이뤄졌거니! 아비는, 날이 밝는 대로 단을 쌓고, 이 일로 감사의 제사를 드리려 하고 있다. 해변이나 냇가의 풀모양, 한자리에 뿌리는 내렸으나, 마음으로는 늘 흔들리고 흐르느라 살았더니, 널 보았으니, 이제는, 눈을 감아도 되잖겠느냐 싶으구나. 이런즉 이제는, 농부 카인의 제물을 열납해야 되잖겠느냐, 는 생각도 드는구나. 땅에 뿌리 내려, 그 땅의 자비로 살다, 그 땅으로 돌아가고 싶은, 농부의 바람이거니……. (그러며 부스럭여쌓더니, 양의 기름을 담고 심지를 심어놓은, 질그릇 접시에다, 불을 하나 만들어 붙인다. 해가 어느 녘에 져 안이

어두어져 있었으나, 그때까지도 아비와 자식은, 그것을 모르고 있었던 듯했다. 밝혀진 불이, 두 늙은네들을, 더 지쳐 보이게 한다) 뭐든 좀 먹어보고, 마셔 보아야겠지맹? (몸을 일으켜 세우려 한다)

카인—소자는, 아까 먹은 것이 아직도 덜 삭아 내린 듯합니다만, 아버님께서는 뭘 좀 드셔야지요. (아비 대신 일어나, 부엌 쪽으로 가려 한다)

아담—(손부터 홰홰 젓고) 그렇걸랑 가만둬라. 나도 뭐 배고플 까닭이 있어야 말이지. 게다가 입맛까지도 없구나. 때로는 서너 끼니씩도 안 먹고도 잘 버티는데, 통 움직이지를 않으니까……. 헌데 너는, 손에 묻힌 피를 씻었으면 하여, 그 피를 흘린 자리로 돌아왔다는데, 그건 어떻게 받아들여야 할꾸?

카인—이건, 제가 저의 악행의 책임을 어디다 전가하자거나, 그런 뜻은 전혀 없는뎁지요, 그럼에도 물어져야 되는 것은 물어져야 되잖겠는가, 그런 생각만은 어쩔 수 없었습니다. 저는 그렇다고, 그것을 무슨 권리라고도 생각해본 적은 없었습니다.

아담—서슴지 말고, 말해보거라!

카인—그[神]의 참뜻은, 인간으로서는 어째도 알 수 없겠음에도, 전지(全知)한 이에게, 어떤 대의가 있지 않고서는, 결코 그런 일이란 일어날 수 있는 일이 아니라고 사료하다 보니, 이런 말씀도 드리게 되는뎁지요……, 이, 이 말씀에 대해서는, 하나님이 아니라, 아버님께서, 조금만 진노를 늦춰주셨으면 합니다만, ……그는 어째서, 자기가 아니면, 간교한 뱀의 손에라도 묻혔어야 되었을, 아벨의 피를, 하필 그 애의 형의 손에다 묻히게 했던 것이었는가……, 그, 그런 의문이 든 후, 그 일로도 괴로웠습니다. 다름 아닌, 제가 바로 그 하수인이었으므로 해서, 저는 저 자신에 관해, 잘 알도록 되어 있잖나이까? 카인은, 아우를 돌로 칠 만큼 악한 자가 아니었었습니다. 그는 그냥, 순박한 농부였을 뿐이었지요. 그러나 카인이 악해져 버린 것은, 하나님께 대고서라도 명명백백히 말씀드릴 수 있기는, 카인은 선하지 못한 자라는, 그[神]의 책망을 듣고 난 한참 후부터였으며, 그 이전에는, 카인은 선도 몰랐듯이, 더더욱이 악도 몰랐었을 뿐이었습니다. 그럼으로 하여, 카인의 입장에서는, 당연하게 그 물음을 묻게 되던 것입니다. 도중에서 듣자니, 카인은 간교한 뱀의 자식이라고, 순진무구하셨던 어머니까지 들어 욕하는 소리도 없잖아 있었습니다만, 그럼으로 하여 이후, 카인의 발걸음은 악 쪽으로만 바빠졌겠습니까? 구백 년 가까이를 통회로만 살아온 제가, 악행만을 해온 것이리이까? 그 까닭으로 저는, 위축되고 소심해져, 개미라도 밟을까 겁내어, 늘 고개를 숙인 채 걸어야 했으며, 헤매다 보니, 해치려 드는 수없는 경우에 맞닥뜨리게 되고, 해침도 당했으나, 그런 자리에서는, 승냥이모양, 꼬리를 사리고 그냥 도망쳤을 뿐이며, 어디 안전한 곳에 닿으면, 승냥이모양 상처를 핥기는 했으나, 복수를 생각하거나, 하다못해 눈 흘김이라도 보내보지는 안 했습니다. 카인은 그냥, 무엇이든 참고 지내는, 아직도 그냥 농부일 뿐이니다.

아담—(손을 홰홰 저으며) 그만해둬도 알겠다. (둘 사이에 침묵, 오랜 침묵, 끝에) 결국은 우리가, 그것만은, 얼마가 아프든 가슴에 묻어둔 채, 할 수 있는 껏 회피해버렸으면 하는, 그 얘기를 하지 않으면 안 되는 자리에 온 것이구나. 그렇다, 애빈들 어찌, 이 긴 세월을 인고해오며, 땀과 시간밖에 더 가진 것이 없는 처지에, 그런 의문을 가져보지 안 했었을 수가 있었겠느냐? 그의 진노는 진노대로 두려워했으면서도, 일어나는 의문은 의문대로 어쩔 수가 없던 것이다. 그러다, 그 진노로 그가 내게서 뭘 덜어갈 것을 주었는지, 그것까지도 의문하게 이르렀었다만……, 피를 뿌리고 무참히 쓰러진 자는 결국, 그가 그 애의 제물만을 열납했다는, 아벨이 아니었는가? 아벨에게는 무엇을 주기 위해서? 목숨이나, 그 목숨으로부터 시작하여, 하늘의 별이나 해변의 모래처럼 불어나, 곡간을 그득그득하게 채우고, 살고 이어갈 자손들이, 그가 축복하는 것들이라면, 그 손에 피를 묻힌 자는 구백 년 가까이 살고 있고, 또한 자손도 번성해 있는 듯함에도, 아벨은 어린 나이여서, 어느 처자 하나 사귀어보지도 못하고, 양들 속에서 꿈만 꾸고 살다, 씨앗 하나 남기지 못하고 스러졌거늘…….
전지한 자가 그것을 몰랐을 리가 있었겠는가? 그래서 아벨에게 내린 복은 무엇이었는가? 아벨에게 무엇을 보상해주었는가? 두렵사오나 주여, 오늘 아담도, 아비이기의 까닭으로, 이런 묻지 말아야 될 물음을, 카인과 함께 묻나이다. 당신의 대의는 무엇이었나이까? 이번 일로는, 간교한 뱀에게 저주를 돌리지는 못하리이다. 아벨이 제 흘린 피 값을 받지 못했다면, 그 피 값으로, 남은 이들에게 무엇을 주려 했나이까? 아니면 그 피 값으로, 그 애 아비 어미가 따 내린 선악과의 벌금을 삼으려 하였나이까? 그러하다면 주여, 당신은 두 남자 여자를, 에덴으로 되불렀어야 하지 않았으리까? 그것도 아니라면, 당신의 편애였으리까? 아무 잘못도 저지르지 않은 카인이, 무엇 때문에든, 당신 눈의 가시여서, 그것을 뽑아내려 하여, 아벨을 선택하였나이까? 어찌하여 당신은, 아으 진노하려면 하소서만, 아직 선/악 아무것도 다침이 없는, 우애 있는 두 형제의 제물을 차별하여, 그 질투로 하여 형이 아우를 치게 하고, 그 어버이로 하여금 비탄의 골짜기를 헤매게 하였나이까? 최초의 어미 아비가 이럴 때, 저들의 자손들의 세계가 온전히 밝기만 하겠으리까? 그런즉 당신은, 비 온 뒤, 측간에 득시글거리는 구더기 보기모양, 저들 추악함을 못 참고, 저들을 싹 쓸어 없애려 하리이까? 어찌하여 당신은, 그 부모 된 자들도 그러지 아니하였는데, 두 젊은네를, 당신의 기준으로 판단하여, 하나는 쓰러지게 하고, 하나는 저주에 처하게 하였나이까? 양까지도, 새끼의 일을 두고는, 이리께 대들더이다. 이렇게 묻는 것이 또한 사악함의 소치라고 여기시거든, 당신의 화염검으로 이 아담을 천 토막 만 토막 내시고, 당신의 그룹[Cherubim]들로 하여금, 골과 피를 마시고, 창자를 쫗게 하소서! 아담은, 비탄의 심연에 떨어진 그날로부터, 한 번도, 받은 생명을 복이라고 여기지 않았사온데, 차라리 그것을 거두어주기만을 얼마나 간구해왔더니이까? 나는 아담, 우주 간 단 한 종류의 유정, 제단을 쌓고 제사를 드리는 사람, 그는 이만쯤은 물을 권리를 갖고 있지 않나이까? (목놓아 운다. 카인도 따라 소리 내어 울며, 부자가 부둥켜안는다. 부자는, 쌓여왔던 울음을 터뜨려낸다) 이제까지는, 독을 삼킨 듯 자신만을 원망하며 참아왔으나, 오매불망 기리던 자식을 만났으되, 그 자식이, 평생 치르고도 더 쌓이는 빚 탓에, 괴로워하는 것을 보고서는, 아비이기의 까닭으로 원망이 앞서나이다. 이 범죄의 까닭이 어디로부터이니까? 하와였으리까? 간교한 뱀이었으리까? 죄를 몰라 미련하기만 한 계집이, 그 유혹에 넘어갔다 해서, 그네가 배앓이 하여 낳은 첫 자식이, 그 유혹자의 씨였다고, 저주하고 외면해도, 당신은 괜찮으오니까? 그 오염된 자궁에 실렸던 아벨인들 그러하온즉, 어찌 순수하리이까? 음녀는, 그 배 속의 씨앗이 태어나기 전에, 돌로 쳐서 죽여야 하는 것이 아니리까? 어찌하여 당신은, 그 오염된 자궁의 자식들로 이 천지를 채우려 하나이까? 동산 가운데다, 자연(自然) 가운데는 없는, 그 이상한 열매 맺는 나무를 심은 이는, 과연 누구였으리까? 간교하다는 뱀까지도, 그 나무의 비밀을 몰랐으므로 하여, 우리께 거듭거듭 그 비밀을 물었었는데, 그런즉 그 비밀을 알고 있던 이는, 천지간 그 정원사 말고, 또 누구리까? 어찌하여 그러면 당신은, 그 비밀을 아담과 하와께 발설하였나이까? (넋살을 하다, 몸매를 수습한다. 둘이는 다시 자기들의 자리에 앉는다)

카인—……. 그건 형벌이 아니라, 숙명이 아니겠나요?

아담—하나님은, 어떤 식으로든 잘못된 일이 있을 때마다, 자기의 손만은 늘 깨끗이 씻고 있는데도, 씻으면 씻을수록, 그 손바닥에 돋은 검은 털이 보여져, 그 또한 이 한평생, 나를 괴롭혀온 것이었거늘. 할 수 있으면 심정을 뽑아내 보려고도 했으며, 눈을 뽑아내 보려고도 했거니. 하나님이 우리를 동산에서 추방해버렸듯이, 나는 그렇게 하나님을 추방해버린 것은 아니었는가, 그 죄감, 그 독신죄감에, 두려움으로 떨어야 했다. 그러나 또 생각해보고, 에덴은, 해변의 모래나, 하늘의 별의 수만큼이나 많은 자손들이 모여, 함께 영영세세토록, 복락을 누리며 살기에는, 너무 좁은 듯하다고 했다. 네 어미의 자궁만큼도 큰 것이 아닌 듯했다. 그랬으면, 에덴의 대지는, 고무나무의 액처럼, 신축성이 있는 것이었거나, 생물을 짓되 성(性)을 부여치 안 했더면 몰라도, 말한 바대로, 어차피 우리들은 쫓겨나지 않을 수 없는 숙명이었던 게다. 엔네는 그 자궁으로, 다섯 자식도 아홉 자식도 낳되, 자라면 그 자식들은, 어미 아비보다도 덩치가 더 커지던 것을, 그것을 무슨 수로 그 자궁 속에 넣고 기른다는 말이겠냐?

카인—(아비의 발등에 이마를 조아린 뒤, 되앉으며) 카인은, 어떻게 그 손에 묻힌, 아우의 피를 씻으리이까?

아담—제 아우의 피를 묻힌 그 형을, 아비의 사랑으로써도 그러나, 어떻게 용서할지도 모르고 있을 뿐이다. 너의, 살아온 얘기를 통해, 한편에서는, 그 손의 피가 씻긴 지는 오래되었다는 믿음이면서, 다른 편에선, 네게도 아비께도 아픈 얘기지만, 그렇게 묻힌 피는 씻겨지지 못할지도 모르겠다는 느낌이 있다. 말한 바대로 그것은, 형벌이기보다, 숙명이 아니겠는가 싶다. 그것이 바로, 불순한 짐승 카인으로 하여금, 순화의 나무를 쉼 없이 오르게 하여, 성숙한 인간이 되게 한, 동력이나 아니었겠는가 한다. 형벌이 법은이었겠는가?

카인—더욱더 견딜 수 없는 것은, 아벨에 대한 저의 사랑이었습니다. 이런 형을 형이라고 따르며, 저도 또한 그래 왔었습니다만, 모든 좋은 것은 형에게 주려 하고, 형의 비위를 상하지 않게 하려 애쓰던 일들이 떠오를 때마다, 저는, 저의 이 손목, 이 손목을 잘라내려, 얼마나 여러 번 도끼를 들었던지 모릅니다. 그런 애를 치려, 돌을 들어 부르르 떨었던 저의 손에서는, 그럴 때마다, 피 맛에 굶주린 구더기가 슬어 박실거리고 있어 보였고, 실지렁이들이 피 맛에, 억만으로 고개를 쳐들어 있어 보이곤 하더이다. 저의 이 손, 저주스러운 이 손이, 그 돌을 들었었나이다. (자기의 왼손을, 뻗쳐내 들여다본다)

아담—(침묵 끝에) 언젠지는 잘 기억에 없다만, 오늘이니까 말인데, 잊혀지지가 않는 꿈 한 가지가 있어, 오늘날까지 그것을 생각해왔구나. 볕이 몹시 곤하게 하는 날이었는데, 저들 가운데, 너희 형제들이 나란히 단을 쌓아, 하나님께 제사를 드렸던 자리, 그 종려수 그늘 아래, 등을 기댔다 잠이 들었던 모양이었다. 꿈을 꾸었는데, 꿈속 사건의 시간은, 영 종잡을 수가 없었다. 느낌으로는, 내가 있어 본 적도 없는, 과거의 어느 때였던 듯도 싶고, 또 살아보게 될 듯 싶지도 않은, 먼 훗날도 같았는데, 내가 등 기댄 바로 그 나무 아래, 후광을 거느린, 시퍼렇도록 검은 얼굴의, 대략 스물다섯 나이의, 두 젊은네가, 마주 보고 앉아, 뭔지 즐거운 다툼을 하고 있었다. 꿈이란 그런 것이지만, 그때 나는 그 현장에서 나를 실종해버려, 내가 어디에 있었던지는 모른다. 그 둘은, 어떻게 보면 일란성 쌍둥이도 같아 보였으며, 또 어떻게 보면, 발가락까지도 닮은 데가 없어 보였는데, 범할 수 없는, 그러나 자비스런 인품들을 드러내고 있었다. 듣고 보니, 두 젊은네는, 누가 먼저 세상엘 나가, 그곳 무명중생을 제도할 것인가, 그 순서를 정하는 문제로 다투고 있던 것이었다. 둘 다 다, 자기가 먼저 나가는 것이, 중생께 법은이 더 미치게 될 것이라고 주장하고 있어, 이 승강이는 쉽게 끝날 것 같지가 안 했었다. 마침내, 그 둘에게 다 동시에, 한 좋은 의견이 떠올랐던 듯하여, 다퉈 말하기를, 누구의 무릎에서 먼저 연꽃이 피는지, 그 순서에 좇아, 따르자는 데로 의견이 모아졌고, —어디서 갑자기 연이 나타났는지, 그런 것도 꿈의 한 성격인즉 묻지는 말거라. —그리하여 둘이는, 가늘게 뜬 눈으로, 명상에 잠겨 들었다. 오래잖아 두 얼굴들에는 땀이 송글송글 돋아 올랐는데, 한 젊은네의 무릎에서, 아닌 게 아니라, 연이 봉오리 맺히더니, 터 피기 시작하덩구만. 그때, 앞에 있던 젊은네가 그 눈치를 챘던 모양이어서, 그것을, 자기 무릎의 아직 피지 않은 것과, 슬며시 바꿔놓는 짓을 하더구나. 선후는, 그렇게 되어 결정 난 것이었는데, 자기의 연을 도난당한 젊은네 쪽에서, 웃으며, 이러더구나, "이런즉 자네가 먼저 나가, 중생을 제도해야겠으나, 두려운 것은, 시한이 차면, 그 세상이 왼통 도둑과 악으로 들끓게 될 일이로다. 그때에 당해선, 자네는, 무엇을 위해 중생제도에 나섰다고 했는지, 스스로 묻게 될 터이다." 그와 함께, 저 둘은, 내 꿈의 시야에선 더 보이지 안 했다. 꿈은 그것이었다. (잠시 침묵) 그 꿈을 그리고, 수백 년이나 생각해오던 중, 어느 날 문득, 한 느낌이 드는데, 그것도 어쩌면, 형의 아우 살해 같은 것이나 아니었을까, 하는 것이었다. 거기까지는 어떻게 간신히 짚어낼 수가 있었으나, 그러나 그 뜻은 짚어낼 수가 없을 뿐이었다.

장면이 바뀐다. 장소는, 천지간 어디래도 좋고, 천지 자체래도 상관은 없을 터이다. '사람의 영상을 구비해 있는, 빛을 거느린 이와, '짐승의 형상'을 구비해 있는, 어두운 자, 둘이서 만나 얘기하고 있다. 그들은 물육(物肉)을 입고 있지 안 해, '영상'이나 '형상'이라고 이른 것. 그들의 크기는, 사람들의 심정의 크기이다.

사람의 영상—오늘 따라, 유난히 귀가 가려운 것은, 이봐라, 사람들의 세상에서, 뭔지 심상찮은 일이 일어나고 있는 게로구나? 누구들인지, 이 늙은네의 흉이라도 보고 있다느냐? 고이한지고!

짐승의 형상—주께서는 이미, 너무 잘 알고 계시잖나이까?

사람의 영상—내가 무엇을 알고 있다는 말이냐? 알았더면 나는, 이 우주를 지으려 하잖았을 테다. 지었으므로 인해, 지어진 것들이, 즐거워하기보다

고통스러워하고 있음을! 초목은 초목대로. 비가 많으면 썩어 죽겠다, 비가 적으면 말라 죽겠다 아우성이고, 짐승은 짐승들대로, 배고픔 탓에 살욕에 눈멀어 헤매는데, 또 보아람, 사람들의 세상을, 눈 닦을 필요도 없이 그냥 내려다보더라도, 저놈들은 독충들 중에서도 고(蠱)라 말이지. (毒蟲들을 한 그릇 속에 잡아넣어 놓으면, 그중에 한 놈이, 다른 것들을 모두 잡아먹고 남는다는데, 이를 '蠱'라고 이른다는 소리가, 『山海經』에 있다) 형이, 아우를 돌로 쳐 죽이고, 아우는 형수를 간하며, 늙은 부모를 빈 들에 갖다 퍼 버린다. 말하려 하면, 이 한 우주로도, 그 말을 다 저장하지 못하리라. 이눔 사탄이여, 너의 승리런가? 문제는 뭔고 하니, 저것들의 고통이 곧장 이 늙은네께 닿는다는 그것이지. 짓지 안 했더면, 이런 꼬락서니 안 보았어도 되잖았겠느냐. 이 탓에 병이 되지도 안 했었을 것을! 저것들을 지은 후, 이 늙은네께는, 귀 가려움증에, 귀 우는 소리로, 한순간도 편안함이 없거니와, 심정엔 저 고수(蠱數)만큼이나 많은 번뇌의 벌레들이 쳐들어 쏠고 있음을! 번뇌러람, 번뇌의 벌레는 벌뢰러람! 눈의 즐거움을 위해, 아름다운 것들 중에서도 그중 아름답게 지은 것들, 나의 영상을 좇아 만든 것들 말이지, 그것들이 슬금슬금 드러내는 추악함은, 자네의 오염 탓이려는가, 추악하여, 추악한 것들 중에서도 추악하거니! 이를 어쩐담? 장마 뒤의, 농가 측간에 우글거리는 구더기들 보았더냐? 사십 주 사십 야 모진 비라도 내려, 싹 쓸어 없애버리고 싶고녀!

짐승의 형상—카인이 돌아와, 애비와 함께 있잖나이까? 저들이 주고받는,

사람의 영상—뭐랐고? 카인이 돌아왔다고? 어찌 사탄의 자식이, 성역(聖域)에 되돌아와,

짐승의 형상—주께서, 아벨의 대신으로, 아담께 셋을 축복하셨다 하오면, 소신(小臣)의 생각에도, 그 아벨의 피는, 셋의 피로서만 씻길 듯하지 않은 건 아니오니다.

사람의 영상— 뭐랐고? 이 칙살한 구렁이 놈, 네 뭐랐고?

짐승의 형상—헤헤헤, 저야 뭐, 대속(代贖)의 법칙이랄 것에 관해, 의견을 말씀드려본 것입지요. 어찌 되었든, 저 둘의 주고받는 얘기를 듣고서야 소견이 들어, 감히 말씀이온데, 주의 곁에서 늘 정성를 다해 뫼시고 있는, 이눔 방

자(房子)까지도, 사실은 주의 뜻을 헤아리기가 어렵삽나이다.

사람의 영상—자네도, 저 지혜의 열매 맛을 보지 안 했더냐? 신과 같이 눈이 밝아진 게 아니었남?

짐승의 형상—헤헤이요, 쇠인 놈이야 침만 삼키고 말았었습지요네. 신의 고뇌, 고충, 고통을, 이눔은 너무도 잘 알고 있삽는데, 신이 지게 될 그 십자를 어쩐다구시나, 쇠인 놈이, 먼 훗날 구레네 사람이 되려 하겠나이까? 어떤 쑥 같은 느슥들은, 신의 권세를 운운키 좋아하는 걸로 아는뎁쇼, 신 자체가 권세인 것을! 그럼으로 신과 더불어 운위할 것이 있다면, 거 아무짝에도 쓸모없는 권세가 아니라, 그가 짊어진 십자가가 아니겠는가, 이럽지요네. 어찌 되었든, 신이기의 까닭으로, 주께는 이명증이 되고, 심정을 갉는 벌뢰가 된다는, 저들의 한과 원과 슬픔이, 저에게는, 유향이며, 몰약이고, 황금이 되고 있나이다. 소신께는, 저들이 추악하면 할수록, 더더욱 아름답나이다. 그 목적을 위해 주께서는, 주의 창자 속에서, 이눔 회충(蛔蟲)을, 쑥 뽑아낸 게 아니오니까? 하온즉 주께서는, 심신을 편케 하시고, 좋은 것들만 드시기로 하옵소서.

사람의 영상—시절이 이러한데도, 하면 할수록 더더욱, 이눔, 너 혼자만, 저 아랫녘, 종돈 집의 종돈보다도 더, 뛰룩뛰룩 살만 쪄대고 있으니……, 너의 씨불인 대로라면, 모든 똥은 네가 다 먹고, 이 늙은네는 선주만 마시게 되었다만, 너는 살이 찌는 데 반해, 나의 이명증은 무엇인고?

짐승의 형상—헤헤쏴요–, 이눔이 저 똥을 받아먹지 않는다 하오면, 주께서는 어찌 이명증뿐이리까?

사람의 영상—허기야 내가, 복주머니며, 곡간 열쇠까지는 너에게 주지 안 했으니,

짐승의 형상—이참에 그냥, 그 귀찮은 것들 모두 이눔께 주어버리시고, 윗방에 드시어, 열두 겹 담요 위에 금침 덮고 누워 안일함을 즐기시다, 조석으로, 비린 것으로 만든 음식이나,

사람의 영상—허허, 효(孝)의 근본을 이르는 소리겠다만, 아까 '권세'에 관해서 말했던, 그 입은 또 어디다 감춰뒀는고? 하지만 오늘따라 어찌 이리 귀도 가려워쌓는다냐? 눈은 감기만으로 아무것도 보지 않을 수가 있는데, 이런

이런, 늙은네가 눈에 꺼풀을 만들었듯, 귀 가리개나 심정 덮개를 생각해내지 안 했던 것은, 늙은네의 불찰이로고! 저것들의 귀를 붙이려 하여 흙을 반죽하고 있었을 때, 그럴 일이 아니라, 이 늙은네의 것을 떼어, 저들에게다 붙여주었어야, 이 늙은네가 하고 싶은 소리도, 저들이 들었을 것을 갖다가시나! 심정이란 것도 또 그렇지, 늙은네의 것을 뽑아, 저것들의 갈비 밑에다 밀어 넣어주었어야, 저것들의 원망이, 얼마나 가슴 아픈지도 알았을 일을 갖고시나! 그러나 자네는, 저 두 가지 것을 다 혀에 갖고 있으니, 입을 다물이고 있는 한, 아마겟돈 바닥에 누워서도, 편히 자겠구나. 자네는 확실히 간교했도다. 저 둘을 인간처럼 갖춘 신도 그런즉 무엇이겠느냐? 우주 간 가장 많은 욕설과 오물에 덮이는 자 말고, 글쎄 또 무엇이겠느냐? 다른 건 다 그만두고, 저놈들의 끝없는 욕심에 관한 것만 몇 가지 말해보기로 하자면, 모질게 악한 놈은 악한 놈이라고 쳐두기로 하되, 글쎄, 그렇게 악하지도 못한 것들이 하는 짓들 좀 보아라, 어떤 놈은 말이지, 제 마누라도 챙기지 못하면서 남의 마누라께 근을 세우고시나, 주야로 그 댁 남정 되는 자의 등에 대고 눈을 흘기며, 내게 빌기는, 그놈을 급사케 해주거나, 하다 못하겠으면, 놈의 왼몸이 칵 굳어버리는 병이라도 내려달라느니, 하는데, 못된 녀석 같으니, 어디에 대고 '하다 못하겠으면'이라니? 전능한 자도 못 하는 일이 있다고 알아, 이 늙은네의 능력을 깔보려 든다 말인가?

짐승의 형상—흐흐흐, 흐시오면,

사람의 영상—또 그렇지, 간난쟁이 먹이는, 마누라의 젖까지 병에 짷아 넣어, 팔아, 복권을 산 놈은, 만약 당첨케만 해준다면, 아직도 마누라가 쓸 만한즉, 첩으로 드리겠으니, 당첨케 해달라고, 나름대로 미인계까지 쓰는데, 이 못된 놈은, 단물 다 빠진 헌것은, 이 늙은네께 던져버려 버리고, 제 놈은 부자가 되었으니, 새 방석에 앉겠다는 소리 아니겠어? 그뿐인가, 자기는 비록, 이 늙은네의 눈에 들지 못해, 남의 집 종노릇밖에 못 하고 있으나, 그걸 불쌍히 여겨, 자식 하나만 왕후장상감으로 점지하라고, 삼시랑 할멈께 부탁 좀 '넣어봐달라'는데, 놈의 처지도 모를 듯하지는 않다 말이지. 마마 탓에 빡빡 얽은 놈은 놈대로, 그러지 안 했으면, 바, 발, 발 뭣이라더냐, 하는 사내 빰쳐 먹게 생겼을 얼굴을 망쳐놨으니, 그에 상당한 보상이 있어야 공평할 일이 아니냐며, 하다못하면(이라니?) 저희들 말로 말하는, 여우 보지 하나라도 하사해야 할 의무가 있잖느냐고, 농조(弄鳥,『古今笑叢』「內病在吾」 편에, 이 말이 있다)질에 눈을 까뒤집을 때마다, 와달이를 쓴다구. 또 들어보라구, 이누무 할망구 무슨 뇌물 좀 단단히 먹었을 터이다만, 이 늙은네의 짓기질에 일조를 한 삼시랑할미의 은근한 청을 거절할 수가 없어, 청한 대로, 모성 모씨네 모 부인께 임신되어 있는 여아께, 고운 목소리를 주었더니, 이 여아가 태어나, 자라, 입을 벌려 노래를 했다 하면, 도척이까지도 감동을 하게 되어, 한 고을에 이름을 떨쳤더니, 이 여아가 집에 돌아가, 거울 앞에 앉기만 했다 하면, 그 고운 목소리에다 거머리며 지렁이, 두꺼비를 섞어 뱉어, 이 늙은네께 튀정 부리기를 이런다, 목소리를 주었으면, 얼굴까지 주었어야 금상첨화지, 이게 무슨 턱 떨어진 옥잔이라는 게야. 듣고 보면, 그도 그럴 성부르지 않는 것은 아니로되, 그러려 들면, 다른 여아의 것을 빼앗아주어야 하는즉, 그 또한 쉽잖은 문제라, 성형외과에라도 들러보라는 충고밖에, 달리 해줄 도리도 없어, 심려로되, 여분의 고운 얼굴이 없으니, 어째야겠느냐. 늙은네는, 자네도 알다시피, 공평 위주 주의 하나를 맘먹고, 그대로 만사를 처리해온 것이 아니었더냐? 세상이 비록 저러하다 해도, 하면 할수록(자네께) 비계만 더 얹게 되는 자네만 없었더라도, 지금쯤은 낙토(樂土)가 되었을 것을. 글쎄 말이지, 아름다운 것들 중에서도 그중 아름답게 짓느라, 내 젊었을 적 진기를 다 쏟아 넣은 저것들의, 가린 아랫도리에서 흐르는 냄새란 자네 거하는, 행랑방 냄새 그것이거늘, 그 심정의 냄새에 이르러서야 뭘 더 말할 것이 있겠는구? 저것들이 왜 저렇게 변해졌는지, 자네라면 대답할 수 있을 게다만. 어쨌든, 저것들의 튀정이란 한도 끝도 없는 것이 탈이라구. 재복(財福)을 주었으면 행복까지도 주었어야 되잖겠느냐, 세복(勢福)을 주었으면, 그것에 걸맞는 하초의 기럭지에, 꿋꿋함도 첨매주었어야 제격이 아니겠느냐, 궁녀가 삼천으로 있어 음탕한 눈길을 보낸들 '마음뿐'일 걸 어떻게 하나, 함에도 그 댁 돼지 치는 놈은, 틈이 닿는 대고 농조질에 하루가 짧은즉, 그런 것도 민망하다 해얄 것인 것. 마는, 늙은네의 신조 내지는 주의가, 공평 위주 아니더냐? 그래서는, 저것들을 짓고, 공평 위주로 복 내려주고 얻은 품삯이 그것이냐?

짐승의 형상—헤헤헵, 주의 일거수일투족이 모두 창조이듯이, 주의 일언(一言)이나 반구(半句) 또한 그러하나이다.

사람의 영상—자네의 짜개진 혀로 하는 소리는, 모든 것을 짜개거늘, 또 무슨 해학을 생각했단 말이냐? 자네의 모든 언사는, 듣기에는 꿀이라도, 심정에 닿으면 독인 것, 자네의 일진일퇴는, 가운데에 손잡이가 있는 양도 같은 것, 나아가며 찌르고, 빼며 또한 뒤를 찌른다.

짐승의 형상—헤헵지요, 이눔의 말씀이 그것이온대, 주께서는 오늘 해학(諧謔)을 창조하셨나이다. 세상에는 아직 웃음이 없었던 것도 이제야 깨닫게 되는군입쇼. 보시와요, 저 산날망의 시시포스까지도, 이 순간, 뭣을 생각해서이든, 저 밀어 올리던 바위를 향해 웃어 보이고 있잖나이까? 삶이라는 뻑뻑한 바위에 해학은 기름 같은 것이리까?

사람의 영상—그건 또 무슨 딴전 부리기로, 딴죽을 거는 소린고? 높은 나뭇가지의 독수리의 눈으로 내려다보면, 삶 자체가 해학이 아니겠느냐? 자네는 아마도 시시포스의 이름으로 똥풍뎅이 얘기를 하고 있는 듯하다만…….

짐승의 형상—쇠인 놈의 생각은, 거기까지 미치지는 못하였사옵니다만……, 듣고 보니, 허긴 그것도, 그러하오니다. 높은 나무 위의 독수리께는, 저들의 땀 냄새도 맡아지지 않으려니와, 눈물의 짠맛도 맛보아지지 않을 것이오니, 허긴 저것들의 모든 행위가 해학적일 수밖에요?

사람의 영상—글쎄 또 말이다만, 자네는 무슨 딴전 부리기로, 딴죽을 걸고 있다는고 시방?

짐승의 형상—이눔의 말에도 무슨 뜻이 있다면, 그 뜻이 그 뜻이옵니다. 주께서는 오늘, 딴전 부리기로, 딴죽을 걸고 계시잖나이까?

사람의 영상—화염검을 뽑아내, 네놈을 토막 낸 뒤, 그룹들로 하여금 쪼아 먹어 치우게 할 눔 같으니!

짐승의 형상—지, 진, 진노키를 조금만 더디게 하소서! 주께서는 오늘, 저 애비와 자식 간의 얘기 탓에, 귀가 가렵고, 심정이 편치 않사와, 해학을,

사람의 영상—입 닥치지 못할까? 그룹들이, 얼마나 네 고기에 게걸거리고 있는지, 보이지도 않느냐?

짐승의 형상—이눔이, 주야로 공포에 질려 있는 것도 그것이옵니다만, 헤헤, 주께서 원하시기만 한다면, 언제라도 이눔을, 저놈들의 먹이로 삼을 수 있잖나이까? 그러시지 않은 데는 까닭이 있었을 것이온데, 에에 또, 저 아랫녘 암탉 한 마리가, 이눔의 먼 친척 아이 죽은 걸 하나 쪼아 먹고, 털이 다 빠져나간 것을 보았더니다. 문제는 그런데, 이 암탉이란 것이, 이웃의 맹견을 쫓아 덤비면 맹견이 켁 쓰러져 눕고, 안회를 쪼으면, 안회가 금세 도척이로 변해버리는 데 있더군입쇼.

사람의 영상—못 말릴 녀석이로다! 건 또 무슨 해학이런고?

짐승의 형상—주의 진노, 그 형벌이 두려움에도, 그보다 더 괴로운 한 의문이, 쇠인 놈의 전신을 빨아들여 뒤집어놓으려 하고 있어, 여쭙지 않을 수가 없사온데, 에에 또 갖다가시나, 그러니깐두루, 주여, 주께서는 과연 갖다가시나, 카인과 아벨 중, 정작으로는 누구를 축복하고, 누구를 저주하였었나이까? 이 의문은, 화염검이나 그룹들보다도, 더 아프게 저를 난도질하기뿐만 아니라, 쫓아 덤비기도 하나이다.

사람의 영상—……, 저들이 그 일로, 끝없이 딴죽을 걸어 나서던 것을, 괴이한 것들! 늙은네는 다만, 아벨의 제물만을 열납했을 뿐인 것을—.

짐승의 형상—아무리 전지한 이라도, 아직 자기가 짓지 않은 것까지는, 들여다볼 시력을 구비치는 못하셨다는 말씀이오니까?

사람의 영상—어리석은 친구보다는, 현명한 적이 더, 더불어 말할 만하다 해야겠고녀.

짐승의 형상—이 방자 놈이야, 악역에 처한, 주의 망석중이일 뿐입죠!

사람의 영상—나는 글쎄 말이지, 저들의 산 육신을 짓기로, 저것들의 오관(五官)까지만 조율(調律)하기로 충분한 줄로 알았더니, 저것들께 '마음'이라는 것이 쳐들어 버린 것이다. 나도 모른 새, '마음'이라는 것이, 저것들을 차지해버린 것이다. '마음'은 그러니, 저것들이 창조한 것이라고 해야겠느냐? 내가 아무리 전능하다 해도, 내가 창조하지 않은 것을 두고는, 속수무책이거니! 이런즉 '전능'(全能)이라는 말의 뜻도 좀, 수정되어져야 할 듯한가? 그러나 자네도 알겠다시피, 무엇의 '마음'이란, 오대(五大, 地水火風氣)로 이뤄진 몸, 산 몸과 절대로 같지를 안 해, 무슨 원소로서 창조할 수 있는 것도 아닌 것. 혹자는, 그것이 있다고도, 혹자는 없다고도 말하는 까닭이 그것인 것. 이 늙은네께 난제는 그런데, 저것들이 제 '마음'을 들여다보다, 그것을 확대하려 덤비는 그것에 있음인 것. 그러면서부터 저것들은, 그 '마음'속에다, 이 늙은네 젊었을 적, 공들여 지은 모든 것을, 이 한 우주를, 끌어들여 싸안아 버리려 드는데, 그렇게 되면, 이 늙은네뿐만 아니라, 다른 제신(諸神)들도 저것들 속에 감금되어 버리는 신세를 면키 어렵게 되는 것인 것. 발견했기로는 그런데, 저것들의 '마음'이란 무문(無門)이어서, 아무리 전능한 자라 해도, 벗어날 틈도 길도 찾을 수 없음을!

짐승의 형상—그러니깐두루, 에에 또 갖다가시나, 주의 재소(在所)가 저것들의 심정이 아니시니까? 까닭에, '몸으로 삶을 영위해야 하는 저것들을 위해선, 바깥을 넓게 지으셨으며, 몸을 입지 않은 주를 위해서는, 안을 넓게 지으신 것'이 아니오니까? 에덴으로부터 저것들을 축출해버린 까닭이 그것 아니오니까?

사람의 영상—그건, 자네로부터 처음으로 들어보는, 씨먹는 소리 같되, 문제는 내가, 저들의 '마음'까지는 짓지 안 했다는 데 있음인 것. 나는 '원소(元素)를 다루는 옹기장이일 뿐이어서, 원소도 비원소도 아닌 것은, 내 손가락 끝에 닿지를 않는 것인 것.

짐승의 형상—히히히, 주께서는, 자기가 지은 것들의 밖에서, 저것들을, 주의 임의대로 주관하려 하셨나이다? 주의 방자 놈이, 방자 노릇을 할 수 있는 자리도, 그것[二分法, 二元論]이 아니오니까?

사람의 영상—자네 말이지, 호랑이에게 쫓겨 달리던 노루가, 한 오 리쯤 달리다, 왜 자기가 달리고 있는지, 그것을 갑자기 모르게 되어, 우뚝 멈춰 섰다가, 목덜미에 구멍이 뚫리는 것 본 적이 있더냐? 저것들의 기억력이랄 것도, 그러해서, 어떻게 창세(創世)가 되었는지, 그 가장 중요한 것까지도 깡그리 잊어버리는데, 이렇게 되면 주객이 완전히 전도되는 현상이 일어난다. 신이 저들을 창조한 것이 아니라, 저들에 의해서, 신들이 태어난다. 츠쯔츳, 고독한 자는, 하다못하면 제 손바닥을 펴 들어, 그것에 대고도 말한다 하더니……. 저것들 생각엔, 이 늙은네 또한, 저것들의 심정이라는 북명(北冥) 속에, 무량겁 기복해 왔던 곤(鯤)이, 저것들의 안 들여보기[內觀, 內省]를 통해, 빛에 쏘이자, 붕(鵬)이 된 것이란 투라구시나. 이 늙은네란, 다름 아닌, 저것들 자신 속의, 어떤 초월성, 또는 신비함에의 눈뜨기 같은 것이라고, 이해하려 덤빈단 말야. 그것에다 '엘로힘'(Elohim—'초자연적 존재', '재판관', 복수형으로써는 '이방신들'이라는 해설이 있다)이라거나, '야훼'(Jahweh, 自存者)라는 식으로, 당돌한 유정들이거니(!), 어떻게 감히 이 늙은네께, 이름이 아니라며 '이름'을 붙이려 들다니(?)…… 그래도 이름이 없이는 저들의 인식에는 호소되어지지 않을 것인 것…….

짐승의 형상—히히히, ……하, 하오나, 저것들의 대부분은, 심정이, 숫쥐의 자궁만도 못해, 신이라는, 거대하여 흰 수코끼리와 같은 신을, 그 속에 싸안고 살지 못하는 것이 문제겠습죠. 저것들은 결국, 화산 같은 이를 참지 못하고, 밀어내곤, 밖에 두고 뫼시는 것이 편하다고 여기게 될 것이니다.

사람의 영상—흐흐흐, 그건 들을 만한 소리, 한마디 했다 싶으고녀. 그러나 거기에도 문제는 없어 뵈지 않는다. 그 빈자리를 저것들이 참아낼 수 있을까? 염려로다. 보아온 바에 의하면 저것들의 대부분은, 그 빈자리에다, 살을 채우려 들기에 의해, 뒤집히는 것을 보기란 끔찍하더라 말이지. 이 살이란 무엇이겠느냐, '짐승'은 아니겠느냐? '무거움' 말이지. 내가 저것들을 지었을 때, 무거움의 원소, 흙과 물보다, 가벼움의 원소, 불과 바람을 더 많이 썼더라고 하잖았더냐? '불'은 헌데, 먹이(연료)에 의해 타오르는 것이며, '바람'은, 뿌리 갖기의 욕망 탓에 불어가는 것.

짐승의 형상—저것들이, 그 빈자리를 살로 채우고서는, 뒤돌아서서…… 히, 히히, 히 것 참 어이없는 작위(爵爲)이옵지만, 소신을 들어 글[鴉] 지요, '짐승의 대왕'이라 하고 있더군입죠. 허히히힛,

사람의 영상—이눔, 방자한지고! 네가 어느새, 그렇게나 많은 권세를 빼돌렸던고?

짐승의 형상—헥? 어디가 입지요네? 하오나, 주여, 저 아비 인간은 아직도 순수함을 지켜 아이와도 같은뎁지요, 만방에다, 제 아우의 피 냄새를 뿌리

고 온, 저 못된 자식 놈이, 제 아비를 혼탁하게 하고 있사온즉, 주께서는 진노의 손을 들어, 마지막으로 한 번 더, 저주를 내리소서! 갑 속에 잠든 화염검은, 고자와 다를 바 없잖나이까?

사람의 영상—허긴 그도 그렇군, 갑 속에서 뽑히는 순간 그것이, 자네의 목을 칠 게 두렵지는 않는가? 자네는 말이지, 그 유혹하는 버릇을, 자네의 상전을 두고도 써먹으려는 데 문제가 있다고 시방. 못 말린다구, 못 말려! 알겠다시피, 저 아담도 이제는, 구백 살이 넘어, 늙은 하나님의 젖꼭지만을 빨고 늘어지는 유아만은 아니니라. 아이란, 어미의 젖에 자라, 세월의 젖에 늙는 것. 그러다 제(자기) 젖을 빨기 시작하면, 죽어 넘어지는 것.

짐승의 형상—여전히 갖다가시나 이눔께는, 카인의 제물과 아벨의 제물에 관해서, 풀리지 않는, 서, 석연찮음이 있어, 마, 말씀이온데, 어르신의 주의주장은, 공평 위주가 아니나이까?

사람의 영상—아벨의 제물만을 열납한 일을 두고 자네는, 공평 불공평을 운위하려 드눠다? 농부 카인의 것은, 그것을 열납할 이가 따로 있었던 것도 모르느냐?

짐승의 형상—호우, 주님 말고도, 또 그런 이가 있었댔나이까?

사람의 영상—노상 쿨쿨 자면서도, 잠결에도 처먹기만 처먹어대서, 자네보다도 훨씬 더 많은 비계를 얹고시나, 거동도 못 하게 되어버린, 저 '대지'[7]라는, 억억만 년을 늙었어도, 아직도 여왕벌의 자궁을 가진 여편네, —대지 말이다. 그 젊은 몸의 할망구가, 그 더러운 혀를 내둘러, 그 제물을 핥고 있었던 것을. 그렇지 안 했다손 치더라도, 거 자네도 잘 알고 있잖나, 이 늙은네는 이빨이 성찮아서, 생식(生食)이나 채식, 열매나 뿌리 따위를 즐기는 자가 아닌 것, 자네도 그것은 알고 있을 거를? 카인의 제물에선, 저 비대한 음녀의 암내가 너무 나더라구, 흙냄새 말이지.

짐승의 형상—이거 뭐 말대꾸하느라고 이런 소리는 아니옵니다, 만, 바로 그 흙으로써 주께서는, 바로 저 카인의 아비를 짓지 않으셨나이까?

사람의 영상—것두 틀린 말은 아니다, 그럼에도 짐승과 인간이, 뭔지 같지 않다는 것에 대해 의문해본 적은 없었더냐?

짐승의 형상—이눔께는, 사람도 짐승과 다를 바 없을 뿐이니다. 짐승은 '먹이와 매'로 다스려지고, 사람은 '상과 벌'로 어거된다는 정도의 차이는 물론 있겠사오나, 사람이 때로 짐승보다 더 어리석은 것이, 짐승이라면 콧방귀도 뀌지 않을, 헛 약속과 유혹 앞에서, 사람은 넋까지 팔아치우더이다.

사람의 영상—하기야 자네는, 카투린드리야까지만 눈뜬, 뒤떨어진 놈이다 보니, 대략 그렇게도 생각할 수 있겠지. 늙은네가 '세상'을 지었을 때 썼던 질료들이 사대(四大)였음은 알고 있을 테다. '생물'을 지었을 때도, 그 몸을 지은 재료는 같았거니와, 그 배합에 있어, 다름이 있었더니, '물'과 '흙'을 가장 많이 함량한 것이 초목 따위였으며, 이것을 다른 방언으로는 타마스(Tamas, Skt.)라고 이르는 것, '물과 흙'을 반, '바람과 불'을 반씩 섞어 만든 것이 축생(畜生)이고, 이것을 라자스(Rajas)라고 이르는 것, 그리고 마지막으로 인간을 지었을 땐, 초목 등과 정반대로, '바람과 불'의 원소를 다량 섞었던 것이었던 바, 이것을 사트바(Sattva)라고 이르는 것인 것. 저것을, 트리구나(Trigunas)라고 합쳐 부르거니와, 저 방언의 현자들의 비유를 좇으면, 사트바는 '햇빛' 같은 것이고, 라자스는 '분출하는 화산', 그리고 타마스는, '화강암 덩이' 같은 것이라고 하는데, 이 비유를 척도로 삼으면, 각계(各界) 유정들의 품성을 짐작할 수 있게 될 게다. 이방인의 방언을 빌린 까닭은, 이것인 것.

짐승의 형상—아무리 그러하다 하오나, 주께서는 진노로 하여 바벨탑을 헐어내시지 않았사오니까? (다시 稗官꾼이 나서서, 초 치는 소리지만, 이런 문제를 두고, 時間상의 前後 관계를 따지려, 초 치는 짓은, 아니함만 못하니라. 이런 경우의 神이나 사탄의 시간은 共時態的이라고만 접어두면, 암시랑도 않을 테다)

사람의 영상—나 만방의 주, 그가 만방의 언어를 쓰는데, 뭐 안 될 일이 있느냐?

짐승의 형상—하오나, 바벨탑이 헐린 자리에, 아직도 주춧돌이 구르고 있잖사오니까?

사람의 영상—허기야 자네는, 카투린드리야의 대왕이랬더냐? 카투린드리야께는 좀 놀라울 얘기겠으나, 신도 변증법적 존재거니!

짐승의 형상—쇠인 놈껜 좀 알아묵기 어렵사오나, 쇠인 놈스럽게 탁 털어 놓고 좀 상스럽게 말하면, 신도 또한 성장한다는 말씀이시오니까?

사람의 영상—그, 글쎄다, '성장'이란 어휘는 좀 이상하다만, '투쟁'이라는 말은 어떻겠느냐? 그것을 헐기 전에는, 나 또한, 한 시골구석의 한 정원사였으나, 그것을 헐고 난 뒤, 지금은 말이네, 그것을 다시 쌓게 해야겠다고 하고 있느니라. 내일이나 모레쯤, 그 시간이야 어째도 상관은 없을 테다만, 미구에 말이지, 이 늙은네의 독생자(獨生子)를 내보내, 그것 쌓는 데 감독을 시키려 하고 있지그리.

짐승의 형상—저, 저 말쌈이옵지요네, 이, 이거 외람되오나, 하나만은 일러주시고 넘어가셔야겠는뎁지요네, 그 탑을 허물지 않으면 안 되었던 까닭은, 아무래도 모르겠삽니다네.

사람의 영상—건 듣던 중, 현명하지 못한 물음이로다. 우주의 중심은, 정하기 나름인 것. 이런 의미에선, 가운데[中]라는 말보다도 더 큰 말은 없을 테다. 바벨탑의 초석이 놓였던 자리가, 당시에, 우주의 중심이었었음을. '말[言語]의 탑'이라는 의미에 있어 바벨탑이란 그래서 무엇이었겠느냐? 신들은 그리고, 자연(自然)에다 모태를 두었든, 문화(文化)의 강보에 쌓였든, 그건 어쨌든, 인간의 언어로 된 이름 입기에 의해 화현하여, 섭력을 펴는 것들인 것. 신들의 체(體)는, 인간의 언어인 것. 이름을 얻지 못한 대력(大力)들께는 그런즉 의지[識], 또는 기의(記意)만 있고, 형태[符命圖], 즉 기표(記表)를 얻지 못해, 있어도, 예배받는 제단을 얻지 못하는 것인 것. 존재나 사물이 있기 전부터, 아예 우주적 언어랄 것이 있어 오지 않는 이상, 신들이 갖는 '이름'은, 그 시작은 언제든, 어떤 방언(方言)에 의존하지 않으면 안 되는 것인 것. 그렇게 어떻게 되어, 어떤 이름을 얻게 되면, 저것들은, 힘(권세)을 과시하려 든다. 예배자의 머릿수를 늘리려는 것이라고, 너의 말대로, 상스럽게 말해두자. 대개는, 원소(元素)의 힘을 자기의 권세의 홀로 쥐는데, 이 늙은네가 다른 신들의 무용담을 읊으려 하잖는다면, 저것에 대해 더 말할 필요는 없음인 것. 이 늙은네만은 그러나, 이거 뭐 해볼 소리는 아닌 것 같다만, 특히 어느 원소의 힘을 빌려, 자네 따위까지도 포함한 유정들 위에 군림한 것은 아니다. '말씀'도 원소래야겠느냐? 이것도 '자연' 가운데서 찾아지는 것이래야겠느냐? '자연 가운데에는 없는, 지혜의 열매를 매단 나무'라는, 저 이상한 나무에 관해서, 자네들은 말도 많다만, '말씀'도 이를테면, '원소'들 가운데 있는, 이상스러운 열매 나무 같은 것이래얄 것이다. 이 늙은네가 쥔, 권세의 홀은 그것인 것! 자네들이 조금만 생각을 깊이 한다면, 자네들이 의문을 갖기 전에, 대답은 이미 거기에 있어 버린 것. 나는, 해나 달, 벼락이나 힘센 바람, 불, 바다나 거대한 산, 짐승 중에서는 용 따위나 거대한 황소, 새 중에서는 붕이나 독수리, 식물 중에서는 참나무나 송죽(松竹) 따위가 아닌, 아담(인류)을 택해, 나의 제단을 세우려 했거니와, 그랬으므로 하여 나는, 아담을 높이기 위해, 바벨탑을 헐어야 했거니와, 그리하여 아담이, 다른 삼라만상 가운데서 우뚝 높아져, 내가 축복한 대로 그것들을 '정복하고 다스리'게 된즉, 이제야말로 저 탑을 다시 쌓아야 되지 않겠느냐? 이제 그 탑을 쌓는 벽돌은, 만방의 방언들로 이뤄져도 좋은 것이 아니겠느냐?

짐승의 형상—헤헤헤, 이 미련한 놈은, 어르신께서는, 밤이나 낮이나, 눈을 감고 계셔 주무시는 줄만 알았었나이다,

사람의 영상—그러나 아직, 그 탑이 다시 쌓이지 안 했으니, 늙은네는 아직도, 한 시골의 옹기장이, 또는 목축을 하는 아벨의 신일 뿐이지. 나는, 나 다음에 나타날 이를 위해, 아담 위에다 제단만을 쌓았을 뿐이다. 이제 그러면, '말씀의 우주'가 개벽할 터이다.

짐승의 형상—아직도 '말씀의 우주'가 개벽하지 않은 곳에서의, 아벨의 죽음 같은 것은, 어떤 의미를 획득할 수 있었던 것이리까?

사람의 영상—내가 지은 것은, 한 마리 참새의 죽음까지도 헛된 것은 없는 것을, 하물며 아벨의 죽음이랴? 그가 준비한 제물은, 이 늙은네가 열납했고, 카인이 손에 묻힌 피는, 아담의 장자답게, 그 어버이의 과오를 속량했음을!

짐승의 형상—그러하오시면, 이제도 카인께 내려진 저주를 풀어주지 않으시려니까? 그는 그런즉 사제(司祭)가 아니오니까?

사람의 영상—그렇다고 하여, 그의 손에 묻은 피가, 정당화되는 것은 아니잖느냐? 그것을 씻는 건, 그의 몫인 것.

짐승의 형상—그 또한 희생물이었음을!

사람의 영상—그의 시간으로서, 나의 시간을 재려 하지는 말지니!

짐승의 형상—주를 찾아, 에덴으로 돌아오려다, 길을 잃고 허우덕이는, 저 하와는 어찌하려 하시니까?

사람의 영상—냅둬 놔둬라!

짐승의 형상—이제는, 엉겅퀴와 가시덤불에 죽음을 걸어놓는 수밖에, 지친 그네에게 다른 희망은 없어 뵈니다.

사람의 영상—하와께는, 길 떠났어야 할, 무슨 까닭이나, 대의가 있었을 게 아닌가?

짐승의 형상—하오나, 쇠인은 우둔해, 보지 못해 이러하온데, 그네는 그 대의를 달성할 듯하지 않사오니다.

사람의 영상—악마에게도 때로, 눈물이 고일 때가 있다느냐? 자네는 그런즉, 이 늙은네가 하와를 위해 뭘 해주기를 바라고 있는다?

짐승의 형상—헤헤이옵지요네, 쇠인 놈껜 하와의 처지가 아니라, 주의 뜻이 궁금할 뿐인 걸입쇼네!

사람의 영상—'영원히 여성적인 것이, 세계를 들어 올린다'고 하잖느냐?

장면은 다시 회전하여, 아담의 동굴.

아담—아비가, 아비의 하나님을 경외한다면, 너더러, 이왕에 돌아왔으니, 기약은 없다만, 머물렀다가, 네 어미를 만나봤으면 하고, 말할 수는 없겠지. 그것이 슬프구나.

카인—어머님을 뵙지 못한 건, 죽어서도 눈을 감지 못하겠으나, 소자도, 머물러 돌아온 것은 아니었습니다.

아담—……그리고 너의 아우 셋도, 불원간에, 양 떼와 함께 돌아올 때도 됐다만……,

카인—저 문전을 들어섰기 전에와 달리, 어째선지, 셋을 보게 될 것이 두렵나이다. 아버님을 뵙고 나서 더욱 확실한 믿음이 드는 것이, 셋이, 아벨의 대신으로, 아버님 어머님께 축복되어진 아우라는 그 사실입니다.

아담—그래서 너는, 다른 아벨을 보기가 두렵다는, 그 말인가?

카인—(침묵. 오랜 오랜 침묵)

아담—(침묵. 오랜 오랜 침묵)

밖에서, 닭이 홰쳐 울어, 첫 여명을 고하고 있다.

카인—(일어나, 아비 앞에 엎드려 절하고, 감발을 맨다) 소자는, 더 늦기 전에, 아버님께 하직을 고하나이다. 아버님, 어머님, 늘 평강하소서. 하나님의 은총에 싸인 셋은, 일로 번성하고 번창할 것입니다. 아버님 어머님께서, 카인을, 그래도 자식이라고 걱정해주신다면, 그 축복으로 소자는, 기꺼이 꾸려나갈 것입니다. 늘 평강하소서!

—默

外篇

雜想 둘

1. 木蓮

이것은, 인간의 운명, 비극적이거나 은총에 넘친, 인간의 우주적 운명에 대해 할 얘깃거리지만, 본 졸문의 필자는 오늘, 하필, 꽃, 그중에서도 목련의 얘기를 하기 위해, 이것을 목련 나무둥치에다 접붙이려 하괐는다.

원소(元素) 중에서도 '불'은, 그 격렬한 상승(上昇)과 역상승(逆上昇)의 의지에 묶여 수난하도록 프라브리티(Pravritti, Skt. 爲, 動)라는 숙명에 지워진 원소던 것이다. 그것이 소진하여 잠들었을 때의 그 휴지(休止)까지도 그럼으로, 닮아 보이는 것과 상관없이, 니브리티(Nivritti, Skt. 無動)는 아니다. 프라브리티[道]에서는, 휴지나 정(靜)까지도 동(動)이다. '불'은, '공기'와 '물'—상승과 하강의 두 원소 가운데서, 종적(縱的)으로 찢김을 당하는데, 그것에다 정(精, Jiva, Skt.)을 입혔을 때, (필자의 눈에는) 모래시계의 위쪽 부분에 비교되는, 그것의 상반신은, (힌두 神話의) 아그니(Agni, Skt. 火天)의 모습이며, 하반신은 북구(北歐) 신화의 이미르(Ymir, 凍結의 巨情)의 모습으로 보인다. 격렬한 동(動)의 반극(反極)은 정(靜), 휴지(休止) 조금만 더 비약하면 동결(凍結)인 것. 정이나 휴지는, '불'에 대한 '얼음'의 개념이지만, 그러나 죽음이나 소멸의 뜻까지도 함축하고 있는 것은 아닐 테다. 그것은, 비화현 속에 잠든 의지여서 검을[玄] 테다.

대부분의 꽃들은 그런데, 저 아그니의 식물적 화현으로도 이해된다. 정(靜)을 태워 올려 붉은 꽃들은, 그래서 검다. 그런데도 유독 한 꽃, 목련만은, 이미르의 꽃으로 보이는데, 누구든, (깨어 있는 삶 자체도 동면인) 차고 우울한 겨울날, 살을 에는 찬바람과 찬 눈 속에, '성냥팔이 소녀'(저런, 저런! 아이는, 따뜻함을 지피는 불을 팔며, 떨고 있구나!)처럼 떨고 있는, 목련 나뭇가지에 맺혀 있는 어린 봉오리들을 올려다본 이라면, 다른 꽃들이 모두, 대지의 은밀한 곳에 지펴져 있는 벽난로 앞에서 졸음 겨워하고 있을 때, 목련은, 이미르의 연금(鍊金) 솥에서 (타오르는 불만큼이나 극렬한) 한랭한 불에 연단(鍊丹)되고 있음을 (그래서 저 어린 것들은 문밖에서 오들오들 떨고 있구나!) 알 것이다. (아마도 그럴 일이다. 그 봉오리들이나, 나중에 봄 되어 핀 그 꽃들은 모두 北向해 있는데, 그것은 玄武에의 그리움의 까닭일 것이었다. '현무'란 아마도 中原式 상상력에서 나타난, '이미르'의 중원식 이름일 테다. 그 관계는 반대로 되어도 마찬가지일 것인 것)

목련은 그러니, ('風土'라고 이를 때, 그것을 '風'과 '土'로 분리해 말하기로 하면) 그 '토양'이야 어떻든, 그 '바람'은, 죽음의 품속에서처럼, 차라리 만물이 쇠락하는, 그런 열악한 '바람' 속에서 연단되어 핀 꽃이며, 그럼에도 그것은 영변 약산 양지에 핀 진달래나, 한낮으론 하지 볕보다도 따끈한 가을하늘 아래 한들거리는 코스모스처럼, 가난스레 창백하거나, (하긴, 계절이 그러해서 이별이) 슬퍼 (그렇겠지) 보이는 꽃도 아니다. 커녕은, 매일 밤 니플하임(Niflheim, 얼음의 왕국)의 무도회에서, 새로 신은 신발에 구멍이 나도록 춤으로 휘돌아가는, 열두 공주들처럼이나 건강하고 발랄하며, 관능적이도록 아름답되 범할 수 없는 품위를 지니고 있다. 전설이 그러해서 이 꽃은 더욱더 찬란한데, '슬프도록 찬란'하다. —아으, 그럼에도 '열매'에 관해서는 말하려 말지어다. 열매란 다시 잠이거니! 그렇다 그것은, 회귀에의 꿈을 싸안은, 다시 잠이거니. 누가 해탈(解脫)을 설하며, 연실(蓮實)을 들어 보이더냐? 그러려 들면, 꽃 때문에 웃었던 가섭(迦葉)이를, 이번에는 울린다.—

저 시린 꽃 따 술 담가 독하게 걸러 까마귀라도 불러 대작키로 한다면—제기랄, 이게 무슨 품바꾼의 발싸개 같은 소리겠느냐. 마는, 여우에겐 여우네 방언을, 사자에겐 사자 후를! —그런즉, 크거나 작거나, 고상하거나 조야하거나, 이랬거나 어쨌거나, 말한 바의 저런 풍토에서도, 기필코 아름다움을 피워내는 모든 정신은 목련이라고, 그것은 그래서 앓음답다고 해도 안 되겠냐. 그러고 보니, 여기 어디서 이 목련도, 흙탕에서 피는 수련과 다르지 않은 꽃인 것을 알게 하는데, 해뜨기에조차 가슴을 열고, 지기에조차 닫는 수련은 해의 꽃이라면, 목련은 달의 꽃이겠구나.

아으, 그러나 한 잡상꾼은, 이 봄날 저 시린 불꽃에 대취해, 그 꽃나무 뿌리에 머리를 얹고 누워, 살픈 어디 한번 다녀온 것이었구나. 대취했던개 볐다. 몇백의 봄날이 갔던지, 흩어져 내린 목련 잎이, 한 잡상꾼을 삼천 척으로 덮고 있는데, 봄나알은 가안다. 「한 잎의 남자」가 삼천 척으로 진다. 그러면 나는, 나의 봄을 여읜 설움에 잠길 테다. 마는, 이런 뱃가죽 오그라 붙는 잡상에 설풋 어디로 떠나는 자식새끼 낳는 대신, 울 오매 울 아부 배나 나았더면, 가용(家用)에나 썼을 것을, 그랬을 것을.

2. 유토피아를 위하여

원소들 중에서도 '물'은, 그 부단한 하향성 동력에 의해, '역(易)의 균형/불균형'의 원소로 이해된다. 그것은 그렇게, 낮은 데를 향해 끊임없이 흐르다가도, 어디에서 저지를 당하면, 그 속에 폭발력을 가졌으되, 뇌관에 불이 당겨 붙지 안 해, 아직 무성력(無性力)이나 중성력(中性力)에 머물고 있는 '군중'(群衆)처럼, 잠시 정(靜)에 머무는데, 차오르면, 먼저 넘치고, 다음으론 역류한다. 이 역류(逆流)까지도 그러나 하향성 의지에 다름 아니다. 이 '역의 균형'은 천평칭(千平稱)에 비유되는데, 한쪽 접시에는 백마노가 얹히고, 다른 쪽엔 흑마노가 얹히는 것으로, 어느 한쪽이 너무 무거워 기울면, 거기서 불균형이 야기되는 것일 것이었다. 그러나 이 저울과의 관계에서는, 저 '흑/백마노'를 얹어주는 손, 예를 들면, 트로이전쟁을 바둑판 삼아, 바둑을 두는, 그런 신들 같은 존재의 상정이 필요한 것이지만—필자의 관견엔, 그 손은, 그 전대에서 유전된 음기와, 당대민의 무의식 속에 있다고 하지만, —'물'이라는 범우주적 원소와 더불어서는, '역'(易)이, 그 손이 되어 있다는 것을 관(觀)하게 된다. 중원인(中原人)의 '도'(道)가 천축인의 '타트'(TAT, Skt. That, Eng.)의 중원식 이름이라고 이를 수 있다면, '역'(易)은, '사트'(SAT, Skt. Be-ness, Eng.)의 중원식이 아닌가 하는데, 'TAT SAT'(타트가 사트이다)라는 명제를 고려하면, '도'와 '역'의 관계나 촌수가 보이는 듯하다. 그것은 그러려니와, 역의 균형잡기에 관해 일례를 들면, 들에 초식동물이 번성하기 시작하면, 육식동물 또한 비례적으로 번성하기 시작한다는 것 같은 것인데, 호랑이의 수컷들과 암놈들이, 창문 구멍으로 빼꼼히 들을 내어다보다, 초식동물이 많아지는 것을 보고, 우리도 가족계획을 새로이 세워야 하지 않겠는가 해서 그리된 것은 아닐 터이다. 그렇다는즉슨, 그 저변에는 어디에든, 균형을 조절하는 무엇인가가 있다는 것을, 인정하지 않을 수 없게 한다. 거기 '역'이 있다. 그렇게, 범우주적으로 두루 미치되, 그럼에도 역은, 자연도(自然道)의 달마이다. 해탈(解脫)의 법의(法意)를 고려해보면, 다름이 아니라 해탈은, 유정의 '문화화'(文化化)의 최정점이라고 이해되기 때문인데, 역의 손도 '문화'에 닿으면, 불에 덴 것처럼, 굽어드는 것을 보게 되는다. 이런 의미에서는 '각도한 정신은, 우주적 운명 따위로부터도 자유스러울 수 있는가?'라는 투의, 선가(禪家)의 의문은, 우문 같은 것이라고 말할 수 있을 듯하다. 시작되지 말았어야 할 저런 의문에, 답하려 하는 선사들은, '자연'을 극복한다고 하여, 고행 난행의 연금술에서 얻은 금의 추를, 무겁게 발목에 매고, '자연'이라는 수렁 속에 빠져들고 있는 중인 것이다. 덧붙여두지 않으면 안 될 것은, 그럼에도 물론, '몸'은 사대(四大, 地水火風)의 집적이어서, 다시 말하면 '자연' 자체여서, 사고(四苦, 生老病死)라는, 그 자연의 운명으로부터 자유스러운 것은 아니라는 것이지만, '문화화'란 무엇이겠는가, 그 '자연'(몸)을 도약대로 삼아, '자연'으로부터의 자유, 위대한 자유[māhānirvāna]를 성취하자는 것이 아니겠는가? 특히 '인간'이라는 유정은 그래서, '불'의 운명에 묶인 프로메테우스던 것이다. 이 '문화'는 그래서 보면, 사람들이 모여, 하늘에 닿는 탑을 세우고, 발명해낸 이기에 의해 편리하게 살며, 하늘에나 바다에나 땅에나, 미끄러운 넓은 길을 깔아, 변덕이 죽 끓듯이 하는 마음만큼이나 빠르게, 세상의 모든 곳으로 왕래하고, 또, 돌멩이나 낫, 창칼로 위력을 과시하여, 이웃의 아낙이나 땅을 뺏는 대신, 그 화살 하나로 하늘을 터뜨리고, 바다를 말리는 파괴와 살상 무기를 만들어 국방을 튼튼히 해놓고 편히 발 뻗고 자는, 그런 문명(文明)도 물론 포함하되, 반드시 그것만을 이르는 것은 아니라는 것을 알게 된다. ('文化'와 '文明'의 차이가 무엇인지, 그것은 『어휘사전』이 가늠해줄 것이로되 말의 편리를 위해 이렇게 말해도 된다면 그리고도 보편성을 획득할 수 있다면) 오늘날 세계의 난제는, '문화'보다 '문명'이 앞서 있다는 데 있어 보인다. 문화적으로 아마도, 그로부터 수백 년이 흘렀는지, 수천 년이 흘렀는지 그것은 몰라도 되지만, 현자를 찾겠다는 목적으로, 켠 등을 낮에 들고 골목을 싸돌아다니든, 어떤 미치광이 늙은네가 살던 시절보다, 조금이라도 더 나아졌다는 믿음은 없다. 어쩌면 오늘날의 골목은 더욱더 어두운지도 모를 일이다. 우리들의 골목엔, 그러나 그런 미치광이 늙은네까지도 보이지 않는다. 이런 결과에서 일어나는 부작용은, 장황해질 얘기를 줄이고, 투박하게 말하면, 사람의 눈들을 보다 더 '몸' 쪽에로 돌려놓게 된다는 것이다. 한 시대는, '몸의 우주'에로 떨어져 내린다. 거기서는, '정신은 몸의 도구다!'라는 구호가, '고'(蠱)[1]이다. 있어 온 가치나 신들까지도, 이 '고'를 살찌울 뿐이다. 묵은 가치를 붕괴하고, 신을 흙발 밑에 짓눌러, 딛고 일어서, 위험스럽게 사는, 용감한 정신이야말로 권력에의 의지의 수행자인 것이고, 초인은 그렇게 탄생한다. (필자의 소견[2]에는) 이는 아수라(阿修羅) 선언인데, 이 상태는, '루베도(Rubedo, 赤)의 퇴조에서 드러난 니그레도(Nigredo, 黑)'라고 진맥된다. '니그레도→알베도(Albedo, 白)→루베도→니그레도→'는, 연금술사들의 질료의 변질 변이의 과정에서 나타난 색깔의 이름들로서, 필자는 그것을, 집단적 삶(역사)의 변전의 법칙 같은 것으로 이해하여 차용하고 있거니와, 역(易)이 그 억센 손을 뻗쳐 유정·무정의 멱살을 잡고 있는 자리는, 이 '니그레도', 즉슨 '몸의 우주'인데, '말씀의 우주'도, 그 허리께까지는, 이 손에 움켜 잡혀 있어 보인다. '역의 균형잡기'라는 문제가 등장하면 그런데, 맨 먼저 머리를 쳐드는 것은, 비극적이게도, 살상과 파괴라는 것이다. 성한 것은 쇠해야 하며, 찬 것은 비워져야 되기 때문이다. 웃지도 못할 역설은 그런데, 파괴나 살상을 자행하는 화살이나 창이, 첨단화되어 있으면 있을수록, 이제는, 사람이 무기며, 사람이 방패였던 시절과 달라, 그 살생은 적고 그 파괴는 국지적인 것으로 축소된다는 그것인데 그것이야 그렇다면 찬양해야 할 일이 아니겠는가. 마는, 문제는, 비유로 말하기로 한다면, 한 달이나 일 년에 한 번씩만 포식하기로 노상 잠만 자는 독룡이 한 마리 나타나서, 자기의 먹이를 나눠 먹으려는, 다른 모든 육식동물부터 잡아먹고, 다시 배고파지기를 기다리는 잠에 들었다면, 들은 평온함에 넘치겠으나, 머잖아, 그 평온함이라는 것이 문제가 된다는, 그것이 문제다. 먼저, (초식동물의) 번성이라는 개가가 울릴 터이지만, 오래잖아 포화상태가 도래할 터이고, 그때 전염병이라도 창궐하지 않는다면, 종내는 자멸의 운명에 떨어져, 들은 회복해내기 어려운 황폐에 당할 것이다. 이런 불균형도 사실은 '역의 균형잡기'의 일환이 아닐 것은 아닐 게다.

(한정된 지면과 더불어, 그 병인까지도 말할 수는 없으므로, 그 나타난 증후에 관점을 맞춰, 그것도 징검다리 건너기 식으로 말한다면) 인간은, 고도로 '문화화'를 성취하지 못하는 한, '루베도'의 상태에서도 견디지를 못하는데, 몸속에 짜여 들어 있는, 짐승의 욕망과 중력 탓이다. 몸은 어쨌든 축생도 소속이 아니냐? 까닭에 아담(Adam, 은 '인류'의 뜻을 갖는다고 이른다)은, ('사악한 뱀의 유혹'으로 비유된 짐승의 부름!) 니그레도에로의 추락을 겪는다. 그런 뒤 아담은, 이 '몸의 우주'가 준비해둔 여러 복락을 찬양하며, 만끽한다. 물질이 주는 달콤함, 암수 짐승 냄새가 섞이는 데서 일어나는 육신적 쾌락과 황홀 등, 이런 것 저런 것, 하와의 곁눈질하기를 보아람, 금기가 깨뜨려지는 것은, 그중 시지근한 쾌감이거니! 이 곶(곳+것)에서는, 악마도, 저들의 영혼을 사려 꾀하지 않을 것이다. 난제는 그런데 이 곶의 물질이 풍부하면 할수록, 아담은, 이 곶을 유토피아나, 루베도쯤으로 알아, 거기 안주하려 하는 데 있을 것이다. (다시 '역'의 얘기로 돌아가야겠지만) 저런 자리라고 해서, '역'이 어찌 손가락을 비집어 넣으려 하지 않겠는가?

서장의 현자들이 진맥해내고 서구의 심리학자들이 병명을 붙인 에로스(Eros)의 다른 쪽 뺨이라는 '타나토스'(Tanatos), 즉 '죽음에의 욕망'이라는 것이 있다고 이른다. (필자의 관견에는) 저것은, 나타나 보이기에는 저주인 듯해도, 몸의 우주의 은총인 듯도 싶다. 이 죽고 싶음(타나토스)이, 역설적이게도, 아담으로 하여금, 육체적 삶을, 열정적으로 즐기게(에로스) 하는 관건이 되는 성싶은데, 이 궷에서는 그리하여, '영혼을 정화한다'는, 고상한 정서 대신, 열애로 육신을 담금질하는 '흥행'이라는 '금송아지'와, '권력'(또는 폭력)이라는 '붉은 용', 그리고 '물질주의'라는, 이름하여 '짐승의 대왕'이 예배된다. 그 나타나기는, '에로스'의 모습이라도, 그 안쪽에서는 '타나토스'가, 회충처럼 아담을 빨아 자라고 있다. 급기야는, 아담의 안쪽에 숨어 있던 이 독벌레가, 아담을 송두리째 삼켜 넣으려, 꿈틀거려 까뒤집힐 터이다. 탁 털어놓고 말하면, 타나토스가 팽대하면, 그 대상이 무엇이든, 파괴와 살상을 부른다. '역의 균형잡기'가 거기에 있다. 타나노스는, 그 자체가 독력(毒力)이로되, 그것에 의해서 '균형'이 잡힌다면, 그리하여 '평온', '평화'가 당분간이라도 유지된다면, 법은(法恩)이 그것이기도 하다. '알베도'에로의 전이는 거기서 이루어질 터이다. '천지(天地)는 인(仁)하지 않다.'

아마도, 몸을 입은 것들과 더불어서는, 진정한 의미에 있어서의 평화는, 프라브리티계(界)에는, 한 번도 있어 본 적이 없었는지도 모른다. 어떤 이는, '인간이란, 동물과 초인 사이의 심연 위에 걸쳐진 위험한 줄-다리'라고 이르고 있지만, 필자는 인세(人世)란, 자연(自然)과 문화(文化) 사이의 심연 위에 걸쳐진 프라브리티라는, 위험한 줄-다리라고 이해하고 있는데, 프라브리티란 언뜻 도착점으로도 보이되, 그 실은 과정, 고차적 문화, '말씀의 우주'에서는 '중생'(重生)이라 이르고, '마음의 우주'에서는 '해탈'이라고 이르는 궁극적 문화를 성취키 위한 과정이기의 까닭이다. 들은 내어다보면, 초식동물들의 어미 아비는 물론, 그 갓 난 새끼들의 터뜨려진 창자에서 흐르는, 피와 똥 냄새가 (이런 경우에도) 자욱(하다, 라는 말을 쓰는지 모르겠지만)할 때 그리하여 그것들의 창자를 터뜨린 육식동물들이 포만과 게으름을 즐기고 있을 때, 잠시, 그 들에 평온, 또는 평화가 유지되던 것을—. 그래서 위계(爲界)의 평화는, 파괴나 살상이 잠시 멈춰져 있는 상태며, 평화 속에 파괴나 살상이라는 우발이 끼어든 것이 아님을 관(觀)하게 된다. 신화적 상상력에 의하면, 이런 '평화'의 모습은 그래서, 그 유방에 독을 넘치게 채운 마녀가, 아기에게 젖을 먹이려 다가가며, 가장 아름답고 인자한 어머니의 모습을 꾸민, 푸타나(Putana, Skt.)로 나타나 있다. 이 젖은, 한동안, 몸을 입은 것들이, 몸으로 누릴 수 있는 모든 쾌락을 충족시켜주었다가, 써지면, 그제는 죽음에의 광적 희원을 일으켜낼 것이다. 그 발로는, 천태만상일 것이어서, 구구히 열거하려 할 일은 아닌데, 변태적 부조리한 자살이나 살인 행위 따위들은, 그 극명한 발로들일 것이다. 조직화된 집단과의 관계에선, (혹간, 패할 것을 뻔히 알면서도, 강한 자의 도전에 응전하는 경우가 있다면, 그건 또 달리 생각해보아야 할지도 모르지만) 자폭(自爆)이나 내폭(內爆)이란 없어 보이며, 그 창끝은 늘 바깥쪽을 향하고 있어 보이기는 한다. 하긴 '대상'을 무시하기로 한다면, 내폭이나 외폭의 사이에, 무슨 구분이 있어 보이지 않기는 않다.

이제는 그러면, 읊어온 시 삼백을, 이삼언이폐지(二三言以蔽之)해도 좋은 자리쯤에 온 듯하다. 그러기 위해 읊어온 시 삼백을 뭉뚱그려 말한다면, '자연'으로부터의 탈출을 성취해놓고 있지 못하는 한, 인간도, '역의 균형잡기'라는 그 억센 악력(握力)으로부터 벗어나지 못한다는 얘기였다. 치골에 쌓인 성욕 탓에 실성거리는 놈은, 그것을 누워버려야 잠시 제정신을 차리는데, 그러기 위해, 대의나 명분이라는 따위 비단 방석이 깔려 있으면 금상첨화일 것이지만, 그렇지 못한 경우라도, 어름 우희 댓닢 자리 보아, 남의 집 노파라도 끌어다 뉘이고, 얼어 죽을망정이라도, 누워버려야 되는 것은, 누워버려야 되는 것이다. '역'은 그런데 수컷들의 불알 속에다 일회 분의 정수만 넣어두어 놓고 있지 않은 데에 문제가 있다. '스스로 된 고자'론이 그래서 대두하겠느냐? 헌데, '대의나 명분'을 이빨에다 쪼론히 아로새기고, 사자가 들소의 멱을 물더라는 소리 있더냐? '배고픔'이라는 것으로, 명분은 너무도 충분하다. 땅과 관계된 '이념'(이데올로기)이라는 것이 명분이 되어 있던 시절 얘기지만, 그것까지도, 여러 단계를 거친, '배고픔'의 복합적 형태에 불과하다고 말하면, 토 달고 나설 이가 있어도, 많이 있겠느냐? 이 자리에 이르러, 상기해주기를 바라는 것은, '화살 하나로 바다를 말릴 만큼, 살상과 파괴를 자행할 도구가 첨단화된 곳에서는, 역설적이게도 그것이, 국지적인 것에 머문다'라는 투로 말했던 그것인데, 그럼으로 해서 증가한 인구 문제와 더불어, 타나토스 또한 비례하여 팽대 팽창해 있다는 경우, 저래갖고는 푸타나가 배고파 흐느낄 일이다. 그것의 중화(中和)의 힘 또한, 그것에 맞먹거나, 그보다 커야, 그 결과로 얻어지게 되는 평정의 기간 또한, 비례하는 것일 것이다. 구운 벽돌로 제 몸을 긁으며 절망과 허탈로, 잿더미 위에 앉아 있는, 상처뿐인, 저 욥(Job)들을 보아람! 그 상처의 진물이 마르는 동안, 어쨌든 세상은 평온할 것이다. (이런 얘기를 하지 않을 수 없는 심정은, 울울적적하겠구나!) 상처가 크면, 아무는 기간도 그렇게 걸릴 것이 아니겠는가. 타나토스는 범우주적으로 차올라 있는데, 그것의 고름 짜내기는, 한 곪곳 정도밖에 안 된다고 할 때는, '반칙(反則)이라고 일러야 할, 언뜻 난해한 운동이 일어나기도 하는 것을 목도한다. 밝혀둬야 할 것은, 그런 운동이 국지적인 것에 머물 때는, 그런 것을 '반칙'이라고 이를 수는 없다는 것이며, 다만 그것이 범우주적 형태를 차려입은 데다, 파괴나 살상에 버금가는 치열함을 띠었을 때만, 그렇게 이해된다는 것이다. '반전 시위', '평화 운동' 같은 것들이 그것으로 보인다. 조금 비약하기로 하면, 이것도 전쟁의 한 형태이다. 그들도 참전(參戰)하고 있는 것이다. 그 나타나 보이기에는, 그것은 푸타나의 오른쪽 빰을 하고 있으나 '역의 균형잡기' 편에서는 그것은 '반칙적'이라고밖에 달리 표현되지 않는다.

그래서 그러면, 인간도, 저 푸타나—타나토스의 악력으로부터 조금도 자유스럽지 못한가? 그것에 대한 필자의 의견은 피력되어진 바 있다. '자연'(自然)은, 개개의 인간이 이룩해낸 '문화(文化)에 비해 열등한데, '문화'는, 호모-사피엔스(Homo sapiens)라는 이름의 동물이, 판켄드리야(Pānkēndriya, 五官을 구비한 유정)에로의 진화를 성취하고 난 뒤에 이뤄진 것임에 반해, '자연'은, 아마도 그 가장 고차적인 데까지 성취된 것이, 카투린드리야(Katūrindriya, 四官을 구비한 유정)까지나 아닌가, 함으로 해서, '자연'은 아직도, 판켄드리야에로의 진화의 과정에 머물러 있을 뿐이라고 관한다. 그래서 '자연'은 '문화'에 비해, 대단히 열등한 의지이다. 판켄드리야[五官]는 아마도, 몸으로 달성해야 하는 궁극처럼 보이지만, 진화의 궁극은 아닐 것이다. 이제부터 그 '몸'을 도약대로 삼은, 비육신적 진화는 시작되는 것일 게다. 여리고 광야에서 고행했던, 그 종족의 최초의 진정한 문화적 인간의, 고행의 목적을 살펴보면, 판켄드리야 이후의 진화는, 몸의 우주의 주축이 되어 있는, '권세·부·육신적 욕망'으로부터의 해방을 성취할 때, 그러니까 '자기 부정'이라는 그 난행을 통해서만 가능해지는 듯한데, 그 자리에는 그러면, '에로스와 타나토스'의 손가락이 비집어들 여지가 없음에 분명하다. 인간은 그때, 전쟁은 물론, 평화라고도 이르는, 그것들로부터의 개선의 노래를 높일 수 있을 것이다.

이것이, '문학'이라는 이름 아래, 본 삼류서생(三流書生)이, 한 삶을 통해 추구해온, 몇 주제들 중에서, 그중 큰 둥치를 이룬 것들 중의 하나라는 것, 그것을 밝혀뒀으면 싶으다.

부연해둘 것이 있다면, 그런 것을 앎으로 해서, 지적 정예라고 이르는 이들은, 혼란에 처해서도 아무 짓도 하지 않아도 되는가 하는 의문에 대한 것이다. 그럴 때 그들은, '붓다일 것인가, 보디사트바일 것인가?' 또는 '예수일 것인가, 바라바일 것인가?'를 결정하지 않으면 안 될 것이라는, 우견이 있다. '붓다는 아무 짓도 하지 않는다'라는 것을 고려한다면, 주어진 저 네 가지의 선택은, 언뜻 비슷하게 짝지어 있어 보여도, 하나도 같은 것이 없다고 알 테다. 붓다일 것인가, 예수일 것인가? 보디사트바일 것인가, 바라바일 것인가?

漫想 둘

1. 손〔手〕

근래, 한 남성 잡지사에서, '손'을 주제로 한 인터뷰를 청한 일이 있었다. (그 잡지가 출간된 뒤, —이렇게 말하자—저들은, '손'에 관한 '진리'가 아니라 '미'를 추구하려 했던 것을 알게 되기는 했지만, 어쨌든) 그에 앞서, 본 졸문의 필자는, 그것이 일단은 너무도 소박한 주제처럼 보여, 어휘 사전적이거나 상식적인 얘기 말고 뭘 더 말할 수 있겠는가 생각하다, 끝에, 선인들은 그러면 대체 저것을 어떻게 이해해왔던지가 궁금해져, 이 책 저 책을 뒤적거려, 저 주제와 관련된 부분들을 조금 읽어보게 되었더랬다. 그런 결과 필자는, 그것이, 일용할 양식을 거둬들이는 가장 최초의 도구였기뿐만 아니라, 권세나 창조력의 상징, 심지어는 종교적 의식(儀式) 자체로까지 이해되어온, 두뇌 다음으로 중요한 인체 기관인 것도 알게 되었던다. '손금 보기' 학자들에 의하면, 각 개인의 손바닥에는, 하도(河圖)나 낙서(洛書)모양, 그 개인의 운세가 금(선)의 형태로 나타나 있으며, 손 연구(Cheirougos, Grk.) 하는 이들에 의하면, 사람의 손끝에는, 두뇌 다음으로 많은, 수백만에 이르는 신경세포가 모두어져 있다는 것이었고, 거기로부터서는 방사선이 쐬어난다고 하는 것이었다. (손으로 하는 모든 치료의 비법은, 이것에 연유하는 것일 것) 그런 것들을 관(觀)했기에 아리스토텔레스는, '손은 인체 기관 중의 기관이다'라고 정의했었을 것이며, 칸

트는 또, '손은 육안에 보이는 두뇌'라고도 했었을 것이었다. 중세적 호서(湖西)의 현자들은 그리고, '손과 남근'은, 인체의 여러 기관 중에서도, 저 따로 '독립된 두 기관'인데 특히 손은, '사람의 다른 자아'(man's other self)라고도 이해해온 기록이 있다. 영어의 'manifest'(化現)의 어원은, 라틴어의 'manus'(손)에 두고 있다는 것은 의미심장하다고 해얄 테다. '아담'을 창조하려 하여, '흙'에다 '침'(은 '말씀'이겠거니!) 뱉어 버무리는, 신의 큰 손이 보인다. 창조와 관계되는 한 신은 손이다. '태초에 말씀이 있었다'고 이르고, 이 '말씀'이 천지를 창조했다고 이르는데, 그런즉 '손'은 '말씀'이다. 창조력은 또한 '남근'이라고 이르는즉, '말씀'은 곧 '남근'이다, 남근은 그리고 손이다. '눈'도 이 '남근'의 상징이라고 이르는 것을 좇으면, '손·말씀·눈' 등이 다름 아닌 '남근'이어서, 사람의 행위나 소통하기 따위의 모든 짓은, 대상과의 간통이라고 말해야 될 듯한데, 그래도 괜찮은가 모르겠다. 여기 어디에, 상극적인 것들의 상화(相和)의 비밀이 있어도 보인다.

그건 그러려니와, 필자는 '자이니즘'(Jaina教)을 기초로 한 진화론자(進化論者)라는 것부터 밝혀둬야, 어떤 부분, 얘기가 되풀이되어지고 있는 것에 대해서도, 양해를 구할 수 있겠을 뿐만 아니라, 자아올리려는 말의 실 끋이 든든해질 성부른데, 그것도 필자는 육신적 진화뿐만 아니라, 정신적 진화까지를 아우르는 진화론자라는 것을 좀 알아줬으면 싶으다. 유정(有情)은, 육신적 진화를 그 끝까지 달성하고 난 뒤에는, 정신적 진화의 길로 들어선다는 것이(이 단계부터 魂, 또는 自我의 인식의 눈이 뜨인다는 것이), 필자의 소견인데, 육신적 진화의 마지막 단계는 '오관'(五官, Pānkēndriya)을 깨워내기까지가 아닌가 하곲는데. 이 오관을 구비한 유정은, 이 물질적 우주 내에서는, 아직은 '인간'뿐인 듯한데, 자이나교 경전 *Uttarādhyayana*이 가르치는 충격적인 사실의 하나는, 어떤 유정이 어떻게 '인간'으로 태임을 받았다 해도, 오관을 확실하게 구비해 있는 인간은 매우 드물다는 그것이다. 인간이 판켄드리야를 성취할 수 있었던 그 진화의 동력은, '손과 언어'가 아니었겠는가, 하는 것쯤은, 누구나의 추측일 수 있을 게다. 양자는, '체(體)/용(用)', 또는 '기표(記表)/기의(記意)'의 관계나 같은 것이어서, 분리할 수도 있다거나 한 것은 아닐 것이지만, (헌다더라도, 또 아느냐, 손이란 저 따로 노는 놈이라고 이르느니, ―이것은 이솝이 오래전에 밝혀놓은 얘기지만―마음인지 뭣인지 고상한 체하는 녀러 것은, 천체의 운행을 궁구한다고 하는데, 손이란 것은, 곁의 물색 좋은 계집의 수렁에 빠져 허우적거리고 있을지, 글쎄 뉘 알겠느냐?) 말하기의 편리를 위해, 양자를 구분해 말하기로 한다면, '손'은 보다 더 '문명'(civili-zation, culture) 쪽에, '언어'는 '문화'(culture, civilization) 쪽에 더 기여했었지 않나 하는 우견이 있다. 강조하지만, 이런 분류는 그리고도, '말하기의 편리를 위해서'라는 전제를 염두에 두고 있을 때만 가능한 것인데, '문명'은 그 기본이, 보다 더 물질적이며, '문화'는 보다 더 정신적이라는, (가설적) 주장도 그럴 때 가능해지는 것이다. 문명이 자연을 이해하고, 그것을 판켄드리야 자신들의 이익을 위해 이용할 뿐만 아니라, 정복(이라니? 그게 무슨 망언인가?)하게 한 것이라면, 문화는, 자연으로부터의, 또는 짐승으로부터의, 판켄드리야(아담)를 판켄드리야에로의 탈출을 도모케 한 것일 것이었다는 믿음이 있다. 이런 수피(獸皮) 벗기를, 연금술사들의 '불순한 짐승의 순화의 나무 오르기'라고 이르되, 이런 의미에 있어서의 '순화의 나무'는 그렇다면, '자연' 그 자체임은 분명하다. 두려운 것은 그런데, 이솝이 잘 갈파하고 있는 바대로, 인피(人皮) 속에 짐승을 숨겨놓고 있는 유정들이다. 이 유정은, 판켄드리야이면서 카투린드리야(Katūrindriya—사관[四官]을 구비한 유정)에로의 반칙적 역진화를 서둘러버린 것으로 이해된다. 판켄드리야[五官]를 갖추고 있어 이 카투린드리야는, 한 우주를 파괴해버릴 만큼 위험스러운, 돌연변이적 괴물이 되어버린 것인데, 아수라족(阿修羅族)의 기원은 그러할 테다. 창조되지 않았던 그것들은, 진화/역진화의 도상에서, 돌연변이를 치러 나타난 것이었을 게다. 수피를 너무 벗다 보면, 춥기도 허긴 추웠을 게다. 수피란 좀 가려웁되, 천상적으로까지 안온한 것임을, 그래서 그것 되입으려, 돌아간 것들이 되돌아오고 하는 것을?

'손'에 관한 호서식 관법은 대략 저러했거니와, 그러면 호동에서는 그것을 어떻게 건너다보아 왔던지, 그것도 아니 궁금해질 도리가 없겠는다. 이쪽[湖東]에서는 그것이, '남근·창조력·눈·말씀'인 것보다, 훨씬 높은 의 똥꾸녁을 찌르고 오르다, 급기야는 잘려, '공'(空)의 상징까지 띠게 되는 것을 보는데,

(고양이 학살에 동원됐던 南泉 화상의 손도 말해야겠지만, 그러려면 너무 장황해질 일이므로, 그 손은 고양이 목을 조이도록 놓아둘 일이겠다) 구지(俱胝)라는 중이 자른, 그의 문하생의 손가락이며, 무드라(Mudra, 禪꾼들이 하는 '손의 제스처.' 손으로 그들은, 마음이라는 삼거불을 서리서리 거머쥐어낸다) 같은 것을 고려하면, 그렇다. 말한 바의 '잘린 손가락' 하나는, 우리의 시각(視覺)에 호소되는 경우겠지만, 청각(聽覺)에 호소하는, 비슷한 것이 또 있다, '한 손뼉을 쳐내는 소리'가 그것인 것.

구지라는 중은, 누가 뭘 물을라 치면, 그때마다 손가락을 하나 뻗쳐 세워, 묻는 자의 눈구녁이나 똥꾸녁을 찌르고 덤비는 시늉을 해 보였다는데, 헌데 그의 사미 놈이 스승의 뽄사를 내어 그 짓을 하는 것을 알게 되어, 스승이 분기탱천하여 놈의 그 버르장머리 없는 손가락을 싹둑 잘라버렸다는 고기(古記)가 있다. 그 순간 헌데, 그 제자 놈의 눈이 활짝 뜨여졌다는 얘기가 뒤따른다. (손가락과 눈! 이걸로 보건대는, 손가락 자르기가 다반사로 치러진다는, 야쿠자 가족 간에는, 이런 頓悟꾼으로 득시글거리겠느냐? 이 儀禮는 아마도, 武士에게는 '칼' 두 동강 내기, '남근' 자르기 같은 것일 것이어서, 결국은 송두리째 '몸' 버히기 같은 것일지도 모르는데, 空門에서도 그것은, '色'의 의미였음은 분명하다. 그리고 나서야 공[空]이 보인다)

구지의 '한 손가락 뻗쳐 올리기' 설법은, 그것이 탁 잘려지고 난 뒤 그의 아손에 의해, 그 선(禪) 기능이랄 것을 다하고 있는 것이 보이는데, 누가 그에게 뭘 묻게 되면, 대답을 한답시고, 손가락을 뻗쳐 내려 할 때마다, 거기서는 노상, 가리키려는 것의 실종 현상이 일어나곤 하던 것이다. 한 손을 잘린 사내가, 박수를 치겠다고, 남은 손을 휘저을 때도, 그 같은 현상이 일어남을 보게 되던 것. 아마도 공문의 아손들의, 없는 손가락으로 가리키려 하는 어떤 대상과, 한 손뼉으로 쳐서 나는 소리 따위에 대한 의미 찾기의 노력은, 그만쯤에서 끝내야 될 듯하다. 그 경계를 넘어서려 하면, 왜냐하면, 무참히 환속해버리기 때문이다. 그에 반해서, 패설문(稗說門)의 아손 중의 하나인, 본 패관 따위께는, 까짓 눈썹이야 몇 섬이 불려 나가면 어떻고, 몇만 번을 환속한들 그 또한 어떻겠는가, 세속 떠난 일이 없는 것들이 환속하는 것 보았느냐, 본 패관 투의

'진리'라는 성배의 탐색은 사실로는 거기서부터 시작된 것이었던 것. 양문(兩門)의 다름은 그것일 터이다. 그, 그래서 본 패관은, 그 없는 손가락으로 가리키려던 것이 무엇인지, 또는, 한 손뼉으로 낸 소리는 어떤 것인지, 그것을 보고 들어 알고 있다는가? 그, 그런 것쯤이라면, 마, 말인데, 저쪽 어디 호젓한 자리에 당도했을 때, 공(公)에게만 귀띔해주려 하는즉, 듣고 난 뒤 공은 삼가, 행여라도 이똥 구린내를 풍기려 말구라. 만약에 그러려 든다면 공은, 잘렸던 공의 손과 손가락 자리에 새로 순이 돋고 있음을 보게 될 터인데, 그것은 다시 짐승의 것인 것, 탓에, 색(色) 쓰려 덤빈다, 치사하다.

'공문'(空門)에서는 마무리 지어진 것이, '몲문'(몸+말+맘門)에서는, 저렇게 시작이 되기도 한다. 雜!

2. 갈매기와 까마귀

본 패관이, 삶의 후반기를 살았던 (캐나다) 밴쿠버에는, 바다가 개 새끼들로 (달과 바다와 개!) 쌨버렸는데, 비해, 전반기를 살았던 서울엔, 저누무 개 새끼가 게 새끼들(헥, 이눔은 '달서방'이라고 불리면서도 '가뭄'이라고도 이르는 도다. 놈의 진행하는 꼴을 보면, 그것부터도 모순당착이다)모양 쌨버렸잖다. 그래 그런지 어쩐지, 갯가살이에 홍합이나 게살 맛을 알아버린 짐승의 개지랄인지 어쩐지, 서울에서는 (……이 자리에 主語랄 것이 들어가야 될 테지만, 漫想의 즐거움이 무엇이겠느냐?……) 빈번하게 갈증 같은 느낌에 당하게 된다. 언뜻 들었기로는, 대개의 종교는, 비나 바다가 '결핍된'(이라는 단어는, 계집이 마을 간 줄도 모르고, 넌네 문구멍에다 불쑥 밀어 넣은 강쇠의 시뻘건 육괴 같은 것이지만, 그럴 때는 그것에다, '가래침을 죽처럼 발라준다면, 썩어 문드러진다'는 소리가, 『고금소총』에 있다) 열악한 풍토에서 일어났다고 함에도, 서울의 종교는 무엇이나 되는지, 그것도 사실은 잘 짚어내지지가 않는다. 어쩌면 서울엔, 삶이 흔전만전이며, 그것이 종교가 돼 있는지도 모르겠다. 서울엔 참으로 삶이 흔전만전이어서 인색하지가 않다. 바닷물은 마시면 마실수록 더 갈증 나게 하잖는가, 마찬가지로 서울에서는 삶 때문에 갈증이 더 심해지는 느낌도 있다. 유마 거사께 병문안이라도 간다면, 이 갈증의 까닭을 알아낼 수도 있을라는가, 는가 모르겠는다.

그래서 그 바닷가에 가 서면, 그것이 무슨 갈증을 어떻게 해소해주는가? 사실은 그런데, 그것도 알 수가 없는 것이 탈이다. 바닷물은 마시면 마실수록 갈증이 더 심해진다잖는가. 그런 것을 신드바드 병증이라고 해얄라는가 어쩔라는가는 모르겠어도, 바닷가에만 섰다 하면, 그 속에 풍덩 빠져 죽고 싶음이 일으키는 갈증, 또는 무작정 어디론가 떠나고 싶음스런 갈증에 당하는데, 투신하기 대신 항해를 떠난다면, 목적은 어찌 되었든, 목적지는 다시 또 뭍이라는 것이, 그러면 문제가 된다. 그래서 보면, 신드바드는, 뭍에서도 못 살고 물에서도 못 사는, 반인반어(半人半漁) 꼴의, 국적 미상의 뱃놈인 것을, 그러나 어찌 신드바드만 그러하겠느냐. 피안에의 이민 길에 오르는, 업(業)의 보따리가 무거운 중생을 태워, 검은 돛폭을 올려 고해(苦海)를 헤쳐나가는, 상선(喪船)의 수부, 보디사트바들도 그러한 것을. 선적한 업의 보따리의 무게 탓이었겠느냐, 그렇게 떠난 배마다 어디선지 난파를 했던지, 바람 잔 날 아침에 해변에 나가보면, 부서진 그 배의 조각들이며 보따리들이, 풍랑에 실려 와 차안(此岸) 가에 흩어져 있다. 하직의 손짓과 눈물 속에서 떠난다고 떠나서는, 되돌아와 있다. 그래서 차안에는, 그런 항해에 멀미를 일으키고, 못 참고 토해 자빠지다 갈매기가 되어버린 신드바드들과, 지혜와 자비에 체해 복통을 치르다 뒤집혀, 서는, 까마귀가 되어버린 보디사트바들이, 중생의 뭍에의, 차안에의, 집착이 홍합이 되어, '다닥다닥 바위를 붙들고 있'는 것들을 쪼으고 있다. 까마귀는 상선(喪船)의 돛폭 같은 그 털빛과, 나르는 다른 유정들이 못 가진 지혜 탓에, 무슨 지옥의 종내기들이라도 되는 듯한, 부당한 취급을 받아왔으되, 이 새는, 지혜와 자비라는 겉옷을 좀 잘못 걸치다 뒤집어 입었을 뿐인 것으로 보인다. (他義와 달리, 이 菩提薩陀義를 신봉하는 이들께는, 나찰이 동시에 보살이라고 하잖느냐. 이런 觀法은 우주적으로 割禮를 치른 자들에 의해서만 가능한 듯한데, 그런 뒤에 '쉬바'나 '칼리'의 숭배俗도 일어날 수 있었을 테다) 서역 정토의 소식은, 그래서 새로 들어보니 차안 바람[風·願] 속에서만, 죽은 적 없는 유령들의 울음처럼, 희미하게 들릴 뿐인 것을. 그런 것을.

허나, 바다를 말하려며, 그것도 사실은 바닷가의 '갈매기와 까마귀'를 말하려며, 저 거룩한 뜻을 가진 사공들, 보디사트바들의 얼굴에다, 말의 썩은 생선을 던지려는 짓은, 옳은 게 아닐 테다. 그것이 그리고, 본 패관의 의도도 아니다. '사람' 얘기를 하려면, '동물'을 끌어들여 비아냥거리든, 꾀 많은 늙은네 이솝이, 빠뜨려 먹고, 하지 못한 얘기를 하나 하려는 것이 그만…… 하지만 만상(漫想)의 즐거움이 무엇이겠느냐. 왼발로 달 디디고, 오른발로 해 디뎌, 만상에 비틀거리는 자여, 그러다 가랑이 찢어질라! 이솝이라는 늙은네는, 헌데 어쩌면, '홍합'이라는 조개 먹기를 즐겨 하지 안 했거나, 당시까지의 까마귀는, 갈매기와 별다름이 없었던지도 모르겠다는 생각이 있다. 홍합이란 글쎄, 이 패관께 이해되어지기는, 뭍에의 집착을 여의지 못한 뱃놈들의, 물길 떠나기에서 이뤄진 것인 것이었거니? 허허허, 오늘 건너다보니 헌데, 한 젊은 사내가, 홍합을 따며 노래랄 것을 부르고 있어, 귀 기울여보니 이런다.

다닥 다닥 다닥 다닥
십리 밖에서 들려오는 백만대군의 말발굽 소리
다닥다닥 바위를 붙들고 있다.

—차창룡 「채석강 홍합」의 일부

노래하며 그는, 홍합을 먼저 눈[視覺]으로 도려 파내서는, 다음 귀[聽覺]로 씹어 먹는데, 사뭇 희한한 홍합 따기러람. 의성어(擬聲語—다닥다닥 말발굽 소리)와 의태어(擬態語—다닥다닥 바위를 붙들고 있다)가 절묘하게 야합해 있는데, 그것뿐만은 아니다. 예술가들의 조금 휘어진 시선에는, 흰 물보라를 일으키며 해안으로 달려오는 바다가, 갈기 털을 세운, 떼 말의 질주로 보여오거니와, 여기 또한 의태어와 의성어의 야합이 있어, 거기서 굳어진 홍합은, 여럿의 음수 냄새를 풍긴다. 어쨌든, 노래하며 홍합 따 먹는, 저 젊은 사내, 집 돌아가는 대로 비린내 나는 설사 탓에 측간 길이 바쁠 게 걱정스럽다.

'의태어·의성어'라는 말이 나왔으니 말이지만, 그리고 만상의 즐거움을 만끽하려 해서 말이지만, 뭍과 물도 그 '의미'는 같되, 한쪽이 의태어라면, 다른 쪽은 의성어라고 말한다 해도, 이런 누무 미친 영감탱이 떠나겠다고, 할망구가 보따리 쌀 일은 없을 테다. 저런 것이, 인류가 함께 누워 자며 꾸는 꿈('집단적 꿈')속에서는, '인어'(人魚)의 모습을 취해 나타나 있을 것일 것인데, 상반신은 사람이고, 하반신은 물고기—. 르네 마그리트의 인어는 그런데, 저 순서가 뒤집혀 있어, 인류의 '집단적 꿈'을 교란하고 있다. 상반신은 물고기며, 하반신은, 대단히 에로틱하다고 해야 할 여인이어서, 그의 인어는, 달밤에 해변에서, 뭍 사내와 정을 속삭이는 그런 것이기보다는, 성욕을 일으킨다. 이 환쟁이의 환치기는 비결이 늘 저러한데, 예를 들면 '파이프'나 '능금'을, 아주 정교하게 구상적으로 그려놓고, '이것은 파이프나 능금이 아니올시다'라고 하여, 의태어와 의성어를 역으로 뒤섞어 교란한다. 눈 뻔히 뜨고 보면서, 눈을 도난당한다. 야바위다. 허긴 모르지, 그는, 있어 온 구상적 가치 따위에 저항을 보였거나, 비웃으려 했거나, 붕괴하려 했었던지도, 모른다 말이지. 그러나 본 필자의 졸견에는, 있어 온 가치는, 붕괴해야 하는 것이기보다는, 만약 새로운 것이 필요하다면, 있어 온 것을 기본이나 기반으로 하여, 새로 세워야 하는 것이나, 아닌가 한다. '가치'가 '유행'과 같은 것이 아니라면 그러하다는 얘기지만, 부연해둘 것은, 이런 경우엔, 무엇이 진리다라는 기준은, 없을지도 모른다는 것일 게다. 사람의 '바다'와의 성교에의 욕망은 그런데, '에로티시즘'(Eroticism)이기보다는 '타나토스'(Thanatos)가 아니겠는가, 하는 우견이 있다.

이솝이었다면, 재미있게 꾸몄음에 분명한 얘기를 하나 하자는 것이, 이 졸문의 의도였었는데, 스스로 담근 말의 술에, 이 패관이 너무 좀 취했었내 비다. 이솝은, 자기와 외계 사이에다, 유리의 성을 쌓아놓았던 모양이어서, 그의 오관이 거둬들이는 것은 무엇이든, 그것은 이 벽을 통과하기에 좇아, 굴절 현상을 일으켜내지 않을 수가 없었던 듯하여, (그의) 수사학은 은유적이며, 얘기는 우화의 형태를 꾸며냈다는 것은, 주지하는 바대로인 것. 때로 그런 것이 그러나, 성가실 때가 있다. 그런 얘기의 의미를 쪼아내려기는, 갈매기가 조갯살 파먹으려 하기나 비슷해서 그렇다. 그래서 필자는, 그 성가심을 피하려 하여,

까마귀로부터 배운 방법을 써먹으려 하는데, 바다가 흔해 빠진 고장의 해안선에는, 신드바드들이 갈매기 된 것들과, 보디사트바들이 까마귀 된 것들이, 어울려, 온종일 바다를 쪼아 먹고 뭍에다 똥 싸고 하는 일로 날을 저물리는데, 거기, 이솝이 보았어야 할 놀라운 광경이 있다. 그것은 이렇다, 까마귀는, 예의 저 홍합(이든, 다른 조개든)을 하나 따 발톱에 꿰차면, 갈매기와 달리, 그것을 부리나 발톱으로 열려 하기 전에, 우선 하늘로 날아오른다, 올라서는, 어디 적당한 공중에서 발톱을 풀어, 쥐었던 것을, 땅에다 탁 떨어트린다, 바닥은, 산책자들을 위해 시멘트로 덮어놓아 바위처럼 굳다, 떨어뜨려진 것은 깨진 묵사발이다, 그러면 날아내려 까마귀는, 갈매기처럼 비지땀을 흘리지 않고도, 저 단단한 껍질 속의, 비린 비밀을 파헤친다. ―놀랍거니! 갈매기는 그때까지도 빈 입으로, 그런 까마귀를 멀거니 건너다보고만 있다. 이눔 갈매기여, 너는 돼지여, 글쎄 갈매기는 돼지다. 문제는 그런데, 갈매기는 글쎄지, 아무리 배가 고파도, 까마귀의 흉내라도 내보려는 생각도 못 하고 있다는 거기에 있을 테다.

'인지(認知)의 개발'이라는 말이 있거니와, 그 말은 은연중에 시간의 개념을 저변하고서 쓰여지는 것일 테다. 그래서 말인데, 저 까마귀와 갈매기의 인지 사이에는, 대체 얼마나 긴 시간적 거리가 있을까, 하는 의문이 들던 것이다. 음식을, 그것도 자동식 오븐(oven)에 넣어, 먼저 익혀서 위장에 넣는 '사람'과, 예의 저 오븐을 위장에 가져, 날것을 먹어 위장 속에서 익히는 '원숭이'와의 사이에는 또, 얼마쯤의 시차가 있을 것인가? 그리고도 더 따라붙는 의문은, 같은 인종이어서, 같은 문명·문화를 향유하고 있음에도, (말하기의 편리를 위해 이렇게 비유한다면) 물림 받은 농토에서 거두게 될 비옥한 뿌리나 알곡식을 위해, 보습을 대어 땅을 일구고 씨 뿌리는, 그냥 일반적 농부와, 그 땅의 깊은 속 어디에 묻혀져 있다는, '숨겨진 돌'(현자의 돌)을 캐내려, (그 땅의) 밑바닥까지라도 파고 내려가는, 이 특정한 농부와의 사이의 시차는 또, 얼마나 될 것인가, 하는 것이다. 한 농부가 고구마 뿌리를 캐내고 있을 때, 다른 농부는, (동화 속에 보이는, 땅의 아래 어느 정원에서) '보암직도 하고 먹음직도 한 지혜의 열매'를 따고 있을 것이다. 이 특정한 농부의 '땅 파고, 깊은 속으로 내려가기'는, (이제껏 견고하던 땅이 어느새 반 바퀴 빙 돌았던지는 모르되) 연금술사들의 관법(觀法)에는, '불순한 짐승의 순화의 나무 타고 오르기'였으니, 내린다고 하며 이 농부는, 저 '지혜의 나무'를 올랐던 모양이다. 농부 하나는, 입어진 수피(獸皮)를 영위키 위해 땀 흘리고, 다른 하나는, 입어진 수피를 벗기 위해 땀 흘린다. 입어진 수피를 영위키 위해 흘리는 땀도, 한 방울 한 방울이, 금강석처럼이나 값지고 아름답다! 그 땀을 흘려야 되는 것은 그러나, 그냥 '기본'이며, 그래서 그것은 '몸의 종교'인 것이다. 그렇다면 그 땀의 의미가 강조되고 찬양되어지는 일을 두고는, 얼마를 칭송한다 해도 충분치는 않을 것이다. 여기까지는 그러나, 카투린드리야에 이르기까지의, 모든 유정의 교의(教義)라는 것이, 고려되어지면 하는 바람이 있다. 아서라, 하지만 말아라, 더 말하려 말아라!

알아차렸거들랑은 사미여, 그 표시로 손가락 하나를 뻗쳐 올려보아라! 흐흐, 그렇다면 이 노궐(老厥)이 어쩔 성부르냐? 대번에 그것을 잘라, 마당의 위리 놈께 보시나 해버리지 않게? 사미는 그런 뒤, 달을 가리킨다고, 없는 손가락을 뻗쳐 올리려 하면, 달은 없다. (판켄드리야로부터의 진화는, 이제 거기서부터 시작되는 것이겠거니) 야야, 저누무 개가 왜 저리 짖어쌓느냐, 아마도 사미 놈의, 먹은 손가락이, 배 속에서 달을 가리키려 그러나 보외다. 이래서 생각나는 것은, 무엇보다도 '문학'이란, 저 어떤 사미의 손가락 하나를 잘못 먹은, 그 개 짖는 소리 같은 것은 아니겠는가, ……아니거든, 알아묵기 쉽게 좀 일러도고!

만상(萬象)이 만상(漫想)이려니—.

爲想 둘

1. 有爲/無爲

중원인(中原人)들이, 자기들 독자적으로 개발했거나 (이런 경우에도 考證 대신 臆測이 가능하거나, 허용되는 것인지 그건 모르겠으나, 그들보다 형이상학적 사유를 앞서 시작했던, 天竺人들께 '아상스크리타'[asaṃskrita] 라는 것이 있어 말이지만, 그것이 통역을 거치는 도중 어디서) 전와(轉訛)한, 주된 사상 중에 '무위지도'(無爲之道)라는 것이 있는 것은 주지하는 바대로이다. '하는 것이 없으면서, 하지 않는 것이 없다'(無爲而無不爲)라는 것이, 중원식 '무위'에 대한 정의인 듯하다. 왜냐하면, '유'(有)의 개념이 먼저 정립되고서야 '무'(無)의 개념이 이뤄졌을 터이니, '무위'가 있으면, 왜 '유위'(有爲)가 없을 수 있겠는가. 본 패관(本 稗官)의 짧은 패견(稗見)에는, 헌데, '아상스크리타'를 한역(漢譯)한다면, 분명히 '무위'가 될 것으로 아는데, 이(아상스크리타)는, '조건을 구비해 있지 않은'(unconditioned), 또는 '화현하지 않은'(unproduced)의 뜻이라고 풀이된다는 것. 앞서의 저 '조건'은, 위계(爲界, Pravritti. Skt.)의 조건을 의미하는 것일 것으로, 유정들께 입혀진 사대(四大—地水火風)와 사고(四苦—生老病死), 그리고 운명 따위가 아니겠는가, 하고, '화현하지 않은'이란, 갈마와의 관계에서, 그것의 악력을 벗어난 상태(또는, 아직 그것, 즉 갈마[行爲]에 제휴하지 않은 상태도 포함되어야 할 듯함에도, 이것에 관해서 말하기는, 아직 너무 이를 테다)를 이름할 것이로되, 그것은 현재로서는, 형이상학이라는 자궁 속에만 피맺혀 있는 것이 아니겠는가, 하고 있다. 까닭에 그것은 '화현을 입지 않은'이라고 일러진 것일 것이었다. 또 아니면, 그것의 자궁 속에, 위계가 피맺혀 있는지도 모른다 말이지, 글쎄 그것은 우리가, 위계라는 이 태보(胎褓)를 찢고, 머리를 내밀어보기 전에는 알 수가 없다 말이시.

천축국의 방언(方言) 중에서, '아'(阿)라는 접두어는, 그 뒤에 진 친 어휘의 뜻이 얼마나 크고 강하든, 그것을 송두리째 뒤엎어, 정반대 말을 만드는, 막강한 힘을 가진 것이라는데, (예를 하나 들면, 佛門에서는 神을 '修羅'라고 이르는 듯한데, 그 앞에다 '阿' 字 하나를 턱 내세우자마자, 저것들이, 사나운, 못된 鬼面을 드러내는 것을 보면, 言語가, 神들보다 막강할 때도 많은 것을 알게 된다) '아상스크리타'는 그러니, '상스크리타'(Saṃskrita)의 반대말이 되는 것을 알게 되고, 동시에 인류의 사유는 '유'의 개념을 앞세웠던 것도 알게 된다. '상스크리타'가 먼저 있었기에, 그것의 부정형으로써의 '아상스크리타'가 있게 된 것인 것. 이런 견해를 고수하기로 하면, '무'에서 '유'가 발생했다는, 천지창조설에 상당한 혼란을 야기케 한다. (가맜자, 저기 저, 관운장도 같고, 李文求도 같은 웬 사내가, 눈을 부릅떠 꾸짖는 소리가 있다. "냅둬, 냅두라고 시방!"—지푸라기 같은 팔뚝의 패관은 그러니, 움츠린 자라목이 되어, 냅두는 수밖에 더 있겠는가이?) '상스크리타'는 그러니, '조건을 구비한'(Conditioned), 또는 '형태를 입은'(Formed)이라는 따위로 해석될 것은 당연하다 할 것이다. 중원인들의 '有爲'도, 중매쟁이 색시 감정하기 식으로 요모조모 살펴보면, 저것과 소이대동(小異大同)하지 않나, 다시 말하면, 언뜻, 하나는 '체'(體)를 말하고 있는 듯하며, 다른 하나는 '용'(用)을 말하고 있는 듯하게 여겨짐에도, 둘은 비슷하거나 같은 개념을 갖는 것들이 아닌가, 하고 여기게 된다는 말이다. 그렇다면 그것(상스크리타/有爲)은 냅둬 놔둘 일이겠다.

그런데, '아상스크리타/無爲'는, 언뜻 비슷한, 또는 같은 어의(語意)를 갖고 있어 보임에도, 그 어용(語用) 면에서는, 서로, 심지어는 대극적이기까지 한 것이 아닌가 하는 데 문제가 있어 보인다. '아상스크리타'는, 대단히 고차적 사유의 결과로 얻어진, 순수히 문화적(文化的)인 것인 듯함에 반해, '무위'

도 또한 고압적 사고의 용광로를 통과하지 않은 것은 아니었겠음에도, 그 연금(鍊金)의 어느 일점에서 퇴조전이(退調轉移) 현상이 일어났던지, 거기서는 '자연'(自然)이 태어난 것(은 '재도달'했다고 해얄 것이지만, 修辭學的 질서를 지키다 보면, 저런 후레자식이 태어난다)을 보게 되어 하는 말이다. (이것은 그리고 패관의 稗觀의 일단임으로 그 선에서 듣고, 웃어버리든, 한두 번 고개를 끄덕이고 말아야지, 그보다 덜도 더도 평가하려 할 일은 아닐 테다) 잇거니와, 한편[天竺]에서는, 자연(自然)을 문화(文化)화하고 있으며, 다른 편[中原]에선 문화를 자연화하려고 하고 있어, 어느 쪽에다 삼배 주를 바치고, 어느 쪽의 수염을 잡아채 뽑을지, 패관으로 하여금 어리둥절하게 하고 있다. 까닭에 이제껏 손님을 맞을 때마다 욹혀 대접한, 무슨 법(法)의 흰 뼈를 다시 또 끓이는 소리지만, 근래 패관은, 자이나교의 법설(특히 『우타라디아야나』)에 근거하여, 유정의 '진화'(進化)에 지대한 관심을 갖고, '몲'론(論)의 확립을 서두르는 중이어서, 이는 지난한 문제가 되고 있는데, 까닭에 패관은 우선적으로, 병아리의 발톱으로 코끼리의 가죽을 찢으려 덤비기나 같았음에도, 중원인들의 '도'(道), 그것도 그들의 '무위'에 대해, 그 본의랄 것을 생각해보지 않을 수가 없던 것이다. 그러기 전에 먼저 밝혀두고 싶은 것은, 이 '道'는, 그 성격이나 형태상, 나중에 달마보디에 의해 설파된, (達磨大師『血捻論』 참조) '선'(禪)('[……] 性卽是心, 心卽是佛, 佛卽是道, 道卽是禪, 禪之一字' ―이는 '道와 佛'의 야합에서 생겨난 것이 '禪'이라는 것을 분명하게 밝히고 있다고 해얄 테다)과 대단히 유사해 보인다는 것이며, 다름이 있다면, (예의 그 레비-스트로스 얘기의 천한 번째 반복이지만) 하나는 '날것→썩기=自然의 軸'에 머물고, 다른 하나는 '날것→익히기=文化의 軸'에 올라 있다는 것인 듯하다. (얘기가 나왔으니 말이지만, 레비-스트로스의 '자연/문화'의 축에도 그러나, 단견이 있음을 지적하지 않을 수가 없는 듯하다. 그것은, 그는, '半熟'이라는 中軸을 상정하지 못했다는 그것인데, 그럼에도 고백해둬야 할 것은, 수십 년 전에, 그것도 짧은 독해력으로 한번 읽고 접어둔 *The Raw and the Cooked* 그 기억을 동원하고 있어, 패관이 그 일점을 놓쳤다면, 패관의 不知와 부주의의 탓으로 돌려주기 바랄 뿐이겠다. 패관은 그래서 이 '중축'을 禪門에서 찾아왔는데, '도통 직전에는, 산이 산으로도 보이지 않고, 강도 강으로는 보이지 않는다'는, 패관이 이르는 禪尺, 의 그 가운데 눈금이 그것으로 알고 있다)

중원인들의 생각의 강줄기는 모두 '실용성'(實用性)이라는 바다에로 모두어진다는 의견에, 패관도 동의하고 있는데, 그런즉 '道/無爲' 등이, 아무리 초월적 형이상학적 주제라 한다 해도, 어만데, 예를 들면 비위계(非爲界, 니브리티) 같은 데로라도, 수로(水路)를 터 나갈 리가 없었을 것이었다. 저들(특히 老·莊과 그들의 兒孫들을 가리켜 말이지만)은 그것을 백성의 생활 규범으로까지 삼으려 하기뿐만 아니라, 치세도(治世道)로까지 확장하는데, 『老子』 제三장에는, 이런 도설(道說)이 있어, 접해본 이를 감동케 하다가, 경악케 하고, 종내 절도케 한다. '[……] 고로 성인의 다스림은, (꺼꾸러질 녀러! 治世에 聖人이 나서는 것 보았느냐? '권세'라는 꽃 한 송이를 꺾어놓고, 野狐들 靈山會한답시고, 老論/少論, 南人/北人 패 나누어, 저 한 송이 꽃을, 물고, 찢고, 밟아 묵사발을 만드는 짓이 爲政이라잖느냐? 聖人이라도 治政에 콩콩 짖기 시작하면 '佛性'이 없는 것을! 새우들 등쌀에, 백성이라는 애먼 고래만 등 터진다) 백성의 마음을 비우고[是以聖人之治 虛其心] 배는 채워주며[實其腹], 뜻은 약하게 해야 하지만[弱其志], 그 뼈대는 강하게[强其骨] 해할 뿐만 아니라, 알지 못하게 해야 하고, 욕망도 없이 해야 한다[常使民 無知無欲]라고 하고 있다. 하기야, 백성을 저렇게 만들 수[使民]만 있다면, 성인들이 구현하려는 태평성세가, 어찌 저만쯤에 있다 하리요? 마는, 썩 재미있다고 해얄 것은, 한다 하는 식자들이, 진시황의 갱유분서(坑儒焚書)를 두고는, 그 부당함을 들어 말하기는, 썩은 생선을 반찬 해 먹은 입으로도 부족하여, 입술에 된장까지 바르고 침을 튀기되, 老子의 治世道를 두고서는, 향긋한 차를 마신 입으로도 부족하여, 입술에 꿀까지 바르고, 분향한 뒤, 무릎 꿇어, 받들어 설(說)한다는 그것이다. (稗官은 이를 들어, 稗笑를 금치 못하노라) 인용한 도설에 특히 문제가 되어 있어 보이는 부분은 분명히, '무지'(無知)라는 것일 것으로 사료되는데, 그 자신들은 '無知'하지 안 하여, 대단히 복합적 사고까지 행해낼 수 있다는 이들이 이상스러운 역설을 펴, '無知'는 '不知'('배운 것이 없어 알지 못함'의 뜻이라고 하던다)를 의미하는 것이 아니고, '알고 난 뒤의 無知'를 이른다, 고도 하는데,

不知의 패관께는, 이는, '두 고을에 좇 단 놈들을 싹 쓸어버리고 쫓겨난 옹가년'이, 마을[官衙]에 잡혀, 나리님 듣기 좋으라고, 부덕(婦德)을 운위하기와, 별로 다름이 없어 보인다. (이년아! 저 나리는 달아야 될 좇을, 마을에 갈 때는, 떼어내 제 놈의 마누라께 맡겨두었다더냐?) 그런즉, 부덕이 높아 칭송받는 부인네란, 옹가년의 아랫입술을 빌려 말하면, 외간 남자들의 경험부터, 가랭이가 찢어지도록 한 뒤, 돌아와 영감을 받기 전에는, 오줌부터 누고 있기로서 덕스럽다 할 수 있다는 얘기겠냐, 무엇이냐? 그와 반대로, 튠향이의 윗입술을 빌려 말해보려 애써 보기로 한다면, (안회든 도척이든) 우선 자연의 이치를 잘 살펴 안 뒤, 그 이치에 좇아 사는 것을 '無知의 知'적 삶, 다시 말하면, '道'에 귀의하면, '無知의 知'를 체득한 상태가 된다는 식으로, 이해해낼 수 없는 것도, 아니기는 아니다. 아니로되, 저들[道門]의 말로는 '聖人'이라고 이르고, 근래 새로 이사 온, 禪家네서는 '미친 늙은탕이[蕩兒]', 또는 '바보'라고도 이르는, 저런 이들이, 무명중생 누구에게나 기대되는가, 하는 데에 의문의 여지가 있음인 것. 누구나 다 '聖人'이 될 소지는 갖고 있음에도, '되는 것'은 다른 문제인데, 우문은 그럴 때, 어느 쪽이 더 많은가, 라는 데로도 쏠릴 수 있을 게다. (여기서, 일러 말하는 '엘리트주의'가 나타날 듯하다) 모두가 '성인'이 되는 것은, 기대되어지지 않는다면, 그것은 '이상론'이며, 기대되어질 수도 있다면, '無爲'를 근본으로 하는 치세도란, 들판 일 되어가는 것을 보아람, 공중이나 물속 일 되어가는 것을 보아람, 그렇다면, 그것이 어째 설해질 법도이겠는가? 문제는 그리고도, 이 '無知'가, 治者 쪽에서는, 無爲의 無知가 못 된다는 데 있을 게다. '常使民 無知'의 '使'는, 대단히 정략적이며, 심지어는 억압의 뜻까지도 갖고 있어, 강한 治力을 드러내는 말로도 이해되어지는데, '촌시의 틈도 주어서는 안 되며, 백성의 눈과 귀와 입을 막아야 한다'는 것이, 저 글귀의 意譯 내지는 번안이 될 것이었다. (이렇게 말고도, 또 달리 해석해내는 방법이 있는가? 있거든, 이런 무지몽매한 稗說 좀 치우구로, 귀띔 좀 해도라마) 오디세우스가 들렸다는, '망우수 열매 먹는 이들'(제九장)이 사는 고장은, 분명히 중원에 있었어야 옳을 듯함에도, 구태여 '無知無欲'이 설해지고 있는 것에 의하면, 거기엔 있었던 것 같지는 않다. 老子나, 그의 몇 아손들이, 어쩌면 그 고장을 다녀왔던지도 모르겠다. 그렇기에, '道'라는 관념을 망우수 열매모양 만들어, '無知'의 위장을 가진 것들에게 먹였으면 했을 터였다. 그런데 저 '망우수 열매모양 환(丸)을 만들어 진[道]'을, '난'(蘭)이라고 우겨대는 愚民이 하나 있다. '난은, 짐승들이 흘레하다 흘린, 그 정수가 피워낸 꽃'이라잖느냐? 道는 그래서 蘭이라 이른다. 동물의 흘린 정수가 흙에 스며들자 식물화한다는, 이 변전의 시학(詩學)에 현묘함이 있다. 거기, 판켄드리야의 트린드리야에로의 역진화(逆進化)의 한 전형이랄 것이 보인다. '無知'의 토양에서 자란, 이 특정한 蘭은, 그실 '모순당착의 꽃'인데, 莊子야말로 이 꽃을 가꿔 피워내는 데 천재적 정원사로 알려져 있는 자. 그의 「外篇」이나 「雜篇」에도, 저 꽃이, 여기저기 흩어져 있지 않은 것은 아니라도, 「內篇」에야말로, 왼 정원에 흐믈트러져 있어, 그 향기로 삼세(三世)가 취해 몽유한다. 이런즉 패관이, 이를 두고, 뭐라고 폐풍월(吠風月)이라도 해볼 양이면, 필요할 때마다, 그것을 한 송이씩 꺾어 들어, 올려 보여야겠으나, 그러려 들면, 작은 냄비에다 소를 넣어 삶으려기모양, 작은 화분에다 왼 정원을 옮겨놓으려 하기 같을 터이므로, 그러려 하는 대신, 저것[「內篇」]을 참고해주기를 바랄 수뿐이겠다.

연이나, (자신도 잘 모르는) 공산주의(에 대해, 뭘 말하려 든다면, 언어도단이 그것일 것이로되, 그 체제가 붕괴하고 난 뒤, 듣게 된, 衆論이랄 것에 의하면) 마르크스가, 경제 문제는 이해했었던가는 몰라도, 인간 심리에 대해서는 잘 이해치 못했다고 이르는데, 마찬가지로 老·莊子 들은, 道는 잘 이해했으나. 인간 심리에 관해서는 잘 이해했었다는 믿음이 들지 않는다. 물론, '常使民無欲'의 治道를 한번 뒤집어본다면, 저들은, 인간 심리 중에서도, '욕망'이 다스리기에 그중 어렵다고도 안 듯하지 않은 것도 아니다. 그랬기에 저 聖人들은, '백성의 마음은 비우고, 배는 불려주어야 한다'라고 설하기뿐만 아니라, '얻기 어려운 재물이라고 귀하게 여기지 못하게 하면[不貴難得之貨], 백성으로 하여금 도둑질하지 않게 한다[使民不爲盜]'라고도 이른다. 아마도 저들은, 그렇게 하기로써 백성의 욕망을 완전히 제어할 수 있다고 믿었던 듯하다. (지금부터 장황해질 수도 있는, 여러 말을 줄이기로 해서, 一問으로 萬答을 삼으면 어떻겠는가, 라는 것은 이렇다) 과연 그럴 수 있을까?

혜능이, (스승이 입었던 헌 옷가지며, 쓰던 턱 떨어진 밥그릇 따위) 형이하적 '의발'은 전수치 못했으나, '祖'(六祖)라는, 형이상적 의발을 전수케 된 '게송'(偈頌)이, 신수의 것이 먼저 있었기에 의해서만 가능했으며, 의미를 획득할 수 있었듯이, 道門의 '무위자연' 사상이나, 모순당착적 진리도, 이전의 다른 사상가들의 익힌 (文化的) 사색의 결과 위에서만 가능하고, 또 가능적 의의를 가질 수 있었을 것이라는 것을 감안할 때, (이런 말은 그러니, 孔子를 일례로 든다면, 저들이 어떻게 공자를 꼬나 내북치든, 공자는, 自然에 대한 文化를 중시했던 文化人이었다는 것, 그에 연유하여, 아낙네들 '연애시' 따위며, '樂'이 무엇인지도 잘 모르되, 흥만 아는 樂士들 깽깽이 켜는 소리까지, 또 '禮'는 어떤가, 극구 찬양하기에 이르렀을 터이다. 그가, 돼지에게 禮를 가르치고, 이리에게 仁을 설했다는 소리 들어보았는가? 그럼에도 老·莊 들은, '사람'에게 無爲를, 無知 無欲을 설했더라 말이네) 稗見에는, 중원의 몇 늙은네들[老子]은, 人種이 어렵게 성취한 판켄드리야를, 시간을 되돌려, 카투린드리야, 그리고 그 이전의 상태로 되돌리려, 매우 바람직하지 않은 노력을 바쳐왔던 듯한데, 自然의 법칙이 됐든, 또는 이름으로 부를 수 없는 무엇이 되었든, 아무튼 '道'라는 것이 있다는, 상정만으로 충분한 것이 아니었는가? 신화(神話)가, 보다 더 하늘 일에 눈을 두고 있다면, 동화(童話)는 보다 더 땅의 일에 눈을 두고 있는 것으로, 본 패관은 생각해왔는데, 그래서 동화적 눈으로 저 늙은네들을 새로 건너다보자면, 저들은, 모험 찾아 떠난 왕자들을 꾀어들어, 소로 둔갑시켰다가, 힘줄이 약해지면 때려 잡아먹는 마녀로 보인다. 소야말로, 배부르면[實其腹], 마음은 비어 있어[虛其心], 뭘 도모해보겠다는 뜻이란 없는 데다[弱其心], 그 골격이 크고 강해[强其骨], 밭갈이는 물론, 모든 다른 힘들 일에 부려먹기가 좋을 뿐만 아니라, 다음 끼니를 위해, 뭘 쌓아놓으려기는커녕, 한 끼니 배부른 것을 되새김질하기로, 귀한 젖까지 생산해 타유정을 먹이는 데 인색함이란 없는 데다[無欲], 주인의 뜻이 무엇이든, 심지어 도살장에로 끌려가도 알려 하지도 알 바도 없으니[無知], 죽음까지도 표표히 초월해 있음인 것. 아으, 소여, 백성은 소여야 된다 말이지! 그렇걸랑 노공(老公)은, 목축이나 하실 일이지, 어쩐다고 인간세에 나서서, 사람들의 목에다, '道'라는 고삐를 매려 하는고? 우도(牛道)는 우생원(牛生員)들께!

이래서 보면, 그것을 하나의 형이상학적 진리 따위로 냅둬 두지 않고, 治世道로 삼으려 한다면, 그것이 어떤 식으로든 굴절(禪이 그것일 테다)을 겪지 않는 한, 老莊 및 그의 아손들의 주장은, 아무렇게나 찬양되어져서는 안 될 종류의, 좋지 않은 '망우수 열매'인 듯하다. 패관은 잡설이나 팔아 연명하는 자여서, 治道 등에 관해 말할 수 있는 혀를 못 가졌으되, 누가 저것을 날것인 채 응용하려 하면, 기대하는 태평성세보다는, '걸주 같은 성인'들께 더 많이 봉사하게 된다는 것을 상상하면, 끔찍하다. 그 최선의 형태는, 앞서 말한 바대로, '畜生道' 정도가 아닐 것인가.

그러나 문제는, 인간이 '知·欲'을 함께했다는 데 있었을 것이었다. (稗官투로 말하면) 긍정적이든 부정적이든, 인간의 '지혜'는 '文化'에 기여하고, '욕망'은 '文明'에 기여해온 것인 것이었을 것이다. 거기 인류사의 흥망성쇠가 있었음인 것. 우리들의 세계는, (聖經에) '애 밴 여자'로 상징되어 있거니와, 인간의 욕망이 확대될 때, 거기 '붉은 용'이 나타나고, 지혜가 우세할 때, 거기 면류관 쓴 '어린 양'의 개가가 있다. 위대한 사회는 그런데, 붉은 용은 애 밴 여자가 분만하기를 기다려, 그 아이를 잡아먹으려 벼르고 있고, 어느덧 태어난 어린 양이 저 붉은 용의 대갈통을 딛고 서 있어, 팽팽한 균형이 유지되어 있을 때, 그것을 이르는 것일 것이라는 게, 稗見이다. 그것이 루베도[赤] 일 것. 그것까지도 그러나, '과정'일 것. 그러는 어느 순간, 저 붉은 용이 어린 양의 발목을 물어 빨아들이기 시작하면, 역사는 전환할 테다. 다시 니그레도[黑] 에로 역조전이를 치렀음인 것. 현재로서 그 우주는 이원론의 기반 위에서 기복을 되풀이해 있어 보인다. 아마도 그리고 집단의 삶[歷史] 은, 이 기복의 연속일 테다. 왜냐하면 '집단은, 自我를, 갖지 못했으므로', 그 '자아의 구원'이나, '자아의 분쇄에서 성취되는 해탈'에 대해, 고자의 상태를 벗어나지 못한 까닭이다. 그러나 '자아'를 갖는 모든 개인의 삶은, 집단 속에 포함되어 영위되고 있음에도, 집단의 삶과는 다른 것이 분명하다. 모든 개인은, 어째도 악지(惡地)에로 떨어져서는 안 되고, 낙지(樂地)에의 소망으로, 끊임없이 고투하지 않으면 안 되는 것이, 爲界에 목숨 받은, 그 숙명인 것. 여기, 본 패관식의 진화론, 즉 '뫎'론이 운위되는 자리가 있다. (歷史를 단절[discontinuity]의 연속으로 보는 이들도 있는 것으로 아는데, 프라브리티라는 한 大洋을, 그것의 성쇠하는 물결 쪽에서만 보기로 하면, 그런 의견은 틀릴 성부르지 않다) 그 '自我'는, 그것의 구성원들 각자들이 갖고 있음에도, 集團은 그것만의 '自我—集團自我'랄 것을 갖지 못했으므로 하여, 모든 개인들의 어떤 공통된 願望이나 挫折 따위 같은 것들에 의해, 集團的 運氣는 형성해 있으되, 말한 바의 '自我'의 不在로, 아무 곳으로도 가지 않는/못하는 까닭에, 그것은 매우 쉽게도, '단절'의 연속으로도 보일 수 있는 것도 사실일 테다. 대양의 물주름들이 그렇지 않은가? 일어난 물주름들은 일제히 무섭게, 어디로 달리고 있는 듯해도, 결과에서 보면, 아무 곳으로도 가지 않고 있다. 歷史도 그렇게, 集團的 運氣에 의해 흥망성쇠를 거듭하되, 아무 곳으로도 가지 않을 뿐이다. 그것은, 프라브리티의 均衡을 유지할 뿐일 게다. 줄여 말하면, 그럼에도 한번 일어난 것은, 아마도 소멸하는 것은 없으며, 그 대양의 아래쪽으로 침전하는 것일 것이다. 거기서 운집된 그것들은 그리하여, —한 大洋의 풍랑 대신, 그 아래쪽을 보기로 하면—어떤 종류의 底力을 형성할 것인데, 그것이, 모든 自我를 가진 개인들이 이룬, 새 集團의 願望과 挫折 따위와 제휴하기에 의해, 새 물결을 만들어낼 것인바, 역사는 그렇게 연속하는 것일 게다. 단적으로 말하면, 표면적으론 그 모두는 '단절'처럼 보여도, 그 이면을 들여다본다면, 거기 단절이 끼일 틈이 없다는 얘기다. 물론, 어떤 한 때, 어떤 것들이 일어나, 그 시대를 풍미했으나, 다음 시절에 보면, 그것들이 어디론지 깡그리 사라져, 그 자취도 찾아볼 수 없는 것들이 없는 것도 아니다. 마는, 그것을 그냥 '단절'이라고 치부해버리면, 자기 당대를 誤讀·誤診하기가 쉽게 될 테다. 그것들은, 어디엔가, 어떤 형태로든, 여전히 연면해 있음인 것. 일어난 것치고는, 소멸하는 것이 없는 것이 프라브리티界의 달마라잖는가. 그렇기에 爲界는 永續하는 것일 게다. 중원인들의 그것과 달리, 같은 '無爲'라도, 천축인들의 '아상스크리타'는, 바로 저 진화의 정점, 그 궁극의 상태를 이름하는 것일 것이었다. 그럼으로 고행 난행을 해서라도 달성해야 할 것이 있다면, 도문(道門)의 '無爲'가 아니라, 범문(梵門)의 '아상스크리타'인 것은 분명하다. 하다면, 어떤 중년 남자의 '佛'의 상정은 무엇이었는가? 그것이 설 자리가 있기는 있었던 것이었는가? 저 '지혜의 바다'[婆羅門道]를, 그는 과연, 알몸으로 헤엄쳐 건넜던 것이 분명한가? —이런 의문은, '뫎'論者로 하여금, 기독(基督)에게 바쳤던 것과 같은 경배를, (이 사람에게도) 바치게 한다, 라는 것은, 기독이 '아버지'에의 인식을 그렇게 했던 것과 꼭같이, 이 사람은, '아상스크리타', 또는 '니브리티'나 '니르바나'를, 한마디로는, 삼천대천세계를, '마음'[心] 속에서 개벽해버린 것이다, 과연 그렇다! 물론, 그 이전의 선현들도, 그것[心]을 노상 운위해오지 않은 것은 아니었어도, 총체적으로, 또는 광의적으로 따진다면, 저들의 의견은, '다원론적 일원론'이라는 투의 역설로서밖에, 달리 말할 수는 없는데, 말한 바의 이 사람에 의해서, 그것의 극복이 이뤄진 것을 보게 된다. 이 사람은, 그 일원론까지 분쇄해버린다. 이 사람은 그래서 '神話적 우주' 따위도 창조해내지 않는다. ('神話'야말로, 역설적이게도, 현상계를 실다움이게 하는 그 장본인이라는 얘기를, 패관은 노상 주억거려왔거니) 이 사람은 '석가모니'라는 이름으로 불리어졌던 것은 주지하는 바대로이되, 그래서 패관은, 그가 '마음의 우주'를 개벽했거나, 창시한 자로 믿어 의심치 않는 바였다. 이런즉 그렇다면—앞서 자주 '禪'을 언급해왔으니 말이지만, —'禪'은 그러면 무엇인가? 그건 개구리 대가리에 돋은 뿔 같은 것인가? 그것이 설 자리가 있는가, 라는 의문에 봉착하게 된다.

패견에는, 변강쇠 달마보디(보디사트바들이란, 우주적 의미에서의 변강쇠들인 것들!)가, 동쪽으로 간 까닭은, (뭐라구, 이눔 사미여? 稗說로 혀 놀리기가 바쁜 稗官 더불어, 禪弄禪月하시잤구?) 아마도, 중원에 '道'라는 절세가인 옹가년(道의 女性的 국면의 '玄牝'은, 萬雄을 다 싸안는 姿女거니! 그래야 두꺼비로부터 봉황까지도 까 제친다. 그런즉 튠향이는 이 도령네 小室로, 옹가년은 우리네의 大室로!)이 있다는 소문을 듣고, 그년 찾아 떠났던 듯하다. 이러자, 그의 '面壁九年'의 비밀이 밝혀진다. 그야 그년 더불어 살림하느라 그랬을 터인데, 그래서 얻은 자식이 '禪'이란 것이었음은, 아는 이들은 안다. 앞서 어디서 인용한, '性卽是心, 心卽是佛, 佛卽是道, 道卽是禪'이 그것인데, 이[禪]는 그래서, '佛과 道'의 야합의 자식이 분명하던 것이다. 조금 점잖은 음성을 꾸며 말하기로 하면, 그의 '구년면벽'은, 자기가 잘 알고 있는 '佛'과, 중원인들의 삶의 근본처럼 되어 있던 '道'를, 어떻게 혼합하여, 중원이라는 거대한 대륙의 중생들을, 그들에게 맞는 법으로 하여, 교화 제도할까를 두고, 고심했던 것이 아니었는가, 하는 추측이 있다. 그렇지 않다면, 무슨 옘병에 용두질하겠다고, 하필 물도 설고 낯도 선 고장까지 굴러들어, 무—무우—無 따위나 깨우쳐보겠다고, 슬관절이 어긋나고 어깨가 무너져 내려 앉도록, 굴속에 처박혀 벽이나 꼬나보았겠는가? (헴) 추측을 허락하건대, 그가 '佛'을 품고 중원에로의 험로에 올랐을 때, 그는 과연 무슨 뜻을 품고 있었겠느냐? (禪弄禪月 하시잖구?)

'心·佛·道' 등은, 익히 잘 알려져 있었던 것이었던 것, 그렇다고 '性'도 반드시 낯선 것만은 아님에도, '禪'을 운위하면, 저것이 새로, 心·佛·道와 버금가는 품목으로 나타나기 시작한 것인데, 그런즉 이 '性'이란 무엇이기에 그러한가, —이 문제가 풀린다면, '禪'이 설 자리가 분명해 보일 듯하다.

달마보디의 '性'은, 패견에는, '프라크리티'(Prakriti, Skt. 自然)에 대한 '푸루샤'(Purusha, 우주적 原人, 아트만, 브라흐만, 우주 魂, 文化)의, 달마보디식 전와(轉訛)가 아닌가 하는, 추측이 있다. '푸루샤'는, '프라크리티'의 대비어(對比語)인데, 그것이 중원의 방언으로 바뀌는 과정에서, '性'으로 상정된 것이나 아닌가, 하는 것이 패견이다. 이 '性'의 개발, 또는 눈뜨기에 의해 판켄드리야는, 다음 단계의 進化를 가능케 되는 것일 것이었다.

(中語에도, 梵語에도 입문도 못 해본) 이런 不知의 패관의 稗觀에도, 뭔지 뜻의 곰팽이 같은 게 피어, 한 주발 막걸리라도 담글 만하다 싶으면 말인데, (달마보디의) '禪'은, '佛과 道'를 한 솥에 넣어 끓여, 인간이라는 것들의 발목을 잡아 거꾸로, 그 솥에 처넣어, '공'(空)의 뼈다귀만을 건져 올리려는, 그 누른 물이나 아니었겠는가, 한다. (해골 속에 담긴, 원효가 마신 물이 이것이었을 테다) 반복되지만, '禪'은 그래서, 萬有 중에서도, 특히 '五官을 구비한 유정'을 교화키 위한 방편으로 설해진 것이라는 것이다. 막되게 말하면, 그것은 그러니, 佛이나 道와 달리, 野狐나 猪氏들을 제도키 위한 법은 아니라는 것. 만유가 다 佛性을 가졌으며, 道도 또한 그러하다 하되, '性'만은 판켄드리야만의 품성이라면 그렇다. 그것은 어미 프라크리티[道]와 아비 푸루샤[佛]의 자식인

것. 아으 그렇다는즉슨, 환치는 여러 님들께선, 벽안호승(碧眼胡僧)의 화상을 칠 땐 모름지기, 눈썹이나 고부쟁이(거웃)는 성글게 할지라도, 텁수염만은 진하게 칠해야 할 테다. 헤음—(패관이 텁수염 가다듬는 소리러람)

2. 受爲/授爲

야야, 저누무 개가 왜 저리 짖어쌓느냐, 아마도 사미 놈의 먹은 손가락이, 배 속에서 달을 가리키려 그러나 보외다. 이래서 생각나는 것은, 무엇보다도 '문학'이란, 저 어떤 사미의 손가락 하나를 잘못 먹은, 그 개 짖는 소리 같은 것은 아니겠는가, 글쎄 아니겠는가.

受爲

經說 一.

그때에 부처님은, 문수사리 보살에게 말씀하셨다. "문수사리여, 그대가 유마힐 거사께 가서 문병하라."

문수사리는 부처님께 사뢰었다. "부처님의 말씀을 받들고 가서 문병하겠습니다."

그래서 문수사리는, 모든 보살과 큰 제자 및 천인들에게 둘러싸여, 바이샬라 성으로 들어갔다.

—그런 뒤, 문수사리와 유마힐 간에 여차여차, 선문선답(禪問禪答) 비슷한 대화가 오고 간다.—

"거사여," 문수사리가 묻는다. "이 병은 무엇으로 일어났으며, 오래되었습니까? 언제나 낫겠습니까?"

"치(癡)로 좇아 애(愛)가 있어서, 내 병이 났으니, 일체중생에게 병이 있으므로 나도 병이 있습니다. 그럼으로 만일 일체중생의 병이 없어지면, 내 병도 없어질 것입니다. [……] 또 이 병이 어디서 일어났는가 하면, 보살의 병은 대비(大悲)에서 일어나는 것입니다."

—그리고 또 여차여차, 수염 단 두 노파 간에, 선문선답 비슷한, 수염 잡아채기가 계속된다.—

—『우리말 八萬大藏經』 중 「유마힐」 참조

經說 二.

(사미여) 네가 숨을 들이쉴 때에는, 중생의 모든 고통과 장애, 그리고 그들의 악업이, 찐득거리는 검은 타르(Tar) 같은 것이 되어, 너의 콧구멍을 통해 들어, 너의 염통으로 녹아드는 것을, 생생하게 마음에 떠올려, 보아야 한다. 그러며 중생의 불행, 악업 등이 (너의 속에서 녹았으므로 하여) 순화되어, 그들이 영원히 자유스러워졌음을 생각해야 한다. 그리고, 네가 숨을 내쉴 때에는, 네가 쌓은 복과 덕이, 달빛과 같은 형태로, 너의 코끝을 빠져나가, 중생께 흡수되어지는 것을, 생생히 떠올려, 보아야 한다.

—*The Great Path of Awakening*(Shambhala Pub.)에서

授爲

稗說, 혹은 吠說

"유마힐 거사여, 당신은, 아프지 않을 수가 없겠나이다. 당연하게 병석을 지키고 계셔야, 중생이 덜 아플 듯하외다." 문수사리가 말한다. "그러나 나는, 거사의 병고(病苦)의 법은으로 '건강하게 살려 하오니다.'"

"아으 문수사리 보살이여, 그러하셔야 나도 건강을 회복하게 되지 않으리까?" 유마힐이, 마음이 기꺼운 듯, 보탠다. "보살님의 건강함으로 인하여, 그 법은으로, 일체중생의 병고가 스러지기를!"

문수사리는, 합장 삼아, 한 무드라를 해 보이고, 그리고 그 자리를 떠났다. 그 무드라는 두 마리 뱀이 서로 꼬리를 물어 둥글어진 형상이었다.

誤想 둘

'붓다나 보디사트바가, 갑자기 자네 앞에 나타난다고 하더라도, 저쑵을 것은 없다, 비인 것이 우리들의 마음인즉, 그러한 상이 어디 있겠는가.'[但是有佛及菩薩相貌忽然你見前, 切不用禮敬, 我心空寂, 本無如是相見]

—『達磨大師血脈論』

1. 꽃을 든 남자

눈썹 잃기를 겁내면, 패관(稗官) 노릇에 못 나선다. 재밌는 것은 그런데도, 패관은 말을 많이 하면 할수록, 눈썹이 더 푸르러진다는 것인데, 이 비밀이, 벽안호인(碧眼胡人)에게 들켰다. '불법이 아닌 말은 없다. 왼종일 지껄이고도 아무 말도 한 것이 없는 것이 도이다. 왼종일 침묵하고도, 아직도 뭔가를 말하고 있는 것은, 도가 아니다[一切言語無非佛法, 若能無其所言, 而盡日言是道. 若能有其所言, 卽終日默而非道](『血脈論』) —할방(瞎榜—학문도 없이 과거에 급제함) 패관이 하는 짓이 이것이거니.

석가모니가, 영산회 때, 다른 법설은 없이, 꽃 한 송이를 꺾어 들어, 회중에게 보이자, 회중은 영문을 몰라 묵연해 있기만 한데, 가섭이가 파안미소(破顔微笑)를 했다는 일화가, 『無門關』(*Mumonkan*, Zen and Zen Classics Vol. 4;

R. H. Blyth 편역 Hokuseido Press) 제육공안(第六公案)에 있다. 그러나 보주(補註)에는, 잔존하는 어느 경전 중에도, 이 일화는 찾아지지 않으며, 삼사 세기경에 나타난, 『大梵天王問佛決疑經』이라는 '위경'(僞經) 속에만 있다고 하고 있어, 선(禪)의 역사에 대해 고개를 갸웃거리게 한다, 라는 말은, 그렇다는 즉슨, 선의 기원을 (바로 이 '靈山會'에 두고 있다는 설에 의해서 하는 말이지만, 그렇지 않다는 경우는, 배운 것이 개구리 뿔만큼도 못 되는 稗官도 좀 알게,) 아는 이가 한 설법 베풀어준다면, 主客 양쪽에 다 法恩이 있을 테다.[1] 이 '불화'(佛花) 한 송이'에 두고, 달마보디를, 이 선족보(禪族譜)의 이십팔 대손으로 치는 일은, 반드시 옳다고만 할 수 없는 것이나 아닌가 하는, 의문이 있기 때문이다. 이미 그렇게 받아들여져 있는 문제를 두고, 새삼스런 사족을 그려 넣으려는, 이런 같잖은 시도는 왜인가 하면, 『達磨大師血脈論』 등을 숙독한 끝에, 만들어진 본 패관의 신념에는, (패관은 읆히고 읆혔던 그 같은 뼈다귀를 또 읆히고 드느냐? 그래도 보아람, 눈썹이 우거져, 넘쳐, 해일이거니!) 선은, 달마보디를 시조, 또는 창시자로, 그가 '도(道)와 불(佛)'을, 한 솥에 넣어 삶은 결과, 나타난 앙금이 그것이라고 하고 있기의 까닭이다. 허지만, 그럼에도, 어떤 새로 나타난 것의 정통성을 세우려 할 때는, 왜냐하면 그래야만 후레자식의 오명 같은 것을 벗게 할 수 있으니, 예를 들면, '예수'는, '동정녀의 아들', 또는 '여호와의 독생자'라고 백 번 못 박아 이르면서도, 족보를 거론할 때는, 아브라함으로부터 십사 대손이 다윗이며, 다윗으로부터 바빌론으로 이거할 때까지가 십사 대, 그이 후부터 예수까지가 십사 대라고, 요셉네 족보에 편입시키려 하잖더냐? 이런 식으로, 정통성을 분명히 해두지 않는다면, 허긴 예수가 편 종교도 그러려니와, 달마보디가 설한 불도(佛道)도, 서자의 이름을 지워낼 수가 없었을 것이었다. 예수교나 달마교의 아손들이, 어째서 어디다 핏줄 잇기를 열심히 했었어야 되는지는 의문이로되, (저들은, 저들의 선조들보다, 키가 훨씬 더 크지 안 했더냐?) 문제는 그럼에도, 누가 선(禪)의 친손성(親孫性)을 주장하려 하여, '꽃 한 송이를 들어 올려 보이려' 하면, 역설적이게도, 이는, 그 '위경'(僞經)의 후손이라고, 그 서출성(庶出性)을 공표하는 짓밖에, 더 되지 않는다는 데 있을 것이다. 그뿐만도 아니다. 근래엔, 석학들에 의해서, 달마

보디의, 역사적 실재성(實在性)이 의문시되고 있다는 점도 또한 심상치 않되, 그가 남겼다는 어록(語錄)이, 패관의 손에도 닿아, 숙독에 숙독이 거듭되어졌거늘, 이는 어찌 된 영문인가? 저들은 헌데, 『道德經』(근래 발굴되었다는 『德道經』)이나, 『南華眞經』(內篇, 外篇, 雜篇)의 저자를 두고는, 크게 문제를 삼으려 하잖음에도, 어째 달마보디의 수염(이 덥수룩한 데다, 길었으니 다행이지!)만은 한사코 붙들고 놓아주지 않으려 하며, 그 수염을 잡아채 뽑으려는지, 그것은 알 수가 없다. (이러다가 이거, '美里의 七祖' 또한 같은 운명에 처하게 될 일이 아니겠느냐?) 할방 패관의 패관(稗觀)에는 그런데, 중요한 것은, 누가 역사적 실제 인물인가 아닌가, 『일리아드』 『오디세이』를 읊은 이가 사실로 '호머'였는가, 아니었는가, 그런 것은 아닌 듯하며, 무슨 좋은 법설이 전승되어, 그것이 어떻게 우리를 돕고 있는가, 그것인 듯하다. 그것으로 충분한 것이고, 좋은 것이 아닌가. (하지만 이래갖고는, 學者와, 할방 稗說 公 간에 다름이 없게 되어, 안 좋겠다) 엘시구 잘이흔닥 쿵! —사잇소리 넣어 하는 잡소리이지만, 저 선손(禪孫)들 간의 어떤 폭행, 폭언, 익살 등이 모두, 어떤 상징적 언어, 역동적 언어라고 이해한다면, 앞서 말한 '꽃' 따위의 문제는, 시쳇말로 이르는, 기호학(記號學, Semiotics)적 측면에서 들여다보아야 하는 것들인 듯도 싶지만 (그런즉 記號學은, 그 시작은 언제였든, 禪門에서 이미 그 장족의 발전을 보아온 것이었던가?) 할방 패관이, 그러려 덤빈다면, 이는 수드라(Sudra)가 『리그 베다』를 읊으려는 짓에 비유될 테다. 언감생심! 속로(俗老) 하나가, 어쩌자고 속(俗)스럽게, 성문(聖門)의 아손들이 해야 할 짓을, 하러 덤빈다는 말이냐? 이래갖고는, 패관과 학자뿐만 아니라, 속로와 선승(禪僧) 간의 다름이 없이 되어, 그것도 안 좋겠다. 운산 봉우리 운전(雲田) 갈이로, 찰나를 겁으로 펴 늘여 사는 운로(雲老)보다, 패관은, 니전(泥田) 갈이에 허리 휘어, 겁을 찰나로 살러 먹더라도, 니로(泥老) 로라 라리로 로라니 니로…….

그건 그러려니와, 예의 저 '위경'의 기술자나, 그의 아손들은, 가섭이의 웃음을 '파안미소'라고 해놨는데, 허허허, 거기 또한 선적(禪的) 미소의 미묘함, 해학의 미덕이 있어 보인다. '미소'는, '얼굴이 찌그러지고, 깨지며, 무너지는 웃음[破顔]'의 상태까지는 아직 못 이른 것인데, 그러다 보니, 저 '파안미소'가 패관에게 연상되기는, 고요하던 연못에 한 송이 연(蓮)이 탁 터뜨려지자, 못의 고요함이 한꺼번에 깨지고, 찌그러져 묵사발이 된 그것인데, 하긴, 꿀 먹음은 벙어리들모양, 묵연해 있기만 한 회중 가운데서, 느닷없이 한 미소가 떠올랐으니, 어찌 거기 요동이 없었겠느냐. 그러나, 한 설법자, 우주적 거인이 된 설법자가, 법을 설하기 위해, 사자후(獅子吼)를 한 것도, 지축을 울린 것도 아니고, 또는 '땅에다 뭘 썼다'거나, 쓰지 않기 위해 '손가락 하나를 뻗쳐 올려 보인 것'도 아닌, '꽃 한 송이를 들어 올려 보였다'고, 치맛자락 한끝으로 살짝 가리며 웃어 보이는 짓 따위를 한 일은, 어째도 넘세스럽다. 하도 넘세스러워, 철면을 하고도, 밑에서 붉어진 얼굴 색깔이, 철판 위에로까지 번져 오르도록이나 넘세스럽다 말이지. 이는, 연상되기는, 한 처자 아이가, 부끄럽다고 치마를 들춰 얼굴을 감추려다 보니, 아랫도리가 빨죽이 드러나 보이기려니, 보니, 거기 한 송이 꽃이 붉게 피어 있도다. 그래서 과연 할방 패관은, '세상이 우러르는[世尊]'이의, 말하는 바의 선행(禪行)을 두고, 음란한 연상으로 하여, 농조(弄鳥)(『古今笑叢』「內病在吾」 참조)하며, 얼굴을 일그러뜨리고[破顔] 있는가? 문제는 그런 것은 아니다, 그래서 저 꽃 한 송이를 보고, 가섭이는 그의 무슨 시심(詩心)을 읽었기에, 미소했었겠는가, 그것인 것. 가섭이는 그 순간, 과연 무엇을 깨달은 것이었는가? 그것을 두고, 선문 아손들의, 일거수일투족, 일언반구까지도 그것에다 접속시키는, '무극대도'(無極大道)를 끌어들이기는 물론, 조금도 어렵잖을 테다. 마는, 패관(은 늘 배가 고픈 품바꾼!)은, 눈으로서뿐만 아니라, 이빨로도 씹어, 그것(꽃)으로써 끼니 때우기를 무수히 해왔으되, 무극대도스러히 (각하, 시원하시겠소이다!) 방귀 한번 못 뀌어봤으니, 패관의 감각기관의 열등함을 운위해야겠느냐? 아니면 가섭이도, 할방 패관모양, 부끄럽다 못해 살짝 웃어 보인 것뿐이었는가? 만약 그랬다면, 이번에는 꽃 든 남자가 무렴해질 일이겠다. 그랬다면 글쎄지, 가섭이의 도제(道弟)들이라도, 저 헌화가의 뜻을 밝혔어야, 그 꽃 받는 이가, 저 늙은 쇠몰이꾼(無明衆生이란 소에도 비유되는 것을! 牛耳에는 讀經보다, 풀꽃의 설법이 나았겠는가?)의 뜻을 짐작이라도 했을 것이 아니냐? 하지만 또 생각해보면, 무엇을 묻거나, 정의하려 하거나, 대답하려 해서는, 치우치거나, 혼란만 야기하는 난제들이 있기는 있다. 그 좋은 예가 하나 인구에 회자해오고 있어, 그걸 꽃 들어 보이기로 하면, '대오철저한 정신은, 인과의 법칙에 떨어지는가, 아닌가?'(大修行底人 還落因果也無—『無門關』 第二公案) 다시 말하면, 나고 죽고 또 나기의 윤회로부터 자유로운가, 아닌가, 하는 문제에 대한 대답 같은 것이 그래 보인다. 그럴 것이, 누가 그 대답을 한답시고, '떨어져 내리지 않는다'[不落因果] 라고 했더니, 그 당장 그는 야호가 되어, 오백세 들을 헤맸다고 이르는데, 그 뒤에, 백장(百丈)이라는 이가, '그도 그 법칙을 모르지 않는다'[不落因果] 라고, 고치기에 의해, 그 야호 껍질을 벗겨주었다는 얘기가, 선문에 떠들썩하다. 놀랍거니, 놀랍다 말이지! 저 한 사자후에, 선율(禪律)이 새로 조율(調律)을 얻었으니, 놀랍지 않은가? (이왕 말이 나왔으니, 몇 마디만 더 주억거리고 지나가기로 하자면) 패견(稗見)에는 그런데, 오백세 야호 껍질을 입고 지냈던 이로부터 벗겨졌다는, 그 껍질은, 그 대답을 고쳤다는 이에게 덮어씌워졌었을 것이라는 것이다. 그럴 것이, '不落'을 '不昧'로 새로 고친 그 대답이랄 것은, 진퇴양난의 처지에 떨어진 자를, 그 니전(泥田)으로부터 어떻게 용케 발을 뽑아내게는 했으나, 뽑아낸 자는, 그 다리에 힘을 주어 그 자리로부터 도망질을 치려 하자마자, 야호피 속으로 뛰어든 결과가 된 듯하기에, 하는 말이다. 터놓고 말하면, 저것은 선적(禪的) 재치를 부린, 회피이지, (오백세 야호피에 덮여 살았던 이와 달리) 우직하게 정도에 선 자의 대답이 못 되었기의 까닭이다. 반복하지만, 저것은 대답이 아니라, (야호보다도 더 교활한) 회피던 것이다. 하기야, "진지 잡숴는그라우?" 물을 것이 따로 있고, "나는 묵었는디, 너는 워쨌뎌?" 대답할 것이 따로 있기는 할 테다. (다른 예를 하나 더 들면) '불(佛)이란 무엇이냐?' 물을 일은 아니다. '서 근의 삼!' 해해, 해괴한지고! 묻는 자의 혀가, 대번에 잘려, 흙밭에 구른다. 그것이 그래서 대답이었겠는가? 이 또한, 선적 회피, 매우 현학적 회피가 되풀이된 경우인데, 문제는, 전자의 경우는, 대답한 자나 회피한 자나를 한꺼번에 야호를 만든 것에 반해, 후자는, 묻는 자를 쓰러 눕힐 위험성이 있다는 그것이다. 저 쾌도난마적 일갈이, 스스로 깨우쳐야 될 것을 묻는, 저 선우(禪牛)의 엉덩이를 친다는 것이 그만, 네 다리를 꺾어놓는 결과를 부르기 쉽다고 여기다 보니, 걱정이다. 뭘 몰라, 시키는 대로 짐이나 꿍꿍 져 나르던 소

같은 놈은, '불'(佛) 짐만 해도, 뒤꿈치까지 물러날 정도로 무거워 죽겠는 데다, 얹어, '서 근의 삼' 짐까지도 보탰으니, 어찌 무너지지 않겠으리요? 백정이 할 짓을, '쇠몰이꾼'이 해서야 되겠느냐? 공은, '佛卽是心, 心卽是佛'이라고, 달마보디가 짜 먹인 젖 맛 보고 자라지 안 했던가? 설마한들, 그것을 알고 있는 자가, 새삼 '佛이 무엇이냐'고 묻지는 안 했을 터이지. 그런 경우라면, 혀를 자르기 위해 혀를 놀리기 대신, 생조시나게 패주었어야 되잖았겠는가? (중간에 끼어든 얘기의) 결론 삼아, 예의 저 달마보디의 법설 한 토막을 인용하자면, '심성이란 본디 비어 있는 것이어서, 인도 없고 과도 없다'[心性本空, 無因無果], 즉, 인과의 법칙에 구애되지 않는다, 자유롭다, 떨어져 내릴 까닭이 없다, 라고 하덨는다. 그렇지 않다면, 귀공문(貴空門)의 '견성성불'(見性成佛)은 무엇을 위함인가? '不昧'법에 의해 '禪律이 새로 調律을 얻었다'고밖에, 달리 말할 수 있겠는가? 그러나 이제는, 할방 패관의 폐풍월(吠風月―'堂狗三年 吠風月'이란다 더구먼)의 까닭을 털어놓고 말하기로 하자, 하면, 예든 바의 저 '公案'은, 백장(百丈)의, 잠못 이루는 밤, 선근(禪根) 농조(弄鳥)질에서 쏟겨난, 흐르릉함 이상의 것은 아닌 것이 아닌가, 하는 의혹이 있다는 것은, 말하기로 하자. 위험을 무릅쓰고 말하면, 그건 조(造)짜배기라는 것이다. 그렇지 않다면, 그러기 전 달마보디가 설했던 법은, 선문 밖 빈 들을 헤매는, 야호의 허탈된 울부짖음 같은 것 이상은, 아니라는 생각이 들기 때문이다. '부처나 보살이 나타나도, 예로써 공경해야 할 까닭이 없다'고 가르쳤던 이 할애비는, 그래서 과연, '逢佛殺佛, 逢祖殺祖'의 호심(胡心)을 법심(法心)이라고 여기는, 싸가지 없는 손주 새끼들 홀대에 눈물 흘리며, 바깥 빈 들에로 쫓겨난 것이 분명했는가? 그것은 어쨌든 그 댁 사정이다. '뫎'론을 정립하고 있는 본 패관의 패견엔, '마음'인지 '성'(性)인지 뭔지, 그런 것을 먼저 상정해놓고, 다음 부인하는 것은 저들의 문제일 것이라도, '인과율'(因果律)은, 색계(色界, 프라브리티)의 법칙이어서, 그것의 섭력이나 악력(握力)은 색계에만 미치는 것이나 아닌가 하고 있거니. ―이게 야호후(野狐吼)렸는다? ―그렇다면, 만약 어떤 정신이, 색계를 벗어나 있다면, 색계의 무엇이 무슨 수로, 그 정신을 체포해, 끌어내리겠는가? 이래서 새로 묻게 되는 것은, '不昧因果'의 결과는 그래서 무엇인가? 어디로 살짝 비켜난다는 말인가? 비켜난 뒤에는? 그것도 아니면, 눈만 빤히 뜨고 지켜보고 있으면, 모든 것이 잘 된다는 말인가? 어떻게? 하는 말로는, '사리'(舍利)란 각도의 결정체라고 이르느니, 아항, 그래서 저런 이들이 남긴, 색의 찌꺼기를 태운 자리에, 홉으로 되로, 사리가 남는 것이구나? 불매(不昧)의 화석(化石). 그것도 저것도 아니라면? 하지만 이미 물어진 물음을 되물으려 할 일은 아닐 테다. 색계(色界) 가운데 어디에, 공문(空門)이나 무문(無門)이 있더라는 소문밖에 들어본 일이 없는 패관도 물론, 백장이 공들여 얽어낸 저 공안이, 무엇을 의도했던 것인지, 그것의 얼마쯤 짐작 못 하고 있는 바도, 아니긴 아니다. 중관론(中觀論)의 방석을 깔고, (이거 또 읅혀내는 소리지만) 아버지 불(佛)과, 어머니 도(道)가 배 붙인 데서 태어난 것이 선(禪)이라는 것이, 패관도 갖게 된 신념인데, 그러니 (누가) 어느 쪽으로 '치우치기'는, 다름 아닌 (中道로부터) '벗어나기'가 될 위험성 자체일 것이기는 하다. 그래서 보면, 무극대도, 또는 절대적 진리라는 것은 상정할 수 있어도, 그것이 무엇이다, 라는 식의 정의나, 대답은, 누구나의 것으로써, 보류해둬야 할 것일 성도 부르다. 백장은 그런데, 매우 안됐게도, 이 중도(中道)에서 길을 잃은 듯하다. '不昧'라고 말하면서도 사실은, 시력을 잃은 듯하다. 그러고 보면, '昧'論의 까닭이 짚어질 듯하다. '떨어져 내리지 않는다'라고, 앞으로 나아가려 하면, 야호 껍질(에 싸인 자가 목전에 있지 않느냐?)에 싸이고, 그런즉 반대로, '그래도 떨어져 내린다'고 뒤로 물러서려 하면, 천길만길 낭떠러지에서 실족한다. 진퇴유곡이다. 도모할 것이란, 삼십육계밖에 더 있겠느냐? 아하! 오백세 야호피에 싸였던 자도, 백장의 삼십육계를 배운 것이었구나? 그 꼬리를 나무둥치 같은 데 묶어둔 뒤, 그도 마구 질주했을 거였다. 빈 알맹이만 씨뻘겋게 빠져나갔을 게다. 흐흐흐. 이제는 알겠다, 알겠는 것은, 선가귀감으로 치는 『碧巖錄』이나 『無門關』이, 왜 아무것 하나도 친절하고 자상하게 가르쳐주거나, 답해주고 있지 않은지, 그 까닭을 알겠는 것이다. 무엇에 대한 대답은 무엇이다, 라고 했을 때, 하자마자 그 혀는, 과녁을 벗어나, 조선까지나 날아가 버리고 마는 것을! 기(忌)해야 할 것은 그것이다. 그것들은 그래서, 자상스런 설명이나, 해답 같은 것으로서 중생을 교화하려는 경전이나 지혜 묶음이 아니라, 차라리 매우 폭력적인 언어도단, 역설이라고 이를 것들로 채워져 있어 보이는데, 이는 그러니 (그 空門의 兒孫들 상대로) 지혜의 전수가 아니라, 역동적 사유에의 눈 띄우기를, 도모하려는 것들인 것을 짐작케 한다. 비유로 말하면, 저것들은, 요리 수업생들께 주어진, 털도 내장도 뽑지 않은, 요리의 재료 같은 것인데, 그것으로 무엇을 요리해낼지, 그것은 수업꾼들의 문제일 것인 것. 그러나 돌(咄), 이래 갖고, 억조창생을 언제 다 교화할 것이냐? 까닭에 그래서, 조주네 개까지도 쉽게 납득하고, 성취할 수 있게도 여겨지는, '견성'(見性)의 문제가 운위되어지는 모양이로되, '없는 성(性)'을 그러면 무슨 수로 '본다'[見]고 할 것이냐? 설상가상이 그것 아니냐? 이누마, 바로 그것이 견성 아니겠느냐? 제기랄, 꽃 들어 보이고 자빠졌네 시방.

다시 『無門關』의 '第六公案'으로 돌아가기로 하여 말이지만, 그러자니 저절로, (이것도, 패관이, 양지에 나앉을 때마다, 골마리 까고 이 잡는 소리지만) '구지(俱胝)의, 한 손가락 뻗쳐 올리기 선(第三公案)'이, 마음에 쓰인다. 나중에, 구지라는 제자에게 (구지는 또 그의 제자에게), 그 손가락을 빼앗기기는 했지만, 그 손가락 써먹기 선은, 천룡(天龍)이라는 이가, 먼저 시작했다고 알려져 있기는 하다. 패견(稗見)에는 헌데, 가섭이도 가섭이지만, 저 천룡이, 저 '한 송이 꽃'의 뜻을 깨우친 듯하여, 꽃을 드는 대신, 손가락을 들어 올렸던 것이나 아닌가 하는데, 손가락은 꽃과 달리, 장소나 계절을 타는 것이 아닌즉, 훨씬 더 편리했었을 것이었다. 여기, '꽃'의 '손가락'에로의 전신(轉身) 내지는 전와(轉訛)가 있지만, 추측의 흡혈귀에 피를 빨린 몽롱함으로 건너다보면, 패관의 눈에도, 저 특정한 꽃 한 송이가, 저 특정한 무드라(Mudrā, Skt.)용 손가락으로 보인다. 천룡의 저 손가락을, 구지가 훔쳐냈다는 소리는 했거니와, 임종에, 구지가 아손들을 앉혀놓고, '나는 이 물건을 평생 써먹었는데도, 아직도 다 모질어지지 안 했다'라고 했다는 말을 들어보면, 구지는 어쩌면, 그 뜻도 모르고, 무식을 감추려 했을 때마다 그것을 써먹어 온 것이 아니었는가, 하는 의혹이 있다. 그 뜻을 알았더면 글쎄지, 그것이 남아돌기는커녕, 벌써 다 모질어져, (비록, 그의 문하의 無名 童子의 것이었을 망정) 잘라낼 것이 어디에 있었겠는가? 그러니 그는, 써먹었으나, 써먹은 것이 아니다. 무극대도를 가리킨다는 짓이 노상, 제 손가락으로 제 손가락만 가리킨 것이다. 저 손가락의 의미는 그런데, 석가모니의 꽃의 현손, 한 무명 동자에 의해서, 백일하에 밝혀진 듯하다. 그것이 (그 아이의 스승 구지에 의해) 탁 잘려지고 나서야, 그 자리에 한 송이 꽃이 활짝 피어오른 듯해 보이는데, 이 또한 몽롱함의 소치겠느냐. 이러자, 저 무명동자의 비명과(童子忽然領悟!), 가섭이의 '파안미소'가, 한자리에 모여 흐믈트러진다. 그래도 문제는 남는다, 라는 것은, 가섭이의 정신은, 익은 민들레 머리 같아, 건듯 부는 바람에도, 삼세육도 어디로든 흩어지게 되어 있었으되, 저 무명동자는, 솔부작 밑 숨어드는 사형들 하는 짓들 엿보아, 농조질까지는 배웠으되, (山寺마다, 주위로 유독 진달래가 흐믈트러진 까닭은 무엇이드냐, 저누무 새들이 울어, 님 그려 울어예어, 각혈하여, 봄을 수줍게 한 것이었더냐, 무엇이냐, 마는) 새를 울려도 새가, 아직 피까지 토해내지는 못한 상태는 아니었을까, 하는 것에 대한, 것이다. 종달새가 코끼리 삼키는 것 보았더냐? 코끼리를 삼키려면, 가루다(Garuda)쯤은 자라고 보아야 할 것이다. 클클클. 함에도, 그것이 뭣인지, 밝혀지지는 안 했으나, '홀연영오'했다는, 동자 하나를 두고, 낫살이나 처먹은 자가, 구린 입을 열어 흉보려 해서는, 인사가 아니겠다. 늙으면 입만 걸어진다고 이르느니, 하던 얘기 얼른 끝내고, 소피라도 보러 일어서야겠으니, 『古今笑叢』에 있는 「內病在吾」라는 얘기나 한 자리 얹어두기로 하는다. 시골의 한 놀롤한 애놈이, 내병(內病)의 까닭이라며, 의원을 찾았더랬겠다. 의원께서는 물론 그 까닭을 물었을 게였다. 헌즉 놈이, 손바닥을 펴 보이며, 거기 난 상처를 가리켜 보였더라는즉, 의원 의아해하여, 에끼 이눔, 그게 외상이지 어찌 내환일가부냐. 물었겠었다. 놈의 대답인즉, 이로 인해, 즐기는 농조질을 할 수 없어, 마음이 괴로우니, 이게 내병이 아니고 무엇이리까? 허허허, 이제껏 말해온 바의, 손가락 잘린 동자의 홀연영오도 이와 비슷했으끄나? 이때 누가, 뭘 깨우쳤다면, 어느 쪽이었겠는가?

선재(善哉) 선재 선재

2. 칼을 든 여자

'임제'라는 나루터[2]에서, 물길 건너려는 손님을 태워 배 저어 건네준다는, '의현'(義玄)이라는 사공이 남긴 어편(語片)들을 『임제록』(臨濟錄)이라고 한다거니와, (이후 그를 부를 때는 '임제'라고 한 모양인데) 그걸 읽다 보면, 이제껏 잔잔히 흐르던 강이, 갑자기 등천하려는 용모양, 뒤집히며 꿈틀거리고, 출렁거려, 멀미를 일으키고, 급기야 토해 나자빠지게 한다. '부처를 만나면 부처를 죽이고[逢佛殺佛], 스승을 만나면 스승을 죽이며[逢祖殺祖], 나한을 만나면 나한을 죽이고[逢羅漢殺羅漢], 부모를 만나면 부모를 죽이며[逢父母殺父母], 친척을 만나면 친척을 죽여라[逢親眷殺親眷], 그러면 해탈을 얻기 시작한다[始得解脫].' —『임제록』을 한 번이라도 섭렵해본 이라면, 먼저 내세우는 것이 이것이던데, 까닭에, 특히 이 부분만을 확대해 들여다보기로 하면, 임제는 호노(胡奴)다, 삼밭으로 불어 간 돌풍이며, 감자밭으로 뛰어든 멧돼지이다. 이 흉한이 지나간 자리에 남는 것은, 풀 한 포기도 없다. 그리고도 피거품을 뿜는 입으로, 이 강쇠는 묻는다, '볼지어다, 내 눈썹 자리가 성글어지지 안 했느냐?'[你看眉毛有幾莖] 허헛, 그렇게 간살(姦殺)을 떨고, 눈썹은 웬 눈썹인가? 고부쟁이(거웃)나 되었을 터이지. 군말이 많도다. 말이 많은 걸로 보건대, 저는 강쇠가 아니라, 옥문에 시퍼런 칼을 세운(vagina-dentata!), 옹가년이었던 듯도 싶다. '부처'나 '스승', '나한' 씨(氏)들은 만나본 적도 없으니, 본 패관(本稗官)이 알 바 아니로되, 제 '부모 친권'까지 싹 쓸어 피 내버린 저런 흉한을 두고, 존칭(尊稱) 써서 부르려는 자는, 빠져나간, 그의 고부쟁이 말고는 없을 테다. 바로 이 궐자가, 중생을 불쌍히 여겨, 그들을 교화하고 구제하겠다고, 중원(中原) 선문(禪門)의 '임제종'(臨濟宗)을 세웠다는 자거니와, 했던 말로는, '안팎으로 만나는 것은 모두 죽여라'[向裏向外逢著便殺] 라고 일렀으되, '逢佛殺佛' 때, 그 '佛' 속에다, '자아'(自我)라는 것은 합쳐버리지 않고, 그래도 제 몫으로 빼돌렸기에, 종문(宗門) 하나를 세웠을 것이란 얘기겠냐, 뭐겠냐? '조동종'(曹洞宗, Lu K'uan Yü transl & edit, "The Ts'ao Tung Sect", *Ch'an and Zen Teaching*)을 일으켰다는, '본적'(本寂)이라는 중도, 그 비슷한 살심(殺心)을 드러냈던 듯하여, 누가, '당신은 어찌하여, 당신 자신은 죽이려 하잖소이까?'라고 물었을 때, 수염 쓸며 했다는 대답이, '난 말이시, 그것만은 어떻게 할지 모르겠더라구'랬다는데, 임제도 그것만은 몰랐던 것이었는가? 까닭에, 자기를 만나면 자기를 죽여라, (라고 끝맺음하는 것이, 저 殺論의 文法的 체계, 다시 말하면, 修辭學이다)라고, 저 살수(殺手)를, 자기를 '대상'으로 하여서는, 펼치지를 않은 것이었는가? 다행하게도 그런데, 그것에 대한 저 '본적'의 보주(補註)랄 것이 있어, 그 까닭의 일단을 엿보게 한다. '자아란, 비물질적이어서, (죽이려 해도) 죽여지지 않는다.' —아하! 그, 그것이었댔구나? 포졸들 등쌀 피해, 도척이가, 분 바르고 푸른 치마 입어 홍루에 나앉아, 포졸들 수청을 들고 있다 말이지, 딴전 보고 있다고 시방! 저런 음흉한 도적은, 등때기에서 노린내가 나도록, 흠씬 패주어야 옳을 테다. 그런즉 대략 두 가지의 의문이 떠오른다. 하나는, 그 공문의 '아집(我執)을 여의기' 위한 고행은 무엇이며, 다른 하나는, (부처라는 것을 만나본 적도 없는 자는, 그를 들어 말할 것은 못 되겠으나) 스승이나 어버이 등은 그러면, '자아'라는 걸 못 가진, 가시덤불이나 물것 같은 것들이기라도 했단 말인가? 장애며 벌뢰(벌레+번뇌) 따위 말이지? 그럼으로 쳐눕힐 수도, 눌러 죽일 수도 있었다는, 그 말이 아니겠느냐고 시방? 패관이, 어리석음으로 바라기로는, 임제만은 그러나, '본적'처럼 생각하지 안 했으면 해서, 그를 편역들어 말인데, '자기를 죽이려면', (저 수사학적 압력을 벗어날 수 없는 것이 문제다) 그 자기를 죽이는 살수(殺手)를 어디서 구해 와야 되는데, 그래야만 '치는 자'[主]와 '나자빠지는 자'[客]가 있게 되기 때문이다. 문제는 그런데, 여기서부터 시작되는 듯하다, 라는 것은, '나자빠진 자'는, 나자빠져 있어 거뜬히 처리가 되어 있으나, 아직도 '친 자'가 남아 있는, 그것이라는 것이다. 그러면 다시 또 살수를 쪼개내면 될 일이 아닌가? 언제까지? 허허허, 이 쪼개기는, 무한수(無限數)로 이어지겠으나, 그래도 여전히 무엇 하나[主]는 남을 것이어서, 영(零)의 아래쪽으로부터 시작되는 수의 무한수 쪽으로 나아가야 될 듯하다. 그리고도 거기에 끝은 없으니, 이렇게 되면, 말만 많아지게 되어—수사학적 허(虛)한 '해탈에 떨어져 내리'거나, 실득 없는 지리멸렬에 떨어져 내리게 될 테다. 조산(曹山)의 나무꾼[本寂]과 달리, 임제 나루터 사공이,

말을 하다 중두무이해버린 까닭이, 이것이기를 바라는 소이가 여기에 있다. '逢佛殺佛 운운'은 그러니, 화두(話頭)나 공안(公案) 같은 것은 아니며, 그냥 수훈, 또는 출가(出家)의 교훈 같은 것으로서, 마비병 걸린 이들에게 하는, 충격요법 같은 것이라고 치부해버리면, 별로 문제는 없을 듯하기는 하다.

함에도, 문제는 있다. 그는, 참으로 말도 많아, 수염 단 노파였댔다. 만약 그가, 출가의 비법으로 저런 살론(殺論)의 갑에서 뽑은, 시퍼런 장도를 들고 내달지 않으면 안 되었다면, '逢父母殺父母'라고 해버리는 것으로, 입 다물고, 수염이나 가다듬었으면 되었고, 해탈의 비법, 즉슨 구도의 방법으로 그랬다면, '逢佛殺佛'만으로도, 너무나 충분하지 안 했겠는가, 하는 생각이 있다. 또 말해서, '출가와 해탈'을 한꺼번에 도모할 법을 설했다손 치더라도, 반복되지만, '逢佛殺佛'로도, 사실은 너무 많이 혀를 놀리고 있다고 해얄 것이다. 만유(萬有) 중에, 조주네 강아지 한 마리를 빼놓고, 佛性을 갖지 않은 것이 어디 있던가? 불(佛) 아닌 것이 어디 있던가? 그리고도(란, '殺佛'까지 하고서도, 라는 말인데) 무엇을 더 살할 것이 있다고, 수염 단 노파는, 칼을 쥐고, 산 위에서 불어 내리는 흑선풍(黑旋風)모양, 달려 내리며, 염소를 만나면 염소를 죽이고, 아우를 만나면, 아우를 죽여야겠는가? 어쩐다고시나 시방, 그 입에 젖까지 물려준, 늙은 어미까지 쳐 눕혀야 되었느냐고? 그리고도 그 같은 혀로써(앞서 말해버렸었거니와), 중생에 대한 한량 없는 자비를 설할 수 있겠는가? 말해서, 그것이 참으로, '출가와 해탈'의 비법으로 설해진 것이었다면, 이 흑선풍(黑禪風)은, 밑에서부터 위에로 불어 쳐올렸어야 됐던 것이 아니었는가? 먼저 친척과 부모의 정을 끊고, 다음으로 나한이나 스승도 뛰어넘어야 하며, 마지막으로 부처까지 초극해야 되는 것, 것이 아니겠느냐는 얘기라 말이지. 패견에는, 그것이 순서다. 닥치는 대로 살육 도살을 자행하는 자리에, 순서는 무슨 음지랄할 누무 순서냐고, 묻는 이가 있는다? 옳거니, 도류(道流) 말 잘했다! 바로 그것이 문제라는 것이다. 그는, 그런 순서상의 오류를 범했기에 의해, 한 심전(心田)의 가을 거두기가 질서정연하게 되었기 대신, 난장판을 만들어버린 것인데, 까닭에, 그의 법륜 굴리기를 두고, 호노적이니, 저돌적이니, 옹가년적이니, 라는 투로 폭언을 쓰고도 모자라, 아직도 숨을 씨근덕거리고 있는 중인 것.

저런 자는 그런즉, 장승을 뽑아다, 패 군불 지피고 (이 행사가 바로, '닥치는 대로 쳐 눕히는' 그것이겠거니), 옹가년 끌안고 농탕질 치는, 옹가년네를 혼내준, 그 장승 귀신 뽄받아, 그가 삭발을 한 그 당장, 칵[喝] 짓밟아, 혀를 깊이깊이 삼키게 해서는, 더 씨불이지 못하게 했었어야 했었을 것이었다. (—이건 반드시, 이 宗門만을 들먹여 하는 말은 아니지만—그 法으로, 일체중생을 제도하려 한다고 하면서도, 그것을 자기네 親眷만의 꿀[amrita] 단지로 고수하려 하여, 어쩌다 바깥[俗] 사람이, 눈으로만 그냥 건너다보려 해도, 쉬파리로 알아, 파리채를 휘젓는, 그의 兒孫들이 무서워, 이거 할 소린지는 모르겠으나) 털어놓고 말하면, 선가록(禪家錄)에, 그런 설법은 없었던 것이 좋았을 것이다 싶으다. 그런 설법이 없었던 그 전 시절에도, 해탈을 성취한 자는 성취해왔으며, 있고 나서도 무명중생의 수가 감소했다는 소리는 들어본 적이 없다. ('主客'에의 인식이 전제되어 있지 않은 法行, 그러니까 어느 상태에 이른 한 수도자가, 주객의 차이를 잃어, 자기를 죽인다고 내닫는 짓이, 결과적으론 객을 해치고 덤빈 것과 같은 그런 살생, —말하는 求道的 殺人과, '주객'에의 강한 인식을 저변한 法行, 예를 들면 逢祖殺祖 같은 것은, 절대로 같은 것들이 아니다) 저것은, '주객'의 거리를 없애자는 짓이 그만, 그 경계선을 더 진하게 칠해 버린 결과가 됐음인 것. 주인과 손님은 여전히, 눈에 불을 켜고 대치하고 있으며, 쓰러져 눕는 쪽은 언제나 손님 편이다. 주인은 건재하다. 이 법초(法草)는, 잘못 먹이면, 순직하게 꿍꿍 밭[心田]이나 갈던 소를, 독룡으로 둔갑시킬 위험이 있다. 그 설법꾼이, 그랬으니 이후, 그 문제로 어찌 고심하지 안 했겠는가? 마는, 그 짓이란, 깊이 삼키다 똥구녁으로 빼물린 혀의, 치질 냄새 풍기기는 아니었겠는가?

어이 거기 말여, 우리들(이란, 할방 패관을 먼저 꼽고 말인데)의 눈썹 좀 헤아려볼터?

헤 헤 헤(패관자가 해롱거리는 소리러람)[3]

雜篇

깃털이 성긴 늙은 白鳥/깃털이 성긴 어린 白鳥[1]

여기 계신 발제자나 토론자들은 모두 문학평론가들입니다. 까닭에 나는, 한 떼의 독수리들이 문학이라는 포획물을 두고 영산회 하는 자리에 잘못 끼어든 무익조 같은 느낌에 당합니다.

독수리들은 자기네들 포획물의 털을 뜯고, 내장을 터뜨리며, 간을 꺼냅니다만, 무익조는 다만 비상에의 꿈을 꿉니다. 독수리들은 발음된 말의 의미를 알고, 무익조는 발음되기 전의 언어를 압니다. 독수리들은 분해 분석하지만 무익조는 꿈꾸고 상상합니다. 그래서 두 새들의 울음소리는 같을 수가 없습니다. 그것은 이제부터 밝혀질 것입니다.

비평문보다는 소설이 조금쯤 더 재미가 있다는 말에도 일리가 있다면, 이제부터 하려는 소설꾼의 얘기는 무척 재미가 있어야 할 것이 분명합니다. 문제는 그런데, 소설이라는 것을 읽는다고 하다 보면 붐비는 지하철에서까지도 졸게 되는 그것인데, 그런즉 이 소설꾼이 말하는 동안에, 청중 속에서 코 고는 소리가 들린다 해도, 그건 이 소설꾼의 입담이 나빠 그렇다는 자격지심은 갖지 않아도 될 듯합니다. 소설이, 읽는 이들에게, 최소한 수면제 역할이라도 할 수 있다고 한다면, 하긴 소설이라는 문학은 아직도 숨넘어간 건 아님에 분명합니다. 그럴 것이, 우리는 헤아릴 수 없는 많은 불면의 밤들을 신(神)의 내방도 없이 새우기 때문입니다.

'비서구 세계에서의 글쓰기'라는 주제로 뭔가 말해보려 하니, 먼저 가로

막는 문제가 다름 아닌 '언어'라는 것이군요. 그래서 나는 그쪽에 가서 살았던 경험을 토대로 하여, 그러니 자신의 얘기도 포함해서, 이것에 관해서 깜냥의 소신을 밝혀보았으면 하여, 이 자리에 나서본 것입니다마는, 그것에 대한 소설꾼의 접근 방식과 언어학자들의 그것은 같지 않다는 것쯤은, 금방 밝혀질 것임에 분명합니다.

어느 시대든, 어느 특정한 지역의 독자들께는, 자기네들이 선호하는 문학적 주제, 내용, 취향 같은 것들이 있는 듯한데, 그리고 그런 것을 잘 더듬어 쓰여진 책들이, 이른바 베스트셀러도, 명작도 되어, 출판인이나 저자들의 저녁식탁을 기름지게 하는 것인 듯한데, 안됐게도 나의 경우는, 피리를 불어도 같이 춤춰주는 사람도, 애곡하여도 애곡해주는 사람도 없어, 그것도 언어가 다른 고장에로 인력 이민 길에나 올랐다고 한다면, 내가 얼마나 밑도는 글꾼인지, 여러 말 보태지 않아도 알 터입니다. 그럼에도 그런 글꾼을, 세계적인 작가들과 석학들이 모인 영광스러운 자리에다 등을 떠밀어 내보낸 데에는, 그럴만한 조건이 구비되어 있기는 해야 했을 것입니다. 이런즉, 나의 얘기가 서툴더라도, 나의 얘기를 기준으로 하여, 한국의 다른 훌륭한 작가들을 평가하지 마시기 바랍니다.

말씀드린 바와 같이, 피치 못할 그런 형편 탓에, 나중에 나는 그것을 운명이라고 바꿔 생각합니다만, 그 나이에는 중생제도에 나선다는 나이 서른에, 넝마 보따리에다, 거기 가면 그 고장의 언어로 글도 좀 써볼 수 있을까 하는 꿈 조금 하고(그러나 이 꿈은, 따라붙는 여러 말 다 생략하면, 거기 가서 두 된내기에 떨어보기도 전에 된내기에 맞아, 그 꼭지부터 떨어져 버린 것을 알아야 했습니다), 그리고 아픈 삶을 많이 쌓아, 캐나다라는 고장에 이민하여, 빵은 그곳의 것을 벌며, 쓰기는 계속하여 한국의 말로 글이라는 것을 써왔다는 그것이, 바로 그 조건입니다. 당시 대개의 인력 이민들이 그러했듯이, 나도 그곳의 말을 한마디도 할 줄을 몰랐었을 뿐이어서, 이런 이민을 두고 나는, 언어와의 관계에서, 민물에서 알 깬 연어 새끼가, 거대한 짠물 속으로 나아간 것에 비유하곤 했더랬습니다. 고향 민물 속으로 되돌아오기까지, 이 연어는 외로움과 짠물에 갈가리 찢기는 등의 온갖 고초를 다 겪겠지요. 많은 동화(童話)들이 그런 얘기를 하고 있습니다만, 그런 험로에는 대개 신(神)이 지켜 있다 삶의 용기나 지혜를 줍니다. 그리하여 나도, 신을 만납니다. 마는 그리고 『파우스트』로부터 배우기는, 신에 대해서는 승복하기가 승리를 거두기였습니다마는, 언제까지고 승복할 수 없는 불량한 정신도 있습니다. 그러나 나는 한 번도, 악마주의 쪽으로 경사해본 적이 없다는 말씀은 드릴 수 있습니다.

나는 이 세계는, '몸의 우주' '말씀의 우주' '마음의 우주'로 구성되어 있다고 식별해오는데, "모든 물질은 금(金)이 될 성질을 갖고 있다"는 믿음이 몸의 우주를 극명히 하며, "인간은 짐승과 신의 중간적 존재", 다시 말하면 신성을 가졌다고 이해하는 데에 말씀의 우주가 서며, "모든 유정은 불성(佛性)을 갖고 있다"는 데에 마음의 우주가 개벽한다고 믿는데, 이런 견지에서 이제 이 한 마리 말의 송사리의 개인적 관찰이나 경험이랄 것을 하나 솔직하게 토로하자면, 나는 예의 저 거대한, 짠물 속에서, '몸과 말씀의 우주'의 광휘는 보았습니다만, '마음의 우주'의 희망까지 보았다는 믿음은 없습니다. 그건 순전히, 한 마리 말의 송사리 눈의 작음 까닭이었습니다만, 나는 저들이 이룬 모든 것들에 대해, 『파우스트』나 니체를 대했을 때처럼 감동하고, 감탄하고, 극찬을 아낄 수가 없었으나, 『마하바라타』나 파드마삼바바(연화존자)를 읽었을 때처럼 경배를 바치지는 못했습니다. 작은 눈의 내게 비쳐지고 이해된 그곳의 문화는, '마음의 우주'의 개벽을 못 하고 있는 듯했습니다. 나름대로 생로병사(生老病死)라는 사고(四苦)의 문제로 고통하고, 윤회에 대한 두려움 탓에 해탈을 궁극적 문제로 삼는, 나라는 한 독자가 읽은 도스토옙스키나, 괴테, 니체 등은 '몸과 말씀의 우주'를 비상하는 대붕들이었음에도, 독수리까지도 어떻게 창공에 구멍을 뚫어 하늘을 벗어날지를 몰라, 저녁에는 둥지로 돌아오듯이, 예 든 바의 저 뛰어난 정신들까지도 어떻게든 극복되어야 하는 그 '자아'(自我)라는 둥지로 되돌아오곤 하던 것입니다. 말씀드렸다시피 넝마 보따리에다 꿈이랄 것도 조금 싸 갖고 짠물 속으로 나갔던 극동의 이 말의 작은 연어는 그리하여 울음을 느낍니다. 까닭에 그는, 자기가 떠나왔던 그 민물이 부르는 소리를 듣습니다. 그리하여 그는, 넝마 보따리를 다시 싸지만, 떠날 때 '삶'을 쌌던 그 보따리엔 이번엔 '죽음'밖에 더 쌀 것이 없었습니다.

와서는 그래서 그는, 그 민물 속에서 무엇을 보았을지, 이제는 그것이 궁금하실 것입니다. 그가 숨 쉬고, 보고, 듣고, 느꼈기에는, 이 민물은 고인 채 별로 흐름이 없었던 듯했는데, 무방비로 흘러든 과량의 짠물에 섞여, 거북했더라는 얘기는 고백해둬야겠습니다. 수입품식의 광휘까지 없었던 것은 아니었습니다만, 매우 신선한 과량의 짠물이 섞인 이 고인 민물 속에는, 대체 미래에 대한 어떤 희망이 산란되어 있는지, 그것은 알 수가 없었습니다. 시력이 나빠진 증거일 것이어서, 낮에라도 등을 켜고 나는, 그것을 찾아보려, 모든 고샅으로 헤매보려 하고 있습니다. 하도 오래전에 섭렵한 것을 잊고 지내 확실한지는 모르겠으나, 칼 융이 "서양은 동양으로부터 선(禪)과 요가를 수입했다면, 동양은 서양으로부터 기계를 수입했다"는 말을 했던 것으로 기억합니다. 그러나 융은 "기계의 정신분석"이랄 것을 해놓지를 않았던 것이나 아닌가 하고 머리를 긁적이게 됩니다. 물활론적(物活論的) 견지를 꼭히 고수해야 할 필요는 없을 것입니다만, 누가, 이 기계, 또는 '몸의 우주'의 새로운 신(神)의 정신분석을 행한다면, 동서양을 막론한, 오늘날 세계가 당하는, 여러 종류의 앓음앓이들을 이해할 수 있으리라는 믿음이 있습니다. 건너뛰고 말한다면, 아마도 그리고, 이 기계의 독성을 극복하는 방법은, 결국은 '선(禪)과 요가'에 의해서가 아닐 것인가, 하는 졸견이 있습니다. 그러나 나도 모르고 있는 것은 아닌 것은, 지금은 우리들의 한 세계가, '몸의 우주', 심지어는 축생도(畜生道)에로까지 추락해버린 까닭이라는 것입니다. 나는 이런 상태를, 연금술에서, 질료의 변전을 관찰하고 붙인, 이름을 차용하여, '니그레도'[黑]라고 하고 있습니다. 그러나 '몸의 우주'가 풍요하면 할수록, 그것의 극복은 매우 어렵고 더디다는 것도 모르지는 않습니다. 대중에 대해서는, 풍요한 몸의 우주 그 자체가 유토피아처럼도 여겨지기 때문입니다. '대중' 그 자체가 '몸의 우주'며 '니그레도'이기는 합니다. 중국인들이 개발한 『역』(易)의 성쇠법에 의하면, 와해를 겪지 않는다면, 이 상태에서는 더 몰락할 수가 없으니, 회로는 상승 쪽으로 나 있을 것은 분명합니다. '알베도'[白] 그리고 '루베도'[赤].

이만큼 말하고 나니, 오늘 이 자리의 주제가 되어 있는 문제에 대해, 소견을 피력해보아도 좋을 듯하다는 믿음이 듭니다. 그러기 위해 나는, 조금 우화적으로 들릴 얘기로부터 시작했으면 합니다.

어느 때를 당해 내가, 인도인들은 '야마'라고 이르고, 중국인들은 '옌로' 라고 이르는, 한국 저승의 심판관 '최판관' 앞에 서게 되었다고 하고 그가 나를 다시 이승으로 보내려 하며, 원하는 것이 있으면 두세 가지쯤 들어줄 수도 있으니 원하라 한다면, 나는 이렇게 소신을 밝힐 것입니다. 첫째 나는, 권력자도 재벌가도, 대중의 인기를 끌어 삶이 온통 잘 정진하고 있는 성교에도 비교될, 기타 방면의 영웅도 말고, 외롭게 밑돌더라도 다시 소설가로 태어나고 싶으니, 그 재능을 부여해주기를 바랄 것이며, 둘째는 어떠한 고난에도 굽히지 않을 강인한 투지력과 함께, 모든 유정을 긍휼히 여기는 마음을 구비해주기를 바랄 것이고, 셋째는 경제나 과학보다 무속(巫俗)까지도 포함한 여러 종교가 승한 고장에, 그리고 오랜 역사적 배경을 가졌으되 소설(小說)은 언문 쓰는 계층의 소총한담이라고 경시해온 고장이거나, 또는 그 언어가 가장 적게 개발된 오지 같은 데서 태어나기를 바랄 것입니다. 첫째, 둘째의 이유들에 관해서는 내가 혀를 늘이지 않더라도, 대략의 대답은 미리 되어 있는 것과 같으므로 함구하려 합니다. 마는, 세 번째 이유가, 내가 이 자리에서 조금 고려해보았으면 하는 그것인데, 그러기 전에 밝혀둬야 할 것이 있다면, 나는 그렇다고 해서 문학이, 내가 특히 말하는 소설문학(小說文學)이 신성하다는 것을 주장하려는 것이라기보다, 그 문학이 전적으로 의존하는 언어가 신성하다는 것을 주장하려는 중이라는 것입니다. 언어는, 그 언어를 쓰는 한 집단의 의식/무의식의 총체라는 믿음 때문인데, 앞서 말한 바의 그 '기계'까지도 언어의 한 표출이라고까지 말하고 싶은 지경입니다. 보태서, 범세계적으로까지 통화 수단이 된 언어야말로, 문학을 위해서도 최상의 것이라고 믿는 생각은, 반드시 옳은 것은 아니라는 얘기도 하고 싶은 것입니다. 깨닫기 전엔 나도, 그런 약간의 꿈을 가졌었다는 말씀은 드린 바가 있습니다만, 문학인이라면 물론 누구나 없이, 자기가 고심하여 쓴 작품이, 보다 많은 심정에 닿는 언어로 작업하기를 바라는 것은 당연합니다만, 그럼에도 어떤 한 소설꾼이 그러한 언어를 피하고, 하필 어떤 보다 덜 문화화한 언어를 택하겠다는 데는, 나름대로는 뒤늦게 깨우친 이유가 있었을 것입니다.

나는, 언어도, 그것의 비화현의 국면, 다시 말하면, 문자나 소리라는 기호를 입지 못한, 그 침묵의 국면에선, 사해(死海) 부근에 감춰져 있어 아직 발굴되지 않은 신비의 '두루마리' 땅속에 묻힌 석탄이나 석유, 광맥 같은 것으로 믿는데, 이 말은, 첫째는 깨어 움직이는 말은, 그것의 비화현 쪽의 꿈꾸기에 보조를 받는다는 것이며, 둘째는 그것의 저장량에도 한계는 있다는 얘깁니다. 상상력은, 하늘에서 꽃비처럼 흩어져 내리는 것이 아니라, 더럽고 질척거리며, 후끈거리는 땅속에서 부화하여 날아오르는 것입니다. 여기에 '땅의 깊은 속으로 내려가 보라, 순화를 통해 그러면 그대는 숨겨진 돌을 찾으리라'라는, 연금술적 비의가 서는 자리입니다. 이 관계를 보다 더 극명히 하기 위해 나는, 『장자』의 「소요유」의 서두에 나오는 얘기를 하나 빌렸으면 합니다. 한 바다를 가득 채우고 있는 큰 물고기의 이름에 '곤'(鯤)이라는 것이 있는가 하면, 그것이 날아올라 하늘을 가득 덮는 '붕'(鵬)이라는 새가 있다고 합니다. 이것을 우리가, 곤(鯤)은 '침묵 속에 기복해 있는 언어'의 상징이라고, 그리고 '붕'(鵬)은 '침묵을 벗어난 언어' 그것이라고 바꾸기만 하면, 내가 말하고자 하는 의도가 대번에 확연해질 것입니다. 이 '곤'은 그리고, 그 등에 '하도'(河圖)나 '낙서'(落書)라는 한 벌의 언어체계를 짊고, 낙수 깊은 데 기복해 있는 '거북'과도 같으며, '붕'은 '주작'과도 같은 것으로 변용될 수도 있을 것입니다. 야심 있는 작가들의 관심이 쏟기는 부분은 이럴 때, '붕'이나 '주작'이 아니라, 넓고 깊고 큰 물의 밑바닥에 기복해 있는 '곤'이나 '거북'일 것은 당연합니다. 모든 뛰어난 작가들은, 아직 형체를 드러내지 않은, 저 거대한 의미 덩이를, 자기가 보듬어내어 후두둥 날리고 싶은 욕망을 가지고 있음에 분명합니다.

내가 잘 이해했다는 믿음은 없습니다만, 듣기로는 그러더군요, '도레미파솔라시도'라는 여덟 음정의, 또는 넷의 반음을 합친 열두 음정의, 조직적인 춤에 의해 이뤄져 온 음악은, 작곡가들이 그것을 너무 많이 써와, 이제는 새로운 소리를 기대하기가 거의 어렵지나 않나, 그러더군요. 마찬가지로 언어도 그렇다면, 보다 많은 혀에, 그리고 가장 치명적이게는, 보다 많은 언어의 천재들에 의해 사역되면 될수록, 그것의 긍정적인 데서는 물론, 높은 수준의 문화와 함께, 범세계적인 언어에로까지 파급될 수 있음에도, 부정적인 데서는, 음악에 있어 여덟 또는 열두 음계와 같은 형편에 처해질 수도 있는 것이나 아닌가, 하는 것을 고려하게 합니다. 너무 많은 '붕'이 날아오르면 말의 바닷속의 '곤'의 수가 줄어들고, 마찬가지로 너무 많은 '주작'은 당대의 말의 하늘을 아름답게 하되, '말'의 한 우주를 등 받쳐주는 '거북'을 남기지 않게도 될 것입니다. 감춰져 있던 '신비의 두루마리'가 거의 다 발굴되면, '쿰란'은 의미를 잃기 시작한다는 얘긴 것이지요. 새로 자라나는 고고학자들은, 어디에고 곡괭이질을 할 자리를 찾지 못하게 될 터인데, 뛰어난 작가는 당대의 언어라는 곡괭이로, 저장되어 있는 의미를 발굴해내서는, 당대식으로 이해하여 미래를 준비하는 고고학자는 아니겠습니까? 새로 형성되는 언어는, 새로운 의미의, 앙금을 굳히게 한다는 의미에서는, 언어의 저장량을 걱정할 필요는 없다는 말을 만들 수 있음에도, 포도주와 의미는, 더 숙성할수록 더 좋다고 하잖습니까. 그리고도 그것뿐만은 아닐 터입니다. 범세계화를 치른 언어는, 그것 자체가 장점 덩어리일 것이겠으나, 손상된 부분에서만 말하기로 한다면, 자국민들의 혀에 의해서보다 다른 언어를 쓰는 혀에 감길 때 많은 훼손을 당한다는 것도 쉽게 관찰됩니다. 인력 이민의 경우는, 대개가 나모양으로, 언어까지도 백수건달들인데, 그래서 어떻게 몇 단어를 얻게 되면, 모국어의 문법체계에다 새로 배운 단어를 짜 맞추려 하기에 묘하기 이를 데 없는 어법을 만들어냅니다. 이런 언어는 아름다운 것은 못 됩니다. 그러나 인력을 사고팔기라는 소기의 목적 달성을 위해선, 이런 언어도 유통되지 않으면 안 됩니다. 주지하는 바와 같이, 언어는 수다스러운 데다 비속해지려는 경향도 갖고 있어, 이렇게 되면 전대인이 들어서는 잘 모를, 변형된 말의 체계가 이뤄지기도, 또는 만신창이가 되기도 할 것입니다. 이런 것이, 당대의, 보다 더 하층 민중의 어법이 되기도 할 것인데, 작가들은 그럴 때, '내려가면 갈수록 더워진다'(미슐레)는 민중 속으로 내려가기 위해서, 또는 그들을 끌어올리기 위해서, 이 민중의 언어랄 것에, 자신들의 창의력을 시험해보려 할 것입니다만, 이런 언어도, 말하기로 해서 말입니다만, 우주적 상상력 등을 뒷받침해주기에 충분할지 어떨지는 의문입니다.

너무 수다스러운 듯합니다. 그러나 나의 수다스러움의 목적과 의도는, 어찌하여 나는, 단 한 권만이라도 쓸 만한 책을 펴냈다 하면, 대번에 국제적 명성 기타를 얻게 되는, 그렇게나 좋은 언어의 나르는 양탄자를 타려 노력이라도 해보지 않고, 굳이 어떤 미개한 언어를 택하려 최판관께 청 드릴 것인지, 그 까닭을 밝히기로서, '비서구 세계에서의 글쓰기'에 관한 말을 하고 싶었던 것입니다. 대개 비슷한 두 신화 체계에서 읊어진 『마하바라타』와 『일리아드』는, 그러나 매우 다른 두 전쟁담들인데, 그 다름의 까닭이 무엇인지를 생각해 보는 일은 이득이 있다고 봅니다. 나는 산스크리트도 그리크도 모름에도, 번역서를 통해 눈치챈 것을, 그러나 주저함 없이 말씀드린다면, 비록 '곤'의 알은 같을 수 있다 해도, 그 알을 부화한 말의 젖바다의 젖의 성분이나 온도 등에 따라, 날아오는 '붕'은 다른 모양을 꾸밀 수밖에 없다는 얘깁니다. 아까 말씀드린 중국 신화도 그런 예지만, 『마하바라타』는 산스크리트의 저변의 풍부한 무의식을 산모로 해서라야만 가능한 서사시며, 『일리아드』 또한 그리크적 상상력 속에서만 가능한 얘기던 것입니다. 바로 이것이 비서구 언어, 다시 말하면 아직껏 지역성을 벗어나지 못한 언어로 고통해온 나라는 한 글꾼이, '비서구 세계에서의 글쓰기'라는 문제를 두고 할 수 있는 모든 대답입니다. 위계(爲界)의 모든 것이 다 그러하듯, 문학(文學)도 세월 속에서 영고성쇠를 겪을 것이되, 그러면서도 살아남는다면, 앞으로의 문학은 보다 덜 혹사당한 언어에 의존하지 않으면 안 되지 않나, 하고 예언자적 음성까지 꾸미게 합니다. 문학의 장래와 더불어 걱정해야 되는 것은 물론, 쓰여지고 있거나 쓰여질 문학의 질이 얼마나 양호한가 어떤가일 터인데, 모든 좋다고 이르는 것치고는, 역사 속에서 스러져본 적이 없다고 믿기 때문입니다.

이만큼 말하고 났어도, 아직도 내가 짚고 넘어가야 되는 대단히 중요한 문제가 하나 남아 있기는 합니다. 그건 다름 아니라, 그래서 그런 어떤 지역의 언어로 하여, 뛰어난 책이 쓰여졌다 한다 해도, 그것이 만약, 다른 언어를 쓰는 독자들께는 읽혀질 수가 없다면 그건 켜진 등이 열 길 밑 땅광 속에 감춰져 있기나 다름이 없는 것 아니겠는가, 하는 바로 그 점에 관해서입니다. 그러나 이 문제는 다름 아닌 '번역'과 관계된 것이어서, 청중의 시간이 허락된다면, 나의 소신을 밝혀도 좋겠으나, 그렇지 않다면 '번역'이라는 문제만을 제기해두고 함구했으면 합니다. 이때 우리는, 세계적으로 보편화를 성취한 언어의 필요성을 느낍니다.

경청해주셔서 감사합니다.

A RETURN TO THE HUMANET[1]

이 늙다리 dullard의 doggerel의 제목은 "A RETURN TO THE HUMANET"인데, 'HUMANET'은, 오늘날 환경주의자들이 즐겨 쓰는 'planet'이라는 어휘에 운(Rhyme)을 맞추기 위해, 내가 만든 단어인바, 어간은 'Humanity'에 두고 있음은, 누구나 대번에 눈치챌 수 있을 것입니다. 'Human[人]—Planet[間]', 인간도 그 하나하나가, (지구라는 혹성모양) '인간이라는 혹성'이라는 뜻으로 쓰기 위해서입니다.[2]

'인간'이 죽었다는 부음이 들리기 시작한 지도 꽤 여러 해 됩니다. '신이 죽었다'는 얘기는 그리고도, 그보다 더 이전의 얘기여서, 이제는 진부하게까지 들립니다. 그런데 이번에는 '동물'이 죽어가고 있다는 소문이 있어, 괴롭기 이를 데 없습니다. '자연은 우주적 동물이다'(Nature is cosmic animal, Ritter, 1776~1810)라는, 일찍이 세워진 명제 하나를 염두에 둔다면, 내가 말하는 '동물'은 다름 아닌, '자연' 자체라는 것을 알게 될 것입니다. 오늘날, 어떤 부류의 환경주의자들의 상상력의 둥지 속에서는, 이 '동물'이 여럿의 형태로 둔갑하거나, 그것 자체는 여전히 하나로 같은데도, 이름이 많게 되었거나 한데, '가이아'(Gaia)라거나 '에덴'이 그중 널리 알려진 것들임은 주지하는 바대로입니다.

이 '에덴'은, 신이 우주 내에다 특별히 만든, 다름 아닌 우리의 '지구'라는 설도 있는데, 이 '지구'는 오래전부터 내게 일깨워지기엔, 우주라는 '原人의 子宮' 혹성인 듯했습니다. 자궁은 생성만 하는 곳이어서, 무엇이 그 곳 속에 한

번 들었다 하면, 이제는 죽지를 못합니다. 그것이 '윤회의 바퀴'로 알려진 것일 것입니다. 그렇다면 그것은, 주기적으로 월후도 해야 함은 분명합니다. P. M. S.(Pre-Menstral Syndrom)이라고 이르는 그 상태를, 인도인들은 Kali Yuga라고 이르는데, 나의 믿음에, 우리는 지금 그 상태에 처해 있는 듯합니다.

그렇다면, 오늘날 지구 환경의 이 불균형은 전적으로 인간의 잘못이라고만 탓할 수도 없지 않나 하게도 됩니다. 물론 인구 증가와 과학이, 이 월후의 cycle을 하루나 이틀쯤 더 빠르게 했었을 수도 없는 것은 아닙니다만, ……이제 이 한 사이클의 월후가 끝나면 다른 한 자궁에 피가 맺힐 터이고, 그러다 다시 월후를 시작할 때쯤이면, 그 다른 자궁 속에서도, 오늘 같은 날, 우리는 오늘과 같은 이런 자리에서, 우리들 어머니의 노쇠에 관해 말하고 있을 것 같은 느낌이 있습니다. 똑같은 우주의 끝없는 되풀이겠지요. 그러나 이것은, 순전히 우주에 대한 한 서툰 산문꾼의 몽상일 뿐입니다. 자연이 자연 자체에 입히는 해는 인간이 자연에 입히는 해에 비교할 수 없으리만큼 큰데도, '자연은 스스로 자신을 회복해낸다'는 고견도 있습니다만, 어찌 되었든, 말한 바의 저 우주적 동물이 앓고, 죽어가고 있는 것은 사실이어서, 우리는 다시 이 문제에로 눈을 돌려야겠지요.

나는 그러나 오늘, 이 '동물'의 병문안을 왔거나, 또는 죽음을 애도하기 위해 이 자리에 나선 것은 아닙니다. 나도 물론, 모든 열성적인 환경주의자들처럼, 저 동물을 살려내고 싶은 열성을 갖고 있는 것은 먼저 밝혀두고, 그리고 이 얘기를 시작해야겠습니다, 라는 것은, 환경주의자로서의 문학과, 문학인으로서의 환경주의는, 그 닿는 부분은 같다 이를 수 있다 해도, 그 접근 방법에 있어서는 반드시 같을 수 있는 것은 아니다라는, 얘기쯤 해보고 싶은 것입니다.

그러니까 나의 소견은, 우리는 지금 잃어버리게 된 대지, 훼손된 에덴을 복구하는 노력도 절실하게 필요로 함과 동시에, 인간이 잃어버렸다는 인간, 훼손당한 아담이, 에덴에서 축출당하기 전의 상태로 복귀할 노력도 필수적인 것이 아니겠는가, 그 얘기쯤 해보고 싶은 것입니다.

어느 쪽이 우선적이어야 하는가는, 우문일 터입니다. 양자는 동시적으로 행해지는 것이 바람직할 것인데, 이런 말은 플라넷만이 피폐해졌으며 불모스럽게 되어간다는 것만은 아니며, 여러 증후나 병증이 시사하는 바를 좇으면, 또한 못지않게 휴마넷도 곤란에 처해 있으며 황폐해져 가고 있다는 얘긴 것입니다. 어쩌면 저 플라넷보다도 이 휴마넷은 더 나쁜 상태에 처해 있는지도 모릅니다. (주어진 짧은 시간 안에, 그런 증후나 병증을 열거한다는 짓은 삼가는 것이 좋겠다는 것이 나의 의견이기도 한데, 어느 시대나 지성인들은, 그런 문제들로 고뇌하는 자들이므로 해서, 내가 말하지 않더라도 먼저, 내가 무엇을 말하고자 하는지 알고 있기 때문입니다)

그럴 것이, 어느 시대보다도 이 시대를 덮고 있는 집단적 암기는, 사람들로 하여금 자폭이라도 하지 않고는 못 견디게 하고 있는데, 이 시대의 사람들은 그럴 까닭으로, 죽고 싶어 하고 있는 것이 진맥되어집니다. 이런 불알 까인 (이란 이념 없는) 순교처럼 난해하고도 위험하며, 비극적인 것은 다시 없을 것입니다. 플라넷 어디서는 홍수와 지진이 끊이질 않고 있으며, 광우병에 구제역이 창궐하고 있다는 소식이 없지는 않되(이 시절에는 '동물'까지도 죽고 싶음증에 당하고 있는 것인 듯합니다. 아니면 이 보디사트바들이, 인간이라는 마라들을 복수하고 있는 듯합니다) 그것은 빈사 상태에 처한 플라넷이 구조를 청하는 전언으로 들리고 보이는데, 글쎄, 플라넷의 여기서 저기서는 목련이 피고, 보리나 밀의 뿌리 밑에서는 흙의 삼시랑들이 열매를 밀어 올리고 있을 뿐만 아니라, (온역이 창궐하고 있다는데도) 소도 돼지도 양도 새끼치기에 바쁘고 있는 것을 보면, 플라넷은 비록 육신이 성하지 못한 듯해도, 그 영혼까지 죽어 있는 것까지는 아니나, 휴마넷은, 그 어느 때에 비교할 수 없으리만큼 육신은 비대해졌을 뿐만 아니라 평균수명까지 늘어나 있으며, 더 늘어날 것이라고 하고 있으되, 영혼이 죽어버린 듯한 것이, 신이 죽고, 다음으로 인간이 죽었다는 불길한 부음이나 예언들이 일깨워주어 알게 합니다.

Vimalakirti(유마힐)가 왜 노상 병석에 누워 있어야 되는지를 물어보고 얘긴데, (소설쟁이들은 읽기 대신 또는 앓기로써, 소설을 쓰는데, 소설 속에서 그들은, 살인하고, 간음하고, 방화하며, 온갖 사악함을 다 부려, 서슴없이 지옥을 터뜨려내는 자들…… 그럼으로 그에게 당신은 도덕적으로 얼마나 완성되었는지를 물을 일은 아닙니다) 이제 사람들은 있어 온 윤리나 도덕관을, '자연'이나 '축생'들에게 대한 승리처럼 고수하지를 않고 있어 보입니다. 신의 권좌를 지금은 '짐승'이 차지해 똥 싸 뭉개고 앉아, 천지를 정수의 냄새로 오염하고 있습니다. (이 '짐승'은, 『계시록』에 보이는 'beast'인 것으로 분류해 이해해주셨으면 합니다. 죽어가고 있는 것은 그러니까 'cosmic beast'가 아니라, 'cosmic animal'이라는 얘긴 것이지요)

그 어느 때보다도 가장 큰 권세를 확보한 저 '짐승'의 뿔은 금강석으로 장식했으며, 추악한 털 위에다 홍포를 입었고, 거대한 하초는, 예배자들의 찬송의 침에 덮여 번들거리며, 넷의 억센 발굽은 '애 밴 여자'의 사지를 짓밟아 눌러 딛고 있습니다. 그런 짐승이, 신과 인간이 화합하고 있었을 때 세워진, '윤리나 도덕의 기준이 무엇이냐'고, 으르렁거리며 묻고 있습니다. 그 대답은 그러나 그렇게 어려울 것은 아닐 것이지만, 짐승의 귓속으로 뚫고 들기는 어려울 것입니다.

신의 죽음에 관하여서는, 이미 소문이 파다하여, 더 말해보려 구린 입을 벙긋하려 할 일도 아니지만, 그리고 인간의 죽음에 대한 부음도, 대개의 귀들에는 들려져 있기는 하지만, 그 사인(死因)이 무엇이었던지를 말해주는 이들은 많지가 못해, 우리들의 외면적 일상적 삶에서는, 그저 육시러게 바쁘기만 하고, 별로 무슨 차이가 드러나지 않고 있는 것이 지적되기는 합니다. 혼을 '짐승'에게 상납해버리자부터, 육신이야말로, 다만 하나 신앙해야 하는 대상으로 보이며, 그리고 그것은 아름답게 여겨짐에 분명합니다. 한 우주가 니그레도, 즉 '몸의 우주'로 떨어져 내린 결과입니다.

나의 관견에는 그런데, 사람은 원초적이라고까지 이를, 두 가지의 공포심을 일깨워 오는바, 그것이 인류사를 이루는 주요한 두 관건 노릇을 해왔음도 관찰되어집니다. 그 하나는 '자연'에 대한 공포며, 다른 하나는 '수피'(獸皮)에 대한 것입니다. 자연에 대한 공포는, (레비-스트로스에게 빚지기로 하여 말하면) '날것→썩기'라는 유위법을 관찰한, 인간의 환본(還本), 다시 말하면 '썩기'(죽음·소멸)에 대한 그것이며, '짐승·수피'에의 그것은, '세상나무', 또는 (연금술에서 이르는) '순화의 나무'를 힘들게 오르며, 오르는 동안 배꼽까지나 벗은, 그것 다시 입게 되기, 다시 말하면, 축생도로의 추락에 대한 그것입니다.

道家的 自然은 아직 '익힘'의 '文化化', 또는 연금의 문제 이전이나 이후의 것이어서, 여기서는 언급하려 하지 않는데, 그것은 文化化한 人間까지도 다시 自然化하려 하고 있어, 적극적인 의미에 있어서의 구원·중생·해탈의 문제를 취급하려 할 때는, 적합하지가 않다고 여겨 그럽니다. 저 두 종류의 두려움이 만난 자리에서 '철학, 예술, 종교' 등, 반자연적, 반축생적, 바꿔 말하면, '날것→익히기'라는 '문화'가 꽃피우기 시작했을 것입니다. 그리하여 알게 되는 것은, 자연에 대한 공포는, '자연숭배, 물활론, 보다 원시적 샤머니즘' 등에 반해, 본격적 의미에 있어서의 '종교'를 이루고, 수피에 대한 그것은, '윤리·도덕'을 형성한 것이나 아니었나 하게 됩니다.

세상나무, 또는 순화의 나무를 기어오르기로, 더디게라도 수피를 까 내리는, 신성(神性)을 획득해가는, 인간이라는 짐승은, 위쪽에 대한 열망 못지않게, 그럼으로 해서, 아래쪽에의 그리움 또한 갖는 것도 사실입니다. 까닭에, 어느 시대 사람들은 어떤 다른 시대 사람들보다 훨씬 더 축생도 쪽에 가까워져 있는 것이(vice versa) 관찰되어집니다. 저 '오르기의 열망'은, 집단과 제휴하면, 유토피아에의 꿈으로 나타나고, 개인과의 관계에선 왕생, 또는 자기 구원의 형태를 취하는 것일 것입니다. 내리는 길에는 하나도 없는 이정표가, 오르는 길에는 여럿이나 있어 오는데, 유교적으로는 '仁'이 불교적으로는 '자비'가, 기독교적으로는 '사랑'(아가페)이, 윤리적으로는 '善' 같은 것들이 그것일 것입니다. 그런 것들이, 중력을 감소시킨다고 믿은 것일 것입니다.

인류사를 통해, 그런 불길한 울부짖음이 그쳐본 적은 없었을 것임에도, 헌데 유독 오늘날은, 『계시록』에 산실(産室)을 둔 그 '짐승'들의 떼 울음소리가, 두 플라넷을 흉가로 만들고 있음은 어쩐 일인지, 심상치 않습니다. 우리는 그리고 물론, 저 울음소리의 까닭이나 의미를 모르고 있는 것은 아닙니다. 어느 시절이고 물론, 저 짐승들, 그 병이 일어나는 종처의 약방문이 없었던 것은 아니어서, 천으로 만으로 많았던 것은 주지하는 바대로입니다. 마는, 그 결과는 어쨌든지, 나는 역사가가 아니어서 말하지 못합니다.

그렇든 저렇든, 아직 오늘까지는, '자연은 자연 자체가 치유한다'는 지혜가 시사하는 것모양, 인세(人世)도 인세 자체가 치유해오기는 했습니다. 예를 들면, 죽고 싶은 병이 고도로, 그리고 고압적으로 차오르면, 전쟁이든, 폭동, 그것들이 요구하는 유혈에 의해 평화를 되찾기, 또는 온역 같은 것들이 그런 것입니다. 유혈이 평화를 위한 대속이 될 수 있었던 시절은, 사람들에게 불알이라는 것이 있었던 것입니다. 그러나 거세된 소의 고기는 푸라나(Purana. Skt.)라는 활력소가 없어, 제사용에는 적합하지가 못할 것입니다.

그렇다고 오늘 우리에게는 희망이 전혀 없는가 하면, 그렇지는 않을 것입니다. 집단으로서의 인간은, 어떠한 상태에 처해서도, 유토피아에의 꿈을 잃어본 적은 없었기 때문입니다. 이 꿈이 늘, 새로운 전기를 만들어, 넘어져 가다가도 늘 다시 (우리를) 일어서게 해왔던 것이 아니었습니까? 집단도 물론, 개인과 마찬가지로, 타락 본능도, 죽고 싶음도 살육도, 때로는 피로 탓에, 어떠한 가치도 의미가 있어 보이지 않게 되기도 할 것이어서, 짐승이기를 바라고, 신죽이기에도 나서며, 전쟁을 찬양하고, 종내는 자신을 죽이려 덤비기도 할 것이지만, 그런 기운은 물론 부정적이되, 어기찬 것이라고 이해되어질 수도 있을 것임에 분명합니다.

인간은 결코 전쟁과도 살지 못하지만, 평화와도 살지 못하는, 위대한 모순 자체인 것은 주지하는 바대로입니다. 집단으로서의 인간은 어째도 죽지 않으며, 죽을 수가 없는 운명 그것이 아닙니까. 그것은 낮은 데 처하면 눈을 치떠 위를 보려 하고, 내버려 두면 흐트러지려 하다가도, 눌리면 튕기쳐 오르려 하는, 그것은 거대한 욕망과 복합성의 덩어리인 것. 불순하기는 하지만 그래서 그것도 그것의 강한 자아를 고수하는 하나의 초력적인 신입니다. 그것은 그렇기 때문에, 수피를 머리까지 덮어쓰고는 가렵고 치사한 데다 송신해 못 살겠다고, 벗어내지 않고는 못 배깁니다. 그러나 수피를 다 벗어버리고도 그것은 못 사는데, 그러면 춥고 의지할 데가 없어 그러는 것인데, 그러면 그것은 소속, 그것이 설 자리를 잃어버리기 때문입니다. 한 세상이 무명 속에 물크러지고, '애 밴 여자'의 산통의 신음이 끊이지 않고 있을 때는, 저것이 수피를 머리끝까지 덮어쓴 때일 것인데, 그러면 그것은 수피를 찢고 백일하에 태어나야 할 차례인 것이고, 세상은, 터진 양수 냄새로 가득차게 될 것입니다. 그것은 보혈(寶血)의 냄새—'세상나무'가지에는 수피만 걸쳐 있고, 태어난 '어린 양'은 시온산 위에 서 있습니다. ……나는 좀 비의적 어투를 쓴 듯합니다만, 이것의 되풀이가 역사였을 것이라곤 생각합니다.

인간이 인간을 훼손하고 또한 인간이 훼손된 인간을 복완할 것일 것입니다. 완성된 인간의 원형은, '에덴에 거하던 아담'에게서 찾아질 것이며, 플라넷의 그것은 '에덴'에서 찾아질 것입니다. 에덴과 아담의 관계는, 음악에 있어 소리와 율(律)과 박(拍) 따위의 관계일 것입니다. 소리는 있어도, 그것이 율이나 박 따위에 의해 조직화되지 않으면 소음에 머물고, (한 망자가 바르도에 처했을 때, 그리하여 discarnation을 겪고 있을 때, 들린다는 모든 소음·굉음은, 바로 이 조직화해 있던 소리의 해체로 이해됩니다. 빛도 같은 경우일 것입니다) 율이나 박 따위가 있어도 소리를 얻지 못하면, 그 음악은 화현을 성취치 못할 것입니다. (이것은, 모태를 얻지 못한 念態에서 그 비유가 얻어집니다) 장소와 존재는 필시 그런 관계일 것입니다. 이것이 내가, 플라넷의 풍요도 되찾아야 하지만, 동시에 휴마넷의 재건설도 필수적이라고 주장하는 그 까닭입니다.

'神이 자기를 위해 人間을 짓고, 人間을 위해서는 우주를 지었다'고 이르는 말이 진리라면, 사실 휴마넷의 구원은 神까지도 되살려내는 결과를 부를 것입니다. 이제 되돌아가 아담은, 하와를 살[肉] 속으로 끌어내린 '옛 뱀'을 타도하고 극복해야 할 것입니다. 그날, 거기, 이제껏 없었던 '에로스와 타나토스'가 한자리에 어울러졌던 때, 하와도 아담도 자기들 속에서 짐승을 발견했었던 것으로 미뤄보면, 나중에 '붉은 용'으로 다시 나타나 보이는 이 특정한 유정, '옛 뱀'은, '에로스와 타나토스'의 익명으로 이해되는데, 에로스의 까닭으로 이 유정은, 전신에 털을 입었으며, 타나토스의 까닭으로 땅에다 밀착한 몸을 떠밀어 올리려 하지 않고 있습니다. 아담이 벗어야 하는 것은, 바로 이 수상한 수피인 것입니다.

플라넷과 휴마넷의 관계는, 반복되는 느낌이 있습니다만, 이러할 터입니다. 에덴이 수복된다면 아담도 복귀될 터이며, 아담이 복귀된다면 에덴도 수복된다는, 그런 것일 것입니다. 잃어진 두 플라넷의 복귀나 수복은 그러면 어떻게 가능할 것인지, 이제는 그것이 문제가 될 터입니다. 이것은, 독극물이 들끓는 물속을 살며 아파하다 배를 까뒤집고 죽는 연못의 붕어까지의 숙제임에 분명합니다. 플라넷과의 관계에선, 종종 듣게 되어 알게 된 바와 같이, '지구상의 뜻있는 모든 이들이 이 문제에 비상한 관심을 보이고 있으며, 뿐만 아니라 행동으로도 나타내고 있다'(미요시 교수)고 하니, 나로서는 얹어, 더 건의하고 싶지도, 그럴 자리도 없지만, 문제가 되는 것은 그러자, 혼을 잃어버린 듯한 휴마넷의 초혼(招魂)이 아니겠는가 하는 우문이 있습니다. 헤아릴 수 없이 일어난 많은 종교들이, 이 '혼'을 지키려 하여 고전분투해 왔음에도, 그리고 땅이, 그 무게 탓에 가라앉을 정도로, 이 혼을 지키고 맑히려는 지혜가 쌓여 있음에도, 이런 결과를 초래했음은 어찌 된 일인지, 물어져야 할 듯합니다.

이 물음은 그러자, 이차적으론, 다시 말하면 종교 다음으론, 다른 어느 분야에 종사하는 이들보다도, '예술'이라는 것에 생애를 바치려는 이들에게 물어보아야 된다는 우견이 있습니다. 예술이야말로 그 호소력이 종교 다음으로 크기 때문입니다. 예술도, 종교와 마찬가지로, 몇 꺼풀 천의(天衣)를 벗으면, 마녀의 얼굴을 감추고 있음을 알게 되는데, 그 천의도 너무 오래 입혀 있다 보면, 그 본디의 아름다움을 잃고, 도처에 구멍이 나기 십상이긴 합니다. 흡연이나 마약에 중독된 모태에 담겼던 핏덩이들이, 모태를 벗어나서도, 니코틴이나 마약을 요구하여 안정치 못하고, 끊임없이 울고 버둥대듯이, 휴마넷도, 어떤 경우, 비극적이게도 한번 지옥의 맛을 보았다 하면, 지옥 없이는 살지를 못합니다.

반복하면 '사람은, 지옥과 살지 못하지만, 지옥 없이도 살지 못합니다.' 이차적으론, 다시 말하지만 종교 다음으론, 누가 그러면 저 지옥들을 땅 위에로 터뜨려 올리며, 그것들에다 천의를 입히려 하는가, 그것이 따져져야 할 것입니다. 땅 아래 6층, 또는 13층에 감금 억류해둔 그 지옥이 다 터뜨려져 오를 때, 일러 말하는 '말세'의 풍경이 나타날 터입니다. 이전에는 교화의 방편으로 종교가 그 일을 하기에 앞장섰던 것은 주지하는 바대로입니다만, 그런 의미에서 지옥은, 천국과 마찬가지로, 그러나 정도(定道)의 응달쪽에 세워져, 성황을 이룬 불쾌한 여인숙이었으되, 그러나 오늘날은, 상상력이라는 곡괭이로 하여, 예술이 (다 그렇다고 매도할 수야 있겠습니까마는), 저 '정도의 응달쪽에 있는 지옥'의 변방에 산재해 있는, 수많은 종류의 독룡들의 왕궁, 그 지옥들을 터뜨려 올리는 데 앞장서 있어 보입니다.

이 지옥들은 그리고 물론, 휴마넷의 가장 어두운 그늘 속에 숨겨져 있던 것들임은 모르지 않습니다. 혼의 거처도 그리고 거기일 것입니다. 이 시절이 그 어느 때보다도 어렵다고 이르는 것은, 바로 이 까닭입니다. 이 어려운 시대의, 천의를 벗은 어떤 예술들은, 그 영감을 천국에서 얻으려기보다, 지옥에서 얻으려 하고 있어 보입니다. (하기야 낡아진 天衣를 언제까지나 아름답다고 입어 나서려는 짓도, 아니 볼썽사나운 것도 아닐 터입니다) 화가들은, 이 독룡의 고름에서 물감을 얻고, 음악가들은, 그것의 울부짖음을 조직화하려 하며, 문학인들은, 그것의 염통 속 썩은 피를 잉크로 삼는 듯합니다.

오늘날엔 그래서, 아프로디테뿐만 아니라, 메두사도 아름답습니다. '공작은 독을 쫓아 먹기로 날개의 아름다움을 장식해낸다'고도 이르는데, 천의의 궁극적 아름다움도, 사실은 저렇게 지옥의 유황불로 직조되는 것인지도 모릅니다. 걱정스러운 것은 그런데, 독의 연금이 잘못되거나 설어, 천의처럼 보이는 그것을 입는 자마다, 그 안쪽에서, 살이, 넋이 썩어, 철철 녹아 문드러지게 되는 그것입니다. 메두사까지도 아름다울지언정, 형해(形骸)는 아름다운 것이 못 되기 때문입니다. 형해는, 재생이나 풍요 따위를 베 짜는, 잉아를 걸 수 있는 베틀이 못 되는 것입니다.

샨티 샨티 샨티

박상륭 전집
박상륭 전집: 중단편

초판 발행일
2021년 6월 30일

지은이
박상륭

기획
박상륭상 운영회의

편집
윤병무

디자인
박연주

인쇄
㈜아르텍

펴낸곳
국수

등록번호
제2018-000158호

주소
경기도 고양시 일산동구
진밭로 36-124

전화
031-908-9293

팩스
031-8056-9294

전자우편
songwriter@kuksu.kr

ISBN 979-11-90499-31-6 04810
ISBN 979-11-90499-30-9 (세트)